民国世界文学经典译著·文献版（第九辑：法国英国戏剧）

# 莎士比亚戏剧全集

## （第一集）

[英] 莎士比亚 著
朱生豪 译

上海三联书店

**图书在版编目(CIP)数据**

莎士比亚戏剧全集 /［英］莎士比亚著；朱生豪译.
—上海：上海三联书店，2018.4
ISBN 978-7-5426-6049-7

Ⅰ.①莎… Ⅱ.①莎… ②朱… Ⅲ.①剧本—作品综合集—英国—中世纪
Ⅳ.①I561.33

中国版本图书馆 CIP 数据核字（2017）第 194051 号

莎士比亚戏剧全集（1-3 集）

著　　者 /［英］莎士比亚
译　　者 / 朱生豪

责任编辑 / 陈启甸
封面设计 / 清　风
责任校对 / 江　岩
策　　划 / 嘎　拉
执　　行 / 取映文化
监　　制 / 姚　军

出版发行 / 上海三联书店
（201199）中国上海市闵行区都市路 4855 号 2 座 10 楼
电　　话 / 021-22895557
印　　刷 / 常熟市人民印刷有限公司

版　　次 / 2018 年 4 月第 1 版
印　　次 / 2018 年 4 月第 1 次印刷
开　　本 / 650×900　1/16
字　　数 / 2700 千字
印　　张 / 172.25
书　　号 / ISBN 978-7-5426-6049-7 / I.1310
定　　价 / 758.00 元（1-3 集）

# 出版人的话



中国现代书面语言的表述方法和体裁样式的形成，是与20世纪上半叶兴起的大量翻译外国作品的影响分不开的。那个时期对于外国作品的翻译，逐渐朝着更为白话的方面发展，使语言的通俗性、叙述的完整性、描写的生动性、刻画的可感性以及句子的逻辑性……都逐渐摆脱了文言文不可避免的局限，影响着文学或其他著述朝着翻译的语言样式发展。这种日趋成熟的翻译语言，推动了白话文运动的兴起，同时也助推了中国现代文学创作的生成。

中国几千年来的文学一直是以文言文为主体的。传统的文言文用词简练、韵律有致，清末民初还盛行桐城派的义法，讲究"神、理、气、味、格、律、声、色"。但这也在一定程度上限制了情感、叙事和论述的表达，特别是面对西式的多有铺陈性的语境。在西方著作大量涌入的民国初期，文言文开始显得力不从心。取而代之的是在新文化运动中兴起的用白话文的句式、文法、词汇等构建的翻译作品。这样的翻译推动了"白话文革命"。白话文的语句应用，正是通过直接借用西方的语言表述方式的翻译和著述，逐渐演进为现代汉语的语法和形式逻辑。

著译不分家，著译合一。这是当时的独特现象。这套丛书所选的译著，其译者大多是翻译与创作合一的文章大家，是中国现代书面语言表述和中国现代文学创作的实践者。如林纾、耿济之、伍光建、戴望舒、曾朴、芳信、李劼人、李葆贞、郑振铎、洪灵菲、洪深、李兰、钟宪民、鲁迅、刘半农、朱生豪、王维克、傅雷等。还有一些重要的翻译与创作合一的大家，因丛书选入的译著不涉及未提。



梳理并出版这样一套丛书，是在还原中国现代文学史上的重要文献。迄今为止，国人对于世界文学经典的认同，大体没有超出那时的翻译范围。

当今的翻译可以更加成熟地运用现代汉语的句式、语法及逻辑接轨于外文，有能力超越那时的水准。但也有不及那时译者对中国传统语言精当运用的情形，使译述的语句相对冗长。当今的翻译大多是在著译明确分工的情形下进行，译者就更需要从著译合一的大家那里汲取借鉴。遗憾的是当初的译本已难寻觅，后来重编的版本也难免在经历社会变迁中或多或少失去原本意蕴。特别是那些把原译作为参照力求摆脱原译文字的重译，难免会用同义或相近词句改变当初更恰当的语义。当然，先入为主的翻译可能会让后译者不易企及。原始地再现初时的翻译本貌，也是为当今的翻译提供值得借鉴的蓝本。

搜寻查找并编辑出版这样一套丛书并非易事。

首先确定这些译本在中国是否首译。

其次是这些首译曾经的影响。丛书拾回了许多因种种原因被后来丢弃的不曾重版的当时译著，今天的许多读者不知道有所发生，但在当时确是产生过一定的影响。

再次是翻译的文学体裁尽可能齐全，包括小说、戏剧、传记、诗歌等，展现那时面对世界文学的海纳百川。特别是当时出现了对外国戏剧的大量翻译，这是与在新文化运动影响下兴起的模仿西方戏剧样式的新剧热潮分不开的。

困难的是，大多原译著，因当时的战乱或条件所限，完好保存下来极难，多有缺页残页或字迹模糊难辨的情况，能以现在这样的面貌呈现，在技术上、编辑校勘上作了十足的努力，达到了完整并清楚阅读的效果，很不容易。

“民国世界文学经典译著·文献版”首编为九辑：一至六辑为长篇小说，61种73卷本；七辑为中短篇小说，11种（集）；八、九辑为戏剧，27种32卷本。总计99种116卷本。其中有些译著当时出版为多卷本，根据容量合订为一卷本。

总之，编辑出版这样一套规模不小的丛书，把世界文学经典译著发生的初始版本再为呈现，对于研究界、翻译界以及感兴趣的读者无疑是件好事，对于文化的积累更是具有延续传承的重要意义。



2018年3月1日

[英] 莎士比亞 著 朱生豪 譯

# 莎士比亞戲劇全集

（第一集）

中華民國三十六年四月初版

# 譯者自序

於世界文學史中，足以籠罩一世，凌越千古，卓然爲詞壇之宗匠，詩人之冠冕者，其唯希臘之荷馬，意大利之但丁，英之莎士比亞，德之歌德乎。此四子者，各於其不同之時代及環境中，發爲不朽之歌聲。然荷馬史詩中之英雄，既與吾人之現實生活相去過遠；但丁之天堂地獄，復與近代思想諸多牴牾；歌德去吾人較近，彼實爲近代精神之卓越的代表。然以超脫時空限制一點而論，則莎士比亞之成就，實遠在三子之上。蓋莎翁筆下之人物，雖多爲古代之貴族階級，然彼所發掘者，實爲古今中外貴賤貧富人人所同具之人性。故雖經三百餘年以後，不僅其書爲全世界文學之士所耽讀，其劇本且在各國舞臺與銀幕上歷久搬演而弗衰，蓋由其作品中具有永久性與普遍性，故能深入人心如此耳。

中國讀者耳莎翁大名已久，文壇知名之士，亦嘗將其作品，譯出多種，然歷觀坊間各譯本，失之於粗疏草率者尚少，失之於拘泥生硬者實繁有徒。拘泥字句之結果，不僅原作神味，蕩焉無存，甚且艱深晦澀，有若天書，令人不能卒讀，此則譯者之過，莎翁不能任其咎者也。

余篤嗜莎劇，嘗首尾研誦全集至十餘遍，於原作精神，自覺頗有會心。廿四年春，得前輩同事詹文滸先生之鼓勵，始着手爲繙繹全集之嘗試。越年戰事發生，歷年來辛苦搜集之各種莎集版本，及諸家註釋考證批評之書不下一二百册，悉數毀於炮火，倉卒中惟攜出牛津版全集一册，及譯稿數本而已。厥後轉輾流徙，爲生活而奔波，更無暇晷以續未竟之志，及三十一年春，目覩世變日亟，閉戶家居，擯絕外務，始得專心壹志致力譯事。雖貧窮疾病，交相煎迫，而埋頭伏案，握管不輟。凡前後歷十年而全稿完成，（案譯者撰此文時，原擬在半年後可以譯竟，詎意體力不支，厥功未就而因病重輟筆）夫以譯莎工作之艱巨，十年之功，不可云久，然畢生精力，殆已盡注於兹矣。

余譯此書之宗旨，第一在求於最大可能之範圍內，保持原作之神韻；必不得已而求其次，亦必以明白曉暢之字句，忠實傳達原文之意趣；而於逐字逐句對照式之硬譯，則未敢贊同。凡遇原文中與中國語法不合之處，往往再四咀嚼，不惜全部更易原文之結構，務使作者之命意豁然呈露，不爲晦澀之字句所掩蔽。每譯一段，竟必先自擬爲讀者，察閱譯文中有無曖昧不明之處。又必自擬爲舞臺上之演員，審辨語調之是否順口，音節之是否調和。一字一句之未愜，往往苦思累日。然才力所限，未能盡符理想；鄉居僻陋，既無參考之書籍，又鮮質疑之師友。謬誤之處，自知不免。所望海內學人，惠予糾正，幸甚幸甚！

原文全集在編次方面，不甚愜當，兹特依據各劇性質，分爲「喜劇」、「悲劇」、「雜劇」、「史劇」

四輯，每輯各自成一系統。讀者循是以求，不難獲見莎翁作品之全貌。昔卡萊爾嘗云，「吾人寧失百印度，不願失一莎士比亞。」夫莎士比亞爲世界的詩人，固非一國所可獨佔；倘因此集之出版，使此大詩人之作品，得以普及中國讀者之間，則譯者之勞力，庶幾不爲虛擲矣。知我罪我，惟在讀者。

生豪書於三十三年四月。

# 譯者介紹

當我一想起生豪的時候，好像他還是坐着握着筆出神凝思的樣兒。然而這畢竟是憧憬，是幻象，他再也不回來了，雖則這一段淒涼的悲劇的尾聲也許會激起永久的回響。但對於他本身，對於我，都是無補的了。

我眞不知道要怎樣的介紹才能使不認識生豪的人也能對他略爲了解，略爲同情。因爲生豪活着的時候，就挺不愛在人前表現自己，誇耀自己。要不然的話，也許他成名的機會早就多的是。他文學上的天才，在中學時期，就有驚人的表現。可是他太謹愼，自己的標準太高，直到大學畢業後，還不願把作品輕易問世。實際他特長的詩歌，無論新舊體，都是相當成功的。尤其是抒情詩，可以置之世界名著中而無遜色。結果，他却把全部才力精力集中在譯述莎劇全集的工作上。而終因用心過度，體力不支，再加上惡劣的環境（在敵僞的勢力下，）磨損他的精神，使他沒有全部完成便長辭人世。我每回想起他的殫精竭力，忠實殉道的態度，總不免傷心淚下，悲不自勝。

我初次認識生豪的時候，是在民國廿一年的秋天，在錢塘江畔，秦望山頭，極富詩意的之江大學中間。那時候，他完全是個孩子，瘦長的個兒，蒼白的臉，和善天眞，自得其樂地，很容易使人感到可親可近。之江的自然環境，原是得天獨厚的所在。不論是山上的紅葉歌鳥，流泉風濤，或是江邊的晨曦晚照，漁歌螢火，那一處不是詩人們神往的境界。他受着這些清靜與美的撫育和薰陶，便奠定了他那淸高自愛，與世無爭的情性。他常時不修邊幅，甚至一日三餐也往往不耐煩按時以進；

嘴裏時常掛着小歌，滿顯出悠然自得的神氣。但是，正爲了這樣太柔和的環境，才使他成爲一個不慕虛榮，不求聞達的超然的人物，不能盡量表現他的才能而默默地夭折了。

二十二年的暑天他脫離了大學生活，入世界書局當英文編輯。那時他實際年齡還不到二十二歲，正似一隻自由的歌鳥，投進了籠子。寂寞的詩人，投進了更寂寞的環境。工作的餘暇，惟有讀書可以補充他的空虛。他每回寫信，都向我訴說：「我寂寞，我悲哀，我再沒有詩了。」歌聲也漸漸從他嘴邊消失。他邁上了成人的不平的途徑。

……從此我埋葬了青春的遊戲，
肩上人生的負担做一個
堅毅的英雄。……
——別之江

的確，那是他轉變的時期。

那時詹文滸先生也在世界書局，他發現這一個年青的伙伴如此酷愛詩歌，具有那樣卓越的詩歌天才，而且在中英兩種文字上都有那麼深厚的造就，便勸他從事莎劇全集的移植。從此他便發下願心，要把這一位英國大天才的作品，全部介紹給中國的文壇。

以後，他便努力地搜集各種版本的莎劇，加以比較研究。一面他更實地研究戲劇的藝術，無論電影或話劇，祇須是較

爲出名的故事他都加以欣賞批評。他的意見很多發表在給我的信上。因爲他不愛找朋友聊天，唯一的消遣便是寫信。而現在，當我再檢起這些寶貴的遺跡底時候，還可以想見他那默默地沈思底神態。

正是二十五年的秋天，他寄給我讀他所譯出的第一部暴風雨，更告訴我譯事的計劃。他估計全集有一百八十萬字左右，可以在兩年內譯完。接着譯出的有威尼斯商人、仲夏夜之夢、第十二夜等一部份喜劇及雜劇，到廿六年秋天，順利地成功的，大概有七八部。那時因爲和世界書局訂了約，譯成後隨卽交向局方。但不幸的戰事，曾使他的譯稿遺失了一部份。所以現在刊印的威尼斯商人、溫莎的風流娘兒們等幾部，都已是第二遍的譯稿了。

八一三的炮火，在上海發出吼聲，使他從匯山路寓所半夜裏踉蹌出走，丟了個人的全部財產，祇帶着一本莎氏劇集和一些稿子。他暫時回到了老家嘉興，但不久又因爲嘉興將近淪陷而轉輾遷避。爲了生活的不安定，譯事無法進行。一年之後，才從鄉村回到了孤島，仍在世界書局任職。

廿八年秋天，抗戰的風雲益趨緊張，上海的地位，益顯得特殊，生豪應詹文滸先生的邀請，改入中美日報主編國內新聞版。中美日報是那時上海唯一的政府報，各方觀聽所屬，時常受到敵僞的壓迫。他協助詹先生担起艱鉅的責任，有着相當優良的成績。但也爲了工作太繁重，使他全力貫注，日以繼夜，毫無閑暇，對於莎劇工作，差不多是完全停頓着的。牢獄式的報館生活，挺艱險的，但也挺愉快的，就在那樣的情形下經過了兩年多。當他告訴我報館中某某兩同事失踪消息的時候，我眞爲他捏一把汗。

太平洋的炮火在十二月八日淸晨響起，又把他從報館中轟了出去。失掉了職業，可也恢復了自由，他一離開報館，立刻在窄小的亭子間內工作起來。同事們陸續向重慶撤退，他却爲了不願再使譯事延擱下去，所以決計不走。而且爲了幾個朋友的鼓勵，便在三十一年五月一日和我舉行了簡無可簡的婚禮。

以後，我們離開了上海，理由是避免物質生活的高壓。他在故鄉閉戶寫作，專心致志。不說是足不涉市，沒有必要時簡直樓都懶得走下來。而實際物質生活的壓力依舊追隨着我們。以極低微的收入苟延着殘喘，所以，他譯述的成果，一天天增加，而精神體力却一天天的損減了。

莎翁劇集中全部的悲劇、喜劇、雜劇，以及史劇的一部分，都在兩年中次第譯就。

三十二年秋，他日益虛弱的身體，因爲過於辛苦而患着齒病，好幾個牙齒都發着炎，熱度很高。但爲了窮，他抵死不肯醫治，我沒法勉强他。結果齒病是痊可了，身體元氣却從此大傷。惡毒的結核種子，偷偷地在他身上茁長。那年冬季，他老是被小病牽纏着，隔不到半個月，便連續有發熱現象。他不但不肯醫治，祇要略有一些精神，就繼續他那唯一的工作。可恨的是我在那時候，忙着照管孩子，全不會意識到他病勢的嚴重性。直至三十三年六月一日，他突然患着肋骨疼痛，發着高熱，而且有手足痙攣的現象。這下我才着了慌，徵得他的同意，初次延醫診治。診斷的結果，據說是結核性肋膜炎，加有肺結核腸結核合併症。「『肺病』，像我這樣的人不患肺病，那有更適合的患者，」他苦笑地說。我知道痛苦嚙着他的心，正如嚙着我的一樣。像生豪那樣的敏感，一切的欺騙都是無所施其技的。但在初病時，希望依舊在我們的眼前閃爍，我絕不敢想像黑暗的影子，將逐漸向我們伸展。然而可惡的潮熱，一天都不停地損害着他。藥物、針劑，都毫無效力地。延至十一月，病情驟然加重。終於在十二月二十六日下午未正，無可奈何地棄我而逝，年僅三十二歲。他神志始終清楚，自憐病至垂危，腦力却絲毫未受影響——這對他該是怎樣地增加了痛苦。臨終時使他最抱遺憾的，便是拋下我和孩子，以及尚未完功的莎氏劇集。他遺命囑胞弟文振代爲續成。病危時他還表示過，早知一病不起，拚着命也要把他譯完。他對莎劇的精神眞可謂「鞠躬盡瘁，死而後已」了。

追想生豪的爲人，是太偏於內向的。唯一的原因，也許爲了幼失父母，無邪的天眞，被環境剝奪得太早了，養成了耿介自愛，沈默寡言的性格。好多生疏的朋友，對於他不甚明瞭；而他自已也大有不求人知，超然高蹈，與世無爭的態度。他在自已的環境中，絕不能同流合汚，同任何人都保持着相當的距離。所以他全然是個外貌溫柔而實際嚴肅剛强，具有棱角的人。在學校時代，篤愛詩歌，對於新舊體，都有相當的成就，清麗、自然，別具作風。可惜他自已編訂的幾册詩集（舊詩詞——古夢集；新詩——丁香集、小溪集）都因離開中美日報時太匆忙，忘却從書桌中帶走，大概無從查考了。尚有一部份留存在我處的，不久可能付印。他在英國詩人中，除了對於莎翁心悅誠服以外，對雪萊、濟慈、但尼生、勃郎寧等都有相當的研究。他在高中時期，就已經讀過不少英國諸大詩人的作品，（因爲他讀文科，那時高中也分文理科的，）感到莫大的興趣，所以他與他們的因緣，實在不淺。他原想在莎劇全集譯成之後，再賈餘勇譯出莎氏全部十四行詩，然後從事翻譯高爾基全集。誰料到這些計劃，全成爲泡影。他在中國詩人中，特別愛陶淵明，當然因爲淵明的恬淡淸高，正和他相似之故。

至於他譯述莎劇的經過和態度，大致已經在他自序中講得够詳了。但是因爲他大半工作的成功，都有我在左右，所以對於他的感受，特別覺得親切。有時他苦思力索，有時恍然有得，我們分享着其中的甘苦。他工作的時間，總是全神貫注着，每當心領神會的當兒，不知有莎翁，或劇中人物，或自己的分別。他決不願意有一句甚至一個字大意地放過；也不願意披閱各家譯出本，爲的是在自己未譯就時，怕受到無形的暗示，影響自己的作風。從譯述的辛苦中得到了樂趣，可也耗盡了心力。我眼見他一天天的消瘦，爲了家境的困苦，無法挽回可怕的運命。生豪有知，一定會抱怨我和社會對他太無情的虐待。

關於莎氏劇集譯筆的優劣，我並不想爲他誇張或文飾。因爲賢明的讀者，自有公正的評論。但我可以順便提及的，便是在他譯就的三十一本又半的中間，譯者自己的文筆，有着顯著的進步。自從他開始譯述至死亡爲止，中間經過了整整底十年，筆力方面有着相當的差別。大概說起來，最初成功的幾部，多數是喜劇部分，如暴風雨、仲夏夜之夢等等，文筆是可愛而輕快自然。而後來成功的那些悲劇、雜劇、史劇等，却顯得老鍊、精警、流利，正是所謂爐火純青的境地。尤其是羅密歐與朱麗葉、漢姆萊脫、女王殉愛記、該撒遇弑記、麥克佩斯、李爾王、奧瑟羅等，更是他得意的作品。但在用語體詩譯出的部份，却是早期的譯作更較優美自然，也許祇是年齡的關係，剛脫離大學時的朱生豪，完全是一個詩人。有一個朋友說過，「朱生豪的本身便是一首詩。」這當然不是無所根據的。然而，十多年前見到這一首悠然自得的詩的人，如何能想像到，十多年後的這一首詩，會已經由苦難而逝去了呢！

現在距離他死亡的時間，已在一年以上。我不想時間的老人，將會醫治我沈重的創傷。爲了惡劣的環境，使生豪無法逃避慘酷的命運。但我相信一個天才的夭折，該是整個民族文化的損失。要不是短壽，他的心血準會在這荒涼的文藝園地裏，灌漑出更絢爛的花，對於中國文壇的貢獻，決不止此。現在我唯有希望他這僅有的成績——使他嘔盡了心血的成果，留着深刻的印象在讀者的記憶裏，如同他的精神，永生在我的記憶裏一樣。三十五年春清如書於嘉興秀州中學。

# 莎翁年譜

一五六四年　四月二十三日，威廉莎士比亞生於英國瓦列克羣（Warwickshire）阿房河上之斯特拉脫鎮（Stratford-on-Avon）。關於莎氏出生日期，未能十分確定，惟受洗於是年四月二十六日，則有教堂簿籍可稽，依照當時習俗，小兒於出生後三日內受洗，故誕辰可能爲四月二十三日。

莎氏先世務農，父約翰爲一識字不多之手套商人，兼營畜牧農產，有住宅二所。母瑪麗亞登（Mary Arden），爲鄉間富農之嗣女。

是年爲依利莎伯女王（Queen Elizabeth）即位後之第七年，適當「文藝復興」以後，英國在宗教上已脫離舊教之羈絆，商業繁盛，與歐洲大陸各國來往頻繁，學術文藝方面因感染外國影響，漸露新面目，不復爲上層階級之專有品。在戲劇方面，舊日之神蹟劇（Miracle plays）及教訓劇（Morality），日趨沒落；純粹娛樂之民間戲劇逐漸發達，古典型之悲劇喜劇，亦開始爲文人所倣作。

是年戲劇家克利斯多弗馬洛（Christopher Marlowe）生，至一五九三年即卒。

一五六八年　四歲。王后劇團（The Queen's Players）來鎮表演，翌年復來。

是年父約翰任斯特拉脫鎮長。

一五七一年　七歲，入本地聖十字義務小學(The Free Grammar School of the Holy Cross)就讀。

一五七三年　九歲。大文豪（詩人散文家戲劇家）彭瓊生(Ben Jonson)生。

一五七五年　十一歲。是年倫敦始有戲院。當時職業伶人雖有貴族及宮庭爲其護符，且深得民衆之歡迎，惟頗受地方官廳之壓迫。戲院皆建立於城外，均以木料築成，構造至爲簡陋；中央爲露天之池座，不設坐位，舞臺即突出其間；樓座成圓環形圍繞四周。無佈景亦無幕布；後台用幕遮隔，代表密室山洞等隱藏之處；其上層爲陽臺，代表樓房城牆等較高之處；兩旁各設一門出入。演員均爲男子，女角皆以兒童扮演。另有以純粹兒童演員爲號召之私家戲院，則設於寺院之內，設備較佳，取費較貴，該項兒童均係由大教堂唱詩班中遴選而來。

一五七七年　十三歲，輟學。是時家道中落，食口衆多（有弟妹四五人），故被迫輟學佐理父業。

一五七八年　十四歲。是年約翰黎利(John Lyly 1554?—1606)所著小說攸皐斯(Euphues)出版，其過度運用辭藻之文體，蔚爲當時宮庭階級流行之風尚。莎氏初期喜劇愛的徒勞即以該項文體爲諷刺對象。

一五七九年　十五歲。是年湯麥斯諾斯(Thomas North)所譯帕盧塔克著之希臘羅馬偉人傳(Plutarch's Lives)出版，爲莎氏羅馬史劇所取資。

約翰弗萊契爾(John Fletcher)生，後亦爲戲劇家，一六二五年卒。

一五八二年　十八歲，娶安恩海瑟威(Anne Hathaway)，安恩爲鄰邑農家女，長莎氏八歲。

一五八三年　十九歲，長女蘇珊娜 (Susannah) 生。

一五八四年　二十歲。是年劇作家弗蘭西斯波蒙 (Francis Beaumont)生，後與莎氏同年卒。

一五八五年　二十一歲，孿生子漢姆納特 (Hamnet) 及女裘第斯 (Judith)生。

一五八六年　二十二歲，離家赴倫敦，投身戲劇界。

傳說莎氏倫入湯麥斯路西爵士(Sir Thomas Lucy)之私家苑囿却勒科特林(The Woods of Charlecote)中捕鹿事發，此爲其離家之動機。自此十一年中，與家人鮮通音問。並有謂亨利四世及溫莎的風流娘兒中之夏祿法官卽係影射路西爵士。然此說於事實上頗少根據。

貴族文人非力普錫德尼 (Sir Philip Sidney 生於一五五四年）卒。

一五八七年　二十三歲。是年馬洛所著悲劇丹勃林 (Tamburlaine) 上演。吉德 (Thomas Kyd 1558—1594)，葛林 (Robert Greene 1560?—1592)，拔爾 (George Peele)，黎利等當時均爲各戲院撰作劇本。

一五九〇年　二十六歲。是年史賓塞 (Edmund Spenser 1552—1599) 寓言詩仙后 (The Fairie Queen) 前三卷出版。

一五九一年　二十七歲，是時已開始寫作劇本。

按莎氏最初僅在倫敦戲院中充打雜役務，其後飾無關重要之角色，演技上卽嶄露頭角，乃漸以自編劇本問世。

愛的徒勞寫成。錯誤的喜劇及亨利六世約於此時上演。自此以劇作家及名伶馳譽倫敦。

一五九二年　二十八歲。是年葛林卒（葛生於一五六〇年？，爲諷刺劇作家及詩人。）維洛那二士約於此時寫成。

一五九三年　二十九歲。長詩愛神之戀（Venus and Adonis）出版。莎氏以此詩獻於騷桑普敦伯爵（The Earl of Southompton）伯爵爲依利莎伯女王宮庭中一青年貴族，一般推測即係其十四行詩（Sonnets）中讚美之對象。

理查三世、約翰王，約於此年寫成。

馬洛卒。按馬洛雖與莎氏同年，其寫作劇本實遠在莎氏之先。莎氏初期所作史劇如理查三世等，作風頗受馬洛影響。其悲劇打破「三一律」之限制，首先運用「無韻詩」（blank verse），其主人公多爲一受某種情慾支配卒陷於無可避免之失敗之人物，已爲莎氏後期諸悲劇之前驅。

一五九四年　三十歲。內大臣劇團（Lord Chamberlain's Players）組成，莎氏爲該團之一員。因有當時首席名伶 Richard Burbage 爲其台柱，且得莎氏爲之經常編劇，該團聲譽鵲起。

是年奉女王之召，在格林尼區宮（Greenwich Palace）演劇。

長詩貞女刼（The Rape of Lucrece）出版，仍獻與騷桑普敦伯爵。十四行詩之一部分約於此時寫成。

血海殲仇記出版。

自一五九〇年至此，論者均認爲莎氏寫作之初期，亦可稱爲習作時期。此期作品大多改編舊劇，其創作者亦未

脫摹擬他人之痕迹。喜劇方面受黎利葛林之影響，悲劇史劇則受馬洛之影響。

一五九五年　三十一歲。仲夏夜之夢、羅密歐與朱麗葉、理查二世，約於此年寫成。

一五九六年　三十二歲，子漢姆納特死，始返家。

威尼斯商人約於此年寫成。

一五九七年　三十三歲，在斯特拉脫鎮購巨宅一所，名曰新地（New Place），爲全鎮房屋之冠。此後數年中，在本鎮及倫敦陸續購置地產一百餘畝。

羅密歐與朱麗葉、理查二世、理查三世，均出版。馴悍記約於是年寫成。

是年文哲巨子弗朗西斯裴根（Francis Bacon 1561—1626）之論文集（Essays）出版。按有人以爲莎氏戲劇實係裴根所作，其說至爲牽强，不足成立。

一五九八年　三十四歲。亨利四世、溫莎的風流娘兒們，約於此年寫成。

瓊生之喜劇詼諧大成（Everyman in His Humour）上演，莎氏參加演出。瓊生在當時戲劇界中，爲主張嚴守古典格律最力者之一，其持論與莎氏自由創造之作風相反。然莎氏死後，瓊生爲其全集題詞，中有「君非屬於某一時代，乃屬於一切時代者」之語，可見其推崇之深。

一五九九年　三十五歲。寰球戲院（The Globe Theatre）落成於騷斯瓦克（Southwark）之班克賽德（Bankside）莎

氏爲股東兼演員。是年因父約翰申請之結果，「紋章院」特許莎氏家族世襲「紋章」(Coat of arms)。

無事煩惱、亨利五世、該撒遇弒記，約於此年寫成。

是年史賓塞卒。

一六〇〇年　三十六歲。皆大歡喜約於是年寫成。

一六〇一年　三十七歲。第十二夜約於是年寫成。

至此爲莎氏寫作之第二期，最佳喜劇均於此期產生。

當時戲劇盛行，著名劇作家除莎氏及瓊生、波蒙、弗萊契爾外，爲 Thomas Dekker (1570? — 1632), Thomas Middleton (1580—1627), John Webster (1575?—1625), George Chapman (1559?—1634), John Marston (1575?—1634) 等。

一六〇二年　三十八歲，漢姆萊脫上演。按約在馬洛發表丹勃林同時，吉德已用同類題材寫成一劇，名曰西班牙之悲劇 (The Spanish Tragedy)。

特洛埃圍城記、終成眷屬，約於此年寫成。

一六〇三年　三十九歲。新王詹姆斯一世 (James I) 即位。莎氏所屬劇團更名國王劇團 (The King's Players)。

莎氏放棄演劇工作，惟仍繼續撰寫劇本。漢姆萊脫第一四開本出版。量罪記約於此年寫成。

一六〇四年　四十歲。奧賽羅上演。

一六〇六年　四十二歲。李爾王、麥克佩斯，約於此年寫成。

是年黎利卒。

一六〇七年　四十三歲。黃金夢約於此年寫成。

一六〇八年　四十四歲。女王殉愛記、沉珠記，約於此年寫成。

大詩人約翰密爾敦（John Milton）生（卒於一六七四年。）

一六〇九年　四十五歲。英雄叛國記約於此年寫成。至此爲莎氏寫作之第三期，此期莎氏幾以全力專心寫作悲劇，爲其藝術成就之極峯。

是年其十四行詩出版。按「十四行」詩體，最初藉懷特（Thomas Wyatt 1503?—1542）及色栗伯爵（Henry Howard, Earl of Surrey 1517—1546）二人之介紹，自意大利傳入英國。依利莎伯朝諸人紛起摹倣，大率千篇一律，不脫戀愛範圍，其中以錫德尼及史賓塞兩人所作爲最稱傑構。及莎氏十四行詩出，乃以情感之豐富熱烈，意境之婉轉深刻，辭采之瑰麗優美，盡掩前人。全部共一百五十四首，其前半所讚美愛慕之對象爲一年輕貌美之男性友人；其一往情深之處，令人低徊欲絕。後半則係爲一「膚色黝黑之女郎」（此稱爲「the dark lady」）而作。詞多怨憤，似莎氏曾爲此女郎所玩弄而終遭遺棄者然。惟此中情事究係確實或僅屬詩人騁其想像所構造，則非後人所能斷言矣。

一六一〇年　四十六歲。暴風雨上演。還璧記約於此年寫成。加入黑敎士戲院 (The Blackfriar's Theatre) 爲股東。

一六一一年　四十七歲。自舞台退隱鄉居。冬天的故事上演。

是年，詹姆斯王欽定本英譯「聖經」(The Bible) 出版。

一六一三年　四十九歲。亨利八世上演。至此爲莎氏寫作之第四期，此期作品較少，大率爲悲喜雜揉之傳奇劇，而以復和團圓爲結束者。除暴風雨外，文筆遠較前期爲鬆懈而散漫。

一六一六年　四月二十三日卒於故居，適近其五十二歲生辰。臨終時妻及二女均在側，並及見一外孫女。葬於三一敎堂 (The Trinity Church)。

波蒙於同年逝世。又吉訶德先生 (Don Quixote) 之著者西班牙小說家塞文提斯 (Miguel de Cerventes Saavedra 生於一五四七年) 亦於此年逝世。

一六二三年　莎氏死後第七年，其友人約翰赫敏 (John Heming) 及亨利康德爾 (Henry Condell) 始將其所著戲劇彙訂出版，即所謂「第一對開本」(The First Folio) 是也。

# 莎士比亞戲劇全集

## 第一輯目次

# 第一輯提要

本輯選集莎氏喜劇九種，代表作者各時期不同的作風。

在早期傑作仲夏夜之夢裏，莎氏運用他豐富的詩人的靈感，展開了一個抒情的夢想的境界，在這世界中遊戲追逐的神仙和人類，除了爲戀愛而苦悶之外，都是不識人世辛酸爲何物的；那頑皮刁鑽的仙童迫克，也就是永久的青春的象徵。

威尼斯商人、無事煩惱、皆大歡喜、第十二夜，都是莎氏第二期的作品，他在喜劇上的才能，在這時期已經發展到了最高峯。無事煩惱以下三劇，是被稱爲 Three Sunny Comedies（愉快的三部曲）的；威尼斯商人則是一本特出的傑作，在輕快明朗的喜劇節奏裏，插入了猶太人夏洛克這一個悲劇的性格，格外加強了戲劇的效果。

把莎氏的初期喜劇——仲夏夜之夢、愛的徒勞、錯誤的喜劇、維洛那二士，——以至於同一時期的抒情悲劇羅密歐與朱麗葉，和第二期的幾本喜劇相比較，可以發現一個顯著的不同點，即在初期各劇中，無論主角或配角，他們的性格都是很單純的，幾乎沒有一個是壞人；在次期作品中，則莎氏對於人物的創造已經有了更充分的把握，我們不但發現像夏洛克和唐約翰（無事煩惱）一類的「壞人」，並且還有玩世不恭的托培斐爾區爵士（第十二夜）和飽經憂患參透人生意義的亞登林中亡命的公爵（皆大歡喜）以及其他許多各色各樣或善或惡的角色。這表明作者自身已經接觸到更廣大的世界，獲得更豐富的人生經驗，所以纔能在他的作品中添上一重更親切的人情味；然而支配這些喜劇的中心人物，却是浦細霞、羅瑟琳、琵菊麗絲、薇琺拉，這一羣聰明機智活潑伶俐的女性，她們就像一朵朵初夏的薔薇，在燦爛的陽光中爭妍鬥媚，同時也反映了作者全生涯中最光明的黃金時代。

自此以後，莎氏似乎在精神上受到一度重大的打擊，使他對於人生的痛苦，虛僞的世相，和複雜的人性，有了更深的理解。在他創作生活的第三期中，他幾乎傾其全力於偉大的悲劇，但它們都充滿着辛辣的譏刺，和前期作品中輕快的情調顯然異趣了。

莎氏在完成他的最後一本悲劇傑作英雄叛國記(Coriolanus)後，差不多已經殫盡他的畢生的精力；他的晚期祇寫了一本幻想劇暴風雨，兩本傳奇劇冬天的故事和還璧記(Cymbeline)，它們共通的特色，就是有一段悲歡離合的情節，而最後以復和寬恕和團圓作爲結束，正像一個老翁在閱歷人世滄桑之後，時間的磨鍊已經使他失去原來憤世嫉俗的不平之氣，而對一切抱着寬容的態度。這裏我們選取暴風雨和冬天的故事二劇，代表作者晚期的作風。

從熱情的仲夏夜的幽夢，到感傷懷舊的負曝閒談，這不但顯示了莎氏整個創作生活過程，也恰恰反映了人生的全面。我們的詩人雖然輟筆了，可是密蘭達與菲迪南，珀娣妲與菲洛利澤的身上，我們却可以看出他把新生的希望完全寄託與這些下一代的青年男女。我們的詩人老了，然而他永遠是年青的。

生豪誌於三十三年四月。

莎士比亞戲劇全集
第一輯 第一種

# 仲夏夜之夢

朱生豪 譯

# 仲夏夜之夢

## 劇中人物

提修斯　雅典公爵
伊及斯　黑美霞之父
萊散特
第米屈律斯　同戀黑美霞
菲勞士屈雷脫　掌戲樂之官
袞斯　木匠
史納格　細工木匠
波頓　織工
弗魯脫　修風箱者
斯諾脫　補鍋匠
司他巫林　裁縫
喜坡麗妲　亞美仲女王，提修斯之未婚妻

黑美霞　伊及斯之女，戀萊散特
海冷娜　戀第米屈律斯
奥白朗　仙王
蒂妲妮霞　仙后
追克，又名好漢羅賓
豆花
蛛網
飛蛾
芥子　｝小神仙
其他侍奉仙王仙后的神仙們
提修斯及喜坡麗妲的侍從

地點

雅典及附近的森林

# 第一幕

## 第一場　雅典提修斯宮中

〔提修斯，喜坡麗妲，菲勞士屈雷脫，及侍從等上。

提　美麗的喜坡麗妲，現在我們的婚期已快要臨近了，再過四天幸福的日子，新月便將出來；但是唉！這個舊的月亮消逝得多少慢，她耽延了我的希望，像一個老而不死的後母或寡婦，儘是消耗着年青人的財產。

喜　四個白晝很快地便將成爲黑夜，四個黑夜很快地可以在夢中消度過去；那時月亮便將像新彎的銀弓一樣，在天上臨視我們的良宵。

提　去，菲勞士屈雷脫，激起雅典青年們的歡笑的心情，喚醒了活潑潑地的快樂精神，把憂愁驅到墳墓裏去；那個臉色慘白的傢伙，是不應該讓他參加在我們的結婚行列中的。（菲下）喜坡麗妲，我用我的劍向你求婚，用威力的侵淩贏得了你的芳心；（註一）但這次我要換一個調子，我將用豪華，誇耀和狂歡來舉行我們的婚禮。

〔伊及斯，黑美霞，萊散特，第米屈律斯上。

伊　威名遠播的提修斯公爵，祝您幸福！

提　謝謝你，善良的伊及斯。你有什麼事情？

伊　我懷着滿心的氣惱，來控訴我的孩子，我的女兒黑美霞。走上前來，第米屈律斯。殿下，這個人是我答應叫他娶她的。走上前來，萊散特。殿下，這個人引誘壞了我的孩子。你，你，萊散特，你寫詩句給我的孩子，和她交換着愛情的紀念物；在月夜她的窗前你用做作的聲調歌唱着假作多情的詩篇；你用頭髮編成的腕環，指戒，虛華的飾物，瑣碎的玩具，花束，糖果，這些可以强烈地騙誘一個稚嫩的少女之心的信使來偷得她的癡情；你用詭計盜取了她的心，煽惑她使她對我的順從變成倔强的頑抗。殿下，假如她現在當着您的面仍舊不肯嫁給第米屈律斯，我就要要求雅典自古相傳的權利，因爲她是我的女兒，我可以隨意處置她；按照我們的法律，她要是不嫁給這位紳士，便應當立時處死。

提　你有什麼話說，黑美霞？當心一點吧，美貌的女郎！你的父親對於你應當是一尊神明；你的美貌是他給與你的，你就像在他手中捏成的一塊蠟像一般，他可以保全你，也可以毁滅你。第米屈律斯是一個很好的紳士呢。

黑　萊散特也很好啊。

提　以他的本身而論當然不用說；但要是做你的丈夫，他不能得到你父親的同意，就比起來差一頭地了。

黑　我眞希望我的父親和我同樣看法。

提　實在還是應該你依從你父親的眼光纔對。

黑　請殿下寬恕我！我不知道什麼一種力量使我如此大膽，也不知道在這裏披訴我的心思將會怎樣影響到我的美名；但是我要敬問殿下，要是我拒絕嫁給第米屈律斯，就會有什麼最惡的命運臨到我的頭上？

提　不是受死刑，便是永遠和男人隔絕。因此，美麗的黑美霞，仔細問一問你自己的心願吧！考慮一下你的青春，好好地估量一下你血脈中的搏動；倘然不肯服從你父親的選擇，想想看能不能披上尼姑的道服，終生幽閉在陰沉的庵院中，向着凄涼寂寞的明月唱着黯淡的聖歌，做一個孤寂的修道女了此一生？她們能這樣抑制了熱情，到老保持處女的貞潔，自然應當格外受到上天的眷寵；但是結婚的女子如同被採下煉製過的玫瑰，香氣留存不散，比之孤獨地自開自謝，奄然朽腐的花兒在塵俗的眼光中看來，總是要幸福得多了。

黑　就讓我這樣自開自謝吧，殿下，我也不願意把我的貞操奉獻給我的心所不甘服的人。

提　回去仔細考慮一下。等到新月初生的時候，——我和我的愛人締結永久的婚約的一天，——你便當決定，倘不是因爲違抗你父親的意志而準備一死，便是聽從他而嫁給第米屈律斯，否則就得在黛安娜（註二）的神壇前立誓嚴守戒律，終生不嫁。

第　悔悟吧，可愛的黑美霞！萊散特，放棄你那無益的要求，不要再跟我的確定的權利抗爭了吧！

萊　你已經得到她父親的愛，第米屈律斯，讓我保有着黑美霞的愛吧；你去跟她的父親結婚好了。

伊　無禮的萊散特！一點不錯，我歡喜他，我願意把屬於我所有的給他；她是我的，我要把我在她身上的一切權利都授給第米屈律斯。

萊　殿下，我和他一樣好的出身；我和他一樣有錢；我的愛情比他深得多；我的財產即使不比第米屈律斯更多，也決不會比他少；比起這些來更值得誇耀的是，美麗的黑美霞愛的是我。那麼爲什麼我不能享有我的權利呢？講到第米屈律斯，我可以當他的面前宣佈，曾經向奈達的女兒海冷娜調過情，把她勾上了手；這位可愛的女郎癡心地溺着他，像崇拜偶像一樣地戀着這個缺德的負心漢。

提　的確我也聽到過不少閒話，曾經想和第米屈律斯談起；但是因爲自己的事情太多，所以忘了。來，第米屈律斯；來，伊及斯；你們兩人跟我來，我有些私人的話要對你們說。你，美麗的黑美霞，好好準備着依從你父親的意志，否則雅典的法律將要把你處死，或者使你宣誓獨身；我們沒有法子變更這條法律。來，喜坡麗妲；怎樣，我的愛人？第米

伊　屈律斯和伊及斯，走吧；我必須差你們爲我們的婚禮辦些事務，還要跟你們商量一些和你們有點關係的事。

我們敢不欣然跟從殿下。（除萊、黑外均下）

萊　怎麼啦，我的愛人！爲什麼你的臉頰這樣慘白？你臉上的薔薇怎麼會凋謝得這樣快？

黑　多分是因爲缺少雨露，但我眼中的淚濤可以灌溉它們。

萊　唉！從我所能在書上讀到，在傳說或歷史中聽到的，眞愛情的道路永遠是崎嶇多阻；不是因爲血統的差異，——

黑　不幸啊，尊貴的要向微賤者屈節臣服！

萊　或者因爲年齡上的懸殊，——

黑　可憎啊，年老的要和年青人發生關係！

萊　或者因爲信從了親友們的選擇，——

黑　倒霉啊，選擇愛人要依賴他人的眼光！

萊　或者，即使彼此兩情悅服，而戰爭，死亡，或疾病侵害着它，使它像一個聲音，一片影子，一段夢，一陣黑夜中的閃電那樣短促，在一刹那間它展現了天堂和地獄，但還來不及說一聲「瞧啊！」黑暗早已張開口把它吞噬了。光明的事物，總是那樣很快地變成了混沌。

黑　既然眞心的戀人們永遠要受到磨折，似乎是一條命運的定律，那麼讓我們練習着忍耐吧；因爲這種磨折，正和憶念，幻夢，嘆息，希望和哭泣一樣，都是可憐的愛情缺不了的隨從者。

萊　你說得很對。聽我吧黑美霞。我有一個寡居的伯母很有錢，並沒有兒女，她看待我就像親生的獨子一樣。她的家離開雅典二十哩路；溫柔的黑美霞，我可以在那邊和你結婚，雅典法律的利爪不能追及我們。要是你愛我，請你在明天晚上溜出了你父親的屋子走到郊外三哩路地方的森林裏，在那邊我曾經約會過你和海冷娜一同舉行五月節的，（註三）我將在那面等你。

黑　我的好萊散特！憑着邱必特的最堅强的弓，憑着他的金鏃的箭，（註四）憑着維納絲的鴿子的純潔，憑着那結合靈魂，祐祐愛情的神力，憑着古代迦泰基女王焚身的烈火，當她看見她那負心的特洛埃人揚帆而去的時候，（註五）憑着一切男子所毀棄的約誓——那數目是遠超過於女子所曾說過的，我發誓明天一定會到你所指定的那地方和你相會。

萊　願你不要失約，愛人。瞧，海冷娜來了。

【海冷娜上。

黑　上帝保佑美麗的海冷娜！你到那裏去？

海　你稱我美麗嗎？請你把那兩個字收回了吧！第米屈律斯愛着你的美麗；幸福的美麗啊！你的眼睛是兩顆明星，你的甜蜜的聲音比之在牧人耳中的雲雀之歌還要動聽，當小麥青青，山楂蓓蕾的時節。疾病是能染人的；唉！要是美貌也能傳染的話，美麗的黑美霞，我但願染上你的美麗：我要用我的耳朵捕獲你的聲音，用我的眼睛捕獲你的睇視，用我的舌頭捕獲你那柔美的旋律。要是除了第米屈律斯之外，整個世界都是屬於我所有，我願意把一切捐棄，但求化身為你。啊！教給我你怎樣流轉你的眼波，用怎麼一種魔術操縱着第米屈律斯的心？

黑　我向他皺着眉頭，但是他仍舊愛我。

海　唉，要是你的顰蹙能把那種本領傳授給我的微笑就好了！

黑　我給他咒罵，但他給我愛情。

海　唉，要是我的祈禱也能這樣引動他的愛情就好了！

黑　我越是恨他，他越是跟隨着我。

海　我越是愛他，他越是討厭我。

黑　海冷娜，他的傻並不是我的錯。

海　但那是你的美貌的錯處；要是那錯處是我的就好了！

黑　寬心吧，他不會再見我的臉了；萊散特和我將要逃開此地。在我不曾遇見萊散特之前，雅典對於我就像是一座天堂；啊，有怎樣一種神奇在我的愛人身上，使他能把天堂變成一座地獄！

萊　海冷娜，我們不願瞞你。明天夜裏，當月亮在鏡波中反映她的銀色的容顏，晶瑩的露珠點綴在草葉尖上的時候，——那往往是情奔最適當的時候，我們預備溜出雅典的城門。

黑　我的萊散特和我將要會集在林中，就是你我常常在那邊淡雅的櫻草花的花壇上躺着彼此吐露柔情的衷曲的所在，從那裏我們便將離別了雅典，去訪尋新的朋友和陌生人作伴了。再會吧，親愛的遊侶！請你為我們祈禱；願你重新得到第米屈律斯的心！不要失約，萊散特；我們現在必須暫時挨受一下離別的痛苦，到明晚夜深時再見面吧！

萊　一定的，我的黑美霞。（黑下）海冷娜，別了；如同你戀着他一樣，但願第米屈律斯也戀着你！（下）

海　有些人比起其他的人來是多麼幸福！在全雅典大家都以為我跟她一樣美；但那有什麼相干呢？第米屈律斯是不以為如此的；除了他一個人之外大家都知道的事情他不會知道。正如他那樣錯誤地迷戀着黑美霞的秋波一樣，我也是只知道愛慕他的才智；一切卑劣的弱點，在戀愛中都成為無足重輕，而變成美滿和莊嚴。愛情是不用眼睛，而用心靈看着的，因此生着翼膀的邱必特常被描成盲目；而且愛情的判斷全然沒有理性，是翼膀不是眼睛表示出鹵莽的迅速，因此愛神便據說是一個孩兒，因爲在選擇方面他常會弄錯。正如頑皮的孩子慣愛發假誓一樣，司愛情的小兒也到處賭着口不應心的咒。第米屈律斯在沒有看見黑美霞之前，他也曾像雨雹一樣發着誓說他是完全屬於我的；但這陣冰雹一感到一絲黑美霞身上的熱力，他便溶解了，無數的盟言都化爲烏有。我要去告訴他美麗的黑美霞的出奔；他知道了以後明夜一定會到林中去追尋她。如果爲着這次的通報消息，我能得到一些酬謝，我的代價也一定不小；但我的目的是要增加我的苦痛，使我能再一次聆接他的音容。

（下）

## 第二場　雅典；袞斯的家中

〔袞斯，史納格，波頓，弗魯脫，斯諾脫，司他巫林上。

袞　咱們一夥人大家都到了嗎？

波　你最好照着名單一個兒一個兒攏總地點一下名。

袞　這兒是每個人名字都在上頭的名單，全個兒雅典都承認，在公爵跟公爵夫人結婚那晚上當着他們的面前扮演咱們這一齣插戲，這張名單上的弟兄們是再合式也沒有的了。

波　第一，好彼得袞斯，說出來這齣戲講的是什麼，然後再把扮戲的人名字念出來，好有個頭腦。

袞　好，咱們的戲名是「最可悲的喜劇，以及匹拉麥斯和雪絲佩的最慘酷的死。」

波　那一定是篇出色的東西，咱可以擔保，而且是挺有趣的。現在，好彼得袞斯，照着名單把你的角兒們的名字念出來吧。列位，大家站開。

袞　咱一叫誰的名字誰就答應。聶克波頓，織布的。

波　有。先說咱應該扮那一個角兒，然後再挨次叫下去。

袞　你，聶克波頓，派着扮匹拉麥斯。

波　匹拉麥斯是誰呀？一個情郎呢，還是一個霸王？

袞　是一個情郎，爲着愛情的緣故他挺勇敢地把自己毀了。

波　要是演得活龍活現，那準可以引人弔下幾滴淚來。要是咱演起來的話，讓看客們大家留心着自個兒的眼睛吧；咱要痛哭流涕，管保風雲失色。把其餘的人叫下去吧。但是扮霸王挺適合咱的胃口了。咱會把厄克里斯（註六）扮得非常好，或者什麼大花臉的角色，管保嚇破了人的膽。

山岳狂怒的震動，
　裂開了牢獄的門；
太陽在遠方高聳，
　懾伏了神靈的魂。

那眞是了不得！現在把其餘的名字念下去吧。這是厄克里斯的神氣，霸王的神氣；情郎還得憂愁一點。

袞　弗朗西斯弗魯脫，修風箱的。

弗　有，彼得袞斯。

袞　你得扮雪絲佩。

弗　雪絲佩是誰呀？一個遊行的俠客嗎？

袞　那是匹拉麥斯必須愛上的姑娘。

弗　嚇，眞的，別叫咱扮一個娘兒；咱的鬍子已經在長起來啦。

袞　那沒有問題，你得套上假臉扮演，你可以小着聲音講話。

波　咱也可以把臉孔罩住，雪絲佩也給咱扮了吧。咱會細聲細氣地說話，「雪絲妮！雪絲妮！」「啊呀！匹拉麥斯，奴的情哥哥，是你的雪絲佩，你的親親愛愛的姑娘！」

袞　不行，不行，你必須扮匹拉麥斯。弗魯脫，你必須扮雪絲佩

波　好吧，叫下去。

袞　羅賓司他巫林，裁縫的。

司　有，彼得袞斯。

袞　羅賓司他巫林，你扮雪絲佩的母親。湯姆斯諾脫，補鍋子的。

斯　有，彼得袞斯。

袞　你扮匹拉麥斯的爸爸；咱自己扮雪絲佩的爸爸；史納格，做細木工的，你扮一隻獅子：咱想這本戲就此支配好了。

史　你有沒有把獅子的臺詞寫下？要是有的話，請你給我，因爲我記性不大好。

袞　你不用預備，你祇要嚷嚷就算了。

波　讓咱也扮獅子吧。咱會嚷嚷，叫每一個人聽見了都非常高興；咱會嚷着嚷着，連公爵都傳下諭旨來說，「讓他再嚷下去吧！讓他再嚷下去吧！」

袞　你要嚷得那們可怕，嚇壞了公爵夫人和各位太太小姐們，嚇得她們尖聲叫起來；那準可以把咱們一起給弔死了。

衆　那準會把咱們一起給弔死，每一個母親的兒子都逃不了。

波　朋友們，你們說的很是；要是你把太太們嚇昏了頭，她們一定會不顧三七二十一把咱們給弔死。但是咱可以把聲音壓得高一些，不，提得低一些；咱會嚷得就像頭小鴿子那們地，就像頭夜鶯那們地。

袞　你祇能扮匹拉麥斯；因爲匹拉麥斯是一個討人歡喜的小白臉，一個體面人，就像你可以在夏天看到的那種人；他又是一個可愛的堂堂紳士模樣的人；因此你必須扮匹拉麥斯。

波　行，咱就扮匹拉麥斯。頂好咱掛什麽鬍？

袞　那隨你便吧。

波　咱可以掛你那稻草色的鬍，你那橙黃色的鬍，你那紫紅色的鬍，或者你那法國金洋錢色的鬍，純黃色的鬍。

袞　你還是光着臉蛋吧。列位，這兒是你們的臺詞。咱請求你們，懇求你們，要求你們，在明兒夜裏念熟，趁着月光，在郊外一哩路地方的禁林裏咱們碰頭，在那邊咱們要練習練習；因爲要是咱們在城裏練習，就會有人跟着咱們，咱們的計劃就要洩漏出來。同時咱要開一張咱們演戲所需要的東西的單子。請你們大家不要誤事。

波　咱們一定在那邊碰頭；咱們在那邊練習起來可以像樣點兒膽大點兒。大家辛苦幹一下，要幹得非常好。再會吧。

袞　咱們在公爵的橡樹底下再見。

波　好了，可不許失約。（同下）

註一　提修斯遠征亞美仲（Amazon），克之而娶其后喜坡麗妲。

註二　黛安娜（Diana），月的女神；其實應當作亞蒂美絲（Artemis），因爲黛安娜是羅馬名字。

註三　舊俗於五月一日早起以露盥身，採花唱歌。

註四　邱必特（Cupid）的金鏃箭主愛，鉛鏃箭主愛情的冷淡。

註五　古代迦泰基（Carthage）女王是黛陀（Dido），愛特洛埃（Troy）英雄伊尼阿斯（Æneas），失戀自焚而死。

註六　厄克里斯爲赫邱里斯（Hercules）之訛，古希臘著名英雄。

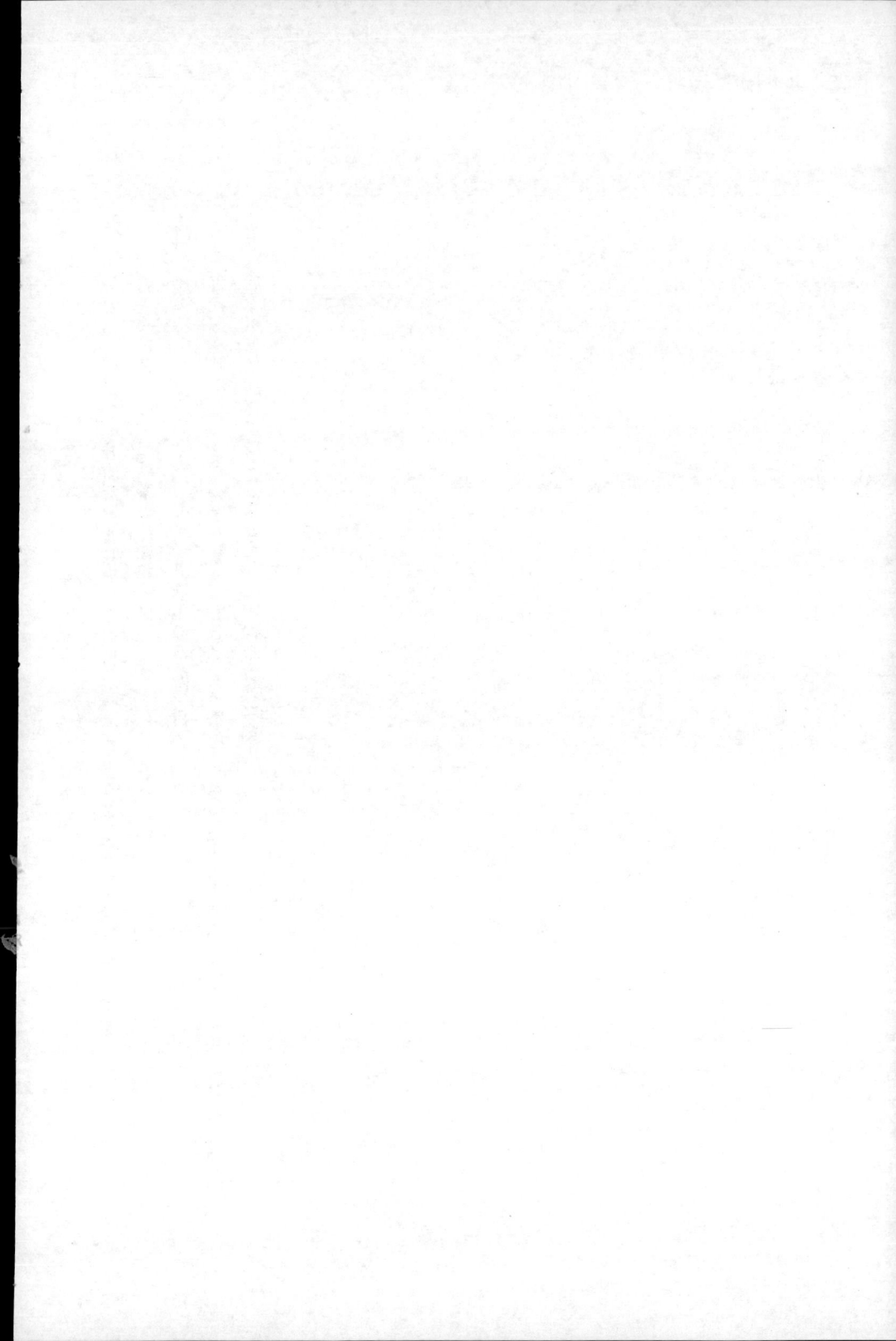

# 第二幕

## 第一場　雅典附近的森林

〔一神仙及迫克自相對方向上。

迫　喂，精靈！你飄流到那裏去？

仙　越過了谿谷和山陵，

　　穿過了荊棘和叢藪，

越過了圍場和園庭，

　　穿過了激流和爝火：

我在各地漂游流浪，

輕快得像是月光光；

我給仙后奔走服務，

草環上綴滿輕輕露。（註一）

亭亭的蓮馨花是她的近侍，

黃金的衣上飾着點點斑痣；

那些是仙人們投贈的紅玉，
中藏着一縷縷的芳香馥郁；
我要在這裏訪尋幾滴露水，
給每朵花掛上珍珠的耳墜。
再會，再會吧，你粗野的精靈！
因爲仙后的大駕快要來臨。

迫　今夜大王在這裏大開歡宴，
千萬不要讓他倆彼此相見；
奧白朗的脾氣可不是頂好，
爲着王后的固執十分着惱；
她偷到了一個印度小王子，
就像心肝一樣憐愛和珍視；
奧白朗看見了有些兒眼紅，
想要把他充作自己的侍童；
可是她那裏便肯把他割愛，
滿頭花朵她爲他親手插戴。
從此林中，草上，泉畔，和月下，

他們一見面便要破口相罵；

小妖們往往嚇得膽戰心慌，

沒命地鑽向橡斗中間躲藏。

仙 要是我沒有把你認錯，你大概便是名叫羅賓好人兒的狡獪的淘氣的精靈了。你就是慣愛嚇怕鄉村的女郎，在人家的牛乳上撮去了乳脂，使那氣喘吁吁的主婦整天也攪不出奶油來；有時你暗中替人家磨穀，有時弄壞了酒使它不能起酵；夜裏走路的人，你把他們引入了迷路，自己卻躲在一旁竊笑；誰叫你大仙或是好迫克的，你就給他幸運，幫他作工：那就是你嗎？

迫 仙人，你說得正是；我就是那個快活的夜遊者。我在奧白朗跟前想出種種笑話來逗他發笑，看見一頭肥胖精壯的馬兒，我就學着雌馬的嘶聲把它迷昏了頭；有時我化作一顆焙熟的野蘋果，躲在老太婆的酒碗裏，等她舉起碗想喝的時候，我就拍的彈到她嘴唇上，把一碗麥酒都倒在她那皺癟的喉皮上；有時我化作三脚的凳子，滿肚皮人情世故的嬸嬸剛要坐下來講她那感傷的故事，我便從她的屁股底下滑走，把她翻了一個大元寶，一頭喊「好傢伙！」一頭咳嗆個不住，於是周圍的人大家笑得前仰後合，他們越想越好笑，鼻涕眼淚都笑了出來，發誓說從來不曾逢到過比這更有趣的事。但是讓開路來，仙人，奧白朗來了。

仙 娘娘也來了。他要是走開了纔好！

〔奧白朗及蒂妲妮霞各帶侍從，自相對方向上。

奧 眞不巧又在月光下碰見你，驕傲的蒂妲妮霞！

蒂 嘿，嫉妬的奧白朗！神仙們，快快走開；我已經發誓不和他同遊同寢了。

奧　等一等，壞脾氣的女人！我不是你的夫君嗎？

蒂　那麼我也一定是你的尊夫人了。但是你從前溜出了仙境，扮作牧人的樣子，整天吹着麥笛，向風騷的牧女調情，這種事我全知道。今番你爲什麼要從迢迢的印度平原上趕到這裏來呢？無非是爲着那位高傲的亞美仲女王，你的勇武的愛人，要嫁給提修斯了，所以你得來道賀道賀他們。

奧　你怎麼好意思說出這種話來，蒂妲妮霞，把我的名字和喜坡麗妲牽涉在一起誣蔑我？你自己知道你和提修斯的私情瞞不過我。不是你在朦朧的夜裏引導他離開被他所俘掠的佩麗貢娜？不是你使他負心地遺棄了美麗的哀葛梨，愛菊莉安鄧，和安娣奧巴？（註二）

蒂　這些都是因爲嫉妒而捏造出來的謊話。自從仲夏之初，我們每次在山上，谷中，樹林裏，草場上，細石鋪底的泉旁，或是海濱的沙灘上聚集，預備和着嗚嘯的風聲跳環舞的時候，總是要被你吵斷了我們的興致。風因爲我們不理會他的吹奏，生了氣，便從海中吸起了毒霧；毒霧化成瘴雨降下地上，使每一條小小的溪河都耀武揚威地氾濫到岸上：因此牛兒白白牽着軛，農夫枉費了他的血汗，青青的嫩禾還沒有長上芒鬚便朽爛了；空了的羊欄露出在一片汪洋的田中，烏鴉飽啖着瘟死了的羊羣的屍體；草泥坂上滿是濕泥，雜草亂生的舞徑，因爲沒有人行走，已經辨不出來。執掌潮汐的月亮因爲再也聽不見夜間頌神的歌聲，氣得臉孔發白，把空氣中播滿了溼氣，一沾染上身就要使人害風溼症。因爲天時不正，季候也變了常：白頭的寒霜傾倒在紅顏的薔薇的懷裏，年邁的冬神薄薄的冰冠上，卻嘲諷似地綴上了夏天芬芳的蓓蕾的花環。春季，夏季，豐收的秋季，暴怒的冬季，都改換了他們素來的裝束，驚愕的世界不能再從他們的出產上辨別出誰是誰來。這都因爲我們的不和所致，我們是一切災禍的根源。

奧　那麼你就該設法補救；這全然在你的手中。為什麼蒂妲妮霞要違拗她的奧白朗呢？我所要求的，不過是一個小小的換兒（註三）做我的侍僮罷了。

蒂　請你死了心吧，整個仙境也不能從我手裏換得這個孩子。他的母親是我神壇前的一個信徒，在芬芳的印度的夜天，她常常在我身旁閒談，陪我坐在海神的黃沙上，凝望着水面的商船；我們一起笑着那些船帆因浪狂的風而懷孕，一個個凸起了肚皮；她那時正也懷孕着這個小寶貝，便學着船帆的樣子，美妙而輕快地淩風而行，為我往岸上尋取各種雜物，回來時就像航海而歸，帶來了無數的商品。但她因為是一個凡人，所以在產下這孩子時便死了。為着她的緣故我纔撫養她的孩子，也為着她的緣故我不願捨棄他。

奧　你預備在這林中就擱多少時候？

蒂　也許要到提修斯的婚禮以後。要是你肯耐心地和我們一起跳舞，看看我們月光下的遊戲，那麼跟我們一塊兒走吧；不然的話，請你不要見我，我也決不到你的地方來。

奧　把那個孩子給我，我就和你一塊兒走。

蒂　把你的仙國跟我掉換都別想。神仙們，去吧！要是我再多留一刻，我們就要吵起來了。（率侍從等下）

奧　好，去你的吧！為着這次的侮辱，我一定要在你離開這座林子之前給你一些懲罰。我的好迫克，過來。你記不記得有一次我坐在一個海岬上，望見一個美人魚騎在海豚的背上，她的歌聲是這樣婉轉而諧美，鎮靜了狂暴的怒海，好幾個星星都瘋狂地跳出了他們的軌道，為要聽這海女的音樂？（註四）

迫　我記得。

奧　就在那個時候，你不看見，但我能看見持着弓箭的邱必特在冷月和地球之間飛着；他瞄準了坐在西方寶座上的一個童貞女(註五)很伶巧地從他的弓上射出他的愛情之箭，好像它能刺透十萬顆心的樣子。否則我也許可以看見小邱必特的火箭在如水的冷潔的月光中熄滅，那位童貞的女王心中一塵不染地，在純潔的思念中默步過去；但是我看見那支箭卻落下在西方一朵小小的花上，本來是乳白色的，現在已因愛情的創傷而被染成紫色，少女們把它稱作「愛懶花」。去給我把那花採來。我曾經給你看過它的樣子；它的汁液如果滴在睡着的人的眼皮上，無論男女，醒來一眼看見什麼生物，都會發瘋似地對它戀愛。給我採這種花來；在鯨魚還不曾游過三哩路之前，必須回來覆命。

迫　我可以在四十分鐘內環繞世界一週。(下)

奧　這種花汁一到了手，我便留心着等蒂妲妮霞睡了的時候把它滴在她的眼皮上；她一醒來第一眼所看見的東西，無論是獅子也好，熊也好，狼也好，公牛也好，或者好事的獼猴，忙碌的無尾猿也好，她都會用最強烈的愛情追求它。我可以用另一種草解去這種魔力，但第一我先要叫她把那個孩子讓給我。可是誰到這兒來啦？他們看不見我，讓我聽聽他們的談話。

【第米屈律斯上，海冷娜隨其後。】

第　我不愛你，所以別跟着我。萊散特和美麗的黑美霞在那兒？我要把萊散特殺死，但我的命卻懸在黑美霞手中。你對我說他們私奔到這座林子裏，因此我趕到這兒來；可是因為遇不見我的黑美霞，我簡直要發瘋啦。滾開！快走，不許再跟着我！

海　是你吸引我跟着你的，你這硬心腸的磁石！可是你所吸的卻不是鐵，因為我的心像鋼一樣堅貞。要是你去掉你的吸引力，那麼我也將沒有力量再跟着你了。

第　是我引誘你嗎？我曾經向你說過好話嗎？我不是曾經明明白白地告訴過你，我不愛你而且也不能愛你嗎？

海　即使那樣，也祇是使我愛你得更加利害。我是你的一條狗，第米屈律斯；你越是打我，我越是討好你。請你就像對待你的狗一樣對待我吧，踢我，打我，冷淡我，不理我，都好，只容許我跟隨着你，雖然我是這麼不好。在你的愛情裏我還能要求什麼比一條狗還不如的地位嗎？但那對於我已經是十分可貴了。

第　不要過分逗着我的厭恨吧；我一看見你就頭痛。

海　可是我不看見你就心痛。

第　你太不顧慮你自己的體面，離開了城中，把你自己委身在一個不愛你的人手裏；你也不想想你的貞操多麼值錢，就在黑夜中這麼一個荒涼的所在盲目地聽從着不可知的命運。

海　你使我能够安心：因爲當我看見你臉孔的時候，黑夜也變成了白晝，因此我並不覺得現在是在夜裏；你在我的眼光裏是一切的世界，因此在這座林中我也不愁缺少伴侶：要是一切的世界都在這兒瞧着我，我怎麼還是單身獨自呢？

第　我要逃開你，躲在叢林之中，悉聽野獸把你怎樣處置。

海　最凶惡的野獸也不像你那樣殘酷。你要逃開我就逃開吧；從此以後，古來的故事要改過了：逃走的是亞坡羅，追趕的是但芙妮（註六）；鴿子追逐着鷹隼；溫柔的牝鹿追捕着猛虎；然而弱者追求勇者，結果總是徒勞無益的。

第　我不高興聽你再嘮叨下去。讓我去吧；要是你再跟着我，相信我在這座林中你要給我欺負的。

海　嗯，在寺廟中，在市鎮上，在鄉野裏，你都到處欺負我。咳，第米屈律斯！你的虐待我已經使我們女子蒙上了恥辱。我們是不會像男人一樣爲愛情而爭鬬的；我們應該被人家求愛而不是向人家求愛。（第下）我要立意跟隨你；

我願死在我所深愛的人的手中，好讓地獄化成了天宮。（下）

奧　再會吧，女郎！當他還沒有離開這座樹林，你將逃避他，他將追求你的愛情。

【迫克重上。

奧　你已經把花採來了嗎？歡迎啊，浪遊者！

迫　是的，它就在這兒。

奧　請你把它給我。

我知道一處茴香盛開的水灘，
長滿着櫻草和盈盈的紫羅蘭，
馥郁的金銀花，薌澤的野薔薇，
漫天張起了一幅芬芳的錦帷。
有時蒂妲妮霞在群花中酣醉，
柔舞清歌低低地撫着她安睡；
我要灑一點花汁在她的眼上，
讓她充滿了各種可憎的幻象。
其餘的你帶了去在林中訪尋，
一個嬌好的少女見棄於情人；
倘見那薄倖的青年在她近前，

就把它輕輕地點上他的眼邊。
他的身上穿着雅典人的裝束，
你須仔細辨認清楚不許弄錯；
小心地執行着我諄諄的吩咐，
讓他無限的柔情都向她傾吐。
等第一聲雄雞啼時我們再見。

迫　放心吧，主人，一切如你的意念。（各下）

## 第二場　林中的另一處

〔蒂妲妮霞及侍從等上。

蒂　來，跳一回舞，唱一曲神仙歌，然後在一分鐘內餘下來的三分之一的時間裏，大家散開去；有的去殺死麝香玫瑰嫩苞中的蛀蟲；有的去和蝙蝠作戰，剝下它們的翼革來爲我的小妖兒們做外衣；其餘的人去趕逐每夜啼叫，看見我們這些伶俐的小精靈們而驚駭的貓頭鷹。現在唱着給我催眠吧；唱罷之後大家各做各的事，讓我休息一會。

神仙們唱：

（一）兩舌的花蛇，多刺的蝟，
　　不要打擾着她的安睡；

蠑螈和蜥蜴不要行近，
仔細毒害了她的寧靜。
夜鶯，鼓起你的清絃，
為我們唱一曲催眠：
睡啦，睡啦睡睡吧！睡啦，睡啦，睡睡吧！
一切害物遠走高颺，
不會行近她的身旁；
晚安，睡睡吧！
（二）織網的蜘蛛，不要過來；
長腳的蛛兒，快快走開！
黑背的蜣螂，不許走近；
不許莽撞，蝸牛和蚯蚓。
夜鶯，鼓起你的清絃，
為我們唱一曲催眠：
睡啦，睡啦，睡睡吧！睡啦，睡啦，睡睡吧！
一切害物遠走高颺，
不會行近她的身旁；

晚安，睡睡吧！

一仙人　去吧！現在一切都已完成，

祇須留着一個人作哨兵。（衆神仙下，蒂妲妮霞睡）

〔奧白朗上，擠花汁滴蒂妲妮霞眼皮上。

奧　等你眼睛一睜開，

你就看見你的愛，

爲他擔起相思債：

山貓，豹子，大狗熊，

野豬身上毛蓬蓬；

等你醒來一看見，

芳心可可爲他戀。（下）

〔萊散特及黑美霞上。

萊　好人，你在林中跋涉着，疲乏得快要昏倒了。說老實話，我已經忘記了我們的路。要是你同意，黑美霞，讓我們休息一下，停步下來舒適舒適吧。

黑　就照你的意思吧，萊散特。你去給你自己找一處睡眠的所在，因爲我要在這水濱安息我的形骸。

萊　一塊草地可以作我們兩人枕首的地方；兩個胸膛一條心，應該合睡一個眠牀。

黑　哎不要，親愛的萊散特；爲着我的緣故，我的親親，再躺遠一些，不要挨得那麼相近。

萊　啊，愛人！不要誤會了我的無邪的本意，戀人們是應該明白彼此所說的話的。我是說我的心和你的心連結在一起，已經打成一片分不開來；兩個心胸彼此用盟誓連繫，共有着一片的忠貞。因此不要拒絕我睡在你的身旁，黑美霞，我一點沒有壞心腸。

黑　萊散特眞會說話。要是黑美霞疑心萊散特有壞心腸，願她從此不能堂堂做人。但是好朋友，爲着愛情和禮貌的緣故，請睡得遠一些；在人間的禮法上，這樣的隔分對於束身自好的未婚男女，是最爲合適的。這麼遠就行了。晚安，親愛的朋友！願愛情永無更改，直到你生命的盡頭！

萊　依着你那祈禱我應和着阿們阿們！我將失去我的生命，如其我失去我的忠貞！（略就遠處退臥）這裏是我的眠牀了；但願睡眠給與你充分的休養！

黑　那願望我願意和你分享！（二人入睡）

【迫克上。

迫　我已經在森林中間走遍，
但雅典人可還不曾瞧見，
我要把這花液在他眼上
試一試激動愛情的力量。
靜寂的深宵！啊，誰在這廂？
他身上穿着雅典的衣裳。
這正是我主人所說的他，

狠心地欺負那美貌嬌娃；
她正在這一旁睡得酣熟，
不顧到地上的潮溼齷齪：
美麗的人兒！她竟然不敢
睡近這沒有心肝的惡漢。（擠花汁滴萊散特眼上）
我要在你眼睛上，壞東西！
傾注着魔術的力量神奇；
等你醒來的時候，讓愛情
從此擾亂你睡眠的安寧！
別了，你醒來我早已去遠，
奧白朗在盼我和他見面。（下）

〔第米屈律斯及海倫娜奔馳上。

海　你殺死了我也好，但是請你停步吧，親愛的第米屈律斯！

第　我命令你走開，不要這樣纏擾着我！

海　啊！你要把我丟在黑暗中嗎？請不要這樣！

第　站住！否則叫你活不成。我要獨自走我的路。（下）

海　唉！這癡心的追趕使我乏得透不過氣來。我越是千求萬告，越是惹他憎惡。黑美霞無論在什麼地方都是那麼幸福，因爲她有一雙天賜的迷人的眼睛。她的眼睛怎麼會這樣明亮呢？不是爲着淚水的緣故，因爲我的眼睛被眼淚洗着的時候比她更多。不，不，我是像一頭熊那麼難看，就是野獸看見我也會因害怕而逃走；因此一點也不奇怪第米屈律斯會這樣逃避着我，就像逃避一個醜妖怪。那一面欺人的壞鏡子使我居然敢把自己跟黑美霞的明星一樣的眼睛相比呢？但是誰在這裏？萊散特！躺在地上！死了嗎？還是睡了？我看不見有血，也沒有傷處。萊散特，要是你沒有死，好朋友，醒醒吧！

萊　（醒）我願爲着你赴湯蹈火，玲瓏剔透的海冷娜！上天在你身上顯出他的本領，使我能在你的胸前看徹你的心。第米屈律斯在那裏？嘿！那個難聽的名字多麼合適讓他死在我的劍下！

海　不要這樣說，萊散特！不要這樣說！即使他愛你的黑美霞又有什麼關係？！上帝，那又有什麼關係？黑美霞仍舊是愛着你的，所以你應該心滿意足了。

萊　跟黑美霞心滿意足嗎？不，我眞悔恨和她在一起度着的那些可厭的時辰。我不愛黑美霞，我愛的是海冷娜；誰不願意把一隻烏鴉換一頭白鴿呢？人們的意志是被理性所支配的，理性告訴我你比她更值得敬愛。凡是生長的東西，不到季節，總不會成熟：我一向因爲年青的緣故，我的理性也不曾成熟；但是現在我的智慧已經充分成長，理性指揮着我的意志，把我引到了你的眼前；在你的眼睛裏我可以讀到寫在最豐美的愛情的經典上的故事。

海　我怎麼忍受得下這種尖刻的嘲笑呢？我什麼時候得罪了你，使你這樣譏諷我呢？我從來不曾得到過，也永遠不會得到，第米屈律斯的一瞥愛憐的眼光，難道那還不够，難道那還不够，年青人，而你必須再這樣挖苦我的短處嗎？眞的，你侮辱了我；眞的，用這種卑鄙的樣子向我假意獻媚。但是再會吧！我還以爲你是個較有教養的上流人。唉！一個女子受到了這一個男人的擯拒，還得忍受那一個男子的揶揄！（下）

萊　她沒有看見黑美霞，黑美霞，睡你的吧，再不要走近萊散特的身邊了！一個人吃飽了太多的甜食，能使胸胃中發生強烈的厭惡，改信正教的人最是痛心疾首於以往欺騙他的異端邪說；你也正是這樣，讓你被一切的人所憎惡吧，但沒有別人比之我更爲憎惡你了。我的一切生命之力啊，用愛和力來尊崇海冷娜，做她的忠實的武士吧！

（下）

黑　（醒）救救我，萊散特！救救我！用出你全身力量來，替我在胸口上撵掉這條蠕動的蛇。哎呀，天哪！做了怎樣的夢！萊散特，瞧我怎樣因害怕而顫抖着。我覺得彷彿一條蛇在嚼食我的心，而你坐在一旁，瞧着它的殘酷的肆虐微笑。萊散特！怎麼換了地方了？萊散特！好人！怎麼！聽不見？去了？沒有聲音，不說一句話？唉！你在那兒？要是你聽見我，答應一聲呀！憑着一切愛情的名義，說話呀！我差不多要因害怕而暈倒了。仍舊一聲不響！我明白你已不在近旁；要是我尋不到你，我定將一命喪亡！（下）

註一　野地上有時發現環形的茂草，傳謂仙人夜間在此跳舞所成。

註二　皆提修斯情人，先後爲其所棄。

註三　傳說中仙人常於夜間將人家美麗小兒竊去，以愚蠢的妖童換置其處。

註四　此段及下一段中的寓意自來有各種猜測。據云美人魚影射蘇格蘭女王瑪麗；瑪麗才美無雙，爲伊利沙伯女王所嫉殺，舉世悼之。瑪麗嘗嫁法國王太子，故云「騎在海豚的背上，」因法國王太子的稱號 Dauphin 與海豚 dolphin 發音相似。「星星跳出軌道」云者，指英廷黨瑪麗的大臣涉禍因恐犯忌諱，故特以隱語出之。

註五　當指伊利沙伯女王。女王終身不嫁，故云。

註六　亞坡羅是太陽神，愛仙女但芙妮（Daphne），但芙妮避之而化爲月桂樹。

# 第三幕

## 第一場　林中蒂妲妮霞熟睡未醒

〔袞斯，史納格，波頓，弗魯脫，斯諾脫，司他巫林上。

波　咱們都會齊了嗎？

袞　妙極妙極這兒眞是給咱們練戲用的一塊再方便也沒有的地方。這塊草地可以做咱們的戲臺，這一叢山楂樹便是咱們的後臺。咱們可以認眞扮演一下；就像當着公爵殿下的面前一個樣兒。

波　彼得袞斯，——

袞　你說什麼波頓好傢伙？

波　在這本匹拉麥斯和雪絲佩的戲文裏有幾個地方準難叫人家滿意。第一，匹拉麥斯該得拔出劍來結果自己的性命，這是太太小姐們受不了的。你說可對不對？

斯　憑着聖母娘娘的名字這可眞的不是玩兒的事。

司　我說咱們把什麼都做完了之後，這一段自殺可不用表演。

波　不必，咱有一個好法子。給咱寫一段開場詩，讓這段開場詩大概是這麼說：咱們的劍是不會傷人的；實實在在匹拉麥斯並不眞的把自己幹了；頂好再那麼聲明一下，咱扮着匹拉麥斯的，並不是匹拉麥斯，實在是織工波頓：這麽一下她們就不會嚇了。

衮　好吧，就讓咱們有這麽一段開場詩，咱可以把它寫成八六體。(註一)

波　把它再加上兩個字，讓它是八個字八個字那麽的吧。

斯　太太小姐們見了獅子不會起哆嗦嗎？

司　咱擔保她們一定會嚇怕。

波　列位，你們得好好想一想：把一頭獅子，老天爺保佑咱們！帶到太太小姐們的中間，還有比這更荒唐得可怕的事嗎？在野獸中間，獅子是再凶惡不過的。咱們可得考慮考慮。

斯　那麽說，就得再寫一段開場詩，說他並不眞的是獅子。

波　不，你應當把他的名字說出來，他的臉蛋的一半要露在獅子頭頸的外邊；他自己就該說着這樣或者諸如此類的話：「太太小姐們，」或者說，「尊貴的太太小姐們，咱要求你們，」或者說，「咱請求你們，」或者說，「咱懇求你們，不用害怕，不用發抖；咱可以用生命給你們擔保。要是你們想咱眞是一頭獅子，那咱纔眞是倒霧啦！不，咱完全不是這種東西；咱是跟別人一個樣兒的人。」這麽着讓他說出自己的名字來，明明白白地告訴她們，他是細木工匠史納格。

衮　好吧，就是這麽辦。但是還有兩件難事：第一，咱們要把月亮光搬進屋子裏來；你們知道匹拉麥斯和雪絲佩是在月亮底下相見的。

史　咱們演戲的那天可有月亮嗎？

波　拿曆本來，拿曆本來！瞧曆本上有沒有月亮，有沒有月亮。

袞　有的，那晚上有好月亮。

波　啊，那麽你就可以把大廳上的一扇窗打開，月亮就會打窗子裏照進來啦。

袞　對了；否則就得叫一個人一手拿着柴枝，一手擧起燈籠，登場說他是代表着月亮。現在還有一件事，咱們在大廳裏應該有一堵牆；因爲故事上說匹拉麥斯和雪絲佩在牆縫裏彼此講話。

史　你可不能把一堵牆搬進來。你怎麽說，波頓？

波　讓什麽人扮做牆頭；讓他身上帶着些灰泥黏土之類，表明他是牆頭；讓他把手指擧起作成那個樣兒，匹拉麥斯和雪絲佩就可以在手指縫裏低聲談話了。

袞　那樣的話，一切就都已齊全了。來，每個老娘的兒子都坐下來，念着你們的臺詞。匹拉麥斯，你開頭；你說完了之後，就走進那簇樹後；這樣大家可以按着尾白挨次說下去。

〔迫克自後上。

迫　那一羣傖夫俗子膽敢在仙后臥榻之旁鼓唇弄舌？哈，在那兒演戲！讓我做一個聽戲的吧；要是覷着機會的話也許我還要做一個演員哩。

袞　說吧，匹拉麥斯。雪絲佩，站出來。

波　雪絲佩，花兒開得十分腥，——

袞　十分香，十分香。

波　——開得十分香；你的氣息，好人兒，也是一個樣。

　　聽，那邊有一個聲音你且等一等，
　　一會兒咱再來和你訴衷情。（下）
迫　請看匹拉麥斯變成了怪妖精。（下）
弗　現在該咱說了吧？
袞　是的，該你說。你得弄清楚，他是去瞧瞧什麼聲音去的，等一會兒就要回來。
弗　最俊美的匹拉麥斯，臉孔紅如紅玫瑰，
　　肌膚白得賽過純白的百合花，
　　活潑的青年最可愛的寶貝，
　　忠心耿耿像一頭頂好的馬。
　　匹拉麥斯，咱們在尼內的墳頭相會。（註二）
袞　「奈納斯的墳頭，」老兄。你不要就把這句說出來，那是要你答應匹拉麥斯的；你把要你說的話不管什麼尾白不尾白都一古腦兒說出來啦。匹拉麥斯，進來；你的尾白已經給你說過了，是「頂好的馬。」
弗　噢，——忠心耿耿像一頭頂好的馬。
　　［迫克重上；波頓戴驢頭隨上。
波　美麗的雪絲佩，咱是整個兒屬於你的！
袞　怪事！怪事！咱們見了鬼啦！列位，快逃！快逃！救命哪！（衆下）
迫　我要把你們帶領得團團亂轉，

經過一處處沼地草莽和林藪；
有時我化作馬有時化作獵犬，
化作野豬沒頭的熊或是燐火，
我要學馬樣嘶犬樣吠豬樣嗥，
熊一樣的咆哮野火一樣燃燒。（下）

波　他們幹麼都跑走了呢？這準是他們的惡計，要把咱嚇一跳。

〔斯諾脫重上。

斯　啊，波頓！你變了樣子啦！你頭上是什麼東西呀？

波　是什麼東西？你瞧見你自己變成了一頭蠢驢啦是不是？（斯下）

〔袞斯重上。

袞　天哪！波頓！天哪！你變啦！（下）

波　咱看透他們的鬼把戲；他們要把咱當作一頭蠢驢，想出法子來嚇咱。可是咱決不離開這塊地方，瞧他們怎麼辦。咱要在這兒跑來跑去；咱要唱個歌兒讓他們聽見了知道咱可一點不怕。（唱）

山烏嘴巴黃沉沉，
渾身長滿黑羽毛，
畫眉唱得頂認眞，
聲音尖細是歐鷦。

蒂　（醒）什麼天使使我從百花的臥榻上醒來呢？

波　鶺鴒，麻雀，百靈鳥，

還有杜鵑愛罵人，

大家聽了心頭惱，

可是誰也不回聲。（註三）

眞的，誰耐煩跟這麼一頭蠢鳥鬥口舌呢？即使它罵你是烏龜，誰又高興跟他爭辯呢？

蒂　溫柔的凡人，請你唱下去吧！我的耳朵沈醉在你的歌聲裏，我的眼睛又爲你的狀貌所迷惑；在第一次見面的時候，你的美姿已使我不禁說出而且矢誓着我愛你了。

波　咱想奶奶您這可太沒有理由。不過說老實話，現今世界上理性可眞難得跟愛情碰頭在一起；也沒有那位正直的鄰居大叔給他倆撮合撮合做朋友，眞是抱歉得很。哈，我有時也會說說笑話。

蒂　你眞是又聰明又美麗。

波　不見得，不見得。可是咱要是有本事跑出這座林子，那已經很够了。

蒂　請不要跑出這座林子！不論你願不願，你一定要留在這裏。我不是一個平常的精靈，夏天永遠聽從着我的命令；我眞是愛你，因此跟我去吧。我將使神仙們侍候你，他們會從海底裏撈起珍寶獻給你；當你在花茵上睡去的時候，他們會給你歌唱；而且我要給你洗滌去俗體的垢穢，使你身輕得像個精靈一樣。豆花！蛛網！飛蛾！芥子！

【四神仙上。

豆　有。

蛛　有。

飛　有。

芥　有。

四仙合　差我們到什麽地方去？

蕃　恭恭敬敬地伺候這先生，
窺窺跳跳地追隨他前行；
給他吃杏子，鵝莓，和桑椹，
紫葡萄和無花果兒青青。
去把野蜂的蜜囊兒偷取，
剪下蜂股的蜜蠟做燭炬，
在流螢的火睛裏點了火，
照着我的愛人晨興夜臥；
再摘下彩蝶兒粉翼嬌紅，
搧去他眼上的月光溶溶。
來，向他鞠一個深深的躬。

四仙　萬福，凡人！

波　請你們列位先生多多擔待擔待在下。請教大號是——？

蛛　蛛網。

波　很希望跟您交個朋友，好蛛網先生；要是咱指頭兒割破了的話，咱要大膽用到用到您。（註四）善良的先生，您的尊號是——？

豆　豆花。

波　啊，請多多給咱向您令堂豆莢奶奶和令尊豆殼先生致意。好豆花先生，咱也很希望跟您交個朋友。先生，您的雅號是——？

芥　芥子。

波　好芥子先生，咱知道您是個飽歷艱辛的人；那頭恃强凌弱的大牛曾經把您家裏好多人都吞去了。不瞞您說，您的親戚們曾經把咱辣出眼水來。咱希望跟您交個朋友，好芥子先生。

蒂　來，侍候着他，引路到我的閨房。
　　月亮今夜有一顆多淚的眼睛；
小花們也都陪着她眼淚汪汪，
　　悲悼一些失去失去了的童貞。
吩咐那好人靜靜走不許作聲。（同下）

## 第二場　林中的另一處

【奥白朗上。

奥　不知道蒂妲妮霞有沒有醒來等她一醒來的時候，她就要猛烈地愛上了她第一眼所看到的無論什麼東西了。這邊來的是我的使者。

〔迫克上。〕

奥　啊，瘋狂的精靈！在這座夜的魔林裏現在有什麼事情發生？

迫　娘娘愛上了一個怪物了。當她昏昏睡熟的時候，在她的隱密的神聖的臥室之旁，來了一羣村漢；他們都是在雅典市集上作工過活的粗魯的手藝人，聚集在一起練着戲，預備在提修斯結婚的那天表演。在這一羣蠢貨的中間，一個最蠢的蠢材扮演着西拉麥斯；當他退場而走進一簇叢林裏去的時候，我就抓住了這個好機會，給他的頭上罩上一隻死驢的頭殼。一會兒他因爲必須去答應他的雪絲佩，所以這位好伶人又出來了。他們一看見了他，就像雁子望見了蹶足行近的獵人，又像一大羣灰鴉聽見了鎗聲，轟然飛起亂叫，四散着橫掠過天空一樣，大家沒命逃走了；又因爲我們的跳舞震動了地面，一個個鞴仆豎倒，嘴裏亂喊着救命。他們本來就是那麼糊塗，這回嚇得完全喪失了神智，沒有知覺的東西也都來欺侮他們了：野茨和荊棘抓破了他們的衣服；有的失去了袖子，有的落掉了帽子，敗軍之將，無論什麼東西都是予取予求的。在這種驚惶中我領着他們走去，把變了樣子的可愛的西拉麥斯孤單單地留下；就在那時候，蒂妲妮霞醒了轉來，立刻就愛上了一頭驢子了。

奥　這比我所能想得到的計策還好。但是你有沒有依照我的吩咐，把那愛汁滴在那個雅典人的眼上呢？

迫　那我也已經乘他睡熟的時候辦好了。那個雅典女人就在他的身邊，因此他一醒來，一定便會看見她。

〔第米屈律斯及黑美霞上。〕

奥　站住，這就是那個雅典人。

迫　這女人一點不錯；那男人可不是。

第　唉！爲什麼你這樣罵着深愛你的人呢？那種毒罵是應該加在你仇敵身上的。

黑　現在我不過把你數說數說罷了；我應該更利害地對付你，因爲我相信你是可咒詛的。要是你已經乘着萊散特睡着的時候把他殺了，那麼把我也殺了吧；已經兩脚踏在血泊中，索性讓殺人的血淹沒你的膝蓋吧。太陽對於白晝也沒有像他對於我那樣的忠心。當黑美霞睡熟的時候，他會悄悄地離開她嗎？我寧願相信地球的中心可以穿成孔道，月亮會從裏面鑽了過去，在地球的那一端跟她兄長的白晝搗亂。（註五）一定是你已經把他殺死了；因爲祇有殺人的凶徒，臉上纔會這樣慘白而可怖。

第　被殺者的臉色應該是這樣的，你的殘酷已經洞穿我的心，因此我應該有那樣的臉色；但是你這殺人的，卻瞧上去仍然是那麼輝煌瑩潔，就像那邊天上閃耀着的維納絲一樣。

黑　你這種話跟我的萊散特有什麼關係？他在那裏呀？啊，好第米屈律斯，把他還給了我吧！

第　我寧願把他的屍體餧我的獵犬。

黑　滾開，賤狗！滾開，惡狗！你使我再也忍不住了。你真的把他殺了嗎？從此之後，別再把你算作人吧！啊，看在我的面上，老老實實告訴我，告訴我，你一個淸醒的人，看見他睡着，而把他殺了嗎？噯唷，眞勇敢！一條蛇，一條毒蛇，都比不上你；因爲它的分叉的毒舌，還不及你的毒心更毒！

第　你的脾氣發得好沒來由。我並沒有殺死萊散特，他也並沒有死，照我所知道的。

黑　那麼請你告訴我他是安全着。

第　要是我告訴你，我將得到什麼好處呢？

黑　你可以得到永遠不再看見我的權利。我從此離開你那可憎的臉；無論他死也吧活也吧，你再不要和我相見。

（下）

第　在她這樣盛怒之中，我還是不要跟着她。讓我在這兒暫時停留一會兒。

睡眠欠下了沈憂的債，（註六）

心頭加重了沈憂的擔；

我且把黑甜鄉暫時尋訪，

還了些還不盡的糊塗賬。（臥下睡去）

奧　你幹了些什麼事呢？你已經大大地弄錯了，把愛汁去滴在一個眞心的戀人的眼上。為了這次錯誤，本來忠實的將要變了心腸，而不忠實的仍舊和以前一樣。

迫　一切都是命運在作主；保持着忠心的不過一個人，變心的，把盟誓起了一個毀了一個的，卻有百萬個人。

奧　比風還快地去往林中各處訪尋名叫海冷娜的雅典女郎吧；她是全然為愛情而憔悴的，癡心的嘆息耗去她臉上的血色。用一些幻象把她引到這兒來；我將在他的眼睛上施上魔術準備他們的見面。

迫　我去，我去，瞧我一會兒便失了踪跡；

韃靼人的飛箭都趕不上我的迅疾。（下）

奧　這一朵紫色的小花，

尙留着愛神的箭疤，

讓它那靈液的力量，

滲進他眸子的中央。
當他看見她的時光，
讓她顯出莊嚴妙相，
如同金星照亮天庭，
讓他向她宛轉求情。

〔迫克重上。

迫　報告神仙界的頭腦，
海冷娜已被我帶到，
她後面隨着那少年，
正在哀求着她眷憐。
瞧瞧那癡愚的形狀，
人們眞蠢得沒法想！

奥　站開些；他們的聲音
將要驚醒睡着的人。

迫　兩男合愛着一女，
這把戲已够有趣，
最妙是顚顚倒倒，

看着纔叫人發笑。

〔萊散特及海冷娜上。

萊　爲什麼你要以爲我的求愛不過是向你嘲笑呢？嘲笑和戲謔是永不會伴着眼淚而來的；瞧，我在起誓的時候，是多麼感泣着！這樣的誓言是不會被人認作虛謊的。明明有着可以證明是千眞萬確的表記，爲什麼你會以爲我這一切都是出於姗笑呢？

海　你越來越俏皮了。要是人們所說的眞話都是互相矛盾的，那麼相信那一句眞話好呢？這些誓言都是應當向黑美霞說的；難道你把她丟棄了嗎？把你對她和對我的誓言放在兩個秤盤裏，一定稱不出輕重來，因爲都是像空話那樣虛浮。

萊　當我向她起誓的時候，我實在一點見識都沒有。

海　照我想起來，你現在把她丟棄了也不像是有見識的。

萊　第米屈律斯愛着她，但他不愛你。

第　（醒）啊，海倫！完美的女神！聖潔的仙子！我要用什麼來比並你的秀眼呢，我的愛人？水晶是太昏暗了。啊，你的嘴脣，那吻人的櫻桃，瞧上去是多麼成熟，多麼誘人！你一舉起你那潔白的妙手，被東風吹着的滔勒斯高山上的積雪（註七）就顯得像烏鴉那麼黯黑了。讓我吻一吻那純白的女王，這幸福的象徵吧！

海　唉，倒霉！該死！我明白你們都在把我取笑；假如你們是懂得禮貌有教養的人，一定不會這樣侮辱我。我知道你們都討厭着我，那麼就討厭我好了，爲什麼還要聯合起來譏諷我呢？你們瞧上去都像堂堂男子，如果眞是堂堂男子，就不該這樣對待一個有身分的婦女；發着誓，賭着咒，過譽着我的好處，但我斷得定你們的心裏卻在討厭我。

你們兩人一同愛着黑美霞，現在轉過身來一同把海冷娜嘲笑，眞是大丈夫的行爲，爲着取笑的緣故逼一個可憐的女人流淚！高尙的人決不會這樣輕侮一個閨女，逼到她忍無可忍，只是因爲給你們尋尋開心。

萊　你太殘忍，笫米屈律斯，不要這樣；因爲你愛着黑美霞，這你知道我是十分明白的。現在我用全心和好意把我在黑美霞的愛情中的地位讓給你，但你也得把海冷娜的讓給我，因爲我愛她，並且將要愛她到死。

海　從來不曾有過嘲笑者浪費過這樣無聊的口舌。

第　萊散特，保留着你的黑美霞吧；我不要。要是我曾經愛過她，那愛情現在也已經消失了。我的愛不過像過客一樣暫時駐留在她的身上，現在它已經回到它的永遠的家，海冷娜的身邊，再不到別處去了。

萊　海倫，他的話是假的。

第　不要侮蔑你所不知道的眞理，否則你將以生命的危險重重補償你的過失。瞧！你的愛人來了；那邊纔是你的愛人。

〔黑美霞上。

黑　黑夜使眼睛失去它的作用，但卻使耳朶的聽覺更爲靈敏。我的眼睛不能尋到你，萊散特；但多謝我的耳朶，使我能聞見你的聲音。你爲什麼那樣忍心地離開了我呢？

萊　愛情驅着一個人走的時候，爲什麼他要滯留呢？

黑　那一種愛情能把萊散特驅開我的身邊？

萊　萊散特的愛情使他一刻也不能停留；美麗的海冷娜，她照耀着夜天，使一切明亮的繁星黯然無色。爲什麼你要來尋找我呢？難道這還不能使你知道我因爲厭惡你的緣故，纔這樣離開了你嗎？

黑　你說的不是眞話；那不會是眞的。

海　瞧！她也是他們的一黨。現在我明白了他們三個人一起聯合了用這種惡戲欺淩我。欺人的黑美霞！最沒有良心的丫頭！你竟然和這種人一同算計着向我開這種卑鄙的頑笑作弄我嗎？難道我們兩人從前的種種推心置腹，約爲姊妹的盟誓，在一起怨恨疾足的時間這樣快便把我們拆分的那種時光，啊！都已經忘記了嗎？我們在同學時的那種情誼，一切童年的天眞都已經完全在腦後了嗎？黑美霞，我們兩人曾經像兩個精巧的針神，在一起繡着同一朵花，描着同一個圖樣，我們同坐在一個椅墊上，齊聲地曼吟着同一個歌兒，就像我們的手，我們的身體，我們的聲音，我們的思想，都是連在一起不可分的樣子。我們這樣生長在一起，正如並蒂的櫻桃，看似兩個，其實卻連生在一起；我們是結在同一莖上的兩顆可愛的果實，我們的身體雖然分開，我們的心卻只有一個。難道你竟把我們從前的友好丟棄不顧，而和男人們聯合着嘲弄你的可憐的朋友嗎？這種行爲太沒有朋友的情誼，而且也不合一個少女的身分。不單是我，我們全體女人都可以攻擊你，雖然受到委屈的祇是我一個。

黑　你這種憤激的話眞使我驚奇。我並沒有嘲弄你；似乎你在嘲弄我哩。

海　你不曾唆使萊散特跟隨我，假意稱贊我的眼睛和臉孔嗎？你那另一個愛人，第米屈律斯，不久之前還曾要用他的腳踢開我，你不曾使他稱我爲女神，仙子，神聖而希有的，珍貴的，超乎一切的人嗎？爲什麼他要向他所討厭的人說這種話呢？萊散特的靈魂裏是充滿了你的愛的，爲什麼他反而要擯斥你，卻要把他的熱情奉獻給我，倘不是因爲你的指使，因爲你們曾經豫先商量好？即使我不像你那樣得人愛憐，那樣被人追求不捨，那樣好幸運，而是那樣倒霉因爲得不到我所愛的人的愛情，那和你又有什麼關係呢？你應該可憐我而不應該侮蔑我的。

黑　我不懂你說這種話的意思。

海　好，儘管裝腔下去，扮着這一付苦臉，等到我一轉背，就要向我作嘴臉了；大家向彼此映映眼睛，把這個絕妙的頑笑儘管開下去吧將來會登載在歷史上的。假如你們是有同情心，懂得禮貌的，就不該把我當作這樣的笑柄。再會吧；一半也是我自己的不好，死別或生離不久便可以補贖我的錯誤。

萊　不要走，溫柔的海冷娜！聽我解釋。我的愛！我的生命！我的靈魂！美麗的海冷娜！

海　多好聽的話！

黑　親愛的，不要那樣嘲笑她。

第　要是她的懇求不能使你不說那種話，我將强迫你閉住你的嘴。

萊　她也不能懇求我，你也不能强迫我；你的威脅正和她的軟弱的祈告同樣沒有力量。海倫，我愛你！憑着我的生命起誓，我愛你！誰說我不愛你的，我願意用我的生命證明他說謊；爲了你我是樂意把生命捐棄的。

第　我說我比他更要愛你得多。

萊　要是你這樣說，那麼把劍拔出來證明一下吧。

第　好，快些來！

黑　萊散特，這一切究竟是怎麼一回事呢？

萊　走開，你這黑奴！（註八）

第　你可不能騙我而自己逃走；假意說着來來，卻在準備乘機溜去。你是個不中用的漢子，去吧！

萊　（向黑）放開手，你這貓！你這牛蒡子！（註九）賤東西，放開手！否則我要像攆走一條蛇那樣攆走你了。

黑　爲什麼你變得這樣凶暴？究竟是什麼緣故呢，愛人？

萊　你的愛人！走開，黑鞋子！走開！可厭的毒物，給我滾吧！

黑　你還是在開頑笑嗎？

海　是的，你也是。

萊　第米屈律斯，我一定不失信於你。

第　你的話可有些不能算數，因爲人家的柔情在牽繫住你。我可信不過你的話。

萊　什麼！難道要我傷害她，打她，殺死她嗎？雖然我厭恨她，我還不致於這樣殘忍。

黑　啊！還有什麼事情比之你厭恨我更殘忍呢？厭恨我！爲什麼呢？天哪！究竟是怎麼一回事呢，我的好人？難道我不是黑美霞了嗎？難道你不是萊散特了嗎？我現在生得仍舊跟以前一個樣子。就在這一夜裏你還曾愛過我；但就在這一夜裏你離開了我。那麼你眞的——唉，天哪！——存心着離開我嗎？

萊　一點不錯，而且再不要看見你的臉了；因此你可以斷了念頭，不必疑心，我的話是千眞萬確的：我厭恨你，我愛海冷娜，一點不是開頑笑。

黑　天啊！你這騙子！你這花中的蛀蟲！你這愛情的賊！哼！你乘着黑夜，悄悄地把我的愛人的心偷了去嗎？

海　眞好！難道你一點女人家的羞恥都沒有，一點不曉得難爲情了嗎？哼！你一定要引得我破口說出難聽的話來嗎？哼！哼！你這裝腔作勢的人！你這給人家愚弄的小玩偶！

黑　小玩偶！噢，原來如此。現在我纔明白了她把她的身材跟我比較；她自誇她生得長，用她那身材，那高高的身材，贏得了他的心。因爲我生得矮小，所以他便把你看得高不可及了嗎？我是怎樣一個矮法？你這塗朱抹粉的花棒兒！請你說，我是怎樣矮法？矮雖矮，我的指爪還挖得着你的眼珠哩！

海　先生們，雖然你們都在嘲弄我，但我求你們別讓她傷害我。我從來不曾使過性子；我也完全不懂得怎樣跟人家鬧架兒我是一個膽小怕事的女子。不要讓她打我。也許你們以爲她比我生得矮些，我可以打得過她。

黑　生得矮些！聽，又來了！

海　好黑美霞，不要對我這樣凶！我一直是愛你的，黑美霞，有什麼事總跟你商量，從來不曾對你作過欺心的事；除了這次，爲了對於第米屈律斯的愛情的緣故，我把你私奔到這座林中的事告訴了他。他追蹤着你；爲了愛，我又追躡着他；但他一直是斥罵着我，威嚇着我說要打我，踢我，甚至於要殺死我。現在你讓我悄悄地去了吧；我願帶着我的愚蠢回到雅典去，不再跟着你們了。讓我去；你瞧我是多麼傻多麼癡心！

黑　好，你去就去吧，誰在攔住你？

海　一顆發癡的心，但我把它丟棄在這裏了。

黑　噢，給了萊散特了是不是？

海　不，是第米屈律斯。

萊　不要怕，她不會傷害你的，海冷娜。

第　當然不會的，先生；卽使你幫着她也不要緊。

海　啊，她一發起怒來，眞是又凶又狠。在學校裏她就是出名的雌老虎；長得很小的時候，便已是那麼凶了。

黑　又是「很小」！老是矮啊小啊的說個不住！爲什麼你讓她這樣譏笑我呢？讓我跟她拚命去。

萊　滾開，你這矮子！你這發育不全的三寸丁！你這念佛珠！你這小青豆！

第　她用不着你的幫忙，因此不必那樣亂獻殷勤。讓她去；不許你嘴裏再提到海冷娜，要是你再略爲向她獻媚一下，就請你當心着吧！

萊　現在她已經不再拉住我了；你要是有膽子，跟我來吧，我們倒要試試看究竟海冷娜該是屬於誰的。

第　跟你來！嘿，我要和你並着肩走呢。（萊，第二人下）

黑　你，小姐，這一切的紛擾都是因為你的緣故，噯，別逃啊！

海　我怕你，我不敢跟脾氣這麼大的你在一起。打起架來你的手比我快得多；但我的腿比你長些，逃起來你追不上我。（下）

黑　我簡直莫名其妙，不知道要說些什麼話好。（下）

奧　這是你的大意所致；倘不是因為你弄錯了，一定是你故意在搗蛋。

迫　相信我，仙王，是我弄錯了。你不是對我說祇要認清楚那人穿着雅典的衣裳？照這樣說起來我完全不曾錯，因為我是把花汁滴在一個雅典人的眼上。事情會弄到這樣我是滿快活的，因為他們的吵鬧看着怪有趣味。

奧　你瞧這兩個戀人找地方打架去了，因此，羅賓，快去把夜天遮暗了；你就去用像冥河的水一樣黑的濃霧蓋住了星空，再引這兩個聲勢洶洶的仇人迷失了路，不要讓他們碰在一起。有時你學着萊散特的聲音痛罵第米屈律斯，有時學着第米屈律斯的樣子斥責萊散特：用這種法子把他們兩兩分開，直到他們奔波得精疲力竭，死一樣的睡眠拖着鉛樣沈重的腿和蝙蝠的翼膀爬上了他們的額上；然後你把這草擠出汁來塗在萊散特的眼睛上，它能够解去一切的錯誤，使他的眼睛恢復從前的眼光。等他們醒來之後，這一切的戲謔，就會像是一場夢景或是空虛的幻象；這一班戀人們便將回到雅典去，一同走着無窮的人生的路程，直到死去。在我差遣你去作這件事的時候，我要去訪問我的王后，向她討那個印度孩子；然後我要解除她眼中所見的怪物的幻覺，一切事情都將和平解決。

**迫**　這事我們必須趕早辦好，主公，
因爲黑夜已經駕起他的飛龍；
晨星，黎明的先驅，已照亮蒼穹；
一個個鬼魂四散地奔返殯宮：
還有那横死的幽靈抱恨長終，
道旁水底有他們的白骨成叢，
爲怕白晝揭破了醜惡的形容，
早已向重泉歸寢相伴着蛆蟲；
他們永遠照不到日光的融融，
只每夜在暗野裏憑弔着淒風。

**奥**　但你我可完全不能比並他們；
晨光中我慣和獵人一起遊巡，
如同林居人一樣踏訪着叢林；
即使東方開啓了火紅的天門，
大海上照耀萬道燦爛的光針，
靑碧的巨浸化成了一片黃金。

但我們應該早早辦好這事情，
最好別把它遷延着直到天明。（下）

迫　奔到這邊來，奔過那邊去；
我要領他們，奔來又奔去。
林間和市上，無人不怕我；
我要領他們，走盡林中路。
這兒來了一個。

〔萊散特重上。

萊　你在那裏驕傲的第米屈律斯？說出來！

迫　在這兒，惡徒！把你的劍拔出來準備着吧。你在那裏？

萊　我立刻就過來。

迫　那麼跟我來吧，到平坦一點的地方。（萊隨聲音下）

〔第米屈律斯重上。

第　萊散特，你再開口啊！你逃走了，你這懦夫！你逃走了嗎？說話呀！躲在那一堆樹叢裏嗎？你躲在那裏呀？

迫　你這懦夫！你在向星子們誇口，向樹林子挑戰，但是卻不敢過來嗎？來，卑怯漢！來，你這小孩子！我要好好抽你一頓。
誰要跟你比劍纔眞倒霉！

第　呀，你在那邊嗎？

迫　跟我的聲音來吧；這兒不是適宜我們戰鬥的地方。（同下）

〔萊散特重上。

萊　他走在我的前頭，老是挑激着我上前；一等我走到他叫喊着的地方，他又早已不在。這個壞蛋比我腳步快得多，我越是追得快，他可逃走得更快，使我在黑暗崎嶇的路上絆跌了一交。讓我在這兒休息一下吧。（躺下）來吧，你仁心的白晝！祇要你一露出你的一線灰白的微光，我就可以看見第米屈律斯而洗雪這次仇恨了。（睡去）

〔迫克及第米屈律斯重上。

迫　呵！呵！呵！懦夫！你爲什麼不來？

第　要是你有膽量的話，等着我吧；我全然明白你跑在我前面，從這兒竄到那兒，不敢站住，也不敢當着我的面。你現在在什麼地方？

迫　過來，我在這兒。

第　哼，你在擺佈我。要是天亮了我看見你的臉孔，你好好地留點兒神；現在，去你的吧！疲乏逼着我倒下在這寒冷的地上，等候着白天的降臨。（躺下睡去）

〔海冷娜重上。

海　疲乏的夜啊！冗長的夜啊！減少一些你的時辰吧！從東方出來的安慰，快照耀起來啊！好讓我藉着晨光回到雅典去，離開這一羣人，他們大家都討厭可憐的我。慈悲的睡眠，有時你閉上了悲傷的眼睛，求你暫時讓我忘卻了自己的存在吧！（躺下睡去）

迫　兩男加兩女，四個無錯誤；

三人已在此，一人在何處？
哈哈她來了，滿臉愁雲罩：
愛神眞不好，慣惹人煩惱！

【黑美霞重上。

黑　從來不曾這樣疲乏過，從來不曾這樣傷心過！我的身上沾滿了露水，我的衣裳被荊棘所抓破；我跑也跑不動，爬也爬不動了；我的兩條腿再也不能從着我的心願。讓我在這兒休息一下以待天明。要是他們眞要格鬥的話，願天保佑萊散特啊！（躺下睡去）

迫　夢將殘，睡方酣，
神仙藥，祛幻覺，
百般迷夢全消卻。（擠草汁於萊散特眼上）
醒眼見，舊人臉，
樂滿心，情不禁，
從此歡愛復深深。
一句俗語說得好，
各人各有各的寶：
哥兒愛姊兒，
兩兩無參差；

失馬復得馬，

一場大笑話！（下）

註一　八音節六音節相間的詩體。

註二　尼內（Ninny）是奈納斯（Ninus）之訛，尼尼徵（Nineveh）城的建立者。Ninny 照字面講有「傻子」之意。

註三　杜鵑下卵於他鳥的巢中，故用以喻姦夫，但其後 cuckold（自 cuckoo 化出）一字卻用作姦婦本夫的代名詞。杜鵑的鳴聲即為 cuckoo，不啻罵人為「烏龜」，但因聞者不能必其妻子的是否貞潔，故雖惱而不敢作聲。

註四　俗云蛛絲能止血。

註五　月神 Phoebe 是太陽神 Phoebus 的妹妹。

註六　此句意義很曲折，大意謂沉憂惟睡眠可以補償，但因沉憂過多，而睡眠不足，故睡眠負沉憂之債。

註七　滔勒斯（Taurus），小亞細亞山脈名。

註八　原文 You Ethiop! 因黑美霞膚色微黑，故云。第二幕中有「把烏鴉換白鴿」之語，亦此意；海冷娜膚色白皙，故云白鴿也。

註九　牛蒡（burdock）所結的子，上有針刺，易攀附人衣。

# 第四幕

## 第一場　林中；萊散特，第米屈律斯，海冷娜，黑美霞酣睡未醒

【蒂妲妮霞及波頓上；衆仙隨侍；奥白朗潛隨其後。

蒂　來，坐下在這花牀上。我要愛撫你的可愛的臉頰；我要把麝香玫瑰插在你柔軟光滑的頭顱上；我要吻你的美麗的大耳朵，我的溫柔的寶貝！

波　豆花呢？

豆　有。

波　替咱把頭搔搔，豆花兒。蛛網先生在那兒？

蛛　有。

波　蛛網先生，好先生，把您的刀拿好，替咱把那薊草葉尖上的紅屁股的野蜂兒殺了；然後，好先生，替咱把蜜囊兒拿來。幹那事的時候可別太性急，先生；而且，好先生，當心別把蜜囊兒給弄破了；要是您在蜜囊裏頭淹死了，那咱可不很樂意，先生。芥子先生在那兒？

芥　有。

波　把您的小手兒給我，芥子先生。請您不用多禮了吧，好先生。

芥　你有什麽吩咐？

波　沒有什麽好先生，祇是幫蛛網君替咱搔搔癢。咱一定得理髮去，先生，因爲咱覺得臉上毛得很。咱是一頭感覺非常靈敏的驢子，要是一根毛把咱觸癢了，咱就非得搔一下子不可。

蒂　你要不要聽一些音樂，我的好人？

波　咱很懂得一點兒音樂。咱們來一下子蓮花落吧。

蒂　好人，你要吃些甚麽呢？

波　眞的，來一堆芻秣吧；您要是有好的乾麥稈，也可以給咱大嚼一頓。咱想咱怪想吃那麽一捆乾草；好乾草，美味的乾草，什麽也比不上它。

蒂　我有一個善於冒險的小神仙，可以給你到松鼠的倉裏取下些新鮮的榛栗來。

波　咱寧可吃一把兩把乾豌豆。但是謝謝您，吩咐您那些人們別驚動咱吧，咱想要睡他媽的一個覺。

蒂　睡吧，我要把你抱在我的臂中。神仙們，往各處散開去吧。（衆仙下）菟絲也正是這樣溫柔地纏附着芬芳的金銀花；女蘿也正是這樣纏綣着榆樹的臂枝。啊，我是多麽愛你！我是多麽熱戀着你！（同睡去）

〔迫克上。

奧　（上前）歡迎，好羅賓！你見不見這種可愛的情景？我對於她的癡戀開始有點不忍了。剛纔我在樹林後面遇見她正在爲這個可憎的蠢貨找尋愛情的禮物，我就譴責她，因爲那時她把芬芳的鮮花製成花環環繞着他那毛茸茸的額角；原來在嫩蕊上晶瑩飽滿，如同東方的明珠一樣的露水，如今卻含在那一朵朵美豔的小花的眼中，像是盈盈欲泣的眼淚，痛心着它們所受的恥辱。我把她盡情嘲罵一番之後，她低聲下氣地請求我息怒，於是我便乘機向她索討那個換兒她立刻把他給了我，差她的仙侍把他送到了我的寢宮裏。現在我已經到手了這個孩子，我將解去她眼中這種可憎的迷惑。好迫克你去把這雅典村夫頭上的變形的頭蓋揭下，好讓他和大家一同醒來的時候可以回到雅典去，把這晚間一切發生的事只當作了一場夢魘。但是先讓我給仙后解去了魔法吧。（以草觸她的眼睛）

回復你原來的本性，
解去你眼前的幻景；
這一朵女貞花採自月姊園庭，
它會使愛情的小卉失去功能。

喂，我的蒂妲妮霞醒醒吧，我的好王后！

蒂　我的奧白朗！我看見了怎樣的幻景！好像我愛上了一頭驢子啦。

奧　那邊就是你的愛人。

蒂　這一切事情怎麼會發生的呢？啊，現在我看見他的樣子是多麼惹氣！

奧　靜一會兒。羅賓，把他的頭殼揭下了。蒂妲妮霞，叫他們奏起音樂來吧，讓這五個人睡得全然失去了知覺。

蒂　來，奏起催眠的樂聲柔婉！（音樂）

迫　等你一醒來的時候，蠢漢，
用你自己的傻眼睛瞧看。

奧　奏下去，音樂！來，我的王后，讓我們攜手同行，讓我們的舞蹈震動這些人睡着的地面。現在我們已經言歸於好，明天夜半將要一同到提修斯公爵的府中跳着莊嚴的歡舞，祝福他家繁榮昌盛。這兩對忠心的戀人也將在那裏和提修斯同時舉行婚禮，大家心中充滿了喜樂。

迫　仙王，仙王，留心聽，
我聞見雲雀歌吟。

奥　王后，讓我們靜靜
追隨着夜的踪影；
我們環繞着地球，
快過明月的光流。

蒂　夫君，請你在一路
告訴我一切緣故，
這些人來自何方，
當我熟睡的時光。（同下。幕內號角聲）

〔提修斯，喜坡麗妲，伊及斯，及侍從等上。

提　你們中間誰去把獵奴喚來。我們已把五月節的儀式遵行，現在還不過是淸晨，我的愛人應當聽一聽獵犬的音樂。把它們放在西面的山谷裏；快去把獵奴喚來。美麗的王后，讓我們到山頂上去，領略着獵犬們的吠叫和山谷中的回聲應和在一起的妙樂吧。

喜　我曾經同赫邱里斯和凱特麥斯一起在克利脫林中行獵，（註一）他們用斯巴達的獵犬追趕着巨熊，那種雄壯的吠聲我眞是第一次聽到；除了叢林之外，天空和羣山，以及一切附近的區域，似乎混成了一片交互的吶喊。我從來不曾聽見過那樣諧美的喧聲，那樣悅耳的雷鳴。

提　我的獵犬也是斯巴達種，一樣的頰肉下垂，一樣的黃沙的毛色；它們的頭上垂着兩片揮拂晨露的耳朵；它們的膝骨是彎曲的，並且像西薩利（註二）種的公牛一樣喉頭長着垂肉。它們在追逐時不很迅速，但它們的吠聲彼此高下相應，就像鐘聲那樣合調。無論在克利脫，斯巴達或是西薩利，都不曾有過這麼一隊吠得更好聽的獵犬；你聽見了之後便可以自己判斷。但是且慢！這些都是什麼仙女？

伊　殿下，這兒躺着的是我的女兒；這是萊散特；這是第米屈律斯；這是海冷娜，奈達老人的女兒。我不知道他們怎麼都在這兒。

提　他們一定早起守五月節，因為聞知了我們的意旨，所以趕到這兒來參加我們的典禮。但是，伊及斯，今天不是黑美霞應該決定她的選擇的日子了嗎？

伊　是的，殿下。

提　去，叫獵奴們吹起號角來驚醒他們。（幕內號角及吶喊聲；萊、第、黑、海四人驚醒跳起）早安，朋友們！情人節早已過去了，你們這一輩林鳥到現在纔配起對來嗎？（註三）

萊　請殿下恕罪！（偕餘人並跪下）

提　請你們站起來吧。我知道你們兩人是對頭冤家，怎麼會變得這樣和氣，大家睡在一塊兒，沒有一點猜嫉了呢？

萊　殿下，我現在還是糊裏糊塗，不知道應當怎樣回答您的問話；但是我敢發誓說我眞的不知道怎麼會在這兒；但是我想，——我要說老實話，我現在記起了，一點不錯，我是和黑美霞一同到這兒來的；我們想要逃出雅典，避過了雅典法律的峻嚴，我們便可以——

伊　够了，够了，殿下，話已經說得够了。我要求依法，依法懲辦他。他們打算，他們打算逃走，第米屈律斯，用那種手段欺弄我們，使你的妻子落了空，使我給你的允許也落了落了空。

第　殿下，海倫告訴了我他們的出奔，告訴了我他們到這兒林中來的目的；我在盛怒之下追踪他們，同時海倫因爲癡心的緣故也追踪着我。但是，殿下，我不知道什麼一種力量——但一定是有一種力量，——使我對於黑美霞的愛情會像霜雪一樣渙解，現在想起來就像一段童年時所愛好的一件玩物的記憶一樣；我一切的忠信，一切的心思，一切樂意的眼光，都是屬於海冷娜一個人了。我在沒有認識黑美霞之前，殿下，就已經和她訂過盟約；但正如一個人在生病的時候一樣，我厭棄着這一道珍饈，等到健康恢復，就會回復了正常的胃口。現在我希求着她，珍愛着她，思慕着她，將要永遠忠心於她。

提　俊美的戀人們，我們相遇得很巧；等會兒我們便可以再聽你們把這段話講下去。伊及斯，你的意志只好屈服一下了；這兩對少年不久便將跟我們一起在廟堂中締結永久的鴛盟。現在清晨快將過去，我們本來準備的行獵只好中止。跟我們一起到雅典去吧；三三成對地，我們將要大張盛宴。來，喜坡麗妲。（提、喜、伊及侍從下）

第　這些事情似乎微細而無從捉摸，好像化爲雲霧的遠山一樣。

黑　我覺得好像這些事情我都用昏花的眼睛看着，一切都化作了層疊的兩重似的。

海　我也是這樣想。我得到了第米屈律斯，像是得到了一顆寶石，好像是我自己的，又好像不是我自己的。

第　你們眞能斷定我們現在是醒着嗎？我覺得我們還是在睡着做夢。你們是不是以爲公爵在這兒叫我們跟他走嗎？

黑　是的，我的父親也在。

海　還有喜坡麗妲。

萊　他確會叫我們跟他到廟裏去。

第　那麼我們眞已經醒了。讓我們跟着他走；一路上講着我們的夢。（同下）

波　（醒）輪到咱的尾白的時候，請你們叫咱一聲，咱就會答應；咱下面的一句是，「最美麗的匹拉麥斯。」喂！喂！彼得袞斯弗魯脫修風箱的斯諾脫補鍋子的司他巫林！他媽的悄悄地溜走了，把咱撇下在這兒一個人睡覺嗎？咱做了一個奇怪得了不得的夢。沒有人說得出那是怎樣的一個夢；要是誰想把這個夢解釋一下，那他一定是一頭驢子。咱好像是——沒有人說得出那是什麼東西；咱好像是——，咱好像有——，但要是誰敢說出來咱好像有什麼東西，那他一定是一個蠢材。咱那個夢啊，人們的眼睛從來沒有聽到過，人們的耳朵從來沒有看見過，人們的手也嘗不出來是什麼味道，人們的舌頭也想不出來是什麼道理，人們的心也說不出來究竟那是怎樣的一個夢。咱要叫彼得袞斯給咱寫一首歌兒咏一下這個夢，題目就叫做「波頓的夢」；咱要在演完戲之後當着公爵大人的面前唱這個歌，——或者還是等咱死了之後再唱吧。（下）

## 第二場　雅典；袞斯的家中

【袞斯，弗魯脫，斯諾脫，司他巫林上。

袞　你們差人到波頓家裏去過了嗎？他還沒有回家嗎？

司　一點消息都沒有。他準是給妖精拐了去了。

弗　要是他不回來，那麼咱們的戲就要擱起來啦；它不能再演下去，是不是？
衮　那當然演不下去囉。整個雅典城裏除了他之外就沒有第二個人可以演匹拉麥斯。
弗　誰也演不了；他在雅典手藝人中間簡直是最聰明的一個。
衮　對，而且也是頂好的人；他有一副好喉嚨，吊起膀子來眞是頂括括的。
弗　你說錯了，你應當說「吊嗓子。」吊膀子，天老爺！那是一件難爲情的事。

〔史納格上。

史　列位，公爵大人剛從廟裏出來，還有兩三位貴人和小姐們也在同時結了婚。要是咱們的頑意兒能夠幹下去，咱們一定大家都有好處。
弗　哎呀，可愛的波頓好傢伙！他從此就不能再拿到六辨士一天的恩俸了。他準可以拿到六辨士一天的。咱可以賭咒公爵大人見了他扮演匹拉麥斯，一定會賞給他六辨士一天。他應該可以拿到六辨士一天的；扮演了匹拉麥斯，應該拿六辨士一天，少一個子兒都不行。

〔波頓上。

波　孩兒們在什麼地方？心肝們在什麼地方？
衮　波頓！哎呀，頂好頂好的日子！頂吉利頂吉利的時辰！
波　列位，咱要講古怪事兒給你們聽，可不許問咱什麼事；要是咱對你們說了，咱不算是眞的雅典人。咱要把一切全都告訴你們，一個字也不漏掉。
衮　講給咱們聽吧，好波頓。

波　關於咱自己的事可一個字也不能告訴你們。咱要報告給你們知道的是，公爵大人已經用過正餐了。把你們的行頭收拾起來，鬍鬚上要用堅牢的穿繩，烏靴上要結簇新的緞帶；立刻在宮門前集合，各人溫熟了自己的臺詞；總而言之一句話，咱們的戲已經送上去了。無論如何，可得叫雪絲佩穿一件乾淨一點的襯衫；還有扮演獅子的那位別把指甲修去，因爲那是要露出在外面當作獅子的脚爪的。頂要緊的，列位老板們，別吃洋葱和大蒜，因爲咱們可不能把人家薰倒了胃口；咱一定會聽見他們說，「這是一齣風雅的喜劇。」完了，去吧！去吧！（同下）

註一　凱特麥斯（Cadmus）是底比斯（Thebes）的第一個國王。克利脫（Crete）爲地中海島名。

註二　西薩利（Thessaly），希臘地名。

註三　情人節(St. Valentine's Day）在二月十四日，衆鳥於是日擇偶。

# 第五幕

## 第一場　雅典，提修斯宮庭

〔提修斯，喜坡麗妲，非勞士屈雷脫，及大臣侍從等上。

喜　提修斯，這些戀人們所說的話眞是奇怪的很。

提　奇怪得不像會是眞實。我永不相信這種古怪的傳說和神仙的遊戲。情人們和瘋子們都富於紛亂的思想和成形的幻覺，他們所理會到的永遠不是冷靜的理智所能充分了解。瘋子，情人和詩人，都是空想的產兒：瘋子眼中所見的鬼多過於廣大的地獄所能容納；情人同樣是那麼狂妄地，能從埃及的黑臉上看見海倫的美貌；詩人的眼睛在神奇的狂放的一轉中，便能從天上看到地下，從地下看到天上。想像會把不知名的事物用一種方式呈現出來，詩人的筆再使它們具有如實的形像，空虛的無物也會有了居處和名字。強烈的想像往往具有這種本領，祇要一領略到一些快樂，就會相信那種快樂的背後有一個賜與的人；夜間一轉到恐懼的念頭，一株灌木一下子便會變成一頭熊。

喜　但他們所說的一夜間全部的經歷，以及他們大家心理上都受到同樣影響的一件事實，可以證明那不會是幻想。雖然那故事是怪異而驚人，卻並不令人不能置信。

提　這一班戀人們高高興興地來了。

〔萊散特，第米屈律斯，黑美霞，海冷娜上。

提　恭喜，好朋友們！恭喜願你們心靈裏永遠享受着沒有陰翳的愛情日子！

萊　願更大的幸福永遠追隨着殿下的起居！

提　來，我們應當用什麼假面劇或是舞蹈來消磨在尾餐和就寢之間的三點鐘悠長的歲月呢？我們一向掌管戲樂的人在那裏？有那幾種餘興準備着？有沒有一齣戲劇可以袪除難挨的時辰裏按捺不住的焦灼呢？叫非勞士屈雷脫過來。

非　有，偉大的提修斯。

提　說，你有些什麼可以縮短這黃昏的節目？有些什麼假面劇？有些什麼音樂？要是一點娛樂都沒有，我們怎麼把這遲遲的時間消度過去呢？

非　這兒是一張預備好的各種戲目的單子，請殿下自己揀選那一項先來。（呈上單子）

提　「身毒之戰，（註一）由一個雅典太監和豎琴而唱。」那個我們不要聽；我已經告訴過我的愛人這一段表彰我的姻兄赫邱里斯（註二）武功的故事了。「醉酒者之狂暴，色累斯歌人慘遭支裂的始末。（註三）」那是老調，當我上次征服底比斯凱旋回來的時候就已經表演過了。「九繆斯神痛悼學術的淪亡。（註四）」那是一段犀利尖刻的諷刺，不適合於婚禮時的表演。「關於年青的匹拉麥斯及其愛人雪絲佩的冗長的短戲，非常悲哀的趣劇。」悲哀的趣劇！冗長的短戲！那簡直是說灼熱的冰，發燒的雪。這種矛盾怎麼能調和起來呢？

非　殿下，一齣一共祇有十來個字那麼長的戲，當然是再短沒有了；然而即使祇有十個字，也會嫌太長，叫人看了厭倦；因爲在全劇之中，沒有一個字是用得恰當的，沒有一個演員是支配得適如其份的。那本戲的確很悲哀，殿下，因爲匹拉麥斯在戲裏要把自已殺死。那一場我看他們預演的時候，我得承認確曾使我的眼中充滿了眼淚；但那些淚都是在縱聲大笑的時候忍俊不住而流着的，再沒有人流過比那更開心的淚了。

提　扮演這戲的是些什麼人呢？

菲　都是在這兒雅典城裏作工過活的胼手胝足的漢子。他們從來不曾用過頭腦，今番爲了準備參加殿下的婚禮，纔辛辛苦苦地把這本戲記誦起來。

提　好，就讓我們聽一下吧。

菲　不，殿下，那是不配煩瀆您的耳朵的。我已經聽完過他們一次，簡直一無足取；除非你嘉納他們的一片誠心和苦苦背誦的辛勤。

提　我要把那本戲聽一次，因爲純樸和忠誠所呈獻的禮物，總是可取的。去把他們帶來。各位夫人女士們，大家請坐下。（菲下）

喜　我不歡喜看見微賤的人作他們力量所不及的事，忠誠因爲努力的狂妄而變成毫無價值。

提　啊，親愛的，你不會看見他們糟到那地步。

喜　他說他們根本不會演戲。

提　那更顯得我們的寬宏大度，雖然他們的勞力毫無價值，他們仍能得到我們的嘉納。我們可以把他們的錯誤作爲取笑的資料。我們不必較量他們那可憐的忠誠所不能達到的成就，而該重視他們的辛勤。凡是我所到的地方，那些有學問的人都預先準備好歡迎辭迎接我；但是一看見了我，便發抖臉色變白，句子沒有說完便中途頓住，話兒梗在喉中，嚇得說不出來，結果是一句歡迎我的話都沒有說。相信我，親愛的，從這種無言中我卻領受了他們一片歡迎的誠意；在誠惶誠恐的忠誠的畏怯上表示出來的意味，並不少於一條娓娓動聽的辯舌。因此，愛人，照我所能觀察到的，無言的純樸所表示的情感纔是最豐富的。

〔菲勞士屈雷脫重上。

菲　請殿下示，念開場詩的預備登場了。

提　讓他上來吧。（喇叭奏花腔）

〔袞斯上，念開場詩。

袞　要是咱們，得罪了請原諒。
　咱們本來是，一片的好意，
想要顯一顯薄薄的技倆，
那纔是咱們原來的本意。
因此列位咱們到這兒來。
　為的要讓列位歡笑歡笑，
否則就是不曾到這兒來，
　如果咱們，惹動列位氣惱，
一個個演員都將要登場，
　你們可以仔細聽個端詳。（註五）

提　這傢伙簡直亂來。

萊　他念他的開場詩就像騎一頭頑劣的小馬一樣，亂衝亂撞，該停的地方不停，不該停的地方偏偏停下。殿下，這是一個好教訓：單是會講話不能算數，要講話總該講得像個路數。

喜　眞的他就像一個小孩子學吹笛，嗚哩嗚哩了一下，可是全不入調。

提　他的話像是一段糾纏在一起的鏈條，並沒有毛病，可是全弄亂了。跟着是誰登場呢？

【匹拉麥斯及雪絲佩，牆，月光，獅子上。】

衮　列位大人也許你們會奇怪這一班人跑出來幹麼。不必尋根究底，自然而然地你們總會明白過來。這個人是匹拉麥斯，要是你們想要知道的話；這位美麗的姑娘不用說便是雪絲佩啦。這個人手裏拿着石灰和黏土，是代表着牆頭，那堵隔開這兩個情人的壞牆頭；他們這兩個可憐的人只好在牆縫裏低聲談話，這是要請大家明白的。這個人提着燈籠，牽着犬，拿着柴枝，是代表着月亮；因爲你們要知道，這兩個情人祇在月光底下纔肯在奈納斯的墳頭聚首談情。這一頭可怕的畜生名叫獅子，那晚上忠實的雪絲佩先到約會的地方，給它嚇跑了，或者不如說是被它驚走了；她在逃走的時候脫落了她的外套，那件外套因爲給那惡獅子咬住在它那張血嘴裏，所以沾滿了血斑。隔了不久匹拉麥斯，那個高個兒的美少年也來了，一見他那忠實的雪絲佩的外套死在地上，便赤楞楞的一聲拔出一把血淋淋的劍來，對準他那熱辣辣的胸脯裏豁拉拉地刺了進去。那時雪絲佩卻躲在桑樹的樹蔭裏，等到她發現了這回事，便把他身上的劍拔出來，結果了她自己的性命。至於其餘的一切，可以讓獅子，月光，牆頭，和兩個情人詳詳細細地告訴你們，當他們上場的時候。（衮斯及匹拉麥斯，雪絲佩，獅子，月光同下）

提　我不知道獅子要不要說話。

第　殿下，這可不用懷疑，要是一班驢子都會講人話，獅子當然也會說話啦。

牆　小子斯諾脫是也，在這本戲文裏扮做牆頭；須知此牆不是他牆，乃是一堵有裂縫的牆，在那條裂縫裏匹拉麥斯和雪絲佩兩個情人常常偷偷地低聲談話。這一把石灰，這一撮黏土，這一塊磚頭，表明咱是一堵眞正的牆頭並非滑頭冒牌之流。這便是那個鬼縫兒，這兩個膽小的情人在那兒談着知心話兒的。

提　石灰和泥土築成的東西居然這樣會說話，難得難得！

第　殿下，這是我所聽到的中間最俏皮的一段。

提　匹拉麥斯走近牆邊來了。靜聽！

〔匹拉麥斯重上。

匹　板着臉孔的夜啊！漆黑的夜啊！
夜啊！白天一去，你就來啦！
夜啊！夜啊！唉呀！唉呀！唉呀！
咱擔心咱的雪絲佩要失約啦！
牆啊！親愛的，可愛的牆啊！
你硬生生地隔分了咱們兩人的家！
牆啊！親愛的，可愛的牆啊！
露出你的裂縫，讓咱向裏頭瞧瞧吧！（牆舉手疊指作裂縫狀）
謝謝你，殷勤的牆！上帝大大保佑你！
但是咱瞧見些什麼呢？咱瞧不見伊。

刁惡的牆啊！不讓咱瞧見可愛的伊；
願你倒霉吧因爲你竟這樣把咱欺！

提　這牆並不是沒有知覺的，我想他應當反駡一下。

匹　沒有的事，殿下，眞的他不能。「把咱欺」是該雪絲佩接下去的尾白；她現在就要上場啦，咱就要在牆縫裏看她，你們瞧着吧，下面做下去正跟咱告訴你們的完全一樣。那邊她來啦。

〔雪絲佩重上。

雪　牆啊！你常常聽得見咱的呻吟，
　怨你生生把咱共他兩兩分拆！
咱的櫻唇常跟你的磚石親吻，
　你那用水泥膠得緊緊的磚石。

匹　咱瞧見一個聲音；讓咱去望望，
不知可能聽見雪絲佩的臉龐。
雪絲佩！

雪　那是咱的好人兒，咱想。

匹　儘你想吧，咱是你風流的情郎。
好像李芒特，咱此心永無變更。（註六）

雪　咱就像海倫，到死也決不變心。

匹　沙發勒斯對待普洛克勒斯不過如此。（註七）

雪　你就是普洛克勒斯，咱就是沙發勒斯。

匹　啊，在這堵萬惡的牆縫中請給咱一吻！

雪　咱吻着牆縫，可全然吻不到你的嘴唇。

匹　你肯不肯到尼內的墳頭去跟咱相聚？

雪　活也好，死也好，咱一準立刻動身前去。（二人下）

牆　現在咱已把牆頭扮好，
因此咱便要拔脚去了。（下）

提　現在隔在這兩份人家之間的牆頭已經倒下了。

第　殿下，牆頭要是都像這樣隨隨便便偷聽人家的談話起來，可眞沒法好想。

喜　我從來沒有聽到過比這再蠢的東西。

提　最好的戲劇也不過是人生的一個縮影；最壞的祇要用想像補足一下，也就不會壞到甚麼地方去。

喜　那該是你的想像，而不是他們的想像。

提　要是我們對於他們的想像並不比他們對於自己的想像更壞，那麼他們也可以算得頂好的人。兩隻好東西登場了，一隻是人，一隻是獅子。

〔獅子及月光重上。

獅　各位太太小姐們，你們那柔弱的心一見了地板上爬着的一頭頂小的老鼠就會害怕，現在看見一頭凶暴的獅子發狂地怒吼，多分要發起抖來的吧？但是請你們放心，咱實在是細木工匠史納格，既不是凶猛的公獅，也不是一頭母獅；要是咱眞的是一頭獅子而衝到這兒來，那咱纔大倒其霉！

提　一頭非常善良的畜生，有一顆好良心。

第　殿下，這是我所看見過的最好的畜生了。

萊　這頭獅子按勇氣說只好算是一隻狐狸。

提　對了，而且按他那小心翼翼的樣子說起來倒像是一頭鵝。好，別管他吧，讓我們聽月亮說話。

月　這盞燈籠代表着角兒彎彎的新月；——

第　他應當把角裝在頭上。（註八）

提　他並不是新月，圓圓的那裏有個角兒？

月　這盞燈籠代表着角兒彎彎的新月；咱好像就是月亮裏的仙人。

提　這該是最大的錯誤了。應該把這個人放進燈籠裏去；否則他怎麼會是月亮裏的仙人呢？

第　他因爲怕蠟燭不敢進去。瞧，他惱了。

喜　這月亮眞使我厭倦；他應該變化變化纔好！

提　照他那知覺欠缺的樣子看起來，他大概是一個缺月；但是爲着禮貌和一切的理由，我們得忍耐一下。

萊　說下去，月亮。

月　總而言之，咱要告訴你們的是，這燈籠便是月亮；咱便是月亮裏的仙人；這柴枝是咱的柴枝；這狗是咱的狗。

第　嗨，這些都應該放進燈籠裏去纔對；因爲它們都是在月亮裏的。但是靜些，雪絲佩來了。

〔雪絲佩重上。

雪　這是尼內老人的墳。咱的好人兒呢？

獅　（吼）嗚……！（雪絲佩奔下）

第　吼得好，獅子！

提　奔得好，雪絲佩！

喜　照得好，月亮！眞的，月亮照得姿勢很好。（獅子撕破雪絲佩的外套後下）

提　撕得好，獅子！

第　於是西拉麥斯來了。

萊　於是獅子不見了。

〔西拉麥斯重上。

西　可愛的月亮，咱多謝你的陽光；
謝謝你，因爲你照得這麼皎潔！
靠着你那慈和的閃爍的金光，
咱將要飽餐着雪絲佩的秀色。
但是且住，啊該死！
瞧哪，可憐的武士，
這是一場什麼慘景！

眼睛，你看不看見？
這種事怎會實現？
可愛的寶貝啊，親親！
你的好外套一件，
怎麼全都是血點？
過來吧，猙獰的凶神！
快把生命的羈纏
從此後一刀割斷；
今朝咱了結了殘生！

提　這一種情感再加上一個好朋友的死，很可以使一個人臉帶愁容。

喜　該死！我倒眞有點可憐這個人。

四　蒼天啊！你爲什麼要造下獅子，
讓它在這裏蹂躪了咱的愛人？
她在一切活着愛着的人中是
一個最美最美最最美的美人。
淋漓地流吧，眼淚！
咱要把寶劍一揮，

當着咱的胸頭劃破：
一劍刺過了左胸，
叫心兒莫再跳動，
這樣咱就死囉死囉！（以劍自刺）
現在咱已經身死，
現在咱已經去世，
咱靈魂兒升到天堂；
太陽，不要再照耀！
月亮，給咱拔腳跑！
咱已一命，一命喪亡。（死）

第　不是雙亡，是單亡，因爲他是孤零零地死去。

萊　他現在死去，不但成不了雙，而且成不了單，他已經變成「沒有」啦。

提　要是就去請外科醫生來，也許還可以把他醫活轉來，叫他做一頭驢子。

喜　雪絲佩還要回來看見她的愛人，月亮怎麼這樣性急便去了呢？

提　她可以在星光底下看見他的。現在她來了，她再痛哭流涕一下子，戲文也就完了。

〔雪絲佩重上。

喜　我想對於這樣一個寶貨的匹拉麥斯，她可以不必浪費口舌；我希望她說得短一點兒。

第　　她跟匹拉麥斯較量起來眞是半斤對八兩。上帝保佑我們不要嫁到這種男人，也保佑我們不要娶着這種妻子！

萊　　她那秋波已經看見他了。

第　　於是悲聲而言曰：——

雪　　睡着了嗎，好人兒？
啊！死了，咱的鴿子？
匹拉麥斯啊，快醒醒！
說呀！說呀！啞了嗎？
唉，死了！一堆黃沙
將要蓋住你的美睛。
嘴唇像百合花開，
鼻子像櫻桃可愛，
黃花像是你的臉孔，
一齊消失，消失了，
有情人同聲哀悼！
他眼睛綠得像靑葱。
舌頭，不許再多言！
憑着這一柄好劍，

趕快把咱胸膛刺穿。（以劍自刺）

再會，親愛的友朋！

雪絲佩已經畢命；

再見吧，再見吧，再見！（死）

提　他們的葬事要讓月亮和獅子來料理了吧？

第　是的，還有牆頭。

波　（跳起）不，咱對你們說，那堵隔開他們兩家的牆早已經倒了。你們要不要瞧瞧收場詩，或者聽一場咱們兩個夥計的貝格摩舞？（註九）

提　請把收場詩免了吧，因爲你們的戲劇無須再有什麼解釋；扮戲的人一個個死了，我們還能責怪誰不成？眞的，要是寫那本戲的人自己來扮匹拉麥斯，把他自己吊死在雪絲佩的襪帶上，那倒眞是一齣絕妙的悲劇。實在你們這次演得很不錯。現在把你們的收場詩擱在一旁，還是跳起你們的貝格摩舞來吧。（跳舞）

夜鐘已經敲過了十二點；戀人們，睡覺去吧，現在已經差不多是神仙們遊戲的時間了。我擔心我們明天早晨會起不起身來，因爲今天晚上睡得太遲。這齣粗劣的戲劇卻使我們不覺得時間的過去。好朋友們，去睡吧。我們要用半月功夫把這喜慶延續，夜夜有不同的尋歡作樂。（衆下）

## 第二場　同前景

【迫克上。

迫

餓獅在高聲咆哮；
豺狼在向月長嗥；
農夫們鼾息沈沈，
完畢一天的辛勤。
火把還留着殘紅，
　鴟鴞叫得人膽戰，
傳進愁人的耳中，
　彷彿見殮衾飄颭。
現在夜已經深深，
　墳墓都裂開大口，
吐出了百千幽靈，
　荒野裏四散奔走。
我們跟着海凱提，(註十)
　離開了陽光赫奕，
像一場夢景幽淒，
　追隨黑暗的踪跡。
且把這空屋打掃，

供大家一場歡鬧；
驅走擾人的小鼠；
還得揩乾淨門戶。
【奧白朗，蒂妲妮霞，及侍從等上。

奧　屋中消沈的火星
微微地尚在閃耀；
跳躍着每個精靈
像花枝上的小鳥；
隨我唱一支曲調，
一齊輕輕地舞蹈。

蒂　先要把歌兒練熟，
每個字玉潤珠圓；
然後齊聲唱祝福，
手攜手縹緲迴旋。（歌舞）

奧　趁東方沒有發白，
讓我們滿屋溜躂；
先去看一看新牀，

祝福它吉利禎祥。
這三對新婚伉儷，
願他們永無離貳
生下來小小兒郎，
一個個相貌堂堂，
不生黑痣不缺脣，
更沒有半點瘢痕。
用這神聖的野露，
你們去澆灑門戶，
祝福屋子的主人，
永享肴福祿康寧。
快快去，莫猶豫；
天明時我們重聚。（除迫克外皆下）

迫　（向觀衆）
要是我們這輩影子
有拂了諸位的尊意，
就請你們這樣思量，

一切便可得到補償：
這種種幻景的顯現，
不過是夢中的妄念；
這一段無聊的情節，
眞同誕夢一樣無力。
先生們，請不要見笑！
倘蒙原宥，定當補報。
萬一我們幸而免脫
這一遭噓嚧的指斥，
我們決不忘記大恩，
迫克生平不會騙人。
再會了！肯賞個臉子的話，
就請拍兩下手，多謝多謝！（下）

註一　身毒（Centaurs）一名乃借譯，是神話中一種半人半馬的怪物，赫邱里斯曾戰而勝之。
註二　普盧塔克（Plutarch）以提修斯及赫邱里斯爲母系親屬。
註三　色累斯（Thrace）歌人指奧菲厄斯（Orpheus），遭酗酒婦人所肢裂而死。
註四　九繆斯神（Nine Muses）卽司文藝學術的九女神。

註五　此段句讀完全錯誤。

註六　李芒特（Limander）是李昂特(Leander)之訛，傳說中的情人，愛其戀女希羅（Hero），泳過赫勒思滂河（Hellespont）以赴約，卒遭滅頂，有中國尾生高之風。下行弗魯脫該以希羅爲海倫（Helen），後者爲荷馬史詩以利亞特中之美人。

註七　沙發勒斯(Shafalus)爲色發勒斯（Cephalus）之訛，爲黎明女神奧洛拉（Aurora）所戀，但彼卒忠於其妻普洛克里斯(Procris)，此誤爲 Procrus。

註八　頭上用角是西方譏人作「烏龜」的俗語。

註九　貝格摩（Bergamo）爲密蘭(Milan)東北地名，以產小丑著名。

註十　海凱提（Hecate）爲下界的女神。原文作 triple Hecate 蓋三位一體之神，在地上爲黛安娜（Diana），在天上爲琉娜（Luna）。

莎士比亞戲劇全集
第一輯 第二種

# 威尼斯商人

朱生豪譯

# 威尼斯商人

## 劇中人物

威尼斯公爵
摩洛哥親王｝鮑細霞的求婚者
阿拉貢親王｝
安東尼奧　威尼斯商人
巴散尼奧　他的朋友
葛萊西安諾｝安、巴二人的朋友
薩蘭尼奧｝
撒拉林諾｝
羅倫佐　吉雪加的戀人
夏洛克　猶太富翁
杜拔爾　猶太人，夏洛克的朋友
朗西洛脫・高波　小丑，夏洛克的僕人

老高波　朗西洛脫的父親
里奧那陀　巴散尼奧的僕人
包爾薩澤
史梯番諾　}鮑細霞的僕人
鮑細霞　富家嗣女
聶莉莎　她的侍女
吉雪珈　夏洛克的女兒
威尼斯衆士紳，法庭官吏，獄吏，鮑細霞家中的僕人，及其他侍從

**地點**

一部分在威尼斯，一部分在大陸上的貝爾蒙脫，鮑細霞邸宅所在地

# 第一幕

## 第一場　威尼斯；街道

〔安東尼奧，撒拉林諾，及薩蘭尼奧上。

安　眞的，我不知道我為什麼這樣悶悶不樂。它眞叫我厭煩；你們說你們見我這樣子，也覺得很厭煩；可是我怎樣會讓憂愁沾上了身，這種憂愁究竟是怎麼一種東西，它是從什麼地方產生的，我卻全不知道；憂愁已經使我變成了一個儍子，我簡直有點自己也懂不得自己起來了。

撒　您的心是跟着您那些扯着滿帆的大船，在海洋上簸蕩着呢；它們就像水上的達官富紳，炫示着它們的豪華，那些小商船向它們點頭敬禮，它們卻睬也不睬地淩風直駛。

薩　相信我，老兄，要是我也有這麼一筆買賣在外洋，我一定要用大部分的心思牽記它；我一定常常拔草觀測風吹的方向，在地圖上查看港口碼頭的名字；凡是足以使我擔心我的貨物的命運的一切事情，不用說都會引起我的憂愁。

撒　吹涼我的粥的一口氣，也會吹痛了我的心，當我想到海面上的一陣暴風將會造成怎樣一場災禍的時候。一看見沙漏的時計，我就會想起海邊的沙灘，彷彿看見我那艘富麗的商船倒插在沙裏，船底向天，它的高高的桅檣吻着它的葬身之地。要是我到教堂裏去，看見那用石塊築成的神聖的殿堂，我怎麼會不立刻想起那些危險的礁石，它們祇要略微碰一碰我那艘好船的船舷，就會把滿船的香料傾瀉在水裏，讓洶湧的波濤披戴着我的綢緞綾羅，方纔還是價値連城的，一轉瞬間盡歸烏有？要是我想到了這種情形，我怎麼會不擔心這種情形也許果然會發生而憂愁起來呢？不用對我說，我知道安東尼奥是因爲想到他的貨物而憂愁。

安　不，相信我，感謝我的命運，我的買賣的成敗並不完全寄託在一艘船上，更不是倚賴着一處地方；我的全部財產，也不會因爲這一年的盈虧而受到影響，所以我的貨物並不能使我憂愁。

撒　啊，那麼您是在戀愛了。

安　呸！那兒的話！

撒　也不是在戀愛嗎？那麼讓我們說，您因爲不快樂，所以憂愁；這就像瞧您笑笑跳跳，就說您因爲不憂愁，所以快樂一樣，再便當沒有了。老天造下人來，眞是無奇不有：有的人老是瞇着眼睛笑，好像鸚鵡見了一個吹風笛的人一樣；有的人終日皺着眉頭，卽使奈斯脫（註一）發誓說那笑話很可笑，他也不肯露一露他的牙齒，裝出一個笑容來。

【巴散尼奥與羅倫佐，及葛萊西安諾上。

薩　您的一位最尊貴的朋友巴散尼奥跟葛萊西安諾，羅倫佐都來了。再見；您現在有了更好的同伴，我們可以少陪啦。

撒　倘不是因爲您的好朋友來了，我一定要叫您快樂了纔走。

安　你們的友誼我是十分看重的。照我看來，恐怕還是你們自己有事，所以借着這個機會想抽身出去吧？

撒　早安，各位大爺。

巴　兩位先生，咱們什麼時候再聚在一起談談笑笑？你們近來跟我十分疏遠，這是爲了什麼呢？

撒　您什麼時候有空，我們一定奉陪。（撒薩下）

羅　巴散尼奧大爺，您現在已經找到安東尼奧，我們也要少陪啦；可是請您千萬別忘記吃飯的時候咱們在什麼地方會面。

巴　我一定不失約。

葛　安東尼奧先生，您的臉色不大好；您把世間的事情看得太認眞了。相信我，您近來眞的大大地變了一個人啦。

安　葛萊西安諾，我把這世界不過看作一個世界；每一個人必須在這舞臺上扮演一個角色，我扮演的是一個悲哀的角色。

葛　讓我扮演一個小丑吧。讓我在嘻嘻哈哈的歡笑聲中不知不覺地老去；寧可用酒溫暖我的腸胃，不要用折磨自己的呻吟冰冷我的心。爲什麼一個身體裏面流着熱血的人，要那麼正襟危坐，就像他祖宗爺爺的石膏像一樣呢？明明醒着的時候，爲什麼偏要像睡去了一般？爲什麼動不動翻臉生氣，把自己氣出了一場黃疸病來？我告訴你吧，安東尼奧——因爲我愛你，所以我纔對你說這樣的話：世界上有一種人，他們的臉上裝出一付心如止水的神氣，故意表示他們的冷靜，好讓人家稱贊他們一聲智慧深沉，思想淵博；他們的神氣之間，好像說，「我的說話都是綸音天語，我要是一張開嘴唇來，不許有一頭狗亂叫！」啊，我的安東尼奧，我看透這一種人，他們只是因爲不說話，博得了智慧的名聲；可是我可以確定說一句，要是他們說起話來，聽見的人誰都會罵他們是傻瓜的。等有機會的時候，我再告訴你關於這種人的笑話吧；可是請你千萬別再用悲哀做釣餌，去釣這種無聊的名譽了。來，好羅倫佐。回頭見；等我吃完了飯，再來向你結束我的勸告。

羅　好，咱們在吃飯的時候再見吧。我大概也就是他所說的那種以不說話爲聰明的人，因爲葛萊西安諾不讓我有說話的機會。

葛　嘿，你祇要再跟我兩年，就會連你自己說話的聲音也聽不出來。

安　再見，我會把自己慢慢兒訓練得多說話一點的。

葛　那就再好沒有；祇有乾牛舌和沒人要的老處女纔是應該沉默的。（葛、羅下）

安　他說的這一番話有些什麼意思？

巴　葛萊西安諾比全威尼斯城裏無論那一個人都更會拉上一大堆廢話。他的道理就像藏在兩桶礱糠裏的兩粒麥子，你必須費去整天功夫方纔能夠把它們找到，可是找到了它們以後，你會覺得費這許多氣力找它們出來，是一點不値得的。

安　好，您今天答應告訴我您立誓要去祕密拜訪的那位姑娘的名字，現在請您告訴我吧。

巴　安東尼奥，我怎樣爲了維持我的外强中乾的體面，把一份微薄的資產銷耗殆盡的情形，您是知道得很明白的；對於因爲家道中落而感到的生活上的緊縮，現在我倒也不以爲意；我的最大的煩惱，是怎樣可以解脫我背上這一重重由於浪費而積欠下來的債務。無論在錢財方面或是友誼方面，安東尼奥，我欠您的債都是頂多的；因爲你我交情深厚，我纔敢大膽把我心裏所打算的怎樣了淸這一切債務的計劃全部告訴您知道。

安　好巴散尼奥，請您告訴我吧。祇要您的計劃跟您向來的立身行事一樣光明正大，那麼我的錢囊可以讓您任意取用，我自己也可以供您驅使；我願意用我所有的力量，幫助您達到目的。

巴　我在學校裏練習射箭的時候，每次把一枝箭射得不知去向，便用另一枝箭向着同一方向射了過去，眼睛看準了它掉在什麼地方，這樣往往可以把那失去的箭也找了回來。我提起這一件兒童時代的往事作爲譬喻，因爲我將要對您說的話，完全是一種很天眞的思想。我欠了您很多的債，而且像一個不聽話的孩子一樣，把借來的錢一起揮霍完了；可是您要是願意向着您放射第一枝箭的方向，再把您的第二枝箭射了過去，那麼這一回我一定會把目標看準，卽使不把兩枝箭一起找回來，至少也可以把第二枝箭交還給您，讓我仍舊對於您先前給我的援助做一個知恩圖報的負債者。

安　您是知道我的爲人的，現在您用這種譬喻的話來試探我的友誼，不過是浪費時間罷了；要是您懷疑我不肯盡力相助，那就要比把我所有的錢一起花掉還要對我不起。所以您祇要對我說我應該怎麼做，如果您知道那件事是我的力量所能辦到的，我一定會給您辦到。您說吧。

巴　在貝爾蒙脫有一位富家的嗣女，她生得非常美貌，尤其値得稱道的，她有非常卓越的德性；從她的眼睛裏，我有時接到她的脈脈含情的流盼。她的名字叫做鮑細霞，比起古代該多的女兒，勃魯脫斯的賢妻鮑細霞（註二）來，毫無遜色。這廣大的世界也沒有漠視了她的好處，四方的風從每一處海岸上帶來了聲名藉藉的求婚者；她的光亮的長髮就像是傳說中的金羊毛，引誘着無數的傑生前來向她追求。啊，我的安東尼奧！祇要我有相當的財力，可以和他們中間無論那一個人匹敵，那麼我覺得我有充分的把握，一定會達到願望的。

安　你知道我的全部財產都在海上；我現在旣沒有錢，也沒有可以變換做一筆現款的貨物。所以我們還是去試一試我的信用，看它在威尼斯城裏有些什麼效力吧；我一定憑着我這一點面子，盡力供給你到貝爾蒙脫去見那位美貌的鮑細霞。去，我們兩人就去分頭打聽什麼地方可以借得到錢，我就用我的信用做擔保，或者用我自己的名義給你借下來。（同下）

## 第二場　貝爾蒙脫；鮑細霞家中一室

〔鮑細霞及聶莉莎上。

鮑　眞的，聶莉莎，我這小小的身體已經厭倦了這個廣大的世界了。

聶　好小姐，您的不幸要是跟您的好運氣一樣大，那麽無怪您會厭倦這個世界的；可是照我的愚見看來，吃得太飽的人，跟挨着餓不吃東西的人一樣是會害病的，所以中庸之道纔是最大的幸福：富貴催人生白髮，布衣蔬食易長年。

鮑　很好的句子。

聶　要是能够照着它做去，那就更好了。

鮑　倘使做一件事情就跟知道什麽事情是應該做的一樣容易，那麽小教堂都要變成大禮拜堂，窮人的草屋都要變成王侯的宮殿了。一個好說教師纔會遵從他自己的訓誨；我可以教訓二十個人，吩咐他們應該做些什麽事，可是要我做這二十個人中間的一個，履行我自己的教訓，我就要敬謝不敏了。理智可以制定法律來約束感情，可是熱情激動起來，就會把冷酷的法令蔑棄不顧；年青人是一頭不受拘束的野兎，它會跳過老年人所設立的理智的藩籬。可是我這樣大發議論，是不會幫助我選擇一個丈夫的。唉，說什麽選擇！我既不能選擇我所中意的人，又不能拒絕我所憎厭的人；一個活着的女兒的意志，却要被一個死了的父親的遺囑所箝制。聶莉沙，像我這樣不能選擇，也不能拒絕，不是太叫人難堪了嗎？

聶　老太爺生前道高德重，大凡有道君子，臨終之時，必有神悟；他既然定下這抽籤取決的方法，叫誰能够在這金銀鉛三匣之中選中了他預定的一隻，便可以跟您匹配成親，那麼能夠選中的人，一定是値得您傾心相愛的。可是在這些已經到來向您求婚的王孫公子中間，您對於那一個最有好感呢？

鮑　請你列舉他們的名字，當你提到什麼人的時候，我就對他下幾句評語；憑着我的評語，你就可以知道我對於他們各人的印象。

聶　第一個是奈泊爾斯的親王。

鮑　嗯，他眞是一匹小馬；他不講話則已，講起話來，老是說他的馬怎麼怎麼；他因爲能夠自己替他的馬裝上蹄鐵，算是一件天大的本領。我很有點兒疑心他的令堂太太是跟鐵匠有過勾搭的。

聶　還有那位巴拉庭伯爵（註三）呢？

鮑　他一天到晚皺着眉頭，好像說，「你要是不要我，隨你的便。」他聽見笑話也不露一絲笑容。我看他年紀輕輕，就這麼愁眉苦臉，到老來只好一天到晚痛哭流涕了。我寧願嫁給一個骷髏，也不願嫁給這兩人中間的任何一個；上帝保佑我不要落在這兩個人手裏！

聶　您說那位法國貴族勒滂先生怎樣？

鮑　既然上帝造下他來，就算他是個人吧。憑良心說，我知道譏笑人家是一樁罪過，可是他！嚇！他的馬比奈泊爾斯親王那一頭好一點，他的皺眉頭的壞脾氣也勝過那位巴拉庭伯爵。什麼人的壞處他都有一點，可是一點沒有自己的特色；聽見畫眉鳥唱歌，他就會手舞足蹈；見了自己的影子，也會跟它比劍。我倘然嫁給他，等於嫁給二十個丈夫；要是他瞧不起我，我會原諒他，因爲即使他愛我愛到發狂，我也是永遠不會報答他的。

聶　那麼您說那個英國的少年男爵，福根勃立琪呢？

鮑　你知道我沒有對他說過一句話，因爲我的話他聽不懂，他的話我也聽不懂；他不會說拉丁話，法國話，意大利話，至於我的英國話程度的高明，你是可以替我出席法庭作證的。他的模樣倒還長得不錯，可是唉！誰高興跟一個啞巴子做手勢談話呀？他的裝束多麼古怪！我想他的緊身衣是在意大利買的，他的長統襪是在法國買的，他的軟帽是在德國買的，至於他的行爲舉止，那是他從四方八處學得來的。

聶　您覺得他的鄰居，那位蘇格蘭貴族怎樣？

鮑　他很懂得禮尙往來的睦鄰之道，因爲那個英國人曾經賞給他一記耳括子，他就發誓說，一有機會，立卽奉還；我想那法國人是他的保人，他已經簽署契約，聲明將來加倍報償哩。

聶　您看那位德國少爺，撒克遜公爵的姪子怎樣？

鮑　他在早上淸醒的時候就已經很壞了，一到下午喝醉了酒，尤其壞透；當他頂好的時候，叫他是個人還有點不够資格，當他頂壞的時候，他簡直比畜生好不了多少。要是最不幸的禍事降臨到我身上，我也希望永遠不要跟他在一起。

聶　要是他要求選擇，結果居然給他選中了預定的匣子，那時候您倘然拒絕嫁給他，那不是違背了老太爺的遺命了嗎？

鮑　爲了預防萬一起見，所以我要請你替我在錯誤的匣子上放好一杯滿滿的萊因河葡萄酒；要是魔鬼在他的心裏，誘惑在他的面前，我相信他一定會選了那一隻匣子的。什麼事情我都願意做，聶莉莎，祇要不讓我嫁給一個酒鬼。

聶　小姐，您放心吧，您再也不會嫁給這些貴人中間的任何一個的。他們已經把他們的決心告訴了我，說除了您父親所規定的用選擇匣子決定去取的辦法以外，要是他們不能用別的方法取得您的應允，那麼他們決定動身回國，不再麻煩您了。

鮑　要是沒有人願意照我父親的遺命把我娶去，那麼即使我活到一千歲，也只好終身不字。我很高興這一羣求婚者都是這麼懂事，因為他們中間沒有一個人我不是唯望其速去的；求上帝賜給他們一路順風吧！

聶　小姐，您還記不記得，當老太爺在世的時候，有一個跟着蒙脫佛拉侯爵到這兒來的才兼文武的威尼斯人？

鮑　是的，是的，那是巴散尼奧；我想這是他的名字。

聶　正是，小姐，照我這雙癡人的眼睛看起來，他是一切男子中間最值得匹配一位佳人的。

鮑　我很記得他，他果然值得你的誇獎。

【一僕人上。

鮑　啊！什麼事？

僕　小姐，那四位客人要來向您告別；另外還有第五位客人，摩洛哥親王，差了一個人先來報信，說他的主人親王殿下今天晚上就要到這兒來了。

鮑　要是我能夠竭誠歡迎這第五位客人，就像我竭誠歡送那四位客人一樣，那就好了。假如他有聖人般的德性，偏偏生着一副魔鬼樣的面貌，那麼與其讓他做我的丈夫，還不如讓他聽我的懺悔。來，聶莉莎。正是垂翅狂蜂方出戶，尋芳浪蝶又登門。（同下）

## 第三場　威尼斯；廣場

【巴散尼奧及夏洛克上。

夏　三千塊錢，嗯？

巴　是的，大叔，三個月爲期。

夏　三個月爲期，嗯？

巴　我已經對你說過了，這一筆錢可以由安東尼奧簽立借據。

夏　安東尼奧簽立借據，嗯？

巴　你願意幫助我嗎？你願意應承我嗎？可不可以讓我知道你的答覆？

夏　三千塊錢，借三個月，安東尼奧簽立借據。

巴　你的答覆呢？

夏　安東尼奧是個好人。

巴　你有沒有聽見人家說過他不是個好人？

夏　啊，不，不，不，不；我說他是個好人，我的意思是說他是個有身家的人。可是他的財產卻還有些問題：他有一艘商船開到特里坡利斯，另外一艘開到印度羣島，我在交易所裏還聽人說起，他有第三艘船在墨西哥，第四艘到英國去了，此外還有徧布在海外各國的買賣；可是船不過是幾塊木板釘起來的東西，水手也不過是些血肉之軀，岸上有旱老鼠，水裏也有水老鼠，有陸地的強盜，也有海上的強盜，還有風波礁石各種的危險。不過雖然這麼說，他這個人是靠得住的。三千塊錢，我想我可以接受他的契約。

巴　你放心吧，不會有錯的。

夏　我一定要放了心纔敢把債放出去，所以還是讓我再考慮考慮吧。我可不可以跟安東尼奧談談？

巴　不知道你願不願意陪我們吃一頓飯？

夏　是的，叫我去聞豬肉的味道，吃你們那拿撒拉先知（註四）把魔鬼趕進去的髒東西的身體！我可以跟你們做買賣，講交易，談天散步，以及諸如此類的事情，可是我不能陪你們吃東西喝酒做禱告。交易所裏有些什麼消息？那邊來的是誰？

【安東尼奧上。

巴　這位就是安東尼奧先生。

夏　（旁白）他的樣子多麼像一個搖尾乞憐的稅吏！我恨他因爲他是個基督徒，可是尤其因爲他是個傻子，借錢給人不取利錢，把咱們在威尼斯城裏放債的這一行的利息都壓低了。要是我有一天抓住他的把柄，一定要痛痛快快地向他報復我的深仇宿怨。他憎惡我們神聖的民族，甚至在商人會集的地方當衆辱駡我，辱駡我的交易，辱駡我辛辛苦苦賺下來的錢，說那些都是盤剝得來的骯髒錢。要是我饒過了他，讓我們的民族永遠沒有翻身的日子！

巴　夏洛克，你聽見嗎？

夏　我正在估計我手頭的現款，照我大概記得起來的數目，要一時湊足三千塊錢，恐怕辦不到。可是那沒有關係，我們族裏有一個猶太富翁杜拔爾可以供給我必要的數目。且慢！您打算借幾個月？（向安）您好，好先生；那一陣好風把尊駕吹了來啦？

安　夏洛克，雖然我跟人家互通有無，從來不講利息，可是爲了我的朋友的急需，這回我要破一次例。（向巴）他有沒有知道你需要多少？

夏　嗯，嗯，三千塊錢。

安　三個月爲期。

夏　我倒忘了，正是三個月，您對我說過的。好，您的借據呢？讓我瞧一瞧。可是聽着，好像您說您從來借錢不講利息。

安　我從來不講利息。

夏　當雅谷替他的舅父拉班牧羊的時候，（註五）——這個雅谷是我們聖祖亞伯蘭的後裔，他的聰明的母親設計使他做第三代的族長，是的，他是第三代，——

安　爲什麼說起他呢？他也是取利息的嗎？

夏　不，不是取利息，不是像你們所說的那樣直接取利息。聽好雅谷用些什麼手段：拉班跟他約定，生下來的小羊凡是有條紋斑點的，都歸雅谷所有，作爲他的牧羊的酬勞；到晚秋的時候，那些母羊因爲淫情發動，跟公羊交合，這個狡猾的牧人就乘着這些毛畜正在進行傳種工作的當兒，削好了幾根木棒，插在淫浪的母羊的面前，它們這樣懷下了孕，一到生產的時候，產下的小羊都是有斑紋的，所以都歸雅谷所有。這是致富的妙法，上帝也祝福他；祇要不是偷竊，會打算盤總是好事。

安　雅谷雖然幸而獲中，可是這也是他按約應得的酬報；上天的意旨成全了他，卻不是出於他自己的力量。你提起這一件事，是不是要證明取利息是一件好事？還是說金子銀子就是你的公羊母羊？

夏　這我倒不能說；我只是叫它像母羊生小羊一樣地快快生利息。可是先生，您聽我說。

安　你聽，巴散尼奧，魔鬼也會引證聖經來替自己辯護哩。一個指着神聖的名字作證的惡人，就像一個臉帶笑容的姦徒，又像一隻外觀美好中心腐爛的蘋果。唉，姦僞的表面是多麽動人！

夏　三千塊錢，這是一筆可觀的整數。一年除去三個月，讓我看看利錢應該有多少。

安　好，夏洛克，我們可不可以仰仗你這一次？

夏　安東尼奧先生，好多次您在交易所裏罵我，說我盤剝取利，我總是忍氣吞聲，聳聳肩膀，沒有跟您爭辯，因爲忍受迫害，本來是我們民族的特色。您罵我異教徒，殺人的狗，把唾沫吐在我的猶太長袍上，只因爲我用我自己的錢博取幾個利息。好，看來現在是您要來向我求助了；您跑來見我，您說，「夏洛克，我們要幾個錢；」您這樣對我說。您把唾沫吐在我的鬍子上，用您的脚踢我，好像我是您門口的一條野狗一樣；現在您卻來問我要錢，我應該怎樣對您說呢？我要不要這樣說，「一條狗會有錢嗎？一條惡狗能够借人三千塊錢嗎？」或者我應不應該彎下身子，像一個奴才似地低聲下氣，恭恭敬敬地說，「好先生，您在上星期三用唾沫吐在我身上；有一天您用脚踢我；還有一天您罵我狗；爲了報答您的這許多恩典，所以我應該借給您這麽些錢嗎？」

安　我巴不得再這樣罵你，唾你，踢你。要是你願意把這錢借給我，不要把它當作借給你的朋友，——那有朋友之間通融幾個臭錢也要斤斤較量地計算利息的道理？——你就把它當作借給你的仇人吧；倘使我失了信用，你儘管拉下臉來照約處罰就是了。

夏　噯喲，瞧您生這麽大的氣！我願意跟您交個朋友，大家要要好好的；您從前加在我身上的種種羞辱，我願意完全忘掉；您現在需要多少錢，我願意如數供給您，而且不要您一個子兒的利息；可是您卻不願意聽我說下去。我這完全是一片好心哩。

安　這倒果然是一片好心。

夏　我要叫你們看看我倒底是不是一片好心。跟我去找一個公證人，就在那兒簽好了約；我們不妨開個頑笑，在約裏載明要是您不能按照約中所規定的條件，在什麼日子什麼地點，還給我一筆什麼數目的錢，就得隨我的意思，在您身上的任何部分割下一磅白肉，作爲處罰。

安　很好，就是這麼辦吧；我願意簽下這樣一張約，還要對人家說這個猶太人的心腸倒不壞呢。

巴　我寧願安守貧困，不能讓你爲了我的緣故簽這樣的約。

安　老兄，你怕什麼；我決不會受罰的。就在這兩個月之內，離開這約的滿期還有一個月，我就可以有十倍這借款的數目進門。

夏　亞伯蘭老祖宗啊！瞧這些基督徒因爲自己待人刻薄，所以疑心人家對他們不懷好意。請您告訴我，要是他到期不還，我照着約上規定的條款向他執行處罰了，那對我又有什麼好處？從人身上割下來的一磅肉，它的價值可以比得上一磅羊肉牛肉，或是山羊肉嗎？我爲了要博得他的好感，所以纔向他買這樣一個交情；要是他願意接受我的條件，很好，否則也就算了。千萬請你們不要誤會了我這一番誠意。

安　好，夏洛克，我願意簽約。

夏　那麼就請您先到公證人的地方等我，告訴他這一張遊戲的契約怎樣寫法；我就去馬上把錢湊起來，還要回到家裏去瞧瞧，讓一個靠不住的奴才看守着門戶，有點放心不下；然後我立刻就來瞧您。

安　那麼你去吧，善良的猶太人。（夏下）這猶太人快要變做基督徒了，他的心腸變好多啦。

巴　我不喜歡口蜜腹劍的人。

安　好了好了，這又有什麼要緊？再過兩個月，我的船就要回來了。（同下）

註一　奈斯脫(Nestor)，荷馬史詩 Iliad 中的希臘將領，以嚴肅著名。
註二　勃魯脫斯（Brutus）即莎翁史劇「該撒遇弒記」中的要角，其妻亦名 Portia。
註三　巴拉庭伯爵原文作 County Palatine，義爲在其封邑內享有君權的伯爵，因無適當譯名，故譯音以代。
註四　拿撒拉先知即耶穌。
註五　見舊約創世記。

# 第二幕

## 第一場 貝爾蒙脫;鮑細霞家中一室

〔喇叭吹花腔。摩洛哥親王率侍從鮑西霞,聶莉莎及婢僕等同上。

摩 不要因爲我的膚色而憎厭我;我是驕陽的近鄰,我這一身黝黑的制服,便是它的威燄的賜予。給我到終年不見陽光,冰山雪柱的極北,找一個最白皙皎好的人來,讓我們刺血察驗對您的愛情,看看究竟是他的血紅還是我的血紅。我告訴你,小姐,我這副容貌曾經嚇破了勇士的肝膽;可是憑着我的愛情起誓,我們國土裏最有聲譽的少女也曾爲它害過相思。我不願更變我的膚色,除非爲了取得您的歡心,我的溫柔的女王!

鮑 講到選擇這一件事,我倒並不單單憑信一雙善於挑剔的少女的眼睛;而且我的命運由抽籤決定,自己也沒有任意去取的權力;可是我的父親倘不曾用他的遠見把我束縛住了,使我祇能委身於按照他所規定的方法贏得我的男子,那麼您聲名卓著的王子,您的容貌在我的心目之中,並不比我所已經看到的那些求婚者有什麼遜色。

摩 單是您這一番美意,已經使我萬分感激了;所以請您帶我去瞧瞧那幾個匣子,試一試我的命運吧。憑着這一柄曾經手刃波斯王,並且使一個三次戰敗蘇里曼蘇丹的波斯王子授首的寶劍起誓,我要瞪眼嚇退世間最猙獰的猛漢,跟全世界最勇武的壯士比賽膽量,從母熊的胸前奪下哺乳的小熊;當一頭餓獅咆哮攫食的時候,我要向它揶揄侮弄，爲了要博得你的垂青，小姐。可是唉！卽使像赫邱里斯那樣的蓋世英雄，要是跟他的奴僕賭起骰子來，也許他的運氣還不如一個下賤之人；我現在聽從着盲目的命運的指揮，也許結果終於失望，眼看着一個不如我的人把我的意中人挾走，而自己在悲哀中死去。

鮑　您必須信任命運，或者死了心放棄選擇的嘗試，或者當您開始選擇以前，先立下一個誓言，要是選得不對，終身不再向任何女子求婚；所以還是請您考慮考慮吧。

摩　我的主意已決，不必考慮了；來，帶我去試我的運氣吧。

鮑　第一先到教堂裏去；吃過了飯，您就可以試試您的命運。

摩　好，成功失敗，在此一舉！正是不挾美人歸，壯士無顏色。（吹喇叭；衆下）

## 第二場　威尼斯街道

〔朗西洛脫高波上。

朗　要是我從我的主人這個猶太人的家裏逃走，我的良心是一定要責備我的。可是魔鬼拉着我的臂膀，引誘着我，對我說，「高波，朗西洛脫高波，好朗西洛脫，拔起你的腿來，開步走！」我的良心說，「不，留心，老實的朗西洛脫；留心，老實的高波；」或者就是這麼說，「老實的朗西洛脫高波，別逃跑；用你的腳跟把逃跑的念頭踢得遠遠的。」好，那個大膽的魔鬼卻勸我捲起鋪蓋滾蛋；「去呀！」魔鬼說，「去呀！看在老天的面上，提起勇氣來，跑吧！」好，我的良心挽住我心裏的脖子，很聰明地對我說，「朗西洛脫我的老實朋友，你是一個老實人的兒子，」——或者還不如說一個老實婦人的兒子，因爲我的父親的確有點兒不大那個，有點兒很丟臉的壞脾氣；——好，我的良心說，「朗西洛脫，別動！」魔鬼說，「動！」我的良心說，「別動！」「良心，」我說，「你說得不錯；」「魔鬼，」我說，「你說得有理。」要是聽良心的話，我就應該留在我的主人那猶太人家裏，上帝恕我這樣說，他也是一個魔鬼；要是從猶太人的地方逃走，那麼我就要聽從魔鬼的話，對不住，他本身就是魔鬼。可是我說，那猶太人一定就是魔鬼的化身；憑良心說話，我的良心勸我留在猶太人地方，未免良心太狠。還是魔鬼的話說得像個朋友。我要跑，魔鬼；我的脚跟聽從着你的指揮；我一定要逃跑。

【老高波攜籃上。

高　年青的先生，請問一聲，到猶太老爺的家裏是怎麼去的？

朗　（旁白）天啊！這是我的親生的父親，他的眼睛因爲有八九分盲，所以不認識我。待我把他戲弄一下。

高　年青的少爺先生，請問一聲，到猶太老爺的家裏是怎麼去的？

朗　你在轉下一個彎的時候，望右手轉過去；臨了一次轉彎的時候，望左手轉過去；再下一次轉彎的時候，什麼手也不用轉，曲曲彎彎的轉下去，就轉到那猶太人的家裏了。

高　哎喲，這條路可不容易走哩！您知道不知道有一個住在他家裏的朗西洛脫，現在還在不在他家裏？

朗　你說的是朗西洛脫少爺嗎？（旁白）瞧着我吧，現在我要誘他流起眼淚來了。——你說的是朗西洛脫少爺嗎？

高　不是什麼少爺先生，他是一個窮人的兒子；他的父親，不是我說一句，是個老老實實的窮光蛋，多謝上帝，他還活得好好兒的。

朗　好，不要管他的父親是個什麼人，咱們講的是朗西洛脫少爺。

高　他是您少爺的朋友，他就是叫朗西洛脫。

朗　對不住，老人家，所以我要問你，你說的是朗西洛脫少爺嗎？

高　是朗西洛脫，少爺。

朗　所以就是朗西洛脫少爺。老人家，你別提起朗西洛脫少爺啦；因爲這位年青的少爺，根據天命氣數鬼神這一類陰陽怪氣的說法，是已經去世啦，或者說得明白一點，是已經歸天啦。

高　哎喲，天哪！這孩子是我老年的拐杖，我的唯一的靠傍哩。

朗　（旁白）我難道像一根棒兒或是一根柱子嗎？——爸爸，您不認識我嗎？

高　唉，我不認識您，年青的少爺；可是請您告訴我，我的孩子——上帝安息他的靈魂！——究竟是活着還是死了？

朗　您不認識我嗎，爸爸？

高　唉，少爺，我是個瞎子；我不認識您。

朗　噯，眞的，您就是眼睛明亮，也許會不認識我，祇有聰明的父親纔會知道他自己的兒子。好，老人家，讓我告訴您關於您兒子的消息吧。請您給我祝福；眞理總會顯露出來，殺人的兇手總會給人捉住；兒子雖然會暫時躲了過去，事實到臨了總是瞞不過的。

高　少爺，請您站起來。我相信您一定不會是朗西洛脫，我的孩子。

朗　廢話少說，請您給我祝福：我是朗西洛脫，從前是您的孩子，現在是您的兒子，將來也還是您的小子。

高　我不能想像您是我的兒子。

朗　那我倒不知道應該怎樣想法了；可是我的確是在猶太人家裏當僕人的朗西洛脫，我也相信您的妻子瑪葛蕾就是我的母親。

高　她的名字果眞是瑪葛蕾。你倘然眞的就是朗西洛脫，那麼你是我的親生血肉了。上帝果然靈聖你長了多長的一把鬍子啦！你臉上的毛，比我那拖車子的馬兒道平尾巴上的毛還多吶！

朗　這樣看起來那麼道平的尾巴一定是越長越短的；我還淸楚記得，上一次我看見他的時候，他尾巴上的毛比我臉上的毛多得多哩。

高　上帝啊！你多麼變了樣子啦！你跟主人合得來嗎？我給他帶了點兒禮物來了。你們現在合得來嗎？

朗　合得來合得來；可是從我自己這一方面講，我既然已經決定逃跑，那麼非到跑走了一程路之後，我是決不會停止下來的。我的主人是個十足的猶太人；給他禮物！還是給他一根上吊的繩子吧。我替他做事情，把個身體都餓瘦了；您可以用我的肋骨摸出我的每一條手指來。爸爸，您來了我很高興。把您的禮物送給一位巴散尼奧大爺吧，他是會賞漂亮的新衣服給用人穿的。我要是不能服侍他，我寧願跑到地球的盡頭去。啊，運氣眞好！正是他來了。到他跟前去，爸爸。我要是再繼續服侍這個猶太人，連我自己都要變做猶太人了。

〔巴散尼奧率里奧那陀及其他從者上。〕

巴　你們就這樣做吧，可是要趕快點兒，晚飯頂遲必須在五點鐘預備好。這幾封信替我分別送出；叫裁縫把制服做起來；回頭再請葛萊西安諾立刻到我的寓所裏來。（一僕下）

朗　上去，爸爸。

高　上帝保佑大爺！

巴　謝謝你，有什麼事？

高　大爺，這一個是我的兒子，一個苦命的孩子，——

朗　不是苦命的孩子，大爺，我是猶太富翁的跟班；不瞞大爺說，我想要——我的父親可以給我證明，——

高　大爺，正像人家說的，他一心一意地想要伺候——

朗　總而言之一句話，我本來是伺候那個猶太人的，可是我很想要——我的父親可以給我證明，——

高　不瞞大爺說，他的主人跟他有點兒意見不合，——

朗　乾脆一句話，實實在在說，這猶太人欺侮了我，他叫我——我的父親是個老頭子，我希望他可以替我向您證明，——

高　我這兒有一盤烹好的鴿子送給大爺，我要請求大爺一件事，——

朗　廢話少說，這請求是關於我的事情，這位老實的老人家可以告訴您；不是我說一句，我這父親雖然是個老頭子，卻是個苦人兒。

巴　讓一個人說話。你們究竟要什麼？

朗　伺候您，大爺。

高　正是這一件事，大爺。

巴　我認識你；我可以答應你的要求；你的主人夏洛克今天曾經向我說起，要把你舉薦給我。可是你不去伺候一個有錢的猶太人，反要來做一個窮紳士的跟班，恐怕沒有什麼好處吧。

朗　大爺，一句老古話剛好說着我的主人夏洛克跟您：他有的是錢，您有的是上帝的恩惠。

巴　你說得很好。老人家，你帶着你的兒子，先去向他的舊主人告別，然後再來打聽我的住址。（向從者）給他做一身比別人格外鮮豔一點的制服，不可有誤。

朗　爸爸，進去吧。我不能得到一個好差使嗎？我生了嘴不會說話嗎？好，（視手掌）要是在意大利有誰生得一手比我還要好的掌紋，我一定會交好運的。好，這兒是一條筆直的壽命線；這兒有不多幾個老婆；唉！十五個老婆算得什麼，十一個寡婦再加上九個黃花閨女，對於一個男人也不算太多啊，還要三次溺水不死，有一次幾幾乎在一張天鵝絨的牀邊送了性命，好險呀好險！好，要是命運之神是個女的，她倒是個很好的娘兒。爸爸，來，我要用一霎眼的功夫向那猶太人告別。（朗西洛脫及老高波下）

巴　好里奧那陀，請你記好，這些東西買到以後，把它們安排停當，就趕緊回來，因爲我今晚要宴請我的最有名望的相識；快去吧。

里　我一定給您盡力辦去。

〔葛萊西安諾上。

葛　你家主人呢？

里　他就在那邊走着，先生。（下）

葛　巴散尼奧大爺！

巴　葛萊西安諾！

葛　我要向您提出一個要求。

巴　我答應你。

葛　您不能拒絕我；我一定要跟您到貝爾蒙脫去。

巴　啊，那麼我祇好讓你去了。可是聽着，葛萊西安諾，你這個人太隨便，太不拘禮節，太愛高聲說話了；這幾點本來對於你是再合適不過的，在我們的眼睛裏也不以爲嫌，可是在陌生人的地方，那就好像有點兒放肆啦。請你千萬留心在你的活潑的天性裏盡力放進幾分冷靜進去否則人家見了你這樣狂放的行爲，也許會對我發生誤會，害我不能達到我的希望。

葛　巴散尼奧大爺聽我說。我一定會裝出一副安詳的態度，說起話來恭而敬之，難得賭一兩句咒，口袋裏放一本祈禱書，臉孔上堆滿了莊嚴；不但如此，在念食前祈禱的時候，我還要把帽子拉下來遮住我的眼睛，嘆一口氣，說一句「阿們；」我一定遵守一切禮儀，就像人家有意裝得循規蹈矩去討他老祖母的歡喜一樣。要是我不照這樣的話做去，您以後不用相信我好了。

巴　好，我們倒要瞧瞧你裝得像不像。

葛　今天晚上可不算；您不能按照我今天晚上的行動來判斷我。

巴　不，那未免太殺風景了。我倒要請你今天晚上痛痛快快地歡暢一下，因爲我已經跟幾個朋友約定，大家都要盡興狂歡。現在我還有點事情，等會兒見。

葛　我也要去找羅倫佐跟還有那些人；晚飯的時候我們一定來看您。（各下）

## 第三場　同前；夏洛克家中一室

〔吉雪加及朗西洛脫上。

吉　你這樣離開我的父親，使我很不高興；我們這個家是一座地獄，幸虧有你這淘氣的小鬼，多少解除了幾分悶氣。可是再會吧，朗西洛脫，這一塊錢你且拿了去；你在晚飯的時候，可以看見一位叫做羅倫佐的，是你新主人的客

朗　人，這封信你替我交給他，留心別讓旁人看見。現在你快去吧，我不敢讓我的父親瞧見我跟你談話。再見！眼淚哽住了我的舌頭，頂美麗的異教徒，頂溫柔的猶太人！倘不是一個基督徒跟你母親私通，生了你下來，就算我有眼無珠。再會吧！這些傻氣的淚點快要把我的男子氣概都淹沉啦。再見！

吉　再見，好朗西洛脫。（朗下）唉，我真是罪惡深重，竟會羞於做我父親的孩子！可是雖然我在血統上是他的女兒，在行為上卻不是他的女兒。羅倫佐啊！你要是能够守信不渝，我將要結束我的內心的衝突，皈依基督教，做你的親愛的妻子。（下）

## 第四場　同前；街道

【葛萊西安諾，羅倫佐，撒拉林諾，薩蘭尼奥同上。

羅　不，咱們就在吃晚飯的時候溜了出去，在我的寓所裏化裝好了，只消一點鐘功夫就可以把事情辦好回來。

葛　咱們還沒有好好兒準備過呢。

撒　咱們還沒有提到過拿火炬的人。

薩　那一定要經過一番訓練，否則叫人瞧着笑話；依我看來，還是不用了吧。

羅　現在還不過四點鐘；咱們還有兩個鐘點可以準備起來。

【朗西洛脫持函上。

羅　朗西洛脫朋友，你帶了什麼消息來了？

朗　請您把這封信拆開來，好像它就會告訴您的。

羅　我認識這筆跡這幾個字寫得眞好看；寫這封信的那雙手，是比這信紙還要潔白的。

葛　一定是情書。

朗　大爺，小的告辭了。

羅　你還要到那兒去？

朗　呃，大爺，我要去請我的舊主人猶太人今天晚上陪我的新主人基督徒吃飯。

羅　慢着，這幾個錢賞給你；你去回覆溫柔的吉雪加，我不會誤她的約；留心說話的時候別給旁人聽見。各位，去吧。（朗下）你們願意去準備今天晚上的假面跳舞會嗎？我已經有了一個拿火炬的人了。

撒　是，我立刻就去準備起來。

薩　我也就去。

羅　再過一點鐘左右，咱們大家在葛萊西安諾的寓所裏相會。

撒　很好。（撒薩同下）

葛　那封信不是吉雪加寫給你的嗎？

羅　我必須把一切都告訴你。她已經教我怎樣帶着她逃出她父親的家裏，告訴我她隨身帶了多少金銀珠寶，已經準備好怎樣一身小僮的服裝。要是她的父親那個猶太人有一天會上天堂，那一定因爲上帝看在他善良的女兒面上特別開恩；惡運再也不敢侵犯她，除非因爲她的父親是一個奸詐的猶太人。來，跟我一塊兒去；你可以一邊走一邊讀這封信。美麗的吉雪加將要替我拿着火炬。（同下）

## 第五場　同前；夏洛克家門前

【夏洛克及朗西洛脫上。

夏　好，你就可以知道，你就可以親眼瞧瞧夏洛克老頭子跟巴散尼奧有什麼不同啦。——喂，吉雪加！——、我家裏容得你狼吞虎嚥，別人家裏是不許你這樣放肆的；——喂，吉雪加！——還讓你睡覺打鼾，把衣服胡亂撕破；——喂，吉雪加！

朗　喂，吉雪加！

夏　誰叫你喊的？我沒有叫你喊呀。

朗　您老人家不是常常怪我一定要等人家吩咐了纔會做事嗎？

【吉雪加上。

吉　您叫我嗎？有什麼吩咐？

夏　吉雪加，人家請我去吃晚飯；這兒是我的鑰匙，你好生收管着。可是我去幹麼呢？人家又不是眞心邀請我，他們不過拍拍我的馬屁而已。可是我因爲恨他們，倒要去這一趟，受用受用這個浪子基督徒的酒食。吉雪加，我的孩子，留心照看門戶。我實在有點不願意去；昨天晚上我做夢看見錢袋，恐怕不是個吉兆。

朗　老爺，請您一定去；我家少爺在等着您賞光呢。

夏　我也在等着他賞我一記耳光哩。

朗　他們已經商量好了；我並不說您可以看到一場假面跳舞，可是您要是果然看到了，那就怪不得我在上一個黑曜日早上六點鐘會流起鼻血來啦，那一年正是在聖灰節星期三第四年的下午。

夏　怎麼！還有假面跳舞嗎？聽好，吉雪加，把家裏的門鎖上了；聽見鼓聲和彎笛子的怪叫聲音，不許爬到窗槅子上張望，也不要伸出頭去，瞧那些臉上塗得花花綠綠的傻基督徒們打街道上走過。所有的窗都給我關起來，別讓那些無聊的胡鬧的聲音鑽進我的清靜的屋子裏。憑着雅谷的牧羊杖發誓，我今晚眞有點不想出去參加什麼宴會。可是就去這一次吧。小子，你先回去，說我就來了。

朗　那麼我先去了，老爺。小姐，留心看好窗外；「跑來一個基督徒，不要錯過好姻緣。」（下）

夏　嘿，那個夏甲的傻瓜後裔（註）說些什麼？

吉　沒有說什麼，他只是說，「再會，小姐。」

夏　這蠢才人倒還好，就是食量太大，做起事來，慢吞吞像條蝸牛一般；白天睡覺的本領，比野貓還勝過幾分；我家裏可容不得懶惰的黃蜂，所以纔打發他走了，讓他去跟着那個靠借債過日子的敗家精，正好幫他消費。好，吉雪加，進去吧；也許我一會兒就回來。記住我的話，把門兒隨手關了。「縛得牢，跑不了，」這是一句千古不磨的至理明言。（下）

吉　再會；要是我的命運不跟我作梗，那麼我將要失去一個父親，你也要失去一個女兒了。（下）

## 第六場　同前

［葛萊西安諾及撒拉林諾戴假面同上。］

葛　這兒屋簷下便是羅倫佐叫我們守望的地方。

撒　他約定的時間快要過去了

葛　他會遲到眞是件怪事，因爲戀人們總是趕在時鐘的前面的。

撒　啊！維納絲的鴿子飛去締結新歡的盟約，比之履行舊日的諾言，總是要快上十倍。

葛　那是一定的道理。誰在席終人散以後，他的食慾還像初入座時候那麼强烈？那一匹馬在冗長的歸途上，會像它起程時那麼長驅疾馳？世間的任何事物，追求時候的興致總要比享用時候的興致濃烈。一艘新下水的船隻揚帆出港的當兒，多麼像一個嬌養的少年，給那輕狂的風兒愛撫摟抱！可是等到它回來的時候，船身已遭風日的侵蝕，船帆也變成了百結的破衲，它又多麼像一個落魄的浪子，給那輕狂的風兒肆意欺淩！

撒　羅倫佐來啦；這些話你留着以後再說吧。

〔羅倫佐上。

羅　兩位好朋友，累你們久等了，對不起得很；實在是因爲我有點事情，急切裏抽身不出。等你們將來也要偷妻子的時候，我一定也替你們守這麼些時候。過來，這兒就是我的猶太岳父所住的地方。喂！裏面有人嗎？

〔吉雪加男裝自上方上。

吉　你是那一個？我雖然認識你的聲音，可是爲了免得錯認了人，請你把名字告訴我。

羅　我是羅倫佐，你的愛人。

吉　你果然是羅倫佐，也的確是我的愛人，誰會使我愛得像你一樣呢？羅倫佐，除了你之外，誰還知道我究竟是不是屬於你的？

羅　上天和你的思想，都可以證明你是屬於我的。

吉　來，把這匣子接住了，你拿了去大有好處的。幸虧在夜裏，你瞧不見我，我改扮成這個怪樣子，怪不好意思哩。可是戀愛是盲目的，戀人們瞧不見他們自己所幹的傻事；要是他們瞧得見的話，那麼邱必特瞧見我變成一個男孩子，也會臉紅起來哩。

羅　下來吧，你必須替我拿着火炬。

吉　怎麼！我必須拿着燭火，照亮自己的羞恥嗎？像我這樣子，已經太輕狂了，應該遮掩遮掩才是，怎麼反而要在別人面前露臉？

羅　親愛的，你穿上這一身漂亮的男孩子衣服，人家不會認出你來的。快來吧，夜色已經在不知不覺中深了起來，巴散尼奧在等着我們去赴宴呢。

吉　讓我把門窗關好，再收拾些銀錢帶在身邊，然後立刻就來。（自上方下）

葛　憑着我的頭巾發誓，她眞是個基督徒，不是個猶太人。

羅　我從心底裏愛着她。要是我有判斷的能力，那麼她是聰明的；要是我的眼睛沒有欺騙我，那麼她是美貌的；她已經替自己證明她是忠誠的；像她這樣又聰明，又美麗，又忠誠，怎麼不叫我把她永遠放在自己的靈魂裏呢？

【吉雪加上。

啊，你來了嗎？朋友們，走吧！我們的舞侶們現在一定在那兒等着我們了。（羅、吉、撒同下）

【安東尼奧上。

安　那邊是誰？

葛　安東尼奧先生！

安　咦，葛萊西安諾！還有那些人呢？現在已經九點鐘啦，我們的朋友們大家在那兒等着你們。今天晚上的假面跳舞會取消了；風勢已轉，巴散尼奧就要立刻上船。我已經差了二十個人來找你們了。

葛　那好極了；我巴不得今天晚上就開船出發。（同下）

## 第七場　貝爾蒙脫；鮑細霞家中一室

〔喇叭吹花腔；鮑細霞及摩洛哥親王各率侍從上。

鮑　去把帳幕揭開，讓這位尊貴的王子瞧瞧那幾個匣子。現在請殿下自己選擇吧。

摩　第一隻匣子是金的，上面刻着這幾個字：「誰選擇了我，將要得到衆人所希求的東西。」第二隻匣子是銀的，上面刻着這樣的約許：「誰選擇了我，將要得到他所應得的東西。」第三隻匣子是用沉重的鉛打成的，上面刻着像鉛一樣冷酷的警告：「誰選擇了我，必須準備把他所有的一切作爲犧牲。」我怎麼可以知道我選得錯不錯呢？

鮑　這三隻匣子中間，有一隻裏面藏着我的小像；您要是選中了那一隻，我就是屬於您的了。

摩　求神明指示我！讓我看；我且先把匣子上面刻着的字句再推敲一遍。這一個鉛匣子上面說些什麼？「誰選擇了我，必須準備把他所有的一切作爲犧牲。」必須準備犧牲；爲什麼？爲了鉛嗎？爲了鉛而犧牲一切嗎？這匣子說的話兒倒有些嚇人。人們爲了希望得到重大的利益，纔會不惜犧牲一切；一顆貴重的心，決不會屈躬俯就鄙賤的外表；我不願爲了鉛的緣故而作任何的犧牲。那個色澤皎潔的銀匣子上面說些什麼？「誰選擇了我，將要得到他所應得的東西。」得到他所應得的東西！且慢，摩洛哥，把你自己的價値作一下公正的估計吧。照你自己判斷起來，你應該得到很高的評價，可是也許憑着你這幾分長處，還不配娶到這樣一位小姐；然而我要是疑心我自己不够資格，那未免太小看自己了。得到我所應得的東西！當然那就是指這位小姐而說的；講到家世，財產，人品，教養，我在那一點上配不上她？可是超乎這一切之上，憑着我這一片深情，也就應該配得上她了。那麼我不必遲疑，就選了這一個匣子吧。讓我再瞧瞧那金匣子上說些什麼話：「誰選擇了我，將要得到衆人所希求的東西。」啊，那正是這位小姐了；整個兒的世界都希求着她，從地球的四角他們迢迢而來，頂禮這位塵世的仙眞：赫堪尼亞的沙漠和廣大的阿剌伯的遼闊的荒野，現在已經成爲各國王子們前來瞻仰美貌的鮑細霞的通衢大道；把唾沫吐在天庭面上的傲慢不遜的海洋，也不能阻止外邦的遠客，他們越過洶湧的波濤，就像跨過一條小河一樣，爲了要看一看鮑細霞的絕世姿容。在這三隻匣子中間，有一隻裏面藏着她的天仙似的小像。難道那鉛匣子裏會藏着她嗎？想起這樣一個卑劣的思想，就是一種褻瀆；那麼她是會藏在那價值祇及純金十分之一的銀匣子裏面嗎？啊，罪惡的思想！這樣一顆珍貴的珠寶，決不會裝在比金子低賤的匣子裏。把鑰匙交給我；我已經選定了，但願我的希望能够成就！

**鮑**　親王，請您拿着這鑰匙；要是這裏邊有我的小像，我就是您的了。（摩開金匣）

**摩**　哎喲，該死！這是什麼？一個死人的骷髏，那空空的眼眶裏藏着一張有字的紙卷。讓我讀一讀上面寫着什麼。

「發閃光的不全是黃金，
古人的說話沒有騙人；
多少世人出賣了一生，
不過看到了我的外形，

蛆蟲佔據着鍍金的墳。
你要是又大膽又聰明，
手脚壯健，見識卻老成，
就不會得到這樣回音：
再見，勸你冷卻這片心。」

冷卻這片心；真的是枉費辛勞！
永別了，熱情！歡迎，凛冽的寒飈！
再見，鮑細霞，悲傷塞滿了心胸，
莫怪我這敗軍之將去得匆匆。（率侍從下；喇叭吹花腔）

鮑　他去得倒還知趣。把幃幕拉下。但願像他一樣膚色的人都像他一樣選不中。（同下）

## 第八場　威尼斯；街道

【撒拉林諾及薩蘭尼奧上。

撒　啊，朋友，我看見巴散尼奧開船，葛萊西安諾也跟他同船去；我相信羅倫佐一定不在他們船裏。

薩　那個惡猶太人大呼小叫地吵到公爵那兒去，公爵已經跟着他去搜巴散尼奧的船了。

撒　他去遲了一步，船已經開出。可是有人告訴公爵，說他們曾經看見羅倫佐跟他的多情的吉雪加在一艘平底船裏；而且安東尼奧也向公爵證明他們並不在巴散尼奧的船上。

薩　那猶太狗在街上一路亂叫亂喊，「我的女兒啊，我的銀錢啊，我的女兒跟一個基督徒逃走啦！啊，我的基督徒的銀錢！公道啊！法律啊！我的銀錢，我的女兒！一袋封好的，兩袋封好的銀錢，給我的女兒偷去了！還有珠寶！兩顆寶石，兩顆珍貴的寶石都給我的女兒偷去了！公道啊！把那女孩子找出來！她身邊帶着寶石，還有銀錢。」

撒　威尼斯城裏所有的小孩子們都跟在他背後，喊着他的寶石，他的女兒，他的銀錢。

薩　安東尼奧應該留心那筆債款不要誤了期，否則他要在他身上報復的。

撒　對了，你想起得不錯。昨天我跟一個法國人談天，他對我說起，在英法二國之間的狹隘的海面上，有一艘從咱們國裏開出去的滿載着貨物的船隻出了事了。我一聽見這句話，就想起安東尼奧，但願那艘船不是他的纔好。

薩　你最好把你聽見的消息告訴安東尼奧；可是你要輕描淡寫地說，免得累他着急。

撒　世上沒有一個比他更仁厚的君子。我看見巴散尼奧跟安東尼奧分別，巴散尼奧對他說他一定儘早回來，他就回答說，「不必，巴散尼奧，不要爲了我的緣故而誤了你的正事，你等到一切事情圓滿完成以後再回來吧；至於我在那猶太人那裏簽下的約，你不必放在心上，你祇管高高興興，一心一意地進行着你的好事，施展你的全副精神去博得美人的歡心吧。」說到這裏，他的眼睛裏已經噙着一包眼淚，他就回轉身去，把他的手伸到背後，親親熱熱地握着巴散尼奧的手；他們就這樣分別了。

薩　我看他只是爲了他的緣故才愛這世界的。咱們現在就去找他，想些開心的事兒替他解解愁悶，你看好不好？

撒　很好很好。（同下）

## 第九場　貝爾蒙脫；鮑細霞家中一室

〔聶莉莎及一僕人上。

聶　趕快，趕快，拉開那帳幕；阿拉貢親王已經宣過誓，就要來選匣子啦。

〔喇叭吹花腔；阿拉貢親王及鮑細霞各率侍從上。

鮑　瞧，尊貴的王子，那三個匣子就在這兒；您要是選中了有我的小像藏在裏頭的那一隻，我們就可以立刻舉行婚禮；可是您要是失敗了的話，那麼殿下，您必須立刻離開這兒。

阿　我已經宣誓遵守三項條件：第一，不得告訴任何人我所選的是那一隻匣子；第二，要是我選錯了匣子，終身不得再向任何女子求婚；第三，要是我選不中，必須立刻離開此地。

鮑　爲了我這微賤的身子來此冒險的人，沒有一個不曾立誓遵守這幾個條件。

阿　我也是這樣宣誓過了。但願命運滿足我的心願！一隻是金的，一隻是銀的，還有一隻是下賤的鉛的。「誰選擇了我，必須準備把他所有的一切作爲犧牲。」你要我爲你犧牲，應該再好看一點纔是。那個金匣子上面說的什麼？「誰選擇了我，將要得到衆人所希求的東西。」衆人所希求的東西！那「衆人」也許是指那無知的羣衆，他們只知道憑着外表取人，信賴着一雙愚妄的眼睛，不知道窺察到內心，就像暴風雨中的燕子，把巢築在屋外的牆壁上，自以爲可保萬全，不想到災禍就會接踵而至。我不願選擇衆人所希求的東西，因爲我不願隨波逐流，與庸俗的羣衆爲伍。那麼還是讓我瞧瞧你吧，你這白銀的寶庫；待我再看一遍刻在你上面的字句：「誰選擇了我，將要得到他所應得的東西。」說得好，一個人要是自己沒有幾分長處，怎麼可以妄圖非分？尊榮顯貴，原來不是無德之人所可以忝竊的。唉！要是世間的爵祿官職，都能夠因功授賞，不藉鑽營，那麼多少脫帽侍立的人將會高冠盛服，多少發號施命的人將會唯唯聽命，多少卑劣鄙賤的渣滓可以從高貴的種子中間篩分出來，多少隱闇不彰的賢才異能，可以從世俗的糠粃中間剔選出來，大放它們的光澤！閒話少說，還是讓我考慮考慮怎樣選擇吧。

「誰選擇了我，將要得到他所應得的東西。」那麼我有擅了。把這匣子上的鑰匙給我，讓我立刻打開藏在這裏面的我的命運。（開銀匣）

鮑　您在這裏面瞧見些什麼？怎麼呆住了一聲也不響？

阿　這是什麼？一個眯着眼睛的傻瓜的畫像，上面還寫着字句！讓我讀一下看。唉！你跟鮑細霞相去得多麼遠！你跟我的希望又相去得多麼遠！難道我祇配得到你這樣一個東西嗎？「誰選擇了我，將要得到他所應得的東西。」難道我祇應該得到一副傻瓜的嘴臉嗎？那便是我的獎品嗎？我不該得到好一點的東西嗎？

鮑　毀謗和評判，是兩件作用不同，性質相反的事。

阿　這兒寫着什麼？

「這銀子在火裏燒過七遍；
那永遠不會錯誤的判斷，
也必須經過七次的試鍊。
有的人終身向幻影追逐，
祇好在幻影裏尋求滿足。
我知道世上儘有些獃鳥，
空有着一個鍍銀的外表；
隨你娶一個怎樣的妻房，

擺脫不了這傻瓜的皮囊；

去吧，先生，莫再就擱時光！」

我要是再留在這兒發獃，

愈顯得是個十足的蠢才；

頂一顆傻腦袋來此求婚，

帶兩個蠢頭顱回轉家門。

別了，美人，我願遵守誓言，

默忍着心頭憤怒的熬煎。（阿察侍從下）

鮑　正像飛蛾在燭火裏傷身，

這些傻瓜們自恃着聰明，

免不了被聰明誤了前程。

聶　古話說得好，上吊娶媳婦，

都是一個人註定的天數。

鮑　來，聶莉莎，把帳幕拉下了。

【一僕人上。

僕　小姐呢？

鮑　在這兒；尊駕有什麼見教？

僕　小姐，門口有一個年靑的威尼斯人，說是來通知一聲，他的主人就要來啦；他說他的主人叫他先來向小姐致意，除了一大堆恭維的客套以外，還帶來了幾件很貴重的禮物。小的從來沒有見過這麼一位體面的愛神的使者；預報繁茂的夏季快要來臨的四月的天氣，也不及這個爲主人先驅的俊僕的溫雅。

鮑　請你別說下去了吧；你把他稱贊得這樣天花亂墜，我怕你就要說他是你的親戚了。來，來，聶莉莎，我倒很想瞧瞧這一位愛神差來的體面的使者。

聶　愛神啊，但願來的是巴散尼奧！

註　夏甲(Hagar)爲猶太人始祖亞伯拉罕正妻撒拉的婢女，撒拉因無子勸亞伯拉罕納爲次妻；夏甲生子後，遭撒拉之妒，與其子並遭斥逐。見舊約創世記。此處所云「夏甲後裔」係表示「賤種」之意。

# 第三幕

## 第一場　威尼斯街道

〔薩蘭尼奧及撒拉林諸上。

薩　交易所裏有什麼消息？

撒　他們都在那裏說安東尼奧有一艘滿裝着貨物的船在海峽裏傾覆了；那地方的名字好像是古特溫，是一處很危險的沙灘，聽說有許多大船的殘骸埋葬在那裏，要是那些傳聞之辭是確實可靠的話。

薩　我但願那些謠言就像那些吃飽了飯沒事做嚼嚼生薑，或者一把鼻涕一把眼淚地假裝爲了她第三個丈夫死去而痛哭的那些婆子們所說的鬼話一樣靠不住。可是那的確是事實，——不說囉哩囉嗦的廢話，也不說枝枝節節的閒話，——這位善良的安東尼奧，正直的安東尼奧，——啊，我希望我有一個可以充分形容他的好處的字眼！——

撒　好了好了，別說下去了吧。

薩　嚇！你說什麼！總結一句話，他損失了一艘船。

撒　但願這是他最末一次的損失。

薩　讓我趕快喊「阿們，」免得給魔鬼打斷了我的禱告，因爲他已經扮成一個猶太人的樣子來啦。

〔夏洛克上。

薩　啊，夏洛克！商人中間有什麼消息？

夏　有什麼消息！我的女兒逃走啦，這件事情是你比誰都格外知道得詳細的。

撒　那當然啦，就是我也知道她飛走的那對翅膀是那一個裁縫替她做的。

薩　夏洛克自己也何嘗不知道，她羽毛已長，當然要離開娘家啦。

夏　她幹出這種不要臉的事來，死了一定要下地獄。

撒　倘然魔鬼做她的判官，那是當然的事情。

夏　我自己的血肉向我造反！

撒　你的肉跟她的肉比起來，比黑炭和象牙還差得遠；你的血跟她的血比起來，比紅葡萄酒和白葡萄酒還差得遠。可是告訴我們，你聽不聽見人家說起安東尼奧在海上遭到了損失？

夏　說起他，又是我的一樁倒霉事情。這個敗家精，這個破落戶，他不敢在交易所裏露一露臉；他平常到市場上來，穿着得多麼齊整，現在可變成一個叫化子啦。讓他留心他的借約吧；他老是罵我盤剝取利；讓他留心他的借約吧；他是本着基督徒的精神，放債從來不取利息的；讓他留心他的借約吧。

撒　我相信要是他不能按約償還借款，你一定不會要他的肉的；那有什麼用處呢？

夏　拿來釣魚也好；即使他的肉不中吃，至少也可以出出我這一口氣。他曾經羞辱過我，奪去我幾十萬塊錢的生意，譏笑着我的虧蝕，挖苦着我的盈餘，侮蔑我的民族，破壞我的買賣，離間我的朋友，煽動我的仇敵；他的理由是什麼？只因爲我是一個猶太人。難道猶太人沒有眼睛嗎？難道猶太人沒有五官四肢，沒有知覺，沒有感情，沒有血氣嗎？他不是吃着同樣的食物，同樣的武器可以傷害他，同樣的醫藥可以療治他，冬天同樣會冷，夏天同樣會熱，就像一個基督徒一樣嗎？你們要是用刀劍刺我們，我們不是也會出血的嗎？你們要是搔我們的癢，我們不是也會笑起來嗎？你們要是用毒藥謀害我們，我們不是也會死的嗎？那麼要是你們欺侮了我們，我們難道不會復仇嗎？要是在別的地方我們都跟你們一樣，那麼在這一點上也是彼此相同的。要是一個猶太人欺侮了一個基督徒，那基督徒應該怎樣？報仇呀。要是一個基督徒欺侮了一個猶太人，那麼照着基督徒的榜樣，那猶太人應該怎樣？報仇呀。你們已經把殘虐的手段教給我，我一定會照着你們的教訓實行，而且還要加倍奉敬哩。

〔一僕人上。〕

僕　兩位先生，我家主人安東尼奧在家裏，要請兩位過去談談。

撒　我們正在到處找他呢。

〔杜拔爾上。〕

薩　又是一個他的族中人來啦；世上再也找不到第三個像他們這樣的人，除非魔鬼自己也變成了猶太人。（薩，撒及僕下）

夏　啊，杜拔爾！熱諾亞有什麼消息？你有沒有找到我的女兒？

杜　我所到的地方，往往聽見人家說起她，可是總找不到她。

夏　哎呀，糟糕！糟糕！糟糕！我在法蘭克府出兩千塊錢買來的那顆金鋼鑽也丟啦！咒詛到現在才降落到咱們民族頭上；我到現在纔覺得它的利害。那一顆金鋼鑽就是兩千塊錢，還有別的貴重的貴重的珠寶。我希望我的女兒死在我的腳下，那些珠寶都掛在她的耳朵上；我希望她就在我的腳下入土安葬，那些銀錢都放在她的棺材裏！不

杜　知道他們的下落嗎？哼，我不知道為了尋訪他們，又花去了多少錢。你這你這——損失上再加損失！賊子偷了這麼多走了，還要花這麼多去訪尋賊子，結果仍舊是一無所得，出不了這一口怨氣。祇有我一個人倒霉，祇有我一個人嘆氣，祇有我一個人流眼淚！

夏　倒霉的不單是你一個人。我在熱諾亞聽人家說，安東尼奧——

杜　什麼？什麼？什麼？他也倒了霉嗎？他也倒了霉嗎？

夏　——有一艘從特里坡利斯來的大船，在途中觸礁。

杜　謝謝上帝！謝謝上帝！是真的嗎？是真的嗎？

夏　我曾經跟幾個從那船上出險的水手談過話。

杜　謝謝你，好杜拔爾。好消息，好消息！哈哈！什麼地方？在熱諾亞嗎？

夏　聽說你的女兒在熱諾亞一個晚上花去八十塊錢。

杜　你把一把刀戳進我心裏！我也再瞧不見我的銀子啦！一下子就是八十塊錢！八十塊錢！

夏　有幾個安東尼奧的債主跟我同路到威尼斯來，他們肯定地說他這次一定要破產。

杜　我很高興。我要擺佈擺佈他；我要叫他知道些利害。我很高興。

夏　有一個人給我看一個指環，說是你女兒把它向他買一頭猴子的。

杜　該死該死！杜拔爾，你提起這件事，真叫我心裏難過；那是我的綠玉指環，是我的妻子莉霞在我沒有結婚的時候送給我的；即使人家把一大羣猴子來向我交換，我也不願把它給人。

夏　可是安東尼奧這次一定完了。

杜

夏　對了，這是眞的，一點不錯。去，杜拔爾，現在離開借約滿期還有半個月，你先給我到衙門裏走動走動，花費幾個錢。要是他毀了約，我要挖出他的心來；即使他不在威尼斯，我也不怕他逃出我的掌心。去，去，杜拔爾，咱們在會堂裏見面。好杜拔爾，去吧，會堂裏再見，杜拔爾。（各下）

## 第二場　貝爾蒙脫鮑細霞家中一室

〔巴散尼奧，鮑細霞，葛萊西安諾，聶莉莎，及侍從等上。〕

鮑　請您不要太急，停一兩天再選吧；因爲要是您選得不對，咱們就不能再在一塊兒，所以請您暫時緩一下吧。我心裏彷彿有一種什麼感覺，可是那不是愛情，告訴我我不願失去您；您一定也知道，嫌憎是不會向人說這種話的。一個女孩兒家本來不該信口說話，可是爲恐您不能懂得我的意思，我眞想留您在這兒住上一兩個月，然後再讓您爲我而冒險一試。我可以教您怎樣選纔不會有錯；可是這樣我就要違犯了誓言，那是斷斷不可的；然而那樣您也許會選錯；要是您選錯了，您一定會使我起了一個有罪的願望，懊悔我不該爲了不敢背誓而忍心讓您失望。頂可惱的是您這一雙眼睛，它們已經瞧透了我的心，把我分成兩半：半個我是您的，還有那半個我也是您的，——不，我的意思是說那半個我是我的，可是既然是我的，也就是您的，所以整個兒的我都是您的。唉！都是這些無聊的世俗的禮法，使人們不能享受他們合法的權利；所以我雖然是您的，卻又不是您的。我說得太嚕囌了，可是我的目的是要儘量拖延時間，不放您馬上就去選擇。

巴　讓我選吧；我現在提心弔膽，纔像給人拷問一樣受罪呢。

鮑　給人拷問，巴散尼奧！那麼你給我招認出來，在你的愛情之中，隱藏着什麼奸謀？

巴　沒有什麼奸謀，我只是有點懷疑憂懼，但恐我的癡心化爲徒勞；奸謀跟我的愛情正像冰炭一樣，是無法相容的。

鮑　嗯，可是我怕你是因爲受不住拷問的痛苦，纔說這樣的話。

巴　您要是答應赦我一死，我願意招認眞情。

鮑　好，赦你一死，你招認吧。

巴　「愛」便是我所能招認的一切。多謝我的刑官，您敎給我怎樣免罪的答話了！可是讓我去瞧瞧那幾個匣子，試試我的運氣吧。

鮑　那麼去吧！在那三個匣子中間，有一個裏面鎖着我的小像；您要是眞的愛我，您會把我找出來的。聶莉莎，你跟其餘的人都站開些。在他選擇的時候，把音樂奏起來，要是他失敗了，好讓他像天鵝一樣在音樂聲中死去；把這譬喻說得更確當一些，我的眼睛就是他葬身的清流。也許他會勝利的；那麼那音樂又像什麼呢？那時候音樂就像忠心的臣子俯伏迎迓新加冕的君王的時候所吹奏的號角，又像是黎明時分送進正在做着好夢的新郎的耳中，催他起來舉行婚禮的甜柔的琴韻。現在他去了，他的沉毅的姿態，就像少年赫邱里斯奮身前去，在特洛埃人的呼叫聲中，把他們祭獻給海怪的處女拯救出來一樣，可是他心裏卻藏着更多的愛情；我站在這兒做犧牲，她們站在旁邊，就像淚眼模糊的達達尼爾婦女們出來看這場爭鬥的結果去吧，赫邱里斯！我的生命懸在你手裏，但願你安然生還；我這觀戰的人心中比你上場作戰的人還要驚恐萬倍！

【巴散尼奥獨白時，樂隊奏樂唱歌。

歌　告訴我愛情生長在何方？

還是在腦海？還是在心房？

它怎樣發生？它怎樣成長？
　回答我，回答我。
愛情的火在眼睛裏點亮，
凝視是愛情生活的滋養，
它的搖籃便是它的墳堂。
讓我們把愛的喪鐘鳴響，
　玎璫！玎璫！
（衆和）玎璫！玎璫！

巴　外觀往往和事物的本身完全不符，世人卻容易爲表面的裝飾所欺騙。在法律上，那一件卑鄙邪惡的陳訴，不可以用娓娓動聽的言詞掩飾它的罪狀？在宗教上，那一樁罪大惡極的過失，不可以引經據典，文過飾非，證明它的確上合天心？任何彰明較著的罪惡，都可以在外表上裝出一副道貌岸然的樣子。多少沒有膽量的懦夫，他們的頰上卻長着天神一樣威武的鬚髯，人家祇看着他們的外表，也就居然把他們當作英雄一樣看待！再看那些世間所謂美貌吧，那是完全靠着脂粉裝點出來的，愈是輕浮的女人，所塗的脂粉也愈重；至於那些隨風飄揚，像蛇一樣的金絲鬈髮，看上去果然漂亮，不知道卻是從墳墓中死人的骷髏上借下來的。所以裝飾不過是一道把船隻誘進凶濤險浪的怒海中去的陷人的海岸，又像是遮掩着一個黑醜蠻女的一道美麗的面幕；總而言之，它是狡詐的世人用來欺誘智士的似是而非的眞理。所以，你炫目的黃金，米達斯王的堅硬的食物，我不要你；你慘白的銀子，在人們手裏來來去去的下賤的奴才，我也不要你；可是你，寒傖的鉛，你的形狀只能使人退走，一點沒有吸引人的力量，然而你的質樸卻比巧妙的言辭更能打動我的心，我就選了你吧，但願結果美滿！

鮑　（旁白）一切紛雜的思緒，多心的疑慮，鹵莽的絕望，戰慄的恐懼，酸性的猜嫉，多麼快地烟消雲散了！愛情啊！把你的狂喜節制一下，不要讓你的歡樂溢出界限，讓你的情緒越過分寸；你使我感覺到太多的幸福，請你把它減輕幾分吧，我怕我快要給快樂窒息而死了！

巴　這裏面是什麼？（開鉛匣）美麗的鮑細霞的副本！這是誰的化工之筆，描畫出這樣一位絕世的美人？這雙眼睛是在轉動嗎？還是因爲我的眼球在轉動，所以彷彿它們也在隨着轉動？她的微啓的雙唇，是因爲她嘴裏吐出來的甘美芳香的氣息而分裂了；無論怎樣親密的朋友，受到了這樣的麻醉，都會變成路人的。畫師在描畫她的頭髮的時候，一定會化身爲蜘蛛，織下了這麼一個金絲的髮網，來誘捉男子們的心；那一個男子見了它，不會比飛蛾投入蛛網還快地陷下網羅呢？可是她的眼睛！他怎麼能夠睜了眼睛把它們畫出來呢？他在畫了一隻眼睛以後，我想它的逼人的光芒，一定會使他自己目眩神奪，再也描畫不成其餘的一隻。可是瞧，我用盡一切讚美的字句，還不能充分形容出這一個畫中幻影的美妙；然而這幻影跟它的實體比較起來，又是多麼望塵莫及！這兒是一紙手卷，宣判着我的命運。

「你選擇不憑着外表，
　果然給你直中鵠心！
勝利既已入你懷抱，
　你莫再往別處追尋。
這結果倘使你滿意，

就請接受你的幸運，
趕快迴轉你的身體，
給你的愛深深一吻。」
溫柔的綸音！美人，請恕我大膽，（吻鮑）
我奉命來把彼此的深情交換。
像一個奪標的健兒馳騁身手，
耳旁只聽見沸揚的人聲如吼，
雖然明知道勝利已在他手掌，
卻不敢相信人們在向他贊賞。
絕世的美人，我現在神眩目暈，
彷彿闖進了一場離奇的夢境；
除非你親口證明這一切是眞，
我再也不相信我自己的眼睛。

鮑　巴散尼奧公子，您瞧我站在這兒，不過是這樣的一個人。雖然為了我自己的緣故，我不願妄想自己比現在的我更好一點；可是為了您的緣故，我希望我能夠六十倍勝過我的本身，再加上一千倍的美麗，一萬倍的富有；我但願我有無比的賢德，美貌，財產和親友，好讓我在您的心目中佔據一個很高的位置。可是我這一身卻是一無所有，我只是一個不學無術，沒有教養的女子；幸虧她的年紀還不是頂大，來得及發憤學習；她的天資也不是頂笨，可以加以敎導之功尤其大幸的，她有一顆柔順的心靈願意把它奉獻給您，聽從您的指導，把您當作她的主人，她的統治者，和她的君王。我自己以及我所有的一切，現在都變成您的所有了；剛纔我還擁有着這一座華麗的大廈，我的僕人都聽從着我的指揮，我是支配我自己的女王，可是就在現在，這屋子，這些僕人，和這一個我，都是屬於您的了，我的夫君。憑着這一個指環，我把這一切完全呈獻給您；要是您讓這指環離開您的身邊，或者把它丟了，或者把它送給別人，那就預示着您的愛情的毀滅，我可以因此責怪您的。

巴　小姐，您使我說不出一句話來，祇有我的熱血在我的血管裏跳動着向您陳訴。我的精神是在一種恍惚的狀態中，正像喜悅的羣衆在聽到他們所愛戴的君王的一篇美妙的演辭以後那種心蕩眩惑的神情，除了口頭的讚歎和內心的歡樂以外，一切的一切都混和起來，化成白茫茫的一片模糊。可是這指環要是有一天離開這手指，那麼我的生命也一定已經終結；那時候您可以放膽地說，巴散尼奥已經死了。

聶　姑爺，小姐，我們站在旁邊，眼看我們的願望成爲事實，現在該讓我們來道喜了。恭喜姑爺！恭喜小姐！

葛　巴散尼奥大爺和我的溫柔的夫人，願你們享受一切的快樂！我還有一個請求，要是你們決定在什麼時候舉行嘉禮，我也想跟你們一起結婚。

巴　很好，祇要你能够找到一個妻子。

葛　謝謝大爺，您已經替我找到一個了。不瞞大爺說，我這一雙眼睛瞧起人來，並不比您大爺慢；您瞧見了小姐，我也瞧見了使女；您發生了愛情，我也發生了愛情。您的命運靠那幾個匣子決定，我也是一樣；因爲我在這兒千求萬告，身上的汗出了一身又是一身，指天誓日地說到脣乾舌燥，纔算得到這位好姑娘的一句回音，答應我要是您能够得到她的小姐，我也可以得到她的愛情。

鮑　還是眞的嗎，聶莉莎？

聶　是眞的，小姐，要是您贊成的話。

巴　葛萊西安諾，你也是出於眞心嗎？

葛　是的，大爺。

巴　我們的喜筵有你們的婚禮添輿，那眞是喜上加喜了。

葛　我們要跟他們打賭一千塊錢，看誰先養兒子。可是誰來啦？羅倫佐和他的異敎徒嗎？什麼！還有我那威尼斯老朋友薩蘭尼奧？

〔羅倫佐，吉雪加，及薩蘭尼奧上。

巴　羅倫佐，薩蘭尼奧，雖然我也是初履此地，讓我僭用着這裏主人的名義，歡迎你們的到來。親愛的鮑細霞，請您允許我接待我這幾個同鄉朋友。

鮑　我也是竭誠歡迎他們。

羅　謝謝。巴散尼奧大爺，我本來並沒有想到要到這兒來看您，因爲在路上碰見薩蘭尼奧，給他不由分說地硬拉着一塊兒來啦。

薩　是我拉他來大爺，我是有理由的。安東尼奧先生叫我替他向您致意。（給巴散尼奧一信）

巴　在我沒有拆開這信以前，請你告訴我我的好朋友近來好嗎？

薩　他沒有病，除非有點兒心病；您看了他的信，就可以知道他的近况。

葛　聶莉莎，招待招待那位客人。把你的手給我，薩蘭尼奧，威尼斯有些什麼消息？那位善良的商人安東尼奧怎樣？我知道他聽見了我們的成功，一定會十分高興；我們是兩個傑生，把金羊毛取了來啦。

薩　我希望你們能够把他失去的金羊毛取了回來，那就好了。

鮑　那信裏一定有些什麼壞消息，巴散尼奧的臉色都變白了；多分是一個什麼好朋友死了，否則不會有別的事情會把一個堂堂男子激動到這個樣子的。怎麼還有更壞的事情嗎？恕我冒瀆，巴散尼奧，我是您自身的一半，這封信所帶給您的任何不幸的消息，也必須讓我分一半去。

巴　啊，親愛的鮑細霞！這信裏所寫的，是自有紙墨以來最悲慘的字句。好小姐，當我初次向您傾吐我的愛慕之忱的時候，我坦白地告訴您，我的高貴的家世是我僅有的財產，那時我並沒有向您說謊；可是，親愛的小姐，單單把我說成一個兩袖清風的寒士，還未免誇張過分，因為我不但一無所有，而且還負着一身的債務；不但欠了我的一個好朋友許多錢，還累他為了我的緣故，欠了他仇家的錢。這一封信，小姐，那信紙就像是我朋友的身體，上面的每一個字都是一處血淋淋的創傷。可是，薩蘭尼奧，那是真的嗎？難道他的船舶都一起遭難了？竟沒有一艘平安到港嗎？從特里坡利斯，從墨西哥，從英國，里斯本，巴巴里，和印度來的船隻，沒有一艘能够逃過那些毀害商船的礁石的可怕的撞擊嗎？

薩　一艘也沒有逃過。而且即使他現在有錢還那猶太人，那猶太人也不肯收他。我從來沒有見過這樣一個樣子像人的傢伙，一心一意祇想殘害他的同類，他不分晝夜地向公爵絮瀆，說是他們倘不給他主持公道，那麼威尼斯根本不成其為一個自由邦。二十個商人，公爵自己，還有那些最有名望的士紳，都曾勸過他，可是誰也不能叫他回心轉意，放棄他的狠毒的控訴；他一口咬定，要求按照約文的規定，處罰安東尼奧的違約。

吉　我在家裏的時候，曾經聽見他向杜拔爾和邱斯，他的兩個同族的人，談起，說他寧可取安東尼奧身上的肉，不願收受比他的欠款多二十倍的錢。要是法律和威權不能拒絕他，那麼可憐的安東尼奧恐怕難逃一死了。

鮑　遭到這樣危難的人，是不是您的好朋友？

巴　我的最親密的朋友，一個心腸最仁慈的人，熱心爲善，多情尙義，在他身上存留着比任何意大利人更多的古代羅馬的仁俠精神。

鮑　他欠那猶太人多少錢？

巴　他爲了我的緣故，向他借了三千塊錢。

鮑　什麼，祇有這一點數目嗎？還他六千塊錢，把那借約毀了；兩倍六千塊錢，或者照這數目再倍三倍都可以，可是萬萬不能因爲巴散尼奧的過失，害這樣一位好朋友損傷一根毛髮。先陪我到教堂裏去結爲夫婦，然後你就到威尼斯去看你的朋友；鮑細霞決不讓你抱着一顆不安寧的良心睡在她的身旁。你可以帶償還這筆小小借款的二十倍那麼多的錢去；債務淸了以後，就帶你的忠心的朋友到這兒來。我的侍女聶莉莎陪着我在家裏，仍舊像未嫁的時候一樣，守候着你們的歸來。來，今天就是你結婚的日子，大家快快樂樂，好好招待你的朋友們。你既然是用這麼大的代價買來的，我一定格外寶愛你。可是讓我聽聽你朋友的信。

巴　「巴散尼奧摯友如握：弟船隻悉數遇難，債主煎迫，家業蕩然。猶太人之約，業已愆期；履行罰則，殆無生望。足下前此欠弟債項，一切勾銷，惟盼及弟未死之前，來相臨視。或足下燕婉情濃，不忍遽別，則亦不復相強，此信置之可也。

鮑　啊，親愛的，快把一切事情辦好，立刻就去吧！

巴　既然蒙您允許，我就趕快收拾動身；可是——

此去經宵應少睡，長留魂魄繫相思。（同下

## 第三場　威尼斯街道

【夏洛克，撒拉林諾，安東尼奧，及獄吏上。

夏　獄官，留心看住他；不要對我講什麼慈悲。這就是那個放債不取利息的傻瓜。獄官，留心看住他。

安　再聽我說句話，好夏洛克。

夏　我一定要照約實行；你倘然想推翻這一張契約，那還是請你免開尊口的好。我已經發過誓，非得照約實行不可。你曾經無緣無故罵我狗，既然我是狗，那麼你可留心着我的狗牙齒吧。公爵一定會給我主持公道的。你這糊塗的獄官，我真不懂你老是會答應他的請求，陪着他到外邊來。

安　請你聽我說。

夏　我一定要照約實行，不要聽你講什麼鬼話；我一定要照約實行，所以請你閉嘴吧。我不像那些軟心腸流眼淚的傻瓜們一樣，聽了基督徒的幾句勸告，就會搖頭嘆氣，懊悔屈服。別跟着我，我不要聽你說話，我要照約實行。（下）

撒　這是人世間一頭最頑固的惡狗。

安　別理他；我也不願再費無益的唇舌向他哀求了。他要的是我的命，我也知道他的原因。常常有許多人因為不堪他的剝削向我訴苦，是我幫助他們脫離他的壓迫，所以他纔恨我。

撒　我相信公爵一定不會允許他執行這一種處罰。

安　公爵不能變更法律的規定，因為威尼斯的繁榮，完全倚賴着各國人民的來往通商，要是剝奪了異邦人應享的權利，一定會使人對威尼斯的法治精神發生重大的懷疑。去吧，這些不如意的事情，已經把我攪得心力交瘁，我怕到明天身上也許割不下一磅肉來償還我這位不怕血腥氣的債主了。獄官，走吧。求上帝，讓巴散尼奧來親眼看見我替他還債，我就死而無怨了！（同下）

## 第四場　貝爾蒙脫鮑細霞家中一室

〔鮑細霞，聶莉莎，羅倫佐，吉雪加，及包爾薩澤

羅　夫人，不是我當面恭維您，您的確有一顆高貴眞誠，不同凡俗的仁愛的心；尤其像這次敦促尊夫就道，寧願割捨兒女的私情，這一種精神毅力，眞令人萬分欽佩。可是您倘使知道受到您這種好意的是個什麼人，您所救援的是怎樣一個正直的君子，他對於尊夫的交情又是怎樣深摯，我相信您一定會格外因爲做了這一件好事而自傲，不僅僅認爲這是在人道上一件不得不盡的義務而已。

鮑　我做了好事從來不後悔，現在也當然不會。因爲凡是常在一塊兒談心游戲的朋友，彼此之間都有一重相互的友愛，他們在容貌上，風度上，習性上，也必定相去不遠；所以在我想來，這位安東尼奧既然是我的丈夫的心腹好友，他的爲人一定很像我的丈夫。要是我的猜想果然不錯，那麼我把一個跟我的靈魂相仿的人從殘暴的迫害下救贖出來，化了這點點兒代價，算得什麼！可是這樣的話，太近於自吹自擂了，所以別說了吧；還是談些其他的事情。羅倫佐，在我的丈夫沒有回來以前，我要勞駕您替我照管家裏；我自己已經向天許下密誓，要在祈禱和默念中過着生活，祇讓聶莉莎一個人陪着我，直到我們兩人的丈夫回來。在兩哩路之外有一所修道院，我們就預備住在那兒。我向您提出這一個請求，不只是爲了個人的私情，還有其他事實上的必要，請您不要拒絕我。

羅　夫人，您有什麼吩咐，我無不樂於遵命。

鮑　我的僕人們都已知道我的決心，他們會把您和吉雪加當作巴散尼奥和我自己一樣看待。後會有期，再見了。

羅　但願美妙的思想和安樂的時光追隨在您的身旁！

吉　願夫人一切如意！

鮑　謝謝你們的好意，我也願意用同樣的願望祝福你們。再見，吉雪加。（吉，羅下）包爾薩澤，我一向知道你誠實可靠，希望你永遠做一個誠實可靠的人。這一封信你給我火速送到帕度亞交給我的表兄裴拉里奥博士親手收拆；要是他有什麼回信和衣服交給你，你就趕快帶着它們到碼頭上，趁公共渡船到威尼斯去。不要多說話，去吧；我會在威尼斯等你。

包　小姐，我儘快去就是了。（下）

鮑　來，聶莉莎，我現在還要幹一些你沒有知道的事情；我們要在我們的丈夫還沒有想到我們之前去跟他們相會。

聶　我們要讓他們看見我們嗎？

鮑　他們將會看見我們，聶莉莎，可是我們要打扮得叫他們認不出我們的本來面目。我可以跟你打賭無論什麼東西，要是我們都扮成了少年男子，我一定比你漂亮點兒，帶起刀子來也比你格外神氣點兒；我會沙着喉嚨講話，就像一個正在發育的男孩子一樣；我會把兩個姗姗細步併成一個男人家的闊步；我會學着那些愛吹牛的哥兒們的樣子，談論一些擊劍比武的玩意兒，再隨口編造些巧妙的謊話，什麼誰家的千金小姐愛上了我啦，我不接受她的好意，她害起病來死啦，我怎麼心中不忍，後悔不該害了人家的性命啦，以及二十個諸如此類的無關重要的謊話，人家聽見了，一定以爲我走出學校的門還不滿一年。這些愛吹牛的娃娃們的鬼花樣兒我有一千

種在腦袋裏都可以搬出來應用

聶　怎麼，我們要扮成男人嗎?

鮑　爲什麼？不來車子在門口等着我們；我們上了車，我可以把我的整個計劃一路告訴你。快去吧，今天我們要趕二十哩路呢。（同下）

## 第五場　同前；花園

【朗西洛脫及吉雪加上。

朗　眞的，不騙您，父親的罪惡是要子女承當的，所以我倒眞的在替您揑着一把汗呢。我一向喜歡對您說老實話，所以現在我也老老實實地把我心裏所擔憂的事情告訴您；您放心吧，我想您總免不了下地獄。祇有一個希望也許可以幫幫您的忙，可是那也是個不大高妙的希望。

吉　請問你，是什麼希望呢？

朗　嗯，您可以存着一半兒的希望，希望您不是您的父親所生，不是這個猶太人的女兒。

吉　這個希望可眞的太不高妙啦；這樣說來，我的母親的罪惡又要降到我的身上來了。

朗　那倒也是眞的，您不是爲您的父親下地獄，就是爲您的母親下地獄；逃過了凶惡的礁石，逃不過危險的漩渦。好，您下地獄是下定了。

吉　我可以靠着我的丈夫得救；他已經使我變成一個基督徒。

朗　這就是他大大的不該。咱們本來已經有很多的基督徒，簡直的快要擠都擠不下啦；要是再這樣把基督徒一批

吉　一批製造出來，豬肉的價錢一定會飛漲，大家吃起豬肉來，恐怕每人祇好分到一片薄薄的鹹肉了。朗西洛脫，你這樣胡說八道，我一定要告訴我的丈夫。他來啦。

〔羅倫佐上。

羅　朗西洛脫，你要是再拉着我的妻子在壁角裏說話，我眞的要吃起醋來了。

吉　不，羅倫佐，你放心好了，我已經跟朗西洛脫翻臉啦。他老實不客氣地告訴我，上天不會對我發慈悲，因爲我是一個猶太人的女兒；他又說你不是國家的好公民，因爲你把猶太人變成了基督徒，提高了豬肉的價錢。

羅　要是政府向我質問起來，我自有話說。可是，朗西洛脫，你把那黑人的女兒弄大了肚子，這該是什麽罪名呢？給我進去，小鬼，叫他們好預備吃飯了。

朗　先生，他們早已預備好了；他們都是有肚子的呢。

羅　你的嘴眞尖利！我是個老實人，不會跟你歪扯。去對你那些同伴們說，桌子可以鋪起來，飯菜可以端上來，我們要進來吃飯啦。

朗　是，先生，我就去叫他們把飯菜鋪起來，桌子端上來；至於您進不進來吃飯，那可悉隨尊便。（下）

羅　你好嗎，吉雪加？親愛的好人兒，現在告訴我，你對於巴散尼奧的夫人有什麽意見？

吉　好到沒有話說。巴散尼奧大爺娶到這樣一位好夫人，享盡了人世天堂的幸福，自然應該不會走上邪路了。要是有兩個天神打賭，各自拿一個人間的女子做賭注，如其一個是鮑細霞，那麽還有一個必須另外加上些什麽纔可以彼此相抵，因爲這一個寒傖的世界還不能產生一個跟她同樣好的人來。

羅　他娶到了她這麽一個好妻子，你也嫁着了我這麽一個好丈夫。

吉　那可要先問問我的意見，

羅　可以可以，可是先讓我們吃了飯再說。

吉　不，讓我趁着胃口沒有倒之前，先把你恭維兩句。

羅　不，你有話還是留到吃飯的時候說吧；那麼不論你說得好說得壞，我都可以連着飯菜一起吞下去。

吉　好，你且等着聽我怎樣說你吧。（同下）

# 第四幕

## 第一場　威尼斯法庭

〔公爵，衆紳士，安東尼奥，巴散尼奥，葛萊西安諾，撒拉林諾，薩蘭尼奥，及餘人等同上。

公爵　安東尼奥有沒有來？

安　有，殿下。

公爵　我很代你不快樂；你是來跟一個心如鐵石的對手當庭質對，一個不懂得憐憫，沒有一絲慈悲心的不近人情的惡漢。

安　聽說殿下曾經用盡力量勸他不要過爲已甚，可是他一味堅執，不肯略作讓步。既然沒有合法的手段可以使我脫離他的怨毒的掌握，我只有用默忍迎受他的憤怒，安心等待着他的殘暴的處置。

公爵　來人，傳那猶太人到庭。

撒　他在門口等着，他來了，殿下。

〔夏洛克上。

公爵　大家讓開些，讓他站在我的面前。夏洛克，人家都以爲你不過故意裝出這一副兇惡的姿態，到了最後關頭，就會顯出你的仁慈惻隱來，比你現在這種表面上的殘酷更加出人意料；現在你雖然堅持着照約處罰，一定要從這個不幸的商人身上割下一磅肉來，到了那時候，你不但願意放棄這一種處罰，而且因爲受到良心上的感動，說不定還會豁免他一部分的欠款。人家都是這樣說，我也是這樣猜想着。你看他最近接連遭逢的鉅大損失，足以使無論怎樣富有的商人傾家蕩產，卽使鐵石一樣的心腸，從來不知道人類同情的野蠻人，也不能不對他的境遇發生憐憫。猶太人，我們都在等候你一句溫和的回答。

夏　我的意思已經向殿下告稟過了；我也已經指着我們的聖安息日起誓，一定要照約執行處罰；要是殿下不准許我的請求，那就是蔑視憲章，我要到京城裏上告去，要求撤銷貴邦的特權。您要是問我爲什麼不願接受三千塊錢，寧願拿一塊腐爛的臭肉，那我可沒有什麼理由可以回答您，我祇能說我歡喜這樣，這是不是一個回答？要是我的屋子裏有了耗子，我高興出一萬塊錢叫人把它們趕掉，誰管得了我？這不是回答了您嗎？有的人不愛看張開嘴的豬，有的人瞧見一頭貓就要發脾氣，還有人聽見人家吹風笛的聲音，就忍不住要小便；因爲一個人的感情完全受着喜惡的支配，誰也做不了自己的主。現在我就這樣回答您：爲什麼有人受不住一頭張開嘴的豬，有人受不住一頭有益無害的猫，還有人受不住咿咿唔唔的風笛的聲音，這些都是毫無充分的理由的，只是因爲天生的癖性，使他們一受到感觸，就會情不自禁地現出醜相來；所以我不能舉什麼理由，也不願舉什麼理由，除了因爲我對於安東尼奧抱着久積的仇恨和深刻的反感，所以纔會向他進行這一場對於我自己並沒有好處的訴訟。現在您不是已經得到我的回答了嗎？

巴　你這冷酷無情的傢伙，這樣的回答可不能作爲你的殘忍的辯解。

夏　我的回答本來不是爲要討你的歡喜。

巴　難道人們對於他們所不喜歡的東西，都一定要置之死地嗎？

夏　那一個人會恨他所不願意殺死的東西？

巴　初次的冒犯，不應該就引為仇恨。

夏　什麼！你願意給毒蛇咬兩次嗎？

安　請你想一想，你現在跟這個猶太人講理，就像站在海灘上，叫那大海的怒濤減低它的奔騰的威力，責問豺狼為什麼害母羊為了失去它的羔羊而哀啼，或是叫那山上的松柏，在受到天風吹拂的時候，不要搖頭擺腦，發出謖謖的聲音。要是你能够叫這個猶太人的心變軟，——世上還有什麼東西比它更硬呢？——那麼還有什麼難事不可以做到？所以我請你不用再跟他商量什麼條件，也不用替我想什麼辦法，讓我爽爽快快受到判決，滿足這猶太人的心願吧。

巴　借了你三千塊錢，現在拿六千塊錢還你好不好？

夏　即使這六千塊錢中間的每一塊錢都可以分做六分，每一分都可以變成一塊錢，我也不要它們；我祇要照約處罰。

公爵　你這樣一點沒有慈悲之心，將來怎麼能够希望人家對你慈悲呢？

夏　我又不幹錯事，怕什麼刑罰？你們買了許多奴隸，把他們當作驢狗騾馬一樣看待，叫他們做種種卑賤的工作，因為他們是你們出錢買來的。我可不可以對你們說，讓他們自由，叫他們跟你們的子女結婚吧；為什麼他們要在重擔之下流着血汗呢？讓他們的牀鋪得跟你們的牀同樣柔軟，讓他們的舌頭也嚐嚐你們所吃的東西吧，你們會回答說：「這些奴隸是我們所有的。」所以我也可以回答你們：我向他要求的這一磅肉，是我出了很大的代價買來的；它是我的所有，我一定要把它拿到手裏。您要是拒絕了我，那麼你們的法律根本就是騙人的東西！我現在等候着判決，請快些回答我，我可不可以拿到這一磅肉？

公爵　我已經差人去請裴拉里奧一位有學問的博士來替我們審判這件案子了；要是他今天不來，我可以有權宜布延期判決。

撒　殿下，外面有一個使者剛從帕度亞來，帶着這位博士的書信，等候着殿下的召喚。

公爵　把信拿來給我；叫那使者進來。

巴　高興起來吧，安東尼奧！喂，老兄，不要灰心！這猶太人可以把我的肉，我的血，我的骨頭，我的一切都拿去，可是我決不讓你爲了我的緣故流一滴血。

安　我是羊羣裏一頭不中用的病羊，死是我的應分；最軟弱的果子最先落到地上，讓我也就這樣結束了我的一生吧。你應當繼續活下去，巴散尼奧；我的墓誌銘除了你以外，是沒有人寫得好的。

【聶莉涉扮律師書記上。

公爵　你是從帕度亞裴拉里奧那裏來的嗎？

聶　是，殿下。裴拉里奧叫我向殿下致意。（呈上一信）

巴　你這樣使勁兒磨着刀幹麼？

夏　從那破產的傢伙身上割下那磅肉來。

葛　狠心的猶太人，你的刀不應該放在你的靴底磨，應該放在你的靈魂裏磨，纔可以磨得銳利；就是劊子手的鋼刀，也及不上你的刻毒的心腸利害。難道什麼懇求都不能打動你嗎？

夏　不能，無論你說得多麼婉轉動聽，都沒有用。

葛　萬惡不赦的狗，看你死後不下地獄！讓你這種東西活在世上，眞是公道不生眼睛。你簡直使我的信仰發生搖動，相信起畢薩哥拉斯所說畜生的靈魂可以轉生人體的議論來了；你的前生一定是一頭豺狼，因爲吃了人給人捉住吊死，它那凶惡的靈魂就從絞架上逃了出來，鑽進了你那老娘的腌臢的胎裏，因爲你的性情正像豺狼一樣殘暴貪婪。

夏　除非你能夠把我這一張契約上的印章罵掉，否則像你這樣拉開了喉嚨直嚷，不過白白傷了你的肺，何苦來呢？好兄弟，我勸你還是修養修養你的聰明吧，免得它將來一起毀壞得不可收拾。我在這兒要求法律的裁判。

公爵　裴拉里奧在這封信上介紹一位年靑有學問的博士出席我們的法庭。他在什麼地方？

尼　他就在這兒附近等着您的答覆，不知道殿下准不准許他進來？

公爵　非常歡迎。你們去三四個人，恭恭敬敬領他到這兒來。現在讓我們把裴拉里奧的來信當庭宣讀。

書記　「尊翰到時，鄙人抱疾方劇；適有一靑年博士鮑爾薩澤君自羅馬來此，致其慰問，因與詳討猶太人與安東尼奧一案，徧稽羣籍，折衷是非，遂懇其爲鄙人庖代，以應殿下之召。凡鄙人對此案所具意見，此君已深悉無遺；其學問才識，雖窮極讚辭，亦不足道其萬一，務希勿以其年少而忽之，蓋如此少年老成之士，實鄙人生平所僅見也。倘蒙延納，必能不辱使命。敬祈鈞裁。」

公爵　你們已經聽到了博學的裴拉里奧的來信。這兒來的大概就是那位博士了。

〔鮑細霞扮律師上。

公爵　把您的手給我。足下是從裴拉里奧老前輩那兒來的嗎？

鮑　正是，殿下。

公爵　歡迎歡迎；請上坐。您有沒有明瞭今天我們在這兒審理的這件案子的兩方面的爭點？

鮑　我對於這件案子的詳細情形已經完全知道了。這兒那一個是那商人，那一個是猶太人？

公爵　安東尼奧，夏洛克，你們兩人都上來。

鮑　你的名字就叫夏洛克嗎？

夏　夏洛克是我的名字。

鮑　你這場官司打得倒也奇怪，可是按照威尼斯的法律，你的控訴是可以成立的。（向安）你的生死現在操在他的手裏，是不是？

安　他是這樣說的。

鮑　你承認這借約嗎？

安　我承認。

鮑　那麼猶太人應該慈悲一點。

夏　爲什麼我應該慈悲一點？把您的理由告訴我。

鮑　慈悲不是出於勉強，它是像甘霖一樣從天上降下塵世；它不但給幸福於受施的人，也同樣給幸福於施與的人；它有超乎一切的無上威力，比皇冠更足以顯出一個帝王的高貴：御杖不過象徵着俗世的威權，使人民對於君上的尊嚴凜然生畏；慈悲的力量卻高出於權力之上，它深藏在帝王的內心，是一種屬於上帝的德性，執法的人倘能把慈悲調劑着公道，人間的權力就和上帝的神力沒有差別。所以，猶太人，雖然你所要求的是公道，可是請你想一想，要是真的按照公道執行起賞罰來，誰也沒有死後得救的希望；我們既然祈禱着上帝的慈悲，就應該自己做一些慈悲的事。我說了這一番話，爲的是希望你能够從你的法律的立場上作幾分讓步，可是如果你堅持着原來的要求，那麼威尼斯的法庭是執法無私的，祇好把那商人宣判定罪了。

夏　我祇要求法律允許我照約執行處罰。

鮑　他是不是不能淸還你的債款？

巴　不，我願意替他當庭還淸照原數加倍也可以；要是這樣他還不滿足，那麼我願意簽署契約，還他十倍的數目，倘然不能如約，他可以割我的手，砍我的頭，挖我的心；要是這樣還不能使他滿足，那就是存心害人，不顧天理了。請堂上運用權力，把法律稍爲變通一下，犯一次小小的錯誤，幹一件大大的功德，別讓這個殘忍的惡魔逞他殺人的獸慾。

鮑　那可不行，在威尼斯誰也沒有權力變更既成的法律；要是開了這一個惡例，以後誰都可以藉口有例可援，什麼壞事情都可以幹了。這是不行的。

夏　一個但尼爾（註）來做法官了！眞的是但尼爾再世！聰明的青年法官啊，我眞佩服你！

鮑　請你讓我瞧一瞧那借約。

夏　在這兒，可尊敬的博士，請看吧。

鮑　夏洛克，他們願意出三倍的錢還你呢。

夏　不行，不行，我已經對天發過誓啦，難道我可以讓我的靈魂背上毀誓的罪名嗎？不，把整個兒的威尼斯給我我都不能答應。

鮑　好，那麼就應該照約處罰；根據法律，這猶太人有權要求從這商人的胸口割下一磅肉來。還是慈悲一點，把三倍原數的錢拿去，讓我撕了這張約吧。

夏　等他按照約中所載條款受罰以後再撕不遲。您瞧上去像是一個很好的法官；您懂得法律，您講的話也很有道理，不愧是法律界的中流砥柱，所以現在我就用法律的名義，請您立刻進行宣判。憑着我的靈魂起誓，誰也不能用他的口舌改變我的決心。我現在但等着執行原約。

安　我也誠心請求堂上從速宣判。

鮑　好，那麼就是這樣：你必須準備讓他的刀子刺進你的胸膛。

夏　啊，尊嚴的法官！好一位優秀的青年！

鮑　因爲這約上所訂定的懲罰，對於法律條文的涵義並無牴觸。

夏　很對很對！啊，聰明正直的法官！想不到你瞧上去這樣年輕，見識却這麼老練！

鮑　所以你應該把你的胸膛袒露出來。

夏　對了，「他的胸部，」約上是這麼說的；——不是嗎，尊嚴的法官？——「附近心口的所在，」約上寫得明明白白的。

鮑　不錯，稱肉的天平有沒有預備好？

夏　我已經帶來了。

鮑　夏洛克，你應該自己拿出錢來，請一位外科醫生替他堵住傷口，免得他流血而死。

夏　約上有這樣的規定嗎？

鮑　約上並沒有這樣的規定；可是那又有什麼相干呢？爲了人道起見，你應該這樣做的。

夏　我找不到；約上沒有這一條。

鮑　商人，你還有什麽話說嗎？

安　我沒有多少話要說；我已經準備好了。把你的手給我，巴散尼奧，再會吧！不要因爲我爲了你的緣故遭到這種結局而悲傷，因爲命運對我已經特別照顧了：她往往讓一個不幸的人在家產蕩盡以後繼續活下去，用他凹陷的眼睛和滿是皺紋的額角去挨受貧困的暮年；這一種拖延時日的刑罰，她已經把我豁免了。替我向尊夫人致意，告訴她安東尼奧的結局對她說我怎樣愛你，替我在死後說幾句好話；等到你把這一段故事講完以後，再請她判斷一句，巴散尼奧是不是曾經有過一個眞心愛他的朋友。不要因爲你將要失去一個朋友而懊恨，替你還債的人是死而無怨的；祇要那猶太人的刀刺得深一點，我就可以在一刹那的時間把那筆債完全還淸。

巴　安東尼奧，我愛我的妻子，就像我自己的生命一樣；可是我的生命，我的妻子，以及整個的世界，在我的眼中都不比你的生命更爲貴重；我願意喪失一切，把它們獻給這惡魔做犧牲，來救出你的生命。

鮑　尊夫人要是就在這兒聽見您說這樣話，恐怕不見得會感謝您吧。

葛　我有一個妻子，我可以發誓我是愛她的；可是我希望她馬上歸天，好去求告上帝改變這惡狗一樣的猶太人的心。

聶　幸虧尊駕在她的背後說這樣的話，否則府上一定要吵得雞犬不寧了。

夏　這些便是相信基督教的丈夫！我有一個女兒，我寧願她嫁給强盜的子孫，不願她嫁給一個基督徒！別再浪費光陰了；請快些兒宣判吧。

鮑　那商人身上的一磅肉是你的；法庭判給你，法律許可你。

夏　公平正直的法官！

鮑　你必須從他的胸前割下這磅肉來法律許可你，法庭判給你。

夏　博學多才的法官！判得好！來，預備！

鮑　且慢，還有別的話哩。這約上並沒有允許你取他的一滴血，只是寫明着「一磅肉；」所以你可以照約拿一磅肉去，可是在割肉的時候，要是流下一滴基督徒的血，你的土地財產，按照威尼斯的法律，就要全部充公。

葛　啊，公平正直的法官！聽着，猶太人；啊，博學多才的法官！

夏　法律上是這樣說嗎？

鮑　你自己可以去查查明白。既然你要求公道，我就給你公道，不管這公道是不是你所希望的。

葛　啊，博學多才的法官！聽着，猶太人；好一個博學多才的法官！

夏　那麼我願意接受還款；照約上的數目三倍還我，放了那基督徒吧。

巴　錢在這兒。

鮑　別忙！這猶太人必須得到絕對的公道。別忙！他除了照約處罰以外，不能接受其他的賠償。

葛　啊，猶太人！一個公平正直的法官，一個博學多才的法官！

鮑　所以你準備着動手割肉吧。不准流一滴血，也不准割得超過或是不足一磅的重量；要是你割下來的肉，比一磅略微輕一點或是重一點，即使相差祗有一絲一毫，或者僅僅一根汗毛之微，就要把你抵命，你的財產全部充公。

葛　一個再世的但尼爾，一個但尼爾，猶太人！現在你可掉在我的手裏了，你這異教徒！

鮑　那猶太人為什麼還不動手？

夏　把我的本錢還我，放我去吧。

巴　錢我已經預備好在這兒，你拿去吧。

鮑　他已經當庭拒絕過了；我們現在祇能給他公道，讓他履行原約。

葛　好一個但尼爾，一個再世的但尼爾！謝謝你，猶太人，你教會我說這句話。

夏　難道我不能單單拿回我的本錢嗎？

鮑　猶太人，除了冒着你自己生命的危險，割下那一磅肉以外，你不能拿一個錢。

夏　好，那麼魔鬼保佑他去享用吧！我不要打這場官司了。

鮑　等一等，猶太人，法律上還有一點牽涉你。威尼斯的法律規定凡是一個異邦人企圖用直接或間接手段，謀害任何公民，查明確有實據者，他的財產的半數應當歸被企圖謀害的一方所有，其餘的半數沒入公庫；犯罪者的生命悉聽公爵處置，他人不得顧問。你現在剛巧陷入這一條法網，因爲根據事實的發展，已經足以證明你確有還用直接間接手段，危害被告生命的企圖，所以你已經遭逢着我剛纔所說起的那種危險了。快快跪下來，請公爵開恩吧。

葛　求公爵開恩，讓你自己去尋死；可是你的財產現在充了公，一根繩子也買不起啦，所以還是要讓公家破費把你吊死。

公爵　讓你瞧瞧我們基督徒的精神，你雖然沒有向我開口，我自動饒恕了你的死罪。你的財產一半劃歸安東尼奧，還有一半沒入公庫；要是你能够誠心悔過，也許還可以減處你一筆較輕的罰款。

鮑　這是說沒入公庫的一部分，不是說劃歸安東尼奧的一部分。

夏　不，把我的生命連着財產一起拿了去吧，我不要你們的寬恕。你們奪去了我的養家活命的根本，就是奪去了我的家，活活的要了我的命。

鮑　安東尼奧，你能不能夠給他一點慈悲？

葛　白送給他一根上吊的繩子吧；看在上帝的面上，不要給他別的東西！

安　要是殿下和堂上願意從寬發落，免予沒收他的財產的一半，我就十分滿足了；祇要他能夠讓我接管他的另外一半的財產，等他死了以後，把它交給最近和他的女兒私奔的那位紳士；可是還要有兩個附帶的條件：第一，他接受了這樣的恩典，必須立刻改信基督教；第二，他必須當庭寫下一張文契，聲明他死了以後，他的全部財產傳給他的女婿羅倫佐和他的女兒。

公爵　他必須辦到這兩個條件，否則我就撤銷剛纔所宣佈的赦令。

鮑　猶太人，你滿意嗎？你有什麼話說？

夏　我滿意。

鮑　書記，寫下一張授贈產業的文契。

夏　請你們允許我退庭，我身子不大舒服。文契寫好了送到我家裏，我在上面簽名就是了。

公爵　去吧，可是臨時變卦是不成的。

葛　你在受洗禮的時候，可以有兩個教父；要是我做了法官，我一定給你請十二個教父，不是領你去受洗，是送你上絞架。（夏下）

公爵　先生，我想請您到舍間去用餐。

鮑　請殿下多多原諒，我今天晚上要回帕度亞去，必須現在就動身，恕不奉陪了。

公爵　您這樣貴忙，不能容我略盡寸心，眞是抱歉得很。安東尼奧，謝謝這位先生，你這回全虧了他。（公爵，衆士紳，及侍從等下）

巴　最可尊敬的先生，我跟我這位做友今天多賴您的智慧，免去了一場無妄之災；爲了表示我們的敬意，這三千塊錢本來是預備還那猶太人的，現在就奉送給先生，聊以報答您的辛苦。

安　您的大恩大德，我們是永遠不忘記的。

鮑　一個人做了心安理得的事，就是得到了最大的酬報；我這次幫了兩位的忙，總算沒有失敗，已經引爲十分滿足，用不到再談什麼酬謝了。但願咱們下次見面的時候，兩位仍舊認識我。現在我就此告辭了。

巴　好先生，我不能不再向您提出一個請求，請您隨便從我們身上拿些什麼東西去，不算是酬謝，祇好算是留個紀念。請您答應接受我兩件禮物，賞我這一個面子，原諒我的禮輕意重。

鮑　你們這樣殷勤，我祇好却之不恭了。（向安）把您的手套送給我，讓我戴在手上留個紀念吧；（向巴）爲了紀念您的盛情，讓我拿了這戒指去。不要縮回您的手，我不再向您要什麼了；您既然是一片誠意，想來總也不會拒絕我吧。

巴　這指環嗎，好先生？唉！它是個不値錢的玩意兒；我不好意思把這東西送給您。

鮑　我什麼都不要，就是要這指環；現在我想我非得把它要了來不可。

巴　這指環的本身並沒有什麼價値，可是因爲有其他的關係，我不能把它送人。我願意搜訪威尼斯最貴重的一枚指環來送給您，可是這一枚却祇好請您原諒了。

鮑　先生，您原來是個口頭上慷慨的人；您先教我怎樣伸手求討，然後再教我怎樣回答一個叫化子。

巴　好先生，這指環是我的妻子給我的；她把它套上我的手指的時候，曾經叫我發誓永遠不把它出賣送人，或是遺失。

鮑　人們在吝惜他們的禮物的時候，都可以用這樣的話做推托的。要是尊夫人不是一個瘋婆子，她知道了我對於這指環是多麼受之無愧，一定不會因爲您把它送掉了而跟您長久反目的。好，願你們平安！（鮑、聶同下）

安　我的巴散尼奧少爺，讓他把那指環拿去吧；看在他的功勞和我的交情分上，違犯一次尊夫人的命令，想來不會有什麽要緊。

巴　葛萊西安諾，你快追上他們，把這指環送給他；要是可能的話，領他到安東尼奧的家裏去。去，趕快！（葛下）來，我就陪着你到你府上；明天一早咱們兩人就飛到貝爾蒙脫去。來，安東尼奧。（同下）

## 第二場　同前；街道

〔鮑細霞及聶莉莎上。

鮑　打聽打聽這猶太人住在什麽地方，把這文契交給他，叫他簽了字。我們要比我們的丈夫先一天到家，所以一定得在今天晚上動身。羅倫佐拿到了這一張文契，一定高興得不得了。

〔葛萊西安諾上。

葛　好先生，我好容易追上了您。我家大爺巴散尼奧再三考慮之下，決定叫我把這指環拿來送給您，還要請您賞光陪他吃一頓飯。

鮑　那可沒法應命;他的指環我受下了,請你替我謝謝他。我還要請你給我這小兄弟帶路到夏洛克老頭兒的家裏。

葛　可以可以。

聶　大哥,我要向您說句話兒。(向鮑旁白)我要試一試我能不能把我丈夫的指環拿下來。我曾經叫他發誓永遠不去手。

鮑　你一定能够。我們回家以後,一定可以聽聽他們指天誓日,說他們把指環送給了男人;可是我們要壓倒他們,比他們發更利害的誓。你快去吧,你知道我會在什麼地方等你。

聶　來,大哥,請您給我帶路。(各下)

註　但尼爾(Daniel),以色列人的著名七[illegible],以善於折獄稱。

# 第五幕

## 第一場　貝爾蒙脫通至鮑細霞住宅的林蔭路

〔羅倫佐及吉雪加上。

羅　好皎潔的月色！微風輕輕地吻着樹枝，不發出一點聲響；我想正是在這樣一個夜裏，特洛埃勒斯登上了特洛埃的城牆，遙望着克蕾雪特所寄身的希臘人的營幕，發出他的深心中的悲歎。

吉　正是在這樣一個夜裏，雪絲佩心驚膽顫地踹着霜露去赴她情人的約會，因爲看見了一頭獅子的影子，嚇得遠遠逃走。

羅　正是在這樣一個夜裏，黛陀手裏執着柳枝，站在遼闊的海濱，招她的愛人回到迦泰基來。

吉　正是在這樣一個夜裏，迷迭霞採集了靈芝仙草，使衰邁的伊孫返老還童。

羅　正是在這樣一個夜裏，吉雪加從猶太富翁的家裏逃走出來，跟着一個不中用的情郎從威尼斯一直走到貝爾蒙脫。

吉　正是在這樣一個夜裏，年青的羅倫佐發誓說他愛她，用許多忠誠的盟言偷去了她的靈魂，可是沒有一句話是真的。

羅　正是在這樣一個夜裏，可愛的吉雪加像一個小潑婦似的，信口毀謗她的情人，可是他饒恕了她。

吉　倘不是有人來了，我可以搬弄出比你所知道得更多的夜的典故來。可是聽！這不是一個人的脚步聲嗎？

〔史梯番諾上。

羅　誰在這靜悄悄的深夜裏跑得這麼快？

史　一個朋友。

羅　一個朋友！什麼朋友？請問朋友尊姓大名？

史　我的名字是史梯番諾，我來向你們報個信，我家女主人在天明以前，就要到貝爾蒙脫來了；她一路上看見聖十字架，便停步下來，長跪禱告，祈求着婚姻的美滿。

羅　誰陪她一起來？

史　沒有什麼人，就是一個修道的隱士和她的侍女。請問我家主人有沒有回來？

羅　他沒有回來，我們也沒有聽到他的消息。可是，吉雪加，我們進去吧；讓我們按照着禮節，準備一些歡迎這屋子的女主人的儀式。

〔朗西洛脫上。

朗　索拉索拉哦哈呵索拉索拉！

羅　誰在那兒嚷？

朗　索拉！你看見羅倫佐大爺嗎？羅倫佐大爺！索拉索拉！

羅　別嚷啦，朋友；他就在這兒。

朗　索拉！那兒？那兒？

羅　道兒。

朗　對他說我家主人差一個人帶了許多好消息來了；他在天明以前就要回家來啦。（下）

羅　親愛的，我們進去等着他們回來吧。不，還是不用進去。我的朋友史梯番諾，請你進去通知家裏的人，你們的女主人就要來啦，叫他們準備好樂器到門外來迎接。（史下）月光多麼恬靜地睡在山坡上！我們就在這兒坐下來，讓音樂的聲音悄悄送進我們的耳邊；柔和的靜寂和夜色是最足以襯托出音樂的甜美的。坐下來，吉雪加。瞧，天宇中嵌滿了多少燦爛的金鈑；你所看見的每一顆微小的天體，在轉動的時候都會發出天使般的歌聲，永遠應和着嫩眼的天嬰的妙唱。在永生的靈魂裏也有這一種音樂，可是當它套上這一具泥土製成的俗惡易朽的皮囊以後，我們便再也聽不見了。

【衆樂工上。

羅　來啊！奏起一支聖歌來喚醒黛安娜女神；用最溫柔的節奏傾注到你們女主人的耳中，讓她被樂聲吸引着回來。

（音樂）

吉　我聽見了柔和的音樂，總覺得有些惆悵。

羅　這是因爲你有一顆敏感的靈魂。你祇要看一羣野性未馴的小馬，逞着它們奔放的血氣，亂跳狂奔，高聲嘶叫，倘然偶爾聽到一聲喇叭，或是任何樂調，就會一齊立定，它們狂野的眼光，因爲中了音樂的魅力，變成溫和的注視。所以詩人會造出奧菲斯用音樂感動木石，平息風浪的故事，因爲無論怎樣堅硬頑固狂暴的事物，音樂都可以立刻改變它們的性質。靈魂裏沒有音樂，或是聽了甜蜜和諧的樂聲而不會感動的人，都是擅於爲非作惡，使奸弄詐的；他們的靈魂像黑夜一樣昏沉，他們的感情像鬼域一樣幽暗；這種人是不可信任的。聽這音樂！

〔鮑細霞及聶莉莎自遠處上。

鮑　那燈光是從我家裏發出來的。一枝小小的蠟燭，它的光照耀得多麼遠！一件善事也正像這枝蠟燭一樣，在這罪惡的世界上發出廣大的光輝。

聶　月光明亮的時候，我們就瞧不見燈光。

鮑　小小的榮耀也正是這樣給更大的光榮所掩蓋。國王出巡的時候，攝政的威權未嘗不就像一個君主，可是一等國王回來，他的威權就歸於無有，正像溪澗中的細流注入大海一樣。音樂！聽！

聶　小姐，這是我們家裏的音樂。

鮑　沒有比較就顯不出長處；我覺得它比在白天好聽得多哪。

聶　小姐，那是因爲晚上比白天靜寂的緣故。

鮑　沒有聽賞的人，烏鴉的歌聲也就和雲雀一樣；要是夜鶯在白天雜在鵞鵝的聒噪裏歌唱，人家決不以爲它比鷦鷯唱得更美。多少事情因爲逢到有利的環境，纔能够達到盡善的境界，博得一聲恰當的讚賞！喂，靜下來！月亮正在擁着她的情郎（註一）酣睡，不肯就醒來呢。（音樂停止）

羅　要是我沒有聽錯，這分明是鮑細霞的聲音。

鮑　我的聲音太難聽，所以一下子就給他聽出來了，正像瞎子能够辨認杜鵑一樣。

羅　好夫人，歡迎您回家來！

鮑　我們在外邊爲我們的丈夫祈禱平安，希望他們能够因我們的祈禱而多福。他們已經回來了嗎？

羅　夫人，他們還沒有來；可是剛纔有人來送過信，說他們就要來了。

鮑　進去，聶莉莎，吩咐我的僕人們，叫他們就當我們兩人沒有出去過一樣；羅倫佐，您也給我保守祕密；吉雪加，您也不要多說。（喇叭聲）

羅　您的丈夫來啦，我聽見他的喇叭的聲音。我們不是搬嘴弄舌的人，夫人，您放心好了。

鮑　這樣的夜色就像一個昏沉的白晝，不過略微慘淡點兒；沒有太陽的白天瞧上去也不過如此。

【巴散尼奧，安東尼奧，葛萊西安諾，及從者等上。

巴　要是您在沒有太陽的地方走路，我們就可以和地球那一面的人共同享有着白晝。

鮑　讓我發出光輝，可是不要讓我像光一樣輕浮；因爲一個輕浮的妻子，是會使丈夫的心頭沉重的，我決不願意巴散尼奧爲了我而心頭沉重。可是一切都是上帝作主！歡迎您回家來，夫君！

巴　謝謝您，夫人。請您給我這位朋友歡迎；這就是安東尼奧，我曾經受過他無窮的恩惠。

鮑　他的確使您受惠無窮，因爲我聽說您曾經使他受累無窮呢。

安　沒有什麼，現在一切都已經圓滿解決了。

鮑　先生，我們非常歡迎您的光臨；可是口頭的空言不能表示誠意，所以一切客套的話，我都不說了。

葛　（向聶）我憑着那邊的月亮起誓，你寃枉了我；我眞的把它送給了那法官的書記。好人，你既然把這件事情看得這麼重，那麼我但願拿了去的人是個割掉了雞巴的。

鮑　啊！已經在吵架了嗎？爲了什麼事？

葛　爲了一個金圈圈兒，她給我的一個不值錢的指環，上面刻着的詩句，就跟那些刀匠們刻在刀子上的差不多，什麼「愛我毋相棄，」

聶　你管它什麼詩句，什麼値錢不値錢？我當初給你的時候，你曾經向我發誓，說你要戴着它直到死去，死了就跟你一起葬在墳墓裏；卽使不爲我，爲了你所發的重誓，你也應該把它看重，好好兒的保存着。送給一個法官的書記！呸！上帝可以替我判斷，拿了這指環去的那個書記，一定是個臉上永遠不會出毛的。

葛　他年紀長大起來自然會出鬍子的。

聶　一個女人也會長成男子嗎？

葛　我舉手起誓，我的確把它送給一個少年人，一個年紀小小，發育不全的孩子；他的個兒並不比你高，這個法官的書記。他是個多話的孩子，一定要我把這指環給他做酬勞，我實在不好意思不給他。

鮑　恕我說句不客氣的話，這是你的不對；你怎麼可以把你妻子的第一件禮物隨隨便便給了人？你已經發過誓把它套在你的手指上，它就是你身體上不可分的一部分。我也曾經送給我的愛人一個指環，使他發誓永不把它拋棄；他現在就在這兒，我敢代他發誓，卽使把世間所有的財富向他交換，他也不肯丟掉它或是把它從他的手指上取下來；眞的，葛萊西安諾，你太對不起你的妻子了；倘然是我的話，我早就發起脾氣來啦。

巴　（旁白）噯喲，我應該把我的左手砍掉了，就可以發誓說，因爲强盜要我的指環，我不肯給他，所以連手都給砍下來了。

葛　巴散尼奥大爺也把他的指環給了那法官了，因爲那法官一定要向他討那指環；其實他就是拿了那指環去，也一點不算過分。那個孩子，那法官的書記，因爲寫了幾個字，也就討了我的指環去做酬勞。他們主僕兩人什麼都不要，就是要這兩個指環。

鮑　我的爺，您把什麼指環送了人哪？我想不會是我給您的那一個吧？

巴　要是我可以用說謊來加重我的過失，那麼我會否認的；可是您瞧我的手指上沒有指環；它已經沒有了。

鮑　正像你的虛僞的心裏沒有一絲眞情。我對天發誓除非等我見了這指環，我再也不跟你同牀共枕。

聶　要是我看不見我的指環，我也再不跟你同牀共枕。

巴　親愛的鮑細霞，要是您知道我把這指環送給什麼人，要是您知道我爲了誰的緣故把這指環送人，要是您能够想到爲了什麼理由我把這指環送人，我又是多麼捨不下這個指環，可是人家偏偏什麼也不要，一定要這個指環，那時候您就不會生這麼大的氣了。

鮑　要是你知道這指環的價値，或是把這指環給你的那人的一半好處，或是你自己保存着這指環的光榮，你就不會把這指環拋棄。祇要你用誠懇的話向他剴切解釋，世上那有這樣不講理的人，會好意思硬要人家留作紀念品的東西？聶莉莎講的話一點不錯；我可以用我的生命賭咒，一定是什麼女人把這指環拿了去了。

巴　不，夫人，我用我的名譽，我的靈魂起誓，並不是什麼女人拿去的，的確是送給那位法學博士的；他不接受我送給他的三千塊錢，一定要討這指環，我不答應，他就老大不高興地去了。就是他救了我的好朋友的性命；我應該怎麼說呢，好太太？我沒有法子，祇好叫人追上去送給他；人情和禮貌逼着我這樣做，我不能讓我的名譽上沾上忘恩負義的汚點。原諒我，好夫人；憑着天上的明燈起誓，要是那時候您也在那兒，我想您一定會懇求我把這指環送給這位賢能的博士的。

鮑　讓那博士再也不要走近我的屋子。他既然拿去了我所珍愛的寶物，又是你所發誓永遠爲我保存的東西，那麼我也會像你一樣慷慨；我會把我所有的一切都給他，即使他要我的身體，或是我的丈夫的眠牀，我都不會拒絕他。我總有一天會認識他的；你還是一夜也不要離開家裏，像個百眼怪人那樣看守着我吧；否則我可以憑着我的倘未失去的貞操起誓，要是你讓我一個人在家裏，我一定要跟這個博士睡在一牀的。

聶　我也要跟他的書記睡在一牀；所以你還是留心不要走開我的身邊。

葛　好，隨你的便，祇要不讓我碰到他；要是他給我捉住了，我就彎斷這個少年書記的那枝筆。

安　都是我的不是，引出你們這一場吵鬧。

鮑　先生，這跟您沒有關係；您來我們是很歡迎的。

巴　鮑細霞，饒恕我這一次出於不得已的錯誤；當着這許多朋友們的面前，我向你發誓，憑着你的這一雙美麗的眼睛，在它們裏面我可以看見我自己，——

鮑　你們聽他的話！我的左眼裏也有一個他，我的右眼裏也有一個他；你用你的兩重人格發誓，我還能夠相信你嗎？

巴　不，聽我說。原諒我這一次錯誤，憑着我的靈魂起誓，我以後再不違犯對你所作的誓言。

安　我曾經爲了他的幸福，把我自己的身體向人抵押，倘不是幸虧那個把您丈夫的指環拿去的人，幾乎送了性命；現在我敢再立一張契約，把我的靈魂作爲擔保，保證您的丈夫決不會再有故意背信的行爲。

鮑　那麽就請您做他的保證人，把這個給他，叫他比上回那一個保存得牢一些。

安　拿着，巴散尼奧；請您發誓永遠保存這一個指環。

巴　天哪！這就是我給那博士的那一個！

鮑　我就是從他手裏拿來的。原諒我，巴散尼奧，因爲憑着這個指環，那博士已經跟我睡過覺了。

聶　原諒我，我的好葛萊西安諾；就是那個發育不全的孩子，那個博士的書記，因爲我問他討這個指環，昨天晚上已經跟我睡在一起了。

葛　噯喲，這就像是在夏天把鋪得好好的道路重新翻造。嘿！我們就這樣寃寃枉枉地做起忘八來了嗎？

鮑　不要說得那麼難聽。你們大家都有點莫明其妙；這兒有一封信，拿去慢慢的唸吧，它是裴拉里奧從帕度亞寄來的，你們從這封信裏就可以知道那位博士就是鮑細霞，她的書記便是這位聶莉莎。羅倫佐可以向你們證明，當你們出發以後，我就立刻動身；我回家來還沒有多少時候，連大門也沒有進去過呢。安東尼奧，我們非常歡迎您到這兒來，我還帶着一個您所意料不到的好消息給您，請您拆開這封信，您就可以知道您有三艘商船，已經滿載而歸，快要到港了。您再也想不出這封信怎麼會巧巧兒的到了我的手裏。

安　我沒有話說。

巴　你就是那個博士，我却不認識你嗎？

葛　你就是要叫我當忘八的那個書記嗎？

聶　是的，可是除非那書記會長成一個男子，他再也不能叫你當忘八。

巴　好博士，你今晚就陪着我睡覺吧；當我不在的時候，你可以睡在我妻子的牀上。

安　好夫人，您救了我的命，又給了我一條活路；我從這封信裏得到了確實的消息，我的船隻已經平安到港了。

鮑　喂，羅倫佐！我的書記也有一件好東西要給您哩。

聶　是的，我可以免費送給他。這兒是那猶太富翁親筆簽署的一張授贈產業的文契，聲明他死了以後，全部遺產都傳給您和吉雪加，請你們收下了。

羅　兩位好夫人，你們像是散佈瑪那（註二）的天使，救濟着飢餓的人們。

鮑　天已經差不多亮了，可是我知道你們還想把這些事情知道得詳細一點。我們大家進去吧；你們還有什麼疑惑的地方，儘管再向我們發問，我們一定老老實實地回答一切的問題。

葛　很好，我要我的聶莉涉宣誓答覆的第一個問題，是現在離白晝祇有兩小時了，我們還是就去睡覺呢，還是等明天晚上再睡？正是——

不懼黃昏近，但愁白日長；

翩翩書記俊，今夕喜同牀。

金環束指間，燦爛自生光，

爲恐嬌妻駡，莫將棄道旁。（衆下）

註一　月亮的情郎原文作恩第迷昂（Endymion），神話中的美少年，爲黛安那女神所鍾愛。

註二　瑪那（manna），天糧，見舊約創世記。

莎士比亞戲劇全集

第一輯　第三種

# 無事煩惱

朱生豪譯

# 無事煩惱

## 劇中人物

唐・彼特羅　阿拉貢親王
唐・約翰　唐彼特羅的庶弟
克勞第奧　佛羅倫斯的少年貴族
裴尼狄克　帕度亞的少年貴族
里昂那托　梅辛那總督
安東尼奧　里昂那托之弟
鮑爾薩澤　唐彼特羅的僕人
薄拉契奧 }
康雷特 } 唐約翰的從者
道勃雷　警吏
佛其慈　警佐
法蘭西斯神父

教堂司事

希羅　里昂那托的女兒

琵特麗絲　里昂那托的姪女

瑪茄蕾脫、歐蘇拉　希羅的侍女

使者，巡丁，小僮，侍從等

**地點**

梅辛那

# 第一幕

## 第一場　里昂那托住宅門前

〔里昂那托，希羅，琵特麗絲，及一使者上。

里　這封信裏說阿拉貢的唐彼特羅今晚就要到梅辛那來了。

使者　他現在快要到了；我跟他分手的時候，他離開這兒不過八九哩路。

里　你們在這次戰事裏損失了多少將士？

使者　沒有損失多少，有點名氣的一個也沒有。

里　得勝者全師而歸，那是雙重的勝利了。信上還說起唐彼特羅十分看重一位叫做克勞第奥的年青的佛羅倫斯人。

使者　他果然是一位很有才能的人，唐彼特羅賞識得不錯。他年紀雖然很輕，做的事情十分了得，看上去像一頭羔羊，上起戰場來卻像一頭獅子；他的確能够超過一般人對他的期望，我這一張嘴也說不盡他的好處。

里　他有一個伯父在這兒梅辛那，聽見了一定非常高興的。

使者　我已經送過信去給他了，看他的樣子十分快樂，甚至於快樂得忍不住心酸起來。

里　他流起眼淚來了嗎？

使者　流了很多的淚。

里　這是天性中溫情的自然流露；淚洗過的臉，是最眞誠不過的了。因爲快樂而哭泣，比之看見別人哭泣而快樂，總要好得多啦！

琵　請問你，那位劍客先生是不是也從戰場上回來了？

使者　小姐，這個名字我沒有聽見過；在軍隊裏沒有這樣一個人。

里　姪女，你問的是什麽人？

希　姊姊說的是帕度亞的裴尼狄克先生。

使者　啊，他也回來了，仍舊是那麽愛打趣的。

琵　請問你，他在這次戰事中間殺了多少人？吃了多少人？可是你先告訴我他殺了多少人，因爲我曾經答應他，無論他殺死多少人，我都可以把他們吃下去。

里　眞的，姪女，你把裴尼狄克先生取笑得太過分了；我相信他一定會向你報復的。

使者　小姐，他在這次戰事裏立下很大的功勞呢。

琵　你們那些發霉的軍糧，都是他一個人吃下去的；他是個著名的大飯桶，他的胃口好得很哩。

使者　而且他也是個很好的軍人，小姐。

琵　他在小姐太太們面前是個很好的軍人；可是在老爺們面前呢？

使者　在老爺們面前，就是一個正人君子，一個堂堂的男兒，充滿了各種的美德。

琵　究竟他一肚子裏充滿了些什麽，我們還是別說了吧；我們誰也不是聖人。

里　請你不要誤會舍姪女的意思。裴尼狄克先生跟她是說笑慣的；他們一見了面，總是舌劍唇槍，各不相讓。

琵　可惜他總是佔不到便宜！在我們上次交鋒的時候，他的五分才氣倒有四分給我殺得狼狽逃走，現在他全身祇剩一分了；要是他還有些兒才氣留着，那麽就讓他保存起來，叫他跟他的馬兒有個分別吧，因爲這是使他可以被稱爲有理性動物的唯一的財產了。現在誰是他的同伴？聽說他每個月都要換一個把兄弟。

使者　有這等事嗎？

琵　很可能；他的心就像他帽子的式樣一般，時時刻刻會起變化的。

使者　小姐，看來這位先生的名字不曾註在您的册子上。

琵　沒有，否則我要把我的書齋都一起燒了呢。可是請問你，誰是他的同伴？

使者　他跟那位尊貴的克勞第奧來往得頂親密了。

琵　天哪，他要像一場瘟疫一樣纏住人家呢；他比瘟疫還容易傳染，誰要是跟他發生接觸，立刻就會變做瘋子。上帝保佑尊貴的克勞第奧！要是他給那個裴尼狄克纏住了，一定要花上一千鎊錢纔可以把他趕走哩。

使者　小姐，我願意跟您交個朋友。

琵　很好，好朋友。

里　姪女，你是永遠不會發瘋的。

琵　不到大熱的冬天，我是不會發瘋的。

使者　唐彼特羅來啦。

〔唐彼特羅，唐約翰，克勞第奧，裴尼狄克，鮑爾薩澤等同上

彼　里昂那托大人，您是來迎接麻煩來了；一般人都只想避免耗費，您卻偏偏自己願意多事。

里　多蒙殿下枉駕，已經是莫大的榮幸，怎麼說是麻煩呢？麻煩去了，可以使人如釋重負；可是當您離開我的時候，我只覺得悵悵然若有所失。

彼　您眞是太喜歡自討麻煩啦。這位便是令嬡吧？

里　她的母親好幾次對我說她是我的女兒。

裴　大人，您在問她的時候，是不是心裏有點疑惑？

里　不，裴尼狄克先生，因爲那時候您還是個孩子哩。

彼　裴尼狄克，你也給人家挖苦了去了；我們可以猜想到你現在長大了，是個怎麼樣的人。眞的，這位小姐很像她的父親。小姐，您眞幸福，因爲您是像這樣一位高貴的父親。

裴　要是里昂那托大人果然是她的父親，就是把梅辛那全城的財富給她，她也不願意生得像他那樣一副容貌的。

琵　裴尼狄克先生，您怎麼還在那兒講話呀？沒有人聽着您哩。

裴　噯喲，我的傲慢的小姐！您還活着嗎？

琵　世上有裴尼狄克先生那樣的人，傲慢是不會死去的；頂有禮貌的人，祇要一看見您，也就會傲慢起來。

裴　那麼禮貌也是一個反覆無常的小人了。可是除了您以外，無論那個女人都愛我，這一點是毫無疑問的；我希望我的心腸不是那麼硬，因爲說句老實話，我實在一個也不愛她們。

琵　那眞是女人們好大的運氣，因爲否則她們就要給一個討厭的求婚者麻煩死了。我感謝上帝和我自己冷酷的心，我在這一點上完全跟您同意；與其叫我聽一個男人發誓說他愛我，我寧願聽我的狗向着一隻烏鴉叫。

裴　上帝保佑您小姐永遠抱着這樣的心理吧！這樣某一位先生就可以逃過他命中註定的抓破臉皮的惡運了。

琵　要是像您這樣一付尊容，抓破了也不會使它變得比原來更難看的。

裴　好，您眞是一位好鸚鵡敎師。

琵　像我一樣會話的鳥兒比起像尊駕一樣的畜生來，總要好得多啦。

裴　我希望我的馬兒能够跑得像您說起話來一樣快，也像您的舌頭一樣不知道疲倦。請您儘管說下去吧，我可要恕不奉陪啦。

琵　您在說不過人家的時候，總是像一匹不聽話的馬兒一樣，望岔路裏溜了過去；我知道您的老脾氣。

彼　那麼就是這樣吧，里昂那托。克勞第奧，裴尼狄克，我的好朋友里昂那托請你們一起住下來。我對他說我們至少要在這兒躭擱一個月，他卻誠心希望會有什麼事情留着我們多住一些時候。我敢發誓他不是一個假情假義的人，他的話都是從心裏發出來的。

里　殿下，您要是發了誓，您一定不會背誓。（向唐約翰）歡迎，大人；您現在已經跟令兄言歸於好，我應該向您竭誠致敬。

約　謝謝；我是一個不會說話的人，可是我謝謝你。

里　殿下請了。

彼　讓我攙着您的手，里昂那托，咱們一塊兒走吧。（除裴、克外皆下）

克　裴尼狄克，你有沒有注意到里昂那托的女兒？

裴　看是看見的，可是我沒有對她注意。

克　她不是一位貞靜的少女嗎？

裴　您還是規規矩矩，要我把老實話告訴您呢？還是要我照平常的習慣，擺出一副女性的暴君的臉孔來發表我的意見？

克　不，我要你根據冷靜的判斷回答我。

裴　好，那麼我說，她是太矮了點兒，不能給她太高的恭維；太黑了點兒，不能給她太美的恭維；又是太小了點兒，不能給她太大的恭維。我所能給她的唯一的稱讚，就是她倘不是像現在這樣子，一定很不漂亮；可是她既然不能再好看一點，所以我一點不喜歡她。

克　你以爲我是在說着玩玩的。請你老老實實告訴我，你覺得她怎樣。

裴　您這樣問起她，是不是要把她買下來嗎？

克　全世界所有的財富，可以買得到這樣一顆美玉嗎？

裴　是的，而且還可以附送一隻匣子把它藏起來哩。可是您說這樣的話，還是一本正經的呢，還是隨口胡說，就像說盲目的邱必特是個獵兔的好手，打鐵的佛爾干是個出色的木匠一樣？告訴我，您唱的歌兒究竟是什麼調子？

克　在我的眼睛裏，她是我平生所見的最可愛的姑娘。

裴　我現在還可以不戴眼鏡瞧東西，可是我卻瞧不出來她有什麼可愛。她那個族姊就是脾氣太壞了點兒，要是講起美貌來，那就正像一個是五月的春朝，一個是十二月的歲暮，比她好看得多啦。可是我希望您不是要想做起丈夫來了吧？

克　雖然我曾經立誓終身不娶，可是要是希羅肯做我的妻子，我一定會信不過我自己。

裴　事情已經到了這一個地步了嗎？難道世界上的男子個個都願意戴上綠頭巾嗎？難道我永遠看不見一個六十歲的童男子嗎？好，要是你願意把你的頭頸伸進軛裏去，那麼你就把它套起來，到星期日休息的日子自己怨怨命吧。瞧，唐彼特羅回來找您了。

〔唐彼特羅重上。

彼　你們不跟我到里昂那托家裏去，在這兒講些什麼祕密話兒？

裴　我希望殿下命令我說出來。

彼　好，我命令你說出來。

裴　聽着，克勞第奧伯爵，我能夠像啞子一樣保守祕密，我也希望您相信我不是一個搬嘴弄舌的人；可是殿下這樣命令我，我有什麼辦法呢？他是在戀愛了。跟誰呢？這就應該殿下自己去問他了。聽好他的回答是多麼短：他愛的是希羅，里昂那托的短短的女兒。

克　要是眞有這麼一回事，那麼他已經替我說出來了。

裴　正像老古話說的，殿下，「既不是這麼一回事，也不是那麼一回事，可是眞的，上帝保佑不會有這麼一回事。」

克　我的感情倘不是一下子就會起變化，我倒並不希望上帝改變這事實。

彼　阿們，要是你眞的愛她；這位小姐是很値得你眷戀的。

克　殿下，您這樣說是有意誘我吐露眞情嗎？

彼　眞的，我不過說我心裏想到的話。

克　殿下，我說的也是我自己心裏的話。

裴　憑着我的三心兩意起誓，殿下，我說的也是我自己心裏的話。

克　我覺得我眞的愛她。

彼　我知道她是位很好的姑娘。

裴　我既然不覺得爲什麼要愛她，也不知道她有什麼好處；你們就是用火刑燒死我，也不能使我改變這一個意見。

彼　你永遠是一個排斥美貌的頑固的異敎徒。

克　他這種不近人情的態度，都是違背了良心故意做作出來的。

裴　一個女人生下了我，我應該感謝她；她把我養育長大，我也要向她表示至誠的感謝；可是要我爲了女人的緣故而戴起一頂不雅的頭巾來，那麼我祇好敬謝不敏了。因爲我不願意對任何一個女人猜疑而使她受到委屈，所以寧願對無論那個女人都不信任，免得委屈了自己。總而言之，爲了讓我自己穿得漂亮一點起見，我願意一生一世做個光棍。

彼　我在未死之前，總有一天會看見你爲了愛情而憔悴的。

裴　殿下，我可以因爲發怒，因爲害病，因爲挨餓而臉色慘白，可是決不會因爲愛情而憔悴；您要是能够證明有一天我因爲愛情而消耗的血液，喝了酒以後不能把它恢復轉來，就請您用編造歌謠的人的那枝筆挖去我的眼睛，把我當做一個瞎眼的邱必特，掛在妓院門口做招牌。

彼　好，要是有一天你的決心動搖起來，可別怪人家笑話你。

裴　要是有那麼一天，我就讓你們把我像一頭貓似的放在叉袋裏弔起來，叫大家用箭射我；誰把我射中了，就可以拍拍他的肩膀，誇奬他是個好漢子。

彼　好，咱們等着瞧吧；有一天野牛也會俯首就軛的。

裴　野牛也許會俯首就軛，可是有理性的裴尼狄克要是也會鑽上圈套，那麼請您把牛角拔下來，插在我的額角上吧；我可以讓你們把我塗上油彩，就像人家寫着「好馬出租」一樣，替我用大字寫好一塊招牌，招牌上這麼說：「請看結了婚的裴尼狄克。」

克　要是眞的把你這樣，你一定要氣得把你的一股牛勁兒都使出來了。

彼　嘿，要是邱必特沒有把他的箭在威尼斯一起放完，他會叫你知道他的利害的。

裴　那時候一定要天翻地覆啦。

彼　好，咱們等着瞧吧。現在，好裴尼狄克，請你到里昂那托那兒去，替我向他致意，對他說晚餐的時候我一定準時出席，因爲他已經費了不少手脚在那兒預備呢。

裴　我現在忙得很，實在無法分身，所以我想敬請——

克　大安，自家中發——

彼　七月六日，裴尼狄克謹上。

裴　噯，別開玩笑啦。你們講起話來，老是這麼破碎支離，不成片段；要是你們還要把這種爛調搬弄下去，請你們問問自己的良心吧，我可要失陪了。（下）

克　殿下，您現在可以幫我一下忙。

彼　咱們是好朋友，你有什麼事儘管吩咐我；無論它是多少爲難的事，我都願意竭力幫助你。

克　殿下，里昂那托有沒有兒子？

彼　沒有，希羅是他唯一的後嗣。你喜歡她嗎，克勞第奧？

克　啊，殿下，當我們向戰場出發的時候，我用一個軍人的眼睛望着她，雖然中心羨慕，可是因爲有更艱巨的工作在我的面前，來不及顧到兒女的私情；現在我回來了，戰爭的思想已經離開我的腦中，代替它的是一縷縷的柔情，它們指點我年青的希羅是多麼美麗，對我說，我在出征以前就已經愛上她了。

彼　你就要像一個戀人似的，動不動長篇大論地叫人家聽着厭倦了。要是你果然愛希羅，你就愛下去吧，我可以替你向她和她的父親說去，一定叫你如願以償。你向我轉彎抹角地說了這一大堆，不就是爲了這個目的嗎？

克　您這樣鑒貌辨色，眞是醫治相思的妙手！可是人家也許以爲我一見鍾情，未免太過孟浪，所以我想還是慢慢兒再說吧。

彼　造橋祇要量着河身的闊度就行了，何必過分鋪張呢？做事情也祇要按照事實上的需要；凡是能夠幫助你達到目的的，就是你所應該採取的手段。你現在既然害着相思，我可以給你治相思的藥餌。我知道今晚我們將要有一個跳舞會；我可以化裝一下冒充着你，對希羅說我是克勞第奧，當着她的面前傾吐我的心曲，用動人的情話迷惑她的耳朵；然後我再替你向她的父親傳達你的意思，結果她一定會屬你所有。讓我們立刻着手吧。（同下）

## 第二場　里昂那托家中一室

〔里昂那托及安東尼奧自相對方向上。

里　啊，賢弟！我的姪兒，你的兒子呢？他有沒有把音樂預備好？

安　他正在那兒忙着呢。可是，大哥，我可以告訴你一些新鮮的消息，你做夢也想不到的。

里　是好消息嗎？

安　那要看事情的發展而定；可是從外表上看起來，那是個很好的消息。親王跟克勞第奧伯爵剛纔在我的花園裏一條濃密的樹蔭下的小路上散步，他們講的話給我的一個用人聽見了許多：親王告訴克勞第奧，說他愛上了我的姪女你的女兒，想要在今晚跳舞的時候向她傾吐衷情；要是她表示首肯，他就要抓住眼前的時機，立刻向你提起這件事情。

里　告訴你這個消息的傢伙，是不是個有頭腦的人？

安　他是一個很機靈的傢伙；我可以去叫他來，你自己問問他。

里　不，不；在這事情沒有實現以前，我們祗能把它當做一個幻夢；可是我要先去通知我的女兒一聲，萬一眞有那麼一回事，她也好預先準備準備怎樣回答。你去告訴她吧。（若干人穿過舞臺）各位姪兒，記好你們各人做的事。啊，對不起，朋友，跟我一塊兒去，我還要仰仗您的大力哩。賢姪，在這大家手忙腳亂的時候，請你留心照看照看。（同下）

## 第三場　里昂那托家中的另一室

〔唐約翰及康雷特上。

康　噯喲，我的爺！您爲什麼這樣悶悶不樂？

約　我的煩悶是茫無涯際的，因爲不順眼的事情太多啦。

康　您應該聽從理智的勸告呀。

約　聽從了理智的勸告，又有什麼好處呢？

康　即使不能立刻醫好您的煩悶，至少也可以教您怎樣安心忍耐。

約　我眞不懂像你這樣一個自己說是土星照命的人（註）居然也會用道德的箴言來醫治人家致命的沉疴。我不能掩飾我自己的爲人：心裏不快活的時候，我不會聽了人家的嘲謔而陪着笑臉；肚子餓了我就吃，誰願意伺候人家的方便；精神疲倦了我就睡，誰去理會人家的閒事；心裏高興我就笑，誰去窺探人家的顏色。

康　話是說得不錯，可是您現在在別人約束之下，總不能完全照着您自己的意思做去。最近您跟王爺鬧過蹩扭，你們兄弟倆言歸於好，還是不久的事，您要是不格外陪些小心，那麼他現在對您的種種恩寵，也是靠不住的；您必須自己造成一個機會，然後纔可以達到您的目的。

約　我寧願做一朶籬下的野花，不願做一朶受他恩惠的薔薇；與其逢迎獻媚，偷取別人的歡心，寧願被衆人所鄙棄；我固然不是一個善於阿諛的正人君子，可是誰也不能否認我是一個正大光明的小人。人家用口套罩着我的嘴，表示對我的信任，用木樁繫住我的脚，表示給我的自由；關在籠子裏的我，還能够唱歌嗎？要是我有嘴，我就要咬人；要是我有自由，我就要做我歡喜做的事。現在你還是讓我保持我的本來面目，不要設法改變它吧。

康　您不能利用您的不平之氣來幹一些事情嗎？

約　我把它儘量利用着呢，因爲它是我的唯一的武器。誰來啦？

〔薄拉契奧上。

約　有什麼消息，薄拉契奧？

薄　我剛從那邊盛大的晚餐席上出來，王爺被里昂那托招待得十分隆重；我還可以告訴您一件正在計劃中的婚事的消息哩。

約　我們可以在這上面出個主意跟他們搗亂搗亂嗎？那個願意自討麻煩的傻瓜是誰？

薄　他就是王爺的右手。

約　誰？那個最最了不得的克勞第奧嗎？

薄　正是他。

約　好傢伙！那個女的呢？他中意了那一個？

薄　里昂那托的女兒希羅。

約　一隻早熟的小母雞！你怎麼知道的？

薄　他們叫我去用香料把屋子薰一薰，我正在那兒薰一間發霉的房間的時候，親王跟克勞第奧兩個人手攙手走了進來，愼重其事地在商量着什麼事情；我就把身子閃到屛風後面，聽見他們約定由親王出面去向希羅求婚，等她答應以後，就把她讓給克勞第奧。

約　來，來，咱們到那邊去；也許我可以借此出出我的一口怨氣。自從我失勢以後，那個年青的新貴享足了風光；要是我能够叫他受到些挫折，也好讓我拍手稱快。你們兩人都願意幫助我，不會變心嗎？

康、薄　我們願意誓死爲爵爺盡忠。

約　讓我們也去參加那盛大的晚餐吧；他們看見我的屈辱，一定格外高興。要是廚子也跟我抱着同樣的心理就好了！我們要不要去決定一下怎樣着手的方法？

薄　我們願意伺候您的旨意。（同下）

註　西洋星相家的說法，謂土星照命的人，性格必陰沉憂鬱。

# 第二幕

## 第一場　里昂那托家中的廳堂

〔里昂那托，安東尼奥，希羅，琵特麗絲，及餘人等同上。

里　約翰伯爵有沒有在這兒吃晚飯？

安　我沒有看見他。

琵　那位先生的臉孔多麼陰沉！我每一次看見他，總要有一個時辰心裏不好過。

希　他有一副很憂鬱的脾氣。

琵　要是把他跟裴尼狄克折中一下，那就是個頂好的人啦：一個太像泥塑木雕似的，老是一言不發；一個卻像驕縱慣了的小少爺咭唎呱喇的吵個不停。

里　那麼把裴尼狄克先生的半條舌頭放在約翰伯爵的嘴裏，把約翰伯爵的半副心事面孔裝在裴尼狄克先生臉上，——

琵　叔叔，再加上一雙好腿，一對好脚，袋裏有幾個錢，這樣一個男人，世上無論那個女人都願意嫁給他的，——要是他能够得到她的歡心的話。

里　眞的，姪女，你要是說話這樣刻薄，我看你一輩子也嫁不出去的。

琵　謝天謝地！我每天早晚都在跪求上帝，我說主啊！叫我嫁給一個臉上出鬍子的丈夫，我是怎麼也受不了的，還是讓我睡在毛毯裏吧！

里　你可以揀一個沒有鬍子的丈夫。

琵　我要他來做甚麼呢？叫他穿起我的衣服來，讓他做我的侍女嗎？有鬍子的人年紀一定不小了，沒有鬍子的人，算不得鬚眉男子；我不要一個老頭子做我的丈夫，也不願意嫁給一個沒有丈夫氣的男人。人家說，老處女死了要在地獄裏牽猴子；所以還是讓我把六辨士的保證金交給動物園裏的看守，把他的猴子牽下地獄去吧。

里　好，那麼你決心下地獄嗎？

琵　不，我剛走到門口，頭上出角的魔鬼就像個老忘八似的出來迎接我，說，「您到天上去吧，琵特麗絲，您到天上去吧；這兒不是你們姑娘家住的地方。」所以我就把猴子交給他，到天上去見聖彼得了；他指點我單身的男子在什麼地方，我們就在那兒快快樂樂地過日子。

安　（向希）好，姪女，我相信你一定聽你父親的話。

琵　是的，我的妹妹是最懂得規矩的，她會行個禮兒說，「父親，您看怎麼辦，就怎麼辦吧。」可是雖然這麼說，妹妹，他一定要是個漂亮的傢伙纔好，否則你還是再行個禮兒，說「父親，這可要讓我自己作主了。」

里　好，姪女，我希望看見你有一天嫁到一個丈夫。

琵　男人都是泥做的，我不要。一個女人要把她的終身付託給一塊道旁的泥土，還要在他面前低頭伏小，豈不倒霉！不，叔叔，亞當的兒子都是我的兄弟，跟自己的親族結婚是一件罪惡哩。

里　女兒，記好我對你說的話；要是親王真的向你提出那樣的請求，你知道你應該怎樣回答他。

琵　妹妹，要是那親王太冒冒失失嚙，你就對他說，什麼事情都應該有個節拍；你就睬也不睬他，自個兒的跳舞下去。聽我說，希羅，求婚，結婚，和後悔就像是蘇格蘭急舞，慢步舞，和五步舞一樣：開始求婚的時候，正像蘇格蘭急舞一樣狂熱，迅速而充滿了幻想；到了結婚的時候，循規蹈矩的，正像慢步舞一樣，拘泥着儀式和虛文；於是接着來了後悔，拖着疲乏的腳腿，開始跳起五步舞來，愈跳愈快，一直跳到精疲力盡，倒下在墳墓裏爲止。

里　姪女，你的觀察倒是十分深刻。

琵　叔叔，我的眼光很不錯哩。

里　賢弟，跳舞的人進來了，咱們讓開吧。

〔唐彼特羅，克勞第奧，裴尼狄克，鮑爾薩澤，唐約翰，薄拉契奧，瑪茄蕾脫，歐蘇拉，及餘人等各戴面罩上。

彼　姑娘，您願意陪着您的朋友走走嗎？

希　您要是輕輕兒的走，態度文靜點兒，也不說甚麼話，我就願意奉陪；尤其是當我要走出去的時候。

彼　您要不要我陪着您一塊兒出去呢？

希　我要是心裏高興，我可以這樣說。

彼　您什麼時候纔高興這樣說呢？

希　當我看見您的相貌並不討厭的時候；但願上帝保佑琴兒不像琴囊一樣難看！

彼　我的臉罩就像法利門的草屋，草屋裏面住着天神喬武。（註一）

希　那麼您的臉罩上應該蓋起茅草來纔是。

彼　講情話要低聲點兒。（拉希羅至一旁）

鮑　好，我希望您歡喜我。

瑪　爲了您的緣故，我倒不敢這樣希望，因爲我有許多缺點哩。

鮑　可以讓我略知一二嗎？

瑪　我念起禱告來，總是提高了聲音。

鮑　那我更加愛您了；高聲念禱告，人家聽見了就可以喊阿們。

瑪　求上帝賜給我一個好舞伴！

鮑　阿們！

瑪　等到跳舞完畢，讓我再也不要看見他！您怎麼不接應呀，執事先生？

鮑　別多講啦，執事先生已經得到他的答覆了。

歐　我認識您；您是安東尼奧老爺。

安　乾脆一句話，我不是。

歐　我瞧您搖頭擺腦的樣子，就知道是您啦。

安　老實告訴你吧，我是學着他的樣子的。

歐　您倘不就是他，決不會把他那種怪樣子學得這麼維妙維肖。這一隻揮上揮下的手，正是他的乾瘪的手；您一定是他，您一定是他。

安　乾脆一句話，我不是。

歐　算啦算啦，像您這樣能言善辯，您以爲我不能一下子就聽出來除了您沒有別人嗎？一個人有了好處，難道遮掩得了嗎？算了吧，別多話了，您正是他，不用再賴了。

琵　您不肯告訴我誰對您說這樣的話嗎？

裴　不，請您原諒我。

琵　您也不肯告訴我您是誰嗎？

裴　現在不能告訴您。

琵　說我目中無人，說我的俏皮話兒都是從笑林廣記上偷下來的：哼，這一定是裴尼狄克說的話。

裴　他是什麼人？

琵　我相信您一定很熟悉他的。

裴　相信我，我不認識他。

琵　他沒有叫您笑過嗎？

裴　請您告訴我，他是什麼人？

琵　他呀，他是親王手下的弄人，一個語言無味的傻瓜；他的唯一的本領，就是捏造一些無稽的謠言。祇有那些胡調的傢伙纔會喜歡他，可是他們並不賞識他的機智，只是賞識他的奸刁；他一方面會討好人家，一方面又會惹人家生氣，所以他們一面笑他，一面打他。我想他一定在人叢裏；我希望他會碰到我！

裴　等我認識了那位先生以後，我可以把您說的話告訴他。

琵　很好，請您一定告訴他。他聽見了頂多不過把我侮辱兩句；要是人家沒有注意到他的話，或者聽了笑也不笑，他就要鬱鬱不樂，這樣就可以有一塊鷓鴣的翅膀省下來啦，因為這傻瓜會氣得不吃晚飯的。（內樂聲）我們應

約　該跟隨領隊的人。（跳舞。除唐約翰，薄拉契奥，及克勞第奥外皆下）我的哥哥眞的給希羅迷住啦，他已經拉着她的父親去把他的意思告訴他了。女人們都跟着她去了，祇有一個戴假面的人留着。

薄　那是克勞第奥；我從他的神氣上認得出來。

約　您不是裴尼狄克先生嗎？

克　你猜得不錯，我正是他。

約　先生，您是我的哥哥親信的人，他現在迷戀着希羅，請您勸勸他打斷這一段癡情，她是配不上他這樣家世門第的；您要是肯這樣去勸他，纔是盡一個朋友的直道。

克　您怎麼知道他愛着她？

約　我聽見他發過誓，說他的愛情了。

薄　我也聽見；他剛纔發誓說要跟她結婚。

約　來，咱們喝酒去吧。（約、薄同下）

克　我這樣冒認着裴尼狄克的名字，卻用克勞第奥的耳朵聽見了這些壞消息。事情一定是這樣；親王爲了他自己纔去求婚。友誼在別的事情上都是可靠的，在戀愛的事情上卻不能信託；所以戀人們都是用他們自己的唇舌。誰生着眼睛，讓他自己去傳達情愫吧，總不要請別人代勞；因爲美貌是一個女巫，在她的魔力之下，忠誠是會在熱情裏溶解的。這是一個每一個時辰裏都可以找到證明的例子，毫無懷疑的餘地。那麼永別了，希羅！

〔裴尼狄克重上。

裴　是克勞第奧伯爵嗎？

克　正是。

裴　來，您跟着我來吧。

克　到什麼地方去？

裴　到最近的一棵楊柳樹底下去，（註二）伯爵，爲了您自己的事。您歡喜把花圈怎樣戴法？還是把它套在您的頸上，像盤剝重利的人套着的鎖鍊似的呢？還是把它串在您的臂上，像一個軍官的臂章似的？您一定要把它戴起來，因爲您的希羅已經給親王奪去啦。

克　我希望他姻緣美滿！

裴　噯喲，聽您說話的神氣，簡直好像一個牛販子賣掉了一匹牛似的。可是您想親王會這樣對待您嗎？

克　請你讓我一個人在這兒。

裴　哈！現在您又變做一個不問是非的瞎子了；小孩子偷了您的肉去，您卻去打一根柱子。

克　你要是不肯走開，那麼我走了。（下）

裴　唉，可憐的受傷的鳥兒！現在他要爬到蘆葦裏去了。可是想不到咱們那位琵特麗絲小姐居然會見了我認不出來！親王的弄人！嘿？也許因爲人家瞧我喜歡說笑，所以背地裏這樣叫我；可是我要是這樣想，那就是自己看輕自己了；不，人家不會這樣叫我，這都是琵特麗絲憑着她那一副下流刻薄的脾氣，把自己的意見代表着衆人，隨口編造出來毀謗我的。好，我一定要向她報復此仇。

〔唐彼特羅重上。

彼　裴尼狄克那伯爵呢?你看見他嗎?

裴　不瞞殿下說,我已經做過一個搬弄是非的長舌婦了。我看見他一個人孤零零的在這兒發獃,我就對他說,——我想我對他說的是眞話,——您已經得到這位姑娘的芳心了。我說我願意陪着他到一株楊柳樹底下去或者給他編一個花圈,表示被棄的哀思,或者給他紮起一條籐鞭來,因爲他有該打的理由。

彼　該打!他做錯了什麼事?

裴　他犯了一個小學生的過失,因爲發現了一窠小鳥,高興非常,指點給他的同伴看見,讓他的同伴把它偷去了。

彼　你把信任當做一種過失嗎?偷的人纔是有罪的。

裴　可是他把籐鞭和花圈紮好,總是有用的;花圈可以給他自己戴,籐鞭可以賞給您。照我看來,您就是把他那窠小鳥偷去的人。

彼　我不過要敎它們唱歌,敎會了就把它們歸還原主的。

裴　那麼且等它們唱的歌兒來證明您的一片好心吧。

彼　琵特麗絲小姐在生你的氣;陪她跳舞的那位先生告訴她你說了她許多壞話。

裴　啊,她纔把我侮辱得連一塊頑石都要氣得直跳起來呢!一株禿得祇剩一片靑葉子的橡樹,也會忍不住跟她拌嘴;就是我的臉罩也差不多給她駡活了,要跟她對駡一場哩。她不知道在她面前的就是我自己,對我說,我是親王的弄人,我比融雪的天氣還要無聊;她用一連串惡毒的譏諷,像放連珠砲似的向我射了過來,我簡直的變成了一個箭垜啦。她的每一句話都是一把鋼刀,每一個字都刺到人心裏;要是她嘴裏的氣息跟她的說話一樣惡毒,那一定無論什麼人走近她身邊都不能活命的;她的毒氣會把北極星都熏壞呢。卽使亞當把他沒有犯罪以前的全部家產傳給她，我也不願意娶她做妻子；她會叫赫邱里斯給她烤肉，把他的棍子劈碎了當柴燒的。好了，別講她了。她就是母夜叉的變相。但願上帝差一個有法力的人來把她一道咒趕回地獄裏去，因為她一天留在這世上，人家就會覺得地獄裏簡直清靜得像一座洞天福地，大家為了希望下地獄，都會故意犯起罪來，所以一切的混亂，恐怖，紛擾，都跟着她一起來了。

彼　瞧，她來啦。

〔克勞第奧，琵特麗絲，希羅，及里昂那托重上。

裴　殿下有沒有什麼事情要派我到世界的盡頭去的？我現在願意到地球的那一邊去，給您幹無論那一件您所能想得到的最瑣細的差使：我願意給您從亞洲最遠的邊界上拿一根牙籤回來；我願意給您到阿比西尼亞去量一量護法王約翰的脚有多少長；我願意給您去從蒙古大可汗的臉上拔下一根鬍鬚，或者到侏儒國裏去辦些無論什麼事情；可是我不願意跟這妖精談三句話兒。您沒有什麼事可以給我做嗎？

彼　沒有，我要請你陪着我。

裴　啊，殿下，這是强人所難了；我可受不住咱們這位尖嘴的小姐。（下）

彼　來，小姐，來，裴尼狄克先生在生您的氣呢。您欺侮了他了。

琵　殿下，我可不讓他欺侮我。您叫我去找克勞第奧伯爵來，我已經把他找來了。

彼　啊，怎麼，伯爵！你為什麼這樣不高興？

克　沒有什麼不高興，殿下。

彼　那麼害病了嗎？

克　也不是，殿下。

琵　這位伯爵無所謂高興不高興，也無所謂害病不害病；您瞧他皺着眉頭，也許他吃了一隻酸橘子，心裏頭有一股酸溜溜的味道。

彼　真的，小姐，我想您把他形容得很對；可是我可以發誓，要是他果然有這樣的心思，那就錯了。來，克勞第奧，我已經替你向希羅求過婚，她已經答應了；我也已經向她的父親說起，他也表示同意了；現在你祇要選定一個結婚的日子，願上帝給你快樂！

里　伯爵，從我手裏接受我的女兒，我的財產也隨着她一起傳給您了。這頭婚事多仗殿下鼎力，一定能够得到上天的嘉許！

琵　說呀，伯爵，現在要輪到您開口了。

克　靜默是表示快樂的最好的方法；要是我能够說出我的心裏多麼快樂，那麼我的快樂只是有限度的。小姐，您現在既然已經屬我，我也就是屬於您的了；我把我自己跟您交換，我要把您當作瓌寶一樣愛重。

琵　說呀，妹妹；要是你不知道說些什麼話好，你就用一個吻堵住他的嘴，讓他也不要說話。

彼　真的，小姐，您真會說笑。

琵　是的，殿下；也幸虧是這樣，我這可憐的傻子纔從來不知道有什麼心事。我那妹妹附着他的耳朵在那兒告訴他她的心裏有着他呢。

克　她正是這麼說，姊姊。

琵　天哪，真好親熱！人家一個個嫁了出去，祇剩我一個人年老珠黃；我還是躲在壁角裏哭哭自己的沒有丈夫吧！

彼　您願意嫁給我嗎，小姐？

琵　不，殿下，除非我可以再有一個家常用的丈夫；因爲您是太貴重啦，祇好留着在星期日裝裝場面。可是我要請殿下原諒，我這一張嘴是向來胡說慣的，沒有一句正經。

彼　您要是不聲不響，我纔要惱哪；這樣說說笑笑，正是您的風趣的本色。我想您一定是在一個快樂的時辰裏出世的。

琵　不，殿下，我的媽哭得纔苦呢；可是那時候剛巧有一顆星在跳舞，我就在那顆星底下生下來了。妹妹，妹夫，願上帝給你們快樂！

里　姪女，你肯不肯去把我對你說起過的事情辦一辦？

琵　對不起，叔叔。殿下，恕我失陪了。（下）

彼　眞是一個快樂的小姐。

里　殿下，她身上找不出一絲絲的憂愁；除了睡覺的時候，她從來不曾板起過臉孔；就是在睡覺的時候，她也還是嘻嘻哈哈的，因爲我曾經聽見小女說起，她往往夢見不快活的事情，會把自己笑醒來。

彼　她頂不喜歡聽見人家向她談起一個丈夫。

里　啊，聽她都不要聽；向她求婚的人，一個個給她嘲笑得縮退回去呢。

彼　要是把她配給裴尼狄克，倒是很好的一對。

里　哎喲！殿下，他們兩人要是結了婚一個星期，準會吵瘋了呢。

彼　克勞第奧伯爵，你預備什麼時候上敎堂？

克　就是明天吧，殿下；在愛情沒有完成它的一切儀式以前，時間總是走得像一個扶着拐杖的跛子一樣慢。

里　那不成，賢壻，還是等到星期一吧，左右也不過七天功夫；要是把事情辦得一切都稱我的心，這幾天日子還嫌太侷促了些。

彼　好了，別這麼搖頭長嘆啦；克勞第奥，包在我身上，我們要把這段日子過得一點也不沉悶。我想在這幾天的時間以內，幹一件非常艱辛的工作；換句話說，我要叫裴尼狄克先生跟琵特麗絲小姐彼此熱烈相戀起來。我很想把他們兩人配成一對；要是你們三個人願意聽我的吩咐，幫我把這件事情進行起來，一定可以成功的。

里　殿下，我願意全力贊助，即使叫我十個晚上不睡覺都可以。

克　我也願意出力，殿下。

彼　溫柔的希羅，您也願意幫幫忙嗎？

希　殿下，我願意盡我的微力，幫助我的姊姊得到一位好姊夫。

彼　裴尼狄克並不是一個沒有出息的丈夫。至少我可以對他說這幾句好話：他的家世是高貴的；他的勇敢，他的正直，都是大家所公認的。我可以敎您用怎樣的說話打動令姊的心，叫她對裴尼狄克發生愛情；再靠着你們兩位的合作，我祇要向裴尼狄克略施小計，憑他怎樣刁鑽古怪，不怕他不愛上琵特麗絲。要是我們能够把這件事情做成功，邱必特也可以不用再射他的箭啦；他的一切的光榮都要屬於我們，因爲我們纔是眞正的愛神。跟我一塊兒進去，讓我把我的計劃告訴你們。（同下）

## 第二場　里昂那托家中的另一室

〔唐約翰及薄拉契奥上。

約　果然是這樣，克勞第奥伯爵要跟里昂那托的女兒結婚了。

薄　是，爵爺；可是我有法子破壞他們。

約　無論什麼破壞手段，都可以替我消一消心頭的悶氣；我把他恨得什麼似的，祇要能够打破他的戀愛的美夢，什麼辦法我都願意採取。你想怎樣破壞他們的婚姻呢？

薄　不是用正當的手段，爵爺；可是我會把事情幹得十分詭祕，讓人家看不出破綻來。

約　把你的計策簡單一點告訴我。

薄　我想我在一年以前，就告訴過您我跟希羅的侍女瑪葛蕾脫相好了。

約　我記得。

薄　我可以約她在夜靜更深的時候，在她小姐閨房裏的窗口等着我。

約　這是什麼用意？怎麼就可以把他們的婚姻破壞了呢？

薄　毒藥是要您自己配合起來的。您去對王爺說，他不該叫克勞第奥這樣一位赫赫有名的人物，——您可以拚命擡高他的身價，——去跟希羅那樣一個下賤的女人結婚；您儘管對他說，這一次的事情，對於他的名譽一定大有影響。

約　我有什麼證據可以提出呢？

薄　有，有，一定可以使親王受騙，叫克勞第奥懊惱，毀壞了希羅的名譽，把里昂那托活活氣死：這不正是您所希望得到的結果嗎？

約　爲了發洩我對他們這批人的氣憤，什麼事情我都願意試一試。

薄　那麼很好，找一個適當的時間，您把親王跟克勞第奥拉到一處沒有旁人的所在，告訴他們說您知道希羅跟我很要好；您可以假意裝出一副對親王和他的朋友的名譽十分關切的樣子，因爲這次婚姻是親王一手促成，現在克勞第奥將要娶到一個已非完璧的女子，您不忍坐視他們受人之愚，所以不能不把您所知道的告訴他們。他們聽了這樣的話，當然不會就此相信；您就向他們提出眞憑實據，把他們帶到希羅的窗下，讓他們看見我站在窗口，聽我把瑪茄蕾脫叫做希羅，聽瑪茄蕾脫叫我薄拉契奥。就在預定的婚期的前一個晚上，您帶着他們看一看這幕把戲，我可以預先設法把希羅調開；他們見到這樣似乎是千眞萬確的事實，一定會相信希羅果眞是一個不貞的女子，在妒火中燒的情緒下，決不會作冷靜的推敲，這樣他們的一切準備就可以全部推翻了。

約　不管它會引起怎樣不幸的後果，我要把這計策實行起來。你給我用心辦理，我賞你一千塊錢。

薄　您祇要一口咬定，我的詭計是不會失敗的。

約　我就去打聽他們的婚期。（同下）

## 第三場　里昂那托的花園

【裴尼狄克上。

裴　僮兒！

【小僮上。

僮　大爺叫我嗎？

裴　我的寢室窗口有一本書，你去給我拿來。（僮下）我眞不懂一個人明明知道沉迷在戀愛裏是一件多麼愚蠢的事，可是在譏笑他人的淺薄無聊以後，偏偏會自己打自己的耳光，照樣跟人家鬧起戀愛來；克勞第奧就是這種人。從前我認識他的時候，戰鼓和軍笛是他的唯一的音樂；現在他卻寧願聽小鼓和洞簫了。從前他會跑十哩路去看一身好甲冑；現在他卻會接連十個晚上不睡覺，爲了設計一身新的緊身衣的式樣。從前他說起話來總是直捷爽快，像個老老實實的軍人；現在他卻變成了個秀才先生，滿嘴都是些希奇古怪的話兒。我會不會也變得像他一樣呢？我不知道；我想不致於。我不敢說愛情不會叫我變成一頭牡蠣；可是我可以發誓，在它沒有把我變成牡蠣以前，它一定不能叫我變成這樣一個傻瓜。好看的女人，聰明的女人，賢惠的女人，我都碰見過，可是我還是個原來的我；除非在一個女人身上能夠集合一切女人的優點，否則沒有一個女人會中我的意的。她一定要有錢，這是不用說的；她必須聰明，不然我就不要；她必須賢惠，不然我也不敢領教；她必須美貌，不然我看也不要看她；她必須溫柔，否則不要叫她走近我的身；她必須有很好的人品，否則我不願花十先令把她買下來；她必須會講話，精音樂，而且她的頭髮必須是天然的顏色。哈！親王跟咱們這位多情種子來啦！讓我到涼亭裏去躲他一躲。（退後）

〔唐彼特羅，里昂那托，克勞第奧同上；鮑爾薩澤及衆樂工隨上。

彼　來，我們要不要聽聽這音樂？

克　好的，殿下。暮色是多麼沉寂，好像故意靜下來，讓樂聲格外顯得諧和似的！

彼　你們看見裴尼狄克躲在什麼地方嗎？

克　啊，看得很淸楚，殿下；等音樂停止了，我們要叫這小狐狸鑽進我們的圈套。

彼　來，鮑爾薩澤，我們要把那首歌再聽一遍。

鮑　啊，我的好殿下，像我這樣壞的嗓子，把好好的音樂糟蹋了一次，也就够了，不要再叫我獻醜了吧！

彼　越是本領超人一等的人，越是不滿意他自己的才能。請你唱起來吧，別讓我向你再三求告了。

鮑　既蒙殿下如此錯愛，我就唱了。有許多求婚的人，在開始求婚的時候，雖然明知道他的戀人沒有什麼可愛，仍舊會把她恭維得天花亂墜，發誓說他眞心愛着她的。

彼　好了好了，請你別說下去了；要是你還想發表什麼意見，就放在歌裏邊唱出來吧。

鮑　在我未唱以前，先要聲明一句：我唱的歌兒是一句也不値得你們注意的。

彼　他在那兒淨說些廢話。（音樂）

裴　（旁白）啊，神聖的曲調！現在他的靈魂要飄飄然起來了！幾根羊腸綳起來的絃線，會把人的靈魂從身體裏抽了出來，眞是不可思議！好，等他唱好以後，少不了要佈施他幾個錢。

鮑　（唱）

不要嘆氣，姑娘，不要嘆氣，

男人們都是些騙子，

一脚在岸上，一脚在海裏，

他天性裏朝三暮四。

不要嘆息，讓他們去，

你何必愁眉不展？

收起你的哀絲怨緒，
唱一曲清歌婉轉。
莫再悲吟，姑娘，莫再悲吟，
停住你沉重的哀音；
那一個夏天不綠葉成陰？
那一個男子不負心？
不要嘆息，讓他們去，
你何必愁眉不展？
收起你的哀絲怨緒，
唱一曲清歌婉轉。

彼　眞是一首好歌。

鮑　可是唱歌的人太不行啦，殿下。

彼　哈，不，不眞的，你唱得總算過得過去。

裴　（旁白）倘然他是一頭狗叫得這樣子，他們一定把他弔死啦；求上帝別讓他的壞喉嚨預兆着什麼災殃！與其聽他唱歌，我寧願聽夜裏烏鴉叫，不管有什麼禍事會跟着它一起來。

彼　好，你聽見了沒有，鮑爾薩澤？請你給我們預備些好音樂，因爲明天晚上我們要在希羅小姐的窗下彈奏。

鮑　我一定盡力辦去，殿下。

彼　很好，再見。（鮑及樂工等下）過來，里昂那托。您今天對我怎麼說，說是令姪女琵特麗絲在戀愛着裴尼狄克嗎？

克　啊！是的。（向彼旁白）小心小心，鳥兒正在那邊歇着呢。——我再也想不到那位小姐會愛上什麼男人的。

里　我也是出於意料之外，尤其想不到的是她竟會對裴尼狄克這樣一往情深，照外表上看起來，總像她把他當作冤家對頭似的。

裴　（旁白）有這樣的事嗎？風會吹到那個角裏去嗎？

里　眞的，殿下，這件事情簡直使我莫明其妙；我祇知道她愛得他像發狂一般。誰也萬萬想像不到會有這樣的怪事。

彼　也許她是假裝着騙人的。

克　嗯，那倒也有幾分可能。

里　上帝啊！假裝出來的！我從來沒有見過誰會把情感假裝得像她這樣逼眞的。

彼　啊，那麼她怎樣表示她的情感呢？

克　（旁白）好好兒把釣鈎放下去，魚兒就要吞餌了。

里　怎樣表示，殿下？她會一天到晚坐着出神；（向克）你聽見過我的女兒怎樣告訴你的。

克　她是這樣告訴過我。

彼　怎麼？怎麼？你們說呀。你們把我奇怪死了；我以爲像她那樣的性格，是無論如何不會受到愛情的襲擊的。

里　殿下，我也可以跟人家賭咒決不會有這樣的事哩，尤其是對於裴尼狄克。

裴　（旁白）倘不是這白鬚老頭兒說的話，我一定會把它當作一場詭計；可是詭計是不會藏在這樣莊嚴的外表之下的。

克　（旁白）他已經上了鈎了，別讓他溜走。

彼　她有沒有把她的衷情向裴尼狄克表示出來？

里　不，她發誓說一定不讓他知道；這是使她苦痛的最大的原因。

克　對了，我聽令嬡說她說過這樣的話：「我當着他的面前屢次把他譏笑，難道現在卻要寫信給他，說我愛他嗎？」

里　她每次提起筆來要想寫信給他，便這樣自言自語；一個夜裏她總要起來二十次，披了一件襯衫，寫滿了一張紙再睡下去。這都是小女告訴我們的。

克　您說起一張紙，我倒記起令嬡告訴我的一個有趣的笑話來了。

里　啊！是不是說她寫好了信，把它讀了一遍，發現裴尼狄克跟琵特麗絲兩個名字剛巧寫在一塊兒？

克　正是。

里　啊！她把那封信撕成了一千片，把她自己痛罵了一頓，說她不應該這樣不知羞恥，寫信給一個她知道一定會把她嘲笑的人。她說，「我根據自己的脾氣推想他；要是他寫信給我，即使我心裏愛他，我也還是要嘲笑他的。」

克　於是她跪在地上，痛哭流淚，搥着她的心，扯着她的頭髮，一面祈禱一面咒詛，「啊，親愛的裴尼狄克！上帝呀，給我忍耐吧！」

里　她真是這樣；小女就是這樣說的。她這種瘋瘋顛顛如醉如癡的神氣，有時候簡直使小女提心弔膽，恐怕她會對自己鬧出些什麼不顧死活的事情來呢。這都是千眞萬確的說話。

彼　要是她自己不肯說，那麼叫別人去告訴裴尼狄克知道也好。

克　有什麼用處呢？他不過把它當作一樁笑話，叫這個可憐的姑娘格外難堪罷了。

彼　他要是眞的這樣，那麼吊死他也是一件好事。她是個很好的可愛的姑娘，她的品行也是無可疵議的。

克　而且她是個絕世聰明的人兒。

彼　她什麼都聰明，就是在愛裴尼狄克這件事上不大聰明。

里　啊，殿下！智慧和感情在這麼一個嬌嫩的身體裏交戰，十之八九感情會得到勝利的。我是她的叔父和保護人，瞧着她這樣子，心裏眞是難受。

彼　我倒希望她把這樣的癡情用在我身上；我一定會不顧一切，娶她做我的妻子的。依我看來，你們還是去告訴了裴尼狄克，聽他怎麼說。

里　您想這樣可有用處嗎？

克　希羅相信她遲早活不下去：因爲她說要是他不愛她，她一定會死；可是她寧死也不願讓他知道她愛他；卽使他來向她求婚，她也寧死不願把她平日那種倔強的態度改變一絲一毫。

彼　她的意思很對。要是她向他呈獻了她的一片深情，多分反而要遭他奚落；因爲你們都知道，這個人的脾氣是非常驕傲的。

克　他是一個很漂亮的人。

彼　他的確有一副很好的儀表。

克　憑良心說，他也很聰明。

彼　他的確有幾分小聰明。

里　我看他也很勇敢。

彼　他是個大英雄哩；可是在碰到打架的時候，你就可以看到他的聰明的地方，因為他總是小小心心地躲開，萬一脫身不了，也是戰戰兢兢，像個好基督徒似的。

里　他要是敬畏上帝，當然應該跟人家和和氣氣；萬一鬧翻了，自然要惴惴不安的。

彼　他正是這樣；這傢伙雖然一張嘴胡說八道，可是他倒的確敬畏上帝的。好，我對於令姪女非常同情。我們要不要去找裴尼狄克，把她的愛情告訴他？

克　別告訴他，殿下；還是讓她好好兒想一想，把這段癡心慢慢兒的淡下去吧。

里　不，那是不可能的；等到她覺悟過來，她的心早已碎了。

彼　好，我們慢慢兒再等着聽令嬡報告消息吧，現在暫時不用多講了。我很歡喜裴尼狄克；我希望他能夠平心靜氣反省一下，看看他自己多麼配不上這麼一位好的姑娘。

里　殿下，請吧。晚飯已經預備好了。

克　（旁白）要是他聽見了這樣的話，還不會愛上她，我以後再不相信我自己的預測。

彼　（旁白）咱們還要給她設下同樣的圈套，那可要請令嬡跟她的侍女多多費心了。頂有趣的一點，就是讓他們彼此以為對方在戀愛着自己，其實卻根本沒有這麼一回事兒；這就是我所希望看到的一幕啞劇。讓我們叫她來請他進去吃飯吧。（彼、克、里同下）

裴　（自涼亭內走出）這不會是詭計；他們談話的神氣是很嚴肅的；他們從希羅嘴裏聽到了這一件事情，當然不會有假。他們好像很同情這姑娘；她的熱情好像已經漲到最高度。愛我！哎喲，我一定要報答她纔是。我已經聽見他們怎樣批評我，他們說要是我知道了她在愛我，我一定會擺架子；他們又說她寧死也不願把她的愛情表示出來。結婚這件事我倒從來沒有想起過。我一定不要擺架子；一個人知道了自己的短處，能夠改過自新，就是有福的。他們說這姑娘長得漂亮，這是真的，我可以爲他們證明；說她品行很好，這也是事實，我不能否認；說她除了愛我以外，別的地方都是很聰明的，其實這一件事情固然不足表示她的聰明，可是也不能因此反證她的愚蠢，因爲就是我也要從此爲她顚倒哩。也許人家會向我冷嘲熱諷，因爲我一向都是譏笑着結婚的無聊；可是難道一個人的口味是不會改變的嗎？年青的時候喜歡吃肉，也許老來一聞到肉味道就要受不住。難道這種不關痛癢的舌丸唇彈，就可以把人嚇退，叫他放棄他的決心嗎？不，人類是不能讓它絕種的。當初我說我要一生一世做個單身漢，那是因爲我沒有想到我會活到結婚的一天。琵特麗絲來了。天日在上，她是個美貌的姑娘！我可以從她臉上看出她幾分愛我的意思來。

〔琵特麗絲上。

琵　他們叫我來請您進去吃飯，可是這是違反我自己的意志的。

裴　好琵特麗絲，有勞枉駕，眞是多謝您啦。

琵　您也不用假殷勤謝我，我也不希罕您的感謝；要是這是一件辛苦的事，我也不會來啦。

裴　那麼您是很願意來叫我的嗎？

琵　是的，正像您把一柄刀子插進一隻烏鴉的嘴裏一樣。您肚子不餓吧，先生？再見。（下）

裴　哈！「他們叫我來請您進去吃飯，可是這是違反我自己的意志的，」這句話裏含着雙關的意義。「您也不用謝我，我也不希罕您的感謝，」那等於說，我無論給您做些什麼辛苦的事都像說一聲謝謝那樣不足爲奇的。要是

我不可憐她，我就是個混蛋；要是我不愛她，我就是個猶太人。我要向她討一幅小像去。（下）

註一　法利門（Philemon）是腓力基亞（Phrygia）的一個窮苦老人，天神喬武（Jove）遨遊人間，借宿在他的草屋裏，法利門和他的妻子鮑雪斯（Baucis）招待盡禮，喬武乃將其草屋變成殿宇。

註二　楊柳樹是悲哀和失戀的象徵。

# 第三幕

## 第一場　里昂那托的花園

【希羅，瑪茄蕾脫，及歐蘇拉上。

希　好瑪茄蕾脫，你快跑到客廳裏去，我的姊姊琵特麗絲正在那兒跟親王和克勞第奧講話；你在她的耳邊悄悄兒的告訴她，說我跟歐蘇拉在花園裏談天，我們所講的話都是關於她的事情；你說你因爲聽到了我們的談話，所以特來通知她，叫她偷偷兒溜到給金銀花藤密密地糾繞着的涼亭裏；這繁茂的藤蘿受着太陽的煦養，成長以後，卻不許日光進來，正像一般憑藉主子的勢力作威作福的寵臣，一朝羽翼既成，卻向栽培他的恩人反噬一口一樣；你就叫她躲在那個地方，聽我們說些什麼話。這是你的事情，你好好兒做去，讓我們兩個人在這兒。

瑪　我一定叫她立刻就來。（下）

希　歐蘇拉，我們就在這條路上走來走去；一等琵特麗絲來了，我們必須滿嘴都是講的裴尼狄克：我一提起他的名字，你就把他恭維得好像遍天下找不到他這樣一個男人似的；我就告訴你他怎樣爲了琵特麗絲害相思。我們就是這樣用謊話造成邱必特的一枝利箭，憑着傳聞的力量射中她的心。

【琵特麗絲自後上。

希　現在開始吧；瞧琵特麗絲像一隻田鳧似的，縮頭縮腦地在那兒聽我們談話了。

歐　釣魚最有趣的時候，就是瞧那魚兒用她的金槳撥開銀浪，貪饞地吞那陷人的美餌；我們也正是這樣引誘琵特麗絲上鈎，她現在已經躲在金銀花藤的濃蔭下面了。您放心吧，我一定不會講錯了話。

希　那麼讓我們走近她些，好讓她的耳朵一字不漏地把我們給她安排下的誘人的美餌吞咽下去。（二人走近涼亭）不，眞的，歐蘇拉，她太高傲啦；我知道她的脾氣就像山上的野鷹一樣倔强豪放。

歐　可是您眞的相信裴尼狄克這樣一心一意地愛着琵特麗絲嗎？

希　親王跟我的未婚夫都是這麼說。

歐　他們有沒有叫您告訴她知道，小姐？

希　他們請我把這件事情告訴她；可是我勸他們說，要是他們把裴尼狄克當做他們的好朋友，就應該希望他從愛情底下掙扎出來，無論如何不要讓琵特麗絲知道。

歐　您爲什麼對他們這樣說呢？難道這位紳士就配不上琵特麗絲小姐嗎？

希　愛神在上，我也知道像他這樣的人品，是值得享受世間一切至美至好的事物的；可是造物從來不曾造下一顆女人的心，像琵特麗絲那樣的驕傲冷酷了；輕蔑和譏嘲在她的眼睛裏閃耀着，把她所看見的一切貶得一文不值，她因爲自恃才情，所以什麼不放在她的眼裏。她不會戀愛，也從來不想到有戀愛這件事；她是太自命不凡了。

歐　不錯，我也是這樣想；所以還是不要讓她知道他的愛，免得反而給她譏笑一番。

希　是呀，你說得很對。無論怎樣聰明，高貴，年青，漂亮的男子，她總要把他批評得體無完膚：要是他臉孔長得白淨，她就發誓說這位先生應當做她的妹妹；要是他皮膚黑了點兒，她就說上帝在打一個小花臉的圖樣的時候，不小心塗上了一大塊墨漬；要是他是個高個兒的，他就是柄歪頭的長槍；要是他是個矮子，他就是塊刻壞了的瑪瑙嘴子；要是他多講了幾句話，他就是個隨風轉的風標；要是他一聲不響，他就是塊沒有知覺的木頭。她這樣指摘着每一個人的短處，至於他的純樸的德性和才能，她卻絕口不給它們應得的贊賞。

歐　眞的，這種吹毛求疵可不敢恭維。

希　是呀，像琵特麗絲這樣古怪得不近人情，眞叫人不敢恭維。可是誰敢去對她這樣說呢？要是我對她說了，她會把我譏笑得無地自容，用她的俏皮話兒把我揶揄死呢！所以還是讓裴尼狄克像一堆蓋在灰裏的火一樣，在嘆息中熄滅了他的生命的殘燄吧；與其受人譏笑而死，還是不聲不響地悶死了的好。

歐　可是告訴了她，聽聽她怎樣說法也好。

希　不，我想還是去勸勸裴尼狄克，叫他努力斬斷這一段癡情。眞的，我想揑造一些關於我這位姊姊的謠言，一方面對她的名譽沒有什麼損害，一方面卻可以冷了他的心；誰也不知道一句誹謗的話會多麼中傷了人們的感情！

歐　啊！不要做這種對不起您姊姊的事。人家都說她心竅玲瓏，她決不會糊塗到這個地步，會拒絕裴尼狄克先生那樣一位難得的紳士。

希　除了我的親愛的克勞第奧以外，全意大利找不到第二個像他這樣的人來。

歐　小姐，請您別生氣，照我看起來，裴尼狄克先生無論在外表上，在風度上，在智力和勇氣上，都可以在意大利首屈一指。

希　是的，他有一個很好的名譽。

歐　這也是因爲他果然有過人的才德，所以纔會得到這樣的名譽。小姐，您的大喜在什麼時候？

希　就在明天，來進去吧；我要給你看幾件衣服，你幫我決定明天最好穿那一件。

歐　（旁白）她已經上了鈎了；小姐，我們已經把她捉住了。

希　（旁白）要是果然這樣，那麼戀愛就是一個偶然的機遇；有的人被愛神用箭射中，有的人卻自己跳進網羅。

（希、歐同下）

琵　（上前）我的耳朵裏怎麼火一般熱？果然會有這種事嗎？難道我就讓他們這樣批評我的驕傲和輕蔑嗎？再會吧，處女的驕傲！人家在你的背後，是不會說你好話的。裴尼狄克，愛下去吧，我一定會報答你；我要把這顆狂野的心收束起來，呈獻在你溫情的手裏。你要是真的愛我，我的轉變過來的溫柔的態度，一定會鼓勵你把我們的愛情用神聖的約束結合起來。人家說你值得我的愛，可是我比人家更知道你的好處。（下）

## 第二場　里昂那托家中一室

〔唐彼特羅，克勞第奧，裴尼狄克，里昂那托同上。

彼　我等你結過了婚，就到阿拉貢去。

克　殿下要是准許我，我願意伴送您到那邊。

彼　不，你正在新婚燕爾的時候，這不是太殺風景了嗎？把一件新衣服給孩子看了，卻不許他穿起來，那怎麼可以呢？我祇要裴尼狄克願意跟我作伴就行了。他這個人從頭頂到腳跟，沒有一點心事；他曾經兩三次割斷了邱必特的弓弦，現在這個小東西再也不敢射他啦。他那顆心就像一隻好鐘一樣完整無缺，他的一條舌頭就是鐘舌；心裏一想到什麼，便會打嘴裏說出來。

裴　哥兒們，我已經不再是從前的我啦。

里 我也是這樣說；我看您近來好像有些兒心事似的。

克 我希望他是在戀愛了。

彼 哼，這放蕩的傢伙他的腔子裏沒有一絲眞情，怎麼會眞的戀愛起來？要是他上了心事，那一定是因爲沒有錢用。

裴 我有牙齒痛。

彼 啊！爲了牙齒痛纔這樣長吁短嘆嗎？

里 只是因爲出了點膿水，或者一個小蟲兒在作怪嗎？

裴 算了吧，痛在別人身上，誰都會說風涼話的。

克 可是我說，他是在戀愛了。

彼 他一點也沒有癡癡顚顚的樣子，就是喜歡把自己打扮得奇形怪狀：今天是個荷蘭人，明天是個法國人；有時候一下子做了兩個國家的人，下半身是個套着燈籠褲的德國人，上半身是個不穿緊身衣的西班牙人。除了這一股無聊的傻勁兒以外，他並沒有什麼反常的地方可以證明你所說的他在戀愛的話。

克 要是他沒有愛上什麼女人，那麼古來的看法也都是靠不住的了。他每天早上刷他的帽子，這表示什麼呢？

彼 有人見過他上理髮店沒有？

克 沒有，可是有人看見理髮匠跟他在一起；他那臉蛋上的幾根裝飾品，都已經拿去塞網球去了。

里 他剃了鬍鬚，瞧上去的確年靑了點兒。

彼 他還用麝香擦他的身子哩；你們聞不出來這一股香味嗎？

克 那等於說，這一個好小子在戀愛了。

彼　他的憂鬱是他的最大的證據。

克　幾時他曾經用香水洗過臉？

彼　對了，我聽人家說他還搽粉哩。

克　還有他那愛說笑話的脾氣，現在也已經鑽進了琴絃裏，給音栓管住了哪。

彼　不錯，那已經充分揭露了他的祕密。總而言之，他是在戀愛了。

克　嗯，可是我知道誰愛着他。

彼　我也很想知道知道；我想一定是個不大熟悉他的人。

克　是的，而且也不大知道他的壞脾氣；可是卻願意爲他而死。

裴　你們這樣胡說八道，不能叫我的牙齒不痛呀。老先生，陪我走走；我已經想好了八九句聰明的話兒，要跟您談談，可是一定不能讓這些傻瓜們聽見。（裴、里同下）

彼　我可以打賭，他一定是向他說起琵特麗絲的事。

克　正是。希羅和瑪茄蕾脫大概也已經把琵特麗絲同樣作弄過啦；現在這兩匹熊碰見了，總不會再彼此相咬了吧。

〔唐約翰上。

約　上帝保佑您，王兄！

彼　你好，賢弟。

約　您要是有功夫的話，我想跟您談談。

彼　不能讓別人聽見嗎？

約　是；不過克勞第與伯爵不妨讓他聽見，因為我所要說的話，是對他很有關係的。

彼　是什麼事？

約　（向克）大人預備在明天結婚嗎？

彼　那你早就知道了。

約　要是他知道了我所知道的事，那我可就不知道了。

克　倘然有什麼妨礙，請您明白告訴我。

約　您也許以為我對您有點兒過不去，那咱們等着瞧吧；我希望您聽了我現在將要告訴您的話以後，可以把您對我的意見改變過來。至於我這位兄長，我相信他是非常看重您的；他為您促成了這一頭婚事，完全是他的一片好心；可惜看錯了追求的對象，這一番心思氣力，花得好不寃枉！

彼　啊，是怎麼一回事？

約　我就是要來告訴你們；廢話少說，這位姑娘是不貞潔的，人家久已在那兒講她的閒話了。

克　誰？希羅嗎？

約　正是她；里昂那托的希羅，您的希羅，大衆的希羅。

克　不貞潔嗎？

約　不貞潔這一個字眼，還是太好了不够形容她的罪惡；她豈止不貞潔而已！您要是能够想得到一個更壞的名稱，她也可以受之而無愧。不要吃驚，等着看事實的證明吧：您祇要今天晚上跟我去，就可以看見在她結婚的前一晚，還有人從窗裏走進她的房間裏去。您看見這種情形以後，要是仍舊愛她，那麼明天就跟她結婚吧；可是為了

您的名譽起見還是把您的決心改變一下的好
克　有這等事嗎？
彼　我想不會的。
約　要是你們看見了眞憑實據以後，還不敢相信你們自己的眼睛，那麼不要把你們所看到的情形宣佈出來也好。你們祇要跟我去，我一定可以叫你們看一個明白；等你們看飽聽飽以後，再決定怎麼辦吧。
克　要是今天晚上果然有什麼事情給我看到，那我明天一定不跟她結婚；我還要在教堂裏當衆羞辱她呢。
彼　我曾經代你向她求婚，我也要幫着你把她羞辱。
約　我也不願多說她的壞話，橫豎你們自己會替我證明的。現在大家不用聲張，等到半夜時候再看究竟吧。
彼　眞掃興的日子！
克　眞倒霉的事情！
約　等會兒你們就要說幸虧發覺得早，眞好的運氣哩！（同下）

## 第三場　街道

〔道勃雷佛其慈，及巡丁等上。

道　你們都是老老實實的好人嗎？
佛　是啊，否則他們的肉體靈魂倘不一起上天堂，那纔可惜哩。
道　不，他們當了王爺的巡丁，要是有一點忠心的話，這樣的刑罰還嫌太輕啦。

佛　好，道勃雷夥計，把他們應該做的事吩咐他們吧。
道　第一，你們看來誰是頂不配當巡丁的人？
巡丁甲　回長官，修·奧凱克跟喬治·西可爾，因爲他們倆都會寫字念書。
道　過來，西可爾夥計。上帝賞給你一個好名字；一個人長得漂亮是偶然的運氣，會寫字念書纔是天生的本領。
巡丁乙　巡官老爺，這兩種好處——
道　你都有；我知道你會這樣說。好，朋友，講到你長得漂亮，那麼你謝謝上帝，自己少賣弄賣弄；講到你會寫字念書，那麼等到用不着這種頑意兒的時候，再顯顯你自己的本領吧。大家公認你是這兒最沒有頭腦，最配當一個巡丁的人，所以你拿着這盞燈籠吧。聽好我的吩咐：你要是看見什麼流氓無賴，就把他抓了；你可以用王爺的名義喊無論什麼人站住。
甲　要是他不肯站住呢？
道　那你就不用理他，讓他去好了；你就立刻召集其餘的巡丁，謝謝上帝免得你們受一個混蛋的麻煩。
佛　要是喊他站住他不肯站住，他就不是王爺的子民。
道　對了，不是王爺的子民，就可以不用理他們。你們也不准在街上大聲吵鬧；因爲巡丁們要是嘩啦嘩啦談起天來，那是最叫人受得住也是最不可寬恕的事。
乙　我們寧願睡覺，不願說話；我們知道一個巡丁的責任。
道　啊，你說得眞像一個老練的安靜的巡丁，睡覺總是不會得罪人家的；祇要留心你們的鉤鐮槍別給人偷去就行啦。好，你們還要到每一家酒店去査看，看見誰喝醉了，就叫他回去睡覺。

甲　要是他不願意呢？

道　那麼讓他去，等他自己醒過來吧；要是他不好好兒的回答你，你可以說你看錯了人啦。

甲　是，長官。

道　要是你們碰見一個賊，按着你們的職分，你們可以疑心他不是個好人；對於這種傢伙，你們越是少跟他們多事，越可以顯出你們都是規矩的好人。

乙　要是我們知道他是個賊，我們要不要抓住他呢？

道　按着你們的職分，你們本來是可以把他抓住的；可是我想誰把手伸在染缸裏，不過是弄髒了自己的手；為了省些麻煩起見，要是你們碰見了一個賊，頂好的辦法，就是讓他使出他的看家本領來，偷偷兒的溜走了事。

佛　夥計，你一向是個出名的好心腸人。

道　是呀，就是一條狗我也不忍把它勒死，何況是個還有幾分天良的人，自然更加不在乎啦。

佛　要是你們聽見誰家的孩子晚上啼哭，你們必須去把那奶媽子叫醒，叫她止住他的啼哭。

乙　要是那奶媽子睡熟了，聽不見我們叫喊呢？

道　那麼你們就一聲不響地走開去，讓那孩子把她吵醒好了；因為母羊要是聽不見她自己小羊的啼聲，她怎麼會回答一頭小牛的叫喊呢？

佛　你說得真對。

道　完了。你們當巡丁的，就是代表着王爺本人；要是你們在黑夜裏碰見王爺，你們也可以叫他站住。

佛　哎喲，聖母娘娘呀！我想那是不可以的。

道　誰要是懂得法律，我可以用五先令跟他打賭一先令，他可以叫他站住；當然囉，那還要看王爺自己願不願意；因爲巡丁是不能得罪人的，叫一個不願意站住的人站住，那就是他的大大的不該哩。

佛　對了，道纔說得有理。

道　哈哈哈！好，夥計們，晚安！倘然有要緊的事，你們就來叫我起來；什麼事大家彼此商量商量。再見！來，夥計。

乙　好，弟兄們，我們已經聽見長官吩咐我們的話；讓我們就在這兒教堂門前的櫈子上坐下來，等到兩點鐘的時候，大家回去睡覺吧。

道　好夥計們，還有一句話。請你們留心留心里昂那托老爺的門口；因爲他家裏明天有喜事，今晚十分忙碌，怕有壞人混進去。再見，千萬留心點兒。（道、佛同下）

〔薄拉契奧及康雷特上。

薄　喂，康雷特！

甲　（旁白）靜！別動！

薄　喂，康雷特！

康　這兒，朋友，我就在你的身邊哪。

薄　他媽的！怪不得我身上癢，原來有一顆癩疥瘡在我身邊。

康　等會兒再跟你算賬；現在還是先講你的故事吧。

薄　那麼你且站在這兒屋簷下面，天在下着毛毛雨哩；我可以像一個醉漢似的，把什麼話兒都告訴你。

甲　（旁白）弟兄們，一定是些什麼陰謀；可是大家站着別動。

薄　告訴你吧，我從唐約翰那兒拿到了一千塊錢。
康　幹一件壞事的價錢會這樣貴嗎？
薄　有錢的壞人需要沒錢的壞人幫忙的時候，沒錢的壞人當然可以漫天討價。
康　我可有點不大相信。
薄　這就表明你是個初出茅廬的人。你知道一套衣服，一頂帽子的式樣時髦不時髦，對於一個人本來是沒有什麼相干的。
康　是的，那不過是些章身之具而已。
薄　我說的是式樣的時髦不時髦。
康　對啦，時髦就是時髦，不時髦就是不時髦。
薄　呸！那簡直就像說，傻子就是傻子。可是你不知道這個時髦是個多麼壞的賊嗎？
甲　（旁白）我知道有這麼一個壞賊，他已經做了七年老賊了；他在街上走來走去，就像個紳士的模樣。我記得有這麼一個傢伙。
薄　你不聽見什麼人在講話嗎？
康　沒有，祇有屋頂上風標轉動的聲音。
薄　我說，你不知道這個時髦是個多麼壞的賊嗎？他會把那些從十四歲到三十五歲的血氣未定的年青人攪昏了頭，有時候把他們裝扮得活像那些烟薰的古畫上的埃及法老王的兵士，有時候又像漆在教堂窗上的異教邪神的祭司，有時候又像織在汚舊蟲蛀的花氈上的薙光了鬍鬚的赫邱里斯，褲襠裏的那話兒瞧上去就像他的棍子一樣又粗又重。

康　這一切我都知道；我也知道往往一件衣服沒有穿舊，流行的式樣已經變了兩三通。可是你是不是也給時髦攪昏了頭，所以不向我講你的故事，卻來討論起時髦問題來啦？

薄　那倒不是這樣說。好，我告訴你吧，我今天晚上已經去跟希羅小姐的侍女瑪茄蕾脫談過情話啦；我叫她做希羅，她靠在她小姐臥室的窗口，向我說了一千次晚安；——我把這故事講得太壞，我應當先告訴你那親王和克勞第奧怎樣聽了我那主人唐約翰的話，三個人預先站在花園裏遠遠的地方，瞧見我們這一場幽會。

康　他們都以爲瑪茄蕾脫就是希羅嗎？

薄　親王跟克勞第奧是這樣想着；可是我那個魔鬼一樣的主人知道她是瑪茄蕾脫。一則因爲他言之鑿鑿，使他們受了他的愚弄；二則因爲天色昏黑，蒙過了他們的眼睛；可是說來說去，還是全虧我的詭計多端，證實了唐約翰隨口揑造的謠言，惹得那克勞第奧一怒而去，發誓說他要在明天早上，按着預定的鐘點到教堂裏去見她的面，把他晚上所見的情形當衆宣佈出來，出她的醜，叫她仍舊回去做一個沒有丈夫的女人。

甲　我們用親王的名義命令你們站住！

乙　去叫巡官老爺起來。一件最危險的姦淫案子給我們破獲了。

甲　他們同夥的還有一個壞賊，我認識他。

康　列位朋友們！

乙　告訴你們吧，這個壞賊是一定要叫你們交出來的。

康　列位，——

甲　別說話，乖乖兒的跟我們去。

薄　他們把我們抓了去，倒是撈到了一批好貨。

康　少不得還要受一番檢查呢。來，我們服從你們。（同下）

## 第四場　里昂那托家中一室

〔希羅，瑪茄蕾脫，及歐蘇拉上。

希　好歐蘇拉，你去叫醒我的姊姊琵特麗絲，叫她快點兒起身。

歐　是，小姐。

希　請她過來一下子。

歐　好的。（下）

瑪　眞的，我想還是那一個縐領好一點。

希　不，好瑪茄蕾脫，我要戴這一個。

瑪　這一個眞的不是頂好；您的姊姊也一定會這樣說的。

希　我的姊姊是個傻子；你也是個傻子，我偏要戴這一個。

瑪　我很歡喜這一頂新的髮罩，要是頭髮的顏色再略微深一點兒就好了。您的長袍的式樣眞是好極啦。人家把密蘭公爵夫人那件袍子稱贊得了不得，那件衣服我也見過。

希　啊！他們說它好得很哩。

瑪　不是我胡說，那一件比起您這一件來，簡直祇好算是一件睡衣：金線織成的緞子，鑲着銀色的花邊，嵌着珍珠，有垂袖，有側袖圓圓的衣裾綴滿了帶點兒淡藍色的閃光箔片；可是要是講到式樣的優美雅緻齊整漂亮，那您這一件就可以抵得上她十件。

希　上帝保佑我快快樂樂地穿上這件衣服，因爲我的心裏重得好像壓着一塊石頭似的！

瑪　等到一個男人壓到您身上，它還要重得多哩。

希　啐！你不害臊嗎？

瑪　害什麼臊呢，小姐？因爲我說了句老實話嗎？結婚就是對於一個叫化子，不也是光明正大的嗎？祇要大家是明媒正娶的，那有什麼要緊？否則倒不能說是重，祇好說是輕狂了。您要是不相信，去問琵特麗絲小姐吧；她來啦。

〔琵特麗絲上。

希　早安，姊姊。

琵　早安，好希羅。

希　噯喲，怎麼啦！你怎麼說話這樣懶洋洋的？

琵　快要五點鐘啦，妹妹；你該快點兒端整起來了。眞的，我身子怪不舒服。唉——呵！

瑪　哼，您倘然沒有變了一個人，那麼航海的人也不用看星啦。

琵　這傻子在那兒說些什麼？

瑪　我沒有說什麼；但願上帝保佑每一個人如願以償！

希　這雙手套是伯爵送給我的，上面薰着很好的香料。

琵　我的鼻子塞住啦，妹妹，我聞不出來。

瑪　怎麼，您傷了風嗎？

琵　眞的，我有點病。

瑪　您的心病是要心藥來醫治的。

琵　怎麼，怎麼，你這句話是什麼意思？

瑪　意思！不，眞的，我一點沒有什麼意思。您也許以爲我在想您在戀愛啦；可是不，我不是那麼一個傻子，會高興怎麼想就怎麼想；我也不願意想到什麼就想什麼；老實說，就是想空了我的心，我也决不會想到您是在戀愛，或者您將要戀愛，或者您會跟人家戀愛的。可是裴尼狄克起先也跟您一樣，現在他卻變了個人啦；他曾經發誓决不結婚，現在可死心塌地的做起愛情的奴隸來啦。我不知道您會變成個什麼樣子；可是我覺得您現在瞧起人來的那種神氣，也有點跟別的女人差不多啦。

琵　你的一條舌頭滾來滾去的，在說些什麼呀？

瑪　我說的都是老實話哩。

〔歐蘇拉重上。

歐　小姐，進去吧；親王，伯爵，裴尼狄克先生，唐約翰，還有全城的公子哥兒們，都來接您到敎堂裏去了。

希　好姊姊，好瑪荳蕾脫，好歐蘇拉，快幫我穿扮起來。（同下）

## 第五場　里昂那托家中的另一室

〔里昂那托偕道勃雷佛其慈同上。

里　朋友，你有什麼事要對我說？

道　呃，老爺，我有點事情要來向您告稟，這件事情對於您自己是很有關係的。

里　那麼請你說得簡單一點，因爲你瞧我現在忙得很哪。

道　呃，老爺，是這麼一回事。

佛　是的，老爺，眞的是這麼一回事。

里　是怎麼一回事呀，我的好朋友們？

道　老爺，佛其慈是個好人，他講起話來總是有點兒纏夾不淸；他年紀老啦，老爺，他的頭腦已經沒有從前那麼糊塗，上帝保佑他！可是說句良心話，他是個老實不過的好人。

佛　是的，感謝上帝，我就跟無論那一個跟我一樣老，也不比我更老實的人一樣老實。

道　不要比這個比那個，叫人家聽着心煩啦；少說些廢話，佛其慈夥計。

里　你們究竟有些什麼話要對我說？

佛　呃，老爺，我們的巡丁今天晚上捉到了梅辛那地方兩個頂壞的壞人。

道　老爺，他是個很好的老頭子，就是喜歡多話；人家說的，年紀一老，人也變糊塗啦。上帝保佑我們！這世上新鮮的事情可多着呢！說得好，眞的，佛其慈夥計。好，上帝是個好人；兩個人騎一匹馬，總有一個人在後面。眞的，老爺，他是個老實漢子，天地良心；可是我們應該敬重上帝，世上有好人也就有壞人。唉！好夥計。

里　我可要少陪了。

道　就是一句話，老爺；我們的巡丁眞的捉住了兩個形跡可疑的人，我們想在今天當着您面前把他們審問一下。

里　你們自已去審問吧，審問明白以後，再來告訴我；我現在忙得不得了，你們也一定可以看得出來的。

道　那麼就是這麼辦吧。

里　你們喝點兒酒再走，再見。

〔一使者上。

使者　老爺，他們都在等着您去主持婚禮。

里　我就來；我已經預備好了。（里及使者下）

道　去，好夥計，把法蘭西斯西可爾找來，叫他把他的筆和墨水壺帶到監牢裏，我們現在就要審問這兩個傢伙。

佛　我們一定要審問得非常聰明。

道　是的，我們一定要儘量運用我們的智慧，叫他們狡賴不了，你就去找一個有學問的念書人來給我們記錄口供；咱們在監牢裏會面吧（同下）

# 第四幕

## 第一場　教堂內部

〔唐彼特羅，唐約翰，里昂那托，法蘭西斯神父，克勞第奧，裴尼狄克，希羅，琵特麗絲等同上。

里　來，法蘭西斯神父，簡單一點；祇要給他們行一行結婚的儀式，以後再把夫婦間應有的責任仔細告訴他們吧。

神父　爵爺，您到這兒來是要跟這位小姐舉行婚禮的嗎？

克　不。

里　神父，他是來跟她結婚的；您纔是給他們舉行婚禮的人。

神父　小姐，您到這兒來是要跟這位伯爵結婚嗎？

希　是的。

神父　要是你們兩人中間有誰知道有什麼祕密的阻礙，使你們不能結為夫婦，那麼為了免得你們的靈魂受到責罰，我命令你們說出來。

克　希羅，你知道有沒有？

希　沒有，我的主。

神父　伯爵，您知道有沒有？

里　我敢替他回答，沒有。

克　啊！人們敢做些什麼！他們會做些什麼出來！他們每天都在做些什麼，卻不知道他們自己在做些什麼！

裴　怎麼！發起感慨來了嗎？那麼讓我來大笑三聲吧，哈！哈！哈！

克　神父，請你站在一旁。老人家，對不起，您願意這樣慷慨地把這位姑娘，您的女兒，給了我嗎？

里　是的，賢婿，正像上帝把她給我的時候一樣慷慨。

克　我應當用什麼來報答您，它的價值可以抵得過這一件貴重的禮物呢？

彼　沒有，除非把她仍舊還給他。

克　好殿下，您已經教會我表示感謝的最得體的方法了。里昂那托，把她拿回去吧；不要把這顆壞橘子送給你的朋友，她只是外表上像一個貞潔的女人罷了。瞧！她那害羞的樣子，多麼像是一個無邪的少女！啊，狡猾的罪惡多麼善於用眞誠的面具遮掩它自己！她臉上現起的紅暈，不是正可以證明她的貞靜純樸嗎？你們大家看見她這種表面上的做作，不是都會發誓說她是個處女嗎？可是她已經不是一個處女了，她已經領略過枕席上的風情；她的臉紅是因爲罪惡，不是因爲羞澀。

里　爵爺，您這是什麼意思？

克　我不要結婚，不要把我的靈魂跟一個聲名狼藉的淫婦結合在一起。

里　爵爺，要是照您這樣說來，您因爲她年幼可欺，已經破壞了她的貞操，——

克　我知道你會怎麼說：要是我已經跟她發生了肉體上的關係，你就說她是把我認做她的丈夫的，所以不能算是一件不可恕的過失。不，里昂那托，我從來不曾用一句游辭浪語向她挑誘；我對她總是像一個兄長對待他的弱妹一樣，表示着純潔的眞誠和合禮的情愛。

希　您看我對您不也是正像這樣的嗎？

克　不要臉的！不要臉的！你就像是月亮裏的黛安娜女神一樣純潔，就像是未開放的蓓蕾一樣無瑕；可是你卻像維納絲一樣放蕩，像縱慾的禽獸一樣無恥！

希　我的主病了嗎？怎麼他會講起這種荒唐的話來？

里　好殿下，您怎麼不說句話兒？

彼　叫我說些什麼呢？我竭力替我的好朋友跟一個淫賤的女人撮合，我自己的臉也丟盡了。

里　這些話是你們嘴裏說出來的，還是我在做夢？

約　老人家，這些話是他們嘴裏說出來的；這些事情都是眞的。

裴　這簡直不成其爲婚禮啦。

希　眞的！啊，上帝！

克　里昂那托，我不是站在這兒嗎？這不是親王嗎？這不是親王的兄弟嗎？這不是希羅的臉孔嗎？我們不是大家生着眼睛的嗎？

里　這一切都是事實；可是您這樣說是什麼意思呢？

克　讓我祇問你女兒一個問題，請你用你做父親的天賦權力，叫她老實回答我。

里　我命令你從實答覆他的問題，因爲你是我的孩子。

希　啊，上帝保佑我！我要給他們逼死了！這算是什麼審問呀？

克　我們要從你自己的嘴裏聽到你的實在的回答。

希　我不是希羅嗎？誰能够用公正的譴責汚毀這一個名字？

克　嘿，那就要問希羅自己了；希羅自己可以汚毀希羅的名節。昨天晚上在十二點鐘到一點鐘之間，在你的窗口跟你談話的那個男人是誰？要是你是個處女，請你回答這一個問題吧。

希　爵爺，我在那個時候不曾跟什麼男人談過話。

彼　哼，你還要抵賴！里昂那托，我很抱歉要讓你知道這一件事：憑着我的名譽起誓，我自己，我的兄弟，和這位受人欺騙的伯爵，昨天晚上在那個時候的的確確看見她也聽見她在她臥室的窗口跟一個混賬東西談話；那個荒唐的傢伙已經親口招認他們這樣不法的幽會已經有過許多次了。

約　嘖！嘖！王兄，那些話還是不用說了吧，說出來也不過汚了大家的耳朵。美貌的姑娘，你這樣不知自重，我眞替你可惜！

克　啊，希羅！要是把你外表上的一半優美分給你的內心，那你將會是一個多麼好的希羅！可是再會吧，你這最下賤最美好的人！你這純潔的淫邪，淫邪的純潔，再會吧！爲了你我要鎖閉一切愛情的門戶，讓猜疑停駐在我的眼睛裏，把一切美色變成不可親近的蛇蝎，永遠失去它誘人的力量。

里　這兒誰有刀子可以借給我，讓我刺在我自己的心裏？（希羅暈倒）

琵　噯喲，怎麼啦，妹妹！你怎麼倒下去啦？

約　來，我們去吧。她因爲隱事給人揭發了出來，一時羞愧交集，所以昏過去了。（彼，約，克同下）

裴　這姑娘怎麼啦？

琵　我想是死了！叔叔，救命！希羅！嗳喲，希羅！叔叔！裴尼狄克先生！神父！

里　命運啊，不要鬆了你的沉重的手！對於她的羞恥，死是最好的遮掩。

琵　希羅妹妹，你怎麼啦！

神父　小姐，您寬心吧。

里　你的眼睛又睜開了嗎？

神父　是的，爲什麼她不可以睜開眼睛來呢？

里　爲什麼！不是整個世界都在斥責她的無恥嗎？她可以否認已經刻下在她血液裏的這一段醜事嗎？不要活過來，希羅，不要睜開你的眼睛；因爲要是你不能快快兒的死去，要是你的靈魂裏載得下這樣的羞恥，那麼我在把你痛責以後，也會親手把你殺死的。你以爲我祇有你這一個孩子，我會因爲失去你而悲傷嗎？我會埋怨造化的吝嗇，不肯多給我幾個子女嗎？啊，像你這樣的孩子，一個已經是太多了！爲什麼我要有這麼一個孩子呢？爲什麼你在我的眼睛裏是這麼可愛呢？爲什麼我不曾因爲一時慈悲心起，在門口收養了一個叫化的孩子，那麼要是她長大以後幹下這種醜事，我還可以說，「她的身上沒有一部分是屬於我的；這一種羞辱是她從不知名的血液裏傳下來的？」可是我自己親生的孩子，我所鍾愛的，我所讚美的，我所引爲誇傲的孩子，爲了寶愛她的緣故，我甚至把她看得比我自己還切身；她——啊！她現在落下了汚泥的坑裏，大海的水也洗不盡她的汚穢，海裏所有的鹽，也不够解除她肉體上的腐臭。

裴　老人家，您安心點兒吧。我瞧着這一切，簡直是莫明其妙，不知道應該說些什麼話好。

琵　啊！我敢賭咒，我的妹妹是給他們寃枉的，

裴　小姐，您昨天晚上跟她睡在一個牀上嗎？

琵　那倒沒有；雖然在昨晚以前，我跟她已經同牀睡了一年啦。

里　證實了！證實了！啊，本來就是鐵一般的事實，現在又加上一重證明了！親王兄弟兩人是會說謊的嗎？克勞第奧這樣愛着她，講到她的醜事的時候也會忍不住流淚，難道他也是會說謊的嗎？別理她！讓她死吧！

神父　聽我講幾句話。我剛纔在這兒靜靜地旁觀着這一件意外的變故，我也在留心觀察這位小姐的神色：我看見無數羞愧的紅暈出現在她的臉上，可是立刻有無數冰霜一樣皎潔的慘白把這些紅暈驅走，顯示出她的含冤蒙屈的清貞；我更看見在她的眼睛裏射出一道火一樣的光來，似乎要把這些貴人們加在她身上的無辜的誣衊燒掉。要是這位溫柔的小姐不是遭到重大的誤會，要是她不是一個清白無罪的人，那麼你們儘管把我叫做傻子，再不要相信我的學問，我的見識，我的經驗，也不要重視我的年齡，我的身分，或是我的神聖的職務吧。

里　神父，不會有這樣的事。你看她雖然做出這種喪盡廉恥的事來，可是她還有幾分天良未泯，不願在她的深重的罪孽之上，再加上一重欺罔的罪惡；她並沒有否認。事情已經是這樣明顯了，你爲什麼還要替她辯護呢？

神父　小姐，他們說你跟什麼人私通？

希　他們這樣說我，他們一定知道；我可不知道。要是我違背了女孩兒家應守的禮法，跟任何不三不四的男人來往，那麼讓我的罪惡不要得到寬恕吧！啊，父親！您要是能夠證明有那個男人在可以引起嫌疑的時間裏跟我談過話，或者我在昨天晚上曾經跟別人交換過言語，那麼請您斥逐我，痛恨我，用酷刑處死我吧！

神父　親王們一定有了些誤會。

裴　他們中間有兩個人是正人君子；要是他們這次受了人家的欺騙，一定是約翰那個私生子弄的詭計，他是最喜撒設阱害人的。

里　我不知道。要是他們講她的話果然是事實，我要親手把她殺死；要是他們無中生有，損害她的名譽，我要跟他們中間最尊貴的一個人拚命去。時光不曾乾涸了我的血液，年齡也不曾侵蝕了我的智慧，我的家財不曾因爲逆運而消耗，我的朋友也不曾因爲我的行爲不檢而走散；他們要是看我可欺，我就叫他們看看我還有幾分精力，還會轉轉念頭，也不是無財無勢，也不是無親無友，儘可對付他們得了的。

神父　且慢，在這件事情上，請您還是聽從我的勸告。親王們離開這兒的時候，以爲您的小姐已經死了；現在不妨暫時叫她深居簡出，就向外面宣佈說她眞的已經死了，再給她舉辦一番喪事，在貴府的墳地上給她立起一方碑銘，一切喪葬的儀式都不可缺少。

里　爲什麼要這樣呢？這樣有什麼好處呢？

神父　要是好好兒的照這樣做去，就可以使誣蔑她的人心生悔恨，這也未始不是好事；可是我提起這樣奇怪的辦法，卻有另外更大的用意。人家聽見說她在一聽到這種誹謗的時候就立刻身死，一定誰都會悲悼她，可憐她，而原諒她。我們往往在享有某一件東西的時候，一點不看重它的好處；等到失掉它以後，卻會格外誇張它的價值，發現當它還在我們手裏的時候所看不出來的優點。克勞第奧一定也會這樣：當他聽到了他的無情的言語，已經致希羅於死地的時候，她生前可愛的影子一定會浮起在他的想像之中，她的生命中的每一部分，都會在他的心目裏變得比活在世上的她格外値得珍貴，格外優美動人，格外充滿了生命；要是愛情果然打動過他的心，那時他一定會悲傷哀慟，即使他仍舊以爲他所指斥她的確是事實，他也會後悔不該給她這樣大的難堪。您就照這麼辦吧，它的結果一定會比我所能預料得到的還要美滿。即使退一步說，它並不能收到理想中的效果，至少也可以替她把這場羞辱掩蓋過去；您不妨把她隱藏在什麼僻靜的地方，讓她潛心修道，遠離世人的耳目，隔絕任何的誹謗損害，對於名譽已受創傷的她，這是一個最適當的辦法。

裴　里昂那托大人，聽從這位神父的話吧。雖然您知道我對於親王和克勞第奧都有很深的交情，可是我願意憑着我的名譽起誓，在這一件事情上，我一定抱着公正的態度保持絕對的祕密。

里　我已經傷心得毫無主意，你們用一根頂細的草繩都可以牽着我走。

神父　好，那麼您已經答應了；立刻去吧，非常的病症，是要用非常的藥餌來療治的。來，小姐，您必須死裏求生；今天的婚禮也許不過是暫時的延期，您耐心忍着吧。（神父，希羅，及里昂那托同下）

裴　琵特麗絲小姐，您一直在哭嗎？

琵　是的，我還要哭下去哩。

裴　我希望您不要這樣。

琵　您有什麼理由？這是我自己高興呀。

裴　我相信令妹一定是冤枉的。

琵　唉！要是有人能够替她伸雪這場冤枉，我纔願意跟他做朋友。

裴　有沒有可以表示這一種友誼的方法？

琵　方法是有，而且也是很直捷爽快的，可惜沒有這樣的朋友。

裴　可以讓一個人試試嗎？

琵　那是一個男子漢做的事情，可不是您做的事情。

裴　您是我在這世上最愛的人；這不是很奇怪嗎？

琵　就像我所不知道的事情一樣奇怪。我也可以說您是我在這世上最愛的人；可是別信我；可是我沒有說假話。我什麼也不承認，什麼也不否認。我只是爲我的妹妹傷心。

裴　琵特麗絲，憑着我的寶劍起誓，你是愛我的。

琵　這樣發過了誓，是不能反悔的。

裴　我願意憑我的劍發誓你愛着我；誰要是說我不愛你的，我就叫他吃我一劍。

琵　您不會食言而肥嗎？

裴　無論給它調上些什麼油醬，我都不願把我今天說過的話吃下去。我發誓我愛你。

琵　那麼上帝恕我！

裴　親愛的琵特麗絲，你犯了什麼罪過？

琵　您剛好打斷了我的話頭，我正要說我也愛着您呢。

裴　那麼就請你用整個的心說出來吧。

琵　我用整個心兒愛着您，簡直分不出一部分來向您這樣訴說。

裴　來，吩咐我給你做無論什麼事。

琵　殺死克勞第奧。

裴　喔！那可辦不到。

琵　您拒絕了我，我就等於殺死了我。再見。

裴　等一等，親愛的琵特麗絲。

琵　我的身子就算在這兒我的心也不在這兒。您一點沒有眞情。哎喲，請您還是放我走吧。

裴　琵特麗絲，——

琵　眞的，我要去啦。

裴　讓我們先言歸於好。

琵　您願意跟我做朋友，卻不敢跟我的敵人打架。

裴　克勞第奧是你的敵人嗎？

琵　他不是已經充分證明了是一個惡人，把我的姊妹這樣橫加誣蔑，信口毀謗，破壞她的名譽嗎？啊！我但願自己是一個男人！嘿！不動聲色地攙着她的手，一直等到將要握手成禮的時候，纔翻過臉來，當衆宣佈他的惡毒的謠言，——上帝啊，但願我是個男人！我要在市場上吃下他的心。

裴　聽我說，琵特麗絲，——

琵　跟一個男人在窗口講話！說得眞好聽！

裴　可是，琵特麗絲，——

琵　親愛的希維她負屈含冤，她的一生從此完了！

裴　琵特——

琵　什麼親王！什麼伯爵！好一個做見證的親王！好一個甜言蜜語的風流伯爵！啊，爲了他的緣故，我但願自己是一個男人；或者我有什麼朋友願意爲了我的緣故做一個堂堂男子！可是人們的丈夫氣概早已消磨在打恭作揖裏，他們的豪俠精神早已喪失在逢迎阿諛裏了；他們已經變得祇剩下一條善於拍馬吹牛的舌頭，誰會造最大的謠言誰就是個英雄好漢。我既然不能憑着我的願望變成一個男子，所以我祇好做一個女人在傷心中死去。

裴　等一等，好琵特麗絲。我舉手爲誓，我愛你。

琵　您要是眞的愛我，那麼把您的手用在比發誓更有意義的地方吧。

裴　憑着你的良心，你以爲克勞第奧伯爵眞的寃枉了希羅嗎？

琵　是的，正像我知道我有一顆良心一樣毫無疑問。

裴　够了！一言爲定，我要去向他挑戰。讓我在離開你以前，吻一吻你的手。我舉手爲誓，克勞第奧一定要得到一次重大的敎訓。請你等候我的消息，把我放在你的心裏去吧，安慰安慰你的妹妹；我必須對他們說她已經死了。好，再見。（各下）

## 第二場　監獄

〔道勃雷，佛其慈，及敎堂司事各穿制服上；巡丁押康雷特及薄拉契奧隨上。

道　咱們這一夥兒都到齊了嗎？

佛　啊！端一張櫈子和墊子來給司事先生坐了。

司事　那兩個是被告？

道　呃，那就是我跟我的夥計。

佛　不錯，我們是來審案子的。

司事　可是那兩個是受審判的犯人？叫他們到巡官老爺面前來吧

道　對，對，叫他們到我面前來。朋友，你叫什麼名字？

薄　薄拉契奧。

道　請寫下薄拉契奧。小子，你呢？

康　長官，我是個紳士，我的名字叫康雷特。

道　寫下紳士康雷特先生。兩位先生，你們都敬奉上帝嗎？

康、薄　是，長官，我們希望我們是敬奉上帝的。

道　寫下他們希望敬奉上帝；留心把上帝寫在前面，因爲要是讓這些混蛋的名字放在上帝前面，上帝一定要生氣的。兩位先生，你們已經證明是兩個比奸惡的壞人好不了多少的傢伙，大家也就要這樣看待你們了。你們自己有什麼辯白沒有？

康　長官，我們說我們不是壞人。

道　好一個乖巧的傢伙；可是我會誘他說出眞話來。過來，小子，讓我在你的耳邊說一句話：先生，我對您說，人家都以爲你們是奸惡的壞人。

薄　長官，我對你說，我們不是壞人。

道　好，站在一旁。天哪，他們都是老早商量好了說同樣的話的。你有沒有寫下來，他們不是壞人嗎？

司事　巡官老爺，您這樣審問是審問不出什麼結果來的；您必須叫那控訴他們的巡丁上來問話。

道　對，對，這是最迅速的方法。叫那巡丁上來。弟兄們，我用親王的名義命令你們控訴這兩個人。

巡丁甲　稟長官，這個人說親王的兄弟唐約翰是個壞人。

道　寫下約翰親王是個壞人。嗳喲，這簡直是犯的僞證罪，把親王的兄弟叫做壞人！

薄　巡官先生，——

道　閉住你的嘴，傢伙；我討厭你的臉孔。

司事　你們還聽見他說些什麼？

巡丁乙　呃他說他因爲揑造了希羅小姐的謠言，唐約翰給他一千塊錢。

道　這簡直是未之前聞的竊盜罪。

佛　對了一點不錯。

司事　還有些什麼話？

甲　他說克勞第奧伯爵聽了他的話，準備當着衆人的面前把希羅羞辱，不再跟她結婚。

道　嗳喲，你這該死的東西！你幹下這種惡事，要一輩子不會下地獄啦。

司事　還有什麼？

乙　沒有什麼了。

司事　兩位先生，就是這一點，你們也沒有法子躲賴了。約翰親王已經在今天早上逃走；希羅已經這樣給他們羞辱過，克勞第奧也已經拒絕跟她結婚，她因爲傷心過度，已經突然身死了。巡官老爺，把這兩個人綁起來帶到里昂那托家裏去；我先走一步，把我們審問的結果告訴他。（下）

道　來，把他們銬起來。

佛　把他們交給——

康　滾開，蠢貨！

道　他媽的！司事呢？叫他寫下親王的官吏是個蠢貨。來，把他們綁了。你這該死的壞東西！

康　滾開，你是頭驢子，你是頭驢子！

道　你難道瞧不起我的地位嗎？你難道瞧不起我這一把年紀嗎？啊，但願他在這兒，給我寫下我是頭驢子！可是列位弟兄們，記住我是頭驢子；雖然這句話沒有寫下來，可是別忘記我是頭驢子。你這惡人，你簡直是目中無人，這兒人家都可以做見證的。老實告訴你吧，我是個聰明人；而且是個官；而且是個有家小的人；我的相貌也比得上梅辛那地方無論那一個人；我懂得法律，那可不必說起；我身邊還有幾個錢，那也不必說起；我不是不曾碰到過壞運氣，可是我還有兩件袍子，無論到什麼地方去總還是體體面面的。把他帶下去！啊，但願他給我寫下我是一頭驢子！（同下）

# 第五幕

## 第一場　里昂那托家門前

〔里昂那托及安東尼奧上。〕

安　您要是老是這樣，那不過氣壞了您自己的身體；幫着憂傷摧殘您自己，那未免太不聰明吧。

里　請你停止你的勸告；把這些話送進我的耳中，就像把水倒在篩裏一樣毫無用處。不要勸我；也不要讓什麼人安慰我，除非他也遭到跟我同樣的不幸。給我找一個像我一樣溺愛他的女兒的父親，叫他勸我安心忍耐；把他的悲傷跟我的悲傷兩兩相較，必須銖兩悉稱，毫髮不爽；要是這樣一個人能夠拈弄他的鬍鬚微笑，把一切懊惱的事情放在腦後，用一些老生常談自寬自解，那麼叫他來見我吧，我也許可以從他學到些忍耐的方法。可是世上不會有這樣的人；因爲，兄弟，人們對於自己並不感覺到的痛苦，是會用空洞的說話來勸告慰藉的，可是他們要是自己嚐到了這種痛苦的滋味，他們就會覺得他們給人家服用的藥餌，對自己也不會發生效力；極度的瘋狂，是不能用一根絲線把它拴住的。不，不，誰都會勸一個在悲哀的重壓下輾轉呻吟的人安心忍耐，可是誰也沒有那樣的修養和勇氣，能夠自己忍受同樣的痛苦。所以不要給我勸告，我的悲哀的呼號會蓋住勸告的聲音。

安　人們就是在這種地方，跟小孩子沒有分別。

里　請你不必多說。我只是個血肉之軀的凡人；就是那些寫慣洋洋灑灑的大文的哲學家們，儘管他們像天上的神明一樣，蔑視着人生的災難痛苦，一旦他們的牙齒痛起來也是會忍受不住的。

安　可是您也不要一味自己吃苦；您應該叫那些害苦了您的人也吃些苦才是。

里　你說得有理；對了，我一定要這樣。我心裏覺得希羅一定是受人誣謗；我要叫克勞第奧知道他的錯誤，也要叫親王跟那些破壞她的名譽的人知道他們的錯誤。

安　親王跟克勞第奧急忽忽地來了。

〔唐彼特羅及克勞第奧上。

彼　早安，早安。

克　早安，兩位老人家。

里　聽我說，兩位貴人，——

彼　里昂那托，我們現在沒有功夫。

里　沒有功夫，殿下！好，回頭見，殿下；您現在這樣忙嗎？——好，那也不要緊。

彼　噯喲，好老人家，別跟我們吵架。

安　要是吵了架可以報復他的仇恨，咱們中間總有一個人會送命的。

克　誰得罪他了？

里　噿，就是你呀，你，你這假惺惺的騙子！怎麼，你要拔劍嗎？我可不怕你。

克　對不起，那是我的手不好，害得您老人家嚇了一跳；其實它並沒有要拔劍的意思。

里　哼，朋友！別對我扮鬼臉取笑。我不像那些倚老賣老的傻老頭兒一般，祇會向人吹吹我在年青時候怎麼了得，要是現在再年輕了幾歲，一定會怎麽怎麽告訴你，克勞第奧，你寃枉了我的清白的女兒，把我害得好苦，我現在忍無可忍，祇好不顧我這一把年紀，憑着滿頭的白髮和這身久歷風霜的老骨頭，向你挑戰。我說你寃枉了我的清白的女兒；你的信口的誹謗已經刺透了她的心，她現在已經跟她的祖先長眠在一起了；啊，想不到我的祖先清白傳家，到她的身上卻落下一個汚名，這都是因爲你的萬惡的詭計！

克　我的詭計？

里　是的，克勞第奧，我說是你的萬惡的詭計。

彼　老人家，您說錯了。

里　殿下，殿下，要是他有膽量，我願意用武力跟他較量出一個是非曲直來；雖然他的擊劍的本領不壞，練習得又勤，又是年青力壯，可是我不怕他。

克　走開！我不要跟你胡鬧。

里　你會這樣推開我嗎？你已經殺死了我的孩子；要是你把我也殺死了，孩子，纔算你是個漢子。

安　他要把我們兩人一起殺死了，纔算是個漢子；可是讓他先殺死一個吧，讓他跟我較量一下，看他能不能把我取勝。來，跟我來，孩子；來，哥兒，來，跟我來。哥兒，我要把你殺得無招架之功，你瞧着吧。

里　兄弟，——

安　您寬心吧。上帝知道我愛我的姪女；她現在死了，給這些惡人們造的謠言氣死了。他們祇會欺負一個弱女子，可是叫他們跟一個男子漢打架，卻像叫他們從毒蛇嘴裏拔出舌頭來一樣沒有膽子了。這些乳臭小兒，祇會說大話誑人的猴子，不中用的懦夫！

里　安東尼賢弟，——

安　您不要說話。哼，這些傢伙！我看透了他們，知道他們的骨頭一共有多少分兩；這些胡鬧的，寡廉鮮恥的紈袴公子們，就會說謊騙人，造謠生事，打扮得奇奇怪怪，裝一副嚇人相，說幾句假威風的言語，這就是他們的全副本領！

里　可是安東尼賢弟，——

安　不，您不用管，讓我來對付他們。

彼　兩位老先生，我們不願意冒犯你們。令嫒的死實在使我非常抱憾；可是憑着我的名譽發誓，我們對她所說的話，都是絕對確實，而且有充分證據的。

里　殿下，殿下，——

彼　我不要聽你的話。

里　不要聽我的話？好兄弟，我們去吧。總有人會聽我的話的。——

安　不要聽也得聽，否則咱們就拚個你死我活。（里、安同下）

〔裴尼狄克上。

彼　瞧，瞧，我們正要去找的那個人來啦。

克　啊，老兄，什麼消息？

裴　早安，殿下。

彼　歡迎，裴尼狄克；你來遲了一步，我們剛纔險險兒打起來呢。

克　我們的兩個鼻子險險兒不給兩個沒有牙齒的老頭子咬下來。

彼　里昂那托跟他的兄弟。你看怎麼樣？要是我們眞的打起來，那我們跟他們比起來未免太年青點兒了。

裴　强弱異勢，雖勝不武。我是來找你們兩個人的。

克　我們到處找着你，因爲我們一肚子都是煩惱，想設法把它排遣排遣。你給我們講個笑話吧。

裴　我的笑話就在我的劍鞘裏，要不要拔出來給你們瞧瞧？

彼　你是把笑話隨身佩帶的嗎？

克　請你把它拔出來，就像樂師從他的琴囊裏拿出他的樂器來一樣，給我們彈奏彈奏解解悶吧。

彼　嗳喲，他的臉色怎麼這樣白得怕人！你病了嗎？還是在生氣？

克　喂，放出勇氣來，朋友！雖然憂能傷人，可是你是個好漢子，你會把憂愁趕走的。

裴　爵爺，您要是想用您的俏皮話兒挖苦我，那我是很可以把您對付得了的。請您換一個題目好不好？

克　好，他的槍已經彎斷了，給他換一枝吧。

彼　他的臉色越變越難看了；我想他眞的在生氣哩。

克　要是他眞的在生氣，那麼叫他轉一個身，把他的怒氣按下去就得啦。

裴　可不可以讓我在您的耳邊說句話？

克　上帝保佑我不要是挑戰！

裴　（向克勞白）你是個壞人，我不跟你開頑笑：你敢用什麼方式，憑着什麼武器，在什麼時候跟我決鬪，我一定從命；你要是不接受我的挑戰，我就公開宣佈你是一個懦夫。你已經害死了一位好好的姑娘，她的陰魂一定會纏繞在你的身上。請你給我一個回音。

克　好，我一定奉陪就是了；讓我也可以借此消消悶兒。

彼　怎麼，你們打算喝酒去嗎？

克　是的，謝謝他的好意；他請我去吃一個小牛頭，我要是不把它切得好好的，就算我的刀子不中用。

裴　您的才情眞是太好啦，出口都是俏皮話兒。

彼　讓我告訴你那天琵特麗絲怎樣稱贊你的才情。我說你的才情很不錯；「是的，」她說，「他有一點瑣碎的小聰明。」「不，」我說，「他有很大的才情；」「對了，」她說，「他的才情是大而無當的。」「不，」我說，「他很善於機鋒；」「正是，」她說，「因爲太善了，所以不會傷人。」「不，」我說，「這位紳士很聰明；」「啊，」她說，「好一位聰明的紳士！」「不，」我說，「他有一條能言善辯的舌頭；」「我相信您的話，」她說，「因爲他在星期一晚上向我發了一個誓，到星期二早上又把那個誓毀了；他不止有一條舌頭，他是有兩條舌頭哩。」這樣她用足足一點鐘的功夫，把你的長處批評得一文不值；可是臨了她卻嘆了口氣，說你是意大利最漂亮的一個男人。

克　因此她傷心得哭了起來，說她一點不放在心上。

彼　正是這樣；可是說是這麼說，她倘不把他恨進骨髓裏去，就會把他愛到心窩兒裏。那老頭子的女兒已經完全告訴我們了。

克　而且當他躲在園裏的時候，上帝就看見他。（註）

彼　可是我們什麼時候把那野牛的角兒插在有理性的裴尼狄克的頭上呢？

克　對了，還要在頸下面掛着一塊招牌，「請看結了婚的裴尼狄克！」

裴　再見，哥兒；你已經知道我的意思。現在我讓你一個人去嘮嘮叨叨說話吧；謝謝上帝，你講的那些笑話，正像祇會

彼　說說大話的那些懦夫們的刀劍一樣無關痛癢。殿下，一向蒙您知遇之恩，我是十分的感謝，可是現在我不能再跟您繼續來往了。您那位令弟已經從梅辛那逃走；你們幾個人已經合夥害死了一位純潔無罪的姑娘。至於我們那位白臉公子，我已經跟他約期相會了；在那個時候以前，我願他平安。（下）

克　他果然認起眞來了。

彼　絕對的認眞；我告訴您，他這樣一本至誠，完全是爲了琵特麗絲的愛情。

克　他向你挑戰了嗎？

彼　他非常誠意地向我挑戰了。

克　一個衣冠楚楚的人會這樣迷塞了心竅，眞是可笑！

彼　像這樣一個人，講外表也許比一頭猴子神氣得多，可是他的聰明還不及一頭猴子哩。

克　且慢，讓我靜下來想一想；糟了！他不是說我的兄弟已經逃走了嗎？

〔道勃雷，佛其慈，及巡丁押康雷特，薄拉契奧同上。

道　你來，朋友；要是法律管不了你，那簡直可以用不到什麼法律了。

彼　怎麼！我兄弟手下的兩個人都給綁起來啦！一個是薄拉契奧！

克　殿下，您問問他們犯的什麼罪。

彼　巡官，這兩個人犯了什麼罪？

道　稟王爺，他們亂造謠言；而且他們說了假話；第二，他們信口誹謗；末了，他們冤枉了一位小姐；第三，他們做假見證；總而言之，他們是說謊的壞人。

彼　第一，我問你他們幹了些什麼事？第三，我問你他們犯的什麼罪？末了，我問你他們為什麼被捕？總而言之，你控訴他們什麼罪狀？

克　問得很好，而且完全套着他的口氣，把一個意思用各種不同的方式表達出來。

彼　你們兩人得罪了誰，所以纔給他們抓了起來問罪？這位聰明的巡官講的話兒太奧妙了，我聽不懂。你們犯了什麼罪？

薄　好殿下，我向您招認一切以後，請您不必再加追問，就讓這位伯爵把我殺死了吧。我已經當着您的眼前把您欺騙；您的智慧所觀察不到的，卻讓這些蠢貨們揭發出來了。他們在晚上聽見我告訴這個人您的兄弟唐約翰怎樣唆使我毀壞希羅小姐的名譽；你們怎樣聽了他的話到花園裏去，瞧見我在那兒跟打扮做希羅樣子的瑪茄蕾脫呢呢情話；以及你們怎樣在舉行婚禮的時候把她羞辱。我的罪惡已經給他們記錄下來；我現在但求一死，不願再把它重新敘述出來增加我的慚愧。那位小姐是給我跟我的主人誣陷而死的，請殿下處我應得之罪。

彼　他這一番說話，不是像一柄劍似的刺進你的心裏嗎？

克　我聽他說話，就像是吞下了毒藥。

彼　可是果真是我的兄弟指使你做這種事嗎？

薄　是的，他還給了我很大的酬勞呢。

彼　他是個奸惡成性的傢伙，現在一定是為了陰謀暴露，所以逃走了。

克　親愛的希羅！現在你的影象又回復到我最初愛你的時候那樣純潔美好了！

道　來，把這兩個原告帶下去。咱們那位司事先生現在一定已經把這件事情告訴里昂那托老爺知道了。弟兄們，你

佛　們可別忘了替我證明我是頭驢子。啊，里昂那托老爺來了，司事先生也來了。

〔里昂那托，安東尼奧及教堂司事重上。

里　這個惡人在那裏？讓我把他的臉孔認認淸楚，以後看見跟他長得模樣差不多的人，就可以遠而避之。那一個是他？

薄　您倘要知道誰是害苦了您的人，就請瞧着我吧。

里　就是你這奴才用你的鬼話害死了我的淸白的孩子嗎？

薄　是的，那全是我一個人幹的事。

里　不，惡人，你錯了；這兒有一雙正人君子，還有第三個已經逃走了，他們都是有分的。兩位貴人，謝謝你們害死了我的女兒；你們幹了這一件好事，是應該在靑史上大筆特書的。你們這一件事情幹得眞好。

克　我不知道應該怎樣向您請求原諒，可是我不能不說話。您愛怎樣處置我就怎樣處置我吧，我願意接受您所想得到的無論那一種懲罰；雖然我所犯的罪完全是出於誤會的。

彼　憑着我的靈魂起誓，我也是犯下了無心的錯誤；可是爲了消消這位好老人家的氣起見，我也願意領受他的任何重罰。

里　我不能叫你們把我的女兒弄活轉來，那當然是不可能的事；可是我要請你們兩位向這兒梅辛那所有的人宣告她死得多麼淸白。要是您的愛情能夠鼓動您寫些什麼悲悼的詩歌，請您就把它懸掛在她的墓前，向她的屍骸歌唱一遍；今天晚上您就去歌唱這首輓歌。明天早上您再到我家裏來；您既然不能做我的子壻，那麼就做我的姪壻吧。舍弟有一個女兒，她跟我去世的女兒長得一模一樣，現在她是我們兄弟兩人唯一的嗣息；您要是願意把您本來應該給他姊姊的名分轉給了她，那麼我這口氣也就消下去了。

克　啊，可敬的老人家，您的大恩大德，眞使我感激涕零！我敢不接受您的好意；從此以後，不才克勞第奥願意永遠聽從您的驅使。

里　那麼明天早上我等您來；現在我要告別啦。這個壞人必須叫他跟瑪茄蕾脫當面質對；我相信她也一定受到令弟的賄誘，參加同謀的。

薄　不，我可以用我的靈魂發誓，她並不知情；當她向我說話的時候，她也不知道她已經做了些什麼不應該做的事；照我平常所知道，她一向都是規規矩矩的。

道　而且，老爺，這個原告，這個罪犯，還叫我做驢子；雖然這句話沒有寫下來，可是請您在判罪的時候不要忘記。還有，巡丁聽見他們講起一個壞賊，到處用上帝的名義向人借錢，借了去永不歸還，所以現在人們的心腸都變得硬起來，不再願意看在上帝的面上借給別人半個子兒了。請您對於這一點也要把他仔細審問審問。

里　謝謝你這樣細心，這回眞的有勞你啦。

道　您老爺說得眞像一個知恩感德的小子，我爲您讚美上帝！

里　去吧，你的罪犯歸我發落，謝謝你。

道　我把一個大惡人交在您手裏，請您自己把他處罰，給別人做個榜樣。上帝保佑您老爺！願老爺平安如意，無災無病！後會無期，小的告辭了！來，夥計。（道，佛同下）

里　兩位貴人，咱們明天早上再見。

安　再見；我們明天等着你們。

彼　我們一定準時奉訪。

克　今晚我就到希羅墳上哀弔去。（彼，克同下）

里　（向巡丁）把這兩個傢伙帶走。我們要去問一問瑪茄蕾脫，她怎麼會跟這個下流的東西來往。（同下）

## 第二場　里昂那托的花園

〔裴尼狄克及瑪茄蕾脫自相對方向上。

裴　好瑪茄蕾脫姑娘，請你幫幫忙替我請琵特麗絲出來說話。

瑪　我去請她出來了，您肯不肯寫一首詩歌頌我的美貌呢？

裴　我一定會寫一首頂高雅的詩送給你。

瑪　好，我就去叫琵特麗絲出來見您，我想她自己也生腿的。

裴　所以一定會來。（瑪下）

「戀愛的神明，

高坐在天庭，

知道我，知道我，

多麼的可憐！——」

我的意思是說，我的歌喉是多麼糟糕得可憐；可是講到戀愛，那麼那位游泳好手利昂特，那位最初發明請八拉馬的特洛埃勒斯，以及那一大批載在書上的古代的風流才子們，他們的名字至今爲騷人墨客所樂道，誰也沒有像可憐的我這樣眞的爲情顚倒了。可惜我不能把我的熱情用詩句表示出來；我曾經搜索枯腸，可是我來找去，祇有「兒郎」兩個字可以跟「姑娘」押韻，一個孩子氣的韻！可以跟「羞辱」押韻的，祇有「甲殼」兩個字，一個硬繃繃的韻！可以跟「學校」押韻的，祇有「呆鳥」兩個字，一個混賬的韻！這些韻脚都不大吉利。不，我想我命裏沒有詩才，我也不會用那些風花雪月的話兒向人求愛。

〔琵特麗絲上。

裴　親愛的琵特麗絲，我一叫你你就出來了嗎？

琵　是的，先生；您一叫我走我也就會去的。可是在我未去以前，讓我先問您一個明白，您跟克勞第奧說過些什麼話？

裴　我已經罵過他了；所以給我一個吻吧。

琵　罵人的嘴是不乾淨的；不要吻我，讓我去吧。

裴　你眞會強辭奪理。可是我必須明白告訴你，克勞第奧已經接下了我的挑戰，要是他不就給我一個回音，我就公開宣佈他是個懦夫。現在我要請你告訴我，你究竟爲了我那一點壞處而開始愛起我來呢？

琵　爲了您所有的壞處；它們朋比爲奸，儘量發展它們的惡勢力，不讓一點好處混雜在它們中間。可是您究竟爲了我那一點好處，纔對我害起相思來呢？

裴　「害起相思來」，好一句說話！我眞的給相思害了，因爲我愛你是違反我的本心的。

琵　那麼您原來是在跟您自己的心作對。唉，可憐的心！你既然爲了我的緣故而跟它作對，那麼我也要爲了您的緣故而跟它作對了；因爲我的朋友要是討厭它，我當然再也不會歡喜它的。

裴　咱們兩個人都太聰明啦，總不會安安靜靜的講幾句情話。

琵　照您這樣說法，恐怕未必如此；真的聰明人是不會自稱自贊的。

裴　這是一句老生常談，琵特麗絲，在從前世風淳厚，大家能够賞識他鄰人的好處的時候，未始沒有幾分道理。可是當今之世，誰要是不趁他自己未死之前預先把墓誌銘刻好，那麼等到喪鐘敲過，他的寡婦哭過幾聲以後，誰也不會再記得他了。

琵　您想那要經過多少時間呢？

裴　問題就在這裏，左右也不過鐘鳴一小時，淚流一刻鐘而已。所以一個人祇要問心無愧，把自己的好處自己宣傳宣傳，就像我對於我自己這樣子，實在是再聰明不過的事。我可以替我自己作證，我這個人的確不壞。現在已經自稱自贊得够了，請你告訴我，你的妹妹怎樣啦？

琵　她現在憔悴不堪。

裴　你自己呢？

琵　我也是憔悴不堪。

裴　敬禮上帝，盡心愛我，你的身子就可以好起來。現在我應該去啦；有人慌慌張張地找你來了。

【歐蘇拉上。

歐　小姐，快到您叔叔那兒去。他們正在那兒議論紛紛：希羅小姐已經證明受人宽枉，親王跟克勞第奧上了人家一個大大的當；唐約翰是罪魁禍首，他已經逃走了。您就來嗎？

琵　先生，您也願意去聽聽消息嗎？

裴　我願意活在你的心裏，死在你的懷裏；葬在你的眼裏我也願意陪着你到你叔叔那兒去。（同下）

## 第三場　教堂內部

［唐彼特羅，克勞第奧，及侍從等攜樂器蠟燭上。

克　這兒就是里昂那托家的墳堂嗎？

一侍從　正是，爵爺。

克（展手卷朗誦）

「靑蠅玷玉，讒口鑠金，嗟吾希羅，月落星沉！生蒙不虞之毀，死播百世之馨；惟令德之昭昭，斯雖死而猶生。」

天長地久有時盡，此恨綿綿無絕期！現在奏起音樂來，歌唱你們的輓詩吧。

歌「惟蘭蕙之幽姿兮，

遽一朝而摧焚；

風雲怫鬱其變色兮，

月姊掩臉而似嗔：

語月姊兮毋嗔，

聽長歌兮當哭，

繞墓門而逡巡兮，

豈百身之可贖！

風琴琴兮霎漫漫，
紛助予之悲歎；
安得起重泉之白骨兮，
及長夜之未旦！」

克　幽明從此音塵隔，歲歲空來祭墓人。永別了，希羅！

彼　早安，列位朋友；把你們的火把熄了。豺狼已經開始覓食；瞧，熹微的晨光在日輪尙未出現之前，已經在欲醒未醒的東方綴上魚肚色的斑點了。勞駕你們，現在你們可以回去了；再會。

克　早安，列位朋友；大家各走各的路。

彼　來，我們也去換好衣服，再到里昂那托家裏去。

克　但願月老有靈，這一回賜給我好一點的運氣！（同下）

## 第四場　里昂那托家中一室

［里昂那托，安東尼奧，裴尼狄克，琵特麗絲，瑪茄蕾脫，歐蘇拉，法蘭西斯神父，及希羅同上。

神父　我不是對您說她是無罪的嗎？

里　親王跟克勞第奧怎樣憑着莫須有的罪名寃誣她，您是聽見的，他們誤信人言，也不能責怪他們；可是瑪茄蕾脫在這件事情上也有幾分不是，雖然照審問的結果看起來她的行動並不是出於本意。

安　好，一切事情總算圓滿收場，我很高興。

裴　我也很高興，因爲否則我有誓在先，非得跟克勞第奧那小子算賬不可了。

里　好，女兒，你跟各位姑娘進去一會；等我叫你們出來的時候，大家戴上面罩出來。親王跟克勞第奧約定在這個時候來看我的。（衆女下）兄弟，你知道你應該做些什麼事；你必須做你姪女的父親，把她許婚給克勞第奧。

安　我一定會扮演得神氣十足。

裴　神父，我想我也要有勞您一下。

神父　先生，您要我做些什麼事？

裴　替我加上一層束縛，或者把我送進墳墓。里昂那托大人，不瞞您說，好老人家，令姪女對我很是另眼相看。

里　不錯，她這一隻另外的眼睛是我的女兒替她裝上去的。

裴　爲了報答她的眷顧，我也已經把我的一片癡心是獻給她。

里　您這一片癡心，我想是親王，克勞第奧跟我三個人替您安放進去的。可是請問有何見教？

裴　大人，您說的話太玄妙了。可是講到我的意思，那麼我是要希望得到您的許可，讓我們就在今天正式成婚；好神父，這件事情我要有勞您啦。

里　我竭誠贊成您的意思。

神父　我也願意效勞。親王跟克勞第奧來啦。

［唐彼特羅，克勞第奧，及侍從等上。

彼　早安，各位朋友。

里　早安，殿下；早安，克勞第奧。我們正在等着你們呢。您今天仍舊願意娶我的姪女嗎？

克　即使她長得像個黑炭一樣，我也決不反悔。

里　兄弟，你去叫她出來；神父已經等在這兒了。（安下）

彼　早安，裴尼狄克。啊，怎麼，你的臉孔怎麼像嚴冬一樣難看，堆滿了霜雪風雲？

克　他大概想起了那頭野牛。呸！怕什麼，朋友！我們要用金子鑲在你的角上，整個的歐羅巴都會歡喜你，正像從前尤綠葩歡喜那因爲愛情而變成一頭公牛的喬武一樣。

裴　喬武老牛叫起來聲音很是好聽；大概也有那麼一頭野牛看中了令尊大人那頭母牛，結果纔生下了像老兄一樣的一頭小牛來，因爲您的叫聲也跟他差不多，倒是家學淵源哩。

克　我暫時不跟你算賬；這兒來了我一筆待清的債務。

〔安東尼奧率衆女戴面罩重上。

克　那一位姑娘我有福握住她的手？

安　就是這一個，我現在把她交給您了。

克　啊，那麼她就是我的了。好人，讓我瞻仰瞻仰您的芳容。

里　不，在您沒有攙着她的手到這位神父面前宣誓娶她爲妻以前，不能讓您瞧見她的臉孔。

克　把您的手給我；當着這位神父之前，我願意娶您爲妻，要是您不嫌棄我的話。

希　當我在世的時候，我是您的另一個妻子；（取下面罩）當您愛我的時候，您是我的另一個丈夫。

克　又是一個希羅！

希　一點不錯；一個希羅已經蒙垢而死，但我以清白之身活在人間。

彼　就是從前的希羅！已經死了的希羅！

里　殿下，當讒言流傳的時候，她總是死的。

神父　我可以替你們解釋一切；等神聖的儀式完畢以後，我會詳細告訴你們希羅逝世的一段情節。現在暫時把這些怪事看做不足為奇，讓我們立刻到教堂裏去。

裴　慢點兒，神父。琵特麗絲呢？

琵　（取下面罩）我就是她。您有什麼見？

裴　您不是愛我嗎？

琵　啊，不，我不過照着道理對待您罷了。

裴　這樣說來那麼您的叔父親王跟克勞第奧都受了騙啦；因為他們發誓說您愛我的。

琵　您不是愛我嗎？

裴　眞的，不，我不過照着道理對待您罷了。

琵　這樣說來那麼我的妹妹，瑪茄蕾脫，跟歐蘇拉都大錯而特錯啦；因為她們發誓說您愛我的。

裴　他們發誓說您為了我差不多害起病來啦。

琵　她們發誓說您為了我差不多活不下去啦。

裴　沒有這回事。那麼您不愛我嗎？

琵　不，眞的，咱們不過是兩個普通的朋友。

里　好了好了，姪女，我可以斷定你是愛着這位紳士的。

克　我也可以賭咒他愛着她；因爲這兒就有一首他親筆所寫的歪詩，是他從自己的枯腸裏搜索出來歌頌着琵特麗絲的。

希　這兒還有一首詩，是我姊姊的親筆，從她的口袋裏偷出來的；這上面伸訴着她對於裴尼狄克的愛慕。

裴　怪事怪事！我們自己的手會寫下跟我們心裏的意思完全不同的話。好，我願意娶你；可是天日在上，我是因爲可憐你纔娶你的。

琵　我不願拒絕您；可是天日在上，我只是因爲卻不過人家的勸告，一方面也是因爲要救您的性命，纔答應嫁給您；人家告訴我您在一天一天瘦下去呢。

裴　別多話！讓我堵住你的嘴。（吻琵）

彼　結了婚的裴尼狄克，請了！

裴　殿下，我告訴你吧，就是大夥兒鼓唇弄舌的傢伙向我鳴鼓而攻，我也決不因爲他們的譏笑而放棄了我的決心。你以爲我會把那些冷嘲熱諷的話兒放在心上嗎？不，要是一個人這麼容易給人家用空話打倒，他根本不配穿體面的衣服。總之，我既然立志結婚，那麼無論世人說些什麼閒話，我都不去理會他們；所以你們也不必因爲我從前說過反對結婚的話而把我取笑，因爲人本來是個出爾反爾的東西，這就是我的結論了。至於講到你，克勞第奧，我倒很想把你打一頓；可是既然你就要做我的親戚了，那麼就讓你保全你的皮肉，好好兒的愛我的小姨吧。

克　我倒很希望你會拒絕琵特麗絲，這樣我就可以用棍子把你一頓打，打得你不敢再做光棍了。我就擔心你這傢伙靠不大住；我的大姨應該把你監管得緊一點才好。

裴　得啦得啦，咱們是老朋友。現在我們還是在沒有舉行婚禮以前，大家跳一場舞，讓我們的心跟我們妻子的脚跟一起飄飄然起來吧。

里　還是結過婚再跳舞吧。

裴　不，我們先跳舞再結婚。奏起音樂來！殿下，你好像有些什麼心事似的；娶個妻子吧，娶個妻子吧。

〔一使者上。

使者　殿下，您的在逃的兄弟約翰已經在路上給人抓住，現在由武裝的軍士把他押回到梅辛那來了。

裴　現在不要想起他，明天再說吧：我可以給你設計一些最巧妙的懲罰他的方法。吹起來，笛子！（跳舞。衆下）

註　此句出舊約創世記。

莎士比亞戲劇全集
第一輯 第四種

# 皆大歡喜

朱生豪譯

# 皆大歡喜

## 劇中人物

公爵　在放逐中
弗雷特力克　其弟，篡位者
阿米恩斯
傑克斯　逐公的從臣
勒波　弗雷特力克的侍臣
查爾斯　拳師
岳力佛
賈克斯
鄂蘭陀　羅蘭・第・鮑埃爵士之子
亞丹
丹尼斯　岳力佛之僕
試金石　小丑
岳力佛・馬退克斯脫師父　牧師

庫林
薛維厄斯 } 牧人
威廉　鄉人，戀奥菊蕾
扮喜神亥門者
羅瑟琳　逐公之女
西莉霞　弗雷特力克之女
菲琵　牧女
奥菊蕾　村姑
衆臣，侍僮，林居人及從者等

**地點**

岳力佛宅旁庭園
篡公的宮廷
亞登森林

# 第一幕

## 第一場　岳力佛宅旁園中

〔鄂蘭陀及亞丹上。

鄂　亞丹，我記得遺囑上祇給了我一筆小小的一千塊錢，而且正像你所說的，吩咐我的大哥把我好生教養，否則他不能得到他的祝福：我的不幸就這樣開始了。他把我的二哥賈克斯送進學校，據說成績很好；可是我呢，他卻叫我像個村漢似的住在家裏，或者再說得確當一點，他把我一點不照顧地關在家裏：你說像我這種身分的良家子弟，就可以像一條牛那樣養着的嗎？他的馬匹也還比我養得好些；因爲除了食料充足之外，還要把它們調練起來，因此用重金僱下了騎師；可是我，他的兄弟，卻不曾在他手下得到一點好處，除了讓我徒然地長大起來，這是我跟他那些糞堆上的畜生一樣要感激他的。他除了這樣慷慨地不給我什麼之外，還要剝奪去我固有的一點點天分；他叫我和傭工在一起過活，不把我當兄弟看待，用這種教育來摧毀我的高貴的素質。這是使我傷心的緣故，亞丹；我覺得在我身體之內的我的父親的精神已經因爲受不住這種奴隸的生活而反抗起來了。我一定不能再忍受下去，雖然我還不曾想到怎樣避免它的妥當的方法。

亞　大爺，您的哥哥在那邊來了。

鄂　走旁邊去，亞丹，你就會聽到他會怎樣欺侮我。

〔岳力佛上。

岳　喂，少爺！你來做什麼？

鄂　不做什麼；我不曾學習過做什麼。

岳　那麼你在作踐些什麼呢，少爺？

鄂　哼，大爺，我在幫您的忙，把一個上帝造下來的，您的可憐的沒有用處的兄弟用游惰來作踐着哩。

岳　那麼你給我做事去，別站在這兒吧，少爺。

鄂　我要去看守您的豬，跟它們一起吃糠嗎？我浪費了什麼了，纔要受這種懲罰？

岳　你知道你在什麼地方嗎，少爺？

鄂　噢，大爺，我知道得很清楚；我是在這兒您的園子裏。

岳　你知道你是當着誰說話嗎，少爺？

鄂　嗯，我知道我所當面的人比之他知道我更明白些。我知道你是我的大哥；照你的高貴的血統說起來，你也應該知道我是誰。按着世間的常禮，你的身分比我高些，因爲你是長子；可是同樣的禮法卻不能取去我的血統，即使我們之間還有二十個兄弟。我的血液裏有着跟你一樣多的我們父親的素質；雖然我承認你的居長在名分上是應該格外受人敬重一些。

岳　什麼，孩子！

鄂　算了吧，算了吧，大哥，你不用這樣賣老啊。

岳　你要同我動起手來了嗎，混蛋？

鄂　我不是混蛋；我是羅蘭第鮑埃爵士的小兒子，他是我的父親；誰敢說這樣一位父親會生下混蛋兒子來的，纔是個大混蛋。你倘不是我的哥哥，我這手一定不放鬆你的喉嚨，直等我那另一隻手拔出了你的舌頭爲止，因爲你說了這樣的話。你駡的是你自已。

亞　（上前）好爺爺們，別生氣；看在去世老爺的臉上，大家和和氣氣吧！

岳　放開我！

鄂　等我高興放你的時候再放你；你一定要聽我說話。父親在遺囑上吩咐你給我好好的教育；你卻把我訓練得像個農夫，不讓我跟上流社會接觸。父親的精神在我心中熾烈起來，我再也忍受不下去了。你得允許我去學習那種適合於上流人身分的技藝；否則把父親在遺囑裏指定給我的那筆小小的錢給了我，我也好讓我去自尋生路。

岳　等到那筆錢用完了你便怎樣？去做叫化嗎？哼，少爺，給我進去吧，別再跟我找麻煩了；你可以得到你所要的一部分。請你走吧。

鄂　我不願過分冒犯你，除了爲我自身的利益。

岳　你跟着他去吧，你這老狗！

亞　「老狗」便是您給我的謝意嗎？一點不錯，我服侍你們已經服侍得牙齒都落光了。上帝和我的老爺同在！他是決不會說出這種話來的。（鄂、亞下）

岳　竟有這種事嗎？你不服我管了嗎？我要把你的傲氣去掉，卻不給你那一千塊錢。喂，丹尼斯！

〔丹尼斯上。

丹　大爺叫我嗎？

岳　公爵手下那個拳師查爾斯不是在這兒要跟我說話嗎？

丹　稟大爺，他就在門口，要求見您哪。

岳　叫他進來。（丹下）這是一個妙計；明天就是摔角的日

〔查爾斯上〕

查　早安，大爺！

岳　查爾斯好朋友，新朝廷裏有些什麼新消息？

查　朝廷裏沒有什麼消息，大爺，祇有一些老消息：那就是說老公爵給他的弟弟新公爵放逐了；三四個忠心的大臣自願跟着他出亡，他們的地產收入都給新公爵沒收了去，因此他巴不得他們一個個滾蛋。

岳　你知道公爵的女兒羅瑟琳是不是也跟她的父親一起放逐了？

查　啊，不；因爲公爵的女兒，她的族妹，自小便跟她在一個搖籃裏長大，非常的愛她，一定要跟她一同出亡，否則便要尋死；所以她現在仍舊在宮裏，她的叔父把她像自家女兒樣看待着；從來不曾有兩位小姐像她們這樣要好了。

岳　老公爵預備住在什麼地方呢？

查　據說他已經在亞登森林（註一）了，有好多人們跟着他；他們在那邊度着英國的老洛濱荷德（註二）那樣的生活。據說每天有許多青年貴人投奔到他那兒去，逍遙自得地把時間消磨過去，像是置身在古昔的黃金時代裏一樣。

岳　噯，你明天要當着新公爵面前摔角嗎？

查　正是，大爺；我來就是要通知您一件事情。我得到了一個風聲，大爺，說您的令弟鄂蘭陀想要假扮了明天來跟我

交手一下。明天這一場摔角，大爺，是與我的名譽有關的；誰想不斷一根骨頭而安然逃出，必須好好留點兒神纔行。令弟年紀太輕，顧念着咱們的交情，我不能下手把他打敗；可是爲了我自己的名譽起見，他如果要來，我卻非得給他一點利害不可。爲此看在咱們的交情分上，我來通報您一聲：您或者勸他打斷了這個念頭，或者請您不用爲了他所將要遭到的羞辱而生氣，這全然是他自取其咎，並非我的本意。

岳　杳爾斯，多謝你對我的好意，我一定會重重報答你的。我自己也已經注意到舍弟的意思，曾經用婉言勸阻過他；可是他執意不改。我告訴你，杳爾斯，他是在全法國頂無理可喻的一個兄弟，野心勃勃，一見人家有什麼好處心裏總是不服，而且老是在陰謀設計陷害我，他的同胞的兄長。一切悉聽你的尊意吧；我巴不得你把他的頭頸和手指一起扳斷了呢。你得留心一些；要是你略爲削了他一點面子，或者他不能大大地削你的面子，他就會用毒藥毒死你，用奸謀陷害你，非把你的性命用卑鄙的手段除掉了不肯甘休。不瞞你說，我一說起也忍不住要流淚，在現在世界上沒有比他更奸惡的年青人了。爲了自己兄弟的關係，我還不好怎樣說他；假如我把他的眞相完全告訴了你，那我一定要慚愧而哭泣，你也要臉色發白而大吃一驚的。

杳　我眞運氣上您這兒來。假如他明天來，我一定要給他一頓教訓；倘若不叫他瘸了腿，我以後再不跟人家摔角賭錦標了。好，上帝保佑您大爺！（下）

岳　再見，好杳爾斯。——現在我要去挑撥這位好勇鬥狠的傢伙了。我希望他送了命。我自己也不明白爲什麼我是那麼恨他；他說起來他很善良，從來不會受過教育，然而卻很有學問，充滿了高貴的思想，無論那一等人都愛戴他；眞的大家都是這樣歡喜他，尤其是我自己手下的人，以致於我倒給人家輕視起來。可是情形不會長久是這樣的；這個拳師可以給我解決一切。現在我只消把那孩子激動前去就是了；我就去。（下）

## 第二場　公爵宮門前草地

〔羅瑟琳及西莉霞上。

西　羅瑟琳，我的好姊姊，請你快活些吧。

羅　親愛的西莉霞，我已經強作歡容，你還要我再快活一些嗎？除非你能够教我怎樣忘掉一個放逐的父親，否則你總不能叫我記住無論怎樣有趣的事情的。

西　我看出你的愛我抵不上我愛你那樣深。要是我的伯父，你的放逐的父親，放逐了你的叔父，我的父親，祇要你仍舊跟我在一起，我可以愛你的父親就像我自己的父親一樣。假如你的愛我也像我的愛你一樣真純，那麽你也一定會這樣的。

羅　好，我願意忘記我自己的處境，爲了你而高興起來。

西　你知道我父親祇有我一個孩子，看來也不見得會再有了，等他去世之後，你便可以承繼他；因爲他用暴力從你父親手裏奪了來的，我便要用愛心歸還給你。憑着我的名譽起誓，我一定會這樣；要是我背了誓，讓我變成個妖怪。所以，我的好羅瑟琳，我的親愛的羅瑟琳，快活起來吧。

羅　妹妹，從此以後我要高興起來，想出一些消遣的法子。讓我看；你想來一下子戀愛怎樣？

西　好的，不妨作爲消遣；可是不要認眞愛起人來而且頑笑也總不要開得過度，羞人答答地臉紅了一下子就算了，不要弄到丟了臉攏不脫身。

羅　那麽我們作什麽消遣呢？

西 讓我們坐下來嘲笑那位好管家太太命運之神，叫她羞得離開了紡車，免得她的賞賜老是不公平。（註三）

羅 我希望我們能夠這樣做，因爲她的恩典完全是濫給的。這位慷慨的瞎眼婆子在對於女人的賞賜上尤其是亂來。

西 一點不錯，因爲被她給了美貌的，她總不讓她們貞潔；被她給了貞潔的，她便叫她們生得怪難看的。

羅 不，現在你把命運的職務拉扯到造物身上去了；命運管理着人間的賞罰，可是管不了天生的相貌。

〔試金石上。

西 管不了嗎？造物生下了一個美貌的人兒來，命運不會把她推到火裏去而損壞了她的容顏嗎？造物雖然給我們智慧，可以把命運取笑，可是命運不已經差這個傻瓜來打斷我們的談話了嗎？

羅 眞的，那麼命運太對不起造物了，她會叫一個天生的傻瓜來打斷天生的智慧，

西 也許這也不干命運的事，而是造物的意思，因爲看到我們的天生的智慧太遲鈍了，不配議論神明，所以纔叫這傻瓜來做我們的礪石；因爲傻瓜的愚蠢往往是聰明人的礪石。喂，聰明人！你到那兒去？

試 小姐，快到您父親那兒去。

西 你作起差人來了嗎？

試 不，我以名譽爲誓，我是奉命來請您去的。

羅 傻瓜，你從那兒學來的這一句誓？

試 從一個武士那兒學來，他以名譽爲誓說煎餅很好，又以名譽爲誓說芥末不行；可是我知道煎餅不行，芥末很好；然而那武士卻也不曾發假誓。

西　你怎樣用你那一大堆的學問證明他不曾發假誓呢？

羅　噉，對了，請把你的聰明施展出來吧。

試　你兩人都站出來；摸摸你們的下巴，以你們的鬍鬚爲誓說我是個壞蛋。

西　以我們的鬍鬚爲誓，要是我們是有鬍鬚的話，你是個壞蛋。

試　以我的壞蛋的身分爲誓，要是我有壞蛋的身分的話，那麼我便是個壞蛋。可是假如你們用你們所沒有的東西起誓，你們便不算是發的假誓。這個武士用他的名譽起誓，因爲他從來不曾有過什麼名譽，所以他也不算是發的假誓；即使他曾經有過名譽，也早已在他看見這些煎餅和芥末之前發誓發掉了。

西　請問你說的是誰？

試　是您的父親老弗雷特力克所歡喜的一個人。

西　我的父親歡喜他，他也就够有名譽的了。够了，別再說起他；你總有一天會因爲把人譏彈而吃鞭子的。

試　這就可發一歎了，聰明人可以做傻事，傻子卻不准說聰明話。

西　真的，你說的對；自從把傻子的一點點小聰明禁止發表之後，聰明人的一點點小小的傻氣卻大大地顯起身手來了。——勒波先生來啦。

羅　含着滿嘴的新聞。

西　他會把他的新聞向我們傾吐出來，就像鴿子哺雛一樣。

羅　那麼我們要塞滿一肚子的新聞了。

西　那再好沒有，塞得胖胖的，賣出去更值錢些。

〔勒波上。

西　您好，勒波先生。有什麼新聞？

勒　好郡主，您錯過一場很好的頑意兒了。

西　頑意兒！什麼花色的？

勒　什麼花色的，小姐！我怎麼回答您呢？

羅　憑着您的聰明和您的機緣吧。

試　或者按照着命運女神的旨意。

西　說得好，極堆砌之能事了。

勒　兩位小姐，你們叫我莫名其妙。我是要來告訴你們有一場很好的摔角，你們錯過機會了。

羅　可是把那場摔角的情形講給我們聽吧。

勒　我可以把開場的情形告訴你們；假如兩位小姐聽着樂意，收場的情形你們可以自己看一個明白，精彩的部分還不曾開始呢；他們就要到這兒來表演了。

西　好，就把那個已經陳死了的開場說說看。

勒　有一個老人帶着他的三個兒子到來，——

西　我可以把這開頭接上一個老故事去。

勒　三個漂亮的青年，長得一表人才；——

羅　頭頸裏掛着招貼，『特此佈告，俾衆咸知。』

勒　老大跟公爵的拳師査爾斯摔角，査爾斯一下子就把他摔倒了，打斷了三根肋骨，生命已無希望；老二老三也都這樣給他對付過去。他們都躺在那邊那個可憐的老頭子，他們的父親，在爲他們痛哭，惹得旁觀的人都陪他落淚。

羅　噯喲！

試　但是先生，您說小姐們錯過了的頑意兒是什麼呢？

勒　哪，就是我說過的這件事囉。

試　所以人們每天都可以增進一些見識。我今天纔是第一次聽見折斷肋骨是小姐們的頑意兒。

西　我也是第一次呢。

羅　可是還有誰想要聽自己脅下淸脆動人的一聲嗎？還有誰歡喜讓他的肋骨給人敲斷嗎？妹妹，我們要不要去看他們摔角？

勒　要是你們不走開去，那麼不看也得看；因爲這兒正是指定摔角的地方，他們就要來表演了。

西　眞的，他們在那邊來了；讓我們不要走開，看一下子。

〔喇叭奏花腔。弗雷特力克公爵，羣臣，鄂蘭陀，査爾斯，及從者等上。

弗　來吧；那年青人旣然不肯聽勸，就讓他吃些苦楚也是他自不量力的報應。

羅　那邊就是那個人嗎？

勒　就是他，小姐。

西　唉！他太年靑啦；可是瞧上去倒好像很有得勝的神氣。

弗　啊，吾兒和姪女你們也溜到這兒來看摔角嗎？

羅　是的，殿下，請您准許我們。

弗　我可以斷定你們一定不會感到興趣的，兩方的實力太不平均了。我因爲可憐見這個挑戰的人年紀輕輕，想把他勸阻了，可是他不肯聽勸。小姐們，你們去對他說去，看能不能說得動他。

西　叫他過來，勒波先生。

弗　好吧，我就走開去。（退至一旁）

勒　挑戰的先生，兩位郡主有請。

鄂　敢不奉命。

羅　年青人，你向拳師查爾斯挑戰了嗎？

鄂　不，美貌的郡主，他纔是向衆人挑戰的人；我不過像別人一樣來到這兒，想要跟他較量較量我的青春的力量。

西　年青的先生，照您的年紀而論，您的膽量是太大了。您已經看見了這個人的無情的蠻力；要是您能够用您的眼睛瞧見您自己的形狀，或者用您的理智判斷您自己的能力，那麽您對於這回冒險所懷的戒懼，一定會勸您另外找一件比較適宜於您的事情來做。爲了您自己的緣故，我們請求您顧慮您自身的安全，放棄了這種嘗試吧。

羅　是的，年青的先生，您的名譽不會因此而受損；我們可以去請求公爵停止這場摔角。

鄂　我要請你們原諒，我覺得我自己十分有罪，膽敢拒絕這麽兩位美貌出衆的小姐的要求。可是讓你們的美目和好意伴送我去作這場決鬥吧。假如我打敗了，那不過是一個從來不曾給人看重過的人丟了臉；假如我死了，也不過死了一個自己願意尋死的人。我不會辜負我的朋友們，因爲沒有人會哀悼我；我不會對世間有什麽損害，因爲我在世上一無所有；我不過在世間佔了一個位置，也許死後可以讓給更好的人來補充。

羅　我但願我所有的一點點微弱的氣力也加在您身上。

西　我也願意把我的力氣再加在她的力氣上面。

羅　再會。求上天但願我錯看了您！

西　願您的希望成全！

査　來，這個想要來送死的哥兒在什麼地方？

鄂　已經預備好了，朋友；可是他卻不像你這樣傲慢。

弗　你們鬥一個回合就够了。

査　不，啓稟殿下，您第一次已經敎勸過他，第二次就可以不必再勸他了。

鄂　你要在以後嘲笑我，可不必事先就嘲笑起來來啊。

羅　赫邱里斯默佑着你，年青人！

西　我希望我有隱身術，去拉住那强徒的腿。（査、鄂二人摔角）

羅　啊，出色的青年！

西　假如我的眼睛裏會打雷，我知道誰是要被打倒的。（査被摔倒；歡呼聲）

弗　算了，算了。

鄂　請殿下准許我再試；我的一口氣還不曾透完哩。

弗　你怎樣啦，査爾斯？

勒　他說不出話來，殿下。

弗　把他扛出去。你叫什麼名字，年青人？（查被扛下）

鄂　稟殿下，我是鄂蘭陀，羅蘭第鮑埃的幼子。

弗　我希望你是別人的兒子。世間都以為你的父親是個好人，但他卻是我的永遠的仇敵；假如你是別族的子孫，你今天的行事一定可以使我更喜歡你一些。再見吧；你是個勇敢的青年，我願你向我說起的是另外一個父親。（弗、勒及隨從下）

西　姊姊，假如我在我父親的地位，我會做這種事嗎？

鄂　我以做羅蘭爵士的兒子為榮，即使只是他的幼子；我不願改變我的地位，過繼給弗雷特力克做後嗣。

羅　我的父親寵愛羅蘭爵士，就像他的靈魂一樣；全世界都抱着和我父親同樣的意見。要是我本來就已經知道這位青年便是他的兒子，我一定含着眼淚諫勸他不要作這種冒險。

西　好姊姊，讓我們到他跟前去鼓勵鼓勵他。我父親的無禮猜忌的脾氣，使我十分痛心。——先生，您很值得尊敬；要是您在戀愛上也像在別的事情上一樣守信，那麼您的情人一定是很有福氣的。

羅　先生，（自頸上取下頸鍊贈鄂）為了我的緣故，請戴上這個吧；我是個失愛於運命的人，心有餘而力不足，不過略表微忱而已。我們去吧，妹妹。

西　好。再見，好先生。

鄂　我不能說一句謝謝你嗎？我的勇氣都已喪失，站在這兒的祇是一個人形的鎗靶，一塊沒有生命的木石。

羅　他在叫我們回去。我的矜傲隨着我的運命一起摧毀了；我且去問他有什麼話說。您叫我們嗎，先生？先生，您摔角摔得很好；給您征服了的，不單是您的敵人。

西　去吧，姊姊。

羅　你先走，我跟着你再會。（羅，西下）

鄂　什麼一種情感重壓住我的舌頭？雖然她想跟我交談，我卻想不出話來對她說。可憐的鄂蘭陀啊，你給征服了！取勝了你的，不是査爾斯，卻是比他更柔弱的人兒。

【勒波重上。

勒　先生，我爲着好意勸您還是離開這地方吧。雖然您很值得恭維贊揚和敬愛，但是公爵的脾氣太壞，他會把您一切的行事都誤會了。公爵的心性有點捉摸不定；他的爲人怎樣，我不便說，還是您自己去忖度忖度吧。

鄂　謝謝您，先生。我還要請您告訴我，這兩位小姐中間那一位是在場的公爵的女兒？

勒　要是我們照行爲舉止上看起來，兩個可說都不是他的女兒；但是那位矮小一點的是他的女兒。另外一個便是放逐在外的公爵所生，被她這位篡位的叔父留在這兒陪伴他的女兒；她們兩人的相愛是遠過於同胞姊妹的。但是我可以告訴您，新近公爵對於他這位溫柔的姪女有點不樂意；毫無理由，只是因爲人民都稱贊她的品德，爲了她那位好父親的緣故而同情她；我可以斷定他對於這位小姐的惡意就會突然顯露出來的。再會吧，先生；我希望在另外一個較好的世界裏可以再跟您多多結識。

鄂　我非常感荷您的好意；再會。（勒下）纔穿過濃煙，又鑽進烈火；一邊是專制的公爵，一邊是暴虐的哥哥。可是天仙一樣的羅瑟琳啊！（下）

## 第三場　宮中一室

〔西莉霞及羅瑟琳上。

西　喂，姊姊！喂，羅瑟琳！愛神哪沒有一句話嗎？

羅　連可以丢給一條狗的一句話也沒有。

西　不，你的話是太寳貴了，怎麼可以丢給賤狗呢？丢給我幾句吧，來，講一些道理來叫我渾身癱瘓。

羅　那麼姊妹兩人都害了病了：一個是給道理害得渾身癱瘓，一個是因爲想不出什麼道理來而發了瘋。

西　但這是不是全然爲了你的父親？

羅　不，一部分是爲了我的孩子的父親。唉，這個平凡的世間是多麼充滿了荊棘呀！

西　姊姊，這不過是些有刺的果殼爲了取笑玩玩而丢在你身上的；要是我們不在步道上走，我們的裙子就要給它們抓住。

羅　在衣裳上的我可以把它們抖去；但是這些刺是在我的心裏呢。

西　你咳嗽一聲就咳出來了。

羅　要是我咳嗽一聲，他就會應聲而來，那麼我倒會試一下的。

西　算了算了；使勁兒把你的愛情克服下來吧

羅　唉！我的愛情比我氣力大得多哩！

西　啊，那麼我替你祝福吧！即使你要失敗，也得試一下。但是把笑話擱在一旁，讓我們正正經經談談。你眞的會突然

羅　這樣猛烈地愛上了老羅蘭爵士的小兒子嗎？

西　我的父親和他的父親非常要好呢。

羅　因此你也必須和他的兒子非常要好嗎？照這樣說起來，那麼我的父親非常恨他的父親，因此我也應當恨他了；可是我卻不恨鄂蘭陀。

西　不，看在我的面上，不要恨他。

羅　爲什麼不呢？他不是值得恨的嗎？

西　因爲他是值得愛的，所以讓我愛他；因爲我愛他，所以你也要愛他。瞧，公爵來了。

西　他滿眼都是怒氣。

〔弗雷特力克公爵率從臣上。〕

弗　姑娘，爲了你的安全，你得趕快收拾起來，離開我們的宮廷。

羅　我嗎，叔父？

弗　你，姪女。在這十天之內，要是發現你在離我們宮廷二十哩之內，就得把你處死。

羅　請殿下開示我，我犯了什麼罪過。要是我有自知之明，要是我並沒有做夢也不曾發瘋，——我相信我沒有，——那麼，親愛的叔父，我從來不曾起過半分觸犯您老人家的念頭。

弗　一切叛徒都是這樣的；要是他們憑着口頭的話便可以免罪，那麼他們都是再清白沒有的了。可是我不能信任你，這一句話就夠了。

羅　但是您的不信任不能便使我變成叛徒；請告訴我您有什麼證據？

弗　你是你父親的女兒；還用得着別的話嗎？

羅　當您殿下奪去了我父親的公國的時候，我就是他的女兒；當您殿下把他放逐的時候，我也還是他的女兒。叛逆並不是遺傳的，殿下；即使我們受到親友的牽連，那與我又有什麼相干？我的父親並不是個叛徒呀。所以，殿下，別看錯了我，把我的窮迫看作了奸慝。

西　好殿下聽我說。

弗　嗯，西莉霞，我讓她留在這兒，祇是為了你的緣故，否則她早已跟她的父親流浪去了。

西　那時我沒有請您讓她留下；那是您自己的主意，因為您自己覺得不好意思。那時我還太小不曾知道她的好處；但現在我知道她了。要是她是個叛逆，那麼我也是；我們一直都睡在一起，同時起牀，一塊兒讀書，同遊同食，無論到什麼地方去，都像朱諾的一雙天鵝(註四)永遠成着對拆不開來。

弗　她這人太陰險，你敵不過她；她的和氣，她的沉默，和她的忍耐，都能感動人心，叫人民可憐她。你是個儍子，她已經奪去了你的名譽；她去了之後，你就可以顯得格外光彩而賢德了。所以閉住你的嘴；我對她所下的判決是確定而無可挽回的，她必須被放逐。

西　那麼您把這句判決也加在我身上吧，殿下；我沒有她作伴便活不下去。

弗　你是個儍子。姪女，你得端整起來；假如誤了期限，憑着我的名譽和我的言出如山的命令，便要把你處死。（偕從臣下）

西　唉，我的可憐的羅瑟琳！你到那兒去呢？你肯不肯換一個父親？我把我的父親給了你吧。請你不要比我更傷心。

羅　我比你有更多的傷心的理由。

西　你沒有，姊姊。請你高興一點；你知道不知道，公爵把他的女兒也放逐了？

羅　他沒有。

西　沒有？那麼羅瑟琳還沒有那種愛情，使你明白你我兩人有如一體。我們難道要拆散了嗎？我們難道要分手了嗎，親愛的姑娘？不，讓我的父親另外找一個後嗣吧。你應該跟我商量我們應當怎樣飛走，到那兒去，帶些什麼東西。不要因爲環境的變遷而獨自傷心，讓我分擔一些你的心事吧。我對着因爲同情我們而慘白的天空起誓，無論你怎樣說，我都要跟你一起走。

羅　但是我們到那兒去呢？

西　到亞登森林找我的伯父去。

羅　唉，像我們這樣的姑娘家，走這麼遠路，該是多麼危險！美貌比金銀更容易引起盜心呢。

西　我可以穿了破舊的衣裳，用些黃泥塗在臉上，你也是這樣；我們便可以通行過去，不會遭人家算計了。

羅　我的身材特別高，完全穿得像個男人一樣豈不更好？腰間插一把出色的匕首，手裏拿一柄刺野豬的長矛；心裏儘管隱藏着女人家的膽怯，俺要在外表上裝出一副雄糾糾氣昂昂的樣子來，正像那些冒充好漢的懦夫一般。

西　你做了男人之後，我叫你什麼名字呢？

羅　我要取一個和喬武的侍僮一樣的名字，所以你叫我蓋尼密（註五）吧。但是你叫什麼呢？

西　我要取一個可以表示我的境況的名字；不要再叫西莉霞，叫愛蓮娜（註六）吧。

羅　但是妹妹，我們設法去把你父親宮庭裏的小丑偷了來好不好？他在我們的旅途中不是很可以給我們解悶嗎？

西　他要跟着我走遍廣大的世界；讓我獨自去向他說吧。我們且去把珠寶錢物收拾起來。我出走之後，他們一定要

追尋，我們該想出一個頂適當的時間和頂安全的方法來避過他們，現在我們是滿心的歡暢，去找尋自由，不是流亡。（同下）

註一　亞登森林在法國與比利時的東北部，即 Forest of Ardennes；但莎翁意中所寫的亞登森林，則爲英國 Warwick-shire 的 Forest of Arden。

註二　洛賓荷德(Robin Hood)，英國傳說中十四世紀時的著名俠盜。

註三　命運女神，於紡車上織人類的命運；因命運賞罰毫無定準，故下文云「瞎眼婆子。」

註四　按朱諾(Juno 天后)之鳥爲孔雀，天鵝爲維納絲(Venus 愛神)之鳥。

註五　蓋尼密(Ganymede)，喬武(Jove，即 Jupiter)之持爵童子。

註六　愛蓮娜原文 Aliena，暗示 alienated（遠隔）之意。

# 第二幕

## 第一場　亞登森林

〔長公爵，阿米恩斯，及衆臣作林居人裝束上。

公　我的流放生涯中的同伴和弟兄們，我們不已經習慣了這種生活，覺得它比虛飾的浮華有趣得多嗎？這些樹林不比猜嫉的朝廷更爲安全嗎？我們在這兒所感覺到的，只是時序的改變，那是上帝加於亞當的懲罰；（註一）那冬天的風張舞着冰雪的爪牙，發出暴聲的呼嘯，卽使當它砭刺着我的身體，使我寒冷而抖縮的時候，我也會微笑着說，『這不是諂媚啊；它們就像是忠臣一樣，諄諄提醒我所處的地位。』逆運也有它的好處，就像醜陋而有毒的蟾蜍，它的頭上卻頂着一顆珍貴的寶石。我們的這種生活，雖然與世間相遺棄，卻可以聽樹木的談話，溪中的流水便是大好的文章，一石之微，也暗寓着教訓；每一件事物中間，都可以找到些益處來。我不願改變這種生活。

阿　殿下眞是幸福，能把運命的頑逆說成了這樣恬靜而可愛的樣子。

公　來，我們打鹿去吧；可是我心裏卻有些不忍，這種可憐的花斑的蠢物，本來是這荒涼的城市中的居民，在他們自己的領域之內，他們的肥圓的腰肉上卻要受到箭鏃的刺傷。

甲臣　不錯，那憂愁的傑克斯很爲那事傷心，發誓說您在那上面比之您那篡位的兄弟是一個更大的篡位者；今天阿米恩斯大人跟我兩人悄悄地躲在背後，瞧他躺在一株橡樹底下，那古老的樹根露出在沿着林旁潺潺流去的溪水而上；有一隻可憐的失羣的牡鹿中了獵人的箭傷，奔到那邊去喘氣；眞的，殿下，這頭不幸的畜生發出了那樣的呻吟，眞要把它的皮囊都漲破了，一顆顆粗圓的眼淚怪可憐地爭先恐後流下在它的無辜的鼻子上；憂愁的傑克斯瞧着這頭可憐的畜這樣站在急流的小溪邊，用眼淚添注在溪水裏。

公　但是傑克斯怎樣說呢？他見了此情此景，不又要講起一番道理來了嗎？

甲　啊，是的，他作了一千種的譬喻。起初他看見那鹿把眼淚浪費地流下了水流之中，便說，『可憐的鹿，你就像世人立遺囑一樣，把你所有的一切給了那已經有得太多的人。』於是看它孤身獨自，被它那些皮毛柔滑的朋友們所遺棄，便說，『不錯，人倒了霉，朋友也不會來睬你了。』不久又有一羣吃得飽飽的，無憂無慮的鹿跳過它的身邊，也不停下來向它打個招呼；『嗯，』傑克斯說，『奔過去吧，你們這批肥胖而富於脂肪的市民們；世事無非如此，那個可憐的破產的傢伙，瞧他作甚麼呢？』他這樣用最惡毒的話來辱罵着鄉村，城市，和宮廷的一切，甚至於罵着我們的這種生活，發誓說我們只是些篡位者，暴君，或者比這更壞的人物，到這些畜生們的天然的居處來驚擾它們，殺害它們。

公　你們就在他作這種思索的時候離開了他嗎？

甲　是的，殿下，就在他爲了這頭啜泣的鹿而流淚發議論的時候。

公　帶我到那地方去，我歡喜趁他發愁的時候去見他，因爲那時他最富於見識。

甲　我就領您去見他。（同下）

## 第二場　宮中一室

【弗雷特力克公爵，羣臣，及從者上。

弗　難道沒有一個人看見她們嗎？決不會的；一定在我的宮廷裏有奸人知情串通。

甲臣　我不曾聽見誰說曾經看見她。她寢室裏的女侍們都看她上牀；可是一早就看見牀上沒有她們的郡主了。

乙臣　殿下，那個常常逗您發笑的下賤小丑也失踪了。郡主的女侍雪絲卑梨霞供認她曾經偷聽到郡主跟她的姊姊常常稱贊最近在摔角賽中打敗了强有力的查爾斯的那個漢子的技藝和人品；她說她相信不論她們到那裏去，那個少年一定是跟她們在一起的。

弗　差人到他哥哥家裏去把那傢伙抓來；要是他不在，就帶他的哥哥來見我，我要叫他去找他。馬上去；這兩個逃走的傻子一定要用心搜尋探訪，非把她們尋回來不可。（衆下）

## 第三場　岳力佛家門前

【鄂蘭陀及亞丹自相對方向上。

鄂　那邊是誰？

亞　啊！我的少爺嗎？啊，我的善良的少爺！我的好少爺！啊，您叫人想起了老羅蘭爵爺！唉，您爲什麽到這裏來呢？您爲什麽是這樣好呢？爲什麽人家要愛您呢？爲什麽您是這樣仁善，這樣健壯，這樣勇敢呢？爲什麽您這麽傻要去把那乖僻的公爵手下那個壯大的拳師打敗呢？您的聲譽是來得太快了。您不知道嗎，少爺，有些人常會因爲他們太好了，反而害了自己？您也正是這樣；您的好處好少爺，就是陷害您自身的聖潔的叛徒。唉，這算是一個什麼世界，懷德的人會因爲他們的德行而反遭毒手！

鄂　啊，怎麼一回事？

亞　唉，不幸的青年不要走進這扇門來在這屋子裏潛伏着您一切美德的敵人呢。您的哥哥，——不，不是哥哥，然而卻是您父親的兒子——不，他也不能稱爲他的兒子，——他聽見了人家稱贊您的話，預備在今夜放火燒去您所住的屋子；要是這計劃不成功，他還會想出別的法子來除掉您。他的陰謀給我偷聽到了。這兒不是安身之處，這屋子不過是一所屠場，您要迴避，您要警戒，別走進去。

鄂　什麼，亞丹，你要我到那兒去？

亞　隨您到那兒去都好，祇要不在這兒。

鄂　什麼，你要我去做個要飯的嗎？還是在大路上做一個吆喝無恥的強盜？我祇好走這種路，否則我就不知道怎麼辦；可是即使我有這種本事，我也不願這樣幹，我寧願忍受一個不念手足之情的凶狠的哥哥的惡意。

亞　可是不要這樣。我在您父親手下侍候了這許多年，曾經辛辛苦苦把工錢省下了五百塊：我把那筆錢存下，本來是預備等我沒有氣力做不動事的時候做養老之本，人一老不中用了，是會給人踢在角落裏的。您拿了去吧；上帝給食物與烏鴉，他也不會忘記把麻雀餵飽，我這一把年紀就悉聽他的慈悲吧！錢就在這兒，我把它全給了您了。讓我做您的僕人，我雖然瞧上去這麼老，可是我的氣力還不錯；因爲我在年青時候從不曾灌下過一滴猛烈的酒，也不曾鹵莽地貪慾傷身，所以我的老年譬比是個生氣勃勃的冬天，雖然結着嚴霜，卻並不慘淡。讓我跟着您去；我可以像一個年青人一樣，爲您照料一切。

鄂　啊，好老人家！在你身上多麼明白地表顯出來古時那種忠心的服務，不是爲着報酬，只是爲了盡職而流着血汗！你是太不合時了；現在的人們努力工作只是爲着希望高陞，等到目的一達到，便就於安逸；你卻不是這樣。但是，可憐的老人家，你雖然這樣辛辛苦苦地費盡培植的工夫，給你培植的卻是一株不成材的樹木，開不出一朵花來酬答你的殷勤。可是趕路吧，我們要在一塊兒走；在我們沒有把你年青時的積蓄化完之前，一定要找到一處小小的安身的地方。

亞　少爺，走吧；我願意忠心地跟着您，直至喘盡最後一口氣。從十七歲起我到這兒來，到現在快八十了，卻要離開我的老地方。許多人們在十七歲的時候都去追求幸運，但八十歲的人是不濟的了；可是我祇要能够有個好死，對得住我的主人，那麼命運對我也不算無恩。（同下）

## 第四場　亞登森林

〔羅瑟琳男裝，西莉霞作牧羊女裝束，及試金石上〕

羅　天哪！我的精神多麼疲乏啊。

試　我可不管我的精神，假如我的兩腿不疲乏。

羅　我簡直想丟了我這身男裝的臉而像一個女人樣哭起來；可是我必須安慰安慰這位小娘子，穿褐衫短褲的總該向穿裙子的顯出一點勇氣來纔是。好，提起精神來吧，好愛蓮娜。

西　請你擔待擔待我吧；我再也走不動了。

羅　好，這兒就是亞登森林了。

試　噉，現在我到了亞登了。我眞是個大傻瓜！在家裏舒服得多哩；可是旅行人只好知足一點。

羅　對了，好試金石。你們瞧，誰來了；一個年青人和一個老頭子在一本正經地講話。

〔庫林及薛維厄斯上。

庫　你那樣不過叫她永遠把你笑罵而已。

薛　啊，庫林，你要是知道我是多麼愛她！

庫　我有點猜得出來，因爲我也曾經戀愛過呢。

薛　不，庫林，你現在老了，也就不能猜想了；雖然在你年青的時候，你也像那些半夜三更在枕上翻來覆去的情人們一樣眞心，可是假如你的愛也是跟我差不多的，——我想一定沒有人會像我那樣愛法，——那麼你爲了你的癡心夢想，一定做出過了多少可笑的事情來呢！

庫　我做過一千種的傻事，現在都已忘記了。

薛　噢！那麼你就是不曾誠心愛過。假如你記不得你爲了愛情而作出來的一件最瑣細的傻事，你就不算眞的戀愛過。假如你不曾像我現在這樣坐着絮絮講你的姑娘的好處，使聽的人不耐煩，你就不算眞的戀愛過。假如你不曾突然離開你的同伴，像我的熱情現在驅使着我一樣，你也不算眞的戀愛過。啊，菲琵！菲琵！菲琵！（下）

羅　唉，可憐的牧人！我在診探你的痛處的時候，卻不幸地找到我自己的創傷了。

試　我也是這樣。我記得我在戀愛的時候，曾經把一柄劍在石頭上摔碎，叫那趁夜裏來和琴四妹兒幽會的傢伙留心着我；我記得我曾經吻過她的洗衣棍子，也吻過被她那雙皸裂的玉手擠過的母牛乳頭；我記得我曾經把一顆豌豆莢權當作她而向她求婚，我剝出了兩顆豆子，又把它們放進去，邊流淚邊說，『爲了我的緣故，請您留着作個記念吧』我們這種多情種子都會做出一些古怪事兒來；但是我們既然都是凡人，一着情了總是免不得要大發其癡勁的。

羅　你的話聰明得出於你自己意料之外。

試　嚱，我總不知道自己的聰明，除非有一天我給它絆跌斷了我的腿骨。

羅　天神天神！這個牧人的癡心，
　　很有幾分像我自己的情形。

試　也有點像我的情形；可是在我似乎有點兒陳腐了。

西　請你們隨便那一位去問問那邊的人，肯不肯讓我們用金子向他買一點吃的東西；我簡直要乏力死了。

試　喂，你這蠢貨！

羅　別響，傻子；他並不是你的一家人。

庫　誰叫？

試　比你好一點的人，朋友。

庫　要是他們不比我好一點，那可寒得太不成話啦。

羅　對你說，別響。——您晚安，朋友。

庫　晚安，好先生；各位晚安。

羅　牧人，假如人情或是金銀可以在這種荒野裏換到一點款待的話，請你帶我們到一處可以休息下子吃些東西的地方去好不好？這一位小姑娘趕路疲乏，快要暈去了。

庫　好先生，我可憐她，不是爲我自己打算，只是爲了她的緣故，我但願我有能力幫助她；可是我只是給別人看羊的，羊兒雖然歸我飼養，羊毛卻不歸我剪。我的東家很小氣，從不會修修福做點兒好事；而且他的草屋，他的羊羣，他的牧場，現在都要出賣了。現在我們的牧舍裏因爲他不在家，沒有一點可以給你們吃的東西；但是別管它有些什麼，請你們來瞧瞧看，我對你們是極其歡迎的。

羅　他的羊羣和牧場預備賣給誰呢？

庫　就是剛纔你們看見的那個年青漢子，他是從來不想要買什麼東西的。

羅　要是沒有什麼不對的地方，我請你把那草屋牧場和羊羣都買下了，我們給你出錢。

西　我們還要加你的工錢。我歡喜這地方，很願意在這兒消度我的時光。

庫　這注家私一定可以成交。跟我來；要是你們打聽過後，對於這塊地皮，這種收益，和這樣的生活覺得中意的話，我願意做你們十分忠心的僕人，馬上用你們的錢去把它買來。（同下）

## 第五場　林中的另一部分

【阿米恩斯，傑克斯及餘人等上。

阿　（唱）

綠樹高張翠幕，

誰來偕我偃臥，

翻將歡樂心聲，

學唱枝頭鳥鳴：
盍來此？盍來此？盍來此？
目之所接，
精神契一，
唯憂雨雪之將至。

傑　再來一個，再來一個，請你再唱下去。

阿　那會叫您發起愁來的，傑克斯先生。

傑　再好沒有。請你再唱下去！我可以從一曲歌中抽出愁緒來，就像黃鼠狼吮吸雞蛋一樣。請你再唱下去吧！

阿　我的喉嚨很粗，我知道一定不能討您的歡喜。

傑　我不要你討我的歡喜；我祇要你唱。來，再唱一闋；你是不是把它們叫作一闋一闋的？

阿　隨您高興怎樣叫吧，傑克斯先生。

傑　不，我倒不去管它們叫甚麼名字；它們又不借我的錢。你唱起來吧！

阿　既蒙敦促我就勉爲其難了。

傑　那麼好，要是我會感謝什麼人的，我一定會感謝你；可是人家所說的恭維就像是兩隻狗猿碰了頭，倘使有人誠心感謝我，我就覺得好像我給了他一個銅子，所以他像一個叫化似的向我道謝。來唱起來吧；你們不唱的都不要作聲。

阿　好，我就唱完這支歌。列位，鋪起食桌來吧；公爵就要到這株樹下來喝酒了。他已經找了您整整的一天。

傑　我已經躲避了他整整的一天。他太喜歡辯論了，我不高興跟他在一起；我想到的事情像他一樣多，可是謝謝天，我卻不像他那樣會說嘴。

阿　來，唱吧。

（唱衆和）

孰能儆屣尊榮，
來沐麗日光風，
覓食自求果腹，
一飽欣然意足：
盍來此？盍來此？盍來此？
目之所接，
精神契一，
唯憂雨雪之將至。

傑　昨天我曾經按着這調子作了一節，倒要獻醜獻醜。

阿　我可以把它唱起來。

傑　是這樣的：

倘有擬愚之徒，
忽然變成蠢驢，
趁着心性顛狂，

撇卻財富安康，
特達米特達米特達米，
何爲來此？
舉目一視，
唯見傻瓜之遍地。

阿　「特達米」是什麼意思？

傑　這是希臘文裏召喚傻子們排起圓圈來的一種咒語。——假如睡得成覺的話，我要睡覺去；假如睡不成，我就要把埃及地方一切頭胎生的痛罵一頓。（註二）

阿　我可要找公爵去；他的點心已經預備好了（各下）

## 第六場　林中的另一部分

【鄂蘭陀及亞丹上。

亞　好少爺，我再也走不動了；唉！我要餓死了。讓我在這兒躺下挺屍吧。再會了，好心的少爺！

鄂　啊，怎麼啦，亞丹！你再沒有勇氣了嗎？再活一些時候；提起一點精神來高興點兒。要是這座古怪的林中有什麼野東西，那麼我倘不是給它吃了，一定會把它殺了來給你吃的。你並不是眞就要死了，不過在胡思亂想而已。爲了我的緣故，提起精神來吧；把死神拖一拖住，我去一去就回來看你，要是我找不到什麼可以給你吃的東西，我一定答應你死去；可是假如你在我沒有回來之前便死去，那你就是看不起我的辛苦了。說得好！你瞧上去很高興。

我立刻就來。可是你躺在寒風裏呢；來，我把你背到有遮蔭的地方去。祇要這塊荒地裏有活東西，你一定不會因爲沒有飯吃而餓死。高興起來吧，好亞丹。（同下）

## 第七場　林中的另一部分

〔食桌鋪就。長公爵，阿米恩斯，及亡命諸臣上。

公　我想他一定已經變成一頭畜生了，因爲我到處找不到他的人影兒。

甲臣　殿下，他剛剛走開去；方纔他還在這兒很高興地聽人家唱歌兒。

公　要是渾身都是不和諧的他，居然也會變得愛好起音樂來，那麼天體上不久就要大起騷鬧了。去找他來，對他說我要跟他談談。

甲　他自己來了，省了我一番跋涉。

〔傑克斯上。

公　啊，怎麼啦，先生！這算什麼，您的可憐的朋友們一定要千求萬喚纔把您請得來嗎？啊，您的神氣很高興哩！

傑　一個傻子，一個傻子！我在林中遇見一個傻子，一個身穿彩衣的傻子；唉，苦惱的世界！我遇見了一個傻子，正如我是靠着食物而活命的；他躺着曬太陽，用頭頭是道的話辱罵着命運女神，然而他仍然不過是個穿彩衣的傻子。『早安，傻子，』我說。『不，先生，』他說，『等到老天保佑我發了財，您再叫我傻子吧。』（註三）於是他從袋裏掏出一隻錶來，用沒有光彩的眼睛瞧着它，很聰明地說，『現在是十點鐘了；我們可以從這裏看出世界是怎樣在變遷着：一小時之前還不過是九點鐘，而再過一小時便是十一點鐘了；照這樣一小時一小時過去，我們越長越老，越老越不中用，這上面就大可發感慨了。』我聽見這個穿彩衣的傻子對着時間發揮了這麼一段玄理，我的胸頭要像公雞一樣叫起來了，奇怪着傻子居然會有這樣深刻的思想；我笑了個不停，在他的錶上整整笑去了一個小時。啊，高貴的傻子！可敬的傻子！彩衣是最好的裝束。

公　這是個怎麼樣的傻子？

傑　啊，可敬的傻子！他曾經出入宮廷；他說凡是年青貌美的小姐們，都是有自知之明的。他的頭腦就像航海回來剩下的餅乾那樣乾燥，其中的每個角落裏卻塞滿了人生經驗，他都用雜亂的話兒隨口說了出來。啊，我但願我也是個傻子！我想要穿一件花花的外套。

公　你可以有一件。

傑　這是我唯一要求的一身服裝；祇要您願意把一切以爲我是個聰明人這種觀念除掉，別讓它矇蔽了您的明鑒；同時要准許我有像風那樣廣大的自由，高興吹着誰便吹着誰：傻子們是有這種權利的。最被我的傻話所挖苦的，最應該笑。殿下，爲什麼他們必須這樣呢？這理由正和到教區禮拜堂去的路一樣明白：被一個傻子用俏皮話譏刺了的，即使刺痛了，假如不裝出一副若無其事的態度來，那麼就顯出聰明人的傻氣可以被傻子不經意的一箭就刺穿，未免太傻了。給我穿一件彩衣，准許我說我心裏的話；我一定會痛痛快快地把這染病的世界的醜惡的身體清洗個乾淨，假如他們肯耐心接受我的藥方。

公　算了吧！我知道你會做出些什麼來。

傑　我可以賭一根籌碼，我做的事會不好嗎？

公　最壞不過的罪惡就是指斥他人的罪惡：因爲你自己也曾經是一個放縱你的獸慾的浪子；你要把你那身爲了

傑　你的胡調而長起來的臃腫的膿瘡潰爛的惡病，向全世界播散。什麼，呼斥人間的驕傲，難道便是對於個人的攻擊嗎？人們的驕傲不是像海潮一樣浩瀚地流着，直到它力竭而消退？假如我說城裏的那些小戶人家的婦女穿扮得像王公大人的女眷一樣，我指明是那一個女人嗎？誰能挺身出來說我說的是她，假如她的鄰居也是和她一個樣子？一個操着最微賤行業的人，假如心想我譏諷了他，說他的好衣服不是我出的錢，那不是恰恰把他的愚蠢合上了我的說話嗎？照此看來，又有什麼關係呢？給我看我的說話傷害了他什麼地方：要是說的對，那是他自取其咎；假如他問心無愧，那麼我的責駡就像是一頭野鴨飛過，不干誰的事。——可是誰來了？

〔鄂蘭陀拔劍上。

鄂　停住，不准吃！

傑　嘿，我還不曾吃過呢。

鄂　而且也不會再給你吃，除非讓餓肚子的人先吃過了。

傑　這頭公雞是那兒來的？

公　朋友，你是因爲落難而變得這樣強橫嗎？還是因爲生來就是瞧不起禮貌的粗漢子，一點兒不懂得規矩？

鄂　你第一下就猜中我了，困苦逼迫着我使我不得不把溫文的禮貌拋開一旁；可是我卻是在都市生長，受過一點兒教養的。但是我吩咐你們停住，在我的事情沒有辦完之前，誰碰一碰這些果子的，就得死。

傑　你要是無理可喻，那麼我準得死。

公　你要什麼？假如你不用暴力，客客氣氣地向我們說，我們一定會更客客氣氣地對待你。

鄂　我快餓死了；給我吃。

公　請坐請坐，隨意吃吧。

鄂　你說得這樣客氣嗎？請你原諒我，我以爲這兒的一切都是野蠻的，因此纔裝出這副暴橫的威脅的神氣來。可是不論你們是些什麼人，在這兒人踪不到的荒野裏，躺在淒涼的樹蔭下，不理會時間的消逝；假如你們曾經見過較好的日子，假如你們曾經到過鳴鐘召集禮拜的地方，假如你們曾經參加過上流人的宴會，假如你們曾經揩過你們眼皮上的淚水，懂得憐憫和被憐憫的，那麼讓我的溫文的態度格外感動你們：我抱着這樣的希望，慚愧地藏好我的劍。

公　我們確曾見過好日子，曾經被神聖的鐘聲召集到教堂裏去，參加過上流人的宴會，從我們的眼上揩去過被神聖的憐憫所感動而流下的眼淚；所以你不妨和和氣氣地坐下來，凡是我們可以幫忙滿足你需要的地方，一定願意效勞。

鄂　那麼請你們暫時不要把東西吃掉，我就去像一隻母鹿一樣找尋我的小鹿，把食物餵給他吃。有一位可憐的老人家，全然出於好心，跟着我一蹺一拐地走了許多疲乏的路，兩星期的勞悴，他的高齡和飢餓累倒了他；除非等他飽了之後，我決不接觸一口食物。

公　快去找他，我們絕對不把東西吃去，等着你回來。

鄂　謝謝；願您好心有好報！（下）

公　你們可以看見不幸的不祇是我們；這個廣大的宇宙的舞臺上，還有比我們所扮演的更悲慘的場面呢。

傑　全世界是一個舞臺，所有的男男女女不過是一些演員；他們都有下場的時候，也都有上場的時候。一個人的一生中扮演着好幾個角色，他的表演可以分為七個時期。最初是嬰孩，在保姆的懷中啼哭嘔吐。然後是背着書包，滿臉紅光的學童，像蝸牛一樣慢吞吞地拖着腳步不情不願地嗚咽着上學堂。然後是情人，像爐竈一樣嘆着氣，寫了一首悲哀的歌篇咏着他戀人的眉毛。然後是一個軍人，滿口發着古怪的誓，鬍鬚長得像豹子一樣，愛惜着名譽，動不動就要打架兒在礮口上尋求着泡沫一樣的榮名。然後是法官，胖胖圓圓的肚子塞滿了閹雞，凜然的眼光，整潔的鬍鬚，滿嘴都是些格言和老生常談；他也扮了他的一個角色。第六個時期變成了精瘦的趿着拖鞋的龍鍾老叟，鼻子上架着眼鏡，腰邊懸着錢袋；他那小小心心省下來的年青時候的長襪子套在他皺癟的小腿上寬大異常；他那朗朗的男子的口音又變成了孩子似的尖聲，像是吹着風笛和哨子。終結着這段古怪的多事的歷史的最後一場，是孩提時代的再現，全然的遺忘，沒有牙齒，沒有眼睛，沒有口味，沒有一切。

〔鄂蘭陀背亞丹重上。

公　歡迎！放下你背上那位可敬的老人家，讓他吃東西吧。

鄂　我代他向您謁誠道謝。

亞　您真該代我道謝；我簡直不能為自己向您開口道謝呢。

公　歡迎，請用吧；我還不會馬上就來打擾你問你的遭遇。給我們奏些音樂；賢卿，你唱吧。

阿　（唱）

不懼冬風凜冽，
風威遠難遽及
人世之寡情；

其爲氣也雖厲，
其牙尙非甚銳，
風體本無形。
噫嘻乎！且向冬青歌一曲：
友交皆虛妄，恩愛癡人逐。
噫嘻乎冬青！
可樂唯此生。

不愁亙天冰雪，
其寒尙難遽及
受施而忘恩；
風皺滿池碧水，
利刺尙難遽比
捐舊之友人。
噫嘻乎！且向冬青歌一曲：
友交皆虛妄，恩愛癡人逐。
噫嘻乎冬青！

可樂唯此生。

公　照你剛纔悄聲兒老老實實告訴我的，你說你是好羅蘭爵士的兒子，我看你的相貌也眞的十分像他如果不是假，那麼我眞心歡迎你到這兒來。我便是敬愛你父親的那個公爵。關於你其他的遭遇，到我的洞裏來告訴我吧好老人家，我們歡迎你像歡迎你的主人一樣。攙扶着他。把你的手給我讓我明白你們一切的經過。（衆下）

註一　亞當（Adam，人類的始祖）未逐出樂園之前，四季常春。

註二　舊約出埃及記載上帝降罰埃及，凡埃及一切頭胎生的皆遭瘟死；此處傑克斯暗諷長公爵。

註三　成語有「愚人多福」（Fortune favours fools），故云。

# 第三幕

## 第一場　宮中一室

【弗雷特力克公爵，岳力佛，羣臣，及從者等上。

弗　以後沒有見過他！哼，哼，不見得吧。倘不是因爲仁慈在我的心裏佔了上風，有着你在眼前，我儘可以不必找一個不在的人出氣的。可是你留心着吧，不論你的兄弟在什麼地方，都得去給我找來；亮起燈籠去尋訪吧；在一年之內，要把他不論死活捉到，否則你不用再在我們的領土裏過活了。你的土地和一切你自命爲屬於你的東西，值得沒收的我們都要沒收，除非等你能夠憑着你兄弟的招供洗刷去我們對你的懷疑。

岳　求殿下明鑒！我從來就不曾歡喜過我的兄弟。

弗　這可見你更是個壞人了。好，把他趕出去；吩咐該管官吏把他的房屋土地沒收。趕快把這事辦好，叫他滾蛋。（衆下）

## 第二場　亞登森林

【鄂蘭陀攜紙上。

鄂　懸在這裏吧，我的詩，證明我的愛情；

你三重王冠的夜間的女王，請臨視，（註一）
從蒼白的昊天用你那貞潔的眼睛，
那支配我生命的你那獵伴的名字。（註二）
啊，羅瑟琳！這些樹林將是我的書冊，
我要在一片片樹皮上鏤刻下相思，
好讓每一個來到此間的林中遊客，
任何處見得到頌贊她美德的言辭。
走，走，鄂蘭陀，去在每株樹上刻着伊，
那美好的，幽嫺的，無可比擬的人兒。（下）

〔庫林及試金石上。

庫　您歡喜不歡喜這種牧人的生活，試金石先生？

試　說老實話，牧人，按着這種生活的本身說起來倒是一種很好的生活；可是按着這是一種牧人的生活說起來，那就毫不足取了。照它的清靜而論，我很歡喜這種生活；可是照它的寂寞而論，實在是一種很壞的生活。看到這種生活是在田間，很使我滿意；可是看到它不是在宮廷裏，那簡直很無聊。你瞧，這是一種很經濟的生活，因此倒怪合我的脾氣；可是它未免太寒儉了，因此我過不來。你懂不懂得一點哲學，牧人？

庫　我祇知道這一點兒：一個人越是害病，他越是不舒服；錢財，資本和知足，是人們缺少不來的三位好朋友；雨溼淋衣，火旺燒柴；好牧場產肥羊；天黑是因爲沒有了太陽；生來愚笨怪祖父，學而不慧師之惰。

試　這樣一個人是天生的哲學家了。有沒有到過宮廷裏，牧人？

庫　沒有，不瞞您說。

試　那麼你這人就該死了

庫　我希望不致於吧？

試　眞的，你這人該死，就像一個煎得不好一面焦的雞蛋。

庫　因爲沒有到過宮廷裏嗎？請問您的理由。

試　喏，要是你從來沒有到過宮廷裏，你就不會見過好禮貌；要是你從來沒有見過好禮貌，你的舉止一定很壞；壞人就是有罪的人，有罪的人就該死。你的情形很危險呢，牧人。

庫　一點不，試金石。在宮廷裏算作好禮貌的，在鄉野裏就會變成可笑，正像鄉下人的行爲一到了宮廷裏就顯得寒傖一樣。您對我說過你們在宮廷裏並不打恭作揖，卻是要吻手；要是宮廷裏的老爺們都是牧人，那麼這種禮貌就要嫌太齷齪了。

試　有什麼證據？簡單的說來；說出理由來。

庫　喏，我們的手常常要去碰着母羊；它們的毛，您知道，是很油膩的。

試　嘿，廷臣們的手上不也要出汗的嗎？羊身上的脂肪比起人身上的汗膩來，不是一樣乾淨的嗎？淺薄！淺薄！說出一個好一點的理由來說吧。

庫　而且，我們的手很粗糙。

試　那麼你們的嘴唇格外容易感到它們。還是淺薄！再說一個充分一點的理由，說吧。

庫　我們的手在給羊們包紮傷處的時候總是塗滿了焦油；您要我們跟焦油接吻嗎？宮廷裏的老爺們手上都是塗着麝香的。

試　淺薄不堪的傢伙！把你跟一塊好肉比起來，你簡直是一塊生着蛆蟲的臭肉！用心聽聽明人的教訓吧：麝香是一隻貓身上流出來的齷齪東西，它的來源比焦油髒多呢。把你的理由修正修正吧，牧人。

庫　您太會講話了，我說不過您；我不說了。

試　你就甘心該死嗎？上帝保佑你，淺薄的人！上帝把你好好針砭一下！你太不懂世事了。

庫　先生，我是一個道地的做活人；我用自己的力量換飯吃換衣服穿；不跟別人結怨，也不妒羨別人的福氣；瞧着人家得意我也高興，自己倒了霉就自寬自解；我的最大的驕傲就是瞧我的母羊吃草，我的羔羊啜奶。

試　這又是你的一樁因爲傻氣而造下的孽：你把母羊和公羊拉攏在一起，靠着他們的配對來維持你的生活；給掛鈴的羊當龜奴，替一頭歪脖子的老忘八公羊把纔一歲的雌兒騙誘失身，也不想到合配不合配；要是你不會因此而下地獄，那麼魔鬼也沒有人給他牧羊了。我想不出你有什麼豁免的希望。

庫　蓋尼密大官人來了，他是我的新主婦的哥哥。

［羅瑟琳讀一字紙上。

羅　從東印度到西印度找遍奇珍，
沒有一顆珠玉比得上羅瑟琳。
她的名聲隨着好風播滿諸城，
整個世界都在仰慕着羅瑟琳。

畫工描摹下一幅幅倩影眞眞，
都要黯然無色一見了羅瑟琳。
任何的臉貌都不用銘記在心，
單單牢記住了美麗的羅瑟琳。

試　我可以給您這樣湊韵下去湊它整整的八年，吃飯和睡覺的時間除外。這好像是一連串上市去賣奶油的好大娘。

羅　啐，傻子！

試　試一下看：

要是公鹿找不到母鹿很傷心，
不妨叫他前去尋找那羅瑟琳。
倘說是沒有一隻貓兒不叫春，
心同此情有誰能責怪羅瑟琳？
冬天的衣裳棉花應該襯得溫，
免得凍壞了嬌怯怯的羅瑟琳。
割下的田禾必須捆得端端整，
一車的禾捆上裝着個羅瑟琳。
最甜蜜的果子皮兒酸痛了脣，

這種果子的名字便是羅瑟琳。
有誰看見了玫瑰花鬥香噴噴，
留心着愛情的棘刺和羅瑟琳。

羅　這簡直是胡扯的歪詩您怎麼也會給這種東西沾上了呢？

試　別多嘴，你這蠢傻瓜！我在一株樹上找到它們的。

羅　肩的，這株樹生的果子太壞。

〔西莉霞讀字紙上。

羅　靜些！我的妹妹讀着些什麼來了；站旁邊去。

西　爲什麼這裏是一片荒磧？
因爲沒有人居住嗎？不然，
我要叫每株樹長起喉舌，
吐露出溫文典雅的語言：
或是慨嘆着生命一何短，
匆匆跑完了遊子的行程，
只須把手掌輕輕翻個轉，
便早已終結人們的一生；
或是感懷着舊盟今已冷，

　同心的契友忘卻了故交；
但我要把最好樹枝選定，
　綴附在每行詩句的終梢，
羅瑟琳三個字小名美妙，
　向普世的讀者遍告咸知，
莫看她苗條的一身嬌小，
　宇宙間的精華盡萃於茲；
造物當時曾向自然詔示，
　吩咐把所有的絕世姿才，
向纖纖一軀中合爐鎔製，
　累天工費去不少的安排：
負心的海倫醉人的臉蛋，（註三）
　克婁佩屈拉的威儀豐容，（註四）
哀脫蘭塔的柳腰兒款擺，（註五）
　琉克莉細霞的節操貞松；（註六）
勞動起玉殿上諸天仙衆，
　造成這十全十美羅瑟琳；

　　彙萃了各式的妍媚萬種，
　　　選出一副俊臉目秀精神。
　　上天給她這般恩賜優渥，
　　我命該終身做她的臣僕。

羅　啊，最溫柔的宣教師！您的戀愛的說教是多麼嚕嗦得叫您的教民聽了厭煩，可是您卻也不喊一聲，『請耐心一點，好人們。』

西　啊！朋友們，退後去！牧人，稍為走開一點；跟他去，小子。

試　來，牧人，讓我們堂堂退卻；大小箱籠都不帶，祇帶一個頭陀袋。（庫、試下）

西　你有沒有聽見這種詩句？

羅　啊，是的，我都聽見了。

西　但是你聽見你的名字被人家懸掛起來，還刻在這種樹上，不覺得奇怪嗎？

羅　人家說一件奇事過了九天便不足爲奇；在你沒有來之前，我已經過了第七天了。瞧，這是我在一株棕櫚樹上找到的。自從畢達哥拉斯的時候以來我從不曾被人這樣用詩句咒過；那時我是頭愛爾蘭的老鼠，現在簡直記也記不起來了。（註七）

西　你想這是誰幹的？

羅　是個男人嗎？

西　而且有一根鍊條，是你從前帶過的，套在他的頸上。你紅起臉孔來了嗎？

羅　請你告訴我是誰？

西　主啊！主啊！朋友們見面眞不容易可是兩座高山也許會給地震搬了場而碰起頭來。

羅　噯，但是究竟是誰呀？

西　眞的猜不出來嗎？

羅　噯，我使勁兒央求你告訴我他是誰。

西　奇怪啊！奇怪啊！奇怪到無可再奇怪的奇怪！奇怪而又奇怪！說不出來的奇怪！

羅　我要臉紅起來了！你以爲我打扮得像個男人，就會在精神上也穿起男裝來了嗎？你再就延一刻下去不肯說出來，就要累我在汪洋大海裏作茫茫的探索了。請你快快告訴我他是誰，不要吞吞吐吐。我倒希望你是個口吃的，那麼你也許會把這個保守着祕密的名字不期然而然地打你嘴裏吐了出來，就像酒從狹口的瓶裏倒出來一樣，不是一點都倒不出，就是一下子出來了許多。求求你拔去你嘴裏的塞子，讓我飲着你的消息吧。

西　那麼你要把那人兒一口氣吞下肚子裏去是不是？

羅　他是上帝造下來的嗎？是個什麼樣子的人？他的頭戴上一頂帽子顯不顯得寒傖？他的下巴留着一把鬍鬚像不像個樣兒？

西　不，他祇有一點點兒鬍鬚。

羅　哦，要是這傢伙知道好歹，上帝會再給他一些的。要是你立刻就告訴我他的下巴是怎麼一個樣子，我願意等候他出起鬍鬚來。

西　他就是年青的鄂蘭陀，一下子把那拳師的腳跟和你的心一起絆跌了個筋斗的。

羅　噯，取笑人的讓魔鬼抓了去；像一個老老實實的好姑娘似的，規規矩矩說吧

西　眞的，姊姊，是他。

羅　鄂蘭陀？

西　鄂蘭陀。

羅　噯喲！我這一身大衫短褲該怎麼辦呢？你看見他的時候他在作些什麼？他說些什麼？他瞧上去怎樣？他穿着些什麼？他爲什麼到這兒來？他問起我嗎？他住在那兒？他怎樣跟你分別的？你什麼時候再去看他？用一個字回答我。

西　你一定先要給我向嘉甘度亞（註八）借一張嘴來纔行；像我們這時代的人一張嘴裏是裝不下這麼大的一個字的。要是一句句都用「是」和「不」回答起來，也比考問教理還麻煩呢。

羅　可是他知道我在這林子裏打扮做男人的樣子嗎？他是不是跟摔角的那天一樣有精神？

西　回答情人的問題，就像數微塵的粒數一般爲難。你好好聽我講我怎樣找到他的情形，靜靜兒體味着吧。我看見他在一株樹底下，像一顆落下來的橡果。

羅　樹上會落下這樣果子來，那眞可以說是神樹了。

西　好小姐，聽我說。

羅　講下去。

西　他直挺挺地躺在那兒，像一個受傷的武士。

羅　雖然這種樣子有點可憐相，可是地上躺着這樣一個人，倒也是很合式的。

西　喊你的舌頭停步吧；它簡直隨處亂跳。——他穿着得像個獵人。

羅　哎喲，糟了！他要來獵我的心了。

西　我唱歌的時候不要別人和着唱；你纔得我弄錯了拍子。

羅　你不知道我是個女人嗎？我心裏想到什麼，便要說出口來。好人兒，說下去吧。

西　你已經打斷了我的話頭。且慢！他不是來了嗎？

羅　是他；我們躲在一旁瞧着他吧。

〔鄂蘭陀及傑克斯上。

傑　多謝相陪；可是說老實話，我倒是歡喜一個人清靜些。

鄂　我也是這樣；可是爲了禮貌的關係，我多謝您的作伴。

傑　上帝和您同在！讓我們越少見面越好。

鄂　我希望我們還是不要相識的好。

傑　請您別再在樹皮上寫情詩糟蹋樹木了。

鄂　請您別再用難聽的聲調唸我的詩，把它們糟蹋了。

傑　您的情人的名字是羅瑟琳嗎？

鄂　正是。

傑　我不歡喜她的名字。

鄂　她取名的時候，並沒有打算要您歡喜。

傑　她的身材怎樣？

鄂　恰恰够得到我的心頭那樣高。

傑　您怪會說俏皮的回答。您是不是跟金匠們的妻子有點兒交情，因此把戒指上的警句都默記了下來嗎？

鄂　不，我都是用油漆的掛帷上的話兒來回答您；您的問題也是從那兒學得來的。

傑　您的口才很敏捷，我想是用哀脫蘭塔的脚跟做成的。我們一塊兒坐下來好不好？我們兩人要把世界痛罵一頓，大發一下牢騷。

鄂　我不願責罵世上的有生之倫，除了我自己；因爲我知道自己的錯處最明白。

傑　您的最壞的錯處就是要戀愛。

鄂　我不願把這個錯處來換取您的最好的美德。您眞叫我厭煩。

傑　說老實話，我遇見您的時候，本來是在找一個傻子。

鄂　他掉在溪水裏淹死了，您向水裏一望，就可以瞧見他。

傑　我祇瞧見我自己的影子。

鄂　那我以爲倘不是個傻子，定然是個廢物。

傑　我不要再跟您在一起了。再見，多情的公子。

鄂　我巴不得您走，再會，憂愁的先生。（傑下）

羅　我要像一個無禮的小廝一樣去向他說話，跟他搗亂搗亂。——聽見我的話嗎，樹林裏的人？

鄂　很好，你有什麼話說？

羅　請問現在是幾點鐘？

鄂　你應該問我現在是什麼時辰樹林裏那來的鐘?

羅　那麼樹林裏也不會有眞心的情人了;否則每分鐘的嘆氣,每點鐘的呻吟,該會像時鐘一樣計算出時間的懶懶的脚步來的。

鄂　爲什麼不說時間的快步呢?那樣說不對嗎?

羅　不對,先生。時間對於各種人有各種的步法。我可以告訴你時間對於誰是走慢步的,對於誰是跨着細步走的,對於誰是奔着走的,對於誰是立定不動的。

鄂　請問他對於誰是跨着細步走的?

羅　呃,對於一個訂了婚還沒有成禮的姑娘,時間是跨着細步有氣沒力地走着的;即使這中間祇有一星期,也似乎有七年那樣難過。

鄂　對於誰時間是走着慢步的?

羅　對於一個不懂拉丁文的牧師,或是一個不害痛風的富翁:一個因爲不能讀書而睡得很酣暢,一個因爲沒有痛苦而活得很高興;一個可以不必辛辛苦苦地費盡鑽研,一個不知道有貧窮的艱困。對於這種人,時間是走着慢步的。

鄂　對於誰他是走着快步的?

羅　對於一個上絞架的賊子;因爲雖然他儘力放慢脚步,他還是覺得到得太快了。

鄂　對於誰他是靜止不動的?

羅　對於在休假中的律師;因爲他們在前後開庭的時期之間,完全昏睡過去,不覺到時間的移動。

鄂　可愛的少年，你住在那兒？

羅　跟這位牧羊姑娘我的妹妹住在這兒的樹林邊。

鄂　你是本地人嗎？

羅　跟那頭你看見的兔子一樣，它的住處就是它的生長的地方。

鄂　住在這種窮鄉僻壤，你的談吐卻很高雅。

羅　好多人都曾經這樣說我；其實是因爲我有一個修行的老伯父，他本來是在城市裏生長的，是他教給我講話；他曾經在宮庭裏鬧過戀愛，因此很懂得交際的門檻。我曾經聽他發過許多反對戀愛的議論；多謝上帝我不是個女人，不會犯到他所歸咎於一般女性的那許多心性輕浮的罪惡。

鄂　你記不記得他所說的女人的罪惡當中主要的幾樁？

羅　沒有什麼主要不主要的；跟兩個銅子相比一樣，全差不多；每一件過失似乎都十分嚴重，可是立刻又有一件出來可以賽過它。

鄂　請你說幾件看。

羅　不，我的藥是祇給病人吃的。這座樹林裏常常有一個人來往，在我們的嫩樹皮上刻滿了「羅瑟琳」的名字，把樹木糟蹋得不成樣子；山楂樹上掛起了詩篇，荊棘枝上弔懸着哀歌，說來說去都是把羅瑟琳的名字捧作神明。要是我碰見了那個賣弄風情的傢伙，我一定要好好給他一番教訓，因爲他似乎害着相思病。

鄂　我就是那個給愛情折磨的他。請你告訴我你有什麼醫治的方法。

羅　我伯父所說的那種記號在你身上全找不出來，他曾經告訴我怎樣可以看出來一個人是在戀愛着；我可以斷定你一定不是那個草紮的籠中的囚人。

鄂　什麽是他所說的那種記號呢？

羅　一張瘦瘦的臉龐，你沒有；一雙眼圈發黑的凹陷的眼睛，你沒有；一副懶得跟人家交談的神氣，你沒有；一臉忘記了修薙的鬍子，你沒有；——可是那我可以原諒你，因爲你的鬍子本來就像小兄弟的產業一樣少得可憐。而且你的襪子上應當是不套襪帶的，你的帽子上應當是不結帽紐的，你的袖口的鈕扣應當是脫開的，你的鞋子上的帶子應當是鬆散的，你身上的每一處都要表示出一種不經心的疎懶。可是你卻不是這樣一個人；你把自己打扮得這麽齊整，瞧你倒有點顧影自憐，全不像在愛着什麽人。

鄂　美貌的少年，我希望我能使你相信我是在戀愛。

羅　我相信！你還是叫你的愛人相信吧。我可以斷定，她即使容易相信你，她嘴裏也是不肯承認的；這也是女人們不老實的一點。可是說老實話，你真的便是把那恭維着羅瑟琳的詩句懸掛在樹上的那傢伙嗎？

鄂　少年，我憑着羅瑟琳的玉手向你起誓，我就是他，那個不幸的他。

羅　可是你真的像你詩上所說的那樣熱戀着嗎？

鄂　什麽也不能表達我的愛情的深切。

羅　愛情不過是一種瘋狂；我對你說，有了愛情的人是應該像對待一個瘋子一樣，把他關在黑屋子裏用鞭子抽一頓的。那麽爲什麽他們不用這種處罰的方法來醫治愛情呢？因爲那種瘋病是極其平常的，就是拿鞭子的人也在戀愛哩。可是我有醫治它的法子。

鄂　你曾經醫治過什麽人嗎？

羅　是的，醫治過一個；法子是這樣的：他假想我是他的愛人，他的情婦，我叫他每天都來向我求愛；那時我是一個善變的少年，便一會兒傷心，一會兒溫存，一會兒翻臉，一會兒思慕，一會兒歡喜；驕傲，古怪，刁鑽，淺薄，輕浮，有時滿眼的淚，有時滿臉的笑。什麼情感都來一點兒，但沒有一種是眞切的，就像大多數的孩子們和女人們一樣；有時歡喜他，有時討厭他，有時討好他，有時冷淡他，有時爲他哭泣，有時把他唾棄：我這樣把我這位求愛者從瘋狂的愛逼到眞個瘋狂起來，以至於拋棄人世，做起隱士來了。我用這種方法治好了他，我也可以用這種方法把你的心肝洗得乾乾淨淨，像一顆沒有毛病的羊心一樣，再沒有一點愛情的痕跡。

鄂　我不願意治好，少年。

羅　我可以把你治好，假如你把我叫作羅瑟琳，每天到我的草屋裏來向我求愛。

鄂　憑着我的戀愛的眞誠，我願意。告訴我你住在什麼地方。

羅　跟我去，我可以指點給你看；一路上你也要告訴我你住在林中的什麼地方。去嗎？

鄂　很好，好孩子。

羅　不，你一定要叫我羅瑟琳，來，妹妹，我們去吧。（同下）

## 第三場　林中的另一部分

〔試金石及奧菊蕾上；傑克斯隨後。

試　快來，好奧菊蕾；我去把你的山羊趕來。怎樣，奧菊蕾？我還不會是你的好人兒嗎？我這副粗魯的神氣你中意嗎？

奧　您的神氣！天老爺保佑我們！什麼神氣？

試　我陪着你和你的山羊在這裏，就像那最會夢想的詩人莪維特在一羣歌斯人中間一樣。（註九）

傑　（旁白）唉，學問裝在這麽一副軀殼裏，比喬武住在草棚裏更壞！（註十）

試　要是一個人寫的詩不能叫人懂，他的才情不能叫人理解，那比之小客棧裏開出一張大賬單來還要命。眞的，我希望神們把你變得詩意一點。

奧　我不懂得什麽叫做「詩意一點」那是一句好話，一件好事情嗎？那是誠實的嗎？

試　老實說，不，因爲最眞實的詩是最虛妄的；情人們都富於詩意，他們在詩裏發的誓，可以說都是情人們的假話。

奧　那麽您願意天爺爺們把我變得詩意一點嗎？

試　是的，不錯；因爲你發誓說你是貞潔的，假如你是個詩人，我就可以希望你說的是假話了。

奧　您不願意我貞潔嗎？

試　對了，除非你生得難看；因爲貞潔跟美貌碰在一起，就像在糖裏再加蜜。

傑　（旁白）好一個有見識的傻瓜！

奧　好，我生得不好看，因此我求求天爺爺們讓我貞潔吧。

試　眞的，把貞潔丢給一個醜陋的懶女人，就像把一塊好肉盛在齷齪的盆子裏。

奧　我不是個懶女人，雖然我謝謝天爺爺們我是醜陋的。

試　好吧，感謝天爺爺們把醜陋賞給了你！懶惰也許會跟着來的。可是不管這些，我一定要跟你結婚；爲了這事我已經去見過鄰村的牧師岳力佛馬退克斯脫師父，他已經答應在這兒樹林裏會我，給我們配對。

傑　（旁白）我倒要瞧瞧這場熱鬧。

奧　好，天爺爺們保佑我們快活吧！

試　阿們！倘使是一個膽小的人，也許不敢貿然從事；因爲這兒沒有廟宇，只有樹林，沒有賓衆，只有一些出角的畜生；但這有什麼要緊呢？放出勇氣來！角雖然討厭，卻也是少不來的。（註十一）人家說，『許多人有數不清的家私；』對了，許多人也有數不清的好角兒。好在那是他老婆陪嫁來的粧奩，不是他自已弄到手的。出角嗎？有什麼要緊？祗有苦人兒纔出角嗎？不，不，最高貴的鹿和最寒傖的鹿長的角兒一樣大呢。那麼單身漢便算是好福氣嗎？不，城市總比鄉村好些，已婚者隆起的額角也要比未婚者平坦的額角體面得多；懂得幾手擊劍的法兒的總比一來不來的好些，因此有角也總比沒角强。岳力佛師父來啦。

【岳力佛馬退克斯脫師父上。

試　岳力佛馬退克斯脫師父，您來得巧極了。您還是就在這樹下替我們把事情辦了呢，還是讓我們跟您到您的教堂裏去？

馬　這兒沒有人可以把這女人作主嫁出去嗎？

試　我不要別人把她佈施給我。

馬　眞的，她一定要有人作主許嫁，否則這種婚姻便不合法。

傑　（進前）進行下去，進行下去；我可以把她許嫁。

試　晚安，某某先生；您好，先生？歡迎歡迎！上次多蒙照顧，不勝感激。我很高興看見您。我現在有一點點兒小事，先生。噯，請戴上帽子。

傑　你要結婚了嗎，傻瓜？

試　先生，牛有軛，馬有勒，獵鷹腿上掛金鈴，人非木石豈無情？鴿子也要親個嘴兒；女大當嫁，男大當婚，

傑　像你這樣有教養的人，卻願意在一棵樹底下像叫化子那樣成親嗎？到教堂裏去，找一位可以告訴你們婚姻的意義的好牧師。要是讓這個傢伙把你們像釘牆板似的釘在一起，你們中間總有一個人會像沒有曬乾的木板一樣乾縮起來，越變越彎的。

試　（旁白）我倒以爲讓他給我主婚比別人好一點，因爲瞧他的樣子是不會像像樣樣地主持婚禮的；假如結婚結得草率一些，以後我可以藉口離棄我的妻子。

傑　你跟我來，讓我指教指教你。

試　來，好奧菊蕾，我們一定得結婚，否則我們祇好通姦。再見，好岳力佛師父，不是

　　親愛的岳力佛！
　　勇敢的岳力佛！
　請你不要把我丟棄；（註十三）
而是
　　走開去，岳力佛！
　　滾開去，岳力佛！
　我們不要你行婚禮。（傑、試、奧同下）

馬　不要緊，這一批荒唐的混蛋誰也不能譏笑掉我的飯碗。（下）

## 第四場　林中的另一部分

〔羅瑟琳及西莉霞上。

羅　別跟我講話；我要哭了。

西　請你就哭吧，可是你還得想一想男人是不該流眼淚的。

羅　但我豈不是有應該哭的理由嗎？

西　理由是再充分也沒有的了；所以你哭吧。

羅　瞧他的頭髮的顏色，就可以看出來他是個壞東西。

西　比猶大（註十三）的頭髮略爲深色些；他的接吻就是猶大一脈相傳下來的。

羅　憑良心說一句，他的頭髮顏色很好。

西　那顏色好極了；栗色是最好的顏色。

羅　他的接吻神聖得就像聖餐麵包觸到唇邊一樣。

西　他買來了一對黛安娜用過的嘴唇；一個凛若冰霜的尼姑也不會吻得像他那樣虔誠了；他的嘴唇裏就有着冷冰冰的貞潔。

羅　可是他爲什麼發誓說今天早上要來，卻偏偏不來呢？

西　不用說，他這人沒有半分眞心。

羅　你是這樣想嗎？

西　是的。我想他不是個扒兒手，也不是個盜馬賊；可是要說起他的愛情的眞不眞來，那麼我想他就像一隻蓋好了的空杯子或是一枚蛀空了的硬殼果一樣空心。

羅　他的戀愛不是眞心嗎？

西　他在戀愛的時候，他是眞心的；可是我以爲他並不在戀愛。

羅　你不是聽見他發誓說他的的確確在戀愛嗎？

西　從前說是，現在卻不一定是；而且情人們發的誓，是和堂倌嘴裏的話一樣靠不住的，他們都是慣報虛賬的傢伙。他在這兒樹林子裏跟公爵你的父親在一塊兒呢。

羅　昨天我碰見公爵，跟他談了好久。他問我的父母是怎樣的人；我對他說，我的父母跟他一樣高貴；他大笑着讓我走了。可是我們現在有像鄂蘭陀這麼一個人，還要談父親做什麼呢？

西　啊，好一個出色的人！他寫得一手好詩，講得一口漂亮話兒，發着動聽的誓，再堂而皇之地毀了誓，同時毀碎了他情人的心；正如一個拙劣的鎗手，騎在馬上一面歪，像一頭好鵝一樣把他的鎗桿折斷了。但是年靑人憑着血氣和癡勁做出來的事，總是很出色的。——誰來了？

〔庫林上。

庫　姑娘和大官人，你們不是常常問起那個害相思病的牧人，那天你們不是看見他和我坐在草地上，稱贊着他的情人，那個盛氣凌人的牧羊女嗎？

西　嗯，他怎樣啦？

庫　要是你們想看一本認眞扮演的好戲，一面是因爲情癡而容顏慘白，一面是因爲傲慢而滿臉緋紅；祇要稍走幾步踏，我可以領你們去看一個暢。

羅　啊！來讓我們去吧。在戀愛中的人，歡喜看人家相戀，帶我們去看；我將要在他們的戲文裏當一名重要的角色。

（同下）

## 第五場　林中的另一部分

〔薛維厄斯及菲琵上。

薛　親愛的菲琵，不要譏笑我；請不要，菲琵！您可以說您不愛我，但不要說得那樣狠。習慣於殺人的硬心腸的劊子手，在把斧頭向低俯的頸項上劈下的時候，也要先說一聲對不起；難道您會比這種靠着流血爲生的人更心硬嗎？

〔羅瑟琳，西莉霞，及庫林自後上。

菲　我不願做你的劊子手；我逃避你，因爲我不願傷害你。你對我說我的眼睛會殺人；這種話當然說得很好聽，很動人；眼睛本來是最柔弱的東西，一見了些微塵就會膽小得關起門來，居然也會給人叫作暴君，屠夫，和凶手！現在我使勁兒掄起白眼瞧着你，假如我的眼睛能够傷人，那麼讓它們把你殺死了吧：現在你可以假裝暈去了啊；嘿，現在你可以倒下去了呀；假如你並不倒下去，哼！羞啊，羞啊，你可別再胡說說我的眼睛是凶手了。現在你且把我的眼睛加在你身上的傷痕拿出來看。單單用一枚針兒劃了一下，也會有一點疤痕；握着一根燈心草，你的手掌上也會有一刻兒留着痕跡；可是我的眼光現在向你投射，卻不曾傷了你：我相信眼睛裏是決沒有可以傷人的力量的。

薛　啊，親愛的菲琵，要是有一天，——也許那一天就近在眼前，——您在誰個清秀的臉龐上看出了愛情的力量，那時您就會感覺到愛情的利箭所加在您心上的無形的創傷了。

非　可是在那一天沒有到來之前，你不要走近我吧。如其有那一天，那麼你可以用你的譏笑來凌虐我，卻不用可憐我；因爲不到那時候，我總不會可憐你的。

羅　（上前）爲什麼呢，請問？誰是你的母親生下了你來，把這個不幸的人這般侮辱，如此欺凌？你生得不漂亮，——老實說，我看你還是晚上不用點蠟燭就鑽到被窩裏去的好，——難道就該這樣驕傲而無情嗎？——怎麼這是什麼意思？你望着我做什麼？我瞧你不過是一件天生的粗貨罷了。他媽的！我想她要打算迷住我哩。不，老實說，驕傲的姑娘，你別做夢吧！憑着你的墨水一樣的眉毛，你的烏絲一樣的頭髮，你的黑玻璃球一樣的眼睛，或是你的乳脂一樣的臉龐，可不能叫我爲你傾倒呀。——你這蠢牧人兒，幹麼你要追隨着她，像是挾着霧雨而俱來的南風？你是比她漂亮一千倍的男人；都是因爲有了你們這種傻瓜，世上纔有那許多難看的孩子。叫她得意的是你的恭維，不是她的鏡子；聽了你的話，她便覺得她自己比她本來的容貌美得多了。——可是，姑娘，你自己得放明白些；跪下來，齋戒謝天，賜給你這麼好的一個愛人。我得向你耳邊講句體己的話，有買主的時候趕快賣去了吧；你不是到處都有銷路的。求求這位大哥恕了你；你愛他接受他的好意。生得醜再要瞧人不起，那纔是其醜無比了。——好，牧人，你拿了她去。再見吧。

非　可愛的青年，請您把我罵一整年吧。我寧願聽您的罵，不要聽這人的恭維。

羅　他愛上了她的醜樣子，她愛上了我的怒氣。倘使眞有這種事，那麼她一扮起了怒容來答覆你，我便會把刻薄的話兒去治她。——你爲什麼這樣瞧着我？

非　我對您沒有懷着惡意呀。

羅　請你不要愛我吧，我這人是比醉後發的誓更靠不住的；而且我又不歡喜你。要是你們要知道我家在何處，請到這兒附近的那簇橄欖樹的地方來尋訪好了。——我們去吧，妹妹。——牧人，着力追求她。——來，妹妹。——牧女，待他好一點兒，別那們驕傲；整個兒世界上生眼睛的人，都不會像他那樣把你當作天仙的。——來，瞧我們的羊羣去。（羅、西、庫同下）

非　過去的詩人，現在我明白了你的話果然是真：『誰個情人不是一見就鍾情？』（註十四）

薛　親愛的非琵，——

非　啊！你怎麼說，薛維厄斯？

薛　親愛的非琵，可憐我吧！

非　唉，我爲你傷心呢，溫柔的薛維厄斯。

薛　同情之後，必有安慰；要是您見我因爲愛情而傷心而同情我，那麼祇要把您的愛給我，您就可以不用再同情我也無須再傷心了。

非　你已經得到我的愛了；咱們不是像鄰居那麼要好着嗎？

薛　我要的是您。

非　啊，那就是貪心了。薛維厄斯，從前我討厭你；可是現在我也不是對你有什麼愛情；不過你既然講愛情講得那麼好，我本來是厭得跟你在一起的，現在我可以忍受你了。我還有事兒要差遣你呢；可是除了你自己因爲供我差遣而感到的欣喜以外，可不用希望我還會用什麼來答謝你。

薛　我的愛情是這樣聖潔而完整，我又是這樣不蒙眷顧，因此祇要能夠拾些人家收穫過後留下來的殘穗，我也以爲是一次最豐富的收成了；隨時略爲給我一個不經意的微笑，我就可以靠着它而活命。

非　你認識剛纔對我講話的那個少年嗎？

薛　不大熟悉，但我常常遇見他。他已經把本來屬於那個老頭兒的草屋和地產都買下來了。

非　不要以爲我愛他，雖然我問起他。他只是個淘氣的孩子；可是倒很會講話；但是空話我理它作甚？然而說話的人要是能够討聽話的人歡喜，那麽空話也是很好的。他是個標緻的青年；不算頂標緻。當然他是太驕傲了；然而他的驕傲很合配他。他長起來倒是一個漂亮的漢子，頂好的地方就是他的臉色；他的舌頭剛剛得罪了人，用眼睛一膘就補償過來了。他的個兒不很高；然而照他的年紀說起來也就够高。他的腿不過如此；但也還好。他的嘴唇紅得很美，比他那張臉上攙和着的紅色更爛熟更濃豔；一個是大紅，一個是粉紅。薛維厄斯，有些女人假如也像我一樣向他這麽評頭品足起來，一定會馬上愛上了他的；可是我呢，我不愛他也不恨他；然而我有應該格外恨他的理由。憑什麽他要罵我呢？他說我的眼珠黑，我的頭髮黑；現在我記起來了，他嘲笑着我呢。我不懂怎麽我不還罵他；但那沒有關係，不聲不響並不就是善罷甘休。我要寫一封辱罵的信給他，你可以給我帶去；你肯不肯，薛維厄斯？

薛　非琵，那是我再願意不過的了。

非　我就寫去；這件事情盤繞在我的心頭，我要簡簡單單地把他挖苦一下。跟我去，薛維厄斯。（同下）

註一　三重王冠的女王指黛安娜（Diana）女神，因爲她在天上爲 Luna，在地上爲 Diana，在幽冥爲 Proserpina。

註二　黛安娜又爲司狩獵的女神，又爲處女的保護神，故嬰蘭陀以羅瑟琳爲她的獵伴。

註三　海倫即 Helen of Troy，因不貞於其夫米尼勞斯（Menelaus），故云「負心」。

註四　克麥佩屈拉(Cleopatra)，埃及女王，參看莎翁悲劇「女王殉國記。」

註五　哀塔蘭塔(Atalanta)，希臘傳說中善疾走的美女。

註六　琉克莉細霞(Lucretia)，莎翁敍事詩 The Rape of Lucrece 中的主角。

註七　畢達哥拉斯(Pythagoras)，為主張靈魂輪迴說的古希臘哲學家。念咒驅除老鼠為愛爾蘭人一種迷信習俗。

註八　嘉甘度亞(Gargantua)，法國詼諧文學家拉勃萊(Rabelais)著作中的饕餮巨人，能一口吞下五個香客。

註九　莪維特(Ovid)，羅馬詩人；歌斯人(the Goths)，蹂躪羅馬帝國的蠻族。

註十　喬武化凡人至腓力基亞(Phrygia)，居民咸拒之門外，惟 Philemon 與 Baucis 二老夫婦留之宿其草舍中。

註十一　「出角」即「當忘八。」

註十二　「親愛的岳力佛」三句為俗歌中的斷句。

註十三　猶大(Judas)，出賣耶穌之門徒。

註十四　過去的詩人指馬洛(Christopher Marlowe)；『誰個情人不是一見就鍾情?』一句係馬洛所作敍事詩 Hero and Leander 中之語。

# 第四幕

## 第一場　亞登森林

〔羅瑟琳，西莉霞，及傑克斯上。

傑　可愛的少年，請你許我跟你結識結識。

羅　他們說你是個多愁的人。

傑　是的，我歡喜發愁不歡喜笑。

羅　這兩件事各趨極端，都會叫人討厭，比之醉漢更容易招一般人的指摘。

傑　發發愁不說話，有什麼不好？

羅　那麼何不做一根木頭呢？

傑　我沒有讀書人的那種爭强鬬勝的煩惱，也沒有音樂家的那種胡思亂想的煩惱，也沒有官員們的那種裝威作福的煩惱，也沒有軍人們的那種侵權奪利的煩惱，也沒有律師們的那種賣狡弄獪的煩惱，也沒有姑娘家的那種吹毛求疵的煩惱，也沒有情人們的這一切種種合攏來的煩惱；我的煩惱全然是我自己的，它由各種成分組合而成，從許多事物中提鍊出來，那是我旅行中所得到的各種觀感，因爲不斷的沉思而使我充滿了十分古怪的憂愁。

羅　是一個旅行家嗎？噢，那你就有應該悲哀的理由了。我想你多分是賣去了自己的田地去看別人的田地；看見的這麼多，自己卻一無所有；眼睛是看飽了，兩手卻是空空的。

傑　是的，我已經得到了我的經驗。

羅　而你的經驗使你悲哀。我寧願叫一個傻瓜來逗我發笑，不願叫經驗來使我悲哀；而且還要旅行各處去找它！

〔鄂蘭陀上。

鄂　早安，親愛的羅瑟琳！

傑　要是你要念起詩來，那麼我可要少陪了。（下）

羅　再會，旅行家先生。你該打起些南腔北調，穿了些奇裝異服，瞧不起本國的一切好處，厭惡你的故鄉，簡直要怨恨上帝幹麼不給你生一副外國人的相貌；否則我可不能相信你曾經在威尼斯蕩過艇子的。——啊，怎麼，鄂蘭陀！你這些時都在那兒？你算是一個情人！要是你再對我來這麼一套，你可再不用來見我了。

鄂　我的好羅瑟琳，我來得不過遲了一小時還不滿。

羅　誤了一小時的情人的約會！誰要是把一分鐘分作了一千分而在戀愛上誤了一千分之一分鐘的幾分之一的約會，這種人人家也許會說邱必特曾經拍過他的肩膀，可是我敢說他的心是不曾中過愛神之箭的。

鄂　原諒我吧，親愛的羅瑟琳！

羅　哼，要是你再這樣慢吞吞地，以後不用再見我了；我寧願讓一條蝸牛向我獻殷勤的。

鄂　一條蝸牛！

羅　對了，一條蝸牛；因為他雖然走得慢，可是卻把他的屋子頂在頭上，我想這是一份比你所能給與一個女人的更

好的家產；而且他還隨身帶着他的命運哩，

鄂　那是什麼？

羅　嘿角兒哪；那正是你所要謝謝你的妻子的，可是他卻自己隨身帶了它做武器，免得人家說他妻子的壞話

鄂　賢德的女子不會叫她丈夫當忘八；我的羅瑟琳是賢德的。

羅　而我是你的羅瑟琳嗎？

西　他歡喜這樣叫你；可是他有一個長得比你漂亮的羅瑟琳哩。

羅　來，向我求婚，向我求婚；我現在很高興多分會答應你。假如我眞是你的羅瑟琳，你現在要向我說些甚麼話？

鄂　我要在沒有說話之前先接個吻。

羅　不，你最好先說話，等到所有的話都說完了，想不出什麼來的時候，你就可以趁此接吻。善於演說的人，當他們一時無話可說之際，他們會吐一口痰；情人們呢，上帝保佑我們！倘使缺少了說話的資料，接吻是最便當的補救辦法。

鄂　假如她不肯讓我吻她呢？

羅　那麼她就使得你向她請求，這樣又有了新的話題了。

鄂　誰見了他的心愛的情人而會說不出話來呢？

羅　哼，假如我是你的情人，你就會說不出話來我不是你的羅瑟琳嗎？

鄂　我很願意把你當作羅瑟琳，因爲這樣我就可以講着她了。

羅　好，我代表她說我不願接受你。

鄂　那麼我代表我自己說我要死去。

羅　不，眞的還是請個人代死吧。這個可憐的世界差不多有六千年的歲數了，可是從來不曾有過一個人親自殉情而死。特洛埃勒斯（註一）是被一個希臘人的棍棒砸出了腦漿的；可是在這以前他就已經尋過死，而他是一個模範的情人。即使希羅當了尼姑，利昂特也會活下去活了好多年的，倘不是因爲一個酷熱的仲夏之夜；因爲，好孩子，他本來只是要到赫勒斯滂海峽裏去洗個澡的，可是在水中害起抽筋來，因而淹死了：那時代的愚蠢的史家卻說他是爲了塞斯滔斯的希羅而死。（註二）這些全都是謊；人們一代一代地死去，他們的屍體都給蛆蟲吃了，可是決不會爲愛情而死的。

鄂　我不願我的眞正的羅瑟琳也作這樣想法；因爲我可以發誓說她祇要皺一皺眉頭就會把我殺死。

羅　我憑着此手發誓，那是連一頭蒼蠅也殺不死的。但是來吧，現在我要做你的一個乖乖的羅瑟琳；你向我要求什麼，我一定允許你。

鄂　那麼愛我吧，羅瑟琳！

羅　好，我就愛你，星期五，星期六，以及一切的日子。

鄂　你肯接受我嗎？

羅　肯的，我肯接受像你這樣二十個男人。

鄂　你怎麼說？

羅　你不是個好人嗎？

鄂　我希望是的。

羅　那麼好的東西會嫌太多嗎？——來，妹妹，你要扮做牧師，給我們主婚。——把你的手給我，鄂蘭陀。你怎麼說，妹妹？

鄂　請你給我們主婚。

西　我不會說。

羅　你應當這樣開始：『鄂蘭陀，你願不願——』

西　好吧。——鄂蘭陀，你願不願娶這個羅瑟琳爲妻？

鄂　我願意。

羅　嗯，但是什麼時候纔娶呢？

鄂　當然就在現在哪；祇要她能替我們完成婚禮。

羅　那麼你必須說，『羅瑟琳，我娶你爲妻。』

鄂　羅瑟琳，我娶你爲妻。

羅　我本來可以問你憑着什麼來娶我的；可是鄂蘭陀，我願意接受你做我的丈夫。——這丫頭等不到牧師問起，就衝口說了出來了；眞的，女人的思想總是比行動跑得更快。

鄂　一切的思想都是這樣；它們是生着翼膀的。

羅　現在你告訴我你佔有了她之後，打算保留到多少長久？

鄂　永久再加上一天。

羅　說一天，不用說永久。不，不，鄂蘭陀，男人們在未婚的時候是四月天，結婚的時候是十二月天；姑娘們做姑娘的時候是五月天，一做了妻子，季候便改變了。我要比一頭巴巴里雄鴿對待他的雌鴿格外多疑地對待你；我要比下雨前的鸚鵡格外吵鬧，比猢猻格外棄舊憐新，比猴子格外反覆無常；我要在你高興的時候像噴泉上的黛安娜女神雕像一樣無端哭泣；我要在你想睡的時候像土狼一樣縱聲大笑。

鄂　但是我的羅瑟琳會做出這種事來嗎？

羅　我可以發誓她會像我一樣做出來的。

鄂　啊！但是她是個聰明人哩。

羅　她倘不聰明，怎麼有本領做這等事？越是聰明，越是淘氣。假如用一扇門把一個女人的才情關起來，它會從窗子裏鑽出來的；關了窗，它會從鑰匙孔裏鑽出來的；塞住了鑰匙孔，它會跟着一道煙從煙囱裏飛出來的。

鄂　男人娶到了這種有才情的老婆，就難免要感慨『才情才情，看你橫行到什麼地方』了。

羅　不，你可以把那句罵人的話留起來，等你瞧見你妻子的才情爬上了你鄰人的牀上去的時候再說。

鄂　那時這位多才的妻子又將用怎樣的才情來辯解呢？

羅　呃，她會說她是到那兒找你去的。你捉住她，她總有話好說，除非你把她的舌頭割掉。唉！要是一個女人不會把她的錯處推到她男人的身上去，那種女人千萬不要讓她撫養她自己的孩子，因爲她會把他撫養得成爲一個傻子的。

鄂　羅瑟琳，這兩小時我要離開你。

羅　唉！愛人，我兩小時都缺不得你哪。

鄂　我一定要陪公爵吃飯去；到兩點鐘我就會回來。

羅　好，你去吧，你去吧！我知道你會變成怎樣的人。我的朋友們這樣對我說過，我也這樣相信着，你是用你那種花言巧語來把我騙上了手的。不過又是一個給人丟棄的罷了；好，死就死吧！你說是兩點鐘嗎？

鄂　是的，親愛的羅瑟琳。

羅　憑着良心，一本正經，上帝保佑我，我可以向你起一切無關緊要的誓，要是你失了一點點兒的約，或是比約定的時間來遲了一分鐘，我就要把你當作在一大堆無義的人們中間一個最可憐的背信者，最空心的情人，最不配被你叫作羅瑟琳的那人所愛的。所以，留心我的責駡，守你的約吧。

鄂　我一定恪遵，就像你眞是我的羅瑟琳一樣。好，再見。

羅　好，時間是審判一切這一類罪人的老法官，讓他來審判吧。再見。（鄂下）

西　你在你那種情話中間簡直是侮辱我們女性。我們一定要把你的衫褲揭到你的頭上，讓全世界的人看看鳥兒怎樣作踐了她自己的窠。

羅　啊，小妹妹，小妹妹，我的可愛的小妹妹，你要是知道我是愛得多麼深！可是我的愛是無從測計深度的，因爲它有一個淵深莫測的底，像葡萄牙海灣一樣。

西　或者不如說是沒有底的吧；你剛把你的愛倒進去，它就漏了出來。

羅　不，維納絲的那個壞蛋私生子，（註三）那個因爲憂鬱而感孕，因爲衝動而受胎，因爲瘋狂而誕生的；那個瞎眼的壞孩子，因爲自己沒有眼睛而把每個人的眼睛都欺蒙了的；讓他來判斷我是愛得多麼深吧。我告訴你，愛蓮娜，我不看見鄂蘭陀便活不下去。我要找一處樹蔭，去到那兒長吁短嘆地等着他回來。

西　我要去睡一個覺兒。（同下）

## 第二場　林中的另一部分

〔傑克斯，羣臣，及林居人等上。

傑　是誰把鹿殺死的？

一臣　先生，是我。

傑　讓我們引他去見公爵，像一個羅馬的凱旋將軍一樣頂好把鹿角插在他頭上，表示勝利的光榮。林居人，你們沒有個應景的歌兒嗎？

一林居人　有的，先生。

傑　那麼唱起來吧；不要管它調子怎樣，祇要可以嚷嚷熱鬧熱鬧就是了。

歌　殺鹿的人好幸福，
穿它的皮頂它角。
唱個歌兒送送他。（衆和）
頂了鹿角莫譏笑，
古時便已當冠帽；
你的祖父戴過它，
你的阿爹頂過它：
鹿角鹿角壯而美，

你們取笑眞不對。（衆下）

## 第三場　林中的另一部分

〔羅瑟琳及西莉霞上。

羅　你現在怎麼說？不是過了兩點鐘了嗎？這兒有許多的鄂蘭陀呢！

西　我對你說，他懷着純潔的愛情和憂慮的頭腦帶了弓箭出去睡覺去了。瞧，誰來了？

〔薛維厄斯上。

薛　我奉命來見您，美貌的少年；我的溫柔的菲琵要我把這信送給您。（將信交羅）裏面說的甚麼話我不知道；但是照她寫這封信的時候那發怒的神氣看來，多分是一些氣惱的話。原諒我，我只是個不知情的送信人。

羅　（閱信）最有耐性的人見了這封信也要暴跳如雷；是可忍，孰不可忍？她說我不漂亮；說我沒有禮貌；說我驕傲；說即使男人像鳳凰樣稀罕，她也不會愛我。天哪！我並不曾要追求她的愛，她爲什麼寫這種話給我呢？好，牧人，好，這封信是你搗的鬼。

薛　不，我發誓我不知道裏面寫些什麼；這封信是菲琵寫的。

羅　算了吧，算了吧，你是個傻瓜，爲了愛情顚倒得這等地步。我看見過她的手，她的手就像一塊牛皮那樣粗糙，一塊沙石那樣顏色；我當作她戴着一副舊手套，那知道原來就是她的手；她有一雙作粗工的手；但這可不用管它。我說她從來不曾想到過寫這封信；這是男人出的花樣，是一個男人的筆跡。

薛　眞的，那是她的筆跡。

羅　嘿，這是粗暴的凶狠的口氣，全然是挑戰的口氣；嘿，她就像土耳其人向基督徒那樣向我挑戰呢。女人家的溫柔的頭腦裏決不會想出這種恣睢暴戾的念頭來；這種狠惡的字句含着比字面更狠惡的用意。你要不要聽聽這封信？

薛　假如您願意，請您念給我聽聽吧，因為我還不曾聽到過它呢；雖然關於菲琵的凶狠的話，倒已經聽了不少了。

羅　她要向我撒野呢。聽那隻雌老虎怎樣寫法：（讀）

你是不是天神的化身，
　來燃燒一個少女的心？

女人會這樣罵人嗎？

薛　您把這種話叫作罵人嗎？

羅　（讀）

撇下了你神聖的殿堂，
　虐弄一個癡心的姑娘？

你聽見過這種罵人的話嗎？

人們的眼睛向我求愛，
　從不曾給我絲毫損害。

意思說我是個畜生。

你一雙美目中的輕蔑，

倘能勾起我這般情熱；
唉！假如你能青眼相加，
我更將怎樣意亂如麻！
你一邊駡我，一邊愛你；
你倘求我，我何事不依？
代我傳達情意的來使，
並不知道我這段心事；
讓他帶下了你的回報，
告訴我你的青春年少，
肯不肯接受我的奉獻，
把我的一切聽你調遣；
否則就請把拒絕明言，
我準備一死了卻情緣。

薛　您把這叫做駡嗎？

西　唉，可憐的牧人！

羅　你可憐他嗎？不，他是不值得憐憫的。你會愛這種女人嗎？嘿，利用你作工具，那樣玩弄你！你怎麼受得住！好，你到她那兒去吧，因爲我知道愛情已經把你變成一條馴伏的蛇了；你去對她說：要是她愛我，我吩咐她愛你；要是她不肯

愛你，那麼我決不要她，除非你代她懇求。假如你是個眞心的戀人，去吧，別說一句話；瞧又有人來了。（薛下）

【岳力佛上。

岳　早安，兩位。請問你們知不知道在這座樹林的邊界有一所用橄欖樹圍繞着的羊欄？

西　在這兒的西面附近的山谷之下，從那微語喃喃的泉水旁邊那一列柳樹的地方向右出發，便可以到那邊去。但現在那邊祇有一所空屋，沒有人在裏面。

岳　假如聽了人家嘴裏的敍述便可以用眼睛認識出來，那麼你們的模樣正是我所聽到說起的，穿着這樣的衣服，這樣的年紀：『那少年生得很俊，臉孔像個女人，行爲舉動像是老大姊似的；那女人是矮矮的，比她的哥哥黝黑些。』你們正就是我所要尋訪的那屋子的主人嗎？

西　旣蒙下問，那麼我們說我們正是那屋子的主人也不算是自己的誇口了。

岳　鄂蘭陀要我向你們兩位致意；這一方染着血跡的手帕，他叫我送給他稱爲他的羅瑟琳的那位少年。您就是他嗎？

羅　正是；這是什麼意思呢？

岳　說起來徒增我的慚愧，假如你們要知道我是誰，這一方手帕怎樣，爲什麼，在那裏沾上這些血跡。

西　請您說吧。

岳　年青的鄂蘭陀上次跟你們分別的時候，曾經答應過在一小時之內回來；他正在林中走過，嘗味着愛情的甜蜜和苦澀，瞧，什麼事發生了！他把眼睛向旁邊一望，聽好他看見了些什麼東西：在一株滿覆着蒼苔的禿頂的老橡樹之下，有一個不幸的衣衫襤褸鬚髮蓬鬆的人仰面睡着；一條金綠的蛇纏在他的頭上，正預備把它的頭敏捷地伸進他的張開的嘴裏去，可是突然看見了鄂蘭陀，它便鬆了開來，蜿蜒地溜進林莽中去了；在那林蔭下有一頭乳房乾癟的母獅頭貼着地面蹲伏着，像貓一樣注視這睡着的人的動靜，因爲那畜生有一種高貴的素性，不會去侵犯瞧上去似乎已經死了的東西。鄂蘭陀一見了這情形便走到那人的面前，一看卻是他的兄長，他的大哥。

西　啊！我聽見他說起過那個哥哥；他說他是一個再忍心害理不過的。

岳　他很可以那樣說，因爲我知道他確是忍心害理的。

羅　但是我們說鄂蘭陀吧；他把他丟下在那兒，讓他給那餓獅吃了嗎？

岳　他兩次轉身想去；可是善心比復仇更高貴，天性克服了他的私怨，使他去和那母獅格鬭，很快地那獅子便向他撲了上來。我聽見了搏擊的聲音，就從苦惱的瞌睡中醒過來了。

西　你就是他的哥哥嗎？

羅　他救的便是你嗎？

西　老是設計謀害他的便是你嗎？

岳　那是從前的我，不是現在的我。我現在已經變了個新的人了，因此我可以不慚愧地告訴你們我從前的爲人。

羅　可是那塊血漬的手帕是怎樣來的？

岳　別性急。那時我們兩人敘述着彼此的經歷，以及我到這荒野裏來的原委；一面說一面自然流露的眼淚流個不住。簡單的說，他把我領去見那善良的公爵，公爵賞給我新衣服穿，款待着我，吩咐我的弟弟照應我；於是他立刻帶我到他的洞裏去脫下衣服來，一看臂上給母獅抓去了一塊肉，血不停地流着，那時他便暈了過去，嘴裏還念着羅瑟琳的名字。簡單的說，我把他救醒轉來，裹好了他的傷口；略過些時，精神恢復了，他便叫我這個陌生人到這兒來把這件事通知你們，請你們原諒他的失約。這一方手帕在他的血裏浸過，他要我交給他戲稱爲羅瑟琳的那位青年牧人。（羅暈去）

西　呀，怎麼啦，蓋尼密！親愛的蓋尼密！

岳　有好多人一見了血便要發暈。

西　還有其他的緣故哩。哥哥！蓋尼密！

岳　瞧，他醒過來了。

羅　我要回家去。

西　我們可以陪着你去。——請您扶着他的臂好不好？

岳　提起精神來，孩子。你算是個男人嗎？你太沒有男人氣了。

羅　一點不錯，我承認。啊，好小子！人家會覺得我假裝得很像哩。請您告訴令弟我假裝得多麼像。噯唷！

岳　這不是假裝；你的臉色上已經有了太清楚的證明，這是出於眞情的。

羅　告訴您吧，眞的是假裝的。

岳　好吧，那麼振作起來，假裝個男人樣子吧。

羅　我正在假裝着呢；可是憑良心說，我理該是個女人。

西　來，你瞧上去臉色越變越白了；回家去吧。好先生，陪我們去吧。

岳　好的，因爲我必須把你怎樣原諒舍弟的回音帶回去呢，羅瑟琳。

羅　我會想出些什麼來的。但是我請您就把我的假裝的樣子告訴他吧。我們走吧。（同下）

註一　特洛埃勒斯（Troilus），莎翁傳奇劇「特洛埃圍城記」中的主角。

註二　利昂特（Leander）與希羅（Hero）爲希臘傳說中的一對戀人名；利昂特每晚泅水過赫勒斯滂（Hellespont）以會其戀人，一夕大風浪沒頂。

註三　指邱必特（Cupid）。

# 第五幕

## 第一場 亞登森林

〔試金石及奥菊蕾上。

試 咱們總會找到一個時間的，奥菊蕾；耐心着吧，溫柔的奥菊蕾。

奥 那位老先生雖然這麽說，其實這個牧師也很好呀。

試 頂壞不過的岳力佛師父，奥菊蕾；頂不好的馬退克斯脫。但是，奥菊蕾，林子裏有一個年青人要向你求婚呢。

奥 嗯，我知道他是誰；他跟我全沒有關涉。你說起的那個人來了。

〔威廉上。

試 看見一個村漢在我是家常便飯。憑良心說話，我們這輩聰明人眞是作孽不淺；我們總是忍不住要尋尋人家的開心。

威 晚安，奥菊蕾。

奥 你晚安哪，威廉。

威 晚安，先生。

試 晚安，好朋友。把帽子戴上了，把帽子戴上了；請不用客氣，把帽子戴上了。你多大年紀了，朋友？

威　二十五了，先生。

試　正是妙齡。你名叫威廉嗎？

威　威廉，先生。

試　一個好名字。是生在這林子裏的嗎？

威　是的，先生，我感謝上帝。

試　「感謝上帝」；很好的回答。很有錢嗎？

威　呃，先生，不過如此。

試　「不過如此，」很好很好，好得很；可是也不算怎麼好，不過如此而已。你聰明嗎？

威　呃，先生，我還算聰明。

試　啊，你說得很好。我現在記起一句話來了，『傻子自以爲聰明，但聰明人知道他自己是個傻子。』異敎的哲學家想要吃一顆葡萄的時候，便張開嘴唇來，把它放進嘴裏去；那意思是表示葡萄是生下來給人吃，嘴唇是生下來要張開的。你愛這姑娘嗎？

威　是的，先生。

試　把你的手給我。你有學問嗎？

威　沒有，先生。

試　那麼讓我敎訓你：有者有也；修辭學上有這麼一個譬喩，把酒從杯子裏倒在碗裏，一隻滿了那一隻便要落空。寫文章的人大家都承認「彼」即是他；好，你不是彼，因爲我是他。

威　那一個他，先生？

試　先生，就是要跟這個女人結婚的他。所以，你這村夫，莫——那在俗話裏就是不要，——與此婦——那在土話裏就是和這個女人，——交遊，——那在普通話裏就是來往；合攏來說，莫與此婦交遊，否則，村夫，你就要毀滅；或者讓你容易明白些，你就要死；那就是說，我要殺死你，把你做掉，叫你活不成，讓你當奴才。我要用毒藥毒死你，一頓棒兒打死你，或者用鋼刀搠死你；我要跟你打架；我要想出計策來打倒你；我要用一百五十種法子殺死你：所以趕快發着抖滾吧。

奥　你快去吧，好威廉。

威　上帝保佑您快活，先生。（下）

〔庫林上。

庫　我們的大官人和小娘子找着你哪；來，走啊！走啊！

試　走，奥菊蕾走，奥菊蕾！我就來，我就來。（同下）

## 第二場　林中的另一部分

〔鄂蘭陀及岳力佛上。

鄂　你跟她相識得這麼淺便會歡喜起她來了嗎？一看見了她，便會愛起她來了嗎？一愛了她，便會求起婚來了嗎？一求了婚，她便會答應了你嗎？你一定要得到她嗎？

岳　這件事進行的怱促，她的貧窮，相識的不久，我的突然的求婚，和她的突然的允許，這些你都不用懷疑；祇要你承認我是愛着愛蓮娜的，承認她是愛着我的，允許我們兩人的結合，這樣你也會有好處；因爲我願意把我父親老羅蘭爵士的房屋和一切收入都讓給你，我自己在這裏終生做一個牧人。

鄂　你可以得到我的允許。你們的婚禮就在明天舉行吧；我可以去把公爵和他的一切樂天的從者都請了來。你去吩咐愛蓮娜預備一切。瞧，我的羅瑟琳來了。

〔羅瑟琳上。

羅　上帝保佑你，哥哥。

岳　也保佑你，好妹妹。（下）

羅　啊！我的親愛的鄂蘭陀，我瞧見你把你的心裹在綳帶裏，我是多麼難過呀

鄂　那是我的臂膀。

羅　我以爲是你的心給獅子抓傷了。

鄂　它的確是受了傷了，但却是給一位姑娘的眼睛傷害了的。

羅　你的哥哥有沒有告訴你當他把你的手帕給我看的時候我假裝暈去了的情形？

鄂　是的，而且還有更奇怪的事情呢。

羅　噢！我知道你說的是甚麼。嘅，那倒是真的；從來不曾有過這麼快的事情，除了兩頭公羊的打架，和該撒那句『我來，我看見，我征服』的傲語。（註一）令兄和舍妹剛見了面，便大家瞧起來了；一瞧便相愛了；一相愛便嘆氣了；一嘆氣便彼此問爲的是什麼；一知道了爲的是什麼，便要想補救的辦法：這樣一步一步地踏到了結婚的階段，不久他們便要成其好事了，否則他們等不到結婚便要放肆起來的。他們簡直愛的慌了，一定要在一塊兒用棒兒

也打不散他們。

鄂　他們明天便要成婚，我就要去請公爵參加婚禮。但是唉！從別人的眼中看見幸福，多麼令人煩悶。明天我越是想到我的哥哥滿足了心願多麼快活，我便將越是傷心。

羅　難道我明天不能仍舊充作你的羅瑟琳了嗎？

鄂　我不能老是靠着幻想而生存了。

羅　那麼我不再用空話來叫你心煩了。告訴了你吧，現在我不是說着頑兒，我知道你是一個有見識的上等人；我並不是因爲希望你贊美我的本領而恭維你，我要使你相信我的話也不是圖自己的名氣，只是爲着你的好處。假如你肯相信，那麼我告訴你，我會行奇蹟。從三歲時候起我就和一個術士結識，他的法術非常高深，可是並不作惡害人。要是你愛羅瑟琳眞是愛得那麼深，就像你瞧上去的那樣，那麼你哥哥和愛蓮娜結婚的時候，你就可以和她結婚。我知道她現在的處境是多麼不幸；祇要你沒有什麼不方便，我一定能夠明天叫她親身出現在你的面前，一點沒有危險。

鄂　你說的是眞話嗎？

羅　我以生命爲誓，我說的是眞話；雖然我說我是個術士，可是我很重視我的生命呢。所以你得穿上你最好的衣服，邀請你的朋友們來；祇要你願意在明天結婚，你一定可以結婚；和羅瑟琳結婚，要是你願意。瞧，我的一個愛人和她的一個愛人來了。

〔薛維厄斯及菲琵上。

菲　少年人，你很對我不起，把我寫給你的信宣佈了出來。

羅　要是我把它宣佈了，我也不管；我存心要對你傲慢不客氣。你背後跟着一個忠心的牧人；瞧着他吧，愛他吧，他崇拜着你哩。

非　好牧人，告訴這個少年人戀愛是怎樣的。

薛　它是充滿了嘆息和眼淚的；我正是這樣愛着菲琵。

菲　我也是這樣愛着蓋尼密。

鄂　我也是這樣愛着羅瑟琳。

羅　我可是一個女人也不愛。

薛　它是全然的忠心和服務；我正是這樣愛着菲琵。

非　我也是這樣愛着蓋尼密。

鄂　我也是這樣愛着羅瑟琳。

羅　我可是一個女人也不愛。

薛　它是全然的空想，全然的熱情，全然的願望；全然的崇拜，恭順，和尊敬；全然的謙卑，全然的忍耐和焦心；全然的純潔，全然的磨鍊；我正是這樣愛着菲琵。

非　我也是這樣愛着蓋尼密。

鄂　我也是這樣愛着羅瑟琳。

羅　我可是一個女人也不愛。

非　（向羅）假如眞是這樣，那麼你爲什麼責備我愛你呢？

薛　（向非）假如眞是這樣，那麼你爲什麼責備我愛你呢？
鄂　假如眞是這樣，那麼你爲什麼責備我愛你呢？
羅　你在向誰說話，「你爲什麼責備我愛你？」
鄂　向那不在這裏也聽不見我的說話的她。
羅　請你們別再說下去了吧；這簡直像是一羣愛爾蘭的狼向着月亮嗥叫。（向薛）要是我能夠，我一定幫助你。（向非）要是我有可能，我一定會愛你。明天大家來和我相會。（向非）假如我會跟女人結婚，我一定跟你結婚；我要在明天結婚了。（向鄂）假如我會使男人滿足，我一定使你滿足；你要在明天結婚了。（向薛）假如使你歡喜的東西能使你滿意，我一定使你滿意；你要在明天結婚了，（向鄂）你既然愛羅瑟琳，請你赴約。（向薛）你既然愛非琵，請你赴約。我既然不愛什麼女人，我也赴約。現在再見吧；我已經吩咐過你們了。
薛　祇要我活着，我一定不失約。
非　我也不失約。
鄂　我也不失約。（各下）

## 第三場　林中的另一部分

〔試金石及奥菊蕾上。

試　明天是快樂的好日子，奥菊蕾；明天我們要結婚了。
奥　我滿心盼望着呢；我希望盼望出嫁並不是一個不正當的願望。有兩個放逐的公爵的僮兒來了。

【二僮上。

甲僮　遇見得巧啊，好先生。

試　巧得很，巧得很。來請坐，請坐，唱個歌兒。

乙僮　遵命遵命。居中坐下吧。

甲　一副壞喉嚨未唱之前，總少不了來些兒老套子，例如咳嗽吐痰或是說嗓子有點兒啞了之類；我們還是免了這些，馬上唱起來怎樣？

乙　好的，好的；兩人齊聲同唱，就像兩個吉卜賽人騎在一匹馬上。

歌　一對情人並着肩，

　嗳唷嗳唷嗳嗳唷，

走過了青青稻麥田，

　春天是最好的結婚天，

聽嚶嚶歌唱枝頭鳥，

姐郎們最愛春光好。

小麥青青大麥鮮，

　嗳唷嗳唷嗳嗳唷，

鄉女村男交頸兒眠，

春天是最好的結婚天云云。

新歌一曲意纏綿，
噯唷噯唷噯噯唷，
人生美滿像好花妍，
春天是最好的結婚天云云。

勸君莫負豔陽天，
噯唷噯唷噯噯唷，
恩愛歡娛要趁少年，
春天是最好的結婚天云云。

試　老實說，年青的先生們，這首歌詞固然沒有多大意思，那調子却也很不入調。

甲　您弄錯了，先生；我們是照着板眼唱的，一拍也沒有漏過。

試　憑良心說，我來聽這麼一首傻氣的歌兒眞算是白糟蹋了時間。上帝和你們同在；上帝把你們的喉嚨補補好吧！來，奧菊蕾。（各下）

## 第四場　林中的另一部分

〔長公爵，阿米恩斯，傑克斯，鄂蘭陀，岳力佛，及西莉霞同上。

公　鄂蘭陀，你相信那孩子果眞有他所說的那種本領嗎？

鄂　我有時相信有時不相信；就像那些因恐結果無望而心中惴惴的人，一面希望一面擔着心事。

〔羅瑟琳，薛維厄斯，及菲琵上。

羅　再請耐心聽我說一遍我們所約定的條件。（向公爵）您不是說，假如我把您的羅瑟琳帶了來，您願意把她賞給這位鄂蘭陀做妻子嗎？

公　卽使再要我把幾個王國作爲陪嫁，我也願意。

羅　（向鄂）您不是說，假如我帶了她來，您願意娶她嗎？

鄂　卽使我是統治萬國的君王，我也願意。

羅　（向菲）您不是說，假如我願意，您便願意嫁我嗎？

菲　卽使我在一小時後就要一命喪亡，我也願意。

羅　但是假如您不願意嫁我，您不是要嫁給這位忠心無比的牧人嗎？

菲　是這樣約定着。

羅　（向薛）您不是說，假如菲琵願意，您便願意娶她嗎？

薛　卽使娶了她等於送死，我也願意。

羅　我答應要把這一切事情安排得好好的。公爵，請您守約許嫁您的女兒；鄂蘭陀，請您守約娶他的女兒；菲琵，請您守約嫁我，假如不肯嫁我，便得嫁給這位牧人；薛維厄斯，請您守約娶她，假如她不肯嫁我：現在我就去給你們解

釋這些疑惑。（羅、西下）

公　這個牧童使我記起了我的女兒的相貌，有幾分活像是他。

鄂　殿下，我初次見他的時候，也以爲他是郡主的兄弟呢；但是，殿下，這孩子是在林中生長的，他的伯父曾經教過他一些魔術的原理，據說他那伯父是一個隱居在這兒林中的大術士。

〔試金石及奧菊蕾上。

傑　一定又有一次洪水來啦，這一對一對都要準備躲到方舟裏去（註二）。又來了一對奇怪的畜生，傻瓜是他們公認的名字。

試　列位這廂有禮了！

傑　殿下，請您歡迎他。這就是我在林中常常遇見的那位傻頭傻腦的先生；據他說他還出入過宮廷呢。

試　要是有人不相信，儘管把我質問好了。我曾經跳過高雅的舞；我曾經恭維過一位貴婦；我曾經向我的朋友弄過手腕，跟我的仇家們裝親熱；我曾經毀了三個裁縫，鬧過四回口角，有一次幾乎打出手。

傑　那是怎樣鬧起來的呢？

試　呃，我們碰見了，一査這場爭吵是根據着第七個原因。

傑　怎麽叫第七個原因？——殿下，請您歡喜這個傢伙。

公　我很歡喜他。

試　上帝保佑您，殿下；我希望您歡喜我。殿下，我擠在這一對對鄉村的姐兒郎兒中間到這裏來，也是想來宣了誓然後毀誓，讓婚姻把我們結合，再讓血氣把我們拆開。她是個寒傖的姑娘，殿下，樣子又難看；可是，殿下，她是我自個兒的；我有一個壞脾氣，殿下，人家不要的我偏要。寶貴的貞潔，殿下，就像是住在破屋子裏的守財奴，又像是醜蚌殼裏的明珠。

公　我說他倒很伶俐機警呢。

傑　但是且說那第七個原因；你怎麼知道這場爭吵是根據着第七個原因呢？

試　因爲那是根據着一句經過七次演變後的謊話。——把你的身體站端正些，奥菊蕾。——是這樣的，先生：我不歡喜某位廷臣的鬍鬚的式樣；他回我說假如我說他的鬍鬚的式樣不好，他却自以爲很好：這叫作「有禮的駁斥。」假如我再去對他說那式樣不好，他就回我說他自己歡喜要這樣：這叫作「謙恭的譏刺。」要是再說那式樣不好，他便蔑視我的意見：這叫作「粗暴的答覆。」要是再說那式樣不好，他就回答說我講的不對：這叫作「大膽的譴責。」要是再說那式樣不好，他就要說我說謊：這叫作「挑釁的反攻。」於是就到了「委婉的說謊」和「公然的說謊。」

傑　你說了幾次他的鬍鬚式樣不好呢？

試　我祇敢說到「委婉的說謊」爲止，他也不敢給我「公然的說謊；」因此我們較了較劍，便走開了。

傑　你能不能把一句謊話的各種程度按着次序說出來？

試　先生啊，我們爭吵都是根據着書本的，就像你們有講禮貌的書一樣。我可以把各種程度列舉出來。第一，有禮的駁斥；第二，謙恭的譏刺；第三，粗暴的答覆；第四，大膽的譴責；第五，挑釁的反攻；第六，委婉的說謊；第七，公然的說謊。除了「公然的說謊」之外，其餘的都可以避免；但是「公然的說謊」祇要用了「假如」兩個字，也就可以一天雲散。我知道有一場七個法官都處斷不了的爭吵；當兩造相遇時，其中的一個單單想起了「假如」兩字，例如『假如你這樣說，那麼我便要這樣說，』於是兩人便彼此握手，結為兄弟了。「假如」是唯一的和事老；「假如」之時用大矣哉！

傑　殿下，這不是一個很難得的人嗎？他什麼都懂，然而仍然是一個傻瓜。

公　他把他的傻氣當作了藏身的煙幕，在它的蔭蔽之下放出他的機智來。

〔亥門領羅瑟琳穿女裝及西莉霞上。柔和的音樂。

亥　天上有喜氣融融，
人間萬事盡亨通，
和合無嫌猜。
公爵，接受你女兒，
亥門一路帶着伊，
遠從天上來；
請你為她作主張，
嫁給她心上情郎。

羅　（向公爵）我把我自己交給您，因為我是您的。（向鄂）我把我自己交給您，因為我是您的。

公　要是眼前所見的並不是虛假，那麼你是我的女兒了。

鄂　要是眼前所見的並不是虛假，那麼你是我的羅瑟琳了。

菲　要是眼前的情形是真，那麼永別了，我的愛人！

羅　（向公爵）要是您不是我的父親，那麼我不要有什麼父親。（向鄂）要是您不是我的丈夫，那麼我不要有什麼丈夫。（向菲）要是我不跟你結婚，那麼我再不跟別的女人結婚。

亥　請不要喧鬧紛紛！
這種種古怪事情，
都得讓亥門斷清。
這裏有四對戀人，
說的話兒倘應心，
該攜手共締鴛盟。
你倆患難不相棄；（向鄂、羅）
你們倆同心永繫；（向岳、西）
你和他宜室宜家，（向菲）
再莫戀鏡裏空花；
你兩人形影相從，（向試、奧）
像風雪跟着嚴冬。
等一曲婚歌奏起，
儘你們尋根覓柢，
莫驚訝咄咄怪事，

歌　細想想原來如此。
人間添美眷，
天后愛團圓；
席上同心侶，
枕邊並蒂蓮。
不有亥門力，
何緣衆庶生？
同聲齊讚頌，
月老最堪稱！

公　啊，我的親愛的姪女！我歡迎你，就像你是我自己的女兒。

菲　（向薛）我不願食言，現在你已經是我的；你的忠心使我愛上了你。

〔賈克斯上。

賈　請聽我說一兩句話；我是老羅蘭爵士的第二個兒子，特意帶了消息到這羣賢畢集的地方來。弗雷特力克公爵因爲聽見每天有才智之士投奔到這林中，故此興起大軍，親自統率，預備前來捉拿他的兄長，把他殺死除害。他到了這座樹林的邊界，遇見了一位高年的修道士，交談之下，悔悟前非，便即停止進兵；同時看破紅塵，把他的權位歸還給他的放逐的兄長，一同流亡在外的諸人的土地，也都各還原主。這不是假話，我可以用生命作擔保。

公　歡迎，年青人！你給你的兄弟們送了很好的新婚賀禮來了：一個是他的被扣押的土地；一個是一座絕大的公國，享有着絕對的主權。先讓我們在這林中把我們已經在進行得好好的事情辦了；然後，在這幸運的一羣中每一個曾經跟着我忍受過艱辛的日子的人，都要按着各人的地位分享我的恢復了的榮華。現在我們且把這種新近得來的尊榮暫時擱在腦後，舉行起我們鄉村的狂歡來吧。奏起來音樂！你們各位新婦新郎，大家歡天喜地地，跳起舞來呀！

傑 先生，恕我冒昧。要是我沒有聽錯，好像您說的是那公爵已經潛心修道，拋棄富貴的宮廷了？

賈 是的。

傑 我就找他去；從這種悟道者的地方很可以得到一些絕妙的教訓。（向公爵）我讓你去享受你那從前的光榮吧；那是你的忍耐和德行的酬報。（向鄂）你去享受你那用忠心贏得的愛情吧（向岳）你去享有你的土地，愛人，和權勢吧。（向薛）你去享用你那用千辛萬苦換來的老婆吧。（向試）至於你呢，我讓你去口角吧；因爲在你的愛情的旅程上，你祇帶了兩個月的糧草。好，大家各人去找各人的快樂；跳舞可不是我的分。

公 別走，傑克斯，別走！

傑 我不想看你們的作樂；你們將會得到些什麼，我就在被你們遺棄了的山窟中也可以知道的。（下）

公 進行下去吧，開始我們的嘉禮；自始至終誰都是滿心的歡喜。（跳舞衆下）

〔收場白。

羅 叫娘兒來念收場白，似乎不大合式；可是那也不見得比叫老爺子來念開場白更不成樣子些。要是好酒無須招牌，那麼好戲也不必有收場白；可是好酒要用好招牌，好戲倘再加上一段好收場白豈不是更好？那麼我現在的情形是怎樣的呢？既然不會念一段好收場白，又不能把一齣好戲來討好你們！我並不穿着得像個叫化一樣，因此我不能向你們求乞；我的唯一的法子是懇請。我要先向女人們著手。女人們啊！爲着你們對於男子的愛情，請你們儘量地歡喜這本戲。男人們啊！爲着你們對於女子的愛情——瞧你們那副癡笑的神氣，我就知道你們誰都不討厭她們的，——請你們學着女人們的樣子也來歡喜這本戲。假如我是一個女人，（註三）你們中間祇要誰的鬍子生得叫我滿意，臉蛋長得討我歡喜，而且氣息也不叫我惡心的，我都願意給他一吻。爲了我這種慷慨的奉獻我相信凡是生得一副好鬍子，長得一張好臉蛋，或是有一口好氣息的諸君，當我屈膝致敬的時候，都會向我道別。（下）

註一　Veni, vidi, vici (I came, I saw, I conquered)，爲該撒 (Julius Caesar) 征服 Pontus 王 Pharnaces 後告知羅馬貴族院之有名豪語。

註二　指創世記中洪水時挪亞造方舟之事。

註三　伊利沙伯時代舞臺上女角皆用男童扮演。

莎士比亞戲劇全集
第一輯　第五種

# 第十二夜

朱生豪譯

# 第十二夜

## 劇中人物

鄂西諾　伊利里亞公爵
瑟巴士顯　薇珴拉之兄
安東尼奧　船長，瑟巴士顯之友
另一船長，薇珴拉之友
伐倫泰因、邱里奧　公爵侍臣
托培・貝爾區爵士　奧麗薇霞的叔父
盎厥魯・埃求啓克爵士
馬伏里奧　奧麗薇霞的管家
費邊、斐斯脫（小丑）　奧麗薇霞之僕
奧麗薇霞　富有的伯爵小姐

薇珴拉　熱戀公爵者
瑪莉霞　奧麗薇霞的侍女
羣臣，牧師，水手，警吏，樂工，及其他從者等

## 地點

伊利里亞某城及其附近海濱

## 本劇解題

一月六日，卽耶穌聖誕後之第十二日，爲舊俗宴樂之佳節，曩時宮廷中例於是晚搬演雜劇爲樂。本劇係供當時上演之用故卽以「第十二夜」命名。

# 第一幕

## 第一場　公爵府中一室

〔公爵，邱里奧，衆臣同上；樂工隨侍。

公　假如音樂是愛情的食糧，那麼奏下去吧；儘量地奏下去，好讓愛情因過飽而噎塞而死。又奏起這個調子來了！它有一種漸漸消沉下去的節奏。啊！它經過我的耳畔，就像吹在一叢薔薇上的微風的輕柔的聲音，一面把花香偷走，一面又把花香分送。夠了！別再奏下去了！現在已經不像原來那樣甜蜜了。愛情的精靈呀！你是多麼敏感而活潑；雖然你有海一樣的容量，可是無論怎樣高貴超越的事物，一進了你的範圍，便會在頃刻間失去了它的價值。愛情是這樣充滿了意像，在一切事物中是最富於幻想的。

邱　殿下，您要不要去打獵？

公　什麼，邱里奧？

邱　去打鹿。

公　啊，一點不錯，我的心就像是一頭鹿呢。唉！當我第一眼瞧見奧麗薇霞的時候，我覺得好像空氣給她澄清了。那時我就變成了一頭鹿；我的情欲像凶暴殘酷的獵犬一樣，永遠追逐着我。

〔伐倫泰因上。

公　怎樣！她那邊有什麼消息帶來？

伐　稟殿下，他們不給我進去，只從她的侍女嘴裏傳來了這一個答覆：在七個寒暑不曾過去之前，就是青天也不能窺見她的全面；她要像一個尼姑一樣，蒙着面幕而行，每天用辛酸的眼淚澆灑她的臥室：這一切都是爲着紀念對於一個死去的兄長的愛，她要永遠活生生地保留在她的悲傷的記憶裏。

公　唉！她有這麼一顆優美的心，對於她的哥哥也會摯愛到這等地步。假如愛神那枝富麗的金箭把她心裏一切其他的感情一齊射死；假如祇有一個唯一的君王佔據着她的心肝頭腦，這些尊嚴的御座，祇有他充滿在她的一切可愛的品性之中，那時她將要怎樣戀愛着啊！

給我引道到芬芳的花叢；

相思在花蔭下格外情濃。（同下）

## 第二場　海濱

［薇琪拉，船長及水手等上。

薇　朋友們，這兒是什麼國土？

船長　這兒是伊利里亞，姑娘。

薇　我在伊利里亞幹什麼呢？我的哥哥已經到極樂世界裏去了。也許他僥倖沒有淹死。水手們，你們以爲怎樣？

船長　您也是僥倖纔保全了性命的。

薇　唉，我的可憐的哥哥！但願他也僥倖無恙！

船長　不錯，姑娘，您可以用僥倖的希望來寬慰您自己。我告訴您，當我們的船撞破了之後，您和那幾個跟您一同脫險的人坐在我們那隻給風濤所顚搖的小船上，那時我瞧見您的哥哥很有急智地把他自己綑在一根浮在海面的桅檣上，膽勇和希望教給了他這個計策；我見他像阿賴溫（註一）騎在海豚背上似地，浮沉在波浪之間，直到我的眼睛望不見他。

薇　這樣的話賽過黃金。我自己的脫險使我抱着他也能夠同樣脫險的希望；你的話更把我的希望證實了幾分。你知道這國土嗎？

船長　是的，姑娘，很熟悉；因爲我就是在離這兒不到三小時旅程的地方生長的。

薇　誰統治着這地方？

船長　一位名實相副的高貴的公爵。

薇　他叫什麼名字？

船長　鄂西諾。

薇　鄂西諾！我曾經聽見我父親說起過他；那時他還沒有娶親。

船長　現在他還是這樣，至少在最近我還不曾聽見他娶親的消息；因爲祗一個月之前我從這兒出發，那時剛剛有一種新鮮的風傳，——您知道大人物的一舉一動都會被一般人紛紛議論着的，——說他在向美貌的奧麗薇霞求愛。

薇　她是誰呀？

船長　她是一位品德高尙的姑娘；她的父親是位伯爵，約摸在一年前死去，把她交給他的兒子，她的哥哥，照顧，可是他不久又死了。他們說爲了對於她哥哥的深切的友愛，她已經發誓不再跟男人們在一起或是見他們的面。

**薇**　唉！要是我能够侍候這位小姐，就可以不用在時機沒有成熟之前隱瞞我的身分了。

**船長**　那很難辦到，因爲她不肯接納無論那一種請求，就是公爵的請求她也是拒絕的。

**薇**　船長，你瞧上去是個好人；雖然造物常常用一層美麗的牆來圍蔽住內中的汚穢，但是我可以相信你的心地跟你的外表一樣好。請你把我的眞相保守祕密，我以後會重重答謝你的；你得幫助我假扮起來，好讓我達到我的目的，我要去侍候這位公爵，你要把我送給他做近侍；也許你會得到些好處的，因爲我會唱歌，用各種的音樂向他說話，使他會重用我。以後有什麼事以後再說；我會使計較，你祇須靜默。

**船長**　我便當啞巴，你去做近侍；倘多話挖去我的眼珠子。

**薇**　謝謝你；領着我去吧。（同下）

## 第三場　奧麗薇霞府中一室

［托培貝爾區爵士及瑪莉霞上。

**托**　我的姪女見什麼鬼把她哥哥的死看得那們重？悲哀是要損壽的呢。

**瑪**　眞的，托培老爺，您晚上得早點兒回來；您那姪小姐很反對您的深夜不歸呢。

托　哼，讓她去今天反對，明天反對，儘管反對下去吧。

瑪　嚇，但是您總得講個分寸，不要太失了身分纔是。

托　身分！我這身衣服難道不合身分嗎？穿了這種衣服去喝酒，也很有身分的了，還有這雙靴子，要是它們不合身分，就叫它們在靴帶上弔死了吧。

瑪　您這樣酗酒會作踐了您自己的，我昨天聽見小姐說起過；她還說起您有一晚帶到這兒來向她求婚的那個傻武士。

托　誰？盎厥魯埃求啓克爵士嗎？

瑪　嚇，就是他。

托　他在伊利里亞也算是一表人材了。

瑪　那又有什麼相干？

托　哼，他有三千塊錢一年收入呢。

瑪　嚇，可是一年之內就把這些錢全化光了。他是個大傻瓜，而且是個浪子。

托　呸！你說出這種話來！他會拉低音提琴；他會不看書本講三四國文字，一個字都不模糊；他有一切很好的天分。

瑪　是的，傻子都是得天獨厚的；因爲他除了是個傻瓜之外，又是一個慣會惹是招非的傢伙；要是他沒有懦夫的天分來緩和一下他那喜歡吵架的脾氣，有見識的人都以爲他就會有棺材睏的。

托　我舉手發誓，這樣說他的人，都是批壞蛋，信口雌黃的東西。他們是誰啊？

瑪　他們又說您每夜跟他在一塊兒喝酒。

**托**　我們都喝酒祝我的姪女健康呢。祇要我的喉嚨裏有食道伊利里亞有酒，我便要爲她舉杯祝飲。誰要是不願爲我的姪女舉杯祝飲，喝到像抽陀螺似的天旋地轉的，他就是個不中用的漢子，是個卑鄙小人。嘿，丫頭！瞧盎厥魯埃求啓克爵士來啦。

〔盎厥魯埃求啓克爵士上。

**盎**　托培貝爾區爵士！您好，托培貝爾區爵士！

**托**　親愛的盎厥魯爵士！

**盎**　您好，美貌的小潑婦！

**瑪**　你好，大人。

**托**　寒暄幾句，盎厥魯爵士，寒暄幾句。

**盎**　您說什麼？

**托**　這是舍姪女的丫鬟。

**盎**　好寒萱姊姊，我希望咱們多多結識。

**瑪**　我的名字是瑪莉，大人。

**盎**　好瑪莉寒萱姊姊，——

**托**　你弄錯了，武士；「寒暄幾句」就是跑上去向她應酬一下，招呼一下，客套一下的意思。

**盎**　噯喲，我可不要跟她打交道。「寒暄」就是這個意思嗎？

**瑪**　再見，先生們，

托　要是你讓她這樣走了，盎厥魯爵士，你以後再不用充漢子了。

盎　要是你這樣走了，姑娘，我以後再不用充漢子了。好小姐，你以爲你在跟傻瓜們周旋嗎？

瑪　大人，可是我還不會跟您握手呢。

盎　好，讓我們握手。

瑪　現在，大人，我可以想我是在跟誰周旋了。（下）

托　武士啊！你應該喝杯酒兒。幾時我見你這樣給人愚弄過？

盎　我想你從來沒有見過；除非你見我給酒弄昏了頭。有時我覺得我跟平常人一樣笨；可是我是個吃牛肉的老饕，我相信那對於我的聰明很有妨害。

托　一定一定。

盎　要是我那樣想的話，那麼我發誓否認。托培爵士，明天我要騎馬回家去了。

托　Pourquoi（註二）我的親愛的武士？

盎　什麼叫 Pourquoi？好還是不好？我理該把我化在擊劍，跳舞，和耍熊上面的工夫學幾種外國話的。唉！要是我讀了文學多麼好！

托　要是你化些工夫在你的捲髮鉗上頭，你就可以有一頭很好的頭髮了。

盎　怎麼，那跟我的頭髮有什麼關係？

托　很明白，因爲你瞧你的頭髮不用些功夫上去是不會鬈曲起來的。

盎　可是我的頭髮不也已經够好看了嗎？

托　好得很，它披下得就像紡桿上的麻線一樣，我希望有那位奶奶把你夾在大腿裏紡它一紡。

盎　眞的，我明天要回家去了，托培爵士。你姪女不肯接見我；即使接見我，多分她也不會要我。這兒的公爵也向她求婚呢。

托　她不要什麼公爵不公爵；她不願嫁給比她身分高地位高年齡高智慧高的人，我聽見她這樣發過誓。噯，老兄，還有希望呢。

盎　我再就擱一個月。我是世上心思最古怪的人；我有時老是歡喜喝酒跳舞」

托　這種頑意兒你很擅勝場的嗎，武士？

盎　可以比得過伊利里亞無論那個不比我高明的人；可是我不願跟老手比。

托　你跳舞的本領怎樣？

盎　不騙你，我很會跳兩下子。講到我的倒跳的本事，簡直可以比得上伊利里亞的無論什麼人。

托　爲什麼你要把這種本領藏匿起來呢？爲什麼這種天才要覆上一塊幕布？難道它們也會沾上灰塵，像羅下的燒飯丫頭一樣？爲什麼不跳着「加里阿」到教堂裏去，跳着「科蘭多」一路回家？假如是我的話，我要走步路也是捷格舞，撒泡尿也是五步舞呢。你是什麼意思？這世界上是應該把才能隱藏起來的嗎？瞧你那雙出色的好腿，看來我想它們是在一個跳舞的星光底下生下來的。

盎　噯，我這雙腿很有力道，穿了火黃色的襪子倒也十分漂亮。我們喝酒去吧？

托　除了喝酒，咱們還有什麼事好做？咱們的命宮不是金牛星嗎？

盎　金牛星！金牛星管的是腰和心。

托　不，老兄，是腿和股。跳個舞兒給我看。哈哈！跳得高些！哈哈！好極！（同下）

## 第四場　公爵府中一室

〔伐倫泰因及薇珴拉男裝上。

伐　要是公爵繼續這樣寵倖你，西薩里奧，你多分就要高陞起來了；他認識你還祇有三天，你就跟他這樣熟了。

薇　你說「繼續這樣寵倖我，」你的意思是不是說他的心性有點捉摸不定，或是擔心我的疏忽？先生，他待人是不是有始無終的？

伐　不，相信我。

薇　謝謝你。公爵來了。

〔公爵，邱里奧，及從者等上。

公　喂！有誰看見西薩里奧嗎？

薇　在這兒，殿下，聽候您的吩咐。

公　你們暫時走開些。西薩里奧，你已經知道了一切，我已經把我祕密的內心中的書册向你展示過了；因此，好孩子，到她那邊去，別讓他們把你擯之門外，站在她的門口，對他們說，你要站到脚底下生了根，直等她把你延見爲止。

薇　殿下，要是她眞像人家所說的那樣沉浸在悲哀裏，她一定不會允許我進去的。

公　你可以跟他們吵鬧，不用顧慮一切禮貌的界限，但一定不要毫無結果而歸。

薇　假定我能够和她見面談話了，殿下，那麼又怎樣呢？

公　噢！那麼就向她宣佈我的戀愛的熱情，把我的一片摯誠說給她聽讓她吃驚。你表演起我的傷心來一定很出色；你這樣的青年一定比那些臉孔板板的使者們更能引起她的注意。

薇　我想不見得吧，殿下。

公　好孩子，相信我的話；因爲像你這樣的妙齡，還不能算是個成人：黛安娜的嘴唇也不比你的更柔滑而紅潤；你的嬌細的喉嚨像處女一樣尖銳而清朗；在各方面你都像個女人。我知道你的性格很容易對付這件事情。四五個人陪着他去；要是你願意，就把他們全帶去也好，因爲我歡喜孤寂。你倘能成功，那麼你主人的財產你也可以有份。

薇　我願意盡力去向您的愛人求婚。（旁白）唉，怨只怨多阻礙的前程！但我一定要做他的夫人。（各下）

第五場　奧麗薇霞府中一室

［瑪莉霞及小丑上。

瑪　不，你要是不告訴我你到那裏去來，我便把我的嘴唇抿得緊緊的，連一根毛髮也鑽不進去，不給你說句好話。小姐因爲你不在，要吊死你呢。

丑　讓她吊死我吧；好好兒吊死的人，在這世上可以不怕敵人。

瑪　把你的話解釋解釋。

丑　因爲他看不見敵人了。

瑪　好一句無聊的回答。

丑　好吧，上帝給聰明與聰明人；至於傻子們呢，那只好靠他們的本事了。

瑪　可是你這麼久在外邊鬼混，小姐一定要把你弔死呢，否則把你趕出去，那不是跟把你弔死一樣好嗎？

丑　好好兒的弔死常常可以防免壞的婚姻；至於趕出去，那在夏天倒還沒甚要緊。

瑪　那麼你已經下了決心了嗎？

丑　不，沒有；可是我決定了兩端。

瑪　假如一端斷了，一端還連着；假如兩端都斷了，你的褲子也落下來了。

丑　妙，眞的很妙。好，去你的吧；要是托培老爺戒了酒，你在伊利里亞的雌兒中間也好算是個調皮的脚色了。

瑪　閉嘴，你這壞蛋，別胡說了。小姐來啦；你還是好好兒想出個推托來。（下）

丑　才情呀，請你幫我好好兒裝一下傻瓜！那些自負才情的人，實際上往往是些傻瓜；我知道我自己沒有才情，因此也許可以算做聰明人。昆那拍勒斯（註三）怎麼說的？『與其做愚蠢的智人，不如做聰明的愚人。』

〔奧麗薇霞偕馬伏里奧上。

丑　上帝祝福你，小姐！

奧　把這傻子攆出去！

丑　喂，你們不聽見嗎？把這位小姐攆出去。

奧　算了吧你是個乾燥無味的傻子，我不要再看見你了；而且你已經變得不老實起來。

丑　我的小姐，這兩個毛病用酒和忠告都可以治好。祇要給乾燥無味的傻子一點酒喝，他就不乾燥了。祇要勸不老實的人洗心革面，彌補他從前的過失；假如他能够彌補的話，他就不再不老實了；假如他不能彌補，那麼叫裁縫把他補一補也就得了。彌補者，彌而補之也：道德的失足無非補上了一塊罪惡；罪惡悔改之後，也無非補上了一塊道德。假如這種簡單的論理可以通得過去，很好；假如通不過去，還有什麼辦法？當忘八是一件倒霉的事，美人好比鮮花，這都是無可懷疑的。小姐吩咐把傻子攆出去；因此我再說一句，把她攆出去吧。

奧　尊駕，我吩咐他們把你攆出去呢。

丑　這就是大錯而特錯了！小姐，「戴了和尚帽，不定是和尚；」那就好比是說，我身上雖然穿着愚人的彩衣，可是我並不一定連頭腦裏也穿着它呀。我的好小姐，准許我證明您是個傻子。

奧　你能嗎？

丑　再便當也沒有了，我的好小姐。

奧　那麼證明一下看。

丑　小姐，我必須要把您盤問；我的賢淑的小乖乖，回答我。

奧　好吧，先生，爲了沒有別的消遣，我就等候着你的證明吧。

丑　我的好小姐，你爲什麼悲傷？

奧　好傻子，爲了我哥哥的死。

丑　小姐，我想他的靈魂是在地獄裏。

奧　傻子，我知道他的靈魂是在天上。

丑　這就越顯得你的傻了，我的小姐；你哥哥的靈魂既然在天上，爲什麼要悲傷呢？列位，把這傻子攆出去。

馬　馬伏里奧，你以爲這傻子怎樣？他彌縫得好不好？

奧　是的，他到死都要在彌縫裏過着日子。意志薄弱可以毀了一個聰明人，可是對於傻子卻能使他變得格外傻起來。

丑　大爺，上帝保佑您快快意志薄弱起來，好讓您格外傻得利害！托培老爺可以發誓說我不是狐狸，可是他不願跟人家打賭兩辨士說您不是個傻子。

奧　你怎麼說，馬伏里奧？

馬　我不懂您小姐怎麼會歡喜這種沒有頭腦的混賬東西。前天我看見他給一個像石頭一樣冥頑不靈的下等的傻子算計了去。您瞧，他已經毫無招架之功了；要是您不笑笑給他一點題目他便要無話可說。我說，聽見這種傻子的話也會那麼高興的聰明人們，都不過是些傻子們的應聲蟲罷了。

奧　啊！你是太自命不凡了，馬伏里奧；你缺少一副健全的胃口。寬容慷慨氣度汪洋的人，把砲彈也不過看成了鳥箭。傻子有特許放肆的權利，雖然他滿口罵人，人家不會見怪於他；君子出言必有分量，雖然他老是指摘人家的錯處，也不能算爲謾罵。

丑　麥邱利（註四）賞給你說謊的本領吧，因爲你給傻子說了好話！

【瑪莉霞重上。

瑪　小姐，門口有一位年青的先生很想見您說話。

奧　從鄂西諸公爵那兒來的吧？

瑪　我不知道，小姐；他是一位漂亮的青年，隨從很盛。

奧　我家裏有誰在跟他周旋呢？

瑪　是令親托培老爺，小姐。

奧　你去叫他走開；他滿口都是些瘋話。不害羞的！（瑪下）馬伏里奧，你給我去；假若是公爵差來的，說我病了，或是不在家，隨你怎樣說，把他打發走。（馬下）你瞧，先生，你的打諢已經陳腐起來，人家不歡喜了。

丑　我的小姐，你幫我說話就像你的大兒子也是個傻子一般；上帝把他的頭顱裏裝滿了腦子吧！瞧你的那位有一副最不中用的頭腦的令親來了。

〔托培貝爾區爵士上。

奧　哎喲，又已經半醉了。叔叔，門口是誰？

托　一個紳士。

奧　一個紳士！什麼紳士？

托　有一個紳士在這兒——這種該死的鹹魚！怎樣，蠢貨！

丑　好托培爺爺。

奧　叔叔，叔叔，你怎麼這麼早就昏天黑地了？

托　聲天色地！我打倒聲天色地！有一個人在門口。

丑　是呀，他是誰呢？

托　讓他是魔鬼也好，我不管；我說，我心裏耿耿三尺有神明。好，都是一樣。（下）

輿　傻子，醉漢像個什麼東西？

丑　像個溺死鬼，像個傻瓜，又像個瘋子。多喝了一口就會把他變成個傻瓜；再喝一口就發了瘋；喝了第三口就把他溺死了。

輿　你去找個驗屍的來吧，讓他來驗驗我的叔叔；因爲他已經喝酒喝到了第三個階段，他已經溺死了。瞧瞧他去。

丑　他還不過發瘋呢，我的小姐；傻子該得去照顧瘋子。（下）

〔馬伏里奧重上。

馬　小姐，那個少年發誓說要見您說話。我對他說您有病；他說他知道，因此要來見您說話。我對他說您睡了；他似乎也早已知道了，因此要來見您說話。還有什麼話好對他說呢，小姐？什麼拒絕都擋他不了。

輿　對他說我不要見他說話。

馬　這也已經對他說過了；他說，他要像州官衙門前豎着的旗桿那樣立在您的門前不去，像凳子腳一樣直挺挺地站着，非得見您說話不可。

輿　他是怎樣一個人？

馬　呃，就像一個人那麼的。

輿　可是是什麼樣子的呢？

馬　很無禮的樣子；不管您願不願意，他一定要見您說話。

輿　他的人品怎樣？多大年紀？

馬　說是個大人吧，年紀還太青；說是個孩子吧，又嫌大些：就像是一顆沒有成熟的豆莢，或是一隻半生的蘋果，所謂介乎兩可之間。他長得很漂亮，說話也很刁鑽；看他的樣子，似乎有些未脫乳臭。

奧　叫他進來。把我的侍女喚來。

馬　姑娘，小姐叫着你呢。（下）

〔瑪莉霞重上。

奧　把我的面紗拿來；來，罩住我的臉。我們再要聽一次鄂西諾來使的說話。

〔薇珴拉及從者等上。

薇　那一位是這裏府中的貴小姐？

奧　有什麼話對我說吧；我可以代她答話。你來有什麼見敎？

薇　最輝煌的，卓越的，無雙的美人！請您指示我這位是不是就是這裏府中的小姐，因爲我沒有見過她。我不大甘心浪擲我的言辭；因爲它不但寫得非常出色，而且我費了好大的辛苦纔把它背熟。兩位美人，不要把我取笑；我是個非常敏感的人，一點點輕侮都受不了的。

奧　你是從什麼地方來的，先生？

薇　除了我所溫練過的以外，我不能說別的話；您那問題是我所不曾預備作答的。溫柔的好人兒，好好兒地告訴我您是不是府裏的小姐，好讓我陳說我的來意。

奧　你是個小丑嗎？

薇　不，我的深心的人兒；可是我發誓我並不是我所扮演的角色。您是這府中的小姐嗎？

奧　是的，要是我沒有篡奪了我自己。

薇　假如您就是她，那麼您的確是篡奪了您自己了；因爲您有權力給與別人的，您卻沒有權力把它藏匿起來。但是這種話跟我來此的使命無關；我要繼續着恭維您的言辭，然後告知您我的來意。

奧　把重要的話說出來；恭維免了吧。

薇　唉！我好容易纔把它讀熟，而且它又是很詩意的。

奧　那麼多分是些鬼話，請你留着不用說了吧。我聽說你在我門口一味挺撞；讓你進來只是爲要看看你究竟是個什麼人，並不是要聽你說話。要是你沒有發瘋，那麼去吧；要是你明白事理，那麼說得簡單一些：我現在沒有那樣心思去理會一段沒有意思的談話。

瑪　請你動身吧，先生；這兒便是你的路。

薇　不，好清道夫，我還要在這兒閒蕩一會呢。親愛的小姐，請您勸勸您這位「彪形大漢」別那們神氣活現。

奧　把你的尊意告訴我。

薇　我是一個使者。

奧　你那種禮貌那麼可怕，你帶來的信息一定是些壞事情。有什麼話說出來。

薇　除了您之外不能讓別人聽見。我不是來向您宣戰，也不是來要求您臣服；我手裏握着橄欖枝，我的話裏充滿了和平，也充滿了意義。

奧　可是你一開始就不講禮。你是誰？你要的是什麼？

薇　我的不講禮是我從你們對我的接待上學來的。我是誰，我要些什麼，是個祕密；在您的耳中是神聖，別人聽起來就是褻瀆。

與　你們都走開吧；我們要聽一聽這句神聖的話。（瑪及從者等下）現在，先生，請教你的經文？

薇　最可愛的小姐，——

與　倒是一種叫人聽了怪舒服的教理，可以大發議論呢。你的經文呢？

薇　在鄂西諾的心頭。

與　在他的心頭！在他的心頭的那一章？

薇　照目錄上排起來，是他心頭的第一章。

與　噢！那我已經讀過了，無非是些旁門左道。你沒有別的話要說了嗎？

薇　好小姐，讓我瞧瞧您的臉孔。

與　貴主人有什麼事要差你來跟我的臉孔接洽的嗎？你現在岔開你的正文了；可是我們不妨拉開幕兒，讓你看看這幅圖畫。（解除面幕）你瞧，先生，我就是這個樣子；它不是畫得很好嗎？

薇　要是一切都出於上帝的手，那眞是絕妙之筆。

與　它的色彩很耐久，先生，受得起風霜的侵蝕。

薇　那眞是各種色彩精妙地調和而成的美貌；那紅紅的白白的都是造化親自用他的可愛的巧手敷上去的。小姐，您是世上最忍心的女人，要是您甘心讓這種美埋沒在墳墓裏，不給世間留下一份粉本。

與　啊！先生，我不會那樣狠心；我可以列下一張我的美貌的清單，一一開陳清楚，把每一件細目都載在我的遺囑上，例如：一款，濃淡適中的朱唇兩片；一款，灰色的倩眼一雙，附眼瞼；一款，玉頸一圍，柔頤一個，等等。你是奉命到這兒來恭維我的嗎？

薇　我明白您是個什麼樣的人了。您太驕傲了；可是即使您是個魔鬼，您是美貌的。我的主人愛着您；啊！這麼一種愛情，即使您是人間的絕色，也應該酬答他的。

奧　他怎樣愛着我呢？

薇　用崇拜，大量的眼淚，震響着愛情的呻吟，吞吐着烈火的歎息。

奧　你的主人知道我的意思，我不能愛他；雖然我想他品格很高，知道他很尊貴，很有身分，年青而純潔，有很好的名聲，慷慨，博學，勇敢，長得又體面；可是我總不能愛他，他老早就已經得到我的回音了。

薇　要是我也像我主人一樣熱情地愛着您，也是這樣的受苦，這樣了無生趣地把生命拖延，我不會懂得您的拒絕是什麼意思。

奧　啊，你預備怎樣呢？

薇　我要在您的門前用柳枝築成一所小屋，在府中訪謁我的靈魂；我要吟咏着被冷淡的忠誠的愛情的篇什，不顧夜多麼深我要把它們高聲歌唱；我要向着回聲的山崖呼喊您的名字，使饒舌的風都叫着『奧麗薇霞』啊！您在天地之間將要得不到安靜，除非您憐憫了我！

奧　你可以這樣做的。你的家世怎樣？

薇　超過於我目前的境遇，但我是個有身分的士人。

奧　回到你主人那裏去；我不能愛他，叫他不要再差人來了；除非或者你再來見我，告訴我他對於我的答覆覺得怎樣。再會！多謝你的辛苦；這幾個錢賞給你。

薇　我不是個要錢的信差，小姐，留着您的錢吧；不曾得到報酬的是我的主人，不是我。但願愛神使您所愛的人也是心如鐵石，好讓您的熱情也跟我主人的一樣遭到輕蔑！再會，忍心的美人！（下）

奥　『你的家世怎樣？』『超過於我目前的境遇，但我是個有身分的士人。』我可以發誓你一定是的；你的語調，你的臉孔，你的肢體、動作、精神，各方面都可以證明你的高貴。——別這麼性急。且慢！且慢！除非顛倒了主僕的名分。——什麼！這麼快便染上那種病了？我覺得好像這個少年的美處在悄悄地躡步進入我的眼中。好，讓它去吧。喂！馬伏里奥！

〔馬伏里奥重上。

馬　有，小姐，聽候您的吩咐。

奥　去追上那個無禮的使者，公爵差來的人，他不管我要不要，硬把這戒指留下；對他說我不要，請他不要向他的主人獻功，讓他死不了心，我跟他沒有緣分。要是那少年明天還打這兒走過，我可以告訴他爲什麼。去吧，馬伏里奥。

馬　是，小姐。（下）

奥　我的行事我自己全不懂，怎一下子便會把人看中？一切但憑着命運的吩咐，誰能够作得了自己的主！（下）

註一　阿頼溫（Arion），希臘傳說中的音樂家，某次航海中爲水手所謀害，因躍入海中，爲海豚負至岸上，蓋深感其音樂之力云。

註二　Pourquoi 爲法文「爲什麼」之意。

註三　杜撰的人名。

註四　麥邱利(Mercury)商神，又爲盜賊等的保護神。

# 第二幕

## 第一場　海濱

〔安東尼奧及瑟巴士顯上。

安　您不願住下去了嗎？您也不願讓我陪着您去嗎？

瑟　請您原諒，我不願。我是個倒霉的人，我的晦氣也許要連累了您，所以我要請您離開我，好讓我獨自擔承我的惡運；假如連累到您身上，那是太辜負了您的好意了。

安　可是讓我知道您的去向吧。

瑟　不瞞您說，先生，我不能告訴您；因爲我所決定的航行不過是無目的的漫遊。可是我看您這樣有禮，您一定不會强迫我說出我所保守祕密的事情來；因此按禮該我來向您表白我自己。安東尼奧，您要知道我的名字是瑟巴士顯，羅特烈谷是我的化名。我的父親便是梅薩琳的瑟巴士顯，我知道您一定聽見過他的名字。他死後丟下我和一個妹妹，我們兩人是在同一個時辰裏出世的；我多麼希望上天也讓我們兩人在同一個時辰裏死去！可是您，先生，卻來改變了我的命運；因爲在您把我從海浪裏打救起來的那一點鐘裏，我的妹妹已經淹死了。

安　唉，可惜！

瑟　先生，雖然人家說她非常像我，許多人都說她是個美貌的姑娘；我雖然不好意思相信這句話，但是至少可以大膽說一句，即使妒嫉她的人也不能不承認她有一顆美好的心。她是已經給海水淹死的了，先生，雖然似乎我要用更多的淚水來淹沒她的記憶。

安　先生，請您恕我招待不周。

瑟　啊，好安東尼奧！我纔是多多打擾了您哪！

安　要是您看在我的交情分上，不願叫我傷心的話，請您允許我做您的僕人吧。

瑟　您已經打救了我的生命，要是您不願讓我負愧而死，那麼請不要提出那樣的請求，免得您白白救了我一場。我立刻告辭了；我的心是怪軟的，還不曾脫去我母親的性質，爲了一點點理由，我的眼睛裏就會露出我的弱點來。我要到鄂西諾公爵的宮廷裏去再會了。（下）

安　一切神明護佑着你！我在鄂西諾的宮廷裏有許多敵人，否則我就會馬上到那邊去會你；——

但無論如何我愛你太深，
履險如夷我定要把你尋。（下）

## 第二場　街道

〔薇珴拉上；馬伏里奧隨上。

馬　您不是剛從奧麗薇霞伯爵小姐那兒來的嗎？

薇　是的，先生；因爲我走得慢，所以現在還不過在這兒。

馬　先生，這戒指她還給您；您很可以自己拿了，免得我麻煩。她又說您必須叫您家主人死心塌地的明白她不要跟他來往。還有，您不用再那麼莽撞地上我家來了，除非來回報一聲您家主人有沒有把這戒指拿回去。好，拿去吧。

**薇** 她自己拿了我這戒指去的我不要。

**馬** 算了吧，先生，您使性子把它丟給她；她的意思也要我把它照樣丟還給您。假如它是值得彎下身子拾起來的話，它就在您的眼前；不然的話讓什麼人看見就給什麼人拿去吧。（下）

**薇** 我沒有留下戒指呀？這位小姐是什麼意思？但願她不要迷戀了我的外貌纔好！她把我打量得那麼仔細，真的，我覺得她看得我那麼出神，連自己講的什麼話兒也不顧到了，那麼沒頭沒腦顚顚倒倒的。一定的，她愛了我啦；情急智生，纔差這個無禮的使者來邀請我。不要我主人的戒指！嘿，他並沒有把什麼戒指送給她呀！我纔是她意中的人；眞是這樣的話，——事實上確是這樣，——那麼可憐的小姐，她眞是做夢了！我現在纔明白假扮的確不是一回好事情，魔鬼會乘機大顯他的身手。一個又漂亮又靠不住的男人多麼容易佔據了女人家柔弱的心！唉，這都是我們生性脆弱的緣故，不是我們自身的錯處；因爲上天造下我們是那樣的人，我們就是那樣的人。這種事情怎麼了結呢？我的主人深深地愛着她；我呢，可憐的小鬼，也是那樣戀着他；她呢，認錯了人，似乎在相思我。這怎麼了呢？因爲我是個男人，我決不能叫我的主人愛上我；因爲我是個女人，唉！可憐的奧麗薇霞也要白費無數的歎息了！

這糾紛要讓時間來理清；
叫我打開這結兒怎麼成！（下）

## 第三場 奧麗薇霞府中一室

〔托培貝爾區爵士及盎厥魯埃求啓克爵士上。

托　過來，盎厥魯爵士。深夜不睡即是起身得早；「起身早身體好，」你知道的，——

盎　不，老實說，我不知道；我知道的是深夜不睡便是深夜不睡。

托　一個錯誤的結論；我聽見這種話就像看見一個空酒瓶那們頭痛。深夜不睡，過了半夜纔睡，那就是到大清早晨纔睡，豈不是睡得很早？我們的生命不是由四大原素組成的嗎？

盎　不錯，他們是這樣說，可是我以爲我們的生命不過是吃吃和喝喝而已。

托　你眞有學問，那麼讓我們吃吃喝喝吧。瑪莉霞，喂！開一瓶酒來！

〔小丑上。

盎　那個傻子來啦。

丑　啊，我的心肝們！咱們剛好湊成一幅「三星圖」。

托　歡迎，驢子！現在我們來一個輪唱歌吧。

盎　說老實話，這傻子有一副很好的喉嚨。我寧願拿四十個先令去換他這麼一條腿和這麼一副可愛的聲音。眞的，你昨夜打的很好的諢，說甚麼匹格羅格羅密忒斯哪，吠比亞人越過了邱勃斯的赤道線哪，眞是好得很。我送你六辨士給你的姘頭，不是嗎？

丑　你的恩典我已經放進了我的口袋裏；因爲馬伏里奧的鼻子不是鞭柄，我的小姐有一雙玉手，她的跟班們不是開酒館的。

盎　好極了！總無論如何這要算是最好的打諢了。現在唱個歌吧。

托　來，給你六辨士，唱個歌吧。

盎　我也有六辨士給你呢；要是他會給你，我也會給你。

丑　你們要我唱支愛情的歌呢，還是唱支勸人爲善的歌？

托　唱個情歌，唱個情歌。

盎　是的，是的，勸人爲善有什麼意思？

丑　（唱）

你到那兒去，啊我的姑娘？

聽呀，那邊來了你的情郎，

嘴裏吟着抑揚的曲調。

不要再走了，美貌的親親；

戀人的相遇終結了行程，

每個聰明人全都知曉。

盎　眞好極了！

托　好，好！

丑　（唱）

什麼是愛情？它不在明天；

歡笑嬉遊莫放過了眼前，

將來的事有誰能猜料？
不要蹉跎了大好的年華；
來吻着我吧，你雙十嬌娃，
轉眼青春早化成衰老。

裘　憑良心說話，好一副流利的歌喉！

托　好一股惡臭的氣息！

裘　眞的，很甜蜜又很惡臭。

托　用鼻子聽起來，那麽惡臭也很動聽。可是我們要不要讓天空跳起舞來呢？我們要不要唱一支輪唱歌，把夜梟吵醒；那曲調會叫一個織工聽了三魂出竅？

裘　要是你愛我，讓我們來一下吧；唱輪唱歌我挺拿手啦。

丑　對啦，大人，有許多狗也會唱得很好。

裘　不錯不錯。讓我們唱『你這壞蛋』吧。

丑　『閉住你的嘴，你這壞蛋，』是不是這一首，武士？那麽我可要不得不叫你做壞蛋啦，武士。

裘　人家不得不叫我做壞蛋，這也不是第一次。你開頭，傻子，第一句是，『閉住你的嘴。』

丑　要是我閉住我的嘴，我就再也開不了頭啦。

裘　說得好，眞的。來唱起來吧。（三人唱輪唱歌）

【瑪莉霞上。

瑪　你們在這裏貓兒叫春似的鬧些什麼呀！要是小姐不會叫起她的管家馬伏里奧來把你們趕出門外去，再不用相信我的話好了。

托　小姐是個支那人；我們都是陰謀家；馬伏里奧是拉姆齊的佩格姑娘；「我們是三個快活的人。」我不是同宗嗎？我不是她的一家人嗎？胡說八道，姑娘！「巴比倫有一個人，姑娘，姑娘！」

丑　要命，這位老爺眞會開頑笑。

盎　噯，他高興開起頑笑來眞會開得很好，我也是這樣；不過他的頑笑開得富於風趣，而我比較自然一點。

托　「啊！十二月的十二，——」

瑪　看在上帝的面上，別鬧了吧！

〔馬伏里奧上。

馬　我的爺爺們，你們瘋了嗎？還是算什麼呀？難道你們沒有腦子，不懂規矩，全無禮貌，在這種夜深時候還要像一羣發酒瘋的補鍋匠似的吵？你們把小姐的屋子當作一間酒館，好讓你們直着喉嚨，嘶那種鞋匠司務的歌兒嗎？難道你們全不想想這是什麼地方，這兒有的是什麼人，或者現在是什麼時候了嗎？

托　你去上吊吧！

馬　托培老爺，莫怪我說句不怕忌諱的話。小姐吩咐我告訴您說，她雖然把您當個親戚留您住在這兒，可是她不能容忍您那種胡鬧。要是您能夠循規蹈矩，我們這兒是十分歡迎您的；否則的話，要是您願意向她告別，她一定肯讓您走。

托　「既然我非去不可，那麼再會吧，親親！」

瑪　別這樣，好托培老爺。

丑　『他的眼睛顯示出他末日將要來臨。』

馬　豈有此理！

托　『可是我決不會死亡。』

丑　托培老爺，您在說謊。

馬　眞有體統！

托　『我要不要叫他滾蛋？』

丑　『不叫他滾蛋又怎樣？』

托　『要不要叫他滾蛋，毫無留貸？』

丑　『啊！不，不，不，你沒有這麼膽量。』

托　唱的不入調嗎？先生，你說謊！除了是一個管家之外，你還有什麼可以神氣的呢？你以爲你自己道德高尙，人家便不能喝酒取樂了嗎？去，朋友，用麵包屑去擦你的頸鏈吧。開一瓶酒來，瑪莉霞！

馬　瑪莉姑娘，要是你不顧小姐對你生氣，你可不要幫助他們作這種胡鬧；我一定會去告訴她的。（下）

瑪　滾你的吧！

巻　向他挑戰，然後失他的約，愚弄他一下子，倒是個很好的辦法，就像人肚子餓了喝酒一樣。

托　好，武士，我給你寫挑戰書，或者給你口頭去向他通知你的憤怒。

瑪　親愛的托培老爺，今夜可耐一下子吧；今天公爵那邊來的少年會見了小姐之後，她心裏很煩。至於馬伏里奥先生，我去對付他好了；要是我不把他愚弄得給人當作笑柄，讓大家樂兒，我便是個連直挺挺躺在牀上都不會的蠢東西。我知道我一定能够。

托　告訴我們，告訴我們；告訴我們一些關於他的事情。

瑪　好，老爺，有時候他有點兒是個淸教徒。

盎　啊！要是我早想到了這一點，我要把他像狗一樣打一頓呢。

托　什麼，爲了是個淸教徒嗎？你有什麼絕妙的理由，親愛的武士？

盎　我沒有什麼絕妙的理由，可是我有相當的理由。

瑪　他是個鬼淸敎徒，反覆無常，逢迎取巧是他的本領；一頭裝腔作勢的驢子，背熟了幾句官話，便倒也似地倒了出來；自信非凡，以爲自己眞了不得，誰看見他都會愛他：我可以憑着那個弱點堂堂正正地給他一頓敎訓。

托　你預備怎樣？

瑪　我要在他的路上丟下一封曖昧的情書，裏面活生生地描寫着他的鬍鬚的顏色，他的腿的形狀，他的走路的姿勢，他的眼睛，額角，和臉上的表情；他一見就會覺得是寫給他自己的。我會學您姪小姐的筆蹟寫字；在一件已經忘記了的文件上，簡直辨不出來是誰的手字。

托　好極！我嗅到了一個計策了。

盎　我鼻子裏也聞到呢。

托　他見了你丟下的這封信，便會以爲是我的姪女寫的，以爲她愛上了他。

瑪　我的意思正是這樣，

盎　你的意思要叫他變成一頭驢子。

瑪　驢子，那是毫無疑問的。

盎　啊！那好極了！

瑪　出色的把戲，你們瞧着好了；我知道我的藥對他一定生效。我可以把你們兩人連那傻子安頓在他拾着那信的地方，瞧他怎樣把它解釋。今夜呢，大家上牀睡去，夢着那囘事吧。再見。（下）

托　晚安，好姑娘！

盎　我說，她是個好丫頭。

托　她是頭純種的小獵犬，很愛我；怎樣？

盎　我也曾經給人愛過呢。

托　讓我們去睡吧，武士。你應該叫家裏再寄些錢來。

盎　要是我不能得到你的姪女，我就大上其當了。

托　去要錢吧，武士；要是你結果終不能得到她，你叫我傻子。

盎　要是我不，再不要相信我，隨你以爲怎樣吧。

托　來，來，我去燙些酒來；現在去睡太晚了。來，武士；來，武士。（同下）

## 第四場　公爵府中一室

［公爵，薇珴拉，邱里奧，及餘人等上。

公　給我奏些音樂。早安，朋友們。好西薩里奧，我祇要聽昨晚我們所聽見的那支古曲；我覺得它比講究輕快急速的近代的那種輕倩的樂調和警鍊的字句更能慰解我的癡情。來，祇唱一節吧。

邱　稟殿下，會唱這歌兒的人不在這兒。

公　他是誰？

邱　是那個弄人斐斯脫，殿下；他是奧麗薇霞小姐的尊翁所寵倖的傻子。他就在這兒左近。

公　去找他來，現在先把那曲調奏起來吧（邱下。奏樂）過來，孩子。要是你有一天發生了戀愛，在那種甜蜜的痛苦中請記着我；因爲眞心的戀人都像我一樣，在其他一切情感上都是輕浮易變，但他所愛的人兒的影像，卻是永遠銘刻在他心頭的。你喜不喜歡這個曲調？

薇　它傳出了愛情的寶座上的回聲。

公　你說得很好。我相信你雖然這樣年青，你的眼睛一定曾經看中過什麼人；是不是，孩子？

薇　略爲有點，請您恕我。

公　是個什麼樣子的女人呢？

薇　相貌跟您差不多。

公　那麼她是不配被你愛的。什麼年紀呢？

薇　年紀也跟您差不多，殿下。

公　啊，那太老了！女人應當揀一個比她年紀大些的男人，這樣她纔可以跟他合得攏來，不會失去她丈夫的歡心；因爲，孩子，不論我們怎樣自稱自贊，我們的愛情總比女人們流動不定些，富於希求，易於反覆，更容易消失而生厭。

薇　這一層我也想到，殿下。

公　那麼選一個比你年青一點的姑娘做你的愛人吧，否則你的愛情便不能維持常態；——

　　女人正像是嬌豔的薔薇，

　　花開纔不久便轉眼枯萎。

薇　是啊，可嘆她刹那的光榮，

　　早枝頭零落留不住東風！

〔邱里奧偕小丑重上。

公　啊，朋友！來，把我們昨夜所聽見的那支歌兒再唱一遍。聽好，西薩里奧。那是個古老而平凡的歌兒，曬着太陽的織布工人，以及無憂無慮的紡紗女郎們常常唱着它；歌裏的話兒都是些平常不過的眞理，搬弄着純樸的古代的那種愛情的純潔。

丑　您預備好了嗎，殿下？

公　好，請你唱吧。（奏樂）

丑　（唱）

　　過來吧，過來吧，死神！

　　　讓我橫陳在淒涼的柏棺的中央；（註）

　　飛去吧，飛去吧，浮生！

　　　我被害於一個狠心的美貌姑娘。

為我罩上白色的殮衾鋪滿紫杉；
沒有一個眞心的人爲我而悲哀。
莫讓一朵花兒甜柔，
撒上了我那黑色的黑色的棺材；
沒有一個朋友迓候
我屍身，不久我的骨骼將會散開。
免得多情的人們千萬次的感傷，
請把我埋葬在無從憑弔的荒場。

公　這是賞給你的辛苦錢。

丑　一點不辛苦，殿下；我很以唱歌爲快樂呢。

公　那麼就算賞給你的快樂吧。

丑　不錯，殿下，快樂總是要付代價的。

公　現在允許我不要見你吧。

丑　好，憂愁之神保佑着你但願裁縫用閃緞給你裁一身衫子，因爲你的心就像貓眼石那樣閃爍不定。我希望像這種沒有恆心的人都航海去，好讓他們過着五湖四海千變萬化的生活；因爲這樣的人纔有冒險進取的精神。再會。（下）

公　大家都退開去。（邱及從者等下）西薩里奧，你再給我到那位忍心的女王那邊去；對她說，我的愛情是超越世間的，泥汚的土地不是我所看重的事物；命運所賜給她的尊榮財富，你對她說在我的眼中都像命運一樣無常；吸引我的靈魂的，是她的天賦的靈奇，絕世的仙姿。

薇　可是假如她不能愛您呢，殿下？

公　我不能得到這樣的回音。

薇　可是您不能不得到這樣的回音。假如有一位姑娘，也許眞有那麼一個人，也像您愛着奧麗薇霞一樣痛苦地愛着您；您不能愛她，您這樣告訴她，那麼她就不得不以這樣的答覆爲滿足了嗎？

公　女人的小小的身體裏一定受不住像愛情給與我心的那種激烈的搏跳；女人的心沒有這樣廣大，可以藏得下這許多；她們缺少含忍的能力。唉，她們的愛就像一個人的口味一樣，不是從臟腑裏，只是從舌尖上感覺到的，過飽了便會食傷嘔吐；可是我的愛就像饑餓的大海，能够消化一切。不要把一個女人所能對我發生的愛情跟我對於奧麗薇霞的愛情相提並論吧。

薇　嗯，可是我知道，——

公　你知道什麼？

薇　我知道得很明白女人對於男人會懷着怎樣的愛情；眞的，她們是跟我們一樣眞心的。我的父親有一個女兒，她愛上了一個男人，正像假如我是個女人，也許會愛上了您殿下一樣。

公　她的歷史怎樣？

薇　一片空白而已，殿下。她從來不向人訴說她的愛情，讓隱藏在內心中的抑鬱，像蓓蕾中的蛀蟲一樣，侵蝕着她的緋紅的臉頰；她因相思而憔悴，疾病和憂愁折磨着她，像是墓碑上刻着的「忍耐」的化身，默坐着向着悲哀微笑。這不是眞的愛情嗎？我們男人也許更多話，更會發誓，可是我們所表示的，總過於我們所決心實行的；不論我們怎樣盟山誓海，我們的愛情總不過如此。

公　但是你的姊姊有沒有殉情而死，我的孩子？

薇　我父親的孩子祇有我一個；可是我不知道。殿下，我要不要就去見這位小姐？

公　對了，這是正事。——

快前去，送給她這顆珍珠；

說我的愛情永不會認輸。（各下）

## 第五場　奧麗薇霞的花園

【托培貝爾區爵士，盎厥魯埃求啓克爵士，及費邊上。

托　來吧，費邊先生。

費　噢，我就來；要是我把這場好把戲略爲錯過了一點點兒，讓我在懊惱裏煎死了吧。

托　讓這個卑鄙齷齪的醜東西出一場醜，你高興不高興？

費　我纔要快活死哩！您知道那次我因爲要熊給他在小姐跟前說我壞話

托　我們再把那頭熊牽來激他發怒；我們要把他作弄得身無完膚。你說怎樣，盎厥魯爵士？

盎　要是我們不那們做，那纔是終身的憾事呢。

托　小壞東西來了。

〔瑪莉霞上。

托　啊，我的小寶貝！

瑪　你們三人都躲到黃楊樹後面去。馬伏里奧要從這條走道上跑過來了；他已經在那邊太陽光底下對他自己的影子練習了半個鐘頭儀法。誰要是歡喜笑話兒的，留心瞧着他吧；我知道這封信一定會叫他變成一個發癡的獃子的。憑着頑笑的名義，躲起來吧！你躺在那邊；（丢下一信）這條鱘魚已經來了，你不去撩撩他的癢處是捉不上手的。（下）

〔馬伏里奧上。

馬　不過是運氣；一切都是運氣。瑪莉霞曾經對我說她歡喜我；我也曾經聽見她說過那樣的話，說要是她愛上了人的話，一定要選像我這種相貌的人。而且，她待我比待其他的下人好得異乎尋常。我看怎麼呢？

托　瞧這個自命不凡的混蛋！

費　靜些！他已經擬心妄想得變成一頭出色的火雞了；瞧他那種蓬起了羽毛高視闊步的樣子！

盎　他媽的，我可以把這混蛋痛打一頓！

托　別鬧啦！

馬　做了馬伏里奧伯爵！

托　啊，混蛋！

盎　給他吃手鎗！給他吃手鎗！

托　別鬧！別鬧！

馬　這種事情是有前例可援的；史厥拉契夫人也下嫁給家臣。

盎　該死，這畜生！

費　靜些！現在他着了魔啦；瞧他越想越得意。

馬　跟她結婚過了三個月，我坐在我的寶座上，——

托　啊！我要彈一顆石子到他的眼睛裏去！

馬　身上披着繡花的絲絨袍子，召喚我的臣僚過來；那時我剛睡罷午覺，撇下奧麗薇霞酣睡未醒，——

托　大火硫磺燒死了他！

費　靜些！靜些！

馬　那時我裝出一副威嚴的神氣，先目光凛凛地向衆人瞟視一週，然後對他們說我知道我的地位，他們也須要明白自己的身分；吩咐他們去請我的托培老叔過來，——

托　把他銬起來！

費　別鬧！別鬧別鬧！好啦好啦！

馬　我的七個僕人恭恭敬敬地前去找他。我皺了皺眉頭，或者開了開錶，或者撫弄着我的——什麼珠寶之類。托培來了，向我行了個禮，——

托　這傢伙可以讓他活命嗎？

費　雖然幾輛馬車要把我們的靜默拉走，可是還是不要鬧吧！

馬　我這樣向他伸出手去，用一副莊嚴的威勢來抑住我的親暱的笑容，——

托　那時托培不就給了你一個嘴巴子嗎？

馬　說，『托培叔父，我已蒙令姪女不棄下嫁，請您准許我這樣說話，——』

托　什麼？什麼？

馬　『您必須把喝酒的習慣戒掉。』

托　他媽的，這狗東西！

費　噯，別生氣，否則我們的計策就要失敗了。

馬　『而且，您還把您的寶貴的光陰跟一個傻瓜武士在一塊兒浪費，——』

盎　說的是我，一定的啦。

馬　『那個盎厥魯爵士，——』

盎　我知道是我；因爲許多人都叫我做傻瓜。

馬　（見信）這兒有些什麼東西呢？

費　現在那蠢鳥走近陷阱旁邊來了。

托　啊，靜些！但願開頑笑的神靈叫他高聲朗讀。

馬　（拾信）噯喲，這是小姐的手筆！瞧這一鉤一彎一橫一直，那不正是她的筆鋒嗎？沒有問題，一定是她寫的。

盎　她的一鉤一彎一橫一直，那是什麼意思？

馬　（讀）『給不知名的戀人，至誠的祝福。』完全是她的口氣！對不住，封蠟。且慢！這封口上的鈐記不就是她一直用作封印的琉克麗思的肖像嗎？一定是我的小姐。可是那是寫給誰的呢？

費　這叫他心窩兒裏都癢起來了。

馬　『知我者天，

　　我愛爲誰？

　　愼莫多言，

　　莫令人知。』

『莫令人知。』下面還寫些什麼？又換了句調了！『莫令人知：』說的也許是你哩，馬伏里奧！

托　嘿，該死，這羅子！

馬　『我可以向我所愛的人發號施令；

　　但隱祕的衷情如琉克麗思之刀，

　　殺人不見血地把我的深心剸刈：

　　我的命在M、O、A、I的手裏飄搖。』

費　無聊的謎語！

托　我說是個好丫頭。

馬　『我的命在M、O、A、I的手裏飄搖。』不，讓我先想一想，讓我想一想，讓我想一想。

費　她給他吃了一服多好的毒藥！

托　瞧那頭鷹兒多麼餓急似地一口吞下去！

馬　『我可以向我所愛的人發號施令。』噉，她可以命令我；我侍候着她，她是我的小姐。這是無論那個有一點點腦子的都看得出來的全然合得攏。可是那結尾一句，那幾個字母又是什麼意思呢？能不能牽附到我的身上？——慢慢！M、O、A、I，——

托　哎，這應該想個法兒他弄糊塗了。

費　卽使像一頭狐狸那樣騷氣沖天，這狗子也會大驚小怪地叫起來的。

馬　M，馬伏里奧M，嘿，那正是我的名字的第一個字母哩。

費　我不是說他會想出來的嗎？這狗的鼻子什麼都嗅得出來。

馬　M，——可是這次序不大對；倒要想一想看。跟着來的應該是個A字，可是卻是個O字。

費　我希望O字應該放在結尾的吧？

托　對了，否則我要揍他一頓，讓他喊出個「O！」來。

馬　A的背後又跟着個I。

費　哼，要是你背後生eye的話，你就知道你眼前並沒有什麼幸運，你的背後卻有倒霉的事跟着呢。

馬　M、O、A、I；這隱語可跟前面所說的不很合轍；可是稍爲把它顚倒一下，也就沒有什麼可疑的地方，因爲這幾個字母都在我的名字裏。且慢！這兒還有散文呢。『要是這封信落到你手裏，請你想一想。照我的命運而論，我是在你之上，可是你不用懼怕富貴：有的人是生來的富貴，有的人是掙來的富貴，有的人是送上來的富貴。你的好運已經向你伸出手來，趕快用你的全副精神抱住它。你應該練習一下怎樣纔合乎你所將要做的那種人的身分，脫去你卑恭的舊習，放出一些活潑的神氣來。對親戚不妨分庭抗禮，對僕人不妨擺擺架子；你嘴裏要鼓唇弄舌地談些國家大事，裝出一付矜持的樣子。爲你歎息的人兒這樣吩咐着你。記着誰曾經贊美過你的黃襪子，願意看見你永遠紮着十字交叉的襪帶；我對你說，你記着吧。好，祇要你自己願意，你就可以出頭了；否則讓我見你一生一世做個管家，與衆僕爲伍，不値得抬舉的。再會！我是願意跟你交換地位的幸運的不幸者。」

靑天白日也沒有這麼明白，平原曠野也沒有這麼顯豁。我要擺起架子來，說起政論來；我要叫托培喪氣，我要斷絕那些鄙賤之交，我要一點不含糊地做起這麼一個人來。我沒有自己哄騙自己，讓想像把我愚弄；因爲每一個理由都指點着說，我的小姐愛上了我了。她最近稱贊過我的黃襪子，和我的十字交叉的襪帶；這裏面她就表示着她的愛我，用一種命令的方法叫我打扮成她所歡喜的樣式。謝謝我的命星，我好幸福！我要放出高傲的神氣來，穿了黃襪子，紮着十字交叉的襪帶，立刻就去裝束起來。讚美上帝和我的命星！這兒還有附啓。

「你一定想得到我是誰。要是你接受我的愛情，請你用微笑表示你的意思；你的微笑是很好看的。我的好人兒，請你當着我的面前永遠微笑着吧。」

上帝，我謝謝你！我要微笑；我要作每一件你吩咐我作的事。（下）

**費**　即使波斯王給我一筆幾千塊錢的恩俸，我也不願錯過這場頑意兒。

**托**　這丫頭想得出這種主意，我簡直可以娶了她。

**盎**　我也可以娶了她呢。

**托**　我不要她什麼粧奩，祇要再給我想出這麼一個笑話來就行了。

**盎**　我也不要她什麼粧奩。

費　我那位捉蠢鵝的好手來了。

〔瑪莉霞重上。

托　你願意把你的脚擱在我的頭頸上嗎？

盎　或者擱在我的頭頸上？

托　我要不要把我的自由作孤注之一擲，而做你的奴隸呢？

盎　是的，我也要不要做你的奴隸？

托　你已經叫他大做其夢，要是那種幻象一離開了他，他一定會發瘋的。

瑪　可是您老實對我說，他不是中計了嗎？

托　就像收生婆喝了燒酒一樣。

瑪　要是你們要看看這場把戲會鬧出些什麼結果來，請看好他怎樣到小姐跟前去：他會穿起了黃襪子，那正是她所討厭的顏色；還要紮着十字交叉的襪帶，那正是她所厭惡的式樣；他還要向她微笑，照她現在那樣悒鬱的心境，一定會不高興，管保叫他大受一場沒趣。假如你們要看的話，跟我來吧。

托　好，到地獄門口去，你這好機靈鬼兒！

盎　我也要去呢。（同下）

註　此處「柏棺」原文爲 cypress，自來註家均肯定應作 crape（喪禮用之黑色縐紗）解釋；按依字面解 cypress 爲一種杉柏之屬，逕譯「柏棺」在語調上似乎更爲適當，故仍將錯就錯，據字臆譯。

# 第二幕

## 第一場　奧麗薇霞的園中

〔薇珴拉及小丑持手鼓上。

薇　上帝保佑你，朋友！你是個打手鼓的音樂家嗎？

丑　不，先生，我的家在教堂附近呢。

薇　你是個教士嗎？

丑　沒有的事，先生。我住在教堂附近，因爲我住在我的家裏，而我的家是在教堂附近。

薇　你也可以說，國王住在叫化窩的附近，因爲叫化子住在王宮的附近；教堂築在你的手鼓旁邊，因爲你的手鼓放在教堂旁邊。

丑　您說得對，先生。人們一代比一代聰明了！一句話對於一個聰明人就像是一副小山羊皮的手套，一下子就可以翻了轉來。

薇　嗯，那是一定的啦；善於在字面上翻弄花樣的，很容易流於輕薄。

丑　那麽，先生，我希望我的妹妹不要有名字。

薇　爲什麽呢，朋友？

丑　先生，她的名字不也是個字嗎？在那個字上面翻弄翻弄花樣，也許我的妹妹就會輕薄起來，可是自從文字失去自由以後，它也是個很危險的傢伙了。

薇　你有什麼理由，朋友？

丑　不瞞您說，先生，要是我向您說出理由來，那非得用文字不可；可是現在文字變得那麼壞，我真不高興用它們來證明我的理由。

薇　我敢說你是個快活的傢伙，萬事都不關心。

丑　不是的，先生，我所關心的事倒有一點兒；可是憑良心說，先生，我可一點不關心您，

薇　你不是奧麗薇霞小姐府中的傻子嗎？

丑　眞的不是，先生。奧麗薇霞小姐不歡喜傻氣；她要嫁了人纔會在家裏養起傻子來，先生：傻子之於丈夫，猶之乎小魚之於大魚，丈夫不過是個大一點的傻子而已。我眞的不是她的傻子，我是給她說說笑話的人。

薇　我最近曾經在鄂西諾公爵的地方看見過你。

丑　先生，傻氣就像太陽一樣迴繞着地球，到處放射它的光輝。要是傻子不常到您主人那裏去，如同他在我的小姐那兒一樣，那麼，先生，我可眞抱歉。我想我也曾經在那邊看見過您這聰明人。

薇　哼，你要在我身上打趣，我可不要睬你了。拿去，這幾個錢給你，

丑　好，上帝保佑你長起鬍子來吧！

薇　老實告訴你，我倒眞爲了鬍子害相思呢；雖然我不要在自己臉上長起來。小姐在裏面嗎？

丑　先生，這兩個錢會不會養兒子？

薇　會的，你祇要拿它們去放債取利息好了。

丑　先生，我願意做個弗立基亞的潘達勒斯，給這個特洛埃勒斯找一個克蕾雪達來。（註一）

薇　我知道了，朋友；你很善於乞討。

丑　小姐就在裏面，先生。我可以對他們說明您是從那兒來的；至於您是誰，您來有什麼事，那就不屬於我的「領土」之內了，——我應當說「範圍」，可是那兩個字已經給人用得太熟了。（下）

薇　這傢伙扮傻子很有點兒聰明。裝傻裝得好也是要靠才情的：他必須窺伺被他所取笑的人們的心緒，了解他們的身分，還得看準了時機；然後像不擇目的的野鷹一樣，每個機會都不放鬆。這是一種和聰明人的藝術一樣艱難的工作：

傻子不妨說幾句聰明話，
聰明人說傻話難免笑罵。

〔托培貝爾區爵士、盎厥魯埃求啓克爵士同上。

托　您好，先生。

薇　您好，爵士。

盎　上帝保佑您，先生。

薇　上帝保佑您，我是您的僕人。

盎　先生，我希望您是我的僕人；我也是您的僕人。

托　請您進去吧。舍姪女有請，要是您是來看她的話。

薇　我來正是要拜見令姪女，爵士；她是我的航行的目標。

托　請您試試您的腿吧，先生；把它們移動起來。

薇　我的腿也許會聽得懂我的話，爵士，可是我卻不懂您叫我試試我的腿是什麼意思？

托　我的意思是，先生，請您走，請您進去。

薇　好，我就移步前進。可是有人走來了。

〔奧麗薇霞及瑪莉霞上。

薇　最卓越最完美的小姐，願諸天爲您散下芬芳的香霧！

盎　那年青人是一個出色的廷臣。「散下芬芳的香霧」！好得很。

薇　我的來意，小姐，祇能讓您自己的玉耳眷聽。

盎　「香霧，」「玉耳，」「眷聽，」我已經學會了三句話了。

奧　關上園門，讓我們兩人談話。（托、盎、瑪同下）把你的手給我，先生。

薇　小姐，我願意奉獻我的棉薄爲您效勞。

奧　你叫什麼名字？

薇　您僕人的名字是西薩里奧，美貌的公主。

奧　我的僕人，先生！自從假作卑恭認爲是一種恭維之後，世界上從此不曾有過樂趣。你是鄂西諾公爵的僕人，年青人。

薇　他是您的僕人，他的僕人自然也是您的僕人；您的僕人的僕人便是您的僕人，小姐。

奥　我不高興想他；我希望他心裏空無所有，不要充滿着我。

薇　小姐，我來是要替他說動您那顆溫柔的心。

奥　啊！對不起，請你不要再說起他了。可是如果你換一個人向我說，我願意聽你的請求，勝過於聽天樂。

薇　親愛的小姐，——

奥　對不起，讓我說句話。上次你到這兒來把我迷醉了之後，我叫人拿了個戒指追你；我欺騙了我自己，欺騙了我的僕人，也許欺騙了你；我用那種無恥的狡獪把你明知道不屬於你的東西强納在你手裏，一定會使你看不起我。你會作怎樣想呢？你不會把我的名譽拴在椿柱上，讓你那殘酷的心所想得到的一切思想恣意地把它虐弄？像你這樣敏慧的人，我已經表示得太露骨了；掩藏着我的心事的，只是一層薄薄的蟬紗。所以，讓我聽你的意見吧。

薇　我可憐你。

奥　那是到達戀愛的一個階段。

薇　不，不是我們常常經驗到對於敵人也往往會發生憐憫的。

奥　啊，那麽我想現在是應該再微笑起來的時候了。世界啊！微賤的人多麽容易驕傲！要是作了俘虜，那麽落於獅子的爪下比之豺狼的吻中要幸運得多少啊！（鐘鳴）時鐘在譴責我把時間浪費。別擔心，好孩子，我不會留住你。可是等到才情和青春成熟之後，你的妻子將會收獲到一個出色的男人。向西是你的路。

薇　那麽向西開步走！願小姐稱心如意！您沒有什麽話要我向我的主人說嗎，小姐？

奥　且慢，請你告訴我你以爲我這人怎樣？

薇　我以爲你以爲你不是你自己。

奥　要是我以爲這樣，我以爲你也是這樣。

薇　你猜想得不錯，我不是我自己。

奥　我希望你是我所希望於你的那種人！

薇　那是不是比現在的我要好些，小姐？我希望好一些，因爲現在我不過是你的弄人。

奥　唉！他嘴角的輕蔑和怒氣，
冷然的神態可多麼美麗！
愛比殺人重罪更難隱藏；
愛的黑夜有中午的陽光。
西薩里奥，憑着春日薔薇，
貞操忠信與一切，我愛你
這樣真誠，不顧你的驕傲，
理智攔不住熱情的宣告。
別以爲我這樣向你求情，
你就可以無須再獻殷勤；
須知求得的愛雖費心力，
不勞而獲的更應該珍惜。

薇　我起誓，憑着天真與青春，

我祇有一條心一片忠誠，
沒有女人能够把它佔有，
祇有我是我自已的君后。
別了，小姐，我從此不再來，
爲我主人向你苦苦陳哀。

奧　你不妨再來，也許能感動
我釋去憎嫌把感情珍重。（同下）

## 第二場　奧麗薇霞府中一室

〔托培貝爾區爵士，盎厥魯埃求啓克爵士，及費邊上。

盎　不，眞的，我再不能住下去了。

托　爲什麼呢，親愛的壞東西？說出你的理由來。

盎　嘿，我見你的姪小姐對待那個公爵的用人比之待我好得多；我在花園裏瞧見的。

托　她那時也看見你嗎，孩子？告訴我。

盎　就像我現在看見你一樣明明的當着我的臉。

費　那正是她愛您的一個很好的證據。

盎　啐！你把我當作一頭驢子嗎？

費　大人，我可以用判斷和推理來證明這句話的不錯。她當着您的臉對那個少年表示殷勤，是要叫您發急，喚醒您那打瞌睡的勇氣，給您的心裏生起火來，在您的肝臟裏加點兒硫磺罷了。您那時就該走上去向她招呼，說幾句嶄新的俏皮話兒叫那年青人啞口無言。她盼望您這樣，可是您卻大意錯過了。您放過了這麼一個大好的機會，我的小姐自然要冷淡您啦；您在她的心裏要像荷蘭人鬍鬚上懸着的冰柱一樣，除非您能用勇氣或是手段來幹出一些出色的勾當，纔可以挽回過來。

盎　無論如何，我寧願用勇氣，因爲我頂討厭使手段。叫我做個政客，還不如做個勃朗派的教徒。（註二）

托　好啊，那麼把你的命運建築在勇氣上吧。給我去向那公爵差來的少年挑戰，把他身上戳十來個窟窿，我的姪女一定會注意到。你可以相信，世上沒有一個媒人會比一個勇敢的名聲更能說動女人的心了。

費　此外可沒有別的辦法了，盎厥魯大人。

盎　你們誰肯給我向他下戰書？

托　快去用一手虎虎有威的筆法寫起來，要乾脆簡單；不用說俏皮話，祇要言之成理，別出心裁就得了。儘你的筆墨所能把他嘲罵；要是你把他「你」啊「你」的「你」了三四次，那不會有錯；再把紙上寫滿了謊，即使你的紙大得可以鋪滿英國威耳地方的那張大牀。（註三）快去寫吧。把你的墨水裏攙滿着怨毒，雖然你用的是一枝鵝毛筆。去吧。

盎　我到什麼地方來見你們？

托　我們會到你房間裏來看你去吧。（盎下）

費　這是您的一個寶貨，托培老爺。

托　我倒累他破費過不少呢，孩兒，約摸有兩千多塊錢的樣子。

費　我們就可以看到他的一封妙信了。可是您不會給他送去的吧？

托　要是我不送去，你別相信我；我一定要把那年青人激出一個回音來。我想就是叫牛兒拉着車繩也拉不攏他們兩人在一起。要是把蛮厥魯解剖開來，你在他肝臟裏找得出一滴可以沾溼一頭蚤虱的脚的血，我願意把他那副臭皮囊一起吃下。

費　他那個對頭的年青人，照那副相貌看來，也不像是會下辣手的。

托　瞧，一窠九隻的鷦鷯中頂小的一隻來了。

〔瑪莉霞上。

瑪　要是你們願意捧腹大笑，不怕笑到腰酸背痛的，那麼跟我來吧。那頭蠢鵝馬伏里奧已經信了邪道，變成個十足的異教徒了；因爲沒有一個相信正道而希望得救的基督徒會作出這種惡醜不堪的奇形怪狀來的。他穿着黃襪子呢。

托　襪帶是十字交叉的嗎？

瑪　再惡相不過的了，就像個在寺院裏開學堂的塾師先生。我像是他的刺客一樣緊跟着他。我故意掉下來誘他的那封信上的話，他每一句都聽從；他把臉孔笑得皺紋比新添上東印度羣島的增訂地圖上的線紋還多。你們從來不曾見過這樣一個東西；我眞熬不住要向他丟東西過去。我知道小姐一定會打他；要是她打了他，他一定仍然會笑，以爲是一件大恩典。

托　來，同我們去，同我們到他那兒去。（同下）

## 第三場　街道

〔瑟巴士顯及安東尼奥上。

瑟　我本來不願意痲煩你；可是你既然這樣歡喜自討勞碌，那麼我也不再向你多話了。

安　我抛不下你；我的願望比磨過的刀還要銳利地驅迫着我。雖然爲着要看見你起見再遠的路我也會跟着你去；可並不全然爲着這個理由：我擔心你在這些地方是個陌生人，路上也許會碰到些什麼；一路沒人領導沒有朋友的異鄉客，出門總有許多不方便。我的誠心的愛再加上這樣使我憂慮的理由，纔激動我來追趕你。

瑟　我的善良的安東尼奥，除了感謝，感謝，永遠的感謝之外，我再沒有別的話好回答你。一件好事常常祇換得一聲空口的道謝；可是我的錢財假如能跟我的衷心的感謝一樣多，你的好心一定不會得不到重重的酬報。我們幹些什麼呢？要不要去瞧瞧這鎭上的古蹟？

安　明天吧，先生；還是先去找個下處。

瑟　我沒有疲倦，等天黑還有許多時候；讓我們去瞧瞧這兒的名勝，一飽眼福吧。

安　請你原諒我；我在這一帶街道上走路是冒着危險的。從前我曾經參加海戰，和公爵的艦隊作過對；那時我很立了一點功，假如在這兒給捉到了，可不知要怎樣抵罪哩。

瑟　大概你殺死了很多的人吧？

安　我的罪名並不是這麼一種殺人流血的性質；雖然照那時的情形和爭執的激烈看來，很容易有流血的可能。本來也許以後我們把奪了去的還給他們，就可以和平解決，爲了商業的緣故，我們大多數的城市都是這樣的；可是我卻不肯屈服因此，要是我在這兒給捉到了的話，他們決不會輕輕放過我。

瑟　那麼你不要常常出來吧。

安　那的確不大妥當。先生，這兒是我的錢袋，請你拿着吧。南郊的哀勒芬旅店是最好的下宿的地方，我先去定好膳宿；你可以在城裏逛着見識見識，再到那邊來見我好了。

瑟　爲什麼你要把你的錢袋給我？

安　也許你會看中什麼玩意兒想要買下；我知道你的錢不够，先生。

瑟　好，我就替你保管你的錢袋過一個鐘頭再見吧。

安　在哀勒芬旅店。

瑟　我記得。（各下）

## 第四場　奧麗薇霞的園中

〔奧麗薇霞及瑪莉霞上。

奧　我已經差人去請他了。假如他肯來，我要怎樣款待他呢？我要給他些什麼呢？因爲年青人常常是買來的，而不是討來或借來的。我說得太高聲了。馬伏里奧在那兒呢？他這人很嚴肅，懂得規矩，很配做我家裏的僕人。馬伏里奧在什麼地方？

瑪　他就來了，小姐；可是他的樣子古怪得很。他一定給鬼迷了，小姐。

奧　啊，怎麼啦？他在說亂話嗎？

瑪　不，小姐；他只是一味笑。他來的時候小姐您最好叫人保護着您，因爲這人的神經有點異狀呢。

奧　去叫他來。（瑪下）

他是癡漢，我也是個瘋婆；

他歡喜，我憂愁，一樣糊塗。

〔瑪莉霞偕馬伏里奧重上。

奧　怎樣，馬伏里奧！

馬　親愛的小姐，哈哈！

奧　你笑嗎？我要差你作一件正經事呢，別那麼快活。

馬　不快活，小姐！我當然可以不快活，這種十字交叉的襪帶紮得我血脈不通；可是那有什麼要緊呢？祇要能叫一個人看了歡喜，那就像詩上所說的「士爲悅己者容」了。

奧　什麼，你怎麼啦，傢伙？究竟是什麼一回事？

馬　我的腿兒雖然是黃的，我的心兒卻不黑。那話兒他已經知道了，命令一定要服從。我想那一手簪花妙楷我們都是認得出來的。

奧　你還是睡覺去吧，馬伏里奧。

馬　睡覺去！對了，好人兒；我一定奉陪。

奧　上帝保佑你！爲什麼你這樣笑着老是吻你的手？

瑪　您怎麼啦，馬伏里奧？

馬　多承見問！是的，夜鶯應該回答烏鴉的問話。

瑪　您爲什麼當着小姐的面前這樣放肆？

馬　『不用懼怕富貴，』寫得很好！

輿　你說那話是什麼意思，馬伏里輿？

馬　『有的人是生來的富貴，』——

輿　嘿！

馬　『有的人是掙來的富貴，』——

輿　你說什麼？

馬　『有的人是送上來的富貴。』

輿　上天保佑你！

馬　『記着誰曾經讚美過你的黃襪子，』——

輿　你的黃襪子！

馬　『願意看見你永遠紮着十字交叉的襪帶。』

輿　紮着十字交叉的襪帶！

馬　『好，祇要你自己願意，你就可以出頭了，』——

輿　我就可以出頭了？

馬　『否則讓我見你一生一世做個奴才吧。』

奥　哎喲，這傢伙簡直中了暑在發瘋了。

〔一僕人上。

僕　小姐，鄂西諾公爵的那位靑年使者回來了，我好容易纔請他轉來。他在等候着小姐的意旨。

奥　我就去見他。（僕下）好瑪莉霞，這傢伙要好好看管。我的托培叔父呢？叫幾個人加意留心着他；我希望他不要有什麼意外。（奥、瑪下）

馬　啊，哈哈！你現在走近我來了嗎？不叫別人，卻叫托培爵士來照看我！這正合信上所說的：她有意叫他來，好讓我跟他頂撞一下；因爲她信裏正要我這樣。『脫去你卑恭的舊習；』她說，『對親戚不妨分庭抗禮，對僕人不妨擺擺架子；你嘴裏要鼓唇弄舌地談些國家大事，裝出一副矜持的樣子；』於是寫着怎樣扮起一副嚴肅的臉孔，莊重的舉止，慢聲慢氣的說話腔調，學着大人先生的樣子，諸如此類。我已經捉到了她了；可是那是上帝的功勞，感謝上帝！而且她剛纔臨去的時候，她說，『這傢伙要好好照看：』傢伙！不說馬伏里奥，也不照我的地位稱呼我，而叫我傢伙。哈哈，一切都符合，一點兒沒有疑惑，一點兒沒有阻礙，一點兒沒有不放心的地方。還有什麼好說呢？什麼也不能阻止我達到我的全部的希望。好，幹這種事情的是上帝，不是我，感謝上帝！

〔瑪莉霞偕托培貝爾區爵士及費邊上。

托　憑着神聖的名義，他在那兒？要是地獄裏的羣鬼大家縮小了身子，一起走進他的身體裏去，我也要跟他說話。

費　他在這兒，他在這兒。您怎樣啦，大爺？您怎樣啦，老兄？

馬　走開，我用不着你；別攪擾了我的安靜。走開！

瑪　聽，魔鬼在他嘴裏說着鬼話了！我不是對您說過嗎？托培老爺，小姐請您看顧看顧他。

馬　啊！啊！她這樣說嗎？

托　好了，好了，別鬧了吧！我們一定要客客氣氣對付他；讓我一個人來吧——你好，馬伏里奧？你怎樣啦？嚇，老兄！抵抗魔鬼呀！你想，他是人類的仇敵呢。

馬　你知道你在說些什麽話嗎？

瑪　你們瞧！你們一說了魔鬼的壞話，他就生氣了。求求上帝，不要讓他中了鬼迷纔好！

費　把他的小便送到巫婆那邊去吧。

瑪　好，明天早晨一定送去。我的小姐捨不得他哩。

馬　怎麽，姑娘！

瑪　主啊！

托　請你别鬧，這不是個辦法；你不見你惹他生氣了嗎？讓我來對付他。

費　除了用軟勁之外，沒有別的法子；輕輕兒的，輕輕兒的，魔鬼是個粗坯，你要跟他動粗是不行的。

托　喂，怎麽啦，我的好傢伙！你好，好人兒？

馬　爵士！

托　噉，小雞，跟我來吧。嘿，老兄！跟魔鬼在一起頑兒可不對。該死的黑炭！

瑪　叫他念祈禱，好托培老爺，叫他祈禱。

馬　念祈禱，小淫婦！

瑪　你們聽着，跟他講到關於上帝的話，他就聽不進去了。

馬　你們全給我去上吊吧！你們都是些淺薄無聊的東西；我不是跟你們一樣的人。你們就會知道的。（下）

托　有這等事嗎？

費　要是這種情形在舞臺上表演起來，我一定要批評它揑造得出乎情理之外。

托　他已經中計了，老兄。

瑪　還是追上他去吧；也許這計策一漏了風，就會壞掉。

費　嚇，我們眞的要叫他發起瘋來。

瑪　那時屋子裏可以淸靜些。

托　來，我們要把他關在一間暗室裏綑縛起來。我的姪女已經相信他瘋了；我們可以這樣依計而行，讓我們開開心兒，叫他吃吃苦頭。等到我們這頑笑開乏了之後，再向他發起慈悲來；那時我們宣佈我們的計策，把你封做瘋人的發現者。可是瞧，瞧！

【盎厥魯埃求啓克爵士上。

費　又有別的花樣來了。

盎　挑戰書已經寫好在此，你讀讀看；念上去就像酸醋胡椒的味道呢。

費　是這樣利害嗎？

盎　對了，我向他保證的；你祇要讀着好了。

托　給我。（讀）『年青人，不管你是誰，你不過是個下賤的東西。』

費　好，眞勇敢！

托　『不要吃驚，也不要奇怪爲什麼我這樣稱呼你，因爲我不願告訴你是什麼理由。』

費　一句很好的話，這樣您就可以不受法律的攻擊了。

托　『你來見奧麗薇霞小姐，她當着我的面把你厚待；可是你說謊，那並不是我要向你挑戰的理由。』

費　很簡單明白，而且不通極了。

托　『我要在你回去的時候埋伏着等候你；你要是命該你把我殺死的話——』

費　很好。

托　『你便是個壞蛋和惡人。』

費　您仍舊避過了法律方面的責任，很好。

托　『再會吧；上帝超度我們兩人中一人的靈魂吧！也許他會超度我的靈魂；可是我比你有希望一些，所以你留心着自己吧。你的朋友，和你的誓不兩立的仇敵，盎厥魯埃求啓克上。』——要是這封信不能激動他，那麼他的兩條腿也不能走動了。我去送給他。

瑪　您有很湊巧的機會；他現在正在跟小姐談話，等會兒就要出來了。

托　去，盎厥魯大人，給我在花園角落裏等着他，像個捕役似地；一看見他，便拔出劍來；一拔劍，就高聲咒罵；一句可怕的咒罵，神氣活現地從嘴裏括辣鬆脆發了出來，比之眞才實藝更能叫人相信他是個了不得的傢伙。去吧！

盎　好，罵人的事情我自己會來。（下）

托　我可不去送這封信。因爲照這位青年的舉止上看來，是個很有資格很有教養的人，否則他的主人不會差他來拉攏我的姪女的。這封信寫得那麼奇妙不通，一定不會叫這青年害怕；他一定會以爲這是一個獃子寫的。可是，老兄，我要口頭去替他挑戰，故意誇張埃求啓克的勇氣，讓這位仁兄相信他是個勇猛暴躁的傢伙；我知道他那樣年靑一定會害怕起來的。這樣他們兩人便會彼此嚇怕，一見面就像見了毒蜥蜴一樣落掉了魂魄。

費　他和您的姪小姐來了；讓我們迴避他們，等他告別之後再追上去。

托　我可以想出幾句可怕的挑戰話兒來。（托、費、瑪下）

〔奧麗薇霞偕薇琊拉重上。

奧　我對一顆石子樣的心太多費唇舌了，鹵莽地把我的名譽下了賭注。我心裏有些埋怨自己的錯；可是那是個極其倔强的錯，埋怨祇能招它一陣嫐笑。

薇　我主人的悲哀也正和您這種癡情的樣子相同。

奧　拿着，爲我的緣故把這玩意兒帶在你身上吧，那上面有我的小照。不要拒絕它，它不會多話討你厭的，請你明天再過來。你無論向我要什麼，祇要於我的名譽沒有妨礙的，我都可以給你。

薇　我向您要的，祇是請您把眞心的愛給我的主人。

奧　那我已經給了你了，怎麼還能憑着我的名譽再給他呢？

薇　我要去了。

奧　好，明天再來吧。再見！像你這樣一個惡魔，我甘願給你向地獄裏拖。（下）

〔托培貝爾區爵士及費邊重上。

托　先生，上帝保佑你！

薇　上帝保佑您爵士！

托　準備着防禦吧。我不知道你作了什麼對不起他的事情；可是你那位對頭滿心懷恨，一股子的殺氣在園底等着你呢。拔出你的劍來，趕快預備好；因爲你的敵人是個敏捷精明而可怕的人。

薇　您弄錯了，爵士，我相信沒人會跟我爭吵；我完全不記得我曾經得罪過什麼人。

托　你會知道事情是恰恰相反的，我告訴你；所以要是你看重你的生命的話，留一點兒神吧；因爲你的寃家年輕力壯，武藝不凡，火氣又是那麼大。

薇　請問爵士，他是誰呀？

托　他是個不靠軍功而受封的武士；可是跟人吵起架來，那簡直是個魔鬼：他已經叫三個人的靈魂出殼了。現在他的怒氣已經一發而不可收拾，非把人殺死送進墳墓裏去決不肯甘心。他的格言是不管三七廿一，拚個你死我活。

薇　我要回到府裏去請小姐派幾個人給我保鏢。我不會跟人打架。我聽說有些人故意向別人尋事，試驗他們的勇氣；這個人大概也是這一類的。

托　不，先生，他的發怒是有充分理由的，因爲你得罪了他；所以你還是上去答應他的要求吧。你不能回到屋子裏去，除非你在沒有跟他交手之前先跟我比個高低。所以上去吧，把你的劍白條條地拔了出來；無論如何你非得動手一下不可，否則以後你再不用帶劍了。

薇　這眞是既無禮又古怪。請您幫我一下忙，去問問那武士看我得罪了他甚麼。那一定是我偶然的疏忽，決不是有意的。

托　我就去問他。費邊先生，你陪着這位先生等我回來。（下）

薇　先生，請問您知道這是什麼一回事嗎？

費　我知道那武士對您很不樂意，抱着拚命的決心；可是詳細的情形卻不知道。

薇　請您告訴我他是個什麼樣子的人？

費　照他的外表上看起來，並沒有什麼驚人的地方；可是您跟他一交手，就知道他的利害了。他，先生，的確是您在伊利里亞無論那處地方所碰得到的最有本領最凶狠最利害的敵手。您就過去見他好不好？我願意給您向他講個和，要是能够的話。

薇　那多謝您了。我是個寧願親近教士不願親近武士的人；我不喜歡跟人爭强鬥勝。（同下）

〔托培及盎厥魯重上。

托　嘿，老兄，他纔是個魔鬼呢；我從來不曾見過這麼一個潑貨。我跟他連劍帶鞘較量了一回，他給我這麼致命的一刺，簡直無從招架；至於他還起手來，那簡直像是你的脚踏在地上一樣萬無一失。他們說他曾經在波斯王宮裏當過劍師。

盎　糟了！我不高興跟他動手。

托　好，但是他可不肯甘休呢；費邊在那邊簡直攔不住他。

盎　該死！早知道他有這種本領，我再也不去撩惹他的。假如他肯放過這回，我情願把我的灰色馬兒送給他。

托　我去跟他說去。站在這兒，擺出些威勢來；這件事情總可以和平了結的。（旁白）你的馬兒少不得要讓我來騎，你可大大地給我作弄了。

【費邊及薇珴拉重上。

托　（向費）我已經叫他把他的馬兒送上議和。我已經叫他相信這孩子是個魔鬼。

費　他也是大大地害怕着他，嚇得心驚肉跳臉色發白，像是一頭熊追在背後似的。

托　（向薇）沒有法子，先生；他因爲已經發過了誓，非得跟你決鬥一下不可。他已經把這回吵鬧考慮過，認爲現在沒有什麼話好說的了；所以爲了他所發的誓起見，拔出你的劍來吧，他聲明他不會傷害你的。

薇　（旁白）求上帝保佑我！一點點事情就會給他們知道我是不配做個男人的。

費　要是你見他勢不可當，就讓讓他吧。

托　來，盎厥魯爵士，沒有辦法，這位先生爲了他的名譽起見，不得不跟你較量一下；按着決鬥的規則，他不能規避這一回事；可是他已經答應我，因爲他是個堂堂君子又是個軍人，他不會傷害你的。來吧，上去！

盎　求上帝讓他不要背誓！（拔劍）

薇　相信我，這全然不是出於我的本意。（拔劍）

【安東尼與上。

安　放下你的劍。要是這位年青的先生得罪了你，我替他代擔個不是；要是你得罪了他，我可不肯對你甘休。（拔劍）

托　你，朋友！咦，你是誰呀？

安　先生，我是他的好朋友；爲了他的緣故，無論什麼事情說得出的便做得到。

托　好吧，你既然這樣歡喜管人家的閒事，我就奉陪了。（拔劍）

費　啊，好托培老爺，住手吧！警官們來了。

托　過會兒再跟你算賬。

薇　（向盎）先生，請你放下你的劍吧。

盎　好，放下就放下，朋友；我可以向你擔保，我的話說過就算數。我是個怪聽話受管束的。

【二警吏上。

甲吏　就是這個人；執行你的任務吧，

乙吏　安東尼奧，我奉鄂西諾公爵之命把你逮捕。

安　你看錯人了，朋友。

甲　不，先生，一點沒有錯。我很認識你的臉孔，雖然你現在頭上不戴着水手的帽子。——把他帶走，他知道我認識他的。

安　我只好服從。（向薇）這場禍事都是因爲要來尋找你而起；可是沒有辦法，我必得服罪。現在我不得不向你要回我的錢袋了，你預備怎樣呢？叫我難過的倒不是我自己的遭遇，而是不能給你盡一點力。你吃驚嗎？請你寬心吧。

乙　來，朋友，去吧。

安　那筆錢我必須向你要幾個。

薇　什麼錢，先生？爲了您在這兒對我的好意相助，又看見您現在的不幸，我願意盡我的微弱的力量借給您幾個錢；我是個窮小子，這兒隨身帶着的錢，可以跟您平分。拿着吧，這是我一半的家私。

安　你現在不認識我了嗎？難道我給你的好處不能使你心動嗎？別看着我倒霉好欺侮，要是激起我的性子來，我也會不顧一切，向你一一數說你的忘恩負義的。

薇　我一點不知道您的聲音相貌我也完全不認識。我痛恨人們的忘恩，比之痛恨說謊，虛榮，饒舌，酗酒，或是其他存在於脆弱的人心中的陷人的惡德還要利害。

安　唉，天哪！

乙　好了，對不起，朋友，走吧。

安　讓我再說句話兒，你們瞧這個孩子，他是我從死神的掌握中奪了轉來的，我用神聖的愛心照顧着他；我以爲他的樣子是個好人，那樣看重着他。

甲　那跟我們有什麼相干呢？別擔誤了時間，去吧！

安　可是唉！這個天神一樣的人，原來卻是個羅剎！瑟巴士顯，你未免太羞辱了你這副好相貌了。
心上的瑕疵是眞的垢汚；
無情的人纔是殘廢之徒。
善即是美；但美麗的奸惡，
是魔鬼彫就文彩的空櫝。

甲　這傢伙發瘋了；帶他去吧！來，來，先生。

安　帶我去吧。（警吏帶安下）

薇　他的話兒句句發自衷腸；

他堅持不疑，我意亂心慌。
但願想像的事果眞不錯，
是他把妹妹錯認作哥哥！

托　過來，武士；過來，費邊：讓我們悄悄兒講幾句聰明話。

薇　他說起瑟巴士顯的名字，
我哥哥正是我鏡中影子，
兄妹倆生就一般的形狀，
再加上穿扮得一模一樣；
但願暴風雨眞發了慈心，
無情的波浪變作了多情！（下）

托　好一個刁滑的卑劣的孩子，比兔子還膽怯！他坐視朋友危急而不顧，還要裝做不認識，可見他刁惡的一斑，至於他的膽怯呢，問費邊好了。

費　一個懦夫，一個敬畏上帝的懦夫。

益　他媽的，我要追上去把他揍一頓。

托　好，把他痛痛地揍一頓，可是別拔出你的劍來。

益　要是我不——（下）

費　來，讓我們去瞧去。

托　我可以賭無論多少錢，到頭來不會有什麼事發生的。（同下）

註一　關於特洛埃勒斯（Troilus）與克蕾雪達（Cressida）戀愛的故事參看莎翁所著悲喜劇特洛埃圍城記。潘達勒斯（Pandarus）爲克蕾雪達之叔爲他們居間撮合者。

註二　勃朗派爲英國伊利沙伯時代淸敎徒 Robert Brown 所剏的敎派。

註三　方十一呎，今尙存。

# 第四幕

## 第一場　奧麗薇霞宅旁街道

〔瑟巴士顯及小丑上。

丑　你要我相信我不是差來請你的嗎？

瑟　算了吧，算了吧，你是個傻瓜；給我走開去。

丑　裝腔得眞好！是的，我不認識你；我的小姐也不會差我來請你去講話；你的名字也不是西薩里奧大爺；什麼都不是。

瑟　請你到別處去大放厥辭吧；你又不認識我。

丑　大放厥辭！他從什麼大人物那兒聽了這句話，卻來用在一個傻瓜身上。大放厥辭！我擔心整個癡愚的世界都要裝腔作態起來了。請你別那們怯生生地，告訴我應當向我的小姐放些什麼「厥辭」。「厥辭」要不要對她說你就來？

瑟　傻東西，請你走開吧；這兒有錢給你；要是你再不去，我就不給你這麼多。

丑　眞的，你倒是很慷慨。這種聰明人把錢給傻子，就像用十四年的收益來買一句好話。

〔蓋厥魯上。

蓋　呀，朋友，我又碰見你了嗎？吃這一下。（擊瑟）

瑟　怎麼，給你嘗嘗這一下，這一下，這一下！（打盎）所有的人們都瘋了嗎？

〔托培及費邊上。

托　停住，朋友，否則我要把你的刀子摔到屋子裏去了。

丑　我就去把這事告訴我的小姐，我不願化兩辨士來換你們的一件衣服穿。（下）

托　（拉瑟）算了，朋友，住手吧。

盎　不，讓他去吧。我要換一個法兒對付他。要是伊利里亞是有法律的話，我要告他非法毆打的罪；雖然是我先動手，可是那沒有關係。

瑟　放下你的手！

托　算了吧，朋友，我不能放走你。來，我的青年的勇士，放下你的傢伙。你已經冒上火來了；來吧。

瑟　你別想抓住我。（掙脫）現在你要怎樣？要是你有膽子的話，拔出你的劍來吧。

托　什麼！什麼！那麼我倒要讓你流幾滴莽撞的血呢。（拔劍）

〔奧麗薇霞上。

奧　住手，托培！我命令你！

托　小姐！

奧　有這等事嗎？忘恩的惡人！祇配住在從來不懂得禮貌的山林和洞窟裏的。滾開！——別生氣，親愛的西薩里奧。——莽漢，走開！（托、盎、費同下）好朋友，你是個有見識的人，這回的驚擾實在太失禮，太不成話了，請你不要生氣。跟我到舍下去吧；我可以告訴你這個惡人曾經多少次無緣無故地惹是招非，你聽了就可以把這回事情一笑置之了。你一定要去的：
別推托！他靈魂該受天戮，

魏　爲你驚起了我心頭小鹿。
滋味難名，不識其中奧妙；
是瘋眼昏迷？是夢魂顛倒？
願心魂永遠在忘河沉浸；
有這般好夢再不須夢醒！

奧　請你來吧你得聽我的話。

瑟　小奴，遵命。

奧　但願這回非假！（同下）

## 第二場　奧麗薇霞宅中一室

〔瑪莉霞及小丑上，馬伏里奧在相接的暗室內。

瑪　囑我請你把這件袍子穿上，這把鬍鬚套上，讓他相信你是副牧師托伯斯師父。快些；我就去叫托培老爺來。（下）

丑　好，我就穿起來假裝一下；我希望我是第一個扮作這種樣子的。我的身材不夠高，穿起來不怎麼神氣；略爲胖一點，也不像個用功念書的：可是給人稱贊一聲是個老實漢子很好的當家人，也就跟一個用心思的讀書人一樣好了。——那兩個同黨的來了。

〔托培貝爾區爵士及瑪莉霞上〕

托　上帝祝福你，牧師先生！

丑　早安，托培大人！目不識丁的泊來格的老隱士曾經向高波得克王的姪女說過這麼一句聰明話：『是什麼，就是什麼。』因此我是牧師先生，我便是牧師先生；因為「什麼」即是「什麼」，「是」即是「是」。

托　走過去，托伯斯師父。

丑　呃哼，喂！這監獄裏平安呀！

托　這小子裝得很像，好小子。

馬　（在內）誰在叫？

丑　副牧師托伯斯師父來看瘋人馬伏里奧來了。

馬　托伯斯師父，托伯斯師父，托伯斯好師父，請您到我小姐那兒去一趟。

丑　滾你的，大魔鬼！瞧這個人給你纏得這樣子！祇曉得嚷小姐嗎？

托　說得好，牧師先生。

馬　（在內）托伯斯師父，從來不曾有人給人這樣寃枉過。托伯斯好師父，別以為我瘋了。他們把我關在這個暗無天日的地方。

丑　啐，你這不老實的撒但！我用最客氣的稱呼叫着你，因為我是個最有禮貌的人，即使對於魔鬼也不肯失禮。你說這屋子是黑的嗎？

馬　像地獄一樣，托伯斯師父。

丑　嘿，它的凸窗像壁壘一樣透明，它的向着南北方的頂窗像烏木一樣發光呢；你還說看不見嗎？

馬　我沒有發瘋，托伯斯師父。我對您說，這屋子是黑的。

丑　瘋子，你錯了。我對你說，世間並無黑暗，祇有愚昧。埃及人在大霧中辨不淸方向，還不及你在愚昧裏那樣發昏。

馬　我說，這座屋子簡直像愚昧一樣黑暗，即使愚昧是像地獄一樣黑暗。我說，從來不曾有人給人這樣欺侮過。我並不比您更瘋；您不妨提出幾個合理的問題來問我，試試我瘋不瘋。

丑　畢達哥拉斯（註一）對於野鳥有什麼意見？

馬　他說我們祖母的靈魂也許曾經寄住過鳥兒的身體裏。

丑　你對於他的意見覺得怎樣？

馬　我認爲靈魂是高貴的，絕對不贊成他的說法。

丑　再見，你在黑暗裏住下去吧。等到你贊成了畢達哥拉斯的說法之後，我纔可以承認你的頭腦健全。留心別打山鷸，因爲也許你要害得你祖母的靈魂流離失所了。再見。

馬　托伯斯師父！托伯斯師父！

托　我的了不得的托伯斯師父！

丑　嘿，我可眞是多才多藝呢。

瑪　你就是不掛鬍鬚不穿道袍也沒有關係；他又看不見你。

托　你再用你自已的口音去對他說話；怎樣的情形再來告訴我。我希望這場惡作劇快快告個段落。要是不妨把他釋放，我看就放了他吧；因爲我已經大大地失去了我姪女的歡心，倘把這頑意兒儘管鬧下去恐怕不大妥當。等

會兒到我的屋子裏來吧。（托瑪下）

丑　『嗨，羅平，快活的羅平哥，問你的姑娘近況如何。』

馬　傻子！

丑　『不騙你，她心腸有點硬。』

馬　傻子！

丑　『唉，爲了什麼原因，請問？』

馬　喂，傻子！

丑　『她已經愛上啦別個人。』——嚇！誰叫我？

馬　好傻子，謝謝你給我拿一支蠟燭，筆，墨水，和紙張來，以後我不會虧待你的。君子不扯謊，我永遠感你的恩。

丑　馬伏里奧大爺嗎？

馬　是的，好傻子。

丑　唉，大爺，您怎麼會發起瘋來呢？

馬　傻子，從來不曾有人給人這樣欺侮過。我的頭腦跟你一樣清楚呢，傻子。

丑　跟我一樣？那麼您眞的是瘋了，要是您的頭腦跟傻子差不多。

馬　他們把我當作一件傢具看待，把我關在黑暗裏，差牧師們，那些蠢驢子！來看我，千方百計地想把我弄昏了頭。

丑　您說話留點兒神吧；牧師就在這兒呢。——馬伏里奧，馬伏里奧，上天保佑你明白過來吧！好好兒睡睡覺兒，別嚕哩嚕嚕講空話。

馬　托伯斯師父！

丑　別跟他說話，好夥計。——誰？我嗎，師父？我可不要跟他說話哩，師父。上帝和您同在，好托伯斯師父！——呃，阿們！

——好的，師父，好的。

馬　傻子，傻子，傻子，我對你說！

丑　唉，大爺，您耐心吧！您怎麽說，師父？——師父怪我跟您說話哩。

馬　好傻子，給我拿點兒燈火和紙張來。我對你說，我跟伊利里亞無論那個人一樣頭腦清楚呢。

丑　唉，我巴不得這樣呢，大爺！

馬　我可以舉手發誓我沒有發瘋。好傻子，拿些墨水，紙兒，和燈火來；我寫好之後你去給我送給小姐。你送了這封信去，一定會到手一筆空前的大大的賞賜。

丑　我願意幫您的忙。但是老實告訴我，您是不是眞的瘋了？還是假裝瘋？

馬　相信我，我沒有發瘋，我老實告訴你。

丑　嘿，我可信不過一個瘋子的話，除非我能看見他的腦子。我去給您拿蠟燭，紙兒，和墨水來。

馬　傻子，我一定會重重報答你。請你去吧。

丑　大爺我去了，

請您不要吵，

不多一會的時光，

小鬼再來見魔王；
　手拿木板刀，
　胸中如火燒，
向着魔鬼打哈哈，
樣子像個瘋娃娃：
　爹爹不要惱，
　給您剪指爪，
再見，我的魔王爺！（下）

## 第三場　奧麗薇霞的花園

　【瑟巴士顯上。

瑟　這是空氣；那是燦爛的太陽；這是她給我的珍珠，我看得見也摸得到：雖然怪事這樣包圍着我，然而卻不是瘋狂。那麼安東尼奧到那兒去了呢？我在哀勒芬旅店裏找不到他；可是他曾經到過那邊，據說他到城中各處尋找我去了。現在我很需要他的指教；因爲雖然我心裏很覺得這也許是出於錯誤，而並非是一種瘋狂的舉動，可是這種意外和飛來的好運太有些未之前聞，無可理解了，我簡直不敢相信我的眼睛；無論我的理智怎樣向我解釋，我總覺得不是我瘋了，便是這位小姐瘋了。可是眞是這樣的話，她一定不會那樣井井有條，神氣那麼端莊地操持她的家務，指揮她的僕人，料理一切的事情，如同我所看見的那樣。其中一定有些蹊蹺。她來了。

〔奧麗薇霞及一牧師上。

奧　不要怪我太性急。要是你沒有壞心腸的話，現在就跟我和這位神父到我家的禮拜堂裏去吧；當着他的面前，在那座聖堂的屋頂下，你要向我充分證明你的忠誠，好讓我小氣的多疑的心安定下來。他可以保守祕密直等你願意宣佈出來按照着我的身分的婚禮將在什麼時候舉行。你說怎樣？

瑟　我願意跟你們兩位前往；立過的盟誓永沒有欺罔。

奧　走吧，神父；但願天公作美，一片陽光照着我們酣醉！（同下）

註一　畢達哥拉斯（Pythagoras），希臘哲學家，主張靈魂輪迴說。

# 第五幕

## 第一場　奧麗薇霞門前街道

〔小丑及費邊上。

費　看在咱們的交情分上，讓我瞧一瞧他的信吧。

丑　好費邊先生，允許我一個請求。

費　儘你說來。

丑　別向我要這封信看。

費　這就是說，把一條狗給了人，然後爲着償報他起見，再把那條狗要還。

〔公爵，薇珴拉，邱里奧及從者等上。

公　朋友們，你們是奧麗薇霞小姐府中的人嗎？

丑　是的，殿下；我們是附屬於她的一兩件零星小物。

公　我認識你；你好嗎，我的好朋友？

丑　不瞞您說，殿下，我的仇敵使我好些，我的朋友使我壞些。

公　恰恰相反，你的朋友使你好些。

丑　不，殿下，壞些。

公　爲什麼呢？

丑　呃，殿下，他們稱贊我，把我當作驢子樣愚弄；可是我的仇敵却坦白地告訴我說我是頭驢子：因此，殿下，靠着我的仇敵我纔能明白我自己，我的朋友却把我欺騙了；因此，結論就像接吻一樣，兩個異性合攏來變成一個接吻，兩個否定合攏來等於一個肯定；要是四個否定可以變成兩個肯定，那麼朋友壞而仇敵好了。

公　啊，這說得好極了！

丑　憑良心說，殿下，這一點不好；雖然您願意做我的朋友。

公　我不會使你壞些；這兒是錢。

丑　倘不是恐怕犯了騙人錢財的罪名，殿下，我倒希望您把它再倍一倍。

公　啊，你給我出的好主意。

丑　把您的慷慨的手伸進您的袋裏去，殿下；祇這一次，不要猶疑吧。

公　好吧，拿去。

丑　擲骰子有么二三；老古話說，『一不做，二不休，三回纔算數；』跳舞要用三拍子；您祇要聽聖裴乃脫教堂的鐘聲好了，殿下，——一，二，三。

公　你這回可騙不動我的錢了。要是你願意去對你小姐說我在這兒要見她說話，同着她到這兒來，那麼也許再會喚醒我的慷慨來的。

丑　好吧，殿下，給您的慷慨唱個安眠歌兒，等着我回來吧。我去了，殿下；可是我希望您明白我的要錢並不是貪財。好

薇　吧，殿下，就照您的話，讓您的慷慨打個瞌睡兒，等我一會兒再來叫醒他吧。（下）

公　殿下，這兒來的人就是打救了我的。

〔安東尼奥及警吏上。

公　他那張臉孔我記得很清楚；可是上次我見他的時候，他的臉上塗得黑黑的，就像烽煙裏的佛爾坎（註一）一樣。他是一隻小小的艦上的艦長，可是卻使我們艦隊中最好的船隻大遭損失，就是給他打敗的人也不得不佩服他。他爲了什麼事？

吏　啓稟殿下，這就是在坎迪地方把鳳凰號和它的貨物劫了去的安東尼奧；也就是在猛虎號上把您的姪公子泰德斯倒去了腿的。我們在這兒的街道上看見他窮極無賴，在跟人家鬧架兒，因此抓了來了。

薇　殿下，他曾經拔刀相助，幫過我忙，可是後來卻對我說了一番奇怪的話，似乎發了瘋似的。

公　好一個海盜！你怎麼敢憑着你的愚勇，投身到被你用血肉和巨量的代價結下冤仇的人們的手裏呢？

安　尊貴的鄂西諾，請許我洗刷去您給我的稱呼；安東尼奥從來不曾做過海盜，雖然我有充分的理由和原因承認我是鄂西諾的敵人。一種魔法把我吸引到這兒來。在您身邊的那個最沒有良心的孩子，是我從洶湧的怒海的吞噬中救了出來的，否則他已經毫無希望了。我給了他生命，又把我的友情無條件地完全給了他；爲了他的緣故，出於純粹的愛心，我冒着危險出現在這麼倒運的城裏，見他給人包圍了，就拔劍相助；可是我遭了逮捕，他的狡惡的心腸因恐我連累他受罪，便假裝不認識我，一霎眼就像已經睽違了二十年似的，甚至於我在半點鐘前給他任意使用的我自己的錢袋，也不肯還給我。

薇　怎麼會有這種事呢？

公　他在什麼時候到這城裏來的？

安　今天殿下三個月來我們朝朝夜夜都在一起，不曾有一分鐘分離過。

【奧麗薇霞及從者等上。

公　這裏來的是伯爵小姐，天神降臨人世了！——可是你這傢伙，完全在說些瘋話；這孩子已經侍候我三個月了。那種話等會兒再說吧。把他帶在一旁。

奧　殿下有什麼下示？除了斷難遵命的一件事之外，凡是奧麗薇霞力量所能及的，一定願意効勞。——西薩里奧你失了我的約啦。

薇　小姐！

公　溫柔的奧麗薇霞！——

奧　你怎麼說，西薩里奧？——殿下，——

薇　我的主人要跟您說話；地位關係我不能開口。

奧　殿下，要是您說的仍舊是那麼一套，我可已經聽得厭了，就像奏過音樂以後的叫號一樣令人不耐。

公　仍舊是那麼殘酷嗎？

奧　仍舊是那麼堅定，殿下。

公　什麼，堅定得不肯改變一下你的乖僻嗎？你這無禮的女郎！向着你的無情的不仁的祭壇，我的靈魂已經用無比的虔誠吐露出最忠心的獻禮。我還有什麼辦法呢？

奧　辦法就請殿下自已斟酌吧。

公　假如我生得起那麽一條心，爲什麽我不可以像臨死時的埃及大盜（註二）一樣，把我所愛的人殺死了呢？蠻性的嫉妬有時也帶着幾分高貴的氣質。但是你聽着我吧：既然你漠視我的誠意，我也有些知道誰在你的心中奪去了我的位置，你就繼續做你的鐵石心腸的暴君吧；可是你所愛着的這個寶貝，我當天發誓我曾經那樣寵愛着他，我要把他從你的那雙冷酷的眼睛裏除去，免得他傲視他的主人。來，孩子，跟我來。我的惡念已經成熟：我要犧牲我鍾愛的羔羊，白鴿的外貌烏鴉的心腸。（走）

薇　我甘心願受一千次死罪，祇要您的心裏得到安慰。（隨行）

奧　西薩里奧到那兒去？

薇　追隨我所愛的人，我愛他甚於生命和目睛，遠過於對於妻子的愛情。願上天鑒察我一片誠摯，倘有虛誑我決不辭一死！

奧　噯喲，他厭棄了我！我受了欺騙了！

薇　誰把你欺騙？誰給你受氣？

奧　纔不久你難道已經忘記？——請神父來。（一從者下）

公　（向薇）去吧！

奥　到那裏去殿下？西薩里奥，我的夫，別去！

公　你的夫？

奥　是的，我的夫他能抵賴嗎？

公　她的夫，嘿？

薇　不，殿下，我不是。

奥　唉！是你的卑怯的恐懼使你否認了自己的身分。不要害怕，西薩里奥；別放棄了你的地位。你知道你是什麼人，要是承認了出來你就跟你所害怕的人並肩相埒了。

［牧師上，

啊，歡迎，神父！神父，我請你憑着你的可尊敬的身分，到這裏來宣佈你所知道的關於這位少年和我之間不久以前的事情；雖然我們本來預備保守祕密，但現在不得不在時機未到之前公佈了。

牧　一個永久相愛的盟約，已經由你們兩人握手締結，用神聖的吻證明，用戒指的交換確定了。這婚約的一切儀式，都由我主持作證；照我的錶上所指示，距離現在我不過向我的墳墓走了兩小時的行程。

公　唉，你這騙人的小畜生！等你年紀一大了起來，你會是個怎樣的人呢？

也許你過分早熟的奸詭，

反會害你自己身敗名毁。

別了，你儘管和她論嫁娶；

可留心以後別和我相遇。

薇　殿下，我要聲明，——

奥　不要發誓；放膽大些別褻瀆了神祇！

〔盎厥魯埃求啓克爵士頭破流血上。

盎　看在上帝的分上，叫個外科醫生來吧！立刻去請一個來瞧瞧托培爵士。

奥　什麼事？

盎　他把我的頭給打破了，托培爵士也給他弄得滿頭是血看在上帝的分上，救救命吧！誰要是給我四十鎊錢，我也寧願回到家裏去。

奥　誰幹了這種事，盎厥魯爵士？

盎　公爵的跟班名叫西薩里奥的。我們把他當作一個孱頭，那曉得他簡直是個魔鬼。

公　我的跟班西薩里奥？

盎　他媽的！他就在這兒。你無緣無故敲破我的頭！我不過是給托培爵士慫慂了纔動手的。

薇　你爲什麼對我說這種話呢？我沒有傷害你呀。你自己無緣無故向我拔劍；可是我對你很客氣，並沒有傷害你。

盎　假如一顆血淋淋的頭可以算得是傷害的話，你已經把我傷害了；我想你以爲滿頭血是不算甚麼一回事的。托培爵士一蹺一拐地來了；——

〔托培貝爾區爵士由小丑扶攜醉步上。

**盎**　還有話要跟你說呢：可是倘不是因爲他喝醉了酒的話，他一定不會那樣招惹你的。

**公**　怎麼，老兄！你怎麼啦？

**托**　有什麼關係？他把我打壞了，還有什麼別的說的？傻瓜，你看不看見狄克醫生，傻瓜？

**丑**　喔！他在一個鐘頭之前喝醉酒了；托培老爺，他的眼睛在早上八點鐘就昏花了。

**托**　那麼他便是個踱着八字步的混蛋。我頂討厭酒鬼。

**奥**　把他帶走！誰把他們弄成這樣子的？

**盎**　我來扶着您吧，托培爵士；咱們一塊兒裏傷口去。

**托**　你來扶着我？蠢驢，傻瓜，混蛋，瘦臉孔的混蛋，笨鵝！

**奥**　招呼他上牀去，他的傷口好好看顧一下。（丑，費，托，盎同下）

【瑟巴士顯上。

**瑟**　小姐，我很抱歉傷了令親；可是即使他是我的同胞兄弟，爲了自衞起見我也只好出此手段。您用那樣冷淡的眼光瞧着我，我知道我一定冒犯了您了；原諒我吧，好人，看在不久以前我們彼此立下的盟誓分上。

**公**　一樣的臉孔，一樣的聲音，一樣的裝束化成了兩個身體；一副天然的幻鏡，眞實和虛妄的對照！

**瑟**　安東尼奥！啊我的親愛的安東尼奥！自從我不見了你之後，我的時間過得多麼痛苦啊！

**安**　你是瑟巴士顯嗎？

**瑟**　難道你不相信是我嗎，安東尼奥？

**安**　你怎麼會分身呢？把一隻蘋果切成兩半，也不會比這兩人更爲相像。那一個是瑟巴士顯？

奧　眞奇怪呀！

瑟　那邊站着的是我嗎？我從來不曾有過一個兄弟；我又不是一尊無所不在的神明。我祇有一個妹妹，但已經被盲目的波濤捲去了。對不住，請問你我之間有什麼關係？你是那一國人？叫什麼名字？誰是你的父母？

薇　我是梅薩琳人。瑟巴士顯是我的父親；我的哥哥也是一個像你一樣的瑟巴士顯，他葬身於海洋中的時候也穿着像你一樣的衣服。要是靈魂能够照着在生時的形狀和服飾而出現，那麼你是來嚇我們的。

瑟　我的確是一個靈魂；可是還沒有脫離我的生而具有的物質的皮囊。你的一切都能符合，祇要你是個女人，我一定會讓我的眼淚滴在你的臉上，而說，『大大的歡迎，溺死了的薇珴拉！』

薇　我的父親額角上有點黑痣。

瑟　我的父親也有。

薇　他死的時候薇珴拉纔十三歲

瑟　唉！那記憶還鮮明地留在我的靈魂裏。他的確在我妹妹剛滿十三歲的時候完畢了他人世的任務的。

薇　假如只是我這一身僭妄的男裝阻礙了我們彼此的歡欣，那麼等一切關於地點時間遭遇的枝節完全啣接，證明我確是薇珴拉之後，再擁抱我吧。我可以叫一個在這城中的船長來為我證明，我的女衣便是寄放在他那裏的；多虧着他的幫忙，我纔僥倖保全了生命，能够來侍候這位尊貴的公爵。此後我便一直奔走於這位小姐和這位貴人之間。

瑟　（向奧）小姐，原來您是弄錯了；但那也是心理上的自然的傾向。您本來要跟一個女孩子訂婚；可是您認錯了人，現在同時成為一個女人和一個男人的未婚妻了。

公　不要驚駭他的血統也很高貴要是這回事情果然是眞看來似乎不是一面騙人的鏡子，那麼這番幸運的船難裏我也要沾點兒光。（向薇）孩子，你曾經向我說過一千次決不會愛一個女人像愛我一樣。

薇　那一切的話我願意再發誓證明；那一切的誓我都要堅守在心中，就像隔分晝夜的天球中蘊藏着的烈火一樣。

公　把你的手給我；讓我瞧你穿了女人的衣服是怎麼樣子。

薇　把我帶上岸來的船長那裏存放着我的女服；可是他現在跟這兒小姐府上的管家馬伏里奧有點訟事，被拘留起來了。

奧　他一定要放他出來。去叫馬伏里奧來。——唉。我現在記起來了，他們說，可憐的人，他的神經病很利害呢。因爲我自己在大發其瘋，所以把他完全忘記了。

〔小丑持信及費邊上。

奧　他怎樣啦，狗才？

丑　啓稟小姐，他總算很盡力抵擋着魔鬼。他寫了一封信給您。我本該今天早上就給您的；可是瘋人的信不比福音，送不送到都沒甚關係。

奧　拆開來讀給我聽。

丑　傻子要念瘋子的話了，請你們洗耳恭聽。（讀）『憑着天主的名義，小姐，——』

奧　怎麼！你瘋了嗎？

丑　不，小姐，我在讀瘋話呢。您小姐既然要我讀這種東西，那麼您就得准許我瘋聲瘋氣地讀。

奧　（向費）喂，還是你讀吧。

費　（讀）『憑着天主的名義，小姐，您屈待了我；全世界都要知道這回事。雖然您已經把我幽閉在黑暗裏，叫您的醉酒的令叔看管我，可是我的頭腦跟您小姐一樣清楚呢。您自已騙我打扮成那個樣子，您的信還在我手裏；我很可以用它來證明我自已的無辜，可是您的臉子上卻不好看哩。隨您把我怎樣想法吧。因爲寃枉難明，不得不暫時僭越了奴僕的身分，請您原諒。被虐待的馬伏里奧上。』

奥　這封信是他寫的嗎？

丑　是的，小姐。

公　這倒不像是個瘋子的話哩。

奥　去把他放出來，費邊，帶他到這兒來。（費下）殿下，看到了這種事情，我們雖然沒有緣分，可是假如您肯把我當個妹妹看待，大家不仍舊是一家人嗎？倘不嫌棄，請就在這兒住下，容我略盡地主之誼。

公　小姐，多蒙厚意，敢不領情（向薇）你的主人解除了你的職務了。爲了你的事主的勤勞，不顧到那種事情多麼不適於你的嬌弱的身分和優雅的教養，你既然一直把我稱作主人，從此以後，你便是你主人的主婦了。握着我的手吧。

奥　你是我的妹妹了！

〔費邊偕馬伏里奧重上。

公　這便是那個瘋子嗎？

奥　是的，殿下，就是他。——怎樣，馬伏里奥！

馬　小姐，您屈待了我，大大地屈待了我！

奧　我屈待了你嗎，馬伏里奧？沒有的事。

馬　小姐，您屈待了我。請您瞧這封信。您能抵賴說那不是您寫的嗎？您能寫幾筆跟這不同的字，幾句跟這不同的句子嗎？您能說這不是您的圖章，不是您的大作嗎？您可不能否認。好，那麼承認了吧；憑着您的貞潔告訴我：為什麼您向我表示這種露骨的恩意，吩咐我見您的時候臉帶笑容，紮着十字交叉的襪帶，穿了黃襪子，對托培大人和底下人要皺眉頭？我懷着滿心的希望，一切服從您的話，怎麼您要把我關起來，禁錮在暗室裏，叫牧師來看我，給人當做大傻瓜愚弄？告訴我為什麼？

奧　唉！馬伏里奧，這不是我寫的，雖然我承認很像我的筆跡；但這一定是瑪莉霞寫的。現在我記起來了，第一個告訴我你發瘋了的就是她；那時你便一路帶笑而來，那樣子就跟信裏所說的一樣。你別惱吧；這場詭計未免太惡作劇，等我們調查明白原因和主謀的人之後，你可以自己兼作原告和審判官來判斷這件案子。

費　好小姐，聽我說，不要讓爭鬧和口角來打斷了當前的興會。我坦白地承認是我跟托培老爺因為看不上眼這個馬伏里奧的頑固無禮，纔想出這個計策來。瑪莉霞因為吃托培老爺央求不過，纔寫了這封信；為了酬勞她的緣故，他已經跟她結了婚了。假如把兩方所受到的難堪衡情酌理地判斷起來，那麼這種惡作劇的戲謔可供一笑，也不必計較了吧。

奧　唉，可憐的傻子，他們太把你欺侮了！

丑　噢，『有的人是生來的富貴，有的人是掙來的富貴，有的人是送上來的富貴。』這本戲文裏我也是一個角色呢，大爺；托伯斯師父就是我，大爺；但這沒有什麼相干。『憑着上帝起誓，傻子，我沒有瘋。』可是您記得嗎？『小姐，您為什麼要對這麼一個沒頭腦的混蛋發笑？您要是不笑他，他就開不了口啦。』六十年風水輪流轉，您也遭了報應了，

馬　我一定要出這一口氣，你們這批東西一個都不放過。（下）

奧　他給人欺侮得太不成話了。

公　追他回來跟他講個和；他還不會把那船長的事告訴我們哩。等我們知道了以後，假如時辰吉利，我們便可以舉行鄭重的結合的典禮。賢妹，我們現在還不會離開這兒；西薩里奧來吧；當你還是一個男人的時候，你便是西薩里奧；——

等你換過了別樣的衣裙，

你纔是鄂西諾心上情人。（除小丑外衆下）

歌

丑　當初我是個小兒郎，

嗨，呵，一陣雨兒一陣風；

做了傻事毫不思量，

朝朝雨雨呀又風風。

年紀長大啦不學好，

嗨，呵，一陣雨兒一陣風，

閉門羹到處吃個飽，

朝朝雨雨呀又風風。

娶了老婆，唉！要照顧，
　嗨，呵，一陣雨兒一陣風；
法螺醫不了肚子餓，
　朝朝雨雨呀又風風。

一壺老酒望頭裏灌，
　嗨，呵，一陣雨兒一陣風；
掀開了被窩三不管，
　朝朝雨雨呀又風風。

開天闢地有幾多年，
　嗨，呵，一陣雨兒一陣風；
咱們的戲文早完篇，
　願諸君歡喜笑融融！（下）

註一　佛爾坎（Vulcan），司火與鍛冶之神。

註二　事見希臘傳奇 Theagenes and Chariclea。

莎士比亞戲劇全集
第一輯　第六種

# 終成眷屬

朱生豪譯

# 終成眷屬

## 劇中人物

法國國王
佛羅倫斯公爵
貝特蘭　羅西昂伯爵
拉敷　法國宮廷中的老臣
巴洛　貝特蘭的從者
羅西昂伯爵夫人的管家
拉伐契　伯爵夫人府中的弄人
一侍僮
羅西昂伯爵夫人　貝特蘭之母
海倫那　寄養於伯爵夫人府中的少女
佛羅倫斯一老寡婦
黛安那　寡婦之女

梵奧倫泰
瑪麗安那 } 寡婦的鄰居女友

法國及佛羅倫斯的羣臣，差役，軍士等

**地點**

羅西昂；巴黎；佛羅倫斯；馬賽

# 第一幕

## 第一場　羅西昂伯爵夫人府中一室

〔貝特蘭，羅西昂伯爵夫人，海倫娜，拉敷同上；均服喪。

夫人　未亡人新遭變故，現在我兒又將離我而去，這眞使我在傷心之上，再加上一重傷心了。

貝　母親，我悲慟父親的眼淚未乾，現在又要因爲離別您而流淚了。可是兒子多蒙王上眷顧，理應盡忠效命，他的命令是必須服從的。

拉　夫人，尊夫雖然不幸仙逝，王上一定會盡力照顧您，就像尊夫在世的時候一樣；他對於令郎，也一定會看作自己的兒子一樣。不要說王上聖恩寬厚，德澤廣被，決不會把您冷落不顧，就憑着夫人這麼賢德，無論怎樣刻薄寡恩的人，也一定願意推誠相助的。

夫人　聽說王上聖體違和，不知道有沒有早占勿藥之望？

拉　夫人，他已經謝絕了一切的醫生。他曾經在他們的診治之下，耐心守候着病魔的脫體，可是藥石無靈，痊愈的希望一天比一天淡薄了。

夫人　這位年青的姑娘有一位父親，可惜現今已經不在人世了！他不但爲人正直，而且精通醫術，要是天假以年，使他能够更求深造，那麼也許他眞會使世人盡得長生，死神也將無所事事了。要是他現在還活着，王上的病一定會霍然脫體的。

拉　夫人，您說起的那個人叫甚麼名字？

夫人　大人，他在他們這一行之中是赫赫有名的，而且的確不是濫博虛聲；他的名字是傑拉特拿滂。

拉　啊，夫人您說起他，倒的確是一個好醫生；王上最近還稱贊過他的本領，悼惜他死得太早。要是學問眞能和生死抗爭，那麼憑着他的才能，他應該至今健在的。

貝　大人，王上害的究竟是甚麼病？

拉　他害的是瘻管症。

貝　這病名我倒沒有聽見過。

拉　我但願這病對世人是永遠生疏的。這位姑娘就是傑拉特拿滂的女兒嗎？

夫人　她是他的獨生女兒，大人；他在臨死的時候，託我把她照顧。她有天賦淳厚優美的性質，並且受過良好的教育，我對她抱着極大的期望。一個心地不純正的人，卽使有幾分好處，人家在稱贊他的時候，總不免帶着幾分惋惜；可是她的善良正直得自天稟，完善的教育更培植了她的德性。

拉　夫人，您這樣稱贊她，使她感激涕零了。

夫人　女孩兒家聽見人家稱贊而流淚，是最適合她的身份的。她每次想起她的父親，總是自傷身世而臉容慘淡。海倫那，別傷心了，算了吧；人家看見你這樣，也許會說你是故意做作出來的。

拉　適度的悲傷是對於死者應有的情分；過分的哀感是摧殘生命的仇敵。

貝　母親，請您祝福我。

夫人　祝福你，貝特蘭，願你不但在儀表上像你的父親，在氣概風度上也能夠克紹箕裘，願你的德行相稱你的高貴的血統！對衆人一視同仁，對少數人推心置腹，對任何人不要虧負；在能力上你應當能和你的敵人抗衡，但不要因爲爭強好勝而炫耀你的才幹；對於你的朋友，你應該開誠相與；寧可被人責備你樸訥寡言，不要讓人嗔怪你多言僨事。願上天的護佑和我的祈禱降臨到你的頭上！再會，大人；他是一個不懂世故的孩子，請您多多指教他。

拉　夫人，您放心吧，他不會缺少願意盡力幫助他的朋友。

夫人　上天祝福他！再見，貝特蘭。（下）

貝　（向海）願你一切如願！好好安慰我的母親，你的女主人，替我加意伺候她老人家。

拉　再見，好姑娘，願你不要辱沒了你父親的令譽。（貝拉下）

海　唉！要是眞不過如此就好了。我沒有想到我的父親；我這些滔滔的眼淚，雖然好像是一片孺慕的哀忱，卻不是爲他而流。他的容貌怎樣，我也早就忘記了，在我的想像之中，除了貝特蘭以外沒有別人的影子。我現在一切都完了！要是貝特蘭離我而去，我還有甚麼生趣？我正像愛上了一顆燦爛的明星，癡心地希望着有一天能夠和它結婚，他是這樣高不可攀；我不能踰越我的名分和他親近，只好在他的耀目的光華下，沾取他的幾分餘輝，安慰安慰我的飢渴。我的愛情的野心使我備受痛苦，希望和獅子匹配的馴鹿，必須爲愛而死。每時每刻看見他，是愉快也是苦痛；我默坐在他的旁邊，在心版上深深地刻劃着他的秀曲的眉毛，他的敏銳的眼睛，他的迷人的鬈髮，他那可愛的臉龐上的每一根線條，每一處微細的特點，都會淸淸楚楚地攝在我的心裏。可是現在他去了，我的愛慕的私衷只好以眷懷舊日的陳跡爲滿足。——誰來啦？這是一個和他同去的人；爲了他的緣故我愛他，雖然我知道他是一個出名愛造謠言的人，是一個傻子，也是一個懦夫。

〔巴洛上。

巴　您好，美貌的女王！您是不是在想着處女的貞操問題？

海　是啊。你還有幾分軍人的經驗，讓我請教你一個問題。男人是處女貞操的仇敵，我們應當怎樣實施封鎖，纔可以防禦他們？

巴　不要讓他進來。

海　可是他會向我們進攻；我們的貞操雖然奮勇抵抗，畢竟是脆弱的。告訴我們一些有效的防禦戰略吧。

巴　沒有。男人不動聲色坐在你的面前，他會在暗中埋下了地雷把你的貞操轟破了的。

海　上帝保佑我們可憐的貞操不要給人這樣轟破！那麼難道處女們就不能採取一種戰術，把男人轟得遠遠的嗎？

巴　處女的貞操轟破了以後，男人就會更快地轟了出來。在自然界中，保全處女的貞操決非得策。貞操的喪失是合理的增加，倘不先把處女的貞操破壞，處女們從何而來？貞操一次喪失，可以十倍增加；永遠保持，就會永遠失去。這種冷冰冰的東西，你要它作甚麼！

海　我還想暫時保全它一下，雖然也許我會因此而以處女終老。

巴　那未免太說不過去，這是違反自然界的法律的。你要是爲貞操辯護，等於詆毀你的母親，那就是大逆不孝。以處女終老的人，等於自己殺害了自己；這種女人應該讓她露骨道旁，不讓她的屍骸進入聖地，因爲她是反叛自然意志的罪人。貞操像一塊乾酪一樣，擱的日子長久了，就會生蟲霉爛；而且它是一種乖僻驕傲無聊的東西，重視貞操的人無非因爲自視不凡，這是教條中所大忌的一種罪過。何必把它保持起來呢？你總是要失去它的！在一年之內，你就可以收回利息，而且你的本錢也不會怎麼走了樣子。放棄了它吧！

海　請問一個女人怎樣纔可以照她自己的意思把它失去？

巴　我看您還是隨便一點，別計較得太認眞吧。貞操是一注擱置過久了會失去光彩的商品；越是保存得長久，越是不値錢。趁着有銷路的時候，還是早點把它脫手了的好。貞操像一個年老的廷臣，雖然衣冠富麗，那一副不合時宜的裝束卻會使人瞧着發笑。做在餅餌裏和在粥裏的紅棗是悅目而可口的，你頰上的紅棗卻會轉瞬失去鮮潤；你那陳年封固的貞操也就像一顆乾癟的梨兒一樣，樣子又難看，入口又無味，雖然它從前也是很甘美的，現在卻已經乾癟了。你要它作甚麼呢？

海　可是我還不願放棄我的貞操。你的主人在外面將會博得無數女子的傾心，他會找到一個母親，一個情人，一個朋友，一個絕世的佳人，一個司令官，一個敵人，一個嚮導，一個女神，一個君王，一個顧問，一個叛徒，一個親人；他會找到他的卑微的野心，驕傲的謙遜，他的不和諧的和諧，悅耳的嘈音，他的信仰，他的甜蜜的災難，以及一大羣可愛的癡心的愛神寵下的信徒。他現在將要——我不知道他將要甚麼。但願上帝護持他！宮廷是可以增長見識的地方，他是一個——

巴　他是一個甚麼？

海　他是一個我願意爲他虔誠祝福的人。可惜——

巴　可惜甚麼？

海　可惜我們的願望只是一種渺茫而感覺不到的東西，否則我們這些出身寒賤的人，雖然命運注定我們只能在願望中消度我們的生涯，也可以藉着願望的力量追隨我們的朋友，讓他們知道我們的衷曲，而不致永遠得不到一點報酬了。

僮　巴洛先生，爵爺叫你去。（下）

巴　小海倫，再會；我在宮廷裏要是記得起你，我會想念你的。你要是有空的話，可以祈禱祈禱，要是沒有空，不妨想念想念你的朋友們。早點嫁一個好丈夫，他怎樣待你，你也怎樣待他。再見。（下）

海　一切辦法都在我們自已，雖然我們把它諉之天意；註定人類運命的上天，給我們自由發展的機會，祇有當我們自已冥頑不靈，不能利用這種機會的時候，我們的計劃纔會遭遇挫折。那一種力量激起我愛情的雄心，使我能夠看見卻不能飽足我的視慾？儘管地位如何懸殊，惺惺相憐的人，造物總會使他們集合在一起。祇有那些默然忍受着內心的痛苦，認爲好夢已成過去的人，他們的希冀纔永無實現的可能；能夠努力發揮她的本領的，怎麼會在戀愛上失敗？王上的病——我的計劃也許只是一種妄想，可是我的主意已決，一定要把它嘗試一下。（下）

## 第二場　巴黎國王宮中一室

〔喇叭奏花腔，法國國王持書信上，羣臣及侍從等隨上。

王　佛羅倫斯人和西諾哀人相持不下，勝負互見，還在那裏繼續着猛烈的戰爭。

甲臣　是有這樣的消息，陛下。

王　不，那是非常可靠的消息；這兒有一封從我們的友邦奧第利來的信，已經證實了這件事，他還警告我們，說是佛羅倫斯就要向我們請求給他們迅速的援助，照我們這位好朋友的意思，似乎很不贊同，希望我們拒絕他們的請求。

甲　陛下素來稱道奧王的誠信明智，他的意見當然是可以充分信任的。

王　他已經替我們決定了如何答覆，雖然佛羅倫斯還沒有來乞援，我已經決定拒絕他們了。可是我們這兒要是有人願意參加都斯加的戰事，不論他們願意站在那一方面，都可以自由前去。

乙臣　我們這些紳士們閒居無事，本來就感到十分苦悶，渴想到外面去幹一番事業，這次戰事倒是一個好機會，可以讓他們去歷練歷練。

王　來的是甚麼人？

【貝特蘭，拉歎及巴洛上。

甲　陛下，這是羅西昂伯爵年青的貝特蘭。

王　孩子，你的臉貌很像你的父親；造物在雕塑你形狀的時候，一定是非常用心的。但願你也秉有你父親的德性！歡迎你到巴黎來！

貝　感謝陛下聖恩，小臣願效犬馬之勞。

王　想起你父親在日，與我交稱莫逆，我們兩人初上戰場的時候，大家都是年青力壯，現在要是也像那樣就好了！他是個熟諳時務的幹才，也是個能征慣戰的健兒；他活了許多年紀，可是我們兩人都在不知不覺中變成老朽，不中用了。提起你的父親使我精神為之一振。他在年青時候的那種才華，我可以從我們現在這輩貴介少年身上同樣看到，可是他們的信口譏評往往來不及遮掩他們的輕薄，已經在無意中自取其辱。你父親纔真是一個有大臣風度的人，在他的高傲之中沒有輕蔑，在他的嚴峻之中沒有苛酷；祇有當那些和他同等地位的人激起他的不滿的時候，他纔會對他們作無情的指責；他的良知就像一具時鐘，正確地知道在那一分鐘，為了特殊的理由使他不能不侃侃而言，那時他的舌頭就會聽從他的指揮。對於那些在他下面的人，他把他們當作不同地位的人看待，在他們卑微的身分前降尊紆貴，聽了他們貧弱的諛辭，也會謙謝不遑，使他們因他的獎譽而受寵若驚。這樣一個人是可以作爲現在這輩年青人的模範的。

貝　陛下不忘舊人，先父雖死猶生；任何銘刻在碑碣上的文字，都不及陛下口中品題的確當。

王　但願我也和他在一起！他老是這樣說，——我覺得我彷彿聽見他的聲音，他的動人的辭令不是隨便散播在人的耳中，卻是深植在人們的心頭，永遠存留在那裏。當他感覺到有限的浮生行將告一段落的時候，他就會發出這樣的感喟：「等我的火焰把油燒乾以後，讓我不要繼續活下去，給那些年青的人們揶揄譏笑，他們憑着他們的聰明，除了新奇的事物以外，什麼都瞧不上眼；他們的思想變化得比他們衣服的式樣更快。」他這樣願望着；我也抱着和他同樣的願望，因爲我已經是一頭無用的衰蜂，不能再把蜜蠟帶回巢中，我願意趕快從這世上消滅，好給其餘作工的人留出一個地位。

乙　陛下聖德恢恢，臣民無不感戴；最感覺到您活在世上是多餘的人，也就是最先惋惜您的人。

王　我知道我不過是空佔着一個地位。伯爵，你父親家裏的那個醫生死了多久了？他的名譽很不錯哩。

貝　陛下，他已經死了差不多六個月了。

王　他要是現在還活着，我倒還要試一試他的本領。請你扶我一下。那些庸醫們給我吃這樣那樣的藥，把我的精力完全銷磨掉了，弄成這麼一付不死不活的樣子。歡迎，伯爵，你就像是我自己的兒子一樣。

貝　感謝陛下。（同下；喇叭奏花腔）

## 第三場　羅西昂伯爵夫人府中一室

〔伯爵夫人，管家及小丑上。

夫人　我現在要聽你講，你說這位姑娘怎樣？

管家　夫人，小的過去怎樣盡心竭力伺候您的情形，想來您一定是十分明白的；因爲我們要是自己宣布自己的功勞，那就是太狂妄了，即使我們眞的有功，人家也會疑心我們。

夫人　這狗才站在這兒幹麼？滾出去！人家說起關於你的種種壞話，我並不完全相信，可是那也許因爲我太忠厚了；照你這樣蠢法，是很會去幹那些勾當的，而且你也不是沒有幹壞事的本領。

丑　夫人，您知道我是一個苦人兒。

夫人　好，你怎麼說？

丑　不，夫人，我是個苦人兒，並沒有什麼好，雖然有許多有錢的人們都不是好東西。可是夫人要是答應我讓我到外面去成家立業，那麼依絲貝兒那個女人就可以跟我成其好事了。

夫人　你一定要去做一個叫化子嗎？

丑　在這一件事情上，我不要您佈施我別的甚麼，祇要請求您開恩准許。

夫人　在那一件事情上？

丑　在依絲貝兒跟我的事情上。做用人的不一定世世代代做用人；我想我要是一生一世沒有一個親生的骨肉，就要永遠得不到上帝的祝福，因爲人家說有孩子的人纔是有福氣的。

夫人　告訴我你一定要結婚的理由。

丑　夫人，賤體有這樣的需要；我因爲受到肉體的驅使不能不聽從魔鬼的指揮。

夫人　那就是尊駕的理由了嗎？

丑　不，夫人，我還有其他神聖的理由，這樣的那樣的。

夫人　那麼可以請教一二嗎？

丑　夫人，我過去是一個壞人，正像您跟一切血肉的凡人一樣；老實說吧，我結婚是爲的要痛悔前非。

夫人　你結了婚以後，第一要懊悔的不是從前的錯處，而是你不該結婚。

丑　夫人，我是個舉目無親的人，我希望娶了老婆以後，可以靠着她結識幾個朋友。

夫人　蠢才，這樣的朋友是你的仇敵呢。

丑　夫人，您還不懂得友誼的深意哩；那些傢伙都是來替我做我所不耐煩做的事的。耕耘我的田地的人，省了我牛馬之勞，使我不勞而穫，坐享其成；雖然他害我做了王八，我又何樂而不爲呢？夫妻一體，他安慰了我的老婆，也就是安慰了我，所以吻我老婆的人，就是我的好朋友。人們祇要能够樂天安命，結了婚準不會鬧甚麼意見。

夫人　你這狗嘴裏永遠長不出象牙來嗎？

丑　夫人，我是一個先知，我用諷諭的方式宣揚人生的眞理。

夫人　滾出去吧，等會兒再跟你說話。

管家　夫人，請您叫他去吩咐海倫姑娘出來；我要跟您講的就是她。

夫人　蠢才，去對海倫姑娘說，我要跟她說話。（丑下）現在你說吧。

管家　夫人，我知道您是非常歡喜這位姑娘的。

夫人　不錯，我很歡喜她。她的父親在臨死的時候，把她托付給我；我單單憑着她本身的好處，也就够惹人憐愛了。我欠她的債，多過於已經給她的酬報；我將要報答她的，一定超過她自己的要求。

管家　夫人，小的最近在無意中間看見她一個人坐在那裏自言自語；我可以代她起誓，她是以爲她說的話不會給甚麼人聽了去的。原來她愛上了我們的少爺了！她怨恨命運，不該在他們兩人之間安下了這樣一道鴻溝；她嗔怪愛神，不肯運用他的大力，使地位不同的人也有結合的機會；她說黛安那不配做處女們的保護神，因爲她坐令纖纖弱質受到愛情的襲擊而不加援手。她用無限哀怨的語調聲訴着她的心事，小的聽了之後，因恐萬一有甚麼事情發生，故此不敢疏忽，特來稟知夫人。

夫人　你把這事幹得很好，可是千萬不要聲張出去。我早已猜疑到幾分，因爲事無實據，不敢十分相信。現在你去吧，不要讓別人知道，我很感謝你的忠心誠實。等會兒咱們再談吧。（管家下）

〔海倫那上。

夫人　我在年青時候也正是這樣的。我們是自然的子女，誰都有天賦的感情；這一枚愛情的棘刺，正是青春的薔薇上少不了的。在我們舊日的回憶之中，我們也曾經犯過同樣的過失，雖然在那時我們並不以爲那有甚麼可笑。我現在可以清楚看見她的眼睛裏透露着因相思而憔悴的神色。

海　夫人，您有甚麼吩咐？

夫人　海倫，你知道我可以說就是你的母親。

海　不，您是我的尊貴的女主人。

夫人　不，我是你的母親，爲甚麼不是呢？當我說「我是你的母親」的時候，我覺得你彷彿看見了一條蛇似的；爲甚麼你聽了「母親」兩個字，就要吃驚呢？我說，我是你的母親；我把你當作我自己的親生骨肉一樣看待。異姓的子女，有時往往勝過自己生養的孩子；外來的種子，也一樣可以長成優美的花木。你不曾使我忍受懷胎的辛苦，我卻像母親一樣關心着你。天哪，這丫頭！難道我說了我是你的母親，你就這樣驚怖失色嗎？爲什麼你的眼邊會起了一重重的虹暈？難道因爲你是我的女兒嗎？

海　因爲我不是您的女兒。

夫人　我說，我是你的母親。

海　恕我，夫人，羅西昂伯爵不能做我的哥哥；我的出身這樣寒賤，他的家世這樣高貴；我的父母是閭巷平民，他的都是簪纓巨族。他是我的主人，我活着是他的婢子，到死也是他的奴才。他一定不可以做我的哥哥。

夫人　那麼我也不能做你的母親嗎？

海　夫人，我願意您做我的母親，祇要您的兒子不是我的哥哥。我的母親！我希望我的母親也就是他的母親，祇要我不是他的妹妹。是不是我做了您的女兒以後，他必須做我的哥哥嗎？

夫人　不，海倫，你可以做我的媳婦；上帝保佑你不在轉着這樣的念頭！難道女兒和母親竟會這樣擾亂了你的心緒？怎麼，你又臉色慘白起來了？你的心事果然被我猜中了。現在我已經明白了你的寂寞無聊的緣故，發現了你的傷心揮淚的根源。你愛着我的兒子，現在已經是躲賴不掉的顯明的事實了。還是告訴我老實話吧；告訴我眞有這樣的事，因爲瞧，你兩頰的紅雲，已經向彼此互相招認了；你自己的眼睛也可以從你自己的舉止上，看出你的蹤踖不安來；祇有罪惡的感覺和無理的執拗使你緘口無言，不敢吐露眞情。你說，是不是眞有這回事？要是眞有這回事，那麼也不必吞吞吐吐了；不然的話，你就該發誓否認。無論如何，你不要瞞住我吧，我總是會盡力幫助你的。

海　好夫人，原諒我吧！

夫人　你愛我的兒子嗎？

海　請您原諒我，夫人！

夫人　你是愛我的兒子的。

海　夫人，你不也是愛他的嗎？

夫人　不要繞圈子說話；我愛他是分所當然，用不到向世人諱飾；你究竟愛他到什麼程度，還是趕快同我完全吐露了吧。

海　既然如此，我就當着上天和您的面前跪下，承認我是愛着您的兒子。我的親友雖然貧寒，都是正直的人；我的愛情也是一樣。不要因此而惱怒，因爲他被我所愛，對他並無損害；我並不用僭越名分的表示向他追求，在我不配得到他的眷愛以前，決不願把他佔有，雖然我不知道怎樣纔可以配得上他。我知道我的愛是沒有希望的徒勞，可是在這羅網一樣千孔萬眼的篩子裏，依然把我如水的深情灌注下去，永遠不感到枯涸。我正像印度敎徒一樣虔信而執迷，我崇拜着太陽，它的光輝雖然也照到它的信徒的身上，卻根本不知道有這樣一個人存在。我的最親愛的夫人，不要因爲我愛了您所愛的人而憎恨我；您是一個年高德劭的人，要是在您純潔的青春，也曾經燃起過同樣眞誠的情熱，懷抱着無邪的願望和深摯的愛慕，那麼請您可憐可憐我這命薄緣慳，自知無望，拚着在默默無聞中了此殘生的人兒吧！

夫人　你最近不是想要到巴黎去嗎？老實告訴我你有沒有這一個意思。

海　是的，夫人。

夫人　爲甚麼呢？

海　我不願向夫人說謊，您知道先父在日曾經傳給我幾種靈效的祕方，是他憑着潛心研究和實際經驗配合起來的，他囑咐我不要把它們輕易授人，因爲它們都是世間不大知道的珍貴的方劑。在這些祕方之中有一種是專門醫治王上現在所患一般認爲無法醫治的那種痼疾的。

夫人　這就是你要到巴黎去的動機嗎？你說吧。

海　您的兒子使我想起了這一個念頭；不然的話，甚麼巴黎，甚麼藥方，甚麼王上的病，都是我永遠不會想到的事物。

夫人　可是海倫，你想你要是自請爲王上治病，他就會接受你的幫助嗎？他跟他那班醫士們已經意見歸於一致，他認爲他的病已經使羣醫束手，他們認爲一切藥石都已失去效力。那些熟諳醫道的大夫們都這樣敬謝不敏了，他們怎麼會相信一個不學無術的少女呢？

海　我相信這藥方不僅因爲我父親的醫術稱得上並世無雙，而且我覺得他傳給我這一份遺產，一定會帶給我極大的幸運。祗要夫人允許我冒險一試，我願意就在此日此時動身前去，拚着這一條沒有甚麼希冀的微命爲王上治療他的疾病。

夫人　你相信你會成功嗎？

海　是的，夫人，我相信我會成功。

夫人　那麼很好，海倫，你不但可以得到我的准許，也可以得到我的愛，我願意爲你置備行裝，派僕從護送你前去，還要請你傳言致候我那些在宮廷中的熟人。我在家裏願意爲你祈禱上帝保佑你達到目的。你明天就去吧，你儘管放心，祗要是我能够助你一臂之力的事情，總不會失敗的。（同下）

# 第二幕

## 第一場　巴黎王宮中的一室

〔喇叭奏花腔。國王，出發參加佛羅倫斯戰爭之若干少年廷臣，貝特蘭，巴洛，及侍從等上。

王　諸位賢卿，再會，希望你們永遠保持着尙武的精神。

甲臣　但願我們奏凱回來，陛下早已恢復了康健。

王　不，不，那可是沒有希望的了，雖然我的未死的雄心，還不肯承認它已經沾上了不治的痼疾。再會，諸位賢卿，無論我是死是活，你們總要做個發揚祖國光榮的法蘭西好男兒，讓那些國運凌夷的意大利人知道你們去不是向光榮求婚，而是去把它迎娶回來。當那些意氣縱橫的勇士知難怯退的時候，便是你們奮身博取世人稱譽的機會。再會！

乙臣　但願陛下早復健康。

王　那些意大利的姑娘們是要留心提防的；人家說，要是她們有什麼請求，我們法文中缺少拒絕她們的字眼；倘然你們還沒有上戰場就已經作了俘虜，那可不行的。

甲、乙　我們誠心接受陛下的警告。

王　再會！你們跟我過來。（侍從扶下）

甲臣　啊，大人，眞想不到您不能跟我們一起出去！

巴　那不是他自己的錯處。

乙臣　啊，打仗是怪好玩兒的。

巴　眞有意思，我也經歷過這種戰爭哩。

貝　王上命令我留在這兒，說我太年靑，叫我明年再去，說是現在太早了。

巴　哥兒，您要是立定主意，就該放大膽子，偷偷兒的逃跑出去。

貝　我留在這兒，就像一匹給婦人女子駕馭的轅下駒，終日在石道上消磨我的足力，等着人家一個個奪了光榮回來，再沒有機會一試我的身手，讓腰間的寶劍除了向人舞弄取樂以外，沒有一點別的用處！不，天日在上，我一定要逃跑出去。

甲　這雖然是一件偷偷摸摸幹着的事，可是並不丟臉。

巴　爵爺，您就這麼幹吧。

乙　您要是有需要我的地方，我願意盡力幫您的忙。回頭見。

貝　咱們已經成了好朋友，我眞不忍和你們分別。

甲　再見，隊長。

乙　好巴洛先生，回頭見！

巴　高貴的英雄們，我的劍和你們的劍是同氣相求的。讓我告訴你們，在斯賓那人的營伍裏有一個史布利奥大尉，他那凶神一樣的臉上有一道疤痕，那就是我親手用這柄劍給他刻下來的；你們要是見了他，請告訴他我還活着，聽他怎樣說我。

乙　我們一定這樣告訴他，隊長。（廷臣等下）

巴　戰神保佑你們這批新收的門徒！您怎麽辦呢？

貝　且住，王上來了。

〔國王重上；巴洛及貝特蘭退後。

王　你對於你那些出征的同僚們太冷落了。快去陪他們吃吃喝喝，談談笑笑，熱熱鬧鬧地爲他們餞別一番吧。

貝　是，陛下。（貝、巴下）

〔拉敷上。

拉　（跪）陛下，請您恕我冒昧，稟告你一個消息。

王　站起來說吧。

拉　多謝陛下。陛下，我希望當您跪着向我求恕的時候，我叫您站起來，您也會這樣不費力地站起來。

王　我也是這樣想，我很想打破你的頭，再請你原諒。

拉　那可不敢當。可是陛下，您願意醫好您的病嗎？

王　不。

拉　啊，狐狸因爲吃不到葡萄，所以說不要吃嗎？我知道有一種藥，可以使頑石有了生命，您吃了之後，就會生龍活虎似的跳起舞來；它可以使陳年痼疾藥到病除，它可以使査里曼大帝拿起筆來，爲她寫一行情詩。

王　是那一個「她」？

拉　她就是我所要說的那位女醫生。陛下，她就在外邊，等候着您的賜見。我敢憑着我的忠誠和信譽發誓，要是您不以爲我的話都是隨便說着玩玩，不足爲準的話，那麼像她這樣一位有能耐，聰明而意志堅定的青年女子，的確使我驚奇欽佩，我相信那不能歸咎於我的天生的弱點。她現在要求拜見陛下，不知道陛下願不願意准如所請，問一問她的來意？要是您在見了她之後，覺得我說的全都是虛話，那時再請您把我大大地取笑一番吧。

王　好，拉敷，那麼你去帶那個奇女子進來，讓我們大家瞻仰瞻仰吧。

拉　好，我馬上去，馬上就來。（下）

王　他無論有什麼事，總是先拉上一堆廢話。

〔拉敷率海倫那重上。

拉　來，這兒來。

王　這麼快！他倒眞是插着翅膀飛的。

拉　來，這兒來。這位就是王上陛下，你有什麼話可以對他說。瞧你的樣子像一個叛徒，可是你這樣的叛徒，王上是不會害怕的。再見。（下）

王　姑娘，你是有什麼事情來見我的嗎？

海　是的，陛下。傑拉特拿蕩是我的父親，他在醫道上是頗有研究的。

王　我知道他。

海　陛下既然知道他，我也不必再多費唇舌誇贊他了。他在臨死的時候，傳給我許多祕方，其中主要的一個，是他積多年懸壺的經驗配製而成，他把它十分珍惜，叫我用心保藏起來，把它當作自己心頭一塊肉一樣寶愛着。我聽從着他的囑咐從來不敢把它輕易示人，現在聞知陛下所患的症狀，正就是先父所傳祕方所主治的一種疾病，所以甘冒萬死前來把它呈獻陛下。

王　謝謝你，姑娘，可是我不能輕信你的藥餌；我們這裏最高明的醫生都已經離開了我，衆口一辭地斷定病入膏肓，決非人力所能挽回的了。我怎麼可以糊裏糊塗地把我的癡心妄想，寄託在一張靠不住的醫方上，認爲它可以醫治我的不治之症呢？我不能讓人家譏笑我的昏憒，當一切救助都已無能爲力的時候，再去相信一種無意識的救助呀。

海　陛下既然這麼說，我也不敢勉强陛下接納我的微勞，總算我跋涉了這一趟，略盡我對陛下的一番忠悃，也可以說是不虛此行了。我他無所求，但求陛下放我回去。

王　你來此也是一番好意，這一個要求當然可以准許你。你想來幫助我；我一個垂死之人，對於希望他轉死回生的人，不用說是十分感激的；可是你還沒有知道我的病狀已經險惡到甚麼程度，你沒有着手成春的妙術，又有甚麼辦法呢？

海　既然陛下已經斷定一切治療都已無望，那麼就給我一個機會，讓我試一試我的本領，又有甚麼妨礙呢？建立豐功偉業的人，往往借助於最微弱者之手，當士師們有如童騃的時候，上帝的旨意往往藉着嬰兒的身上顯示；洪水可以從涓滴的細流中發生，大海有時卻會乾涸，最有把握的希望，往往結果終於失望，最少希望的事情，反會出人意外地成功。

王　我不能再聽你說下去了；再會，善心的姑娘！你的殷勤未邀採納，讓我的感謝作爲你的酬報吧。

海　天啓的智能就是這樣爲一言所毀。人們總是憑着外表妄加臆測，無所不知的上帝卻不是這樣；明明是來自上天的援助，人們卻武斷地諉之於人力。陛下，請您接受我的勞力吧，這並不是試驗我的本領，乃是試驗上天的意旨。我不是一個大言欺人的騙子，我知道我有充分的把握，我也確信我的醫方決不會失去效力，陛下的病也決不會毫無希望。

王　你是這樣確信着嗎？那麼你希望在多少時間內把我的病醫好？

海　給我最寬的限期，在羲和的駿馬拖着火輪兜了兩個圈子，陰沉的暮色兩次吹熄了朦朧的殘輝，或是航海者的滴漏二十四回告訴人們那竊賊一樣的時間怎樣偷溜過去以前，陛下身上的病痛便會霍然脫體，重享着自由自在的健康生活。

王　你有這樣的自信，要是結果失敗呢？

海　請陛下譴責我的鹵莽，把我當作一個無恥的娼妓，讓世人編造誹謗的歌謠，宣揚我的恥辱；我的處女的清名永遠喪失，我的生命也可以在最苛虐的酷刑中毀滅。

王　我覺得彷彿有一個天使借着你柔弱的口中發出他的有力的聲音；雖然就常識判斷起來應該是不可能的事，卻使我不能不信。你的生命是可貴的，因爲在你身上具備一切生命中值得讚美的事物，青春，美貌，智慧，勇氣，賢德，這些都是足以使人生幸福的；你願意把這一切作爲孤注，那必然表示你有非凡的能耐，否則你一定有一種異常迫切的需要。好醫生，我願意試一試你的藥方，要是我死了，你自己可也不免一死。

海　要是我不能按照限定的時間把陛下治愈，或者醫治的結果，跟我說過的話稍有不符之處，我願意引頸就戮，死而無怨。不過要是我把陛下的病看好了，那麼陛下答應給我甚麼酬報呢？

王　你可以提出無論甚麼要求。

海　可是陛下是不是能够滿足我的要求呢?

王　憑着我的身份起誓，我一定答應你。

海　那麼我要請陛下親手賜給我一個我所選中的丈夫。我不敢冒昧在法蘭西的王族中尋求選擇的對象，把我這卑賤的名姓攀附金枝玉葉；祇要陛下准許我在您的臣僕之中，揀一個我可以向您要求您也可以允許給我的人，我就感激不盡了。

王　那麼一言爲定，你治好了我的病，我也一定幫助你如願以償。我已經決心信賴着你的治療，你等着自己選擇吧；我還有一些問題要問你，我也必須知道你是從什麼地方來的，你家裏還有什麼人；可是即使我不問你這些問題，我也可以完全相信着你，請你接受我眞心的歡迎和誠意的祝福。來人！扶我進去。你的手段倘使果然像你所說的那樣高明，我一定不會辜負你的好處。（喇叭奏花腔，同下）

## 第二場　羅西昂伯爵夫人府中一室

〔伯爵夫人及小丑上。

夫人　來，小子，現在我要試試你的教養如何了。

丑　人家會說我是個錦衣玉食的鄙夫。您的意思不過是要叫我上宮廷裏去嗎?

夫人　上宮廷裏去！你到過些什麼好地方，說的話兒這樣神氣活現，「不過是上宮廷裏去。」

丑　不說假話，太太，一個人祇要懂得三分禮貌，在宮廷裏混混是再容易不過的事。誰要是連屈個膝兒，脫個帽兒，吻個手兒，說些個客話兒也不會，那簡直是個不生腿，不生手，不生嘴唇的木頭人，這種傢伙當然是不配到宮廷裏去的。可是我有一句話兒什麽問話都可以應付過去。

夫人　啊，一句答話可以回答一切問題，這倒是聞所未聞。

丑　它就像理髮匠的椅子一樣什麽屁股坐上去都合適，尖屁股，扁屁股，瘦屁股，肥屁股，或者無論什麽屁股。

夫人　那麽你的答話對於無論什麽問題也都是一樣合適嗎？

丑　正像律師手裏的訟費，娼妓手裏的夜度資，新郎手指上的婚戒，懺悔火曜日的煎餅，五朔節的化裝跳舞一樣合適；也正像釘之於孔，烏龜之於綠頭巾，尖嘴姑娘之於潑皮無賴，尼姑嘴唇之於和尚嘴巴一樣天造地設。

夫人　你果然有這樣一句百發百中的答話嗎？

丑　上至公卿，下至皁隸，什麽問話都可以用這句話回答。您要是不信，咱們不妨試一試。您先問我我是不是個官兒。

夫人　好，我就充一會傻瓜，也許可以跟你學點兒乖。請問足下是不是在朝廷裏得意？

丑　啊，豈敢豈敢！——這不是很便當地應付過去了嗎？再問下去，再問我一百個問題。

夫人　老兄，咱們是老朋友，小弟一向佩服您的。

丑　啊，豈敢豈敢！——再來，再來，不要放過我。

夫人　這肉煮得太不入味，恐怕不合老兄胃口。

丑　啊，豈敢豈敢！——再問下去，儘管問下去。

夫人　聽說最近您曾經給人家抽了一頓鞭子。

丑　啊，豈敢豈敢！——不要放過我。

夫人　你在給人家鞭打的時候，也是喊着「豈敢豈敢，」還要叫他們不要放過你嗎？

丑　我的「豈敢豈敢」百試百靈今天卻是第一次觸了霉頭看來無論怎樣經久耐用的東西也，總有一天失去效用的。

夫人　跟你這傻子胡扯了半天，現在還是談正事吧。你看見了海倫姑娘，就把這封信交給她，請她立刻答覆我；還給我致意問候我的那些親戚們也去問問少爺安好。這不算是甚麼麻煩的事吧。

丑　好，就此告辭。

夫人　你快去吧。（各下）

## 第三場　巴黎王宮中的一室

〔貝特蘭，拉敷，巴洛同上。

拉　人家說奇蹟已經過去了，我們現在這一輩博學深思的人們，慣把不可思議的事情看作平淡無奇，因此我們把驚駭視同兒戲，當我們應當爲一種不知名的恐懼而戰慄的時候，我們卻用謬妄的知識作爲護身符。

巴　大人這一番高論眞是不可多得的至理名言。

貝　正是正是。

拉　不去乞靈於那些醫經藥典，——

巴　是是。

拉　什麼伽倫，什麼巴拉賽爾色斯，——

巴　是是。

拉　以及那一大羣有學問的傢伙們，——

巴　是是。

拉　他們都斷定他無藥可治，——

巴　對啊，一點不錯。

拉　毫無痊愈的希望，——

巴　對啊，他正像是——

拉　風中之燭，吉少凶多。

巴　正是，您說得眞對。

拉　像這樣的事情眞可以說是不世的奇蹟。

巴　正是正是，那眞可以說是——您怎麽說的？

拉　上蒼借手人力表現出來的靈異。

巴　對了，那正是我所要說的話。

拉　現在他簡直的比海豚還壯健；這不是我故意說着不敬的話。

巴　總而言之這眞是奇事；祇有最頑愚不化的人，纔會不承認那是——

拉　上天借手於——

巴　是是。

拉　一個最柔弱無能的使者，表現他的偉大超越的力量；感謝上天的眷顧，他不但保佑我們王上恢復健康，一定還

巴　會賜更多的幸福給我們。
您說得眞對，我也是這個意思。王上來了。
【國王，海倫那及侍從等上。
拉　我以後要格外歡喜姑娘兒們了，趁着我的牙齒還後有完全掉下瞧，他簡直可以拉着她跳舞呢。
巴　嗳喲！這不是海倫嗎？
拉　我相信是的。
王　去，把朝廷中所有的貴族一起召來。（一侍從下）我的恩人，請你坐在你病人的旁邊。我這一隻手多虧你使它恢復了知覺，現在它將要給與你我已經允許你的禮物，只等你指點出來。
【若干廷臣上。
王　好姑娘，用你的眼睛觀看，這一羣年青未婚的貴人，我對他們都可以運用君上和嚴親的兩重權力，把他們中間的任何一人許配給你；你可以隨意選擇，他們都不能拒絕你。
海　願愛神保佑你們每一個人都能得到一位美貌賢淑的愛人！除了你們中間的一個人之外。
拉　哼，我的牙齒並不比這些孩子們壞，我的鬍鬚也不比他們長多少呢。
王　仔細看看他們，他們誰都有一個高貴的父親。
海　各位大人，上天已經假手於我，治愈了王上的疾病。
衆　是，我們感謝上天差遣您前來。
海　我是一個簡單愚魯的女子，我可以向人誇耀的，只是我是一個淸白的少女。陛下，我已經選好了。我頰上的羞紅向我低聲耳語「我們爲你害羞，因爲你竟敢選擇你自己的意中人；可是你倘然給人拒絕了，那麽讓蒼白的死亡永遠罩在你的頰上吧，我們是永不再來的了。」

王　你儘管放心選擇吧，誰要是躲避你的愛情讓他永遠得不到我的眷寵。

海　黛安那女神，現在我要離開你的聖壇，把我的嘆息奉獻給至高無上的愛神龕下了。大人，您願意聽我的訴請嗎？

廷臣甲　但有所命，敢不樂從。

海　謝謝您大人，我沒有什麽話要對您說的，（向廷臣乙）大人，我還沒有向您開口，您眼睛裏閃耀着的威燄，已經使我自慚形穢，望而卻步了。但願愛神賜給您幸運，使您得到一位勝過我二十倍的美人！

乙　得偶仙姿，已屬萬幸，豈敢更有奢求？

海　請您接受我的祝願，少陪了。

拉　難道他們都拒絕了她嗎？要是他們是我的兒子，我一定要把他們每人抽一頓鞭子，或者把他們賞給土耳其人做太監去。

海（向廷臣丙）　不要害怕我會選中您，我決不會使您難堪的。上帝祝福您！要是您有一天結婚，希望您娶到一位好妻子！

拉　這些孩子們放着這樣一個人不要，難道都是冰打成的不成；他們一定是英國人的私生子，咱們法國人決不會這樣的。

海（向廷臣丁）　您是太年青，太幸福，太好了，我配不上您。

丁　美人，我不能同意您的話。

拉　這小子倒有種，你的父親大概是喝過酒的。可是你倘然不是一頭驢子，就算我是一個十四歲的小娃娃；我早知道你是個什麼人。

海　（向貝）我不敢說我選取了您，可是我願意把我自己奉獻給您，終身爲您服役，一切聽從您的指導。——這就是我選中的人。

王　很好，貝特蘭，那麼你娶了她吧，她是你的妻子。

貝　我的妻子，陛下！請陛下原諒，在這一件事情上，我是要憑着自己的眼睛作主的。

王　貝特蘭，你不知道她給我作了甚麼事嗎？

貝　我知道，陛下；可是我不知道爲什麼我必須娶她。

王　你知道她把我從病牀上救了起來。

貝　所以我必須降低身分和一個下賤的女子結婚嗎？我認識她是什麼人，她是靠着我家養活長大的。一個窮醫生的女兒做我的妻子！我的臉都丟盡了！

王　你看不起她，不過因爲她地位低微，那我可以把她擡高起來。要是把人們的血液傾注在一起，那顏色，重量，和熱度都難以區別，偏偏在人間的關係上，會劃分這樣清楚的鴻溝，眞是一件怪事。她倘然是一個道德上完善的女子，你不歡喜她，只因爲她是一個窮醫生的女兒，那麼你重視虛名甚於美德，這就錯了。窮巷陋室，有德之士居之，可以使蓬蓽增輝，世祿之家，不務修善，雖有盛名，亦將隳敗。善惡的區別，在於行爲的本身，不在於地位的有無。她有天賦的青春，智慧和美貌，這一切的本身卽是光榮；最可恥的，卻是那些席父祖的餘蔭，不知紹述先志，一味妄自尊大的人。虛名是一個下賤的奴隸，在每一座墓碑上說着諛墓的誑話，倒是在默默無言的一坏荒土之下，往往埋葬着忠臣義士的骸骨有什麼話好說呢？你倘然不能因爲這女子的本身而愛她，我可以給她其餘的一切；她的賢淑美貌是她自己的嫁奩，光榮和財富是我給她的賞賜。

貝　我不能愛她，也不想愛她。

王　你要是抗不奉命，一定要自討沒趣的。

海　陛下聖體復原，已經使我欣慰萬分，其餘的事情，不必談了。

王　這與我的威望有關，我必須運用我的權力。來，驕横傲慢的孩子，握着她的手，你纔不配接受這一件卓越的賜與呢。你的愚忘狂悖，不但孤負了她的好處，也已經喪失了我的歡心。你以爲她和你處在天平的不平衡的兩端，卻不知道我站在她的一面，便可以把兩方的輕重倒轉過來；你也沒有想到你的升沉榮辱，完全操在我的手中。爲了你自己的好處，趕快抑制你的輕蔑，服從我的旨意；我有命令你的權力，你有服從我的天職；否則你將永遠得不到我的眷顧，讓年輕的愚昧把你拖下了終身蹭蹬的深淵，我的憤恨和憎惡將要降臨到你的頭上，沒有一點憐憫寬恕。快回答我吧。

貝　求陛下恕罪，我願意捐棄個人的愛憎，服從陛下的指示。當我一想起多少恩榮富貴，都可以隨着陛下的一言而予奪，我就覺得適纔我所認爲最卑賤的她，已經受到陛下的寵眷，而和出身貴族的女子同樣高貴了。

王　攙着她的手，對她說她是你的。我答應給她一份財產，即使不比你原有的財產更富，也一定可以和你的互相匹敵。

貝　我願意娶她爲妻。

王　幸運和國王的恩寵祝福着你們的結合；你們的婚禮就在今晚舉行，至於隆重的婚宴，那麼等遠道的親友到來

以後再辦吧。你既然答應娶她，就該眞誠愛她，不可稍有貳心。去吧。（國王、貝海、羣臣、及侍從等同下）

拉　對不起，朋友，跟你說句話兒。

巴　請問有何見教？

拉　貴主人一見形勢不對就改變口氣，倒很見機乖巧。

巴　貴主人！你在對誰說話？

拉　啊，難道是我說錯了嗎？

巴　豈有此理！人家對我這樣說話，我可不肯和他甘休的。貴主人！

拉　難道尊駕是羅西昂伯爵的朋友嗎？

巴　什麼伯爵都是我的朋友，是個男子漢大丈夫我就跟他做朋友。

拉　你只好跟伯爵們的跟班做朋友，瞧你的樣子就不像個上流人。

巴　你年紀太老了，老人家，你年紀太老了，還是少找些是非吧。

拉　混蛋，我是個男子漢大丈夫，你再活上一把年紀去也够不上做個漢子。

巴　要是我不顧一切起來，什麼事我都會做得出來的。

拉　我本來以爲你是個有幾分聰明的傢伙，你的山海經也編造得有幾分意思，可是一看你的裝束就知道你不是個怎樣了不起的人。像你這樣的傢伙眞是俯拾卽是，不値得人家理睬。

巴　倘不是瞧在你這一把年紀份上，——

拉　別太動肝火了吧，那會促短你的壽命的；上帝大發慈悲，可憐可憐你這頭老母雞吧！再見，我的好格子窗；我不必打開窗門，因爲我早已看得你雪亮了。

巴　大人，你給我太難堪的侮辱了。

拉　是的，我誠心侮辱你，你可以受之無愧。再見。（下）

巴　哼，你倘然有一個兒子，我一定要向他報復這場恥辱，這卑鄙齷齪的老官兒！我且按下這口氣，他們這些有權有勢的人不是好惹的。要是我有了下手的機會，不管他是怎麼大的官兒，我一定要把他揍一頓，決不因爲他有了年紀而饒過他。等我下次碰見他的時候，非把他揍一頓不可！

〔拉敷重上。

拉　喂，我告訴你一個消息，你的主人結了婚了，你有了一位新主婦啦。

巴　千萬請求大人不要欺人太過，他是我的好長官，在我頭上我所服侍的纔是我的主人。

拉　誰？上帝嗎？

巴　是的。

拉　魔鬼纔是你的主人。爲什麼你要把帶子在手臂上綁成這個樣子？你把衣袖當作襪管嗎？人家的僕人也像你這樣嗎？你還是把你的雞巴裝在你鼻子的地方吧。要是我再年輕一些兒，我一定要給你一頓打；誰見了你都會生氣，誰都應該打你一頓；我看上帝造下你來的目的，是爲給人家噓氣用的。

巴　大人，你這樣無緣無故破口駡人，未免太不講理啦。

拉　去你的吧！你是個無賴浪人，不想想你自己的身份，膽敢在貴人面前放肆無禮，對於你這種人眞不値得多費唇舌，否則我可要駡你是個混賬東西啦。我不跟你多講話了。（下）

巴　好，很好，咱們瞧着吧。好，很好。現在我暫時不跟你算賬。

〔貝特蘭上。

貝　完了，我永遠沾上了晦氣了。

巴　什麼事，好人兒？

貝　我雖然已經在尊嚴的牧師面前起過誓，我卻不願跟她同牀。

巴　什麼，什麼，好親親？

貝　哼，巴洛，他們叫我結了婚啦！我要去參加都斯加戰爭去，永遠不跟她同牀。

巴　法蘭西是個狗窠，不是堂堂男子立足之處。從軍去吧！

貝　我母親有信給我，我還不知道裏面說些甚麼話。

巴　噢，那你看了就知道了。從軍去吧，我的孩子！從軍去吧！在家裏抱抱嬌妻，把豪情壯志銷磨在溫柔鄉裏，不去馳騁疆場，建功立業，豈不埋沒了自己的前途。到別的地方去吧！法蘭西是一個馬棚，我們住在這裏的都是些不中用的駑馬。還是從軍去吧！

貝　我一定這樣辦。我要叫她回到我的家裏去，把我對她的嫌惡告知我的母親，說明我現在要出走到甚麼地方去。我還要把我當面不敢出口的話用書面稟明王上；他給我的賞賜，正好供給我到意大利戰場上去，和那些勇士們在一起作戰，與其悶在黑暗的家裏和一個可厭的妻子終日相對，還不如衝鋒陷陣，死也死得痛快一些。

巴　你現在乘着一時之興，將來會不會反悔？你有這樣的決心嗎？

貝　跟我到我的寓所去，幫我出些主意。我可以馬上打發她動身，明天我就上戰場，讓她守活寡去。

巴　啊，你倒不是放空砲那好極了。一個結了婚的青年是個洩了氣的漢子，勇敢地丟棄了她去吧。（同下）

## 第四場　同前王宮中的另一室

［海倫娜及小丑上；巴洛自另一方上。

巴　祝福您幸運的夫人！

海　但願如你所說，我能够得到幸運。

巴　我願意爲您祈禱願您諸事順利，永遠幸福。啊，好小子！我們那位老太太好嗎？

丑　要是把她的皺紋給了你，把她的錢給了我，我願她像你所說的一樣。

巴　我沒有說甚麼呀。

丑　對了，所以你是個聰明人；因爲舌頭往往是敗事的禍根。不說甚麼，不做甚麼，不知道甚麼，也沒有甚麼，就可以使你受用不盡。

巴　瞧不出你倒是一個聰明的傻瓜夫人，爵爺因爲有要事今晚就要動身出去。他很不願剝奪您在新婚宴爾之夕應享的權利，可是因爲迫不得已，祇好緩日向您補敍歡情。良會匪遙，請夫人暫忍目前，等待將來別後重逢的無邊歡樂吧。

海　他還有甚麼吩咐？

巴　他說您必須立刻向王上辭別，設法找出一個可以使王上相信的理由來，能够動身得越快越好。

海　此外還有甚麼命令？

巴　他叫您照此而行，靜候後命。

海　我一切都遵照他的意志。

巴　好，我就這樣回覆他。

海　勞駕你啦。來，小子。（各下）

## 第五場　同前；另一室

［拉斅及貝特蘭上。

拉　我希望大人不要把這人當作一個軍人。

貝　不，大人，他的確是一個軍人，而且有很勇敢的名聲。

拉　這是他自己告訴您的。

貝　我還有其他方面的證明。

拉　那麼也許是我看錯了人，把這頭鴻鵠看成了燕雀了。

貝　我可以向大人保證他是一個見多識廣，而且很有膽量的人。

拉　那麼我對於他的見識和膽量眞是太失敬了，可是我心裏卻一點不覺得有抱歉的意思。他來了，請您給我們和解和解吧。

［巴洛上。

巴　（向貝）一切事情都照您的意思辦理。

貝　（向巴）她去見王上去了嗎？

巴　是的。

貝　她今晚就動身嗎？

巴　您要她甚麼時候走她就什麼時候走。

貝　我已經寫好信，把貴重的東西裝了箱，叫人把馬也備好了；就在洞房花燭的今夜，我要和她一刀兩斷。

拉　一個好的旅行者講述他的見聞，可以在宴席上助興；可是一個淨說謊話，撥拾一兩件大家知道的事實遮掩他的一千句廢話的人，聽見一次就該打他三次。上帝保佑您，隊長！

貝　這位大人跟你有點兒不和嗎？

巴　我不知道我在什麼地方得罪了大人。

貝　大人，也許您對他有點兒誤會吧。

拉　我永遠不想了解他。再見，大人，相信我吧，這個輕殼果裏是找不出核仁來的；這人的靈魂就在他的衣服上。不要信託他重要的事情，這種人的性格我是知道的。再見，先生，我並沒有把你說得太難堪，照你這樣的人，我應該把你狠狠罵一頓，可是我也犯不着和小人計較了。（下）

巴　眞是一個混賬的官兒。

貝　我並不以爲如此。

巴　啊，您還不知道他是個怎麼樣的人嗎？

貝　不，我跟他很熟悉，大家都說他是個好人。我的絆脚的東西來了。

【海倫那上。

海　夫君，我已經遵照您的命令，見過王上，已蒙王上准許即日離京，可是他還要叫您去作一次私人談話。

貝　我一定服從他的旨意。海倫，請你不要驚奇我這次行動的突兀，我本不該在現在這樣的時間匆匆遠行，實在我自己在事先也毫無所知，所以弄得這樣手足失措。我必須懇求你立刻動身回家，也不要問我爲什麼我要叫你這樣做，雖然看上去好像很奇怪，可是我是在詳細考慮過了之後纔這樣決定的；你不知道我現在將要去做一番什麼事情，所以當然不知道它的性質是何等重要。這一封信請你帶去給我的母親。（以信給海）我在兩天之後再來看你，一切由你自己斟酌行事吧。

海　夫君我沒有甚麼話可以對您說，只是我是您的最恭順的僕人。

貝　算了，算了，那些話也不用說了。

海　我知道自己命薄，不配接受這樣大的幸福，以後只有兢兢業業，恪守本分，免得更增罪戾。

貝　算了吧，我現在要緊得很。再見，回家去吧。

海　夫君，請您恕我。

貝　啊，你還有什麼話說？

海　我不配擁有我所有的財富，我也不敢說它是我的，雖然它是屬於我的；我就像是一個膽小的竊賊，雖然法律已經把一份家產判給他，他還是想把它悄悄偷走。

貝　你想要些什麼？

海　我的要求是極其微小的，實在也可以說毫無所求。夫君，我不願告訴您我要些什麼。陌路之人和仇敵們在分手的時候，是用不到親吻的。

貝　請你不要就擱遲快上馬吧。

海　我決不違背您的囑咐，夫君。

貝　（向巴）還有那些人呢？（向海）再見。（海下）你回家去吧；祇要我的手臂能够揮舞刀劍，我的耳朵能够聽辨鼓聲，我是永不回家的了。——去！我們就此登程。

巴　好，放出勇氣來！（同下）

# 第三幕

## 第一場　佛羅倫斯公爵府中一室

〔喇叭奏花腔；公爵率侍從二法國廷臣，及軍士等上。

公爵　現在你們已經詳詳細細知道了這次戰爭的根本原因，無數的血已經爲此而流，以後兵連禍結，更不知何日是了。

甲臣　殿下這次出師，的確是名正言順，而在敵人方面也太過於暴虐無道了。

公爵　所以我很詫異我們的法蘭西王兄對於我們這次堂堂正正的義師，竟會拒絕給我們援手。

甲　殿下，殿下國家政令的決定，不是個人好惡所能左右，小臣地位卑微，更不敢妄加臆測，因此敝國拒絕援助貴邦的原因，要請殿下寬恕小臣無法奉告。

公爵　既然貴國這樣決定，我們當然也不便強人所難。

乙臣　可是小臣相信在敝國有許多青年朝士，因爲厭於安樂，一定會絡續前來，爲貴邦效命的。

公爵　那我們一定非常歡迎，他們一定將在我們這裏享受最隆重的禮遇。兩位既然迢迢來此，誠心投效，就請各就部位，大家本着前仆後繼的精神，踏着先死者的血跡前進。明天我們就要整隊出發了。（喇叭奏花腔；衆下）

## 第二場　羅西昂，伯爵夫人府中一室

〔伯爵夫人及小丑上。

夫人　一切事情都適如我的願望，唯一的遺憾，是他沒有陪着她一起回來。

丑　我看我們那位小爵爺心裏很有點兒不痛快呢。

夫人　請問你何以見得？

丑　他在低頭看着靴子的時候也會唱歌；拉正皺領的時候也會唱歌；向人家問話的時候也會唱歌；剔牙齒的時候也會唱歌。我知道有一個人在心裏不痛快的時候也有這種脾氣，曾經把一座大莊子半賣半送地給了人家呢。

夫人　（拆信）讓我看看他信裏寫些什麼，幾時可以回來。

丑　我自從一到了京城以後，對於依絲貝兒的這顆心就冷了起來。咱們鄉下的鹹魚沒有京城裏的鹹魚好，咱們鄉下的姑娘也比不上京城裏的姑娘們。我對於戀愛已經失去了興趣，正像老年人把錢財看作身外之物一樣。

夫人　啊，這是甚麼話？

丑　您自己看是甚麼話吧。（下）

夫人　（讀信）「兒已遣新婦回家，渠即爲國王療疾之人，而令兒終天抱恨者也。兒雖被迫完婚，未嘗與共枕席；有生之日，誓不與之同處。兒今已亡命出奔，度此信到後不久，消息亦必將達於吾母耳中矣。從此遠離鄉土，永作他鄉之客，幸母勿以兒爲念。不幸兒貝特蘭上。」豈有此理，這個鹵莽倔强的孩子，這樣一個賢慧的妻子還不中他的意，竟敢拒絕王上的深恩，不怕激起他的嗔怒，眞太不成話了？

〔小丑重上。

丑　啊夫人！那邊有兩個將官獲送着少夫人，帶着不好的消息來了

夫人　什麼事？

丑　不，還好，還好，少爺還不會馬上就給人殺死。

夫人　他爲甚麼要給人家殺死？

丑　夫人，我聽他們說他逃走了；要是人家把他捉住了，豈不要把他殺死？他們來了，讓他們告訴您吧；我只聽見說少爺逃走了。（下）

〔海倫那及甲乙二臣上。

甲　您好，夫人。

海　媽，我的主去了，一去不回了！

乙　別那麼說。

夫人　你耐着點兒吧。對不起，兩位，我因爲一時悲喜交集，簡直的呆住了；請問兩位，我的兒子呢？

乙　夫人，他去幫助佛羅倫斯公爵作戰去了，我們碰見他望那邊去的。我們剛從佛羅倫斯來，在朝廷裏辦好了一些差事，仍舊要回去的。

海　媽，請您瞧瞧這封信，這就是他給我的憑證：「汝倘能得余永不去手之指環，且能腹孕一子，確爲余之骨肉者，始可稱余爲夫；然余可斷言永無此一日也。」這是一個可怕的判決！

夫人　這封信是他請你們兩位帶來的嗎？

甲　是的，夫人；我們很抱歉因爲它使你們不高興。

夫人　媳婦，你不要太難過了；要是你把一切的傷心都歸在你一個人身上，那麼你就把我應當分擔的一部分也佔奪了去了。他雖然是我的兒子，我從此和他斷絕母子的情分，你是我的唯一的孩子了。他是到佛羅倫斯去的嗎？

乙　是的，夫人。

夫人　是從軍去嗎？

乙　這是他的英勇的志願；相信我吧，公爵一定會對他十分看重的。

夫人　兩位就是從那邊來的嗎？

甲　是的，夫人，我們剛從那邊兼程回來。

海　「余一日有妻在法蘭西，法蘭西即一日無足以令余眷戀之物。」好狠心的話！

夫人　這些話也是在那信裏的嗎？

海　是的，媽。

甲　這不過是他一時信筆寫下去的話，並不是眞有這樣的心思。

夫人　「一日有妻在法蘭西，法蘭西即一日無足以令余眷戀之物！」法蘭西沒有什麼東西比你的妻子更不配被你所辱沒了；她是應該嫁給一位堂堂貴人，讓二十個像你這樣無禮的孩子爲他供奔走，在她面前太太長太太短地小心侍候的。誰和他在一起？

甲　他祇有一個跟班，那個人我也跟他有一點認識。

夫人　是巴洛嗎？

甲　是的，夫人，正是他。

夫人　那是一個名譽掃地的壞東西。我的兒子受了他的引誘，把他高貴的天性都染壞了。兩位遠道來此，恕我招待不周。要是你們看見小兒，還要請你們爲我向他寄語，他的劍是永遠贖不回他所已經失去的榮譽的。我還有一封信，寫了要託兩位帶去。

乙　夫人但有所命，鄙人等敢不効勞。

夫人　兩位太言重了。裏邊請坐吧。（夫人及甲乙下）

海　「余一日有妻在法蘭西，法蘭西即一日無足以令余眷戀之物。」——法蘭西沒有可以使他眷戀的東西，除非他在法蘭西沒有妻子！羅西昂，你將在法蘭西沒有妻子，那時你就可以重新得到你所眷戀的一切了。可憐的人！難道是我把你逐出祖國，讓你那嬌生慣養的身體去當受無情的戰火嗎？難道是我害你遠離風流逸樂的宮廷，使那些從含情的美目中投射出來的溫柔的箭鏃失去了鵠的嗎？乘着火力在天空中橫飛的彈丸呀，讓空氣中充滿着你們穿過氣流而發出的歌聲吧，但願你們不要接觸到我的丈夫的身體！誰要是射中了他，我就是主使暴徒行兇的禍首；誰要是向他奮不顧身的胸前揮動兵刃的，我就是陷他於死地的巨惡；雖然我不曾親手把他殺死，他的死卻是因爲我的緣故。我寧願讓我的身體去膏餓獅的饞吻，我寧願世間所有的慘痛集於我的一身。不，回來吧，羅西昂！不要冒着喪失一切的危險去換來一個光榮的創疤，我會離此而去的。既然你的不願回來，只是因爲我在這裏的緣故，難道我會繼續留在這裏嗎？不，不，即使這屋子裏播滿着天堂的香味，即使這裏是天使們遨遊的樂境，我也不能作一日之留。我一去之後，我的出走的消息，也許會傳到你的耳中，使你得到安慰。快來吧，黑夜；快快結束吧，白晝！因爲我這可憐的賊子，要趁着黑暗悄悄溜走。（下）

## 第三場　佛羅倫斯；公爵府前

〔喇叭奏花腔；公爵，貝特蘭，巴洛，及軍士等上；鼓角聲。

公爵　我們的馬隊歸你全權統率，但願你馬到功成，不要有負了我的厚望和重託。

貝　多蒙殿下以這樣重大的責任相加，只恐小臣能力微薄，難於勝任，惟有誓竭忠忱，為殿下盡瘁，任何危險，在所不辭。

公爵　那麼你就向前猛進吧，但願命運照顧着你，做你的幸運的情人！

貝　從今天起，偉大的戰神，我投身在你的麾下，幫助我使我像我的思想一樣剛強，使我祇愛聽你的鼓聲，厭惡那兒女的柔情。（同下）

## 第四場　羅西昂伯爵夫人府中一室

〔伯爵夫人及管家上。

夫人　唉！你就這樣接下了她的信嗎？你不知道她會像前次一樣，留給我一封書信，不別而行嗎？再唸一遍給我聽。

管家　（讀信）

「為愛忘畛域，　致觸彼蒼怒，
赤足禮聖真，　懺悔從頭誤。
沙場有遊子，　日與死為伍，
莫以薄命故，　甘受鋒鏑苦，
還君自由身，　棄捐勿復道！

慈母在高堂，歸期須及早。
爲君炷瓣香，祝君永康好，
揮淚乞君恕，離別以終老。」

夫人　啊，在她的最溫婉的字句裏是藏着多麼尖銳的刺！里拿陀，你問也不問一聲仔細就讓她這樣去了，眞是糊塗透了頂。我要是能够當面用說話勸勸她，也許可以使她取消原來的計劃，現在可是來不及了。

管家　小的眞是該死，要是把這封信就在昨夜送給夫人，也許還可以把她追回來，現在就是去追也是白追的了。

夫人　那一個天使願意祝福這個無情無義的丈夫呢？像他這樣的人是終身不會發達的，除非因爲上蒼歡喜聽她的禱告，樂意答應她的祈願，纔會赦免他那彌天的大罪。里拿陀，趕快替我寫信給這位好妻子的壞丈夫，每一字每一句都要證明她的賢德來反襯出他自己的涼薄；我心裏的憂慮悲哀，雖然他一點不曾感覺到，你也要給我切切實實地寫在信上。儘快把這封信寄出去，也許他聽見了她已經出走，就會回到家裏來；我還希望她知道他已回來之後，純潔的愛情也會領導她從新回來。我分別不出他們兩個人之中，誰是我所最疼愛的，我的心因憂傷而沉重，年齡使我變成這樣軟弱，我不知道應該流淚呢，還是向人訴述我的悲哀。（同下）

## 第五場　佛羅倫斯城外

【遠處號角聲。佛羅倫斯一寡婦，黛安那，梵奧倫泰，瑪麗安那，及其他市民上。

寡婦　快來吧，要是他們到了城門口，咱們就瞧不見啦。

黛　他們說那個法國伯爵立了很大的功勞。

寡婦　聽說他捉住了他們的主將，還親手殺死他們公爵的兄弟。倒霉咱們白趕了一趟，他們望另外一條路上去了；聽！他們的喇叭聲越來越遠啦。

瑪　來，咱們回去吧看不見就聽人家說說也好。喂，黛安那，你留心這個法國伯爵吧；貞操是處女唯一的光榮，名節是婦人最大的遺產。

寡婦　我已經告訴我的鄰居你怎樣被他的一個同伴所看上啦。

瑪　我認識那個壞蛋死東西！他的名字就叫巴洛，是個卑鄙齷齪的軍官，那個年青伯爵就是給他誘壞的。留心着他們吧，黛安那！他們的許願，引誘，盟誓，禮物，以及這一類煽動情慾的東西，都是害人的圈套，不少的姑娘們都已經上過他們的當了；最可憐的是，這種身敗名裂的可怕的前車之鑒，卻不曾使後來的人知道警戒，仍舊一個個如蟻附羶，至死不悟，真可令人嘆息。我希望我不必給你更多的勸告，但願你自己能够立定主意。

黛　你放心吧，我不會上人家當的。

寡婦　但願如此。瞧，一個進香的人來了；我知道她會就擱在我的宿店裏的，來來往往的進香人都知道我的宿店。讓我去問她一聲。

〔海倫那作進香人裝束上。

寡婦　上帝保佑您，進香人！您要到那兒去？

海　到聖約克勒格朗。請問您，朝拜聖地的人都是在什麼地方歇擱的？

寡婦　在聖佛朗雪斯，就在這港口的近旁。

海　是不是打這條路過去的？

寡婦　正是，一點不錯。你聽！（遠處軍隊行進聲）他們望這兒來了。進香客人，您要是在這兒等一下，等軍隊過去以後，我就可以領您到下宿的地方去。我想您一定認識那家宿店的女主人，正像您認識我一樣。

海　原來大娘就是店主太太嗎？

寡婦　豈敢豈敢。

海　多謝您的好意，那麼有勞您啦。

寡婦　我看您是從法國來的嗎？

海　是的。

寡婦　您可以在這兒碰見一個同國之人，他曾經在佛羅倫斯立下很大的功勞

海　請敎他姓甚名誰？

寡婦　他就是羅西昂伯爵。您認識這樣一個人嗎？

海　但聞其名，不識其面，他的名譽很好。

黛　不管他是一個何等樣人他在這裏是很出風頭的。據說他從法國出亡來此，因爲國王強迫他跟一個他所不歡喜的女人結婚。您想是有這回事嗎？

海　是的，眞有這回事；他的夫人我也認識。

黛　有一個跟隨這位伯爵的人，對她的批評不是頂好。

海　他叫甚麼名字？

黛　他叫巴洛。

海　啊！我跟他完全同意，她的確沒有什麼值得恭維之處，更配不上像那位伯爵那樣的大人物，她的名字的確是不值得掛齒的。她的唯一的好處，只有她的貞靜緘默，我還不曾聽見人家在這方面譏議過她。

黛　唉，可憐的女人！做一個失愛於夫主的妻子，眞够受罪了。

寡婦　是啦；好人兒，她無論在什麼地方，她的心永遠是裁滿了淒涼的。這小妮子要是願意，也可以做一件對她不起的事呢。

海　您這句話是甚麼意思？是不是這個好色的伯爵想要把她勾誘？

寡婦　他確有這個意思，曾經用盡各種手段想要破壞她的貞操，可是她對他戒備森嚴，絕不讓他稍有下手的機會。

瑪　神明保佑她守身如玉！

〔佛羅倫斯軍士一隊上，旗鼓前導，貝特蘭及巴洛亦列隊中。

寡婦　瞧，現在他們來了，那個是安東尼奧，公爵的長子；那個是埃斯卡勒斯。

海　那法國人呢？

黛　他；那個帽子上插着羽毛的，他是一個很漂亮的傢伙；我希望他愛他的妻子。他要是老實一點，那就更好了。他不是一個很俊的男人嗎？

海　我很歡喜他。

黛　可惜他太不老實。那一個就是誘他為非作惡的壞傢伙；倘然我是他的妻子，我一定要用毒藥毒死那個混賬東西。

海　那一個是他？

黛　就是披着肩巾的那個鬼傢伙他爲什麼好像悶悶不樂似的？

海　也許他在戰場上受了傷了。

巴　把我們的鼓也丟了！哼！

瑪　他好像有些心事。瞧，他看見我們啦。

寡婦　嘿，死東西！

瑪　誰希罕你那些鬼殷勤兒！（貝、巴、軍官、及兵士等下）

寡婦　軍隊已經過去了。來，進香客人讓我領您到下宿的地方去。咱們店裏已經住下了四五個修行人，他們都是去朝拜偉大的聖約克的。

海　多謝多謝。今晚我還想作個東道，請這位嫂子和這位好姑娘陪我們一起吃飯，我還可以把這位聖女的寶訓講一些給你們聽。

瑪、黛　謝謝您，我們一定奉陪。（同下）

## 第六場　佛羅倫斯城前營帳

【貝特蘭及甲乙二臣上。

甲　不，我的好爵爺，讓我們試他一試，看他怎麼樣。

乙　您要是發現他不是個卑鄙小人，請您從此別相信我。

甲　憑着我的生命起誓，他是一個騙子。

貝　你們以爲我一直受了他的騙嗎？

甲　相信我，爵爺，我一點沒有惡意，照我所知道的，他是一個天字第一號的懦夫，一個到處造謠言說謊話的騙子，每小時都在作着背信爽約的事，在他身上沒有一點可以採取的好處。

乙　您應該明白他是怎樣一個人，否則要是您太相信了他有一天他會在一件關係重大的事情上連累了您的。

貝　我希望我知道用怎樣方法去試驗他。

乙　最好就是叫他去把那面失去的鼓奪回來，您已經聽見他自告奮勇過了。

甲　我就帶着一隊佛羅倫斯軍士，扮成敵軍的樣子，在半路上突然攔截他。我們把他捉住綑牢，蒙住了他的眼睛，把他兜了幾個圈子，然後帶他回到自己的營裏，讓他相信他已經在敵人的陣地裏了。您可以看我們怎樣審問他，要是他並不貪生怕死，出賣友人，把他所知道的我們這裏的事情指天誓日地一古腦兒招出來，那麼請您以後再不要相信我的話好了。

乙　啊！叫他去奪回他的鼓來，好讓我們解解悶兒；他說他已經有了一個妙計；可以去把它奪回來。您要是看見了他怎樣完成他的任務，看看他這塊廢銅爛鐵究竟可以鎔成些什麼材料，那時你倘不揍他一頓拳頭，我纔信你。他來啦。

【巴洛上。

甲　啊！這是個絕妙的玩笑，讓我們不要阻擋他的壯志，讓他去把他的鼓奪回來。

貝　啊，隊長！你還是在念念不忘這面鼓嗎？

乙　媽的！這算什麼，左右不過是一面鼓罷了。

巴　不過是一面鼓！怎麼叫不過是一面鼓？難道這樣丟了就算了？沒有鼓怎麼可以調節人馬的進退？怎麼可以馳騁奪陣？怎麼可以分兵合圍？

乙　那可不能怪誰的不是啊；這一種損失本來是戰爭中所不免的，就是該撤做了大將，也是沒有辦法的。

貝　究竟我們這回是打了勝仗的。丟了鼓雖然有點失面子，已經丟了沒有法子奪回來也就算了。

巴　它是可以奪回來的。

貝　也許可以，可是現在已經沒有法想了。

巴　沒法想也得奪它回來。倘不是因爲論功行賞，往往總是給濫竽充數的人佔了便宜去，我一定要去拚死奪回那面鼓來。

貝　很好，隊長，你要是眞有這樣膽氣，你要是以爲你的神出鬼沒的戰略，可以把這三軍光榮所繫的東西重新奪了回來；那麼請你儘量發揮你的雄才，試一試你的本領吧。要是你能够成功，我可以給你在公爵面前特別吹噓，他不但會大大地褒獎你，而且一定會重重賞你的。

巴　我願意舉着這一隻軍人的手鄭重起誓，我一定要幹它一下。

貝　好，現在你可不能含含糊糊賴過去了。

巴　我今晚就去；現在我馬上就把一切困難放在腦後，鼓起必勝的信念，打起視死如歸的決心來，等到半夜時候，你們等候我的消息吧，

貝　我可不可以現在就去把你的決心告訴公爵殿下？

巴　我不知道此去成敗如何，可是大丈夫說做就做，決無反悔。

貝　我知道你是個勇敢的人，憑着你的過人的智勇，一定會成功的。再會。

巴　我不喜歡多說廢話。（下）

甲　你要是不喜歡多說廢話，那麼魚兒也不會喜歡水了。爵爺，您看他自己明明知道這件事情辦不到，偏偏會那樣大言不慚地好像看得那樣有把握；雖然誇下了口，卻又硬不起頭皮來，眞是個莫明其妙的傢伙！

乙　爵爺，您沒有我們知道他得仔細，他憑着那副吹拍的工夫，果然很會討人家的歡喜，別人在一時之間也不容易看破他的眞相，可是等到你知道了他究竟是一個怎麼樣的人以後，你就永遠不會再相信他了。

貝　難道你們以爲他這樣鄭重其事地一口答應下來，竟會是空口說說的嗎？

甲　他絕對不會認眞去做的；他在什麼地方溜了一趟，回來編了一個謊，造了兩三個謠言，就算完了事了。可是我們已經佈下陷阱，今晚一定要叫他出醜。像他這樣的人，的確是不值得您去擡舉的。

乙　我們在把這狐狸關進籠子以前，還要先把他戲弄一番。拉敷老大人早就知道他不是個好人了。等他原形顯露以後，請您瞧瞧他是個什麼東西吧；今天晚上您就知道了。

甲　我要去找我的棒兒來，今晚一定要捉住他。

貝　我要請你這位兄弟陪我走走。

甲　悉隨爵爺尊便，失陪了。（下）

貝　現在我要把你帶到我跟你說起的那家人家去，讓你見見那位姑娘。

乙　可是您說她是很規矩的。

貝　就是這一點討厭。我只跟她說過一次話，她對我冷冰冰的一點笑容都沒有。我曾經叫巴洛那混蛋替我送給她許多禮物和情書她都完全退還了，把我弄得毫無辦法。她是個很縹緻的人兒。你願意去見見她嗎？

乙　願意願意，請了。（同下）

## 第七場　佛羅倫斯寡婦家中一室

〔海倫那及寡婦上。

海　您要是不相信我就是她，我不知道怎樣纔可以向您證明，我的計劃也就沒有法子可以實行了。

寡婦　我的家道雖然已經中落，可是我也是好人家出身，這一類事情從來不曾幹過；我不願現在因爲做了不乾不淨的勾當而沾汚了我的名譽。

海　如果是不名譽的事，我也決不希望您去做。第一，我要請您相信我，這個伯爵的確就是我的丈夫，我剛纔對您說過的話，沒有半個字虛假；所以您要是答應幫助我，決不會有錯的。

寡婦　我應當相信您，因爲您已經向我證明您的確是一位名門貴婦。

海　這一袋金子請您收了，略爲表示我一點感謝您好心幫助我的意思，等到事情成功以後，我還要重重謝您。伯爵看中令嬡的姿色，想要用淫邪的手段來誘惑她；讓她答應了他的要求吧，我們可以指導她用怎樣的方式誘他入彀。他在熱情的煽動下，一定會答應她的任何條件。他的手指上佩着一個指環，是他四五代以前祖先的遺物，世世相傳下來的，他把它看得非常寶貴，可是令嬡要是向他討這指環，他爲了滿足他的慾念起見，也許會不顧日後的懊悔，毫無吝色地送給她的。

寡婦　現在我明白您的用意了。

海　那麼您也知道這一件事情是合法的了。祇要令嬡在假裝願意之前，先向他討下了這指環，然後約他一個時間相會事情就完了；到了那時間，我會頂替她赴約，她自己還是白璧無瑕，不會受他的汚辱。事成之後，我願意在她已有的嫁奩上，再送她三千克朗，答謝她的辛勞。

寡婦　我已經答應您了，可是您還得先去教我的女兒用怎樣一種不即不離的態度，使這場合法的騙局不露破綻。他每夜都到這裏來，彈唱着各種樂曲歌頌她的庸姿陋質；我們也沒有法子把他趕走，他就像有關生死一樣不肯離開。

海　那麼好，我們就在今夜試一試我們的計策吧；要是能夠幹得成功，那就是假罪惡之行，行合法之事，手段雖然不正當，行爲卻並無錯誤。我們就這樣進行起來吧。（同下）

# 第四幕

## 第一場　佛羅倫斯軍營外

【甲臣率埋伏軍士五六人上。

甲　他一定會打這籬笆角上經過。你們向他衝上去的時候，大家都要齊聲亂嚷，講着一些希奇古怪的說話，即使說得自己也聽不懂也沒有什麼關係；我們都要假裝聽不懂他的說話，只有一個人聽得懂，我們就叫那個人出來做翻譯。

兵士甲　隊長，讓我做翻譯吧。

甲　你跟他不熟悉嗎？他聽得出你的聲音來嗎？

兵士甲　不，隊長，我可以向您擔保他聽不出我的聲音。

甲　那麽你向我們講些甚麽南腔北調呢？

兵士甲　就跟你們向我說的那些話一樣。

甲　我們必須使他相信我們是敵人軍隊中的一隊客籍軍。他對於鄰近各國的方言都懂得一些，所以我們必須每個人隨口瞎嚷一些大家聽不懂的話兒；好在大家都知道我們的目的是甚麽，因此可以彼此心照不宣，假裝懂得就是了；儘管像老鴉叫似的，咭哩呱嚕一陣子，越糊塗越好。至於你做翻譯的，必須表示出一副機警調皮的樣子來。喲，快快埋伏起來！他來了，他一定是到這裏來睡上兩點鐘，然後回去編造一些謊話哄人。

【巴洛上。

巴　十點鐘了；再過三點鐘便可以回去。我應當說我做了些什麼事情呢？這謊話一定要編造得十分巧妙，纔會叫他們相信。他們已經有點疑心我，倒霉的事情近來接二連三到我的頭上來。我覺得我的這一條舌頭太膽大了，我的那顆心卻又太膽小了，看見戰神老爺和他的那些嘍囉們的影子，就會戰戰兢兢，話是說得出來，一動手就嚇軟了。

甲　（旁白）這是你第一次說的老實話。

巴　我明明知道丟了的鼓奪不回來，我也明明知道我一點沒有去奪回那面鼓來的意思，什麼鬼附在我身上，叫我誇下這個大口？我必須在我身上割破幾個地方，好對他們說這是力戰敵人所留的傷痕；可是輕微的傷口不會叫他們相信，他們一定要說，「你這樣容易就脫身出來了嗎？」重一點呢，又怕痛了皮肉。這怎麼辦呢？闖禍的舌頭呀，你要是再這樣瞎三話四害苦我，我可要割下你來，放在老婆子的嘴裏，這輩子寧願做個啞巴子了。

甲　（旁白）他居然也會有自知之明嗎？

巴　我想要是我把衣服撕破了，或是把我那柄西班牙劍敲斷了，也許可以叫他們相信。

甲　（旁白）那我們可賠你不起。

巴　或者把我的鬍鬚割去了，說那是一個計策。

甲　（旁白）這不行。

巴　或者把我的衣服丟在水裏，說是給敵人剝去了。

甲　（旁白）也不行。

巴　我可以賭咒說我從十八丈高的城頭上跳下來。

甲　（旁白）你賭下三個重咒人家也不會信你。

巴　可是頂好我能夠拾到一面敵人棄下來的鼓，那麼我就可以賭咒說那是我從敵人手裏奪回來的了。

甲　（旁白）別忙，你就可以聽見敵人的鼓聲了。

巴　哎喲，眞的是敵人的鼓聲！（內喧嚷聲）

甲　色洛加摩伏塞斯，卡哥卡哥，卡哥卡哥。

衆　卡哥，卡哥維利安達·拍考薄卡哥。（衆擒巴，以巾掩其目）

巴　啊！救命！救命！不要遮住我的眼睛。

軍士甲　波斯哥斯·色洛末爾陀·波斯哥斯。

巴　我知道你們是一隊莫斯科兵；我不會講你們的話，這回眞的要送命了。要是列位中間有人懂得德國話，丹麥話，荷蘭話，意大利話，或者法國話的，請他跟我說話，我可以告訴他佛羅倫斯軍隊中的秘密。

軍士甲　波斯哥斯·伏伐陀，我懂得你的話，會講你的話。克累利旁托。朋友，你不能說謊，小心點吧，十七把刀兒指着你的胸口呢。

巴　哎喲！

軍士甲　哎喲！跪下來禱告吧。曼加·累凡尼亞·都爾契。

甲　奧斯考皮都爾卻斯·伏利伏科。

軍士甲　將軍答應暫時不殺你；現在我們要把你這樣蒙着眼睛，帶你回去盤問，也許你可以告訴我們一些軍事上的祕密，贖回你的狗命。

巴　啊，放我活命吧！我可以告訴你們我們營裏的一切祕密，一共有多少人馬，他們的作戰方略，還有許多可以叫你們吃驚的事情。

軍士甲　可是你不會說謊話吧？

巴　要是我說了半句謊話，死後不得超生。

軍士甲　阿考陀・林他來。饒你多活幾個鐘點。（率若干軍士押巴下，內起喧嚷聲片刻）

甲　去告訴羅西昂伯爵和我的兄弟，說我們已經把那頭野鳥捉住了，他的眼睛給我們蒙住着，請他們決定如何處置。

軍士乙　是，隊長。

甲　你再告訴他們，他將要在我們面前洩漏我們的祕密。

軍士乙　是，隊長。

甲　現在我先把他好好的關起來再說。（同下）

## 第二場　佛羅倫斯；寡婦家中一室

【貝特蘭及黛安娜上。

貝　他們告訴我你的名字是芳娣佩兒。

黛　不，爵爺，我叫黛安那。

貝　果然你比月中的仙子還要美上幾分！可是美人，難道你外表這樣秀美，你的心裏竟不讓愛情有一席地位嗎？要是青春的熾烈的火燄不曾燃燒着你的靈魂，那麼你不是女郎，簡直是一座石像了。你倘然是一個有生命的活人，就不該這樣冷酷無情，你現在應該學學你母親開始懷孕着你的時候那種榜樣纔對啊。

黛　她是個貞潔的婦人。

貝　你也是，

黛　不，我的母親不過盡她應盡的名分，正像您對您夫人也有應盡的名分一樣。

貝　別說那一套了！請不要再爲難我了吧。我跟她結婚完全出於被迫，可是我愛你卻是因爲我自己心裏的愛情在鞭策着我。我願意永遠供你的驅使。

黛　對啦，在我們沒有願意供你們驅使之前，你們是願意供我們驅使的；可是一等到你們把我們枝上的薔薇採去以後，你們就把棘刺留着刺痛我們，反倒來嘲笑我們的枝殘葉老。

貝　我不是向你發過無數次的誓了嗎？

黛　許多的誓不一定可以表示眞誠，眞心的誓祇要一個就夠了。我們的所作所爲，倘能質之天日而無愧，那麼不必指天誓日也就是正大光明的。請問要是我實在一點不愛你，我卻指着上帝的名字起誓，說我深深地愛着你，這樣的誓是不是可以相信的呢？照我看起來，你的那許多誓也不過是些嘴邊的空話罷了。

貝　不要這樣想。不要這樣神聖而殘酷。戀愛是神聖的，我的純潔的心也從來不懂得你所指斥男子們的那種奸詐。不要再這樣冷淡我，請你快來安慰安慰我的飢渴吧。你祇要說一聲你是我的，我一定會始終如一地永遠愛着你。

黛　男人們都是用這種手段，誘我們失身的。把那個指環給我。

貝　好人，我可以把它借給你，可是我不能給你。

黛　您不願意嗎，爵爺？

貝　這是我家世世相傳的寶物，如果我把它丟了，那是莫大的不幸。

黛　我的名譽也就像這指環一樣；我的貞操也是我家世世相傳的寶物，如果我把它丟了，那是莫大的不幸。我正可借用您的說法，拒絕您企圖玷汚我的名譽的無益的試探。

貝　好，你就把我的指環拿去吧；我的家，我的名譽，甚至於我的生命，都是屬於你的，我願意一切聽從你。

黛　今宵半夜時分，你來敲我臥室的窗門，我可以預先設法調開我的母親。可是你必須依從我一個條件，當你征服了我的童貞之身以後，你不能就擱一小時以上，也不要對我說一句話。爲什麼要這樣是有很充分的理由的，等這指環還給你的時候，你就可以知道。今夜我還要把另一個指環套在你的手指上，留作後日的信物。晚上再見吧，可不要失約啊。你已經贏得了一個妻子，我的終身卻也許從此毀了。

貝　我得到了你，就像是踏進了地上的天堂。（下）

黛　有一天你會感謝上天幸虧遇見了我。我的母親告訴我他會怎樣向我求愛，她就像住在他心裏一樣說得一點不錯；她說，男人們所發的誓都是千篇一律的。他發誓說等他妻子死了，就跟我結婚；我寧死也不願跟他同牀共枕。這種法國人這樣靠不住，與其嫁給他，還不如終身做個處女的好。他想用欺騙手段誘惑我，我現在也用欺騙手段報答他，想來總不能算是罪惡吧。（下）

## 第三場　佛羅倫斯軍營

〔甲乙二臣及軍士二三人上。

甲　你還沒有把他母親的信交給他嗎？

乙　我已經在一點鐘前給了他；信裏好像有些什麼話激發了他的天良，因爲他讀了信以後，就好像變了一個人似的。

甲　他拋棄了這樣一位溫柔賢淑的妻子，眞不應該。

乙　他更不應該在王上對他非常眷寵的時候拂逆了他的意旨。我可以告訴你一件事情，可是你不能講給別人聽。

甲　你告訴了我以後，我就把它埋葬在自己的心裏，決不再向別人說起。

乙　他已經在這裏佛羅倫斯勾搭上了一個良家少女，她的貞潔本來是很有名的；今夜他就要逞他的淫慾去破壞她的貞操，他已經把他那顆寶貴的指環送給她了。

甲　上帝饒恕我們！我們這些人類眞不是東西！

乙　人不過是他自己的叛徒；正像一切叛逆的行爲一樣，我們眼看着自己的罪惡成長，卻不去抑制它，讓它幹下了不可收拾的事，以至於身敗名裂。

甲　那麼今夜他不能來了嗎？

乙　他的時間表已經排好，一定要在半夜之後方纔回來。

甲　那麼再等一會兒他也該來了。我很希望他能够親眼看見他那個同伴的本來面目，讓他明白明白他自己的判斷有沒有錯誤，他是很看重這個騙子的。

乙　我們還是等他來了再處置那個人吧，這樣纔好叫他無所遁形。

甲　現在還是談談戰事吧，你近來聽到甚麼消息沒有？

乙　我聽說兩方面已經在進行和議了。

甲　不，我可以確實告訴你，和議已經成立了。

乙　那麼羅西昂伯爵還有些什麼事好做呢？他還是再到別處去旅行呢，還是打算回法國去！

甲　你這樣問我，大概他還沒有把你當作一個心腹朋友看待。

乙　但願如此，否則他幹的事我也要脫不了干係了。

甲　告訴你吧，他的妻子在兩個月以前從他家裏出走，說是要去參禮聖約克勒格朗；參禮完畢以後，她就在那地方住下，因為她的多愁善感的天性，經不起悲哀的襲擊，所以一病不起，終於嘆了最後的一口氣，現在是在天上唱歌了。

乙　這消息也許不確吧？

甲　她在臨死以前的一切經過，都有她親筆的信可以證明；至於她的死訊，也已經由當地的牧師完全證實了。

乙　這消息伯爵也完全知道了嗎？

甲　是的，他已經知道了詳詳細細的一切。

乙　他聽見這消息，一定很高興，想起來真是可嘆。

甲　我們有時往往會把我們的損失當作幸事！

乙　有時我們卻因爲幸運而哀傷流淚！他在這裏憑着他的勇敢，雖然獲得了極大的光榮，可是他回家以後所將遭遇的恥辱也一定是同樣大的。

甲　人生就像是一匹用善惡的絲線交錯織成的布；我們的善行必須受我們的過失的鞭扑，我們的罪惡卻又賴我們的善行把它們掩蓋。

【一僕人上。

甲　啊，你的主人呢？

僕　他在路上遇見公爵，已經向他辭了行，明天早晨他就要回法國去了。公爵已經給他寫好了推薦書，向王上竭力稱道他的才幹。

乙　王上正在對他生氣，爲他說幾句卽使是溢美的好話，倒也是不可少的。

甲　他來了。

【貝特蘭上。

甲　啊，爵爺！已經過了午夜了嗎？

貝　我今晚已經幹好了十六件每一件需要一個月時間纔辦得了的事情：我已經向公爵辭行，跟他身邊最親近的人告別，安葬了一個妻子，爲她辦好了喪事，寫信通知我的母親我就要回家了，並且招待過護送我回去的衞隊；除了這些重要的事情以外，還幹好了許多小事情；只有一件最重要的事情還不曾辦妥。

乙　要是這件事情有點棘手，您一早又就要動身，那麼現在您該把它趕快辦好纔是。

貝　我想把它不了了之，以後也希望不再聽見人家提起它了。現在我們還是來開始審問那個騙子吧。來，把他抓出來；他像一個妖言惑衆的江湖術士一樣欺騙了我。

乙　把他抓出來。（軍士下）他已經鎖在脚梏裏坐了一整夜了，可憐的勇士！

貝　這也是活該，他平常也太够大模大樣了。他被捕以後是怎樣一副神氣？

甲　他哭得像一個倒翻了牛乳罐的小姑娘。他把摩根當作了一個牧師，把他從有生以來直到鎖在脚梏裏爲止的一生經歷源源本本向他懺悔；您想他懺悔些什麽？

貝　他沒有提起我的事情吧？

乙　他的供狀已經筆記下來，等會兒可以當着他的面公開宣讀；要是他曾經提起您的事情，——我想您是給他提起過的，——請您耐着性子聽下去。

〔軍士押巴洛上。

貝　該死的東西還把臉都遮起來了呢！他不會說我甚麽的。我且不要作聲，聽他怎麽說。

甲　蒙臉人來了！浦托・達達洛薩。

軍士甲　他說要把你用刑，你看怎樣？

巴　你們不必逼我，我會把我所知道的一切招供出來；要是你們把我搾成了肉醬，我也還是說這麽幾句話。

軍士甲　波斯哥・契末卻。

甲　波勃利平陀・契克末哥。

軍士甲　眞是一位仁慈的將軍。這裏有一張開列着問題的單子，將爺叫我照着它問你，你須要老實回答。

巴　我希望活命，一定不會說謊。

軍士甲　「第一，問他公爵有多少馬匹。」你怎麼回答？

巴　五六千匹，不過全是老弱無用的，隊伍分散各處，軍官都像叫化子，我可以用我的名譽和生命向你們擔保。

軍士甲　那麼我就把你的回答照這樣記下來了。

巴　好的，你要我發無論甚麼誓都可以。

貝　他可以什麼都不顧，眞是個沒有救藥的狗才！

甲　您弄錯了，爵爺，這位是赫赫有名的軍事專家巴洛先生，這是他自己親口說的，在他的領結裏藏着全部戰略，在他的刀鞘裏安放着渾身的武藝。

乙　我從此再不相信一個把他的劍擦得雪亮的人；我也再不相信一個穿束得整整齊齊的人，會有什麼眞才實學。

軍士甲　好，你的話已經記下來了。

巴　我剛纔說的是五六千匹馬，或者大約這個數目，我說的是眞話，記下來吧，我說的是眞話。

甲　他說的這個數目，倒有八九分眞。

貝　他現在所說的眞話，比假話還要可惡。

巴　請您記好了，我說那些軍官們都像叫化子。

軍士甲　好，那也記下了。

巴　謝謝您啦，眞話就是眞話，這些傢伙都是寒傖得不成樣子的。

軍士甲　「問他步兵有多少人數。」你怎麼回答？

巴　你們要是放我活命，我一定不說謊話。讓我看：史卑里奥，一百五十人；西巴斯衰，一百五十人；戈蘭勃斯，一百五十人約克斯，一百五十人；吉爾衰，戈斯讀洛獨威克，葛拉替各二百五十人；我自己所帶的一隊，還有契托弗伏蒙特，本替各二百五十人：一共算起來，好的歹的倂在一起還不到一萬五千人，其中的半數連他們自己外套上的雪都不敢揮掉，因爲他們唯恐身子搖了一搖就會像朽木一樣倒塌下來。

貝　這個人應當把他怎樣處治纔好？

甲　我看不必，我們應該謝謝他。問他我這個人怎樣，公爵對我信任不信任。

軍士甲　好，我已經把你的話記下來了。「問他公爵營裏有沒有一個法國人名叫杜曼大尉的；公爵對他的信用如何；他的勇氣如何；爲人是否正直；軍事方面的才能怎樣；假如用重金賄賂他，能不能誘他背叛。」你怎麽回答？你所知道的怎樣？

巴　請您一條一條問我，讓我逐一回答。

軍士甲　你認識這個杜曼大尉嗎？

巴　我認識他，他本來是巴黎一家木匠舖裏的徒弟，因爲把市長家裏的一個不知人事的傻丫頭弄大了肚皮，給他的師父一頓打趕了出來。（甲舉手欲打）

貝　且慢，不要打他；他的腦袋免不了要給一片瓦掉下來把它碰碎的。

軍士甲　好，這個大尉在不在佛羅倫斯公爵的營裏？

巴　他是在公爵營裏，他的名譽一塌糊塗。

甲　不要這樣瞧着我，我的好爵爺，他就會說起您的。

軍士甲　公爵對他的信用怎樣？

巴　公爵只知道他是我手下的一個下級軍官，前天還寫信給我叫我把他開革；我想他的信還在我的口袋裏呢。

軍士甲　好，我們來搜。

巴　不瞞您說，我記得可不大淸楚，也許它在我口袋裏，也許我已經把它跟公爵給我的其餘的信一起放在營裏歸檔了。

軍士甲　找到了；這兒是一張紙，我要不要向你讀一遍？

巴　我不知道那是不是公爵的信。

貝　我們的翻譯看了就會知道的。

軍士甲　「黛安那，伯爵是個有錢的傻大少，——」

巴　那不是公爵的信，那是我寫給佛羅倫斯城裏一位名叫黛安那的良家少女的信，我勸她不要受人家的引誘，因爲有一個羅西昂伯爵看上了她，他是一個愛胡調的傻哥兒，一天到晚轉女人的念頭。請您還是把這封信放好了吧。

軍士甲　不，對不起，我要把它先讀一遍。

巴　我寫這封信的用意是非常誠懇的，完全是爲那個姑娘的前途着想；因爲我知道這個少年伯爵是個危險的淫棍，他是色中餓鬼，出名的破壞處女貞操的魔王。

貝　該死的反覆小人！

軍士甲
「他要是向你盟山誓海，

你就向他把金銀索討；
你須要半推半就，若即若離，
莫讓他把溫柔的滋味嚐飽
一朝肥肉嚥下了他嘴裏，
你就永遠不要想他付鈔。
一個軍人這樣對你忠告：
寧可和有年紀人來往，
不要跟少年郎們胡調。
你的忠僕巴洛上」

貝　我們應當把這首詩貼在他的額角上，拖着他遊行全營，一路上把鞭子抽着他。

甲　爵爺這就是您的忠心的朋友，那位博通萬國語言的專家，全能百曉的軍人。

貝　我以前最討厭的是貓，現在他在我眼中就是一頭貓。

軍士甲　朋友，照我們將軍的面色看來，我們就要把你吊死了。

巴　將爺，無論如何，請您放我活命吧。我並不是怕死，可是因爲我自知罪孽深重，讓我終其天年，也可以懺悔懺悔我的餘生。將爺，把我關在地牢裏，鎖在脚梏裏，或者丢在無論什麼地方都好，千萬饒了我的一命！

軍士甲　要是你能够老老實實招認一切，也許還有通融餘地。現在還是繼續問你那個杜曼大尉的事情吧。你已經囘答過公爵對他的信用和他的勇氣，現在要問你他這人爲人是否正直？

巴　他會在和尙寺裏偷雞蛋；講到强姦婦女，沒有人比得上他；毀誓破約，是他的拿手本領；他掉起謊來，可以顚倒黑白，淆亂是非；酗酒是他最大的美德，因爲他一喝酒便會爛醉如豬，倒在牀上，不會再去闖禍，唯一倒霉的只有他的被褥；可是人家知道他的脾氣，總是把他扛到稻草上去睡。關於他的正直，我沒有什麼話好說；凡是一個正人君子所不應該有的品質，他無一不備，凡是一個正人君子所應該有的品質，他一無所有。

甲　他說得這樣天花亂墜，我倒有點歡喜他起來了。

貝　因爲他把你形容得這樣巧妙嗎？該死的東西！他越來越像一頭貓了。

軍士甲　你說他在軍事上的才能怎樣？

巴　我不願說他的謊話，他曾經在英國戲班子裏擂過鼓，此外我就不知道他的軍事上的經驗了；我希望我能夠說他幾句好話，可是實在想不起來。

甲　他的無恥厚臉，簡直是空前絕後，這樣一個寶貨倒也是不可多得的。

貝　該死！他眞是一頭貓。

軍士甲　他旣然是這樣一個卑鄙下流的人，那麼我也不必向你賄賂能不能引誘他反叛了。

巴　給他幾毛錢，他就可以把他的靈魂連同世襲繼承權全部出賣。

軍士甲　他還有一個兄弟，那另外一個杜曼大尉呢？

乙　他爲什麼要問起我？

軍士甲　他是怎樣一個人？

巴　也是一個窠裏的老鴉；從好的方面講，他還不如他的兄長，從壞的方面講，可比他的哥哥勝過百倍啦。他的哥哥是出名的天字第一號的懦夫，可是在他面前還要甘拜下風。退後起來，他比誰都奔得快；前進起來，他就要寸步難移了。

軍士甲　要是放你活命，你願不願意到佛羅倫斯人那裏給我們做內應？

巴　願意願意，他們的騎兵隊長就是那個羅西昂伯爵，一定會中我的計的。

軍士甲　我去對將軍說，看他意思怎樣。

巴　（旁白）我從此再不打甚麼倒霉鼓了！我原想冒充一下好漢，騙騙那個淫蕩的伯爵哥兒，誰知道幾乎送了一條性命！

軍士甲　朋友，沒有辦法，你還是不免一死。將軍說，你這樣不要臉地洩漏了自己軍中的祕密，還把知名當世的貴人這樣信口詆毀，留你在這世上，沒有什麼用處，所以必須把你執行死刑。來，劊子手，把他的頭砍下了。

巴　噯喲，我的天爺爺，饒了我吧！倘然一定要我死，那麼也讓我親眼看個明白。

軍士甲　那倒可以允許你，讓你向你的朋友們辭行吧。（解除巴洛臉上所縛之布）你瞧一下，有沒有你認識的人在這裏？

貝　早安，好隊長！

乙　上帝祝福您，巴洛隊長！

甲　上帝保佑您，好隊長！

乙　隊長，我要到法國去了，您要我帶什麼信去給拉敷大人嗎？

甲　好隊長，您肯不肯把您替羅西昂伯爵寫給黛安那小姐的情詩抄一份給我？可惜我是個天字第一號的懦夫，否

則我一定會强迫您默寫出來；現在我不敢勉强您，只好失陪了。（貝及甲乙下）

軍士甲　隊長，您這回可出了醜啦！

巴　明鎗好躲，暗箭難防，任是英雄好漢，也逃不過鬼計陰謀。

軍士甲　要是您能够發現一處除了蕩婦淫娃之外沒有其他的人居住的國土，您倒很可以在那裏南面稱王，建立起一個無恥的國家來。再見，隊長；我也要到法國去，我們會在那裏說起您的。（下）

巴　管他哩，我還是我行我素。倘然我是個有幾分心肝的人，今天一定會無地自容；可是雖然我從此掉了官，我還是照舊吃吃喝喝，照樣睡得爛熟，像我這樣的人，到處爲家，什麼地方不可以混混過去。可是我要警告那些喜歡吹牛的朋友們，不要太吹過了頭，有一天你會發現自己是一頭驢子的。我的劍呀，你從此銹起來吧！巴洛呀，不要害臊。老着臉皮活下去吧！人家作弄你，你也可以作弄人家，天生世人，誰都不會沒有辦法的。他們都已經走了，待我追上前去。（下）

## 第四場　佛羅倫斯寡婦家中一室

〔海倫娜，寡婦，及黛安娜上。

海　爲了使你們明白我並沒有欺弄了你們，一個當今最偉大的人物可以替我做保證；在我還沒有完成我的目的以前，我必須在他的寶座之前下跪。過去我曾經替他做過一件和他的生命差不多同樣寶貴的事，即使是蠻頑無情的韃靼人也不能不由衷迸出一聲感謝。有人告訴我他現在在馬賽，正好有便人可以護送我們到那兒去。我還要告訴你們知道，人家都是當我已經死去的了。現在軍隊已經解散，我的丈夫也回家去了，要是我能够得到上天的默佑和王上的准許，我們也可以早早回家。

**寡婦**　好夫人請您相信我，我是您的最忠實的僕人，凡是您信託我去做的事，我無不樂意為您効勞。

**海**　大娘，你也可以相信我是你的一個最好的朋友，無時無刻不在想着怎樣纔可以報答你的厚意。你應該相信，既然上天註定使你的女兒幫助我得到一個丈夫，它也一定會使我幫助她如心稱意地嫁一位如意郎君。我就是不懂男子們的心理，竟會向一個被認為厭物的女子傾注他的萬種溫情，沉沉的黑夜使他察覺不出自已已經受人愚弄，抱着一個避之唯恐不及的蛇蝎，還以為就是那已經杳如黃鶴的玉人，可是這些話我們以後再說吧。黛安那，我還要請你為了我的緣故稍為委屈一下。

**黛**　您無論吩咐我做什麼事，祇要不斷名節，我都願意為您忍受一切，死而無怨。

**海**　可是我還要勸你，轉眼就是夏天了，野薔薇快要綠葉滿枝，遮掩了它週身的棘刺；你也應當在溫柔之中，保留着幾分鋒鋩。我們可以出發了，車子已經預備好，疲勞的精神也已經養息過來。萬事吉凶成敗，須看後場結局，倘能如願以償，何患路途紆曲。（同下）

## 第五場　羅西昂伯爵夫人府中一室

〔伯爵夫人，及拉敷上。

**拉**　不，不，不，令郎都是因為受了那個拆白黨的引誘，纔會這樣胡作非為，那傢伙一日不除，全國的青年都要中他的流毒。倘然沒有這隻大馬蜂，令媳現在一定好好兒活在世上，令郎也一定仍舊在家裏不出去受着王上的眷寵。

**夫人**　我但願我從來不曾認識他，都是他害死了一位世上最賢德的淑女。她假如是我的親生骨肉，曾經使我忍受過懷胎的痛苦的，也不能使我愛她得更爲深切了。

拉　她眞是一位好姑娘，所謂靈芝異草，可遇而不可求。我剛纔正要告訴您，自從我聽見了少夫人的噩耗，並且知道令郎就要回來的消息以後，我就央求王上替小女作成一頭親事；實在說起來，這還是王上首先想起，向我當面提說過的。王上已經答應我親任冰人，他對令郎本來頗有幾分不高興，借此正可使他忘懷舊事。不知道夫人的意思怎樣。

夫人　我很滿意，大人；希望這件事情能够圓滿成功。

拉　王上已經從馬賽動身來此，他的身體壯健得像剛滿三十歲的人一樣。他明天就可以到這裏，這消息是一個向靠得住的人告訴我的，大概不會有錯。

夫人　我能够在未死之前再見王上一面，眞是此生幸事。我已經接到小兒來信，說他今晚便可以到家；大人要是不嫌舍間窄陋，就請在此就擱一兩天，等他們兩人見了面再去好不好？

拉　夫人，無故叨擾，未免於心有愧。

夫人　您太客氣了。

【小丑上。

丑　啊，夫人！少爺就要來了，他臉上還貼着一塊天鵝絨片呢；那天鵝絨片底下有沒有傷疤，要去問那天鵝絨纔知道，可是它的確是一塊很好的天鵝絨。

拉　光榮的疤痕是最好的裝飾。讓我們去迎接令郎吧，我渴想跟這位英勇的少年戰士談談呢。

丑　他們一共有十多個人，大家戴着漂亮的帽子，帽子上插着羽毛，那羽毛看見每一個人都會點頭招呼哩。（同下）

# 第五幕

## 第一場　馬賽一街道

〔海倫那，寡婦，黛安那，及二從者上。

海　像這樣急如星火的晝夜奔波，一定使兩位十分疲倦了；這也實在是沒有辦法。可是你們既然爲了我的事情，不分晝夜地受了這許多辛苦，我一定會知恩圖報，沒齒不忘的。來得正好。

〔一朝士上。

海　這個人要是肯替我們出力，也許可以幫我帶信給王上。上帝保佑您，先生！

朝士　上帝保佑您！

海　尊駕好像曾經在宮廷裏見過。

朝士　我在那面曾經住過一些時間。

海　向來我聽人家說您是個熱心的好人，今天因爲有一件非常迫切的事情，不揣冒昧，想要借重大力，倘蒙見助，永感大德。

朝士　您要我做甚麼事？

海　我想勞駕您把這一通訴狀轉呈王上，再請您設法帶我去親自拜見他。

朝士　王上已經不在這裏了。

海　不在這裏了！

朝士　不騙你們，他已經在昨天晚上離開此地，他去得很是忽忙，平常他可不是這樣子的。

寡婦　主啊，我們白費了一場辛苦！

海　祇要能够得到圓滿的結果，何必顧慮眼前的挫折。請問他到什麼地方去了？

朝士　大概是到羅西昂去；我也正要到那裏去。

海　先生，您大槪會比我早一步看見王上，可不可以請您把這一紙訴狀傳到他的手裏？我相信您給我做了這一件事，不但不會受責，而且一定對您大有好處的。我們雖然缺少高車駿馬，一定會儘我們的力量追踪着您前去。

朝士　我願意効勞。

海　您的好心決不會沒有酬報。咱們應該趕快上路了，去，去，把車馬駕好了。

## 第二場　羅西昂；羅西昂伯爵夫人府中的內廳

【小丑及巴洛上。

巴　好拉伐契先生，請你把這封信交給拉敷大人。我從前穿綢着緞的時候，你也是認識我的；現在因爲失歡於命運，所以纔沾上了這一身腌臢的氣味。

丑　對不起，讓我開開窗子。

巴　不，你不必堵住你的鼻子，我不過比方這樣說說而已。請你替我把這封信送一送好不好？

丑　嘿！對不起，你站開點吧；一個窮光棍也要寫信給一位貴人！瞧，他自己來啦。

〔拉敷上。

丑　大人，這兒有一頭貓，因爲失歡於命運，所以跌在他的爛泥潭裏，沾上了滿身的腌臢。我瞧他的樣子，像是一個寒酸倒霉的蠢東西壞傢伙，請大人把他隨便發落吧。（下）

巴　大人，我是一個不幸在命運的利爪下受到重傷的人。

拉　那麼你要我怎麼辦呢？現在再去剪掉命運的利爪也太遲了。命運是一個很好的女神，她不願讓小人永遠得志，一定是你自己做了壞事，她纔會加害於你。這幾個錢給你拿去吧。我還有別的事情，少陪了。

巴　請大人再聽我說一句話。

拉　你嫌這錢太少嗎？好，再給你一個，不用多說啦。

巴　好大人，我的名字是巴洛。

拉　嗳喲，失敬失敬！你的那面寶貝鼓兒怎樣啦？

巴　啊我的好大人，您是第一個揭破我的人，現在我流落到了這一個地步，還要請大人可憐可憐我，給我一條自新之路。

拉　滾開，混蛋！你要我一面做壞人，一面做好人，推了你下去再把你拉上來嗎？（內喇叭聲）王上來了，這是他的喇叭的聲音。你等幾天再來找我吧；你雖然是一個傻瓜又是一個壞人，可是我也不願瞧着你餓死。你去吧。

巴　謝謝大人。（同下）

## 第三場　同前伯爵夫人府中一室

【喇叭奏花腔。國王，伯爵夫人，拉敷，羣臣，朝士，侍衛等上。

王　她的死對於我無異是喪失了一件珍貴的寶物，可是我眞想不到你的兒子竟會這樣癡愚狂悖，不知道她的眞正的價值。

夫人　陛下，現在事情已經過去了，總是他年少無知，乘着一時的血氣，受不住理智的節制，纔會有這樣乖張的行動，請陛下不必多計較了吧。

王　可尊敬的夫人，我曾經對他懷着莫大的憤怒，只待找到機會，便想把重罰降在他的身上，可是現在我已經寬恕一切，忘懷一切了。

拉　請陛下恕我多言，我說，這位小爵爺太對不起陛下，太對不起他的母親，也太對不起他的夫人了，可是他尤其對不起他自己；他所失去的這位妻子，她的美貌足以使人間粉黛一齊失色，她的言辭足以迷醉每一個人的耳朵，她的盡善盡美，足以使最高傲的人俯首臣服。

王　贊美已經失去的事物，使它在記憶中格外顯得可愛。好，叫他過來吧；我們已經言歸於好，從此不再重提舊事了。他無須向我求恕；他所犯的重大過失，已經成爲過去的陳跡，埋葬在永久的遺忘裏了。讓他過來見我吧，他現在是一個不相識者，不是一個罪人，告訴他這就是我的意旨。

近侍　是，陛下。（下）

王　他對於你的女兒怎麼說？你跟他說起過這回事嗎？

拉　他說一切都要聽候陛下的旨意。

王　那麼我們可以作成這一頭婚事了。我已經接到幾封信，對他都是備極揄揚。

〔貝特蘭上。

拉　他今天打扮得果然英俊不凡。

王　我的心情是變化無常的天氣，你在我身上可以同時看到溫煦的日光和無情的霜霰；可是當太陽大放光明的時候，蔽天的陰雲是會掃蕩一空的。你近前來吧，現在又是晴天了。

貝　小臣罪該萬死，請陛下原諒。

王　已往不咎，從前的種種，以後不用再提了，讓我們還是迎頭抓住眼前的片刻吧。我老了，時間的無聲的脚步，是不會因爲我還有許多事情需要處理而稍停片刻的。你記得這位大臣的女兒嗎？

貝　陛下，她在我腦中留着極好的印象。當我第一眼看見她的時候，我就鍾情於她；可是我的含情欲吐的舌頭還沒有敢大膽傾述我的中心的愛慕，存在於我心裏的另一個記憶卻使我對她感到輕蔑。我一想起我那受盡世人贊美而我自己直到她死後纔覺得她可愛的亡妻，便覺得任何女子的臉貌都不及她的齊整秀麗，任何女子的膚色都不及她的自然勻稱，任何女子的身裁都不及她的修短合度；她成爲我眼中的翳障，遮掩了其餘女子的美點。

王　你給自己辯護得很好；你對她還有這麼一些情誼，也可以略略抵銷你這一筆負心的債了。可是來得太遲了的愛情，就像已經執行死刑以後方纔送到的赦狀，不論如何後悔，都沒有法子再挽回了。我們的粗心的錯誤，往往不知看重我們自己所有的可貴的事物，直至喪失了它們以後，方始認識它們的眞價，我們的無理的憎嫌，往往傷害了我們的朋友，然後再在他們的墳墓之前椎胸哀泣。我們讓整個白晝在憎恨中昏睡過去，而當我們淸醒轉來以後再讓我們的愛情因爲看見已經鑄成的錯誤而慟哭。溫柔的海倫是這樣地死了，我們現在把她忘記了吧。把你的定情禮物送去給美麗的穆玳琳吧；兩家的家長都已彼此同意，我們現在正在等着參加我們這位喪偶郎君的再婚典禮呢。

夫人　天啊，求你祝福這一次婚姻比上一次美滿！

拉　來，賢壻。從今以後，我的一份家業也是歸併給你的了，請你快快拿出一點什麽東西來，讓我的女兒高興高興，好叫她快點兒來。（貝取指環與拉）嗳喲！我還記得最後一次我在宮廷裏和已故的海倫告別的時候，我也看見她的手指上有這樣一個指環。

貝　這不是她的。

王　請你讓我看一看；我剛纔在說話的時候，就已經注意到這個指環了。——這是我的；我把它送給海倫的時候，曾經對她說過要是她有什麽爲難的事，憑着這個指環，我就可以給她幫助。你居然會用詭計把她這隨身的至寶奪了下來嗎？

貝　陛下，您一定是看錯了，這指環從來不曾到過她的手上。

夫人　兒呀，我可以用我的生命爲誓，我的確曾經看見她戴着這指環，她把它當作生命一樣重視。

拉　我也可以確確實實地說我看見她戴過它。

貝　大人，您弄錯了，她從來不曾看見過這個指環。它是從佛羅倫斯一家人家的窗戶裏丢出來給我的，包着它的一張紙上還寫着丢擲這指環的人的名字。她是一位名門閨秀，她以爲我受了這指環，等於默許了她的婚約；可是我自忖自己是一個有婦之夫不敢妄邀非分所以坦白地告訴了她我不能接受她的好意；她知道事情無望，也就死下心來，可是一定不肯收回這個指環。

王　我難道不認識自己的東西嗎？不管你從那一個人手裏得到它，它是我的，也是海倫的。快給我招認出來，你用怎樣的暴力從她手裏把它奪來。她曾經指着神聖的名字爲證，發誓她決不讓它離開她的手指，祇有當她遭到極大不幸的時候，她纔會把它送給我，或者當你和她同牀的時候，她可以把它交給你，可是你從來不曾和她同過枕席。

貝　她從來不曾見過這指環。

王　你還要胡說，你以爲我是在說謊話嗎？你使我心裏起了一種不敢想起的可怕的推測。要是你竟會這樣忍心害理——這樣的事情是不見得會有，可是我不敢斷定；她是你痛恨的人，現在她死了；我看見了這指環，無論如何覺得其中事有可疑，除非我親自在她旁邊看她死去，我的疑慮是不會消釋的。把他押起來。（衛士捉貝）我太大意了，不曾注意到這一點。抓他下去！我們必須把事情考問一個水落石出。

貝　您要是能够證明這指環曾經屬她所有，那麼您也可以證明我曾經在佛羅倫斯和她睡在一個牀上，可是她從來不曾到過佛羅倫斯。（衛士押下）

王　我心中充滿了可怖的思想。

〔第一場中之朝士上。

朝士　請陛下恕小臣冒昧，小臣在路上遇見一個佛羅倫斯婦人，要向陛下呈上一張狀紙，因爲趕不上陛下大駕，要我代她收下轉呈御目。小臣因爲看這個告狀的婦人舉止溫文，言辭優雅，聽她說來，好像她的事情非常重要，而

王　且和陛下也有幾分關係，所以大膽答應了她。她本人大概也就可以到了。

「告狀人黛安那卡必來脫呈爲被誘失身懇祈昭雪事：竊告狀人前在佛羅倫斯因遭被告羅西昂伯爵甘言引誘，允於其妻去世後娶告狀人爲妻。告狀人一時不察，誤受其愚，遂致失身。今被告已成鰥夫，理應踐履前約，庶告狀人終身有託；乃竟意圖遺棄，不別而行。告狀人迫不獲已，唯有追踪前來貴國，叩閽鳴冤，伏希王上陛下俯察下情，主持公道，拯弱質於顚危，示淫邪以儆惕，實爲德便。」

拉　我寧願在市場上買一個女婿，把這一個搖着鈴出賣給人家。

王　拉敷，這是上天有心照顧你，纔會有這一場發現。把這些告狀的人找來，快去再把那伯爵帶過來。（朝士及若干侍從下）夫人，我怕海倫是死於非命的。

夫人　但願幹這樣事的人都逃不了國法的制裁！

〔衛士押貝特蘭上。

王　伯爵，我可不懂既然在你看來妻子就像妖怪一樣可怕，你因爲不願做丈夫，寧可遠奔異國，那麼你何必又想跟人家結婚呢？

〔朝士率寡婦及黛安那重上。

王　那個婦人是誰？

黛　稟陛下，我是一個不幸的佛羅倫斯女子，舊家卡必來脫的後裔；我想陛下已經知道我來此告狀的目的了，請陛下㫁情公斷，給我作主。

寡婦　陛下，我是她的母親。我活到這一把年紀，想不到還要出頭露面，受盡羞辱，要是陛下不給我們作主，那麼我的名譽固然要從此掃地，我這風燭殘年也怕就要不保了。

王　過來，伯爵，你認識這兩個婦人嗎？

貝　陛下，我不能否認，也不願否認我認識她們；她們還控訴我些什麼？

黛　你不認識你的妻子了嗎？

貝　陛下，她不是我的什麼妻子。

黛　你要是跟人家結婚，必須用這一隻手表示你的誠意，而這一隻手是已經屬於我的了；你必須對天立誓，而那些誓也是已經屬於我的了。憑着我們兩人的深盟密誓，我已經與你成爲一體，誰要是跟你結婚，就必須同時跟我結婚，因爲我也是你的一部分。

拉　（向貝）你的名譽太壞了，配不上我的女兒，你不配做她的丈夫。

貝　陛下，這是一個癡心狂妄的女子，我以前不過跟她開過一些頑笑；請陛下相信我的人格，我還不致於墮落到這樣一個地步。

王　你的行爲要是不能使人相信，我怎麼能相信你的人格呢？你還是先證明一下你的人格的高尙吧

黛　陛下，請您叫他宣誓回答，我的貞操是不是他破壞的？

王　你怎麼回答她？

貝　陛下，她太無恥了，她是軍營裏一個人盡可夫的娼妓。

黛　陛下，他寃枉了我；我倘然是這樣一個人，他就可以用普通的價錢買到我的身體。不要相信他。瞧這指環吧！這是一件稀有的貴重的寶物，可是他卻會毫不在意地丟給一個軍營裏人盡可夫的娼妓！

夫人　他在臉紅了，果然是的；這指環是我們家裏六世相傳的寶物。這女人果然是他的妻子，這指環便是一千個證據。

王　你說你看見這裏有一個人，可以爲你作證嗎？

黛　是的，陛下，可是他是個壞人，我很不願意提出這樣一個人來；他的名字叫巴洛。

拉　我今天看見過那個人，如果他也可以算是個人的話。

王　去把這人找來。（一侍從下）

貝　叫他來幹麼呢？誰都知道他是一個無恥之尤的小人，什麼壞事他都做得，講一句老實話就會不舒服。難道隨着他的信口胡說，就可以斷定我的爲人嗎？

王　你的指環在她手上，這可是抵賴不了的。

貝　我想這是事實，我的確曾經歡喜過她，也曾經和她發生過一段繾綣，年青人愛好風流，這些逢場作戲的事實是免不了的。她知道與我身分懸殊，有心誘我上鈎，故意裝出一副冷若冰霜的神氣來激動我。因爲在戀愛過程中的一切障礙，都是足以挑起更大的情熱的。憑着她的層出不窮的手段和迷人的嬌態，她終於把我征服了。她得到了我的指環，我向她換到的，卻是出普通市價都可以買得到的東西。

黛　我必須耐住我的怒氣。你會拋棄你從前那位高貴的夫人，當然像我這樣的女人，更不值得你一顧，玩够了就可以丟了。可是我還要請求你一件事，你旣然是這樣一個薄情無義的男人，我也情願失去你這樣一個丈夫，叫人去把你的指環拿來還給我，讓我帶回家去；你給我的指環我也可以還你。

貝　我沒有什麼指環。

王　你的指環是什麼樣子的?

黛　陛下，就跟您手指上的那個差不多。

王　你認識這個指環嗎?它剛纔還是他的。

黛　這就是他在我牀上的時候我給他的那一個。

王　那麼說你從窗口把它丟下去給他的話，完全是假的了。

黛　我說的句句都是眞話。

〔侍從率巴洛重上。

貝　陛下，我承認這指環是她的。

王　你太會躲閃了，好像見了一根羽毛的影子都會嚇了一跳似的。這就是你說起的那個人嗎?

黛　是，陛下。

王　來，老老實實告訴我，你知道你的主人和這個婦人有什麼關係?儘管照你所知道的說來，不用害怕你的主人，我不會讓他碰着你的。

巴　稟陛下，我的主人是一位規規矩矩的紳士，有時他也有點兒不大老實，可是那也是紳士們所免不了的。

王　來，來，別說廢話，他愛這個婦人嗎?

巴　不瞞陛下說，他是愛過她可是——

王　可是什麼?

巴　陛下，他愛她就像紳士們愛着女人一樣。

王　這是怎麽說的？

巴　陛下，他愛她，但是他不愛她。

王　你是個混蛋，但是你不是個混蛋。這傢伙怎麽說話這樣莫明其妙的？

巴　我是個苦人兒，一切聽候陛下的命令。

拉　陛下，他祇會打鼓，不會說話。

黛　你知道他答應娶我嗎？

巴　不說假話，我有許多事情心裏明白，可是嘴上卻不便說。

王　你不願意說出你所知道的一切嗎？

巴　陛下要我說，我就說，我的確替他們兩人作過媒；而且他眞是愛她，們直愛到發了瘋，什麽魔鬼呀，地獄呀，還有什麽什麽，這一類話他都說過；那個時候他們把我當作心腹看待，所以我知道他們在一起睡過覺，還有其餘的花樣兒，例如答應娶她哪，還有什麽什麽哪，這些我實在不好意思說出來，所以我想我還是不要把我所知道的事情說了出來的好。

王　你已經把一切都說了出來了，除非你還能夠說他們已經結了婚。你這證人做得太好了，站在一旁。——你說這指環是你的嗎？

黛　是，陛下。

王　你從什麽地方買來的？還是誰給你的？

黛　那不是人家給我，也不是我去買來的，

王　那麼是誰借給你的？

黛　也不是人家借給我的。

王　那麼你在什麼地方拾來的？

黛　我也沒有在什麼地方拾來。

王　不是買來，又不是人家送給你，又不是人家借給你，又不是在地上拾來，那麼它怎麼會到你手裏，你怎麼會把它給了他呢？

黛　我從來沒有把它給過他。

拉　陛下，這女人的一條舌頭翻來覆去，就像一隻可以隨便脫下套上的寬手套一樣。

王　這指環是我的，我曾經把它賜給他的前妻。

黛　它也許是陛下的，也許是她的，我可不知道。

王　把她帶下去，我不喜歡這個女子。把她關在監牢裏；把他也一起帶下去。你要是不告訴我你在什麼地方得到這個指環，我就把你立刻處死。

黛　我永遠不告訴你。

王　把她帶下去。

黛　陛下，請您讓我交保吧。

王　我現在知道你也不是好東西，那麼你究竟為什麼要控訴他呢？

黛　因為他有罪，但是他沒有罪，他知道我已經不是處女，他會發誓說我不是處女；可是我可以發誓我是一個處女，這是他所不知道的陛下，我願意以我的生命爲誓，我並不是一個娼妓，我的身體是淸白的。

王　她越說越不像話了；把她帶下監牢裏去。

黛　媽，你給我去找那個保人來吧。（寡婦下）且慢，陛下，我已經叫他去找那指環的原主人來了，他可以做我的保人的。至於這位貴人他雖然不曾害了我，他自己心裏是知道他做過什麼對不起我的事的，現在我且放過了他吧。他知道他曾經沾污過我的枕席，就在那個時候他的妻子跟他有了身孕，她雖然已經死去，卻能夠覺得她的孩子在腹中跳動。你們要是不懂得這個生生死死的啞謎，那麼且看解啞謎的人來了。

〔寡婦偕海倫那重上。〕

王　我的眼睛花了嗎？我看見的是眞的還是假的？

海　不，陛下，您所看見的只是一個妻子的影子，但有虛名，並無實際。

貝　虛名也有，實際也有。啊，原諒我吧！

海　我的好夫君！當我冒充着這位姑娘的時候，我覺得您眞是溫柔體貼，無微不至。這是您的指環；瞧，這兒還有您的信，它說：「汝倘能得余永不去手之指環，且能腹孕一子，確爲余之骨肉者，始可稱余爲夫。」現在這兩件事情我都做到了，您願意做我的丈夫嗎？

貝　陛下，她要是能夠把這回事情向我解釋明白，我願意永遠永遠愛着她。

海　要是我不能把這回事情解釋明白，要是我的話與事實不符，我們可以從此勞燕分飛，人天永別！啊，我的親愛的媽，想不到今生還能夠看見您！

拉　我的眼睛裏酸溜溜的，眞的要哭起來了。（向巴）朋友，借塊手帕兒給我，謝謝你。等會兒你跟我回去吧，你可以

王　給我解解悶兒。算了，別打拱作揖了，我討厭你這個鬼腔調兒。讓我們聽一聽這故事的始終本末，叫大家高興高興。（向黛）你倘然果眞是一朶未經攀折的鮮花，那麼你也自己選一個丈夫吧，我願意送一份嫁奩給你；因爲我可以猜到多虧你的好心的幫助，這一雙怨偶纔會變成佳偶，你自己也保全了淸白。這一切詳詳細細的經過情形，等着我們慢慢兒再談吧。正是團圓喜今夕，艱苦願終償不歷辛酸味，奚來甜頰香。（喇叭奏花腔。衆下）

收場詩（飾國王者向觀衆致辭）

袍笏登場本是虛，　王侯卿相總堪嗤，
但能博得周郎顧，　便是功程圓滿時。

莎士比亞戲劇全集

第一輯　第七種

# 量罪記

朱生豪譯

# 量罪記

## 劇中人物

文生底奧　公爵
安哲魯　公爵在假期中的攝政
埃斯卡勒斯　輔佐安哲魯的老臣
克勞第奧　少年紳士
路西奧　紈袴子
兩個胡調紳士
伐里厄斯　公爵近侍
獄吏
湯麥斯 } 兩個教士
彼得 }
陪審官
歐爾博　糊塗的差役

弗洛斯　愚蠢的紳士
邦貝　妓院中的當差
阿鮑生　劊子手
巴那丁　酗酒放蕩的囚犯
依莎貝拉　克勞第奥的姊姊
瑪麗安那　安哲魯的未婚妻
裘麗葉　克勞第奥的戀人
蒂蘭雪絲加　女尼
咬弗勁太太　鴇婦
大臣、差役、市民、僮兒、侍從等

**地點**

維也那

# 第一幕

## 第一場　公爵宮庭中的一室

【公爵，埃斯卡勒斯，羣臣，侍從等上。

公爵　埃斯卡勒斯！

埃　有，殿下。

公爵　關於政治方面的種種機宜，我不必多向你絮說，因爲我知道你在這方面的經驗閱歷，勝過我所能給你的任何指示；對於地方上人民的習性，以及佈政施教的憲章，信賞必罰的律法，你也都瞭如指掌，比得上任何博學練達之士，所以我儘可信任你的才能，讓你自己去適宜應付。我給你這一道詔書，願你依此而行。（以詔書授埃）來人，去喚安哲魯過來。（一侍從下）你看他這人能不能代理我的責任？因爲我在再三考慮之下，已經決定當我出巡的時候，叫他攝理政務；他可以充分享受衆人的畏懼愛敬，全權處置一切的事情。你以爲怎樣？

埃　在維也那地方，要是有人値得受這樣隆重的眷寵恩榮，那就是安哲魯大人了。

公爵　他來了。

【安哲魯上。

安　聽見殿下的召喚，小臣特來恭聽諭令。

公爵　安哲魯，在你的生命中有一種與衆不同的地方，使人家一眼便知道你的全部的為人。你自己和你所有的一切，倘不拿出來貢獻於人世，僅僅一個人獨善其身，那實在是一種浪費。上天生下我們，是要把我們當作火炬，不是照亮自己，而是普照世界；因為我們的德行倘不能推及他人，那就等於沒有一樣。一個人有了才華智慧，必須把它用在有益的地方，否則他就和一個庸碌凡愚之人毫無差別；造物是一個工於算計的女神，她所給與世人的每一分才智都要受賜的人知恩感激，加倍報答。可是我雖然這樣對你說，也許我倒是更應該受你教益的；所以請你受下這道詔書吧，安哲魯；（以詔書授安）當我不在的時候，你就是我的全權代表，你的片言一念，可以決定維也那人民的生死，年高的埃斯卡勒斯雖然先受到我的囑托，他卻是你的輔佐。

安　殿下，當您還沒有在我這塊頑鐵上面打下這樣光榮偉大的印記之前，最好請您先讓它多受一番試驗。

公爵　不必推托了，我在詳細考慮之後方纔決定選中了你，所以你可以受之無愧，我因為此行很是怱促，對於一切重要事務不顧多加過問。我去了以後，隨時會把我在外面的一切情形通信給你；我也盼望你隨時把這兒的情形告訴我。現在我們再會吧，希望你們好好執行我的命令。

安　可是殿下，請您容許我們為您壯壯行色吧。

公爵　我急於動身，這可不必了。你在代我攝政的時候，儘管放手幹去，不必有什麼顧慮；你的權力就像我自己一樣，無論是需要執法從嚴的，或者不妨衡情寬恕的，都憑着你的判斷執行。讓我握你的手。我這回出行不預備給大家知道，我雖然愛我的人民，可是不願在他們面前舖張揚厲，他們熱烈的夾道歡呼，雖然可以表明他們對我的好感，可是我想這種表面上的做作，未必便是真情實感的流露。再會吧！

安　上天保佑您一路平安！

埃　願殿下早日平安歸來！

公爵　謝謝你們。再見！（下）

埃　大人，我想請您准許我跟您開誠佈公地談一下，我必須知道我自己的地位。主上雖然付我以重託，可是我還不曾明白我的權限是怎樣。

安　我也是一樣。讓我們一塊兒回去彼此商議商議吧。

埃　敬遵台命。（同下）

## 第二場　街道

〔路西奧及二紳士上。

路　我們的公爵和別的公爵們要是跟匈牙利國王談判不成功，那麼這些公爵們要一致向匈牙利國王攻擊了。

紳士甲　上天賜我們和平，可是讓匈牙利國王得不到太平！

紳士乙　阿們！

路　你倒像那個虔敬的海盜，帶着十條誡出去航海，可是把其中的一誡塗掉了。

乙　是「不准竊盜」那一誡嗎？

路　對了，他把那一條塗掉了。

甲　是啊，有了這一誡，那簡直是打碎了船長和他們這一夥的飯碗，他們出去就是爲了竊盜人家的財物。那一個當兵的人在飯前感恩祈禱的時候，願意上帝給他和平？

乙　我就沒有聽見過那個兵士不喜歡和平。

路　我相信你沒有聽見過，因爲你從來沒有到過在飯前祈禱的地方。

乙　什麼話？至少也去過十來次。

甲　啊，你也聽見過有韻的祈禱文嗎？

路　長長短短各國語言的祈禱他都聽見過。

甲　我想他不論什麼宗教的祈禱都聽見過。

路　對啊，宗教儘管不同祈禱總是祈禱；這就好比你儘管祈禱，總是一個壞人一樣。

甲　嘿，我看老兄也是差不多吧。

路　瞧，瞧，我們那位消災解難的太太來了！我這一身毛病都是在她家裏買來的。

【咬弗動太太上。

甲　啊，久違了！您的屁股上那一面疼得利害？

咬　哼，哼，那邊有一個人給他們捉去關在監牢裏了，像你們這樣的人，要五千個纔抵得上他一個呢。

乙　請問是誰啊？

咬　嘿，是克勞第與大爺哪。

甲　克勞第與關起來了！那有此事！

咬　嘿，可是我親眼看見他給人捉住抓了去，而且就在三天之內，他的頭要給宰下了呢。

路　別說笑話，我想這是不會的。你眞的知道有這樣的事嗎？

咬　千眞萬眞，原因是他叫裘麗葉小姐有了身孕。

路　這倒有幾分可能。他約我在兩點鐘以前和他會面，到現在還沒有來，他這人是從不失信的。我們還是去打聽打聽吧。（路及二紳士下）

咬　打仗去的打仗去了，上絞首臺的上絞首臺去了，本來有錢的窮下來了，我現在弄得沒有主顧上門啦。

〔邦貝上〕

咬　喂，你有什麼消息？

邦　那邊有人給抓了去坐牢了。

咬　他幹了什麼事？

邦　關於女人的事。

咬　可是他犯的什麼罪？

邦　他在禁河裏摸魚。

咬　怎麼，誰家的姑娘跟他有了身孕了嗎？

邦　是呀。您還沒有聽見官府的告示嗎？

咬　什麼告示？

邦　維也那近郊的妓院一律封閉。

咬　城裏的怎麼樣呢？

邦　那是要留着傳種的；它們本來也要封閉，幸虧有人說情。

咬　那麼咱們在近郊的院子都要關門了嗎？

邦　是啊。

咬　噯喲，這世界眞是變了！我可怎麼辦呢？

邦　您放心吧，好訟師總是有人請教的，您可以遷地爲良，重操舊業，我還是做您的當差。別怕，您伺候人家辛苦了這一輩子，人家總會可憐您照應您的。

咬　那邊又有什麼事啦？咱們退後一步吧。

邦　獄官帶着克勞第奧大爺到監牢裏去啦，後面還跟着裘麗葉小姐。（咬、邦同下）

〔獄吏、克勞第奧、裘麗葉，及差役等上。

克　官長，你爲什麼要帶着我這樣遊行全城，在衆人面前羞辱我？快把我帶到監獄裏去吧。

獄吏　我也不是故意要你難堪，這是安哲魯大人的命令。

克　威權就像是一尊天神，使我們在犯了過失之後必須受到重罰；它的命令是天上的綸音，臨到誰的身上就沒法反抗。可是我這次的確是咎有應得。

〔路西奧及二紳士重上。

路　噯喲，克勞第奧！你怎麼戴起鐐銬來啦？

克　因爲我有太多的自由，我的路西奧。過度的飽食有傷胃口，毫無節制的放縱，結果會使人失去了自由。正像饑不擇食的餓鼠吞嚥毒餌一樣，人爲了滿足他的天性中的慾念，也會飲酖解渴，送了自己的性命。

路　我要是也像你一樣，到了吃官司的時候還會講這麼一番大道理，那麼我寧可做一個自由自在的蠢物。你犯的是什麼罪，克勞第奧？

克　何必說起，說出來也是罪過。

路　什麼，是殺了人嗎？

克　不是。

路　是姦淫嗎？

克　就算是吧。

獄吏　別多說了，去吧。

克　官長，讓我再講一句話吧。路西奧，我要跟你說話。（把路西奧扯至一旁）

路　祇要是對你有好處的，你儘管說吧。官府把姦淫罪看得如此頂真嗎？

克　事情是這樣的：我因爲已經和裴麗葉互許終身，和她發生了關係；你是認識她的；她就要成爲我的妻子了，不過沒有舉行表面上的儀式而已，因爲她還有一注嫁奩在她親友的保管之中，我們深恐他們會反對我們的相愛；所以暫守祕密，等到那注嫁奩正式到她自己手裏的時候，方纔舉行婚禮。可是不幸我們祕密的交歡，卻在裴麗葉身上留下了無法遮掩的痕跡。

路　她有了身孕了嗎？

克　正是。現在這個新任的攝政，也不知道是因爲不熟悉向來的慣例，或是因爲初掌大權，爲了威懾人民起見，有意來一次下馬威；或是因爲他的嚴刑酷治，執法無私，使我誤蹈網羅。可是他已經把這十九年來束諸高閣的種種懲罰，重新加在我的身上了。他一定是爲了要博取名譽纔這樣做的。

路　我相信一定是這個緣故。現在你的一顆頭顱擱在你的肩架上，已經快要搖搖欲墮了，一個擠牛乳的姑娘在思念情郎的時候也會嘆一口氣把它吹下來的。你還是想法叫人追上公爵向他求情開脫吧。

克　這我也試過，可是不知道他究竟在什麼地方。路西奧，我想請你幫我這一下子忙。我的姊姊今天要進尼院修道受戒，你快去把我現在的情形告訴她，代我請求她向那嚴厲的攝政說情。我相信她會成功，因爲在她的青春的魅力裏，有一種無言的辯才，可以使男子爲之心動；當她在據理力爭的時候，她的美妙的辭令更有折服他人的本領。

路　我希望她能夠成功，因爲否則和你犯同樣毛病的人，大家都要惴惴自危，未免太教愛好風流的人喪氣；而且我也不願意看見你爲了一時玩耍，沒來由送了性命。我就去。

克　謝謝你，我的好朋友。

路　兩點鐘之內給你回音。

克　來，官長，我們去吧。（各下）

## 第三場　寺院

【公爵及湯麥斯神父上。

公爵　不，神父，別那麼想，不要以爲愛情的微弱的箭鏃會洞穿一個完整的胸膛。我所以要請你許我祕密相見的用意，並不是因爲我有一般年青人那種燃燒着的情熱，而是爲了另外更嚴肅的事情。

湯　那麼請殿下告訴我吧。

公爵　神父，你是最知道我的，你知道我多麼喜愛恬靜隱退的生活，而不願把光陰消磨在少年人奢華糜費爭強鬥勝的所在。我已經把我的全部權力交給安哲魯——他是一個持身嚴謹屏絕嗜慾的君子，——叫他代理我治理維也納。他以爲我是到波蘭去了，因爲我向外邊是這樣透露着，大家也都是這樣相信着。神父，你要知道我爲什麼要這樣做嗎？

湯　我很願意知道，殿下。

公爵　我們這兒有的是嚴峻的法律，對於放肆不馴的野馬，這是少不來的鞿勒，可是在這幾十年來，我們卻把它當作具文，就像一頭蟄居山洞久不覓食的獅子，它的爪牙全然失去了鋒利。溺愛兒女的父親倘使把籐鞭束置不用，僅僅讓它作爲嚇人的東西，到後來它就會被孩子們所渺視而不再對它生畏。我們的法律也是一樣，因爲從不施行的緣故，變成了毫無效力的東西，膽大妄爲的人，可以把它恣意玩弄；正像嬰孩毆打他的保姆一樣，法紀完全蕩然掃地了。

湯　殿下可以隨時把這束置不用的法律實施起來，那一定比交給安哲魯大人執行更能令人畏服。

公爵　我恐怕那樣也許會叫人過分畏懼了。因爲我對於人民的放縱，原是我自己的過失；罪惡的行爲，要是姑息縱容，不加懲罰，那就是無形的默許，既然准許他們這樣做了，現在再重新責罰他們，那就是暴政了。所以我纔叫安哲魯代理我的職權，他可以憑藉我的名義重整頹風，可是因爲我自己不在其位，人民也不致對我怨謗。一方面我要默察他的治績，預備裝扮作一個貴宗的僧侶，在各處巡迴察訪，不論皇親國戚或是庶民，我都要一一訪問。所以我要請你借給我一套僧服，還要有勞你指教我一個教士所應有的一切行爲舉止。我這樣的行動還有其他的原因，我可以慢慢告訴你，可是其中的一個原因，是因爲安哲魯這人平日拘謹嚴肅，從不承認他的感情會衝動，或是麵包的味道勝過石子，所以我們倒要等着看看要是權力能够轉移人的本性，那麼世上正人君子的究竟面目是怎樣的。（同下）

## 第四場　尼院

〔依莎貝拉及菲蘭雪絲加上。

依　那麼你們做尼姑的沒有其他的權利了嗎？

菲　你以爲這樣的權利還不够嗎？

依　够了够了；我這樣說並不是希望更多的權利，我倒希望我們皈依聖克來阿的姊妹們，應該守持更嚴格的戒律。

路西奧　（在內）喂！上帝賜平安給你們。

依　誰在外面喊叫？

菲　是個男人的聲音。好依莎貝拉，你把鑰匙拿去開門，問他有什麼事。你可以去見他，我卻不能，因爲你還沒有受戒。等到你立願修持以後，你就不能和男人講話，除非當着院長的面前；而且講話的時候不准露臉，露臉的時候不准講話。他又在叫了，請你就去回答他吧。（下）

依　平安如意！誰在那裏叫門？

〔路西奧上。

路　願你有福，姑娘！我看你臉上的紅暈，就知道你是個童貞女。你可以帶我去見見依莎貝拉嗎？她也是在這兒修行的，她有一個不幸的兄弟叫克勞第奧。

依　請問您爲什麽要說「不幸的兄弟？」因爲我就是他的姊姊依莎貝拉。

路　溫柔美麗的姑娘，令弟叫我向您多多致意。廢話少說，令弟現在已經下獄了。

依　噯喲！爲了什麽？

路　假如我是法官，那麽爲了他所幹的事，我不但不判他罪，還要大大地褒奬他哩。他跟他的女朋友要好，她已經有了身孕啦。

依　先生，請您少開頑笑吧。

路　我說的是眞話。雖然我慣愛跟姑娘們搭訕取笑，亂嚼舌頭，可是您在我的心目中是崇高聖潔，超世絕俗的，我在您面前就像對着神明一樣，不敢說半句謊話。

依　您這樣取笑我，未免太褻瀆神聖了。

路　請您別那麽想。簡簡單單確確實實是這樣一回事情：令弟和他的愛人已經同過衾了。萬物受過滋潤灌漑，就會豐盛飽滿，種子播了下去，一到開花的季節，荒蕪的土地上就會變成萬卉爭榮；令弟的辛苦耕耘也已經在她的身上結起果實來了。

依　有人跟他有了身孕了嗎？是我的妹妹裘麗葉嗎？

路　她是您的妹妹嗎？

依　是我的義妹，我們是同學，因爲彼此相親相愛，所以姊妹相稱。

路　正是她。

依　啊，那麽讓他跟她結婚好了。

路　問題就在這裏。公爵突然離開本地，許多人都準備痛痛快快地玩他一下，我自己也是其中的一個；可是我們從熟悉政界情形的人們那裏知道公爵這次的眞正目的，完全不是他向外邊所宣佈的那麼一回事。代替他全權綜持政務的是安哲魯這個人的血就像冰雪一樣冷，從來不覺得感情的衝動慾念的刺激，祇知道用讀書刻制的工夫鍛鍊他的德性。他看到這裏的民風習於淫佚，雖然有嚴刑峻法，並不能使人畏懼，正像一羣小鼠在睡獅的身旁跳梁無忌一樣，所以決心重整法紀；令弟觸犯刑章，按律例應處死，現在給他捉去，正是要殺一儆百，給衆人看一個榜樣。他的生命危在旦夕，除非您肯去向安哲魯婉轉求情，也許有萬一之望；我所以受令弟之託前來看您的目的，也就在於此。

依　他一定要把他處死嗎？

路　他已經把他判罪了，聽說處決的命令已經下來。

依　唉！我有什麼能力能夠搭救他呢？

路　儘量運用您的全力吧。

依　我的全力？唉！我恐怕——

路　疑惑足以敗事，一個人往往因爲遇事畏縮的緣故，失去了成功的機會。到安哲魯那邊去，讓他知道當一個少女有什麼懇求的時候，男人應當像天神一樣慷慨；當她長跪哀籲的時候，無論什麼要求都應該毫不遲疑地允許她的。

依　那麼我就去試試看吧。

路　可是事不宜遲。

依　我馬上就去；不過現在我還要去關照一聲院長，謝謝您的好意，請向舍弟致意，事情成功與否，今天晚上我就給他消息。

路　那麼我就告別了。

依　再會吧，好先生。（各下）

# 第二幕

## 第一場　安哲魯府中廳堂

〔安哲魯，埃斯卡勒斯，陪審官，獄吏，差役，及其他侍從上。

安　我們不能把法律當作嚇鳥用的稻草人，讓它安然不動地矗立在那邊，鳥兒們見慣以後，會在它頂上棲息而不再對它害怕。

埃　是的，可是我們的刀鋒雖然要銳利，操刀的時候卻不可大意，略傷皮肉就够了，何必一定要致人於死命？唉！我所要營救的這位紳士，他有一個德高望重的父親。我知道你在道德方面是一絲不苟的，可是你要是想到當你在感情用事的時候，萬一時間湊合着地點，地點湊合着你的心願，或是你自己任情的行動，可以達到你的目的，那時候也許你會犯下和他同樣的過失，那麼你會不會像你現在判決他一樣，把法律運用到你自己的身上呢？

安　受到引誘是一件事，埃斯卡勒斯，墮落又是一件事。我並不否認，在宣過誓的十二個陪審員中間，也許有一兩個盜賊在內，他們所犯的罪也許比他們所判決的犯人所犯的更重；可是法律所追究的只是公開的事實，審判盜賊的人自己是不是盜賊，卻是法律所不問的。我們俯身下去拾起掉在地上的珠寶，因爲我們的眼睛看見它；可是我們所不看見的，就毫不介意而踐踏過去。你不能因爲我也犯過同樣的過失而企圖輕減他的罪名，可是你應該告訴我，我曾經在什麼時候犯過這樣的罪，那麼我就可以判決自己的死刑，誰也不能爲我從中緩頰。他必須死。

埃　既然如此，就照你的意思吧。

安　獄官在那裏？

獄吏　有，大人。

安　明天早上九點鐘把克勞第奥處決；讓他先在神父面前懺悔一番，因爲他的生命的旅途已經完畢了。（獄吏下）

埃　上天饒恕他，也饒恕我們衆人！我們衆人也有犯罪的人飛黃騰達，也有正直的人負寃含屈；十惡不赦的也許逍遥法外，一時失足的反而鐵案難逃。

〔歐爾博及若干差役牽弗洛斯及邦貝上。

歐　來，把他們抓去。這種人什麼事也不做，祇曉得在窰子裏胡調，假如他們可以算是社會上的好公民，那麼我也不知道什麼是法律了。把他們抓去！

安　喂，你叫什麼名字？在吵些什麼？

歐　稟老爺，小的是公爵老爺手下的一名差役，名字叫做歐爾博。這兩個窮兇極惡的好人，要請老爺秉公發落。

安　好人！嘸，他們是什麼好人？他們不是壞人嗎？

歐　稟老爺，他們是好人是壞人小的也不大明白，總之他們不是好東西，完全不像一個褻瀆神聖的好基督徒。

埃　好一個聰明的差役，越說越玄妙了。

安　說明白些，他們究竟是什麼人？你是叫歐爾博嗎？你幹麼不說話了，歐爾博？

邦　老爺，他不會說話，他是個啞子。

安　你是什麼人？

歐　他嗎，老爺？他是個妓院裏的當差，他在一個壞女人那裏做事，她的屋子在近郊的都給封起來了；現在她又開了一個窰子，我想那也不是好地方。

埃　那你怎麼知道呢？

歐　稟老爺，那是因爲我的老婆，我當着天跟您老爺面前發誓，我恨透了我的老婆，——

埃　啊，這跟你老婆有什麼相干？

歐　是呀，老爺，謝天謝地，我的老婆是個規矩的女人，——

埃　所以你纔恨透了她嗎？

歐　我是說，老爺，這一家人家倘不是窰子，我就不但恨透我的老婆，而且我自己也是狗娘養的。

埃　你怎麼知道他家是個窰子？

歐　那都是因爲我的老婆，老爺。她倘不是個天生規矩的女人，那麼說不定在那邊什麼和姦略誘不乾不淨的事都做出來了。可是她瞧不起他們，她把口沫吐在他的臉上。

邦　稟老爺，他說得不對。

歐　你是個好人，你就向這些混賬東西說說看我怎麼說得不對。

埃　（向安）你聽他說的話多麼顚顚倒倒。

邦　老爺，她進來的時候凸起一個大肚子，嚷着要吃煑熟的梅子。那時我們屋子裏就祇剩兩顆梅子，放在一隻果碟裏，那碟子是三辨士買來的，您老爺大概也看見過這種碟子，不是碗的碟子，可也是很好的碟子。

埃　算了算了，別儘碟子碟子的鬧過不淸了。

邦　是，老爺，您說得一點不錯。言歸正傳，我剛纔說的，這位歐爾博奶奶因爲肚子裏有了孩子，所以肚子凸得高高的；我剛纔也說過，她嚷着要吃梅子，可是碟子裏祇剩下兩顆梅子，其餘的都給這位弗洛斯大爺吃去了，他是規規矩矩會過鈔的。弗洛斯大爺，您給了我三辨士，現在我可不能還您了。

弗　不，你可不用還我了。

邦　那麼很好，您還記得嗎？那時候您正在那兒磕着梅子的核兒。

弗　不錯，我正在那裏磕梅子核兒。

邦　很好，您還記得嗎？那時候我對您說某某人某某人害的那種病，一定要當心飲食，否則無藥可治。

弗　你說得一點不錯。

邦　很好，——

埃　廢話少說，你這討厭的饞瓜！究竟你們對歐爾博的妻子做了些什麼不端之事，他纔來控訴你們？快快從實說來。

邦　老爺，您可別性急，等我慢慢的講下去。我先要請老爺瞧瞧這位弗洛斯大爺，他一年有八十鎊錢進益，他的老太爺是在萬靈節去世的。弗洛斯大爺，是在萬靈節嗎？

弗　在萬靈節的前晚。

邦　很好，這纔是千眞萬確的老實話。老爺，那時候他坐在葡萄棚底下的一張矮椅上面；那是您頂歡喜坐的地方，不是嗎？

弗　是的，因爲那裏很開敞，冬天有太陽曬。

邦　很好，這纔沒有半點兒假。

安　這樣說下去，就是在夜長的俄羅斯也可以說上整整一夜。我可要先走一步，請你代勞審問，希望你能夠把他們每人抽一頓鞭子。

埃　我也希望這樣，再見大人。（安下）現在你說吧，你們對歐爾博的妻子做了些什麼事？

邦　什麼也沒有做呀，老爺。

歐　老爺，我請您問他這個人對我的老婆幹了些什麼。

邦　請老爺問我吧。

埃　好，那麼你說，這個人對她幹了些什麼？

邦　請老爺瞧瞧他的臉孔，好弗洛斯大爺，請您臉孔對着上座的老爺。老爺，您有沒有瞧清楚他的臉孔？

埃　是的，我看得很清楚。

邦　不，請您再仔細看一看。

埃　好，現在我仔細看過了。

邦　老爺，您看他的臉孔是不是會欺侮人的？

埃　不，我看他不會。

邦　我可以按着聖經發誓，他的臉孔是他身上最壞的一部分。好吧，既然他的臉孔是他身上最壞的一部分，可是您老爺說的它不會欺侮人，那麼弗洛斯大爺怎麼會欺侮這位捕頭的奶奶？我倒要請您老爺評評看。

埃　他說得有理。歐爾博，你怎麼說？

歐　啓上老爺，他這屋子是一間清清白白的屋子，他是個清清白白的小子，他的老板娘是個清清白白的女人。

邦　老爺，我舉手發誓他的老婆纔比我們還要清清白白得多呢。

歐　放你的屁，混賬東西！她從來不曾跟什麼男人女人小孩子清清白白過。

邦　老爺，他還沒有娶她的時候，她就跟他清清白白過了。

埃　這場官司可越審越糊塗了。

歐　狗娘養的王八蛋！你說我還沒有娶她就跟她清清白白過嗎？要是我曾經跟她清清白白過，或是她曾經跟我清清白白過，那麼請老爺把我革了職吧。好傢伙，你給我拿出證據來，否則我就要告你一個毆打罪。

埃　要是他打了你一記耳光，你還可以告他誹謗罪。

歐　謝謝老爺的指教。你看吧，你這混賬東西，現在可叫你知道些利害了，你說下去吧，你這狗娘養的！

埃　朋友，你是什麼地方人。

弗　回大人，我是本地生長的。

埃　你一年有八十鎊收入嗎？

弗　是的，大人。

埃　好。（向邦）你是幹什麼營生的？

邦　小的是個酒保，在一個苦寡婦的酒店裏做事。

埃　你的女主人叫什麼名字？

邦　她叫咬弗勤太太。

埃　她嫁過多少男人？

邦　回老爺，一共九個，最後一個纔是咬弗勤。

埃　九個！——過來，弗洛斯先生。弗洛斯先生，我希望你以後不要再跟酒保當差這一批人來往，他們會把你誘壞了的。現在你給我去吧，別讓我再聽見你和別人鬧事。

弗　謝謝大人。我從來不曾自己高興上什麼酒樓妓院，每次都是給他們吸引進去的。

埃　好，以後你可別讓他們吸引你進去了，再見吧。（弗下）過來，酒保哥兒，你叫什麼名字？

邦　小的名叫邦貝。

埃　邦貝，你說你自己是個酒保，其實你是個龜奴，是不是？給我老實說，我不來爲難於你。

邦　老老實實告稟老爺，小的是個窮小子，要吃飯纔幹這種活兒。

埃　你要吃飯，就去當烏龜嗎？邦貝，你說你這門生意是不是當官的？

邦　祇要官府允許我們，它就是當官的。

埃　可是官府不能允許你們，邦貝，維也那地方不能讓你們幹這種營生。

邦　您老爺的意思，是打算把維也那城裏的年青人都閹起來嗎？

埃　不，邦貝。

邦　老爺，小的看起來總會有這麼一天的，老爺祇要下一道命令把那些婊子光棍們抓住重辦，像我們這種忘八羔子就放過了也吧。

埃　告訴你吧，上面正在預備許多命令，殺頭的絞死的人多着呢。

邦　您要是把犯風流罪的一起殺頭、絞死，不消十年工夫，您就要無頭可殺了。這種法律在維也那行了十年，我就可以出三辨士租一間最好的屋子。您老爺到那時候要是還健在的話，請記住邦貝曾經這樣告訴您。

埃　謝謝你，好邦貝爲了報答你的預言，請你聽好：我勸你以後小心一點，不要再給人抓到我這兒來；要是你再鬧什麼事情，或者仍舊回去幹你那老營生，那時候我看見了你，你可逃不了一頓皮鞭子。現在姑且放過了你，快給我去吧。

邦　多謝老爺的囑咐；（旁白）可是我聽不聽你的話，還要看我自已高興呢用鞭子抽我！哼！好漢不是拖車馬，不怕鞭子不怕打，我還是做我的忘八羔子去。（下）

埃　過來，歐爾博。你當官差當了多久了？

歐　稟老爺，七年半了。

埃　我看你辦事這樣能幹，就知道你是一個多年的老手。你說一共七年了嗎？

歐　七年半了，老爺。

埃　唉！那你太辛苦了！他們不應該叫你當一輩子的官差。在你鄰里之中，就沒有別人可以當這個差事嗎？

歐　稟老爺，要找一個幹得了這個差事的人，可也不大容易，他們選來選去還是選中了我，我爲了拿幾個錢，苦也吃够了。

埃　你回去把你村里裏面最能幹的揀六七個人，開一張名單給我。

歐　名單開好以後，送到老爺府上嗎？

埃　是的，拿到我家裏來，你去吧。（歐下）現在大概幾點鐘了？

陪審官　十一點鐘了，大人。
埃　請你到舍間便飯去吧。
陪審官　多謝大人。
埃　克勞第奧不免一死，我心裏很是難過，可是這也沒有辦法。
陪審官　安哲魯大人是太利害了些。
埃　那也是不得不然。慈悲不是姑息，過惡不可縱容。可憐的克勞第奧！咱們走吧。（同下）

## 第二場　同前；另一室

〔獄吏及僕人上。

僕　他正在審案子，馬上就會出來。我去給你通報。
獄吏　謝謝你。（僕下）不知道他會不會回心轉意。唉！他不過在睡夢之中犯下了過失，三教九流，年老的年少的，那一個人沒有這個毛病，偏偏他因此送掉了性命！

〔安哲魯上。

安　獄官，你有什麼事見我？
獄吏　是大人的意思，克勞第奧明天必須處死嗎？
安　我不是早就吩咐過你了嗎？你難道沒有接到命令？幹麼又要來問我？
獄吏　卑職因爲事關人命，不敢兒戲，心想大人也許會收回成命。卑職曾經看見過法官在處決人犯以後重新追悔他宣判的失當。

安　追悔不追悔，與你無關。我叫你怎麽做，你就怎麽做；假如你不願意，儘可呈請辭職，我這裏不缺少你。

獄吏　請大人恕卑職失言，卑職還要請問大人，裴雷葉快要分娩了，她現在正在呻吟枕蓐，我們應當把她怎樣處置纔好？

安　把她趕快送到適宜一點的地方去」

〔僕人重上。

僕　外面有一個犯人的姊姊求見大人。

安　他有一個姊姊嗎？

獄吏　是，大人。她是一位貞潔賢淑的姑娘，聽說她預備做尼姑，不知道現在有沒有受戒。

安　好，讓她進來。（僕下）你就去叫人把那個淫婦送出去，給她預備好一切需用的東西，可是不必過於浪費，我就會簽下命令來。

〔依莎貝拉及路西奧上。

獄吏　大人，卑職告辭了！（欲去）

安　再等一會兒。（向依）有勞芳蹤蒞止，請問貴幹？

依　我是一個不幸之人，要向大人請求一樁恩惠，請大人俯聽我的哀訴。

安　好，你且說來。

依　有一件罪惡是我所深惡痛絕，切望法律把它懲治的，可是我卻不能不違背我的素衷，要來請求您網開一面；我

安　知道我不應當爲它瀆請，可是我的心裏卻徘徊莫決。

依　是怎麼一回事情？

安　我有一個兄弟已經判處死刑，我要請大人嚴究他所犯的過失，寬恕了犯過失的人。

獄吏　（旁白）上帝賜給你動人的辭令吧！

依　嚴究他所犯的過失，而寬恕了犯過失的人嗎？所有的過失在未犯以前，都已定下應處的懲罰，我要是不把犯過失的人治以應得之罪，那麼我還幹些什麼事？

安　唉，法律是公正的，可是太殘酷了！那麼我已經失去了一個兄弟。上天保佑您吧！（轉身欲去）

路　（向依旁白）別這麼就算罷了；再上前去求他，跪下來，拉住他的衣角；你太冷淡了，像你剛纔那樣子，簡直就像向人家討一枚針一樣不算一回事。你再去說吧。

依　他非死不可嗎？

安　姑娘，毫無挽回餘地了。

依　不，我想您會寬恕他的，您要是肯開恩的話，一定會得到上天和衆人的贊許。

安　我不會寬恕他。

依　可是祇要您願意，您就可以寬恕他的。

安　聽着，我所不願意做的事，我就不能做。

依　可是您要是能夠對他發生憐憫，就像我這樣爲他悲傷一樣，那麼也許您會心懷不忍而寬恕了他吧？您要是寬恕了他，對於這世界是毫無損害的。

安　他已經定了罪，太遲了。

路　（向依旁白）你太冷淡了。

依　太遲嗎？不，我現在要是說錯了一句話，就可以把它收回。相信我的話吧，任何大人物的章飾，無論是國王的冠冕，攝政的寶劍，大將的權標，或是法官的禮服，都比不上仁慈那樣更能襯托出他們的莊嚴高貴。倘使您和他易地相處，也許您會像他一樣失足，可是他決不會像您這樣鐵面無情。

安　請你快去吧。

依　我願我有您那樣的權力，而您是處在我的地位！那時候我也會這樣拒絕您嗎？不，我要讓您知道做一個法官是怎樣的，做一個囚犯又是怎樣的。

路　（向依旁白）不錯，打動他的心，這纔對了。

安　你的兄弟已經受到法律的裁判，你多說話也沒有用處。

依　唉！唉！一切衆生都是犯過罪的，可是上帝不忍懲罰他們，卻替他們設法贖罪。要是高於一切的上帝審判到了您，您能够自問無罪嗎？請您這樣一想，您就會恍然自失，嘴唇裏吐出憐憫的話來的。

安　好姑娘，你別傷心吧；法律判你兄弟的罪，並不是我。他即使是我的親戚，我的兄弟，或是我的兒子，我也是一樣對待他。他明天一定要死。

依　明天！啊，那太快了！饒了他吧！饒了他吧！他還沒有準備死去呢。我們就是在廚房裏宰一頭雞鴨，都要按着時季；爲了滿足我們的口腹之慾，尙且不能隨便殺生害命，那麼難道我們對於上帝所造的人類，就可以這樣毫無顧慮地殺死嗎？大人，請您想一想，有多少人犯過和他同樣的罪，誰曾經因此而死去？

路　（向依旁白）是，說得好。

安　法律雖然暫時昏睡，它並沒有死去。要是第一個犯法的人受到了處分，那麼許多人也就不敢爲非作惡了。現在法律已經醒了過來看到了人家所作的事，像一個先知一樣它在鏡子裏望見了許多未來的罪惡在因循怠息之中滋長起來，所以它必須乘它們尙未萌芽的時候，及時設法制止。

依　可是您也應該發發慈悲。

安　我在秉公執法的時候，就在大發慈悲，因爲我憐憫那些我所不知道的人，懲罰了一個人的過失，可以叫他們不敢以身試法。而且我也沒有虧待了他，他在一次抵罪以後，也可以不致再在世上重蹈覆轍。你且寬心吧，你的兄弟明天是一定要死的。

依　那麼您一定要做第一個判罪的人，而他是第一個受到這樣刑罰的人嗎？！唉有着巨人一樣的膂力是一件好事，可是把它像一個巨人一樣使用出來，卻是殘暴的行爲。

路　（向依旁白）說得好。

依　世上的大人先生們倘使都能夠興雷作電，那麼天上的神明將永遠得不到安靜，因爲每一個微僚末吏都要賣弄他的威風，讓天空中充滿了雷聲。上天是慈悲的，它寧願把雷霆的火力，去劈碎一株槎枒壯碩的橡樹，卻不去損壞柔弱的鬱金香；可是驕傲的世人掌握到暫時的權力，卻會忘記了自己琉璃易碎的本來面目，像一頭盛怒的猴子一樣，裝扮出種種醜惡的怪相，使天上的神明們因爲憐憫他們的癡愚而流淚。

路　（向依旁白）說下去，說下去，他會懊悔的。他已經有點動心了，我看得出來。

獄吏　（旁白）上天保佑她把他說服！

依　我們不能按着自己去評判我們的兄弟大人物可以戲侮聖賢顯露他們的才華，可是在平常人就是褻瀆不敬。

路　（向依旁白）你說得對再說下去。

依　將官嘴裏一句一時氣憤的話，在兵士嘴裏卻是大逆不道。

路　（向依旁白）再說，再說。

安　你爲什麼要向我說這些話？

依　因爲當權的人雖然也像平常人一樣有錯誤，可是他卻可以憑仗他的權力，把自己的過失輕輕忽略過去。請您反躬自省問一問您自己的心有沒有犯過和我的弟弟同樣的錯誤，要是它自覺也曾沾染過這種並不超越人情的罪惡，那麼請您舌上超生，恕了我弟弟的一命吧。

安　她說得那樣有理，倒叫我心思搖惑不定。——恕我失陪了。

依　大人，請您回過身來。

安　我還要考慮一番，你明天再來吧。

依　請您聽我說我要怎樣報答您的恩惠。

安　怎麼！你要賄賂我嗎？

依　是的，我要用上天也願意嘉納的禮物賄賂您。

路　（向依旁白）你這麼一說事情又糟了！

依　我不向您呈獻黃金鑄成的財帛，也不向您呈獻貴賤隨人喜惡的寶石；我要獻給您的，是黎明以前上達天聽的虔誠的祈禱，它從太真純璞的處女心靈中發出，是不沾染半點俗塵的。

安　好，明天再來見我吧。

路　（向依旁白）很好，我們去吧。

依　上天賜大人平安！

安　（旁白）阿們，因為我已經受到誘惑了。

依　明天我在什麼時候訪候大人呢？

安　午前無論什麼時候都行。

依　為您祝福！（依、路、及獄吏下）

安　因為你，因為你的純潔！什麼？這是那裏說起？是她的錯處？還是我的錯處？誘惑的人和受誘惑的人，那一個更有罪？嘿！她沒有錯，她也沒有引誘我。像芝蘭旁邊的一塊臭肉，在陽光下蒸發腐爛的是我，芝蘭卻不會因為枯萎而失去了芬芳，難道一個貞淑的女子，比那些狂花浪柳更能引動我們的情慾嗎？難道我們因為缺少荒蕪的曠地，必須把聖殿拆毀，種植我們的罪惡嗎？呸！呸！呸！安哲魯，你在幹些什麼？你是個什麼人？你因為她的純潔而對她愛慕，因為愛慕她而必須玷污她的純潔嗎？啊，讓她的弟弟活命吧！要是法官自己也偷竊人家的東西，那麼盜賊是可以振振有詞的。啊！我竟是這樣愛她，所以纔想再聽見她說話，飽餐她的美色嗎？我在做些什麼夢？狡惡的魔鬼為了引誘聖徒，會把聖徒作他鉤上的美餌；因為愛慕純潔的事物而驅令我們犯罪的誘惑，纔是最危險的。娼妓用盡她天生的魅力，人工的狐媚，都不能使我的心中略起微波，可是這位貞淑的女郎卻把我完全征服了。我從前看見人家為了女人發癡，總是譏笑他們，想不到我自己也會有這麼一天！（下）

## 第三場　監獄中一室

【公爵作敎士裝，及獄吏各上。

公爵　尊駕是獄官嗎？願你有福！

獄吏　正是，師父有何見敎？

公爵　貧道存心濟世，兼奉敎中之命，特地來此訪問苦難顚倒的衆生。請你許我看看他們，告訴我他們各人所犯的罪名，好讓我向他們勸導指點一番。

獄吏　師父但有所命，敢不樂從。瞧，這兒來的一位姑娘，因爲年輕識淺，留下了終身的玷辱，現在她懷孕在身，她的情人又被判死刑；他是一個風流英俊的青年，卻爲風流葬送了一生！

【裘麗葉上。

公爵　他的刑期定在什麼時候？

獄吏　我想是明天。（向裘）我已經給你一切預備好了，稍待片刻，就可以送你過去。

公爵　美貌的人兒，你自己知道悔罪嗎？

裘　我悔，我現在忍辱含羞，都是我自己不好。

公爵　我可以敎你怎樣懺悔的方法。

裘　我願意誠心學習。

公爵　你愛那害苦你的人嗎？

裘　我愛他，是我害苦了他。

公爵　這麼說來，那麼你們所犯的罪惡，是彼此出於自願的嗎？

裘　是的。

公爵　那麼你的罪比他更重。

裘　是的，師父，我現在懺悔了。

公爵　那很好，孩子；可是也許你的懺悔，只是出於對你自己的悲傷，不是因爲你的行爲汚瀆了上天——

裘　我深知自己的罪惡，所以誠心懺悔，雖然身受恥辱，也是甘之若素。

公爵　這就是了。聽說你的愛人明天就要受死，我現在要去向他開導開導。上帝保佑你！（下）

裘　明天就要死！痛苦的愛情呀！你留着我這待死之身，卻叫慘死的恐怖永遠纏繞着我！

獄吏　可憐！（同下）

## 第四場　安哲魯府中一室

〔安哲魯上。

安　我每次要祈禱沉思的時候，我的心思總是紛亂無主：上天所聽到的只是我的口不應心的空言，我的精神卻貫注在依莎貝拉身上；上帝的名字掛在我的嘴邊咀嚼，心頭的慾念兀自在那裏奔騰。我已經厭倦於我所矜持的尊嚴，正像一篇大好的文章一樣，在久讀之後也會使人掩耳；現在我寧願把我這岸然道貌去換一根因風飄蕩的羽毛。什麼地位！什麼面子！多少愚人爲了你這虛僞的外表而凜然生畏，多少聰明人爲了它而俯首帖服！可是人孰無情，不一定出角的纔是魔鬼呢。

安　啊，有誰來了？

〔一僕人上。

僕　一個叫依莎貝拉的尼姑求見大人。

安　領她進來。（僕下）天啊！我周身的血液爲什麽這樣湧上心頭，害得我心旌搖搖不定，渾身失去了氣力？正像一羣愚人七手八脚地圍集在一個暈去的人的身邊一樣，本想救他，卻因阻塞了空氣的流通而使他醒不過來；又像一個將軍爲了盡一時的愚忠，捨棄了他的職守，去伺候君王的顏色，無謂的忠誠反倒成爲誤國的罪惡。

〔依莎貝拉上。

安　啊，姑娘！

依　我來聽候大人的旨意。

安　我希望你自已已經知道，用不到來問我。你的弟弟不能活命。

依　好。上天保佑您！

安　可是他也許可以多活幾天，也許可以像你我一樣終其天年；可是他必須死。

依　還是您的判決嗎？

安　是的。

依　那麽請問他在什麽時候受死？好讓他在未死之前懺悔一下，免得靈魂受苦。

安　哼！這種下流的罪惡！用曖昧的私情偷鑄上帝的形像，就像從造化竊取一個生命，同樣是不可宥恕的。

依　這是天上的法律，人間卻不是如此。

安　你以爲是這樣的嗎？那麼我就問你：你還是願意讓公正無私的法律取去你兄弟的生命呢，還是願意犧牲你身體的清白把他救贖出來？

依　大人，相信我，我情願犧牲肉體的生命，卻不願玷汚靈魂的清白。

安　我不願跟你講什麼靈魂。回答我這一個問題：我現在代表着法律，宣判你兄弟的死刑；假如你爲了救你兄弟而犯罪，這罪惡是不是一件好事呢？

依　請您吩咐下來，即使我必須因此而靈魂受罰，我也願意；那不是罪惡，那是好事。倘使我爲他向您乞恕是一種罪惡，那麼我願意擔當上天的懲罰；倘使您准許我的請求是一種罪惡，那麼我會每天清晨祈禱上天，讓它歸併到我的身上。

安　不，你聽我。你誤會了我的意思了。也許是你不懂我的話，也許你假裝不懂，那可不大好。

依　對於罪惡的事情，我寧願是一個不識不知的愚人。

安　智慧越是遮掩，越是明亮，正像你的美貌因爲蒙上黑紗而十倍動人。可是聽好，我必須明白告訴你，你兄弟必須死。

依　噢。

安　按照法律，他所犯的罪名應處死刑。

依　是。

安　我現在要這樣問你，你的兄弟已經難逃一死，可是假如你，他的姊姊，給有一個人所愛上了，他可以授意法官，或者運用他自己的權力，把你的兄弟從森嚴的法網中解救出來，唯一的條件是你必須把你肉體上最寶貴的一部分獻給此人，那麼你預備怎樣？

依　為了我可憐的弟弟，也為了我自己，我寧願接受死刑的宣判，讓無情的皮鞭在我身上留下斑斑的血跡，我會把它當作鮮明的紅玉；即使把我粉身碎骨，我也會從容就死，像一個疲倦的旅人奔赴他的渴慕的安息，我卻不願讓我的身體蒙上羞辱。

安　那麼你的兄弟就再不能活了。

依　還是這樣的好，寧可讓一個兄弟在片刻的慘痛中死去，不要讓他的姊姊因為救他而永遠沉淪。

安　那麼你豈不是和你所申斥的判決同樣殘酷嗎？

依　卑劣的贖罪和大度的寬赦是兩件不同的事情；合法的慈悲，是不可和苟且的徇縱同日而語的。

安　可是你剛纔卻把法律視為暴君，把你兄弟的過失，認作一時的游戲而不是罪惡。

依　原諒我，大人！我們因為希望達到我們所追求的目的，往往發出違心之論。我愛我的弟弟，所以纔會在無心中替我所痛恨的事情辯解。

安　我們人都是脆弱的。

依　既然這種弱點是盡人具有的，那麼寬恕了我的弟弟吧！

安　不，女人也是同樣的脆弱。

依　是的，正像她們所照的鏡子一樣容易留下影子，也一樣容易碎裂。不，我們是比男人十倍脆弱的，因為我們的心性像我們的容顏一樣溫柔，經不起摧殘汚損

安　我同意你的話。你既然自己知道你們女人的柔弱，我想我們誰都抵抗不住罪惡的引誘，那麼恕我大膽說一句，請你保持你女人的本色吧；你既然不能做一個超凡絕俗的神仙，那麼就該接受一個女人不可避免的命運。

依　我祇有一片舌頭，說不出兩種言語；大人，請您還是用您原來的語調對我說話吧

安　老老實實說，我愛你。

依　我的弟弟愛裘麗葉，你卻對我說他必須因此受死。

安　依莎貝拉，祇要你答應愛我，我就可以免他一死。

依　我知道你自恃德行高超，纔不惜降低自己的身分，把人家輕薄。

安　憑着我的名譽，請相信我的話出自本心。

依　嘿！相信你的名譽！你那卑鄙齷齪的本心！好一個虛有其表的正人君子！安哲魯，我要公開你的罪惡，你等着瞧吧！快給我簽署一張赦免我弟弟的命令，否則我要向世人高聲宣佈你是一個怎樣的人。

安　誰會相信你呢，依莎貝拉？我的潔白無瑕的名聲，我的持躬的嚴正，我的振振有詞的駁斥，我的柄持國政的地位，都可以壓倒你的控訴，使你自取其辱，人家會把你的話當作挾嫌誹謗。我現在一不做二不休，不再控制我的情慾，你必須滿足我的飢渴，放棄禮法的拘束，解脫一切的忸怩，把你的肉體呈獻給我，來救你弟弟的性命，否則他不但不能活命，而且因為你的無情冷酷，我要叫他遍嘗各種痛苦而死去。明天給我答覆，否則我要聽任感情的支配，叫他知道些利害。你儘管向人怎樣說我，我的虛偽會壓倒你的眞實。（下）

依　我將向誰訴說呢？把這種事情告訴別人，誰會相信我？憑着一條可怕的舌頭，可以操縱人的生死，把法律供自己的驅使，是非善惡，都由他任意判斷。我要去看我的弟弟，他雖然因為一時情慾的衝動而墮落，可是他是一個愛

惜榮譽的人，即使他有二十顆頭顱，他也寧願讓它們在二十個斷頭臺上被人砍落，而不願讓他姊姊的身體遭受如此的汚辱。依涉貝拉，你必須活着做一個淸白的人，讓你的弟弟死去吧，貞操是比兄弟更爲重要的。我還要去把安哲魯的要求告訴他，叫他準備一死，使他的靈魂得到安息。（下）

# 第三幕

## 第一場　獄中一室

〔公爵作教士裝，及克勞第奧，獄吏同上。

**公爵**　那麽你在希望安哲魯大人的赦免嗎？

**克**　希望是不幸者的唯一藥餌；我希望活，可是也準備着死。

**公爵**　能够抱着必死之念，那麽活果然好，死也無所惶慮。對於生命應當作這樣的譬解：要是我失去了你，我所失去的，只是一件愚人纔會加以愛惜的東西，你不過是一口氣，寄託在一個多災多難的軀殼裏，受着一切天時變化的支配，你不過是被死神戲弄的愚人，逃避着死，結果卻奔進他的懷裏。你並不高貴，因爲你所有的一切配備都沾濡着污濁下賤。你並不勇敢，因爲你畏懼着微弱的蛆蟲的柔軟的觸角。睡眠是你所渴慕的最好的休息，可是死是永恆的寧靜，你卻對它心驚膽裂。你不是你自己，因爲你的生存全賴着泥土中所生的穀粒。你並不快樂，因爲你永遠追求着你所沒有的事物，而遺忘了你所已有的事物。你並不固定，因爲你的容顏像月亮一樣隨時變化。你即使富有，也和窮苦無異，因爲你正像一頭不勝重負的驢子，背上馱載着金塊在旅途上跋涉，直等死來替你卸下負荷。你沒有朋友，因爲即使是你自己的臟腑，也在詛咒着你不早早傷風發疹而死。你沒有青春也沒有老年，那不過是你在餐後的睡眠中的一場夢景；因爲你在年輕的時候，必須像一個衰老無用的人一樣向你的長者乞討賙濟；到你年老有錢的時候，你的感情已經冰冷，你的四肢已經麻痺，你的容貌已經醜陋，縱有財富也享不到絲毫樂趣。那麼所謂生命這東西，究竟有什麼值得寶愛呢？在我們的生命中隱藏着千萬次的死亡，可是我們對於結束一切痛苦的死亡卻那樣害怕。

克　謝謝您的教誨。我本來希望活命，現在卻惟求速死；我要在死亡中尋求永生，讓它臨到我的身上吧。

依莎貝拉　（在內）有人嗎！願這裏平安有福！

獄吏　是誰？進來吧，這樣的祝頌是應該得到歡迎的。

公爵　先生，不久我會再來看你。

克　謝謝師父。

〔依莎貝拉上。

依　我要跟克勞第奧說兩句話兒。

獄吏　歡迎得很。瞧，先生，你的姊姊來了。

公爵　獄官，讓我跟你說句話兒。

獄吏　您儘管說吧。

公爵　把我帶到一個地方去，可以聽見他們說話，卻不讓他們看見我。（公爵及獄吏下）

克　姊姊，你給我帶些什麼安慰來？

依　我給你帶了最好的消息來了。安哲魯大人有事情要跟天上接洽，想差你馬上就去，你可以永遠住在那邊，所以你趕快預備起來吧，明天就要出發了。

克　沒有挽回了嗎？

依　沒有挽回了，除非爲了要保全一顆頭顱而劈碎了一顆心。

克　那麽還有法想嗎？

依　是的，弟弟你可以活；法官有一種惡魔樣的慈悲，你要是懇求他，他可以放你活命，可是你將終身披戴鐐銬直到死去。

克　永久的禁錮嗎？

依　是的，永久的禁錮；縱使你享有廣大的世界，也不能掙脫這一種束縛。

克　是怎樣一種束縛呢？

依　你要是屈服應承了，你的廉恥將被完全褫奪，使你毫無面目做人。

克　請明白告訴我吧。

依　啊，克勞第奥，我在擔心着你；我害怕你會愛惜一段狂熱的生命，重視有限的歲月，甚於永久的榮譽。你敢毅然就死嗎？死的慘痛大部分是心理上造成的恐怖，被我們踐踏的一頭無知的甲蟲，它的肉體上的痛苦，和一個巨人在臨死時所感到的並無異樣。

克　你爲什麽要這樣羞辱我？你以爲溫柔的慰藉，可以堅定我的决心嗎？假如我必須死，我會把黑暗當作新娘，把它擁抱在我的懷裏。

依　這纔是我的好兄弟，父親地下有知，也一定會含笑的。是的，你必須死，你是一個正直的人，决不願靠着卑鄙的手段苟全生命。這個外表儼如神聖的攝政，板起臉孔摧殘着年青人的生命，像鷹隼一樣不放鬆他人的錯誤，卻不料他自已正是一個魔鬼。他的汚濁的靈魂要是揭露出來，就像是一口地獄一樣幽黑的深潭。

依　正人君子的安哲魯竟是這樣一個人嗎？

克　啊，這是地獄裏狡獪的化裝，把罪惡深重的犯人裝扮得像一個天神。你想得到嗎，克勞第奧？要是我把我的貞操奉獻給他，他就可以把你釋放。

依　天啊，那眞太豈有此理了！

克　是的，今夜我必須去幹那我所不願把它說出口來的醜事，否則你明天就要死，

依　那你可幹不得。

克　唉！他倘然要的是我的命，那我爲了救你的緣故，情願把它毫不介意地抛擲了。

依　謝謝你，親愛的依莎貝拉。

克　那麼克勞第奧，你預備着明天死吧。

依　是他也有感情，使他在執法的時候自已公然犯法嗎？那一定不是罪惡；即使是罪惡，在七大重罪中也該是最輕的一項。

克　什麼是最輕的一項？

依　倘使那是一件不可殺的罪惡，那麼他是一個聰明人，怎麼會爲了一時的游戲，換來了終身的愧疚？啊。依莎貝拉！

克　弟弟你怎麼說？

依　死是可怕的。

克　恥辱的生命是尤其可惱的。

克　是的，可是死了，到我們不知道的地方去，長眠在陰寒的囚牢裏發腐朽爛，讓這有知覺有溫暖的活躍的生命化爲泥土；一個追求着歡樂的靈魂，沐浴在火燄一樣的熱流裏，或者幽禁在寒氣砭骨的冰山，無形的颶風把它吞捲，迴繞着上下八方肆意狂吹；也許還有比一切無稽的想像所能臆測的更大的慘痛，那太可怕了！祇要活在這世上，無論衰老、病痛、窮困和監禁給人怎樣的煩惱苦難，比起死的恐怖來也就像天堂一樣幸福了。

依　唉！唉！

克　好姊姊，讓我活着吧！你爲了救你弟弟而犯的罪孽，上天不但不會責罰你，而且會把它當作一件善事。

依　呀，你這畜生！沒有信心的懦夫！不知廉恥的惡人！你想靠着我的醜行而活命嗎？爲了苟延你自己的殘喘，不惜讓你的姊姊蒙汚受辱，這不簡直是倫常的大變嗎？我眞想不到！難道我的父親竟會生下你這荒唐的兒子？從今以後，我和你義斷恩絕，你去死吧！即使我祇須一舉手之勞可以把你救贖出來，我也寧願瞧着你死。我要用千萬次的祈禱求你快快死去，卻不願說半句話救你活命。

克　不，聽我說，依莎貝拉。

依　呸！呸！呸！你的犯罪不是偶然的過失，你已經把它當作一件不足爲奇的常事。對你憐憫的，自己也變成了淫媒。你還是快點兒死吧（欲去）

克　啊，聽我說，依莎貝拉。

【公爵重上。

公爵　道妹，許我跟你說句話兒。

依　請問有何見教？

公爵　你要是有工夫，我有些話要跟你談談；我所要向你探問的事情，對你自己也很有關係。

依　我沒有多餘的工夫留在這兒會躭誤其他的事情；可是我願意爲你稍駐片刻。

公爵　（向克旁白）孩子，我已經聽到了你們姊弟倆的談話。安哲魯並沒有向她圖謀非禮的意思，他不過想試探試探她的品性，看看他對於人性的評斷有沒有錯誤。她因爲是一個冰清玉潔的女子，斷然拒絕了他的試探，那正是他所引爲異常欣慰的。我曾經監臨安哲魯的懺悔，知道這完全是事實。所以你還是準備着死吧，不要抱着虛僞的希望使你的決心動搖。明天你必須死，趕快跪下來祈禱吧。

克　讓我向我的姊姊賠罪。現在我對生命已經毫無顧戀，但願速了此生。

公爵　你進去吧，再會。（克下）

【獄吏重上。

公爵　獄官，跟你說句話兒。

獄吏　師父有什麼見敎？

公爵　你現在來了，可是我希望你去。讓我和這位姑娘談一會兒話，你可以相信我不會加害於她。

獄吏　我就去。（下）

公爵　造物給你美貌，也給你美好的德性；沒有德性的美貌，是轉瞬消逝的；可是因爲在你的美貌之中，有一顆美好的靈魂，所以你的美貌是永存的。安哲魯對你的侮辱，已經被我偶然知道了；倘不是他的墮落已有先例，我一定會對他大惑不解。你預備怎樣滿足這位攝政，打救你的兄弟呢？

依　我現在就要去答覆他，我寧願讓我的弟弟死於國法，不願有一個非法而生的孩子。唉！我們這位善良的公爵是多麽受了安哲魯的欺騙！等他回來以後，我要是能够當着他的面，一定要向他宣佈安哲魯的治績。

公爵　那也好，可是照現在的情形看起來他仍舊可以有辭自解，他可以說，那不過是試試你罷了。所以我勸你聽我的勸告，我因爲歡喜幫助人家已經想出了一個辦法。我相信你可以對一位受委屈的可憐的小姐做一件光明正大的好事，從憤怒的法律下救出你的兄弟，不但不使你冰清玉潔的身體白璧蒙玷，而且萬一公爵回來後知道了這件事情，也一定會十分高興的。

依　請你說下去。祇要是無愧良心的事，我什麽都敢去做，

公爵　有德必有勇，正直的人決不膽怯。你知道溺海而死的勇士弗雷特列克有一個妹妹名叫瑪麗安那嗎？

依　我曾經聽人說起過這位小姐，提起她名字的時候人家總是稱贊她的好處。

公爵　她和這個安哲魯本來已經締下婚約，婚期也已選定了，可是就在訂婚以後舉行婚禮以前，她的哥哥弗雷特列克在海中遇難，她妹妹的嫁奩就在那艘失事的船上也一起同歸於盡。這位可憐的小姐眞是倒霉透頂，她旣然失去了一位高貴知名的哥哥，他對她是一向愛護備至的；而且她的嫁奩，她的大部分的財產也隨着他葬身魚腹；這還不算，她又失去了一個已經訂婚的丈夫，這個假道學的安哲魯。

依　有這種事？安哲魯就這樣把她遺棄了嗎？

公爵　他把她遺棄不顧，讓她眼淚洗面，也不向她說半句安慰的話兒；故意說他發見了她的品行不端，把盟約完全撕毁。她直到如今還在爲他的薄倖而哀傷泣血，可是他卻像一塊大理石一樣，眼淚洗不去他的心硬。

依　這位可憐的姑娘活着還不如死去，可是讓這個傢伙活在人世，那眞是毫無天理了！可是我們現在怎麽能够幫助她呢？

公爵　這一個裂痕你可以很容易把它修補；你要是能够成全這一件好事，不但可以救活你的兄弟，也可以保全你的貞節。

依　好師父，請你指點我。

公爵　我所說起的這位姑娘，始終保持着專一的愛情；他的薄情無義，照理應該使她斬斷情絲，可是像一道受到阻力的流水一樣，她對他的愛反而因此更加狂烈。你現在可以去見安哲魯，屈意應承他的要求，可是必須提出這樣的條件：你和他約會的時間不能過於長久，而且必須在黃昏人靜以後，便於來往的地方。他答應了這樣的條件，我們就可以去勸這位受屈的姑娘頂替着你如約前往。這次的幽會將來暴露出來，他不能不設法向她補償。這樣你的兄弟可以救出，你自己的清白不受汚損，可憐的瑪麗安那因此重圓破鏡，淫邪的攝政也可以得到了教訓。我會去向這位姑娘說，叫她依計而行。你要是願意這樣做，那麼雖然是一種騙局，可是因爲它有這麼多重的好處，儘可問心無愧。你的意思怎樣？

依　想像到這一件事，已經使我感覺安慰，我相信它一定會得到美滿的結果。

公爵　那可全仗你的出力。快到安哲魯那邊去，他卽使要在今夜向你求歡，你也一口答應他。我現在就要到聖路克教堂去瑪麗安那所住的田莊就在它的附近，你可以在那邊找我，事情要幹得愈快愈妙。

依　謝謝你的好主意。再見，好師父。（各下）

## 第二場　監獄前街道

【公爵作教士裝上；歐爾博，邦貝，及差役等自對方上。

歐　嘿，要是你們一定要把男人女人像牲畜一樣買賣，那麽這世界上要碰來碰去都是私生子了。

公爵　天啊！又是什麽事情？

邦　眞是一個殺風景的世界！咱們放風月債的倒盡了楣頭，他們放金錢債的，法律卻讓他穿起皮袍子來，怕他着了涼；那皮袍子是外面狐皮裏面羊皮，因爲狡猾的狐狸比善良的綿羊値錢，這世界到處是好人吃苦壞人出風頭！

歐　走吧，朋友。您好，師父！

公爵　您好，大哥。請問這個人所犯何事？

歐　不瞞師父說，他冒犯了法律，而且我們看他還是個賊，因爲我們在他身上搜到了一把撬鎖的東西，已經送到攝政老爺那裏去了。

公爵　好一個不要臉的忘八！你靠着播散罪惡，做你活命的根本。你肚裏吃的，身上穿的，沒有一件不是用齷齪的造孽錢換來。你自己想一想，你喝着腌臢，吃着腌臢，穿着腌臢，住着腌臢，你還好算是一個人嗎？快去好好兒的改過自新吧。

邦　不錯，腌臢是有些腌臢，可是——

公爵　官差，把他帶到監獄裏去吧。重刑和敎誨必須同時並用，纔可以叫這畜生畏法知過。

歐　我們要把他帶去見攝政老爺，他早就警告過他了。攝政老爺最恨的是這種忘八羔子。

公爵　我們要是大家都能立身無過，像有些人在表面上所給人看見的那樣，那就好了！

邦　謝天謝地，救命的人來了。

〔路西奧上。

路　啊，尊貴的邦貝！你給該徹捉住了，讓他們奏凱歸來，把你拖在車輪上面遊行嗎？難道你現在已經沒有姑娘兒們應市，可以讓你掏空人家的錢袋嗎？你怎麼說？，哈你在上次下大雨的時候淹死了嗎？世界已經換了樣子變得沉默寡言了嗎？是怎麼一回事？

公爵　世界永遠是這樣向着墮落的路上跑！

路　你那寶貝女東家好不好？她現在還在幹那老活兒嗎？

邦　不瞞您說大爺她已經坐吃山空，連褲子都當光了。

路　啊，那很好，俏奴兒騷鴇兒免不了有這麼的一天。你現在到監獄裏去嗎，邦貝？

邦　是的，大爺。

路　啊，那也很好，邦貝，再見！你去對他們說是我叫你來的。是為了欠了人家的錢嗎，邦貝？還是為了什麼？

邦　他們因為我是個忘八纔抓我。

路　好，那麼把他關起來吧。他是個道地的忘八，而且還是個世襲的哩。再見，好邦貝，給我望望坐牢的朋友們。

邦　好大爺，我想請您把我保出來。

路　不，那不成，邦貝。我可以為你祈禱，求上天把你關長久一些。回頭見，好邦貝。——祝福你，師父。

公爵　祝福你。

歐　走吧，朋友，走吧。

邦　那麼您不肯保我嗎？

路　不保，邦貝。師父，外面有甚麼消息？

歐　走吧，朋友，快走。

路　邦貝鑽到狗洞裏去吧，（歐、邦、及差役等下）師父，關於公爵你知道有甚麼消息？

公爵　我不知道。你可以告訴我一些嗎？

路　有人說他去看俄羅斯皇帝，有人說他在羅馬，可是你想他到底在那裏？

公爵　我不知道。可是無論他在什麼地方，我願他平安。

路　他這樣悄悄溜走，不在朝裏享福，倒去做一個雲遊的叫化子，簡直是在發瘋。安哲魯大人代理他把地方治得很好，犯罪的都逃不過他。

公爵　是的，他代理得很好。

路　其實他對於犯奸淫的人稍爲放鬆一點也是不礙什麼的，像他這樣子，未免太辣手了。

公爵　這種罪惡太普徧了，必須用嚴刑方纔能夠矯正過來。

路　對啊，這種罪惡是人人會犯的；可是師父，你要是想把它完全消滅，那你除非把吃喝也一起禁止了。他們說這個安哲魯不是像平常人那樣爺娘生下來的，你想這話眞不眞？

公爵　那麼他是怎麼生下來的呢？

路　有人說他是女人魚產下的卵，有人說他的父母是兩條風乾的鮝魚。可是我的的確確知道他撒下的尿都凍成了冰，我也的的確確知道他是個活動的木頭人兒。

公爵　先生你太愛開頑笑了。

路　嘿，人家的雞巴不安分，他就要人家的命，這還成什麼話兒！公爵倘使還在這兒，他也會這樣嗎？哼，他不但不因爲人家養了一百個私生子而把他吊死，他還要自己拿出錢來撫養一千個私生子哩。他自己也是歡喜逢場作戲的，所以他不會跟別人苦苦作對。

公爵　我可從來不知道公爵也是喜歡玩女人的，他不是那樣一個人吧。

路　那你可受了人家的欺了，師父。

公爵　不見得吧。

路　嘿，他看見了一個五十歲的老乞婆，也會佈施她一塊錢呢；他這人是有些想入非非的，告訴你知道吧，他還是個愛喝酒的。

公爵　你把他說得太不成話了。

路　我跟他非常熟悉。這位公爵是一個怕羞的人，他的不愛多管閒事的原因我是知道的，

公爵　請問是什麼原因呢？

路　對不起，這是一個不能洩漏的祕密；可是我可以讓你知道，一般人都認爲這位公爵很有智慧。

公爵　啊，他當然是很有智慧的。

路　他是個淺薄愚笨沒有頭腦的傢伙。

公爵　也許是你妒嫉他，也許是你自己的愚蠢，也許是你看錯了人，所以纔會這樣信口胡說。他的立身處世，和他的操勞國事，都可以證明你所說的話完全不對。妒嫉他的人，祇要和他當面質對，就會知道他是一個學者，一個政治家，也是一個軍人。你這樣誹謗他，足見你自己的無知，

路　我認識他，我跟他很有交情哩。

公爵　有交情就不會說這種話。

路　算了吧，我可不會隨便瞎說的。

公爵　這我可不相信，因爲你不知道你自己在說些什麼話。可是公爵倘使有一天回來，我要請你當着他的面回答我的問話；你現在說的倘是老實話，那時候一定不會否認。我們後會有期，請教尊姓大名？

路　鄙人名叫路西奧，公爵很熟悉我的。

公爵　要是我有機會向他談起你的話，他一定會更加熟悉你的。

路　我怕你見不到他吧。

公爵　哼，你希望公爵永遠不會回來，也許你以爲我是個無足重輕的對手。我的確不會加害於你，可是你有一天要自己反悔的。

路　我要是反悔就不得好死，你別看錯人了。可是這些話不必多說。你知道克勞第奧明天會不會死？

公爵　他爲什麼要死？

路　爲什麼？爲了把一隻漏斗插進人家的瓶子裏去。但願我們剛纔所說的那位公爵早點兒回來，這個絕子絕孫的攝政要叫大家不許生男育女，好讓維也那將來死得不剩一個人。就是麻雀在他的屋簷下做窠，他也因爲他們的淫蕩而把他們趕掉了呢。公爵在這裏的時候，對於這種不乾不淨的事情是不聞不問的，他決不會把它們在光天化日之下揭露出來，要是他回來了就好了！這個克勞第奧就是因爲鬆了人家的褲帶，纔給判了死罪。再見，好師父，請你給我祈禱祈禱。我再告訴你吧，公爵在持齋的日子會偷吃羊肉。他人老心不老，看見個女叫化子也會拉住親個嘴兒，儘管她滿嘴都是黑麵包和大蒜的氣味，你就說我這樣告訴你。再見。（下）

公爵　人間的權力尊榮，總是逃不過他人的譏彈；最純潔的德性，也免不了背後的誹毀。那一個國王有力量堵塞住讒謗的唇舌呢？可是有誰來了？

〔埃斯卡勒斯，獄吏及差役等牽咬弗動太太上。

埃　去，把她送到監獄裏去！

咬　好老爺，饒了我吧！您是一個慈悲的好人，我　好爺爺！

埃　再三的告誡過你，你還是不知道悔改嗎？無論怎樣慈悲的人，看見像你這種東西，也會變做鐵面閻羅的。

獄吏　稟大人，她當鴇婦已經當了十一年了。

咬　老爺，這都是路西奧那傢伙跟我作對信口胡說。公爵老爺在朝的時候，他把一個姑娘弄大了肚皮，他答應娶她，那孩子已經一歲多了，一直我替他養着，現在他反而到處說我的壞話！

埃　那傢伙是個淫棍，去把他找來。把她送到監獄裏去！走吧，別多說了。（差役推咬弗動下）獄官，我的同僚安哲魯意見已決，克勞第奧明天必須處決。給他請好神父，預備好一切身後之事；安哲魯不肯發半點憐憫之心，我也是沒有辦法。

獄吏　稟大人，這位師父曾經去看過克勞第奧，跟他談論過死生的大道。

埃　晚安，神父。

公爵　願大人有福！

埃　你是從那兒來的？

公爵　我不是本國人，因奉教皇之命，偶然雲遊到此。

埃　外邊有什麼消息沒有？

公爵　沒有，可是我知道過於熱中爲善，需要一服解熱的藥劑；新奇的事物要看有無需要，習見既久，即成陳腐；常道一成不變，持恆卽爲至德人心不可測，社會到處是陷阱。世間的事情大抵就像這幾句啞謎。雖然是老生常談，可是每天都可以發見類似的例子。請問大人公爵是個何等之人？

埃　他是一個重視自省工夫，甚於一切紛爭擾攘的人。

公爵　他有些什麼嗜好？

埃　他歡喜看見人家快樂，甚於自己追尋快樂，他是一個澹泊寡慾的君子。可是我們現在不用說他，但願他平安如意吧。請你告訴我你看見克勞第奧自知將死以後，有些什麼準備？我知道你已經去訪問過他了。

公爵　他承認他所受的判決是情眞罪當，願意俯首聽候法律的處分；可是他也抱着幾分僥倖免死的妄想，我已經替他把這種妄想掃除，現在他已經安心待死了。

埃　你已經對上天盡了你的責任，也替這罪犯做了一件好事。我曾經多方設法營救他，可是我的同僚是這樣的鐵面無私，我不能不承認他是個嚴明的法官。

公爵　他自己做人倘使也像他判決他人一樣嚴正，那就很好了；要是他也有失足的一天，那麼他現在已經對他自己下過宣判了。

埃　我還要去看看這個罪犯。再會。

公爵　願您平安！（各下）

# 第四幕

## 第一場　聖路克教堂附近的田莊

〔瑪麗安那及僮兒上僮兒唱歌：

莫以負心唇，
婉轉弄辭巧；
莫以薄倖眼，
顛倒迷昏曉；
定情密吻乞君還，
當日深盟今已寒！

瑪　別唱下去了，你快去吧，有一個可以給我安慰的人來了，他的勸告常常寬觧了我的怨抑的情懷。（僮下）

〔公爵仍作教士裝上。

瑪　原諒我，師父，我希望您不曾看見我在這裏毫沒有心事似的聽着音樂。可是相信我吧，音樂不能給我快樂，我只是借它抒洩我的愁懷。

公爵　那很好，雖然音樂有一種魔力，可以感化人心向善，也可以誘人走上墮落之路。請你告訴我，今天有人到這兒來探問過我麽？我跟人家約好要在這個時候見面。

瑪　我今天一直坐在這兒，不見有人問起過您。

公爵　我相信你的話。現在時候就要到了，請你進去一會兒，也許隨後我還要來跟你談一些和你有切身利益的事。

瑪　謝謝師父。（下）

【依莎貝拉上。

公爵　你來得正好，歡迎歡迎。你從這位好攝政那邊帶了些什麽消息來？

依　他有一個周圍砌着磚牆的花園，在花園西面有一座葡萄園，必須打一道板門裏進去，這個大的鑰匙便是開這板門的；從葡萄園到花園之間還有一扇小門，可以用這一個鑰匙去開。我已經答應他在今夜夜深時分，到他花園裏和他相會。

公爵　可是你已經把路認清了嗎？

依　我已經把它詳詳細細地記在心頭；他曾經用不懷好意的殷勤，領我在這路上走了兩遍。

公爵　你們有沒有約定其他她必須遵守的條件？

依　沒有，我祇對他說我們必須在黑暗中相會，我也告訴他我不能久留，因爲有一個僕人陪着我來，他以爲我是爲了我弟弟的事情而來的。

公爵　這樣很好。我還沒有對瑪麗安那說知此事。喂！出來吧！

【瑪麗安那重上。

公爵　讓我介紹你跟這位姑娘認識，她是來幫助你的。

依　我願意能够爲您効勞。

公爵　你相信我是很尊重你的吧？

瑪　好師父，我一直知道您對我是一片誠心。

公爵　那麽請你把這位姑娘當作你的好朋友，她有話要對你講。你們進去談談，我在外面等着你們；可是不要太長久，蒼茫的暮色已經逼近了。

瑪　請了。（瑪、依同下）

公爵　啊地位尊嚴！無數雙癡愚的眼睛在注視着你，無數種虛僞矛盾的流言在傳說着你的行動，無數人玩弄着他們的機智在幻想中把你譏諷嘲謔！

［瑪麗安那及依莎貝拉重上。

公爵　歡迎！你們商量得怎樣了？

依　她願意幹那件事，祇要你以爲不妨一試。

公爵　我不但贊成，而且還要要求她這樣做。

依　你和他分別的時候，不必多說甚麽，祇要輕輕的說，「別忘了我的弟弟。」

瑪　都在我身上，你放心好了。

公爵　好孩子，你也不用擔心甚麽。他跟你已有婚約在先，用這種詭計把你們牽合在一起，不算是甚麽罪惡，因爲你和他已經有了正式的名分了。來，咱們去吧，要收穫穀實，還得等待我們去播種。（同下）

## 第二場　獄中一室

〔獄吏及邦貝上。

獄吏　過來，小子，你會殺頭嗎？

邦　老爺，他要是個光棍漢子，那就好辦；可是他要是個有老婆的，那麽人家說的丈夫是妻子的頭，叫我殺女人的頭，我可下不了這個手。

獄吏　算了吧，別胡扯了，爽爽快快回答我。明兒早上要把克勞第奥跟巴那丁處決。我們這兒的劊子手缺少一個助手，你要是願意幫他，就可以恕你無罪；否則就要把你關到刑期滿了，再把你狠狠的抽一頓鞭子，然後放你出獄，因爲你是一個罪大惡極的忘八。

邦　老爺，我做一個偷偷摸摸的忘八也不知做了多少時候了，可是我現在願意改行做一個當當官官的劊子手。我還要向我的同事老前輩請教請教哩。

獄吏　喂，阿鮑生！阿鮑生在不在？

〔阿鮑生上。

阿　您叫我嗎，老爺？

獄吏　這兒有一個人，可以在明天行刑的時候幫助你。你要是認爲他可用，就可以和他訂一年合同，讓他在這兒跟你住在一起；不然的話，暫時讓他幫幫忙，再叫他去吧。他不是一個有經驗的人，他本來是一個忘八。

阿　是個忘八嗎老爺？他媽的！他要把咱們這一行的臉都丟盡了。

獄吏　算了吧，你也比他高不了多少。記着明天早上四點鐘把斧頭砧架一起預備好。

阿　來吧，忘八，讓我來教給你怎樣做一個劊子手；跟着我走。

邦　我很願意領教，要是您有一天用得着我，我願意伸頸而待，報答您的好意。

獄吏　去把克勞第奧和巴那丁叫來見我。（邦、阿同下）我很替克勞第奧可惜，可是那個殺人犯巴那丁，卻是個死不足惜的傢伙。

〔克勞第奧上。

獄吏　瞧，克勞第奧，這是執行你死刑的命令，現在已經是午夜，明天八點鐘你就要與世永辭了。巴那丁呢？

克　他睡得好好的，像一個跋涉長途的疲倦的旅人一樣，喊都喊不醒來。

獄吏　對他有什麼辦法呢？好，你去準備着吧。（內敲門聲）聽，什麼聲音？——願上天賜給你靈魂安靜！（克下）且慢。這也許是赦免善良的克勞第奧的命令下來了。

〔公爵仍作教士裝上。

獄吏　歡迎，師父。

公爵　晚安，獄官！剛纔有什麼人來過沒有？

獄吏　熄燈鐘鳴以後，就沒有人來過。

公爵　依莎貝拉也沒有來嗎？

獄吏　沒有。

公爵　大概他們就要來了。

獄吏　關於克勞第奧有什麼好消息沒有？

公爵　也許會有。

獄吏　我們這位攝政是一個忍心的人。

公爵　不，不，他的執法的公允正和他立身的嚴正一樣；他用崇高的克制工夫，摒絕他自己心中的人慾，也運用他的權力整飭社會的風紀。假如他明於責人闇於責己，那麼他所推行的誠然是暴政；可是我們現在卻不能不稱贊他的正直無私。（內敲門聲）現在他們來了。（獄吏下）這是一個善良的獄官，像他這樣仁慈可親的獄官倒是難得的。（敲門聲）啊，是誰在那裏？門敲得這麼急，一定有什麼要事。

〔獄吏重上。

獄吏　他必須在外面等一會兒，我已經把看門的人叫醒，去開他進來了。

公爵　你沒有接到撤回成命的公文，克勞第奧明天一定要死嗎？

獄官　沒有，師父。

公爵　天雖然快要亮了，在破曉以前，大概還會有消息來的。

獄吏　但願如此，可是我相信撤回成命是不可能的，因爲這種事情毫無先例，而且安哲魯大人已經公開表示他決不徇私枉法，怎麼還會網開一面？

〔一使者上。

獄吏　這是他派來的人。

公爵　他拿着克勞第奧的赦狀來了。

使者　（以公文交獄官）安哲魯大人叫我把這公文送給你，他還要我吩咐你，叫你依照命令行事，不得稍有差池。現在天差不多亮了，再見。

獄吏　我一定服從他的命令。（使者下）

公爵　（旁白）這是用罪惡換來的他的赦狀，赦罪的人自己也變成了犯罪的人；身居高位的如此以身作則，在下的還不翕然從風麼？法官要是自己有罪，那麼為了同病相憐的緣故，犯罪的人當然可以逍遙法外。——請問這裏面說些什麼？

獄吏　告訴您吧，安哲魯大人大概以為我有失職的地方，所以要在這時候再提醒我一下。奇怪得很，他從來不曾有過這樣的事情。

公爵　請你讀給我聽。

獄吏　『克勞第奧務須於四時處決，巴那丁於午後處決，不可輕聽人言，致干未便。克勞第奧首級仰於五時送到，以憑察驗。如有玩忽命令之處，即將該員嚴懲不貸，切切凜遵毋違。』師父，您看這是怎麼一回事？

公爵　今天下午處決的這個巴那丁是個怎麼樣的人？

獄吏　他是一個在這兒長大的波希米亞人，在牢裏已經關了九年了。

公爵　那個公爵為什麼不放他出去或者把他殺了？我聽說他慣常是這樣的。

獄吏　他有朋友們給他奔走疏通；他所犯的案子，直到現在安哲魯大人握了權，方纔有了確確鑿鑿的證據。

公爵　那麼現在案情已經明白了嗎？

獄吏　再明白也沒有了，他自己也並不抵賴。

公爵　他在監獄裏自己知道不知道懺悔？他心理上的感覺怎樣？

獄吏　在他看來，死就像喝醉了酒睡了過去一樣沒有甚麼可怕，對於過去現在或未來的事情，他毫不關心，毫無顧慮，也一點沒有憂懼；死在他心目中不算怎麼一回事，可是他卻是一個澈頭澈腦的凡人。

公爵　他需要勸告。

獄吏　他可不要聽甚麼勸告。他在監獄裏是很自由的，給他機會逃走，他也不願逃；一天到晚喝酒，喝醉了就一連睡上好幾天，我們常常把他叫醒了，假裝要把他拖去殺頭，還給他看一張假造的公文，可是他卻無動於中。

公爵　我們等會兒再說他吧。獄官，我一眼就知道你是個誠實可靠的人，我的老眼要是沒有昏花，那麼我是不會看錯人的，所以我敢大着膽子跟你商量一件事。你現在奉命執行死刑的克勞第奧，他所犯的罪並不比判決他的安哲魯所犯的罪更重，爲了向你證明我這一句話，我要請你給我四天的時間，同時你必須幫我做一件危險的事情。

獄吏　請問師父要我做什麼事？

公爵　把克勞第奧暫緩處刑。

獄吏　唉！這怎麼辦得到呢？安哲魯大人有命令下來，限定時間，還要把他的首級送去驗明，我要是稍有違背他的命令之處，我的頭也要跟克勞第奧一樣保不住了。

公爵　你要是聽我吩咐，我可以保你沒事。今天早上你把這個巴那丁處決了，把他的頭送到安哲魯那邊去。

獄吏　他們兩人安哲魯都見過，他會認得出來的。

公爵　啊，人死了臉孔會換樣子，你可以再把他的頭髮剃光，鬍子紮起來，就說犯人因爲表示懺悔，在臨死之前要求這樣，你知道這是很通行的一種習慣，假如你因爲幹了這事，不但得不到感激和好處，反而遭到責罰，那麼我一定用我的生命爲你力保。

獄吏　原諒我，好師父，這是違背我的誓言的。

公爵　你是向公爵宣誓呢還是向攝政宣誓的？

獄吏　我向他也向他的代理人宣誓。

公爵　要是公爵贊許你的行動，那麼你總不以爲那是一件錯事吧？

獄吏　可是公爵怎麼會贊許我這樣做呢？

公爵　那不僅是可能的，而且是一定的。可是你既然這樣膽小，我的服裝，我的人格，和我的諄諄勸誘，都不能使你安心聽從我，那麼我可以更進一步替你解除一切疑慮。你看啦，這是公爵的親筆簽署和他的印信，我相信你認識他的筆跡，這圖章你也是看見過的。

獄吏　我都認識。

公爵　這裏面有一通公爵就要回來的密諭，你等會兒就可以讀它，裏面說的是公爵將在這兩天內到此。這件事情安哲魯也沒有知道，因爲他就在今天會接到幾封古怪的信，也許是說公爵已經死了，也許是說他已經出家修行了，可是都沒有提起他就要回來的話。瞧吧，晨星已經從雲端裏出現，召喚牧羊人起來放羊了。你不用驚奇事情會如此突兀，眞相大白以後，一切的爲難都會消釋。把劊子手喊來，叫他把巴那丁殺了；我就去勸他懺悔去。來，不用驚訝，你馬上就會明白一切的。天差不多已經大亮了。（同下）

## 第三場　獄中另一室

〔邦貝上。

邦　我在這兒就像在我自己的院子裏一樣，好多咬弗動太太的老主顧都在這兒。有的爲了欠賬不還，有的爲了殺人鬧事，從前是席上的豪客現在都變成階下的囚人了。

〔阿鮑生上，

阿　小子，去把巴那丁帶來！

邦　巴那丁大爺！您現在應該起來殺頭了，巴那丁大爺！

阿　喂，巴那丁！

巴　（在內）他媽的！誰在那兒大驚小怪？你是那一個？

邦　是你的朋友劊子手請你好好兒的起來，讓我們把你殺死。

巴　（在內）滾開！混賬東西，給我滾開！我還要睡覺呢。

阿　對他說他非得趕快醒過來不可。

邦　巴那丁大爺，請你醒醒吧，等你殺過了頭，再睡覺不遲。

阿　跑進去把他拖出來。

邦　他來了，他來了，我聽見他的稻草在動了。

阿　斧頭預備好了嗎，小子？

邦　預備好了。

〔巴那丁上。

巴　啊，阿鮑生！你來幹麼？

阿　老實對你說，我要請你趕快祈禱，因爲命令已經下來了。

巴　混賬東西，老子喝了一夜的酒，現在怎麼能死去？

邦　啊，那再好沒有，因爲您喝了一夜的酒到早上殺了頭，你就可以痛痛快快睡他一整天了。

阿　瞧你的神父也來了，你還以爲我們在跟你開玩笑嗎？

〔公爵仍作教士裝上。

公爵　聞知尊駕不久就要離開人世，我因爲被不忍心所驅使，特地前來向你勸慰一番，我還願意跟你一起祈禱。

巴　師父，我還不想死哩；昨天晚上我狂飲了一夜，他們要我死，我可還要從容準備一下，儘管他們把我腦袋打出都沒用。無論如何要我今天就死我是不答應的。

公爵　噯喲，這是沒有法想的，你今天一定要死，所以我勸你還是準備走上你的旅途吧。

巴　我發誓不願在今天死，什麼人勸我都沒用。

公爵　可是你聽我說。

巴　我不要聽，你要是有話，到我房間裏來吧，我今天一定不走。（下）

〔獄吏上。

公爵　不配活也不配死，他的心腸就像石子一樣！你們快追上去把他拖到刑場上去。（阿、邦下）

獄吏　師父，您看這犯人怎樣．

公爵　他是一個毫無準備的傢伙，現在還不能就讓他死去；叫他在現在這種情形之下糊裏糊塗死去，是上天所不容的。

獄吏　師父，在這兒監獄裏有一個名叫拉戈靜的著名海盜，今天早上因爲發着利害的熱病而死了，他的年紀跟克勞第奧差不多，鬚髮的顏色完全一樣。我看我們不如把這無賴暫時放過，等他頭腦明白一點的時候再把他處決，至於克勞第奧的首級，可以把拉戈靜的頭割下來頂替，您看好不好？

公爵　啊，那是天賜的機會！趕快動手，安哲魯預定的時間快要到了。你就依此而行，按照命令把首級送去驗看，我還要去勸這個惡漢安心就死。

獄吏　好師父，我一定就這麼辦。可是巴那丁必須在今天下午處死，還有克勞第奧卻怎樣安置呢？假使人家知道他還活着，那我可怎麼辦？

公爵　就這麼吧，你把巴那丁和克勞第奧兩人都關在祕密的所在，兩天之後，你就可以平安無事。

獄吏　我一切都信仗着您。

公爵　快去吧，首級割了下來，就去送給安哲魯。（獄吏下）現在我要寫信給安哲魯，叫獄官帶去給他；我要對他說我已經動身回來，進城的時候要讓全體人民知道；他必須在城外九哩的聖泉旁邊接我，在那邊我要不動聲色，一步一步去揭露安哲魯的罪惡。

〔獄吏重上。

獄吏　首級已經取來，讓我親自送去。

公爵　那再好沒有。快些回來，我還要告訴你一些不能讓別人聽見的事情。

獄吏　我決不躭擱時間。（下）

依莎貝拉　（在內）有人嗎？願你們平安！

公爵　依莎貝拉的聲音。她是來打聽他弟弟的赦狀有沒有下來；可是我要暫時把實在的情形瞞過她，讓她在絕望之後，突然發現她的弟弟倘在人世，而格外感到驚喜。

〔依莎貝拉上。

依　啊，師父請了！

公爵　早安，好孩子！

依　多謝師父。那攝政有沒有頒下我弟弟的赦令？

公爵　依莎貝拉，他已經使他脫離煩惱的人世了；他的頭已經割下，送去給安哲魯了。

依　啊，那是不會有的事。

公爵　確有這樣的事。你是個聰明人，事已如此，也不用悲傷了。

依　啊，我要去挖掉他的眼珠！

公爵　他會不准你去見他的。

依　可憐的克勞第奧！不幸的依莎貝拉！萬惡的世界！該死的安哲魯！

公爵　你這樣於他無損，於你自己也沒有甚麼益處，所以還是平心靜氣，一切信任上天作主吧。聽好我的話，你可以證明我的每一個字都沒有虛假。公爵明天要回來了；——把你的眼淚揩乾了，——我有一個同道是他的親信，是他告訴我的。他已經送信去給埃斯卡勒斯和安哲魯，他們預備在城外迎接他，就在那邊歸還他們的政權。你要是能够遵照我所指點給你的一條大道而行，就可以向這惡人報復你心頭的仇恨，並且還可以得到公爵的眷寵，享受莫大的尊榮。

依　請師父指教。

公爵　你先去把這信送給彼得神父，公爵的回來就是他通知我的；你對他說，我要請他今晚在瑪麗安娜的家裏會面。我把你和瑪麗安娜的事情詳細告訴他以後，他就可以帶你們去見公爵，你們可以放膽指着安哲魯控告他。我自己因爲還要履行一個神聖的誓願，不能親自出場。這信你拿去吧，不要再傷心落淚了。我決不會誤你的事的。誰來了？

【路西奥上。

路　您好，師父！獄官呢？

公爵　他出去了，先生。

路　啊可愛的依莎貝拉，我見你眼睛哭得這樣紅腫，我心裏眞是疼，你要寬心忍耐。他們說公爵明天就要回來了。依莎貝拉，令弟是我的好朋友；那個不知躲在那個角落裏的瘋顚公爵要是在家，他就不會送了命。（依下）

公爵　先生，聽你說起來，好像你很不滿意這位公爵；可是幸而他並不是像你所說的那樣一個人。

路　師父，你知道他那裏有我知道他那樣仔細，你瞧不出他倒是一個獵豔的好手呢。

公爵　嘿，有一天他會跟你算賬的。再見。

路　不，且慢，咱們一塊兒走；我要告訴你關於公爵的一些有趣的故事。

公爵　你的話倘使是眞的，那麼你已經告訴我得太多了；倘使你說的都是假話，那麼你一輩子也編造不完，我可沒工夫聽你。

路　有一次我因爲跟一個女人有了孩子，被他傳去問話。

公爵　你幹過這樣的事麼？

路　是的，可是我發誓說沒有這樣的事，否則他們就要叫我跟那個爛婊子結婚了。

公爵　你不是個老實人，再見。

路　不，我一定要陪你走完這條小巷。你要是不歡喜聽那種胡調話兒，我就不說好了。師父，我就像是一根芒刺一樣，釘住了人不肯放鬆。（同下）

## 第四場　安哲魯府中一室

〔安哲魯及埃斯卡勒斯上。

埃　他每一次來信，都跟上回所說的不同。

安　他的話說得顚顚倒倒。他的行動也眞有點瘋頭瘋腦的。求上天保佑他不要眞的瘋了纔好！他爲什麼要我們在城門外迎接他，就在那邊交還我們的政權呢？

埃　我猜不透他的意思。

安　他爲什麼又要我們在他進城以前的一小時內，向全體人民宣告，倘有什麼寃枉的事，可以讓他們攔道告狀呢？

埃　他的理由大概是他以爲這麼一來，人家有不滿意我們的可以當場控訴，當場發落，免得在我們歸政之後，再有誰想來暗中算計我們。

安　好，那麼就請你這樣宣佈出去吧。明天一早我就到你家裏來，各色人等需要他們一同去迎接的，都請你通告他們一聲。

埃　是，大人，下官失陪了。

安　再見。（埃下）這件事情害得我心神無主，作事也變成毫無頭腦。一個失去貞操的女子，姦汚他的卻是禁止他人姦汚的堂堂執法大吏！倘不是因爲她不好意思當衆承認她的失身，她將會怎樣到處宣揚我的罪惡！可是她知道這樣做是不聰明的，因爲我的地位威權得人信仰，不是任何誹謗所能搖動攻擊我的人，不過自取其辱罷了。我本來可以讓他活命，可是我怕他年青氣盛，假如知道他自己的生命是用恥辱換來的，一定會圖謀報復。現在我倒希望他尙在人世！唉！我們一旦把羞恥放在腦後，所作所爲，就沒有一件事情是對的；又要這麼做，又要那麼做，結果總是一無是處。（下）

## 第五場　郊外

〔公爵作本來裝束及彼得神父同上。

公爵　這幾封信給我在適當的時候送出去。（以信交彼得神父）我們的計劃獄官是知道的。事情一着手以後，你就緊記我的吩咐做去，雖然有時看着情形的需要，你自己也可以變通一下。現在你先去看弗來維厄斯，告訴他我就擱在什麼地方，然後你再去通知伐倫梯納斯、羅蘭特、和克雷色斯，叫他們把喇叭手召集起來，在城門口集合。可是你先去叫弗來維厄斯來。

彼　是，我馬上就去。（下）

〔伐里厄斯上。

公爵　謝謝你，伐里厄斯，你來得很快。來，我們一路走去吧，還有別的朋友們就會來迎接我。（同下）

## 第六場　城門附近的街道

〔依莎貝拉及瑪麗安那上。

依　我歡喜說老實話，要我這樣繞圈子說話可眞有點不高興。可是他這樣吩咐我，說是事實的眞相必須暫時隱蔽，方纔可以達到全部的目的。他要叫你告發安哲魯所幹的事。

瑪　你就聽他的話吧。

依　而且他還對我說，假如他有時對我說話不客氣，那也不用驚疑，因爲良藥的味道總是苦的

瑪　我希望彼得神父，——

依　啊，別吵！神父來了。

〔彼得神父上。

彼　來，我已經給你們找到一處很好的站立的地方，公爵經過那裏的時候，一定會看見你們。喇叭已經響了兩次了；有身份的士紳們都已拱立在城門口，公爵就要進來了；快去吧。（同下）

# 第五幕

## 第一場　城門附近的廣場

〔瑪麗安那蒙面紗，及依莎貝拉，彼得神父各立道旁；公爵，伐里厄斯，衆臣，安哲魯，埃斯卡勒斯，路西奥，獄吏，差役及市民等自各門分別上。

公爵　賢卿，久違了！我的忠實的老友，我很高興看見你。

安、埃　殿下安然歸來，臣等不勝雀躍！

公爵　多謝兩位。我在外面聽人說起你們治理國政，是怎樣的公正嚴明，爲了答謝你們的勤勞，讓我在沒有給你們其他的褒獎之前，先向你們表示我的慰勞的微意。

安　蒙殿下過獎，使小臣感愧萬分。

公爵　啊，你的功績是有口皆碑的，它可以刻在銅柱上，永垂萬世而無愧，我怎麼可以隱善蔽賢呢？把你的手給我，讓士民衆庶知道表面上的禮遇，正可以反映出發自衷心的眷寵，來，埃斯卡勒斯，你也應當在我的身旁一塊兒走，你們都是我的良好的輔弼。

〔彼得神父及依莎貝拉上前。

彼　現在你的時候已經到了，快去跪在他的面前，話說得響一些。

依　公爵殿下伸冤啊！請您可憐可憐一個受屈含冤的女子！好殿下啊，請您聽一聽我的沒有半句誑言的哀訴，給我主持公道，主持公道啊！

公爵　你有什麼冤枉？誰欺侮了你？簡簡單單地說出來吧。安哲魯大人可以給你主持公道，你祇要向他訴說好了。

依　噯喲殿下，您這是要我向魔鬼求救了！請您自己聽我說，因爲我所要說的話也許會因爲不能見信而使我受到責罰，也許會在殿下秦鏡高懸之下，使我伸雪奇冤。求求您，就在這兒聽着我吧！

安　殿下，我看她有點兒瘋頭瘋腦的；她的兄弟因爲犯法處了死刑，她曾經向我懇求寬恕，因爲我不曾答應她，她懷恨在心，一定會說出些荒謬離奇的話來。

依　我要說的話聽起來很奇怪，可是卻的的確確是事實。安哲魯是一個背盟毀約的人，這不奇怪嗎？安哲魯是一個殺人的兇手，這不奇怪嗎？安哲魯是一個淫賊，一個僞君子，一個蹂躪女性的傢伙，這不是奇之又奇的事情嗎？

公爵　嘿，那眞是太奇怪了。

依　奇怪雖然奇怪，眞卻是眞，正像他是安哲魯一樣無法抵賴，眞理是永遠蒙蔽不了的。

公爵　把她攆走了吧！可憐的東西，她因爲失去了理智纔說出這樣話來。

依　啊！殿下，請不要以爲我是個瘋子而不理我。似乎不會有的事不一定不可能。世上最惡的壞人，也許瞧上去就像安哲魯那樣拘謹嚴肅，正直無私；安哲魯在莊嚴的外表，清正的名聲，崇高的位階的重重掩飾下，也許就是一個罪大惡極的兇徒。相信我，殿下，我決不是誣蔑他，要是我有更壞的字眼可以用來形容他，也決不會把他形容得過分。

公爵　她一定是個瘋子，可是她瘋得這樣有頭有腦，倒是奇怪得很。

依　啊！殿下，請您別那麼想，不要把一個清醒的人當作顚狂。請殿下明察秋毫，別讓虛僞掩蓋了眞實。

公爵　有許多不瘋的人也不像她那樣說得頭頭是道。你有些什麼話要說？

依　我是克勞第奧的姊姊，他因爲犯了姦淫，被安哲魯判決死刑。立願修道，尙未受戒的我，從一位路西奧的嘴裏知道了這個消息，——

路　稟殿下，我就是路西奧，克勞第奧叫我向她報信，請她設法運動安哲魯大人寬恕她弟弟的死刑。

公爵　我沒有叫你說話。

路　是，殿下，可是您也沒有叫我不說話。

公爵　我現在就叫你不說話。等我有事情要問到你的時候，看你再有甚麼話說吧。

依　這位先生已經代我說過了，我去見這個惡毒卑鄙的攝政，——

公爵　你又在說瘋話了。

依　原諒我，可是我不能不這麼說。

公爵　好，那麼你說下去吧。

依　我怎樣向他哀求懇告，怎樣向他長跪泣請，他怎樣拒絕我，我又怎樣回答他，這些說來話長，也不必細說。最後的結果，一提起就叫人羞憤塡膺，難於啓口。他說我必須把我這清白的身體供他發洩他的獸慾，方纔可以釋放我的弟弟。在無數次反覆爭執以後，手足之情使我顧不得什麼羞恥，我終於答應了他。可是到了下一天早晨，他的目的已經達到，卻下了一道命令要我可憐的弟弟的首級。

公爵　那會有這等事！

依　啊，那是千眞萬確的！

公爵　無知的賤人！你不知道你自己在說些甚麼話，也許你受了什麼人的指使，有意破壞安哲魯大人的名譽。第一，他的爲人的正直是誰都知道的；第二，要是他自己也幹了那一件壞事，那麼他推已及人，怎麼會急不及待地一定要把你的兄弟處死。一定是有人在背後指使着你，快給我從實招來，誰叫你到這兒來呼寃的？

依　竟是這樣嗎？天上的神明啊！求你們給我忍耐吧！天理昭彰，暫時包庇起來的罪惡，總有一天會揭露出來的。願上天保佑殿下，我從此不再相信世間有公道了！

公爵　我知道你現在想要逃走了。來人！給我把她關起來！我們可以讓這種惡意的誹謗，誣蔑我所親信的人嗎？這一定是一種陰謀。是誰給你出的主意，叫你到這兒來？

依　是洛度維克神父，我希望他也在這兒。

公爵　是一個敎士嗎？有誰認識這個洛度維克？

路　殿下，我認識他，他是一個愛管閒事的敎士。我一見他就討厭，要是他今天在我面前，我一定要把他痛打一頓，因爲他曾經在您的背後說過您的壞話。

公爵　說過我的壞話！好一個敎士！還要敎唆這個壞女人來誣告我們的攝政！去把這敎士找來！

路　就在昨天晚上，我看見她和那個敎士都在監獄裏；他是一個放肆的敎士，一個下流不堪的傢伙。

彼　上帝祝福殿下！他們都在欺騙您。第一，這個女人控告安哲魯大人的話都是假的，他碰也沒有碰過她的身體。

公爵　我相信你的話。你認識他所說起的那個敎士洛度維克嗎？

彼　我認識他，他是一個道高德重的人，並不像這位先生所說的那麼下賤，那麼愛管閒事，我可以擔保他從來沒有說過殿下一句壞話。

路　殿下，相信我他把您說的不堪入耳呢。

彼　好，他總會有一天給自已洗刷淸楚的，可是稟殿下，他現在害着一種奇怪的毛病。他知道有人要來向您控告安哲魯大人所以他特意叫我前來代他說一說他所知道的是非眞相；等他身子好了點兒他可以隨時出來證明一切。第一，關於這個女人對這位貴人的汚蔑之詞，我可以當着她的臉證明她的話完全不對

公爵　師父，你說吧。（差役執依莎貝拉下，瑪麗安那趨前）安哲魯，你對於這一幕戲劇覺得可笑嗎？天啊，無知的人們是多麼癡愚！端幾張坐椅來。來，安哲魯賢卿，我對這件案子完全處於旁觀者的地位，你自已去作審判官吧。師父，這個是證人嗎？先讓她露出臉來再說話。

瑪　恕我，殿下；我要得到我丈夫的准許纔敢露臉。

公爵　啊，你是一個有夫之婦嗎？

瑪　不，殿下。

公爵　你是一個處女嗎？

瑪　不，殿下。

公爵　那麽是一個寡婦嗎？

瑪　也不是，殿下。

公爵　嘿，這也不是，那也不是；既不是處女，又不是寡婦，明明說有丈夫，又說不是有夫之婦，那麽你究竟是什麽？

路　殿下，她也許是個婊子。

公爵　閉嘴！

路　是，殿下。

瑪　殿下，我承認我從來沒有結過婚；我也承認我已經不是處女。我曾經和我的丈夫發生過關係，可是我的丈夫卻不知道他曾經和我發生過關係。

路　殿下，那時他大概喝醉了酒，不省人事。

公爵　你還不給我閉嘴嗎？

路　是，殿下。

公爵　這婦人不能做安哲魯大人的證人。

瑪　請殿下聽我分說。剛纔那個女子控告我的丈夫和他通姦，可是她說他和她幽敍的時間，他正在我的懷抱裏兩情纏綣呢。

安　她所控告的不僅是我一個人嗎？

瑪　那我可不知道。

公爵　不知道？你剛纔不是說起你的丈夫嗎？

瑪　是的，殿下，那就是安哲魯；他以爲他所親近的是依莎貝拉的肉體，卻不知道他所親近的是我的肉體。

安　這一派胡言說得太荒謬離奇了。讓我們看一看你的臉吧。

瑪　我的丈夫已經吩咐我，現在我可以露臉了。（取下面紗）狠心的安哲魯！這就是你曾經發誓說它是値得愛顧的臉；這就是你在訂盟的當時緊緊握的手；這就是在你的花園裏代替依莎貝拉的身體。

公爵　你認識這個女人嗎?

安　殿下，我承認我認識她；五年以前，我曾經和她有過婚姻之議，可是後來未成事實，一部分的原因是她的嫁奩不足預定之數，主要的原因卻是她的名譽不大好。從那時起直到現在，五年以來，我可以發誓我從來不曾跟她說過話，從來不曾看見過她，也從來不曾聽到過她甚麽消息。

瑪　殿下，天日在上，我已經許身此人，無可更移，而且在星期二晚上，我們已經在他的花園裏行過夫婦之道。倘使我這樣的話是誑話，讓我跪在地上永遠站不起來，變成一座石像。

安　我剛纔還不過覺得可笑，現在可再忍耐不住了；殿下，給我審判他們的權力吧，我看得出來，兩個無恥的婦人，都不過是給人利用的工具，背後都有有力的人在那兒操縱着。殿下，讓我把這種陰謀究問出來吧。

公爵　很好，照你的意思把他們重重的處罰吧。你這愚蠢的教士，你這刁惡的婦人，你們跟那個婦人串通勾結，你們以爲指着一個個神聖的名字起誓，就可以破壞一個大家公認的正人君子的名譽嗎?埃斯卡勒斯，你也陪着安哲魯坐下來，幫助他推究出誰是這件事的主謀。還有一個指使他們的教士，快去把他抓來。

彼　殿下，他要是也在這兒，那再好也沒有了，因爲這兩個女人正是因爲受他的慫恿，纔來此呼寃的。他住的地方獄官知道，可以叫他去招他來。

公爵　快去把他抓來。（獄吏下）賢卿，這件案子與你有關，你可以全權聽斷，照你所認爲最適當的辦法，懲罰這一輩中傷你名譽的人。我且暫時離開你們，可是你們不必起座，把這些造謠誹謗之徒辦好了再說吧。

埃　殿下，我們一定要澈底究問。（公爵下）路西奧，你不是說你知道那個洛度維克神父是個壞人嗎?

路　他只是穿扮得像個學道修行之人，心裏頭可是千刁萬惡。他把公爵駡得狗血噴頭呢。

埃　請你在這兒等一等等他來了，把他向你說過的話問他。把那依莎貝拉叫回來，我還要問她話。（一從者下）大人，請您讓我來問她，您可以看看我怎樣對付她。

路　您未必比他更對付得了她吧。

埃　你怎麼說？

路　我說大人，您要是悄悄兒的對付她，她也許就會招認一切；當着衆人的面，她會怕難爲情不肯說的。

埃　我就悄悄兒的問她。

路　那就是了，女人在光天化日之下是一本正經的，到了半夜三更纔會輕狂起來。

【差役等擁依莎貝拉上。

埃　（向依）來，姑娘，這兒有一位小姐說你的話完全不對。

路　大人，我所說的那個壞蛋，給獄官找了來了。

埃　來得正好。你不要跟他說話，等我問着你的時候再說。

【公爵化裝教士，隨獄吏上。

埃　來，是你叫這兩個女人誹謗安哲魯大人嗎？她們已經招認是受你的主使。

公爵　胡說！

埃　怎麼！你不知道你現在是在什麼地方嗎？

公爵　尊重你的地位！讓魔鬼在他灼熱的火椅上受人暫時的崇拜吧！公爵在那裏？他應該在這裏聽我說話。

埃　公爵就在這裏，我們要聽你怎樣說話，你可說得小心一點。

公爵　我可要大膽地說。唉！你們這批可憐的人！你們要想在這一羣狐狸中間找尋羔羊嗎？你們的寃屈是沒有伸雪的希望了！公爵去了嗎？那麼還有誰跟你們作主？這公爵是個不公的公爵，把你們事實昭彰的控訴置之不顧，卻讓你們所控告的那個惡人來審問你們。

埃　怎麼，你這無禮放肆的教士！你嗾使這兩個婦人誣告好人，難道還不夠，還敢當着他的面，這樣把他辱罵嗎？你居然還敢批評公爵的不公來！給他上刑！我們要敲斷你的每一根骨節，好叫你老老實實招認出來。哼！不公！

公爵　別發這麼大的脾氣。就是公爵自己也不敢彎一彎我的手指，正像他不敢彎痛他自己的手指一樣。我不是他的子民，也不是這地方的人。因爲有事到此，使我有機會冷眼旁觀這裏的一切；我看見維也納教化廢弛，政令失修，各項罪惡雖然在法律上都有處罰的明文，可是因爲當局的縱容姑息，嚴厲的法律反而給人取笑輕視

埃　你竟敢毀謗政府！把他抓進監獄裏去！

安　路西奧，你有什麼話要告發他的？他不就是你向我們說起的那個人嗎？

路　正是他大人。過來，好禿老頭兒，你認識我嗎？

公爵　我聽見你的聲音，就記起你來了。公爵沒有回來的時候，我們曾經在監獄門口會面過。

路　啊，你還記得嗎？那麼你記不記得你對於公爵說過些甚麼話？

公爵　我記得非常淸楚哩。

路　眞的嗎？你不是說他是一個色鬼，一個蠢貨，一個懦夫嗎？

公爵　先生，你要是把那樣的話當作是我說的，那你一定把你自己當作我了。你纔眞是這樣說過他，而且還說過比這更利害，更不堪的話呢。

路　嗳呀，你這該死的傢伙！我不是因爲你出言無禮，曾經扯過你的鼻子嗎？

公爵　我可以發誓我愛公爵就像愛我自己一樣。

安　這壞人到處散佈大逆不道的妖言，現在倒又想躲賴了！

埃　這種人還跟他多講甚麼。把他抓進監獄裏去！獄官那裏？把他抓進監獄裏去，好好兒的關起來，讓他不再搬嘴弄舌。那兩個淫婦跟那另外一個同黨的也都給我一起抓了。（獄吏欲捕公爵）

公爵　且慢，等一會兒。

安　什麼！他想反抗嗎？路西奧，你幫他們捉住他。

路　好了，師父，算了吧。嗳呀，你這撒謊的賊禿，你一定要戴着你那頂頭巾嗎？讓我們瞧瞧你那奸惡的尊容吧。他媽的！我們倒要看看你是怎樣一副豺狼面孔，然後再送你的終。你不願意脫下來嗎？（扯下公爵所戴的教士頭巾，公爵出現本相）

公爵　你是第一個把教士變成公爵的惡漢。獄官，這三個無罪的好人先讓我把他們保釋了。（向路）先生，別溜走啊；那個教士就要跟你說兩句話兒，把他看起來。

路　糟糕，我的罪名也許還不止殺頭呢！

公爵　（向埃）你剛纔所說的話，不知不罪，你且坐下吧。我要請他起身讓座。（向安）對不起了。你現在還可以憑使你的口才，你的機智和你的厚顏來爲你自己辯護嗎？

安　啊我的威嚴的主上！您像天上的神明一樣炯察到我的過失，我要是還以爲可以在您面前掩飾過去，那豈不是罪上加罪了嗎？殿下，請您不用再審判我的醜行，我願意承認一切。求殿下立刻把我宣判死刑，那就是莫大的恩典了。

公爵　過來，瑪麗安那。你說，你是不是和這女子訂過婚約？

安　是的，殿下。

公爵　那麽快帶她去立刻舉行婚禮，神父，你去爲他們主婚吧；完事以後，再帶他回到這兒來。獄官，你也同去。（安、瑪、彼、及獄吏下）

埃　殿下，這事情雖然出人意表，可是更使我奇怪的是他會有這種無恥的行爲。

公爵　過來，依莎貝拉。你的神父現在是你的君王了；可是我的外表雖然有了變化，內心却仍是一樣，當初我顧問着你的事情現在我仍舊願意爲你繼續効勞。

依　草野陋質，冒昧無知，多多勞動殿下，還望殿下恕罪！

公爵　恕你無罪，依莎貝拉，今後你不用拘禮吧。我知道你爲了你兄弟的死去，心裏很是悲傷；你也許會不懂爲什麽我這樣隱姓埋名，設法營救他，却不願直捷爽快運用我的權力，阻止他的處決。啊善良的姑娘！我想不到他會這樣快就被處死了，以致破壞了我原來的目的。可是願他死後平安！他現在可以不用憂生怕死，比活着快樂得多了，你也用這樣的思想寬慰你自己吧。

依　我也是這樣想着，殿下。

〔安哲魯，瑪麗安那，彼得神父，及獄吏重上。

公爵　這個新婚的男子，雖然他曾經用淫猥的妄想侮辱過你的無瑕的貞操，可是爲了瑪麗安那的緣故，你必須寬恕他。不過他既然把你的兄弟處死，自己又同時犯了奸淫和背約的兩重罪惡，那麽法律無論如何仁慈，也要高聲呼喊出來，「克勞第奧怎樣死，安哲魯也必須照樣償命！」一個死得快，一個也不能容他緩死，同樣的罪名，必須用同樣的尺度去量定。所以，安哲魯，你的罪惡既然已經暴露，你也無從抵賴，我們就判你在克勞第奧授首的刑臺上受死，也像他一樣迅速處決。把他帶去！

瑪　啊，我的仁慈的主！請不要容給我一個名義上的丈夫！

公爵　給你一個名義上的丈夫的，是你自己的丈夫。我因爲顧全你的名譽，所以給你作主完成了婚禮，否則你已經失身於他，你的終身幸福要受到影響。至於他的財產，按照法律應當由公家沒收，可是我現在把它全部判給你，你可以憑着它去找一個比他好一點的丈夫。

瑪　啊，好殿下，我不要別人，也不要比他更好的人。

公爵　不必爲他求情，我的意思已經決定了。

瑪　（跪下）求殿下大發慈悲——

公爵　你這樣也不過白費唇舌而已。快把他拿去處死！（向路）朋友，現在要輪到你了。

瑪　噯喲殿下！親愛的依莎貝拉，幫助我，請你也陪着我跪下來吧，生生世世，我永不忘記你的恩德。

公爵　你請她幫你求情，那豈不是笑話！她要是答應了你，她的兄弟的鬼魂也會從墳墓中起來，把她抓了去的。

瑪　依莎貝拉，好依莎貝拉，你祇要在我一旁跪下，把你的手舉起，不用說一句話，一切由我來說。人家說，最好的好人，都是犯過錯誤的過來人；一個人往往因爲有一點小小的缺點，更顯出他的可愛。那麼我的丈夫爲什麼不會也是這樣？啊，依莎貝拉，你願意陪着我下跪嗎？

公爵　他必須抵償克勞第奧的性命。

依 （跪下）仁德無涯的殿下，請您瞧着這個罪人，就當作我的弟弟尙在人世吧！我想他在沒有看見我之前，他的行爲的確是出於誠意的，既然是這樣，那麼就恕他一死吧。我的弟弟犯法而死，咎有應得；安哲魯的用心雖然可惡，幸而他的行爲並未貽害他人；只好把他當作圖謀未遂看待，應當減罪一等。因爲思想不是具體的事實，居心不良，不能作爲判罪的根據。

瑪 對啊，殿下。

公爵 你們的懇求都是沒用的，站起來吧。我又想起了一件錯誤。獄官，克勞第奧怎麼不在慣例的時辰處死？

獄吏 這是命令如此。

公爵 你執行此事有沒有接到正式的公文？

獄吏 不，卑職祇接到安哲魯大人私人的手論。

公爵 你辦事這樣疏忽，應當把你革職。把你的鑰匙交出來。

獄吏 求殿下開恩，卑職一時糊塗，幹下錯事，後來仔細一想，非常懊悔，所以還有一個囚犯，本來也是奉手諭應當處死的，我把他留下來沒有執行。

公爵 他是誰？

獄吏 他名叫巴那丁。

公爵 我希望你把克勞第奧也留下來就好了。去，把他帶來，讓我瞧瞧他是怎樣一個人。（獄吏下）

埃 安哲魯大人，像您這樣一個人，大家都看您是這樣聰明博學，居然會墮落到一至於此，既然克制不住自己的情慾，事後又是這麼鹵莽滅裂，眞太叫人失望了！

安　我真是說不出的慚愧懊惱，我的深心中充滿了悔恨，使我愧不欲生，但求速死。

〔獄吏率巴那丁、克勞第奧、及裘麗葉上克勞第奧以布罩首。

公爵　那一個是巴那丁？

獄吏　就是這一個，殿下。

公爵　有一個教士曾經向我說起過這個人。喂，漢子，他們說你有一顆冥頑不靈的靈魂，你的一生都在渾渾噩噩中過去，不知道除了俗世以外還有其他的世界。你是一個罪無可逭的人，可是我赦免了你的俗世的罪惡，從此洗心革面，好好做個人吧。神父，你要好好勸導他，我把他交給你了。——那個罩住了頭的傢伙是誰？

獄吏　這是另外一個給我救下來的罪犯，他本來應該在克勞第奧梟首的時候受死，他的相貌簡直就跟克勞第奧一模一樣。（取下克勞第奧的首罩）

公爵　（向依）要是他眞和你的兄弟生得一模一樣，那麼我爲了你兄弟的緣故赦免了他；爲了可愛的你的緣故，我還要請你把你的手給我，答應我你是屬於我的，那麼他也將是我的兄弟。可是那事我們等會兒再說吧。安哲魯現在也知道他的生命可以保全了，我看見他的眼睛裏似乎突然發出光來。好吧，安哲魯，你的壞事幹得不錯，好好愛着你的妻子吧，她是值得你敬愛的。可是我什麼人都可以饒恕，祇有一個人卻不能饒恕。（向路）你說我是一個笨伯，一個懦夫，一個窮奢極侈的人，一頭蠢驢，一個瘋子；我究竟什麼地方得罪了你，要你這樣辱駡我？

路　眞的，殿下，我不過是說着玩玩而已。您要是因此而把我弔死，那也隨您的便；可是我希望您還是把我鞭打一頓算了吧。

公爵　先把你抽一頓鞭子，然後再把你弔死。獄官，我曾經聽他發誓說過他曾經跟一個女人相好有了孩子，你給我去向全城宣告，有那一個女人受過這淫棍之害的，叫她來見我，我就叫他跟她結婚；婚禮完畢之後，再把他鞭打一頓弔死。

路　求殿下開恩，別讓我跟一個婊子結婚。殿下剛纔還說過，您本來是一個教士，是我把您變成了一個公爵，那麼好殿下，您就是爲了報答我起見，也不該叫我變成一個烏龜呀。

公爵　你必須和她結婚。我赦免了你的誹謗，其餘的罪名也一概寬免。把他帶到監獄裏去，好好照着我的意思執行。

路　殿下，跟一個婊子結婚，那可是要了我的命，簡直就跟鞭打弔死差不多。

公爵　侮辱君王，應該得到這樣的懲罰。克勞第奧，你應當好好補償你那位爲你而受苦的愛人。瑪麗安那，願你從此快樂！安哲魯，你要待他好一點，我曾經聽過她的懺悔，知道她是一位賢淑的女子。埃斯卡勒斯，我的好朋友，謝謝你的賢勞，我以後還要重重酬答你。獄官，因爲你的謹愼機密，我要給你一個好一點的官職。安哲魯，他把拉戈靜的首級冒充做克勞第奧的，把你朦混過去，你不要見怪於他，這完全是出於好意。親愛的依莎貝拉，我心裏有一種意思，對於你的幸福大有關係；你要是願意聽我的話，那麼我的一切都是你的，你的一切也都是我的，來，打道回宮，慢慢的我還要把許多未了之事讓你們大家知道。（同下）

莎士比亞戲劇全集
第一輯　第八種

# 暴風雨

朱生豪譯

# 暴風雨

## 劇中人物

亞朗莎　奈泊爾斯王
瑟拜士梯安　其弟
普洛士丕羅　舊密蘭公爵
安東尼奥　其弟簒位者
菲第南　奈泊爾斯王子
貢札羅　正直的老大臣
阿特利安
法朗西斯科 } 侍臣
卡列班　野性而醜怪的奴隸
屈林鳩羅　弄臣
斯蒂番諾　酗酒的膳夫
船長　水手頭目　衆水手

密蘭達　普洛士丕羅之女
愛麗兒　縹緲的精靈
埃利斯
細累斯
朱諾
水仙女們
衆刈禾人
（以上）山精靈們扮演
其他伺候普洛士丕羅的精靈們

**佈景**

海　島

# 第一幕

## 第一場　在海中的一隻船上；暴風雨和雷電

〔船長及水手頭目上。

船長　老大！

頭目　有，船長。什麼事？

船長　好，對水手們說：出力，手脚麻利點兒，否則我們要觸礁啦。出力，出力！（下）

〔衆水手上。

頭目　喂，弟兄們！出力，出力，弟兄們！趕快，趕快！把上檣帆收進！留心着船長的哨子。——儘你吹着怎麼大的風，祇要我們掉得轉頭，就讓你吹去吧！

〔亞朗莎，瑟拜士梯安，安東尼奧，弗第南，貢札羅，及餘人等上。

亞　好頭目，小心哪。船長在那裏？放出勇氣來！

頭目　我謝謝你們，請到下面去。

安　老大，船長在那裏？

頭目　你不聽見他嗎？你們妨礙了我們的工作。好好兒住在艙裏吧；你們簡直是跟風浪來和我們作對。

貢　哎，大哥，別發脾氣呀！

頭目　你叫這個海不要發脾氣吧。走開！這些波濤們那裏管得什麼國王不國王？艙裏去，安靜些！別跟我們麻煩。

貢　好，但是請記住這船上載的是什麼人

頭目　隨便什麼人我都不放在心上。你是個堂堂樞密大臣，要是你有本事命令風浪靜下來，叫眼前大家都平安，那麼我們願意從此不再幹這拉帆收纜的營生了。把你的威權用出來吧！要是你不能，那麼還是謝謝天老爺讓你活得這麼長久，趕快鑽進你的艙裏去，等待着萬一會來的惡運吧！——出力啊，好弟兄們！——快給我走開！（下）

貢　這傢伙給我很大的安慰。我覺得他臉上一點沒有該當淹死的記號；他的相貌活是一副要上絞架的神氣。慈悲的運命之神啊，不要放過了他的絞刑啊！讓絞死他的繩索作為我們的錨纜，因為我們的錨纜全然抵不住風暴！如果他不是命該絞死的，那麼我們就倒霉了！（下）

【水手頭目復上。

頭目　把中檣放下來！趕快！再低些，再低些！把大檣橫帆張起來試試看。（內呼聲）遭瘟的，喊得這麼響！連風暴的聲音和我們的號令都給遮得聽不見了。——

【瑟拜士梯安、安東尼奧、貢札羅復上。

頭目　又來了？你們到這兒來幹麼？我們大家放了手，一起淹死了好不好？你們想要淹死是不是？

瑟　願你喉嚨裏長起個痘瘡來吧，你這胡言亂語出口傷人沒有心肝的狗東西！

頭目　那麼你來幹一下，好不好？

安　該死的賤狗！你這下流的驕橫的喧嘩的東西，我們纔不像你那樣害怕淹死哩！

貢　我擔保他一定不會淹死；雖然這船不比果殼更牢硬，水漏得像一個浪狂的娘兒一樣。

頭目　緊緊靠着風行駛！扯起兩面大帆來！把船向海中開出去！

〔衆水手渾身淋溼上。

衆水手　完了！完了！求求上天吧！求求上天吧！什麼都完了！（下）

頭目　怎麼，我們非淹死不可嗎？

貢　王上和王子在那裏祈禱了。讓我們跟他們一起祈禱吧，大家的情形都是一樣。

瑟　我真按捺不住我的怒火。

安　我們的生命全然被醉漢們在作弄着。——這個大嘴巴的惡徒！但願你倘使淹死的話，十次的波濤沖打你的屍體！

貢　他總要被絞死的，即使每一滴水都聲勢洶洶地要把他一口吞下去。

〔幕內嘈雜的呼聲：——「可憐我們吧！」——「我們遭難了！我們遭難了！」——「再會吧我的妻子！我的孩兒！」——「再會吧，兄弟！」——「我們遭難了！我們遭難了！我們遭難了！」——

安　讓我們大家跟王上一起沉沒吧！（下）

瑟　讓我們去和他作別一下。（下）

貢　現在我真願意用千頃的海水來換得一畝荒地；草莽荊棘，什麼都好。願上天的旨意成全吧！但是我真願望一個乾燥的死。（下）

## 第二場　島上；普洛士丕羅所居洞室之前

〔普洛士丕羅及密蘭達上。

密　親愛的父親，假如你曾經用你的法術使狂暴的海水興起這場風浪，請你使它們平息了吧！天空似乎要倒下發臭的瀝青來，但海水騰湧到天的臉上，把火焰吐了出來。唉！我瞧着那些受難的人們，我也和他們同樣受難：這樣一隻壯麗的船，裏面一定載着好些尊貴的人，一下子便撞得粉碎！啊，那呼號的聲音一直打進我的心裏。可憐的人們，他們死了！要是我是一個有權力的神，我一定要叫海沉進地中，讓它不會把這隻好船和它所載着的人們一起這樣吞沒了。

普　安靜些，不要驚怖！告訴你那仁慈的心，一點災禍都不會發生。

密　唉，不幸的日子！

普　不要緊的。凡我所做的事，無非是爲你打算，我的寶貝！我的女兒！你不知道你是什麼人，也不知道我從什麼地方來；你也不會想到我是一個比普洛士丕羅，一所十分寒傖的洞窟的主人，你的微賤的父親，更出色的人物。

密　我從來不曾想到要知道得更多一些。

普　現在是我該更詳細地告訴你一些事情的時候了。幫我把我的法衣脫去。好，（放下法衣）躺在那裏吧，我的法術！——揩乾你的眼睛，安心吧！這場悽慘的沉舟的景象，使你的同情心如此激動的，我曾經藉着我的法術的力量非常妥善地豫先安排好，在這船裏你聽見他們呼號，看見他們沉沒，但沒有一個人會送命，即使隨便什麼人的一根頭髮也不會損失。坐下來；你必須知道得更詳細一些。

密　你常常剛要開始告訴我我是什麼人，便突然住了口，對於我的徒然的探問的回答，只是一句「且慢，時機還沒有到。」

普　這時機現在已經到了，就在這一分鐘它要叫你撐開你的耳朶，乖乖地聽着啦。你能不能記得在我們來到這裏之前的一個時候？我想你不會記得，因爲那時你還不過三歲。

密　當然我記得的，父親。

普　你怎麼會記得？什麼房屋？或是什麼人？告訴我隨便什麼留在你腦中的影象。

密　那是很遼遠了；雖然我的記憶對我說那是眞實，但它更像是一個夢。不是曾經有四五個婦人服侍過我嗎？

普　是的，而且還不止此數呢，密蘭達。但是這怎麼會留在你的腦中呢？你在過去時光的幽暗的深淵裏，還看不看見到其餘的影子？要是你記得在你未來這裏以前的情形，也許你也能記得你怎樣會到這裏來。

密　但是我不記得了。

普　十二年之前，密蘭達，十二年之前，你的父親是密蘭的公爵，幷且是一個有權有勢的國君。

密　父親，你不是我的父親嗎？

普　你的母親是一位賢德的婦人，她說你是我的女兒；你的父親是密蘭的公爵，他的唯一的嗣息是一位堂堂的郡主。

密　天啊！我們曾經遭到了怎樣的奸謀而離開那裏呢？還是那算是幸運一樁？

普　都是，都是，我的孩兒。如你所說的，因爲奸謀我們纔離開那裏，因爲幸運我們纔飄流到此。

密　唉！想到我給你的種種勞心焦慮，那些是存在於我的記憶中的，眞使我心裏難過得很。請再講下去吧。

普　我的弟弟，就是你的叔父，名叫安東尼奥。聽好，世上眞有這樣奸惡的兄弟！除了你之外，他就是我在世上最愛的人了；我把國事都託付他管理。那時候密蘭在所有列邦中是最雄長的一邦，而普洛士丕羅是最出名的一個公爵，威名傳播人口，在學問藝術上更是一時無兩。我因爲專心研究，便把政治放到我弟弟的肩上，對於自己的國事付之不問。你那壞心腸的叔父——你在不在聽我？

密　我在非常熱切地聽着，父親。

普　學會了怎樣接受或駁斥臣民的訴願，誰應當拔擢，誰應當貶抑；把我手下的人重新封敍，遷調的遷調，改用的改用；大權在握，使國中所有的人心都要聽從他的喜惡。他簡直成爲一株常春藤，掩蔽了我參天的巨幹，而吸收去我的精華。——你不在聽嗎？

密　啊，好父親！我在聽着。

普　聽好。我這樣遺棄了俗務，在幽居生活中修養我的德性，因爲和世間隔絕了，我把那事看得格外重要，誰知卻引起了我那惡弟的毒心。我給與他的無限大的信託，正像善良的父母產出刁頑的兒女來一樣，得到的酬報只是他的同樣無限大的欺詐。他不但握有我的歲入的財源，更僭用我的權力從事搜括。像一個說了謊話的人，自己相信自己的欺騙一樣，他儼然以爲自己便是一個不折不扣的公爵，處於代理者的位置上，他用一切的威權鋪張着外表上的莊嚴：他的野心便於是逐漸旺盛起來——你在不在聽我？

密　你的故事，父親，具有發聾震聵的力量。

普　爲要撤除橫隔在他野心之間的屏障，他自然要希望自己成爲密蘭大權獨攬的主人翁。我呢，一個可憐的人，書齋便是我廣大的公國，他以爲我已沒有能力執行世間的政事，因爲覬覦着大位，他便和奈泊爾斯王協謀，甘願每年獻貢臣服，把他自己的冠冕俯伏在他人的王冠之前。唉，可憐的密蘭！一個從來不曾向別人低首下心過的邦國，這回卻遭到了可恥的卑屈！

密　天哪！

普　聽我告訴你他所締結的條款，以及此後發生的事情，然後再告訴我那算不算得是一個好兄弟。

密　我不敢冒瀆我的可敬的祖母，然而美德的娘親有時卻會生出不肖的兒子來。

普　現在要說到這條約了。這位奈泊爾斯王因為跟我有根深蒂固的仇恨，答允了我弟弟的要求；那就是說，以納貢稱臣作為交換的條件，他當立刻把我和屬於我的人攆出國境，而把大好的密蘭全部奉送給我的弟弟。因此在命中註定的某夜，一隊暴兵被召集起來，安東尼奧開開了密蘭的國門；在寂靜的深宵，陰謀的執行者便把我和哭泣着的你趕走。

密　唉，可嘆！我記不起那時我是怎樣哭法，但現在不禁又要哭泣起來。這是一件太叫人想起來傷心的事。

普　你再聽我講下去，不久我便要叫你明白眼前這一回事情；因為否則這故事是一點不相干的。

密　為什麼那時他們不把我們殺害呢？

普　問得不錯，孩子；誰聽了我的故事都會發生這個疑問。親愛的，他們是沒有膽量，因為我的人民十分愛戴我，而且也不敢在這回事情上留下太重大的汚蹟；他們希圖用比較清白的顏色掩飾去他們的毒心。一句話，他們把我們押上船，駛出了十幾哩以外的海面；在那邊他們已經預備好一隻朽腐的破船，帆蓬，纜索，桅檣，什麼都沒有，就是老鼠一見也會自然而然地退縮開去。他們把我們推到這破船上，聽我們向着周圍的怒海呼號，望着迎面的狂風悲嘆；那同情於我們的風的嘆息，反而更加添了我們的危險。

密　唉，那時我是怎樣討你的煩累呢！

普　啊，你是個小天使幸得有你我纔不致絕望而死！上天賦與你一種堅忍，當我把熱淚向大海灑擲，因心頭的怨苦而呻吟的時候，你卻向我微笑；爲了這我纔生出忍耐的力量準備抵禦一切接踵而來的禍患。

密　我們是怎樣上岸的呢？

普　靠着上天的保佑，我們有一些食物和淸水，那是一個奈泊爾斯的貴人貢札羅——那時他被任命爲參預這件陰謀的使臣——出於善心而給我們的；另外還有一些好衣裳布帛和各種需用的東西，使我們受惠不少。他又知道我愛好書籍，特意把我的書都讓我帶走，那些是我看得比一個公國更寶貴的。

密　我多麼希望能見一見這位好人！

普　現在我要起來了。（把法衣重新穿上）靜靜地坐着，聽我講完了我們海上的慘史。後來我們到達了這個島上，就在這裏，我親自作你的教師，使你得到比別的公主小姐們更豐富的知識，因爲她們大部分的時間都是化在無聊的事情上，而且她們的師傅也決不會這樣認眞。

密　眞感謝你啊！現在請告訴我，父親，爲什麼你要興起這場風浪？因爲我的心中仍是驚疑不定。

普　你已經知道了這麼一段情節；現在由於奇怪的偶然，慈惠的天意眷寵着我，已經把我的仇人們引到這島岸上來了。我藉着豫知術料知福星正在臨近我運命的頂點，要是現在輕輕放過了這機會，以後我的一生將再沒有出頭的希望。別再多問啦，你已經倦得要睡去；放心睡吧！我知道你身不由主。（密睡）出來，僕人，出來！我已經預備好了。來啊，我的愛麗兒，來吧！

〔愛麗兒上。

愛　萬福，尊貴的主人！威嚴的主人，萬福！我來聽候你的旨意。無論在空中飛也好，在水裏游也好，向火裏鑽也好，騰着雲頭也好，凡是你有力的吩咐，愛麗兒願意用全副的精神奉行。

普　精靈，你有沒有按照我的命令指揮那場風波？

愛　樁樁件件都沒有忘失。我躍登了國王的船上；一會兒在船頭上，一會兒在船腰上，一會兒在甲板上，每一間船艙中我都煽起了恐慌。有時我分身在各處放起火來，中檣上哪，帆桁上哪，斜桅上哪，都一一燃燒起來；然後我再把各個身體合攏來，即使是天神的閃電，那可怕的震雷的先驅者，也沒有這樣迅速而炫人眼目；火光和硫磺的轟炸聲似乎在圍攻那搖揮着威風凜凜的三叉戟的海神，使他的怒濤不禁顫抖。

普　我的能幹的精靈！誰能這樣堅定，在這樣的騷亂中不會驚惶失措呢？

愛　沒有一個人不發瘋似地幹着一些不顧死活的勾當。除了水手們之外，所有的人都逃避了火光融融的船上而跳入泡沫騰湧的海水中。王子萬第南頭髮像海草似地聳亂着，是第一個跳水的人；他高呼着，「地獄開了門，所有的魔鬼都出來了！」

普　啊，那真是我的好精靈！但是這回亂子是不是就在靠近海岸的地方呢？

愛　就在海岸附近，主人。

普　但是他們都沒有送命嗎，愛麗兒？

愛　一根頭髮都沒有損失；他們穿在身上的衣服也沒有一點斑跡，反而比以前更乾淨了。照着你的命令，我把他們一隊一隊地分散在這島上。國王的兒子我叫他獨個兒上岸，把他遺留在島上一個隱僻的所在，讓他悲傷地絞着兩臂，坐在那兒望着天空長吁短嘆。

普　告訴我你怎樣處置王船上的水手們和其餘的船舶?

愛　王船安全地停泊在一個幽靜的所在;你曾經某次在半夜裏把我從那裏叫醒起來前去採集永遠為波濤沖打的伯摩地斯島(註一)上的露珠:船便藏在那個地方。那些水手們在力竭精疲之後,我已經用魔術使他們昏睡過去,現今都躺在艙口底下。其餘的船舶我把它們分散之後,已經重又會合,現今在地中海上;他們以為他們看見王船已經沉沒,國王已經溺死,都失魂落魄地駛回奈泊爾斯去了。

普　愛麗兒,你的差使幹得一事不差;但是還有些事情要你做。現在是什麼時候了?

愛　中午已經過去。

普　至少已經過去了兩個鐘頭了。從此刻起到六點鐘之間的時間,我們兩人必須小心不要讓它白白過去。

愛　還有討厭的工作嗎?你既然這樣麻煩我,我不得不向你提醒你所允許我而還沒有履行的話。

普　怎麼啦!生起氣來了?你要求些什麼?

愛　我的自由。

普　在限期未滿之前嗎?別再說了吧!

愛　請你想想我曾經為你怎樣盡力服務過;我不曾對你撒過一次謊,不曾犯過一次過失,也不曾發過一句怨言;你曾經答應過我縮短一年的期限的。

普　你忘記了我從怎樣的苦難裏把你救出來嗎?

愛　不曾。

普　你一定忘記了,而以為踏着海底的軟泥,穿過凜冽的北風,在被霜凍結着的地下水道中為我奔走,便算是了不得的辛苦了。

愛　我不曾忘記，主人。

普　你說謊，你這壞蛋！你忘記了那個惡女巫昔考拉克斯，因爲年老而惡毒，全身都彎得像一個環的妖婦嗎？你忘記了她嗎？

愛　不曾，主人。

普　你一定已經忘記了。她是在什麼地方出世的？對我說來。

愛　在阿爾捷厄，（註二）主人。

普　噢！是在阿爾捷厄嗎？我必須每個月向你覆述一次你的來歷，因爲你一下子便要忘記。這個萬惡的女巫昔考拉克斯因爲作惡多端，她的妖法沒人聽見了不害怕，所以被逐出阿爾捷厄；他們因爲她曾經行過某件好事，（註三）因此不曾殺死她。是不是？

愛　是的，主人。

普　這個眼圈發青的妖婦被押到這兒來的時候，正懷着孕；水手們把她丟棄在這座島上。你，我的奴隸，據你自己說那時是她的僕人，因爲你是個太柔善的精靈，不能奉行她的齷齪的邪惡的命令，因此違拗了她的意志，在一陣大怒中她藉着她的強有力的妖役的幫助，把你幽禁在一株有坼裂的松樹中。在那松樹的裂縫裏你挨過了十二年痛苦的歲月；她在那時候已經死了，便把你一直遺留在那兒，像水車輪拍水那樣急速地你不斷地發出你的呻吟來。那時這島上除了她所生產下來的那個兒子，一個生滿着斑痣的妖婦的賤種之外，就沒有一個人類。

愛　是的那是她的兒子卡列班。

普　那個卡列班是一個蠢物，現在被我收留着作苦役。你當然知道得十分淸楚，那時我發現你處在怎樣的苦難中：你的呻吟使得豺狼長嗥，刺激了怒熊的心胸，那是一種淪於永劫的苦惱，就是昔考拉克斯也沒有法子把你解脫；全虧了我的法術纔使那株松樹張開裂口而放你出來，當我到了這島上而聽見你的聲音的時候。

愛　我感謝你，主人。

普　假如你再要嘰咕的話，我要劈碎一株橡樹，把你釘住在它多節的內心，直到你再呻吟過了十二個冬天。

愛　饒恕我，主人，我願意聽從命令，好好地執行你的差使。

普　好吧，你倘然好好辦事，兩天之後我就釋放你。

愛　那眞是我的好主人！你要吩咐我做什麼事？告訴我你要我做什麼事？

普　去把你自己變成一個海中的仙女，除了我之外不要讓別人的眼睛看見你。去，裝扮好了再來。去吧，用心一點！（愛下）醒來，心肝，醒來！你睡得這麼熟；醒來吧！

密　（醒）你的故事的奇異使我昏沉睡去。

普　淸醒一下。來，我們要去訪問訪問我的奴隸卡列班，他是從來不曾有過一句好話回答我們的。

密　那是一個惡人，父親，我不高興看見他。

普　雖然這樣說，我們也缺他不來：他給我們生火，給我們檢柴，也爲我們做有用的工作。——喂，奴才！卡列班！你這泥塊！啞了嗎？

卡　（在內）裏面木頭已經儘够了。

普　跑出來，對你說；還有事情要你做呢。出來，你這烏龜！還不來嗎？

【愛麗兒復上，作水中仙女的形狀。

普　出色的精靈！我的伶俐的愛麗兒，過來我對你講話。（耳語）

愛　主人一切依照你的吩咐。（下）

普　你這毒惡的奴才，魔鬼和你那萬惡的老娘合生下來的，給我滾出來吧！

【卡列班上。

卡　但願我那老娘用烏鴉毛從不潔的沼澤上刮下來的毒露一齊倒在你們兩人身上！但願一陣西南的惡風把你們吹得渾身青紫！

普　記住吧，爲着你的出言無禮，今夜要抽你的筋，刺你的腰叫你喘得透不過氣來；所有的刺蝟們將在漫漫的長夜裏折磨你，你將要被刺得遍身像蜜蜂窠一般，每刺一下都要比蜂刺難受得多。

卡　我必須要吃飯。這島是我老娘昔考拉克斯傳給我，而被你奪了去的。你剛來的時候，撫拍我，待我好，給我有漿果的水喝，教給我白天亮着的大的光叫什麼名字，晚上亮着的小的光叫什麼名字；因此我以爲你是個好人，把這島上一切的富源都指點給你知道，什麼地方是淸泉鹽井，什麼地方是荒地和肥田。我眞該死讓你知道這一切！但願昔考拉克斯一切的符咒，癩蝦蟆，甲蟲，蝙蝠，都咒在你身上！本來我多麼自由自在，現在卻要做你的唯一的奴僕；你把我關禁在這堆巖石的中間，而把全個島給你自己受用。

普　滿嘴胡柴的賤奴！好心腸不能使你感恩，祇有鞭打纔能教訓你！雖然你這樣下作，我也曾用心好好待遇你，讓你住在我自己的洞裏，誰叫你膽敢想要破壞我孩子的貞操！

卡　啊哈哈哈！要是那時上了手纔眞好！你倘然不曾妨礙我的事，我早已使這島上住滿着大大小小的卡列班了。

**普**　可惡的賤奴，不會學一點好，壞的事情樣樣都來得！我因爲看你的樣子可憐，纔辛辛苦苦地教你講話，每時每刻教導你這樣那樣。那時你這野鬼連自己說的什麼也不會懂得，只會像一隻野東西一樣咕嚕咕嚕；我教你怎樣用說話來表出你的意思。但是像你這種下流的坯子，即使受了教化，天性中的頑劣仍是改不過來，因此你纔活該被關禁在這堆巖石的中間，實在單單把你囚禁起來也還是寬待了你。

**卡**　你教我講話，我從這上面得到的益處只是知道怎樣駡人；但願血瘟病瘟死了你，因爲你要教我說你的那種話！

**普**　妖婦的賤種，滾開去！去把柴搬進來。識相的話，趕快些，因爲還有別的事要做。你在聳肩嗎，惡鬼？要是你不好好做我吩咐你做的事，或是不情不願的話，我要叫你渾身抽搐，叫你每個骨節裏都痛轉來；叫你在地上打滾咆哮，連野獸聽見你的呼號都會嚇得發抖。

**卡**　啊不要，我求求你！（旁白）我不得不服從，因爲他的法術有很大的力量，就是我老娘所禮拜的神明瑟底堡斯（註四）也得聽他指揮。

**普**　賤奴，去吧！（卡下）

【愛麗兒隱形復上，彈琴唱歌；弗第南隨後。

**愛**　（唱）

來吧，來到黃沙的海濱，
　把手兒牽得牢牢，
深深地展拜細吻輕輕，
　叫海水莫起波濤——

柔舞翩翩在水面飄揚；
可愛的精靈伴我歌唱。
聽！聽！
（和聲）汪！汪！汪！（散亂地）
看門狗兒的狺狺，
（和聲）汪！汪！汪！（散亂地）
聽！聽！我聽見雄雞
昂起了頸兒長啼，
（啼聲）喔喔喔！

菲　這音樂是從什麼地方來的呢？在天上，還是在地上？現在已經靜止了。一定的，它是爲這島上的神靈而彈唱着的。當我正坐在海濱，思念我的父王的慘死而重又痛哭起來的時候，這音樂便從水面掠了過來，飄到我的身旁，它的甜柔的曲調平靜了海水的怒濤，也安定了我的感情的激漲；因此我跟隨着它，或者不如說是它吸引了我，——但它現在已經靜止了。啊，又唱起來了。

愛（唱）
五尋的水深處躺着你的父親，
他的骨骼已化成珊瑚；
他眼睛是耀眼的明珠；

他消失的全身沒有一處不曾
受到海水神奇的變幻，
化成瑰寶，富麗而珍怪。
海的女神時時搖起他的喪鐘，
（和聲）叮咚！
聽！我現在聽到了叮咚的喪鐘。

**茀**　這支歌提起了我的溺斃的父親。這一定不是凡間的音樂，也不是地上來的聲音。我現在聽出來它是在我的頭上。

**普**　擡起你的被睫毛深掩的眼睛來，看一看那邊有什麼東西。

**密**　那是什麼？一個精靈嗎？啊上帝，它是怎樣向着四周瞧望啊！相信我的話，父親，它是生得這樣美！但那一定是一個精靈。

**普**　不是，女兒，它也會吃也會睡，和我們有同樣的各種知覺。你所看見的這個年青漢子就是遭到船難的一人；要不是因爲憂傷損害了他的美貌，你確實可以稱他爲一個美男子。他因爲失去了他的同伴，正在四處徘徊着尋找他們呢。

**密**　我簡直要說他是個神聖；因爲我從來不曾見過宇宙中有這樣出色的人物。

**普**　（旁白）哈！有幾分意思了；這正是我中心所樂願的。好精靈！爲了你這次功勞，我要在兩天之內歸還你的自由。

**茀**　再不用疑惑，這一定是這些樂調所奏奉的女神了！——請你俯允我的祈求，告訴我你是否屬於這個島上，指點我怎樣在這裏安身；我的最後的最大的一個請求是，神奇的女郎啊！請你告訴我你是不是一位人間的女子？

密　不是神奇的人，先生；我確實是一個凡間的女兒。

蒂　天啊！她說着和我同樣的言語！唉！要是我在我的本國，在說這種言語的人們中間，我要算是最尊貴的人。

普　什麼！最尊貴的？假如給奈泊爾斯的國王聽見了，將怎麼說呢？請問你是何等樣的人？

蒂　我是一個孤獨的人，如同你現在所看見的，但我驚異着聽你說起奈泊爾斯；因為我正是奈泊爾斯王位的繼承者，親眼看見我的父親隨船覆溺；我的眼淚到現在還不曾乾過。

密　唉，可憐！

蒂　是的，溺死的還有他一切的大臣，其中有兩人是密蘭的公爵和他的卓越的兒子。（註五）

普　（旁白）現在假如是適當的時機，密蘭的公爵和他的更卓越的女兒就可以把你操縱在手掌之間。纔第一次見面他們便已在眉目傳情了。可愛的愛麗兒！為着這我要使你自由。（向蒂）且慢，老兒，我覺得你有些轉錯了念頭！

密　（旁白）為什麼我的父親說得這樣暴慢？這是我一生中所見到的第三個人；而且是第一個我為他嘆息的人。但願憐憫激動我父親的心，使他也和我抱同樣的感覺纔好！

蒂　（旁白）啊！如其你是個還沒有愛上別人的閨女，我願意立你做奈泊爾斯的王后。

普　且慢，老兒，有話給你講。（旁白）他們已經彼此情絲互縛了；但是這樣快的工程我需要給他們一點障礙，因為恐怕太不費力的獲得會使人看不起他的追求的對象。（向蒂）一句話，我命令你用心聽好。你在這裏僭竊着不屬於你的名號，到這島上來做密探，想要從我，這海盜的主人的手裏把這島盜了去，是不是？

**茀**　憑着堂堂男子的名義，我否認。

**密**　這樣一座殿堂裏是不會容留邪惡的；要是邪惡的精神佔有這麼美好的一所宅屋，善良的美德也必定會努力把它爭奪過來。

**普**　（向茀）跟我來。（向密）不許幫他說話；他是個奸細。（向茀）來，我要把你的頭頸和脚枷鎖在一起；給你喝海水，把淡水河中的貝蛤，乾枯的樹根和橡果的皮殼給你做食物。跟我來。

**茀**　不，我要抵拒這樣的待遇，除非我的敵人有更大的威力。（拔劍，但爲魔術所制不能動）

**密**　親愛的父親啊！不要太折磨他，因爲他是溫和而不可怕。

**普**　什麼！小孩子倒管教起老人家來了不成？——放下你的劍，奸細！你只會裝腔作勢，但是不敢動手，因爲你的良心中充滿了罪惡。不要再想抵抗了，走過來吧，因爲我能用這根杖的力量叫你的武器落地。

**密**　我請求你，父親！

**普**　走開，不要拉住我的衣服！

**密**　父親，發發慈悲吧！我願意做他的保人。

**普**　不許說話！再多嘴我不恨你也要罵你了。什麼！幫一個騙子說話嗎？噓！你以爲世上沒有和他一樣的人，因爲你除了他和卡列班之外不曾見過別個人；儍丫頭！和大部分人比較起來，他不過是個卡列班，他們都是天使哩！

**密**　眞是這樣的話，我的愛情的願望是極其卑微的；我並不想看見一個更美好的人。

**普**　（向茀）來來，服從吧；你已經軟弱得完全像一個小孩子一樣，一點力氣都沒有了。

**茀**　正是這樣；我的精神好像在夢裏似的，全然被束縛住了。我的父親的死亡，我自己所感覺到的軟弱無力，我的一切朋友們的喪失，以及這個將我屈服的人對我的恫嚇，對於我全然不算什麼，祇要我能在我的囚牢中每天一次看見這位女郎。讓地球的每個角落裏都充滿了自由吧，我在這樣一個牢獄中已經覺得很寬廣的了。

普　（旁白）事情進行得很順利。（向茀）走來！——你幹得很好，好愛麗兒！（向茀）跟我來！（向愛）聽我吩咐你此外應該做的工作。

密　寬心吧，先生！我的父親的性格不像他的說話那樣壞；他向來不是這樣的。

普　你將像山上的風一樣自由；但你必須先執行我所吩咐你的一切。

愛　一個字都不會弄錯。

普　（向茀）來，跟着我。（向密）不要為他講情。（同下）

註一　伯摩地斯島（Bermoothes），即伯摩大羣島（Bermudas），在西印度羣島及美國附近。

註二　阿爾捷厄（Argier），今拼作 Algiers，非洲北海岸國名。

註三　不詳。傳說羅馬帝卻爾斯五世征非時，昔考拉克斯曾勸阿爾捷厄守者堅守九日；卻爾斯艦隊遭風覆沒，遂免於失陷。或指此事。

註四　瑟底保斯為南美洲帕塔谷尼亞（Patagonia）土人所信奉之主神。

註五　本劇他處均未提及安東尼奧有子，當係漏筆。

# 第二幕

## 第一場　島上的另一處

〔亞朗莎，瑟拜士梯安，安東尼與，貢札羅，阿特利安，法朗西斯科，及餘人等上。

貢　大王，請不要悲傷了吧！您跟我們大家都有應該高興的理由；因爲把我們的脫險和我們的損失較量起來，我們是十分幸運的。我們所逢的不幸是極平常的事，每天都有一些航海者的妻子，商船的主人，和託運貨物的商人遭到和我們同樣的逆運；但是像我們這次安然無恙的奇蹟，卻是一百萬個人中間也難得有一個人碰到過的。所以，陛下，請您平心靜氣地把我們的一悲一喜稱量一下吧。

亞　請你不要講話。

瑟　他厭拒安慰好像厭拒一碗冷粥一樣。

安　可是遭他厭拒的卻不肯就此甘休。

瑟　瞧吧，他在旋轉着他那嘴巴子裏的發條；不久他那口鐘又要敲起來啦。

貢　大王，——

瑟　鐘鳴一下：數好。

貢　人如果把每一種臨到他身上的憂愁都容納進他的心裏，他就要鬱鬱不樂；所以，大王——

安　咄！他多麼浪費他的口舌！

亞　請你把你的言語節省點兒吧。

貢　好，我已經說完了；不過——

瑟　他還要講下去。

安　我們來打賭一下，他跟阿特利安兩個人，這回要誰先開口？

瑟　那隻老公雞。

安　我說是那隻小雞兒。

瑟　好，賭些什麼？

安　輸者大笑三聲。

瑟　算數。

阿　雖然這島似乎很荒涼，——

瑟　哈！哈！哈！給你贏去了。

阿　不能居住，而且差不多無路可通，——

瑟　然而——

阿　然而——

安　這兩個字是他缺不來的得意之筆。

阿　然而氣候一定是很溫和而可愛的。

安　氣候是一個可愛的姑娘

瑟　而且很溫和哩照他那樣文質彬彬的說法。

阿　吹氣如蘭的香風飄拂到我們的臉上。

瑟　他說得似乎風也有呼吸器官，而且有的風是口臭的。

安　又像澤地給它灑上了香粉一樣。

貢　這裏具有一切對人生有益的條件。

安　不錯，除了生活的必需品之外。

瑟　那簡直是沒有，或者非常之少。

貢　草兒望上去多麼茂盛而蓬勃！多麼青葱！

安　地面實在祇是一片黃土色。

瑟　加上一點點的綠。

安　他的話不算十分說錯。

瑟　錯是不算十分錯，祇不過完全不對而已。

貢　但最奇怪的是，那簡直叫人不敢相信，——

瑟　無論是誰誇張起來總是這麼說。

貢　我們的衣服在水裏浸過之後卻是照舊乾淨而有光彩；不但不因鹹水而褪色，反而像是新染過的一樣。

安　假如他有一隻衣袋會說話，它會不會說他撒謊呢？

瑟　嗯，但也許會很不老實地把他的謊言包得好好的，

貢　克拉莉貝兒公主跟吐尼斯王大婚的時候我們在非洲第一次穿上這身衣服我覺得它們現在正就和那時一樣新。

瑟　那是一樁美滿的婚姻，而且我們所得的好處也眞不少。

阿　吐尼斯從來沒有娶過這樣一位絕世的王后。

貢　自從黛陀寡婦（註一）之後他們的確不曾有過這樣一位王后。

安　寡婦！該死！怎樣攙進一個寡婦來了呢？黛陀寡婦，嘿！

瑟　也許他還要說出鰥夫伊尼阿斯（註二）來了呢。大王，您能夠容忍他這樣胡說八道嗎？

阿　你們說的是黛陀寡婦嗎？照我考查起來，她是迦泰基的不是吐尼斯的。

貢　這個吐尼斯，足下，就是迦泰基。

阿　迦泰基？

貢　確實告訴你，它便是迦泰基。

安　他的說話簡直比神話中所說的豎琴還神奇。（註三）

瑟　居然把城牆跟房子一起搬了地方啦。

安　他還要行些什麼不可能的奇蹟呢？

瑟　我想他也許要想把這個島揣在口袋裏，帶回家去賞賜給他的兒子，就像給他一隻蘋果一樣。

安　再把這蘋果核種在海裏，於是又有許多島長起來啦。

貢　呃？

安　呃，不消多少時候。

貢　（向亞）大王，我們剛纔說的是我們的衣服新得跟我們在吐尼斯參加公主的婚禮時一樣；公主現在已經是一位王后了。

安　而且是那裏從來不曾有過的第一位出色的王后。

瑟　除了黛陀寡婦之外，我得請你記住。

安　啊！黛陀寡婦；對了，還有黛陀寡婦。

貢　我的緊身衣，大王，不是跟第一天穿上去的時候一樣新嗎？我的意思是說有幾分差不多新。

安　那「幾分」你補充得很是周到。

貢　不是嗎，當我在公主大婚時穿着它的時候？

亞　你嘮嘮叨叨地把這種話塞進我的耳朵裏，把我的胃口都倒盡了。我眞希望我不曾把女兒出嫁在那裏！因爲一離開了那邊之後，我的兒子便失去了；在我的感覺中，她也同樣已經失去，因爲她離開得意大利這麼遠，我將永遠不能再看見她一面。唉，我的兒子，奈泊爾斯和密蘭的儲君！你葬身在那一頭魚腹中呢？

法　大王，他也許還活着。我看見他擊着波浪，將身體聳出在水面上，不顧浪濤怎樣和他作對，他淩波而前，儘力抵禦着迎面而來的最大的巨浪；他的勇敢的頭總是探出在怒潮的上面，而把他那壯健的臂膊以有力的姿勢將自已划近岸邊，海岸似乎在俯向着他那和波濤戰乏了的軀體而要把他援救起來。我確信他是平安地到了岸上。

亞　不，不，他已經死了。

瑟　大王，您可以慶幸您自己不把您的女兒留着給祝福與歐洲的人，而寧願把她捐棄給一個非洲人；因爲至少她已經不在您的眼前，可以免得您格外觸景傷情了。

亞　請你別再說了吧。

瑟　我們大家都曾經跪求着您改變您的意志；她自己也處於怨恨和服從之間，猶豫不決應當遷就那一個方向。現在我們已經失去了您的兒子，恐怕再沒有看見他的希望了；爲着這一回舉動，密蘭和奈泊爾斯又加添了許多寡婦，她們本來是盼望我們帶着她們的男人回去安慰她們的：一切的過失全是在您的身上。

亞　但我也受到最嚴重的損失。

貢　瑟拜士梯安大人，您說的自然是眞話，但是太苛酷了點兒，而且現在也不該說這種話；應當敷膏藥的時候，你卻去觸動痛處。

瑟　說得很好。

安　而且眞像一位大夫的樣子。

貢　當您爲愁雲籠罩的時候，大王，我們也都是一樣處於陰沉的天氣中。

瑟　陰沉的天氣？

安　陰沉得很。

貢　如果這塊島是我的殖民地，大王——

安　他一定要把它種滿了蕁麻。

瑟　或是酸模草，錦葵。（註四）

貢　而且我是這島上的王的話，請猜我將要做些什麽事？

瑟　使你自己不致喝醉因爲無酒可飲。

貢　在這共和國中我要實行一切與衆不同的設施；我要禁止一切的貿易；沒有地方官的設立；沒有文學；富有，貧窮，和僱傭都要廢止；契約，承襲，疆界，區域，耕種，葡萄園都沒有；金屬，穀物，酒，油，都沒有用處；廢除職業，所有的人都不作事；婦女也是這樣，但她們是天眞而純潔；沒有君主，——

瑟　但是他說他是這島上的王。

安　他的共和國的後面的部分把開頭的部分忘了。

貢　大自然中一切的產物都須不用血汗勞力而獲得；叛逆，重罪，劍，戟，刀，鎗炮，以及一切武器的使用，一律杜絕；但是大自然會自己產生出一切豐饒的東西養育我那些純樸的人民。

瑟　他的人民中間沒有結婚這一件事嗎？

安　沒有的，老兄；大家閒蕩着，淨是些娼妓和無賴。

貢　我要照着這樣的理想統治，足以媲美往古的黃金時代。

瑟　上帝保佑吾王！

安　貢札羅萬歲！

貢　而且，——您在不在聽我，大王？

亞　算了，請你別再說下去了吧！你對我淨是說些沒意思的話。

貢　我很相信陛下的話。我的本意原是要讓這兩位貴人把我取笑取笑，他們的天性是這樣敏感而伶俐，常常會無緣無故發笑。

安　我們笑的是你。

貢　在這種取笑譏諷的事情上，我在你們的眼中簡直不算甚麼東西，你們還是自顧自地笑下去吧。

安　好一句利害的話！

瑟　可惜不中要害。

貢　你們是血氣奮發的貴人們，假使月亮連續五個星期不生變化，你們也會把她攆走。

〔愛麗兒隱形上，奏莊嚴的音樂。

瑟　對啦，我們一定會把她攆走，然後在黑夜裏捉鳥去。

安　呦，好大人，別生氣哪！

貢　放心吧，我不會的；我不會這樣不知自檢。我覺得疲倦得很，你們肯不肯把我笑到睡去？

安　好，你睡吧，聽我們笑你。（除亞、瑟、安外餘皆睡去）

亞　怎麼！大家一會兒都睡熟了！我希望我的眼睛安安靜靜地合攏，把我的思潮關閉起來。我覺得它們確實要合攏起來了。

瑟　大王，請您不要拒絕睡神的好意。他不大會降臨到憂愁者的身上；但倘使來了的時候，那是一個安慰。

安　我們兩個人，大王，會在您休息的時候衞護着您，留意着您的安全。

亞　謝謝你們。倦得很。（亞睡；愛下）

瑟　眞奇怪大家都這樣倦！

安　那是因爲氣候的關係。

瑟　那麼爲什麼我們的眼皮不垂下來呢？我覺得我自己一點不想睡。

安　我也不想睡；我的精神很興奮。他們一個一個倒下來，好像預先約定好似的，又像受了電擊一般。可尊敬的瑟拜士梯安，什麼事情也許會……？啊！什麼事情也許會……？算了，不說了；但是我總覺得我能從你的臉上看出你應當成爲何等樣的人。時機全然於你有利；我在强力的想像裏似乎看見一頂王冠降到你的頭上。

瑟　什麼！你是醒着還是睡着？

安　你不聽見我說話嗎？

瑟　我聽見的；但那一定是你睡夢中說出來的囈語。你在說些什麼？這是一種奇怪的睡狀，一面睡着，一面却睜大了眼睛；站立着，講着話，行動着，然而却睡得這樣熟。

安　尊貴的瑟拜士梯安，你徒然讓你的幸運睡去，竟或是讓它死去；你雖然醒着，却閉上了眼睛。

瑟　你清清楚楚在打鼾；你的鼾聲裏却蘊藏着意義。

安　我在一本正經地說話，你不要以爲我跟平常一樣。你要是願意聽我的話，也必須一本正經；聽了我的話之後，你的尊榮將要增加了三倍。

瑟　嚇，你知道我是心如止水。

安　我可以教你怎樣讓止水激漲起來。

瑟　你試試看吧；但習慣的惰性只會教我退落下去。

安　啊，要是你知道你心中實在怎樣在轉着念頭，雖然外表上這樣取笑着！越是排斥這思想，這思想越是牢固在你的心裏向後退的人，爲了他們自己的膽小和因循，總是出不出頭來。

瑟　請你說下去吧你的眼睛和臉頰的神氣顯示出有些特殊的事情在你心頭，像是產婦難產似地很吃力地要把它說出來。

安　我要說的是，大人：我們那位記性不好的法朗西斯科，——這個人要是去世之後，別人也會把他淡然忘卻的，——他雖然已經把王上勸說得幾乎使他相信他的兒子還活着，——因爲這個人唯一的本領就是向人家叨勸說，——但王子不曾死這一回事是絕對不可能的，正像在這裏睡着的人不會游泳一樣。

瑟　我對於他不曾溺死這一句話是一點希望都沒有。

安　哎，不要說什麼沒有希望啦，你自己的希望大着呢！從那方面說是沒有希望，反過來說卻正是最大不過的希望，野心所能企及而無可再進的極點。你同意不同意我說弗笫南已經溺死了的話？

瑟　他一定已經送命了。

安　那麼告訴我，除了他應該輪到誰承繼奈泊爾斯的王位？

瑟　克拉莉貝兒。

安　她是吐尼斯的王后；她住在遠離人世的蠻邦；她和奈泊爾斯沒有通信的可能：月亮裏的使者是太慢了，除非叫太陽給她捎信，那麼直到新生嬰孩柔滑的臉上長滿了鬍鬚的時候也許可以送到。我們從她的地方出發而遭到了海浪的吞噬，雖然一部分人幸得生全；這是命中的註定，以往的一切都只是個開場的引子，以後的正文該得由我們來幹一番。

瑟　這是什麼話！你怎麼說的？不錯，我的哥哥的女兒是吐尼斯的王后，她也是奈泊爾斯的嗣君；在兩地之間是相差

安　着好多路程。這路程是這們長，每一步的距離都似乎在喊着，「克拉莉貝兒怎麼還能回頭走過我們而回到奈泊爾斯去呢？不要離開吐尼斯，讓瑟拜士梯安奮興起來吧！」瞧，他們睡得像死去一般；真的，就是死了也不過如此。總有人會治理奈泊爾斯像一個瞌睡的人一樣治得好；也總不會缺少像這位貢札羅一樣善於嘮叨說空話的大臣，就是烏鴉我也能叫它講得比他有意思一點。啊，要是你也跟我一樣想法就好了！這樣的昏睡對於你的高陞真是一個多麼好的機會！你懂不懂我？

瑟　我想我懂得。

安　那麼你對於你自己的好運氣有什麼意見呢？

瑟　我記得你曾經篡奪過你哥哥普洛士丕羅的位置。

安　是的；你瞧我穿着這身衣服多麼稱身；比從前神氣得多了！本來我的哥哥的僕人和我處在同等的地位，現在他們都是在我手下了。

瑟　但是你的良心上，——

安　哎，大人，良心在什麼地方呢？假如它是像一塊凍瘡那們的，那麼也許會害我穿不上鞋子；但是我並不覺得在我的胸頭有這麼一位神明。讓所有的良心梗在我和密蘭之間的，都麻木起來吧！這兒躺着你的兄長，像泥土一樣動都不動，看上去就像死了一般；我用這柄稱心如意的劍，祇要輕輕刺進三吋那麼深，就可以叫他永遠安靜。同時你照着我的樣子，也可以叫這個老頭子，這位老成持重的老臣，從此長眠不醒，再也不會來呶呶指責我們。至於其餘的人，祇要用好處引誘他們，就會像貓兒舐牛奶似地貪饞不去；假如我們說是黃昏，他們也不敢說是朝晨。

瑟　好朋友，我將把你的情形作爲我的榜樣；如同你得到密蘭一樣，我也要得到我的奈泊爾斯。舉起你的劍來吧：祇要這麼一下便可以免卻你以後的納貢；我做了國王之後，一定十分眷寵你。

安　我們一起舉劍吧；當我舉起手來的時候，你也照樣把你的劍對準貢札羅的胸口。

瑟　啊！且慢。（二人往一旁密議）

【音樂；愛麗兒隱形復上。

愛　我的主人豫知你他的朋友所陷入的危險，因此差我來保全你的性命，因爲否則他的計劃就要失敗。（在貢耳邊唱）

當你酣然熟睡的時候，
眼睛睜得大大的「陰謀」
正在施展着毒手。
假如你重視你的生命，
不要再睡了，你得留神；
快快醒醒吧醒醒！

安　那麼讓我們趕快下手吧。

貢　天使保佑王上啊！（衆醒）

亞　什麼？怎麼啦？喂，醒來！你們爲什麼拔劍？爲什麼臉無人色？

貢　什麼事？

瑟　我們正站在這兒看護您的安息，就在這時候忽然聽見了一陣大聲的狂吼，好像公牛，不，獅子一樣，你們不是也被那聲音驚醒了的嗎？它使我聽得害怕極了。

亞　我什麼都不聽見。

安　啊！那是一種怪獸聽了也會害怕的咆哮，大地都給它震動起來。那一定是一大群獅子的吼聲。

亞　你聽見這聲音嗎，貢札羅？

貢　憑着我的名譽起誓，大王，我只聽見一種很奇怪的蜜蜂似的聲音，它使我驚醒轉來。我搖着您的身體，喊醒了您。當我一張開眼睛，便看見他們的劍拔出鞘外。有一個聲音，那是真的。最好我們留心提防着，否則趕快離開這地方。讓我們把武器預備好。

亞　帶領我們離開這塊地面，讓我們再去找尋一下我那可憐的孩子。

貢　上天保佑他不要給這些野獸害了！我相信他一定在這島上。

亞　帶着路走啊。（率衆人下）

愛　我要把我的工作回去報告我的主人；國王呀，安心着前去把你的孩子找尋。（下）

## 第二場　島上的另一處

【卡列班荷柴上，雷聲。

卡　願太陽從一切沼澤平原上吸起來的瘴氣都降在普洛士丕羅身上，讓他的全身沒有一處不生惡病！他的精靈會聽見我的話，但我非把他咒一下不可。他們要是沒有他的吩咐，是不會捻掐我，顯出各種的怪相嚇我，把我推到爛泥裏，或是在黑暗中化做一團燐火誘我迷失了路的；但是他們要想出種種的惡作劇來擺佈我：有時變成猴子，向我咧着牙齒扮嘴臉，然後再咬我一下子；又變成刺蝟，在路上滾作一團，我的赤腳一踏上去，便把針刺豎了起來；有時我的四面圍繞着毒蛇，吐出分叉的舌頭來，那嗞嗞的聲音嚇得我發了狂。

〔屈林鳩羅上。

卡　瞧！瞧！又有一個他的精靈來了！因為我柴檢得慢，要來給我吃苦頭。讓我把身體橫躺下來；也許他會不注意到我。

屈　這兒沒有叢林也沒有灌木，可以抵禦任何風雨。又有一陣大雷雨要起來啦，我聽見風在呼嘯；那邊那堆大的烏雲像是一隻臭水袋，就要把水倒了下來的樣子。要是這回再像不久以前那麼響着大的雷，我不曉得我該把我的頭藏到什麼地方去好；那塊雲準要整桶整桶地倒下水來。咦！這是什麼東西？是一個人還是一條魚？死的還是活的？一定是一條魚；他的氣味像一條魚；有些隔宿得發霉了的魚腥氣，不是新醃的魚。奇怪的魚！我從前曾經到過英國；要是我現在還在英國，祇要把這條魚染上一些顏色，包管那邊無論那一個假期裏沒事做的傻瓜都會掏出整塊的銀洋來；在那邊很可以靠這條魚發一筆財；隨便什麼希奇古怪的畜牲在那邊都可以作成一注好生意。他們不願意丟一個銅子給跛腳的叫化，卻願意拿出一角錢來看一個死了的印第安紅人。嘿，他像人一樣生着腿呢！他的翼鰭多麼像是一對臂膀！他的身體還是暖的！我說我弄錯了，這不是魚，是一個島上的土人，纔剛被天雷轟得那樣子。（雷聲）唉！雷雨又來了；我只得躲到他的衫子底下去，別的再沒有躲避的地方了：一個人倒運起來，就要跟妖怪一起睡覺。讓我躲在這兒，直到雲消雨散。

〔斯蒂番諾唱歌上，手持酒瓶。

斯（唱）

我將不再到海上去，到海上去，

我要老死在岸上。——

這是一支送葬時唱的難聽的調子。好，這兒是我的安慰。（飲酒）（唱）

船長，船老大，咱小子，和打掃甲板的，

還有砲手和他的助理，

愛上了毛兒，梅哥，茉莉痕和馬葛麗，

但凱德可沒有人歡喜；

因爲她有一副絕頂響喉嚨，

見了水手就要嚷「送你的終！」

焦油和瀝青的氣味薰得她滿心煩躁，

可是裁縫把她渾身搔癢就呵呵亂笑：

海上去吧，弟兄們，讓她自個兒去上吊！

這也是支難聽的調子；但這兒是我的安慰。（飲酒）

卡 不要折磨我，喔！

斯 什麼事？這兒有鬼嗎？把野人和印第安人來跟我們搗亂嗎？！哈！海水都淹不死我，我還怕四隻脚的東西不成？古話說得好，一個堂堂的人，不會見了四足的東西而退卻：祇要斯蒂番諸鼻孔裏還透着氣，這句話還是要照樣說下去。

卡　精靈在折磨我了，喔！

斯　這是這兒島上生四條腿的什麼怪物，照我看起來像在發瘧疾。見鬼他跟誰學會了我們的話？爲了這我也得給他醫治一下子；要是我醫好了他，把他馴伏了，帶回到奈泊爾斯去，怕不是一樁可以送給隨便那一個脚踏牛皮的皇帝老官兒的絕妙禮物。

卡　不要折磨我，求求你！我願意趕緊把柴背回家去。

斯　他現在寒熱發作，亂話三千。他應當嘗一嘗我瓶裏的酒；要是他從來不曾沾過一滴酒，那很可以把他完全醫好。我倘然醫好了他，把他馴伏了，我不要怎麼狠心需索；他該得重重報償他的恩主的。

卡　你還不曾給我多少苦頭吃，但你就要大動其手起來了；我知道的，因爲你在發抖：普洛士丕羅的法術在驅使你了。

斯　給我爬過來，張開你的嘴巴；這是會得叫你說話的好東西，你這頭貓！張開嘴來；這會把你的戰抖完完全全驅走，我可以告訴你。（給卡喝酒）你不曉得誰是你的朋友。再張開嘴來。

屈　這聲音我很熟悉，那像是——但他已經淹死了。這些都是邪鬼。老天保佑我啊！

斯　四條腿，兩個聲音，眞是一個有趣不過的怪物！他的前面的嘴巴在向他的朋友說着恭維的話，他的背後的嘴巴卻在說他壞話譏笑他。即使醫好他需要我全瓶的酒，我也要給他出一下力。喝罷。阿們！讓我再把一些酒倒在你那另外一隻嘴裏。

屈　斯蒂番諾！

斯　你另外的那張嘴在叫我嗎？天哪！天哪！這是個魔鬼，不是個妖怪。我得離開他去；跟魔鬼打交道我可不來。

屈　斯蒂番諾！如果你是斯蒂番諾，請你過來跟我講幾句話。我是屈林鳩羅；不要害怕，你的好朋友屈林鳩羅。

斯　你倘然是屈林鳩羅，那麽鑽出來吧。讓我來把那兩條小一點的腿拔出來；要是這兒是有屈林鳩羅的腿的話，這一定不會錯。哎喲，你果眞是屈林鳩羅！你怎麽會變成這個妖怪的糞便？他能够瀉下屈林鳩羅來嗎？

屈　我以爲他是給天雷轟死了的。但是你不是淹死了嗎？斯蒂番諾？我現在希望你不曾淹死。雷雨過去了嗎？我因爲害怕雷雨，所以躱在這個死妖精的衫子底下。你還活着嗎，斯蒂番諾？啊斯蒂番諾，兩個奈泊爾斯人脫險了！

斯　請你不要把我旋來旋去，我的胃不大好。

卡　（旁白）這兩個人倘然不是精靈，一定是好人。那是一位英雄的天神；他還有瓊漿玉液，我要向他跪下去。

斯　你怎麽會逃命了的？你怎麽會到這兒來？憑着這個瓶兒起誓，你是怎麽到這兒來的？憑着這個瓶兒起誓，我自己是因爲伏在一桶白葡萄酒的桶頂上而不致淹死；那桶酒是水手們從船上拋下海的；這個瓶是我被沖上岸之後自己親手用樹幹剜成功的。

卡　憑着那個瓶兒起誓，我要做您的忠心的僕人；因爲您那種水是仙水。

斯　嗨，起誓吧，說你是怎樣逃了命的。

屈　游泳到岸上，像隻鴨子一樣；我會像鴨子一樣游泳，我可以起誓。

斯　來，吻你的聖經（註五）（給屈喝酒）你雖然能像鴨子一樣游泳，可是你的樣子倒像是一頭鵝。

屈　啊，斯蒂番諾！這酒還有嗎？

斯　有着整整一桶呢，老兄；我在海邊的一座巖穴裏藏下我的美酒。喂，妖精！你的寒熱病怎麼樣啦？

卡　您不是從天上掉下來的嗎？

斯　從月亮裏下來的，實實在在告訴你；從前我是住在月亮裏的。

卡　我曾經看見過您在月亮裏；我眞歡喜您。我的女主人曾經指點給我看您和您的狗和您的柴枝。（註六）

斯　來，起誓吧，吻你的聖經；我會把它重新裝滿。起誓吧。

屈　憑着這個太陽起誓，這是個蠢得很的怪物；可笑我竟會害怕起他來！一個不中用的怪物！月亮裏的人，嘿！這個可憐的輕信的怪物！好啊，怪物！你的酒量眞不小。

卡　我要指點給您看這島上每處肥沃的地方；我要吻您的脚。請您做我的神明吧！

屈　憑着太陽起誓，這是一個居心不良的嗜酒的怪物；一等他的神明睡了過去，他就會把酒瓶偷走。

卡　我要吻您的脚；我要發誓做您的僕人。

斯　那麼好，跪下來起誓吧。

屈　這個頭腦簡單的怪物要把我笑死了。這個不要臉的怪物！我心裏眞想把他揍一頓。

斯　來，吻着。

屈　但是這個可憐的怪物是喝醉了；一個作孽的怪物！

卡　我要指點您最好的泉水；我要給您摘漿果；我要給您捉魚，給您打很多的柴。但願瘟疫降臨在我那暴君的身上！我再不給他搬柴了；我要跟着您走，您了不得的人！

屈　一個可笑可氣的怪物！竟會把一個無賴的醉漢看做了不得的人！

卡　請您讓我帶您到長着野蘋果的地方；我要用我的長指爪給您掘出落花生來，把樫鳥的窩指點給您看，教給您怎樣捕捉伶俐的小猢猻的法子；我要採成球的榛果獻給您；我還要從巖石上爲您捉下海鷗的雛鳥來。您肯不肯跟我走？

斯　請你帶着我走，不要再嚕哩嚕囌了。——屈林鳩羅，國王和我們的同伴們既然全都死去，這地方便歸我們所有了。——來，給我拿着酒瓶。——屈林鳩羅老朋友，我們不久便要再把它裝滿。

卡（醉醺醺地唱）

再會，主人再會！再會！

屈　一個喧嘩的怪物！一個醉酒的怪物！

卡　不再築堰捕魚；

不再檢柴生火，

硬要聽你吩咐；

不再鉋木板；

不再洗碗盞；

班，班，卡——卡列班，

換了一個新老闆！

自由，哈哈！哈哈，自由！自由！哈哈，自由！

斯　啊，出色的怪物！帶着路走呀。（同下）

註一　黛陀(Dido)爲創立迦泰基(Carthage)城之女主；貢札羅誤迦泰基爲吐尼斯(Tunis)。

註二　伊尼阿斯(Æneas)即維吉爾(Virgil)史詩 Æneid 中之主人公，黛陀戀之不遂而自殺。

註三　希臘神話中安斐恩(Amphion)彈琴而造成底比斯城。按吐尼斯爲非洲北海岸國名；迦泰基舊址在其境，與京城吐尼斯相去不遠；貢札羅以二城併爲一談，故以「神話中的豎琴」諷之。

註四　「殖民地」原文 Plantation 一字，兼有「種植場」之義，故云。

註五　吻聖經爲起誓時表示鄭重之儀式，此處斯蒂番諾用以指飲其瓶中之酒。

註六　傳說謂昔有人於安息日樵柴，上帝罰處月中負荆棘而牽犬，蓋因月中黑影附會而云然。

# 第三幕

## 第一場　普洛士丕羅洞室之前

〔茀第南負木上

茀　有一類遊戲是很費力的，但興趣會使人忘記了他的辛苦；有一類卑微的工作是用堅苦卓絕的精神忍受着的，最低陋的事情往往指向最高大的目標。我這種賤役對於我應該是艱重而可厭的，但我所奉侍的女郎使我生趣勃發，覺得勞苦反而是一種愉快。啊，她的溫柔是十倍過於她父親的乖愎，而他則渾身都是暴戾！他嚴厲地吩咐我必須把幾千根這樣的木頭搬過去堆疊起來；我那可愛的姑娘見了我這樣勞苦，竟哭了起來，說從來不曾見過像我這種人幹這等卑賤的工作。唉！我把工作都忘了。但這些甜蜜的思想給與我新生的力量，即使在我忙得簡直不能思想的時候。

〔密蘭達上；普洛士丕羅潛隨其後。

密　唉，請你不要太辛苦了吧！我真希望一陣閃電把那些要你堆疊的木頭一起燒掉！請你暫時放下來，坐下息息吧。要是這根木頭被燒起來的時候，它一定會想到它所給你的勞苦而悔恨的。我的父親正在一心一意地讀書；請你休息休息吧，在這三個鐘點之內，他是不會出來的。

茀　啊最親愛的姑娘，在我還沒有把我必須做的工作努力做完之前，太陽就要下去了。

密　要是你肯坐下來，我願意代你搬一會兒木頭，請你給我吧；讓我把它搬到那一堆的上面去。

荸　怎麼可以呢，珍貴的人兒！我寧願毀損我的筋骨壓折我的背膀，也不願讓你幹這種下賤的工作，而我空着兩手坐在一旁。

密　要是這種工作配給你做，當然它也配給我做。而且我做起來心裏更舒服一點；因爲我是自己甘願，而你是被迫的。

普　（旁白）可憐的兒你已經爲情顚倒了！從這次訪問上可以明白看得出來。

密　你瞧上去很疲乏。

荸　不，尊貴的姑娘！當你在我身邊的時候，黑夜也變成了淸新的早晨。我懇求你告訴我你的名字，好讓我把它放進我的祈禱裏去。

密　密蘭達。——唉！父親，我已經違背了你的叮囑，把它說了出來啦！

荸　可贊美的密蘭達！眞是一切仰慕的最高峯，値得世界上一切最珍貴的事物的我的眼睛曾經關愛地盼睐過許多女郎，許多次她們那柔婉的聲調使我的過於敏感的聽覺對之傾倒；爲了各種不同的美點，我曾經歡喜過各個不同的女子；但是從不曾有過一個具有完全美滿的靈魂，總有一些缺點損害了她那崇高的優美。但是你啊，這樣完美而無雙，是把每一個人的最好的美點集合起來而造成的！

密　我不曾見過一個和我同性的人，除了在鏡子裏見到自己的臉孔以外，我不記得任何女子的相貌；除了你，好友，和我的親愛的父親以外，也不曾見過其餘可以稱爲人類的男子。我不知道別處地方人們生得都是什麼樣子，但是憑着我最可寶貴的貞潔起誓：除了你之外在這世上我不企望任何的伴侶；除了你之外我的想像也不能

再產生出一個可以使我喜愛的形像。但是我的話講得有些太越出界限，把我父親的教訓全忘記了

蒂　我在我的地位上是一個王子，密蘭達；竟許是一個國王，——但我希望我不是！我不能容忍一顆蒼蠅沾汚我的嘴角，更不用說挨受這種搬運木頭的苦役了。聽我的心靈向你訴告：當我第一眼看見你的時候，我的心就已經飛到你的身邊，甘心爲你執役，使我成爲你的奴隸；祇是爲了你的緣故，我纔肯讓自己當這個辛苦的運木的工人。

密　你愛我嗎？

蒂　天在頂上！地在底下！爲我作證這一句妙音。要是我所說的話是眞的，願天地賜給我幸福的結果；如其所說是假，那麼請把我命中註定的幸運都轉成惡運！超過世間其他一切事物的限界之上，我愛你，珍重你，崇拜你！

密　我是一個傻子，聽見了中心歡喜的話而流起淚來！

普　（旁白）一段難得的良緣的會合！上天賜福給他們的後裔吧！

蒂　你爲什麼哭起來了呢？

密　因爲我是太平凡了，我不敢獻給你我所願意獻給你的，更不敢從你接受我所渴想得到的。但這是廢話；越是掩飾，它越是顯露得淸楚。去吧，羞怯的狡獪！讓單純而神聖的天眞指導我說什麼話吧！要是你肯娶我，我願意做你的妻子；不然的話，我將到死都是你的婢女；你可以拒絕我做你的伴侶，但不論你願不願意，我將是你的奴僕。

蒂　我的最親愛的愛人！我永遠低首在你的前面。

密　那麼你是我的丈夫嗎？

蒂　是的，我全心樂願着，如同受拘束的人樂願自由一樣。握着我的手。

密　還兒是我的手，我的心也跟它在一起。現在我們該分手了，半點鐘之後再會吧。

茀　那時間可是無盡地悠長呢！（分別下）

普　我當然不能比他們自已更為高興，而且他們是全然不曾預先料到的；但沒有別的事可以比這事更使我快活了。讓我到書齋裏去，因為在晚餐之前，我還有一些事情須得做好。（下）

## 第二場　島上的另一處

〔卡列班持酒瓶，斯蒂番諾，屈林鳩羅同上。

斯　別對我說；要是酒桶裏的酒完了，然後我們再喝水；祇要還有一滴酒剩着，讓我們總是喝酒吧。來，一，二，三，努力！妖怪奴才，向我祝飲呀！

屈　妖怪奴才！這島上特產的笨貨！他們說這島上一共祇有五個人，我們已經是三個；要是其餘的兩個人跟我們一樣聰明，我們的江山就不穩了。

斯　喝酒呀，妖怪奴才！我叫你喝你就喝。你的眼睛簡直呆睜睜地生牢在你的頭上了。

屈　眼睛不生在頭上倒該生在什麼地方？要是他的眼睛生在尾巴上，那纔真是個出色的怪物哩！

斯　我的妖怪奴才的舌頭已經在白葡萄酒裏淹死了；但是我，海水也淹不死我；我憑着這太陽起誓，我在一百多哩的海面上游來游去，一直游到了岸邊。你得做我的副官，怪物，或是做我的旗手。

屈　還是做個副官吧；酒醉郎當地掮起旗來，東倒西歪，纔笑死人！

斯　我們不必這樣奔着，怪物先生。

屈　也不必走了，還是像條狗那們地躺下來一句話不說。

斯　妖精，說一句話吧，如果你是個好妖精。

卡　請老爺安！讓我舐您的靴子。我不要服侍他，他是個懦夫。

屈　你說謊，一竅不通的怪物！我打得過一個警察呢。嘿，你這條荒唐的魚！像我今天一樣喝了那麼多白酒的人，還說是個懦夫嗎？因為你是一隻一半魚一半妖怪的荒唐東西，你就要撒一個荒唐的謊嗎？

卡　瞧！他在多麼取笑我！您讓他這樣說下去嗎，老爺？

屈　他說「老爺」！誰想得到一個怪物會是這麼一個蠢才！

卡　嗐，嗐，又來啦！我請您咬死他。

斯　屈林鳩羅，好好地堵住你的嘴！如果你要造反，就把你吊死在那株樹上！這個可憐的怪物是我的人，不能給人家欺侮。

卡　謝謝大老爺！您肯不肯再聽我一次我的條陳？

斯　依你所奏；跪下來說吧。我立着，屈林鳩羅也立着。

〔愛麗兒隱形上。

卡　我已經說過，我屈服在一個暴君，一個妖道的手下，他用詭計把這島從我手裏奪了去。

愛　你說謊！

卡　你說謊，你這插科打諢的猴子！我希望我的勇敢的主人把你殺死。我沒有說謊。

斯　屈林鳩羅，要是你在他講話的時候再來纏擾，憑着這隻手起誓，我要敲掉你的牙齒。

屈　怎麼？我一句話都沒有說。

斯　那麼別響，不要再多話了，（向卡）講下去。

卡　我說，他用妖法佔住了這島，從我手裏奪了去；要是老爺肯替我向他報仇，——我知道您一定敢，但這傢伙決沒有這膽子，——

斯　那是自然。

卡　您就可以做這島上的主人，我願意服侍您。

斯　用什麼方法可以把這事實現呢？你能不能把我帶到那個人的地方去？

卡　可以的，可以的，老爺。我可以乘他睡熟的時候把他交付給您，您就可以用一頭釘敲進他的腦袋裏去。

愛　你說謊，你不敢！

卡　這個穿花花衣裳的蠢貨！這個混蛋！請老爺把他痛打一頓，不要讓他拿這酒瓶；他沒有酒喝之後，就只好喝海裏的鹹水了，因爲我不願告訴他清泉在什麼地方。

斯　屈林鳩羅，別再自討沒趣啦！你再說一句話打擾這怪物，憑着這隻手起誓，我就要不顧情面，把你打做一條魚乾了。

屈　什麼？我得罪了你什麼？我一句話都沒有說。讓我再跑得遠一點兒。

斯　你不是說他說謊嗎？

愛　你說謊！

斯　我說謊嗎？吃這一下！（打屈）要是你覺得滋味不錯的話，下回再試試看吧。

屈　我並沒有說你說謊。你頭腦昏了，連耳朵也聽不清楚了嗎？該死的酒瓶！喝酒纔把你攪得那麼昏冬冬的。願你的怪物給牛瘟病瘟死，魔鬼把你的手指彎斷了去！

卡　哈哈哈！

斯　現在講下去吧。——請你再站得遠些。

卡　痛痛地打他一下子；停一會兒我也要打他。

斯　站遠些。——來，說吧。

卡　我對您說過他有一個老規矩，一到下午就要睡覺；那時您先把他的書拿去了，就可以搥碎他的腦袋，或者用一根木頭敲破他的頭顱，或者用一根棍子搠破他的肚腸，或者把您的刀割斷他的喉嚨。記好先要把他的書拿到手；因爲他一失去了他的書，就是一個跟我差不多的大傻瓜，也沒有一個精靈會聽他指揮：這些精靈們沒有一個不像我一樣把他恨如刺骨。祇要把他的書燒了就是了；他還有些出色的傢具，預備造了房子之後陳設起來的；但第一應該放在心上的是他那美貌的女兒。他自己說她是一個上得無雙譜的人；我從來不曾見過一個女人，除了我的老娘昔考拉克斯和她之外；可是她比起昔考拉克斯來，眞要好看得不知多少倍了，正像天地的相差一樣。

斯　是這樣一個出色的姑娘嗎？

卡　是的，老爺；我可以擔保一句，您跟她睏覺是再合式也沒有的啦，她會給您生下出色的小子來。

斯　怪物，我一定要把這人殺死；他的女兒和我做國王和王后，上帝保佑我們陛下！屈林鳩羅和你做總督。你贊成不贊成這計策，屈林鳩羅？

屈　好極了。

斯　讓我握你的手。我很抱歉打了你；可是你活着的時候，總以少開口爲妙。

卡　在這半點鐘之內他就要入睡；您願不願就在這時候殺了他？

斯　好的，憑着我的名譽起誓。

愛　我要告訴主人去。

卡　您使我高興得很，我心裏充滿了快樂。讓我們暢快一下。您肯不肯把您剛纔教給我的輪唱曲唱起來？

斯　准你所奏，怪物，凡是合乎道理的事我都來來。來啊，屈林鳩羅，讓我們唱歌。（唱）

嘲弄他們，譏諷他們，

譏諷他們，嘲弄他們，

思想多麼自由！

卡　這調子不對。

〔愛麗兒擊鼓吹簫，依調而奏。

斯　這是什麼聲音？

屈　這是我們的歌的調子，在空中吹奏着呢。

斯　你倘然是一個人，像一個人那樣出來吧；你倘然是一個鬼，也隨你顯出怎樣的形狀來吧！

屈　饒赦我的罪過呀！

斯　人一死什麼都了；我不怕你。但是可憐我們吧！

卡　您害怕嗎？

斯　不，怪物，我怕什麼？

卡　不要怕，這島上充滿了各種聲音和悅耳的樂調，使人聽了愉快，不會傷害人。有時成千叮叮咚咚的樂器在我耳邊鳴響，有時在我酣睡醒來的時候，聽見了那種聲音，又使我沉沉睡去；那時在夢中便好像雲端裏開了門，無數珍寶要向我傾倒下來，當我醒來之後，我簡直哭了起來，希望重新做一遍這樣的夢。

斯　這倒是一個出色的國土，可以不費錢白聽音樂。

卡　但第一您得先殺死普洛士丕羅。

斯　那事我們不久就可以動手；我記得很牢。

屈　這聲音在走開去了；讓我們跟着它，然後再幹我們的事。

斯　領着我們走，怪物；我們跟着你。我很希望見一見這個打鼓的傢伙，他奏得挺不錯的樣子。

屈　來嗎？我跟着你走，斯蒂番諾。（同下）

## 第三場　島上的另一處

【亞朗莎，瑟拜士梯安，安東尼奧，貢札羅，阿特利安，法朗西斯科，及餘人等上。

貢　天哪！我走不動啦，大王；我的老骨頭在痛。這兒的路一條直一條彎的，完全把人迷昏了！要是您不見怪，我必須休息一下。

亞　老人家，我不能怪你；我自己也心灰意懶，疲乏得很。坐下來息息吧。現在我已經斷了念頭，不再自己哄自己了。他一定已經淹死了，儘管我們亂摸瞎撞地找尋他；海水也在嘲笑着在岸上的我們的無益的尋覓。算了吧，讓他死了就完了！

安　（向瑟旁白）我很高興他是這樣灰心。一刻也別忘了你所決心要幹的那件事。

瑟　（向安旁白）下一次的機會我們一定不要錯過。

安　（向瑟旁白）就在今夜吧；他們現在已經走得很疲乏，一定不會，而且也不能，再有那麼好的精神來警戒着了。

瑟　（向安旁白）好，今夜吧。不要再說了。

〔莊嚴而奇異的音樂。普洛士丕羅自上方隱形上。下側若干奇形怪狀的精靈扛了一桌酒席進來；他們圍着它而跳舞，且作出各種表示敬禮的姿勢，邀請國王以次諸人就食後退去。

亞　這是什麼音樂？好朋友們，聽哪！

貢　神奇的甜美的音樂！

亞　上天保佑我們！這些是什麼？

瑟　一幅活動的古怪的畫圖！現在我纔相信世上有獨角的麒麟，阿拉伯有鳳凰所棲的樹，那面有一隻鳳凰至今活着。

安　麒麟和鳳凰我都相信；要是此外還有什麼難於置信的東西，都來告訴我好了，我一定會發誓說那是真的。旅行的人決不會說謊話，足不出門的傻瓜纔嗤笑他們。

貢　要是我現在在奈泊爾斯，把這事告訴了別人，他們會不會相信我呢？要是我對他們說，我看見島上的人民是這樣這樣的，——這些當然一定是島上的人民囉，——雖然他們的形狀生得很奇怪，然而倒是很有禮貌，很和善，

普　在我們人類中也難得見到的，

亞　（旁白）正直的老人家，你說得不錯；因爲在你們自己一羣人當中，就有幾個人比魔鬼還要壞，

普　我覺得對他們並不怎樣吃驚；雖然不開口，但他們的那種形狀，那種手勢，那種音樂，都表示出一種很明白的意思。

法　（旁白）且慢稱贊吧。

瑟　他們消失得很奇怪。

亞　不要管他，既然他們把食物留下，我們有肚子就該享用。——您要不要嚐嚐試試看？

貢　我可不想吃。

　　真的，大王，您無須膽小。當我們還是孩子的時候，誰肯相信有一種山居的人民，喉頭長着肉袋，像一頭牛一樣？誰又肯相信有一種人的頭是長在胸膛上的？可是我們現在都相信每個旅行的人都能肯定這種話的不是虛假了。

亞　好，我要吃，即使這是我的最後一餐；有什麼關係呢？我的最好的日子也已經過去了。賢弟，公爵，陪我們一起來吃吧。

【雷電。愛麗兒化怪鳥（註一）上，以翼擊桌，筵席頓時消失——用一種特別的機關裝置。

愛　你們是三個有罪的人，操縱着下界一切的天命，爲了你們的緣故而掀起了貪饞的怒海來吞咽你們；在這沒有人居住的島上，你們在一切人中間是最不適於生存的。你們已經發狂了。（亞、瑟等拔劍）即使像你們這樣勇敢的人，也沒有法子免除一死。你們這輩愚人！我和我的同伴們都是運命的使者；你們的刀劍不能損害我們身

上的分毫，正像把它們砍向呼嘯的風，刺向洶湧的水波一樣。而且即使它們能够把我們傷害，現在你們也已經沒有力量把臂膀舉起來了。好生記住吧，我來就是告訴你們這句話，你們三個人是在密蘭把善良的普洛士丕羅篡逐的惡人，你們把他和他的無辜的嬰孩放逐在海上，如今你們也受到同樣的報應了。爲着這件惡事，上天雖然並不把懲罰立刻加在你們身上，卻並沒有輕輕放過，已經使所有的海，所有的陸地，以及一切有生之倫來和你們作對了。你，亞朗莎，已經喪失了你的兒子；我再向你宣告活地獄的痛苦，一切死狀合在一起也沒有那麼慘，將要一步步臨到你生命的程途中；除非痛悔前非，以後洗心革面，做一個淸白的人，否則在這荒島上面，天譴已經迫在眼前了！

〔愛麗兒在雷鳴中隱去。柔和的樂聲復起；精靈們重上，跳舞且作揶揄狀，把空桌扛下。

普　（旁白）你把這怪鳥扮演得很好，我的愛麗兒，有一種非凡的氣勢，我叫你說的話你一句也沒有漏去；就是那些小精靈們也各各非常出力。我的神通已經顯出力量，這些我的仇人們已經驚惶得不能動彈；他們都已經在我的權力之下了。現在我要在這種情形下面離開他們，去探視他們以爲已經淹死了的年青的費第南，和他的也是我的親愛的人兒。（自上方下）

貢　憑着神聖的名義，大王，爲什麼您這樣呆呆地站着？

亞　啊，那眞是可怕可怕！我覺得海潮在那兒這樣告訴我；風在那兒把它唱進我的耳中；深沉而可怕的雷鳴在向我震出普洛士丕羅的名字，它用宏亮的低音宣布了我的罪惡。這樣看來，我的孩子是一定葬身在海底的軟泥之下了；我要到深不可測的底極去尋找他，跟他睡在一塊兒！（下）

瑟　要是這些鬼怪們一個一個地來，我可以打得過他們。

安　讓我助你一臂之力。（瑟、安下）

賈　這三個人都有些不顧死活的神氣。他們的重大的罪惡像隔了好久纔發作的毒藥一樣，現在已經在開始咬嚙他們的靈魂了。你們是比較善於臨機應變一些的，請快快追上去，阻止他們不要作出什麼瘋狂的舉動來。

阿　你們跟我來吧。（同下）

註一　原文爲 Harpy，是神話中一種女面鳥身的怪物。

# 第四幕

## 第一場　普洛士不羅洞室之前

【普洛士不羅，弗第南，密蘭達上。

普　要是我曾經給你太嚴厲的刑罰，你也已經得到補償了；因爲我已經把我生命中的一部份給了你，我是爲了她纔活着的。現在我再把她交給你的手裏：你所受的一切苦惱都不過是我用來試驗你的愛情的，而你能異常堅强地忍受它們；這裏我當着天，許給你這個珍貴的賞賜。弗第南啊，不要笑我這樣把她誇獎，你自己將會知道一切的稱贊比起她自身的美好來，都是瞠乎其後的。

弗　我絕對相信您的話。

普　既然我的給與和你的獲得都不是出於貿然，你就可以娶我的女兒。但在一切神聖的禮式沒有充分給你許可之前，你不能侵犯她處女的尊嚴；否則你們的結合將不能得到上天的美滿的祝福，冷淡的憎恨，白眼的輕蔑和不睦將使你們的姻緣中長滿令人嫌惡的惡草。所以小心一點吧，亥門（註一）的明燈將照引着你們！

弗　我希望的是以後在和如今一樣的愛情中享受着平和的日子，美秀的兒女，和綿綿的生命，因此即使在最幽冥的暗室中，當我以爲羲和的駿馬在途中顚蹶，或是黑夜被繫留在下界的時候，伺隙而來的魔鬼的最强烈的煽惑，也不能使我的廉恥化爲貪慾而輕輕地越過了名分上的界限。

普　說得很好。坐下來跟她談話吧，她是屬於你的。喂，愛麗兒！我的勤勞的僕人，愛麗兒！

【愛麗兒上。

愛　我的威嚴的主人有什麼吩咐？我在這裏。

普　你跟你的小夥計們把剛纔的事情辦得很好；我必須再差你們作一件這樣的把戲。去把你手下的小嘍囉們召喚到這兒來；叫他們趕快裝扮起來；因爲我必須在這一對年青人的面前賣弄賣弄我的法術，我曾經答應過他們，他們也在盼望着。

愛　即刻嗎？

普　是的，一霎眼的時間內就得辦好。

愛　你來去還不曾出口，
　　你呼吸還留着沒透，
　　我們早脚尖兒飛快，
　　扮鬼臉大夥兒都在，
　　主人，你愛我不愛？

普　我很愛你，我的伶俐的愛麗兒！在我沒有叫你之前，不要就來。

愛　好，我知道。（下）

普　當心保持你的忠實，不要太恣意調情。血液中的火燄一燃燒起來，最堅強的誓言也就等於草稈。節制一些吧，否則你的誓約就要守不住了！

弗　請您放心，老人家；皎白的處女的冰雪早已抑伏了我胸中的慾火。

普　好，——出來吧，我的愛麗兒！不要讓精靈們缺少一個，多一個倒不妨。輕輕快快地出來吧！大家不要響，只許靜靜地看！

【柔和的音樂；假面劇開始。精靈扮埃利斯（註二）上。

埃　細累斯，最豐饒的女神，我是天后的虹使，傳旨請你離開你那繁榮着小麥，大麥，黑麥，燕麥，野豆，豌豆的膏田；離開你那羊群所遊息的茂草的山坡，以及飼牧它們的滿鋪着芻草的平原；離開你那生長着立金花和蒲葦的堤岸，多雨的四月奉着你的命令而把它裝飾着的，在那裏給清冷的水仙女們備下了潔淨的新冠；離開你那為失戀的情郎們所愛好而徘徊其下的金雀花的藪叢；你那牽藤的葡萄園；你那荒瘠磽确的海濱，你所散步遊息的所在：請你離開這些地方，到這裏的草地上來，和尊嚴的天后陛下一同遊戲；她的孔雀已經輕捷地飛翔起來了；請你來陪駕吧，富有的細累斯！

【細累斯（註三）上。

細　萬福，你永遠服從着天后命令的五彩繽紛的使者！你用你的橙黃色的翼膀常常灑下甘露和清鮮的陣雨在我的花朵上面，用你的青色的弓的兩端為我的林木叢生的地畝和沒有灌枝的高原披上了富麗的肩巾：敢問你的王后喚我到這細草原上來，有什麼吩咐？

埃　為要慶祝一對真心的愛情的結合，大量地給福惠於這一雙有福的戀人。

細　告訴我，天虹，你知不知道維納絲或她的兒子是否也隨侍着天后？自從她們用詭計使我的女兒陷在幽冥的狄斯的手中以後，我已經立誓不再見她和她那盲目的小兒的無恥的臉孔。（註四）

埃　不要擔心會碰見她；我遇見她的靈駕正沖着雲向帕福斯（註五）而去，她的兒子驅着白鴿隨在她後面。她們因爲這裏的這一對男女曾經立誓在亥門的炬火未燃着以前不得同衾因此想要在他們身上幹一些無賴的把戲，可是白費了心機；馬斯的寵人（註六）已經滿心暴躁地回去；她那發惱的兒子已經彎斷了他的弓，發誓以後不再射人，只是跟麻雀們開開頑笑安排做一個好孩子了。

細　最高貴的王后，偉大的朱諾來了；從她的步履上我辨認得出來。

【朱諾（註七）上。

朱　我的豐饒的賢妹安好？跟我去祝福這一對璧人，讓他們一生幸福，產出美好的後裔來。（唱）

富貴尊榮，美滿良姻，
百年偕老，子孫盈庭；
幸福朝朝，歡娛暮暮，
朱諾向你們恭賀！

細（唱）

田多落穗，積穀盈倉，
葡萄成簇，摘果滿筐；
秋去春來，如心所欲，
細果斯爲你們祝福！

茀　這是一個最神奇的幻景，這樣迷人而諧美！我能不能猜想這些都是精靈呢？

普　是的，這些是我從他們的世界裏用法術召喚來表現我一時的空想的精靈們。

菲　讓我終老在這裏吧！有着這樣一位人間希有的神奇而賢哲的父親這地方簡直是天堂了。

〔朱諾與細累斯作耳語，授命令於埃利斯。

普　親愛的，莫作聲！朱諾和細累斯在那兒嚴肅地耳語；將要有一些另外的事情。噓！不要開口！否則我們的魔法就要破解了。

埃　戴着蒲葦之冠，眼光永遠是那麼柔和的，住在蜿蜒的河流中的仙女們啊！離開你們那渦卷的河牀，到這青青的草地上來答應朱諾的召喚吧！前來，冷潔的水仙們，伴着我們一同慶祝一段良緣的締結，不要太遲了。

〔若干水仙女上。

埃　你們在八月的日光下蒸曬着的辛苦的刈禾人，離開你們的田畝，到這裏來歡樂一番；戴上你們麥稈的帽子，一個一個地來和這些清麗的水仙們跳起鄉村的舞蹈來吧！

〔若干服飾齊整的刈禾人上，和水仙女們一齊作優美的跳舞；臨了時普洛士丕羅突起發言，在一陣奇異的，幽沉的，雜亂的聲音中，衆精靈悄然隱去。

普　（旁白）我已經忘記了那個畜生卡列班和他的同黨想來謀取我生命的奸謀，他們所定的時間已經差不多到了。（向精靈們）很好！現在完了，去吧！

菲　這可奇怪了，你的父親在發着很大的脾氣。

密　直到今天爲止，我從來不曾看見過他狂怒到這樣子。

普　王子，你瞧上去似乎有點驚疑的神氣。高興起來吧，我兒；我們的狂歡已經終止了。我們的這一些演員們，我曾經告訴過你，原是一羣精靈；都已化成淡煙而消散了。如同這段幻景的虛妄的構成一樣，入雲的樓閣，瑰偉的宮殿，莊嚴的廟堂，甚至地球自身，以及地球上所有的一切，都將同樣消散，就像這一場幻景，連一點煙雲的影子都不會留下。我們都是夢中的人物，我們的一生是在酣睡之中。王子，我心中有些惱亂，原諒我不能控制我的弱點；我的衰老的頭腦有些昏了。不要因爲我的煩惱而不安。假如你們願意，請回到我的洞裏休息一下。我將略作散步，安定安定我焦躁的心境。

**茀、密**　願你安靜啊！（下）

**普**　趕快來，謝謝你，愛麗兒，來啊！

【愛麗兒上。

**愛**　我永遠準備着執行你的意志。有什麼吩咐？

**普**　精靈，我們必須預備着對付卡列班。

**愛**　是的，我的命令者；我在扮演細累斯的時候就想對你說，可是我生恐觸怒了你。

**普**　再對我說一次，你把這些惡人們安置在什麼地方？

**愛**　我告訴過你，主人，他們喝得醉醺醺的，勇敢得了不得；他們怒打着風，因爲吹到了他們的臉上，痛擊着地面，因爲吻了他們的脚；但總是不忘記他們的計劃。於是我鼓起小鼓來；一聽見了這聲音，他們便像狂野的小馬一樣，聳起了他們的耳朵，睜大了他們的眼睛，掀起了他們的鼻孔，似乎音樂是可以嗅到的樣子。這樣我迷惑了他們的耳朵，使他們像小牛跟從着母牛的叫聲一樣，跟我走過了一簇簇長着尖齒的野荻，咬人的刺金雀，和銳利的荊棘叢中，把他們可憐的脛骨刺穿。最後我把他們遺留在離開這裏不遠的那口污水池中，在那裏他們手舞足蹈

普　把一池臭水都攪了個滿身。

普　幹得很好，我的鳥兒。你仍舊隱形前去，把我室內的華麗的衣服拿來，好把這些惡賊們誘上了圈套。

愛　我去，我去。（下）

普　一個魔鬼，一個天生的魔鬼，教養也改不過他的天性來；在他身上我一切好心的努力都是全然白費。他的形狀隨着年紀而一天醜陋似一天，他的心也一天一天腐爛下去。我要把他們痛痛懲治一頓，直至他們痛苦而呼號。

〔愛麗兒攜帶許多華服等上。

普　來，把它們掛起在這根繩上。

〔普洛士丕羅與愛麗兒隱身留原處。卡列班、斯蒂番諾、屈林鳩羅三人渾身淋溼上。

卡　請你們脚步輕些，不要讓瞎眼的鼹鼠聽見了我們的足聲。我們現在已經走近他的洞窟了。

斯　怪物，你說你那個不會害人的仙人簡直跟我們開了一個不大大小的頑笑。

屈　怪物，我滿鼻子都是馬尿的氣味，把我噁心得不得了。

斯　我也是這樣。你聽見嗎，怪物？要是我向你一發起惱來，當心點兒——

屈　你不過是一個走頭無路的怪物罷了。

卡　好老爺，不要惱我，耐心些；因為我將要帶給您的好處可以抵償過這場不幸。請你們輕輕講話；大家要靜得好像在深夜裏一樣。

屈　呃，可是我們的酒瓶也落在池裏了。

斯　這不單是恥辱和不名譽，簡直是無限的損失。

屈　這比渾身淋溼更使我痛心；可是，怪物，你卻說那是你的不會害人的仙人。

斯　我一定要去把我的酒瓶撈起來，即使我必須沒頭沒腦鑽在水裏。

卡　我的王爺，請您安靜下來。瞧這裏這便是洞口了；不要響，走進去。把那件大好的惡事幹起來，這島便是屬您所有的了；我，您的卡列班，將要永遠舐您的腳。

斯　讓我握你的手；我開始動了殺人的念頭了。

屈　啊斯蒂番諾大王！大老爺！尊貴的斯蒂番諾！瞧這兒有多麼好的衣服給您穿呀！

卡　讓它去，你這蠢貨！這些不過是廢物罷了。

屈　哈哈，怪物！什麼是舊衣莊上的貨色我們是看得出來的。啊斯蒂番諾大王！

斯　放下那件袍子屈林鳩羅！憑着我這手起誓，那件袍子我要的。

屈　請大王拿去好了。

卡　願這傻子渾身起水腫！你老是戀戀不捨這種廢料有什麼意思呢？讓我們先去行刺。要是他醒了，他會使我們從腳心到頭頂遍體鱗傷，把我們弄成不知像一個什麼樣子。

斯　別開口，怪物！——繩太太，這不是我的短外套嗎？

屈　妙極妙極！大王高興的話，讓我們橫七豎八一齊偷了去。

斯　你這句話說得很妙，賞給你這件衣服吧。祇要我做這裏的國王，聰明人總不會被虧待的。「橫七豎八偷了去」是一句絕妙的俏皮話，再賞你一件衣服。

屈　怪物，來啊，塗一些膠在你的手指上，把其餘的都拿去了吧。

卡　我什麼都不要。我們將要錯過了時間，大家要變成蠢鵝或是額角低得難看的猴子了！

斯　怪物，別連手都不動一動；給我把這件衣服拿到我那放着大酒桶的地方去，否則我的國境內不許你立足。去，把這拿了去。

屈　還有這一件。

斯　呃，還有這一件。

〔幕內獵人的聲音。若干精靈化作獵犬上，將斯蒂番諾等三人追逐；普洛士丕羅和愛麗兒嗾着它們。

普　嗨！莽丁，嗨！

愛　雪狒！那邊去，雪狒！

普　飛雷！飛雷！那邊，鐵龍！那邊！聽，聽！（卡、斯、屈被驅下）去叫我的妖精們用利害的痙攣磨他們的骨節；叫他們的肌肉像老年人那樣抽搐起來，叫他們滿身的傷痕比豹子或山貓身上的斑點還多。

愛　聽！他們在呼號呢。

普　讓他們被痛痛快快地追一下子。此刻我的一切仇人們都在我手掌之中了；不久我的工作便可完畢，你就可以呼吸自由的空氣。暫時你再跟我來，幫我一些忙吧。（同下）

註一　亥門（Hymen），司婚姻之神。

註二　埃利斯（Iris），諸神之信使，又爲虹之女神。

註三　細累斯（Ceres），司農事及大地之女神。

註四　狄斯(Dis)即普盧托(Pluto)，幽冥之主，掠細果斯之女佩瑟豐妮(P.rsephone)爲妻，後者即春之女神，每年一次被釋返地上。維納絲之子即小愛神邱必德(Cupid)，因俗語云愛情是盲目的，故云「盲目的小兒」。

註五　帕福斯(Paphos)，薩普勒斯(Cyprus)島西海岸城名，維納絲神廟所在地，相傳她在海中誕生後首臨於此。

註六　馬斯(Mars)即戰神，鍾愛維納絲。

註七　朱諾(Juno)，月神，又爲天后。

# 第五幕

## 第一場　普洛士丕羅洞室之前

［普洛士丕羅穿法衣上；愛麗兒隨上。

普　現在我的計劃將告完成；我的魔法毫無差失；我的精靈們俯首聽命；一切按步就班順利地過去。是什麼時候了？

愛　將近六點鐘。你曾經說過，主人，在這時候我們的工作應當完畢。

普　當我剛興起這場暴風雨的時候，我曾經這樣說過。告訴我，我的精靈，國王和他的從者們怎麼樣啦？

愛　按照着你的吩咐，他們仍舊照樣囚禁在一起，如同你離開他們的時候一樣，在蔭蔽着你的洞室的那株大菩提樹底下聚集着這一羣囚徒；你要是不把他們釋放，他們便一步路也不能移動。國王，他的弟弟，和你的弟弟，三個人都瘋了；其餘的人在爲他們悲泣，充滿了憂傷和驚駭；尤其是那位你所稱爲「善良的老大臣貢札羅」的他的眼淚一直從他的鬍鬚上淋了下來，就像從茅檐上流下來的冬天的雨滴一樣。你在他們身上所施的魔術的力量是這麼大，要是你現在看見了他們，你的心也一定會軟了下來。

普　你是這樣想嗎，精靈？

愛　如果我是人類，主人，我會覺得不忍的。

普　我的心也將會覺得不忍。你不過是一陣空氣罷了，居然也會感覺到他們的痛苦；我是他們的同類，跟他們一樣敏銳地感到一切，和他們有着同樣的感情，難道我的心反會比你硬嗎？雖然他們給我這樣大的迫害，使我痛心切齒，但是我寧願壓伏我的憤恨而聽從我的更高尚的理性；道德的行動較之仇恨的行動是可貴得多的。要是他們已經悔過，我的唯一的目的也就達到終點，不再對他們更有一點怨恨。去把他們釋放了吧，愛麗兒。我要給他們解去我的魔法，喚醒他們的知覺，讓他們仍舊回復本來的面目。

愛　我去領他們來，主人。（下）

普　你們山河林沼的小妖們；踏沙無痕，追逐着退潮時的海神，而他一轉身來便又倏然逃去的精靈們；在月下的草地上留下了環舞的圈跡，使羊羣不敢走近的小神仙們；以及在半夜中以製造菌蕈為樂事，一聽見肅穆的晚鐘便雀躍起來的你們：雖然你們不過是些弱小的孩兒，但我藉着你們的幫助，纔能遮暗了中天的太陽，喚起了作亂的狂風，在青天碧海之間激起了浩蕩的戰爭：我把火給與震雷，用喬武大神的霹靂劈碎了他自己那株粗幹的橡樹；我使穩固的海岬震動，連根拔起了松樹和杉柏；因着我的法力無邊的命令，墳墓中的長眠者也被驚醒，打開了墓門而出來。但現在我要捐棄這種狂暴的魔術，僅僅再要求一些微妙的天樂，化導他們的心性，使我能得到我所希望的結果；以後我便將折斷我的魔杖，把它埋在幽深的地底，把我的書投向深不可測的海心。

〔莊嚴的音樂。愛麗兒復上；他的後面跟隨着神情狂亂的亞朗莎，由貢札羅隨侍；瑟拜士秘安與安東尼奧也和亞朗莎一樣，由阿特利安及法朗西斯科隨侍；他們都步入普洛士丕羅在地上所劃的圓圈中，被魔法所禁，呆立不動。

普　莊嚴的音樂是對於昏迷的幻覺的無上安慰，願它醫治好你那在煎炙着的失去作用的腦筋！站在那兒吧，因為你們已經被魔法所制伏了。聖人一樣的貢札羅，可尊敬的人！我的眼睛一看見了你，便油然墮下同情的眼淚來。

魔術的力量在很快地消失，如同晨光悄悄掩襲暮夜，把黑暗消解了一樣，他們那開始擡頭的知覺已經在驅除那蒙蔽住他們清明的理智的迷糊的煙霧了。啊，善良的貢札羅！不單是我的眞正的救命恩人，也是你所跟隨着的君主的一位忠心耿耿的臣子，我要在名義上在實際上重重報答你的好處。你，亞朗莎，對待我們父女的手段未免太酷辣了！你的兄弟也是一個幫凶的人。你現在也受到懲罰了，瑟拜士梯安！你，我的骨肉之親的兄弟，爲着野心，忘卻了憐憫和天性；在這裏又要和瑟拜士梯安謀弒你們的君王，爲着這緣故他的良心的受罰是十分利害的；我寬恕了你，雖然你的天性是這樣刻薄！他們的知覺的浪潮已經在漸漸激漲起來，不久便要沖上了現在還是一片黃泥的理智的海岸。在他們中間還不曾有一個人看見我，或者會認識我。愛麗兒，給我到我的洞裏去把我的帽子和佩劍拿來。（愛下）我要顯出我的本來面目，重新打扮做舊時的密蘭公爵的樣子。快一些，精靈！你不久就可以自由了。

【愛麗兒復上，唱歌，一面幫助普洛士丕羅裝束。

愛（唱）

蜂兒吮啜的地方，我也在那兒吮啜；
在一朵蓮香花的冠中我躺着休息；
我安然睡去，當夜梟開始它的嗚咽，
騎在蝙蝠背上我快活地飛舞翩翩，
快活地快活地追隨着逝去的夏天；
快活地快活地我要如今

向垂在枝頭的花底安身。

普　啊，那眞是我的可愛的愛麗兒！我眞捨不得你；但你必須有你的自由。——好了，好了。——你仍舊隱着身子，到國王的船裏去：水手們都在艙口下面熟睡着，先去喚醒了船長和水手頭目之後，把他們引到這裏來！快一些。

愛　我乘風而去不等到你的脈搏跳了兩跳就囘來。（下）

貢　這兒有着一切的迫害，苦難，驚奇，和駭愕；求神聖把我們帶出這可怕的國土吧！

普　請您看清楚，大王，被害的密蘭公爵普洛士丕羅在這裏。爲要使您相信對你講話的是一個活着的邦君，讓我擁抱您；我對於您和您的同伴們，我是竭誠歡迎！

亞　我不知道你眞的是不是他，或者不過是一些欺人的鬼魅，如同我不久以前所遇到的。但是你的脈搏跳得和尋常血肉的人一樣；而且自從我一見你之後，那使我發狂的精神上的痛苦已減輕了些。如果這是一件實在發生的事，那定然是一段最希奇的故事。你的公國我奉還給你，並且懇求你饒恕我的罪惡。但是普洛士丕羅怎麼還會活着而且在這裏呢？

普　尊貴的朋友，先讓我把您老人家擁抱一下；您的崇高是不可以限量的。

貢　我不能確定這是眞實還是虛妄。

普　這島上的一些蜃樓海市曾經欺騙了你，以致使你不敢相信確實的事情。——歡迎啊，我的一切的朋友們！（向瑟、安旁白）但是你們這一對貴人，要是我不客氣的話，可以當場證明你們是叛徒，叫你們的王上翻過臉來；可是現在我不想揭發你們。

瑟　（旁白）魔鬼在他嘴裏說話嗎？

普　不。講到你，惡人稱你是兄弟也會沾汚了我的齒舌，但我饒恕了你的最卑劣的罪惡，一切全不計較了；單單我要向你討還我的公國，那我知道你是不得不把它交還的。

亞　如果你是普洛士丕羅，請告訴我們你的遇救的詳情，怎麼你會在這裏遇見我們。在三小時以前，我們的船毀沒在這海岸的附近，在這裏最使我想起了心中慘痛的，我失去了我的親愛的兒子費第南！

普　我很悲傷聽見這消息，大王。

亞　這損失是無可挽回的，忍耐也已經失去了它的效用。

普　我覺得您還不曾向忍耐求助。我自己也曾經遭到和您同樣的損失，但藉着忍耐的慈惠的力量，使我安之若素。

亞　你也遭到同樣的損失！

普　對我正是同樣重大，而且也是同樣新近的事；比之您，我更缺少任何安慰的可能，我所失去的是我的女兒。

亞　一個女兒嗎？天啊！要是他們倆都活着在奈泊爾斯，一個做國王，一個做王后，那將是多麼美滿！真能這樣的話，我寧願自己長眠在我的孩子現今所在的海底。你的女兒是什麼時候失去的？

普　就在這次的暴風雨中。我看這些貴人們因爲太驚奇着這次的遭遇，迷惑得不能相信他們眼睛所見的是真實，他們嘴裏所說的是真的言語。但是，不論你們心裏怎樣迷惘，請你們相信我確實便是普洛士丕羅，從密蘭被放逐出來的公爵；因了不可思議的偶然，恰恰在這兒你們沉舟的地方做了島上的主人。關於這事現在不要再多談了，因爲那要好多天纔講得完，不是一頓飯的時間所能敍述得了，而且也不適宜於我們這次初次的相聚。歡迎啊，大王！這洞府便是我的宮庭，在這裏我也有寥寥的幾個從者，此外再沒有別的臣民了。請您向裏面探望一下。因爲您給還了我的王國，我也要把一件同樣好的禮物答謝您；至少也要獻出一個奇蹟來，使它給與您安慰，正像我的公國安慰了我一樣。

〔洞門開啓，茀第南與密蘭達在內對弈。

密　好人，你在安排着作弄我。

茀　不，我的最親愛的，即使給我整個的世界我也不願欺弄你。

密　是的，你不能强辯；除非你在賭着二十個王國，那麼也許我會說這是一場公正的遊戲。

亞　倘使這不過是這島上的一場幻景，那麼我將要兩次失去我的親愛的孩子了。

瑟　不可思議的奇蹟！

茀　海水雖然似乎那樣凶暴，然而卻是仁慈的；我錯怨了它們。

〔向亞朗莎跪下。

亞　讓一個快樂的父親的所有的祝福擁抱着你！起來，告訴我你是怎麼會到這裏來的。

密　神奇啊！這裏有多少好看的人！人類是多麼美麗！啊新奇的世界，有這麼出色的人物！

普　對於你這是新奇的。

亞　和你一起玩着的這女郎是誰？你們的認識頂多也不過三個鐘點罷了。她是不是就是把我們拆散了又使我們重新聚合的女神？

茀　父親，她是凡人，但藉着上天的旨意她是屬於我的；我選中她的時候，無法徵詢父親的意見，而且那時我也不相信我還有一位父親。她就是這位著名的密蘭公爵的女兒；我常常聽見說起過他的名字，但從沒有看見過他一面。從他的手裏我得到了第二次的生命；而現在這位女郎使他成爲我的第二個的父親。

亞　那麼我也是她的父親了；但是唉，聽起來多麼使人奇怪我必須向我的孩子要求寬恕！

普　好了，大王，別再說了；讓我們不要把過去的不幸重壓在我們的記憶上。

貢　我的心中感激得說不出話來，否則我早就開口了。天上的神明們，請俯視塵寰，把一頂幸福的冠冕降臨在這一對少年的頭上；因爲把我們帶到這裏來相聚的，完全是上天的主意！

亞　讓我跟着你說阿們，貢札羅！

貢　密蘭的主人被逐出密蘭，而他的後裔將成爲奈泊爾斯的王族嗎？啊，這是超乎尋常喜事的喜事，應當用金字把它銘刻在柱上，好讓它傳至永久。在一次的航程中，克拉莉貝兒在吐尼斯獲得了她的丈夫，她的兄弟弗第南又在他迷失的島上找到了一位妻子；普洛士丕羅在一座荒島上拾回了他的公國；而我們大家呢，在每個人迷失了本性的時候，重新尋着了各人自己。

亞　（向弗、密）讓我握你們的手：誰不希望你們快樂的，讓憂傷和悲哀永遠佔住他的心靈！

貢　願如大王所說的，阿們！

【愛麗兒重上，船長和水手頭目驚愕地隨在後面。

貢　瞧啊，大王！瞧！又有幾個我們的人來啦。我曾經預言過，祗要陸地上有絞架，這傢伙一定不會淹死。——喂，你這謾駡的東西！在船上由得你指天駡日，怎麼一上了岸響都不響了呢？難道你沒有把你的嘴巴帶到岸上來嗎？說來，有什麼消息？

頭目　最好的消息是我們平安地找到了我們的王上和同伴；其次在三個鐘點以前我們還以爲已經撞碎了的我們那條船，卻正和第一次下水的時候那樣結實完好而齊齊整整。

愛　（向普旁白）主人，這些都是我去了以後所做的事。

普　（向愛旁白）我的足智多謀的精靈！

亞　這些事情都異乎尋常，它們越來越奇怪了。說，你怎麼會到這兒來的？

頭目　大王，要是我自己覺得我是清清楚楚地醒着，也許我會勉強告訴您。可是我們都睡得像死去一般，也不知道怎麼一下子，都給關閉在艙口底下了。就在不久之前，我們聽見了各種奇怪的響聲，怒號，哀叫，狂呼，鐺鎯的鐵鏈聲，以及此外許多可怕的聲音，把我們鬧醒。立刻我們就自由了：我們看見壯麗的王船絲毫無恙，明明白白在我們的眼前；我們的船長一面看着它，一面手舞足蹈。忽然一下子莫名其妙地，我們就像在夢中一樣糊裏糊塗地離開了那邊，被帶到這裏來了。

愛　（向普旁白）幹得好不好？

普　（向愛旁白）出色極了，我的勤勞的精靈！你就要得到自由了。

亞　這眞叫人墮入五里霧中！這種事情一定有一個超自然的勢力在那兒指揮着；願神明的啓迪給我們一些指示吧！

普　大王，不要因為這種怪事而使您心裏迷惑不寧；不久我們有了空暇，我便可以簡簡單單地向您解答這種種奇蹟，使您覺得這一切的發生未嘗不是可能的事。現在請高興起來，把什麼事都望好的方面着想吧。（向愛旁白）過來，精靈；把卡列班和他的夥伴們放出來，解去了他們身上的魔法。（愛下）怎樣，大王？你們的一夥中還缺少幾個人，一兩個為你們所忘懷了的人物。

〔愛麗兒驅卡列班、斯蒂番諾、屈林鳩羅上，各人穿着他們所偷得的衣服。

斯　讓各人爲別人打算，不要顧到自己，因爲一切都是命。勇氣啊！出色的怪物，勇氣啊！

屈　要是裝在我頭上的眼睛不會欺騙我，這裏的確很堂皇的樣子。

卡　瑟底倭斯呀！這些纔眞是出色的精靈！我的主人眞是一表非凡！我害怕他要責罰我。

瑟　哈哈！這些是什麼東西，安東尼奧大人？可以不可以用錢買的？

安　大概可以吧；他們中間的一個完全是一條魚，而且一定很可以賣幾個錢。

普　各位大人，請瞧一瞧這些傢伙們身上穿着的東西，就可以知道他們是不是好東西。這個奇醜的惡漢的母親是一個很有法力的女巫，能够指揮月亮潮汐，作出種種不可能的事來。這三個傢伙作賊偷了我；這個魔鬼生下來的雜種又跟那兩個東西商量謀害我的生命。那兩人你們應當認識，是你們的人；這個壞東西我必須承認是屬於我的。

卡　我免不了要被揍得死去活來。

亞　這不是我的酗酒的膳夫斯蒂番諾嗎？

瑟　他現在仍然喝醉着：他從那兒來的酒呢？

亞　這是屈林鳩羅，看他醉得天旋地轉。他們從那兒喝這麼多的好酒，把他們的臉孔染得這樣血血紅呢？你怎麼會變成這種樣子的？

屈　自從我離開了你之後，我的骨髓也都浸酥了；我想這股氣味可以薰得連蒼蠅也不會下卵在我的身上了吧？

瑟　喂，喂，斯蒂番諾！

斯　啊！不要碰我！我不是什麼斯蒂番諾，我不過是一堆動彈不得的爛肉。

普　狗才，你要做這島上的王，是不是？

斯　那麼我一定是個倒霉的王爺。

亞　這樣奇怪的東西我從來沒有看見過。（指卡）

普　他的行爲跟他的形狀同樣都是天生的下劣。——去，狗才，到我的洞裏去；把你的同伴們也帶了進去。要是你希望我饒恕的話，把裏面打掃得乾淨點兒。

卡　是，是，我就去。從此以後我要聰明一些，學學討好的法子。我眞是一頭比六頭蠢驢合起來還蠢的蠢貨！竟會把這種醉漢當做神明，向這種蠢才叩頭膜拜！

普　快滾開去！

亞　滾吧，把你們那些衣服仍舊歸還到原來尋得的地方去。

瑟　什麼尋得，是偷的呢。（卡、斯、屈同下）

普　大王，我請您的大駕和您的隨從們到我的洞窟裏來，今夜暫時要屈你們在這兒過宿一夜。一部分的時間我將消費在談話上，我相信那種談話會使時間很快溜過；我要告訴您我的生涯中的經歷，以及一切自從我到這島上來之後所遭遇的事情。明天早晨我要帶着你們上船回到奈泊爾斯去；我希望我們所疼愛的孩子們的婚禮就在那兒舉行；然後我要回到我的密蘭，在那兒等待着瞑目長眠的一天。

亞　我渴想聽您講述您的經歷，那一定會使我們的耳朵着了迷的。

普　我將從頭到尾向您細講；並且答應您一路上將會風平浪靜，有吉利的順風吹送，可以趕上已經去遠了的您的船隊。（向愛旁白）愛麗兒，我的小鳥，這事要託您辦理；以後你便可以自由地回到空中，從此我們永別了！——

請你們過來。(同下)

收場詩(註)

【普洛士丕羅致辭:

現在我已把我的魔法盡行拋棄,
剩餘微弱的力量都屬於我自己;
横在我面前的分明有兩條道路.
不是終身被符籙把我在此幽錮,
便是憑藉你們的力量重返故郭。
既然我現今已把我的舊權重握,
饒恕了迫害我的仇人,請再不要
把我永遠錮閉在這寂寞的荒島!
求你們解脫了我靈魂上的繫鎖,
賴着你們善意殷勤的鼓掌相助;
再煩你們為我吹嘘出一口和風,
好讓我們的船隻一齊鼓滿帆蓬。
而今我已撒開了我空空的兩手,
不再有魔法迷人,精靈供我奔走;

我的結局將要變成不幸的絕望
除非依託着萬能的祈禱的力量，
它能把慈悲的神明的中心刺徹，
赦免了可憐的下民的一切過失。
正如你們舊日的罪惡不再疵求，
讓你們大度的寬容給我以自由！

註　收場詩一般認爲後人所加，多數人斷定爲 Ben Jonson 作。

莎士比亞戲劇全集
第一輯 第九種

# 冬天的故事

朱生豪譯

# 冬天的故事

## 劇中人物

利翁替斯　西西里亞國王
邁密勒斯　西西里亞小王子
卡密羅
安替貢納斯
克里奧米尼斯
狄溫
　　西西里亞大臣
坡力克昔尼斯　波希米亞國王
弗羅利澤　其子
阿啓達默斯　波希米亞大臣
水手
獄吏
老牧人　帕笛塔的假父

小丑　其子

老牧人之僕

奧托力格斯　流氓

郝美溫妮　利翁替斯之后

帕笛塔　利翁替斯及郝美溫妮之女

寶琳娜　安替貢納斯之妻

哀米莉霞　宮女 ⎫
其他宮女 ⎭ 隨侍王后

毛大妞 ⎫
陶姑兒 ⎭ 牧羊女

西西里亞衆臣及貴婦，侍從，衛士，扮林神薩底兒者，牧人及牧羊女等

副末扮時間

**地點**

西西里亞；波希米亞

# 第一幕

## 第一場　西西里亞；利翁替斯宮中的前廷

〔卡密羅及阿啓達默斯上。

阿　卡密羅，要是您有機會到波希米亞來，也像我這回陪駕來到貴處一樣，我已經說過，您一定可以瞧出我們的波希米亞跟你們的西西里亞有很大的不同的地方。

卡　我想這個夏天西西里亞王的意中預備要答訪波希米亞。

阿　我們的簡陋的款待雖然不免貽笑，可是我們會用熱情來表示我們的誠意；因爲說老實話，——

卡　請您——

阿　眞的，我並不是隨口說說。我們不能像這樣盛大——用這種珍奇的——我簡直說不出來。可是我們會給你們喝麻醉的酒，好讓你們不感覺到我們的簡陋；雖然不加我們以誇奬，至少可以免得你們見怪。

卡　您太言重了。

阿　相信我，我說的都是從心裏說出來的老實話。

卡　西西里亞對於波希米亞的情誼，是無論如何不能完全表示出來的。兩位陛下從小便在一起受敎育；他們彼此間的感情本來是非常深切，無怪現在會這麼要好。自從他們長大之後，地位和政治上的必要使他們不能再在一起，但是他們仍舊交換着禮物，書信，和友誼的使節，代替着當面的晤對。雖然遠隔重洋，卻似乎攜手相親；一在天南，一在地北，卻似乎可以互相擁抱。但願上天繼續着他們的友誼！

阿　我想世間沒有什麼陰謀或意外的事故可以改變他們的心。你們那位小王子邁密勒斯眞是一位福星；他是我眼中所見到過的最有希望的少年。

卡　我很同意你對於他的期望。他是個了不得的孩子，看見他可以卻病延年。在他沒有誕生以前便已經扶杖而行的老人，也在希望着能够活到看見他長大成人的一天。

阿　否則他們便會甘心死去嗎？

卡　是的，要是此外沒有必須活下去的理由。

阿　要是王上沒有兒子，他們會希望扶着拐杖活下去看到他有了個孩子的。（同下）

## 第二場　同前；宮中大廳

〔利翁替斯，坡立克昔尼斯，郝美溫妮，邁密勒斯，卡密羅，及從者等上。

坡　自從我拋開政務，辭別我的御座之後，牧笛聲中如水的明月已經盈虧了九度。再長一倍的時間也會滿載着我的感謝，我的王兄；可是現在我必須負着永遠不能報謝的恩情而告別了。像一個置身在富麗之處的微賤之徒，我再在以前已經說過的千萬次道謝之上再加上一句，『謝謝！』

利　且慢道謝；等您去的時候再說吧。

坡　王兄，那就是明天了。我在擔心着當我不在的時候，也許國中會發生什麼事情；——但願平安無事，不要讓我的

利　疑懼果成事實！而且，我已經久住得叫您生厭了。
王兄，您別瞧我不中用，以爲我一下子就會不耐煩起來的。

坡　不再就擱下去了。

利　再住一個星期吧。

坡　眞的，明天就要去了。

利　那麼我們把時間折半平分；這您可不能反對了。

坡　請您不要這樣勉强我。世上沒有絕對沒有人能像您那樣說動我；要是您的請求對於您確實是必要，那麼即使我有必須拒絕的理由，我也會遵命住下。可是我的事情逼着我回去，您要是擱住我，雖說出於好意，卻像是給我的一種懲罰。同時我就擱在這兒，又要累您麻煩。免得兩面不討好，王兄，我們還是分手了吧。

利　你變成結舌了嗎，我的王后？你說句話兒。

郝　我在想，陛下，等您逼得他發誓決不就擱的時候再開口。陛下的言辭太冷淡了些。您應當對他說您相信波希米亞一切都平安，這可以用過去的日子來證明的。這樣對他說了之後，他就無可藉口了。

利　說得好，郝美溫妮。

郝　要是說他渴想見他的兒子，那倒是一個有力的理由；他要是這樣說，便可以放他去；他要是這樣發誓，就可以不必就擱，我們會用紡線桿子把他打走的。（向坡）可是這不是您的理由，因此我敢再向陛下告借一個星期；等您在波希米亞接待我的王爺的時候，我可以允許他比約定告辭的日子遲一個月回來。——可是說老實話，利翁替斯，我的愛你一分一秒都不後於無論那位老爺的太太哩。——您答應住下來嗎？

坡　不，王嫂。

郝　你一定不答應住下來嗎？

坡　我眞的不能就擱了。

郝　眞的！您用這種話來輕輕地拒絕我；可是即使您發下漫天大誓，我仍舊要說，『陛下，您不准去。』眞的，您不能去；女人嘴裏說一句『眞的，』也跟王爺們嘴裏說的『眞的』一樣有力呢。您仍舊要去嗎？一定要我把您像囚犯一樣拘禁起來，而不像貴賓一樣款留着嗎？您寧願用贖金代替道謝而脫身回去嗎？您怎麼說？我的囚犯呢，還是我的貴賓？憑着您那句可怕的『眞的，』您必須在兩者之間選取其一。

坡　那麼，王嫂，我還是做您的賓客吧；做您的囚犯是說我有什麼冒犯的地方，那我是斷斷不敢的。

郝　那麼我也不是您的獄卒，而是您的殷勤的主婦了。來，我要問問您我的王爺跟您兩人小時候歡喜玩些什麼把戲；那時你們一定是很有趣的哥兒吧？

坡　王嫂，我們那時是兩個不知道有將來的孩子，以爲明天就跟今天一樣，永遠是個孩子。

郝　我的王爺不是比您更歡喜開頑笑嗎？

坡　我們就像是在陽光中歡躍的一對孿生的羔羊，彼此交換着咩咩的叫喚。我們各以一片天眞相待，不懂得作惡事，也不曾夢想得到世間會有惡人。要是我們繼續過那種生活，要是我們的脆弱的心靈從不曾被激烈的情欲所激動，那麼我們可以大膽向上天說，人類所繼承下來的罪惡，我們是無分的。

郝　照這樣說起來，我知道你們以後曾經犯過罪了。

坡　啊！我的聖潔的娘娘！此後我們便受到了誘惑；因爲在那些乳臭未脫的日子，我的妻子還是一個女孩子，您的美妙的姿容也還不曾映進了我的少年遊侶的眼中。

郝　哎喲！您別說下去了，也許您要說您的娘娘跟我都是魔鬼哩。可是您說下去也不妨；我們可以擔承陷害你們的罪名，祇要你們跟我們犯罪是第一次，祇要你們繼續跟我們犯罪而不去跟別人犯罪。

利　他有沒有答應？

郝　他願意住下來了，陛下。

利　我請他，他卻不肯。郝美溫妮，我的親愛的，你的三寸舌建了空前的奇功了。

郝　空前的嗎？

利　除了還有一次之外，可以說是空前的。

郝　什麼！我的舌頭曾經立過兩次奇功嗎？以前的那次是在什麼時候？請你告訴我；把我誇獎得心花亂放，高興得像頭養肥了的家畜似的。一件功勞要是默默無聞，可以消沉了以後再做一千件的興致；褒獎便是我們的酬報。一回的鞭策還不曾使馬兒走過了一畝地，溫柔的一吻早已使他馳過百里。言歸正傳：我剛纔的功勞是勸他住下；以前的那件呢？要是我不曾聽錯，那麼她還有一個大姊姊哩；我希望她有一個高雅的名字！可是那一次我說得好是在什麼時候？告訴我吧！我急着要知道呢。

利　那就是當三個月難堪的時間終於黯然消逝，我畢竟使你伸出你的白白的手來，答應委身於我的那時候；你說，『我永遠是你的了。』

郝　那眞是一句好話。你們瞧，我已經說過兩回好話了；一次我永久得到了一位君王，一次我暫時留住了一位朋友。（伸手給坡）

利　（旁白）太熱了！太熱了！朋友交得太親密了，難免發生情欲上的糾紛。我的心在跳着；可不是因爲歡喜；不是歡喜。這種招待客人的樣子也許是很純潔的，不過因爲誠懇，因爲慷慨，因爲一片眞心而忘懷了形跡，並沒有什麼可以非議的地方；我承認那是沒有什麼關係的。可是手捏着手，指頭碰着指頭，像他們現在這個樣子；臉上裝着不自然的笑容，好像對着鏡子似的；又嘆起氣來，好像一頭鹿臨死前的喘息：嘿！那種招待我可不歡喜；就是我的額角也不願意長什麼東西出來呢。——邁密勒斯，你是我的孩子嗎？

邁　是的，好爸爸。

利　哈哈，眞是我的好小子。怎麼！把你的鼻子弄髒了嗎？人家說他活是我的樣子。來，司令官，我們一定要齊齊整整；不是齊齊整整，是乾乾淨淨，司令官；可是小牛人家也會說他齊齊整整。——還是在弄他的手心！——喂喂，你這頑皮的小牛！你是我的小牛嗎？

邁　是的，要是您願意，爸爸。

利　你要是有一頭蓬鬆的頭髮，再出了一對像我這樣的角兒，那就完全像我了。可是人家說我們簡直像兩個蛋一樣相像；女人們這樣說，她們是什麼都說得出來的；可是即使她們像染壞了的黑布一樣壞，像風像水一樣輕浮不定，像骰子一樣不可捉摸，然而說這孩子像我卻總是一句眞話。我們之間並沒有隔着一道界線。來，哥兒，用你那蔚藍的眼睛望着我。可愛的壞東西！最親愛的！我的肉！你的娘會不會？——也許有這種事嗎？——愛情！你深入一切事物的中心；你會把不存在的事實變成可能，而和夢境互相溝通；——怎麼會有這種事呢？——你能和僞妄合作，和空虛連絡，難道便不會和實體發生關係嗎？這種事情已經無忌憚地發生了，我已經看了出來，使我痛心疾首。

波　西西里亞在說些什麼？

郝　他好像有些煩躁。

波　喂，王兒！怎麼啦？您覺得怎樣，王兒？

郝　您似乎頭腦昏亂想到了什麼心事啦，陛下？

利　不，眞的沒有什麼。有時人類的至情會使人作出癡態來，叫心硬的人看着取笑！瞧我這孩子臉上的線條，我覺得好像回復到二十三年之前，看見我自己不穿着袴子，罩着一件綠天鵝絨的外衣，我的短劍套在鞘子裏，因恐它傷了它的主人，如同一般裝飾品一樣，證明它是太危險的；我覺得那時的我多麼像這個小東西，這位小爺爺。——我的好朋友，你願意讓人家欺騙你嗎？

邁　不，爸爸，我要跟他打。

利　你要跟他打嗎？哈哈！——王兒，您也是像我們這樣歡喜您的小王子嗎？

波　在家裏，王兒，他是我唯一的消遣，唯一的安慰，唯一的關心；一會兒是我的結義之交，一會兒又是我的敵人；一會兒是我的朝臣，我的兵士，和我的官員。他使七月的白晝像十二月天一樣短促，用種種孩子氣的方法來解除我心中的鬱悶。

利　這位小爺爺對我也是這樣。王兒，我們兩人先去，你們多就擱一忽兒。郝美溫妮，把你對我的愛情，好好在招待我這位王兒的上頭表示出來吧西西里亞所有的一切貴重的東西，都不要嫌破費去備來。除了你自己和我這位小流氓之外，他便是我最貼心的人了。

郝　假如您需要我們，我們就在園裏；我們就在那邊等着您好嗎？

利　隨你們便吧，祇要你們不飛到天上去，總可以找得到的。（旁白）我現在在垂釣，雖然你們沒有看見我放下釣線去。好吧，好吧！瞧她那麼把嘴向他送過去！簡直像個妻子對她正式的丈夫那樣攙着他！（坡、赫及從者等下）已經去了！一頂綠頭巾已經穩穩地戴上了！去玩兒去吧，孩子，玩兒去吧。你媽在玩着，我也在玩着；可是我扮的是這麼一個丟臉的脚色，準要給人喝倒采嘘下了墳墓去的，輕蔑和譏笑便是我的葬鐘。去玩兒去吧，孩子，玩兒去吧。要是我不曾弄錯，那麼烏龜這東西確是從來便有的；即使在現在，當我說這話的時候，一定就有許多人抱着他的妻子，卻不知道她在他不在的時候早已給別人揩過油；他自己池子裏的魚，已經給他笑臉的鄰居來撈了去。我道不孤，聊堪自慰。假如有了不貞的妻子的男人全都怨起命來，世界上十分之一的人類都要上吊死了。補救的辦法是一點沒有的。我們的世界是一個荒淫的星球，弄到不可收拾的時候，便會爆裂起來。你想，東南西北，無論那處都抵擋不過肚子底下的作怪；魔鬼簡直可以帶了箱籠行李堂而皇之地進出呢。我們中間有千萬個人都害着這毛病，但自己卻不覺得。喂，孩子！

邁　他們說我像您呢。

利　嗯，這倒是我的一點點兒安慰。喂！卡密羅在不在？

卡　有，陛下。

利　去玩吧，邁密勒斯；你是個好人兒。（邁下）卡密羅，這位大王爺還要住下去呢。

卡　您好容易纔把他留住的。

利　你沒有注意到嗎？

卡　您幾次請求他他都不肯就留，因爲他看得他自己的事情更爲重要。

利　你沒有看見嗎？（旁白）他們已經在那邊交頭接耳地說西西里亞是這麼這麼了。我應該老早就瞧出來的。——卡密羅，他怎麼會留下來？

卡　因爲聽從了賢德的王后的懇求。

利　單說聽從了王后的懇求就够了；賢德兩個字卻不大得當。誰都知道，難道祇有你不知道嗎？你比一般人聰明，怎麼反會看不出來？像你這樣具有非常的理智力的人，難道祇知道人性的善嗎？低賤的人衆也許在這種把戲上是完全不懂的嗎？你說。

卡　什麼把戲，陛下！我以爲大家都知道波希米亞王要在這兒多住幾天。

利　嘿！

卡　在這兒多住幾天。

利　嗯，可是爲什麼道理呢？

卡　因爲不忍辜負陛下跟我們大賢大德的娘娘的美意。

利　不忍辜負你娘娘的美意！這就够了。卡密羅，我不曾瞞過你一切我所切心的事情，一向來我的私事都要跟你商量過；你常常像個教士一樣洗淨我胸中的疑惑，聽過了你的話我便像個悔罪的信徒一樣得到了不少的教益。我以爲你是個忠心的臣子，可是我看錯了人了。

卡　我希望不致於吧，陛下！

利　你要是再這樣說，你便是個不誠實的人；否則，要是你有那種意思，你便是個懦夫，不敢堂堂正正地盡你的本分；否則你是個爲主人所倚重而辜恩怠職的僕人；或是一個看見一場賭局告終，大注的賭注都已贏走之後，還以爲只是一場頑笑的傻瓜。

卡　陛下明鑒，微臣也許是疏忽，愚蠢，而膽小；這些毛病是每個人免不了的，在世事的紛紜之中，常常不免要顯露出來。在陛下的事情上，我要是故意疏忽，那是因爲我的愚蠢；要是我有心假作癡呆，那是因爲我的疏忽，不曾顧慮到結果；要是有時我不敢去作一件我所抱着疑慮的事，可是後來畢竟證明了我的過慮的不當，那是即使聰明人也常犯的膽怯；這些弱點，陛下，是正直人所不免的。可是我要請陛下明白告訴我我的錯處，好讓我有辯白的機會。

利　難道你沒有看見嗎，卡密羅？——可是那不用說得，你一定已經看見，否則你的眼睛比烏龜殼還昏沉了；——難道你沒有聽見嗎？——像這種彰明昭著的事情，不會沒有謠言興起來的；——難道你也沒有想到我的妻子是不貞的嗎？——一個人除非沒有腦子，總會思想的。要是你不能老着臉皮說你不生眼睛不長耳朵沒有頭腦，你就該承認我的妻子是頭給人騎着玩兒的木馬兒；就像沒有出嫁便去跟人睡覺的那種小戶人家的女子一樣淫賤。你老實說吧。

卡　要是我聽見別人這樣誹謗我的娘娘，我一定要馬上給他看些顏色的。眞的，您從來沒有說過像這樣不成體統的話；把那種話重說一遍，那罪惡就跟您所說的這種事一樣大，如果那是眞的話。

利　難道那樣悄聲說話不算什麼一回事嗎？臉孔貼着臉孔，鼻子碰着鼻子，嘴唇咂着嘴唇，笑聲裏夾着一兩聲歎息，這些百無一失的失貞的表徵都不算什麼一回事嗎？腳兒踩着腳兒，躲在角落裏，巴不得鐘兒走得快些，一點鐘一點鐘變成一分鐘，一分鐘，中午趕快變成深夜；巴不得衆人的眼睛都出了毛病，不看見他們的惡事；這難道不算什麼一回事嗎？嘿，那麼這世界和它所有的一切都不算什麼一回事；籠罩宇宙的天空也不算什麼一回事；波希米亞也不算什麼一回事；我的妻子也不算什麼一回事；這些不算得什麼事的什麼事根本就沒有存在，要是這不算是什麼一回事。

卡　陛下，這種病態的思想您趕快去掉了吧；它是十分危險的。

利　卽使它是危險的，眞總是眞的。

卡　不，不，陛下。

利　是的；你說謊！你說謊！我說你說謊，卡密羅；我討厭你。你是個大大的蠢貨，沒有腦子的奴才；否則便是個周旋於兩可之間的騎牆分子，能够看明善惡，卻不敢得罪那一方。我的妻子的肝臟要是像她的生活那樣腐爛，她不能再活下一個鐘頭去。

卡　誰把她腐爛了？

利　嘿，就是那個把她當作小像一樣掛在頸上的波希米亞啦。要是我身邊有生眼睛的忠心的臣子，不但祇顧他們個人的利害，也顧到我的名譽，他們一定會幹一些事來阻止以後有更壞的事情發生。你是他的行觴的侍臣，我把你從卑微的地位提拔起來使你身居顯要；你知道我的煩惱，就像天看見地地看見天一樣明白：你可以給我的仇人調好一杯酒，讓他得到一個永久的安眠，那就使我大大地高興了。

卡　陛下，我可以幹這事，而且不用急性的藥物，祇用一種慢性的，使他不覺得中了毒。可是我不能相信娘娘會這樣敗德，她是那樣高貴的人。我已經盡忠於您——

利　你要是還不相信，你就該死了！你以爲我是這樣傻，發癡似地會這們自尋煩惱，使我的被褥蒙上不潔，讓荊榛棘刺和黃蜂之尾來搗亂我的睡眠，讓人家懷疑我的兒子的血統，雖然我相信他是我的而疼愛着他；難道我會無中生有，而沒有充分的理由嗎？誰能這樣丟自己的臉呢？

卡　我必須相信您的話，陛下。我相信您願意就去謀害波希米亞。他一除去了之後，請陛下看在小殿下的臉上，仍舊跟娘娘和好如初，免得和我們有來往的列國朝廷裏興起謠諑來。

利　你說得正合我心；我決不讓她的名譽上沾染汚點。

卡　陛下，那麼您就去吧；對於波希米亞和娘娘您仍然要裝出一副和氣殷勤的容貌。我是他的行觴的侍臣；要是他喝了我的酒毫無異狀，您就不用把我當作您的僕人。

利　好，沒有別的事了。你作了此事，我的一半的心便屬於你的；倘不作此事，我要把你的心剖成兩半。

卡　我一定會去作的，陛下。

利　我就聽你的話，裝出一副和氣的樣子。（下）

卡　唉，不幸的娘娘！可是我在什麼一種處境中呢？我必須去毒死善良的坡立克昔尼斯，理由只是因爲服從我的主人，他自己發了瘋，硬要叫他手下的人也跟着他幹發瘋的事。我做了這件事，便有陞官發財的希望。即使我能够在幾千件謀害人君的前例中找得出後來會有好結果的人，我也不願去作；可是碑版卷籍上從來不曾記載過這樣一個例子，那麼爲了幹這種事的罪惡，我也顧不得盡忠了。我必須離開朝廷；做與不做都是一樣的爲難。但願我有好運氣！——波希米亞來了。

〔坡立克昔尼斯重上。

坡　這可奇了！我覺得這兒有點不大歡迎起我來。不說一句話嗎？——早安，卡密羅！

卡　請陛下安！

坡　朝中有什麼消息？

卡　沒有什麼特別的消息，陛下。

坡　你們大王的臉上似乎失去了什麽州省或是一塊寶貴的土地一樣；剛纔我見了他照禮向他招呼，他卻把眼睛轉向別地方，抹一抹瞧不起人的嘴唇皮便急急地打我身邊走去了，使我莫名其妙，不知道什麽事情使他這樣改變了態度。

卡　我不敢知道，陛下。

坡　怎麼！不敢知道！還是不知道？你知道了，可是不敢說出來嗎？多分是這樣的；因爲就你自己而論，你所知道的，你一定知道，沒有什麽不敢知道的道理。好卡密羅，你變了臉色了；你的臉色正像是我的一面鏡子，反映出我也變了臉色了；因爲我知道我在這種變動當中一定也有份。

卡　有一種病使我們中間有些人很不舒服，可是我說不出是什麽病來；而那種病是從仍然健全着的您的身上傳染過去的。

坡　怎麼！從我身上傳染過去的？不要以爲我的眼睛能夠傷人；我曾經看眼過千萬個人，他們因爲得到我的注意而榮達起來，可是卻不曾因此而傷了命。卡密羅，你是個正人君子，加之學問淵博，洞明世事，那是跟我們先世的高貴一樣值得尊重的；要是你知道什麽事可以讓我知道的，請不要故意瞞着我。

卡　我不敢回答您。

坡　從我身上傳染過去的病，而我卻健康着！我非得明白這句話的意思不可。你聽見嗎，卡密羅？憑着人類的一切光榮的義務，我懇求你告訴我你以爲有什麽禍事將要臨到我身上；多少遠近；要是可以避過的話，應當採取什麽方法；要是避不了的話，應當怎樣忍受。

卡　陛下，我相信您是個高貴的人，您既然以義理責我我不得不告訴您。聽好我的主意吧；我衹能很急促地對您說知，您也必須趕快依我的話做，否則您我兩人都難倖免，要高喊「完了！」

坡　說吧，好卡密羅。

卡　我是奉命來謀害您的。

坡　奉誰的命，卡密羅？

卡　奉王上的命。

坡　爲什麼？

卡　他以爲——不，他十分確信地發誓說您已經跟他的娘娘發生曖昧，是他親眼看見或是他自己疑心出來的。

坡　啊，真有那樣的事，那麼讓我的血化成潰腐的毒膿，我的名字跟那出賣救主的叛徒相提並論吧！讓我的純潔的名聲發出惡臭來，嗅覺最不靈敏的人也會掩鼻而避之，比之耳朵所曾聽到過書上所曾記載過的最厲害的惡疾更爲深惡痛恨着我吧！

卡　您要是指着天上每一顆星星發誓說他誤會，那簡直像是叫海水不要服從月亮或是想用立誓或衆議來解除他那種癡愚的妄想一樣；這種想頭已經深植在他的心裏，到死也不會更移的了。

坡　這是怎麼起來的呢？

卡　我不知道；可是我相信避免已經起來的禍患，比之追問它怎樣會起來要安全些，我可以把我的一身給您作爲擔保，要是您信得過我，今夜就去吧！我可以去通知您的侍從，叫他們三三兩兩地從邊門溜出城外。至於我自己呢，願意從此爲您效勞；爲了這次的洩漏機密，在這裏已經不能再立足了。不要躊躇！我用我父母的名譽爲誓，我說的是眞話；要是您一定要證明，那我可沒有辦法，您的命運也將跟王上親口定罪的人一樣，難逃一死了。

坡　我相信你的話；我已經從他的臉上看出他的心思來。把你的手給我，做我的引路者；你將永遠得到我的眷寵。我的船隻已經備好；我的人民在兩天之前就已經盼我回去。這場嫉妬是對一位珍貴的人兒而起的；她是個絕世的佳人，他又是個當代的雄主，因此這嫉妬一定很利害；而且他以爲使他蒙恥的是他的結義的好友，一定更使他急於復仇。恐怖包圍着我；但願我的朋友平安，但願賢德的王后快樂！她也是這幕劇中的一個角色，可是他不會對她有惡意的猜疑吧？來，卡密羅；要是你這回幫我脫離此地，我將把你當作父母看待。讓我們逃吧。

卡　京城的各道邊門的鑰匙都歸我掌管；請陛下趕緊預備起來。來，陛下，走吧！（同下）

# 第二幕

## 第一場　西西里亞宮中一室

〔郝美溫妮，邁密勒斯，及宮女等上〕

郝　把這孩子帶去。他跟我纏得討厭死人了。

宮女甲　來，我的好殿下，我跟您玩兒好嗎？

邁　不，我不要你。

甲　為什麼呢，我的好殿下？

邁　你要吻得我那麼重，講起話來把我當作仍舊是一個小孩子似的。（向宮女乙）我還是歡喜你一些。

宮女乙　為什麼呢，殿下？

邁　不是因為你的眉毛生得黑一些；雖然人家說有些人還是眉毛黑一些好看，衹要不十分濃，用筆描成彎彎的樣子。

乙　誰告訴您這些的？

邁　我從女人的臉孔上看出來的。（向甲）現在我要問你，你的眉毛是什麼顏色？

甲　青的，殿下。

邁　哎，你在說笑話了；我看見過一位姑娘的鼻子發青，可是不會有青眉毛的。

乙　聽好，您的媽媽肚子高起來了，我們不久便要服侍一位漂亮的小王子；那時您祇好跟我們玩兒了，但也要看我們高不高興。

甲　她近來發胖得利害；願她幸運！

郝　你們在講些什麼聰明話兒？來，哥兒，現在我又要你了。請你陪我坐下來，講一個故事給我聽。

邁　還是快樂的故事呢，還是悲哀的故事？

郝　隨你的意思講個快樂點兒的吧。

邁　冬天最好講悲哀的故事。我有一隻關於鬼怪和妖精的。

郝　講給我們聽吧，好哥兒。來坐下來；講吧，儘你的本事用你那些鬼怪嚇我，這是你的拿手好戲哩。

邁　從前有一個人，——

郝　不，坐下來講；好，講下去。

邁　住在墓園的旁邊。——我要悄悄兒講，不讓那些蟋蟀兒們聽見。

郝　那麼好，靠着我的耳朵講吧。

〔利翁替斯、安替貢納斯、衆臣及餘人等上。

利　看見他在那邊嗎？他的隨從也在嗎？卡密羅也和他在一起嗎？

甲臣　我在一簇松樹後面碰見他們；我從來不會見過人們這樣匆促地趕着路；我一直望到他們上了船。

利　我多麼運氣判斷得一點不錯！唉，倒是糊塗些好！這種運氣可是多麼倒霉！酒杯裏也許浸着一個蜘蛛，一個人喝了酒去了，卻不曾中毒，因爲他沒有知道這回事；可是假如他看見了這個可怕的東西，知道他怎樣喝過了這杯裏的酒，他便要嘔吐狼藉了。我便是喝過了酒，而看見那蜘蛛的人。卡密羅是他的同黨，給他居間拉攏；他們在陰謀着算計我的生命，篡奪我的王位，一切的猜疑都已證實；我所差遣的那個奸人，原來已給他預先買通了，吃他知道了我的意思，使我空落得人家的笑罵。嘿，眞有手段！那些邊城門怎麽這樣不費事地開了？

甲臣　這是他的權力所及的，就跟陛下的命令一樣有力。

利　我很知道。（向郝）把這孩子給我。幸虧你沒有餵他吃奶；雖然他有些像我，可是他的身體裏你的血分太多了。

郝　什麽事？開頑笑嗎？

利　把這孩子帶開；不准他走近她的身邊；把他帶走！（從者等擁邁下）讓她跟自己肚子裏的那個孽種玩着吧；你的肚子是給坡立克昔尼斯弄大了的。

郝　列位賢卿，你們瞧她，仔細瞧着她；你們嘴裏剛要說，『她是一個美貌的女人，』你們心裏的正義的感覺就會接上去說，『可惜的是她卻不貞潔。』你們可以單單讚美她的外貌，我相信那確是值得讚美的；然後就聳了聳肩，鼻子裏一聲哼，嘴巴裏一聲嘿，這些小小的烙印都是誹謗所常用的：——我說錯了，我應當說都是慈悲所常用，因爲誹謗是會把貞潔都烙傷了的。當你們說了她是美貌的以後，還來不及說她是貞潔的，這種聳肩，這種哼，這種嘿，就已經跟着來了。可是你們知道，那是應當發放最受恥辱的人的；她是個淫婦。

郝　要是說這話的是個惡人，那麽他是個比世界上最惡的惡人更惡的惡人；您陛下，祇是弄錯了。

利　你弄錯了，我的娘娘，纔會把坡立克昔尼斯當成了利翁替斯。唉，你這東西！像你這樣身份的人，我眞不願這樣稱呼你，也許人家學着我的樣子，粗野地不再顧到社會上階級的區別，將要任意地把同樣的言語向着不論什麽人使用，把王子和乞丐等量齊觀。我已經說她是個淫婦；我也說過她跟誰姦通；而且她是個叛逆。卡密羅是她的同黨，她跟她那個萬惡的主犯所幹的無恥勾當他都知道，他知道她是個不貞的女人，像粗俗的人們用最難聽的名稱稱呼着的那種貨色一樣不要臉。而且她也預聞他們這次的逃走。

赫　不，我以生命起誓，我什麼都不知情。等到您明白過來，想一想您把我這樣羞辱，那時您一定將要多麼難過！我的好王爺，那時您就是承認您弄錯了，也再不能洗刷去我的委屈。

利　不，要是我把這種判斷的根據弄錯了，那麼除非地球小得不夠給一個學童在上面抽陀螺。把她帶去收了監！誰要是給她說句話兒的，即使他和這回事情不相干，也要算他有罪。

赫　我的星宿太壞，必須忍耐着等到天日清明的時候。各位大人，我不像我們一般女人那樣善於哭泣，也許我的流不出這種無聊的淚水，會減低了你們對我的憐憫；可是我心裏蘊藏着正義的哀愁，那憤火的燃灼的力量，是遠過於眼淚的泛濫的。我請求各位衡情酌理，來把我審判吧，好讓陛下的意旨成全！

利　（向衛士）沒有人聽我說嗎？

赫　誰願意跟我去？請陛下准許我帶走我的侍女，因爲您明白我現在的情形，這是必要的。別哭，傻丫頭們，用不到哭哩；等你們知道你們的娘娘罪有應得的時候，再用淚眼送我吧。我現在去受鞫的結果，一定會證明我的清白。再會，陛下！我一向希望着永遠不要看見您傷心，可是現在我相信我將要看見您傷心了。姑娘們，來吧；你們已經得到了許可。

利　去，照我的話辦去！（衛士押王后及宮女等下）

甲臣　請陛下叫娘娘回來吧。

安　陛下，您該把您做的事考慮明白，免得您的聰明正直反而變成了暴虐。這一來有三位貴人都要遭逢不幸，您自己，娘娘，和小殿下。

甲　陛下，我願意用我的生命擔保王后是淸白的，當着上天和您的面前；——我的意思是說，在您所譴責她的這件事情上，她是無罪的。

安　假如她果然有罪，我便要把我的妻子像狗馬一樣看守起來，一步都不放鬆，不放心讓她一個人獨自了。因爲假如娘娘是不貞的，那麽世間女人身上一寸一蝨的肉都是不貞的了。

利　閉住你們的嘴！

甲　陛下，——

安　我們說的話都是爲着您，不是爲我們自己。您上了人家的當了，那個造謠生事的人不會得到好死的；要是我知道這個壞東西，他休想好好兒活在世上！我有三個女孩子，大的十一歲，第二的九歲，小的纔四五歲；要是王后果然靠不住，這種事果然是眞的話，我願意叫她們受過。我一定要在她們未滿十四歲之前叫她們全變成石女，免得產下淫邪的後代來，她們都是嗣我家聲的人，我寧願自己做了太監，也不願讓她們生下敗壞門風的子孫。

利　住嘴！別再說了！你們都是死人鼻子，冷冰冰地嗅不出來；我可是親眼看見，親身感覺到的，正像你們看見我這樣用手指碰着你們而感覺到的一樣。

安　眞是這樣的話，那麽我們無須去掘什麽墳墓來埋葬貞潔；因爲世上根本不會有什麽貞潔存在，可以來裝飾一下這整個糞汚的地面。

利　什麽！我的話不足取信嗎？

甲　陛下，在這回事情上我寧願您的話比我的話更不足信；我寧願王后是貞潔的，不願您的猜疑證實，不論您將要因此而怎樣負疚。

利　哼，我何必跟你們商量？我祇要照我自己的意思行去好了。我自有權力，無須徵詢你們的意見，只是因爲好意纔對你們說知。假如你們的知覺那樣痲木，或者故意假作癡呆，信不過或是不願相信這種眞實的事實，那麼你們應該知道我本來不需要你們的意見；這件事情怎樣處置，利害得失，都是我自己的事。

安　陛下，我希望您祇在冷靜的推考裏把它判斷，而不用聲張出來。

利　那怎麼能夠呢？倘不是你老悖了，定然你是個天生的蠢材。他們那種狎暱的情形是不難想見的；除了不曾親眼看見之外，一切都可以證明此事的不虛；再加上卡密羅的逃走，使我不得不採取這種手段。可是這等重大的事情，最忌鹵莽從事；爲要更加確定一些起見，我已經派急使到德爾福斯聖地的亞波羅神廟裏去；我所差去的是克利翁米尼斯和狄溫兩人，你們知道他們都是十分可靠的。他們帶來的神諭會告知我們一切，鼓勵我或阻止我的進行。我這辦法好不好？

甲　很好，陛下。

利　我雖然十分確信，不必再要知道什麼；可是那神諭會使那些不肯接受眞理的愚蠢的輕信者無可反對。我認爲應當把她關禁起來，防免那兩個逃去的人們定下的陰謀由她來執行。跟我來吧；我們要當衆宣佈此事。

安　（旁白）照我看來，要是眞相明白了之後，不過鬧下一場笑話而已。（衆下）

## 第二場　同前；獄中外室

〔寶琳娜及從者等上。

寶　通報一聲獄吏，告訴他我是誰。（一從者下）好娘娘，你是配住歐洲最好的王宮的；獄中的生活你怎樣過去呢？

〔從者偕獄吏重上。

寶　長官，你知道我是誰，是不是？

吏　我知道您是一位我所欽仰的尊貴的夫人。

寶　那麼請你帶我去見一見王后。

吏　我不能，夫人；有命令禁止接見。

寶　這可難了！一個正直的好人，連好意的訪問者都不能相見！請問見見她的侍女可不可以呢？隨便那一個？哀米莉霞？

吏　夫人，請您遣開您這些從人，我就可以帶哀米莉霞出來。

寶　請你就去叫她來吧。你們都走開。（從者等下）

吏　而且，夫人，我必須在場聽你們的談話。

寶　好，就這麼吧，謝謝你。（吏下）已經給人染污了，再要洗刷乾淨，眞不容易。

〔獄吏偕哀米莉霞重上。

寶　好姑娘，我們那位賢德的娘娘好嗎？

哀　她總算盡了一個那樣高貴而無助的人兒所能盡的力量支持着過去。她所遭受的驚恐和悲哀，是無論那位嬌弱的貴夫人所受不了的；在這種驚憂交迫之下，她已經不足月而生產了。

寶　一個男孩嗎！

哀　一個女孩子，很好看的小孩，很壯健，大概可以活下去。它給娘娘不少的安慰，她說，「我的可憐的小囚徒，我是跟你一樣無辜的！」

寶　那是一定的。王上那種危險的胡作胡爲眞該死！必須要叫他明白纔是，他一定要明白他的錯誤；這種工作還是一個女人來擔任好一些，我去對他說吧。要是我果然能夠說得婉轉動聽，那麼讓我的舌頭說到起泡，再不用來宣洩我的憤火了。哀米莉霞，請你給我向娘娘多多致意；要是她敢把她的小孩信託給我，我願把它拿去給王上看，替她竭力說情。我們不知道他見了這孩子會多麼心軟起來。無言的純潔的天眞往往比說話更能打動人心。

哀　好夫人，照您那樣正直和仁心，您這種見義勇爲的行動是不會得不到美滿的結果的；除了您之外，再沒有第二個人可以擔任這件重大的差使。請您到隔壁坐一會兒，我就去把您的尊意稟知娘娘；她今天正也想到這個計策，可是爲恐遭到拒絕，不敢向一個可以信託的人出口。

寶　對她說，哀米莉霞，我願意竭力運用我的口才；要是我有一片生花的妙舌，如同我有一顆毅勇的赤心一樣，那麼我一定會成功的。

哀　上帝保佑您！我就對娘娘說去。請您過來。

吏　夫人，要是娘娘願意把孩子交給您，我讓它抱了出去，上頭沒有命令，可不大方便。

寶　你不用擔心，長官。這孩子是娘胎裏的囚人，一出了娘胎，按照着法律和天理，便是一個自由的解放了的人；王上的憤怒和她無關，娘娘要是果眞犯罪，那錯處也牽連不到小孩的身上。

吏　我相信您的話。

寶　不用擔心；要是有什麼危險，我可以爲你負責。（同下）

## 第三場　同前；宮中一室

〔利翁替斯，安替貢納斯，衆臣，及其他從者等上。

利　黑夜白天都得不到安息；照這樣把這種情形忍受下去，不過是懦弱而已，全然的懦弱。罪魁禍首雖然已經逃走，可是那淫婦也要負着一部分的責任。我的手臂伸不到那個淫君的身上，我對他無計可施；可是她卻在我手掌之中。要是她死了，用火把她燒了，那麼我也許可以恢復我一部分的安靜。來人！

從者甲　（趨前）陛下？

利　孩子怎樣？

甲　他昨夜睡得很好；希望他的病就可以退去。

利　瞧他那高貴的天性！知道了他母親的敗德，便立刻意緒消沉，受到了無限的感觸，把那種羞辱牢牢地加在自己身上。頹唐了他的精神，消失了他的胃口，擾亂了他的睡眠，很快地憔悴下來。讓我一個人在這兒；去瞧瞧他看。（從者甲下）嘿，嘿！別想到他了。我的念頭又轉到了我的復仇的決意上。那人太有勢力，幫手又多，我暫時把他放過；先把她處罰了再說。卡密羅和坡立克昔尼斯瞧着我的傷心而得意；要是我的力量能够及到他們，他們可不能再笑了；可是她卻在我的權力之中，看她能不能笑我。

〔寶琳娜抱小兒上。

甲臣　你不能進去。

寶　不，列位大人，幫幫我忙吧。唉，難道你們擔心他的無道的暴怒，更甚於王后的性命嗎？她是一個賢德的純潔的人兒，比起他的嫉妬來她要無罪得多了。

安　够了。

從者乙　夫人，他昨夜不曾安睡，吩咐誰都不能見他。

寶　您別這麼凶呀；我正是來叫他睡得熟的。都是你們這種人，像影子一樣在他旁邊悄手悄腳地走來走去，偶然聽見他的一聲嘆氣就大驚小怪地發起急來，都是你們這種人累得他不能安睡。我一片誠心帶來幾句忠言給他，它們都是醫治他失眠的靈藥。

利　喂，誰在吵鬧？

寶　不是吵鬧，陛下；是來跟您商量請誰行洗禮。

利　怎麼！把那個無禮的婦人撵走！安替貢納斯，我命令你不准她走近我身邊；我知道她要過來。

安　我對她說過了，陛下；我告訴她要是觸怒了您，那多麼不好，連累我也要受罪，我叫她不要來看您。

利　什麼！你管她不了嗎？

寶　我要是做錯了事，他可以管得了我；可是這一番除非他也學您的樣子，因為我做了正事而把我關禁起來，那麼相信我吧，他是管不了我的。

安　您瞧！您聽見她說的話。她要是自己作起主來，我衹好由她；可是她卻不會錯誤。

寶　陛下，請您聽我說，我自認我是您的忠心的僕人，您的醫士，和您的最恭順的臣子；可是您要是做了錯事，我卻不敢附和。我說，我是從您的好王后那兒來的。

利　好王后！

寶　好王后陛下，好王后；我說是好王后，假如我是男人，那麼卽使我毫無武藝，也願意跟人決鬥證明她是個好王后。

利　把她趕出去！

寶　誰要是向我動一動手的，叫他留心着自己的眼珠吧。我要去的時候自己會去，可是必須先把我的事情辦好。您的好王后，她眞是一位好王后，已經給您添下一位公主了；這便是，希望您給她祝福。（將小兒放下）

利　出去！大膽的妖婦！把她攆出去！不要臉的王婆！

寶　我不是；我不懂你加給我這種稱呼的意思。你自已纔是昏了頭了；我是個正直的女人，正像你是個瘋子一樣。

利　你們這些奸賊！你們不肯把她推出去嗎？把那野種給她抱出去。（向安）你這不中用的漢子！你是個怕老婆的，那個母夜叉把你嚇倒了嗎？把那野種檢起來；對你說，把它檢起來，還給你那頭老母羊去。

寶　要是你服從了他的暴力的亂命，把這孩子拿了起來，你的手便永遠是不潔的了！

利　他怕他的妻子！

寶　我希望你也怕你的妻子，那麼你一定會把你的孩子認爲親生了。

利　都是一羣奸黨！

安　天日在上，我不是奸黨。

寶　我也不是；誰都不是；祇有寶裏的一個人纔是，那就是他自已。因爲他用比刀劍還利害的讕言來中傷了他自已的，他的王后的，他的有前途的兒子的，和他的嬰孩的神聖的榮名；可恨的是沒有人能够强迫他除去他那種齷齪不堪的猜疑。

利　這個長舌的潑婦，剛打過他丈夫，現在卻來向我尋事了！這小畜生不是我的；它是坡力克昔尼斯的孩子；把它拿出去跟那母狗一起燒死了吧！

寶　它是你的；正像老古話所說，『她這麼像你，纔眞是倒霉！』瞧，列位大人，雖然是副縮小的版子，那父親的全副相貌，都抄了下來了；那眼睛，鼻子，嘴唇，皺眉頭的神氣，那額角，以至於頰上的可愛的酒渦兒，那笑容，手哪，指爪哪，手指哪，都是一副模型裏造出來的。慈悲的天神哪！你把她造得這麼像她的生身的父親，但願你不要讓她也有一顆嫉妬的心；否則也許她也要像他一樣疑心她的孩子不是她丈夫的兒子呢。

利　好一個蠢俗的妖婆！你這不中用的漢子，你不能叫她閉嘴，你也是該死的。

安　要是把在這件工作上無能爲力的丈夫們都弔死了，那麼您恐怕連一個臣子也沒有了。

利　我再吩咐一次，把她攆出去！

寶　最無道的忍心害理的昏君也不能做出比你更惡的事來。

利　我要把你燒死。

寶　我不怕；生起火來的人纔是個異教徒，而不是被燒死的人。我不願把你叫作暴君；可是你對於你的王后這種殘酷的凌辱，祇憑着自己的一點毫無根據的想像就隨便加以誣蔑，不能不說是暴君的行爲；它會叫你丟臉給全世界所恥笑的。

利　你們要是還有一點忠心的話，快給我把她帶出去吧！假如我是個暴君，她還活得了嗎？她要是眞知道我是個暴君，決不敢這樣叫我的。把她帶出去！

寶　請你們不用推我，我自己會去的。陛下，瞧着您的孩子吧；它是您的。上帝多多照顧它！你們用手揪住我做什麼？你

們眼看他做着傻事而不敢有什麼舉動，全都是些沒有用處的飯桶！好，好；再見！我們去了。（下）

利　你這奸賊都是你攛掇你的妻子做出這種把戲來的。我的孩子！把它拿出去！我就吩咐你，你這軟心腸的人，去把它立刻燒死了；我不要別人，祇要你去。快把它抱起來在這點鐘之內就來回報，而且一定要拿出證據來，否則你的命和你的財產都要保不住。要是你違抗我的命令，膽敢觸怒我的話，那麼你說吧；我要用我自己的手親自攛出這個野種的腦漿來。去，把它丟在火裏，因爲你的妻子是受了你的慫恿纔來的。

安　我沒有，陛下；這兒的各位大人都可以給我辯白，要是他們願意。

甲臣　我們可以給他證明，陛下，他的妻子的來此和他並不相干。

利　你們都是些說謊的人。

甲　請陛下相信我們。我們一直都是忠心耿耿地侍候着您，請您不要以爲我們會對您不忠。我們跪下來向您請求，看在我們過去和將來的忠誠的分上，收回了這個旨意，它是這樣殘酷而可怕，將會有不幸的結果發生。我們都在這兒下跪了。

利　什麼風都可以把我吹動。難道我要活着看見這個野種跪在我膝前，叫我作父親嗎？與其將來恨它，還是現在就燒死了的好。可是好吧，就饒了它的命吧；它總不會活下去的。（向安）你過來。你曾經那麼好心地跟你那位虔婆出力保全這野種的生命，——它是個野種，正像你的鬍鬚是灰色的一樣毫無疑問，——現在你還打算怎樣打救這小東西呢？

安　陛下，祇要是我的力量所能勝任的合乎正義的事，我便願意去做。我願意用我僅餘的一滴血救助無罪的人，祇要不是不可能的事。

利　我要叫你做的事並不是不可能的。憑着這柄寶劍，你發誓你願意執行我的命令。

安　我願意，陛下。

利　那麼你小心執行着吧；要是有一點點兒違反我的話，不但你不能活命，就是你那出言無禮的妻子也難逃一死。現在我姑且恕了她。你既然是我的臣僕，我命令你把這野女孩子抱出去，到我們國境之外的遠遠的荒野裏丢下，讓它死也好活也好。它既然來得那麼突然，我們就叫它突然而去，你趕快把它送到一塊陌生的地方去，悉聽運命把它怎樣支配；倘不依話辦去，你的靈魂就要因破誓而受罪，你的身體也要因違命而被罰。把它抱起來！

安　我已經發過誓只好去做，雖然我寧願立刻受死刑的處分。來，可憐的孩子；但願法力高强的精靈驅使鳶隼烏鴉來乳哺着你！據說豺狼和熊都曾經脫去了它們的野性，做過這一類慈悲的好事。陛下，您雖然做了這等事，仍舊願您幸福吧！可憐的東西，命定要給丢棄的，願上天祝福你，幫助你抵禦這種殘酷的運命！（抱兒下）

利　不，我可不能把別人的孩子養大起來。

〔一僕人上。

僕　啓稟陛下，奉旨前去叩求神諭的使者已經在一小時前到了；克利翁米尼斯和狄溫已經去過德爾福斯，趕程回國，現在都已登陸了。

甲臣　陛下，他們這一趟去得出乎意料地快。

利　他們去了二十三天；的確很快可見得偉大的亞坡羅要這事的眞相早早明白。各位賢卿，請你們預備起來，召集一次廷議，好讓我正式對我這個不貞的女人提出控訴；她既然已經公開被控，就該給她一個公正的公開的審判。她活着一天，我總不能安心。去吧，把我的命令考慮一下執行起來。（衆下）

# 第三幕

## 第一場　西西里亞海口

〔克利翁米尼斯及狄溫上。

克　氣候宜人，空氣甜美極了，島上的土壤那樣膏腴，廟貌的莊嚴遠過於一切的讚美。

狄　給我印像最深的是那種神聖的法服，和穿着那種法服的莊嚴的教士那種虔敬的神情。啊，那種祭禮！在獻祭的時候，那禮節是多麽隆重，嚴肅而神聖！

克　可是最奇怪的是那神諭的宣示和那種震耳欲聾的聲音，正像大神的霹靂一樣，把我嚇呆了。

狄　我們這次的旅程是那麽難得，那麽可喜，又是那麽快捷；要是它的結果能够證明王后的無罪，——但願如此！——那麽總算不虛此行了。

克　偉大的亞波羅把一切事情都轉到最好的方面！這種無故誣蔑郝美溫妮的說話我眞不高興。

狄　這回殘酷的審判會分別出一個明白來的。等亞波羅的神聖的祭司所密封着的神諭宣示出來之後，一定會有出人意表的事向衆人宣佈，去，好馬兒，希望諸事大吉！（同下）

## 第二場　西西里亞；法庭

〔利翁替斯，衆臣，及庭吏等上。

利　這次開庭是十分不幸而使我痛心的；我們所要審判的一造是王家之女，我的素來受到深恩殊寵的御妻。我們這次要儘力避免暴虐，因爲我們已經按照法律的程序公開進行，有罪無罪，總可以見個分曉。帶犯人上來。

吏　有旨請王后出庭肅靜！

〔衞士押郝美溫妮上；寶琳娜及宮女等隨上。

利　宣讀起訴書。

吏　（讀）『西西里亞賢王利翁替斯之后郝美溫妮其敬聽！爾與波希米亞王坡力克昔尼斯通姦，復與卡密羅同謀弒主；迨該項陰謀事洩，復背忠君之義，暗助奸黨黑夜逃生，揆諸國法，良不可恕。我等今控爾以大逆不道之罪』

郝　我所要說的話，不用說要跟控訴我的話相反，而能够給我證明的，又祇有我自己，因此即使辯白無罪，也是沒有多大用處的；我的眞誠已經被當作虛僞，那麼即使說眞話也不能使你們相信。可是假如天上的神明臨視着人們的行事，我相信無罪的純潔一定可以使僞妄的誣蔑慚愧，暴虐將會對含忍而顫慄。陛下，我過去的生活是怎樣貞潔而忠誠，這是您所十分明白的，雖然您不願意去想它；我現在的不幸是歷史上所找不出前例來的，我以一個后妃的身分，叨陪着至尊的寶座，一個偉大的國王的女兒，又是一個富有前途的王子的母親，現在卻成爲陛下之囚，絮絮地講着生命和名譽來請求你們垂聽。當我估量到生命中所有的憂愁的時候，我就覺得生命是不值得留戀的；可是名譽是我所要傳給我的後人的，它是我唯一關心的事物。陛下，我請你自問良心，當坡力克昔尼斯沒有來此之前，你曾經怎樣眷寵着我，那種眷寵是不是得當；他來了之後，我曾經跟他有過什麼禮法所不許的約會，以致於失去了你的歡心，而到了今天這等地步。無論在我的行動上或是意志上，要是有一點兒越禮的地方，那麼你們聽見我說話的各位，儘可以不必對我加以寬恕，我的最親近的人也可以在我的墳墓上羞罵着我。

利　做了無恥的事不知愧悔，還要用加倍的無恥來抵賴，眞可謂無恥之尤了。

郝　陛下，您的話說得不錯；可是那不能應用在我的身上。

利　你還不肯承認？

郝　我所沒有分的事，別人用誣蔑的手段加之於我的，我當然不能承認。你說我跟坡力克昔尼斯有不端的情事，我承認我是按照着他應得的禮遇，用合於我的身分的那種情誼而敬愛着他；那種敬愛正就是你所命令於我的。要是我不對他表示殷勤，我以爲那不但是違反了你的旨意，同時對於你那位在孩提時便那樣要好的朋友也未免有失敬意。至於陰謀犯上的事，即使人家預先佈置好了叫我嘗試一下，我也不會知道那是什麼味道。我唯一知道的，卡密羅是一個正直的好人；爲什麼他要離開你的宮廷，那是即使天神也像我一樣全然不知道的。

利　你知道他的出走，也知道你在他們去後要幹些什麼事。

郝　陛下，您說的話我不懂；我相信您是在做夢吧？

利　我在做夢！你跟坡力克昔尼斯生了一個野種，那也是我的夢嗎？你跟你那一黨都是些無恥的東西，完全靠不住，愈是抵賴愈顯得情眞罪確。你那個小東西沒有父親來認領，已經把它丟掉了，它本沒有什麼罪，罪惡是在你的身上，現在你也該聽受我們依法的判決，趕快準備着一死了。

郝　陛下，請不用嚇我吧；你所用來使我駭怕的鬼物，正是我所求之不得的。對於我生命並不是什麼可貴的東西。我的生命中的幸福的極致，你的眷寵，已經無可挽回了；因為我覺得它離我而去，但是不知道它是怎樣去法的。我的第二個心愛的人，又是我第一次結下的果子，已經被隔絕和我見面，似乎我是一個身染惡疾的人一樣。我的第三個安慰生下來便逢厄運，無辜的乳汁還含在它那無辜的嘴裏，便從我的胸前奪了去生生把它害死。我自己呢，被公開宣佈是一個娼婦；無論那種身分的婦女所享受得到的產褥上的特權，也因為暴力的憎恨而拒絕了我；這還不够，現在我身上沒有一點力氣，還要把我驅到這裏來受風日的侵凌。請問陛下，我活着有什麼幸福，為什麼我要怕死呢？請你就動手吧。可是聽着：不要誤會我，我不要生命，它在我的眼中不值一根稻草；但我要把我的名譽洗刷。假如你根據了無稽的猜測把我定罪，一切證據都可以不問，只憑着你的妒心作主，那麼我告訴你這不是法律，這是暴虐。列位大人，我把自己信託給亞坡羅的神諭，願他做我的法官！

甲臣　你這請求是全然合理的。憑着亞坡羅的名義，去把他的神諭取來。（若干庭吏下）

郝　俄羅斯的皇帝是我的父親；唉！要是他活着在這兒看見他的女兒受審判；要是他看見我這樣極度的不幸，但不是用復仇的眼光，而是用憐憫的心情！

［庭吏偕克利翁米尼斯及狄溫重上。

吏　克利翁米尼斯和狄溫，你們願意按着這柄公道之劍宣誓說你們確曾到了德爾福斯，從亞坡羅大神的祭司手中帶來了這通密封的神諭；你們也不曾敢去拆開神聖的鈐記，私自讀過其中的祕密嗎？

克、狄　這一切我們都可以宣誓。

利　開封宣讀。

吏　（讀）

「郝美溫妮潔白無辜；坡力克昔尼斯德行無缺；卡密羅忠誠不二；利翁替斯者多疑之暴君；無罪之嬰孩乃其親生；倘已失者不能重得，王將絕嗣。」

衆臣　贊美亞坡羅大神！

郝　感謝神明！

利　你沒有念錯嗎？

吏　沒有念錯，陛下；正是照着上面寫着的念的。

利　這神諭全然不足憑信。審判繼續進行。這是假造的。

〔一僕人上。

僕　吾王陛下，陛下！

利　什麼事？

僕　啊陛下！我眞不願意向您報告，小殿下因爲擔心着娘娘的命運，已經去了！

利　怎麼！去了！

僕　死了。

利　亞坡羅發怒了；諸天的羣神都在譴責我的暴虐。（郝暈去）怎麼啦！

寶　娘娘受不住這消息；瞧她已經死過去了。

利　把她扶出去。她不過因爲心中受了太多的刺激；就會醒過來的。我太輕信我自己的猜疑了。請你們好生在意把她救活轉來。（寶及宮女等扶郝下）亞坡羅，恕我大大地褻瀆了你的神諭！我願意跟坡力克昔尼斯復和，向我的王后求恕，召回善良的卡密羅，他是一個忠誠而慈善的好人。我因爲嫉妒而失了常態，一心想着流血和復仇，纔選中了卡密羅，命他去毒死我的朋友坡力克昔尼斯；雖然我用死罪來威嚇他，用重賞來鼓勵他，可是卡密羅的好心腸終於擔誤了我的急如烈火的命令，否則這件事早已做出來了。他是那麼仁慈而心地高尙，便向我的貴賓告知了我的毒計，犧牲了他在這裏的不小的家私，甘冒着一切的危險，把名譽當作唯一的財產。他因爲我的鏽腐而發出了多少的光明！他的仁善顯得我的行爲格外是多麼卑鄙！

〔寶琳娜重上。

寶　不好了！唉，快把我的衣帶解開，否則我的心要連着它一起爆碎了！

甲臣　這是什麼一回事，好夫人？

寶　昏君，你有什麼酷刑給我預備着？碾人的車輪？脫肢的拷架？火燒？剝皮？炮烙還是油煎？我的每一句話都是觸犯着你的，你有什麼舊式的新式的刑具可以叫我嘗試？你的暴虐無道，再加上你的嫉妒，比孩子們還幼稚的想像，九歲的女孩也不會轉到這種孩子氣的無聊的念頭；唉！要是你想一想你已經做了些什麼事，你一定要發瘋了，全然的發瘋了；因爲你以前的一切愚蠢，不過是小試其端而已。你謀害坡力克昔尼斯，那不算什麼；那不過表明你是個心性反覆，忘情背義的傻子。你叫卡密羅弑害一個君王，使他永遠蒙着一個污名，那也不算什麼；還有比這些更重大的罪惡哩。你把你的女兒拋給牛羊踐踏，不是死就是活着做一個卑微的人，雖然魔鬼在幹這種事之前，他的發火的眼睛裏也會迸出眼淚來的。我也不把小王子的死直接歸罪於你，他雖然那麼年青，他的心地卻是過人地高貴，看見他那粗暴癡愚的父親把他賢德的母親那樣侮辱，他的心便碎了。不，這也不是我所要責怪你的；可是最後的一件事——各位大人哪！等我說了出來，大家慟哭起來吧！——王后，王后，最溫柔的，最可愛的人兒已經死了，可是還沒有報應降到害死她的人的身上！

甲　有這等事！

寶　我說她已經死了；我可以發誓；要是我的話和我的發誓都不能使你們相信，那麼你們自己去看吧。要是你們能够叫她的嘴唇泛出血色來，叫她的眼睛露出光芒來，叫她的身上發出溫熱，叫她的喉頭透出呼吸，那麼我願意把你們當作天神樣叩頭膜拜。可是你這暴君啊！這些事情你也不用後悔了，因爲它們是沉重得不是你一切的悲哀所能撼動的；絕望是你唯一的結局。叫一千個膝蓋在荒山上整整跪了一萬個年頭，裸着身體，絕着飲食，永遠熬受冬天的風雨的吹打，也不能感動天上的神明把你寬恕。

利　說下去吧，說下去吧。你怎麼說都不會太過分的；我該受一切人的最惡毒的責罵。

甲　別說下去了；無論如何，您這樣出言無忌總是不對的。

寶　我很抱歉；我一明白我所犯的過失，便會後悔。唉！我忍着我的女人家的脾氣，太過於放言無忌了；他的高貴的心裏已經深受刺傷。已經過去而無能爲力的事，悲傷也是沒有用的。不要因爲我的話而難過；請您還是處我以應得之罪吧，因爲我不該把您應該忘記的事向您提醒。我的好王爺，陛下，原諒一個傻女人吧！因爲我對於娘娘的敬愛——瞧，又要說傻話了！我不再提起她，也不再提起您的孩子們了；我也不願向您提起我的拙夫，他也已經失了蹤；請您安心忍耐，我不再多話了。

利　你說的話都很對；我能够聽取這一切眞話，你可以不必憐憫我。請你同我去看一看我的王后和兒子的屍體；兩人應當合葬在一個墳裏，墓碑上要刻着他們死去的原因，永遠留着我的澌不去的恥辱。我要每天一次訪謁她們埋骨的教堂，用眼淚揮灑在那邊，這樣消度我的時間；我要發誓每天如此，直到死去。帶我去向他們揮淚吧。

（同下）

## 第三場　波希米亞；沿岸荒鄉

〔安替貢納斯抱小兒及一水手上。

安　那麼你眞的相信我們的船已經靠近了波希米亞的邊境了嗎？

水手　是的，老爺；我在擔心着我們上岸得不湊巧，天色很黯淡，怕就要括大風了。照我看來，天似乎在發怒，對我們有點兒不高興。

安　願上天的旨意完成！你上船去，照顧好你的船；我等會兒就來。

水手　請您趕緊點兒，別走得太遠了；天氣多分要變，而且這兒是有名出野獸的地方。

安　你去吧；我馬上就來。

水手　我巴不得早早脫身。（下）

安　來，可憐的孩子。我聽人家說死人的靈魂會出現，可是卻不敢相信；要是眞有那回事，那麼昨晚一定是你的母親向我出現了，做夢從來沒有那樣淸淸楚楚的。我看見一個人向我走來，她的頭有時側在這一邊，有時側在那一邊；我從來不曾見過一個滿面愁容的人有這樣莊嚴的妙相。她穿着一身潔白的袍服，像個神聖似地走到了我的船艙中，向我鞠躬三次，非常吃力地想說幾句話；她的眼睛睜得大大的，像要噴出火來。狂亂的一陣過去之後，便說了這幾句話：『善良的安替貢納斯，命運和你的良心作對，使你成爲拋棄我的可憐的孩子的人；按照着你所發的誓，你要把它丟在一個遼遠的地方，波希米亞正是那地方，到那邊去，讓它自個兒哭泣吧。因爲那孩子已經認作永遠遺失的了，我請你給她取名為帕笛塔。你奉了我丈夫的命令作了這件殘酷的事，你將永遠再見不到你的妻子寶琳娜了。』這樣說了之後，便尖叫幾聲，消失不見了。我嚇得不得了，立刻定了定心，覺得這是實在的事，不是睡着做夢。夢是不足憑信的；可是這一次我必須小心翼翼地依從着囑咐。我相信郝美溫妮已經給處死了，這確實是玻力克昔尼斯的孩子，因此亞玻羅要我把它放在這裏，無論死活，總是歸到了它的親生父親的國土上。小寶貝，願你平安！（將小兒放下）躺着吧這兒放着你的一張字條；這些東西，（放下一個包裹）要是你運氣好的話，小寶貝，可以供給你安身立命。風雨起來了。可憐的東西！為了你母親的錯處，被棄在荒郊，不知道要落得怎樣一場結果！我不能哭泣，可是我的心頭的熱血在流；為了立過了誓，不得不幹這種事，我真是倒霉！別了！天色越變越壞，你多分要聽到一闋太粗暴的催眠歌。我從不曾見過白晝的天色會這麼陰暗。那裏來的惱人的喧囂！但願我平安上了船！一頭野獸給人趕到這兒來了；我這回準活不成！（被大熊追下）

〔牧人上。

**牧** 我希望十六歲和二十三歲之間並沒有別的年齡，否則這整段時間裏就讓青春在睡夢中度了過去吧；因為在這中間所發生的事，不過是叫姑娘兒們養起孩子來，對長輩任意侮辱，偷東西，打架兒。你聽！除了十六歲和二十三歲之間的那種火剌剌的年青人，誰還會在這種天氣出來打獵？他們已經嚇去了我的兩頭頂好的羊；我擔心在它們的東家沒有找到它們之前，狼已經先把它們找到了。它們多分是在海邊啃着常春藤。好運氣保佑着我吧！咦，這兒是什麼？（抱起小兒）噯呀，一個孩子，一個怪體面的孩子！不知道是個男的還是個女的？好一個孩子；真是一個可愛的孩子。一定是什麼私情事兒；雖然我讀過得書不多，可是我也還讀過那些大戶人家的侍女怎樣跟人結識私情的笑話兒：扶梯放好，箱籠收拾好，兩口子打後門兒一溜；爺娘睡在暖暖的被窩裏好快活，可憐的孩子卻丢在這兒受凍。我要行個好事把它抱起來；可是我還是等我的兒子來了再說吧。他已經在叫我了。喂！喂！

〔小丑上。

丑　哈囉！

牧　咦，你就在這兒嗎？要是你想見一件到你身死骨頭爛的時候還要向人講起的話兒，那麼你過來吧。噯，孩子，你爲什麼難過？

丑　我在海上和岸上見到了兩件慘事！可是我不能說海上，因爲現在究竟那塊是天，那塊是海，已經全然分別不出來了。

牧　什麼，孩子，什麼事？

丑　我希望你也看見那風浪怎樣生着氣，怎樣發着怒，怎樣沖上了海岸！可是那是些不相干的閒話。唉！那些苦人兒們的悽慘的呼聲！有時候望得見他們，有時候望不見他們；一會兒船上的大桅頂着月亮，頃刻間就在泡沫裏捲沉下去了，正像你把一塊軟木塞丢在一個大桶裏一樣。然後又有岸上發生的那回事情。瞧那頭熊怎樣撕下了他的肩膊骨，怎樣他向我喊救命，說他的名字叫安替貢納斯，是一個貴人。可是我們先把那隻船的事情講完了；瞧海水怎樣把它一口吞下；可是我們先說那些苦人兒們怎樣喊着喊着，海水又怎樣把他們取笑；那位可憐的老爺怎樣喊着喊着，那頭熊又怎樣把他取笑；他們喊叫的聲音都比海濤和風聲更響。

牧　噯呀！這是什麼時候發生的，孩子？

丑　現在，現在；我看見這種情形之後還不曾霎過一霎眼呢。水底下的人還沒有完全冷掉；那頭熊還不曾吃掉那位老爺的一半，他現在還在吃呢。

牧　要是給我看見了的話，我一定會打救了那個人的。

丑　我倒希望你在船邊，打救那船；你的好心一定站立不穩。

牧　講正經話！講正經話！你瞧這兒，孩子。給你自己祝福吧！你看見人家死，我卻看見剛生下來的東西。這看着纔够味兒呢！你瞧，襁褓裏裹着一位大戶人家的孩子！瞧這兒；拿起來，拿起來，孩子；解開來。讓我們看。人家對我說神仙會保佑我發財；這一定是神仙丟下來的孩兒。解開來，裏面有些什麼，孩子？

丑　你已經是一個發財的老頭子了；要是天老爺不計較你年青時的罪惡，你可以享福了！金子！完全是金子！

牧　這是仙人的金子，孩子，沒有問題的；拿着藏好了。揀近路回家去，回家去！我們很運氣，孩子；倘使要保持這運氣，我們必須嚴守祕密。我的羊就讓它去吧。來，好孩子，揀近路回家去。

丑　你拿着你發現的東西揀近路回去吧。我先去瞧瞧那熊有沒有離開那位老爺，他究竟給吃得怎樣了；這種畜生祇在肚子餓的時候纔要發壞脾氣。假如他還有一點骨肉賸下，我便把他埋了。

牧　那是件好事。要是你能够從他留下來的什麼東西上看出來他是個什麼樣人，就來叫我讓我看看。

丑　好的；你可以幫我把他下土。

牧　今天是運氣的日子，孩子；我們要做些好事纔是。（同下）

# 第四幕

## 引子

【副末扮時間上，

時間
我令少數人懽欣，我給一切人磨難，
善善惡惡把喜樂和驚憂一一宣展；
讓我如今用時間的名義鴐起雙翮，
把一段悠長的歲月跳過請莫指斥：
十六個春秋早已默無聲息地過度，
這其間白髮紅顏人事有幾多變故；
我既有能力推翻一切世間的習俗，
又何必俯就古往今來規則的束縛？
這一段不小的空白就此擱在一旁，
各人的遭遇早已在前文交待端詳；

如今我再要提說全然新鮮的情由，
讓陳舊的故事閃爍着燦爛的光流：
就像你們突然從睡夢中驚醒轉來，
容我向你們把一個新的場面鋪開。
利翁替斯悔恨他擬愚的無根嫉妬，
此後便關起門來獨自兒閒居思過；
善良的觀衆，再想像我在波希米亞，
記住國王他有一個兒子在他膝下，
弗羅利澤是這位青年王子的表名；
現在再說帕笛塔，出落得丰秀超羣：
她後來的遭際我不必在這兒預報，
時間的消息到時候自會一一揭曉；
現在她認一個牧羊人做她的父親，
她此後的運命不久時間便會顯明。
諸君倘嫌這本戲無聊請不要心焦，
希望你們以後再不受同樣的無聊！（下）

## 第一場　波希米亞；坡力克昔尼斯宮中一室

〔坡力克昔尼斯及卡密羅上。

坡　好卡密羅，不要再向我苛求了。拒絕你無論什麼事都使我難過；可是我倘使答應了你這要求，那我簡直活不下去了。

卡　我離開我的故國已經十五年了；雖然我已經過慣了異鄉的生活，可是我希望能歸骨故丘。

坡　你是愛我的，卡密羅，不要在現在離開我而把你過去的辛勞都一筆勾消了。你自身的好處使我缺少不得你；與其中途你拋棄了我，倒不如我從來不曾認識你的好。你已經給我籌劃了好些除了你之外別人再也不能勝任愉快的工作；要是你不能留在這兒親自處理，就不得不把你親手創下的事業擱置起來。要是我還不曾仔細考慮過它們，——無論如何總不會嫌過於仔細的，——那麼再加上一番研究之後，一定會使我更感激你；因爲我的得益，我們的友誼將愈益增加。至於那個倒霉的國家西西里亞，請你不要再提起它了；你一說起那個名字，便會使我憶起了你所說的那位懺罪而已經捐棄了宿怨的王兄而心中難過；他那個珍貴無比的王后和孩子們的慘死，就是現在想起來也會重新慟哭。告訴我，你什麼時候看見過我的孩子弗羅利澤王子？國王們有了不肖的兒子，或是有了好兒子而失去了，那都是一樣的不幸。

卡　陛下，我已經有三天不看見王子了。他在作些什麼消遣我不知道；可是我很不高興注意到他近來不大在宮廷裏，也不像從前那樣熱心於他的那種合於王子身分的技藝。

坡　我也是這樣想，卡密羅，很有點放不下心。據我的耳目報告，說他老是在一個極平常的牧人的家裏；據說那牧人本來是個窮措大誰也不知道怎麼一下子的，發起橫財來了。

卡　陛下，我也聽說過這樣一個人；據說他有一個絕世的女兒她的名聲傳播得那麼廣，誰也想不到它的來源只是這樣一間草屋。

坡　我也得到這樣的報告，可是我怕那便是引誘我兒子到那邊去的原因。你陪我去看一下；我們化了裝，向那牧人探問探問，他的簡單的頭腦是不難叫他說出我的兒子所以到那兒去的緣故來的，請你就陪着我進行這一件事，把西西里亞的念頭擱開了吧。

卡　敬遵陛下的旨意。

坡　我的最好的卡密羅！我們該去假扮起來。（下）

## 第二場　同前；牧人村舍附近的大路

【奧托力格斯上

奧　（唱）

當水仙花初放它的嬌黃，
嗨！山谷那面有一位多嬌；
那是一年裏最好的時光，
嚴冬的熱血在漲着狂潮。

漂白的布單在牆頭曬晾，
嗨！鳥兒們唱得多麽動聽！
引起我難熬的賊心癢癢，
有得一壺酒喝勝坐龍庭。

聽那百靈鳥的淸歌婉麗，
嗨！還有畫眉喜鵲的叫噪，
一齊唱出了夏天的歡喜，
當我在稻草上左摟右抱。

我曾經侍候過弗羅利澤王子，穿過頂好的絲絨；可是現在已經遭了革逐。

我要爲這悲傷嗎，好人兒？
慘白的月亮照耀着夜暮；
當我從這兒漫步到那兒，
我總不會走錯我的道路。

要是補補鍋子也能過活，
背起了那張豬皮的革囊，

我就把宿賬交待個明白，
頂枷伏罪再不幹這勾當。
被單是我的專門生意有時卻也像鷂子搭窠一樣，我要檢些零星布屑。我的父親把我取名爲奧托力格斯；他也像我一樣水星照命也是一個專門注意人家不留心的零碎東西的小偷。呼么喝六，眠花宿柳，到頭來換得這一身五花大襲，做小偷是我唯一的生計。大路上呢，怕被官捉去拷打弔死不是玩；後日茫茫也祇有以一睡了之而已。——一注好買賣上門了！

〔小丑上。

丑　讓我看每閹羊十一頭出二十八磅羊毛；每羊毛二十八磅可賣一鎊幾先令；翦過的羊有一千五百隻，一共有多少羊毛呢？

奧　（旁白）要是網兒攤得穩，這隻雞一定會給我捉住。

丑　沒有籌碼，我可算不出來。讓我看，我要給我們慶祝翦羊毛的歡宴買些什麼東西呢？三磅糖，五磅小葡萄乾，米，——我這位妹子要米來作什麼呢？可是爸爸已經叫她主持這次歡宴，她把事情辦得很好。她已經給翦羊毛的，唱歌的，和別的人們紮好了二十四扎花束，他們都是很好的人，但大多是唱中音和低音的，可是其中有一個是清教徒，和着角笛他便唱聖詩。我要不要買些番紅花粉來把梨餅着上顏色？荳蔻殼？棗子？——不要，那不曾開在我的賬上。荳蔻仁，七枚；生薑，一兩根，可是那我可以向人討的；烏梅，四磅；再有同樣多的葡萄乾。

奧　我好苦命呀！（在地上匍匐）

丑　曖呀！——

奧 唉，救救我！救救我！替我脫下了這身破衣服！然後讓我死吧！

丑 唉，苦人兒！你應當再多穿一些破衣服，怎麼反而連這也要脫去了呢？

奧 唉，先生！我對於它們的惡心，比之我身上受過的鞭打還叫我難過；他把我重重的打了足有幾百萬下呢。

丑 唉，苦人兒！打了幾百萬下可不是頑兒呢。

奧 先生，我碰見了强盜，吃他們打壞了；我的錢，我的衣服都給他們搶了去了，卻把這種可厭的東西給我披在身上。

丑 什麼，是一個騎馬的？還是步行的？

奧 是個步行的，好先生，步行的。

丑 對了，照他留給你的這身衣服看來，他一定是個脚夫之類；假如這件是騎馬人穿的衣服，那麼它一定有不少的經歷了。把你的手伸給我，讓我攙扶着你。來，把你的手給我。（扶奧起）

奧 啊；好先生，輕一點兒。唷！

丑 唉，苦人兒！

奧 啊！好先生；輕點兒，好先生！先生，我怕我的肩胛骨都斷了呢。

丑 怎麼！你站不住嗎？

奧 輕輕的，好先生；（竊取丑錢袋）好先生，輕輕的。您做了一件好事啦。

丑 你缺錢用嗎？我可以給你幾個錢。

奧 不，好先生；不，謝謝您，先生。離這兒不到一哩路我有一個親戚，我就到他那兒去；我可以向他借錢或是別的我所需要的東西。別給錢我，我請求您；那會使我不高興。

丑　搶了你的是怎樣一個人呀？

奥　據我所知道的，先生，他是一個到處跟人打彈子戲的傢伙。我知道他從前曾經侍候過王子；後來我確實知道他是給鞭出了宮廷的，好先生，雖然我不曉得爲了他的那一點好處。

丑　你應當說壞處；好人是不會鞭出宮廷的。他們獎勵着人們的好處，好讓它留在那邊；可是好容易纔留得住呢。

奥　我應當說壞處，先生。我很熟悉這傢伙。他後來曾經做過牽猢猻的；後來又當過官差；後來去做一個演浪子回頭的木偶戲的人在離開我的田地一哩路之內的地方跟一個補鑊子的老婆結了親；各種下流的行業做了一樁換了一樁，終於做了一個流氓。有人叫他做奥托力格斯。

丑　他媽的！他是個賊；在教堂落成禮的時候，在市集裏，要熊的場上，常常有他的蹤跡。

奥　不錯，先生；正就是他，先生；那就是給我披上這身衣服的流氓。

丑　波希米亞沒有比他再鼠膽的流氓；你祇要擺出一些招勢來向他臉上啐過去，他就要逃走了。

奥　不瞞您說，先生，我不會和人打架。在那方面我是全然沒用的；我相信他也知道。

丑　你現在怎樣？

奥　好先生，好得多啦；我可以站起來走了。我應該向您告別，慢慢兒的走到我的親戚那兒去。

丑　要不要我帶着你走？

奥　不，和氣臉孔的先生；不，好先生。

丑　那麼再會吧；我必須去買些香料來端整着慶賀翦羊毛的喜宴。

奥　願您好運氣，好先生！（丑下）你的錢袋可不够你買香料呢。等你們舉行起翦羊毛的喜宴來，我也要來參加一下；假如我不能在這場把戲上再出把戲，叫那些翦羊毛的人自己變成了羊，那麼把我在花名簿上除名，算作一個規矩人吧。

上前走，上前走，腳踏着人行道，
高高興興地越過了關木：
心裏高興走整天也不會累倒，
愁人走一哩也像下地獄。（下）

## 第三場　同前牧人村舍前的草地

〔弗羅利澤及帕笛塔上。

弗　你這種異常的裝束使你的每一部分都長了生命；不像是一個牧女，而是出現在四月之初的花神了。

帕　殿下，要是我責備您不該穿扮得這麼古怪，那就是失禮了；——唉！恕我，我已經說了出來。您把您尊貴的自身，地上的優美的表記，用田舍郎的裝束晦沒起來；我這低賤的女子，卻裝扮做女神的樣子。幸而我們這宴集的每一道進食的時候都不缺少一些瘋狂的胡鬧，賓客們都視爲慣例，不以爲意，否則我見您這樣打扮，彷彿看見了我鏡中的自已，就難免臉紅了。

弗　我感謝我那好鷹飛過了你父親的地面上！

帕　上帝保佑您這感謝不是全沒有理由的吧！在我看來，我們階級的不同祇能引起畏懼；您的尊貴是不慣於畏懼的。就是在現在，我一想起您的父親也許也像您一樣偶然走過這裏，就會嚇得發抖。天啊！他要是看見他的高貴的大作裝釘得這麼惡劣，將會覺得怎樣呢？他會說些什麼話？我穿着這種借來的華飾，又怎樣抵禦得住他的莊嚴的神氣呢？

弗　除了行樂之外，再不要擔心什麼。天神也曾經爲了愛情，降低了他們的天神的身分，而化作禽獸的樣子。朱必特變成公牛作牛鳴；青色的涅普通變成牡羊學羊叫；穿着火袍的金色的亞坡羅，也曾像我現在這樣喬裝作一個窮寒的田舍郎。他們的化形並不化得比我更美，他們的目的也並不比我更純潔，因爲我是發乎情而止乎禮義的。

帕　唉！但是，殿下，您一定會遭到王上的反對，那時您的意志就不能不屈服了；結果不是您改變了您的主意，就是我犧牲了我的生命。

弗　最親愛的帕笛塔，請你不要想着這種思想來掃了宴樂的興致。要是我不能成爲你的，我的美人，那麼我就不是我的父親的；因爲假如我不是你的，那麼我也不能是我自己的，什麼都是無所歸屬的了。即使運命反對我，我的心是堅決的。高興些，好人，用你眼前的所見的事物把這種思想驅去了吧。你的客人們來了；擡起你的臉孔來，就像我們兩人約定舉行婚禮的那一天一樣。

帕　運命的女神啊，請你慈悲一些！

弗　瞧，你的客人們來了；活活潑潑地去招待他們，讓我們大家開懷歡暢吧。

〔牧人偕坡力克昔尼斯及卡密羅各喬裝上；小丑，毛大姐，陶姑兒，及餘人等隨上。

牧　哎喲，女兒！我那媼媼在世的時候，在這樣一天她又要料理伙食，又要招呼酒席，又要烹調菜蔬；一面當主婦，一面做用人；每一個來客都要她歡迎，都要她親自伺候；又要唱歌，又要跳舞；一會兒在桌子的上首，一會兒在中央；一

帕　會兒在這人的肩頭斟酒，一會兒又在那人的肩旁，辛苦得滿臉火一樣紅，自己坐下來歇息喝酒也必須舉杯向每個人奉敬。你卻躲在一旁，好像你是被招待的貴客，而不是這場宴會的女主人。請你向這兩位不相識的朋友歡迎一下；因爲這樣我們纔可以相熟起來，大家做了好朋友。來，別害羞，放出你的女主人的樣子來吧。說呀，歡迎我們來參加你的翦羊毛的慶宴，你的好羊羣將會繁盛起來。

帕　（向坡）先生，歡迎！是家父的意思要我擔任今天女主人的職務。（向卡）歡迎，先生！把那些花給我，陶姑兒。可尊敬的先生們，這兩束迷迭香和芸香是給你們的；它們的顏色和香氣在冬天不會消散。願上天賜福給你們兩位，永不會被人忘記！我們是歡迎着你們來的。

坡　美麗的牧女，你把冬天的花來配合我們的年齡，倒是很適當的。

帕　先生，絢爛的季節已經過去，在這夏日的餘輝尚未消逝，令人顫慄的冬天還沒有到來之際，當令的最美的花卉，祇有卡耐馨和有人稱爲自然界的私生兒的斑石竹；我們這村野的園中不曾種植它們，我也不想去採一兩枝來。

坡　好姑娘，爲什麼你瞧不起它們呢？

帕　因爲我聽人家說，在它們的斑爛的鮮豔中，人工曾經巧奪了天工。

坡　即使是這樣的話，那種改進天工的工具正也是天工所造成的；因此，你所說的加於天工之上的人工也就是天工的產物。你瞧，好姑娘，我們把一枝善種的嫩枝接在野樹上，也許會變成一種木質粗劣而花蕊美豔的植物。這是一種改良天然的藝術，或者可說是改變天然，但那種藝術的本身正是出於天然。

帕　您說得對。

坡　那麼在你的園裏多種些石竹花，不要叫它們做私生子吧。

帕　我不願用我的小鍬在地上種下一枝；正如要是我畫了一幅小像，不願這位少年稱贊它很好，只是因爲他希望接近我的緣故。這是給你們的花兒，濃烈的薄荷香草；陪着太陽就寢，流着淚跟他一起起身的萬壽菊；這些是仲夏的花卉，我想它們應當給與中年人。你們來是十分歡迎的。

卡　假如我也是你的一頭羊，我可以無須吃草，用凝視來使我活命。

帕　唉，別說了吧！您會消瘦到一陣正月的風可以把您吹來吹去的。（向弗）現在，我的最美的朋友，我希望我有幾枝春天的花朵，可以適合你的年紀；——還有你，還有你，在你的處女的嫩枝上花兒尚含苞未放。普洛色嬪娜啊！爲了現在所需要的花兒，但願你在驚惶中讓它們從狄斯的車上墮下！在燕子尚未歸來之前就已經大膽開放，丰姿招展地迎着三月之和風的水仙花；比朱諾的眼瞼或是賽茜莉霞的氣息更爲甜美的暗色的紫羅蘭；像一般薄命的女郎一樣，還不曾看見光明的腓勃斯在中天大放榮輝便以未嫁之身奄然長逝的櫻草花；勇武的皇冠一樣的蓮香花；以及各種的百合花，包括着澤蘭。唉！我不能用這些花朵來給你們紮成花圈，再把它們灑遍你，我的好友的全身！

弗　什麼！像一個屍體那樣嗎？

帕　不，像是給愛情所偃臥遊戲的水灘，不是像一個屍體；或者是抱在我臂中的活體，而不是去埋葬的。來，把你們的花兒拿了。我簡直像他們在聖靈降臨節扮演的牧歌戲裏一樣放肆了；一定是我這身衣服改變了我的性情。

弗　無論你做什麼事，總比已經做過的更爲美妙。當你說話的時候，親愛的，我希望你永遠說下去。當你唱歌的時候，我希望你買賣的時候也是這樣唱着，佈施的時候也是這樣唱着，祈禱的時候也是這樣唱着，管理家政的時候也是這樣唱着。當你跳舞的時候，我希望你是海中的一朵浪花，永遠那麼波動着，再不做別的事。你的每一件動作，在無論那一點上都是那麼特殊地美妙；每看到一件眼前的事，都會令人以爲不會有更勝於此的了；在每項事情上你都是個女王。

帕　啊，道里克爾斯！你把我恭維得太過分了。倘不是因爲你的年青和你的眞誠，表示出你確是一個純潔的牧人的話，我的道里克爾斯，我是很有理由疑心你別有用意的。

弗　我沒有可以引起你疑心的用意，你也沒有疑心我的理由。可是來吧，請你允許我陪你跳舞。把你的手給我，我的帕笛塔；就像一對斑鳩一樣，永不分開。

帕　我誓願如此。

坡　這是牧場上最美的小家碧玉；在她的每一件動作，每一種姿態上，都有一種比她自身更爲高貴的品質，似乎這地方是屈辱了她。

卡　他對她說了句什麼話兒，羞得她臉紅起來了。眞的，她可說是田舍的女王。

丑　來，奏起音樂來。

陶　毛大姐一定是你的情人；好，別忘記嘴裏含個大蒜兒，接起吻來味道好一些。

毛　豈有此理！

丑　別說了，別說了；大家要講究禮貌。來，奏起來。（奏樂；牧人羣舞）

坡　請問，好牧人，跟你女兒跳舞的那個漂亮的田舍郎是誰？

牧　他們把他叫作道里克爾斯，他自己誇說他有很好的牧場。我相信他的話；他瞧上去是個老實人。他說他愛我的女兒。我也是這樣想；因爲就是月亮凝視着流水，也不像他那麼癡心：他會立定呆望，就像那是我女兒的眼波一樣。老實說吧，從他們的接吻上要分別出誰更愛誰來是不可能的。

坡　她跳舞跳得很好。

牧　她樣樣都精；雖然我不該這樣自誇。要是年青的道里克爾斯選中了她，她會給他夢想不到的好處的。

【一僕人上。】

僕　（向丑）啊大官人！要是你聽見了門口的那個貨郎兒，你就再不會跟着手鼓和笛子而跳舞了；不，風笛也不能誘動你呢。他唱了幾支曲調比你數銀錢還快，似乎他曾經吃過許多歌謠似的；大家的耳朵都生牢在他的歌兒上了。

丑　他來得正好；我們應當叫他進來。山歌我是再歡喜不過的了，祇要它是用快活的調子唱着悲傷的事，或是用十分傷心的調子唱着很快活的事兒。

僕　他有給各色男女的歌兒；沒有那個女服店主會像他那樣恰如其分地用合式的手套配合着每個顧客了。他有最可愛的情歌給姑娘們，難得一點不粗俗，那和歌和尾聲是這樣優雅，『跳她一頓，揍她一頓』；爲恐有什麼歡喜講粗話的壞蛋要趁此開個惡作劇的頑笑，他便叫那姑娘回答說，『喔唷，饒饒我好人兒！』把他推了開去，這麼撇下了他，『喔唷，饒饒我，好人兒！』

坡　這是一個有趣的傢伙。

丑　眞的，你說的是一個很調皮的東西。他有沒有什麼新鮮的貨色？

僕　他有虹霓上各種顏色的絲帶；帶紐之多，可以叫波希米亞所有的律師們大批而來也點不淸楚；羽毛帶，毛絨帶，細麻布，細竹布；他把它們一樣一樣唱着，好像它們都是男神女神的名字呢。你會以爲一件女人的襯衣是一個女天使；他把它的袖口和胸前的花樣都是那麽唱着。

丑　去領他進來；叫他一路唱着來。

帕　關照他可不許唱出粗蠢的句子來。（僕下）

丑　這種貨郞兒們可瞧不出眞有點兒本事呢，妹妹。

帕　是的，好哥哥，我再瞧也不會瞧出什麽來的。

〔奧托力格斯唱歌上。

奧　白布白，像雪花；
黑紗黑，像烏鴉；
一雙手套玫瑰香；
假臉罩住俊臉龐；
琥珀項圈瑠璃鐲，
繡闈生香芳郁郁；
金線帽兒繡肚罩，
買回送與姐兒俏；
烙衣鐵桿別針尖，
閨房百寶盡完全：

來買來買快來買，
哥兒不買姐兒怪。

丑　要不是因爲我愛上了毛大妞，你再不用想從我手裏騙錢去，可是現在我既然這樣愛得她着了魔，不得不買些兒絲帶手套了。

毛　你曾經答應過買來送給我今天穿戴；但現在還不算太遲。

陶　他答應你的一定還不止這些哩。

毛　他答應你的，都已經給了你了；也許他給你的比他所答應你的還要多哩，看你好意思說出來。

丑　難道姑娘家們就不講個禮數的嗎？穿袴子是可以當着大家的臉的嗎？你們不可以在擠牛乳的時候，睡覺的時候，或是在竈下悄聲兒談說你們的祕密，一定要當着衆位客人之前嘮叨個不住嗎？怪不得他們都在那兒交頭接耳了。靜下你們的舌頭，別再多說一句話吧。

毛　我已經說好了。來，你答應買一條圍巾和一雙香手套給我的。

丑　我不曾告訴你我怎樣在路上給人摸了錢去嗎？

奧　眞的，先生，外面拐子很多呢；一個人總得小心些纔是。

丑　朋友，你不用擔心，在這兒你不會失落什麼的。

奧　但願如此，先生；因爲我有許多値錢的東西呢。

丑　你有些什麼？山歌嗎？

毛　請你買幾支兒；我頂喜歡刻印出來的山歌了，因爲那樣的山歌纔一定是眞的。

奥　這兒是一支調子很悲傷的山歌，裏面講着一個放債人的老婆一胎生下二十隻錢袋來，怎樣她淨想着吃蛇頭和煮爛的蝦蟆。

毛　你想這是眞的嗎？

奥　再眞沒有了，纔一個月前頭的事呢。

陶　天保佑我別嫁給一個放債的人！

奥　收生婆的名字都在這上頭，叫什麼造謠言太太的，另外還有五六個在場的奶奶們。我幹什麼要到處胡說呢？

毛　謝謝你，買了它吧。

丑　好，把它放在一旁。讓我們看還有什麼別的歌；別的東西等會再買吧。

奥　這兒是另外一支歌，講到有一條魚在四月八日星期三這一天在海岸上出現，離水面二十四萬呎以上；它便唱着這一支歌打動姑娘們的硬心腸。據說那魚本來是一個女人，因爲不肯跟愛她的人發生肉體關係，故而變成一條冷血的魚。這歌兒十分動人，而且是千眞萬確的。

陶　你想那也是眞的嗎？

奥　五個法官調查過這件事，證人多得數不清呢。

丑　也把它放下來；再來一支看看。

奥　這是一支輕鬆的小調，可是怪可愛的。

毛　讓我們買幾隻輕鬆的歌兒。

奥　這纔是非常輕鬆的歌兒呢，它可以用「兩個姑娘爭風」這個調子唱。西方一帶的姑娘誰都會唱這歌；銷路好得很呢，我告訴你們。

毛　我們倆也會唱。要是你也加入唱，你便可以聽我們唱得怎樣；它是三部合唱的。

陶　我們在一個月之前就學會這個調子了。

奥　我可以參加；你們要知道這是我的吃飯本領呢。請唱吧。（三人輪唱）

奥　你去吧，因爲我必須走，到那裏用不到你追究。

陶　那裏去？

毛　啊！那裏去？

陶　那裏去？

毛　賭過的咒難道便忘掉，什麼祕密該讓我知曉？

陶　讓我也到那裏去。

毛　你到農場還是到磨坊？

陶　這兩處全不是好地方。

奥　都不是。

陶　咦，都不是？

奥　都不是。

陶　你曾經發誓說你愛我。

毛　你屢次發誓說你愛我。

究竟你到那裏去？

丑　讓我們把這個歌兒揀個淸靜的地方唱完它；我的爸爸跟那兩位老爺在講正經話，咱們別攪擾了他們。來，帶着你的東西跟我來吧。兩位大姐，你們兩人都不會落空。貨郎兒，讓我們先發發利市。跟我來，姑娘們。（丑，陶，毛同下）

奧　你要大破其鈔呢。（唱）

要不要買些兒時新花邊？

要不要鑲條兒縫上披肩？

我的小嬌嬌，我的好親親！

要不要買些兒絲線緞綢？

要不要首飾兒插個滿頭？

質地又出色，式樣又時新。

要什麽東西請告訴貨郎，

錢財是個愛多事的魔王：

人要靠打扮，佛像要裝金。（下）

〔僕人重上。

僕　主人，有三個推小車的，三個放羊的，三個看牛的，和三個牧豬的，都身上披了毛皮，自己說是什麽騷底厄爾的他們跳的那種舞，姑娘們說全然是一陣亂竄亂跳，因爲他們完全是外行，可是他們自己卻以爲也許祇懂得把身子扭兩下的那些人會以爲他們這種跳法太粗野了，其實倒是滿有趣的。

牧　去！我們不要看他們粗蠢的把戲已經嫌太多了。先生！我知道我們這種情形一定會叫你們心煩。

彼　你在叫那些使我們高興的人心煩呢。請你讓我們瞧瞧這三個人一組的四班牧人吧。

僕　據他們自己說，先生，其中的三個人曾經在王上面前跳過舞；就是其中頂壞的三個，也會跳十二呎半呢。

牧　別多嘴了。這兩位好先生既然高興，就叫他們進來吧；可是快些。

僕　他們就在門口等着呢，主人。（下）

〔僕領十二鄉人扮林神薩底兒重上。跳舞後同下。

坡　（向牧）老丈，慢慢兒再讓你知道吧。（向卡）這不是太那個了嗎？現在應該去拆散他們了。（向弗）你好，漂亮的牧人！你的心裏充滿了些什麼東西，連宴會也忘記了？真的，當我年青的時候，我也像你一樣戀愛着，常常送給我的她許多小東西。我會把貨郎兒的綢絹傾囊倒篋地送給她；可是你卻輕輕地讓他去了，不作成他一點交易。要是你的姑娘誤會了，以爲這是你不愛她或是器量小的緣故，那麼你假如不願失去她，可就難於自圓了。

弗　老先生，我知道她不像別人那樣看重這種不値錢的東西。她要我給她的禮物是深深地鎖藏在我的心中的，我已經給了她了，可是還不曾向她說知。（向帕）這位年尊的先生似乎也曾經戀愛過，當着他的面前，聽我訴說我的心靈吧！我握着你的手，這像鴿毛一樣柔軟而潔白，像非洲人的牙齒，像被北風簸揚過二次的雪花一樣白的手。

坡　還有些什麼下文呢？這個年青的鄉人多麼可愛地似乎在洗着那本來已經很美的手！恕我打擾；你說下去吧：讓

弗　我聽一聽你要宣佈些什麼話。

坡　好，就請您作個見證。

弗　我這位夥伴也可以聽嗎？

他也可以，再有別人也可以，一切的人，天地和萬物，都可以來爲我作見證：即使我戴上了最尊嚴最高貴的皇冠，即使我是世上引人注目的最美貌的少年，即使我有超人的力量和智識，我也不願重視它們，假如我得不到她的愛情；它們都是她的臣僕，她可以賞擢它們使供奔走，或者貶斥它們淪於永劫。

坡　說得很好聽。

卡　這可以表示眞切的愛悅。

牧　可是，我的女兒，你不會對他也說些什麼嗎？

帕　我不能說得像他那麼好；我也沒有比他更好一點的意思。用我自己的思想作爲例子，我可以見出他的眞誠來。

牧　握手吧，交易成功了。不相識的朋友們，你們可以作證：我把我的女兒給了他，她的嫁奩我要使它和他的財產相當。

弗　啊！那該是你女兒自身的德性了。要是有一個人死了，我所有的將爲你們夢想所不及；那時再叫你吃驚吧。現在，來當着這兩位證人之前給我們訂婚。

牧　伸出你的手來；女兒，你也伸出手來。

坡　且慢，漢子。你有父親嗎？

弗　有的；爲什麼提起他呢？

坡　他知道這件事嗎？

弗　他不知道也不會知道。

坡　我想一個父親是他兒子的婚筵上最不能缺少的尊客。我再請問你一聲，你的父親已經老悖得作不來主張了嗎？他是不是一個老糊塗？他會說話嗎？他耳朵聽得見嗎？能不能認識人，講論自己的事情？他是不是躺在牀上爬不起來，祇會做些孩子氣的事？

弗　不，好先生，他在他的年齡上可還是十分壯健。

坡　憑着我的白鬚起誓，眞是這樣的話，你太不孝了。兒子自己選中一個妻子，這是說得過去的；可是做父親的一心想望着子孫的好，在這種事情上也參加一點意見，總也是應該的吧。

弗　我承認您的話很對；可是，我的尊嚴的先生，爲了別的一些不能告訴您的理由，我不曾讓我的父親知道這回事。

坡　那你就該去告訴他呀。

弗　他不能知道。

坡　他一定要知道。

弗　不，他一定不能知道。

牧　去告訴他吧，我的孩子；他知道了你選了怎樣一個妻子，決不會不中意的。

弗　不，不，他一定不能知道。來，給我們證盟吧。

坡　給你們離婚吧，少爺；（去除假裝）我不敢叫你做兒子呢。你這沒出息的東西，我還能跟你認父子嗎？堂堂的儲君，卻去扮做一個牧豬奴！你這老賊，我恨不得把你弔死；可是即使弔死了你，像你這樣年紀，也不過促短了你幾天的生命。還有你，美貌的妖巫，你一定早已知道跟你發生關係的那人是個天潢貴冑的傻瓜，——

**牧** 哎喲！

**坡** 我要用荊棘抓破你的美貌，叫你的臉孔比你的身分還寒傖。講到你，癡心的孩子，我再不准你看見這丫頭的臉了；要是你敢嘆一口氣，我就把你廢為庶人，擯出王族，以後永絕關係。聽好我的話，跟我回宮去。（向牧）蠢東西，你雖然使我大大生氣，可是暫時恕過你這遭。（向帕）妖精，牧豬奴纔配做你的漢子！按着說他自己降低了身分，本來也是跟你一樣賤，可是為着我們的體面，你是不配他的。要是你以後再開你的柴門接他進來，或者再敢去抱住他的身體，我一定要想出一種最慘酷的刑具來責打你這弱不禁風的嬌軀。（下）

**帕** 雖然一切都完了，我卻並不恐懼。不止一次我想要對他明白說：同一的太陽照着他的宮殿，也不曾避過了我們的草屋；日光是一視同仁的。殿下，請您去吧；我對您說過會有什麼結果的。請您留心着您自己的地位；我現在已經夢醒，可以從此斷念了。讓我一路擠着羊乳，一路哀泣吧。

**卡** 噯，怎麼啦，老丈！在你沒有死之前，說句話呀。

**牧** 我不能說話，也不能思想，更不敢知道我所知道的事。唉，殿下！我活了八十三歲，但願安安靜靜地死去，在我的父親葬身的地方，跟他正直的骸骨長眠在一塊兒；可是您現在把我毀了！替我蓋上殮衣的，將要是個行刑的絞手；我的埋骨之處，沒有一個牧師會來踐踏。唉，該死的孽根！你知道他是王子，卻敢跟他談交情。完了！完了！要是我能夠就在這點鐘內死去，那麼總算死得其時。（下）

**弗** 你為什麼這樣看着我？我不過有點悲傷，卻並不恐懼；不過受了挫折，卻沒有變心；本來是怎樣，現在仍舊是怎樣。因為給拉住了而更要努力向前，不甘心委屈地給人拖了去。

卡　殿下，您知道您父親的脾氣。這時候他一定不聽人家的話；我想來您也不想去跟他說什麼；而且我怕他現在也未必高興見您的面；所以您還是等他的火性退了之後再去見他吧。

弗　我沒有這個意思。我想你是卡密羅吧？

卡　正是，殿下。

帕　我不是常常對你說事情會弄到這樣的！我不是常常說等到這事一洩露，我就要丟臉了！

弗　你決不會丟臉，除非我背了信；那時就讓天把地球的兩邊碰了攏來，毀滅掉一切的生靈吧！抬起你的臉來。父親，把我廢斥了吧；我是我的愛情的後嗣。

卡　請聽勸告吧。

弗　我聽從着我的愛情的勸告呢。要是我的理性能服從指揮，那麼我是有理性的；否則我的感覺是歡喜瘋闖一下的，也會向它表示歡迎。

卡　您這簡直是亂來了，殿下。

弗　隨你怎樣說吧；可是這纔可以實現我的盟誓，我必須以為這樣做是正當的。卡密羅，我不願為了波希米亞，或是它的一切的榮華，或是太陽所臨照，土壤所孕育，以及無底的深海所隱藏的一切，而破毀了我向這位美貌的未婚妻所立的誓。所以，我拜託你，因為你一直是我父親所看重的朋友，當他失去我的時候，——不瞞你說，我預備再不見他了，——請你好好安慰安慰他；讓我自個兒掙扎我的未來的運命吧。我不妨告訴你，你也可以這樣對他說，因為在岸上我不能保有她，我要同着她到海上去了；巧得很我剛有一艘快船在此，雖然本來並非為着這次的計劃。至於我預備採取什麼方針，那你無須知道，我也不必告訴你了。

卡　啊，我的殿下！我希望您有再聽勸一點的性子，或者爲了您的需要，您有一副再堅強一點的精神。

弗　聽我說，帕笛塔。（攜帕至一旁，向卡）等會兒再跟你談。

卡　他已經立志不移，一定要出去了。要是我能在他的這回出走上想個計策，一方面償了我的心願，一方面幫助他脫去危險，爲他盡些力量，讓我再看見我的親愛的西西里亞，和我的渴想一面的不幸的舊君，那就一舉兩得了。

弗　好，卡密羅，我因爲有許多難題要解決，多多失禮了。

卡　殿下，我想您也聽說過我對於您父親的微末的忠勤吧？

弗　你是很值得尊敬的；我父親一提起你的功績，總是極口稱讚；他也常常想到要怎樣補報你。

卡　好，殿下，要是您願意以爲我是忠心於王上，同時因爲忠心於他的緣故，也願意忠心於和他最關切的人，那就是說您殿下自己，那麼請您接受我的指示：假如您那已經決定了的重要的計劃可以略加更改的話，我可以指點您一處將會按着您的身分竭誠接待您的地方；您可以在那邊陪您的戀人享着艷福，我知道要把你們拆散是不可能的，除非遭到了毀滅的命運——上帝保佑不會有這種事！您跟她結了婚；這邊我可以竭力向您的怫意的父親勸解，漸漸使他同意。

弗　這簡直是奇蹟了，卡密羅；怎麼可以實現呢？我要相信你不是個凡人，然後纔可以相信你的話。

卡　您有沒有想到一個去處？

弗　還沒有；可是因爲這回事情的突如其來，不得不使我們採取莽撞的行動，我們只好聽從運命的支配，隨着風把我們吹到什麼方向。

卡　那麼聽我說。要是您立定主意出走，那麼到西西里亞去吧；您可以帶着您這位美人去謁見利翁替斯，說她是位公主，把她穿扮得適合於作您妻子的身分。我想像得到利翁替斯將會伸出他的寬宏的手來，含着眼淚歡迎你；把你當作你父親的本人一樣向你請求原恕，吻着你的嬌豔的公主的手；一面懺悔他過去的不仁，一面讓眼前的殷勤飛快地愈加增長。

弗　可尊敬的卡密羅，我要向他用些什麼藉口來說明這次訪問呢？

卡　您說是您父王差遣您來向他問候通好的。殿下，您要用什麼方式去見他，作爲您父親的代表，您要向他說些什麼話；那些在我們三人間所知道的事情，我都可以給您寫了下來，指示您每次朝見時所要說的話，他一定會相信您的父親已經把心腹之事全告訴了您了。

弗　我眞感謝你。這似乎有些可能。

卡　比起您那聽任着無路可通的大海，夢想不到的岸灘，無可避免的災禍，沒有人能够幫助你，脫了這場險又會遭遇另一場險，除了盡力阻住你們深入危境的鐵錨而外，再沒有可靠之物，比起你這種鹵莽的政策來，總要有把握得多了。而且您知道幸運是愛情的維繫；愛情的鮮豔的容色和熱烈的心，也會因困苦而起了變化。

帕　你的話只算一半對；我想困苦可以使臉色慘淡，卻未必能改變心腸。

卡　噢，你這樣說嗎？你父親的家裏再七年也生不出像你這樣一個人來。

弗　我的好卡密羅，她雖然出身比我們低，她的教養卻不後於我們。

卡　我不能因爲她的缺少教育而惋惜，因爲她似乎比大多數教育別人的都更有教育。

帕　大人，承您過獎，慚愧得很。

弗　我的最可愛的帕笛塔！可是唉！我們卻立於荊棘之上！卡密羅，你曾經救了我的父親，現在又救了我，你是我們一

卡　家人的良藥；現在我們將怎樣辦呢？我既然穿得不像一個波希米亞的王子，到了西西里亞也沒有辦法好想。殿下，您不用擔心。我想您也知道我的財產全在那邊；我一定會像關心自己的事一樣設法讓您穿著得富麗堂皇。譬如說，殿下，讓您知道您不會缺少什麼，——過來我對您說。（三人退一旁談話）

〔奧托力格斯上

奧　哈哈！老實人眞是個大傻瓜！我的一切不值錢的頑意兒全賣光了；擔子裏空空如也，不剩一粒假寶石，一條絲帶，一面鏡子，一顆香丸，一枚飾針，一本筆記簿，一頁歌曲，一把小刀，一根織帶，一雙手套，一副鞋帶，一隻手鐲，或是一個明角戒指。他們爭先恐後地搶着買，好像我這種頑意兒都是神聖的寶石，誰買了去就會有好福氣似的。我就借此看了出來誰的袋裏像是最有錢；凡是我的眼睛所看見的，我便記住在心裏備用。我那位傻小子混頭混腦，聽了那些小娘兒們的歌著了迷了，他那豬玀腳站定了動都不動，一定要把曲譜和歌詞全買了纔休，因此引集了許多人都到了我身邊，只顧着聽，別的全忘記了：你儘可以把誰的襯裙撮那麼一撮，決不會覺得的；你要是把像個雞巴似的錢袋剪了下來，簡直不費吹灰之力；我可以把一串鏈條上的鑰匙都銼下來呢：什麼都不聽見，什麼都不覺得，只顧着我那位大爺的唱歌，津津有味地聽那種胡說八道。因此在這種昏迷顚倒的時候，我把他們中間大部分人爲着來趕熱鬧而裝滿了的錢袋都掏空了；假如不是因爲那個老頭子連嚷帶喊地走來，罵着他的女兒和國王的兒子，把那些礱糠上的蠢鳥都嚇走了，我一定會叫他們的錢袋全軍覆沒的。（卡，弗，帕上前）

卡　不，可是我的信用這方法可以和您同時到那邊，這爲難便可以解決了。

弗　同時你請利翁替斯王寫信給我們斡旋，——

卡　那一定會把您的父親勸轉心來。

帕　多謝您！您所說的都是很好的辦法。

卡　（見奧）誰在這兒？我們也許可以把這人利用利用；有機會總不要放過。

奧　（旁白）要是我的話給他們聽了去，那麼我就該死了。

卡　喂，好傢伙！你幹麼這樣發抖呀？別怕朋友；我們並不要爲難你。

奧　我是個苦人兒，老爺。

卡　那麼你就是個苦人兒吧，沒有人會來偷你；可是我們倒要和你的貧窮的外表做一注交易哩。快脫下你的衣服來吧，——你該知道你非脫不可，——和這位先生換一身穿。雖然他換到的只是一件破舊不堪値一個子兒的東西，可是還有幾個額外的錢給你，你拿了去吧。

奧　我是個苦人兒，老爺。（旁白）我知道你們的把戲。

卡　哎，請你趕快吧；這位先生已經在脫下來了。

奧　您不是開頑笑吧，老爺？（旁白）我有點兒明白這種詭計。

弗　請你快些。

奧　您雖然一本正經地給我定錢，可是我卻有點兒不能相信呢。

卡　脫下來脫下來。（弗，奧二人換衣）幸運的姑娘，讓我對你的預言成爲眞實吧！你應該揀一簇樹木中間躲着，把你愛人的帽子拿去覆住了前額，蒙住你的臉孔，改變你的裝束，竭力隱住了自己的原形；路上恐怕眼目很多，免得被人瞧破。

帕　看來這本戲裏我也要扮一個角色。

卡　也是沒有辦法呀。——您已經好了嗎?

弗　要是我現在遇見了我的父親，他不會叫我做兒子的，不，這帽子不給你戴。（以帽給帕）來，姑娘，來吧。再見，我的朋友。

卡　再見，老爺。

奧　再見，老爺。

弗　啊，帕笛塔，我們忘了一件事了！來跟你講一句話。（弗、帕在旁談話）

卡　（旁白）這以後我便去向國王告知他們的逃亡和行踪；我希望因此可以勸他追趕他們，這樣我便可以陪着他再見西西里亞的面，我眞像一個女人那樣相思着它呢。

弗　幸運保佑我們！卡密羅，我們就此到海邊去了。

卡　一路順風！（弗、帕、及卡各下）

奧　我知道這回事情；我聽見他們的話。一張好耳朵，一對快眼，一雙妙手，這是當剪綹所缺不來的；而且還要有一個好鼻子，可以嗅出些機會來。看來現今是小人得勢之秋。不加小賬，這已經是一樁好交易了；況且還有這樣的油水！天爺爺們今年一定特別包容着我們，我們儘可以放着手幹去。王子自己也就有點靠不大住，拖着絆脚的東西逃開了父親的身旁。假如把這消息去報告國王知道是一件正當的事情，我也不願這樣幹。不去報告本是小人的行徑，正合我的本色。走開些，走開些；一個活動的頭腦，又可以有些事情做了。每一條街頭街底，每一家店鋪，教堂，法庭，刑場，一個小心的人都可以顯他的身手。

【小丑及牧人上。

丑　瞧，瞧，你現在弄到什麼地步啦！唯一的辦法是去告訴國王她是個拾來的孩子，並不是你的親生骨肉。

牧　不，你聽我說。

丑　不，你聽我說。

牧　好，那麼你說吧。

丑　她既然不是你的骨肉，你的骨肉就不會得罪國王；因此他就不能責罰你的骨肉。你祇要把你在她身邊找到的那些東西，那些祕密的東西，都拿出來給他們看，只除了她的財物。這麼一來，我可以擔保，法律也不會奈何你了。

牧　我要把一切都去告訴國王，每一個字，是的，還要告訴他他的兒子的胡鬧；我可以說他這個人無論對於他的父親和我都不是個好人，想要把我和國王攀做親家。

丑　不錯，你起碼也可以做他的親家；那時你的血就不知道要貴多少錢一兩了。

奥　（旁白）很聰明，狗子們！

牧　好，讓我們見國王去；他見了這包裹裏的東西，準要摸他的鬍鬚呢。

奥　（旁白）我不知道他們要是這樣去說了會怎樣阻礙我那主人的逃走。

丑　但願他在宮裏。

奥　（旁白）雖然我生來不是個好人，有時我卻偶然要做個好人；讓我把貨郎兒的鬍鬚取下藏好。（取下假鬚）喂，鄉下人！你們到那兒去？

牧　不瞞大爺說，我們到宮裏去。

奥　你們到那邊去有什麼事？要去見誰？這包裹裏是什麼東西？他們家住何處？姓甚名誰？多大年紀？有多少財產？出身怎樣？一切必須知道的事情，都給我說來。

丑　我們不過是平常百姓呢，大爺。

輿　胡說！瞧你們這種滿臉鬚髮蓬鬆的野相，就知道不是好人。我不要聽胡說；衹有做買賣的纔會胡說，他們老是騙我們；我們軍人可是我們卻不給他們吃刀劍，反而用洋錢買他們的謊。

牧　大爺，請問您是不是個官？

輿　隨你們瞧我像不像官，我可真是個官。不看見這身衣服就十足的官氣嗎？我穿着這身衣服走路，那樣子不是十足的官派嗎？你們不聞到我身上的官味道嗎？瞧着你們這付賤相，我不是大擺着官架子嗎？你們以爲我對你們講話的時候和氣了點，動問你們微賤的底細，因此我就不是個官了嗎？我從頭到脚都是個官，一高興可以幫你們忙，一發脾氣你們就算遭了瘟；所以我命令你們把你們的事情說出來。

牧　大爺，我是去見國王的。

輿　你去見他有什麼脚路呢？

牧　請您原諒，我不知道。

輿　脚路是一句官話，意思問你有沒有野雞送上去，說你沒有。

牧　沒有，大爺；我沒有野雞，公的母的都沒。

輿　我們不是傻瓜的人眞幸福！可是誰知道當初造物不會把我也造成他們這種樣子？因此我也不要瞧他們不起。

丑　這一定是位大官兒。

牧　他的衣服很神氣，可是他的穿法卻不大好看。

丑　他似乎因爲落拓不羈而格外顯得高貴些。我可以擔保他一定是個大人物；我瞧他剔牙齒的樣子就看出來了。

奧　那包裹是什麼？裏面有些什麼東西？那箱子又是那裏來的？

牧　大爺，在這包裹和箱子裏頭有一個很大的祕密；除了國王以外誰也不能知道；要是我能够去見他說話，那麼他在這一小時之內就可以知道了。

奧　老頭子，你白費了辛苦了。

牧　爲什麼呢，大爺？

奧　國王不在宮裏；他已經坐了一隻新船出去解悶養息去了。要是你這人還算懂事的話，你該知道國王心裏很不樂意。

牧　人家正是這樣說呢，大爺；說是因爲他的兒子想要跟一個牧人的女兒結婚。

奧　要是那個牧人還不曾給銬起來，還是趕快遠走高飛的好。他將要受到的咒詛和刑罰，一定會把他的背膀壓斷，就是妖魔的心也會禁不住碎裂的。

丑　您以爲是這樣嗎，大爺？

奧　不但他一個人要大吃其苦，就是跟他有點親戚關係的，即使疎得相隔了五十層，也逃不了要上絞架。雖然那似乎太殘忍些，然而卻是應該的。一個看羊的賤東西居然膽敢叫他的女兒妄圖非分！有人說應當用石子摔死他；可是我說這樣的死法太寫意了。把九五之尊拉到了羊棚裏來！這簡直是萬死猶有餘辜，極刑尚嫌太輕哩。

丑　大爺，請問您聽不聽見說那老頭子有一個兒子？

奧　他有一個兒子，要把他活活剝皮，然後塗上蜜，放在胡蜂窠的頂上，等他八分是鬼兩分是人的時候，再用火酒把他救活轉來；然後揀一個曆本上所說的最熱的日子，把他那塊生豬肉背貼着磚牆上烤烤，太陽向着正南方蒸曬着他，讓他眼看着自己身上給蒼蠅下卵而死去。可是我們說起這種奸惡的壞人做什麼呢？他們犯了如此大罪，受這種苦難也不妨付之一笑。你們瞧上去像是正直良民，告訴我你們見國王有什麼幹。你們如果向我孝敬孝敬，我可以帶你們到他的船上去，把你們向他引見，悄悄兒給你們說句好話。要是國王身邊有什麼人能够影響你們的請求的話，這個人就在你們的眼前。

丑　他瞧上去是個有權有勢的人，跟他商量，送給他些金子吧；雖然權勢是一頭固執的熊，可是金子可以拉着它的鼻子走。把你錢袋裏的東西放在他手掌之上，再不用瞎操心了。記住，用石子摔死，活活的剝皮！

牧　大爺，要是您肯替我們擔任這件事情，這兒是我的金子；我還可以去給您拿這麼多來，這個年青人可以留在您這兒權作抵押。

奥　那是說等我作了我所允許的事情以後麼？

牧　是的，大爺。

奥　好，就先給我一部分吧。這事情你也有份的嗎？

丑　略爲有點兒份，大爺；可是我的情形雖然很可憐，我希望我不致於給剝了皮去。

奥　啊！那說的是那牧人的兒子呢；這傢伙應該弔死，以昭炯戒。

丑　鼓起精神來！我們必須去見國王，給他看些古怪的東西。他一定要知道她不是你的女兒，也不是我的妹妹；我們是全不相干的。大爺，等事情辦完之後，我要送給您像這位老頭子送給您的一樣多；而且照他所說的，在沒有去拿來給您之前，我可以把我自己抵押給您。

奥　我可以相信你。你們先到海邊去，向右手走。我略爲張望張望就來。

丑　我們眞運氣遇見這個人，眞運氣！

牧　讓我們照他的話先去。他準備着幫我們的忙。（牧，丑下）

奧　假如我有一顆要做老實人的心，看來命運也不會允許我；她會把橫財丟到我嘴裏來的。我現在有了個一舉兩得的機會，一方面有錢財到手，一方面又可以向我的主人王子邀功；誰知道那不會使我得意起來嗎？我要把這兩隻瞎眼珠的耗子帶到他的船上去；假如他以爲不妨把他們放回岸上，讓他們去向國王告發也沒甚關係，那麼就讓他因爲我的多事而罵我混蛋吧；那個頭銜以及連帶着的恥辱，橫豎對我都沒有影響。我要帶他們去見他；他也許會有什麼事情要見分曉。（下）

# 第五幕

## 第一場　西西里亞利翁替斯宮中一室

〔利翁替斯，克里奧米尼，狄溫，寶琳娜，及餘人等同上。

克　陛下，像一個懺悔的聖者一樣，你已經傷心得够了。無論怎樣的錯處，您的懺悔也都已經可以補贖而有餘。請您遵照着天意，忘懷了您的罪過，寬恕了自己吧。

利　當我記起她和她的聖德來的時候，我忘不了我自己的罪；我也永遠想到我對於自己所鑄成的大錯，使我的國統失去了嗣續，毀滅了一位人間最可愛的伴侶。

寶　眞的，一點不錯，陛下。要是您和世間的每一個女子依次結婚，或者把所有的女子的美點提出來造成一個完美的女性，也抵不上給您害死的那位那樣好。

利　我也是這樣想。害死！她是給我害死的！我的確害死了她，可是你這樣說，太使我難過了；在你舌頭上吐出來的這句話，正像在我心中的一樣刻毒。請你少說幾次吧。

克　您別說了吧，好夫人；千不說萬不說，爲什麽一定要說這種火上澆油的話呢？

寶　你也是希望他再結婚的。

狄　要是您不這樣希望，那麽您未免太不能爲王上設身處地一想，假如陛下絕了後嗣，國家將會遇到怎樣的危機，就是一籌莫展袖手旁觀的人也難脫身事外。還有什麼事情比之讓先后瞑目地下更爲神聖呢？爲了王統的恢復，爲了目前的安慰和將來的利益，還有什麼比再誕生一位可愛的小王子尤其神聖的事？

寶　想到已經故世了的王后，那麼世上是沒有人有資格繼承她的。而且神們也一定要實現他們祕密的意旨；神聖的亞坡羅不是曾經在他的神諭裏說過，利翁替斯在不曾找到他的失去的孩子之前，將不會有後裔？這種事情照我們凡人的常理推想起來，正像我的安替貢納斯會從墳墓裏出來一樣不可能，我相信他是一定和那嬰孩死在一起了。可是你們却要勸陛下違反了天意。（向利）不要擔心着後嗣，王冠總會有人戴的。亞力山大大帝把他的王位傳給功德最著的人；他的繼位者因此是最好的賢人。

利　好寶琳娜，我知道你忘不了那美溫妮的賢德；唉！要是我早聽你的話就好了！那麼卽使在現在，我也可以正視着我的王后的雙眼，從她的唇邊領略着仙露的滋味，——

寶　那是取之不竭的；當您離開之後，它會變成愈加富裕。

利　你說得對。佳人難再得，我也不願再娶了；要是娶了一個不如她的人，却受到勝如她的待遇，一定會使她在天之靈不安，她將重新以肉身出現在罪惡的人間，而責問着『爲什麼對我那樣？』

寶　要是她有那樣力量，她是很有理由這樣做的。

利　是的，而且她要引動我殺害了我所娶的那人。

寶　假如是我，我一定會這樣的。要是我是那現形的鬼魂，我要叫你看着她的眼睛，告訴我你爲了她那一點不是取的地方而選中了她；然後我要銳聲呼叫，你的耳朵也會聽了震裂；於是我要說，『記着我的吧！』

利　她的眼睛是閃灼的明星，一切的眼睛都是消燼的寒煤！不用擔心我會再娶；我不會再娶的，寶琳娜。

寶　您願意發誓說不得到我的許可，決不結婚嗎？

利　決不，寶琳娜；祝福我的靈魂！

寶　那麼各位大人，爲他的立誓請作見證。

克　你激動得他太過分了。

寶　除非他的眼睛將會再看見一個就像郝美溫妮的畫像那樣跟她相像的人。

克　好夫人，——

寶　我已經說好了。可是，假如陛下要結婚的話，——假如您要，陛下，那也沒有辦法，祇好讓您結婚，——可是允許我代您選一位王后。她不會像先前那位那樣年青；可是一定要和先后一模一樣，就像她的幽靈出現一般，看着您把她抱在懷裏，那一定會叫人高興。

利　我的忠實的寶琳娜，你不叫我結婚，我就不結婚。

寶　等您的第一位王后復活的時候您就可以結婚。

〔一侍從上。

侍　啓稟陛下，有一個自稱爲坡力克昔尼斯之子，名叫弗羅利澤王子的，帶着他的夫人，要來求見；他的夫人是一位我平生所見的最美的美人。

利　他隨身帶些什麼人？他來得不大合於他父親的那種身分；照這樣輕騎簡從，又是那麼突然的樣子看起來，一定不是預定的訪謁，而是出於偶然的。他的隨從是什麼樣子的？

侍　很少，也不大像樣。

利　你說他的夫人也同來嗎？

侍　是的，我想她是燦爛的陽光所照射到的舉世無雙的美人。

寶　唉，那美溫妮！『現在』總是誇說它自己勝於比它更好的『過去』，因此泉下的你也必須讓眼前的人掩去你的光榮了。先生，你自己曾經親口說過，親手寫過這樣的句子，『她是空前絕後的；』你曾經這樣歌頌過她的美貌，可是現在你的文字已經比給你歌咏的那人更冷了。你怎麼好說你又見了一個更好的呢？

侍　恕我，夫人。那一位我差不多已經忘了，——恕我，——現在的這一位要是您看見了，您一定也會稱贊的。這一個人兒要是她創始了一種新的教派，準會叫別派的信徒冷却了熱誠，所有的人都會皈依她。

寶　什麼！女人可不見得跟着她吧？

侍　女人愛她，因爲她是個比無論那個男人更好的女人；男人愛她，因爲她是一切女人中的最希有者。

利　去，克里奧米尼斯，你帶着你的高貴的同僚們去把他們款接進來。可是那總是一件怪事，（克及若干大臣及侍從同下）他會這樣悄悄兒溜到我們這兒來。

寶　要是我們那位寶貝王子現在還活着，他和這位殿下一定是很好的一對呢；他們的出世相距不滿一個月。

利　請你別說了！你知道一提起他，又會使我像當時一樣難過起來。你這樣說了，我一看見這位貴賓，便又要想起了可以使我發狂的舊事。他們來了。

〔克里奧米尼斯偕弗羅利澤，帕笛塔，及餘人等重上。

利　你的母后是一位忠貞的賢婦，王子；因爲她在懷孕你的時候，全然把你父王的形像鑄下來了。你那樣酷肖你的父親，跟他的神氣一模一樣，要是我現在還不過二十一歲，我一定會把你當作了他，叫你一聲王兄，跟你談一些

弗　我們從前的浪漫事兒。歡迎歡迎！還有你，天仙一樣美貌的公主！——唉！我失去了一雙人兒，要是活在世上，一定也會像你們這一雙佳偶那樣令人驚嘆；於是我又失去了——都是我的愚蠢！——你的賢明的父王的友誼，我寧願遭受困厄，祇要能再見他一次面。

利　奉了他的命，我纔到這兒西西里亞來，向陛下轉達友誼的問候。倘不是因爲年邁無力，他渴想親自渡過了間隔着兩國的山河而來跟陛下謀面。他吩咐我多多拜上陛下；他說他對您的友情是遠勝於一切王位的尊榮的。

弗　啊我的王兒！我對你的負疚又重新在我的心頭攪動了，你這樣無比的殷勤，使我慚愧我的因循的疏慢。像大地歡迎春光一樣，我們歡迎你的來臨！他也忍心讓這位無雙的美人冒着大海的風波來問候一個她所不值得這樣奔波着來問候的人嗎？

利　陛下，她是從里卑亞來的。

弗　就是那位高貴的勇武的斯曼勒斯在那裏受人懾服敬愛的里卑亞嗎？

利　陛下，正是從那邊來的；她便是他的女兒，從那邊含淚道別。賴着一帆善意的南風，我們從那邊渡海而來，執行我父王的使命，來訪問陛下。我的華貴的侍從我已經在貴邦的海岸旁邊遣走，叫他們回到波希米亞去，稟覆我在里卑亞的勝利，以及我和賤內平安到此的消息。

弗　但願可讚美的天神掃清了我們空氣中的毒氛，當你們就擱在敝國的時候！你有一位可敬的有德的父親，我很抱歉對他負着罪疚，爲此招致了上天的惱怒，罰我沒有後裔；你的父親卻因爲仁德之報，天賜給他你這樣一個好兒子。要是我也有一雙兒女在眼前，也像你們一樣俊美，那我將要怎樣快活哩！

【一大臣上。

臣　陛下，倘不是因為證據就在眼前，您一定不會相信我所要說的話。敝君波希米亞王命我代向陛下致意，請陛下就把他的兒子逮捕；他不顧自己的尊嚴和責任，和一個牧人的女兒逃出了父親的國土，使他的父親對他大失所望。

利　波希米亞王在那裏？說呀。

臣　就在此間陛下的城裏，我剛從他那兒來。我的說話有點昏亂，因為我的驚奇和我的使命把我攪昏了。正當他向陛下的宮廷行來，似乎他的目的是要追拿這一對佳偶，在路上他遇見了這位冒牌的公主的父親和她的哥哥，他們兩人都離鄉背井跟這位年青王子同來。

弗　我上了卡密羅的當了；他的令名和直道，一向來都是堅持不變的。

臣　都是他出的主意；他陪着您的父王同來呢。

利　誰？卡密羅？

臣　卡密羅，陛下；我跟他交談過，他現在正在盤問這兩個苦人兒。我從來不曾見過可憐的人們發抖到這樣子；他們跪着，頭碰着地，滿口的賭神發咒。王上塞緊了耳朵，恐嚇着要用各種的死罪一起加在他們身上。

帕　唉，我的可憐的父親！上天差了密探來偵察着我們，不顧成全我們的好事。

利　你們已經結了婚嗎？

弗　我們還沒有，陛下；而且大概也沒有希望了。星光先照山谷，命運的殘酷是不擇高下的。

利　賢姪，這是一位國王的女兒嗎？

弗　假如她成為我的妻子以後，她便是一位國王的女兒了。

利　照着令尊的急性看來，這「假如」恐怕要等好久吧。我很抱憾你已經背棄孑道，失了他的歡心；我也很抱憾你的意中人的身分與美貌不能相稱，不配作你合式的配偶。

弗　親愛的，擡起頭來。命運雖然明明白白是我們的敵人，驅使我的父親來追趕我們；可是她卻全無能力來改變我們的愛情陛下，請您回想到您跟我一樣年紀的時候；那時的您和現在的我所感到的愛情，便是我的行事的辯護。祇要您肯向我的父親說句話，任是怎樣寶貴的東西，他都會看作戔戔小物而答應給您的。

利　要是他眞會這樣，那麼我要向他要求你這位寶貴的姑娘，被他所看作戔戔小物的。

寶　陛下，您的眼睛裏有太多的青春。在娘娘未死之前，她是更値得受您這樣注視的。

利　我在作這樣注視的時候，心裏就在想起她。（向弗）可是我還沒有回答你的請求，我可以去見你的父親；你的地位不會因你的感情而顚覆。我是你們兩方面的朋友，現在我就去見他調停。跟我來瞧我的手段吧。來，王子。

（同下）

## 第二場　同前；宮前

〔奧托力格斯及侍從甲上。

奧　請問你，先生，這次的談話你也在場嗎？

甲　打開包裹來的時候我也在場，聽見那老牧人說當時他怎樣發見它的。他的話引起了一些驚異，以後我們便都奉命退出宮外；好像祇聽見那牧人說他發現了那孩子。

奧　我眞想知道後來的情形。

甲　我只能零零碎碎地報告一些；可是我看見國王和卡密羅的臉色都變得十分驚奇。他們面面相覷，簡直像要拉下彼此的眼皮來似的。在他們的靜默裏含着許多說話；在他們的姿勢裏表示着充分的意義。他們瞧上去似乎像是聽見了一個世界贖回或是滅亡的消息。他們的臉上可以看得出有一種驚奇的感情；可是即使觀察最靈敏的人倘使不曾知道前因後果，一定辨不出來那意義究竟是歡喜還是傷心；但那倘不是極端的歡喜，一定是極端的傷心。

〔侍從乙上。

甲　這兒來的這位先生也許知道得更詳細一些。什麼消息洛哲羅？

乙　喜事喜事！神諭已經應驗；國王的女兒已經找到了。在這點鐘內突然發生的這許多奇事，編歌謠的人一定描寫不出來。

〔侍從丙上。

乙　寶琳娜夫人的管家來了；他可以告訴你更詳細的情形。事情怎樣啦，先生？這件據說是真的消息太像一段故事，叫人難於置信。國王找到了他的後嗣了嗎？

丙　照情形看起來是千眞萬確的；聽着那樣鑿鑿可靠的證據，簡直就像親眼目覩一樣。赫美溫妮王后的罩衫，掛在孩子頸上的她的珠寶，安蒂貢納斯的親筆書信，那姑娘跟她母親那麼相像的一副華貴的相貌，她的天然的高貴以及其他許多的證據，都證明她卽是國王的女兒。你見不見兩位國王見面的情形？

乙　沒有。

丙　那麼你錯過了一場祇可以目擊不可以言述的情景了。一樁喜事上再加一樁喜事，使他們悲喜交集，老淚橫流。

他們大張着眼，緊握着手，臉上的昏惘的神情，簡直使人不認識他們了。我們的王上因爲找到了他的女兒而歡喜得要跳起來，樂極生悲，他只是喊着『啊，你的母親！你的母親！』於是向波希米亞求恕；於是擁抱他的女婿；於是又摟着他的女兒；一會兒又向立在一旁像一尊年深日久的石頭人一樣的牧羊老人連聲道謝。我從來不曾聽見過這種樣子的遭遇，簡直叫人話都來不及說，描摹都描摹不出來。

乙　請問把孩子帶出去的那個安替貢納斯下落如何？

丙　像一個老故事一樣，不管人家相不相信要不要聽，故事總是說不完的。他給一頭熊撕裂了，這是那牧人的兒子說的；瞧他的傻樣子不像是個會說謊話的，何況還有安替貢納斯的手帕和戒指寶琳娜認得是他的。

甲　他的船和他的從人呢？

乙　那船就在他們的主人送命的時候破了，這是那牧人看見的；因此一切幫着把這孩子丟棄的工具，在孩子給人發見的時候，便都滅亡了。可是唉！那時寶琳娜心裏是多麼悲喜交戰！她的一隻眼睛因爲死了丈夫而黯然低垂，另一隻眼睛又因爲神諭實現而欣然揚舉。她把公主抱了起來，緊緊地把她擁在懷裏，似乎怕再失去她。

甲　這一場莊嚴的戲劇值得君王們的觀賞，因爲扮演者正是這樣高貴的人。

丙　最動人的是當講起王后淹逝的時候，國王慨然承認他的過失，痛悼她的死狀；他的女兒全神貫注地聽着，她的臉色越變越慘，終於一聲長嘆，我覺得她的眼淚像血一樣流下來，因爲那時我相信我心裏的血也像眼淚一樣在奔湧。在場的即使是心腸最硬的人，也都慘然失色；有的暈了過去，沒有人不傷心。要是全世界都看見這場情景，那會叫整個地球上籠滿了悲哀的。

甲　他們回到宮裏去了嗎？

丙　不，公主聽見寶琳娜家裏藏着一座她母親的雕像，那是意大利名師仇利奧羅曼諾費了幾年辛苦新近纔完成的作品，那眞是巧奪天工，簡直就像她活了轉來的模樣，人家說一見了這座雕像，誰都會向她說話而等着她的回答的。她們已經懷着滿心的渴慕，前去瞻仰了；預備就在那兒進晚餐。

乙　我想她在那邊曾經進行着什麼重大的事情；因爲自從郝美溫妮死了之後，她每天總要悄悄地到那間隱僻的屋子裏去兩三次。我們也到那邊去大家助興助興好不好？

甲　要是能够進去，誰不願意去？霎一霎眼睛便有新的好事出來；我們去大可以添一番見識。走吧。（甲、乙、丙同下）

奧　倘不是因爲我過去的名氣不好，現在準可以陞官發財了。我把那老頭子和他的兒子帶到了王子的船上，稟告他說我聽見他們說起一個什麼包裹，如此如此，這般這般；可是他在那時太愛那個牧人的女兒了，——他那時以爲她是個牧人的女兒，——她有點兒暈船，他也不大舒服，風浪繼續不停，這祕密終於沒有揭露出來。可是那對於我都是一樣，因爲卽使我是發現這場祕密的人，爲了我的別種壞處，人家也不會賞識我。這兒來的是兩個我無心給了他們好處的人，瞧他們已經神氣起來了。

〔牧人及小丑上。

牧　來，孩子；我是已經不能再添丁了，可是你的兒子女兒，一生下來就是個上等人了。

丑　朋友，咱們遇見得很巧。那天你不肯跟我打架，因爲我不是個上等人。你見不見我這身衣服？說你不看見，仍舊以爲我不是個上等人吧；你還是說這身衣服不是上等人吧。你說我說謊，你說，咱們來試試看我究竟現在是不是個上等人。

奧　少爺，我知道您現在是個上等人了。

丑　嚇，我已經做了四點鐘的上等人了。

牧　我也是呢，孩子。

丑　你也是的。可是我比我爸爸先是個上等人：因爲國王的兒子握着我的手，叫我做舅兒；於是兩位王爺叫我的爸爸做親家；於是我的王子妹夫叫我的爸爸做岳父，我的公主妹妹叫我的爸爸做父親；於是我們流起眼淚來，那是我們第一次流的上等人的眼淚。

牧　我們活下去還要流許許多多的上等人的眼淚呢，我兒。

丑　嚇，否則總是橫財不富命窮人哩。

奧　少爺，我低聲下氣地懇求您饒恕我一切冒犯您少爺的地方，在殿下那兒給我說句好話。

牧　我兒，你就答應了他吧；因爲我們現在是上等人了，應該寬宏大量一些。

丑　你願意改過自新嗎？

奧　是的，告少爺。

丑　讓我們握手。我願意向王子發誓說你在波希米亞是個再規矩不過的好人。

牧　你說說是不妨，可不用發誓。

丑　現在我已經是個上等人了，不用發誓嗎？讓那些下等人鄉下人去空口說白話吧，我是要發誓的。

牧　假如那是假的呢，我兒？

丑　假如那是假的，一個眞的上等人也該爲他的朋友而發誓。我一定要向王子發誓說你是個很勇敢的人，你不喝酒，雖然我知道你不是個勇敢的人，而且你要喝酒的；可是我卻要這樣發誓，而且我希望你會是個勇敢的人。

奥　少爺，我一定盡力副您的期望。

丑　噉，無論如何你要證明你自己是個勇敢的人，要是我奇怪你不是個勇敢的人怎麼敢喝酒，你不用相信我好了。聽！各位王爺們，我們的親戚都去瞧王后的雕像去了。來，跟我們走，我們一定可以做你的很好的靠山。（同下）

## 第三場　同前寶琳娜府中的禮拜堂

〔利翁替斯，玻力克昔尼斯，弗羅利澤，帕笛塔，卡密羅，寶琳娜，衆臣，及從者等上。〕

利　可敬的善良的寶琳娜啊，你給了我多大的安慰！

寶　啊，陛下，我雖然懷着滿腔的愚誠，還不曾報效於萬一。一切的微勞您都已給我補償；這次又蒙您許可，同着友邦的元首和兩位締結同心的儲貳光臨蓬蓽，眞是天大的恩寵，終身都難報答的。

利　啊，寶琳娜！我們不過來打擾你而已。可是我來是要看一看我的先后的雕像；我已經流覽過你的收藏，果然是琳瑯滿目，可是卻還沒有瞧見我的女兒專誠來此的目的物，她母親的雕像呢。

寶　她活着的時候是絕世無雙的；她身後的遺像，我相信一定遠勝於你們眼中所曾見到，或者人手所曾製作的一切，因此我纔把它獨自另放在一處。它就在這兒；請你們準備着觀賞一幅逼眞的畫像，睡眠之於死也沒有這般酷肖。瞧着讚美吧。（拉開幃幕，郝美溫妮如雕像狀赫然呈現）我歡喜你們的靜默，因爲它更能表示出你們的驚奇；可是說吧，——陛下，您先說，它不有點兒像嗎？

利　她的自然的姿勢！罵我吧，親愛的石像，好讓我相信你眞的便是郝美溫妮；可是你不罵我也使我覺得你眞的是她，因爲她是像赤子一樣溫柔，天神一樣慈悲的。可是寶琳娜，郝美溫妮臉上沒有那麼多的皺紋，並不像這座雕

坡　像一樣老啊。
寶　啊！不過一點兒。
利　這格外見得雕刻師的手段，預料到十六年後的今日，而雕出了假如她現在還活着的形貌。
坡　她本該給我許多安慰的，現在卻讓我瞧着傷心。唉！當我最初向她求愛的時候，她正也是這樣立着，帶着這樣莊嚴的神情和溫暖的生命，如同她現在這般冷然立着一樣。我好慚愧！那石頭不在責備我比它心腸更硬嗎？啊，高貴的傑作！在你的莊嚴裏有一種魔術，提起了我過去的罪惡，使你那孺慕的女兒和你一樣化石而呆立了。
帕　允許我，不要以爲我崇拜偶像，我要跪下來求她祝福我。親愛的母后，我一生下你便死去，讓我吻一吻你的手吧！
寶　啊，耐心些！雕像新近塑好，色彩還不曾乾哩。
卡　陛下，您把您的傷心看得太認眞了，十六個冬天的寒風也不能把它吹去，十六個夏天的烈日也不能使它乾涸；歡樂是從沒有這麼經久的，任何的悲哀也早就自生自滅了。
坡　我的王兄，讓惹起這一場不幸的人分擔着你的悲哀吧。
寶　眞的，陛下，要是我早想到我這座小小的石像會使您這樣感動，我一定不會給您看的。
利　別拉下幃幕！
寶　您再看着它，就要以爲它是會動的了。
利　別動！別動！我死也不會相信她不已經在——誰能造出這麼一件神工來呢？瞧，王兄，你不以爲她在呼吸嗎？那些血管裏面不眞的流着血嗎？
坡　妙極！她的嘴唇上似乎有着溫暖的生命。

利　藝術的狡獪使她的不動的眼睛在我們看來似乎在轉動。

寶　我要把幃幕拉下了；陛下出神得就要以爲她是活的了。

利　啊親愛的寶琳娜！讓我把這種思想懷了二十年吧，沒有一種清明的理智比得上這種瘋狂的喜樂。讓它去。

寶　陛下！我很抱歉這樣觸動了您的心事；可是我還能够再給您一些痛苦的。

利　好的，寶琳娜，因爲這種痛苦是像撫慰一樣甜蜜。可是我仍然覺得她的嘴裏在透着氣；那一把好鑿子會刻得出氣息來呢？誰也不要笑我，我要吻她。

寶　陛下，您不能！她嘴上的紅潤還沒有乾燥，吻了之後要把她弄壞了，那油漆還要弄髒了您的嘴唇。我把幃幕拉下了吧？

利　不，二十年也不要下幕。

帕　我可以站整整的二十年瞧着她。

寶　好了吧，立刻離開這座禮拜堂，否則準備着更大的驚異吧。要是你們有這膽子瞧着，我可以叫這座雕像真的動起來走下來握住你們的手；可是那時你們一定會以爲我有妖法相助，那我可絕對否認。

利　無論你能够叫她做些什麼動作，我都願意瞧着；無論你叫她說甚麼話，我都願意聽着。倘使能够叫她動，那麼一定也能叫她說話。

寶　你們必須喚醒你們的信仰；然後大家靜立。倘有誰以爲我行的是犯法的妖術，他們可以走開。

利　進行你的法術吧；誰都不準走動一步。

寶　音樂，奏起來喚醒她！（音樂）是時候了，下來吧，不要再做石頭了；過來，讓瞧着你的衆人大吃一驚。來，我會把你的墳墓墳塞；轉動你的身體，走下來吧，別默不作聲了，因爲你已經從死裏重新得到了生命。你們瞧她已經動起來了。（郝走下）別怕，我的法術並非左道，她的行動是神聖的。不要見她驚避，否則她將再死去；那時你便是第二次把她殺害了。哎，伸出你的手來；當她年青的時候你曾經向她求愛；如今她老了，她卻成爲求愛的人！

利　（抱郝）啊！她是溫暖的！假如這是魔術，那麼讓它是一種和吃飯一樣合法的技術吧。

坡　她抱着他！

卡　她攀住他的頭頸！假如她是活的，那麼讓她開口吧。

坡　是的，而且宣佈她一向住在那裏，怎樣會死而復生。

寶　要是告訴你們她還活着，那一定會被你們斥爲無稽之談；可是好像她確乎活着，雖然還沒有開口說話。再瞧一下吧。請你走過去，好姑娘，跪下來求你的母親祝福。轉過身來，娘娘，我們的帕笛塔已經找到了。（帕跪於郝前）

郝　神們，請下視人間，降福於我的女兒！告訴我，我的親親，你是在那裏遇救的？你在什麼地方過活？怎樣會找到你父親的宮庭？我因爲寶琳娜告訴我，說按照着神諭，你或者尚在人世，因此纔偷生到現在，希望見到有這一天。

寶　那以後再說吧，免得他們都用同樣的敘述來使你心煩。一塊兒去吧，你們這輩命運的驕兒；你們的歡喜已經傳到了每個人身上了。我一頭垂老的孤鴿，將去揀一株枯枝棲息，哀悼着我那永不回來的伴侶，直至死去。

利　啊！別響，寶琳娜！你已經允許給我一個妻子，我也要允許給你一個丈夫，這是我們約定在先的。你已經給我找到了我的妻子，可是我卻不懂得事情的究竟；因爲我覺得我明明看見她已經死了，好多次在她的墓前作過徒然的哀禱。我不必給你遠遠地找一位好丈夫，我有幾分知道他的心。來，卡密羅，握着她的手；你的德行和正直爲衆人所仰望，並且由我們這一對國王爲他證明了。我們走吧。啊，瞧我的王兄！我懇求你們兩位原諒我卑劣的猜疑。

這個王子是你的女婿，上天替你的女兒作成了這頭好事。好寶琳娜，給我們帶路；一路上我們大家可以互相渴敍這許多年來的契闊。快走。（衆下）

中華民國三十六年四月出版

莎士比亞戲劇全集

第一輯 實價國幣

外加運費匯費



原著者 莎士比亞

譯述者 朱生豪

發行人 李煜瀛

出版者 世界書局

發行所 世界書局

民国世界文学经典译著·文献版（第九辑：法国英国戏剧）

# 莎士比亚戏剧全集

（第二集）

［英］莎士比亚 著 朱生豪 译

上海三联书店

[英] 莎士比亞 著
朱生豪 譯

# 莎士比亞戲劇全集

（第二集）

中華民國三十八年四月出版

# 譯者自序

於世界文學史中足以籠罩一世，凌越千古，卓然爲詞壇之宗匠，詩人之冠冕者，其唯希臘之荷馬，意大利之但丁，英之莎士比亞，德之歌德乎。此四子者，各於其不同之時代及環境中，發爲不朽之歌聲。然荷馬史詩中之英雄，既與吾人之現實生活相去過遠；但丁之天堂地獄，復與近代思想諸多牴牾；歌德去吾人較近，彼實爲近代精神之卓越的代表。然以超脫時空限制一點而論，則莎士比亞之成就，實遠在三子之上。蓋莎翁筆下之人物，雖多爲古代之貴族階級，然彼所發掘者，實爲古今中外貴賤貧富人人所同具之人性。故雖經三百餘年以後，不僅其書爲全世界文學之士所耽讀，其劇本且在各國舞臺與銀幕上歷久搬演而弗衰，蓋由其作品中具有永久性與普遍性，故能深入人心如此耳。

中國讀者耳莎翁大名已久，文壇知名之士，亦嘗將其作品，譯出多種，然歷觀坊間各譯本，失之於粗疏草率者尚少，失之於拘泥生硬者實繁有徒。拘泥字句之結果，不僅原作神味，蕩焉無存，甚且艱深晦澀，有若天書，令人不能卒讀，此則譯者之過，莎翁不能任其咎者也。

余篤嗜莎劇，嘗首尾研誦全集至十餘遍，於原作精神，自覺頗有會心。廿四年春，得前輩同學詹文滸先生之鼓勵，始着手爲繙繹全集之嘗試。越年戰事發生，歷年來辛苦搜集之各種莎集版本，及諸家註釋考證批評之書不下一二百冊，悉數毀於炮火，倉卒中惟攜出牛津版全集一冊，及譯稿數本而已。厥後轉輾流徙，爲生活而奔波，更無暇晷以續未竟之志。及三十一年春，目覩世變日亟，閉戶家居，擯絕外務，始得專心壹志致力譯事。雖貧窮疾病，交相煎迫，而埋頭伏案，握管不輟。凡前後歷十年而全稿完成，（案譯者撰此文時，原擬在半年後可以譯竟，詎意體力不支，厥功未就而因病重輟筆）夫以譯莎工作之艱巨，十年之功，不可云久，然畢生精力，殆已盡注於茲矣。

余譯此書之宗旨，第一在求於最大可能之範圍內，保持原作之神韻；必不得已而求其次，亦必以明白曉暢之字句，忠實傳達原文之意趣；而於逐字逐句對照式之硬譯，則未敢贊同。凡遇原文中與中國語法不合之處，往往再四咀嚼，不惜全部更易原文之結構，務使作者之命意豁然呈露，不爲晦澀之字句所掩蔽。每譯一段竟，必先自擬爲讀者，察閱譯文中有無曖昧不明之處。又必自擬爲舞臺上之演員，審辨語調之是否順口，音節之是否調和。一字一句之未愜，往往苦思累日。然才力所限，未能盡符理想；鄉居僻陋，既無參考之書籍，又鮮質疑之師友。謬誤之處，自知不免。所望海內學人，惠予糾正，幸甚幸甚！

原文全集在編次方面，不甚愜當，茲特依據各劇性質，分爲「喜劇」、「悲劇」、「雜劇」、「史劇」

四輯，每輯各自成一系統。讀者循是以求，不難獲見莎翁作品之全貌。昔卡萊爾嘗云，「吾人寧失百印度，不願失一莎士比亞。」夫莎士比亞爲世界的詩人，固非一國所可獨佔；倘因此集之出版，使此大詩人之作品，得以普及中國讀者之間，則譯者之勞力，庶幾不爲虛擲矣。知我罪我，惟在讀者。

生豪書於三十三年四月。

# 譯者介紹

當我一想起生豪的時候，好像他還是坐着，握着筆出神凝思的樣兒。然而這畢竟是憧憬，是幻象，他再也不回來了，雖則這一段凄涼的悲劇的尾聲，也許會激起永久的回響。但對於他本身，對於我，都是無補的了。

我眞不知道要怎樣的介紹，才能使不認識生豪的人，也能對他略爲了解，略爲同情。因爲生豪活着的時候，就挺不愛在人前表現自己，誇耀自己。要不然的話，也許他成名的機會，早就多的是。他文學上的天才，在中學時期，就有驚人的表現。可是他太謹愼，自己的標準太高，直到大學畢業後，還不願把作品輕易問世。實際他特長的詩歌，無論新舊體，都是相當成功的。尤其是抒情詩，可以置之世界名著中而無遜色。結果，他却把全部才力精力，集中在譯述莎劇全集的工作上。而終因用心過度，體力不支，再加上惡劣的環境（在敵僞的勢力下）磨損他的精神，使他沒有全部完成，便長辭人世。我每回想起他的殫精竭力，忠實殉道的態度，總不免傷心淚下，悲不自勝。

我初次認識生豪的時候，是在民國廿一年的秋天，在錢塘江畔，秦望山頭，極富詩意的之江大學中間。那時候，他完全是個孩子，瘦長的個兒，蒼白的臉，和善天眞，自得其樂地，很容易使人感到可親可近。之江的自然環境，原是得天獨厚的所在。不論是山上的紅葉歌鳥，流泉風濤；或是江邊的晨曦晚照，漁歌螢火，那一處不是詩人們神往的境界。他受着這些清靜與美的撫育和薰陶，便奠定了他那淸高自愛，與世無爭的情性。他常時不修邊幅，甚至一日三餐也往往不耐煩按時以進；

嘴裏時常掛着小歌，滿顯出悠然自得的神氣。但是，正爲了這樣太柔和的環境，才使他成爲一個不慕虛榮，不求聞達的超然的人物，不能盡量表現他的才能而默默地夭折了。

二十二年的暑天他脫離了大學生活，入世界書局當英文編輯。那時他實際年齡還不到二十二歲，正似一隻自由的歌鳥，投進了籠子。寂寞的詩人，投進了更寂寞的環境。工作的餘暇，惟有讀書，可以補充他的空虛。他每回寫信，都向我訴說：「我寂寞，我悲哀，我再沒有詩了。」歌聲也漸漸從他嘴邊消失。他邁上了成人的不平的途徑。

……從此我埋葬了青春的遊戲，

肩上人生的負担做一個

堅毅的英雄。……

——別之江

的確，那是他轉變的時期。

那時詹文滸先生也在世界書局，他發現這一個年青的伙伴如此酷愛詩歌，具有那樣卓越的詩歌天才，而且在中英兩種文字上都有那麼深厚的造就，便勸他從事莎劇全集的移植。從此他便發下願心，要把這一位英國大天才的作品，全部介紹給中國的文壇。

以後，他便努力地搜集各種版本的莎劇，加以比較研究。一面他更實地研究戲劇的藝術，無論電影或話劇，祇須是較

爲出名的故事，他都加以欣賞批評。他的意見，很多發表在給我的信上。因爲他不愛找朋友聊天，唯一的消遣便是寫信。而現在，當我再檢起這些寶貴的遺跡底時候，還可以想見他那默默地沈思底神態。

正是二十五年的秋天，他寄給我讀他所譯出的第一部暴風雨，更告訴我譯事的計劃。他估計全集有一百八十萬字左右，可以在兩年內譯完。接着譯出的有威尼斯商人、仲夏夜之夢、第十二夜等一部份喜劇及雜劇，到廿六年秋天，順利地成功的大概有七八部。那時因爲和世界書局訂了約，譯成後隨卽交向局方。但不幸的戰事，曾使他的譯稿遺失了一部份。所以現在刊印的威尼斯商人、溫莎的風流娘兒們等幾部，都已是第二遍的譯稿了。

八一三的炮火，在上海發出吼聲，使他從匯山路寓所半夜裏踉蹌出走，丟了個人的全部財產，祇帶着一本莎氏劇集和一些稿子。他暫時回到了老家嘉興，但不久又因爲嘉興將近淪陷而轉輾遷避。爲了生活的不安定，譯事無法進行。一年之後，才從鄉村回到了孤島，仍在世界書局任職。

廿八年秋天，抗戰的風雲益趨緊張，上海的地位，益顯得特殊，生豪應詹文滸先生的邀請，改入中美日報主編國內新聞版。中美日報是那時上海唯一的政府報，各方觀聽所屬，時常受到敵僞的壓迫。他協助詹先生担起艱鉅的責任，有着相當優良的成績。但也爲了工作太繁重，使他全力貫注，日以繼夜，毫無閑暇，對於莎劇工作，差不多是完全停頓着的。牢獄式的報館生活，挺艱險的，但也挺愉快的，就在那樣的情形下經過了兩年多。當他告訴我報館中某某兩同事失踪消息的時候，我眞爲他揑一把汗。

太平洋的炮火在十二月八日清晨響起，又把他從報館中轟了出去。失掉了職業，可也恢復了自由，他一離開報館，立刻在窄小的亭子間內工作起來。同事們陸續向重慶撤退，他却爲了不願再使譯事延擱下去，所以決計不走。而且爲了幾個朋友的鼓勵，便在三十一年五月一日和我舉行了簡無可簡的婚禮。

以後，我們離開了上海，理由是避免物質生活的高壓。他在故鄉閉戶寫作，專心致志。不說是足不涉市，沒有必要時簡直樓都懶得走下來。而實際物質生活的壓力，依舊追隨着我們。以極低微的收入，苟延着殘喘。所以，他譯述的成果，一天天增加，而精神體力，却一天天的損減了。

涉翁劇集中全部的悲劇、喜劇、雜劇，以及史劇的一部分，都在兩年中次第譯就。

三十二年秋，他日益虛弱的身體，因爲過於辛苦而患着齒病。好幾個牙齒都發着炎，熱度很高，但爲了窮，他抵死不肯醫治，我沒法勉强他。結果齒病是痊可了，身體元氣，却從此大傷。惡毒的結核種子，偷偷地在他身上茁長。那年冬季，他老是被小病牽纏着，隔不到半個月，便連續有發熱現象。他不但不肯醫治，祇要略有一些精神，就繼續他那唯一的工作。可恨的是我在那時候，忙着照管孩子，全不會意識到他病勢的嚴重性。直至三十三年六月一日，他突然患着肋骨疼痛，發着高熱，而且有手足痙攣的現象，這下我才着了慌，徵得他的同意，初次延醫診治。診斷的結果，據說是結核性肋膜炎，加有肺結核腸結核合併症。「『肺病，』像我這樣的人不患肺病，那有更適合的患者，」他苦笑地說。我知道痛苦嚙着他的心，正如嚙着我的一樣。像生豪那樣的敏感，一切的欺騙都是無所施其技的。但在初病時，希望依舊在我們的眼前閃爍，我絕不敢想像黑暗的影子，將逐漸向我們伸展。然而可惡的潮熱，一天都不停地損害着他。藥物、針劑，都毫無效力地。延至十一月，病情驟然加重。終於在十二月二十六日下午未正，無可奈何地棄我而逝，年僅三十二歲。他神志始終清楚，自憐病至垂危，腦力却絲毫未受影響——這對他該是怎樣地增加了痛苦。臨終時使他最抱遺憾的，便是抛下我和孩子，以及尚未完功的莎氏劇集。他遺命囑胞弟文振代爲續成。病危時他還表示過早知一病不起，拚着命也要把他譯完。他對莎劇的精神眞可謂「鞠躬盡瘁，死而後已」了。

追想生豪的爲人，是太偏於內向的。唯一的原因，也許爲了幼失父母，無邪的天眞，被環境剝奪得太早了，養成了耿介自愛，沈默寡言的性格。好多生疏的朋友，對於他不甚明瞭，而他自己也大有不求人知，超然高蹈，與世無爭的態度。他在自己的環境中，絕不能同流合汚，同任何人都保持着相當的距離。所以他全然是個外貌溫柔而實際嚴肅剛强，具有棱角的人。在學校時代，篤愛詩歌，對於新舊體，都有相當的成就，淸麗、自然，別具作風。可惜他自己編訂的幾冊詩集，（舊詩詞——古夢集；新詩——丁香集、小溪集）都因離開中美日報時太匆忙，忘却從書桌中帶走，大概無從查考了。尚有一部份留存在我處的，不久可能付印。他在英國詩人中，除了對於莎翁心悅誠服以外，對雪萊、濟慈、但尼生、勃郎寧等都有相當的研究。他在高中時期，就已經讀過不少英國諸大詩人的作品，（因爲他讀文科，那時高中也分文理科的，）感到莫大的興趣，所以他與他們的因緣，實在不淺。他原想在莎劇全集譯成之後，再賈餘勇，譯出莎氏全部十四行詩，然後從事翻譯高爾基全集。誰料到這些計劃，全成爲泡影。他在中國詩人中，特別愛陶淵明，當然因爲淵明的恬淡淸高，正和他相似之故。

至於他譯述莎劇的經過和態度，大致已經在他自序中講得够詳了。但是因爲他大半工作的成功，都有我在左右，所以對於他的感受特別覺得親切。有時他苦思力索，有時恍然有得，我們分享着其中的甘苦。他工作的時間，總是全神貫注着，每當心領神會的當兒，不知有莎翁，或劇中人物，或自己的分別。他決不願意有一句甚至一個字大意地放過；也不願意披閱各家譯出本，爲的是在自己未譯就時，怕受到無形的暗示，影響自己的作風。從譯述的辛苦中得到了樂趣，可也耗盡了心力。我眼見他一天天的消瘦，爲了家境的困苦，無法挽回可怕的運命。生豪有知，一定會抱怨我和社會對他太無情的虐待。

關於莎氏劇集譯筆的優劣，我並不想爲他誇張或文飾。因爲賢明的讀者，自有公正的評論。但我可以順便提及的，便是在他譯就的三十一本又半的中間，譯者自己的文筆，有着顯著的進步。自從他開始譯述至死亡爲止，中間經過了整整十年，筆力方面有着相當的差別。大概說起來，最初成功的幾部，多數是喜劇部分，如暴風雨、仲夏夜之夢等等，文筆是可愛而輕快自然。而後來成功的那些悲劇、雜劇、史劇等，却顯得老鍊、精警、流利，正是所謂爐火純青的境地。尤其是羅密歐與朱麗葉、漢姆萊脫、女王殉愛記、該撒遇弒記、麥克佩斯、李爾王、奧瑟羅等，更是他得意的作品。但在用語體詩譯出的部份，却是早期的譯作，更較優美自然：也許祇是年齡的關係，剛脫離大學時的朱生豪，完全是一個詩人。有一個朋友說過，「朱生豪的本身便是一首詩。」這當然不是無所根據的。然而，十多年前見到這一首悠然自得的詩的人，如何能想像到，十多年後的這一首詩會已經由苦難而逝去了呢！

現在距離他死亡的時間，已在一年以上。我不想時間的老人，將會醫治我沈重的創傷。爲了惡劣的環境，使生豪無法逃避慘酷的命運。但我相信一個天才的夭折，該是整個民族文化的損失。要不是短壽，他的心血準會在這荒涼的文藝園地裏，灌溉出更絢爛的花，對於中國文壇的貢獻，決不止此。現在我唯有希望他這僅有的成績——使他嘔盡了心血的成果，留着深刻的印象在讀者的記憶裏，如同他的精神，永生在我的記憶裏一樣。三十五年春清如書於嘉興秀州中學。

# 莎翁年譜

**一五六四年**　四月二十三日，威廉莎士比亞生於英國瓦列克葦(Warwickshire)阿房河上之斯特拉脫鎮(Stratford-on-Avon)。關於莎氏出生日期，未能十分確定，惟受洗於是年四月二十六日，則有敎堂簿籍可稽，依照當時習俗，小兒於出生後三日內受洗，故誕辰可能爲四月二十三日。

莎氏先世務農，父約翰，爲一識字不多之手套商人，兼營畜牧農產，有住宅二所。母瑪麗亞登(Mary Arden)，爲鄉間富農之嗣女。

是年爲依利莎伯女王(Queen Elizabeth)卽位後之第七年，適當「文藝復興」以後，英國在宗敎上已脫離舊敎之覊絆，商業繁盛，與歐洲大陸各國來往頻繁，學術文藝方面因感染外國影響，漸露新面目，不復爲上層階級之專有品。在戲劇方面，舊日之神蹟劇(Miracle plays)及敎訓劇(Morality)，日趨沒落；純粹娛樂之民間戲劇逐漸發達，古典型之悲劇喜劇，亦開始爲文人所倣作。

是年戲劇家克利斯多弗馬洛(Christopher Marlowe)生，至一五九三年卽卒。

**一五六八年**　四歲。王后劇團(The Queen's Players)來鎮表演，翌年復來。

是年父約翰任斯特拉脫鎮長。

一五七一年　七歲，入本地聖十字義務小學（The Free Grammar School of the Holy Cross）就讀。

一五七三年　九歲。大文豪（詩人，散文家，戲劇家）彭瓊生（Ben Jouson）生。

一五七五年　十一歲。是年倫敦始有戲院。當時職業伶人雖有貴族及宮庭爲其護符，且深得民衆之歡迎，惟頗受地方官廳之壓迫。戲院皆建立於城外，均以木料築成，構造至爲簡陋。中央爲露天之池座，不設坐位，舞臺卽突出其間；樓座成圓環形圍繞四周。無佈景，亦無幕布；後台用幕遮隔，代表密室山洞等隱藏之處；其上層爲陽臺，代表樓房城牆等較高之處；兩旁各設一門出入。演員均爲男子，女角皆以兒童扮演。另有以純粹兒童演員爲號召之私家戲院，則設於寺院之內，設備較佳，取費較貴，該項兒童均係由大教堂唱詩班中遴選而來。

一五七七年　十三歲，輟學。是時家道中落，食口衆多（有弟妹四五人），故被迫輟學佐理父業。

一五七八年　十四歲。是年約翰黎利（John Lyly 1554?—1606）所著小說攸阜斯（Euphues）出版，其過度運用辭藻之文體，蔚爲當時宮庭階級流行之風尚。莎氏初期喜劇愛的徒勞卽以該項文體爲諷刺對象。

一五七九年　十五歲。是年湯麥斯諾斯（Thomas North）所譯帕盧塔克著之希臘羅馬偉人傳（Plutarch's Lives）出版，爲莎氏羅馬史劇所取資。

約翰弗萊契爾（John Fletcher）生，後亦爲戲劇家，一六二五年卒。

一五八二年　十八歲，娶安恩海瑟威（Anne Hathaway），安恩爲鄰邑農家女，長莎氏八歲。

一五八三年　十九歲，長女蘇珊娜 (Susannah) 生。

一五八四年　二十歲。是年劇作家弗蘭西斯波蒙 (Francis Beaumont) 生，後與莎氏同年卒。

一五八五年　二十一歲，孿生子漢姆納特 (Hamnet) 及女裘第斯 (Judith) 生。

一五八六年　二十二歲，離家赴倫敦，投身戲劇界。

傳說莎氏偷入湯麥斯路西爵士(Sir Thomas Lucy)之私家苑囿却勒科特林(The Woods of Charlecote)中捕鹿事發，此爲其離家之動機。自此十一年中，與家人鮮通音問。並有謂亨利四世及溫莎的風流娘兒中之夏祿法官卽係影射路西爵士。然此說於事實上頗少根據。

貴族文人菲力普錫德尼 (Sir Philip Sidney 生於一五五四年) 卒。

一五八七年　二十三歲。是年馬洛所著悲劇丹勃林 (Tamburlaine) 上演。吉德 (Thomas Kyd 1558—1594)，葛林 (Robert Greene 1560?—1592)，披爾 (George Peele)，黎利等當時均爲各戲院撰作劇本。

一五九〇年　二十六歲。是年史賓塞 (Edmund Spenser 1552—1599) 寓言詩仙后 (The Fairie Queen) 前三卷出版。

一五九一年　二十七歲，是時已開始寫作劇本。

按莎氏最初僅在倫敦戲院中充打雜役務，其後飾無關重要之角色，演技上卽嶄露頭角，乃漸以自編劇本問世。

愛的徒勞寫成。錯誤的喜劇及亨利六世約於此時上演。自此以劇作家及名伶馳譽倫敦。

一五九二年　二十八歲。是年葛林卒（葛生於一五六〇年？），爲諷刺劇作家及詩人。）維洛那二士約於此時寫成。

一五九三年　二十九歲，長詩愛神之戀（Venus and Adonis）出版。莎氏以此詩獻於騷桑普敦伯爵（The Earl of Southompton）伯爵爲依利莎伯女王宮庭中一青年貴族，一般推測即係其十四行詩（Sonnets）中讚美之對象。

理查三世、約翰王，約於此年寫成。

馬洛卒。按馬洛雖與莎氏同年，其寫作劇本實遠在莎氏之先。莎氏初期所作史劇如理查三世等，作風頗受馬洛影響。其悲劇打破「三一律」之限制，首先運用「無韻詩」（blank verse），其主人公多爲一受某種情慾支配卒陷於無可避免之失敗之人物，已爲莎氏後期諸悲劇之前驅。

一五九四年　三十歲。內大臣劇團（Lord Chamberlain's Players）組成，莎氏爲該團之一員。因有當時首席名伶 Richard Burbage 爲其台柱，且得莎氏爲之經常編劇，該團聲譽鵲起。

是年奉女王之召在格林尼區宮（Greenwich Pal.ce）演劇。

長詩貞女刼（The Rape of Lucrece）出版，仍獻與騷桑普敦伯爵。十四行詩之一部分約於此時寫成。

血海殲仇記出版。

自一五九〇年至此，論者均認爲莎氏寫作之初期，亦可稱爲習作時期。此期作品大多改編舊劇，其創作者亦未

脫摹擬他人之痕迹。喜劇方面受黎利葛林之影響，悲劇史劇則受馬洛之影響。

一五九五年　三十一歲。仲夏夜之夢、羅密歐與朱麗葉、理查二世，約於此年寫成。

一五九六年　三十二歲。子漢姆納特死，始返家。

威尼斯商人約於此年寫成。

一五九七年　三十三歲，在斯特拉脫鎮購巨宅一所，名曰新地（New Place），爲全鎮房屋之冠。此後數年中，在本鎮及倫敦陸續購置地產一百餘畝。

羅密歐與朱麗葉、理查二世、理查三世，均出版。馴悍記約於是年寫成。

是年文哲巨子弗朗西斯裴根（Francis Bacon 1561—1626）之論文集（Essays）出版。按有人以爲莎氏戲劇實係裴根所作，其說至爲牽强，不足成立。

一五九八年　三十四歲。亨利四世、溫莎的風流娘兒們，約於此年寫成。

瓊生之喜劇詼諧大成（Everyman in His Humour）上演，莎氏參加演出。瓊生在當時戲劇界中，爲主張嚴守古典格律最力者之一，其持論與莎氏自由創造之作風相反。然莎氏死後，瓊生爲其全集題詞，中有「君非屬於某一時代，乃屬於一切時代者」之語，可見其推崇之深。

一五九九年　三十五歲。寰球戲院（The Globe Theatre）落成於騷斯瓦克（Southwark）之班克賽德（Bankside）莎

氏爲股東兼演員。是年因父約翰申請之結果「紋章院」特許莎氏家族世襲「紋章」(Coat of arms)。

無事煩惱、亨利五世、該撒遇弒記，約於此年寫成。

是年史賓塞卒。

一六〇〇年　三十六歲。皆大歡喜約於是年寫成。

一六〇一年　三十七歲。第十二夜約於是年寫成。

至此爲莎氏寫作之第二期，最佳喜劇均於此期產生。

當時戲劇盛行，著名劇作家除莎氏及瓊生、波蒙、弗萊契爾外，爲 Thomas Dekker (1570? — 1632), Thomas Middleton (1580—1627), John Webster (1575?—1625), George Chapman (1559?—1634), John Marston (1575?—1634) 等。

一六〇二年　三十八歲，漢姆萊脫上演。按約在馬洛發表丹勃林同時，吉德已用同類題材寫成一劇，名曰西班牙之悲劇 (The Spanish Tragedy)。

特洛埃圍城記、終成眷屬，約於此年寫成。

一六〇三年　三十九歲。新王詹姆斯一世 (James I) 即位。莎氏所屬劇團更名國王劇團 (The King's Players)。

莎氏放棄演劇工作，惟仍繼續撰寫劇本。漢姆萊脫第一四開本出版。量罪記約於此年寫成。

一六〇四年　四十歲。奧賽羅上演。

一六〇六年　四十二歲。李爾王、麥克佩斯，約於此年寫成。

是年黎利卒。

一六〇七年　四十三歲。黃金夢約於此年寫成。

一六〇八年　四十四歲。女王殉愛記、沉珠記，約於此年寫成。

大詩人約翰密爾敦（John Milton）生（卒於一六七四年。）

一六〇九年　四十五歲。英雄叛國記約於此年寫成。至此爲莎氏寫作之第三期，此期莎氏幾以全力專心寫作悲劇，爲其藝術成就之極峯。

是年其十四行詩出版。按「十四行」詩體，最初藉懷特（Thomas Wyatt 1503?—1542）及色累伯爵（Henry Howard, Earl of Surrey 1517—1546）二人之介紹，自意大利傳入英國。依利莎伯朝諸人紛起摹倣，大率千篇一律，不脫戀愛範圍，其中以錫德尼及史賓塞兩人所作爲最稱傑構。及莎氏十四行詩出，乃以情感之豐富熱烈，意境之婉轉深刻，辭采之瑰麗優美，盡掩前人。全部共一百五十四首，其前半所讚美愛慕之對象爲一年輕貌美之男性友人；其一往情深之處，令人低徊欲絕。後半則係爲一「膚色黝黑之女郎」（此稱爲「the dark lady」）而作。詞多怨懟，似莎氏曾爲此女郎所玩弄而終遭遺棄者然。惟此中情事究係確實或僅屬詩人騁其想像所構造，則非後人所能斷言矣。

一六一〇年　四十六歲。暴風雨上演。還璧記約於此年寫成。加入黑教士戲院 (The Blackfriar's Theatre) 爲股東。

一六一一年　四十七歲。自舞台退隱鄉居。冬天的故事上演。

是年，詹姆斯王欽定本英譯「聖經」(The Bible) 出版。

一六一三年　四十九歲。亨利八世上演。至此爲莎氏寫作之第四期，此期作品較少，大率爲悲喜雜揉之傳奇劇，而以復和團圓爲結束者。除暴風雨外，文筆遠較前期爲鬆懈而散漫。

一六一六年　四月二十三日卒於故居；適近其五十二歲生辰。臨終時妻及二女均在側，並及見一外孫女。葬於三一教堂 (The Trinity Church)。

波蒙於同年逝世。又吉訶德先生 (Don Quixote) 之著者西班牙小說家塞文提斯 (Miguel de Cerventes Saavedra 生於一五四七年) 亦於此年逝世。

一六二三年　莎氏死後第七年，其友人約翰赫敏 (John Heming) 及亨利康德爾 (Henry Condell) 始將其所著戲劇彙訂出版，即所謂「第一對開本」(The First Folio) 是也。

# 莎士比亞戲劇全集

## 第二輯目次

# 第二輯提要

本輯包含莎氏悲劇八種，作者畢生悲劇傑構，盡萃於此。

羅密歐與朱麗葉是莎氏早期的抒情悲劇，也是繼所羅門雅歌以後一首最美麗悱惻的戀歌。這裏並沒有對於人性的深刻的解剖，只是眞摯地道出了全世界青年男女的心聲。命運的偶然造成這一對戀人的悲劇的結局，然而劇終的啓示，愛情不但戰勝死亡，並且使兩族的世仇消弭於無形：從這一個意義上看來，它無寧是一本謳歌愛情至上的喜劇。

漢姆萊脫、奧瑟羅、李爾王、麥克佩斯，這四本是公認爲莎氏的「四大悲劇」的，在這些作品中間，作者直抉人性的幽微，探照出人生多面的形像，開拓了一個自希臘悲劇以來所未有的境界。關於這些悲劇中主人公的性格，無數的批評家已經寫過洋洋灑灑的大文，對它們作詳細的分析和討論；這裏譯者除了把劇本的本身直接介紹給讀者以外，不想用三言兩語的粗略的敘述，向讀者作空泛的提示。關於這四劇的藝術的價値，幾乎是難分高下的．漢姆萊脫因爲內心觀照的深微而取得首屈一指的地位；從結構的完整優美講起來，奧瑟羅可以超過莎氏其他所有的作品；李爾王的悲壯雄渾的魄力，麥克佩斯的神秘恐怖的氣氛，也都是戛戛獨造，開前人所未有之境。

英雄叛國記、該撒遇弒記、女王殉愛記，這三本悲劇自成一類，同樣取材於羅馬的史實，而這些史實的來源，則係莎氏由普盧塔克（Plutarch）希臘羅馬偉人傳的英譯本中所取得。我們不能不感佩作者的天才，因爲從來不曾有一個當代或後世的羅馬史家或傳記家曾經像作者在這三本悲劇中那樣把古代羅馬人的精神面目活生生地表現出來。這三劇的莊嚴雄偉的風格，較之作者的「四大悲劇」也可以毫無遜色。

生豪誌於三十三年四月

莎士比亞戲劇全集

第二輯　第一種

# 羅密歐與朱麗葉

朱生豪譯

# 羅密歐與朱麗葉

## 劇中人物

埃斯卡勒斯　維洛那親王

巴里斯　少年貴族，親王的親戚

蒙太玖
凱普萊脫　}互相敵視的兩家家長

羅密歐　蒙太玖之子

邁邱西奧　親王的親戚
卞伏里奧　蒙太玖之姪　}羅密歐的朋友

泰保爾脫　凱普萊脫之姪

勞倫斯神父　法朗西斯派教士

約翰神父　與勞倫斯同門的教士

鮑爾薩澤　羅密歐的僕人

桑潑生
葛雷古利　}凱普萊脫的僕人

彼得　朱麗葉乳母的從僕
亞伯拉罕　蒙太玖的僕人
賣藥人
樂工三人
邁邱西奧的侍僮
巴里斯的侍僮
蒙太玖夫人
凱普萊脫夫人
朱麗葉　凱普萊脫之女
朱麗葉的乳母
維洛那市民；兩家男女親屬，跳舞者，衞士，巡丁，及侍從等
副末　說明劇情者

**地點**

維洛那第五幕；第一場在曼多亞

# 開場詩

〔副末上唸：

故事發生在維洛那名城，
　有兩家門第相當的巨族，
累世的宿怨激起了新爭，
　鮮血把市民的白手污瀆。
是命運註定這兩家仇敵，
　生下了一雙不幸的戀人，
他們的悲慘淒涼的殞滅，
　和解了他們交惡的尊親。
這一段生生死死的戀愛，
　還有那兩家父母的嫌隙，
把一對多情的兒女殺害，
　演成了今天這一本戲劇。

交代過這幾句挈領提綱，
請諸位耐着心細聽端詳。（下）

# 第一幕

## 第一場　維洛那廣場；

【桑潑生及葛雷古利各持盾劍上。

桑　葛雷古利，咱們可真的不能讓人家當做苦力一樣欺侮。

葛　對了，咱們不是可以隨便給人欺侮的。

桑　我說，咱們要是發起脾氣來，就會拔刀子動武。

葛　對了，你可不要把脖子縮進領口裏去

桑　我一動性子，我的劍是不認人的。

葛　可是你不大容易動性子。

桑　我見　蒙太玖家的狗子就生氣。

葛　有膽量的，生了氣就應當站住不動；逃跑的不是好漢。

桑　我見了他們家裏的狗子，就會站住不動；是男人我就把他們從牆邊推出去，是女人我就把她們望着牆壁摔過去。

葛　吵架是咱們兩家主僕男人們的事，與她們女人有什麼相干？

桑　那我不管，我要做一個殺人不眨眼的魔王；一面跟男人們打架，一面對娘兒們也不留情面，我要割掉她們的頭。

葛　割掉娘兒們的頭嗎？

桑　對了，娘兒們的頭，或是她們的奶奶頭，你愛怎麼說就怎麼說。

葛　拔出你的傢伙來有兩個蒙太玖家的人來啦。

〔亞伯拉罕及鮑爾薩澤上。

桑　我的刀子已經出鞘；你去跟他們吵起來，我就在你背後幫你的忙。

葛　怎麼？你想轉過背逃走嗎？

桑　你放心吧，我不是那樣的人。

葛　哼，我倒有點不放心！

桑　還是讓他們先動手，打起官司來也是咱們的理直。

葛　我走過去向他們橫個白眼，瞧他們怎麼樣。

桑　好，瞧他們有沒有膽。我要向他們咬我的大拇指，瞧他們能不能忍受這樣的侮辱。

亞　你向我們咬你的大拇指嗎？

桑　我是咬我的大拇指。

亞　你是向我們咬你的大拇指嗎？

桑　（向葛旁白）要是我說是，那麼打起官司來是誰的理直？

葛　（向桑旁白）是他們的理直。

桑　不，我不是向你們咬我的大拇指；可是我是咬我的大拇指。

葛　你是要向我們挑釁嗎？

亞　挑釁！不，那兒的話。

桑　你要是想跟我們吵架，那麼我可以奉陪；你也是你家主子的奴才，我也是我家主子的奴才，難道我家的主子就比不上你家的主子？

亞　比不上。

桑　好。

葛　（向桑旁白）說「比得上」；我家老爺的一位親戚來了。

桑　比得上。

亞　你胡說。

桑　是漢子就拔出刀子來。葛雷古利，別忘了你的殺手劍。（雙方互鬥）

【卞伏里奧上。

卞　分開，蠢才！收起你們的劍；你們不知道你們在幹些什麼事。（擊下眾僕的劍）

【泰保爾脫上。

泰　怎麼！你跟這些不中用的奴才吵架嗎？過來，卞伏里奧，讓我結果你的性命。

卞　我不過維持和平；收起你的劍，或者幫我分開這些人。

泰　什麼！你拔出了劍，還說什麼和平？我痛恨這兩個字，就跟我痛恨地獄，痛恨所有蒙太玖家的人和你一樣。照劍，懦夫！（二人相鬥）

【兩家各有若干人上，加入爭鬥；一羣市民持槍棍繼上。

衆市民　打！打！打！把他們打下來！打倒凱普萊脫！打倒蒙太玖！

【凱普萊脫穿長袍及凱普萊脫夫人同上。

凱　什麼事吵得這個樣子？！喂！把我的長劍拿來。

凱妻　我的拐杖呢？我的拐杖呢？你要劍做什麼用？

凱　快拿劍來！蒙太玖那老東西來啦；他還耀着他的劍，明明在跟我尋事。

【蒙太玖及蒙太玖夫人上。

蒙　凱普萊脫，你這奸賊！——別拉住我；讓我去。

蒙妻　你要去跟人家吵架，我不讓你走一步路。

【親王率侍從上。

親王　目無法紀的臣民，擾亂治安的罪人，你們的刀劍都被你們鄰人的血沾污了；——他們不聽我的話嗎？喂，聽着！你們這些人，你們這些畜生，你們為了撲滅你們怨毒的怒燄，不惜讓殷紅的流泉從你們的血管裏噴湧出來；你們要是畏懼刑法，趕快給我把你們的兇器從你們血腥的手裏丟下來，靜聽你們震怒的君王的判決。凱普萊脫，蒙太玖，你們已經三次為了一句口頭上的空言，引起了市民的械鬥，擾亂了我們街道上的安甯，害得維洛那的年老公民，也不能不脫下他們尊嚴的裝束，在他們習於安樂的蒼老衰弱的手裏掮起古舊的長槍來，分解你們潰爛的紛爭。要是你們以後再在市街上鬧事，就要把你們的生命作為擾亂治安的代價。現在別人都給我退下去；凱普萊脫，你跟我來；蒙太玖，你今天下午到自由村的審判廳裏來，聽候我對於今天這一案的宣判。大家散開去，倘有逗留不去的，格殺不論！（除蒙太玖夫婦及卞伏里奧外皆下）

蒙　誰把這一場宿怨重新挑起紛爭？姪兒，對我說，他們動手的時候，你也在場嗎？

卞　我還沒有到這兒來，您的仇家的僕人跟你們家裏的僕人已經打成一塊了。我拔出劍來分開他們；就在這時候，那個性如烈火的泰保爾脫提着劍來了，他向我口出不遜之言，把劍在他自己頭上揮舞，那劍在風中發出嘶嘶的聲音，就像風在那兒譏笑他的裝腔作勢一樣。當我們正在劍來劍去的時候，人越來越多，有的幫這一面，有的幫那一面，亂哄哄地互相爭鬥，直等親王來了，方纔把兩邊的人喝開。

蒙妻　啊，羅密歐呢？你今天見過他嗎？我很高興他沒有參加這場爭鬥。

卞　伯母，在尊嚴的太陽開始從東方的黃金窗裏探出頭來的前一個時辰，我因爲心中煩悶，到郊外去散步，在城西一叢楓樹的下面，我看見羅密歐兄弟一早在那兒走來走去。我正要向他走過去，他已經看見了我，就躲到樹林深處去了。我因爲自己也是心灰意懶，覺得連自己這一身也是多餘的，祇想找一處沒有人蹤的地方，所以憑着自己的心境推測別人的心境，也就不去多事追尋他，彼此互相避開了。

蒙　好多天的早上曾經有人在那邊看見過他，用眼淚灑爲清晨的露水，用長嘆嘘成天空的雲霧；可是一等到鼓舞衆生的太陽在東方的天邊開始揭起黎明女神牀上灰黑色的帳幕的時候，我那懷着一顆沉重的心的兒子，就逃避了光明，溜回到家裏；一個人關起了門躲在房間裏，閉緊了窗子，把大好的陽光鎖在外面，爲他自己造成了一個人工的黑夜。他這一種怪脾氣恐怕不是好兆，除非良言勸告可以替他解除心頭的煩惱。

卞　伯父，您知道他的煩惱的根源嗎？

蒙　我不知道，也沒有法子從他自己嘴裏探聽出來。

卞　你有沒有設法探問過他？

蒙　我自己以及許多其他的朋友都曾經探問過他，可是他把心事一起悶在自己肚裏，總是絕口嚴守着祕密，不讓人家試探出來，正像一朵初生的蓓蕾，還沒有迎風舒展它的嫩瓣，向太陽獻吐它的嬌豔，就給妒嫉的蛀蟲咬嚙了一樣。祇要能夠知道他的悲哀究竟是從什麼地方來的，我們一定會盡心竭力替他找尋治療的方案。

卞　瞧，他來了；請你站在一旁，等我去問問他究竟有些什麼心事，看他理不理我。

蒙　但願你留在這兒，能夠聽到他的眞情的吐露。來，夫人，我們去吧。（蒙太玖夫婦同下）

【羅密歐上。

卞　早安，兄弟。

羅　天還是這樣早嗎？

卞　剛纔敲過九點鐘。

羅　唉！在悲哀裏度過的時間似乎是格外長的。急忙忙地走過去的那個人，不就是我的父親嗎？

卞　正是。什麼悲哀使羅密歐的時間過得這樣長？

羅　因爲我缺少了可以使時間變爲短促的東西。

卞　你跌進了戀愛的網裏了嗎？

羅　我徘徊在戀愛的門外，因爲我不能得到我的意中人的歡心。

卞　唉！想不到愛神的外表這樣溫柔，實際上却是如此殘暴！

羅　唉！想不到愛神蒙着眼睛，却會一直闖進了人們的心靈！我們在什麼地方吃飯？嗳喲！又是誰在這兒打過架了？可是不必告訴我，我早就知道了。這些都是怨恨造成的後果，可是愛情的力量比它還要大過許多。啊，吵吵鬧鬧的相愛，親親熱熱的怨恨！啊，無中生有的一切！啊，沉重的輕浮，嚴肅的狂妄，整齊的混亂，鉛鑄的羽毛，光明的烟霧，寒冷的火燄，憔悴的健康，永遠覺醒的睡眠，否定的存在！我感覺到的愛情正是這麼一種東西，可是我並不喜愛這一種愛情。你不會笑我嗎？

卞　不，兄弟，我倒是有點兒想哭。

羅　好人，爲什麼呢？

卞　因爲瞧着你善良的心受到這樣的痛苦。

羅　唉！這就是愛情的錯誤。我自己已經有太多的憂愁重壓在我的心頭，你對我表示的同情，徒然使我在太多的憂愁之上，再加上一重憂愁。愛情是嘆息吹起的一陣煙；戀人的眼中有它淨化了的火星；戀人的眼淚是它激起的波濤。它又是最智慧的瘋狂，哽喉的苦味，沁舌的蜜糖。再見，兄弟。（欲去）

卞　且慢，讓我跟你一塊兒去；要是你就這樣丟下了我，未免太不給我面子啦。

羅　嘿！我已經遺失了我自己；我不在這兒；這不是羅密歐，他是在別的地方。

卞　老實告訴我，你所愛的是誰？

羅　什麼！你要我在痛苦呻吟中說出她的名字來嗎？

卞　痛苦呻吟！不，你祇要告訴我她是誰就得了。

羅　叫一個病人鄭重其事地立起遺囑來！啊，對於一個病重的人，還有什麼比這更刺痛他的心？老實對你說，兄弟，我是愛上了一個女人。

卞　我說你一定有了戀愛，果然猜得不錯。

羅　好一個每發必中的射手！我所愛的是一位美貌的姑娘。

卞　好兄弟，祇要目標準確不怕發而不中。

羅　你這一箭就射岔了。邱必特的金箭不能射中她的心；她有黛安那女神的聖潔，不讓愛情稚弱的弓矢損害她的堅不可破的貞操。她不願聽任深憐密愛的詞句把她包圍，也不願讓灼灼逼人的眼光向她進攻，更不願接受可以使聖人動心的黃金的誘惑；啊！美貌便是她鉅大的財富，只可惜她一死以後，她的美貌也要化爲黃土！

卞　那麼她已經立誓終身守貞不嫁了嗎？

羅　她已經立下了這樣的誓言，爲了珍惜她自已，造成了莫大的浪費；因爲她讓美貌在無情的歲月中日就枯萎，不知道替後世傳留下她的絕世容華。她是個太美麗，太聰明的人兒，不應該剝奪她自身的幸福，使我抱恨終天她已經立誓割捨愛情，我現在活着也就等於死去一般。

卞　聽我的勸告，別再想起她了。

羅　啊！那麼你教我怎樣忘記吧。

卞　你可以放縱你的眼睛，讓它們多看幾個世間的美人。

羅　那不過格外使我覺得她的美豔無雙罷了。那些吻着美人嬌額的幸運的面罩，因爲它們是黑色的緣故，常常使我們想起被它們遮掩的面龐不知應該多少嬌麗。突然盲目的人，永遠不會忘記存留在他消失了的視覺中的寶貴的影像。給我看一個姿容絕代的美人，她的美貌除了使我記起世上有一個人比她更美以外，還有什麼別的用處？再見，你不能教我怎樣忘記。

卞　我一定要證明我的意見不錯，否則死了也不瞑目。（各下）

## 第二場　同前；街道

〔凱普萊脫，巴里斯，及僕人上。

凱　可是蒙太玖也負着跟我同樣的責任；我想像我們這樣有了年紀的人，維持和平還不是難事。

巴　你們兩家都是很有名望的大族，結下了這樣不解的寃仇，眞是一件不幸的事。可是老伯，您對於我的求婚有什麼見教？

凱　我的意思早就對您表示過了。我的女兒今年還沒有滿十四歲，完全是一個不懂事的孩子；再過兩個夏天，纔可以談到親事。

巴　比她年紀更小的人，都已經做了幸福的母親了。

凱　早結果的樹木一定早凋。我在這世上什麼希望都已經沒有了，祇有她是我的唯一的安慰。可是向她求愛吧，善良的巴里斯，得到她的歡心；祇要她願意，我的同意是沒有問題的。今天晚上，我要按照舊例，舉行一次宴會，邀請許多友好參加；您也是我所要邀請的一個，請您接受我的最誠意的歡迎。在我的寒舍裏，今晚您可以見到燦爛的羣星翩然下降，照亮了黑暗的天空；在蓓蕾一樣嬌豔的女郎叢裏，您可以充分享受青春的愉快，正像盛裝的四月追隨着殘冬的足跡君臨人世，在年青人的心裏充滿着活躍的歡欣一樣。您可以聽一個暢看一個飽，從許多美貌的女郎中間，連我的女兒也在其內，揀一個最好的做您的意中人。來，跟我去。（以一紙交僕）你去到維洛那全城走一轉，一個一個去找這單子上有名字的人，請他們到我的家裏來。（凱、巴同下）

僕　找這單子上有名字的人！人家說鞋匠的針線，裁縫的釘鎚，漁夫的筆，畫師的網，各人有各人的職司；可是我們的老爺却叫我找這單子上有名字的人，我怎麼知道寫字的人在這上面寫着些什麼？我一定要找個識字的人。來得正好。

【卡伏里奧及羅密歐上。

卡　不，兄弟，新的火燄可以把舊的火燄撲滅，大的苦痛可以使小的苦痛減輕；頭暈目眩的時候，祇要轉身向後；一椿絕望的憂傷，也可以用另一椿煩惱把它驅除。給你的眼睛找一個新的迷惑，你的原來的痼疾就可以霍然脫體

羅　你的藥草祇好醫治——

卡　醫治什麼？

羅　醫治你的跌傷的脛骨。

卡　怎麼羅密歐，你瘋了嗎？

羅　我沒有瘋，可是比瘋人更不自由；關在牢獄裏，不進飲食，挨受着鞭撻和酷刑，——晚安，好朋友！

僕　晚安！請問先生您念過書嗎？

羅　是的，這是我的貧困的資產。

僕　也許您會不看着書念；可是請問您會不會看着字一個兒一個兒的念？

羅　是我認得的字，我就會念。

僕　您說得很老實；上帝保佑您！（欲去）

羅　等一等，朋友；我會念。「瑪丁諾先生暨夫人及諸位令嬡；安賽爾美伯爵及諸位令妹；寡居之維特魯維奧夫人；帕拉森西奧先生及諸

位令姪女邁邱西奧及其令弟伐倫泰因凱普萊脫叔父暨嬸母及諸位賢妹羅瑟琳賢姪女麗維霞伐倫西奧先生及其令表弟泰保爾脫琉西奧及活潑之海倫那」

好一羣名士賢媛！請他們到什麼地方去？

僕　到我們家裏吃飯去。

羅　誰的家裏？

僕　我的主人的家裏。

羅　那還用問嗎？

僕　那麼好，您不用問我，我就告訴您吧。我的主人就是那個有財有勢的凱普萊脫；要是您不是蒙太玖家裏的人，請您也來跟我們喝一杯酒，上帝保佑您！（下）

卞　在這一個凱普萊脫家裏按照舊例舉行的宴會中間，你所熱戀的美人羅瑟琳也要跟着維洛那城裏所有的絕色名媛一同去赴宴，你也到那兒去吧，用着不帶成見的眼光，把她的容貌跟別人比較比較，你就可以知道你的天鵝不過是一頭烏鴉罷了。

羅　要是我的虔敬的眼睛會相信這種謬誤的幻象，那麼讓眼淚變成火燄，把這一雙罪狀昭著的異教邪徒燒成灰燼吧！比我的愛人還美！燭照萬物的太陽，自有天地以來也不會看見過一個可以和她比美的人。

卞　嘿！你看見她的時候，因為沒有別人在旁邊，你的兩隻眼睛裏祇有她一個人，所以你以為她是美麗的；可是在你那水晶的天秤裏，要是把你的戀人跟另外一個我可以在這宴會裏指點給你看的美貌的姑娘同時較量起來，那麼她現在雖然儀態萬方，那時候就要自慚形穢了。

羅　我倒要去這一次；不是去看你所說的美人，祇要看看我自己的愛人怎樣大放光彩，我就心滿意足了。（同下）

## 第三場　同前凱普萊脫家中一室

【凱普萊脫夫人及乳媼上。

凱妻　奶媽，我的女兒呢？叫她出來見我。

乳媼　憑着我十二歲時候的童貞發誓，我早就叫過她了。喂，小綿羊！喂，小鳥兒！上帝保佑！這孩子什麼地方去啦？喂，朱麗葉！

【朱麗葉上。

朱　什麼事？誰叫我？

乳媼　你的母親。

朱　母親，我來了。您有什麼吩咐？

凱妻　是這麼一件事。奶媽，你出去一會兒。我們要談些祕密的話。——奶媽，你回來吧；我想起來了，你也應當聽聽我們的談話。你知道我的女兒年紀也不算怎麼小啦，

乳媼　對啊，我把她的時辰八字記得淸淸楚楚的。

凱妻　她現在還不滿十四歲。

乳媼　我可以用我的十四顆牙齒打賭，——唉，說來傷心，我的牙齒掉得祇剩四顆啦！——她還沒有滿十四歲呢。現在離開收穫節還有多久？

凱妻　兩個星期多一點。

乳媼　不多不少，不先不後，到收穫節的晚上她纔滿十四歲。蘇珊跟她同年，——上帝安息一切基督徒的靈魂！唉！蘇珊是跟上帝在一起啦，我命裏不該有這樣一個孩子。可是我說過的，到收穫節的晚上，她就要滿十四歲啦；正是，一點不錯，我記得清清楚楚的。自從地震那一年到現在，已經十一年啦；那時候她已經斷了奶，我永遠不會忘記，不先不後，剛巧在那一天；因爲我在那時候用艾葉塗在奶頭上，坐在鴿棚下面曬着太陽；老爺跟您那時候都在曼多亞。瞧，我的記性可不算壞。可是我說的，她一嘗到我奶頭上的艾葉的味道，覺得變了苦啦，噯喲，這可愛的小傻瓜！她就發起脾氣來，把奶頭摔開啦。這句話說來話長，算來也有十一年啦；後來她就慢慢兒會一個人站得直挺挺的，還會搖呀擺的到處亂跑，就是在她跌破額角的那一天，我那去世的丈夫——上帝安息他的靈魂！他是個喜歡說說笑笑的人，——把這孩子抱了起來，「啊！」他說，「你撲在地上了嗎？再過兩年，你就要仰在牀上了；是不是呀，朱麗？」誰知道這個可愛的壞東西忽然停住了哭聲，說「嗯。」噯喲，眞把人都笑死了！要是我活到一千歲，我也再不會忘記這句話。「是不是呀，朱麗？」他說；這可愛的小傻瓜就停住了哭聲，說「嗯。」

凱妻　得了得了，請你別說下去了吧。

乳媼　是，太太。可是我一想到她會停住了哭說「嗯，」就禁不住笑起來。不說假話，她額角上腫起了像小雄鷄的睾丸那麼大的一個塊哩；她痛得放聲大哭；「啊！」我的丈夫說，「你撲在地上了嗎？等你年紀一大，你就要仰在牀上了；是不是呀，朱麗？」她就停住了哭聲，說「嗯。」

朱　我說，奶媽，你也可以停嘴了。

乳媼　好，我不說啦，我不說啦。上帝保佑你！你是在我手裏撫養長大的一個最可愛的小寶貝；要是我能夠活到有一天瞧着你嫁了出去，也算了結我的一樁心願啦。

凱妻　是呀，我現在就是要談起她的親事。朱麗葉我的孩子，告訴我，要是現在把你嫁了出去，你覺得怎麼樣？

朱　這是我做夢也沒有想到過的一件榮譽。

乳媼　一件榮譽！倘不是你祇有我這一個奶媽，我一定要說你的聰明是從奶頭上得來的。

凱妻　好，現在你把婚姻問題考慮考慮吧。在這兒維洛那城裏，比你再年輕點兒的千金小姐們，都已經做了母親啦。就拿我來說吧，我在你現在這樣的年紀，也已經生下了你。廢話用不到多說，少年英俊的巴里斯已經來向你求過婚啦。

乳媼　眞是一位好官人，小姐！像這樣的一個男人，小姐，眞是天下少有。噯喲！他纔是一位十全十美的好郎君。

凱妻　維洛那的夏天找不到這樣一朵好花。

乳媼　是啊，他是一朵花，眞是一朵好花。

凱妻　你怎麼說？你能不能夠歡喜這個紳士？這晚上在我們家裏的宴會中間，你就可以看見他從年靑的巴里斯的臉上，你可以讀到用秀美的筆寫成的迷人的字句；一根根齊整的線條，交織成整個的一幅諧和的圖畫；要是你想探索這一卷美好的書中的奧祕，在他的眼角上可以找到微妙的詮註。這本珍貴的戀愛的經典，祇缺少一幀可以使它相得益彰的封面；正像游魚需要活水，美妙的內容也少不了美妙的外表陪襯。記載着金科玉律的寶籍，鎖合在金漆的封面裏，它的輝煌富麗爲衆目所共見；要是你做了他的封面，那麼他所有的一切都屬於你所有了。簡簡單單回答我，你能夠接受巴里斯的愛嗎？

朱　要是我看見了他以後，能夠發生好感，那麼我是準備着歡喜他的。可是我的眼光的飛箭，倘然沒有得到您的允許，是不敢大膽發射出去的呢。

〔一僕人上。

僕 太太客人都來了，餐席已經擺好了，請您跟小姐快些出去。大家在廚房裏埋怨着奶媽，什麼都亂成一團糟。我要伺候客人去；請您馬上就來。

凱妻 我們就來了。朱麗葉，那伯爵在等着哩。

乳媼 去，孩子，快去找天天歡樂夜夜良宵。（同下）

## 第四場 同前；街道

〔羅密歐，邁邱西奧，卞伏里奧，及五六人或戴假面或持火炬上。

羅 怎麼！我們就用這一番話作爲我們的進身之階，還是就這麼昂然直入，不說一句道歉的話？

卞 這種虛文俗套現在早就不時行了。我們用不到蒙着眼睛的邱必特，背着一張花漆的木弓，像個稻草人似的去嚇那些娘兒們；也用不到跟着提示的人一句一句念那從書上默誦出來的登場白；隨他們把我們認做什麼人，我們祇要跳完一回舞，走了就完啦。

羅 給我一個火炬，我不高興跳舞。我的陰沉的心需要着光明。

邁 不，好羅密歐，我們一定要你陪着我們跳舞。

羅 我實在不能跳。你們都有輕快的舞鞋；我只有一個鉛一樣重的靈魂，把我的身體緊緊地釘在地上，使我的腳步也不能移動。

邁　你是一個戀人，你就借着邱必特的翅膀高高的飛起來吧。

羅　他的羽鏃已經穿透我的胸膛，我不能借着他的羽翼高翔他束縛住了我整個的靈魂，愛的重擔壓得我向下墜沉。

邁　愛是一件溫柔的東西，要是你拖着它一起沉下去，那未免太難爲它了。

羅　愛是溫柔的嗎？它是太粗暴太專橫太野蠻了它像荆棘一樣刺人。

邁　要是愛情虐待了你，你也可以虐待愛情它刺痛了你，你也可以刺痛它；這樣你就可以戰勝了愛情。給我一個臉具，讓我把我的尊容藏起來；（戴假面）哎喲，好難看的鬼臉！再給我拿一個臉具來把它罩住了吧。也罷，就讓人家笑我醜，也有這一張鬼臉兒替我遮羞。

卞　來，敲門進去大家一進門，就跳起舞來。

羅　拿一個火炬給我。讓那些無憂無慮的公子哥兒們去賣弄他們的舞步吧；莫怪我說句老氣横秋的話，我對於這種頑意兒實在敬謝不敏，還是作個壁上旁觀的人吧。

邁　胡說！要是你已經沒頭沒腦深陷在戀愛的泥沼裏，——恕我說這樣的話，——那麼我們一定要拉你出來。來來來，別浪費光陰啦！

羅　我們去參加他們的舞會，實在不是一件聰明的事。

邁　爲什麼？請問。

羅　昨天晚上我做了一個夢。

邁　我也做了一個夢。

羅　好，你做了什麼夢？

邁　我夢見做夢的人老是說謊。

羅　一個人在睡夢裏往往可以見到眞實的事情。

邁　啊！那麼一定春夢婆來望過你了。

卞　春夢婆！她是誰？

邁　她是精靈們的穩婆；她的身體祇有郡吏手指上一顆瑪瑙那麼大；幾匹螞蟻大小的細馬替她拖着車子，越過酣睡的人們的鼻梁；她的車輻是用蜘蛛的長脚作成的；車篷是蚱蜢的翅膀；挽索是如水的月光；馬鞭是蟋蟀的骨頭；韁繩是天際的游絲。替她駕車的是一頭小小的灰色的蚊蟲，它的大小還不及從一個貪懶丫頭的指尖上挑出來的懶蟲的一半。她的車子是野蠶用一個榛子的空殼替她造成，它們從古以來就是精靈們的車匠。她每夜驅着這樣的車子，穿過情人們的腦中，他們就會在夢裏談情說愛；經過官員們的膝上，他們就會在夢裏打恭作揖；經過律師們的手指，他們就會在夢裏伸手討訟費；經過娘兒們的嘴唇，她們就會在夢裏跟人家接吻，可是因為春夢婆討厭她們嘴裏吐出來的口香糖的氣息，往往罰她們滿嘴長着水泡。有時她從捐獻給教會的豬身上拔下它的尾巴來，撩撥着一個牧師的鼻孔，他就會夢見他自己又領到一份俸祿；有時她繞過一個兵士的頸項，他就會夢見殺敵人的頭，進攻，埋伏，銳利的劍鋒，淋漓的痛飲，忽然被耳邊的鼓聲驚醒，咒罵了幾句，又翻了個身睡去了。就是這一個春夢婆在夜裏把馬鬣打成了辮子，把懶女人的齷齪的亂髮烘成一處處膠黏的硬塊，倘然把它們梳通了就要遭逢禍事；就是這個婆子在人家女孩子們仰面睡覺的時候，壓在她們的身上，教會她們怎樣養兒子；就是她——

羅　得啦，得啦，邁邱西奧，別說啦！你全然在那兒癡人說夢。

邁　對了，夢本來是癡人腦中的胡思亂想；它的本質像空氣一樣稀薄，它的變化莫測，就像一陣風，剛纔還在向着冰雪的北方求愛，忽然發起惱來，一轉身又到雨露的南方來了。

卞　你講起的這一陣風把我們自己不知吹到那兒去了。人家晚飯都用過了，我們進去怕要太晚啦。

羅　我怕也許是太早了；我覺得彷彿有一種不可知的命運，將要從我們今天晚上的狂歡開始它的恐怖的統治，我這可憎恨的生命將要遭遇慘酷的夭折而告一結束。可是讓支配我的前途的上帝指導我的行動吧！前進，勇敢的朋友們！

卞　來，把鼓擂起來。（同下）

## 第五場　同前；凱普萊脫家中廳堂

【樂工各持樂器等候；眾僕上。

甲僕　卜得潘呢？他怎麼不來幫忙把這些盆子拿下去？他不願意搬碟子！他不願意揩砧板！

乙僕　自己沒有洗淨手，卻怪人家不懂規矩，這纔糟糕！

甲僕　把摺凳拿進去，把食器架搬開，留心打碎盆子。好兄弟，留一塊杏仁酥給我；謝謝你去叫那管門的讓蘇珊跟耐兒進來。安東尼！卜得潘！

乙僕　噯，兄弟，我在這兒。

甲僕　裏頭在找着你，叫着你，問着你，到處尋着你。

丙僕　咱們可不能把一個身子分在兩處呀。
乙僕　來，孩兒們，大家出力！（衆僕退後）
【凱普萊脫朱麗葉，泰保爾脫及其家族等自一方上；衆賓客及假面跳舞者等自另一方上，相遇。
凱　諸位朋友，歡迎歡迎！足趾上不生繭的小姐太太們要跟你們跳一回兒舞呢。啊哈！我的小姐們，你們中間現在有什麼人不願意跳舞？我可以發誓，誰要是推三阻四的，一定腳上長着老大的繭；果然給我猜中了嗎？諸位朋友，歡迎歡迎！我從前也曾經戴過假臉，在一個標緻姑娘的耳朵旁邊講些使得她心花怒放的話兒，這種時代現在是過去了，過去了，過去了。諸位朋友，歡迎歡迎！來，樂工們，奏起音樂來吧。站開些！站開些！讓出地位來。姑娘們，跳起來吧。（奏樂；衆開始跳舞）混蛋，把燈點亮一點，把桌子一起搬掉，把火爐熄了，這屋子裏太熱啦。啊，好小子！這纔玩得有興。啊！請坐，請坐，好兄弟，我們兩人現在是跳不起來的了；您還記得我們最後一次戴着假臉跳舞是在什麼時候？
凱普萊脫族人　這句話說來也有三十年啦。
凱　什麼，兄弟！沒有這麼久，沒有這麼久；那是在盧森西奧結婚的那年，大概離開現在有二十五年模樣，我們曾經跳過一次。
族人　不止了，不止了；大哥，他的兒子也有三十歲啦。
凱　我難道不知道嗎？他的兒子兩年以前還沒有成年哩。
羅　攙着那位武士的手的那一位小姐是誰？
僕　我不知道，先生。

羅　啊！火炬遠不及她的明亮；
她皎然照耀在暮天頰上，
像黑奴耳邊璀璨的珠環；
她是天上明珠降落人間！
瞧她隨着女伴進退周旋，
像鴉羣中一頭白鴿蹁躚，
我要等舞闌後追隨左右，
握一握她那纖纖的素手。
我從前的戀愛是假非眞，
今晚纔遇見絕世的佳人！

泰　聽這個人的聲音好像是一個蒙太玖家裏的人。孩兒，拿我的劍來。哼！這不知死活的奴才，竟敢套着一個鬼臉，到這兒來嘲笑我們的盛會嗎？爲了保持凱普萊脫家族的光榮，我把他殺死了也不算是罪過。

凱　嗳喲，怎麼，姪兒！你怎麼動起怒來啦？

泰　伯父，這是我們的仇家蒙太玖家裏的人；這賊子今天晚上到這兒來，一定不懷好意，存心來搗亂我們的盛會。

凱　他是羅密歐那小子嗎？

泰　正是他，正是羅密歐這小雜種。

凱　別生氣，好姪兒，讓他去吧。瞧他的舉動倒也規規矩矩；說句老實話，在維洛那城裏，他也算得一個品行很好的青年。我無論如何不願意在我自己的家裏跟他鬧事。你還是耐着性子，別理他吧。我的意思就是這樣，你要是聽我的話，趕快收下了怒容和和氣氣的，不要打斷了大家的興致。

泰　這樣一個賊子也來做我們的賓客，我怎麼不生氣？我不能容他在這兒放肆。

凱　不容也得容。哼目無尊長的孩子！我偏要容他。嘿！誰是這裏的主人？是你還是我？嘿你容不得他！什麼話！你要當着這些客人的面前吵鬧嗎？你不服氣！你要充好漢！

泰　伯父，咱們不能忍受這樣的恥辱。

凱　得啦得啦，你眞是一點規矩都不懂。——是眞的嗎？您也許不歡喜這個調調兒。——我知道你一定要跟我鬧彆扭！——說得很好，我的好人兒！——你是個放肆的孩子；去，別鬧！不然的話，——把燈再點亮些！把燈再點亮些！——不害臊的！我要叫你閉嘴。——啊！痛痛快快玩一下，我的好人兒們！

泰　我這滿腔怒火偏給他澆下一盆冷水，好教我氣得渾身起了哆嗦。我且退下去；可是今天由他闖進了咱們的屋子，看他不會有一天得意翻成了後悔。（下）

羅　（向朱）要是我這俗手上的塵汚
　褻瀆了你的神聖的廟宇，
這兩片嘴唇含羞的信徒，
　願意用一吻乞求你宥恕。

朱　信徒，莫把你的手兒侮辱，
　這樣纔是最虔誠的禮敬；

神明的手本許信徒接觸，
掌心的密合遠勝如親吻。

羅　生下了嘴唇有什麼用處？

朱　信徒的嘴唇要禱告神明。

羅　那麼我要禱求你的允許，
讓手的工作交給了嘴唇。

朱　你的禱告已蒙神明允准。

羅　神明，請容我把殊恩受領。（吻朱）
這一吻滌清了我的罪孽。

朱　你的罪却沾上我的唇間。

羅　啊！請原諒我無心的過失，
這一次我要把罪惡收還。

乳媼　小姐，你媽要跟你說話。

羅　誰是她的母親？

乳媼　小官人，她的母親就是這兒府上的太太，她是個好太太，又聰明，又賢德；我替她撫養她的女兒，就是剛纔跟您說話的那個；告訴您吧，誰要是娶了她去，纔發財啦！

羅　她是凱普萊脫家裏的人嗎？哎喲！我的生死現在操在我的仇人的手裏了！

下　去吧，跳舞快要完啦。

羅　是的，我只怕盛筵易散，良會難逢。

凱　不，列位，請慢點兒去；我們還要請你們稍微用一點茶點。眞的嗎？那麼謝謝你們；各位朋友，謝謝謝謝，再會再會！再拿幾個火把來！來，我們去睡吧。啊，好小子！天眞的不早了；我是要去休息一會兒。（除朱麗葉及乳媼外俱下）

朱　過來，奶媽。那邊的那位紳士是誰？

乳媼　泰佩里奧那老頭兒的兒子。

朱　現在跑出去的那個人是誰？

乳媼　呃，我想他就是那個年青的比特魯喬。

朱　那個跟在人家後面不跳舞的人是誰？

乳媼　我不認識。

朱　去問他叫什麼名字。——要是他已經結過婚，那麼婚牀便是我的新墳。

乳媼　他的名字叫羅密歐，是蒙太玖家裏的人，咱們仇家的獨子。

朱　恨灰中燃起了愛火融融，
要是不該相識，何必相逢！
昨天的仇敵，今日的情人，
這場戀愛怕要種下禍根。

乳媼　你在說什麼？你在說什麼？

朱　那是剛纔一個陪我跳舞的人教給我的幾句詩。（內呼「朱麗葉！」）

乳媪　就來，就來！——來，咱們去吧；客人們都已經散了。（同下）

【副末上唸：

舊日的溫情已盡付東流，
新生的愛戀正如日初上；
爲了朱麗葉的絕世溫柔，
忘却了曾爲誰魂思夢想。
羅密歐愛着她媚人容貌，
把一片癡心呈獻給仇讎；
朱麗葉戀着他風流才調，
甘願被香餌釣上了金鉤。
只恨解不開的世仇宿怨，
這段山海深情向誰聲訴？
幽閨中鎖住了桃花人面，
要相見除非是夢魂來去。
可是熱情總會戰勝辛艱，
苦味中間纔有無限甘甜。（下）

# 第二幕

## 第一場　維洛那；凱普萊脫花園牆外的小巷

【羅密歐上。

羅　我的心還逗留在這裏，我能够就這樣掉頭前去嗎？縮回去吧，無情的土地，讓我回到這世界的中心。（攀登牆上，跳入牆內）

【卞伏里奧及邁邱西奧上。

卞　羅密歐！羅密歐兄弟！

邁　他是個乖巧的傢伙；我說他一定溜回家去睡了。

卞　他望着這條路上跑，一定跳進這花園的牆裏去了。好邁邱西奧，你叫叫他吧。

邁　不，我還要念咒喊他出來呢。羅密歐！癡人！瘋子！戀人！情郎！快快化做一聲嘆息出來吧！我不要你多說什麼，祇要你念一行詩，嘆一口氣，把咱們那位維納絲奶奶恭維兩句，替她的瞎眼兒子邱必特少爺取個綽號，就行啦。他沒有聽見，他沒有作聲，他沒有動靜；這猴兒崽子難道死了嗎？待我咒他的鬼魂出來。憑着羅瑟琳的光明的眼睛，憑着她的高額角，她的紅嘴唇，她的玲瓏的脚，挺直的小腿，彈性的大腿和大腿附近的那一部分，憑着這一切的名義，趕快給我現出真形來吧！

卞　他要是聽見了，一定會生氣的。來，他已經躲到樹叢裏，跟那多露水的黑夜作伴去了；愛情本來是盲目的，讓他在黑暗裏摸索去吧

邁　羅密歐，晚安！我要上牀睡覺去；這兒草地上太冷啦，我可受不了。來，咱們去吧，

下　好，去吧；他要避着我們，找他也是白費辛勤。（同下）

## 第二場　同前；凱普萊脫家的花園

【羅密歐上。

羅　沒有受過傷的纔會譏笑別人身上的創痕。（朱麗葉自上方窗戶中出現）輕聲！那邊窗子裏亮起來的是什麼光？那就是東方，朱麗葉就是太陽！起來吧，美麗的太陽！趕走那妒忌的月亮，她因爲她的女弟子比她美得多，已經氣得面色慘白了。既然她這樣妒忌着你，你不要皈依她吧；脫下她給你的這一身慘綠色的貞女的道服，它是祇配給愚人穿着的。那是我的意中人；啊！那是我的愛；唉，但願她知道我在愛着她！她欲言又止，可是她的眼睛已經道出了她的心事。待我去回答她吧；不，我不要太鹵莽，她不是對我說話。天上兩顆最燦爛的星，因爲有事他去，請求她的眼睛替代它們在空中閃耀。要是她的眼睛變成了天上的星，天上的星變成了她的眼睛，那便怎樣呢？她臉上的光輝會掩蓋了星星的明亮，正像燈光在朝陽下黯然失色一樣；在天上的她的眼睛，會在太空中大放光明，使鳥兒們誤認爲黑夜已經過去而展開它們的歌聲。瞧！她用纖手托住了臉龐，那姿態是多麼美妙！啊，但願我是那一隻手上的手套，好讓我親一親她臉上的香澤！

朱　唉！

羅　她說話了。啊！再說下去吧，光明的天使！因爲我在這夜色之中仰視着你，就像一個塵世的凡人，張大了出神的眼睛，瞻望着一個生着翅膀的天使，駕着白雲緩緩地駛過了天空一樣。

朱　羅密歐啊羅密歐！爲什麼你偏偏是羅密歐呢？否認你的父親，拋棄你的姓名吧；也許你不願意這樣做，那麼祇要你宣誓做我的愛人，我也不願再姓凱普萊脫了。

羅　（旁白）我還是繼續聽下去呢？還是現在就對她說話？

朱　祇有你的名字纔是我的仇敵；你即使不姓蒙太玖，仍然是這樣的一個你。姓不姓蒙太玖又有什麼關係呢？它又不是手，又不是脚，又不是手臂，又不是臉孔，又不是身體上任何其他的部分。啊！換一個姓名吧！姓名本來是沒有意義的；我們叫做玫瑰的這一種花，要是換了個名字，它的香味還是同樣的芬芳；羅密歐要是換了別的名字，他的可愛的完美也决不會有絲毫改變。羅密歐，拋棄了你的名字吧；我願意把我整個的心魂，賠償你這一個身外的空名。

羅　那麼我就聽你的話，你祇要叫我做愛，我就有了一個新的名字；從今以後，永遠不再叫羅密歐了。

朱　你是什麼人，在黑夜裏躱躱閃閃地偷聽人家的說話？

羅　我沒法告訴你我叫什麼名字。敬愛的神明，我痛恨我自己的名字，因爲它是你的仇敵；要是把它寫在紙上，我一定把這幾個字撕成粉碎。

朱　我的耳朵裏還沒有灌進從你嘴裏吐出來的一百個字，可是我認識你的聲音；你不是羅密歐，蒙太玖家裏的人嗎？

羅　不是，美人，要是你不喜歡這兩個名字。

朱　告訴我，你怎麼會到這兒來，爲什麼到這兒來？花園的牆這麼高，不是容易爬得上的；要是我家裏的人瞧見你在這兒，他們一定不讓你活命。

羅　我借着愛的輕翼飛過園牆，因爲瓦石的牆垣是不能把愛情阻隔的；愛情的力量所能够做到的事，它都會冒險嘗試，所以我不怕你家裏人的干涉。

朱　要是他們瞧見了你，一定會把你殺死的。

羅　唉！你的眼睛比他們二十柄刀劍還利害；祇要你用溫柔的眼光看着我，他們就不能傷害我的身體。

朱　我怎麽也不願讓他們瞧見你在這兒。

羅　朦朧的夜色可以替我遮過他們的眼睛。祇要你愛我，就讓他們瞧見我吧；與其因爲得不到你的愛情而在這世上捱命，還不如在仇人的刀劍下喪生。

朱　誰教你找到這兒來的？

羅　愛情慫慂我探聽出這一個地方；他替我出主意，我借給他眼睛。我不會操舟駕舵，可是倘使你在遼遠遼遠的海濱，我也會冒着風波把你尋訪。

朱　幸虧黑夜替我罩上了一重面幕，否則爲了我剛纔被你聽去的話，你一定可以看見我臉上羞愧的紅暈。我眞想遵守禮法，否認已經說過的言語，可是這些虛文俗禮，現在只好一切置之不顧了！你愛我嗎？我知道你一定會說「是的」；我也一定會相信你的話；可是也許你起的誓只是一個謊；人家說，對於戀人們的寒盟背信，上帝是一笑置之的。溫柔的羅密歐啊！你要是眞的愛我，就請你誠意告訴我；你要是嫌我太容易降心相從，我也會堆起怒容，裝出倔强的神氣，拒絕你的好意，好讓你向我宛轉求情，否則我是無論如何不會拒絕你的。俊秀的蒙太玖啊，我眞的太癡心了，所以也許你會覺得我的舉動有點輕浮；可是相信我，朋友，總有一天你會知道我的忠心遠勝過那些善於矜持作態的人。我必須承認，倘不是你乘我不備的時候偷聽去了我的眞情的表白，我一定會更加矜持一點的所以原諒我吧，是黑夜洩漏了我心底的祕密，不要把我的允諾看作了無恥的輕狂。

羅　姑娘，憑着這一輪皎潔的月亮，它的銀光塗染着這些果樹的梢端，我發誓——

朱　啊！不要指着月亮起誓，它是變化無常的，每個月都有盈虧圓缺；你要是指着它起誓，也許你的愛情也會像它一樣無常。

羅　那麼我指着什麼起誓呢？

朱　不用起誓吧；或者要是你願意的話，就憑着你優美的自身起誓，那是我所崇拜的偶像，我一定會相信你的。

羅　要是我的出自深心的愛情——

朱　好，別起誓啦。我雖然喜歡你，卻不喜歡今天晚上的密約；它是太倉卒，太輕率，太出人意外了，正像一閃電光，等不及人家開一聲口，已經消隱了下去。好人，再會吧！這一朵愛的蓓蕾，靠着夏天的暖風的吹噓，也許會在我們下次相見的時候，開出鮮豔的花來。晚安，晚安！但願恬靜的安息同樣降臨到你我兩人的心頭！

羅　啊！你就這樣離我而去，不給我一點滿足嗎？

朱　你今夜還要什麼滿足呢？

羅　你還沒有把你的愛情的忠實的盟誓跟我交換。

朱　在你沒有要求以前，我已經把我的愛給了你了；可是我很願意再把它重新收回轉來。

羅　你要把它收回去嗎？爲什麼呢，愛人？

朱　爲了表示我的慷慨，我要把它重新給你。可是這樣等於希望得到自己已經有的東西：我的慷慨像海一樣浩渺，我的愛情也像海一樣深沉；我給你的越多，我自己也越是富有，因爲這兩者都是沒有窮盡的。（乳媼在內呼喚）

羅　我聽見裏面有人在叫；親愛的，再會吧！——就來了，好奶媽！——親愛的蒙太玖，願你不要負心。再等一會兒，我就會來的。（自上方下）

羅　幸福的，幸福的夜啊！我怕我只是在晚上做了一個夢，這樣美滿的事不會是眞實的。

【朱麗葉自上方重上。

朱　親愛的羅密歐，再說三句話，我們眞的要再會了。要是你的愛情的確是光明正大，你的目的是在於婚姻，那麼明天我會叫一個人到你的地方來，請你叫他帶一個信給我，告訴我你願意在什麼地方什麼時候舉行婚禮；我就會把我的整個命運交託給你，把你當作我的主人，跟隨你到世界的盡頭。

乳媪　（在內）小姐！

朱　就來。——可是你要是沒有誠意，那麼我請求你，——

乳媪　（在內）小姐！

朱　等一等，我來了。——停止你的求愛，讓我一個人獨自傷心吧。明天我就叫人來看你。

羅　憑着我的靈魂——

朱　一千次的晚安！（自上方下）

羅　晚上沒有你的光，我只有一千次的心傷！戀愛的人去赴他情人的約會，像一個放學歸來的兒童；可是當他和情人分別的時候，却像上學去一般滿臉懊喪。（退後）

【朱麗葉自上方重上。

朱　噓！羅密歐！噓！唉！我希望我會發出呼鷹的聲音，招這頭鷹兒回來。我不能高聲說話，否則我要搗毀厄科的洞穴，

羅　（註一）讓她的無形的喉嚨因爲反覆叫喊着我的羅密歐的名字而變成嘶啞。那是我的靈魂在叫喊着我的名字。戀人的聲音在晚間多麼淸婉，聽上去就像最柔和的音樂！

朱　羅密歐！

羅　我的愛！

朱　明天我應該在什麼時候叫人來看你？

羅　就在九點鐘吧。

朱　我一定不失信；挨到那個時候，該有二十年那麼長久！我記不起爲什麼要叫你回來。

羅　讓我站在這兒，等你記起來告訴我。

朱　你這樣站在我的面前，我一心想着多麼愛跟你在一塊兒，一定永遠記不起來了。

羅　那麼我就永遠等在這兒，讓你永遠記不起來，忘記除了這裏以外還有什麼家。

朱　天快要亮了；我希望你快去；可是我就好比一個淘氣的女孩子，像放鬆一個囚犯似地讓她心愛的鳥兒暫時跳出她的掌心，又用一根絲線把它拉了回來，愛的私心使她不願意給它自由。

羅　我但願我是你的鳥兒。

朱　好人，我也但願這樣；可是我怕你會死在我的過分的撫愛裏。晚安！晚安！離別是這樣甜蜜的淒淸，我眞要向你道晚安直到天明！（下）

羅　但願睡眠合上你的眼睛！但願平和安息我的心靈！

我如今要去向神父求教，
把今宵的蹺蹊訴他知曉。（下）

## 第三場　同前；勞倫斯神父的菴院

【勞倫斯神父攜籃上。

勞　黎明笑向着含慍的殘宵，
金鱗浮上了東方的天梢；
看赤輪驅走了片片烏雲，
像一羣醉漢向四處狼奔。
趁太陽還沒有睜開火眼，
曬乾深夜裏的涔涔露點，
我待要採摘下滿篋盈筐
毒草靈葩充實我的青囊。
大地是生化萬類的慈母，
她又是掩藏羣生的墳墓，
試看她無所不載的胸懷，
乳哺着多少的姹女嬰孩！

天生下的萬物沒有棄擲，
什麼都有它各自的特色，
石塊的冥頑，草木的無知，
都含着玄妙的造化生機。
莫看那蠢蠢的惡木莠蔓，
對世間都有它特殊貢獻；
卽使最純良的美穀嘉禾，
用得失當也會害性戕軀：
美德的誤用會變成罪過，
罪惡有時反會造成善果。
這一朵有毒的弱蕊纖苞，
也會把淹煎的痼疾醫療；
它的香味可以祛除百病，
吃下腹中却會昏迷不醒。
草木和人心並沒有不同，
各自有善意和惡念爭雄；
惡的勢力倘然佔了上風，

死便會蛀蝕進它的心中。

〔羅密歐上。

羅　早安，神父。

勞　上帝祝福你！是誰的溫柔的聲音這麼早就在叫我？孩子，你一早起身，一定有什麼心事。老年人因爲多憂多慮，往往容易失眠，可是身心壯健的青年一上了牀就應該酣然入睡；所以你的早起，倘不是因爲有什麼煩惱，一定是昨夜沒有睡過覺。

羅　你的第二個猜測是對的；我昨夜享受到比睡眠更甜蜜的安息。

勞　上帝饒恕我們的罪惡！你是跟羅瑟琳在一起嗎？

羅　跟羅瑟琳在一起，我的神父？不，我已經忘記那一個名字，那是個使人不快的名字。

勞　那纔是我的好孩子；可是你究竟在什麼地方呢？

羅　我願意在你沒有問我第二遍以前告訴你。昨天晚上我跟我的仇敵在一起宴會，突然有一個人傷害了我，同時她也被我傷害了；祇有你的幫助和你的聖藥，纔會醫治我們兩人的重傷。神父，我並不怨恨我的敵人，因爲瞧，我來向你請求的事，不單爲了我自己，也同樣爲了她。

勞　好孩子，說明白一點，把你的意思老老實實告訴我，別打着啞謎了。

羅　那麼老實告訴你吧，我心底的一往深情，已經完全傾注在凱普萊脫的美麗的女兒身上了。她也是同樣愛着我；一切都完全定當了，祇要你肯替我們主持神聖的婚禮。我們在什麼時候遇見，在什麼地方求愛，怎樣彼此交換着盟誓，這一切我都可以慢慢兒告訴你；可是無論如何，請你一定答應就在今天替我們成婚。

勞　聖法朗西斯啊！多麼快的變化！難道你所深愛着的羅瑟琳，就這樣一下子被你拋棄了嗎？這樣看來年靑人的愛情都是見異思遷，不是發於眞心的。耶穌瑪利亞！你爲了羅瑟琳的緣故，曾經用多少的眼淚洗過你消瘦的臉龐！爲了替無味的愛情添加一點辛酸的味道，曾經浪費掉多少的鹹水！太陽還沒有掃清你吐向穹蒼的怨氣，我這龍鍾的耳朶裏還留着你往日的呻吟；瞧！就在你自己的頰上，還膡着一絲不曾揩去的舊時的淚痕。要是你不曾變了一個人，這些悲哀都是你眞實的情感，那麼你是羅瑟琳的，這些悲哀也是爲羅瑟琳而發；難道你現在已經變心了嗎？男人既然這樣沒有恆心，那就莫怪女人家朝秦暮楚了。

羅　你常常因爲我愛羅瑟琳而責備我。

勞　我的學生，我不是說你不該戀愛，我只叫你不要因爲戀愛而發癡。

羅　你又叫我把愛情埋葬在墳墓裏。

勞　我沒有叫你把舊的愛情埋葬了，再去另找新歡。

羅　請你不要責備我；我現在所愛的她，跟我心心相印，不像前回那個一樣。

勞　啊，羅瑟琳知道你對她的愛情完全抄着人云亦云的老調，你還沒有讀過戀愛入門的一課哩。可是來吧，朝三暮四的靑年，跟我來；爲了一個理由，我願意幫助你一臂之力；因爲你們的結合也許會使你們兩家釋嫌修好，那就是天大的幸事了。

羅　啊！我們就去吧，我巴不得越快越好。

勞　凡事三思而行；跑得太快是會滑跌的。（同下）

## 第四場　同前；街道

【卡伏里奧及邁邱西奧上。

邁　見鬼的，這羅密歐究竟到那兒去了？他昨天晚上沒有回家嗎？

卞　沒有，我問過他的用人了。

邁　噯喲！那個白臉孔狠心腸的女人，那個羅瑟琳，把他虐待得一定要發瘋了。

卞　泰保爾脫，凱普萊脫那老頭子的親戚有一封信送在他父親那裏。

邁　一定是一封挑戰書。

卞　羅密歐一定會給他一個答覆。

邁　祇要會寫幾個字，誰都會寫一封覆信。

卞　不，我說他一定會接受他的挑戰。

邁　唉！可憐的羅密歐！他已經死了：一個白女人的黑眼睛戳破了他的心；一支戀歌穿過了他的耳朵；瞎眼的邱必特的箭把他當胸射中；他現在還能夠抵得住泰保爾脫嗎？

卞　泰保爾脫是個什麼人？

邁　我可以告訴你，他不是個平常的阿貓阿狗。啊！他是個頂懂得禮節的人。他跟人打起架來，就像照着樂譜唱歌一樣，一板一眼都不放鬆，一秒鐘的停頓，然後一，二，三，刺進了人家的胸膛；他全然是個穿禮服的屠夫，一個決鬥的專家。啊！那了不得的側擊！那反擊！那直中要害的一劍！

卞　那什麼？

邁　見他的鬼！這種怪模怪樣扭扭揑揑的裝腔作勢，說起話來怪聲怪氣的，「耶穌哪，好一柄鋒利的刀子！」——好一個高大的漢子，好一個風流的婊子！嘿，老爹，咱們中間有這麼一羣不知從那兒飛來的蒼蠅，這一羣滿嘴法國話的時髦人，他們因爲趨新好異，坐在一張舊凳子上也會不舒服，這不是一件可以痛哭流涕的事嗎？

【羅密歐上。

卞　羅密歐來了，羅密歐來了。

邁　瞧他孤零零的神氣，倒像一條風乾的鹹魚。現在他又要念起披屈拉克的詩句來了：蘿拉比起他的情人來不過是個灶下的丫頭，雖然她有一個會做詩的愛人；黛陀是個蓬頭垢面的村婦；克莉奧佩屈拉是個吉卜賽姑娘；海倫希羅都是下流的娼妓；雪絲佩也許有一雙美麗的灰色眼睛，可是也不配相提並論。（註二）早安，羅密歐先生！

羅　兩位大哥早安！

邁　你昨天晚上逃走得好。

羅　對不起，邁邱西奧，我因爲有一件很重要的事情，所以祇好失禮了。

【乳媼及彼得上。

乳媼　彼得！

彼　有！

乳媼　彼得，我的扇子。

邁　好彼得，替她把臉孔遮了；因爲她的扇子比她的臉孔好看一點。

乳媼　早安，列位先生。

邁　早安，好太太。

乳媼　列位先生，你們有誰能够告訴我年青的羅密歐在什麼地方？

羅　我可以告訴你；可是等你找到他的時候，年青的羅密歐已經比你尋訪他的時候老了點兒了。我因爲取不到一個好一點的名字，所以就叫做羅密歐；在取這一個名字的人們中間，我是最年青的一個。

乳媼　您眞會說話，先生。要是您就是他，我要跟您講句心腹話兒。

卞　她要拉他吃晚飯去。

邁　一個老虔婆，哼！羅密歐，你到不到你父親那兒去？我們要在那邊吃飯。

羅　我就來。

邁　再見，老太太；（唱）再見，我的好姑娘！（邁卞下）

乳媼　好，再見！先生，這個滿嘴胡說八道的放肆的傢伙是什麼人？

羅　奶媽，這位先生最喜歡聽他自己講話；他在一分鐘裏所說的話，比他在一個月裏聽人家講的話還多。

乳媼　要是他對我說了一句不客氣的話，儘管他力氣再大一點，我也要給他一頓教訓；這種傢伙二十個我都對付得了，要是對付不了，我會叫那些對付得了他們的人來。混賬東西！他把老娘看做什麼人啦？我不是那些爛污婊子，由得他隨便取笑的。（向彼得）你也是個好東西，看着人家把我欺侮，站在旁邊一動也不動！

彼　我沒有看見什麼人欺侮你；你要是我看見了，一定會立刻拔出刀子來的。碰到吵架的事，祇要理直氣壯，打起官司來不怕人家，我是從來不肯落在人家後頭的。

乳媼　噯喲！眞把我氣得渾身發抖。混賬的東西！對不起，先生，讓我跟您說句話兒。我剛纔說過的，我家小姐叫我來找你；她叫我說些什麼話我可不能告訴您；可是我要先明白對您說一句，要是正像人家說的，您想騙她做一場春夢，那可眞是人家說的一件頂壞的行爲；因爲這位姑娘年紀還小，所以你要是欺騙了她，實在是一樁對無論那一位好人家的姑娘都是對不起的事情，而且也是一樁頂不應該的舉動。

羅　奶媽，請你替我向你家小姐致意。我可以對你發誓，

乳媼　很好，我就這樣告訴她。主啊！主啊！她聽見了一定會非常歡喜的。

羅　奶媽，你去告訴她什麼話呢？你沒有聽我說呀。

乳媼　我就對她說您發過誓了，那可以證明您是一位正人君子。

羅　你請她今天下午想個法子出來到勞倫斯神父的庵院裏懺悔，就在那個地方舉行婚禮這幾個錢是給你的酬勞。

乳媼　不，眞的，先生，我一個錢也不要。

羅　別客氣了，你還是拿着吧。

乳媼　今天下午嗎，先生？好，她一定會去的。

羅　好奶媽，請你在這寺牆後面等一等，就在這一點鐘之內，我要叫我的僕人去拿一綑紮得像船上的軟梯一樣的繩子來給你帶去；在祕密的夜裏，我要憑着它攀登我的幸福的尖端。再會！願你對我們忠心，我一定不會有負你的辛勞。再會！替我向你的小姐致意。

乳媼　天上的上帝保佑您！先生，我對您說。

羅　你有什麼話說，我的好奶媽？

乳媼　您那僕人可靠得住嗎？你不聽見老古話說，兩個人知道是祕密，三個人知道就不是祕密嗎？

羅　你放心吧，我的僕人是再可靠不過的。

乳媼　好先生，我那小姐是個最可愛的姑娘，——主啊！主啊！——那時候她還是個咿咿呀呀怪會說話的小東西，——啊！本地有一位叫做巴里斯的貴人，他巴不得把我家小姐搶到手裏；可是她好人兒，瞧他比瞧一隻蝦蟆還討厭。我有時候對她說巴里斯人品不錯，你總不知道哩，她一聽見這樣的話，就會氣得面如土色。

羅　替我向你小姐致意。

乳媼　一定一定。（羅下）彼得！

彼　有！

乳媼　給我帶路，快些走。（同下）

## 第五場　同前；凱普萊脫家花園

【朱麗葉上。

朱　我在九點鐘差奶媽去；她答應在半小時以內回來。也許她碰不見他；那是不會的。啊！她的脚走起路來不大方便。戀愛的使者應當是思想，因爲它比驅散山坡上的陰影的太陽光還要快過十倍；所以維納絲的雲車是用白鴿駕駛的，所以凌風而飛的邱必特生着翅膀。現在太陽已經升上中天，從九點鐘到十二點鐘是三個長長的鐘點，可是她還沒有回來。要是她是個有感情有溫暖的靑春的血液的人，她的行動一定會像球兒一樣敏捷，我用一句話就可以把她拋到我的心愛的情人那裏，他也可以用一句話把她拋回到我這裏；可是老年紀的人，大多像死人一般，手脚滯鈍，呼喚不靈，慢吞吞地沒有一點精神。

【乳媪及彼得上。

朱　啊上帝！她來了。啊，好心肝奶媽！什麼消息？你碰到了他嗎？叫那個人出去。

乳媪　彼得，到門口去等着。（彼得下）

朱　親愛的好奶媽，——嗳呀！你怎麼一臉孔的懊惱？即使是壞消息，你也應該裝着笑容說；如果是好消息，你就不該用這副難看的臉孔奏出美妙的音樂來。

乳媪　我累死了，讓我歇一會兒吧。嗳呀，我的骨頭好痛！我趕了多少的路！

朱　我但願把我的骨頭給你，你的消息給我。求求你，快說呀；好奶媽，說呀。

乳媪　耶穌哪！你忙着什麼？你不能等一下子嗎？你不見我氣都喘不過來嗎？

朱　你既然氣都喘不過來，那麼你怎麼會告訴我說你氣都喘不過來？你費了這麼久的時間推三推四的，要是乾脆告訴了我，還不是幾句話就完了。我祇要你回答我，你的消息是好的還是壞的？祇要先回答我一個字，詳細的話兒慢慢再說好了。快讓我知道了吧，是好消息還是壞消息？

乳媪　好，你是個傻孩子，選中了這麼一個人；你不知道怎樣選一個男人。羅密歐！不，他不行，雖然他的臉孔長得比人家漂亮一點；可是他的腿纔長得有樣子；講到他的手，他的脚，他的身體，雖然這種話是不大好出口，可是的確誰也比不上他。他不是頂懂得禮貌，可是溫柔得就像一頭羔羊。好，看你的運氣吧，姑娘；好好敬奉上帝。怎麼，你在家裏吃過飯了嗎？

朱　沒有，沒有。你這些話我都早就知道了。他對於結婚的事情怎麼說？

乳媼　主啊！我的頭痛死了！我害了多利害的頭痛！痛得好像要裂成二十塊似的。還有我那一邊的背痛；噯喲，我的背！我的背！你的心腸眞好，叫我到外邊東奔西走去尋死。

朱　害你這樣不舒服，我眞是說不出的抱歉。親愛的，親愛的，親愛的奶媽，告訴我，我的愛人說些什麼話？

乳媼　你的愛人說，——他說得很像個老老實實的紳士，很有禮貌，很和氣，很漂亮，而且也很規矩，——你的媽呢？

朱　我的媽！她就在裏面；她還會在什麼地方？你回答得多麼古怪：「你的愛人說他說得很像個老老實實的紳士，你的媽呢？」

乳媼　噯喲，聖母娘娘！你這樣性急嗎？哼！反了反了，這就是你瞧着我筋骨酸痛替我塗上的藥膏嗎？以後還是你自己去送信吧。

朱　別纏下去啦！快些，羅密歐怎麼說？

乳媼　你已經得到准許今天去懺悔嗎？

朱　我已經得到了。

乳媼　那麼你快到勞倫斯神父的庵院裏去，有一個丈夫在那邊等着你去做他的妻子。現在你的臉孔紅起來啦。你到教堂裏去吧，我還要到別處去搬一張梯子來，等到天黑的時候，你的愛人就可以憑着它爬進鳥巢裏去吧，我還沒有吃過飯呢。

朱　我要找尋我的幸運去！好奶媽，再會。（各下）

## 第六場　同前；勞倫斯神父的菴院

【勞倫斯神父及羅密歐上。

勞　願上天祝福這神聖的結合不要讓日後的懊恨把我們譴責！

羅　阿們，阿們！可是無論將來會發生什麼悲哀的後果，都抵不過我在看見她這短短一分鐘內的歡樂。不管侵蝕愛情的死亡怎樣伸展它的魔手，祇要你用神聖的言語把我們的靈魂結爲一體，讓我能夠稱她一聲我的人，我也就不再有什麼遺恨了。

勞　這種狂暴的快樂將會產生狂暴的結局，正像火和火藥的親吻，就在最得意的一刹那烟消雲散。最甜的蜜糖可以使味覺麻木；不太熱烈的愛情纔會維持久遠；太快和太慢，結果都不會圓滿。

【朱麗葉上。

勞　這位小姐來了！啊！這樣輕盈的脚步，是永遠不會踏破神龕前的磚石的；一個戀愛中的人，可以踏在隨風飄蕩的蛛網上而不會跌下，幻妄的幸福使他靈魂飄然輕舉。

朱　晚安，神父。

羅　啊，朱麗葉！要是你感覺到像我一樣多的快樂，要是你的靈唇慧舌，能夠宣述你衷心的快樂，那麼讓空氣中滿佈着從你嘴裏吐出來的芳香，用無比的妙樂把這一次會晤中我們兩人給與彼此的無限歡欣傾吐出來吧。

朱　充實的思想不在於語言的富麗；祇有乞兒纔能夠計數他的家私。真誠的愛情充溢在我的心裏，我無法估計自己享有的財富。

勞　來，跟我來，我們要把這件事情早點辦好；因爲在神聖的教會沒有把你們兩人結合以前，你們兩人是不能在一起的。（同下）

註一　厄科(Echo)是希臘神話中的仙女，因戀愛美少年 Narcissus 不遂而形消體滅，化爲山谷中的回聲。

註二　披屈拉克 (Petrarch) 是十四世紀意大利詩人，蘿拉 (Laura) 是他終身的愛人。黛陀 (Dido) 爲古代 Carthage 王后；克莉奧佩屈拉(Cleopatra)爲埃及著名女王；海倫(Helen)是荷馬史詩 Iliad 中的美人；希羅(Hero)是古代傳說中的女郎，其戀人 Leander 因赴其約會而泅水渡 Hellespont 海峽，卒遭沒頂；雪絲佩(Thisbe)及其戀人西拉麥斯(Pyramus)的故事見「仲夏夜之夢」。

# 第三幕

## 第一場　維洛那；廣場

【邁邱西奧，卞伏里奧，侍僮，及若干僕人上。

**卞**　好邁邱西奧，咱們還是回去吧。天這麼熱，凱普萊脫家裏的人滿街都是，要是碰到了他們，又免不了一場吵架；因爲在這種熱的天氣，一個人的脾氣最容易暴躁起來。

**邁**　你就像有一種傢伙，他們跑進了酒店的門，把劍在桌子上一放，說「上帝保佑我不要用到你！」等到兩杯喝罷，他就無緣無故拿起劍來跟酒保吵架。

**卞**　我難道是這樣一種人嗎？

**邁**　得啦得啦，你的壞脾氣比得上意大利無論那一個人，動不動就要生氣，一生氣就要亂動。

**卞**　再以後怎樣呢？

**邁**　哼！要是有兩個像你這樣的人碰在一起，結果總會一個也沒有，因爲大家都要把對方殺死了方肯甘休。你！嘿，你會跟人家吵架，因爲他比你多一根或是少一根鬍鬚。瞧見人家咬栗子，你也會跟他鬧翻，你的理由只是因爲你有一雙栗色的眼睛。除了生着這樣一雙眼睛的人以外，誰還會像這樣吹毛求疵地去跟人家尋事？你的腦袋裏裝滿了惹是招非的念頭，正像雞蛋裏裝滿了蛋黃蛋白，雖然爲了惹是招非的緣故，你的腦袋曾經給人打得像個壞蛋一樣。你曾經爲了有人在街上咳了一聲嗽而跟他吵架，因爲他咳醒了你那條在太陽底下睡覺的狗。不是有一次你因爲看見一個裁縫在復活節以前穿起他的新背心來，所以跟他大鬧嗎？不是還有一次因爲他用舊帶子結他的新鞋子，所以又跟他大鬧嗎？現在你卻要教我不要跟人家吵架！

卞　要是我像你一樣愛吵架，不消一時半刻，我的性命早就賣給人家了。——噯喲！凱普萊脫家裏的人來了。

邁　我可不把他們放在我的脚跟上。

【泰保爾脫及餘人等上。

泰　你們跟着我不要走開，等我去向他們說話。兩位晚安！我要跟你們中間無論那一位說句話兒。

邁　您祇要跟我們兩人中間的一個人講一句話嗎？那未免太不成意思了。要是您願意在一句話以外再跟我們較量一兩手，那我們倒願意奉陪。

泰　祇要您給我一個理由，您就會知道我也不是個怕事的人。

邁　您不會自己想出一個什麼理由來嗎？

泰　邁邱西奧，你陪着羅密歐到處亂闖，——

邁　到處拉唱！怎麼！你把我們當作一羣沿街賣唱的人嗎？你要是把我們當作沿街賣唱的人，那麼我們倒要請你聽一點兒不大好聽的聲音；這就是我的胡琴上的拉弓，拉一拉就要叫你跳起舞來。他媽的！到處拉唱！

卞　這兒來往的人太多，講話不大方便，最好還是找個清靜一點的地方去談談；要不然大家別鬧意氣，有什麼過不去的事平心靜氣理論理論；否則各走各的路，也就完了，別讓這麼許多人的眼睛瞧着我們。

邁　人們生着眼睛總要瞧，讓他們瞧去好了；我可不能趁着別人的高興。

【羅密歐上。

泰　好，我的人來了；我不跟你吵。

邁　他又不吃你的飯不穿你的衣服，怎麼是你的人？可是他雖然不是你的跟班，要是你逃走起來，他倒一定會緊緊跟住你的。

泰　羅密歐，我對你的仇恨，使我祇能用一個名字稱呼你——你是一個惡賊！

羅　泰保爾脫，我跟你無寃無恨，你這樣無端挑釁，本來我是不能容忍的，可是因爲我有必須愛你的理由，所以也不願跟你計較了。我不是惡賊；再見，我看你還不知道我是個什麼人。

泰　小子，你冒犯了我，現在可不能用這種花言巧語掩飾過去；趕快回過身子，拔出劍來吧。

羅　我可以鄭重聲明，我從來沒有冒犯過你，而且你想不到我是怎樣愛你，除非你知道了我所以愛你的理由，所以，好凱普萊脫，——我尊重這一個姓氏，就像尊重我自己的姓氏一樣，——咱們還是講和了吧。

邁　哼，好丟臉的屈服！祇有武力纔可以洗去這種恥辱。（拔劍）泰保爾脫，你這捉耗子的貓兒，你願意跟我決鬥嗎？

泰　你要我跟你幹麼？

邁　好貓兒精，聽說你有九條性命，我祇要取你一條命，留下那另外八條，等以後再跟你算賬，快快拔出你的劍來，否則莫怪無情，我的劍就要臨到你的耳朵邊了。

泰　（拔劍）好，我願意奉陪。

羅　好邁邱西奧，收起你的劍。

邁　來，來，來，我倒要領敎領敎你的劍法。（二人互鬥）

羅　卞伏里奧，拔出劍來把他們的武器打下來。兩位老兄，這算什麼？快別鬧啦！泰保爾脫，邁邱西奧，親王已經明令禁止在維洛那的街道上鬥毆。住手，泰保爾脫！好邁邱西奧！（泰及其黨徒下）

邁　我受傷了。你們這兩家倒霉的人家！我已經完啦他不帶一點傷就去了嗎？

卞　啊！你受傷了嗎？

邁　嗯，嗯擦破了一點兒可是傷得很利害。我的僮兒呢？狗才，快去找個外科醫生來。（僮下）

羅　放心吧，老兄這傷口不會十分利害的。

邁　是的，它沒有一口井那麼深，也沒有一扇門那麼闊，可是這一點點兒傷也就够要命了；要是你明天找我，你就到墳墓裏來看我吧。我這一生是完了。你們這兩家倒霉的人家！他媽的！狗，耗子，貓兒，都會咬得死人！這個說大話的傢伙，這個混賬東西打起架來也要按照着數學的公式！誰叫你把身子插了進來？都是你把我拉住了我纔中了傷。

羅　我完全是出於好意。

邁　卞伏里奧，快把我扶進什麼屋子裏去，不然我就要暈過去了。你們這兩家倒霉的人家！我已經死在你們手裏了。——你們這兩家人家！（邁卞同下）

羅　他是親王的近親，也是我的好友；如今他爲了我的緣故受到了致命的重傷。泰保爾脫殺死了我的朋友，又毀謗了我的名譽，雖然他在一小時以前還是我的親人。親愛的朱麗葉啊！你的美麗使我變成懦弱，磨鈍了我的勇氣的鋒刃！

【卞伏里奧重上。

卞　啊，羅密歐，羅密歐！勇敢的邁邱西奧死了；他已經撒手離開塵世，他的英魂已經升上天庭了！

羅　今天這一場意外的變故，怕要引起日後的災禍。

【泰保爾脫重上。

卞　暴怒的泰保爾脫又來了。

羅　邁邱西奧死了，他却耀武揚威活在人世！現在我祇好拋棄了一切顧忌，不怕傷了親戚的情分，讓眼睛裏噴出火燄的憤怒支配着我的行動了！泰保爾脫你剛纔駡我惡賊，我要你把這兩個字收回去；邁邱西奧的陰魂就在我們頭上，他在等着你去跟他作伴；我們兩個人中間必須有一個人去陪陪他，要不然就是兩人一起死。

泰　你這該死的小子，你生前跟他做朋友，死後也去陪着他吧！

羅　這柄劍可以替我們決定誰死誰生。（二人互鬥泰倒下）

卞　羅密歐快走！市民們都已經被這場爭吵驚動了，泰保爾脫又死在這兒。別站着發怔；要是你給他們捉住了，親王就要判你死刑。快去吧！快去吧！

羅　唉！我是受命運玩弄的人。

卞　你爲什麼還不走？（羅下）

【市民等上。

市民甲　殺死邁邱西奧的那個人逃到那兒去了？那凶手泰保爾脫逃到什麼地方去了？

卞　躺在那邊的就是泰保爾脫。

甲　先生，請你跟我去我用親王的名義命令你服從。

【親王率侍從；蒙太玖夫婦，凱普萊脫夫婦及餘人等上。

親王　這一場爭吵的釁禍的罪魁在什麼地方？

卞　啊，尊貴的親王！我可以把這場流血的爭吵的不幸的經過向您從頭告禀。躺在那邊的那個人，就是把您的親戚，勇敢的邁邱西奧，殺死的人，他現在已經被年青的羅密歐殺死了。

凱妻　泰保爾脫，我的姪兒！啊我的哥哥的孩子！親王啊！姪兒啊！丈夫啊！嗳喲！我的親愛的姪兒給人殺死了！殿下，您是正直無私的，我們家裏流的血，應當用蒙太玖家裏流的血來報償。嗳喲姪兒啊！姪兒啊！

親王　卞伏里奧，誰開始這一場流血的爭鬥？

卞　死在這兒的泰保爾脫，他是被羅密歐殺死的。羅密歐很誠懇地勸告他，叫他想一想這種爭吵多少沒意思，並且也提起您的森嚴的禁令。他用溫和的語調，謙恭的態度，陪着笑臉向他反覆勸解，可是泰保爾脫充耳不聞，一味逞着他的驕橫，拔出劍來就向勇敢的邁邱西奧胸前刺了過去；邁邱西奧也動了怒氣，就和他兩下交鋒起來，自恃着本領高强，滿不在乎地一手擋開了敵人致命的劍鋒，一手向泰保爾脫還刺過去；泰保爾脫眼明手快，也把它擋開了。那個時候羅密歐就高聲喊叫，「住手，朋友；兩下分開！」說時遲，來時快，他的敏捷的腕臂已經打下了他們的利劍，他就插身在他們兩人中間；誰料泰保爾脫懷着毒心，冷不防打羅密歐的手臂下面刺了一劍過去，竟中了邁邱西奧的要害，於是他就逃走了。等了一會兒，他又回來找羅密歐，羅密歐這時候正是滿腔怒火，就像閃電似的跟他打起來，我還來不及拔劍阻止他們，勇猛的泰保爾脫已經中劍而死，羅密歐見他倒在地上，也就轉身逃走了。我所說的句句都是眞話，倘有虛言，願受死刑。

凱妻　他是蒙太玖家的親戚，他說的話都是徇着私情，完全是假的。他們一共有二十來個人參加這場殘酷的鬥爭，二十個人合力謀害一個人的生命。殿下，我要請您主持公道；羅密歐殺死了泰保爾脫，羅密歐必須抵命。

親王　羅密歐殺了他，他殺了邁邱西奧；邁邱西奧的生命應當由誰抵償？

蒙　殿下，羅密歐不應該償他的命；他是邁邱西奧的朋友，他的過失不過是執行了泰保爾脫依法應處的死刑。

親王　為了這一個過失，我現在宣佈把他立刻放逐出境。你們雙方的憎恨已經牽涉到我的身上，在你們殘暴的爭鬥中，已經流下了我的親人的血；可是我要給你們一個重重的懲罰，儆戒儆戒你們的將來。我不要聽任何的請求辯護，哭泣和祈禱都不能使我枉法徇情，所以不用想什麼挽回的辦法，趕快把羅密歐遣送出境吧；不然的話，他在什麼時候被我們發現，就在什麼時候把他處死。把這屍體扛去，不許違抗我的命令；對殺人的兇手不能講慈悲，否則就是鼓勵殺人了。（同下）

## 第二場　同前；凱普萊脫家的花園

【朱麗葉上。

朱　快快跑過去吧，踏着火雲的駿馬，把太陽拖回到它的安息的所在；但願駕車的腓通（註）鞭策你們飛馳到西方，讓陰沉的暮夜趕快降臨。展開你密密的帷幕吧，成全戀愛的黑夜！遮住夜行人的眼睛，讓羅密歐悄悄地投入我的懷裏，不被人家看見也不被人家談論！戀人們可以在他們自身美貌的光輝裏互相繾綣；即使戀愛是盲目的，那也正好和黑夜相稱。來吧，溫文的夜，你樸素的黑衣婦人，教會我怎樣在一場全勝的賭博中失敗，把各人純潔的童貞互為賭注。用你黑色的罩巾遮住我臉上羞怯的紅潮，等我深藏內心的愛情慢慢兒膽大起來，不再因為在行動上流露眞情而慚愧。來吧，黑夜！來吧，羅密歐！來吧，你黑夜中的白晝！因為你將要睡在黑夜的翼上，比烏鴉背上的新雪還要皎白。來吧，柔和的黑夜！來吧，可愛的黑顏的夜，把我的羅密歐給我！等他死了以後，你再把他帶去，分散成無數的星星，把天空裝飾得如此美麗，使全世界都戀愛着黑夜，不再崇拜眩目的太陽。啊！我已經買下了一所戀愛的華廈，可是它還不會屬我所有；雖然我已經把自己出賣，可是還沒有被買主領去。這日子長得眞叫人厭煩，正像一個做好了新衣服的小孩，在節日的前夜焦躁地等着天明一樣。啊！我的奶媽來了。

【乳媼攜繩上。

朱　她帶着消息來了。誰的舌頭上祇要說出了羅密歐的名字，他就在吐露着天上的仙音。奶媽，什麼消息？你帶着些什麼來了？那就是羅密歐叫你去拿的繩子嗎？

乳媼　是的，是的，這繩子。（將繩擲下）

朱　噯喲！什麼事？你爲什麼扭着你的手？

乳媼　唉！唉！唉！他死了，他死了，他死了！我們完了，小姐，我們完了！唉！他去了，他給人殺了，他死了！

朱　天道竟會這樣狠毒嗎？

乳媼　不是天道狠毒，羅密歐纔下得了這樣狠毒的手。啊！羅密歐，羅密歐！誰想得到會有這樣的事情？羅密歐！

朱　你是個什麼鬼，這樣煎熬着我？這簡直就是地獄裏的酷刑。羅密歐把他自己殺死了嗎？你祇要回答我一個是字，這一個是字就比毒龍眼裏射放的死光更會致人於死命。要是他死了，你就說是；要是他沒有死，你就說不；這兩個簡單的字就可以決定我的終身禍福。

乳媼　我看見他的傷口，我親眼看見他的傷口，慈悲的上帝！就在他的勇敢的胸前。一個可憐的屍體，一個可憐的流血的屍體，像灰一樣蒼白，滿身都是血，滿身都是一塊塊的血；我一瞧見就暈過去了。

朱　啊，我的心要碎了！——可憐的破產者，你已經喪失了一切，還是趕快碎裂了吧！失去了光明的眼睛，你從此不能再見天日了！你這俗惡的泥土之軀，趕快停止了呼吸，復歸於泥土去和羅密歐同眠在一個壙穴裏吧！

乳媼　啊！泰保爾脫，泰保爾脫！我的頂好的朋友！啊，溫文的泰保爾脫，正直的紳士！想不到我活到今天，卻會看見你死

朱　去！

朱　這是一陣什麼風暴，一會兒又換了方向！羅密歐給人殺了，泰保爾脫又死了嗎？一個是我的最親愛的哥哥，一個是我的更親愛的夫君？那麼可怕的號角，宣佈世界末日的來臨吧！要是這樣兩個人都可以死去，誰還應該活在這世上？

乳媼　泰保爾脫死了，羅密歐放逐了；羅密歐殺了泰保爾脫，他現在被放逐了。

朱　上帝啊！泰保爾脫是死在羅密歐的手裏嗎？

乳媼　是的，是的；唉！是的。

朱　啊，花一樣的臉龐裏藏着蛇一樣的心！那一條惡龍曾經棲息在這樣淸雅的洞府裏？美麗的暴君！天使般的魔鬼！披着白鴿羽毛的烏鴉！豺狼一樣貪殘的羔羊！聖潔的外表包覆着醜惡的實質！你的內心剛巧和你的形狀相反，一個萬惡的聖人，一個莊嚴的奸徒！造物主啊！你爲什麼要從地獄裏提出這一個惡魔的靈魂，把它安放在這樣可愛的一座肉體的天堂裏？那一本邪惡的書籍曾經裝訂得這樣美觀？啊！誰想得到這樣一座富麗的宮殿裏會容納着欺人的虛僞！

乳媼　男人都是靠不住，沒有良心，沒有眞心的；誰都是三心兩意，反覆無常，奸惡多端，淨是些騙子。啊！我的人呢？快給我倒點兒酒來；這些悲傷煩惱，已經使我老起來了。願恥辱降臨到羅密歐的頭上！

朱　你說出這樣的願望，你的舌頭上就應該長起水疱來！恥辱從來不曾和他在一起；它不敢侵上他的眉宇，因爲那是君臨天下的榮譽的寶座啊！我剛纔把他這樣辱駡，我眞是個畜生！

乳媼　殺死了你的族兄的人，你還說他好話嗎？

朱　他是我的丈夫，我應當說他壞話嗎？啊！我的可憐的丈夫！你的三小時的妻子都這樣凌辱你的名字，誰還會對它說一句溫情的慰藉呢？可是你這惡人，你為什麼殺死我的哥哥？他要是不殺死我的哥哥，我的兇惡的哥哥就會殺死我的丈夫。回去吧，愚蠢的眼淚，流回到你的源頭；你那滴滴的細流，本來是悲哀的傾注，可是你却錯把它呈獻給喜悅。我的丈夫活着，他沒有被泰保爾脫殺死；泰保爾脫死了，他想要殺死我的丈夫！這明明是喜訊，我為什麼要哭泣呢？還有兩個字比泰保爾脫的死更使我痛心，像一柄利刃刺進了我的胸中；我但願忘了它們，可是唉！它們緊緊地牢附在我的記憶裏，就像縈迴在罪人腦中的不可宥恕的罪惡。「泰保爾脫死了，羅密歐放逐了！」放逐了！這「放逐」兩個字，就等於殺死了一萬個泰保爾脫。單單泰保爾脫的死，已經可以令人傷心了；即使禍不單行，必須在「泰保爾脫死了」這一句話以後，再接上一句不幸的消息，為什麼不說你的父親，或是你的母親，或是父母兩人都死了，那也可以引起一點人情之常的哀悼？可是在泰保爾脫的噩耗以後，再接連一記更大的打擊，「羅密歐放逐了！」這句話簡直等於說，父親，母親，泰保爾脫，羅密歐，朱麗葉，一起被殺，一起死了。「羅密歐放逐了！」這一句話裏面包含着無窮無際無極無限的死亡，沒有字句能够形容出這裏面蘊蓄着的悲傷。——奶媽，我的父親，我的母親呢？

乳媪　他們正在撫着泰保爾脫的屍體痛哭。你要去看他們嗎？讓我帶着你去。

朱　讓他們用眼淚洗滌他的傷口，我的眼淚是要留着為羅密歐的放逐而哀哭的。拾起那些繩子來。可憐的繩子，你是失望了，我們兩人都失望了，因為羅密歐已經被放逐；他要借着你做接引相思的橋樑，可是我却要做一個獨守空閨的怨女而死去。來，繩兒；來，奶媽。我要去睡上我的新牀，把我的童貞奉獻給死亡！

乳媪　那麼你快到房裏去吧；我去找羅密歐來安慰你，我知道他在什麼地方。聽着，你的羅密歐今天晚上一定會來

朱　看你他現在躲在勞倫斯神父的菴裏我就去找他。啊！你快去找他把這指環拿去給我的忠心的武士叫他來作一次最後的訣別。（各下）

## 第三場　同前勞倫斯神父的菴院

【勞倫斯神父上。

勞　羅密歐，跑出來出來吧，你受驚的人，你已經和坎坷的命運結下了不解之緣。

【羅密歐上。

羅　神父，什麼消息？親王的判決怎樣？還有什麼我所沒有知道的不幸的事情將要來找到我？

勞　我的好孩子，你已經遭逢到太多的不幸了我來報告你親王的判決。

羅　除了死罪以外，還會有什麼判決？

勞　他的判決是很溫和的：他並不判你死罪，只宣佈把你放逐。

羅　嘿！放逐！慈悲一點，還是說「死」吧！不要說「放逐」因爲放逐比死還要可怕。

勞　你必須立刻離開維洛那境內不要懊惱，這是一個廣大的世界。

羅　在維洛那城以外沒有別的世界，只有地獄的苦趣；所以從維洛那放逐，就是從這世界上放逐，也就是死。明明是死，你却說是放逐，這就等於用一柄利斧砍下我的頭，反因爲自己犯了殺人罪而洋洋得意。

勞　嗳喲，罪過罪過！你怎麼可以這樣不知恩德！你所犯的過失，按照法律本來應該處死，幸虧親王仁慈，特別對你開恩，纔把可怕的死罪改成了放逐；這明明是莫大的恩典，你却不知道。

羅　這是酷刑，不是恩典。朱麗葉所在的地方就是天堂；這兒的每一隻貓，每一隻狗，每一隻小小的老鼠，都生活在天堂裏，都可以瞻仰到她的容顏，可是羅密歐却看不見她。汚穢的蒼蠅都可以接觸親愛的朱麗葉的皎潔的玉手，從她的嘴唇上偷取天堂中的幸福，那兩片嘴唇是這樣的純潔貞淑，永遠含着嬌羞，好像覺得它們自身的相吻也是一種罪惡一樣；蒼蠅可以這樣做，我却必須遠走高飛，它們是自由人，我却是一個放逐的流徒。你還說放逐不是死嗎？難道你沒有配好的毒藥，鋒銳的刀子，無論什麼致命的利器，而必須用「放逐」兩個字把我殺害嗎？放逐！啊神父！祇有沉淪在地獄裏的鬼魂纔會用到這兩個字，伴着淒厲的呼號；你是一個教士，一個替人懺罪的神父，又是我的朋友，怎麼忍心用這兩個字，「放逐」，來寸磔我呢？

勞　你這癡心的瘋子，聽我說一句話。

羅　啊！你又要對我說起放逐了。

勞　我要教給你怎樣抵禦這兩個字的方法，用哲學的甘乳安慰你的逆運，讓你忘却被放逐的痛苦。

羅　又是「放逐」！我不要聽什麼哲學！除非哲學能够製造一個朱麗葉，遷徙一個城市，撤銷一個親王的判決，否則它就沒有什麼用處。別再多說了吧。

勞　啊！那麼我看瘋人是不生耳朵的。

羅　聰明人不生眼睛，瘋人何必生耳朵呢？

勞　讓我跟你討論討論你現在的處境。

羅　你不能談論你所沒有感覺到的事情；要是你也像我一樣年青，朱麗葉是你的愛人，纔結婚了一個小時，就把泰保爾脫殺了；要是你也像我一樣熱戀，像我一樣被放逐，那時你纔可以講話，那時你纔會像我現在一樣扯着你

的頭髮，倒在地上，替你自己量一個葬身的墓穴。（內叩門聲）

勞　快起來，有人在敲門；好羅密歐，躲起來吧。

羅　我不要躲；除非我心底裏發出來的痛苦呻吟的氣息，會像一重雲霧一樣把我掩過了追尋者的眼睛。（叩門聲）

勞　聽！門打得多麼響！——是誰在外面？——羅密歐，快起來，你要給他們捉住了。——等一等！——站起來；（叩門聲）跑到我的書齋裏去。——就來了！——上帝啊！瞧你多麼不聽話！——來了，來了！（叩門聲）誰把門敲得這麼響？你是什麼地方來的？你有什麼事？

乳媼　（在內）讓我進來，你就可以知道我的來意；我是從朱麗葉小姐那裏來的。

勞　那好極了，歡迎歡迎！

【乳媼上。

乳媼　啊神父！啊，告訴我，神父，我的小姐的姑爺呢？羅密歐呢？

勞　在那邊地上哭得如醉如癡的就是他。

乳媼　啊！他正像我的小姐一樣，正像她一樣！唉！眞是同病相憐，一般的傷心！她也是這樣躺在地上，一頭嘮叨一頭哭，一頭哭一頭嘮叨。起來，起來；你是個男子漢，就該起來；爲了朱麗葉的緣故，爲了她的緣故，站起來吧。爲什麼你要傷心到這個樣子呢？

羅　奶媽！

乳媼　唉，姑爺！唉，姑爺！一個人到頭來總是要死的。

羅　你剛纔不是說起朱麗葉嗎？她現在怎麼樣？我現在已經用她近親的血液沾污了我們的新歡，她不會把我當作一個殺人的兇犯嗎？她在什麼地方？她怎麼樣？我這位祕密的新婦對於我們這一段中斷的情緣說些什麼話？

乳媼　啊，她沒有說什麼話，姑爺，只是哭呀哭的哭個不停；一會兒倒在牀上，一會兒又跳了起來，一會兒叫一聲泰保爾脫，一會兒哭一聲羅密歐，然後又倒了下去。

羅　好像那一個名字是從鎗口裏瞄準了射出來似的，一彈出去就把她殺死，正像我這一雙該死的手殺死了她的親人一樣。啊！告訴我，神父，告訴我，我的名字是在我身上那一處萬惡的地方？告訴我，好讓我搗毀這可恨的巢穴。

（拔劍）

勞　放下你的鹵莽的手！你是一個男子嗎？你的形狀是一個男子，你卻流着婦人的眼淚；你的狂暴的舉動，簡直是一頭野獸的無可理喻的咆哮。你這鬚眉的賤婦，你這人頭的畜類！我眞想不到你的性情竟會這樣毫無涵養。你已經殺死了泰保爾脫，你還要殺死你自己嗎？你不想到你對自己採取了這種萬劫不赦的暴行，不也就是殺死與你相依爲命的你的妻子嗎？爲什麼你要怨恨天地，怨恨你自己的生不逢辰？天地好容易生下你這一個人來，你卻要親手把你自己摧毀！呸！呸！你有的是一副堂堂的七尺之軀，有的是熱情和智慧，你卻不知道把它們好好利用，這豈不是辜負了你的七尺之軀，辜負了你的熱情和智慧？你的堂堂的儀表不過是一尊蠟塑的形像，沒有一點男子漢的血氣；你的山盟海誓都是些空虛的謊語，殺害你所發誓珍愛的情人；你的智慧不知道指示你的行動，駕御你的感情，它已經變成了愚妄的謬見，正像裝在一個笨拙的軍士的鎗膛裏的火藥，本來是自衛的武器，因爲不懂得怎樣點燃的方法，反而毀損了自己的肢體。怎麼！起來吧，孩子！你剛纔幾乎要爲了你的朱麗葉而自殺，可是她現在好好活着，這是你的第一件幸事。泰保爾脫要把你殺死，可是你卻殺死了泰保爾脫，這是你的第二件幸事。法律上本來規定殺人抵命，可是它對你特別留情，減成了放逐的處分，這是你的第三件幸事。這許多幸事照顧着你，幸福穿着盛裝向你獻媚，你却像一個倔強乖僻的女孩，向你的命運和愛情撅起了嘴唇。留心，留心，像這樣不知足的人是不得好死的。去，快去會見你的情人，按照預定的計劃，到她的寢室裏去安慰安慰她；可是在巡邏沒有出發以前，你必須及早離開，否則你就不能到曼多亞去。你可以暫時在曼多亞住下，等我們覷着機會，把你們的婚姻宣佈出來，和解了你們兩家的親族，向親王請求特赦，那時我們就可以用超過你現在離別的悲痛二百萬倍的歡樂招呼你回來。奶媽，你先去，替我向你家小姐致意，叫她設法催促她家裏的人早早安睡，他們在遭到這樣重大的悲傷以後，這是很容易辦到的。你對她說，羅密歐就要來了。

乳媼　主啊！像這樣好的教訓，我就是在這兒聽上一整夜都願意；啊！眞是有學問人的說話！姑爺，我就去對小姐說您就要來了。

羅　很好，請你再叫我的愛人端整好一頓責駡。

乳媼　姑爺，這一個戒指小姐叫我拿來送給您，請您趕快就去，天色已經很晚了。（下）

羅　現在我又重新得到了多大的安慰！

勞　去吧，晚安！你的運命在此一舉：你必須在巡邏者沒有開始查緝以前脫身，否則就得在黎明時候化裝逃走。你就在曼多亞安身下來；我可以找到你的僕人，倘使這兒有什麼關於你的好消息，我會叫他隨時通知你。把你的手給我時候不早了，再會吧。

羅　倘不是一個超乎一切喜悅的喜悅在招呼着我，像這樣匆匆的離別，一定會使我黯然神傷。再會！（各下）

## 第四場　同前。凱普萊脫家中一室

【凱普萊脫，凱普萊脫夫人及巴里斯上。

凱　伯爵，舍間因爲遭逢變故我們還沒有時間去開導小女；你知道她跟她那個族兄泰保爾脫是友愛很篤的，我也是非常喜歡他；唉！人生不免一死，也不必再去說他了。現在時間已經很晚，她今夜不會再下來了；不瞞您說，倘不是您大駕光臨，我也早在一小時以前上了牀啦。

巴　我在你們正在傷心的時候來此求婚，實在是太冒昧了。晚安，伯母；請您替我向令嫒致意。

凱妻　好，我明天一早就去探聽她的意思；今夜她已經抱着滿腔的悲哀關上門睡了。

凱　巴里斯伯爵，我可以大膽替我的孩子作主，我想她一定會絕對服從我的意志；是的，我對於這一點可以斷定。夫人，你在臨睡以前先去看看她，把這位巴里斯伯爵向她求愛的意思告訴她知道；你再對她說聽好我的話，叫她在星期三——且慢！今天星期幾？

巴　星期一，老伯。

凱　星期一！哈哈！好，星期三是太快了點兒，那麼就是星期四吧。對她說，在這個星期四，她就要嫁給這位尊貴的伯爵。您預備得起來嗎？您不嫌太匆促嗎？咱們也不必十分鋪張，略爲請幾位親友就够了，因爲泰保爾脫纔死得不久，他是我們自己家裏的人，要是我們大開歡宴，人家也許會說我們對去世的人太沒有情分，所以我們祇要請五六個親友，把儀式舉行一下就算了。您說星期四怎樣？

巴　老伯，我但願星期四便是明天。

凱　好，你去吧；那麼就是星期四。夫人，你在臨睡前先去看看朱麗葉，叫她預備預備，好作起新嫁娘來啦。再見，伯爵。喂！掌燈！時候已經很晚，等一會兒我們就要說它很早了。晚安！（各下）

## 第五場　同前朱麗葉的臥室

【羅密歐及朱麗葉上。

朱　你現在就要去了嗎？天亮還有一會兒呢。那刺進你驚恐的耳膜中的，不是雲雀，是夜鶯的聲音；它每天晚上在那邊石榴樹上歌唱。相信我，愛人，那是夜鶯的歌聲。

羅　那是報曉的雲雀，不是夜鶯。瞧，愛人，不作美的晨曦已經在東天的雲朵上鑲起了金線，夜晚的星光已經燒燼，愉快的白晝躡足踏上了迷霧的山巔。我必須到別處去找尋生路，或者留在這兒束手待死。

朱　那光明不是晨曦，我知道；那是從太陽中吐射出來的流星，要在今夜替你拿着火炬，照亮你到曼多亞去。所以你不必急着要去，再耽擱一會吧。

羅　讓我被他們捉住，讓我被他們處死；祇要是你的意思，我就毫無怨恨。我願意說那邊灰白色的雲彩不是黎明睜開它的睡眼，那不過是從月亮的眉宇間反映出來的微光；那響徹層穹的歌聲，也不是出於雲雀的喉中。我巴不得留在這裏，永遠不要離開來吧，死，我歡迎你！因爲這是朱麗葉的意思。怎麼，我的靈魂？讓我們談談；天還沒有亮哩。

朱　天已經亮了，天已經亮了；快去吧快去吧！那唱得這樣刺耳，嘶着粗澀的噪聲和討厭的銳音的，正是天際的雲雀。有人　雲雀會發出千變萬化　甜蜜的歌聲這句話一點不對，因爲它只使我們彼此分離；有人說雲雀曾經和醜惡的蟾蜍交換眼睛，啊！我但願他們也交換了聲音，因爲那聲音使你離開了我的懷抱，用催醒的晨歌催促你就道。啊！現在你快去吧；天越來越亮了。

羅　天越來越亮，我們悲哀的心却越來越黑暗。

【乳媪上。

乳媪　小姐！

朱　奶媽？

乳媪　你的母親就要到你房裏來了。天已經亮啦，留點兒心。（下）

朱　那麼窗啊，讓白晝進來，讓生命出去。

羅　再會，再會！給我一個吻，我就下去。（由窗口下降）

朱　你就這樣去了嗎？我的夫君，我的愛人，我的朋友！我必須在每一小時內的每一天聽到你的消息，因爲一分鐘就等於許多日子。啊！照這樣計算起來，等我再看見我的羅密歐的時候，我不知道已經老到怎樣了。

羅　再會！我決不放棄任何的機會，愛人，向你傳達我的衷忱。

朱　啊！你想我們會不會再有見面的日子？

羅　一定會的；我們現在這一切悲哀痛苦，到將來便是握手談心的資料。

朱　上帝啊！我有一顆預感不祥的靈魂；你現在站在下面，我彷彿望見你像一具墳墓底下的屍骸。也許是我的眼光昏花，否則就是你的面容太慘白了。

羅　相信我，愛人，在我的眼中你也是這樣；憂傷吸乾了我們的血液。再會！再會！（下）

朱　命運啊命運！誰都說你反覆無常；要是你真的反覆無常，那麼你怎樣對待一個忠貞不二的人呢？願你不要改變你的輕浮的天性，因爲這樣也許你會厭倦於把他玩弄，早早打發他回來。

凱妻　（在內）喂，女兒！你起來了嗎？

朱　誰在叫我？是我的母親嗎？——難道她這麼晚還沒有睡覺？還是這麼早就起來了？什麼特殊的原因使她到這兒來？

【凱普萊脫夫人上。

凱妻　啊！怎麼，朱麗葉！

朱　母親，我不大舒服。

凱妻　老是為了你族兄的死而掉淚嗎？什麼！你想用眼淚把他從墳墓裏沖出來嗎？就是沖得出來，你也沒法子叫他復活；所以還是算了吧。適當的悲哀可以表示感情的深切，過度的傷心卻可以證明智慧的欠缺。

朱　可是讓我為了這樣一個痛心的損失而流淚吧。

凱妻　損失固然痛心，可是一個失去的親人，不是可以用眼淚哭得回來的。

朱　因為這損失是如此痛心，我不能不為了失去的親人而痛哭。

凱妻　好，孩子，人已經死了，你也不用多哭他了；頂可恨的是那殺死他的惡人仍舊活在世上。

朱　什麼惡人，母親？

凱妻　就是羅密歐那個惡人。

朱　（旁白）惡人跟他相去着不知多少距離呢。——上帝饒恕他！我願意全心饒恕他；可是像他這樣的人，是不值得我為他傷心的。

凱妻　那是因為這個萬惡的兇手還活在世上。

朱　是的，母親，我恨不得把他抓住在我的手裏。但願我能夠獨自報復這一段殺兄之仇！

凱妻　我們一定要報仇的，你放心吧；別再哭了。這個亡命的流徒現在到曼多亞去了，我要差一個人到那邊去，用一種希有的毒藥把他毒死，讓他早點兒跟泰保爾脫見面；那時候我想你一定可以滿足了。

朱　眞的，我心裏永遠不會感到滿足，除非我看見羅密歐在我的面前——死去；我這顆可憐的心是這樣爲了一個親人而痛楚！母親，要是您能夠找到一個願意帶毒藥去的人，讓我親手把它調好，好叫那羅密歐服下以後，就會安然睡去。唉！我心裏多麼難過，祇聽到他的名字，却不能趕到他的面前，讓他知道我是多麼愛着我的——泰保爾脫哥哥。

凱妻　你去想辦法，我一定可以找到這樣一個人。可是，孩子，現在我要告訴你好消息。

朱　在這樣不愉快的時候，好消息來得眞是再適當沒有了。請問母親是什麼好消息呢？

凱妻　哈哈，孩子，你有一個體貼你的好爸爸哩；他爲了替你排解愁悶，已經爲你選定了一個大喜的日子，不但你想不到，就是我也沒有想到。

朱　母親，快告訴我，是什麼日子？

凱妻　哈哈，我的孩子，星期四的早晨，那位風流年少的貴人，巴里斯伯爵，就要在聖彼得教堂裏娶你做他的幸福的新娘了。

朱　憑着聖彼得教堂和聖彼得的名字起誓，我決不讓他娶我做他的幸福的新娘。世間那有這樣匆促的事情，人家還沒有來向我求過婚，我倒先做了他的妻子了！母親，請您對我的父親說，我現在還不願意就出嫁；就是要出嫁，我可以發誓，我也甯願嫁給我所痛恨的羅密歐，不願嫁給巴里斯。眞是些好消息！

凱妻　你爸爸來啦；你自己對他說去，看他會不會受你的話。

〔凱普萊脫及乳媼上。

凱　太陽西下的時候，天空中散下了濛濛的細露；可是我的姪兒死了，卻有傾盆的大雨送着他下葬。怎麼！裝起噴水管來了嗎，孩子？嘆！還在哭嗎？雨到現在還沒有停嗎？你這小小的身體裏面也有船，也有海，也有風；因爲你的眼睛就是海，永遠有淚潮在那兒漲退；你的身體是一艘船，在這淚海上面航行；你的嘆氣是海上的狂風；你的身體經不起風浪的吹打，是會在這洶湧的怒海中覆沒的。怎麼，妻子！你沒有把我們的主張告訴她嗎？

凱妻　我告訴她了；可是她說謝謝你，她不要嫁人。我希望這傻丫頭還是死了乾淨！

凱　且慢！講明白點兒，講明白點兒，妻子。怎麼！她不要嫁人嗎？她不謝謝我們嗎？她不稱心嗎？像她這樣一個賤丫頭，我們替他找到了這麼一位高貴的紳士做她的新郎，她還不想想這是多大的福氣嗎？

朱　我沒有歡喜，祇有感激；你們不能勉强我歡喜一個我對他沒有好感的人，可是我感激你們愛我的一片好心。

凱　怎麼！怎麼！胡說八道！這是什麼話？什麼歡喜不歡喜，感激不感激！好丫頭，我也不要你感謝，我也不要你歡喜，祇要你預備好星期四到聖彼得敎堂裏去跟巴里斯結婚；你要不願意，我就把你裝在木籠裏拖了去。不要臉的死丫頭，賤東西！

凱妻　嗳喲！嗳喲！你瘋了嗎？

朱　好爸爸，我跪下來求求您，請您耐心聽我說一句話。

凱　該死的小賤婦！不孝的畜生！我告訴你，星期四給我到敎堂裏去，不然以後再也不要見我的面。不許說話，不要回答我；我的手指兒癢着呢。——夫人，我們常常怨嘆自己福薄，只生下這一個孩子；可是現在我纔知道就是這一個已經太多了，總是家門不幸，出了這一個寃孽！不要臉的賤貨！

乳媼　上帝祝福她！老爺，您不該這樣駡她。

凱　為什麼不該！我的聰明的老太太？誰要你多嘴，我的好大娘？你去跟你那些婆婆媽媽們談天去吧，去！

乳媼　我又沒有說過一句冒犯您的話。

凱　閉嘴，你這嘰哩咕嚕的蠢婆娘！我們不要聽你的教訓。

凱妻　你的脾氣太躁了。

凱　哼！我氣都氣瘋啦。每天每夜，時時刻刻，不論忙着空着，獨自一個人或是跟別人在一起，我心裏總是在盤算着怎樣替她配一份好好的人家；現在好容易找到一位出身高貴的紳士，又有家私，又年青，又受過高尚的教養，正是人家說的十二分的人才，好到沒得說的了；偏偏這個不懂事的傻丫頭，放着送上門來的好福氣不要，說甚麼「我不要結婚」、「我不懂戀愛」、「我年紀太小」、「請你原諒我」；好，你要是不願意嫁人，我可以放你自由，儘你的意思到什麼地方去，我這屋子裏可容不得你了。你給我想想明白，我是一向說到哪裏做到哪裏的。星期四就在眼前；自己仔細考慮考慮。你倘然是我的女兒，就得聽我的話嫁給我的朋友；你倘然不是我的女兒，那麼你去上吊也好，做叫化子也好，挨餓也好，死在街路上也好，我都不管，因為憑着我的靈魂起誓，我是再也不會認你這個女兒的，你也別想我會分一點什麼給你。我不會騙你，你想一想吧；我誓也發過了，一定要把它做到的。（下）

朱　天知道我心裏是多麼難過，難道它竟會不給我一點慈悲嗎？啊，我的親愛的母親！不要丟棄我！把這頭親事延期一個月或者一個星期也好；或者要是您不答應我，那麼請您把我的新牀安放在泰保爾脫長眠的幽暗的墳塋裏吧！

凱妻　不要對我講話，我沒有什麼話好對你說。隨你的便吧，我是不管你的啦。（下）

朱　上帝啊！啊，奶媽！這件事情怎麼避過去呢？我的丈夫還在世間，我的誓言已經上達天聽；倘使我的誓言可以收回，那麼除非我的丈夫已經脫離人世，從天上把它送還給我。安慰安慰我，替我想想辦法吧。唉！唉！想不到天也會作弄像我這樣一個柔弱的人！你怎麼說？難道你沒有一句可以使我快樂的話嗎？奶媽，給我一點安慰吧！

乳媼　好，那麼你聽我說。羅密歐是已經放逐了；我可以打賭無論什麼東西，他再也不敢回來責問你，除非他偷偷兒溜了回來。事情既然這樣，那麼我想你最好還是跟那伯爵結婚。啊！他眞是個可愛的紳士！羅密歐比起他來只好算是一塊抹布；小姐，一頭鷹也沒有像巴里斯那樣一雙又是碧綠得好看，又是銳利的眼睛。說句該死的話，我想你這第二個丈夫比第一個丈夫好得多啦；話也許不是這麼說，可是你的第一個丈夫雖然還在世上，對你已經沒有什麼用處，也就跟死了差不多啦。

朱　你這些話是從心裏說出來的嗎？

乳媼　那不但是我心裏的話，也是我靈魂裏的話；倘有虛假，讓我的靈魂下地獄。

朱　阿們！

乳媼　什麼！

朱　好，你已經給了我很大的安慰。你進去吧；告訴我的母親說我出去了，因爲得罪了我的父親，要到勞倫斯的菴院裏去懺悔我的罪過。

乳媼　很好，我就這樣告訴她；這纔是聰明的辦法哩。（下）

朱　老而不死的魔鬼！頂醜惡的妖精！她希望我背棄我的盟誓；她幾千次向我誇獎我的丈夫，說他比誰都好，現在却又用同一條舌頭說他的壞話！去，我的顧問；從此以後我再也不把你當作心腹看待了。我要到神父的地方去向他求救；要是一切辦法都已窮盡，我唯有一死了之。（下）

註　腓通（Phæthon）是希臘日神 Helios 的兒子，爲其父駕御日車。

# 第四幕

## 第一場　維洛那；勞倫斯神父的菴院

〔勞倫斯神父及巴里斯上。

勞　在星期四嗎，伯爵？時間未免太倉促了。

巴　這是我的岳父凱普萊脫的意思；他既然這樣性急，我也不願把時間延遲下去。

勞　您說您還沒有知道那小姐的心思；我不贊成這種片面決定的事情。

巴　她爲了泰保爾脫的死流着過度的眼淚，所以我沒有多跟她談戀愛，因爲在一間哭哭啼啼的屋子裏，維納絲也是露不起笑容來的。神父，她的父親因爲瞧她這樣一味傷心，恐怕會發生什麼意外，所以他纔決定替我們提早完婚，免得她一天到晚哭得像個淚人兒一般；一個人在房間裏最容易觸緒興懷，要是有了伴侶，也許可以替她排去悲哀。現在您可以知道我這次匆促結婚的理由了。

勞　（旁白）我希望我不知道它爲什麼必須延遲的理由。——瞧，伯爵，這位小姐到我菴裏來了。

〔朱麗葉上。

巴　您來得正好，我的愛妻。

朱　伯爵，等我做了妻子以後，也許您可以這樣叫我。

巴　愛人，這個也許到星期四就會成爲事實了。

朱　事實是無可避免的。

勞　那是當然的道理。

巴　您是來向這位神父懺悔嗎？

朱　回答您這一個問題，我必須向您懺悔了。

巴　不要在他的面前否認您愛我。

朱　我願意在您的面前承認我愛他。

巴　我相信您也一定願意在我的面前承認您愛我。

朱　要是我必須承認，那麼在您的背後承認，比在您的面前承認好得多啦。

巴　可憐的人兒！眼淚已經毀損了你的美貌。

朱　眼淚並沒有得到多大的勝利；因爲我這副容貌在沒有被眼淚毀損以前，已經够醜了。

巴　你不該說這樣的話誹謗你的美貌。

朱　這不是誹謗，伯爵，這是實在的話，我當着我自已的臉說的。

巴　你的臉是我的，你不該侮辱它。

朱　也許是的，因爲它不是我自已的。神父，您現在有空嗎？還是讓我在晚禱的時候再來？

勞　我還是現在有空，多愁的女兒。伯爵，我們現在必須請您離開我們。

巴　我不敢打擾你們的祈禱。朱麗葉，星期四一早我就來叫醒你；現在我們再會吧，請你保留下這一個神聖的吻。（下）

朱　啊！把門關了！關了門，再來陪着我哭吧。沒有希望，沒有補救，沒有挽回了！

勞　啊，朱麗葉！我早已知道你的悲哀，實在想不出一個萬全的計策。我聽說你在星期四必須跟這伯爵結婚，而且毫無拖延的可能了。

朱　神父，不要對我說你已經聽見這件事情，除非你能夠告訴我怎樣避免它；要是你的智慧不能幫助我，那麼祇要你贊同我的決心，我就可以立刻用這把刀解決一切。上帝把我的心和羅密歐的心結合在一起，我們兩人的手是你替我們結合的；要是我這一隻已經由你證明和羅密歐締盟的手，再去和別人締結新盟，或是我的忠貞的心起了叛變，投進別人的懷裏，那麼這把刀可以割下這背盟的手，誅戮這叛變的心。所以，神父，憑着你的豐富的見識閱歷，請你趕快給我一些指教；否則瞧吧，這把血腥氣的刀就可以在我跟我的困難之間做一個公正人，替我解決你的經驗和才能所不能替我覓得一個光榮解決的難題。不要老是不說話；要是你不能指教我一個補救的辦法，那麼我除了一死以外沒有別的希冀。

勞　住手，女兒；我已經望見了一線希望，可是那必須用一種非常的手段，方纔能夠抵禦這一種非常的變故。要是你因爲不願跟巴里斯伯爵結婚，能夠毅然立下視死如歸的決心，那麼你也一定願意採取一種和死差不多的辦法，來避免這種恥辱；倘然你敢冒險一試，我就可以把辦法告訴你。

朱　啊！祇要不嫁給巴里斯，你可以叫我從那邊塔頂的雉堞上跳下來；你可以叫我在盜賊出沒、毒蛇潛跡的路上匍匐行走；把我和咆哮的怒熊鎖禁在一起；或者在夜間把我關在堆積屍骨的地窟裏，用許多陳死的白骨、霉臭的腿胴和失去下顎的焦黃的骷髏掩蓋着我的身體；或者叫我跑進一座新掘的墳墓裏去，把我隱匿在死人的殮衾裏；無論什麼使我聽了戰慄的事，祇要可以讓我活着對我的愛人做一個純潔無瑕的妻子，我都願意毫不恐懼，毫不遲疑地做去。

勞　好，那麼放下你的刀；快快樂樂地回家去，答應嫁給巴里斯。明天就是星期三了；明天晚上你必須一人獨睡，別讓你的奶媽睡在你的房間裏；這一個藥瓶你拿去，等你上牀以後，就把這裏面鍊就的汁液一口喝下，那時就會有一陣昏昏沉沉的寒氣通過你全身的血管，跟着脈搏就會停止下來；沒有一絲溫暖和呼吸可以證明你還活着；你的嘴唇和頰上的紅色都會變成灰白，你的眼瞼閉下，就像死神的手關閉了生命的白晝；你身上的每一部分失去了靈活的控制，都像死一樣僵硬寒冷；在這種與死無異的狀態中，你必須經過四十二小時，然後你就彷彿從一場酣睡中醒了過來。當那新郎在早晨來催你起身的時候，他們會發現你已經死了；然後，照着我們國裏的規矩，他們就要替你穿起了盛裝，用柩車載着你到凱普萊脫族中祖先的墳塋裏。一方面我這裏因為要預備你醒來，我可以寫信給羅密歐，告訴他我們的計劃，叫他立刻到這兒來；我跟他兩個人就守在你身邊，等你一醒過來，當夜就叫羅密歐帶着你到曼多亞去。祇要你不臨時變卦，不中途氣餒，這一個辦法一定可以使你避免這一場眼前的恥辱。

朱　給我！給我！啊，不要對我說起害怕兩個字！

勞　拿着；你去吧，願你立志堅強，前途順利！我就叫一個弟兄飛快到曼多亞，帶我的信去送給你的丈夫。

朱　愛情啊，給我力量吧！祇有力量可以打救我。再會，親愛的神父！（各下）

## 第二場　同前；凱普萊脫家中廳堂

【凱普萊脫，凱普萊脫夫人，乳媼，及衆僕上。

凱　這單子上有名字的，都是要去邀請的客人。（甲僕下）來人，給我去雇二十個有本領的廚子來。（乙僕下）咱們這一次實在有點兒措手不及。什麼！我的女兒到勞倫斯神父那裏去了嗎？

乳媪　正是。

凱　好，也許他可以勸告勸告她；眞是個乖僻不聽話的浪蹄子！

乳媪　瞧她已經懺悔完畢，高高興興地回來啦。

【朱麗葉上。

凱　啊，我的倔強的丫頭！你蕩到什麼地方去啦？

朱　我因爲自知忤逆不孝，違抗了您的命令，所以特地前去懺悔我的罪過。現在我聽從勞倫斯神父的指教，跪在這兒請您寬恕。爸爸，請您寬恕我吧！從此以後，我永遠聽您的話了。

凱　去請伯爵來，對他說：我要把婚禮改在明天早上舉行。

朱　我在勞倫斯菴裏遇見這位少年伯爵；我已經在不超過禮法的範圍以內，向他表示過我的愛情了。

凱　啊，那很好，我很高興。站起來吧：這樣纔對。讓我見見這伯爵；喂，快去請他過來。多謝上帝，把這位可尊敬的神父賜給我們！我們全城的人都感戴他的好處。

朱　奶媽，請你陪我到我的房間裏去，幫我檢點檢點衣飾，看有那幾件可以在明天穿戴。

凱妻　不，還是到星期四再說吧，急什麼呢？

凱　去，奶媽，陪她去。我們一準明天上教堂。（朱及乳媪下）

凱妻　我們現在預備起來怕來不及；天已經快夜了。

凱　胡說！我現在就動手起來，你瞧着吧，太太！到明天一定什麼都安排得好好的。你快去幫朱麗葉打扮打扮；我今天晚上不睡了，讓我一個人在這兒做一次管家婦。喂！喂！這些人一個都不在。好，讓我自己跑到巴里斯那裏去，叫他準備明天做新郎。這個倔強的孩子現在囘心轉意，眞叫我高興得了不得。（各下）

## 第三場　朱麗葉的臥室

【朱麗葉及乳媼上。

朱　嗯，那些衣服都很好。可是，好奶媽，今天晚上請你不用陪我，因爲我還要念許多禱告，求上天宥恕我過去的罪惡，默佑我將來的幸福。

【凱普萊脫夫人上。

凱妻　啊！你正在忙着嗎？要不要我幫你？

朱　不，母親我們已經選擇好了明天需用的一切，所以現在請您讓我一個人在這兒吧；讓奶媽今天晚上陪着您不睡，因爲我相信這次事情辦得太匆促了，您一定忙得不可開交。

凱妻　晚安！早點睡覺，你應該好好休息休息。（凱妻及乳媼下）

朱　再會！上帝知道我們將在什麼時候相見。我覺得彷彿有一陣寒顫刺激着我的血液，簡直要把生命的熱流凍結起來似的；待我叫她們回來安慰安慰我。奶媽！——要她到這兒來幹麼？這凄慘的場面必須讓我一個人扮演。來，藥瓶。要是這藥水不發生效力呢？那麼我明天早上就必須結婚嗎？不，不，這把刀會阻止我；你躺在那兒吧。（將匕首置枕邊）也許這瓶裏是毒藥，那神父因爲已經替我和羅密歐證婚，現在我再跟別人結婚，恐怕損害他的名譽，所以有意騙我服下去毒死我；我怕果然會有這樣的事；可是他一向是衆人公認爲道高德重的人，我想大概不致於我不能抱着這樣卑劣的思想。要是我在墳墓裏醒了過來，羅密歐還沒有到來把我救出去呢？這倒是很可怕的一點！那時我不是要在終年透不進一絲新鮮空氣的地窟裏活活悶死，等不及我的羅密歐到來嗎？即使不悶死，那死亡和長夜的恐怖，那古墓中陰森的氣象，幾百年來，我祖先的屍骨都堆積在那裏，入土未久的泰保爾脫蒙着他的殮衾，正在那裏腐爛；人家說一到晚上，鬼魂便會歸返他們的墓穴；唉！唉！要是我太早醒來，這些惡臭的氣味，這些使人聽了會發瘋的淒厲的叫聲；啊！要是我醒來，周圍都是這種嚇人的東西，我不會心神迷亂，瘋狂地撫弄着我的祖宗的骨骼，把肢體潰爛的泰保爾脫拖出了他的殮衾嗎？在這樣瘋狂的狀態中，我不會拾起一根老祖宗的骨頭來，當作一根棍子，打破我的發昏的頭顱嗎？啊，瞧！那不是泰保爾脫的鬼魂，正在那裏追趕羅密歐，報復他的一劍之仇嗎？等一等，等一等！泰保爾脫，等一等！羅密歐，我來了！我爲你乾了這一杯！（倒在幕內的牀上）

## 第四場　同前；凱普萊脫家中廳堂

【凱普萊脫夫人及乳媼上。

凱妻　奶媽，把這串鑰匙拿去，再拿一點香料來。

乳媼　點心房裏在喊着要棗子和榲桲呢。

【凱普萊脫上。

凱　來，趕緊點兒！趕緊點兒！雞已經叫了第二次，熄燈鐘已經打過，三點鐘到了。好安吉麗，加當心看看肉餅有沒有烘焦。多化費幾個錢沒有關係。

乳媼　走開，走開，女人家的事用不到您多管；快去睡吧，今天吵了一個晚上，明天又要害病了。

凱　不，那兒的話！嘿，我爲了沒要緊的事也曾經整夜不睡，幾曾害過病來？

凱妻　對啦，你從前也是頂慣偷女人的夜貓兒，可是現在我却不放你出去胡鬧啦。（凱妻及乳媼下）

凱　眞是個醋娘子！眞是個醋娘子！

【三四僕人持炙叉，木柴，及籃上。

凱　喂，這是什麼東西？

甲僕　老爺，這些都是拿去給廚子的，我也不知道是什麼東西。

凱　趕緊點兒，趕緊點兒。（甲僕下）喂，木頭要揀乾燥點兒的，你去問彼得，他可以告訴你什麼地方有。

乙僕　老爺，我自己也長着眼睛會揀木頭，用不到麻煩彼得。（下）

凱　嘿，倒說得有理，這個淘氣的小雜種！嗳喲！天已經亮了；伯爵就要帶着樂工來了，他說過的。（內樂聲）我聽見他已經走近。奶媽！妻子！喂，喂！喂，奶媽呢？

【乳媼重上。

凱　快去叫朱麗葉起來，把她打扮打扮；我要去跟巴里斯談天去了。快去，快去，趕緊點兒；新郎已經來了；趕緊點兒！

（各下）

## 第五場　同前；朱麗葉臥室

【乳媼上。

乳媼　小姐！喂，小姐！朱麗葉！她準是睡熟了。喂，小羊！喂，小姐！哼，你這懶丫頭！喂，親親！小姐！心肝！喂，新娘！怎麼！一聲也不響？

現在儘你睡去，儘你睡一個星期；到今天晚上，巴里斯伯爵可不讓你安安靜靜休息一忽兒了。上帝饒恕我，阿們，她睡得多熟！我必須叫她醒來。小姐！小姐！小姐！好，讓那伯爵自己到你牀上來吧，那時你可要嚇得跳起來了，是不是？怎麼！衣服都穿好了，又重新睡下去嗎？我必須把你叫醒。小姐！小姐！小姐！嗳喲！嗳喲！救命！救命！我的小姐死了！嗳喲！我還活着做什麼！喂，拿一點酒來！老爺！太太！

【凱普萊脫夫人上。

凱妻　吵些什麼？

乳媪　嗳喲，好傷心啊！

凱妻　什麼事？

乳媪　瞧，瞧！嗳喲，好傷心啊！

凱妻　嗳喲，嗳喲！我的孩子，我的唯一的生命！醒醒！睜開你的眼睛來！你死了，叫我怎麼活得下去？救命！救命！大家來啊！

【凱普萊脫上。

凱　還不送朱麗葉出來，她的新郎已經來啦。

乳媪　她死了，死了，她死了！嗳喲，傷心啊！

凱妻　唉！她死了，她死了，她死了！

凱　嘿！讓我瞧瞧。嗳喲！她身上冰冷的；她的血液已經停止不流，她的手脚都硬了；她的嘴唇裏已經沒有了生命的氣息；死像一陣未秋先降的寒霜，摧殘了這一朵最鮮嫩的嬌花。

乳媪　嗳喲，好傷心啊！

凱妻　曖喲，好苦啊！

凱　死神奪去了我的孩子，他使我悲傷得說不出話來。

【勞倫斯神父，巴里斯及樂工等上。

勞　來，新娘有沒有預備好上教堂去？

凱　她已經預備動身，可是這一去再不回來了。啊賢壻！死神已經在你新婚的前夜降臨到你妻子的身上。她躺在那裏，像一朵被他摧殘了的鮮花。死神是我的新壻，死神是我的後嗣，他已經娶去了我的女兒。我也快要死了，把我的一切都傳給他；我的生命財產，一切都是死神的！

巴　難道我眼巴巴望到天明，却讓我看見這一個凄慘的情景嗎？

凱妻　倒霉的，不幸的，可恨的日子！永無休止的時間的運行中的一個頂悲慘的時辰！我就生了這一個孩子，這一個可憐的疼愛的孩子，她是我唯一的歡喜和安慰，現在却被殘酷的死神從我眼前奪了去啦！

乳媼　好苦啊！好苦的，好苦的，好苦的日子啊！我這一生一世裏頂傷心的日子，頂凄涼的日子！曖喲，這個日子！這個可恨的日子！從來不會見過這樣倒霉的日子！好苦的，好苦的日子啊！

巴　最可恨的死，你欺騙了我，殺害了她，拆散了我們的良緣，一切都被殘酷的殘酷的你破壞了！啊愛人！啊我的生命！沒有生命，只有被死亡吞噬了的愛情！

凱　悲痛的命運，爲什麼你要來打破，打破了我們的盛禮？兒啊！兒啊！我的靈魂，你死了！你已經不是我的孩子了！死了！唉！我的孩子死了，我的快樂也隨着我的孩子埋葬了！

勞　靜下來！不害羞嗎？你們這樣亂哭亂叫是無濟於事的。上天和你們共有着這一個好女兒；現在她已經完全屬於上天所有，這是她的幸福，因爲你們不能使她的肉體避免死亡，上天却能使她的靈魂得到永生。你們竭力替她找尋一個美滿的前途，因爲你們的幸福是寄託在她的身上；現在她高高的升上雲中去了，你們却爲她哭泣嗎？啊！你們瞧着她享受最大的幸福，却這樣發瘋一樣號啕叫喊，這可以算是眞愛你們的女兒嗎？活着，嫁了人，一直到老，這樣的婚姻有什麼樂趣呢？在年青時候結了婚而死去，纔是最幸福不過的。揩乾你們的眼淚，把你們的香花散佈在這美麗的屍體上，按照着習慣，把她穿着盛裝擡到教堂裏去。愚癡的天性雖然使我們傷心痛哭，可是在理智眼中，這些天性的眼淚却是可笑的。

**凱**　我們本來爲了喜慶預備好的一切，現在都要變成悲哀的殯禮；我們的樂器要變成憂鬱的喪鐘，我們的婚筵要變成淒涼的喪席，我們的歌詩要變成沉痛的挽曲，新娘手裏的鮮花要放在墳墓中殉葬，一切都要相反而行。

**勞**　凱普萊脫先生，您進去吧；夫人，您陪他進去；巴里斯伯爵，您也去吧；大家準備送這具美麗的屍體下葬。上天的憤怒已經降臨在你們身上，不要再違逆他的意志，招致更大的災禍。（凱夫婦、巴、勞同下）

**樂工甲**　眞的，咱們也可以收起笛子來走啦。

**乳媪**　啊！好兄弟們，收起來吧，收起來吧；這眞是一場傷心的橫禍！（下）

〔彼得上。

**彼**　樂工！啊，樂工，「心裏的安樂，」「心裏的安樂！」啊！替我奏一曲「心裏的安樂，」否則我要活不下去了。

**樂工甲**　爲什麼要奏「心裏的安樂」呢？

**彼**　啊！樂工，因爲我的心在那裏唱着「我心裏充滿了憂傷。」啊！替我奏一支快活的歌兒，安慰安慰我吧。

**樂工乙**　不奏不奏，現在不是奏樂的時候。

彼　那麼你不奏嗎？

衆樂工　不奏。

彼　那麼我就給你們——

樂工甲　你給我們什麼？

彼　我可不給你們錢，哼！我要給你們一頓駡；我駡你們是一羣賣唱的叫化子。

樂工甲　那麼我就駡你是個下賤的奴才。

彼　那麼我就把奴才的刀擱在你們的頭顱上。

樂工乙　且慢，君子動口，小人動手。

彼　好，那麼讓我用舌劍唇槍殺得你們抱頭鼠竄。有本領的，回答我這一個問題：

「悲哀傷痛着心靈，

憂鬱縈繞在胸懷，

惟有音樂的銀聲——」

爲什麼說「銀聲」？爲什麼說「音樂的銀聲？」西門凱特林，你怎麼說？

樂工甲　因爲銀子的聲音很好聽。

彼　說得好！修利培克，你怎麼說？

樂工乙　因爲樂工奏樂的目的，是想人家賞他幾兩銀子。

彼　說得好！傑姆士桑特普斯脫，你怎麼說？

樂工丙　不瞞你說，我可不知道應當怎麼說。

彼　啊！對不起，你是祇會唱唱歌的我替你說了吧：因爲樂工儘管奏樂奏到老死，也換不到一些金子。

「惟有音樂的銀聲，

可以把煩悶推開。」（下）

樂工甲　眞是個討厭的傢伙！

樂工乙　該死的奴才！來，咱們且慢回去，等弔客來的時候吹奏兩聲，吃他們一頓飯再去。（同下）

# 第五幕

## 第一場　曼多亞；街道

【羅密歐上。

羅　要是夢寐中的美景果然可以成爲事實，那麼我的夢預兆着將有好消息到來我覺得心君寧恬，整日裏有一種向來所沒有的精神用快樂的思想把我從地面上飄揚起來。我夢見我的愛人來看見我死了，——奇怪的夢，一個死人也會思想！——她吻着我，把生命吐進了我的嘴唇裏，於是我復活了，並且成爲一個君王。唉！僅僅是愛的影子，已經給人這樣豐富的歡樂，要是佔有了愛的本身，那該是多少的甜蜜！

【鮑爾薩澤上。

羅　從維洛那來的消息！啊，鮑爾薩澤！不是神父叫你帶信來給我嗎？我的愛人怎樣？我父親好嗎？我再問你一遍，我的朱麗葉安好嗎？因爲祇要她安好，一定什麼都是好好兒的。

鮑　那麼她是安好的，什麼都是好好兒的；她的身體長眠在凱普萊脫家的墳塋裏，她的不死的靈魂和天使們在一起。我看見她下葬在她親族的墓穴裏，所以立刻飛馬前來告訴您。啊，少爺！恕我帶了這惡消息來，因爲這是您吩咐我做的事。

羅　有這樣的事！命運，我咒詛你！——你知道我的住處；給我買些紙筆，雇下兩匹快馬，我今天晚上就要動身。

鮑　少爺，請您寬心一下；您的臉色慘白而倉皇，恐怕是不吉之兆。

羅　胡說，你看錯了。快去，把我叫你做的事趕快辦好。神父沒有叫你帶信給我嗎？

鮑　沒有，我的好少爺。

羅　算了，你去吧，把馬匹雇好了；我就來找你。（鮑下）好，朱麗葉，今晚我要睡在你的身旁。讓我想個辦法。啊，罪惡的念頭！你會多麼快鑽進一個絕望者的心裏！我想起了一個賣藥的人他的鋪子就開設在附近我曾經看見他穿着一身破爛的衣服皺着眉頭在那兒揀藥草他的形狀十分消瘦貧苦把他煎熬得只剩一把骨頭他的寒傖的鋪子裏掛着一頭烏龜一頭剝製的鱷魚還有幾張形狀醜陋的魚皮他的架子上稀疏地散放着幾隻空匣子，綠色的瓦罐一些胞囊和發黴的種子，幾段包紮的麻繩，還有幾塊陳年的乾玫瑰花，作爲聊勝於無的點綴。看到這一種寒酸的樣子，我就對自己說在曼多亞城裏誰出賣了毒藥是會立刻處死的，可是倘有誰現在需要毒藥，這兒有一個可憐的奴才會賣給他。啊！不料我這一個思想，竟會預兆着我自己的需要，這個窮漢的毒藥却要賣給我。我記得這裏就是他的鋪子；今天是假日，所以這叫化子沒有開門。喂！賣藥的！

【賣藥人上。

賣藥人　誰在高聲叫喊？

羅　過來，朋友。我瞧你很窮，這兒是四十塊錢，請你給我一點能够迅速致命的毒藥，厭倦於生命的人一服下去便會散入全身的血管，立刻停止呼吸而死去，就像火藥從礮膛裏放射出去一樣快。

賣藥人　這種致命的毒藥我是有的；可是曼多亞的法律嚴禁發賣，出賣的人是要處死刑的。

羅　難道你這樣窮苦，還怕死嗎？飢寒的痕跡刻在你的臉頰上，貧乏和迫害在你的眼睛裏射出了餓火，輕蔑和卑賤重壓在你的背上；這世間不是你的朋友，這世間的法律也保護不到你，沒有人爲你定下一條法律使你富有；那麼你何必苦耐着貧窮呢？違犯了法律，把這些錢拿下了吧。

賣藥人　我的貧窮答應了你，可是那是違反我的良心的。

羅　我的錢是給你的貧窮，不是給你的良心的。

賣藥人　把這一服藥放在無論什麼飲料裏面喝了下去，即使你有二十個人的氣力，也會立刻送命。

羅　這兒是你的錢，那纔是害人靈魂的更壞的毒藥，在這萬惡的世界上，它比你那些不准販賣的微賤的藥品更會殺人；你沒有把毒藥賣給我，是我把毒藥賣給你。再見；買些吃的東西，把你自己餵得胖一點。——來，你不是毒藥，你是替我解除痛苦的仙丹，我要帶着你到朱麗葉的墳上去少不得要借重你一下哩。（各下）

## 第二場　維洛那；勞倫斯神父的菴院

【約翰神父上。

約　喂！師兄那裏？

【勞倫斯神父上。

勞　這是約翰師弟的聲音。歡迎你從曼多亞回來！羅密歐怎麼說？要是他的意思在信裏寫明，那麼把他的信給我吧。

約　我在臨走的時候，因爲要找尋一個同伴去，看一個同門的師弟，他正在這城裏訪問病人，不料給本地巡邏的人看見了，疑心我們走進了一家染着瘟疫的人家，把門封鎖住了，不讓我們出來，所以就誤了我的曼多亞之行。

勞　那麼誰把我的信送去給羅密歐呢？

約　我沒有法子把它送出去，現在我又把它帶回來了；因爲他們害怕瘟疫傳染，也沒有人願意把它送還給你。

勞　糟了！這封信不是等閒，性質十分重要，把它耽誤下來，也許會引起極大的災禍。約翰師弟，你快去給我找一柄鐵

約　鋤，立刻帶到這兒來。

勞　好師兄，我去給你拿來。（下）

約　現在我必須獨自到墓地裏去；在這三小時之內，朱麗葉就會醒來，她因爲羅密歐不曾知道這些事情，一定會責怪我。我現在再要寫一封信到曼多亞去，讓她留在我的菴裏，直等羅密歐到來。可憐的沒有死的屍體，幽閉在一座死人的墳墓裏！（下）

## 第三場　同前；凱普萊脫家墳塋所在的墓地

【巴里斯及侍僮攜鮮花火炬上。

巴　孩子，把你的火把給我；走開，站在遠遠的地方；還是熄了吧，我不願給人看見。你去在那邊的紫杉樹底下直躺下來，把你的耳朶貼着中空的地面，聽聽有沒有踉蹌的脚步走到墳地上來發掘墳墓；要是聽見了什麼聲息，便吹一個呼哨通知我。把那些花給我。照我的話做去，走吧。

僮　（旁白）我簡直不敢獨個兒站在這墓地上，可是我要硬着頭皮試一下。（退後）

巴　這些鮮花替你鋪蓋新牀；

慘啊，一朶嬌紅永委沙塵！

我要用沉痛的熱淚淋浪，

和着香水澆溉你的芳墳；

夜夜到你墓前散花哀泣，

這一段相思啊永無消歇！（僮吹口哨）

這孩子在警告我有人來了。那一個該死的傢伙在這晚上到這兒來打擾我在愛人墓前的憑弔？什麼！還拿着火把來嗎？——讓我躲在一旁看看他的動靜。（退後）

【羅密歐及鮑爾薩澤持火炬鍬鋤等上。

羅　把那鋤頭跟鐵鉗給我。且慢，拿着這封信等天一亮，你就把它送去給我的父親。把火把給我。聽好我的吩咐，無論你聽見什麼瞧見什麼，都只好遠遠的站着不許動，免得妨礙了我的事情；要是動一動我就要你的命。我所以要跑下這個墳墓裏去，一部分的原因是要探望探望我的愛人，可是主要的理由却是要從她的手指上取下一個寶貴的指環，因爲我有一個很重要的用途。所以你趕快給我走開吧；要是你不相信我的話，膽敢回來窺伺我的行動，那麼我可以對天發誓，我要把你的骨骼一節一節扯下來，讓這饑餓的墓地上散滿了你的肢體。我現在的心境非常狂野，比餓虎或是咆哮的怒海都要凶猛無情，你可不要惹我性起。

鮑　少爺，我去就是了，決不來打擾您。

羅　這纔像個朋友。這些錢給你拿去，願你一生幸福。再會，好朋友。

鮑　（旁白）雖然這麼說，我還是要躲在附近的地方看着他；他的臉　使我害怕，我不知道他究竟打算做些什麼出來。（退後）

羅　你無情的泥土，吞噬了世上最可愛的人兒，我要擘開你的饞吻，（將墓門掘開）索性讓你再吃一個飽！

巴　這就是那個已經放逐出去　驕橫的蒙太玖，他殺死了我愛人的族兄，據說她就是因爲傷心他的慘死而夭亡的，現在這傢伙又要來盜屍發墓了，待我去抓住他。（上前）萬惡的蒙太玖！停止你的罪惡的工作，難道你殺了他們還不够，還要在死人身上發洩你的仇恨嗎？該死的兇徒，趕快束手就捕，跟我見官去！

羅　我果然該死，所以纔到這兒來。好孩子，不要激怒一個不顧死活的人，快快離開我走吧；想想這些死了的人，你也該膽寒了。孩子，請你不要激動我的怒氣，使我再犯一次罪；啊，去吧！我可以對天發誓，我愛你遠過於愛我自己，因爲我來此的目的，就是要跟自己作對。別留在這兒；去吧；好好兒留着你的活命，以後也可以對人家說，一個瘋子發了慈悲，叫你逃走的。

巴　我不聽你這種鬼話；你是一個罪犯，我要逮捕你。

羅　你一定要激怒我嗎？那麼好，來，孩子！（二人格鬥）

僮　哎喲，主啊！他們打起來了，我去叫巡邏的人來！（下）

巴　（倒下）啊，我死了！——你倘有幾分仁慈，打開墓門來，把我放在朱麗葉的身旁吧！（死）

羅　好，我願意成全你的志願。讓我瞧瞧他的臉孔；啊，邁邱西奧的親戚，尊貴的巴里斯伯爵！當我們一路上騎馬而來的時候，我的僕人曾經對我說過幾句話，那時我因爲心緒煩亂，沒有聽得進去；他說些什麼？好像他告訴我說巴里斯本來預備娶朱麗葉爲妻；他不是這樣說嗎？還是我做過這樣的夢？或者還是我神經錯亂，聽見他說起朱麗葉的名字，所以發生了這一種幻想？啊！把你的手給我，你我都是登錄在惡運的黑册上的人，我要把你葬在一個勝利的墳墓裏；一個墳墓嗎？啊，不！被殺害的少年，這是一個燈塔，因爲朱麗葉睡在這裏，她的美貌使這一個墓窟變成一座充滿着光明的歡宴的華堂。死了的人，躺在那兒吧，一個死了的人把你安葬了。（將巴放下墓中）人們在臨死的時候，往往反會覺得心中愉快，旁觀的人便說這是死前的一陣迴光返照；啊！這也就是我的迴光返照嗎？啊，我的愛人！我的妻子！死雖然已經吸去了你呼吸中的芳蜜，卻還沒有力量摧殘你的美貌；你還沒有被他征服，你的嘴唇上，臉龐上依然呈顯着紅潤的美豔，不曾讓灰白的死亡進佔。泰保爾脫，你也裹着你的血淋淋的殮衾躺在那兒嗎？啊！你的青春葬送在你仇人的手裏，現在我來替你報仇來了，我要親手殺死那殺害你的人。原諒我吧，兄弟！啊！親愛的朱麗葉，你爲什麼仍然是這樣美麗？難道那虛無的死亡，那枯瘦可憎的妖魔，也是個多情種子，所以把你藏匿在這幽暗的洞府裏做他的情婦嗎？爲了防止這樣的事情，我要永遠陪伴着你，再不離開這漫漫長夜的幽宮；我要留在這兒，跟你的侍婢，那些蛆蟲們在一起；啊！我要在這兒永久安息下來，從我這厭倦人世的凡軀上掙脫惡運的束縛。眼睛，瞧你的最後一眼吧！手臂，作你最後一次的擁抱吧！嘴唇，啊！你呼吸的門户，用一個合法的吻，跟網羅一切的死亡訂立一個永久的契約吧！來，苦味的嚮導，你絕望的領港人，現在趕快把你的厭倦於風濤的船舶向那巉巖上衝撞過去吧！爲了我的愛人，我乾了這一杯！（飲藥）啊！賣藥的人果然沒有騙我，藥性很快地發作了。在這一吻中我死去。（死）

〔勞倫斯神父持燈籠鋤鍬自墓地另一端上。

勞　聖法朗西斯保佑我！我這雙老脚今天晚上怎麼老是在墳堆裏絆來跌去的！那邊是誰？

鮑　是一個朋友，也是一個跟您熟識的人。

勞　祝福你！告訴我，我的好朋友，那邊是什麼火把，對蛆蟲和沒有眼睛的骷髏浪費着它的光明？照我辨認起來，那火把亮着的地方，似乎是凱普萊脫家裏的墳塋。

鮑　正是，神父；我的主人，他是您的好朋友，就在那兒。

勞　他是誰？

鮑　羅密歐。

勞　他來了多久了？

鮑　足足半點鐘。

勞　陪我到墓穴裏去。

鮑　我不敢，神父。我的主人不知道我還沒有走；他曾經對我嚴辭恐嚇，說要是我留在這兒窺伺他的動靜，就要把我殺死。

勞　那麼你留在這兒，讓我一個人去吧。恐懼臨到我的身上；啊！我怕會有什麼不幸的禍事發生。

鮑　當我在這株紫杉樹底下睡了過去的時候，我夢見我的主人跟另外一個人打架，那個人被我的主人殺了。

勞　（趨前）羅密歐！噯喲！噯喲！這墳墓的石門上染着些什麼血跡？在這安靜的地方，怎麼橫放着這兩柄無主的血汚的刀劍？（進墓）羅密歐！啊，他的臉色這麼慘白！還有誰？什麼！巴里斯也躺在這兒？渾身浸在血泊裏？啊！多麼殘酷的時辰造成了這場悽慘的意外！那小姐醒了。（朱麗葉醒）

朱　啊，善心的神父！我的夫君呢？我記得很清楚我應當在什麼地方，現在我正在這地方。我的羅密歐呢？（內喧聲）

勞　我聽見有什麼聲音。小姐，趕快離開這個密佈着毒氛腐臭的死亡的巢穴吧；一種我們所不能反抗的力量已經阻撓了我們的計劃。來，出去吧。你的丈夫已經在你的懷中死去；巴里斯也死了。來，我可以替你找一處地方出家做尼姑。不要躭誤時間盤問我，巡夜的人就要來了。來，好朱麗葉，去吧。（內喧聲又起）我不敢再停下去了。

朱　去，你去吧！我不願意走。（勞下）這是什麼？一隻杯子，緊緊地握住在我的忠心的愛人的手裏？我知道了，一定是毒藥結果了他的生命。唉，冤家！你一起喝乾了，不留下一滴給我嗎？我要吻着你的嘴唇，也許這上面還留着一些毒液，可以讓我當作興奮劑服下而死去。（吻羅）你的嘴唇還是溫暖的！

巡丁甲　（在內）孩子，帶路在那一個方向？

朱　啊，人聲嗎？那樣我必須快一點了結。啊，好刀子（攫住羅密歐的匕首）這就是你的鞘子；（以匕首自刺）你插了進去，讓我死了吧。（仆在羅密歐身上死去）

【巡丁及巴里斯侍僮上。

僮　就是這兒，那火把亮着的地方。

巡丁甲　地上都是血；你們幾個人去把墓地四周搜查一下，看見什麽人就抓起來。（若干巡丁下）好慘！伯爵被人殺了躺在這兒，朱麗葉胸口流着血，身上還是熱熱的好像死得不久，雖然她已經葬在這裏兩天了。去報告親王，通知凱普萊脫家裏，再去把蒙太玖家裏的人也叫醒了，剩下的人到各處搜搜（若干巡丁續下）我們看見這些慘事發生在這個地方，可是在沒有得到人證以前，却無法明瞭這些慘事的眞相。

【若干巡丁率鮑爾薩澤上。

巡丁乙　這是羅密歐的僕人；我們看見他躲在墓地裏。

巡丁甲　把他好生看押起來，等親王來審問。

【若干巡丁率勞倫斯神父上

巡丁丙　我們看見這個教士從墓地旁邊跑出來，神色慌張，一邊嘆氣一邊流着眼淚，他手裏還拿着鋤頭鐵鍬，都給我們拿下來了。

巡丁甲　他有很重大的嫌疑；把這教士也看押起來。

【親王及侍從上。

親王　什麽禍事在這樣早的時候發生，打斷了我的清晨的安睡？

【凱普萊脫，凱普萊脫夫人及餘人等上。

凱　外邊這樣亂叫亂喊，是怎麽一回事？

凱妻　街上的人們有的喊着羅密歐，有的喊着朱麗葉，有的喊着巴里斯；大家沸沸揚揚地向我們家裏的墳上奔去。

親王　這麽許多人爲什麽發出這樣驚人的叫喊？

巡丁甲　王爺，巴里斯伯爵被人殺死了躺在這兒；羅密歐也死了；已經死了兩天的朱麗葉，身上還熱着，又被人重新殺死了。

親王　用心搜尋，把這場萬惡的殺人命案的眞相調查出來。

巡丁甲　這兒有一個教士，還有一個被殺的羅密歐的僕人，他們都拿着掘墓的器具。

凱　天啊！——啊妻子！瞧我們的女兒流着這麽多的血！這把刀弄錯了地位了！瞧，它的空鞘子還在蒙太玖家小子的背上，它却插進了我的女兒的胸前！

凱妻　噯喲！這些死的慘象就像驚心動魄的鐘聲，警告我這風燭殘年，快要不久於人世了。

【蒙太玖及餘人等上。

親王　來，蒙太玖，你起來得雖然很早，可是你的兒子倒下得更早。

蒙　唉！殿下，我的妻子因爲悲傷小兒的遠逐，已經在昨天晚上去世了；還有什麽禍事要來跟我這老頭子作對呢？

親王　瞧吧，你就可以看見。

蒙　啊，你這不孝的東西！你怎麽可以搶在你父親的前面，自己先鑽到墳墓裏去呢？

親王　暫時停止你們的悲慟，讓我把這些可疑的事實訊問明白，知道了詳細的原委以後，再來領導你們放聲一哭吧；也許我的悲哀還勝過你們多多呢！——把嫌疑人犯帶上來。

勞。　時間和地點都可以作不利於我的證人在這場悲慘的血案中，我雖然是一個能力最薄弱的人，但卻是嫌疑最重的人。我現在站在殿下的面前，一方面是要供認我自己的罪過，一方面也要為我自己辯解。

親王　那麼快把你所知道的一切說出來。

勞　我要把經過的情形儘簡單地敘述出來，因為我的短促的殘生還不及一段冗煩的故事那麼長。死了的羅密歐是死了的朱麗葉的丈夫，她是羅密歐的忠心的妻子。他們的婚禮是由我主持的。就在他們祕密結婚的那天，泰保爾脫死於非命，這位纔做的新郎也從這城裏被放逐出去；朱麗葉是為了他，不是為了泰保爾脫，纔那樣傷心憔悴的。你們因為要替她解除煩惱，把她許婚給巴里斯伯爵，還要強迫她嫁給他，她就跑來見我，神色慌張地要我替她想個辦法避免這第二次的結婚，否則她要在我的菴裏自殺。所以我就根據我的醫藥方面的學識，給她一服安眠的藥水；它果然發生了我所預期的效力，她一服下去就像死了一樣昏沉過去。同時我寫信給羅密歐，叫他就在這一個悲慘的晚上到這兒來，幫助把她搬出她的寄寓的墳墓，因為藥性一到時候便會過去。可是替我帶信的約翰神父卻因遭到意外，不能脫身，昨天晚上纔把我的信依然帶了回來。那時我祇好按照着預先算定她醒來的時間，一個人前去把她從她家族的墓塋裏帶出來，預備把她藏匿在我的菴裏，等有方便再去叫羅密歐來；不料我在她醒來以前幾分鐘到這兒來的時候，尊貴的巴里斯和忠誠的羅密歐已經雙雙慘死了。她一醒過來，我就請她出去，勸她安心忍受這一種出自天意的變故；可是那時我聽見了紛紛的人聲，嚇得逃出了墓穴，她在萬分絕望之中不肯跟我去，看樣子她是自殺了。這是我所知道的一切，至於他們兩人的結婚，那麼她的乳母也是預聞的。要是這一場不幸的慘禍，是由我的疏忽所造成，那麼我這條老命願受最嚴厲的法律的制裁，請您讓它提早幾點鐘犧牲了吧。

親王　我一向知道你是一個道行高尚的人。羅密歐的僕人呢？他有些什麼話說？

鮑　我把朱麗葉的死訊通知了我的主人，因此他從曼多亞急急地趕到這裏，到了這座墳堂的前面。這封信他叫我一早送去給我家老爺；當他走進墓穴裏的時候，他還恐嚇我，說要是我不趕快走開，讓他一個人在那兒，他就要殺死我。

親王　把那信給我，我要看看。叫起巡丁來的那個伯爵的僮兒呢？喂，你的主人到這地方來做什麼？

僮　他帶了花來散在他夫人的墳上，他叫我站得遠遠的，我就聽他的話；不多一會兒工夫，來了一個拿着火把的人把墳墓打開了。後來我的主人就拔劍跟他打了起來，我就奔去叫巡丁來。

親王　這封信證實了這個神父的話，講起他們戀愛的經過，和她的去世的消息；他還寫着說他從一個窮苦的賣藥人手裏買到一種毒藥，要把它帶到墓穴裏來準備和朱麗葉長眠在一起。這兩家仇人在那裏？——凱普萊脫！蒙太玖！瞧你們的仇恨已經受到了多大的懲罰，上天借手於愛情，奪去了你們心愛的人；我為了忽視你們的爭執，也已經喪失了一雙親戚，大家都受到懲罰了。

凱　啊，蒙太玖大哥！把你的手給我；這就是你給我女兒的一份聘禮，我不能再作更大的要求了。

蒙　但是我可以給你更多的；我要用純金替她鑄一座像，祇要維洛那一天不改變它的名稱，任何塑像都不會比忠貞的朱麗葉那一座更為超卓。

凱　羅密歐也要有一座同樣富麗的金像臥在他情人的身旁，這兩個在我們的仇恨下慘遭犧牲的可憐蟲！

親王　淸晨帶來了凄涼的和解，
　太陽也慘得在雲中躲閃。
大家先回去發幾聲感慨，
　該恕的該罰的再聽宣判。
古往今來多少離合悲歡，
誰曾見像這樣哀怨辛酸！（同下）

莎士比亞戲劇全集

第二輯 第二種

# 漢姆萊脫

朱生豪譯

# 漢姆萊脫

## 劇中人物

克勞迪斯　丹麥國王

漢姆萊脫　前王之子，今王之姪

福丁勃拉斯　挪威王子

霍拉旭　漢姆萊脫之友

普隆涅斯　御前大臣

勒替斯　其子

伏底曼特
考尼力斯
羅森克蘭滋
基騰史登
奧斯力克　朝士

瑪昔勒斯
勃那陀　軍官

弗蘭西斯科　兵士
雷瑙陀　普隆涅斯之僕
英國使臣
衆伶人
二小丑　掘墳墓者
葛特露　丹麥王后，漢姆萊脫之母
找菲莉霞　普隆涅斯之女
貴族，貴婦，軍官，兵士，教士，水手，使者，及侍從等。
漢姆萊脫父親的鬼魂

**地點**

厄耳錫諾

# 第一幕

## 第一場　厄耳錫諾城堡前的露臺

【弗蘭西斯科立臺上守望。勃那陀自對面上。

勃　那邊是誰？

弗　不，你先回答我；站住，告訴我你是什麼人。

勃　國王萬歲！

弗　勃那陀嗎？

勃　正是。

弗　你來得很準時。

勃　現在已經打過十二點鐘；你去睡吧，弗蘭西斯科。

弗　謝謝你來替換了我；天冷得利害，我心裏也老大不舒服。

勃　你守在這兒，一切都很安靜嗎？

弗　一隻小老鼠也不見走動。

勃　好，晚安！要是你碰見霍拉旭和瑪昔勒斯，我的守夜的夥伴們，就叫他們趕緊一點來。

弗　我想我聽見他們的聲音。喂，站定！那邊是誰？

【霍拉旭及瑪昔勒斯上。

霍　都是自己人。

瑪　丹麥王的臣民。

弗　祝你們晚安！

瑪　啊！再會，正直的軍人！誰替換了你？

弗　勃那陀代替我值班。祝你們晚安！（下）

瑪　喂！勃那陀！

勃　喂，——啊！霍拉旭也來了嗎？

霍　這兒有一個他。

勃　歡迎，霍拉旭！歡迎，好瑪昔勒斯！

瑪　什麼！這東西今晚又出現過了嗎？

勃　我還沒有瞧見什麼。

瑪　霍拉旭說那不過是我們的幻想。我告訴他我們已經兩次看見這一個可怕的怪象，他總是不肯相信；所以我請他今晚也來陪我們守一夜，要是這鬼再出來，就可以證明我們並沒有看錯，還可以叫他對它說幾句話。

霍　嘿，嘿，它不會出現的。

勃　先請坐下；雖然你一定不肯相信我們的故事，我們還是要把我們這兩夜來所看見的情形再向你絮瀆一遍。

霍　好，我們坐下來，聽聽勃那陀怎麼說。

勃　昨天晚上，當那照耀在旗竿西端的天空的明星正在向它現在吐射光輝的地方運行的時候，瑪昔勒斯跟我兩個人，那時候鐘剛敲了一點，——

瑪　住聲！不要說下去；瞧，它又來了！

〔鬼上〕

勃　正像已故的國王的模樣。

瑪　你是有學問的人，對它說話去，霍拉旭。

勃　它的樣子不像已故的國王嗎？看好，霍拉旭。

霍　像得很；它使我心裏充滿了恐怖和驚奇。

勃　它希望我們對它說話。

瑪　你去問它，霍拉旭。

霍　你是什麼鬼物膽敢僭竊丹麥先王神武的雄姿，在這樣深夜的時分出現？憑着上天的名義，我命令你說話！

瑪　它生氣了。

勃　瞧，它悄悄地去了！

霍　不要去！說呀，說呀！我命令你，快說！（鬼下）

瑪　它去了，不願回答我們。

勃　怎麼，霍拉旭！你在發抖，你的臉色這樣慘白。這不是幻想吧？你有什麼高見？

霍　當着上帝的面前，倘不是我自己的眼睛向我證明，我再也不會相信這樣的怪事。

瑪　它不像我們的國王嗎？

霍　正像你就是你自己一樣。它身上的那副戰鎧，正就是他討伐野心的挪威那時候所穿的；它臉上的那副怒容，活像他有一次在一場激烈的爭辯中，把那些波蘭人打倒在冰上那時候的神氣。怪事怪事！

瑪　前兩次他也是這樣不先不後地在這個靜寂的時辰，用軍人的步態走過我們的眼前。

霍　我不知道究竟應該怎樣想法；可是大概推測起來，這恐怕預兆着我們國內將要有一番非常的變故。

瑪　好吧，坐下來。誰要是知道的，請告訴我，爲什麼我們要有這樣森嚴的戒備，使全國的軍民每夜不得安息；爲什麼每天都在製造銅礮，還要向國外購買戰具；爲什麼趕造這許多船隻，連星期日也不停止工作；這樣夜以繼日的辛苦忙碌，究竟將要有什麼事情發生呢？誰能夠告訴我？

霍　我可以告訴你；至少一般人都是這樣傳說。剛纔他的形像還向我們出現的那位已故的王上，你們知道，曾經接受驕矜好勝的挪威的福丁勃拉斯的挑戰；在那一次決鬥中間，我們的勇武的漢姆萊脫，——他的英名是舉世稱頌的，——把福丁勃拉斯殺死了；按照雙方根據法律和武士精神所訂立的協定，福丁勃拉斯要是戰敗了，除了他自己的生命以外，必須把他所有的一切土地撥歸勝利的一方；同時我們的王上也提出相當的土地作爲賭注，要是福丁勃拉斯得勝了，就歸他沒收佔有，正像在同一協定上所規定的，他失敗了，漢姆萊脫可以把他的土地沒收佔有一樣。現在要說起那位福丁勃拉斯的兒子，他生得一副烈火也似的性格，已經在挪威的四境招集了一羣無賴之徒，供給他們衣食，驅策他們去幹冒險的勾當；他的唯一的目的，我們的當局看得很清楚，無非是要用武力和強迫性的條件，奪回他父親所喪失的土地。照我所知道的，這就是我們種種準備的主要動機，我們這樣戒備的唯一原因，也是全國所以這樣慌忙騷亂的緣故。

勃　我想正是爲了這一個緣故。我們那位王上在過去和目前的戰亂中間，都是一個主要的角色，所以無怪他的武

裝的形像要向我們出現示警了

霍　那是擾亂我們心靈之眼的一點微塵。從前在富強繁盛的羅馬，當那雄才大略的裘力斯該撒鴛崩以前不久的時候，披着殮衾的死人都從墳墓裏出來，在街道上啾啾鬼語，拖着火尾噴着血露的星辰在白晝殞落，支配潮汐的月亮被吞蝕得像一個沒有起色的病人；這一類預報重大變故的朕兆，在我們國內也已經屢次見到了。可是不要響！瞧！瞧！它又來了！

〔鬼重上。

霍　我要擋住它的去路，即使它會害我。不要去，幻象！要是你會開口，對我說話吧；要是我有可以為你效勞之處，使你的靈魂得到安息，那麼對我說話吧；要是你預知祖國的命運，靠着你的指示，也許可以及時避免未來的災禍，那麼對我說話吧！或者你在生前曾經把你搜括得來的財寶埋藏在地下，我聽見人家說鬼魂往往在他們藏金的地方徘徊不散，（雞啼）要是有這樣的事，你也對我說吧；不要去，說呀！攔住它，瑪昔勒斯。

瑪　要不要用我的戟子打它？

霍　好的，要是它不肯站定。

勃　它在這兒！

霍　它在這兒！（鬼下）

瑪　它去了！我們不該用暴力對待這樣一個尊嚴的亡魂；因為它是像空氣一樣不可侵害的，我們無益的打擊不過是惡意的徒勞。

勃　它正要說話的時候，雞就啼了。

霍　於是它就像一個罪犯聽到了可怕的召喚似的驚跳起來。我聽人家說，報曉的雄鷄用它高銳的啼聲，喚醒了白晝之神，一聽到它的警告，那些在海裏，火裏，地下，空中，到處浪遊的有罪的靈魂，就一個個鑽回各自的巢窟裏去；這句話現在已經證實了。

瑪　它在鷄啼的時候隱去。有人說我們的救主將要誕生以前，這報曉的鳥兒徹夜長鳴；那時候，他們說，沒有一個鬼魂可以出外行走，夜間的空氣非常清淨，沒有一顆星用毒光射人，沒有一個神仙用法術迷人，妖巫的符咒也失去了力量，一切都是聖潔而美好的。

霍　我也聽人家這樣說過，倒有幾分相信。可是瞧，清晨披着赤褐色的外衣，已經踏着那邊東方高山上的露水走過來了。我們也可以下班了。照我的意思，我們應該把我們今夜看見的事情告訴年靑的漢姆萊脫；因爲憑着我的生命起誓，這一個鬼魂雖然對我們不發一言，見了他一定有話要說。你們以爲按着我們的忠心和責任說起來，是不是應當讓他知道這件事情？

瑪　很好，我們決定去告訴他吧；我知道今天在什麼地方最容易找到他。（同下）

## 第二場　城堡中的大廳

【國王，王后，漢姆萊脫，普隆涅斯，勒替斯，伏底曼特，考尼力斯，羣臣，侍從等上。

王　雖然我們親愛的王兄漢姆萊脫新喪未久，我們的心裏應當充滿了悲痛，我們全國都應當表示一致的哀悼，可是我們凜於後死者責任的重大，不能不違情逆性，一方面固然要用適度的悲哀紀念他，一方面也要爲自身的利害着想；所以，在一種悲喜交集的情緒之下，讓幸福和憂鬱分據了我的兩眼，殯葬的輓歌和結婚的笙樂同時並奏，用盛大的喜樂抵銷沉重的不幸，我已經和我舊日的長嫂，當今的王后，這一個多事之國的共同的統治者，結爲夫婦；這一次婚姻事先曾經徵求各位的意見，多承你們誠意的贊助，這是我必須向大家致謝的。現在我要告訴你們知道，年青的福丁勃拉斯看輕了我們的實力，也許他以爲自從我們親愛的王兄崩逝以後，我們的國勢已經瓦解，所以挾着他的從中取利的夢想，不斷向我們書面要求把他的父親依法割讓給我們英勇的王兄的土地歸還。這是他一方面的說話。現在要講到我們的態度和今天召集各位來此的目的。我們的對策是這樣的：我這兒已經寫好了一封信給挪威國王，年青的福丁勃拉斯的叔父，他因爲臥病在牀，不會與聞他姪子的企圖，在信裏我請他注意他的姪子擅自在國內徵募丁壯，訓練士卒，積極進行各種準備的事實，要求他從速制止他的進一步的行動；現在我就派遣你，考尼力斯，還有你，伏底曼特，替我把這封信送去給挪威老王，除了訓令上所規定的條件以外，你們不得僭用你們的權力和挪威成立踰越範圍的妥協。你們趕緊就去吧，再會！

考、伏　我們敢不盡力執行陛下的旨意。

王　我相信你們的忠心；再會！（伏、考同下）現在，勒替斯，你有什麼話說？你對我說你有一個請求；是什麼請求，勒替斯？祇要是合理的事情，你向丹麥王說了，他總不會不答應你。你還有什麼要求，勒替斯，是我不會在你沒有開口以前就自動給了你的？你的丹麥王室和你父親的關係，正像頭腦之於心靈一樣密切；丹麥國王樂意爲你父親效勞，正像嘴裏所說的話，可以由雙手去執行一樣。你要些什麼，勒替斯？

勒　陛下，我要請求您允許我回到法國去。這一次我回國參加陛下加冕的盛典，略盡臣子的微忱，實在是莫大的榮幸；可是現在我的任務已盡，我的心願又向法國飛馳，但求陛下開恩允許。

王　你父親已經答應了你嗎？普隆涅斯怎麼說？

普　陛下，我却不過他幾次三番的懇求，已經勉强答應他了；請陛下放他去了吧。

王　好好利用你的時間，勒替斯，盡情發揮你的才能吧！可是來，我的姪兒漢姆萊脫，我的孩子，——

漢　（旁白）超乎尋常的親族，漢不相干的路人。

王　爲什麼愁雲依舊籠罩在你的身上？

漢　不，陛下；我已經在太陽裏曬得太久了。

后　好漢姆萊脫，脫下你的黑衣，對你的父王應該和顏悅色一點；不要老是垂下了眼皮，在泥土之中找尋你的高貴的父親。你知道這是一件很普通的事情，活着的人誰都要死去，從生存的空間踏進了永久的寧靜。

漢　嗯，母親，這是一件很普通的事情。

后　既然是很普通的，那麼你爲什麼瞧上去好像老是這樣鬱鬱於心呢？

漢　好像，母親！不，是這樣就是這樣，我不知道什麼「好像」不「好像」。好媽媽，我的墨黑的外套，禮俗上規定的喪服，勉强吐出來的嘆氣，像滾滾江流一樣的眼淚，悲苦沮喪的臉色，以及一切儀式，外表和憂傷的流露，都不能表示出我的眞實的情緒。這些纔眞是給人瞧的，因爲誰也可以做作成這種樣子。它們不過是悲哀的裝飾和衣服；可是我的鬱結的心事却是無法表現出來的。

王　漢姆萊脫，你這樣孝思不匱，原是你天性中純篤過人之處；可是你要知道你的父親也曾失去過一個父親，那失去的父親自己也失去過父親；那後死的兒子爲了盡他的孝道起見，必須有一個時期服喪守制，然而固執不變的哀傷，却是一種逆天背理的愚行，不是堂堂男子所應有的舉止；它表顯出一個不肯安於天命的意志，一個經不起艱難痛苦的心，一個缺少忍耐的頭腦和一個簡單愚昧的理性。既然我們知道那是無可避免的事，無論誰都要遭遇到同樣的經驗，那麼我們爲什麼要這樣固執地把它介介於懷呢嘿！那是對上天的罪戾，對死者的罪戾，也是違反人情的罪戾；在理智上它是完全荒謬的，因爲從第一個死了的父親起，直到今天死去的最後一個父親爲止，理智永遠在呼喊，「這是無可避免的。」我請你拋棄了這種無益的悲傷，把我當作你的父親；因爲我要讓全世界知道，你是王位的直接的繼承者，我要給你尊榮和恩寵，不亞於一個最慈愛的父親之於他的兒子。至於你要回到威登堡去繼續求學的意思，那是完全違反我們的願望的；請你聽從我的勸告，不要離開這裏，在朝廷上領袖羣臣，做我們最密近的國親和王兒，使我們因爲每天能夠看見你而心生快慰。

**后** 不要讓你母親的祈求全歸無用，漢姆萊脫；請你不要離開我們，不要到威登堡去。

**漢** 我將要勉力服從您的意見，母親。

**王** 啊，那纔是一句有孝心的答覆；你將在丹麥享有和我同等的尊榮。御妻，來。漢姆萊脫這一種自動的順從使我非常高興；爲了表示慶祝起見，今天丹麥王每一次舉杯祝飲的時候，都要放一響高入雲中的祝礮，讓上天應和着地上的雷鳴發出歡樂的回聲。來。（除漢外均下）

**漢** 啊，但願這一個太堅實的肉體會融解，消散，化成一堆露水！或者那永生的眞神不曾制定禁止自殺的律法！上帝啊！上帝啊！人世間的一切在我看來是多麼可厭，陳腐，乏味，而無聊！哼！哼！那是一個荒蕪不治的花園，長滿了惡毒的莠草。想不到居然會有這種事情！剛死了兩個月！不，不兩個月還不滿！這樣好的一個國王，比起這一個來，簡直是天神和醜怪；這樣愛我的母親，甚至於不願讓天風吹痛了她的臉龐。天上和地下！我必須記着嗎？嘿，她會偎倚在他的身旁，好像吃了美味的食物，格外促進了食慾一般；可是，只有一個月的時間，我不能再想下去了！脆弱啊，你的名字就是女人！短短的一個月以前她哭得像個淚人兒似的，送我那可憐的父親下葬；她在送葬的時候所穿的那雙鞋子現在還沒有破舊，她就，她就，——上帝啊！一頭沒有理性的畜生也要悲傷得長久一些，——她就嫁給我的叔父，我的父親的弟弟，可是他一點不像我的父親，正像我一點不像赫邱利斯一樣。只有一個月的時間，她那流着虛偽之淚的眼睛還沒有消去它們的紅腫，她就嫁了人了。啊，罪惡的匆促，這樣迫不及待地鑽進了亂倫的衾被！那不是好事，也不會有好結果；可是碎了吧，我的心，因爲我必須噤住我的嘴！

【霍拉旭，瑪昔勒斯，勃那陀同上。

霍　祝福，殿下！

漢　我很高興看見你身體康健，霍拉旭。

霍　我也是這樣，殿下；我永遠是您的卑微的僕人。

漢　不，你是我的好朋友；我願意和你朋友相稱。你怎麼不在威登堡，霍拉旭？瑪昔勒斯！

瑪　殿下，——

漢　我很高興看見你。（向勃）午安，朋友。——可是你究竟爲什麼離開威登堡？

霍　無非是偷閒躲懶罷了，殿下。

漢　我不願聽見你的仇敵說這樣的話，你也不能用這樣的話刺痛我的耳朵，使它相信你對你自己所作的誹謗；我知道你不是一個偷閒躲懶的人。可是你在厄耳錫諾有什麼事？趁着你未去之前，我們要陪你痛飲幾杯哩。

霍　殿下，我是來參加您的父王的葬禮的。

漢　請你不要取笑，我的同學；我想你是來參加我的母后的婚禮的。

霍　眞的，殿下，這兩件事情相去得太近了。

漢　這是一舉兩便的辦法，霍拉旭！葬禮中賸下來的殘羹冷炙，正好宴請婚筵上的賓客。霍拉旭，我寧願在天上遇見我的最痛恨的仇人，也不願看到那樣的一天！我的父親，我彷彿看見我的父親。

霍　啊，在什麼地方，殿下？

漢　在我的心靈的眼睛裏，霍拉旭。

霍　我曾經見過他一次；他是一位很好的君王。

漢　他是一個堂堂男子；整個兒的說起來，我再也見不到像他那樣的人了。

霍　殿下，我想我昨天晚上看見他。

漢　看見誰？

霍　殿下，我看見您的父王。

漢　我的父王！

霍　不要吃驚，請您靜靜地聽我把這件奇事告訴您，這兩位可以替我做見證，

漢　看在上帝的分上，講給我聽。

霍　這兩位朋友，瑪昔勒斯和勃那陀，在萬籟俱寂的午夜守望的時候，曾經連續兩夜看見一個自頂至踵全身甲冑，像您父親一樣的人形，在他們的面前出現，用莊嚴而緩慢的步伐走過他們的身邊。當着他們驚奇駭愕的眼前，他三次步行過去，他手裏所握的鞭杖可以碰得到他們的身上；他們嚇得幾乎渾身都癱瘓了，只是呆立着不動，一句話也沒有對他說。懷着惴懼的心情，他們把這件事情悄悄地告訴了我，我就在第三夜陪着他們一起守望；正像他們所說的一樣，那鬼魂又出現了，出現的時間和他的形狀，證實了他們的每一個字都是正確的。我認識您

的父親那鬼魂是那樣酷肖他的生前，我這兩手也不及他們彼此的相似。

漢　可是這是在什麼地方？

瑪　殿下，就在我們守望的露臺上。

漢　你有沒有對它說話？

霍　殿下，我說的，可是它沒有回答我；不過有一次我覺得它好像擡起頭來，像要開口說話似的，可是就在那時候，晨鷄高聲啼了起來，它一聽見鷄聲，就很快地隱去不見了。

漢　這很奇怪。

霍　憑着我的生命起誓，殿下，這是眞的；我們認爲按着我們的責任，應該讓您知道這件事。

漢　不錯，不錯，朋友們；可是這件事情很使我迷惑。你們今晚仍舊要去守望嗎？

瑪、勃　是，殿下。

漢　你們說他穿着甲冑嗎？

瑪、勃　是，殿下。

漢　從頭到脚？

瑪、勃　從頭到脚，殿下。

漢　那麼你們沒有看見他的臉嗎？

霍　啊，見的，殿下；他的臉甲是掀起的。

漢　怎麼，他瞧上去像在發怒嗎？

霍　他的臉上悲哀多於憤怒。

漢　他的臉色是慘白的還是紅紅的？

霍　非常慘白。

漢　他把眼睛注視着你嗎？

霍　他直盯着我瞧。

漢　我希望我也在那邊。

霍　那一定會使您駭愕萬分。

漢　多分會的，多分會的。它停留得長久嗎？

霍　大概有一個人用不快不慢的速度從一數到一百的那段時間。

瑪、勃　還要長久一些，還要長久一些。

霍　我看見他的時候，不過是這麼久。

漢　他的鬍鬚是斑白的嗎？

霍　是的，正像我在他生前看見的那樣，烏黑的鬍鬚裏略有幾根變成白色。

漢　我今晚也要守夜去；也許它還會出來。

霍　我可以擔保它一定會出來。

漢　要是它借着我的父王的形貌出現，即使地獄張開嘴來，叫我不要作聲，我也一定要對它說話。要是你們到現在還沒有把你們所看見的告訴別人，那麼我要請求你們大家繼續保持沉默；無論今夜發生什麼事情，都請放在心裏，不要在口舌之間洩漏出來。我一定會報答你們的忠誠。好，再會；今晚十一點鐘到十二點鐘之間，我要到露臺上來看你們。

眾　我們願意為殿下盡忠。

漢　讓我們彼此保持着不渝的交情；再會！（霍、瑪、勃同下）我父親的靈魂披着甲胄！事情有些不妙；我恐怕這裏面有奸人的惡計。但願黑夜早點到來！靜靜地等着吧，我的靈魂；罪惡的行為總有一天發現，雖然地上所有的泥土把它們遮掩。（下）

## 第三場　普隆涅斯家中一室

【勒替斯及莪菲莉霞上。

勒　我的需要物件已經裝在船上，再會了；妹妹，在好風給人方便，路上沒有阻礙的時候，不要貪睡，讓我聽見你的消息。

莪　你還不相信我嗎？

勒　對於漢姆萊脫和他的調情獻媚，你必須把它認作一時的感情衝動，一朵初春的紫羅蘭早熟而易凋，馥郁而不能持久，一分鐘的芬芳和喜悅，如此而已。

莪　不過是如此嗎？

勒　不過如此；因為像新月一樣逐漸飽滿的人生，不僅是肌肉和體格的成長，而且隨着身體的發展，精神和心靈也同時擴大。也許他現在愛你，他的真誠的意志是純潔而不帶欺詐的；可是你必須留心，他有這樣高的地位，他的意志並不屬於他自己，因爲他自己也要被他的血統所支配；他不能像一般庶民一樣爲自己選擇，因爲他的決定足以影響到整個國本的安危，他是全身的首腦，他的選擇必須得到各部分肢體的同意；所以要是他說他愛你，你可以相信他在他的地位之上，也許會把他的說話見之行事，可是那必須以丹麥的公意給他贊許爲限。你再想一想要是你用過於輕信的耳朵傾聽他的歌曲，讓他攫走了你的心，在他的狂妄的瀆求之下打開了你的寶貴的童貞，那時候你的名譽將要蒙受多大的損失。留心，莪菲莉霞，留心，我的親愛的妹妹，不要放縱你的愛情，不要讓欲望的利箭把你射中。一個自愛的女郎不應該向月亮顯露她的美貌；聖賢也不能逃避讒口的中傷；春天的草木往往還沒有吐放它們的蓓蕾，就被蛀蟲蠹蝕；朝露一樣晶瑩的青春常常會受到罡風的吹打。所以留心着吧，戒懼是最安全的方策；即使沒有旁人的誘惑，少年的血氣也要向他自己叛變。

莪　我將要記住你這段很好的教訓，讓它看守着我的心。可是，我的好哥哥，你不要像有些壞牧師一樣，指點我上天去的險峻的荊棘之途，自己却在花街柳巷流連忘返，忘記了自己的箴言。

勒　啊！不要爲我擔心。我就擱得太久了；可是我的父親來了。

【普隆涅斯上。

勒　兩重的祝福是雙倍的恩榮；第二次的告別是格外可喜的。

普　還在這兒，勒替斯！上船去，上船去，真好意思！風息在帆頂上，人家都在等着你哩。好，我爲你祝福！還有幾句教訓，希望你銘刻在記憶之中：不要想到什麼就說什麼，凡事必須三思而行。對人要和氣，可是不要過分狎暱。相知有素的朋友，應該用鋼圈箍住在你的靈魂上，可是不要對每一個泛泛的新知濫施你的交情。留心避免和人家爭吵；可是萬一爭端已起，就應該讓對方知道你不是可以輕侮的。傾聽每一個人的意見，可是只對極少數人發表你自己的意見；接納每一個人的批評，可是保留你自己的判斷。儘你的財力購製貴重的衣服，可是不要炫新立異，必須富麗而不浮豔；因為服裝往往可以表現人格；法國的名流要人在這一點上是特別注重的。不要向人告貸，也不要借錢給人；因為債款放了出去往往不但丟了本錢，而且還失去了朋友；向人告貸的結果容易養成因循懶惰的習慣。尤其要緊的，你必須對你自己忠實；正像有了白晝纔有黑夜一樣，對自己忠實，纔不會對別人欺詐。再會；讓我的祝福使你記住這一番話！

勒　父親，我告別了。

普　時候不早了；去吧，你的僕人都在等着。

勒　再會，我菲莉霞，記住我對你說的話。

我　你的話已經鎖在我的記憶裏，那鑰匙你替我保管着吧。

勒　再會！（下）

普　我菲莉霞，他對你說些什麼話？

我　回父親的話，我們剛纔談起漢姆萊脫殿下的事情。

普　嗯，這是應該考慮一下的。聽說他近來常常跟你在一起，你也從來不拒絕他的求見；要是果然有這種事，——人家這樣告訴我，也無非是叫我注意的意思，——那麼我必須對你說，你還沒有懂得你做了我的女兒，按照你的身分應該怎樣留心你自己的行動。究竟在你們兩人之間有些什麼關係？老實告訴我。

我　父親，他最近曾經屢次向我表示他的愛情。

普　愛情！呸！你講的話完全像是一個不曾經歷過這種危險的不懂事的女孩子。你相信他的那種你所說的表示嗎？

我　父親，我不知道我應該怎樣想纔好。

普　好，讓我來敎你你應該這樣想，你是一個小孩子，把這些假意的表示當作了眞心的奉獻。你應該把你自己的價値擡高一些。

我　父親，他向我求愛的態度是很光明正大的。

普　嗯，他的態度很好，很好。

我　而且，父親，他差不多用盡一切指天誓日的神聖的盟約，證實他的言語。

普　嗯，這些都是捕捉愚蠢的山鷸的圈套。我知道在熱情燃燒的時候，一個人無論什麼盟誓都會說出口來：這些火燄，女兒，是光多於熱的，一下子就會光銷燄滅，因爲它們本來是虛幻的，你不能把它們當作眞火看待。從現在起，你還是少露一些你的女兒家的臉；你應該自高身價，不要讓人家以爲你是可以隨意呼召的。對於漢姆萊脫殿下，你應該這樣想，他是個年青的王子，他比你在行動上有更大的自由。總而言之，我非莉霞，不要相信他的盟誓，因爲它們都是誘人墮落的媒，用莊嚴神聖的辭令，掩飾淫邪險惡的居心。我的言盡於此，簡單一句話，從現在起，我不許你跟漢姆萊脫殿下談一句話。你留點兒神吧；進去。

我　我一定聽從您的話，父親。（同下）

## 第四場　露臺

【漢姆萊脫，霍拉旭，及瑪昔勒斯上。

漢　風吹得人怪痛的，這天氣眞冷。

霍　是很凛冽的寒風。

漢　現在是什麼時候了？

霍　我想還不到十二點。

瑪　不，已經打過了。

霍　眞的？我沒有聽見；那麼鬼魂出現的時候快要到了。（內喇叭奏花腔，及鳴礮聲）這是什麼意思，殿下？

漢　王上今晚大宴羣臣，作通宵的醉舞；每次他喝下了一杯葡萄美酒，銅鼓和喇叭便吹打起來，歡祝萬壽。

霍　這是向來的風俗嗎？

漢　嗯，是的。可是我雖然從小就熟習這種風俗，却也不是常常舉行的。這一種酗酒縱樂的風俗，使我們在東西各國受到許多誹毀；他們稱我們爲酒徒醉漢，用下流的汚名加在我們頭上，使我們各項偉大的成就都因此而大爲減色。在個人方面也常常是這樣，有些人因爲身體上長了醜陋的黑痣，——這本來是天生的缺陷，不是他們自己的過失，——或者生就一種令人側目的怪癖，雖然他們此外還有許多純潔優美的品性，可是爲了這一個缺點，往往會受到世人的歧視。

〔鬼上。

霍　瞧，殿下，它來了！

漢　天使保佑我們！不管你是一個善良的靈魂或是萬惡的妖魔，不管你帶來了天上的和風或是地獄中的罡風，不管你的來意好壞，因爲你的形狀是這樣和藹可親，我要對你說話；我要叫你漢姆萊脫，君王，父親！尊嚴的丹麥先王，啊，回答我！不要讓我在無知的蒙昧裏抱恨終天；告訴我爲什麼你的長眠的骸骨不安窀穸，爲什麼安葬着你的遺體的墳墓張開它的沉重的大理石的兩顎，把你重新吐放出來。你這已死的屍體這樣全身甲冑出現在月光之下，使黑夜變得這樣陰森，使我們這些為造化所玩弄的愚人充滿了不可思議的恐怖，究竟是什麼意思呢？說，這是為了什麼？你要我們怎樣（鬼向漢招手）

霍　它招手叫您跟着它去，好像它有什麼話要對您一個人說似的。

瑪　瞧，它用很有禮貌的舉動，招呼您到一個僻遠的所在去；可是別跟它去。

霍　千萬不要跟它去。

漢　它不肯說話；我還是跟它去。

霍　不要去，殿下。

漢　嗨，怕什麼呢？我把我的生命看得不值一枚針；至於我的靈魂，那是跟它自己同樣永生不滅的，它能夠把它加害嗎？它又在招手叫我前去了；我要跟它去。

霍　殿下，要是它把您誘到潮水裏去，或者把您領到下臨大海的峻峭的懸崖之巔，在那邊它現出了猙獰的化形，使您喪失理智，變成瘋狂，那可怎麼好呢？您想，無論什麼人一到了那樣的地方，望着下面千仞的峭壁，聽見海水奔騰的怒吼，即使沒有別的原因，也會嚇得心驚膽裂的。

漢　它還是在向我招手。去吧，我跟着你。

瑪　您不能去，殿下。

漢　放下你們的手！

霍　聽我們的勸告，不要去。

漢　我的運命在高聲呼喊，使我全身每一根微細的血管都變得像怒獅的筋骨一樣堅硬。（鬼招手）它仍舊在招我去，放開我，朋友們（掙脫二人之手）憑着上天起誓，誰要是拉住了我，我要叫他變成一個鬼！走開去吧！我跟着你。（鬼及漢同下）

霍　幻想佔據了他的頭腦，使他不顧一切。

瑪　讓我們跟上去；我們不應該服從他的話。

霍　那麼去吧。這種事情會引出些什麼結果來呢？

瑪　丹麥國裏恐怕有些不可告人的壞事。

霍　上天的意旨支配一切。

瑪　不，我們還是跟上去。（同下）

## 第五場　露臺的另一部分

〔鬼及漢姆萊脫上。

漢　你要領我到什麼地方去？說；我不願再前進了。

鬼　聽我說。

漢　我在聽着。

鬼　我的時間快要到了，我必須再回到硫黃的烈火裏去受煎熬的痛苦。

漢　唉，可憐的亡魂！

鬼　不要可憐我你祇要留心聽着我將要告訴你的話。

漢　說吧；我在這兒聽着

鬼　你聽了以後，必須替我報仇。

漢　什麽？

鬼　我是你父親的靈魂，因爲生前孽障未盡，被判在晚間遊行地上，白晝忍受火燄的燒灼，必須經過相當的時期，等生前的過失被火燄淨化以後，方纔可以脫罪。可是我不能違犯禁令，洩漏我的獄室中的祕密，我可以告訴你一個故事，它的最輕微的一句話，都可以使你魂飛魄散，使你年青的血液凝凍成冰，使你的雙眼像脫了軌道的星球一樣向前突出，你的糾結的鬈髮根根分開，像憤怒的豪豬身上的刺毛一樣森然聳立；可是這一種永恆的神祕，是不能向血肉的凡耳宣示的。聽着，聽着，啊，聽着！要是你曾經愛過你的親愛的父親——

漢　上帝啊！

鬼　你必須替他報復那逆倫慘惡的殺身的仇恨。

漢　殺身的仇恨！

鬼　殺人是重大的罪惡；可是這一件謀殺的慘案，是最駭人聽聞而逆天害理的罪行。

漢　趕快告訴我知道，讓我駕着像思想和愛情一樣迅速的翅膀，飛去把仇人殺死。

鬼　我的話果然激動了你；你要是你聽見了這種事情而漠然無動於中，那你除非比舒散在忘河之濱的蔓草還要冥頑不靈。現在漢姆萊脫，聽我說；一般人都以爲我在花園裏睡覺的時候，一條蛇來把我螫死，這一個虛構的死狀，把丹麥全國的人都騙過了；可是你要知道，好孩子，那毒害你父親的蛇，頭上戴着王冠呢。

漢　啊，果然給我猜到了！我的叔父！

鬼　嗯，那頭亂倫的姦淫的畜生，他有的是過人的詭詐，天賦的奸惡，憑着他的陰險的手段，誘惑了我的外表上似乎非常貞淑的王后滿足他的無恥的獸慾。啊，漢姆萊脫，那是一個多麼相去懸殊的差異！我的愛情是那樣純潔眞誠，始終信守着我在結婚的時候對她所作的盟誓；她卻會對一個天賦的才德遠不如我的惡人降心相從！可是正像一個貞潔的女子，雖然淫慾罩上神聖的外表，也不能把她煽動一樣，一個淫婦雖然和光明的天使爲偶，也會有一天厭倦於天上的唱隨之樂，而甯願摟抱人間的朽骨。可是且慢！我彷彿嗅到了清晨的空氣；讓我把話說得簡短一些。當我按照每天午後的慣例，在花園裏睡覺的時候，你的叔父乘我不備，悄悄溜了進來，拿着一個盛着毒草汁的小瓶，把一種使人痲痺的藥水注入我的耳腔之內，那藥性發作起來，會像水銀一樣很快地流過了全身的大小血管，像酸液滴進牛乳般地把淡薄而健全的血液凝結起來；它一進入我的身體裏，我全身光滑的皮膚上便立刻發生無數疱疹，像害着癩病似的滿佈着可憎的鱗片。這樣我在睡夢之中，被一個兄弟同時奪去了我的生命，我的王冠和我的王后；甚至於不給我一個懺罪的機會，使我在沒有領到聖餐也沒有受過臨終塗膏禮以前，就一無準備地負着我的全部罪惡去對簿陰曹。可怕啊，可怕！可怕！要是你有天性之情，不要默爾而息，不要讓丹麥的御寢變成了藏奸養逆的臥榻；可是無論你怎樣進行復仇，你的行事必須光明磊落，更不可對你的母親有什麼不利的圖謀，讓她去受上天的裁判，和她自己內心中的荊棘的刺戳吧。現在我必須去了！螢火的微光已經開始暗淡下去，清晨快要到來了；再會，再會！漢姆萊脫，記着我。（下）

漢　天上的神明啊！地啊！再有什麼呢？我還要向地獄呼喊嗎？啊，呸！忍着吧，忍着吧，我的心！我的全身的筋骨，不要一下子就變成衰老，支持着我的身體呀！記着你！是的，你可憐的亡魂，當記憶不曾從我這混亂的頭腦裏消失的時候，我會記着你的記着你！是的我要從我的記憶的碑版上，拭去一切瑣碎愚蠢的記錄，一切書本上的格言，一切陳言套語一切過去的印象，我的少年的閱歷所留下的痕跡，只讓你的命令留在我的腦筋的書卷裏，不攙雜一些下賤的廢料；是的，上天為我作證！啊，最惡毒的婦人！啊，奸賊，奸賊，臉上堆着笑的萬惡的奸賊！我的寫字版呢？我必須把它記下來：一個人儘管滿面都是笑，骨子裏却是殺人的奸賊；至少我相信在丹麥是這樣的。（寫字）好，叔父，我把你寫下來了。現在我要記下我的話，那是「再會，再會！記着我」我已經發過誓了。

霍　（在內）殿下！殿下！

瑪　（在內）漢姆萊脫殿下！

霍　（在內）上天保佑他！

瑪　（在內）但願如此！

霍　（在內）嘿囉，呵，呵，殿下！

漢　嘿囉，呵，呵，孩兒！來，鳥兒，來。

〔霍拉旭及瑪昔勒斯上。

瑪　怎樣，殿下？

霍　有什麼事，殿下？

漢　啊！奇怪！

霍　好殿下，告訴我們。

漢　不，你們會洩漏出去的。

霍　不，殿下，憑着上天起誓，我一定不洩漏。

瑪　我也一定不洩漏，殿下。

漢　那麼你們說，那一個人會想得到有這種事？可是你們能够保守祕密嗎？

霍、瑪　是，上天爲我們作證，殿下。

漢　在全丹麥從來不會有那一個奸賊——不是一個十足的壞人。

霍　殿下，這樣一句話是用不到什麼鬼魂從墳墓裏出來告訴我們的。

漢　啊，對了，你說得有理；所以，我們還是不必多說廢話，大家攙攙手分開了吧。你們可以去照你們自己的意思幹你們自己的事，——因爲各人都有各人的意思和各人的事，——至於我自己，那麼我對你們說我是要去祈禱去的。

霍　殿下，您這些話好像有些瘋瘋顚顚似的。

漢　我的話冒犯了你，眞是非常抱歉；是的，我從心底裏抱歉。

霍　那兒的話，殿下

漢　不，憑着聖伯特力克的名義，霍拉旭，我眞是非常冒犯了你。講到這一個幽靈，那麼讓我告訴你們，它是一個眞實的亡魂；你們要是想知道它對我說了些什麼話，我祇好請你們暫時不必動問。現在好朋友們，你們都是我的朋友，都是學者和軍人，請你們允許我一個卑微的要求。

霍　是什麼要求，殿下？我們一定允許您

漢　永遠不要把你們今晚所見的事情告訴別人。

霍、瑪　殿下，我們一定不告訴別人。
漢　不，你們必須宣誓。
霍　憑着良心起誓，殿下，我決不告訴別人。
瑪　憑着良心起誓，殿下，我也決不告訴別人。
漢　把手按在我的劍上宣誓。
瑪　殿下，我們已經宣誓過了。
漢　那不算，把手按在我的劍上。
鬼　（在下）宣誓！
漢　啊哈！孩兒！你也這樣說嗎？你在那兒嗎，好傢伙？來；你們不聽見這個地下的人怎麽說嗎？宣誓吧。
霍　請您教我們怎樣宣誓，殿下。
漢　永不向人提起你們所看見的這一切。把手按在我的劍上宣誓。
鬼　（在下）宣誓！
漢　又在那邊了嗎？那麽我們換一個地方，過來，朋友們。把你們的手按在我的劍上，宣誓永不向人提起你們所聽見的這一切。
鬼　（在下）宣誓！
漢　說得好，老鼹鼠！你能夠在地底鑽得這麽快嗎？好一個開路的先鋒！好朋友們，我們再來換一個地方。
霍　噯喲，眞是不可思議的怪事！

漢　那麼你還是用見怪不怪的態度對待它吧。霍拉旭，天地之間有許多事情，是你們的哲學裏所沒有夢想到的呢。可是，來，上帝的慈悲保佑你們，你們必須再作一次宣誓：我今後也許有時候要故意裝出一副瘋瘋癡癡的樣子，你們要是在那時候看見了我的古怪的舉動，切不可像這樣交叉着手臂，或者這樣顚頭擺腦的，或者嘴裏說一些吞吞吐吐的詞句，例如「呃，呃，我們知道，」或是「祇要我們高興，我們就可以，」或是「要是我們願意說出來的話，」或是「有人要是怎麼怎麼，」諸如此類的含糊其辭的話語，表示你們知道我有些什麼祕密；你們必須答應我避免這一類言動，上帝的恩惠和慈悲保佑着你們，宣誓吧。

鬼　（在下）宣誓！（二人宣誓）

漢　安息吧，安息吧，受難的靈魂！好，朋友們，我用全心的眞情信賴着你們兩位；要是在漢姆萊脫的微弱的能力以內，能夠有可以向你們表示他的友情之處，上帝在上，我一定不會有負你們。讓我們一同進去；請你們記着在無論什麼時候都要守口如瓶。這是一個顚倒混亂的時代，唉，倒霉的我卻要負起重整乾坤的責任！來，我們一塊兒去吧。（同下）

# 第二幕

## 第一場　普隆涅斯家中一室

【普隆涅斯及雷瑙陀上。

普　把這些錢和這封信交給他，雷瑙陀。

雷　是老爺。

普　好雷瑙陀，你在沒有去看他以前，最好先探聽探聽他的行爲，

雷　老爺我本來就有這個意思。

普　很好，很好，好得很。你先給我調查調查有些什麽丹麥人在巴黎，他們是幹什麽事情去的，叫什麽名字，有沒有錢，住在什麽地方，跟那些人作伴，用度大不大；用這種轉彎抹角的方法，要是你打聽到他們也認識我的兒子，你就可以更進一步，表示你對他也有相當的認識；你可以這樣說：「我知道他的父親和他的朋友，對他也略爲有點認識。」你聽着沒有，雷瑙陀？

雷　是，我在留心聽着，老爺

普　「對他也略爲有點認識，可是，」你可以說，「不怎麽熟悉；不過假如果然是他的話，那麽他是個很放浪的人，有些怎麽怎麽的壞習慣。」說到這裏，你就可以隨便揑造一些關於他的壞話；當然囉，你不能把他說得太不成樣子，那是會損害他的名譽的，這一點你必須注意；可是你不妨舉出一些紈袴子弟們所犯的最普通的浪蕩的行爲。

雷　譬如賭錢，老爺。

普　對了，或是喝酒鬥劍，賭咒，吵嘴，嫖妓之類，你都可以說。

雷　老爺，那是會損害他的名譽的。

普　不，不，你可以在言語之間說得輕淡一些。你不能說他公然縱慾，那可不是我的意思；可是你要把他的過失講得那麼巧妙，讓人家聽着好像那不過是行爲上的小小的不檢，一個血氣方剛的少年的一時胡鬧，算不了什麼事的。

雷　可是老爺——

普　爲什麼叫你做這種事？

雷　是的，老爺，請您告訴我。

普　呃，我的用意是這樣的，我相信我可以有這種權利：你這樣輕描淡寫地說了我兒子的一些壞話，就像你提起一件略有汚損的東西似的，聽着，要是跟你談話的那個人，也就是你向他探詢的那個人，果然看見過你所說起的那個少年犯着你剛纔所列舉的那些罪惡，他一定會用這樣的話對你表示同意：「好先生——」也許他稱你「朋友，」「仁兄，」按照着各人的身份和各國的習慣。

雷　很好，老爺。

普　然後他就，——他就，——我剛才要說一句什麼話？噯喲，我正要說一句什麼話；我說到什麼地方啦？

雷　您剛才說到「用這樣的話表示同意。」

普　說到「用這樣的話表示同意，」嗯，對了；他會用這樣的話對你表示同意：「我認識這位紳士，昨天我還看見他，或許是前天，或許是什麼什麼時候，跟什麼什麼人在一起，正像您所說的，他在什麼地方賭錢，在什麼地方喝得醺醺大醉在什麼地方因爲拍網球而跟人家打起架來；」也許他還會說「我看見他走進什麼什麼的一家生意人家去，」那就是說窰子或是諸如此類的所在。你瞧，你用說謊的釣餌，就可以把事實的眞相誘上你的釣鈎；我們有智慧有見識的人，往往用這種旁敲側擊的方法，間接達到我們的目的；你也可以照着我上面所說的那一番話，探聽出我的兒子的行爲。你懂得我的意思沒有？

雷　老爺，我懂得。

普　上帝和你同在；再會！

雷　那麼我去了，老爺。

普　你自己也得留心觀察他的舉止。

雷　是，老爺。

普　叫他用心學習音樂。

雷　是，老爺。

普　你去吧！（雷下）

【莪菲莉霞上。

普　啊，莪菲莉霞！什麼事？

莪　嗳喲，父親，我嚇死了！

普　憑着上帝的名義，嚇什麼？

莪　父親，我正在房間裏縫紉的時候，漢姆萊脫殿下跑了進來，走到我的面前；他的上身的衣服完全沒有扣上鈕子，頭上也不戴帽子，他的襪子上沾着污泥，沒有襪帶，一直垂到脚踝上；他的臉色像他的襯衫一樣白，他的膝蓋互相碰撞，他的神氣是那樣悽慘，好像他剛從地獄裏逃出來要向人講述它的恐怖一樣。

普　他因爲不能得到你的愛而發瘋了嗎？

莪　父親，我不知道，可是我想也許是的。

普　他怎麼說？

莪　他握住我的手腕緊緊不放，拉直了手臂向後退立，用他的另一隻手這樣遮在他的額角上，一眼不霎地瞧着我的臉，好像要把它臨摹下來似的。這樣經過了好久的時間，然後他輕輕地搖動一下我的手臂，他的頭上上下下地顚了三顚，於是他發出一聲非常慘痛而深長的嘆息，好像他的整個的胸部都要爆裂，他的生命就在這一聲嘆息中間完畢似的。然後他放鬆了我，轉過他的身體，他的頭還是向後回顧，好像他不用眼睛的幫助也能夠找到他的路，因爲直到他走出了門外，他的兩眼還是注視在我的身上。

普　跟我來；我要見王上去。這正是戀愛不遂的瘋狂；一個人受到這種劇烈的刺激，什麼不顧一切的事情都會幹得出來。我眞後悔。怎麼，你最近對他說過什麼使他難堪的話沒有？

莪　沒有，父親，可是我已經遵從您的命令，拒絕他的來信，並且不允許他來見我。

普　這就是使他瘋狂的原因。我很後悔看錯了人。我以爲他不過把你玩弄玩弄，恐怕貽誤你的終身；可是我不該這樣多疑！正像年青人幹起事來，往往不知道瞻前顧後一樣，我們這種上了年紀的人總是免不了過慮。來，我們見王上去。這種事情是不能蒙蔽起來的，要是隱諱不報，也許會鬧出亂子來。來。（同下）

## 第二場　城堡中一室

〔國王，王后，羅森克蘭滋，基騰史登，及侍從等上。

王　歡迎，親愛的羅森克蘭滋和基騰史登！這次匆匆召請你們兩位前來，一方面是因爲我非常思念你們，一方面也是因爲我有需要你們幫忙的地方。你們大概已經聽到漢姆萊脫的變化；我把它稱爲變化，因爲無論在外表上或是精神上，他已經和從前大不相同。除了他父親的死以外，究竟還有些什麽原因，把他激成了這種瘋瘋顚顚的樣子，我實在無從猜測。你們從小便跟他在一起長大，素來知道他的脾氣，所以我特地請你們到我們宮庭裏來盤桓幾天，陪伴陪伴他，替他解解愁悶，同時乘機窺探他究竟有些什麽祕密的心事，爲我們所不知道的，也許一旦公開之後，我們就可以替他下對症的藥餌。

后　他常常講起你們兩位，我相信世上沒有那兩個人比你們更爲他所親信了。你們要是不嫌怠慢，答應在我們這兒小作勾留，幫助我們實現我們的希望，那麽你們的盛情雅意，一定會受到丹麥王室隆重的禮謝的。

羅　我們是兩位陛下的臣子，兩位陛下有什麽旨意，儘管命令我們，像這樣言重的話，倒使我們置身無地了。

基　我們願意投身在兩位陛下的足下，兩位陛下無論有什麽命令，我們都願意盡力奉行。

王　謝謝你們，羅森克蘭滋和善良的基騰史登。

后　謝謝你們，基騰史登和善良的羅森克蘭滋。現在我就要請你們立刻去看看我的大大變了樣子的兒子。來人，領這兩位紳士到漢姆萊脫的地方去。

基　但願上天加佑，使我們能够得到他的歡心，幫助他恢復常態！

后　阿們！（羅，甚及若干侍從下）

【普隆湼斯上。

普　稟陛下，我們派往挪威去的兩位欽使已經喜氣洋洋地回來了。

王　你總是帶着好消息來報告我們。

普　眞的嗎，陛下？不瞞陛下說，我把我對於我的上帝和我的寬仁厚德的王上的責任，看得跟我的靈魂一樣重呢。要是我的腦筋還沒有出毛病，想到了岔路上去，那麼我想我已經發現了漢姆萊脫發瘋的原因。

王　啊！你說吧，我急着要聽呢。

普　請陛下先接見了欽使；我的消息留着做盛筵以後的佳果美點吧。

王　那麼有勞你去迎接他們進來。（普下）我的親愛的王后，他對我說他已經發現了你的兒子心神不定的原因。

后　我想主要的原因還是他父親的死和我們過於迅速的結婚。

王　好，我們可以把他試探試探。

【普隆湼斯率伏底曼特及考尼力斯重上。

王　歡迎，我的好朋友們！伏底曼特，我們的挪威王兄怎麼說？

伏　他叫我們向陛下轉達他的友好的問候。他聽到了我們的要求，就立刻傳諭他的姪兒停止徵兵；本來他以爲這種舉動是準備對付波蘭人的，可是一經調查，纔知道它的對象原來是陛下；他知道此事以後，痛心自己因爲年老多病，受人欺罔，震怒之下，傳令把福丁勃拉斯逮捕；福丁勃拉斯並未反抗，受到了挪威王一番申斥，最後就在他的叔父面前立誓決不興兵侵犯陛下。老王看見他誠心悔過，非常歡喜，當下就給他三千克郎的年俸，並且委任他統率他所徵募的那些軍士去向波蘭人征伐；同時他叫我把這封信呈上陛下，（以書信呈上）請求陛下允許他的軍隊借道通過陛下的領土，他已經在信裏提出若干條件作爲保證。

王　這樣很好，等我們有空的時候，還要仔細考慮一下，然後答覆。你們遠道跋涉，不辱使命，很是勞苦了，先去休息休息，今天晚上我們還要在一起歡宴。歡迎你們回來！（伏若同下）

普　這件事情總算圓滿結束了。王上，娘娘，要是我向你們長篇大論地解釋君上的尊嚴，臣下的名分，白晝何以爲白晝，黑夜何以爲黑夜，時間何以爲時間，那不過徒然浪費了晝夜的時間；所以，既然簡潔是智慧的靈魂，冗長是膚淺的藻飾，我還是把話說得簡單一些吧。你們的那位殿下是瘋了；我說他瘋了，因爲假如要說明什麼纔是眞瘋，那麼除了說他瘋了以外，還有什麼話好說呢？可是那也不用說了。

后　多談些實際，少弄些玄虛。

普　娘娘，我發誓我一點不弄玄虛。他瘋了，這是眞的；惟其是眞的，所以纔可嘆，它的可嘆也是眞的——蠢話少說，因爲我不願弄玄虛。好，讓我們同意他已經瘋了；現在我們就應該求出這一個結果的原因，或者不如說，這一種病態的原因，因爲這個病態的結果不是無因而至的。這就是我們現在要做的一步工作。我們來想一想吧。我有一個女兒，——當她還不過是我的女兒的時候，她是屬於我的，——難得她一片孝心，把這封信給了我；我現在請猜一猜這裏面說些什麼話。「給那天仙化人的，我的靈魂的偶像，最美麗的莪菲莉霞——」這是一句惡劣的句子；可是你們聽下去吧：「讓這幾行詩句留下在她的皎潔的胸中，——」

后　這是漢姆萊脫寫給她的嗎？

普　好娘娘，等一等，聽我唸下去：

「你可以疑心星星是火把；
　你可以疑心太陽會移轉；
你可以疑心眞理是誑話；
　可是我的愛永沒有改變。

親愛的莪菲莉霞啊！我的詩寫得太壞。我不會用詩句來抒寫我的愁懷；可是相信我，最好的人兒啊！我最愛的是你。再會！

永遠是你的，漢姆萊脫。」

這一封信是我的女兒出於孝順之心拿來給我看的；此外，她又把他一次次求愛的情形，在什麼時候，用什麼方法，在什麼所在，全都講給我聽了。

王　可是她對於他的愛情抱着怎樣的態度呢？

普　陛下以爲我是怎麼樣的一個人？

王　一個忠心正直的人。

普　但願我能夠證明自己是這樣一個人。可是假如我看見這場熱烈的戀愛正在進行，——不瞞陛下說，我在我的女兒沒有告訴我以前就早已看出來了，——假如我知道有了這麼一回事，卻在暗中玉成他們的好事，或者故意視若無睹，假作癡聾，一切不聞不問，那時候陛下的心裏覺得怎樣？我的好娘娘，您這位王后陛下的心裏又覺得怎樣？不，我一點兒也不敢懈怠我的責任，立刻我就對我那位小姐說：「漢姆萊脫殿下是一位王子，不是你可以仰望的；這種事情不能讓它繼續下去。」於是我把她教訓一番，叫她深居簡出，不要和他見面，不要接納他的來使，也不要收受他的禮物；她聽了這番話，就照着我的意思實行起來。說來話短，他受到拒絕以後，心裏就鬱鬱不快，於是飯也吃不下了，覺也睡不着了，他的身體一天憔悴一天，他的精神一天恍惚一天，這樣一步步發展下去，就變成現在他這一種爲我們大家所悲痛的瘋狂。

王　你想是這個原因嗎？

后　這是很可能的。

普　我倒很想知道知道，那一次我肯定地說過了「這件事情是這樣的，」結果却並不是這樣？

王　照我所知道的，那倒是沒有。

普　要是我說錯了話，把這個東西從這個上面拿了下來吧。（指自己的頭及肩）祇要有線索可尋，我總會找出事實的眞相，即使那眞相一直藏在地球的中心。

王　我們怎麽可以進一步試驗試驗？

普　您知道，有時候他會接連幾個鐘頭在這兒走廊裏踱來踱去。

后　他眞的常常這樣踱來踱去。

普　乘他踱來踱去的時候，我就放我的女兒去見他，你我可以躲在幃幕後面注視他們相會的情形；要是他不愛她，他的理智不是因爲戀愛而喪失，那麽不要叫我襄理國家的政務，讓我去做個耕田的農夫吧。

王　我們要試一試。

后　可是，瞧，這可憐的孩子憂憂愁愁地唸着一本書來了。

普　請兩位陛下避一避開；讓我走上去招呼他（王后及侍從等下。）

普　〔漢姆萊脫讀書上。〕

　　啊，恕我冒昧。您好，漢姆萊脫殿下？

漢　呃，上帝憐憫世人！

普　您認識我嗎，殿下？

漢　認識認識，你是一個賣魚的販子。

普　我不是，殿下。

漢　那麼我但願你是一個老實人。

普　老實，殿下！

漢　嗯，先生；在這世上，一萬個人中間祇不過有一個老實人。

普　這句話說得很對，殿下。

漢　要是太陽在一頭和天神親吻的死狗屍體上孵育蛆蟲，——你有一個女兒嗎？

普　我有，殿下。

漢　不要讓她在太陽光底下行走；懷孕是一種幸福，可是你的女兒要是懷了孕，那可糟了。朋友，留心哪。

普　（旁白）你們瞧他念念不忘地提着我的女兒；可是最初他不認識我，他說我是一個賣魚的販子。他的瘋病已經很深了，很深了。說句老實話，我在年青的時候，爲了戀愛也曾大發其瘋，那樣子也跟他差不多哩。讓我再去對他說話。——您在讀些什麼，殿下？

漢　都是些空話，空話，空話。

普　有些什麼內容，殿下？

漢　一派誹謗先生這個專愛把人譏笑的壞蛋在這兒說着，老年人長着灰白的鬍鬚，他們的臉上滿是皺紋，他們的眼睛裏黏滿着眼屎，他們的頭腦是空空洞洞的，他們的兩腿是搖搖擺擺的；這些話，先生，雖然我十分相信，可是照這樣寫在書上，總有些有傷厚道因爲就是拿您先生自己來說要是您能够像一隻蟹一樣向後倒退，那麼您也應該跟我差不多老了。

普　（旁白）這些雖然是瘋話，却有深意在內。——您要走進裏邊去嗎，殿下？

漢　走進我的墳墓裏去？

普　（旁白）他的回答有時候是多麼深刻！瘋狂的人往往能够說出理智清明的人所說不出來的話。我要離開他，立刻就去想法讓他跟我的女兒見面。——殿下，我要向您告別了。

漢　先生，那是再好沒有的事；但願我也能够向我的生命告別，但願我也能够向我的生命告別，但願我也能够向我的生命告別。

普　再會，殿下。（欲去）

漢　這些討厭的老傻瓜！

【羅森克蘭滋及基騰史登重上。

普　你們要去找漢姆萊脫殿下，那邊就是。

羅　上帝保佑您大人！（普下）

基　我的尊貴的殿下！

羅　我的最親愛的殿下！

漢　我的好朋友們！你好，基騰史登？啊，羅森克蘭滋！好孩子們，你們兩人都好？

羅　不過像一般庸庸碌碌之輩在這世上虛度時光而已。

基　無榮無辱便是我們的幸福；我們不是命運女神帽上的鈕釦。

漢　也不是她鞋子的底嗎？

羅　也不是，殿下。

漢　那麼你們是在她的腰上，或是在她的懷抱之中嗎？

基　說老實話，我們是在她的私處。

漢　在命運身上祕密的那部分嗎？啊，對了；她本來是一個娼妓。你們聽到什麼消息沒有？

羅　沒有，殿下，我們只知道這世界變得老實起來了。

漢　那麼世界末日快要到了；可是你們的消息是假的。讓我再問你們一些私人的問題；我的好朋友們，你們在命運手裏犯了什麼案子，她把你們送到這兒牢獄裏來了？

基　牢獄，殿下！

漢　丹麥是一所牢獄。

羅　那麼世界也是一所牢獄。

漢　一所很大的牢獄，裏面有許多監房囚室；丹麥是一間最壞的囚室。

羅　我們倒不是這樣想，殿下。

漢　啊，那麼對於你們它並不是牢獄；因爲世上的事情本來沒有善惡，都是各人的思想把它們分別出來的；對於我它是一所牢獄。

羅　啊，那麼因爲您的夢想太大，丹麥是個狹小的地方，不够給您發展，所以您把它看成一所牢獄啦。

漢　上帝啊！倘不是因爲我有了惡夢，那麼卽使把我關在一個果殼裏，我也會把自己當作一個擁有着無限空間的君王的。

基　那種惡夢便是您的野心；因爲野心者本身的存在，也不過是一個夢的影子。

漢　一個夢的本身便是一個影子。

羅　不錯，因爲野心是那麼空虛輕浮的東西，所以我認爲它不過是影子的影子。

漢　那麼我們的乞丐是實體，我們的帝王和大言不慚的英雄，却是乞丐的影子了。我們進宮去好不好？因爲我實在不能陪着你們談玄說理。

羅基　我們願意伺候殿下。

漢　沒有的事，我不願把你們當作我的僕人一樣看待；老實對你們說吧，在我旁邊伺候我的人太多啦。可是，憑着我們多年的交情，老實告訴我，你們到厄耳錫諾來有什麼貴幹？

羅　我們是來拜訪您來的，殿下；沒有別的原因。

漢　像我這樣一個叫化子，我的感謝也是不値錢的，可是我謝謝你們；我想，親愛的朋友們，你們專誠而來，只換到我的一聲不値半文錢的謝謝，未免太不値得了。不是有人叫你們來的嗎？果然是你們自己的意思嗎？眞的是自動的訪問嗎？來，不要騙我。來，來，快說。

基　叫我們說些什麼話呢，殿下？

漢　無論什麼話都行，祇要不是廢話。你們是奉命而來的；瞧你們掩飾不了你們良心上的慚愧，已經從你們的臉色上招認出來了。我知道是我們這位好國王和好王后叫你們來的。

羅　爲了什麼目的呢，殿下？

漢　那可要請你們指教我了。可是憑着我們朋友間的道義，憑着我們少年時候親密的情誼，憑着我們始終不渝的友好的精神，憑着其他一切更有力量的理由，讓我要求你們開誠佈公，告訴我究竟你們是不是奉命而來的？

羅　（向基旁白）你怎麼說？

漢　（旁白）好，那麼我看透你們的行動了。——要是你們愛我，別再抵賴了吧。

基　殿下，我們是奉命而來的。

漢　讓我代你們說明來意，免得你們洩漏了自己的祕密，有負國王王后的付託。我近來不知爲了什麼緣故，一點興致都提不起來，什麼遊樂的事都懶得過問；在這一種抑鬱的心境之下，彷彿支載萬物的大地，這一座美好的框架，只是一個不毛的荒岬；覆蓋羣動的穹蒼，這一頂壯麗的帳幕，這一個點綴着金黃色的火球的莊嚴的屋宇，只是一大堆汚濁的瘴氣的集合。人類是一件多麼了不得的傑作！多麼高貴的理性！多麼廣大的能力！多麼優美的儀表！多麼文雅的舉動！在行爲上多麼像一個天使！在智慧上多麼像一個天神！宇宙的精華！萬物的靈長！可是在我看來，這一個泥土塑成的生命算得什麼？人類不能使我發生興趣；不，女人也不能使我發生興趣，雖然從你的微笑之中，我可以看到你的意思。

羅　殿下，我心裏並沒有這樣的思想。

漢　那麼當我說「人類不能使我發生興趣」的時候，你爲什麼笑起來？

羅　我想殿下要是人類不能使您發生興趣，那麼那班戲子們恐怕要來自討一場沒趣了；我們在路上追上他們，他們是要到這兒來向您獻技的。

漢　扮演國王的那個人將要得到我的歡迎，我要在他的御座之前致獻我的敬禮；冒險的武士可以揮舞他的劍盾；情人的嘆息不會沒有酬報；躁急易怒的角色可以平安下場；小丑將要使那班善笑的觀衆捧腹；我們的女主角必須坦白訴說她的心事，否則那無韻詩的句子將要脫去板眼。他們是一班什麼戲子？

羅　就是您向來所歡喜的那一個班子，在城裏專演悲劇的。

漢　他們怎麼走起江湖來呢？固定在一個地方演戲，在名譽和進益上都要好得多哩。

羅　我想他們不能在一個地方立足，是爲了時勢的變化。

漢　他們的名譽還是跟我在城裏那時候一樣嗎？他們的觀衆還是那麼多嗎？

羅　不，他們現在已經大非昔比了。

漢　怎麼會這樣的？他們的演技退落了嗎？

羅　不，他們還是跟從前一樣努力；可是，殿下，他們的地位已經被一羣羽毛未豐的黃口小兒佔奪了去。這些娃娃們的嘶叫博得了臺下瘋狂的喝采，他們是目前流行的寵兒，他們的聲勢壓倒了所謂普通的戲班，以至於許多腰佩長劍的悲劇伶人，都因爲懼怕批評家鵞毛管的威力，而不敢到那邊去。

漢　什麼！是一些童伶嗎？誰維持他們的生活？他們的薪工是怎麼計算的？他們一到不能唱歌的年齡，就不再繼續他們的本行了嗎？要是他們攢不了多少錢，長大起來多分還是要做普通戲子的，那時候他們不是要抱怨他們的

羅　批評家們不夂在從前把他們捧得那麼高，結果反而妨礙了他們自己的前途嗎？真的，兩方面鬧過不少的糾紛，全國的人都站在旁邊恬不爲意地吶喊助威，慫恿他們互相爭鬥。曾經有一個時期，一本脚本非到編劇家和演員爭吵得動起武來，是沒有人願意出錢購買的。

漢　有這等事？

基　啊！多少人的頭都打破了。

漢　那也沒有什麼希奇；我的叔父是丹麥的國王，當我父親在世的時候對他扮鬼臉的那些人，現在都願意拿出二十，四十，五十，一百塊金洋來買他的一幅小照。哼，這裏面有些不是常理可解的地方，要是哲學能夠把它推究出來的話。（內喇叭奏花腔）

基　這班戲子們來了。

漢　兩位先生，歡迎你們到厄耳錫諾來。把你們的手給我；按照通行的禮節，我應該向你們表示歡迎。讓我不要對你們失禮，因爲這些戲子們來了以後，我不能不敷衍他們一番，也許你們見了會發生誤會，以爲我招待你們還不及招待他們的殷勤。我歡迎你們；可是我的叔父父親和嬸母母親可弄錯啦，

基　弄錯了什麼，我的好殿下？

漢　天上括着西北風，我纔是發瘋的；風從南方吹來的時候，我不會把一頭鷹當作了一頭鷺鷥。

【普隆涅斯重上。

普　祝福你們，兩位先生！

漢　聽着，基騰史登；你也聽着；兩人站在我的兩邊，聽我說：你們看見的那個大孩子，還在襁褓之中，沒有學會走路哩。

羅　也許他是第二次裹在繦褓裏因爲人家說一個老年人是第二次做嬰孩。

漢　我可以預言他是來報告我戲子們來了的消息聽好。——你說得不錯在星期一早上；正是正是。

普　殿下，我有消息要來向您報告。

漢　大人，我也有消息要向您報告。當羅歇斯在羅馬演戲的時候（註一）——

普　那班戲子們已經到這兒來了，殿下。

漢　嗤，嗤！

普　憑着我的名譽起誓，——

漢　那時每一個伶人都騎着驢子而來，——

普　他們是全世界最好的伶人，無論悲劇，喜劇，歷史劇，田園劇，田園喜劇，田園史劇，歷史悲劇，歷史田園悲喜劇，不分場的古典劇，或是近代的自由詩劇，他們無不擅場；瑟尼加的悲劇不嫌其太沉重，帕勞脫斯的喜劇不嫌其太輕浮。（註二）無論在規律的或是即興的演出方面，他們都是唯一的演員。

漢　以色列的士師耶弗撒啊，你有一件怎樣的寶貝！（註三）

普　他有什麼寶貝，殿下？

漢　嗨，「他有一個獨生嬌女，

　　愛她勝過掌上明珠。」

普　（旁白）還是在提着我的女兒。

漢　我唸得對不對，耶弗撒老頭兒？

普　要是您叫我耶弗撒殿下，那麼我有一個愛如掌珠的嬌女。

漢　不，下面不是這樣的。

普　那麼是應當怎樣的呢，殿下？

漢　你去查那原歌的第一節吧。瞧，有人來打斷我的談話了。

【優伶四五人上。

漢　歡迎，各位朋友，歡迎歡迎！我很高興看見你們都是這樣健好。啊，我的老朋友！你的臉上比我上次看見你的時候，多長了幾根鬍子，格外顯得威武啦；你是要到丹麥來向我挑戰嗎？啊，我的年青的姑娘！憑着聖母起誓，您穿上了一雙高底木靴，比我上次看見您的時候更苗條得多啦；求求上帝，但願您的喉嚨不要沙嗄得像一面破碎的銅鑼纔好！各位朋友，歡迎歡迎！我們要像法國的獵鷹一樣看見什麼就飛撲上去；讓我們立刻就來唸一段劇詞。來，試一試你們的本領，來一段激昂慷慨的劇詞。

甲伶　殿下要聽的是那一段？

漢　我曾經聽見你向我背誦過一段臺詞，可是它從來沒有上演過；即使上演，也不會有一次以上，因爲我記得這本戲並不受大衆的歡迎。它是不合一般人口味的魚子醬；可是照我的意思看來，還有其他在這方面比我更有權威的人也抱着同樣的見解，它是一本絕妙的戲劇，場面支配得很是適當，文字質樸而富於技巧。我記得有人這樣批評它，說是沒有耐人尋味的名言雋句，可是一點不見矯揉造作的痕跡；他把它稱爲一種老老實實的寫法，兼有剛健與柔和之美，壯麗而不流於纖巧。其中有一段話是我最喜愛的，那就是伊尼亞斯對黛陀講述的故事，尤其是講到普賴姆被殺的那一節。（註四）要是你們還沒有把它忘記，請從這一行唸起；讓我看，讓我看：——

野蠻的披勒斯像猛虎一樣，（註五）——
不，不是這樣它是從披勒斯開始的：——
野蠻的披勒斯蹲伏在木馬之中，
黝黑的手臂和他的決心一樣，
像黑夜一般陰森而恐怖；
在這黑暗猙獰的肌膚之上，
現在更染上令人驚怖的紋章，
從頭到脚，他全身一片殷紅，
濺滿了父母子女們無辜的血；
那些燃燒着融融烈火的街道，
發出殘忍而慘惡的兇光，
照亮敵人去肆行他們的殺戮，
也焙乾了到處橫流的血泊；
冒着火燄的薰炙，像惡魔一般，
全身膠黏着凝結的血塊，
圓睜着兩顆血紅的眼睛，
他來往尋找普賴姆老王的蹤跡。

你接下去吧。

普　上帝在上，殿下，您唸得好極了，眞是抑揚頓挫，曲盡其妙。

甲伶　那老王正在氣喘吁吁，
在希臘人的重圍中苦戰，
一點不聽他手臂的指揮，
他的古老的劍鏘然落地；
披勒斯瞧他孤弱可欺，
瘋狂似地向他猛力攻擊，
兇惡的劍鋒上下四方揮舞，
把那心膽俱喪的老翁擊倒。
這一下打擊有如天崩地裂，
驚動了沒有感覺的伊利恩，（註六）
冒着火燄的屋頂霎時坍下，
那轟然的巨響像一個霹靂，
震聾了披勒斯的耳朵；瞧！
他的劍還沒有砍下普賴姆的
白髮的頭顱，卻已在空中停住；

像一個塗朱抹彩的暴君，
對自己的行爲漠不關心，
他兀立不動。

在一場暴風雨未來以前，
天上往往有片刻的寧寂，
一塊塊烏雲靜懸在空中，
狂風悄悄地收起它的聲息，
死樣的沉默籠罩整個大地；
可是就在這片刻之內，
可怕的雷鳴震裂了天空。
經過暫時的休止，殺人的暴念
重新激起了披勒斯的精神；
賽克洛普爲戰神鑄造甲冑（註七）
那巨力的鎚擊，還不及披勒斯的
流血的劍向普賴姆身上劈下
那樣兇狠無情。
去，去，你娼婦一樣的命運！

天上的諸神啊！剝去她的權力，
不要讓她僭竊神明的寶座；
拆毀她的車輪，把它滾下神山，
直到地獄的深淵，

普　這一段太長啦。

漢　它應當跟你的鬍子一起到理髮匠那兒去薙一薙。唸下去吧。他祇愛聽俚俗的歌曲和淫穢的故事，否則他就要瞌睡的，唸下去；下面要講到赫邱琶了。（註八）

甲伶　可是啊！誰看見那蒙臉的王后，——

漢　「那蒙臉的王后」？

普　那很好；「蒙臉的王后」是很好的句子。

甲伶　滿面流淚在火燄中赤脚奔走，
一塊布覆在失去寶冕的頭上，
也沒有一件蔽體的衣服，
祇有在驚惶中抓到的一幅氈巾，
裹住她瘦削而多產的腰身；
誰見了這樣傷心慘目的景象，
不要向殘酷的命運申申毒詈？

她看見披勒斯以殺人爲戲，
正在把他丈夫的肢體臠割，
忍不住大放哀聲，那淒涼的號叫，——
除非人間的哀樂不能感動天庭，——
即使光明的日月也會陪她流淚，
諸神的心中都要充滿悲憤。

普　瞧，他的臉色都變了，他的眼睛裏已經含着眼淚！不要唸下去了吧。

漢　很好，其餘的部分等會兒再唸給我聽吧。大人，請您去找一處好好的地方安頓這一班伶人。聽着，他們是不能怠慢的，因爲他們是這一個時代的縮影；寧可在死後得到一首惡劣的墓銘，不要在生前受他們一場刻毒的譏諷。

普　殿下，我按着他們應得的名分對待他們就是了。

漢　噯喲，朋友，還要客氣得多哩！要是照每一個人應得的名分對待他，那麼誰逃得了一頓鞭子？照你自己的名譽地位對待他們；他們越是不配受這樣的待遇，越可以顯出你的謙虛有禮。領他們進去。

普　來，各位朋友。

漢　跟他去，朋友們；明天我們要聽你們唱一本戲。（普偕衆伶下，甲伶獨留）聽着，老朋友，你會演「貢扎古之死」嗎？

甲伶　會演的，殿下。

漢　那麼我們明天晚上就把它上演。也許我因爲必要的理由，要另外寫下約摸有十幾行句子的一段劇詞插進去，你能够把它預先背熟嗎？

甲伶　可以殿下。

漢　很好。跟着那位老爺去留心不要取笑他。（甲伶下）（向羅基）我的兩位好朋，我們今天晚上再見；歡迎你們到厄耳錫諾來！

基　再會，殿下！（羅基同下）

漢　好，上帝和你們同在！現在我祇剩一個人了。啊，我是一個多麼不中用的蠢才！這一個伶人不過在一本虛構的故事，一場激昂的幻夢之中，却能够使他的靈魂融化在他的意象裏，在它的影響之下，他的整個的臉色變成慘白，他的眼中洋溢着熱淚，他的神情流露着倉皇，他的聲音是這麼嗚咽淒涼，他的全部動作都表現得和他的意象一致，這不是很不可思議的嗎？而且一點也不爲了什麼！爲了赫邱琶！赫邱琶對他有什麼相干，他對赫邱琶又有什麼相干，他却要爲她流淚？要是他也有了像我所有的那樣使人痛心的理由，他將要怎樣呢？他一定會讓眼淚淹沒了舞臺，用可怖的字句震裂了聽衆的耳朵，使有罪的人發狂，使無罪的人駭愕，使愚昧無知的人驚惶失措，使所有的耳目迷亂了它們的功能。可是我，一個糊塗顢頇的傢伙，垂頭喪氣，一天到晚像在做夢似的，忘記了殺父的大仇；雖然一個國王給人家用萬惡的手段掠奪了他的權位，殺害了他的最寶貴的生命，我却始終哼不出一句話來。我是一個懦夫嗎？誰駡我惡人？誰敲破我的腦殼？誰拔去我的鬍子，把它吹在我的臉上？誰扭我的鼻子？誰當面指斥我胡說？誰對我做這種事？嚇！我應該忍受這樣的侮辱，因爲我是一個沒有心肝，逆來順受的怯漢，否則我早已用這奴才的屍肉，餵肥了四境之內的烏鳶了。嗜血的，荒淫的惡賊！狠心的，奸詐的，淫邪的，悖逆的惡賊！啊！復仇！——嗨，我真是個蠢才！我的親愛的父親被人謀殺了，鬼神都在鞭策我復仇，我這做兒子的却像一個下流女人似的，祇會用空言發發牢騷，學起潑婦罵街的樣子來，眞是了不得的勇敢！呸！呸！活動起來吧，我的腦筋！我聽人家說，犯罪的人在看戲的時候，因爲臺上表演的巧妙，有時會激動天良，當場供認他們的罪惡；因爲暗殺的事情無論幹得怎樣祕密，總會借着神奇的喉舌洩露出來。我要叫這班伶人在我的叔父面前表演一本跟我的父親的慘死情節相彷的戲劇，我就在一旁窺察他的神色；我要探視到他的靈魂的深處，要是他稍露驚駭不安之態，我就知道我應該怎麼辦。我所看見的幽靈也許是魔鬼的化身，借着一個美好的形狀出現，魔鬼是有這一種本領的；對於柔弱憂鬱的靈魂，他最容易發揮他的力量；也許他看準了我的柔弱和憂鬱，纔來向我作祟，要把我引誘到沉淪的路上。我要先得到一些比這更切實的證據；憑着這一本戲，我可以發掘國王內心的隱祕。（下）

註一　羅歇斯（Roscius），古羅馬著名伶人。

註二　瑟尼加（Seneca），帕勞脫斯（Plautus），均爲羅馬劇作家，前者善寫悲劇，後者善寫喜劇。

註三　耶弗撤（Jephthah）得上帝之助，擊敗敵人，乃以其女獻祭。事見舊約士師記。

註四　以下所引劇詞，敍述特洛埃亡國慘狀，大約係莎翁模擬古典劇風之作。普賴姆（Priam），爲特洛埃之王。

註五　披勒斯（Pyrrhus）希臘英雄亞契爾斯（Achilles）之子，以驍勇殘忍著稱。

註六　伊利恩（Ilium），特洛埃之別名。

註七　賽克洛普（the Cyclops），傳說中之一族獨眼巨人。

註八　赫邱芭（Hecuba），特洛埃王普賴姆之后。

# 第三幕

## 第一場　城堡中的一室

〔國王，王后，普隆涅斯，我菲莉霞，羅森克蘭滋，及基騰史登上。

王　你們不能用迂迴婉轉的方法，探出他爲什麼這樣神思顚倒，讓紊亂而危險的瘋狂困擾他的安靜的生活嗎？

羅　他承認他自己有些神經迷惘，可是絕口不肯說爲了什麼緣故。

基　他也不肯虛心接受我們的探問；當我們想要從他嘴裏知道他自己的一些眞相的時候，他總是用假作癡呆的神氣迴避不答。

后　他對待你們還客氣嗎？

羅　很有禮貌。

基　可是不大出於自然。

羅　對於我們的問題力守緘默，可是對我們倒盤問得很是詳細。

后　你們有沒有勸誘他找些什麼消遣？

羅　娘娘，我們來的時候，剛巧有一班戲子也要到這兒來，給我們追上了；我們把這消息告訴了他，他聽了好像很高興。現在他們已經到了宮裏，我想他今晚就要看他們表演的。

普　一點不錯；他還叫我來請兩位陛下同去看看他們演得怎樣哩。

王　那好極了；我非常高興聽見他在這方面感到興趣。請你們兩位還要更進一步鼓起他的興味，把他的心思移轉到這種娛樂上面。

羅　是，陛下。（羅、基同下）

王　親愛的葛特露你也暫時離開我們；因爲我們已經暗中差人去喚漢姆萊脫到這兒來，讓他和莪菲莉霞見面，就像是他們偶然相遇的一般。她的父親跟我兩人將要權充一下密探，躲在可以看見他們，却不能被他們看見的地方，注意他們會面的情形，從他的行爲上判斷他的瘋病究竟是不是因爲戀愛上的苦悶。

后　我願意服從您的意旨。莪菲莉霞，但願你的美貌果然是漢姆萊脫瘋狂的原因；更願你的美德能夠幫助他恢復原狀，使你們兩人都能安享尊榮。

莪　娘娘，但願如此。（后下）

普　莪菲莉霞，你在這兒走走。陛下，我們就去躲起來吧。（向莪）你拿這本書去讀，他看見你這樣用功，就不會疑心你爲什麼一個人在這兒了。人們往往用至誠的外表和虔敬的行動，掩飾一顆魔鬼般的內心，這樣的例子是太多了。

王　（旁白）啊，這句話是太眞實了！它在我的良心上抽了多麽重的一鞭！塗脂抹粉的娼婦的臉頰，還不及掩藏在虛僞的言辭後面的我的行爲更醜惡。難堪的重負啊！

普　我聽見他來了；我們退下去吧，陛下。（王及普下）

〔漢姆萊脫上。

漢　生存還是毀滅，這是一個值得考慮的問題；默然忍受命運的暴虐的毒箭，或是挺身反抗人世的無涯的苦難，在奮鬥中結束了一切，這兩種行爲，那一種是更勇敢的？死了；睡去了；什麼都完了；要是在這一種睡眠之中，我們心頭的創痛，以及其他無數血肉之軀所不能避免的打擊，都可以從此消失，那正是我們求之不得的結局。死了，睡去了；睡去了也許還會做夢；嗯，阻礙就在這兒：因爲當我們擺脫了這一具朽腐的皮囊以後，在那死的睡眠裏，究竟將要做些什麼夢，那不能不使我們躊躇顧慮。人們甘心久困於患難之中，也就是爲了這一個緣故；誰願意忍受人世的鞭撻和譏嘲，壓迫者的凌辱，傲慢者的冷眼，被輕蔑的愛情的慘痛，法律的遷延，官吏的橫暴，和微賤者費盡辛勤所換來的鄙視，要是他祇要用一柄小小的刀子，就可以清算他自己的一生？誰願意負着這樣的重擔，在煩勞的生命的迫壓下呻吟流汗，倘不是因爲懼怕不可知的死後，那從來不曾有一個旅人回來過的神祕之國，是它迷惑了我們的意志，使我們寧願忍受目前的磨折，不敢向我們所不知道的痛苦飛去？這樣，理智使我們全變成了懦夫，決心的赤熱的光彩，被審愼的思維蓋上了一層灰色，偉大的事業在這一種考慮之下，也會逆流而退，失去了行動的意義。且慢！美麗的莪菲莉霞！——女神，在你的祈禱之中，不要忘記替我懺悔我的罪孽。

莪　我的好殿下，您這許多天來貴體安好嗎？

漢　謝謝你，很好，很好，很好。

莪　殿下，我有幾件您送給我的紀念品，我早就想把它們還給您；請您現在收回去吧。

漢　不，我不要；我從來沒有給你什麼東西。

莪　殿下，我記得很清楚您把它們送給我，那時候您還向我說了許多甜蜜的言語，使這些東西格外顯得貴重；現在它們的芳香已經消散，請您拿了回去吧，因爲送禮的人要是變了心，禮物雖貴，也會失去了價值。拿去吧，殿下。

漢　哈哈！你貞潔嗎？

莪　殿下！

漢　你美麗嗎？

我　殿下是什麼意思？

漢　要是你旣貞潔又美麗，那麼頂好不要讓你的貞潔跟你的美麗來往。

我　殿下，美麗跟貞潔相交，那不是再好沒有嗎？

漢　嗯，眞的；因爲美麗可以使貞潔變成淫蕩，貞潔却未必能使美麗受它自己的感化；這句話從前像是怪誕之談，可是現在的時世已經把它證實了。我曾經愛過你。

我　眞的，殿下，您曾經使我相信您愛我。

漢　你當初就不應該相信我，因爲美德不能薰陶我們罪惡的本性；我沒有愛過你。

我　那麼我眞是受了騙了。

漢　進尼姑菴去吧；爲什麼你要生養一羣罪人出來呢？我自己還不算是一個頂壞的人；可是我可以指出我的許多過失，一個人有了那些過失，他的母親還是不要生下他來的好。我很驕傲，使氣，不安分，還有那麼多的罪惡，連我的思想裏也容納不下，我的想像也不能給它們形相，甚至於我沒有充分的時間可以把它們實行出來。像我這樣的傢伙匍匐於天地之間，有什麼用處呢？我們都是些十足的壞人；一個也不要相信我們。進尼姑菴去吧。你的父親呢？

我　在家裏，殿下。

漢　把他關起來，讓他衹好在家裏發發傻勁。再會！

我　噯喲，天哪！救救他！

漢　要是你一定要嫁人，我就把這一個咒詛送給你做嫁奩：儘管你像冰一樣堅貞，像雪一樣純潔，你還是逃不過讒人的誹毀。進尼姑菴去吧，去；再會！或者要是你必須嫁人的話，就去嫁一個傻瓜吧；因爲聰明人都明白你們會叫他們變成怎樣的怪物。進尼姑菴去吧，去；越快越好。再會！

菲　天上的神明啊，讓他清醒過來吧！

漢　我也知道你們會怎樣塗脂抹粉；上帝給了你們一張臉，你們又替自己另外造了一張。你們煙行媚視，淫聲浪氣，替上帝造下的生物亂取名字，賣弄你們不懂事的風騷。算了吧，我再也不敢領教了；它已經使我發了狂。我說，我們以後再不要結什麼婚了；已經結過婚的，除了一個人以外，都可以讓他們活下去；沒有結婚的不准再結婚。進尼姑菴去吧，去。（下）

菲　啊，一顆多麼高貴的心是這樣殞落了！朝士的眼睛，學者的辯舌，軍人的利劍，國家所屬望的一朵嬌花；時流的明鏡，人倫的雅範，舉世注目的中心，這樣無可挽回地殞落了！我是一切婦女中間最傷心而不幸的，我曾經從他音樂一般的盟誓中吮吸芬芳的甘蜜，現在却眼看着他的高貴無上的理智，像一串美妙的銀鈴失去了諧和的音調，無比的青春美貌在瘋狂中凋謝！啊！我好苦，誰料過去的繁華，變作今朝的泥土！

【國王及普隆湼斯重上。

王　戀愛！他的精神錯亂不像是爲了戀愛；他說的話雖然有些顛倒，也不像是瘋狂。他有些什麼心事盤據在他的靈魂裏，我怕它也許會產生危險的結果。爲了防免萬一起見，我已經當機立斷，決定了一個辦法：他必須立刻到英國去，向他們追索延宕未納的貢物；也許他到海外各國遊歷一趟以後，時時變換的環境，可以替他排解去這一樁使他神思恍惚的心事。你看怎麼樣？

普　那很好；可是我相信他的煩悶的根本原因，還是爲了戀愛上的失意。啊，莪菲莉霞！你不用告訴我們漢姆萊脫殿下說些什麼話；我們全都聽見了。陛下，照您的意思辦吧；可是您要是認爲可以的話，不妨在戲劇終場以後，讓他的母后獨自一人跟他在一起，懇求他向她吐露他的心事；她必須很坦白地跟他談談，我就找一個所在聽他們說些什麼。要是她也探聽不出他的祕密來，您就叫他到英國去，或者憑着您的高見，把他關禁在一個適當的地方。

王　就是這樣吧；大人物的瘋狂是不能聽其自然的。（同下）

## 第二場　城堡中的廳堂

【漢姆萊脫及若干伶人上。

漢　請你唸這段劇詞的時候，要照我剛纔讀給你聽的那樣子，一個字一個字打舌頭上很輕快地吐出來；要是你也像多數的伶人們一樣，祇會拉開了喉嚨嘶叫，那麼我寧願叫那傳宣告示的公差唸我這幾行詞句。也不要老是把你的手在空中這麼搖揮；一切動作都要溫文，因爲就是在洪水暴風一樣的感情激發之中，你也必須取得一種節制，免得流於過火。啊！我頂不願意聽見一個披着滿頭假髮的傢伙在臺上亂嚷亂叫，把一段感情片片撕碎，讓那些祇愛熱鬧的下層觀衆聽出了神，他們中間的大部分是除了欣賞一些莫明其妙的手勢以外，什麼都不懂得的。我可以把這種傢伙抓起來抽一頓鞭子，因爲他把妥瑪剛脫形容過了分，希律王的兇暴也要對他甘拜下風。（註一）請你留心避免纔好。

甲伶　我留心着就是，殿下。

漢　可是太平淡了也不對，你應該接受你自己的常識的指導，把動作和言語互相配合起來；特別要注意到這一點你不能越過人情的常道；因爲不近情理的過分描寫，是和演劇的原意相反的，自有戲劇以來它的目的始終是反映人生，顯示善惡的本來面目，給它的時代看一看它自己演變發展的模型。要是表演得過了分或者太懈怠了，雖然可以博外行的觀衆一笑，明眼之士卻要因此而皺眉；你必須看重這樣一個卓識者的批評，甚於滿場觀衆盲目的毀譽。啊！我曾經看見有幾個伶人演戲，而且也聽見有人把他們極口捧場，說一句並不過分的話，他們既不會說基督徒的語言，又不會學着人的樣子走路，瞧他們在臺上大搖大擺，使勁叫喊的樣子，我心裏就想一定是什麼造化的僱工把他們造了下來，造得這樣拙劣，以至於全然失去了人類的面目。

甲伶　我希望我們在這方面已經相當糾正過來了。

漢　啊！你們必須徹底糾正這一種弊病。還有你們那些扮演小丑的，除了劇本上專爲他們寫下的臺詞以外，不要讓他們臨時編造一些話兒加上去。往往有許多小丑愛用自己的笑聲，引起臺下一些無知的觀衆的哄笑，雖然那時候全場的注意力應當集中於其他更重要的問題上；這種行爲是不可恕的，它表示出那丑角的可鄙的野心。去，準備起來吧。（伶人等同下）

【普隆涅斯、羅森克蘭滋及基騰史登上。

漢　啊，大人，王上願意來聽這一本戲嗎？

普　他跟娘娘都就要來了。

漢　叫那些戲子們趕緊點兒。（普下）你們兩人也去幫着催催他們。

羅、基　是，殿下。（羅、基下）

漢　喂！霍拉旭！

【霍拉旭上。

霍　有，殿下。

漢　霍拉旭，你是在我所交接的人們中間最正直的一個人。

霍　啊！殿下，——

漢　不，不要以爲我在恭維你；你除了你的善良的精神以外，身無長物，我恭維了你又有什麼好處呢？爲什麼要向窮人恭維？不，讓蜜糖一樣的嘴唇去吮舐愚妄的榮華，在有利可圖的所在彎下他們生財有道的膝蓋來吧。聽着！自從我能够辨別是非，察擇賢愚以後，你就是我靈魂裏選中的一個人，因爲你雖然經歷一切的顚沛，却不曾受過一點傷害，命運的虐待和恩寵，對於你都是一樣；能够把感情和理智調整得那麼適當，命運不能把他玩弄於指掌之間，那樣的人是有福的。給我一個不爲感情所奴役的人，我願意把他珍藏在我的心坎，我的靈魂的深處，正像我對你一樣。這些話現在也不必多說了。今晚我們要在國王面前表演一本戲劇，其中有一場的情節跟我告訴過你的我的父親的死狀頗相彷彿；當那幕戲正在串演的時候，我要請你集中你的全付精神，注視我的叔父，要是他在聽到了那一段劇詞以後，他的隱藏的罪惡還是不露出一絲痕跡來，那麼我們所看見的那個鬼魂一定是個惡魔，我的幻想也就像鐵匠的砧石那樣黑漆一團了。留心看好他；我也要把我的眼睛看定他的臉上；過後我們再把各人觀察到的結果綜合起來，替他下一個判斷。

霍　很好，殿下；在這本戲表演的時候，要是他在容色舉止之間，有什麼地方逃過了我們的注意，請您唯我是問。

漢　他們來看戲了；我必須裝作無所事事的神氣。你去揀一個地方坐下。

【奏丹麥進行曲，喇叭吹花腔。國王，王后，普隆涅斯，莪菲莉霞，羅森克蘭滋，基騰史登，及餘人等上。

王　你好嗎，漢姆萊脫賢姪？

漢　很好，好極了；我吃的是變色蜥蜴的肉，喝的是充滿着甜言蜜語的空氣，你們的肥雞還沒有這樣的味道哩。

王　你這種話眞是答非所問，漢姆萊脫；我不是那個意思。

漢　不，我現在也沒有那個意思。（向普）大人，您說您在大學裏唸書的時候，曾經演過一回戲嗎？

普　是的，殿下，他們都贊我是一個很好的演員哩。

漢　您扮演什麼角色呢？

普　我扮的是裘力斯該撒；勃魯脫斯在裘必脫神殿裏把我殺死。

漢　他在神殿裏殺死了那麼好的一頭小牛，眞太殘忍了。那班戲子已經預備好了嗎？

羅　是，殿下，他們在等候您的旨意。

后　過來，我的好漢姆萊脫，坐在我的旁邊。

漢　不，好媽媽，這兒有一個更迷人的東西哩。

普　（向王）啊哈！您看見嗎？

漢　小姐，我可以睡在您的懷裏嗎？

莪　不，殿下。

漢　我的意思是說，我可以把我的頭枕在您的膝上嗎？

莪　嗯，殿下。

漢　您以爲我在轉着下流的念頭嗎？

莪　我沒有想到，殿下。

漢　睡在姑娘大腿的中間，想起來倒是很有趣的。

莪　什麼，殿下？

漢　沒有什麼。

莪　您在開玩笑哩，殿下。

漢　誰，我嗎？

莪　嗯，殿下。

漢　上帝啊！我不過是給您消遣消遣的。一個人爲什麼不說說笑笑呢？您瞧，我的母親多麼高興，我的父親還不過死了兩個鐘頭。

莪　不，已經四個月了，殿下。

漢　這麼久了嗎？噯喲，那麼讓魔鬼去穿孝服吧，我可要去做一身貂皮的新衣啦。天啊！死了兩個月，還沒有把他忘記嗎？那麼也許一個大人物死了以後，他的記憶還可以保持半年之久；可是憑着聖母起誓，他必須造下幾所教堂，否則他就要跟那被遺棄的木馬一樣沒有人再會想念他了。

【高音笛奏樂。啞劇登場。

【一國王及一王后上，狀極親熱，互相擁抱。后跪地，向王作宣誓狀。王扶后起，俯首后頸上。王就花坪上睡下；后見王睡熟離去。另一人上，自王頭上去冠，吻冠，注毒藥於王耳，下。后重上，見王死，作哀慟狀。下毒者率其他二

三人重上，佯作陪后悲哭狀。從者舁王屍下。下毒者以禮物贈后，向其乞愛；后先作憎惡不願狀，卒允其請

（同下）

莪　這是什麼意思，殿下？

漢　呃，這是陰謀詭計的意思。

莪　大概這一場啞劇就是全劇的本事了。

【致開場詞者上。

漢　這傢伙可以告訴我們；演戲的都不能保守祕密，他們什麼話都會說出來。

開場詞：

這悲劇要是演不好，
要請各位原諒指教，
小的在這廂有禮了。（致開場詞者下）

漢　這算開場詞呢，還是指環上的詩銘？

莪　它很短，殿下。

漢　正像女人的愛情一樣。

【二伶人扮國王王后上。

伶王　日輪已經盤繞三十春秋

伶后

那茫茫海水和滾滾地球，
月亮吐耀着借來的晶光，
三百六十回向大地環航，
自從愛把我們締結良姻，
亥門替我們證下了鴛盟。
願日月繼續他們的周遊，
讓我們再廝守三十春秋！
可是唉，你近來這樣多病，
鬱鬱寡歡，失去舊時高興，
好教我滿心裏爲你憂懼。
可是，我的主，你不必疑慮；
女人的憂像她的愛一樣，
不是太少，就是超過分量；
你知道我愛你是多麽深，
所以纔會有如此的憂心。
越是相愛，越是掛肚牽胸；
不這樣那顯得你我情濃？

伶王　愛人，我不久必須離開你，
我的全身將要失去生機；
留下你在這繁華的世界
安享尊榮，受人們的敬愛；
也許再嫁一位如意郎君，——
伶后　啊！我斷不是那樣薄情人；
我倘忘舊迎新，難邀天恕，
再嫁的除非是殺夫淫婦。
漢　（旁白）苦惱，苦惱！
伶后　婦人失節大半貪慕榮華，
多情女子決不另抱琵琶；
我要是與他人共枕同衾，
怎麼對得起地下的先靈！
伶王　我相信你的話發自心田，
可是我們往往自食前言。
志願不過是記憶的奴隸，
總是有始無終，虎頭蛇尾，

像未熟的果子密佈樹梢，
一朝紅爛就會離去枝條。
我們對自己所負的債務，
最好把它丟在腦後不顧；
一時的熱情中發下誓願，
心冷了，那志意也隨雲散。
過分的喜樂，劇烈的哀傷，
反會毀害了感情的本常。
人世間的哀樂變幻無端，
痛哭一轉瞬早換了狂歡。
世界也會有毀滅的一天，
何怪愛情要隨境遇變遷；
有誰能解答這一個啞謎，
是境由愛造？是愛逐境移？
失財勢的偉人舉目無親；
走時運的窮酸仇敵逢迎。
這炎涼的世態古今一轍：

富有的門庭擠滿了賓客；
要是你在窮途向人求助，
即使知交也要情同陌路。
把我們的談話拉回本題，
意志命運往往背道而馳，
決心到最後會全部推倒，
事實的結果總難符預料。
你以爲你自己不會再嫁，
只怕我一死你就要變卦。

伶后

地不要養我，天不要亮我！
晝不得遊樂，夜不得安臥！
毀滅了我的希望和信心；
鐵鎖囚門把我監禁終身！
每一種惱人的飛來橫逆，
把我一重重的心願摧折！
我倘死了丈夫再作新人，
讓我生前死後永陷沉淪！

漢　要是她現在背了誓！

伶王　難爲你發這樣重的誓願。
　　愛人，你且去；我神思昏倦，
　　想要小睡片刻。（睡）

伶后　　　　　　願你安睡；
　　上天保佑我倆永無災悔！（下）

漢　母親，您覺得這本戲怎樣？

后　我想那女人發的誓太重了。

漢　啊，可是她會守約的。

王　這本戲是怎麼一個情節？裏面沒有什麼要不得的地方嗎？

漢　不，不，他們不過開頑笑毒死了一個人；沒有什麼要不得的。

王　戲名叫什麼？

漢　「捕鼠機。」呃，怎麼？這是一個象徵的名字。戲中的故事影射着維也那的一件謀殺案。貢扎古是那公爵的名字；他的妻子叫做白普蒂絲妲您看下去就知道是怎麼一回事。這是一本很惡劣的作品，可是那有什麼關係？它不會對您陛下跟我們這些靈魂淸白的人有什麼相干；讓那有毛病的馬兒去驚跳退縮吧，我們的肩背都是好好兒的

【一伶人扮琉西安納斯上。

漢　這個人叫做琉西安納斯，是那國王的姪子。

我　您很會解釋劇情，殿下。

漢　要是我看見傀儡戲搬演您跟您愛人的故事，我也會替你們解釋的。動手吧，兇手！混賬東西，別扮鬼臉了，動手吧！來；嘔嘔的烏鴉發出復仇的啼聲。

琉　黑心快手，遇到妙藥良機；
趁着沒人看見事不宜遲：
你夜半採來的毒草鍊成，
赫凱娣的咒語唸上三巡（註二）
趕快發揮你兇惡的魔力，
讓他的生命速歸於幻滅。（以毒藥注入睡者耳中）

漢　他為了覬覦權位，在花園裏把他毒死。他的名字叫貢扎古；那故事原文還存在，是用很好的意大利文寫成的。底下就要做到那兇手怎樣得到貢扎古的妻子的愛了。

我　王上起來了！

漢　什麼！給一場假火嚇怕了嗎？

后　陛下怎麼樣啦？

普　不要演下去了！

王　給我點起火把來！去！

衆　火把！火把！火把！（除漢、霍外均下）

漢　嗨，讓那中箭的母鹿掉淚，
　　沒有傷的公鹿自去遊玩；
　　有的人失眠，有的人酣睡，
　　世界就是這樣循環輪轉。
　老兄，要是我的命運跟我作起對來，憑着我這樣的本領，再插上滿頭的羽毛，開縫的靴子上綴上兩朵絹花，你想我能不能在戲班子裏插足？

霍　也許他們可以讓您領半額包銀。

漢　我可要領全額的。
　因爲你知道，親愛的台芒，
　　這一個荒涼破碎的國土
　原本是喬武統治的雄邦，
　　而今王位上却坐着——孔雀。

霍　您該把它押了韻纔是。

漢　啊，好霍拉旭！那鬼魂真的沒有騙了我。你看見嗎？

霍　看見的，殿下。

漢　當那演戲的一提到毒藥的時候？

霍　我看得他很清楚。

漢　啊哈！來，奏樂！來那吹笛子的呢？

要是國王不愛這本喜劇，

那麽他多分是不能賞識。

來，奏樂！

【羅森克蘭滋及基騰史登重上。

基　殿下，允許我跟您說句話。

漢　好，你對我講全部歷史都可以。

基　殿下，王上——

漢　嗯，王上怎麽樣？

基　他回去以後，非常不舒服。

漢　喝醉酒了嗎？

基　不，殿下，他在動脾氣。

漢　你應該把這件事告訴他的醫生，纔算你的聰明；因爲叫我去替他診視，恐怕反而更會激動他的脾氣的。

基　好殿下，請您說話檢點些，別這樣拉扯開去。

漢　好，我是聽話的，你說吧。

基　您的母后心裏很難過，所以叫我來。

漢　歡迎得很。

基　不，殿下，這一種禮貌是用不到的。要是您願意給我一個好好的回答，我就把您母親的意旨向您傳達；不然的話，請您原諒我，讓我就這麼回去，我的事情算是完了。

漢　我不能。

基　您不能什麼，殿下？

漢　我不能給你一個好好的回答，因爲我的腦子已經壞了；可是我所能够給你的回答，你——我應該說我的母親——可以要多少有多少。所以別說廢話，言歸正傳吧；你說我的母親——

羅　她這樣說：您的行爲使她非常驚愕。

漢　啊，好兒子，居然會叫一個母親吃驚！可是在這母親的驚愕的後面，還有些什麼話說？說吧。

羅　她請您在就寢以前，到她房間裏去跟她談談。

漢　卽使她是我的十個母親，我也一定服從她。你還有什麼別的事情？

羅　殿下，我曾經蒙您錯愛。

漢　憑着我這雙扒兒手起誓，我現在還是歡喜你的。

羅　好殿下，您心裏這樣不痛快，究竟是爲了什麼原因？要是您不肯把您的心事告訴您的朋友，那恐怕會累您自己失去自由的。

漢　我不滿足我現在的地位。

羅　怎麼！王上自己已經親口把您立爲王位的繼承者了，您還不能滿足嗎？

漢　嗯，可是「草兒青青，——」這句老古話也有點兒發了霉啦，

【樂工等持笛上。

漢　啊！笛子來了；拿一枝給我。跟你們退後一步說話；爲什麼你們這樣千方百計地窺探我的隱私，好像一定要把我逼進你們的圈套？

基　啊！殿下，要是我有太冒昧放肆的地方，那都是因爲我對於您的忠誠太激切了。

漢　我不大懂得你的話。你願意吹吹這笛子嗎？

基　殿下，我不會吹。

漢　請你吹一吹。

基　我眞的不會吹。

漢　請你不要客氣。

基　我眞的一點不會，殿下。

漢　那是跟說謊一樣容易的；你祇要用你的手指按着這些笛孔，把你的嘴放在上面一吹，它就會發出最好聽的音樂來。瞧，這些是音栓。

基　可是我不會從它裏面吹出諧和的曲調來；我沒有懂得它的技巧。

漢　哼，你把我看成了什麼東西！你會玩弄我；你自以爲摸得到我的心竅；你想要探出我的內心的祕密；你會從我的最低音試到我的最高音；可是在這枝小小的樂器之內，藏着絕妙的音樂，你卻不會使它發出聲音來。哼，你以爲玩弄我比玩弄一枝笛子容易嗎？無論你把我叫作什麼樂器，我是不讓你把我玩弄的。

〔普隆涅斯重上。

漢　上帝祝福你，先生！

普　殿下，娘娘請您立刻就去見她說話。

漢　你看見那片像駱駝一樣的雲嗎？

普　嗳喲，它眞的像一頭駱駝。

漢　我想它還是像一頭鼬鼠。

普　它拱起了背，正像是一頭鼬鼠。

漢　還是像一條鯨魚吧？

普　很像一條鯨魚。

漢　那麽等一會兒我就去見我的母親。（旁白）我給他們愚弄得再也忍不住了。（高聲）我等一會兒就來。

普　我就去這麽說。（下）

漢　等一會兒是很容易說的。離開我，朋友們。（除漢外均下）現在是一夜之中最陰森的時候，鬼魂都在此刻從墳墓裏出來，地獄也要向人世吐放癘氣；現在我可以痛飲熱騰騰的鮮血，幹那白晝所不敢正視的殘忍的行爲。且慢！我還要到我母親那兒去一趟。心啊！不要失去你的天性之情，永遠不要讓尼羅的靈魂潛入我這堅定的胸懷（註三）讓我做一個兇徒，可是不要做一個逆子。我要用利劍一樣的說話刺痛她的心，可是決不傷害她身體上一根毛髮；我的舌頭和靈魂要在這一次學學僞善者的樣子，無論在言語上給她多麽嚴厲的譴責，在行動上却要做得絲毫不讓人家指摘。（下）

## 第三場　城堡中的一室

〔國王，羅森克蘭滋，及基騰史登上。

王　我不歡喜他縱容他這樣瘋鬧下去，對於我是一個很大的威脅。所以你們快去準備起來吧；我馬上就可以發表明令，派遣你們兩人護送他到英國去。就我的地位而論，他的瘋狂每小時都可以危害我的安全，我不能讓他留在我的近旁。

基　我們就去準備起來；許多人的安危都寄託在陛下身上，這一種顧慮是最聖明不過的。

羅　每一個庶民都知道怎樣遠禍全身，一身負天下重寄的人，尤其應該刻刻不懈地防備危害的襲擊。君主的薨逝不僅是個人的死亡，它像一個漩渦一樣，凡是在它近旁的東西，都要被它捲去同歸於盡；又像一個矗立在最高山峯上的巨輪，它的輪輻上連附着無數的小物件，當巨輪轟然崩裂的時候，那些小物件也跟着它一齊粉碎。國王的一聲嘆氣，總是隨着全國的呻吟。

王　請你們準備立刻出發，因爲我們必須及早制止這一種公然的威脅。

羅、基　我們就去趕緊預備。（羅、基同下）

〔普隆涅斯上。

普　陛下，他到他母親房間裏去了。我現在就去躲在幃幕後面，聽他們怎麼說。我可以斷定她一定會把他好好教訓一頓。您說得很不錯，母親對於兒子總有幾分偏心，所以最好有一個第三者躲在旁邊偷聽他們的談話。再會，陛下；在您未睡以前，我還要來看您一次，把我所探聽到的事情告訴您。

王　谢謝你，賢卿。（普下）啊！我的罪惡的戾氣已經上達於天；我的靈魂上負着一個元始以來最初的咒詛，殺害兄弟的暴行！我不能祈禱，雖然我的願望像決心一樣强烈；我的更堅强的罪惡擊敗了我的堅强的意願。像一個人同時要做兩件事情，我因爲不知道應該先從什麼地方下手而徘徊歧途，結果反弄得一事無成。要是這一隻可咒詛的手上染滿了一層比它本身還厚的兄弟的血，難道天上所有的甘霖，都不能把它洗滌得像雪一樣潔白嗎？慈悲的使命，不就是寬宥罪惡嗎？祈禱的目的，不是一方面預防我們的墮落，一方面救拔我們於已墮落之後嗎？那麼我要仰望上天；我的過失已經消滅了。可是唉！那一種祈禱纔是我所適用的呢？「求上帝赦免我的殺人重罪」嗎？那不能，因爲我現在還佔有着那些引起我的犯罪動機的目的物，我的王冠，我的野心和我的王后。非分攫取的利益還在手裏，就可以倖邀寬恕嗎？在這貪汚的人世，罪惡的鍍金的手也許可以把公道推開不顧，暴徒的贓物往往就是枉法的賄賂；可是天上却不是這樣的，在那邊一切都無可遁避，任何行動都要顯現它的眞相，我們必須當面爲我們自己的罪惡作證。那麼怎麼辦呢？還有什麼法子好想呢？試一試懺悔的力量吧。什麼事情是懺悔所不能做到的？可是對於一個不能懺悔的人，它又有什麼用呢？啊，不幸的處境！啊，像死亡一樣黑暗的心胸！啊，越是掙扎，越是不能脫身的膠住了的靈魂！救救我，天使們！試一試吧：彎下來，頑强的膝蓋；鋼絲一樣的心絃，變得像新生之嬰的筋肉一樣柔嫩吧！但願一切轉禍爲福！（退後跪禱）

【漢姆萊脫上。

漢　他現在正在祈禱，我正好動手；我決定現在就幹，讓他上天堂去，我也算報了仇了。不，那還要考慮一下：一個惡人殺死我的父親，我，他的獨生子，却把這個惡人送上天堂。啊，這簡直是以恩報怨了。他用卑鄙的手段，在我父親罪孽方中的時候乘其不備地把他殺死；雖然誰也不知道在上帝面前，他的生前的善惡如何相抵，可是照我們一般的推想他的業債多分是很重的。現在他正在洗滌他的靈魂，要是我在這時候結果了他的性命，那麼天國的路是爲他開放着這樣還算是復仇嗎？不！收起來，我的劍，等候一個更慘酷的機會吧；當他在酒醉以後，在憤怒之中，或是在荒淫縱慾的時候，在賭博咒駡，或是其他邪惡的行爲的中間，我就要叫他顚蹶在我的脚下，讓他幽深黑暗不見天日的靈魂永墮地獄。我的母親在等我。這一服續命的藥劑不過延長了你臨死的痛苦。（下）

【國王起立上前。

王　我的言語高高飛起，我的思想滯留地下；沒有思想的言語永遠不會上升天界。（下）

## 第四場　王后寢宮

【王后及普隆涅斯上。

普　他就要來了。請您把他着實教訓一頓，對他說他這種狂妄的態度，實在叫人忍無可忍，倘沒有您娘娘替他居中迴護，王上早已對他大發雷霆了。我就悄悄地躲在這兒。請您對他講得着力一點。

漢　（在內）母親，母親，母親！

后　都在我身上，你放心吧。退下去，我聽見他來了。（普匿幃後）

【漢姆萊脫上。

漢　母親，您叫我有什麼事？

后　漢姆萊脫，你已經大大得罪了你的父親啦。

漢　母親，您已經大大得罪了我的父親啦。

后　來，來，不要用這種胡說八道的話回答我。

漢　去，去，不要用這種胡說八道的話問我。

后　啊，怎麼，漢姆萊脫！

漢　現在又是什麼事？

后　你忘記我了嗎？

漢　不，憑着十字架起誓，我沒有忘記你；你是王后，你的丈夫的兄弟的妻子，你又是我的母親，——但願你不是！

后　噯喲，那麼我要去叫那些會說話的人來跟你談談了。

漢　來，來，坐下來，不要動；我要把一面鏡子放在你的面前，讓你看一看你自己的靈魂。

后　你要幹麼呀？你不是要殺我嗎？救命！救命呀！

普　（在後）喂！救命救命救命！

漢　（拔劍）怎麼！是那一個鼠賊？要錢不要命嗎？我來結果你。（以劍刺穿幃幕）

普　（在後）啊！我死了！

后　噯喲！你幹了什麼事啦？

漢　我也不知道；那不是國王嗎？

后　啊，多麼鹵莽殘酷的行爲！

漢　殘酷的行爲！好媽媽，簡直就跟殺了一個國王，再去嫁給他的兄弟一樣壞。

后　殺了一個國王！

漢 聰，母親，我正是這樣說。（揭幃見普）你這倒運的，粗心的，愛管閒事的傻瓜，再會！我還以為是一個在你上面的人哩也是你命不該活現在你可知道愛管閒事的危險了。——別儘扭着你的手。靜一靜，坐下來，讓我扭你的心；你的心倘不是鐵石打成的，萬惡的習慣倘不曾把它硬化得透不進一點感情，那麼我的話一定可以把它刺痛

后 我幹了些什麼錯事，你纔敢這樣肆無忌憚地向我搖唇弄舌呢？

漢 你的行為可以使貞節蒙污，使美德得到了偽善的名稱；從純潔的戀情的額上取下嬌豔的薔薇，替它蓋上一個烙印；使婚姻的盟約變成博徒的誓言一樣虛偽；啊！這樣一種行為，簡直使盟約成為一個沒有靈魂的軀殼，神聖的宗教變成一串譫妄的狂言；蒼天的臉上也為它帶上羞色，大地因為痛心這樣的行為，也罩上滿面的愁容，好像世界末日就要到來一般。

后 唉！究竟是什麼極惡重罪，你把它說得這樣驚人呢？

漢 瞧這一幅圖畫，再瞧這一幅；這是兩個兄弟的肖像。你看這一個的相貌是多麼高雅優美：亥披利恩的鬈髮，喬武的前額，像戰神馬斯一樣威風凜凜的眼睛，像降落在高吻穹蒼的山巔的傳報神邁邱利一樣矯健的姿態；這一個完善卓越的儀表，真像每一個天神都曾在那上面打下印記，向世間證明這是一個男子的典型。這是你從前的丈夫。現在你再看這一個：這是你現在的丈夫，像一株霉爛的禾穗，損害了他的健碩的兄弟。你有眼睛嗎？你甘心離開這一座大好的高山，靠着這荒野生活嗎？嚇！你有眼睛嗎？你不能說那是愛情，因為在你的年紀，熱情已經冷淡下來，它必須等候理智的判斷；什麼理智願意從這麼高的地方，降落到這麼低的所在呢？知覺你當然是有的，否則你就不會有行動；可是你那知覺也一定已經麻木了；因為就是瘋人也不會犯那樣的錯誤，無論怎樣喪心病狂，總不會連這樣懸殊的差異都分辨不出來的。那麼是什麼魔鬼蒙住了你的眼睛，把你這樣欺騙呢？你的

視覺，聽覺，觸覺嗅覺，全都失去了交相爲用的功能了嗎？因爲單單一個感官有了毛病，決不會使人愚蠢到這步田地的。羞啊！你不覺得慚愧嗎？要是地獄中的孽火可以在一個中年婦人的骨髓裏煽起了蠢動，那麼在青春的烈燄中讓貞操像蠟一樣融化了吧。在强力的威迫下失身，有什麼可恥呢？霜雪都會自動燃燒，理智都會做情慾的奴隸呢。

后　啊，漢姆萊脫！不要說下去了！你使我的眼睛看進了我自己靈魂的深處，看見我靈魂裏那些洗拭不去的黑色的汚點。

漢　嘿，生活在汗臭垢膩的眠牀上，讓淫邪薰沒了心竅，在汚穢的豬圈裏調情弄愛，——

后　啊，不要再對我說下去了！這些話像刀子一樣戳進我的耳朵裏；不要說下去了，親愛的漢姆萊脫！

漢　一個殺人犯，一個惡徒，一個不及你前夫二百分之一的庸奴，一個戴王冠的丑角，一個盜國竊位的扒兒手！

后　別說了！

漢　一個下流無賴的國王，——

【鬼上。

漢　天上的神明啊，救救我，用你們的翅膀覆蓋我的頭頂！——陛下英靈不昧，有什麼見教？

后　噯喲，他瘋了！

漢　您不是來責備您的兒子不該浪費他的時間和感情，把您煌煌的命令擱在一旁，躭誤了我所應該做的大事嗎？啊，說吧！

鬼　不要忘記。我現在是來磨礪你的快要蹉跎下去的決心。可是瞧！你的母親滿身都是驚愕。啊，快去安慰安慰她的

漢　正在交戰中的靈魂吧！最柔弱的人最容易受幻想的激動。對她說話去，漢姆萊脫。

后　您怎麼啦，母親？

漢　唉！你怎麼啦？爲什麼你把眼睛睜視着虛無，向空中喃喃說話？你的眼睛裏射出狂亂的神情；像熟睡的軍士突然聽到警號一般，你的整齊的頭髮一根根都像有了生命似的聳立起來。啊，好兒子！在你的瘋狂的熱燄上，澆灑一些清涼的鎭靜吧！你在瞧些什麼？

漢　他，他！您瞧，他的臉色多麼慘淡！看見了他這一種形狀，要是再知道他所負的沉冤，即使石塊也會感動的。——不要瞧着我，因爲那不過徒然勾起我的哀感，也許反會妨礙我的冷酷的決心；也許我會因此而失去勇氣，讓揮淚代替了流血。

后　你這番話是對誰說的？

漢　您沒有看見什麼嗎？

后　什麼也沒有；要是有什麼東西在那邊，我不會不看見的。

漢　您也沒有聽見什麼嗎？

后　不，除了我們兩人的說話以外，我什麼也沒有聽見。

漢　啊，您瞧！瞧，它悄悄兒去了！我的父親，穿着他生前所穿的衣服！瞧！他就在這一刻，從門口走出去了！（鬼下）

后　這是你腦中虛構的意象；一個人在心神恍惚的狀態中，最容易發生這種幻妄的錯覺。

漢　心神恍惚！我的脈搏跟您的一樣，在按着正常的節奏跳動哩。我所說的並不是瘋話；要是您不信，我可以把我剛纔說過的話一字不漏地複述一遍，一個瘋人是不會記憶得那樣淸楚的。母親，爲了上帝的慈悲，不要自己安慰自己，以爲我這一番說話，只是出於瘋狂，不是眞的對您的過失而發；那樣的思想不過是騙人的油膏，祇能使您潰爛的良心上結起一層薄膜，那內部的毒瘡却在底下愈長愈大。向上天承認您的罪惡，懺悔過去，警戒未來；不要把肥料澆在莠草上，使它們格外蔓延起來。原諒我這一番正義的勸告；因爲在這種萬惡的時世，正義必須向罪惡乞恕，它必須俯首屈膝，要求人家接納他的善意的箴規。

后　啊，漢姆萊脫！你把我的心劈爲兩半了！

漢　啊！把那壞的一半丟掉，保留那另外的一半，讓您的靈魂清淨一些。晚安！可是不要上我叔父的牀；即使您已經失節，也得勉力學做一個貞節婦人的樣子。習慣雖然是一個可以使人失去羞恥的魔鬼，但是它也可以做一個天使，對於勉力爲善的人，它會用潛移默化的手段，使他徙惡從善。您要是今天晚上自加抑制，下一次就會覺得這一種自制的功夫並不怎樣爲難，慢慢兒就可以習以爲常了；因爲習慣簡直有一種改變氣質的神奇的力量，它可以使魔鬼主宰人類的靈魂，也可以把他從人們心裏驅逐出去。讓我再向您道一次晚安；當您希望得到上天祝福的時候，我將求您祝福我。至於這一位老人家，（指普）我很後悔自己一時鹵莽把他殺死；可是這是上天的意思，要借着他的死懲罰我，同時借着我的手懲罰他，使我一方面自己受到天譴，一方面又成爲代天行刑的使者。我現在先去把他的屍體安頓好了，再來担承這一個殺人的過咎。晚安！爲了顧全母子的恩慈，我不得不忍情暴戾；不幸已經開始，更大的災禍還在接踵而至。再有一句話，母親。

后　我應當怎麼做？

漢　我不能禁止您不再讓那驕淫的僭王引誘您和他同牀，讓他擰您的臉頰，叫您做他的小耗子；我也不能禁止您因爲他給了您一兩個惡臭的吻，或是用他萬惡的手指撫摩您的頸項，就把您所知道的事情一起說了出來，告訴他我實在是裝瘋，不是眞瘋。您應該讓他知道；因爲哪一個聰明懂事的王后，願意隱藏着這樣重大的消息，不去告訴一頭蝦蟆，一頭蝙蝠，一頭老雄貓知道呢？不，雖然理性警告您保守祕密，您儘管學那寓言中的猴子，因爲受了好奇心的驅使，到屋頂上去開了籠門，把鳥兒放出，自己鑽進籠裏去，結果連籠子一起掉下來跌死吧。

后　你放心吧，要是言語是從呼吸裏吐出來的，我決不會讓我的呼吸洩漏了你對我所說的話。

漢　我必須到英國去；您知道嗎？

后　唉！我忘了；這事情已經這樣決定了。

漢　公文已經封好，打算交給我那兩個同學帶去，這兩個傢伙我要像對待兩條咬人的毒蛇一樣隨時提防他們；將要做我的先驅，引導我鑽進什麼圈套裏去。我倒要瞧瞧他們的能耐，開礮的要是給礮轟了，也是一件好玩的事；他們會埋地雷，我要比他們埋得更深，把他們轟到月亮裏去。啊！用詭計對付詭計，不是頂有趣的嗎？這傢伙一死，多分會提早了我的行期；讓我把這屍體拖到隔壁去。母親，晚安！這一位大臣生前是個愚蠢饒舌的傢伙，現在卻變成非常謹嚴莊重的人了。來，老先生，讓我把您拖下您的墳墓裏去。晚安，母親！（各下；漢曳普屍入內）

註一　安瑪剛脫（Termagant），傳說中殘惡凶暴之回教女神。希律（Herod），耶穌時代統治伽利利之暴君。二者爲往時教訓劇（Morality）及神蹟劇（Mystery）中常見之角色。

註二　赫凱婷（Hecate），黑夜及幽冥之女神。

註三　尼羅（Nero）古羅馬暴君。

# 第四幕

## 第一場　城堡中的一室

【國王，王后，羅森克蘭滋，及基騰史登上。

王　這些長吁短嘆之中都含着深長的意義，我們必須設法探索出來。你的兒子呢？

后　（向羅、基）請你們暫時退開。（羅、基下）啊，陛下！今晚我看見了多麼驚人的事情！

王　什麼，葛特露？漢姆萊脫怎麼啦？

后　瘋狂得像彼此爭强鬥勝的天風和海浪一樣。在他野性發作的時候，他聽見幃幕後面有什麼東西爬動的聲音，就拔出劍來，嚷着「有耗子！有耗子！」於是在一陣瘋狂的恐懼之中，把那躲在幕後的好老人家殺死了。

王　啊，罪過罪過！要是我在那兒，我也會照樣死在他手裏的；放任他這樣胡作非爲，對於你，對於我，對於每一個人，都是極大的威脅。唉！這一件流血的暴行應當由誰負責呢？我們是不能辭其咎的，因爲我們早該防禍未然，把這個發瘋的孩子關禁起來，不讓他到處亂走；可是我們太愛他了，以至於不願想一個適當的方策，正像一個害着惡瘡的人因爲不讓它出毒的緣故，弄到毒氣攻心，無法救治一樣。他到那兒去了？

后　拖着那個被他殺死的屍體出去了。像一堆下賤的鉛鐵，掩不了真金的光彩一樣，他知道他自己做錯了事，他的純良的本性就從他的瘋狂裏透露出來，他哭了。

王　啊，葛特露！來！太陽一到了山上，我們必須趕緊讓他登船出發。對於這一件罪惡的行爲，我們必須用最嚴正的態度，最巧妙的措辭，決定一個執法原情的措置。喂！基騰史登！

【羅森克蘭滋及基騰史登重上。

王　兩位朋友我們還要借重你們一下。漢姆萊脫在瘋狂之中已經把普隆涅斯殺死；他現在把那屍體從他母親的房間裏拖出去了。你們去找他來，對他說話要和氣一點；再把那屍體搬到教堂裏去。請你們快去把這件事情辦一辦好。（羅、基下）來，葛特露，我們要去召集我們那些最有見識的朋友們，把我們的決定和這一件意外的變故告訴他們，免得外邊無稽的讕言牽涉到我們身上，它的毒箭從低聲的密語中間散放出去，是像彈丸從礟口裏射出去一樣每發必中的。啊，來吧！我的靈魂裏是充滿着混亂和驚愕。（同下）

## 第二場　城堡中的另一室

【漢姆萊脫上。

漢　藏好了。

羅、基　（在內）漢姆萊脫！漢姆萊脫殿下！

漢　什麼聲音？誰在叫漢姆萊脫？啊，他們來了。

【羅森克蘭滋及基騰史登上。

羅　殿下，您把那屍體怎麼樣啦？

漢　它本來就是泥土，我仍舊讓它回到泥土裏去。

羅　告訴我們它在什麼地方，讓我們把它搬到教堂裏去。

漢　不要相信。

羅　相信什麼？

漢　相信我會放棄我自己的意見來聽你的話。而且，一塊海綿也敢問起我來！一個堂堂王子應該用什麼話去回答它呢？

羅　您把我當作一塊海綿嗎，殿下？

漢　嗯，先生，一塊吸收君王的恩寵，利祿，和官爵的海綿。可是這樣的官員要到最後纔會顯出他們最大的用處來；像猴子吃硬殼果一般，他們的君王先把他們含在嘴裏舐弄了好久，然後再一口嚥了下去。當他需要被你們所吸收去的東西的時候，他祗要把你們一擠，於是，海綿，你又是一塊乾乾的海綿了。

羅　我不懂您的話，殿下。

漢　那很好，一句下流的話睡在一個傻瓜的耳朵裏。

羅　殿下，您必須告訴我們那屍體在什麼地方，然後跟我們見王上去。

漢　他的身體和國王同在，可是那國王並不和他的身體同在。國王是一件東西，——

基　一件東西，殿下！

漢　一件虛無的東西。帶我去見他。狐狸躲起來，大家追上去（同下）

## 第三場　同前，另一室

【國王上，侍從後隨。

王　我已經叫他們找他去了，並且叫他們把那屍體尋出來。讓這傢伙任意胡鬧，是一件多麼危險的事情！可是我們又不能把嚴刑峻法加在他的身上，他是爲糊塗的羣衆所喜愛的，他們歡喜一個人只憑眼睛，不憑理智；我要是處罰了他他們祇看見我的刑罰的苛酷，却不想到他犯的是什麼重罪。爲了顧全各方面的關係，叫他迅速離國，不失爲一種適宜的策略；應付非常的變故，必須用非常的手段。

【羅森克蘭滋上。

王　啊！事情怎麼樣啦？

羅　陛下，他不肯告訴我們那屍體在什麼地方。

王　可是他呢？

羅　在外面，陛下；我們把他看起來了，等候您的旨意。

王　帶他來見我。

羅　喂，基騰史登！帶殿下進來。

【漢姆萊脫及基騰史登上。

王　啊，漢姆萊脫，普隆涅斯呢？

漢　吃飯去了。

王　吃飯去了！什麼地方？

漢　不是在他吃飯的地方，是在人家吃他的地方；有一羣精明的蛆蟲正在他身上大吃特吃哩。蛆蟲是全世界最大的饕餮家；我們餵肥了各種的牲畜給自己受用，再餵肥了自己去給蛆蟲受用。胖胖的國王跟瘦瘦的乞丐是一個桌子上兩道不同的菜；不過是這麼一回事。

王　唉！唉！

漢　一個人可以拿一條吃過一個國王的蛆蟲去釣魚，再吃那吃過那條蛆蟲的魚。

王　你這句話是什麽意思？

漢　沒有什麽意思，我不過指點你一個國王可以在一個乞丐的臟腑裏經過一番什麽變化。

王　普隆涅斯呢？

漢　在天上；你差人到那邊去找他吧。要是你的使者在天上找不到他，那麽你可以自己到另外一個所在去找他。可是你們在這一個月裏要是找不到他的話，你們衹要跑上走廊的階石，也就可以聞到他的氣味了。

王　（向若干從者）去到走廊裏找一找。

漢　他在等着你們哩。（從者等下）

王　漢姆萊脫，你幹出這種事來，使我非常痛心。爲了你自身的安全起見，你必須火速離開國境；所以快去自己預備預備：船已經整裝待發，風勢也很順利，同行的人都在等着你，一切都已經準備好向英國出發。

漢　到英國去！

王　是的，漢姆萊脫。

漢　好。

王　要是你明白我的用意，你應該知道這是爲了你的好處。

漢　我看見一個明白你的用意的天使。可是來，到英國去！再會，親愛的母親！

王　你的慈愛的父親，漢姆萊脫。

漢　我的母親。父親和母親是夫婦兩個，夫婦是一體之親；所以再會吧，我的母親！來，到英國去！

王　跟在他的後面，勸誘他趕快上船，不要躭誤；我要叫他在今晚離開國境。去！這件事情一解決，什麼都沒有問題了。請你們趕快一點。（羅、基下）英格蘭啊，丹麥的寶劍在你的身上還留着鮮明的創痕，你向我們納款輸誠的敬禮至今未滅，要是你畏懼我的威力，重視我的友誼，你就不能忽視我的意旨；我已經在公函裏要求你把漢姆萊脫立即處死，照着我的意思做吧，英格蘭，因為他像是我深入膏肓的痼疾，一定要借你的手把我醫好。我必須知道他已經不在人世，我臉上纔會有笑容浮起。（下）

## 第四場　丹麥原野

【福丁勃拉斯，一隊長，及軍士等列隊行進上。

福　隊長，你去替我問候丹麥國王，告訴他說福丁勃拉斯因為得到他的允許，已經按照約定，率領一支軍隊通過他的國境；你知道我們在什麼地方集合。要是丹麥王有什麼話要跟我當面說的，我也可以入朝進謁；你就這樣對他說吧。

隊長　是，主將。

福　慢步前進。（福及軍士等下）

【漢姆萊脫，羅森克蘭滋，基騰史登等同上。

漢　官長，這些是什麼人的軍隊？

隊長　他們都是挪威的軍隊，先生。

漢　請問他們是開到什麼地方去的？

隊長　到波蘭的某一部分去。

漢　誰是領兵的主將？

隊長　挪威老王的姪兒福丁勃拉斯。

漢　他們是要向波蘭本土進攻呢，還是去襲擊邊疆？

隊長　不瞞您說，我們是要去奪一小塊祇有空名毫無實利的土地。叫我出五塊錢去把它買了下來，我也不要；無論挪威人波蘭人，要是把它標賣起來，誰也不會付出比這大一點的價錢來的。

漢　啊，那麼波蘭人一定不會防衞它的了。

隊長　不，他們早已佈防好了。

漢　為了這一塊荒瘠的土地，浪擲了二千人的生命，二萬塊的金圓，誰也不對它表示一點疑問。這完全是因為國家太富足昇平了，晏安的積毒蘊蓄於內，雖然已經到了潰爛的程度，外表上却還一點看不出將死的徵象來。謝謝您，官長。

隊長　上帝和您同在，先生。（下）

羅　我們去吧，殿下。

漢　我就來，你們先走一步。（除漢外均下）我所見到聽到的一切，都好像在對我譴責，鞭策我趕快進行我的蹉跎未就的復仇大願！一個人要是在他生命的盛年，只知道吃吃睡睡，他還算是個什麼東西？簡直不過是一頭畜生！上帝造下我們來，使我們能夠這樣高談闊論，瞻前顧後，當然要我們利用他所賦與我們的這一種能力和靈明的理智，不讓它們白白廢掉。現在我明明有理由，有決心，有力量，有方法，可以動手幹我所要幹的事，可是我還是在說一些空話「我要怎麼怎麼幹」而始終不曾在行動上表現出來；我不知道這是爲了鹿豕一般的健忘呢，還是爲了三分懦怯一分智慧的過於審愼的顧慮。像大地一樣顯明的榜樣都在鼓勵我；瞧這一支勇猛的大軍，領隊的是一個嬌養的少年王子，勃勃的雄心振起了他的精神，使他蔑視不可知的結果，爲了區區彈丸大小的一塊不毛之地，拚着血肉之軀去向命運，死亡和危險挑戰。眞正的偉大不是輕舉妄動，而是在榮譽遭遇危險的時候，即使爲了一根稻稈之微，也要慷慨力爭。可是我的父親給人慘殺，我的母親給人汚辱，我的理智和感情都被這種不共戴天的大仇所激動，我却因循隱忍，一切聽其自然，看着這二萬個人爲了博取一個空虛的名聲，視死如歸地走下他們的墳墓裏去，目的只是爭奪一方還不够作爲他們埋骨之所的土地，相形之下，我將何地自容呢？啊！從這一刻起，讓我屏除一切的疑慮妄念，把流血的思想充滿在我的腦際！（下）

## 第五場　厄耳錫諾；城堡中一室

【王后，霍拉旭及一侍臣上。

后　我不願意跟她說話。

侍臣　她一定要見您；她的神氣瘋瘋顚顚，瞧着怪可憐的。

后　她要什麼？

侍臣　她不斷提起她的父親；她說她聽見這世上到處是詭計；一邊呻吟，一邊搥她的心，對一些瑣瑣屑屑的事情痛罵，講的都是些很玄妙的話，好像有意思好像沒有意思。她的話雖然不知所云，可是却能使聽見的人心中發生反應，而企圖從它裏面找出意義來；他們妄加猜測，把她的話斷章取義，用自己的思想附會上去；當她講那些話的時候，有時霎眼，有時點頭，做着種種的手勢，的確使人相信在她的言語之間含蓄着什麽意思，雖然不能確定，却可以作一些很不好聽的解釋。

霍　最好有什麽人跟她談談，因爲也許她會在愚妄的腦筋裏散佈一些危險的猜測。

后　讓她進來。（侍臣下）

我負疚的靈魂惴惴驚惶，

瑣瑣細事也像預兆災殃；

罪惡是這樣充滿了疑猜，

越小心越容易流露鬼胎。

【侍臣率莪菲莉霞重上。

莪　丹麥的美麗的王后陛下呢？

后　啊，莪菲莉霞！

莪　（唱）

張三李四滿街走，

誰是你情郎？

毡帽在頭杖在手，

草鞋穿一雙。

后　唉！好姑娘，這支歌是什麼意思呢？

莪　您說？請您聽好了。（唱）

姑娘，姑娘，他死了，

一去不復來；

頭上蓋着青青草，

腳下石生苔。

后　嘎呵！

莪　噯，可是，我非莉霞，——

后　請您聽好了（唱）

殮衾遮體白如雪，——

【國王上。

后　唉！陛下，您瞧。

莪　鮮花紅似雨；

花上盈盈有淚滴，

伴郎墳墓去。

王　你好，美麗的姑娘？

莪　好，上帝保佑您！他們說貓頭鷹是一個麵包司務的女兒變成的。主啊！我們誰也不知道自己將來會變成什麼。願上帝在您的食桌上！

王　她父親的死激成了她這種幻想。

莪　對不起，我們以後再別提這件事了。要是有人問您這是什麼意思，您就這樣對他說：（唱）

情人佳節就在明天，

我要一早起身，

梳洗齊整到你窗前，

來做你的戀人。

他下了牀披了衣裳，

他開開了房門；

她進去時是個女郎，

出來變了婦人。

王　美麗的莪菲莉霞！

莪　眞的，不用發誓，我會把它唱完：（唱）

憑着神聖慈悲名字，

這種事太丟臉！

少年男子不知羞恥，

一味無賴糾纏。

她說你會答應婚嫁，
然後再同枕席；
誰料如今被你欺詐，
懊悔萬千無及！

王　她這個樣子已經多久了？

我　我希望一切轉禍爲福！我們必須忍耐；可是我一想到他們把他放下寒冷的泥土裏去，我就禁不住弔淚。我的哥哥必須知道這件事。謝謝你們很好的勸告。來，我的馬車！晚安太太們，晚安，可愛的小姐們；晚安晚安：（下）

王　緊緊跟住她；留心不要讓她鬧出亂子來。（霍下）啊！深心的憂傷把她害成了這樣子；這完全是爲了她父親的死。啊，葛特露，葛特露！不幸的事情總是接踵而來：第一是她父親的被殺；然後是你兒子的遠別，他闖了這樣大禍，不得不亡命異國也是自取其咎；人民對於善良的普隆涅斯的暴死，已經羣疑蜂起，議論紛紛；我們這樣匆匆忙忙地把他祕密安葬，更加引起了外間的疑竇；可憐的莪菲莉霞也因此而悲傷得失去了她的正常的理智，我們人類沒有了理智，不過是畫上的圖形，無知的禽獸。最後，跟這些事情同樣使我不安的，她的哥哥已經從法國祕密回來，行動詭異，居心莫測，他的耳中所聽到的，都是那些播弄是非的人所散放的關於他父親死狀的惡意的謠言，少不得牽涉到我們身上。啊，我的親愛的葛特露！這種消息像一尊殺人的巨礮，到處都在危害我的生命。

（內喧呼聲）

后　噯喲！這是什麼聲音？

【一侍臣上。

王　我的瑞士衛隊呢？叫他們把守宮門。什麼事？

侍臣　趕快避一避吧，陛下；比大洋中的怒潮衝決堤岸還要洶洶其勢，年青的勒替斯帶領着一隊叛軍，打敗了您的衛士，衝進宮裏來了。這一羣暴徒把他稱爲主上；就像世界還不過剛纔開始一般，他們推翻了一切的傳統和習慣，高喊着「我們推舉勒替斯做國王！」他們擲帽舉手，吆呼的聲音響徹雲霄，「讓勒替斯做國王，讓勒替斯做國王！」

后　他們這樣興高彩烈，却不知道已經誤入歧途！啊，你們幹了錯事了，你們這些不忠的丹麥狗！（內喑呼聲）

王　宮門都已打破了。

〔勒替斯戎裝上；一羣丹麥人隨上。

勒　這國王在那兒？弟兄們，大家站在外面。

衆　不，讓我們進來。

勒　對不起，請你們讓我一個人在這兒。

衆　好，好。（衆退立門外）

勒　謝謝你們；把門看守好了。啊，你這萬惡的奸王！還我的父親來！

后　安靜一點，好勒替斯。

勒　我身上要是有一點血安靜下來，我就是個野生的雜種，我的父親是個忘八，我的母親的貞潔的額角上，也要雕上娼妓的惡名。

王　勒替斯，你這樣大張聲勢，興兵犯上，究竟爲了什麼原因？——放了他，葛特露；不要擔心他會傷害我的身體，一個君王是有神聖呵護的，他的威嚴可以嚇退叛徒。——告訴我，勒替斯，你有什麼氣惱不平的事？——放了他，葛特露。——你說吧。

勒　我的父親呢？

王　死了。

后　但是並不是他殺死的。

王　儘他問下去。

勒　他怎麼會死的？我可不能受人家的愚弄。忠心，到地獄裏去吧！讓最黑暗的魔鬼把一切誓言抓了去！什麼良心，什麼禮貌，都給我滾下無底的深穴裏去！我要向永劫挑戰。我的立場已經決定：死也好，活也好，我什麼都不管，祇要痛痛快快地為我的父親復仇。

王　誰可以阻止你？

勒　除了我自己的意志以外，全世界也不能阻止我；不費吹灰之力，就可以達到我的目的。

王　好勒替斯，要是你想知道你的親愛的父親究竟是怎樣死去的話，你還是先認認清楚誰是友人誰是敵人呢，還是不分皂白地把他們一概作為你的復仇的對象？

勒　冤有頭債有主，我祇要找我父親的敵人算賬。

王　那麼你要知道誰是他的敵人嗎？

勒　對於他的好朋友，我願意張開我的手臂擁抱他們，像捨身的企鵞一樣，把我的血供他們喝飲。(註)

王　啊，現在你纔說得像一個孝順的兒子和真正的紳士我不但對於令尊的死不曾有分，而且為此也感覺到非常的悲痛；這一個事實將會透過你的心，正像白晝的陽光照射你的眼睛一樣。

衆　（在外）放她進去！

勒　怎麼！那是什麼聲音？

【莪菲莉霞重上。

勒　啊，赤熱的烈焰，炙枯了我的腦漿吧！七倍辛酸的眼淚，灼傷了我的視覺吧！天日在上，我一定要叫那害你瘋狂的仇人重重地抵償他的罪惡。啊，五月的玫瑰！親愛的女郎，好妹妹，莪菲莉霞！天啊！一個少女的理智也會像一個老人的生命一樣受不起打擊嗎？

莪　（唱）

他們把他擡上柩架；
　哎呀，哎呀，哎哎呀；
在他墳上淚如雨下；——
再會，我的鴿子！

勒　要是你沒有發瘋，你會激勵我復仇，你的言語也不會比你現在這樣子更使我感動了。

莪　啊，這紡輪轉動的聲音多麼好聽！是那壞良心的管家把主人的女兒拐了去了。

勒　這一種無意識的話，比正言危論還要有力得多。

莪　這是表示記憶的迷迭香；愛人，請你記着吧：這是表示思想的三色堇。

勒　她在瘋狂中把思想和記憶混雜在一起了。

莪　這是給您的茴香和漏斗花；這是給您的芸香；這兒還留着一些給我自己；啊！您可以把您的芸香插戴得別致點兒。這兒是一枝雛菊；我想要給您幾朵紫羅蘭，可是我父親一死，它們全都謝了；他們說他死得很好——（唱）

可愛的洛賓是我的寶貝。

勒　憂愁痛苦，悲哀和地獄中的磨難，在她身上都變成了可憐可愛。

莪　（唱）

他會不會再回來？
他會不會再回來？
　不，不，他死了；
　你的命難保，
他再也不會回來。
他的鬍鬚像白銀，
滿頭黃髮亂紛紛。
　人死不能活，
　且把悲聲歇；
上帝饒赦他靈魂！
求上帝饒赦一切基督徒的靈魂！上帝和你們同在！（下）

勒　上帝啊，你看見這種慘事嗎？

王　勒替斯，我必須跟你詳細談談關於你所遭逢的不幸；你不能拒絕我這一個權利。你不妨先去選擇幾個你的最有見識的朋友，請他們在你我兩人之間做公正人：要是他們評斷的結果，認爲是我主動或同謀殺害的，我願意放棄我的國土，我的王冠，我的生命，以及我所有的一切，作爲對你的補償；可是他們假如認爲我是無罪的，那麼你必須答應幫助我一臂之力，讓我們兩人開誠合作，定出一個懲兇的方策來。

勒　就是這樣吧；他死得這樣不明不白，他的下葬又是這樣偷偷摸摸的，他的屍體上沒有一些戰士的榮飾，也不會替他舉行一些哀祭的儀式，從天上到地下都在發出憤懣不平的呼聲，我不能不問一個明白。

王　你可以明白一切；誰是眞有罪的，讓斧鉞加在他的頭上吧。請你跟我來。（同下）

## 第六場　同前，另一室

【霍拉旭及一僕人上。

霍　要來見我說話的是些什麼人？

僕　是幾個水手，主人；他們說他們有信要交給您。

霍　叫他們進來。（僕下）倘不是漢姆萊脫殿下差來的人，我不知道在這世上的那一部分會有人來看我。

【水手等上。

水手甲　上帝祝福您，先生！

霍　願他也祝福你。

水手乙　他要是高興，先生，他會祝福我們的。這兒有一封信給您，先生，——它是從那位到英國去的欽使寄來的，

霍　——要是您的名字果然是霍拉旭的話。「霍拉旭，你把這封信看過以後，請把來人領去見一見國王；他們還有信要交給他。我們在海上的第二天，就有一艘很凶猛的海盜船向我們追擊。我們因爲船行太慢，祇好勉力迎敵在彼此相持的時候，我跳上了盜船，他們就立刻拋下我們的船，揚帆而去，剩下我一個人做他們的俘虜。他們對待我很是有禮，可是他們知道他們所做的事；我還要重謝他們哩。把我給國王的信交給他以後，請你就像逃命一般火速來見我。我有一些可以使你聽了撟舌不下的話要在你的耳邊說；可是事實的本身比這些話還要嚴重得多。來人可以把你帶到我現在所在的地方。羅森克蘭滋和基騰史登到英國去了；關於他們我還有許多話要告訴你。再會。你的漢姆萊脫。」來，讓我立刻就帶你們去把你們的信送出，然後請你們領我到那把這些信交給你們的那個人的地方去。（同下）

## 第七場　同前，另一室

【國王及勒替斯上。

王　你已經用你同情的耳朵聽見我告訴你那殺死令尊的人也在圖謀我的生命；現在你必須明白我的無罪，並且把我當作你的一個心腹的友人了。

勒　聽您所說，果然像是眞的；可是告訴我，爲了您自己的安全起見，爲什麽您對於這樣罪大惡極的暴行，不採取嚴厲的手段呢？

王　啊！那是因爲有兩個理由，也許在你看來是不成其爲理由的，可是對於我卻有很大的關係。王后，他的母親，差不多一天不看見他就不能生活；至於我自己，那麼不管它是我的好處或是我的致命的弱點，我的生命和靈魂是這樣跟她連結在一起，正像星球不能跳出軌道一樣，我也不能沒有她而生活。而且我所以不能把這件案子公開，還有一個重要的顧慮：一般民衆對他都有很大的好感，他們盲目的崇拜像一道使樹木變成石塊的魔泉一樣，把他所有的錯處都變成了優點；我的箭太輕太沒有力了，遇到這樣的狂風，一定不能射中目的，反而給吹了轉來。

勒　那麼難道我的一個高貴的父親就是這樣白白死去，一個好好的妹妹就是這樣白白瘋了不成？她的完美卓越的姿容才德，是可以傲視一世，睥睨古今的。可是我的報仇的機會總有一天會到來。

王　不要讓這件事擾亂了你的睡眠；你不要以為我是這樣一個麻木不仁的人，會讓人家揪着我的鬍鬚，還以為不過是開開頑笑。不久你就可以聽到消息。我愛你父親，我也愛我自己；那我希望可以使你想到——

【一使者上。

王　啊！什麼消息？

使者　啓稟陛下，是漢姆萊脫寄來的信；這一封是給陛下的，這一封是給王后的。

王　漢姆萊脫寄來的！誰把它們送到這兒來？

使者　他們說是幾個水手，陛下，我沒有看見他們；這兩封信是克勞第奧交給我的，他們把信送在他手裏。

王　勒替斯，你可以聽一聽這封信。出去！（使者下）

「陛下，我已經光着身子回到您的國土上來了。明天我就要請您允許我拜見御容。讓我先向您告我的不召而返之罪，然後再稟告您我這次突然而意外回國的原因。漢姆萊脫敬上。」

勒　這是什麼意思？同去的人也都一起回來了嗎？還是什麼人在搗鬼，並沒有這麼一回事？

王　您認識這筆跡嗎？

勒　這確是漢姆萊脫的親筆。「光着身子！」這兒還附着一筆，說是「一個人回來。」你看他是什麼用意？

王　我可懂不出來，陛下。可是他來得正好；我一想到我能夠有這樣一天當面申斥他的罪狀，我的鬱悶的心也熱起來了。

勒　要是果然這樣的話，勒替斯，你願意聽我的吩咐嗎？

王　願意，陛下，衹要您不勉强我跟他和解。

勒　我是要使你自己心裏得到平安。要是他現在中途而返，不預備再作這樣的航行，那麼我已經想好了一個計策，激動他去幹一件事情，一定可以叫他自投羅網；而且他死了以後，誰也不能講一句閒話，即使他的母親也不能覺察我們的詭計，衹好認爲是一件意外的災禍。

王　陛下，我願意服從您的指揮；最好請您設法讓他死在我的手裏。

勒　我正是這樣計劃。自從你到國外遊學以後，人家常常說起你有一種特長的本領，這種話漢姆萊脫也是早就聽到過的；雖然在我的意見之中，這不過是你所有的才藝中間最不足道的一種，可是你的一切才藝的總和都不及這一種本領更能挑起他的妒忌。

王　是什麼本領呢，陛下？

勒　它雖然不過是裝飾在少年人帽上的一條緞帶，但也是少不了的；因爲年青人應該裝束得華麗瀟洒一些，表示他的健康活潑，正像老年人應該裝束得樸素大方一些，表示他的矜嚴凝重一樣。兩個月以前這兒來了一個諾曼第的紳士；我自己曾經和法國人在馬上比過武藝，他們都是很精於騎術的；可是這位好漢簡直有不可思議的魔力，他騎在馬上，好像和他的坐騎化成了一體似的，隨意馳驟，無不出神入化。他的技術是那樣遠超過我的預料，無論我杜撰一些怎樣誇大的辭句，都不够形容它的奇妙。

勒　是個諾曼第人嗎？

王　是諾曼第人。

勒　那麼一定是拉摩特了。

王　正是他。

勒　我認識他；他的確是全國知名的勇士。

王　他承認你的武藝很是了得，對於你的劍術尤其極口稱贊，說是倘有人能够和你對敵，那一定大有可觀；他發誓說他們國裏的劍士要是跟你交起手來，一定會眼花撩亂，全然失去招架之功。他對你的這一番誇獎，使漢姆萊脫妒惱交集，一心希望你快些回來跟他比賽一下。從這一點上，——

勒　從這一點上怎麼，陛下？

王　勒替斯，你是眞愛你的父親嗎？還是不過是做作出來的悲哀，祇有表面，沒有眞心嗎？

勒　您爲什麼這樣問我？

王　我不是以爲你不愛你的父親；可是我知道愛不過起於一時感情的衝動，經驗告訴我，經過了相當時間，它是會逐漸冷淡下去的。愛像是一盞油燈，燈芯燒枯以後，它的火燄也會由微暗而至於消滅。一切事情都不能永遠保持良好，因爲過度的善反會摧毀它的本身，正像一個人因充血而死去一樣。我們所要做的事，應該一想到就做；

因爲一個人的心理是會隨時變化的，稍一遲疑就會遭遇種種的遷延阻礙。可是回到我們所要談論的中心問題上來吧。漢姆萊脫回來了；你預備怎樣用行動代替言語，表明你自己的確是你父親的肖子呢？

勒　我要在教堂裏割破他的喉嚨。

王　無論什麼所在都不能庇護一個殺人的兇手；復仇不應該在礙手礙脚的地方。可是，好勒替斯，你要是果然志切復仇，還是住在自己家裏不要出來。漢姆萊脫回來以後，我們可以讓他知道你也已經回來，叫幾個人在他的面前誇獎你的本領，把你說得比那法國人所講的還要了得，慫恿他和你作一次比賽。他是個粗心的人，一點不想到人家在算計他，一定不會仔細檢視比賽用的刀劍的利鈍；你祇要預先把一柄利劍混雜在裏面，趁他沒有注意的時候不動聲色地自己拿了，在比賽之際看準他要害刺了過去，就可以替你的父親報了仇了。

勒　我願意這樣做；爲了達到復仇的目的，我還要在我的劍上塗一些毒藥。我已經從一個賣藥人手裏買到一種致命的藥油，祇要在劍頭上沾了一滴，刺到人身上，它一碰到血，即使只是擦破了一些皮膚，也會毒性發作，無論什麼靈丹仙草，都不能挽救他的性命。

王　讓我們再考慮考慮，看時間和機會能夠給我們什麼方便。要是這一個計策會失敗，要是我們會在行動之間露出了破綻，那麼還是不要嘗試的好。爲了豫防失敗起見，我們應該另外再想一個萬全之計。且慢！讓我想來：我們可以對你們兩人的勝負打賭；啊，有了：你在跟他交手的時候，必須使出你全副的精神，使他疲於奔命，等他口乾煩燥，要討水喝的當兒，我就爲他預備好一杯毒酒，萬一他逃過了你的毒劍，也逃不過我們這一着。且慢！什麼聲音？

〔王后上。

王　啊，親愛的王后！

后　一樁禍事剛剛到來，又有一樁接踵而至。勒替斯，你的妹妹掉在水裏溺死了。

勒　溺死了！啊！在那兒？

后　在小溪之旁，斜生着一株楊柳，它的毿毿的枝葉倒映在明鏡一樣的水流之中；她一個人到那邊去，用毛莨，蕁蔴，雛菊，和紫蘭編成了一個個花圈，替她自己作成了奇異的裝飾。她爬上一根橫垂的樹枝，想要把她的花冠掛在上面；就在這時候，樹枝折斷了，連人連花一起落下嗚咽的溪水裏。她的衣服四散展開，使她暫時像人魚一樣飄浮水上；她嘴裏還斷斷續續唱着古舊的謠曲，好像一點不感覺到什麼痛苦，又好像她本來就是生長在水中的一般。可是不多一會兒，她的衣服給水浸得重起來了，這可憐的人兒歌還沒有唱完，就已經沉了下去。

勒　唉！那麼她是溺死了嗎？

后　溺死了，溺死了！

勒　太多的水淹沒了你的身體，可憐的我非莉霞，所以我必須忍住我的眼淚。可是人類的常情是不能遏阻的，我掩飾不了心中的悲哀，祇好顧不得慚愧了；當我們的眼淚乾了以後，我們的婦人之仁也是會隨着消滅的。再會，陛下！我有一段炎炎欲焚的烈火般的說話，可是我的傻氣的眼淚把它澆熄了。（下）

王　讓我們跟上去，葛特露；我好容易纔把他的怒氣平息了一下，現在我怕又要把它挑起來了。快讓我們跟上去吧。（同下）

註　昔人誤信企鵝以其血哺雛，故云。

# 第五幕

## 第一場　墓地

【二小丑攜鋤鍬等上。

甲丑　她存心自己脫離人世，却要照基督徒的儀式下葬嗎？

乙丑　我對你說是的，所以你趕快把她的墳掘好了吧；驗屍官已經驗明她的死狀，宣佈應該按照基督徒的儀式把她下葬。

甲丑　這可奇了，難道她是因爲自衞而跳下水裏的嗎？

乙丑　他們驗明是這樣的。

甲丑　那麼故意殺人也可以罪從末減了。因爲問題是這樣的：要是我有意投水自殺，那必須成立一個行爲；一個行爲可以分爲三部分，那就是幹行做；所以，她是有意投水自殺的。

乙丑　噯，你聽我說，——

甲丑　對不起。這兒是水；好。這兒站着人；好。要是這個人跑到這個水裏，把他自己淹死了，那麼，不管他自己願不願意，總是他自己跑下去的；你聽好了沒有？可是要是那水走到他的身上把他淹死了，那就不是他自己把自己淹死；所以，對於他自己的死無罪的人，並沒有殺害他自己的生命。

乙丑　法律上是這樣說的嗎？

甲丑　嗯，是的，這是驗屍官的驗屍法。

乙丑　說一句老實話，要是這個死的不是一位貴家女子，他們決不會按照基督徒的儀式把她下葬的。

甲丑　對了，你說得有理；有財有勢的人就是要投河上弔，比起他們同教的基督徒來也可以格外通融，世上的事情眞是太不公平了！來，我的鋤頭。古時候沒有什麼紳士，祇有一些種地的、開溝的、掘墳的人；他們都繼承着亞當的行業。

乙丑　他是一個紳士嗎？

甲丑　什麼！你是個異教徒嗎？你有沒有讀過聖經？聖經上說「亞當掘地。」讓我再問你一個問題；要是你回答得不對，那麼你就承認你自己——

乙丑　你問吧。

甲丑　誰造得比泥水匠、船匠，或是木匠更堅固？

乙丑　造絞架的人；因爲一千個寄寓在這屋子裏的人都已經先後死去，它還是站在那兒動都不動。

甲丑　我很歡喜你的聰明，眞的，絞架是很合適的；可是它怎麼是合適的？它對於那些有罪的人是合適的。你說絞架造得比教堂還堅固，說這樣的話是罪過的；所以，絞架對於你是合適的。來，重新說過。

乙丑　誰造得比泥水匠、船匠，或是木匠更堅固？

甲丑　嗯，你回答了這個問題，我就讓你下工。

乙丑　呃，現在我知道了。

甲丑　說吧。

乙丑　眞的，我可回答不出來。

〔漢姆萊脫及霍拉旭上，立遠處。

甲丑 別儘絞你的腦筋了，懶驢子是打殺也走不快的；下回有人問你這個問題的時候，你就對他說，「掘墳的人」，因爲他造的房子是可以一直住到世界末日的。去，到酒店裏去給我倒一杯酒來。（乙丑下，甲且掘且歌）

年青時候最愛偷情，<br>
　覺得那事很有趣味；<br>
規規矩矩學做好人，<br>
　在我看來太無意義。

漢 這傢伙難道對於他的工作一點沒有什麼感覺，在掘墳的時候還會唱歌嗎？

霍 他做慣了這種事，所以不以爲意。

漢 正是；不大勞動的手，它的感覺要比較靈敏一些。

甲丑 （唱）

誰料如今歲月潛移，<br>
　老景催人急於星火，<br>
兩腳挺直一命歸西，<br>
　世上原來不會有我。（擲起一骷髏）

漢 那個骷髏裏面曾經有一條舌頭，它還會唱歌哩；瞧這傢伙把它摔在地上，好像它是第一個殺人兇手該隱的顎骨似的！（註一）它也許是一個政客的頭顱，現在卻讓這蠢貨把它丟來踢去；也許他生前是個偷天換日的好手，你看是不是？

霍　也許是的，殿下。

漢　也許是一個朝臣，他會說，「早安，大人！您好，大人！」也許他就是某大人，嘴裏稱贊某大人的馬好，心裏却想把它討了來，你看是不是？

霍　是，殿下。

漢　啊，正是；現在却讓蛆蟲伴寢，他的下巴也落掉了，一柄工役的鋤頭可以在他頭上敲來敲去。從這種變化上，我們大可看透生命無常的消息。難道這些枯骨生前受了那麼多的教養，死後却祇好給人家當木塊一般拋着玩嗎？想起來眞是怪不好受的。

甲丑（唱）

鋤頭一柄，鐵鏟一把，
殮衾一方掩面遮身；
挖鬆泥土深深掘下，
掘了個坑招待客人。（擲起另一骷髏）

漢　又是一個；誰知道那不會是一個律師的骷髏？他的舞文弄法的手段，顚倒黑白的雄辯，現在都到那兒去了？爲什麽他讓這個放肆的傢伙用齷齪的鐵鏟敲他的腦殼，不去控告他一個毆打罪？哼！這傢伙生前也許會經買下許多的地産，開口閉口用那些條文具結罰款證據賠償一類的名詞嚇人；現在他的腦殼裏塞滿了泥土，這就算是他所取得的最後的賠償了嗎？除了兩張契約大小的一方地面以外，誰能替他證明他究竟有多少地産？這一抔黃土，就是他所有的一切了嗎，嚇？

霍　這就是他所有的一切了，殿下。

漢　我要去跟這傢伙談談。喂，這是誰的墳墓？

甲丑　我的，先生，——

挖鬆泥土深深掘下，
掘了個坑招待客人。

漢　胡說！墳墓是死人睡的，怎麼說是你的？你給什麼人掘這墳墓？是個男人嗎？

甲丑　不是男人，先生。

漢　那麼是什麼女人？

甲丑　也不是女人。

漢　不是男人，也不是女人，那麼誰葬在這裏面？

甲丑　先生，她本來是一個女人，可是上帝安息她的靈魂，她已經死了。

漢　這混蛋。倒會分辨得這樣清楚！我們講話必須直捷痛快，要是像這樣含含糊糊的，那可把人煩死了。憑着上帝發誓，霍拉旭我覺得這三年來時世變得越發不成樣子了，一個平民也敢用他的脚趾去踢痛貴人的後跟。——你做這掘墓的營生，已經多久了？

甲丑　我開始幹這營生，是在我們的老王爺漢姆萊脫打敗福丁勃拉斯那一天。

漢　那是多少時候以前的事？

甲丑　你不知道嗎？每一個傻子都知道的；那正是小漢姆萊脫出世的那一天，就是那個發了瘋給他們送到英國去的。

漢　嗯，對了；爲什麼他們叫他到英國去？

甲丑　就是因爲他發了瘋呀；他到了英國去，他的瘋病就會好的，即使瘋病不會好，在那邊也沒有什麼關係。

漢　爲什麼？

甲丑　英國人不會把他當作瘋子；他們都是跟他一樣瘋的。

漢　他怎麼會發瘋？

甲丑　人家說得很奇怪。

漢　怎麼奇怪？

甲丑　他們說他神經有了毛病。

漢　一個人埋在地下，要經過多少時候纔會腐爛？

甲丑　假如他不是在未死以前就已經腐爛，——現在多的是害楊梅瘡死去的屍體，簡直擡都擡不下去，——他大概可以過八九年；一個硝皮匠在九年以內不會腐爛。

漢　爲什麼他要比別人長久一些？

甲丑　因爲，先生，他的皮硝得比人家的硬，可以長久不透水；屍體一碰到水，是最會腐爛的。這兒又是一個骷髏；這骷髏已經埋在地下二十三年了。

漢　它是誰的骷髏？

甲丑　是個婊子養的瘋小子；你猜是誰？

漢　不，我猜不出。

甲丑　這個遭瘟的瘋小子！他有一次把一瓶葡萄酒倒在我的頭上。這一個骷髏，先生，是國王的弄人郁利克的骷髏。

漢　這就是他！

甲丑　正是他。

漢　讓我看。（取骷髏）唉，可憐的郁利克！霍拉旭，我認識他；他是一個最會開玩笑，非常富於想像力的傢伙。他曾經把我負在背上一千次；現在我一想起來，却忍不住胸頭作惡。這兒本來有兩片嘴唇，我不知吻過它們多少次。——現在你還會把人挖苦嗎？你還會蹦蹦跳跳，逗人發笑嗎？你還會唱歌嗎？你還會隨口編造一些笑話，說得一座捧腹嗎？你沒有留下一個笑話，譏笑你自己嗎？這樣垂頭喪氣了嗎？現在你給我到小姐的閨房裏去，對她說，憑她臉上的脂粉搽得一寸厚，到後來總是要變成這個樣子的；你用這樣的話告訴她，看她笑不笑吧。霍拉旭，請你告訴我一件事情。

霍　什麼事情，殿下？

漢　你想亞力山大在地下也是這一副形狀嗎？

霍　也是這樣。

漢　也是有同樣的臭味嗎？呸！（擲下骷髏）

霍　也是有同樣的臭味的，殿下。

漢　誰知道我們將來會變成一些什麼下賤的東西，霍拉旭！要是我們用想像推測下去，誰知道亞力山大的高貴的屍體，不就是塞在酒桶口上的泥土？

霍　那未免太想入非非了。

漢　不，一點不，這是很可能的我們可以這樣想：亞力山大死了；亞力山大埋葬了；亞力山大化為塵土；人們把塵土做成爛泥；那麼為什麼亞力山大所變成的爛泥，不會被人家拿來塞在啤酒桶的口上呢？

　　該撒死了，他尊嚴的屍體
　　也許變了泥把破牆填砌；
　　啊！他從前是何等的英雄，
　　現在只好替人擋雨遮風！

可是不要作聲！不要作聲！站開；國王來了。

【教士等列隊上；衆舁莪菲莉霞屍體前行；勒替斯及諸送葬者，國王，王后，及侍從等隨後。

漢　王后和朝士們也都來了；他們是送什麼人下葬呢？儀式又是這樣草率的？瞧上去好像他們所送葬的那個人，是自殺而死的，同時又是個很有身分的人。讓我們躲在一旁瞧瞧他們。（與霍退後）

勒　還有些什麼儀式？

漢　（向霍旁白）那是勒替斯，一個很高貴的青年；聽好。

勒　還有些什麼儀式？

教士甲　她的葬禮已經超過了她所應得的名分。她的死狀很是可疑；倘不是因為我們迫於權力，按例就該把她安葬在聖地以外，直到最後審判的喇叭吹召她起來。我們不但不應該替她念禱告，並且還要用磚瓦碎石丟在她墳上；可是現在我們已經允許給她處女的葬禮，用花圈蓋在她的身上，替她散播鮮花，鳴鐘送她入土，這還不夠嗎？

勒　難道不能再有其他的儀式了嗎？

教士甲　不能再有其他的儀式了；要是我們為她奏安靈樂，就像對於一般平安死去的靈魂一樣，那就要褻瀆了教規。

勒　把她放下泥土裏去；願她的嬌美無瑕的肉體上，生出芬芳馥郁的紫羅蘭來！我告訴你，你這下賤的教士，我的妹妹將要做一個天使，你死了却要在地獄裏呼號。

漢　什麼！美麗的莪菲莉霞嗎？

后　好花是應當散在美人身上的；永別了！（散花）我本來希望你做我的漢姆萊脫的妻子；這些鮮花本來要鋪在你的新牀上，親愛的女郎，誰想得到我要把它們散在你的墳上！

勒　啊！但願千百重的災禍，降臨在害得你精神錯亂的那個該死的惡人的頭上！等一等，不要就把泥土蓋上去，讓我再把她擁抱一次。（跳下墓中）現在把你們的泥土倒下來，把死的和活的一起掩埋了吧；讓這塊平地上堆起一座高山，那古老的丕利恩和蒼秀插天的奧林帕斯都要俯伏在它的足下。（註二）

漢　（上前）那一個人的心裏裝載得下這樣沉重的悲傷？那一個人的哀慟的辭句，可以使天上的流星驚疑止步？那是我，丹麥王子漢姆萊脫！（跳下墓中）

勒　魔鬼抓了你的靈魂去！（將漢揪住）

漢　你禱告錯了。請你不要拉住我的頭頸；因為我雖然不是一個暴躁易怒的人，可是我的火性發作起來，是很危險的，你還是不要激惱我吧。放開你的手！

王　把他們扯開！

后　漢姆萊脫！漢姆萊脫！

衆　殿下，公子，——

霍　好殿下，安靜點兒。（侍從等分開二人，二人自墓中出）

漢　嘿，我願意爲了這個題目跟他決鬥，直到我的眼皮不再睒動。

后　啊，我的孩子！什麼題目？

漢　我愛莪菲莉霞；四萬個兄弟的愛合起來，還抵不過我對她的愛。你願意爲她幹些什麼事情？

王　啊！他是個瘋人，勒替斯。

后　看在上帝的情分上，不要跟他頂眞。

漢　哼，讓我瞧瞧你會幹些什麼事。你會哭嗎？你會打架嗎？你會絕食嗎？你會撕破你自已的身體嗎？你會喝一大缸醋嗎？你會吃一條鱷魚嗎？我都做得到。你是到這兒來哭泣的嗎？你跳下她的墳墓裏，是要當面羞辱我嗎？你跟她活埋在一起，我也會跟她活埋在一起；要是你還要誇說什麼高山大嶺，那麼讓他們把幾百萬畝的泥土堆在我們身上，直到我們的地面深陷到赤熱的地心，讓巍峨的奧薩在相形之下變得祇像一個瘤那麼大小吧！（註三嘿，你會吹，我就不會吹嗎？

后　這不過是他一時的瘋話。他的瘋病一發作起來，總是這個樣子的；可是等一會兒他就會安靜下來，正像母鴿孵育她那一雙金羽的雛鴿的時候一樣溫和了。

漢　聽我說，老兄；你爲什麼這樣對待我？我一向都是愛你的，可是這些都不用說了，有本領的，隨他幹什麼事吧！貓總是要叫，狗總是要鬧的。（下）

王　好霍拉旭，請你跟住他。（霍下）（向勒）記着我們昨天晚上所說的話，格外忍耐點兒吧；我們馬上就可以實行我們的辦法。好葛特露，叫幾個人好好看守你的兒子。這一個墳上將要植立一塊永久的墓碑；平靜的時間不久就會到來；現在我們必須耐着心把一切安排。（同下）

## 第二場　城堡中的廳堂

【漢姆萊脫及霍拉旭上。

漢　這個題目已經講完，現在我可以讓你知道另外一段事情。你還記得當初的一切經過情形嗎？

霍　記得，殿下？

漢　在我的心裏有一種戰爭，使我不能睡眠；我覺得我的處境比套在脚鐐裏的叛變的水手還要難堪。我們應該知道，我們乘着一時的孟浪，往往反而可以做出一些爲我們的深謀密慮所做不成功的事；從這一點上，我們可以看出來，無論我們怎樣辛苦圖謀，我們的結果卻早已有一種冥冥中的力量把它佈置好了。

霍　這是無可置疑的。

漢　從我的艙裏起來，一件航海的寬衣罩在我的身上，我在黑暗之中摸索着找尋他們的所在，果然給我達到目的，摸到了他們的包裹，拿着它回到我自己的地方，疑心使我忘記了禮貌，我大膽地拆開了他們的公文，在那裏面，霍拉旭，——啊，堂皇的詭計！——我發現一道切實的命令，借了許多好聽的理由爲名，掩藏着猙獰醜惡的鬼蜮的面貌，說是爲了丹麥和英國雙方的利益，必須不等磨好利斧，立即梟下我的首級。

霍　有這等事？

漢　這一封就是原來的國書；你有空的時候可以仔細讀一下。可是你願意聽我告訴你後來我怎麼辦嗎？

霍　請您告訴我。

漢　在這樣重重詭計的包圍之中，我的腦筋不等我定下心來思索，就開始活動起來了；我坐下來另外寫了一通官樣文章的國書。從前我曾經抱着跟我們那些政治家們同樣的意見，認爲文章寫得好是一件有失體面的事，總是想竭力忘記這一種學問，可是現在它却對我有了大大的用處。你要知道我寫些什麼話嗎？

霍　嗯，殿下。

漢　我用國王的名義，向英王提出懇切的要求，因爲英國是他忠心的藩屬，因爲兩國之間的友誼，必須讓它像棕櫚樹一樣發榮繁茂，因爲和平的女神必須永遠戴着他的榮冠，溝通彼此的情感，以及許許多多諸如此類的重要理由，請他在讀完這一封信以後，不要有任何的遲延，立刻把那兩個傳書的來使處死，不讓他們有從容懺悔的時間。

霍　可是國書上沒有蓋印，那怎麼辦呢？

漢　啊，就在這件事上，也可以看出一切都是上天預先註定。我的衣袋裏恰巧藏着我父親的私印，它跟丹麥的國璽是一個式樣的；我把僞造的國書照着原來的樣子摺好，簽上名字，蓋上印璽，把它小心封好，歸還原處，一點不露出破綻。下一天就遇見了海盜，那以後的情形，你早已知道了。

霍　這樣說來，基騰史登和羅森克蘭滋是去送死的了。

漢　哎，朋友，他們本來是自己鑽求這件差使的；我在良心上沒有對不起他們的地方，是他們自己的阿諛獻媚斷送了他們的生命。兩個強敵猛烈爭鬥的時候，不自量力的微弱之輩，卻去插身在他們的中間，這樣的事情是最危險不過的。

霍　嘿，這是一個什麼國王！

漢　你想，我是不是應該——他殺死了我的父王，姦汙了我的母親，篡奪了我的嗣位的權利，用這種詭計謀害我的生命，憑良心說我是不是應該親手向他復仇雪恨？上天會不會嘉許我替世上剪除這一個戕害天性的蟊賊，不讓他繼續為非作惡？

霍　他不久就會從英國得到消息，知道這一回事情產生了怎樣的結果。

漢　時間雖然很偪促，可是我已經抓住眼前這一刻功夫；一個人的生命可以在說一個「一」字的一刹那之間了結。可是我很後悔，好霍拉旭，不該在勒替斯之前失去了自制；因為他所遭遇的慘痛，正是我自己的怨憤的影子，我要取得他的好感。可是他倘不是那樣誇大他的悲哀，我也決不會動起那麼大的火性來的。

霍　不要作聲！誰來了？

【奧斯力克上。

奧　殿下，歡迎您回到丹麥來！

漢　謝謝您，先生。（向霍旁白）你認識這頭水蒼蠅嗎？

霍　（向漢旁白）不，殿下。

漢　（向霍旁白）那是你的運氣，因為認識他是一件丟臉的事。他有許多肥田美壤；要是一頭畜生做了萬獸之王，他也會在御座之前低頭吃草。他是個滿身泥土氣的傖夫。

奥　殿下，您要是有空的話，我奉陛下之命要來告訴您一件事情。

漢　先生，我願意恭聆大教。您的帽子是應該戴在頭上的，您還是戴上去吧。

奥　謝謝殿下，天氣眞熱。

漢　不，相信我，天冷得很，在吹北風哩。

奥　眞的有點兒冷，殿下。

漢　可是對於像我這樣的體質，我覺得這一種天氣却是悶熱得利害。

奥　對了，殿下；眞是說不出來的悶熱。可是，殿下，陛下叫我來通知您一聲，他已經爲您下了一個很大的賭注了。殿下，事情是這樣的，——

漢　請您不要忘記了您的帽子。

奥　不，殿下，我還是這樣舒服些，眞的。殿下，勒替斯新近到我們的宮庭裏來；相信我，他是一位完善的紳士，充滿着最卓越的特點，他的禮貌非常溫雅，他的談吐又是非常淵博；說一句發自衷心的話，他是上流社會的南針，因爲在他身上可以找到一個紳士所應有的品性的總彙。

漢　先生，他對於您這一番描寫的確可以當之無愧；雖然我知道，要是把他的好處一件一件列舉出來，不但我們的記憶將要因此而淆亂，交不出一篇正確的賬目來，而且他這一艘滿帆的快船，也決不是我們失舵之舟所能追及；可是，憑着眞誠的贊美而言，我認爲他是一個才德優異的人，他的高超的稟賦是那樣希有而罕見，說一句眞心的話，除了在他的鏡子裏以外，再也找不到第二個跟他同樣的人，紛紛追蹤希跡之輩，不過是他的影子而已。

奧　殿下把他說得一點不錯。

漢　您的用意呢？爲什麼我們要用塵俗的呼吸，嘘在這位紳士的身上呢？

奧　殿下？

霍　就是您自己所用的語言，到了別人嘴裏，您就聽不懂了嗎？

漢　您向我提起這位紳士的名字，有什麼目的？

奧　勒替斯嗎？

霍　他的嘴裏已經變得空空洞洞，因爲他的那些好聽話都說完了。

漢　正是勒替斯。

奧　我知道您不是不知道——

漢　您既然知道，那就很好；雖然即使您不知道對我也沒有什麼不好。好，您怎麼說？

奧　您不是不知道勒替斯有些什麼特長，——

漢　那我可不敢說，因爲也許人家會疑心我有意跟他比並高下；可是要知道一個人的底細，應該先知道他自己。

奧　殿下，我的意思是說他的武藝；人家都稱贊他的本領一時無兩。

漢　他會使些什麼武器？

奧　長劍和短刀。

漢　他會使這兩種武器嗎？很好。

奧　殿下，王上已經用六匹巴巴利的駿馬跟他打賭；在他的一方面，照我所知道的，是六柄法國的寶劍和好刀，連同

漢　一切鞘帶之類的附件，其中有三柄的革綬尤其珍奇可愛，跟劍柄配得非常合式，式樣非常精緻，花紋非常富麗。

霍　您所說的革綬是什麼東西？

漢　我知道您要聽懂他的說話，非得翻查一下註解不可。

奧　殿下，革綬就是劍柄上的皮帶。

漢　好，說下去；六匹巴巴利駿馬對六柄法國寶劍，附件在內，外加三條花紋富麗的革綬；為什麼兩方面要下這樣的賭注呢？

奧　殿下，王上跟他打賭，要是你們兩人交手起來，在十二個回合之中，他至多不過有三個回合佔到您的上風；殿下要是答應的話，馬上就可以試一試。

漢　要是我不答應呢？

奧　殿下，我的意思是說，王上要請您去跟他當面比較高低。

漢　先生，我還要在這兒廳堂裏散步散步。您去回陛下說，現在是我一天之中休息的時間。叫他們把比賽用的鈍劍預備好了，要是這位紳士願意，王上也不改變他的意見的話，我願意盡力為他博取一次勝利；萬一不幸失敗，那我也不過丟了一次臉，給他多剟了兩下。

奧　我就是照這樣去回話嗎？

漢　您就照這個意思去說，隨便您再加上一些什麼花巧的句子都行。

奧　那麼，殿下，我告辭了。

漢　再見，再見。（奧下）

霍　這一頭小鴨子頂着殼兒逃走了。

漢　他在母親懷抱裏的時候，也要先把他母親的乳頭恭維了幾句，然後吮吸。像他這一類靠着一些繁文縟禮撐場面的傢伙，正是愚妄的世人所醉心的；他們的淺薄的牙慧使傻瓜和聰明人同樣受他們的欺騙，可是一經試驗，他們的水泡就爆破了。

【一貴族上。

貴族　殿下，陛下剛纔叫奧斯力克來向您傳話，知道您在這兒廳上等候他的旨意；他叫我再來問您一聲，您是不是仍舊願意跟勒替斯比劍，還是慢慢再說。

漢　我沒有改變我的初心，一切服從王上的旨意。現在也好，無論什麼時候都好，祇要他方便，我總是隨時準備着，除非我喪失了現在所有的力氣。

貴族　王上，娘娘，跟其他的人都要到這兒來了。

漢　他們來得正好。

貴族　娘娘請您在開始比賽以前，對勒替斯客氣點兒。

漢　我願意服從她的教誨。（貴族下）

霍　殿下，您在這一回打賭中間多分要失敗的。

漢　我想我不會失敗。自從他到法國去了以後，我練習得很勤；我一定可以把他打敗。可是你不知道我的心裏是多麼不舒服；那也不用說了。

霍　啊，我的好殿下，——

漢　那不過是一種傻氣的心理；可是一個女人也許會因爲這種莫明其妙的疑慮而惶惑。

霍　要是您心裏不願意做一件事，那麼就不要做吧。我可以去通知他們不用到這兒來，說您現在不能比賽。

漢　不，我們不要害怕什麼預兆；一頭雀子的死生，都是命運預先註定的。註定在今天，就不會是明天；不是明天，就是今天；逃過了今天，明天還是逃不了，隨時準備着就是了。一個人既然不知道他會留下些什麼，那麼早早脫身而去，不是好嗎？隨它去。

〔國王，王后，勒替斯，衆貴族，奧斯力克，及侍從等持鈍劍等上。

王　來，漢姆萊脫，來，讓我替你們兩人和解和解。（牽勒、漢二人手使相握）

漢　原諒我，勒替斯；我得罪了你，可是你是個堂堂男子，請你原諒我吧。這兒在場的衆人都知道，你也一定聽見人家說起，我是怎樣爲瘋狂所害苦。凡是我的所作所爲，足以傷害你的感情和榮譽，挑起你的憤激來的，我現在聲明都是我在瘋狂中犯下的過失。難道漢姆萊脫會做對不起勒替斯的事嗎？漢姆萊脫決不會做這種事。要是漢姆萊脫在喪失他自已的心神的時候，做了對不起勒替斯的事，那樣的事不是漢姆萊脫做的，漢姆萊脫不能承認。那麼是誰做的呢？是他的瘋狂。既然是這樣，那麼漢姆萊脫也是屬於受害的一方；他的瘋狂是可憐的漢姆萊脫的敵人。當着在座衆人之前，我承認我在無心中射出的箭，誤傷了我的兄弟；我現在要向他請求大度包涵，寬恕我的不是出於故意的罪惡。

勒　我的氣憤雖然已經平息，可是幾句道歉的說話，却不能使我拋棄我的復仇的誓願；除非有什麼爲衆人所敬仰的長者，告訴我可以跟你捐除宿怨，指出這樣的事是有前例可援的，不至於損害我的名譽，那時我纔可以跟你歸於好。可是現在我願意拋棄一切的疑猜，誠心接受你的友好的表示。

漢　我絕對信任你的誠意，願意奉陪你舉行這一次友誼的比賽。把鈍劍給我們。來。

勒　來，給我一柄。

漢　勒替斯，我的劍術荒疏已久，不是你的對手；正像最黑暗的夜裏一顆吐耀的明星一般，彼此相形之下，一定更顯得你的本領的高强。

勒　殿下不要取笑。

漢　不，我可以舉手起誓，這不是取笑。

王　奧斯力克，把鈍劍分給他們。漢姆萊脫姪兒，你知道我們怎樣打賭嗎？

漢　我知道，陛下；您把賭注下在實力較弱的一方了。

王　我想我的判斷不會有錯。你們兩人的技術我都領教過；現在我們不過要看看他比從前進步得怎麼樣。

勒　這一柄太重了；換一柄給我。

漢　這一柄我很滿意。這些鈍劍都是同樣長短的嗎？

奧　是，殿下。（二人準備比賽）

王　替我在那桌子上斟下幾杯酒。要是漢姆萊脫擊中了第一劍或是第二劍，或者在第三次交鋒的時候爭得上風，讓所有的碉堡上一齊鳴起礮來；國王將要飲酒慰勞漢姆萊脫，他還要拿一顆比丹麥四代國王戴在王冠上的更貴重的珍珠丟在酒杯裏。把杯子給我；鼓聲一起，喇叭就接着吹響，通知外面的礮手，讓礮聲震徹天地，報告這一個消息，「現在國王為漢姆萊脫祝飲了！」來，開始比賽吧；你們在場裁判的都要留心看好。

漢　請了。

勒　請了，殿下。（二人比賽）

漢　一劍。

勒　不，沒有擊中。

漢　請裁判員公斷。

奧　中了，很明顯的一劍。

勒　好；再來。

王　且慢拿酒來。漢姆萊脫，這一顆珍珠是你的；祝你健康！把這一杯酒給他。（喇叭齊奏；內鳴礮）

漢　讓我先賽完這一局暫時把它放在一旁來。（二人比賽）又是一劍；你怎麼說？

勒　我承認給你碰着了。

王　我們的孩子一定會勝利。

后　他身體太胖，有些喘不過氣來。來，漢姆萊脫，把我的手巾拿去，揩乾你額上的汗。王后爲你飲下這一杯酒，祝你的勝利了，漢姆萊脫。

漢　好媽媽！

王　葛特露，不要喝。

后　我要喝的，陛下；請您原諒我。

王　（旁白）這一杯酒裏有毒；太遲了！

漢　母親，我現在還不敢喝酒；等一等再喝吧。

后　來，讓我揩揩乾淨你的臉孔。
勒　陛下，現在我一定要擊中他了。
王　我怕你擊不中他。
勒　（旁白）可是我的良心却不贊成我幹這件事。
漢　來，再受我一劍，勒替斯。你怎麼一點不上勁的？請你使出你的全身本領來吧；我怕你在開我的玩笑哩。
勒　你這樣說嗎？來。（二人比賽）
奧　兩邊都沒有中。
勒　受我這一劍！（勒挺劍刺傷漢；二人在爭奪中彼此手中之劍各爲對方奪去，漢以奪來之劍刺勒，勒亦受傷。）
王　分開他們！他們動起火性來了。
漢　來，再試一下。（后倒地）
奧　噯喲，瞧王后怎麼樣啦！
霍　他們兩人都在流血。您怎麼啦，殿下？
奧　您怎麼啦，勒替斯？
勒　唉，奧斯力克，正像一頭自投羅網的山鷸，我用詭計害人，反而害了自己，這也是我應得的報應。
漢　王后怎麼樣啦？
王　她看見他們流血，昏了過去了。
后　不，不，那杯酒，那杯酒，——啊，我的親愛的漢姆萊脫！那杯酒，那杯酒；我中毒了。（死）

漢　啊，奸惡的陰謀！喂！把門鎖上了！陰謀！查出來是那一個人幹的。（勒倒地）

勒　兇手就在這兒，漢姆萊脫。漢姆萊脫，你已經不能活命了；世上沒有一種藥可以救治你，不到半小時，你就要死去。那殺人的兇器就在你的手裏，它的鋒利的刃上還塗着毒藥。這奸惡的詭計已經回轉來害了我自己；瞧！我躺在這兒再也不會站起來了。你的母親也中了毒。我說不下去了。國王，——國王，——都是他一個人的罪惡。

漢　鋒利的刃上還塗着毒藥！——好，毒藥，發揮你的力量吧！（刺王）

衆　反了！反了！

王　啊！幫幫我，朋友們；我不過受了點傷。

漢　好，你這敗壞倫常嗜殺貪淫萬惡不赦的丹麥奸王！喝乾了這杯毒藥；——你那顆珍珠是在這兒嗎？——跟我的母親一道去吧！（王死）

勒　他死得應該；這毒藥是他親手調下的。尊貴的漢姆萊脫，讓我們互相寬恕；我不怪你殺死我和我的父親，你也不要怪我殺死你！（死）

漢　願上天赦免你的錯誤！我也跟你來了。我死了，霍拉旭。不幸的王后，別了！你們這些看見這一幕意外的慘變而戰慄失色的無言的觀衆，倘不是因爲死神的拘捕不給人片刻的留滯，啊！我可以告訴你們——可是隨它去吧。霍拉旭，我死了，你還活在世上；請你把我的行事的始末根由昭告世人，解除他們的疑惑。

霍　不，我雖然是個丹麥人，可是在精神上我卻更是個古代的羅馬人；這兒還留賸着一些毒藥。

漢　你是個漢子，把那杯子給我；放手；憑着上天起誓，你必須把它給我。啊，上帝！霍拉旭，我一死之後，要是世人不明白這一切事情的眞相，我的名譽將要永遠蒙着怎樣的損傷！你倘然愛我，請你暫時犧牲一下天堂上的幸福，留在

奥　這一個冷酷的世間，替我傳述我的故事吧。（內軍隊自遠處行進及鳴礮聲）這是那兒來的戰場上的聲音？

漢　年青的福丁勃拉斯從波蘭奏凱班師，這是他對英國來的欽使所發的禮礮。

啊！我死了，霍拉旭；猛烈的毒藥已經克服了我的精神，我不能活着聽見英國來的消息。可是我可以預言福丁勃拉斯將被推戴爲王，他已經得到我這臨死之人的同意；你可以把這兒所發生的一切事實告訴他。此外惟餘沉默。（死）

霍　一顆高貴的心現在碎裂了！晚安，親愛的王子，願成羣的天使們用歌唱撫慰你安息！——爲什麼鼓聲越來越近了？（內軍隊行進聲）

【福丁勃拉斯，英國使臣，及餘人等上。

福　這一場比賽在什麼地方舉行？

霍　你們要看些什麼？要是你們想知道一些驚人的慘事，那麼不用再到別處找了。

福　好一場驚心動魄的屠殺！啊，驕傲的死神！你用這樣殘忍的手腕，一下子殺死了這許多王裔貴胄，在你的永久的幽窟裏，將要有一席多麼豐美的盛筵！

甲使　這一個景象太慘了。我們從英國奉命來此，本來是要回覆這兒的王上，告訴他我們已經遵從他的命令，把羅森克蘭滋和基騰史登兩人處死；不幸我們來遲了一步，那應該聽我們說話的耳朵已經沒有知覺了，我們還希望從誰的嘴裏得到一聲感謝呢？

霍　即使他能够向你們開口說話，他也不會感謝你們；他從來不曾命令你們把他們處死。可是既然你們來得都是這樣湊巧，有的剛從波蘭回來，有的剛從英國到來，恰好看見這一幕流血的慘劇，那麼請你們叫人把這幾個屍體擡起來放在高臺上面，讓大家可以看見，讓我向那懵無所知的世人報告這些事情的發生經過；你們可以聽到姦淫殘殺反常背理的行爲，冥冥中的判決意外的屠戮，借手殺人的狡計，以及陷人自害的結局；這一切我都可以確確實實地告訴你們。

福　讓我們趕快聽你說；所有最尊貴的人都叫他們一起來吧。我在這一個國內本來也有繼承王位的權利，現在國中無主，正是我要求這一個權利的機會；可是我雖然準備接受我的幸運，我的心裏却充滿了悲哀。

霍　關於那一點，我受死者的囑託，也有一句話要說，他的意見是可以影響許多人的；可是在這人心惶惶的時候，讓我還是先把這一切解釋明白了，免得引起更多的不幸，陰謀和錯誤來。

福　讓四個將士把漢姆萊脫像一個軍人似的扛到臺上，因爲要是他能够踐登王位，一定會成爲一個賢明的君主的；爲了表示對他的悲悼，我們要用軍樂和戰地的儀式向他致敬。把這些屍體一起扛起來。這一種情形在戰場上是不足爲奇的，可是在宮庭之內，却是非常的變故。去，叫兵士放起礮來。（奏喪禮進行曲衆舁屍同下；鳴礮）

註一　該隱（Cain），亞當之長子，殺其弟亞伯（Abel），見舊約創世記。

註二　丕利恩（Pelion），奧林帕斯（Olympus），均爲希臘北境山名。

註三　奧薩（Ossa），亦希臘山名，與丕利恩及奧林帕斯相近。

莎士比亞戲劇全集

第二輯　第三種

# 奧瑟羅

朱生豪譯

# 奥瑟羅

## 劇中人物

威尼斯公爵
勃拉班旭　元老
葛萊西安諾　勃拉班旭之弟
羅陀維科　勃拉班旭的親戚
奥瑟羅　摩爾族貴裔，供職威尼斯政府
凱西奥　奥瑟羅的副將
埃古　奥瑟羅的旗官
洛特力戈　威尼斯紳士
蒙坦諾　賽普勒斯總督，奥瑟羅的前任者
小丑　奥瑟羅的僕人
苔絲德夢娜　勃拉班旭之女，奥瑟羅之妻
哀米莉霞　埃古之妻
琵央加　凱西奥的情婦

元老，水手，吏役，紳士，使者，樂工，傳令官，侍從等

**地點**

第一幕在威尼斯；其餘各幕在賽普勒斯一海口

# 第一幕

## 第一場　威尼斯街道

【洛特力戈及埃古上。

洛　嘿！別對我說；我把我的錢袋交給你支配，讓你隨意花用，你卻做了他們的同謀，這太不够朋友啦。

埃　他媽的！你總不肯聽我說下去。要是我會做夢想到這種事情，你不要把我當做一個人。

洛　你告訴我你對他一向懷恨的。

埃　要是我不恨他，你從此別理我。三個這城裏的當道要人親自向他打招呼，舉薦我做他的副將；憑良心說，我知道我自己的價値，難道我就做不得一個副將？可是他眼睛裏祇有自己沒有別人，對於他們的請求，都用一套充滿了軍事上口頭禪的空話回絕了；因爲，他說，「我已經選定我的將佐了。」他選中的是個什麼人呢？哼，一個算學大家，一個叫做邁克爾凱西奧的佛羅倫斯人，一個幾乎因爲娶了嬌妻而誤了終身的傢伙；他從來不曾在戰場上領過一隊兵，對於佈陣作戰的智識，簡直不比一個老守空閨的女人知道得更多；卽使懂得一些書本上的理論，那些身穿寬袍的元老大人們也會講起來比他更頭頭是道的；祇有空談，毫無實際，這就是他的全部的軍人資格。可是老兄，他居然得到了任命；我在洛特斯，賽普勒斯，以及其他基督徒和異教徒的國土之上立過多少的軍功，都是他親眼看見的，現在卻必須低首下心，受一個市儈的指揮。這位掌櫃居然做起他的副將來，而我呢——上帝恕我這樣說——卻祇在這位黑將軍的麾下充一名旗官。

洛　天哪，我寧願做他的劊子手。

埃　這也是沒有辦法呀。說來也叫人惱恨，軍隊裏的升遷可以全然不管古來的定法，按照各人的階級依次遞補，祇要誰的脚力大，能够得到上官的歡心，就可以越級躐升。現在，老兄，請你替我評一評，我究竟爲了什麼理由要去跟這摩爾人要好。

洛　假如是我，我就不願跟隨他。

埃　啊，老兄，你放心吧；我所以跟隨他，不過是要利用他達到我自己的目的。我們不能每個人都是主人，每個主人也不是都有忠心的僕人。有一輩天生的奴才，他們卑躬屈膝，拼命討主人的好，甘心受主人的鞭策，像一頭驢子似的，爲了一些糧草而出賣他們的一生，等到年紀老了，主人就把他們攆走；這種老實的奴才是應該抽一頓鞭子的。還有一種人，他們表面上儘管裝出一付鞠躬如也的樣子，骨子裏却是爲他們自己打算；看上去好像替主人做事，實際却在借主人的牌頭發展自己的勢力：這種人還有幾分頭腦，我自己也屬於這一類。因爲，老兄，正像你是洛特力戈，不是別人一樣，我要是做了那摩爾人，我就不會是埃古。雖說跟隨他，其實還是跟隨自己。上天是我的公正人，我這樣對他陪着小心，既不是爲了感情，又不是爲了義務，只是爲了自己的利益，纔戴上這一付假臉。要是我的表面的行動，果然出於內心的自然流露，那麼不久我就要掬出我的心來，讓烏鴉們亂啄了。世人所知道的我，並不是實在的我。

洛　要是那厚嘴唇的傢伙也有這麼一手，他可以撈到一分多大的家私！

埃　叫起她的父親來，不要放過他，打斷他的興致，在各處街道上宣佈他的罪惡；激怒她的親族，讓他雖然住在氣候宜人的地方，也免不了受蚊蠅的滋擾，雖然享用着盛大的歡樂，也免不了受煩惱的纏繞。

洛　這兒就是她父親的家裏；我要高聲叫喊。

埃　很好，你嚷起來吧，就像在一座人口衆多的城裏，因爲晚間失愼而火燒起來的時候，人們用那種驚駭惶恐的聲音呼喊一樣。

洛　喂，喂，勃拉班旭！勃拉班旭先生，喂！

埃　醒來！喂喂！勃拉班旭！捉賊！捉賊！捉賊！留心你的屋子，你的女兒，和你的錢袋！捉賊！捉賊！

〔勃拉班旭自上方窗口上。

勃　大驚小怪的，叫些什麼呀？出了什麼事？

洛　先生，您家裏的人沒有缺少嗎？

埃　您的門都鎖上嗎？

勃　噯，你們爲什麼這樣問我？

埃　哼！先生，有人偷了您東西去啦，還不趕快披上您的袍子！您的心碎了，您的靈魂已經丟掉半個；就在這時候，就在這一刻功夫，一頭老黑羊在跟您的白母羊交尾哩。起來，起來！打鐘驚醒那些鼾睡的市民，否則魔鬼要讓您抱孫子啦。喂，起來！

勃　什麼！你發瘋了嗎？

洛　老先生，您認識我的聲音嗎？

勃　我不認識；你是誰？

洛　我的名字是洛特力戈。

勃　討厭！我叫你不要在我的門前走動；我已經老老實實明明白白對你說，我的女兒是不能嫁給你的；現在你吃飽了飯，喝醉了酒，瘋瘋顛顛，不懷好意，又要來擾亂我的安靜了。

洛　先生，先生，先生！

勃　可是你必須明白，我不是一個好說話的人，要是你惹我性起，憑着我的地位，祇要略微拿出一點力量來，你就要叫苦不迭了。

洛　好先生，不要生氣。

勃　說什麼有賊沒有賊？這兒是威尼斯；我的屋子不是一座獨家的田莊。

洛　最尊嚴的勃拉班旭，我是一片誠心來通知您。

埃　嘿，先生，您也是那種因爲魔鬼叫他敬奉上帝而把上帝丟在一旁的人。您把我們當作了壞人，所以把我們的好心看成了惡意，寧願讓您的女兒給一頭黑馬騎了，替您生下一些馬子馬孫，攀一些馬親馬眷。

勃　你是個什麼混賬東西，敢這樣胡說八道？

埃　先生，我是一個特意來告訴您一個消息的人，您的令嬡現在正在跟那摩爾人幹那件禽獸一樣的勾當哩。

勃　你是個混蛋！

埃　您是一位——元老呢。

勃　你留點兒神吧；洛特力戈，我認識你。

洛　先生，我願意負一切責任；可是請您允許我說一句話。要是令嬡因爲得到您的明智的同意，所以纔會在這樣更深人靜的午夜，讓一個公爵的奴才，一個下賤的船夫，把她載到一個貪淫的摩爾人的粗野的懷抱裏——要是您對於這件事情不但知道而且默許，——照我看來，您至少已經給她一部分的同意，——那麼我們的確太放肆太冒昧了；可是假如您果然沒有知道這件事，那麼從禮貌上說起來，您也不應該對我們惡聲相向。難道我會這樣一點不懂規矩，敢來戲侮像您這樣一位年尊的長者嗎？我再說一句，要是令嬡沒有得到您的許可，就把她的責任，美貌，智慧，和財產，全部委棄在一個到處爲家，漂泊流浪的異邦人的身上，那麼她的確已經幹下了一件重大的逆行了。您可以立刻去調查一個明白，要是她好好兒在她的房間裏或是在您的屋子裏，那麼是我欺騙了您，您可以按照國法懲辦我。

**勃** 喂，點起火來！給我一枝蠟燭！把我的僕人全都叫起來！這件事情很像我的惡夢，它的極大的可能性已經重壓在我的心頭了。喂，拿火來！拿火來！（自上方下）

**埃** 再會，我要少陪了；要是我不去，我就要做一個不利於這摩爾人的見證，那不但不大相宜，而且在我的地位上也很多不便；因爲我知道無論他將要因此而受到些什麼譴責，政府方面現在還不能就把他監禁起來，他就要出發指揮那正在進行中的賽普勒斯的戰事了，這是他們必須寬宥他的一個重大理由，因爲沒有第二個人有像他那樣的才能可以擔當這一個重任。所以雖然我恨他像恨地獄裏的刑罰一樣，可是爲了事實上的必要，我不得不和他假意周旋，那也不過是表面上的敷衍而已。你等他們出來找人的時候，祇要領他們到市政廳去，一定可以找到他；我也在那邊跟他在一起。再見。（下）

【勃拉班旭率衆僕持火炬自下方上。

**勃** 眞有這樣的禍事！她去了；祇有悲哀怨恨伴着我這衰朽的餘年！洛特力戈，你在什麼地方看見她的？——啊，不幸的孩子！——你說跟那摩爾人在一起嗎？——誰還願意做一個父親！——你怎麼知道是她？——唉，想不到她會這樣欺騙我！——她對你怎麼說？——再拿些蠟燭來！喚醒我的所有的親族！——你想他們有沒有結婚？

洛　說老實話，我想他們已經結了婚啦。

勃　天哪！她怎麼出去的？啊，血肉的叛逆！做父親的人啊，從此以後，你們千萬留心你們女兒的行動，不要信任她們的心思。世上有沒有一種引誘青年少女失去貞操的魔術？洛特力戈，你有沒有在書上讀到過這一類的事情？

洛　是的，先生，我的確讀到過。

勃　叫起我的兄弟來！唉，我後悔不讓你娶了她去！你們快去給我分頭找尋！你知道我們可以在什麼地方把她跟那摩爾人一起捉到？

洛　我想我可以找到他的蹤跡，要是您願意多派幾個得力的人手跟着我前去。

勃　請你帶路。我要到每一家人家去搜尋；大部分的人家都在我的勢力之下。喂，多帶一些武器！叫起幾個巡夜的警吏！去，好洛特力戈，我一定重謝你的辛苦。（同下）

## 第二場　另一街道

〔奧瑟羅，埃古及侍從等持火炬上。

埃　雖然我在戰場上殺過不少的人，可是總覺得有意殺人是違反良心的；我缺少作惡的本能，往往使我不能做我所要做的事。好多次我想要把我的劍從他的肋骨下面刺進去。

奧　還是隨他說去吧。

埃　可是他嘮哩嘮叨地說了許多破壞您的名譽的難聽話，雖然像我這樣一個荒唐的傢伙，也實在忍不住我的怒氣。可是請問主帥，你們有沒有完成婚禮？您要注意，這位元老是很得人心的，他的潛勢力比公爵還要大上一倍；

奧　他會拆散你們的姻緣，儘量運用法律的力量來給您種種壓制和迫害，隨他怎樣發洩他的憤恨吧；我對貴族們所立的功勞就可以抹倒他的控訴。世人還沒有知道，——要是誇口是一件榮耀的事，我就要到處宣佈——我是高貴的祖先的後裔，我有充分的資格，享受我目前所得到的值得驕傲的幸運。告訴你吧，埃古，倘不是我眞心戀愛溫柔的苔絲特夢娜，即使給我大海中所有的珍寶，我也不願意放棄我的無拘無束的自由生活，來俯就家室的覊縛的。可是瞧！那邊舉着火把而來的是些什麼人？

埃　她的父親帶着他的親友來找您了；您還是進去躲一躲吧。

奧　不，我要讓他們看見我；我的地位和我的清白的人格可以替我表明一切。是不是他們？

埃　我想不是。

【凱西奧及若干吏役持火炬上。

奧　原來是公爵手下的人，還有我的副將。晚安，各位朋友！有什麼消息？

凱　主帥，公爵向您致意，請您立刻就過去。

奧　你知道是爲了什麼事？

凱　照我猜想起來，大概是賽普勒斯方面的事情，看樣子很是緊急：就在這一個晚上，已經連續派了十二個使者飛騎出發；許多元老都從睡夢中叫了起來，在公爵府裏集合了。他們正在到處找您；因爲您不在家裏，所以元老院派了三隊人出來分頭尋訪。

奧　幸而我給你找到。讓我到這兒屋子裏去說一句話，就來跟你同去。（下）

凱　他到這兒來有什麼事？

**埃**　不瞞你說，他今天夜裏登上了一艘陸地上的大船；要是能够證明那是一件合法的戰利品，他可以從此成家立業了。

**凱**　我不懂你的話。

**埃**　他結了婚啦。

**凱**　跟誰結婚？

【奧瑟羅重上。

**埃**　呃，跟——來，主帥，我們去吧。

**奧**　好，我跟你走。

**凱**　又有一隊人來找您了。

**埃**　那是勃拉班旭。主帥，請您留心點兒；他來是不懷好意的。

【勃拉班旭，洛特力戈，及吏役等持火炬武器上。

**奧**　喂！站住！

**洛**　先生，這就是那摩爾人。

**勃**　殺死他，這賊！（兩方拔劍）

**埃**　你，洛特力戈！來，我們來比個高下。

**奧**　收起你們明晃晃的劍，它們沾了露水會生銹的。老先生，像您這麼年高德劭的人，有什麼話不可以命令我們，何必動起武來呢？

勃　啊，你這惡賊你把我的女兒藏到什麽地方去了？你不想想你自己是個什麽東西，膽敢用妖法蠱惑她；我們祇要憑着情理判斷像她這樣一個年青貌美嬌生慣養的姑娘多少我們國裏有財有勢的俊秀子弟她都看不上眼，倘不是中了魔怎麽會不怕人家的笑話背着尊親投奔到你這個醜惡的黑鬼的懷裏？世人可以替我評一評，是不是顯而易見你用邪惡的符咒欺誘她的嬌弱的心靈，用藥餌丹方迷惑她的知覺；我要叫他們評論評論，這種事情是不是很可能的。所以我現在逮捕你，妨害風化行使邪術便是你的罪名。抓住他，要是他敢反抗，你們就用武力制伏他。

奥　幫助我的，反對我的，大家放下你們的手！我要是想打架，我自己會知道應該在什麽時候動手。您要我到什麽地方去答覆您的控訴？

勃　到監牢裏去等法庭上傳喚你的時候你再開口。

奥　要是我聽從您的話去了，那麽怎樣答覆公爵呢？他的使者就在我的身邊，因爲有緊急的公事，等候着帶我去見他。

吏　眞的，大人；公爵正在舉行會議，我相信他已經派人請您去了。

勃　怎麽！公爵在舉行會議！在這樣夜深的時候！把他帶去。我的事情也不是一件等閒小事；公爵和我的同僚們聽見了這個消息，一定會感到這種侮辱簡直就像加在他們自已身上一般。要是這樣的行爲可以置之不問，奴隸和異教徒都要來主持我們的國政了。（同下）

## 第三場　議事廳

【公爵及衆元老圍桌而坐；吏役等隨侍。

公爵　這些消息彼此紛歧，令人難於置信。

元老甲　它們眞是參差不一；我的信上說是共有船隻一百零七艘。

公爵　我的信上說是一百四十艘。

元老乙　我的信上又說是二百艘。可是它們所報的數目雖然各各不同，因爲根據估計所得的結果，難免多少有些出入，不過它們都證實確有一支土耳其艦隊在向賽普勒斯進發。

公爵　嗯，這種事情推想起來很有可能；即使消息不盡正確，大體上總是有根據的，我們倒不能不擔着幾分心事。

水手　（在內）喂！喂！喂！有人嗎？

吏　一個從船上來的使者。

【一水手上。

公爵　什麽事？

水手　安哲魯大人叫我來此稟告殿下，土耳其人調集艦隊，正在向洛特斯進發。

公爵　你們對於這一個變動有什麽意見？

元老甲　照常識判斷起來，這是不會有的事；它無非是轉移我們目標的一種詭計。我們祇要想一想賽普勒斯對於土耳其人的重要性，遠在洛特斯以上，而且攻擊賽普勒斯也比攻擊洛特斯容易得多，因爲它的防務比較空虛，不像洛特斯那樣戒備嚴密；我們祇要想到這一點，就可以斷定土耳其人決不會那樣愚笨，甘心舍本逐末，避輕就重，進行一場無益的冒險的。

公爵　嗯，他們的目標決不是洛特斯，這是可以斷定的。

吏　又有消息來了。

【一使者上。

使者　向洛特斯島前進的土耳其人，已經和後來的另外一支艦隊會合了。

元老甲　嗯，果然符合我的預料。照你猜想起來，一共有多少船隻？

使者　三十艘模樣；它們現在已經回過頭來，顯然是要開向賽普勒斯去的。蒙坦諾大人，您的忠實英勇的僕人，叫我來向您報告這一個消息。

公爵　那麼一定是到賽普勒斯去的了。瑪格斯勒西科斯不在威尼斯嗎？

元老甲　他現在到佛羅倫斯去了。

公爵　替我寫一封十萬火急的信去給他。

元老甲　勃拉班旭和那勇敢的摩爾人來了。

【勃拉班旭，奧瑟羅，埃古，洛特力戈及吏役等上。

公爵　英勇的奧瑟羅，我們必須立刻派你出去向我們的公敵土耳其人作戰。（向勃）我沒有看見你；歡迎，先生，我們今晚正在需要你的見教和幫助呢。

勃　我也同樣需要您的指教和幫助。殿下，請您原諒，我並不是因為聽到了什麼國家大事而從牀上驚起；國家的安危不能引起我的注意，因為我的個人的悲哀是那麼壓倒一切，把其餘的憂慮一起吞沒了。

公爵　啊，為了什麼事？

勃　我的女兒！啊，我的女兒！

公爵、衆元老　死了嗎？

勃　嗯，她對於我是死了。她已經被人汚辱，人家把她從我的地方拐走，用江湖騙子的符咒藥物引誘她墮落；因爲一個沒有廢疾，眼睛明亮，理智健全的人，倘不是中了魔法的蠱惑，決不會犯下這樣荒唐的錯誤來的。

公爵　用這種邪惡的手段引誘你的女兒，使她喪失自己的本性，使你喪失了她的，無論他是什麼人，你都可以根據無情的法律照你自己的解釋給他應得的嚴刑；卽使他是我的兒子，你也可以照樣控訴他。

勃　感謝殿下。罪人就在這兒，就是這個摩爾人；好像是您有重要的公事而召他來的。

公爵、衆元老　那我們眞是抱憾得很。

公爵　（向奧）你自己對於這件事有什麼話要分辯？

勃　沒有，事情就是這樣。

奧　威嚴無比，德高望重的各位大人，我的尊貴賢良的主人們，我把這位老人家的女兒帶走了，這是完全眞實的；我已經和她結了婚，這也是眞的；我的最大的罪狀僅止於此，別的就不是我所知道的了。我的言語是粗魯的，一點不懂得那些溫文爾雅的辭令；因爲自從我這雙手臂長了七年的膂力以後，直到最近這九個月時間在無所事事中蹉跎過去以前，它們一直都在戰場上發揮它們的本領；對於這一個廣大的世界，我除了衝鋒陷陣以外，幾乎一無所知，所以我也不能用什麼動人的字句替我自己辯護。可是你們要是願意耐心聽我說下去，我可以向

勃　你們講述一段質樸無文的關於我的戀愛的全部經過的故事告訴你們我用什麼藥物什麼符咒什麼驅神役鬼的手段什麼神奇玄妙的魔法，騙到了他的女兒因爲這是他所控訴我的罪名。

一個素來膽小的女孩子，她的生性是那麼幽嫻貞靜，甚至於心裏略爲動了一點感情，就會滿臉羞愧；像她這樣的性質，像她這樣的年齡，竟會不顧國族的畛域，把名譽和一切作爲犧牲，去跟一個她所不敢正眼瞧看的人發生戀愛！這是全然不近情理的，倘沒有陰謀詭計，怎麼會有這種事情？我斷定他一定曾經用烈性的藥餌或是邪術鍊成的毒劑麻醉她的血液。

公爵　沒有更確實顯明的證據，單單憑着這些表面上的猜測和莫須有的武斷，是不能使人信服的。

元老甲　奧瑟羅，你說，你有沒有用不正當的詭計誘惑這一位年青的女郎，或是用強暴的手段逼迫她服從你；還是正大光明地對她披心吐腹，達到你的求愛的目的？

奧　請你們差一個人去叫這位小姐到市政廳來，讓她當着她的父親的面前告訴你們我是怎麼一個人。要是你們根據她的報告，認爲我是有罪的，你們不但可以撤銷你們對我的信任，解除你們給我的職權，並且可以把我判處死刑。

公爵　去把苔絲德夢娜帶來。

奧　旗官，你領他們去；你知道她在什麼地方。（埃及侍從等下）當她沒有到來以前，我要像對天懺悔我的血肉的罪惡一樣，把我怎樣得到這位美人的愛情和她怎樣得到我的愛情的經過情形，忠實地向各位陳訴。

公爵　說吧，奧瑟羅。

奧　她的父親很看重我，常常請我到他家裏，每次談話的時候，總是問起我過去生命中的歷史，要我講述我所經歷的各次戰爭，圍城，和意外的遭遇；我就把我的一生事實，從我的童年時代起，直到他叫我講述的時候爲止，源源本本地說了出來。我說起最可怕的災禍，海上陸上驚人的奇遇，間不容髮的脫險，在傲慢的敵人手中被俘爲奴，和遇贖脫身的經過，以及旅途中的種種見聞；那些廣大的巖窟，荒涼的沙漠，突兀的崖嶂，巍峨的峯嶺，以及彼此相食的野蠻部落，和肩下生頭的化外異民，都是我的談話的題目。苔絲德夢娜對於這種故事，總是出神傾聽；有時爲了家庭中的事務，她不能不離座而起，可是她總是盡力把事情趕緊辦好，再回來孜孜不倦地把我所講的每一個字都聽了進去。我注意到她這種情形，有一天在一個適當的時間，從她的嘴裏逗出了她的眞誠的心願：她希望我能够把我的一生經歷，對她作一次詳細的複述，因爲她平日所聽到的，只是一鱗半爪，殘缺不全的片段。我答應了她的要求；當我講到我在少年時代所遭逢的不幸的打擊的時候，她往往忍不住掉下淚來。我的故事講完以後，她用無數的嘆息酬勞我；她發誓說，那是非常奇異而悲慘的；她希望她沒有聽到這段故事，可是又希望上天爲她造下這樣一個男子。她向我道謝，對我說，要是我有一個朋友愛上了她，我祇要敎他怎樣講述我的故事，就可以得到她的愛情。我聽了這一個暗示，纔向她吐露我的求婚的誠意。她爲了我所經歷的種種患難而愛我，我爲了她對我所抱的同情而愛她：這就是我的唯一的妖術。她來了；讓她爲我證明吧。

〔苔絲德夢娜，埃古及侍從等上。〕

公爵　像這樣的故事，我想我的女兒聽了也會着迷的。勃拉班旭，木已成舟，不必懊惱了。刀劍雖破，比起手無寸鐵來，總是略勝一籌。

勃　請殿下聽她說；要是她承認她本來也有愛慕他的意思，我從此決不歸咎於他。過來，好姑娘，你看這在座的濟濟多人之間，誰是你所最應該服從的？

苔　我的尊貴的父親，我在這裏所看到的，是我的分歧的義務：對您說起來，我深荷您的生養教育的大恩，您給我的教養使我明白我應該怎樣敬重您；您是我的家長和嚴君，我直到現在都是您的女兒。可是這兒是我的丈夫，正像我的母親對您克盡一個妻子的義務，把您看得比她的父親更重一樣，我也應該有權利向這位摩爾人，我的夫主，盡我應盡的名分。

勃　上帝和你同在！我沒有話說了。殿下，請您繼續處理國家的要務吧。我甯願撫養一個義子，也不願自己生男育女。過來，摩爾人。我現在用我的全副誠心，把她給了你；倘不是你早已得到了她，我一定再也不會讓她到你手裏。為了你的緣故，寶貝，我很高興我沒有別的兒女，否則你的私奔將要使我變成一個虐待兒女的暴君，替他們手脚加上鐐銬。我沒有話說了，殿下。

公爵　讓我替你設身處地，說幾句話給你聽聽，也許可以幫助這一對戀人，使他們能够得到你的歡心。

眼看希望幻滅，惡運臨頭，
無可挽回，何必滿腹牢愁？
為了既成的災禍而痛苦，
徒然招惹出更多的災禍。
既不能和命運爭強鬥勝，
還是付之一笑，安心耐忍。
聰明人遭盜竊毫不介意；
痛哭流涕反而傷害自己。

勃　讓敵人奪去我們的海島，
我們同樣可以付之一笑。
那感激法官慈仁的囚犯，
他可以忘却刑罰的苦難；
倘然他怨恨那判決太重，
他就要忍受加倍的慘痛。
種種譬解雖能給人慰藉，
它們也會格外添人悲戚；
可是空言畢竟無補實際，
幾曾有一句話刺透心底？
請殿下繼續進行原來的公事吧。

公爵　土耳其人正在向賽普勒斯大舉進犯；奧瑟羅，那島上的實力你是知道得十分清楚的；雖然我們派在那邊代理總督職務的，是一個公認爲很有能力的人，可是大家的意思，都覺得由你去負責鎭守，纔可以萬無一失；所以說不得祇好打擾你的新婚的快樂，辛苦你去趕這一趟了。

奧　各位尊嚴的元老們，習慣的暴力已經使我把冷酷無情的戰場當作我的溫軟的眠牀，對於艱難困苦，我總是挺身而赴。我願意接受你們的命令，去和土耳其人作戰；可是我要請求你們給我的妻子一個適當的安置，按照她的身分，供給她一切日常的需要。

公爵　你要是同意的話，可以讓她住在她父親的家裏。

勃　我不願意容留她。

奧　我也不能同意。

苔　我也不願住在父親的家裏，讓他每天看見我生氣。最仁慈的公爵，願您俯聽我的陳請，讓我的卑微的衷忱得到您的諒解和贊許。

公爵　你有什麼請求，苔絲德夢娜？

苔　我的大膽的行動可以代我向世人宣告，我因爲愛這摩爾人，所以願意和他過共同的生活；我的心靈完全爲他的高貴的德性所征服；在他天挺的精神裏，我看見他的奇偉的儀表；我已經把我的靈魂和運命一起呈獻給他了。所以，各位大人，要是他一個人迢迢出征，把我遺留在和平的後方，像一頭醉生夢死的蜉蝣一樣，我將要因爲不能朝夕事奉他，而在鏤心刻骨的離情別緒中度日如年了。讓我跟隨他去吧。

奧　請你們允許了她吧。上天爲我作證，我向你們這樣請求，並不是爲了滿足我自己的欲望，因爲青春的熱情在我已成過去了；我的唯一的動機，只是不忍使她缺望。請你們千萬不要抱着那樣的思想，以爲她跟我在一起，會使我懈怠了你們所付託給我的重大的使命。不，要是插翅的愛神的風流解數，可以蒙蔽了我的靈明的理智，使我因爲貪戀歡娛而誤了正事，那麼讓主婦們把我的戰盔當作水罐，讓一切的污名都叢集於我的一身吧！

公爵　她的去留行止，可以由你們自己去決定。事情很是緊急，你必須立刻出發。

元老甲　今天晚上你就得動身。

奧　很好。

公爵　明天早上九點鐘，我們還要在這兒聚會一次。奧瑟羅，請你留下一個將佐在這兒；要是我們隨後還有什麼決定，可以叫他把我們的訓令傳達給你。

奧　殿下，我的旗官是一個很適當的人物，他的爲人是忠實而可靠的；我還要請他負責護送我的妻子，要是此外再有什麼必須寄給我的物件，也請殿下一起交給他。

公爵　很好。各位晚安！（向勃）尊貴的先生，倘然以才德取人，不憑容貌，你這位賢東牀難道比不上翩翩年少？

元老甲　再會，勇敢的摩爾人！好好看顧苔絲德夢娜。

勃　留心看好她，摩爾人，不要視而不見；她已經愚弄她的父親，她也會把你欺騙。（公爵，衆元老，吏役等同下）

奧　我用生命保證她的忠誠！正直的埃古，我必須把我的苔絲德夢娜託付給你，請你叫你的妻子當心照料她；看什麼時候有方便，就煩你護送她們起程。來，苔絲德夢娜，我祇有一小時的工夫和你訴述衷情，料理庶事了。我們必須服從環境的支配。（奧、苔同下）

洛　埃古！

埃　你怎麼說，好人兒？

洛　你想我該怎麼辦？

埃　上牀睡覺去吧。

洛　我立刻就去投水去。

埃　好，要是你投了水，我從此不歡喜你了。嘿，你這傻大少爺！

洛　活着要是這樣受苦，傻瓜纔願意活下去；一死可以了却煩惱，還是死了的好。

埃　啊，該死！我在這世上也經歷過四七二十八個年頭了，自從我能够辨別利害以來，我從來不曾看見過什麼人知道怎樣愛惜他自己。要是我也會爲了愛上一個雌兒的緣故而投水自殺，我甯願變成一頭猴子。

洛　我該怎麼辦？我承認這樣癡心是一件丟臉的事，可是我沒有力量把它補救過來呀。

埃　力量！廢話！我們要這樣那樣，祇有靠我們自己。我們的身體就像一座園圃，我們的意志是這園圃裏的園丁；不論我們插蕁麻，種萵苣，栽下牛膝草，拔起百里香，或者單獨培植一種草木，或者把全園種得萬卉紛披，讓它荒廢不治也好，把它辛勤耕墾也好，那權力都在於我們的意志。要是在我們的生命之中，理智和情欲不能保持平衡，我們血肉的邪心就會引導我們到一個荒唐的結局；可是我們有的是理智，可以冲淡我們汹湧的熱情，肉體的刺激，和奔放的淫慾；我認爲你所稱爲愛情的，也不過是那樣一種東西。

洛　不，那不是。

埃　那不過是在意志的默許之下一陣情欲的衝動而已。算了，做一個漢子。投水自殺！捉幾頭大貓小狗投在水裏吧！我曾經聲明我是你的朋友，我承認我對你的友誼是用不可摧折的堅韌的纜索聯結起來的；現在正是我應該爲你出力的時候。把銀錢放在你的錢袋裏；跟他們出征去；裝上一臉假鬍子，遮住了你的本來面目；我說，把銀錢放在你的錢袋裏。苔絲德夢娜愛那摩爾人決不會長久——把銀錢放在你的錢袋裏，——他也不會長久愛她。她一開始就把他愛得這樣熱烈，他們感情的破裂一定也是很突然的；你祇要把銀錢放在你的錢袋裏。這些摩爾人很容易變心；——把你的錢袋裝滿了錢；——現在他吃上去像蝗蟲一樣美味的食物，不久便要變得像苦蘋果一樣澀口了。她必須換一個年青的男子；當她饜足了他的肉體以後，她就會覺悟她的選擇的錯誤。她必須換換口味，她必須；所以把銀錢放在你的錢袋裏。要是你一定要尋死，也得想一個比投水巧妙一點的死法。儘你的力量搜括一些錢。要是憑着我的計謀和魔鬼們的奸詐，破壞這一個鹵莽的蠻子和這一個狡猾的威尼斯女人之間的脆弱的盟誓，還不算是一件難事，那麼你一定可以享受她，所以快去設法弄些錢來吧。投水自殺！什麼話！那根本就不用提；你甯可因爲追求你的快樂而被人弔死，總不要在沒有一親她的香澤以前投水自殺。

洛　要是我期待着這樣的結果，你一定會盡力幫助我達到我的願望嗎？

埃　你可以完全信任我。去，弄一些錢來。我常常對你說，一次一次反覆告訴你，我恨那摩爾人；我的怨毒蓄積在心頭，你也對他抱着同樣深刻的仇恨，讓我們同心合力向他復仇；要是你能够替他戴上一頂綠頭巾，你果然是如願以償，我也可以拍掌稱快。無數人事的變化孕育在時間的胚胎裏，我們等着看吧。去，預備好你的錢。我們明天再談這件事情。再見。

洛　明天早上我們在什麼地方會面？

埃　就在我的寓所裏吧。

洛　我一早就來看你。

埃　好，再會。你聽見嗎，洛特力戈？

洛　你說什麼？

埃　別再提起投水的話兒了，你聽見沒有？

洛　我已經變了一個人了。我要去把我的田地一起變賣。

埃　好，再會！多放一些錢在你的錢袋裏。（洛下）我總是這樣讓這種傻瓜掏出錢來給我花用；因爲倘不是爲了替自己解解悶氣，打算到手一些利益，那我浪費了時間跟這樣一個獃子周旋，纔是寃枉哩。我恨那摩爾人；有人以為他私通我的妻子，我不知道這句話是眞是假；可是在這種事情上，即使不過是嫌疑，我也要把它當作實有其事一樣看待。他對我很有好感，這樣可以使我對他實行我的計策的時候格外方便一些。凱西奧是一個俊美的男子；讓我想想看：奪到他的位置，實現我的一舉兩得的陰謀；怎麼？怎麼？讓我看：等過了一些時候，在奧瑟羅的耳邊揑造一些鬼話，說他跟他的妻子看上去太親熱了；他長得漂亮，性情又溫和，天生一段媚惑婦人的魔力，像他這種人是很容易引起疑心的。那摩爾人是一個坦白爽直的人，他看見人家在表面上裝出一副忠厚誠實的樣子，就以爲一定是個好人；我可以把他像一頭驢子一般牽着鼻子跑。有了！我的計策已經產生。地獄和黑夜醞釀就這空前的罪惡，它必須向世界顯露它的面目。（下）

# 第二幕

## 第一場　賽普勒斯海口一市鎮碼頭附近的廣場

【蒙坦諾及二紳士上。

蒙　你從那海岬上望出去看見海裏有什麼船隻沒有？

甲紳　一點望不見。波浪很高，在天海之間我看不出一片船帆。

蒙　風在陸地上吹得也很利害；從來不曾有這麼大的暴風打擊過我們的雉堞。要是它在海上也是這麼猖狂，那一艘橡樹造成的船身支持得住山一樣的巨濤迎頭倒下？我們將要從這場風暴中間聽到什麼消息呢？

乙紳　土耳其的艦隊一定要被風浪沖散了。你祇要站在白沫飛濺的海岸上，就可以看見咆哮的洶濤高擊雲霄，被狂風捲起的怒浪奔騰山立，好像要把海水澆向光明的大熊星上，熄滅那照耀北極的永古不移的斗宿一樣。我從來沒有見過這樣可怕的驚濤駭浪。

蒙　要是土耳其艦隊沒有避進港裏，它們一定沉沒了；這樣的風浪是抵禦不了的。

【另一紳士上。

丙紳　報告消息！咱們的戰事已經結束了。土耳其人遭受這場暴風浪的突擊，不得不放棄他們進攻的計劃。一艘從威尼斯來的大船一路上看見他們的船隻或沉或破，大部分零落不堪。

蒙　啊！這是眞的嗎？

丙紳　這一隻船已經在這兒進港，船名是維洛尼薩號；邁克爾凱西奧，那勇武的摩爾人奧瑟羅的副將，已經上岸來了；那摩爾人自己還在海上，他是奉到全權委任，到這兒賽普勒斯來的。

蒙　我很高興，這是一位很有才能的總督。

丙紳　可是這個凱西奧說起土耳其的損失，雖然興高彩烈，同時他却滿臉愁容，祈禱着那摩爾人的安全，因爲他們是在險惡的大風浪中彼此失散的。

蒙　但願他平安無恙；因爲我曾經在他手下做過事，知道他在治軍用兵這方面，的確是一個大將之才。來，讓我們到海邊去！一方面看看新近到來的船舶，一方面把我們的眼睛遙望到海天相接的遠處，盼候着勇敢的奧瑟羅。

丙紳　來，我們去吧；因爲每一分鐘都會有更多的人到來。

【凱西奧上。

凱　謝謝，你們這座英勇的島上的各位壯士，因爲你們這樣褒奬我們的主帥。啊！但願上天幫助他戰勝風浪，因爲我是在險惡的波濤之中和他失散的。

蒙　他的船靠得住嗎？

凱　船身很是堅固，舵師是一個很有經驗的人，所以我還抱着很大的希望。（內呼聲：「一隻船！一隻船！一隻船！」）

【一使者上。

凱　什麼聲音？

使者　全市的人都出來了；海邊上站滿了人，他們在嚷，「一隻船！一隻船！」

凱　我希望那就是我們新任的總督。（礮聲）

乙紳　他們在放禮礮了；即使不是總督，至少也是我們的朋友。

凱　先生，請你去看一看，回來告訴我們究竟是什麼人來了。

乙紳　我就去。（下）

蒙　可是，副將，你們主帥有沒有結過婚？

凱　他的婚姻是再幸福不過的。他娶到了一位女郎，她的美貌才德，勝過一切的形容和廣大的名譽；筆墨的讚美不能窮極她的好處，沒有一句適當的言語可以充分表出她的天賦的優美。

【乙紳重上。

凱　啊！誰到來了？

乙紳　是一個名叫埃古的元帥麾下的旗官。

凱　他倒一帆風順地到了。洶湧的怒濤，咆哮的狂風，埋伏在海底的礁石沙磧，似乎也懂得愛惜美人，收斂了它們凶惡的本性，讓神聖的苔絲德夢娜安然通過。

蒙　她是誰？

凱　就是我剛纔所說起的，我們大帥的主帥。勇敢的埃古護送她到這兒來，想不到他們路上走得這麼快，比我們的預期還早了七天。偉大的喬武啊，保佑奧瑟羅，吹一口你的大力的氣息在他的船帆上，讓他的高大的桅檣在這兒海港裏顯現它的雄姿，讓他跳動着一顆戀人的心投進了苔絲德夢娜的懷裏，重新燃起我們奄奄欲絕的精神，使整個賽普勒斯充滿了興奮！

【苔絲德夢娜，哀米莉霞，埃古，洛特力戈，及侍從等上。

凱　啊！瞧，船上的珍寶到岸上來了。賽普勒斯人啊，向她下跪吧。祝福你，夫人！願神靈在你前後左右週遭呵護你！

苔　謝謝您，英勇的凱西奧。您知道我的丈夫有什麼消息嗎？

凱　他還沒有到來；我祇知道他是平安的，大概不久就會到來。

苔　啊！可是我怕——你們怎麼會分散的？

凱　天風和海水的猛烈的激戰，使我們彼此相失。可是聽！有船來了。（內呼聲：「一隻船！一隻船！」礮聲）

乙紳　他們向我們城上放禮礮了；到來的也是我們的朋友。

凱　你去探看探看。（乙紳下）（向埃）老總，歡迎！（向哀）歡迎，嫂子！請你不要惱怒，好埃古，因爲我敢這樣放肆。（吻哀）

埃　老兄，要是她向你撳動她的嘴唇，也像她向我撳動她的舌頭一樣，那你就要叫苦不迭了。

苔　唉！她又不會多嘴。

埃　眞的，她太會多嘴了；每次我想睡覺的時候，總是被她吵得不得安寧。不過，在您夫人的面前，我還要說一句，她有些話是放在心裏說的，人家瞧她不開口，她却在心裏罵人。

哀　你沒有理由這樣寃枉我。

埃　得啦，得啦，你們跑出門像圖畫，走進房像響鈴，到了竈下像野貓；設計害人的時候，面子上裝得像尊菩薩，人家冒犯了你們，你們便活像夜叉；叫你們管家，你們祇會一味胡鬧，一上牀却又十足像個幽嫻貞靜的主婦。

苔　啊，呸！你這亂造謠言的傢伙！

埃　不，我說的話兒千眞萬確，你們起來遊戲，上牀工作。

哀　我再也不要你寫讚美我的詩句。

埃　不，不要叫我寫吧。

苔　要是叫你讚美我，你要怎麼寫法呢？

埃　啊，好夫人，別叫我做這件事，因爲我的脾氣是要吹毛求疵的。

苔　來，試試看。有人到港口去了嗎？

埃　是，夫人。

苔　我雖然心裏愁悶，姑且强作歡容。來，你怎麼讚美我？

埃　我正在想着呢；可是我的詩情黏在我的腦殼裏，用力一擠就會把腦漿一起擠出的。有了：

　　她要是既漂亮又智慧，
　　就不會誤用她的嬌美。

苔　讚美得好！要是她雖黑醜而聰明呢？

埃　她要是雖黑醜却聰明，
　　包她找到一位俊郎君。

苔　不成話。

哀　要是美貌而愚笨呢？

埃　美女人決不是笨冬瓜，
　　蠢殺也會抱個小娃娃。

苔　這些都是在酒店裏騙傻瓜們笑笑的古老的歪詩。還有一種又醜又笨的女人，你也能夠勉强贊美她兩句嗎？

埃　別嫌她心腸笨相貌醜，
　　女人的戲法一樣拿手。

苔　啊，豈有此理！你把最好的讚美給了最壞的女人。哀米莉霞，不要聽他的話，雖然他是你的丈夫。您怎麽說，凱西奧？他不是一個胡說八道的傢伙嗎？

凱　他說得很的確，夫人。您要是把他當作一個軍人，不把他當作一個文士，您就不會嫌他出言粗俗了。

埃　（旁白）他捏着她的手心。嗯，交頭接耳，好得很。我祇要張起這麽一個小小的網，就可以捉住像凱西奧這樣一頭大蒼蠅。嗯，對她微笑，很好；我要叫你跌翻在你自己的禮貌中間。——您說得對，正是正是。——要是這種鬼殷勤會葬送你的前程，你還是不要老是吻着你的三個指頭，表示你的紳士風度吧。很好；吻得不錯！絕妙的禮貌！正是正是。又把你的手指放到你的嘴唇上去了嗎？（喇叭聲）主帥來了！我聽得出他的喇叭聲音。

凱　眞的是他。

苔　讓我們去迎接他。

凱　瞧！他來了。

【奧瑟羅及侍從等上。

奧　啊，我的嬌美的戰士！

苔　我的親愛的奧瑟羅！

奧　看見你比我先到這裏，眞使我又驚又喜。啊，我的心愛的人！要是每一次暴風雨之後，都有這樣和煦的陽光，那麽儘管讓狂風肆意地吹，把死亡都吹醒了吧！讓那辛苦掙扎的船艄爬上一座座如山的高浪，就像從高高的天上墮下幽深的地獄一般，一瀉千丈地跌落下來吧！要是我現在死去，那纔是最幸福的，因爲我怕我的靈魂已經嘗到了無上的歡樂，此生此世再也不會有同樣令人欣喜的事情了。

苔　但願上天眷顧，讓我們的愛情和歡樂與日俱增！

奧　阿們，慈悲的神明！我不能充分說出我心頭的快樂；太多的歡喜窒住了我的呼吸。（吻苔）

埃　（旁白）啊，你們現在是琴瑟調和，看我不動聲色叫你們絃斷柱裂。

奧　來，讓我們到城堡裏去。好消息，朋友們，我們的戰事已經結束，土耳其人全都溺死了。我的島上的舊友，您好？愛人，你在賽普勒斯將要受到衆人的寵愛，我覺得他們都是非常熱情的。啊，親愛的，我自己太高興了，所以會說出這樣忘形的話來。好埃古，請你到港口去一趟，把我的箱子搬到岸上，帶那船長到城堡裏來；他是一個很好的傢伙，他的才能非常叫人欽佩。來，苔絲德夢娜。（除埃、洛外均下）

埃　你馬上就到港口來會我。過來。人家說愛情可以刺激懦夫，使他鼓起本來所沒有的勇氣；要是你果然有膽量，請聽我說。副將今晚在衛舍守夜。第一我必須告訴你，苔絲德夢娜是直接跟他發生戀愛的。

洛　跟他發生戀愛！那是不會有的事。

埃　閉住你的嘴，好好聽我說。你看她當初不過因爲這摩爾人向她吹了些法螺，撒下一些漫天的大謊，她就愛得他多麼熱烈；難道她會繼續愛他，只是爲了他的吹牛的本領嗎？你是個聰明人，不要以爲世上會有這樣的事。她的視覺必須得到滿足；她能夠從魔鬼臉上感到什麼佳趣？情慾在一陣興奮過了以後而漸生厭倦的時候，必須換一換新鮮的口味，方纔可以把它重新刺激起來，或者是容貌的漂亮，或者是年齡的相稱，或者是舉止的風雅，這些都是這摩爾人所欠缺的所在；她因爲在這些必要條件上種種不能滿足，一定會覺得她的青春嬌豔所託非人，而開始對這摩爾人由失望而憎恨，由憎恨而厭惡，她的天性就會迫令她再作第二次的選擇。這種情形是很自然而可能的；要是承認了這一點，試問那一個人比凱西奧更有享受這一種福分的便利？一個很會講話的傢伙，爲了達到他的祕密的淫邪的慾望，他會恬不爲意地裝出一副慇懃文雅的外表。哼，誰也比不上他；一個狡猾陰險的傢伙，慣會乘機取利，無孔不入，一個鬼一樣的傢伙！而且，這傢伙又漂亮又年青，凡是可以使無知婦女醉心的條件，他無一不備；一個十足害人的傢伙。這女人已經把他勾上了。

洛　我不能相信她是一位聖潔的女郎。

埃　他媽的聖潔！她喝的酒也是用葡萄釀成的；她要是聖潔，她就不會愛這摩爾人了。哼，聖潔！你不看見她捏弄他的手心嗎？你不看見嗎？

洛　是的，我看見的；可是那不過是禮貌罷了。

埃　我舉手爲誓，這明明是姦淫！這一段意味深長的楔子，就包括無限淫情慾念的交流。他們的嘴唇那麼貼近，他們的呼吸簡直互相擁抱了。該死的思想，洛特力戈！這種表面上的親熱一開了端，主要的好戲就會跟着上場，肉體的結合是必然的結論。呸！可是，老兄，你聽我說。我特意把你從威尼斯帶來，今晚你代我值班守夜，凱西奧是不認識你的；我就在離你不遠的地方看着你，你見了凱西奧就找一些藉口向他挑釁，或者高聲辱駡，或者毀謗他的軍譽，或者隨你的意思用其他無論什麼比較適當的方法。

洛　好。

埃　他是個性情暴躁，易於發怒的人，也許會向你動武；即使他不動武，你也要激動他和你打起架來；因爲借着這一個理由，我就可以在賽普勒斯人中間煽起一場暴動，假如要平息他們的憤怒，除了把凱西奧解職以外沒有其他的方法。這樣你就可以在我的設計協助之下，早日達到你的願望，你的阻礙也可以從此除去，否則我們的事情是決無成功之望的。

**洛**　我願意這樣幹，要是我能够找到下手的機會。

**埃**　那我可以向你保證。等會兒在城門口見我。我現在必須去替他把應用物件搬上岸來。再會。

**洛**　再會。（下）

**埃**　凱西奧愛她，這一點我是可以充分相信的；她愛凱西奧，這也是一件很自然而可能的事。這摩爾人，我雖然氣他不過，却有一副堅定仁愛正直的性格，我相信他會對苔絲德夢娜做一個最多情的丈夫。講到我自己，我也是愛她的，並不完全出於情慾的衝動——雖然也許我也犯着這樣的罪名，——可是一半是爲要報復我的仇恨，因爲我疑心這好色的摩爾人奪去了我在她心頭的地位。這一種思想像毒藥一樣腐蝕我的肝腸，什麼都不能使我心滿意足，除非在他身上發洩這一口怨氣，他奪去我的人，我也叫他有了妻子享受不成；即使不能做到這一點，我也要叫這摩爾人心裏長起根深蒂固的嫉妒來，沒有一種理智的藥餌可以把它治療。爲了達到這一個目的，我已經利用這威尼斯的瘟生做我的鷹犬，要是他果然聽我的嗾使，我就可以抓住我們那位邁克爾凱西奧的把柄，在這摩爾人面前誹毀他，因爲我疑心凱西奧跟我的妻子也是有些曖昧的。這樣我可以讓這摩爾人感謝我，喜歡我，報答我，因爲我叫他做了一頭大大的驢子，用詭計擣亂他的平和安寧，使他因氣憤而發瘋。方針已經決定，前途未可預料；惡人的面目必須到臨時揭曉。（下）

## 第二場　街道

【傳令官持告示上民衆隨後。

傳令官　我們尊貴英勇的元帥奧瑟羅有令，根據最近接到的消息，土耳其艦隊已經全軍覆滅，全體軍民聽到這一個捷音，理應同伸慶祝，跳舞的跳舞，燃放焰火的燃放焰火，每一個人都可以隨他自己的高興盡情歡樂；因爲除了這些可喜的消息以外，我們同時還要祝賀我們元帥的新婚。帥府中一切門禁完全撤除，從下午五時起，直到深夜十一時，無論何人，可以自由出入，飲酒宴樂。上天祝福賽普勒斯島和我們尊貴的元帥奧瑟羅！（同下）

## 第三場　城堡中的廳堂

【奧瑟羅，苔絲德夢娜，凱西奧，及侍從等上。

奧　好邁克爾，今天請你留心警備；我們必須隨時謹愼，免得因爲縱樂無度而釀成意外。

凱　我已經吩咐埃古怎樣辦了，我自己也要親自督察照看。

奧　埃古是個忠實可靠的漢子。邁克爾，晚安；明天你一早就來見我。（向苔）來，我的愛人，我們已經把彼此心身互相交換，願今後花開結果，恩情美滿。晚安！（奧，苔及侍從等下）

【埃古上。

凱　歡迎，埃古；我們該守夜去了。

埃　時候還早哪，副將；現在還不到十點鐘。咱們主帥因爲捨不得他的新夫人，所以這麼早就打發我們出去；可是我們也怪不得他，他還沒有跟她眞個消魂，任是天神見了她也要動心的。

凱　她是一位人間無比的佳人。

埃　我可以擔保她也是一個非常風流的人兒。

凱　她的確是一個嬌豔可愛的女郎。

埃　她的眼睛多麼迷人！簡直在向人挑戰。

凱　一雙動人的眼睛；可是卻有一種端莊貞靜的神氣。

埃　她說話的時候，不就是愛情的警報嗎？

凱　她眞是十全十美。

埃　好，願他們被窩裏快樂！來，副將，我還有一瓶酒；外面有兩個賽普勒斯的紳士，要想爲黑將軍祝飲一杯。

凱　今夜可不能奉陪了，好埃古。我一喝了酒，頭腦就會糊塗起來，我希望有人能夠發明在賓客歡會的時候，用另外一種方法招待他們。

埃　啊，他們都是我們的朋友；喝一杯吧，我也可以代你喝。

凱　我今晚祇喝了一杯，就是那一杯也被我偷偷兒沖了些水，可是我的頭已經有點兒昏啦。我知道自己的弱點，實在不敢再多喝了。

埃　噯喲，朋友！這是一個狂歡的良夜，不要掃了那些紳士們的興致。

凱　他們在什麼地方？

埃　就在這兒門外；請你去叫他們進來吧。

凱　我去就去，可是我心裏是不願意的。（下）

埃　他今晚已經喝過了一些酒，我祇要再灌他一杯下去，他就會像小狗一樣到處招惹是非。我們那位爲情憔悴的傻瓜洛特力戈今晚爲了苔絲德夢娜也喝了幾大杯的酒，我已經派他守夜了。還有三個心性高傲，重視榮譽的賽普勒斯少年，都是這座尙武的島上的優秀人物，我也把他們灌得醺醺大醉；他們今晚也是要守夜的。在這一羣醉漢中間，我要叫我們這位凱西奧幹出一些可以激動這島上公憤的事來。可是他們來了。

【凱西奧率蒙坦諾及紳士等重上；衆僕持酒後隨。

凱　上帝可以作證，他們已經灌了我一滿杯啦。

蒙　眞的，只是小小的一杯，頂多也不過一品脫的分量；我是一個軍人，從來不會說謊的。

埃　喂，酒來！（唱）

一瓶一瓶復一瓶，

飲酒瞽瓶玎璫鳴。

我爲軍人豈無情，

人命倏忽如煙雲，

聊持杯酒遣浮生。

孩兒們，酒來！

凱　好一支歌兒！

埃　這一支歌是我在英國學來的。英國人的酒量纔利害；什麼丹麥人，德國人，大肚子的荷蘭人，——酒來！——比起

凱　英國人來都不算得什麼：你那英國人果然這樣善於喝酒嗎？

埃　嘿，他會不動聲色把丹麥人灌得爛醉如泥，面不流汗把德國人灌得不省人事，還沒有倒滿下一杯，那荷蘭人已經嘔吐狼藉了。

凱　祝我們的主帥健康！

蒙　贊成，副將，您喝我也喝。

埃　啊，可愛的英格蘭！喂，酒來！

凱　好，上帝在我們頭上，有的靈魂必須得救，有的靈魂就不能得救。

埃　對了，副將。

凱　講到我自己，——我並沒有冒犯我們主帥或是無論那一位大人物的意思，——我是希望能夠得救的。

埃　我也是這樣希望，副將。

凱　嗯，可是，對不起，你不能比我先得救；副將得救了，然後纔是旗官得救。咱們別提這種話啦，還是去幹我們的事吧。上帝赦免我們的罪惡！各位先生，我們不要忘記了我們的事情。不要以爲我是醉了，各位先生這是我的旗官；這是我的右手，這是我的左手。我現在並沒有醉；我站得很穩，我說話也很清楚。

衆　非常清楚。

凱　那麼很好；你們可不要以爲我醉了。（下）

蒙　各位朋友，來，我們到露臺上守望去。

埃　你們看見剛纔出去的這一個人：講到指揮三軍的才能他可以和該撒爭一日之雄；可是你們瞧他這一種酗酒的樣子，它正好和他的長處互相抵銷。我眞爲他可惜！我怕奧瑟羅對他如此信任，也許有一天會被他誤了大事，使全島大受震動的。

蒙　可是他常常是這樣的嗎？

埃　他喝醉了酒總是要睡覺；要是沒有酒替他催眠，他可以一晝夜打起精神不睡。

蒙　這種情形應該向元帥提起；也許他沒有覺察，也許他秉性仁恕，因爲看重凱西奧的才能而忽略了他的短處。這句話對不對？

【洛特力戈上。

埃　（向洛旁白）怎麼，洛特力戈！你快追上那副將後面去吧；去。（洛下）

蒙　這高貴的摩爾人竟會讓一個染上這種惡癖的人做他的輔佐，眞是一件令人抱憾的事。誰能夠老實對他這樣說，纔是一個正直的漢子。

埃　即使把這一座大好的島送給我，我也不願意說；我很愛凱西奧，要是有辦法，我願意盡力幫助他除去這一種惡癖。可是聽！什麼聲音？（內呼聲「救命！救命！」）

【凱西奧驅洛特力戈重上。

凱　混蛋！狗賊！

蒙　什麼事，副將？

凱　一個混蛋也敢敎訓起我來！我要把這混蛋打進一口瓶子裏去。

洛　打我！

凱　你還要利嘴嗎，狗賊？（打洛）

蒙　（拉凱）不，副將，請您住手。

凱　放開我先生，否則我要一拳打到你的頭上來了。

蒙　得啦得啦，你醉了。

凱　醉了！（與蒙鬥）

埃　（向洛旁白）快走！到外邊去高聲嚷叫，說是出了亂子啦。（洛下）不，副將！天哪，各位先生！喂，來人！副將！蒙坦諾！幫幫忙，各位朋友！這算是守的什麼夜呀！（鐘鳴）誰在那兒打鐘？該死！全市的人都要起來了。天哪！副將，住手！你的臉要從此丟盡啦。

【奧瑟羅及侍從等重上。

奧　這兒出了什麼事情？

蒙　他媽的！我的血流個不停；我受了重傷啦。

奧　要活命的快住手！

埃　喂，住手！副將！蒙坦諾！各位先生！你們忘記你們的地位和責任了嗎？住手！主帥在對你們說話；還不住手！

奧　怎麼，怎麼！為什麼鬧起來的？難道我們都變成野蠻人了嗎？為了基督徒的面子，停止這場粗暴的爭吵；誰要是一味嘔氣，再敢動一動，他就是看輕他自己的靈魂，他一舉手我就叫他死。叫他們不要打那可怕的鐘；它會擾亂島上的人心。各位，究竟是怎麼一回事？正直的埃古，瞧你懊惱得臉色慘淡，告訴我，誰開始這場爭鬧？憑着你的忠心，老實對我說。

埃　我不知道；剛纔還是好好的朋友，像正在寬衣解帶的新夫婦一般相親相愛，一下子就好像受到什麽星光的刺激，迷失了他們的本性似的，大家拔出劍來，向彼此的胸前直刺過去，拚個你死我活了。我說不出這場任性的爭吵是怎麽開始的；只怪我這雙腿不曾在光榮的戰陣上失去，那麽我也不會踏進這種是非中間了！

奧　邁克爾，你怎麽會這樣忘記你自己的身分？

凱　請您原諒我，我沒有話可說。

奧　尊貴的蒙太諾，您一向是個溫文知禮的人，您的少年端重爲舉世所欽佩，在賢人君子之間，您有很好的名聲；爲什麽您會這樣自貶身價，犧牲您的寶貴的名譽，讓人家說您是個在深更半夜裏酗酒鬧事的傢伙？給我一個回答。

蒙　尊貴的奧瑟羅，我傷得很利害，不能多說話；您的貴部下埃古可以告訴您我所知道的一切。其實我也不知道我在今夜說錯了什麽話或是做錯了什麽事，除非在暴力侵凌的時候，自衞是一樁罪惡。

奧　蒼天在上，我現在可再也遏制不住我的怒氣了。我祇要動一動，或是舉一舉起這一隻手臂，就可以叫你們中間最有本領的人在我的一怒之下喪失了生命。讓我知道這一場可恥的騷擾是怎麽開始的，誰是最初釁起事端來的人；要是證實了那一個人是啓釁的罪魁，即使他是我的孿生兄弟，我也不能放過他。什麽！一個新遭戰亂的城市，秩序還沒有恢復，人民的心裏充滿了恐懼，你們卻在深更半夜，在全島治安所係賴的所在爲了私人間的細故爭吵起來！豈有此理！埃古，誰是釁事的人？

蒙　你要是意存偏袒，或是同僚相護，所說的話和事實不盡符合，你就不是個軍人。

埃　不要這樣逼我；我寧願割下自己的舌頭，也不願讓它說邁克爾凱西奧的壞話；可是事已如此，我想說老實話也不算對不起他。是這樣的，主帥：蒙坦諾跟我正在談話，忽然跑進一個人來高呼救命，後面跟着凱西奧殺氣騰騰地提了劍，好像一定要殺死他纔甘心似的；那時候這位先生就挺身前去攔住凱西奧，請他息怒；我自己追趕那個叫喊的人，因爲恐怕他在外邊大驚小怪，擾亂人心，可是他跑得快，我追不上，又聽見背後刀劍碰撞和凱西奧高聲咒駡的聲音，所以就回來了；我從來沒有聽見他這樣駡過人；我本來追得不遠，一轉身就看見他們在這兒你一刀我一劍地廝殺得難解難分，正像您到來喝開他們的時候一樣。我所能報告的就是這幾句話。人總是人，聖賢也有錯誤的時候；一個人在憤怒之中，就是好朋友也會反臉不認。雖然凱西奧給了他一點小小的傷害，可是我相信凱西奧一定從那逃走的傢伙手裏受到什麼奇恥大辱，所以纔動起那麼大的火性來的。

奧　埃古，我知道你的忠實和義氣，使你把這件事情輕描淡寫，替凱西奧減輕他的罪名。凱西奧，你是我的好朋友，可是從此以後，你不是我的部屬了。

〔苔絲德夢娜率侍從重上。

奧　瞧！我的溫柔的愛人也給你們吵醒了！（向凱）我要把你做一個榜樣。

苔　什麼事？

奧　現在一切都沒事了，愛人；去睡吧。先生，您受的傷我願意親自替您醫治。把他扶出去。（侍從扶蒙下）埃古，你去巡視市街，安定安定受驚的人心。來，苔絲德夢娜；難圓的是軍人的好夢，纔合眼又被殺聲驚動。（除埃凱外均下）

埃　什麼！副將，你受傷了嗎？

凱　嗯，我的傷是無藥可救的了。

埃　噯喲，上天保佑沒有這樣的事！

凱　名譽，名譽，名譽！啊，我的名譽已經一敗塗地了！我已經失去我的生命中不死的一部分，留下來的也就跟畜生沒有分別了。我的名譽，埃古，我的名譽！

埃　我是個老實人，我還以為你受到了什麼身體上的傷害，那是比名譽的損失痛苦得多的。名譽是一件無聊的騙人的東西，得到它的人未必有什麼功德，失去它的人也未必有什麼過失。你的名譽仍舊是好端端的，除非你自以為它已經掃地了。嘿，朋友，你要恢復主帥對你的歡心，儘有辦法呢。你現在不過一時遭逢他的惱怒；他給你的還一種處分，與其說是表示對你的不滿，還不如說是遮掩世人耳目的政策，正像有人為了嚇退一頭兇惡的獅子而故意鞭打他的馴良的狗兒一樣。你祇要向他懇求懇求，他一定會回心轉意的。

凱　我寧願懇求他唾棄我，也不願蒙蔽他的聰明，讓這樣一位賢能的主帥手下有這麼一個酗酒放蕩的不肖將校。縱飲無度！胡言亂道！吵架！吹牛！賭咒！跟自己的影子說些廢話！啊，你空虛縹緲的旨酒的精靈，要是你還沒有一個名字，讓我們叫你做魔鬼吧！

埃　你提起了劍追逐不捨的那個人是誰？他怎麼冒犯了你？

凱　我不知道。

埃　你怎麼會不知道？

凱　我記得一大堆的事情，可是全都是模模糊糊的；我記得跟人家吵起來，可是不知道為了什麼。上帝啊！人們居然會把一個仇敵放進了自己的嘴裏，讓它偷去他們的頭腦，在歡天喜地之中，把我們自己變成了畜生！

埃　可是你現在已經很清醒了；你怎麼會明白過來的？

凱　氣鬼一上了身，酒鬼就自動退讓；一件過失引起了第二件過失，簡直使我自己也瞧不起自己了。

埃　得啦，你也太認眞了。照此時此地的環境說起來，我但願沒有這種事情發生；可是既然事已如此，以後留心改過也就是了。

凱　我要向他請求恢復我的原職；他會對我說我是一個酒棍！即使我有一百張嘴，這樣一個答覆也會把它們一起封住。現在還是一個淸淸楚楚的人，不一會兒就變成個傻子，立刻他就變成一頭畜生！啊，奇怪！每一杯過量的酒都是魔鬼釀成的毒水。

埃　算了，算了，好酒祇要不濫喝，也是一個很好的夥伴；你也不用咒罵它了。副將，我想你一定把我當作一個好朋友看待。

凱　我很信任你的友誼。——我醉了！

埃　朋友，一個人有時候多喝了幾杯，也是免不了的。讓我告訴你一個辦法。我們主帥的夫人現在是我們眞正的主帥；我可以這樣說，因爲他心裏只念着她的好處，眼睛裏祇看見她的可愛。你祇要在她面前坦白懺悔，懇求懇求她，她一定會幫助你官復原職。她的性情是那麼慷慨仁慈，那麼體貼人心，人家請她出十分力，她要是沒有出到十二分，就覺得好像對人不起似的。你請她替你彌縫彌縫你跟她的丈夫之間的這一道裂痕，我可以拿我的全部財產打賭，你們的交情一定會反而因此格外加强的。

凱　你的主意出得很好。

埃　我發誓這一種意思完全出於一片誠心。

凱　我充分信任你的善意；明天一早我就請求賢德的苔絲德夢娜替我盡力說情；要是我在這兒給他們革退了，我的前途也就從此毀了。

埃　你說得對。晚安，副將；我還要守夜去呢。

凱　晚安，正直的埃古！（下）

埃　誰說我作事奸惡？我貢獻給他的這番意見，不是光明正大，很合理，而且的確是挽回這摩爾人的心意的最好辦法嗎？祇要是正當的請求，苔絲德夢娜總是有求必應的；她的爲人是再慷慨再熱心不過的了。至於叫她去說動這摩爾人，更是不費吹灰之力；他的靈魂已經完全成爲她的愛情的俘虜，無論她要做什麼事，或是把已經做成的事重新推翻，即使叫他拋棄他的信仰和一切得救的希望，他也會唯命是從，讓她的喜惡主宰他的無力反抗的身心。我既然向凱西奧指示了這一條對他有利的方策，誰還能說我是個惡人呢？佛面蛇心的鬼魅！惡魔往往用神聖的外表，引誘世人幹最惡的罪行，正像我現在所用的手段一樣；因爲當這個老實的獃子懇求苔絲德夢娜爲他轉圜，當她竭力在那摩爾人面前替他說情的時候，我就要用毒藥灌進那摩爾人的耳中，說是她所以要運動凱西奧復職，只是爲了戀姦情熱的緣故。這樣，她越是忠於所託，越是會加强那摩爾人的猜疑；我就利用她的善良的心腸汚毀她的名譽，讓他們一個個都落進了我的羅網之中。

【洛特力戈重上。

埃　啊，洛特力戈！

洛　我在這兒給你們驅來趕去，不像一頭追尋狐兎的獵狗，倒像是替你們湊湊熱鬧的。我的錢也差不多花光了，今夜我還挨了一頓痛打；我想這番教訓，大概就是我費去不少辛苦換來的代價了。現在我的錢囊已經空空如也，我的頭腦裏總算增加了一點智慧，我要回到威尼斯去了。

埃　沒有耐性的人是多麼可憐！什麼傷口不是慢慢兒平復起來的？你知道我們幹事情全賴計謀，並不是用的魔法；用計謀就必須等待時機成熟。一切進行得不是很順利嗎？凱西奧固然把你打了一頓，可是你受了一點小小的痛苦，已經使凱西奧把官職都丟了。雖然在太陽光底下，各種草木都欣欣向榮，可是最先開花的果子總是最先成熟；你安心點兒吧。噯喲，天已經亮啦；又是喝酒，又是打架，鬧哄哄的就讓時間飛走過去了。你去吧，回到你的宿舍裏去去吧；有什麼消息我再來告訴你；去吧。（洛下）我還要做兩件事情：第一是叫我的妻子在她的女主人面前替凱西奧說兩句好話；同時我就去設法把那摩爾人騙一騙開，等到凱西奧去向他的妻子請求的時候，再讓他親眼看見這幕把戲。好，言之有理；不要遷延不決，躭誤了錦囊妙計。（下）

# 第三幕

## 第一場　賽普勒斯城堡前

【凱西奧及若干樂工上。

凱　列位朋友，就在這兒奏起來吧；我會酬勞你們的。奏一支簡短一些的樂曲，敬祝我們的主帥晨安。（音樂）

【小丑上。

丑　怎麼，列位朋友，你們的樂器都曾到過奈泊爾斯，所以會這樣嗡嚨嗡嚨地用鼻音說話嗎？

樂工甲　怎麼，大哥，怎麼？

丑　請問這些都是管樂器嗎？

樂工甲　正是，大哥。

丑　啊，原來如此。可是，列位朋友，這兒是賞給你們的錢；將軍非常喜歡你們的音樂，他請求你們千萬不要再奏下去了。

樂工甲　好，大哥，那麼我們不奏了。

丑　要是你們會奏聽不見的音樂，請奏起來吧；可是正像人家說的，將軍對於聽音樂這件事不大感到興趣。

樂工甲　我們不會奏那樣的音樂。

丑　那麼把你們的笛子藏起來，因爲我要去了。去，消滅在空氣裏吧；去！（樂工等下）

凱　你聽不聽見，我的好朋友？

丑　不，我沒有聽見您的好朋友；我祇聽見您。

凱　少說笑話。這一塊小小的金幣你拿了去；要是伺候將軍夫人的那位奶奶已經起身，你就告訴她有一個凱西奧請她出來說話。你肯不肯？

丑　她已經起身了，先生；要是她願意出來，我就告訴她。

凱　謝謝你，我的好朋友。（丑下）

【埃古上。

凱　來得正好，埃古。

埃　你還沒有上過牀嗎？

凱　沒有；我們分手的時候，天早就亮了。埃古，我已經大膽叫人去請你的妻子出來；我想請她替我設法見一見賢德的苔絲德夢娜。

埃　我去叫她立刻出來見你。我還要想一個法子把那摩爾人調開，好讓你們談話方便一些。

凱　多謝你的好意。（埃下）我從來沒有認識過一個比他更善良正直的佛羅倫斯人。

【哀米莉霞上。

哀　早安，副將！聽說您誤觸主帥之怒，眞是一件令人懊惱的事；可是一切就會轉禍爲福的。將軍和他的夫人正在談起此事，夫人竭力替您辯白，將軍說被您傷害的那個人在賽普勒斯是很有名譽很有勢力的，爲了避免受人非難起見，他不得不把您斥革；可是他說他很喜歡您，即使沒有別人替您說情，他也會留心着一有適當的機會，就讓您恢復原職的。

凱　可是我還要請求您一件事：要是您認爲沒有妨礙，或是可以辦得到的話，請您設法讓我獨自見一見苔絲德夢娜，跟她作一次簡短的談話。

哀　請您進來吧；我可以帶您到一處可以讓您從容吐露您的心曲的所在。

凱　那眞使我感激萬分了。（同下）

## 第二場　城堡中的一室

【奧瑟羅，埃古及紳士等上。

奧　埃古，這幾封信你拿去交給舵師，叫他回去替我呈上元老院。我就在堡壘上走走；你把事情辦好以後，就到那邊來見我。

埃　是，主帥，我就去。

奧　各位，我們要不要去看看這兒的防務？

衆　我們願意奉陪。（各下）

## 第三場　城堡前

【苔絲德夢娜，凱西奧，及哀米莉霞上。

苔　好凱西奧，你放心吧，我一定盡力替你說情就是了。

哀　好夫人，請您千萬出力。不瞞您說，我的丈夫爲了這件事情，也懊惱得不得了，就像是他自己身上的事情一般。

苔　啊！你的丈夫是一個好人。放心吧，凱西奧，我一定會設法使我的丈夫對你恢復原來的友誼。

凱　大恩大德的夫人，無論邁克爾凱西奧將來會有什麼成就，他永遠是您的忠實的僕人。

苔　我知道；我感謝你的好意。你愛我的丈夫，你又是他的多年的知交；放心吧，他除了表面上因爲避免嫌疑而對你略示疏遠以外，決不會眞的把你見外的。

凱　您說得很對，夫人；可是我現在失去了在帳下供奔走的機會，日久之後，有人代替了我的地位，恐怕主帥就要把我的忠誠和微勞一起忘記了。

苔　那你不用擔心；當着哀米莉霞的面前，我保證你一定可以回復原職。請你相信我，要是我發誓幫助一個朋友，我一定會幫助他到底。我的丈夫將要不得安息，無論睡覺吃飯的時候，我都要在他耳旁聒噪；無論他幹什麼事，我都要插進嘴去替凱西奧說情。所以高興起來吧，凱西奧，因爲你的辯護人是寧死不願放棄你的權益的。

〔奧瑟羅及埃古自遠處上。

哀　夫人，將軍來了。

凱　夫人，我告辭了。

苔　啊，等一等，聽我說。

凱　夫人，改日再談吧；我現在心裏很不自在，見了主帥恐怕反多不便。

苔　好，隨您的便（凱下）

埃　嚇！我不歡喜那種樣子。

奧　你說什麼？

埃　沒有什麽，主帥；要是——我不知道。

奧　那從我妻子身邊走開去的，不是凱西奧嗎？

埃　凱西奧，主帥？不，我想他一定不會看見您來了，就好像做了什麽虛心事似的偷偷兒溜走的。

奧　我相信是他。

苔　啊，我的主！剛纔有人在這兒向我請託，他因爲失去了您的歡心，非常抑鬱不快呢。

奧　你說的是什麽人？

苔　就是您的副將凱西奧呀。我的好夫君，要是我還有幾分面子，或是幾分可以左右您的力量，請您立刻對他恢復原來的恩寵吧；因爲他倘不是一個眞心愛您的人，他的過失倘不是無心而是有意的，那麽我就是看錯了人啦。請您叫他回來吧。

奧　他剛纔從這兒走開去嗎？

苔　嗯，是的；他是那樣滿含着羞愧，使我也不禁對他感到同情的悲哀。愛人，叫他回來吧。

奧　現在不必，親愛的苔絲德夢娜；慢慢兒再說吧。

苔　可是那不會太久嗎？

奧　親愛的，爲了你的緣故，我叫他早一點復職就是了。

苔　能不能在今天晚餐的時候？

奧　不，今晚可不能。

苔　那麽明天午餐的時候？

奧　明天我不在家裏午餐；我要跟將領們在營中會面。

苔　那麼明天晚上吧，或者星期二早上，星期二中午，晚上，星期三早上，隨您指定一個時間，可是不要超過三天以上。他對於自己的行爲不檢，的確非常悔恨；固然在這種戰爭的時期，地位較高的人必須以身作則，可是照我們平常的眼光看來，他的過失實在是微乎其微的。什麼時候讓他來？告訴我，奧瑟羅。要是您有什麼事情要求我，我想我決不會拒絕您，或是這樣吞吞吐吐的。什麼！邁克爾凱西奧，您向我求婚的時候，是他陪着您來的；好多次我表示對您不滿意的時候，他總是爲您辯護；現在我請您把他重新敍用，卻會這樣爲難！相信我，我可以——

奧　好了，不要說下去了。讓他隨便什麼時候來吧；你要什麼我總不願拒絕的。

苔　這並不是一個恩惠，就好像我請求您戴上您的手套，勸您吃些富於營養的菜餚，穿些溫暖的衣服，或是叫您做一件對您自己有益的事情一樣。不，要是我真的向您提出什麼要求，來試探試探您的愛情，那一定要是一件非常棘手而難以應允的事。

奧　我什麼都不願拒絕你；可是現在你必須答應暫時離開我一會兒。

苔　我會拒絕您的要求嗎？不。再會，我的主。

奧　再會，我的苔絲德夢娜；我馬上就來看你。

苔　哀米莉霞，來吧。您愛怎麼樣就怎麼樣，我總是服從您的。（苔、哀同下）

奧　可愛的女人！我的靈魂永墮地獄，要是我不愛你！當我不愛你的時候，世界也要復歸於混沌了。

埃　尊貴的主帥，——

奧　你說什麼，埃古？

埃　當您向夫人求婚的時候，邁克爾凱西奧也知道你們的戀愛嗎？

奧　他從頭到尾都知道。你爲什麽問起？

埃　不過是爲了解釋我心頭的一個疑惑，並沒有其他的用意。

奧　你有什麽疑惑，埃古？

埃　我以爲他本來跟夫人是不相識的。

奧　啊，不，他常常在我們兩人之間傳遞消息。

埃　當眞！

奧　當眞！嗯當眞。你覺得有什麽不對嗎？他這人不老實嗎？

埃　老實，我的主帥？

奧　老實！嗯，老實。

埃　主帥，照我所知道的，——

奧　你有什麽意見？

埃　意見，我的主帥！

奧　意見，我的主帥！天哪，他在學我的舌頭，好像在他的思想之中，藏着什麽醜惡得不可見人的怪物似的。你的話裏含着意思。剛纔凱西奧離開我的妻子的時候，我聽見你說，你不歡喜那種樣子；你不歡喜什麽樣子呢？當我告訴你在我求婚的全部過程中他都參預我們的祕密的時候，你又喊着說，「當眞！」蹙緊了你的眉頭，好像在把一個可怕的思想關鎖在你的腦筋裏一樣。要是你愛我，把你所想到的事告訴我吧。

埃　主帥，您知道我是愛您的。

奧　我相信你的話；因為我知道你是一個忠愛正直的人，從來不讓一句沒有忖度過的說話輕易出口，所以你這種吞吞吐吐的口氣格外使我驚疑。在一個奸詐的小人，這些不過是一套玩慣了的戲法；可是在一個正人君子，那就是從心底裏不知不覺自然流露出來的祕密的抗議。

埃　講到邁克爾凱西奧，我敢發誓我相信他是忠實的。

奧　我也是這樣想。

埃　人們的內心應該跟他們的外表一致，有的人卻不是這樣；要是他們能够脫下了假面，那就好了！

奧　不錯，人們的內心應該跟他們的外表一致。

埃　所以我想凱西奧是個忠實的人。

奧　不，我看你還有一些別的意思。請你老老實實把你的思想告訴我，儘管用最壞的字眼，說出你所想到的最壞的事情。

埃　我的好主帥，請原諒我；凡是我名分上應盡的責任，我當然不敢躲避，可是您不能勉強我做那一切奴隸們也沒有那種義務的事。吐露我的思想？也許它們是邪惡而卑劣的；那一座莊嚴的宮殿裏不會有時被下賤的東西闖入呢？那一個人的心胸這樣純潔，沒有一些汚穢的念頭和正大的思想分庭抗禮呢？

奧　埃古，要是你以為你的朋友受人欺侮了，可是卻不讓他知道你的思想，這不成了黨敵賣友了嗎？

埃　也許我是以小人之腹度君子之心，因為我是一個秉性多疑的人，常常會無中生有，錯怪了人家；所以請您還是不要把我的無稽的猜測放在心上，更不要因為我的胡亂的妄言而自尋煩惱。要是我讓您知道了我的思想，一則將會破壞您的安靜，對您沒有什麼好處；二則那會影響我的人格，對我也是一件不智之舉。

奧　你的話是什麼意思？

埃　我的好主帥，無論男人女人，名譽是他們靈魂裏面最切身的珍寶。誰偷竊我的錢囊的，不過偷竊到一些廢物，一些虛無的幻質，它從我的手裏轉到他的手裏，它也曾做過千萬人的奴隸；可是誰偷了我的名譽去的，那麼他雖然並不因此而富足，我却因爲失去它而成爲赤貧了。

奧　憑着上天起誓，我一定要知道你的思想。

埃　即使我的心在您的手裏，您也不能知道我的思想；當它還在我的保管之下，我更不能讓您知道。

奧　嚇！

埃　啊，主帥，您要留心嫉妒啊，那是一個綠眼的妖魔，誰做了它的犧牲，就要受它的玩弄。本來並不愛他的妻子的那種丈夫，雖然明知被他的妻子欺騙，算來還是幸福的；可是啊！一方面那樣癡心疼愛，一方面又是那樣滿腹狐疑，這纔是活活的受罪！

奧　啊，難堪的痛苦！

埃　貧窮而知足，可以賽過富有；有錢的人要是時時刻刻都在擔心他會有一天變成窮人，那麼即使他有無限的資財，實際上也像冬天一樣貧困。天啊，保佑我們不要嫉妒吧！

奧　咦，這是什麼意思？你以爲我會在嫉妒裏消磨我的一生，隨着每一次月亮的變化，發生一次新的猜疑嗎？不，我有一天感到懷疑，就要把它立刻解決。要是我會讓這種捕風捉影的推測支配我的心靈，像你所暗示的那樣，我就是一頭愚蠢的山羊。誰說我的妻子貌美多姿，愛好交際，口才敏慧，能歌善舞，決不會使我嫉妒；對於一個賢淑的女子，這些是錦上添花的美妙的外飾。我也絕不因爲我自己的缺點而擔心她會背叛我；她倘不是獨具慧眼，決不會選中我的。不，埃古，我在沒有親眼目睹以前，決不妄起猜疑；當我感到懷疑的時候，我就要把它證實；果然有了確實的證據，我就一了百了，讓愛情和嫉妒同時毀滅。

**埃**　您這番話使我聽了很是高興，因爲我現在可以用更坦白的精神，向您披露我的忠愛之忱了。我還不能給您確實的證據。注意尊夫人的行動；留心觀察她對凱西奧的態度；用冷靜的眼光看着他們，不要一味多心，也不要過於大意。我不願您的慷慨豪邁的天性被人欺罔；留心着吧。我知道我們國裏娘兒們的脾氣；在威尼斯她們背着丈夫幹的風流活劇，是不瞞天地的；她們可以不顧羞恥，幹她們所要幹的事，祇要不讓丈夫知道，就可以問心無愧。

**奧**　你眞的這樣說嗎？

**埃**　她當初跟您結婚，曾經騙過她的父親；當她好像對您的容貌戰慄畏懼的時候，她的心裏卻在熱烈地愛着它。

**奧**　她正是這樣。

**埃**　好，她這樣小小的年紀，就有這般能耐，做作得不露一絲破綻，把她父親的眼睛完全遮掩過去，使他疑心您用妖術把她騙走。——可是我不該說這種話；請您原諒我對您的過分的忠心吧。

**奧**　我永遠感激你的好意。

**埃**　我看這件事情有點兒掃了您的興致。

**奧**　一點不，一點不。

**埃**　眞的，我怕您在惱啦。我希望您把我這番話當作善意的警戒。可是我看您眞的在動怒啦。我必須請求您不要因為我這麼說了，就武斷地下了結論；不過是一點嫌疑，還不能就認為事實哩。

奥　我不會的。

埃　您要是這樣，主帥，那麼我的話就要引起不幸的後果，完全違反我的本意了。凱西奧是我的好朋友，——主帥，我看您在動怒啦。

奥　不，並不怎麼動怒。我想苔絲德夢娜是貞潔的。

埃　但願她永遠如此！但願您永遠這樣想！

奥　可是一個人往往容易迷失本性，——

埃　嗯，問題就在這兒。說句大膽的話，當初多少跟她同國族同膚色同階級的人向她求婚，她都置之不理，這明明是違反常情的舉動；嘿！從這兒就可以看到一個荒唐的意志、乖僻的習性和不近人情的思想。可是原諒我，我不一定指着她說話；雖然我恐怕她因為一時的孟浪跟隨了您，也許後來會覺得您在各方面不能符合她自己國中的標準而懊悔她的選擇的錯誤。

奥　再會，再會。要是你還觀察到什麼事，請讓我知道；叫你的妻子留心察看。離開我，埃古。

埃　主帥，我告辭了。（欲去）

奥　我為什麼要結婚呢？這個誠實的漢子所看到所知道的事情，一定比他向我宣佈出來的多得多。

埃　（回轉）主帥，我想請您最好把這件事情擱一擱，慢慢兒再看吧。凱西奧雖然應該讓他復職，因為他對於這一個職位是非常勝任的；可是您要是願意對他暫時延宕一下，就可以借此窺探他的真相，看他鑽的是那一條門路。您祇要注意尊夫人在您面前是不是着力替他說情；從那上頭就可以看出不少情事。現在請您只把我的意見認作無謂的過慮，——我相信我的確太多疑了，——仍舊把尊夫人看成一個淸白無罪的人。

奧　你放心吧，我不會失去自制的。

埃　那麼我告辭了。（下）

奧　這是一個非常誠實的傢伙，對於人情世故是再熟悉不過的了。要是我能够證明她是一頭沒有馴伏的野鷹，雖然我用自己的心絃把她繫住，我也要放她隨風遠去，追尋她自己的命運。也許因爲我生得黑醜，缺少紳士們溫柔風雅的談吐；也許因爲我年紀老了點兒，——雖然還不算頂老，——所以她纔會背叛我；我已經自取其辱，祇好割斷對她這一段癡情。啊，結婚的煩惱！我們可以在名義上把這些可愛的人兒稱爲我們所有，却不能支配她們的愛憎喜惡！我寧願做一隻蝦蟆，呼吸牢室中的濁氣，也不願佔住了自己心愛之物的一角，讓別人把它享用。可是那是富貴者也不能倖免的災禍，他們並不比貧賤者享有更多的特權；那是像死一樣不可逃避的命運，我們一生下來就已經在冥冥中註定了的。瞧！她來了。倘然她是不貞的，啊！那麼上天在開自己的玩笑了！我不信。

【苔絲德夢娜及哀米莉霞重上。

苔　啊，我的親愛的奧瑟羅！您所宴請的那些島上的貴人們都在等着您去就席哩。

奧　是我失禮了。

苔　您怎麼說話這樣沒有勁？您不大舒服嗎？

奧　我有點兒頭痛。

苔　那一定是爲了少睡的緣故，不要緊的；讓我替您綁緊了，一小時內就可以痊癒。

奧　你的手帕太小了。（苔帕墜地）隨它去；來，我跟你一塊兒進去。

苔　您身子不舒服，我很懊惱。（與苔下）

哀　我很高興我拾到了這方手帕；這是她從那摩爾人手裏第一次得到的禮物。我那古怪的丈夫向我說過了不知多少好話，要我把它偷了來；可是她非常喜歡這玩意兒，因爲他叫她永遠保存，不許遺失，所以她隨時帶在身邊，一個人的時候就拿出來把它親吻，對它說話。我要去把那花樣描下來，再把它送給埃古；究竟他拿去有什麼用，天纔知道，我可不知道。我祇不過爲了討他的歡喜。

〔埃古重上。

埃　啊！你一個人在這兒幹麼？

哀　不要罵；我有一件好東西給你。

埃　一件好東西給我？一件不值錢的東西，——

哀　嚇！

埃　娶了一個愚蠢的老婆。

哀　啊！當眞？要是我現在把那方手帕給了你，你給我什麼東西？

埃　什麼手帕？

哀　什麼手帕！就是那摩爾人第一次送給苔絲德夢娜，你老是叫我偷了來的那方手帕呀。

埃　已經偷來了嗎？

哀　不，不瞞你說，她自已不小心掉了下來，我正在旁邊，趁此機會就把它拾起來了。瞧，這不是嗎？

埃　好娘子，給我。

愛　你一定要我偷了它來，究竟有什麼用？
埃　哼，那于你什麼事？（奪帕）
哀　要是沒有重要的用途，還是把它還了我吧。可憐的夫人！她失去這方手帕，準要發瘋了。
埃　不要說出來；我自有用處。去，離開我。（哀下）我要把這手帕丟在凱西奧的寓所裏，讓他找到它。像空氣一樣輕的小事，對於一個嫉妒的人，也會變成天書一樣堅强的確證；也許這就可以引起一場是非。這摩爾人爲我的毒藥所中，他的心理上已經發生變化了；危險的思想本來就是一種毒藥，雖然在開始的時候嚐不到什麼苦澀的味道，可是漸漸兒在血液裏活動起來，就會像火山一樣轟然爆發。我已經說過了；瞧，他又來了！

〔奧瑟羅重上。

埃　罌粟，曼陀羅，或是世上一切使人昏迷的藥草，都不能使你得到昨天晚上你還安然享受的酣眠。
奧　嚇！嚇！對我不貞？
埃　啊，怎麼，主帥！別老是想着那件事啦。
奧　去！滾開！你害得我好苦。與其知道得不明不白，還是糊裏糊塗受人家欺弄的好。
埃　怎麼，主帥！
奧　她瞞着我跟人家私通，我不是一無知覺的嗎？我沒有看見，沒有想到，它對我漠不相干；到了晚上，我還是睡得好好的，逍遙自得，無憂無慮，在她的嘴唇上找不到凱西奧吻過的痕跡。被盜的人要是不知道偷兒盜去了他什麼東西，他就是等於沒有被盜一樣。
埃　我很抱歉聽見您說這樣的話。

奧　要是全營的將士，從最低微的工兵起，都曾領略過她的肉體的美趣，祇要我一無所知，我還是快樂的。啊！從今以後，永別了，寧靜的心緒！永別了，平和的幸福！永別了，威武的大軍，激發壯志的戰爭！啊，永別了！永別了，長嘶的駿馬，銳厲的號角，驚魂的鼙鼓，刺耳的橫笛，莊嚴的大旗，和一切戰陣上的威儀！還有你，殺人的巨礮啊，你的殘暴的喉管裏摹倣着天神喬武的怒吼，永別了！奧瑟羅的事業已經完畢。

埃　難道一至於此嗎，主帥？

奧　惡人，你必須證明我的愛人是一個淫婦，你必須給我目擊的證據；否則憑着人類永生的靈魂起誓，我的激起了的怒火將要噴射在你的身上，使你悔恨自己當初不曾投胎做一條狗！

埃　竟會到了這樣的地步嗎？

奧　讓我親眼看見這種事實，或者至少給我無可置疑的切實的證據，否則我要活活取你的命！

埃　尊貴的主帥——

奧　你要是故意揑造謠言，毀壞她的名譽，使我受到難堪的痛苦，那麼你再不要祈禱吧；放棄一切惻隱之心，讓各種殘酷的罪惡叢集於你的殘酷的一身，儘管做一些使上天悲泣使人世驚愕的暴行吧，因爲你現在已經罪大惡極，沒有什麼可以使你在地獄裏沉淪得更深了。

埃　天啊！您是一個漢子嗎？您有靈魂嗎？您有知覺嗎？上帝和您同在！我也不要做這牢什子的旗官了。啊，倒霉的傻瓜！你以爲自己是個老實人，人家却把你的老實當作了罪惡！啊，醜惡的世界！注意，注意，世人啊！說老實話，做老實人，是一件危險的事哩。謝謝您給我這一個有益的教訓，既然善意反而遭人嗔怪，從此以後，我再也不對什麼朋友掬獻我的眞情了。

奧　不，且慢；你應該做一個老實的人。

埃　我應該做一個聰明人；因爲老實人就是傻瓜，雖然一片好心，結果還是不能取信於人。

奧　我想我的妻子是貞潔的，可是又疑心她不大貞潔；我想你是誠實的，可是又疑心你不大誠實。我一定要得到一些證據。她的名譽本來是像黛安娜的容顏一樣皎潔的，現在已經染上汚垢，像我自己的臉龐一樣黝黑了。要是這兒有繩子，刀子，毒藥，火燄，或是使人窒息的河水，我一定不能忍受下去。但願我能夠掃空這一塊疑團！

埃　主帥，我看您完全被感情所支配了。我很後悔不該惹起您的疑心。那麼您願意知道究竟嗎？

奧　願意！嘿，我一定要知道。

埃　那倒是可以的；可是怎樣去知道它呢，主帥？您還是眼睜睜地當場看她被人姦汚嗎？

奧　啊！該死該死！

埃　叫他們當場出醜，我想很不容易；他們幹這種事，總是要避人眼目的。那麼怎麼樣呢？我應該怎麼說呢？怎樣纔可以拿到眞憑實據？卽使他們像山羊一樣風騷，猴子一樣好色，豺狼一樣貪淫，卽使他們是糊塗透頂的傻瓜，您也看不到他們這一幕把戲。可是我說，有了確鑿的線索，就可以探出事實的眞相；要是這一類間接的旁證可以替您解除疑惑，那倒是不難得到的。

奧　給我一個充分的理由，證明她已經失節。

埃　我不歡喜這件差使；可是既然愚蠢的忠心已經把我拉進了這一椿糾紛裏去，我也不能再守沉默了。最近我曾經和凱西奧同過榻；我因爲牙痛不能入睡；世上有一種人，他們的靈魂是不能保守祕密的，往往會在睡夢之中吐露他們的私事，凱西奧也就是這一種人；我聽見他在夢寐中說，「親愛的苔絲德夢娜，我們須要小心，不要讓別人窺破了我們的愛情！」於是，主帥他就緊緊地捏住我的手，嘴裏喊，「啊，可愛的人兒！」然後狠狠地吻着我，好像那些吻是長在我的嘴唇上，他恨不得把它們連根拔起一樣；然後他又把他的腳擱在我的大腿上，嘆一口氣，親一個吻，喊一聲「該死的命運把你給了那摩爾人！」

奧　啊，可惡！可惡！

埃　不，這不過是他的夢。

奧　雖然只是一個夢，已經可以斷定一切。

埃　這也許可以進一步證實其他的疑竇。

奧　我要把她碎屍萬段。

埃　不，您不能太鹵莽了；我們還沒有看見實際的行動；也許她還是貞潔的。告訴我這一點：您有沒有看見過在尊夫人的手裏有一方繡着草莓花樣的手帕？

奧　我給過她這樣一方手帕；那是我第一次送給她的禮物。

埃　那我不知道；可是今天我看見凱西奧用這樣一方手帕抹他的鬍子，我相信它一定就是尊夫人的。

奧　假如就是那一方手帕，——

埃　假如就是那一方手帕，或者是其他她所用過的手帕，那麼又是一個對她不利的證據了。

奧　啊，我但願那傢伙有四萬條生命！單單讓他死一次是發洩不了我的憤怒的。現在我明白這件事情全然是真的了。瞧，埃古，我把我的全部癡情向天空中吹散；它已經隨風消失了。黑暗的復仇，從你的幽窟之中升起來吧！愛情，啊，把你的王冠和你的心靈深處的寶座讓給殘暴的憎恨吧！脹起來吧，我的胸膛，因爲你已經滿載着毒蛇的毒吿！

埃　請不要發惱。

奧　啊，血！血！血！

埃　忍耐點兒吧；也許您的意見會改變過來的。

奧　決不，埃古。正像黑海的寒濤滾滾奔流，永遠不會後退一樣，我的風馳電掣的流血的思想，在復仇的目的沒有充分達到以前，也決不會踟躕卻顧化爲繞指的柔情。（跪）蒼天在上，我倘不能報復這奇恥大辱，誓不偷生人世。

埃　且慢起來。（跪）永古炳耀的日月星辰，環抱宇宙的風雲雨霧，請你們爲我作證：從現在起，埃古願意盡心竭力，爲被欺的奧瑟羅效勞；無論他叫我做什麼殘酷的工作，我一切唯命是從。

奧　我不用空口的感謝接受你的好意，爲了表示我的誠心的嘉納，我要請你立刻履行你的諾言：在這三天以內，讓我聽見你說凱西奧已經不在人世。

埃　我的朋友的死已經決定了，因爲這是您的意旨；可是放她活命吧。

奧　該死的淫婦！啊，咒死她！來，跟我去；我要爲這美貌的魔鬼想出一個乾脆的死法。現在你是我的副將了。

埃　我永遠是您的忠僕。（同下）

## 第四場　城堡前

〔苔絲德夢娜，哀米莉霞及小丑上。

苔　喂，你知道凱西奧副將住在什麼地方嗎？

丑　我不敢說他住在什麼地方。

苔　爲什麼？

丑　告訴您他住在什麼地方，就是告訴您我掉謊。

苔　那是什麼意思？

丑　我不知道他住在什麼地方；要是胡亂想出一個地方來，說他住在這兒那兒，那就是隨口掉謊啦。

苔　你可以打聽打聽他在什麼地方呀。

丑　好，我就去到處打聽人家，看他們怎麼回答我。

苔　找到了他，你就叫他到這兒來；對他說我已經替他在將軍面前說過情了，大概可以得到圓滿的結果。

丑　幹這件事是一個人的智力所能及的，所以我願意去幹它一下。（下）

苔　我究竟在什麼地方掉了那方手帕呢，哀米莉霞？

哀　我不知道，夫人。

苔　相信我，我寧願失去我的一袋金幣；倘然我的摩爾人不是這樣一個光明磊落的漢子，倘然他也像那些多疑善妒的卑鄙男人一樣，這是很可以引起他的疑心的。

哀　他不會嫉妒嗎？

苔　誰！他？我想在他生長的地方，那灼熱的陽光已經把這種氣質完全從他身上吸去了。

哀　瞧！他來了。

苔　我在他沒有跟凱西奧當面談話以前，決不離開他一步。

〔奧瑟羅上。

苔　您好嗎，我的主？

奧　好，我的好夫人。（旁白）啊，裝假臉眞不容易！——你好，苔絲德夢娜？

苔　我好，我的好夫君。

奧　把你的手給我。這手很潮潤呢，我的夫人。

苔　它還沒有感到老年的侵襲，受過憂傷的損害。

奧　這一隻手表明它的主人是多育子女而心腸慷慨的；這麼熱，這麼潮。奉勸夫人努力克制邪心，常常齋戒禱告，反身自責，禮拜神明，因爲這兒有一個年少風流的魔鬼，慣會在人們血液裏搗亂。這是一隻好手，一隻很慷慨的手。

苔　您眞的可以這樣說，因爲就是這一隻手把我的心獻給您的。

奧　一隻慷慨的手。從前的姑娘把手給人，同時把心也一起給了他；現在時世變了，得到一位姑娘的手的，不一定能够得到她的心。

苔　這種話我不會說。來，您答應我的事怎麼樣啦？

奧　我答應你什麼，乖乖？

苔　我已經叫人去請凱西奧來跟您談談了。

奧　我的眼睛有些脹痛，老是淌着眼淚，把你的手帕借給我一用。

苔　這兒，我的主。

奧　我給你的那一方呢？

苔　我沒有帶在身邊。

奧　沒有帶？

苔　眞的沒有帶，我的主。

奧　那你可錯了。那方手帕是一個埃及女人送給我的母親的；她是一個能够洞察人心的女巫，她對我的母親說，當她保存着這方手帕的時候，它可以使她得到我的父親的歡心，享受專房的愛寵，可是她要是失去了它，或是把它送給旁人，我的父親就要對她發生憎厭，他的心就要另覓新歡了。她在臨死的時候把它傳給我，叫我有了妻子以後，就把它交給新婦。我遵照她的吩咐給了你，所以你必須格外小心，珍惜它像珍惜你自己寶貴的眼睛一樣；萬一失去了，或是送給別人，那就難免遭到一場無比的災禍。

苔　眞會有這種事嗎？

奧　眞的，這一方小小的手帕，却有神奇的魔力織在裏面：它是一個二百歲的神巫在一陣心血來潮的時候縫就的；它那一縷縷的絲線，也不是世間的凡蠶所吐；織成以後，它曾經在用處女的心鍊成的丹液裏浸過。

苔　當眞！這是眞的嗎？

奧　絕對的眞實；所以留心藏好它吧。

苔　上帝啊，但願我從來沒有見過它！

奧　嚇！為什麽？

苔　您為什麽說得這樣暴躁？

奧　它已經失去了嗎？不見了嗎？說，它是不是已經丢了？

苔　上天祝福我們！

奧　你說。

苔　它沒有失去；可是要是失去了，那可怎麼樣呢？

奧　怎麼！

苔　我說它沒有失去。

奧　去把它拿來給我看。

苔　我可以去把它拿來，可是現在我不高興。這是一個詭計，要想把我的要求賴了過去。請您把凱西奧重新錄用了吧。

奧　給我把那手帕拿來。我在疑心起來了。

苔　得啦，得啦，您再也找不到一個比他更能幹的人。

奧　手帕！

苔　請您還是跟我談談凱西奧的事情吧。

奧　手帕！

苔　他一向受您的眷愛，跟着您同甘共苦，歷盡艱辛，——

奧　手帕！

苔　憑良心說，您也太不該。

奧　去！（下）

哀　這個人在嫉妬嗎？

苔　我從來沒有見過他像這樣子。這手帕一定有些不可思議的魔力；我眞倒霉把它丟了。

哀　好的男人一兩年裏頭也難得碰見一個。男人是一張胃，我們是一塊肉；他們貪饞地把我們吞下去，吃飽了就把我們嘔出來。您瞧！凱西奧跟我的丈夫來啦。

〔埃古及凱西奧上。

埃　沒有別的法子，祇好央求她出力。瞧！好運氣！去求求她吧。

苔　啊，好凱西奧！您有什麼見教？

凱　夫人，我還是要向您重提我的原來的請求，希望您發揮鼎力，讓我重做一個人，能夠在我所尊敬的主帥麾下再邀恩眷。我不能這樣延宕下去了。假如我果然罪大惡極，無論過去的微勞，現在的悔恨，或是將來立功自贖的決心，都不能博取他的矜憐寬諒，那麼我也希望得到一個明白的答覆，我就死心塌地，向別處去乞討命運的佈施了。

苔　唉，善良的凱西奧！我的話已經變成刺耳的煩瀆了；我的丈夫已經不是我的丈夫，要是他的面貌也像他的脾氣一樣改變，我簡直要不認識他了。願神靈保佑我！我已經盡力替您說話；爲了我的言辭的戇拙，我已經遭到他的憎怒。您必須暫時忍守；祇要是我力量所及的事，我都願意爲您一試；請您相信我，倘然那是我自己的事情，我也不會這樣熱心的。

埃　主帥發怒了嗎？

哀　他剛纔從這兒走開去，他的神氣暴躁異常。

埃　他會發怒嗎？我曾經看見大礮冲散他的隊伍，像魔鬼一樣把他的兄弟從他身邊轟掉，他仍舊不動聲色。他也會發怒嗎？那麼一定出了什麼重大的事情啦。我要去看看他。他要是發怒，一定有些緣故。

苔　請你就去吧。（埃下）一定是什麼國家大事，或是他在這兒賽普勒斯發現了威尼斯方面有什麼祕密的陰謀，擾亂了他的清明的神志；人們在這種情形之下，往往會爲了一些些小事而生氣，雖然實際激怒他們的却是其他更大的原因。正是這樣，我們一個指頭疼痛的時候，全身都會覺得難受。我們不能把男人當作完善的天神，也不能希望他們永遠像新婚之夜那樣殷勤體貼。哀米莉霞，我眞該死，會在心裏抱怨他的無情；現在我纔覺悟我是錯怪他了。

哀　謝天謝地，但願果然像您所想的，是爲了些國家的事情，不是因爲對您起了疑心。

苔　唉！我從來沒有給過他一些可以使他懷疑的理由。

哀　可是多疑的人是不會因此而滿足的；他們往往不是因爲有了什麼理由而嫉妒，只是爲了嫉妒而嫉妒，那是一個憑空而來自生自長的怪物。

苔　願上天保佑奧瑟羅，不要讓這怪物鑽進他的心！

哀　阿們，夫人。

苔　我去找他去。凱西奧，您在這兒走走；要是我看見他可以說話，我會向他提起您的請求，盡力給您轉圜就是了。

凱　多謝夫人。（苔、哀下）

【琵央加上。

琵　你好，凱西奧朋友！

凱　你怎麼不在家裏？你好，我的最嬌美的琵央加？不騙你，親愛的，我正要到你家裏來呢。

琵　我也是要到你的尊寓裏去的，凱西奧。什麼！一個星期不來看我？七天七夜？一百六十八個小時？在相思裏挨過的時辰，比時鐘上是要慢上八十倍的；啊，這一筆算不清的糊塗賬！

凱　對不起，琵央加，這幾天來我實在心事太重，改日加倍補答你就是了。親愛的琵央加，（以苔帕授琵）替我把這手帕上的花樣描下來。

琵　啊，凱西奧！這是什麼地方來的？這一定是那個新相好送給你的禮物；我現在明白你不來看我的緣故了。有這等事嗎？好，好。

凱　得啦，女人！把你這種瞎疑心丟還給魔鬼吧。你在吃醋了，你以為這是什麼情人送給我的紀念品；不，憑着我的良心發誓，琵央加。

琵　那麼這是誰的？

凱　我不知道，愛人；我在寢室裏找到它。那花樣我很喜歡，我想趁失主沒有來問我討還以前，把它描了下來。請你拿去給我描一描。現在請你暫時離開我。

琵　離開你！為什麼？

凱　我在這兒等候主帥到來；讓他看見我有女人陪着，恐怕不大方便。

琵　為什麼？我倒要請問。

凱　不是因為我不愛你。

琵　只是因為你並不愛我。請你陪我略走一段路，告訴我今天晚上你來不來看我。

凱　我祇能陪你略走幾步，因爲我在這兒等着人；可是我就會來看你的。

琵　那很好；我也不能勉强你。（各下）

# 第四幕

## 第一場　賽普勒斯城堡前

【奧瑟羅及埃古上。

埃　您願意這樣想嗎？

奧　這樣想，埃古！

埃　什麼！背着人接吻？

奧　這樣的接吻是爲禮法所不許的。

埃　脫光了衣服，和她的朋友睡在一牀，經過一個多小時，却一點不起邪念？

奧　埃古，脫光衣服睡在牀上，還會不起邪念！這明明是對魔鬼的假意矜持；無論怎樣堅貞自詡的人，到了這種時候，也免不了受魔鬼的誘惑的。

埃　要是他們不及於亂，那還不過是一個小小的過失；可是假如我把一方手帕給了我的妻子，——

奧　給了她便怎樣？

埃　啊，主帥，那時候它就是她的東西了；既然是她的東西，我想她可以把它送給無論什麼人的。

奧　她的貞操也是她自己的東西，她也可以把它送給無論什麼人嗎？

埃　她的貞操是一種不可捉摸的品質；世上有幾個眞正貞潔的貞潔婦人？可是講到那方手帕，——

奧　天哪，我但願忘記那句話兒！你說，——啊！它籠罩着我的記憶，就像預兆不祥的烏鴉在一座染疫的屋頂上迴旋一樣，——你說我的手帕在他的手裏。

埃　是的，在他手裏便怎麼樣？

奧　那可不大好。

埃　什麼！要是我說我看見他幹那對您不住的事？或是聽見他說，——世上儘多那種傢伙，他們靠着死命的追求征服了一個女人，或者得到什麼情婦的自動的垂青，就禁不住到處向人吹——

奧　他說過什麼話嗎？

埃　說過的，主帥；可是您放心吧，他說過的話，他都可以發誓否認的。

奧　他說過些什麼？

埃　他說，他曾經——我不知道他曾經幹些什麼事。

奧　什麼？什麼？

埃　跟她睡——

奧　在一牀？

埃　睡在一牀，睡在她的身上；隨您怎麼說吧。

奧　跟她睡在一牀！睡在她的身上！豈有此理！手帕，——口供，——手帕！叫他招供了，再把他弔死。先把他弔起來，然後叫他招供。我一想起就氣得發抖。人們總是有了某種感應，陰暗的情緒纔會籠罩他的心靈；一兩句空洞的說話是不能給我這樣大的震動的。呸！磨鼻子，咬耳朵，吮嘴唇。會有這樣的事嗎？口供！——手帕！——啊，魔鬼！（暈倒）

埃　顯出你的效力來吧，我的妙藥，顯出你的效力來吧！輕信的愚人是這樣落進了圈套；許多貞潔賢淑的娘兒們，都是這樣蒙上了不白之冤喂，主帥！主帥！奧瑟羅！

埃　啊，凱西奧！

【凱西奧上。

凱　怎麼一回事？

埃　咱們大帥發起癲癇來了。這是他第二次發作；昨天他也發過一次。

凱　在他太陽穴上摩擦摩擦。

埃　不，不行；他這種昏迷狀態，必須保持安靜；要不然的話，他就要嘴裏冒出白沫，慢慢兒會發起瘋狂來的。瞧！他在動了。你暫時走開一下，他就會恢復原狀的。等他走了以後，我還有要緊的話兒跟你說。（凱下）怎麼啦主帥？您沒有跌痛您的頭嗎？

奧　你在譏笑我嗎？

埃　我譏笑您！不，沒有這樣的事！我願您像一個大丈夫似的忍受命運的播弄。

奧　頂上了綠頭巾，還好算是一個人嗎？

埃　在一座熱鬧的城市裏，這種不好算人的人多着呢。

奧　他自己公然承認了嗎？

埃　主帥，您看破一點吧；您祇要想一想，那一個有家室的鬚眉男子，沒有遭到跟您同樣命運的可能；世上不知有多少男人，他們的臥榻上容留過無數的生張熟魏，他們自己還滿以爲這是一塊私人的禁地哩；您的情形還不算頂壞。啊！這是最刻毒的惡作劇，魔鬼的最大的玩笑，讓一個男人安安心心地摟着一個蕩婦親嘴，還以爲她是一個三貞九烈的女人！不，我知道我自己是個什麼人，所以我也知道她會變成什麼樣子。

奧　啊！你是個聰明人；你說得一點不錯。

埃　現在請您暫時站在一旁，竭力耐住您的怒氣。剛纔您惱得昏過去的時候，凱西奧曾經到這兒來過；我告訴他您不省人事，把他打發走了，叫他過一會兒再來跟我談談；他已經答應我了。您祇要找一處所在躲一躲，就可以看見他滿臉得意忘形，冷嘲熱諷的神氣；因爲我要叫他從頭敘述他歷次跟尊夫人相會的情形，還要問他重溫好夢的時間和地點。您留心看看他那副表情吧。可是不要氣惱；否則我就要說您一味意氣用事，一點沒有大丈夫的氣概啦。

奧　告訴你吧，埃古，我會很巧妙地不動聲色；可是，你聽着，我也會包藏一顆最兇惡的殺心。

埃　那很好；可是什麼事都要看準時機。您走遠一步吧。（奧退後）現在我要向凱西奧談起琵央加，一個靠着出賣風情維持生活的雌兒；她熱戀着凱西奧；這也是娼妓們的報應，往往她們迷惑了多少的男子，結果卻被一個男人迷昏了心。他一聽見她的名字，就會忍不住捧腹大笑。他來了。

【凱西奧重上。

埃　他一笑起來，奧瑟羅就會發瘋；可憐的凱西奧的嬉笑的神情和輕狂的舉止，在他那充滿着無知的嫉妒的心頭，一定可以引起嚴重的誤會。——您好，副將？

凱　我因爲丟掉了這個頭銜，正在懊惱得要死，你卻還要這樣稱呼我。

埃　在苔絲德夢娜跟前多說幾句央求的話，包你原官起用。（低聲）要是這件事情換在琵央加手裏，早就不成問題了。

凱　唉，可憐蟲！

奧　（旁白）瞧他已經在笑起來啦！

埃　我從來不知道一個女人會這樣愛一個男人。

凱　唉，小東西！我看她倒是真的愛我。

奧　（旁白）現在他在含糊否認，想把這事情用一笑搪塞過去。

埃　你聽見嗎，凱西奧？

奧　（旁白）現在他在要求他宣佈經過情形啦。說下去；很好，很好。

埃　她向人家說你將要跟她結婚；你有這個意思嗎？

凱　哈哈哈！

奧　（旁白）你這樣得意嗎，好傢伙？你這樣得意嗎？

凱　我跟她結婚！什麼？一個賣淫婦？對不起，你不要這樣看輕我，我還不至於糊塗到這等地步哩。哈哈哈！

奧　（旁白）好，好，好，好。得勝的人纔會笑逐顏開。

埃　不騙你，人家都在說你將要跟她結婚。

凱　對不起，別說笑話啦。

埃　我要是騙了你，我就是個大大的混蛋。

凱　一派胡說！她自己一廂情願相信我會跟她結婚；我可沒有答應她。

奧　（旁白）埃古在向我打招呼；現在他開始講他的故事啦。

凱　她剛纔還在這兒她到處纏着我。前天我正在海邊上跟幾個威尼斯人談話，那傻東西就來啦；不瞞你說，她這樣攀住我的頸項，——

奧　（旁白）叫一聲「啊，親愛的凱西奧！」我可以從他的表情之間猜得出來。

凱　她這樣拉住我的衣服，靠在我的懷裏哭個不了，還這樣把我拖來拖去，哈哈哈！

奧　（旁白）現在他在講她怎樣把他拖到我的寢室裏去啦。啊！我看見你的鼻子，可是不知道應該把它丟給那一條狗吃。

凱　好，我祇好離開她，

埃　啊！瞧，她來了。

凱　好一頭抹香粉的臭貓！

【琵央加上。

凱　你這樣到處釘着我不放，算是什麼呀？

琵　讓魔鬼跟他的老娘釘着你吧！你剛纔給我的那方手帕算是什麼意思？我是個大傻瓜，纔會把它受了下來。叫我描下那花樣！眞好看的花樣，你在你的寢室裏找到它，却不知道誰把它丟在那邊！這一定是那一個賤丫頭送給你的東西，却叫我描下它的花樣來！拿去，還給你那個相好吧；隨你從什麼地方得到這方手帕，我可不高興描下它的花樣。

凱　怎麼，我的親愛的琵央加！怎麼！怎麼！

奧　（旁白）天哪，那該是我的手帕哩！

琵　今天晚上你要是願意來吃飯，儘管來吧；要是不願意來，等你下回有興致的時候再來吧。（下）

埃　追上去，追上去。

凱　眞的，我必須追上去，否則她會沿街罵人的。

埃　你預備到她家裏去吃飯嗎？

凱　是的，我想去。

埃　好，也許我會再碰見你；因爲我很想跟你談談。

凱　請你一定來吧。

埃　得啦，別多說啦。（凱下）

奧　（趨前）埃古，我應該怎樣殺死他？

埃　您看見他一聽到人家提起他的醜事，就笑得多麼高興嗎？

奧　啊，埃古！

埃　您還看見那方手帕嗎？

奧　那就是我的嗎？

埃　我可以擧手起誓，那是您的。瞧他多麼看得起您那位癡心的太太！她把手帕送給他，他卻拿去給了他的娼婦。

奧　我要用九年的時間慢慢兒的磨死他。一個高雅的女人！一個美貌的女人！一個溫柔的女人！

埃　不，您必須忘掉那些。

奧　嗯，讓她今夜腐爛，死亡，墮入地獄吧，因爲她不能再活在世上。不，我的心已經變成鐵石了；我打它，反而打痛了我的手。啊！世上沒有一個比她更可愛的東西；她可以睡在一個皇帝的身邊，命令他幹無論什麼事。

**埃**　您素來不是這個樣子的。

**奧**　讓她死吧！我不過說她是怎麼樣的一個人。她的針線工作是這樣精妙！一個出色的音樂家！啊，她唱起歌來，可以馴伏一頭野熊的心！她的心思才智，又是這樣敏慧多能！

**埃**　唯其這樣多才多藝，幹出這種醜事來，纔格外叫人氣惱。

**奧**　啊！一千倍，一千倍的可惱！而且她的性格又是這樣溫柔！

**埃**　嗯，太溫柔了。

**奧**　對啦，一點不錯。可是，埃古，可惜！啊！埃古！埃古！太可惜啦！

**埃**　要是您對於一個失節之婦，還是這樣戀戀不捨，那麼索性採取放任主義吧；因爲既然您自己也不以爲意，當然更不干別人的事。

**奧**　我要把她剁成一堆肉醬。叫我當一個忘八！

**埃**　啊，她太不顧羞恥啦！

**奧**　跟我的部將通姦！

**埃**　那尤其可惡。

**奧**　給我弄些毒藥來，埃古；今天晚上。我不想跟她多費唇舌，免得她的肉體和美貌再打動了我的心。今天晚上，埃古。

**埃**　不要用毒藥，在她牀上扼死她，就在那被她玷汚了的牀上。

**奧**　好，好；那是一個大快人心的處置，很好。

埃　至於凱西奧，讓我去取他的命吧您在午夜前後，一定可以聽到消息。

奧　好極了。（內喇叭聲）那是什麼喇叭的聲音？

埃　一定是從威尼斯來了什麼人。——是羅陀維科奉公爵之命到這兒來了；瞧，您那位太太也跟他在一起。

【羅陀維科苔絲德夢娜及侍從等上。

羅　上帝保佑您，尊貴的將軍！

奧　祝福您，大人。

羅　公爵和威尼斯的元老們問候您安好。（以信交奧）

奧　我敬吻他們的恩命。（拆信閱讀）

苔　羅陀維科大哥，威尼斯有什麼消息？

埃　我很高興看見您，大人；歡迎您到賽普勒斯來！

羅　謝謝。凱西奧副將好嗎？

埃　他還健在，大人。

苔　大哥，他跟我的丈夫鬧了點兒彆扭；可是您可以使他們言歸於好。

奧　你有把握嗎？

苔　您怎麼說，我的主？

奧　（讀信）「務必照辦為要，不得有誤。——」

羅　他沒有回答；他正在忙着讀信。將軍跟凱西奧果然有了意見嗎？

苔　有了很不幸的意見；爲了我對凱西奧所抱的好感，我很願意盡力調解他們。

奧　該死！

苔　您怎麼說，我的主？

奧　你聰明嗎？

苔　什麼！他生氣了嗎？

羅　也許這封信激動了他；因爲照我猜想起來，他們是要召喚他回國，叫凱西奧代理他的職務。

苔　眞的嗎？那好極了。

奧　當眞！

苔　您怎麼說，我的主？

奧　你要是發了瘋，我纔高興。

苔　爲什麼，親愛的奧瑟羅？

奧　魔鬼！（擊苔）

苔　我沒有錯處，您不該這樣對待我。

羅　將軍，我要是把這回事情告訴威尼斯人，即使發誓說我親眼看見他們也一定不會相信我。這太過分了；向她賠罪吧，她在哭了。

奧　啊，魔鬼！魔鬼！魔鬼要是婦人的眼淚有孳生化育的力量，她的每一滴淚都會變成一條鱷魚。走開，不要讓我看見你！

苔　我不願留在這兒害您生氣。（欲去）

羅　眞是一位順從的夫人。將軍，請您叫她回來吧。

奧　夫人！

苔　我的主？

奧　大人，您要跟她說些什麽話？

羅　誰？我嗎，將軍？

奧　嗯，您要我叫她轉來，現在她轉過來了。她會轉來轉去，走一步路回一個身；她還會哭，大人，她還會哭；她是非常順從的，正像您所說，非常順從。儘管流你的眼淚吧。大人，這信上的意思，——好一股裝腔作勢的勁兒！——是要叫我回去。——你去吧，等會兒我再叫人來喚你。——大人，我服從他們的命令，不日就可以束裝上道，回到威尼斯去。——去！滾開！（苔下）凱西奧可以接替我的位置。今天晚上，大人，我還要請您賞光便飯。歡迎您到賽普勒斯來！——山羊和猴子！（下）

羅　這就是爲我們整個元老院所同聲讚歎，稱爲全才全德的那位英勇的摩爾人嗎？這就是那喜怒之情不能把它震撼的高貴的天性嗎？那命運的箭矢不能把它擦傷穿破的堅定的德操嗎？

埃　他已經大大變了樣子啦。

羅　他的頭腦沒有毛病嗎？他的神經是不是有點錯亂？

埃　照他現在這種情形看起來，我實在不敢說他還會變成怎麽一個樣子；但願不至於此！

羅　什麽！打他的妻子！

埃　眞的，那可不大好；可是我但願知道他對她沒有比這更暴虐的行爲！

羅　他一向都是這樣的嗎？還是因爲信上的說話激怒了他所以纔會有這種以前所沒有的過失？

埃　唉！唉！按着我的地位，我實在不便把我所看見所知道的一切說出口來。您不妨留心注意他他自己的行動就可以說明一切，用不到我多說了。請您跟上去，看他還有些什麼花樣做出來。

羅　他竟是這樣一個人，眞使我大失所望啦。（同下）

## 第二場　城堡中的一室

【奧瑟羅及哀米莉霞上。

奧　那麼你沒有看見什麼嗎？

哀　沒有看見，沒有聽見，也沒有疑心到。

奧　你不是看見凱西奧跟她在一起嗎？

哀　可是我不知道那有什麼不對，而且我聽見他們兩人所說的每一個字。

奧　什麼！他們從來不會低聲耳語嗎？

哀　從來沒有，將軍。

奧　也不曾打發你走開嗎？

哀　沒有。

奧　沒有叫你去替她拿扇子，手套，臉罩，或是什麼東西嗎？

哀　沒有，將軍。

奥　那可奇了。

哀　將軍，我敢用我的靈魂打賭她是貞潔的。要是您疑心她有非禮的行爲，趕快除掉這種思想吧，因爲那是您心理上的一個汚點。要是那一個混蛋把這種思想放進您的腦袋裏，讓上天罰他變成一條蛇，受永遠的咒詛！假如她不是貞潔賢淑而忠誠的，那麼世上沒有一個幸福的男人了；最純潔的妻子，也會變成最醜惡的淫婦。

奥　叫她到這兒來去。（哀下）她的話說得很動聽；可是這種做慣王婆的人，誰都是天生的利嘴。這是一個狡猾的淫婦，一肚子千刁萬惡，當着人却會跪下來向天祈禱；我看見過她這一種手段。

【哀米莉霞率苔絲德夢娜重上。

苔　我的主，您有什麼吩咐？

奥　過來，乖乖。

苔　您要我怎麼樣？

奥　讓我看看你的眼睛；瞧着我的臉。

苔　這是什麼古怪的念頭？

奥　（向哀）你去幹你的事吧，奶奶；把門關了，讓我們兩人在這兒談談心。要是有人來了，你就在門口咳嗽一聲。幹你的貴營生去吧；快，快！（哀下）

苔　我跪在您的面前，請您告訴我您這些話是什麼意思？我知道您在生氣，可是我不懂您的話。

奥　嘿，你是什麼人？

苔　我的主，我是您的妻子，您的忠心不二的妻子。

奧　來，發一個誓，讓你自己死後落下地獄吧；因爲你的外表太像一個天使了，倘不是在不貞之上，再加一重僞誓的罪名，也許魔鬼們會不敢抓你下去的；所以發誓說你是貞潔的吧。

苔　天知道我是貞潔的。

奧　天知道你是像地獄一樣淫邪的。

苔　我的主，我對誰幹了欺心的事？我跟那一個人有不端的行動？我怎麼是淫邪的？

奧　啊，苔絲德夢娜！去！去！去！

苔　唉，不幸的日子！——您爲什麼哭？您的眼淚是爲我而流的嗎，我的主？要是您疑心這次奉召回國，是我父親的主意，請您不要怪我；您固然失去他的好感，我也已經失去他的慈愛了。

奧　要是上天的意思，要讓我歷受種種的磨折；要是他用諸般的痛苦和恥辱降在我的毫無防衛的頭上，把我浸沒在貧困的泥沼裏，剝奪我的一切自由和希望，我也可以在我的靈魂的一隅之中找到一滴忍耐的甘露。可是唉！在這尖酸刻薄的世上，做一個被人戟指笑罵的目標！那還可以容忍；可是我的心靈失去了歸宿，我的生命失去了寄託，我的活力的源泉，變成了蝦蟆們繁育生息的污池！忍耐，你朱唇韶顏的天嬰啊，轉變你的臉色，讓它化成地獄般的猙獰吧！

苔　我希望我在我的尊貴的夫主眼中，是一個賢良貞潔的妻子。

奧　啊，是的，就像夏天肉舖裏的蒼蠅一樣貞潔，飛來飛去撒它的卵子。你這野草閒花啊！你的顏色是這樣嬌美，你的香氣是這樣芬芳，人家看見你嗅到你就會心疼；但願世上從來不曾有過你！

苔　唉！我究竟犯了些什麼我自己也不知道的罪惡呢？

奥　這一張皎潔的白紙，這一本美麗的書冊，是要讓人家寫上「娼妓」兩個字去的嗎？犯了什麼罪惡！啊，你這人盡可夫的娼婦！我衹要一說起你所幹的事，我的兩頰就會變成兩座鎔爐，把廉恥燒爲灰燼。犯了什麼罪惡！天神見了它要掩鼻而過，月亮看見了要羞得閉上眼睛，碰見什麼都要親吻的淫蕩的風，也靜悄悄躲在巖窟裏面，不願聽見人家提起它的名字。犯了什麼罪惡！不要臉的娼婦！

苔　天啊，您不該這樣侮辱我！

奥　你不是一個娼婦嗎？

苔　不，我發誓我不是，否則我就不是一個基督徒。要是爲我的主保持這一個清白的身子，不讓淫邪的手把它污毀，要是這樣的行爲可以使我免去娼婦的惡名，那麼我不是娼婦。

奥　什麼！你不是一個娼婦嗎？

苔　不，否則我死後沒有得救的希望。

奥　眞的嗎？

苔　啊！上天饒恕我們！

奥　那麼我眞是多多冒昧了；我還以爲你就是那個嫁給奥瑟羅的威尼斯的狡猾的娼婦哩。——喂，你這位剛剛和聖彼得幹着相反的差使的，看守地獄門的奶奶！

【哀米莉霞重上。

奥　你，你，對了，你！我們的談話已經完畢。這幾個錢是給你作爲酬勞的；請你開了門上的鎖，不要洩漏我們的祕密。（下）

哀　唉！這位爺爺究竟在轉些什麼念頭呀？您怎麼啦，夫人？您怎麼啦，我的好夫人？

苔　我是在半醒半睡之中。

哀　好夫人，我的主到底有些什麼心事？

苔　誰？

哀　我的主呀，夫人。

苔　誰是你的主？

哀　我的主就是你的丈夫，好夫人。

苔　我沒有丈夫。不要對我說話，哀米莉霞；我不能哭，我沒有話可以回答你，除了我的眼淚。請你今夜把我結婚的被褥鋪在我的牀上，記好了；再去替我叫你的丈夫來。

哀　眞是變了！變了！（下）

苔　我應該受到這樣的待遇，全然是應該的。我究竟有些什麼不檢的行止，纔會引起他的猜疑呢？

【哀米莉霞率埃古重上。

埃　夫人，您有什麼吩咐？您怎麼啦？

苔　我不知道。小孩子做了錯事，做父母的總是用溫和的態度，輕微的責罰教訓他們；他也應該這樣責備我，因爲我是一個嬌養慣了的孩子，不慣受人家責備的。

埃　怎麼一回事，夫人？

哀　唉！埃古，將軍口口聲聲罵她娼婦，用那樣難堪的名字加在她的身上，稍有人心的人，誰聽見了都不能忍受的。

苔　我應該得到那樣一個稱呼嗎，埃古？

埃　什麼稱呼，好夫人？

苔　就像她說我的主稱呼我的那種名字。

哀　他叫她娼婦；一個喝醉了酒的叫化子，也不會把這種名字加在他的姘婦的身上。

埃　爲什麼他要這樣？

苔　我不知道；我相信我不是那樣的女人。

埃　不要哭，不要哭。唉！

哀　多少名門貴族向她求婚，她都拒絕了；她拋下了老父，離鄉背井，遠別親友，結果卻祇討他罵一聲娼婦嗎？這還不叫人傷心嗎？

苔　都是我自己命薄。

埃　他太豈有此理了！他怎麼會起這種心思的？

苔　天纔知道。

哀　我可以打賭，一定有一個萬刼不復的惡人，一個愛管閒事鬼討好的傢伙，一個說假話騙人的奴才，因爲要想鑽求差使，造出這樣的謠言來；要是我的話說得不對，我願意讓人家把我弔死。

埃　呸！那裏有這樣的人？一定不會的。

苔　要是果然有這樣的人，願上天寬恕他！

哀　寬恕他！一條繩子箍住他的頸項，地獄裏的惡鬼咬碎他的骨頭！他爲什麼叫她娼婦？誰跟她在一起？什麼所在？什麼時候？什麼方式？什麼根據？這摩爾人一定是上了不知那一個千刁萬惡的壞人的當，一個下流的大混蛋，一個卑鄙的傢伙。天啊！願你揭破這種傢伙的嘴臉，讓每一個老實人的手裏都拿一根鞭子，把這些混蛋們脫光了衣服一頓抽，從東方一直抽到西方！

埃　別嚷得給外邊都聽見了。

哀　哼，可惡的東西！前回弄昏了你的頭，使你疑心我跟這摩爾人有曖昧的，也就是這種傢伙。

埃　好了，好了；你是個傻瓜。

苔　好埃古啊，我應當怎樣重新取得我的丈夫的歡心呢？好朋友，替我向他解釋解釋；因為憑着天上的太陽起誓，我實在不知道我怎麼會失去他的寵愛。我對天下跪，要是在思想上行動上，我曾經有意背棄他的愛情；要是我的眼睛，我的耳朵，或是我的任何感覺，曾經對別人發生愛悅；要是我在過去，現在，和將來，不是那樣始終深深地愛着他，即使他把我棄如敝屣，也不因此而改變我對他的忠誠；要是我果然有那樣的過失，願我終身不能享受快樂的日子！無情可以給人重大的打擊，他的無情也許會摧殘我的生命，可是永不能毀壞我的愛情。我不願提起「娼婦」兩個字，一說到它就會使我心生憎惡，更不用說親自去幹那博得這種醜名的行為了；整個世界的榮華也不能誘動我。

埃　請您寬心，這不過是他一時的心緒惡劣，在國事方面受了點刺激，所以跟您嘔起氣來啦。

苔　要是沒有別的原因，——

埃　只是為了這個原因，我可以保證。（喇叭聲）聽！喇叭在吹晚餐的信號了；威尼斯的使者在等候進餐。進去，不要哭；一切都會圓滿解決的。（苔、哀下）

埃　啊，洛特力戈！〔洛特力戈上。

洛　我看你全然在欺騙我。

埃　我怎麼欺騙你？

洛　埃古，你每天在我面前搗鬼，把我支吾過去；照我現在看起來，你非但不給我開一線方便之門，反而使我的希望一天一天微薄下去。我實在再也忍不住了。爲了自己的愚蠢，我已經吃了不少的苦，這一筆賬我也不能就此善罷甘休。

埃　你願意聽我說嗎，洛特力戈？

洛　哼，我已經聽得太多了；你的說話和行動是不相符合的。

埃　你寃人太過啦。

洛　我一點沒有寃你。我的錢都花光啦。你從我手裏拿去送給苔絲德夢娜的珠寶，即使一個聖徒也會被它誘惑的；你對我說她已經收下了，告訴我不久就可以得到喜訊，可是到現在還不見一點動靜。

埃　好，算了；很好。

洛　很好！算了！我不能就此算了，朋友；這事情也不很好。我舉手起誓，這種手段太卑鄙；我開始覺得我自己受了騙了。

埃　很好。

洛　我告訴你這事情不很好。我要親自去見苔絲德夢娜，要是她肯把我的珠寶還我，我願意死了這片心，懺悔我這種非禮的追求；要不然的話，你留心點兒吧，我一定要跟你算賬。

埃　你現在話說完了吧？

洛　嗯，我的話都是說過就做的。

埃　好，現在我纔知道你是一個有骨氣的人；從這一刻起，你已經使我比從前加倍看重你了。把你的手給我，洛特力戈。你責備我的話，都是非常有理；可是我還要聲明一句，我替你幹這件事情的的確確是盡忠竭力，不敢存一分昧良的心的。

洛　那還沒有事實的證明。

埃　我承認還沒有事實的證明，你的疑心不是沒有理由的。可是，洛特力戈，要是你果然有決心，有勇氣，有膽量，——我現在相信你一定有的，——今晚你就可以表現出來；要是明天夜裏你不能享用苔絲德夢娜，你可以用無論什麼惡毒的手段，暴虐的刑具，取去我的生命。

洛　好，你要我怎麼幹？是說得通做得到的事嗎？

埃　老兄，威尼斯已經派了專使來，叫凱西奧代替奧瑟羅的職位。

洛　眞的嗎？那麼奧瑟羅和苔絲德夢娜都要回到威尼斯去了。

埃　啊，不，他要到茅力坦尼亞去，把那美麗的苔絲德夢娜一起帶走，除非這兒出了什麼事，使他就擱下來。最好的辦法，是把凱西奧除掉。

洛　你說把他除掉是什麼意思？

埃　砸碎他的腦袋，讓他不能擔任奧瑟羅的職位。

洛　那就是你要我去幹的事嗎？

埃　喝，要是你敢做一件對你自己有利益的事。他今晚在一個妓女家裏吃飯，我也要到那邊去見他。現在他還沒有知道他自己的幸運。我可以設法讓他在十二點鐘到一點鐘之間從那邊出來，你祇要留心在門口守候，就可以照你的意思把他處置；我就在附近接應你，他在我們兩人之間一定逃不了。來，不要發呆，跟我去；我可以告訴你爲什麼他的死是必要的，你聽了就會知道這是你的一件無可推辭的行動。現在正是晚餐的時候，夜過去得很快，準備起來吧。

洛　我還要聽一聽你要叫我這樣做的理由。

埃　我一定可以向你解釋明白。（同下）

## 第三場　城堡中的另一室

【奧瑟羅，羅陀維科，苔絲德夢娜，哀米莉霞，及侍從等上。

羅　將軍請留步吧。

奧　啊，沒有關係；散步散步對於我也是很好的。

羅　夫人，晚安；謝謝您的盛情。

苔　大駕光臨，我們是十分歡迎的。

奧　請吧，大人。啊！苔絲德夢娜，——

苔　我的主？

奧　你快進去睡吧；我馬上就回來的。把你的侍女們打發開了，不要忘記。

苔　是，我的主。（奧羅，及侍從等下）

哀　怎麽？他現在的臉色溫和得多啦。

苔　他說他就會回來的，他叫我去睡，還叫我把你遣開。

哀　把我遣開！

苔　這是他的吩咐；所以，好哀米莉霞，把我的睡衣給我，你去吧，我們現在不能再惹他生氣了。

哀　我希望您當初並不和他相識！

苔　我卻不希望這樣；我是那麽歡喜他，即使他的固執，他的呵斥，他的怒容，——請你替我取下衣上的扣針，——在我看來也是可愛的。

哀　我已經照您的吩咐，把那些被褥舖好了。

苔　很好。天哪！我們的思想是多麽傻！要是我比你先死，請你就把那些被褥做我的殮衾。

哀　得啦得啦，您在說獃話。

苔　我的母親有一個侍女名叫葩葩拉，她跟人家有了戀愛；她的愛人發了瘋，把她丢了。她有一支「楊柳歌，」那是一支古老的曲調可是正好說中了她的命運；她到死的時候，嘴裏還在唱着它。那支歌今天晚上老是縈迴在我的腦畔；我的煩亂的心緒，使我禁不住側下我的頭，學着可憐的葩葩拉樣子把它歌唱。請你趕快黠兒。

哀　我要不要就去把您的睡衣拿來？

苔　不，先替我取下這兒的扣針。這個羅陀維科是一個俊美的男子。

哀　一個很漂亮的人。

苔　他的談吐很好。

哀　我知道威尼斯有一個女郎，願意赤了脚步行到巴力斯丁，爲了希望碰一碰他的下唇。

苔　（唱）

可憐的她坐在楓樹下啜泣，
歌唱那青青楊柳；
她手撫着胸膛，她低頭靠膝，
唱楊柳，楊柳，楊柳。
淸澈的流水吐出她的呻吟，
唱楊柳，楊柳，楊柳；
她的熱淚溶化了頑石的心，——
把這些放在一旁。——（唱）
唱楊柳，楊柳，楊柳。
快一點，他就要來了。——（唱）
青青的柳枝織成一頂翠環；
不要怪他，我甘心受他笑駡，——
不，下面一句不是這樣的。聽！誰在打門？

哀　是風哩。

苔　你去吧；晚安。我的眼睛在跳，那是哭泣的預兆嗎？

哀　沒有這樣的事。

苔　我聽見人家這樣說。啊，這些男人！這些男人！憑你的良心說，哀米莉霞，你想世上有沒有背着丈夫幹這種壞事的女人？

哀　怎麼沒有？

苔　你願意爲了整個世界的財富而幹這種事嗎？

哀　難道您不願嗎？

苔　不，憑着天上的月光起誓！你願意爲了整個的世界而幹這種事嗎？

哀　世界是這一件很大的東西；幹一件小小的壞事，這代價是太貴了。

苔　眞的，我想你不會。

哀　眞的，我想我應該幹的，爲了一枚對合的戒指，幾畝草地，或是幾件衣服，幾件裙子，一兩頂帽子，以及諸如此類的小玩意兒而叫我幹這種事，我當然不願；可是爲了整個的世界，誰不願意出賣自己的貞操讓她的丈夫做一個皇帝呢？我就是因此而下煉獄，也是甘心的。

苔　我要是爲了整個的世界會幹出這種喪心的事來，一定不得好死。

哀　世間的是非本來沒有定準；您因爲幹了一件錯事而得到整個的世界，在您自己的世界裏，您還不能把是非顚倒過來嗎？

苔　我想世上不會有那樣女人的。

哀　願意作這種賭博的女人多着呢。照我想來，妻子的墮落總是丈夫的過失：要是他們疏忽了自己的責任，把我們所珍愛的東西浪擲在外人的懷裏或是無緣無故吃起醋來，約束我們行動的自由，或是毆打我們，削減我們的花粉錢，我們也是有脾氣的，雖然生就溫柔的天性，到了一個時候也是會復仇的。讓做丈夫的人們知道，他們的妻子也和他們有同樣的感覺：她們的眼睛也能辨別美惡，她們的鼻子也能辨別香臭，她們的舌頭也能辨別甜酸，正像她們的丈夫們一樣。他們厭棄了我們，别尋新歡，是爲了什麼緣故呢？是逢場作戲嗎？我想是的。是因爲愛情的驅使嗎？我想也是的。還是因爲喜新厭舊的人類常情嗎？那也是一個理由。那麼難道我們就不會對别人發生愛情，難道我們就沒有逢場作戲的欲望，難道我們就不是喜新厭舊，跟男人們一樣？所以讓他們好好兒對待我們吧；否則我們要讓他們知道，我們所幹的壞事都是出於他們的指教。

苔　晚安，晚安！願上天監視我們的言行；我不願以惡爲師，我只願鑒非自警！（各下）

# 第五幕

## 第一場　賽普勒斯街道

【埃古及洛特力戈上。

埃　來，站在這堵牆屋後面他就會來的。把你的寶劍拔出鞘，看準要害刺過去。快，快；不要怕；我就在你旁邊。成功失敗，在此一舉，你得繼定決心。

洛　不要走開，也許我會失手。

埃　我就在這兒，你的近旁。膽子放大些，站定了。（退後）

洛　我對於這件事情不是頂熱心；可是他講的理由十分充足。左右不過去掉了一個人。出來，我的劍；他必須死！

埃　我已經激動這小膿包的心，他居然動起怒來了。不管是他殺死凱西奧，還是凱西奧殺死他，或者兩敗俱傷，對於我都是有好處的。要是洛特力戈活在世上，他總有一天要問我討還那許多我從他手裏乾沒下來，名說送給苔絲德夢娜的金銀珠寶；這可斷斷不能。要是凱西奧活在世上，我每天都要在他的旁邊相形見拙；而且那摩爾人萬一向他當面質問起來，我的陰謀就會暴露，那時候我的地位就非常危險了。不，他非死不可。就是這樣吧。我聽見他來了。

【凱西奧上。

洛　我認識他的走路的姿勢；正是他。——惡人，你給我死吧！（挺劍刺凱）

凱　幸虧我穿着一身好甲，否則那一劍一定會致我的死命。讓我也來試一試你的甲牢不牢吧。（拔劍刺傷洛）

洛　啊，我死了！（埃自後刺傷凱腿，下）

凱　我從此終身殘廢了！救命啊！殺了人啦！殺了人啦！（倒地）

【奥瑟羅自遠處上。

奥　凱西奥的聲音。埃古果然沒有失信。

洛　啊，我眞是個惡人！

奥　一點不錯。

凱　啊，救命哪！拿火來！找一個醫生！

奥　正是他。勇敢正直的埃古呀，你這樣奮不顧身，爲你的朋友復仇雪恥，眞是難得！你給我一個教訓了。賤人，你心愛的人已經死在這兒，你的末日就在眼前；娼婦，我來了！從我的心頭抹去你的媚眼的魔力；讓淫邪的血濺灑你那被淫邪玷汚了的枕席。（下）

【羅陀維科及葛萊西安諾自遠處上。

凱　喂！怎麼沒有巡夜的邏卒？沒有過路的行人？殺了人啦！殺了人啦！

葛　出了什麼亂子啦？這叫聲很是淒慘。

凱　救命啊！

羅　聽！

洛　啊，該死的惡人！

羅　兩三個人在那兒呻吟。這是一個很陰沉的黑夜；也許他們是故意假裝出來的，我們人手孤單，冒冒失失過去，恐怕不大安全。

洛　沒有人來嗎？那麼我要流血而死了！

羅　聽！

【埃古持火炬重上。

葛　有一個人穿着襯衫，一手拿火，一手舉着武器來了。

埃　那邊是誰？什麼人在那兒喊殺人？

羅　我們不知道。

埃　你們聽見一個呼聲嗎？

凱　這兒，這兒！看在上天面上，救救我！

埃　怎麼一回事？

葛　這個人好像是奧瑟羅麾下的旗官。

羅　正是；一個很勇敢的漢子。

埃　你是什麼人，在這兒叫喊得這樣悽慘？

凱　埃古嗎？啊，我被惡人算計，害得我不能做人啦！救救我！

埃　噯喲，副將！這是什麼惡人幹的事？

凱　我想有一個暴徒還在這兒；他逃不了。

埃　啊，可惡的奸賊！（向羅、葛）你們是什麼人？過來幫幫忙。

洛　啊，救救我！我在這兒。

凱　他就是惡黨中的一人。

埃　好一個殺人的兇徒！啊惡人！（刺洛）

洛　啊，萬惡的埃古沒有人心的狗！

埃　在暗地裏殺人！這些兇惡的賊黨都在那兒？這地方多麼寂靜！喂！殺了人啦！殺了人啦！你們是什麼人？是好人還是壞人？

羅　請你自己判斷我們吧。

埃　羅陀維科大人嗎？

羅　正是，老總。

埃　恕我失禮了。這兒是凱西奧，被惡人們刺傷，倒在地上。

葛　凱西奧！

埃　怎麼樣，兄弟？

凱　我的腿斷了。

埃　噯喲，罪過罪過！兩位先生，請替我照火；我要用我的衫子把它包紮起來。

【琵央加上。

琵　喂，什麼事？誰在這兒叫喊？

埃　誰在這兒叫喊！

琵　噯喲，我的親愛的凱西奧！我的溫柔的凱西奧！啊，凱西奧！凱西奧！凱西奧！

埃　哼，你這聲名狼藉的娼婦！凱西奧，照你猜想起來向你下這樣毒手的大概是些什麼人？

凱　我不知道。

葛　我正要來找你，誰料你會遭逢這樣的禍事，真是惱人！

埃　借給我一條吊襪帶。好。啊，要是有一張椅子，讓他舒舒服服躺在上面，把他擡去纔好！

琵　噯喲，他暈過去了！啊，凱西奧！凱西奧！凱西奧！

埃　兩位先生，我很疑心這個賤人也是那些兇徒們的同黨。——忍耐點兒，好凱西奧。——來，來，借我一個火。我們認不認識這一張臉孔？噯喲！是我的同國好友洛特力戈嗎？不。唉，果然是他！天哪！洛特力戈！

葛　什麼！威尼斯的洛特力戈嗎？

埃　正是他，先生。你認識他嗎？

葛　認識他！我怎麼不認識他？

埃　葛萊西安諾先生嗎？請您原諒，這些流血的慘劇，使我禮貌不周，失敬得很。

葛　那兒的話；我很高興看見您。

埃　你怎麼啦，凱西奧？啊，來一張椅子！來一張椅子！

葛　洛特力戈！

埃　他，他，正是他。（從者擕椅上）啊！很好；椅子。幾個人把他小心擡走；我就去找軍醫官來。（向琵）你，奶奶，你也不用裝腔作勢啦。——凱西奧，死在這兒的這個人是我的好朋友。你們兩人有些什麼仇恨？

凱　一點沒有；我根本不認識這個人。

埃　（向琵）什麼！你臉色變白了嗎？——啊！把他擡進屋子裏去。（衆舁凱，洛二人下）等一等，兩位先生。奶奶，你臉色變白了嗎？你們看見她眼睛裏這一股驚慌的神氣嗎？哼，要是你這樣睜大了眼睛，我們還要等着聽一些新鮮的話兒哩。留心瞧着她；你們瞧；你們看見嗎，兩位先生？哼，犯了罪的人，卽使舌頭僵住了，也會不打自招的。

【哀米莉霞上。

哀　唉！出了什麼事啦？出了什麼事啦，丈夫？

埃　凱西奧在這兒黑暗之中，被洛特力戈和幾個在逃的同黨襲擊；他幾乎送了性命，洛特力戈已經死了。

哀　噯喲，好一位紳士！噯喲，好凱西奧！

埃　這是他愛嫖的結果。哀米莉霞，你去問問凱西奧，他今天晚上在什麼地方吃飯的。——什麼！你聽了這句話就發抖嗎？

琵　他在我家裏吃飯；可是我並沒有因此而發抖。

埃　噢，他在你家裏吃飯？你跟我走！

哀　呸，呸，你這不要臉的娼婦！

琵　我不是娼婦；我跟你一樣淸白。

哀　跟我一樣淸白！呸！不要臉！

埃　兩位好先生，讓我們去幫助幫助可憐的凱西奧，替他把傷口紮好。來，奶奶，你必須對我們講老實話。哀米莉霞，你快奔到城堡裏去，告訴將軍和夫人這兒發生了什麼事。你們先請吧。（旁白）今夜是我的命運所寄，倘不能靑

雲直上，就要一敗塗地。（同下）

## 第二場　城堡中的臥室

〔苔絲德夢娜睡牀上，一燈照耀室內；奧瑟羅上。

**奧**　只是為了這一個原因，只是為了這一個原因，我的靈魂！純潔的星星啊，讓我不要向你們說出它的名字！只是為了這一個原因……可是我不願濺她的血，也不願毀傷她那比白雪更皎潔比石膏更膩滑的肌膚。可是她不能不死，否則她將要陷害更多的男子。讓我熄滅了這一盞燈，然後我就熄滅你的生命的火燄。融融的燈光啊，我把你吹熄以後，要是我心生後悔，仍舊可以把你重新點亮；可是你，造化最精美的粉本啊，你的火燄一旦熄滅，我不知道什麼地方有那天上的神火，能夠燃起你的原來的光彩！我摘下了薔薇，就不能再給它已失的生機，祇好讓它枯萎凋謝；當它還在枝頭的時候，我要嗅一嗅它的芳香。（吻苔）啊，甘美的氣息！你幾乎誘動公道的心，使她折斷她的利劍了！再一個吻，再一個吻。願你到死都是這樣；我要殺死你，然後再愛你。再一個吻，這是最後的一吻了；這樣消魂，卻又是這樣無比的慘痛！我必須哭泣，然而這些是無情的眼淚。她醒來了。

**苔**　誰？奧瑟羅嗎？

**奧**　嗯，苔絲德夢娜。

**苔**　您要睡了嗎，我的主？

**奧**　你今晚有沒有祈禱過，苔絲德夢娜？

**苔**　祈禱過了，我的主。

奧　要是你想到在你的一生之中，還有什麼罪惡不會爲上帝所寬宥，趕快懇求他的恩赦吧。

苔　噯喲！我的主，您這句話是什麼意思？

奧　嘿，祈禱吧，乾脆點兒；我就在一旁等着你。我不願殺害你的沒有準備的靈魂；不，上天禁止這種罪行！我不願殺害你的靈魂。

苔　您在說殺人的話嗎？

奧　嗯，是的。

苔　那麼願上天垂憐於我！

奧　阿們，但願如此！

苔　要是您這樣說，我希望您不至於把我殺死。

奧　哼！

苔　可是我怕您；因爲您的眼珠這樣滾轉的時候，您總是要殺人的。我不知道我爲什麼害怕，因爲我不知道我有什麼罪；可是我覺得害怕。

奧　想想你的罪惡吧。

苔　除非我對您的愛是罪惡，我不知道我有什麼罪惡。

奧　好，你必須因此而死。

苔　爲了愛而被殺，那樣的死是違反人情的。唉！您爲什麼這樣咬着您的下唇呢？一種飲血的慾念震撼您的全身，這便是它的徵兆；可是我希望，我希望您的怒氣不是對我而發。

奧　閉嘴，不要作聲！
苔　是；可是請您告訴我究竟爲了什麼事？
奧　你把我給你的那條我的心愛的手帕送給凱西奧。
苔　不，憑着我的生命和靈魂起誓！您叫他來問好了。
奧　好人兒，留心不要發僞誓；你已經死在眼前了。
苔　不，我現在還不能死。
奧　你必須立刻死，所以趕快坦白招認你的罪惡吧；即使你發誓否認每一件事實，也不能除去那使我痛心的堅強的確信。你必須死。
苔　那麼願上帝垂憐於我！
奧　阿們。
苔　願您也大發慈悲！我生平從不曾得罪過您，也從不曾用上天所不容的非分的愛情濫施在凱西奧的身上；我沒有給過他什麼東西。
奧　蒼天在上，我親眼看見我的手帕在他的手裏。欺罔神明的婦人！你使我的心變成堅硬；我本來想把你作爲獻祭的犧牲，現在卻被你激起我的屠夫的惡念來了。我明明看見那手帕的。
苔　那麼是他在什麼地方拾到的；我沒有給他。叫他到這兒來讓他供認事實的眞相。
奧　他已經承認了。
苔　承認什麼，我的主？

奧　承認他已經和你發生關係。

苔　怎麼？非法的關係嗎？

奧　嗯。

苔　他不會這樣說的。

奧　是的，他的嘴已經閉住，正直的埃古已經把他解決了。

苔　啊，我的恐懼竟成事實！什麼！他死了嗎？

奧　即使他每一根頭髮裏都有生命，我的復仇的怒火也會把它們一起吞下。

苔　唉！他被人陷害，我的一生也從此斷送了！

奧　不要臉的娼婦！你當着我的面爲他哭泣嗎？

苔　啊，我的主，把我放逐，可是不要殺我！

奧　倒下，娼婦！

苔　明天殺我，讓我活過今天！

奧　不，要是你想掙扎，——

苔　給我半點鐘的時間！

奧　已經決定了，沒有挽回的餘地。

苔　可是讓我作一次禱告吧！

奧　太遲了。（扼苔咽喉）

哀　（在內）將軍，將軍！喂！將軍，將軍！

奧　這是什麼聲音？沒有死嗎？還沒有完全死去嗎？我雖然狠心，却還有幾分慈悲；我不願你多挨受一刻痛苦。好，好。

（刺苔）

哀　（在內）喂！將軍，將軍！

奧　那一個？

哀　（在內）啊，將軍！我要跟您說句話兒。

奧　是的，這是哀米莉霞。——等一等。——她死了。她多分要來說起凱西奧的死。外邊已經聽得見嘈雜的聲音。嚇！一動也不動了嗎？像墳墓一樣沉寂。要不要讓她進來？妥當不妥當？我想她又在動了。不，怎麼辦呢？要是她進來，她一定要跟我的妻子說話。我的妻子！我的妻子！什麼妻子？我沒有妻子。啊，難堪！啊，不幸的時辰！我想現在日月應該晦暗不明，受驚的地球看見這種非常的災變，也要嚇得目瞪口呆。

哀　（在內）啊，好將軍！請您讓我進來對您說句話兒。

奧　我忘記了。啊，進來，哀米莉霞。慢慢，等一等，讓我把帳幕拉下了。你在那兒？（啓鎖開門）

【哀米莉霞上。

奧　現在你可有什麼事？

哀　啊，好將軍！那邊出了殺人命案啦！

奧　什麼！現在？

哀　就是剛纔，將軍。

奧　那都是因爲月亮走錯了軌道，比平常更近地球，所以人們都發起瘋來了。

哀　將軍，凱西奧殺死了一個名叫洛特力戈的威尼斯青年。

奧　洛特力戈被殺了！凱西奧也被殺了嗎？

哀　不，凱西奧沒有死。

奧　凱西奧沒有死！那麼殺人認錯了對象，痛快的復仇又有了變卦啦。

苔　啊，死得好寃枉呀！

哀　噯喲！那是什麼呼聲？

奧　那！什麼？

哀　噯喲！那是夫人的聲音。救命！救命啊！救命！啊，夫人，再說一聲話兒！親愛的苔絲德夢娜！啊，親愛的夫人，說呀！

苔　我是無罪而死的。

哀　啊！這是誰幹的事？

苔　誰也沒有幹；是我自已。再會吧；替我向我的仁慈的夫君致意。啊，再會吧！（死）

奧　啊！她怎麼會被人殺死的？

哀　唉！誰知道？

奧　你聽見她說是她自已，我沒有殺死她。

哀　她是這樣說；我祗好按照事實去報告。

奧　她到地獄的火燄裏去，還不願說一句眞話。殺死她的是我。

哀　啊，那麽她尤其是一個天使，你尤其是一個黑心的魔鬼了！

奧　她幹了無恥的事，她是個淫婦。

哀　你寃枉她，你是個魔鬼。

奧　她像水一樣輕浮，

哀　你說她輕浮，你自己纔像火一樣粗暴。啊，她是聖潔而忠貞的！

奧　凱西奧和她通姦，不信你去問你的丈夫吧。啊，要是我採取這種極端的手段，並沒有正當的理由，死後就要永遠墮入地獄的底層！你的丈夫一切全都知道。

哀　我的丈夫！

奧　你的丈夫。

哀　他知道她不守貞節嗎？

奧　嗯，他知道她跟凱西奧有曖昧。嘿，要是她是個貞潔的婦人，卽使上帝爲我用一顆完整的寶石另外造一個世界，我也不願用她去交換。

哀　我的丈夫！

奧　嗯，他最初告訴我這件事。他是個正人君子，他痛恨卑鄙齷齪的行爲。

哀　我的丈夫！

奧　婦人，爲什麽把這句話說了又說呢？我是說你的丈夫。

哀　啊，夫人！你因爲多情受了奸人的愚弄了！我的丈夫說她不貞！

奧　正是他婦人我說你的丈夫你懂得這句話嗎？我的朋友，你的丈夫，正直的，正直的埃古。

哀　要是他果然說了這樣的話，願他惡毒的靈魂每天一分一寸地糜爛！他全然胡說；她對於她的最卑鄙的男人是太癡心不過的了。

奧　嚇！

哀　隨你把我怎麼樣吧。你配不上這樣的好妻子，你這種行爲是上天所不容的。

奧　還不閉嘴！

哀　你沒有半分力量可以傷害我，我也不能讓人家把我欺侮。啊，笨伯！傻瓜！泥土一樣蠢的傢伙！你已經做了一件大大不該的事，——我不怕你的劍；我要宣佈你的罪惡，即使我將要因此而喪失二十條生命救命！救命啊！救命！摩爾人殺死了夫人啦！殺了人啦！殺了人啦！

【蒙坦諾，葛萊西安諾，埃古及餘人等上。

蒙　什麼事？怎麼，將軍！

哀　啊！你來了嗎，埃古？你做得好事，人家都把殺人的罪名架在你頭上啦！

葛　什麼事？

哀　你倘是個漢子，趕快否認這惡人所說的話吧；他說你告訴他他的妻子不貞。我知道你不會有這種說話，你還不會是這樣一個惡人。說吧，我的心都要脹破了。

埃　我不過把我自己的意思告訴他；我對他所說的話，已經由他自己證實了。

哀　可是你有沒有對他說她是不貞的？

埃　我對他說過。

哀　你說謊，一個可惜的，萬惡不赦的謊！憑着我的靈魂起誓，一個謊，一個罪惡的謊！她跟凱西奧私通！你說她跟凱西奧私通嗎？

埃　跟凱西奧私通，太太。好了好了，收住你的舌頭吧。

哀　我不願收住我的舌頭；我必須說話，夫人在這兒牀上給人謀殺了。

衆　啊，那會有這樣的事！

哀　都是你造的謠言，引起這場血案。

奧　各位不必驚慌；這事情是眞的。

葛　眞有這樣的事，那可奇了！

蒙　啊，駭人的行爲！

哀　詭計！詭計！詭計！我現在想起來了；啊，詭計！那時候我就有些懷疑；我要傷心死了！啊，詭計！詭計！

埃　什麼！你瘋了嗎？快給我回家去！

哀　各位先生，讓我有一個說話的機會。照理我應該服從他，可是現在却不能服從他。也許，埃古，我永遠不再回家了。

奧　啊！啊！啊！（仆臥牀上）

哀　哼，你躺下來哭叫吧；因爲你已經殺死一個世間最溫柔純潔的人。

奧　啊，她是淫汚的！我簡直不認識您啦，叔父。那邊躺着您的姪女，她的呼吸被我這雙手新近扼斷；我知道這件行爲在世人眼中看起來是駭人而慘酷的。

葛　可憐的苔絲德夢娜！幸虧你父親已經死了；你的婚事是他的致死的原因，悲傷摧折了他的衰老的生命。要是他現在還活着，看見這種慘狀，一定會幹出一些瘋狂的事情來的。

奧　這誠然是一件傷心的事；可是埃古知道她曾經跟凱西奧幹過許多回無恥的勾當，凱西奧自己也承認了。她還把我的定情禮物送給凱西奧，表示接受他的獻媚。我看見它在他的手裏；那是一方手帕，我的父親給我的母親的一件古老的紀念品。

哀　天啊！天上的神明啊！

埃　算了，閉住你的嘴！

哀　事情總會暴露的，事情總會暴露的。閉住我的嘴？不，不，我要像北風一樣自由地說話；讓天神，世人和魔鬼全都把我嘲罵羞辱，我也要說我的話。

埃　放明白一些，回家去吧。

哀　我不願回家。（埃拔劍欲刺哀）

葛　呸！你向一個婦人動武嗎？

哀　你這愚笨的摩爾人啊！你所說起的那方手帕，是我偶然拾到，把它給了我的丈夫的；雖然那只是一件小小的東西，他卻幾次三番懇求我替他偷了回來。

埃　長舌的淫婦！

哀　她送給凱西奧！唉！不是我拾到了，把它交給我的丈夫的。

埃　賤人，你說謊！

哀　蒼天在上，我沒有說謊；我沒有說謊，各位先生。殺人的傻瓜啊！像你這樣一個蠢才，怎麽配得上這樣好的一位妻子呢？

奧　天上沒有石塊，可以像雷霆一樣打下來嗎？好一個奸賊！（向埃撲奔，埃刺哀逃下）

葛　這婦人倒下來了；他把他的妻子殺死了。

哀　是，是；啊！把我放在夫人的一旁吧！

葛　他去了，他的妻子給他殺了。

蒙　這是一個罪大惡極的兇徒。你把這一柄我從這摩爾人手裏奪下來的劍拿了。來，在門外看守好了，別讓他出去；他要是想逃走，儘管把他殺死。我要去追那惡人，那是一個不可寬恕的傢伙。（蒙、葛下）

奧　我的勇氣也離我而去了，每一個孱弱的懦夫都可以奪下我的劍來。可是好惡既然戰勝了正直，那裏還會有榮譽存在呢？讓一切都歸於幻滅吧！

哀　你的歌兒是一個讖兆嗎，夫人？你聽，你聽不聽見我的聲音？我要像天鵝一般在音樂裏死去。（唱）

「楊柳，楊柳，楊柳……」

摩爾人，她是貞潔的；她愛你，狠心的摩爾人。我說的是眞話，願我的靈魂享受天福；我的話是跟我的思想一致的。我死了，我死了。（死）

奧　我還有一柄劍在這屋子裏，那是一柄用冰泉的水所浸鍊的西班牙寶劍。啊，在這兒！叔父，我一定要出來。

葛　（在內）你要是敢試一試，就得付重大的代價；你沒有武器，祇好屈服。

奧　那麽進來瞧瞧我吧，我有話對你說；否則我雖然沒有武器，也祇好不顧一切跟你拼一下了。

【葛萊西安諾重上。

葛　什麼事？

奧　瞧！我有一柄劍；從來不曾在一個戰士的身邊佩帶過一柄比它更好的劍；憑着這一條小小的手臂和這一柄利劍，我曾經衝破二十倍於你們這樣人數的包圍；可是無聊的誇口啊！誰能主宰他自己的命運呢？現在我已經沒有那樣的本領了。雖然你看我拿着武器，可是不用害怕，這兒是我的旅途的終點，我的航程的最後的目標。你嚇得退走了嗎？這是不必要的驚恐；誰祇要拿一根燈草向奧瑟羅的胸前挺了過來，他也會向後縮退的。奧瑟羅應該到什麼地方去呢？——啊，讓我再看看你的臉龐吧，薄命的女郎！像你的襯衣一樣慘白！我們在天庭對簿的時候，你這一副臉色就可以把我的靈魂趕下天堂，讓魔鬼把它抓去。你的全身冰冷，我的戀人！正像你的貞潔一樣凜若寒霜。啊，該死的，該死的奴才！魔鬼啊，把我從這天仙一樣美人的面前鞭逐出去吧！讓狂風把我吹捲，硫磺把我熏烤，沸湯的深淵把我沉浸！啊，苔絲德夢娜！苔絲德夢娜！死了！啊！啊！啊！

【羅陀維科，蒙坦諾，二從者舁凱西奧臥椅中，及警吏等押埃古同上。

羅　這鹵莽而不幸的人在那兒？

奧　那就是從前的奧瑟羅；我在這兒。

羅　那條毒蛇呢？把這惡人帶上來。

奧　據說魔鬼的脚是分趾的，讓我看看他的脚是不是這樣。要是你真的是一個魔鬼，我也不能殺死你。（刺傷埃古）

羅　把他手裏的劍奪下來。

埃　我不過流了點兒血，還沒有給他殺死。

奥　那也好，我要你留着活命；因爲在我看來，死倒是一樁幸福。

羅　啊，奥瑟羅！你本來是一個很好的漢子，却會中一個萬惡的奸人的詭計，我們應該對你怎麼說呢？

奥　隨便你們怎麼說吧；要是你們願意，不妨說我是一個正直的兇手，因爲我所幹的事，都是出於榮譽的觀念，不是出於猜嫌的私恨。

羅　這惡人已經一部分承認了他的奸謀；殺死凱西奥是你跟他同謀的嗎？

奥　是的。

凱　主帥，我從來不曾得罪過您。

奥　我相信你的話；請你原諒我吧。你們問一問那個頂着人頭的惡魔，爲什麼他要這樣陷害我的靈魂和肉體？

埃　什麼也不要問我；你們所知道的，你們已經知道了；從這一刻起，我不再說一句話。

羅　什麼！你也不要祈禱嗎？

葛　酷刑可以逼你開口。

奥　你還是說吧。

羅　將軍，你將要明白經過的一切，我相信你現在還是一點沒有知道。這是從已死的洛特力戈衣袋裏搜到的一封信；這兒還有一封。其中一封信裏說到殺死凱西奥的事情由洛特力戈動手執行。

奥　啊，奸賊！

凱　野蠻殘忍的陰謀！

羅　這兒還有一封從他的衣袋裏找到的充滿着怨望的信，看來好像是洛特力戈預備寄給這個萬惡的奸人的；可是信還沒有寄出，埃古就來給他滿足了。

奧　啊，惡毒的奸賊！凱西奧，我的妻子的手帕怎麼會到你手裏的？

凱　我在我的房間裏找到它；他剛纔已經親口承認有意把它丟在那邊，借此可以達到他自己的圖謀。

奧　啊，傻瓜！傻瓜！傻瓜！

凱　在洛特力戈的信裏，他又埋怨埃古不該攛掇他在我值夜的時候向我尋事；我就是爲了那一回事情而去職的。就在剛纔，他從長時間的昏迷中醒了過來，還說起他一切都受埃古的指使，結果却是埃古傷了他的生命。

羅　你必須離開這所屋子，跟我們去；你的軍隊和兵權必須全部交卸，讓凱西奧主持賽普勒斯的軍政重務。對於這一個傢伙，我們將要用一切巧妙的酷刑加在他的身上，使他遍受種種的痛苦，而不至於立刻死去。我們還要把你嚴密監禁，等候威尼斯政府判斷你的罪狀。來，把他帶下去。

奧　且慢，在你們未去以前，再聽我說一兩句話。我對於國家曾經立過相當的功績，這是執政諸公所知道的。那些話現在也不用說了。當你們把這種不幸的事實報告他們的時候，請你們在公文上老老實實照我本來的樣子敘述，不要徇情迴護，也不要惡意構陷：你們應當說我是一個在戀愛上不智而過於深情的人；一個不容易發生嫉妒，可是一旦被人煽動以後，就會感到極度煩惱的人；一個像那愚蠢的印度人一般，把一顆比他整個部落所有的財產更貴重的珍珠隨手拋棄的人；一個雖然不慣於流婦人之淚，可是當他被感情征服的時候，也會像湧流着膠液的阿剌伯藥膠樹一般兩眼泛濫的人。請你們把這些話記下，再補充一句說：在阿勒普地方，曾經有一個裹着頭巾的敵意的土耳其人毆打一個威尼斯人，誹謗我們的國家，那時候我就一把抓住這受割禮的狗子的咽喉，像這樣把他殺了。（以劍自刺）

羅　啊，慘酷的結局！

葛　一切說過的話，現在又要改變過來了。

奧　我在殺死你以前曾經用一吻和你訣別；現在我自己的生命也在一吻裏終結。（倒仆苦身，死）

凱　我早就擔心會有這樣的事發生，可是我還以為他沒有武器；他的心地是光明正大的。

羅　（向埃）你這比痛苦饑餓和大海更兇暴的猛犬啊！瞧瞧這牀上一雙浴血的屍身吧；這是你幹的好事。這樣傷心慘目的景象，趕快把它遮蓋起來吧。葛萊西安諾，請您接收這一座屋子，這摩爾人的全部家產，都應該歸您繼承。總督大人，怎樣處置這一個惡魔般的奸徒，什麼時候，什麼地點，用怎樣的刑法，都要請您全權辦理，千萬不要寬縱他！我現在就要上船回去稟命政府，用一顆悲哀的心報告這一段悲哀的事故。（同下）

莎士比亞戲劇全集

第二輯 第四種

# 李爾王

朱生豪譯

# 李爾王

## 劇中人物

李爾　不列顛國王
法蘭西國王
布根第公爵
康瓦爾公爵
奥本尼公爵
肯脫伯爵
葛羅斯脫伯爵
埃特加　葛羅斯脫之子
愛特門　葛羅斯脫之庶子
邱蘭　朝士
鄂斯華特　貢納黎的管家
老翁　葛羅斯的佃戶
醫生

弄人

愛特門屬下一軍官

科第麗霞一侍臣

傳令官

康瓦爾的衆僕

賈納梨
呂甘　} 李爾之女
科第麗霞

扈從李爾之武士，軍官，使者，兵士，及侍從等

**地點**

不列顛

# 第一幕

## 第一場 李爾王宮中大廳

【肯脫，葛羅斯脫及愛特門上。

肯 我想王上對於奧本尼公爵比對於康華爾公爵更有好感。

葛 我們一向都覺得是這樣；可是在這一次國土的劃分中，却看不出來他對這兩位公爵有什麼偏心；因爲他分配得那麼平均，無論他們怎樣斤斤較量，都不能說對方比自己佔了便宜。

肯 大人，這位是您的令郎嗎？

葛 他是在我手裏長大的；我常常不好意思承認他，可是現在慣了，也就不以爲意啦。

肯 我不懂您的意思。

葛 不瞞您說，這小子的母親沒有嫁人就大了肚子生下他來。您想這應該不應該？

肯 能夠生下這樣一個好兒子來，即使一時錯誤，也是可以原諒的。

葛 我還有一個合法的兒子，年紀比他大一歲，然而我還是喜歡他。這畜生雖然不等我的召喚，就自己莽莽撞撞來到這世上，可是他的母親是個迷人的東西，我們在製造他的時候，曾經有過一場銷魂的遊戲，這孽種我不能不承認他。愛特門，你認識這位貴人嗎？

愛 不認識，父親。

葛 肯脫勳爵；從此以後，你該記好他是我的尊貴的朋友。

愛　大人，我願意爲您效勞。

肯　我必須喜歡你，希望我們以後能夠常常見面。

愛　大人，我一定盡力報答您的垂愛。

葛　他已經在國外九年，不久還是要出去的。王上來了。

【喇叭奏花腔。李爾，康瓦爾與本尼，貢納梨，呂甘，科第麗霞，及侍從等上。】

李　葛羅斯脫，你去招待招待法蘭西國王和布根第公爵。

葛　是，陛下。（葛，愛同下）

李　現在我要向你們說明我的心事。把那地圖給我。告訴你們吧，我已經把我的國土劃成三部；我因爲自己年紀老了，決心擺脫一切世務的牽縈，把責任交卸給年青力壯之人，讓自己鬆一鬆肩，好安安心心地等死。康瓦爾和奧本尼兩位賢壻，爲了預防他們的爭執，我想還是趁現在把我的幾個女兒的嫁奩分處分清楚。法蘭西和布根第兩位君主正在競爭我的小女兒的愛情，他們爲了求婚而住在我們宮庭裏也已經有好多時候了，現在他們就可以得到答覆。孩子們，在我還沒有把我的政權，領土，和國事的重任全部放棄以前，告訴我，你們中間那一個人最愛我？我要看看誰最有孝心，最有賢德，我就給她最大的恩惠。貢納梨，我的大女兒，你先說。

貢　父親，我對您的愛，不是言語所能表達的；我愛您勝過自己的眼睛，整個的空間，和廣大的自由；超越一切可以估價的貴重希有的事物；不亞於賦有淑德，康健，美貌，和榮譽的生命；不曾有一個兒女這樣愛過他的父親，也不會有一個父親這樣被他的兒女所愛；這一種愛可以使唇舌失去能力，辯才無所效用；我愛您是不可以數量計算的。

科　（旁白）科第麗霞應該怎麼好呢？默默地愛着吧

李　在這些疆界以內，從這一條界線起，直到這一條界線為止，所有一切濃密的森林，膏腴的平原，富庶的河流，廣大的牧場，都要奉你為它們的女主人；這一塊土地永遠為你和奧本尼的子孫所保有。我的二女兒，最親愛的呂甘，康瓦爾的夫人，你怎麼說？

呂　我跟姊姊是一樣的，您憑着她就可以判斷我。在我的真心之中，我覺得她剛纔所說的話，正是我愛您的實際的情形，可是她還不能充分說明我的心理：我厭棄一切凡是敏銳的知覺所能感受到的快樂，祇有愛您纔是我的無上的幸福。

科　（旁白）那麼，科第麗霞，你祇好自安於貧窮了！可是我並不貧窮，因為我深信我的愛心是比我的口才更富有的。

李　這一塊從我們這美好的王國中劃分出來的三分之一的沃壤，是你和你的子孫永遠世襲的產業，和貢納梨所得到的一份同樣的廣大，同樣的富庶，也是同樣的佳美。現在，我的寶貝，雖然是最後的一個，我却並不對你歧視；法蘭西的葡萄和布根第的乳酪都在競爭你的青春之愛；你有些什麼話，可以換到一份比你的兩個姊妹更富庶的土地？說吧。

科　父親，我沒有話說。

李　沒有？

科　沒有。

李　**沒有祇能換到沒有；重新說過。**

科　我是個笨拙的人，不會把我的心湧上我的嘴裏；我愛您只是按照我的名分，一分不多一分不少。

李　怎麼，科第麗霞！把你的話修正修正，否則你要毀壞你自己的命運了。

科　父親，您生下我來，把我教養成人，愛惜我，厚待我；我受到您這樣的恩德，祇有恪盡我的責任，服從您，愛您，敬重您。我的姊姊們要是用她們整個的心來愛您，那麼她們爲什麼要嫁人呢？要是我有一天出嫁了，那接受我的忠誠的誓約的丈夫，將要得到我的一半的愛，我的一半的關心和責任；假如我祇愛我的父親，我一定不會像我的姊姊們一樣再去嫁人的。

李　你這些話果然是從心裏說出來的嗎？

科　是的，父親。

李　年齡這樣小，卻這樣沒有良心嗎？

科　父親，我年紀雖小，我的心是忠實的。

李　好，那麼讓你的忠實做你的嫁奩吧。憑着太陽神聖的光輝，憑着黑夜的神祕，憑着主宰人類生死的星球的運行，我發誓從現在起，永遠和你斷絕一切父女之情和親屬的關係，把你當做一個路人看待。啖食自己兒女的野蠻的錫第亞人，比起你，我的舊日的女兒來，也不會更受我的憎恨。

肯　陛下，——

李　閉嘴，肯脫！不要來批怒龍的逆鱗。她是我最愛的一個，我本來想要在她的殷勤看護之下，終養我的天年。去，不要讓我看見你的臉！讓墳墓做我安息的眠牀，我從此割斷對她的天倫的慈愛了！叫法蘭西王來！都是死人嗎？叫布根第來！康瓦爾，奧本尼，你們已經分到我的兩個女兒的嫁奩，現在把我第三個女兒那一份也拿去分了吧；讓驕傲。她自己所稱爲坦白的，替她找一個丈夫。我把我的威力，特權，和一切君主的尊榮一起給了你們。我自己祇保留一百名武士在你們兩人的地方按月輪流居住，由你們負責供養。除了國王的名義和尊號以外，所有行政的大權，國庫的收入，和大小事務的處理，完全交在你們手裏；爲了證實我的說話，兩位賢婿，我賜給你們這一頂寶冠，歸你們兩人共同保有。

肯　尊嚴的李爾，我一向敬重您像敬重我的君王，愛您像愛我的父親，跟隨您像跟隨我的主人，在我的祈禱之中，我總是把您當作我的偉大的恩主，——

李　弓已經彎好拉滿，你留心躲開箭鋒吧。

肯　讓它落下來吧，即使箭鏃會刺進我的心裏。李爾發了瘋，肯脫也祇好不顧禮貌了。你究竟要怎樣，老頭兒？你以爲有權有位的人向諂媚者低頭，盡忠守職的臣僚就不敢說話了嗎？君主不顧自己的尊嚴，幹下了愚蠢的事情，在朝的端人正士祇好直言極諫。保留你的權力，仔細考慮一下你的舉措，收回這一種鹵莽滅裂的成命。你的小女兒並不是最不孝順你的一個；那兩個有口無心的女兒，她們的柔和的低聲反應不出她們內心的空虛，也決不是真心愛你。我的判斷要是有錯，你儘管取我的命。

李　肯脫，你要是想活命，趕快停住你的嘴。

肯　我的生命本來是預備向你的仇敵拋擲的；爲了你的安全，我也不怕把它失去。

李　走開，不要讓我看見你！

肯　瞧明白一些，李爾；還是讓我永遠留在你的眼前吧。

李　憑着亞波羅起誓，——

肯　憑着亞坡羅老王，你向神明發誓也是沒用的。

李　啊，可惡的奴才！（以手按劍）

奧、康　陛下請息怒。

肯　好，殺了你的醫生，把你的惡病養得一天比一天利害吧。趕快撤銷你的分土授國的原議；否則祇要我的喉舌尚在，我就要大聲疾呼，告訴你你做了錯事啦。

李　聽着，逆賊！你想要鼓動我毀棄我的不容更改的誓言，憑着你的不法的跋扈，對我的命令和權力妄加阻撓，這一種目無君上的態度，使我忍無可忍；為了維持王命的尊嚴，不能不給你應得的處分。我現在寬容你五天的時間，讓你預備些應用的衣服食物，免得受飢寒的痛苦；在第六天上，你那可憎的身體必須離開我的國境；要是在此後十天之內，我們的領土上再發現了你的蹤跡，那時候就要把你當場處死。去！憑着裘必脫發誓，這一個判決是無可改移的。

肯　再會，國王；你既不知悔改，
囚籠裏也沒有自由存在。
（向科）
神明蔭護你，善良的女郎！
你的正心讜論無愧綱常。
（向岡、貢）
願你們的誇口變成實事，

假樹上會結下眞的果子。
各位王子，肯脫從此遠去；
到新的國土走他的舊路。（下）

〔喇叭奏花腔。葛羅斯脫率法王，布根第，及侍從等重上。

葛　陛下，法蘭西國王和布根第公爵來了。

李　布根第公爵，您跟這位國王都是來向我的女兒求婚的，現在我先問您：您希望她至少要有多少陪嫁的奩資，否則寧願放棄對她的追求？

布　陛下，照着您所已經答應的數目我就很滿足了；想來您也不會再有吝惜的。

李　尊貴的布根第，當她爲我所寵愛的時候，我是把她看得非常珍重的，可是現在她的價格已經落跌了。公爵，您瞧她站在那兒，一個小小的東西，要是除了我的憎恨以外，我什麼都不給她，而您仍然覺得她有使您歡喜的地方，或者您覺得她整個兒都能使您滿意，那麼她就在那兒，您把她帶去好了。

布　我不知道怎樣回答。

李　像她這樣一個一無可取的女孩子，沒有親友的照顧，新近遭到我的憎恨，咒詛是她的嫁奩，我已經立誓和她斷絕關係了，您還是願意娶她呢，還是願意把她放棄？

布　恕我，陛下；在這種條件之下，決定取捨是一件很爲難的事。

李　那麼放棄她吧，公爵；憑着神明起誓，我已經告訴您她的全部的價值。（向法）至於您，偉大的國王，爲了重視你我的友誼，我斷不願把一個我所憎惡的人匹配於您；所以請您還是丟開了這一個爲天地所不容的賤人，另外去找尋佳偶吧。

法　這太奇怪了，她剛纔還是您的眼中的珍寶，您的讚美的題目，您的老年的安慰，您的最心愛的人兒，怎麼一轉瞬間，就會幹下這麼一件罪大惡極的行爲，喪失了您的深恩厚愛！她的罪惡倘不是超乎尋常，您的愛心決不會變化得這樣利害；可是除非那是一樁奇蹟，我無論如何不相信她會幹那樣的事。

科　陛下，我只是因爲缺少娓娓動人的口才，不會講一些違心的說話，凡是我心裏想到的事情，我總不願在沒有把它實行以前就放在嘴裏宣揚；要是您因此而惱我，我必須請求您讓世人知道，我所以失去您的歡心的原因，並不是什麼醜惡的汚點，淫邪的行動，或是不名譽的舉止；只是因爲我缺少像人家那樣的一雙獻媚希恩的眼睛，一條我所認爲可恥的善於逢迎的舌頭，雖然沒有了這些使我不能再受您的寵愛，可是唯其如此，卻使我格外尊重我自己的人格。

李　你不能在我面前曲意承歡，我還是不要把你生養下來的好。

法　只是爲了這一個原因嗎？歷史上往往有許多遠大的計劃，因爲不求人知而失於記載。布根第公爵，您對於這位公主意下如何？愛情裏面要是攙雜了和它本身不相關涉的顧慮，那就不是眞的愛情。您願不願意娶她？她自己就是一注無價的嫁奩。

布　尊嚴的李爾，祇要把您原來已經允許過的那一份嫁奩給我，我現在就可以使科第麗霞成爲布根第公爵的夫人。

李　我什麼都不給；我已經發過誓，再也沒有挽回了。

布　那麼抱歉得很，您已經失去一個父親，現在必須再失去一個丈夫了。

科　願布根第平安！他所愛的既然只是財產，我也不願做他的妻子

法　最美麗的科第麗霞！你因為貧窮，所以是最富有的；你因為被遺棄，所以是最可寶貴的；你因為遭人輕視，所以最蒙我的憐愛。我現在把你和你的美德一起攫在我的手裏；人棄我取是法理上所許可的。天啊天！想不到他們的冷酷的蔑視，却會激起我熱烈的敬愛。陛下，您的沒有嫁奩的女兒跟我三生緣定，現在是我的分享榮華的王后，法蘭西全國的女主人了；沼澤之邦的布根第所有的公爵，都不能從我手裏買去這一個無價之寶的女郎。科第麗霞，向他們告別吧，雖然他們是這樣無良；你拋棄了故國，將要得到一個更好的家鄉。

李　你帶了她去吧，法蘭西；她是你的，我沒有這樣的女兒，也再不要看見她的臉，去吧你們不要想得到我的恩寵和祝福。來，尊貴的布根第。（喇叭奏花腔李布康奧葛及侍從等同下）

法　向你的姊姊們告別。

科　父親眼中的兩顆寶玉，科第麗霞用淚洗過的眼睛向你們告別。我知道你們是怎樣的人；因為礙着姊妹的情分，我不願直言指斥你們的錯處。好好對待父親；你們自己說是孝敬他的，我把他託付給你們了。可是，唉！要是我沒有失去他的歡心，我一定不讓他受你們的照顧。再會了，兩位姊姊。

呂　我們用不到你教訓。

貢　你還是去小心伺候你的丈夫吧，命運的慈悲把你交在他的手裏，你自己忤逆不孝，今天空手跟了漢子去也是活該。

科　慢慢兒總有一天，深藏的奸詐會顯出它的原形；罪惡雖然可以掩飾一時，免不了最後的出乖露醜。願你們幸福！

法　來，我的科第麗霞。（法，科同下）

貢　妹妹，我有許多對我們兩人有切身關係的話必須跟你談談。我想我們的父親今晚就要離開此地。

呂　那是十分確定的事，他要住到你們那兒去；下個月他就要跟我們住在一起了。

貢　你瞧他現在年紀老了，他的脾氣多麼變化不定；我們已經屢次注意到他的行爲的乖僻了。他一向都是最愛我們妹妹的，現在他憑着一時的氣惱就把她攆走，這就可以見得他是多麼糊塗。

呂　這是他老年的昏悖；可是他向來就是這樣喜怒無常的。

貢　他年青的時候性子就很暴躁，現在他任性慣了，再加上老年人剛愎自用的怪脾氣，看來我們祇好準備受他的氣了。

呂　他把肯脫也放逐了；誰知道他心裏一不高興起來，不會把同樣的手段對付我們？

貢　法王辭行回國，跟他還有一番禮儀上的應酬。讓我們同心合力，決定一個方策；要是我們的父親順着他這種脾氣濫施威權起來，這一次的讓國對於我們未必有什麼好處。

呂　我們還要仔細考慮一下。

貢　我們必須趁早想個辦法。（同下）

## 第二場　葛維斯脫伯爵城堡中的廳堂

【愛特門持信上。

愛　大自然，你是我的女神，我願意在你的法律之前俯首聽命。爲什麼我要受世俗的排擠，讓世人的歧視剝奪我的應享的權利，只因爲我比一個哥哥遲生了一年或是十四個月？爲什麼他們要叫我私生子？爲什麼我比人家卑賤？我的壯健的體格，我的慷慨的精神，我的端正的容貌，那一點比不上正夫人的公子？爲什麼他們要給我加上庶出，賤種，私生子的惡名？賤種，賤種，賤種？難道在熱烈興奮的姦情裏生下的孩子，倒不及擁着一個毫無歡趣的老婆，在半睡半醒之間製造出來的那一批蠢貨？好，合法的埃特加，我一定要得到你的土地；我們的父親歡喜他的私生子愛特門，正像他歡喜他的合法的嫡子一樣。好聽的名詞，「合法！」好，我的合法的哥哥，要是這封信發生效力，我的計策能夠成功，瞧着吧，庶出的愛特門將要把合法的嫡子蓋罩在他的下面——那時候我可要揚眉吐氣啦。神啊，幫助幫助私生子吧！

【葛羅斯脫上。

葛　肯脫這樣放逐了！法王盛怒而去；王上昨晚又走了！他的權力全部交出，依靠他的女兒過活！這些事情都在匆促中決定，不曾經過絲毫的考慮！愛特門，怎麼！有什麼消息？

愛　稟父親，沒有什麼消息。（藏信）

葛　你爲什麼急急忙忙地把那封信藏起來？

愛　我不知道有什麼消息，父親。

葛　你讀的是什麼信？

愛　沒有什麼，父親。

葛　沒有什麼？那麼你爲什麼慌慌張張地把它塞進你的衣袋裏去？既然沒有什麼，何必藏起來？來，給我看；要是那上面沒有什麼話，我也可以不用戴眼鏡。

愛　父親，請您原諒我；這是我哥哥寫給我的一封信，我還沒有把它讀完，照我所已經讀到的一部份看起來，我想還是不要讓您看見的好。

葛　把信給我。

愛　不給您看您要惱我，給您看了您又要動怒。哥哥眞不應該寫出這種話來。

葛　給我看，給我看。

愛　我希望哥哥寫這封信是有他的理由的，他不過要試試我的德性。

葛　「這一種尊敬老年人的政策，使我們在年青時候不能享受生命的歡娛；我們的財產不能由我們自己處分，等到年紀老了，這些財產對我們也失去了用處。我開始覺得老年人的專制實在是一種荒謬愚蠢的束縛；他們沒有權力壓迫我們，是我們自己容忍他們的壓迫。來跟我討論討論這一個問題吧。要是我們的父親閉上了眼睛，你就可以永遠享受他的一半的收入，並且將要爲你的哥哥所喜愛。埃特加。」——哼！陰謀！「要是他閉上了眼睛，你就可以享受他的一半的收入。」我的兒子埃特加！他會有這樣的心思，寫這樣的信嗎？這封信是什麼時候到你手裏的？誰把它送給你？

愛　它不是什麼人送給我的，父親；這正是他狡猾的地方；我看見它塞在我的房間的窗眼裏。

葛　你認識這筆跡是你哥哥的嗎？

愛　父親，要是這信裏所寫的都是很好的話，我敢發誓這是他的筆跡；可是那上面寫的既然是這種說話，我但願不是他寫的。

葛　這是他的筆跡。

愛　筆跡確是他的，父親；可是我希望這種話不是出於他的眞心。

葛　他以前有沒有用這一類話試探過你？

愛　沒有，父親；可是我常常聽見他說兒子成年以後，父親要是已經衰老，他應該受兒子的監護，把他的財產交給他的兒子執管。

葛　啊，混蛋！混蛋！正是他在這信裏所表示的意思！可惡的混蛋！不孝的畜生！禽獸不如的東西！去，把他找來；我要依法懲辦他。可惡的混蛋！他在那兒？

愛　我不大知道，父親。照我的意思，您在沒有得到可靠的證據，證明哥哥確有這種意思以前，最好暫時耐一耐住您的怒氣；因爲要是您立刻就對他採取激烈的手段，萬一事情出於誤會，那不但大大妨害了您的名譽，而且他對於您的孝心，也要從此動搖了！我敢拿我的生命爲他作保，他寫這封信的用意，不過是試探試探我對您的孝心，並沒有其他危險的目的。

葛　你以爲是這樣的嗎？

愛　您要是認爲可以的話，讓我把您安置在一個隱僻的地方，從那個地方您可以聽到我們兩人談論這件事情，用您自己的耳朵得到一個眞憑實據；事不宜遲，今天晚上就可以一試。

葛　他不會是這樣一個大逆不道的禽獸，——

愛　他斷不會是這樣的人。

葛　天地良心！我從來沒有虧待過他。愛特門，找他出來；探探他究竟居心何在；你儘管照你自己的意思隨機應付。我願意放棄我的地位和財產，把這一件事情調查明白。

愛　父親，我立刻就去找他，用最適當的方法探明這回事情，然後再來告訴您知道。

葛　最近這一些日蝕月蝕果然不是好兆；雖然人們憑着天賦的智慧，可以對它們作種種合理的解釋，可是接踵而來的天災人禍，却不能否認是上天對人們所施的懲罰。親愛的人互相疎遠，朋友變爲陌路，兄弟化成仇敵；城市裏有暴動，國家發生內亂，宮庭之內潛藏着逆謀；父不父，子不子，綱常倫紀完全破滅。我這畜生也是上應天數有他這樣逆親犯上的兒子，也就有像我們王上一樣不慈不愛的父親。我們最好的日子已經過去；現在只有一些陰謀，欺詐，叛逆，紛亂，追隨在我們的背後，把我們趕下墳墓裏去。愛特門，去把這畜生找來；那對你不會有什麼妨害的；你祇要自己留心一點就是了。——忠心的肯脫又放逐了！他的罪名是正直！怪事怪事！（下）

愛　人們最愛用這一種思想來欺騙自己；往往當我們因爲自己行爲不慎而遭逢不幸的時候，我們就會把我們的災禍歸怨於日月星辰，好像我們做惡人也是命運注定，做傻瓜也是出於上天的旨意，做無賴，做盜賊，做叛徒，都是受到天體運行的影響，酗酒，造謠，姦淫，都有一顆什麼星在那兒主持操縱，我們無論幹什麼罪惡的行爲，全都是因爲有一種超自然的力量在冥冥之中驅策着我們。明明自己跟人家通姦，却把他的好色的天性歸咎到一顆星的身上，眞是絕妙的推諉！我的父親跟我的母親在巨龍星的尾巴底下交媾，我又是在大熊星底下出世，所以我就是個粗暴而好色的傢伙。嘿！即使當我的父母苟合成姦的時候，有一顆最貞潔的處女星在天空眨眼睛，我也決不會換了一個樣子的。埃特加——

【埃特加上。

愛　一說起他他就來了，正像舊式喜劇裏的大團圓一樣；我現在必須裝出一副奸詐的憂鬱，像瘋子一般長吁短嘆。唉！這些日蝕月蝕果然預兆着人世的紛爭！法——索——拉——咪

埃　啊，愛特門兄弟！你在沈思些什麼？

愛　哥哥，我正在想起前天讀到的一篇預言，說是在這些日蝕月蝕之後，將要發生些什麼事情。

埃　你讓這些東西煩擾你的精神嗎？

愛　他所預言的事情果然不幸被他說中了；什麼父子的乖離，死亡，饑荒，友誼的毀滅，國家的分裂，對於國王和貴族的恫嚇和咒詛，無謂的猜疑，朋友的放逐，軍隊的瓦解，婚姻的破壞，還有許許多多我所不知道的事情。

埃　你什麼時候相信起星象之學來？

愛　來；來；你最後一次看見父親在什麼時候？

埃　昨天晚上。

愛　你跟他說過話沒有？

埃　嗯，我們談了兩個鐘頭。

愛　你們分別的時候，沒有鬧什麼意見嗎？你在他的辭色之間，不覺得他對你有點惱怒嗎？

埃　一點沒有。

愛　想想看你在什麼地方得罪了他；聽我的勸告，暫時避一避開，等他的怒氣平息下來再說，現在他正在大發雷霆，恨不得一口咬下你的肉來呢。

埃　那一個壞東西搬弄是非？

愛　我也怕有什麼人在暗中離間。請你千萬忍耐忍耐，不要碰在他的火性上；現在你還是跟我到我的地方去，我可以想法讓你躲起來聽聽他老人家怎麼說去吧；這是我的鑰匙。你要是在外面走動的話，最好身邊帶些武器。

埃　帶些武器弟弟

愛　哥哥，我這樣勸告你都是爲了你的好處；帶些武器在身邊吧；要是我對你存着什麼心思，我就不是個好人。我已經把我所看到聽到的事情都告訴你了；可是實際的情形却比我的話更要嚴重可怕得多哩。請你趕快去吧。

埃　我不久就可以聽到你的消息嗎？

愛　我在這一件事情上總是竭力幫你的忙就是了。（埃下）一個輕信的父親，一個忠厚的哥哥，他自已從不會算計別人，所以也不疑心別人算計他；對付他們這樣老實的傻瓜，我的奸計是綽綽有餘的。饒你出身高貴，門不過我足智多謀，奪到了這一份家私，我的志願方酬。（下）

## 第三場　奧本尼公爵府中一室

【貢納梨及其管家鄂斯華特上。

貢　我的父親因爲我的侍衛駡了他的弄人，所以動手打他嗎？

鄂　是，夫人。

貢　他一天到晚欺侮我；每一點鐘他都要借端尋事，把我們這兒吵得雞犬不安。我不能再忍受下去了。他的武士們一天一天横行不法起來，他自已又在每一件小事上都要責駡我們。等他打獵回來的時候，我不高興見他說話；你就對他說我病了。你也不必像從前那樣殷勤伺候他；他要是見怪，都在我身上。

鄂　他來了，夫人；我聽見他的聲音。（內號角聲）

貢　你跟你手下的人儘管對他裝出一副不瞅不睬的態度；我要看看他有些什麼話說。要是他惱了，那麼讓他到我妹妹那兒去吧，我知道我的妹妹的心思，她也跟我一樣不能受人壓制的。這老廢物已經放棄了他的權力，還想管這個管那個！憑着我的生命發誓年老的傻瓜正像小孩子一樣，一味的姑息會縱容壞了他的脾氣，不對他凶一點是不行的，記住我的話。

鄂　是，夫人。

貢　讓他的武士們也受到你們的冷眼；無論發生什麼事情，你們都不用管；你去這樣通知你手下的人吧。我要造成一些藉口，和他當面說個明白。我還要立刻寫信給我的妹妹，叫她採取一致的行動。吩咐他們備飯。（各下）

## 第四場　同前，廳堂

〔肯脫化裝上。

肯　我已經完全隱去我的本來面目，要是我能够把我的語音也完全改變過來，那麼我的一片苦心，也許可以達到目的，被放逐的肯脫啊，要是你再有機會服侍你所得罪的主人，也許他看你勤勞盡力，會眷念你的忠誠的。

〔內號角聲。李爾，衆武士，及侍從等上。

李　我一刻也不能等待，快去叫他們拿出飯來。（一從者下）啊！你是什麼？

肯　我是一個人，陛下。

李　你是幹什麼的？你來見我有什麼事？

肯　您瞧我是怎麼一個人，我就是怎麼一個人；誰要是信任我，我願意盡忠服侍他；誰要是居心正直，我願意愛他；誰要是聰明而不愛多說話，我願意跟他來往；我害怕法官；必不得已的時候，我也會跟人家打架；我不吃魚。

李　你究竟是什麼人？

背　一個心腸非常正直的漢子，而且像國王一樣的窮。

李　要是你這做臣民的也像我這做國王的一樣窮得無家可歸，那麼你也可以算得眞窮了。你要什麼？

背　我要討一個差使。

李　你想替誰做事？

背　替您。

李　你認識我嗎？

背　不，陛下；可是在您的神氣之間，有一種什麼力量使我願意叫您做我的主人。

李　是什麼力量？

背　一種天生的威嚴。

李　你會做些什麼事？

背　我會保守祕密，我會騎馬，我會跑路，我會把一個複雜的故事講得索然無味，我會老老實實傳一個簡單的口信；凡是普通人能够做的事情，我都可以做，我的最大的好處是勤力。

李　你多大年紀了？

背　陛下，說我年青，我也不算年青，我不會爲了一個女人會唱幾句歌而害相思；說我年老，我也不算年老，我不會糊裏糊塗地溺愛一個女人；我已經活過四十八個年頭了。

李　跟着我吧；你可以替我做事。要是我在吃過晚飯以後還是這樣歡喜你，那麼我還不會就把你攆走。喂！飯呢？拿飯來！我的孩子呢？我的傻瓜呢？你去叫我的傻瓜來。（一從者下）

【鄂斯華特上。

李　喂，喂，我的女兒呢？

鄂　是，是。（下）

李　這傢伙怎麼說？叫那蠢東西回來。（一武士下）喂，我的傻瓜呢？全都睡着了嗎？怎麼！那狗頭呢？

【武士重上。

武士　陛下，他說公主有病。

李　我叫他回來，那奴才爲什麼不回來？

武士　陛下，他非常放肆，回答我說他不高興回來。

李　他不高興回來！

武士　陛下，我也不知道爲了什麼緣故，可是照我看起來，他們對待您的禮貌，已經不像往日那樣殷勤了；不但一般下人從僕，就是公爵和公主也對您冷淡得多了。

李　嚇！你這樣說嗎？

武士　陛下，要是我說錯了話，請您原諒我；可是當我覺得您受人欺侮的時候，責任所在，我不能閉口不言。

李　你不過向我提起一件我自己已經感覺到的事；我近來也覺得他們對我的態度有點冷淡，可是我總以爲那是我自己的多心，不願斷定是他們有意的怠慢。我還要仔細觀察觀察他們的舉止。可是我的傻瓜呢？我這兩天來沒有看見他。

武士　陛下，自從小公主到法國去了以後，這傻瓜老是鬱鬱不樂的。

李　別再提起那句話了；我也注意到他這種情形。——你去對我的女兒說，我要跟她說話。（一從者下）你去叫我的傻瓜來。（另一從者下）

【鄂斯華特重上。

李　啊！你，你過來。你知道我是什麼人？

鄂　我們夫人的父親。

李　「我們夫人的父親！」我們大爺的奴才！好大膽的狗！

鄂　請您原諒，我不是狗。

李　你敢跟我當面抵撞嗎，你這混蛋？（打鄂）

鄂　您不能打我。

肯　我也不能踢你嗎，你這下賤的足球？（自後踢鄂倒地）

李　謝謝你，好傢伙你幫了我，我歡喜你。

肯　來，朋友，站起來，給我滾吧！我要教訓教訓你，讓你知道尊卑上下的分別。去！去！你還要想用你粗笨的身體丈量丈量地面嗎？滾你！難道不懂利害嗎？去。（將鄂推出）

李　我的好小子，謝謝你；這是你替我做事的定錢。（以錢給肯）

【弄人上。

弄人　讓我也把他僱下來；這兒是我的雞頭帽。（脫帽授肯）

李　啊，我的乖乖！你好？

弄人　喂，你還是戴了我的雞頭帽吧。
肯　傻瓜，爲什麼？
弄人　爲什麼？因爲你幫了一個失勢的人。要是你不會看準風向把你的笑臉迎上去，你就會吞下一口冷氣的。來，把我的雞頭帽拿去。嘿，這傢伙攆走了兩個女兒，他的第三個女兒倒很受他的好處，雖然也不是出於他的本意；要是你跟了他，你必須戴上我的雞頭帽。啊，老伯伯！但願我有兩頂雞頭帽，再有兩個女兒！
李　爲什麼，我的孩子？
弄人　要是我把我的家私一起給了她們，我自己還可以存下兩頂雞頭帽。我這兒有一頂；再去向你的女兒們討一頂戴戴吧。
李　嘿，你留心着鞭子。
弄人　眞理是一條賤狗，他衹好躲在狗洞裏；當獵狗太太站在火邊撒尿的時候，他必須給人一頓鞭子趕出去。
李　簡直是揭我的痛瘡！
弄人　（向肯）喂，讓我敎你一段話。
李　你說吧。
弄人　聽好，老伯伯；——

多積財，少擺闊；
耳多聽，話少說；
少放款，多借債；

走路不如騎馬快；
三言之中信一語，
多擲骰子少下注；
莫飲酒，莫嫖妓；
閉門不管他家事：
會打算的佔便宜，
不會打算嘆口氣。

肯　傻瓜，這些話一點意思也沒有。

弄人　那麼正像拿不到訟費的律師一樣，我的話都是白說了。老伯伯，你不能從沒有意思的中間，探求出一點意思來嗎？

李　啊，不，孩子；垃圾裏是淘不出金子來的。

弄人　（向肯）請你告訴他，他有了那麼多的土地，也只等於一堆垃圾；他不肯相信一個傻瓜嘴裏的話。

李　好尖酸的傻瓜！

弄人　我的孩子，你知道傻瓜是有酸有甜的嗎？

李　不，孩子；告訴我。

弄人　聽了他人話，
土地全喪失；

我傻你更傻，
兩傻相並立：
一個傻瓜甜，
一個傻瓜酸；
甜的穿花衣，
酸的戴王冠。

李　你叫我傻瓜嗎，孩子？

弄人　你把你所有的尊號都送了別人；祇有這一個名字是你娘胎裏帶來的。

肯　陛下，他倒不全然是個傻瓜哩。

弄人　不，那些老爺大人們都不要答應我的；要是我取得了傻瓜的專利權，他們一定要來奪我一份去，就是太太小姐們也不會放過我的；他們不肯讓我一個人做傻瓜。老伯伯，給我一個蛋，我給你兩頂冠。

李　兩頂什麼冠？

弄人　我把蛋從中間切開，吃完了蛋黃蛋白，就用蛋殼給你做兩頂冠。你想你自己好端端有了一頂王冠，却把它從中間剖成兩半，把兩半全都送給人家，這不是背了驢子過泥潭嗎？你這光禿禿的頭頂連裏面也是光禿禿的沒有一點腦子，所以纔會把一頂金冠送了人。誰說我這種話是傻話，讓他挨一頓鞭子。——
這年頭傻瓜供過於求，
聰明人個個變了糊塗，

頂着個沒有思想的頭，
祇會跟着人依樣葫蘆。

李　你幾時學會了這許多歌兒？

弄人　老伯伯，自從你把你的女兒當作了你的母親以後，我就常常唱起歌兒來了；因爲當你把棒兒給了她們，拉下你自己褲子的時候，——

她們高興得眼淚盈眶，
我祇好唱歌自遣哀愁，
可憐你堂堂一國之王，
却跟傻瓜們作伴嬉遊。

老伯伯，你去請一位先生來教教你的傻瓜怎樣說謊吧；我很想學學說謊。

李　要是你說了謊，小子，我就用鞭子抽你。

弄人　我不知道你跟你的女兒們究竟是什麼親戚：她們因爲我說了眞話，要用鞭子抽我，你因爲我說謊，又要用鞭子抽我；有時候我話也不說，你們又要用鞭子抽我。我寧可做一個無論什麼東西，也不要做個傻瓜；可是我寧可做個傻瓜，也不願意做你老伯伯；人家在兩旁剝削你的聰明，剝削得中間不剩一點東西。瞧，一個剝削你的人來了。

【貢納梨上。

李　啊，女兒！爲什麼你的臉上罩滿了怒氣？我看你近來老是皺着眉頭。

弄人　從前你用不到看她的臉孔，隨她皺不皺眉頭都不與你相干，那時候你也算得上一個好漢子；可是現在你卻變成一個孤零零的圓圈圈兒了。你還比不上我，我是個傻瓜，你簡直不是個東西。（向貢）好，好，我閉嘴就是啦；雖然你沒有說話，我從你的臉色上知道你的意思。

閉嘴，閉嘴，
你不知道積穀防飢，
活該啃不到麵包皮。

他是一莢去穀的豌豆。（指李）

貢　父親，您這一個肆無忌憚的傻瓜不用說了，還有您那些蠻橫的衛士，也都在時時刻刻尋事罵人，種種不法的暴行，實在叫人忍無可忍。父親，我本來還以為要是讓您知道了這種情形，您一定會戒飭他們的行動；可是照您最近所說的話和所做的事看來，我不能不疑心您有意縱容他們，他們纔會這樣有恃無恐。要是果然出於您的授意，為了維持法紀的尊嚴，我們也不能默爾而息，不採取斷然的處置，雖然也許在您的臉上不大好看，可是這樣的步驟在事實上是必要的。

弄人　你看，老伯伯，——
那籬雀養大了杜鵑鳥，
自己的頭也給它吃掉。
蠟燭熄了，我們眼前只有一片黑暗。

李　你是我的女兒嗎？

貢　您不是一個不懂道理的人，我希望您想明白一些；近來您動不動嘔氣，實在太有失一個做長輩的體統啦。

弄人　一頭驢子可不可以知道什麼時候馬兒顛倒給車子拖着走？呼，玖格！我愛你。

李　這兒有誰認識我嗎？這不是李爾。是李爾在走路嗎？在說話嗎？他的眼睛呢？他的知覺迷亂了嗎？他的神志麻木了嗎？嚇！他醒着嗎？沒有的事。誰能够告訴我我是什麼人？

弄人　李爾的影子。

李　我願意相信這句話；因為我的莊嚴的服飾和我的記憶都在告訴我我是個有女兒的人。

弄人　那些女兒們是會叫你做一個孝順的父親的。

李　太太，請教您的芳名？

貢　父親，您何必這樣假癡假呆？您是一個有年紀的老人家，應該懂事一些。請您明白我的意思：您在這兒養了一百個武士，全都是些胡鬧放蕩大膽妄為的傢伙，我們好好的宮庭給他們騷擾得像一個喧囂的客店；他們成天吃喝玩女人，簡直把這兒當作了酒館妓院，那裏還是一座莊嚴的御邸。這一種可恥的現象，必須立刻設法糾正；所以請您俯從我的要求，酌量減少您的扈從的人數，祇留下一些適合於您的年齡，知道您的地位，也明白他們自己身分的人跟隨您；要是您不答應，那麼我沒有法子，祇好勉強執行了。

李　地獄裏的魔鬼！備起我的馬來；召集我的侍從。沒有良心的賤人！我不要麻煩你；我還有一個女兒哩。

貢　你打我的用人，你那一班搗亂的流氓也不想想自己是什麼東西，膽敢把他們上面的人像奴僕一樣呼來叱去。

【奧本尼上。

李　咳！現在懊悔也來不及了。（向奧）啊！你也來了嗎？這是不是你的意思？你說。——替我備馬。醜惡的海怪也比不上忘恩的兒女那樣可怕。

奧　陛下，請您不要生氣。

李　（向貢）梟獍不如的東西！你說謊！我的衞士都是最有品行的人，他們懂得一切的禮儀，他們的一舉一動，都不愧武士之名。啊！科第麗霞不過犯了一點小小的錯誤，怎麼在我的眼睛裏卻會變得這樣醜惡！它像一座酷虐的刑具，扭曲了我的天性，抽乾了我心裏的慈愛，把苦味的怨恨灌了進去。啊，李爾！李爾！李爾！對準這一扇放進你的愚蠢，放出你的智慧的門，着力痛打吧！（自擊其頭）去，去，我的人。

奧　陛下，我沒有得罪您，我也不知道您為什麼生氣。

李　也許不是你的錯，公爵。——聽着，造化的女神，聽我的籲訴！要是你想使這畜生生男育女，請你改變你的意旨吧！取消她的生殖的能力，乾涸她的產育的器官，讓她的枯瘠的身體裏永遠生不出一個子女來！要是她必須生產，請你讓她生下一個忤逆狂悖的孩子，使她終身受苦！讓她年青的額角上很早就刻了皺紋，眼淚流下她的臉頰，磨成一道道的溝渠；她的鞠育的辛勞只換到一聲冷笑和一個白眼；讓她也感覺到一個負心的孩子比毒蛇的齒牙還要多麼使人痛入骨髓！去，去！（下）

奧　憑着我們敬奉的神明，告訴我這是怎麼一回事？

貢　你不用知道為了什麼原因；他老糊塗了，讓他去使他的性子吧。

【李爾重上。

李　什麼！我在這兒不過住了半個月，就把我的衞士一下子裁撤了五十名嗎？

奧　什麼事，陛下？

李　等一等告訴你。（向貢）吸血的魔鬼！我眞慚愧我會在你的面前失去了大丈夫的氣概，讓我的熱淚爲了一個下賤的婢子而滾滾流出，願毒風吹着你，惡霧罩着你！願一個父親的咒詛刺透你的五官百竅，留下永遠不能平復的瘡痍！癡愚的老眼，要是你再爲此而流淚，我要把你挖出來，丟在你所流的淚水裏，和泥土拌在一起！哼！竟有這等事嗎？好，我還有一個女兒，我相信她是孝順我的；她聽見你這樣對待我，一定會用指爪抓破你的豺狼一樣的臉孔。你以爲我一輩子也不能恢復我的原來的威風了嗎？好，你瞧着吧。（李背及侍從等下）

貢　你聽見沒有？

奧　貢納梨，雖然我十分愛你，可是我不能這樣偏心，——

貢　你不用管我。喂，鄂斯華特！（向弄人）你這七分奸刁三分傻的東西，跟你的主人去吧。

弄人　李爾老伯伯，李爾老伯伯，等一等，帶傻瓜一塊兒去。

捉狐狸，殺狐狸，

誰家女兒是狐狸？

可惜我這頂帽子，

換不到一條繩子；

追上去，你這傻子。（下）

貢　不知道是什麼人替他出的好主意。一百個武士！讓他隨身帶着一百個全副武裝的衞士，眞是萬全之計；衹要他做了一個夢，聽了一句謠言，轉了一個念頭，或者心裏有什麼不高興不舒服，就可以用他們的力量危害我們的生命。喂，鄂斯華特！

奧　也許你太過慮了。

貢　過慮總比大意好些。與其時時刻刻提心弔膽，害怕人家的暗算，寧可爽爽快快除去一切可能的威脅。我知道他的心理。他所說的話，我已經寫信去告訴我的妹妹了；她要是不聽我的勸告，仍舊容留他帶着他的一百個武士，——

〔鄂斯華特重上。

貢　啊，鄂斯華特！什麼！我叫你寫給我妹妹的信，你寫好了沒有？

鄂　寫好了，夫人。

貢　帶幾個人跟着你，趕快上馬出發；把我所擔心的情形明白告訴她，再加上一些你所想到的理由，讓它格外動聽一些。去吧，早點回來。（鄂下）不，不，我的爺，你做人太仁善厚道了，雖然我不怪你，可是恕我說一句話，祇有人批評你糊塗，卻沒有什麼人稱讚你一聲好。

奧　我不知道你的眼光能够看到多遠；可是過分操切也會誤事的。

貢　噫，那麼，——

奧　好，好，但看結果如何。（同下）

## 第五場　同前，外庭

〔李爾，肯脫，及弄人上。

李　你帶了這幾封信，先到葛羅斯脫去。我的女兒看了我的信，倘然有什麼話問你，你就照你所知道的回答她，此外可不要多說什麼。要是你在路上偷懶躭擱時間，也許我會比你先到的。

背　陛下，我在沒有把您的信送到以前，決不打一次瞌睡。（下）

弄人　要是一個人的腦筋生在脚跟上，它會不會長起膿疱來呢？

李　嗯，孩子。

弄人　那麽你放心吧；幸虧你的腦筋安在頭上，儘管路再有多少遠，它也不用拖了鞋跟走路的。

李　哈哈哈！

弄人　你到了你那另外一個女兒的地方，就可以知道她會待你多麽好；因爲雖然她跟這一個就像野蘋果跟家蘋果一樣相像，可是我可以告訴你我所知道的事情。

李　你可以告訴我什麽，孩子？

弄人　你一嚐到她的滋味，就會知道她跟這一個完全相同，正像兩顆野蘋果一般沒有分別。你能够告訴我爲什麽一個人的鼻子生在臉孔中央嗎？

李　不。

弄人　因爲中間放了鼻子，兩旁就可以安放眼睛；鼻子嗅不出來的，眼睛可以竄探進去。

李　我對不起她——

弄人　你知道牡蠣怎樣造它的殼嗎？

李　不。

弄人　我也不知道；可是我知道蝸牛爲什麽背着一個屋子。

李　為什麼？
弄人　因為可以把它的頭放在裏面它不會把它的屋子送給它的女兒，害得它的角也沒有地方安頓。
李　我也顧不得什麼天性之情了。我這做父親的有什麼地方虧待了她！我的馬兒都已經預備好了嗎？
弄人　你的驢子們正在那兒給你預備呢。金牛星座裏為什麼祇有七顆星，其中有一個絕妙的理由。
李　因為它們沒有第八顆嗎？
弄人　正是，一點不錯；你可以做一個很好的傻瓜。
李　用武力奪回來！忘恩負義的畜生！
弄人　假如你是我的傻瓜，老伯伯，我就要打你，因為你不到時候就老了。
李　那是什麼意思？
弄人　你應該懂得些世故再老呀。
李　啊！不要讓我發瘋！天哪，制住我的怒氣，不要讓我發瘋！我不要發瘋！
【侍臣上。
李　怎麼！馬預備好了嗎？
侍從　預備好了，陛下。
李　來，孩子。（同下）

# 第二幕

## 第一場　葛維斯脫伯爵城堡內庭

愛特門及邱蘭自相對方向上。

愛　您好，邱蘭？

邱　您好，公子。我剛纔見過令尊，通知他康瓦爾公爵跟他的夫人呂甘公主今天晚上要到這兒來拜訪他。

愛　他們怎麼要到這兒來？

邱　我也不知道。您有沒有聽見外邊的消息？我的意思是說人們交頭接耳在暗中互相傳說的那些消息。

愛　我沒有聽見；請教是些什麼消息？

邱　您沒有聽見說起康瓦爾公爵也許會跟奧本尼公爵開戰嗎？

愛　一點沒有聽見。

邱　那麼您慢慢兒也許會聽到的。再會，公子。（下）

愛　公爵今天晚上到這兒來！那也好！再好沒有！我正好利用這個機會，我的父親已經叫人四處把守，要捉我的哥哥；我還有一件不大容易的事情，必須趕快動手做起來。這事情要做得敏捷迅速，但願命運幫助我！——哥哥，跟你說一句話；下來，哥哥！

〔埃特加上。

愛　父親在那兒守着你。啊，哥哥！離開這個地方吧；有人已經告訴他你躲在什麼所在；趁着現在天黑，你快逃吧。你有沒有說過什麼反對康瓦爾公爵的話？他也就要到這兒來了，在這樣的夜裏，急急忙忙的。呂甘也跟着他來；你對於他跟奧本尼公爵爭執的事情沒有說過什麼話嗎？想一想看。

埃　我眞的一句話也沒有說過。

愛　我聽見父親來了；原諒我；我必須假裝對你動武的樣子；拔出劍來，就像你在防禦你自己一般；現在你去吧。（高聲）放下你的劍！見我的父親去！喂，拿火來！這兒！——逃吧，哥哥。（高聲）火把！火把！——再會。（埃下）身上沾幾點血，可以使他相信我眞的作過一番凶猛的爭鬥。（以劍刺傷手臂）我曾經看見有些醉漢爲了開頑笑的緣故，不顧死活地割破他自己的皮肉。（高聲）父親！父親！住手！住手！沒有人來幫我嗎？

【葛羅斯脫率衆僕持火炬上。

葛　愛特門，這畜生呢？

愛　他站在這兒黑暗之中，拔出他的鋒利的劍，嘴裏念念有辭，見神見鬼地請月亮幫他的忙。

葛　可是他在什麼地方？

愛　瞧，父親，我流着血呢。

葛　這畜生呢，愛特門？

愛　望這邊逃去了，父親。他看見他沒有法子——

葛　喂，你們追上去！（若干僕人下）「沒有法子」什麼？

愛　沒有法子勸我跟他同謀把您殺死；我對他說，疾惡如仇的神明看見弑父的逆子，是要用天雷把他殛死的；告訴他兒子對於父親的關係是多麼深切而不可摧毀；總而言之一句話，他看見我這樣憎惡他的荒謬的圖謀，他就老羞成怒，拔出他的早就預備好的劍，洶洶其勢地向我毫無防衛的身上挺了過來，把我的手臂刺破了；那時候我也發起怒來，自恃着理直氣壯，跟他奮力對抗，他倒膽怯起來，也許因爲聽見我喊叫的聲音，就飛也似的逃走了。

葛　讓他逃得遠遠的吧；除非逃到國外去，我們總有捉到他的一天；看他給我們捉住了還活得成活不成。公爵殿下，我的主上，今晚要到這兒來啦；我要請他發出一道命令，誰要是能夠把這殺人的懦夫捉住，交給我們綁在木樁上燒死的，我們將要重重酬謝他；誰要是把他藏匿起來的，一經發覺，也要把他處死。

愛　當他不聽我的勸告，決意實行他的企圖的時候，我就嚴辭恫嚇他，對他說我要宣佈他的祕密；可是他卻回答我說，「你這光棍私生子！你以爲要是我們兩人立在敵對的地位，人家會來相信你的話嗎？哼！儘管你當面揭穿我，我不但可以絕口否認，而且還可以反咬你一口，說這全是你的陰謀惡計，人們不是傻瓜，他們當然會相信你因爲覬覦我死後的利益，所以纔會起這樣的毒心，想要顚覆我的生命。」

葛　好狠心的畜生！他賴得掉他的信嗎？（內喇叭吹花腔）聽！公爵的喇叭。我不知道他來有什麼事。我要把所有的城門關起來，看這畜生逃到那兒去；公爵必須答應我這一個要求；而且我還要把他的小像各處傳送，讓全國的人都可以注意他。我的孝順的孩子，你不學你哥哥的壞樣，我一定想法子使你能夠承繼我的土地。

【康瓦爾，呂甘，及侍從等上。

康　您好，我的尊貴的朋友！我還不過剛到這兒，就已經聽見了奇怪的消息。

呂　要是眞有那樣的事，那罪人眞是萬死不足蔽辜了。是怎麼一回事，伯爵？

葛　啊！夫人，我這顆老心已經碎了，已經碎了！

呂　什麼！我父親的義子要謀害您的性命嗎？就是我父親替他取名字的，您的埃特加嗎？

葛　啊！夫人，夫人，發生了這種事情，眞是說來也叫人丟臉。

呂　他不是常常跟我父親身邊那些橫行不法的武士們在一起的嗎？

葛　我不知道，夫人。太可惡了！太可惡了！

愛　是的，夫人，他正是跟這些人常在一起的。

呂　無怪他會變得這樣壞；一定是他們攛掇他謀害了老頭子，好把他的財產拿出來給大家揮霍。今天傍晚的時候，我接到我姊姊的一封信，她告訴我他們種種不法的情形，並且警告我要是他們想要住到我的家裏來，我千萬不要招待他們。

康　相信我，呂甘，我也決不會去招待他們。愛特門，我聽說你對你的父親很盡孝道。

愛　那是做兒子的本分，殿下。

葛　他揭發了他哥哥的陰謀；您看他身上的這一處傷就是因爲他奮不顧身，想要捉住那畜生而受到的。

康　那兇徒逃走了，有沒有人追上去？

葛　有的，殿下。

康　要是他給我們捉住了，我們一定不讓他再爲非作惡；你祇要決定一個辦法，在我的權力範圍以內，我都可以替你辦到。愛特門，你這一回所表現的深明大義的孝心，使我們十分贊美；像你這樣不負付託的人，正是我們所需要的，我們將要大大地重用你。

愛　殿下，我願意爲您盡忠效命。

葛　殿下這樣看得起他，使我感激萬分。
康　你還不知道我們現在所以要來看您的原因，——
呂　尊貴的葛羅斯脫，我們這樣在黑暗的夜色之中，一路摸索前來，實在是因為有一些相當重要的事情，必須請教請教您的意見。我們的父親和姊姊都有信來，說他們兩人之間發生了一些衝突；我想最好不要在我們自己的家裏答覆他們兩方面的使者都在這兒等候我的打發。我們的善良的老朋友，您不要氣惱，替我們趕快出個主意吧。
葛　夫人但有所命，我總是願意貢獻我的一得之愚的。兩位殿下光臨蓬蓽，歡迎得很！（同下）

## 第二場　葛羅斯脫城堡之前

【肯脫及鄂斯華特各上。
鄂　早安，朋友；你是這屋子裏的人嗎？
肯　嗯。
鄂　什麼地方可以讓我們拴馬？
肯　爛泥地裏。
鄂　對不起，大家是好朋友，告訴我吧。
肯　誰是你的好朋友？
鄂　好，那麼我也不要睬你。

背　要是我把你一口咬住，看你睬不睬我。

鄂　你爲什麼對我這樣？我又不認識你。

背　傢伙，我認識你。

鄂　你認識我是誰？

背　一個無賴，一個惡棍，一個吃肉皮肉骨的傢伙；一個下賤的，驕傲的，淺薄的，叫化子一樣的，祇有三身衣服全部家私算起來不過一百鎊的卑鄙齷齪的穿毛絨襪子的奴才；一個沒有膽量的，靠着官府勢力壓人的奴才；一個婊子生的，顧影自憐的，奴顏婢膝的，裝腔作勢的混賬東西；一個天生的忘八坯子；又是奴才，又是叫化子，又是懦夫，又是忘八，又是一條雜種老母狗的兒子；要是你不承認你這些頭銜，我要把你打得放聲大哭。

鄂　哎，奇了，你是個什麼東西，你也不認識我，我也不認識你，怎麼開口罵人？

背　你還說不認識我，你這厚臉皮的奴才！兩天以前，我不是把你絆跌在地上，還在王上的面前打過你嗎？拔出劍來，你這混蛋；雖然是夜裏，月亮亮着呢；我要在月亮光底下把你剁成稀爛。（拔劍）拔出劍來，你這婊子生的下流東西，拔出劍來！

鄂　去！我不跟你胡鬧。

背　拔出劍來，你這惡棍！誰叫你做人家的傀儡，替一個女兒寄信攻擊她的父王？拔出劍來，你這混蛋，否則我要砍下你的臁骨。拔出劍來，惡棍；來來來！

鄂　喂！救命哪！要殺人啦！救命哪！

背　來，你這奴才；站定，混蛋，別跑；你這漂亮的奴才，你不會還手嗎？（打鄂）

鄂　救命啊！要殺人啦！要殺人啦！

【愛特門拔劍上。

愛　怎麼！什麼事？（分開二人）

肯　好小子，你也要尋事嗎？來，我們試一下；來，小哥兒。

【康瓦爾，呂甘，葛羅斯脫及衆僕上。

葛　動刀動劍的，什麼事呀？

康　大家不要鬧；誰再動手，就叫他死。怎麼一回事？

呂　一個是我姊姊的使者，一個是國王的使者。

康　你們爲什麼爭吵？說。

鄂　殿下，我給他纒得氣都喘不過來啦。

肯　怪不得你，你把全身勇氣都提起來了。你這懦怯的惡棍，造化不承認他曾經造下你這個人；你是一個裁縫手裏做出來的。

康　你是一個奇怪的傢伙；一個裁縫會做出一個人來嗎？

肯　嗯，一個裁縫；石匠或者油漆匠都不會把他做得這樣壞，即使他們學會這門技藝纔不過兩個鐘頭。

康　說，你們怎麼會吵起來的？

鄂　這個老不講理的傢伙，殿下，倘不是我看在他的花白鬍子分上，早就取了他的性命了，——

肯　你這不中用的廢物！殿下，要是您允許我的話，我要把這下流的東西踏成一堆替人家塗刷牆壁的泥漿。看在我的花白鬍子分上？你這搖尾乞憐的狗！

康　住口！畜生，你規矩也不懂嗎？

肯　是，殿下；可是我實在氣憤不過。

康　你為什麼氣憤？

肯　我氣憤的是像這樣一個奸詐的奴才，居然也讓他佩起劍來。都是這種笑臉的小人，像老鼠一樣咬破了神聖的倫常綱紀；他們的主上起了一個惡念，他們便竭力逢迎，不是火上澆油，就是雪上添霜；他們最擅長的是隨風轉舵，他們的主人說一聲是，他們也跟着說是，說一聲不，他們也跟着說不，就像狗一樣什麼都不知道，只知道跟着主人跑。惡瘡爛掉了你的抽搐的臉孔！你笑我所說的話，你以為我是個傻瓜嗎？獃鵝，要是我在曠野裏碰見了你，看我不把你打得嘎嘎亂叫，一路上趕回你的老家去！

康　什麼！你瘋了嗎，老頭兒？

葛　說，你們究竟是怎麼吵起來的？

肯　我跟這混蛋是勢不兩立的。

康　你為什麼叫他混蛋？他做錯了什麼事？

肯　我不歡喜他的臉孔。

康　也許你也不歡喜我的臉孔，他的臉孔，還有她的臉孔。

肯　殿下，我是說慣老實話的：我曾經見過一些臉孔，比現在站在我面前的這些臉孔好得多啦。

康　這個人正就是那種因為有人稱贊了他的言辭率直而有心矯揉造作，裝出一副闖世不恭的態度來的傢伙。他不會諂媚，他有一顆正直坦白的心，他必須說老實話；要是人家願意接受他的意見，很好；不然的話，他是個老實人。我知道這種傢伙，他們用坦白的外表包藏着極大的奸謀禍心，比二十個脅肩諂笑、小心翼翼的愚蠢的諂媚者更要不懷好意。

肯　殿下，您的偉大的明鑒，就像腓勃斯神光熠熠的額上的燁耀的火輪，請您照臨我的善意的忠誠，懇切的虔心，——

康　這是什麼意思？

肯　因爲您不喜歡我的說話，所以我改變了一個樣子。我知道我不是一個諂媚之徒；我也不願做一個故意用率直的言語誘惑人家聽信的奸詐小人，即使您請求我做這樣的人，我也決不從命。

康　（向鄂）你在什麼地方冒犯了他？

鄂　我從來沒有冒犯過他。最近他的王上因爲對我有了點誤會，把我毆打；他便助主爲虐，閃在我的背後把我絆倒地上，侮辱謾罵，無所不至，裝出一副非常勇敢的神氣；他的王上看見他這樣，把他稱讚了兩句，他便得意忘形，以爲我不是他的對手，所以一看見我，又要跟我鬧起來了。

康　拿足枷來！你這口出狂言的倔强的老賊，我們要教訓你一下。

肯　殿下，我已經太老，不能受您的教訓了；您不能用足枷枷我。我是王上的人，奉他的命令前來；您要是把他的使者枷起來，那未免對我的主上太失敬，太放肆無禮了。

康　拿足枷來！憑着我的生命和榮譽起誓，他必須鎖在足枷裏直到中午爲止。

呂　到中午爲止！到晚上，殿下；把他整整枷上一夜再說。

肯　啊，夫人，假如我是您父親的狗，您也不該這樣對待我。

呂　因爲你是他的奴才，所以我要這樣對待你。

康　這正是我們的姊姊說起的那個傢伙。來，拿足枷來。（從僕取出足枷）

葛　殿下，請您不要這樣。他的過失誠然很大，王上知道了一定會責罰他的；您所決定的這一種羞辱的刑罰，祇能懲戒那些犯偷竊之類普通小罪的下賤的囚徒；他是王上差來的人，要是您給他這樣的處分，王上一定要認爲您輕蔑了他的來使而心中不快。

康　那我可以負責。

呂　我的姊姊要是知道她的使者因爲奉行她的命令而被人這樣侮辱毆打，她的心裏還要不高興哩。把他的腿放進去。（從僕將肯套入足枷）來，殿下，我們去吧。（除葛、肯外均下）

葛　朋友，我很爲你抱恨；這是公爵的意思，全世界都知道他的脾氣非常固執，不肯接受人家的勸阻。我還要替你向他求情。

肯　請您不必多此一舉，大人。我走了許多路，還沒有睡過覺；一部分的時間將在瞌睡中過去，醒着的時候我可以吹吹口哨。再會！

葛　這是公爵的不是；王上一定會見怪的。（下）

肯　好王上，你正是像俗語說的，抛下天堂的幸福，來受赤日的煎熬了。來吧，你照耀下土的炬火，讓我借着你的溫暖的光輝，可以讀一讀這封信。倒霉的人偏會遇見奇蹟；我知道這是從科第麗霞寄來的，我的改頭換面的行蹤已經僥倖給她知道了；她一定會找到一個機會，糾正這種反常的情形。疲倦得很；閉上了吧，沉重的眼睛，免得看見你自己的恥辱。晚安，命運，求你轉過你的輪子來，再向我們微笑吧！（睡）

## 第三場　荒野的一部

【埃特加上。

埃　聽說他們已經發出告示捉我；幸虧我躲在一株空心的樹幹裏，沒有給他們找到。沒有一處城門可以出入無阻；沒有一個地方不是警衛森嚴，準備把我捉住！為了保全自己的生命起見，我想還不如改扮做一個最卑賤窮苦，最為世人所輕視，和禽獸相去無幾的傢伙；我要用汚泥塗在臉上，一塊氈布裹住我的腰，把滿頭的頭髮打了許多亂結，赤身裸體，抵抗着風雨的侵淩。這地方本來有許多瘋丐，他們高聲叫喊，用針哪，木椎哪，釘子哪，迷迭香的樹枝哪，刺在他們麻木而僵硬的手臂上，用這種可怕的形狀，到那些窮苦的農場鄉村，羊棚和磨坊裏去，有時候發出一些瘋狂的咒詛，有時候向人哀求祈禱，乞討一些佈施。我現在學着他們的樣子，一定不會引起人家的疑心。可憐的忑累古！可憐的湯姆！倒有幾分像；我現在不再是埃特加了。（下）

## 第四場　葛羅斯脫城堡前

【肯脫繫足枷中。李爾，弄人及侍臣上。

李　眞奇怪他們不在家裏，又不打發我的使者回去。

侍臣　我聽說他們在前一個晚上還不會有走動的意思。

肯　祝福您，尊貴的主人！

李　嘿！你把這樣的羞辱作為消遣嗎？

肯　不，陛下。

弄人　哈哈！他弔着一副多麼難受的襪帶！縛馬縛在頭上，縛狗縛熊縛在頸子上，縛猴子縛在腰上，縛人縛在腿上；一個人的腿兒太會活動了，就要叫他穿木襪子。

李　誰認錯了人，把你鎖在這兒？

肯　您的女壻和女兒。

李　不。

肯　是的。

李　我說不。

肯　我說是的。

李　不，不，他們不會幹這樣的事。

肯　他們幹也幹了。

李　憑着裘必脫起誓，沒有這樣的事。

肯　憑着朱諾起誓，有這樣的事。

李　他們不敢做這樣的事；他們不能也不會做這樣的事；要是他們有意作出這種重大的暴行來，那簡直比殺人更不可恕了。趕快告訴我，你究竟犯了什麼罪，他們纔會用這種刑罰來對待一個國王的使者。

肯　陛下，我帶了您的信到了他們家裏，當我跪在地上把信交上去，還沒有立起身來的時候，又有一個使者汗流滿面，氣喘吁吁，急急忙忙地奔了進來，代他的女主人貢納梨向他們請安；他們看見她也有信來，就來不及理睬我，先讀她的信；讀罷了信，他們立刻召集僕從，上馬出發，叫我跟到這兒來，等候他們的答覆對待我十分冷淡。一到這兒，我又碰見了那個使者，他也就是最近對您非常無禮的那個傢伙，我知道他們對我這樣冷淡，都是因爲他來了的緣故，一時激於氣憤，不加考慮地向他動起武來；他看見我這樣，就高聲發出懦怯的叫喊，驚動了全屋子的人。您的女婿女兒認爲我犯了這樣的罪，應該把我羞辱一下，所以就把我枷起來了。

弄人　冬天還沒有過去，要是野雁儘望那個方向飛。

老父衣百結，
兒女不相識；
老父滿囊金，
兒女盡孝心。
命運如娼妓，
貧賤遭遺棄。

雖然這樣說，你的女兒們還要孝敬你數不清的煩惱哩。

李　啊！我這一肚子的氣都湧上我的心頭來了！我這女兒呢？

肯　在裏邊，陛下；跟伯爵在一起。

李　不要跟我；在這兒等着。（下）

侍臣　除了你剛纔所說的以外，你沒有犯其他的過失嗎？

肯　沒有。王上怎麼不多帶幾個人來？

弄人　你會發出這麼一個問題，活該給人用足枷枷起來。

肯　爲什麼，傻瓜？

弄人　你應該拜螞蟻做老師，讓它教訓你冬天是不能工作的。誰都長着眼睛鼻子，那一個人嗅不出來他身上發霉的味道？一個大車輪滾下山坡的時候，你千萬不要抓住它，免得跟它一起滾下去跌破了你的頭頸；可是你要是看見它上山去，那麼讓它拖着你一起上去吧。倘然有什麼聰明人給你更好的教訓，請你把這番話還我；一個傻瓜的教訓，祇配讓一個混蛋去遵從。

他爲了自己的利益，
　向你屈膝卑躬，
天色一變就要告別，
　留下你在雨中。
聰明的人全都飛散，
　祇剩傻瓜一個；
傻瓜逃走變成混蛋，
　那混蛋不是我。

肯　傻瓜，你從什麼地方學會這個歌兒？

弄人　不是在足枷裏，傻瓜。

〔李爾偕葛羅斯脫重上。

李　拒絕跟我說話他們有病！他們疲倦了，他們昨天晚上走路辛苦！都是些鬼話，明明是要背叛我的意思。給我再去向他們要一個好一點的答覆來。

葛　陛下，您知道公爵的火性，他決定了怎樣就是怎樣，再也沒有更改的。

李　反了！反了！火性？什麽火性？嘿，葛羅斯脫，葛羅斯脫，我要見康瓦爾公爵和他的妻子說話。

葛　呃，陛下，我已經對他們說過了。

李　對他們說過了！你懂得我的意思嗎？

葛　是，陛下。

李　國王要見康瓦爾說話；父親要跟他的女兒說話，叫她出來見我：你有沒有這樣告訴他們？哼！火性！對那性如烈火的公爵說——不，且慢，也許他眞的不大舒服；一個人爲了疾病而疏忽了他的責任，是應當加以原諒的；我們身體上有了病痛，精神上總是連帶覺得煩躁鬱悶。我且忍耐一下，不要太鹵莽了，對一個有病的人作過分求全的責備。該死！（視肯）爲什麽把他枷在這兒？這一種舉動使我相信公爵和她對我迴避，完全是一種預定的計謀。把我的僕人放出來還我。去，對公爵和他的妻子說，我現在立刻就要跟他們說話，叫他們趕快出來見我，否則我要在他們的寢室門前擂起鼓來，攪得他們不能安睡。

葛　我但願你們大家和和好好的。（下）

李　啊！我的心！我的怒氣直衝的心！安靜下來吧！

【康瓦爾、呂甘、葛羅斯脫及衆僕上。

李　你們兩位早安！

康　祝福陛下！（衆釋肯）

呂　我很高興看見陛下。

李　呂甘我想你一定高興看見我的；我知道爲什麼我要這樣想：要是你不高興看見我，我就要跟你已故的母親離婚，把她的墳墓當作一座淫婦的邱隴。（向肯）啊！你放出來了嗎？等會兒再談吧。親愛的呂甘，你的姊姊太不孝啦。啊呂甘！她的無情的兇惡像餓鷹的利喙一樣猛啄我的心。我簡直不能告訴你；你不會相信她忍心害理到什麼地步——啊，呂甘！

呂　父親，請您不要惱怒。我想她不會對您有失敬禮，恐怕還是您不能諒解她的苦心哩。

李　啊，這是什麼意思？

呂　我想我的姊姊決不會有什麼地方不盡孝道；要是，父親，她約束了您那班隨從的放蕩的行動，那當然有充分的理由和正大的目的，絕對不能怪她的。

李　我的咒詛降在她的頭上！

呂　啊，父親！您年紀老了，應該讓一個比您自己更明白您的地位的人管教管教您；所以我勸您還是回到姊姊的地方去，對她賠一個不是。

李　請求她的饒恕嗎？你看這樣像不像個樣子：「好女兒，我承認我年紀老，不中用啦，讓我跪在地上，（跪）請求您賞給我幾件衣服穿，賞給我一張牀睡，賞給我一些東西吃吧。」

呂　父親，別這樣子；這算個什麼，簡直是胡鬧！回到我姊姊那兒去吧。

李　（起立）再也不回去了，呂甘。她裁減了我一半的侍從；不給我好臉孔看；用她的毒蛇一樣的舌頭打擊我的心。

但願上天蓄積的憤怒一起降在她的無情無義的頭上！但願惡風吹打她的腹中的胎兒，讓它生下地來就是個跛子！

康　嘿！這是什麽話！

李　迅疾的閃電啊，把你的眩目的火燄，射進她的傲慢的眼睛裏去吧！在烈日的熏灼下蒸發起來的沼地的瘴氣啊，損壞她的美貌，毀滅她的驕傲吧！

呂　天上的神明啊！您要是對我發起怒來，也會這樣咒我的。

李　不，呂甘，你永遠不會受我的咒詛；你的溫柔的天性決不會使你幹出冷酷殘忍的行爲來。她的眼睛裏有一股兇光，可是你的眼睛卻是溫存而和藹的。你決不會吝惜我的享受，裁撤我的侍從，用不遜之言向我挺撞，削減我的費用，甚至於把我關在門外不讓我進來；你是懂得天倫的義務，兒女的責任，孝敬的禮貌和受恩的感激的；你總還沒有忘記我曾經賜給你一半的國土。

呂　父親，不要把話說到岔兒上去。

李　誰把我的人枷起來？（內喇叭吹花腔）

康　那是什麽喇叭聲音？

呂　我知道，是我的姊姊來了；她信上說是就要到這兒來的。

【鄂斯華特上。

呂　夫人來了嗎？

李　這是一個靠着主婦暫時的恩寵，狐假虎威，倚勢凌人的奴才。滾開，賤奴，不要讓我看見你！

康　陛下這是什麼意思？

李　誰把我的僕人枷起來？呂甘，我希望你並不知道這件事。誰來啦？

【貢納梨上。

李　天啊，要是你愛老人，要是你認爲子女應該孝順他們的父母，要是你自己也是老人，那麼不要漠然無動，降下你的憤怒來，幫我伸雪我的怨恨吧！（向貢）你看見我這一把鬍鬚，不覺得慚愧嗎？啊呂甘，你願意跟她握手嗎？

貢　爲什麼她不能跟我握手呢？我幹了什麼錯事？難道憑着一張糊塗昏悖的嘴裏的胡言亂語，就可以成立我的罪案嗎？

李　啊，我的胸膛！你還沒有脹破嗎？我的人怎麼給你們枷了起來？

康　陛下，是我把他枷在那兒的；照他狂妄的行爲，這樣的懲戒還是太輕啦。

李　你！是你幹的事嗎？

呂　父親，您該明白您是一個衰弱的老人，一切祇好將就點兒。要是您現在仍舊回去跟姊姊住在一起，裁撤了您的一半的侍從，那麼等住滿了一個月，再到我這兒來吧。我現在不在自己家裏，要供養您也有許多不便。

李　回到她那兒去？裁撤了五十名侍從！不，我寧願什麼屋子也不要住，過着風餐露宿的生活，和無情的大自然抗爭，和豺狼鴟鴞做伴侶，忍受一切飢寒的痛苦！回去跟她住在一起！嘿，我寧願到那娶了我的沒有嫁奩的小女兒去的熱情的法蘭西國王的座前匍匐膝行，像一個臣僕一樣向他討一份微薄的恩俸，苟延我的殘喘。回去跟她住在一起！你還是勸我在這可惡的僕人手下當奴才，當牛馬吧。（指鄂）

貢　隨你的便。

李　女兒，請你不要使我發瘋；我也不願再來打擾你了，我的孩子。再會吧；我們從此不再相見。可是你是我的肉，我的血，我的女兒；或者還不如說是我身體上的一個惡瘤，我不能不承認你是我的；你是我的腐敗的血液裏的一個瘀塊，一個腫毒的疔瘡。可是我不願責罵你；讓羞辱自己降臨到你身上吧，我沒有呼召它；我不要求天雷把你殛死，我也不把你的忤逆向垂察善惡的天神控訴，你回去仔細想一想，趁早悔改前非，還來得及。我可以忍耐；我可以帶着我的一百個武士，跟呂甘住在一起。

呂　那絕對不行；現在還輪不到我，我也沒有預備好招待您的禮數。父親，聽我姊姊的話吧；人家冷眼看着您這種憤怒的神氣，他們心裏都要說您因爲老了，所以——可是姊姊是知道她自己所做的事的。

李　這是你的好意的勸告嗎？

呂　是的，父親，這是我的真誠的意見。什麽！五十個衞士？這不是很好嗎？再多一些有什麽用處？就是這麽許多人，數目也不少了，別說供養他們不起，而且讓他們成羣結黨也是一件危險的事。一間屋子裏養了這許多人，擁戴着兩個主人，怎麽不會發生爭鬧？簡直不成話。

貢　父親，您爲什麽不讓我們的僕人侍候您呢？

呂　對了，父親，那不是很好嗎？要是他們怠慢了您，我們也可以訓斥他們。您下回到我這兒來的時候，請您祇帶二十五個人來，因爲現在我已經看到了一個危險；超過這個數目，我是恕不招待的。

李　我把一切都給了你們——

呂　您總算揀了適當的時候給了我們。

李　叫你們做我的代理人，保管者，我的唯一的條件，只是讓我保留這麽多的侍從。什麽！我必須祇帶二十五個人，到你這兒來嗎？呂甘，你是不是這樣說？

呂　父親，我可以再說一遍，我祇允許您帶這麼幾個人來。

李　惡人的臉相雖然猙獰可怖，要是再有人比他更惡，相形之下，就會變得和藹可親；不是絕頂的兇惡，總還有幾分可取。（向貢）我願意跟你去；你的五十個人還比她的二十五個人多上一倍，你的孝心也比她大一倍。

貢　父親，我們家裏難道沒有兩倍這麼多的僕人可以侍候您？依我說，不但用不到二十五個人，就是十個五個也是多事。

呂　依我看來，一個也不需要。

李　啊！不要跟我講什麼需要不需要；最卑賤的乞丐，也有他的不值錢的身外之物；人生除了天然的需要以外，要是沒有其他的享受，那和畜類的生活有什麼分別。你是一位夫人；你穿着這樣華麗的衣服，如果你的目的只是為了保持溫暖，那就根本不合你的需要，因為這種盛裝豔飾並不能使你溫暖。可是，講到真的需要，那麼天啊，給我忍耐吧，我需要忍耐！神啊，你們看見我在這兒，一個可憐的老頭子，被憂傷和老邁折磨得好苦！假如是你們鼓動這些女兒們的心，使她們忤逆她們的父親，那麼請你們不要儘是愚弄我，叫我默然忍受吧；讓我的心裏激起了剛強的怒火，讓婦人所恃為武器的淚點不要沾污我的男子漢的臉頰！不，你們這兩個不孝的妖婦，我要向你們復仇，我要做出一些使全世界驚怖的事情來，雖然我現在還不知道我要怎麼做。你們以為我將要哭泣；不，我不願哭泣，我雖然有充分的哭泣的理由，可是我寧願讓這顆心碎成萬片，也不願流下一滴淚來。啊傻瓜！我要發瘋了！（李、葛肯及弄人同下）

康　我們進去吧；一場暴風雨將要來了。（遠處暴風雨聲）

呂　這間屋子太小了，這老頭兒帶着他那班人來是容納不下的。

貢　是他自己不好，放着安逸的日子不要過，一定要吃些苦，纔知道自己的蠢。

呂　單是他一個人我倒也很願意收留他，可是他的那班跟隨的人我可一個也不能容納。

貢　我也是這個意思。葛羅斯脫伯爵呢？

康　跟老頭子出去了。他已經回來了。

〔葛羅斯脫重上。

葛　王上正在盛怒之中。

康　他到那兒去？

葛　他叫人備馬；可是不讓我知道他要到什麼地方去。

康　還是不要管他，悉聽他自己的意思吧。

貢　伯爵，您千萬不要留他。

葛　唉！天色暗起來了，田野裏都在括着狂風，附近許多哩之內，簡直連一株小小的樹木都沒有。

呂　啊！伯爵，對於剛愎自用的人，祇好讓他們自己招致的災禍教訓他們。關上您的門；他有一班亡命之徒跟隨在身邊，他自己又是這樣容易受人愚弄，誰也不知道他們會煽動他幹出些什麼事來。我們還是小心點兒好。

康　關上您的門，伯爵；這是一個狂暴的晚上。我的呂甘說得一點不錯。暴風雨來了，我們進去吧。（同下）

# 第三幕

## 第一場　荒野

【暴風雨，雷電。肯脫及一侍臣上，相遇。

肯　除了惡劣的天氣以外，還有誰在這兒？

侍臣　一個心緒像這天氣一樣不安靜的人。

肯　我認識你。王上呢？

侍臣　正在跟暴怒的大自然競爭；他叫狂風把大地吹下海裏，叫泛濫的波濤吞沒了陸地，使萬物都變了樣子或歸於毀滅；拉下他的一根根的白髮，讓挾着盲目的憤怒的暴風把它們捲到不知去向；在他渺小的一身之內，正在努力進行着一場比暴風雨的衝突更劇烈的爭鬥。這樣的晚上，被小熊吸乾了乳汁的母熊，也躲着不敢出來，獅子和餓狼都不願沾濕它們的毛皮，他却光禿着頭在風雨中狂奔，把一切付託於不可知的力量。

肯　可是誰和他在一起？

侍臣　祇有那傻瓜一路跟着他，竭力用些笑話替他排解他的衷心的傷痛。

肯　我知道你是什麼人，我敢憑着我的觀察所及，告訴你一件重要的消息。在奧本尼和康瓦爾兩人之間，雖然表面上彼此掩飾得毫無痕跡，可是暗中却已經發生了衝突；正像一般身居高位的人一樣，在他們手下都有一些名爲僕人，實際上却是向法國密報我們國內情形的探子，凡是這兩個公爵的明爭暗鬥，他們兩人對於善良的老王的冷酷的待遇，以及其他更祕密的一切動靜，全都傳到了法國的耳中；現在已經有一支軍隊從法國開到我們這一個分裂的國土上來，乘着我們疏忽無備，在我們幾處最好的港口秘密登陸，不久就要揭開他們鮮明的旗幟了。現在，你要是能够信任我的話，請你趕快到多佛去一趟，那邊你可以碰見有人在歡迎你，你可以把王上所受種種無理的屈辱向他作一個確實的報告，他一定會感激你的好意。我是一個有地位有身家的紳士，因爲知道你的爲人可靠，所以把這件差使交給你。

侍臣　我還要跟您談談。

肯　不，不必。爲了向你證明我並不是像我的外表那樣的一個微賤之人，你可以打開這一個錢囊，把裏面的東西拿去。你一到多佛，一定可以見到科第麗霞；祇要把這戒指給她看了，她就可以告訴你你現在所不認識的同伴是個什麼人。好大的風雨！我要找王上去。

侍臣　把您的手給我。您沒有別的話了嗎？

肯　我們現在先去把王上找到了再說；你望那邊去，我望這邊去，誰先找到他的，就打一聲招呼。（各下）

## 第二場　荒野的另一部分

【暴風雨繼續未止。李爾及弄人上。

李　吹吧，風啊！吹破了你的臉頰，猛烈地吹吧！你瀑布一樣的傾盆大雨，儘管倒瀉下來，浸沒了我們的尖塔，淹沉了屋頂上的風標吧！你思想一樣迅速的硫黃的電火，劈碎橡樹的巨雷的先驅，燒焦了我的白髮的頭顱吧！你震撼一切的霹靂啊，把這生殖繁密的飽滿的地球擊平了吧！打碎造物的模型，不要讓一顆忘恩負義的人類的種子遺留在世上！

弄人　啊，老伯伯，在一間乾燥的屋子裏討一杯冷水喝，不比在這沒有遮蔽的曠野裏淋雨好得多嗎？老伯伯，回到那所屋子裏去，向你的女兒們請求祝福吧；這樣的夜無論對於聰明人或是傻瓜，都是不發一點慈悲的。

李　儘管轟着吧！儘管吐你的火舌，儘管噴你的雨水吧！雨，風，雷，電，都不是我的女兒，我不責怪你們的無情；我不曾給你們國土，不曾稱你們為我的孩子，你們沒有順從我的義務；所以，隨你們的高興降下你們可怕的威力來吧，我站在這兒，只是你們的奴隸，一個可憐的，衰弱的，無力的，遭人賤視的老頭子。可是我仍然要罵你們是卑劣的幫兇，因爲你們濫用天上的威力，幫同兩個萬惡的女兒來跟我這個白髮的老翁作對。啊！啊！這太卑劣了！

【肯脫上。

李　不，我要忍受衆人所不能忍受的痛苦；我要閉口無言。

肯　誰在那邊？

弄人　一個是陛下，一個是傻瓜。

肯　唉！陛下，你在這兒嗎？喜愛黑夜的東西，不會喜愛這樣的夜晚；狂怒的天色嚇怕了黑暗中的漫遊者，使他們躲在洞裏不敢出來。自從有生以來，我從沒有看見過這樣的閃電，聽見過這樣可怕的雷聲，這樣驚人的風雨的咆哮；人類的精神是禁受不起這樣的磨折和恐怖的。

李　偉大的神靈在我們頭頂掀起這場可怕的騷動，讓他們現在找到他們的敵人吧。戰慄吧，你尚未被人發覺，逍遙法外的罪人！躲起來吧，你殺人的兇手，你用僞誓欺人的騙子，你道貌岸然的逆倫禽獸！魂飛魄散吧，你用正直的外表遮掩殺人陰謀的大奸巨惡！撕下你們包藏禍心的僞裝，顯露你們罪惡的原形，向這些可怕的天吏哀號乞命吧！我並沒有犯什麼罪，我是一個含冤負屈的人。

肯　唉！您頭上也沒有一點遮蓋的東西！陛下，這兒附近有一間茅屋，可以替您擋擋風雨。我剛纔曾經到那所冷酷的屋子裏——那比它牆上的石塊更冷酷無情的屋子——探問您的行蹤，可是他們關上了門不讓我進去；現在您且暫時躲一躲雨，我還要回去向他們說話去。

李　我的頭腦開始昏亂起來了。來，我的孩子。你怎麼啦，我的孩子？你冷嗎？我自己也冷呢。我的朋友，這間茅屋在什麼地方？一個人到了困窮無告的時候，下賤的東西也會變成無價之寶。來，帶我到你那間茅屋裏去。可憐的傻小子，我心裏還留着一塊地方爲你悲傷哩。

弄人　只怪自己糊塗自己蠢，
　　嗨呵，一陣風來一陣雨，
　背時倒運莫把天公恨，
　　管它朝朝雨雨又風風。

李　不錯，我的好孩子。來，領我們到這茅屋裏去。（同下）

## 第三場　葛羅斯脫城堡中的一室

〔葛羅斯脫及愛特門上。

葛　唉，唉！愛特門，我不贊成這種不近人情的行爲。當我請求他們允許我給他一點援助的時候，他們竟會剝奪我使用自己屋子的權利，不許我提起他的名字，不許我替他說一句懇求的話，也不許我給他任何的救濟，要是違背了他們的命令，我就要永遠失去他們的歡心。

愛　太野蠻，太不近人情了！

葛　算了，你不要多說什麽。兩個公爵現在已經有了意見，而且還有一件比這更嚴重的事情。今天晚上我接到一封信，裏面的話說出來也是很危險的；我已經把這信鎖在壁櫥裏了。王上受到這樣的凌虐，總有人會來替他報復的；已經有一支軍隊在路上了；我們必須站在王上的一方面。我就要找他去，暗地裏救濟救濟他，你去陪公爵談談，免得被他覺察了我的行動。要是他問起我的話，你就回他說我身子不好，已經睡了。大不了是一個死，王上是我的老主人，我不能坐視不救。出人意外的事情快要發生了，愛特門，你須要小心點兒。（下）

愛　你違背了命令去獻這種殷勤，我立刻就要去告訴公爵知道；還有那封信我也要告訴他。這是我獻功邀賞的好機會，我的父親將要因此而喪失他所有的一切，也許他的全部家產都要落到我的手裏；老的一代沒落了，年青的一代纔會興起。（下）

## 第四場　荒野茅屋之前

【李爾，肯脫，及弄人上。

肯　就是這地方，陛下，進去吧。在這樣毫無掩庇的黑夜裏，像這樣的狂風暴雨，是誰也受不了的。（暴風雨繼續不止）

李　不要纏着我。

肯　陛下，進去吧。

李　你要碎裂我的心嗎？

肯　我寧願碎裂我自己的心。陛下，進去吧。

李　你以為讓這樣的狂風暴雨侵襲我們的肌膚，是一件了不得的苦事；在你看來是這樣的；可是一個人要是身沾重病，他就不會感覺到小小的痛楚。你見了一頭熊就要轉身逃走；可是假如你的背後是洶湧的大海，你就祇好硬着頭皮向那頭熊迎面走上去。當我們心緒寧靜的時候，我們的肉體纔是敏感的；我的心靈中的暴風雨已經取去我一切其他的感覺，祇剩下心頭的熱血在那兒搏動。兒女的忘恩！這不就像這一隻手把食物送進這一張嘴裏，這一張嘴却把這一隻手咬了下來嗎？可是我要重重懲罰她們。不，我不願再哭泣了。在這樣的夜裏，把我關在門外！儘管倒下來吧，什麼大雨我都可以忍受。在這樣的一個夜裏！啊，呂甘，貢納梨！你們年老仁慈的父親一片誠心把一切都給了你們，——啊！那樣想下去是要發瘋的；我不要想起那些；別再提起那些話了。

肯　陛下，進去吧。

李　你要舒服，你自己進去吧。這暴風雨不肯讓我仔細思想種種的事情，那些事情我越是想下去，越會增加我的痛苦的。可是我要進去。（向弄人）進去，孩子，你先走。你這無家可歸的人，——你進去吧。我要祈禱，然後我要睡一會兒。（弄人入內）衣不蔽體的不幸的人們，無論你們在什麼地方，忍受着這樣無情的暴風雨的襲擊，你們的頭上沒有片瓦遮身，你們的腹中飢腸雷動，你們的衣服千穿百孔，怎麼抵擋得了這樣的氣候呢？啊！我一向太沒有想到這種事情了。安享榮華的人們啊，睜開你們的眼睛來，替這些不幸的人們設身處地想一想，分一些你們享用不了的福澤給他們，讓上天知道你們不是全無心肝的人吧！

埃　（在內）九呎深，九呎深！可憐的湯姆！（弄人自屋內奔出）

弄人　老伯伯，不要進去；裏面有一個鬼。救命！救命！

肯　讓我攙着你。誰在裏邊？

弄人　一個鬼，一個鬼；他說他的名字叫做可憐的湯姆。

背　你是什麼人，在這茅屋裏大呼小叫的？出來。

【埃特加喬裝瘋人上。

埃　走開！惡魔跟在我的背後！風兒吹過山楂林。哼？到你冷冰冰的牀上暖一暖你的身體吧。

李　你把你所有的一切都給了你的兩個女兒，所以纔到了今天這地步嗎？

埃　誰把什麼東西給可憐的湯姆？惡魔帶着他穿過大火，穿過烈焰，穿過水道和漩渦，穿過沼地和泥濘；把刀子放在他的枕頭底下，把繩子放在他的凳子底下，把毒藥放在他的粥裏；使他心中驕傲，騎了一匹栗色的奔馬，從四吋闊的橋樑上過去，把他自己的影子當作了一個叛徒，儘管追逐不捨。祝福你的五種才智！湯姆冷着呢。啊，哆啼哆啼哆啼。願旋風不吹你，星星不把毒箭射你，瘟疫不到你身上！做做好事，救救那給惡魔害得好苦的可憐的湯姆吧！他現在就在那邊，在那邊，又到那邊去了，在那邊。（暴風雨繼續不止）

李　什麼！他的女兒害得他變成這個樣子嗎？你不能留下一些什麼來嗎？你一起都給了她們了嗎？

弄人　不，他還留着一方氈毯，否則我們大家都要不好意思了。

李　願那懸掛在天空之中的懲罰惡人的瘟疫一起降臨在你的女兒身上！

背　陛下，他沒有女兒哩。

李　該死的奸賊！他沒有不孝的女兒，怎麼會流落到這等不堪的地步？難道被棄的父親，都是這樣一點不愛惜他們自己身體的嗎？適當的處罰！誰叫他們的身體產下那些梟獍般的女兒來的？

埃　小雄雞坐在高墩上，哈囉，哈囉，囉，囉！

弄人　這一個寒冷的夜晚將要使我們大家變成傻瓜和瘋子。

埃　當心惡魔。孝順你的爺娘說過的話不要反悔不要賭咒不要姦淫有夫之婦；不要把你的情人打扮得太漂亮。湯姆冷着呢。

李　你本來是幹什麼的？

埃　一個心性高傲的僕人，頭髮捲得曲曲的，帽子上佩着情人的手套，慣會討婦女的歡心，幹些不可告人的勾當；開口發誓，閉口賭咒，當着上天的面前把他們一個個毀棄；睡裏夢裏都在轉姦淫的念頭，一醒來便把它實行。我貪酒，我愛賭，我比土耳其人更好色；一顆奸詐的心，一對輕信的耳朵，一雙不怕血腥氣的手；豬一般懶惰，狐狸一般狡詭，狼一般貪狠，狗一般瘋狂，獅子一般兇惡。不要讓女人的腳步聲和悉悉索索的綢衣裳的聲音攝去了你的魂魄；不要把你的腳踏進窰子裏去，不要把你的手伸進裙子裏去，不要把你的筆碰到放債人的賬簿上，抵抗惡魔的引誘吧。冷風還是在打山楂樹裏吹過去；聽它怎麼說吁——吁——嗚——嗚——哈——哈——。道芬我的孩子，我的孩子；叱嚓！讓他奔過去。（暴風雨繼續不止）

李　唉，你這樣赤身裸體受風雨的吹淋，還是死了的好。難道人不過是這樣一個東西嗎？想一想吧，你也不向蠶身上借一根絲，也不向野獸身上借一張皮，也不向羊身上借一片毛，也不向麝貓身上借一塊香料。嚇！我們這三個人都已經汩沒了本來的面目，祇有你纔保全着天賦的原形；人類在草昧的時代，不過是像你這樣的一個寒傖的赤裸的毛髮蓬鬆的動物。脫下來，脫下來，你們這些身外之物！來，鬆開你的鈕扣。（扯去衣服）

弄人　老伯伯，請你安靜點兒；這樣危險的夜裏是不能游泳的。曠野裏一點小小的火光，正像一個好色的老頭兒的心，祇有這麼一星星的熱，他的全身都是冰冷的。瞧！一團火走來了。

埃　【葛維斯脫持火炬上。

這就是那個叫做弗力勃鐵捷貝脫的惡魔；他在黃昏時候出現，一直到第一聲雞啼方纔隱去；他叫人眼睛裏長白膜，刺痛得睜不開來；他叫人嘴唇上起裂縫；他還會叫麵粉發霉，尋窮人們的晦氣。

聖維都爾三次經過山岡，
遇見魘魔和她九個兒郎；
他說妖精你別逃，
發過誓兒放你跑；
急急如律令勅！

肯　陛下，您怎麼啦？

李　他是誰？

肯　那邊什麼人？你找誰？

葛　你們是些什麼人？你們叫什麼名字？

埃　可憐的湯姆，他吃的是泅水的青蛙，蝦蟆，蝌蚪，壁虎和水蜥；惡魔在他心裏搗亂的時候，他發起狂來，就會把牛糞當做一盆美味的生菜；他吞的是老鼠和癩狗，喝的是一潭死水上面綠色的浮渣；他到處給人家鞭打，鎖在枷裏，關在牢裏；他從前有三身外衣，六件襯衫，跨着一匹馬，帶着一口劍；

可是在這整整七年時光，
耗子是湯姆唯一的食糧。

留心那跟在我背後的鬼。不要鬧，史墨金！不要鬧，你這惡魔！

葛　什麼！陛下竟會跟這種人作起伴來了嗎？

埃　地獄裏的魔王是一個紳士；他的名字叫做摩陀，又叫做瑪呼。

葛　陛下，我們親生的骨肉都變得那樣壞，把自己生身之人當作了仇敵。

埃　可憐的湯姆冷着呢。

葛　跟我回去吧。我的良心不允許我全然服從您的女兒的無情的命令；雖然他們叫我關上了門，把您丟下在這狂暴的黑夜之中，可是我還是大膽出來找您，把您帶到有火爐有食物的地方去。

李　讓我先跟這位哲學家談談。天上打雷是什麼緣故？

肯　陛下，接受他的好意；跟他回去吧。

李　我還要跟這位學者說一句話。您研究的是那一門學問？

埃　抵禦惡魔的戰略和消滅毒蟲的方法。

李　讓我私下裏問您一句話。

肯　大人，請您再催催他吧；他的神經有點兒錯亂起來了。

葛　你能怪他嗎？（暴風雨繼續不止）他的女兒要他死哩。唉！那善良的肯脫，他早就說過會有這麼一天的，可憐的被放逐的人！你說王上要瘋了；告訴你吧，朋友，我自己也差不多瘋了。我有一個兒子，現在我已經跟他斷絕關係了；他要謀害我的生命，這還是最近的事；我愛他，朋友，沒有一個父親更愛他的兒子；不瞞你說，（暴風雨繼續不止）我的頭腦都氣昏了。這是一個什麼晚上！陛下，求求您——

李　啊！請您原諒，先生。高貴的哲學家，請了。

埃　湯姆冷着呢。

葛　進去，傢伙，到這茅屋裏去暖一暖吧。

李　來，我們大家進去。

肯　陛下，這邊走。

李　帶着他；我要跟我這位哲學家在一起。

肯　大人，順順他的意思吧；讓他把這傢伙帶去。

葛　您帶着他來吧。

肯　小子，來；跟我們一塊兒去。

李　來，好雅典人。

葛　噓！不要說話，不要說話。（同下）

## 第五場　葛羅斯脫城堡中一室

〔康瓦爾及愛特門上。

康　我在離開他的屋子以前一定要把他懲治一下。

愛　殿下，我為了盡忠的緣故，不顧父子之情，一想到人家不知將要怎樣批評我，心裏很有點兒惴惴不安哩。

康　我現在纔知道你的哥哥想要謀害他的生命，並不完全出於惡意；多分是他自己咎有應得，纔會引起他的殺心的。

愛　我的命運多麼顛倒，雖然做了正義的事情，却必須終身抱恨！這就是他說起的那封信，它可以證實他私通法國的罪狀。天啊！為什麼他要幹這種叛逆的行為，為什麼偏偏又在我手裏發覺了呢？

康　跟我去見公爵夫人去。

愛　這信上所說的事情倘然確實，那您就要有一番重大的行動了。

康　不管它是真是假，它已經使你成為葛羅斯脫伯爵了。你去找你父親在什麼地方，讓我們可以把他逮捕起來。

愛　（旁白）要是我看見他正在援助那老王，他的嫌疑就格外加重了。——雖然忠心和孝道在我的靈魂裏發生劇烈的爭戰，可是大義所在，祇好把私恩拋棄不顧。

康　我完全信任你；你在我的恩寵之中，將要得到一個更慈愛的父親。（各下）

## 第六場　鄰接城堡的農舍一室

【葛羅斯脫，李爾，肯脫，弄人及埃特加上。

葛　這兒比露天好一些，不要嫌它寒傖，將就住下來吧。我再去找找有些什麼吃的用的東西；我去去就來。

肯　他的智力已經在他的盛怒之中完全消失了。神明報答您的好心！（葛下）

埃　那拉脫累多在叫我，他告訴我尼羅王在冥湖裏釣魚。喂，傻瓜，你要留心惡魔啊！

弄人　老伯伯，告訴我，一個瘋子是紳士呢還是平民？

李　是個國王，是個國王！

弄人　不，他是一個變賣了田地，替他的兒子掙一個紳士頭銜的平民。

李　一千條血紅的火舌吱啦吱啦捲到她們的身上，——

埃　惡魔在咬我的背。

弄人　誰要是相信豺狼的馴良，馬兒的健康，孩子的愛情，或是娼妓的盟誓的，他就是個瘋子。

李　一定要辦他們一辦，我現在就要控訴她們。（向埃）來，最有學問的法官，你坐在這兒；（向弄人）你，賢明的官長，坐在這兒。——來，你們這兩頭雌狐！

埃　瞧，他站在那兒，眼睛睜得大大的！太太，你在審判的時候，要不要有人瞧着你？

　　渡過河來會我裴西，——

弄人　她的小船兒漏了，

　　她不能讓你知道

　　為什麼她不敢見你。

埃　惡魔借着夜鶯的喉嚨，向可憐的湯姆作祟了。霍普丹斯在湯姆的肚子裏嚷着要兩條新鮮的鯡魚。別吵，魔鬼；我沒有東西給你吃。

肯　陛下，您怎麼啦！不要這樣呆呆地站着。您願意躺下來，在這褥墊上面休息休息嗎？

李　我要先看她們受了審判再說。把她們犯罪的證據帶上來。（向埃）你這披着法衣的審判官，請坐；（向弄人）你，他的執法的同僚，坐在他的旁邊。（向肯）你是陪審官，你也坐下了。

埃　讓我們秉公判斷。

　　你睡着還是醒着，牧羊人？
　　　你的羊兒在田裏跑；
　　你祇要閉閉你的小嘴唇，
　　　不壞你羊兒一根毛。
　　呼嚕呼嚕；這是一隻灰色的貓兒。

李　先控訴她她是貢納梨我當着尊嚴的堂上起誓，她曾經踢她的可憐的父王。

弄人　過來，奶奶。你的名字叫貢納梨嗎？

李　她不能抵賴。

弄人　對不起，我還以為您是一張摺凳呢。

李　這兒還有一個，你們瞧她滿臉的橫肉，就可以知道她的心腸是怎麼樣的。攔住她！舉起你們的兵器，拔出你們的劍，點起火把來！營私舞弊的法庭！枉法的貪官，你為什麼放她逃走？

肯　哎喲！陛下，您不是常常說您沒有失去忍耐嗎？現在您的忍耐呢？

埃　（旁白）我的滾滾的熱淚忍不住為他流下，怕要給他們瞧破我的假裝了。

李　這些小狗，脫雷勃爾趣，史威塔，瞧，它們都在向我吠。

埃　讓湯姆用他的頭把它們轟走。滾開，你們這些惡狗！
　　黑嘴巴，白嘴巴，
　　瘋狗咬人磨毒牙，

猛犬獵犬雜種犬，
叭兒小犬團團轉，
青屁股，捲尾毛，
一見湯姆沒命逃。

哆嚯哆嚯叱嚓！來，我們趕廟會，上市集去。可憐的湯姆，你的牛角裏乾得擠不出一滴水來啦。

李　叫他們剖開呂甘的身體來看看她心裏有些什麼東西。究竟爲了什麼天然的原因，她們的心纔會變得這樣硬？（向埃）我把你收養下來，叫你做我一百名侍衞中間的一個，只是我不歡喜你的衣服的式樣；你也許要對我說，這是最漂亮的波斯裝；可是我看還是請你換一換吧。

肯　陛下，您還是躺下來休息休息吧。

李　不要吵，不要吵；放下帳子，好，好，好。我們到早上再去吃晚飯吧；好，好，好。

弄人　我一到中午可要睡覺哩。

〔葛羅斯脫重上。

葛　過來，朋友；王上呢？

肯　在這兒，大人；可是不要打擾他，他的神經已經錯亂了。

葛　好朋友，請你把他抱起來。我已經聽到了一個謀害他生命的陰謀。馬車套好在外邊，你快把他放進去，駕着它到多佛，那邊有人會歡迎你，並且會保障你的安全。抱起你的主人來；要是你躭誤了半點鐘的時間，他的性命，你的性命，以及一切出力救護他的人的性命，都要保不住了。抱起來，抱起來；跟我來，讓我設法把你們趕快送到一處可以安身的地方。

肯　受盡磨折的身心，現在安然入睡了；安息也許可以鎮定鎮定他的破碎的神經，但願上天行個方便，不要讓它破碎得不可收拾纔好。（向弄人）來，幫我扛起你的主人來；你也不能留在這兒。

葛　來，來，去吧。（肯，葛及弄人舁李下）

埃　做君王的不免如此下場，
使我忘却了自己的憂傷。
最大的不幸是獨抱牢愁，
任何的歡娛兜不上心頭；
倘有了同病相憐的侶伴，
天大痛苦也會解去一半。
國王有的是不孝的逆女，
我自己遭逢無情的嚴父，
他與我兩個人一般遭際！
去吧，湯姆，忍住你的怨氣，
你現在蒙著無辜的汚名，
總有日回復你清白之身。
不管今夜裏還會發生些什麼事情，王上總是安然出險了。我還是躲起來吧。（下）

## 第七場　葛羅斯脫城堡中一室

【康瓦爾，呂甘，貢納梨，愛特門，及衆僕上。

康　夫人，請您趕快到尊夫的地方去，把這封信交給他；法國軍隊已經登陸了。——來人，替我去搜尋那反賊葛羅斯脫的蹤跡。（若干僕人下）

呂　把他捉到了立刻吊死。

貢　把他的眼珠挖出來。

康　我自有處置他的辦法。愛特門，我們不應該讓你看見你的謀叛的父親受到怎樣的刑罰，所以請你現在護送我們的姊姊回去，替我向奧本尼公爵致意，叫他趕快準備；我們這兒也要採取同樣的行動。我們兩地之間，必須隨時用飛騎傳報消息。再會，親愛的姊姊；再會，葛羅斯脫勳爵。

【鄂斯華特上。

康　怎麼啦？那國王呢？

鄂　葛羅斯脫伯爵已經把他載送出去了；有三十五六個追尋他的武士在城門口和他會合，還有幾個伯爵手下的人也在一起，一同向多佛進發，據說那邊有他們武裝的友人在等候他們。

康　替你家夫人備馬。

貢　再會，殿下，再會，妹妹。

康　再會，愛特門。（貢、愛及鄂下）再去幾個人把那反賊葛羅斯脫捉來，像偷兒一樣把他綁來見我。（若干僕人下）

雖然在沒有經過正式的審判手續以前，我們不能就把他判處死刑，可是爲了發洩我們的憤怒，卻祇好不顧人們的指摘，憑着我們的權力獨斷獨行了。那邊是什麼人？是那反賊嗎？

【衆僕押葛羅斯脫重上。

呂　沒有良心的狐狸！正是他。

康　把他枯癟的手臂牢牢縛起來。

葛　兩位殿下，這是什麼意思？我的好朋友們，你們是我的客人；不要用這種無禮的手段對待我。

康　綑住他。（衆僕縛葛）

呂　縛緊些，縛緊些。啊，可惡的反賊！

葛　你是一個沒有慈悲的女人，我卻不是反賊。

康　把他縛在這張椅子上。奸賊，我要讓你知道——（呂扯葛鬚）

葛　天神在上，這還成什麼話，你扯起我的鬍子來啦！

呂　鬍子這麼白，想不到卻是一個反賊！

葛　惡婦，你從我的腮上拉下這些鬍子來，它們將要像活人一樣控訴你的罪惡。我是這裏的主人，你不該用你強盜的手，這樣報答我的好客的殷勤。你究竟要怎麼樣？

康　說，你最近從法國得到什麼書信？

呂　老實說出來，我們已經什麼都知道了。

康　你跟那些最近踏到我們國境上來的叛徒們有些什麼來往？

呂　你把那發瘋的老王送到什麼人手裏去了？說

葛　我祇收到過一封信，裏面都不過是些猜測之談，寄信的是一個沒有偏見的人，並不是一個敵人。

康　好狡猾的推托！

呂　一派鬼話！

康　你把國王送到什麼地方去了？

葛　送到多佛。

呂　為什麼送到多佛？我們不是早就警告你——

康　為什麼送到多佛？讓他回答這個問題。

葛　罷了，我現在身陷虎穴，祇好拚着這條老命了。

呂　為什麼送到多佛？

葛　因為我不願意看見你的凶惡的指爪挖出他的可憐的老眼；因為我不願意看見你的殘暴的姊姊用她野豬般的利齒咬進他的神聖的肉裏。他的赤裸的頭頂在地獄一般黑暗的夜裏衝風冒雨，受到那樣狂風暴雨的震盪的海水，也要把它的怒潮噴向天空，熄滅了星星的火燄；但是他，可憐的老翁，卻還要把他的熱淚幫助天空瀧瀧。要是在那樣田人的晚上，豺狼在你的門前悲鳴，你也要說，「善良的看門人，開了門放它進來吧，」而不計較它一切的罪惡。可是我總有一天見到上天的報應降臨在這種兒女的身上。

康　你再也不會見到那樣一天。來，按住這椅子。我要把你這一雙眼睛放在我的腳底下踐踏。

葛　誰要是希望他自己平安活到老年的，幫幫我吧！啊好慘！天啊！（葛一眼被挖出）

呂　還有那一顆眼珠也挖出來，免得它嘲笑沒有眼珠的一面。

康　要是你看見什麼報應——

甲僕　住手，殿下；我從小服侍您到現在，可是從來沒有對您幹過一件比現在請您住手更好的事情。

呂　怎麼，你這狗東西！

甲僕　要是你的腮上長起了鬍子，我現在也要把它扯下來。

康　混賬奴才，你反了嗎？（拔劍）

甲僕　好，那麼來，我們拚一個你死我活。（拔劍。二人決鬥。康受傷）

呂　把你的劍給我。一個奴才也會撒野到這等地步！（取劍自後刺甲僕）

甲僕　啊！我死了。大人，您還剩着一隻眼睛，看見他受到一點小小的報應。啊！（死）

康　哼，看他再瞧得見一些什麼報應！出來，可惡的漿塊！現在你還會發光嗎？（葛另一眼被挖出）

葛　一切都是黑暗和痛苦。我的兒子愛特門呢？愛特門，燃起你天性中的怒火，替我報復這一場暗無天日的暴行吧！

呂　哼，萬惡的奸賊！你在呼喚一個憎恨你的人；你對我們反叛的陰謀，就是他出首告發的，他是一個深明大義的人，決不會對你發一點憐憫。

葛　啊，我是個蠢才！那麼埃特加是冤枉的了。仁慈的神明啊，赦免我的錯誤，保佑他有福吧！

呂　把他推出門外，讓他一路摸索到多佛去。（一僕率葛下）怎麼，殿下？您的臉色怎麼變啦？

康　我受了傷啦。跟我來，夫人。把那瞎眼的奸賊攆出去；把這奴才丟在糞堆裏。呂甘，我的血儘在流着；這真是無妄之災。用你的手臂攙着我。（呂扶康同下）

乙僕　要是這傢伙會有好收場，我什麼壞事都可以去做了。

丙僕　要是他會壽終正寢，所有的女人都要變成惡鬼了。

乙僕　讓我們跟在那老伯爵的後面，叫那瘋丐把他領到他所要去的地方。

丙僕　你先去吧；我還要去拿些麻布和蛋白來，替他貼在他的流血的臉上。但願上天保佑他！（各下）

# 第四幕

## 第一場　荒野

【埃特加上。

埃　與其被人在表面上恭維而背地裏鄙棄，那麼還是像這樣自己知道爲舉世所不容的好。一個最困苦最微賤最爲命運所屈辱的人，可以永遠抱着希冀而無所恐懼；從最高的地位上跌落下來，那變化是可悲的，對於窮困的人，命運的轉機却能使他歡笑！可是誰來啦？

【一老人率葛羅斯脫上。

埃　我的父親，讓一個窮苦的老頭兒領着他嗎？啊，世界，世界，世界！倘不是你的變幻無常，使我們厭倦於爲人，那一個人是甘心老去的？

老人　啊，我的好老爺！我在老太爺手裏就做您府上的佃戶，一直做到您老爺手裏，已經有八十年了。

葛　去吧，好朋友，你快去吧；你的安慰對我一點沒有用處，他們也許反會害你的。

老人　您眼睛看不見，怎麼走路呢？

葛　我沒有路，所以不需要眼睛；當我能夠看見的時候，我也會失足顛仆。我們往往因爲有所自恃而失之於大意，反不如缺陷却能對我們有益。啊！埃特加好兒子，你的父親受人之愚，錯怪了你，要是我能在未死以前摸到你的身體，我就要說，我又有了眼睛啦。

老人　啊！那邊是什麼人？

埃　（旁白）神啊！誰能夠說，「我現在已經到了不幸的極點？」我現在比從前纔更要不幸得多啦。

老人　那是可憐的發瘋的湯姆。

埃　（旁白）也許我還要碰到更不幸的命運；當我們能夠說「這是最不幸的事」的時候，那還不是最不幸的。

老人　漢子，你到那兒去？

葛　是一個叫化子嗎？

老人　是個瘋叫化子。

葛　他的理智還沒有完全喪失，否則他不會向人乞討。在昨晚的暴風雨裏，我也看見這樣一個傢伙，他使我想起一個人不過等於一條蟲；那時候我的兒子的影象就閃進了我的心裏，可是當時我正在恨他，不願想起他；後來我纔聽到一些其他的話。天神掌握着我們的命運，正像頑童捉到飛蟲一樣，爲了戲弄的緣故而把我們殺害。

埃　（旁白）怎麼會有這樣的事？在一個傷心人的面前裝傻，對自己，對別人都是一件不愉快的行爲。（向葛）祝福你，先生！

葛　他就是那個不穿衣服的傢伙嗎？

老人　正是，老爺。

葛　那麼你去吧。我要請他領我到多佛去，要是你看在我的分上，願意回去拿一點衣服來替他遮蓋遮蓋身體，那就再好沒有了；我們不會走遠，從這兒到多佛的路上一二哩之內，你一定可以追上我們。

老人　唉，老爺！他是個瘋子哩。

葛　瘋子帶着瞎子走路，本來是這時代一般的病態。照我的話，或者還是照你自己的意思做吧；第一件事情是請你快去。

老人　我要把我所有的最好的衣服拿來給他，不管它會引起怎樣的後果。（下）

葛　喂，不穿衣服的傢伙，——

埃　可憐的湯姆冷着呢（旁白）我不能再假裝下去了。

葛　過來，漢子。

埃　（旁白）可是我不能不假裝下去。——祝福你的可愛的眼睛，它們在流血呢。

葛　你認識到多佛去的路嗎？

埃　一處處關口城門，一條條馬路人行道，我全都認識。可憐的湯姆被他們嚇迷了心竅；祝福你，好人的兒子，願惡魔不來纏繞你！五個魔鬼一齊作弄着可憐的湯姆：一個是色魔奧別狄克脫；一個是啞鬼霍別狄丹斯，一個是偷東西的瑪呼；一個是殺人的摩陀；一個是扮鬼臉的弗力勃鐵捷貝脫，他後來常常附在丫頭使女的身上。好，祝福你，先生！

葛　來，你這受盡上天凌虐的人，把這錢囊拿去；我的不幸卻是你的運氣。天道啊，願你常常如此！讓那窮奢極欲，把你的法律當作滿足他自己享受的工具，因爲知覺麻木而沉迷不悟的人，趕快感到你的威力吧；從享用過度的人手裏奪下一點來分給窮人，讓每一個人都得到他所應得的一份吧。你認識多佛嗎？

埃　認識，先生。

葛　那邊有一座懸崖，它的峭拔的絕頂俯瞰着幽深的海水；你祇要領我到那懸崖的邊上，我就給你一些我隨身攜帶的貴重的東西，你拿了去可以過些舒服的日子；我也不用再煩你帶路了。

埃　把你的手臂給我；讓可憐的湯姆領着你走。（同下）

## 第二場　奧本尼公爵宮前

〔貢納梨及愛特門上。

貢　歡迎，伯爵；我不知道我那位和善的丈夫為什麼不來迎接我們。

〔鄂斯華特上。

貢　主人呢？

鄂　夫人，他在裏邊；可是已經大大變了一個人啦。我告訴他法國軍隊登陸的消息，他聽了只是微笑；我告訴他說您來了，他的回答卻是「還是不來的好」；我告訴他葛羅斯脫怎樣謀反，他的兒子怎樣盡忠的時候，他罵我蠢東西，說我顛倒是非。凡是他所應該痛恨的事情他聽了都覺得很得意，他所應該欣慰的事情，反而使他惱怒。

貢　（向愛）那麼你止步吧。這是他懦怯畏縮的天性，使他不敢擔當大事；他寧願忍受侮辱，不肯挺身而起。我們在路上談起的那個願望，也許可以實現。愛特門，你且回到我的妹夫那兒去，催促他趕緊調齊人馬，交給你統率。我這兒祇好由我自己出馬，把家務托付我的丈夫照管了。這個可靠的僕人可以替我們傳達消息；要是你有膽量為了你自己的好處，履行你的女主人的命令，那麼不久大概就會聽到我的音信的。把這東西拿去帶在身邊；不要多說什麼；（以飾物贈愛）低下你的頭來；這一個吻要是能夠替我說話，它會叫你的靈魂兒飛上天空的。你要明白我的心；再會吧。

我願意為您赴湯蹈火。

貢　我的最親愛的葛羅斯脫！（愛下）吹！都是男人，却有這樣的不同！那一個女人不願意爲你貢獻她的一切，我却讓一個傻瓜侵佔了我的眠牀。

鄂　夫人，殿下來了。（下）

【奧本尼上。

貢　你太瞧不起人啦。

奧　啊，貢納梨！你的價值還比不上那狂風吹在你臉上的塵土。我替你這種脾氣擔着心事：一個人要是看輕了自己的根本，難免做出一些越限逾分的事來；樹幹斲傷了，枝葉也要跟着萎謝，到後來祗好讓人當作枯柴而付之一炬。

貢　得啦得啦；全是些傻話。

奧　智慧和仁義在惡人眼中看來都是惡的；下流的人祗喜歡下流的事。你們幹下了些什麼事情？你們是猛虎，不是女兒，你們幹了些什麼事啦？這樣一位父親，這樣一位仁慈的老人家，一頭野熊見了他也會俯首帖耳，你們這些蠻橫下賤的女兒，却把他激成了瘋狂！難道我那位賢襟兄竟會讓你們這樣胡鬧嗎？他也是個堂堂漢子，一邦的君主，又受過他這樣的深恩厚德！要是上天不立刻降下一些明顯的災禍來懲罰這種萬惡的行爲，那麼人類快要像深海的魚龍一樣自相吞食了。

貢　不中用的懦夫！你讓人家打腫你的臉，把侮辱加在你的頭上，還以爲是一件體面的事；正像那些不明是非的傻瓜，人家存心害你，幸虧發覺得早，他們在未下毒手以前就受到懲罰，你却還要可憐他們。你的鼓呢？法國的旌旗已經展開在我們安靜的國境上了，你的敵人頂着羽毛飄揚的戰盔，已經開始他的威脅你這迂腐的傻子却坐着一動不動，祇會說，「唉！他爲什麼要這樣呢？」

奧　瞧瞧你自己吧，魔鬼！惡魔的醜惡的嘴臉還不及一個惡魔般的女人更要醜惡萬分。

貢　噯喲，你這沒有頭腦的蠢貨！

奧　你這變化做女人的形狀，掩蔽你的蛇蝎般的眞相的魔鬼，不要露出你的猙獰的面目來吧！要是我可以允許這雙手服從我的怒氣，它們一定會把你的肉一塊塊抓下來，把你的骨頭一根根彎斷；可是你雖然是一個魔鬼，你的形狀却還是一個女人，我不能傷害你。

貢　哼，這就是你的男子漢的氣概。——呸！

【一使者上。】

奧　有什麼消息？

使者　啊！殿下，康瓦爾公爵死了；他正要挖去葛羅斯脫第二隻眼睛的時候，他的一個僕人把他殺死了。

奧　葛羅斯脫的眼睛！

使者　他所畜養的一個僕人因爲激於義憤，反對他這一種行動，就拔出劍來向他的主人行刺；他的主人也動了怒，和他奮力猛鬥，結果把那僕人砍死了，可是自己也受了重傷，終於不治身亡。

奧　啊，天道畢竟還是有的，人世的罪惡這樣快就受到了誅譴！但是啊，可憐的葛羅斯脫！他失去了他的第二隻眼睛嗎？

使者　殿下，兩隻眼睛全都給挖去了。夫人，這一封信是您的妹妹寫來的，請您立刻給她一個回音。

貢　（旁白）從一方面說來，這是一個好消息；可是她做了寡婦，我的葛羅斯脫又跟她在一起，也許我的一切美滿

的願望，都要從我這可憎的生命中消滅了；不然的話，這消息還不算頂壞。（向使者）我讀過以後再寫回信吧。（下）

奧　他們挖去他的眼睛的時候，他的兒子在什麼地方？

使者　他是跟夫人一起到這兒來的。

奧　他不在這兒。

使者　不，殿下，我在路上碰見他回去了。

奧　他知道這種罪惡的事情嗎？

使者　是，殿下；就是他出首告發他的，他離開那座屋子，爲的是讓他們行事方便一些。

奧　葛羅斯脫，我永遠感激你對王上所表示的好意，一定替你報復你的抉目之仇。過來，朋友，詳細告訴我一些你所知道的其他的消息。（同下）

## 第三場　多佛附近法軍營地

〔肯脫及一侍臣上。

肯　爲什麼法王突然回去，您知道他的理由嗎？

侍臣　他在國內還有一點未了的要事，直到離國以後方纔想起；因爲那件事情有關國家的安全，所以他不能不親自回去料理。

肯　他去了以後，委託什麼人代他主持軍務？

侍臣　拉發元帥。

肯　王后看了您的信，有沒有什麽悲哀的表示？

侍臣　是的，先生；她拿了信，當着我的面前讀下去，一顆顆飽滿的淚珠滴下她的嬌嫩的頰上；可是她仍然保持着一個王后的尊嚴，雖然她的情感像叛徒一樣想要把她壓服，她還是竭力把它克制下去。

肯　啊！那麽她是受到感動的了。

侍臣　她並不痛哭流涕；忍耐和悲哀互相競爭着誰能把她表現得最美。您曾經看見過陽光和雨點同時出現；她的微笑和眼淚也正是這樣，只是更要動人得多；那些蕩漾在她的紅潤的嘴唇上的小小的微笑，似乎不知道她的眼睛裏有些什麽客人，他們從她鑽石一樣晶瑩的眼球裏滾出來，正像一顆顆渾圓的珍珠。簡單一句話，要是所有的悲哀都是這樣美，那麽悲哀將要成爲最受世人喜愛的珍奇了。

肯　她沒有說過什麽話嗎？

侍臣　一兩次她的嘴裏迸出了「父親」兩個字，好像它們重壓着她的心一般；她哀呼着，「姊姊！姊姊！女人的恥辱！姊姊！肯脫！父親！姊姊！什麽，在風雨裏嗎？在黑夜裏嗎？不要相信世上還有憐憫吧！」於是她揮去了她的天仙一般的眼睛裏的神聖的水珠，讓眼淚淹沒了她的沉痛的悲號，移步他往，和哀愁獨自作伴去了。

肯　那是天上的星辰，天上的星辰主宰着我們的命運；否則同一的父母怎樣會生出這樣不同的兒女來。您後來沒有跟她說過話嗎？

侍臣　沒有。

肯　這是在法王回國以前的事嗎？

侍臣　不，這是他去後的事。

肯　好，告訴您吧，可憐的受難的李爾已經到了此地，他在比較清醒的時候，知道我們來幹什麽事，一定不肯見他的女兒。

侍臣　爲什麽呢，好先生？

肯　羞恥之心掣住了他；他自己的忍心剝奪了她的應得的慈愛，使她遠適異國，聽任天命的安排，把她的權利分給那兩個犬狼之心的女兒，——這種種的囘憶像毒螫一樣刺着他的心，使他充滿了火燒一樣的慚愧，阻止他和科第麗霞相見。

侍臣　唉！可憐的人！

肯　關於奧本尼和康瓦爾的軍隊，您聽見什麽消息沒有？

侍臣　是的，他們已經出動了。

肯　好，先生，我要帶您去見見我們的王上，請您替我照料照料他。我因爲有某種重要的理由，必須暫時隱藏我的眞相；當您知道我是什麽人以後，您決不會後悔跟我結識的。請您跟我去吧。（同下）

## 第四場　同前；帳幕

【旗鼓前導，科第麗霞，醫生，及軍士等上。

科　唉！正是他。剛纔還有人看見他，瘋狂得像被颶風激動的怒海，高聲歌唱，頭上插滿了惡臭的地烟草，牛蒡，毒芹，蕁蔴，杜鵑花，和各種蔓生在田畝間的野草。派一百個軍士到繁茂的田野裏各處搜尋，把他領來見我。（一軍官下）

人們的智慧能不能恢復他的喪失的心神？誰要是能夠醫治他，我願意把我的身外的富貴一起送給他。

醫生　娘娘，法子是有的；休息是滋養疲乏的精神的保姆，他現在就缺少休息；祇要給他服一些藥草，就可以閤上他的痛苦的眼睛。

科　一切神聖的祕密，一切地下潛伏的靈奇，隨着我的眼淚一起奔湧出來吧！幫助解除我的善良的父親的痛苦！快去找他，快去找他，我只怕他在不可控制的瘋狂之中會消滅了他的失去主宰的生命。

【一使者上。

使者　報告娘娘，英國軍隊向這兒開過來了。

科　我們早已知道；一切都預備好了，祇等他們到來。親愛的父親啊！我這次掀動干戈，完全是爲了你的緣故；偉大的法蘭西被我的悲哀和祈懇的眼淚所感動，他一點沒有非分的野心，只有一片眞情，熱烈的眞情，要替我們的老父主持正義。但願我不久就可以聽見看見他！（同下）

## 第五場　葛羅斯脫城堡中一室

【呂甘及鄂斯華特上。

呂　可是我的姊夫的軍隊已經出發了嗎？

鄂　出發了，夫人。

呂　他親自率領嗎？

鄂　夫人，好容易纔把他催上了馬；還是您的姊姊是個更好的軍人哩。

呂　愛特門伯爵到了你們家裏，有沒有跟你家主人談過話？

鄂　沒有，夫人。

呂　我的姊姊給他的信裏有些什麼話？

鄂　我不知道，夫人。

呂　告訴你吧，他有重要的事情，已經離開此地了。葛羅斯脫挖去了眼睛以後，仍舊放他活命，實在是一個極大的失策；因爲他每到一處地方，都會激起衆人對我們的反感。我想愛特門因爲憐憫他的困苦，是要去替他解脫他的暗無天日的生涯；而且他還負有探察敵人實力的使命。

鄂　夫人，我必須追上去把我的信送給他。

呂　我們的軍隊明天就要出發；你暫時就擱在我們的地方吧，路上很危險呢。

鄂　我不能，夫人；我家夫人曾經吩咐我不准誤事的。

呂　爲什麼她要寫信給愛特門呢？難道你不能替她口頭傳達她的意思嗎？看來恐怕有點兒——我也說不出來。讓我拆開這封信來，我會十分歡喜你的。

鄂　夫人，那我可——

呂　我知道你家夫人不愛她的丈夫；這一點我是可以確定的。她最近在這兒的時候，常常對高貴的愛特門拋擲含情的媚眼。我知道你是她的心腹之人。

鄂　我，夫人！

呂　我的話不是隨便說說的，我知道你是她的心腹；所以你且聽我說，我的丈夫已經死了，愛特門跟我曾經兩下談起過他應該向我求愛，不應該向你家夫人求愛。其餘的你自己去意會吧。要是你找到了他，請你替我把這信交給他；你把我的話對你家夫人說了以後，再請她仔細想個明白好，再會。假如你聽見人家說起那瞎眼的老賊在什麼地方，能够把他除掉，一定可以得到重賞。

鄂　但願他能够碰在我的手裏，夫人；我一定可以向您表明我是那一方面的人。

呂　再會。（各下）

## 第六場　多佛附近的鄉間

〔葛羅斯脫及埃特加作農民裝束同上。

葛　什麼時候我纔能够登上山頂？

埃　您現在正在一步步上去；瞧這路多麼難走。

葛　我覺得這地面是很平的。

埃　陡峭得可怕呢！聽！您聽見海水的聲音嗎？

葛　不，我眞的聽不見。

埃　噯喲，那麼大概因爲您的眼睛痛得利害，所以別的知覺也連帶糊塗起來啦。

葛　那倒也許是眞的。我覺得你的聲音也變了樣啦，你講的話不像原來那樣瘋瘋顚顚啦。

埃　您錯啦；除了我的衣服以外，我什麼都沒有變樣。

葛　我覺得你的話像樣得多啦。

埃　來，先生；我們已經到了，您站好。把眼睛一直望到這麼低的地方，眞是驚心眩目！在半空盤旋的烏鴉，瞧上去還沒有甲蟲那麼大；山腰中間懸着一個採金花草的人，可怕的工作！我看他的全身簡直抵不上一個人頭的大小。在海灘上走路的漁夫就像小鼠一般，一艘碇泊在岸旁的高大的帆船小得像它的划艇，它的划艇小得像一個浮標，幾乎看不出來。澎湃的波濤在海濱無數的石子上沖擊的聲音，也不能傳到這樣高的所在。我不願再看下去了，恐怕我的頭腦要昏眩起來，眼睛一花，就要一個觔斗直跌下去。

葛　帶我到你所立的地方。

埃　把您的手給我；您現在已經離開懸崖的邊上祇有一呎之距了；誰要是把天下所有的一切都給了我，我也不願意跳下去。

葛　放下我的手。朋友，這兒又是一個錢囊，裏面有一顆寶石，一個窮人得到了它，可以終身溫飽；願天神們保佑你因此而得福吧！你再走遠一點；向我告別一聲，讓我聽見你走過去。

埃　再會吧，好先生。

葛　再會。

埃　（旁白）我這樣戲弄他的目的，是要把他從絕望的境界中解救出來。

葛　威嚴的神明啊！我現在將離這一個世界，當着你們的面前，擺脫我的慘酷的痛苦了；要是我能夠再忍受下去，而不怨尤你們不可反抗的偉大的意志，我這可厭的殘餘的生命不久也要燒乾了的。要是埃特加尙在人世，神啊，請你們祝福他！現在，朋友，我們再會了！（向前仆地）

埃　我去了，先生；再會。（旁白）可是我不知道當一個人願意受他自己幻想的欺騙，相信他已經死去的時候，那一種幻想會不會眞的偷去了他的生命的至寶；要是他果然在他所想像的那一個地方，現在他早已沒有思想了。活着還是死了？（向葛）喂，你這位先生？朋友！你聽見嗎，先生！說呀！也許他眞的死了；可是他醒過來啦你是什麼人，先生？

葛　去，讓我死。

埃　要是你不過是一根蛛絲，一片羽毛，一陣空氣，從這樣千仞的懸崖上跌落下來，也要像雞蛋一樣化成粉碎；可是你還在呼吸，你的身體還是好好的，不流一滴血，還會說話，簡直一點損傷也沒有。十根桅桿連接起來也不及你所跌下來的那地方的高；你的生命是一個奇蹟。再對我說兩句話吧。

葛　可是我有沒有跌下來？

埃　你就是從這可怕的懸崖絕頂上面跌下來的。擡起頭來看一看吧；鳴聲嘹喨的雲雀飛到了那樣高的所在，我們不但看不見它的形狀，也聽不見它的聲音；你看。

葛　唉！我沒有眼睛哩。難道一個苦命的人連尋死的權利都要被剝奪去了嗎？罷了，這也是上天的意思，不讓驕橫的暴君如願以償。

埃　把你的手臂給我；起來，好，怎樣？站得穩嗎？

葛　很穩，很穩。

埃　這眞太不可思議了。剛纔在那懸崖的頂上，從你身邊走開去的是什麼東西？

葛　一個可憐的叫化子。

埃　我站在下面望着他，彷彿看見他的眼睛像兩輪滿月；他有一千個鼻子，滿頭都是像波浪一樣高低不平的角；一定是個什麼惡魔。所以，你幸運的老人家，你應該想這是無所不能的神明在暗中默佑你，否則決不會有這樣的奇事。

葛　我現在記起來了；從此以後，我要耐心忍受痛苦，直等它有一天自己喊了出來，「够啦，够啦，」那時候再撒手死去。你所說起的這一個東西，我還以為是個人；它老是嚷着「惡魔，惡魔」的，就是他把我領到了那個地方。

埃　不要胡思亂想，安心忍耐。可是誰來啦？

［李爾以鮮花雜亂飾身上。

埃　不是瘋狂的人，決不會把他自己打扮成這一個樣子。

李　不，他們不能判我私造貨幣的罪名；我是國王哩。

埃　啊，傷心的景象！

李　在那一點上，天然是勝過人工的。這是強迫你們當兵的慰勞費。那傢伙彎弓的姿勢，活像一個稻草人；給我射一支一碼長的箭試試看。瞧，瞧！一隻小老鼠！別鬧，別鬧！這一塊烘乳酪可以捉住它。這是我的臂鎧；儘管他是一個巨人，我也要跟他一決勝負。帶那些戟手上來。啊！飛得好，鳥兒！剛剛中在靶子心裏，咻！口令！

埃　茉薺蘭。

李　過去。

葛　我認識那個聲音。

李　嚇！長着白鬍鬚的貢納梨！她們像狗一樣向我獻媚，說我在沒有出黑鬚以前，就已經有了白鬚。我說一聲「是，」她們就應一聲「是」；我說一聲「不，」她們就應一聲「不！」當雨點淋溼了我，風吹得我牙齒打顫，當雷聲不背聽我的話平靜下來的時候，我纔發現了她們，嗅出了她們的蹤跡。算了，她們不是心口如一的人；她們把我恭維得天花亂墜，全然是個謊，一發起寒熱來我就沒有辦法。

葛　這一種說話的聲調我記得很清楚；他不是我們的君王嗎？

李　嗯，每一吋都是君王；我祇要一睜眼睛，我的臣子就要嚇得發抖。我赦免那個人的死罪。你犯的是什麼案子？姦淫嗎？你不用死；為了姦淫而犯死罪！不，小鳥兒都在幹那把戲，金蒼蠅當着我的面前也會公然交尾哩。讓通姦的人多子多孫吧；因為葛羅斯脫的私生的兒子，也比我的合法的女兒更孝順他的父親。淫風越盛越好，我巴不得他們替我多製造幾個兵士出來。瞧那個臉上堆着假笑的婦人，她裝出一副冷若冰霜的神氣，做作得那麼端莊貞靜，一聽見人家談起調情的話兒就要搖頭；其實她自己幹起那回事來，比臭貓和騷馬還要浪得多哩。她們的上半身雖然是女人，下半身卻是淫蕩的妖怪；腰帶以上是屬於天神的，腰帶以下全是屬於魔鬼的：那兒是地獄，那兒是黑暗，那兒是火坑，吐着融融的烈焰，發出熏人的惡臭，把一切燒成了灰。啐！啐！啐！呸！呸！好掌櫃，給我稱一兩麝香，讓我解解我的想象中的臭氣；錢在這兒。

葛　啊！讓我吻一吻那隻手！

李　讓我先把它揩揩乾淨；它上面有一股兒熱烘烘的人氣。

葛　啊，毀滅了的生命！這一個廣大的世界有一天也會像這樣零落得祇剩一堆殘跡。你認識我嗎？

李　我很記得你的這雙眼睛。你在向我瞟嗎？不，盲目的邱必特，隨你使出什麼手段來，我是再也不會戀愛的。這是一封挑戰書，你拿去讀吧，瞧瞧它是怎麼寫的。

葛　即使每一個字都是一個太陽，我也瞧不見。

埃　（旁白）要是人家告訴我這樣的事，我一定不會相信；可是這樣的事是眞的，我的心要碎了。

李　讀。

葛　什麼！用眼眶子讀嗎？

李　啊哈！你原來是這個意思嗎？你的頭上也沒有眼睛，你的袋裏也沒有銀錢嗎？可是你却看見這世界的變化。

葛　我祗能感覺到它的變化。

李　什麼！你瘋了嗎？一個人就是沒有眼睛，也可以看見這世界的變化。用你的耳朶瞧着吧：你不看見那法官怎樣痛罵那個卑賤的偷兒嗎？側過你的耳朶來，聽我告訴你：讓他們兩人換了地位，誰還認得出那個是法官，那個是偷兒？你見過一條農夫的狗向一個乞丐吠嗎？

葛　嗯，陛下。

李　你還看見那傢伙怎樣給那條狗趕走嗎？從這一件事情上面，你就可以看到威權的偉大的影子；一條得勢的狗，也可以使人家唯命是從。你這可惡的教吏，停住你的殘忍的手！爲什麼你要鞭打那個妓女？向你自己的背上着力抽下去吧；你自己心裏和她犯姦淫，却因爲她跟人家犯姦淫而鞭打她。殺人的是個放重利債的傢伙，被殺的是個騙子。襤褸的衣衫遮不住小小的過失；披上錦袍裘服，便可以隱匿一切。罪惡鍍了金，公道的堅强的槍刺也會迎之而斷；把它用破爛的布條裹起來，一根侏儒的稻草就可以戳破它。沒有一個人是犯罪的，我說沒有一個人；我願意爲他們擔保；相信我吧，我的朋友，我有權力封住控訴者的嘴唇。你還是去裝上一副玻璃眼睛，像一個卑鄙的陰謀家似的，假裝能够看見你所看不見的事情吧。來，來，來，來，替我把靴子脫下來；用力一點，用力一點；好。

埃　（旁白）啊！雖然是瘋話，却不是全無意義的。

李　要是你願意為我的命運痛哭，那麼把我的眼睛拿了去吧。我知道你是什麼人；你的名字是葛羅斯脫。你必須忍耐；你知道我們來到這世上第一次嗅到了空氣就哇呀哇呀的哭起來的。讓我講一番道理給你聽，你聽着。

葛　唉！唉！

李　當我們生下地來的時候，我們因為來到了這個全是些傻瓜的廣大的舞台之上，所以禁不住放聲大哭。這頂帽子的式樣很不錯！用氈呢釘在一隊馬兒的蹄上，倒是一個妙計；我要把它實行一下，悄悄地偷進了我那兩個女壻的營裏，然後我就殺，殺，殺，殺，殺，殺！

【侍臣率從者上。

侍臣　啊！他在這兒；抓住他。陛下，您的最親愛的女兒——

李　沒有人救我嗎？什麼！我變成一個囚犯了嗎？我是天生下來被命運愚弄的。不要虐待我；有人會拿錢來贖我的。替我請幾個外科醫生來，我的頭腦受了傷啦。

侍臣　您將會得到您所需要的一切。

李　一個夥伴也沒有？衹有我一個人嗎？噯喲，這樣會叫一個人變成了個淚人兒，用他的眼睛充作了灌園的水壺，去澆灑秋天的泥土的。

侍臣　陛下，——

李　我要像一個新郎似地勇敢死去。嘿！我要高高興興的。來，來，我是一個王，你們知道嗎？

侍臣　您是一位尊嚴的王上，我們服從您的旨意。

李　那麼還有幾分希望。要去快去。唦唦唦唦。（下，從者等隨下）

侍臣　最微賤的平民到了這樣一個地步，也會叫人看了傷心，何況是一個國王！你那兩個不孝的女兒，已經使全體女人受到咒詛，可是你還有一個女兒，却已經把她自己從這樣的咒詛中間振拔出來了。

埃　祝福，先生。

侍臣　足下有什麽見教？

埃　您有沒有聽見什麽關於將要有一場戰事發生的消息？

侍臣　這已經是一件千眞萬確，誰都知道的事了；每一個耳朵能够辨別聲音的人都聽到過那樣的消息。

埃　可是借問一聲，您知道對方的軍隊離開這兒還有多少路？

侍臣　很近了；他們一路來得很快，他們的主力部隊每一點鐘都有到來的可能。

埃　謝謝您，先生，這是我所要知道的一切。

侍臣　王后雖然有特別的原因還在這兒，她的軍隊已經開上去了。

埃　謝謝您，先生。（侍臣下）

葛　永遠仁慈的神明，請俯聽我的禱告：不要再讓我的罪惡的靈魂引誘我在你們沒有要我死以前結束我自己的生命！

埃　您禱告得很好，老人家。

葛　好先生，您是什麽人？

埃　一個非常窮苦的人，受慣命運的打擊；因爲自己是從憂患中間過來的，所以對於不幸的人很容易抱同情。把您的手給我，讓我把您領到一處可以棲身的地方去。

葛　多謝多謝；願上天大大賜福給您！

〔鄂斯華特上。

鄂　明令緝拿的要犯居然碰在我手裏！你那顆瞎眼的頭顱，却是我的進身的階梯。你這倒霉的老奸賊，趕快懺悔你的罪惡；劍已經拔出了，你今天難逃一死。

葛　但願你這慈悲的手多用一些氣力，幫助我早早脫離苦痛。（埃插入阻鄂）

鄂　大膽的村夫，你怎麼敢袒護一個明令緝拿的叛徒？滾開，免得你也遭到和他同樣的命運。放開他的手臂。

埃　先生，你不向我說明理由，我是不放的。

鄂　放開，奴才，否則我叫你死。

埃　好先生，你走你的路，讓窮人們過去吧。這種嚇人的話，就是接連說上半個月也嚇不倒人的。不，不要走近這個老頭兒；我關照你走遠一點兒；要不然的話，我要試一試究竟還是你的頭硬還是我的棍子硬。我可不知道什麼客氣不客氣。

鄂　走開，混賬東西！

埃　我要拔掉你的牙齒，先生。來，儘管刺過來吧。（二人決鬥，埃擊鄂倒地）

鄂　奴才，你打死我了。把我的錢囊拿了去吧。要是你希望將來有好日子過，請你把我的屍體掘一個坑埋了；我身邊還有兩封信，請你替我送給葛羅斯脫伯爵愛特門大爺，他在英國軍隊裏，你可以找到他。啊！想不到我今天會死在你的手裏！（死）

埃　我認識你；你是一個慣會討主上歡心的奴才；你的女主人無論有什麼萬惡的命令，你總是奉命唯謹。

葛　什麼！他死了嗎？

埃　坐下來，老人家；您休息一會兒吧。讓我們搜一搜他的衣袋；他說起的那兩封信，也許可以對我有一點用處。他死了；我只可惜他不死在別人的手裏。讓我們看：對不起，好蠟，我要把你拆開來了；恕我無禮，爲了要知道我們敵人的思想，就是他們的心肝也要剖出來，拆閱他們的信件不算是違法的事。

「不要忘記我們彼此間的誓約。你有許多機會可以除去他；祇要你有決心，一切都是不成問題的。要是他得勝歸來，那就什麼都完了；我將要成爲一個囚人，他的眠牀就是我的牢獄。把我從這可憎的溫熱中拯救出來吧，他的地位你可以取而代之。你的戀慕的奴婢（但願我能換上妻子兩個字）貢納梨。」

啊，不可測度的女人的心！謀害她的善良的丈夫，叫我的兄弟代替他的位置！在這砂土之內，我要把你掩埋起來，你這殺人的淫婦的使者。在一個適當的時間，我要讓那被人陰謀弒害的公爵見到這一封卑劣的信。我能夠把你的死訊和你的使命告訴他，對於他是一件幸運的事。

葛　王上瘋了；我的萬惡的知覺卻牢附在我的身上，我一站起身來，無限的悲痛就湧上我的心頭！還是瘋了的好；那樣我可以不再想到我的不幸，讓一切痛苦在昏亂的幻想之中忘記了它們本身的存在。（遠處鼓聲）

埃　把您的手給我；好像我聽見遠遠有打鼓的聲音。來，老人家，讓我把您安頓在一個朋友的地方。（同下）

## 第七場　法軍營帳

【科第麗霞，肯脫，醫生，及侍臣上。

科　好肯脫啊！我怎麼能夠報答你這一番苦心好意呢？就是粉身碎骨，也不能抵償你的大德。

肯　娘娘，祇要自己的苦心被人了解，那就是莫大的報酬了。我所講的話，句句都是事實，沒有一分增減。

科　去換一身好一點的衣服吧，你身上的衣服是那一段悲慘的時光中的紀念品，請你脫下來吧。

肯　恕我，娘娘；我現在還不能回復我的本來面目，因爲那會妨礙我的預定的計劃。請您准許我這一個要求，在我自己認爲還沒有到適當的時間以前，您必須把我當作一個不相識的人。

科　那麼就照你的意思吧，伯爵。（向醫生）王上怎樣？

醫生　娘娘，他仍舊睡着。

科　慈悲的神明啊，醫治他的被凌辱的心靈中的重大的裂痕！保佑這一個被不孝的女兒所反噬的老父，讓他錯亂昏迷的神智回復健全吧！

醫生　請問娘娘，我們現在可不可以叫王上醒來？他已經睡得很久了。

科　照你的意見，應該怎麼辦就怎麼辦吧。他有沒有穿着好？

【李爾臥椅內，衆僕舁上。

侍臣　是，娘娘；我們乘着他熟睡的時候，已經替他把新衣服穿上去了。

醫生　娘娘，請您不要走開，等我們叫他醒來；我相信他的神經已經安定下來了。

科　很好。（奏樂）

醫生　請您走近一步。音樂還要響一點兒。

科　啊，我的親愛的父親！但願我的嘴唇上有治愈瘋狂的靈藥，讓這一吻抹去了我那兩個姊姊加在你身上的無情的傷害吧！

背　善良的好公主！

科　假如你不是她們的父親，這滿頭的白雪也該引起她們的憐憫。這樣一張臉龐是受得起激戰的狂風的吹打的嗎？它能夠抵禦可怕的雷霆嗎？在最吓人的閃電的輝光之下，你可憐的無援的兵士！戴着這一頂薄薄的戎盔，苦苦地守住你的哨位嗎？我的敵人的狗，即使它曾經咬過我，在那樣的夜裏我也要讓它躺在我的火爐之前。但是，你可憐的父親，却甘心鑽在汚穢霉爛的稻草裏和豬狗乞兒爲伴嗎？！唉！唉！你的生命不和你的智慧同歸於盡，纔是一件怪事。他醒來了；對他說些什麽話兒吧。

醫生　娘娘，應該您去跟他說說。

科　父王陛下，您好嗎？

李　你們不應該把我從墳墓中間拖了出來。你是一個有福的靈魂；我却縛在一個烈火的車輪上，我自己的眼淚也像鎔鉛一樣灼痛我的臉。

科　父親，您認識我嗎？

李　你是一個靈魂，我知道；你在什麽時候死的？

科　還是瘋瘋顛顛的。

醫生　他還沒有完全清醒過來；暫時不要驚擾他。

李　我到過些什麽地方？現在我在什麽地方？明亮的白晝嗎？我大大受了騙啦。怎麽我還能活着看見這樣的一天？我不知道應該怎麽說。我不願發誓這一雙是我的手；讓我試試看，這針刺上去是覺得痛的。但願我能够知道我自己的確實情形！

科　啊！瞧着我，父親，把您的手按在我的頭上爲我祝福吧。不，父親，您千萬不能跪下。

李　請不要取笑我；我是一個非常愚蠢的傻老頭子，年紀活了八十多歲了；不瞞您說，我怕我的頭腦有點兒不大健全。我想我應該認識您，也該認識這個人；可是我不敢確定；因爲我全然不知道這是什麼地方，而且憑着我所有的能力，我也記不起來什麼時候穿上這身衣服；我也不知道昨天晚上我在什麼所在過夜。不要笑我；我想這位夫人是我的孩子科第麗霞。

科　正是，正是。

李　你在流着眼淚嗎？當眞。請你不要哭啦；要是你有毒藥爲我預備着，我願意喝下去。我知道你不愛我；因爲我記得你的兩個姊姊都虐待我；你虐待我還有幾分理由，她們却沒有理由虐待我。

科　誰都沒有理由虐待您。

李　我是在法國嗎？

肯　在您自己的國土之內，陛下。

李　不要騙我。

醫生　請寬心一點，娘娘；您看他的瘋狂已經平靜下去了；可是再向他提起從前的事情，却是非常危險的。不要多煩擾他，讓他的神經完全安定下來。

科　請陛下到裏邊去安息安息吧。

李　你必須原諒我。請你不咎既往，寬赦我的過失；我是個年老糊塗的人。（李、科、醫生，及侍從等同下）

侍臣　先生，康瓦爾公爵被刺的消息是眞的嗎？

肯　完全確確。
侍臣　他的軍隊歸什麼人帶領？
肯　據說是葛羅斯脫的庶子。
侍臣　他們說他的放逐在外的兒子埃特加現在跟肯脫伯爵都在德國。
肯　消息常常變化不定。現在是應該戒備的時候了，英國軍隊很快就要迫近。
侍臣　一場血戰是免不了的。再會先生。（下）
肯　我的目的能不能順利達到，要看這一場戰事的結果方纔分曉。（下）

# 第五幕

## 第一場　多佛附近英軍營地

〔旗鼓前導，愛特門，呂甘，軍官，兵士，及餘人等上。

愛　（向一軍官）你去問一聲公爵他是不是仍舊保持着原來的決心，還是因為有了其他的理由已經改變了方針；他這個人毫無定見，動不動引咎自責；我要知道他究竟抱着怎樣的主張。（軍官下）

呂　我那姊姊差來的人一定在路上出了事啦。

愛　那可說不定，夫人。

呂　好爵爺，我對你的一片好心，你不會不知道的；現在請你告訴我，老老實實地告訴我，你不愛我的姊姊嗎？

愛　我只是按照我的名分敬愛她。

呂　可是你從來沒有深入我的姊夫的禁地嗎？

愛　這樣的思想是有失您自己的體統的。

呂　我怕你們已經打成一片，她心坎兒裏祇有你一個人哩。

愛　憑着我的名譽起誓，夫人，沒有這樣的事。

呂　我決不答應她；我的親愛的爵爺，不要跟她親熱。

愛　您放心吧。——她跟她的公爵丈夫來啦！

〔旗鼓前導，奧本尼，貢納梨及軍士等上。

貢　（旁白）我寧願這一次戰爭失敗，也不讓我那個妹子把他從我手裏奪了去。

奧　賢妹久違了。伯爵，我聽說王上已經帶了我們國內的一羣亡命之徒，到他女兒的地方去了。要是我們所興的是一場不義之師，我是再也提不起我的勇氣來的；可是現在的問題，並不是我們的王上和他手下的一羣人在法國的煽動之下，用堂堂正正的理由向我們興師討罪，而是法國舉兵侵犯我們的領土，這是我們所不能容忍的。

愛　您說得有理，佩服佩服。

呂　這種話講它做什麼呢？

貢　我們祇須同心合力，打退敵人；這些內部的糾紛，不是現在所要討論的問題。

奧　那麼讓我們跟那些久歷戎行的戰士們討論討論我們所應該採取的戰略吧。

愛　很好，我就到您的帳裏來叨陪末議。

呂　姊姊，您也跟我們一塊兒去嗎？

貢　不。

呂　您怎麼可以不去？來，請吧。

貢　（旁白）哼！我明白你的意思。（高聲）好，我就去。

【埃特加喬裝上。

埃　殿下要是不嫌我微賤，請聽我說一句話。

奧　你們先請一步，我就來。——說。（愛，呂，貢，軍官，兵士，及侍從等同下）

埃　在您沒有開始作戰以前，先把這封信拆開來看一看。要是您得到勝利，可以吹喇叭為號，叫我出來；雖然您看我是這樣一個下賤的人，我可以請出一個證人來證明這信上所寫的事、要是您失敗了那麼您在這世上的使命已經完畢，一切陰謀也都無能爲力了願命運眷顧您！

奧　等我讀了信你再去、

埃　我不能。時候一到，您祇要叫傳令官傳喚一聲，我就會出來的。

奧　那麼再見；你的信我拿回去看吧。（埃下）

【愛特門重上。

愛　敵人已經望得見了；快把您的軍隊集合起來這兒記載着根據精密偵查所得的敵方軍力的估計；可是現在您必須趕快點兒了。

奧　好，我們準備迎敵就是了。（下）

愛　我對這兩個姊妹都已經立下愛情的盟誓；她們彼此互懷嫉妒，就像被蛇咬過的人看見不得蛇的影子一樣。我應該選擇那一個呢？兩個都要？祇要一個？還是一個也不要？要是兩個全都留在世上我就一個也不能到手；娶了那寡婦，一定會激怒她的姊姊貢納梨；而且她的丈夫一天不死，總是我前途的一個障礙。現在我們還是要借他做號召軍心的幌子；等到戰事結束以後，她要是想除去他，讓她自己設法結果他的性命吧。照他的意思李爾和科第麗霞兩人被我們捉到以後，是不能加害的；可是假如他們果然掉在我們手裏，我們可決不讓他們得到他的赦免：因爲我保全自己的地位要緊，什麼天理良心祇好一概不論。（下）

## 第二場　兩軍營地之間的原野

〔內號角聲。旗鼓前導，李爾及科第麗霞率軍隊上；同下。埃特加及葛羅斯脫上。

埃　來，老人家，在這樹陰底下坐坐吧；但願正義得到勝利！要是我還能够回來見你，我一定會給你好消息的。

葛　上帝照顧您，先生！（埃下）

〔號角聲；有頃，內吹退軍號。埃特加重上。

埃　去吧，老人家！把你的手給我；去吧！李爾王已經失敗，他跟他的女兒都被他們捉去了。把你的手給我；來。

葛　不，先生，我不要再到什麼地方去了；讓我就在這兒等死吧。

埃　怎麽！你又轉起那種壞念頭來了嗎？人們的生死都不是可以勉强求到的，你應該耐心忍受天命的安排。來。

葛　那也說得有理。（同下）

## 第三場　多佛附近英軍營地

〔旗鼓前導，愛特門上；李爾、科第麗霞被俘隨上；軍官、兵士等同上。

愛　來人，把他們押下去，好生看守，等上面發落下來再作道理。

科　存心良善的反而得到惡報，這樣的前例是很多的。我只是爲了你，被迫害的國王，纔落得如此下場；否則儘管欺人的命運向我橫眉怒目，我也不會害怕受她的凌辱。我們要不要去見見這兩個女兒和這兩個姊姊？

李　不，不，不，不！來，讓我們到監牢裏去。我們兩人將要像籠中之鳥一般唱唱歌兒。當你求我爲你祝福的時候，我要跪下來求你饒恕；我們就是這樣生活着，祈禱，唱歌，說些古老的故事，嘲笑那披着金翅的蝴蝶，聽聽那些可憐的囚徒們講些宮廷裏的消息；我們也要跟他們在一起談話，誰失敗，誰勝利，誰在朝，誰在野，用我們的意見解釋各種事情的祕密就像我們是上帝的間諜一樣；在囚牢的四壁之內，我們將要冷眼看那些朋比爲奸的黨徒隨着月亮的圓缺而升沉。

愛　把他們帶下去。

李　對於這樣的祭物，我的科第麗霞，天神也要焚香致敬的。我果然把你捉住了嗎？誰要是想分開我們，必須從天上取下一把火炬來像驅逐狐狸一樣把我們趕散。揩乾你的眼睛；讓惡瘡爛掉他們的全身，他們也不能使我們流淚，我們要看他們活活餓死。來。（兵士押李、科下）

愛　過來，隊長。聽着；把這一通密令拿去（以一紙授軍官）跟着他們到監牢裏去。我已經把你超升了一級，要是你能夠照這密令上所說的實行，一定有大大的好處。你要知道，識時務的纔是好漢；心腸太軟的人不配佩帶刀劍。我吩咐你去幹這件重要的差使，你可不必多問，願意就做，不願意就別做。

軍官　我願意，大人。

愛　那麼去吧；你立了這一個功勞，你就是一個幸運的人。聽着，事不宜遲，必須照我所寫的辦法趕快辦好。

軍官　我不會拖車子，也不會吃乾麥；祇要是男子漢幹的事，我就會幹。（下）

喇叭奏花腔。奧本尼，貢納梨，呂甘，軍官及侍從等上。

奧　伯爵，你今天果然表明了你是一個將門之子；命運眷顧着你，使你克奏膚功，跟我們敵對的人都已經束手就擒。請你把你的俘虜交給我們，讓我們一方面按照他們的身分，一方面顧到我們自身的安全，決定一個適當的處置。

愛　殿下，我已經把那不幸的老王拘禁起來，並且派兵士嚴密監視了；他的高齡和尊號都有一種莫大的魔力，可以吸引人心歸附他，要是不加防範，恐怕我們的部下都要受他的煽惑而對我們反戈相向。那王后我為了同樣的理由，也把她一起下了監；他們明天或者遲一兩天就可以受你們的審判。現在弟兄們剛剛流過血汗，喪折了不少的朋友親人，對於感受戰爭的殘酷的人們，無論引起這場爭端的理由怎樣正大，在一時的憤激之中都是可咒詛的；所以審問科第麗霞和她的父親這一件事，必須在一個更適當的時候舉行。

奧　伯爵，說一句不怕你見怪的話，你不過是一個隨征的將領，我並沒有把你當作一個同等地位的人。

呂　假如我願意，為什麼他不能和你分庭抗禮呢？我想你在說這樣的話以前，應該先問問我的意思纔是。他帶領我們的軍隊，受到我的全權委任，憑着這一層親密的關係，也夠資格和你稱兄道弟了。

貢　少親熱點兒吧；他的地位是他靠着自己的才能造成的，並不是你給他的恩典。

呂　我憑着我的權力，使他可以和最尊貴的人匹敵。

貢　要是他做了你的丈夫，你纔可以有這種權力。

呂　笑話往往會變成預言。

貢　呵呵！看你擠眉弄眼的，果然不懷好意。

呂　太太，我現在身子不大舒服，懶得跟你鬥口了。將軍，請你接受我的軍隊，俘虜，和財產；這一切連我自己都由你支配；我是你的獻城降服的臣僕；讓全世界為我證明，我現在把你立為我的丈夫和君主。

貢　你想要受用他嗎？

奧　那不是你所能阻止的。

愛　也不是你所能阻止的。

奧　雜種兒，我可以阻止你們。

呂　（向愛）叫鼓手打起鼓來，證明我已經把尊位給了你。

奧　等一等，我還有話說。愛特門，你犯有叛逆重罪，我逮捕你；同時我還要逮捕這一條金鱗的毒蛇（指貢）賢妹，爲了我的妻子的緣故，我必須要求您放棄您的權利；她已經跟這位勳爵有約在先，所以我，她的丈夫，不得不對你們的婚姻表示異議。要是您想結婚的話，還是把您的愛情用在我的身上吧，我的妻子已經另有所屬了。

貢　怎麼又節外生枝起來！

奧　葛羅斯脫，你現在甲冑在身；讓喇叭吹起來；要是沒有人出來證明你所犯的無數兇殘慘惡、衆目昭彰的叛逆重罪，這兒是我的信物（擲下手套）；在我沒有當着你的胸前證明我所說的一切以前，我決不讓一些食物接觸我的嘴唇。

呂　噯喲！我病了！我病了！

貢　（旁白）要是你不病，我也從此不相信藥物了。

愛　這兒是我給你的交換（擲下手套）；誰罵我是叛徒的，他就是個說謊的惡人。叫你的喇叭吹起來吧；誰有膽量出來，我可以向他，向你，向每一個人證明我的不可動搖的忠心和榮譽。

奧　來，傳令官！

愛　傳令官！傳令官！

奧　信賴你個人的勇氣吧；因爲你的軍隊都是用我的名義徵集的，我已經用我的名義把他們遣散了。

呂　我的病越來越利害啦！

奧　她身體不舒服；把她扶到我的帳裏去。（侍從扶呂下）過來，傳令官。

【傳令官上。

奧　叫喇叭吹起來，宣讀這一道命令。

軍官　吹喇叭！（喇叭吹響）

傳令官　「在本軍官校將佐之中，要是有人願意證明愛特門，名分未定的葛羅斯脫伯爵，是一個罪惡多端的叛徒，讓他在第三次喇叭聲中出來。」

愛　吹！（喇叭初響）

傳令官　再吹！（喇叭再響）

傳令官　再吹！（喇叭三響）（內喇叭聲相應）

【喇叭手前導，埃特加武裝上。

奧　問明他的來意，爲什麼他聽了喇叭的呼召到這兒來。

傳令官　你是什麼人？你叫什麼名字？在軍中是什麼官級？爲什麼你要應召而來？

埃　我的名字已經被陰謀的毒齒咬嚙蛀蝕了；可是我的出身正像我現在所要來面對的敵手同樣高貴。

奧　誰是你的敵手？

埃　代表葛羅斯脫伯爵愛特門的是什麼人？

愛　他自己；你對他有什麼話說？

埃　拔出你的劍來，要是我的話激怒了一顆正直的心，你的兵器可以爲你辯護；這兒是我的劍。聽着，雖然你有的是勇力，青春，權位，和尊榮，雖然你揮着勝利的寶劍，奪到了新的幸運，可是憑着我的榮譽，我的誓言，和我的武士的身分所給我的特權，我當衆宣佈你是一個叛徒，不忠於你的神明，你的兄長和你的父親，陰謀傾覆這一位崇高卓越的君王，從你的頭頂直到你的足下的塵土，徹頭徹腦是一個最可憎的逆賊。要是你說一聲「不，」這一柄劍，這一隻手臂，和我的全身的勇氣，都要向你的心口證明你說謊。

愛　照理我應該問你的名字；可是你的外表既然這樣英勇，你的出言吐語，也可以表明你不是一個卑微的人，雖然按照武士的規則，我可以拒絕你的挑戰，我却不惜唾棄這些規則，把你所說的那種罪名仍舊丟回到你的頭上，讓那像地獄一般可憎的謊話吞沒你的心；憑着這一柄劍，我要在你的心頭挖破一個窟窿，把你的罪惡一起塞進去。吹起來，喇叭！（號角聲。二人決鬥。愛倒地）

奧　留他活命，留他活命！

貢　這是詭計，葛羅斯脫；按照決鬥的法律，你儘可以不接受一個不知名的對手的挑戰；你不是被人打敗，你是中了人家的計了。

奧　閉住你的嘴，婦人，否則我要用這一張紙塞住它了。拿去，你這比一切惡名更惡的惡人，讀讀你自己的罪惡吧。不要撕，太太；我看你也認識這一封信的。（以信授愛）

貢　即使我幹了這樣的事，法律是我的，不是你的；誰可以控訴我？（下）

奧　豈有此理！你知道這封信嗎？

愛　不要問我知道不知道。

奧　追上她去；她現在情急了，什麼事都幹得出來；留心看好她。（一軍官下）

愛　你所指斥我的罪狀我全都承認，而且我所幹的事，着實不止這一些呢，總有一天會全部暴露的。現在這些事已成過去，我也要永辭人世了。——可是你是什麼人，我會失敗在你的手裏？假如你是一個貴族，我願意對你不記仇恨。

埃　讓我們互相寬恕吧。在血統上我並不比你低微，愛特門；要是我的出身比你更高貴，你尤其不該那樣陷害我。我的名字是埃特加，你的父親的兒子。公正的天神使我們的風流罪過成爲懲罰我們的工具；他在黑暗淫邪的地方生下了你，結果使他喪失了他的眼睛。

愛　你說得不錯；天道的車輪已經循環過來了。

奧　我一看見你的舉止行動，就覺得你不是一個凡俗之人。我必須擁抱你；讓悔恨碎裂了我的心，要是我曾經憎恨過你和你的父親。

埃　殿下，我一向知道您的仁慈。

奧　你把自己藏匿在什麼地方？你怎麼知道你的父親的災難？

埃　殿下，我知道他的災難，因爲我就在他的身邊照料他，聽我講一段簡短的故事；當我說完以後，啊，但願我的心爆裂了吧！貪生惡死，是我們人類的常情，我們寧願每小時忍受着死亡的慘痛，也不願一下子結束自己的生命；我爲了逃避那緊迫着我的殘酷的宣判，不得不披上一身瘋人的襤褸衣服，改扮成一副連狗兒們也要看不起的樣子。在這樣的喬裝之中，我碰見了我的父親，他的兩個眼眶裏淋着血，那寶貴的眼珠已經失去了；我替他做嚮導，帶着他走路，爲他向人求乞，把他從絕望之中拯救出來；啊！千不該萬不該，我不該向他瞞住我自己的真相！直到約摸半小時以前，我已經披上甲胄，因爲不知道此行結果如何，請他爲我祝福，纔把我的全部經歷從頭到尾告訴他知道可是唉！他的破碎的心太脆弱了，載不起這樣重大的喜悅和悲傷，在這兩種極端的情緒猛烈的衝突之下，他含着微笑死了。

愛　你這番話很使我感動；可是說下去吧，看上去你還有一些話要說。

奥　要是還有比這更傷心的事，請不要說下去了吧；因為我聽了這樣的話，已經忍不住熱淚盈眶了。

埃　對於不喜歡悲哀的人，這似乎已經是悲哀的頂點；可是在極度的悲哀之上，却還有更大的悲哀。當我正在放聲大哭的時候，來了一個人，他認識我就是他所見過的那個瘋丐，不敢接近我：可是後來他知道了我究竟是什麽人，他就抱住我的頭頸，大放悲聲，好像要把天空都震碎一般；他俯伏在我的父親的屍體上；講出了關於李爾和他兩個人的一段最慘人聽聞的故事；他越講越傷心，他的生命之絃都要開始顫斷了；那時候喇叭的聲音已經響過二次，我祇好拋下他一個人在那如癡如醉的狀態之中。

奥　可是這是什麽人？

埃　肯脫，殿下，被放逐的肯脫；他一路上喬裝改貌，跟隨那把他視同仇敵的國王，替他躬操奴隸不如的賤役。

〔一侍臣持一流血之刀上。〕

侍臣　救命！救命！救命啊！

埃　救什麽命！

奥　說呀，什麽事？

埃　那柄血淋淋的刀是什麽意思？

侍臣　它還熱騰騰地冒着氣呢；它是從她的心窩裏拔出來的，——啊！她死了！

奧　誰死了？說呀。

侍臣　您的夫人殿下，您的夫人她的妹妹也給她毒死了，她自己承認的。

愛　我跟她們兩人都有婚姻之約，現在我們三個人可以在一块兒做夫妻啦。

埃　肯脫來了。

奧　把她們的屍體擡出來不管她們有沒有死。這一個上天的判決使我們戰慄，卻不能引起我們的憐憫。（侍臣下）

〔肯脫上。

奧　啊！這就是他嗎？當前的變故使我不能對他盡我應盡的敬禮。

肯　我要來向我的王上道一聲永久的晚安，他不在這兒嗎？

奧　我們把一件重要的事情忘了！愛特門，王上呢？科第麗霞呢？肯脫，你看見這一種情景嗎？（衆舁貢呂二人屍上）

肯　噯喲！這是爲了什麽？

愛　愛特門還是有人愛的：這一個爲了我的緣故毒死了那一個，跟着她也自殺了。

奧　正是這樣。把她們的臉遮起來。

愛　我快要斷氣了，倒還想做一件違反我的本性的好事。趕快差人到城堡里去，因爲我已經下令把李爾和科第麗霞處死了。不要多說廢話，遲一點就來不及啦。

奧　跑！跑！跑呀！

埃　叫誰跑呀，殿下？——誰奉命幹這件事的？你得給我一件什麽東西，作爲赦免的憑證。

愛　想得不錯；把我的劍拿去給那隊長。

奧　快去快去；（埃下）

愛　他從我的妻子跟我兩人的手裏得到密令，把科第麗霞在獄中縊死，對外面說是她自己在絕望中自殺的。

奧　神明保佑她！把他暫時擡出去。（衆舁愛下）

【李爾抱科第麗霞屍體，埃特加，軍官及餘人等同上。

李　哀號吧，哀號吧，哀號吧，哀號吧！啊！你們都是些石頭一樣的人；要是我有了你們的舌頭和眼睛，我要用我的眼淚和哭聲震撼穹蒼。她是一去不回的了。一個人死了還是活着，我是知道的；她已經像泥土一樣死去。借一面鏡子給我；要是她的氣息還能夠在鏡面上呵起一層薄霧，那麼她還沒有死。

肯　這就是世界最後的結局了嗎？

埃　還是末日恐怖的預象？

奧　天倒下來了，一切都要歸於毀滅嗎？

李　這一根羽毛在動；她沒有死！要是她還有活命，那麼我的一切悲哀都可以消釋了。

肯　（跪）啊，我的好主人！

李　走開！

埃　這是尊貴的肯脫，您的朋友。

李　一場瘟疫倒在你們身上，全是些兇手，奸賊！我本來可以把她救活的；現在她再也回不轉來了！科第麗霞，科第麗霞！等一等。嚇！你說什麼？她的聲音總是那麼柔軟溫和，女兒家是應該這樣的。我親手殺死了那把你縊死的奴才。

軍官　殿下，他真的把他殺死了。

李　我不是把他殺死了嗎，漢子？從前我一舉起我的寶刀，就可以叫他們嚇得抱頭鼠竄；現在年紀老啦，受到這許多磨難，一天比一天不中用啦。你是誰？老實告訴你吧，我的眼睛可不大好。

肯　要是命運女神向人誇口說起有兩個曾經一度被她寵愛，後來卻爲她厭棄的人，那麼其中的一個就在我們的眼前。

李　我的眼睛太糊塗啦。你不是肯脫嗎？

肯　正是，您的僕人肯脫。您的僕人凱易斯呢？

李　他是一個好人，我可以告訴你；他一動起性子來就會打人。他現在已經死得骨頭都朽爛了。

肯　不，陛下；我就是那個人——

李　很好很好。

肯　自從您開始遭遇變故以來，一直跟隨着您的不幸的足跡。

李　歡迎歡迎。

肯　不，一切都是淒慘的，黑暗的陰鬱的；您的兩個大女兒已經在絕望中自殺了。

李　嗯，我也想是這樣的。

奧　他不知道他自己在說些什麽話，我們謁見他也是徒然的。

埃　全然是徒勞。

【一軍官上。

軍官　稟殿下，愛特門死了。

奧　他的死在現在不過是一件無足重輕的小事、各位勳爵和尊貴的朋友，聽我向你們宣示我的意旨：對於這一位老病衰弱的君王，我們將要盡我們的力量給他可能的安慰；當他在世的時候，我仍舊把最高的權力歸還給他。（向埃肯）你們兩位仍舊恢復原來的爵位，我還要加賚你們額外的尊榮，褒揚你們過人的節行。一切朋友都要得到他們忠貞的報酬，一切仇敵都要嘗到他們罪惡的苦杯。——啊！瞧，瞧！

李　我的可憐的傻瓜給他們縊死了！不，不，沒有命了！爲什麼一條狗、一匹馬、一頭耗子，都有它們的生命，你却沒有一絲呼吸？你是永不回來的了，永不，永不，永不，永不，永不！請你替我解開這個鈕扣；謝謝你，先生。你看見嗎？瞧着她，瞧，她的嘴唇，瞧那邊，瞧那邊！（死）

埃　他暈過去了！——陛下，陛下！

肯　碎吧，心啊！碎吧！

埃　擡起頭來，陛下。

肯　不要煩擾他的靈魂。啊！讓他安然死去吧；他將要痛恨那想要使他在這無情的人世上多受一刻酷刑的人。

埃　他真的去了。

肯　他居然忍受了這麼久的時候，纔是一件奇事；他的生命不是他自己的。

奧　把他們擡出去。我們現在要傳令全國舉哀。（向肯、埃）——
兩位朋友，幫我主持大政，
培養這已經斲傷的國本。

肯　不日間我就要攢程上道；

埃　我已經聽見主上的呼召。
不幸的重擔不能不肩負；
感情是我們唯一的言語。
年老的人已經忍受一切，
後人祇有撫陳跡而嘆息。（同下，奏喪禮進行曲）

莎士比亞戲劇全集
第二輯　第五種

# 麥克佩斯

朱生豪譯

# 麥克佩斯

## 劇中人物

鄧根　蘇格蘭國王
瑪爾康
唐納本　　鄧根之子
麥克佩斯
班戈　　蘇格蘭軍中大將
邁克特夫
淩諾克斯
洛斯
孟底士
安格斯
凱士納斯　　蘇格蘭貴族
弗利安斯　班戈之子
薛華特　諾騰勃蘭伯爵，英國軍中大將

小薛華特　薛華特之子
西登　麥克佩斯的侍臣
邁克特夫的幼子
一英國醫士
一蘇格蘭醫士
一軍曹
一司閽
一老人
麥克佩斯夫人
邁克特夫夫人
麥克佩斯夫人的侍女
赫凱娣及三女巫
貴族，紳士將領，軍士，刺客，侍從，及使者等
班戈鬼魂，及其他幽靈等

**地點**

蘇格蘭；英國

# 第一幕

## 第一場　荒野

【雷電。三女巫上。

女巫甲　何時姊妹再相逢，
　雷電轟轟雨濛濛？
女巫乙　且等烽烟靜四陲，
　敗軍高奏凱歌回。
女巫丙　半山夕照尚含輝。
女巫甲　何處相逢？
女巫乙　　荒野遇。
女巫丙　麥克佩斯由此去。
三女巫合　美卽醜惡醜卽美，
　翱翔毒霧妖雲裏。（同下）

## 第二場　福累斯附近的營地

【內號角聲。鄧根王，瑪爾康，唐納本，淩諸克斯，及侍從等上，與一流血之軍曹相遇。

鄧　那個流血的人是誰？看他的樣子，也許可以向我們報告關於亂事的最近的消息。

瑪　這就是那個奮勇苦戰幫助我衝出敵人重圍的軍曹。祝福，勇敢的朋友！把你離開戰場以前的戰況報告王上。

軍曹　雙方還在勝負未決之中；正像兩個精疲力竭的游泳者，彼此扭成一團，顯不出他們的本領來。那殘暴的麥克唐華特不愧爲一個叛徒，因爲無數奸惡的天性都叢集於他的一身；他已經徵調了西方各島上的輕重步兵，命運也好像一個娼妓一樣，有意向叛徒賣弄風情，助長他的罪惡的氣燄。可是這一切都無能爲力，因爲英勇的麥克佩斯不以命運的喜怒爲意，揮舞着他的血腥的寶劍，一路砍殺過去，直到了那奴才的面前，也不打一句話，就挺劍從他的肚臍上刺了進去，把他的胸膛劃破，一直劃到下巴上；他的頭已經割下來掛在我們的城樓上了。

鄧　啊，英勇的壯士！

軍曹　天有不測風雲，我們正在興高彩烈的時候，卻又遭遇了重大的打擊。聽着，陛下，聽着：當正義憑着勇氣的威力正在驅逐敵軍向後潰退的時候，挪威國君看見有機可乘，調了一批甲械精良的生力部隊又向我們開始一次新的猛攻。

鄧　我們的將軍們，麥克佩斯和班戈有沒有因此而氣餒？

軍曹　是的，要是麻雀能使怒鷹退卻，兔子能把雄獅嚇走的話。實實在在的說，他們就像兩尊巨砲，滿裝着雙倍火力的砲彈，愈發愈猛地向敵人射擊；瞧他們的神氣，好像拚着浴血負創，非讓屍骸鋪滿了原野，決不罷手似的。可是我的氣力已經不濟了，我的傷口需要醫治。

鄧　你的敍述和你的傷口一樣，都表現出一個戰士的精神。來，把他送到軍醫那兒去。（侍從扶軍曹下）

【洛斯上。

鄧　誰來啦？

瑪　尊貴的洛斯爵士。

凌　他的眼睛裏露出多麼慌張的神色！好像要說些什麼古怪的事情似的。

洛　上帝保佑吾王！

鄧　爵士，你是從什麼地方來的？

洛　從費輔來，陛下；挪威的旌旗在那邊的天空招展，把一陣寒風搧進了我們人民的心裏。挪威國君親自率領了大隊人馬，靠着那個最奸惡的叛徒考特爵士的幫助，開始了一場慘酷的血戰；直到麥克佩斯擐甲而前，和他奮勇交鋒，方纔挫折了他的傲氣；勝利終於屬我們所有。——

鄧　好大的幸運！

洛　現在史威諾，挪威的國王，已經向我們求和了；我們責令他在聖戈姆小島上繳納一萬塊錢充入我們的國庫，否則不讓他把戰死的將士埋葬。

鄧　我們不能再讓考特爵士洩漏我們的祕密。把他立刻宣佈死刑，他的原來的爵位移贈麥克佩斯。

洛　我就去執行陛下的旨意。

鄧　他所失去的，也就是尊貴的麥克佩斯所得到的。（同下）

## 第三場　荒野

【雷鳴。三女巫上。

女巫甲　妹妹，你從那兒來？

女巫乙　我剛殺了豬來。

女巫丙　姊姊，你從那兒來？

女巫甲　一個水手的妻子坐在那兒吃栗子，啃呀啃呀啃呀地啃着。「給我，」我說。「滾開，妖巫！」這個吃人家剩下來的肉皮肉骨的賤人喊起來了。她的丈夫是猛虎號的船長，到哀勒坡去了；可是我要坐在一張篩子裏追上他去，像一頭沒有尾巴的老鼠，我要去，我要去，我要去。

女巫乙　我助你一陣風。

女巫甲　感謝你的神通。

女巫丙　我也助你一陣風。

女巫甲　颶風直到海西東。
到處狂風吹海立，
浪打行船無休息，
終朝終夜不得安，
骨瘦如柴血色乾；
年年辛苦月月勞，
氣斷神疲精力銷；
波濤洶湧魚龍怒，

一葉飄流無定處。
瞧我有些什麼東西？

女巫乙　給我看，給我看。

女巫甲　這是一個在歸途覆舟殞命的舵工的拇指。（內鼓聲）

女巫丙　鼓！鼓！麥克佩斯來了。

三女巫合　手攜手，三姊妹，
滄海高山彈指地，
朝飛暮返任遊戲。
姊三巡，妹三巡，
三三九轉蠱方成。

【麥克佩斯及班戈上。

麥　我從來沒有見過這樣陰鬱而又是這樣光明的日子。

班　到福累斯還有多少路？這些是什麼人，形容這樣枯瘦，服裝這樣怪誕，不像是地上的居民，可是却在地上出現？你們是活人嗎？你們能不能回答我們的問題？好像你們懂得我的話，每一個人都同時把她滿是皺紋的手指按在她的乾枯的嘴唇上。你們應當是女人，可是你們的鬍鬚却使我不敢相信你們是女人。

麥　你們要是能够講話，告訴我們你們是什麼人？

女巫甲　萬福，麥克佩斯！祝福你，葛萊密斯爵士！

女巫乙　萬福，麥克佩斯！祝福你，考特爵士！

女巫丙　萬福，麥克佩斯，未來的君王！

班　將軍，您爲什麼這樣吃驚，好像害怕着這種聽上去很好的消息似的？用眞理的名義回答我，你們是幻象呢，還是果然是像你們所顯現的那個樣子的生物？你們向我的高貴的同伴致敬，並且預言他未來的尊榮和遠大的希望，使他聽得出了神；可是你們卻沒有對我說一句話。要是你們能夠洞察時間所播的種子，知道那一顆會長成，那一顆不會長成，那麼請對我說吧；我既不乞討你們的恩惠，也不懼怕你們的憎恨。

女巫甲　祝福！

女巫乙　祝福！

女巫丙　祝福！

女巫甲　比麥克佩斯低微，可是你的地位在他之上。

女巫乙　不像麥克佩斯那樣幸運，可是你比他更爲有福。

女巫丙　你雖然不是君王，你的子孫將要君臨一國。萬福，麥克佩斯和班戈！

女巫甲　班戈和麥克佩斯，萬福！

麥　且慢，你們這些閃爍其辭的預言者，明白一些告訴我。西納爾死了以後，我知道我已經晉封爲葛萊密斯爵士；可是怎麼會做起考特爵士來呢？考特爵士現在還活着，他的勢力非常煊赫；至於說我是未來的君王，那正像說我是考特爵士一樣難於置信。說，你們這種奇怪的消息是從什麼地方來的？爲什麼你們要在這荒涼的曠野用這種預言式的稱呼使我們止步？說，我命令你們。（三女巫隱去）

班　水上有泡沫，土地也有泡沫，這些便是大地上的泡沫。她們消失到什麼地方去了？

麥　消失在空氣之中，好像是有形體的東西，却像呼吸一樣融化在風裏了。我倒希望她們再多留一會兒。

班　我們正在談論的這些怪物，果然曾經在這兒出現嗎？還是因為我們誤食了令人瘋狂的草根，已經喪失了我們的理智？

麥　您的子孫將要成為君王。

班　您自己將要成為君王。

麥　而且還要做考特爵士；她們不是這樣說嗎？

班　正是這樣說。誰來啦？

〔洛斯及安格斯上。

洛　麥克佩斯，王上已經很高興地接到了你的勝利的消息；當他聽見你在這次征討叛逆的戰爭中所表現的英勇的勳績的時候，他簡直不知道應當驚異還是應當讚歎，在這兩種心理的交相衝突之下，他快樂得說不出話來。他又知道你在同一天之內，又在雄壯的挪威大軍的陣地上出現，不因為你自己親手造成的死亡的慘影而感到些微的恐懼。報信的人像密雹一樣接踵而至，異口同聲地在他的面前稱頌你的保衞祖國的大功績。

安　我們奉王上的命令前來，向你傳達他的慰勞的誠意；我們的使命只是迎接你回去面謁王上，不是來酬答你的功績。

洛　為了向你保證他將給你更大的尊榮起見，他叫我替你加上考特爵士的稱號；祝福你，最尊貴的爵士！這一個尊號是屬於你的了。

班　什麼！魔鬼居然會說眞話嗎？

麥　考特爵士現在還活着；爲什麼你們要替我穿上借來的衣服呢？

安　原來的考特爵士現在還活着，可是因爲他自取其咎犯了不赦的重罪，在無情的判決之下，將要失去他的生命。他究竟有沒有和挪威人公然聯合，或者曾經給叛黨祕密的援助，或者同時用這兩種手段來圖謀顚覆他的祖國，我還不能確實知道；可是他的叛國的重罪，已經由他親口供認，並且有了事實的證明，使他遭到了毁滅的命運。

麥　（旁白）葛萊密斯，考特爵士；最大的尊榮還在後面。（向洛、安）謝謝你們的跋涉。（向班）她們叫我做考特爵士，果然被她們說中了；您不希望您的子孫將來做君王嗎？

班　您要是果然相信了她們的話，也許做了考特爵士以後，還想把王冠攫到手裏。可是這種事情很奇怪；魔鬼爲了要陷害我們起見，往往故意向我們說眞話，在小事情上取得我們的信任，然後我們在重要的關頭便會墮入他的圈套。兩位大人，讓我對你們說句話。

麥　（旁白）兩句話已經證實，這是我有一天將會躋登王座的幸運的預告。（向洛，安）謝謝你們兩位。（旁白）這種神奇的啓示不會是凶兆，可是也不像是好兆。假如它是凶兆，爲什麼用一句靈驗的預言保證我未來的成功呢？我現在不是已經做了考特爵士了嗎？假如它是好兆，爲什麼那句話會在我腦中引起可怖的印象，使我毛髮森然，使我的心全然失去常態，勃勃地跳個不住呢？想像中的恐怖遠過於實際上的恐怖；我的思想中不過偶然浮起了殺人的妄念，就已經使我全身震撼，心靈在疑似的猜測之中喪失了作用，把虛無的幻影認爲眞實了。

班　瞧，我們的同伴想得多麼出神。

麥　（旁白）要是命運將會使我成爲君王，那麽也許命運會替我加上王冠，用不到我自己費力。

班　新的尊榮加在他的身上，就像我們穿上新衣服一樣，在沒有穿慣以前，總覺得有些不大適合身裁似的。

麥　（旁白）無論事情怎樣發生，最難堪的日子也是會過去的。

班　尊貴的麥克佩斯，我們在等候着您的意旨。

麥　原諒我；我的遲鈍的腦筋剛纔偶然想起了一些已經忘記了的事情。兩位大人，你們的辛苦已經銘刻在我的心版上，我每天都要把它翻開來誦讀。讓我們到王上那兒去。想一想最近發生的這些事情；等我們把一切詳細考慮過了以後，再把各人心裏的意思彼此開誠相告吧。

班　很好。

麥　現在暫時不必多說。來，朋友們。（同下）

## 第四場　福累斯，王宮中的一室

【喇叭奏花腔。鄧根，瑪爾康，唐納本，洛諸克斯，及侍從等上。

鄧　考特的死刑有沒有執行完畢？監刑的人還沒有回來嗎？

瑪　陛下，他們還沒有回來；可是我曾經和一個親眼看見他死的人談過話，他說他很坦白地供認他的叛逆，請求您寬恕他的罪惡，並且表示深切的悔恨。他的一生行事，從來不曾像他臨終的時候那樣値得欽佩；他抱着視死如歸的態度，拋棄了他的最寶貴的生命，就像它是不足介意的瑣屑一樣。

鄧　世上還沒有一種方法，可以從一個人的臉上探察他的居心；他是我所曾經絕對信任的一個人。

鄧　［麥克佩斯，班戈，洛斯，及安格斯上。

啊，賢卿！我的忘恩負義的罪惡剛纔還重壓在我的心頭。你的功勞太超越尋常了，飛得最快的報酬都追不上你；要是它再微小一點，那麼也許我可以按照適當的名分給你應得的感謝和酬勞；現在我祇能這樣說，一切的報酬都不能抵償你的偉大的勳績。

麥　為陛下盡忠效命，它的本身就是一種酬報。接受我們的勞力是陛下的名分；我們對於陛下的責任，正像子女和奴僕一樣，為了盡我們的敬愛之忱，無論做什麼事都是應該的。

鄧　歡迎你回來；我已經開始把你栽培，我要努力使你繁茂。尊貴的班戈，你的功勞也不在他之下，讓我把你擁抱在我的心頭。

班　要是我能夠在陛下的心頭生長，那收穫是屬於陛下的。

鄧　我的洋溢在心頭的盛大的喜樂，想要在悲哀的淚滴裏隱藏它自己。吾兒，各位國戚，各位爵士，以及一切最親近的人，我現在向你們宣佈封我的長子瑪爾康為肯勃蘭親王，不僅僅是他一個人受到這樣的光榮，廣大的恩寵將要像繁星一樣，照耀在每一個有功者的身上。陪我到殷佛納斯去，讓我再叨受你一次盛情的招待。

麥　這是一個莫大的光榮；讓我做一個前驅者，把陛下光降的喜訊先去報告我的妻子知道；現在我就此告辭了。

鄧　我的尊貴的考特！

麥　（旁白）肯勃蘭親王！這是一塊橫在我的前途的階石，我必須跳過這塊階石，否則就要顛仆在它的上面。星星啊，收起你們的火燄！不要讓光亮照見我的黑暗幽深的欲望。（下）

鄧　真的，尊貴的班戈；他的英勇貫是名不虛傳，我已經飽聽人家對他的讚美，那對我就像是一桌盛筵。他現在先去預備款待我們了，讓我們跟上去真是一個無比的國戚。（喇叭奏花腔。衆下。）

## 第五場　殷佛納斯，麥克佩斯的城堡

【麥克佩斯夫人上，讀信

麥妻　『她們在我勝利的那天迎接我；我從可靠的傳說上知道，她們是具有超越凡俗的知識的。當我燃燒着熱烈的欲望，想要向她們詳細詢問的時候，她們已經化爲一陣風不見了。我正在驚奇不置，王上的使者就來了，他們都稱我爲「考特爵士」；那一個尊號正就是這些神巫用來稱呼我的，而且她們還對我作這樣的預示，說是「祝福，未來的君王！」我想我應該把這樣的消息告訴你，我的最親愛的有福同享的伴侶，好讓你不致於因爲對於你所將要得到的富貴一無所知，而失去了你所應該享有的歡欣。把它放在你的心頭，再會。』你現在已經一身兼葛萊密斯和考特兩個顯爵，將來也會達到預言所告訴你的那樣高位。可是我卻爲你的天性憂慮：它充滿了太多的人情的乳臭，使你不敢採取最近的捷徑；你希望做一個偉大的人物，你不是沒有野心，可是你卻缺少和那種野心相聯屬的奸惡；你希望用正直的手段，達到你的崇高的企圖；一方面不願玩弄機詐，一方面卻又要作非分的攫奪；你沒有事後的追悔，卻太多事前的顧忌。趕快回來吧，讓我把我的精神傾注在你的耳中；命運和玄奇的力量分明已經準備把黃金的寶冠罩在你的頭上，讓我用舌尖的勇氣，把那阻止你得到那頂王冠的一切障礙驅掃一空吧。

【一使者上。

麥妻　你帶了些什麼消息來？

使者　王上今晚要到這兒來。

麥妻　你在說瘋話嗎？主人是不是跟他在一起？要是在一起的話，一定會早就通知我們準備準備的。

使者　稟夫人，這話是眞的。我們的爵爺快要來了；我的一個夥伴比他早到了一步，他奔得氣都喘不過來，好容易告訴了我這個消息。

麥妻　好好看顧他；他帶來了重大的消息。（使者下）報告鄧根走進我這堡門來送死的烏鴉，它的叫聲是嘶啞的。來，注視着人類惡念的魔鬼們！解除我的女性的柔弱，用最兇惡的殘忍自頂至踵貫注在我的全身；凝結我的血液，不要讓悔恨通過我的心頭，不要讓天性中的惻隱搖動我的狠毒的決意！來，你們這些殺人的助手，你們無形的軀體散滿在空間，到處找尋爲非作惡的機會，進入我的婦人的胸中，把我的乳水當作膽汁吧！來，陰沉的黑夜，用最昏暗的地獄中的濃煙罩住你自己，讓我的銳利的刀瞧不見他自己切下的傷口，讓青天不能從黑暗的重衾裏探出頭來，高喊着「住手，住手！」

【麥克佩斯上。

麥妻　偉大的葛萊密斯！尊貴的考特！比葛萊密斯更偉大，比考特更尊貴的未來的統治者！你的信使我飛越蒙昧的現在，我已經感覺到未來的搏動了。

麥　我的最親愛的愛人，鄧根今晚要到這兒來。

麥妻　什麼時候去呢？

麥　他預備明天回去。

麥妻　啊！太陽永遠不會見到那樣一個明天。您的臉，我的爵爺，正像一本書，人們可以從那上面讀到奇怪的事情。你要欺騙世人，必須裝出和世人同樣的神氣；讓您的眼睛裏，您的手上，您的舌尖，隨處流露着歡迎；讓人家瞧您像一朵純潔的花朵，可是在花瓣底下却有一條毒蛇潛伏；我們必須準備款待這位貴賓；您可以把今晚的大事交給我去辦；憑此一舉我們今後就可以永遠掌握君臨萬民的無上權威。

麥　我們還要商量商量。

麥妻　泰然自若地擡起您的頭來；恐懼往往是誤事的根源。一切都在我的身上。（同下）

## 第六場　同前，城堡之前

〔高音笛奏樂，火炬前導，鄧根，瑪爾康，唐納本，班戈，淩諾克斯，邁克特夫，洛斯，安格斯，及侍從等上。

鄧　這座城堡位置得很好；一陣陣溫柔的和風輕輕地吹拂着我們微妙的感覺。

班　這一個夏天的客人，巡禮廟宇的燕子，也在這裏築下了他的溫暖的巢居，這可以證明這裏的空氣有一種誘人的香味；簷下樑間牆頭屋角，都是這鳥兒位置他的吊牀和搖籃的地方，凡是他們生息繁殖之處，空氣總是很甘美的。

〔麥克佩斯夫人上。

鄧　瞧，瞧，我們的尊貴的主婦！到處跟隨我們的摯情厚愛往往使我們窘於致謝。

麥妻　我們的犬馬微勞，即使加倍報效，比起陛下賜給我們的深恩廣澤來，也還是不足掛齒的；我們祇有燃起一瓣心香，爲陛下禱祝上蒼，報答陛下過去和新近加於我們的榮寵。

鄧　考特爵士呢？我們想要追上他的前面，趁他沒有到家，先替他預備設席洗塵；不料他的騎馬的本領十分了得，他的一片忠心使他急如星火，幫助他比我們先到了一步。高貴賢淑的主婦，今天晚上我要做您的賓客了。

麥　祇要陛下吩咐，您的僕人們隨時準備把他們自己和他們所有的一切捐獻在陛下之前，抵償他們對您所負的重債。

鄧　把您的手給我；領我去見我的主人。我很愛重他，我還要繼續眷顧他。請了，夫人。（同下）

## 第七場　同前，堡中一室

〔高音笛奏樂，室中偏燃火炬。一司膳及若干僕人持肴饌食具上，自臺前經過。麥克佩斯上。

麥　要是幹了以後就完了，那麼還是快一點幹；要是憑着暗殺的手段，可以攫取美滿的結果，要是這一刀砍下去，就可以完成一切，終結一切，要是我們就可以在這裏，跳過時間的淺灘，展開生命的新頁……可是在這種事情上，我們往往可以看見冥冥中的裁判；教唆殺人的人，結果反而自己被人所殺；把毒藥投入酒杯裏的人，結果也會自己飲酖而死。他到這兒來是有兩重的信任：第一，我是他的親戚，又是他的臣子，按照名分絕對不能幹這樣的事；第二，我是他的主人，應當保障他的身體的安全，怎麼可以自己持刀行刺？而且，這個鄧肯秉性仁慈，處理國政，從來沒有過失，要是把他殺死了，他的生前的美德，將要像天使一般發出喇叭一樣清澈的聲音，向世人昭告我的弒君重罪；憐憫像一個御氣而行的天嬰，將要把這可憎的行爲揭露在每一個人的眼中，使眼淚淹沒了天風。沒有一種力量可以鞭策我前進，可是我的躍躍欲試的野心，却不顧一切地驅着我去冒顛躓的危險——

〔麥克佩斯夫人上。

麥　啊！什麼消息？

麥妻　他快要吃好了；你為什麼跑了出來？

麥　他有沒有問起我？

麥妻　你不知道他問起過你嗎？

麥　我們還是不要進行這一件事情。他最近給我極大的尊榮；我也好容易從各種人嘴裏博到了無上的美譽，我的名譽現在正在發射最燦爛的光彩，不能這麼快就把它丟棄了。

麥妻　難道你把自己沉浸在裏面的那種希望只是醉後的妄想嗎？它現在從一場睡夢中醒來，因為追悔自己的孟浪，而嚇得臉色這樣蒼白嗎？從這一刻起，我要把你的愛情看作同樣靠不住的東西。你不敢讓你在自己的行為和勇氣上跟你的欲望一致嗎？你寧願像一頭畏首畏尾的貓兒，顧全你所認為生命的裝飾品的名譽，不惜讓你在自己眼中成為一個懦夫，讓「我不敢」永遠跟隨在「我想要」的後面嗎？

麥　請你不要說了。祇要是男子漢做的事，我都敢做；沒有人比我有更大的膽量。

麥妻　那麼當初是什麼畜生使你把這一種企圖告訴我呢？是男子漢就應當敢作敢為；要是你敢做你所不能做的事，那纔更是一個男子漢。那時候無論時間和地點都不曾給你下手的方便，可是你卻居然會決意實現你的願望；現在你有了大好的機會，你又失去勇氣了。我曾經乳哺過嬰孩，知道一個母親是怎樣憐愛那吮吸她乳汁的子女；可是我會在它看着我的臉微笑的時候，從它的柔軟的嫩嘴裏摘下我的乳頭，把它的腦袋砸碎，要是我也像你一樣曾經發誓下這樣毒手的話。

麥　假如我們失敗了，——

麥妻　我們失敗！祇要你集中你的全副勇氣，我們決不會失敗。鄧根趕了這一天辛苦的路程，一定睡得很熟；我再去陪他那兩個侍衞飲酒作樂，灌得他們頭腦模糊，記憶化成了一陣煙霧；等他們爛醉如泥，像死豬一樣睡去以後，我們不就可以把那毫無防衞的鄧根隨意擺佈了嗎？我們不是可以把這一件重大的謀殺罪案推在他的酒醉的侍衞身上嗎？

麥　願你所生育的全是男孩子，因爲你的無畏的精神，祇應該鑄造一些剛强的男性。要是我們在那睡在他寢室裏的兩個人身上塗抹一些血跡，而且就用他們的刀子，人家會不會相信眞是他們幹下的事？

麥妻　等他的死訊傳出以後，我們就假意裝出號啕痛哭的樣子，這樣還有誰敢不相信？

麥　我的決心已定，我要用全身的力量去幹這件驚人的舉動。去，用最美妙的外表把人們的耳目欺騙；奸詐的心必須罩上虛僞的笑臉。（同下）

# 第二幕

## 第一場　殷佛納斯堡中庭院

【班戈及弗利安斯上，一僕人執火炬前行。

班　孩子，夜已經過了幾更了？

弗　月亮已經下去；我還沒有聽見打鐘。

班　月亮是在十二點鐘下去的。

弗　我想它要到十二點鐘以後方纔下去呢，父親。

班　把我的劍拿着。天上也講究節儉，把燈燭一起熄滅了。把那個也拿着。催人入睡的疲倦，像沉重的鉛塊一樣壓在我身上，可是我却一點不想去睡。慈悲的神明！抑制那些罪惡的思想，不要讓它們潛入我的睡夢之中。

【麥克佩斯上，一僕人執火炬隨從。

班　把我的劍給我。——那邊是誰？

麥　一個朋友。

班　什麼，爵爺！還沒有安息嗎？王上已經睡了；他今天非常高興，賞了你家僕人許多的東西。這一顆金剛鑽是他送給尊夫人的，他稱她爲最殷勤的主婦；無限的愉快籠罩着他的全身。

麥　我們因爲事先沒有準備，恐怕有許多招待不週的地方。

班　好說好說。昨天晚上我夢見那三個女巫；她們對您所講的話倒有幾分應驗。

麥　我沒有想到她們；可是等我們有了工夫，不妨談談那件事，要是您願意的話。

班　悉如尊命。

麥　您聽從了我的話，包您有一筆富貴到手。

班　爲了覬覦富貴而喪失榮譽的事，我是不幹的；要是您有什麽見教，祇要不毀壞我的淸白的忠誠，我都願意接受。

麥　那麽慢慢再說，請安息吧。

班　謝謝；您也可以安息啦。（班、弗同下）

麥　去對太太說要是我的酒預備好了，請她打一下鐘。你去睡吧。（僕下）在我面前搖晃着，它的柄對着我的手的，不是一把刀子嗎？來，讓我抓住你。我抓不到你，可是仍舊看見你。不祥的幻象，你只是一件可視不可觸的東西嗎？或者你不過是一把想像中的刀子，從譫熱的腦筋裏發出來的虛妄的意匠？我仍舊看見你，你的形狀正像我現在拔出的這一把刀子一樣明顯。你指示着我所要去的方向，告訴我應當用什麽利器。我的眼睛倘不是受了其他知覺的愚弄，就是兼領了一切感官的機能。我仍舊看見你；你的刃上和柄上還流着一滴一滴剛纔所沒有的血。沒有這樣的事；殺人的惡念使我看見這種異象。現在在半個世界上，大自然似乎已經死去，罪惡的夢景擾亂着平和的睡眠，作法的巫覡在向慘白的赫凱娣獻祭；形容枯瘦的殺人犯，聽到了替他巡風的豺狼的嗥聲，像一個鬼似的向他的目的地躡步前進。堅固結實的大地啊，不要聽見我的脚步聲音，知道它們是到什麽地方去的，我怕路上的磚石會洩漏了我的行蹤。我正在這兒威脅他的生命，他却在那兒活得好好的；在緊張的行動中間，言語是多麽軟弱無力。（鐘聲）我去，就是這麽幹；鐘聲在招引我。不要聽見它，鄧根，這是召喚你上天堂或者下地獄的喪鐘。（下）

## 第二場　同前

【麥克佩斯夫人上。

麥妻　酒把他們醉倒了，却提起了我的勇氣；澆熄了他們的饞燄，却燃起了我心頭的烈火。聽！不要響！這是夜梟的啼聲，它正在鳴着喪鐘，向人道淒厲的晚安。他在那兒動手了。門都開着那兩個醉飽的侍衛用鼾聲代替他們的守望；我曾經在他們的乳酒裏放下麻藥，瞧他們熟睡的樣子，簡直分別不出他們是活人還是死人。

麥　（在內）那邊是誰？喂！

麥妻　噯喲我怕他們已經醒過來了，這件事情還沒有辦好；不是行爲的本身，是我們的企圖擾亂了我們。聽！我把他們的刀子都放好了；他不會找不到的。倘不是我看他睡着的樣子，活像是我的父親，我早就自己動手了我的丈夫！

【麥克佩斯上。

麥　我已經把事情辦好。你沒有聽見一個聲音嗎？

麥妻　我聽見梟啼和蟋蟀的鳴聲你沒有講過話嗎？

麥　什麼時候？

麥妻　剛纔。

麥　我下來的時候嗎？

麥妻　嗯。

麥　聽！誰睡在隔壁的房間裏？

麥妻　唐納本。

麥　（視手）好慘！

麥妻　別發傻，慘什麼。

麥　一個人在睡夢裏大笑，還有一個人喊「殺人啦！」他們把彼此驚醒了；我站定聽他們；可是他們唸完禱告，又睡了過去了。

麥妻　好一對寶貨！

麥　一個喊「上帝保佑我們！」一個喊，「阿們；」好像他們看見我高舉這一雙殺人的血手似的。聽着他們驚慌的口氣當他們說過了「上帝保佑我們」以後，我想要說「阿們，」却怎麼也說不出來。

麥妻　不要把它放在心上。

麥　可是我爲什麼說不出「阿們」兩個字來呢？我纔是最需要上帝垂恩的，可是「阿們」兩個字却哽住在我的喉間。

麥妻　我們幹這種事，不能儘望這方面想下去；這樣想着是會使我們發瘋的。

麥　我彷彿聽見一個聲音喊着，「不要再睡了！麥克佩斯已經殺害了睡眠，」那清白的睡眠，把憂慮的亂絲編織起來的睡眠，那日常的死亡，疲勞者的沐浴，受傷的心靈的油膏，大自然的副程，生命的盛筵上主要的營養，——

麥妻　你這種話是什麼意思？

麥　那聲音繼續向全屋子裏喊着：「不要再睡了！葛萊密斯已經殺害了睡眠，所以考特將不再得到睡眠，麥克佩斯將不再得到睡眠!」

麥妻　誰喊着這樣的話?唉,我的爵爺,您這樣胡思亂想,是會妨害您的健康的、去拿些水來,把您手上的血跡洗洗乾淨、爲什麼您把這兩把刀子帶了來?它們應該放在那邊。把它們拿回去,塗一些血在那兩個熟睡的侍衞身上

麥　我不高興再去了;我不敢回想剛纔所幹的事,更沒有膽量再去看它一眼。

麥妻　意志動搖的人!把刀子給我。睡着的人和死了的人不過和畫像一樣;衹有小兒的眼睛纔會害怕畫中的魔鬼、要是他還流着血,我就把它塗在那兩個侍衞的臉上因爲我們必須讓人家瞧着是他們的罪惡、(下內敲門聲。)

麥　那打門的聲音從什麼地方來的?究竟怎麼一回事,一點點的聽音都會嚇得我心驚肉跳?這是什麼手!嚇它們要挖出我的眼睛、大洋裏所有的水,能够洗淨我手上的血跡嗎?不,恐怕我這一手的血,倒要把一碧無垠的海水,染成了一片殷紅呢。

【麥克佩斯夫人重上。

妻　我的兩手也跟你同樣的顏色,可是我的心却不像你這樣慘白。(內敲門聲)我聽見有人打着南面的門;讓我們回到自己房間裏去;一點點兒的水就可以替我們泯除痕跡,不是很容易的事嗎?你的魄力不知道到那兒去了!(內敲門聲)聽又在那兒打門了。披上你的睡衣,也許人家會來找我們,不要讓他們看見我們還沒有睡覺、別這樣癡頭癡腦地獃想了。

麥　要知道我所幹的事,最好還是不要知道我自己。(內敲門聲)用你打門的聲音把鄧根驚醒了吧!我希望你能够驚醒他!(同下)

## 第三場　同前

【內敲門聲。一司閽上。

司閽　門打得這樣利害！要是一個人在地獄裏做了管門人，就是拔閂開鎖這一件事也夠把他累老了。（內敲門聲）敲，敲，敲！憑着魔鬼的名義，誰在那兒？一定是什麼鄉下人想要來沾一點財主人家的光，趕快進來吧，多預備幾方毯巾；這兒有的是大魚大肉，你流着滿身的臭汗都吃不完呢。（內敲門聲）敲，敲！憑着還有一個魔鬼的名字，是誰在那兒？哼，一定是什麼講起話來曖昧含糊的傢伙，他會同時站在兩方面，一會兒幫着這個罵那個，一會兒幫着那個罵這個；他曾經爲了上帝的緣故，幹過不少欺心事，可是他那條曖昧含糊的舌頭卻不能把他送上天堂去。啊！進來吧，曖昧含糊的傢伙。（內敲門聲）敲，敲，敲！誰在那兒？哼，一定是什麼英國的裁縫，要想到這兒來從一隻法國的襪子裏偷些什麼回去。進來吧，裁縫；你可以在這兒烤你的鵝肉。（內敲門聲）敲，敲；敲個不停！你是什麼人？你要進地獄，這兒太冷呢。我再也不要做這鬼看門人了。我倒很想放進幾個各色各種的人來，讓他們經過酒池肉林，一直到刀山火燄上去。（內敲門聲）來了，來了！請你記着我這看門的人。（開門）

【邁克特夫及淩諾克斯上。

邁　朋友，你是不是睡得太晚了，所以睡到現在還是爬不起來？

司閽　不瞞您說，大人，我們昨天晚上喝酒，一直鬧到第二次雞啼哩；喝酒這一件事，大人，最容易引起三件事情。

邁　是那三件事情？

司閽　呃，大人，打架，睡覺和撒尿。它也會挑起淫慾，可是喝醉了酒的王，幹起這種事情來是一點不中用的。

邁　你的主人有沒有起來？

【麥克佩斯上。

邁　我們的打門把他鬧醒了；他來了。

凌　早安，爵爺。

麥　兩位早安。

邁　爵爺，王上有沒有起來？

麥　還沒有。

邁　他叫我一早就來叫他；我幾乎誤了時間。

麥　我帶您去看他。

邁　我知道這是您所樂意幹的事，可是有勞您啦。

麥　我們所喜歡的工作，可以使我們忘記勞苦。這門裏就是。

邁　那麽我就冒昧進去了，因爲我奉有王上的命令（下）

凌　王上今天就要去嗎？

麥　是的，他已經這樣決定了。

凌　昨天晚上刮着很利害的暴風，我們所住的地方，烟囪都給吹了下來；他們還說空中有哀哭的聲音，有人聽見奇怪的死亡的慘叫，還有人聽見一個可怕的聲音，預言着將要有一場絕大的紛爭和混亂降臨在這不幸的時代。不知名的怪鳥整整地吵了一個漫漫的長夜；有人說大地都發熱而戰抖起來了。

麥　果然是一個可怕的晚上。

洨　我的年青的經驗裏喚不起一個同樣的回憶。

【邁克特夫重上。

邁　啊，可怕！可怕！可怕！不可言說，不可想像的恐怖！

麥、洨　什麼事？

邁　混亂已經完成了他的傑作！大逆不道的兇手打開了上帝的聖殿，把它的生命偷了去了！

麥　你說什麼？生命？

洨　你是說陛下嗎？

邁　到他的寢室裏去，讓一幕驚人的慘劇昏眩了你們的視覺吧。不要向我追問；你們自己去看了來說。（麥、洨同下）醒來！醒來！敲起警鐘來。殺了人啦！有人在謀反啦！班戈！唐納本！瑪爾康！醒來！不要貪戀溫柔的睡眠，那只是死亡的假裝，瞧一瞧死亡的本身吧！起來，起來，瞧瞧世界末日的影子！瑪爾康！班戈！像鬼魂從墳墓裏起來一般，過來瞧瞧這一幕恐怖的景狀吧！把鐘敲起來！（鐘鳴）

【麥克佩斯夫人上。

麥妻　為什麼要吹起這樣淒厲的號角，把全屋子睡着的人喚醒？說，說！

邁　啊，好夫人！我不能讓您聽見我嘴裏的消息，它一進到婦女的耳朵裏，是比利劍還要難受的。

【班戈上。

邁　啊，班戈！班戈！我們的主上給人謀殺了！

麥夫人　噯喲!什麼!在我們的屋子裏嗎?

班　無論在什麼地方,都是太慘了。好特夫,請你收回你剛纔說過的話,告訴我們沒有這麼一回事。

【麥克佩斯及淩諾克斯重上。

麥　要是我在這件變故發生以前的一小時死去,我就可以說是活過了一段幸福的時間;因爲從這一刻起,人生已經失去它的嚴肅的意義,一切都不過是兒戲;榮名和美德已經死了,生命的美酒已經喝完,剩下來的只是一些無味的渣滓。

【瑪爾康及唐納本上。

唐　出了什麼亂子了?

麥　你們還沒有知道你們重大的損失;你們的血液的源泉已經切斷了,你們的生命的本根已經切斷了。

邁　你們的父王給人謀殺了。

瑪　啊!給誰謀殺的?

淩　瞧上去是睡在他房間裏的那兩個傢伙幹的事;他們的手上臉上都是血跡;我們從他們枕頭底下搜出了兩把刀,刀上的血跡也沒有揩掉;他們的神色驚惶萬分;誰也不能把他自己的生命信託給這種傢伙。

麥　啊!可是我後悔一時鹵莽,把他們殺了。

邁　你爲什麼殺了他們?

麥　誰能夠在驚愕之中保持冷靜,在盛怒之中保持鎭定,在激於忠憤的時候,保持他的不偏不倚的精神?世上沒有這樣的人吧。我的理智來不及控制我的憤激的忠誠。這兒躺着鄧根,他的白銀的皮膚上鑲着一縷縷黃金的寶血；他的創鉅痛深的傷痕張開了裂口，像是一道道毀滅的門戶；那邊站着這兩個兇手，身上浸潤着他們罪惡的顏色，他們的刀上凝結着刺目的血塊；祇要是一個尙有幾分忠心的人，誰不要怒火中燒，替他的主子報仇雪恨？

麥妻　啊，什麼人來扶我進去！

邁　快來照料夫人。

瑪　（向唐旁白）這是跟我們切身相關的事情，爲什麼我們一言不發？

唐　（向瑪旁白）我們身陷危地，不可測的命運隨時都會吞噬我們，還有什麼話好說呢？去吧，我們的眼淚現在還只在心頭醞釀呢。

瑪　（向唐旁白）我們的沉重的悲哀也還沒有阻礙了我們的行動。

班　照料這位夫人。（侍從扶麥妻下）等我們把自然流露出來的無遮飾的弱點收藏起來以後，讓我們舉行一次會議，詳細徹查這一件最殘酷的血案的眞相。恐懼和疑慮使我們驚惶失措；站在上帝的偉大的指導之下，我一定要從尙未揭發的假臉具下面，探出叛逆的陰謀和它作殊死的奮鬥。

邁　我也願意作同樣的宣告。

衆　我們也都抱着同樣的決心。

麥　讓我們趕快振起我們剛強的精神，大家到廳堂裏商議去。

衆　很好。（除瑪、唐外均下）

瑪　你預備怎麼辦？我們不要跟他們在一起。假裝一副悲哀的臉孔，是每一個奸人的拿手好戲。我要到英國去。

唐　我到愛爾蘭去；我們兩人各奔前程，對於彼此都是比較安全的辦法。我們現在所在的地方，人們的笑臉裏都暗

瑪　藏着利刃;越是跟我們血統相近的人,越是想喝我們的血。殺人的利箭已經射出,可是還沒有落下,避過它的目標,是我們唯一的活路。所以趕快上馬吧;讓我們不要斤斤於告別的禮貌,趁着有便就溜了出去明知沒有網開一面的希望,就該及早逃避弋人的羅網。(同下)

## 第四場　同前,堡外

〔洛斯及一老翁上。

老翁　我已經活了七十個年頭,驚心動魄的日子也經過得不少,希奇古怪的事情也看到過不少,可是像這樣可怕的夜晚,却還是第一次遇見。

洛　啊!好老人家,你看上天好像惱怒人類的行爲,在向這流血的舞臺發出恐嚇。照鐘上現在應該是白天了,可是黑夜的魔手却把那盞在天空中運行的明燈遮蔽得不露一絲光亮。難道黑夜已經統治一切,還是因爲白晝不好意思擡起頭來,所以在這應該有陽光遍吻大地的時候,地面上却被無邊的黑暗籠罩?

老翁　這種現象完全是反常的,正像那件驚人的血案一樣。在上星期二那天,有一頭雄踞在高巖上的猛鷹,被一隻鴟鴞飛上去把它啄死。

洛　還有一件非常怪異可是十分確實的事情,鄧根有幾匹軀幹俊美,舉步如飛的駿馬,的確是不可多得的良種,忽然野性大發,撞破了馬棚,衝了出來,倔强得不受羈勒,好像要向人類挑戰似的。

老翁　據說它們還彼此相食。

洛　是的,我親眼看見這種事情,簡直不敢相信自己的眼睛。邁克特夫來了。

〔邁克特夫上。
洛　世界現在變得怎麼樣啦？
邁　啊，您沒有看見嗎？
洛　有沒有知道誰幹了這件殘酷得超乎尋常的行爲？
邁　就是那兩個給麥克佩斯殺死了的傢伙。
洛　唉！他們幹了這件事可以希望得到什麼好處呢？
邁　他們一定受人的教唆。瑪爾康和唐納本王上的兩個兒子，已經偷偷地逃走了，這使他們也蒙上了嫌疑。
洛　那更加違反人情了！反噬自己的命根，這樣的野心會有什麼好結果呢？看來大概王位要讓麥克佩斯登上去了。
邁　他已經受到推舉，現在到斯貢即位去了。
洛　鄧根的屍體在什麼地方？
邁　已經擡到戈姆基爾他的祖先的陵墓上。
洛　您也要到斯貢去嗎？
邁　不，大哥，我還是到費輔去。
洛　好，我要到那邊去看看。
邁　好，但願您看見那邊的一切都是好好兒的，再會！怕只怕我們的新衣服不及舊衣服舒服哩！
洛　再見，老人家。
老翁　上帝祝福您，也祝福那些把惡事化成善事，把仇敵化爲朋友的人們！（各下）

# 第三幕

## 第一場　福累斯，王宮中一室

【班戈上。

班　你現在已經如願而償了：國王，考特，葛萊密斯，一切符合女巫們的預言；你得到這種富貴的手段恐怕不大正當；可是據說你的王位不能傳及子孫，我自己卻要成為許多君王的始祖。她們的話既然已經在你麥克佩斯身上應驗，那麼難道不也會成為對我的啓示，使我對未來發生希望嗎？可是閉口！不要多說了。

【喇叭奏花腔。麥克佩斯王冠王服麥克佩斯夫人后冠后服淩諾克斯洛斯，貴族，貴婦，侍從等上。

麥　這兒是我們主要的上賓。

麥妻　要是忘記了請他，那就要成為我們盛筵上的絕大的遺憾，一切都要顯得寒傖了。

麥　將軍，我們今天晚上要舉行一次隆重的宴會，請你千萬出席。

班　謹遵陛下命令；我的忠誠永遠接受陛下的使喚。

麥　今天下午你要騎馬去嗎？

班　是的，陛下。

麥　否則我很想請你參加我們今天的會議，供獻我們一些良好的意見，你的老謀勝算，我是一向佩服的；可是我們明天再談吧。你要騎到很遠的地方嗎？

班　陛下，我想儘量把從現在起到晚餐時候為止這一段時間在馬上消磨過去；要是我的馬不跑得快一些，也許要到天黑了以後一兩小時纔回來。

麥　不要誤了我們的宴會。

班　陛下，我一定不失約。

麥　我聽說我那兩個兇惡的王姪已經分別到了英國和愛爾蘭，他們不承認他們的殘酷的弒父重罪，却到處向人傳播離奇荒謬的謠言；可是我們明天再談吧，有許多重要的國事要等候我們兩人共同處理呢。請上馬吧；等你晚上回來的時候再會。弗利安斯也跟着你去嗎？

班　是，陛下；時間已經不早，我們就要去了。

麥　願你四蹄輕快，一路平安。再見。（班下）大家請便，各人去幹各人的事，到晚上七點鐘再聚首吧。爲要更能領略到嘉賓滿堂的快樂起見，我在晚餐以前，預備一個人獨自靜息靜息；願上帝和你們同在！（除麥及侍從一人外均下）喂，問你一句話。那兩個人是不是在外面等候着我的旨意？

侍從　是，陛下，他們就在宮門外面。

麥　帶他們進來見我。（侍從下）單單做到了這一步是不算的，總要把現狀確定鞏固起來纔好。我對於班戈懷着深切的恐懼，他的高貴的天性中有一種使我生畏的東西；他是個敢作敢爲的人，在他的無畏的精神上，又加上深沉的智慮，指導他的膽勇在確有把握的時機行動。除了他以外，我什麼人都不怕，祇有他的存在却使我惴惴不安；據說安東尼在該撒的手下，他的天才完全被該撒所掩蓋，我在他的雄才大略之下，情形也是這樣。當那些女巫們最初稱我爲王的時候，他呵斥她們，叫她們對他說話；她們就像先知似地說他的子孫將相繼爲王，她們把一頂不結果的王冠戴在我的頭上，把一根沒有人繼承的御杖放在我的手裏，然後再從我的手裏奪去。要是果然是這樣；那麼我玷汚了我的手，只是爲了班戈後裔的好處；我爲了他們暗殺了仁慈的鄧根；爲了他們良心上負着重大的罪疚和不安；我把我的永生的靈魂給了人類的公敵，只是爲了使他們可以登上王座，使班戈的種子登上王座！不，我不能忍受這樣的事，寧願接受命運的挑戰！是誰？

【侍從率二刺客重上。

麥　你現在到門口去，等我叫你再進來。（侍從下）我們不是在昨天談過話嗎？

刺客甲　回陛下的話，正是昨天。

麥　那麼好，你們有沒有考慮過我的話？你們知道從前都是因爲他的緣故，使你們屈身微賤，雖然你們却錯怪到我的身上。在上一次我們談話的中間，我已經把這一點向你們說明白了，我用確鑿的證據指出你們怎樣被人操縱愚弄，怎樣受人牽制壓抑，人家對你們是用怎樣的手段，這種手段的主動者以及一切其他的種種，都可以使一個半癡的瘋顚的人恍然大悟而說，「這些都是班戈幹的事。」

刺客甲　我們已經蒙陛下開示過了。

麥　是的，而且我還要更進一步，這就是我們今天第二次談話的目的。你們難道有那樣的好耐性，能够忍受這樣的屈辱嗎？他的鐵手已經快要把你們壓下墳墓裏去，使你們的子孫永遠做乞丐，難道你們所受到的教誨，却還要叫你們替這個好人和他的子孫祈禱嗎？

刺客甲　陛下，我們是人，總有人氣。

麥　嗯，你們也是算作人類的，正像家狗，野狗，獵狗，叭兒狗，獅子狗，雜種狗，癩皮狗，統稱爲狗一樣；它們有的靈敏，有的遲鈍，有的狡猾，有的可以看門，有的可以打獵，各自按照造物賦與他們的本能而分別價値的高下，在廣泛的總稱之上，得到特殊的名號；人類也是一樣。要是你們在人類的行列之中，並不屬於最卑劣的一級，那麼說吧，我就可以把一件事情信託你們，你們照我的話幹了以後，不但可以除去你們的仇人，而且還可以永遠受我的寵眷；他一天活在世上，我的心病一天不能痊愈。

刺客乙　陛下，我久受世間無情的打擊和虐待，爲了向這世界發洩我的怨恨起見，我什麼事都願意幹。

刺客甲　我也是這樣，一次次的災禍逆運，使我厭倦於人世，我願意拿我的生命去賭博，或者從此交上好運，或者了結了我的一生。

麥　你們兩人都知道班戈是你們的仇人。

刺客乙　是的，陛下。

麥　他也是我的仇人；而且他是我的肘腋之患，他的存在每一分鐘都威脅着我生命的安全；雖然我可以老實不客氣地運用我的權力，把他從我的眼前掃去，而且這樣做在我的良心上並沒有使我不安的地方，可是我卻還不能就這麼幹，因爲他有幾個朋友同時也是我的朋友，我不能招致他們的反感，即使我親手把他打倒，也必須假意爲他的滅亡悲泣；所以我祇好借重你們兩人的助力，爲了許多重要的理由，把這件事情遮過一般人的眼睛。

刺客乙　陛下，我們一定照您的命令做去。

刺客甲　即使我們的生命——

麥　你們的勇氣已經充分透露在你們的神情之間。最遲在這一小時之內，我就可以告訴你們在什麼地方埋伏，在什麼時間動手；因爲這件事情一定要在今晚幹好，而且要離開王宮遠一些，你們必須記住不能把我牽涉在內；同時爲了免得留下形跡起見，你們還要把跟在他身邊的他的兒子弗利安斯也一起殺了，他們父子兩人的死，對於我是同樣重要的，必須讓他們同時接受黑暗的命運。你們先下去決定一下；我就來看你們。

刺客乙　我們已經決定了，陛下。

麥　我立刻就會來看你們；你們進去等一會兒。（二刺客下）班戈，你的命運已經決定，你的靈魂要是找得到天堂的話，今天晚上你就該去找起來了。（下）

## 第二場　同前，王宮中另一室

【麥克佩斯夫人及一僕人上。

麥妻　班戈已經離開宮庭了嗎？

僕　是，娘娘，可是他今天晚上就要回來的。

麥妻　你去對王上說，我要請他允許我跟他說幾句話。

僕　是，娘娘。（下）

麥妻　費去了一切，結果還是一無所得，我們的目的雖然達到，却一點不感覺滿足。要是用毀滅他人的手段，使自己置身在充滿着憂疑的歡娛裏，那麼還不如那被我們所害的人，倒落得無愁無慮。

【麥克佩斯上。

麥妻　啊，我的主！您為什麼一個人孤孤零零的，讓最悲哀的幻想做您的伴侶，把您的思想念念不忘地集中在一個已死者的身上？沒有挽回的事，祇好聽其自然；事情幹了就算了。

麥　我們不過刺傷了蛇身，却沒有把它殺死，它的傷口會慢慢平復過來，再用它的原來的毒牙向我們復仇。可是讓一切秩序完全解體，讓活人死人都去受罪吧，爲什麼我們要在憂慮中進餐，在每夜使我們震恐的惡夢的虐弄中睡眠呢？我們爲了希求自身的平安，把別人送下墳墓裏去享受永久的平安，可是我們的心靈却把我們磨折得沒有一刻平靜的安息，使我們覺得還是跟已死的人在一起，倒要幸福得多了。鄧根現在睡在他的墳墓裏；經過了一場人生的熱病，他現在睡得好好的；叛逆已經對他施過最狠毒的傷害，再沒有刀劍，毒藥，內亂，外患，可以加害於他了。

麥妻　算了算了，我的好丈夫，把您的心事臉孔收起；今天晚上您必須和顏悅色地招待您的客人。

麥　正是，愛人；你也要這樣。尤其請你對班戈曲意殷勤，用你的眼睛和舌頭給他特殊的榮寵。我們的地位現在還沒有鞏固，必須把我們的尊嚴濡染在這種諂媚的流水裏，用我們的外貌遮掩着我們的內心，不要給人家窺破。

麥妻　您不要多想這些了。

麥　啊！我的頭腦裏充滿着蠍子，親愛的妻子；你知道班戈和他的弗利安斯尚在人間。

麥妻　可是他們並不是長生不死的。

麥　那還可以給我幾分安慰，他們是可以侵害的；所以你快樂起來吧。在蝙蝠完成它黑暗中的飛翔以前，在振翅而飛的甲蟲應答着赫凱娣（註）的呼召，用嗡嗡的聲音搖響催眠的晚鐘以前，將要有一件可怕的事情幹好。

麥妻　是什麼事情？

麥　你暫時不必知道，最親愛的寶貝，等事成以後，你再鼓掌稱快吧。來，使人盲目的黑夜，遮住可憐的白晝的溫柔的眼睛，用你的無形的毒手，撕毀那使我困頓的重大的束縛吧！天色在朦朧起來，烏鴉都飛回到昏暗的林中；一天的好事開始沉沉睡去，黑夜的罪惡的使者却在準備攫捕他們的獵物。我的話使你驚奇；可是不要說話；以不義

開始的事情，必須用罪惡使它強固。跟我來。（同下）

## 第三場　同前；苑囿，有一路通王宮

【三刺客上。

刺客甲　可是誰叫你來幫我們的？

刺客丙　麥克佩斯。

刺客乙　他不必不信任我們，他已經把我們的任務和怎樣動手的方法都指示給我們了。

刺客甲　那麼就跟我們站在一起吧。西方還閃耀着一線白晝的餘輝；晚歸的行客現在拍馬加鞭，要來找尋宿處了；我們守候的目標已經在那兒向我們走近。

刺客丙　聽！我聽見馬聲。

班　（在內）喂，給我們一個火！

刺客乙　一定是他；別的客人們都已經到了宮裏了。

刺客甲　他的馬在兜圈子。

刺客丙　差不多有一哩路；可是他正像許多人一樣，常常把從這兒到宮門口的這一條路作爲他們的跑道。

刺客乙　一個火，一個火！

刺客丙　是他。

刺客甲　站好。

【班戈及弗利安斯持火炬上。

班　今晚恐怕要下雨。

刺客甲　讓它下吧。（刺客等向班攻擊）

班　啊，陰謀！快逃，好弗利安斯，逃，逃，逃！你也許可以替我報仇。啊奴才！（死。弗逃去。）

刺客丙　誰把火滅了？

刺客甲　不應該滅火嗎？

刺客丙　祇有一個人倒下；那兒子逃去了。

刺客乙　我們工作的重要的一部份失敗了。

刺客甲　好，我們回去報告我們工作的結果吧。（同下）

## 第四場　同前，王宮中的大廳

【廳中陳設筵席。麥克佩斯，麥克佩斯夫人，洛斯，淩諾克斯，羣臣，及侍從等上。

麥　大家按着各人自己的品級坐下來；總而言之一句話，我竭誠歡迎你們。

羣臣　謝謝陛下的恩典。

麥　我自己將要跟你們在一起，做一個謙恭的主人，我們的主婦現在還保持着她的尊嚴，可是我就要請她給你們殷勤的招待。

麥妻　陛下，請您替我向我們所有的朋友們表示我的歡迎的誠意吧。

【刺客甲上，至門口。

麥　瞧，他們用誠意的感謝答覆你了；兩方面已經各得其平。我將要在這兒中間坐下來。大家不要拘束，樂一個暢快；等會兒我們就要合席痛飲一巡。（至門口）你的臉上有血。

刺客甲　那麼它是班戈的。

麥　我寧願你站在門外，不願他置身室內。你們已經把他結果了嗎？

刺客甲　陛下，他的咽喉已經割破了；這是我幹的事。

麥　你是一個最有本領的殺人犯；可是誰殺死了弗利安斯，也一樣值得誇獎；要是你也把他殺了，那你纔是一個無比的好漢。

刺客甲　陛下，弗利安斯逃走了。

麥　我的心病本來可以全愈，現在它又要發作了；我本來可以像大理石一樣完整，像巖石一樣堅固，像空氣一樣廣大自由，現在我却被惱人的疑惑和恐懼所包圍拘束。可是班戈已經死了嗎？

刺客甲　是，陛下；他安安穩穩地躺在一條泥溝裏，他的頭上刻着二十道傷痕，最輕的一道也可以致他的死命。

麥　謝天謝地。大蛇躺在那裏；那逃走了的小蟲，將來會用它的毒液害人，可是現在它的齒牙還沒有長成。走吧，明天再來聽候我的旨意。（刺客甲下）

麥妻　陛下，您還沒有勸過客；宴會上倘沒有主人的殷勤招待，使大家都能客至如歸，那就會使合席失去了興緻的。

麥　親愛的，不是你提起，我幾乎忘了！來，請放量醉飽吧，願各位胃納健旺，身强力壯！

淩　陛下請安坐。

【班戈鬼魂上，坐麥克佩斯座上。

麥　要是班戈在座，那麼全國的英俊眞可以說是薈集於一堂了；我寧願因爲他的疏忽而嗔怪他，不願因爲他遭到什麼意外而爲他惋惜。

洛　陛下，他今天失約不來，是他自己的過失。請陛下上坐，讓我們叨陪末席。

麥　席上已經坐滿了。

淩　陛下，這兒是給您留着的一個位置。

麥　什麼地方？

淩　這兒，陛下。什麼事情使陛下這樣變色？

麥　你們那一個人幹了這件事？

衆臣　什麼事，陛下？

麥　你不能說這是我幹的事；別這樣對我搖着你的染着血的頭髮。

洛　各位大人，起來；陛下病了。

麥妻　坐下，尊貴的朋友們，王上常常是這樣的，他從小就有這種毛病。請各位安坐吧；他的顚狂不過是暫時的，一會兒就會好起來。要是你們太注意了他，他也許會動怒，發起狂來更加利害；儘管自己吃喝，不要理他。你是一個男子嗎？

麥　嗯，我是一個堂堂男子，可以使魔鬼膽裂的東西，我也敢正眼瞧着它。

麥妻　啊，這纔說得不錯！這不過是你的恐懼所描畫出來的一幅圖像；正像你所說的那柄引導你去行刺鄧肯的空中的匕首一樣。啊！要是在冬天的火爐旁，聽一個婦女講述她的老祖母告訴她的故事的時候，那麼這種情緒的衝動，恐懼的僞裝，倒是非常合適的。不害羞嗎？你爲什麼扮這樣的怪臉？你瞧着的不過是一張凳子罷了。

麥　你瞧那邊！瞧！瞧！瞧！你怎麼說？哼，我什麼都不在乎。要是你會點頭，你也應該會說話。要是殯舍和墳墓必須把我們埋葬了的人送回世上，那麼我們的墳墓都要變成鳶鳥的胃囊了。（鬼隱去）

麥妻　什麼！你發了癡，把你的男子氣都失掉了嗎？

麥　要是我現在站在這兒，那麼剛纔我明明瞧見他。

麥妻　啐！不害羞嗎？

麥　在人類不曾制定法律保障公衆福利以前的古代，殺人流血是不足爲奇的事；即使在有了法律以後，慘不忍聞的謀殺事件也隨時有得發生。從前的時候，一刀下去，當場斃命，事情就這樣完結了；可是現在他們卻會從墳墓中起來，他們的頭上戴着二十件謀殺的重罪，把我們推下坐位。這種事情是比這樣一件謀殺案更奇怪的。

麥妻　陛下，您的尊貴的朋友們都因爲您不去陪他們而十分掃興哩。

麥　我忘了。不要對我驚詫，我的最尊貴的朋友們；我有一種怪病，認識我的人都知道那是不足爲奇的。來，讓我們用這一杯酒表示我們的同心永好，祝各位康健！你們乾了這一杯，我就坐下。給我拿些酒來，倒得滿滿的。我爲今天在座衆人的快樂，還要爲我們親愛的缺席的朋友班戈盡此一杯；要是他也在這兒就好了！來，大家請乾杯。

衆臣　敢不奉命。

【鬼重上。

麥　去！離開我的眼前！讓土地把你藏匿了！你的骨髓已經乾枯，你的血液已經凝冷；你那向人瞪望的眼睛裏也已經失去了光彩。

麥妻　各位大人，這不過是他的舊病復發，沒有什麼別的緣故；累各位掃興，眞是抱歉得很。

麥　別人敢的事，我都敢：無論你用什麼形狀出現，像粗暴的俄羅斯大熊也好，像披甲的犀牛，舞爪的猛虎也好，祇要不是你現在的樣子，我的堅定的神經決不會起半分戰慄；或者你現在死而復活，用你的劍向我挑戰，要是我會驚惶膽怯，那麼你就可以宣稱我是一個少女懷抱中的嬰孩。去，可怕的影子！幻妄的揶揄，去！（鬼隱去）嚇，他一去，我的勇氣又恢復了。請你們安坐吧。

麥妻　你這樣瘋瘋顚顚的，已經打斷了衆人的興緻，擾亂了今天的良會。

麥　世上會有這種事情，像一朵夏天的黑雲遮在我們的頭上，怎麼不叫人吃驚呢？我嚇得臉無人色，你們眼看着這樣的怪象，你們的臉上卻仍然保持着天然的紅潤，這纔怪哩。

洛　什麼怪象，陛下。

麥妻　請您不要對他說話；他越來越瘋了；你們多問了他，他會動怒的。對不起，請各位還是散席了吧；大家不必推先讓後，請立刻就去，晚安！

凌　晚安；願陛下早復康健！

麥妻　各位晚安！（羣臣及侍從等下。）

麥　他們說，流血是免不了的；流血必須引起流血。據說石塊曾經自己轉動，樹木曾經開口說話；鴉鵲的鳴聲裏已經預示着陰謀作亂的人夜過去了多少了？

麥妻　差不多到了黑夜和白晝的交界，分別不出誰是誰來。

麥　邁克特夫藐視王命，拒不奉召，你看怎麼樣？

麥妻　你有沒有差人去叫過他？

麥　我在路上聽人這麼說；可是我要差人去喚他。他們這一批人家裏誰都有一個被我買通的僕人，替我偵視他們的動靜。我明天就要去訪那三個女巫，聽她們還有什麼話說；因爲我現在非得從最妖邪的惡魔口中，知道我的最悲慘的命運不可。爲了我自己的好處，祇好把一切置之不顧。我已經兩足深陷於血泊之中，要是不再涉血前進，那麼回頭的路也是同樣使人厭倦的。我想起了一些非常的計謀，必須在不曾被人覺察以前迅速實行。

麥妻　一切有生之倫，都少不了睡眠的調劑，可是你還沒有好好睡過。

麥　來，我們睡去。我的疑鬼疑神，出乖露醜，都是因爲未經歷鍊，心懷恐懼的緣故；我們在行事上太缺少經驗了。（同下）

## 第五場　荒野

【雷鳴。三女巫上，與赫凱娣相遇。

女巫甲　嗳喲，赫凱娣！您在發怒哩。

赫　我不應該發怒嗎，你們這些放肆大膽的醜婆子？你們怎麼敢用啞謎和有關生死的祕密和麥克佩斯交通；我是你們魔法的總管，一切的災禍都由我主持支配，你們卻不通知我一聲，讓我也來顯一顯我們的神通？而且你們所幹的事，都只是爲了一個剛愎自用，殘忍忮刻的人；他像所有的世人一樣，只知道自己的利益，一點不是對你們存着什麼好意。可是現在你們必須補贖你們的過失：快去，天明的時候，在阿契隆的地坑附近會我，他將要到那邊來探詢他的命運；把你們的符咒魔蠱和一切應用的東西預備齊整，不得有誤。我現在乘風而去；今晚我要用整夜的工夫佈置出一場悲慘的結果；在正午以前，必須完成大事。月亮角上掛着一顆溼淋淋的露珠，我要在它沒有墮地以前把它摇取，用魔術提鍊以後，就可以憑着它呼靈召鬼，讓種種虛妄的幻影迷亂了他的本性；他將要藐視命運，唾斥死生，超越一切的情理，拋棄一切的疑慮，執着他的不可能的希望；你們都知道自信是人類最大的仇敵。（內歌聲，「來吧，來吧，……」）聽！他們在叫我啦；我的小精靈們，瞧，他們坐在雲霧之中，在等着我呢。（下）

女巫甲　來，我們趕快；她就要回來的。（同下）

## 第六場　福累斯，王宮中一室

【凌諸克斯及另一貴族上。

凌　您現在纔想起我從前的話，那些話是還可以進一步解釋的；我祇覺得事情有些古怪。仁厚的鄧根被麥克佩斯所哀悼；鄧根是已經死去的了。勇敢的班戈不該在深夜走路，您也許可以說要是您願意這麼說的話，他是被弗利安斯殺死的，因爲弗利安斯已經逃匿無蹤；人總不應該在夜深的時候走路。那一個人不以爲瑪爾康唐納本殺死他們仁慈的父親，是一件多麼驚人的巨變？萬惡的行爲！麥克佩斯爲了這件事多麼痛心！他不是乘着一時的忠憤，把那兩個酗酒貪睡的溺職衞士殺了嗎？那件事幹得不是很忠勇的嗎？嗯，而且也幹得很聰明；因爲要是人家聽見他們抵賴他們的罪狀，誰都會怒從心起的。所以我說，他把一切事情處分得很好；我想要是鄧根的兩個兒子也給他拘留起來，——上天保佑他們不會落在他的手裏，——他們就會知道向自己的父親行弑，必須受到怎樣的報應；弗利安斯也是一樣，可是這些話別提啦，我聽說邁克特夫因為出言不遜，又不出席那暴君的宴會，已經受到貶辱，您能夠告訴我他現在在什麼地方嗎？

貴族　被這暴君篡逐出亡的鄧根世子現在寄身在英國宮庭之中，謙恭的愛德華對他非常優待，一點不因為他處境顛危而減削了敬禮。邁克特夫也到那邊去了，他的目的是要請求賢明的英王協力激勵諾騰勃蘭和好戰的薛華特，使他們秉承王命，出兵相援，幫助我們恢復已失的自由，使我們仍舊能夠享受食桌上的盛饌和酣暢的睡眠，不再畏懼宴會中有沾血的刀劍，讓我們能夠一方面輸忠效信，一方面安受爵賞而心無疑慮；這一切都是我們現在所渴望而求之不得的。這一個消息已經使我們的王上大為震怒，他正在那兒準備作戰了。

淩　他有沒有差人到邁克特夫那兒去？

貴族　他已經差人去過了；他的話說得很決裂，那面有憂色的使者沒有明白告訴我他說些什麼話，只是轉身吟哦，好像說，「你給我這樣的答覆，看着吧，你一定會自食其果。」

淩　那很可以叫他留心留心遠避當前的禍害。但願什麼神聖的天使飛到英國的宮庭裏，預先把他的信息帶來給我們，讓上天的祝福迅速回到我們這一個在毒手壓制下備受苦難的國家！

貴族　我願意為他祈禱。（同下）

註　赫凱娣（Hecate）司幽冥及巫術之女神

# 第四幕

## 第一場　山洞中置沸鑊；

【雷鳴。三女巫上。

女巫甲　斑貓已經叫過三聲。

女巫乙　刺猬已經啼了四次。

女巫丙　怪鳥在鳴嘯：時候到了時候到了。

女巫甲　繞釜環行火融融，
毒肝腐臟寘其中。
蝦蟆蟄眠寒石底，
三十一日夜相繼，
汗出淋漓化毒漿，
投之鼎鑊沸爲湯。

三女巫合　不憚辛勞不憚煩，
釜中沸沫已成瀾。

女巫乙　沼地蟒蛇取其肉，
劙以爲片煑至熟；

蠑螈之目青蛙趾，
蝙蝠之毛犬之齒，
蝮舌如叉蚯蚓刺，
蜥蜴之足梟之翅，
鍊爲毒蠱鬼神驚，
擾亂人世無安寧。

三女巫合　不憚辛勞不憚煩，
釜中沸沫已成瀾。

女巫丙　豺狼之牙巨龍鱗；
千年巫屍貌猙獰；
海底抉出鯊魚胃；
夜掘毒芹根塊塊；
殺猶太人摘其肝；
剖山羊膽汁潺潺；
霧黑雲深月蝕時，
潛攜斤斧劈杉枝；
娼婦棄兒死道間，

斷指持來血尙殷；
土耳其鼻韃靼唇；
烈火燃之煎作羹
猛虎肝腸和鼎內，
鍊就妖丹成一味。

三女巫合　不憚辛勞不憚煩，
釜中沸沫已成瀾。

女巫乙　炭火將殘蠱將成，
猩猩滴血蠱方凝。

【赫凱娣上。

赫　善哉爾曹功不淺，
頒賞酬勞利澤徧。
於今繞釜且歌吟，
攝人魂魄蕩人心。（音樂，衆唱幽靈之歌。）

女巫乙　拇指怦怦動，
必有惡人來；
既來皆不拒，

洞門敲自開。

【麥克佩斯上。

麥　啊，你們這些神祕的幽冥的夜遊的婆子！你們在幹些什麼？

衆巫　一件沒有名義的行動。

麥　憑着你們的職業，我吩咐你們回答我，不管你們的知識是從那裏得來的：即使你們的嘴裏會放出狂風，讓它們向教堂猛擊；即使洶湧的波濤會把航海的船隻顚覆吞噬；即使穀物的葉片會倒折在田畝上，樹木會連根拔起；即使城堡會向它們的守衞者的頭上倒下；即使宮殿和金字塔都會傾圮；即使大自然所孕育的一切靈奇完全歸於毁滅，我也要你們回答我的問題。

女巫甲　說。

女巫乙　你問吧。

女巫丙　我們可以回答你。

女巫甲　你願意從我們嘴裏聽到答覆呢，還是願意讓我們的主人們回答你？

麥　叫他們出來；讓我見見他們。

女巫甲　母豬九子食其豚，
血澆火上燄生腥；
殺人惡犯上刑場，
汗脂投火發兇光。

衆巫合　鬼王鬼卒火中來，
現形作法莫驚猜。

【雷鳴。第一鬼魂出現，爲一戴盔之頭。

麥　告訴我，你這不可思議的力量，——

女巫甲　他知道你的心事；聽他說，你不用開口。

鬼魂甲　麥克佩斯！麥克佩斯！麥克佩斯！留心邁克特夫；留心費輔爵士。放我回去。够了。（隱入地下）

麥　不管你是什麼精靈，我感謝你的忠言警告；你已經一語道破了我的憂慮。可是再告訴我一句話，……

女巫甲　他是不受命令的。這兒又來了一個，比第一個法力更大。

【雷鳴。第二鬼魂出現，爲一流血之小兒。

鬼魂乙　麥克佩斯！麥克佩斯！麥克佩斯！——

麥　我要是有三張耳朵，我的三張耳朵都會聽着你。

鬼魂乙　你要殘忍，勇敢，堅決；你可以把人類的力量付之一笑，因爲沒有一個在婦人腹中生長的人可以傷害麥克佩斯。（隱入地下）

麥　那麼儘管活下去吧，邁克特夫；我何必懼怕你呢？可是我要使確定的事實加倍確定，從命運手裏接受切實的保證。我還是要你死，讓我可以斥膽怯的恐懼爲虛妄，在雷電怒作的夜裏也能安心睡覺。

【雷鳴。第三鬼魂出現，爲一戴王冠之小兒，手持一樹。

麥　這是什麼，他的模樣像是一個王子，他的幼稚的頭上還戴着統治的榮冠？

衆巫　靜聽，不要對它說話。

鬼魂丙　你要像獅子一樣驕傲而無畏，不要關心人家的怨怒也不要擔憂有誰在算計你。麥克佩斯永遠不會被人打敗，除非有一天勃南的樹林會向鄧西嫩高山移動（隱入地下）

麥　那是決不會有的事誰能够命令樹木叫它從泥土之中拔起它的深根來呢？幸運的預兆！好！勃南的樹林不會移動，叛徒的舉事也不會成功，我們巍巍高位的麥克佩斯將要盡其天年，在他壽數告終的時候奄然物化。可是我的心還在跳動着想要知道一件事情告訴我，要是你們的法術能够解釋我的疑惑，班戈的後裔會不會在這一個國土上稱王？

衆巫　不要追問下去了。

麥　我一定要知道究竟；要是你們不告訴我，願永久的咒詛降在你們身上！告訴我。為什麼那面釜沉了下去？這是什麼聲音？（吹高音笛）

女巫甲　出來！

女巫乙　出來！

女巫丙　出來！

衆巫合　一見驚心，魂魄無主；
如影而來，如影而去。

【作國王裝束者八人次第上；最後一人持鏡；班戈鬼魂隨其後。

麥　你太像班戈的鬼魂了；下去！你的王冠刺痛了我的眼球。怎麼，又是一個戴着王冠的，你的頭髮也跟第一個一樣。

第二個過去了，第三個又跟第二個一樣。該死的鬼婆子！你們爲什麼讓我看見這些人？第四個！跳出來吧，我的眼睛！什麼！這一連串戴着王冠的，要到世界末日纔會完結嗎？又是一個？第七個！我不要再看了。可是第八個又出現了，他拿着一面鏡子，我可以從鏡子裏面看見許許多多戴王冠的人；有幾個還拿着兩重的寶球，三頭的御杖。可怕的景象！啊，現在我知道這不是虛妄的幻象，因爲血污的班戈在向我微笑，用手指點着他們，表示他們就是他的子孫。（衆幻影消滅）什麼！眞是這樣嗎？

女巫甲　嗯，這一切都是眞的；可是麥克佩斯爲什麼這樣呆如木雞？來，姊妹們，讓我們鼓舞鼓舞他的精神，用最好的歌舞替他消憂解悶。我先用魔法叫空中奏起樂來，你們就攙成一個圈子團團跳舞，讓這位偉大的君王知道，我們沒有怠慢了他。（音樂。衆女巫跳舞，舞畢與赫凱娣俱隱去）

麥　她們在那兒？去了？願這不祥的時辰在日曆上永遠被人咒詛！外面有人嗎？進來！

【凌諾克斯上。

凌　陛下有什麼命令？

麥　你看見那三個女巫嗎？

凌　沒有，陛下。

麥　她們沒有打你身邊過去嗎？

凌　確實沒有，陛下。

麥　願她們所駕乘的空氣都化爲毒霧，願一切相信她們言語的人都永墮沈淪！我會經聽見奔馬的聲音，是誰經過這地方？

淩　稟陛下，剛纔有兩三個使者來過，向您報告邁克特夫已經逃奔英國去了。

麥　逃奔英國去了！

淩　是，陛下。

麥　時間，你早就料到我的狠毒的行爲；無遠弗至的惡念，一旦見之事實，就容易被人所乘；從這一刻起，我心裏一想到什麽，便要把它立刻實行。沒有遲疑的餘地，我現在就要用行動表示我的意志：我要去突襲邁克特夫的城堡；把費輔攫取下來；把他的妻子兒女和一切追隨他的不幸的人們一起殺死。我不能像一個傻瓜似的祇會窓口說大話；我必須趁着我這一個目的還沒有冷淡下來以前把這件事幹好。可是我不要再看見什麽幻象了！那幾個使者呢？來，帶我去見見他們。（同下）

## 第二場　費輔，邁克特夫城堡

【邁克特夫夫人，邁克特夫子，及洛斯上。

邁妻　他幹了什麽事，要逃亡國外？

洛　您必須安心忍耐，夫人。

邁妻　他可沒有一點忍耐；他的逃亡全然是發瘋。我們的行爲本來是光明坦白的，可是我們的疑慮却使我們成爲叛徒。

洛　您還不知道他的逃亡究竟是明智的行爲還是無謂的疑慮。

邁妻　明智的行爲！他自己高飛遠走，把他的妻子兒女，他的第宅尊位，一起丟棄不顧，這算是明智的行爲嗎？他不愛

洛　我們；他沒有天性之情；鳥類中最微小的鷦鷯也會奮不顧身，和鴟鴞爭鬥，保護她巢中的衆雛，他心裏祇有恐懼，沒有愛；也沒有一點智慧，因爲他的逃亡是完全不合情理的。

好嫂子，請您節制一下自己；講到尊夫的爲人，那麼他是高尙明理而有識見的，他知道應該怎樣見機行事。我不敢多說什麼；現在這種時世太冷酷無情了，我們自己還沒有知道，就已經蒙上叛徒的惡名；一方面恐懼流言，一方面却不知道爲何而恐懼，就像在一個風波險惡的海上漂浮，全沒有一定的方向。現在我必須向您告辭；不久我會再到這兒來。最惡劣的事態總有一天告一段落，或者逐漸恢復原狀。我的可愛的姪兒，祝福你！

邁妻　他雖然有父親，却和沒有父親一樣。

洛　我是這樣一個傻子，要是我再逗留下去，會叫人家笑話我，還要帶累您心裏難過；我現在立刻告辭了。（下）

邁妻　小子，你爸爸死了；你現在怎麼辦？你預備怎樣過活？

邁子　像鳥兒一樣過活，媽媽。

邁妻　什麼！吃些小蟲兒飛蟲兒嗎？

邁子　我的意思是說，我得到些什麼就吃些什麼，正像鳥兒們一樣。

邁妻　可憐的鳥兒！你從來沒有想到有人在張起網兒，佈下陷阱，端整捉了你去哩。

邁子　我爲什麼要怕這些，媽媽？他們是不會算計可憐的小鳥的。我的爸爸並沒有死，雖然您是這麼說。

邁妻　不，他眞的死了。你沒了父親怎麼好呢？

邁子　您沒了丈夫怎麼好呢？

邁妻　嘿，我可以到隨便那個市場上去買二十個丈夫回來。

邁子　那麼您買了他們回來，還是要賣出去的。

邁妻　這刁鑽的小油嘴；可是也虧你想得出來。

邁子　我的爸爸是個反賊嗎，媽媽？

邁妻　嗯，他是個反賊。

邁子　怎麼叫做反賊？

邁妻　反賊就是起假誓掉謊的人。

邁子　凡是反賊都是起假誓掉謊的嗎？

邁妻　起假誓掉謊的人都是反賊，都應該絞死。

邁子　起假誓掉謊的都應該絞死嗎？

邁妻　都應該絞死。

邁子　誰去絞死他們呢？

邁妻　那些正人君子。

邁子　那麼那些起假誓掉謊的都是些傻瓜，他們有這許多人，爲什麼不聯合起來打倒那些正人君子，把他們絞死了呢？

邁妻　噯喲，上帝保佑你，可憐的猴子！可是你沒了父親怎麼好呢？

邁子　要是他眞的死了，您會爲他哀哭的；要是您不哭，那是一個好兆，我就可以有一個新的爸爸了。

邁妻　這小油嘴眞會胡說！

【一使者上。

使者　祝福您，好夫人！您不認識我是什麼人，可是我久聞夫人的令名，所以特地前來，報告您一個消息。我怕夫人目下有極大的危險，要是您願意接受一個微賤之人的忠告，那麼還是離開此地，趕快帶着您的孩子們避一避的好。我這樣驚嚇着您，已經是够殘忍的了；要是有人再要加害於您，那眞是太沒有人道了。上天保佑您！我不敢多耽擱時間。（下）

邁妻　叫我逃到那兒去呢？我沒有做過害人的事。可是我記起來了，我是在這個世上，這世上做了惡事纔會被人恭維讚美，做了好事反會被人當作危險的傻瓜；那麼，唉！我爲什麼還要用這種婆子氣的話替自己辯護，說是我沒有做過害人的事呢？

【刺客等上。

邁妻　這些是什麼人？

衆刺客　你的丈夫呢？

邁妻　我希望他是在光天化日之下你們這些鬼東西不敢露臉的地方。

刺客　他是個反賊。

邁子　你胡說，你這蓬頭的惡人！

刺客　什麼！你這叛徒的孽種！（刺邁子）

邁子　他殺死我了，媽媽；您快逃吧！（死）（邁妻呼「殺了人啦！」下，衆刺客追下）

## 第三場　英國，王宮前

【瑪爾康及邁克特夫上。

瑪　讓我們找一處沒有人蹤的樹陰，在那邊把我們胸中的悲哀痛痛快快地哭個乾淨吧。

邁　我們還是緊握着利劍，像好漢子似的大踏步跨過我們顚覆了的身世吧。每一個新的黎明都聽得見新孀的寡婦在哭泣，新失父母的孤兒在號啕，新的悲哀上衝霄漢，發出淒厲的回聲，就像哀悼蘇格蘭的命運，替她奏唱輓歌一樣。

瑪　我要為我所知道的一切痛哭，我還要等待機會報復我的仇恨。您說的話也許是事實。一提起這個暴君的名字，就使我們切齒腐舌，可是他曾經有過正直的名聲；您對他也有很好的交情；他也還沒有加害於您。我雖然年輕識淺，可是您也許可以利用我向他邀功求賞，把一頭柔弱無罪的羔羊向一個憤怒的天神獻祭，不失為一件聰明的事。

邁　我不是一個奸詐小人。

瑪　麥克佩斯却是的。在尊嚴的王命之下，忠實仁善的人也許不得不背着天良行事，可是我必須請您原諒；您的忠誠的人格決不會因為我用小人之心去測度它而發生變化；最光明的天使也許會墮落，可是天使總是光明的；罪惡雖然可以遮蔽美德，美德仍然會露出它的光輝來。

邁　我已經失去我的希望。

瑪　也許您的希望就失去在使我發生懷疑的地方。您為什麼不告而別，丟下您的妻子兒女，那些生活中的寶貴的原動力，愛情的堅强的聯繫，讓她們擔驚受險呢？請您不要把我的多心引爲恥辱，爲了我自己的安全我不能不這樣顧慮。不管我心裏怎樣想，也許您是一個忠義的漢子。

**邁** 流血吧，流血吧，可憐的國家！不可一世的暴君，奠下你的安若泰山的基業吧，因爲正義的力量不敢向你誅討！忍受你的屈辱吧，這是你的已經確定的名分；再會，殿下；即使把這暴君掌握下的全部土地一起給我，再加上富庶的東方，我也不願做一個像你所猜疑我那樣的奸人。

**瑪** 不要生氣；我說這樣的話，並不是完全爲了不放心您。我想我們的國家呻吟在虐政之下，流淚，流血，每天都有一道新的傷痕加在舊日的瘡痍之上；我也想到一定有許多人願意爲了我的權利奮臂而起，就在這裏友好的英國，也已經有數千義士願意給我助力；可是雖然這樣說，要是我有一天能够把暴君的頭顱放在足下踐踏，或者把它懸掛在我的劍上，我的可憐的祖國却要在一個新的暴君的統治之下，滋生更多的罪惡，忍受更大的苦痛，造成更分歧的局面。

**邁** 這新的暴君是誰？

**瑪** 我的意思就是說我自己；我知道在我的天性之中，深植着各種的罪惡，要是有一天暴露出來，黑暗的麥克佩斯在相形之下，將會變成白雪一樣純潔；我們的可憐的國家看見了我的無限的暴虐，將會把他當作一頭羔羊。

**邁** 踏徧地獄也找不出一個比麥克佩斯更萬惡不赦的魔鬼。

**瑪** 我承認他嗜殺，驕奢，貪婪，虛僞，欺詐，躁急，兇惡，一切可以指名的罪惡他都有；可是我的淫佚是沒有止境的：你們的妻子，女兒，婦人，處女，都不能塡滿我的慾壑；我的猖狂的慾念會衝決一切節制和約束；與其讓這樣一個人做國王，還是讓麥克佩斯統治的好。

邁　無限制的縱欲是一種虐政，它曾經顛覆了不少王位，推翻了無數君主。可是您還不必擔心，誰也不能禁止您滿足您的分內的欲望；您可以一方面盡情歡樂，一方面在外表上裝出莊重的神氣，世人的耳目是很容易遮掩過去的。我們國內儘多自願獻身的女子，無論您怎樣貪歡好色，也應付不了這許多求榮希媚的嬌娥。

瑪　除了這一種弱點以外，在我的邪僻的心中還有一種不顧廉恥的貪婪，要是我做了國王，我一定要誅鋤貴族，侵奪他們的土地；不是向這個人需索珠寶，就是向那個人需索房屋；我所有的越多，我的貪心越不知道饜足，我一定會爲了圖謀財富的緣故，向善良忠貞的人無端尋衅，把他們陷於死地。

邁　這一種貪婪比起少年的情欲來，它的根是更深而更有毒的，我們曾經有許多過去的國王死在它的劍下。可是您不用擔心，蘇格蘭有足夠您享用的財富，它都是屬於您的；祇要有其他的美德，這些缺點都不算得什麽。

瑪　可是我一點沒有君人之德，什麽公平、正直、儉約、鎭定、慷慨、堅毅、仁慈、謙恭、誠敬、寬容、勇敢、剛强，我全都沒有；各種的罪惡却應有盡有，在各方面表現出來。嘿，要是我掌握了大權，我一定要把和諧的甘乳傾入地獄，擾亂世界的和平，破壞地上的統一。

邁　啊，蘇格蘭，蘇格蘭！

瑪　你說這樣一個人是不是適宜於統治？我正是像我所說那樣的人。

邁　適宜於統治！不，這樣的人是不該讓他留在人世的。啊，多難的國家，一個篡位的暴君握着染血的御杖高踞在王座上，你的最合法的嗣君又親口吐露了他是這樣一個可咒詛的人，辱沒了他的高貴的血統，那麽你幾時纔能重見天日呢？你的父王是一個最聖明的君主；生養你的母后每天在死中過活，她朝晚都在屈膝跪求上天的垂憐。再會！你自己供認的這些罪惡，已經把我從蘇格蘭放逐。啊，我的胸膛，你的希望永遠在這兒埋葬了！

瑪　邁克特夫祇有一顆正直的心，纔會有這種勃發的忠義之情，它已經把黑暗的疑慮從我的靈魂上一掃而空，使我充分信任你的眞誠。魔鬼般的麥克佩斯曾經派了許多說客來，想要把我誘進他的網羅，所以我不得不着意提防；可是上帝鑒臨在你我二人的中間！從現在起，我委身聽從你的指導，並且撤回我剛纔對我自己所講的壞話，我所加在我自己身上的一切汚點，都是我的天性中所沒有的。我還沒有近過女色，從來沒有背過誓，即使是我自己的東西，我也沒有貪得的欲念；我從不曾失信於人，我不願把魔鬼出賣給他的同伴，我愛忠誠不亞於生命；剛纔我對自己所作的誹謗，是我第一次的說謊。那眞誠的我，是準備隨時接受你和我的不幸的祖國的命令的。在你還沒有到這兒來以前，年老的薛華特已經帶領了一萬個戰士，向蘇格蘭出發了。現在我們就可以把我們的力量併合在一起；我們堂堂正正的義師，一定可以克奏膚功。您爲什麽不說話？

邁　好消息和惡消息同時傳進了我的耳朶裏，使我的喜怒都失去了自主。

【一醫士上。】

瑪　好，等會兒再說。請問一聲，王上出來了嗎？

醫士　出來了，殿下；有一大羣不幸的人們在等候他的醫治，他們的疾病使最高明的醫士束手無策，可是上天給他這樣神奇的力量，祇要他的手一觸，他們就立刻痊愈了。

瑪　謝謝您的見告，大夫。（醫士下）

邁　他說的是什麽疾病？

瑪　他們都把它叫做惡病；自從我來到英國以後，我常常看見這位善良的國王顯示他的奇妙無比的本領。除了他自己以外，誰也不知道他是怎樣祈求着上天；可是害着怪病的人，渾身腫爛，慘不忍覩，一切外科手術所無法醫治的，他祇要嘴裏唸着祈禱，用一枚金章親手掛在他們的頸上，他們便會霍然痊愈；據說他這種治病的天能是世世相傳永襲罔替的。除了這種特殊的本領以外，他還是一個天生的預言者，而且具有各種值得謳歌的美德。

瑪　瞧，誰來啦？

邁　是我們國裏的人；可是我還認不出他是誰。

【洛斯上。

瑪　我的賢弟，歡迎。

邁　我現在認識他了。好上帝，趕快除去使我們成爲陌路之人的那一層隔膜吧！

洛　阿們，殿下。

瑪　蘇格蘭還是原來那樣子嗎？

洛　唉！可憐的祖國！它簡直不敢認識它自己。它不能再稱爲我們的母親，只是我們的墳墓；除了昏昏噩噩，一無所知的人以外，誰的臉上也不曾有過一絲笑容；嘆息，呻吟，震撼天空的呼號，都是日常聽慣的聲音，不再能引起人們的注意；劇烈的悲哀變成一般的風氣；葬鐘敲響的時候，誰也不再關心它是爲誰而鳴；善良人的生命往往在他們帽上的花朵還沒有枯萎以前就化爲朝露。

邁　啊！太巧妙，也是太眞實的描寫！

瑪　最近有什麼可爲痛心的事情？

洛　一小時以前的變故，在敍述者的嘴裏就已經變成陳跡了；每一分鐘都產生新的禍難。

邁　我的妻子安好嗎？

洛　呃，她很安好。

邁　我的孩子們呢？

洛　也很安好。

邁　那暴君還沒有毀壞她們的平和嗎？

洛　沒有；當我離開她們的時候，她們是很平安的。

邁　不要吝惜你的言語；究竟怎樣？

洛　當我帶着沉重的消息，預備到這兒來傳報的時候，一路上聽見謠傳，說是許多有名望的人都已經紛紛去位；這種謠言照我想起來是很可靠的，因為我親眼看見那暴君的肆虐。現在是應該出動全力，挽救祖國淪夷的時候了；你們要是在蘇格蘭出現，可以使男人們個個變成軍士，使女人們願意為了從她們的困苦之下獲得解放而奮鬥。

瑪　我們正要回去，讓這消息作為他們的安慰吧。友好的英國已經借給我們薛華特將軍和一萬兵士，所有基督教的國家裏找不出一個比他更老練更優秀的軍人。

洛　我希望我也有同樣好的消息給你們！可是我所要說的話，是應該把它在荒野裏呼喊，不讓它鑽進人們耳中的。

邁　它是關於那方面的？還是和大眾有關的呢？還是一二個人的單獨的不幸？

洛　天良未泯的人，對於這件事誰都要覺得像自己身受一樣傷心，雖然你是最感到切身之痛的一個。

邁　倘然那是有關於我的事，那麼不要瞞過我；快讓我知道了吧。

洛　但願你的耳朵不要從此永遠憎恨我的舌頭，因為它將要讓你聽見你有生以來所聽到的最慘痛的聲音。

邁　哼，我猜到了。

洛　你的城堡受到襲擊；你的妻子和兒女都慘死在野蠻的刀劍之下；要是我把他們的死狀告訴你，那麼不但他們已經成爲獵場上被殺害的馴鹿，就是你也要痛不欲生的。

瑪　慈悲的上天！什麼，朋友！不要把你的帽子拉下來遮住你的額角；用言語把你的悲傷傾洩出來吧；無言的哀痛是會向那不堪重壓的心低聲耳語叫它裂成片片的。

邁　我的孩子也都死了嗎？

洛　妻子，孩子，僕人，凡是被他們找得到的，殺得一個不存。

邁　我却必須離開那裏！我的妻子也被殺了嗎？

洛　我已經說過了。

瑪　請寬心吧；讓我們用壯烈的復仇做藥餌，治療這一段慘酷的悲痛。

邁　他自己沒有兒女。我的可愛的寶貝們都死了嗎？你說他們一個也不存嗎？啊，地獄裏的惡鳥！一個也不存？什麼！我的可愛的雞雛們和他們的母親一起葬送在毒手之下了嗎？

瑪　放出丈夫的氣概來。

邁　我要放出丈夫的氣概來；可是我不能抹殺我的人類的感情。我怎麼能夠把我所最寶愛的人置之度外，不去想念他們呢？難道上天看見這一幕慘劇，而不對他們抱同情嗎？罪惡深重的邁克特夫！他們都是爲了你的緣故而死於非命。我眞該死，他們沒有一點罪過，只是因爲我自己不好，無情的屠戮纔會降臨到他們的身上。願上天給他們安息！

瑪　把這一樁仇恨作爲磨快你的劍鋒的礪石；讓哀痛變成憤怒；不要讓你的心麻木下去，激起它的怒火來吧。

邁　啊！我可以一方面讓我的眼睛裏流着婦人之淚，一方面讓我的舌頭發出大言壯語。可是，仁慈的上天，求你撤除一切中途的障礙，讓我跟這蘇格蘭的惡魔正面相對，使我的劍能夠刺到他的身上；要是我放他逃走了，那麼上天饒恕他吧！

瑪　這幾句話說得很像個漢子。來，我們見國王去；我們的軍隊已經調齊，一切齊備，只待整裝出發。麥克佩斯氣數將絕，天誅將至；黑夜無論怎樣悠長，白晝總會到來。（同下）

# 第五幕

## 第一場　鄧西嫩，城堡中一室

【一醫士及一侍女上。

醫士　我已經陪着你看守了兩夜，可是一點不能證實你的報告。她最後一次晚上起來行動是在什麼時候？

侍女　自從王上出征以後，我曾經看見她從牀上起來，披上睡衣，開了櫥門上的鎖，拿出信紙，把它摺起來，在上面寫了字，讀了一遍，然後把信封好，再回到牀上去；可是在這一段時間裏，她始終睡得很熟。

醫士　這是心理上的一種重大的擾亂，一方面入於睡眠的狀態，一方面還能像醒着一般做事。在這種睡眠不安的情形之下，除了走路和其他動作以外，你有沒有聽見她說過什麼話？

侍女　大夫，那我可不能背着她告訴您。

醫士　你不妨對我說，而且應該對我說。

侍女　我不能對您說，也不能對無論什麼人說，因爲沒有一個見證可以證實我的話。

【麥克佩斯夫人持燭上。

侍女　您瞧！她來啦。這正是她往常的樣子；憑着我的生命起誓，她現在睡得很熟。留心看好她；站近一些。

醫士　她怎麼會有那枝蠟燭？

侍女　那就放在她的牀邊；她的寢室裏通宵點着燈火，這是她的命令。

醫士　你瞧，她的眼睛開着呢。

侍女　嗯，可是她的視覺却關閉着，

醫士　她現在在幹什麼？瞧，她在擦她的手。

侍女　這是她的一個慣常的動作，好像在洗手似的。我曾經看見她這樣擦了足有一刻鐘的時間。

麥妻　可是這兒還有一點血跡。

醫士　聽！她說話了。我要把她的說話記下來，免得忘記，

麥妻　去，該死的血跡！去吧！一點，兩點啊，那麼現在可以動手了。地獄裏是這樣幽暗！呸，我的爺，呸！你是一個軍人，也會害怕嗎？既然誰也不能奈何我們，爲什麼我們要怕被人知道？可是誰想得到這老頭兒會有這麼多的血？

醫士　你聽着沒有？

麥妻　費輔爵士從前有一個妻子；現在她在那兒？什麼！這兩隻手再也不會乾淨了嗎？算了，我的爺，算了；你這樣大驚小怪，把事情都弄糟了。

醫士　說下去，說下去；你已經知道你所不應該知道的事。

侍女　我想她已經說了她所不應該說的話；天知道她心裏有些什麼祕密。

麥妻　這兒還是有一股血腥氣；所有阿剌伯的香料都不能叫這小手變得香一點。啊！啊！啊！

醫士　這一聲嘆息多麼沉痛！她的心裏蘊蓄着無限的淒苦。

侍女　我不願爲了身體上的尊榮，而讓我的腔子裏裝着這樣一顆心。

醫士　好，好，好。

侍女　但願一切都是好好的，大夫。

醫士　這種病我沒有法子醫治。可是我知道有些曾經在睡夢中走動的人，都是很虔敬地壽終正寢。

麥妻　洗淨你的手，披上你的睡衣；不要這樣臉無人色。我再告訴你一遍，班戈已經下葬了；他不會從墳墓裏出來的。

醫士　有這等事？

麥妻　睡去，睡去；有人在打門哩。來，來，來，來，讓我攙着你。事情已經幹了就算了。睡去，睡去，睡去。（下）

醫士　她現在要去上牀了嗎？

侍女　就去上牀。

醫士　外邊很多駭人聽聞的傳說。反常的行爲引起了反常的紛擾；良心負疚的人往往會向無言的衾枕洩漏他們的祕密；她需要教士的訓誨甚於醫士的診視。上帝，上帝饒恕我們一切世人！留心照料她；避免一切足以使她煩惱的根源，隨時注視着他。好，晚安！她擾亂了我的心，迷惑了我的眼睛，我心裏所想到的，却不敢把它吐出嘴唇。

侍女　晚安，好大夫。（各下）

## 第二場　鄧西嫩附近鄉野

【旗鼓前導，孟底士，凱士納斯，安格斯，淩諾克斯，及軍士等上。

孟　英國軍隊已經迫近，領軍的是瑪爾康，他的叔父薛華特和邁克特夫三人，他們的胸頭燃起着復仇的怒火；即使奄奄垂斃的人，這種痛入骨髓的仇恨也會激起他濺血的決心。

安　在勃南森林附近，我們將要和他們相見；他們正在望那條路上過來。

凱　誰知道唐納本是不是跟他的哥哥在一起？

凌　我可以確實告訴你，將軍，他不在一起。我有一張他們軍隊裏上級將領的名單，裏面有薛華特的兒子，還有許多初上戰場乳臭未乾的少年。

孟　那暴君有什麼舉動？

凱　他把鄧西嫩防禦得非常堅固。有人說他瘋了；對他比較沒有什麼惡感的人，卻說那是一個猛士的憤怒；可是他不能自己約束住他的惶亂的心情，卻是一件無疑的事實。

安　現在他已經感覺到他的暗殺的罪惡緊黏在他的手上；每分鐘都有一次叛變，譴責他的不忠無義；受他命令的人，都不過聽令而行，並不是出於對他的忠誠；現在他已經感覺到他的尊號罩在他的身上，就像一個矮小的偷兒穿了一件巨人的衣服一樣拖了絆腳。

孟　他自己的靈魂都在譴責它本身的存在，誰還能怪他的昏亂的知覺怔忡不安呢。

凱　好，我們整隊前進吧；我們必須認清誰是我們應該服從的人。為了拔除祖國的沉痾，讓我們準備和他共同流盡我們的最後一滴血。

凌　否則我們也願意噴擲我們的熱血，灌溉這一朵國家主權的嬌花，淹沒那憑陵它的野草。向勃南進軍！（眾列隊行進下）

## 第三場　鄧西嫩，城堡中一室

〔麥克佩斯，醫士，及侍從等上。

麥　不要再告訴我什麼消息；讓他們一個個逃走吧；除非勃南的森林會向鄧西嫩移動，我是不知道有什麼事情值得害怕的。瑪爾康那小子算得什麼？他不是婦人所生的嗎？預知人類死生的精靈曾經這樣向我宣告：「不要害怕，麥克佩斯；沒有一個在婦人腹中生長的人可以加害於你，」那麼逃走吧，不忠的爵士們，去跟那些饕餮的英國人在一起吧。我的頭腦，永遠不會被疑慮所困擾，我的心靈永遠不會被恐懼所震蕩。

【一僕人上。

麥　魔鬼罰你變成炭團一樣黑，你這臉色慘白的狗頭！你從那兒得來的這一副獃鷲的蠢相？

僕　有一萬——

麥　一萬頭鵞嗎，狗才？

僕　一萬個兵，陛下。

麥　去刺破你自己的臉，把你那嚇得毫無血色的兩頰染一染紅吧，你這鼠膽的小子。什麼兵，蠢才？該死的東西！瞧你嚇得臉孔像白布一般，什麼兵，不中用的奴才？

僕　稟陛下，是英國兵。

麥　不要讓我看見你的臉。（僕下）西登！——我心裏很不舒服，當我看見——喂，西登！——這一次的戰爭也許可以使我從此高枕無憂，也許可以立刻把我傾覆。我已經活得夠長久了；我的生命已經日就枯萎，像一張凋謝的黃葉；凡是老年人所應該享有的尊榮，愛敬，服從，和一大羣的朋友，我是沒有希望再得到的了；代替這一切的，祇有低聲而深刻的咒詛，口頭上的恭維，和一些違心的假話。西登！

【西登上。

西　陛下有什麼吩咐？

**麥**　還有什麼消息沒有？

**西**　陛下，剛纔所報告的消息，全都證實了。

**麥**　我要戰到我的全身不剩一塊好肉給我拿戰鎧來。

**西**　現在還用不到哩。

**麥**　我要把它穿起來。加派幾匹馬，到全國各處巡迴查察，要是有誰嘴裏提起了一句害怕的話，就把他弔死。給我拿戰鎧來。大夫你的病人今天怎樣？

**醫士**　回陛下，她並沒有什麼病，只是因為思慮太過，繼續不斷的幻想擾亂了她的神經，使她不得安息。

**麥**　替她醫好這一種病，你難道不能診治一個病態的心理，從記憶中拔去一椿根深蒂固的憂鬱，拭掉那寫在腦筋上的煩惱，用一種使人忘却一切的甘美的藥劑，把那堆滿在胸間，重壓在心頭的積毒掃除乾淨嗎？

**醫士**　那還是要仗病人自己設法的。

**麥**　那麼把醫藥丟給狗子吧；我不要仰仗它。來，替我穿上戰鎧；給我拿指揮杖來。西登，把我的命令傳出去。——大夫，那些爵士們都背了我逃走了。——來，快去。——大夫，要是你能夠用全國的水替她洗去病根，使她回復原來的健康，我一定要使太空之中充滿着我對你的讚美的回聲。——喂，把它脫下了。——什麼大黃肉桂，什麼清瀉的藥劑，可以把這些英國人驅走呢？你聽見關於他們的消息嗎？

**醫士**　是的，陛下；您的森嚴的防衛告訴了我們一些消息。

**麥**　你要是聽見什麼就來告訴我。除非勃南森林會向鄧西嫩移動，我對死亡和毒害都沒有半分驚恐。

**醫士**　（旁白）要是我能夠從鄧西嫩遠遠離開，高官厚祿再也誘不動我回來。（同下）

## 第四場　勃南森林附近的鄉野

【旗鼓前導，瑪爾康，薛華特父子，邁克特夫，孟底士，凱士納斯，安格斯，淩諾克斯，洛斯，及軍士等列隊行進上。

瑪　諸位賢卿，我希望大家都能够安枕而寢的日子已經不遠了。

孟　那是我們一點沒有疑惑的。

薛　前面這一座是什麼樹林？

孟　勃南森林。

瑪　每一個軍士都砍下一根樹枝來，把它舉起在各人的面前；這樣我們可以隱匿我們全軍的人數，讓敵人無從知道我們的實力。

軍士等　得令。

薛　我們所得到的情報，都說那自信的暴君仍舊在鄧西嫩深居不出，等候我們兵臨城下。

瑪　這是他的唯一的希望；因爲在他手下的人，不論地位高低，一找到機會都要叛棄他，他們接受他的號令，都只是出於被迫，並不是自己心願。

邁　讓我們用堅毅的戰士精神，執行我們懲兇誅暴的正義的使命。

薛　我們這一次的勝敗得失不久就可以分曉。口頭的推測不過是一些懸空的希望，實際的行動纔能够產生決定的結果，大家奮勇前進吧！（衆列隊行進下）

## 第五場　鄧西嫩，城堡內

【旗鼓前導，麥克佩斯，西登及軍士等上。

麥　把我們的旗幟懸掛在城牆外面；到處仍舊是一片「他們來了」的呼聲；我們這座城堡防禦得這樣堅强，還怕他們的圍攻嗎？讓他們到這兒來，等饑餓和瘟疫來把他們收拾去了吧。倘不是我們自己的軍隊也倒了戈跟他們聯合在一起，我們儘可以挺身出戰，把他們趕回老家去。（內婦女哭聲）那是什麼聲音？

西　是婦女們的哭聲，陛下。（下）

麥　我簡直已經忘記了恐懼的滋味。從前一聲晚間的哀叫，可以把我嚇出一身冷汗，一根頭髮的落下，都會使我驚惶恐，好像它的裏面藏着我的生命一樣。現在我已經飽嘗無數的恐怖；我的習慣於殺戮的思想，再也沒有什麼悲慘的事情可以使它驚悚了。

【西登重上。

麥　那哭聲是爲了什麼事？

西　陛下，王后死了。

麥　她應該遲一點再死；現在不是應該讓我聽見這一個消息的時候。明天，明天，再一個明天，一天接着一天地躡步前進，直到最後一秒鐘的時間；我們所有的昨天，不過替傻子們照亮了到死亡的土壤中去的路。熄滅了吧，熄滅了吧，短促的燭光！人生不過是一個行走的影子，一個在舞臺上指手劃脚的拙劣的伶人，登場了片刻，就在無聲無臭中悄然退下；它是一個愚人所講的故事，充滿着喧嘩和騷動，找不到一點意義。

【一使者上。

麥　你要來播弄你的唇舌；有什麼話快說。

使者　陛下，我應該向您報告我以爲我所看見的事可是我不知道應該怎樣說起。

麥　好，你說吧。

使者　當我站在山頭守望的時候，我向勃南一眼望過去，好像那邊的樹木都在開始行動了。

麥　說謊的奴才！

使者　要是沒有那樣一回事，我願意悉聽陛下的懲處；在這三哩路以內，您可以看見它向這邊過來；一座活動的樹林。

麥　要是你說了謊話，我要把你活活吊在樹上，讓你餓餓而死；要是你的話是眞的，我也希望你給我吊死了吧。我的決心已經有些搖動，我開始懷疑起那魔鬼所說的似是而非的曖昧的謊話了；「不要害怕，除非勃南森林會到鄧西嫩來；」——現在一座樹林眞的到鄧西嫩來了。披上武裝，出去！他所說的這種事情要是果然出現，那麼逃走固然逃走不了，留在這兒也不過坐以待斃。我現在開始厭倦白晝的陽光，但願這世界早一點崩潰。敲起警鐘來！吹吧，狂風！來吧，滅亡！就是死我們也要捐命沙場。（同下）

## 第六場　同前，城堡前平原

【旗鼓前導，瑪爾康，老薛華特，邁克特夫等率軍隊各持樹枝上。

瑪　現在已經相去不遠；把你們樹葉的幕障拋下，現出你們威武的軍容來。尊貴的叔父，請您帶領我的兄弟，您的英勇的兒子，先去和敵人交戰；其餘的一切統歸尊貴的邁克特夫跟我兩人負責部署。

薛　再會。今天晚上我們祇要找得到那暴君的軍隊，一定要跟他們爭一個你死我活。

邁　把我們所有的喇叭一起吹起來；鼓足了你們的衷氣，把流血和死亡的消息吹進了敵人的耳中。（同下）

## 第七場　同前，平原上的另一部分

【號角聲。麥克佩斯上。

麥　他們已經縛住我的手脚；我不能逃走，可是我必須像熊一樣掙扎到底。那一個人不是在婦人腹中生長的？除了這樣一個人以外，我還怕什麼人。

【小薛華特上。

小薛　你叫什麼名字？

麥　我的名字說出來會嚇壞了你。

小薛　即使你給自己取了一個比地獄裏的魔鬼更熾熱的名字，也嚇不倒我。

麥　我就叫麥克佩斯。

小薛　魔鬼自己也不能向我的耳中說出一個更可憎恨的名字。

麥　他也不能說出一個更可怕的名字。

小薛　胡說，你這可惡的暴君；我要用我的劍證明你的說誑。（二人交戰，小薛被殺）

麥　你是婦人所生的；我瞧不起一切婦人之子手裏的刀劍。（下）

【號角聲。邁克特夫上。

邁　那喧聲是在那邊。暴君，露出你的臉來；要是你已經被人殺死，等不及我來取你的性命，那麼我的妻子兒女的陰魂一定不會放過我我不能殺害那些被你僱傭的倒霉的士卒；我的劍倘不能刺中你，麥克佩斯，我寧願讓它閑置不用，保全它的鋒刃，把它重新插回鞘裏。你應該在那邊；這一陣高聲的吶喊，好像是宣佈什麼重要的人物上陣似的。命運，讓我找到他吧！我沒有此外的奢求了。（下。角號聲）

【瑪爾康及老薛華特上。

**薛** 這兒來，殿下；那城堡已經拱手納降暴君的人民有的幫這一面，有的幫那一面；英勇的爵士們一個個出力奮戰；您已經勝算在握，大勢就可以決定了。

**瑪** 我們曾經看見敵人陣中，有的在那兒自相殘殺。

**薛** 殿下，請進堡裏去吧。（同下。號角聲）

【麥克佩斯重上。

**麥** 我為什麼要學那些羅馬人的傻樣子，死在我自己的劍上呢？我的劍是應該為殺敵而用的。

【邁克特夫重上。

**邁** 轉過來，地獄裏的惡狗，轉過來！

**麥** 我在一切人中間最不願意看見你。可是你回去吧，我的靈魂裏沾着你一家人的血，已經太多了。

**邁** 我沒有話說；我的話都在我的劍上，你這沒有一個名字可以形容你的狠毒的惡賊！（二人交戰）

**麥** 你不過白費了氣力；你要使我流血，正像用你銳利的劍鋒在空氣上劃一道痕跡一樣為難。讓你的刀刃降落在別人的頭上吧；我的生命是有魔法保護的，沒有一個在婦人腹中生長的人可以把它傷害。

**邁** 不要再信任你的魔法了吧；讓你所信奉的神告訴你，邁克特夫是沒有足月就從他的母親的腹中墮下來的。

麥　願那告訴我這樣的話的舌頭永受咒詛，因爲它使我失去了男子漢的勇氣！願這些欺人的魔鬼再也不要被人相信，他們用模棱兩可的話愚弄我們，雖然句句應驗，却完全和我們原來的期望相反。我不願跟你交戰。

邁　那麼投降吧，懦夫，我們可以饒你活命，可是要叫你在衆人的面前出醜：我們要把你當作一頭稀有的怪物一樣，把你縛在柱上，塗上花臉，下面寫着，「請看暴君的原形。」

麥　我不願投降，我不願低頭吻那瑪爾康小子足下的泥土，被那些下賤的民衆任意唾罵。雖然勃南森林已經到了鄧西嫩，雖然今天和你狹路相逢，你偏偏不是在婦人腹中生長的，可是我還要擎起我的雄壯的盾牌，盡我最後的力量。來，邁克特夫，誰先喊「住手，够了！」的，讓他永遠在地獄裏沉淪。（二人且戰且下。）

【吹退軍號。喇叭奏花腔。旗鼓前導，瑪爾康，老薛華特，洛斯，衆爵士及軍士等重上。

瑪　我希望我們所失去的朋友，都能够安然到來。

薛　總有人免不了成爲犧牲；可是照我看見眼前這些人說起來，我們這次重大的勝利所付的代價是很小的。

瑪　邁克特夫跟您的英勇的兒子都失蹤了。

洛　老將軍，令郎已經盡了一個軍人的責任；他剛剛活到成人的年齡，就用他的一往無前的戰鬥精神證明了他的勇力，像一個男子漢似地死了。

薛　那麼他已經死了嗎？

洛　是的，他的屍體已經從戰場上搬去。他的死是一樁無價的損失，您必須勉抑哀思纔好。

薛　他的傷口是在前面的嗎？

洛　是的，在他的胸前。

薛　那麼願他成爲上帝的軍士！要是我有像頭髮一樣多的兒子，我也不希望他們得到一個更光榮的結局；這就作爲他的喪鐘吧

瑪　他是值得我們更深的悲悼的，我將向他致獻我的哀思。

薛　他已經得到他最大的酬報；他們說他死得很英勇，他的責任已盡；願上帝與他同在！又有好消息來了。

【邁克特夫攜麥克佩斯首級重上。】

邁　祝福，吾王陛下！瞧，篡賊的萬惡的頭顱已經取來；無道的虐政從此推翻了。我看見全國的英俊擁繞在你的周圍，他們心裏都在發出跟我同樣的敬禮；現在我要請他們陪着我高呼：祝福，蘇格蘭的國王！

衆　祝福，蘇格蘭的國王！（喇叭奏花腔。）

瑪　多承各位擁戴，論功行賞，在此一朝。各位爵士國戚，從現在起，你們都得到了伯爵的封號，在蘇格蘭你們是最初享有這樣封號的人。在這去舊佈新的時候，我們還有許多事情要做；那些因爲逃避暴君的羅網而出亡國外的朋友們，我們必須召喚他們回來；這個屠夫雖然已經死了，他的魔鬼一樣的王后，據說也已經親手殺害了自己的生命，可是幫助他們殺人行兇的黨羽，我們必須一一搜捕，處以極刑；此外一切必要的工作，我們都要按照着上帝的旨意，分別處理。現在我要感謝各位的相助，還要請你們陪我到斯貢去，參與加冕的盛典。（喇叭奏花腔。衆下）

莎士比亞戲劇全集

第二輯　第六種

# 英雄叛國記

朱生豪譯

鄂國[illegible]

# 英雄叛國記

## 原名：科利奧蘭納斯

### 劇中人物

凱易斯·瑪歇斯　後稱凱易斯·瑪歇斯·科利奧蘭納斯

泰脫斯·拉歇斯　｝征伐伏爾斯人的將領
考密涅斯　｝

美尼涅斯·哀格利巴　科利奧蘭納斯之友

西昔涅斯·維魯脫斯　｝護民官
褒涅斯·勃魯脫斯　｝

小瑪歇斯　科利奧蘭納斯之子

一羅馬傳令官

吐勒斯奧菲迪斯　伏爾斯人的大將

奧菲迪斯的副將

奧菲迪斯的黨羽們

尼堪諾　一羅馬人

一安息市民

阿特里安　一伏爾斯人

二伏爾斯守卒

伏倫尼霞　科利奧蘭納斯之母

維琪莉霞　科利奧蘭納斯之妻

梵勒麗霞　維琪莉霞之友

維琪莉霞的侍女

羅馬及伏爾斯元老，貴族，警吏，侍衛，軍士，市民，使者，奧菲迪斯的僕人，及其他侍從等

## 地點

羅馬及其附近；科利奧里及其附近；安息

# 第一幕

## 第一場　羅馬街道

【一羣暴動的市民各持棍棒及其他武器上。

市民甲　在我們繼續前進之前，先聽我說句話。

衆　說，說。

甲　你們都下了決心，寧願死，不願挨餓嗎？

衆　我們下了決心了，我們下了決心了。

甲　第一，你們知道凱易斯瑪歇斯是人民的最大公敵。

衆　我們知道，我們知道。

甲　讓我們殺死他，然後我們要多少穀就有多少穀。我們就這樣決定了嗎？

衆　不用多說；就這麼幹。去，去！

市民乙　各位好市民，聽我說一句話。

甲　我們都是苦百姓，貴族纔是好市民。那些有權有勢的人吃飽了裝不下的東西就可以救濟我們。他們祇要把吃剩下來的東西趁着新鮮的時候賞給我們，我們就會以爲他們是出於人道之心來救濟我們；可是在他們看來，我們都是不值得救濟的：我們的痛苦飢寒，我們的枯瘦憔悴，就像是列載着他們的富裕的一張淸單；我們的受難就是他們的享福。讓我們舉起我們的武器來復仇，趁着我們還沒有瘦得祇剩下幾根骨頭。天神知道我說這樣的話只是迫於沒有麵包的饑餓，不是因爲渴於復仇。

乙　你特別提出凱易斯瑪歇斯來作爲攻擊的對象嗎？

甲　我們第一要攻擊他；他是出賣羣衆的狗。

乙　你不想到他替祖國立下了什麼功勞嗎？

甲　我知道得很清楚，我也不願抹煞他的功勞；可是他因爲驕傲的緣故，已經把他的功勞抵銷了。

乙　你不要惡意誹謗。

甲　我對你說，他所做的轟轟烈烈的事情，都只有一個目的：雖然心腸仁厚的人願意承認那是爲了他的國家，其實他只是要取悅他的母親，同時使他自己可以向人驕傲；驕傲便是他的美德的頂點。

乙　他自己也無能爲力的天生的性癖，你却認爲是他的罪惡。你不能說他是個貪心的人。

甲　要是我不能這樣說他，我也不會缺少攻擊他的理由；他有數不清的過失，說來也會叫人口酸。（內呼聲）這些是什麼呼聲？城那面的人們也起來了。我們還在這兒多說什麼？到議會去！

衆　來，來。

甲　且慢！誰來啦？

【美尼涅斯哀格利巴上。

乙　尊貴的美尼涅斯哀格利巴；他是常常愛護着平民的。

甲　他是個一人；要是別人都像他一樣就好了！

美　同胞們，你們現在要幹些什麼事？你們拿着這些棍棒到什麼地方去？爲了什麼事？請你們告訴我。

甲　我們的事情元老院不是不知道的；他們這半個月來早已得到消息，知道我們將要有什麼行動，現在我們就要做給他們看。人家說，窮人訴苦的時候嘴裏會發出一股可怕的氣息；我們要讓他們知道，我們還有一雙可怕的手臂哩。

美　嗳喲，列位，我的好朋友們，你們不要活命了嗎？

甲　先生，我們早就沒有命活了。

美　我告訴你們，朋友們，貴族們對於你們是非常關切的。你們要是把你們的窮困和饑荒歸怨政府，還不如舉起你們的棍棒來打天；因爲這次饑荒是天神的意旨，不是貴族們造成的。政府總是盡心竭力，替你們解除種種强大的困難；你們應該屈膝哀求，不該舉手反抗，纔會對你們有好處。唉！災禍使你們迷失了本性，引導你們到更大的災禍的路上；你們毁謗着國家的舵輪，他們像慈父一樣愛護你們，你們却像仇敵一樣咒詛他們。

甲　愛護我們！眞的！他們從來沒有愛護過我們：讓我們忍受饑寒，他們的倉庫裏却堆滿了穀粒；頒佈保護重利貸的命令；每天都在忙着取消那些不利於富人的正當的法律，重新制定束縛窮人的苛酷的條文。我們要是不死在戰爭裏，也會死在他們手裏；這就是他們對於我們的愛護！

美　你們必須承認你們自己太會惡意猜嫉，否則你們就是一羣不懂好壞的傻子。我要講一隻有趣的故事給你們聽：也許你們已經聽見過；可是因爲它適合我的目的，我要把它的意思再引伸一下。

甲　好，我倒要聽聽，先生；可是你不要以爲用一個故事就可以把我們的恥辱朦混過去。請你講吧。

美　從前有一個時候，身體上的各部器官聯合向肚子反抗；它們聲斥它像一個谿壑似的佔據在身體的中央，無所事事，其餘的器官有的管看，有的管聽，有的管思想，有的管教訓，有的管步行，有的管感覺，分工合作，共同應付着全身的需要，祇有它只知容納食物，不知分擔勞苦。肚子回答說，——

甲　好，先生，那肚子怎麼回答？

美　別急，讓我講給你聽。——那肚子微微地露出一絲冷笑，——因爲你瞧，我既然可以叫肚子說話，那麼當然也以可叫它微笑——帶着譏諷的口氣回答那些憤憤不平地，妒嫉它的收入的作亂的器官，正像你們因爲元老們跟你們地位不同，所以把他們信口誹謗一樣。

甲　你那肚子怎麼回答？哼！那戴着王冠的頭，那視察一切的眼睛，那運籌決策的心，那手臂我們的兵士，那腿我們的坐騎，那舌頭，我們的吹號人，以及其他在我們這一個組織裏各盡寸勞的屬僚佐貳，要是他們——

美　要是他們怎樣？這傢伙搶在我的前面說話！要是他們怎樣？要是他們怎樣？

甲　要是他們受制於饕餮的肚子，那不過是身體上的一個藏垢納汚的地方，——

美　好，那便怎樣？

甲　要是他們提出抗議，那肚子有什麼話好回答呢？

美　我會告訴你的；祇要你略微忍耐片刻，不要這麼性急，你就可以聽到肚子的回答。

甲　你講話太不爽快。

美　聽着，好朋友；這位莊嚴的肚子是很從容不迫的，不像攻擊他的人們那樣鹵莽輕率，他這樣回答：「不錯，我的同體的朋友們，」他說，「你們全體賴以生活的食物，是由我最先收納下來的；這是理所當然的事，因爲我是整個身體的倉庫和工場：可是你們應該記得，那些食物就是我把它們從你們血液的河流裏一路運輸過去，一直傳達到心的宮庭和腦的寶座；經過人身的五官百竅，最強韌的神經和最微細的血管，都從我得到保持他們活力的資糧。你們，我的好朋友們，雖然在一時之間，——」聽着，這是那肚子說的話，——

甲 好，好他怎麼說？

美 「雖然在一時之間，不能看見我怎樣把食物分送到各部分去，可是我可以淸算我的收支，大家都從我領回食物的精華，剩下給我自己的只是一些糟粕。」你們覺得他的話說得怎樣？

甲 那也回答得有理；你說這一段話是什麼用意呢？

美 羅馬的元老們就是這一個好肚子，你們就是那一羣作亂的器官；因爲你們要是把他們所討論所關切的問題仔細檢討一下，把有關大衆幸福的事情澈底想一想，你們就會知道你們所享受的一切公共的利益都是從他們手裏得到，完全不是靠着你們自己的力量。你以爲怎樣，你這一羣人中間的大拇足趾？

甲 我是大拇足趾？爲什麼我是大拇足趾？

美 因爲你在這一場最聰明的叛亂裏，是一個最低微最卑鄙的人，却跑在衆人的最前面：你這最下賤的惡棍，爲了妄圖非分的利益，竟敢自居於領導的地位。可是你們準備好舉起你們粗硬的棍棒來吧；羅馬和她的羣鼠已經到了決戰的關頭；總有一方不免遭殃。

【凱易斯瑪歇斯上。

美 祝福，尊榮的瑪歇斯！

瑪 謝謝。——什麼事，你們這些違法亂紀的流氓，憑着你們那些齷齪有毒的意見，使你們自己變成了社會上的疥癬？

甲 我們一向多承您溫語相加。

瑪　誰要是對你們溫語相加，他也會恭維他心裏所痛恨的人了。你們究竟要什麼，你們這些惡狗？你們既不喜歡和平，又不喜歡戰爭；戰爭會使你們害怕，和平又使你們妄自尊大。誰要是信任你們，他將會發現他所找尋的獅子不過是一羣野兔，他所找尋的狐狸不過是一羣鵞；你們比冰上的炭火，陽光中的雹點更不可靠。你們的美德是尊敬那犯罪的囚徒，咒詛那執法的刑官。誰立下了功德，就應該受你們的憎恨；你們的歡心就像一個病人的口味，祇愛吃那些足以加重他的病症的食物。誰要是信賴着你們的歡心，等於用鉛造的鰭游泳，用燈心草去斬伐橡樹。該死的東西！相信你們？你們每一分鐘都要變換一個心，你們會稱頌你們剛纔所痛恨的人，唾駡你們剛纔所讚美的人。你們在城裏到處鼓噪，攻擊尊貴的元老院，究竟是怎麼一回事？倘使沒有他們幫助着神明把你們約束住了，使你們有一點畏懼，你們早就彼此相食了。他們究竟是什麼目的？

美　他們要求照他們所需索的數量給他們穀物；他們說這城裏藏着很多的穀。

瑪　該死的東西！他們說！他們祇會坐在火爐旁邊，假充知道議會裏所幹的事；誰將要升起，誰正在得勢，誰將要沒落；宣佈他們猜想中的婚姻；黨同伐異，凡是他們所贊成的一方面，就誇贊它的強大，是他們所反對的一方面，就放在他們的破鞋子底下踹踏。他們說有很多的穀！要是那些貴族們願意放下他們的慈悲，讓我運用我的劍，我要儘我的槍尖所能挑到，把幾千個這樣的奴才殺死了堆成一座高高的屍山。

美　不，這些人差不多已經完全悔悟了；因爲他們雖然行事十分鹵莽，然而他們都是非常懦怯的。可是請問還有那一羣怎麼說？

瑪　他們已經解散了：該死的東西！他們說他們肚子餓；嘆息出一些陳腐的老古話：什麼饑餓可以摧毀石牆；什麼狗也要吃東西；什麼肉是供口腹享受的；什麼天神降下五穀，不是單爲富人。用這種陳言爛調，傾吐他們的不平；他們的聲訴是接受了，他們的請願也得到了准許，——一個奇怪的請願，最慷慨的人聽見了也會傷心，最大膽的人瞧見了也會失色，——於是他們拋擲他們的帽子，高聲歡呼，好像賭賽誰可以把他的帽子掛到月亮的鈎上去似的。

美　准許了他們什麼請願？

瑪　由他們自己選出五個護民官，保護他們下賤的智慧：一個是裘涅斯勃魯脫斯，一個是西昔涅斯維魯脫斯，還有那幾個我不知道——哼！如果是我的話，就讓這些烏合之衆把城頭上的天拆毀了，也決不答應他們；這樣會使他們漸漸擴展勢力，引起更大的叛亂。

美　眞是怪事。

瑪　去；滾回家去，你們這些廢物！

【一使者忽忽上。

使者　凱易斯瑪歇斯呢？

瑪　這兒；什麼事？

使者　將軍，伏爾斯人起兵了。

瑪　我很高興；我們可以有機會發洩發洩我們賸餘下來的朽腐的精力了。瞧，我們的元老們來了。

【考密涅斯，泰脫斯·拉歇斯，及其他元老；裘涅斯·勃魯脫斯，西昔涅斯·維魯脫斯等同上。

元老甲　瑪歇斯，您最近對我們說的話不錯；伏爾斯人果然起兵了。

瑪　他們有一個領袖，吐勒斯·奧菲迪斯，你們就會知道他的利害。我很妒嫉他的高貴的品格，倘然我不是我自己，

考　我祇希望我是他。

　　您曾經跟他交過戰。

瑪　要是整個世界分成兩半，互相廝殺，而他也站在我這一方面，那麼我為了要跟他交戰的緣故，也會向自己的一方叛變：能夠獵逐像他這樣的一頭獅子，是我所認為一件可以自傲的事。

元老甲　那麼，尊貴的瑪歇斯，跟隨考密涅斯出征去吧。

考　這是您已經答應過的。

瑪　是的，我決不食言。泰脫斯拉歇斯，你將要再見我向吐勒斯揮劍。怎麼！你動也不動？你想置身事外嗎？

拉　不，凱易斯瑪歇斯；即使我必須一手扶杖而行，我也要用另一手揮杖從征，決不後人。

美　啊！這纔是英雄本色！

元老甲　請你們各位駕臨議會；我們那些最高貴的朋友們都在那邊等着我們。

拉　（向考）您先走；（向瑪）您跟在考密涅斯後面；我們必須跟在您的後面。

考　尊貴的瑪歇斯！

元老甲　（向衆市民）去！各人回家去！去！

瑪　不，讓他們跟着來吧：伏爾斯人有許多的穀；帶這些耗子去吃空他們的穀倉吧。敬天畏上的叛徒們，你們已經表現了非常的勇敢；請你們跟着來吧。（衆元老，考，瑪，泰，美同下；衆市民潛散）

西　你見過像這瑪歇斯一樣驕傲的人嗎？

勃　沒有人可以和他相比。

西　當我們被選爲護民官的時候，——

勃　你沒有留心到他的嘴唇和眼睛嗎？

西　他那種冷嘲熱諷纔叫人難堪呢。

勃　碰到他動怒的時候，天神也免不了挨他一頓罵。

西　溫柔的月亮也要遭他的譏笑。

勃　這些戰爭把他葬送了；他已經變得這樣驕傲，不會再像從前那樣勇敢了。

西　這樣一種性格，在受到勝利的煽動以後，會瞧不起正午時候他所踐踏的自己的影子。可是我不知道憑着他這種傲慢的脾氣，怎麼能够俯首接受考密涅斯的號令。

勃　他的目的只是在爭取名譽，他現在也已經有很好的名譽；一個人要保持固有的名譽，獲得更大的名譽，最好的辦法就是處在亞於領袖的地位；因爲要是有失錯的話，就可以歸咎於主將，雖然他已經盡了最大的能力；盲目的輿論就會替瑪歇斯發出惋惜的呼聲，「啊！要是他擔負了這個責任就好了！」

西　而且，要是事情進行得順利的話，輿論因爲一向認定瑪歇斯是他們的英雄，考密涅斯的功勞也會被他掩蓋。

勃　對了，即使瑪歇斯沒有出一點力，考密涅斯的一半的光榮也是屬於他的；考密涅斯的一切的錯處，對於瑪歇斯也會變成光榮，雖然他不會立下一點功勞。

西　讓我們去聽聽他們怎樣調兵遣將；還要看看他除了這一副孤僻的神氣以外，是用怎樣的態度出發作戰的。

勃　我們去吧。（同下）

## 第二場　科利奧里；元老院

【吐勒斯·奧菲迪斯及衆元老上。

元老甲　所以照您看來，奧菲迪斯，羅馬人已經預聞我們的計謀，知道我們行動的情形。

奧　那不也是您的意見嗎？凡是我們這兒所想到的事情，那一件不是在我們還沒有把它實行以前，羅馬就已經準備好對策了？自從我得到那邊來的消息以後，到現在還不滿四天；那消息是這樣的：我想這封信還在我身邊；是的，在這兒。「他們已經調遣一支軍隊，不知道是開向東方去的還是開向西方去的。饑荒很是嚴重；民不聊生，人心思亂。據聞那支軍隊由考密退斯，瑪歇斯——你的舊日的敵人，羅馬人比你還要恨得他利害，——和泰脫斯拉歇斯——一個非常勇敢的羅馬人——這三個人率領；大概是要開到你們邊境上來的，請考慮考慮吧。」

甲　我們的軍隊已經在戰場上；我們相信羅馬一定準備着迎戰了。

奧　你們以爲把你們偉大的計劃遮掩一下，讓它到最後的關頭方纔暴露出來，是一個很聰明的辦法；可是當它正在進行的時候，就已經被羅馬人知曉了。我們本來預備乘羅馬還沒有知道我們發動以前，就用迅雷不及掩耳的手段佔領許多城市，現在消息已經洩漏，我們的計劃也要受到影響了。

元老乙　尊貴的奧菲迪斯，請您接受我們的委任，趕快到軍前去；讓我們守衛科利奧里：要是他們兵臨我們城下，您就帶領軍隊回來把他們趕走；可是我想他們一定還沒有防備我們的進攻。

奧　啊！那可不能這麼說；我可以確定說他們已經有充分的準備。不但如此，他們一部分軍隊已經出發，把我們這兒作爲唯一的目標。我去了要是我有機會碰見凱易斯瑪歇斯，那麼我們曾經立誓在先，一定要戰到精疲力盡，方纔罷手的。

眾 願神明幫助您！

輿 願你們各位平安！

甲 再會！

乙 再會！

眾 再會！（各下）

## 第三場 羅馬；瑪歇斯家中一室

【伏倫尼霞及維琪莉霞上，各坐矮凳上縫紉。

伏 媳婦，你唱一支歌吧，或者讓你自己高興一點兒。倘然我的兒子是我的丈夫，我寧願他出外去掙取光榮，不願他貪戀着閨房中兒女的私情。當他還不過是一個身體嬌嫩的孩子，我膝下還祇有他這麼一個兒子的時候，當他的青春和美貌吸引着眾人的注目，帝王們的整天的請求，都不能使一個母親答應讓她的兒子離開她的眼前一小時的時候，我因爲想到名譽對於這樣一個人是多少重要，要是讓他默默無聞地株守家園，豈不等於一幅懸掛在牆上的畫像？所以就放他出去追尋危險，從危險中間博取他的聲名。我讓他參加一場殘酷的戰爭；當他回憶的時候，他的頭上戴着橡葉的榮冠。我告訴你，媳婦，我第一次知道他是個男孩子的時候，還不及第一次看見他已經變成一個堂堂男子的時候那樣歡喜得跳躍起來。

羅　婆婆，要是他戰死了呢？

伏　那麼他的不朽的聲名就是我的兒子，就是我的後裔。聽我說句眞心的話：要是我有十二個兒子，我都是同樣愛着他們，就像愛着我們親愛的瑪歇斯一樣，我也寧願十一個兒子爲了他們的國家而光榮地戰死，不願一個兒子開棄他的大好的身子。

【侍女上。

侍女　太太，梵勒麗霞夫人來瞧您來啦。

羅　請您准許我進去。

伏　不，你不要進去。我彷彿已經聽見你丈夫的鼓聲，看見他拉着奧非迪斯的頭髮把他摔下馬來，那些伏爾斯人見了他就像小孩子見了一條熊似的紛紛逃避；我彷彿看見他這樣頓足高呼，「上前，你們這些懦夫！雖然你們是羅馬人，你們却是在恐懼中生下來的，」他用套着甲的手揩去他額角上的血，奮勇前進，好像一個割稻的農夫，倘使不把所有的稻一起割下，主人就要把他解雇一樣。

羅　他額角上的血！啊！不要讓他流血！

伏　去，你這傻子！那樣纔更可以顯出他的英武的雄姿，遠勝於那些輝煌的戰利品，當赫邱琶乳哺着赫克脫的時候，她的豐美的乳房還不及赫克脫的流血的額角更好看，當他輕蔑地迎着希臘人的劍鋒的時候。——請梵勒麗霞夫人進來。（侍女下）

羅　上天保佑我的丈夫不要遭奧非迪斯的毒手！

伏　他會把奧非迪斯的頭打到他膝蓋底下去，在他的頸子上踐踏。

【侍女率梵勒麗霞及闌洛重上。

梵　兩位夫人早安。

伏　好夫人。

維　今天幸會夫人，不勝欣慰。

梵　你們兩位都好？眞是一對賢主婦！你們在這兒縫些什麼？好一處淸淨的所在。小哥兒好嗎？

維　謝謝夫人，他很好。

伏　他寧願看刀劍聽鼓聲，不願見教書先生的面。

梵　眞是有其父必有其子；我可以發誓他是一個很可愛的孩子。不瞞你們說，星期三那天我曾經瞧了他足足半個鐘頭：他有這麼一副堅決的臉孔。我見他追趕着一隻金翅的蝴蝶，捉到了手又把它放走，放走了又去追它；這麼奔來奔去，捉了放放了捉，也不知道是因爲跌了一交呢還是因爲別的緣故，他發起脾氣來，咬緊了牙齒，把那蝴蝶撕碎了；啊！他撕的時候那股勁兒！

伏　他父親也是這樣的脾氣。

梵　眞是一個不同凡俗的孩子。

維　一個頑皮的孩子，夫人。

梵　來，放下你們的針線；今天下午我要你們陪我玩玩兒去。

維　不，好夫人，今天我不出去。

梵　不出去！

伏　偏要她出去。

維　不，眞的，請您原諒；在我的丈夫打仗沒有回來以前，我決不出一步門檻。

伏　胡說！你不應該這樣沒有理由地把你自己關禁在家裏。來，你必須去訪問訪問那位害病的好夫人。

維　我願意祝她早日恢復康健，替她誠心祈禱；可是我不能去。

伏　爲什麼呢，請問？

維　不是因爲偷懶，也不是因爲我冷酷無情。

梵　你要做琵尼羅帕第二嗎？可是人家說，她在尤列賽斯出去以後所紡的紗線，不過使依瑟加充滿了飛蛾而已。來；我希望你手裏的布也像你的手指一樣有知覺，那麼你因爲心懷不忍，也許會不再用針去刺它了。來，你必須跟我們一塊兒去。

維　不，好夫人，原諒我；眞的，我不想出去。

梵　眞的，你跟我去吧；我會告訴你關於尊夫的好消息。

維　啊，好夫人，現在還不會就有好消息哩。

梵　眞的，我不是對你說笑話；昨天晚上他有信來的。

維　眞的嗎，夫人？

梵　眞的，不騙你；我聽見一個元老說起。據說，伏爾斯人有一支軍隊開了過來，我們的主將考密涅斯已經帶了一部分羅馬軍隊前去迎敵了；尊夫和泰脫斯拉歇斯兩人已經在他們的科利奧里城前紮下營寨，他們深信一定會在短時期內獲得勝利。憑着我的名譽發誓，這是眞的；所以請你陪我們去吧。

維　請您多多原諒，好夫人，我以後什麽都聽從您就是了。

伏　讓她去，夫人；照她現在這種樣子，叫她同去也會掃我們的興。

梵　眞的，我也是這樣想。那麽再見吧。來，好夫人。維琪莉霞，請你還是把你的憂愁擇出門外，跟我們一塊兒去吧。

維　不，夫人，我眞的不去。我願您快樂。

梵　那麽好，再見。（同下）

## 第四場　科利奧里城前

【旗鼓前導，瑪歇斯，泰脫斯，拉歇斯，軍官，兵士等上；一使者自對面上。

瑪　有人帶消息來了；我可以打賭他們已經相遇了。

拉　我用我的馬賭你的馬，他們還沒有相遇。

瑪　好，一言爲定。

拉　算數。

瑪　喂，我們的元帥有沒有跟敵人相遇？

使者　他們已經彼此相望，可是還沒有交談。

拉　這匹好馬是我的啦。

瑪　我向你買回來。

拉　不，我不願把它出賣或是送人；可是我願意借給你騎五十年。讓我們招降這城市吧。

瑪　那兩支軍隊離此有多少遠？

使者　有一哩半光景。

瑪　那麼我們可以互相聽見鼓角的聲音了。戰神啊，請你默佑我們馬到功成，好讓我們立刻轉過頭來，揮舞着我們熱騰騰的利劍，去幫助我們戰地上的友人！來，吹起喇叭來。

【吹議和信號。二元老及餘人等在城牆上出現。

瑪　吐勒斯奧菲迪斯在你們城裏嗎？

元老甲　不，沒有一個人比他更不把你放在心上了。聽，我們的鼓聲（遠處鼓聲）正在召喚我們的青年們出來；我們寧願推倒我們自己的城牆，決不讓人家把我們蹂躪；我們的城門瞧上去雖然還是關得緊緊的，可是它們不過是用燈心草拴住的，等會兒就會自己打開。你聽遠遠的地方！（遠處號角聲）那是奧菲迪斯，聽，他正在向你們那七零八落的軍隊怎樣的大施撻伐。

瑪　啊！他們在交戰了！

拉　讓他們喧呼的聲音鼓起我們的勇氣。來，梯子！

【一隊伏爾斯軍士上，自臺前經過。

瑪　他們不怕我們，卻從城裏蜂擁而出。現在把你們的盾牌擋在胸前，鼓起你們比盾牌更堅强的心，努力殺敵吧！上去，勇敢的泰脫斯；他們竟會這樣渺視我們，把我氣出了一身怒汗。來啊，弟兄們！誰要是退縮不前，我就把他當作一個伏爾斯人，叫他死在我的劍鋒之下。

【號角聲；羅馬人敗退；瑪歇斯重上。

瑪　南方的一切瘟疫都降在你們身上，你們這些羅馬的恥辱！願你們渾身長滿了毒瘡惡病，在逆風的一哩路之外就會互相傳染人家祇要一聞到你們的氣息就會遠遠躲避。你們這些套着人類軀殼的蠢驢的靈魂！猴子們都會把他們打退的一羣奴才，也會把你們嚇得亂奔亂竄！該死！大家都是受傷在背後；背上流着鮮紅的血，臉孔却因爲奔逃和恐懼而變成了灰白！提起勇氣來，向他們反攻！否則憑着天上的神火起誓，我要丢下敵人，向你們作戰了；留心着吧。上去；要是你們奮勇堅持，我們一定要把他們打回他們妻子的懷抱裏去。

【號角聲；伏爾斯人及羅馬人重上交戰；伏爾斯人敗退城內，瑪歇斯追至城門口。

瑪　現在城門開了；大家出力！命運打開它們，是爲了追趕的人，不是爲了逃走的人；瞧着我的樣子，跟我來吧！（進城門）

兵士甲　簡直是蠻幹！我可不來。

兵士乙　我也不高興。（瑪歇斯被關於城內）

兵士丙　瞧，他們把他關在裏面了。

衆　他這回準要把命送了。（號角聲繼續吹響）

【泰脫斯拉歇斯重上。

拉　瑪歇斯怎樣啦？

衆　他一定被殺了，將軍。

兵士甲　他緊緊地追趕着那些逃走的敵人，一直追進了城裏；突然之間他們把城門關上了；剩下他一個人在裏面應付全城的敵人。

拉　啊英勇的壯士！當他的無情的刀劍鋒摧刃折的時候，他那血肉之軀依舊昂然不屈。你被我們遺棄了，瑪歇斯；一顆像你的身體那麼大的完整的紅玉也比不上你的珍貴。你是一個適如該多理想的軍人，不但在揮舞刀劍的時候勇猛驚人，你的森嚴的怒容，你的雷鳴一樣的聲音，也會使敵人喪膽，就像整個世界在害着熱病而顫慄一樣。

【瑪歇斯被敵衆圍攻流血重上。

兵士甲　將軍，瞧！

拉　啊！那是瑪歇斯！讓我們救他出來，否則大家都要像他一樣了。（衆上前激戰，同進城內）

## 第五場　科利奧里；街道

【若干羅馬軍士攜戰利品上。

兵士甲　我要把這帶回羅馬去。

兵士乙　我要把這帶回去。

兵士丙　倒霉！我還以爲這是銀子哩。（遠處號角聲仍繼續不斷）

【瑪歇斯及泰脫斯拉歇斯上，一喇叭手隨上。

瑪　瞧這些像伙倒是一分鐘也不肯放鬆！墊子，鉛的湯匙，小小的鐵器，劊子手也懶得剝下來的死刑犯身上的內衣，這些下賤的奴才仗也沒有打完，就忙着收拾起來了。都是該死的東西！聽！元帥在那邊廝殺得多麼熱鬧！我們也去助戰去！我靈魂裏痛恨的仇人奧菲迪斯，正在那兒殺戮着我們的羅馬人。勇敢的泰脫斯，你分一部分軍隊在城裏掃蕩掃蕩我再帶着那些有勇氣的，立刻就去接應考密涅斯。

拉　將軍，你在流着血；你已經作戰得太辛苦，該休息休息了。

瑪　不要恭維我；我還沒有殺上勁來呢。再見。這一點點血可以鼓起我的勇氣，有什麼要緊；我要照這樣子去和奧菲迪斯交戰。

拉　但願命運女神深深地戀愛着你；憑着她的無邊的法力，使你敵人的劍每擊不中！勇敢的將軍，願勝利伴隨着你！

瑪　願命運同樣照顧着你！再見。

拉　英勇絕倫的瑪歇斯！（瑪下）去，在市場上吹起你的喇叭來；召集全城的官吏，讓他們明白我們的意旨。去！（各下）

## 第六場　考密涅斯營帳附近

【考密涅斯率軍隊自前線退却。

考　弟兄們，休息一會兒；你們打得不錯。我們沒有失去羅馬人的精神，既不愚蠢地作無益的犧牲，在退却的時候，也沒有露出懦怯的醜態。相信我，諸位，敵人一定還要向我們進攻。當我們正在激戰的時候，斷斷續續地可以聽到從風裏傳來的我們友軍和敵人激戰的聲音。羅馬的神明啊！願你們護佑他們的勝利，正像我們希望自己勝利一樣；當我們含笑相遇的時候，一定會向你們呈獻感謝的祭禮。

【一使者上。

考　你帶了什麼消息來了？

使者　科利奧里的市民從城裏蜂擁而出，和拉歇斯瑪歇斯兩人的軍隊交戰；我看見我們的軍隊被他們擊退，就離開那兒了。

考　你的話雖然是眞，却不是好消息。那是多久以前的事？

使者　一個多鐘頭了，元帥。

考　一共不到一哩路，我們曾經聽到過一陣短促的鼓聲；你怎麼一哩路要走一個鐘頭，到現在纔把這消息送來？

使者　伏爾斯人的探子跟住了我，我不得不繞圈子走了三四哩路；要不然的話，元帥，我在半點鐘以前早就把我的消息帶來了。

考　那邊來的是誰？瞧他的樣子，好像碰見過强盜一般。噯喲！他的神氣有點兒像瑪歇斯；我從前也見過他這副模樣的。

瑪　（在內）我來得太遲了嗎？

考　正像牧羊人聽見雷聲，就知道它不是鼓聲一樣，我一聽見瑪歇斯講話的聲音，就知道那不會是別個比他卑微的人。

【瑪歇斯上。

瑪　我來得太遲了嗎？

考　是的，要是你身上染着的不是別人的血，而是你自己的血。那麼你是來得太遲了。

瑪　啊！讓我用就像我求婚時候一樣堅强的手臂擁抱你，讓我用當花燭送我們進入洞房的時候那樣喜悅的心擁抱你！

考　戰士中的英華泰脫斯拉歇斯怎樣啦？

瑪　他正在忙得像一個法官一樣把有的人處死，有的人放逐，有的人罰款，有的赦免了，有的受到警告科利奧里已經隸屬於羅馬的名義之下，像一頭用皮帶束住的搖尾乞憐的獵狗，不怕它逃到那兒去了。

考　告訴我說他們已經把你們擊退的那個奴才呢？他到那兒去了？叫他來。

瑪　不要責罵他；他並沒有虛報事實。可是我們的那些士兵——死東西！他們還要護民官！——他們見了比他們自己更不中用的傢伙，也會逃得像耗子見了貓兒似的。

考　可是你們怎麼會得勝呢？

瑪　現在還有時間講話嗎？敵人呢？你們是不是已經佔到優勢？倘然不是，那麼你們爲什麼停了下來？

考　瑪歇斯，我們因爲實力不及敵人，所以暫避鋒銳，以退爲進。

瑪　他們的陣地佈置得怎樣？你知道他們的主力是在那一方面？

考　照我的推測，瑪歇斯，他們的先鋒部隊是他們最信任的安息軍隊，統轄他們的將領就是他們全軍希望所寄的奧非迪斯。

瑪　爲了我們過去骿肩作戰的歷次戰役，爲了我們共同流過的血，爲了我們永矢友好的盟誓，我請求你立刻派我去向奧非迪斯和他的安息軍隊挑戰；讓我們不要坐失時機，趕快挺起我們的刀劍槍矛來，就在這一小時內和他們決一勝負。

考　我雖然希望用香湯替你沐浴，用油膏敷擦你的傷痕，可是我決不敢拒絕你的請求；請你自己選擇一隊最得力的人馬帶領前去吧。

瑪　祇要是有膽量跟我去的，就是我所要選擇的人。我相信在這兒一定有歡喜像我身上所塗染的這種油彩的人；我也相信在這兒一定有畏懼惡名甚於生命危險的人；我更相信在這兒一定有認爲蒙恥偷生，不如慷慨就義，祖國的榮譽勝過個人幸福的人：要是在你們中間有一個這樣的人，或是有許多人都抱着這樣的思想，就請揮起劍來，跟隨瑪歇斯去。（衆高呼揮劍，將瑪歇斯舉起，脫帽拋擲）啊！祇有我一個人嗎？你們把我當作你們的劍嗎？要是這不單單是形式上的表示，那麼你們中間那一個人不可以抵過四個伏爾斯人？那一個人不可以舉起堅強的盾牌來，抵禦偉大的奧菲迪斯？謝謝你們全體；可是我祇要選擇一部分人就够了；其餘的必須靜候號令，在別的戰爭裏擔起你們的任務來。現在請大家開步前進；四個人替我在一旁挑選那些人是最勝任的。

考　前進，弟兄們；用行動實踐你們這一次雄壯的表示，你們將和我們分享一切。（同下）

## 第七場　科利奧里城門

【泰脫斯拉歇斯在科利奧里佈防完畢後，率軍士及鼓角等出城與考密涅斯及瑪歇斯會合，一副將及一探子隨上。

拉　就是這樣，各個城門都要用心防守；按照我的命令行事，不可怠忽職務。要是我差人來，你就傳令這些隊伍開拔赴援，留少數人暫時駐守：要是我們在戰場上失敗了，這一個城也是守不住的。

副將　我們一定盡我們的責任，將軍。

拉　去，把城門關上了。帶路的人，來；領我們到羅馬軍隊的陣地上去（各下）

## 第八場　羅馬及伏爾斯營地之間的戰場

【號角聲；瑪歇斯及奧菲迪斯自相對方向上。

瑪　我祇要跟你廝殺，因爲我恨你比恨一個背約的人還利害。

奧　我也是同樣恨你；沒有一條非洲的毒蛇比你的名譽和狠毒更使我憎恨。站定你的腳跟。

瑪　誰要是先動腳跑的，讓他做對方的奴隸而死去，死後永遠不得超生！

奧　瑪歇斯，要是我逃走，你就把我當做一頭兔子一樣叫喚。

瑪　吐勒斯，過去三小時以內，我獨自在你們科利奧里城裏奮戰，所向無敵；你所看見我臉上所塗着的，不是我自己的血；你要是不服氣的話，快來跟我拚命吧。

奧　即使你就是你們所誇耀的老祖宗赫克脫自己，我今天也不放你活命。（二人交戰，若干伏爾斯人趨前援奧）你們這些多事的沒有勇氣的東西，誰要你們來幫我丟我的臉。（瑪驅衆入內且戰且下）

## 第九場　羅馬營地

【號角聲；吹歸營號；喇叭奏花腔。考密涅斯及羅馬軍士一隊自一方上，瑪歇斯以巾裹臂傷率另一隊羅馬軍士自另一方上。

考　要是我向你追敍你這一天來的工作，你一定不會相信你自己所幹的事：可是我要回去向他們報告，讓那些元老們的喜笑裏攙雜着眼淚；讓那些貴族們聳肩傾聽，終於讚嘆；讓那些貴婦們驚怖失色，歡喜戰慄，要求再聞其詳；讓那些麻木不仁，和頑固的平民一鼻孔出氣，痛恨着你的尊榮的護民官們，也不得不違背他們的本心，說，「感謝神明，我們羅馬有這樣一位軍人！」

【泰脫斯拉歇斯率所部軍士追蹤而至。

拉　啊元帥這兒纔是一頭駿馬，我們都不過是些鞍韉轡勒；要是你看見——

馬　請你別說了。當我的母親讚美我的時候，我就會心中不安，雖然她是有誇揚她自己骨血的特權的。我所做的事情不過跟你們所做的一樣，各人盡各人的能力；我們的動機也祇有一個，大家都是爲了自己的國家。誰祇要克盡他良心上的天職，他的功勞就應該在我之上。

考　你的功勞是不能埋沒的；羅馬必須知道她自己的健兒的價值。隱蔽你的勳績，是比偷竊誹謗更重的罪惡，所以我請求你，爲了表揚你的本身，不是酬答你的辛勞，聽我當着全軍將士之前說幾句話。

馬　我身上的劍痕尚新，它們聽見人家提起它們的時候，就會作痛的。

考　它們不應該作痛；它們應該在忘恩負義者的身上潰爛，和瀕死的人在一起。在我們所鹵獲的無數強壯的戰馬之中，在我們從戰地上和城中所搜得的一切珍寶財物之中，我們把十分之一分送給你；你可以在當衆分派的時候，憑你自己的意思選擇。

馬　謝謝你，元帥；可是我不能同意讓我的劍受人賄賂；恕我拒絕你的盛情；我願意和參與這次戰役的人分受同等的待遇。（喇叭奏長花腔；衆高呼「瑪歇斯！瑪歇斯！」拋擲帽槍；考拉脫帽立）願這些被你們褻瀆的樂器不再發出聲音！當戰地上的鼓角變成媚人的工具的時候，讓宮庭和城市裏都充斥着口是心非的阿諛趨奉吧！快別這樣了！因爲我沒有洗淨我的流血的鼻子，因爲我打敗了幾個孱弱的傢伙，這是這兒有許多弟兄都跟我同樣幹過的事，雖然沒有人注意到他們，你們就把我這樣過分地吹捧，好像我歡喜讓我這一點兒微功薄能用撒和着謊話的讚美大加渲染似的。

考　你太謙虛了；你不但蔑視我們對你的至誠的稱頌，尤其對於你自己的美好的聲名，也未免過於苛刻。請不要見怪，要是你會對你自己動怒，那麼我們要把你當作一個危險人物一樣，替你加上鐐銬，然後放膽跟你辯論。讓全世界知道，凱易斯瑪歇斯戴着這一次戰爭的榮冠，爲了紀念他的勳勞，我送給他我這一匹全軍知名的駿馬，以及它所附帶的一切裝具；從今以後，爲了他在科利奧里所建樹的奇功，在我們全軍歡呼聲中，他將被稱爲凱易斯瑪歇斯科利奧蘭納斯！讓他永遠光榮地戴上這一個名字！

衆　凱易斯瑪歇斯科利奧蘭納斯！（喇叭奏花腔；鼓角齊鳴）

科　我要去洗個臉；等我把臉洗淨以後，你們就可以看見我有沒有慚愧的顏色。可是我謝謝你們。我準備跨上你的駿馬，盡我所有的能力，永遠保持着你們加於我的美名。

考　好，我們回營去；在我們解甲安息以前，還要先去信羅馬報告我們的勝利。泰脫斯拉歇斯，你必須回到科利奧里，叫他們派代表到羅馬去，爲了彼此雙方的利益，和我們商訂議和的條款。

拉　是，元帥。

科　天神要開始譏笑我了。我剛纔拒絕了最尊榮的禮物，現在却不得不向元帥請求一個小惠。

考　無論什麼要求，我都可以允許你。你說吧。

科　我從前曾經在這兒科利奧里城裏向一個窮漢借宿過一宵；他款待我非常殷勤。我看見他已經成爲我們的俘虜，他見了我就向我高呼求助；可是因爲那時奧非迪斯在我的眼前，憤怒吞蝕了我的憐憫，我沒有理會他。請您

考　讓我的可憐的居停恢復自由吧。

考　啊！這是一個很好的請求！即使他是殺死我的兒子的兇手，我也要讓他像風一樣自由。泰脫斯，把他放了。

拉　瑪歇斯，他的名字呢？

科　天哪！我忘了。我很疲倦；嗯，我懶得記憶。我們這兒沒有酒嗎？

考　我們回營去。你臉上的血也乾了；我們應當趕快替你調護調護。來。（同下）

## 第十場　伏爾斯人營地

【喇叭奏花腔；吹號筒；吐勒斯奧菲迪斯流血上，二三軍士隨上。

奧　我們的城市被佔領了！

兵士甲　衹要條件講得好，它會還給我們的。

奧　條件！把自己的運命聽任他人支配的一方，還會有什麼好條件！瑪歇斯，我已經跟你交戰過五次了，五次我都被你打敗；要是我們相會的次數就像吃飯的次數一樣多，我相信你也會每次把我打敗的。天地爲證，要是我再有機會當面看見他，不是我殺死他，就是他殺死我。我對他的敵視已經使我不能再顧全我的榮譽；因爲我既不能堂堂正正地以劍對劍，用同等的力量取勝他，憑着憤怒和陰謀也要設法叫他落在我的手裏。

兵士甲　他簡直就是魔鬼。

奧　他比魔鬼還大膽，雖然沒有他的狡猾。他使我的勇氣受到了毀損；我的怨毒一見了他，就會自己飛了出來。不論在他睡覺害病，或是解除武裝的時候，不論在聖殿或神廟裏，不論教士的祈禱獻祭的時辰，這一切阻止復仇的障礙都不能運用它們陳腐的特權和慣例，禁止我向瑪歇斯發洩我的憎恨，要是我在無論什麼地方找到了他，即使他是在我自己的家裏，在我的兄弟的保護之下，我也要違反好客的禮儀，在他的胸膛裏洗我的兇暴的手，你們到城裏去探聽探聽敵人佔領的情形，以及將要到羅馬去做人質的是那一些人。

兵士甲　您不去嗎？

奧　我在柏樹林裏等着，它就在磨房的南面；請你探到了外邊的消息以後，就到那兒告訴我，讓我可以決定應當怎樣走我的路。

兵士甲　是，將軍。（各下）

# 第二幕

## 第一場　羅馬廣場；

【美尼涅斯，西昔涅斯，及勃魯脫斯上。

美　占卜的人告訴我，我們今晚將有消息到來。

勃　好消息還是壞消息？

美　這消息不是人民所希望聽到的，因為他們對馬歇斯沒有好感。

西　畜生也知道誰是他們的友人。

美　請問，誰是狼所歡喜的？

西　羔羊。

美　對了，因為它可以吃了它，正像那些饑餓的平民恨不得把尊貴的瑪歇斯吃下去一般。

勃　他真是頭羔羊！叫吼起來却像一頭熊。

美　他真是頭熊！却過着羔羊一般的生活。你們兩位都是老人家了；讓我問你們一件事情，請你們告訴我。

西勃　好，你說。

美　瑪歇斯究竟有些什麼重大的缺點，這種缺點不也可以從你們兩位身上同樣找出許多來呢？

勃　任何的缺點他都不缺少，所有的缺點他都齊備。

西　尤其是驕傲。

勃　他的自負更可以凌越一切。

美　這可奇了。你們兩位知道我們這城裏的人，我的意思是說我們右派的人，怎樣批評你們嗎？

西、勃　他們怎樣批評我們？

美　因爲你們現在說起驕傲，——你們不會生氣嗎？

西、勃　好，好，你說吧。

美　好，那也沒有什麽關係；因爲本來就是芝蔴大的一點小事，也會使你們大發脾氣的。把你們的火性耐一耐住；要是你們一定要動怒，那也隨你們的便。你們怪瑪歇斯太驕傲嗎？

勃　這不單是我們兩人的意見。

美　我知道單單憑着你們兩個人，是再也幹不出什麽大事情來的；你們的助手太多了，否則你們的行動就會變成非常簡單；你們的能力太幼稚了，祇好因人成事。你們說起驕傲；啊！要是你們能够轉過眼睛來看看你們自己的背後，把你們自己反省一下！啊，要是你們能够！

勃　那便怎樣呢？

美　那時候你們就可以看見一雙全羅馬最驕傲狂妄，無功受祿的官兒，換句話說，全羅馬一對最大的傻瓜。

西　美尼涅斯，誰都知道你是個怎麽樣的人。

美　誰都知道我是個喜歡說說笑話的貴族，也喜歡喝杯不攙水的熱酒；人家說我有點先入爲主，太容易大驚小怪；我喜歡作長夜之宴，不高興日出而作；想到什麽就要說出來，不讓一些芥蒂留在心裏。碰到像你們這樣的兩位貴人，要是你們給我喝的酒不合我的口味，我就會向它扮鬼臉；要是你們所發表的高論，大部分都是些驢子叫，

勃　我也不敢恭維你們講得不錯；雖然人家要是說你們是兩位尊嚴可敬的長者，我也祇好不去跟他們爭論，可是誰說你們長着很好的相貌的，就是說了一個大謊。

美　算了，算了，我們知道你是個怎麼樣的人。

勃　你們既不知道我，也不知道你們自己，什麼都不知道。祇要那些苦人兒們向你們脫帽屈膝，你們就覺得躊躇滿志。你們費去整整的一個大好的下午，審判一個賣橘子女人跟一個賣塞子男人涉訟的案件，結果還是把這場三辯士的官司宣佈延期判決。當你們正在聽兩造辯論的時候，要是突然發起疝氣痛來，你們就會現出一臉的怪相，暴跳如雷，一面連聲喊拿便壺來，一面斥退兩造，好好一件案子，給你們越審越糊塗；糾紛沒有解決，兩下裏只是挨你們罵了幾聲混蛋。你們眞是一對奇怪的寶貨。

勃　算了，算了，大家都知道你在筵席上是一個嬉笑怒罵的好手，在議會裏却是一個毫無用處的人物。

美　我們的教士們見了你們這種荒唐的傢伙，也會忍不住把你們嘲笑。你們講得最中肯的時候，那些話也不值得你們揮動你們的鬍鬚；講到你們的鬍鬚，那麼還不配塞在一個拙劣的椅墊或是驢子的馱鞍裏。可是你們一定要說瑪歇斯是驕傲的；按照最低的估計，他也抵得過你們所有的那些老前輩合起來的價值，雖然他們中間有幾個最有名的人物也許是世代相傳的劊子手。晚安，兩位尊駕；你們是那種畜類一般的平民的牧人，我再跟你們談下去，我的腦子也要沾上汚穢了；恕我失禮少陪啦。（勃西退至一旁）

【伏倫尼霞，維琪莉霞及梵勒麗霞上。】

美　啊，我的又美麗又高貴的太太們，月亮要是降下塵世，也不會比你們更高貴；請問你們這樣熱烈地在望着什麼？

伏　正直的美尼涅斯，我的孩子瑪歇斯來了；為了天后朱諾的愛，讓我們去吧。

美　哈！瑪歇斯回來了嗎？

伏　是的，尊貴的美尼涅斯，他載着勝利的榮譽回來了。

美　讓我向你脫帽致敬，褰必脫，我謝謝你，呵！瑪歇斯回來了！

伏、維　是的，他眞的回來了。

伏　瞧，這兒是他寫來的一封信。他還有一封信給政府，還有一封給他的妻子；我想您家裏也有一封他寫給您的信。

美　我今晚要高興得把我的屋子都掀翻了。有一封信給我！

維　是的，眞的有一封信給您；我看見的。

美　有一封信給我！讀了他的信可以使我七年不害病，在這七年裏頭，我要向醫生撇嘴唇；比起這一味延年却病的靈丹來，藥經裏最神效的藥方也只算江湖醫士的草頭方，只好胡亂給馬兒們治治病。他沒有受傷嗎？他每一次回來的時候，總是負着傷的。

維　啊！不，不，不。

伏　啊！他是受傷的，感謝天神！

美　祇要受傷得不利害，我也要感謝天神。他把勝利放進他的口袋裏了嗎？受了傷纔更可以顯得他的英雄。

伏　他把勝利高懸在額角上，美尼涅斯；他已經第三次戴着綠葉冠回來了。

美　他已經把奧菲迪斯痛痛快快地敎訓過了嗎？

伏　泰脫斯拉歇斯信上說他們曾經交戰過，可是奧菲迪斯逃走了。

美　元老院有沒有知道這一個消息？

伏　兩位好夫人，我們去吧。是的，是的，是的，元老院已經得到元帥的來信，他把這次戰爭的全部功勞歸在我的兒子身上。他這一次的戰功的確比他以前各次的戰功更要超過一倍。

梵　眞的，他們都說起關於他的許多驚人的作爲。

美　驚人的作爲！嘿，我告訴你吧，這些都是他憑着眞本領幹下的呢。

維　願天神默佑那些話都是眞的！

伏　眞的！還會是假的不成？

美　眞的！我可以發誓那些話都是眞的。他什麼地方受了傷？（向西、勃）上帝保佑兩位尊駕！瑪歇斯回來了；他有更多可以驕傲的理由啦。（向伏）他什麼地方受了傷？

伏　肩膀上，左臂上；當他在民衆之前站起來的時候，他可以把很大的傷疤公開展示哩。在擊退達昆這一役中間，他身上有七處受傷。

美　頸上一處，大腿上一處，我知道一共有九處。

伏　在這一次出征以前，他全身一共有二十五處傷痕。

美　現在是二十七處了；每一個傷口都是一個敵人的墳墓。（內歡呼聲，喇叭奏花腔）聽！喇叭的聲音！

伏　這是瑪歇斯將要到來的預報。凡是他所到之處，總是震響着雷聲；他經過以後，只留下一片汪洋的淚海，在他壯健的腕臂裏躲藏着幽冥的死神；祇要他一揮手，人們就喪失了生命。

【喇叭奏花腔，考密涅斯及泰脫斯拉歇斯擁科利奧蘭納斯戴橡葉冠上，將校、軍士、及一傳令官隨上。

傳令官　羅馬全體人民聽着：瑪歇斯單身獨力，在科利奧里城內奮戰；他已經在那裏贏得了一個光榮的名字，在凱

易斯瑪歇斯之後，加附上科利奧蘭納斯的榮稱。歡迎你到羅馬來，著名的科利奧蘭納斯！（喇叭奏花腔）

衆　歡迎你到羅馬來，著名的科利奧蘭納斯！

科　快別這樣；我不歡喜這一套。請你們免了吧。

考　瞧，將軍，您的母親！

科　啊！我知道您爲了我的勝利，一定已經祈禱過所有的神明。（跪下）

伏　不，我的好軍人，起來；我的善良的瑪歇斯，尊貴的凱易斯，還有你那個憑着功勞博得的新的榮名，——那是怎樣叫的？——我必須稱呼你科利奧蘭納斯嗎？——可是啊！你的妻子！——

科　我的靜默的好人兒，願你有福！你這樣淚流滿臉地迎接我的凱旋，要是一具棺材裝着我的屍骨回來，你倒會含笑嗎？啊！我的愛人，科利奧里的寡婦和失去兒子的母親，她們的眼睛也是哭得像你一樣的。

美　願天神替你加上榮冠！

科　你還活着嗎？（向梵）啊，我的好夫人，恕我失禮。

伏　我不知道應當轉身向什麼地方。啊！歡迎你們回來！歡迎，元帥！歡迎各位將士！

美　十萬個歡迎！我也想哭，也想笑；我的心又輕浮又沉重。歡迎！誰要是不高興看見你的，願咒詛咬嚙着他的心底！你們是應當被羅馬所眷愛的三個人；可是憑着人類的忠心起誓，在我們的城市裏却有幾棵老山楂樹兒，它們的口味是和你們不同的。可是歡迎戰士們！蕁麻我們就叫它蕁麻，傻瓜們的錯處一言以蔽之，其名爲愚蠢。

考　你說得有理。

科　美尼涅斯，這是永遠的眞理。

傳令官　閒人站開，上去！

科　（向伏梵）讓我吻您的手，再讓我吻您的。當我還沒有回到自己家裏去以前，我必須先去訪問那些貴族們；他們不但給我歡迎，而且還給我新的光榮。

伏　我已經活到今天看見我的願望一一實現，我的幻想構成的美夢成爲事實；現在只有一個願望還沒有滿足，可是我相信我們的羅馬一定會把它加在你的身上的。

科　好媽媽，您要知道，我寧願照我自己的意思做他們的僕人，不願隨波逐流，和他們在一起做主人。

考　前進，到議會去！（喇叭奏花腔；吹號筒；衆列隊按序下；西、勃留場）

勃　所有的舌頭都在講他，眼光昏花的老頭子也都戴了眼睛出來瞧他；饒舌的乳媪因爲講他講得出了神，讓她的孩子在一旁啼哭；竈下的丫頭也把她最好的麻巾裹在她那油膩的頸上，爬上牆頭去望他；馬棚裏，陽臺上，窗眼裏，一起給擠滿了，水溝裏，田塍上，也都站滿着各色各種的人，大家爭先恐後地想要看一看他的臉；難得露臉的祭司也在人叢裏擠來擠去，跟人家佔奪一個地位；蒙着面罩的太太奶奶們也讓她們用心裝扮過的臉龐去接受陽光的熱吻，吻得一塊紅一塊白的；這樣一種熱鬧的情形，簡直就像把他當作了一尊天神的化身似的。

西　我說他這次一定有做執政的希望。

勃　那麼當他握權的時候，我們祇好無所事事了。

西　他初握政權，地位還不能鞏固，可是他將要失去他已得的光榮。

勃　那就好了。

西　你放心吧，我們所代表的平民，本來對他抱着惡感，祇要爲了些微細故，就會忘記他的新得的光榮，憑着他這副驕傲的脾氣，我相信他一定會幹出一些不慊人意的事來。

勃　我聽見他發誓說要是他被推爲執政，他決不到市場上去，也不願穿上表示謙卑的粗衣；他也不願按照習慣，把他的傷痕袒露給人民看，從他們惡臭的嘴裏求得同意。

西　正是這樣。

勃　他是這樣說的。啊！他寧願放棄執政的地位，也不願俯從紳士貴族們的請求去幹這樣的事。

西　我但願他堅持着這樣的意思，把它見之實施。

勃　他大槪會這麼幹的。

西　要是真的這樣，那麼正像我們所希望的，他的崩潰一定無可避免了。

勃　他要是不倒，我們的權力也要動搖。爲了促成他的沒落，我們必須讓人民知道他一向對於他們懷着怎樣的敵意；要是他掌握了大權，他一定要把他們當做騾馬一樣看待，壓制他們的聲訴，剝奪他們的自由；認爲他們的行動和能力，是不適宜於處理世間的事務的，正像戰爭的時候用不到駱駝一樣，豢養他們的目的，只是要他們擔負重荷，要是他們在重負之下壓得爬不起來，一頓痛打便是給他們的賞賜。

西　祇要給他一點刺激，他的傲慢不遜的脾氣一定會向人民身上發洩出來，正像嗾一頭狗去咬綿羊一樣容易；那時候你這一番話就等於點在乾柴上的一把烈火，那火燄可以使他的聲名從此化爲灰燼。

【一使者上。

勃　有什麼事？

使　請兩位大人到議會裏去。人家都以爲瑪歇斯將要做執政，我看見聾子團集攏來瞧他，瞎子團集攏去聽他講話；

勃　當他一路經過的時候，中年的婦女向他揮手套，年青的姑娘向他揮圍巾手帕；貴族們見了他像對着高武的神像似的鞠躬致敬，平民們見了他都紛紛擲帽，歡聲雷動；我從來沒有見過這樣的景象。

西　我們到議會去吧，讓我們一面用耳朶和眼睛留心着眼前的情勢，一面用我們的心思計劃未來的發展。那麼請了。（同下）

## 第二場　同前；議會

【二吏役上，鋪坐墊。

甲吏　來，來，他們快要來了。有多少人競爭執政的位置？

乙吏　他們說有三個人；可是誰都以爲科利奧蘭納斯一定會當選。

甲　他是個好漢子；可是他太驕傲了，對於平民也沒有好感。

乙　老實說，有許多大人物儘管嘴裏拼命討好平民，心裏却一點不喜歡他們；也有許多人歡喜了一個人，却不知道爲什麼要歡喜他，他們既然會莫明其妙地愛他，也就會莫明其妙地恨他。所以科利奧蘭納斯對於他們的愛憎漠不關心，正可以表示他眞正了解他們的性格。

甲　要是他對於他們的愛憎漠不關心，那麼他既不會有心討好他們，也不會故意冒犯他們；可是他對他們尋釁的心理，却比他們對他仇恨的心理更强，凡是可以表明他是他們的敵人的事實，他總是不加諱飾地表現出來。像這樣有意裝出敵視人民的態度，比起他所唾棄的那種取媚人民以求得他們歡心的手段來，同樣是不足爲法的。

乙　他替國家立下了極大的功勞；他的躋登高位，絕不是容易獲致，像那些毫無尺寸之功，單憑着一副向人民曲意奉迎的手段濫邀爵祿的人們一樣；他的榮譽彪炳在他們的眼前，他的功業銘刻在他們的心底，他們要是不作一聲，否認這一切，那就是忘恩負義，要是顚倒是非淆亂黑白，那就是惡意中傷。

甲　別講他了；他是一個可尊敬的人。讓開，他們來了。

【喇叭奏花腔；侍衞官前導考密涅斯（執政）美尼涅斯，科利奧蘭納斯，衆元老，西昔涅斯，勃魯脫斯同上，元老及護民官依次就座。

美　我們已經決定處置伏爾斯人的辦法，並且決定召喚泰脫斯拉歇斯回來，剩下來要在這一次會議裏決定的主要的問題，就是怎樣酬報我們這一位爲國宣勞的英雄。所以，各位尊嚴的元老們，請你們要求現任執政，也就是領導我們得到這一次勝利的主帥，略爲向我們報告一些凱易斯瑪歇斯科利奧蘭納斯所造成的英勇的偉績，讓我們可以按照他的實際的功勞，向他表示我們的感謝，並且用適當的尊榮褒獎他。

元老甲　說吧，好考密涅斯；不要因爲敍述起來太冗長而忽略了什麼，寧可讓我們覺得國家酬庸有功太菲薄，不要使我們覺得政府的爵祿失之過濫。（向西、勃）兩位人民的代表，請你們耐心靜聽，當我們決定了一個結果以後，還要有勞你們向民衆傳達我們的意見，徵求他們善意的同情。

西　我們這次爲了通過一個滿意的條約而集會，在欣慰之餘，我們是很願意給我們這位英雄不次的榮遷的。

勃　要是他能够把他一向對於人民的觀念稍微改善一點，那麼我們一定可以贊同。

美　不要說到題外去；我希望你還是不要開口的好。你們願意聽考密涅斯說話嗎？

勃　當然願意；可是我的勸告卻要比您的責備切當一些哩。

美　他喜愛你們的人民；可是不要硬叫他和他們睡在一個牀上尊貴的考密涅斯，說吧。（科起立欲去）不，您坐下

元老甲　坐下，科利奧蘭納斯；不要因爲聽到你自己所做的光榮的事情而慚愧。

科　請諸位原諒，我寧願讓我的傷痕消失了影跡，不願聽人家講起我怎樣得到它們的情形。

勃　將軍，我希望您不是因爲聽了我的話，所以不安於席的。

科　不，可是往往打擊使我停留，空言却使我逃避。你的話都是不關痛癢的。至於你的人民，我只能按照他們的價值而喜愛他們。

美　請坐下來吧。

科　我寧願在號角吹響的時候，讓人家在太陽底下爬搔我的頭顱，不願默坐着聽人家把我的一些不足道的小事信口誇張。（下）

美　兩位人民代表，你們現在已經看見他寧願用他全身的力量去追求榮譽，不願分出一小部分的精神來聽人家的讚美，他怎麼能够向你們那些一千個中間難得有一個好的芸芸衆生浪費他的諛辭呢？說吧，考密涅斯。

考　我的聲音太微弱了，不够敍述科利奧蘭納斯的壯大的功績。勇敢是世人公認爲最大的美德，有勇的人是最値得崇敬的；要是我們可以這麼說，那麼我現在所要說起的這一個人，在全世界簡直找不出一個可以和他抗衡的人物。當達昆舉兵向羅馬侵犯的時候，他還衹有十六歲，就已經在戰場上嶄露頭角，表現他過人的神勇；我們當時的執政親眼看見那些鬑鬑多鬚的大漢被白皙韶秀的他追趕得沒命奔逃。他跨過了一個壓倒在地上的羅馬人的身體，當着執政的面前，手刃了三個敵人；達昆也和他親自對壘，被他打了下來。在那一天的戰績裏，他本來可以做一個退怯不前的婦女，却證明了是戰場上頂勇敢的男子，爲了旌揚他的功烈，他的額上被加上了

橡葉的榮冠。這樣他從一個新列戎行的孺子，變成一個能征慣戰的健兒，他的與日俱長的勇敢，像大海一樣充沛，在前後十七次戰役之中，戰無不勝，攻無不克。講到最近這一次在科利奧里城前和城中的鏖戰，那麼我可以說，我的言辭是無法給他適當的讚美的；他阻止了奔逃的敗衆，用他驚人的榜樣掃去了懦夫心中的恐懼，正像水草當着一艘疾駛的帆船一樣，他的劍光揮處，人們不是降服就是死亡，誰要是碰着他的鋒刃，再也沒有活命的希望；從臉上到腳上，他渾身都染着血，他的每一個行動，都伴隨着絕命的哀號；他一個人闖進了密佈着死亡的城裏，用他操縱着死生的鐵手染紅了城門，然後他又單身脫圍而出，帶着一隊生力軍，像一顆彗星似的向科利奧里突擊。現在他已經大獲全勝了；漸漸地戰爭的喧聲又開始刺激他的敏銳的感覺，於是他的兼人的精力又使他忘卻了身體的疲勞，立刻再到戰場上去，在那裏他奔走馳突，殺人如麻，好像這是一場永無休止的掠奪一樣；直到我們把城郊全部佔領以後，他不曾有一刻站定喘息的時間。

美　了不得的英雄！

元老甲　我們所準備給他的光榮，他是受之無愧的。

考　他拒絕我們分給他的戰利品，把一切珍貴的寶物視同糞壤；他的欲望比吝嗇者的度量更小；行爲的本身便是他給自己的酬報。

美　他是個高貴的人物；快去請他來。

元老甲　請科利奧蘭納斯來。

吏　他來了。

【科利奧蘭納斯重上。

美　科利奧蘭納斯，元老們很願意舉你做執政。
科　我願意永遠爲他們盡忠效命。
美　現在還有一步手續必須履行，您應該向人民說幾句話。
科　請你們寬免我這一項例行的手續，因爲我不能披上粗布的長衣，裸露着身體，請求他們爲了我的傷痕的緣故，接受我做他們的執政。請你們不要讓我幹這種事吧。
西　將軍，人民必須表示他們的意見；他們也決不願變更規定的儀式。
美　不要激怒他們；您還是遵照着習慣，像前任的那些人一樣，用合法的形式取得您的地位吧。
科　要我扮演這一幕把戲，我一定要臉紅；我看還是免了吧。
勃　（向西旁白）你聽見嗎？
科　向他們誇口，說我做過這樣的事，那樣的事；把應當藏匿起來的沒有痛楚的傷疤給他們看，好像我受了這些傷，只是爲了換得他們一聲讚歎一樣！
美　不要固執着這一點。兩位護民官，請你們向民衆傳達我們的意志。願我們尊嚴的執政享有着一切快樂和光榮！
衆元老　願一切快樂和光榮降於科利奧蘭納斯！（喇叭奏花腔；除西、勃外均退場）
勃　你看他準備怎樣對待人民。
西　但願他們知道他的用心！他將要用一種鄙夷不屑的態度去請求他們，好像他從他們手裏得到恩惠是一件恥辱一樣。
勃　來，我們去把這兒的一切經過情形通知他們；我知道他們都在市場上等候着我們的消息。（同下）

## 第三場　同前；公共廣場

【若干市民上。

市民甲　要是他請求我們的同意，我們可不能拒絕他。

市民乙　要是我們不能同意，我們可以拒絕他。

市民丙　我們有權力拒絕他，可是我們沒有權力運用這一種權力；因爲要是他把他的傷痕給我們看，把他的功績告訴我們，我們的舌頭就應當替他的傷痕說話，告訴他他的偉大的功績已經得到我們慷慨的嘉納。忘恩負義是一種極大的罪惡，忘恩負義的羣衆是一個可怕的妖魔；我們都是羣衆中間的一分子，都要變成這妖魔身上的器官肢體了。

甲　我可以提出一個小小的例子，證明我們在人家眼裏正是這樣一個東西：有一次我們爲了要求穀物而鼓噪起來的時候，他自己曾經破口駡我們是多頭的羣衆。

丙　許多人都這樣稱呼我們，不，因爲我們的頭髮有的是褐色的，有的是黑色的，有的是赭色的，有的是光禿禿的，而是因爲我們的思想是這麼紛歧不一。我眞的在想，要是我們各人所有的思想都從一個腦殼裏發表出來，它們一定會有的望東，有的望西，有的望北，有的望南，四下裏飛散開去。

乙　你是這樣想着嗎？你看我的思想會向那一個方向飛？

丙　嘿，你的思想可不像別人的思想那樣容易出來，因爲它是牢牢地封住在一個木頭的腦殼裏的；可是要是它得到了自由，它一定會飛到南方去。

乙 爲什麼飛到南方去?

丙 到南方去迷失在一陣大霧裏,它的四分之三溶解在惡臭的露水裏,剩下的四分之一因爲良心上過意不去,仍舊回了轉來,幫助你娶一個妻子。

乙 你老是這樣尋人家開心;由你,由你。

丙 你們都決定給他同意嗎?可是那也沒有關係,最後的結果是要取決於大多數的意見的。我說,要是他願意同情民衆,那麼從來不曾有過一個比他更勝任的人了。

【科利奥蘭納斯披粗衣,及美尼涅斯同上。

丙 他來了,還披着一件粗布的長衣。留心他的舉止。我們不要大家在一起,或者一個人,或者兩個人三個人,分別跑到他站立的地方。他必須徵求個別的同意;我們每一個人都有他的各自的權利,可以用我們自己的嘴向他表示我們各自的同意。所以大家跟我來吧,讓我指導你們怎樣走過他的身旁。

衆 很好,很好。(市民等同下)

美 啊,將軍,您錯了;您不知道最尊貴的人都做過這樣的事嗎?

科 我應該怎麼說?「求求你,先生,」——哼!我不能讓我的舌頭發出這種乞憐的調子。「瞧,先生,我的傷痕!當你們那些同胞們聽見了自己軍中的鼓聲而驚呼逃走的時候,我因爲爲國盡勞受了這許多傷。」

美 嗳喲,天哪!您不能那樣說;您必須請求他們想起您的功勞。

科 想起我的功勞!哼!我寧願他們把我忘記。

美 您會把事情弄壞了。我去了。請您好好兒對他們說話。

科　叫他們把臉孔洗一洗，把他們的牙齒刷刷乾淨。（美下）好，有一對來了。

【二市民重上。

科　先生，你們知道我爲什麼站在這兒嗎？

甲　我們知道，將軍告訴我們您到這兒來的緣故。

科　因爲我自己的功勞。

乙　您自己的功勞！

科　嗯，却不是我自己的意志。

甲　怎麼不是您自己的意志？

科　不，先生，我從來不願意向窮人求乞。

甲　您必須明白，要是我們給了您什麼東西，我們是希望從您身上得到一點好處的。

科　好，那麼我要請問，向你們討一個執政做要多少價錢？

甲　那價錢就是您必須恭恭敬敬地請求。

科　恭恭敬敬！先生，我請求你們，讓我做執政吧；你們要是想看我的傷痕，我願意在隱僻一點的地方給你們看。請你們給我同意吧，先生；你們怎麼說？

乙　您可以得到我們的同意，尊貴的將軍。

科　一言爲定，一生。我已經討到兩個尊貴的同意了。謝謝你們的佈施；再見。

甲　可是這有點兒古怪。

乙　要是已經出口的話可以收回，——可是那也算了（二市民下）

【二其他市民重上。

科　我請求你們，現在我已經按照習慣，披上這一件衣服了，你們能夠允許我做執政嗎？

丙　您雖然有功國家，可是未孚人心。

科　請教？

丙　您鞭笞羅馬的敵人，也鞭笞羅馬的友人；您對於平民一向沒有好感。

科　您應該格外敬重我，因爲我沒有濫賣人情。先生，爲了博取人民的歡心，我願意向我這些誓同生死的同胞們獻媚，這是他們所認爲溫良恭順的行爲。既然他們所需要的，只是我的脫帽致敬，不是我的竭忠盡瘁，那麼我可以學習一套卑躬屈膝的本領，儘量向他們裝腔作勢；那就是說，先生，我要學學那些善於籠絡人心的貴人，誰要是歡喜這一套的，我可以大量奉送。所以我請求你們，讓我做執政吧。

丁　我們希望您是我們的朋友，所以願意給您誠心的贊助。

丙　您曾經爲國家受了許多傷。

科　你們既然已經知道，我也用不到袒露我的身體向你們證明。我一定非常珍重你們的盛意，不再來麻煩你們了。

丙、丁　願天神給您快樂，將軍！（同下）

科　最珍貴的同意！寧可死，寧可挨餓，也不要向別人求討我們分所應得的酬報。爲什麼我要穿起這身氈布的外衣站在這兒，向每一個路過的張三李四乞討他們不必要的同意？習慣逼着我這樣做；習慣怎樣命令我們，我們就該怎樣做，陳年累世的灰塵讓它堆在那兒不加掃拭，高積如山的錯誤把公道正義完全障蔽。與其扮演這樣的把戲，還不如爽快把國家尊貴的名位賞給願意幹這種事的人。我已經演了半本，待我耐着這口氣演完了那下半本吧。又有幾個同意來了。

【三其他市民重上。

科　你們的同意！爲了你們的同意我和敵人作戰；爲了你們的同意我經歷十八次戰爭，受到二十多處創傷；爲了你們的同意我幹下許多大大小小的事情。我要做執政，請你們給我同意吧。

戊　他曾經立過大功，必須讓他得到每一個正直人的同意。

己　那麼讓他做執政吧。願天神給他快樂，使他成爲人民的好友！

衆　阿們，阿們，上帝保佑你，尊貴的執政！（市民等下）

科　尊貴的同意！

【美尼涅斯偕勃魯脫斯，西昔涅斯重上。

美　您已經忍受種種麻煩，這兩位護民官將會向您宣佈您已經得到人民的同意，現在您必須立刻到元老院去，接受正式的任命。

科　事情完了嗎？

西　您已經按照慣例履行了請求同意的手續，人民已經接受了您，他們就要再召集一次會議，通過您的任命。

科　什麼地方？就在元老院嗎？

西　就在那兒，科利奧蘭納斯。

科　我可以把這些衣服換下來嗎？

西　您可以，將軍。

科　我就去換了衣服；讓我認識了我自己的本來面目以後，再到元老院來。

美　我陪您去。你們兩位也跟我們一起走嗎？

勃　我們還要在這兒等候民衆。

西　再見。（科、美下）他現在已經拿穩了；從他的臉色上看起來，他心裏好像在火一樣燒着呢。

勃　他用一顆驕傲的心穿着他的卑賤的衣服。請你打發這些民衆吧。

【衆市民重上。

西　啊，各位朋友！你們已經選中了這個人嗎？

甲　他已經得到我們的同意。

勃　我們祈禱神明，但願他不要辜負了你們的好意。

乙　阿們。照我的愚見觀察，他在請求我們同意的時候，彷彿在譏笑我們。

丙　不錯，他簡直在辱罵我們。

甲　不，他說起話來總是這樣子的；他沒有譏笑我們。

乙　除了你一個人之外，我們中間每一個人都說他用侮蔑的態度對待我們。他應該把他的功勞的印記，他的爲國家而留下的傷痕給我們看。

西　啊，那我相信他一定會給你們看的。

衆　不，不，誰也沒有瞧見。

丙　他說他有許多傷痕，可以在隱僻一點的地方給我們看。他這樣帶着輕蔑的神氣揮舞着他的帽子，「我要做執政，」他說：「除非得到你們的同意，傳統的習慣不會容許我；所以我要請求你們同意。」當我們答應了他以後，他就說，「謝謝你們的同意，謝謝你們最珍貴的同意，現在你們已經給我同意，我也用不着你們了。」這不是譏笑是什麼？

勃　你們不會憑着你們所受的教訓，對他說，當他還沒有掌握權力，不過是政府裏一個地位卑微的僕人的時候，他就是你們的敵人，老是反對着你們的自由和你們在這共和國裏所享有的特權嗎？你們不會對他說，現在他登上了秉持國家大權的地位，要是他仍舊懷着惡意，繼續做平民的死敵，那麼你們現在所表示的同意，不將要成爲你們自己的咒詛嗎？你們應當對他說，他的偉大的功業既然可以使他享有他所要求的地位而無愧色，但願他的仁厚的天性，也能夠想到你們現在所給他的同情的贊助，而把他對你們的敵意變成友誼，永遠做你們慈愛的執政。

西　你們照這樣對他說了以後，就可以觸動他的心性，試探他的眞正的意嚮；也許他會給你們善意的允諾，那麼將來倘有需要的時候，你們就可以責令他履行舊約；也許那會激怒他的暴戾的天性，因爲他是不能容忍任何拘束的，這樣引動了他的惱怒，你們就可以借着他的惡劣的脾氣做理由，拒絕他當任執政。

勃　你們看他在需要你們好感的時候，會用這樣公然侮蔑的態度向你們請求，難道你們沒有想到當他有權力壓迫你們的時候，他這種侮蔑的態度不會變成公然的傷害嗎？怎麼，你們腔子裏難道都是沒有心的嗎？或者你們的舌頭會反抗理智的判斷嗎？

西　你們以前不是曾經拒絕過向你們請求的人嗎？現在他並沒有請求你們，不過把你們譏笑了一頓，你們却會毫不遲疑地給他同意」？

丙　他還沒有經過正式的確認，我們還可以拒絕他。

乙　我們一定要拒絕他；我可以號召五百個人反對他的就任。

甲　好，就是一千個人也不難，還可以叫他們各人拉些朋友來充數。

勃　你們立刻就去，告訴你們那些朋友，說他們已經選了一個執政，他將會剝奪他們的自由，限制他們發言的權利，把他們當作狗一樣看待，雖然為了要它們吠叫而豢養，可是往往因為它們吠叫而把它們痛打。

西　讓他們集合起來，重新作一次鄭重的考慮，一致撤回你們愚昧的選舉。把他的驕傲和他從前對於你們的憎恨竭力向他們提出；也不要忘記他是用怎樣輕蔑的態度穿着那件謙卑的衣服，當他向你們請求的時候，他是怎樣譏笑着你們；可是你們因為存心忠厚，祇想到他的功勞，所以像這樣從牢不可拔的憎恨裏表現出來的放肆無禮的舉止，也就被你們忽略過去了。

勃　把過失推在我們兩人，你們的護民官身上，說都是我們一定要你們選舉他。

西　你們可以說，你們是在我們的命令之下選舉他，不是出於你們自己的真意；你們的心裏因為存着不得不然的見解，而不是因為覺得應該這樣做，所以纔會違背着本心，而贊同他做執政。把一切過失推在我們身上。

勃　對了，不要寬恕我們。說我們向你們反覆講說，他在多麼年青的時候就已經開始為國家出力；他已經服務了多少長久；他的家世是多麼高貴，紐瑪的外孫，繼偉大的霍斯替力斯君臨羅馬的安格斯瑪歇斯，就是從他們家裏出來的；替我們開渠通水的帕勃力斯和昆特斯也是那一族裏的人；做過兩任監察官的森索利納斯是他的先祖。

西　因爲他的出身這樣高貴，他自己又立下這許多功勞，應該可以使他得到一個很高的位置，所以我們纔把他向你們舉薦；可是你們在把他過去的行爲和現在的態度互相觀照之下，認爲他始終是你們的敵人，所以決定撤回你們一時疏忽的同意。

勃　你們堅持着說，你們的同意只是因爲受到我們的慫恿；把人衆召集以後，你們立刻就到議會裏來。

衆　我們一定這樣做；我們大家都懊悔選他。（衆市民下）

勃　讓他們去鬧與其隱忍着更大的危機，不如冒險鼓起這一場叛變。要是照着他的脾氣，他果然因爲他們的拒絕而發起怒來，那麼我們正可以好好利用這一個機會。

西　到議會去。來，我們必須趁着大批的民衆沒有趕到以前先到那兒，免得被人家看出他們是受我們的煽動。（同下）

# 第三幕

## 第一場　羅馬；街道

【吹號筒；科利奧蘭納斯，美尼涅斯，考密涅斯，泰脫斯拉歇斯，衆元老貴族等同上。

科　那麼吐勒斯奧菲迪斯又舉起兵來了嗎？

拉　是的，閣下；所以我們應當格外迅速地部署起來。

科　這麼說，伏爾斯人還是沒有屈服，隨時準備着向我們乘機進攻。

考　執政閣下，他們已經精疲力盡，在我們這一輩裏大概不會再看見他們的旗幟飄揚了。

科　你看見奧菲迪斯嗎？

拉　在我們的警衛之下，他曾經來看過我；他咒駡伏爾斯人，因爲他們這樣卑怯地舉城納降。現在他退到安息去了。

科　他說起我嗎？

拉　說起的，閣下。

科　怎麼說？說些什麼？

拉　他說他跟您劍對劍地會過多少次；在這世上，您是他最切齒痛恨的一個人，他說他不惜蕩盡他的財產，祇要能够找到一個機會把您打敗。

科　他住在安息嗎？

拉　是的。

科　我希望有機會到那邊去找他，讓我們把彼此的仇恨發洩一個痛快。歡迎你回來！

〔西昔涅斯及勃魯脫斯上。

科　瞧！這兩個是護民官平民大衆的喉舌；我瞧不起他們，因爲他們擅作威福，簡直到了叫人忍無可忍的地步。

西　不要走過去。

科　嘿！那是什麼意思？

勃　前面有危險，不要過去。

科　爲什麼有這樣的變化？

美　怎麼一回事？

考　他不是已經由貴族平民雙方通過了嗎？

勃　考密涅斯，他沒有。

考　我不是已經得到孩子們的同意了嗎？

元甲　兩位護民官，讓開；他必須到市場上去。

勃　人民對他非常憤怒。

西　站住，否則大家都要捲進一場騷動裏了。

科　你們不是他們的牧人嗎？他們會把剛纔出口的話當場否認，這樣的人也可以讓他們有發言的權利嗎？你們管着些什麼事情？你們既然是他們的嘴巴，爲什麼不把他們的牙齒管住？你們沒有指使他們嗎？

美　安靜點兒，安靜點兒。

科　這是一場有意的行動，全然是陰謀的結果，它的目的是要拘束貴族的意志，要是我們容忍這一種行爲，我們就祇好和那些既沒有能力統治，又不顧被人統治的人們生活在一起了。

勃　不要說這是一個陰謀。人民高呼着說您譏笑了他們，說您在不久以前施放穀物的時候，曾經口出怨言，辱罵那些爲人民請命的人，說他們是時勢的趨附者，諂媚之徒，卑鄙的小人。

科　這是大家早就知道的。

勃　他們有的人還不知道。

科　那麼是你後來告訴他們的嗎？

勃　怎麼！我告訴他們！

科　你是很可以幹這種事的。

勃　像您幹的這種事，我想我可以比您幹得好一點。

科　那麼我爲什麼要做執政呢？憑着那邊天上的雲起誓，讓我也像你們一樣沒有尺寸之功，跟你們一起做個護民官吧！

西　您把悻悻之情表現得太露骨了，人民正是爲了這個緣故而激動起來的。您現在已經迷失了道路，要是您想達到您的目的地，您必須用溫和一點的態度向人家問路，否則您不但永遠做不到一個尊榮的執政，就是要跟他並肩做一個護民官，也是一樣辦不到的。

美　讓我們安靜一點。

考　人民一定被人利用，受人指使。這一種紛爭不應該在羅馬發生；科利奧蘭納斯因功受祿，也不該在他坦蕩的大路上遭遇這種用卑鄙手段安放上去的當途的障礙。
科　向我提起穀物的事情那個時候我是這樣說的，我可以把它重說一遍——
美　現在不用說了。
元老甲　在這樣意氣相爭的時候，還是不用說了吧。
科　我一定要說。我的高貴的朋友們，請你們原諒這種反覆無常，腥臊惡臭的羣衆，我不願恭維他們，讓他們認清楚自己的面目吧。我要再說一遍，我們因爲屈尊紆貴與他們降身相伍，已經親手播下了叛亂，放肆，和騷擾的禍根，要是再對他們姑息縱容，那麼這種莠草更將滋蔓橫行，危害我們元老院的權力；我們不是沒有道德，更不是沒有力量，可是我們的力量已經送給一羣乞丐了。
美　好，別說下去了。
元老甲　請您不要再說下去了。
科　怎麼！不再說下去！我曾經不怕外力的憑陵，爲國家流過了血，現在我更要大聲疾呼，直到斷破了我的肺部爲止，警告你們留意那些你們所厭惡畏懼，惟恐沾染，然而却又正在竭力招引上身的癩疹。
勃　您講起人民的時候，好像您是一位膺懲罪惡的天神，忘記了您也是跟他們具有同樣弱點的凡人。
西　我們應當讓人民知道他這種說話。
美　怎麼，怎麼？他的一時氣憤的說話嗎？
科　一時氣憤！即使我像午夜的睡眠一樣善於忍耐，憑着喬武起誓，我也不會改變我這一種意思！
西　您這一種意思必須讓它留着毒害自己，不能讓它毒害別人。

科　必須讓它留着你們聽見這個侏儒羣中的長人的說話嗎？你們注意到他那斬釘截鐵的「必須」兩個字嗎？

考　好像他的話就是神聖的律法似的。

科　「必須」！啊善良而不智的貴族！你們這些莊重而鹵莽的元老們，爲什麼你們會允許這一條多頭的水蛇選舉一個官吏，讓它代替這怪物發言，憑着他的專橫的「必須」兩字，他會大膽宣佈他要把你們的水流向溝渠決注，把你們的河道侵爲己有？放下你們的愚昧，從你們危險的寬容中間覺醒過來吧！你們是博學的人，不要像一般愚人一樣，甘心替他們掇椅舖墊。要是他們做了元老，你們便要變成平民；當他們的聲音和你們的聲音混合在一起的時候，因爲他們是大多數的緣故，你們將要完全爲他們所掩蓋，受他們所支配。他們可以選擇他們自己的官長，就像這傢伙一樣，憑着他的「必須」他的迎合民心的「必須」兩字，就可以和最尊嚴的元老們對抗。憑着喬武本身起誓，執政們將會因此而失去了他們的身分；當兩種權力彼此對峙的時候，混亂就會乘機而起，我一想到這種危機，心裏就感到極大的痛苦。

考　好，到市場上去吧。

科　誰授權執政使他散放倉庫中的存穀，像從前希臘的情形，——

美　得啦，得啦，別提起那句話啦。

科　雖然在希臘人民有更大的權力，可是我說他們這一種舉動，無異養成反叛的風氣，釀成了國家的瓦解。

勃　嘿，人民可以同意讓說這種話的人當執政嗎？

科　我可以說出比他們的同意更好的理由來。他們知道這些穀不是我們名分中的酬報，自以爲誰也不會把它從他們的嘴邊奪下來，所以也從來不會爲它出過一絲勞力。當國家危急存亡的關頭，要他們出征的時候，他們瀕得連城門也不肯走出；一到了戰場，他們祇有在叛變內訌這一類行動上表現了最大的勇氣，像這樣的功績，是不該把穀物白白分給他們的。他們常常用莫須有的罪名指斥元老院，難道我們因爲受到了他們那樣的指斥，所以纔會作這樣慷慨的施捨嗎？好，給了他們又怎樣呢？這些盲目的羣衆會感激元老院的好意嗎？他們的行動就可以代替他們的言語：「我們提出要求，我們是大多數，他們畏懼我們，所以答應了我們的要求。」這樣我們貶抑了我們自己的地位，讓那些烏合之衆把我們的謹愼稱爲恐懼；他們的膽子愈來愈大，總有一天會打開了元老院的鎖，讓一羣烏鴉飛進來向鷹隼亂啄。

美　够了，够了。

勃　够了，已經說得太多了。

科　不，再聽我說下去。無論天上人間，一切可以憑着發誓的東西，願它們爲我的結論作證！這一種雙重的崇拜，一部分因爲確有原因而輕視着另一部分，那一部分卻毫無理由地侮辱着這一部分；身分，名位，和智慧不能決定可否，卻必須取決於無知的大衆的一句是非，這樣的結果必致於忽略了實際的需要，讓輕率的狂妄操縱着一切；正當的目的受到阻礙，一切事情都是無目的地胡作非爲。所以，我請求你們，要是你們的謹愼過於你們的恐懼，你們愛護國家的基礎，甚於懷疑它的變化，你們喜歡光榮甚於長生，願意用危險的藥餌向一個別無生望的病體作冒險的一試，那麼趕快拔去羣衆的舌頭吧；讓他們不要去舐那將要毒害他們的糖蜜。你們要是受到恥辱，是非的公論也要從此不明，政府將要失去它所應有的健全，因爲它被惡勢力所統治，一切善政都要無法推行。

勃　他已經說得很够了。

西　他說的全然是叛徒的話；他必須受叛徒的處分。

科　你這卑鄙的傢伙！讓你被衆人所唾棄！人民要這種禿頭的護民官幹麼呢？因爲信任了他們，所以人民纔會不再服從比他們地位更高的人在叛亂的時候，一切不合理的事實，都可以武斷地成爲法律，那時候他們纔是應該受人推戴的人物；可是在正常的時期，那麼讓一切按照着正理而行，把他們的權力推下塵土裏去吧。

勃　公然的叛逆！

西　這還是個執政嗎？不。

勃　喂！警察官呢？把他逮捕起來。

〔一警吏上。

西　去，叫民衆來；（警吏下）我用人民的名義親自逮捕你，宣佈你是一個企圖變政的叛徒，公衆幸福的敵人；我命令你不得反抗，跟我去聽候處分。

科　滾開，老山羊！

衆元老　我們可以替他擔保。

考　老人家，放了手。

科　滾開，壞東西！否則我要把你的骨頭一根根搖下來。

西　諸位市民，救命啊！

〔若干警吏率從者及一羣市民同上。

美　兩方面彼此客氣一點。

西　這個人要奪去你們一切的權力。

勃　抓住他，警官們！

衆市民　打倒他！打倒他！——

衆元老　（圍繞科利奧蘭納斯忙作一團，狂呼）武器！——武器！——武器！——護民官！——貴族們！——市民們！——喂！——西昔涅斯！——勃魯脫斯！——科利奧蘭納斯！——市民們！——靜！——靜！——靜！——且慢！——住手！——靜！

美　事情將要鬧成怎樣呢？——我氣都喘不過來啦。這一場亂子可不小。我話都說不出來啦。你們這兩位護民官科利奧蘭納斯，忍耐些！好西昔涅斯，說句話吧。

西　聽我說，諸位民衆；靜下來！

衆市民　讓我們聽我們的護民官說話；靜下來！說，說，說。

西　你們快要失去你們的自由了，瑪歇斯將要奪去你們的一切；瑪歇斯，就是剛纔你們選舉他做執政的。

美　噯喲，噯喲，噯喲！這不是去熄火，明明是火上加油。

元老甲　他要把我們這城市拆爲平地。

西　沒有人民，還有什麽城市？

衆市民　對了，有人民纔有城市。

勃　我們得到全體的同意，就任人民的長官。

衆市民　你們繼續是我們的長官。

美　他們也未必會放棄這一個地位。

考　他們要把城市拆毀，把屋宇撤爲平地，把整整齊齊的市面埋葬在一堆瓦礫的中間。

西　這一種罪名應該判處死刑。

勃　讓我們執行我們的權力，否則讓我們失去我們的權力。我們現在奉人民的意旨，宣佈瑪歇斯應該立刻受死刑的處分。

西　抓住他，把他押送到大悲巖上，推下山谷裏去。

勃　警官們，抓住他！

衆市民　瑪歇斯，趕快束手就縛！

美　聽我說一句話；兩位護民官，請你們聽我說一句話。

警吏　靜，靜！

美　請你們做祖國的眞正的友人，像你們表面上所裝的一樣；什麼事情都可以用溫和一點的手段解決，何必這樣操切從事？

勃　要是病症凶險，祇有投下猛藥去方可見效，謹愼反會誤了大事。抓住他，把他押到山巖上去。

科　不，我寧願死在這裏。（拔劍）你們中間有的人曾經瞧見我怎樣跟敵人爭戰；來，你們現在自己也來試一試看。

美　放下那柄劍！兩位護民官，你們暫時退下去。

勃　抓住他！

美　幫助瑪歇斯，幫助他，你們這些有義氣的人；幫助他，年青的和年老的！

衆市民　打倒他！——打倒他！（在紛亂中護民官，警吏及民衆均被打退）

美　去，回到你家裏去；快去！否則大家都要活不成啦。

元老乙　您快去吧。

科　站住；我們的朋友跟我們的敵人一樣多。

美　難道我們一定要跟他們打起來嗎？

元老甲　天神保佑我們不要有這樣的事！尊貴的朋友，請你回家去，讓我們設法挽回局勢吧。

美　這是我們身上的一個痛瘡，你不能替你自己醫治；請你快去吧。

考　來，跟我們一塊兒去。

科　我希望他們是一羣野蠻人，不是羅馬人；雖然這些畜類生在羅馬，長大在裘必脫神廟的字下，可是他們却跟野蠻人沒有分別，——

美　去吧；不要把你的滿臉義憤放在你的唇舌上。

科　要是堂堂正正地交鋒起來，我一個人可以打敗他們四十個人。

美　我自己也可以抵敵他們中間的一對頭兒腦兒那兩個護民官。

考　可是現在衆寡懸殊；當一幢房屋坍下的時候而不知道趨避，這一種勇氣是被稱爲愚笨的。您還是趁着那羣亂民沒有回來以前趕快走開吧；他們的憤怒就像受到阻力的流水一樣，一朝橫決，就會把他們所負載的一切完全沖掉。

美　請您快去吧。我要試一試我這老年人的智慧對於那些沒有頭腦的東西是不是有點需要；無論如何，這事情總要想法子彌縫過去。

考　去吧去吧。（科考，及餘人等同下）

貴族甲　這個人把他自己的前途葬送了。

美　他的天性太高貴了，不適宜於這一個世界。他不肯恭維納普統的三叉戟的雄威，或是喬武的雷霆的神力。他的心就在他的口頭，想到什麼一定要說出來，他一動了怒，就會忘記世上有一個死字。（內喧聲）聽他們鬧得多利害！

貴族乙　我希望他們都去睡覺！

美　我希望他們都給我跳下泰勃河裏！好利害！他就不能對他們說句好話嗎？

【勃魯脫斯及西昔涅斯率亂民上。

西　要把全城的人吃掉；讓他一個人稱霸的那條毒蛇呢？

美　兩位尊貴的護民官，——

西　我們必須用無情的鐵手，把他推下大悲巖去；他已經公然反抗法律，所以法律也無須再向他執行什麼審判的手續，他既然藐視羣衆，就叫他認識認識羣衆的力量。

市民甲　我們要讓他明白尊貴的護民官是人民的喉舌，我們是他們的手臂。

衆市民　我們一定要讓他明白。

美　諸位，諸位，——

西　靜些！

美　有話可以商量，何必吵成這個樣子？

西　先生，你怎麼也會幫助他逃走了？

美　聽我說；我知道這位執政的長處，我也可以舉出他的短處。

西　執政！什麼執政？

美　科利奧蘭納斯執政。

勃　他！執政！

衆市民　不，不，不，不，不。

美　要是兩位護民官和你們這些善良的民衆允許我，我要請求說一兩句話，你們聽了以後，就會平心靜氣，自悔多事了。

西　那麼簡簡單單的說；因爲我們已經決定除去這個惡毒的叛徒。把他驅逐出境會引起未來的禍患；留在國內，我們都要死在他手裏，所以我們決定就在今晚把他處死。

美　我們的羅馬是以賞罰嚴明著名於全世界的，她對於她的有功兒女的愛護，是記錄在天神的冊籍裏的，要是現在她像一頭滅絕天性的母獸一樣吞食了她自己的子女，善良的神明一定不能容許！

西　他是一顆必須割去的瘡癤。

美　啊！他是一段生着瘡癤的肢體，割去了會致人死命，治愈它却很容易。他對羅馬做了些什麼事，你們要把他處死呢？他殺死我們的敵人，爲他的祖國而流血，我敢說一句，他所失去的血是比他身上所有的血更多的；他的剩留的血，要是現在再被他的國人所取去，那麼無論下這樣毒手的人，或是容忍這種事情發生的人，都要永遠在後世留下一個可恥的烙印了。

西　這些全然是顯外的話。

勃　一派歪論當他愛他的國家的時候，他的國家也尊重他。

美　他的戰功成爲陳跡以後，人家也就對他失去敬意了。

勃　我們不要再聽你說下去。追到他家裏去，把他拖出來；他是一種能夠傳染的惡病，不要讓他的流毒沾到別人身上去。

美　再聽我說一句話，祇有一句話。你們現在的行動，都是出於一時的氣憤，就像縱虎出柙一樣，當你們自悔孟浪的時候，再要把笨重的鉛塊繫在虎腳上也來不及了。與其鹵莽僨事，不如循序漸進；否則他也不是沒有人擁護的，要是因此而引起內爭，那麼偉大的羅馬要在羅馬人自己手裏毀了。

勃　要是這樣的話，——

西　你還說什麼？我們不是已經領略到他是怎樣的服從命令嗎？我們的警察官不是已經遭他痛打？我們自己不是也遭他反抗過了嗎？來！

美　請你們想到這一點：他自從兩手能夠拔劍的時候起，就一直在戰陣中長大，不曾受到溫文爾雅的語言上的訓練；他說起話來總是把美穀和糠秕不加分別地同時傾吐。你們要是允許我，我可以到他家裏去，向他陳說利害，叫他接受用和平的手段合法的方式進行的裁判。

元老甲　兩位尊貴的護民官，這是最人道的辦法；你們本來的方式太殘酷了，而且也不知道將會引起怎樣的結果。

西　尊貴的美尼涅斯，那麼請您接受人民的委託，去把他傳來。各位朋友，放下你們的武器。

勃　不要回去。

西　在市場上集合。我們在那邊等着你們。要是您不能把瑪歇斯帶來，我們就實行原來的辦法。

美　我一定會叫他來。（向衆元老）請你們陪我去一趟；他一定要來，否則事情會愈弄愈糟的。

元老甲　我們去找他吧。（同下）

## 第二場　同前；科利奧蘭納斯家中一室

【科利奧蘭納斯及貴族等上。

科　讓他們大家來扯我的耳朵；讓他們把我用車輪輾死，馬蹄踏死，或是堆十座山在大悲巖上，把我推下了看不見底的深谷；我還是用這樣一付態度對待他們。

貴族甲　這正是您的過人之處。

科　我的母親常常說他們只是一批萎靡軟弱的貨色，幾毛錢就可以把他們買來賣去，在集會的時候禿露着頭頂，聽到像我這樣地位的人談到戰爭或和平的問題，就會打呵欠莫明其妙地不作一聲；我想她現在也不大贊成我。

【伏倫尼霞上。

科　我正在說起您。您爲什麼要我溫和一點？難道您要我違反我的本性嗎？您應該說，我現在的所作所爲，正可以表現我的眞正的氣骨。

伏　啊！兒啊，兒啊，兒啊，我希望你不要在基礎未固以前，就丟失了你手中的權力。

科　放我。

伏　你要是不這樣有意顯露你的鋒鋩，也已經不失爲一個豪傑之士；在他們還有力量阻撓你的時候你要是少向他們矜誇一些意氣，也可以少碰到一些逆意的事情。

科　讓他們上吊去吧！

伏　是的，我還希望他們在火裏燒死。

【美尼涅斯及元老等上。

美　來，來；您太粗暴了，太有點兒粗暴了；您非得回去把局勢彌縫彌縫不可。

元老甲　此外沒有辦法了；您要是不願意這樣做，我們的城市就要分裂而滅亡了。

伏　請你接受勸告吧。我有一顆跟你同樣剛强的心，可是我還有一個頭腦，教我把我的憤怒用在更適當的地方。

美　說得好，尊貴的夫人！倘不是因爲遭到這樣非常的變化，爲了挽回大局起見，不得不出此下着，那麽我也要披甲擐槍，決不忍受這樣的恥辱，讓他向羣衆屈身的。

科　我必須怎麽辦？

美　回去見那兩個護民官。

科　好，還有呢？還有呢？

美　爲了您的失言道歉。

科　向他們道歉！我不能向神明道歉；難道我必須向他們道歉嗎？

伏　你太固執了；在危急的時候，一個人是應當通權達變的。我聽你說過，在戰爭中間，榮譽和權謀就像親密的朋友一樣不可分離；假定這句話是眞的，那麽請你告訴我，在和平的時候，它們銜然不能交相爲用，是不是能够獨立存在？

科　嘿！嘿！

美　問得好。

伏　要是在你們的戰爭中間，爲了達到你們的目的起見，不妨採用權謀，示人以詐，而這樣的行爲對於榮譽並無損害，那麼在和平的時候，萬一也像戰時一樣需要着權謀，爲什麼它就不能和榮譽並行不悖呢？

科　爲什麼您要强迫我接受這種理由？

伏　因爲你現在必須去向人民說話；不是照着你自己的意思說話，却要去向他們說一些和你的本心完全不符的話。爲了避免把自己的命運作孤注，爲了避免流許多的血，你可以用溫和的詞句招撫一個城市，那麼向人民說這樣的話，對於你的榮譽又有什麼損害呢？要是我的財產和我的親友處於生死存亡的關頭，需要我用詐欺的手段保全他們，我就會毅然去幹那樣的事，並不以爲有什麼可恥；我可以冒充你的妻子，你的兒子，這些元老和貴族們，可是你却寧願向這些無知的群衆們怒目橫眉，不願向他們稍假辭色，去博取他們的歡心和愛護，那些維持你的榮譽和地位所必需的保障。

美　尊貴的大人！來，跟我們去；說兩句好話；也許你不但可以緩和當前的危險，並且可以彌補過去的錯誤。

伏　我的孩子，請你現在就去見他們，把這帽子拿在手裏，你的膝蓋吻着地上的磚石，搖擺着你的頭，克制你的堅强的心，讓它變得像搖搖欲墜的爛熟的桑子一樣謙卑；在這種事情上，行爲往往勝於雄辯，愚人的眼睛是比他們的耳朵聰明得多的。你可以對他們說，你是他們的戰士，因爲生長在干戈擾攘之中，不懂得博取他們好感所應有的禮節；可是從此以後，當你握權在位的日子，你一定會爲他們鞠躬盡瘁。

美　您祇要□她這兩句話說過以後，他們的心就是您的了；因爲他們的原諒是有求必應的，正像他們愛說廢話一樣不費事。

伏　請你聽從我們的勸告，去吧；雖然我知道你寧願在火燄的深谷裏追逐你的敵人，不願在臥室之中向他獻媚。考密涅斯來了。

【考密涅斯上。

考　我已經到市場上去過。您現在必須聯結强力的與援，否則就得用溫和的態度保全您自己，或者暫時出走，躲避他們的鋒鋩。所有的民衆都激怒了。

美　祇有謙恭的言語纔可以挽回形勢。

考　要是他能够勉力抑制他的性子，我想這也是個辦法。

伏　他必須這樣做，非這樣做不可。請你說你願意這樣做，立刻就去吧。

科　我必須去向他們禿鑄我的頭顱嗎？我必須用我的無恥的舌頭，把一句謊話加在我的高貴的心上嗎？好，我願意。可是這一個計策倘然失敗，他們就要把這個瑪歇斯的泥塊兒磨成齏粉，迎風拋散了。到市場上去！你們現在逼着我去做一件事情，它的恥辱是我終身不能洗刷的。

考　來，來，我們願意幫您的場。

伏　好兒子，你曾經說過，當初你因爲受到我的獎勵，所以纔會成爲一個軍人；現在請你再接受我的獎勵，做一件你從來沒有做過的事吧。

科　好，那麼我就去滾開，我的高傲的脾氣，讓一個娼妓的靈魂佔據住我的身體！讓我那和戰鼓競響的巨嗓變成像太監一樣尖細，像催嬰兒入睡的處女的歌聲一樣輕柔的聲音！讓我的頰上掛起了奸徒的巧笑，讓學童的眼淚蒙蔽了我的目光！讓乞兒的舌頭在我的嘴唇之間掉動，我那跨慣征鞍的罩甲的膝蓋，像接受佈施一樣向人彎曲！不，我不願意；我怕我會失去對我自己的尊敬，我的身體幹了這樣的事，也許會使我的精神上沾上一重無法擺脫的卑鄙。

伏　那麼隨你的便。我向你請求，比之你向他們請求，對於我是一個更大的恥辱。一切都歸於毀滅吧；寧可讓你的母親感覺到你的驕傲，不要讓她因爲你的危險的頑強而擔憂，因爲我用像你一樣豪壯的心姗笑着死亡。你願意怎麼辦就怎麼辦；你的勇敢是從我身上得來的，你的驕傲却是你自己的。

科　請您寬心吧，母親，我就到市場上去；不要責備我了。我要騙取他們的歡心，當我回來的時候，我將被羅馬的一切手藝人所喜愛。瞧，我去了。替我致候我的妻子。我一定要做一個執政回來，否則你們再不要相信我的舌頭也會向人諂媚。

伏　照你的意思做吧。（下）

考　去！護民官在等着您，準備好一些溫和的回答；因爲我聽說他們將要向您提出一些比現在他們加在您身上的更重的罪狀。

美　記好「溫和」兩個字。

科　讓我們去吧。儘他們捏造我什麼罪狀，我都可以用我的榮譽答覆他們。

美　是的，可是要溫和點兒。

科　好，那麼就溫和點兒。溫和！（同下）

## 第三場　同前市場

【西昔涅斯及勃魯脫斯上。

勃　我們說他企圖獨裁專政，用這一點作爲他的最大的罪名；要是他在這一點上能夠飾辭自辯，我們就說他敵視人民，並且說他把從安息人那裏得到的戰利品都中飽了自己的私囊。

【一警吏上。

勃　啊，他來不來？

警吏　他就來了。

勃　什麼人陪着他？

警吏　年老的美尼涅斯，和那些一向袒護他的元老們。

西　你有沒有把我們得到的票數記錄下來？

警吏　我已經記下在這兒了。

西　你有沒有按着部族徵詢他們的意見？

警吏　我已經分別徵詢過了。

西　快把民衆立刻召集到這兒來；當他們聽見我說「憑着民衆的權利和力量，必須如此如此」的時候，不論是死刑，罰款或是放逐，我要是說「罰款」就讓他們跟着我喊「罰款，」我要是說「死刑，」就讓他們跟着我喊「死刑。」

警吏　我一定這樣吩咐他們。

西　當他們開始呼喊的時候，叫他們不停地喊下去，大家亂哄哄地高聲鼓噪，要求把我們的判決立刻實行。

警吏　很好。

西　叫他們留心我們的說話行事，不要退縮讓步。

勃　去幹你的事吧。（警吏下）一下子就激動他的怒氣。他一向慣於征服別人，愛鬧蹩扭；一受了拂逆，就不能控制自己的性子，那時候他心裏想到什麼便要說出口來，我們就可以看準他這個弱點致他的死命。

西　好，他來了。

【科利奧蘭納斯，美尼涅斯，考密涅斯，及元老貴族等上。

美　請您溫和點兒。

科　好，就像一個馬夫似的，爲了一些些的賞錢，願意替無論那個惡徒奔走。但願尊榮的天神們護佑羅馬的安全，護賢德的君子做我們的執法者！播散愛的種子在我們的中間，使我們宏大的神廟裏充滿了和平的氣象，不要使我們的街道爲戰爭所擾亂！

元老甲　阿們，阿們。

美　好一個高尙的願望！

【警吏率市民等重上。

西　過來，民衆。

警吏　聽你們的護民官說話；肅靜！

科　先聽我說幾句話。

西勃　好，說吧。喂，靜下來！

科　你們就在此刻宣佈我的罪狀嗎？一切必須在這兒決定嗎？

西　我要請你答覆你是不是願意服從人民的公意，承認他們的官吏的權力，當你的罪案成立以後，甘心接受合法的制裁？

科　我願意。

美　聽着！各位市民，他說他願意。想一想，他立過多少的戰功；想一想他身上的傷痕，就像墓地上的墳塋一樣多。

科　那些不過是荊棘抓破的傷痕，這點點的創瘢，也不過供人一笑罷了。

美　再想一想，他說的話雖然不合一個市民的身分，可是却不失爲軍人的吐屬；不要把他粗暴的口氣認作惡意的言辭，那正是他的軍人本色，不是對你們的敵視。

考　好，好，別說了。

科　爲了什麼原因，我已經得到全體同意當選執政以後，你們又立刻撤消原議，給我這樣的羞辱？

西　回答我們。

科　好，說吧；我是應該回答你們的。

西　你企圖推翻一切羅馬相傳已久的政制，造成個人專權獨裁的地位，所以我們宣佈你是人民的叛徒。

科　怎麽！叛徒！

美　不，溫和點兒，你答應過的。

科　地獄底層的烈火把這些人民吞了去！說我是他們的叛徒！你這害人的護民官！在你的眼睛裏藏着二萬個死亡，在你的兩手中握着二千萬種殺人的毒計，在你說謊的舌頭上含着無數殺人的陰謀，我要用向神明祈禱一樣坦白的聲音向你說「你說謊！」

西　民衆，你們聽見他的話嗎？

衆市民　把他送到山巖上去！把他送到山巖上去！

西　靜！我們不必再把新的罪名加在他的身上；你們親眼看見他所作的事，親耳聽見他所說的話，毆打你們的官吏，辱駡你們自己，用暴力抗拒法律，現在他又公然藐視那些憑着他們的權力審判他的人，像這樣罪大惡極的行爲，已經應處最嚴重的死刑了。

勃　可是他既然爲羅馬立過功勞；——

科　你們還要講什麼功勞？

勃　我提起這一點，因爲我知道你的功勞。

科　你！

美　你怎樣答應你的母親的？

考　你要知道，——

科　我不要知道什麼。讓他們宣判把我投身在高峻的大悲巖下，放逐，鞭打，每天給我吃一粒穀，監禁起來，我也不願用一句好話的代價贖買他們的慈悲，更不願爲了乞討他們的佈施而抑制我的雄心，向他們道一聲早安。

西　因爲他不但在思想上，而且在行動上不斷敵對人民，企圖剝奪他們的權力，到現在他居然擅敢在尊嚴的法律和執法的官吏之前，行使暴力反抗的手段，所以我們用人民的名義，秉着我們護民官的職權，宣佈從卽時起，把他放逐出我們的城市，要是以後他再進入羅馬境內，就要把他投身在大悲巖下。用人民的名義，我說，這判決必須實行。

眾市民　這判決必須實行，——這判決必須實行，——把他趕出去！——把他放逐出境！

考　聽我說，各位人民大衆，——

西　他已經受到判決，沒有什麼說的了。

考　讓我說句話。我自己也曾當過執政；我可以向羅馬公開展示她的敵人加在我身上的傷痕；我重視祖國的利益，甚於自己的生命和我所寶愛的兒女；要是我說，——

西　我們知道你的意思；說什麼？

勃　不必多說，他已經被認爲人民和祖國的敵人而放逐了；這判決必須實行。

眾市民　這判決必須實行，——這判決必須實行。

科　你們這些狂吠的賤狗！我痛恨你們的氣息，就像痛恨腐惡的沼澤的臭味一樣；我輕視你們的好感，就像厭惡朽爛的露骨的屍骸一樣。我放逐了你們；讓你們和你們那游移無定的性格永遠留在這裏吧！讓每一句輕微的謠言震動你們的心，你們敵人帽上羽毛的搖閃，就會把你們扇進了絕望的深淵！永遠保留着把你們的保衞者放逐出境的權力吧，直到最後讓你們自己的愚昧覺得人家已經不費一刀一槍，使你們成爲最微賤的俘虜了！對於你們，對於這一個城市，我只有蔑視；我這樣離開你們，這世界上什麼地方沒有我的安身之處。（科、考、美、元老、貴族等同下）

警吏　人民的仇敵已經去了，已經去了！

衆市民　我們的敵人已經被放逐了！——他去了！——呵！呵！（衆歡呼擲帽）

西　去，把他趕出城門，像他從前驅逐你們一樣驅逐他，儘量發洩你們的憤怒，讓他也難堪難堪。讓一隊衞士衞護我們通過全城。

衆市民　來，來，——讓我們把他趕出城門！來！神明保佑我們尊貴的護民官！來！（同下）

# 第四幕

## 第一場　羅馬；城門前

【科利奧蘭納斯，伏倫尼霞，維琪莉霞，美尼涅斯，考密涅斯，及若干青年貴族上。

科　算了，別哭了，就這樣分手了吧；那多頭的畜生把我撞走了。噯，母親，您從前的勇氣呢？您常常說，患難可以試驗一個人的品格；非常的境遇方纔可以顯出非常的氣節；波平浪靜的海面，所有的船隻都可以並驅競勝；命運的鐵拳擊中要害的時候，祇有大勇大智的人方纔能够處之夷然：您常常用那些格言教訓我，鍛鍊我的堅強不屈的志氣。

維　天啊！天啊！

科　不，婦人，請你——

伏　願赤色的瘟疫降臨在羅馬各色人民的身上，使百工商賈同歸於盡！

科　怎麼，怎麼，怎麼！當我離開他們以後，他們將會追念我的好處。不，母親，您從前不是常常說，要是您做了赫邱里斯的妻子，您一定會替他完成六件艱鉅的工作，減輕他一半的勞力嗎？請您仍舊保持這一種精神吧。考密涅斯，不要懊喪；再會！再會，我的妻子！我的母親！我一定還要幹一番事業。你年老而忠心的美尼涅斯，你的眼淚比年青人的眼淚更辛酸，它會傷害你的眼睛的。我的舊日的主帥，我曾經瞻仰過您那剛強堅毅的氣概，您也看見過不少可以使人心腸變硬的景象，請您告訴這兩個傷心的婦人，爲了不可避免的打擊而悲痛，是一件多麼癡愚的事情。我的母親，您知道您一向把我的冒險作爲您的安慰，請您相信我，雖然我像一條孤獨的龍一樣離此而去，可

**伏**　是我將要使人們在談起我的沼澤的時候，就會瞿然變色；您的兒子除非誤中奸謀，一定會有吐氣揚眉的一天。我的長兒，你要到那兒去呢？讓考密涅斯陪你走一程吧；跟他商量一個妥當的方策，不要盲衝瞎撞，去試探前途的危險。

**科**　天神啊！

**考**　我願意陪着你走一個月，跟你決定一個安身的地方，好讓我們彼此互通聲息；要是有機會可以設法召你回來的話，我們也可以不致於在茫茫的世界上到處找尋一個莫明蹤跡的人，萬一事過境遷，大好的機會又要蹉跎過去了。

**科**　再會吧；你已經有一把的年紀，飽受戰爭的辛苦，不要再跟一個筋骨壯健的人去跋涉風霜了。我祇要請你送我出了城門。來，我的親愛的妻子，我的最親愛的母親，我的情深義厚的朋友們，當我出去的時候，請你們用微笑向我道別。請你們來吧。祇要我尚在人世，你們一定會聽到我的消息；而且你們所聽到的，一定還是跟我原來的為人一樣。

**美**　那正是每一個人所樂意聽見的。來，我們不用哭泣。要是我能夠從我衰老的臂腿上減去七歲年紀，憑着善良的神明發誓，我一定要寸步不離地跟着你。

**科**　把你的手給我。來。（同下）

## 第二場　同前；城門附近的街道

【西西涅斯，勃魯脫斯，及一警吏上。

西　叫他們大家回家去；他已經去了，我們也不必追他。貴族們很不高興，他們都是袒護他的。

勃　現在我們已經表現出我們的力量，事情既已了結，我們不妨在辭氣之間裝得謙恭一點。

西　叫他們回家去；說他們重要的敵人已經去了，他們已經恢復了往日的力量。

勃　打發他們各人回家。（警吏下）

【伏倫尼霞，維琪莉霞，及美尼涅斯上。

勃　他的母親來了。

西　讓我們避開她。

勃　爲什麼？

西　他們說她發了瘋了。

勃　她們已經看見我們；您儘管走吧。

伏　啊！你們來得正好。願神明把所有的災禍降在你們身上，報答你們的好意！

美　靜些，靜些！不要這樣高聲嚷叫。

伏　我倘不是哭不成聲，一定要讓你們聽聽，——不，我要嚷給你們聽聽。（向勃）你想逃走嗎？

維　（向西）你也別走。我希望我能够向我的丈夫說這樣的話。

西　你們是男人嗎？

伏　是的，傻瓜；那是丟臉的事嗎？聽這傻瓜說的話。我的父親不是一個男人嗎？你果然有這樣狐狸般的狡獪，會把一個替羅馬立過多少汗馬功勞的人放逐出去嗎？

西　噯喲，蒼天在上

伏　爲了羅馬的利益他揮舞他的英勇的劍鋒，那次數比你說過的聰明話更多。讓我告訴你；可是你去吧；不，你給我站住：我但願我的兒子在阿拉伯，你和你那一族裏的人都跪在他的面前，他手裏舉起寶劍，——

西　那又怎麼樣呢？

維　那又怎麼樣！他要斬草除根，不留下一個孽種在世上。

伏　全都是些雜種私生子！好人，他爲了羅馬受過多少的傷！

美　來，來，別鬧了。

西　要是他能够貫澈爲國獻身的初衷，不把自己辛苦換來的光榮親手撕毀，那就好了！

勃　我也希望他這樣。

伏　「我希望他這樣！」都是你們煽動這些亂民，貓狗般的畜生，他們不能認識他的價值，正像我不能了解上天不讓世間知道的神祕一樣。

勃　請你讓我們去吧。

伏　現在，先生，請你給我滾吧。你們已經幹了一件了不得的好事。在你們未去之前，再聽我說一句話：正像裘必脫的神廟不能和羅馬最卑陋的一間屋子相比一樣，被你們放逐出去的我的兒子，這位夫人的丈夫就是她，你們瞧見了沒有？比起你們這些東西來，也是天差地遠。

勃　好，好，我們少陪啦。

西　爲什麼我們要獃在這兒，給一個瘋婆子纒個不休呢？

伏　把我的祈禱帶了去吧。（向二護民官下）我但願天神們什麼事也不要做，祇替我實現我的咒詛！要是我能夠每天遇見他們一次，那麼我心頭的悲哀也許可以傾吐一空。

美　您已經罵得他們很痛快；憑良心說，您沒有寃屈了他們。你們願意賞光到舍間吃晚飯嗎？

伏　憤怒是我的食物；我一肚子都是氣惱，吃不下東西了。來，我們去吧。不要這樣嗚嗚咽咽地哭個不停，瞧着我的樣子，我們在憤怒的時候，應當保持天后般的尊嚴。來，來，來。

美　唉，唉，唉！（同下）

## 第三場　羅馬安息間的大路

【一羅馬人及一伏爾斯人上，相遇。

羅馬人　先生，我認識您，您也認識我；您的大名我想是阿特里安。

伏爾斯人　正是，先生。不瞞您說，我可忘記您了。

羅馬人　我是個羅馬人；可是我所幹的事，却跟您一樣，是跟羅馬人作對的。您現在認識我了嗎？

伏爾斯人　尼堪諾嗎？不是。

羅馬人　正是，先生。

伏爾斯人　我上次看見您的時候，您的鬍子比現在多一點；可是您的聲音可以證明您的確是他。羅馬有什麼消息？我得到了伏爾斯政府的命令，叫我到羅馬去找您；您現在免了我一天的路程了。

羅馬人　羅馬曾經發生驚人的叛變；人民跟元老貴族們作對。

伏爾斯人　曾經發生！那麼現在已經解決了嗎？我們的政府卻不是這樣想；他們正在積極準備用兵，想要趁他們爭執得十分激烈的時候向他們突襲。

羅馬人　火燄大體已經熄滅，可是一件微細的瑣事就可以使它重新燃燒起來。因爲那些貴族們對於科利奧蘭納斯的放逐非常痛心，一有機會，就準備剝奪人民的一切權力，把那些護民官永遠罷免。我可以告訴你，未燼的餘火正在那兒吐出融融的光燄，猛烈爆發的時期已經不遠了。

伏爾斯人　科利奧蘭納斯被放逐了！

羅馬人　被放逐了，先生。

伏爾斯人　尼堪諾，您帶了這一個消息去，他們一定十分歡迎。

羅馬人　他們現在的機會很好。人家說，誘姦有夫之婦，最好趁她和丈夫反目的時候下手。你們那位英勇的吐勒斯·奧菲迪斯這一下可以大逞威風了，因爲他的最大的敵手科利奧蘭納斯已經被他的祖國所擯斥。

伏爾斯人　這是不用說的。我很運氣今天湊巧碰見了您；現在我的任務已了，讓我陪着您高高興興地回去吧。

羅馬人　我現在就可以開始把許多羅馬的怪事講給您聽，一直講到晚餐的時候爲止；這些事情，都是對於他們的敵人有利的。您說你們已經有一支軍隊準備出發了嗎？

伏爾斯人　一支很雄壯的軍隊；所有人馬都已經徵齊入伍，分派營舍，命令發出以後，一小時之內就可以出發。

羅馬人　我很高興聽見他們已經準備好了；我想我去見了他們以後，就可以催促他們立刻舉事。好，先生，今天能够碰見您，眞是一件幸事，我很願意做您的同行的伴侶。

伏爾斯人　您省了我一趟跋涉，先生；能够跟您一路同行，眞是我的莫大的榮幸。

羅馬人　好，我們一塊兒去吧（同下）

## 第四場　安息；奧非迪斯家門前

【科利奧蘭納斯微服化裝蒙面上。

科　這安息倒是一個很好的城市。城啊，是我使你的婦女們成爲寡婦；這些富麗大廈的後嗣，有許多人我曾經聽見他們在我的戰陣中間呻吟倒地，所以不要認識我，免得你的婦人們用唾涎唾我，你的小兒們用石子扔我，使我在瑣小的戰爭中間死去。

【一市民上。

科　請了，先生。

市民　請了。

科　請您指點我偉大的奧非迪斯住在什麼地方。他是在安息嗎？

市民　是的，今天晚上他在家裏宴請政府中的貴人。

科　請問他的家在那兒？

市民　就是在您面前的這一所屋子。

科　謝謝您先生。再見。（市民下）啊，變化無常的世事！剛纔還是誓同生死的朋友，兩個人的腔子裏好像祇有一顆心，睡眠，飲食，工作，游戲，都是彼此相共，親愛得分不開來，一轉瞬之間，爲了些微的爭執，就會變成不共戴天的仇人。同樣切齒痛恨的讎敵，他們在夢寐之中也念念不忘地勾心鬥角，互謀傾陷，爲了一個偶然的機會，一些不足道的瑣事，也會變成親密的友人，彼此攜手合作。我現在也正是這樣：我痛恨我自己生長的地方，我的愛心已經移向了這個仇敵的城市。我要進去：要是他把我殺死，那也並不是有悖公道的行爲；要是他對我曲意優容，那麼我願意爲他的國家盡力。（下）

## 第五場　同前；奧菲迪斯家中廳堂

【內樂聲；甲僕上。

甲僕　酒，酒，酒！他們都在幹些什麼事！我想我們那些夥計們都睡着了。（下）

【乙僕上。

乙僕　戈得斯呢？主人在叫他。戈得斯！（下）

【科利奧蘭納斯上。

科　好一間屋子；好香的酒肉味道！可是我却不像一個客人。

【甲僕重上。

甲僕　朋友，你要什麼？你是那兒來的？這兒沒有你的地方；跑出去。（下）

科　因爲我是科利奧蘭納斯，他們這樣款待我是理所當然的。

【乙僕重上。

乙僕　朋友，你是從什麼地方來的？管門的難道不生眼睛，會放這種傢伙進來嗎？出去出去！

科　走開！

乙僕　走開！你自己走開！

科　你眞討厭。

乙僕　你這樣放肆嗎？我就去叫人來跟你說話。

【丙僕上；甲僕重上。

丙僕　這傢伙是什麼人？

甲僕　我從來沒有見過這樣古怪的傢伙。我沒有法子叫他出去。請你去叫主人出來。

丙僕　朋友，你到這兒來幹麼？謝謝你，快出去吧。

科　讓我祇要站在這兒；我不會弄壞你們的火爐。

丙僕　你是什麼人？

科　一個紳士。

丙僕　一個窮得出奇的紳士。

科　正是，你說得不錯。

丙僕　謝謝你，窮紳士，到別處去吧；這兒沒有你的地方。來，滾出去。

科　你管你自己的事；去吃你的殘羹冷炙去。（將丙僕推開）

丙僕　怎麼，你不肯去嗎？請你去告訴主人他有一個奇怪的客人在這兒。

乙僕　好，我就去告訴他。（下）

丙僕　你住在什麼地方？

科　在天蓋之下。

丙僕　在天蓋之下！

科　是的。

丙僕　那是在什麼地方？

科　在鷂子和烏鴉的城裏。

丙僕　在鷂子和烏鴉的城裏！這個蠢驢！那麼你是和烏鴉們住在一起的嗎？

科　不；我並不伺候你的主人。別儘說廢話了，到酒席上伺候去吧。去！（將丙僕打走）

【奧菲迪斯及甲僕上。

奧　這傢伙在什麼地方？

乙僕　這兒，老爺。倘不是恐怕驚吵了裏面的各位老爺，我早就把他當狗一樣打得半死了。

奧　你是從那兒來的？你要什麼？你叫什麼名字？爲什麼不說話？說吧，朋友，你叫什麼名字？

科　（取下面巾）吐勒斯，要是你還不認識我，看見了我的面，也想不到我是什麼人，那麼我必須自報姓名了。

奧　你叫什麼名字？（衆僕退後）

科　我的名字在伏爾斯人的耳中是不好聽的，你聽見了會覺得刺耳。

奧　說，你叫什麼名字？你有一副凌然不可侵犯的容貌，你的臉上有一種威嚴；雖然你的裝束這樣破舊，却不像是一個庸庸碌碌的人。你叫什麼名字？

科　準備皺起你的眉頭來吧。你還沒有認識我嗎？

奧　我不認識你你的名字呢？

科　我的名字是凱易斯瑪歇斯，我曾經把極大的傷害和災禍加在你和一切伏爾斯人的身上；我的姓氏科利奧蘭納斯就是最好的證明。辛苦的戰役，重大的危險，替我這負恩的國家所流過的血，結果只是換到了這一個空洞的姓氏，爲你對我所懷的怨恨留下一個創鉅痛深的記憶。祇有這名字賸留着；殘酷猜嫉的人民，得到了我們那些懦怯的貴族的默許，已經一致遺棄了我，抹殺了我一切的功績，讓那些奴才們把我轟出了羅馬。這一種不幸的遭遇，使我今天來到你的家裏；不要誤會我，以爲我想來向你求恩乞命，因爲要是我怕死的話，我就應該遠遠地躲開你；我只是因爲出於氣憤，渴想報復那些放逐我的人，所以纔到這兒來站在你的面前。要是你也有一顆復仇的心，想要替你自己和你的國家洗雪恥辱，現在就是你的機會到了，你正可以利用我的不幸，達到你自己的目的，因爲我將要用地獄中一切餓鬼的怨毒，來向我的腐敗的祖國作戰。可是你要是沒有這樣的膽量，也不想追求遠大的前程，那麼一句話，我也已經厭倦於人世，願意伸直我的頸項，聽任你的宰割，讓你一洩這許多年來鬱積在心頭的怨恨；你要是不殺我，你就是個傻瓜，因爲我一向是你的死敵，曾經從你祖國的胸前濺下了無數噸的血，要是讓我活在世上，對於你永遠是一個恥辱，除非你能够跟我合作。

奧　啊，瑪歇斯，瑪歇斯！你所說的每一個字，已經從我心裏薙除了舊日的怨恨，不再存留一些芥蔕。要是袞必脫從那邊的雲中宣示神聖的詔語，說「這是真的，」我也不會相信他甚於相信你，高貴無比的瑪歇斯。讓我用我的手臂圍住你的身體；我這樣抱着我的劍砧，熱烈而真誠地用我的友誼和你比賽，正像我過去雄心勃勃地和你比賽着勇力一樣。我告訴你，我曾經熱戀着我的妻子，爲她發過無數摯情的嘆息；可是我現在看見了你，你高貴的英雄！我的狂喜的心，比我第一次看見我的戀人成爲我的新婦，跨進我的門檻的時候還要跳躍得利害。嗨，戰神，我對你說，我們已經有一支軍隊準備行動；我已經再度下了決心，一定要從你的胸前割下一塊肉來，即使犧牲了自己的一條手臂，也是甘心的。你曾經打敗我十二次，每天晚上我都做着和你交戰的夢；在我的睡夢之中，我們常常一起倒在地上，爭着解開彼此盔上的釦子，拳擊着彼此的咽喉，等到夢醒以後，已經沒來由地累得半死了。尊貴的瑪歇斯，即使我們和羅馬一無仇恨，只是因爲你被他們放逐了出來，我們也會動員一切十二歲以上七十歲以下的男子，把戰爭的洶湧的洪流倒下了羅馬忘恩的心臟來啊！進去和我們那些善意的元老們攙手，他們現在正要向我告别；他們雖然還沒有想到要把羅馬吞併，可是已經準備向你們的領土進攻了。

科　感謝神明！

奧　所以，沉鷙雄毅的將軍，要是你願意爲了報復自己的仇恨而做我們的前導，我可以分我的一半軍力歸你節制；你既然對於自己國中的虛實瞭如指掌，就可以憑着你自己的經驗決定進軍的方策；或者直接向羅馬本城進攻，或者在僻遠的所在猛力騷擾，讓他們在滅亡以前，先受到一些驚恐。可是進來吧；讓我先介紹你見見幾個人，取得他們的准許。一千個歡迎！我們已經盡釋前嫌，變成了一心一德的友人。把你的手給我；歡迎！（科、奧同下）

甲僕　（上前）眞是意想不到的變化！

乙僕　我可以舉手爲誓，我還想用棍子打他呢；可是我心裏總覺得他這個人是不能憑他的衣服判斷他是個什麼人的。

甲僕　他的臂膀多麼結實！他用兩個指頭把我撥來撥去，就像人頭拈弄一個陀螺似的。

乙僕　嚇，我瞧着他的臉孔，就知道他有一點不同凡俗的地方；我覺得他的臉上有一種，——我不知道應該怎麼說。

甲僕　他的確是這樣；瞧上去好像，——我早就知道他有一點不是我所窺測得到的地方。

乙僕　我可以發誓，我也是這樣想；他簡直就是世界上最稀有的人物。
甲僕　我想是的；可是他是比你所知道的一個人更偉大的軍人。
乙僕　誰？我的主人嗎？
甲僕　噉，那也不用提了。
乙僕　我的主人一個人可以抵得過像他這樣的六個人。
甲僕　不，不那也不見得；我看還是他了得。
乙僕　哼，那可不能這麼說；講到保衞城市，我們大帥的本領是超人一等的。
甲僕　是的，就是進攻起來也不弱呢。
【丙僕重上。
丙僕　奴才們哪！我可以告訴你們好多消息。
甲、乙　什麼，什麼，什麼？講給我們聽聽。
丙僕　在所有國家之中，我頂不願做一個羅馬人；我寧可做一個判了死罪的囚犯。
甲、乙　爲什麼？爲什麼？
丙僕　嘿，剛纔來的那個人，就是常常打敗我們大帥的那個凱易斯瑪歇斯呢。
甲僕　你爲什麼說「打敗我們的大帥？」
丙僕　我並不說「打敗我們的大帥；」可是他一向是他的勁敵。
乙僕　算了吧，我們都是自己人好朋友；我們的大帥總是敗在他手裏，我常常聽見他自己這樣說。

甲僕　說句老實話，我們的大帥實在打他不過；在科利奧里城前，他曾經把他像切肉一樣宰着呢。

乙僕　要是他喜歡吃人肉，也許還會把他煮熟了吃下去哩。

甲僕　可是再講你的新聞吧。

丙僕　嘿，他在裏邊受到這樣的敬禮，好像他就是戰神的兒子一樣；坐在食桌的上首；那些元老們有什麼問題問他的時候，總是脫下帽子站在他的面前。我們的大帥自己也把他當作一個情人似的敬奉，攙着他的手，翻起了眼白聽他講話。可是最要緊的消息是，我們的大帥已經腰斬得祇剩半截了，還有那半截因爲全體在座諸人的要求和同意，已經給了那個人了。他說他要去把看守羅馬城門的人扯着耳朵拖了出來；他要斬除擋住他的路的一切障礙，使他的所過之處都成爲一片平地。

乙僕　他一定會做得到這樣的事。

丙僕　做得到！他當然做得到；因爲你瞧，他雖然有許多敵人，也有許多朋友；那些朋友在他失勢的時候，雖然不敢自稱爲他的朋友，可是他們要是看見他再振聲威，就會像雨後的兔子一樣從他們的洞裏攢了出來，環繞在他的身邊了。

甲僕　可是什麼時候出兵呢？

丙僕　明天；今天；立刻。今天下午你們就可聽見鼓聲；這是他們宴會中的一個餘興，在他們抹乾嘴唇以前就要辦好。

乙僕　啊，那麼我們就可以熱鬧起來啦。這種和平不過銹了鐵，增加了許多裁縫，讓那些沒事做的人編些歌曲唱唱。

甲僕　還是戰爭好；我說它勝過和平就像白晝勝過黑夜一樣。戰爭是活潑的，淸醒的，熱鬧的，興奮的；和平是麻木不仁的，平淡無味的，寂無聲息的，昏睡的，沒有感覺的。和平所產生的私生子，比戰爭所殺死的人更多。

丙僕　我願意用我的錢打賭還是戰爭好。我希望看見羅馬人像伏爾斯人一樣，賤他們都從席上起來了，他們都從席上起來了。

衆　進去，進去，進去，進去！（同下）

## 第六場　羅馬廣場

【西昔涅斯及勃魯脫斯上。

西　我們沒有聽見他的消息，也不必怕他有什麼圖謀。人民現在已經由狂亂的狀態回復到安寧平靜，他也無能爲力了。我們已經使他的朋友們慚愧，因爲一切進行得如此順利，他們是寧願瞧見紛爭的羣衆在街道上鬧事，雖然那樣對於他們自身也是同樣有害，而不願瞧見我們的百工商賈們安居樂業，歌嘯昇平的。

【美尼涅斯上。

勃　我們總算沒有錯過了時機。還是美尼涅斯嗎？

西　正是他，正是他。啊！他近來變得和氣得多啦。您好，老人家！

美　你們兩位都好！

西　你那科利奧蘭納斯除了他的幾個朋友以外，沒有什麼人因爲他的不在而惋惜。我們的共和政府依然存在，即使他對它再不高興一些，也會繼續存在下去的。

美　一切都很好；要是他的態度能夠緩和一些，事情一定會更好的。

西　他在什麼地方？你聽見人家說起嗎？

美　不，我沒有聽到什麼；他的母親和他的妻子也沒有聽到他的消息。

【市民三四人上。

衆市民　天神保佑你們兩位！

西　各位朋友，你們都好。

勃　你們大家都好，你們大家都好。

市民甲　我們自己，我們的妻子兒女，都應該跪下來爲你們兩位祈禱。

西　願你們都能享受幸福繁榮的生活！

勃　再見，好朋友們；我們希望科利奧蘭納斯也像我們一樣愛你們。

衆市民　神明保佑你們！

西、勃　再見，再見。（市民等下）

西　這纔是太平盛世的光景，比從前這些人在街上到處奔走，叫囂擾亂的時候好得多啦。

勃　凱易斯瑪歇斯在戰陣上是一員能將；可是太傲慢，太目空一世，太野心勃勃，太自負了，——

西　他祇想由他一個人稱王道霸，用不到別人的幫助。

美　我倒不是這樣想。

西　要是他果然當了執政，我們現在就要發現他是這樣一個人而後悔不及了。

勃　幸虧神明默護，不讓他當選，羅馬去掉了這個人，可以從此安寧了。

【一警吏上。

警吏　兩位尊貴的護民官，據一個給我們關在牢裏的奴隸說，伏爾斯人派了兩支軍隊，已經開進了羅馬領上，毀滅他們所碰到的一切，存心要來向我們挑起一場惡戰。

美　那一定是奧菲迪斯；當羅馬有瑪歇斯挺身保衛的時候，他就像一隻縮頭的蝸牛，不敢鑽出殼來張望一眼，現在他聽見瑪歇斯已經被放逐出去，又要把他的角伸出來了。

西　得啦，您何必提起瑪歇斯呢？

勃　去把這個造謠惑衆的傢伙抽一頓鞭子。伏爾斯人決不敢來侵犯我們。

美　決不敢！我們有過去的記錄可以證明他們會幹這樣的事，在我的一生之中，已經看到過三次同樣的例子了。可是你們在處罰這傢伙以前，應該把他問問清楚，他從什麼地方聽到這句話，免得屈打了一個把確實消息報告你們，叫你們豫防禍事的好人。

西　不勞指教，我知道決不會有這種事。

勃　不可能的。

【一使者上。

使者　貴族們急急忙忙地都到元老院去了；他們不知聽到了什麼消息，一個個臉上變色。

西　都是這個奴才。——去把他鞭打示衆；完全是他造謠生事。

使者　是的，大人，這奴隸的話已經有人證實；而且還有更可怕的消息。

西　什麼更可怕的消息？

使者　許多人都在那裏公開傳說，我也不知道他們從那兒聽來的，說是瑪歇斯已經和奧菲迪斯聯合，帶領一支軍隊來攻打羅馬了；他發誓爲自己復仇，把羅馬人無論老幼，一起殺盡。

西　會有這樣的事！

勃　完全是謠言；他們想用這樣的話煽惑那些懦弱的人，讓他們希望善良的瑪歇斯回來。

西　正是這個詭計。

美　這話恐怕未必；他跟奧菲迪斯是勢不兩立的仇人，決沒有調和的可能。

【另一使者上。

使者乙　請各位大人到元老院去。凱易斯瑪歇斯由奧菲迪斯輔佐，已經率領了一支聲勢浩大的軍隊，向我們的領土進犯了；他們一路過來勢如破竹，到處縱火焚燒，擄奪一空。

【考密涅斯上。

考　啊！你們幹得好事！

美　什麼消息？什麼消息？

考　你們已經幫助你們的敵人來强姦你們自己的女兒，把全城的鉛塊烙灌在你們的頭頂，親眼看你們的妻子被人汚辱，——

美　什麼消息？什麼消息？

考　你們的神廟化爲灰燼，你們所倚賴的特權壓縮得衹剩錐孔一樣大小。

美　請你把消息告訴我吧。——哼，你們幹得好事！——請問什麼消息？假如瑪歇斯和伏爾斯人聯合起來，——

考　假如！他就是他們的神。他領導着他們的那副氣概，好像憑着造化的本領也造不出他這樣一個頂天立地的男兒一樣；他們跟隨着他來攻擊我們這些小兒，也像孩子們追捕夏天的蝴蝶，屠夫們殺戮蒼蠅一樣富於把握。

美　你們幹得好事，你們和你們那些穿圍裙的傢伙！你們那樣看重那些手藝人的說話，那些吃大蒜的人們吐出來的氣息！

考　他將要蕩平你們的羅馬。

美　就像赫邱里斯從樹上搖落一顆爛熟的果子一樣容易。你們幹得好事！

勃　可是這是眞的嗎？

考　還會不眞嗎？等着瞧吧，你們的臉色都要嚇白了。各處屬地都望風響應，欣然脫離我們的覊縻；企圖抵抗的，都被譏笑爲勇敢的愚夫，因爲不自量力而覆亡。誰能責怪他的不是呢？你們的敵人和他的敵人都知道他是一個不可輕視的人。

美　我們全都完了，除非這位英雄大發慈悲。

考　誰去求他開恩呢？護民官是不好意思向他求情的；人民不值得受他憐憫，正像豺狼不值得受牧人憐憫一樣；至於他的要好的朋友們，要是他們向他說「照顧照顧羅馬吧，」那麼他們也就和他所憎恨的人一鼻孔出氣，也就是他的仇敵了。

美　不錯，要是他在我的家裏放起火來，我也沒有臉孔向他說，「請您住手。」——你們幹得好事，你們和你們那些手藝人！

考　你們使羅馬發生空前的戰慄，她從來沒有像今天這樣臨於絕望的境地。

西、勃　不要說這是我們的錯處。

美　怎麼！那麼是我們的錯處嗎？我們都是敬愛他的，可是像一羣畜生和懦怯的貴族似的，讓你們那羣賤民爲所欲爲，把他驅出了城。

考　可是我怕他們又要用高聲的叫喊迎接他進來了。吐勒斯奧非迪斯，人類中間第二個令人畏懼的名字，像他的部屬一樣服從他的號令；羅馬倘要抵抗他們，除了準備與城俱亡以外，已經力竭計窮，無法防禦了。

【一羣市民上。

美　這羣東西來了。奧非迪斯也和他在一起嗎？你們使羅馬的空氣變爲汚濁，當你們拋擲你們惡臭油膩的帽子，鼓噪着把科利奧蘭納斯放逐的時候。現在他來了；每一個軍士頭上的每一根頭髮，都會變成懲罰你們的鞭子；他要把你們的頭顱一個一個砍下來報答你們的好意。算了，要是他把我們一起燒成了一個炭塊，也是活該。

衆市民　眞的，我們聽見了可怕的消息。

市民甲　拿我自己來說，當我說把他放逐的時候，我也說這是一件很可惋惜的事。

市民乙　我也是這樣說。

市民丙　我也是這樣說；說句老實話，我們中間有許多人都是這樣說。我們所幹的事，都是爲了大衆的利益；雖然我們同意他的放逐，可是那也並不是我們的本意。

考　你們都是些好東西，你們的同意！

美　你們幹得好事，你們和你們的呼噪！我們要不要到議會裏去？

考　啊，是；是不去又有什麼事情好做？（考、美同下）

西　各位！你們回家去吧；不要發急。這兩個人是一黨，他們雖然面子上裝得很害怕，心裏却但願眞有這樣的事。回去吧，不要露出驚慌的樣子來。

市民甲　但願神明照顧我們！來，朋友們，我們回去吧。我們把他放逐的時候，我早就說我們做了一件錯事了。

市民乙　我們大家都是這樣說。可是來，我們回去吧。（衆市民下）

勃　我不歡喜這種消息。

西　我也是這樣。

勃　我們到議會去吧。要是有人能夠證明這消息是個謠言，我願意把我一半的家產賞給他！

西　我們去吧。（同下）

## 第七場　離羅馬不遠的營地

【奧菲迪斯及其副將上。

奧　他們仍舊向那羅馬人紛紛投附嗎？

副將　我不知道他有一種什麼魔力，可是他們簡直把他當作食前的祈禱，席上的談話，和餐後的謝恩一般刻不離口。您的聲名，主帥，在這次戰役中已經相形見絀，甚至於您自己的部下也冷淡了對您的信仰。

奧　我現在也沒有法子，雖然可以用計策排擠他，可是那會影響到軍事的進行。當我第一次擁抱他的時候，我想不到他在我的面前也會倨傲到這個樣子；可是這也是他天性如此，改變不過來的脾氣，我也祇好原諒他了。

副將　可是主帥，爲您着想，我倒希望這次您沒有和他負起共同的責任，或者您自己統率全軍，或者讓他獨自主持一切。

奥　我很懂得你的意思你等着瞧吧，等到我跟他最後清算的日子，怕他不跌翻在我的手裏。雖然看上去好像他的行事非常堂皇正大對伏爾斯政府也十分盡忠，作戰的時候像龍一樣勇猛，一拔出劍來就可以克敵制勝，他自己因此沾沾自喜一般凡俗的眼光也莫不以爲如此可是他還有一件事情忘記了沒有做在我們最後清算的日子，它將要使我們兩人中間有一個人成爲犧牲。

副將　請教主帥，您看來他會不會把羅馬征服？

奥　他還沒有坐下，他的威力就已經壓倒一切羅馬的元老和貴族們都是他的朋友；護民官不是軍人他們的人民會鹵莽地把他放逐，也會鹵莽地收回成命我想他對於羅馬，就像白鷺對於魚類一樣天性中自有一種使人俯首就範的力量。本來他是他們的一個忠勇的僕人，可是他不能使他的榮譽維持不墜：也許因爲他的一帆風順的命運，使他沾上驕傲的習氣，損壞了他的完善的人格；也許因爲他見事不明，不善於處理他自己的機會；也許因爲本性難移，適宜於頂盔披甲的，未必適宜於雍容揖讓，剛嚴峻肅本來是治軍的正道他却用來對待和平時期的民衆：這幾種原因他雖然並不完全犯着，可是每一種都犯着幾分，祇要犯了其中之一，就可以使他爲人民所畏懼，因此而被他們憎恨以至於放逐。正像一個懷璧亡身的人一樣他的功勞一經出口，就會被它自己所噎死，所以我們的美德是隨着時間而變更它們的價値的；權力的本身雖可稱道，可是當它高據寶座的時候，已經伏下它的葬身的基礎了。一個火燄驅走另一個火燄，一枚釘打掉另一枚釘；權利因權利而轉移，强力被强力所屈服。來，我們去吧。凱易斯，當你握有整個羅馬的時候你是一個最貧窮的人；那時候你就在我的手掌之中了。

（同下

# 第五幕

## 第一場　羅馬；廣場

【美尼涅斯，考密涅斯，西昔涅斯，勃魯脫斯，及餘人等上。

美　不，我不去。你們已經聽見他從前的主將怎麼說了，他對於他的愛護是無微不至的。我雖然是他的父執，可是那又有什麼用處呢？你們把他放逐出去，還是你們去向他央求，在他營帳之前一哩路的地方俯伏下來，膝行而進，請他大發慈悲吧。不，他既然不願聽考密涅斯的說話，那麼我還是安住家裏的好。

考　他假裝不認識我。

美　你們聽見嗎？

考　可是從前他却用我的名字稱呼我。我向他提起我們過去的交情，我們在一起流過的血；可是無論我叫他科利奧蘭納斯或者其他的名字，他都不應一聲；他彷彿是一個無名無像的東西，等着用羅馬城中的烈火替他自己鎔鑄出一個名字來。

美　哼，好，你們幹得好事！一對護民官替羅馬降低了炭價，不朽的功績！

考　我對他說，寬恕人家所不能寬恕的，是一種多麼高貴的行爲；他却回答我，一個國家向它所處罰的罪人求恕，是一件多麼無聊的事。

美　很好，他當然要說這樣的話啦。

考　我叫他想想他自己的親戚朋友；他回答我說，他等不及把他們從一大堆惡臭發霉的糖屑中間選擇出來；他說

美　他不能爲了不忍燒去一兩粒穀子的緣故，而永遠忍受着難堪的氣味，爲了一兩粒穀子的緣故！我就是這樣一粒穀子；他的母親，妻子，他的孩子，還有這位好漢子，我們都是這樣的穀粒；你們是發霉的糠屑，你們的臭味已經薰到月亮上面去了。爲了你們的緣故，我們也祇好同歸於盡！

西　不，請您不要發惱；要是您不肯在這樣危急的時候幫助我們，那麼您也不要在我們的患難之中責備我們。可是我們相信要是您願意替您的祖國請命，那麼憑着您的巧妙的口才，一定可以使我們那位同國之人放下干戈，比我們所能召集的軍隊更有力量。

美　不，我不願多管閒事。

西　請您去這一趟吧。

美　我幹得了什麼事呢？

勃　祇要您去向瑪歇斯試一試您對他的交情能不能爲羅馬做一點事。

美　好；要是瑪歇斯理也不理我，就像他對待考密涅斯一樣對待我，那便怎樣呢？要是我在他的無情的冷淡之下抱着滿懷的懊惱失望而歸，那可怎麼辦呢？

西　無論此去成功失敗，您的好意總是會得到羅馬的感謝的。

美　好，我願意去一試；我想他會聽我的話的。可是他對考密涅斯咬緊嘴唇，哼呀嚇的，却叫我擔着老大的心事。也許考密涅斯沒有看準適當的時間，那個時候他還沒有吃過飯；一個人在腹中空虛，血液沒有溫暖的時候，往往會堵起嘴唇生氣，別人不大容易得到他的佈施，他更不容易寬恕別人的過失；可是當我們把酒食塡下了臟腑，使全身的血管增加熱力以後，我們的靈魂就要比未進飲食以前溫柔得多了：所以我要留心看着他，等他餐罷以

後，方纔向他提出我的請求，竭力說得他回心轉意

勃　您已經知道用怎樣的途徑激發他的天良，我們相信您一定不會有錯。

美　好，不論結果如何，我要試一試再說。成功失敗，不久就可以見個分曉。（下）

考　他決不會聽他的話。

西　不聽他？

考　我告訴你，他坐在黃金的椅上，他的眼睛紅得像要把羅馬燒起來一般，他的冤慣就是監守他的憐憫之心的獄吏。我跪在他的面前；他淡淡地說了一聲「起來」；用他的無言的手把我揮走。他準備做的事，他將用書面告訴我；他不願做的事，他已經立誓在先，決無改移。所以一切希望都已歸於無有了，除非他的母親和妻子去向他當面哀求；聽說她們已經準備前去求他保全他的祖國了，所以讓我們就去慫促她們趕快動身吧。（同下）

## 第二場　羅馬城前的伏爾斯人營地

【二守卒立崗位前防守；美尼涅斯上。

守卒甲　站住！你是什麼地方來的？

守卒乙　站住，回去！

美　你們這樣盡職，很好；可是對不起你們，我是一個政府官吏，要來見科利奧蘭納斯說話。

甲　從什麼地方來的？

美　從羅馬來的。

甲　你不能通過你必須回去。我們主將有令，凡是從羅馬來的人，一概不見。

乙　等你看見你們的羅馬被烈焰擁抱的時候，你再來跟科利奧蘭納斯說話吧。

美　我的好朋友們，要是你們曾經聽見你們的主將說起羅馬和他在羅馬的朋友們，那麽我的名字一定接觸過你們的耳朵：我是美尼涅斯。

甲　很好，回去吧；你的名字不能使你在這兒通行無阻。

美　我告訴你吧，朋友，你的主將是我的好朋友；我曾經是記載他的善行的一卷書，人家可以從我的嘴裏讀到他的無比的名聲，因爲我對於我的朋友們的好處總是極口稱揚的，尤其是他，我有時候因爲說溜了嘴，就像一個球碰到了光滑的地面一樣，會不知不覺地誇張過分，越過了限定的界線。所以，朋友，你必須讓我通過。

甲　先生，即使您替他說過的謊話，就跟您自己說過的話一樣多，即使說謊是一件善事，您也不能在這兒通過。所以您還是回去吧。

美　朋友，請你記好我的名字是美尼涅斯，一向都是站在你主將一邊的。

乙　不管你替他扯過多少的謊，我奉着他的命令，却必須老實告訴你，你不能通過。所以你回去吧。

美　你知道他已經吃過飯了沒有？我一定要等他飯後方纔跟他說話。

甲　你是一個羅馬人，是不是？

美　我是羅馬人，你的主將也是羅馬人。

甲　那麽你應當像他一樣痛恨羅馬。你們把保衞羅馬的人逐出門外，在一陣羣衆的狂暴的愚昧中，把你們的干盾給了你們的敵人，現在你們却想用老婦人的不費力的呻吟，你們女兒們的童貞的手掌，或是像你這樣一個老朽的攤瘓的說項，來抵禦他的復仇的怒燄嗎？你們想要用像這樣微弱的呼吸，來吹滅將要焚毀你們城市的烈火嗎？不，你完全想錯了；所以趕快回到羅馬去，準備引頸就戮吧。你們的劫運已經無可避免，我們的主將發誓不再寬恕你們。

美乙 哼，要是你的長官知道我在這兒，他一定會對我以禮相待的。

美 算了吧，我的長官不認識你。

美甲 我是說你的主將。

美 我的主將不知道有你這樣一個人。回去，走，否則我要叫你流出你身上所有的兩三點血。回去回去。

美 不，不，朋友，朋友，——

【科利奧蘭納斯及奧菲迪斯上。

科 什麼事？

美 現在，夥計，我也不要麻煩你替我傳報了。你現在就可以知道我是一個被人敬禮的人；一個卑微的哨兵，是不能擋住我不讓我看見我的孩兒科利奧蘭納斯的。你祇要看他怎樣款待我，就可以猜想得到你是不是將要上絞架，或者受到其他欣賞起來更長久、受苦得更慘酷的死刑；現在你給我留心看好，想一想你的未來的遭遇而暈過去吧。（向科）願榮耀的天神們每時每刻護佑着你，像你的美尼涅斯老爹一樣鍾愛你！啊我的孩子！我的孩子！你在準備用火燒我們；瞧，我要用我眼睛裏的淚水把它澆熄。他們好容易勸我到這兒來；可是我因爲相信除了我自己以外，再也沒有別人可以說動你，所以就讓嘆息把我吹出了城門，來求你寬恕羅馬，和你的迫切待命的同胞們。願善良的神明們緩和你的憤怒，要是你還有幾分氣惱未消，請你發洩在這個奴才的身上吧，他像一塊石頭一樣，擋住了我不讓見你。

科　去！

美　怎麼！去！

科　我不知道什麼妻子母親兒女。我現在替別人做着事情，雖然是爲自己報仇，可是我的去就却要受伏爾斯人的支配。講到我們過去的交情，那麼還是讓它在無情的遺忘裏冷淡下去，不要用同情的憐憫喚起它的記憶吧；所以你去吧，你們的城門經不起我大軍的一擊，我的耳朶却不會被你們的呼籲所打動。可是爲了我們的友誼，把這拿去吧（以信交美）這是我寫給你的，我本想叫人送給你。還有一句話，美尼涅斯，我不要聽你說話！奧菲迪斯，這個人是我在羅馬的好朋友，可是你瞧我怎樣對待他！

奧　您有一個很堅決的意志。（科、奧同下）

甲　先生，您的大名是美尼涅斯嗎？

乙　這一個名字是一道很有法力的符咒。您知道那一條路是回家去的。

甲　您有沒有聽見我們因爲不讓大駕通過，挨了怎樣一頓痛駡嗎？

乙　爲了什麼理由您說我要暈過去呢？

美　整個世界和你們的主將都不在我的心上；至於像你們這種東西，那麼我簡直不知道世上有你們的存在，你們是太渺小了。自己願意死的人，不怕別人把他殺死，讓你們的主將去大施威風吧。講到你們，那麼願你們一輩子做個沒出息的小兵；願你們的困苦與年俱增！你們叫我去，我也要對你們說，滾開！（下）

甲　他不是一個等閒之輩。

乙　我們的主將是個好漢；他是巖石，是風吹不折的橡樹。（同下）

## 第三場　科利奧蘭納斯營帳

【科利奧蘭納斯，奧菲迪斯，及餘人等上。

科　我們明天將要在羅馬城前紮下我們的大軍。我的從征的助手，你必須向伏爾斯政府報告我怎樣坦白地執行我的任務的情形。

奧　您祇知道履行他們的意旨，充耳不聞羅馬人民的呼籲，不讓一句低聲的私語進入您的耳中；即使那些自信和您交情深厚，決不會遭您拒絕的朋友，也不能不失望而歸。

科　最後來的那位老人家，我使他抬着一顆碎裂的心回去的，愛我勝如一個父親；他簡直把我像天神一樣崇拜。他們把最後的希望寄託在他身上，叫他來向我說情；我雖然用冷酷的態度對待他，可是為了顧念往日的交情起見，仍舊向他提出最初的條件，那是他們所已經拒絕，現在也無法接受的。我不會向他們作過什麼讓步；以後要是他們再派什麼人來向我請求，無論是政府方面的使者，或是私人方面的朋友，我都一概不去理會他們。（內呼聲）嚇！這是什麼呼聲？難道我剛發了誓，就有人來引誘我背誓嗎？我一定不。

【維琪莉霞，伏倫尼霞各穿喪服，率小瑪歇斯，梵勒麗霞，及侍從等上。

科　我的妻子走在最前面；跟着她來的就是塑成我這軀體的高貴的模型，她的手裏還挽着她的嫡親的孫兒。可是去吧，感情！一切天性中的倫常，都給我毀滅了吧！讓倔强成為一種美德。那屈膝的敬禮，還有那可以使天神背誓的鴿子一樣溫柔的眼光，它們的代價是什麼？我要是被溫情所融解，那麼我就要變成和別人同樣的軟弱了。我的母親向我鞠躬了，好像奧林帕斯山也會向一個土丘低頭懇求一樣；我的年幼的孩兒也露着求情的臉色，偉大的天性不禁喊出，「不要拒絕他！」讓伏爾斯人耕耘着羅馬的廢墟，把整個意大利夷爲田畝吧：我決不做一頭服從本能的獃鵞，我要漠然無動，就像我是我自己的創造者，不知道還有什麽親族一樣。

我的主，我的丈夫！

**維**　我現在不是用我在羅馬時候的那雙眼睛瞧着你了。

維　悲哀改變了我們的容貌，所以您纔會這樣想。

**科**　像一個愚笨的伶人似的，我現在已經忘記了我所扮演的角色，將要受衆人的恥笑了。我的最親愛的，原諒我的殘酷吧；可是不要因此而向我說，「原諒我們的羅馬人。」啊！給我一個像我的放逐一樣久長，像我的復仇一樣甜蜜的吻吧！善妒的天后可以爲我證明，愛人，我這一個吻就是上次你給我的，我的忠心的嘴唇一直爲它保持着貞操。天啊！我是多麽饒舌，忘記了向全世界最高貴的母親致敬。母親，您的兒子向您下跪了；（跪）我應該向您表示不同於一般兒子的最深的敬意。

**伏**　啊！站起來受我的祝福；讓堅硬的石塊做我的膝墊，我現在跪在你的面前，顚倒向我的兒子致敬了。（跪）

**科**　這是什麽意思？您向我下跪！向您有罪的兒子下跪！那麽讓磽瘠的海濱的石子向天星飛射，讓作亂的狂風彎折凌霄的松柏，去打擊赤熱的太陽吧；一切不可能的事都會變成可能，一切不會實現的奇蹟都會變成輕易的工作了。

**伏**　你是我的戰士；你這雄偉的軀體上一部分是我的心血。你認識這位夫人嗎？

**科**　潑勃力科拉的尊貴的姊妹，羅馬的明月，她的貞潔有如從最皎白的雪凝凍而成，懸掛在黛安娜神廟簷下的冰

伏　杜；親愛的梵勒麗霞！這是你自己的一個小小的縮影，（指小兒）等他長大成人以後，他就會完全像你一樣。

科　願至高無上的喬武允許戰神把義勇的精神啓發你的思想，讓你不會屈服於恥辱之下，在戰爭中間做一座偉大的海標，耐受一切風浪的襲擊，使那些望着你的人都能得救！

伏　跪下來，孩子。

科　我的好孩子！

伏　他，你的妻子，這位夫人，以及我自己，現在都來向你請求了。

科　請您不要說下去；或者在您沒有向我提出什麼要求以前，先記住這一點：我所立誓決不允許的事情，不能因爲你們的請求而答應你們。不要叫我撤回我的軍隊，或者再在羅馬的詭計之下屈服；不要對我說我在什麼地方太不近人情；也不要想用你們冷靜的理智澆熄我的復仇的怒火。

伏　啊！別說了，別說了！你已經拒絕我們一切的要求，因爲我們除了你所已經拒絕的以外，更沒有什麼其他的要求了；可是我們還是要向你請求，那麼要是你拒絕了我們，我們就可以歸怨於你的忍心。所以，聽我們說吧。

科　奧菲迪斯，還有你們這些伏爾斯人，請你們聽好；因爲凡是從羅馬來的言語，我都要公之於衆人。您的要求是什麼？

伏　即使我們靜默不言，你也可以從我們的衣服和容態上看出我們自從你放逐以後，過着怎樣的生活。請你想一想，我們到這兒來，是比世間所有的婦女怎樣的不幸萬分，因爲我們看見了你，本來應該眼睛裏蕩漾着喜悅，心坎裏跳躍着欣慰，可是現在卻反而悲泣流淚，憂懼顫慄；母親，妻子，兒子，都要看着她的孩子，她的丈夫和他的父親親手挖出他祖國的心臟來。你的敵意對於可憐的我們是無上的酷刑，你使我們不能向神明祈禱，那本來是每一個人所能享受的安慰：因爲，唉！我們雖然和祖國的命運是不可分的，可是我們的命運又是和你的勝利不可分的，我們怎麼能爲我們的祖國祈禱呢？唉！我們倘不是失去我們的國家，我們親愛的保姆，就是失去你，我們在國內唯一的安慰。無論那一方得勝，雖然都符合我們的願望，可是總免不了一個悲慘的結果：我們不是看見你像一個通敵的叛徒一般，戴上鐐銬牽過市街，就是看見你意氣揚揚地踐踏在祖國的廢墟上，高舉着勝利的旗幟，因爲你已經勇敢地濺了你妻子兒女的血。至於我自己，那麼孩子，我不願等候命運宣判戰爭的最後勝負；要是我不能把你勸服，使你放棄了陷一個國家於滅亡的行動而採取一種兼利雙方的途徑，那麼相信我，我決不讓你侵犯你的國家，除非先從你生身母親的身上踐踏過去。

維　嗯，我替您生下這個孩子，繼續您的家聲，您現在也必須從我的身上踐踏過去。

小兒　我可不讓他踏我；我要逃走，等我年紀長大了，我也要打仗。

科　看見孩子和女人的臉，容易使人心腸變軟。我已經坐得太久了。（起立）

伏　不，不要就這樣離開我們。要是我們的請求是要你爲了拯救羅馬人的緣故而毀滅你所臣事的伏爾斯人，那麼你可以責備我們不該損害你的信譽；不，我們的請求只是要你替雙方和解，伏爾斯人可以說，「我們已經表示了這樣的慈悲，」羅馬人也可以說，「我們已經接受了這樣的恩典，」同時兩方面都向你歡呼稱頌，「祝福你替我們締結和平！」你知道，我的偉大的兒子，戰爭的結果是不能確定的，可是這一點却可以確定：要是你征服了羅馬，你所收得的利益，不過是一個永遠伴着唾罵的惡名；歷史上將要記載：「這個人本來是很英勇的，可是他在最後一次的行動裏親手塗去了他的令名，毀滅了他的國家，他的名字永受後世的憎恨。」你爲什麼不說話呢？你以爲一個高貴的人，是應該不忘舊怨的嗎？媳婦，你說話呀；他不理會你的哭泣呢。你也說話呀，孩子；也許你的天眞會比我們的理由更能使他感動。沒有一個人對他母親的關係，比他對我更密切了；可是他現在卻讓我像一個用足械鎖着的囚人一樣叨叨絮語置若罔聞。你從來不曾對你親愛的母親表示過一點孝敬；她卻像一頭癡心愛着它頭胎雛兒的母雞似的，把你教養成人，送你獻身疆場，又迎接你滿載着光榮歸來。要是我的請求是不正當的，你儘可以揮斥我回去；否則你就是不忠不孝，天神將要降禍於你，因爲你不曾向你的母親盡一個人子的義務。他轉身去了；跪下來，讓我們用屈膝羞辱他。附屬於他那科利奧蘭納斯的姓氏上的，祇有驕傲沒有一點憐憫。跪下來；完了，這是我們最後的哀求；我們現在要回到羅馬去，和我們的鄰人們死在一起。不，瞧着我們吧。這個小孩不會說他要些什麼，只是陪着我們下跪舉手，他代替我們呼籲的理由，比你拒絕的理由有力得多。來，我們去吧；這人有一個伏爾斯的母親，他的妻子在科利奧里，他的孩子也許像他一樣。可是請你給我們一個答覆；我要等我們的城市在大火中焚燒以後，方纔停止我的聲音，那時候我也沒有什麼好說了。

科　（握伏手，沉默）啊，母親，母親！您做了一件什麼事啦？瞧！天都裂了開來，神明在俯視這一場悖逆的情景而發笑我們了。啊！我的母親！母親！啊！您替羅馬贏得了一場幸運的勝利；可是相信我，啊！相信我，被您戰敗的您的兒子，卻已經遭遇着嚴重的危險了。可是讓它來吧。奧菲迪斯，雖然我不能幫助你們戰勝，可是我願意爲雙方斡旋和平。好奧菲迪斯，要是你在我的地位，你會聽你的母親這樣說話，而不答應她嗎？

奧　我心裏非常感動。

科　我敢發誓你一定受到感動。將軍，要我的眼睛裏流下同情的眼淚來，可不是一件容易的事呢。可是，好將軍，你們想要締結怎樣的和平，請你告訴我；我自己並不到羅馬，仍舊跟着你們一起回去；請你幫助我促成這一個目的吧。啊母親！妻子！

奧　（旁白）我很高興你已經使慈悲和榮譽兩種觀念在你的心裏互相牴觸了；我可以利用這一個機會，恢復我以前的地位。（諸婦人向科作手勢示意）

科　好，那慢慢再說。我們先在一起喝杯酒；你們可以帶一個比言語更確實的證據回去，那是我們在同樣情形之下也會照樣簽署的。來，跟我們進去。夫人們，羅馬應該爲你們建造一座廟宇；意大利所有的刀劍和她的聯合的軍力，都不能締立這樣的和平。（同下）

## 第四場　羅馬；廣場

【美尼涅斯及西昔涅斯上。

美　你看見那邊廟堂上的基石嗎？

西　看見了又怎樣？

美　要是你能够用你的小指頭把它移動，那麼也許有幾分希望，羅馬的婦女們，尤其是他的母親，可以把他說服。可是我說，再也不會有什麼希望了。我們只是在伸着頭頸等候人家來切斷我們的咽喉。

西　難道在這樣短短的時間裏，一個人會改變得這樣利害嗎？

美　毛蟲和蝴蝶是大不相同的，可是蝴蝶就是從毛蟲變化而成。這瑪歇斯已經從一個人變成一條龍了；他已經生了翅膀，不再是一個爬行的東西了。

西　他本來是很孝敬他的母親的。

美　他本來也很愛我；可是他現在就像一匹八歲的馬，完全忘記他的母親了。他臉上那股獰相，可以使熟葡萄變酸；他走起路來，就像一輛戰車開過，把土地都震陷了；他的眼光可以穿透甲胄；他的說話有如葬鐘，哼一聲也像大礮的雷鳴。他坐在尊嚴的寶座上，好像祇有亞力山大纔可以和他對抗，他的命令一發出，事情就已經辦好。他全然是一個天神，只缺少永生和一個可以雄據的天庭。

西　要是你說得他不錯，那麼他還缺少天神應有的慈悲。

美　我不過照他的本相描寫他。你瞧着吧，他的母親將會從他那兒帶些什麼慈悲來。他要是會發慈悲，那麼雄虎身上也會有乳汁了；我們這不幸的城市就可以發現這一個眞理，這一切都是爲了你們的緣故！

西　但願神明護佑我們！

美　不，神明在這種事情上是不會護佑我們的。當我們把他放逐的時候，我們就已經冒犯了神明；現在他回來殺我們的頭，神明也不會可憐我們。

【一使者上。

使者　先生，您要是愛惜性命，趕快逃回家裏躲起來吧。民衆已經把你們還有那一位護民官捉住，把他拖來拖去，大家發誓說要是那幾位羅馬婦女不把好消息帶回來，就要把他寸寸磔死。

【另一使者上。

西　有什麼消息？

使者乙　好消息！好消息！那幾位夫人已經得到勝利，伏爾斯軍隊撤退了，瑪歇斯也去了。羅馬從來不曾有過這樣歡樂的日子；就是擊退達昆的時候也不及今天這樣高興。

西　朋友，你能夠確定這句話是真的嗎？全然是正確的嗎？

使者乙　正像我知道太陽是一團火一樣正確。您究竟躲在什麼地方，纔會不相信這句話呢？好消息傳進城裏，是比潮水衝過橋孔還快的。你聽！（喇叭簫鼓聲同時並奏內歡呼聲）喇叭，號筒，絃琴，橫笛，手鼓，鐃鈸，還有歡呼的羅馬人，使太陽都跳起舞來了。您聽！（內歡呼聲）

美　這果然是好消息。我要去迎接那幾位夫人。這位伏倫尼霞抵得過全城的執政，元老和貴族；比起像你們這樣的護民官來，那麼盈海盈陸的護民官，也抵不上她一個人。你們今天禱告得很有靈驗；今天早上我還不願用一個銅子來買你們一萬條喉嚨。聽，他們多麼快樂！（樂聲歡呼聲繼續）

西　第一，你帶了這樣好消息來，願神明祝福你；第二，請你接受我的感謝。

使者乙　先生，我們大家都應該感謝上天。

西　他們已經近城了嗎？

使者乙　快要進城來了。

西　我們也去迎接他們，湊湊熱鬧。（欲去）

【伏倫尼霞，維琪莉霞，梵勒麗霞等由元老，貴族，民衆等簇護上，自臺前穿過。

元老甲　瞧我們的女恩人，羅馬的生命！召集你們的部族，讚美神明，燃起慶祝的火炬來；在她們的前面散佈鮮花；用歡迎他母親的呼聲，代替你們從前要求放逐瑪歇斯的鼓噪，大家喊，「歡迎，夫人們，歡迎！」

衆　歡迎，夫人們，歡迎！（鼓角各奏花腔。衆下）

## 第五場　科利奧里廣場；

【吐勒斯奧非迪斯及從者等上。

奧　你們去通知城裏的官員們，說我已經到了；把這封信交給他們，叫他們讀了以後，就到市場上去，我要在那邊當着他們和民衆之前，證明這信裏所寫的話。我所控告的那個人，現在大概也進了城，他也想在民衆之前用言語替他自己辯解；你們快去吧。（從者等下）

【奧非迪斯黨羽三四人上。

奧　非常歡迎！

黨徒甲　我們的主帥安好？

奧　別提啦，我正像一個被自己的佈施所毒害，被自己的善心所殺死的人。

黨徒乙　主帥，要是您仍舊希望我們幫助您實行原來的計劃，我們一定願意替您解除您的重大的危險。

奧　現在我還不能說；我們必須在明白人民的心理以後，再決定怎麼辦。

黨徒丙　當你們兩人繼續對立的時候，人民的喜怒也不會有一定的方向；可是你們中間無論那一個人倒下以後，還有那一個人就可以爲衆望所歸。

奧　我知道；我必須找到一個振振有辭的藉口，方纔可以對他作無情的抨擊。他是我提拔起來的人，我用自己的名譽擔保他的忠心；可是他這樣躋登貴顯以後，就用諂媚的露水灌漑他的新栽的樹木，引誘我的朋友們歸附他，爲了這一個目的，他方纔有意抑制他的粗暴倔強不受拘束的性格，裝出一副卑躬屈節的態度，

丙　主帥，他在候選執政的時候，因爲過於傲慢而落選，——

奧　那正是我要說起的事：他因爲得罪了羅馬的民衆被他們放逐出境，他就到我的家裏來，向我伸頸就戮；我收容了他，使他成爲我的同僚，一切滿足他的要求，甚至於爲了幫助他完成他的目的起見，讓他在我的部隊中間自己挑選最勇壯的兵士；我自己也盡力協助他，和他分任勞苦，却讓他一個人收到名譽。我這樣挫抑着自己，非但毫無怨尤，而且還自以爲成人之美，是一件值得自傲的事。直到後來，我彷彿變成了他的下屬，而不是他的同僚了；他對我老是露出不屑的神氣，好像我是一個貪利之徒一樣。

甲　他正是這樣，主帥；全軍都覺得非常奇怪。後來我們向羅馬長驅直進，滿以爲這次一定可以大獲全勝，——

奧　正是爲了這一次的事情，我也一定要把他親手撲殺。單單幾滴像謊話一樣不值錢的女人的眼淚，就會使他出賣了我們在這次偉大的行動中所費擲的血汗和勞力。他非死不可，他的沒落纔是我出頭的機會。可是聽！（鼓角聲，雜人民高呼聲）

甲　您走進您自己的故鄉，就像到一處驛站一樣，不曾有一個人歡迎您回來；可是他回來的時候，那喧嘩的聲音却把天都震破了。

乙　那些健忘的傻瓜們，不想到他曾經殺死他們的子女，拚命拉起他們卑賤的喉嚨來向他稱頌。

丙　所以您應該趁他沒有爲自己辯白，憑着他的利嘴鼓動人心以前，就讓他死在您的劍下，我們一定會幫助您。等他死了以後，您就可以用您自己的說話宣佈他的罪狀，即使他有天大的理由，也祇好和他的屍體一同埋葬了。

奧　不要說下去；官員們來了。

【城中衆官員上。

眾官　您回來了，歡迎得很！

奧　我不值得受各位這樣的歡迎。可是，各位大人，你們有沒有用心讀過我寫給你們的信？

眾官　我們已經讀過了。

甲官　並且很覺得痛心。他以前所犯的種種錯誤，我想未始不可以從寬處分；可是他這樣越過一切的界限，輕輕地放棄了我們厲兵秣馬去謀取的利益，擅作主張，和一個瀕於屈膝的城市締結休戰的條約，這是絕對不可容恕的。

奧　他來了；你們可以聽聽他怎麼說。

【科利奧蘭納斯上，旗鼓前導，一羣市民隨上。

科　祝福，各位大人！我回來了，仍舊是你們的軍士，仍舊像我去國的時候一樣對自己的祖國沒有一點眷戀，一心一意接受你們偉大的命令。讓我報告你們知道，我已經順利地執行我的使命，用鮮血打開了一條大道，直達羅馬的城前。我們這次帶回來的戰利品，足足抵償出征費用的三分之一而有餘。我們已經締結和約，使安息人得到極大的光榮，但是對羅馬人也並不過於難堪。這兒就是已經由羅馬的執政和貴族簽字，並由元老院蓋印核准的我們所議定的條件，現在我把它呈獻給各位了。

奧　不要讀它，各位大人；對這個叛徒說，他已經越權濫用你們的權力，罪在不赦了。

科　叛徒！怎麼？

奧　是的，叛徒，瑪歇斯。

科　瑪歇斯！

奥　是的，瑪歇斯，凱易斯瑪歇斯。你以爲我會在科利奥里用你那個盜竊得來的名字科利奥蘭納斯稱呼你嗎？各位執政的大臣他已經不忠不信地辜負了你們的付託，爲了幾滴眼淚的緣故，把你們的羅馬城放棄在他的母親妻子的手裏——聽着，我說羅馬是「你們的城市」。他破壞他的盟誓和決心，就像拉斷一絞爛絲一樣，也沒有咨詢其他將領的意見，就這樣痛哭號呼地犧牲了你們的勝利；他這種卑怯的行動，使孩兒們也代他羞愧，勇士們都面面相顧，愕然失色。

科　你聽見嗎，戰神馬斯？

奥　不要提起天神的名字，你這善哭的孩子！

科　嚇！

奥　我的話就是這樣。

科　你這漫天說謊的傢伙，我的心都氣得快要漲破了。孩子！啊你這奴才！恕我，各位大人，這是我第一次迫不得已的罵人。請各位秉公判斷，痛斥這狗子的妄言，他身上還留着我鞭笞的痕跡，我總要把他打下墳墓裏去。

甲官　兩個人都不要鬧，聽我說話。

科　把我斬成片段吧，伏爾斯人成人和兒童們，讓你們的劍上都沾着我的血吧。孩子！說謊的狗！要是你們的歷史上記載的是實事，那麼你們可以翻開來看一看，我曾經怎樣像一頭鴿棚裏的鷹似的，在科利奥里城裏單拳獨掌，把你們這些伏爾斯人打得落花流水。孩子！

奥　嘿，各位大人，你們願意讓這個褻瀆神聖大言不慚的狂徒當着你們的耳目之前，誇耀他的盲目的僥倖，使你們回想到你們的恥辱嗎？

衆黨徒　殺死他，殺死他！

民衆　撕碎他的身體！——立刻殺死他！——他殺死我的兒子！——我的女兒！——他殺死我的族兄瑪格斯！——他殺死我的父親！

乙官　靜下來，喂！不許行暴；靜下來！這人是一個英雄，他的名譽廣播在世間。他對於我們所犯的罪行，必須用合法的手續審判。站住，奧菲迪斯，不要擾亂了治安。

科　啊！要是我的劍在手頭，即使有六個奧菲迪斯，或者他的所有的黨徒都在我的面前，我也一定要結果他的性命！放肆的惡徒！

奧

衆黨徒　殺，殺，殺，殺，殺死他！（奧及衆黨徒拔劍殺科，科倒地；奧立科屍體上）

衆官　住手，住手，住手，住手！

奧　各位朋友，聽我說話。

甲官　啊，吐勒斯！

乙官　你已經做了一件將要使勇士們悲泣的事了。

丙官　不要踏在他的身上。各位朋友，靜下來。收好你們的劍。

奧　各位大人，這次暴行完全是他自己向我們挑釁的結果，你們已經親眼瞧見他的行爲，一定知道這一個人的存在對於你們是一重多大的危險，現在我們已經除去這一個禍患，你們應該引爲莫大的幸事請你們把我傳到你們的元老院裏去質詢吧，我願意呈獻我自己做你們的忠僕，或者受你們最嚴厲的處分。

甲官　把他的屍體搬去；你們大家爲他悲泣，用最隆重的敬禮表示哀思吧。

乙官　他自己的躁急，免去了奧菲迪斯大部分的責任。事情已經到這個地步，我們還是商量善後的處置吧。

奧　我的憤怒已經消失，我感到深深的悔恨。把他擡起來；讓三個軍人幫着扛他的屍體，我自己也做其中的一個，鼓手，在你的鼓上敲出沉痛的節奏來；把你們的鋼矛倒拖在地上行走。雖然他在這城裏殺死了許多人的丈夫兒女，使他們至今吞聲飲泣，可是他必須有一個光榮的葬禮。大家幫着我。（衆扛科屍體同下；奏喪事進行曲）

莎士比亞戲劇全集

第二輯 第七種

# 該撒遇弒記

朱生豪 譯

# 該撒遇弒記

## 劇中人物

裘力斯·該撒

- 該撒死後的三人執政
  - 奧克泰維斯·該撒
  - 瑪格斯·安東尼
  - 哀密力斯·勒必特斯

- 元老
  - 西塞洛
  - 潑勃力斯
  - 僕必力斯·利那

- 反對該撒的叛黨
  - 瑪格斯·勃魯脫斯
  - 凱歇斯
  - 開斯加
  - 脫雷蓬泥斯
  - 利加力斯
  - 第歇斯·勃魯脫斯
  - 末榰勒斯·沁勃
  - 辛那

弗雷維斯
瑪魯勒斯　護民官
阿替密多勒斯　克尼陀斯的詭辯學者
預言者
辛那　詩人
另一詩人
盧西力斯
泰替涅斯
梅薩拉
小愷多
伏倫涅斯　勃魯脫斯及凱歇斯的友人
伐羅
克利脫斯
刻勞迪斯
史脫拉多
琉息斯
達但涅斯　勃魯脫斯的僕人

賓達勒斯　凱歇斯的僕人

卡萊妮霞　該撒之妻

鮑細霞　勃魯脫斯之妻

元老，市民，衞隊，侍從等

**地點**

大部分在羅馬；後半一部分在薩狄斯，一部分在腓利比附近

# 第一幕

## 第一場 羅馬街道

「弗雷維斯，瑪魯勒斯，及若干平民上。」

弗 去！回家去你們這些懶得做事的東西，回家去。今天是放假的日子嗎？嘿！你們難道不知道，你們做工藝的人，在工作的日子走到街上來，一定要把你們職業的符號帶在身上嗎？說，你是做什麼生意的？

平民甲 呃，先生，我是一個木匠。

瑪 你的革裙，你的尺呢？你穿起新衣服來幹什麼？你，你是做什麼生意的？

平民乙 先生，我希望我幹的行業可以對得起自己的良心；我不過是替人家補補破鞋子的。

瑪 混賬東西，說明白一些，你是幹什麼的？

平民乙 嗳，先生請您不要對我生氣；要是您的鞋子破了，先生，我也可以替您補一補的。

弗 你是一個補鞋匠嗎？

平民乙 不瞞您說，先生我的吃飯傢伙就祇有一把鑽子；我也不會動斧頭鋸子，我也不會做鍼線女工，我就祇有一把鑽子實實在在，先生，我是專治破舊靴鞋的外科醫生；它們倘然害着危險的重病，我都可以把它們救活過來。那些腳踏牛皮的體面紳士，都曾請教過我哩。

弗 可是你今天爲什麼不在你的舖子裏作工？爲什麼你要領着這些人在街上走來走去？

平民乙 不瞞您說，先生，我要叫他們多走破幾雙鞋子，讓我好多做幾注生意。可是實實在在，先生，我們今天因爲要迎接該撒，慶祝他的凱旋，所以纔放了一天假。

瑪　爲什麼要慶祝呢？他帶了些什麼勝利回來？他的戰車後面縶縛着幾個納土稱臣的俘囚君長？你們這些木頭石塊，冥頑不靈的東西！冷酷無情的羅馬人啊，你們忘記了邦貝嗎？好多次你們爬到城牆上，雉堞上，有的登在塔頂，有的倚着樓窗，還有人高據煙囱的頂上，手裏抱着嬰孩，整天地坐着耐心等候，爲了要看一看偉大的邦貝經過羅馬的街道；當你們看見他的馬車出現的時候，你們不是齊聲歡呼，使蒂勃河裏的流水，因爲聽見你們的聲音在凹陷的河岸上發出反響而顫慄嗎？現在你們却穿起了新衣服，放假慶祝，把鮮花散佈在踏着邦貝的血跡凱旋回來的那人的路上嗎？快去！奔回你們的屋子裏，跪在地上，祈禱神明饒恕你們的忘恩負義吧，否則上天的災禍一定要降在你們頭上了。

弗　去，去，各位同胞，爲了你們這一個錯誤，趕快把你們所有的夥伴們集合在一起，帶他們到蒂勃河的邊上，把你們的眼淚澆下了河中，讓那最低的水流也會和那最高的堤岸接吻。（衆平民下）瞧這些下流的材料也會天良發現；他們因爲自知有罪，一個個啞口無言地去了。您打那一條路向聖殿走去；我打這一條路走。要是您看見他們在偶像上披着錦衣綵飾，就把它撕下來。

瑪　我們可以這樣做嗎？您知道今天是盧俳葛節。（註）

弗　別管它；不要讓偶像身上懸掛着該撒的勝利品。我要去驅散街上的愚民；您要是看見什麼地方有許多人聚集在一起，也要把他們打發走開。我們應當趁早剪拔該撒的羽毛，讓他無力高飛；要是他羽毛既長，一飛冲天，我們大家都要在他的足下俯伏聽命了。（各下）

## 第二場　同前廣場；

【該撒率衆列隊奏樂上；安東尼作競走裝束，卡葯妮霞，鮑細霞，第歇斯，西瑟洛，勃魯脫斯，凱歇斯，開斯加同上；大羣民衆隨後；其中有一預言者。

該　卡弗妮霞！

開　肅靜！該撒有話。（樂止）

該　卡弗妮霞！

卡　有，我的主。

該　你等安東尼快要跑到終點的時候，就到跑道中間站在和他當面的地方。安東尼！

安　有，該撒，我的主。

該　安東尼，你在奔走的時候，不要忘記用手碰一碰卡弗妮霞的身體；因爲有年紀的人都說，不孕的婦人要是被這神聖的競走中的勇士碰了，就可以解除乏嗣的咒詛。

安　我一定記得。該撒吩咐做什麼事，就得立刻照辦。

該　現在開始吧；不要遺漏了任何儀式。（音樂）

預言者　該撒！

該　嚇！誰在叫我？

開　所有的聲音都息下去；肅靜！（樂止）

該　誰在人叢中叫我？我聽見一個比一切樂聲更尖銳的聲音喊着「該撒」的名字。說吧；該撒在聽着，

預言者　留心三月十五日。

該　那是什麼人？

勃　一個預言者請您留心三月十五日。

該　把他帶到我的面前讓我瞧瞧他的臉。

開　傢伙，跑出來見該撒。

該　你剛纔對我說什麼？再說一遍。

預言者　留心三月十五日。

該　他是個做夢的人；不要理他。過去。（吹號；除勃、凱外均下）

凱　您也去看他們賽跑嗎？

勃　我不去。

凱　去看看也好。

勃　我不喜歡幹這種陶情作樂的事；我沒有安東尼那樣活潑的精神。不要讓我打斷您的興致，凱歇斯；我先去了。

凱　勃魯脫斯，我近來留心觀察您的態度，覺得在您的眼光之中，對於我已經沒有從前那樣的溫情和友愛；您對於愛您的朋友，太冷淡而疏遠了。

勃　凱歇斯，不要誤會。要是我在自己的臉上罩着一層陰雲，那只是因爲我自己心裏有些煩惱。我近來爲某種情緒所困苦，某種不可告人的隱憂，使我在行爲上也許有些反常的地方；可是，凱歇斯，您是我的好朋友，請您不要因

凱　此而不快，也不要因爲可憐的勃魯脫斯和他自己交戰，忘記了對別人的禮貌，而責怪我的怠慢。

勃　那麼，勃魯脫斯，我大大地誤會了您的心緒了；我因爲疑心您對我有什麼不滿，所以有許多重要的值得考慮的意見，我都藏在自己的心頭，沒有跟您提起。告訴我，好勃魯脫斯，您能够瞧見您自己的臉嗎？

凱　不，凱歇斯；因爲眼睛不能瞧見它自己，必須借着反射，借着外物的力量。

勃　不錯，勃魯脫斯，可惜您却沒有這樣的鏡子，可以把您隱藏着的賢德照射到您的眼裏，讓您看見您自己的影子。我曾經聽見那些在羅馬最有名望的人——除了不朽的該撒以外——說起勃魯脫斯，他們呻吟於當前的桎梏之下，都希望高貴的勃魯脫斯睜開他的眼睛。

勃　凱歇斯，您要我在我自己身上尋找我所沒有的東西，到底是要引導我去幹什麼危險的事呢？

凱　所以，好勃魯脫斯，留心聽着吧；您既然知道您不能瞧見您自己，像在鏡子裏照見得那樣清楚，我就可以做您的鏡子，並不誇大地把您自己所沒有知道的自己揭露給您看。不要疑心我，善良的勃魯脫斯；倘然我是一個爲人詬笑之徒，慣常用千篇一律的盟誓向每一個人矢陳我的忠誠；倘然您知道我會當着人家的面向他們獻媚，把他們擁抱，背了他們就用誹語毀謗他們；倘然您知道我是一個常常跟下賤的平民酒食徵逐的人，那麼您就認爲我是一個危險分子吧。（喇叭奏花腔，衆歡呼聲）

勃　這一陣歡呼是什麼意思？我怕人民會選舉該撒做他們的王。

凱　嗯，您怕嗎？那麼看來您是不贊成這回事了。

勃　我不贊成，凱歇斯；雖然我很敬愛他。可是您爲什麼拉住我在這兒？您有什麼話要對我說的？倘然那是對大衆有利的事，那麼讓我的一隻眼睛看見光榮，另一隻眼睛看見死亡，我也會同樣無動於中地正視着它們；因爲我喜愛光榮的名字，甚於恐懼死亡。

凱　我知道您有那樣內在的美德，勃魯脫斯，正像我知道您的外貌一樣。好，光榮正是我的談話的題目。我不知道您和其他的人對於這一個人生抱着怎樣的觀念；可是拿我個人而論，假如要我為了自己而擔驚受怕，那麼我還是不要活着的好。我生下來就跟該撒同樣的自由；您也是一樣。我們都跟他同樣地享受過，同樣地能夠忍耐冬天的寒冷。記得有一次，在一個狂風暴雨的白晝，蒂勃河裏的怒浪正在沖激着她的堤岸，該撒對我說，「凱歇斯，你現在敢不敢跟我跳下這洶湧的波濤裏，泅到對面去？」我一聽見他的話，就穿着隨身的衣服跳了下去，叫他跟着我；他也跳了下去。那時候滾滾的急流迎面而來，我們用壯健的膂力拚命抵抗，用頑强的心破浪前進；可是我們還沒有達到預定的目標，該撒就叫起來說，「救救我，凱歇斯，我要沉下去了！」正像我們偉大的祖先伊尼阿斯從特洛埃的烈燄之中把年老的安契瑟斯肩負而出一樣，我把力竭的該撒負出了蒂勃河的怒浪。這個人現在變成了一尊天神，凱歇斯却是一個倒霉的傢伙，要是該撒偶然向他點一點頭，也必須俯下他的身子。他在西班牙的時候，曾經害過一次熱病，我看見那熱病在他身上發作，他的渾身都戰抖起來；是的，這位天神也會戰抖；他的懦怯的嘴唇失去了血色，那使全世界驚悚的眼睛也沒有了光彩；我聽見他的呻吟；是的，他那使羅馬人聳耳而聽，使他們把他的說話記載在書冊上的舌頭，唉！却吐出了這樣的呼聲，「給我一些水喝，泰替涅斯，」就像一個害病的女兒一樣。神啊，像這樣一個心神軟弱的人，却會征服這個偉大的世界，獨佔着勝利的光榮，眞是我所再也想不到的事。（喇叭奏花腔歡呼聲）

勃　又是一陣大衆的歡呼！我相信他們一定又把新的榮譽加在該撒的身上，所以纔有這些喝采的聲音。

凱　嘿，老兄，他像一個巨人似的跨越這狹隘的世界；我們這些渺小的凡人一個個在他粗大的腿下行走，四處張望着替自己找尋不光榮的墳墓。人們有時可以支配他們自己的運命；要是我們受制於人，親愛的勃魯脫斯，那錯處並不在我們的命運，而是在我們自己。勃魯脫斯和該撒；「該撒」那個名字又有什麼了不得？為什麼人們只是提起它而不提起勃魯脫斯？把那兩個名字寫在一起，您的名字並不比他的難看；放在嘴上念起來，它也是一樣順口；秤起重量來，它們是一樣的重；要是用它們呼神召鬼，「勃魯脫斯」也可以同樣感動幽靈，正像「該撒」一樣。憑着一切天神的名字，我們這位該撒究竟吃些什麼肥甘美食，纔會長得這樣偉大？可恥的時代！羅馬啊，你的高貴的血統已經中斷了！自從洪水以後，什麼時代你不曾產生一個以上的著名人物？直到現在為止，什麼時候人們談起羅馬，能夠說她的廣大的城牆之內，祇是一個人的世界？要是羅馬給一個人獨佔了去，那麼它真的變成無人之境了。啊！你我都曾聽見我們的父老說過，從前羅馬有一個勃魯脫斯，不願讓他的國家被一個君主所統治，正像他不願讓它被永劫的惡魔統治一樣。

**勃**　我一點不懷疑您對我的誠意；我也有些明白您打算鼓動我去幹什麼事；我對於這件事的意見，以及對於目前這一種局面所取的態度，以後可以告訴您知道，可是現在卻不願作進一步的表示或行動，請您也不必向我多說。您已經說過的話，我願意仔細考慮；您還有些什麼話要對我說的，我也願意耐心靜聽，等有了適當的機會，我一定洗耳以待，暢聆您的高論，並且還要把我的意思向您提出。在那個時候沒有到來以前，我的好友，請您記住這一句話：勃魯脫斯寧願做一個鄉野的賤民，不願在這種將要加到我們身上來的難堪的重壓之下自命為羅馬的兒子。

**凱**　我很高興我的微弱的言辭已經從勃魯脫斯的心中激起了這一點點火花。

**勃**　競賽已經完畢，該撒在回來了。

凱　當他們經過的時候，您去拉一拉開斯加的衣袖，他就會用他那種尖酸刻薄的口氣，把今天值得注意的事情告訴您。

【該撒及隨從諸人重上。】

勃　很好。可是瞧，凱歇斯，該撒的額角上在閃動着怒火，跟在他後面的那些人一個個垂頭喪氣，好像挨過一頓罵似的：卡萳妮霞臉頰慘白，西塞洛的眼睛裏充滿着懊喪憤恨的神色，就像我們看見他在議會裏遭到什麼元老的駁斥的時候一樣。

凱　開斯加會告訴我們爲了什麼事。

該　安東尼！

安　該撒。

該　我要那些身體長得胖胖的，頭髮梳得光光的，夜裏睡得好好的人在我的左右。那個凱歇斯有一張消瘦憔悴的臉孔；他太多用心思；這種人是危險的。

安　別怕他，該撒，他沒有什麼危險；他是一個高貴的羅馬人，有很好的天賦。

該　我希望他再胖一點！可是我不怕他；不過要是我的名字可以和恐懼連在一起的話，那麼我不知道還有誰比那個瘦瘦的凱歇斯更應該避得遠遠的了。他讀過許多書；他的眼光很利害，能够窺測他人的行動；他不像你，安東尼，一樣歡喜遊戲；他從來不聽音樂；他不大露笑容，笑起來的時候，那神氣之間，好像在譏笑他自己竟會被一些瑣屑的事情所引笑似的。像他這種人，要是看見有人高過他們，心裏就會覺得不舒服，所以他們是很危險的。我現在不過告訴你那一等人是可怕的，並不是說我懼怕他們，因爲我永遠是該撒。跑到我的右邊來，因爲這一隻

開　耳朵是聾的；實在在告訴我你覺得他這個人怎麼樣。（吹號；該及隨從諸人下，開斯加留後）

勃　您拉扯我的外套要跟我說話嗎？

開　是的；開斯加告訴我們今天該撒爲什麼臉色這樣鬱鬱不樂。

勃　怎麼，您不是也跟他在一起的嗎？

開　要是我跟他在一起，那麼我也用不到問開斯加了。

勃　嘿，有人把一頂王冠獻給他；他用他的手背這麼一攤拒絕了；於是民衆歡呼起來。

開　第二次的喧嘩又是爲着什麼？

勃　嘿，也是爲了那件事。

凱　他們一共歡呼了三次；最後一次的呼聲是爲着什麼？

開　嘿，也是爲了那件事。

勃　他們把王冠三次獻給他嗎？

開　嗯，是的，他三次拒絕了，每一次都比前一次更謙恭；他拒絕了一次，我那些正直的同胞們便歡呼起來。

凱　誰把王冠獻給他？

開　嘿，安東尼。

勃　把那情形告訴我們，好開斯加。

開　要我把那情形講出來，那還是把我吊死了吧。那全然是一幕騙人的把戲；我瞧也不去瞧它。我看見瑪克安東尼獻給他一頂王冠；其實那也不是什麼王冠，不過是一頂普通的冠；我已經對您說過，他第一次把它拒絕了；可是雖然拒絕，我覺得他心裏卻巴不得把它拿了過來。於是他再把它獻給他；他又把它拒絕了；可是我覺得他的手指頭卻戀戀不捨地不願意離開它。於是他又第三次把它獻上去；他第三次把它拒絕了；當他拒絕的時候，那些烏合之衆便高聲歡呼，拍着他們粗糙的手掌，拋擲他們汗臭的睡帽，把他們中人欲嘔的氣息散滿在空氣之中，因爲該撒拒絕了王冠，結果幾乎把該撒都薰死了；他一聞到這氣息，便暈了過去倒在地上。我那時候瞧着這光景，雖然覺得好笑，可是竭力抿住我的嘴唇，不讓它笑出來，因爲恐怕把這種惡劣的空氣吸了進去。

**凱**　可是且慢；您說該撒暈了過去嗎？

**開**　他在市場上倒了下來，嘴邊冒着白沫，話都說不出來。

**勃**　這是很可能的；他素來就有這種倒下去的毛病。

**凱**　不，該撒沒有這種病；您，我，還有正直的開斯加，我們纔害着這種倒下去的病。

**開**　我不知道您這句話是什麼意思；可是我可以確定該撒是倒了下去。那些下流的羣衆有的拍手，有的發出噓噓的聲音，就像在戲院子裏一樣，要是我編造了一句謠言，我就是個騙人的混蛋。

**勃**　他清醒過來以後說些什麼？

**開**　嘿，他在沒有倒下以前，看見羣衆因爲他拒絕了王冠而歡欣，就解開他的襯衣，露出他的咽喉來，請他們宰割。倘然我是一個幹活兒做買賣的人，我一定會聽從他的話，否則讓我跟那些惡人們一起下地獄去。於是他就倒下去了。等到他一醒過來，他就說，要是他做錯了什麼事，說錯了什麼話，他要請他們各位原諒他是一個有病的人。在我站立的地方，有三四個姑娘喊着說，「唉，好人兒！」從心底裏原諒了他；可是不必注意她們，要是該撒刺死了她們的母親，她們也會同樣原諒他的。

勃　後來他就這樣鬱鬱不樂地去了嗎？

開　嗯。

凱　西瑟洛說過些什麼？

開　嗯，他說的是希臘話。

凱　怎麼說的？

開　噯喲，要是我把那些話告訴了您，那我以後再也不好意思看見您啦；可是那些聽得懂他話的人都互相瞧着笑笑，搖搖他們的頭；至於講到我自己，那我可一點都不懂。我還可以告訴你們其他的新聞；瑪魯勒斯和弗萊維斯因爲扯去了該撒像上的綵帶，已經被殺死了。再會。騙人的把戲多着呢，可惜我記不起來啦。

凱　開斯加，您今天晚上願意陪我吃晚飯嗎？

開　不，我已經跟人家有過約會了。

凱　明天陪我吃午飯好不好？

開　嗯，要是我明天還活着，要是您的心思沒有改變，要是您的午飯值得一吃，那麼我是會來的。

凱　好；我等着您。

開　好。再見，兩位。（下）

勃　這傢伙越來越乖僻了！他在求學的時候，却是很伶俐的。

凱　他現在雖然裝出這一付遲鈍的形狀，可是幹起勇敢壯烈的事業來，却不會落人之後。他的乖僻對於他的智慧是一種調味品，使人們在咀嚼他的言語的時候，可以感到一種深長的滋味。

勃　正是。現在我要暫時失陪了。明天您要是願意跟我談談的話，我可以到您府上來看您；或者要是您願意，就請您到我家裏來也好，我一定等着您。

凱　好，我明天一定來拜訪。再會；請您顧念顧念這個世界吧。（勃下）好，勃魯脫斯，你是個仁人義士；可是我知道你的高貴的天性却可以被人誘入歧途；所以正直的人必須和正直的人爲伍，因爲誰是那樣剛强，能够不受誘惑呢？該撒很不高興我；可是他很喜歡勃魯脫斯：倘然現在我是勃魯脫斯，他是凱歇斯，他就打不動我的心。今天晚上我要摹倣幾個人的不同的筆跡，寫幾封匿名信丟進他的窗裏，假裝那是好幾個市民寫給他的，裏面所說的話，都是指出羅馬人對於他抱着多大的信仰，同時隱隱約約地暗示着該撒的野心。我這樣佈置好了以後，讓該撒坐得安穩一些吧，因爲我們倘不能把他搖動下來，就要忍受更黑暗的命運了。（下）

## 第三場　同前；街道

【雷電交作；開斯加拔劍上，西塞洛自相對方向上。

西　晚安，開斯加；您送該撒回去了嗎？您爲什麽氣都喘不過來？爲什麽把眼睛睜得這樣大？

開　您看見一切地上的權力戰慄得像一件搖搖欲墜的東西，不覺得有動於心嗎？啊，西塞洛！我曾經看見過咆哮的狂風劈碎多節的橡樹；我曾經看見過野心的海洋奔騰澎湃，把浪沫噴湧到陰鬱的黑雲之上；可是我從來沒有經歷過像今晚這樣一場從天上掉下火塊來的狂風暴雨。倘不是天上起了紛爭，一定因爲世人的侮慢激怒了神明，使他們決心把這世界毀滅。

西　啊，您還看見什麽奇怪的事情嗎？

開　一個卑賤的奴隸擧起他的左手，那手上燃燒着二十個火炬合起來似的烈燄，可是他一點不覺得灼痛，他的手上沒有一點火焰過的痕跡。在聖殿之前，我又遇見一頭獅子，他睨視着我，生氣似地走了過去，却沒有跟我爲難；到現在我都沒有收起我的劍。一百個臉無人色的女人嚇得縮成一團，她們發誓說她們看見渾身發着火燄的男子在街道上來來去去。昨天正午的時候，夜梟棲在市場上，發出淒厲的鳴聲。這種種怪兆同時出現，誰都不能說，「這些都是不足爲奇的自然的現象」；我相信它們都是上天的示意，預兆着將有什麼重大的變故到來。

西　是的，這是一個變異的時世；可是人們可以照着自己的意思解釋一切事物的原因，實際却和這些事物本身的目的完全相反。該撒明天到聖殿去嗎？

開　去的；他曾經叫安東尼傳信告訴您他明天要到那邊去。

西　那麼晚安，開斯加；這樣壞的天氣還是住在家裏的好。

開　再會，西瑟洛。（西下）

〔凱歇斯上。

凱　那邊是誰？

開　一個羅馬人。

凱　聽您的聲音像是開斯加。

開　您的耳朵很好。凱歇斯，這是一個多麼可怕的晚上！

凱　對於居心正直的人，這是一個很可愛的晚上。

開　誰見過這樣嚇人的天氣？

凱　地上有這麼多的罪惡，天上自然有這麼多的災異。講到我自己，那麼我剛纔就在這樣危險的夜裏在街上跑來跑去，像這樣鬆開了鈕扣，袒露着我的胸膛去迎接雷霆的怒擊；當那青色的交叉的電光似乎把天空當胸裂開的時候，我就挺着我自己的身體去領受神火的威力。

開　可是您爲什麼要這樣冒瀆天威呢？當威靈顯赫的天神們用這種可怕的天象驚駭我們的時候，人們是應該戰慄畏懼的。

凱　開斯加，您太冥頑了，您缺少一個羅馬人所應該有的生命的熱力，否則您就是把它藏起來不用。您看見上天發怒，就嚇得臉無人色，呆如木雞；可是您要是想到究竟爲什麼天上會掉下火來，爲什麼有這些鬼魂來來去去，爲什麼鳥獸都改變了常性，爲什麼老翁愚人和嬰孩都會變得工於心計起來，爲什麼一切都脫離了常道，發生那樣妖妄怪異的現象，啊，您要是思索到這一切的眞正的原因，您就會明白這是上天假手於它們，警告人們預防着將要到來的一種非常的巨變。開斯加，我現在可以向您提起一個人的名字，他就像這個可怕的夜一樣，能夠叱吒雷電，震裂墳墓，像聖殿前的獅子一樣怒吼，他在個人的行動上並不比你我更強，可是他的勢力已經扶搖直上，變得像這些異兆一樣可怕了。

開　您說的是該撒，是不是，凱歇斯？

凱　不管它是誰。羅馬人現在有的是跟他們的祖先同樣的筋骨手脚；可是唉！我們祖先的精神卻已經死去，我們是被我們母親的靈魂所統制着，我們的束縛和痛苦顯出我們缺少男子的氣概。

開　不錯，他們說元老們明天預備立該撒爲王；他可以君臨海上和陸上的每一處地方，可是我們不能讓他在這兒意大利稱王。

凱　那麽我知道我的刀子應當用在什麽地方了；凱歇斯將要從奴隸的羈縛之下把凱歇斯解放出來。就在這種地方，神啊，你們使弱者變成最强壯；就在這種地方，神啊，你們把暴君擊敗。無論銅牆石塔，密不透風的牢獄，或是堅不可摧的鐵鍊，都不能拘囚堅强的心靈；生命在厭倦於這些塵世的束縛以後，決不會缺少解脫它自身的力量。要是我知道我也肩負着一部分暴力的壓迫，我就可以立刻掙脫這一種壓力。（雷聲繼續）

開　我也能夠；每一個被束縛的奴隸都可以憑着他自己的手掙脫他的鎖鍊。

凱　那麽爲什麽要讓該撒做一個暴君呢？可憐的人！我知道他只是因爲看見羅馬人都是綿羊，所以纔會做一頭狼；羅馬人倘不是一羣鹿，他就不會成爲一頭獅子。誰要是急於生起一場旺火來，必須先用柔弱的草稈點燃；羅馬是一些什麽不中用的糠屑草料，要去點亮像該撒這樣一個卑劣庸碌的人物！可是唉，糟了！你引得我說出些什麽話來啦？也許我是在一個甘心做奴隸的人的面前講這種話，那麽我知道我必須因此而受禍；可是我已經準備好了，一切危險我都不以爲意。

開　您在對開斯加講話，他並不是一個搖唇弄舌洩漏祕密的人。握着我的手；祇要允許我跟您合作推翻暴力的壓制，我願意赴湯蹈火，踴躍前驅。

凱　那麽很好，我們一言爲定。現在我要告訴你，開斯加，我已經聯絡了幾個勇敢的羅馬義士，叫他們跟我去幹一件轟轟烈烈的冒險事業，我知道他們現在一定在邦貝走廊下等我；因爲在這樣可怕的夜裏，街上是不能行走的，天色是那麽充滿了殺機和憤怒，正像我們所要幹的事情一樣。

開　站得靠近一些，什麽人急忙忙地來了。

凱　那是辛那；我從他的走路的姿勢上認得出來。他也是我們的同志。

【辛那上。

凱　辛那，您這樣忙到那兒去？

辛　特為找您來的。那位是誰？茂替勒斯沁勃嗎？

凱　不，這是開斯加；他也是參與我們的計劃的。他們在等着我嗎，辛那？

辛　那很好。眞是一個可怕的晚上！我們中間有兩三個人看見過怪事哩。

凱　他們在等着我嗎？回答我。

辛　是的，在等着您。啊凱歇斯！祇要您能够勸高貴的勃魯脫斯加入我們的一黨——

凱　您放心吧。好辛那，把這封信拿去放在巿長的坐椅上，也許它會被勃魯脫斯看見；這一封信拿去丟在他的窗子裏；這一封信用蠟膠在老勃魯脫斯的銅像上；這些事情辦好以後，就到邦貝走廊去，我們都在那兒等。歇斯勃魯脫斯和脫雷蓬涅斯都到了沒有？

辛　除了末替勒斯沁勃以外，都到齊了；他是到您家裏去找您的。好，我馬上就去，照您的吩咐把這幾封信放好。

凱　好了以後，就到邦貝劇場來。（辛下）來，開斯加，我們兩人在天明以前，還要到勃魯脫斯家裏去看他一次。他已經有四分之三屬於我們，祇要再跟他談談，他就可以完全加入我們這一邊了。

開　啊！他是衆望所歸的人；在我們似乎是罪惡的事情，有了他便可以變成正大光明的義舉。

凱　您對於他，他的才德，和我們對他的極大的需要，都看得很明白。我們去吧，現在已經過半夜了；在天明以前，我們必須把他叫醒，探探他的決心究竟如何。（同下）

註　盧鉢葛節（Lupercal）二月十五日，紀念羅馬城建立之節日。

# 第二幕

## 第一場　羅馬；勃魯脫斯的花園

【勃魯脫斯上。

勃　喂，琉息斯！喂！我不能憑着星辰的運行，猜測現在離白晝還有多少時間。琉息斯，喂！我希望我也睡得像他一樣熟。喂，琉息斯，你什麼時候纔會醒來？醒醒吧！喂，琉息斯！

【琉息斯上。

琉　您叫我嗎，主人？

勃　替我到書齋裏拿一枝蠟燭，琉息斯；把它點亮了到這兒來叫我。

琉　是，主人。（下）

勃　祇有叫他死這一個辦法；我自己對他並沒有私利，只是爲了大衆的利益。他將要戴上王冠；那會不會改變他的性格是一個問題；蝮蛇是在光天化日之下出現的，所以步行的人必須刻刻提防。讓他戴上王冠？——不！那等於我們把一個毒刺給了他，使他可以隨意加害於人。把不忍之心和威權分開，那威權就會被人誤用；講到該撒這個人，說一句公平話，我還不會知道他什麼時候會經信任他的感情的支配甚於他的理智。可是微賤往往是少年的野心的階梯，憑藉着它一步步爬上了高處；當他一旦登上了最高的一級之後，他便不再回顧那梯子，他的眼光仰望着雲霄，瞧不起他從前所恃爲憑藉的低下的階段。該撒何嘗不會這樣？所以，爲了恐怕他有這一天起見，必須早一點防備。既然我們反對他的理由，不是因爲他現在有什麼可以指責的地方，所以就得這樣說：他在現在的地位之上，要是再擴大了他的權力，一定會引起這樣這樣的後患；我們應當把他當作一顆蛇蛋，與其讓它孵出以後害人，不如趁他還在殼裏的時候就把他殺死。

【琉息斯重上。

琉　主人，蠟燭已經點在您的書齋裏了。我在窗口找尋打火石的時候，發現了這封信；我明明記得在我去睡覺的時候，並沒有什麼信放在那兒。

勃　你再去睡吧；天還沒有亮哩。孩子，明天不是三月十五嗎？

琉　我不知道，主人。

勃　看看日曆，回來告訴我。

琉　是，主人。（下）

勃　天上一閃一閃的電光，亮得可以使我讀出信上的字來。（拆信）「勃魯脫斯，你在睡覺；醒來瞧瞧你自己吧。難道羅馬將要……說話呀，攻擊呀，拯救呀！勃魯脫斯，你睡着了；醒來吧！」他們常常把這種煽動的信丟在我的屋子附近「難道羅馬將要……」我必須替它把意思補足：難道羅馬將要處於獨夫的嚴威之下？什麼，羅馬？當達昆稱王的時候，我們的祖先曾經把他從羅馬的街道上趕走。「說話呀，攻擊呀，拯救呀！」他們請求我仗義執言，揮戈除暴嗎？羅馬啊！我允許你，勃魯脫斯一定會全力把你拯救！

【琉息斯重上。

琉　主人，三月已經有十四天過去了。（內叩門聲）

勃　很好。到門口瞧瞧去有人打門。（琉下）自從凱歇斯慫慂我反對該撒那一天起，我一直沒有睡過。在計劃一件危險的行動和開始行動之間的一段時間裏，一個人就好像置身於一場可怖的噩夢之中，徧歷種種的幻象；他的精神和身體上的各部分正在彼此磋商，整個的身心像一個小小的國家，臨到了叛變突發的前夕。

【琉息斯重上。

琉　主人，您的兄弟凱歇斯在門口，他要來求見您。

勃　他一個人來嗎？

琉　不，主人，還有些人跟他在一起。

勃　你認識他們嗎？

琉　不，主人；他們的帽子都拉到耳邊，他們的臉孔一半裹在外套裏面，我不能從他們的外貌上認出他們來。

勃　請他們進來。（琉下）他們就是那一夥黨徒。陰謀啊！你在百鬼橫行的夜裏，還覺得不好意思顯露你的險惡的容貌嗎？啊！那麼你在白天什麼地方可以找到一處幽暗的巢窟，遮掩你的奇醜的臉相呢？不要找尋吧，陰謀；還是把它隱藏在和顏悅色的後面；因爲要是您用本來面目招搖過市，即使幽冥的地府也不能把你遮掩過人家的眼睛的。

【凱歇斯，開斯加，第歇斯，辛那，末替勒斯沁勃，及脫雷蓬涅斯等諸黨徒同上。

凱　我想我們未免太冒昧了，打斷了您的安息。早安，勃魯脫斯；我們驚吵您了吧？

勃　我整夜沒有睡覺，早就起來了。跟您同來的這些人，我都認識嗎？

凱　是的，每一個人您都認識；這兒沒有一個人不敬重您；誰都希望您能夠看重您自己，就像每一個高貴的羅馬人看重您一樣。這是脫雷蓬涅斯。

勃　歡迎他到這兒來。

凱　這是第歇斯勃魯脫斯。

勃　我也同樣歡迎他。

凱　這是開斯加這是辛那；這是末替勒斯沁勃。

勃　我都是同樣歡迎他們。可是各位爲了什麼煩心的事情，在這樣的深夜不去睡覺？

凱　我可以跟您說句話嗎？（勃、凱二人耳語）

第　這兒是東方；天不是從這兒亮起來的嗎？

開　不。

辛　啊！對不起先生它是從這兒亮起來的；那邊鑲嵌在雲中的灰白色的條紋，便是預報天明的使者。

開　你們將要承認你們兩人都弄錯了。這兒我用劍指着的所在，就是太陽升起的地方；在這樣初春的季節，它正在南方逐漸增加它的熱力；再過兩個月，它就要更高地向北方升起，吐射它的烈燄了。這兒纔是正東，也就是聖殿所在的地方。

勃　再讓我一個一個握你們的手。

凱　讓我們宣誓表示我們的決心。

勃　不，不要發誓。要是我們靈魂的受難和這時代的腐惡算不得有力的動機，那麼還是早些散了夥，各人回去高枕而臥吧；讓凌越一切的暴力肆意橫行，每一個人等候着命運替他安排好的死期吧。可是我相信我們眼前這些人心裏都有着可以使懦夫奮起的蓬勃的怒燄，都有着可以使柔弱的婦女變爲鋼鐵的堅强的勇氣，那麼，各位同胞，我們祇要憑着我們自己堂皇正大的理由，便可以激勵我們改造這當前的局面，何必還要什麼其他的鞭策呢？我們都是守口如瓶，言而有信的羅馬人，何必還要什麼其他的約束呢？我們彼此赤誠相示，倘然不能達到目的，寧願以身爲殉，何必還要什麼其他的盟誓呢？祭司們，懦夫們，奸詐的小人，老朽的陳屍腐肉，和這一類自甘沉淪的不幸的人們纔有發誓的需要；他們爲了不正當的理由，恐怕不能見信於人，所以不得不用誓言來替他們圓謊；可是不要以爲我們的宗旨或是我們的行動是需要盟誓的，因爲那無異汚毀了我們堂堂正正的義舉和我們不可壓抑的精神；做了一個羅馬人，要是對於他已經出口的諾言略微有一點違背之處，那麼他身上光榮地載着的每一滴血，就都要蒙上數重的恥辱。

凱　可是西塞洛呢？我們要不要探探他的意向？我想他一定會跟我們全力合作的。

開　讓我們不要把他遺漏了。

辛　是的，我們不要把他遺漏了。

末　啊！讓我們招他參加我們的陣線；因爲他的白髮可以替我們贏得好感，使世人對我們的行動表示同情。人家一定會說他的識見支配着我們的手臂；我們的少年孟浪可以不致於被世人所發現，因爲一切都埋葬在他的老成練達的閱歷之下了。

勃　啊！不要提起他；讓我們不要對他說知，因爲他是決不願跟在後面去幹別人所發起的事情的。

凱　那麼不要叫他參加。

開　他的確不大適宜。

第　除了該撒以外，別的人一個也不要碰動嗎？

凱　第歐斯，你問得很好。我想瑪克安東尼這樣被該撒所寵愛，我們不應該讓他在該撒死後繼續留在世上。他是一個詭計多端的人；你們知道要是他利用他現在的力量，很可以給我們極大的阻梗；爲了防免那樣的可能起見，讓安東尼跟該撒一起喪命吧。

勃　凱易斯凱歇斯，我們割下了頭，再去切斷肢體，不但洩憤於生前，並且牽怒於死後，那未免瞧上去太殘忍了；因爲安東尼不過是該撒的一隻手臂。讓我們做獻祭的人，不要做屠夫，凱易斯。我們一致奮起反對該撒的精神，我們的目的並不是要他流血；啊！要是我們能够直接戰勝該撒的精神，我們就可以不必戕害他的身體。可是唉！該撒必須因此而流血。所以，善良的朋友們，讓我們勇敢地，却不是殘暴地，把他殺死；讓我們把他當作一盤祭神的犧牲而宰割，不要把他當作一具飼犬的腐屍而臠切；讓我們的心像聰明的主人一樣，在鼓動他們的僕人去行暴以後，再在表面上裝作責備他們的神氣。這樣可以昭示世人，使他們知道我們採取如此步驟，只是迫不得已，並不是出於私心的嫉恨；在世人的眼中，我們將被認爲惡勢力的清掃者，而不是殺人的兇手。至於瑪克安東尼，我們儘可不必把他放在心上，因爲該撒的頭要是落下了地，他這條該撒的手臂是無能爲力的。

凱　可是我怕他，因爲他對該撒有很深切的感情，——

勃　唉！好凱歇斯，不要想到他。要是他愛該撒，他所能做的事情不過是憂思哀悼，用一死報答該撒；可是那未必是他所做得到的，因爲他是一個喜歡遊樂放蕩交際飲宴的人。

脫　不用擔心他這個人；讓他保全了生命吧，等到事過境遷，他會把這種事情付之一笑的。（鐘鳴）

勃　靜！聽鐘聲敲幾下。

凱　敲了三下。

脫　是應該分手的時候了。

凱　可是該撒今天會不會出來，還是一個問題；因爲他近來變得很迷信，從前他對於怪異夢兆這一類事情的那種見解，現在已經完全改變過來了。這種明顯的預兆，這晚上空前恐怖的天象，以及他的卜者的勸告，也許會阻止他今天到聖殿裏去。

第　不用擔心，要是他決定不出來，我可以叫他改變他的決心；因爲他喜歡聽人家說犀牛見欺於樹木，熊見欺於鏡子，象見欺於土穴，人類見欺於諂媚；可是當我告訴他他憎惡諂媚之徒的時候，他就會欣然首肯，不知道他已經中了我深入癢處的諂媚了。讓我試一試我的手段；我可以看準他的脾氣下手，哄他到聖殿裏去。

凱　我們大家都要到那邊去迎接他。

勃　最遲要在八點鐘到齊，是不是？

辛　最遲八點鐘，大家不可有誤。

末　凱易斯利加力斯對該撒也很懷恨，因爲他說了邦貝的好話，受到該撒的斥責；你們怎麼沒有人想到他。

勃　啊，好末替勒斯，帶他一起來吧；他對我感情很好，我也有恩於他；叫他到我這兒來，我可以勸他跟我們合作。

凱　天正在亮起來了；我們現在要離開您，勃魯脫斯。朋友們，各人散開去；可是大家記住你們說過的話，顯一顯你們是眞正的羅馬人。

勃　各位好朋友們，大家臉色放高興一些；不要讓我們的臉上堆起了我們的心事；應當像羅馬的伶人一樣，用不倦的精神和堅定的儀表肩負我們的重任。祝你們各位早安。（除勃外均下）孩子！琉息斯！睡熟了嗎？很好，享受你的甜蜜而沉重的睡眠的甘露吧；你沒有那些充滿着煩憂的人們腦中的種種幻象，所以你會睡得這樣安穩。

【鮑細霞上。

鮑　勃魯脫斯，我的主！

勃　鮑細霞你來做什麼？爲什麼你現在就起來？你這樣嬌弱的身體，是受不住清晨的寒風的。

鮑　那對於您的身體也是同樣不適宜的。您也太狠心了，勃魯脫斯，偷偷地從我的牀上溜了出來。昨天晚上吃飯的時候，您也是突然立起身來，在屋子裏跑來跑去，交叉着兩臂，邊想心事邊嘆氣；當我問您爲了什麼事的時候，您用兇狠的眼光瞪着我；我再向您追問，您就搔您的頭，非常暴躁地頓您的脚；可是我仍舊問下去，您還是不回答我，只是怒氣冲冲地向我揮手，叫我走開。我因爲您在盛怒之中，不顧格外觸動您的煩惱，所以就遵從您的意思走開了，心裏在希望這不過是您一時的心境惡劣，人是誰都免不了有心裏不痛快的時候的。它不讓您吃飯說話或是睡覺，要是它能够改變您的形體，就像它改變您的脾氣一樣，那麼勃魯脫斯，我就要完全不認識您了。我的親愛的主，讓我知道您的憂慮的原因吧。

勃　我因爲身體不舒服，所以有點煩躁。

鮑　勃魯脫斯是個聰明人，要是他身體不舒服，他一定會知道怎樣纔可以得到健康。

勃　對了。好鮑細霞，去睡吧。

鮑　勃魯脫斯要是有病，他應該鬆開了衣帶，在多露的清晨步行，呼吸那種潮溼的空氣嗎？什麼！勃魯脫斯害了病，他還要偷偷地從溫暖的眠牀上溜了出去，向那惡毒的夜氣挑戰，使他自己病上加病嗎？不，我的勃魯脫斯，您害的是心裏的病，憑着我的地位和權利，您應該讓我知道。我現在向您跪下，憑着我的曾經受人讚美的美貌，憑着您的一切愛情的誓言，以及那使我們兩人結爲一體的偉大的盟約，我請求您告訴我您的自身，您的一半，爲什麼您這樣鬱鬱不樂，今天晚上有什麼人來看過您因爲我知道這兒曾經來過六七個人，他們在黑暗之中還是不敢露出他們的臉孔。

勃　不要跪，溫柔的鮑細霞。

鮑　假如您是溫柔的勃魯脫斯，我就用不到下跪。在我們夫婦的名分之內，告訴我，勃魯脫斯，難道我是不應該知道您的祕密的嗎？我雖然是您自身的一部分，可是那只是有限制的一部分，除了陪着您吃飯，在枕席上安慰安慰您，有時候跟您談談話以外，沒有別的任務了嗎？祇有當您心裏高興的時候，您纔需要我嗎？假如不過是這樣，那麼鮑細霞只是勃魯脫斯的娼妓，不是他的妻子了。

勃　你是我的忠貞的妻子，正像滋潤我的悲哀的心的鮮紅的血液一樣寶貴。

鮑　這句話倘然是眞的，那麼我就應該知道您的心事。我承認我只是一個女流之輩，可是我卻是勃魯脫斯娶爲妻子的一個女人；我承認我只是一個女流之輩，可是我卻是該多的女兒，不是一個碌碌無名的女人。您以爲我有了這樣的父親和丈夫，還是跟一般女人同樣的不中用嗎？把您的心事告訴我，我一定不向人洩漏。我爲了試驗我自己的堅貞，曾經有意把我的大腿割破；難道我能夠忍耐那樣的痛苦，卻不能保守我丈夫的祕密嗎？

勃　神啊！保佑我不要辜負了這樣一位高貴的妻子。（內叩門聲）聽！聽！有人在打門，鮑細霞，你先暫時進去；等會兒你就可以知道我的心底的祕密。我要向你解釋我的全部的計劃，以及藏在我的腦中的一切思想。趕快進去。

（鮑下）琉息斯，誰在打門？

【琉息斯率利加力斯重上。

琉　這兒是一個病人，要跟您說話。

勃　凱易斯利加力斯，剛纔茂替勒斯向我提起過的。孩子，站在一旁。凱易斯利加力斯！怎麼？

利　請您允許我這病弱的舌頭向您吐出一聲早安。

勃　啊！勇敢的凱易斯，您怎麼在這樣早的時間扶病而起？要是您沒有病那纔好。

利　要是勃魯脫斯有什麼無愧於榮譽的事情要吩咐我去做，那麼我是沒有病的。

勃　要是您有一雙健康的耳朵可以聽我訴說，利加力斯，那麼我手頭正有這樣的一件事情。

利　憑着羅馬人所敬拜的一切神明，我現在拋棄了我的疾病。羅馬的靈魂！光榮的父祖所生的英勇的子孫！您像一個驅策鬼神的術士一樣，已經把我奄奄一息的精神呼召回來了。現在您祇要叫我爲您奔走，我就會冒着一切的危險邁進，克服一切前途的困難。您要我做什麼事？

勃　我要叫您幹一件可以使病人痊愈的事。

利　可是我們不是要叫有些不害病的人不舒服嗎？

勃　是的，我們也要叫有些不害病的人不舒服。我的凱易斯，我們現在就要到我們預備下手的地方去，一路上我可以告訴你那是件什麼工作。

利　請您舉步先行，我用一顆新燃的心跟隨您，去幹一件我還沒有知道的事情；在勃魯脫斯的領導之下，一定不會有錯。

勃　那麼跟我來。（同下）

## 第二場　同前；該撒家中

【雷電交作該撒披寢衣上。

該　今晚天地都不得安寧。卡萠妮霞在睡夢之中三次高聲嚷喊，說「救命他們殺了該撒啦!」裏面有人嗎?

【一僕人上。

僕　主人有什麼吩咐?

該　你去叫那些祭司們神前獻祭，問問他們我的吉凶休咎。

僕　是，主人。(下)

【卡萠妮霞上。

卡　該撒，您要做什麼?您想出去嗎?今天可不能讓您走出這屋子。

該　該撒一定要出去。恐嚇我的東西祇敢在我背後裝腔作勢;它們一看見該撒的臉，就會銷聲匿跡。

卡　該撒，我從來不講究什麼禁忌，可是現在却有些惴惴不安。裏邊有一個人，他除了我們所聽到看到的一切之外，還講給我聽巡夜的人所看見的許多可怕的異象。一頭母獅在街道上生產;墳墓裂開了口，放鬼魂出來;凶猛的武士在雲端裏列隊交戰，他們的血淋到了聖廟的屋上;戰鬥的聲音在空中震蕩，人們聽見馬的嘶鳴，瀕死者的呻吟，還有在街道上悲號的鬼魂。該撒啊!這些事情都是從來不會有過的，我害怕得很哩。

該　如果是天意注定的事，難道是人力所能逃避的嗎?該撒一定要出去;因爲這些預兆不是給該撒一個人看，是給所有的世人看的。

卡　乞丐死了的時候，天上不會有彗星出現;君王們的凋殞纔會上感天象。

該　懦夫在未死以前，就已經死過好多次;勇士一生祇死一次。在我所聽到過的一切怪事之中，人們的貪生怕死是一件最奇怪的事情，因爲死本來是一個人免不了的結局，它要來的時候誰也不能叫它不來。

【僕重上。

該　卜人們怎麼說？

僕　他們叫您今天不要出外走動。他們剖開一頭獻祭的牲畜的肚子，預備掏出它的內臟來，不料找來找去找不到它的心。

該　神明顯示這樣的奇蹟，是要叫懦怯的人知道慚愧；該撒要是今天爲了恐懼而躲在家裏，他就是一頭沒有心的牲畜。不，該撒決不躲在家裏。該撒是比危險更危險的，我們是兩頭同日產生的雄獅，我卻比它更長大更兇猛。該撒一定要出去。

卡　唉！我的主，您的智慧被自信汨沒了。今天不要出去；就算是我的恐懼把您留在家裏，並不是您自己膽小。我們可以叫瑪克安東尼到元老院去，叫他對他們說您今天身體不大舒服。讓我跪在地上，求求您答應了我吧。

該　那麼就叫瑪克安東尼去說我今天不大舒服；爲了不忍拂你的意思，我就住在家裏吧。

【第歇斯上。

該　第歇斯勃魯脫斯來了，他可以去替我告訴他們。

第　該撒萬福！祝您早安，尊貴的該撒；我來接您到元老院去。

該　你來得正好，請你替我去向元老們致意，對他們說我今天不來了；不是不能來，更不是不敢來，我只是不高興來；就對他們這麼說吧，第歇斯。

卡　你說他有病。

該　該撒是叫人去說謊的嗎？難道我南征北戰，攻下了這許多地方，却不敢對一班白鬚老頭子們講眞話嗎？第歇斯，去告訴他們該撒不高興來。

第　最偉大的該撒，讓我知道一些理由，否則我這樣告訴了他們，會被他們嘲笑的。

該　我不高興去，這就是我的理由；你就這樣去告訴元老們吧。可是爲了我們私人間的感情，我願意讓你知道，我的妻子卡蔣妮霞不放我出去。昨天晚上她夢見我的雕像像一座有一百個噴水孔的水池一樣，渾身流着鮮血；許多壯健的羅馬人歡歡喜喜地都來把他們的手浸在血裏。她以爲這個夢是不祥之兆，所以跪着求我今天不要出去。

第　這個夢完全解釋錯了；那明明是一個大吉大利之兆：您的雕像噴着鮮血，許多歡歡喜喜的羅馬人把手浸在血裏，這表示偉大的羅馬將要從您的身上吸取復活的新血，許多有地位的人都要來向您要求分到一點餘澤。這纔是卡蔣妮霞的夢的眞正的意義。

該　你這樣解釋得很好。

第　我還有一些話要告訴您，您聽了以後，就會知道我解釋得一點不錯。元老院已經決定要在今天替偉大的該撒加冕。要是您叫人去對他們說您今天不去，也許他們會變了卦。而且這種事情給人家傳揚出去，很容易變成笑柄，人家會這樣說，「等該撒的妻子做過了好夢以後，再開起元老院來吧。」要是該撒躲在家裏，他們不會竊竊私語，說「瞧！該撒在害怕呢」嗎？恕我，該撒，因爲我對您的深切的關心，使我向您說了這樣的話。

該　你的恐懼現在瞧上去是多麼傻氣，卡蔣妮霞！我剛纔聽了你的話，現在倒有些慚愧起來了。把我的袍子給我，我要去。

【潑勃刀斯，勃魯脫斯，利加力斯，末替勒斯，開斯加，脫雷蓬涅斯，及辛那同上。

該　瞧，潑勃力斯來迎接我了。

潑　早安，該撒。

該　歡迎潑勃力斯。啊！勃魯脫斯，你也這樣早就出來了嗎？早安，開斯加。凱易斯利加力斯，你的貴恙害得你這樣消瘦，該撒可沒有這樣欺侮過你哩。現在幾點鐘啦？

勃　該撒，已經敲過八點了。

該　謝謝你們的跋涉和好意。

【安東尼上。

該　瞧！通宵狂歡的安東尼也已經起身了。早安，安東尼。

安　早安，最尊貴的該撒。

該　叫他們裏面預備起來；我不該讓他們久等。你好，辛那；你好，末替勒斯；啊，脫雷蓬涅斯！我有可以足足講一個鐘點的話預備跟你談哩；記住今天你還要來看我一次，站得離開我近一些，免得我把你忘了。

脫　是，該撒。（旁白）我要站得離開你這麼近，讓你的好朋友們將來怪我不站遠一些呢。

該　好朋友們，進去陪我喝口酒；喝過了酒，我們就像朋友一樣大家一塊兒去。

勃　（旁白）唉，該撒！人家的心可不跟您一樣哩。（同下）

## 第三場　同前；聖殿附近的街道

【阿替密多勒斯上，讀信。

阿　「該撒，留心勃魯脫斯；注意凱歇斯；不要走近開斯加看好辛那；不要相信脫雷蓬涅斯；仔細察看末替勒斯沁勒；第歇斯勃魯脫斯不喜歡你；凱易斯利加力斯受過你的委屈。這些人祇有一條心，那就是要推翻該撒。要是你不是永生不死的，那麼警戒你的四周吧；陰謀是會毀壞了你的安全的。偉大的神明護佑你！愛你的人阿替密多勒斯。」

我要站在這兒，等候該撒經過，像一個請願的人似的，我要把這信交給他。我一想到德行逃不過爭嫉的利齒，就覺得萬分傷心。要是你讀了這封信，該撒啊！也許你還可以活命；否則命運也變成叛徒的同謀者了。（下）

第四場　同前；同一街道的另一部分，勃魯脫斯家門前

【鮑細霞及琉息斯上。

鮑　孩子，請你快快跑到元老院去；不要停留在這兒回答我，快去。你爲什麼還不去？

琉　我還不知道您要我去做什麼事哩，太太。

鮑　我要你到那邊去，去了再回來，可是我說不出我要你去做什麼事。啊，堅強的精神！不要離開我；替我在我的心和舌頭之間堆起一座高山；我有一顆男子的心，却只有婦女的能力。叫一個女人保守一椿祕密是一件多大的難事！你還在這兒嗎？

琉　太太，您要我去做什麼呢？就是跑到議會裏去，沒有別的事了嗎？去了再回來，就是這樣嗎？

鮑　是的，孩子，你回來告訴我，主人的臉色怎樣，因爲他出去的時候，好像不大舒服；你還要留心看好該撒的行動，向

他請願的有些什麼人。聽，孩子！那是什麼聲音？

琉　我不聽見，太太。

鮑　仔細聽好。我好像聽見一陣騷亂的聲音，彷彿在吵架似的；那聲音從風裏傳了過來，好像就在聖殿那邊。

琉　眞的，太太，我什麼都聽不見。

【預言者上。

鮑　過來，朋友；你從那兒來？

預言者　從我自己家裏，好太太。

鮑　現在幾點鐘啦？

預言者　大約九點鐘了，太太。

鮑　該撒有沒有到聖殿裏去？

預言者　太太，還沒有。我要去揀一處站立的地方，瞧他從街上經過到聖殿裏去。

鮑　你也要向該撒提出什麼請願嗎？

預言者　是的，太太，要是該撒爲了他自己的好處，願意聽我的話，我要請求他照顧照顧他自己。

鮑　怎麼，你知道有人要謀害他嗎？

預言者　我不知道有什麼人要謀害他，可是我怕有許多人要謀害他。再會。這兒街道很狹，那些跟在該撒背後的元老們，官吏們，還有請願的民衆們，一定擁擠得很；像我這樣瘦弱的人，怕要給他們擠死。我要去找一處空曠一些的地方，等偉大的該撒走過的時候，就可以向他說話。（下）

鮑　我必須進去。唉！女人的心是一件多麼軟弱的東西！勃魯脫斯啊！願上天保佑你的事業成功哎喲給這孩子聽了去啦；勃魯脫斯要向該撒提出一個請願，可是該撒不見得會答應他。啊！我的身子快要支持不住了。琉息斯，快去，替我致意我的主，說我現在很快樂。去了你再回來，告訴我他對你說些什麼。（各下）

# 第三幕

## 第一場　羅馬；聖殿前；元老院在上層聚會

【阿替密多勒斯及預言者雜大羣民衆中上；喇叭奏花腔；該撒，勃魯脫斯，凱歇斯，開斯加，第歇斯，木替勒斯，脫雷蓬涅斯，辛那，安東尼，勒必特斯，樸必力斯，潑勃力斯及餘人等上。

該　（向預言者）三月十五已經來了。

預言者　是的，該撒，可是它還沒有去。

阿　祝福，該撒！請您把這張單子讀一遍。

第　這是脫雷蓬涅斯的一個卑微的請願，請您有空把它看一看。

阿　啊，該撒！先讀我的因爲我的請願是對該撒很有關係的。讀吧，偉大的該撒。

該　有關我自己的事情，應當放在末了辦。

阿　不要把它擱置，該撒；立刻就讀。

該　什麼！這傢伙瘋了嗎？

潑　喂，讓開。

該　什麼！你們要在街上遞呈你們的請願嗎？到聖殿裏來吧。

【該撒走上元老院，餘人後隨；衆元老起立。

樸　我希望你們今天大事成功。

凱　什麽大事，樸必力斯？

樸　再見。（至該撒前）

勃　樸必力斯利那怎麽說？

凱　他希望我們今天大事成功。我怕我們的計劃已經洩漏了。

勃　瞧，他到該撒面前去了；看着他。

凱　開斯加，事不宜遲，不要讓他們有了防備。勃魯脫斯，怎麽辦？要是事情洩漏，那麽也許是凱歇斯，也許是該撒，總有一個人今天不能回去，因爲我們這次倘然失敗，我一定自殺。

勃　凱歇斯，別慌；樸必力斯利那並沒有把我們的計劃告訴他；瞧，他在笑，該撒也沒有變了臉色。

凱　脫雷蓬涅斯很機警，你瞧，勃魯脫斯，他把瑪克安東尼拉開去了。（安、脫同下；該及衆元老就坐）

第　末特勒斯沁勃在那兒？叫他立刻過來向該撒呈上他的請願。

勃　在叫末替勒斯了；我們站近些幫他說話。

辛　開斯加，你第一個舉起手來。

開　我們都預備好了嗎？現在還有什麽不對的事情，該撒和他的元老們必須糾正的？

末　至高無上，威嚴無比的該撒，末替勒斯沁勃在您的座前掬獻一顆卑微的心——（跪）

該　我必須阻止你，沁勃。這種打恭作揖的頑意兒也許可以煽動平常人的心，使那已經決定了的命令宣判變成兒戲的法律。可是你不要癡心，以爲該撒也有那樣卑劣的血液，會因爲這種可以使傻瓜們感動的甘言美語，彎腰屈膝，和無恥的搖尾乞憐而融化了他的堅强的意志。按照判決，你的兄弟必須放逐出境；要是你奴顏婢膝地爲他說情，我就要把你像狗一樣踢開去。告訴你，該撒是不會錯誤的，他所決定的事，一定有充分的理由。

**末** 這兒難道沒有一個比我自己更有價值的，在偉大的該撒耳中更動聽的聲音，願意爲我放逐的兄弟懇求撤回成命嗎？

**勃** 我吻你的手，可是這不是向你獻媚，該撒；請你立刻下令赦免潑勃力斯沁勃。

**該** 什麼，勃魯脫斯！

**凱** 開恩吧，該撒；該撒，開恩吧。凱歇斯俯伏在您的足下，請您赦免潑勃力斯沁勃。

**該** 要是我也跟你們一樣，我就會被你們所感動；要是我也能够用哀求打動別人的心，那麼你們的哀求也會打動我的心；可是我是像北極星一樣堅定，它的不可動搖的性質在天宇中是無與倫比的。天上佈滿了無數的星辰，每一個星辰都是一個火球，都有它各自的光輝，可是在衆星之中，祇有一個星卓立不動。在人世間也是這樣；無數的人生活在這世間，他們都是有血肉有知覺的，可是我知道祇有一個人能够確保他的不可侵犯的地位，任何力量都不能使他動搖。我就是他；讓我在這件小小的事上向你們證明，我既然已經決定把沁勃放逐，就要貫徹我的意旨，毫不含糊地執行這一個成命，而且永遠不讓他再回到羅馬來。

**辛** 啊，該撒，——

**該** 去！你想把奧林帕斯山一手舉起嗎？

**第** 偉大的該撒，——

**該** 勃魯脫斯不是白白地下跪嗎？

**開** 好，那麼讓我的手代替我說話！（衆拔劍刺該）

該　勃魯脫斯，你也在內嗎？那麼沒落吧，該撒！（死）

辛　自由！解放！暴君死了！去，到各處街道上宣佈這樣的消息。

凱　去幾個人到公共講壇上，高聲呼喊，「自由，解放！」

勃　各位民衆，各位元老，大家不要驚慌，不要跑走；站定；野心已經償了它的債了。

開　到講壇上來，勃魯脫斯。

第　凱歇斯也上去。

勃　潑勃力斯呢？

辛　在這兒，他給這場亂子嚇呆了。

末　大家站在一起，不要跑開，也許該撒的同黨們——

勃　別講這種話。潑勃力斯，放心吧；我們不會加害於你，也不會加害任何其他的羅馬人；你這樣告訴他們，潑勃力斯。

凱　離開我們，潑勃力斯；也許人民會向我們衝了上來，連累您老人家受了傷害。

勃　是的，你去吧；我們幹了這種事，我們自已負責，不要帶累了別人。

【脫雷蓬湼斯上。

凱　安東尼呢？

脫　嚇得逃回家裏去了。男人，女人，孩子，大家睜大了眼睛，亂嚷亂叫，到處奔跑，像是末日到來了一般。

勃　命運，我們等候着你的旨意。我們誰都免不了一死；與其在世上偷生苟活，拖延着日子，還不如轟轟烈烈地死去。

開　嘿，切斷了二十年的生命，等於切斷了二十年在憂生畏死中過去的時間。

勃　照這樣說來，死還是一件好事。所以我們都是該撒的朋友，幫助他結束了這一段憂生畏死的生命。彎下身去，羅馬人，彎下身去；讓我們把手浸在該撒的血裏，一直到我們的肘上；讓我們用他的血抹我們的劍。然後我們就邁步前進，到市場上去；把我們鮮紅的武器在我們頭頂揮舞，大家高呼着，「和平，自由，解放！」

凱　好，大家彎下身去，洗你們的手吧。多少年代以後，我們這一場壯烈的戲劇，將要在尚未產生的國家，用我們所不知道的語言表演！

勃　該撒將要在戲劇中流多少次的血，他現在卻長眠在邦貝的像座之下，他的尊嚴化成了泥土！

凱　後世的人們將要稱我們這一羣爲祖國的解放者，當他們搬演今天這一幕的時候。

第　怎麼！我們要不要就去？

凱　好，大家去吧。讓勃魯脫斯領導我們，讓我們用羅馬最勇敢純潔的心跟隨在他的後面。

【一僕人上。

勃　且慢！誰來啦？一個安東尼手下的人。

僕　勃魯脫斯，我的主人瑪克安東尼叫我跪在您的面前，他叫我對您說：勃魯脫斯是聰明正直，勇敢高尚的君子，該撒是尊嚴威猛，慷慨仁慈的豪傑；我愛勃魯脫斯，我尊敬他；我畏懼該撒，可是我也愛他尊敬他。要是勃魯脫斯願意保證安東尼的安全，允許他來見一見勃魯脫斯的面，讓他明白該撒何以致死的原因，那麼瑪克安東尼將要愛活着的勃魯脫斯，甚於已死的該撒；他將要竭盡他的忠誠，不辭一切的危險，追隨着高貴的勃魯脫斯。這是我的主人安東尼所說的話。

勃　你的主人是一個聰明勇敢的羅馬人，我一向佩服他的。你去告訴他，請他到這兒來，我們可以給他滿意的解釋；

我用我的榮譽向他保證，他决不會受到絲毫的傷害。

僕　我立刻就去叫他來。（下）

勃　我知道我們可以跟他做朋友的。

凱　但願如此；可是我對他總覺得很不放心。我所疑慮的事情，往往會成爲事實。

【安東尼重上。

勃　安東尼來了。歡迎，瑪克安東尼。

安　啊偉大的該撒！你就這樣倒下了嗎？你的一切赫赫的勳業，你的一切光榮勝利，都化爲烏有了嗎？再會！各位壯士，我不知道你們的意思，還有些什麼人在你們眼中看來是有毒的，應當替他放血。假如是我的話，那麼我能够和該撒死在同一個時辰，讓你們手中那沾着全世界最高貴的血的刀劍結果我的生命，實在是再好沒有的事。我請求你們，要是你們對我懷着敵視，趁着你們血染的手還在發出熱氣的現在，趕快執行你們的意旨吧。即使我活到一千歲，也找不到像今天這樣好的一個死的機會；讓我躺在該撒的旁邊，還有比這更好的死處嗎？讓我死在你們這些當代英俊的手裏，還有比這更好的死法嗎？

勃　啊安東尼！不要向我們請求一死。雖然你現在看我們好像是這樣慘酷殘忍，可是你祇看見我們血污的手，和它們所幹的這一場流血的慘劇，你却還沒有看見我們的心，它們是慈悲而仁善的。我們因爲不忍看見羅馬的人民受到暴力的壓迫，所以纔不得已把該撒殺死；正像一陣大火把小火吞沒一樣，更大的憐憫使我們放棄了小小的不忍之心。對於你，瑪克安東尼，我們的劍鋒是鉛鑄的；我們用一切的熱情、善意和尊敬，張開我們友好的手臂歡迎你。

凱　我們重新分配官職的時候，你的意見將要受到同樣的尊重。

勃　現在請你暫時忍耐，等我們把驚惶失措的羣衆安撫好了以後，就可以告訴你爲什麼我們要採取這樣的行動，雖然我在刺死該撒的一剎那還是沒有減却我對他的愛敬。

安　我不懷疑你的智慧。讓每一個人把他的血手給我：第一，瑪格斯勃魯脫斯，我要握您的手；其次，凱易斯凱歇斯，我要握您的手；第歇斯勃魯脫斯，末替勃斯辛那，還有我的勇敢的開斯加，讓我一個一個跟你們握手；雖然是最後一個，可是讓我用同樣熱烈的誠意和您握手，好脫雷蓬涅斯。各位朋友，——唉！我應當怎麼說呢？我的信譽現在岌岌可危，你們不以爲我是一個懦夫，就要以爲我是一個阿諛之徒。啊，該撒！我曾經愛過你，這是一件千眞萬確的事實；要是你的陰魂現在看着我們，你看見你的安東尼當着你的屍骸之前靦顏事仇，握着你的敵人的血手，那不是要使你覺得比死還難過嗎？要是我有像你的傷口那麼多的眼睛，我應當讓它們流着滔滔的熱淚，正像血從你的傷口湧出一樣，可是我却背恩忘義，和你的敵人成爲朋友了。恕我，裘力斯！你是一頭勇敢的鹿，在這兒墮入了獵人的陷阱；啊，世界！你是這頭鹿棲息的森林，他是這一座森林中的驕子；你現在躺在這兒，多麼像一頭中箭的鹿，被許多王子貴人把你射死！

凱　瑪克安東尼，——

安　恕我，凱易斯凱歇斯。即使是該撒的敵人，也會說這樣的話；在一個他的朋友的嘴裏，這不過是人情上應有的表示。

歇　我不怪你把該撒這樣讚美；可是你預備怎樣跟我們合作？你願意做我們的一個同志呢，還是各行其是？

安　我因爲願意跟你們合作，所以纔跟你們握手；可是因爲瞧見了該撒，所以又說到旁的話頭上去了，你們都是我的朋友，我願意和你們大家相親相愛，可是我希望你們能夠向我解釋爲什麼該撒是一個危險的人物。

勃　我們倘沒有正當的理由，那麼今天這一種舉動，完全是野蠻的暴行了。要是你知道了我們所以要這樣幹的原因，安東尼，卽使你是該撒的兒子，你也會心悅誠服。

安　那是我所要知道的一切。我還要向你們請求一件事，請你們准許我把他的屍體帶到市場上去，讓我以一個朋友的地位，在講壇上爲他說幾句追悼的話。

勃　我們准許你，瑪克安東尼。

凱　勃魯脫斯，跟你說句話。（向勃旁白）你太不加考慮了；不要讓安東尼發表他的追悼演說。你不知道人民聽了他的話，將要受到多大的感動嗎？

勃　對不起，我自己先要登上講壇，說明我們殺死該撒的理由；我還要聲明安東尼將要說的話，事先曾經得到我們的許可，我們並且同意該撒可以得到一切合禮的身後哀榮。這樣不但對我們沒有妨害，而且更可以博得輿論對我們的同情。

凱　我不知道那會引起什麼結果；我可不贊成這樣辦。

勃　瑪克安東尼，來，你把該撒的遺體搬去。在你的哀悼演說裏，你不能歸罪我們，不過你可以照你所能想到的儘量稱道該撒的好處，同時你必須聲明你說這樣的話，曾經得到我們的許可；要不然的話，我們就不讓你參加他的葬禮。還有你必須跟我在同一講壇上演說，等我演說完了以後你再上去。

安　就是這樣吧；我沒有其他的奢望了。

勃　那麼把屍體拿起來跟着我們走吧。（除安外同下）

安　啊！你這一塊流血的泥土，有史以來一個最高貴的英雄的遺體，恕我跟這些屠夫們曲意周旋。願災禍降於濺潑這樣寶貴的血的兇手！你的一處處的傷口，好像許多無言的嘴，張開了它們殷紅的嘴唇，要求我的舌頭替它們向世人伸訴；我現在就在這些傷口上預言：一個咒詛將要降臨在人們的肢體上；殘暴慘酷的內亂將要使意大利到處陷於混亂；流血和破壞將要成爲一時的風尚，恐怖的景象將要每天接觸到人們的眼睛，以致於做母親的人看見她們的嬰孩被戰爭的魔手所肢解，也會毫不在乎地付之一笑；人們因爲習慣於殘殺，一切憐憫之心將要完全滅絕；該撒的寃魂藉着從地獄的烈火中出來的哀提的協助，將要用一個君王的口氣向羅馬的全境發出屠殺的號令，讓戰爭的猛犬四出蹂躪，爲了這一個萬惡的罪行，大地上將要瀰漫着呻吟求葬的肉體的腐臭。

【一僕人上。

安　你不是伺候奧克泰維斯該撒的嗎？

僕　是的，瑪克安東尼。

安　該撒曾經寫信叫他到羅馬來。

僕　他已經接到信，正在動身前來；他叫我口頭對您說——（見屍體）啊，該撒！——

安　你的心腸很仁慈，你走開去哭吧。情感是容易感染的，看見你眼睛裏悲哀的淚珠，我自己也忍不住流淚了。你的主人就來嗎？

僕　他今晚就擱在離羅馬二十多哩的地方。

安　趕快回去告訴他這兒發生的事。這是一個悲傷的羅馬，一個危險的羅馬，現在還不是可以讓奧克泰維斯安全居住的地方；快去，照這樣告訴他。可是且慢，你必須等我把這屍體搬到市場上去了以後再回去；我要在那邊用演說試探人民對於這些暴徒們所造成的慘劇有什麼反應，你可以根據他們的表示，回去告訴年青的奧克泰維斯關於這兒的一切情形。幫一幫我。（二人擡該撒屍體同下）

## 第二場　同前；市場

【勃魯脫斯，凱歇斯，及一羣市民上。

衆市民　我們一定要得到滿意的解釋；讓我們得到滿意的解釋。

勃　那麼跟我來，朋友們，讓我講給你們聽。凱歇斯，你到另外一條街上去，把聽衆分散分散。願意聽我的留在這兒；願意聽凱歇斯的跟他去。我們將要公開宣佈該撒致死的原因。

市民甲　我要聽勃魯脫斯講。

市民乙　我要聽凱歇斯講；我們各人聽了以後，可以把他們兩人的理由比較比較。（凱歇斯及一部分市民下；勃魯脫斯登講壇）

市民丙　尊貴的勃魯脫斯上去了；靜！

勃　請耐心聽我講完。各位羅馬人，各位親愛的同胞們！請你們靜靜地聽我解釋。爲了我的名譽，請你們相信我；尊重我的名譽，你們就會相信我的話。用你們的智慧批評我；喚起你們的理智，給我一個公正的評斷。要是在今天在場的羣衆之間，有什麼人是該撒的好朋友，我要對他說，勃魯脫斯也是和他同樣地愛着該撒。要是那位朋友問我爲什麼勃魯脫斯要起來反對該撒，這就是我的回答：並不是我不愛該撒，可是我更愛羅馬。你們寧願讓該撒活在世上，大家作奴隸而死呢，還是讓該撒死去，大家作自由人而生？因爲該撒愛我，所以我爲他流淚；因爲他是幸運的，所以我爲他欣慰；因爲他是勇敢的，所以我尊敬他；因爲他有野心，所以我殺死他。我用眼淚報答他的友誼，用喜悅慶祝他的幸運，用尊敬崇揚他的勇敢，用死亡懲戒他的野心。這兒有誰願意自甘卑賤，做一個奴隸？要是有這樣的人，請說出來；因爲我已經得罪他了。這兒有誰願意自居化外，不願做一個羅馬人？要是有這樣的人，請說出來；因爲我已經得罪他了。這兒有誰願意自處下流，不愛他的國家？要是有這樣的人，請說出來；因爲我已經得罪他了。我等待着答覆。

衆市民　沒有，勃魯脫斯，沒有。

勃　那麼我沒有得罪什麼人。我怎樣對待該撒，你們也可以怎樣對待我。他的遇害的經過已經記錄在議會的案卷上，他的彪炳的功績不會被抹殺，他的錯誤既然已經使他伏法受誅，也不會把它過分地誇大。

【安東尼及餘人等擡該撒屍體上。

勃　瑪克安東尼護送着他的遺體來了。雖然安東尼並不預聞該撒的死，可是他將要享受該撒死後的利益，他可以在共和國中得到一個地位，正像你們每一個人都是共和國中的一份子一樣。當我臨去之前，我還要說一句話：爲了羅馬的好處，我殺死了我的最好的朋友，要是我的祖國需要我的死，那麼無論什麼時候，我都可以用那同一的刀子殺死我自己。

衆市民　不要死，勃魯脫斯！不要死！不要死！

市民甲　用歡呼護送他回家。

市民乙　替他塑一座雕像，和他的祖先們在一起。

市民丙　讓他做該撒。

市民丁　讓該撒的一切光榮都歸於勃魯脫斯。

市民甲　我們要一路歡呼送他回去。

勃　同胞們，——

市民乙　靜！別鬧！勃魯脫斯講話了。

市民甲　靜些！

勃　善良的同胞們，讓我一個人回去，爲了我的緣故，留在這兒聽安東尼有些什麼話說。你們應該尊敬該撒的遺體，靜聽瑪克安東尼讚美他的功業的演說；這是我們已經允許他的。除了我一個人以外，請你們誰也不要走開，等安東尼講完了他的話。（下）

市民甲　大家別走！讓我們聽瑪克安東尼講話。

市民丙　讓他登上講壇；我們要聽他講話。尊貴的安東尼，上去。

安　爲了勃魯脫斯的緣故，我感激你們的好意。（登壇）

市民丁　他說勃魯脫斯什麼話？

市民丙　他說，爲了勃魯脫斯的緣故，他感激我們的好意。

市民丁　他最好不要在這兒說勃魯脫斯的壞話。

市民甲　這該撒是個暴君。

市民丙　嗯，那是不用說的幸虧羅馬除掉了他。

市民乙　靜！讓我們聽聽安東尼有些什麼話說。

安　各位善良的羅馬人，——

衆市民　靜些！讓我們聽他說。

安　各位朋友，各位羅馬人，各位同胞，請你們聽我說；我是來埋葬該撒，不是來讚美他。人們做了惡事，死後還免不了遭人唾駡，可是他們所做的善事，往往隨着他們的屍骨一齊入土；讓該撒也是這樣吧。尊貴的勃魯脫斯已經對你們說過，該撒是有野心的；要是眞有這樣的事，那誠然是一個重大的過失，該撒也爲了它付出慘酷的代價了。現在我得到勃魯脫斯和他的同志們的允許，——因爲勃魯脫斯是一個正人君子，他們也都是正人君子，——到這兒來在該撒的喪禮中說幾句話。他是我的朋友，他對我是那麼忠誠公正；然而勃魯脫斯却說他是有野心的，可是勃魯脫斯是一個正人君子。他曾經帶許多俘虜回到羅馬來，他們的贖金都充實了公家的財庫；這可以說是野心者的行徑嗎？窮苦的人哀哭的時候，該撒曾經爲他們流淚；野心者是不應當這樣仁慈的。然而勃魯脫斯却說他是有野心的，可是勃魯脫斯是一個正人君子。你們大家看見在盧林葛節的那天，我三次獻給他一頂王冠，三次他都拒絕了；這難道是野心嗎？然而勃魯脫斯却說他是有野心的，可是勃魯脫斯的的確確是一個正人君子。我不是要推翻勃魯脫斯所說的話，我所說的只是我自己所知道的事實。你們過去都曾愛過他，那並不是沒有理由的；那麼什麼理由阻止你們現在哀悼他呢？唉，理性啊！你已經遁入了野獸的心中，人們已經失去辨別是非的能力了。原諒我；我的心現在是跟該撒一起在他的棺木之內，我必須停頓片刻，等它回到我自己的胸膛裏。

市民甲　我想他的話說得很有理。

市民乙　仔細想起來，該撒是有點兒死得寃枉。

市民丙　列位，他死得寃枉嗎？我怕換了一個人來，比他還不如哩。

市民丁　你們聽見他的話嗎？他不願接受王冠；所以他的確一點沒有野心。

市民甲　要是果然如此，有幾個人將要付重大的代價。

市民乙　可憐的人！他的眼睛哭得像火一般紅。

市民丙　在羅馬沒有比安東尼更高貴的人了。

市民丁　現在聽好他；他又開始說話了。

安　就在昨天，該撒的一句話可以抵禦整個的世界；現在他躺在那兒，沒有一個卑賤的人向他致敬。啊，諸君！要是我有意想要激動你們的心靈，引起一場叛亂，那我就要對不起勃魯脫斯，對不起凱歇斯；你們大家知道，他們都是正人君子。我不願幹對不起他們的事；我寧願對不起死人，對不起我自己，對不起你們，却不願對不起這些正人君子。可是這兒有一張羊皮紙，上面蓋着該撒的印章；那是我在他的臥室裏找到的一張遺囑。祇要讓民衆一聽到這張遺囑上的話，——原諒我，我現在還不想把它宣讀，——他們就會去吻該撒屍體上的傷口，用手巾去蘸他神聖的血，還要乞討他的一根頭髮回去留作紀念，當他們臨死的時候，將要在他們的遺囑上鄭重提起，作爲傳給後嗣的一項貴重的遺產。

市民丁　我們要聽那遺囑；讀出來，瑪克安東尼。

衆市民　遺囑，遺囑！我們要聽該撒的遺囑。

安　耐心吧，善良的朋友們；我不能讀給你們聽。你們不應該知道該撒是多麼愛你們。你們不是木頭，你們不是石塊，你們是人；既然是人，聽見了該撒的遺囑，一定會激起你們心中的火燄，一定會使你們發瘋。你們還是不要知道你們是他的後嗣；要是你們知道了，啊！那將會引起一場什麼亂子來呢？

市民丁　讀那遺囑！我們要聽，安東尼；你必須把那遺囑讀給我們聽，那該撒的遺囑。

安　你們不能忍耐一些嗎？你們不能等一會兒嗎？是我一時失口告訴了你們這件事。我怕我對不起那些用刀子殺死該撒的正人君子；我怕我對不起他們。

市民丁　他們是叛徒；什麼正人君子！

衆市民　遺囑！遺囑！

市民乙　他們是惡人，兇手。遺囑！讀那遺囑！

安　那麼你們一定要逼迫我讀那遺囑嗎？好，那麼你們大家環繞在該撒屍體的周圍，讓我給你們看看那寫下這遺囑的人。我可以下來嗎？你們允許我嗎？

衆市民　下來。

市民乙　下來。（安下壇）

市民丙　我們允許你。

市民丁　大家站成一個圓圈。

市民甲　不要挨着棺材站着；不要挨着屍體站着。

市民乙　留出一些地位給安東尼，最尊貴的安東尼。

安　不，不要挨得我這樣緊；站得遠一些。

衆市民　退後！讓開地位來！退後去！

安　要是你們有眼淚，現在準備流起來吧。你們都認識這件外套；我記得該撒第一次穿上它，是在一個夏天的晚上，在他的營帳裏，就在他征服納維人的那一天。瞧！凱歇斯的刀子是從這地方穿過的；瞧那狠心的開斯加劃開了一道多深的裂口；他所深愛的勃魯脫斯就從這兒刺了一刀進去，當他拔出他那萬惡的武器的時候，瞧該撒的血是怎樣汩汩不斷地跟着它出來，好像急於湧到外面來，要想知道究竟是不是勃魯脫斯下這樣無情的毒手似的，因爲你們知道，勃魯脫斯是該撒心目中的天使。神啊，請你們判斷判斷該撒是多麼愛他！這是最無情的一擊，因爲當尊貴的該撒看見他行刺的時候，負心，這一柄比叛徒的武器更鋒銳的利劍，就一直刺進了他的心臟，那時候他的偉大的心就碎裂了；他的臉給他的外套蒙着，他的血不停地流着，就在邦貝像座之下，偉大的該撒倒下了。啊！那是一個多麼驚人的殞落，我的同胞們；我，你們，我們大家都隨着他一起倒下，殘酷的叛逆却在我們頭上耀武揚威。啊！現在你們流起眼淚來了，我看見你們已經天良發現；這些是眞誠的淚點。善良的人們，怎麼！你們祇看見我們該撒衣服上的傷痕，就哭起來了嗎？瞧這兒，這纔是他自己，你們看，給叛徒們傷害到這個樣子。

市民甲　啊，傷心的景象！

市民乙　啊，尊貴的該撒！

市民丙　啊，不幸的日子！

市民丁　啊，叛徒！惡賊！

市民甲　啊，最殘忍的慘劇！

市民乙　我們一定要復仇。

衆市民　復仇！——動手！——捉住他們！——燒！放火！——殺！——殺！不要讓一個叛徒活命。

安　且慢，同胞們！

市民甲　靜下來！聽尊貴的安東尼。

市民乙　我們要聽他，我們要跟從他，我們要和他死在一起。

安　好朋友們，親愛的朋友們，不要讓我把你們煽起了這樣一場暴動的怒潮。幹這件事的人都是正人君子；唉！我不知他們有些什麼私人的怨恨，使他們幹出這種事來，可是他們都是聰明而正直的，一定有理由可以答覆你們。朋友們，我不是來偷取你們的心；我不是一個像勃魯脫斯那樣能言善辯的人；你們大家都知道我不過是一個老老實實，愛我的朋友的人；他們也知道這一點，所以纔允許我為他公開說幾句話。因為我既沒有智慧，又沒有口才，又沒有本領，我也不會用行動或言語來激動人們的血性；我不過照我心裏所想到的說出來；我只是把你們已經知道的事情向你們提醒，給你們看看親愛的該撒的傷口，可憐的可憐的無言之口，讓它們代替我說話。可是假如我是勃魯脫斯，勃魯脫斯是安東尼，那麼那個安東尼一定會鼓起你們的憤怒，讓該撒的每一處傷口裏都長出一條舌頭來，即使羅馬的石塊也將要大受感動，奮身而起，向叛徒們抗爭了。

衆市民　我們要暴動！

市民甲　我們要燒掉勃魯脫斯的屋子！

市民丙　那麼去！來，捉那些奸賊們去！

安　聽我說，同胞們，聽我說。

衆市民　靜些！——聽安東尼說，——最尊貴的安東尼。

安　唉，朋友們，你們不知道你們將要去幹些什麼事。該撒在什麼地方值得你們這樣愛他呢？唉！你們還沒有知道，讓我來告訴你們吧。你們已經忘了我對你們說起過的那張遺囑。

衆市民　不錯。那遺囑！讓我們先聽聽那遺囑。

安　這就是該撒蓋印的遺囑。他給每一個羅馬市民七十五個特拉克瑪。（註）

市民乙　最尊貴的該撒！我們要爲他的死復仇。

市民丙　啊，偉大的該撒！

安　耐心聽我說。

衆市民　靜些！

安　而且，他還把帶勃河這一邊的他的所有的步道，他的私人的園亭，他的新闢的花圃，全部贈給你們，永遠成爲你們世襲的產業，供你們自由散步遊息之用。這樣一個該撒！幾時纔會有第二個同樣的人？

市民甲　再也不會有了，再也不會有了！來，我們去，我們去！我們要在神聖的地方把他的屍體火化，就用那些火把去焚燒叛徒們的屋子。扛起這屍體來。

市民乙　去點起火來。

市民丙　把凳子拉下來燒。

市民丁　把椅子，窗門，什麼東西一起拉下來燒。（衆市民扛屍體下）

安　現在讓它鬧起來吧；一場亂事已經發生，隨它怎樣發展下去吧！

【一僕人上。

安　什麼事？

僕　大爺，奧克泰維斯已經到羅馬了。

安　他在什麼地方？

僕　他跟勒必特斯都在該撒家裏。

安　我現在立刻就去看他。他來得正好。命運之神現在很高興，她會滿足我們一切的願望。

僕　我聽他說勃魯脫斯和凱歇斯像瘋子一樣逃出了羅馬的城門。

安　大概他們已經注意到人民的態度，他們都被我煽動得十分激昂。領我到奧克泰維斯那兒去。（同下）

## 第三場　同前；街道

【詩人辛那上。

辛　昨天晚上我做了一個夢，夢裏我跟該撒在一起歡宴；許多不祥之兆縈迴在我的腦際；我實在不想出來，可是不知不覺地又跑到門外來了。

【衆市民上。

市民甲　你叫什麼名字？

市民乙　你到那兒去？

市民丙　你住在那兒？

市民丁　你是一個結過婚的人，還是一個單身漢子？

市民乙　回答每一個人的問話，要說得爽爽快快。

市民甲　是的，而且要說得簡簡單單。

市民丁　是的，而且要說得明明白白。

市民丙　是的，而且最好要說得確確實實。

辛　我叫什麼名字？我到那兒去？我住在那兒？我是一個結過婚的人，還是一個單身漢子？我必須回答每一個人的問話，要說得爽爽快快，簡簡單單，明明白白，而且確確實實。我就明明白白地回答你們，我是一個單身漢子。

市民乙　那簡直就是說，那些結婚的人都是糊裏糊塗的傢伙；我怕你免不了要挨我一頓打。說下去；爽爽快快地說。

辛　爽爽快快地說，我是去參加該撒的葬禮的。

市民甲　你用朋友的名義去參加呢，還是用敵人的名義？

辛　用朋友的名義。

市民乙　那個問題他已經爽爽快快地回答了。

市民丁　你的住所呢？簡簡單單地說。

辛　簡簡單單地說，我住在聖殿的附近。

市民丙　先生，你的名字呢？確確實實地說。

辛　確確實實地說，我的名字是辛那。

市民乙　撕碎他的身體；他是一個奸賊。

辛　我是詩人辛那，我是詩人辛那。

市民丁　撕碎他，因為他做了壞詩；撕碎他，因為他做了壞詩。

辛　我不是參加叛黨的辛那。

市民乙　不管它，他的名字叫辛那；把他的名字從他的心裏挖出來，再放他去吧。

市民丙　撕碎他，撕碎他！來，火把！喂！火把！到勃魯脫斯家裏，到凱歇斯家裏；燒毀他們的一切。去幾個人到第歇斯家裏，幾個人到開斯加家裏，還有幾個人到利加力斯家裏去！去！（同下）

註　特拉克瑪（drachma），古希臘貨幣名，約值英金十辨士不足。

# 第四幕

## 第一場　羅馬；安東尼家中一室

【安東尼，奧克泰維斯，及勒必特斯圍桌而坐。

安　那麼這些人都是應該死的；他們的名字上都作了記號了。

奧　你的兄弟也必須死；你答應嗎，勒必特斯？

勒　我答應。

奧　替他作了記號，安東尼。

勒　可是有一個條件，潑勃力斯也不能讓他活命，他是你的外甥，安東尼。

安　那麼就把他處死；瞧，我用一個黑點註定他的死罪了。可是勒必特斯，你到該撒家裏去一趟，把他的遺囑拿來，讓我們決定怎樣按照他的意旨替他處分遺產。

勒　什麼！我還是到這兒來找你們嗎？

奧　我們要是不在這兒，你到聖殿裏來找我們好了。（勒下）

安　這是一個不足齒數的庸奴，祇好替別人供奔走之勞；像他這樣的人，也配跟我們鼎足三分，在這世界上稱雄道霸嗎？

奧　你既然這樣瞧不起他，爲什麼在我們判決那幾個人應當處死的時候，却願意聽從他的意見？

安　奧克泰維斯，我比你多了幾年人生的經驗；雖然我們把這種榮譽加在這個人的身上，使他替我們分去一部分的毀謗，可是他將要負擔他的榮譽，就像驢子負擔黃金一樣，在重荷之下呻吟流汗，不是被人牽曳，就是受人驅策，走一步路都要聽我們的指揮；等他替我們把寶物載運到我們預定的地點以後，我們就可以卸下他的負擔，把他趕走，讓他像一頭閒散的驢子一樣，聳聳他的耳朵，在牆地上啃嚼他的草料。

安　你可以照你的意思做；可是他不失爲一個經驗豐富的勇敢的軍人。

奧　我的馬兒也是這樣，奧克泰維斯；因爲他久歷戎行，所以我纔用糧草飼養他。我教我的馬兒怎樣衝鋒作戰，怎樣轉變，怎樣住步，怎樣向前馳突，它的身體的動作都要受我的精神的節制。勒必特斯也有幾分正是如此；他一定要有人教導訓練，有人命令他前進；他是一個沒有獨立精神的傢伙，靠着腐敗的廢物滋養他自己，祗知道掇拾他人的牙慧，人家已經習久生厭的事情，在他卻還是十分新奇；不要講起他，除非把他當作一件傢具看待。現在，奧克泰維斯，讓我們講些重大的事情吧。勃魯脫斯和凱歇斯正在那兒招募兵馬，我們必須立刻準備抵禦；讓我們集合彼此的力量，拉攏我們最好的朋友，運用我們所有的資財；讓我們立刻就去舉行會議，商討怎樣揭發祕密的陰謀，遏拒公開的攻擊的方法吧。

奧　好，我們就去；我們已經到了危亡的關頭，許多敵人環伺在我們的四周；還有許多雖然臉上裝着笑容，我怕他們的心頭卻藏着無數的奸謀。（同下）

## 第二場　薩狄斯附近的營地；勃魯脫斯營帳之前

【鼓聲；勃魯脫斯，盧西力斯，琉息斯，及軍士等上；泰替涅斯及賓達勒斯自相對方向上。

勃　喂，站住！

盧　喂，站住口令！

勃　啊，盧西力斯！凱歇斯就要來了嗎？

盧　他快要到了；賓達勒斯奉他主人之命，來向您致敬。（賓以信交勃）

勃　他信上寫得很是客氣。賓達勒斯，你的主人近來行動有些改變，也許是他用人失當，使我覺得有些事情辦得很不滿意；不過要是他就要來了，我想他一定會向我解釋的。

賓　我相信我的尊貴的主人一定會向您證明他還是那樣一個忠誠正直的人。

勃　我並不懷疑他。盧西力斯，我問你一句話，他怎樣接待你？

盧　他對我很是客氣；可是却不像從前那樣親熱，辭氣之間，也沒有從前那樣眞誠坦白。

勃　你所講的正是一個熱烈的友誼冷淡下來的情形。盧西力斯，你要是看見朋友之間用到不自然的禮貌的時候，就可以知道他們的感情已經在開始衰落了。坦白質樸的忠誠，是用不到浮文虛飾的；可是沒有眞情的人，就像一匹尙未試步的倔强的駑馬，表現出一副奔騰千里的姿態，等到一受鞭策，就會顚躓泥塗，顯出庸劣的本相。他的軍隊有沒有開拔？

盧　他們預備今晚駐紮在薩狄斯；大部分的人馬是跟凱歇斯同來的。

勃　聽！他到了。（內軍隊輕步行進）輕輕地上去迎接他。

【凱歇斯及軍士等上。

凱　喂，站住！

勃　喂，站住！口令！

軍士甲　站住！

軍士乙　站住！

軍士丙　站住！

凱　最尊貴的兄弟，你欺人太過啦。

勃　神啊，判斷我。我欺侮過我的敵人嗎？要是我沒有欺侮過敵人；我怎麼會欺侮一個兄弟呢？

凱　勃魯脫斯，你用這種莊嚴的神氣掩飾你給我的侮辱；——

勃　凱歇斯，別惱；你有什麼不痛快的事情，請你輕輕地說吧。當着我們這些軍士的面前，讓我們不要爭吵，不要給他們看見我們兩人的不和。打發他們走開；然後，凱歇斯，你可以到我的帳裏來訴說你的怨恨；我一定會聽你。

凱　賓達勒斯，向我們的將領下令，叫他們各人把隊伍安頓在離開這兒略遠一點的地方。

勃　盧西力斯，你也去下這樣的命令；在我們的會談沒有完畢以前，誰也不准進入我們的帳內。叫琉息斯泰替涅斯替我們把守帳門。（同下）

## 第三場　勃魯脫斯帳內

【勃魯脫斯及凱歇斯上。

凱　你對我的侮辱，可以在這一件事情上看得出來：你把琉息斯配拉定了罪，因爲他在這兒受薩狄斯人的賄賂；可是我因爲知道他的爲人，寫信來替他說情，你卻置之不理。

勃　你在這種事情上本來就不該寫信。

凱　在現在這種時候，不該爲了一點點小小的過失就把人譴責。

勃　讓我告訴你，凱歇斯，許多人都說你自己的手心也很有點兒癢，常常爲了貪圖黃金的緣故，把官爵出賣給無功無能的人。

凱　我的手心癢！說這句話的人，倘不是勃魯脫斯，那麼憑着神明起誓，這句話將要成爲你的最後一句話。

勃　這種貪汚的行爲，因爲有凱歇斯的名字作護符，所以懲罰還不曾顯出他的威嚴來。

凱　懲罰！

勃　記得三月十五嗎？偉大的該撒不是爲了正義的緣故而流血嗎？倘不是爲了正義，那一個惡人可以加害他的身體？什麼！我們曾經打倒全世界首屈一指的人物，因爲他庇護盜賊，難道就在我們中間，竟有人甘心讓卑汚的賄賂玷汚了他的手指，爲了盈握的廢物出賣我們偉大的榮譽嗎？我寧願做一頭向月亮狂吠的狗，也不願做這樣一個羅馬人。

凱　勃魯脫斯，不要向我吠叫；我受不住這樣的侮辱。你這樣窘迫我，全然忘記了你自己是什麼人。我是一個軍人，經驗比你多，我知道怎樣處置我自己的事情。

勃　哼，不見得吧，凱歇斯。

凱　我就是這樣一個人。

勃　我說你不是。

凱　不要再跟我拗，我快要忘記我自己了；留心你的健康，別再挑撥我了吧。

勃　去，卑鄙的小人！

凱　有這等事嗎？

勃　聽着，我要說我的話。難道我必須在你的暴怒之下退讓嗎？難道一個瘋子的怒目就可以把我嚇倒嗎？

凱　神啊！神啊！我必須忍受這一切嗎？

勃　這一切！嗯，還有哩。你去發怒到把你驕傲的心都氣破了吧；給你的奴隷們看看你的脾氣多大，讓他們嚇得亂抖吧。難道我必須讓你嗎？我必須伺候你的顏色嗎？當你心裏煩躁的時候，我必須誠惶誠恐地站在一旁，俯首聽命嗎？憑着神明起誓，即使你氣破了肚子，也是你自己的事；因爲從今天起，我要把你的發怒當作我的笑料呢。

凱　居然會有這樣的一天嗎？

勃　你說你是一個比我更好的軍人；很好，你拿事實來證明你的誇口吧，那會使我十分高興的。拿我自己來說，我很願意向高貴的人學習呢。

凱　你在各方面侮辱我；你侮辱我，勃魯脫斯。我說我是一個經驗比你豐富的軍人，並沒有說我是一個比你更好的軍人；難道我說過「更好」這兩個字嗎？

勃　我不管你有沒有說過。

凱　該撒活在世上的時候，他也不敢這樣激怒我。

勃　閉嘴，閉嘴！你也不敢這樣挑惹他。

凱　我不敢！

勃　你不敢。

凱　什麼！不敢挑惹他！

勃　你不敢挑惹他。

凱　不要太自恃你我的交情；我也許會做出一些將會使我後悔的事情來的。

勃　你已經做了你應該後悔的事。凱歇斯，憑你怎樣恐嚇，我都不怕；因爲正直的居心便是我的有力的護身符，你那些無聊的恐嚇，就像一陣微風吹過，引不起我的注意。我曾經差人來向你告借幾個錢，你沒有答應我；因爲我不能用卑鄙的手段搜括金錢；憑着上天發誓，我寧願剖出我的心來，把我一滴滴的血鎔成錢幣，也不願從農人粗硬的手裏輾轉榨取他們汚臭的錙銖。爲了分發軍隊的糧餉，我差人來向你借錢，你却拒絕了我；凱歇斯可以有這樣的行爲嗎？我會不會給凱易斯凱歇斯這樣的答覆？瑪格斯勃魯脫斯要是也會變得這樣吝嗇，鎖住了他的鄙賤的銀箱，不讓他的朋友們染指，那麽神啊，用你們的雷火把他擊成粉碎吧！

凱　我沒有拒絕你。

勃　你拒絕我的。

凱　我沒有，傳我答覆的那傢伙是個傻瓜。勃魯脫斯把我的心都劈碎了。一個朋友應當原諒他朋友的過失，可是勃魯脫斯却把我的過失格外誇大。

勃　我沒有，是你自己對不起我。

凱　你不歡喜我。

勃　我不歡喜你的錯誤。

凱　一個朋友的眼睛決不會注意到這種錯誤。

勃　在一個佞人的眼中，即使有像奧林帕斯山峯一樣高大的錯誤，也會視如不見。

凱　來，安東尼，來，年青的奧克泰維斯，你們向凱歇斯一個人復仇吧，因爲凱歇斯已經厭倦於人世了；被所愛的人所憎恨，被他的兄弟所攻擊，像一個奴隸似地受人呵斥，他的一切過失都被人注視記錄，背誦得爛熟，作爲當面揭發的罪狀。啊！我可以從我的眼睛裏哭出我的靈魂來。這是我的刀子，這兒是我的袒裸的胸膛，這裏面藏着一顆比普盧脫斯（註）的寶礦更富有，比黃金更貴重的心；要是你是一個羅馬人，請把它挖出來吧；我拒絕給你金錢，卻願意把我的心獻給你。就像你向該撒行刺一樣，把我刺死了吧；因爲我知道，即使在你最恨他的時候，你也愛他遠勝於凱歇斯。

勃　插好你的刀子。你高興發怒就發怒吧，高興怎麼幹就怎麼幹吧。啊凱歇斯！你的夥伴是一頭羔羊，憤怒在他的身上就像燧石裏的火星一樣，受到重大的打擊，也會發出閃爍的光芒，可是一轉瞬間又已經冷下去了。

凱　難道凱歇斯的傷心煩惱，祇給他的勃魯脫斯作爲笑料嗎？

勃　我說那句話的時候，我自己也是脾氣太壞。

凱　你也這樣承認嗎？把你的手給我。

勃　我連我的心也一起給你。

凱　啊，勃魯脫斯！

勃　什麼事？

凱　我的母親給了我這副暴躁的脾氣，使我常常忘記我自己，看在我們友誼的情分上，您能够原諒我嗎？

勃　是的，我原諒你；從此以後，要是你有時候跟你的勃魯脫斯過分認眞，他會當作是你母親在那兒發脾氣，一切都不介意。（內喧聲）

詩人　（在內）讓我進去瞧瞧兩位將軍；他們彼此之間有些爭執，不應該讓他們兩人在一起。

盧　（在內）你不能進去。

詩人　（在內）除了死，什麼都不能阻止我。

【詩人上，盧西力斯，泰替涅斯及琉息斯隨後。

凱　怎麼！什麼事？

詩人　呸，你們這些將軍們！你們是什麼意思？你們應該相親相愛，做兩個要好的朋友；我的話不會有錯，我比你們誰都活得長久。

凱　哈哈！這個玩世的詩人吟的詩句多臭！

勃　滾出去，放肆的傢伙，去！

凱　不要生他的氣，勃魯脫斯；這是他的習慣。

勃　誰叫他胡說八道的。在這樣戰爭的年代，要這些胡謅幾句歪詩的傻瓜們做什麼用？滾開，傢伙！去！

凱　去，去，出去！（詩人下）

勃　盧西力斯，泰替涅斯，傳令各將領，叫他們今晚準備把隊伍安營。

凱　你們傳過了令，就帶梅薩拉一起回來。（盧泰同下）

勃　琉息斯，倒一杯酒來！（琉下）

凱　我沒有想到你會這樣動怒。

勃　啊，凱歇斯！我心裏有許多的懊惱。

凱　要是你讓偶然的不幸把你困苦，那麼你自己的哲學對你就是毫無用處了。

勃　誰也不比我更能忍受悲哀；鮑細霞已經死了。

凱　嚇！鮑細霞！

勃　她死了。

凱　我剛纔跟你這樣拌嘴，你居然沒有把我殺死，眞是僥幸！唉，難堪的痛心的損失！害什麼病死的？

勃　她因爲焦心我的遠別，又聽到了奧克泰維斯和瑪克安東尼的勢力這樣强大的消息，變成心神狂亂，乘着僕人不在的時候，把火吞了下去。

凱　就是這樣死了嗎？

勃　就是這樣死了。

凱　永生的神啊！

【琉息斯持酒及燭重上。

勃　不要再說起她。給我一杯酒。凱歇斯，在這一杯酒裏，我捐棄了一切的猜嫌。（飲酒）

凱　我的心企望着這樣高貴的誓言有如渴人的思飲，來，琉息斯，給我倒滿這一杯，我喝着勃魯脫斯的友情，是永遠不會饜足的。（飲酒）

勃　進來，泰替涅斯。（琉下）

【泰替涅斯率梅薩拉重上。

勃　歡迎，好梅薩拉，讓我們現在圍燭而坐，討論我們重要的事情。

凱　鮑細霞，你去了嗎

勃　請你不要說了。梅薩拉，我已經得到信息，說是奧克泰維斯那小子跟瑪克安東尼帶了一支强大的軍隊，向腓利比進發，要來攻擊我們了。

梅　我也得到過同樣的信息。

勃　你還知道什麼其他的事情？

梅　聽說奧克泰維斯安東尼，和勒必特斯三人用非法的手段，把一百個元老宣判了死刑。

勃　那麼我們聽到的略有不同；我得到的消息是七十個元老被他們判決處死，西瑟洛也是其中的一個。

凱　西瑟洛也是一個！

梅　西瑟洛也被他們判決處死。您沒有從您的夫人那兒得到信息嗎？

勃　沒有，梅薩拉。

梅　別人給您的信上也沒有提起她嗎？

勃　沒有，梅薩拉。

梅　那可奇了。

勃　你爲什麼問起？你聽見什麼關於她的消息嗎？

梅　沒有，將軍。

勃　你是一個羅馬人，請你老實告訴我。

梅　那麼請您用一個羅馬人的精神，接受我告訴您的噩耗：尊夫人已經死了，而且死得很奇怪。

**勃**　那麼再會了，鮑細霞！我們誰都不免一死，梅薩拉；想到她總有一天會死去，使我現在能够忍受這一個打擊。

**梅**　這纔是偉大的人物善處拂逆的精神。

**凱**　我可以在表面上裝得跟你同樣鎮定，可是我的天性却受不住這樣的打擊。

**勃**　好，講我們活人的事吧。你們以爲我們應不應該立刻向腓利比進兵？

**凱**　我想這不是頂好的辦法。

**勃**　你有什麼理由？

**凱**　我的理由是這樣的：我們最好讓敵人來找尋我們，這樣可以讓他們糜費軍需，疲勞兵卒，削弱他們自己的實力；我們却可以以逸待勞，蓄養我們的精銳。

**勃**　你的理由果然很對，可是我却有比你更好的理由。在腓利比到這兒之間一帶地方的人民，都是因爲被迫而歸順我們的，他們心裏都懷着怨望，對於我們的征歛早就感到不滿。敵人一路前來，這些人民一定會加入他們的隊伍，增强他們的力量。要是我們到腓利比去向敵人迎擊，把這些人民留在後方，就可以避免給敵人這一種利益。

**凱**　聽我說，好兄弟。

**勃**　請你原諒。你還要注意，我們已經集合我們所有的友人，我們的軍隊已經達到最高的數量，我們行動的時機已經完全成熟；敵人的力量現在還在每天增加之中，我們在全盛的頂點上，却有日趨衰落的危險。世事的起伏本來就是波浪式的，人們要是能够趁着高潮一往直前，一定可以功成名就；要是不能把握時機，就要終身蹭蹬，一事無成。我們現在正在滿潮的海上飄浮，倘不能順水行舟，我們的事業就會一敗塗地的。

凱　那麽就照你的意思辦吧；我們要親自前去，在腓利比和他們相會。

勃　我們貪着談話，不知不覺夜已經深了，疲乏了的精神必須休息片刻，沒有別的話了嗎？

凱　沒有了。晚安；明天我們一早就起來，向前方出發。

勃　琉息斯！

【琉息斯重上。

勃　拿我的睡衣來。（琉下）再會，好梅薩拉；晚安，泰替涅斯。尊貴的，尊貴的凱歇斯，晚安，願你好好安息。

凱　啊我的親愛的兄弟！今天晚上的事情眞是不幸；但願我們的靈魂之間再也沒有這樣的分歧！讓我們以後不要這樣，勃魯脫斯。

勃　什麽事情都是好好的。

凱　晚安，將軍。

勃　晚安，好兄弟。

泰、梅　晚安，勃魯脫斯將軍。

勃　各位再會。（凱、泰、梅同下）

【琉息斯持睡衣重上。

勃　把睡衣給我。你的樂器呢？

琉　就在這兒帳裏。

勃　什麽！你說話好像在瞌睡一般？可憐的東西，我不怪你；你睡得太少了。把刻勞迪斯和還有什麽其他的僕人叫來；

我要叫他們搬兩個墊子來睡在我的帳內。

琉　代羅！刻勞迪斯！

【代羅及刻勞迪斯上。

代　主人呼喚我們嗎？

勃　請你們兩個人就在我的帳內睡下；也許等會兒我有事情要叫你們起來到我的兄弟凱歇斯那邊去。

代　我們願意站在這兒伺候您。

勃　我不要這樣；睡下來吧，好朋友們；也許我沒有什麼事情。瞧，琉息斯，這就是我找來找去找不到的那本書；我把它放在我的睡衣口袋裏了。（代、刻睡下）

琉　我原說您沒有把它交給我。

勃　原諒我，好孩子，我的記性太壞了。你能不能够暫時撐開你的倦眼，替我彈一兩支曲調嗎？

琉　好的，主人，要是您歡喜的話。

勃　我很歡喜，我的孩子。我太麻煩你了，可是你很願意出力。

琉　這是我的責任，主人。

勃　我不應該勉强你盡你能力以上的責任；我知道年青人是需要休息的。

琉　主人，我早已睡過了。

勃　很好，一會兒我就讓你再去睡睡；我不願就擱你太久的時間。要是我還能够活下去，我一定不會虧待你。（音樂，琉唱歌）這是一支催眠的樂曲；啊殺人的睡眠！你把你的鉛矛加在爲你奏樂的我的孩子的身上了嗎？好孩子，晚安；我不願驚醒你的好睡。也許你在瞌睡之中，會打碎了你的樂器；讓我替你拿去了；好孩子，晚安。讓我看，讓我看，我上次沒有讀完的地方，不是把書頁摺下的嗎？我想就是這兒。

【該撒鬼魂上。

勃　這蠟燭的光怎麼這樣暗！嚇！誰來啦？我想我的眼睛有點昏花，所以會看見鬼怪。它走近我的身邊來了。你是什麼東西？你是神呢，天使呢，還是魔鬼，嚇得我渾身冷汗，頭髮直豎？對我說你是什麼。

鬼　你的邪惡的靈魂，勃魯脫斯。

勃　你來幹什麼？

鬼　我來告訴你，你將在腓利比看見我。

勃　好，那麼我將要再看見你嗎？

鬼　是的，在腓利比。

勃　好，那麼我們在腓利比再見。（鬼隱去）我剛纔提起一些勇氣，你又不見了；邪惡的靈魂，我還要跟你談話。孩子，琉息斯！伐羅！刻勞迪斯！喂，大家醒醒！刻勞迪斯！

琉　主人，絃子還沒有調準呢。

勃　他以為他還是在彈他的樂器。琉息斯，醒來！

琉　主人！

勃　琉息斯，你做了什麼夢，在夢中叫喊嗎？

琉　主人，我不知道我曾經叫喊過。

勃　你曾經叫喊過。你看見什麼沒有？

琉　沒有，主人

勃　再睡吧，琉息斯。喂，刻勞迪斯！你這傢伙醒來！

代　主人！

刻　主人！

勃　你們為什麼在睡夢裏大呼小叫的？

代、刻　我們在睡夢裏叫喊嗎，主人？

勃　嗯，你們瞧見什麼沒有？

代　沒有，主人，我沒有瞧見什麼。

刻　我也沒有瞧見什麼，主人。

勃　去向我的兄弟凱歇斯致意，請他趕快先把他的軍隊開拔，我們隨後就來。

代、刻　是，主人。（各下）

註　普盧脫斯（plutus），司財富之神。

# 第五幕

## 第一場　腓利比平原

【奧克泰維斯及安東尼率軍隊上。

奧　現在，安東尼，我們的希望已經得到事實的答覆了。你說敵人一定堅守山嶺高地，不會下來；事實卻並不如此，他們的軍隊已經向我們逼近，似乎有意要在這兒腓利比用先發制人的手段給我們一個警告。

安　嘿！我熟悉他們的心理，知道他們爲什麼這樣做。他們的目的無非是想虛聲奪人，讓我們看見他們的洶洶之勢，認爲他們的士氣非常旺盛；其實完全不是這樣。

【一使者上。

使者　兩位將軍，請你們快些準備起來，敵人正在那兒浩浩蕩蕩地開過來了；他們已經掛出挑戰的旗號，我們必須立刻佈置防禦的策略。

安　奧克泰維斯，你帶領你的一支軍隊向戰地的左翼緩緩前進。

奧　我要向右翼迎擊；你去打左翼。

安　爲什麼你要在這樣緊急的時候跟我鬧彆扭？

奧　我不跟你鬧彆扭；可是我要這樣。（軍隊行進）

【鼓聲；勃魯脫斯及凱歇斯率軍隊上；盧西力斯，泰替涅斯，梅薩拉，及餘人等同上。

勃　他們站住了，要跟我們談判。

凱　站定，泰替涅斯；我們必須出陣跟他們談話。

奧　瑪克安東尼，我們要不要發出交戰的號令？

安　不，該撒，等他們向我們進攻的時候，我們再去應戰。上去；那幾位將軍們要談幾句話哩。

奧　不要動，等候號令。

勃　先禮後兵，是不是，各位同胞們？

奧　我們倒不像您那樣喜歡空話。

勃　奧克泰維斯，良好的言語勝於拙劣的刺擊。

安　勃魯脫斯，您用拙劣的刺擊來說您的良好的言語：瞧您刺在該撒心上的創孔，它們在喊着，「該撒萬歲！」

凱　安東尼，我們還沒有領教過您的劍法；可是我們知道您的舌頭上塗滿着蜜蜂巢裏的蜜都給你偷完了。

安　我沒有把蜜蜂的刺也一起偷走吧？

勃　啊，是的，您連它們的聲音也一起偷走了；因爲您已經學會了在刺人以前，先用嗡嗡的聲音向人威嚇。

安　惡賊！你們在該撒的旁邊拔出你們萬惡的刀子來的時候，是連半句聲音也不透出來的；你們像猴子一樣露出你們的牙齒，像狗子一樣搖尾乞憐，像奴隸一樣卑躬屈膝，吻着該撒的脚；該死的開斯加却像一條惡狗似的躲在背後，向該撒的頸子上揮動他的兇器。啊，你們這些諂媚的傢伙！

凱　諂媚的傢伙！勃魯脫斯，謝謝你自己吧。早依了凱歇斯的話，今天決不讓他把我們這樣信口汚辱。

奧　不用多說；辯論不過使我們流汗，我們却要用流血來判斷雙方的曲直。瞧，我拔出這一柄劍來跟叛徒們決戰；除非等到該撒身上三十三處傷痕的仇恨完全報復，或者另外一個該撒也死在叛徒們的刀劍之下，這一柄劍是

永遠不收回去的，

勃　該撒，你不會死在叛徒們的手裏，除非那些叛徒就在你自己的左右。

奧　我也希望這樣；天生下我來，不是要我死在勃魯脫斯的劍上的。

勃　啊！孩子，即使你是你的家門中最高貴的後裔，能夠死在勃魯脫斯劍上，也要算是莫大的榮幸呢。

凱　像他這樣一個頑劣的學童，跟一個跳舞喝酒的浪子在一起，纔不值得污我們的刀劍。

安　還是從前的凱歇斯！

奧　來，安東尼，我們去吧！叛徒們，我們現在當面向你們挑戰；要是你們有膽量的話，今天就在戰場上相見，否則等你們有了勇氣再來。（奧、安率軍隊下）

凱　好，現在狂風已經在吹起，波濤已經在澎湃，船隻要在風浪中顚簸了！一切都要信任着不可知的命運。

勃　喂！盧西力斯！有話對你說。

盧　什麼事，主將？（勃、盧在一旁談話）

凱　梅薩拉！

梅　主將有什麼吩咐？

凱　梅薩拉，今天是我的生日；就在這一天，凱歇斯誕生到世上。把你的手給我，梅薩拉。請你做我的見證，正像從前邦貝一樣，我是因爲萬不得已，纔把我們全體的自由在這一次戰役中作孤注之一擲的。你知道我一向很信仰厄必邱勒斯（註）的見解；現在我的思想却改變了，有些兒相信起預兆來了。我們從薩狄斯開拔前來的時候，有兩頭猛鷹從空中飛下，棲止在我們從前那個旗手的肩上；它們常常啄食我們軍士手裏的食物，一路上跟我們作件，一直到這兒腓利比。今天早晨它們却飛去不見了，代替着它們的，只有一羣烏鴉鳶，在我們的頭頂盤旋，好像把我們當作垂斃的獵物一般；它們的黑影像是一頂不祥的華蓋，掩覆着我們末日在邇的軍隊。

梅　不要相信這種事

凱　我也不是完全相信，因爲我的精神很興奮，我已經決心用堅定不拔的意志，抵禦一切的危難。

勃　就是這樣吧，盧西力斯。

凱　最尊貴的勃魯脫斯，願神明今天護佑我們，使我們能夠在太平的時代做一對親密的朋友，直到我們的暮年！可是旣然人事是這樣無常，讓我們也考慮到萬一的不幸；要是我們這次戰敗了，那麼現在就是我們最後一次的聚首談心；請問你在那樣的情形之下，準備怎麼辦？

勃　愷多自殺的時候我曾經對他這一種舉動表示不滿；我不知道爲什麼，可是總覺得爲了懼怕可能發生的禍患而結束了自己的生命，是一件懦弱卑劣的行爲；我現在還是根據這一種觀念，決心用堅忍的態度，等候主宰世人的造化所給予我的命運。

凱　那麼，要是我們失敗了，你願意被凱旋的敵人拖來拖去，在羅馬的街道上遊行嗎？

勃　不，凱歇斯，不，尊貴的羅馬人，你不要以爲勃魯脫斯會有一天被人綁縛着回到羅馬；他是有一顆太高傲的心的。可是今天這一天必須結束三月十五所開始的工作；我不知道我們能不能再有見面的機會，所以讓我們從此永訣吧。永別了，永別了，凱歇斯！要是我們還能相見，那時候我們可以相視而笑；否則今天就是我們生離死別的日子。

凱　永別了，永別了，勃魯脫斯！要是我們還能相見，那時候我們一定相視而笑；否則今天眞的是我們生離死別的日

勃　子了好，那麼前進吧。唉！要是一個人能夠預先知道一天的工作的結果——可是一天的時間是很容易過去的，那結果也總會見到分曉。來啊！我們去吧！（同下）

## 第二場　同前戰場

【號角聲；勃魯脫斯及梅薩拉上。

勃　梅薩拉，趕快騎馬前去，傳令那一方面的軍隊，（號角大鳴）叫他們立刻衝上去，因爲我看見奧克泰維斯帶領的那支軍隊打得很沒有勁，迅速的進攻可以把他們一舉擊潰。趕快騎馬前去，梅薩拉；叫他們全軍向敵人進攻。（同下）

## 第三場　戰場的另一部分

【號角聲；凱歇斯及泰替涅斯上。

凱　啊！瞧，泰替涅斯，瞧，那些壞東西逃得多快。我自己也變成了我自己的仇敵；這是我的旗手，我看見他想要轉身逃走，把這懦夫殺了，誰知道他的懦怯却到了我的身上來了。

泰　啊，凱歇斯！勃魯脫斯把號令發得太早了；他因爲對奧克泰維斯略佔優勢，自以爲勝利在握；他的軍隊忙着搜掠財物，我們却給安東尼全部包圍起來。

【賓達勒斯上。

賓　再逃遠一些，主人，再逃遠一些；瑪克安東尼已經進佔您的營帳了，主人，快逃，尊貴的凱歇斯，逃得遠遠的。

凱　這座山頭已經够遠了。瞧，瞧，泰替涅斯；那邊有火的地方不就是我的營帳嗎？

泰　是的，主將。

凱　泰替涅斯，要是你愛我，請你騎了我的馬，着力加鞭，到那邊有軍隊的所在探看探看，再飛馬回來向我報告，讓我知道他們究竟是友軍還是敵軍。

泰　是，我就去就來。（下）

凱　賓達勒斯，你給我登上那座山頂，我的眼睛看不大清楚；留意看好泰替涅斯，告訴我你所見到的戰場上的情形。（賓登山）我今天第一次透過一口氣來；時間在循環運轉，我在什麼地方開始，也要在什麼地方終結；我的生命已經走完了它的途程。喂，看見什麼沒有？

賓　（在上）啊，主人！

凱　什麼消息？

賓　泰替涅斯給許多騎馬的人包圍在中心，他們都向他策馬而前；可是他仍舊向前飛奔，現在他們快要追上他了；趕快，泰替涅斯，現在有人下馬了；嗳喲！他也下馬了；他給他們捉去了；（內歡呼聲）聽！他們在歡呼。

凱　下來，不要再看了。唉，我真是一個懦夫，眼看着我的最好的朋友當着我的面前給人捉去，我自己却還在這世上偷生苟活！

【賓達勒斯下山】

凱　過來，小子。你在巴梯亞做了我的俘虜，我免了你的一死，叫你對我發誓，無論我吩咐你做什麼事，你都要照着做。

現在你來實行你的誓言；我讓你從此做一個自由人；這柄曾經穿過該撒心臟的好劍，你拿着它望我的胸膛裏刺了進去吧。不用回答我的話；來，把劍柄拿在手裏；等我把臉遮上了，你就動手好了。該撒，我用殺死你的那柄劍，替你復了仇了。（死）

賓　現在我已經自由了；可是那卻不是我自己的意思。凱歇斯啊，賓達勒斯將要遠遠離開這一個國家，到沒有一個羅馬人可以看見他的地方去。（下）

【泰替涅斯及梅薩拉重上。

梅　泰替涅斯，雙方的勝負剛剛互相抵銷；因為一方面奧克泰維斯被勃魯脫斯的軍隊打敗，一方面凱歇斯的軍隊也給安東尼打敗。

泰　這些消息很可以安慰安慰凱歇斯。

梅　你在什麼地方離開他？

泰　就在這座山上，垂頭喪氣地跟他的奴隸賓達勒斯在一起。

梅　躺在地上的不就是他嗎？

泰　他躺着的樣子好像已經死了。啊我的心！

梅　那不是他嗎？

泰　不，梅薩拉，這個人從前是他，現在凱歇斯已經不在人世了。啊，沒落的太陽！正像你今晚沉沒在你紅色的光輝中一樣，凱歇斯的白晝也在他的赤血之中消隱了；羅馬的太陽已經沉沒了下去。我們的白晝已經過去；黑雲、露水，和危險正在襲來；我們的事業已成灰燼了。他因為不相信我能夠不辱使命，所以纔幹出這件事來。

梅　他因爲不相信我們能够得到勝利，所以纔幹出這件事來。啊，可恨的錯誤，你憂愁的產兒！爲什麼你要在人們靈敏的腦海裏造成顚倒是非的幻象？你一進入人們的心中，便給他們帶來了悲慘的結果。

泰　喂，賓達勒斯！你在那兒，賓達勒斯？

梅　泰替涅斯，你去找他，讓我去見勃魯脫斯，把這刺耳的消息告訴他；勃魯脫斯聽見了這個消息，一定會比鋒利的刀刃，有毒的箭鏃貫進他的耳中還要難過。

泰　你去吧，梅薩拉；我先在這兒找一找賓達勒斯。（梅下）勇敢的凱歇斯，爲什麼你要叫我去呢？我不是碰見你的朋友了嗎？他們不是把這勝利之冠加在我的額上，叫我回來獻給你嗎？你沒有聽見他們的歡呼嗎？唉！你誤會了一切了。可是請你接受這一個花環，讓我替你戴上去吧；你的勃魯脫斯叫我把它送給你，我必須遵從他的命令。勃魯脫斯，快來瞧我怎樣向凱易斯凱歇斯盡我的責任。允許我，神啊；這是一個羅馬人的天職：來，凱歇斯的寶劍，進入泰替涅斯的心裏吧。（自殺）

【號角聲；梅薩拉率勃魯脫斯，小愷多，史脫拉多，伏倫涅斯，及盧西力斯重上。

勃　梅薩拉，梅薩拉，他的屍體在什麼地方？

梅　瞧，那邊；泰替涅斯正在他旁邊哀泣。

勃　泰替涅斯的臉是向上的。

愷　他也死了。

勃　啊裘力斯該撒！你到死還是有本領的！你的英靈不泯，借着我們自己的刀劍，洞穿我們自己的心臟。（號角低吹）

愷　勇敢的泰替涅斯！瞧他替已死的凱歇斯加上勝利之冠了！

勃　世上還有兩個和他們同樣的羅馬人嗎？最後的羅馬健兒，再會了！羅馬再也不會產生可以和你匹敵的人物。朋友們，我對於這位已死的人，欠着還不清的眼淚。——慢慢的，凱歇斯，我會找到我的時間。——來，把他的屍體送到泰索斯去；他的葬禮不能在我們的營地上舉行，因爲恐怕影響軍心。盧西力斯，來；來，小愷多；我們到戰場上去。拉貝奧，葉雷維斯，傳令我們的軍隊前進。現在還祇有三點鐘；羅馬人，在日落以前，我們還要在第二次的戰爭中試探我們的命運。（同下）

## 第四場　戰場的另一部分

【號角聲；兩方軍士交戰，勃魯脫斯，小愷多，盧西力斯，及餘人等上。

勃　同胞們，啊！振起你們的精神！

愷　那一個賤種敢退縮不前？誰願意跟我來？我要在戰場上到處宣揚我的名字：我是瑪格斯愷多的兒子！我是暴君的仇敵，祖國的朋友；我是瑪格斯愷多的兒子！

勃　我是勃魯脫斯，瑪格斯勃魯脫斯就是我；勃魯脫斯，祖國的朋友；請認明我是勃魯脫斯！（追擊敵人下；愷多被敵軍圍攻倒地）

盧　啊，年青高貴的愷多，你倒下了嗎？啊，你現在像泰替涅斯一樣勇敢地死了，你死得不愧爲愷多的兒子。

軍士甲　不投降就是死。

盧　我願意投降，可是看在這許多錢的面上，請你們把我立刻殺死。（取錢贈軍士）你們殺死了勃魯脫斯，也算立了一件大大的功勞。

軍士甲　我們不能殺你一個尊貴的俘虜！

軍士乙　喂，讓開！告訴安東尼，勃魯脫斯已經捉住了。

軍士甲　我去傳報這消息。主將來了。

【安東尼上。

軍士甲　主將，勃魯脫斯已經捉住了。

安　他在那兒？

盧　安東尼，勃魯脫斯還是安然無恙。我敢向你說一句，沒有一個敵人可以把勃魯脫斯活捉；神明保佑他不致於遭到這樣的恥辱！你們找到他的時候，不論是死的還是活的，他一定會保持他的堂堂的榮譽。

安　朋友，這個人不是勃魯脫斯，可是也不是一個等閒之輩。不要傷害他，把他好生看待。我希望我有這樣的人做我的朋友，而不是做我的仇敵。去看看勃魯脫斯有沒有死；有什麼消息就到奧克泰維斯的營帳裏來報告我們。

（各下）

## 第五場　戰場的另一部分

【勃魯脫斯，達但涅斯，克利脫斯，史脫拉多，及伏倫涅斯上。

勃　來，殘餘下來的幾個朋友，在這塊巖石上休息休息吧。

克　我們望見斯退替力斯的火把，可是他沒有回來；大概不是捉了去就是死了。

勃　坐下來，克利脫斯。他一定死了；多少人都死了。聽着，克利脫斯。（向克耳語）

克　什麼，我嗎，主人？不，那是萬萬不能的。

勃　那麼算了！不要多說話。

克　我寧願自殺。

勃　聽着，達但湼斯。（向達耳語）

達　我必須幹這樣一件事嗎？

克　啊，達但湼斯！

達　啊，克利脫斯！

克　勃魯脫斯要求你幹一件什麼壞事？

達　他要我殺死他，克利脫斯。瞧，他在出神呆想。

克　他的高貴的心裏裝滿了悲哀，甚至於在他的眼睛裏流露出來。

勃　過來，好伏倫湼斯，聽我說一句話。

伏　主將有什麼吩咐？

勃　是這樣的，伏倫湼斯，該撒的鬼魂曾經兩次在夜裏向我出現；一次在薩狄斯，一次就是昨天晚上，在這兒腓利比的戰場上。我知道我的末日已經到了。

伏　不會有的事，主將。

勃　不，我確信我的末日已經到了，伏倫湼斯。你看大勢已經變化到什麼地步；我們的敵人已經把我們逼到了山窮水盡之境，與其等待他們來把我們推落深坑，還不如自己先跳下去。好伏倫湼斯，我們從前曾經在一起求學，看在我們舊日的交情分上，請你拿着我的劍柄，讓我伏劍而死。

伏　主將，那不是一件可以叫一個朋友做的事。（號角聲繼續不斷）

克　快逃，快逃，主人！這兒是不能久留的。

勃　再會，你，你還有你，伏倫涅斯。史脫拉多，你已經瞌睡了這大半天，再會了，史脫拉多。同胞們，我很高興在我的一生之中，祇有他還盡忠於我。我今天雖然戰敗了，可是將要享有比奧克泰維斯和瑪克安東尼在這次卑鄙的勝利中所得到的更大的光榮。大家再會了；勃魯脫斯的舌頭已經差不多結束了他一生的歷史；暮色罩在我的眼睛上，我的筋骨渴想得到它勞苦已久的安息。（號角聲；內呼聲，「逃啊，逃啊，逃啊！」）

克　快逃吧，主人，快逃吧。

勃　去！我就來。（克、達、伏同下）史脫拉多，請你不要去，陪着你的主人。你是一個心地很好的人，你的為人還有幾分義氣；拿着我的劍，轉過你的臉，讓我對準劍鋒撲上去。你肯不肯這樣做，史脫拉多？

史　請您先允許我握一握您的手；再會了，主人。

勃　再會了，好史脫拉多。（撲身劍上）該撒，你現在可以瞑目了；我殺死你的時候，還不及現在一半的勇決。（死）

【號角聲；吹退軍號。奧克泰維斯，安東尼，梅薩拉，盧西力斯，及軍隊上。

奧　那是什麼人？

梅　我的主將的僕人。史脫拉多，你的主人呢？

史　他已經永遠脫離了加在你身上的那種束縛了，梅薩拉；勝利者祇能在他身上舉起一把火來，因為祇有勃魯脫斯能夠戰勝他自己，誰也不能因他的死而得到榮譽。

盧　勃魯脫斯的結果應當是這樣的謝謝你，勃魯脫斯，因爲你證明了盧西力斯的話並沒有說錯。

奥　所有跟隨勃魯脫斯的人，我都願意把他們收留下來。朋友，你願意跟隨我嗎？

史　好，祇要梅薩拉肯把我舉薦給您。

奥　你把他舉薦給我吧，好梅薩拉。

梅　史脫拉多，我們的主將怎麼死的？

史　我拿了劍，他撲了上去。

梅　奥克泰維斯，他已經爲我的主人盡了最後的義務，您把他收留了下來吧。

安　在他們那一羣中間，他是一個最高貴的羅馬人；除了他一個人以外，所有的叛徒們都是因爲妒嫉該撒而下他們的毒手；祇有他纔是激於正義的思想，爲了大衆的利益而去參加他們的陣線。他一生良善交織在他身上的各種美德，可以使造物肅然起立，向全世界宣告，「這是一個漢子！」

奥　讓我們按照他的美德，給他應得的禮遇，替他殯葬如儀。他的屍骨今晚將要安頓在我的營帳裏，他必須充分享受一個軍人的榮譽。現在傳令全軍安息；讓我們去分派今天的勝利的光榮吧。（同下）

註　厄必邱勒斯（Epicurus），希臘享樂主義派哲學家。

莎士比亞戲劇全集

第二輯　第八種

# 女王殉愛記

朱生豪　譯

# 女王殉愛記

## 原名：安東尼與克莉奧佩屈拉

### 劇中人物

瑪克・安東尼
奧克泰維斯・該撒
哀米律斯・勒畢特斯
（以上）羅馬三執政

塞克思脫斯・邦貝厄斯

陀密息斯・伊諾巴勃斯
文替狄斯
埃洛斯
史該勒斯
特西塔斯
第米屈力斯
腓羅
（以上）安東尼部下將佐

末西那斯
阿格力巴
陀拉裴拉
普洛邱累厄斯
（以上）該撒部下將佐

賽琉斯
蓋勒斯
茂那斯
美尼克拉底斯
（以上）邦貝部下將佐

伐律斯
滔勒斯　該撒副將
坎尼狄斯　安東尼副將
西律斯　文替狄斯屬下裨將
攸弗洛詮斯　安東尼遣往該撒處的使者

哀勒克薩斯
瑪狄恩
瑟琉格斯
狄奧美第斯
（以上）克莉奧佩屈拉的侍從

卜者

小丑

克莉奧佩屈拉　埃及女王

奧克泰薇霞　該撒之妹，安東尼之妻

夏媚煙、依籟絲　克莉奧佩屈拉的侍女

將佐，兵士，使者，及其他侍從等

**地點**

羅馬帝國各部

# 第一幕

## 第一場　亞力山大特里亞克莉奧佩屈拉宮中一室

【第米屈力斯及腓羅上。

腓　嘿，咱們主帥這樣迷戀眞太不成話啦，從前他指揮大軍的時候，他的英勇的眼睛像天上的火星一樣發出稜稜的威光，現在却如醉如癡地儘是盯在一張黃褐色的臉上。他的大將的雄心曾經在激烈的鏖戰裏漲破了胸前的扣帶，現在却不顧一切的分限，甘願做一具風扇，搧涼一個吉卜賽女人的慾焰！瞧，他們來了。

【喇叭奏花腔；安東尼及克莉奧佩屈拉率扈從上；太監掌扇隨侍。

腓　留心看好，你就可以知道他本來是這世界上三大柱石之一，現在已經變成一個娼婦的弄人了；瞧吧。

克　要是那眞的是愛，告訴我多麼深。

安　可以量淺深的愛是貧乏的。

克　我要立一個界限，知道你能够愛我到怎麼一個極度。

安　那麼你必須發現新的天地。

【一侍者上。

侍者　稟將軍，羅馬有信來了。

安　討厭！簡簡單單告訴我什麼事。

克　不，聽聽他們怎麼說吧，安東尼。富爾薇霞也許在生氣了；也許誰知道那乳臭未乾的該撒不會降下一道尊嚴的上諭來，吩咐你說「做這件事，做那件事；征服這個國家，解放那個國家；照我的說話執行，否則就要處你一個違抗命令的罪名。」

安　怎麼，我愛！

克　也許！不，那是非常可能的；你不能再在這兒就留了；該撤已經把你免職；所以聽聽他們怎麼說吧，安東尼。富爾薇霞簽發的傳票呢？我應該說是該撤的？還是他們兩人的？叫那送信的人進來。我用埃及女王的身分起誓，你在臉紅了，安東尼；你那滿臉的熱血是你對該撒所表的敬禮；否則就是因爲長舌的富爾薇霞把你罵得不好意思。叫那送信的人進來！

安　讓羅馬融化在台勃爾河的流水裏，讓廣袤的帝國的高大的拱門倒塌吧！這兒是我的生存的空間。紛紛列國，不過是一堆堆泥土；糞穢的大地養育着人類，也養育着禽獸；生命的光榮存在於一雙心心相印的情侶的及時互愛和熱烈擁抱之中；（抱克）這兒是我的永遠的歸宿；我們要讓全世界知道，我們是卓立無比的。

克　巧妙的謊話！他既然不愛富爾薇霞，爲什麼要跟她結婚呢？我還是假作癡呆吧；安東尼就會回復他的本色的。

安　沒有克莉奧佩屈拉鼓起他的活力，安東尼就是一個毫無生氣的人。可是看在愛神和她的溫馨的時辰分上，讓我們不要把大好的光陰在口角爭吵之中蹉跎過去；從現在起，我們生命中的每一分鐘都要讓它充滿了歡樂。今晚我們怎樣玩玩？

克　接見羅馬的使者。

安　噯喲，淘氣的女王！你生氣，你笑，你哭，都是那麼可愛；每一種情緒在你的身上都充分表現出它的動人的美妙。我不要接見什麼使者，祇要和你在一起；今晚讓我們兩人到市街上去逛逛，察看察看民間的情況。來，我的女王；你

第　昨晚就有這樣一個願望的。不要對我們說話（安、克、及扈從同下）

腓　安東尼會這樣藐視該撒嗎？

第　先生，有時候他不是安東尼，他的一言一動，都够不上安東尼所應該具有的偉大的品格。

第　那些在羅馬造謠言的小人，把他說得怎麼怎麼不堪，想不到他竟會證實他們的說話；可是我願意希望他明天能够改變他的態度。再會！（各下）

## 第二場　同前；另一室

【夏媚煙，依籟絲，哀勒克薩斯，及一卜者上。

夏　哀勒克薩斯大人，可愛的哀勒克薩斯，什麼都是頂好的哀勒克薩斯，頂頂頂好的哀勒克薩斯，你在娘娘面前竭力推薦的那個算命人呢？

哀　算命的！

卜者　您有什麼吩咐？

夏　就是他嗎？先生，你能够預知未來嗎？

卜者　在造化的無窮盡的祕籍中，我曾經涉獵一二。

哀　把你的手讓他相相看。

【伊諾巴勃斯上。

伊　筵席端整好了，趕快送進去；為克莉奧佩屈拉祝飲的酒要多一些。

夏　好先生，給我一些好運氣。

卜者　我不能製造命運，祇能預知休咎。

夏　那麼請你替我算出一注好運氣來。

卜者　你將來要比現在更嬌美。

夏　他的意思是說我的皮膚會變得白嫩一些。

依　不，你老了可以搽粉的。

夏　千萬不要長起皺紋來纔好！

哀　不要打擾他的預言；留心聽好。

夏　噓！

卜者　你將要愛別人甚於被別人所愛。

夏　那還不如喝酒痛快。

哀　不，聽他說。

夏　好，現在可給我算出一些非常好的命運來吧！讓我在一個上午嫁了三個國王，再讓他們一個個死掉；讓我在五十歲生了一個孩子，猶太的希洛特王都要向他鞠躬致敬；讓我嫁給奧克泰維斯該撒，和娘娘做一個肩的人。

卜者　你將要比你的女主人活得長久。

夏　啊，好極了！多活幾天總是好的。

卜者　你的前半生的命運勝過後半生的命運。

夏　那麽大概我的孩子們都是沒出息的；請問我有幾個兒子幾個女兒？

卜者　要是你的每一個願望都會懷胎受孕，你可以有一百萬個兒女。

夏　啐，獃子！妖言惑衆，恕你無罪。

哀　你以爲除了你的枕席以外，誰也不知道你在轉些什麽念頭。

夏　來，來，替依蘿絲也算個命。

哀　我們大家都要算個命。

伊　我知道我們今晚的命運，是喝得稀醉上牀。

依　這一隻手掌卽使看不出別的什麽來，至少可以表明一個貞潔的性格。

夏　正像泛濫的尼羅河可以預兆旱災一樣。

依　去，你這浪蹄子，你又不會算命。

夏　嗳喲，要是一隻滑膩的手掌不是多子的徵兆，那麽我連自已的耳朵也不會搔了。請你告訴她一個平平常常的命運。

卜者　你們的命運都差不多。

依　怎麽？怎麽？一椿一椿告訴我。

卜者　我已經說過了。

依　難道我的命運一寸一分也沒有强過她的地方嗎？

夏　好，要是你的命運比我强過一寸，你願意强在什麽地方？

依　不是在我丈夫的鼻子上。

夏　願上天改變我們邪惡的思想！哀勒克薩斯，——來，他的命運，他的命運。啊！讓他娶一個不能懷孕的女人，親愛的愛昔斯女神，我求求你；讓他第一個妻子死了，再娶一個更壞的；讓他娶了一個又一個，一個不如一個，直到最壞的一個滿臉笑容送他戴着五十頂綠頭巾下了墳墓！好愛昔斯女神，你可以拒絕我其他更重要的請求，可是千萬聽從我這一個禱告；好愛昔斯，我求求你！

依　阿們。親愛的女神，俯聽我們下民的禱告吧！因爲正像看見一個漂亮的男人娶到一個淫蕩的妻子，可以叫人心碎一樣，看見一個奸惡的壞人有一個不偷漢子的老婆，也是會使人大失所望的；所以親愛的愛昔斯給他應得的命運吧！

夏　阿們，

哀　瞧，瞧！要是她們有權力使我做一個亡八，就是叫她們當婊子，她們也會去做的。

伊　噓！安東尼來了。

夏　不是他，是娘娘。

【克莉奧佩屈拉上。

克　你們看見主上嗎？

伊　沒有，娘娘。

克　他剛纔不是在這兒嗎？

夏　不，娘娘。

克　他本來高高興興的，忽然一下子又觸動了他的思念羅馬的心。伊諾巴勃斯！

伊　娘娘！

克　你去找找他，把他帶到這兒來。哀勒克薩斯呢？

哀　有，娘娘有什麼吩咐？主上來了。

【安東尼偕一使者及侍從等上。

克　我不要看他；跟我去。（克，伊，哀，依，夏，卜者，及侍從等同下）

使者　你的妻子富爾薇亞第一個上戰場。

安　向我的兄弟琉息斯開戰嗎？

使者　是，可是那次戰事很快就結束了，當時形勢的變化，使他們捐嫌修好，合力反抗該撒的攻擊；在初次交鋒的時候，該撒就得到勝利，把他們驅出了意大利境外。

安　好，還有什麼最壞的消息？

使者　人們因爲不愛聽惡消息，往往會連帶憎恨報告惡消息的人。

安　祇有愚人和懦夫纔會這樣說吧；已經過去的事，我決不再介意。誰告訴我眞話，卽使他的說話裏藏着死亡，我也會像聽人家恭維我一樣聽着他。

使者　拉卜納斯——這是很刺耳的消息——已經帶着他的巴底亞軍隊長驅直進，越過亞洲境界；沿着攸弗拉底斯河岸，他的勝利的旌旗從敍利亞招展到力第亞和愛奧尼亞；可是——

安　可是安東尼却無所事事，你的意思是這樣說。

使者　啊，將軍！

安　直捷痛快地把一般人怎麼批評我的話告訴我，不要吞吞吐吐地怕什麼忌諱；羅馬人怎樣稱呼克莉奧佩屈拉，你也怎樣稱呼她；富爾薇霞怎樣責駡我，你也怎樣責駡我；儘管放膽指斥我的過失，無論它是情眞罪當的，或者不過是惡意的譏彈啊！祇有這樣纔可以使我們反躬自省平心靜氣地拔除我們內心的莠草，耕墾我們荒蕪的德性。你且暫時退下。

使者　遵命。（下）

安　喂！從西西昂來的人呢？

侍者甲　有沒有從西西昂來的人？

侍者乙　他在等候着您的旨意。

安　叫他進來。我必須掙斷這副堅强的埃及鐐銬，否則我將在沉迷中喪失了自己了。

「另一使者上。

安　你是什麼人？

使者乙　你的妻子富爾薇霞死了。

安　她死在什麼地方？

使者乙　在西西昂。她的抱病的經過，還有其他更重要的事情，都在這封信裏。（呈上書信）

安　下去。（使者乙下）一個偉大的靈魂去了！我曾經盼望她死；我們一時間的憎嫌，往往引起過後的追悔；眼前的歡娛冷淡了下來，便會變成悲哀；她因爲死了，我纔感念到她生前的好處，喜怒愛惡都只在一轉手之間。我必須割斷情絲，離開這個迷人的女王；千萬種我所意料不到的禍事就在我的怠惰之中萌蘖生長。喂！伊諾巴勃斯！

【伊諾巴勃斯重上。

伊　主帥有什麼吩咐？

安　我必須趕快離開這兒。

伊　噯喲，怎麼我們那些娘兒們一個個都要活不成啦。我們知道一件無情的舉動，多麼會刺傷了她們的心；要是她們讓我們走了，她們一定會死的。

安　我非去不可。

伊　要是果然有必不得已的原因，那麼就讓她們死了吧；好端端把她們丟了未免可惜；雖然在一個重大的理由之下，祇好把她們置之不顧。克莉奧佩屈拉祇要略微聽到了這一個風聲，就會當場死去；我曾經看見她爲了一點點兒的細事死過二十次。我想死神倒也是一個懂得憐香惜玉的多情種子，她總是死得那麼容易。

安　她的狡獪簡直是不可思議的。

伊　唉！主帥，不，她的感情完全是從最純潔微妙的愛心裏提鍊出來的。我們不能用風雨形容她的嘆息和眼淚；它們是曆書上從來沒有記載過的狂風暴雨。這決不是她的狡獪，否則她就跟喬武一樣有驅風召雨的神力了。

安　但願我從來沒有看見她！

伊　啊，主帥，那您就要錯過了一件神奇的傑作；失去這樣的眼福，您的壯遊也會大大地減色的。

安　富爾徽霞死了。

伊　主帥？

安　富爾薇霞死了。

伊　富爾薇霞！

安　死了。

伊　啊，主帥，快向天神舉行一次感謝的獻祭吧。舊衣服破了，裁縫會替人重做新的；一個妻子死了，天神也早給他另外註定一段姻緣。要是世上除了富爾薇霞以外，再沒有別的女人，那麼您果然遭到了重大的打擊，聽見了這樣的噩耗，也的確應該痛哭流涕；可是在這一段不幸之上，却有莫大的安慰，舊裙換了新裙，舊人換了新人；要是為了表示對於死者的恩情，必須灑幾滴眼淚的話，儘可以借重洋蔥的力量的。

安　我不能不去料理料理她在國內的未了之事。

伊　您在這兒也有未了之事，不能拋開不管；尤其是克莉奧佩屈拉的事情，她一刻也少不了您。

安　不要一味打趣。把我的決心傳諭我的部下。我要去向女王告知我們必須立刻出發的原因，請她放我們遠走。因為不但富爾薇霞的死訊和其他更迫切的動機在敦促我就道，而且我在羅馬的許多同志也有信來懇求我急速回國。塞克思脫斯邦貝厄斯已經向該撒挑戰，他的威力控制了海上的帝國；我們那些反覆無常的民衆——他們在一個人的生前從來不知道感激他的功德，一定要等他死了以後纔會把他視若神明——已經開始把邦貝大王的一切尊榮加在他的兒子的身上；憑藉着這樣盛大的名譽和權力，再加上天賦高貴的血統和身世，他已經成為一個雄視一世的戰士，要是讓他的勢力繼續發展下去，全世界都會受到他的威脅。無數的變化正在醞釀之中，它們像初出卵的小蛇一樣，雖然已經有了生命，它們的毒舌還不會傷人。你去通告我的手下將士，就說我命令他們準備立刻動身。

伊　我就去照您的話辦。（各下）

## 第三場　同前另一室

【克莉奧佩屈拉，夏媚煙，依籟絲，及哀勒克薩斯上。

克　他呢？

夏　我後來就沒有看見他。

克　瞧瞧他在什麼地方，跟什麼人在一起，在幹些什麼事。不要說是我叫你去的。要是你看見他在發惱，就說我在跳舞；要是他樣子很高興，就對他說我突然病了。快去快來。（哀下）

夏　娘娘，我想您要是真心愛他，這一種手段是不能取得他的好感的。

克　我有什麼應該做的事沒有做過呢？

夏　您應該什麼事都順從他的意思，別跟他鬧彆扭。

克　你是個傻瓜；聽了你的教訓，我就要永遠失去他了。

夏　不要過分玩弄他；我希望您不要這樣。人們對於他們所畏懼的人，日久之後，往往會心懷怨恨。可是安東尼來了。

【安東尼上。

克　我身子不舒服，心緒很惡。

安　我覺得非常難於啓口，——

克　攙我進去，親愛的夏媚煙，我快要倒下來了；我這身子再也支持不住，恐怕不久於人世了。

安　我的最親愛的女王，——

克　請你站得離開我遠一瞧。

安　究竟爲了什麼事？

克　就從你那雙眼睛裏，我知道一定有些好消息。那位明媒正娶的娘子怎麼說？你去吧。但願她從來沒有允許你來！不要讓她說是我把你羈留在這裏；我作不了你的主，你是她的。

安　天神知道——

克　啊！從來不曾有過一個女王受到這樣大的欺騙；可是我早就看出你是不懷好意的。

安　克莉奧佩屈拉，——

克　你已經不忠於富爾薇霞，雖然你向神明旦旦而誓，爲什麼我要相信你會眞心愛我呢？被這些隨口毀棄的空口的盟誓所迷惑，簡直是無可理喩的瘋狂！

安　最可愛的女王，——

克　不，請你不必找什麼藉口，你要去就去吧。當你要求我准許你留下的時候，纔用得到你的花言巧語；那時候你是怎麼也不想走的；我的嘴唇和眼睛裏有永生的歡樂，我的彎彎的眉毛裏有天堂的幸福；它們並沒有變了樣，除非你這全世界最偉大的戰士已經變成了最偉大的說謊者。

安　噯喲，愛人！

克　我希望我也長得像你一樣高，讓你知道埃及不是沒有人的。

安　聽我說，女王：爲了應付時局的需要，我不能不暫時離開這裏，可是我的整個的心還是繼續和你厮守在一起的。

內亂的刀劍閃耀在我們意大利全境；塞克思脫斯邦貝厄斯已經向羅馬海口進發；國內兩支勢均力敵的軍隊，還在那兒彼此摩擦。不齒衆口的人，祇要培植起强大的勢力，人心就會自然趨附；他被擯斥的邦貝仗着他父親的威名，已經在不知不覺中取得那些現政局下失意份子的擁戴，他們人數的衆多是一個極大的隱患；蠢蠢思亂的人心，祇要一旦起了什麼劇烈的變化，就會造成不可收拾的混亂。關於我自己個人方面的，還有一個你必須讓我走的理由，富爾薇霞死了。

克　富爾薇霞也會死嗎？

安　她死了，我的女王。瞧，請你有空讀一讀這封信，就知道她一手掀起了多少的風波；末了你可以讀到最好的消息，瞧瞧她死在什麼時候，什麼地方。

克　啊，最負心的愛人！那應該盛滿了悲哀的淚珠的聖盂呢？現在我知道了，我知道了，富爾薇霞死了你是這個樣子，將來我死了，我也推想得到你會怎樣對待我。

安　不要吵嘴了，靜靜地聽我說明我的決意；要是你聽了不以爲然，我也可以放棄我的主張。憑着蒸曬尼羅河畔黏土的驕陽起誓，我現在離此他去，永遠是你的軍士和僕人，或戰或和，都遵照着你的意旨。

克　解開我的衣帶，夏媚煙，趕快；可是讓它去吧，我是很容易害病也很容易痊愈的，那麼安東尼還是會愛人的。

安　我的寶貝女王，別說這種話，給我一個機會，試驗試驗我對你的眞情吧。

克　富爾薇霞已經告訴我了。請你轉過頭去爲她哀哭；然後再向我告別，就說那些眼淚是屬於埃及的。好，扮演一幕絕妙的假戲，讓它瞧上去活像眞心的流露吧。

安　你再說下去，我要惱了。

克　你還可以表演得動人一些，可是這樣也就不錯了。

安　憑着我的寶劍——

克　和楯牌起誓他越演越有精神了；可是這還不是他的登峯造極的境界。瞧，夏媚啞，這位羅馬巨人的怒相多麼莊嚴。

安　我要告辭了，陛下。

克　多禮的將軍，一句話。將軍，你我既然必須分別，——不，不是那麼說；將軍，你我曾經相愛過，——不，也不是那麼說；您知道，——我想要說的是句什麼話呀？唉！我的好記性正像安東尼一樣，什麼都忘得乾乾淨淨了。

安　倘不是爲了你的高貴的地位，我就要說你是個無事嚼舌的女人。

克　克莉奧佩屈拉要是有那麼好的閒情閒緒，她也不會這樣滿腹悲哀了。可是，將軍原諒我吧；既然我的一舉一動您都瞧不上眼，我也不知道怎樣的行爲纔是適當的。您的榮譽在呼召您去；所以不要聽我的不足憐憫的癡心的哀求，願所有的神明和您同在吧！願勝利的桂冠懸在您的劍端，敵人到處俯伏在您的足下！

安　我們去吧。來，我們雖然分離，實際上並沒有分離：你住在這裏，你的心却跟着我馳騁疆場；我離開了這裏，我的心仍舊留下在你身邊。去！（同下）

## 第四場　羅馬；該撒府中一室

【奧克泰維斯該撒，勒畢特斯，及侍從等上。

該　你現在可以知道，勒畢特斯，我不是因爲氣量狹隘，纔這樣痛恨我們這位偉大的同僚。從亞力山特里亞傳來的消息，都說他每天釣釣魚喝喝酒，嬉遊縱樂，徹夜不休，比克莉奧佩屈拉更沒有男人的氣概，既不接見賓客使者，也不把他舊日的同僚放在心上；凡是衆人所最容易犯的過失，都可以在他身上找到。

勒　他的一二缺陷，決不能掩蓋住他的全部的優長；他的過失就像天空中的星點一般，因爲夜間的黑暗而格外顯著；它們是與生俱來的，不是有意獲得的；他自己也無能爲力，決不是存心如此。

該　你太寬容了。即使我們承認淫亂多里美王室的宮闈，爲了一時的歡樂而犧牲了一個王國，和一個下賤的奴才對坐飲酒，搖擺着蹣跚的醉步白晝招搖過市，和那些滿身汗臭的小人互相毆打，這種種惡劣的行爲，都算不得他的過失；即使安東尼果然有那樣希世的威儀，能夠不因這些穢德而減色，我們也絕對不能寬恕他因爲他的輕舉妄動，已經加重了我們肩頭的負擔。假如他因爲閒散無事，用醇酒婦人消磨他的光陰，那麼即使過度的淫樂煎枯了他的骨髓，也只是他自作自受，不干別人的事；可是在這樣國家多難的時候，他還是沉迷不返，就像一個已經能夠明白事理的孩子，因爲貪圖眼前的歡樂而忘記父兄的教誨一樣，我們不能不對他嚴辭譴責。

【一使者上。】

勒　又有什麼消息來了。

使者　尊貴的該撒，你的命令已經遵照實行，每一小時你都可以聽到外邊的消息。邦貝在海上的勢力非常強大，那些因爲畏懼而臣服該撒的人，似乎都對他表示衷心的愛戴；不滿意現狀的，一個個都到海邊奔附他。一般人都說羅馬虧待了他。

該　我應該早就見到這一點。人類的常情教訓我們，一個人當未在位的時候，是爲衆人所欽佩的，等到他一旦在位，大家就對他失去了信仰，受盡冷眼的失勢英雄，身敗名裂以後，也會受到世人的愛慕。羣衆就像一面飄浮水上的布旗，隨着潮流的方向而進退，在盲目的行動之中湮滅腐爛。

使者　該撒，我還要報告你一件消息。美尼克拉底斯和茂那斯，兩個著名的海盜，嘯集了大小船隻，橫行海上，四出剽掠，屢次侵犯意大利的海疆；沿海居民望風膽裂，年青力壯的相率入夥，協同作亂；凡是出口的船舶，纔離海岸，就被他們邀截而去；因爲他們祇要一提起邦貝的名字，就可以所向無敵。

該　安東尼，離開你的荒唐的淫樂吧！你從前殺死了赫息斯和潘薩兩個執政，從摩丹那被逐出亡的時候，到處饑荒追隨着你，你雖然是一個嬌生慣養的人，却用無比的毅力和環境苦鬥，忍受山谷野人所不堪忍受的苦難；你喝的是馬尿和畜類嗅到了也會惡心的汚水；吃的是荒野中粗惡生澀的漿果，甚至於像失食的牡鹿一樣，當白雪鋪蓋牧場的時候，啃着樹皮充飢；在阿爾卑斯山上，據說你曾經吃過腐爛的屍體，有人看見了這種東西是會驚怖失色的：我現在提起這些往事，雖然好像有傷你的名譽，可是當時你的確用百屈不撓的戰士的精神忍受這一切，你的神彩奕奕的臉上，並不因此而現出一些憔悴的痕跡。

勒　可惜他不能全始全終。

該　但願他自知慚愧，趕快回到羅馬來。現在我們兩人必須立刻召集將士，決定臨陣應戰的方略；邦貝的勢力是會在我們的怠惰之中一天一天强大起來的。

勒　該撒，明天我就可以確實告訴你我能够在海陸雙方集合多少的軍力，應付當前的變局。

該　我也要去調度一下。那麼明天見。

勒　明天見，閣下。要是你聽見外面有什麼變動，請通知我一聲。

該　當然當然，那是我的責任。（各下）

## 第五場　亞力山特里亞宮中一室

【克莉奧佩屈拉，夏媚煙，依籟絲，及瑪狄恩上。

克　夏媚煙！

夏　娘娘！

克　哈哈！給我喝一些曼陀羅汁。

夏　爲什麼，娘娘？

克　我的安東尼去了，讓我把這一段長長的時間昏睡過去吧。

夏　您思念他得太過分了

克　啊！胡說！喂，瑪狄恩！

瑪　陛下有什麼吩咐？

克　我現在不要聽你唱歌；我不歡喜太監所有的一切。還是你好，淨了身子，再也不會胡思亂想，讓你的一顆心飛出了埃及。你也有愛情嗎？

瑪　有的，娘娘。

克　當眞！

瑪　當不了眞的，娘娘，因爲我幹不來那些傷風敗俗的行爲；可是我也有强烈的愛情，我常常想起維納絲和瑪斯所幹的事。

克　啊，夏媚煙！你想他現在在什麼地方？他是站着還是坐着？他在走嗎？還是騎在馬上？幸運的馬啊，你能够把安東尼馱在你的身上！出力啊，馬兒，你知道誰騎着你嗎？他是撑持這一個世界的巨人，全人類的勇武的干城哩。他現在在說話了，也許他在低聲微語，「我那古老的尼羅河畔的花蛇呢？」因爲他是這樣稱呼我的。現在我在用最美味的毒藥陶醉我自己。他在想念我嗎？我這被腓勃斯的熱情的眼光燒灼得遍身黝黑，時間已經在我額上留下深深皺紋的人？闊面廣頤的該撒啊，當你大駕光臨的時候，我還只是一個少不更事的女郎；偉大的邦貝老是把他的眼睛盯在我的臉上，好像永遠捨不得離開一般。

【哀勒克薩斯上。

哀　埃及的女王，祝福！

克　你和瑪克安東尼是多麼的不同！可是因爲你是從他的地方來的，你的身上也帶着幾分他的光彩了。我的勇敢的瑪克安東尼怎樣？

哀　親愛的女王，他在無數次的熱吻以後，最後吻着這一顆東方的珍珠。他的話緊緊黏住在我的心上。

克　我的耳朵必須把它拔出來。

哀　他說，「好朋友，你去說，那忠賫的羅馬人把這一顆蚌殼裏的珍寶獻給偉大的埃及女王；請她不要嫌這禮物的菲薄，因爲我還要爲她征服無數的王國，讓它們在她富饒的王座之下臣服納貢；你對她說，所有東方的國家，都要稱她爲它們的女王。」於是他點了點頭，很莊嚴地騎上了一匹披甲的駿馬；我雖然還想對他說話，可是那馬兒的震耳的長嘶，把一切聲音全都遮住了。

克　啊！他是憂愁的還是快樂的？

哀　就像在盛暑和嚴寒之間的季候一樣，他既不憂愁也不快樂。

克　聽，聽，好聽好夏媚煙這纔是一個男子；可是聽好，他並不憂愁因爲他必須把他的光輝照耀到那些仰望他的人的臉上；他並不快樂，那似乎告訴他們他的眷念是和他的歡樂一起留在埃及的；可是在這兩者之間，啊，神聖的混合無論你憂愁或快樂，那强烈的情緒都可以顯出你的可愛沒有一個人能够比得上你。你碰見我的使者嗎？

哀　是，娘娘，我碰見二十個給您送信的人。爲什麽您這樣接連不斷地叫他們寄信去？

克　誰要是在我忘記寄信給安東尼的那一天出世的，一定窮苦而死。夏媚煙，拿墨水和信紙來。歡迎，我的好哀勒克薩斯。夏媚煙，我曾經這樣愛過該撒嗎？

夏　啊，那勇敢的該撒！

克　讓另外一句感嘆窒塞了你的呼吸吧！你應該說勇敢的安東尼。

夏　雄武的該撒！

克　憑濤愛昔斯女神起誓，你要是再把該撒的名字和我的唯一的英雄相提並論，我要敲得你滿口出血了。

夏　請娘娘開恩恕罪，我不過把您說過的話照樣說說罷了。

克　那時候我年輕識淺，我的熱情還沒有搧起，所以纔會說那樣的話！可是來，我們進去吧；把墨水和信紙給我，他將要每天得到一封信，否則我要把埃及殺得不剩一人。（同下）

# 第二幕

## 第一場　梅辛那邦貝府中一室

【邦貝，美尼克拉底斯，及茂那斯同上。

邦　偉大的天神們假如是公平正直的，他們一定會幫助理直辭正的人。

美　尊貴的邦貝，天神對於他們所眷顧的人，也許給他一時的留難，但決不會長久使他失望。

邦　當我們還在向他們神座之前求禱的時候，也許我們的希望已經毀滅了。

美　我們昧於利害，往往所祈求的反而於我們自己有損無益；聰明的天神拒絕我們的禱告，正是玉成我們的善意；我們雖然所願不遂，其實還是實受其利。

邦　我一定可以成功：人民這樣愛戴我，海上的霸權已經操在我的手裏；我的勢力正像上弦月一樣逐漸擴展，終有一天會變成一輪高懸中天的滿月。瑪克安東尼正在埃及閒坐宴飲，懶得出外作戰；該撒搜括民財，弄得衆怒沸騰；勒皐特斯祇知道兩面討好，他們兩人也對他假意殷勤，可是他對他們兩人既然並無好感，他們兩人也不把他放在心上。

茂　該撒和勒皐特斯已經上了戰場；他們帶着一支很強大的軍隊。

邦　你從什麼地方聽到這個消息？那是假的。

茂　昔爾維斯說的，主帥。

邦　他在做夢；我知道他們都在羅馬等候着安東尼。淫蕩的克莉奧佩屈拉啊，但願一切愛情的魔力柔潤你的褪了色的朱唇！讓妖術和美貌互相結合，再用淫慾加厚它們的魅力！把這浪子圍困在酒色的陣裏，讓他的頭腦終日昏迷；美味的烹調刺激他的食慾，醉飽酣眠銷磨了他的雄心，直到長睡不醒的一天！

【伐律斯上。

邦　啊，伐律斯！

伐　我要報告一個非常確實的消息：瑪克安東尼快要到羅馬了；他早已離開埃及，算起日子來應該早就到了。

邦　我不大相信這句話。茂那斯，我想這位好色的登徒未必會為了這樣一場小小的戰爭而披起他的甲冑來。講到他的將才，的確要比那兩個人勝過一倍；要是我們這一次行動，居然能夠把沉湎女色的安東尼從那埃及寡婦的懷中驚醒起來，那倒也是很可以擡高我們的身價的。

茂　我想該撒和安東尼未必能夠彼此相容；他的已故的妻子曾經得罪該撒，他的兄弟也和該撒動過刀兵，雖然我想不是出於安東尼的指使。

邦　茂那斯，我不知道他們大敵當前，會不會捐棄了私人間的嫌怨。倘不是我向他們三人揭起了挑戰的旗幟，他們大概就會自相火併的，因為他們彼此間的積恨，已經到了劍拔弩張的狀態了；可是我們還要看看同仇敵愾的心理，究竟能夠把他們團結到什麼程度。一切依照神明的意旨吧！我們的成敗存亡，全看我們能不能運用堅強的手腕。來，茂那斯。（同下）

## 第二場　羅馬；勒畢特斯府中一室

【伊諾巴勃斯及勒畢特斯上。

勒　好伊諾巴勒斯，你要是能够勸告你家主帥，請他在說話方面溫和一些，那就是做了一件大大的好事了。

伊　我要請他按照他自己的本性說話；要是該撒激惱了他，讓安東尼向該撒睥睨而視，發出像戰神一樣的怒吼吧。憑着裘必脫起誓，要是安東尼的鬍子裝在我的臉上，我今天決不願意把它薙掉。

勒　現在不是鬧私人意氣的時候。

伊　要是別人有意尋事，那就隨時都可以鬧起來的。

勒　可是我們現在有更重大的問題，應該拋棄小小的爭執。

伊　要是小小的爭執在前，重大的問題在後，那就不能這麽說。

勒　你的話全然是感情用事；可是請你不要撥起火灰來。尊貴的安東尼來了。

「安東尼及文替狄斯上。

伊　該撒也打那邊來了。

「該撒，末西那斯，及阿格力巴上。

安　要是我們在這兒相安無事，你就到巴底亞去；聽着，文替狄斯。

該　我不知道，末西那斯；問阿格力巴。

勒　尊貴的朋友們，非常重大的事故把我們聯合在一起，讓我們不要因爲些微的小事而彼此參商。各人有什麽不痛快的地方，不妨平心靜氣提出來講講；要是爲了一點小小的意見而弄得面紅耳赤，那就不單是見傷不救，簡直是向病人行刺了。所以，尊貴的同僚們，請你們俯從我的誠懇的請求，用最友好的態度討論你們最不愉快的各點，千萬不要鬧得不歡而散。

安　說得有理。即使我們現在彼此以兵戎相見，也應該保持這樣的精神。

該　歡迎你回到羅馬來！

安　謝謝你。

該　請坐。

安　請坐。

該　那麼有僭了。

安　聽說你爲了一些捕風捉影，或者和你毫不相干的事情，心裏不大痛快。

該　要是我無緣無故，或者爲了一些小小的事情而生起氣來，尤其是生你的氣，那不是笑話了嗎？要是你的名字根本用不到我提在嘴上，我却好端端把它詆毁，那不更是笑話了嗎？

安　該撒，我在埃及跟你有什麼相干？

該　本來你在埃及，就跟我在羅馬一樣，大家都是各不相干的；可是假如你在那邊圖謀危害我的地位，那我就不能不把它當作一個嚴重的問題。

安　你說我圖謀危害是什麼意思？

該　你一要看看我在這兒遭到些什麼事情，就可以懂得我的意思。你的妻子和兄弟都向我宣戰，他們用的都是你的名義。

安　你完全弄錯了；我的兄弟從來沒有讓我與聞他的行動。我曾經調查這件事情的經過，從幾個和你交鋒過的人的嘴裏聽到確實的報告。他不是把你我兩人一例看待，同樣向我們兩人的權力挑戰嗎？我早就有信給你，向你解釋過了你要是有意尋事，應該找一個更充分的理由，這樣的藉口是不能成立的：

該　你推托得倒很乾淨，可是太把我看得見事不明啦。

安　那倒不是這樣說；我相信你一定不會不想到，他既然把我們兩人同時作爲攻擊的目標，我當然不會贊許他這一種作亂的行爲。至於我的妻子，那麽我希望你也有一位像她這樣强悍的夫人：三分之一的世界在你的統治之下，你可以很容易地把它駕馭，可是你永遠馴伏不了這樣一個妻子。

伊　但願我們都有這樣的妻子，那麽男人可以和女人臨陣對壘了！

安　該撒，她的脾氣實在太暴躁了，雖然她也是個精明强幹的人；我很抱歉她給了你很大的煩擾，你必須原諒我沒有力量控制她。

該　你在亞力山特里亞喝酒作樂的時候，我有信寫給你；你却把我的信置之不理，把我的使者一頓辱駡趕走出去。

安　閣下，這是他自己不懂禮節，我還沒有叫他進來，他就莽莽撞撞走到我的面前；那時候我剛宴請過三個國王，不免有些酒後失態；可是下一天我就向他當面說明，那也等於向他道歉一樣。讓我們不要把這個人作爲我們爭論的題目吧。

該　你已經破壞盟約，我却始終信守。

勒　得啦，該撒！

安　不，勒畢特斯，讓他說吧；這是攸關我的榮譽的事，果然如他所說，我就是一個不講信義的人了。說，該撒，我怎麽破壞盟約。

該　我們有約在先，當我需要你的助力的時候，你必須舉兵相援，可是你却拒絕我的請求。

安　那是我一時糊塗疏忽了我的責任；我願意向你竭誠道歉。那個時候我實在不知道富爾薇霞爲了希望我離開埃及，已經在這兒發動戰事。在這一點上，我要請你原諒。

勒　這纔是英雄的口氣。

末　請你們兩位不要記念舊惡，還是合力同心，應付當前的局勢吧。

勒　說得有理，末西那斯。

伊　或者你們可以暫時做一會兒好朋友，等到邦貝的名字不再被人提起以後，你們沒有別的事情可做，不妨舊事重提，那時候儘你們去爭吵好了。

安　你是個武夫，不要胡說。

伊　老實人是應該閉口不言的，我倒幾乎忘了。

安　少說話，免得傷了在座衆人的和氣。

伊　好，好，我就做一塊小心翼翼的石頭。

該　他的出言雖然莽撞，卻有幾分意思；因爲我們的行動這樣互相背馳，要維持長久的友誼是不可能的。不過要是我知道有什麼方法可以加强我們的團結，那我卽使踏遍天涯去訪求也是願意的。

阿　允許我說一句話，該撒。

該　說吧，阿格力巴。

阿　你有一個同母姊妹，賢名久播的奧克泰薇霞；瑪克安東尼現在是一個鰥夫。

該　不要這樣說，阿格力巴；要是給克莉奧佩屈拉聽見了，少不了一頓駡。

安　我沒有妻室，該撒；讓我聽聽阿格力巴有些什麼話說。

阿　為了保持你們永久的和好，使你們成為兄弟，把你們的心緊緊結合在一起，讓安東尼娶奧克泰薇霞做他的妻子吧；她的美貌配得上世間第一等英雄，她的賢德才智勝過任何人所能給她的譽揚。締結了這一段姻緣以後，一切現在所看得十分重大的猜嫉疑慮，一切對於目前的危機所感到的嚴重的恐懼，都可以一掃而空；現在你們把無稽的傳聞看得那樣認真，到了那時候，真正的事實也都可以一笑置之了；她對於你們兩人的愛，一定可以促進你們兩人間的情誼。請你們恕我冒昧，提出了這樣一個意見，這並不是我臨時想起來的，我覺得自己責任所在，早就把這意思詳細考慮過了。

安　該撒願意表示他的意見嗎？

該　他必須先聽聽安東尼對於這番話有什麼反應。

安　要是我說，「阿格力巴，照你的話行吧，」阿格力巴有什麼力量可以使它成為事實呢？

該　該撒有這樣的力量，他可以替奧克泰薇霞作主。

安　但願這一件大好的美事沒有一點阻礙，果然達到了我們的願望！把你的手給我；從現在起，讓兄弟的友愛支配着我們遠大的計劃！

該　這兒是我的手。我給了你一個妹妹，沒有一個兄長愛他的妹妹像我愛她一樣；讓她聯繫我們的王國和我們的心，永遠不要彼此離貳！

勒　但願如此。阿們！

安　我不想對邦貝作戰，因為他最近對我禮意非常優渥，我必須先答謝他的盛情，免得被他批評我無禮；然後我再責問他興師犯境的理由。

勒　時間不容我們猶豫我們倘不立刻就去找邦貝，邦貝就要來找我們了。

安　他駐屯在什麼地方？

該　在密西嫩山附近。

安　他在陸地上的實力怎樣？

該　很強大，而且每天都在擴充；可是在海上他已經握到絕對的主權。

安　外邊的傳說正是這樣。我們早一點大家商量商量就好了！事不宜遲；可是在我們穿上武裝以前，先把剛纔所說的事情辦一辦好吧。

該　很好，我現在就帶你到令妹那兒去，介紹你們見見面。

安　去吧；勒畢特斯，你也必須陪我們去。

勒　尊貴的安東尼，即使有病我也要扶杖追隨的。（喇叭奏花腔；該、安、勒同下）

末　歡迎你從埃及回來，朋友！

伊　該撒的心腹，尊貴的末西那斯！我的正直的朋友阿格力巴！

阿　好伊諾巴勃斯！

末　事情這樣圓滿解決，眞是可喜。你在埃及安養得很好。

伊　是的，老兄；我們白天睡得日月無光，夜裏喝得天旋地轉。

末　聽說十二個人吃一頓早餐，烤了八頭整隻的野豬，有這回事嗎？

伊　這不過是大鷹旁邊的一頭蒼蠅；我們還有更驚人的豪宴，那纔說來叫人咋舌呢。

末　她是一位非常豪華的女王，要是一般的傳說沒有把她誇張過分的話。

伊　她在昔特納斯河上第一次遇見瑪克安東尼的時候，就把他的心捉住了。

阿　我也聽見說他們在那邊會面。

伊　讓我告訴你們。她坐的那艘畫舫就像一尊在水上燃燒的發光的寶座；舵樓是用黃金打成的；帆是紫色的，薰染着異香，逗引得風兒也爲它們害起相思來了；槳是白銀的，隨着笛聲的節奏在水面上下，使那被它們擊動的癡心的水波加快了速度追隨不捨。講到她自己，那簡直沒有字眼可以形容；她斜臥在用金色的錦綢製成的天帳之下，比圖畫上巧奪天工的維納絲女神還要嬌豔萬倍；在她的兩旁站着好幾個臉上浮着可愛的酒渦的小童，就像一羣微笑的邱必特一樣，手裏執着五彩的羽扇，那羽扇的風，本來是爲要讓她柔嫩的臉頰涼快一些的，反而使她的臉色變得格外緋紅了。

阿　啊！安東尼看見這樣一位美人，眞是幾生有幸！

伊　她的侍女們像一羣海上的鮫人神女，在她眼前奔走服事，她們的周旋進退，都是那麼婉孌多姿；一個作着鮫人裝束的女郎掌着舵，她那如花的纖手矯捷地執行她的職務，沾沐芳澤的絲纜也都得意得心花怒放了。從這畫舫之上散放出一股奇妙撲鼻的芳香，瀰漫在附近的兩岸。傾城的士女都出來瞻望她，祇剩安東尼一個人高坐在市場上，向着空氣吹嘯；那空氣倘不是因爲塡充空隙的緣故，也一定飛去觀看克莉奧佩屈拉，而在天地之間留下一個缺口了。

阿　希有的埃及人！

伊　她上了岸，安東尼就遣使請她晚餐；她回答說他是客人，應當讓她自己盡東道之誼，請他進宮赴宴。我們這位嫺習禮儀的安東尼是從來不曾在一個婦女面前說過一個「不」字的，整過了十次的容方纔前去，這一去不打緊，爲了他眼睛所享受的盛餐，他把一顆心付了下來，作爲一席之歡的代價了。

阿　了不得的女人！怪不得我們從前那位該撒爲了她要無心軍旅了。

伊　我有一次看見她從市街上奔跳過去，一邊喘息一邊說話；那吁吁嬌喘的神氣，也是那麼楚楚動人，在她破碎的語言裏，自有一種天生的媚力。

末　現在安東尼必須把她完全割捨了。

伊　不，他決不會丟棄她，年齡不能使她衰老，習慣也不能陳腐了她的變化無窮的伎倆；別的女人使人日久生厭，她卻越是給人滿足，越是使人飢渴；因爲最醜惡的事物一到了她的身上，也會變成美好，即使她在賣弄風情的時候，神聖的祭司也不得不爲她祝福。

末　要是美貌、智慧和賢淑可以把安東尼的心安定下來，那麼奧克泰薇霞是他的一位很好的內助。

阿　我們去吧。好伊諾巴勃斯，當你在這兒耽擱的時候，請你做我的客人吧。

伊　多謝你的好意。（同下）

## 第三場　同前該撒府中一室

【該撒，安東尼，奧克泰薇霞（居二人之間，）及侍從等上。

安　這廣大的世界和我的重要的職務，使我有時不能不離開你的懷抱，

奧　當你出去的時候，我將要長跪神前，爲你祈禱。

安　晚安，閣下！我的奧克泰薇霞，不要從世間的傳說之中誦讀我的缺點；我過去誠然有行止不檢的地方，可是從今以後，一定循規蹈矩。晚安，親愛的女郎！

奧　晚安，將軍！

該　晚安！（凱、奧同下）

【卜者上。

安　喂，我問你，你想不想回埃及去？

卜者　我希望我從來沒有離開埃及，我更希望你從來沒有到過埃及！

安　你能夠告訴我你的理由嗎？

卜者　我心裏明白，嘴裏却說不出來。可是我看你還是趕快到埃及去吧。

安　對我說，將來是該撒的命運強還是我的命運強？

卜者　該撒的命運強。所以，安東尼啊！不要留在他的旁邊吧。你的本命星是高貴勇敢，一往無敵的，可是一近了該撒的身邊，它就黯然失色，好像被他掩去了光芒一般；所以你應該和他離開得遠一點兒纔好。

安　不要再提起這些話了。

卜者　這些話我祇對你說；別人面前我可再也不提起。你無論跟他玩什麽遊戲，一定勝不過他，因爲他有那種天賦的幸運，即使明明你比他本領高強，他也會把你擊敗，凡是他的光輝所在，你的光總是黯淡的。我再說一句，你在他旁邊的時候，你的本命星就會惴惴不安，失去了主宰你的力量，可是他一走開，它又變得意氣非常了。

安　你去對文替狄斯說，我要跟他談談。（卜者下）他必須到巴底亞去。這傢伙也許果然能够知道過去未來，也許給他偶然猜中，說的話兒倒很有道理。就是骰子也會聽他的話；我們在遊戲之中，雖然我的技術比他高明，總敵不過他的手風順利；抽籤的時候，總是他佔便宜；無論鬥雞鬥鶉，他都能够以弱勝强。我還是到埃及去；雖然爲了息事寧人而締結了這頭婚事，可是我的快樂是在東方。

【文替狄斯上。

安　啊！來，文替狄斯，你必須到巴底亞去一次；你的委任文書已經辦好了，跟我來拿吧。（同下）

## 第四場　同前；街道

【勒畢特斯，末西那斯，及阿格力巴上。

勒　不勞遠送，請兩位催促你們的主帥早日就道。

阿　將軍，等瑪克安東尼和奧克泰薇霞溫存一下，我們就會來的。

勒　那麼等你們披上戎裝以後，我再跟你們相見吧。

末　照路程計算起來，勒畢特斯，我們可以比你先到密西嫩山。

勒　你們的路程是要短一些；我因爲還有其他的任務，不能不多繞一些遠路。你們大槪比我先到兩天。

末阿　將軍，祝你成功！

勒　再會！（各下）

## 第五場　亞力山特里亞；宮中一室

【克莉奧佩屈拉，夏媚煙，依蘿絲，哀勒克薩斯，及侍從等上。

克　給我奏一些音樂；音樂對於我們這些以戀愛爲職業的人，它是我們憂鬱的食糧。

侍者　奏樂！

【瑪狄恩上。

克　算了；我們打彈子吧。來，夏媚煙。

夏　我的手臂疼；您跟瑪狄恩打吧。

克　女人跟太監玩，就像女人跟女人玩一樣。來，你願意陪我玩玩嗎？

瑪　我願意勉力奉陪娘娘。

克　心有餘而力不足，那一片好意總是值得嘉許的。我現在也不要打彈子了。替我把釣竿拿着，我們到河邊去；你們在遠遠的地方奏着音樂，我就把釣竿放下去，誘那長着赭色鰭片的魚兒上鈎；我的彎彎的釣鈎要鈎住了它們滑溜溜的嘴巴；當我拉起它們來的時候，我要把每一尾魚當作一個安東尼，我要說，「啊哈！你可給我捉住啦！」

夏　那一次您跟他在一起釣魚，你們還打着賭；他不知道您已經叫一個人鑽在水裏，悄悄把一條醃魚掛在他的釣鈎上了，拚命提了起來，想起來眞是有趣得很。

克　唉，提起那些話兒，叫人不勝今昔之感！那時候我笑得他老羞成怒，可是一到晚上，我又笑得他回嗔作喜；下一天早晨我在九點鐘以前就把他灌醉上牀，替他穿上我的衣帽，我自己佩帶了他的腓力班寶劍。

【一使者上。

克　啊！從意大利來的；我的耳朵裏久已不聽見消息了，你有多少消息，一起把它們塞了進去吧。

使者　娘娘，娘娘——

克　安東尼死了！你要是這樣說，狗才，你就殺死你的女主人了；可是你要是說他平安無恙，這兒有的是金子，你還可以吻一吻這一隻許多君王們曾經吻着它而顫慄的手。

使者　第一，娘娘，他是平安的。

克　啊，我還要給你更多的金子。可是聽着，我們常常說已死的人是平安的；要是你也是這個意思，我就要把那賞給你的金子鎔化了，灌下你這報告凶訊的喉嚨裏去。

使者　好娘娘，聽我說。

克　好，好，我聽你說；可是瞧你的相貌不像是個好人；安東尼要是平安無恙，不該讓這樣一張難看的臉孔報告這樣大好的消息；要是他有什麼疾病災難，你應該像一尊頭上盤繞着毒蛇的煞神，不該仍舊裝做人的樣子。

使者　請您聽我說下去吧。

克　我很想在你沒有開口以前先把你搥一頓；可是你要是說安東尼沒有死，很平安，該撒待他很好，沒有把他監禁起來，我就把金子像暴雨一般淋在你頭上，把珍珠像冰雹一樣撒在你身上。

使者　娘娘，他很平安。

克　說得好。

使者　他跟該撒感情很好。

克　你是個好人。

使者　該撒和他的友誼已經比從前大大增進了。

克　我要賞給你一筆大大的財產。

使者　可是，娘娘，——

克　我不愛聽「可是，」「可是」它會推翻先前所說的那些好消息；呸，「可是！」「可是」就像一個獄卒，它會帶上一個大奸巨惡的罪犯。朋友，請你把你所知道的消息不管是好的壞的，一起灌進了我的耳朵裏吧。他跟該撒很要好；他身體健康，你說；你還說他行動自由。

使者　自由，娘娘！不，我沒有這樣說他已經被奧克泰微霞約束住了。

克　什麼約束？

使者　他們已經締結百年之好。

克　夏媚煙，我的臉色發白了！

使者　娘娘，他跟奧克泰微霞結了婚啦。

克　最惡毒的瘟疫染在你身上！（擊使者倒地）

使者　好娘娘，請息怒。

克　你說什麼？滾，（又擊）可惡的狗才！否則我要把你的眼珠放在脚前踢了出去；我要拔光你的頭髮；（將使者拉扯毆辱）我要用鋼絲鞭打你，用鹽水煮你，用酸醋慢慢兒浸死你。

使者　好娘娘，我不過報告您這一個消息，又不是我作的媒。

克　說沒有這樣的事，我就賞給你一處封邑，讓你安享富貴；你惹我生氣，我已經打過了你，也不再計較了；你還有什麼要求，祇要向我說，我都可以答應你。

使者　他眞的結了婚啦，娘娘。

克　混蛋！你不要活命嗎？（拔刀）

使者　噯喲，那我可要逃了。您這是什麼意思，娘娘？我沒有過失呀。（下）

夏　好娘娘，定一定心吧；這人是沒有罪的。

克　天雷殛死的不一定是有罪的人。讓埃及融解在尼羅河裏，讓善良的人都變成蛇吧！叫那傢伙進來；我雖然發瘋，我還不會咬他。叫他進來。

夏　他不敢來。

克　我不傷害他就是了。（夏下）這一雙手太有失了自己的尊嚴，是我自己脾氣不好，却去毆打一個比我卑微的人。

【夏媚煙及使者重上。

克　過來，先生。把壞消息告訴人家，即使誠實不虛，總不是一件好事；悅耳的喜訊不妨極口渲染，不幸的噩耗還是緘口不言，讓那身受的人自己感到的好。

使者　我不過盡我的責任。

克　他已經結了婚嗎？我已經把你恨透了，你要是再說一聲「是，」我也不會更加恨你的。

使者　他已經結婚了，娘娘。

克　願天神重罰你！你還是這麼說嗎？

使者　我應該說謊嗎，娘娘？

克　啊！我但願你說謊，即使我的半個埃及完全陸沉，變成鱗蛇棲息的池沼。出去；要是你有娜雪瑟斯一般美好的姿容，在我的眼中你也是最醜陋的傖夫。他結了婚嗎？

使者　求陛下恕罪。

克　他結了婚嗎？

使者　陛下不要見氣，我也不過遵照您的命令行事，要是因此而受責，那眞是太寃枉啦。他是跟奧克泰薇霞結了婚了。

克　滾出去；把你從羅馬帶來的這一個好消息也給我帶回去吧！（使者下）

夏　陛下息怒。

克　我在贊美安東尼的時候，把該撒詆毀得太過分了。

夏　您好多次都是這樣，娘娘。

克　現在我可受到報應啦。帶我離開這裏；我要暈倒了。啊，依蘿絲！夏媚煙！算了。好哀勒克薩斯，你去問問那傢伙，奧克泰薇霞容貌長得怎樣，多大年紀，脾氣好不好，不要忘記問她的頭髮是什麼顏色；問過了趕快回來告訴我。（哀下）讓他一去不回吧；——不，夏媚煙！我還是望他回來，雖然他的一面的臉孔像個猙獰的怪物，那一面卻像威武的戰神。（向瑪）你去叫哀勒克薩斯再問問她的身裁有多麼高。可憐我，夏媚煙，可是不要對我說話。帶我到我的寢室裏去。（同下）

## 第六場　密西嫩附近

【喇叭奏花腔鼓吹前導，邦貝及茂那斯自一方上；該撒，安東尼，勒畢特斯，伊諾巴勃斯，末西那斯率兵士等自另一方行進上。

邦　我已經得到你們的保證，你們也已經得到我的保證，在沒有交戰以前，讓我們先來舉行一次談判。

該　先禮後兵是最妥當的辦法，所以我們已經把我們的目的預先用書面通知你了；你要是已經把它考慮過，請讓我們知道那些條件能不能使你收起你的憤憤不平的劍，帶領你的子弟們回到西西里去，免得白白在這裏犧牲了許多有用的青年。

邦　你們三位是當今宰制天下的元老，神明意旨的主要執行者，你們還記得裘力厄斯該撒的陰魂在腓利比向善良的勃魯脫斯作祟的時候，他看見你們怎樣爲他出力；我的父親也是有兒子有朋友的，爲什麼他就沒有人替他復仇？臉色慘白的該歇斯爲什麼要陰謀作亂？那正直無私，爲衆人所尊敬的羅馬人勃魯脫斯，和他的武裝的黨徒們，那一羣追求着美麗的自由的人，爲什麼要血濺聖殿？他們的目的不是希望有一個眞正的英雄出來統治羅馬嗎？我現在興起水上的雄師，駕着怒海的波濤而來，也就是爲了這一個目的；憑着我的盛大的軍力，我要痛懲無情的羅馬，報復它對我的尊貴的父親的負心的罪辜。

該　什麼事情都好慢慢商量。

安　邦貝，你不能用你船隻的强盛嚇退我們；我們就是到海上談判，我們也決不怕你。在陸地上你知道我們的力量是遠勝於你的。

邦　不錯，在陸地上你把我父親的屋子也佔了去了；可是既然杜鵑不會自己築巢，你就住下去吧。

勒　現在我們不必講別的話，請告訴我們，你對於我們向你提出的條件覺得怎樣？

該　這是我們今天談話的中心、

安　我們並不一定要求你接受，請你自己熟權利害。

該　要是這樣的條件還不能使你滿足，那麼妄求非分的結果也是值得考慮的。

邦　你們允許把西西里和撒丁尼亞兩島讓給我；我必須替你們掃除海盜，還要把多少小麥送到羅馬；雙方同意以後，就可以完楯全刃，各自回去。

該、安、勒　這正是我們所提的條件。

邦　那麼告訴你們吧，我到這兒來跟你們會見，本來是預備接受你們的條件的，可是看見了瑪克安東尼，却有點兒氣憤不過。雖然一個人不該自己賣弄恩德，不過你要知道，該撒和你兄弟交戰的時候，你的母親到西西里來，曾經受到殷勤的禮遇。

安　我也聽見說起過，邦貝；我早就想重重謝你。

邦　讓我握你的手。將軍，想不到我會在這兒碰見你。

安　東方的枕褥是溫暖的；幸虧你把我叫了起來，否則我還要在那邊留戀下去，錯過許多機會了。

該　自從我上次看見你以後，你已經變了許多啦。

邦　嗯，我不知道冷酷的命運在我的臉上留下了什麼痕跡，可是我決不讓她鑽進我的胸中，使我的心成爲她的臣僕。

勒　今天相遇，眞是難得的機會。

邦　我也希望這樣，勒畢特斯。那麼我們已經彼此同意了。爲了表示鄭重起見，我希望把我們的協定寫下來，各人簽署蓋印。

該　那是當然的手續。

邦　我們在分手以前還要各人互相請一次客；讓我們用抽籤決定那一個人先請。

安　我先來吧，邦貝。

邦　不，安東尼，你也得抽籤；可是不管先請後請，你那很好的埃及式烹調是總要領教領教的。我聽說裘力厄斯該撒在那邊吃成了一個胖子。

安　那倒是聞所未聞。

邦　我還聽見說，阿坡羅陀勒斯把一個——

伊　那話兒不用說了，是有這一回事。

邦　請問什麼事？

伊　把一個女王裹在褥子裏送到該撒的地方。

邦　我現在記起你來了；你好，壯士？

伊　有酒有肉，怎麼不好；看來我的口福不淺，眼前就要有四次宴會了。

邦　讓我攙攙你的手；我從來沒有對你懷恨，我曾經看見你打仗，很欽慕你的勇敢。

伊　將軍，我對您一向沒有多大好感，可是我不是沒有稱贊過您，雖然我給您的稱贊，還不及您實際價值的十分之一。

邦　你的爽直正是你的好處。現在我要請各位賞光到敝船上去敍敍；請了，各位將軍。

該安、勒　請你領路將軍。（除茂、伊外皆下）

茂　邦貝，你的父親是決不會簽訂這樣的條約的。朋友，我們曾經有一面之雅。

伊　我想我在海上見過你。

茂　正是，朋友。

伊　你在海上很了得。

茂　你在陸地上也不錯。

伊　誰願意恭維我的，我都願意恭維他；雖然我在陸地上橫行無敵，是一件無可否認的事。

茂　我在水上橫行無敵，也是不可否認的。

伊　爲了你自己的安全，你還是否認了的好；你是一個海上的大盜。

茂　你是一個陸地的強徒。

伊　那麼我就否認我的陸地上的功勞。可是把你的手給我，茂那斯；要是我們的眼睛可以替我們作見證，它們在這兒可以看見兩個盜賊握手爲歡。

茂　人們的手儘管不老實，他們的臉總是老實的。

伊　可是沒有一個美貌的女人有一張老實的臉。

茂　不錯，她們是會把男人的心偷走的。

伊　我們到這兒來，本來是要跟你們厮殺。

茂　拿我自己說，打仗變成了喝酒，眞是掃興得很。邦貝今天把他的一份家私笑掉了。

伊　要是他眞的把家私笑掉了，那可是再也哭不回來的。

茂　你說得有理，朋友。我們沒有想到會在這兒看見瑪克安東尼。請問他已經跟克莉奧佩屈拉結了婚嗎？

伊　該撒的妹妹名叫奧克泰薇霞。

茂　不錯，朋友；她本來是凱易斯瑪瑟勒斯的妻子。

伊　可是她現在是瑪格斯安東尼尼斯的妻子了。

茂　怎麼？

伊　這句話是眞的。

茂　那麼該撒跟他永遠聯合在一起了。

伊　要是叫我預測這一個結合的將來，我可不敢發表這樣樂觀的論斷。

茂　我想這一頭婚事，大概還是政策上的權宜，不是出於男女雙方的愛戀。

伊　我也是這樣想；可是你不久就會發現聯結他們友誼的這一條帶子，結果反而勒斃了他們的感情。奧克泰薇霞的性情是端莊而冷靜的。

茂　誰不願意有這樣一個妻子？

伊　瑪克安東尼自己不是這樣一個人，所以他也不歡喜這樣一個妻子。他一定會再到埃及去領略他的異味；那時候奧克泰薇霞的嘆息便會搧起該撒心頭的怒火，正像我剛纔所說的，她現在是他們兩人之間感情的聯繫，將來卻會變成促動兩人反目的原因。安東尼的心早已另有所屬了，他在這兒結婚只是一種應付環境的手段。

茂　你的話也許會成爲事實。來，朋友，上船去吧。我要請你喝杯酒呢。

伊　我一定領情；我們在埃及是大口的酒喝慣了的

茂　來，我們去吧。（同下）

## 第七場　密西嫩附近海面邦貝大船上

【音樂；兩三僕人持酒食上。

甲僕　他們就要到這兒來啦，夥計。有幾個人已經醉得站立不穩，最輕微的一絲風都可以把他們吹倒。

乙僕　勒畢特斯喝得滿臉通紅。

甲僕　他們故意開他頑笑，儘是哄他一杯一杯灌下去。

乙僕　混在大人物中間，給他們玩弄玩弄也是活該。叫我舉一根掮不起的槍桿子，寧願拈一根不中用的蘆葦。

甲僕　高處在爲衆人所仰望的地位，而毫無作爲，正像眼眶裏沒有眼珠，祇留下兩個怪可憐的空洞的凹孔一樣。

【喇叭奏花腔；該撒，安東尼，勒畢特斯，邦貝，阿格力巴，末西那斯，伊諾巴勃斯，茂那斯，及其他將領等上

安　他們都是這樣的，閣下。他們用金字塔做標準，測量尼羅河水位的高低，由此判斷年歲的豐歉。尼羅河的河水越是高漲，收成越是有把握；潮水退落以後，農夫就可以在爛泥上播種，不多幾時就結實了。

勒　你們那邊有很奇怪的蛇。

安　是的，勒畢特斯。

勒　你們埃及的蛇是生在爛泥裏，曬着太陽光長大的；你們的鱷魚也是一樣。

安　正是這樣。

邦　請坐，——酒來！我們乾一杯祝勒畢特斯健康！

勒　我身子不是頂舒服，可是我決不退怯。

伊　除非等你睡去，他們決不會放過你的。

勒　嗯，的確，我聽說多里美王朝的金字塔造得很好；我聽見人家都是這樣一致承認。

茂　邦貝，我要跟你說句話。

邦　就在我的耳邊說；什麼事？

茂　主帥，請你離開你的坐位，聽我對你說。

邦　等一等，我就來。這一杯酒祝勒畢特斯健康！

勒　你們的鱷魚是怎麼一種東西？

安　它的形狀就像一條鱷魚；它有鱷魚那麼大，也有鱷魚那麼高；它用它自己的肢體行動，靠着它所吃的東西活命；它的精力衰竭以後，它就死了。

勒　它的顏色是怎樣的？

安　也跟鱷魚的顏色差不多。

勒　那是一種奇怪的蛇。

安　可是；而且它的眼淚是溼的。

邦　該死，該死！這算什麼話？去！照我吩咐你的做去。我叫你們替我斟下的這杯酒呢？

茂　要是你願意聽我說話，請你站一站起來。

邦　我想你在發瘋了什麼事？（二人走至一旁）

茂　我一向都是忠心耿耿，爲你的利益打算。

邦　你替我做事很忠實。還有什麼話說？各位將軍，大家痛痛快快樂一下。

安　勒畢特斯，留心你脚底下的浮沙，你要跌下來了。

茂　你要做全世界的主人嗎？

邦　你說什麼？

茂　你要做全世界的主人嗎？

邦　怎麼做法？

茂　你祇要抱着這樣的决心，雖然你看我是一個微賤的人，我能够把全世界交在你的手裏。

邦　你喝醉了嗎？

茂　不，邦貝，我一口酒也沒有沾唇。你要是有膽量，就可以做地上的君王；大洋環抱之內，蒼天覆蓋之下，都屬於你的所有，祇要你有這樣的雄心。

邦　指點我一條路徑。

茂　這三個統治天下，鼎峙稱雄的人物，現在都在你的船上；讓我割斷纜繩，把船開到海心，砍下他們的頭顱，那麼一切都是你的了。

邦　唉！這件事你應該自己去幹，不該先來告訴我。我幹了這事，人家要說我不顧信義；你去幹了，却是爲主盡忠。你必須知道，我不能把利益放在榮譽的前面，我的榮譽是比利益更重要的。你應該懊悔讓你的舌頭說出了你的計

茂　謀；要是趁着我沒有知道的時候幹了，我以後會覺得你這件事情幹得很好，可是現在我必須斥責這樣的行爲。放棄了這一個念頭，還是喝酒吧。
（旁白）從此以後，我也不再追隨你這前途黯淡的命運了。放着這樣大好的機會當面錯過，以後再要找尋，還會我得到嗎？

邦　再敬勒畢特斯一杯！

安　把他扛上岸去。我來替他乾了吧，邦貝。

伊　敬你一杯，茂那斯！

茂　伊諾巴勃斯，歡迎！

邦　把酒滿滿的倒在杯子裏，讓它一直齊着杯口。

伊　茂那斯，那是一個很有力氣的傢伙。（指一負勒下場之侍者）

茂　爲什麼？

伊　你不看見他把三分之一的世界負在背上嗎？

茂　那麼三分之一的世界已經喝醉了，但願整個世界都喝得醺醺大醉，像車輪般旋起來！

伊　你也喝，大家喝個暢快。

茂　來。

邦　我們今天的聚會，比起亞力山特里亞的豪宴來，恐怕還是望塵莫及。

安　也差不多了。來，碰杯！這一杯是敬該撒的！

該　我可喝不下去了；我這頭腦越洗越糊塗。

安　今天大家不醉無歸，不能讓你例外。

該　那麼你先喝，我陪着你喝；可是與其在一天之內喝這麼多的酒，我寧願絕食整整的四天。

伊　（向安）哈！我的好皇帝我們現在要不要跳起埃及酒神舞來慶祝我們今天的歡宴？

邦　好壯士，讓我們跳起來吧。

安　來，我們大家手攙着手，一直跳到美酒浸透了我們的知覺，把我們送進了溫柔的黑甜鄉裏。

伊　大家攙着手。當我替你們排隊的時候，讓音樂在我們的耳邊高聲奏響；於是歌僮唱起歌來，每一個人都要拉開喉嚨和着他唱，唱得越響越好。（奏樂伊同衆人攜手列隊）

歌：

來，巴邱斯，酒國的仙王，
你兩眼紅紅，胖胖皮囊！
替我們澆盡滿腹牢騷，
替我們滿頭掛上葡萄：
喝，喝，喝一個天旋地轉，
喝，喝，喝一個天旋地轉！

該　够了，够了。邦貝，晚安！好兄弟，我求求你，跟我回去吧；不要一味遊戲，忘記了我們的正事。各位將軍，我們分手吧；你們看我們的臉燒得這樣紅；强壯的伊諾巴勃斯喝得一點力氣都沒有；我自己的舌頭也有點結結巴巴；大家瘋

（邦）瘋顛顛的，都變成一羣傻瓜啦。不必多說。晚安！好安東尼，讓我攙着你。

邦　我一定要到岸上來陪你們樂一下。

安　很好，邦貝。把你的手給我。

邦　啊，安東尼！你佔住了我父親的屋子，可是那有什麼關係？我們還是朋友。來，我們下小船吧。

伊　留心不要跌在水裏。（邦，凱安，及侍從等下）茂那斯，我不想上岸去。

茂　不，到我艙裏坐坐。這些鼓！這些喇叭，笛子！嘿！讓海神聽見我們向這些大人物高聲道別吧；吹起來，他媽的！吹響一點！（喇叭，癸花腔，間以鼓聲）

伊　嗚！他說的。瞧我的帽子。（擲帽）

茂　嗚！好傢伙！來。（同下）

# 第三幕

## 第一場　敍利亞一平原

〔文替狄斯率西律斯及其他羅馬將校士卒奏凱上；兵士舁巴科勒斯屍體前行。

文　橫行無敵的巴底亞，你也有失敗的一天；命運選定了我，叫我替已死的瑪格斯克雷色斯復仇。把這王子的屍身在我們大軍之前扛着走。奧洛第斯啊，你殺了我們的瑪格斯克雷色斯，現在我們把你的巴科勒斯抵了命啦。

西　尊貴的文替狄斯，趁着巴底亞人的血在你的劍上還沒有冷卻的時候，繼續追逐那些逃亡的敵人吧；馳驟你的鐵騎，越過米第亞，美索普達米亞，以及其他可以爲敗走的巴底亞人棲身的地方；這樣你的偉大的主帥安東尼就要使你高坐在凱旋的戰車裏，用花冠加在你的頭上了。

文　啊，西律斯，西律斯！這樣已經很夠了；一個地位在下的人，不應該立太大的功勳；因爲，你要知道，西律斯，與其當長官不在的時候出力博得一個太高的名聲，寧可把一件事情做到一半就歇手。該撒和安東尼的赫赫功業，大部分是他們的部下替他們立起來的，並不是他們自己的力量。我在敍利亞的一個同僚索息斯，本來在他手下當副將的，就是因爲太露鋒鋩而失去了他的歡心。在戰場上，部下的軍功如果超過主將，主將的威名就會被他所掩罩；凡是軍人都有爭强好勝的心理，他們寧願吃一次敗仗，也不願讓別人奪去了勝利的光榮。我本來還可以替安東尼多出一些力，可是那反而會使他惱怒，他一惱，我的辛苦就是白費的了。

西　文替狄斯，你眞是深謀遠慮；一個軍人要是不能審察利害，他就跟他的劍沒有分別。你要寫信去向安東尼報捷嗎？

文　我要很謙恭地告訴他，我們憑藉他的先聲奪人的威名，已經得到了怎樣的戰果；他的雄壯的旗幟和精神飽滿的部隊，怎樣把百戰百勝的巴底亞騎兵驅出了戰場之外。

西　他現在在什麼地方？

文　他預備到雅典去；我們現在就向雅典兼程前進，向他當面覆命。來，弟兄們，走。（同下）

## 第二場　羅馬該撒府中一室

【阿格力巴及伊諾巴勃斯自相對方向上。

阿　啊！那些把兄弟們都散了嗎？

伊　他們已經把邦貝打發走了；那三個人還在重申盟好。奧克泰薇霞因為不忍遠離羅馬而哭泣；該撒也是滿面愁容；勒畢特斯自從在邦貝那兒赴宴歸來以後，茂那斯就說他害着貧血症。

阿　勒畢特斯是個好人。

伊　一個很好的人。啊，他多麼愛該撒！

阿　嗯，可是他多麼崇拜安東尼！

伊　該撒？他纔是人世的天神。

阿　安東尼嗎？他是天神的領袖。

伊　你說起該撒嗎？嗬！蓋世無雙的英雄！

阿　啊，安東尼！千年一遇的鳳凰！

伊　你要是想讚美該撒，祇要提起該撒的名字就够了。

阿　眞的，他對於他們兩人都是恭維備至。

伊　可是他最愛該撒；不過他也愛安東尼。喝！他對於安東尼的友情，是思想所不能容，言語所不能盡，計數所不能量，文士所不能抒述，詩人所不能謳吟的。可是對於該撒，他祇有跪伏擊歎的分兒。

阿　他對於兩個人一樣的愛。

伊　他們是他的翅翰，他是他們的甲蟲。（內喇叭聲）這是下馬的信號。再會，尊貴的阿格力巴。

阿　願你幸運，英勇的壯士，再會！

【該撒，安東尼，勒畢特斯，及奧克泰薇霞上。

安　請留步吧，閣下。

該　你已經把大半個我帶走；請你爲了我的緣故好好看待她妹妹，願你盡力做一個好妻子，不要辜負了我的期望。最尊貴的安東尼，讓這一個賢淑的女郎成爲鞏固我們兩人友誼的膠泥，不要反而讓她成爲撞毀我們感情的堡壘的橫木；因爲我們要是不能同心愛護她，那麼還是不要讓她置身在我們兩人之間的好。

安　你要是不信任我，我可要生氣啦。

該　我的話已經說完了。

安　無論你怎樣放心不下，你決不會發現我有什麼可以使你懷疑的地方。願神明護持你，使羅馬的人心都樂於爲你效死！我們就在這兒分手吧。

該　再會，我的最親愛的妹妹，再會；願你一路平安！再會！

奧　我的好哥哥！

安　她的眼睛裏有四月的風光；那是戀愛的春天，這些眼淚便是催花的時雨。別傷心了。

奧　哥哥，請你留心照料我的丈夫的屋子；還有——

該　什麼，奧克泰薇霞？

奧　讓我附着你的耳朵告訴你。

伊　（向阿旁白）該撒會不會流起眼淚來？

阿　他的臉上已經堆起烏雲了。

伊　假如他是一頭馬，這樣也會有損他的莊嚴；何況他是一個堂堂男子。

阿　嘿，伊諾巴勃斯，安東尼看見裘力厄斯該撒死了，也曾放聲大哭；他在腓利比看見勃魯脫斯被人殺死，也曾傷心落淚呢。

伊　不錯，那一年他害着重傷風，所以涕泗橫流；不瞞你說，連我也被他逗得哭起來了。

該　不，親愛的奧克泰薇霞，你一定可以隨時得到我的音訊；我對你的想念是不會因爲時間的久遠而冷淡下去的。

安　來，大哥，來，我要用我愛情的力量和你搏鬥了。

該　再會，祝你們快樂！

勒　讓所有的星星吐放它們的光明，一路上照耀着你們！

該　再會，再會！（吻奧）

安　再會！（喇叭聲；同下）

## 第三場　亞力山特里亞宮中一室；

【克莉奧佩屈拉，夏媚煙，依籟絲，及哀勒克薩斯上。

克　那個人呢？

哀　他嚇得不敢進來。

克　來，來。

【使者上。

克　過來，朋友。

哀　陛下，您發怒的時候，猶太的希洛特王也不敢正眼看您的。

克　我要那個希洛特王的頭；可是安東尼去了，誰可以替我去幹這一件事呢？走近些。

使者　最仁慈的陛下！

克　你見過奧克泰薇霞嗎？

使者　見過，尊嚴的女王。

克　什麼地方？

使者　娘娘，在羅馬；我看見她一手攙着她的哥哥，一手攙着安東尼；她的臉給我看得清清楚楚。

克　她像我一樣的高嗎？

使者　她沒有您高，娘娘。

克　聽見她說話嗎？她的聲音還是尖銳的，還是低的？

使者　娘娘，我聽見她說話；她的聲音是很低的。

克　那就不大好。他不會長久喜歡她的。

夏　喜歡她！啊，愛昔斯女神！那是不可能的。

克　我也是這樣想，夏媚煙矮矮的個子，說話又不伶俐！她走路的姿態有沒有威儀？記記看，要是你看見過眞正的威儀，就該知道怎樣的姿態纔算是有威儀的。

使者　她走路簡直像爬；她的行動和靜止毫無分別；她是一個沒有生命的形體，不會呼吸的雕像。

克　眞的嗎？

使者　要是不眞，我就是不生眼睛的。

夏　在埃及人中間，他一個人的觀察力可以勝過三個人。

克　我看他很懂事。她還不曾有什麼可取的地方。這傢伙眼光很不錯。

夏　好極了。

克　你猜她有多大年紀？

使者　娘娘，她本來是一個寡婦，——

克　寡婦！夏媚煙，聽着。

使者　我想她總有三十歲了。

克　你還記得她的臉孔嗎？是長的還是圓的？

使者　圓的，太圓了。

克　臉孔滾圓的人大多數是很笨的。她的頭髮是什麼顏色？

使者　棕色的，娘娘；她的前額低到無可再低。

克　這兒是賞給你的金子；我剛纔對你太兇了點兒，你可不要見怪。我仍舊要派你去替我探聽消息；我知道你是個很可靠的人。你去端整行裝；我的信件已經預備好了。（使者下）

夏　一個很好的人。

克　正是，我很後悔把他這樣凌辱。聽他說起來，那女人簡直算不得什麼。

夏　算不得什麼，娘娘。

克　這人不是不曾見過世面，應該知道善惡的分別。

夏　他侍候您這許多年了，難道還會不識善惡嗎？

克　我還有一件事要問他，好夏媚煙；可是沒有什麼要緊，你把他帶到我寫信的房間裏來就是了。一切還有結果圓滿的希望。

夏　您放心吧，娘娘。（同下）

## 第四場　雅典安東尼府中一室

【安東尼及奧克泰薇霞上。

安　不，不，奧克泰薇霞，不單是那件事；那跟其他許多類似的事，都還是情有可原的。可是他不該重新向邦貝宣戰，還居然立下遺囑，當衆宣讀；我的名字他提也不願提起，當他不得不恭維我一番的時候，他就冷冷淡淡地用一兩句話敷衍過去。

奧　啊，我的主！傳聞之辭，不可完全相信；即使確實，也不要一切介意。要是你們兩人之間發生了衝突，我就是世上最不幸的女人，既要爲你祈禱，又要爲他祈禱；神明一定會嘲笑我，當我向他們禱告，「啊！保佑我的丈夫」以後，又接着向他們禱告，「啊！保佑我的哥哥！」希望丈夫得勝，祇好讓哥哥失敗；希望哥哥得勝，祇好讓丈夫失敗；在這兩者之間，再沒有一個折衷的兩全之道。

安　溫柔的奧克泰薇霞，讓你的愛心替你決定你的最大的同情應該傾向在那一方面。要是我失去了我的榮譽，就是失去了我自己；與其你有一個被人輕視的丈夫，還是不要嫁給我的好。可是你既然有這樣的意思，那麼就有勞你在我們兩人之間斡旋斡旋吧；一方面我仍舊在這兒積極準備，萬一不幸而彼此以兵戎相見，令兄的英名恐怕就要毀於一旦了。事不宜遲，你趁早動身吧。

奧　謝謝我的主。最有威力的天神把我造成了一個最柔弱的人，我這最柔弱的人却要來調停你們的爭端！你們兩人開了戰，就像整個的世界分裂爲二，祇有戰死者的屍骸纔可以塡平這一道裂痕。

安　你明白了誰是造成這次爭端的禍首以後，就用不到再迴護他；我們的過失決不會恰恰相等，總可以分別出一個是非曲直來。預備你的行裝；你愛帶什麼人同去，就帶什麼人同去；路上需要多少費用，儘管問我拿好了。（同下）

## 第五場　同前；另一室

【伊諾巴勃斯及埃洛斯自相對方向上。

伊　啊，埃洛斯朋友！

埃　有了很奇怪的消息呢，朋友。

伊　什麼消息？

埃　該撒和勒畢特斯已經向邦貝開戰。

伊　這是老消息；結果怎麼樣？

埃　該撒利用了勒畢特斯向邦貝開戰以後，就反過臉來不承認他有同等的地位，不讓他分享勝利的光榮；不但如此，還憑着他以前寫給邦貝的信札，作爲通敵的證據，把他拘捕起來；所以這個可憐的第三者已經完了，祇有死纔能給他自由。

伊　那麼，世界啊，你現在祇有兩個人了；把你所有的食物丟給他們，他們也要摩拳擦掌，互相爭奪的。安東尼在那兒？

埃　他正在園裏散步，一面走，一面恨恨地踢着腳下的草，嘴裏嚷着，「傻瓜，勒畢特斯！」還發誓說要把那暗殺邦貝的軍官捉住了割斷他的咽喉。

伊　我們偉大的艦隊已經揚帆待發了。

埃　那是要開到意大利去聲討該撒的，還有，陀密息斯，主帥叫你快去；我應該把我的消息慢慢告訴你的。

伊　那就失去新聞的價值了；可是不要管它，帶我去見安東尼吧。

埃　來，朋友。（同下）

## 第六場　羅馬；該撒府中一室

【該撒，阿格力巴，及末西那斯上。

該　這一次還有其他的種種，都是他為了表示對於羅馬的輕蔑而在亞力山特里亞所幹的事；那情形是這樣的：在市場上築起了一座白銀舖地的高壇，上面設着兩把黃金的寶座，克莉奧佩屈拉跟他兩人公然升座；我的父親的兒子，他們替他取名為該撒里昂的，還有他們兩人通姦所生的一羣兒女，都列坐在他們的脚下；於是他宣佈以克莉奧佩屈拉為埃及帝國的女皇，全權統轄低部敍利亞，賽普勒斯，和力第亞各處領土。

末　這是當着公衆的面前舉行的嗎？

該　就在公共聚集的場所，他們表演了這一幕把戲。當場他又把王號分封他的諸子：米第亞，巴狄亞，阿曼尼亞，他都給了亞力山特；敍利亞，西力西亞，腓尼西亞，他給了多里美。那天她打扮成愛昔斯女神的樣子；據說她以前接見羣臣的時候，常常是這樣裝束的。

末　讓全羅馬都知道這種事情吧。

阿　羅馬人久已厭惡他的驕橫，一定會對他完全失去好感。

該　人民已經知道了；他們還聽到了他的討罪的檄告。

阿　他討誰的罪？

該　該撒。他說我在西西里侵吞了塞克思脫斯邦貝厄斯的領土以後，不曾把那島上他所應得的一份分派給他；又說他借給我一些船隻，我沒有歸還他；最後他責備我不該擅自褫奪勒畢特斯的權位，推翻了三雄鼎峙的局面；

他還說我們覇持他的全部的收入。

阿　主上，這倒是應該答覆他的。

該　我已經答覆他，叫人帶信給他去了。我告訴他，勒畢特斯最近變得非常橫暴殘虐，濫用他的大權作威作福，不能不有這一次的變動。凡是我所征服得來的利益，我都可以讓他平均分享；可是在他的阿曼尼亞和其他被征服的國家之中，我也向他要求同樣的權利。

米　他决不會答應那樣的要求。

該　我們也絕對不能對他讓步。

【奥克泰薇霞率扈從上。

奥　祝福，該撒，我的主！祝福，最親愛的該撒！

該　我還說你是個被遺棄的女郎呢！

奥　你沒有這樣叫過我，你也沒有理由這樣稱呼我。

該　你爲什麼一聲不響到來呢？你來得不像是該撒的妹妹；安東尼的妻子應該有一大隊人馬做她的前驅，當她還在遠遠的地方的時候，一路上的馬嘶聲就已經在報告她到來的消息；路旁的樹枝上都要滿爬着人因爲不見所盼的人而焦心絕望；那絡繹不斷的馬蹄揚起的灰塵應該一直高達天頂。可是你却像一個市場上的女傭一般來到羅馬，不會預先通知我們，使我們來不及用盛大的儀式向你表示我們的歡迎我們本該在海陸雙方派人迎接，每到一處，都應該有人招待你的。

奥　我的好哥哥，我這樣悄悄而來，並不是出於勉强，全然是我自己的意思。我的主安東尼聽見你準備戰爭，把這不幸的消息告訴了我，所以我纔請求他准許我回來一次。

該　他就很快地答應你了，因爲你是使他不能享受風流樂趣的障礙。

奧　不要這樣說，哥哥。

該　我隨時注意着他的一舉一動，我這兒都有風聞。他現在在什麼地方？

奧　在雅典。

該　不，我的被人欺負的妹妹；克莉奧佩屈拉已經招呼他到她那兒去了。他已經把他的帝國奉送給一個淫婦；他們現在正在召集各國的君長，準備進行一場大戰。利比亞的國王鮑邱斯，凱泊陀西亞的阿契勞斯，巴夫拉貢尼亞的國王菲拉特爾福斯，色雷斯王哀達拉斯，阿拉伯的瑪爾邱斯王，邦脫的國王，猶太的希洛特，科麥貞的國王密瑟里台替斯，米特王坡里蒙和萊考尼亞王阿敏達斯，還有別的許多身居王位的人，都已經在他的邀請之下集合了。

奧　唉，我眞不幸！我的一顆心分繫在你們兩人身上，你們兩人却彼此相殘！

該　歡迎你回來！我們因爲得到你的來信而暫緩發動，可是現在已經明白你怎樣被人愚弄，我們倘再蹉跎觀望，是一件多麼危險的事，所以不能不迅速行動了。寬心吧，不要因爲這些不可避免的局勢擾亂了你的安寧而煩惱，讓一切依照命運的註定達到它們最後的結局吧。歡迎你回到羅馬來；我沒有比你更親愛的人了。你已經受到空前的侮辱，崇高的天神憐憫你的無辜，纔叫我們和一切愛你的人奉行他們的旨意，替你報仇雪恨。願你安心自樂，我們總是歡迎你的。

阿　歡迎，夫人！

凱　歡迎，好夫人！每一顆羅馬的心都愛你，同情你；祇有貪淫放縱的安東尼纔會把你拋棄，讓一個娼妓竊持大權，向我們無理挑釁。

奧　眞的嗎，哥哥？

該　眞的。妹妹，歡迎；請你安心忍耐，我的最親愛的妹妹！（同下）

## 第七場　阿克沁海岬附近安東尼營地

【克莉奧佩屈拉及伊諾巴勃斯上。

克　我一定要向你報復，你瞧着吧。

伊　可是爲什麼，爲什麼，爲什麼？

克　在這次出征以前，你說我是女流之輩，戰場上沒有我的份兒。

伊　對啊，難道我說錯了嗎？

克　爲什麼我不能御駕親征，這不明明是譭謗我嗎？

伊　（旁白）好，我可以回答你：要是我們把雄馬雌馬一起趕上戰場，引得馬兒們撒野起來，那還了得！

克　你說什麼？

伊　安東尼看見了您，一定會心神不定；他在軍情緊急的時候，怎麼可以讓您分散了他的有限的精力和寶貴的時間？人家已經在批評他的行動輕率了，在羅馬他們都說這一次的軍事都是一個名叫福底納斯的太監和您的幾個侍女們作的主張。

克　讓羅馬沉下海裏去，讓那些誹謗我們的舌頭一起爛掉！我是一國的君主，必須像一個男子一般負起主持戰局的責任。不要反對我的決意；我不能留在後方。

伊　好，那麼我就不說了。皇上來了。

【安東尼及坎尼狄斯上。

安　坎尼狄斯，他從塔倫敦和勃倫度沁出發，這麼快就越過愛奧尼亞海，把妥林佔領下來，不是很奇怪嗎？你有沒有聽見這個消息，愛人？

克　因循觀望的人，最善於驚歎他人的敏捷。

安　罵得痛快，眞是警惰的良箴，這樣的話出之於一個堂堂男子的口中，也可以毫無愧色。坎尼狄斯，我們要在海上和他決戰。

克　海上！不在海上還在什麼地方？

坎　請問主上，爲什麼我們要在海上和他決戰？

安　因爲他挑我在海上決戰。

伊　可是您也曾經要求他單人決鬥。

坎　您還要求他在法賽利亞，該撒和邦貝交戰的故址，和你一決勝負；可是他因爲這些要求對他不利，一概拒絕了；他可以拒絕您，您也可以拒絕他的。

伊　我們的船隻缺少得力的人手，那些水兵本來都是趕騾種地的鄉民，在倉卒之中臨時拉來充數的；該撒的艦隊裏却都是屢次和邦貝交鋒，能征慣戰的將士；而且他們的船隻又很輕便，不比我們的那樣笨重。您在陸地上已經準備着充分的實力，拒絕和他在海上決戰，也不是一件丟臉的事。

安　在海上，在海上。

伊　主上，您要是在海上決戰，就是放棄了陸地上絕對可操勝算的機會，搖動了您那些善戰的步卒的軍心，埋沒了您那赫赫有名的陸戰的才略，犧牲了最穩當的上策，去冒毫無把握的危險。

安　我決定在海上作戰。

克　我有六十艘船舶，該撒的船不比我們多。

安　我們把多餘的船隻一起燒掉，把士卒分配到需用的船上，就從阿克沁岬口出發，迎頭邀擊該撒的艦隊。要是我們失敗了，還可以再從陸地上爭回勝利

【一使者上。

安　什麼事？

使者　啓稟主上，這消息是真的；有人已經看見他了；該撒已經佔領了妥林。

安　他自己也到那邊了嗎？那是不可能的；他的本領果然神出鬼沒，坎尼狄斯，我們在陸地上的十九個軍團和一萬二千匹戰馬，都歸你節制。我自己要到船上指揮去。

【一兵士上。

安　什麼事，英勇的軍人？

兵士　啊皇上！不要在海上作戰；不要相信那些朽爛的木板，難道您懷疑這一柄寶劍的威力，和我這滿身的傷瘢嗎？讓那些埃及人和腓尼西亞人去跳水吧；我們是久慣於立足地上，憑着膂力博取勝利的。

安　好，好，去吧！（安克及伊同下）

兵士　憑着赫邱里斯起誓，我想我的話沒有說錯。

坎　你沒有錯，可是他的整個行動，已經不受他自己的駕馭了；我們的領袖是被人家牽着走的，我們都只是一些供婦女驅策的男子。

兵士　您是在陸地上負責保全人馬實力的，是不是？

坎　瑪格斯奧克泰維斯，瑪格斯傑思退厄斯，潑勃力科拉，西律斯都要參加海戰；留着我們保全陸地的實力。該撒用兵這樣神速，眞是出人意外。

兵士　當他還在羅馬的時候，他的軍隊的調動掩護得非常巧妙，沒有一個間諜不給他瞞過了。

坎　你聽見說起誰是他的副將嗎？

兵士　他們說是一個名叫滔勒斯的人。

坎　這人我很熟悉。

【一使者上。

使者　皇上叫坎尼狄斯進去。

坎　這樣擾攘的時世，每一分鐘都有新的消息產生。（同下）

## 第八場　阿克沁附近一平原

【該撒，滔勒斯，和將士等上。

該　滔勒斯！

滔　主上？

該　不要在陸地上攻擊敵人；保全實力在我們海上的戰事沒有完畢以前，避免一切挑釁的行爲。遵照這一通密令上所規定的計策實行，不可妄動；我們的前途成敗在此一舉。（同下）

【安東尼及伊諾巴勃斯上。

安　把我們的艦隊集合在山的那一邊，正對着該撒的陣地；從那地方我們可以看清敵人船隻的數目，決定我們應戰的方略。（同下）

【坎尼狄斯率陸地軍隊上，由舞臺一旁列隊穿過；該撒副將滔勒斯率其所部由另一旁穿過。兩軍入內後，內起海戰聲。

【號角聲；伊諾巴勃斯重上。

伊　混蛋，混蛋，都是混蛋！我再也瞧不下去了。埃及的旗艦安東尼號一碰到敵人，就帶領了他們的六十艘船隻全體轉舵逃走；我的眼睛也看得爆破了。

【史該勒斯上。

史　天上所有的男神女神啊！

伊　你爲什麼有這樣的感慨？

史　大半個世界都在愚昧中失去了；我們已經用輕輕的一吻，斷送了無數的王國州郡。

伊　戰事形勢怎麼樣？

史　我們的一方面好像已經蓋上了瘟疫的戳記似的，註定着死亡的命運。那頭不要臉的埃及雌馬，但願她渾身害起癩病來！正在雙方鏖戰，不分勝負，或者還是我們這方面略佔上風的時候，她就像一頭被牛虻釘上了身的六月的母牛一樣，來不及的扯起帆逃了。

伊　那我也看見，我的眼睛裏看得火星直爆，再也看不下去了。

史　她剛剛撥轉了船頭，那被她迷醉得英雄氣短的安東尼也就無心戀戰，像一頭癡心的水鳧一樣，拍了拍翼膀飛追上去。我從來沒有見過這樣可羞的行爲，丈夫的氣概，戰士的榮譽，竟會這樣掃地無餘！

伊　唉！唉！

【坎尼狄斯上。

坎　我們在海上的命運已經奄奄一息，無可挽回地沒落下去了。我們的主帥倘不是這樣糊塗，一定不會弄到這一個地步。啊！他自己都公然逃走了，軍士們看着這一個榜樣，怎麼不要衆心渙散！

伊　你也在那邊麼？那麼眞的什麼都完了。

坎　他們都向披羅普尼塞斯逃走。

史　那條路很容易走，我也要到那邊去等候復命。

坎　我可要把我的軍隊馬匹向該撒獻降；六個國王已經先我而投降了。

伊　我還是要追隨安東尼的受傷的命運，雖然這是我的理智所反對的。（各下）

## 第九場　亞力山特里亞宮中一室

【安東尼及侍從等上。

安　聽！土地在叫我不要踐踏它，它怕我這不光榮的身體會使它蒙上難堪的恥辱。朋友們，過來；我在這世上盲目夜行，已經永遠迷失了我的路。我有一艘滿裝黃金的大船，你們拿去分了，各自逃生，不要再跟該撒作對了吧。

侍從等　逃走！逃走不是我們幹的事。

安　我自己也在敵人之前逃走，替懦夫們立下一個全身遠害的榜樣。朋友們，去吧；我已經爲自己決定了一個方針，今後無須借重你們了；去吧，我的金銀財寶都在港裏，你們儘管拿去。唉！我追隨了一個我羞於看見的人；我的頭髮都在造反，白髮埋怨黑髮的粗心鹵莽，黑髮埋怨白髮的膽小癡愚。朋友們，去吧；我可以寫幾封信，介紹你們投奔到我的幾個朋友的所在。請你們不要怏怏不樂，也不要口出怨言，聽從我在絕望之中的這一番指示；不了的事，讓它聽其自然，趕快到海邊上去吧；我就把那艘船和船上的財物送給你們。現在請你們暫時離開我；我已經不配命令你們，所以祇好請求你們。我們等會兒再見吧。（坐下）

【夏媚煙及依籟絲攙克莉奧佩屈拉手上，埃洛斯後隨。

埃　好娘娘，上去呀，安慰安慰他。

依　上去呀，好娘娘。

夏　不上去又怎麼樣呢？

克　讓我坐下來。天后朱諾啊！

安　不，不，不，不，不。

埃　您看見嗎，主上？

安　啊，呸！呸！呸！

夏　娘娘！

依　娘娘，啊，好娘娘！

埃　主上，主上！

安　是的，閣下，是的。他在腓利比把他的劍揮來揮去，像在跳舞一般；是我殺死了那個形容瘦削滿臉皺紋的該歇斯，結果了那發瘋似的勃魯脫斯的生命；他却祇會跟一些無名的裨將周旋，不曾立過絲毫赫赫的戰績。可是現在——算了。

克　唉！站在一旁。

埃　主上，娘娘來了。

依　上去，娘娘，對他說話；他慚愧得完全失了常態了。

克　好，那麼扶着我。啊！

埃　主上，起來，娘娘來了；她低下了頭，您要是不給她一些安慰，她會悲哀而死的。

安　我已經摧毀了自己的名譽，一個最可恥的錯誤。

埃　主上，娘娘來了。

安　啊！你把我帶到了什麼地方去呢，埃及人？瞧，我因爲不願從你的眼睛裏看見我的恥辱，正在憑弔那已經化爲一堆灰燼的我的雄圖霸業呢。

克　啊，我的主，我的主！原諒我因爲膽怯而揚帆逃避；我沒有想到你會跟了上來的。

安　埃及的女王，你完全知道我的心是用繩子縛住在你的舵上的，你一去就會把我拖着走；你知道你是我的靈魂的無上主宰，祇要你向我一點頭一招手，即使我奉有天神的使命，也會把它放棄了來聽候你的差遣。

克　啊，恕我！

安　我曾經玩弄半個世界在我的手掌之上，操縱着無數人生殺予奪的大權，現在却必須俯首乞憐，用吞吞吐吐的口氣向這小子獻上屈辱的降表。你知道你已經多麼徹頭徹腦地征服了我，我的劍是絕對服從我的愛情的指揮的。

克　恕我，恕我！

安　不要掉下一顆淚來；你的一顆淚的價值，抵得上我所得而復失的一切。給我一吻吧；這就可以給我充分的補償了。我們已經差那位教書先生去了；他有沒有回來？愛人，我的靈魂像鉛一樣沉重。叫他們預備酒食！命運越是給我們打擊，我們越是瞧不起她。（同下）

## 第十場　埃及；該撒營地

【該撒，陀拉裴拉，賽琉斯，及餘人等上。

該　叫安東尼的使者進來。你們認識他嗎？

陀　該撒，那是他的教書先生；不多幾月以前，多少的國王甘心爲他奔走，現在他却差了這樣一個卑微的人來，這就可以見得他的途窮日暮了。

【攸弗洛涅斯上。

該　過來，說明你的來意。

攸　我雖然只是一個地位卑微的人，却奉着安東尼的使命而來；不久以前，我在他們汪洋大海之中，不過等於一滴草葉上的露珠。

該　好，你來有什麼事？

攸　他說你是他的命運的主人，向你致最大的敬禮；他請求你准許他住在埃及，要是這一件事你不能允許他，他還有退一步的請求，願你讓他在天地之間有一個容身之處，在雅典做一個平民：這是他要我對你說的話。克莉奧佩屈拉也承認你的偉大的權力，願意聽從你的支配；她懇求你慷慨開恩，准許她保存多里美王朝的寶冕。

該　對於安東尼，他的任何要求我一概置之不理。女王要是願意來見我，或是向我有什麼聲請，我都可以答應，祇要她能够把她那名譽掃地的朋友逐出埃及境外，或者就在當地結果他的性命；要是她做得到這一件事，她的要求一定可以得到我的垂聽。你這樣去回覆他們兩人吧。

攸　願幸運追隨你！

該　帶他通過我們的陣線。（攸下）（向賽）現在是試驗你的口才的時候了；快去替我從安東尼手裏把克莉奧佩屈拉奪來；無論她有什麼樣要求，你都用我的名義答應她；另外你再可以照你的意思向她提出一些優厚的條件。女人在最幸福的環境裏也往往抵抗不了外界的誘惑；一到了困窮無告的時候，一塵不染的貞女也會失足墮落。儘量運用你的手段，賽琉斯；事成之後，隨你需索什麼酬報，我都決不吝惜。

賽　該撒，我就去。

該　注意安東尼在失勢中的態度，從他的舉動之間窺探他的意嚮。

賽　是，該撤。（各下）

## 第十一場　亞力山特里亞宮中一室

【克莉奧佩屈拉，伊諾巴勃斯，夏媚煙及依蘿絲上。

克　我們怎麼辦呢伊諾巴勃斯？

伊　想，想，死吧。

克　這一回究竟是安東尼錯是我錯？

伊　全是安東尼的錯，他不該讓他的意志支配了他的理智。兩軍相接的時候，本來是驚心怵目的，即使您在戰爭的猙獰的面貌之前逃走了，爲什麽他要跟上來呢？當世界的兩半互爭雄長的緊急關頭，他是全局所繫的中心人物，怎麽可以讓兒女之私牽掣了他的大將的責任在全軍惶惑之中追隨您的逃走的旗幟，這不但是他的無可挽回的損失，也是一個無法洗刷的恥辱。

克　請你別說了。

【安東尼及攸弗洛湼斯上。

安　那就是他的答覆嗎？

攸　是，大帥。

安　那麽女王可以得到他的恩典，祇要她願意把我交出？

攸　他正是這樣說

安　讓她知道他的意思。把這顆鬢髮蒼蒼的頭顱送給那該撒小子，他就會滿足你的願望，賞給你許多的采邑領土。

克　那一顆頭顱，我的主？

安　再去回覆他。對他說，他現在年紀還輕，應該讓世人看看他有什麼與衆不同的地方；也許他的貨幣，船隻，軍隊，都只是屬於一個懦夫所有；也許他的臣僚輔佐該撒，正像輔佐一個無知的孺子一樣。所以我要向他挑戰，叫他少掉弄幾句花巧的辭令，直捷痛快地跟我來一次劍對劍的決鬥。我就去寫信，跟我來。（安、攸同下）

伊　（旁白）是的，戰勝的該撒會放棄他的幸福，和一個劍客比賽起匹夫之勇來！看來人們的理智也是他們命運中的一部分，一個人倒了霉，他的頭腦也就跟着糊塗了。他居然夢想富有天下的該撒肯來理會一個一無所有的安東尼！該撒啊，你把他的理智也同時擊敗了。

【一從者上。

從者　該撒有一個使者來了。

克　什麼！一點禮貌都沒有了嗎？瞧，我的姑娘們；人家祇會向一朶含葩未放的嬌花屈膝，等到花殘香老，他們就要掩鼻而過之了。讓他進來先生。（從者下）

伊　（旁白）我的良心開始跟我自己發生衝突了。我們的忠誠不過是愚蠢，因為祇有愚人纔會盡忠到底；可是誰要是死心蹋地追隨一個失勢的主人，那麼他的主人雖然被他的環境征服了，他却能够征服那種環境而不為所屈，這樣的人是應該在歷史上永遠佔據一個地位的。

【賽琉斯上。

克　該撒有什麼見教？

賽　請退一步說話

克　這兒都是朋友，你放心說吧。

賽　也許他們是安東尼的朋友。

伊　足下，他需要像該撒一樣多的朋友，否則他也用不到我們。祇要該撒高興，我們的主人願意踴躍成爲他的朋友；至於我們，那您知道，總是跟着他走的，他做了該撒的朋友，我們自然也就是該撒的人。

賽　好，那麼，最有聲譽的女王，該撒請求你不要因爲你目前的處境而介意，你祇要想他是該撒。

克　說下去，尊貴的使者。

賽　他知道你投身在安東尼的懷抱裏，不是因爲愛他，只是因爲懼怕他。

克　啊！

賽　所以他對於你榮譽上所受的創傷是萬分同情的，因爲那只是被迫忍受的汚辱，不是咎有應得的責罰。

克　他是一位天神，他的判斷是這樣公正。我的榮譽並不是自己甘心屈服，全然是被人征服的。

伊　（旁白）我要去問問安東尼，究竟是不是這樣。主上，主上，你已經是一艘千穿百孔的破船，我們必須離開你，讓你沉下海裏，因爲你的最親愛的人也把你丟棄了。（下）

賽　我要不要回覆該撒，告訴他您對他有什麼要求？因爲他心裏很希望您有求於他。要是您願意把他的命運作爲您的靠山，他一定會十分高興的；可是他要是聽見我說您已經離開了安東尼，把您自己完全置身於他的羽翼之下，尊奉他爲全世界的主人，那纔會叫他滿心酥癢哩。

克　你叫什麼名字？

賽　我的名字是賽琉斯。

克　最善良的使者，請你這樣回答偉大的該撒：我不能親自吻他征服一切的手，已經請他的使者代致我的敬禮了；告訴他我隨時準備把我的王冠跪獻在他的足下；告訴他從他的舉世攝服的詔語之中我已經聽見埃及所得到的判決了。

賽　這是您的最正當的方策。智慧和命運互相衝突的時候，要是智慧有膽量貫澈它的主張，沒有意外的機會可以搖動它的。准許我敬吻您的手。

克　你們該撒的父親在世的時候，每次想到了征服國土的計劃，往往把他的嘴唇放在這一個卑微的所在，雨也似的吻着它的。

【安東尼及伊諾巴勃斯上。

安　憑着雷霆之威的喬武起誓，好大的恩典！喂，傢伙，你是什麼東西？

賽　我是奉着全世界最有威權，最值得服從的人的命令而來的使者。

伊　（旁白）你要挨一頓鞭子了。

安　過來！啊，你這混蛋！天神和灑鬼啊！我已經一點權力都沒有了嗎？不久以前，我祇要呼喝一聲，國王們就會像一羣孩子似的爭先恐後，問我有什麼吩咐。你沒有耳朵嗎？我還是安東尼哩。

【侍從等上。

安　把這傢伙抓出去抽一頓鞭子。

伊　（旁白）寧可和初生的幼獅嬉戲，不要玩弄一頭瀕死的老獅。

安　天哪！把他着力鞭打。即使二十個向該撒納貢稱臣的最大的國君，要是我看見他們這樣放肆地玩弄她的手，——她這個女人，她從前是克莉奧佩屈拉現在可叫什麼名字？——痛痛地鞭打他，打得他像一個孩子一般捧住了臉哭着喊饒命；把他抓出去。

賽　瑪克安東尼，——

安　把他拖下去；抽過了鞭子以後，再把他帶來見我；我要叫這該撒手下的奴才替我傳一個信給他。（侍從等拖賽下）在我沒有認識你以前，你已經是一朶半謝的殘花了；嘿！羅馬的衾枕不曾留住了我，多少的名媛淑女我都不曾放在眼裏，我不曾生下半個合法的兒女，難道結果反倒來被一個向奴才們賣弄風情的女人欺騙了嗎？

克　我的好爺爺——

安　你一向就是個朝秦暮楚的人；可是，不幸啊！當我們沉溺在我們的罪惡中間的時候，聰明的天神就封住了我們的眼睛，把我們明白的理智丟棄在我們自己的汚穢裏，使我們崇拜我們的錯誤，看着我們一步步陷入迷途而暗笑。

克　唉！竟會一至於此嗎？

安　當我遇見你的時候，你是已故的該撒吃剩下來的殘羹冷炙；你也曾做過克尼厄斯邦貝口中的禁臠；此外不曾流傳在世俗的口碑上的，還不知道有多少更荒淫無恥的經歷；因爲我相信你雖然能够猜想得到貞節應該是怎麼一種東西，可是你不知道它究竟是什麼。

克　爲什麼你要說這種話？

安　讓一個得了人家賞賜說一聲「上帝保佑您」的傢伙玩弄你那受過我的愛撫的手，那兩心相印的神聖的見證！啊！我不能像一個繩子套在脖子上的囚徒一般，向行刑的人哀求早一點了結他的痛苦；我要到高山荒野之間大聲咆哮，發洩我的瘋狂的悲憤！

【侍從等率賽琉斯重上。

安　把他鞭打過了嗎？

從者甲　痛痛地鞭過了，主上。

安　他有沒有哭喊饒命？

從者甲　他求過情了。

安　你的父親要是還活在世上，讓他怨恨你不是他的女兒；你應該後悔追隨勝利的該撒，因爲你已經爲了追隨他而挨了一頓鞭打了；從此以後，願你見了婦女的潔白的纖手就會嚇得渾身亂抖。滾回到該撒跟前去，把你在這兒所受到的款待告訴他；記着，你必須對他說，他使我非常生氣，因爲他的態度太傲慢自大，看輕我現在失了勢，卻不想到我從前的地位。他使我生氣；我的幸運的星辰已經離開了它們的軌道，把它們的火燄射進地獄的深淵裏去了，一個倒運的人是最容易被人激怒的。要是他不歡喜我所說的話和所幹的事，你可以告訴他我有一個已經贖身的奴隸歇巴契斯在他那裏，他爲了向我報復起見，儘管鞭打他，吊死他，用酷刑拷掠他，都隨他的便；你也可以在旁邊慫恿他的。去，帶着你滿身的鞭痕滾吧！（賽下）

克　你的脾氣發完了嗎？

安　唉！我們地上的明月已經晦暗了；它只是預兆着安東尼的沒落。

克　我必須等他安靜下來。

安　爲了獻媚該撒的緣故，你竟會和一個服侍他穿衣束帶的人眉來眼去嗎？

克　還沒有知道我的心嗎？

安　對我的心完全冷了嗎？

克　啊！親愛的，要是我果然這樣，願上天在我冷酷的心裏釀成一陣有毒的冰雹，讓第一塊雹石落在我的頭上，融化了我的生命；然後讓它打死該撒里昂，再讓我的孩子和我的勇敢的埃及人一個一個在這雹陣之下喪身，讓他們死無葬身之地，充作尼羅河上蠅蚋的食料！

安　我很滿意你的表白。該撒已經在亞力山特里亞安下營寨，我還要和他決一個最後的雌雄。我們陸上的軍隊很英勇地堅持不屈；我們潰散的海軍也已經重新集合起來，恢復了原來的威風。我的心啊，你這一向都在那裏？你聽見嗎，愛人？要是我再從戰場上回來吻這一雙嘴唇，我將要遍身浴血出現在你的面前；憑着這一柄劍，我要創造歷史上不朽的記錄。希望還沒有消失呢

克　這纔是我的英勇的主！

安　我要使出三倍的膂力，三倍的精神和勇氣，做一個殺人不眨眼的魔王；因爲當我命運順利的時候，人們往往在談笑之間邀取我的寬赦；可是現在我要咬緊牙齒，把每一個阻擋我去路的人送下地獄。來，讓我們再痛痛快快樂他一晚；召集我的全體憂鬱的將領，再一次把美酒注滿在我們的杯裏；讓我們不要理會那午夜的鐘聲。

克　今天是我的生日；我本來預備讓它在無聲無臭中過去，可是既然我的主仍舊是原來的安東尼，那麼我也還是原來的克莉奧佩屈拉。

安　我們還可以挽回頹勢。

克　叫全體將領都來，主上要見見他們。

安　叫他們來，我們要跟他們談談；今天晚上我要把美酒灌得從他們的傷疤裏流了出來。來，我的女王；我們還可以再接再厲。這一次我臨陣作戰，我要使死神愛我，因爲即使對他的無情的鐮刀，我也要作猛烈的抗爭。（除伊外皆下）

伊　現在他要用猙獰的怒目去壓倒閃電的光芒了。過分的驚惶會使一個人忘懷了恐懼，不顧死活地蠻幹下去；在這一種心情之下，鴿子也會向鷙鳥猛啄。我看我們主上已經失去了理智，所以纔會恢復了勇氣。有勇無謀，結果一定失敗。我要找個機會離開他。（下）

# 第四幕

## 第一場　亞力山特里亞城前該撒營地

【該撒上，讀信；阿格力巴，末西那斯，及餘人等上。

該　他叫我孩子，把我信口謾罵，好像他有力量把我趕出埃及似的；他還鞭打我的使者；要求我跟他單人決鬥，該撒對安東尼。讓這老賊知道，我要死別的方法多着呢。儘管他去挑戰，我只是置之一笑。

末　該撒必須想到，一個偉大的人物開始咆哮的時候，就是勢窮力迫，快要墮下陷阱的預兆。不要給他喘息的機會，利用他的狂暴焦躁的心理；一個發怒的人，總是疏於自衛的。

該　讓全營將士知道，明天我們將要作一次結束一切戰爭的決戰。在我們隊伍裏面，有不少最近還在安東尼部下作戰的人，憑着這些歸降的將士，就可以把他誘進了圈套。你去傳告我的命令；今晚大宴全軍，我們現在食物山積，這都是弟兄們辛苦得來的成績。可憐的安東尼！（同下）

## 第二場　亞力山特里亞宮中一室

【安東尼，克莉奧佩屈拉，伊諾巴勃斯，夏媚婭，依蘿絲，哀勒克薩斯，及餘人等上。

安　他不肯跟我決鬥，陀密息斯。

伊　嗯。

安　他爲什麼不肯？

伊　他以爲他的命運勝過你二十倍，他一個人可以抵得上二十個人，

安　明天，漢子，我要在海上陸上同時作戰；我倘不能勝利而生，也要用壯烈的戰血洗刷我的瀕死的榮譽。你願意出力打仗嗎？

伊　我願意嚷着「犧牲一切」的口號，向敵人猛力衝殺。

安　說得好；來。把我家裏的僕人叫出來；今天晚上我們要飽餐一頓。

【三四僕人上。

安　把你的手給我，你一向是個很忠實的人；你也是；你，你，你，你們都是；你們曾經盡心侍候我，國王們曾經做過你們的同伴。

克　這是什麼意思？

伊　（向克旁白）這是他在心裏懊惱的時候想起來的一種古怪花樣。

安　你也是忠實的。我希望我自己能够化身爲像你們這麼多的人，你們大家都合成了一個安東尼，這樣我就可以爲你們盡力服務，正像你們現在爲我盡力一樣。

衆僕　那我們怎麼敢當！

安　好，我的好朋友們，今天晚上你們還是來侍候我，不要減少我的酒杯的數目，仍舊像從前那樣看待我，就像我的帝國也還跟你們一樣服從我的命令那時候一般。

克　（向伊旁白）他是什麼意思？

伊　（向克旁白）他要逗他的僕人們流淚。

安　今夜你們來侍候我；也許這是你們最後一次對我所盡的義務了；也許你們從此不再看見我；也許你們所看見的，只是我的血肉模糊的影子；也許明天你們便要服侍一個新的主人。我瞧着你們，就像自己將要和你們永遠告別了的一般。我的忠實的朋友們，我不是要拋撇你們，你們盡心竭力地跟隨了我這一輩子，我也到死不把你們丟棄的。今晚你們再侍候我兩小時，我不再有別的要求了；願神明保佑你們！

伊　主上，您何必向他們說這種傷心的話兒？瞧，他們都在哭啦；我這蠢才的眼睛裏也有些熱辣辣的。算了吧，不要叫我們全都變成娘兒們吧。

安　哈哈哈！該死，我可不是這個意思。你們這些眼淚，表明你們都是有良心的。我的好朋友們，你們誤會了我的意思了，我本意是要安慰你們，叫你們用火把照亮這一個晚上。告訴你們吧，我的好朋友們，我對於明天抱着很大的希望；我要領導你們勝利而生，不是光榮而死。讓我們去飽餐一頓，來，把一切憂慮都浸沒了。（同下）

## 第三場　同前；宮門前

【二兵士上，各赴崗位。

兵士甲　晚安，兄弟；明天是決戰的日子了。

兵士乙　勝敗都在明天分曉；再見。你在街道上沒有聽見什麼怪事嗎？

兵士甲　沒有。你知道什麼消息？

兵士乙　多分是個謠言。晚安！

兵士甲　好，晚安！

【其他二兵士上。

兵士乙　弟兄們，留心警戒哪！

兵士丙　你也留心點兒。晚安，晚安！（兵士甲、乙各就崗位）

兵士丁　咱們是在這兒。（丙、丁各就崗位）要是明天咱們的海軍能够得勝，我絕對相信咱們地上的弟兄們也一定會站得挺硬的。

兵士丙　咱們軍隊是一支充滿了決心的勇敢的軍隊。（臺下吹高音笛聲）

兵士丁　別說話！什麽聲音？

兵士甲　聽，聽！

兵士乙　聽！

兵士甲　空中的樂聲。

兵士丙　好像在地下。

兵士丁　這是好兆，是不是？

兵士丙　不。

兵士甲　靜些！這是什麽意思？

兵士乙　這是安東尼所崇拜的赫邱里斯神，現在離開他了。

兵士甲　走；讓我們問問別的守兵聽不聽見這種聲音。（四兵士行至另一崗位前）

兵士乙　喂，弟兄們！

衆兵士　喂！喂！你們聽見這個聲音嗎？

兵士甲　聽見的；這不是很奇怪嗎？

兵士丙　你們聽見嗎，弟兄們？你們聽見嗎？

兵士甲　跟着這聲音走；一直走到我們的界線上爲止；讓我們聽聽它怎麼消失下去。

衆兵士　（共語）不要驚疑。——奇怪得很。（同下）

## 第四場　同前；宮中一室

【安東尼及克莉奧佩屈拉上；夏媚煙及餘人等隨侍。

安　埃洛斯！我的戰鎧，埃洛斯！

克　睡一會兒吧。

安　不，我的寶貝。埃洛斯，來；我的戰鎧，埃洛斯！

【埃洛斯持鎧上。

安　來，好像伙，替我穿上這一身戰鎧；要是命運今天不照顧我們，那是因爲我們向她挑戰的緣故來。

克　讓我也來幫幫你。這東西有什麼用處？

安　啊！別管它，別管它；你是使我的心披上戰鎧的人。錯了，錯了；這一個，這一個。

克　眞的，噯喲！我偏要幫你；它應該是這樣的。

安　好，好；現在我們一定可以成功。你看見嗎，我的好傢伙？你也去武裝起來吧。

埃　快了，主上。

克　這一個扣子不是扣得很好嗎？

安　好得很，好得很。在我沒有解甲安息以前，誰要是解開這一個扣子的，一定會聽見驚人的雷雨。你怎麼這樣笨手笨脚的，埃洛斯；我的女王倒是一個比你能幹一些的侍者哩。快些啊。愛人！要是你今天能够看見我在戰場上馳騁，要是你也懂得這一種英雄的事業，你就會知道一個卓越的戰士是怎樣的。

【一兵士武裝上。

安　早安；歡迎！你瞧上去像是一個善戰的健兒；我們對於心愛的工作，總是一早起身，踴躍前趨的。

兵士　主帥，時候雖然還早，弟兄們都已經裝束完備，在門口等候着您了。（喧呼聲；喇叭大鳴）

【衆將士上。

將佐　今天天色很好。早安，主帥！

衆　早安，主帥！

安　孩兒們，你們的喇叭吹得很好。今天的清晨像一個立志幹一番轟轟烈烈的事業的少年，很早就踏上了它的征途。好；好，來把那個給我。這一邊很好。再會，愛人我此去存亡未卜，這是一個軍人的吻。（吻克）我不能浪費我的時間在無謂的溫存裏；我現在必須像一個鋼鐵鑄成的男兒一般向你告別。凡是願意戰的，都跟着我來。再會！（安、埃及將士等同下）

夏　請娘娘進去安息安息吧。

克　你領着我。他勇敢地去了。要是他跟該撒能够在一場單人的決鬥裏決定這一場大戰的勝負，那可多好！那時候，安東尼，——可是現在，——好，去吧（同下）；

## 第五場　亞力山特里亞安東尼營地

【喇叭聲；安東尼及埃洛斯上；一兵士自對面上。

兵士　願天神保佑安東尼今天大獲勝利！

安　我只恨當初你那滿身的創瘢，不曾使我聽從你的話在陸地上作戰！

兵士　你早聽了我的話，那許多倒戈的國王一定還是追隨在你的後面，今天早上也沒有人會逃走了。

安　誰今天逃走？

兵士　誰！你的一個多年親信的人。你要是喊伊諾巴勃斯的名字，他不會聽見你；或許他會從 該撒的營裏回答你，「我已經不是你的人了。」

安　你說什麼？

兵士　主帥，他已經跟隨該撒去了。

埃　他的箱籠財物都沒帶走。

安　他去了嗎？

兵士　確確實實地去了。

安　去，埃洛斯，把他的錢財送還給他，不可有誤；聽着，什麼都不要留下。寫一封信給他，表示惜別歡送的意思，寫好了讓我在上面簽一個名字；對他說我希望他今後再也不會有同樣充分的理由，使他感到更換一個主人的必要。

唉！想不到我的衰落的命運，竟會使本來忠實的人也變起心來。快去。伊諾巴勃斯！（同下）

## 第六場　亞力山特里亞城前該撒營地

【喇叭奏花腔；該撒率阿格力巴，伊諾巴勃斯，及餘人等同上。

該　阿格力巴，你先帶領一支人馬出去，開始和敵人交鋒。我們今天一定要把安東尼生擒活捉；你去傳令全軍知道。

阿　該撒，遵命。（下）

該　全面和平的時候已經不遠了；但願今天一戰成功，讓這三角的世界不再受干戈的騷擾！

【一使者上。

使者　安東尼已經在戰場上了。

該　去吩咐阿格力巴，叫那些投降過來的將士充當前鋒，讓安東尼向他自家的人發洩他的憤怒。（該及侍從下）

伊　哀勒克薩斯叛變了，他奉了安東尼的使命到猶太去，却勸誘希洛特王歸附該撒，捨棄他的主人安東尼；為了他這一個功勞，該撒已經把他吊死。坎尼狄斯和其餘叛離的將士雖然都蒙這裏收留，可是誰也沒有得到重用。我已經幹了一件使我自己搥心痛恨的壞事，從此以後，再也不會有快樂的日子了。

【一該撒軍中兵士上。

兵士　伊諾巴勃斯，安東尼已經把你所有的財物一起送來了，還有他給你的許多賞賜。那差來的人是從我守衞的地方入界的，現在正在你的帳裏搬下那些送來的物件。

伊　那些東西都送給你吧。

兵士　不要取笑，伊諾巴勃斯。我說的是眞話。你最好自己把那來人護送出營；我有職務在身。否則就送他走一程也沒甚關係。你們的皇上到底還是一尊天神哩。（下）

伊　我是這世上最卑鄙無恥的小人。啊，安東尼，你慷慨的源泉，我這樣反覆變節，你尙且賜給我這許多黃金，要是我對你盡忠不二，你將要給我怎樣的賞賚呢！悔恨像一柄利劍似的刺進了我的心。我幫着敵人打你！不，我要去找一處最汚濁的泥溝，了結我這卑劣的殘生。（下）

## 第七場　兩軍營地間的戰場

【號角聲；鼓角齊奏聲；阿格力巴及餘人等上。

阿　退下去，我們已經過分深入敵軍陣地了。該撤自己正在指揮作戰；我們所受的壓力超過我們的預料。（同下）

【號角聲；安東尼及史該勒斯負傷上。

史　啊，我的英勇的皇上！這纔是打仗！我們要是早一點大家這樣出力，他們早就滿頭掛彩，給我們趕回老家去了。

安　你的血流得很利害呢。

史　我這兒有一個傷口本來像個T字，現在可變成個H啦。

安　他們敗退下去了。

史　我們要把他們追趕得入地無門；我身上還可以受六處傷哩。

【埃洛斯上。

埃　主上，他們已經打敗了；我們已經握住優勢，這次一定可以大獲全勝。

史　讓我們從背後痛擊他們，就像捉兔子一般把他們一網罩住；打逃兵是一件最有趣不過的頑意兒。

安　我要重賞你的鼓舞精神的談笑，我還要把十倍的重賞酬勞你的勇敢。

史　讓我一跛一跛地跟着您走。（同下）

## 第八場　亞力山特里亞城下

【號角聲；安東尼，史該勒斯，率軍隊行進上。

安　我們已經把他打回了自己的營地；先去一個人向女王報告我們今天的戰績。明天在太陽沒有看見我們以前，我們要叫那些今天逃出了性命的敵人一個個喋血沙場。謝謝各位，你們都是英勇的壯士，你們挺身作戰，并不以爲那是你們勉强履行的義務，每一個人都把這次戰爭當作了自己切身的事情；你們誰都顯出了赫克脫一般的威武。進城去，擁抱你們的妻子朋友，告訴他們你們的戰功，讓他們用喜悅的眼淚洗淨你們傷口的瘀血，吻愈了那光榮的創痕。（向史）把你的手給我。

【克莉奧佩屈拉率扈從上。

安　我要向這位偉大的女神誇揚你的勳勞，使她的感謝祝福你。你世界的白晝啊！勾住我的裹着鐵甲的頸項，連同你這一身盛裝，穿過我的堅利的戰鎧，跳進我的心頭，讓我的喘息載着你凱旋回去吧！

克　萬君之君，你無限完善的英雄啊！你帶着微笑從天羅地網之中脫身歸來了嗎？

安　我的夜鶯，我們已經把他們打退了。嚇，姑娘！雖然霜雪已經點上我的少年的褐髮，可是我還有一顆勃勃的雄心，它能够幫助我建立青春的志業。瞧這個人；讓他的嘴唇沾到你手上的恩澤；吻着它，我的戰士：他今天在戰場上奮勇殺敵，就像一個痛恨人類的天神一樣，沒有人逃得過他的劍鋒的誅戮。

克　朋友，我要送給你一副純金的戰鎧，它本來是屬於一個國王所有的。

安　即使它像日輪一樣燦爛奪目，他也可以受之無愧。把你的手給我。通過亞力山特里亞全城，我們的大軍要列隊前進，興高彩烈地顯示我們的威容；我們要把劍痕纍纍的楯牌像我們的戰士一樣高高舉起。要是我們廣大的王宮能够容納我們全軍的將士，我們一定要全體歡宴一宵，爲了預祝明天的大捷而痛飲。喇叭手，儘力吹響起來，讓你們的喧聲震聾了全城的耳朵和着聒噪的鼓聲，使天地之間充滿了一片歡迎我們的吶喊。（同下）

## 第九場　該撒營地

【哨兵各守崗位。

兵士甲　在這一小時以內，要是沒有人來交替我們，我們必須回到警備營去。今晚星月皎潔，他們說我們在清晨二點鐘就要出發作戰。

兵士乙　昨天的戰事使我們受到極大的打擊。

【伊諾巴勃斯上。

伊　夜啊！請你做我的見證，——

兵士丙　這是什麼人？

兵士乙　站近些，聽他說。

伊　請你做我的見證，神聖的月亮啊，變節的叛徒在歷史上將要永遠留下被人唾罵的汚名，伊諾巴勃斯在你的面前懺悔他的錯誤了！

兵士甲　伊諾巴勃斯！

兵士丙　別說話！聽下去。

伊　無上尊嚴的憂鬱的女神啊，把黑夜的毒霧降在我的身上，讓生命，我的意志的叛徒，脫離我的軀殼吧；把我這一顆爲悲哀所煎枯的心投擲在冷酷堅硬的我的罪惡上，讓它碎成粉末，結束了一切卑劣的思想吧！安東尼啊！你的高貴的精神是我的下賤的行爲所不能仰望的，原諒我對你個人所加的傷害，可是讓世人記着我是一個叛徒的魁首。啊，安東尼！啊，安東尼！（死）

兵士乙　讓我們對他說話去。

兵士甲　我們還是聽他說，也許他所說的話跟該撒有關係。

兵士丙　讓我們聽着吧。可是他睡了。

兵士甲　恐怕還是昏暈過去了；照他的禱告聽起來，不像是會一下子睡去了的。

兵士乙　我們走過去看看他。

兵士丙　醒來，將軍，醒來！對我們說話呀。

兵士乙　你聽見嗎，將軍？

兵士甲　死神的手已經抓住了他。（遠處鼓聲）聽！莊嚴的鼓聲在催喚睡着的人醒來。讓我們把他擡到警備營去；他不是一個無名之輩。我們的時間已經完畢了。

兵士丙　那麽來；也許他還會蘇醒轉來。（衆舁伊屍下）

## 第十場　兩軍營地之間

【安東尼及史該勒斯率軍隊行進上。

安　他們今天準備在海上作戰在陸地上他們已經認識了我們的利害。

史　主上，我們要在海陸兩方面同樣向他們顯顯顏色。

安　我希望他們會在火裏風裏跟我們交戰，我們也可以對付得了的。可是現在我們必須帶領步兵，把守着城郊附近的山頭；海戰的命令已經發出，他們的戰艦已經出港，我們憑着登高臨下的優勢可以一覽無餘地觀察他們的動靜。（同下）

【該撒率軍隊行進上。

該　可是當敵人開始向我們進攻以後，我們仍舊要在陸地上繼續作戰，因爲他的主力已經都去補充在艦隊上了。到山谷裏去，努力爭取我們的先着！（同下）

【安東尼及史該勒斯重上。

安　他們還沒有集合起來。在那株松樹矗立的地方，我可以望見一切；讓我去看一看形勢，立刻就來告訴你。（下）

史　燕子在克莉奧佩屈拉的船上築巢；占卜的人說他們不知道這是什麼預兆他們繃起了冷冰冰的臉孔，不敢說出他們的意見。安東尼很勇敢，可是有些鬱鬱不樂；他的多磨的命運使他有時充滿了希望，有時充滿了憂慮。

（遠處號角聲，如在進行海戰）

【安東尼重上。

安　什麼都完了！這無恥的埃及人葬送了我；我的艦隊已經投降了敵人，那邊他們正在高擲他們的帽子，歡天喜地的在一起喝酒，正像分散的朋友久別重逢一般。三翻四覆的淫婦！是你把我出賣給這個初出茅廬的小子，我的心現在祇跟你一個人作戰。吩咐他們大家散夥了吧；我祇要向這迷人的妖婦報復了我的仇恨以後，我這一生也就可以告一段落了，叫他們大家散夥了吧；去。（史下）太陽啊！我再也看不見你的升起了；命運和安東尼在這兒分了手；就在這兒讓我們握手爲別。一切到了這樣的結局了嗎？那些像狗一樣追隨我，從我手裏得到他們願望的滿足的人，現在都掉轉頭來，把他們的甘言巧笑向勢力强盛的該撒獻媚去了；剩着這一樹凌霄獨立的孤松，悲悵它的鱗摧甲落。我被人欺騙了。啊，這負心的埃及女人！這外表如此莊嚴的妖巫，她的眼睛能夠指揮我的軍隊的進退，她的酥胸是我的榮冠，我的唯一的歸宿，誰料她卻像一個好詐的吉卜賽人似的，憑着她的擒縱的手段，把我誘進了山窮水盡的核心。喂，埃洛斯！埃洛斯！

【克莉奧佩屈拉上。

安　啊！你這妖婦！走開！

克　我的主怎麼向他的愛人生氣啦？

安　不要讓我看見你，否則我要給你咎有應得的懲罰，使該撒的勝利大爲減色了。讓他捉了你去，在歡呼的庶民之前把你高高舉起，追隨在他的戰車的後面給人們看看你是你們全體女性中最大的汚點；讓他們把你當作一頭怪物，誰出了最輕微的代價，就可以盡情飽覽；讓耐心的奧克泰薇霞用她那準備已久的指爪抓破了你的臉皮。（克下）要是活着是一件好事，那麼你固然是去了的好；可是你還不如死在我的盛怒之下，因爲一死也許可以避免無數比死更難堪的痛苦。喂，埃洛斯！阿爾錫第斯，我的先祖，教給我你的憤怒；讓我用這一雙曾經握過最沉重的武器的手、征服了我最英雄的自己。這妖婦必須死；她把我出賣給那羅馬的小子，我中了他們的毒計；她必須因此而受死。喂，埃洛斯！（下）

## 第十一場　亞力山特里亞宮中一室

【克莉奧佩屈拉，夏媚嬿，依籟絲，及瑪狄恩上。

克　扶着我，我的姑娘們！啊！他比失去了楯牌的替拉蒙還要暴躁；從來不曾有一頭被獵人窮追的野豬像他那樣滿口飛濺着白沫。

夏　到陵墓裏去！把您自己鎖在裏面，叫人告訴他您已經死了。一個人失去了他的榮譽，是比靈魂脫離軀殼更痛苦的。

克　到陵墓裏去！瑪狄恩，你去告訴他我已經自殺了；你說我最後一句話是「安東尼」；請你用非常悽惻的聲音念出這一個名字。去，瑪狄恩，回來告訴我他聽見了我的死訊有些什麼表示。到陵墓裏去！（各下）

## 第十二場　同前另一室

【安東尼及埃洛斯上。

安　埃洛斯，你還看見我嗎？

埃　看見的，主上。

安　有時我們看見天上的雲像一條蛟龍；有時霧氣會化成一隻熊，一頭獅子的形狀，有時像一座高聳的城堡，一座突兀的危崖，一堆雄峙的山峯，或是一道樹木葱蘢的青色的海岬，俯瞰塵寰，用種種虛無的景色戲弄我們的眼睛。你曾經看見過這種現象；它們都是一些日暮的幻影。

埃　是，主上。

安　現在瞧上去還像一匹馬的，一轉瞬間，浮雲飛散了，它就像一滴水落在池裏一樣，分辨不出它的形狀。

埃　正是這樣，主上。

安　埃洛斯，我的好小子，你的主帥也不過是這樣一塊浮雲；現在我還是一個好好的安東尼，可是我却保不住自己的形體，我的小子。我爲了埃及興起一次次的戰爭；當我的心還屬於我自己的時候，它曾經氣吞百萬之衆，可是我讓女王佔有了它，我以爲她的心也已經被我佔有，現在我纔知道她的心不是屬於我的；她，埃洛斯，竟和該撒暗中勾結，用詭計毀壞我的光榮，使敵人得到了勝利。不，不要哭，善良的埃洛斯；我們還留着我們自己可以替自己找個結局呢。

【瑪狄恩上。

安　啊，你那萬惡的女主人！她把我的劍也偷去了。

瑪　不，安東尼，我那娘娘是愛你的；她的命運和你的命運完全結合在一起。

安　滾開，放肆的閹人；閉住你的嘴！她欺騙了我，我不能饒她活命。

瑪　一個人是祇能死一次的，她已經解除她的責任了。你所要幹的事，她早已替你幹好；她最後所說的一句話是「安東尼！最尊貴的安東尼！」在一聲慘痛的呻吟之中她喊出了安東尼的名字，一半在她的嘴唇上，一半還留在她的心裏。她的呼吸停止了，你的名字也就埋葬在她的胸中。

安　那麼她死了嗎？

瑪　死了。

安　把戰鎧脫下了吧，埃洛斯；長晝的工作已經完畢，我們現在該去睡了。（向瑪）有勞你走這一趟，留着活命回去，總算你運氣不錯去。（瑪下）脫下來；哀傑克斯的七重的楯牌，也擋不住我心頭所受的打擊。啊，碎裂了吧，我的胸膛！心啊，使出你所有的力量來，把你這脆弱的腔子爆破了吧！趕快，埃洛斯，趕快。不再是一個軍人了；殘破的甲片啊，去吧；你們從前也是立過功勞來的。暫時離開我一會兒。（埃下）我要追上你，克莉奧佩屈拉，流淚請求你的寬恕。在生命的長途上，現在只留下了痛苦；火炬既然已經熄滅，還是靜靜地躺下來，不要深入迷途了。一切的辛勤徒然毀壞了自己所成就的事業；縱然有蓋世的威力，免不了英雄失路的悲哀；從此一切撒手，也可以省下多少麻煩。埃洛斯！——我來了，我的女王！——埃洛斯！——等一等我。在靈魂們偃息在花朵裏的樂園之內，我們將要攜手相親，用我們活潑潑地的神情引起幽靈們的注目；黛陀和她的依尼阿斯將要失去追隨的一羣，到處都是我們遨遊的地方。來，埃洛斯！埃洛斯！

【埃洛斯重上。

埃　主上有什麼吩咐？

安　克莉奧佩屈拉死了，我卻還在這樣重大的恥辱之中偷生人世，天神都在憎惡我的卑劣了。我曾經用我的劍宰割世界，駕着無敵的戰艦建立海上的城市；可是她已經用一死告訴我們的該撒「我是我自己的征服者」了，我難道連這一分志氣也沒有嗎？埃洛斯，你我曾經有約在先，到了形勢危急的關頭，當我看見我自己將要在敵人手裏遭受無可避免的凌辱的時候，我一發出命令，你就必須立刻把我殺死；現在這時候已經到了，履行你的

埃　義務吧。你不是殺死我，你是擊敗了該撒。不要嚇得這樣臉色發白。

安　天神阻止我！巴底亞人的敵意的矢鏑不會射中您的身體，難道我却必須下這樣的毒手嗎？

埃　埃洛斯，你願意坐在羅馬的窗前，看着你的主人交叉着兩臂，俯下了他的伏罪的頸項，帶着滿面的羞慚，走過他的前面的車子上坐着幸運的該撒，把卑辱的烙印加在他的俘虜的身上嗎？

安　我不願看見這種事情。

埃　那麽來，我必須忍受些微的痛苦，解脫終身的恥辱。把你那柄曾經爲國家立過功勞的劍拔出來吧。

安　啊，主上！原諒我！

埃　我當初使你獲得自由的時候，你不是曾經向我發誓，我叫你這樣做你就這樣做嗎？趕快動手，否則你過去的勤勞，都是毫無目的的了。拔出劍來，來。

安　那麽請您轉過臉去，讓我看不見那爲全世界所崇拜瞻仰的容顏。

埃　你瞧！（轉身背埃）

安　我的劍已經拔出了。

埃　那麽讓它趕快執行它的工作吧。

安　我的親愛的主人，我的元帥，我的皇上，在我沒有刺這殘酷的一劍以前，允許我向您道別。

埃　很好，朋友；再會吧。

安　再會吧，偉大的主帥！我現在就動手嗎？

埃　現在，埃洛斯。

埃　那麼好，我這樣免去了安東尼的死所給我的悲哀了。（自殺）

安　比我三倍勇敢的義士！壯烈的埃洛斯啊，你教訓我我所應該做而你所不能做的事了。我的女王和埃洛斯已經用他們英勇的示範佔了我的先著；可是我要像一個新郎似的奔赴着死亡，正像登上戀人的臥牀一樣。來，埃洛斯，你的主人死了卻是你的學生，你教給我怎樣死法。（伏劍倒地）怎麼沒有死？沒有死？喂，衞士！啊！幫我快一點死去！

【特西塔斯及衞士等上。

衞士甲　什麼聲音？

安　朋友們，我把事情幹壞了；啊！請你們替我完成我的工作吧。

衞士乙　大星殞落了！

衞士甲　時間已經終止它的運行！

衆　唉，傷心！

安　那一個愛我的，把我殺死了吧。

衞士甲　我不能下這樣的手。

衞士乙　我也不能。

衞士丙　誰也下不了這樣的手。（衞士等下）

特　你手下的人看見你國破身亡，全都走散了。我祇要把這柄劍拿去獻給該撒，再把這樣的消息告訴他，就可以成爲我的進身之階。

【狄奧美第斯上。

狄　安東尼在什麼地方？

特　那邊，狄奧美特，那邊。

狄　他活着嗎？你怎麼不回答我，朋友？（特下）

安　是你嗎，狄奧美特？拔出你的劍來，把我刺死了吧。

狄　最尊嚴的主上，我們娘娘克莉奧佩屈拉叫我來看你。

安　她什麼時候叫你來的？

狄　現在，我的主。

安　她在什麼地方？

狄　關閉在陵墓裏。她早就害怕會有這種事情發生；她因爲看見您疑心她和該撒有勾結——其實是完全沒有這麼一回事的，——沒有法子平息您的惱怒，所以纔叫人來告訴您她死了；可是她又怕這一個消息會引起不幸的結果，所以又叫我來向您說明事實的眞相；我怕我來得太遲了。

安　太遲了，好狄奧美特。請你叫我的衞士來。

狄　喂，喂！皇上的衞士呢？喂，衞士們！來，你們的主帥叫着你們哪！

【安東尼衞士四五人上。

安　好朋友們，把我擡到克莉奧佩屈拉的所在去；這是我最後命令你們做的事了。

衞士甲　咳，咳！主上，您手下還有幾個人是始終跟隨着您的。

眾　最不幸的日子！

安　不，我的好朋友們，不要用你們的悲哀使冷酷的命運在暗中竊笑；我們應該用處之泰然的態度報復命運加於我們的凌辱。把我擡起來；一向總是我帶領着你們，現在我却要勞你們扛着我走了，謝謝你們。（衆舁安同下）

## 第十三場　同前；陵墓

【克莉奧佩屈拉，夏媚煙，依籟絲，及侍女等自高處上。

克　啊，夏媚煙！我一輩子不再離開這裏了。

夏　不要傷心，好娘娘。

克　不，我怎麼不傷心？一切奇怪可怕的事情都是歡迎的，我就是不要安慰；我們的不幸有多麼大，我們的悲哀也該有多麼大。

【狄奧美第斯自下方上。

克　怎麼！他死了嗎？

狄　死神的手已經降在他身上，可是他還沒有死。從陵墓的那一邊望出去，您就可以看見他的衞士正在把他擡到這兒來啦。

【衞士等舁安東尼自下方上。

克　太陽啊，把你廣大的天宇燃燒起來吧！人間的巨星已經消失它的光芒了。啊，安東尼，安東尼，安東尼！幫幫我，夏媚煙，幫幫我，依籟絲，幫幫我；下面的各位朋友！大家幫幫忙，把他擡到這兒來。

安　靜些！不是該撒的勇敢推倒了安東尼，是安東尼戰勝了他自己。

克　是的，祇有安東尼能够征服安東尼可是苦啊！

安　我要死了，埃及，我要死了；我只請求死神寬假片刻的時間，讓我把最後的一吻放在你的唇上。

克　我不敢，親愛的，——我的親愛的主，恕我，——我不敢，我怕他們把我捉去。我決不讓全勝而歸的該撒把我作爲向人誇耀的戰利品；要是刀劍有鋒刃，藥物有靈，毒蛇有刺，我決不會落在他們的手裏；你那眼光溫柔神氣冷靜的妻子奧克泰薇霞永遠沒有機會在我的面前表現她的端莊賢淑。可是來，來，安東尼，——幫助我，我的姑娘們，——我們必須把你擡起來。幫幫忙，好朋友們。

安　啊！快些，否則我要去了。

克　噯喲！我的主是多麼的重！要是我有天后朱諾的神力，我一定要叫羽翼堅勁的邁邱利負着你上來，把你放在喬武的身旁。可是祇有獃子纔會有這種無聊的願望。上來點兒了。啊！來，來，來；（衆舉安至克前）歡迎，歡迎！死在你曾經生活的地方；要是我的嘴唇能够給你生命，我願意把它吻到枯焦。

衆　傷心的景象！

安　我要死了，埃及，我要死了；給我喝一點酒，讓我再說幾句話。

克　不，讓我說；讓我高聲咒駡那司命的婆子，惱得她摔破了她的車輪。

安　一句話，親愛的女王。你可以要求該撒保護你生命的安全，可是不要讓他玷汚了你的榮譽。啊！

克　生命和榮譽是不能兩全的。

安　親愛的，聽我說；該撒左右的人，除了普洛邱累厄斯以外，你誰也不要相信。

克　我不相信該撤左右的人；我祇相信自己的決心和自己的手。

安　我的惡運已經到達它的終點，不要哀哭也不要悲傷；當你思念我的時候，請你想到我往日的光榮；你應該安慰你自己，因爲我曾經是全世界最偉大最高貴的君王，因爲我現在堂堂而死，並沒有懦怯地向我的同國之人拋下我的戰盔；我是一個羅馬人，英勇地死在一個羅馬人的手裏。現在我的靈魂要離我而去；我不能再說下去了。

克　最高貴的人，你死了嗎？你把我拋棄不顧了嗎？這寂寞的世上沒有了你，就像個豬圈一樣，叫我怎麼活下去呢？啊！瞧，我的姑娘們，（安死）大地消失它的冠冕了！我的主！啊！戰士的花圈枯萎了，軍人的大纛摧倒了；剩下在這世上的，現在祇有一羣無知的兒女，傑出的英雄已經不在人間，月光照射之下，再也沒有值得注目的人物了。（暈倒）

夏　啊，安靜些，娘娘！

依　她也死了，我們的女王！

夏　娘娘！

依　娘娘！

夏　啊，娘娘，娘娘，娘娘！

依　陛下！陛下！

夏　靜靜，依蘿絲！

克　什麼都沒有了，我只是一個平凡的女人，平凡的感情支配着我，正像支配着一個擠牛乳做賤工的婢女一樣。我應該向不仁的神明怒擲我的御杖，告訴他們當他們沒有偷去我們的珍寶的時候，我們這世界是可以和他們的天國互相媲美的。一切都只是空虛無聊；忍耐是酒徒的沉醉，焦躁是瘋犬的咆哮；那麼在死神還不敢侵犯我們以前，就奔進了幽祕的死窟，是不是罪惡呢？怎麼啦，我的姑娘們？唉，唉！高興點兒吧！噯喲，怎麼啦，夏媚！我的好孩子們！啊，姑娘們，姑娘們，瞧！我們的燈熄了，它暗下去了，各位好朋友，提起勇氣來；——我們要埋葬他，一切依照最莊嚴最高貴的羅馬的儀式，讓死神樂於帶我們同去。來，走吧；容納着那樣一顆偉大的靈魂的軀殼現在已經冰冷了；啊，姑娘們，姑娘們！我們沒有朋友，祇有視死如歸的決心。（同下；安屍身由上方舁下）

# 第五幕

## 第一場　亞力山特里亞該撒營地

【該撒，阿格力巴，陀拉裴拉，末西那斯，蓋勒斯，普洛邱累厄斯，及餘人等上。

該　陀拉裴拉，你去對他說，叫他趕快投降，他已經屢戰屢敗，不必再顯醜了。

陀　該撒，遵命。（下）

【特西塔斯持安東尼佩劍上。

該　為什麼拿了這柄劍來？你是什麼人，這樣大膽，竟敢闖到我們的面前？

特　我的名字叫做特西塔斯；我是安東尼手下的人，當他叱咤風雲的時候，他是我的最好的主人，我願意為了刈除他的敵人而捐棄我的生命。要是現在你肯收容我，我也會像盡忠於他一樣盡忠於你；不然的話，就請你把我殺死。

該　你說什麼？

特　我說，該撒啊，安東尼死了。

該　這樣一個重大的消息，應該用雷鳴一樣的巨聲爆發出來；地球受到這樣的震動，山林中的猛獅都要奔到市街上，城市裏的居民反而躲匿在野獸的巢穴內。安東尼的死不是一個人的沒落，一半的世界也跟着他的名字同歸於盡了。

特　他死了，該撒；執法的官吏沒有把他宣判死刑，受人雇傭的刺客也沒有把他加害，是他那曾經創造了許多豐偉業，留下不朽的光榮的手，憑着他的心所借給它的勇氣，親自用劍貫穿了他的心胸。這就是我從他的傷口拔下來的劍，瞧它上面沾着他的最高貴的血液。

該　你們都現出悲哀的臉色嗎，朋友們？天神在責備我，可是這樣的消息是可以使君王們眼睛裏洋溢着熱淚的。

阿　眞是不可思議，我們的天性使我們不能不悔恨我們抱着最堅强的決意所進行的行動。

末　他的毁譽在他身上是難分高下的。

阿　這樣一個罕有的人從不曾操縱過人類的命運；可是神啊，你們一定要給我們一些缺點，纔使我們成爲人類。該撒受到感動了。

末　當這樣一面廣大的鏡子放在他的面前的時候，他不能不看見他自己。

該　安東尼啊！我已經追隨你到了這樣一個結局；我們的血脈裏都注射着致命的毒液，今天倘不是我看見你的沒落，就得讓你看見我的死亡；在這整個世界之上，我們是無法並立的。可是讓我用眞誠的血淚哀慟你，你，我的兄弟，我的一切事業的競爭者，我的帝國的分治者，戰陣上的朋友和同志，我的身體的股肱，激發我的思想的心靈，我要向你發出由衷的哀悼，因爲我們那不可調和的命運，引導我們到了這樣分裂的路上。聽我說，好朋友們，——

〔一埃及人上。〕

該　慢慢兒我再告訴你們吧。這傢伙臉上的神氣，好像要來報告什麽重要的事情似的；我們要聽聽他有些什麽話說。你是那兒來的？

埃及人　我是一個卑微的埃及人。我家女王幽居在她的陵墓裏，這是現在唯一屬於她所有的地方，她想要知道你預備把她怎樣處置，好讓她自己有個準備。

該　請她寬心吧；我們不久就要叫人去問候她，她就可以知道我們已經決定了給她怎樣尊崇而優厚的待遇；因爲該撒決不會是一個冷酷無情的人。

埃及人　願神明保佑你！（下）

該　過來，普洛邱累厄斯。你去對她說，我們一點沒有羞辱她的意思；好好安慰安慰她，免得她自尋短見，反倒使我們失敗在她的手裏；因爲我們要是能够把她活活的帶回羅馬去，那纔是我們永久的勝利。去，儘快回來，把她所說的話和你所看見的她的情形告訴我。

普　該撒，我就去。（下）

該　蓋勒斯，你也跟他一道去。（蓋下）陀拉裴拉呢？我要叫他幫助普洛邱累厄斯傳達我的旨意。

阿、末　陀拉裴拉！

該　讓他去吧，我現在想起了我剛纔叫他幹一件事去的；他大概就會來。跟我到我的帳裏來，我要讓你們看看我是多麼不願意牽進這一場戰爭中間；雖然在戎馬倥傯的當兒，我仍然是多麼安靜地進行我的著作。跟我來，看看我有些什麼成績吧。（同下）

## 第二場　同前；陵墓

【克莉奧佩屈拉，夏媚娙及依蘿絲自高處上。

克　我的孤寂已經開始使我得到了一個更好的生命。做該撒是一件無聊的事；他既然不是命運，他就不過是命運的奴僕，執行着她的意志。幹那件結束一切行動的行動，從此不受災禍變故的侵犯，酣然睡去，不必再吮吸那同樣滋養着乞丐和該撒的乳頭，那纔是最有意義的。

【普洛邱累厄斯，蓋勒斯，及兵士等自下方上。

普　該撒問候埃及的女王；請你考慮考慮你有些什麼要求準備向他提出。

克　你叫什麼名字？

普　我的名字是普洛邱累厄斯。

克　安東尼曾經向我提起過你，說你是一個可以信託的人；可是我現在已經用不到信託什麼人，也不怕被人欺騙了。你家主人倘然想要有一個女王向他乞討佈施，你必須告訴他，女王是有女王的身分的，她要是向人乞討，至少也得乞討一個王國；要是他願意把他所征服的埃及送給我的兒子，那麼爲了他把原來屬於我自己所有的東西仍舊賞賜給我的偉大恩惠，我一定滿心感激地向他長跪拜謝的。

普　安心吧，您是落在一個寬宏大度的人的手裏，什麼都不用擔憂。您要是有什麼意見，儘管向我的主上提出；一切困窮無告的人都可以沾溉他的深恩厚澤。讓我回去向他報告您的屈服的誠意，您就可以知道他是一個多麼仁慈的征服者。

克　請你告訴他，我是他的命運的奴僕，我向他獻呈他所應得的敬禮。每一小時我都在學習着服從的教訓，希望他能够允許我瞻仰他的威容。

普　我願意照您的話回去報告，好娘娘。寬心吧，因爲我知道那造成您目前這一種處境的人，對於您的遭遇是非常同情的。

蓋　你們瞧把她捉住是一件多麼容易的事。（普及二衞士登梯升墓至克後。一部分衞士拔栓開各墓門，發現底層

墓室）（向普及各衞士）把她好生看守，等該撒到來發落。（下）

依　娘娘！

夏　啊，克莉奧佩屈拉！你給他們捉住啦，娘娘！

克　快，快，好手。（拔出匕首）

普　住手，娘娘，住手！（捉住克手，將匕首奪下）不要幹這種對不起您自己的事；您現在並沒有被人陷害，卻已經得到了解放。

克　什麼，死可以替受傷的病犬解除痛苦，難道我卻連死的權利也被剝奪了嗎？

普　克莉奧佩屈拉，不要毀滅你自己，辜負了我們主上的一片好心；讓人們看看他的行事是怎麼高尙正大吧，要是你死了，他的美德豈不是白白埋沒了嗎？

克　死啊，你在那兒？來呀，來！來，來，把一個女王帶了去吧，她的價值是抵得上許多嬰孩和乞丐的！

普　啊！忍耐點兒，娘娘！

克　先生，我要不食不飲；寧可用閒談消磨長夜，也不願睡覺。不管該撒使用什麼手段來，我要摧殘這一個易腐的皮囊。你要知道，先生，我是不願意帶著鐐銬，在你家主人的庭前做一個待命的囚人，或是受那愚笨的奧克泰薇霞的冷眼的嗔視的。難道我要讓他們把我吊懸起來受那敵意的羅馬的下賤民衆的鼓噪怒罵嗎？我寧願葬身在埃及的溝壑裏；我寧願赤裸了身體，躺在尼羅河的溼泥上，讓水蠅在我身上下卵，使我生蛆而腐爛；我寧願鐵鍊套在我的頸上，讓高高的金字塔作爲我的絞架！

普　您想得太可怕了，該撒決不會這樣對待您的。

【陀拉裴拉上。

陀　普洛邱累厄斯，你所做的事，你的主人該撒已經知道了，他叫你去；女王歸我看守。

普　陀拉裴拉，那再好沒有對她客氣點兒。（向克）您要是有什麼話要對該撒說的，我可以替您轉達。

克　你去說我要死。（普及兵士等下）

陀　最尊貴的女王，您有沒有聽見過我的名字？

克　我不知道。

陀　您一定知道我的。

克　先生，我聽見什麼知道什麼，都沒有關係。當孩子和女人們把他們的夢講給你聽的時候，你不是要笑的嗎？

陀　我不懂您的意思，娘娘。

克　我夢見有一個安東尼皇帝；啊！但願我再有這樣一次睡眠，讓我再看見這樣一個人！

陀　請您聽我說，——

克　他的臉就像青天一樣，上面有兩輪循環運轉的日月，照耀着這一個小小的地球。

陀　最尊貴的女王，——

克　他的兩足橫跨海洋；他的高舉的手臂罩臨大地；他在對朋友說話的時候，他的聲音有如諧和的天樂，可是當他發怒的時候，就會像雷霆一樣震撼整個的宇宙。他的慷慨是沒有冬天的，那是一個收穫不盡的豐年；他的歡悅有如長鯨泳浮於碧海之中；戴着王冠寶冕的君主在他左右追隨服役，國土和島嶼是一枚枚從他衣袋裏掉下來的金錢。

陀　克莉奧佩屈拉，——

克　你想過去將來會不會有像我夢見的這樣一個人？

陀　好娘娘，這樣的人是沒有的。

克　你說的全然是欺罔神聽的誑話。然而世上要是果然有這樣一個人，他的偉大一定超過任何的夢想；造化雖然不能抗衡想像的瑰奇，可是憑着想像描畫出一個安東尼來，那幻影是無論如何要在實體之前黯然失色的。

陀　聽我說，好娘娘。您遭到這樣重大的不幸，您的堅忍的毅力，是和您的悲哀相稱的。但願我永遠沒有功成名遂的一天，要是您的痛苦不曾在我心頭引起同情的反響。

克　謝謝你，先生。你知道該撒預備把我怎樣處置嗎？

陀　我不願告訴您我所希望您知道的事。

克　不，先生，請你說，——

陀　他雖然是一個可尊敬的人，——

克　他要把我當作一個俘虜帶回去誇耀他的凱旋嗎？

陀　娘娘，他會這樣幹的；我知道他的爲人。（內呼聲「讓開！該撒來了！」）

【該撒，萧勒斯，普洛邱累厄斯，末西那斯，瑟琉格斯，及侍從等上。

該　那一位是埃及的女王？

陀　娘娘，這位便是皇上。（克跪）

該　起來，你不用下跪。請起來吧，埃及的女王。

克　陛下，這是神明的意思；我必須服從我的主人。

該　一切不必介意；你加於我們的傷害，雖然銘刻在我們的肌膚之上，可是我們將要使它在我們的記憶中成爲偶然的事件。

克　全世界唯一的主人，我沒有話可以替我自己辯白，可是我承認我也像一般女人一樣，在我的身上具備着許多可恥的女性的弱點。

該　克莉奧佩屈拉，你要知道，我們對於你總是一切寬大的，決不用苛刻的手段使你難堪；衹要你順從我的意志，你就會知道這一次的變化是對你有益的。可是假如你想效法安東尼的例子，使我蒙上殘暴的惡名，那麽你將要失去我的善意，你的孩子們都將不免一死，否則我是很願意保障他們的安全的。我去了。

克　願全世界都信任您的廣大的權力；整個的大地都是屬於您的；我們是您的勝利的標幟，您可以把我們隨便懸掛在什麽地方。這兒，我的主。

該　你必須幫助我考慮怎樣處置克莉奧佩屈拉的辦法。

克　（呈手卷）這是登記着我所有的金錢珠寶的清單，一切都按照正確的估計載明價値，不値錢的瑣細的東西不在其內。瑟琉格斯呢？

瑟　有，娘娘。

克　這是我的司庫；我的主，請您問問他，我有沒有爲我自己留下什麽；要是他所言不實，請治他以應得之罪。老實說吧，瑟琉格斯。

瑟　娘娘，我寧願閉住我的嘴唇，不願說一句和事實不符的話。

克　我藏過了什麼？

瑟　您所藏過的珍寶的價值，可以抵得過您所呈獻出來的一切。

該　不必臉紅，克莉奧佩屈拉，我佩服你這件事幹得聰明。

克　瞧！該撒！啊，瞧，有權有勢的人多麼被人趨附！我的人現在都變了您的人啦；要是我們易地相處，您的人也會變成我的人的。這個瑟琉格斯沒有良心得叫人切齒痛恨。啊，奴才！你這跟賣買的愛情一樣靠不住的傢伙！什麼！你想逃走嗎？好，憑你躲到那兒去，我要抓住你的眼珠，即使它們會長着翅膀飛走。奴才，沒有靈魂的惡人，狗，啊，卑鄙不堪的東西！

該　好女王，看在我的臉上，請息怒吧。

克　啊，該撒！今天多蒙你降尊紆貴辱臨我這柔弱無用的人，誰知道我自己的僕人竟會存着這樣狠毒的居心，當面給人如此難堪的羞辱！好該撒，假如說，我替自己保留了一些女人家的頑意兒，一些不重要的小東西，像我們平常送給泛泛之交的那一類飾物；假如說我還另外藏開一些預備送給莉薇霞和奧克泰薇霞的比較值錢的紀念品，因為希望她們替我說兩句好話；是不是我必須向一個被我豢養的人稟報明白？神啊！這是一個比國破家亡更痛心的打擊。（向瑟）請你離開這裏，否則我要從命運的冷灰裏燃起我的憤怒的餘燼了。你倘是一個人，你應該同情我的。

該　走開，瑟琉格斯。（瑟下）

克　我們掌握大權的時候，往往因為別人的過失而擔負世間的指責；可是我們失勢以後，却誰也不把別人的功德歸在我們身上，而對我們表示善意的同情。

該　克莉奧佩屈拉，不論是你所私藏的或是獻納的珍寶，我都沒有把它們作爲戰利品而加以沒收的意思；它們永遠是屬於你的，你可以把它們隨意處分。相信我，該撒不是一個唯利是圖的商人，會跟人家爭奪一些商人手裏的貨品，所以你安心吧，不要把你自己拘囚在你的憂思之中；不要這樣，親愛的女王，因爲我們在決定把你怎樣處置以前，還要先徵求你自己的意見。吃得飽飽的，睡得好好的；我們對你非常關切而同情，你應該始終把我當作你的朋友。好，再見。

克　我的主人和君王！

該　不。再見。（喇叭奏花腔；該撒率屬從下）

克　他用好聽的話騙我，姑娘們，他用好聽的話騙我，使我不能做一個光明正大的人。可是你聽我說，夏媚煙。（向夏耳語）

依　完了，好娘娘；光明的白晝已經過去，黑暗是我們的分。

克　你趕快再去一次；我已經說過那東西早預備好了，你去催促一下。

夏　娘娘，我就去。

【陀拉裴拉重上。

陀　女王在什麼地方？

夏　瞧，先生。（下）

克　陀拉裴拉！

陀　娘娘，我已經宣誓向您掬獻我的忠誠，所以我要來稟告您這一個消息：該撒準備取道敍利亞回國，在這三天之內，他要先把您和您的孩子們遣送就道。請您自己決定應付的辦法，我總算已經履行您的旨意和我的諾言了。

陀　克拉裴拉，我永遠感激你的恩德。

克　我是您的永遠的僕人。再會，好女王；我必須伺候該撒去。

陀　再會，謝謝你。（陀下）依蘿絲，你看怎麼樣？你，一個埃及的木偶人，將要在羅馬被衆人觀覽，正像我一樣；那些操着百工賤役的奴才們，披着油膩的圍裙，拿着木尺斧鎚，將要把我們高舉起來，讓大家都能看見；他們濃重腥臭的呼吸將要包圍着我們，使我們不得不咽下他們那股難聞的氣息。

依　天神保佑不要有這樣的事！

克　不，那是免不了的，依蘿絲。放肆的衞士們將要追逐我們像追逐娼妓一樣；歌功頌德的詩人們將要用荒腔走韻的謠曲吟咏我們；俏皮的喜劇伶人們將要把我們編成即興的戲劇，扮演我們亞力山特里亞的歡宴。安東尼將要以一個醉漢的姿態登場，而我將要看見一個逼尖了喉嚨的男童穿着克莉奧佩屈拉的冠服賣弄着淫婦的風情。

依　神啊！

克　那是免不了的。

依　我決不讓我的眼睛看見這種事情；因爲我相信我的指爪是比我的眼睛更强的。

克　那纔是一個有志氣的辦法，叫他們白白準備了一場，讓他們看不見他們荒謬的夢想的實現。

【夏媚煙重上。

克　啊，夏媚煙，來，我的姑娘們，替我穿上女王的裝束；去把我最華麗的衣裳拿來；我要再到昔特納斯去和瑪克安東尼相會。依籟絲，去。現在，好夏媚煙，我們必須趕快一點；等你伺候我穿扮完畢以後，我就放你一直玩到世界的末日。把我的王冠和一切全都拿來。（依下；內喧聲）爲什麼有這種聲音？

【一衛士上。

衛士　有一個鄉下人一定要求見陛下；他給您送無花果來了。

克　讓他進來。（衛士下）一件高貴的行動，却會成就在一個卑微的人的手裏！他給我送自由來了。我的決心已經打定，我的全身不再有一點女人的柔弱；現在我從頭到脚都像大理石一般堅定；現在我的心情再也不像月亮一般變幻無常了。

【衛士率小丑持籃重上。

衛士　就是這個人。

克　出去，把他留在這兒。（衛士下）你有沒有把那能够致人於死命而毫無痛苦的那種尼羅河裏的可愛的蟲兒捉來？

丑　不瞞您說，捉是捉來了；可是我希望您千萬不要碰他，因爲他咬起人來誰都沒有命的，給他咬死的人，難得有活過來的，簡直沒有一個人活得過來。

克　你記得有什麼人給它咬死的嗎？

丑　多得很哪，男的女的全有。昨天我還聽見有一個人這樣死了；是一個很老實的女人，可是她也會掉幾句謊，一個老實的女人是可以掉幾句謊的，她就是給它咬死的，死得纔慘哩。不瞞您說，她把這條蟲兒怎樣咬她的情形沾靈活現地全講給人家聽啦；不過她們的話也不是可以完全相信的。總而言之，這是一條古怪的蟲，這可是沒有差兒的。

克　你去吧；再會！

丑　但願這條蟲兒給您極大的快樂！（將籃放下）

克　再會！

丑　您可要記着，這條蟲兒也是一樣會咬人的。

克　好，好，再會！

丑　你還要留心，千萬別把這條蟲兒交在一個笨頭笨腦的人手裏；因爲這是一條不懷好意的蟲。

克　你不必擔憂，我們留心着就是了。

丑　很好。請您不用給它吃什麼東西，因爲它是不値得養活的。

克　它會不會吃我？

丑　您不要以爲我是那麼蠢，我也知道就是魔鬼也不會吃女人的，我知道女人是天神的愛寵，要是魔鬼沒有把她弄壞。可是不瞞您說，這些婊子生的魔鬼老愛跟天神搗蛋，天神造下來的女人，十個中間倒有五個是給魔鬼弄壞了的。

克　好，你去吧；再會！

丑　是，是；我希望這條蟲兒給您快樂！（下）

【依蘿絲捧冠服等上。

克　把我的衣服給我，替我把王冠戴上；我心裏懷着永生的渴望；埃及葡萄的芳醴從此再也不會霑潤我的嘴唇。快些，快些，好依籟絲；趕快。我彷彿聽見安東尼的叫喚；我看見他站起身來，誇奬我的壯烈的行動；我聽見他在嘲笑該撒的幸運；我的夫，我來了。但願我的勇氣爲我證明我可以做你的妻子而無愧！我是火，我是風；我身上其餘的原素，讓它們隨着汚濁的皮囊同歸於朽腐吧。你們好了嗎？那麼來，接受我嘴唇上最後的溫暖。再會，善良的夏媚煙，依籟絲，永別了！（吻夏、依；依倒地死）難道我的嘴唇上也有毒蛇的汁液嗎？你倒了嗎？要是你這樣輕輕地就和生命分離，那麼死神的刺擊正像情人手下的一捻，雖然疼痛，却是心願的。你靜靜地躺着不動了嗎？要是你就這樣死了，你分明告訴世人，死生之際，連告別的形式也是多事的。

夏　融解吧，密密的烏雲，化成雨點落下來吧；這樣我就可以說，天神也傷心得流起眼淚來了。

克　我不應該這樣卑劣地留戀着人間；要是她先遇見了鬈髮的安東尼，他一定會向她問起我，她將要得到他的第一個吻，奪去我天堂中無上的快樂。來，你殺人的毒物，（自籃中取小蛇置胸前）用你的利齒咬斷這一個生命的葛藤吧；可憐的蠢東西，張開你的怒口，趕快完成你的使命。啊！但願你能够說話，讓我聽你稱那偉大的該撒爲一頭無謀的驢子。

夏　東方的明星啊！

克　靜，靜！你不見我的嬰孩在我的胸前吮吸乳汁，使我安然睡去嗎？

夏　啊我的心碎了！啊，我的心碎了！

克　像香膏一樣甜蜜，像微風一樣溫柔，——啊，安東尼！——讓我把你也拿起來。（取另一蛇置臂上）我還有什麼留戀呢，——（死）

在這萬惡的世間？再會吧！現在，死神，你可以誇耀了，一個絕世的佳人已經爲你所佔有。軟綿綿的窗戶啊，關上了吧；閃耀着金光的腓勃斯再也看不見這樣一雙華貴的眼睛！你的王冠歪了，讓我替你戴一戴正，然後我也可以玩玩去了。

【衆衞士疾趨上。

衞士甲　女王在什麼地方？

夏　說話輕聲些，不要驚醒她。

衞士甲　該撒已經差了人來，——

夏　來得太遲了。（取一蛇置胸前）啊！快些，快些；我已經有點覺得了。

衞士甲　喂，過來！事情不大對；該撒受了騙啦。

衞士乙　該撒差來的陀拉裴拉就在外邊；叫他來。

衞士甲　這兒出了什麼事啦！夏媚煙，這算是你們幹的好事嗎？

夏　幹得很好，一個世代冠冕的王家之女是應該堂堂而死的。啊，軍人！（死）

【陀拉裴拉上。

陀　這兒發生了什麼事啦？

衞士乙　都死了。

陀　該撒，你也會想到她們會採取這種驚人的行動，雖然你想竭力阻止她們，她們畢竟做了出來給你看了。（內呼聲，「讓開！該撒來了！」）

【該撒率全體扈從重上。

陀　啊！主上，您眞是未卜先知；您的恐懼果然成爲事實了。

該　她在臨終的時候顯出了無比的勇敢；她推翻了我們的計劃，爲了她自身的尊嚴，決定了她自己應該走的路。她們是怎樣死的？我沒有看見她們流血。

陀　什麽人最後跟她們在一起？

衞士甲　一個送無花果來的愚蠢的鄉人；這就是他的籃子。

該　那麽一定是服了毒啦。

衞士甲　啊，該撒！這夏媚煙剛纔還活着；她還站着說話；我看見她在替她已死的女王整齊那頭上的寶冠；她的身子發抖，她站立不穩，於是就突然倒在地上。

該　啊，英勇的柔弱！她們要是服了毒藥，她們的身體上一定會發腫；可是瞧她好像睡去一般，似乎在她溫柔而强力的最後掙扎之中，她要捉住另外一個安東尼的樣子。

陀　這兒在她的胸前有一道血痕，還有一個小小的裂口；在她的臂上也是這樣。

衞士甲　這是蛇咬過的痕跡；這些無花果葉上還有黏土，正像在尼羅河沿岸那些蛇洞邊所長的葉子一樣。

該　多分她是這樣死去的；因爲她的侍醫告訴我，她曾經訪求無數易死的祕方。擡起她的眠牀來；把她的侍女扛下陵墓。她將要和她的安東尼同穴而葬；世上再也不會有第二座墳墓懷抱着這樣一雙著名的情侶。像這樣重大的事件，親手造成的人也不能不深深感動；他們這一段悲慘的歷史，成就了一個人的光榮，可是也贏得了世間無限的同情。我們的軍隊將要用隆重莊嚴的儀式參加他們的葬禮，然後再回到羅馬去。來，陀拉裴拉，我們對於這一次飾終盛典必須保持非常整肅的秩序。（同下）

中華民國三十八年四月再版

莎士比亞戲劇全集

第二輯 實價

外加運費匯費

原著者 莎士比亞

譯述者 朱生豪

發行人 張靜江

出版者 世界書局

發行所 世界書局

民国世界文学经典译著·文献版（第九辑：法国英国戏剧）

# 莎士比亚戏剧全集

## （第三集）

[英] 莎士比亚 著 朱生豪 译

上海三联书店

[英] 莎士比亞 著 朱生豪 譯

# 莎士比亞戲劇全集（第三集）

中華民國三十八年四月出版

# 譯者自序

於世界文學史中，足以籠罩一世，凌越千古，卓然爲詞壇之宗匠，詩人之冠冕者，其唯希臘之荷馬，意大利之但丁，英之莎士比亞，德之歌德乎。此四子者，各於其不同之時代及環境中，發爲不朽之歌聲。然荷馬史詩中之英雄，既與吾人之現實生活相去過遠；但丁之天堂地獄，復與近代思想諸多牴牾；歌德去吾人較近，彼實爲近代精神之卓越的代表。然以超脫時空限制一點而論，則莎士比亞之成就，實遠在三子之上。蓋莎翁筆下之人物，雖多爲古代之貴族階級，然彼所發掘者，實爲古今中外貴賤貧富人人所同具之人性。故雖經三百餘年以後，不僅其書爲全世界文學之士所耽讀，其劇本且在各國舞臺與銀幕上歷久搬演而弗衰，蓋由其作品中具有永久性與普遍性，故能深入人心如此耳。

中國讀者耳莎翁大名已久，文壇知名之士，亦嘗將其作品，譯出多種，然歷觀坊間各譯本，失之於粗疏草率者尚少，失之於拘泥生硬者實繁有徒。拘泥字句之結果，不僅原作神味，蕩焉無存，甚且艱深晦澀，有若天書，令人不能卒讀，此則譯者之過，莎翁不能任其咎者也。

余篤嗜莎劇，嘗首尾研誦全集至十餘遍，於原作精神，自覺頗有會心。廿四年春，得前輩同事詹文滸先生之鼓勵，始着手爲繙譯全集之嘗試。越年戰事發生，歷年來辛苦搜集之各種莎集版本，及諸家註釋考證批評之書不下一二百冊悉數毀於炮火，倉卒中惟攜出牛津版全集一冊，及譯稿數本而已。厥後轉輾流徙，爲生活而奔波，更無暇晷以續未竟之志。及三十一年春，目覩世變日亟，閉戶家居，擯絕外務，始得專心壹志致力譯事。雖貧窮疾病，交相煎迫，而埋頭伏案，握管不輟。凡前後歷十年而全稿完成，（案譯者撰此文時，原擬在半年後可以譯竟，詎意體力不支，厥功未就而因病重輟筆）夫以譯莎工作之艱巨，十年之功，不可云久，然畢生精力，殆已盡注於茲矣。

余譯此書之宗旨，第一在求於最大可能之範圍內，保持原作之神韻；必不得已而求其次，亦必以明白曉暢之字句，忠實傳達原文之意趣；而於逐字逐句對照式之硬譯，則未敢贊同。凡遇原文中與中國語法不合之處，往往再四咀嚼，不惜全部更易原文之結構，務使作者之命意豁然呈露，不爲晦澀之字句所掩蔽。每譯一段竟，必先自擬爲讀者，察閱譯文中有無曖昧不明之處。又必自擬爲舞臺上之演員，審辨語調之是否順口，音節之是否調和。一字一句之未恢，往往苦思累日。然才力所限，未能盡符理想；鄉居僻陋，既無參考之書籍，又鮮質疑之師友。謬誤之處，自知不免。所望海內學人，惠予糾正，幸甚幸甚！

原文全集在編次方面，不甚愜當，茲特依據各劇性質，分爲「喜劇」、「悲劇」、「雜劇」、「史劇」

四輯，每輯各自成一系統。讀者循是以求，不難獲見莎翁作品之全貌。昔卡萊爾嘗云，「吾人寧失百印度，不願失一莎士比亞。」夫莎士比亞為世界的詩人，固非一國所可獨佔；倘因此集之出版，使此大詩人之作品，得以普及中國讀者之間，則譯者之勞力，庶幾不為虛擲矣。知我罪我，惟在讀者。

生豪書於三十三年四月。

# 譯者介紹

當我一想起生豪的時候，好像他還是坐着握着筆出神凝思的樣兒。然而這畢竟是憧憬，是幻象，他再也不回來了，雖則這一段凄涼的悲劇的尾聲，也許會激起永久的回響。但對於他本身，對於我，都是無補的了。

我眞不知道要怎樣的介紹，才能使不認識生豪的人，也能對他略爲了解，略爲同情。因爲生豪活着的時候，就挺不愛在人前表現自己，誇耀自己。要不然的話，也許他成名的機會早就多的是。他文學上的天才，在中學時期，就有驚人的表現。可是他太謹愼，自己的標準太高，直到大學畢業後，還不願把作品輕易問世。實際他特長的詩歌，無論新舊體，都是相當成功的。尤其是抒情詩，可以置之世界名著中而無遜色。結果，他却把全部才力精力，集中在譯述莎劇全集的工作上。而終因用心過度，體力不支，再加上惡劣的環境（在敵僞的勢力下）磨損他的精神，使他沒有全部完成，便長辭人世。我每回想起他的殫精竭力，忠實殉道的態度，總不免傷心淚下，悲不自勝。

我初次認識生豪的時候，是在民國廿一年的秋天。在錢塘江畔，秦望山頭，極富詩意的之江大學中間。那時候，他完全是個孩子，瘦長的個兒，蒼白的臉，和善天眞，自得其樂地，很容易使人感到可親可近。之江的自然環境，原是得天獨厚的所在。不論是山上的紅葉歌鳥，流泉風濤；或是江邊的晨暾晚照，漁歌螢火，那一處不是詩人們神往的境界。他受着這些清靜與美的撫育和薰陶，便奠定了他那淸高自愛，與世無爭的情性。他常時不修邊幅，甚至一日三餐也往往不耐煩按時以進；

嘴裏時常掛着小歌，滿顯出悠然自得的神氣。但是，正爲了這樣太柔和的環境，才使他成爲一個不慕虛榮，不求聞達的超然的人物，不能盡量表現他的才能而默默地夭折了。

二十二年的暑天他脫離了大學生活，入世界書局當英文編輯。那時他實際年齡還不到二十二歲，正似一隻自由的歌鳥，投進了籠子。寂寞的詩人，投進了更寂寞的環境。工作的餘暇，惟有讀書，可以補充他的空虛。他每回寫信，都向我訴說：「我寂寞，我悲哀，我再沒有詩了。」歌聲也漸漸從他嘴邊消失。他邁上了成人的不平的途徑。

……從此我埋葬了青春的遊戲，

肩上人生的負担，做一個

堅毅的英雄。……

——別之江

的確，那是他轉變的時期。

那時詹文滸先生也在世界書局，他發現這一個年青的伙伴如此酷愛詩歌，具有那樣卓越的詩歌天才，而且在中英兩種文字上都有那麽深厚的造就，便勸他從事莎劇全集的移植。從此他便發下願心，要把這一位英國大天才的作品，全部介紹給中國的文壇。

以後，他便努力地搜集各種版本的莎劇，加以比較研究。一面他更實地研究戲劇的藝術，無論電影或話劇，祇須是較

為出名的故事，他都加以欣賞批評。他的意見，很多發表在給我的信上。因為他不愛找朋友聊天，唯一的消遣便是寫信。而現在，當我再檢起這些寶貴的遺跡底時候，還可以想見他那默默地沈思底神態。

正是二十五年的秋天，他寄給我讀他所譯出的第一部暴風雨，更告訴我譯事的計劃。他估計全集有一百八十萬字左右，可以在兩年內譯完。接着譯出的有威尼斯商人、仲夏夜之夢、第十二夜等一部份喜劇及雜劇，到廿六年秋天，順利地成功的，大概有七八部。那時因為和世界書局訂了約，譯成後隨即交向局方。但不幸的戰事，會使他的譯稿遺失了一部份。所以現在刊印的威尼斯商人、溫莎的風流娘兒們等幾部，都已是第二遍的譯稿了。

八一三的炮火，在上海發出吼聲，使他從匯山路寓所半夜裏踉蹌出走，丟了個人的全部財產，祇帶着一本莎氏劇集和一些稿子。他暫時回到了老家嘉興，但不久又因為嘉興將近淪陷而轉輾遷避。為了生活的不安定，譯事無法進行。一年之後，才從鄉村回到了孤島，仍在世界書局任職。

廿八年秋天，抗戰的風雲益趨緊張，上海的地位，益顯得特殊，生豪應詹文滸先生的邀請，改入中美日報主編國內新聞版。中美日報是那時上海唯一的政府報，各方觀聽所屬，時常受到敵偽的壓迫。他協助詹先生担起艱鉅的責任，有着相當優良的成績。但也為了工作太繁重，使他全力貫注，日以繼夜，毫無閑暇，對於莎劇工作，差不多是完全停頓着的。牢獄式的報館生活，挺艱險的但也挺愉快的，就在那樣的情形下經過了兩年多。當他告訴我報館中某某兩同事失踪消息的時候，我眞為他捏一把汗。

太平洋的炮火在十二月八日清晨響起，又把他從報館中轟了出去。失掉了職業，可也恢復了自由，他一離開報館，立刻在窄小的亭子間內工作起來。同事們陸續向重慶撤退，他却爲了不願再使譯事延擱下去，所以決計不走。而且爲了幾個朋友的鼓勵，便在三十一年五月一日和我舉行了簡無可簡的婚禮。

以後，我們離開了上海，理由是避免物質生活的高壓。他在故鄉閉戶寫作，專心致志。不說是足不涉市，沒有必要時簡直樓都懶得走下來。而實際物質生活的壓力，依舊追隨着我們。以極低微的收入，苟延着殘喘。所以，他譯述的成果，一天天增加，而精神體力，却一天天的損減了。

莎翁劇集中全部的悲劇、喜劇、雜劇，以及史劇的一部分，都在兩年中次第譯就。

三十二年秋，他日益虛弱的身體，因爲過於辛苦而患着齒病，好幾個牙齒都發着炎，熱度很高。但爲了窮，他抵死不肯醫治，我沒法勉强他。結果齒病是痊可了，身體元氣，却從此大傷。惡毒的結核種子，偷偷地在他身上茁長。那年冬季，他老是被小病牽纏着，隔不到半個月，便連續有發熱現象。他不但不肯醫治，祇要略有一些精神，就繼續他那唯一的工作。可恨的是我在那時候，忙着照管孩子，全不曾意識到他病勢的嚴重性。直至三十三年六月一日，他突然患着肋骨疼痛，發着高熱，而且有手足痙攣的現象，這下我才着了慌，徵得他的同意，初次延醫診治。診斷的結果，據說是結核性肋膜炎，加有肺結核腸結核合併症。「一肺病，」像我這樣的人不患肺病，那有更適合的患者，」他苦笑地說。我知道痛苦嚙着他的心，正如嚙着我的一樣。像生豪那樣的敏感，一切的欺騙都是無所施其技的。但在初病時，希望依舊在我們的眼前閃爍，我絕不敢想像黑暗的影子，將逐漸向我們伸展。然而可惡的潮熱，一天都不停地損害着他。藥物、針劑，都毫無效力地。延至十一月，病情驟然加重。終於在十二月二十六日下午未正，無可奈何地棄我而逝。年僅三十二歲。他神志始終淸楚，自憐病至垂危，腦力却絲毫未受影響。——這對他該是怎樣地增加了痛苦。臨終時使他最抱遺憾的，便是抛下我和孩子，以及尙未完功的莎氏劇集。他遺命囑胞弟文振代爲續成。病危時他還表示過，早知一病不起，拚着命也要把他譯完。他對莎劇的精神眞可謂「鞠躬盡瘁，死而後已」了。

追想生豪的爲人，是太偏於內向的。唯一的原因，也許爲了幼失父母，無邪的天眞，被環境剝奪得太早了，養成了耿介自愛，沈默寡言的性格。好多生疏的朋友，對於他不甚明瞭；而他自己也大有不求人知，超然高蹈，與世無爭的態度。他在自己的環境中，絕不能同流合汚，同任何人都保持着相當的距離。所以他全然是個外貌溫柔而實際嚴肅剛强，具有棱角的人。在學校時代，篤愛詩歌，對於新舊體，都有相當的成就，淸麗、自然，別具作風。可惜他自己編訂的幾冊詩集（舊詩詞——古夢集；新詩——丁香集、小溪集）都因離開中美日報時太匆忙，忘却從書桌中帶走，大概無從查考了，尙有一部份留存在我處的，不久可能付印。他在英國詩人中，除了對於莎翁心悅誠服以外，對雪萊、濟慈、但尼生、勃郎寧等都有相當的研究。他在高中時期，就已經讀過不少英國諸大詩人的作品，（因爲他讀文科，那時高中也分文理科的，）感到莫大的興趣，所以他與他們的因緣，實在不淺。他原想在莎劇全集譯成之後，再賈餘勇譯出莎氏全部十四行詩，然後從事翻譯高爾基全集。誰料到這些計劃，全成爲泡影。他在中國詩人中，特別愛陶淵明，當然因爲淵明的恬淡淸高，正和他相似之故。

至於他譯述莎劇的經過和態度，大致已經在他自序中講得夠詳了。但是因爲他大半工作的成功，都有我在左右，所以對於他的感受特別覺得親切。有時他苦思力索，有時恍然有得，我們分享着其中的甘苦。他工作的時間，總是全神貫注着，每當心領神會的當兒，不知有莎翁或劇中人物或自己的分別。他決不願意有一句甚至一個字大意地放過；也不願意披閱各家譯出本，爲的是在自己未譯就時，怕受到無形的暗示，影響自己的作風。從譯述的辛苦中得到了樂趣，可也耗盡了心力，我眼見他一天天的消瘦，爲了家境的困苦無法挽回可怕的運命。生豪有知，一定會抱怨我和社會對他太無情的虐待。

關於莎氏劇集譯筆的優劣，我並不想爲他誇張或文飾。因爲賢明的讀着，自有公正的評論。但我可以順便提及的，便是在他譯就的三十一本又半的中間，譯者自己的文筆，有着顯著的進步。自從他開始譯述至死亡爲止，中間經過了整整十年，筆力方面有着相當的差別。大概說起來，最初成功的幾部，多數是喜劇部分，如暴風雨、仲夏夜之夢等等，文筆是可愛而輕快自然。而後來成功的那些悲劇、雜劇、史劇等，却顯得老鍊、精警、流利，正是所謂爐火純靑的境地。尤其是維洛歐與朱麗葉、漢姆萊脫、女王殉愛記、該撒遇弒記、麥克佩斯、李爾王、奧瑟羅等，更是他得意的作品。但在用語體詩譯出的部份，却是早期的譯作，更較優美自然：也許祇是年齡的關係，剛脫離大學時的朱生豪，完全是一個詩人。有一個朋友說過，「朱生豪的本身便是一首詩。」這當然不是無所根據的。然而十多年前見到這一首悠然自得的詩的人，如何能想像到，十多年後的這一首詩，會已經由苦難而逝去了呢！

現在距離他死亡的時間，已在一年以上。我不想時間的老人，將會醫治我沈重的創傷。爲了惡劣的環境，使生豪無法逃避慘酷的命運。但我相信一個天才的夭折，該是整個民族文化的損失。要不是短壽，他的心血準會在這荒凉的文藝園地裏，灌溉出更絢爛的花，對於中國文壇的貢獻，決不止此。現在我唯有希望他這僅有的成績——使他嘔盡了心血的成果，留着深刻的印象，在讀者的記憶裏，如同他的精神，永生在我的記憶裏一樣。三十五年春清如書於嘉興秀州中學。

# 莎翁年譜

一五六四年　四月二十三日，威廉莎士比亞生於英國瓦列克羣（Warwickshire）阿房河上之斯特拉脫鎭（Stratford-on-Avon）。關於莎氏出生日期，未能十分確定，惟受洗於是年四月二十六日，則有敎堂簿籍可稽，依照當時習俗，小兒於出生後三日內受洗，故誕辰可能爲四月二十三日。

莎氏先世務農，父約翰爲一識字不多之手套商人，兼營畜牧農產，有住宅二所。母瑪麗亞登（Mary Arden），爲鄉間富農之嗣女。

是年爲依利莎伯女王（Queen Elizabeth）卽位後之第七年，適當「文藝復興」以後，英國在宗敎上已脫離舊敎之羈絆，商業繁盛，與歐洲大陸各國來往頻繁，學術文藝方面因感染外國影響，漸露新面目，不復爲上層階級之專有品。在戲劇方面，舊日之神蹟劇（Miracie plays）及敎訓劇（Morality），日趨沒落；純粹娛樂之民間戲劇逐漸發達，古典型之悲劇喜劇，亦開始爲文人所倣作。

是年戲劇家克利斯多弗馬洛（Christopher Marlowe）生，至一五九三年卽卒。

一五六八年　四歲。王后劇團（The Queen's Players）來鎭表演，翌年復來。

是年父約翰任斯特拉脫鎭長。

一五七一年　七歲，入本地聖十字義務小學(The Free Grammar School of the Holy Cross)就讀。

一五七三年　九歲。大文豪（詩人，散文家，戲劇家）彭瓊生(Ben Jonson)生。

一五七五年　十一歲。是年倫敦始有戲院。當時職業伶人雖有貴族及宮庭爲其護符，且深得民衆之歡迎，惟頗受地方官廳之壓迫。戲院皆建立於城外，均以木料築成，構造至爲簡陋；中央爲露天之池座，不設坐位，舞臺即突出其間；樓座成圓環形圍繞四周。無佈景，亦無幕布；後台用幕遮隔，代表密室山洞等隱藏之處；其上層爲陽臺，代表樓房城牆等較高之處；兩旁各設一門出入。演員均爲男子，女角皆以兒童扮演。另有以純粹兒童演員爲號召之私家戲院，則設於寺院之內，設備較佳，取費較貴，該項兒童均係由大教堂唱詩班中遴選而來。

一五七七年　十三歲，輟學。是時家道中落，食口衆多（有弟妹四五人，）故被迫輟學佐理父業。

一五七八年　十四歲。是年約翰黎利(John Lyly 1554?—1606)所著小說攸弗斯(Euphues)出版，其過度運用辭藻之文體，蔚爲當時宮庭階級流行之風尚。莎氏初期喜劇愛的徒勞即以該項文體爲諷刺對象。

一五七九年　十五歲。是年湯麥斯諾斯(Thomas North)所譯帕盧塔克著之希臘羅馬偉人傳(Plutarch's Lives)出版，爲莎氏羅馬史劇所取資。

約翰弗萊契爾(John Fletcher)生，彼亦爲戲劇家，一六二五年卒。

一五八二年　十八歲，娶安恩海瑟威(Anne Hathaway)，安恩爲鄰邑農家女，長莎氏八歲。

一五八三年　十九歲，長女蘇珊娜（Susannah）生。

一五八四年　二十歲。是年劇作家弗蘭西斯波蒙（Francis Beaumont）生，後與莎氏同年卒。

一五八五年　二十一歲，孿生子漢姆納特（Hamnet）及女裘第斯（Judith）生。

一五八六年　二十二歲，離家赴倫敦，投身戲劇界。

傳說莎氏偷入湯麥斯路西爵士(Sir Thomas Lucy)之私家苑囿却勒科特林(The Woods of Charlecote)中捕鹿事發，此爲其離家之動機。自此十一年中，與家人鮮通音問。並有謂亨利四世及溫莎的風流娘兒中之夏祿法官即係影射路西爵士。然此說於事實上頗少根據。

貴族文人菲力普錫德尼（Sir Philip Sidney 生於一五五四年）卒。

一五八七年　二十三歲。是年馬洛所著悲劇丹勃林（Tamburlaine）上演。吉德（Thomas Kyd 1558—1594），葛林（Robert Greene 1560?—1592），披爾（George Peele）黎利等，當時均爲各戲院撰作劇本。

一五九〇年　二十六歲。是年史賓塞（Edmund Spenser 1552—1599）寓言詩仙后（The Fairie Queen）前三卷出版。

一五九一年　二十七歲，是時已開始寫作劇本。

按莎氏最初僅在倫敦戲院中充打雜役務，其後飾無關重要之角色，演技上即嶄露頭角，乃漸以自編劇本問世。

愛的徒勞寫成。錯誤的喜劇及亨利六世約於此時上演。自此以劇作家及名伶馳譽倫敦。

一五九二年　二十八歲。是年葛林卒（葛生於一五六〇年？，爲諷刺劇作家及詩人。）維洛那二士約於此時寫成。

一五九三年　二十九歲，長詩愛神之戀（Venus and Adonis）出版。莎氏以此詩獻於騷桑普敦伯爵（The Earl of Southompton），伯爵爲依利莎伯女王宮庭中一青年貴族，一般推測卽係其十四行詩（Sonnets）中讚美之對象。

理査三世、約翰王，約於此年寫成。

馬洛卒。按馬洛雖與莎氏同年，其寫作劇本實遠在莎氏之先。莎氏初期所作史劇如理査三世等，作風頗受馬洛影響。其悲劇打破「三一律」之限制，首先運用「無韻詩」（blank verse），其主人公多爲一受某種情慾支配卒陷於無可避免之失敗之人物，已爲莎氏後期諸悲劇之前驅。

一五九四年　三十歲。內大臣劇團（Lord Chamberlain's Players）組成，莎氏爲該團之一員。因有當時首席名伶 Richard Burbage 爲其台柱，且得莎氏爲之經常編劇，該團聲譽鵲起。

是年奉女王之召，在格林尼區宮（Greenwich Palace）演劇。

長詩貞女刼（The Rape of Lucrece）出版，仍獻與騷桑普敦伯爵。十四行詩之一部分約於此時寫成。

血海殲仇記出版。

自一五九〇年至此，論者均認爲莎氏寫作之初期，亦可稱爲習作時期。此期作品大多改編舊劇，其創作者亦未

脫摹擬他人之痕迹。喜劇方面受黎利葛林之影響，悲劇史劇則受馬洛之影響。

一五九五年　三十一歲。仲夏夜之夢、羅密歐與朱麗葉、理查二世，約於此年寫成。

一五九六年　三十二歲，子漢姆納特死，始返家。

威尼斯商人約於此年寫成。

一五九七年　三十三歲，在斯特拉脫鎮購巨宅一所，名曰新地（New Place），爲全鎮房屋之冠。此後數年中，在本鎮及倫敦陸續購置地產一百餘畝。

羅密歐與朱麗葉、理查二世、理查三世，均出版。馴悍記約於是年寫成。

是年文哲巨子弗朗西斯裴根（Francis Bacon 1561—1626）之論文集（Essays）出版。按有人以爲莎氏戲劇實係裴根所作，其說至爲牽强，不足成立。

一五九八年　三十四歲。亨利四世、溫莎的風流娘兒們，約於此年寫成。

瓊生之喜劇詼諧大成（Everyman in His Humour）上演，莎氏參加演出。瓊生在當時戲劇界中，爲主張嚴守古典格律最力者之一，其持論與莎氏自由創造之作風相反。然莎氏死後，瓊生爲其全集題詞，中有「君非屬於某一時代，乃屬於一切時代者」之語，可見其推崇之深。

一五九九年　三十五歲。寰球戲院（The Globe Theatre）落成於騷斯瓦克（Southwark）之班克賽德（Bankside）莎

氏爲股東兼演員。是年因父約翰申請之結果，「紋章院」特許莎氏家族世襲「紋章」(Coat of arms)。

無事煩惱、亨利五世、該撒遇弒記，約於此年寫成。

是年史賓塞卒。

一六〇〇年　三十六歲。皆大歡喜約於是年寫成。

一六〇一年　三十七歲。第十二夜約於是年寫成。

至此爲莎氏寫作之第二期，最佳喜劇均於此期產生。

當時戲劇盛行，著名劇作家除莎氏及瓊生、波蒙、弗萊契爾外，爲 Thomas Dekker (1570? — 1632)，Thomas Middleton (1580—1627)，John Webster (1575?—1625)，George Chapman (1559?—1634) John Marston (1575?—1634) 等。

一六〇二年　三十八歲，漢姆萊脫上演。按約在馬洛發表丹勃林同時，吉德已用同類題材寫成一劇名曰西班牙之悲劇 (The Spanish Tragedy)。

特洛埃圍城記、終成眷屬，約於此年寫成。

一六〇三年　三十九歲。新王詹姆斯一世 (James I) 即位。莎氏所屬劇團更名國王劇團 (The King's Players)。

莎氏放棄演劇工作，惟仍繼續撰寫劇本。漢姆萊脫第一四開本出版。量罪記約於此年寫成。

一六〇四年　四十歲。奧塞羅上演。

一六〇六年　四十二歲。李爾王、麥克佩斯，約於此年寫成。

是年黎利卒。

一六〇七年　四十三歲。黃金夢約於此年寫成。

一六〇八年　四十四歲。女王殉愛記、沉珠記，約於此年寫成。

大詩人約翰密爾敦(John Milton)生(卒於一六七四年。)

一六〇九年　四十五歲。英雄叛國記約於此年寫成。至此爲莎氏寫作之第三期，此期莎氏幾以全力專心寫作悲劇，爲其藝術成就之極峯。

是年其十四行詩出版。按「十四行」詩體，最初藉懷特(Thomas Wyatt 1503?—1542)及色果伯爵(Henry Howard, Earl of Surrey 1517—1546)二人之介紹，自意大利傳入英國。依利莎伯朝詩人紛起摹倣，大率千篇一律，不脫戀愛範圍，其中以錫德尼及史賓塞兩人所作爲最稱傑構。及莎氏十四行詩出，乃以情感之豐富熱烈，意境之婉轉深刻，辭采之瑰麗優美，盡掩前人。全部共一百五十四首，其前半所讚美愛慕之對象，爲一年輕貌美之男性友人；其一往情深之處，令人低徊欲絕。後半則係爲一「膚色黝黑之女郎」(此稱爲「the dark lady」)而作。詞多怨懟，似莎氏曾爲此女郎所玩弄而終遭遺棄者然。惟此中情事究係確實或僅屬詩人馳其想像所構造，則非後人所能斷言矣。

一六一〇年　四十六歲。暴風雨上演。還璧記約於此年寫成。加入黑教士戲院(The Blackfriar's Theatre)爲股東。

一六一一年　四十七歲。自舞台退隱鄉居。冬天的故事上演。

是年，詹姆斯王欽定本英譯「聖經」(The B:ble)出版。

一六一三年　四十九歲。亨利八世上演。至此爲莎氏寫作之第四期，此期作品較少，大率爲悲喜雜揉之傳奇劇，而以復和團圓爲結束者。除暴風雨外，文筆遠較前期爲鬆懈而散漫。

一六一六年　四月二十三日卒於故居，適近其五十二歲生辰。臨終時妻及二女均在側，並及見一外孫女。葬於三一教堂(The Trinity Church)。

波蒙於同年逝世。又吉訶德先生(Don Quixote)之著者西班牙小說家塞文提斯(Miguel de Cervantes Saavedra 生於一五四七年)亦於此年逝世。

一六二三年　莎氏死後第七年，其友人約翰赫敏(John Heming)及亨利康德爾(Henry Condell)始將其所著戲劇彙訂出版，即所謂「第一對開本」(The First Folio)是也。

# 莎士比亞戲劇全集

## 第三輯目次

# 第三輯提要

本輯收羅前二輯中所未收的喜劇悲劇傳奇劇等共十種，它們在莎氏集中都是屬於次要的作品，然而瑕不掩瑜，即使在這些次要的作品之中，我們也可以隨處發現燦爛的珠玉，同時爲了認識莎氏整個的面目起見，這些作品更不容我們忽視。各劇的性質略述如下：

愛的徒勞是莎氏第一本寫成的喜劇，它的主旨在諷刺當時上流社會輕浮虛誇，掉唇弄舌的習氣，故事極簡單平淡之至，但全劇充滿了活潑的詼諧與機智的鋒鋩。

維洛那二士是莎氏早期試作的戀愛喜劇，從全體說是失敗了的，但第一幕第二場描寫裴麗霞接到情人的來信時底心理，却是一段絕妙的文字。

錯誤的喜劇、馴悍記、温莎的風流娘兒們，都不是純正的喜劇，祇能認爲「笑劇」(Farce) 最後一本是莎氏奉伊莉莎白女王之命而寫下的，因爲他在史劇亨利四世中創造了約翰福斯泰夫爵士這一個丑角，獲得絕大的成功，所以伊莉莎白叫他就用福斯泰夫作爲主角，另寫一個劇本，結果就產生了這一本在薄伽邱 (Boccacic) 式的幽默之上加一些英國鄉土色彩的趣味洋溢的笑劇。

血海殲仇記是莎氏早期試作的悲劇。也許因爲一方面受到當時舞臺上流行的所謂「悲劇」的影響，一方面作者尚未能把握及運用悲劇的技巧，使本劇成爲全集中最失敗的作品。除了野蠻的殘殺和報復之外，粗疏陋拙，不近人情，簡直一無可觀。然而我們所以對本劇發生興趣者，乃因莎氏在經過這一次失敗以後，即絕筆不再寫此種文字，而在較後數年之中，接連產生了該撒遇弑記、漢姆萊脫這一連串偉大的悲劇，這中間的驚人的進展，不能不令人咋舌。

特洛埃圍城記在形式上不屬於喜劇，也不屬於悲劇，我們無寧稱之爲「駡劇」，倒比較更爲適當一些。它的題材係取喬叟(Chaucer)的 Troilus and Cressida 爲藍本，對荷馬史詩中半神性的希臘英雄作一次翻案的文章；在莎氏的筆下，這些天神式的英雄完全變成了一羣糊塗、庸妄、自私、傲慢、奸詐、懦怯的傢伙，然而不公的天道，却偏偏使忠勇正直的赫克脫失敗在他們的手裏。在作者全部作品中這是最辛辣的一本。

假如援照特洛埃圍城記的例子，那麼黃金夢也可以同樣稱爲「駡劇」，雖然它是用悲劇的形式寫成的。從本劇的文字上觀察，似乎並不是純粹出於莎翁的手筆。

還璧記是與第一輯中冬天的故事同類的傳奇劇，劇中女主角伊慕琴是莎氏最出力描寫的女性中的一個；全劇的結構與文字均極優美，較冬天的故事有過之而無不及；但普修默斯在獄中見鬼見神這一段，不但是蛇足，簡直是狗尾，大大地貶損了本劇的價值。

沈珠記也是一本傳奇劇，但在莎氏戲劇第一次彙訂本的所謂「第一對開本」中，並未將其列入，而該劇的體裁亦與莎氏其他作品迥異，據人考定，其中祇有少數幾行出於莎氏之手。所謂體裁與各劇不同之處，即伶人表演所不能盡情處，由 Chorus 一人（譯者援中國雜劇傳奇楔子中例譯爲副末）說明補充。這是莎士比亞以前伊莉莎白時代戲劇中常見的格式，但在莎氏劇本中，這一種幼稚拙劣的方法，差不多已經被完全取消了。

生豪誌於三十三年四月。

莎士比亞戲劇全集

第三輯 第一種

# 愛的徒勞

朱生豪 譯

# 愛的徒勞

## 劇中人物

腓迪南　拿伐國王

裴朗
郎格維
杜曼
（國王侍臣）

鮑益
馬凱特
（法國公主侍臣）

唐・亞特里安諾・特・阿美陀　一個怪誕的西班牙人

納森聶爾　教區牧師

霍羅芬斯　塾師

特爾　巡丁

考斯他特　鄉人

毛子　阿美陀的侍僮

管林人

法國公主

羅瑟琳、瑪莉霞、凱蘩琳　公主侍女

雅昆妮妲　村女

官吏，侍從等

**地點**

拿伐

# 第一幕

## 第一場　拿伐王御苑

【國王，裴朗，郎格維，及杜曼上。

王　讓衆人所追求的名譽永遠紀錄在我們的墓碑上，使我們在死亡的恥辱中獲到不朽的光榮；不管饕餮的時間怎樣吞噬着一切，我們要在這一息尚存的時候，努力博取我們的聲名，使時間的鐮刀不能傷害我們，我們的生命可以終了，我們的名譽卻要永垂萬古。所以，勇敢的戰士們，——因爲你們都是向你們自己的感情和一切俗世的欲望奮勇作戰的英雄，——我們必須把我們最近的勅令嚴格實行起來：拿伐將要成爲世界的奇蹟；我們的宮庭將要成爲一所小小的學院，潛心探討有益人生的學術。你們三個人，裴朗，杜曼，和郎格維，已經立誓在這三年之內，跟着我在一起生活，做我的共同研究的學侶，並且絕對遵守這一紙戒約上所規定的種種條文；你們的誓已經宣過；現在就請你們簽下自己的名字，誰要是破壞了這戒約上最微細的一枝一節，讓他親手斲毀他自己的榮譽。要是你們已經下了最大的決心，願你們一意遵行，無渝斯盟。

郎　我已經決定了。左右不過是三年的長齋；身體雖然憔悴，精神上卻享受着盛筵。飽了肚皮，餓了頭腦；美食珍饈可以充實肌膚，卻會閉塞心竅。

杜　陛下，杜曼已經抑制了他的情慾；他把世間一切粗俗的物質的歡娛丟給傖夫俗子們去享受。戀愛、財富、和榮華把人暗中催老；我要在哲學中間找尋生命的奧妙。

裴　我所能够說的話他們兩人都已經說過了。我已經發誓，陛下，在這兒讀書三年；可是其他嚴厲的戒條，例如在那時期以內，不許見一個女人，這一條我希望並不包括在內；還有每一星期中有一天不許接觸任何食物，平常的日子，每天祇有一餐，這一條我也希望並不包括在內；還有晚上祇許睡三小時，白天不准瞌睡，這一條我也希望並不包括在內，因爲我一向總以爲從天黑睡到天白再把半個白晝當作黑夜，不會妨礙別人什麼事的。啊！這些是太難的題目，叫人怎麼辦得到？不看女人儘讀書，不吃飯又不許睡覺！

王　你在宣誓的時候已經聲明遵守這些條件了。

裴　請陛下恕我，我並沒有發這樣的誓。我祇發誓陪着陛下讀書，在您的宮庭裏居住三年。

郎　除了這一點以外，裴朗，其餘的條件你也都發誓遵守的。

裴　那麼，先生，我只是開頑笑說說的。我倒要請問請問，讀書的目的究竟是什麼？

王　知道我們所不知道的事情。

裴　您的意思是說那些爲我們常識所不能窺察的事情嗎？

王　正是，那就是讀書的莫大的報酬。

裴　好，那麼我要發誓苦讀，把天地間的奧祕勤搜冥索：當煌煌的禁令阻止我宴樂的時候，我要知道什麼地方可以塡滿我的飢腸，當我們的肉眼望不見一個女人的時候，我要知道什麼地方可以遇見天仙般的姑娘；要是我發了一個難以遵守的誓言，我要知道怎樣可以一邊叛誓一邊把我的信譽保全。要是讀書果然有這樣的用處，你能向我發誓保證我一定踴躍從命，決無二語。

王　這些是學問途中的障礙，引導我們的智慧去追尋無聊的愉快。

裴　一切愉快都是無聊；最大的無聊卻是爲了無聊費盡辛勞。你捧着一本書苦苦鑽研，爲的是追尋眞理的光明；眞理的光明還遠在天邊，你已經盲去了自己的眼睛。我寧願消受眼皮上的供養，把美人的妙目恣情鑒賞，那脉脉含情的奪人光豔，可以掃去我眼中的霧障。學問就像是高懸中天的日輪，愚妄的肉眼不能測度它的高深；孜孜矻矻的腐儒白首窮年，還不是從前人書本裏掇拾些片爪寸鱗？那些自命不凡的文人學士，替每一顆星球取下一個名字；可是在衆星吐輝的夜裏，燦爛的星光一樣會照射到無知的俗子。過分的博學無非浪博虛聲；每一個教父都會替孩子題名。

王　他反對讀書的理由多麼充足！

杜　他用巧妙的言辭阻善濟惡！

郎　他讓莠草蔓生，刈除了嘉穀！

裴　春天到了，小鵝孵出了蛋殼！

杜　這句話是怎麼接上去的？

裴　各得其時，各如其分。

杜　一點意思都沒有。

裴　聊以湊韵。

王　裴朗就像一陣冷酷無情的霜霰，用他的利嘴咬死了春天初生的嬰孩。

裴　好，就算我是；要是小鳥還沒有囀動它的新腔，爲什麼要讓盛夏誇耀它的榮光？我不願冰雪遮掩了五月的花天錦地，也不希望薔薇花在聖誕節含嬌弄媚；萬物都各自有它生長的季節，太早太遲同樣是過猶不及。你們到現在纔去埋頭功課，等於爬過了牆頭去拔開門上的鍵鎖。

王　好，那麼你退出好了。回家去吧，裴朗，再會！

裴　不，陛下；我已經宣誓陪着您在一起；雖然我說了這許多話爲無知的愚昧張目，使你們理竭詞窮，不能爲神聖的知識辯護，可是請相信我，我一定遵守我的誓言，安心忍受這三年的苦行。把那紙兒給我，讓我一條一條讀下去，在這些嚴厲的規律下面把我的名字簽署。

王　你這樣回心轉意，免去了你終身的恥辱！

裴　「第一條，任何女子不得進入離朕宮庭一哩之內。」這一條有沒有公佈？

郎　已經公佈四天了。

裴　讓我們看看違禁的有些什麼處分。「如有故違，割去該女之舌示儆。」這懲罰是誰定出來的？

郎　不敢，是我。

裴　好大人，請問您的理由？

郎　她們看見了這樣可怕的刑罰，就會嚇得不敢來了。

裴　好一條野蠻的法律！「第二條，倘有人在三年之內，被發見與任何女子交談，當由其他與盟者共同議定最嚴厲之辦法予以公開之羞辱。」這一條，陛下，您自己就要破壞的；您知道法國國王的女兒，一位端莊淑美的姑娘，就要奉命到這兒來，跟您交涉把亞圭丁歸還給她的老邁衰弱，臥病在牀的父親了；所以這一條規律倘不是等於虛設，就祇好讓這位衆人讚慕的公主白白跋涉了這一趟。

王　你們怎麼說，各位賢卿？這一件事情我全然忘了。

裴　讀書人總是這樣舍近而望遠，當他一心研究着怎樣可以達到他的志願的時候，卻把眼前所應該做的事情忘了；等到志願成就，正像用火攻奪取城市一樣，得到的只是一堆灰燼。

王　爲了事實上的必要，我們祇好廢止這一條法令；她必須寄宿在我們的宮庭之內。

裴　事實上的必要將使我們在這三年之內毀誓三千次，因爲每個人都是生來就有他自己的癖好，不是外力所能把它壓制的。要是大家以「事實上的必要」爲藉口，什麼都可以爲所欲爲，那我們還要發什麼誓呢？我在這兒簽下我的名字，全部接受這一切規律；（簽名）誰要是違反了戒約上最微細的一枝一節，讓他永遠不齒於人口。倘然別人受到誘惑，我也會同樣受到誘惑；可是我相信，雖然今天你們看我這樣不情不願的，我一定是最後毀誓的一個。可是戒約上有沒有允許我們可以找些有趣的消遣呢？

王　有，有。你們知道我們的宮庭裏來了一個文雅的西班牙遊客，他的身上包羅着全世界各地的奇腔異調，他的腦筋裏收藏着取之不竭的古怪的辭句；從他自負不凡的舌頭上吐出來的狂言，在他自己聽起來就像迷人的音樂一樣使他沉醉；一個富有才能，善於折衷是非的人。這個幻想之兒，名字叫做阿美陀的，將要在我們讀書的餘暇，用一些誇張的字句，給我們講述人世所罕聞的熱帶之國西班牙武士們的偉績。我不知道你們喜不喜歡他；可是我自己很愛聽他說謊，我要叫他作我的行吟詩人。

裴　阿美陀是一個最出色的傢伙；他會用嶄新的字句，一個十足時髦的武士。

郎　考斯他特那村夫和他配成一對，可以替我們製造無窮的笑料；這樣讀書三年也不會覺得太長。

【特爾持信及考斯他特同上】

特　那一位是王上自己？

裴　這一位便是，傢伙。你有什麽事？

特　我自己也是代表王上的，因爲我是王上陛下的巡丁；可是我要看看王上的本身。

裴　這便是他。

特　阿姆——阿姆——先生問候陛下安好。外邊有人圖謀不軌；這封信可以告訴您一切。

考　陛下，這封信裏所提起的事情是跟我有關係的。

王　從偉大的阿美陀寫來的信！

裴　不管內容多麼囉嗦，我希望它充滿了誇大的字眼。

郎　上帝給我們忍耐吧！

裴　耐着聽，還是忍住笑？

郎　讓我們不要聽得太出神，也不要笑得太起勁。

裴　好，先生，我們應該怎麽笑法，還是讓文章的本身替我們決定吧。

考　這一回的事情先生，是關於我跟雅昆妮妲兩個人的。他們看見我在莊園裏陪着她坐在田場上，又跟着她走進了御苑裏，就把我抓起來了。上帝保佑好人！

王　你們願意用心聽我讀這一封信嗎？

裴　我們願意洗耳恭聽，就像它是天神的聖諭一般。

考　愚蠢的世人最愛聽邪人的亂說。

王　「上天的偉大的代理人，拿伐的唯一的統治者，我的靈魂的地上的眞神，我的肉體的養育的恩主，——」

考　還沒有一個字提起考斯他特。

王　「事情是這樣的，——」

考　也許是這樣的；可是假如他說是這樣的，那也不過是這樣一囘事。

王　閉嘴！

考　像我們這種安分守己，不敢跟人家打架的人，祇好把一張嘴閉起來。

王　不許說話！

考　我求求你們，別人的私事還是少提爲妙。

王　「事情是這樣的，我因爲被黑色的憂鬱所包圍，想要藉着你的令人康健的空氣的最靈效的醫藥，祛除這一種陰沉的重壓的情緒，所以憑着我的紳士的身分，使我自己出外散步。是什麼時間呢？大約在六點鐘左右，正是畜類紛紛吃草，鳥兒成羣啄食，人們坐下來享受那所謂晚餐的一種營養的時候：以上說明了時間。現在要說到什麼場所；我的意思是說我散步的場所：那是稱爲你的御苑的所在。於是要說到什麼地點；我的意思是說我在什麼地點碰到這一樁最淫穢而荒謬的事件，使我從我的雪白的筆端注出了烏黑的墨水，成爲現在你所看見、察閱、誦讀、或者流覽的這一封信。可是說到什麼地點，那是在你的曲曲折折的花園裏的西邊角上東北偏北而略近東首的方向，就在那邊我看見那卑鄙的村夫，那可發一笑的下賤的小魚，——」

考　我。

王　「那沒有教育孤陋寡聞的靈魂，——」

考　我。

王　「那淺薄的東西，——」

考　還是我。

王　「照我所記得，考斯他特是他的名字，——」

考　啊，我。

王　「公然違反你的頒佈曉諭的詔令和禁抑邪行的法典，跟一個——跟一個——啊！跟一個說起了就使我萬分氣憤的人結伴同行，——」

考　跟一個女人。

王　「跟一個我們祖母夏娃的孩兒，一個陰人；或者爲了使你格外明白起見，一個女子。受着責任心的驅策，我把他交給陛下的巡丁安東尼特爾，一個在名譽、態度、舉止、和信用方面都很優良的人，帶到你的面前，領受應得的懲戒。——」

特　稟陛下，我就是安東尼特爾。

王　「至於雅昆妮妲，——因爲這就是那和前述村夫同時被我捕獲的脆弱的東西的名稱，——我讓她等候着你的法律的威嚴；一得到你的最輕微的傳諭，我就會把她帶來受審。抱着燃燒全心的忠誠，你的僕人唐·亞特里安諾·特·阿美陀敬上。」

裴　這封信還不能適如我的預期，可是在我所曾經聽到過的書信中間，這不失爲最有趣的一封。

王　是的，這是古今惡札中的傑作。喂，你對於這封信有什麼話說？

考　陛下，我承認是有這麼一個女人。

王　你聽見諭告嗎？

考　我聽是很聽見的，不過沒有十分注意。

王　諭告上說，和婦人在一起而被捕，處以一年之監禁。

考　我不是和婦人在一起，陛下，我是跟一個姑娘在一起。

王　好，諭告上姑娘也是包括在內的。

考　這也不是一個姑娘，陛下；她是個處女。

王　處女也是包括在內。

考　那麼我就否認她是個處女。我是跟一個女孩子在一起。

王　女孩子不女孩子，儘你怎麼說都是沒有用的。

考　這女孩子對我很有用呢，陛下。

王　聽我的判決：你必須禁食一星期，每天吃些糠喝些水。

考　我寧願祈禱一個月，每天吃些羊肉啜些粥。

王　唐•阿美陀將要做你的看守人。裴朗賢卿，你監視着把他交送過去。各位賢卿，我們現在就去把我們彼此堅決立誓的事情實行起來。（王、郎、杜同下）

裴　我願意用我的頭打賭無論那一個人的帽子，這些誓約和戒律不過是一場無聊的笑柄。喂，來。

考　我是爲了眞理而受難先生；因爲我跟雅昆妮妲在一起而被他們捉住，這是一件眞實的事實，而且雅昆妮妲也

是一個眞心的女孩子。所以歡迎，幸運的苦杯！痛苦也許再會有一天露出笑容；現在，坐下來吧，悲哀！（同下）

## 第二場　同前

〔阿美陀及毛子上。

阿　孩子，一個精神偉大的人要是變得憂鬱起來，會有些什麼徵象？

毛　他會顯出悲哀的神氣，主人，這是一個偉大的徵象。

阿　憂鬱和悲哀不是同樣的東西嗎，親愛的小鬼？

毛　不，不，主啊！不，主人。

阿　你怎麼可以把悲哀和憂鬱分開，我的柔嫩的青年？

毛　我可以從作用上舉出很普通的證明，我的粗硬的長老。

阿　爲什麼是粗硬的長老？爲什麼是粗硬的長老？

毛　爲什麼是柔嫩的青年？爲什麼是柔嫩的青年？

阿　我說你是柔嫩的青年，因爲這是對於你的弱齡的一個適當的名稱。

毛　我說您是粗硬的長老，因爲這是對於您的老年的一個合宜的尊號。

阿　我已經答應陪着王上研究三年。

毛　主人，您用不到一點鐘的功夫，就可以把它研究出來。

阿　不可能的事。

毛　一的二倍是多少？

阿　我不會計算；那是堂倌酒保們幹的事。

毛　主人，您是一位紳士，也是一位賭徒。

阿　這兩個名義我都承認；它們都是一個堂堂男子的標識。

毛　那麼我相信您一定知道兩點加一點一共幾點。

阿　比兩點多一點。

毛　那在下賤的俗人嘴裏是稱爲三點的。

阿　不錯。

毛　瞧，主人，這不是很容易的研究嗎？您還沒有霎過三次眼睛，我們已經把三字研究出來了；要是再在「三」字後面加上一個「年」字，一共兩個字，不是一點不費力就可以把它們研究出來的嗎？

阿　我承認我是在戀愛了；一個軍人而戀愛是一件下流的事，所以我戀愛着一個下流的女人。要是我向愛情拔劍作戰，可以把我從這種墮落的思想中間拯救出來的話，我就要把欲望作爲我的俘虜，讓無論那一個法國宮庭裏的朝士用一些新式的禮節把它贖去。我不屑於嘆氣，我想我應該發誓把邱必特克服。安慰我，孩子；那幾個偉大的人物是曾經戀愛過的？

毛　赫邱里斯，（註一）主人。

阿　最親愛的赫邱里斯！再舉幾個例子，好孩子，再舉幾個；我的親愛的孩子，你必須替我舉幾個赫赫有名的人。

毛　參孫，（註二）主人；他曾經像一個脚夫似的，把城門負在背上；他也是戀愛過的。

阿　啊，結實的參孫！强壯的參孫！你在劍法上不如我，我在背城門這一件事情上也不如你。我也在戀愛了。誰是參孫的愛人，我的好毛子？

毛　一個女人，主人。

阿　是什麼膚色的女人？

毛　一共四種膚色，也許她四種都有，也許她有四種之中的三種、兩種、或是一種顏色。

阿　正確一些告訴我她的皮膚是什麼顏色？

毛　是海水一樣碧綠的顏色，主人。

阿　那也是四種膚色中的一種嗎？

毛　我在書上是這樣讀過的，主人；最好看的女人都是這種顏色。

阿　綠的確是情人們的顏色；可是我想參孫會愛上一個綠皮膚的女人，卻是不可思議的。我的愛人的膚色是白白淨淨，紅紅嫩嫩的。

毛　最汚穢的思想，主人，都是藏匿在這種顏色之下的。

阿　說出你的理由來，懂事的嬰孩。

毛　我的父親的智慧，我的母親的舌頭，幫助我！

阿　一個孩子的可愛的禱告，非常佳妙而動人！

毛　要是她的臉色又紅又白，
　你永遠不會發現她犯罪，

因爲白色表示驚恐惶迫，
　緋紅的臉表示羞恥慚愧；
可是她倘然犯下了錯誤，
　你不能從她的臉上看出，
因爲紅的羞愧白的恐怖，
　都是她天然生就的顏色。

這幾行詩句，主人，可以證明白和紅是兩種危險的顏色。

阿　孩子，不是有一支謠曲歌咏着國王戀愛丐女的故事嗎？

毛　大概在三個世代以前，曾經流行着這麼一支惡劣的謠曲；可是我想它現在已經亡失了；卽使還有人記得，也是寫不出來而且不能歌唱的。

阿　我要把那題目重新寫成一首詩，使它作爲我的迷戀的一個有力的前例。孩子，我眞的愛上了那個我在御苑裏跟那村夫考斯他特一起捉住的鄉下姑娘；她應該有一個好好的人照顧她。

毛　（旁白）她應該好好抽一頓鞭子；可是她應該有一個比我的主人更好的情郞。

阿　唱吧，孩子；我的心爲因爲愛情而沉重起來了。

毛　那是一件大大的奇事，因爲您愛的是一個輕狂的女人。

阿　我說，唱吧。

毛　等這班人過去了再唱吧。

〔特爾，考斯他特，及雅昆妮妲上。

特　先生，王上的旨意，叫你把考斯他特看守起來；他每星期必須禁食三天。講到這一位姑娘，我必須讓她留在御苑裏擠牛乳。再會！

阿　我羞得滿臉都紅了。姑娘！

雅　漢子？

阿　我要到你居住的地方來看看您。

雅　那就在附近。

阿　我知道它的所在。

雅　主啊，你是多麼聰明！

阿　我要告訴你奇怪的事情。

雅　憑着你這一副嘴臉嗎？

阿　我愛你。

雅　我已經聽見你說過了。

阿　再會！

雅　願你平安！

特　來，雅昆妮妲，去吧！（特及雅下）

阿　混蛋，你幹了這樣的壞事，非把你禁食起來不可。

考　哷，先生，我希望您讓我在禁食以前先吃一個飽。

阿　我們要把你重重懲罰一下。把這混蛋帶下去；把他關起來。

毛　來，你這胡作非爲的奴才；去！

考　好，要是我有一天恢復了自由，我要叫有的人看看，——叫有的人看看什麼？

毛　不，沒有什麼，毛子少爺；他們愛看什麼就看什麼。

考　謝謝上帝我是個沒有耐性的人，所以我會安安靜靜住在牢裏。做了囚犯是不能一聲不響的，所以，我還是不要多說什麼的好。（毛及考下）

阿　我愛上了那被她穿在她的卑賤的鞋子裏的更卑賤的腳所踐踏的最卑賤的地面。要是我戀愛了，我將要破壞誓約，那就是說了一句虛僞的誑。虛僞的誑怎麼可以換到眞實的愛呢？愛情是一個魔鬼。可是參孫也曾被它引誘，他是個力氣很大的人；所羅門（註三）也曾被它迷惑，他是個聰明無比的人。赫邱里斯的巨棍也敵不住邱必特的箭鏃，所以一個西班牙人的寶劍怎麼能够對抗得了呢？不消一兩個回合，我的劍法就要完全散亂了。他的恥辱是被人稱爲孩子；他的光榮卻是征服成人。別了，勇氣！銹了吧，寶劍！靜下來，戰鼓！因爲你們的主人在戀愛了；是的，他戀愛了。即景生情的詩神啊，幫助我！因爲我相信我要寫起十四行詩來了。想吧，智慧；寫吧，筆！我有足够的詩情可以寫滿幾大卷的二開大本呢。（下）

註一　赫邱里斯（Hercules），希臘神話中的著名英雄。

註二　參孫（Samoson），聖經中的大力士，見舊約士師記。

註三　所羅門（Solomon），古代以色列哲王，以智慧著稱。

# 第二幕

## 第一場　拿伐王御苑；遠處設大小帳幕

〔法國公主，羅瑟琳，瑪莉霞，凱薩琳，鮑益，羣臣，及其他侍從等上。

鮑益　現在，公主，振起您的最寶貴的精神來吧；想想您的父王特意選擇了一個什麼人來充任他的使節，跟一個什麼人接洽一件什麼任務；他不派別人，卻派他那爲全世界所敬愛的女兒，您自己，來跟具備着一切人間完善的德性的，並世無雙的拿伐國王進行談判，而談判的中心又是適宜於作爲一個女王的嫁奩的亞圭丁。造化不願把才華麗色賦與庸庸碌碌的衆人，大量地把天地間所有的靈秀鍾萃於您的一身；您現在就該效法造化的大量，充分表現您的驚才絕豔。

公主　好鮑益大人，我的美貌雖然卑不足道，卻也不需要你的諛辭的渲染；美貌是憑着眼睛判斷的，不是賈人的利口所能任意抑揚。你這樣搬弄你的智慧把我恭維，無非希望人家稱讚你口齒聰明；可是我聽了你這一番褒美，卻一點不覺得可以驕傲。現在我也要請你幹一件事：好鮑益，你不會不知道，名譽廣大的人，一舉一動都會傳徧世界；拿伐王已經立下誓言，要在這三年之內發憤讀書，不讓一個女人走近他的靜肅的宮庭；所以我們在沒有進入他的禁門以前，似乎應該先去探問他的意旨；我相信你的才幹可以勝任這一項使命，所以選擇你做我的代言人，向他陳述我們的來意，告訴他，法蘭西國王的女兒因爲有重要的事情，希望得到迅速的解決，要求和他當面接洽。快去對他這樣說了；我們就像一羣謙卑的請願人一般，等候着他的莊嚴的諭示。

鮑　得到這樣的委任是我的莫大的榮幸，敢不踴躍拜命。（下）

公主　各位愛卿，你們知道那幾個人是和這位賢德的國王一同立誓守戒的信徒？

甲臣　郎格維勳爵是其中的一個。

公主　你認識這個人嗎？

瑪　我認識他，公主。當不律谷勳爵和雅克・福根勃律琪的美麗的息女在諾曼第舉行婚禮的時候，我在宴席上見過這位郎格維。他是一個公認爲才能出衆的人，文學固然是他的擅長，武藝方面也十分了得。要是美德的光彩可以蒙上汚點的話，那麼他的唯一的缺點是一副尖刻的機智配上一個太直率的意志；他的機智能夠出口傷人，他的意志使他一往直前，不爲他人留一點餘地。

公主　聽起來是一位善於戲謔的貴人，是不是？

瑪　最熟悉他脾氣的人都是這樣說他。

公主　這種浮華之士往往不永天年。還有些什麼人？

凱　年少的杜曼，一個才德兼備的青年；他的智慧可以使一個形貌醜陋的人容光煥發，可是即使他沒有智慧，他的堂堂的儀表也可以博取別人的愛悅。我在亞倫桑公爵的府中見過他一次；我對於他的偉大的品格的讚美，實在不能道出我在他身上所看到的美德於萬一。

羅　要是我所聽到的話並不虛假，那時候在亞倫桑公爵的地方，還有一個他們的同學也跟他在一起；他們叫他做裴朗；在我所交談過的人們中間，從來不會有一個比他更會說笑的人，能夠雅謔而不流於鄙俗。他的眼睛一看到什麼事情他的機智就會把它編成一段有趣的笑話，他的善於抒述種種奇思妙想的舌頭，會用那樣靈巧而雋永的字句把它表達出來，使老年人聽了娓娓忘倦，少年人聽了手舞足蹈；他的口才是這樣敏捷而巧妙。

公主 上帝祝福我的姑娘們！她們都在戀愛了嗎？怎麼每一個人都用這種侈張的誇飾讚賞她自己中意的人？

甲臣 鮑益來了。

〔鮑益重上。

公主 國王怎樣招待你，鮑益？

鮑 拿伐王已經知道您到來的消息；我還沒有見他以前，他跟他那班一同立誓的學侶們，已經準備來迎接您了。我聽他的口氣是這樣的：他寧願把您安頓在郊野裏，就像你們是來圍攻他的宮庭的一支軍隊一般，不願違反他的誓言讓您走進他的屋子。拿伐王來了。（衆女戴臉罩）

〔國王，郎格維，杜曼，裴朗，及侍從等上。

王 美貌的公主，歡迎你光臨拿伐的宮庭。

公主 我把「美貌」兩字璧還陛下；至於說到「歡迎，」那麼我還沒有實受其惠。這偉高的天宇不是您所能私有的，這遼闊的郊野也不是招待貴賓的所在。

王 公主，我們少不得有一天要請你到我們宮庭裏屈駕一遊。

公主 那麼我現在就接受您的邀請。

王 聽我說，親愛的公主，我曾經立下重誓。

公主 聖母保佑陛下！您會有一天毀誓的。

王　憑着我的意志起誓，公主，我決不毀誓。

公主　啊，您的意志一發生動搖，您就要毀誓了。

王　公主，你不知道我發下的是個什麼誓。

公主　要是陛下也不知道您自己所發的誓，那倒是陛下的聰明，因爲知道這樣的誓反而是一種愚昧。我聽說陛下已經發誓不理家政，謹守那樣一個無聊的誓，眞是一樁極大的罪惡，雖然毀棄它也同樣是一樁罪惡。可是恕我吧，我太放肆了，我不該向一個教師訓誨。請您讀一讀我此來的目的，迅速賜給我一個答覆。（以文件授王）

王　公主，我願意儘快答覆你的賜教。

公主　您還是早一點把我打發走了的好，因爲要是您讓我羈留在貴國，您一定會把您的誓言毀棄的。

裴　我不是有一次在勃拉龐跟您跳過舞嗎？

羅　我不是有一次在勃拉龐跟您跳過舞嗎？

裴　我知道您跟我跳過舞的。

羅　既然知道，何必多問！

裴　您不要這樣火辣辣的。

羅　誰叫你用這種問題引起我的火性來？

裴　您的舌頭就像一匹快馬，它奔得太快，會把力氣都奔完了。

羅　它不等到把騎馬的人掀下在泥潭裏是不會止步的。

裴　現在是什麼時候了？

羅　現在是傻瓜們向別人發問的時候。

裴　願幸運降在您的臉罩上，使您有許多的戀人！

羅　阿們，但願您不是其中之一。

裴　噯喲，那麼我要去了。

王　公主，令尊在這封信上說起他已經付了我們十萬克郎，那只是先父在日貴國所欠我們的戰債的半數。這筆款子先父和我都從未收到；即使果有此事，那麼也還有十萬克郎的欠款沒有淸還。當初貴國同意把亞圭丁的一部分抵押給我們，作爲這一筆欠款的保證，雖然拿土地的價值說起來，實在抵不上這一個數目。現在你的父王祇要願意把那未淸償的半數還給我們，我們也願意放棄我們在亞圭丁的利權，和他永結盟好。可是他似乎一點沒有這種意思，因爲在這信上，他單單提出已經償付十萬克郎這一點，作爲要求歸還亞圭丁的理由，而絕口不提那十萬克郎餘欠的問題。其實我們祇要收回先父在日出借的債款，對於亞圭丁這一塊瘦瘠不毛的地方，倒是很樂於割捨的。親愛的公主，倘不是令尊的要求太不近情理了，這次蒙你芳蹤蒞止，我一定不會讓你失望而歸。

公主　家君從來沒有毀約背信，不履行他的償債的義務；陛下否認收到這一筆償款，不但誣蔑家君，而且有失一國元首的器度；我不能不爲陛下的名譽惋惜。

王　我鄭重聲明對於這一筆債款的歸還未有所聞；你要是能够證明此事屬實，我願意把它全數奉還貴國，或者把亞圭丁交出。

公主　敬遵台命。鮑益，你去把那些曾經他的父王查理手下的專任大員簽署，上面載明着這麼一筆數目的收據找一找出來。

王　給我看。

鮑　啓稟陛下，這一類有關文件的包裹還沒有送到；明天一定可以請您過目。

王　那很好；祇要證據確鑿，任何合理的要求我都可以允從。現在請你接受按照你的身分和我的地位所應該享有的一切禮遇吧。雖然你不能走進我的宮門，美貌的公主，我一定盡力使你在這兒大自然懷抱之中感到賓至如歸的愉快；你將要覺得雖然我這樣靳惜着自己的屋宇，可是你已經棲息在我的心靈的深處了。一切失禮之處，請你加以善意的原諒。再會；明天早上我們一定再來奉訪。

公主　願陛下政躬康健，所願皆償！

王　我也願意爲你作同樣的祝禱！（王及扈從下）

裴　姑娘，我要把您放在我的心坎兒裏溫存。

羅　那麼請您把我放進去吧，我倒要看看您的心是怎樣的。

裴　我希望您聽見它的呻吟。

羅　這傻瓜害病了嗎？

裴　他害的是心痛。

羅　唉！替它放放血吧。

裴　放血可以把它醫治嗎？

羅　我的醫藥知識說是可以的。

裴　您願意用您的眼睛刺我的心出血嗎？

羅　我的眼睛太鈍，用我的刀吧。

裴　嗳喲，上帝保佑你不要死於非命！

羅　上帝保佑你不得好死！

裴　我不能獃在這兒等你的禱告見效。（退後）

杜　先生，請問您一句話，那位姑娘是什麼人？

鮑　亞倫桑的息女，凱薩琳是她的名字。

杜　一位漂亮的姑娘！先生，再會！（下）

郎　請敎一聲，那位白衣的姑娘是什麼人？

鮑　您在光天化日之下，可以看清楚她是一個女人。

郎　她是光明中的光明。請問她的名字？

鮑　她祇有一個名字，您不能問她要。

郎　先生，請問她是誰的女兒？

鮑　我聽說是她母親的女兒。

郎　上帝祝福您的鬍子！

鮑　好先生，別生氣。她是福根勃律琪家的女兒。

郎　我現在不生氣了。她是一位最可愛的姑娘。

鮑　也許是的，先生；或者是這樣。（郎下）

裴　戴帽子的女人叫什麼名字？

鮑　命運替她取名為羅瑟玲。

裴　她結過婚了沒有？

鮑　她跟她自己的意志結婚，先生。

裴　歡迎，先生。再會！

鮑　彼此彼此。（裴下；衆女去臉罩）

瑪　最後的一個就是裴朗，那愛開頑笑的貴人；他的每一句話都是一個笑話。

鮑　每一個笑話不過是一句話。

瑪　你們兩人在一起，活像兩頭瘋羊。

鮑　可愛的羔羊，我們是要靠着您的嘴唇餵養長大的呢。

瑪　您是羊，我是牧場；是不是這個意思？

鮑　那麼請讓我到牧場上來尋食吧。（欲吻瑪）

瑪　不，我的好畜生；我的嘴唇不是公共的場地。

鮑　它們是屬於誰的？

瑪　屬於我的命運和我自己。

公主　你們老是愛鬥嘴，大家不要鬧了這種舌劍唇槍，不應該在自家人面前耍弄，還是用來對付拿伐王和他的同學們吧。

鮑　我這一雙眼睛可以看出別人心裏的祕密，難得有時錯誤；要是這一回我的觀察沒有把我欺騙，那麼拿伐王是染上病了。

公主　染上什麼病？

鮑　他染上的是我們情人們所說的相思病。

公主　何以見得？

鮑　他的一切行爲都集中於他的眼睛，透露出不可遏抑的熱情：他的心像一顆刻着你小像的瑪瑙，在他的眼裏閃耀着驕傲；他的焦躁的舌頭忘記了它的職守，想要平分他眼睛的享受；一切感覺都奔赴他的眼底，爭看那絕世無雙的秀麗。彷彿他眼睛裏鎖藏着整個的靈魂，正像玻璃櫃內陳列着珠翠繽紛，放射它們晶瑩奪目的光彩，招引你過路的行人購買。他臉上寫滿着無限的驚奇，誰都看得出他意奪神移。我可以給你亞圭丁和他所有的一切，祇要你爲了我的緣故吻一吻他的臉頰。

公主　到我的帳裏來；鮑益在發瘋了。

鮑　我不過把他的眼睛裏所透露的意思，用說話表示出來。我使他的眼睛變成一張嘴，再替他安上一條不會說謊的舌頭。

羅　你是一個戀愛場中的老手，眞會說話。

瑪　他是邱必特的外公，他的消息都是邱必特告訴他的。

羅　那麼維納絲一定像她的母親，因爲她的父親是很醜的。

鮑　你們聽見嗎，我的瘋丫頭們？

瑪　不聽見。

鮑　那麼你們看見些什麼沒有？

羅　嗯，看見我們回去的路。

鮑　我眞把你們沒有辦法。（同下）

# 第三幕

## 第一場　拿伐王御苑

〔阿美陀及毛子上。

阿　去，稚嫩的青春拿了這鑰匙去，把那鄉下人放了，帶他到這兒來；我必須叫他替我送一封信去給我的愛人。

毛　主人，您願意用法國式的喧嘩得到您的愛人的歡心嗎？

阿　你是什麼意思？用法國話吵架嗎？

毛　不，我的十足的主人；我的意思是說，從舌尖上溜出一支歌來，用您的脚和着它跳舞，翻起您的眼皮，唱一個音符嘆息一個音符；有時候從您的喉嚨裏滾出來，好像您一邊歌唱愛情，一邊要把它吞下去似的；有時候從您的鼻孔裏哼出來，好像您在嗅尋愛情的踪跡，要把它吸進去似的；您的帽簷斜罩住您的眼睛；您的手臂交叉在您的胸前，像一頭炙叉上的兔子；或者把您的手插在口袋裏，就像古畫上的人像一般；也不要老是唱着一支曲調，纔唱了幾句又換了一個調子。這是臺型，這是功架，可以誘動好姑娘們的心，雖然沒有這些她們也會被人誘動；而且——您在聽着我嗎？——這還可以使那些最擅長於這個調調兒的人成爲一世的紅人。

阿　你這種經驗是怎麼得來的？

毛　這是我一點一點觀察得來的結果。可是您忘記您的愛人了嗎？

阿　我幾乎忘了。

毛　健忘的學生！把她記住在您的心頭。

阿　她不但在我的心頭，而且在我的心坎兒裏，孩子。

毛　而且還在您的心兒外面，主人；這三句話我都可以證明。

阿　你怎麼證明？

毛　您在心頭愛着她，因爲您的心得不到她的愛；您在心裏愛着她，因爲她已經佔據了您的心；您在心兒外面愛着她，因爲您已經爲她失去您的心。

阿　我正是這樣。把那鄉下人帶來；他必須替我送一封信。

毛　好得很，馬兒替驢子送信。

阿　嘿，嘿！你說什麼？

毛　呃，主人，您該叫那驢子騎了馬去，因爲他走得太慢啦。我去了。

阿　路是很近的；快去！

毛　像鉛一般快，主人。

阿　什麼意思，小精靈鬼兒？鉛不是一種很沉重遲鈍的金屬嗎？

毛　非也，我的好主人。

阿　我說，鉛是遲鈍的。

毛　主人，您這結論下得太快了；從礮口裏放出來的鉛丸，難道還算慢嗎？

阿　好巧妙的辭鋒！他把我說成了一尊大礮；他自己是彈丸；好，我就把你向那鄉下人開了過去。

毛　那麼您開礮吧，我飛出去了。（下）

阿　一個乖巧的小子，又活潑又伶俐！對不起，親愛的蒼天，我要把我的嘆息呵在你的臉上了。最粗暴的憂鬱，勇敢見了你也要遠遠退避。我的使者回來了。

〔毛子率考斯他特重上。

阿　考斯他特，我要釋放你，恢復你的自由，解脫你的束縛，免除你的禁錮；我祇要你替我幹這一件事。（以信授考）把這封書簡送給那村姑娘雅昆妮妲。（以錢授考）這是給你的酬勞；因爲對底下人賞罰分明，是我的名譽的最大的保障。毛子，跟我來。（下）

毛　人家說狗尾續貂，我就像狗尾之貂。考斯他特先生，再會！

考　我的小心肝肉兒！我的可愛的小猶太人！（毛下）現在我要看看他的酬勞。酬勞！啊！原來在他們讀書人嘴裏，三個銅子就叫做酬勞。「這條帶子什麼價錢？」「一辨士。」「不，一個酬勞賣不賣？」啊，好得很！酬勞！這是一個比法國的克郎更好的名稱。我再也不把這兩個字轉賣給別人。

〔裴朗上。

裴　啊！我的好小子考斯他特，咱們碰見得巧極了。

考　請問先生，一個酬勞可以買多少淡紅色的絲帶？

裴　怎麼叫一個酬勞？

考　呃，先生，一個酬勞就是三個銅子。

裴　那麼你就可以買到値三個銅子的絲帶。

考　謝謝您。上帝和您在一起！

裴　不要走，傢伙；我要差你幹一件事。你要是希望得到我的恩寵，我的好小子，那麼答應我這一個請託吧。

考　您要我在什麼時候幹這件事，先生？

裴　哦，今天下午。

考　好，我一定給您辦到，先生。再會！

裴　啊，你還沒有知道是件什麼事哩。

考　等我把它辦好以後，先生，我就會知道是件什麼事。

裴　嗨，混蛋，你該先知道了以後纔去辦呀。

考　那麼我明兒早上來看您。

裴　這事情必須在今天下午辦好。聽着，傢伙，很簡單的一回事：公主就要到這兒御苑裏來打獵，她有一位隨身侍從的貴女，粗俗的舌頭輕易不敢提起她的名字，他們稱她爲羅瑟玲；你問清楚了那一個是她，就把這一通密封的書信交在她的潔白的手裏。（以一先令授考）這是給你的犒賞；去。

考　犒賞，啊，可愛的犒賞！比酬勞好得多啦；多了足足十一辨士外加一個銅子。最可愛的犒賞！我一定給您送去，先生，決不有錯。犒賞！酬勞！（下）

裴　而我，——確確實實，我是在戀愛了！我曾經鞭責愛情；我是捉拿相思的捕快；我把刻毒的譏刺加在那個比一切人類更偉大的孩子的身上，像一個守夜的警吏一般監視他的行動，像一個尊嚴的塾師一般呵斥他的錯誤！這個盲目的，哭笑無常的，淘氣的孩子，這個少年的前輩，矮小的巨人，邱必特先生；統治着一切戀愛的詩句，交叉的手臂，嘆息，呻吟，一切無聊的躑躅和怨望的悲憤的無上的君主，總轄天下癡男怨女的唯一的主宰和偉大的元帥；啊，我的小小的心！我卻要高舉他的旗幟，在他的戰場上充當一名士卒！什麽，我！我戀愛！我追求！我要找尋一個妻子！一個像一座永遠需要修理的時鐘般的女人，你不去留心她就會出了毛病，嘿，最不該的是叛棄了誓約；而且在三個之中偏偏愛上了最壞的一個：一個伶俐風騷的姑娘，她的眼睛像兩顆烏黑的彈丸；憑着上天起誓，即使百眼的巨人阿格斯把她終日監視，她也會什麽都幹得出來。我卻要爲她嘆息！爲她整夜不睡！爲她禱告神明！罷了，這是邱必特給我的懲罰，因爲我藐視了他的全能的小小的威力。好，我要戀愛、寫詩、嘆息、禱告、追求、和呻吟；誰都有他心愛的姑娘，我的愛人也該有個癡心的情郎。（下）

# 第四幕

## 第一場　拿伐王御苑

〔公主，維瑟玲，瑪莉霞，凱薩琳，鮑益，臺臣，侍從，及一管林人上。

公主　那向着峻峭的山崖加鞭疾馳的，不是國王嗎？

鮑　我不知道；可是我想那不是他。

公主　不管他是誰，瞧上去倒是很雄心勃勃似的。好，各位賢卿，今天我們可以得到答覆；星期六就可以回法國去了。管林子的朋友，你說我們應該到那一叢樹木裏去殺害生靈？

管林人　您祇要站在這兒附近那一簇小樹林的邊上，準可以百發百中。

公主　人家說，美人有沉魚落雁之容；我祇要用美目的利箭射了出去，無論什麼飛禽走獸都會應弦而倒。

管林人　恕我，公主，我不是這個意思。

公主　什麼，什麼？你不願恭維我嗎？啊，一瞬間的驕傲！我不美嗎？唉！

管林人　不，公主，您美。

公主　不，現在你不用把我裝點了；不美的人，怎樣的讚美都不能使她變得好看一點的。這兒，我的好鏡子；（以錢給管林人）給你這些錢，因爲你不說謊，罵了人反得厚賜，這是分外的重賞。

管林人　您所有的一切都是美好的。

公主　瞧，瞧！祇要行了好事就可以保全美貌。唰，不可靠的美貌！正像這些覆雨翻雲的時世；多化幾個錢，醜女也會變成無雙的姝麗。可是拿弓來；現在我們要不顧慈悲，殺生害命，顯一顯我們射獵的本領：要是射而不中，我可以飾詞自辯，因爲心懷不忍，纔故意網開一面；要是射中了，那不是存心殺害，唯一的目的無非博取一聲喝采。人世間的煊赫光榮往往產生在罪惡之中，爲了身外的浮名，犧牲自己的良心；正像如今我去殺害一頭可憐的麋鹿，只爲了他人的讚美，並不爲自己的怨毒。

鮑　凶悍的妻子拼命壓制她們的丈夫，不也是爲了博人讚美的緣故嗎？

公主　正是，無論那一位太太能够壓倒她的老爺，總是值得讚美的。

〔考斯他特上。

鮑　來了一個老百姓。

考　上帝安息你們的靈魂！請問這兒那一位是頭兒腦兒的小姐？

公主　朋友，你祇要看別人都是沒有頭顱腦袋的，就知道那一個是她了。

考　那一位小姐是頂大的頂高的？

公主　她就是頂胖的頂長的一個。

考　頂胖的頂長的！對了，沒有一點差兒。小姐，要是您的腰身跟我的心眼兒一樣細，您就可以套得上這幾位小姐們的腰帶。您不是她們的首領嗎？您在這兒是頂胖的一個。

公主　你有什麼見敎，先生？你有什麼見敎？

考　裘朗先生叫我帶封信來，給一位叫做羅瑟琀的小姐。

公主　啊！你的信呢？你的信呢？他是我的一個好朋友。站在一旁，好信差。鮑益，你會切肉的，把這塊雞切一切開吧。

鮑　遵命。這封信送錯了；它跟這兒每一個人都沒有關係；它是寫給雅昆妮妲的。

公主　我們也要讀它一下。把封蠟打開了，大家聽着。

鮑　「憑着上天起誓，你是美貌的，這是一個絕無錯誤的事實；眞的，你是嬌體的；眞實的本身，你是可愛的。比美貌更美貌，比嬌豔更嬌體，比眞實更眞實的，憐憫你的英雄的奴隸吧！慷慨知名的科非多亞王看中了下賤汚穢的丐女齊妮羅芳，他可以說，余來，余見，余勝；（註一）用俗語把它分析，——啊，下流而卑劣的俗語！——即爲，他來了，他看見，他戰勝。他來了，一；看見，二；戰勝，三。誰來了？國王。他爲什麼來？因爲要看見。他爲什麼看？因爲要戰勝。他到誰的地方來？到丐女的地方。他看見什麼？丐女。他戰勝誰？丐女。結果是勝利。誰的勝利？國王的勝利。俘虜因此而富有了。誰富有了？丐女富有了。收場是結婚。誰結婚？國王結婚；不，兩人合而爲一，一人化而爲二。我就是國王，因爲在比喻上是這樣的；你就是丐女，你的卑賤可以證明。我應該命令你愛我嗎？我可以。我應該强迫你愛我嗎？我能夠。我應該請求你愛我嗎？我願意。你的襤褸將要換到什麼？錦衣。你的灰塵將要換到什麼？富貴。你自己將要換到什麼？我。我讓你的脚玷汚我的嘴唇，讓你的小像玷汚我的眼睛，讓你的每一部分玷汚我的心，等候着你的答覆。

你的最忠實的唐・亞特里安諾・特・阿美陀。

你聽那雄獅咆哮的怒轡，

你已是他爪牙下的羔羊；

俯伏在他足前不要反抗，

他不會把你的生命損傷；
倘然妄圖掙扎，那便怎樣？
免不了充他饑腹的食糧。」

公主　寫這信的是一片什麼羽毛，一頭什麼風信標？你們有沒有聽見過比這更妙的文章？

鮑　這文章的風格，我記得好像看見過似的。

公主　讀過了這樣的文章還會忘記，那你的記性眞是太壞了。

鮑　這阿美陀是這兒宮庭裏豢養的一個西班牙人；他是一個荒唐古怪的傢伙，一個瘋子，常常用他的奇腔異調逗國王和他的同學們發笑。

公主　喂，傢伙，我問你一句話。誰給你這封信？

考　我早對您說過了，是一位大人。

公主　他叫你把信送給誰的？

考　從一位大人寄給一位小姐。

公主　從那一位大人寄給那一位小姐？

考　從裴朗大人，我的一位很好的大爺，寄給一位法國的小姐，他說她名叫羅瑟琦。

公主　你把他的信掉錯了。來各位賢卿，我們去吧。好人兒，把這信收起來；過一天它就會變成你的了。（同下）

## 第二場　同前

【霍羅芬斯，挪坦聶爾牧師，及特爾上。

挪　眞是一種敬畏神明的遊戲，而且是很合人道的。

霍　那頭鹿，您知道，沐浴於血泊之中；像一顆爛熟的蘋果，剛纔還是明珠般懸在太虛、穹蒼、天空的耳邊，一下子就落到平陸、原壤、土地的面上。

挪　眞的，霍羅芬斯先生，您的字眼變化得非常巧妙，不愧學者的吐屬。可是先生，相信我，它是一頭新出角的牡鹿。

霍　挪坦聶爾牧師，信哉！

特　它不是信哉；它是一頭兩歲的公鹿。

霍　最愚昧的指示！然而這也是他用他那種不加修飾，未經琢磨，旣無教育，又鮮訓練，或者不如說是渾噩無知，或者更不如說是誕妄無稽的方式，反映，或者不如說是表現他的心理狀態的一種解釋性的暗示，把我的信哉說成了一頭鹿。

特　我說那鹿不是信哉；它是一頭兩歲的公鹿。

霍　蠢而又蠢的蠢物，愚哉愚哉！啊！你無知的魔鬼，你的容貌多麼傖俗！

挪　先生，他不曾飽餐過書本中的美味；他沒有吃過紙張，喝過墨水；他的智力是殘缺破碎的；他不過是一頭畜生，祇有下等的感覺。這種愚魯的木石放在我們的面前，我們這些有情趣有性靈的人，應該感謝上帝賜給我們如許的智慧才能，使我們不至於像他一樣。

特　你們兩位都是讀書人；你們能不能用你們的智慧告訴我，什麼東西在該隱出世的時候已經有一個月大，到現在還沒有長滿五星期。

霍　狄克丁娜，特爾好夥計；狄克丁娜，特爾好夥計。

特　狄克丁娜是什麼？

挪　狄克丁娜是妃琵，也就是璐娜，也就是月亮的別名。

霍　亞當生下一個月以後，月亮已經長滿了一個月可是他到了一百歲的時候，月亮還是一百年前的月亮，不曾多老了一個星期。

挪　先生，我爲您讚美天主，我的教區裏的全體居民也都要爲您讚美天主，因爲他們的兒子受到您很好的教誨，他們的女兒也從您的地方得益不少；您是社會上的功臣。

霍　他們的兒子如果是天眞誠樸的，不怕得不到我的教誨；他們的女兒如果是聰慧可教的，我也願意盡力開導她們。可是哲人寡言。有一個女人找我們來了。

〔雅昆妮妲及考斯他特上。

雅　早安，牧師先生！牧師先生，（以一信授挪）謝謝您把這一封信讀給我聽聽；它是唐・阿美陀叫考斯他特送來給我的。請您讀一讀好不好？

霍　對不起，先生，這裏面寫些什麼？或者正像荷雷斯所（註三）說的，——什麼，一首詩嗎？

挪　正是，先生，而且寫得非常典雅。

霍　願聞一二，先生其爲余誦之乎？

挪　「爲愛背盟，怎麼向你自表寸心？
啊！美色當前，誰不要失去操守？

雖然撫躬自愧，對你誓竭忠貞；
昔日的橡樹已化作依人弱柳：
請細讀它一葉葉的柔情密愛，
它的幸福都寫下在你的眼中。
你是全世界一切知識的淵海，
讚美你便是一切學問的尖峯；
倘不是蠢如鹿豕的冥頑愚人，
誰見了你不發出驚奇的嗟歎？
你目藏閃電，聲音裏藏着雷霆；
平靜時卻是天樂與星光燦爛。
你是天人，啊！赦免愛情的無知，
以塵俗之舌謳歌絕世的仙姿。」

霍　您沒有把應該重讀的地方讀了出來，所以完全失去了抑揚頓挫之妙。讓我把這首小詩推敲一下：在韻律方面倒還不錯；可是講到高雅，流麗，和詩歌的鏗鏘的音調，此則尚有憾焉。奧維狄斯奈索（註三）纔是眞正的詩人；然而奈索之所以爲奈索者，不是因爲他嗅出了想像的芬芳的花朵，那激發創作的動力嗎？摹擬算得了什麼？獵犬也會追隨他的主人，猴子也會效學他的飼養者，馬兒也會聽命他的騎師。可是姑娘，這封信是寄給你的嗎？

雅　嗯，先生；這封信是一位裴朗先生寄給我的，他是那位外國女王手下的一位貴人。

霍　我要看看那上面的題名：「敬獻於最美麗的羅瑟玲小姐的雪白的手中。」我還要看看信裏面寄信人的署名：「樂於供你驅使的裴朗。」——挪坦聶爾牧師，這裴朗是一個和王上一同發下誓願的人；現在他卻寫了一封信給那外國女王手下的一個侍女，這封信由於一時的偶然，被送信的人送錯了地方。快去，我的好人兒；把這封信給王上看；也許它是很有關係的。不必多禮，儘管去吧；再見！

雅　好考斯他特，跟我去。先生，上帝保佑您！

考　去吧，我的姑娘。（考、雅下）

挪　先生，您把這件事情幹得非常嚴正，充分顯出了敬畏上帝的精神；正像有一位神父說的，——

霍　先生，別對我提起什麼神父不神父啦；我最怕那些似是而非的論調。可是讓我們再來討論討論那首詩；挪坦聶爾牧師，您覺得它怎麼樣？

挪　寫是寫得非常之好。

霍　今天我要到我的一個學生的父親家裏吃飯；要是您願意在進餐之前替在座眾人作一次祈禱，憑着該生家長對我的交情，我可以介紹您出席；在宴席上我願意向您證明這首詩非常淺薄，既無詩趣，又無巧思，一點沒有匠心獨運之處。請您一定光臨。

挪　那眞是多謝了；因爲聖經上說，交際是人生的幸福。

霍　不錯，這句聖經是一句很確當的結論。（向特）朋友，請你也一同出席，千萬不要推卻；卅多言！去那些紳士們正在打獵，我們還是去滿足我們口腹的享受。（同下）

## 第三場　同前

【裴朗持一紙上。

裴　王上正在逐鹿，我卻在追趕我自己。他們張羅設網；我卻陷身在泥坑之中。好，坐下來，悲哀！因爲他們說那傻子曾經這樣說；我這樣說，我就是傻子：證明得很好，聰明人！天主啊，這戀愛瘋狂得就像哀傑克斯（註四）一樣；它會殺死一頭綿羊；它會殺死我，我就是綿羊：又是一個很好的證明！我不願戀愛；要是我戀愛，把我吊死了吧；眞的，我不願。啊！可是她的眼睛，——天日在上，倘不是爲了她的眼睛，我決不會愛她；是的，只是爲了她的兩隻眼睛。唉，我這個人一味說謊，全然的胡說八道。天哪，我在戀愛，它已經敎會我作詩，也敎會我發愁；這兒是我的一部分的詩，這兒是我的愁。她已經收到我的一首十四行詩了；送信的是個蠢貨，寄信的是個獃子，收信的是個佳人；可愛的蠢貨，更可愛的獃子，最可愛的佳人！憑着全世界發誓，卽使那三個傢伙都落下了情網，我也不以爲意。這兒有一個拿了一張紙頭來了；求上帝讓他呻吟吧！（爬登樹上）

【國王持一紙上。

王　唉！

裴　（旁白）射中了，天哪！繼續施展你的本領吧，可愛的邱必特；你已經用你的鳥箭從他的左乳下面射了進去了。當眞他也有祕密！

王　「旭日不曾以如此溫馨的蜜吻
　　給予薔薇上晶瑩的黎明淸露，

有如你的慧眼以其靈輝耀映
　那淋下在我頰上的深宵殘雨；
皓月不曾以如此璀璨的光箭
　穿過深海裏透明澄澈的波心，
有如你的秀頰照射我的淚點，
　一滴滴蕩漾着你冰雪的精神。
每一顆淚珠是一輛小小的車，
　載着你在我的悲哀之中驅馳；
那洋溢在我睫下的朵朵水花，
　從憂愁裏映現你勝利的榮姿；
請不要以我的淚作你的鏡子，
你顧影自憐，我將要永遠流淚。」
她怎麼可以知道我的悲哀呢？讓我把這紙兒丟在地上；可愛的草葉啊，遮掩我的癡心吧。誰到這兒來了？（退立一旁）什麼，郎格維！他在讀些什麼東西！聽着！

【郎格維持一紙上。

裴　現在又有一個跟你同樣的傻子來了！

郎　唉！我破了誓了！

王　我希望他也在戀愛同病相憐的罪人！

裴　一個酒鬼會把另一個酒鬼引爲同調。

郎　我是第一個違反誓言的人嗎？

裴　我可以給你安慰；照我所知道的，已經有兩個人比你先破誓了，你來剛好湊成一個三分鼎足。

郎　我怕這幾行生硬的詩句缺少動人的力量。啊，親愛的瑪莉霞我的愛情的皇后！

「你眼睛裏有天賦動人的辭令，
能使全世界的辯士唯唯俯首，
不是它勸誘我的心寒盟背信？
爲了你把誓言毀棄不應遭咎。
我所捨棄的只是地上的女子，
你卻是一位美妙的天仙化身；
爲了天神之愛毀棄人世的誓，
你的垂憐可以洗滌我的罪名。
一句誓只是一陣口中的霧氣，
禁不起你這美麗的太陽曬蒸；
我脆弱的願心既已被你吸起，
這毀誓的過失怎能由我擔承？

即使是我的錯，誰會那樣瘋狂，
不願意犧牲一句話換取天堂！」

裴　一個人發起瘋來，會把血肉的凡人敬若神明，把一頭小鵝看做一個仙女；全然的，全然的偶像崇拜！上帝拯救我們，上帝拯救我們！我們都走到邪路上去了。

郎　我應該叫誰把這首詩送去呢？——有人來了！且慢。（退立一旁）

裴　大家躲好了，大家躲好了，就像小孩子捉迷藏似的。我像一尊天神一般，在這兒高坐天空，察看這些可憐的愚人們的祕密。天哪！又是一個來了！

【杜曼持一紙上。

裴　杜曼也變了；一個盤子裏盛着四隻山鷸！

杜　啊，最神聖的凱德！

裴　啊，褻瀆神聖的傻瓜！

杜　憑着上天起誓，一個凡夫眼中的奇蹟！

裴　憑着土地起誓，她是個平平常常的女人；你在說謊。

杜　她的琥珀般的頭髮黯淡了琥珀的顏色。

裴　琥珀色的烏鴉倒是很少有的。

杜　像杉樹一般亭亭直立。

裴　我說她身體有點彎屈；她的肩膀好像懷孕似的。

杜　像白晝一般明朗。

裴　嗯，像有幾天的白晝一般，不過是沒有太陽的白晝。

杜　啊！但願我能够如願以償！

郎　但願我也如願以償！

王　主啊，但願我也如願以償！

裴　阿們，但願我也如願以償！

杜　我希望忘記她；可是她像熱病一般焚燒我的血液，使我再也忘不了她。

裴　你血液裏的熱病！那麽祇要請醫生開了一刀，就可以把她放出來盛在盤子裏了。

杜　我還要把我所寫的那首歌讀一遍。

裴　那麽我就再聽一次愛情怎樣改變了一個聰明人。

杜　「有一天，唉，那一天！
愛永遠是五月天，
見一朵好花嬌媚，
在款款風前遊戲；
穿過柔嫩的葉網，
風兒悄悄地來往。
憔悴將死的戀人，

羨慕天風的輕靈：
風能吹上你臉頰，
我祇能對花掩泣！
我已向神前許願，
不攀折鮮花嫩瓣；
少年誰不愛春紅？
這種誓情理難通。
今日我爲你叛誓，
請不要把我譏刺；
你曾經迷惑喬武，
使朱諾變成嫫母，（註五）
放棄天上的威尊，
來作塵世的凡人。」
我要把這首歌寄去，另外再用一些更明白的字句，說明我的眞誠的戀情的痛苦。啊！但願王上，裴朗，和郎格維也都變成戀人！作惡的有了榜樣可以抹去我叛誓的罪名；大家都是一樣有罪，誰也不能把誰怨懟。

郎　（上前）杜曼，你希望別人分擔你的相思的痛苦，你這種戀愛太自私了。你可以臉色發白，可是我要是也這樣被人聽見了我的祕密，我知道我一定會滿臉通紅的。

王　（上前）來，先生，你的臉紅起來吧。你的情形和他正是一樣；可是你明於責人，暗於責己，你的罪比他更加一等。你不愛瑪莉霞，郎格維從來不曾爲她寫過一首十四行詩，從來不曾絞着兩手，按放在他的多情的胸前，壓下他那跳動的心。我躲在這一叢樹木後面，已經完全窺破你們的祕密了；我替你們兩人好不害羞！我聽見你們罪惡的詩句，留心觀察着你們的舉止，看見你們長吁短嘆，注意到你們的熱情：一個說，唉！一個說，天哪！一個說她的頭髮像黃金，一個說她的眼睛像水晶；（向郎）你願意爲了天堂的幸福寒盟背信；（向杜）喬武爲了你的愛人不惜毀棄誓言。要是裴朗聽見你們已經把一個用極大的熱心發下的誓這樣破壞了，他會怎麼說呢？他會把你們怎樣嘲笑！他會怎樣掉弄他的刻毒的舌頭！他會怎樣高興得跳起來！我寧願失去全世界所有的財富，也不願讓他知道我有這樣不可告人的心事。

裴　現在我要挺身而出，揭破僞君子的面目了。（自樹上跳下）啊！我的好陛下，請你原諒我；好人兒！你自己沉浸在戀愛之中，你有什麼權利責備這兩個可憐蟲？你的眼睛不會變成馬車；你的淚珠裏不會反映出一位公主的笑容；你不會毀誓，那是一件可憎的罪惡；咄！祇有無聊的詩人纔會寫那些十四行的歌曲。可是您不害羞嗎？你們三人一個個當場出醜，都不覺得害羞嗎？你發現了他眼中的微塵；王上發現了你的；可是我發現了你們每人眼中的梁木。啊！我看見了一幕多麼愚蠢的活劇，不是這個人嘆息呻吟，就是那個人搥胸頓足。噯喲！我好容易耐住我的心，看一位國王變成一隻飛蠅，偉大的赫邱里斯抽弄陀螺，淵深的所羅門起舞婆娑，年老的奈斯脫變成兒童的遊侶，厭世的泰門玩弄無聊的戲具！（註六）你的悲哀在什麼地方？啊！告訴我，好杜曼。善良的郎格維，你的痛苦在什麼地方？陛下，你的又在什麼地方？都在這心口兒裏。喂，煮一鍋稀粥來！這兒有很重的病人哩。

王　你太把人挖苦了。那麼我們的祕密都被你窺破了嗎？

裴　我算是受了你們的騙。我是個老實人，我以為違背一個自己所發的誓是一件罪惡；誰料竟會受一班虛有其表，反覆無常的人們的欺騙。你們什麼時候會見我寫一句詩？或者為了一個女人而痛苦呻吟？或者費一分鐘的時間把我自己修飾？你們什麼時候會聽見我讚美一隻手，一隻脚，一張臉，一雙眼，一種姿態，一段丰度，一副容貌，一個胸脯一個腰身，一條腿，一條臂？——

王　慢慢！你的舌頭又不是怕有人在後面追趕的偷兒，用得着這樣急急忙忙的奔跑。

裴　我這樣急急忙忙，是為要逃避愛情；好情人，放我去吧。

【雅昆妮妲及考斯他特上。

雅　上帝祝福王上！

王　你有什麼東西送來？

考　一件叛逆的陰謀。

雅　陛下，請您讀一讀這封信；我們的牧師先生覺得它很是可疑；他說其中有叛逆的陰謀。

王　裴朗，你把它讀一讀。（以信授裴）這封信是你從什麼地方得來的？

雅　考斯他特給我的。

王　你從什麼地方得來的？

考　鄧·阿特拉美狄奧，鄧·阿特拉美狄奧給我的。（裴扯信）

王　怎麼！你怎麼啦？為什麼把它扯碎？

裴　無關重要，陛下，無關重要，您用不到擔心。

郎　這封信看得他臉紅耳赤，讓我們聽聽吧。

杜　（拾起紙片）這是裴朗的筆跡，這兒還有他的名字。

裴　（向考）啊，你這下賤的蠢貨！你把我的臉丟盡了。我承認有罪，陛下，我承認有罪。

王　什麼？

裴　你們三個獃子加上了我，剛巧湊成一桌；他，他，您陛下，跟我，都是戀愛場中的扒手，我們都有該死的罪名。啊！把這兩個人打發走了，我可以詳詳細細告訴你們。

杜　現在大家都是一樣的了。

裴　不錯，不錯，我們是同志四人。叫這一雙斑鳩去吧。

王　你們去吧！

考　好人走了，讓壞人留在這兒。（考、雅下）

裴　親愛的朋友們，親愛的情人們，啊！讓我們擁抱吧。我們都是有血有肉的凡人；大海潮生潮落，青天終古長新，陳腐的戒條不能約束少年的熱情。我們不能反抗生命的意志，我們必須推翻不合理的盟誓。

王　什麼！你也會在這些破碎的詩句之中表示你的愛情嗎？

裴　「我也會！」誰見了天仙一樣的羅瑟玲，不會像一個野蠻的印度人，當東方的朝陽開始呈現它的奇麗，俯首拜伏，用他虔誠的胸膛貼附土地？那一道鷹隼般威稜閃閃的眼光，不會眩耀於她的華豔，敢仰望她眉宇間的天堂？

王　什麼狂熱的情緒鼓動着你？我的愛人，她的女主人，是一輪美麗的明月，她只是月亮旁邊閃爍着微光的一點小星。

裴　那麼我的眼睛不是眼睛，我也不是裴朗。啊！倘不是爲了我的愛人，白晝都要失去它的光亮。她的嬌好的頰上集合着一切出衆的美點，她的華貴的全身找不出絲毫缺陷。借給我所有辯士們的生花妙舌——啊，不！她不需要誇大的辭藻；待沽的商品纔需要讚美，任何讚美都比不上她自身的美妙。形容枯瘦的一百歲的隱士，看了她一眼會變成五十之翁；美貌是一服換骨的仙丹，它會使扶杖的衰齡返老還童。啊！她就是太陽，萬物都被她照耀得燦爛生光。

王　憑着上天起誓，你的愛人黑得就像烏木一般。

裴　烏木像她嗎？啊，神聖的樹木！娶到烏木般的妻子纔是無上的幸福。啊！我要按着聖經發誓，她那點漆的瞳人，潑墨的臉色，纔是美的極致，不這樣便够不上「美人」兩字。

王　一派胡說！黑色是地獄的象徵，囚牢的幽暗，和暮夜的陰沉；美貌應該像天色一樣清明。

裴　魔鬼往往化裝光明的天使引誘世人。啊！我的愛人有兩道黑色的修眉，因爲她悲傷世人的愚癡，讓塗染的假髮以亂眞，她要向他們證明黑色的神奇。她的美豔轉變了流行的風尚，因爲脂粉的顏色已經混淆了天然的紅白，自愛的女郎們都知道洗盡鉛華，學着她把皮膚染成黝黑。

杜　打掃煙囪的人也是學着她把煙煤塗滿一身。

郎　從此以後，炭坑夫都要得到俊美的名稱。

王　非洲的黑人誇耀他們美麗的膚色。

杜　黑暗不再需要燈燭，因爲黑暗即是光明。

裴　你們的愛人們永遠不敢在雨中走路，她們就怕雨水洗去了臉上的脂粉。

王　我希望你的愛人不怕淋雨，讓雨水把她的臉沖沖乾淨。

裴　我要證明她的美貌，拚着舌敝唇焦，一直講到世界末日的來臨。

王　到那時候你就知道沒有一個魔鬼不比她漂亮幾分。

杜　像你這樣鍾情醜婦的人眞是世間少見。

郎　瞧，這兒是你的愛人；（舉鞋示裴）把她的臉多看兩眼。

杜　啊！要是把你的眼睛鋪成道路，也會沾汚了她的姍姍微步。

王　可是何必這樣斤斤爭論？我們不是大家都在戀愛嗎？

裴　一點不錯，我們大家都毀了誓啦。

王　那麼不要作這種無聊的空談。好裴朗，現在請你證明我們的戀愛是合法的；我們的信心並沒有遭到損害。

杜　對了，讚美讚美我們的罪惡。

郎　啊！用一些充分的理由壯壯我們的膽；用一些巧妙的詭計把魔鬼輕輕騙過。

杜　用一些娓娓動聽的辯解滅除我們叛誓的內疚。

裴　啊，那是不必要的。好，那麼愛情的戰士們，想一想你們最初發下的誓，絕食，讀書，不近女色，全然是對於絢爛的青春的重大的謀叛！你們能够絕食嗎？你們的腸胃太嬌嫩了，絕食會引起種種的病症。你們雖然立誓發憤讀書要是你們已經拋棄了各人的一本最寶貴的書籍，你們還能在夢寐之中不廢吟哦嗎？因爲除了一張女人的美麗的容顏以外，你，我的陛下，或是你，或是你，什麼地方找得到學問的眞正價值？從女人的眼睛裏我得到這一個教訓：它們是藝術的經典，知識的寶庫，是它們燃起了智慧的神火。刻苦的鑽研可以使活潑的心神變爲遲鈍，正像長途的跋涉消耗旅人的筋力。你們不看女人的臉，不但放棄了眼睛的天賦的功用，而且根本違背你們立誓求學的原意；因爲世上那一個著作家能够像一個女人的眼睛一般把如許的美麗啓示讀者？學問是我們隨身的財產，我們自己在什麼地方，我們的學問也跟着我們在一起；那麼當我們在女人的眼睛裏看見我們自己的時候，我們不是也可以看到它裏邊存在着我們的學問嗎？啊！朋友們，我們發誓讀書，同時卻抛棄了我們的書本；因爲在你們鈍拙的思索之中，你，我的陛下，或是你，或是你，幾曾歌咏出像美人的慧眼所激發你們的那種火一般熱烈的詩句？一切沉悶的學術都局限於腦海之中，它們因爲缺少活動，費了極大的艱苦還是絕無收穫；可是從一個女人的眼睛裏學會了戀愛，卻不會禁閉在方寸的心田，它會隨着全身的血液，像思想一般迅速地通過了百官四肢，使每一個器官發揮出雙倍的效能：它使眼睛增加一重明亮，戀人眼中的光芒可以使猛鷹眩目；戀人的耳朵聽得出最微細的聲音，任何鬼祟的奸謀都逃不過他的知覺；戀人的感覺比戴殼蝸牛的觸角還要微妙靈敏；戀人的舌頭使善於辨味的巴邱斯（註七）顯得遲鈍；講到勇力，愛情不是像赫邱里斯一般，永遠在幹着驚人的偉績嗎？像史芬克斯一般狡獪；像那以愛坡羅的金髮爲絃的天琴一般和諧悅耳；當愛情發言的時候，就像諸神的合唱，使整個的天界陶醉於仙樂之中。詩人不敢提筆抒寫他的詩篇，除非他的墨水裏調和着愛情的嘆息；啊！那時候他的詩句就會感動野蠻的猛獸，激發暴君的天良。從女人的眼睛裏我得到這一個教訓：它們永遠閃耀着智慧的神火；它們是藝術的經典，知識的寶庫，裝飾，涵容，滋養着整個的世界；沒有了它們，一切都會失去它們的美妙。那麼你們眞是一羣獃子，甘心把這些女人捨棄；你們謹守你們的誓約，就可以證明你們的癡愚。爲了智慧，這一個衆人喜愛的名詞，爲了愛情，這一個喜愛衆人的名詞，爲了男人，一切女人的創造者，爲了女人，沒有她們便沒有男人，讓我們放棄我們的誓約，找到我們自己，否則我們就要爲了謹守誓約而喪失了自己。這樣的毀誓是爲神明所容許的;因爲慈悲的本身可以代替法律,誰能把愛情和慈悲分而爲二?

王　那麼憑着聖邱必特的名字,兵士們,上陣呀!

裴　舉起你們的大旗,向她們努力進攻吧,朋友們!

郎　把這些巧妙的字句擱在一旁,老老實實談一談吧。我們要不要決定去向這些法國女郎們求愛?

王　是的,而且我們一定要達到目的。所以讓我們商量商量用些什麼方法娛樂她們。

裴　第一,讓我們從御苑裏護送她們到她們的帳幕之內;然後每一個人握着他的美貌的戀人的纖手回來。在下午我們要計劃一些短時間內可以籌備起來的新奇的娛樂安慰她們;因爲飲酒、跳舞和狂歡是戀愛的先驅,是它們把繽紛的花朵鋪成一道康衢。

王　去,去!我們現在必須利用每一秒鐘的時間。

裴　去,去!種下莠草那能收起佳禾?
　那昭昭的天道從不會有私心:
輕狂的娘兒嫁給背信的丈夫;
　是頑銅怎麼換得到美玉精金?(同下)

註一　「余來,余見,余勝」(veni, vidi, vici)爲裴里厄斯該撒(Julius Cæsar)之著名豪語。

註二　荷雷斯(Horace),公曆紀元前一世紀羅馬詩人。

註三　奥維狄斯奈索（Ovidius Na°o）即奥維特(Ovid)，羅馬詩人，「變形記」及「愛經」之作者，約與荷雷斯同時。

註四　哀傑克斯（Ajax），荷馬史詩「以利亞特」中之希臘英雄，其威名僅次於亞契蘭斯（Achilles）。

註五　喬武（Jove），即裘必肶（Jupiter），羅馬主神，亦即希臘之宙斯(Zeus)，貪淫好色，嘗屢次勾誘凡間女子。其妻朱諾(Juno)，即希臘之天后希拉（Hera）。

註六　赫邱里斯及所羅門已見第一幕註；奈斯肶（Nestor）爲特洛埃戰役中之希臘英雄，白髮從征，以老成智慮著稱；泰門(Timon)爲雅典富人，其故事見莎翁另一劇本「黃金夢。」

註七　巴邱斯(Bacchus)，希臘酒神。

# 第五幕

## 第一場 拿伐王御苑

〔霍羅芬斯，挪坦聶爾牧師，及特爾上。

霍 已而者，已而而已矣。

挪 先生，我爲您讚美上帝。您在宴席上這一番議論，的確是犀利雋永，風趣而不俚俗，機智而不做作，大膽而不輕率，淵博而不固執，新奇而不怪僻。我前天跟一個王上手下的人談話，他的雅號，他的尊號，他的大名是唐•亞特里安諾•特•阿美陀。

霍 後生小子，何足道哉！這個人秉性傲慢，出言武斷，滿口虛文，目空一世，高視闊步，旁若無人，可謂狂妄之尤。他太拘泥不化，太矯揉造作，太古怪，也可以說太不近人情了。

挪 一個非常確切而巧妙的斷語。（取出筆記簿）

霍 他從貧弱的論據中間，抽出他的瑣碎而繁瑣的言辭。我痛恨這種荒唐的妄人，這種乖僻而苛細的傢伙，這種破壞文字的罪人：明明是 doubt，他卻說是 dout；明明是 debt，d-e-b-t，他偏要讀做 det，d-e-t；他把 calf 讀成了 cauf，half 讀成了 hauf，neighbour 變成 nebour，neigh 的音縮做了 ne。這簡直是 abhominable，可是叫他說起來又是 abominable 了。此類謬誤之讀音，聞之殊於令人癲狂；足下其知之乎？所謂痼發者，卽發瘋之謂也。

**挪**　讚美上帝賜給我們學問智慧！

【阿美陀毛子，及考斯他特上。

**挪**　來者其誰耶？

**霍**　此固余所樂見者也。

**阿**　（向毛）崽子！

**霍**　不曰小子而曰崽子，何哉？

**阿**　兩位文士，幸會了。

**霍**　最英勇的武士，敬禮。

**毛**　（向考旁白）他們剛從一場文字的盛筵上，偷了些吃剩的肉皮魚骨回來。

**考**　啊！他們一向是靠着咬文嚼字過活的。我奇怪你家主人沒有把你當作一個字吞了下去，因爲你連頭到脚，還沒有 honorificabilitudinitatibus 這一個字那麼長；把你吞了下去，一點兒不費事。

**毛**　靜些！鐘聲敲起來了。

**阿**　（向霍）先生，你不是有學問的嗎？

**毛**　是的，是的；他會敎孩子們認字呢。請問把 a，b，顚倒拼起來，頭上再加一隻角，是個什麼字？

**霍**　孺子聽之，這是一個 Ba 字，多了一隻角。

**毛**　Ba！好一頭出角的蠢羊。你們聽聽他的學問。

霍　誰，誰，你說那一個，你這沒有母音的子音？

毛　你自已說起來是五個母音中間的第三個；要是我說起來，就是第五個。

霍　讓我說說看，——a，e，i，——I就是我。

毛　對了，你就是那頭羊；讓我接下去，——o，u，——You就是你，那頭羊還是你。

阿　憑着地中海裏滾滾的波濤起誓，好巧妙的譏刺，好敏捷的才智！爽快，乾脆，一劍就刺中了要害！它欣慰了我的心靈；眞聰明！

考　要是我在這世上一共祇剩了一個辨士，我也要把它送給你買薑餅吃。拿去，這是你的主人給我的酬勞，你這智慧的小錢囊你這伶俐的鴿蛋。啊！要是上天願意讓你做我的私生子，你將要使我成爲一個多麼快樂的爸爸！好，你正像人家說的，連屁股尖上都是聰明。

霍　噯喲！這是什麼話？應該說手指尖上，他說成屁股尖上啦。

阿　學士先生，請了；我們不必理會那些無知無識的人。你不是在山頂上的那所學校裏教授青年的嗎？

霍　正是。

阿　先生，王上已經宣佈他的最聖明的意旨，要在這一個白晝的尾閭，那就是粗俗的羣衆所稱爲下午的，到公主的帳幕裏訪問佳賓。

霍　最高貴的先生用白晝的尾閭代替下午，果然是再合式、確切、適當不過的了；眞的，先生，這一個名詞選鍊得非常佳妙。

阿　先生，王上是一位高貴的紳士，不瞞你說，他是我的知交，很好的朋友。講到我們兩人之間的交情，那可以不用提了。請你千萬記好你的屈膝的禮節，戴上你的帽子，還有其他許多關係重要而不可忽視的儀式，可是那都不用提了。因爲我必須告訴你王上陛下往往靠在我的卑賤的肩上，用他的御指玩弄我的廢物，我的鬍子；可是好人兒，那可不用提了。我可以發誓我說的不是假話，他老人家曾經把特殊的恩寵賞給阿美陀一個軍人，一個見過世面的旅行者；可是那也不用提了。一切的一切是這樣的，可是好人兒，我要請你保守祕密，王上的意思，要我在那公主面前，可愛的小東西！表演一些有趣的節目，一些玩藝兒，一些熱鬧的花樣，一些滑稽的戲劇，或是一些焰火。我因爲知道你跟牧師先生兩位對於這種尋開心的事情是很來得的，所以特來跟你們商量商量，請你們幫我的忙。

霍　先生您可以在她面前表演九大偉人。挪坦聶爾牧師，我們奉王上的命令，承這位最倜儻貴顯而博學的紳士的囑托，略效微勞，在這一個白晝的尾閭，表演一些應時的娛樂於公主之前，照我說起來，沒有比扮演九大偉人的事蹟更適當的了。

挪　您在什麼地方可以找得到勝任愉快的人來扮演他們呢？

霍　您自己扮約書亞；我自己或是這位倜儻的紳士扮猶大·麥凱裴厄斯，這鄉下人手脚粗大，可以充邦貝大王；這僮兒就叫他扮赫邱里斯，（註一）——

阿　對不起，先生，你錯了；他並沒有那位偉人的拇指那麼大，他的棍子的一頭也要比他粗一些。

霍　你們願意聽我說嗎？他可以扮演幼年的赫邱里斯，上場下場都在絞弄一條蛇；我還可以預備一段話向觀衆解釋。

毛　妙極了的設計！這樣要是觀衆中間有人喝倒采，你就可以嚷，「好呀，赫邱里斯！你把蛇兒勒死了！」這樣就可以把錯處遮掩過去，雖然沒有什麼人會有這麼厚的臉皮。

阿　還有那五位偉人呢？——

霍　我一個人可以扮演三個。

毛　三重的偉人！

阿　我可以告訴你們一句話嗎？

霍　我們願意洗耳恭聽。

阿　偉人要是扮不成功，我們可以演一齣滑稽戲。請你們跟我來，特爾好夥計！你直到現在，還沒有說過一句話哩。

特　而且我一句話也沒有聽懂，先生。

霍　來！我們也要叫你做些事情。

特　我可以跟着人家跳跳舞；或者替偉人們打打小鼓，讓別人去跳舞。

霍　最笨的老實的特爾；來，我們去準備我們的玩意兒吧！（同下）

## 第二場　同前；公主帳幕前

【公主，凱薩琳，羅瑟玲，及瑪莉霞同上。

公主　好人兒們，要是每天有這麼多的禮物源源而來，我們在回國以前，一定可以變成巨富了。一個被金剛鑽包圍的女郎！瞧這位多情的國王給我些什麼東西。

羅　公主，沒有別的東西跟着它一起送來嗎？

公主　沒有別的東西！怎麼沒有？他用塞滿了愛情的詩句密密地寫在一張紙的兩面，連邊上都不留出一點空白；他恨不得用邱必特的名字把它封起來呢。

羅　這位小神仙要管這麼多的閒事，他就會老起來的；他已經做了五千年的孩子了。

凱　嗯，他也是個倒霉的催命鬼。

羅　你再也不會跟他要好，因爲他殺死了你的姊姊。

凱　他使她悲哀憂悶；她就是這樣死了。要是她也像你一樣輕狂，有你這樣一副風流活潑的性情，她也許會做過了祖母纔死。你大概也有做祖母的一天，因爲無憂無慮的人是容易長命的。

公主　說得好。可是羅瑟玲，你不是也收到一件禮物嗎？是誰送來的？是什麼東西？

羅　我希望您知道，祇要我的臉龐也像您一樣嬌豔，我也可以收到像您一樣貴重的禮物；瞧這個吧。嘿，我也有一首詩呢，謝謝裴朗那音律倒是毫無錯誤；要是那詩句也沒有說錯，我就是地上最美的女神他把我跟二萬個美人比較。啊！他在這信裏還替我描下一幅小像哩。

公主　（向凱）可是漂亮的杜曼送給你什麼東西？

凱　公主，他給我這一隻手套。

公主　他沒有送你一雙嗎？

凱　是的，公主；而且他還寫了一千行表明他愛情忠實的詩句，全然是一大堆假惺惺的廢話，非但拙劣不堪，而且無聊透頂。

瑪　這個，還有這些珍珠，都是郎格維送給我的；他的信寫得足足有半哩路長。

公主　你心裏不是希望這項鍊再長一些，這信再短一些嗎？

瑪　正是，否則願我這雙手合攏了再也分不開來。

公主　我們都是聰明的女孩子，纔會這樣譏笑我們的愛人。

羅　他們都是蠢透的傻瓜，纔會出了這樣的代價來買我們的譏笑。我要在我未去以前，把那個裴朗大大折磨一下。啊，要是我知道他在一星期內就會落下情網！我一定要叫他搖尾乞憐，殷勤求愛；叫他靜候時機，耐心等待；叫他嘔盡才華，寫下無聊的詩句；叫他奉命驅馳，甘受諸般的辛苦；我儘管冷嘲熱罵，他卻是受寵若驚；他做了我手中玩物，我變成他司命災星。

公主　聰明人變成了癡愚，是一條最容易上鈎的游魚；因爲他憑恃才高學廣，看不見自己的狂妄。

羅　中年人動了春心，比年青的更要一發難禁。

瑪　愚人的蠢事算不得希奇，聰明人的蠢事纔叫人笑痛肚皮；因爲他用全副的本領，證明他自己的愚笨。

【鮑益上。

公主　鮑益來了，他滿臉都是高興。

鮑　啊！我笑死了。公主殿下呢？

公主　你有什麼消息，鮑益？

鮑　預備，公主，預備！——武裝起來，姑娘們，武裝起來！大隊人馬要來破壞你們的和平了。愛情用說辭做他的武器，喬裝改扮，要來襲擊你們了。集合你們的智慧，佈置你們的防禦；否則像懦夫一樣縮緊了頭，趕快逃走吧。

公主　聖邱必特呀！那些用言語來向我們挑戰的是什麼人？說，探子，說。

鮑　在一株楓樹的涼蔭之下，我正想睡它半點鐘的時間，忽然在樹陰的對面，我看見了國王和他的一羣同伴；我就小小心心地溜進了一叢附近的樹林裏，聽聽他們說些什麼話；原來他們打算過一會兒就要化了裝到這兒來啦。他們的先驅是一個刁鑽伶俐的僮兒，他已經背熟了他們叫他傳達的使命；他們就在那邊敎他動作的姿勢和說話的聲調，「你必須這樣說，你的身體必須站得這個樣子。」他們又怕他當着貴人的面前會嚇得說不出話來；「因爲，」那國王說，「你將要看見一位天使；可是不用害怕，儘管放大膽子說。」那孩子卻回答說，「天使又不是妖精；倘然她是一個魔鬼，我纔應該怕她。」大家聽了這句話，都笑起來，拍他的肩膀，那大膽的小油嘴得到他們的誇獎，便格外大膽了。一個撳着他的肘子，咧開了嘴，發誓說從來沒有人說過一句比這更俏皮的話；一個翹起了手指嚷着，「嘿！不管結果如何，我們一定要幹一下；」一個邊跳邊嚷，「一切順利；」還有一個踮起腳趾旋了個身，一交跌在地上。於是大家全都在地上打起滾來，瘋了似的笑個不停，笑得連眼淚都淌下來了。

公主　可是，可是，他們要來訪問我們嗎？

鮑　是的，是的；照我猜想起來，他們都要扮成俄羅斯人的樣子。他們的目的是談情求愛和跳舞；憑着他們贈送的禮物，認明各人戀愛的對象，傾吐自己傾慕的衷誠。

公主　他們想要這樣嗎？我們倒要把這些情人們作弄一下。姑娘們，我們每一個人都要套上臉罩，無論他們怎樣請求，我們都不讓他們瞧見我們的臉孔。拿着，羅瑟玲，你把這一件禮物佩在身上，國王就會把你當作他的心愛的人；你把這拿了去，我的好人兒，再把你的給我，裴朗就會把我當作羅瑟玲了。你們兩人也各人交換了禮物，讓你們的情人大家認錯了求愛的對手。

羅　那麼來，大家把禮物佩戴在最注目的地方。

凱　可是這樣交換了，您有什麼目的呢？

公主　我的目的就是要使他們不能達到目的。他們的用意不過是向我們開開頑笑，所以我們也要開開他們的頑笑。他們現在向認錯了的愛人吐露心曲，下回我們用本來面目和他們相見的時候，便可以把他們盡情奚落。

羅　可是假如他們要求我們跳舞，我們要不要陪他們跳呢？

公主　不，我們死也不動一步腳。我們也不要理會他們預先寫就的說辭，當他們開口的時候，各人都把臉孔扭了轉去。

鮑　噯喲，說話的人遭到了這樣的冷淡，一定會傷心得忘記了他的詞句的。

公主　那正是我的用意所在；我相信祇要一個人受了沒趣，別人都會失去了勇氣。最有意味的戲謔是以謔攻謔，讓那存心侮弄的自取其辱；且看他們撞了一鼻子的煙灰，乘興而來，敗興而歸。（內吹喇叭聲）

鮑　喇叭響了；戴上臉罩；跳舞的人來啦。（衆女戴臉罩）

〔衆樂工扮黑人，毛子前行，國王，裴朗，郎格維，及杜曼各扮俄羅斯人戴假臉上。

毛　「萬福，地上最富麗的美人們最嬌豔的女郎的神聖之羣，（衆女轉背）你們曼妙的——背影——爲世人所瞻仰！」

裴　「你們曼妙的容華，」混蛋，「你們曼妙的容華。」

毛　「你們曼妙的容華爲世人所瞻仰！天仙們啊，願你們大發恩慈，閉上你們——」

裴　「睜開你們——，」混蛋！

毛　「睜開你們陽光普照的眼睛——陽光普照的眼睛——」她們睬也不睬我，我念不下去了。

裴　這就是你的好記性嗎？滾開，你這混蛋！（毛下）

羅　這些異邦人到這兒來有什麼事？鮑益，你去問問他們，要是他們會講我們的言語，就叫他們舉出一個老老實實的人來說明他們的來意。你去問吧。

鮑　你們來見公主有什麼事？

裴　我們唯一的願望，只是和平而善意的晉謁。

羅　他們說他們有什麼事？

鮑　他們唯一的願望，只是和平而善意的晉謁。

羅　那麼他們已經謁見過了；叫他們去吧。

鮑　公主說，你們已經謁見過了，叫你們去吧。

王　對她說，我們爲了希望在這草坪上和她跳一次舞，已經跋涉山川，用我們的脚步丈量了不少的路程。

鮑　他們說，他們爲了希望在這草坪上和您跳一次舞，已經跋涉山川，用他們的脚步丈量了不少的路程。

羅　沒有的事。問他們一哩路有多少吋；要是他們已經丈量過不少路程，一哩路的吋數是很容易計算出來的。

鮑　要是你們迢迢來此，已經丈量過不少路程，公主問你們一哩路有多少吋。

裴　告訴她我們是用疲乏的脚步丈量的。

鮑　她已經聽見了。

羅　在你們所經過的許多疲乏的路程之中，走一哩路需要多少疲乏的脚步？

裴　我們從不計算我們爲您所費的辛勤；我們的忠心是無限的富有，不能用數字估計的。願您展現您臉上的陽光，讓我們像一羣野蠻人一樣，可以向它頂禮膜拜。

羅　我的臉不過是一個月亮，而且是遮着烏雲的。

王　遮蔽着這樣的明月，那烏雲是幸福的！皎潔的明月，和你的燦爛的衆星啊，願你們掃去浮雲，把你們的光明照射在我們的眼波之上。

羅　愚妄的祈求者啊！你不要追尋鏡裏的空花，水中的明月；你應該請求一些更重要的事物。

王　那麼請你陪我們跳一回舞。你叫我請求，這一個請求應該不算過分。

羅　那麼音樂奏起來！你要跳舞必須趕快。（奏樂）不！不跳了！我正像月亮一般，一下子又有了更改。

王　您不願跳舞嗎？怎麼又突然走開？

羅　你剛纔看見的是滿月，現在她已經變了。

王　可是她還是這一個月亮，我還是這一個人。音樂在奏着，請給它一些動作吧。

羅　我們的耳朵在聽着呢。

王　可是您必須提起您的腿來。

羅　既然你們都是些異邦人，偶然來到這裏，我們也不必過於拘謹；攙着我的手我們不跳舞了。

王　那麼爲什麼要攙手呢？

羅　因爲我們可以像朋友似的握手而別。好人兒們，行個禮；跳舞已經完了。

王　再跳兩步吧；不要這樣吝嗇。

羅　憑着這樣的代價，我們不能滿足你們超過限度的要求。

王　那麼你們是有價格的嗎？怎樣的代價纔可以買到你們伴舞的光榮？

羅　唯一的代價是請你們離開這裏。

王　那是永遠不可能的。

羅　那麼我們是買不到的；再會！

王　要是您拒絕跳舞，讓我們談談心怎麼樣？

羅　那麼找個僻靜點兒的所在吧。

王　那好極了。（二人趨一旁談話）

裴　玉手纖纖的姑娘，讓我跟你談一句甜甜的話兒。

公主　蜂蜜，牛乳，蔗糖，我已經說了三句了。

裴　你既然這樣俏皮，我也要回答你三句，百花露，麥芽汁，葡萄酒。好得很，我們各人都擲了個三點。現在是有六種甜啦。

公主　第七種甜，再會吧；您既然是個無賴的賭徒，我不要再跟您玩啦。

裴　讓我悄悄兒告訴你一句話。

公主　可不要是句甜甜的話兒。

裴　你不知道我心裏多苦！（二人趨一旁談話）

杜　您願意跟我交換一句話嗎？

瑪　說吧。

杜　美貌的姑娘，——

瑪　您這樣說嗎？「漂亮的先生；」把這句話交換您的「美貌的姑娘」吧。

杜　請您允許我跟您悄悄說句話兒，我就向您告辭。（二人趨一旁談話）

凱　怎麼！您的假臉上沒有舌頭的嗎？

郎　姑娘，我知道您這樣問我的原因。

凱　啊！把您的原因說出來，快些，先生；我很想聽一聽呢。

郎　在您的臉罩之內，您有兩條舌頭，所以要想借一條給我那不會說話的假臉。讓我在未死以前，跟您悄悄兒說句話吧。

凱　那麼輕輕地叫吧，小牛兒；屠夫在聽着呢。（二人趨一旁談話）

鮑　姑娘們一張尖刻的利嘴，
就像無形的剃刀般鋒銳，
任是最纖細的秋毫微末，
碰着它免不了迎刃而折；
她們的想像駕起了羽翼，
最快的風比不上它迅疾。

羅　別再說下去了，我的姑娘們；停止，停止。

裴　天哪，大家都被她們取笑得狼狽不堪！

王　再會，瘋狂的姑娘們，你們眞是希有的刁鑽。

公主　二十個再會，我的冰凍的莫斯科人！（王、衆臣、樂工、及侍從等下）這些就是舉世欽佩的聰明人嗎？

鮑　他們的聰明不過是蠟燭的微光，被你們可愛的氣息一吹就吹熄了。

羅　他們都有一點小小的才情，可是粗俗不堪。

公主　啊，貧乏的智慧！身爲國王，受到這樣無情的揶揄！你們想他們今晚會不會上吊？或者從此以後，不套假臉再也不敢見人？這放肆的裴朗今天丟盡了臉皮。

羅　啊！他們全都狼狽萬分。那國王因爲想不出一句巧妙的答覆，簡直急得哭出來呢。

公主　裴朗發了無數的誓；他越是發誓，人家越是不相信他。

瑪　杜曼把他自己和他的劍呈獻給我，願意爲我服役；我說，「可惜你的劍是沒有鋒的；」我的僕人立刻閉住了嘴。

凱　郎格維大人說，我佔據着他的心；你們猜他叫我什麼？

公主　是不是他的心病？

凱　正是。

公主　去，你這無藥可治的惡症！

羅　你們要不要知道？國王是我的信誓旦旦的愛人哩。

公主　伶俐的裴朗已經向我矢告他的忠誠。

凱　郎格維願意終身供我的驅策。

瑪　杜曼是我的，正像樹皮長在樹幹上一般毫無疑問。

鮑　公主和各位可愛的姑娘們，聽着他們立刻就會用他們的本來面目再到這兒來，因為他們決不能忍受這樣刻毒的侮辱。

公主　他們還會回來嗎？

鮑　他們會來的，他們會來的，上帝知道；雖然打跛了脚，他們也會高興得跳起來。所以把你們的禮物各還原主，等他們回來的時候，像芬芳的薔薇一般在薰風裏開放吧。

公主　怎麽開放？怎麽開放？說得明白一些。

鮑　美貌的姑娘們蒙着臉罩，是一朵朵含苞待放的薔薇；卸下臉罩，露出她們嬌媚的紅顏，就像雲中出現的天使，或是盈盈展瓣的鮮花。

公主　不要說這種啞謎似的話！要是他們用他們的本來面目再來向我們求愛，我們應該怎麽辦呢？

羅　好公主，他們改頭換面的來，我們已經把他們取笑過了；要是您願意採納我的意見，他們明目張膽的來，我們還是要把他們取笑。讓我們向他們訴苦，說是剛纔來了一羣傻瓜，裝扮做俄羅斯人的樣子，穿着不三不四的服飾，不知道究竟是些什麽東西；他們憑着一股浮薄的腔調，一段惡劣的致辭和一副荒唐的形狀，到我們帳裏來顯露他們的醜態，不知究竟有些什麽目的。

鮑　姑娘們，進去吧；那些情人們就要來了。

公主　像一羣小鹿似的，跳進你們的帳裏去吧。（公主、羅、凱、瑪同下）

【國王，裴朗，郎格維，及杜曼各穿原服重上。

王　好先生，上帝保佑你！公主呢？

鮑　進帳去了。請問陛下有沒有什麼諭旨，要我向她傳達的？

王　請她允許我見見面，我有一句話要跟她談談。

鮑　遵命；我知道她一定會允許您的，陛下。（下）

裴　這傢伙慣愛拾人牙慧，就像鴿子啄食青豆，一碰到天賜的機會，就要賣弄他的伶牙俐口。他是個智慧的稗販，妄會裏市集上，到處向人兜賣；我們這些經營批發的，上帝知道，再也學不會他這一副油腔滑調。他是婦人的愛寵，娘兒們見了他都要牽裳挽袖；要是他做了亞當，夏娃免不了被他勾誘。他會扭揑作態，他會呑吐其聲；他會把他的手吻個不住，表示他禮貌的殷勤。他是文明的猴兒，他是儒雅的紳士；他在賭博的時候，也不會用惡言怒駡他的骰子。「好人兒」是婦女們給他的名稱；他走上樓梯，梯子也要吻他脚下的泥塵；他見了每一個人滿臉生花，嘻開了那鯨骨一樣潔白的齒牙；誰祇要一提起鮑益的名字，都知道他是位舌頭上塗蜜的紳士。

【鮑益前導，公主，繼瑟玲，瑪莉霞，凱薩琳，及侍從等重上。

裴　聽，他來了！禮貌啊，在這個人還沒有把你表現出來以前，你是什麼東西？現在你又是什麼東西？

王　萬福，親愛的公主！我們今天專誠拜訪的目的，是要迎接你到我們宮庭裏去盤桓盤桓，略盡地主之誼，願你不要推辭。

公主　這一塊廣場可以容留我，它也必須替您保全您的誓言；上帝和我都不歡喜背誓的人。

王　不要責備我，因爲這不是我自己的過失；你的美目的魔力使我破壞了誓言。

公主　憑着我那像一塵不染的蓮花一般純潔的處女的貞操起誓，即使我必須忍受無窮盡的磨難，我也不願做您府上的客人；我不願因爲我的緣故，使您毀棄了立誓信守的神聖的盟約。

王　啊！你冷冷清清地住在這兒，不讓人家看見，也沒有人來看你，實在使我感到莫大的歉仄。

公主　不，陛下，我發誓您的話不符事實；我們在這兒並不缺少消遣娛樂，剛纔還有一隊俄羅斯人來過，他們去得還不久哩。

王　怎麼，公主！俄羅斯人？

公主　是的，陛下；都是衣冠楚楚，神采軒昂，溫文有禮的風流人物。

羅　公主，不要騙人。不是這樣的，陛下；我家公主因爲沾染了時尙，所以會作這樣過分的讚美。我們四個人剛纔的確碰見四個穿着俄羅斯裝束的人，他們在這兒躭留了一小時的時間，嚕哩嚕囌地講了許多話；可是在那一小時之內，陛下，他們不曾讓我們聽到一句有意思的話。我不敢駡他們獃子；可是我想，當他們口渴的時候，獃子們一定很想喝一點水。

裴　這一句笑話在我聽起來很是乾燥。溫柔美貌的佳人，您的智慧使您把聰明看成了愚蠢。當我們仰望着天上的火眼的時候，無論我們自己的眼睛多麼明亮，也會在耀目的金光之下失去它本來的光彩；您自己因爲有了浩如煙海的才華，所以在您看起來，當然聰明也會變成愚蠢，富有也會變成貧乏啦。

羅　這可以證明您是聰明而富有的，因爲在我的眼中，——

裴　我是一個窮光蛋的傻瓜。

羅　這個頭銜倘不是本來屬於您的，您就不該從我的舌頭上奪去我的說話。

裴　啊！我是您的，我所有的一切也都是您的。

羅　這一個傻瓜整個兒是屬於我的嗎？

裴　我所給您的，不能更少於此了。

羅　您本來套的是那一張假臉？

裴　那兒？什麼時候？什麼假臉？您爲什麼問我這個問題？

羅　當地，當時，就是那一張假臉；您不是套着一具比您自己好看一些的臉殼，遮掩了一副比它更難看的尊容嗎？

王　我們的祕密被她們發現了；她們現在一定要把我們取笑得身無完膚了。

杜　我們還是招認了，把這回事情當作一場笑話過去了吧。

公主　發呆了嗎，陛下？陛下爲什麼這樣不高興？

羅　噯喲，救命！按住他的額角！他要暈過去了。您爲什麼臉色發白？我想大概因爲從莫斯科來，多受了些海上的風浪吧。

裴　天上的星星因爲我們發了僞誓，所以把這樣的災禍降在我們頭上。那一張鐵鑄的厚臉，能夠恬不爲意呢？——姑娘，我站在這兒，把你的舌箭唇槍向我投射，用嘲笑把我傷害，用揶揄使我昏迷，用你鋒銳的機智刺透我的愚昧，用你尖刻的思想把我寸寸解剖吧；我再也不穿着俄羅斯人的服裝希望你陪我跳舞了。啊！從此以後，我再也不信任那些預先擬就的說辭，像學童背書似的訴述我的情思；我再也不套着臉具訪問我的戀人，像盲師奏樂似的用詩句求婚；那些絹一般柔滑，綢一般細緻的字句，三重的誇張，刻意雕琢的言語，還有那冬烘的辭藻，像一羣下卵的蒼蠅，讓蛆一樣的矜飾汨沒了我的性靈，我從此一切拋棄；憑着這潔白的手套，——那手兒有多少白，上帝知道！——我發誓要用土布般堅韌的「是，」粗氈般質樸的「不，」把我戀慕的深情向你申說。讓我現在開始，姑娘，——上帝保佑我！——我對你的愛是完整的，沒有一點殘破。海枯石爛——

羅　不要「海枯石爛」了，我求求你。

裴　這是我積習未除；原諒我，我的病根太深了，必須把它慢慢除去。

王　親愛的公主，爲了我們鹵莽的錯誤，指點我們一個巧妙的辯解吧。

公主　坦白的供認是最好的辯解。您剛纔不是改扮了到這兒來過的嗎？

王　公主，是的。

公主　您沒有得到一番很好的敎訓嗎？

王　我得到了，公主。

公主　那時候您在您愛人的耳邊輕輕的說過些什麼來着？

王　我說我尊敬她甚於整個的世界。

公主　等到她要求您履行您對她的誓言的時候，您就要否認說過這樣的話了。

王　憑着我的榮譽起誓，我決不否認。

公主　且慢！且慢！不要隨便發誓；一次背誓以後，什麼誓都是靠不住的了。

王　我要是毀棄了這一個誓，你可以永遠輕視我。

公主　我要輕視您的，所以千萬遵守着吧。羅瑟玲，那俄羅斯人在你的耳邊輕輕的說過些什麼來着？

羅　公主，他發誓說他把我當作自已的瞳人一樣寶愛，重視我甚於整個的世界；他還說他要娶我爲妻，否則就要愛我而死。

公主　上帝祝福你嫁到這樣一位丈夫！這位高貴的君王是決不食言的。

王　這是什麼意思，公主？憑着我的生命和忠誠起誓，我從不曾向這位姑娘發過這樣的盟誓。

羅　蒼天在上，您發過的；為了證明您的信實，您還給我這一件東西；可是陛下，請您把它拿回去吧。

王　我把我的赤心和這東西一起獻給公主的；憑着她衣袖上佩帶的寶石，我認明是她。

公主　對不起，陛下，剛纔佩帶這寶石的是她呀。裴朗大人纔是我的愛人，我得謝謝他。喂，裴朗大人，您還是要我呢，還是要我把您的珍珠還給您？

裴　什麼都不要；我全都放棄了。我懂得你們的詭計，你們預先知道了我們的把戲，有心搗亂，讓它變成一本聖誕節的喜劇。那一個鼓唇搖舌的傢伙，那一個逢迎獻媚的倿人，那一個無聊下賤的蠢物，那一個搬弄是非的食客，那一個伺候顏色的奴才，洩漏了我們的計劃，這些淑女們因為聽到這樣的消息，纔把各人收到的禮物交換佩帶，我們只知道認明標記，卻不曾想到已經張冠李戴。我們本來已經負上一重欺神背誓的罪名，現在又加上第二次的背誓；第一次是有意，這一次是無心。（向鮑）看來都是你破壞了我們的興致，使我們言而無信。你不是逮我們公主的腳寸有多少長短也知道得清清楚楚，老是望着她的眼睛堆起了一臉笑容的嗎？你不是常常靠着火爐，站在她的背後，手裏捧了一盆食物，講些逗人發笑的話嗎？好，你是個有特權的人，隨你什麼時候死，讓一件女人的襯衫做你的殮衾吧。你把眼睛瞟着我嗎？哼，你的眼睛就像一柄鉛劍，傷不了人的。

鮑　這一場頑意兒安排得真好，怪有趣的。

裴　聽！他簡直向我挑戰。算了，我可不跟你鬥嘴啦。

【考斯他特上。

裴　歡迎，純粹的哲人！你來得正好，否則我們又要開始一場惡戰了。

考　主啊！先生，他們想要知道那三位偉人要不要就進來？

裴　什麼，祇有三個嗎？

考　不，先生；好得很，因為每一個人都扮着三個哩。

裴　三個的三倍是九個。

考　不，先生您錯了，先生，我想不是這樣。我們知道就知道，不知道就不知道；我希望，先生，三個的三倍——

裴　不是九個。

考　先生，我們一定要知道了總數以後，纔知道究竟有多少。

裴　天哪，我一向總以為三個的三倍是九個。

考　主啊，先生！您可不能靠着打算盤吃飯哩，先生。

裴　那麼究竟多少呀？

考　主啊，先生！那班表演的人，先生，可以讓您知道究竟一共有幾個；講到我自己，那麼正像他們說的，我這個下賤的人，祇好扮演一個；我扮的是邦貝大王，先生。

裴　你也是一個偉人嗎？

考　他們以為我可以扮演邦貝大王；講到我自己，我可不知道偉人是一個什麼官銜，可是他們要叫我扮演他。

裴　去，叫他們預備起來。

考　我們一定會演得好好的，先生；我們一定演得非常小心。（下）

王　裴朗，他們一定會丢了我們的臉；叫他們不要來吧。

裴　我們的臉已經丢盡了，陛下，還怕什麼？讓他們表演一幕比國王和他的同伴們所表演的更拙劣的戲劇，也可以遮遮我們的羞。

王　我說不要叫他們來。

公主　不，我的好陛下，這一回讓我作了主吧。最有趣的遊戲是看一羣手脚無措的人表演一些他們自己也不明白的頑意兒；他們拚命賣力，想討人家的歡喜，結果卻在過分賣力之中失去了原來的意義；雖然他們糟蹋了大好的材料，他們那慌張的姿態卻很可以博人一笑。

裴　陛下，這幾句話把我們的遊戲形容得確切之至。

〔阿美陀上。

阿　天命的君王，我請求你略微吐出一些芳香的御氣，賜給我一兩句尊嚴的聖語。（阿與王談話，以一紙呈王）

公主　這個人是敬奉上帝的嗎？

裴　您爲什麼問這個問題？

公主　他講的話不像是一個上帝造下的人所說的。

阿　那都是一樣，我的美好的，可愛的，蜜一般甜的王上；因爲我要聲明一句，那教書先生是太怪僻，太太自負，太太自負了；可是我們祇好像人家說的，勝敗各憑天命。願你們心靈安靜，最尊貴的一雙！（下）

王　看來要有一場很出色的偉人表演哩。他扮的是特洛埃的赫克脫；那鄉人扮邦貝大王；教區牧師扮亞力山大；阿美陀的僮兒扮赫邱里斯；那村學究扮猶大麥凱裴厄斯；要是這四位偉人在第一場表演中得到成功，他們就要改換服裝，再來表演其餘的五個。

裴　在第一場裏有五個偉人。

王　你弄錯了，不是五個。

裴　一個冬烘學究，一個法螺武士，一個窮酸牧師，一個傻瓜，一個孩子；要是我們對於初次登場的人不要責望過奢，那麼全世界也找不出同樣的五個人來。

王　船已經扯起帆篷，乘風而來了。

【考斯他特穿甲冑扮邦貝重上。

考　「我是邦貝，——」

鮑　胡說，你不是他。

考　「我是邦貝，人稱邦貝老大，——」

杜　「大王。」

考　是「大王，」先生。「——人稱邦貝大王；在戰場上挺起盾牌，殺得敵人流漿；這回沿着海岸旅行，偶然經過貴邦，放下武器，敬禮法蘭西的可愛姑娘。」公主小姐要是說一聲「謝謝你，邦貝，」我就可以下場了。

公主　多謝多謝，偉大的邦貝。

考　這不算什麽；可是我希望我沒有鬧了笑話。我就是把「大王」唸錯了。

裴　我把我的帽子跟別人打賭半辨士，邦貝是最好的偉人。

〔挪坦聶爾牧師穿甲冑扮亞力山大（註二）上。

挪　「當我在世之日，我是世界的主人；

東西南北四方傳布征服的威名：

我的盾牌證明我就是亞力山大，——」

鮑　你的鼻子說不，你不是；因爲它太直了。

裴　你的鼻子也會嗅出個「不」字來，眞是一位嗅覺靈敏的武士。

公主　這位征服者在發惱了。說下去，好亞力山大。

挪　「當我在世之日，我是世界的主人，——」

鮑　不錯，對的；你是世界的主人，亞力山大。

裴　邦貝大王，——

考　您的僕人考斯他特在此。

裴　把這征服者，把這亞力山大摔下去。

考　（向挪）啊！先生，您喪盡了亞力山大的威風！從此以後，人家要把您的尊容從畫布上擦掉，把您那啣着斧頭坐在便桶上的獅子送給哀傑克斯；他將要坐第九把偉人的交椅了。一個蓋世的英雄，嚇得不敢說話！趕快溜走吧，亞力山大，別丢臉啦！（挪退下）各位看吧，一個又笨又和善的人；一個老實的傢伙，你們瞧，一下子就會着慌！他是個很好的鄰居，憑良心說，而且滾得一手好球；可是叫他扮亞力山大，——唉，你們都看見的，——實在有點兒不配。可是還有幾個偉人就要來啦，他們會用另外一種樣式說出他們的心思來的。

公主　站開，好邦貝。

【霍羅芬斯穿甲冑扮猶大；毛子穿甲冑扮赫邱里斯上。

霍　「這小鬼扮的是赫邱里斯，
　他一棍打得死三頭猘犬；
他在兒童孩稚少小之時，
　多少的蛇死於他的鐵腕。
諸位聽了我這一番交代，
請看他幼年的英雄氣概。」
放出一些威勢來，下去。（毛退下）
「我是猶大。——」

杜　一個猶大！

霍　不是猶大·依斯凱呂奧脫，（註三）先生。
「我是猶大，姓麥凱裴厄斯——」

裴　你怎麼證明你不是當面接吻，背地裏出賣基督的猶大？

霍　「我是猶大，——」

杜　不要臉的猶大！

霍　您是什麼意思，先生？

鮑　他的意思是要叫你去上弔。

霍　你們不能這樣不給我一點臉子

裴　因爲你是沒有臉子的。

霍　這是什麼？

鮑　一個琵琶頭。

杜　一個針孔。

裴　一個指環上的骷髏。

郎　一張模糊不淸的羅馬古錢上的臉孔。

鮑　該撒的劍欄。

杜　水瓶上的骨雕人面。

裴　別針上半面的聖喬治。

杜　嗯，這別針還是鉛的。

裴　嗯，插在一個拔牙齒人的帽子上。現在說下去吧，因爲我們已經給你許多臉子了。

霍　這太刻薄，太欺人，太不客氣啦。

鮑　替猶大先生拿一個火來！天黑起來了，他也許會跌交。

公主　唉，可憐的麥凱裴尼斯他給你們作弄得好苦！

〔阿美陀披甲胄扮赫克脫重上。

裴　藏好你的頭，亞契爾斯；赫克脫全身甲胄來了。（註四）

王　跟這個人一比，赫克脫不過是一個特洛挨人。

鮑　可是這是赫克脫嗎？

王　我想赫克脫不會長得這麼漂亮。

郎　赫克脫的小腿也不會有這麼粗。

裴　這個人決不是赫克脫。

杜　他不是一個天神，就是一個畫師，因爲他會製造千變萬化的臉相。

阿　「馬斯，那長槍萬能的無敵戰神，

垂眷於赫克脫，——」

杜　你們猜馬斯給赫克脫一件什麼東西？

裴　一顆鍍金的荳蔻。

郎　一隻檸檬。

杜　裏頭塞着丁香。

阿　不要吵！

「馬斯，那長槍萬能的無敵戰神，

垂脊於赫克脫，伊里恩的後人，（註五）
把無限勇力充滿了他的全身，
使他百戰不怠，從清晨到黃昏。
我就是那戰士之花，——」

杜　那薄荷花。

郎　那白鴿花。

阿　親愛的郎格維大人，請你把你的舌頭收一收住。

郎　我必須用韁繩拉住它，免得它衝倒了赫克脫。

阿　這位可愛的武士久已死去爛掉了；好人兒們，不要敲死人的骨頭；當他在世的時候，他也是一條漢子。可是我要繼續我的臺詞。（向公主）親愛的公主，請你俯賜垂聽。

公主　說吧，勇敢的赫克脫；我們很歡喜聽着你哩。

阿　我崇拜你的可愛的纖履。
「這赫克脫比漢尼堡（註六）凶狠萬分，——」

考　那個人已經有了孕啦；赫克脫朋友，她有了孕啦；她已經懷了兩個月的身子。

阿　你說什麼話？

考　眞的，您要是不做一個老老實實的特洛埃人，這可憐的丫頭就要從此完啦。她有了孕，那孩子已經在她的肚子裏說話了；它是您的。

阿　你要在這些君主貴人之前破壞我的名譽嗎？我要叫你死。

考　赫克脫害雅昆妮妲有了身孕，本該抽一頓鞭子；要是他再犯了殺死邦貝的人命重案，絞罪是免不了的。

杜　舉世無匹的邦貝！

鮑　遐邇聞名的邦貝！

裴　比偉大更偉大的，偉大的，偉大的，偉大的邦貝！龐大絕倫的邦貝！

杜　赫克脫發抖了。

裴　邦貝也動怒了。打！打！叫他們打起來！叫他們打起來！

杜　赫克脫會向他挑戰的。

裴　嗯，即使他肚子裏所有的男人的血，還餵不飽一頭跳蚤。

阿　憑着北極起誓，我要向你挑戰。

考　我不知道什麼北極不北極；我只知道拿起一柄劍就斫。請你讓我再去借那身盔甲穿上。

杜　偉人發怒了，讓開！

考　我就穿着襯衫跟你打。

杜　最堅決的邦貝！

毛　主人，讓我給您解開一個鈕扣。您不看見邦貝已經脫下衣服，準備厮殺了嗎？您是什麼意思？您這樣會毀了您的名譽的。

阿　各位先生和武士，原諒我；我不願穿着襯衫決鬥。

杜　你不能拒絕；邦貝已經向你挑戰了。

阿　好人兒們，我可以拒絕，我必須拒絕。

裴　你憑着什麽理由拒絕？

阿　赤裸裸的事實是，我沒有襯衫。我因爲懺悔罪孽，貼身祇穿着一件羊毛的衣服。

鮑　眞的，羅馬因爲缺少麻布，所以向敎徒們下了這樣的命令；自從那時候起，我可以發誓，他祇有一方雅昆妮妲的揩碟布繫在他的胸前，作爲一件紀念的禮物。

〔法國使者馬凱特上。

馬　上帝保佑您，公主！

公主　歡迎，馬凱特；可是你打斷我們的興致了。

馬　我很抱歉，公主，因爲我給您帶來了一個我所不願意出口的消息。您的父王——

公主　死了，一定是的！

馬　正是，我的話已經被您代說了。

裴　各位偉人，大家去吧！這場面被愁雲籠罩起來了。

阿　講到我自己，卻呼吸到了自由的空氣。從反省的小孔之中，我已經看見了自己的過失，我要像一個軍人般補贖我的錯誤。（衆偉人下）

王　公主安好嗎？

公主　鮑益，準備起來；我今天晚上就要動身。

王　公主，不；請你再少留幾天。

公主　我說，準備起來。殷勤的陛下和各位大人，我感謝你們一切善意的努力；我還要用我這一顆新遭慘變的心靈向你們請求，要是我們在言語之間有什麼放肆失禮之處，願你們運用廣大的智慧，多多包涵我們任性的孟浪；是你們的寬容縱壞了我們。再會，陛下！一個人在悲哀之中說不出娓娓動聽的話；原諒我用這樣菲薄的感謝，交換您的慷慨的允諾。

王　人生的種種鵠的，往往在最後關頭達到了完成的境界；長期的艱辛所不能取得結果的，卻會在無意之中得到決定。雖然天倫的哀痛打斷了愛情的溫柔的禮儀，使它不敢提出那縈繞心頭的神聖的請求，可是這一個論題既然已經開始，讓悲傷的暗雲不要壓下它的心願吧；因爲欣幸獲得新交的朋友，是比哀悼已故的親人更爲有益的。

公主　我不懂您的意思；我的悲哀是雙重的。

裴　坦白直率的言語，最容易打動悲哀的耳朵；讓我替王上解釋他的意思。爲了你們的緣故，我們蹉跎了大好的光陰，毀棄了神聖的誓言。你們的美貌，女郎們，使我們神魂顚倒，違反了我們本來的意志。戀愛是充滿了各種失態的怪癖的，它會使我們表現出荒謬的舉止，像孩子一般無賴、淘氣而自大；它是產生在眼睛裏的，因此它像眼睛一般充滿了無數迷離惝怳、變幻多端的形象，正像眼珠的轉動，反映着它所觀照的事事物物一樣。要是戀愛加於我們身上的這一種輕佻狂妄的外表，在你們天仙般的眼睛裏看來，是不適宜於我們的誓言和身份的，那麼你們必須知道，就是這些看到我們的缺點的天仙般的眼睛，使我們造成了這些缺點。所以，女郎們，我們的愛情既然是你們的，愛情所造成的錯誤也都是你們的；我們一度不忠於自己，從此以後，永遠把我們的一片忠心緊繫在那能使我們變心也能使我們盡忠的人的身上，——美貌的女郎們。我們要對你們永遠忠實憑着這一段耿耿的至誠，洗淨我們叛誓的罪愆

公主　我們已經收到你們充滿了愛情的信札，並且拜領了你們的禮物，那些愛情的使節；在我們這幾個少女的心目中看來，這一切不過是調情的遊戲，風雅的玩笑和酬酢的虛文，有些誇張過火而適合時俗的習尚，可是我們卻沒有看到比這更摯誠的情感；所以我們纔用你們自己的方式應付你們的愛情，只把它當作了一場玩笑。

杜　公主，我們的信裏並不只是一些開玩笑的話。

郎　我們的眼光裏也流露着眞誠的愛慕。

羅　我們卻不是這樣解釋。

王　現在在這最後一分鐘的時間，把你們的愛給了我們吧。

公主　我想這是一個太短促的時間，締結這一注天長地久的買賣。不，不，陛下，你毀過太多的誓，你的罪孽太深重啦；所以請你聽我說，要是你爲了我的愛，願意幹無論什麼事情，——我知道這種情形是不會有的，——你就得替我做這一件事：我不願相信你所發的誓，你必須趕快找一處荒涼僻野的隱居的所在，遠離一切人世的享樂，在那邊安心住下，直到天上的列星終結了它們一歲的行程，要是這種嚴肅而孤寂的生活，改變不了你在一時熱情衝動之中所作的提議；要是霜雪和飢餓，粗劣的居室和菲薄的衣服，摧殘不了你的愛情的絢豔的花朵，它經過了這一番磨鍊，並沒有憔悴而枯萎，那麼在一年終了的時候，你就可以來見我，讓我知道你已經實踐我要求你履行的條件，我現在和你握手爲盟，那時候我一定願意成爲你的；在那時以前，我將要在一所慘淡淒涼的屋子裏閉戶幽居，爲了紀念死去的父親而流着悲傷的淚雨。要是這一個條件你不能接受，讓我們從此分手；分明

王　不是姻緣，要請你另尋佳偶。倘爲了貪圖身體的安樂，我拒絕了你這一番提議，願死的魔手閉上我的雙目！從今以往，我的心永遠和你在一起。

裴　你對我有什麼話說，我的愛人？你對我有什麼話說？

羅　你也必須洗滌你的罪惡；你的身上沾染着種種惡德，而且還負着叛誓的重罪；所以要是你希望得到我的好感，你必須在這一年之內，晝夜不休地服侍那些呻吟牀榻的病人。

杜　可是你對我有什麼話說，我的愛人？可是你對我有什麼話說？

凱　一把鬍鬚，一個健康的身體，一顆正直的良心；我用三重的愛希望你有這三種東西。

杜　啊！我可不可以說，謝謝你，溫柔的妻子？

凱　不，我的大人。在這一年之內，無論那一個小白臉來向我求婚，我都一概不理睬他們。等你們的國王來看我們公主的時候，你也來看我；要是那時候，我有很多的愛，我會給你一些的。

杜　我一定對你克盡忠誠，等候那一天的到來。

凱　不要發誓了，免得再背誓。

郎　瑪莉霞怎麼說？

瑪　一年過去以後，我願意爲了一個忠心的朋友脫下我的黑衣。

郎　我願意耐心等候；可是這時間太長了。

裴　我的愛人在想些什麼？姑娘，瞧着我吧。瞧我的心靈的窗門，我的眼睛，在多麼謙恭而懇切地等候着你的答覆；盼

羅　咐我爲了你的愛幹些什麼事吧。

羅　裴朗大人，我在沒有識荊以前，就常常聽到你的名字，世間的長舌說你是一個罵世不恭的人物，滿嘴都是借題隱射的譏諷和尖酸刻薄的嘲笑，無論貴賤貧富，祇要觸動了你的靈機，你都要把他們挖苦得不留餘地。要是你希望得到我的愛，第一就得把這種可厭的習氣從你的腦海之中根本除去；爲了達到這一個目的，你必須在這一年的時期之內，不許有一天間斷，去訪問那些無言的病人，和那些痛苦呻吟的苦人兒談話；你的唯一的任務，就是竭力運用你的才智，逗那受着疾病磨折的人們一笑。

裴　在瀕死者的喉間激起哄然的狂笑來嗎？那可是辦不到，絕對不可能的；諧謔不能感動一個痛苦的靈魂。

羅　這是克服口頭上的輕薄的唯一辦法。自恃能言的傻子，倘沒有淺薄的聽衆隨聲嘩笑，就祇好收起他的如簧之舌。如其耳朶裏充滿了自己的呻吟慘叫的病人，能够忘卻本身的痛苦，來聽你的無聊的譏嘲，那麼繼續把你的笑話說下去吧，我願意連同你這一個缺點把你接受下來；可是如其他們沒有那樣的閒情聽你說笑，那麼還是趕快摔掉這種習氣的好，我看見你這樣勇於改過，一定會非常高興的。

裴　十二個月！好，不管命運怎樣把人玩弄，我要把一歲光陰，三寸妙舌，在病榻之前葬送。

公主　（向王）是的，我的好陛下；我就此告別了。

王　不，公主，我們要送你一程。

裴　我們的求婚結束得不像一本舊式的戲劇；有情人未成眷屬，好好的喜劇缺少一幕團圓的場面。

王　算了，老兄，祇要挨過一年就完了。

裴　那麼這本戲演得又太長了。

【阿美陀重上。

阿　親愛的陛下，准許我，——

公主　這不是赫克脫嗎？

杜　特洛埃的可尊敬的武士。

阿　我要敬吻你的御指，然後向你告別。我已經許下願心，向雅昆妮妲發誓爲了她的愛，我要幫助她耕種三年。可是，最可尊敬的陛下，你們要不要聽聽那兩位有學問的人所寫的讚美鴟鴞和杜鵑的一段對話？它本來是預備放在我們的表演以後歌唱的。

王　快叫他們來；我們倒要聽聽。

阿　喂！進來！

【霍羅芬斯，挪坦聶爾，毛子，考斯他特，及餘人等重上。

阿　這一邊是冬天，這一邊是春天：春天鴟鴞代表冬天，杜鵑代表春天。春天，你先開始。

春之歌

當雜色的雛菊開徧牧場，

藍的紫羅蘭白的美人衫，

還有那杜鵑花吐蕾嬌黃，

描出了一片廣大的欣歡；

聽杜鵑在每一株樹上叫，

把那娶了妻的男人譏笑：
　咯咕！
咯咕！咯咕！啊，可怕的聲音！
害得做丈夫的肉跳心驚。

當無愁的牧童口吹麥笛，
　清晨的雲雀驚醒了農人，
斑鳩烏鴉都在覓侶求匹，
　女郎們漂洗夏季的衣裙；
聽杜鵑在每一株樹上叫，
把那娶了妻的男人譏笑：
　咯咕！
咯咕！咯咕！啊，可怕的聲音！
害得做丈夫的肉跳心驚。

　冬之歌
當一條條冰柱簷前懸吊，

湯姆把木塊向屋內搬送，
牧童狄克呵着他的指爪，
擠來的牛乳凝結了一桶，
刺骨的寒氣，泥濘的路途，
大眼睛的鴟鴞夜夜高呼：
　　哆呵！
哆喊，哆呵！它歌唱着歡喜，
當油垢的瓊轉她的鍋子。

當怒號的北風漫天吹響，
　咳嗽打斷了牧師的箴言，
鳥雀們在雪裏縮住頸項，
　瑪莉瘟凍得紅腫了鼻尖，
炙烤的螃蟹在鑊內吱喳，
大眼睛的鴟鴞夜夜喧嘩：
　　哆呵！
哆喊，哆呵！它歌唱着歡喜，

當油垢的瓊轉她的鍋子。

阿　聽罷了愛坡羅的歌聲，邁邱利的語言是粗糙的。（註七）你們向那邊去；我們向這邊去。（各下）

註一　約書亞(Joshua)，古代以色列先知；猶大麥凱裴厄斯(Judas Maccabæus)待考；邦貝(Pompey the Great)，羅馬大將；赫邱里斯已見前註。

註二　亞力山大(Alexander)，馬其頓雄主。

註三　猶大依斯凱呂奧脫(Judas Iscariot)，出賣耶穌之門徒。

註四　赫克脫(Hector)，特洛埃最英勇之戰士，亞契爾斯(Achilles)之勁敵；後者爲特洛埃戰役中希臘第一名將。

註五　伊里恩(Ilium)，特洛埃(Troy)之別名。

註六　漢尼倭(Hannibal)，迦泰基名將。

註七　愛坡羅(Apollo)，希臘日神，亦爲司音樂之神；邁邱利(Mercury)，羅馬司口才及工藝之神，又爲諸神之使者。

莎士比亞戲劇全集

第三輯　第二種

# 維洛那二士

朱生豪譯

# 維洛那二士

## 劇中人物

密蘭公爵　雪爾薇亞的父親

伐倫泰因
普洛丟斯 } 二士人

安東尼奥　普洛丟斯的父親

修里奥　伐倫泰因的愚蠢的情敵

埃格來莫　助雪爾薇亞脫逃者

史比特　伐倫泰因的傻僕

朗斯　普洛丟斯的傻僕

潘底諾　安東尼奥的僕人

旅店主　裘麗亞在密蘭的居停

强盜　隨伐倫泰因嘯聚的一群

裘麗亞　普洛丟斯的戀人

雪爾薇亞　伐倫泰因的戀人

露瑟他　裴麗亞的女僕

僕人、樂師等

**地點**

維洛那；密蘭；及曼多亞邊境

# 第一幕

## 第一場　維洛那；曠野

〔伐倫泰因及普洛丟斯上。

伐　不用勸我，親愛的普洛丟斯；年輕人株守家園，見聞總是限於一隅。倘不是愛情把你鎖繫在你情人的溫柔的眼波裏，我倒很想請你跟我一塊兒去見識見識外面的世界，那總比在家裏無所事事，把青春銷磨在懶散的無聊裏好得多多。可是你現在既然在戀愛着了，那麼就戀愛下去吧，祝你得到美滿的結果；我要是着起迷來也會是這樣的。

普　你眞的要走了嗎？親愛的伐倫泰因，再會吧！你在旅途中要是見到什麼值得注意的新奇事物，請你想起你的普洛丟斯；當你得意的時候，也許你會希望我能够分享你的幸福；當你萬一遭遇甚麼風波危險的時候，你可以不用憂慮，因爲我是在虔誠祈禱你的平安。

伐　你是在唸着戀愛經的時候祈禱我的平安嗎？

普　我將諷誦我所寶愛的經典爲你祈禱。

伐　那一定是利安特游泳過赫勒斯滂脫海峽去會他的情人一類深情密愛的淺薄故事。

普　他爲了愛不顧一切，那證明了愛情是多麼深刻。

伐　不錯，你爲了愛也不顧一切，可是你卻沒有游泳過赫勒斯滂脫海峽去。

普　嗳，別取笑吧。

伐　不，我不在取笑你，那實在一點意思也沒有。

普　什麼？

伐　我是說戀愛。苦惱的呻吟換來了輕蔑；多少次心痛的嘆息纔換得了羞答答的秋波一盼；片刻的歡娛，是二十個晚上輾轉無眠的代價。即使成功了，也許所得不償所失；要是失敗了，那就白費一場辛苦。戀愛汨沒了人的聰明，使人變爲愚蠢。

普　照你說來，那麼我是一個傻子了。

伐　瞧你的樣子，我恐怕你的確是一個傻子。

普　你所詆斥的是愛情；我可是身不容主。

伐　愛情是你的主宰，甘心供愛情驅使的，我想總不見得是一個聰明人吧。

普　可是做書的人這樣說：最芬芳的花蕾中有蛀蟲，最聰明人的心裏纔會有蛀蝕心靈的愛情。

伐　做書的人還說：最早熟的花蕾，在未開放前就給蛀蟲吃去；稚嫩的聰明，也會被愛情化成愚蠢，當他正在盛年的時候，就喪失了他的欣欣向榮的生機，未來一切美妙的希望都成爲泡影。可是你既然是愛情的皈依者，我又何必向你多費唇舌呢？再會吧！我的父親在碼頭上等着我送我上船。

普　我也要送你上船，伐倫泰因。

伐　好普洛丢斯，不用了吧，讓我們就此分手。我在密蘭等着你來信報告你在戀愛上的成功，以及我去了以後這兒

普　的一切消息；我也會同樣寄信給你。

伐　祝你在密蘭一切順利幸福！

普　祝你在家裏也是這樣！好，再見。（下）

他追求着榮譽，我追求着愛情；他離開了他的朋友，使他的朋友們因他的成功而增加光榮；我為了愛情，把我自己，我的朋友們，以及一切都捨棄了。褒麗亞啊，你已經把我變成了另一個人，使我無心學問，虛擲光陰，違背良言，忽略世事；我的智慧因思慮而變成軟弱，我的心靈因戀慕而痛苦異常。

【史比特上。

史　普洛丟斯少爺，上帝保佑您！您見我家主人嗎？

普　他剛纔離開這裏，上船到密蘭去了。

史　那麼他多分已經上了船了。我就像一頭迷路的羊，把他丟了。

普　是的，牧羊人一走開，羊就會走失了。

史　您說我家主人是牧羊人，而我是一頭羊嗎？

普　是的。

史　不，我可以用譬喻證明您的話不對。

普　我也可以用另外一個譬喻證明我的話不錯。

史　牧羊人尋羊，不是羊尋牧羊人；我找我的主人，不是我的主人找我，所以我不是羊。

普　羊為了吃草跟隨牧羊人，牧羊人並不為了吃飯跟隨羊；你為了工錢跟隨你的主人，你的主人並不為了工錢跟隨你，所以你是羊。

史　您要是再說了這樣一個譬喻，那我眞的要哞哞地叫起來了。

普　我問你，你有沒有把我的信送給裘麗亞小姐？

史　噯，少爺，我，一頭迷路的羔羊，把您的信給她，一頭細腰的綿羊；可是她這頭細腰的綿羊卻什麼謝禮也不給我這頭迷路的羔羊。

普　這麼多的羊，這片牧場上要容不下了。可是她怎麼說呢？（史點頭）她就是點點頭嗎，你這蠢貨？

史　好，我的爺，我給您辛辛苦苦把信送到，您賞給我的只是蠢貨兩字。

普　那麼就算你是個聰明人吧。

史　聰明有什麼用，要是它打不開您的錢袋來。

普　算了算了，簡簡單單把事情交代明白；她說些甚麼話？

史　打開您的錢袋來，一面交錢，一面交話。

普　好，拿去吧。（給他錢）她說甚麼？

史　老實對您說吧，少爺，我想您是得不到她的愛的。

普　怎麼？這也給你看出來了嗎？

史　少爺，我在她身上什麼都看不出來；我把您的信送給她，可是我連一塊錢的影子也看不見。我給您傳情達意，她待我卻這樣刻薄；那麼當您當面向她談情說愛的時候，她也是會一樣冷酷無情的。她的心腸就像鐵石一樣硬，您還是不用送她甚麼禮物，就送些石子給她吧。

普　甚麼？她一句話也不說嗎？

史　就連一句謝謝你也沒有出口。總算是您慷慨，賞給我這一塊錢，謝謝您，以後請您自己帶信給她吧。現在我要告辭了。

普　去你的吧，船上有了你，可以保證不會中途沉沒，因爲你是命定要在岸上吊死的。（史下）我一定要找一個可靠些的人送信去；我的裘麗亞從這樣一個狗才手裏接到我的信，也許會不高興答覆我。（下）

## 第二場　同前；裘麗亞家中花園

【裘麗亞及露瑟他上。

裘　露瑟他，現在這兒沒有別人，告訴我，你贊成我跟人家戀愛嗎？

露　我贊成，小姐，祇要您不是莽莽撞撞的。

裘　照你看起來，在每天和我言辭晉接的這一批高貴紳士中間，那一位最值得敬愛？

露　請您一個個舉出他們的名字來，我可以用我的粗淺的頭腦批評他們。

裘　你看漂亮的埃格來莫爵士怎樣？

露　他是一個談吐風雅，衣冠楚楚的武士；可是假如我是您，我就不會選中他。

裘　你看富有的墨凱西奧怎樣？

露　他雖然有錢，人品卻不過如此。

裘　你看溫柔的普洛丟斯怎樣？

露　主啊！主啊！請看我們凡人是何等愚蠢！

裘　噫！你聽見了他的名字怎麼大發感慨起來？

露　恕我，親愛的小姐；可是像我這樣一個卑賤之人，怎麼配批評高貴的紳士呢？

裘　爲什麼別人可以批評，普洛丟斯卻批評不得？

露　因爲他在許多優美的男子中間是最好的一個。

裘　何以見得？

露　我除了女人的直覺以外沒有別的理由；我以爲他最好，因爲我覺得他最好。

裘　你願意讓我把愛情用在他的身上嗎？

露　是的，要是您不以爲您是在浪擲您的愛情。

裘　可是他比其餘的任何人都更不能誘動我的心。

露　可是我想他比其餘的任何人都更要愛您。

裘　他不多說話，這表明他的愛情是有限的。

露　火關得越緊，燒起來越是猛烈。

裘　在戀愛中的人們，不會一無表示。

露　不，越是到處宣揚着他們的愛情的，他們的愛情越是靠不住。

裘　我希望我能知道他的心思。

露　請讀這封信吧，小姐。（給裘麗亞信）

裘　「給裘麗亞。」——這是誰寫來的？

露　您看過了就知道了。

裘　說出來，誰交給你這封信？

露　伐倫泰因的僕人送來這封信，我想是普洛丟斯叫他送來的。他本來要當面交給您，我因爲適巧遇見他，所以就假冒着您的名字收下了，請您原諒我的放肆吧。

裘　嘿，好一個紅娘！你竟敢接受調情的書簡，瞞着我跟人家串通一氣，來欺侮我的年輕嗎？這眞是一件好差使，你也眞是一個能幹的角色把這信拿去，給我退回原處，否則再不用見我的面啦。

露　爲愛求情，難道就得到一頓責罵嗎？

裘　你還不去嗎？

露　我就去，好讓您仔細思忖一番。（下）

裘　可是我希望我曾經窺見這信的內容。我把她這樣責罵過了，現在又不好意思叫她回來，反過來懇求她。這傻丫頭明知我是一個閨女，偏不把信硬塞給我看。一個溫淑的姑娘嘴裏儘管說不，她卻要人家解釋作是的。唉！唉！這一段癡愚的戀情是多麼顚倒，正像一個壞脾氣的嬰孩一樣，一忽兒在他保姆身上亂抓亂打，一忽兒又服服貼貼地甘心受責。剛纔我把露瑟他這樣凶狠地攆走，現在卻巴不得她快點兒回來；當我一面裝出了滿臉怒容的時候，內心的喜悅卻使我心坎裏滿含着笑意。現在我必須引咎自責叫露瑟他回來，請她原諒我剛纔的愚蠢。喂，露瑟他！

「露瑟他重上。」

露　小姐有甚麼吩咐？

裘　現在是快吃飯的時候了吧？

露　我希望它是，免得您空着肚子在用人身上出氣。

裘　你在那邊小小心心地拾起來的是什麼？

露　沒有什麼。

裘　那麼你爲什麼俯下身子去？

露　我在地上掉下了一張紙，把它拾起來。

裘　那張紙難道就不算什麼？

露　它不干我什麼事。

裘　那麼讓它躺在地上，留給相干的人吧。

露　小姐，它對相干的人是不會說謊的，除非它給人家誤會了。

裘　是你的什麼情人寄給你的情詩嗎？

露　小姐，要是您願意給它譜上一個調子，我可以把它唱起來。

裘　我可沒有心思幹那種頑意兒。

露　您別把它太看輕了；您要是唱起來，一定是怪繚繞婉轉的呢。

裘　那麼你爲什麼不唱？

露　它是要留給知音的人的，我可不配。

裘　我倒要瞧瞧你的歌兒。（取信）怎麼，這賤丫頭！

露　您就這麼唱起來吧；可是我想我不大喜歡這個調子。

裘　你不喜歡？

露　是，小姐，它高得太刺耳了。

裘　這放肆的賤丫頭！你再油嘴滑舌，我可不答應了。瞧誰再敢拿進這種不三不四的書信來！（撕信）給我出去，讓這些紙頭丟在地上；你把它們碰一碰我就要生氣。

露　她故意這樣裝模作樣，其實心裏巴不得人家再寄一封信來，好讓她再發一次脾氣。（下）

裘　不，就是這一封信已經够使我心痛了！啊，這一雙可恨的手，忍心把這些可愛的字句撕成粉碎！就像殘酷的黃蜂一樣，刺死了蜜蜂而吮吸它的蜜。爲了補贖我的罪愆，我要徧吻每一片碎紙。瞧，這裏寫着「仁慈的裘麗亞；」狠心的裘麗亞！我要懲罰你的薄情，把你的名字擲在礴石上，把你任情的踐踏蹂躪。這裏寫着「受創於愛情的普洛丢斯；」疼人的受傷的名字！把我的胸口做你的眠牀，養息到你的創痕完全平復吧，讓我用起死回生的一吻吻在你的傷口上。這兒有兩三次提着普洛丢斯的名字；風啊，請不要吹起來，好讓我找到這封信裏的每一個字；我單單不要看見我自己的名字，讓一陣旋風把它捲到猙獰醜怪的岩石上，再把它打下波濤洶湧的海水中去吧！瞧，這兒有一句句子裏兩次提到他的名字：「被遺棄的普洛丢斯，受制於愛情的普洛丢斯，給可愛的裘麗亞。」我要把裘麗亞的名字撕去；不，他把我們兩人的名字配合得如此巧妙，我要把它們摺疊在一起；現在你們可以放膽地相吻擁抱，彼此滿足了。

【露琶他重上。

露　小姐，飯已經預備好了，老爺在等着您。

裘　好，我們去吧。

露　怎麼！讓這些紙片丟在這兒，給人瞧見笑話嗎？

裘　你要是這樣關心着它們，那麼還是把它們拾起來吧。

露　不，我可不願再挨駡了；可是讓它們躺在地上，也許會受了寒的。

裘　你倒是怪愛惜它們的。

露　呃，小姐，隨您怎樣說吧；也許您以爲我是瞎子，可是我也生着眼睛呢。

裘　來，來，還不走嗎？（同下）

## 第三場　同前；安東尼奧家中一室

【安東尼奧及潘底諾上。

安　潘底諾，剛纔我的兄弟跟你在走廊裏談些什麼正經話兒？

潘　他說起他的姪子，您的少爺普洛丟斯。

安　噢，他怎麼說呢？

潘　他說他不懂您老爺爲什麼讓少爺在家裏消度他的青春；人家名望不及我們的，都把他們的兒子送到外面去找機會：有的投身軍旅，博得一官半職；有的到遠遠的海島上去探險發財；有的到大學校裏去尋求高深的學問。他說普洛丟斯少爺也應該像他們一樣到外面去走走；他叫我在您面前說起，請您不要讓少爺老在家裏游蕩，年輕人不走走遠路，對於他的前途是很有妨礙的。

安　還倒不消你說得，我這一個月來就在考慮着這件事情。我也想到他這樣蹉跎時間，的確不大好；他要是不在外面多經歷經歷世事，將來很難成爲大用。一個人的經驗是要在刻苦中得到的，也祇有歲月的磨鍊能夠使它成熟。那麼照你看來，我最好叫他到什麼地方去？

潘　我想老爺大概還記得他有一個朋友，叫做伐倫泰因的，現在在公爵府中供職。

安　不錯，我知道。

潘　我想老爺要是送他到那邊去，那倒很好。他可以在那邊練習些揮槍使劍，聽聽人家高雅優美的談吐，和貴族們談談說說，還可以受到些適合於他的青春和家世的種種訓練。

安　你說得很對，你的意思很好，我很贊成你的建議；看吧，我馬上就照你的話做去。我立刻就叫他到公爵的宮庭裏去。

潘　老爺，亞爾芳索大人和其餘各位士紳明天就要動身去朝見公爵。

安　那麼普洛丟斯有了很好的同伴了。他應當立刻預備起來，跟他們同去。我們現在就要對他說。

【普洛丟斯上。

普　甜蜜的愛情！甜蜜的字句！甜蜜的人生！這是她親筆所寫，表達着她的心情；這是她愛情的盟誓，她的榮譽的典質。啊，但願我們的父親贊同我們的相愛，爲我們成全好事！啊，天仙一樣的裘麗亞！

安　喂，你在讀誰寄來的信？

普　稟父親，這是伐倫泰因託他的朋友帶來的一封問候的書信。

安　把信給我，讓我看看那邊有什麼消息。

普　沒有甚麼消息，父親。他就是說他在那邊生活得如何快樂，公爵如何看得起他，每天和他見面；他希望我也和他在一起，分享他的幸運。

安　那麼你對於他的希望作何感想？

普　他雖然是一片好心，我的行動卻是要聽您老人家指揮的。

安　我的意思和他的希望差不多。你也不用因爲我的突然的決定而吃驚，我要怎樣，就是怎樣，乾脆一句話沒有更動。我已經決定你應當到公爵宮庭裏去和伐倫泰因在一塊兒過日子；他的親族給他多少維持生活的費用，我也照樣撥給你。明天你就要預備動身，不許有什麼推託，我的意志是堅決的。

普　父親，這麼快我怎麼來得及預備？請您讓我延遲一兩天吧。

安　聽着，你要是缺少甚麼，我馬上就會寄給你。不用耽擱時間，明天你非去不可。來，潘底諾，你要給他收拾收拾東西，讓他早些動身。（安、潘下）

普　我因爲恐怕灼傷而躲過了火焰，不料卻在海水中慘遭沒頂。我不敢把裘麗亞的信給我父親看，因爲生恐他會責備我的戀愛；誰知道他卻利用我的推託之詞，給我的戀愛這樣一記無情的猛擊。唉！青春的戀愛就像陰晴不定的四月天氣，太陽的光彩剛剛照耀大地，片刻間就遮上了黑沉沉的烏雲一片！（下）

# 第二幕

## 第一場　密蘭公爵府中一室

【伐倫泰因及史比特上。

史　少爺，您的手套。（以手套給伐）

伐　這不是我的；我的手套戴在手上。且慢！讓我看。呃，把它給我，這是我的。天仙手上可愛的裝飾物！啊雪爾薇亞！雪爾薇亞！

史　（叫喊）雪爾薇亞小姐！雪爾薇亞小姐！

伐　怎麼，這狗才？

史　她不在這裏，少爺。

伐　誰叫你喊她的？

史　是您哪，少爺；難道又是我弄錯了嗎？

伐　哼，你老是這麼莽莽撞撞的。

史　可是上次您卻罵我太遲鈍。

伐　好了好了，我問你，你認識雪爾薇亞小姐嗎？

史　就是您愛着的那位小姐嗎？

伐　咦，你怎麼知道我在戀愛？

史　嘅，我從各方面看出來的。第一，您學會了像普洛丟斯少爺一樣把手臂交叉在胸前，像一個滿腹牢騷的人那種神氣；聽見了情歌您會出神，就像一頭知更雀似的；歡喜一個人獨自走路，好像一個害着瘟疫的人；老是唉聲嘆氣，好像一個忘記了字母的小學生；動不動流起眼淚來，好像一個死了媽媽的小姑娘；見了飯吃不下去，好像一個節食的人；東張張西望望，好像擔心着什麼强盜；說起話來帶着三分哭音，好像一個萬聖節的叫化子。從前您可不是這個樣子。您從前笑起來聲震四座，好像一頭公雞報曉；走起路來挺胸凸肚，好像一頭獅子；吃起東西來像狼吞虎嚥；祇有在沒有錢用的時候纔面帶愁容。現在您被情人迷住了，您已經完全變了一個人，當我瞧着您的時候，我簡直不相信您是我的主人了。

伐　你能够在我身上看出這一切來嗎？

史　它們都可以從您外表上看得出來。這一種愚蠢盤據在您的心裏，透過了您的身體，無論誰一眼見了您，都像一個醫生一樣診斷得出您的病症來。

伐　可是我問你，你認識雪爾薇亞小姐嗎？

史　就是在吃晚飯的時候您一眼不霎地望着的那位小姐嗎？

伐　那也給你看見了嗎？我說的就是她。

史　嘆，少爺，我不認識她。

伐　你看見我望着她，怎麼卻又說不認識她？

史　她不是長得很難看的嗎，少爺？

代　她的面貌還不及她的心腸那麼美。

史　少爺，那個我知道。

代　你知道什麼？

史　她長得並不漂亮，不過您歡喜着她就是了。

代　我是說她的美貌是無比的，可是她的好心腸更不可限量。

史　我說，少爺，她的美貌是裝扮出來的，沒有人以爲她長得好看。

代　那麼我呢？我是以爲她很美的。

史　可是她自從殘廢以後，您還沒有看見過她。

代　她是幾時殘廢的？

史　自從您愛上她之後，她就已經殘廢了。

代　我第一次看見她的時候就愛上了她，可是我始終看見她是美麗的。

史　您要是愛她，您就看不見她。

代　爲什麼？

史　因爲愛情是盲目的。唉！要是您有我的眼睛就好了！從前您看見普洛丟斯少爺忘記扣上襪帶而幾笑他的時候，您的眼睛也是明亮的。

代　要是我的眼睛明亮便怎樣？

史　您就可以看見您自己的愚蠢和她的不堪領教的醜陋。普洛丟斯少爺因爲戀愛的緣故，忘記扣上他的襪帶；您現在因爲戀愛的緣故，連襪子也忘記穿上了。

伐　這樣說來，那麼你也是在戀愛了；因爲今天早上你忘記了拭我的鞋子。

史　不錯，少爺，我正在戀愛着我的眠牀，幸虧您把我搖醒了，所以我現在也敢大膽提醒提醒您不要太過迷戀了。

伐　總而言之，我已經永遠愛定了她。昨天晚上她請我代她寫一封信給她所愛的一個人。

史　您有沒有寫好？

伐　我已經用心寫好了。靜些！她來了。

〔雪爾薇亞上。

伐　小姐，早安！

雪　我的僕人伐倫泰因先生，早安！

伐　您吩咐我寫一封信給您的一位祕密的無名的朋友，我已經照辦了。我很不願意寫這封信，但是您的旨意是不可違背的。（以信給雪）

雪　謝謝你，好僕人。你寫得很用心。

伐　相信我，小姐，它是很不容易寫的，因爲我不知道受信的人究竟是誰，隨便寫去，不知道寫得對不對。

雪　也許你嫌這工作太煩難嗎？

伐　不，小姐，祇要您用得着我，儘管吩咐我，我就是一千封信我也願意寫，可是——

雪　好一個可是！你的意思我猜得到。可是我不願意說出名字來；可是卽使說出來也沒有甚麼關係；可是把這信拿

代　去吧；可是我謝謝你，以後從此不再麻煩你了。

雪　這是什麼意思？您不歡喜它嗎？

代　不，不，信是寫得很巧妙，可是你既然寫的時候不大願意，那麼你就拿回去吧。嗯，你拿去吧。（還信）

雪　小姐，這信是給您寫的。

代　是的，那是我請你寫的，可是，我現在不要了，就給了你吧。我希望它寫得再動人一點。

雪　那麼請您許我另外寫過一封吧。

代　好，你寫過以後，就代我把它讀一遍；要是你自己覺得滿意，那就罷了；要是你自己覺得不滿意，也就罷了。

雪　要是我自己覺得滿意，那便怎樣？

代　要是你自己滿意，那麼就把這信給你作為酬勞吧。再見，僕人。（下）

史　人家說，一個人看不見自己的鼻子，教堂屋頂上的風信標變幻莫測，這一個頑笑也開得玄妙神奇！求愛的人代人求愛寫信人變成了受信人自己。

代　怎麼！你在說些甚麼？

史　我說您變成了雪爾薇亞小姐的代言人了。

代　我代她向什麼人傳話？

史　向您自己哪，她不是送給您一封情書了嗎？

代　怎麼，她又不曾寫信給我。

史　她何必自己動筆呢？您不是會替她代寫的嗎？咦，您還沒有懂得這個頑笑的用意嗎？

代　我可不懂。

史　您還不知道她已經把愛情的憑證給了您嗎？

代　除了責怪以外，她沒有給我甚麼呀。

史　眞是！她不是給您一封信嗎？

代　那是我代她寫給她的朋友的。

史　那封信現在已經送到了。

代　我希望你沒有猜錯。

史　包在我身上，準沒有差錯。你寫信給她，她因爲害羞提不起筆，或者因爲沒有閒工夫，或者因爲恐怕傳書的人窺見了她的心事，所以她纔教她的愛人代她答覆他自己。這一套我早在書上看見過了。喂，少爺，您在想些什麼？好吃飯了。

代　我已經吃過了。

史　嗳呀，少爺，這個沒有常性的愛情雖然可以喝空氣過活，我可是非吃飯吃肉不可的。您可不要像您愛人那樣忍心，求您發發慈悲吧！（同下）

## 第二場　維洛那；裘麗亞家中一室

【普洛丟斯及裘麗亞上。

普　請你忍耐着吧，好裘麗亞。

**裘** 沒有辦法，我也祇好忍耐着了。

**普** 我如果有機會回來，我會立刻回來的。

**裘** 你祇要不變心，回來的日子是不會遠的。請你保留着這個，常常想起你的裘麗亞吧。（給他戒指）

**普** 我們彼此交換，你把這個拿去吧。（給她另一個戒指）

**裘** 讓我們用神聖的一吻永固我們的盟誓。

**普** 我舉手宣誓我的不變的忠誠。裘麗亞，要是我在那一天那一個時辰裏，不曾爲了你而嘆息，那麼在下一個時辰裏，讓不幸的災禍來懲責我的薄情吧！我的父親在等着我，你不用回答我了。潮水已經升起，船就要開了；不，我不是說你的淚潮，那是會留住了我，使我誤了行期的。裘麗亞，再會吧！（裘下）啊，一句話也不說就去了嗎？是的，眞愛情是不能用言語表達的，行爲纔是忠心的最好的說明。

【潘底諸上。

**潘** 普洛丟斯少爺，他們在等着您哩。

**普** 好，我就來我就來。唉！這一場分別啊，眞叫人滿懷愁緒難宣。（同下）

## 第三場　同前；街道

【朗斯牽犬上。

**朗** 哎喲，我到現在纔哭好呢，咱們朗斯一族裏的人都有這個心腸太軟的毛病。我像聖經上的浪子一樣，派到了我的一份家產，現在要跟着普洛丟斯少爺上京城裏去。我想我的狗克來勃是最狠心的一條狗。我的媽眼淚直流，我的爸涕泗橫流，我的妹妹放聲大哭，我家的丫頭也嚎啕喊叫，就是我們養的貓兒也悲傷得亂搓兩手，一份人家弄得七零八亂，可是這條狠心的惡狗卻不流一點淚兒。他是一塊石頭，像一條狗一樣沒有心肝；就是猶太人，看見我們分別的情形，也會禁不住流淚的；看我的老祖母吧，她眼睛早已盲了，可是因爲我要離家遠行，也把她的眼睛都哭瞎了呢。我可以把我們分別的情形扮給你們看。這隻鞋子算是我的父親；不，這隻左脚的鞋子是我的父親；不，不，這隻左脚的鞋子是我的母親；不，那也不對。——哦，不錯，對了，這隻鞋子底已經破了，它已經穿了一個洞，它就算是我的母親；這一隻是我的父親。他媽的！就是這樣。這一根棒是我的妹妹，因爲她就像百合花一樣的白，像一根棒那樣的瘦小。這一頂帽子是我家的丫頭阿南。我就算是狗；不，狗是他自己，我是狗——哦，狗是我，我是我自己。對了，就是這樣。現在我走到我父親跟前：「爸爸，請你祝福我；」現在這隻鞋子就要哭得說不出一句話來；然後我就要吻我的父親，他還是哭個不停。現在我再走到我的母親跟前；唉！我希望她現在能够像一個木頭人一樣開起口來！我就是這麼吻了她，她的一口氣這麼喘上喘下的。現在我要到我妹妹跟前，你瞧她哭得多麼傷心！可是這條狗站在旁邊，瞧着我一把一把眼淚揮在地上，卻始終不流一點淚也不說一句話。

〔潘底諾上。

**潘**　朗斯，快走，快走，好上船了！你的主人已經登船，你就住在艙後吧。什麼事？這傢伙，怎麼哭起來了？去吧，蠢貨！你再躭擱下去，潮水要退下去了。

**朗**　這條狗這麼狠心，我就把它丟了也罷。

**潘**　呸，這傢伙！我說，潮水要是退下去，你就要失去這次航行；失去這次航行，你就要失去你的主人；失去了你的主人，你就要失去了你的工作；失去了你的工作，——你幹麼按住我的嘴？

朗　我怕你會失去你的舌頭。我對你說吧，要是河水乾了，我會用眼淚把它灌滿；要是風勢迍了，我會用嘆息把船隻吹送。

潘　來吧，來吧，還不走嗎？

朗　好，走就走。（同下）

## 第四場　雪密蘭公爵府中一室

〔伐倫泰因，雪爾薇亞，修里奧，史比特上。

雪　僕人！

伐　小姐？

史　少爺，修里奧大爺在向您怒目而視呢。

伐　嗯，那是爲了愛情的緣故。

雪　僕人，你心裏不高興嗎？

伐　是的，小姐，我好像不大高興。

修　好像不大高興，其實還是很高興嗎？

伐　也許是的。

修　原來是裝腔作勢。

伐　你也是一樣。

修　我裝些什麼腔?

伐　你瞧上去還像個聰明人。

修　你憑什麼證明我不是個聰明人?

伐　就憑你的愚蠢。

修　什麼?

雪　唉,生氣了嗎,修里奥?瞧你臉色變成這樣子!

伐　讓他去,小姐,他是頭善變的蜥蜴。

修　這頭蜥蜴可要喝你的血,它不願意和你共戴一天。

伐　你說得很好。

修　現在我可不同你多講話了。

伐　我早就知道你總是未開場先結束的。

修　伐倫泰因,你要是跟我鬥嘴,我會說得你啞口無言的。

伐　我知道尊駕有一個專門管理言語出入的賬房,在你手下的人,都用空言代替工錢;從他們襄偣的裝束上,就可以看出他們是靠着你的空言過活的。

雪　兩位別說下去了,我的父親來啦。

【公爵上。

公爵　雪爾薇亞,你給他們兩位包圍起來了嗎?伐倫泰因,你的父親身體很好;你家裏有信來,帶來了許多好消息,你要不要我告訴你？

伐 殿下，我願意洗耳恭聽。

公爵 你認識你的同鄉中有一位安東尼奧嗎？

伐 是，殿下，我知道他是一位德高望重的士紳。

公爵 他不是有一個兒子嗎？

伐 是，殿下，他有一個克紹箕裘的賢嗣。

公爵 你和他很熟悉嗎？

伐 我知道他就像知道我自己一樣，因爲我們從小便是在一起同遊同學的。我雖然因爲習於游惰，不肯用心上進，可是普洛丟斯——那是他的名字——卻不曾把他的青春蹉跎過去。他是少年老成，雖然涉世未深，識見卻超人一等；他的種種好處，我一時也稱贊不盡。總而言之，他的品貌才學，都是盡善盡美，凡是上流人所應有的美德，他身上都是完全具備的。

公爵 眞的嗎？要是他眞是這樣好法，那麼他是值得一個皇后的眷愛，適宜於充任一個帝皇的輔弼的。現在他已經到我們這兒來了，許多大人物都有信來給他吹噓。他預備在這兒耽擱一些時候，我想你一定很高興聽見這消息吧。

伐 那眞是我求之不得的。

公爵 那麼你就準備着歡迎他吧。雪爾薇亞，我有話要對你說；修里奧，我也要對你說幾句話。伐倫泰因就請在這兒稍待片刻，我就去叫你的朋友來和你相見。（下）

伐　這就是我對您說起過的那個朋友；他本來是要跟我一起來的，可是他的眼睛給他情人的晶瑩的盼睞攝住了，所以走不脫身。

雪　大概現在她已經釋放了他，另外有人向她奉獻他的忠誠了。

伐　不，我相信他仍舊是她的俘虜。

雪　他既然還在戀愛，那麼他就應該是盲目的；他既然盲目，怎麼能夠迢迢而來，找到了你的所在呢？

伐　小姐，愛情是有二十對眼睛的。

修　他們說愛情不生眼睛。

伐　愛情沒有眼睛來看見像你這樣的情人；對於醜陋的事物，它是會閉目不視的。

雪　算了，算了。客人來了。

【普洛丟斯上。

伐　歡迎，親愛的普洛丟斯！小姐，請您用特殊的禮遇歡迎他吧。

雪　要是這位就是你時常念念不忘的好朋友，那麼憑着他的才德，一定會得到竭誠的歡迎的。

伐　這就是他。小姐，請您接納了他，讓他同我一樣做您的僕人。

雪　這樣高貴的僕人，伺候這樣卑微的女主人，未免太屈尊了。

普　那裏的話，好小姐，草野賤士，能够在這樣一位卓越的貴人之前親聆謦欬，實在是三生有幸。

伐　大家不用謙虛了。好小姐，請您收容他做您的僕人吧。

普　我將以能够奉侍左右，勉効奔走之勞，作爲我最大的光榮。

雪　盡職的人必能得到酬報。僕人，一個庸愚的女主人歡迎着你。

【一僕人上。

僕　小姐，老爺叫您去說話。

雪　我就來。（僕下）來，修里奧，咱們一塊兒去。新來的僕人，我再向你說一聲歡迎。現在我讓你們兩人暢敍家常，等會兒我們再談吧。

普　我們兩人都隨時等候着您的使喚。（雪、修、史同下）

伐　現在告訴我，家鄉的一切情形怎樣？

普　你的親友們都很安好，他們都叫我望望你。

伐　你的親友們呢？

普　我離開他們的時候，他們也都很康健。

伐　你的愛人怎樣？你們的戀愛進行得怎麼樣了？

普　我的戀愛故事是向來會使你厭倦的，我知道你不愛聽這種兒女私情。

伐　可是現在我的生活已經改變過來了；我正在懺悔我自己從前對於愛情的輕視，它的至高無上的威權，正在用痛苦的絕食，悔罪的呻吟，夜晚的哭泣和白晝的嘆息懲罰着我。爲了報復我從前對它的侮蔑，愛情已經從我被蠱惑的眼睛中驅走了睡眠，使它們永遠注視着我自己心底的憂傷。啊，普洛丟斯！愛情是一個有絕大威權的君王，我已經在他面前甘心臣服，他的懲罰使我甘之如飴，爲他服役是世間最大的快樂。現在我除了關於戀愛方面的談話以外，什麼都不要聽；單單提起愛情的名字，便可以代替了我的三餐一宿。

普　够了，我在你的眼睛裏可以讀出你的命運來。你所膜拜的偶像就是她嗎？

伐　就是她。她不是一個天上的神仙嗎？

普　不，她是一個地上的美人。

伐　她是神聖的。

普　我不願諂媚她。

伐　爲了我的緣故諂媚她吧，因爲愛情是喜歡聽人家恭維的。

普　當我有病的時候，你給我苦味的丸藥，現在我也要以其人之道還治其人之身。

伐　那麼就說老實話吧，她卽使不是神聖，也是並世無雙的魁首，她是世間一切有生之倫的女皇。

普　除了我的愛人以外。

伐　不，沒有例外，除非你有意誹毀我的愛人。

普　我沒有理由喜愛我自己的愛人嗎？

伐　我也願意幫助你喜愛她：她可以得到這樣隆重的光榮，爲我的愛人捧持衣裾，免得卑賤的泥土偷吻她的裙角；它在得到這樣意外的幸運之餘，會變得驕傲起來，不肯再去滋養盛夏的花卉，使苛酷的寒冬永駐人間。

普　哎呀，伐倫泰因，你簡直在信口亂吹。

伐　原諒我，普洛丢斯，我的一切贊美之詞，對她都毫無用處；她的本身的美點，就可以使其他一切美人黯然失色。她是獨一無二的。

普　那麼你不要作非分之想吧。

伐　什麼也不能禁止我的愛她。告訴你吧，老兄，她是屬於我的；我有了這樣一宗珍寶，就像是二十個大海的主人，它的每一粒泥沙都是珠玉，每一滴海水都是天上的瓊漿，每一塊石子都是純粹的黃金。不要因爲我從來不曾夢到過你而見怪，因爲你已經看見我是怎樣傾心於我的戀人。我那愚騃的情敵，她的父親因爲他雄於財產而看中了他，剛纔和她一同去了，我現在必須追上他們，因爲你知道愛情是充滿着嫉妬的。

普　可是她也愛你嗎？

伐　是的，我們已經互許終身了；而且我們已經約好設計私奔，結婚的時間也已定當。我先用繩梯爬上她的窗口，把她接了出來，各種手續程序都已完全安排好了。好普洛丢斯，跟我到我的寓所去，我還要請你在這種事情上多多指教呢。

普　你先去吧，你的寓所我會打聽得到的。我還要到碼頭上去，拿一點必需的用品，然後我就來看你。

伐　那麼你趕快一點吧。

普　好的。（伐下）正像一陣更大的熱焰壓蓋住原來的熱焰，一枚大釘敲落了小釘，我的舊日的戀情，也因爲一個新的對象而完全冷忘了。是我的眼睛在作祟嗎？還是因爲伐倫泰因把她說得天花亂墜？還是她的眞正的完美使我心醉？或者是我的見異思遷的罪惡，使我全然失去了理智？她是美麗的，我所愛的裘麗亞也是美麗的；可是我對於裘麗亞的愛已經成爲過去了，那一段戀情就像投入火中的蠟像，已經全然鎔解，不留一點原來的痕跡。好像我對於伐倫泰因的友誼已經突然冷淡，我不再像從前那樣喜愛他了；啊，這是因爲我太過於愛他的愛人了，所以我纔對他毫無好感。我這樣不加思索地愛上了她，如果跟她相知漸深之後，更將怎樣爲她傾倒？我現在看見的只是她的外相，可是那已經使我的理智的靈光暈眩不定，那麼當我在看到她內心的美好時，我一定要

變成盲目了。我要盡力克制我的罪惡的戀情；否則就得設計贏取她的芳心。（下）

## 第五場　同前；街道

【史比特及朗斯上。

史　朗斯，憑着我的良心起誓，歡迎你到密蘭來！

朗　別胡亂起誓了，好孩子，沒有人會歡迎我的。一個人沒有弔死，總還有命；要是酒賬未付，老板娘沒有笑逐顏開，也談不到歡迎兩個字。

史　來吧，你這瘋子，我就請你上酒店去，那邊你可以用五辨士去買到五千個歡迎。可是我問你，你家主人跟裘麗亞小姐是怎樣分別的？

朗　呃，他們熱烈地山盟海誓之後，就這樣開頭笑似地分別了。

史　她將要嫁給他嗎？

朗　不。

史　怎麼？他將要娶她嗎？

朗　也是個不。

史　咦，他們破裂了嗎？

朗　不，他們兩人都是完完整整的。

史　那麼究竟是怎麼一回事呀？

朗　是這麽的，要是他沒有什麽問題，她也沒有什麽問題。

史　你眞是頭蠢驢！我不懂你的話。

朗　你眞是塊木頭，話都聽不懂。

史　老實對我說吧，這頭婚姻成不成？

朗　問我的狗好了：他要是說是，那就是成；他要是說不，那也是成；他要是搖搖尾巴不說話，那也還是成。

史　總而言之，一定成功。可是朗斯，我的主人現在也變成一個大情人了。

朗　讓他去在愛情裏燒死了吧，那不干我的事。你要是願意陪我上酒店去，很好；不然的話，你就是一個希伯來人，一個猶太人，不配稱爲一個基督徒。

史　爲什麽？

朗　因爲你連請一個基督徒喝杯酒兒的博愛精神都沒有。你去不去？

史　遵命。（同下）

## 第六場　同前；公爵府中一室

【普洛丟斯上。

普　捨棄我的裘麗亞，我就要違背了盟誓；戀愛美麗的雪爾薇亞，我也要違背了盟誓；中傷我的朋友，尤其是違背了盟誓。愛情的力量當初使我信誓旦旦，現在卻又誘令我干犯三重的寒盟大罪。動人靈機的愛情啊！你已經引誘我犯罪，現在敎我怎樣爲自己辯解吧。我最初愛慕的是一顆閃爍的星星，如今崇拜的是一個中天的太陽；無心中許可的誓願，可以有意把它毀棄不顧；祇有沒有智慧的人，纔會遲疑於善惡二者間的選擇。呸，呸，不敬的唇舌！她是你從前用二萬遍以靈魂作證的盟言，甘心供她驅使的，現在怎麼好把她加上惡名！我不能朝三暮四轉愛他人，可是我已經變了心了；可是我現在所愛的，纔是眞正値得我愛的。我失去了裘麗亞，失去了伐倫泰因；要是我繼續對他們忠實，我必須失去我自己。我失去了伐倫泰因，換來了我自己；失去了裘麗亞，換來了雪爾薇亞：愛情永遠是自私的，我自己當然比一個朋友更爲寶貴。裘麗亞在天生麗質的雪爾薇亞相形之下，不過是一個黝黑的醜婦。我要忘記裘麗亞尚在人間，記着我對她的愛情已經死去；我要把伐倫泰因當作敵人，努力取得雪爾薇亞更甜蜜的友情。要是我不用些詭計破壞伐倫泰因，我就無法貫徹自己的心願。今晚他要用繩梯爬上雪爾薇亞臥室的窗口，他不知道我是他的情敵，使我與聞了這個祕密。現在我就去把他們設計逃走的事情通知她的父親；他在勃然大怒之下，一定會把伐倫泰因驅逐出境，因爲他本來的意思是要把他的女兒下嫁給修里奧的。伐倫泰因一去之後，我就可以用些巧妙的計策，攔截修里奧遲鈍的進展。愛神啊，你已經幫助我運籌劃策，請你再借給我一副翅膀，讓我趕快達到我的目的！（下）

## 第七場　維洛那；裘麗亞家中一室

【裘麗亞及露瑟他上。】

裘　給我出個主意吧，露瑟他好姑娘，你得幫幫我忙。你就像是一塊石板一樣，我的心事都清清楚楚地刻在上面；現在我用愛情的名義，請求你指教我，告訴我有什麼好法子讓我到我那親愛的普洛丢斯那裏去，而不致出乖露醜。

露　唉！這條路是悠長而累人的，

裘　一個虔誠的巡禮者用他的軟弱的腳步跋涉過萬水千山，是不會覺得疲乏的；一個借着愛神之翼的女子，當她飛向像普洛丟斯那樣親愛那樣美好的愛人懷中去的時候，尤其不會覺得路途的艱遠。

露　還是不必多此一舉，等候着普洛丟斯回來吧。

裘　啊，你不知道他的目光是我靈魂的滋養嗎？我在飢荒中因渴慕而憔悴，已經好久了。你要是知道一個人在戀愛中的內心的感覺，你就會明白用空言來壓遏愛情的火焰，正像雪中取火一般無益。

露　我並不是要壓住您的愛情的烈焰，可是這把火不能够讓它燃燒得過於熾盛，那是會把理智的藩籬完全燒去的。

裘　你越是把它遏制，它越是燃燒得利害。汩汩的輕流如果遭遇障礙就會激成怒湍；可是它的路程倘使順流無阻，它就會在光潤的石子上彈奏柔和的音樂，輕輕地吻着每一根在它巡禮途中的蘆葦，用着這樣遊戲的心情，經過了許多曲折的路程，而到了遼闊的海洋。所以讓我去，不要阻止我吧；我會像一道耐心的輕流一樣，忘懷長途跋涉的辛苦，一步步挨到了愛人的門前，然後我就可以得到休息。就像一個有福的靈魂，在經歷無數的磨折以後，永息在幸福的天國裏一樣。

露　可是您在路上應該怎樣打扮呢？

裘　爲了避免輕狂男子的調戲，我要男裝起來。好露瑟他，給我找一套合身的衣服來，使我穿扮起來就像個良家少年一樣。

露　那麼，小姐，您的頭髮不是要剪短了嗎？

裘　不，我要用絲線把它紮起來，紮成各種花樣的同心結。裝束得炫奇一點，人家會以爲我是一個有錢人家的子弟。

露　小姐，您的褲子要裁成甚麼式樣的？

裘　你這樣問我，就像人家問，「老爺，您的裙子圍圓要多少大」一樣。露瑟他，你看怎樣好就怎樣做就是了。可是告訴我，我這樣冒險遠行以後，世人將要怎樣批評我？我怕他們都要說我的壞話呢。

露　既然如此，那麼住在家裏不要去吧。

裘　不，那我可不願。

露　那麼不要管人家說壞話，要去就去吧。要是普洛丟斯看見您來了很歡喜，那麼別人贊成不贊成您去又有什麼關係？可是我怕他不見得會怎樣高興的吧。

裘　那我可一點不擔心；一千遍的盟誓，海洋一樣的眼淚，以及愛情無限的證據，都向我保證我的普洛丟斯一定會歡迎我。

露　什麼盟誓眼淚，都不過是假心的男子們的工具。

裘　卑賤的男人纔會把它們用來騙人；可是普洛丟斯有一顆生就的忠心，他的說話永無變更，他的盟誓等於天語，他的愛情是眞誠的，他的思想是純潔的，他的眼淚出自衷心，詐欺沾不進他的心腸，就像霄壤一樣不能相合。

露　但願您看見他的時候，他還是像您所說的一樣！

裘　你要是愛我的話，請你不要懷疑他的忠心；你也應當像我一樣愛他，我纔歡喜你。現在你快跟我進房去，把我在旅途中所需要的物件檢點一下。我所有的東西，我的土地財產，我的名譽，都一切歸你支配；我祇要你趕快幫我收拾動身。來，別多說話了，趕快！我心裏是急得什麼似的。（同下）

# 第三幕

## 第一場 密蘭；公爵府中應接室

【公爵，修里奧，及普洛丟斯上。

公爵 修里奧，請你讓我們兩人說句話兒，我們有點祕密的事情要商議一下。（修下）現在告訴我吧，普洛丟斯，你要對我說些什麼話？

普 殿下，按照朋友的情分而論，我本來不應該把這件事情告訴您；可是我想起像我這樣無德無能的人，多蒙殿下恩寵有加，倘使這次知而不報，在責任上實在說不過去；雖然如果換了別人，無論多少世間的財富都不能誘我開口的。殿下，您要知道在今天晚上，我的朋友伐倫泰因想要把令嬡劫走，他曾經把他的計劃告訴我。我知道您已經決定把她嫁給修里奧，令嬡對這個人是不大滿意的；現在假如她跟伐倫泰因逃走了，那對於您這樣年紀的人一定是一個重大的打擊。所以我爲了責任所迫，寧願破壞我的朋友的計謀，卻不願代他隱瞞起來，免得您因爲事出不意而氣惱壞了您的身子。

公爵 普洛丟斯，多謝你這樣關切着我；我活着一天，一定會補報你的。他們雖然當我在睡夢之中，可是我早就看出他們兩人之間的戀愛；我也常常想禁止伐倫泰因和她親近，或是不許他到我的宮庭裏來，可是因爲我不願操切從事，生恐我的猜疑並非事實，反倒錯怪了好人，所以仍舊照樣待之以禮，慢慢看出他的舉止用心來。我知道年輕人血氣未定，易受誘惑，早就防範到這一步，每天晚上我叫她睡在閣上，她房間的鑰匙由我親自保管，所以別人是沒有法子把她偷走的。

普　殿下，他們已經想出了一個法子，他預備用繩梯爬上她的窗口，把她從窗裏接了下來。他現在去拿繩梯去了，等會兒就會經過這裏，您要是願意的話，就可以攔住他。可是殿下，您盤問他的時候話要說得巧妙一點，別讓他知道是我走了風，因爲我這樣報告您，只是出於我對您的忠誠，不是因爲對我的朋友有什麼過不起的地方。

公爵　我用名譽爲誓，他不會知道我是從你地方知道這消息的。

普　再會，殿下，伐倫泰因就要來了。（下）

〔伐倫泰因上。

公爵　伐倫泰因，你這麼急急的要到那兒去？

伐　稟殿下，有一個寄書人在外面，等着我把信交給他寄給我的朋友們。

公爵　是很重要的信嗎？

伐　不過告訴他們我在殿下這兒很好很快樂而已。

公爵　那沒甚麼要緊，陪着我談談吧。我要告訴你一些我的切身的事情，你可不要對外面的人說。你知道我曾經想把我的女兒許給我的朋友修里奧。

伐　那我很知道，殿下，這頭親事要是成功，那的確是門當戶對；而且這位先生品行又好，又慷慨，又有才學，令嬡配給他眞是再好沒有。殿下不能够叫她也歡喜他嗎？

公爵　就是這麼說。這孩子脾氣壞，沒有規矩，瞧不起人，又不聽話又固執，一點不懂得孝道；她忘記了她是我的女兒，也不把我當一個父親那樣敬懼。不瞞你說，她這樣忤逆，使我對於她的愛也完全消失了。我本來想像我這樣年紀的人，有這麼一個女兒承歡膝下，也可以娛此餘生；現在事與願違，我已經決定再娶一房妻室；至於我這女兒，誰要她便送給他，她的美貌就是她的嫁奩，因爲她既然瞧不起我，當然也不把我的財產放在心上的。

代　關於這件事情，殿下有什麼要吩咐我做的？

公爵　在這兒維洛那地方，我看中了一位姑娘；可是她很貞靜幽嫻，我這老頭子說的話是打不動她的心的。我已經老早忘記了求婚的那一套法子，而且現在時世也已經不同了，所以我現在要請你教導教導我，怎樣纔可以使她那太陽一樣明亮的眼睛眷顧到我。

代　她要是不愛聽空話，那麼就用禮物去博她的歡心；無言的珠寶比之流利的言辭，往往更能打動女人的心腸。

公爵　我也曾經送過禮物給她，可是她一點不看重它。

代　女人有時在表面上裝作不以爲意，其實心裏是萬分歡喜的。你應當繼續把禮物送去給她，切不可灰心；起先的冷淡，將會使以後的戀愛更加熱烈。她要是向你假意生嗔，那不是因爲她討厭你，而是因爲她希望你更加愛她。她要是罵你，那不是因爲她要你離開她，你要是真的走開了，那纔是一個大傻瓜。無論她怎麼說，你總不要後退，因爲她嘴裏叫你去，實在並不是要你去。稱贊恭維是討好女人的祕訣；儘管她生得又黑又醜，你不妨說她是天仙化人。一個男人生着三寸不爛之舌，要是說服不了一個女人，那還算是什麼男人！

公爵　可是我所說起的那位姑娘，已經由她的親族們許配給一個年輕的紳士了。她家裏門戶森嚴，任何男人在白天走不進去。

代　那麼要是我就在夜裏去見她

公爵　可是門戶密閉，沒有鑰匙，在夜裏更走不進去。

伐　門裏走不進去，不是可以打窗裏進去的嗎？

公爵　她的寢室在很高的樓上，要是爬上去，準有生命之虞。

伐　那麼你祇要找一付輕便的繩梯，用一對鐵鈎把它拋到屋頂上，就可以上去會你的情人了。

公爵　請你告訴我什麼地方可以得到這種梯子。

伐　你什麼時候要用？請你告訴我。

公爵　我今夜就要；因爲戀愛就像小孩一樣，想要什麼東西就巴不得立刻就有。

伐　七點鐘我可以給你弄到這麼一付梯子來。

公爵　可是我想一個人去看她，這付梯子怎麼帶去呢？

伐　那是很輕便的，你可以把它藏在外套裏面。

公爵　像你這樣長的外套藏得下嗎？

伐　可以藏得下。

公爵　那麼讓我穿穿你的外套看；我要照這尺寸另外做一件。

伐　啊，殿下，隨便什麼外套都一樣可用的。

公爵　外套應當怎樣穿法纔對？請你讓我試穿一下吧。（扯開伐偷泰因的外套）這封是什麼信？上面寫着的是什麼？——給雪爾薇亞！這兒還有我所需要的工具！恕我這回無禮，把這封信拆開了。

「相思夜夜飛，　飛繞情人側；

身無彩鳳翼，　無由見顏色。
靈犀雖可通，　室邇人常遐，
空有夢魂馳，　漫漫怨長夜！」

這兒還寫着什麼？『雪爾薇亞，請於今夕偕遁。』原來如此，這就是你預備好的梯子！哼，好一副偷天換日的本領！你因爲看見星星向你閃耀，就想上去把它們採摘嗎？去，你這妄圖非分的小人，放肆無禮的奴才！向你的同類們去脅肩諂笑吧！不要以爲你自己有甚麼了不起的地方，我因爲不屑和你計較，纔叫你立刻離開此地，不來過分爲難你。我從前已經給過你太多的恩惠，現在就向你再開一次恩吧。可是你假如不立刻收拾動身，在我的領土裏面多停留一刻功夫，哼！那時我發起怒來，可什麼都不管了。快去！我不要聽你無益的辯解；你要是看重你的生命，給我立刻走吧。（下）

伐　與其活着受煎熬，何不一死了事？死不過是把自己放逐出自己的軀殼以外；雪爾薇亞已經和我合成一體，離開她就是離開我自己，這不是和死同樣的刑罰嗎？看不見雪爾薇亞，世上還有什麼光明？沒有雪爾薇亞在一起，世上還有什麼樂趣？我祇好閉上眼睛假想她在旁邊，用這樣美好的幻影尋求片刻的陶醉。除非夜間有雪爾薇亞陪着我，夜鶯的歌唱只是不入耳的噪音；除非白天有雪爾薇亞在我的面前，否則我的生命將是一個不見天日的長夜。她是我生命的精華，我要是不能在她的煦護拂庇之下滋養我的生機，就要乾枯憔悴而死。倘使我能逃過他這可怕的判決，我將面臨死亡而無所恐懼；因爲我留在這兒，結果也不過一死，可是離開了這兒，就是離開了生命所寄託的一切。

【普洛丟斯及朗斯上。

普　快跑，小子！跑，跑，把他找出來。

朗　喂！喂！

普　你看見什麼？

朗　我們所要找的那個人；他頭上每一根頭髮都是伐倫泰因。

普　是伐倫泰因嗎？

伐　不是。

普　那麼是誰？他的鬼嗎？

伐　也不是，

普　那麼你是什麼？

伐　我不是什麼。

朗　那麼你怎麼會說話呢？少爺，我打他好不好？

普　你要打誰？

朗　不打誰。

普　狗才，住手。

朗　嗐，少爺！我打的不是什麼呀。

普　我叫你不許放肆。——伐倫泰因，我的朋友，讓我跟你講句話兒。

伐　我的耳朵裏滿是壞消息，現在就是有好消息也聽不見了。

普　那麼我還是把我所要說的話埋葬在無言的沉默裏吧，因爲它們是刺耳而不愉快的。

伐　難道是雪爾薇亞死了嗎？

普　沒有，伐倫泰因。

伐　沒有伐倫泰因，不錯，神聖的雪爾薇亞已經沒有她的伐倫泰因了！難道是她把我遺棄了嗎？

普　沒有，伐倫泰因。

伐　沒有伐倫泰因，她要是把我遺棄了，世上自然再沒有伐倫泰因這個人了！那麼你有些甚麼消息？

朗　伐倫泰因少爺，外面貼着告示把您驅逐出境呢。

普　是的，那就是我要告訴你的消息，你必須離開這裏，離開雪爾薇亞，離開我，你的朋友。

伐　唉！我已經充滿了憂傷，太多的惡消息，將使我噎塞而死。雪爾薇亞知道我已經被放逐了嗎？

普　是的，她聽見這個判決以後，曾經流過無數珍珠溶化成的眼淚，在她兇狠的父親腳下，她跪下苦苦哀求，她那皎潔的纖手，好像因爲悲哀而化爲慘白，在她的胸前搓絞着；可是跪地的雙膝，高舉的玉手，悲傷的嘆息，痛苦的呻吟，銀色的淚珠，都不能感動她那冥頑不靈的父親，他堅持着伐倫泰因倘在密蘭境內被捕，就必須把他處死；而且當她在懇求他收回成命的時候，他因爲她的多事而大爲震怒，竟把她關禁起來，恫嚇着她要把她終身幽錮。

伐　別說下去了，除非你的下一句話能够致我於死命，那麼我就請你輕聲送進我的耳中，好讓我能够從無底的憂傷中獲得解放，從此長眠不醒。

普　事已如此，悲傷也不中用，還是想個補救的辦法吧；祇要靜待時機，總有運命轉移的一天。你要是停留在此地，仍舊見不到你的愛人，而且你自己的生命也要保不住。希望是戀人們的唯一憑藉，你不要灰心，儘管到遠處去吧。

雖然你自己不能到這裏來，你仍舊可以隨時通信，祇要寫明給我，我就可以把它轉交到你愛人的乳白的胸前。現在時間已經很匆促，我不能多向你勸告，來我送你出城，在路上我們還可以談談關於你的戀愛的一切。你即使不以你自己的安全爲重，也應該爲你的愛人着想；請你就跟着我走吧。

伐　朗斯，你要是看見我那小子，叫他趕快在北城門口會我。

普　去，狗才，快去找他來，伐倫泰因。

伐　啊我的親愛的雪爾薇亞！倒霉的伐倫泰因！（伐、普同下）

朗　瞧吧，我不過是一個傻瓜，可是我卻知道我的主人不是個好人，這且不用去說它。沒有人知道我也在戀愛了；可是我眞的在戀愛了；可是幾匹馬也不能把這祕密從我嘴裏拉了出來，我也決不告訴人我愛的是誰。不用說，那是一個女人；可是她是怎樣一個女人，這我可連自己也不肯告訴的。總之她是一個擠牛乳的姑娘；她是不是處女我可不知道，因爲有人在說她的閒話；可是她是個拿工錢給東家做事的女人。她的好處比水裏的獵狗還多，這在一個基督徒可就不容易了。（取出一紙）這兒是一張淸單，記載着她的種種情形。第一條，她可供奔走之勞，爲人來往取物。啊，就是一頭馬也不過如此；不，馬可供奔走之勞，卻不能來往取物，所以她比一匹吊兒郎當的馬好得多了。第二條，她會擠牛乳。聽着，一個姑娘要是有着一雙乾淨的手，這是一件很大的好處。

〔史比特上。

史　喂，朗斯先生！您好？您在唸些什麼？

朗　白紙上的黑字。

史　讓我也看看。

朗　呸，你這呆鳥！你又不識字。

史　誰說的？我怎麼不識字？

朗　那麼我倒要考考你。你告訴我，誰生下了你？

史　呃，我的祖父的兒子。

朗　哎喲，你這沒有學問的浪蕩貨！你是你祖母的兒子生下來的。這就可見得你是個不識字的。

史　好了，你纔是個蠢貨，不信讓我唸給你聽。

朗　好，拿去，聖尼哥拉斯（註一）保佑你！

史　第一條，她會擠牛乳。

朗　是的，這是她的拿手本領。

史　第二條，她會釀上好的麥酒。

朗　所以有那麼一句老古話，「你釀得好麥酒，上帝保佑你。」

史　第三條，她會縫紉。第四條，她會編織。

朗　有了這樣一個女人，可不用擔心襪子破了。

史　第五條，她會揩拭抹洗。

朗　妙極，這樣我可以不用替她揩身抹臉了。

史　第六條，她會織布。

朗　這樣我可以靠她織布維持生活，寫寫意意過日子了。

史　第七條，她有許多無名的美德。

朗　正像私生子一樣，因爲不知誰是他的父親，所以連自己的姓名也不知道。

史　下面是她的缺點。

朗　緊接在她好處的後面。

史　第一條，她的口氣很臭，未吃飯前不可和她接吻。

朗　嗯，這個缺點是很容易矯正過來的，祇要吃過飯吻她就是了。唸下去。

史　第二條，她喜歡吃糖食。

朗　那可以掩蓋住她的口臭。

史　第三條，她常常睡夢裏說話。

朗　那沒有關係，祇要不在說話的時候打瞌睡就是了。

史　第四條，她說起話來慢吞吞的。

朗　他媽的！這怎麼算是她的缺點？說話慢條斯理是女人最大的美德。請你把這條塗去，把它改記到她的好處裏面。

史　第五條，她很驕傲。

朗　把這條也塗去了。女人是天生驕傲的，誰也把她無可如何。

史　第六條，她沒有牙齒。

朗　那我也不在乎，我就是愛啃麵包皮的。

史　第七條，她愛發脾氣。

朗　哦，她沒有牙齒，不會咬人，這還不要緊。

史　第八條，她歡喜不時喝杯酒兒。

朗　是好酒她當然歡喜喝，就是她不喝我也要喝，好東西是人人歡喜的。

史　第九條，她爲人太隨便。

朗　她不會隨便說話，因爲上面已經寫着她說起話來慢吞吞的；她也不會隨便用錢，因爲我會管牢她的錢袋；至於在另外的地方隨隨便便，那我也沒有法子。好，唸下去吧。

史　第十條，她的頭髮比智慧多，她的錯處比頭髮多，她的財富比錯處多。

朗　慢慢，聽了這一條，我又想要她，又想不要她；你且給我再唸一遍。

史　她的頭髮比智慧多，——

朗　這也許是的，我可以用譬喻證明：包鹽的布袱比鹽多，包住腦殼的頭髮也比智慧多，因爲多的纔可以包住少的。下面怎麼說？

史　她的錯處比頭髮多，——

朗　那可糟透了！哎喲，要是沒有這句話多麼好！

史　她的財富比錯處多。

朗　啊，有這麼一句，她的錯處也變成好處了。好，我一定要娶她；她要是這頭親事成功，天下沒有不可能的事情，——

史　那麼你便怎樣？

朗　那麼我就告訴你吧，你的主人在北城門口等你。

史　等我嗎？

朗　等你！嘿，你是什麽人！他纔不會等你哩。

史　那麽我一定要到他那邊去嗎？

朗　你非得奔去不可，因爲你在這裏就擱了這麽多的時候，跑去恐怕會來不及的。

史　你爲甚麽不早告訴我？他媽的還唸什麽情書！（下）

朗　他擅自讀我的信，現在可要挨一頓揍了。誰叫他不懂規矩，濫管人家的閒事。我倒要跟上前去，瞧瞧這狗頭受些什麽敎訓，也好讓我痛快一番。（下）

## 第二場　同前；公爵府中一室

【公爵及修里奥上。

公爵　修里奥，不要擔心她不會愛你，現在伐倫泰因已經不在她的眼前了。

修　自從他被逐以後，她格外討厭我，不願跟我在一起，見了面就要罵我。現在我簡直沒有法子看見她。

公爵　這一種愛情的脆弱的刻痕，就像冰雪上的紋印一樣，片刻的熱氣就把它溶化在水中而消滅了影踪。她的凝凍的心思不久就會融解，那時她就會忘記了卑賤的伐倫泰因。

【普洛丟斯上。

公爵　啊，普洛丟斯！你的同鄉有沒有照我的命令離開密蘭？

普　他已經去了，殿下。

公爵　我的女兒因爲他去了很傷心呢。

普　殿下，過幾天她的悲傷就會漸漸淡下去的。

公爵　我也是這樣想，可是修里奧卻不以爲如此。普洛丟斯，我知道你爲人可靠，現在我要跟你商量商量。

普　祇要我活在世上一天，我對於殿下的忠心是永無變更的。

公爵　你知道我很想把修里奧和我的女兒配合成親。

普　是，殿下。

公爵　我想你也不會不知道她是怎樣違梗着我的意思。

普　那是當伐倫泰因在這兒的時候，殿下。

公爵　是的，可是她現在仍舊執迷不悟。我們怎樣纔可以叫這孩子忘記了伐倫泰因，轉過心來愛修里奧？

普　最好的法子是散播關於伐倫泰因的壞話，說他心思不正，行爲懦弱，出身寒賤，這三件是女人家聽見了最恨的事情。

公爵　不錯，可是她會以爲這是人家故意造他的謠言中傷他。

普　是的，如果那種話是出之於他的仇敵之口的話。所以我們必須叫一個她所認爲是他的朋友的人，用巧妙婉轉的措辭去告訴她。

公爵　那麼這件事就得有勞你了。

普　殿下，那可是我最最不願意做的事。本來這種事就不是一個上流人所應該做的，何況又是說自己好朋友的壞話。

公爵　你的忠言不會使他得益，那麼你對他的誹謗也未必對他有什麼害處，所以這件事其實是無所謂的，請你瞧在我的面上勉爲其難吧。

普　殿下既然這麼說，那麼我也只好盡力效勞，使她不再愛他。可是即使她因爲聽了我對於伐倫泰因所說的壞話而斷絕了她對他的癡心，那也不見得她就會愛上修里奧。

修　所以你在替她斬斷情絲的時候，就得把她的情絲轉繫到我的身上；你說了伐倫泰因怎樣一句壞話，就反過來說我怎樣一句好話。

公爵　普洛丟斯，我們敢於信任你去幹這件工作，因爲我們聽見伐倫泰因說起過，知道你已經是一個愛神龕前的忠實皈依者，不會見異思遷的，所以我們可以放心讓你和雪爾薇亞自由談話。她現在心緒非常惡劣，因爲你是伐倫泰因的朋友，她一定高興你去和她談談，你就可以婉勸她割絕對伐倫泰因的愛情，來愛我的朋友。

普　我一定儘我的力量辦去。可是修里奧大人，您在戀愛上面的工夫還差一點兒，您該寫幾首纏綿悽惻的情詩，中說着您是怎樣願意爲她鞠躬盡瘁，纔可以固結住她對您的好感哩。

公爵　對了，詩歌感人之力是非常深刻的。

普　您可以說在她美貌的聖壇上，您願意貢獻您的眼淚，您的嘆息，以及您的赤心。您要寫到墨水乾涸，然後再用眼淚潤濕您的筆尖，寫下幾行動人的詩句，表明您的愛情是如何眞誠。因爲奧菲斯的琴絃（註二）是用詩人的心腸作成的，它的金石之音足以使木石爲之感動，猛虎聽見了會帖耳馴服，巨大的海怪會離開了深不可測的海底，在沙灘上應聲起舞。您在寄給她這種悲歌以後，便應該在晚間到她的窗下用柔和的樂器，一聲聲彈奏出心底的憂傷。黑夜的靜寂是適宜於這種溫情的哀訴的，祇有這樣纔能博取她的芳心。

公爵　你這樣循循善誘，足見情場老手。

修　我今夜就照你的指教實行。普洛丟斯我的好師傅，咱們一塊兒到城裏去訪尋幾位音樂的好手。我有一首現成的情詩在此，不妨先把它來試一下看。

公爵　那麼你們立刻就去吧！

普　我們還要伺候殿下用過晚餐，然後再決定如何進行。

公爵　不，現在就去預備起來吧，我不會見怪你們的。（同下）

註一　聖尼哥拉斯（St. Nicholas），文士及盜賊之保護神。

註二　奧菲斯（Orpheus），希臘傳說中之古代詩人，得愛坡羅所授七絃琴，每一彈奏，能使猛獸竄伏，海波靜流。

# 第四幕

## 第一場　密蘭與維洛那之間的森林

【若干強盜上。

盜甲　弟兄們，站定，我看見有一個過路人來了。

盜乙　儘管來他十個二十個，大家不要膽小，上前去。

【伐倫泰因及史比特上。

盜丙　站住，老兄，把你的東西丟下來；倘有半個不字，我們就要動手抄了。

史　少爺，咱們這回完了；這班人就是行路人最害怕的那種傢伙。

伐　列位朋友，——

盜甲　你錯了，老兄，我們是你的仇敵。

盜乙　別嚷，聽他怎麼說。

盜丙　不錯，我們要聽聽他怎麼說，因爲他瞧上去還像個好人。

伐　不瞞列位說，我是一個命運不濟的人，除了這一身衣服以外，實在沒有一點財物。列位要是一定要我把衣服脫下，那麼我請你們一古腦兒拿去了吧。

盜乙　你要到那裏去？

伐　到維洛那去。

盜甲　你是從那兒來的？

伐　密蘭。

盜丙　你住在那面多久了？

伐　十六個月；倘不是惡運臨到我身上，我也不會就離開密蘭的。

盜乙　怎麼，你是給他們驅逐出來的嗎？

伐　是的。

盜乙　爲了什麼罪名？

伐　一提起這件事情，使我心裏異常難過。我殺了一個人，現在覺得十分後悔；可是幸而他是我在一場爭鬬中殺死的，我並不會用詭計陰謀加害於他。

盜甲　果然是這樣，那麼你也不必後悔。可是他們就是爲了這麼一件小小過失，把你驅逐出境嗎？

伐　是的，他們給我這樣的判決，我自已已經認爲是一件幸事。

盜乙　你會講各地方言嗎？

伐　我因爲在年輕時候就走遠路，所以勉强會說幾句。

盜丙　這個人叫他做咱們這一夥兒的首領，倒很不錯哩。

盜甲　我們要收容他。弟兄們，講句話兒。

史 少爺，您去和他們合夥吧；他們倒是一羣光明磊落的强盜呢。

伐 別胡說，狗才！

盜乙 告訴我們，你現在有沒有什麼事情好做？

伐 沒有，我現在悉聽命運的支配。

盜丙 那麼老實對你說吧，我們這一羣裏面也很有幾個良家子弟，因爲少年氣盛，胡作胡爲，被循規蹈矩的上流社會所擯斥。我自己也是維洛那人，因爲想要劫走一位公爵近親的貴家嗣女，所以纔遭放逐。

盜乙 我因爲一時氣惱，把一位紳士刺死了，給他們從曼多亞趕走出來。

盜甲 我也是犯着和他們差不多的小罪。可是閒話少說，我們所以把我們的過失告訴你，因爲要知道我們過這種犯法的生涯，也是不得已而出此；一方面我們也是見你長得一表人材，照你自己說來又會說各地方言，像你這樣的人，倒是我們所需要的。

盜乙 而且尤其因爲你也是一個被放逐之人，所以我們不願與你爲難。你願不願意做我們的首領？窮途落難，未始不可借此棲身，你就像我們一樣生活在曠野裏吧！

盜丙 你說怎麼樣？你願意和我們同夥嗎？你祇要答應下來，我們就推戴你做首領，大家聽從你的號令，把你尊爲寨主。

盜甲 可是你倘不接受我們的好意，那你休想活命。

盜乙 我們決不放你活着回去向人家吹牛。

伐 我願意接受列位的好意，和你們大家住在一起；可是我也有一個條件，你們不許侵犯無知的女人，也不許劫奪窮苦的旅客。

盜丙　不，我們一向不幹這種卑劣的行爲。來，跟我們去吧。我們要帶你去見我們的合寨弟兄，把我們所得到的一切金銀財寶都給你看，什麼都由你支配，我們大家都願意服從你。（同下）

## 第二場　密蘭；公爵府中庭園

【普洛丟斯上。

普　我已經對伐倫泰因不忠實，現在又必須把修里奧欺詐；我假意替他吹噓，實際卻是爲自己開闢求愛的門徑，可是雪爾薇亞是太好，太貞潔，太神聖了，我的卑微的禮物是不能把她汚瀆的。當我向她申說不變的忠誠的時候，她責備我對朋友的無義；當我向她的美貌誓願貢獻我的一切的時候，她叫我想起被我所背盟遺棄的裘麗亞。她的每一句冷酷的譏刺都可以使一個戀人心灰意懶；可是她越是不理我的愛，我越是像一頭獵狗一樣不願放鬆她。現在修里奧來了；我們就要到她的窗下去爲她奏一支夜樂。

【修里奧及衆樂師上。

修　啊，普洛丟斯！你已經一個人先溜來了嗎？

普　是的，爲愛情而奔走的人，當他嫌跑得不够快的時候，就會溜了過去的。

修　你說得不錯；可是我希望你的愛情不是着落在這裏吧？

普　不，我所愛的正在這裏，否則我到這兒來幹麼？

修　誰？雪爾薇亞嗎？

普　正是雪爾薇亞，我爲了你而愛她。

修　多謝多謝。現在，各位，大家調起樂器來，用勁地吹奏吧。

【旅店主上，裘麗亞男裝隨後。

旅店主　我的小客人，你怎麼這樣悶悶不樂似的，請問你有什麼心事呀？

裘　呃，老闆，那是因爲我快樂不起來。

旅店主　來，我要叫你快樂起來。讓我帶你到一處地方去，那邊你可以聽到音樂，也可以見到你所打聽的那位紳士。

裘　可是我能够聽見他說話嗎？

旅店主　是的，你也可以聽得見。

裘　那就是音樂了。（樂聲起）

旅店主　聽聽！

裘　他也在這裏面嗎？

旅店主　是的；可是你別鬧，咱們聽吧。

歌

雪爾薇亞伊何人，
乃能顚倒衆生心？
神聖嬌麗且聰明，
天賦諸美萃一身，

俾令舉世誦其名。

伊人顏色如花濃，
　伊人宅心如春柔；
盈盈妙目啓瞽矇，
　創平痍復相思瘳，
寸心永駐眼梢頭。

彈琴爲伊歌一曲，
　伊人美好世無倫；
塵世蕭條苦寂寞，
　唯伊燦耀如星辰，
　穿花爲束獻佳人。

旅店主　怎麽，你現在反而更加悲傷了嗎？你怎麽啦，孩子？這音樂不中你的意吧。

裘　您錯了，我惱的是奏音樂的人。

旅店主　爲什麽，我的好孩子？

裘　因爲他奏錯了調子，老人家。

旅店主　怎麼，他彈得不對嗎？

裘　不是，可是他攪酸了我的心絃。

旅店主　你倒有一雙知音的耳朵。

裘　唉！我希望我是個聾子；聽了這種音樂，我的心也停止跳動了。

旅店主　我看你是不喜歡音樂的。

裘　一點不；可是這種音樂太刺耳了。

旅店主　聽！現在又換了一個好聽的調子了。

裘　嗯，我惱的就是這種變化無常。

旅店主　那麼你情願他們老是奏着一個調子嗎？

裘　我希望一個人終生奏着一個調子。可是，老闆，我們所說起的這位普洛丟斯常常到這位小姐這兒來嗎？

旅店主　我聽他的僕人朗斯告訴我，他愛她愛得甚麼似的。

裘　朗斯在那兒？

旅店主　他去找他的狗去了；他的主人吩咐他明天把那狗送去給他的愛人。

裘　別說話，站開些，這一班人散開了。

普　修里奧，您放心好了，我一定給您婉轉說情，您看我的手段吧。

修　那麼咱們在什麼地方會面？

普　在聖格列高雷井。

修　好再見。（修及衆樂師下）

【雪爾薇亞自上方窗口出現。

普　小姐，晚安。

雪　謝謝你們的音樂，諸位先生。說話的是那一位？

普　小姐，您要是知道我的純潔的眞心，您就會聽得出我的聲音。

雪　是普洛丟斯先生吧？

普　正是您的僕人普洛丟斯，好小姐。

雪　您來此有何見敎？

普　我是爲伺候您的旨意而來的。

雪　好吧，我就讓你知道我的旨意，請你趕快回去睡覺吧。你這居心險惡背信無義之人！你曾經用你的誓言騙過不知多少人，現在你以爲我也是這樣容易受欺，想用你的甘言來引誘我嗎？快點兒回去，設法補贖你對你愛人的罪愆吧。我憑着這蒼白的月亮起誓，你的要求是我所絕對不願允許的；爲了你的非分的追求，我從心底裏瞧不起你，現在我這樣向你多說廢話，回頭我還要痛恨我自己呢。

普　親愛的人兒，我承認我曾經愛過一位女郎，可是她現在已經死了。

裘　（旁白）一派胡言，她還沒有下葬呢。

雪　就算她死了，你的朋友伐倫泰因還活着；你自己親自作證我已經將身心許給他。現在你這樣向我褻瀆，你也不覺得愧對他嗎？

普　我聽說伐倫泰因也已經死了。

雪　那麼你就算我也已經死了吧；你可以相信我的愛已經埋葬在他的墳墓裏。

普　好小姐，讓我再把它發掘出來吧。

雪　到你愛人的墳上去把她叫活轉來吧；或者至少也可以把你的愛和她埋葬在一起。

裘　（旁白）這種話他是聽不進去的。

普　小姐，您既然這樣心硬，那麼請您允許把您臥室裏掛着的您那幅小像賞給我，安慰我這一片癡心吧。我要每天對着它說話，向它嘆息流淚；因爲您的卓越的本人既然愛着他人，那麼我不過是一個影子，祇好向您的影子貢獻我的眞情了。

裘　（旁白）這畫像倘使是一個眞人，你一定也會有一天欺騙她，把她像我一樣當作一個影子。

雪　先生，我很不願意被你當作偶像，可是你既然是一個虛僞成性的人，那麼讓你去崇拜虛僞的影子，倒也是於你很合適的。明兒早上你叫一個人來，我就讓他把它帶給你。現在你可以去好好兒休息一下了。

普　正像不幸的人們終夜無眠，等候着清晨的處決一樣。（普、雪各下）

裘　老闆，咱們也去吧。

旅店主　哎喲，我睡得好熟！

裘　請問您，普洛丟斯就擱在什麼地方？

旅店主　就在我的店裏。哎喲，現在快天亮了。

裘　還沒有哩；可是今夜啊，是我一生中最悠長最難挨的一夜！（同下）

## 第三場　同前

【埃格來莫上。

埃　這是雪爾薇亞小姐約我去見她的時辰，她要差我做一件重要的事情。小姐！小姐！

【雪爾薇亞在窗口出現。

雪　是誰？

埃　是您的僕人和朋友，來聽候您的使喚的。

雪　埃格來莫先生，早安！

埃　早安，尊貴的小姐！我遵照您的吩咐，一早到這兒來，不知道您要叫我做些什麼事？

雪　啊，埃格來莫，你是一個正人君子，不要以爲我在恭維你，我發誓我說的是眞心話，你是一個勇敢、智慧、慈悲、能幹的人。你知道我對於被放逐在外的伐倫泰因抱着怎樣好感；你也知道我的父親要强迫我嫁給我所憎厭的驕傲的修里奧。你自己也是戀愛過來的，我曾經聽你說過沒有一種悲哀比之你眞心的愛人死去那時候更使你心碎了，你已經對你愛人的墳墓宣誓終身不娶。埃格來莫先生，我要到曼多亞去找伐倫泰因，因爲我聽說他住在那邊；可是我擔心路上不好走，想請你陪着我去，我是完全相信你爲人的可靠的。埃格來莫，不要用我父親將要發怒的話來勸阻我；請你想一想我的傷心，一個女人的傷心吧；而且我的逃走是爲要避免一頭最不合適的婚姻，它將會招致不幸的後果。我從我自己充滿了像海洋中沙礫那麼多的憂傷的心底向你請求，請你答應和我作伴同行；要是你不肯答應我，那麼也請你把我對你說過的話保守祕密，讓我一個人冒險前去吧。

埃　小姐，我非常同情您的不幸；我知道您的用心是純潔的，所以我願意陪着您去；我也管不了此去對於我自己利害如何，但願您能够遭遇一切的幸福。您打算什麼時候走？

雪　今天晚上。

埃　我在什麼地方和您會面？

雪　在伯特力克神父的菴院裏，我想先在那邊作一次懺悔禮拜。

埃　我決不失約。再見，好小姐。

雪　再見，善良的埃格來莫先生。（各下）

## 第四場　同前

【朗斯攜犬上。

朗　一個人不走時運，自己的僕人也會像惡狗一樣反過來咬他一口。這畜生，我把他從小餵養長大；他的三四個兄弟姊妹們落下地來眼睛還沒睜開便給人淹死了，是我把他救了出來。我辛辛苦苦地教導他，正像人家說的，教一條狗也不過如此。我的主人要我把他送給雪爾薇亞小姐，我一脚剛踏進膳廳的門，這作怪的東西就跳到砧板上把閹雞腿啣去了。唉，一條狗當着衆人面前，一點不懂規矩，那可眞糟糕！倘不是我比他聰明幾分，把他的過失認在自己身上，他早給人家吊死了。你們替我評評看，他是不是自己討死？他在公爵食桌底下和三四條紳士模樣的狗在一起，一下子就撒起尿來，滿房間都是臭氣。一位客人說，「這是那兒來的癩皮狗？」另外一個人說，「趕掉他！趕掉他！」第三個人說，「用鞭子把他抽出去！」公爵說，「把他吊死了吧。」我聞慣這種尿腥氣，知道是克來勃幹的事，連忙跑到打狗的人面前，說，「朋友，您要打這狗嗎？」他說，「是的。」我說，「那您可冤枉了他了，這尿是我撒的。」他就乾脆把我一頓打趕了出來。天下有幾個主人肯爲他的僕人受這樣的委屈？我可以對天發誓，我曾經因爲他偷了人家的香腸而給人銬住了手脚，否則他早就一命嗚呼了；我也曾因爲他咬死了人家的鵝而頸上套枷，否則他也逃不了一頓打。你現在可全不記得這種事情了。嘿，我還記得在我向雪爾薇亞小姐告別的時候，你闖了怎樣一場笑話。我不是關照過你，瞧我怎樣做你也怎樣做嗎？幾時你看見過我翹起一條腿來，當着一位小姐的裙邊撒尿？你看見過我闖過這種笑話嗎？

〔普洛丟斯及裘麗亞男裝上。

普　你的名字叫瑟巴斯襄嗎？我很歡喜你，就要差你做一件事情。

裘　請您吩咐下來吧，我願意盡力做去。

普　那很好。（向朗）喂，你這蠢才！這兩天你究竟浪蕩在什麼地方？

朗　呃，少爺，我是照您的話給雪爾薇亞小姐送狗去的。

普　她看見我的小寶貝說些甚麼話？

朗　呃，她說，您的狗是一條惡狗；她叫我對您說，您這樣的禮物她是不敢領敎的。

普　她不接受我的狗嗎？

朗　不，她不受；現在我把他帶回來了。

普　什麼！你給我把這畜生送給她嗎？

朗　是的，少爺；那頭小松鼠兒在市場上給那些不得好死的偷去了，所以我纔把我自己的狗送去給她。這條狗比您的狗大十倍，這禮物的價值當然也要大得多了。

普　快給我去把我的狗找回來；要是找不回來，不用再回來見我了。快滾！你要我見着你生氣嗎？這奴才老是替我丟盡了面子。（朗下）瑟巴斯襄，我所以收容你的緣故，一半是因爲我需要像你這樣一個孩子給我做些事情，不像那個蠢漢一樣靠不住；可是大半還是因爲我從你的容貌行爲上，知道你是一個受過良好教養，誠實可靠的人。現在你就給我去把這戒指送給雪爾薇亞小姐，它本來是一個愛我的人送給我的。

裘　大概您已經不愛她了吧，所以把她的紀念物送給別人？是不是她已經死了？

普　不，我想她還活着。

裘　唉！

普　你爲什麼嘆氣？

裘　我禁不住可憐她。

普　你爲什麼可憐她？

裘　因爲我想她愛您就像您愛您的雪爾薇亞小姐一樣。她夢寐懷念着一個忘記了她的愛情的男人；您癡心熱戀着一個不願接受您的愛情的女子。戀愛是這樣的參差顛倒，想起來眞是可嘆！

普　好，好，你把這戒指和這封信送去給她；那就是她住的房間。對那位小姐說，我要向她索討她所答應給我的她那幅天仙似的畫像。辦好了差使以後，你就趕快回來，你會看見我一個人在房間裏傷心。（下）

裘　有幾個女人願意幹這樣一件差使？唉，可憐的普洛丟斯！你找了一頭狐狸來替你牧羊了。唉，我纔是個傻子！他那樣厭棄我，我爲什麼要可憐他？他因爲愛她所以厭棄我；我因爲愛他，所以不能不可憐他。這戒指是我們分別的時候我要他永遠記得我而送給他的；現在我這不幸的使者，卻要替他求討我所不願意他得到的東西，轉送我所不願意送去的東西稱贊他我所不願意稱贊的忠實。我眞心愛着我的主人，可是我倘要盡忠於他，就祇好不忠於自己。沒有辦法，我祇能爲他前去求愛，可是我要把這事情幹得十分冷淡，天知道我不願他如願以償。

【雪爾薇亞上，衆女侍隨從。

裘　早安，小姐！有勞您帶我去見一見雪爾薇亞小姐。

雪　假如我就是她，你有什麼見敎？

裘　假如您就是她的話，那麼我奉命而來，有幾句話要奉瀆淸聽。

雪　奉誰的命而來？

裘　我的主人普洛丟斯，小姐。

雪　噢，他叫你來拿一幅畫像嗎？

裘　是的，小姐。

雪　歐蘇拉，把我的畫像拿來。（女侍取畫像至）你把這拿去給你的主人，請你再對他說，有一位被他朝秦暮楚的心所忘卻的裘麗亞，是比這個畫裏的影子更値得晨昏供奉的。

裘　小姐，請您讀一讀這封信。——不，請您原諒我，小姐，是我大意送錯了信了；這纔是給您的信。

雪　請你讓我再瞧瞧那一封。

裘　這是不可以的，好小姐，原諒我吧。

雪　那麼你拿去吧。我不要看你主人的信，我知道裏面滿是些盟山誓海的話，他說過了就把它丟在腦後，正像我把這紙頭撕碎了一樣不算怎麽一回事。

裘　小姐，他叫我把這戒指送上。

雪　這尤其是他的不該；我曾經聽他說起過上千次，這是他的裘麗亞在分別時候給他的。他的沒有良心的指頭雖然已經玷汚了這戒指，我可不願對不起裘麗亞而把它戴上。

裘　她謝謝你。

雪　你說甚麽？

裘　我謝謝您，小姐，因爲您這樣關心她。可憐的姑娘！我的主人太對不起她了。

雪　你也認識她嗎？

裘　我熟悉她的爲人，就像知道我自己一樣明白。不瞞您說，我因爲想起她的不幸，曾經流過幾百次的眼淚哩。

雪　她多分以爲普洛丟斯已經拋棄她了吧。

裘　我想她是這樣想着，這也就是她所以悲傷的緣故。

雪　她長得好看嗎？

裘　小姐，她從前是比現在好看多了。當她以爲我的主人很愛她的時候，在我看來她是跟您一樣美的；可是自從她無心對鏡，懶敷脂粉以後，她的頰上的薔薇已經不禁風吹而枯萎，她的百合花一樣的膚色也已經憔悴下來，現在她是跟我一樣的黑醜了。

雪　她的身材怎樣？

裘　跟我差不多高；因爲在五旬節串演各種戲劇的時候，他們總是要我扮做女人，把裘麗亞小姐的衣服借給我穿着，剛巧合着我的身材，大家說這身衣服就像是爲我而裁剪的，所以我知道她跟我差不多高。那時候我扮着愛麗亞鄧，悲痛着提修斯的薄情遺棄(註)我表演得那樣淒慘逼眞，使我那小姐忍不住頻頻拭淚，現在她自己被人這樣對待，怎麼不使我爲她難過！

雪　她知道你這樣同情她，一定很感激你的。唉，可憐的姑娘，給人這樣拋棄不顧！聽了你的話，我也要流起淚來了。孩子，爲了你那好小姐的緣故，我給你這幾個錢，因爲你是愛她的。再見。

裘　您要是認識她的話，她也會因爲您的善心而感謝您的。（雪及侍從下）她是一位賢淑美麗的貴家女子。她這樣關切着裘麗亞，看來我的主人向她求愛是沒有多大希望的。唉，愛情是多麼善於愚弄它自己！這一幅是她的畫像，讓我瞻仰一番。我想，我要是也有這樣一頂帽子，我這臉龐和她的比起來也是一樣可愛；可是畫師似乎把她的美貌格外潤色了幾分，否則就是我自己太顧影自憐了。她的頭髮是赭色的，我的是純粹的金黃；他如果就是爲了這一點差別而愛她，那麼我願意裝上一頭假髮。她的灰色的眼睛像水晶一樣淸澈，我的眼睛也是一樣；可是我的額角比她的高些。愛神倘不是盲目的，那麼我有那一點及不上她？把這影子捲起來吧，它是你的情敵呢。啊，你這無知無覺的形象！他將要崇拜你，愛慕你，吻你，抱你；倘使他的盲目的戀愛是有幾分理性的話，他就應該愛我這血肉之身而忘記了你；可是因爲她沒有待錯了我，所以我也要愛惜你，珍重你；不然的話，我要發誓剜去你那雙視而不見的眼睛，好讓我的主人不再愛你。（下）

註　五旬節（Pentecost），踰越節後第五十日，爲慶祝收穫之節日。提修斯（Theseus），傳說中之雅典英雄，亦即「仲夏夜之夢」中的「公爵，」爲愛麗亞鄧（Ariadne）所戀；提修斯得後者之助，深入迷宮，殺死牛牛牛人之食人怪獸；惟其後卒將該女遺棄。

# 第五幕

## 第一場　密蘭；一寺院

〔埃格來莫上。

埃　太陽已經替西天鍍上了金光，雪爾薇亞約我在伯特力克神父的菴院裏會面的時候快要到了。她是不會失約的，因爲在戀愛中的人們，祇有先時而至，決不會誤了鐘點。瞧，她已經來啦。

〔雪爾薇亞上。

雪　小姐，晚安！

埃　阿們，阿們！好埃格來莫，快打寺院的後門出去，我怕有暗探在跟隨着我。

埃　別怕，離這兒不滿十哩就是森林，祇要我們能夠到得那邊，準可萬無一失。（同下）

## 第二場　同前；公爵府中一室

〔修里奧，普洛丟斯，及裘麗亞上。

修　普洛丟斯，雪爾薇亞對於我的求婚作何表示？

普　啊，老兄，她的態度比原先軟化得多了；可是她對於您還有幾分不滿。

修　怎麼！她嫌我的腿太長嗎？

普　不，她嫌它太瘦小了。

修　那麼我就穿上一雙長統靴子去，好叫它瞧上去粗一些。

裘　（旁白）你可不能把愛情一靴尖踢到它所嫌憎的人的懷裏啊！

修　她怎樣批評我的臉龐？

普　她說您有一張俊俏的小白臉。

修　這丫頭胡說八道，我的臉是又粗又黑的。

普　可是老古話說，「粗黑的男子，是美人眼中的明珠。」

裘　（旁白）不錯，這種明珠會耀得美人們睜不開眼來，我見了他就寧願閉上眼睛。

修　她對於我的言辭談吐覺得怎樣？

普　當您講到戰爭的時候，她是會覺得頭痛的。

修　那麼當我講到戀愛的時候，她是很歡喜的嗎？

裘　（旁白）你一聲不響人家纔更滿意呢。

修　她對於我的勇敢怎麼說？

普　啊，那是她一點不懷疑的。

裘　（旁白）她不必懷疑，因爲她早知道他是一個懦夫。

修　她對於我的家世怎麼說？

普　她說您系出名門。

裘　（旁白）不錯，他是個辱沒祖先的不肖子孫。

修　她看重我的財產嗎？

普　啊，是的，她還覺得十分痛惜呢。

修　爲什麼？

裘　（旁白）因爲偌大財產都落在一頭蠢驢的手裏。

普　因爲它們都典給人家了。

裘　公爵來了。

【公爵上。

公爵　啊，普洛丢斯！修里奥！你們兩人看見過埃格來莫沒有？

修　沒有。

普　我也沒有。

公爵　你們看見我的女兒嗎？

普　也沒有。

公爵　啊呀，那麼她已經私自出走，到伐倫泰因那傢伙那邊去了，埃格來莫一定是陪着她去的。一定是的，因爲勞倫斯神父在林子裏修行的時候，曾經看見他們兩個人；埃格來莫他是認識的，還有一個人他猜想是她，可是因爲她假扮着，不能十分確定。而且她今晚本來要到伯特力克神父庵院裏做懺悔禮拜，可是她卻不在那邊。這麼看起來，她的逃走是完全證實了。我請你們不要站在這兒多講話，趕快備好馬匹，咱們在通到曼多亞去的山麓高地上會面，他們一準是到曼多亞去的。趕快整裝出發吧！（下）

修　眞是一個不懂好歹的女孩子，叫她享福她偏不要享。我要追他們去，叫埃格來莫知道些利害，卻不是爲了愛這個不知死活的雪爾薇亞。（下）

普　我也要追上前去，爲了雪爾薇亞的愛，卻不是對那和她同走的埃格來莫有甚麼仇恨。（下）

裘　我也要追上前去，阻礙普洛丟斯對她的愛情，卻不是因爲惱恨爲愛而出走的雪爾薇亞。（下）

## 第三場　曼多亞邊境；森林

【衆盜挾雪爾薇亞上。

盜甲　來，來，不要急，我們要帶你見寨主去。

雪　無數次不幸的遭遇，使我學會了如何忍耐今番這一次。

盜乙　來，把她帶走。

盜甲　跟她在一起的那個紳士呢？

盜丙　他因爲跑得快，給他逃去了，可是摩瑟斯和伐勒律斯已經追上前去。你帶她到樹林的西面角上，我們的首領就在那邊。我們再去追那逃走的傢伙，四面包圍得緊緊的，料他逃不出去。（除盜甲及雪爾薇亞外餘同下）

盜甲　來，我帶你到寨裏去見寨主。別怕，他是個光明正大的漢子，不會欺侮女人的。

雪　伐倫泰因啊！我是爲了你纔忍受這一切的。（同下）

## 第四場　森林的另一部份

〔代倫泰因上。

代　習慣是多麼能够變化人的生活！在這座濃陰密佈人跡罕至的荒林裏，我覺得要比人煙繁雜的市鎮裏舒服得多。我可以在這裏一人獨坐，和着夜鶯的悲歌調子，洩吐我的怨恨憂傷。唉，我那心坎兒裏的人兒呀，不要長久拋棄你的殿堂吧，否則它會荒蕪而頹圮，不留下一點可以供人憑弔的痕跡的！我這破碎的心，是要等着你來修補呢，雪爾薇亞！你溫柔的女神，快來安慰你的寂寞孤零的戀人呀！（內喧嚷聲）今天什麼事這樣吵吵鬧鬧的？這一班是我的弟兄們，他們不受法律的拘管，現在又在追趕不知那一個倒霉的旅客了。他們雖然厚愛我，可是我也費了不少氣力，纔叫他們不要作甚麼非禮的暴行。且慢，誰到這兒來啦？待我退後幾步看個明白。

〔普洛丟斯，雪爾薇亞及裘麗亞上。

普　小姐，您雖然看不起我，可是這次是我冒着生命的危險，把您從那個傢伙手裏救了出來，保全了您的清白。就憑着這一點微勞，請您向我霽顏一笑吧；我不能向您求討一個比這更小的恩惠，我相信您也總不致拒絕我這一個最低限度的要求。

代　（旁白）我眼前所見所聞的一切，多麼像一場夢景！愛神哪，請你讓我再忍耐一會兒吧！

雪　啊，我是多麼倒霉多麼不幸！

普　在我沒有到來之前，小姐，您是不幸的；可是因爲我來得湊巧，現在不幸已經變成大幸了。

雪　因爲你來了，所以我纔更不幸。

裘　（旁白）因爲他找到了你，我纔不幸呢。

雪　要是我給一頭餓獅抓住，我也寧願給他充作一頓早餐，不願讓薄情無義的普洛丟斯把我援救出險。啊，上天作證，我是多麼愛伐倫泰因，他的生命就是我的靈魂，正像我把他愛到極點一樣，我也痛恨背盟無義的普洛丟斯到極點。快給我去吧，別再纏繞我了。

普　祇要您肯溫和地看我一眼，無論甚麼與死爲鄰的危險事情，我都願意爲您去做。唉，這是愛情的永久的咒詛，一片癡心難邀美人的眷顧！

雪　普洛丟斯不愛那愛他的人，怎麼能叫他愛的人愛他？想想你從前深戀的裘麗亞吧，爲了她你曾經發過一千遍誓訴說你的忠心，現在這些誓言都變成了謊話，你又想把它們拿來騙我了。你會出賣你的好朋友，你這人是沒有半點眞心的！

普　一個人爲了愛情，怎麼還能顧到朋友呢？

雪　祇有普洛丟斯纔是這樣。

普　好，我的婉轉哀求要是打不動您的心，那麼我祇好像一個軍人一樣，用武器來向您求愛，强迫您接受我的癡情了。

雪　天啊！

普　我要强迫你服從我。

伐　（上前）混賬東西，不許無禮！你這出賣朋友的朋友！

普　伐倫泰因！

伐　卑鄙奸詐不忠不義的傢伙，現今世上就多的是像你這樣的朋友！要不是我今天親眼看見，我萬萬想不到你竟是這樣一個人。現在我不敢再說我在世上有一個朋友了。要是一個人的心腹股肱都會背叛他，那麼還有誰可以信託？普洛丟斯，我從此不再相信你了；茫茫人海之中，從此我只剩孑然一身。自己的朋友竟會變成最壞的仇敵，世間還有比這更可痛心的事嗎？

普　我的羞愧與罪惡使我說不出話來。饒恕我吧，伐倫泰因！如果眞心的悔恨可以贖取罪愆，那麼請你原諒我這一次吧！

伐　那就罷了，你既然眞心悔過，我也不再計較，仍舊把你當做一個朋友。能够懺悔的人，無論天上人間都可以不咎既往。爲了表示我對你的友情的坦率眞誠起見，我願意把我在雪爾薇亞心中的地位讓給你。

裘　我好苦啊！（暈倒）

普　瞧這孩子怎麼啦？

伐　喂，孩子！喂，小鬼！啊，怎麼一回事？醒過來！你說話呀！

裘　啊，好先生，我的主人叫我把一個戒指送給雪爾薇亞小姐，可是我粗心把它忘了。

普　那戒指呢，孩子？

裘　在這兒，這就是。（以戒指交普）

普　啊，讓我看。咦，這是我給裘麗亞的戒指呀。

裘　啊，請您原諒，我弄錯了；這纔是您送給雪爾薇亞的戒指。（取出另一戒指）

普　可是這一個戒指是我在動身的時候送給裘麗亞的，現在怎麼會到你的手裏？

裘　裘麗亞自己把它給我，而且她自己把它帶到這兒來了。

普　怎麼！裘麗亞！

裘　你曾經向她發過無數假誓，深心裏相信你不會騙她的裘麗亞就在這裏，請你瞧個明白吧！普洛丟斯啊，你看見我這樣不成體統的裝束也覺得慚愧嗎？可是比起男人的變換心腸來，女人的變換裝束還是不算怎麼一回事的。

普　比起男人的變換心腸來！不錯，天啊！男人要是始終如一，他就是個完人；因爲他有了這一個錯處，便使他無往而非錯，犯下了各種的罪惡。我要是沒有變心，那麼雪爾薇亞的臉上有那一點不可以在裘麗亞臉上同樣找到，而且還要更加鮮潤！

伐　來，來，讓我給你們握手，從此破鏡重圓，把舊時的恩怨一筆勾銷吧。

普　上天爲我作證，我的心願已經得到永遠的滿足。

裘　我也別無他求。

【衆盜擁公爵及修里奧上。

盜　發了利市了！發了利市了！

伐　弟兄們不得無禮！這位是公爵殿下。殿下，小人是被放逐的伐倫泰因，在此恭迎大駕。

公爵　伐倫泰因！

修　那邊是雪爾薇亞；她是我的。

伐　修里奧，放手，否則我馬上叫你死。不要惹我性起，要是你再說一聲雪爾薇亞是你的，你就休想回到維洛那去。她現在站在這兒你倘敢碰她一碰，或者向我的愛人吹一口氣的話，就叫你嘗嘗利害。

修　伐倫泰因，我不要她，我不要。誰要是願意爲了一個不愛他的女人去冒生命的危險，那纔是一個大傻瓜，我不要她，她就算是你的吧。

公爵　你這卑鄙無耻的小人！從前那樣向她苦苦追求，現在卻這樣把她輕輕放手。伐倫泰因，我很佩服你的膽勇，你是值得一個女皇的眷寵的。現在我願忘記以前的怨恨，准你回到密蘭去，爲了你的無比的才德，我還要特別加惠於你；伐倫泰因，雪爾薇亞是屬於你的了，因爲你已經可以受之而無愧。

伐　謝謝殿下，這樣的恩賜，使我喜出望外。現在我還要請求殿下看在令嬡的臉上，准許我一個要求。

公爵　無論什麼要求，我都可以看在你的臉上答應你。

伐　這一班跟我在一起的放逐之人，他們都有很好的品性，請您寬恕他們在這兒所幹的一切，讓他們各回鄉井。他們都是眞心悔過，溫和良善，可以幹些大事業的人。

公爵　准你所請，我赦免了他們，也赦免了你。你就照他們各人的才能安置他們吧。來，我們去吧，我們要用盛大的儀式，歡歡喜喜地回家。

伐　我們一路走着的時候，我還敢大膽向殿下說一個笑話。您看這個僮兒好不好？

公爵　這孩子倒是很清秀文雅的，他在臉紅呢。

伐　殿下，他清秀是很清秀的，文雅也很文雅，可是他卻不是個僮兒。

公爵　你這話是什麼意思？

伐　請您許我在路上告訴您這一切奇怪的遭遇吧。來，普洛丟斯，我們要講到你的戀愛故事，讓你聽着難過難過；之

後，我們的婚期也就是你們的婚期，大家在一塊兒歡宴，一塊兒居住，一塊兒過着快樂的日子。（同下）

莎士比亞戲劇全集

第三輯 第三種

# 錯誤的喜劇

朱生豪譯

# 錯誤的喜劇

## 劇中人物

蘇列納斯　以弗掃公爵

伊勤　敍拉古商人

大安的福勒斯、小安的福勒斯　伊勤及愛米里亞的孿生子

大特洛米奥、小特洛米奥　侍奉安的福勒斯兄弟的孿生兄弟

鮑爾薩澤　商人

砛折魯　金匠

商人甲　小安的福勒斯的朋友

商人乙　砛折魯的債主

賓取　教師兼巫士

愛米里亞　伊勤的妻子，在以弗掃尼菴中住持
亞特麗安那　小安的福勒斯的妻子
露西安那　她的妹妹
鶯鶯　亞特麗安那的女僕
妓女
獄卒、差役、及其他侍從等

**地點**

以弗掃

# 第一幕

## 第一場　公爵宮廷中的廳堂

【公爵，伊勤，獄卒，差役，及其他侍從等上。

**伊**　蘇列納斯，快給我下死刑的宣告，好讓我一死之後，解脫一切煩惱！

**公爵**　敍拉古的商人，你也不用多說。我沒有力量變更我們的法律。最近你們的公爵對於我們這裏去的規規矩矩的商民百般仇視，因爲他們繳不出贖命的錢，就把他們濫加殺戮；這種殘酷暴戾的敵對行爲，已經使我們無法容忍下去。本來自從你們爲非作亂的邦人和我們發生嫌隙以來，你我兩邦已經各自制定莊嚴的法律，禁止兩邦人民的一切來往；而且有誰在以弗掃生長的，要是在敍拉古的市場上出現，或者在敍拉古生長的，涉足到以弗掃的港口，就要把他處死，他的錢財貨物全部充公，悉聽該地公爵的處分，除非他能够繳納一千個馬克，纔可以放他回去。你的財物估計起來，最多也不過一百個馬克，所以按照法律，必須把你處死。

**伊**　等你一聲令下，我就含笑上刑場，從此恨散愁消，隨着西逝的殘陽！

**公爵**　好，敍拉古人，你且把你離鄉背井，到以弗掃來的原因簡簡單單告訴我們。

伊　要我講說我的難言的哀痛，那眞是一個最大的難題；可是爲了讓世人知道我的死完全是天意，不是因爲犯下了甚麼罪惡，我就忍住悲傷，把我的身世說一說吧。我生長在敍拉古，在那邊娶了一個妻子，兩口子相親相愛，安享着人世的幸福；我因爲常常到厄必丹能做買賣，每次賺了不少錢，所以家道很是豐裕；可是後來我在厄必丹能的代理人突然死了，我在那邊的許多貨物沒人照管，所以不得不離開妻子的溫柔懷抱，前去主持一切。我的妻子在我離家後不到六個月，就摒擋行裝，趕到了我的地方；那時她早已有孕在身，不久就做了兩個可愛的孩子的母親。說來奇怪，這兩個孩子生得一模一樣，全然分別不出來。就在他們誕生的時辰，在同一家客店裏有一個窮家的婦女也產下了兩個面貌相同的孿生子，我因爲見他們貧苦無依，就把他們出錢買了下來，把他們撫養長大，侍候我的兩個兒子。我的妻子生下了這麼兩個孩子，把他們寵愛異常，每天催促我早作歸鄉之計，我雖然不大願意，終於答應了她。唉！我們上船的日子，選得太不湊巧了！船離開厄必丹能三哩路的地方，海面上還是波平浪靜，一點看不出將有風暴的徵象；可是後來天色越變越惡，使我們的希望完全消失，天上偶然透露的微弱光芒，在我們惴惴不安的心理中，似乎只告訴我們死亡已經迫在眼前。我自己雖然並不怕死，可是看到我的妻子因爲不可免的厄運而不斷哭泣，還有我那兩個可愛的孩子雖然不知道他們將會遭到些什麼，卻也跟着母親放聲號哭，這一種淒慘的情形，使我不能不設法保全他們和我自己的生命。那時候船上的水手們都已經跳下小船，各自逃生了，祇剩下我們幾個人在這艘快要沉沒的大船上；我們沒有別的辦法，祗好效法航海的人們遇到風暴時的榜樣，我的妻子因爲更疼她的小兒子，就把他縛在一根小的桅杆上，又把另外那一對孿生子中的一個也縛在一起，我也把大的那一個照樣縛好了，然後我們夫妻兩人各自把自己縛在桅杆的另外一頭，每人照顧着一對孩子，於是讓我們的船隨波飄流，向着科林多順流而去。後來太陽出來了，把我們眼前的陰霾暗霧掃蕩一空，海面也漸漸平靜起來，我們方纔望見遠處有兩艘船向着我們開來，一艘是從科林多來的，一艘是從厄必道勒斯來的，可是它們還沒有行近，——啊，我說不下去了，以後的事情，你們自己去猜度吧！

公爵　不，說下去，老人家，不要打斷了話頭。我們雖然不能赦免你，卻可以憐憫你的。

伊　啊！天神們要是能够在那時可憐我，那麼我現在也不會怨恨他們的不仁了！我們的船和來船相距還有三十哩的時候，我們卻在中途遇着了一座巨大的礁石，迎面一撞，就把船撞碎了，我們夫妻兄弟，都被無情地冲散；命運是這樣的安排着，使我們各人留下一半的慰藉，哀悼那失去了的另外的一半。我那可憐的妻子因爲她的一根桅杆重量較輕，被風很快地遠遠吹去，我望見她們三人大概是被科林多的漁夫們救了起來。後來另外一艘船把我們救起，他們知道了他們所救起的是些什麼人之後，招待我們十分殷勤，並且把我們護送回去。這就是我怎樣被幸福所遺棄的經過，留下我這苦命的一身，來向人訴說我自己的悲慘的故事。

公爵　請你把你兒子們和你自己此後的經歷詳細告訴我。

伊　我的大兒子（註）在十八歲上就向我不斷探詢他母弟的下落，要求我准許他帶着他的僮僕出去尋找，那僮僕也和他一樣有一個不知蹤跡的同名的兄弟。我因爲思念存亡未卜的妻兒，就讓我這唯一的愛子遠離膝下，到如今也不知他究竟在那處存身。五年以來，我走徧希臘，直達亞洲的邊界，到處搜尋他們，雖然明知無望，也不願漏過一處有人烟的地方。這次買棹歸來，纔到了以弗所的境內；可是我的一生將在這裏告一段落，要是我這迢迢萬里的奔波能够向我保證他們尚在人間，我也就死而無怨了。

公爵　不幸的伊勤，命運注定了你，使你遭受人間最大的慘痛！相信我，倘不是因爲我們的法律不可破壞，我自己的地位和誓言不可踰越，我一定會代你申辯無罪。現在你雖然已經判定了死刑，我也無法收回成命，可是我願意盡我的力量幫助你；所以，商人，我限你在今天設法找尋可以援救你的人，替你贖回生命。你要是在以弗掃有甚麼親友，不妨一個個去懇求他們，乞討也好，借貸也好，湊足限定的數目，就可以放你活着回去；要是籌不到這一筆款子，那就祇好把你處死了。獄卒，把他帶下去看守起來。

獄卒　是，殿下。

伊　縱使把這殘生多留下幾個時辰，
這茫茫人海，何處有贖命的恩人！（同下）

## 第二場　市場

【大安的福勒斯，大特洛米奧，及商人甲上。

甲　所以你應當向人說你是從厄必丹能來的，免得你的貨物給他們沒收。就在今天，有一個敍拉古商人因爲犯法入境已經被捕了；他繳不出贖命的錢來，依照本地的法律，必須把他在太陽西落以前處死。這是你託我保管的錢。

大安　特洛米奧，你把這錢拿去放在我們所躭擱的森道旅店裏，你就在那邊等我回來，不要走開。現在離開吃飯的時候不到一個鐘頭，讓我先在街上溜躂溜躂，觀光觀光這兒的市面，然後回到旅店裏睡覺，因爲趕了這麼多的路，我已經十分疲乏了。你去吧。（大特下）這小廝做事還老實，我有時心裏抑鬱不樂，他也會常常說些笑話來給我解悶。你願意陪着我一起走走，然後一同到我的旅店裏吃飯嗎？

甲　請你原諒，有幾個商人邀我到他們那邊去，我還希望跟他們作成些交易，所以不能奉陪了。五點鐘的時候，請你到市場上來會我，我可以陪着你一直到晚上。現在我可要走了。

大安　那麼等會兒再見吧，我就到市上去隨便走走。

甲　希望你玩個暢快。（下）

大安　他叫我玩個暢快，我心裏可永不會有暢快的一天。我像一滴水一樣來到這人世，要在浩渺的大海裏找尋他的同伴，結果連自己也迷失了方向；我爲了找尋母親和兄弟到處漂流，不知那一天纔會重返家園。

【小特米洛奧上。

大安　怎麼？你怎麼這麼快又回來了？

小特　這麼快回來！我已經來得太遲了！雞也燒焦了，肉也炙枯了，鐘已經敲了十二點，我的臉上已經給太太打過。她大發脾氣，因爲肉冷了；肉冷因爲您不回家；您不回家因爲您肚子不餓；您肚子不餓因爲您已經用過點心，可是我們卻爲了您而挨餓。

大安　別胡說了，我問你，我給你的錢你拿去放在什麼地方？

小特　啊，那六辨士嗎？我在上星期三就拿去給太太買轡繩了。錢在馬鞍店裏，我沒有留着。

大安　我沒有心思跟你開頑笑。乾脆回答我，錢在那裏？異鄉客地，你怎麼敢把這麼多的錢隨便丟下？

小特　大爺，您倘要說笑話，請您留着在吃飯的時候說吧。太太叫我來請您回去，您要是不回去，我的腦殼子又要晦氣。我希望您的肚子也像我一樣，可以代替時鐘，到了時候會叫起來，那時不用叫您您也會自己回來了。

大安　算了吧，特洛米奧，現在不是說笑話的時候。我給你看管的錢呢？

小特　您給我看管的錢嗎？大爺，您幾時給我甚麼錢？

大安　狗才，别裝傻了，究竟你把我的錢拿去怎麽樣了？

小特　大爺，我只知道奉命到市場上來請您回家吃飯，太太在等着您。

大安　老老實實回答我，你把錢放在什麽地方？再不說出來，我就搥碎你的腦殼；我要是心裏懊惱起來，連你的頭都會敲下來的。你從我手裏拿去的一千個馬克呢？

小特　您在我頭上鑿過幾拳，太太在我肩上搥過幾拳，除此之外，你們誰也不曾給過我半個銅錢。我要是把您給我的賞賜照樣奉還，恐怕您就不會像我這樣默然忍受了。

大安　太太！你有甚麽太太！

小特　就是您大爺的夫人哪，她爲了等您回去吃飯，到現在沒有吃過東西。請您趕快回去吧。

大安　啊！你敢當着我這樣放肆無禮嗎？我打你這狗頭！（打小特）

小特　大爺您這是甚麽意思？看在上帝的面上，請您收回尊手，否則我可要拔起賤腿逃了。（下）

大安　這狗才一定把我的錢拿去給人騙掉了。他們說這地方上多的是拆白黨，有的會玩弄遮眼的戲法，有的會用妖法迷惑人心，有的會用符咒傷害人的身體，還有各式各種化裝的騙子，口若懸河的江湖術士到處設下了陷阱。倘然果有此事，我還是趕快離開的好。我要到森道旅店去追問這奴才，我的錢恐怕已經不保了。（下）

註　原文此處作「小兒子，」惟上文云「我的妻子更疼她的小兒子，」則小兒子應當和他母親在一起，莎翁在此處也有些纏夾不清。

# 第二幕

## 第一場　小安的福勒斯家中

〔亞特麗安那及露西安那上。

亞　我的丈夫到現在還沒有回來，叫那奴才去找他，也不知找到甚麼地方去了。露西安那，現在已經兩點鐘啦！

露　也許在市場上他遇到甚麼商人，請他到甚麼地方吃飯去了。好姊姊，咱們吃飯吧，你也不用發惱啦。男人是有他們的自由的，他們祇受着時間的支配；一到時間，他們就會來了。姊姊，你耐着心吧。

亞　爲甚麼他們的自由比我們更多？

露　因爲男人家總是要在外面奔波。

亞　我倘這樣待他，他定會大不高興。

露　做妻子的應該服從丈夫的命令。

亞　人不是驢子，誰甘心聽人家使喚？

露　倔驚不馴的結果一定十分悲慘。你看地面上海洋裏，廣漠的天空，那一樣東西能够不受羈束牢籠？

是走獸，是游魚，是生翅膀的飛鳥，
祇見雌的低頭，那裏有雄的伏小？
人類是控制陸地和海洋的主人，
天賦的智慧勝過一切走獸飛禽，
女人必須服從男人是天經地義，
你應該溫恭謙順伺候他的旨意。

亞　你嫁了個丈夫，不是去爲婢爲奴。

露　我未解風情，先要學習出嫁從夫。

亞　你丈夫要是變了心把別人眷愛？

露　他會回心轉意，我只有安心忍耐。

亞　一個人倘不曾經歷命運的顚簸，
怎麼會了解苦命人心裏的難過？
你可沒有狠心的丈夫把你虐待
你以爲什麼事都可以安心忍耐，
倘有一天人家篡奪了你的權利，
看你耐不耐得住你心頭的怨氣？

露　好，等我嫁了人以後試着看吧。你丈夫的跟班來了，他大概也就來了。

【小特洛米奥上。

亞　你那遲遲其來的主人現在可來了嗎？你對他說過甚麼話沒有？你知道他的心思嗎？

小特　是，是，他把他的心思告訴我的耳朵了，我的耳朵現在還是熱辣辣的。我眞不懂他的意思。

露　他說得不大淸楚，所以你聽不懂嗎？

小特　不，他打了我一記淸脆的耳刮子，我懂是不懂，痛是很痛。

亞　可是他是不是就要回家了？他眞是一個體貼妻子的好丈夫！

小特　噯喲，太太，我的大爺準是瘋了。

亞　狗才，什麼話！

小特　他準是瘋了。我請他回家吃飯，他卻向我要一千個金馬克。我說，「現在是吃飯的時候了；」他說，「我的錢呢？」我說，「肉已經燒熟了；」他說，「我的錢呢？」我說，「請您回家去吧；」他說，「我的錢呢？狗才，我給你的那一千個金馬克呢？」我說，「豬肉已經烤熟了；」他說，「我的錢呢？」我說，「大爺，太太叫您回去；」他說，「甚麼太太！我不認識你的太太！」

露　這是誰說的？

小特　大爺說的。他說，「我不知道什麼家，什麼妻子，什麼太太。」所以我就謝謝他，把他的答覆擱在肩膀上回來了，因爲他的拳頭就落在我的肩膀上。

亞　不中用的狗才，再給我出去把他叫回來。

小特　再出去找他，再讓他把我打回來嗎？看在上帝的臉上，請您另請高明吧！

亞　狗才！不去，我就打破你的頭。

小特　難道我就是個圓圓的皮球，給你們踢來踢去嗎？你把我一脚踢出去，他把我一脚踢回來，你們要我這皮球不破，還得替我補上一塊厚厚的皮哩。（下）

露　噯喲，瞧你滿臉的怒氣！

亞　他和那些娼婦賤婢們朝朝廝伴，
我在家裏盼不到他的笑臉相看。
難道逝水年華消褪了我的顏色？
有限的青春是他親手把我摧折。
難道他嫌我語言無味，心思愚蠢？
是他冷酷的無情把我聰明磨損。
難道濃裝豔抹勾去了他的靈魂？
誰教他不給我裁剪入時的衣裙？
我這憔悴朱顏雖然逗不起憐惜，
剩粉殘脂都留着他薄情的痕跡。
祇要他投擲我一瞥和煦的春光，
這朵枯萎的花兒也會重吐芬芳；
可是他是一頭不受覊束的野鹿，

露　他愛露餐野宿，怎念我傷心孤獨！

亞　姊姊，你何必如此，妒嫉徒然自苦！
人非木石，誰能忍受這樣的欺侮？
我知道他一定愛上了浪柳淫花，
貪戀着溫柔滋味纔會忘記回家。
他曾經答應我打一條頸鏈相贈，
看他對牀頭人說話有沒有定準！
塗上釉彩的寶石容易失去光潤，
最好的黃金經不起人手的摩損，
儘管他是名譽良好的端人正士，
一朝墮落了也照樣會不知羞恥。
我這可憎容貌既然難邀他愛顧，
我要悲悼我的殘春哭泣着死去。（同下）

## 第二場　廣場

【大安的羅勒斯上。

大安　我給特洛米奧的錢好好兒的都在森道旅店裏，那奴才出去找我去了。這樣算起來，我怎麼會在市場上碰見特洛米奧?瞧,他又來了。

【大特洛米奧上。

大安　喂,你現在還想開頑笑嗎?你不知道那一家森道旅店?你沒有收到甚麼錢?你家太太叫你請我回去吃飯?你剛纔對我說了這許多瘋話,你是不是瘋了嗎?

大特　我說了甚麼話,大爺?我幾時說過這樣的話?

大安　就在剛纔,就在這裏,不到半點鐘以前。

大特　您把錢交給我,叫我回到森道旅店去了以後,我沒有見過您呀。

大安　狗才,你剛纔說我不曾交給你錢,還說甚麼太太哩,吃飯哩;你現在大概知道我在生氣了吧?

大特　我很高興看見您這樣愛開頑笑,可是這笑話是甚麼意思?大爺,請您告訴了我吧

大安　啊,你還要假癡假呆,當着我的面放肆嗎?你以爲我是在跟你說笑話嗎?我就打你!(打大特)

大特　慢着,大爺,看在上帝的面上!您現在把說笑話認眞起來了。我究竟做錯了什麼事您要打我?

大安　我因爲常常和你不拘名分,說說笑笑,你就這樣大膽起來,人家有正事的時候你也敢搗鬼。無知的蚊蚋儘管在陽光的照耀下飛翔遊戲,一到日沒西山也會鑽進它們的牆隙木縫。你要開頑笑就得留心我的臉色看我有沒有那樣興致。你要是還不明白,讓我把這一種規矩打進你的腦殼裏去。

大特　我看您還是免動尊手,讓我保全我的腦殼吧。可是請問大爺,我究竟爲何被打?

大安　你不知道嗎?

大特　不知道大爺,我祇知道我給您打了。

大安　我要告訴你原因嗎？好，第一，因爲你膽敢在我面前放肆搗鬼；第二，因爲你第二次見了我還要隨口胡說。

大特　你把我打得昏天黑地，我還是一個莫名其妙。謝謝大爺！

大安　謝謝我？謝我什麼？

大特　因爲我無功受賞，所以要謝謝您。

大安　好，以後你作事有功，我也不賞你，那就可以扯過了。現在有沒有到吃飯的時候了？

大特　還沒有，肉還沒有烤熟呢。

大安　多烤了它會焦的。

大特　它要是焦了，請您不要吃它。

大安　爲什麼？

大特　您吃了焦肉會發脾氣，我又要挨一頓打了。

大安　你以後說笑話也得看準適當的時候。且慢！誰在那邊向我們招手？

【亞特麗安那及露西安那上。

亞　好，好，安的福勒斯，你儘管皺着眉頭，假裝不認識我吧；你是要在你相好的面前，纔會滿臉春風的；我不是亞特麗安那，也不是你的妻子。想起從前的時候，你會自動向我發誓，說祇有我說的話纔是你耳中的音樂，祇有我纔是你眼中最可愛的事物，祇有我握着你的手你纔會感到快慰，祇有我親手切下的肉纔會使你感到美味。啊，我的夫，你現在怎麼這樣神不守舍，忘記了你的自己？因爲我們兩人結合一體，是不可分的，你把我遺棄不顧，就是遺棄了你自已。啊，我的愛人，不要離開我！你把一滴水灑下了海洋裏，就沒法把它重新收回，因爲它已經和其餘的水混合在一起分別不出來；我們兩人也是這樣，你怎麼能硬把你我分開，而不把我的一部分也帶了去呢？要是你聽見我有了不端的行爲，我這奉獻給你的身子，已經給淫邪所玷汚，那時你將要如何氣憤！你不要唾罵我，羞辱我不認我是你的妻子，從我不貞的手指上奪下我們結婚的指環，把它剁成粉碎嗎？我知道你會這樣做的，那麼請你就這樣做吧，因爲我的身體裏已經留下了淫邪的汚點，我的血液裏已經混合着姦情的罪惡，我們兩人既然是一體，那麼你的罪惡難道不會傳染到我的身上？既然這樣，你就該守身如玉，纔可保全你的名譽和我的清白。

大安　您是在對我說這些話吧，嫂子？我不認識您；我到以弗所來不過兩點鐘，完全是個陌生人，更不懂您說的話是甚麼意思。

露　哎喲，姊夫，您怎麼完全變了一個人啦？您幾時這樣對待過我的姊姊？她剛纔叫特洛米奧來請您回家吃飯。

大安　叫特洛米奧請我？

大特　叫我請他？

亞　叫你請他，你回來卻說他打了你，還說他不知道有甚麼家甚麼妻子。

大安　你曾經和這位太太講過話嗎？你們談些甚麼？

大特　我嗎，大爺？我從來不曾見過她。

大安　狗才，你說謊！你在市場上對我說的話，正跟她所說的一樣。

大特　我從來不曾跟她說過一句話。

大安　那麼她怎麼會叫得出我們的名字？難道她有未卜先知的本領嗎？

亞　你們主僕倆一吹一唱裝傻弄詐，
多麼不相稱你高貴尊嚴的身價！
就算我有了錯處你纔把我迴避，
也該寬假三分，給我自新的機會。
來，我要拉住你的衣袖緊緊偎倚，
你是參天的松柏，我是藤蘿纖細，
藤蘿託體松柏，信賴他枝幹堅強，
莫讓野蔓閒苔偷取你雨露陽光！

大安　她這樣向我婉轉哀求，字字辛酸，
莫不是我在夢中和她締下姻緣？
難道我聽錯了，還是我昏睡未醒？
難道我的眼睛耳朵都有了毛病？
我且將錯就錯，順從着她的心意，
把這現成的丈夫名義權時頂替。

露　特洛米奧，你去叫僕人們把飯預備好了。

大特　哎喲，上帝饒恕我這罪人！（以手劃十字）這兒是妖精住的地方，我們在和些山精木魅們說話，要是不服從他們，他們就要吮吸我們的血液，或者把我們身上捻得一塊靑一塊紫的。

露　叫你不答應，卻在那邊嘮叨些甚麼？特洛米奧，你這蝸牛，懶蟲！

大特　大爺，我已經變了樣子了嗎？

大安　我想我們的頭腦都有些變了樣子了。

大特　不，大爺，不但是頭腦，連外表也變了樣了。

大安　你還是你原來的樣子。

大特　不我已經變成了一頭猴子。

露　你要是變起來，只好變成一頭驢子。

大特　不錯，我是驢子，否則怎麼她認識我，我卻不認識她。

亞　來來；你們主僕兩人看我傷心，卻把我這樣任情取笑，我不願再像一個傻子一樣哭泣了。來，大家吃飯去吧，特洛米奧好好看守着門。丈夫，我今天要在樓上陪着你吃飯，聽你懺悔你種種對不起人的地方。特洛米奧，要是有人來看大爺就說他在外面吃飯，什麼人都不要讓他進來。來，妹妹。

大安　（旁白）我是在人間，在天上，還是在地下？是在做夢嗎？還是已經發了瘋？她們認識我，我卻不認識我自己！好，她們怎麼說，我就怎麼說，在這一場迷霧之中尋求新的天地。

大特　大爺，我是不是要做起看門人來？

亞　是，你要是讓什麼人進來，留心你的腦袋。

露　來，來，安的福勒斯，時候已經不早了。（同下）

# 第三幕

## 第一場　小安的福勒斯家門前

〔小安的福勒斯，小特洛米奧，盎哲魯，及鮑爾薩澤同上。

小安　好盎哲魯先生，請你原諒我們，內人很是利害，她因爲我誤了時間，一定要生氣；你必須對她這樣說，我因爲在你的店裏看你給她做頸鍊，所以到現在纔回來，你說那條頸鍊明天就可以完工送來。可是這傢伙卻會當面造我的謠言，說他在市場上遇見我，說我打了他，說我問他要一千個金馬克，又說我不認我的妻子，不肯回家。你這酒鬼，你這是什麼意思？

小特　儘您說吧，大爺，可是我知道得淸淸楚楚，您在市場上打了我，我身上還留着您打過的傷痕。我的皮膚倘然是一張羊皮紙，您的拳頭倘然是墨，那麼您親筆寫下的憑據就可以說明一切了。

小安　我看你就是頭驢子。

小特　我這樣挨打受駡，眞像頭驢子一樣。人家踢我的時候，我應該把他還踢；要是我眞的發起驢性子來，請您留心着我的蹄子吧，您會知道驢子也不是好惹的。

小安　鮑爾薩澤先生，你好像不大高興，但願我們的酒食能够代我向你表達一點歡迎的誠意。

鮑　美酒佳餚，我倒不在乎，您的盛情是値得感佩的。

小安　啊，鮑爾薩澤先生，滿席的盛情，當不了一盆下酒的魚肉。

鮑　大魚大肉，是無論那一個傖夫都能置辦得起的不足爲奇的東西。

小安　殷勤的招待不過是口頭的空言，尤其不足爲奇。

鮑　酒餚即使稀少，祗要主人好客，也一樣可以盡歡。

小安　祗有吝嗇的主人和比他更爲儉約的客人，纔會以此爲滿足。可是我的酒餚雖然菲薄，希望你不以爲嫌，縱懷盡醉；你在別的地方可以享受到更爲豐盛的筵席，可是不會遇到比我更誠心的主人。且慢！我的門怎麼關起來了？去喊他們開門。

小特　阿毛，白麗姐，瑪琳，雪莉，琪琳，阿琴！

大特　（在內）呆鳥，醉鬼，殺坯，死人，蠢貨，阿木林！給我滾開去！這兒不是讓你找尋娘兒們的地方；一個已經太多了，你要這許多做甚麼？去，快滾！

小特　咱們的看門人發了昏啦。喂，大爺在街上等着呢。

大特　（在內）叫他不用等了，仍舊回到老地方去，免得他的尊足受了寒。

小安　誰在裏面說話？喂！開門！

大特　（在內）好，你對我說有什麼事，我就開門。

小安　什麼事！吃飯！我還沒有吃過飯哪。

大特　（在內）這兒不是你吃飯的地方；等到請你的時候你再來吧。

小安　你是什麼人，不讓我走進我自己的屋子？

大特　（在內）我叫特洛米奧，現在權充司閽之職。
小特　他媽的！你不但搶了我的飯碗，連我的名字也一起偷去了；我這飯碗可不曾給我甚麼好處，我這名字倒挨過不少的罵。要是你今天冒名頂替着我，那麼你最好還是把你的臉孔也換一換，否則乾脆就把名字改做驢子就得啦。
鶯　（在內）吵些什麼，特洛米奧？門外是些什麼人？
小特　鶯鶯，讓大爺進來吧。
鶯　（在內）不，他來得太遲了，你這樣告訴你的大爺吧。
小安　你聽見嗎，賤人？還不開門？
小特　大爺，把門敲得重一點兒。
鶯　（在內）讓他去敲吧。
小安　我要是把門敲破了，那時可不能饒過你，你這賤丫頭！
亞　（在內）誰在門口鬧個不休？
大特　（在內）你們這裏無賴太多了。
小安　我的太太，你在裏邊嗎？你怎麼不早點跑出來？
亞　（在內）混蛋！誰是你的太太？快給我滾開去！
小特　大爺，您要是有了毛病，這個「混蛋」就要不舒服了。
畚　既沒有酒食，也沒有人招待，要是二者不可得兼，那麼祇要有一樣也就行了。

鮑　我們剛纔還在辯論豐盛的酒餚和主人的誠意那一樣更可貴，可是我們現在都要枵腹而歸，連主人的誠意也沒福消受了。

小特　大爺，他們兩位站在門口，您就在門口招待他們一下吧。

小安　她們一定有些什麼花樣，所以不放我們進去。

小特　裏面點心烘得熱熱的，您卻在外面喝着冷風，大丈夫給人欺侮到這個樣子，氣也要氣瘋了。

小安　去給我找些什麼東西，讓我把門打開來。

大特　（在內）你要是打壞了什麼東西，我就打碎你這混蛋的頭。

小特　好了好了，請你讓我進來吧。

大特　（在內）等鳥兒沒有羽毛，魚兒沒有鱗鰭的時候，再放你進來。

小安　好，我就打進去。給我去借一根鐵桿子來。

鮑　請您息怒吧，快不要這樣子，給人家知道了，不但於您的名譽有礙，而且會疑心到尊夫人的品行。你們相處多年，她的智慧賢德，您都是十分熟悉的，今天這一種情形，一定另有原因，慢慢兒她總會把其中道理向您解釋明白。聽我的話，咱們自顧自到猛虎飯店吃飯去吧；晚上您一個人回家，可以問她一個仔細。現在街上行人很多，您要是這樣大動乾坤地打進門去，難免引起人家不好聽的說話，汚辱了您的淸白的名聲；也許它將成爲您的終身之玷，到死也洗刷不了，因爲讒謗上了一個人的身，是會永遠存留着的。

小安　你說得有理，我就聽你的話，靜靜地走了。讓我們上一個地方去解解悶兒。我認識一個雌兒，長得很不錯，人也很玲瓏，談吐也很好，挺風騷也挺溫柔的，咱們就上她那裏吃飯去吧。我的老婆因爲我有時到這雌兒家裏走動走動，常常起瞎疑心罵我，今天我們就到她家裏去。（向弇）請你先回到你店裏去一趟把我叫你打的頸鏈拿來，現在應該已經打好了；你可以把它帶到普本丁酒店裏，她就在那邊侍酒，這鏈條我要送給她，算是對我老婆的報復。請你就去吧。我自己家裏既然把我閉門不納，我且去敲敲別人家的門，看他們會不會冷淡我。

弇　好，等會兒我就到您所說的地方來看您吧。

小安　好的。這一場笑話倒要花費我一些本錢哩。（各下）

## 第二場　同前

［露西安那及大安的福勒斯上。

露　安的福勒斯，你難道已經忘記了
　一個男人對他妻子應盡的本分？
在情熱的青春，你愛苗已經枯槁？
　戀愛的殿堂沒有築成就已坍傾？
你娶我姊姊倘只爲了貪圖財富，
　爲了財富你也該向她着意溫存；
縱使另有新歡也只好鵲橋偷度，
　對着眼前的人兒獻些假意殷勤。
別讓她在你眼裏窺見你的隱衷，

別讓你的嘴唇宣佈自己的羞恥；
你儘管巧言令色，把她鼓裏包蒙，
心裏奸淫邪惡，表面上聖賢君子。
何必讓她知道你已經變了心腸？
那一個笨賊誇耀他自己的罪狀？
莫在她心靈上留下雙重的創傷，
既然對不起她，就不該惡聲相向。
哥哥，進去吧，安慰安慰我的姊姊，
勸她不要傷心，把她叫一聲我愛；
甜言蜜語的慰藉倘能息爭解氣，
何必管它是眞心，是假惺惺作態。

大安　親愛的姑娘，我叫不出你的芳名，
更不懂我的名姓怎會被你知道；
你絕俗的風姿，你天仙樣的才情，
簡直是地上的奇蹟，無比的美妙。
好姑娘，請你開啓我愚蒙的心智，
爲我指導迷津，掃清我胸中雲翳，

我是一個淺陋寡聞的凡夫下士，
　解不出你玄妙神奇的微言奧義。
我這不敢欺人的寸心惟天可表，
　你爲什麼定要我墮入五里霧中？
你是不是神明，要把我從頭創造？
　那麼我願意悉聽擺佈，唯命是從。
可是我並沒有迷失了我的本性，
　這一頭婚事究竟是從那裏說起？
我對她素昧平生，那裏來的責任？
　我的情絲卻早已在你身上牢繫。
你婉妙的清音就像鮫人的仙樂，
　莫讓我在你姊姊的淚濤裏沉溺；
我願意傾聽你自己心底的妙曲，
　迷醉在你黃金色的髮浪裏安息，
那燦爛的柔絲是我永恆的眠牀，
　把溫柔的死鄉當作幸福的天堂！

露　你這樣語無倫次，難道已經瘋了？

大安　瘋倒沒有瘋，可是有些昏迷顚倒。
露　多分是你眼睛瞧着人，心思不正。
大安　是你耀眼的陽光使我眩眩欲暈。
露　祇要非禮勿視，你就會心地淸明，
大安　我眼裏沒有你，就像黑夜沒有星。
露　你要談情說愛，請去找我的姊姊。
大安　我不愛姊姊，我只愛姊姊的妹妹。
你是我的純潔美好的身外之身，
眼睛裏的瞳人，靈魂深處的靈魂，
你是我幸福的源頭，飢渴的食糧，
你是我塵世的天堂，升天的慈航。
露　你這種話應該向我姊姊說纔對呀。
大安　就算你是你的姊姊吧，因爲我說的是你。你現在還沒有丈夫，我也不曾娶過妻子，我願意永遠愛你，我和你過着共同的生活。答應我吧！
露　噯喲，你別胡鬧了，我去叫我的姊姊來，看她怎麼說吧。（下）
【大特洛米奧慌張上。
大安　啊，怎麼，特洛米奧！你這樣忙着到那兒去？

大特　您認識我嗎，大爺？我是不是特洛米奥？我是不是您的僕人？我是不是我自己？

大安　你是特洛米奥，你是我的僕人，你是你自己。

大特　我是頭驢子，我是一個女人的男人，我不是我自己。

大安　什麼女人的男人？怎麼說你不是你自己？

大特　呃，大爺，我已經屬於一個女人所有；她把我認了去，她纏着我，她不肯放鬆我。

大安　她是個什麼人？

大特　呃，大爺，她是廚房裏的丫頭，渾身都是油膩；我想不出她有甚麼用處，除非把她當作一盞油燈，借着她的光讓我逃開她。要是把她身上的破衣服和她全身的脂油燒了起來，可以足足燒過一個波蘭地方的冬天；要是她活到世界末日，那麼她一定要在整個世界燒完以後一星期，纔會燒得完。

大安　她的膚色怎樣？

大特　黑得像我的鞋子一樣，可是還沒有我的鞋子那樣擦得乾淨；她身上的汗垢，一脚踏上去可以連人的鞋子都給沒下去。

大安　那祇要多用水洗洗就行了。

大特　不，她的齷齪是在她的皮膚裏面的，挪亞時代的洪水都不能把她冲乾淨。

大安　她的肥瘦如何？

大特　從她屁股的這一邊量到那一邊，足足有六七呎；她的屁股之闊，就和她全身的長度一樣，她的身體像個渾圓的地球，我可以在她身上找出世界各國來

大安　她身上那一部分是愛爾蘭。

大特　呃，大爺，在她的屁股上，那邊有很大的沼地。

大安　蘇格蘭在那裏？

大特　在她的手心裏有一塊不毛之地，大概就是蘇格蘭了。

大安　法國在那裏？

大特　在她的額角上，從那蓬蓬鬆鬆的頭髮，我看出這是一個亂七八糟的國家。

大安　英國在那裏？

大特　我想找尋白堊的巖壁，可是她身上沒有一處地方是白的；猜想起來，大概在她的下巴上，因爲它和法國是隔着一道鼻涕相望的。

大安　西班牙在那裏？

大特　我可沒有看見，可是她嘴裏的氣息熱辣辣的，大概就在那邊。

大安　美洲和印度羣島呢？

大特　啊大爺！在她的鼻子上，她鼻子上的瘰癧多到不可勝計，什麼翡翠瑪瑙都有。

大安　比利時和荷蘭呢？

大特　啊大爺！那種地方太低了，我望不下去。總之，這個丫頭說我是她的丈夫；她居然未卜先知，叫我做特洛米奧，說我肩膀上有顆什麼痣，頭頸上有顆什麼痣，又說我左臂上有一個大瘤，把我說得大吃一驚；我想她一定是個妖怪，所以趕緊逃了出來了。幸虧我虔信上帝，心如鐵石，否則她早把我變成一條狗子啦。

大安　你就給我到碼頭上去，瞧瞧要是風勢順的話，我今晚不能再在這兒躭擱下去了。你看見有什麼船要出發，就到市場上來告訴我，我在那邊等着你。要是誰都認識我們，我們卻誰也不認識，那麼還是打好鋪蓋走吧。

大特　正像人家見了一頭熊沒命奔逃，我這賢妻也把我嚇得魄散魂消。（下）

大安　這兒都是些妖魔鬼怪，還是快快離開的好。叫我丈夫的那個女人，我從心底裏討厭她；可是她那妹妹卻這麼美麗溫柔，她的風度和談吐都叫人心醉，幾乎使我情不自禁；爲了我自己的安全起見，我應該塞住耳朵，不去聽她那迷人的歌曲。

【盎哲魯上。

盎　安的福勒斯大爺！

大安　呃，那正是我的名字。

盎　您的大名我還會忘記嗎？瞧，鏈條已經打好了。我本來想在普本丁酒店交給您，因爲還沒有完工，所以就擱了許多時候。

大安　你要我拿着這鏈條做甚麼？

盎　那可悉聽尊便，我是奉了您的命而把它打起來的。

大安　奉我的命！我沒有吩咐過你啊。

盎　您對我說過不止一次二次，足足有二十次了。您把它拿進去，讓尊夫人高興高興吧；我在吃晚飯的時候再來奉訪，順便向您拿這鏈條的工錢吧。

大安　那麼請你還是把錢現在拿去吧，等會兒也許你連鏈條連錢都見不到了。

猶　您眞會說笑話，再見。（留鏈下）

大安　我不知道這是怎麼一回事。可是倘有人願意白送給你這樣一條好的頸鏈，誰也不會拒絕吧。一個人在這裏生活是不成問題的，因爲在街道上也會有人把金銀送給你。現在我且到市場上去等特洛米奧，要是有開行的船隻，我就立刻動身（下）

# 第四幕

## 第一場　廣場

【商人乙，畨哲魯，及差役一人上。

乙　尊款自從五旬節以後，早已滿期，我也不曾怎樣向你催過；本來我現在也不願意開口，可是因爲我就要開船到波斯去，路上需要一些使用，所以衹好請你趕快還我，否則莫怪無禮，我要請這位官差把你看押起來了。

畨　我欠你的這一筆款子，數目剛巧跟安的福勒斯欠我的差不多，他就在我碰見你以前，從我這兒拿了一條頸鏈去，今天五點鐘他就會把貨款付給我，請你跟我一同到他家裏去，我就可以淸還尊款，還要多多感謝你的幫忙哩。

【小安的福勒斯及小特洛米奥自娼妓家中走出。

差役　省得你多跑一趟路，他正好來了。

小安　我現在要到金匠那邊去，你去給我買一根結實的繩鞭子來，我那女人串通了她的一黨，把我白天關在門外，我要去治治她們。且慢，金匠就在那邊。你快去買了繩鞭子，帶回家裏給我。（小特下）你這個人眞靠不住，你答應我把頸鏈親自送來給我，可是我旣不見鏈條，又不見你的人。你大槪恐怕咱們的交情給鏈條鎖住了，會永遠拆不開來，所以纔避開我的面嗎？

盎　別說笑話了，這兒是一張發票，上面開列着您那條頸鏈的正確重量，金子的質地，連價格一起標明。我現在欠着這位先生的錢，要是把尊賬劃過，還有三塊錢多，請您就給我還了他吧，因爲他就要開船，等着這筆錢要用。

小安　我身邊沒有帶現錢，而且我在城裏還有事情。請你同着這位客人到我家裏去把那鏈條也帶去交給內人，叫她把賬付淸。我要是來得及，也許可以趕上你們。

盎　那麼您就把鏈條自己帶去給您太太吧。

小安　不，你拿去，我恐怕要回去得遲一步。

盎　很好，先生，我就給您帶去。那鏈條在您身邊嗎？

小安　我身邊是沒有；我希望你不曾把它忘記帶在身邊，否則你要空手而歸了。

盎　好了好了，請您快把鏈條給我吧，現在順風順水，這位先生正好上船，我已經躭誤了他許多時間，可不要誤了人家的事。

小安　嗳喲你失約不到普本丁酒店裏來，卻用這種尋開心的話來遮蓋自己的不是。我應該怪你不把它早給我，現在你倒先要向我無理取鬧了。

乙　時間不知不覺地過去，請你快一點吧。

盎　你聽他又在催我了，那鏈條呢？

小安　鏈條嗎？你拿去給我的妻子，她就會把錢給你。

盎　好了，好了，你知道我剛纔已經把它給了你了。你要是不肯把鏈條交我帶去，就讓我帶點什麼憑據去也好。

小安　哼！現在你可把頑笑開得太過分了。來，那鏈條呢？請你給我看看。

乙　你們這樣纏夾不淸，我可沒工夫等下去。先生，你爽快回答我你願不願意替他把錢還我。要是你不答應，我就讓這位官差把他看押起來。

小安　我回答你！怎麼要我回答你？

盎　你欠我的鏈條的錢呢？

小安　我沒有拿到鏈條，怎麼會欠你錢？

盎　你知道我在半點鐘以前把它給了你的。

小安　你沒有給我什麼鏈條，你完全在誣賴我。

盎　先生，你不承認你已經把它拿了去，纔眞對不起人，你知道這是跟我的信用有關的。

乙　好，官差，我告他欠我的錢，請你把他看押起來。

差役　好，我奉着公爵的名義逮捕你，命令你不得反抗。

盎　這可把我的臉也丟盡了。你要是不答應把這筆錢拿出來，我就請這位官差把你也看押起來。

小安　我沒有拿過你什麼東西，卻要我答應付你錢！蠢東西，你有胆量就把我看押起來吧。

盎　官差，這是給你的酒錢，請把他抓了。他這樣公然給我難堪，就算他是我的兄弟，我也不能放過他。

差役　先生，我要把你看押起來，你聽見他控告你。

小安　好，我不反抗，我會叫家裏拿錢來取保。可是你這混蛋，你對我開這場頑笑，是要付重大的代價的，那時候恐怕拿出你店裏所有的金銀來也還不够呢。

盎　安的福勒斯先生，以弗所是個有法律的城市，它一定會叫你從此沒臉見人。

【大特洛米奧上。

大特　大爺，有一艘厄必丹能的船，等船老板上了船，就要開行。我已經把我們的東西搬上去了，油、香膏、酒精，我也都買好了。船已經整帆待發，風勢也很順利，咱們也可以上船了。

小安　怎麼，你瘋了嗎？有什麼厄必丹能的船在等着我？

大特　您不是自己叫我去雇船的嗎？

小安　你喝醉了酒，把頭都喝昏了嗎？我叫你去買一根繩子，我也告訴過你買來作甚麼用處。

大特　叫我買繩子！你明明叫我到港口去雇船去的。

小安　我等會兒再跟你算賬，我要叫你以後聽話留點兒神。現在快給我到太太那邊去，把這鑰匙交給她，對她說，在那鋪着土耳其花毯的桌子裏有一袋錢，叫她把它拿給你。你告訴她我在路上給他們捉去了，這錢是用來取保的。狗才，快去！官差，咱們就到牢裏坐一坐吧。（商人乙、盎哲魯、差役、小安的福勒斯同下）

大特　到太太那邊去！那就是我們吃飯的地方，那面還有一個婆娘認我做丈夫；她太胖了，我真吃她不消。硬着頭皮去一趟，主人之命不可抗。（下）

## 第二場　小安的福勒斯家中一室

【亞特麗安那及露西安那上。

亞　露西安那，難道他這樣把你勾誘？你有沒有仔細窺探過他的神情，到底是假意求歡，還是眞心挑逗？
他是不是紅着臉，說話一本正經？
你能不能從他無法遮藏的臉上，
看出他心裏面不懷好意的跳盪？

露　他起先把你們夫妻的名分否認。
亞　我沒有虧待他，他自己夫道未盡。
露　他又發誓說他在這裏是個外人。
亞　可惱他反臉無情，不顧背誓寒盟！
露　於是我勸他回心愛你。
亞　他怎麼說？
露　他反轉來苦苦求我把愛情施與。
亞　究竟他向你說些甚麼游辭浪語？
露　倘使是純潔的愛，我也許會心動，
他說我美貌無雙，讚我言辭出衆。
亞　你一定很高興吧？
露　請你不要發惱。
亞　我再也按捺不住我心頭的怒氣，

管不住我的舌頭把他申申痛詈。他跛脚瘋手，腰駝背曲，又老又瘦，五官不正，四肢殘缺，滿身的醜陋，惡毒，兇狠，愚蠢，再加上殘酷無情，他的心腸比容貌還要醜上十分！

露　這樣一個男人你何必割捨不下，依我說你就乾脆讓他滾蛋也罷。

亞　我嘴裏駡他，心裏可是捨不得他，但願人家看着他是個鬼怪夜叉。

【大特洛米奥上。

大特　到了，去，桌子！錢袋！好，趕快！

露　怎麼，你話都說不清楚了嗎？

大特　跑得太快了，喘不過氣來。

亞　大爺呢，特洛米奧？他人好嗎？

大特　不，他給魔鬼抓到地獄裏去了。

亞　啊，是怎麼一回事？

大特　我也不知道是怎麼一回事，他給他們捉去了。

亞　怎麼，他給捉去了？誰把他告官？

大特　我也不知道誰把他告官，總之他給捉去了。太太，您肯把他桌子裏的錢給我，去贖他出來嗎？

亞　妹妹，你去拿一拿。（露下）我倒不懂他怎麼會瞞着我欠人家的錢。告訴我，他們把他綁起來了嗎？

大特　綁倒沒有綁起來，可是我聽他們說要把他用鏈條鎖起來呢。您不聽見那聲音嗎？

亞　什麼，鏈條的聲音嗎？

大特　不，鐘的聲音。我現在一定要去了；我離開他的時候纔兩點鐘，現在已經敲一點鐘了。

亞　鐘會倒退轉來，我倒沒有聽見過。

大特　要是鐘點碰見了官差，他會嚇得倒退轉來的。

【露西安那重上。

亞　特洛米奧，你快把錢拿去，同大爺回家來。妹妹，我們進去吧。（同下）

## 第三場　廣場

【大安的福勒斯上

大安　我在路上看見的人，都向我敬禮，好像我是他們的老朋友一般，誰都叫得出我的名字。有的人送錢給我，有的人請我去吃飯，有的人向我道謝，有的人要我買他的東西；剛纔還有一個裁縫把我叫進他的店裏去，給我看一匹他給我買下的綢緞，並且還給我量尺寸長短。我看這裏的人們都有魔術，他們有意用這種古怪的手段戲弄我。

〔大特洛米奧上

大特　大爺，這是您叫我去拿的錢。

大安　什麼錢？你別胡說八道了。今天晚上有沒有船隻開行？我們就可以動身嗎？

大特　咦，大爺，我在一點鐘之前，就告訴您今晚有船就要出發，那時您卻給官差捉去了，您叫我去拿這些錢來把您贖出。

大安　這傢伙瘋了，我也瘋了。我們已經踏進了妖境，求上帝快快保佑我們離開這地方吧！

〔娼妓上。

娼妓　安的福勒斯大爺，咱們遇得巧極了。您大概已經找到了金匠，這鏈條就是您答應給我的嗎？

大安　魔鬼，走開！不要引誘我！

大特　大爺，她就是魔鬼的奶奶嗎？

大安　她就是魔鬼。

大特　不，她比魔鬼還要可怕，她是個母夜叉，扮做婊子來迷人。不要走近她的身邊，她身上有火。

娼妓　你們主僕兩人眞會開玩笑。大爺，您肯賞光到我家裏去吃頓飯嗎？

大安　走開，妖精！什麼吃飯不吃飯！你是個迷人的妖女，你們這兒全都是妖怪，你快給我走開吧！

娼妓　你把吃中飯時候向我要去的戒指還我，或者把你答應我的鏈條跟我交換，我就去，不再來打擾你好了。

大特　有的魔鬼祇向人要一些指甲頭髮，或者一滴血，一枚針，一粒櫻桃核，她卻向人要一根金鏈條，眞是一個貪心的魔鬼。大爺，您別給她迷昏了，這鏈條給她不得，否則她要把它搖響來嚇我們的。

娼妓　大爺，請你快把我的戒指還我，或者把你的鏈條給我。你們貴人是不應該這樣欺詐我們的。

大安　別跟我纏繞不淸了，妖精！特洛米奧，咱們快走吧。（大安、大特同下）

娼妓　安的福勒斯一定是眞的瘋了，否則他決不會這樣不顧臉子的。他把我一個值四十塊錢的戒指拿去，答應我他要去打一根金鏈條來跟我交換；現在他戒指也不肯還我，鏈條也不肯給我。我相信他一定是瘋子，不但因爲他剛纔對我那種情形，而且今天吃飯的時候，我還聽他說過一段瘋話，說是他家裏關緊大門不放他進去，大概他的老婆知道他時常神經病發作，所以有意把他關在門外。我現在要到他家裏去告訴他的老婆，說他發了瘋闖進我的屋子裏，把我的戒指搶去了。這個辦法很不錯，四十塊錢不能讓它寃枉丢掉。（下）

## 第四場　街道

【小安的福勒斯及差役上。

小安　朋友，你放心好了，我不會逃走的。他說我欠他多少錢，我就留下多少錢給你再走。我的老婆今天脾氣很壞，她聽見我會在以弗掃吃官司，一定會跳起來。

【小特洛米奧持繩鞭上。

小安　我的跟班已經來了，我想他一定帶着錢來。喂，我叫你幹的事怎麽樣了？

小特　我已經買了來了，你瞧，這一定可以叫他們大家知道些利害。

小安　可是錢，錢呢？

小特　噢，大爺，錢我早把它拿去買繩鞭子了。

小安　狗才，你把五百塊錢去買一條繩子嗎？我叫你家裏去作甚麼的？

小特　叫我去買繩鞭子呀，我現在買了來了。

小安　好，我就用這繩鞭子來歡迎你。（打小特

差役　先生，你息怒吧。

小特　你倒叫他息怒，我纔算倒霉了霉！

差役　好了，你也別多話了。

小特　你叫我別多話，先叫他別打。

小安　你這糊塗混賬沒有知覺的蠢才！

小特　大爺，我但願我沒有知覺，那麽您打我我也不會痛了。

小安　你就像一頭驢子一樣，什麽都是糊裏糊塗的，祇有把你抽一頓鞭子纔覺得痛。

小特　不錯，我真是頭驢子，你看我的耳朵已經給他扯得這麽長了。我從出世以來，直到現在，一直服侍着他；我在他手裏沒有得到甚麽好處，打倒給他打過不知多少頓了。我冷了，他把我打到渾身發熱；我熱了，他把我打倒渾身冰冷；我睡着的時候，他會把我打醒；我坐下的時候，他會把我打起來；我出去的時候，他會把我打到門外；我回來的時候，他會把我打進門裏。他的拳頭永遠不離我的肩膀，就像叫化婆肩上馱着的小孩子一樣；我看他把我的腿打斷了以後，我還要負着這一身傷痕沿門乞討呢。

小安　好，你去吧，我的妻子打那邊來了。

【亞特麗安那，露西安那，娼妓，賓取同上。

小特　太太，請您留點兒心，那是很痛的呢。

小安　你還要多嘴嗎？（打小特）

娼妓　你看，你的丈夫不是瘋了嗎？

亞　他這樣野蠻，眞的是瘋了。賓取師父，你有驅邪逐鬼的本領，請你幫助他恢復本性，你要什麼酬報我都可以答應你。

露　噯喲，他的臉色多麼猙獰可怕！

娼妓　瞧他給鬼迷得渾身發抖了！

賓　請你伸過手來，讓我摸摸你的脈息。

小安　我就伸過手來，賞你一記耳光。（打賓取）

賓　撒但，我用天上列聖的名義，命令你快快離開這個人的身體，回到你那黑暗的洞府裏！

小安　胡說，你這愚蠢的術士！我沒有發瘋。

亞　可憐的人兒，我希望你眞的沒有發瘋！

小安　你這賤人！這些都是你的相好嗎？這個面孔黃黃的傢伙，就是他今天在我家裏飲酒作樂，把我關在門外，不許我走進自己的家裏嗎？

亞　丈夫，上帝知道你今天在家裏吃飯。倘然你好好的住、在家裏不出來，也就不會有這種難聽的話了。

小安　在家裏吃飯！狗才，你怎麼說？

小特　大爺，老老實實說一句，您並不在家裏吃飯。

小安　我家裏的門不是關得緊緊的，不讓我進去嗎？

小特　是的，您家裏的門關得緊緊的，不讓您進去。

小安　她自己不是在裏邊駡我嗎？

小特　不說假話，她自己在裏邊駡您。

小安　那廚房裏的丫頭不是也把我破口辱駡嗎？

小特　一點不錯，那廚房裏的丫頭也把您辱駡。

小安　我不是盛怒而去嗎？

小特　正是，我的骨頭可以作證，您的盛怒它領教過了。

亞　他說話這樣顚倒，我們還是順順他的意思吧。

賓　不錯，他現在正在顚癇發作，不要跟他多辯，就會慢慢地安靜下來的。

小安　你唆使那金匠把我逮捕。

亞　唉！我聽見了這消息，就叫特洛米奧拿錢來保你出來。

小特　叫我拿錢來！天地良心，大爺，我可沒有拿到一個錢。

小安　你沒去向她要一個錢袋嗎？

亞　他到了家裏，我就給他。

露　我可以證明她把錢袋交給了他。

小特　上帝和繩店裏的老闆可以爲我作證，我只是奉命去買一根繩子。

賓　太太，他們主僕兩人都給鬼附上了，您看他們的臉色多麼慘白。他們一定要好好綑起來，放在黑暗的屋子裏。

小安　我問你，你今天爲什麼把我關在門外？爲什麼不肯拿出那一袋錢來？

亞　好丈夫，我沒有把你關在門外。

小特　好大爺，我也沒有拿到過甚麼錢；可是咱們的的確確是給他們關在門外的。

亞　欺人的狗才！你說的都是假話。

小安　欺人的淫婦！你自己纔沒有半點眞心；你串通一班狐羣狗黨來擺佈我，我這十個指頭可要戳進你的眼眶裏，把你那雙騙人的眼珠子挖出來；你別以爲瞧着我這樣給人糟蹋羞辱是件有趣的玩意兒。

亞　啊！綑住他，綑住他，別讓他走近我的身邊！

賓　多喊幾個人來！他身上的鬼强橫得很呢。

醫　嗳喲，可憐的，他臉上多麼慘白！

【三四人入場，將小安的福勒斯綑縛。

小安　啊，你們要謀害我嗎？官差，我是你的囚犯，你難道就讓他們把我劫走嗎？

差役　列位，放了他吧；他是我的囚犯，不能讓你們帶去。

賓　把這傢伙也綑了，他也是發瘋的。（衆人將小特洛米奧綑縛）

亞　你要幹麼，你這無禮的差人？你願意看一個不幸的瘋人傷害他自己嗎？

差役　他是我的囚犯，我要是放他去了，他欠人家的錢就要責成在我身上了。

亞　我會替他了清這一筆債款的，你把我領去見他的債主，等我問明白以後，我就可以如數還他，好師父，請你護送他回家去。唉，倒霉！妹妹，你跟我走吧。（賓及助手等推小安、小特下）告訴我，是誰控告他？

差役　一個叫盎哲魯的金匠，您認識他嗎？

亞　我認識這個人。他欠了他多少錢？

差役　二百塊錢。

亞　這筆錢是怎麽欠下來的？

差役　因爲您的官人拿過他一條頸鏈。

亞　他曾經說起過要給我打一條頸鏈，可是始終沒有給我。

娼妓　他今天暴跳如雷地到了我家裏，把我的戒指也搶去了，我看見那戒指剛纔就在他的手指上；後來我遇見他的時候，他是套着一條頸鏈。

亞　也許是的，可是我卻沒有看見。來，官差，同我到金匠那裏去，我要知道這件事情的全部眞相。

【大安的磊勒斯及大特洛米奧拔劍上。

露　慈悲的上帝！他們又逃出來啦！

亞　他們還拔着劍。咱們快去多叫些人來把他們重新綑好。

差役　快逃！他們要把我們殺了。（亞、露及差役下）

大安　原來這些妖精是怕劍的。

大特　叫您丈夫的那個女的現在見了您卻逃走了。

大安　給我到森道旅店去，把我們的行李拿來，我巴不得早一點平安上船。

大特　老實說，咱們就是再多住一晚，他們也一定不會害我們。您看他們對我們說話都是那麼恭敬，送給我們錢用。我想他們倒是一個很有禮貌的民族，倘不是那個胖婆娘一定要我做她的丈夫，我倒也願意永遠住在這兒變一個妖精。

大安　我今夜可無論怎麼也不願就擱下去。去，把我們的行李搬上船吧。（同下）

# 第五幕

## 第一場　尼菴前的街道

〔商人乙及詥哲魯上。

詥　對不住，先生，我誤了你的行期；可是我可以發誓他把我的頸鏈拿去了，雖然他自己老着臉皮不肯承認。

乙　這個人在本城的名聲怎樣？

詥　他有極好的名聲，信用也很好，在本城是最受人愛敬的人物；祇要他說一句話，我可以讓他動用我的全部家財。

乙　話說輕些，那邊走來的好像就是他。

〔大安的福勒斯及大特洛米奧上。

詥　不錯，他頸上套着的正就是他極口抵賴的那條頸鏈。先生，你過來，我要跟他說話。安的福勒斯先生，我眞不懂您爲什麼要這樣羞辱我作難我；您發誓否認您拿了我的頸鏈，現在卻公然把它戴在身上，這就是對於您自己的名譽也是有點妨害的，您不但害我吃了一場寃枉官司，而且也連累了我這位好朋友，他倘不是因爲我們這一場糾葛，今天就可以上船出發的。您把我的頸鏈拿去了，現在還想賴嗎？

大安　這頸鏈是你給我的，我並沒有賴呀。

乙　你明明賴過的。

大安　誰聽見我賴過？

乙　我自己親耳朵聽見你賴過。不要臉的東西！你這種人是不配和規規矩矩的人來往的。

大安　你出口罵人，太不講理；有膽量的，跟我較量一下，我要證明我自己是個重名譽講信義的人。

乙　好，我說你是一個混蛋，咱們倒要比個高低。（二人拔劍決鬥）

〔亞特濯安那，露西安那，娼妓及其他人等上。

亞　住手！看在上帝面上，不要傷害他；他是個瘋子。請你們過去把他的劍奪下了，連那特洛米奧一起綑起來，把他們送到我家裏去。

大特　大爺，咱們快逃吧；天哪，找個什麼地方躲一躲纔好！這兒是一所菴院，快進去吧，否則咱們要給他們捉住了。

（大安大特逃入菴內）

〔住持尼上。

尼　大家別鬧！你們這麼多人擠在這兒有什麼事？

亞　我的可憐的丈夫發瘋了，我來領他回家去。放我們進去吧，我們要把他牢牢的綑起來，送他回家醫治。

盎　我知道他的神智的確有些反常。

乙　我現在後悔不該和他決鬥。

尼　這個人瘋了多久了？

亞　他這一星期來，老是鬱鬱不樂，完全和從前換了個樣子；可是直到今天下午，纔突然發作起來。

尼　他因爲船隻失事，損失了許多財產嗎？有什麼好朋友在最近死去嗎？還是因爲犯着一般青年的通病，看中了誰家的姑娘，爲了私情而煩悶嗎？

亞　也許是爲了你最後所說的一種原因，他一定在外面愛上了什麼人，所以老是不在家裏。

尼　那麼你就該責備他。

亞　是呀，我也曾責備過他。

尼　也許你責備他得不够利害。

亞　在婦道所容許的範圍之內，我曾經狠狠地數說過他。

尼　也許你祇在私下裏數說他。

亞　就是當着衆人面前，我也是要罵他的。

尼　也許你罵他還不够兇。

亞　那是我們日常的話題。在牀上他給我勸告得不能入睡；吃飯的時候，他給我勸告得不能下咽；沒有旁人的時候，我就跟他談論這件事；當着別人的面前，我就用眼色警戒他；我總是對他說那是一件幹不得的壞事。

尼　所以他纔瘋了。妒婦的長舌比瘋狗的牙齒更毒。他因爲聽了你的詈駡而失眠，所以他的頭腦纔會發昏。你說你在吃飯的時候，也要讓他飽聽你的敎訓，所以害得他消化不良，鬱積成病。你說他在游戲的時候也因爲你的譙訶而打斷了興致，一個人既然找不到慰情的消遣，他自然要悶悶不樂，心灰意懶，百病叢生了。吃飯游戲休息都要受到煩擾，無論是人是畜生都會因此而發瘋。你的丈夫是因爲你的多疑善妒，纔會喪失了理智的。

露　他在舉止狂暴的時候，她也不過輕輕勸告他幾句。——你怎麼讓她這樣責備你，一句也不回口？

亞　她騙我招認出我自己的錯處來了。諸位，我們進去把他拖出來。

尼　不，誰也不准進我的屋子。

亞　那麼請你叫你的用人把我丈夫送出來吧。

尼　也不行。他因爲逃避你們而進來，我在沒有設法使他恢復神智以前，決不能把他交在你們手裏。

亞　他是我的丈夫，我會照顧他看護他，那是我的本分，用不到別人代勞。快讓我帶他回去吧。

尼　不要急，讓我給他服下玉液靈丹，爲他祈禱神明，使他恢復原狀，現在可不能驚動他。出家人曾經在神前許下誓願，爲衆生廣行方便；讓他留在我的地方，你先去吧。

亞　我不能拋下我的丈夫獨自回家。你是個修道之人，怎麼好拆散人家的夫婦？

尼　別鬧去吧；我不能把他交給你。（下）

露　她這樣無禮，我們去向公爵控訴吧。

亞　好，我們去吧；我要跪在地上不起來，向公爵哭泣哀求，一定要他親自來逼着這尼姑交出我的丈夫。

乙　我看現在快要五點鐘了，公爵大概就要經過這裏到刑場上去。

盎　爲什麼？

乙　因爲有一個倒霉的叙拉古老頭子走進了我們境內，違犯本地的法律，所以公爵要來監視他當衆梟首。

盎　瞧，他們已經來了，我們倒有殺頭看啦。

露　趁公爵沒有走過䕶門之前，你快向他跪下來。

【公爵率扈從，伊勤去帽露頂，及劊子手，差役等上。

公爵　再向公衆宣告一遍，倘使他有什麼朋友願意代他繳納贖款，可以免他一死，因爲我們十分可憐他。

亞　青天大老爺伸寃！這菴裏的姑子不是好人！

公爵　她是一個道行高超的老太太，怎麼會欺侮你？

亞　稟殿下，您給我作主許配的我的丈夫安的福勒斯，今天忽然大發神經病，帶着他的一樣發瘋的跟班，在街上到處亂跑，闖進人家的屋子裏，把人家的珠寶首飾隨意拿走。我曾經把他捉住綑好，送回家裏，一面忙着向人家賠不是，可是不知怎麼又給他逃了出來，瘋瘋顛顛的主僕兩人，手裏還揮着刀劍，看見我們就嚇着把我們趕走。後來我招呼了許多人，想把他拖回家裏去，他看見人多，就逃進這所菴院裏了。我們追到了這裏，這裏的姑子卻堵住了大門，不讓我們進去，也不肯放他出來；我沒有辦法，祇好求殿下作主，命令那姑子把我的丈夫交出來，好讓我帶他回家去醫治。

公爵　你的丈夫跟着我轉戰有功，當初你們結婚的時候，我曾經答應盡力照拂他。來人，給我去敲開菴門，叫那當家的尼姑出來見我。我要把這件事情問明白了再走。

〔一僕人上。

僕　啊，太太！太太！快逃命吧！大爺和他的跟班已經掙脫了束縛，抓住了使女們亂打，那趕鬼的法師也給他們綁了起來，用燒紅的鐵條燙他的鬍子，火着了便把一桶一桶污泥水向他迎面澆上去。大爺一面勸他安心，他的跟班一面拿了剪刀剪他的頭髮。要是您不趕快打發人去救他出來，這法師要給他們作弄死了。

亞　閉嘴，蠢才！你大爺和他的跟班都在這裏，你說的都是一派胡言。

僕　太太，我發誓我說的都是真話。這是我剛纔親眼看見的事，我奔到這兒來，簡直的連氣都沒有喘過一口呢。他還嚷着要尋着您，他發誓說看見了您要把您的臉孔都燙壞了，叫您見不得人。（內呼聲）聽，聽，他來了，太太！快逃吧！

公爵　來，站在我的身邊，別怕。衞隊們，拿好戟子，留心警戒！

亞　哎喲，那眞是我的丈夫！你們瞧，他會隱身來去，剛纔他明明走進這菴裏去，現在他又在這裏了，怎麼會有這種怪事！

【小安的福勒斯及小特洛米奧上。

小安　殿下，請您看在我當年跟着您南征北戰，冒死救駕的功勞分上，給我主持公道！

伊　我倘不是因為怕死而嚇得精神錯亂，那麼我明明瞧見我的兒子安的福勒斯和特洛米奧。

小安　殿下，請您給我懲罰那個婦人！多蒙您把她許配給我，可是她卻不守婦道，把我百般侮辱甚至還想謀害我！她今天那樣不顧羞恥地對待我的種種情形，簡直是誰也想像不到的。

公爵　你把她怎樣對待你的情形說來，我會給你們公平判斷。

小安　殿下，她今天把我關在門外，自己和一班無賴在我的家裏飲酒作樂。

公爵　那眞太荒唐了！亞特麗安那，你眞的這樣嗎？

亞　不，殿下，今天吃飯的時候，他，我和我的妹妹都在一起。他這樣說我，完全是寃枉的！

露　我可以對天發誓，她說的都是眞話。

盎　說鬼話的女人！他雖然是個瘋子，可是並沒有寃枉她們。

小安　殿下，我並不是喝醉了酒信口亂說，也不是因為心裏惱怒隨便寃人，雖則像我今天所受到的種種侮辱，是可以叫無論那一個頭腦冷靜的人也會發起瘋來的。這婦人今天把我關在門外不讓我進去吃飯；站在那邊的那個金匠倘不是她的同黨，他可以爲我證明的，因爲他那時和我在一起。後來他去拿一條頸鏈答應我把它送到我跟鮑爾薩澤一同吃飯的酒店裏；可是我們吃完飯他還沒有來，我就去找他；我在街上遇見了他，那位先生也跟他在一起，不料這個欺人的金匠卻一口咬定他已經在今天把頸鏈交給我，天知道我可沒有看見過；他賴了人不算，還叫差役把我捉住。我沒有辦法，祇好叫我的奴才回家去拿錢，誰知道他卻空手回來；於是我就求告那位差役，請他親自陪着我到我家裏；在路上我們碰見了我的妻子小姨，帶着她們的一批狐羣狗黨，還有一個名叫賓取的面黃肌瘦像一副枯骨似的混賬傢伙，一個潦倒不堪的江湖術士，簡直的就是個活死人，這個說鬼話的狗才自以爲能够降神捉鬼，他的一雙眼睛盯在我臉上，摸着我的脈息，說是有鬼附在我身上；於是他們大家撲在我身上，把我縛住手脚，擡到家裏去，連我的跟班一起丟在一個黑暗潮溼的地窖裏，後來被我用牙齒咬斷了繩，纔算逃了出來，立刻就到這兒來了。殿下，我受到這樣奇恥大辱，一定要請您給我作主伸雪。

盎　殿下，我可以爲他證明，他的確不在家裏吃飯，因爲他家裏關住了門不放他進去。

公爵　可是你有沒有把這樣一條頸鏈交給他呢？

盎　他已經把它拿去了，殿下；他跑進庵裏去的時候，這些人都看見他套在頸上的。

乙　而且我可以發誓我親耳聽見你承認你已經從他手裏取了這頸鏈，雖然起先在市場上你是否認的，那時我就拔出劍來跟你決鬥，你後來便逃進這所庵院裏去，可是不知怎麼一下子你又出來了。

小安　我從來不曾踏進這庵院的門，你也從來不曾跟我決鬥過，那頸鏈我更不曾見過。上天爲我作證，你們都在冤枉我！

公爵　噯，這可奇了！我看你們都喝了迷魂的酒了。要是你們說他曾經走了進去，那麼他怎麼說沒有到過；要是他果然發瘋，那麼他怎麼說話一點不瘋；你們說他在家裏吃飯，這個金匠又說他不在家裏吃飯。小廝，你怎麼說？

小特　老爺，他是在普本丁酒店裏跟她在一塊兒吃飯的。

娼妓　是的，他還把我手指上的戒指都拿去了。

小安　是的，殿下，這戒指就是我從她那裏拿來的。

公爵　你看見他走進這庵院裏去嗎？

娼妓　老爺，我的的確確看見他走進去。

公爵　好奇怪！去叫那當家的尼姑出來。（一侍從下）我看你們個個人都有神經病。

伊　威嚴無比的公爵，請您准許我說句話兒。我看見這兒有一個可以救我的人，他一定願意拿出錢來贖我。

公爵　敘拉古人，你有什麼話儘管說吧。

伊　先生，你的名字不是叫安的福勒斯嗎？這位尊价不就是特洛米奧嗎？我想你們兩人一定還記得我。

小特　老丈，我看見了你，祇記得我們自己；剛纔我們也是像你一樣給人綑起來的。你是不是也因爲有神經病，被那賓取診治過？

伊　你們怎麼看着我好像是陌生人一般？你們應該認識我的。

小安　我從來不曾看見過你。

伊　唉！自從我們分別以後，憂愁已經使我大大換了樣子，年紀老了，終日的懊惱在我的臉上刻下了難看的痕跡；可是告訴我，你還聽得出我的聲音來嗎？

小安　聽不出。

伊　特洛米奧，你呢？

小特　不，老丈，我也聽不出。

伊　我想你們一定聽得出來的。

小特　我想我們一定聽不出來；人家既然這樣回答你，你也只好這樣相信他們。

伊　聽不出我的聲音！啊，無情的時間！你在這短短的七年之內，已經使我的喉嚨變得這樣沙啞，連我唯一的兒子都聽不出我的憂傷無力的語調來了嗎？我的滿是皺紋的臉上雖然蓋滿了霜雪一樣的鬚髮，我的周身的血脈雖然已經凝凍，可是我這暮景餘年，還留着殘分記憶，我這垂熄的油燈還閃着最後的微光，我這遲鈍的耳朵還剩着一絲聽覺，我相信我不會認錯了人。告訴我你是我的兒子安的福勒斯。

小安　我生平沒有見過我的父親。

伊　可是在七年以前，孩子，你應該記得我們在敍拉古分別。也許我兒是因爲看見我今天這樣出乖露醜，不願意認我。

小安　公爵殿下和這城裏認識我的人，都可以爲我證明你說的話不對，我生平沒有到過敍拉古。

公爵　告訴你吧，敍拉古人，安的福勒斯在我手下已經二十年了，這二十年來，他從不曾去過敍拉古。我看你大概因爲年老昏憒，嚇糊塗了，纔會這樣瞎認人。

【住持尼偕大安的福勒斯及大特洛米奧上。

尼　殿下，請您看看一個受到寃屈的人。（衆集視）

亞　我看見我有兩個丈夫，難道是我的眼睛花了嗎？

公爵　這兩個人中間有一個是另外一個的魂靈；那兩個也是一樣。究竟那一個是本人，那一個是魂靈呢？誰能够把他們分別出來？

大特　老爺，我是特洛米奧，您叫他去吧。

小特　老爺，我纔是特洛米奧，請您讓我留在這兒。

大安　你是伊勤嗎？還是他的鬼？

大特　哎喲我的老太爺，誰把您綑起來啦？

尼　不管是誰綑縛了他，我要替他鬆去繩子，贖回他的自由，也給我自己找到了一個丈夫。伊勤老頭子，告訴我，你的妻子是不是叫做愛米里亞，她曾經給你一胎生下了兩個漂亮的孩子？倘使你就是那個伊勤，那麼你快回答你的愛米里亞吧！

伊　我倘不是在做夢，那麼你真的就是愛米里亞。你倘使真的是她，那麼告訴我跟着你一起在那根木頭上漂流的我那孩子在那裏？

尼　我們都給厄必丹能人救了起來，可是後來有幾個凶惡的科林多漁夫把特洛米奧和我的兒子搶了去，留着我一個人在厄必丹能人那邊。他們後來下落如何，我也不知道。我自己就像你現在看見我一樣，出家做了尼姑。

公爵　啊，現在我記起他今天早上所說的故事了。這兩個面貌相同的安的福勒斯，這兩個難分彼此的特洛米奧，還有她說起的她在海裏遇險的情形，原來他們兩人就是這兩個孩子的父母，在無意中彼此聚首了。安的福勒斯，你最初是從科林多來的嗎？

大安　不，殿下，不是我；我是從敍拉古來的。

公爵　且慢，你們各自站開，我認不清楚你們究竟誰是誰。

小安　殿下，我是從科林多來的。

小特　我也和他一起來。

小安　殿下的伯父未那豐老殿下，那位威名遠震的戰士，把我帶到這兒。

亞　你們兩人那一個今天跟我在一起吃飯？

大安　是我，好嫂子。

亞　你不是我的丈夫嗎？

小安　不，他不是你的丈夫。

大安　我不是她的丈夫，可是她卻這樣稱呼我；還有她的妹妹，這位美麗的小姐，她把我當作她的姊夫。（向露）要是我現在所見所聞，並不是一場夢景，那麼我對你說過的話，希望能夠成爲事實。

益　先生，那就是您從我手裏拿去的頸鏈。

大安　是的，我並不否認。

小安　尊駕爲了這條頸鏈，把我捉去吃官司。

益　是的，我並不否認。

亞　我把錢交給特洛米奧，叫他拿去把你保釋出來；可是我想他沒有把錢交給你。

小特　不，我可沒有拿到甚麼錢。

大安　這一袋錢是你交給我的跟班特洛米奧拿來給我的。原來我們彼此認錯了人，所以鬧了這許多錯誤。

小安　現在我就把這袋錢救贖我的父親。

公爵　那可不必，我已經豁免了你父親的死罪。

娟妓　大爺，我那戒指您一定得還我。

小安　好，你拿去吧，謝謝你。

尼　殿下要是不嫌草菴寒陋，請賞光小坐片刻，聽聽我們暢談各人的經歷；在這裏的各位因爲誤會而受到種種牽累，也請一同進來讓我們向各位道歉。我的孩兒們，我牽腸掛肚地思念着你們，已經三十三年了，到現在我心裏方纔落下了一塊石頭。殿下，我的夫君，我的孩兒們，還有你們這兩個跟我的孩子一起長大同甘同苦的僮兒，大家來參加一個饒舌老婦的歡宴，陪着我一起高興吧。吃了這麼多年的苦，現在是苦盡甘來了！

公爵　我願意奉陪，參加你們的談話。（公爵、住持尼、伊勤、娼妓、商人乙、盎哲魯及侍從等同下）

大特　大爺，我要不要把您的東西從船上取來？

小安　特洛米奧，你把我的什麼東西放在船上了？

大特　就是您那些放在森道旅店裏的貨物哪。

大安　他是對我說話。我是你的主人，特洛米奧。來，咱們一塊兒去吧，東西放着再說。你也和你的兄弟親熱親熱。（大安、小安、亞特麗安那、露西安那同下）

大特　你主人家裏有一個胖胖的女人，她今天吃飯的時候，把我當作是你，不讓我離開廚房；現在她可是我的嫂子，不是我的老婆了。

小特　我看你不是我的哥哥，簡直是我的鏡子，看見了你，我纔知道我自己是個風流俊俏的小白臉。咱們一起進去

瞧他們談天吧，

大特　按理應該哥哥走在前面，可是咱們究竟誰大誰小，我也弄不明白，咱們還是拈鬮子分先後吧。

小特　不，咱們既是同月同日同時生，就應該手挽着手兒，大家有路一同行。（同下）

莎士比亞戲劇全集

第三輯　第四種

# 馴悍記

朱生豪譯

# 馴悍記

## 劇中人物

貴族
克里斯多弗・史賴　補鍋匠
酒店主婦，小僮，伶人，獵奴，從僕等
（以上為序幕中的人物）

巴普底士他　帕度亞的富翁
文生梯奧　披薩的老紳士
盧生梯奧　文生梯奧的兒子，愛戀琵央加者
披特魯喬　維洛那的紳士，凱薩琳那的求婚者
葛雷米奧、霍登旭　琵央加的求婚者
特蘭尼奧、比昂特洛　盧生梯奧的僕人

格魯米奥、寇梯斯　披特魯喬的僕人
老學究　假扮文生梯奥者
凱薩琳那　悍婦、昆央加　巴普底士他的女兒
寡婦
裁縫，帽商，及巴普底士他，披特魯喬兩家的僕人

**地點**

帕度亞；有時在披特魯喬的鄉間住宅

# 序幕

## 第一場　荒村酒店門前

【女店主及史賴上。

史　操你媽的！

女店主　把你上了枷帶了銬，你纔知道利害，你這流氓！

史　你是個爛汚貨！你去打聽打聽，俺姓史的人家從來不曾出過流氓，咱們的老祖宗是跟着理查萬歲爺一塊兒來的。給我閉住你的臭嘴；老子什麼都不管。

女店主　你打碎了的杯子不肯賠我嗎？

史　不，一個子兒也不給你。騷貨，你還是鑽進你那冰冷的被窩兒裏去吧。

女店主　我知道怎樣對付你這種傢伙；我去叫官差來抓你。（下）

史　隨他來吧，我沒有犯法，看他怎樣奈何我。是好漢決不逃走，讓他來吧。（躺下地上睡去）

【號角聲。獵罷歸來的貴族率獵奴及從僕等上。

貴族　獵奴，你好好照料我的獵犬。可憐的茂里曼，它跑得嘴唇邊流滿了白沫！把克勞特和那大嘴巴的母狗放在一起。你不看見錫爾佛在那籬笆角上，居然會把那失去了踪跡的畜生找到了嗎？人家給我二十鎊我也不肯把它讓給他。

獵奴甲　老爺，裴爾曼也不比它差呢；它聞到一點點臭味就會叫起來，今天它已經兩次發現了獵物的踪跡。我覺得還是它好。

貴族　你知道什麼！厄戈要是脚步快一些，可以抵得過二十條這樣的狗。可是你得好好餵飼它們，把它們留心照料。明天我還要打獵哩。

獵奴甲　是，老爺。

貴族　（見史）這是甚麼？是個死人，還是喝醉了？瞧他有沒有氣？

獵奴乙　老爺，他在呼吸。他要不是喝醉了酒，不會在這麼冷的地上睡得這麼熟。

貴族　瞧這蠢東西！他躺在那兒多麼像一頭豬！一個人死了以後，那樣子也不過這樣難看！我要把這醉漢作弄一番。讓我們把他扛回去放在牀上，給他穿上好看的衣服，在他的手指上套上許多戒指，牀邊端整好一桌豐盛的酒食，穿得齊齊整整的僕人伺候着他，等他醒來的時候，這叫化子不是會把他自己也忘記了嗎？

獵奴甲　老爺，我想他一定想不出他自己是個什麼人。

獵奴乙　他醒來以後，一定會大吃一驚。

貴族　就像置身在一場美夢或空虛的幻想中一樣。你們現在就把他擡起來，輕輕地把他扛到我的最好的一間屋子裏，四周的牆壁上掛滿了我那些風流的圖畫，用溫暖的香水給他洗頭，房間裏薰着芳香的梅檀，還要把樂器預備好，等他醒來的時候，便彈奏起美妙的仙曲來。他要是說甚麼話，就立刻恭恭敬敬地低聲問他，「老爺有甚麼吩咐？」一個僕人捧着銀盆，裏面盛着浸滿花瓣的薔薇水，還有一個人捧着水壺，第三個人拿着手巾，說，「請老爺淨手。」那時另外一個人就拿着一身華貴的衣服，問他歡喜穿那一件；還有一個人向他報告他的獵犬和馬匹的情形，並且對他說他的夫人因爲他害病，心裏非常難過。讓他相信他自己曾經瘋了；要是他說他自己是個什麽人，就對他說他是在做夢，因爲他是一個做大官的貴人。你們這樣用心串演下去，不要鬧得太過分，一定是一場絕妙的消遣。

獵奴甲　老爺，我們一定用心扮演，讓他看見我們不敢怠慢的樣子，相信他自己眞的是一個貴人。

貴族　把他輕輕擡起來，讓他在牀上安息一會兒，等他醒來的時候，各人都按着各自的職分好好兒做去。（衆扛史下；號角聲）來人，去瞧瞧那吹號角的是什麽人來了。（一僕人下）也許有甚麽過路的貴人，要在這兒暫時歇足。

【僕重上。

貴族　啊，是誰？

僕　稟老爺，是一班戲子要來伺候老爺。

貴族　叫他們過來。

【衆伶人上。

貴族　歡迎，列位！

衆伶　多謝大人。

貴族　你們今晚想要在我的地方就擱一夜嗎？

甲伶　大人要是不嫌棄的話，我們願意伺候大人。

貴族　很好。這一個人很是面熟，我記得他曾經扮過一個農夫的長子，向一位小姐求愛，演得很不錯。你的名字我忘記了，可是那一個角色你演來恰如其分，一點不做作。

甲伶　您大概說的是蘇多吧。

貴族　對了，你扮得很好。你們來得很是湊巧，因爲我正要串演一幕戲文，你們可以給我不少幫助。今晚有一位貴人要來聽你們的戲，他生平沒有聽過戲，我很擔心你們看見他那傻頭傻腦的樣子，會忍不住笑起來，那就要把他惱怒了；我告訴你們，他祇要看見人家微微一笑，就會發起脾氣來的。

甲伶　大人，您放心好了。就算他是世上最古怪的人，我們也會控制我們自己。

貴族　來人，把他們領到食料房裏，好好款待他們；他們需要甚麼，祇要是我家裏有的，都可以儘量供給他們。（甲僕領衆伶下）來人，你去找我的僮兒巴索洛繆，把他裝扮做一個貴婦，然後帶着他到那醉漢的房間裏去，叫他做太太，須要十分恭敬的樣子。你代我吩咐他，他的一舉一動，必須端莊穩重，就像他看見過的高貴的婦女在她們丈夫面前的那種樣子；他對那醉漢說話的時候，必須溫柔和婉，也不要忘記了屈膝致敬；他應當說，「夫君有什麼事要吩咐奴家，請儘管說出來，好讓奴家稍盡一點做妻子的本分，表示一點對您的愛心。」然後他就裝出很多情的樣子把他擁抱親吻，把頭偎在他的胸前，眼睛裏流着淚，因爲她的丈夫瘋顚了好久，七年以來，始終自以爲是一個窮苦的討人厭的叫化子，現在眼看他清醒轉來，所以快活得哭出來。要是這孩子沒有女人家隨時淌眼淚的本領，祇要用一棵胡葱包在手帕裏，擦擦眼皮，眼淚就會來了。你對他說他要是扮演得好，我一定格外寵愛他。趕快就把這事情辦好了，我還有別的事要叫你去做。（乙僕下）我知道這孩子一定會把貴婦的舉止行動聲音步態模仿得很像。我很想聽一聽他把那醉漢叫做丈夫。我那些下人們向這個愚蠢的鄉人行禮致敬的

時候，也許會禁不住發笑；我必須去向他們關照一番，也許他們看見有我在面前，自己會有些節制，不致露出破綻來。（率餘衆同下）

## 第二場　貴族家中的臥室

【史賴披富麗睡衣，衆僕持衣帽壺盆等環侍，貴族亦作僕人裝束雜立其內。

史　看在上帝的面上，來一壺淡麥酒！

甲僕　老爺要不要喝一杯白葡萄酒？

乙僕　老爺要不要嚐一嚐這些蜜餞的果子？

丙僕　老爺今天要穿甚麼衣服？

史　我是克里斯多弗洛史賴，別老爺長老爺短的。我從來不曾喝過甚麼白葡萄酒黑葡萄酒；你們倘要給我吃蜜餞果子，還是切兩片乾牛肉來吧。不要問我愛穿甚麼，我沒有襯衫，祇有一個光光的背；我沒有襪子，祇有兩條赤裸裸的腿；我的一雙腳上難得有穿鞋子的時候，就是穿起鞋子來，我的腳趾也會鑽到外面來的。

貴族　但願上天給您掃除這一種無聊的幻想！真想不到像您這樣一個有權有勢，出身高貴，富有資財，受人崇敬的人物，會沾染到這樣一個下賤的邪魔！

史　怎麼！你們把我當作瘋子嗎？我不是勃登村史賴老頭子的兒子克里斯多弗洛史賴，出身是一個小販，也會學過手藝，也曾走過江湖，現在當一個補鍋匠嗎？你們要是不信，去問曼琳哈基脫，那個溫考脫村裏賣酒的胖婆娘，看她認不認識我；她要是不告訴你們我欠她十四辨士的酒錢，就算我是天下第一名說謊的壞蛋。怎麼！我難道瘋了嗎？這兒是——

甲僕　唉！太太就是看了您這樣子，纔終日哭哭啼啼。

乙僕　唉！您的僕人們就是看了您這樣子，纔個個垂頭喪氣。

貴族　您的親戚們因爲您害了這種奇怪的瘋病，纔裏足不進您的大門。老爺啊，請您想一想您的出身，重新記起您從前的那種思想，把這些卑賤的惡夢完全忘卻吧。瞧您的僕人們都在伺候着您，各人等候着您的使喚。您要聽音樂嗎？聽！愛普羅在彈琴了，（音樂）二十頭籠裏的夜鶯在歌唱。您要睡覺嗎？我們會把您扶到溫香柔軟的臥榻上。您要走路嗎？我們會給您在地上鋪滿花瓣。您要騎馬嗎？您有的是鞍韉上鑲嵌着金珠的駿馬。您要射獵嗎？您有的是飛得比清晨的雲雀還高的神鷹。您的獵犬的吠聲，可以使山谷響應，上徹雲霄。

甲僕　您要狩逐嗎？您的獵犬奔跑得比麋鹿還要迅捷。

乙僕　您愛觀畫嗎？我們可以馬上給您拿一幅阿篤尼斯的畫像來，他站在流水之旁，賽西莉霞隱身在蘆葦裏，那蘆葦似乎因爲受了她氣息的吹動，在那裏搖曳生姿一樣。（註一）

貴族　我們可以給您看那處女時代的愛莪怎樣被誘遇暴的經過，（註二）那情形就跟活的一樣。

丙僕　或是在荊棘林中漫步的妲芙妮，（註三）她腿上爲棘刺所傷，看上去就眞像在流着鮮血；傷心的愛普羅瞧了她這樣子，不禁潸然淚下，那血和淚都被畫工描摹得栩栩如生。

貴族　您是一個不折不扣的貴人，您有一位太太，比今世任何一個女子都要美貌萬倍。

甲僕　在她沒有因爲您的緣故而讓滔滔的淚濤流滿了她那可愛的臉龐之前，她是一個並世無儔的美人。

史　我是一個老爺嗎？我有這樣一位太太嗎？我是在做夢？還是到現在纔從夢中醒來？我現在並不睡着；我看見，我聽見，我會說話；我嗅到一陣陣的芳香，我撫摸到柔軟的東西。哎呀，我眞的是一個老爺，不是補鍋匠，也不是克里斯多弗洛史賴。好吧你們去給我請太太過來；可別忘記再給我倒一壺最淡的麥酒來。

乙僕　請老爺洗手。（數僕持壺盆手巾前）啊，您現在已經恢復神智，知道您自己是個什麽人，我們眞是說不出的高興！這十五年來您一直在做着夢，就是在醒着的時候，也跟睡着一樣。

史　這十五年來！哎呀，這一睡可睡得長久！可是在那些時候我不曾說過一句話嗎？

甲僕　啊，老爺，您話是說的，不過都是些胡言亂語；雖然您明明睡在這麽一間富麗的房間裏，您卻說您給人家打出門外，還罵着那屋子裏的女主人，說要上衙門告她去，因爲她在酒瓶裏攙放石子；有時候您叫着西息莉哈基脫。

史　不錯，那是酒店裏的一個女侍。

丙僕　哎喲，老爺您幾時知道有這麽一家酒店，這麽一個女人？您還說起過甚麽史蒂芬史賴，甚麽希臘人老約翰拿普斯，甚麽彼得脫夫，甚麽亨利品潑納爾，還有一二十個諸如此類的名字，都是從來不曾有過，誰也不曾看見過的人。

史　感謝上帝，我現在醒過來了！

衆僕　阿們！

史　謝謝你們，等會兒我重重有賞。

〔小僮扮貴婦率侍從上。

僮　老爺今天安好？

史　喝好酒，吃好肉，當然是很好囉。我的老婆呢？

僮　在這兒，老爺，您有甚麼吩咐？

史　你是我的老婆，怎麼不叫我丈夫？我的僕人纔叫我老爺。我是你的親人。

僮　您是我的夫君，我的主人；我是您的忠順的妻子。

史　我知道。我應當叫她什麼？

貴族　夫人。

史　愛麗絲夫人呢，還是瓊夫人？

貴族　夫人就是夫人，老爺們都是這樣叫着太太的。

史　夫人太太，他們說我已經做了十五年多的夢。

僮　是的，這許多年來我不曾和您同牀共枕，在我就好像守了三十年的活寡。

史　那眞太委屈了你啦。喂，你們都給我走開。夫人，寬下衣服，快到牀上來吧。

僮　老爺，請您恕過我這一兩夜，否則就等太陽西下以後吧。醫生們曾經關照過我，叫我暫時不要跟您同牀，免得舊病復發。我希望這一個理由可以使您原諒我。

史　我實在有些等不及，可是我不願意再做那些夢，所以只好忍住慾火，慢慢再說吧。

【一僕人上。

僕　稟老爺，那班戲子們聽見貴體痊愈，想來演一本有趣的喜劇給您解解悶兒。醫生說過，您因爲思慮過度，所以血液停滯；太多的憂愁會使人發狂，因此他們以爲您最好聽聽戲開開心，這樣纔可以消災延壽。

史　很好，就叫他們演起來吧。你說的甚麼喜劇，可不就是翻翻跟斗蹦蹦跳跳的那種頑意兒？

僮　不，老爺，那還要有趣得多哪。

史　什麼！是扮演妻賢子孝的那種東西嗎？

僮　他們表演的是一樁故事。

史　好，讓我們瞧瞧。來夫人太太，坐在我的身邊，讓我們享受着青春，管他甚麼世事滄桑！（吹喇叭）

註一　阿唐尼斯（Adonis），希臘神話中被維納絲女神所戀之美少年；賽西莉霞（Cytherea）爲維納絲的別名。

註二　愛莪（Io），希臘神話中被宙斯神所誘姦之女子。

註三　如芙妮（Daphne）希臘神話中之女郎，因逃避愛普羅神之追求，化爲月桂。

# 第一幕

## 第一場　帕度亞；廣場

〔盧生梯奧及特蘭尼奧上。

**盧**　特蘭尼奧，我久慕帕度亞是人文淵藪，學術搖籃，這次多蒙父親答應，叫你陪着我前來，到了這景物優勝的名都，真是三生有幸。讓我們就在這裏歇足下來，訪幾個名師益友，研究些有用的學問。我父親五湖四海，經商立業，積聚了不少家財，在披薩是一個赫赫有名的公民；我必須勤求上進，敦品力學，方纔不致辱沒了家聲。所以，特蘭尼奧，我想把我的時間用在研究哲學和做人的道理上，在修身養志的功夫裏尋求我的樂趣，因爲我離開披薩來到帕度亞，就像一個人從淸淺的池沼裏踴身到汪洋大海中，希望滿足他的焦渴一樣。你的意思怎樣？

**特**　我的好少爺，您能夠立志在哲學裏尋求至道妙理，使我聽了非常高興；可是少爺，我們一方面欽慕着仁義道德，一方面卻也不要扮起一副不近人情的道學面孔，也不要因爲一味服膺亞力士多德的箴言，而把奧維特的愛經深惡痛絕。您在相識的面前，不妨運用邏輯和他們滔滔雄辯；日常談話的中間，也可以練習練習修辭學；音樂和詩歌可以開啓您的心靈；您要是胃口好的時候，研究研究數學和形而上學也未始不可。學問必須合着自己的興趣，方纔可以得益，所以，少爺，您儘管揀您最喜歡的東西研究吧。

**盧**　特蘭尼奧，你這番話說得非常有理。等比昂特洛來了，我們就可以去找一個適當的寓所，將來有什麼朋友也可以在那裏招待招待。且慢，那邊來的是些什麼人？

特　少爺，大概這裏的人知道我們來了，所以要演一場戲給我們看，表示他們的歡迎。

【巴普底士他，凱薩琳那，琵央加，葛雷米奧，霍登旭同上。盧生梯奧及特蘭尼奧避立一旁。

巴　兩位先生，你們不必向我多說，因爲你們知道我的意思是非常堅決的。我必須先讓我的大女兒有了丈夫以後方纔可以把小女兒出嫁。你們兩位中間倘有那一位歡喜凱薩琳那，那麼因爲你們兩位都是熟人，我也很敬重你們，我一定答應你們向她求婚。

葛　我可吃她不消。霍登旭，你娶了她吧。

凱　（向巴）爸爸，你是不是要讓我給這兩個臭男人取笑？

霍　姑娘，您放心吧，像您這樣利害的女人，無論那個臭男人都會給您嚇走的。

凱　先生，你也放心吧，她是不願嫁給你的；可是她要是嫁了你，她會用三脚的欖子打破你的鼻頭，把你塗成花臉叫人笑話的。

霍　求上帝保佑我們逃過這種災難！

葛　阿們！

特　少爺，咱們有好戲看了。那個女人倘不是個瘋子，倒潑辣得可以。

盧　可是還有那一位不聲不響的姑娘，卻很真靜幽嫻。別說話了，特蘭尼奧！

特　很好，少爺，咱們閉住嘴看個飽。

巴　兩位先生，我剛纔說過的話決不失信，——琵央加，你進去吧；你不要懊惱，好琵央加，爸爸疼着你，我的好孩子。

凱　好心肝好寶貝！她還是回去哭一場吧。

琵　姊姊，你儘管看着我的懊惱而高興吧。爸爸，我一切都聽您的主張，我可以在家裏繙繙書，玩玩樂器解悶兒。

盧　特蘭尼奧，你聽！好一個賢淑的姑娘！

霍　巴普底士他先生，您爲什麼一定這樣固執？我們本來是一片好意，不料反而害得琵央加小姐心裏不快樂，眞是抱歉得很。

葛　巴普底士他先生，您難道要她代人受過，因爲您那位大令嬡的悍聲四播，而把她終身禁錮嗎？

巴　請你們不要見怪，我已經這樣決定了。琵央加，進去吧。（琵下）我知道她喜歡音樂詩歌，正要想請一位教師在家教授。霍登旭先生，葛雷米奧先生，你們要是知道有這樣適當的人才，請介紹他到這兒來；我因爲希望我的孩子們得到良好的教育，對於有才學的人是竭誠歡迎的。再會，兩位先生。凱薩琳娜，你可以在這兒多玩一會兒；我還要去跟琵央加說兩句話。（下）

凱　什麼，難道我就不可以進去？難道我走一步路都要按照時間，聽人家的指揮？哼！（下）

葛　你到魔鬼的老娘那裏去吧！誰也不會留住你的。霍登旭先生，咱們雖然說不上有甚麼交情，可是現在同病相憐，大家還是回去把這段癡心斬斷了吧。可是爲了我對於可愛的琵央加的愛慕，要是我能够找到一個可以教授她功課的人，我一定要把他介紹給她的父親。

霍　葛雷米奧先生，我也是這樣的意思。可是我說我們兩人雖然立在互相敵對的地位，然而爲了彼此共同的利害，我們應當在一件事情上攜手合作，否則恐怕我們就是再要爲了琵央加的愛而成爲情敵的機會也沒有了。

葛　願聞其詳。

霍　簡簡單單一句話，給她的姊姊找一個丈夫。

葛　找個丈夫！還是找個魔鬼給她吧。

霍　我說，給她找個丈夫。

葛　我說給她找個魔鬼。霍登旭，雖然她的父親這樣有錢，你以爲有那樣一個儍子，願意娶了個活閻羅供在家裏嗎？

霍　嘿，葛雷米奧！我們雖然受不住她那種打駡吵鬧，可是世上儘有胃口好的人，看在銅錢面上，會把她當作活菩薩一樣迎了去的。

葛　那我可不知道。可是我要是貪圖她的嫁奩，我寧願每天給人綁在柱子上抽一頓鞭子，作爲娶她回去的交換條件的。

霍　正像人家說的，兩隻壞蘋果之間，沒有甚麼選擇。可是這一條禁令既然已經使我們兩人成爲朋友，那麼讓我們的交情暫時繼續下去，直到我們幫助巴普底士他的大女兒嫁了出去，讓他的小女兒也有了嫁人的機會以後，再做起敵人來吧。可愛的琵央加！不知道那一個幸運兒捷足先登！葛雷米奧先生，你說怎樣？

葛　我很贊成。要是能够找到那麼一個人，我願意把帕度亞最好的馬兒送給他，讓他立刻前去求婚，趕快和她結婚睡覺，把她早早帶走。我們走吧。（葛、霍同下）

特　少爺，請您告訴我，難道愛情會這麼快就把一個人征服了嗎？

盧　啊，特蘭尼奧！倘不是我自己今天親身經歷，我決不相信這樣的事是可能的。當我在這兒閒望着他們的時候，我卻在無意中感到了愛情的力量。特蘭尼奧，你是我的心腹，我坦白向你招認了吧，要是我不能娶這位年青的貞淑的姑娘做妻子，我一定會被愛情所燃燒而憔悴死去。給我想想法子吧，特蘭尼奧，我知道你一定能够也一定

特　少爺我現在也不能責怪您，因爲愛情進了人的心裏，是打罵不去的。它旣然到了您的身上，就會佔有您的一切。肯幫助我的。

盧　謝謝你，再說下去吧。你的話很是有理，句句說中我的心意。

特　少爺，您那樣出神地望着這位姑娘，恐怕沒有注意到最重要的一點。

盧　不，我沒有把它忽略過去；我看見她那秀美的容顏，就是天神看見了她，也會向她屈膝長跪，請求她准許他吻一吻她的纖手的。

特　此外您沒有注意到甚麼嗎？您沒有聽見她那姊姊怎樣破口駡人，差一點不大鬧一場，把人家耳朵都震聾了嗎？

盧　特蘭尼奧，我看見她的櫻唇微啓，她嘴裏吐出的氣息，把空氣都薰得充滿了麝蘭的香味。我看見她的一切都是聖潔而美妙。

特　他已經着了迷了，我必須把他叫醒。少爺，請您醒醒吧；您要是愛這姑娘，就該想法把她弄到手裏。事情是這樣的：她的姊姊是個潑辣兇悍的女子，除非她的父親先把她姊姊嫁了出去，那麼少爺，您的愛人只好住在家裏做個老處女；他因爲不願讓那些求婚的人向她麻煩，所以已經把她關起來不讓她出來了。

盧　啊，特蘭尼奧！他眞是個狠心的父親！可是你不聽見他正在留心爲她訪尋一個好教師嗎？

特　是的，少爺，我正在這上面想法子呢。

盧　我有了計策了，特蘭尼奧。

特　妙極，也許我們不謀而合。

盧　你先說吧。

特　我知道您想去做她的教書先生。

盧　是啊，你看這件事可做得到？

特　做不到；您去做了教書先生，叫誰代您在這兒帕度亞充文生梯奧的公子？有誰可以代您主持家務，研究學問，招待朋友，訪問鄰里，宴請賓客？

盧　不要緊，我已經仔細想過了。我們初到此地，還不曾到什麼人家裏去過，人家也不認識我們兩人誰是主人誰是僕人，所以我想這樣：你就頂替着我的名字，代我主持家務，指揮僕人；我自己移名改姓，扮做一個從佛羅倫斯，奈不爾斯，或是披薩來的窮苦書生。就這麼辦吧，特蘭尼奧，你快快脫下衣服，戴上我的帽子，披上我的外套。等比昂特洛來了，就叫他伺候着你；可是我還要先囑咐他說話小心些。（二人交換服裝）

特　少爺，既然這是您的意思，我也只好從命，因爲在我們臨走的時候，老爺曾經吩咐過我，「你要聽少爺的話，用心做事，」雖然我想他未必想到會有今天的情形；可是因爲我敬愛盧生梯奧，所以我願意自己變成盧生梯奧。

盧　很好，特蘭尼奧，因爲盧生梯奧在戀愛着一個人了。她那驚鴻似的一面，已經擄去了我的魂魄；爲了博取她的芳心，我甘心做一個奴隸。這狗才來了。

〔比昂特洛上。

盧　喂，你到什麼地方去了？

比　我到什麼地方去了！咦，怎麼，您在什麼地方？少爺，是特蘭尼奧把您的衣服偷了呢，還是您把他的衣服偷了？還是兩個人你偷我的我偷你的？究竟是怎麼一回事呀？

盧　你過來，我對你說，現在不是說笑話的時候，你好好聽我的話。我在上岸以後，因爲跟人家吵架，殺死了一個人，恐怕被人看見，所以叫特蘭尼奧穿上我的衣服，假扮做我的樣子，我自己穿了他的衣服逃走。爲了保全性命，我只好離開你們；你須要好好伺候他，就像伺候我自己一樣，你懂了嗎？

比　少爺，我一懂都不懂！

盧　你嘴裏不許提起一聲特蘭尼奧，特蘭尼奧已經變成盧生梯奧了。

比　算他運氣，我也這樣變一變就好了！

特　我更希望盧生梯奧能够得到巴普底士他的小女兒。可是我要勸你在無論什麼人面前，都要規規矩矩，在私底下我是特蘭尼奧，當着人我就是你的主人盧生梯奧；這並不是我要在你面前擺甚麼架子，無非是爲着少爺的好處起見。

盧　特蘭尼奧，我們去吧。我還要你做一件事，你必須也去做一個求婚的人，爲甚麼你不必問，總之我自有道理。（同下）

〔舞臺上方觀劇者的談話。

甲僕　老爺，您在瞌睡了，您沒有聽戲嗎？

史賴　不，我在聽着。好戲好戲，下面還有嗎？

僮　還剛開始呢，夫君。

史　是一本非常的傑作，夫人；我希望它快些完結！（繼續看戲）

## 第二場　同前；霍登旭家門前

【披特魯喬及格魯米奧上。

披　我暫時告別了維洛那，到帕度亞來訪問朋友，尤其要看看我的好朋友霍登旭；他的家大概就在這裏，格魯米奧，你去敲門。

格　（敲門）喂，裏面有人嗎？

【霍登旭上。

霍　啊，我道是誰，原來是我的老朋友格魯米奧！還有我的好朋友披特魯喬！你們在維洛那都好？是那一陣好風把你們吹到帕度亞來了？

披　因爲年青人倘不在外面走走，老是住在家裏，孤陋寡聞，終非長策，所以風纔把我吹到這兒來了。不瞞你說，霍登旭，家父已經不幸去世，所以我纔到這異鄉客地，想要物色一位妻房，成家立業；我袋裏有的是錢，家裏有的是財產，閒着沒事，出來見見世面也好。

霍　披特魯喬，你既然想要娶一個妻子，我倒想起一個人來了；可惜她脾氣太壞，又長得難看，恐怕你一定不會中意；不過我可以向你保證她很是有錢；可是因爲你是我的好朋友，我還是不要把她介紹給你的好。

披　霍登旭，咱們是知己朋友，用不到多說廢話。我的目的本來是要娶一個有錢的妻子，祇要是合着這一個條件的，無論她怎樣淫賤老醜，潑辣兇悍，我都是一樣歡迎；儘管她的性子暴躁得像起着風浪的怒海，也不能影響我對她的好感，祇要她的嫁奩豐盛，我就心滿意足了。

格　霍登旭大爺，你聽他說的都是老老實實的眞心話，祇要有錢，就是把一個木人泥偶給他做妻子他也要；倘然她是一個滿嘴牙齒落得一個不剩的老太婆，渾身病痛有五十二匹馬合起來那麼多，他也會滿不在乎。

霍　披特魯喬，我們既然已經談起了這件事，那麼我要老實告訴你，我剛纔說的話，一半是笑話。披特魯喬，我可以幫助你娶到一位妻子，又有錢，又年青，又美貌，而且還受過良好的教育；她就是有一個很大的缺點，她的脾氣非常之壞，撒起潑來，誰也吃她不消，即使我是個身無立錐之地的窮光蛋，她願意倒貼一車金鑛嫁給我，我也要敬謝不敏的。

披　算了吧，霍登旭，你可不知道金錢的好處哩。我祇要你告訴我她父親的名字就够了。儘管她罵起人來像秋天的雷鳴一樣震耳欲聾，我也要把她娶了回去。

霍　她的父親是巴普底士他米諾拉，是一位彬彬有禮的紳士；她的名字叫做凱薩琳那米諾拉，在帕度亞以善於罵人出名。

披　我雖然不認識她，可是我認識她的父親，他和先父也是老朋友。霍登旭，我要是不見她一面，我會睡不着覺的，所以我要請你恕我無禮，匆匆相會又要向你告別了。要是你願意陪着我去，那可再好沒有。

格　霍登旭大爺，您讓他趁着這股興致去了吧。說句老實話，她要是也像我一樣知道他得明白，她就會明白對於像他這樣的人，罵殺也是白罵。她也許會罵他一二十聲死人殺千刀，可是那算得甚麼，他要是開口罵起人來，什麼希奇古怪的話兒都會罵得出來。我告訴您吧，她要是頂撞了他一下，他會隨手抓起甚麼東西來向她的臉上摔過去的。您還沒有知道他呢。

霍　等一等，披特魯喬，我要跟你同去。因爲在巴普底士他手裏還有一顆無價的明珠，他的美麗的小女兒琵央加，她是我生命中最珍貴的東西，可是巴普底士他卻把她保管得非常嚴密，不讓向她求婚的人們有親近她的機會。他恐怕凱薩琳那有了我剛纔說過的那種缺點，沒有人願意向她求婚，所以一定要讓凱薩琳這潑婦嫁到了人以後，方纔允許人家向琵央加提起親事。

格　凱薩琳這潑婦！一個姑娘家，什麼頭銜不好，一定要加上這麼一個頭銜！

霍　披特魯喬，我的好朋友，現在我要請求你一件事。我想換上一身樸素的服裝，扮成一個教書先生的樣子，請你把我舉薦給巴普底士他，就說我深通音律，可以做琵央加的教師。我用了這個計策，就可以有機會向她當面求愛，不致於引起人家的疑心了。

格　好狡猾的計策！瞧，現在這種年青人瞞着老年人幹的好事！

【葛雷米奧及盧生梯奧化裝挾書上。

格　大爺，大爺，您瞧誰來啦？

霍　別鬧，格魯米奧！這是我的情敵。披特魯喬，我們站旁邊些。

格　好一個賣弄風流的哥兒！

葛　啊，很好，那些關於戀愛方面的書籍，我就去叫人把它們精工裝釘起來，你必須把它們隨時帶在身邊，唸給她聽。你懂得我的意思嗎？巴普底士他先生對於你的待遇當然是不會錯的，就是我也還要給你一份謝禮哩。你帶去的那些紙墨筆硯，我也要叫人把它們薰得香噴噴的，因爲她自己比任何香料都要芬芳。你預備讀些什麼東西給她聽？

盧　我無論向她讀些甚麼，都是代您申訴您的心曲，就像您自己在她面前一樣，而且也許我所用的字句，比您自己所用的更爲適當，也未可知。

葛　啊，學問眞是好東西！

格　啊，這傢伙眞是傻瓜！

披　閉嘴，狗才！

霍　格魯米奧，不要多話。葛雷米奧先生，您好！

葛　咱們遇見得巧極了，霍登旭先生。您知道我現在到甚麼地方去嗎？我是到巴普底士他家裏去的。我答應他替琵央加留心訪尋一位敎師，算我運氣，找到了這位年靑人，他的學問品行，都可以過得過去，他讀過不少詩書，而且都是很好的書哩。

霍　那好極了。我也碰到一位朋友，他答應替我找一位很好的音樂家來敎她音樂，我對於我那心愛的琵央加總算也盡了責任了。

葛　我可以用我的行爲證明，琵央加是我心愛的人。

霍　葛雷米奧，現在不是我們爭風吃醋的時候，你要是對我客客氣氣，我可以告訴你一個好消息，對於我們兩人都是一樣有好處的。這位朋友我剛纔偶然遇到，他已經答應我願意去向那潑婦凱薩琳求婚，而且祇要她的嫁奩豐盛，他就可以和她結婚。

葛　這當然很好，可是霍登旭，你有沒有把她的缺點告訴他？

披　我知道她是一個喜歡吵吵鬧鬧的長舌婦，倘然她就是有這一點毛病，那我以爲沒有甚麼要緊。

葛　你說沒有甚麼要緊嗎，朋友？請敎貴鄉？

披　舍間是維洛那，已故的安東尼奧就是家父。我因爲遺產頗堪溫飽，所以很想盡情玩玩，過些痛痛快快的日子。

葛　啊，你要過痛快的日子，卻去找這樣一位妻子，眞是奇怪！可是你要是眞有那樣的胃口，那麼我是非常贊成你去

披　試一試的，但凡有可以效勞之處，請老兄儘管吩咐好了。可是你眞的要向這頭野貓求婚嗎？

披　那還用得着問嗎？我倘不是爲了這一件事情，何必到這兒來？你們以爲一點點的吵鬧，就可以使我掩耳卻退嗎？難道我不曾聽見過獅子的怒吼？難道我不曾聽見過海上的狂風暴浪，像一頭瘋狂的巨熊一樣咆哮？難道我不曾聽見過戰場上的礮轟，天空中的霹靂？難道我不曾在白刃相交的激戰中，聽見過震天的殺聲，萬馬的嘶奔，金鼓的雷鳴？你們現在卻向我訴說女人的口舌如何可怕，就是把一枚栗子丟在火裏，那爆聲也要比它響得多哩。

葛　嘿，你們想捉了個跳蝨來嚇小孩子嗎？

霍　葛登旭，這位朋友既然不以爲意，那再好也沒有了，他自己既然人財兩得，而且也幫了我們很大的忙。

葛　他所需要的一切求婚費用，就歸我們兩個人共同擔負吧。

霍　很好，祇要他能夠娶她回去。

【特蘭尼奧盛裝偕比昂特洛上。

特　列位先生請了！我要大膽借問一聲，到巴普庇士他米諾拉先生家裏去打那一條路走最近？

比　您說的就是有兩位漂亮小姐的那位老先生嗎？

特　就是他，比昂特洛。

葛　先生，您說的不就是她——

特　也許是他，也許是她，這和你有甚麼相干？

披　大概不是愛罵人的那個她嗎？

特　先生，我不愛罵人的人。比昂特洛，我們去吧。

盧　（旁白）特蘭尼奧，你裝扮得很好。

霍　先生，請您慢走一步。請問您也是要去向您剛纔說起的那位小姐求婚的嗎？

特　假如我是去求婚的，那不會有甚麼罪吧？

葛　祇要你乖乖兒的給我回去，那就甚麼事也沒有。

特　咦，我倒要請問，官塘大路，你走得我就走不得？

葛　她可不用你多費心。

特　這是什麼理由？

葛　告訴你吧，因爲她是葛雷米奧大爺的愛人。

霍　因爲她是霍登旭大爺中意的人兒。

特　兩位先生少安毋躁，你們倘然都是通達事理的君子，請聽我說句話兒。巴普底士他是一位有名望的紳士，我的父親和他也是素識，他的女兒就是再美上十倍，也應該有比現在更多十倍的男子向她求婚，爲什麼我就不能在其中參加一分呢？莉達的美貌的女兒（註）有一千個求婚者，那麼美貌的琵央加爲什麼不能在她原有的求婚者之外，再加上一個去呢？雖然巴里斯希望鰲頭獨占，盧生梯奧卻也要加入這一場競賽。

葛　啊，這個人的口才會把我們全都壓倒哩。

盧　讓他試試身手吧，我知道他會臨陣怯退的。

披　霍登旭，你們這樣淨說廢話，有甚麼意思？

霍　請問尊駕有沒有見過巴普底士他的女兒？

特　沒有，可是我聽說他有兩個女兒，大的那個是出名的潑辣，小的那個是出名的美貌溫文。

披　諸位，那個大的已經被我定下了，你們不用提她。

葛　對了，這一份艱巨的工作，還是讓我們偉大的英雄去獨力進行吧。

披　新來的朋友，讓我告訴你，你聽人家說起的那個小女兒，被她的父親看管得很是嚴密，在他的大女兒沒有嫁人以前，他拒絕任何人向他的小女兒求婚，也不願意把她許嫁給任何人。

特　這樣說來，那麼我們都要仰仗尊駕的大力，就是小弟也要叨您老兄的光了。您要是能夠娶到了他的大女兒，給我們開闢出一條路來，好讓我們有機會爭取他的小女兒，無論這一場幸運落在那一個人身上，對您老兄總是一樣終生感激的。

霍　您說得有理，既然您說您自己也是一個求婚者，那麼您對於這位朋友也該給他一些酬報纔是，因為我們大家都是一樣仰賴着的。

特　那可不用說，為了表示我的誠意，我想就在今天下午，請在場各位大家在一塊兒歡宴一次，恭祝我們共同的愛人的健康。我們在情場上儘管是死冤家，活對頭，在吃吃喝喝的時候還是像好朋友一樣。

格比｝妙極妙極！咱們大家去吧。（同下）

註　莉達（Leda），古代斯巴達王后，天神宙斯（Zeus）與之通而生海倫（Helen）。海倫始嫁米尼勞斯（Menelaus）後為特洛埃王子巴里斯（Paris）所盜佔，結果釀成特洛埃戰爭。

# 第二幕

## 第一場　帕度亞巴普底士他家中一室

〔凱薩琳那及琵央加上。

琵　好姊姊，我是你的親妹妹，不要把我當作婢子奴才一樣看待。你要是不歡喜我身上穿戴的東西，那麼請你鬆開我手上的綑縛，我會自己把它們拿下來；祇要你吩咐我，我把裙子脫下來都可以；你要我怎麼做，我就聽你的話怎麼做，因爲你是姊姊，我應該服從你的。

凱　那麼我要問你，在那些向你求婚的男人中間，你最愛那一個？你可不許說謊。

琵　相信我，姊姊，在一切男子中間，我到現在還沒有遇到一個特別中我心意的人。

凱　丫頭，你說謊！是不是霍登旭？

琵　姊姊，你要是歡喜他，我可以發誓我一定竭力幫助你得到他。

凱　噢，那麼你大概希望嫁到一個比霍登旭更有錢的人；你要葛雷米奧把你終生供養嗎？

琵　你是爲了他纔這樣恨我嗎？不，你是說着頑頑兒的；我現在知道了，你剛纔的話原來都是說着頑頑兒的。凱德好姊姊，請你鬆開我的手吧。

凱　你說我說着頑頑兒，我就打着你頑頑兒。（打琵央加）

【巴普底士他上。

巴　怎麼，怎麼，這丫頭又在撒潑了嗎？琵央加，你站開些。可憐的孩子！你看她給你欺侮得哭起來了。你去做你的針線活兒吧，別理她。你這惡鬼一樣的賤人！她從來不曾惹過你，你怎麼又要欺侮她？她甚麼時候頂撞過你一句？

凱　她嘴裏一聲不響，心裏瞧不起我；我氣她不過，非叫她知道些利害不可。（追琵央加）

巴　怎麼，當着我的面你也敢這樣放肆嗎？琵央加，你快進去。（琵下）

凱　啊！你不讓我打她嗎？好，我知道了，她是你的寶貝，她一定要嫁個好丈夫，像我這樣的人是一輩子嫁不出去的。不要向我說話，我要去找個地方坐下來痛哭一場。你看着吧，我總有一天要報仇的。（下）

巴　世上還有比我更倒霉的父親嗎？可是誰來了？

【葛雷米奧率盧生梯奧作寒士裝束，披特魯喬率霍登旭化裝樂師，特蘭尼奧率比昂特洛攜七絃琴及書籍各上。

葛　早安，巴普底士他先生！

巴　早安，葛雷米奧先生！各位先生，你們都好？

披　您好，老先生。請問您不是有一位美貌賢德的令嬡名叫凱薩琳那嗎？

巴　先生，我是有一個小女名叫凱薩琳那。

葛　你說話太莽撞了，要慢慢兒的說到題目上去。

披　葛雷米奧先生，請你不用管我。巴普底士他先生，我是從維洛那來的一個紳士，因爲久聞令嬡美貌多才，端莊賢淑，品格出衆，舉止溫柔，所以不揣冒昧，到府上來做一個不速之客，瞻仰瞻仰這位心儀已久的絕世佳人。爲了表示我的寸心起見，我特地介紹這一位朋友給您，（介紹霍登旭）他熟諳音律，精通數理，可以擔任令嬡的教師，我知道她對於這兩門功課一定研究有素。您要是不嫌棄我，就請把他收留下來。他的名字叫李西奧，是曼多亞人。

巴　你們兩位我都是一樣歡迎。可是說起小女凱薩琳，我實在非常抱歉，她是仰攀不上像您這樣一位人物的。

披　看來您是疼惜令嬡，不願把她遣嫁，否則就是您對我這個人不大滿意。

巴　那裏的話，我說的是實在的情形。請問貴鄉何處，尊姓大名？

披　賤名是披特魯喬，安東尼奧是我的先父，他在意大利是很有一點名望的。

巴　我跟他很是熟悉，您原來就是他的賢郎，歡迎歡迎！

葛　披特魯喬，不要儘管一個人說話，讓我們也說幾句吧；退後一步，你真太自鳴得意啦。

披　啊，對不起，葛雷米奧先生，我也巴不得把事情早點兒講妥呢。

葛　我相信你一定會成功，可是以後你要是後悔今天不該來此求婚，可不要抱怨別人。巴普底士他先生，我因爲平常多蒙您另眼相看，十分厚待，無以爲報，所以特地把這位青年學士介紹給您。（介紹盧生梯奧）他曾經在萊姆茲留學多年，對於希臘文，拉丁文，以及其他各國語言，都非常精通。他的名字叫堪比奧，請您准許他在您這兒服務吧。

巴　我非常感謝您的好意，葛雷米奧先生；堪比奧，我很歡迎你。（向特）可是這位先生好像是從外省來的，恕我冒昧，請問尊駕來此有何貴幹？

特　巴普底士他先生，我纔要請您多多原諒呢，因爲我初到貴地，居然敢大膽前來，向您美貌賢德的令嬡琵央加小姐求婚，實在是冒昧萬分。我也知道您的意思是要先給您那位大令嬡許配了婚姻，然後再談其他，所以我現在唯一的請求，是希望您在知道我的家世以後，能夠給我一個和其他各位求婚者同等的機會。這一件不値錢的樂器，和這一包希臘文和拉丁文的書籍，是奉獻給兩位女公子的一點小小禮物，您要是不嫌菲薄，受納下來，那就是我莫大的榮幸了。

巴　台甫是盧生梯奧，請問府上在什麽地方？

特　敝鄉是披薩，文生梯奧就是家嚴。

巴　啊，他是披薩地方數一數二的人物，我聞名已久，您就是他的令郎，歡迎歡迎！（向崔）你把這琴拿了，（向盧）你把這幾本書拿了，我就叫人領你們去見你們的學生。喂，來人！

【一僕人上。

巴　你把這兩位先生領去見大小姐二小姐，對她們說這兩位就是來教她們的先生，叫她們千萬不可怠慢。（僕領崔、盧下）諸位，我們現在先到花園裏散步片刻，然後吃飯。你們都是難得的佳賓，請你們相信我是誠心歡迎着你們。

披　巴普底士他先生，我事情很忙，不能每天到府上來求婚。您知道我父親的爲人，您也可以根據我父親的爲人，推測到我這個人是不是靠得住！他去世以後，全部田地產業都已歸我承繼下來，我在自己手裏也掙下了一些家產。現在我要請您告訴我，要是我得到了令嬡的垂青，您願意撥給她怎樣一份嫁奩？

巴　我死了以後，我的田地的一半都給她，另外再給她二萬個克郎。（註）

披　很好，您旣然答應了我這樣一份嫁奩，我也可以向她保證要是我比她先死，我的一切田地產業都歸她所有。我們現在就把契約訂好，雙方各執一份爲憑吧。

巴　好的，可是最要緊的還是先去把她的愛求到了再說。

披　啊，那算得甚麼難事！告訴您吧，老伯，她固然脾氣高傲，我也是天性剛強；一星星的火花，雖然會被微風吹成烈燄，可是一陣拔山倒海的颶風，卻可以把大火吹熄；我對她就是這樣，她見了我一定會屈服的，因爲我是個性格暴躁的人，我不會像小孩子一樣談情說愛。

巴　那麼很好，願你馬到成功！可是你要準備着聽幾句刺耳的說話呢。

披　那我也有恃無恐，儘管狂風吹個不停，山嶽是始終屹立不動的。

〔霍登旭頭破血流上。

巴　怎麼，我的朋友！你怎麼這樣臉無人色？

霍　我是嚇成這個樣子的。

巴　怎麼，我的女兒是不是一個可造之才？

霍　我看令嬡很可以當兵打仗去；祇有鐵鏈可以鎖住她，我這琴兒是經不起她一敲的。我不過告訴她她把音柱弄錯了，按着她的手教她怎樣彈奏，她就冒起火來，把琴敲着我的頭，琴是給她敲穿了，我的頭頸也給琴套住了；我像一個戴枷的犯人一樣站着發怔，一面她還駡我拉胡琴的癟三，沿街賣唱的叫化子，以及諸如此類的難聽的名字。

披　嗳呀，好一個勇敢的姑娘！我現在更加愛她十倍了。啊，我眞想跟她談談天！

巴　（向霍）好，你跟我去，請不要懊惱；你可以去教我的小女兒，她是很願意虛心學習，很懂得好歹的。披特魯喬先牛，您還是願意陪我們一塊兒走走呢，還是讓我叫我的女兒凱德出來見您？

披　有勞您去叫她出來吧，我就在這兒等着她。（巴、葛、特、霍等同下）等她來了，我要提起精神來向她求婚：要是她開口罵人，我就對她說她唱的歌兒像夜鶯一樣曼妙；要是她向我皺眉頭，我就說她看上去像浴着朝露的玫瑰一樣清麗；要是她默不作聲，我就恭維她的能言善辯；要是她叫我滾蛋，我就向她道謝，好像她留我多住一個星期一樣；要是她不願意嫁給我，我就向她請問吉期。她已經來啦，披特魯喬，現在要看看你的本領了。

〔凱薩琳那上。

披　早安，凱德，我聽說這是你的小名。

凱　算你生着耳朵，可是我這名字是會刺痛你的耳朵的。人家提起我的時候，都叫我凱薩琳。

披　你騙我，你的名字就叫凱德，你是可愛的凱德，人家有時也叫你潑婦凱德；可是你是世上最美最美的凱德，所以，凱德，我的心上的凱德，請你聽我訴說：我因爲到處聽見人家稱贊你的溫柔賢德，傳揚你的美貌嬌姿，雖然他們嘴裏說的話，還抵不過你實在的好處的一半，可是我的心卻給他們打動了，所以特地前來向你求婚，請你答應嫁給我做妻子。

凱　打動了你的心！哼！叫那打動你到這兒來的那傢伙把你打動回去吧，我早知道你是個給人搬來搬去的東西。

披　什麼東西是給人搬來搬去的？

凱　就像一隻櫈子一樣。

披　對了，來，坐在我的身上吧。

凱　驢子是給人騎坐的，你也就是頭驢子。

披　你火性這麼大，就像一頭黃蜂。

凱　我倘然是黃蜂，那麼留心我的刺吧。

披　我就把你的刺拔下。

凱　你知道它的刺在什麼地方嗎？

披　誰不知道黃蜂的刺是在尾巴上？

凱　我的刺可是在舌頭上呢。現在我可要去了。

披　不，別走，好凱德，你不要瞧我不起，我也是個堂堂紳士呢。

凱　我倒要試試看。（打披）

披　你再打我，我也要打你了。

凱　你要是打我，就不是個堂堂紳士。

披　好了好了，凱德，請不要這樣怒目橫眉的。

凱　我看見了醜東西，總是這樣的。

披　這裏沒有醜東西，你應當和顏悅色纔是。

凱　誰說沒有？

披　請你指點給我看。

凱　我要是有鏡子，就可以指點給你看。

披　啊，你是說我的臉孔嗎？凱德，請不要逃避我。

凱　倘然我留在這兒，我會叫你討一場大大的沒趣的，還是放我走吧。

披　不，一點不，我覺得你是無比的溫柔。人家說你很暴躁，很驕傲，脾氣十分乖僻，現在我纔知道別人的話完全是假的，因爲你是瀟洒嬌憨，和藹謙恭，說起話來腼腼覥覥的，就像春天的花朵一樣可愛。你不會蹙眉蹙額，也不會斜着眼睛看人，更不會像那些脾氣嶲張的女人們一樣咬着嘴唇；你不歡喜在談話中間和別人頂撞，你款待求婚的男子，都是那麼溫和柔婉。爲什麼人家要說凱德走起路來有些蹺呢？這些愛造謠言的傢伙！凱德是像榛樹的枝兒一樣娉婷纖直的。啊，讓我瞧瞧你走路的姿勢吧，你那窈窕的步伐是多麼醉人！

凱　傻子，少說些瘋話吧！

披　在樹林裏漫步的黛安娜女神，能夠比得上在這間屋子裏姍姍徐步的凱德嗎？啊，讓你做黛安娜女神，讓她做凱德吧，你應當分給她幾分貞潔，她應當分給你幾分風流！

凱　你這些好聽的說話是向誰學來的？

披　我這些話都是不假思索，隨口而出。閒話少說，讓我老實告訴你，你的父親已經答應把你嫁給我做妻子，你的嫁奩也已經議定了，你願也好，不願也好，我一定要和你結婚。凱德，我們兩人是天造地設的一雙佳偶，我眞歡喜你，你是這樣的美麗，你除了我之外，不能嫁給別人，因爲我是天生下來把你降伏的，我要把你從一個野性的凱德，變成一個柔順聽話的賢妻良母。你的父親來了，你不能不答應，我已經下了決心，一定要娶凱薩琳做妻子。

【巴普底士他，葛雷米奧，及特蘭尼奧重上。

巴　披特魯喬先生，您跟我的女兒談得怎麼樣啦？

披　難道還會不圓滿嗎？我知道我一定不會失敗。

巴　啊，怎麼，凱薩琳我兒！你怎麼不大高興？

凱　你還叫我女兒嗎？你眞是一個好父親，要我嫁給一個瘋瘋顚顚的漢子，一個輕薄的惡少，一個胡說八道的傢伙，他以爲憑着幾句瘋話，就可以把事情硬幹成功。

披　老伯，事情是這樣的：人家所講的關於她的種種說話，都是錯的，就是您自己也有些不大知道令嬡的爲人；她那些潑辣的樣子，都是故意假裝出來的，其實她一點不倔強，卻是像鴿子一樣柔和，她一點不暴躁，卻是像黎明一樣安靜；她的忍耐她的貞潔，可以和古代的賢媛媲美；總而言之，我們彼此的意見十分融洽，我們已經決定在星期日舉行婚禮了。

凱　我要看你在星期日上吊！

葛　披特魯喬，你聽，她說她要看你在星期日上吊。

特　這就是你所誇耀的成功嗎？看來我們的希望也都完了！

披　兩位不用着急，我自己選中了她，祇要她滿意，我也滿意，不就行了？我們兩人剛纔已經約定，在當着人的時候，她還是裝做很潑辣的樣子。我告訴你們吧，她那麼愛我，簡直是不能叫人相信的；啊，最多情的凱德！她挽住我的頭頸，把我吻了又吻，一遍遍地發着盟誓，我在一霎眼間，就完全給她征服了。啊，你們都是不曾經歷過戀愛妙諦的人，你們不知道男人女人私底下在一起的時候，一個最不中用的懦夫也會使世間最兇悍的女人馴如綿羊。凱德，讓我吻一吻你的手。我就要到威尼斯去購辦結婚的禮服。岳父，您可以備起酒席來，請起賓客來了。我可以斷定凱薩琳在那天一定打扮得非常富麗。

巴　我不知道應當怎麼說，可是把您的手給我，披特魯喬，願上帝賜您快樂！這頭親事算是定當了。

葛、特 阿們！我們願意在場作證。

披 岳父，賢妻，各位，再見了。我要到威尼斯去，星期日就在眼前了。我們要有很多的戒指，很多的東西，很好的陳設。凱德，吻我吧，我們星期日就要結婚了。（披、凱各下）

葛 有這樣速成的婚姻嗎？

巴 老實對兩位說吧，我現在就像一個商人，因爲急於脫貨，這注買賣究竟做得做不得，也在所不顧了。

特 這是一筆使你搖頭的滯貨，現在有人買了去，也許有利可得，也許人財兩失，

巴 我也不希望甚麼好處，但願他們婚後平安無事就是了。

葛 他娶了這樣一位夫人去，一定會家宅安寧的。可是巴普底士他先生，現在要談到您的第二位令嬡了，我們好容易纔盼到這一天。你我是鄰居素識，而且我是第一個來求婚的人。

特 可是我對於琵央加的愛，是不能用言語來形容也不是您所能想像得到的。

葛 你是個後生小子，那裏會像我一樣眞心愛人。

特 瞧你鬍鬚都斑白了，你的愛情是冰凍的，

葛 你的愛情會把人燒壞。無知的小兒，退開去，你不懂得應該讓長者居先的規矩嗎？

特 可是在娘兒們眼睛裏，年青人是格外討人歡喜的。

巴 兩位不必爭執，讓我給你們公平調處；我們必須根據實際的條件判定誰是錦標的得主。你們兩人中誰能够答應給我的女兒更大的聘禮，誰就可以得到我的琵央加的愛。葛雷米奧先生，您能够給她甚麼保證？

葛 第一，您知道我在城裏有一所房子，陳設着許多金銀的器皿，金盆玉壺給她洗纖纖的嫩手，室內的帷幕都用古

代的錦繡製成，象牙的箱子裏滿藏着金幣，杉木的櫥裏堆疊着錦氈繡帳，綢緞綾羅，美衣華服，珍珠鑲嵌的絨墊，金線織成的流蘇，以及銅錫家具，一切應用的東西。在我的田莊裏，我還有一百頭乳牛，一百二十頭公牛，此外的一切可以依此類推。我必須承認我自己已經上了幾歲年紀，要是我明天死了，這一切都是她的，祇要當我活着的時候，她願意做我的妻子。

特　巴普底士他先生，請您聽我說：我父親祇有我一個兒子，我是他唯一的後嗣，令嬡倘然嫁給了我，我可以把我在披薩城內三四所像這位葛雷米奧老先生所有的一樣好的房子歸在她的名下，此外還有田地上每年二千塊金圓的收入，都給她作爲我死後的她的終身的產業。葛雷米奧先生，您聽了我的話很不舒服嗎？

葛　每年二千塊金圓的田地上的收入！我的田地雖然沒有那麼多，可是我除了把我所有的田地給她之外，還可以給她一艘大商船，現在它就在馬賽碼頭裏停泊着。啊，你聽我說起了一艘大商船，嚇得開不出口來了嗎？

特　葛雷米奧，你去打聽打聽，我的父親有三艘大商船，還有兩艘大划船，十二艘小划船，我可以把這些都劃給她；你要是還有甚麼家私搬得出來，我都可以加倍給她。

葛　不，我的家私盡在於此，她可以得到我所有的一切。您要是認爲滿意的話，那麼我和我的財產都是她的。

特　您已經有言在先，令嬡當然是屬於我的。葛雷米奧已經給我壓倒了。

巴　我必須承認您所提的條件比他好，祇要令尊能夠親自給她保證，她就可以嫁給您；否則恕我說句不客氣的話，要是您比令尊先死，那麼她的財產豈不是落了空？

特　那您可太多心了，他年紀已經老了，我還年青得很哩。

葛　難道年青的人就不會死？

巴　好，兩位先生，我已經這樣決定了。你們知道下一個星期日是我的大女兒凱薩琳的婚期；再下一個星期，就是琵央加的婚期，您要是能夠給她確實的保證，她就嫁給您，否則就嫁給葛雷米奧。多謝兩位光臨，現在我要失陪了。

葛　再見，巴普底士他先生。（巴下）我可不把你放在心上，你這敗家的浪子！你父親除非是一個傻子，纔肯把全部財產都給你揮霍，活到這一把年紀來受你的擺佈。哼！一頭意大利的老狐狸是不會這樣慷慨的，我的孩子！（下）

特　這該死的壞老頭子！可是我剛纔吹了那麼大的牛，無非是想要成全我主人的好事，現在我這個冒牌的盧生梯奧，卻必須去找一個冒牌的文生梯奧來認做父親。笑話年年有，今年分外多，人家都是先有父親後有兒子，我卻是先有兒子後有父親。（下）

註　克郎（Crown），往時各國上印王冠之貨幣名稱，價值高下不一；英國之克郎值五先令。

# 第三幕

## 第一場　帕度亞；巴普底士他家中一室

【盧生梯奧，霍登旭，及琵央加上。

盧　喂，彈絃子的，你也太猴急了；難道你忘記了她的姊姊凱薩琳是怎樣歡迎你的嗎？

霍　誰要你這酸秀才多嘴！這一位小姐是酷愛音樂的，所以還是讓我先去敎她吧；等我敎完了一點鐘，你就可以給她講一點鐘的書。

盧　荒唐的驢子，你因爲沒有學問，所以不知道音樂的用處！它不是在一個人讀書或是工作疲倦了以後，舒散舒散他的精神的嗎？所以你應當讓我先去跟她講解哲學，等我講好了，你再彈奏你的音樂好了。

霍　嘿，我可不能受你的氣！

琵　兩位先生，還是先敎音樂，還是先唸書，都要依我自己心裏高興，你們這樣爭先恐後，未免太不成話了。我不是在學校裏給先生打手心的小學生，我唸書沒有規定的鐘點，自己歡喜學甚麼便學甚麼，你們何必這樣子呢？大家不要吵，請坐下來；您把樂器預備好，您一面調整絃音，他一面給我講書；等您調整了音，他的書也一定講完了。

霍　好，等我把音調整以後，您可不要聽他講書了。（退坐一旁）

盧　你去調你的樂器吧，我看你永遠是個不入調的。

琵　我們上次講到甚麼地方?

盧　這兒,小姐: Hac ibat Simois; hic est Sigeia tellus; Hic steterat Priami regia celsa senis.

琵　請您解釋給我聽。

盧　Hac ibat, 我已經對你說過了, Simois, 我是盧生修奧, hic est, 披薩地方文生修奧的兒子, Sigeia tellus, 因爲希望得到你的愛,所以化裝來此; Hic steterat, 冒充盧生修奧來求婚的, Priami, 是我的僕人特蘭尼奧, regia, 他假扮成我的樣子, celsa senis, 是爲了哄過那個老頭子。

霍　(回原處)小姐,我的樂器已經調好了。

琵　您彈給我聽吧。(霍彈琴)哎呀,那高音部分怎麼這樣難聽!

盧　朋友,你吐一口唾沫在那琴眼裏,再給我去重新調一下吧。

琵　現在讓我來解釋解釋看: Hac ibat Simois, 我不認識你; hic est Sigeia tellus, 我不相信你; Hic steterat Priami, 當心被他聽見; regia, 不要太自信; celsa senis, 不必灰心。

霍　小姐,現在調好了。(旁白)這傢伙一定在向我的愛人調情,我倒要格外注意他纔好。

琵　慢慢兒我也許會相信你,可是現在我卻不敢相信你。

盧　請你不必疑心,依息第斯就是哀傑克斯,他是照他的祖父取名的。(註)

琵　你是我的先生,我必須相信你,否則我還要跟你辯論下去呢。李西奧,現在要輪到你啦。兩位好先生,我跟你們隨便說着頑頑的話,請不要見怪。

霍　(向盧)你可以到外面去走走,不要打擾我們,我這門音樂課用不到三部合奏。

盧　你還有這樣的講究嗎？（旁白）好，我就等着，我要留心注視他的行動，因爲我相信我們這位大音樂家有點兒色迷迷起來了。

霍　小姐，在您沒有接觸這樂器，開始學習手法以前，我必須先從基本方面教起，簡簡單單的把全部音階向您講述一個大概，您會知道我這教法要比人家的教法更有趣更簡捷。我已經把它寫下在這裏。

琵　音階我早已學過了。

霍　可是我還要請您讀一讀霍登旭的音階。

琵　G是「度」你是一切和諧的基礎，
A是「累」霍登旭對你十分愛慕；
B是「迷」琵央加，他要娶你爲妻，
C是「發」他把整個心兒愛着你；
D是「索」也是「累」一個調門兩個音，
E是「拉」也是「迷」可憐我一片癡心。
這算是甚麼音階？哼，我可不喜歡那個。還是老法子好，這種希奇古怪的頑意兒我不懂。

〔一僕人上。

僕　小姐，老爺請您不要讀書了，叫您去幫他們把大小姐的房間裝飾裝飾，因爲明天就是大喜的日子了。

琵　兩位先生，我現在要少陪了。（琵及僕下）

盧　她已經去了，我還獃在這兒幹麼？（下）

霍　可是我卻要仔細偵查這個窮酸，我看他好像在害着相思。琵央加，琵央加，你要是甘心降尊紆貴，垂青到這樣一個呆鳥的身上，那麼霍登旭也要和你一刀兩斷，另覓新歡了。（下）

## 第二場　同前巴普底士他家門前

〔巴普底士他，葛雷米奧，特蘭尼奧，凱薩琳那，琵央加，盧生梯奧，及從僕等上。

巴　（向特）盧生梯奧先生，今天是披特魯喬約定和凱薩琳結婚的日子，可是我那位賢東牀到現在還沒有消息。這算甚麼話呢？牧師等着爲新夫婦證婚，新郎卻不知去向，這不是笑話嗎！盧生梯奧，您說這是不是一樁丟臉的事情？

凱　誰也不丟臉，就是我一個人丟臉。你們不管我願意不願意，硬要我嫁給一個瘋頭瘋腦的傢伙，他求婚的時候是那們性急，一到結婚的時候，卻又是這樣慢吞吞了。我對你們說吧，他是一個瘋子，他故意裝出這一副窮形極相來開人家的頑笑；他爲了要人家稱贊他是一個愛尋開心的角色，會去向一千個女人求婚，和她們約定婚期，請好賓朋，宣布訂婚，可是卻永遠不和她們結婚。人家現在將要指點着苦命的凱薩琳說，「瞧！這是那個瘋漢披特魯喬的妻子，要是他願意來和她結婚。」

特　不要懊惱，好凱薩琳；巴普底士他先生，您也不要生氣。我可以保證披特魯喬沒有惡意，他今天失約，一定有什麼原故。他雖然有些莽撞，可是我知道他是個很有見識的人；雖然愛開頑笑，然而人倒是很誠實的。

凱　算是我倒霉碰到了他！（哭泣下，琵央加及餘衆隨下）

巴　去吧，孩子，我現在可不怪你傷心；受到這樣的欺侮，就是聖人也會發怒，何況是你這樣一個脾氣暴躁的潑婦。

【比昂特洛上。

比　少爺，少爺！新聞！新聞！您從來沒有聽見過這種古怪的新聞！

巴　是什麼新聞？

比　披特魯喬來了，這不是新聞嗎？

巴　他已經來了嗎？

比　不，老爺，他就要來了。

巴　他什麼時候可以到這裏？

比　等到他站在這地方和你們見面的時候。

特　可是你說你有古怪的新聞？

比　披特魯喬就要來了，他戴着一頂新帽子，穿着一件舊馬甲，他那條破舊的袴子脚管高高捲起；一雙靴子千穿百孔，可以用來插蠟燭，一隻用鈕子扣住，一隻用帶子縛牢；他還佩着一柄武器庫裏拿出來的銹劍，柄也破了，鞘子也壞了，劍鋒也鈍了；他騎的那匹馬兒鞍韉已經蛀破，鐙子不知像個什麼東西；那馬兒鼻孔裏流着涎，上腭發着炎腫，渾身都是瘡癤，腿上也腫，脚上也腫，再加害上黃疸病，耳下腺炎，腦脊髓炎，寄生菌病，弄得背梁歪轉，肩膀脫骱，它的前腿是向內彎曲的，嘴裏銜着祇有半面拉緊的馬銜，頭上套着羊皮做成的韁勒，因爲防那馬兒顚蹶，不知拉斷了多少次，斷了再把它結攏，現在已經打了無數結子，那肚帶曾經補綴過六次，還有一副天鵝絨的女人用的馬鞦，上面用小釘嵌着她名字裏的兩個字母，好幾塊地方是用粗麻線補綴過的。

巴　誰跟着他一起來？

比　啊，老爺！他帶着一個跟班，裝束得就跟那匹馬差不多，一隻脚上穿着麻線襪，一隻脚上穿着羅紗的連靴襪，用紅藍兩色的布邊做着襪帶，破帽子上插着一根野雞毛，那樣子就像一個妖怪，那裏像個規規矩矩的僕人或者紳士的跟班！

特　他大概一時高興，所以打扮成這個樣子；他平常出來的時候，往往裝束得很是儉樸的。

巴　不管他怎麼來法，既然來了，我也就放了心了。

【披特魯喬及格魯米奧上。

披　喂，這一班公子哥兒呢？誰在家裏？

巴　您來了嗎？歡迎歡迎！

披　凱德呢？我的可愛的新娘呢？老丈人，您好？各位先生，你們怎麼都皺着眉頭？爲什麼大家出神呆看，好像瞧見了甚麼奇蹟，甚麼彗星，甚麼希奇古怪的東西一樣？

巴　您知道今天是您舉行婚禮的日子，我們剛纔很覺得掃興，因爲擔心您也許不會來了；現在您來了，卻這樣一點沒有預備，更使我們掃興萬分。快把這身衣服換一換，它既然不配您的身份，而且在這樣鄭重的婚禮中間，更會叫人瞧着笑話的。

特　請你告訴我們什麼要緊的事情絆住了你，累你的尊夫人等得這樣長久？難道你這樣沒有工夫，來不及換上一身像樣一些的衣服？

披　說來話長，你們一定不願意聽；總而言之，我現在已經守約前來，就是有些不週之處，也是沒有辦法；等我有了空，就可以向你們解釋，一定使你們滿意就是了。可是凱德在那裏？我已經等了她好久，時間過去得很快，可以到教堂裏去了。

特　你穿得這樣不成體統，怎麼好見你的新娘？快到我的房間裏去，把我的衣服揀一件穿着吧。

披　誰要穿你的衣服？我就是這樣見她又有何妨？

巴　可是她見了您這樣子，一定不願意和您結婚的。

披　我就是這樣子，她也一定願意和我結婚；她嫁給我，又不是嫁給我的衣服。可是我這樣跟你們說些廢話，眞是個傻子，我現在應該向我的新娘請安去，還要和她親一個正名定分的吻哩。（披、格比同下）

特　他打扮得這樣瘋瘋顚顚，一定另有用意。我們還是去勸勸他穿得整齊一點，再到教堂裏去。

巴　我要看看他去。（巴、葛及從僕等下）

特　少爺，我們不但要得到她的歡心，還必須得到他父親的好感，所以我也早就對您說過，我要去找一個人來扮做披薩的文生梯奧，不管他是什麼人，我們都可以把他派用場。我已經誇下海口，說是我可以給琵央加多大的一份聘禮，現在再找了個冒牌的父親來，叫他許下更大的數目，這樣您就可以如願以償，坐享其成，得到一位如花如玉的夫人了。

盧　倘不是那個教音樂的傢伙一眼不放鬆地監視着琵央加的行動，我倒希望和她祕密舉行婚禮，等到木已成舟，別人就是不願意也莫可奈何了。

特　那我們可以慢慢兒等着機會。我們要把那個花白鬍子的葛雷米奧，那個精明的父親米諾拉，那個可笑的音樂家，自作多情的李西奧，全都哄騙過去，讓我的盧生梯奧少爺得到最後勝利。

【葛雷米奧重上。

特　葛雷米奧先生，您是從教堂裏來的嗎？

葛　正像孩子們放學歸來一樣，我走出了教堂的門，也覺得如釋重負。

特　新娘新郎都在回來了嗎？

葛　你說他是個新郎嗎？哼，他是個魔鬼，是個魔鬼，簡直是個魔鬼！

特　難道他比她更兇？那有這樣的事！她纔是個魔鬼母夜叉呢。

葛　嘿！她比起他來，簡直是頭羔羊，是頭鴿子呢。我告訴你，盧生梯奧先生，當那牧師正要問他願不願意娶凱薩琳爲妻的時候，他就說，「是啊，他媽的！」他還高聲賭咒，把那牧師嚇得連他手裏的聖經都掉下了；牧師正要彎下身子去把它拾起來，這個瘋狂的新郎又一拳把他連人連書打倒在地上，嘴裏還說，「誰要是高興，讓他去把他攙起來吧。」

特　那女人怎麼說呢？

葛　她嚇得渾身發抖，因爲他頓足大罵，就像那牧師敲詐了他似的。可是後來儀式完畢了，他又叫人拿酒來，好像他是在一艘船上，在一場風波平靜以後，和同船的人們開懷暢飲一樣。他喝乾了酒，把浸在酒裏的麵包丟在教堂司事的臉上，他的理由只是因爲那司事的鬍鬚稀疏乾瘦，好像要向他討些東西吃。然後他就挽着新娘的頭頸，吻着她的嘴唇，那咂嘴的聲音響到四壁發出回聲來。我看見這個樣子，倒覺得非常不好意思，所以就出來了。鬧得亂哄哄的這一班人大概也要來了。這種瘋狂的婚禮眞是難得看見！聽！聽！那邊不是樂聲嗎？（音樂）

〔披特魯喬，凱薩琳，琵央加，巴普底士他，霍登旭，格魯米奧及扈從等重上。

披　各位來賓，各位朋友，我謝謝你們的好意。我知道你們今天想要參加我的婚宴，已經爲我備下了豐盛的酒席，可情我因爲事情很忙，不能久留，所以我想就此告別了。

巴　難道你今晚就要去嗎？

披　我必須在天色未暗以前趕回去。你們不要奇怪，要是你們知道我還有些什麼事情必須辦好，你們就要催我快去，不會留我了。我謝謝你們各位，你們已經看見我把自己奉獻給這個最和順，最可愛，最賢惠的妻子了。大家不要客氣，陪我的岳父多喝幾杯，我一定要走了，再見。

特　讓我們請您吃過了飯再走吧。

披　那不成。

葛　請您賞我一個臉子，吃了飯去。

披　不能。

凱　讓我請求你多留一會兒。

披　我很高興。

凱　你高興留着嗎？

披　因爲你留我，所以我很高興；可是我不能留下去，你怎麼請求我都沒用。

凱　你要是愛我，就不要去。

披　格魯米奧，備馬！

格　大爺，馬已經備好了。

凱　好，那麼隨你的便吧，我今天可不去，明天也不去，要是一輩子不高興去，我就一輩子不去。大門開着，沒人攔住你，請吧。

披　啊，凱德！請你不要生氣。

凱　我生氣你便怎樣？爸爸，別理他，我說不去就是不去。

葛　她已經使出威風來了。

凱　諸位先生，大家請入席吧。我知道一個女人倘然一點不知道反抗，她會終生被人愚弄的。

披　凱德，你叫他們入席，他們必須服從你的命令。大家聽着新娘的話，快去喝酒吧，痛痛快快地高興一下，否則你們就給我上吊去。可是我那嬌嬌滴滴的凱德必須陪我在一起。哎喲，你們不要睁大了眼睛，不要頓足，不要發怒，我自己的東西難道自己作不得主？她是我的家私，我的財產；她是我的房屋，我的家具，我的田地，我的穀倉，我的馬，我的牛，我的驢子，我的一切；她現在站在這地方，看誰敢碰她一碰。誰要是擋住我的去路，不管他是個什麼了不得的人物，我都要對他不起。格魯米奧，拔出你的武器來，我們現在給一羣强盜圍住了，快去把你的主婦救出來，纔是個好小子。別怕，好親親，他們不會碰你的，凱德，就算他們是百萬大軍，我也會保護你的。（披、凱、格同下）

巴　讓他們去吧，去了倒是清靜些。

葛　倘不是他們這麼快就去了，我笑也要笑死了。

特　這樣瘋狂的婚姻今天眞是第一次看到。

盧　小姐，您對於令姊有什麼意見？

琵　我說，她自己就是個瘋子，現在配到了一個瘋漢了。

葛　我看披特魯喬這回討了個制伏他的人去了。

巴　各位高鄰朋友，新娘新郎雖然缺席，桌上有的是美酒佳餚盧生梯奧，您就坐在新郎的位子上，讓琵央加代替她的姊姊吧。

特　琵央加現在就要學做起新娘來了嗎？

巴　是的，盧生梯奧。來各位，我們進去吧。（同下）

註　依息第斯（Æacides）爲 Myrmidon 王依格斯（Æacus）子孫之通稱；哀傑克斯（Ajax），特洛埃戰役中之希臘英雄。

# 第四幕

## 第一場　披特魯喬鄉間住宅中的廳堂

〔格魯米奥上

格　他媽的，馬這樣疲乏，主人這樣瘋狂，路這樣泥濘難走！誰給人這樣打過？誰給人這樣駡過？誰像我這樣辛苦？他們叫我先回來生火，好讓他們回來取暖。倘不是我小小壺兒容易熱，等不到走到火爐旁邊，我的嘴唇早已凍結在牙齒上，舌頭凍結在上腭上，我那顆心也凍結在肚子裏了。現在讓我一面扇火，一面把我自己烘烘暖熱，像這樣的天氣，比我再高大一點的人也是要着了寒的。喂！寇梯斯！

〔寇梯斯上。

寇　誰在那兒冷冰冰地叫着我？

格　是一塊冰，你要是不相信，可以從我的肩膀上一直滑到我的脚跟。好寇梯斯，快給我生起火來。

寇　大爺和他的新夫人就要來了嗎，格魯米奥？

格　啊，是的，寇梯斯，是的，所以快些生火呀。

寇　她眞是像人家所說的那樣一個火性很大的潑婦嗎？

格　在冬天沒有到來以前，她是個火性很大的潑婦；可是像這樣冷的天氣，無論男人女人畜生，火性再大些也是抵抗不住的。你要是不趕快生起火來，我會告訴我們這位新奶奶，讓你嚐嚐她的玉手的滋味。

寇　好格魯米奧，請你告訴我，外面有甚麼消息？

格　外面是一個寒冷的世界，寇梯斯，祇有你的工作是熱的；所以快生起火來吧，大爺和奶奶都快要凍死了。

寇　火已經生好，你可以講新聞給我聽了。

格　哎喲，冷死了我。廚子呢？夜飯有沒有燒好？屋子有沒有打掃？用人們有沒有穿上新衣服白襪子？桌布有沒有鋪起來？一切都佈置好了嗎？

寇　都預備好了，所以請你講新聞吧。

格　第一，你要知道，我的馬已經走得十分累了，大爺和奶奶都掉了下來。

寇　怎麼？

格　從馬背上掉到爛泥裏，因此就有了下文。

寇　講給我聽吧，好格魯米奧。

格　把你的耳朵伸過來。

寇　好。

格　（打寇）喏。

寇　我要你講給我聽，誰叫你打我？

格　這一記耳光是要把你的耳朵打打淸爽。現在我要開始講了。我們走下了一個崎嶇的山坡，奶奶騎着馬在前面，大爺騎着馬在後面，——

寇　是一匹馬還是兩匹馬？

格　你問他幹麼？你要是知道得比我還仔細，那麼你去講吧。都是你打斷了我的話頭，否則你可以聽到她的馬怎樣跌了一交把她壓在底下；那地方是怎樣的泥濘，她渾身髒成怎麼一個樣子；他怎麼讓那馬把她壓住，怎麼因爲她的馬跌了一交而把我痛打；她怎麼在爛泥裏爬起來把他扯開；他怎麼駡人；她怎麼向他求告，她是從來不曾向別人求告過的；我怎麼哭；馬怎麼逃走；她的馬轡怎麼斷了；我的馬鞦怎麼丟了；還有許許多多新鮮的事情，現在都必須永遠埋沒，你也到死沒福長這一分見識了。

寇　這樣說來，他比她還要難弄了。

格　是啊，你們等他回來瞧着吧。可是我何必跟你講這些話？去叫納散尼爾，約瑟夫，尼古拉斯，費力浦，華爾脫，休格索普他們這一批人出來吧，叫他們把頭髮梳梳光，衣服刷刷乾淨，行起禮來不要忘記屈左膝。他們都預備好了嗎？

寇　都預備好了。

格　叫他們出來。

寇　你們聽見嗎？喂！大爺就要來了，快出來迎接去，還要拜見新奶奶哩。

【衆僕上。

納　歡迎你回來，格魯米奧！

費　你好，格魯米奧？

約　啊，格魯米奧！

尼　格魯米奧，好小子！

格　歡迎你；你好，你；啊，你；你好小子，你：你現在我們招呼打過了，我的漂亮的朋友們，一切都預備好，收拾清楚了嗎？

納　一切都預備好了。大爺什麼時候可以到來？

格　就要來了，現在大概已經下了馬了；所以你們必須——噯喲，靜些！我聽見他的聲音了。

〔披特魯喬及凱薩琳那上。

披　這些混賬東西都在那裏？怎麼門口一個人也不來接我？納散尼爾！葛雷古里！費力浦！

衆僕　有，大爺；有，大爺。

披　有，大爺！有，大爺！有，大爺！有，大爺！你們這些木人一樣的不懂規矩的奴才！你們可以不用替主人做事，什麼名分都可以不講了嗎？我打發他先回來的那個蠢才在那裏？

格　在這裏大爺，還是和先前一樣蠢。

披　這婊子生的下賤東西！我不是叫你召齊了這批狗頭們，到大門口來接我的嗎？

格　大爺納散尼爾的外衣還沒有做好，蓋勃列爾的鞋子上沒有鞋帶，彼得的帽子沒有粉刷過，華爾脫的劍在鞘子裏銹住了拔不出來，祇有亞丹，勞爾夫，和葛雷古里的衣服還算整齊，其餘都是破舊不堪，像一羣叫化子似的。可是他們現在都來迎接您了。

披　去把夜飯盛出來。（若干僕人下）坐下來，凱德，你現在到了家裏了。

〔數僕持食具重上。

披　怎麼，到這時候纔來？——可愛的好凱德，你應當快樂一點。——混賬東西，給我把靴子脫下來！該死的狗才！你把我的脚都拉痛了。（打僕）凱德，你高興起來呀。喂！給我拿水來！我的獵狗特洛埃勒斯呢？我的拖鞋在什麼地方？

凱　怎麽，沒有水嗎？凱德，你來洗手吧。（僕失手將水壺跌落地上，披打僕）這狗娘養的！你故意讓它跌在地下嗎？

披　請您別生氣，這是他無心的過失。

　　這狗娘養的笨蟲！來，凱德，坐下來，我知道你肚子餓了。這是什麽？羊肉嗎？

甲僕　是的。

披　誰拿來的？

甲　是我。

披　它焦了；所有的肉都焦了。這批狗東西！那個混賬廚子呢？你們好大膽子，知道我不愛吃這種東西，敢把它拿了出來！（將肉等向衆僕擲去）盆兒盃兒盤兒一起還了你們吧，你們這些沒有頭腦不懂規矩的奴才！怎麽，你在咕嚕些甚麽？等着，我就來跟你算賬。

凱　夫君，請您不要那麽生氣，這肉燒得還不錯哩。

披　我對你說，凱德，它已經燒枯了；我不許你吃，因爲吃了下去有傷脾胃，會使人脾氣暴躁的。我們兩人的脾氣本來就暴躁，所以還是挨些餓，不要吃這種燒焦的肉吧。請你忍耐些，明天我叫他們燒得好一點，今夜我們兩個人大家餓一夜。來，我領你到你的新房裏去。（披、凱、寇同下）

納　彼得，你看見過這樣的事情嗎？

彼　這叫做卽以其人之道，還治其人之身。

　　〔寇梯斯重上。

格　他在那裏？

寇　在她的房間裏，向她大講節制的道理，嘴裏不斷駡人，弄得她坐立不安，眼睛也不敢抬起來，話也不敢說一句，祇好呆呆坐着，像一個剛從夢裏醒來的人一般看樣子怪可憐的。快去，快去！他來了。（二人同下）

〔披特魯喬重上。

披　我已經巧妙地開始把她駕馭起來，希望能够得到美滿的成功。我這頭悍鷹現在非常饑餓，在她沒有俯首聽命以前，不能讓她吃飽；我必須一眼不放鬆地注意着她，就像她是頭亂撲翅膀的倔强的鷂子一樣。今天她沒有吃過肉，明天我也不給她吃；昨夜她不曾睡覺，今夜我也不讓她睡覺，我要故意嫌被褥鋪得不好，把枕頭枕墊被單綫毯向滿房亂丟，還說都是爲了愛惜她纔這樣做的；總之她將要整夜不能合眼，倘然她昏昏思睡，我就駡人吵鬧，吵得她睡不着。這是用體貼爲名懲治妻子的法子，我就這樣克制她的狂暴倔强的脾氣；要是有誰知道還有比這更好的馴悍妙法，那麼我倒要請教請教。（下）

## 第二場　帕度亞；巴普底士他家門前

〔特蘭尼奧及霍登旭上。

特　李西奧朋友，難道琵央加小姐除了盧生梯奧以外，還會愛上別人嗎？我告訴你吧，她對我很有好感呢。

霍　先生，爲了證明我剛纔所說的話，你且站在一旁看看他是怎樣教法。（二人站立一旁）

〔琵央加及盧生梯奧上。

盧　小姐，您的功課進步得怎麼樣啦？

琵　先生，您教我什麼功課？

盧　我教的是戀愛的藝術。

琵　我希望您在這方面成爲一個專家。

盧　親愛的，我希望您做我實驗的對象。（二人退後）

霍　哼，他們的進步倒是很快！現在你還敢發誓說你的愛人琵央加祇愛着盧生梯奧嗎？

特　啊，可惱的愛情！朝三暮四的女人！李西奧，我眞想不到有這種事情。

霍　老實告訴你吧，我不是李西奧，也不是一個音樂家。我爲了她不惜降低身價，喬扮成這個樣子；誰知道她不愛紳士，卻去愛上一個窮酸小子。先生，我的名字是霍登旭。

特　原來足下便是霍登旭先生，失敬失敬！久聞足下對琵央加十分傾心，現在你我已經親眼看見她這種輕狂的樣子，我看我們大家把這一段癡情割斷了吧。

霍　瞧，他們又在接吻親熱了！盧生梯奧先生，讓我握你的手，我鄭重宣誓，今後決不再向琵央加求婚，像她這樣的女人，是不值得我去鍾情的。

特　我也願意一秉至誠，作同樣的宣誓，即使她向我苦苦哀求，我也決不娶她。不害臊的！瞧她那副浪相！

霍　三天之內，我就要和一個富孀結婚，她已經愛我很久，可是我卻迷上了這個鬼丫頭。再會吧，盧生梯奧先生，討老婆不在乎姿色，有良心的女人纔値得我去愛她。（霍下；盧、琵上前）

特　琵央加小姐，祝福您愛情美滿！我剛纔已經窺見你們的祕密，而且我已經和霍登旭一同發誓把您捨棄了。

琵　特蘭尼奧，你又在說笑話了。可是你們兩人眞的都已經發誓把我捨棄了嗎？

特　是的，小姐。

盧　那麽李西奥不會再來打擾我們了。

特　不騙你們，他現在決心要娶一個風流寡婦，打算求婚結婚都在一天之內完成呢。

琵　願上帝賜他快樂！

特　他還要把她管束得十分馴服呢。

琵　他這樣說嗎？

特　是的，他已經進了御妻學校了。

琵　御妻學校！有這樣一個所在嗎？

特　是的，小姐，披特魯喬就是那學校裏的校長，他教授着層出不窮的許多馴伏悍婦的妙計和對付長舌的祕訣。

【比昂特洛奔上。

比　啊，少爺，少爺！我守了半天，守得腿酸脚軟，好容易給我發見了一位老人家，他從山坡上下來，看他的樣子倒還適合我們的條件。

特　比昂特洛，他是個什麽人？

比　少爺，他也許是個商店裏的掌櫃，也許是個三家村的學究，我也弄不清楚，可是他的裝束十分拘謹，他的神氣和相貌都像個老太爺的樣子。

盧　特蘭尼奥，我們找他來幹麽呢？

特　他要是能夠聽信我隨口編造的謊言，我可以叫他情情願願冒充做文生梯奥，向巴普底士他一口答應一份豐厚的聘禮。把您的愛人帶進去，讓我在這兒安排一切。（盧琵同下）

【老學究上。

學究　上帝保佑您先生！

特　上帝保佑您老人家！您還是路過此地，還是有事到此？

學究　先生，我想在這兒就擱一兩星期，然後動身到羅馬去；要是上帝讓我多活幾年，我還希望到特里坡里去一次。

特　請問府上是什麼地方？

學究　敝鄉是曼多亞。

特　曼多亞嗎，老先生！哎喲，糟了！您敢到帕度亞來，難道不想活命了嗎？

學究　怎麼，先生！我不懂您的話哩。

特　曼多亞人到帕度亞來，都是要處死的。您還不知道嗎？你們的船隻都祇能停靠在威尼斯，我們的公爵和你們的公爵因爲發生爭執，已經宣佈不准敵邦人民入境的禁令。大概您是新近到此，否則應該早就知道的。

學究　唉，先生！這可怎麼辦呢？我還有從佛羅倫斯匯來的錢，要在這兒取款呢？

特　好，老先生，我願意幫您一下忙。第一要請您告訴我，您有沒有到過披薩？

學究　啊，先生，披薩是我常去的地方，那邊是以多正人君子出名的。

特　在那些正人君子中間，有一位文生梯奧您認不認識？

學究　我不認識他，可是聽到過他的名字；他是一個非常豪富的商人。

特　老先生，他就是家父；不騙您，他的相貌可有點兒像您呢。

比　（旁白）就像蘋果跟牡蠣差不多一樣。

特　您現在既然有生命的危險，那麼我看您不妨暫時權充家父，想來那總不會辱沒了您吧。您可以住在我的家裏，受我的竭誠款待，可是您必須注意您的說話行動，別讓人瞧出破綻來！您懂得我的意思吧，老先生；您可以這樣住下來等到辦好了事情再走。如果不嫌怠慢，那麼就請您接受我的好意吧。

學究　啊，先生，這樣您眞是我的救命恩人了，我一定永遠不忘記您的大德。

特　那麼跟我去裝扮起來。不錯，我還要告訴您一件事：我跟這兒有一位巴普底士他的女兒正在議訂婚嫁，只等我的父親來通過一注聘禮，關於這件事情我可以仔細告訴您一切應付的方法。現在我們就去找身合式一點的衣服給您穿吧。（同下）

## 第三場　披特魯喬家中一室

【凱薩琳那及格魯米奧上。

格　不，不，我不敢。

凱　我越是心裏委屈，他越是把我磨折得利害。難道他娶了我來，是要餓死我嗎？到我父親門前求乞的叫化，也總可以討到一點佈施；這一家討不到，那一家總會給他一些冷飯殘羹。可是從來不知道怎樣懇求人家，也從來不需要向人懇求什麼的我，現在卻吃不到一點東西，得不到一刻鐘的安眠；他用高聲的詈罵使我不能合眼，讓我飽聽他的喧嘩的吵鬧；尤其可惱的，他這一切都借着愛惜我做名義，好像我一睡着就會死去，吃了東西就會害重病一樣。求求你去給我找些食物來吧，不管是甚麼東西，祇要可以吃的就是了。

格　您要不要吃紅燒蹄子？

凱　那好極了，請你拿來給我吧。

格　恐怕您吃了會不消化的。清燉大腸好不好？

凱　很好，好格魯米奧拿來給我。

格　我不大放心，恐怕它也是不消化的。胡椒牛肉好不好？

凱　那正是我愛吃的一道菜。

格　嗯，可是那胡椒太辣了點兒。

凱　那麽就是牛肉，不用放胡椒了吧。

格　那可不成，您要吃牛肉，一定得放胡椒。

凱　放也好，不放也好，牛肉也好，别的什麽也好，隨你的便給我拿些來吧。

格　那麽好，祇有胡椒，沒有牛肉。

凱　給我滾開，你這欺人的奴才！（打格）你不拿東西給我吃，卻向我報出一道道菜名來逗我；你們瞧着我倒霉得意，看你們得意到幾時！去，快給我滾！

【披特魯喬持肉一盆，及霍登旭同上。

披　我的凱德今天好嗎？怎麽，好人兒，不高興嗎？

霍　嫂子，您好？

披　不要這樣垂頭喪氣的，向我笑一笑吧。親愛的，你瞧我多麽至誠，我自己給你煑了肉來了。（將肉盆置桌上）親愛的凱德，我相信你一定會感謝我這一片好心的。怎麽！一句話也不說嗎？那麽你不歡喜它；我的辛苦都是白費的了。來，把這盆子拿去。

凱　請您讓它放着吧。

披　最微末的服務也應該得到一聲道謝；你在沒有吃這肉之前，應該謝謝我纔是。

凱　謝謝您，夫君。

霍　哎喲，披特魯喬先生，你何必這樣！嫂子，讓我奉陪您吧。

披　（旁白）霍登旭，你倘然是個好朋友，請你儘量大吃。——凱德，吃得慢一點。現在，我的好心肝，我們要回到你爸爸家裏去了；我們要打扮得非常體面，我們要穿綢衣，戴絹帽，佩金戒，高高的縐領，飄飄的袖口，圓圓的裙子，肩巾摺扇，什麼都要備着兩套替換，還有琥珀的鐲子，珍珠的項圈，以及諸如此類的頑意兒啊，你還沒有吃好嗎？裁縫在等着替你穿上新衣服去呢。

【裁縫上。

披　來，裁縫，讓我們瞧瞧你做的衣服；先把那件袍子展開來，——

【帽匠上。

披　你有什麼事？

帽匠　這是您叫我做的那頂帽子。

披　啊，樣子倒很像一隻湯碗！哼！這算個什麼帽子！簡直是個胡桃殼。拿去！換一頂大一點的來。

凱　大一點的我不要；這一頂很新式，賢媛淑女們都是戴這種帽子的。

披　等你是一個賢媛淑女以後，你也可以有一頂；現在還是不要戴它吧。

霍　（旁白）那倒還要經過相當的時間哩。

凱　哼，我相信我也有說話的權利；我不是三歲小孩，比你尊長的人，也不能禁止我自由發言，你要是不願意聽，還是請你把耳朵塞住了吧。我這一肚子的氣惱要是再不讓我的嘴把它發洩出來，我的肚子也要氣破了。

披　是啊，你說得一點不錯，這帽子真不好。你不歡喜它，所以我纔格外愛你。

凱　愛我也好，不愛我也好，我歡喜這頂帽子，我祇要這一頂，不要別的。（帽匠下）

披　你的袍子嗎？啊，不錯；來，裁縫，讓我們瞧瞧它看。噯喲，天哪！這算是什麼古怪的衣服？這是什麼？袖子嗎？那簡直像一尊小砲。他媽的！裁縫，你把這叫什麼東西？

霍　（旁白）看來她帽子袍子都穿戴不成了。

裁縫　您叫我照着流行的款式，把它用心裁製的。

披　是呀，可是我沒有叫你做得這樣亂七八糟的。去，給我滾回你的狗窠裏去吧，我以後決不再來請教你了。我不要這東西，拿去給你自己穿吧。

凱　我從來沒有見過一件比這更漂亮更好看的袍子。你大概想把我當作一個木頭人一樣隨你擺佈吧。

披　對了，他想把你當作木頭人一樣隨意擺佈。

裁縫　她說您想把她當作木頭人一樣隨意擺佈。

披　啊，大膽的狗才！你胡說，你這拈針弄線的跳蚤，你這蟲卵，你這冬天的蟋蟀！你拿着一絞線，竟敢在我家裏放肆嗎？滾！你這破布頭，你這不是東西的東西！好好的一件袍子，給你剪成這個樣子。

裁縫　您弄錯了，這袍子是照着您吩咐的樣子做起來的，

披　總而言之，這袍子我不要。（旁白）霍登旭，你給我多付幾個賞錢給這裁縫。（向裁縫旁白）快拿去，走吧走吧，別多說了。

霍　（向裁縫旁白）裁縫，那袍子的工錢我明天拿來給你。他一時使性子說的話，你不必跟他頂眞，快去吧。（裁縫下）

披　好吧，來，我的凱德，我們就老老實實穿着這身家常便服，到你爸爸家裏去。祇要我們袋裏有錢，身上穿得寒酸一點，又有什麼關係？正像太陽會從烏雲中探出頭來一樣，布衣粗服可以格外顯出一個人的正直。樫鳥並不因爲羽毛的美麗，而比雲雀更爲珍貴；蝮蛇並不因爲皮肉的光澤，而比鰻鱺更有用處。所以，好凱德，你穿着這一身敝舊的衣服，也並不因此而降低了你的身價。你要是怕人笑話，那麼讓人家笑話着我吧，你還是高興高興，我們馬上就到你爸爸家裏去喝酒作樂去，叫他們把馬備好，我們就要出發了。讓我看，現在大概是七點鐘，我們可以在吃中飯以前趕到那邊。

凱　我相信現在快兩點鐘了，到那邊去也許趕不及吃夜飯呢。

披　不是七點鐘，我就不上馬。我說的話，做的事，想着的念頭，你總是要跟我鬧彆扭。好，大家不用忙了，我今天不去了。你倘然要我去，那麼我說是什麼鐘點，就得是什麼鐘點。

霍　嘖，這傢伙簡直想要把太陽也歸他節制哩。（同下）

## 第四場　帕度亞；巴普底士他家門前

【特蘭尼奧及老學究扮文生梯奧上】

特　來此已是巴普底士他的家裏，我們要不要進去望望他？

學究　那還用說嗎？我倘然沒有弄錯，那麼巴普底士他先生也許還記得我，二十年以前，我們曾經在日諾亞做過鄰居哩。

特　這樣很好，請你隨時保持着做一個父親的莊嚴風度吧。

學究　您放心好了。瞧，您那跟班來了。我們應該把他敎導一番纔是。

〔比昂特洛上。

特　你不用擔心他。比昂特洛，你要好好伺候這位老先生，就像他是眞的文生梯奧老爺一樣。

比　嘿！你們放心吧。

特　可是你有沒有看見巴普底士他？

比　看見了，我對他說，您的老太爺已經到了威尼斯，您正在等着他今天到帕度亞來。

特　你把事情幹得很好，這幾個錢拿去買杯酒喝吧。巴普底士他來啦，快快裝起一副嚴肅的容貌來。

〔巴普底士他及盧生梯奧上。

特　巴普底士他先生，我們正要來拜訪您。（向學究）父親，這就是我對您說起過的那位老伯。請您成全您兒子的好事，答應我娶琵央加爲妻吧。

學究　吾兒且慢！巴普底士他先生，久仰久仰。我這次因爲追索幾筆借款，到帕度亞來，聽見小兒向我說起，他跟令嬡十分相愛。像先生這樣的家聲，能够仰攀，已屬萬幸，我當然沒有不贊成之理；而且我看他們兩人情如膠漆，也很願意讓他早早成婚，了此一筆心事。要是先生不嫌棄的話，那麼關於問名納聘這一方面的種種條件，但有所命，無不樂從；我因爲尙有瑣事羈身，恐怕不能在此作長期的稽留。

巴　文生梯奧先生，恕我不會客套，您剛纔那樣開誠佈公的說話，我聽了很是高興。令郎和小女的確是十分相愛；您要是不忍拂令郎之意，願意給小女一份適當的聘禮，那麼我是毫無問題的，我們就此一言爲定吧。

特　謝謝您，老伯。那麼您看我們最好在什麼地方把雙方的條件互相談妥？

巴　舍間恐怕不大方便，因爲屬垣有耳，我有許多僕人，也許會被他們聽了漏洩出去；而且葛雷米奧那老頭子癡心不死，也許會來打擾我們。

特　那麼還是到敝寓去吧，家父就在那裏，我們今夜可以在那邊悄悄地把事情順利談妥。請您就叫這位尊价去請令嬡出來；我就叫我這奴才去找個書記來。但恐事出倉卒，一切未能盡如尊意之處，要請您多多原諒。

巴　不必客氣，這樣很好。堪比奧，你到家裏去叫琵央加梳洗梳洗，我們就要到一處地方去；你也不妨告訴他盧生梯奧先生的尊翁已經到了帕度亞，她的親事大概就可定奪下來了。

盧　但願神明祝福她嫁得一位如意郎君！

特　不要驚動神明了，快快去吧。巴普底士他先生，請了。我們只有些薄酒粗餚，談不上什麼款待；等您到披薩來的時候，纔要好好兒請您一下哩。

巴　請了。（特、巴、及學究下）

比　堪比奧！

盧　有什麼事，比昂特洛？

比　您看見我的少爺向您眱眼睛笑嗎？

盧　他向我䀹眼睛笑又怎麼樣？

比　沒有什麼，可是他要我慢走一步，向您解釋他的暗號。

盧　那麼你就解釋給我聽吧。

比　他叫您不要擔心巴普底士他，他正在和一個冒牌的父親討論關於他的冒牌的兒子的婚事。

盧　那便怎樣？

比　他叫您帶着他的女兒一同到他們那裏吃晚飯。

盧　帶着她去又怎樣？

比　您可以隨時去找聖路克教堂裏的老牧師。

盧　這到底是甚麼意思？

比　我也不知道是甚麼意思，我祇知道趁着他們都在那裏假裝談條件的時候，您就趕快同着她到教堂裏去，找到了牧師執事，再找幾個靠得住的證人如此如此，這般這般。這倘不是您盼望已久的好機會，那麼您也從此不必再在琵央加身上轉念頭了。（欲去）

盧　聽我說，比昂特洛。

比　我不能耽下去了。我知道有一個女人，一天下午在園裏拔菜餵兔子，就這樣莫名其妙地跟人家結了婚了，也許您也會這樣。再見，先生。我的少爺還要叫我到聖路克教堂去，叫那牧師在那邊等着你們。（下）

盧　祇要她肯，事情就好辦；她一定願意的，那麼我還疑惑甚麼？不要管它，讓我向她婉轉勸誘，要是堪比奧得不到她，我真要抱恨終身了。（下）

## 第五場　公路

〔披特魯喬，凱薩琳那，霍登旭，及從僕等上。

披　走，走，到我們老丈人家裏去。主啊，月亮照得多麼光明！

凱　什麼月亮！這是太陽，現在那裏來的月亮，

披　我說這是月亮的光。

凱　這明明是太陽光。

披　我指着我母親的兒子，那就是我自己，起誓，我要說它是月亮，它就是月亮，我要說它是星，它就是星，我要說它是什麼，它就是什麼，你要是說我說錯了，我就不到你父親家裏去。來，掉轉馬頭，我們回去了。老是跟我鬧彆扭，鬧彆扭！

霍　隨他怎麼說吧，否則我們永遠去不成了。

凱　我們已經走了這麼遠，請您不要重新回去了吧。您高興說它是月亮，它就是月亮；您高興說它是太陽，它就是太陽；您要是說它是蠟燭，我也就當它是蠟燭。

披　我說它是月亮。

凱　我知道它是月亮。

披　不，你胡說，它是太陽。

凱　那麼它就是太陽。可是您要是說它不是太陽，它就不是太陽；月亮的盈虧圓缺，就像您心性的捉摸不定一樣。隨

霍　您叫它是什麼名字吧，您叫它什麼，凱薩琳也叫它什麼就是了。

披　披特魯喬，恭喜恭喜，你已經得到勝利了。

霍　好，上前走！正是順水行舟快，逆風打槳遲。且慢，那邊有誰來啦？

【文生梯奥作旅行裝束上。

披　（向文）早安，好姑娘，你到那裏去？親愛的凱德，老老實實告訴我，你可曾看見過一個比她更嬌好的淑女？她頰上又紅潤，又白嫩，相映得多麼美麗！點綴在天空中的繁星，怎麼及得上她那天仙般美的臉上那一雙眼睛的清秀？可愛的美貌姑娘，早安！親愛的凱德，因爲她這樣美，你應該和她親熱親熱。

霍　這人給他當作女人，一定要發怒了。

凱　年青嬌美的姑娘，你到那裏去？你家裏住在什麼地方？你的父親母親生下你這樣美麗的孩子，眞是幾生修得；不知那個幸運的男人，有福消受你這如花美眷！

披　啊，怎麼，凱德，你瘋了嗎？這是一個滿臉皺紋的白髮衰翁，你怎麼說他是一個姑娘？

凱　老丈，請您原諒我一時眼花，因爲太陽光太耀了，所以看出來什麼都是迷迷糊糊的。現在我纔知道您是一位年尊的老丈，請您千萬恕我剛纔的唐突吧。

披　老伯伯，請你原諒她；還要請問你現在到那兒去，要是咱們是同路的話，那麼請你跟我們一塊兒走吧。

文　好先生，還有你這位淘氣的娘子，萍水相逢，你們把我這樣打趣，倒把我弄得莫名其妙。我的名字叫文生梯奥，舍間就在披薩，我現在要到帕度亞去，瞧瞧我的久別的兒子。

披　令郎叫什麼名字？

文　他叫盧生梯奧。

披　原來尊駕就是盧生梯奧的尊翁，那巧極了，算來你還是我的姻伯呢。這就是拙荊，她有一個妹妹，現在多分已經和令郎成了婚了。你不用吃驚，也不必憂慮，她是一個名門淑女，嫁奩也很豐富，她的品貌才德，當得起君子好逑四字。文生梯奧老先生，剛纔多多失敬，現在我們一塊兒看你令郎去吧，他見了你一定是異常高興的。

文　您說的還是眞話，還是像有些愛尋開心的旅行人一樣，路上見了什麼人就隨便開開玩笑？

霍　老丈，我可以擔保他的話都是眞的。

披　來，我們去吧，看看我的話究竟是眞是假；你大概因爲我先前向你開過玩笑，所以有些不相信我。（除霍外皆下）

霍　披特魯喬，你已經鼓起了我的勇氣。我也要照樣去對付我那寡婦！她要是倔强抗命，我就記着你的敎訓，也要對她不客氣了。（下）

# 第五幕

## 第一場　帕度亞；盧生梯奧家門前

〔比昂特洛，盧生梯奧，及琵央加自一方上；葛雷米奧在另一方步行。

比　少爺，放輕腳步快快走，牧師已經在等了。

盧　我會飛了過去的，比昂特洛。可是他們在家裏也許要叫你做事，你還是回去吧。

比　不，我要把您送到教堂門口，然後再奔回去。（盧、琵、比同下）

葛　真奇怪，堪比奧怎麼到現在還不來。

〔披特魯喬，凱薩琳那，文生梯奧，及從僕等上。

披　老伯，這就是盧生梯奧的門前；我的岳父就住在靠近市場的地方，我現在要到他家裏去，暫時失陪了。

文　不，我一定要請您進去喝杯酒再走。我想我在這裏是可以略盡地主之誼的。（叩門）

葛　他們在裏面忙得很，你還是敲響一點。

〔老學究自上方上，憑窗下望。

學究　誰在那裏把門都要敲破了？

文　請問盧生梯奧先生在家嗎？

學究　他人是在家裏，可是你不能見他。

文　要是有人帶了一二百鎊錢來送給他吃吃玩玩呢？

學究　把你那一百鎊錢留着自用吧，我一天活在世上，他就一天不愁沒有錢用。

披　我不是告訴過您嗎？令郎在帕度亞是人緣極好的。廢話少講，請你通知一聲盧生梯奥先生，說他的父親已經從披薩來了，現在在門口等着和他說話。

學究　胡說，他的父親就在帕度亞，正在窗口說話呢。

文　你是他的父親嗎？

學究　是啊，你要是不信，不妨去問問他的母親。

披　（向文）啊，怎麼，朋友！你原來假冒別人的名字，這眞是豈有此理了。

學究　把這混賬東西抓住！我看他是想要假冒我的名字在這城裏向人訛詐。

【比昂特洛重上。

比　我看見他們兩人一塊兒在敎堂裏，上帝保佑他們一帆風順！可是誰在這兒？我的老太爺文生梯奥！這可糟了，我們的計策都要敗露了。

文　（見比）過來，儍小子！

比　我要是不願意過來呢？

文　過來，狗才！你難道忘記我了嗎？

比　忘記你！我怎麼會忘記你？我見也沒有見過你哩。

文　怎麽，你這該死的東西！你難道沒有見過你家主人的父親嗎？

比　啊，你問起我們的老太爺嗎？瞧那站在窗口的就是他。

文　眞的嗎？（打比）

比　救命！救命！救命！這瘋子要謀害我哩！（下）

學究　杏兒，巴普底士他先生，快來救人！（自窗口下）

披　凱德，我們站旁邊些，瞧這場糾紛怎樣解決。（二人退後）

【老學究自下方重上；巴普底士他，特蘭尼奧，及衆僕上。

特　老頭兒，你是個什麽人，敢動手打我的僕人？

文　我是個什麽人！嘿，你是個什麽人？哎呀，天哪！你這好傢伙！你居然穿起綢緞的衫子，天鵝絨的襪子，大紅的袍子，高高的帽子來了！啊呀，完了！完了！我在家裏不捨得花一個錢，我的兒子和僕人卻在大學裏揮霍到這個樣子！

特　啊，是怎麽一回事？

巴　這傢伙瘋了嗎？

特　瞧你這一身打扮，倒像一位明白道理的老先生，可是你說的卻是一派瘋話。我就是佩戴些金銀珠玉，那又跟你什麽相干？多謝上帝給我一位好父親他會供給我的消費的。

文　你的父親！哼！他是在貝伽摩做船帆的。

巴　你弄錯了，你弄錯了。請問你知道他叫甚麽名字？

文　他叫甚麽名字？你以爲我不知道他的名字嗎？我把他從三歲起撫養長大，他的名字叫做特蘭尼奧。

學究　去吧，去吧，你這瘋子！他的名字是盧生梯奧，我叫文生梯奧，他是我的獨生子。

文　盧生梯奧！啊！他已經把他的主人謀害了。我用公爵的名義請你們趕快把他抓住。啊，我的孩子，我的孩子！狗才，快對我說，我的兒子盧生梯奧在那裏？

特　去叫一個官差來。

【一僕人偕差役上。

特　把這瘋子抓進監牢裏去。

文　把我抓進監牢裏去！

葛　且慢，官差，你不能把他送進監牢。

巴　您不用管，葛雷米奧先生，我說非把他抓進監牢裏不可。

葛　寧可小心一點，巴普底士他先生，也許您會上了人家的圈套。我敢發誓這個人纔是眞的文生梯奧。

學究　你有膽量，就發個誓兒看看。

葛　不，我不敢發誓。

特　那麼你還是說我不是盧生梯奧吧。

葛　不，我知道你是盧生梯奧。

巴　把那獃老頭兒抓去！把他關起來！

文　你們這裏是這樣對待外方人的嗎？好混賬的東西！

【比昂特洛偕盧生梯奧及琵央加重上。

比　啊我們的計策要完全敗露了！他就在那邊。不要去認他，假裝不認識他，否則我們可完了！

盧　（跪下）親愛的爸爸，請您原諒我！

文　我的最親愛的孩子還在人世嗎？（比、特、及學究逃走）

琵　（跪下）親愛的爸爸，請您原諒我！

巴　你做錯了什麼事要我原諒？盧生梯奧呢？

盧　盧生梯奧就在這裏，我是這位眞文生梯奧的眞正的兒子，您卻受了騙了。

葛　他們都是一黨，現在又拉了個證人來欺騙我們了！

文　那個該死的狗頭特蘭尼奧對我竟敢這樣放肆，現在到那兒去了？

巴　咦，這個人不是我們家裏的堪比奧嗎？

琵　堪比奧已經變成盧生梯奧了。

盧　愛情造成了這些奇蹟。我因爲愛琵央加，所以和特蘭尼奧交換地位，讓他在城裏頂替着我的名字；現在我已經美滿地達到了我的心願。特蘭尼奧的所作所爲，都是我強迫他做的；親愛的爸爸請您看在我的面上不要見怪他。

文　這狗才要把我送進監牢裏去，我一定要割破他的鼻子。

巴　（向盧）我倒要請問你，你沒有得到我的允許，怎麼就可以和我的女兒結婚？

文　您放心好了，巴普底士他先生，我們一定會使您滿意的。可是他們這樣作弄我，我一定要去找着他們出出這一口惡氣。（下）

巴　我也要去把這場詭計調查一個仔細。（下）

盧　不要嚇怕，琵央加，你爸爸不會生氣的。（盧、琵下）

葛　我的希望已成畫餅，可是我也要跟他們一起進去，分一杯酒兒喝喝。（下）

〔披特魯喬及凱薩琳那上前。

凱　夫君，我們也跟着去瞧瞧熱鬧吧。

披　凱德，先給我一個吻，我們就去。

凱　怎麼！就在街路中間嗎？

披　啊！你覺得嫁了我這種丈夫辱沒了你嗎？

凱　不，那我怎麼敢；我只是覺得這樣接吻太難爲情了。

披　好，那麼我們回家去吧。來，我們走。

凱　不，我就給你一個吻。現在，我的愛，請你不要去了吧。

披　這樣不很好嗎？來，我的親愛的凱德。（同下）

## 第二場　盧生梯奧家中一室

〔室中張設筵席。巴普底士他，文生梯奧，葛萊米奧，老學究，盧生梯奧，琵央加，披特魯喬，凱薩琳那，霍登旭，及寡婦同上；特蘭尼奧，比昂特洛格魯米奧，及其他僕人等隨侍。

盧　雖然經過了長久的爭論，我們的意見終於融合了；現在收旗息鼓，正是我們杯酒交歡的時候。我的好琵央加，請

披　你向我的父親表示歡迎；我也要用同樣誠懇的心情，歡迎你的父親。披特魯喬姻兄，凱薩琳那大姊，還有你，霍登旭，和你那位親愛的未亡人大家不要客氣，盡情醉飽，都請坐下來吧，讓我們一面吃，一面談話。（各人就坐）

披　這眞是飽食終日，無所用心了！

巴　披特魯喬賢婿，帕度亞的風氣是這麼好客的。

披　帕度亞人都是那麼和和氣氣的。

霍　對於你我兩人，我希望這句話是眞實。

披　我敢說霍登旭一定怕他的寡婦。

寡婦　頭眩的人以爲世界在旋轉。

凱　嫂子，請教這句話是甚麼解釋？

寡婦　尊夫因爲家有悍婦，所以以己度人，猜想我的丈夫也有同樣不可告人的隱痛。現在您懂得我的意思了吧？

凱　您的意思眞壞！

披　新嫂子，您聽她們在鬥嘴了，您怎麼一聲不響的？

琵　不，我不會說話；請你們恕我，我要逃席了。（琵、凱、及寡婦下）

披　特蘭尼奧先生，她也是你瞄準的鳥兒，可惜給她飛去了；讓我們爲那些射而不中的人乾一杯吧。

特　啊，披特魯喬先生，我給盧生梯奧佔了便宜去；我就像他的獵狗，爲他辛苦奔走，得來的獵物都被主人拿去。還是您好，自己獵來，自己享用。可是人家都說您那頭鹿兒把您逼得走頭無路呢。

巴　哈哈，披特魯喬！現在你給特蘭尼奧說中要害了。

盧　特蘭尼奧，你把他挖苦得很好，我要謝謝你。

霍　快快招認吧，他是不是說着了你的心病？

披　他挖苦的雖然是我，可是他的譏諷僅僅打我身邊擦過，我怕受傷的十分之九倒是你們兩位。

巴　不說笑話，披特魯喬賢婿，我想你是娶着了一個最悍潑的女人了。

披　不，我否認。讓我們賭一個東道，各人去叫他自己的妻子出來，誰的妻子最聽話，出來得最快的，就算誰得勝。

霍　很好。賭什麽東道？

盧　二十個克郎。

披　二十個克郎！這樣的數目祇好讓我打賭我的鷹犬；要是打賭我的妻子，應當二十倍那麽多。

霍　那麽一百克郎吧。

盧　好。

披　就是一百克郎，一言爲定。

霍　誰先去叫？

盧　讓我來。比昂特洛，你去對你奶奶說，我叫她來見我。

比　我就去。（下）

巴　賢婿，我願意代你拿出一半賭注，琵央加一定會來的。

盧　我不要和別人對分，我要獨自下注。

【比昂特洛重上。

盧　啊，她怎麼說？

比　少爺，奶奶叫我對您說，她有事不能來。

披　怎麼！她有事不能來！這算是什麼答覆？

葛　這樣的答覆也是很有禮貌的了，希望尊夫人不給你一個更不客氣的答覆。

披　我希望她會給我一個更滿意的答覆。

霍　比昂特洛，你去請我的太太出來見我。（比下）

披　哈哈！請她出來！那麼她總應該出來的了。

霍　老兄，我怕尊夫人隨你怎樣請也是請不出來的。

〔比昂特洛重上。

霍　我的太太呢？

比　她說您在開頑笑，不願意出來；她叫您進去見她。

披　更糟了，更糟了！她不願意出來！嘿，是可忍，孰不可忍！格魯米奧，到你奶奶那兒去，說，我命令她出來見我。（格下）

霍　我知道她的回答。

披　什麼回答？

霍　她不高興出來。

披　她要是不出來，就算是我晦氣。

〔凱薩琳那重上。

巴　呀，我的天，凱薩琳那果然來了！

凱　夫君，您叫我出來有甚麼事？

披　你的妹妹和霍登旭的妻子呢？

凱　她們都在火爐旁邊談天。

披　你去同她們出來她們要是不肯出來，就把她們打出來見她們的丈夫。快去。（凱下）

盧　眞是奇事！

霍　奇了奇了。這預兆着什麼呢？

披　它預兆着和睦，親愛，和恬靜的生活，尊嚴的統治和合法的主權，總而言之，一切的美滿和幸福。

巴　恭喜恭喜，披特魯喬賢婿！你已經贏了東道，而且在他們輸給你的現款之外，我還要額外給你二萬克郎，算是我另外一個女兒的嫁奩因爲她已經完全變了一個人了。

披　爲了讓你們知道我這東道不是僥倖贏得，我還要向你們證明她是多麼聽話。瞧，她已經用她的婦道，把你們那兩個倔強不馴的妻子俘虜着來了。

〔凱薩琳挈琵央加及寡婦重上。

披　凱薩琳，你那頂帽子不好看，把那玩意兒脫下，丟在地上吧。（凱脫帽擲地上）

寡婦　謝謝上帝！我還沒有像她這樣傻法！

琵　呸！你把這算做什麼愚蠢的婦道？

盧　琵央加，我希望你的婦道也像她一樣愚蠢就好了；因爲你的聰明，我已經在一頓晚飯的工夫裏損失了一百個克郎。

琵　你自己不好，反來怪我。

披　凱薩琳，你去告訴這些倔强的女人，做妻子的應該向她們的夫主盡些什麼本分。

寡婦　好了，好了，別開頑笑了；我們不要聽這些個。

說吧，先講給她聽。

噯呀！展開你那蹙蹙的眉頭，收起你那輕蔑的瞥視，不要讓它傷害你的主人，你的君主，你的支配者。它會使你的美貌減色，就像嚴霜嚙噬着草原，它會使你的名譽受損，就像旋風摧殘着蓓蕾；它絕對沒有可取之處，也絲毫引不起別人的好感。一個使性的女人就像一池受到激動的泉水，混濁可憎，失去一切的美麗，無論怎樣喉乾吻渴的人，也不願把它啜飲一口。你的丈夫就是你的主人，你的生命，你的所有者，你的頭腦，你的君主；他照顧着你，扶養着你，在海洋裏陸地上辛苦操作，夜裏冒着風波，白天忍受寒冷，你卻穿得暖暖的住在家裏，享受着安全與舒適。他希望你貢獻給他的，只是你的愛情，你的溫柔的辭色，你的眞心的服從；你欠他的好處這麼多，他所要求於你的酬報卻是這麼微薄！一個女人對待她的丈夫，應當像臣子對待君王一樣忠心恭順；倘使她倔强使性，乖張暴戾，不服從他正當的願望，那麼她豈不是一個大逆不道，背恩忘義的叛徒？應當長跪乞和的時候她卻向他挑戰；應當盡心竭力，服侍他，敬愛他，順從他的時候，她卻企圖篡奪主權，發號施令：這一種愚蠢的行爲，眞是女人的恥辱。我們的身體爲甚麼這樣柔軟無力，耐不起苦，熬不起憂急？那不是因爲我們的性情必須和我們的外表互相一致，同樣的溫柔嗎？聽我的話吧，你們這些倔强而無力的可憐蟲！我的心從前也是跟你們一樣高傲，也許我有比你們更多的理由，不甘心向人俯首認輸，可是現在我知道我們的槍矛只是些稻草，我們的力量是軟弱的，我們的軟弱是無比的，我們所有的只是一個空虛的外表。所以你們還是挫抑你們無益的傲氣，跪下來向你們的丈夫請求憐愛吧。爲了表示我的順從，祇要我的丈夫吩咐我，我就可以向他下跪，讓他因此而心中快慰。

**披**　啊，那纔是個好妻子！來，吻我，凱德。

**盧**　老兄，眞有你的！

**披**　來，凱德，我們好去睡了。我們三個人結婚，可是你們兩人都輸了。（向盧）你雖然採到了明珠，我卻贏了東道；現在我就用得勝者的身分，祝你們晚安！（披、凱下）

**霍**　你已經降伏了一個悍婦，可以躊躕滿志了。

**盧**　她會這樣被他降伏，倒是一樁想不到的事。（同下）

莎士比亞戲劇全集

第三輯　第五種

# 温莎的風流娘兒們

朱生豪譯

# 温莎的風流娘兒們

## 劇中人物

約翰·福斯泰夫爵士
范通　少年紳士
夏祿　鄉村法官
史量德　夏祿的姪兒
傅德
裴琪　｝溫莎地方的兩個紳士
裴威廉　裴琪的幼子
修伊文師父　威爾斯籍牧師
凱易斯大夫　法國籍醫生
嘉德飯店的店主
巴道夫
畢斯托　｝福斯泰夫的從者
聶姆

羅賓　福斯泰夫的侍僮
辛普兒　史量德的僕人
魯具　凱易斯的僕人
傅大娘
裴大娘
裴安痕　裴琪的女兒，與范迴相戀
快嘴桂嫂　凱易斯的女僕
裴傅兩家的僕人及其他

## 地點

温莎及其附近

# 第一幕

## 第一場　温莎裴琪家門前

〔夏祿法官，史量德，及修伊文牧師上。

夏　修師父，別勸我，我一定要告到御前法庭裏去；就算他是二十個約翰福斯泰夫爵士，他也不能欺侮夏祿夏老爺。

史　夏老爺是葛羅斯脫州的治安法官，那個不知，誰人不曉？牧師先生，我告訴您吧，他出身就是個紳士，簽起名字來，總是要加上大人兩個字，無論什麼公文筆據賬單契約，寫起來總是夏祿大人。

夏　對了，這三百年來，一直都是這樣。

史　他的子孫在他以前就是這樣了，他的祖宗在他以後也可以這樣；他們家裏那件繡着十二條白梭子魚的外套可以作爲證明。

夏　那是一件古老的外套。

修　一件古老的外套上有着十二條白虱子，那眞是相得益彰了；白虱是人類的老朋友，也是親愛的象徵。可是閒話少說，要是福斯泰夫爵士有什麼地方得罪了您，我是個出家人，方便爲懷，很願意盡力替你們兩位和解和解。

夏　我要把這事情向樞密院提出，這簡直是暴動。

修　不要把暴動的事情告訴樞密院，暴動是不敬上帝的行爲。樞密院希望聽見人民個個敬畏上帝，不歡喜聽見有什麼暴動；您還是考慮考慮吧。

夏　嘿！他媽的！我要是再年輕點兒，一定用刀子跟他解決。

修　冤家宜解不宜結，還是大家和和氣氣的好。我腦袋裏還有一個計劃，要是能够成功，倒是一件美事。裴琪大爺有一位女兒叫裴安痕，她是一個縹緻的姑娘。

史　裴安痕小姐嗎？她有一頭棕色的頭髮，說起話來細聲細氣像個娘兒似的。

修　正是這位小姐，全世界找不出第二個來了。她的爺爺在臨死的時候，——上帝接引他上天堂享福！——給她七百鎊錢，還有金子銀子，等她滿了十七歲，這筆財產就可以到她手裏。我們現在還是把那些吵吵鬧鬧的事情擱在一旁，想法子替史少爺和裴小姐作個媒吧。

夏　她的爺爺傳給她七百鎊錢嗎？

修　是的，還有她父親給她的錢。

夏　這姑娘我也認識，她的人品倒不錯。

修　七百鎊錢還有其他的嫁奩，那還會錯嗎？

夏　好，讓我們去瞧瞧裴大爺吧。福斯泰夫也在裏邊嗎？

修　我要對您說謊嗎？我頂討厭的就是說謊的人，正像我討厭說假話的人，或是不老實的人一樣。約翰爵士是在裏邊，請您看在大家朋友分上，耐着點兒吧。讓我去打門。（敲門）喂！有人嗎？上帝祝福你們這一家！

裴琪　（在內）誰呀？

修　上帝祝福你們，是您的朋友，還有夏祿法官和史量德少爺，我們要跟您談些事情，也許您聽了會高興的。

〔裴琪上。

裴　我很高興看見你們各位的氣色都是這樣好。夏老爺，我還要謝謝您的鹿肉呢！

夏　裴大爺，我很高興看見您，您心腸好，福氣一定也好！鹿肉弄得實在不成樣子，您別見笑。嫂夫人好嗎？——我從心坎兒裏謝謝您！

裴　我纔要謝謝您哪。

夏　我纔要謝謝您乾脆一句話，我謝謝您。

裴　史少爺，我很高興看見您。

史　裴大叔，您那頭黃毛的獵狗怎麼樣啦？聽說它在最近的賽狗會裏跑不上人家，有這回事嗎？

裴　那可不能這麼說。

史　您還不肯承認，您還不肯承認。

夏　他當然不肯承認的；這是你的不好，這是你的不好。那是一頭好狗哩。

裴　是頭不中用的畜生。

夏　不，它是頭好狗，很漂亮的狗；那還用說嗎？它又好又漂亮。福斯泰夫爵士在裏邊嗎？

裴　他是在裏邊；我很願意給你們兩位彼此消消氣。

修　眞是一個好基督徒說的話。

夏　裴大爺，他侮辱了我。

裴　是的，他自己也有幾分認錯。

夏　認了錯不是就算完了事呀，裴大爺您說是不是？他侮辱了我；眞的，他侮辱了我；一句話，他侮辱了我；你們聽着，夏祿老爺說他給人家侮辱了。

裴　約翰爵士來啦。

〔福斯泰夫爵士，巴道夫，聶姆，畢斯托上。

福　喂，夏老爺，您要到王上面前去告我嗎？

夏　爵士，你打了我的用人，殺了我的鹿，闖進我的屋子裏。

福　可是沒有香過你家看門人女兒的臉吧？

夏　他媽的，什麼話！我一定要跟你算賬。

福　明人不作暗事，這一切事都是我幹的。現在我回答了你啦。

夏　我要告到樞密院裏去。

福　你要是不怕人家笑話你，你就告去吧。史量德，我要搗碎你的頭；你也想跟我算賬嗎？

史　呃，爵士，我也想跟您還有您那幾位流氓跟班，巴道夫，聶姆，和畢斯托算一算賬呢。他們帶我到酒店裏去，把我灌了個醉，偷了我的皮夾子去。

巴　你這又酸又臭的乾酪！

史　好，隨你說吧。

畢　喂，枯骨鬼！

史　好，隨你說吧。

聶　喂，風乾肉片！這別號我給你取得好不好？

史　我的跟班辛普兒呢？叔叔，您知道嗎？

修　請你們大家別鬧，讓我們看：關於這一場爭執，已經有了三位公正人，第一位是裴琪大爺，第二位是我自己，第三位也就是最後一位，是嘉德飯店的老板。

裴　咱們三個人要聽一聽兩方面的曲直，替他們調停出一個結果來。

修　很好，讓我先在筆記簿上把要點記錄下來，然後我們可以仔細研究一個方案出來。

福　畢斯托！

畢　他用耳朵聽見了。

修　見他媽的鬼！這算什麼話，「他用耳朵聽見了？」嘿，這簡直是矯揉造作。

福　畢斯托，你有沒有偷過史量德少爺的錢袋？

史　憑着我這雙手套起誓，他偷了我七個六辨士的鋸邊銀幣，還有兩個愛德華朝的銀幣，我用每個兩先令兩辨士的價錢去換來的。倘然我冤枉了他，我就不姓史。

福　畢斯托，這是眞的嗎？

畢　主人，我用這柄劍向他挑戰。趕快給我說你認錯了人！你這不中用的人渣，你在說謊！

史　那麼我賭咒一定是他。

聶　說話留點兒神吧，朋友，大家客客氣氣。你要是想在太歲頭上動土，咱老子可也不是好惹的。

史　憑着這頂帽子起誓，那麼一定是那個紅臉孔的傢伙偷的。我雖然不記得我給你們灌醉以後做了些什麼事，可是我還不是頭上足的驢子哩。

福　你怎麼說，紅臉孔？

巴　我說，這位先生一定是喝酒喝昏了頭啦。

史　好，隨你們怎麼說吧，我以後再不喝醉了；我要是喝酒，一定跟規規矩矩敬重上帝的人在一起喝，決不再跟這種壞東西在一起喝了。

修　好一句有志氣的話！

福　各位先生，你們已經聽見什麼都否認了，你們都已經聽見了。

〔裴安痕持酒具，及傅大娘裴大娘同上。

裴　不，女兒，你把酒拿進去我們就在裏面喝酒。（安下）

史　天啊！這就是安痕小姐。

裴　您好，傅嫂子！

福　傅大娘，我今天能够碰見您，眞是三生有幸；恕我冒昧，好嫂子。（吻傅妻）

裴　娘子，請你招待招待各位客人。來，我們今天燒好一盤滾熱的鹿肉饅頭，要請諸位嚐嚐新。來，各位朋友，我希望大家一杯在手，舊怨全忘。（除夏、史、修外皆下）

史　要是現在有人給我四十個先令，我寧願有一本詩集在手裏。

〔辛普兒上。

史　啊，辛普兒，你到那兒去了？難道我必須自己服侍自己嗎？你有沒有把那本猜謎的書帶來？

辛　猜謎的書！怎麼，您不是在上一次萬聖節時候，邁克爾節的前兩個星期，把它借給矮餑餑愛麗思了嗎？

夏　來，姪兒；來，姪兒，咱們等着你哪，姪兒，我有句話要對你說，是這樣的，姪兒，剛纔修師父曾經提起過這麼一個意思；你懂得我的意思嗎？

史　嗯，叔叔，我是個好說話的人；祇要是合理的事，我總是願意的。

夏　不，你聽我說。

史　我在聽着您哪，叔叔。

修　史少爺，聽好他的意思；您要是願意的話，我可以把這件事情向您解釋。

史　不，我的夏祿叔叔叫我怎麼做，我就怎麼做請您原諒，他是個治安法官，誰人不知，那個不曉？

修　不是這個意思，我們現在所要談的，是關於您的婚姻問題。

夏　對了，就是這一回事。

修　就是這一回事，我們要給您跟裴小姐作個媒。

史　噢，原來是這麼一回事，祇要條件合理，我是總可以答應娶她的。

修　可是您能不能歡喜這一位姑娘呢？我們必須從您自己嘴裏知道您的意思，所以請您明明白白回答我們，您能不能對這位姑娘發生好感呢？

夏　史量德賢姪，你能够愛她嗎？

史　叔叔，我希望我總是照着道理做去。

修　噯喲，天上的爺爺奶奶們！您一定要講得明白點兒，您想不想要她？

夏　你一定要明明白白的講。要是她有很豐盛的嫁奩，你願意娶她嗎？

史　叔叔，您叫我做的事，祇要是合理的，比這更重大的事我也會答應下來。

夏　不，你得明白我的意思，好姪兒；我所做的事，完全是爲了你的幸福。你能够愛這姑娘嗎？

史　叔叔，您叫我娶她我就娶她；也許在起頭的時候彼此之間沒有多大的愛情，可是結過了婚以後，大家慢慢兒的互相熟悉起來，日久生厭，也許愛情會自然而然地一天不如一天。可是祇要您說一聲「跟她結婚，」我就跟她結婚，這是我的不可動搖的決心。

修　這是一個很明理的回答，雖然措辭有點不妥，他的意思是很好的。

夏　嗯，我的姪兒的意思是很好的。

史　要不然的話，我就是個該死的畜生了！

夏　安痕小姐來了。

〔裴安痕重上。

夏　安痕小姐，爲了您的緣故，我但願自己再年靑起來。

安　酒菜已經預備好了，家父叫我來請各位進去。

夏　我願意奉陪，好安痕小姐。

修　嗳喲！念起餐前祈禱來，我可不能缺席哩。（夏、修下）

安　史世兄，您也進去吧。

史　不，謝謝您，眞的，托福托福。

安　大家都在等着您哪。

史　我不餓，我眞的謝謝您。喂，你雖然是我的跟班，還是進去伺候我的夏祿叔叔吧。（辛下）一個治安法官一定得有個跟班，纔不失體面。現在家母還沒有死，我隨身祇有三個跟班一個書僮，可是這算得上什麼呢？我的生活還是過得一點也不舒服。

安　您要是不進去，那麼我也不能進去了；他們都要等您到了纔坐下來呢。

史　眞的，我不要吃什麼東西；可是我多謝您的好意。

安　世兄，請您進去吧。

史　我還是在這兒走走的好，我謝謝您。我前天跟一個擊劍教師比賽刀劍，三個回合賭一碟蒸熟的梅子，結果把我的脛骨也弄傷了；不瞞您說，從此以後，我聞到燒熱的肉味道就受不住。你家的狗爲什麼叫得這樣利害？城裏有熊嗎？

安　我想是有的，我聽見人家講起過。

史　您要是看見關在籠子裏的熊逃了出來，您怕不怕？

安　我怕。

史　我現在可把它當作家常便飯一樣沒有什麼希罕了。我曾經看見巴黎花園裏那頭著名的撒克遜大熊逃出來二十次，我還親手拉住它的鍊條。可是我告訴您吧，那些女人們一看見了，就哭呀叫呀地鬧得天翻地覆；實在說起來，也無怪她們受不住，那些畜生都是又難看又粗暴的傢伙。

【裴琪重上。

裴　來，史少爺，來吧，我們等着您哪。

史　我不要吃什麼東西，我謝謝您。

裴　這怎麼可以呢？您不吃也得吃，來，來。

史　那麼您先請吧。

裴　您先請。

史　安痕小姐，還是您先請。

安　不，您別客氣了。

史　眞的，我不能走在你們前面；眞的，那不是太無禮了嗎？

安　您何必這樣客氣呢？

史　旣然這樣，與其讓你們討厭，還是失禮的好。你們可不能怪我放肆呀。（同下）

## 第二場　同前

【修牧師及辛普兒上。

修　你去打聽打聽有一個凱易斯大夫住在那兒；他的家裏有一個叫做快嘴桂嫂的，是他的看護，或者是他的保姆，或者是他的廚娘，或者是幫他洗洗衣服的女人。

辛　好的，師父。

修　慢着，還有更要緊的話哩。你把這封信交給她，因爲她跟裴家小姐是很熟悉的，這封信裏的意思，就是要請她代你的主人向裴家小姐傳達他的愛慕之忱。請你快點兒去吧，我飯也沒有吃完，還有一道蘋果跟乾酪在後頭呢。

（各下）

## 第三場　嘉德飯店的一室

〔福斯泰夫，店主，巴道夫，聶姆，畢斯托，及羅賓上。

福　店主東！

店主　怎麼說，我的老狐狸？

福　不瞞你說，我要辭掉一兩個跟班啦。

店主　好，叫他們滾蛋，骨落落，骨落落。

福　淨是坐着吃飯，我一個星期也要花上十鎊錢。

店主　當然囉，你就像個皇帝，像個該撒。我可以把巴道夫收留下來，讓他做個酒保，你看好不好？

福　老板，那好極啦。

店主　那麼就這麼辦，叫他跟我來吧。（下）

福　巴道夫跟他去。酒保也是一種很好的行業。舊外套可以改做新褂子；一個不中用的跟班，也可以變成一個出色的酒保。去吧，再見。

巴　這種生活我正是求之不得，我一定會從此交運。

畢　哼，沒出息的東西！你要去開酒桶嗎？（巴下）

福　我很高興把這火種這樣打發走了；他的偷竊太公開啦，他在偷偷摸摸的時候，就像一個不會唱歌的人一樣，一點不懂得輕重快慢。

聶　做賊的唯一妙訣，是看準下手的時刻。

畢　聰明的人把它叫做「不告而取。」「做賊！」啐！好難聽的話兒！

福　孩兒們，我快要窮得鞋子都沒有後跟啦。

畢　好，那麼就讓你的脚跟上長起老大的凍瘡來吧。

福　沒有法子，我必須想個辦法，撈一些錢來。

畢　小烏鴉們不吃東西也是不行的呀。

福　你們有誰知道本地有一個叫傅德的傢伙？

畢　我知道那傢伙，他很有幾個錢。

福　我的好孩兒們，現在我要把我的計劃告訴你們。我想去吊傅德老婆的膀子。我覺得她對我很有幾分意思；她跟我講話的那種口氣，給我切肉的那種姿勢，還有她那一飄一飄的脈脈含情的眼光，都好像在說，「我的心是福斯泰夫爵士的。」

畢　你果然把她的心理研究得非常透徹，居然把它一個字一個字翻譯出來啦。

福　聽說她丈夫的錢都是她一手經管的；他有數不清的錢藏在家裏。

畢　財多招鬼忌，咱們應該去給他消消災；我說，向她進攻吧！

福　我已經寫下一封信在這兒預備寄給她；這兒還有一封，是寫給裴琪老婆的，她剛纔也向我眉目傳情，她那雙水汪汪的眼睛一霎不霎地望着我身上的各部分，一會兒瞧着我的脚，一會兒瞧着我的大肚子。

畢　正好比太陽照在糞堆上。

聶　這個譬喻譬得好極了！

福　啊！她用食饞的神氣把我從上身望到下身，她的眼睛裏簡直要噴出火來炙我，這一封信是給她的。她也經管着錢財，她就像是一座取之不竭的金礦。我要去接管她們兩人的全部富源，她們兩人便是我的兩個國庫，她們一個是東印度，一個是西印度，我就在這兩地之間開闢我的生財大道。你給我去把這信送給裴大娘；你給我去把這信送給傅大娘。孩兒們，咱們從此可以有舒服日子過啦！

畢　你要我給你拉皮條嗎？鬼纔幹這種事！

聶　這種齷齪齷齪的事情我也不幹；把這封寶貝信兒拿回去吧。我的名譽要緊。

福　（向羅賓）來，小鬼，你給我把這兩封信送去，小心別丢了。你就像我的一艘快船一樣，趕快開到這兩座金山的脚下去吧。（羅下）你們這兩個混蛋，一起給我滾吧！再不要讓我看見你們的影子！像狗一樣爬得遠遠的，我這裏容不得你們。滾！這年頭兒大家都要講究個緊縮，福斯泰夫也要學學法國人的算計，留着一個隨身的僮兒，也就够了。（下）

畢　讓餓老鷹把你的心肝五臟一起抓了去！你用假骰子到處詐騙人家，看你作孽到幾時！等你有一天窮得袋裏一個子兒都沒有的時候，再瞧瞧老子是不是一定要靠着你纔得活命，這萬惡不赦的老賊！

聶　我心裏正在轉着一個念頭，我要復仇。

畢　你要復仇嗎？

聶　天日在上，此仇非報不可！

畢　用計策還是用武力？

聶　兩樣都要用；我先去向裴琪報告有人正在勾搭他的老婆。

畢　我就去叫傳德加倍留神，

說福斯泰夫那混賬東西，

想把他的財產一口侵吞，

還要佔奪他的美貌嬌妻。

聶　我的脾氣想到就做，我要去煽動裴琪，讓他心裏充滿了醋意，叫他用毒藥毒死這傢伙。誰要是對我不起，讓他知道咱老子也不是好惹的。

畢　你就是個天煞星，我願意跟你合作，走吧。（同下）

## 第四場　凱易斯醫生家中一室

〔快嘴桂嫂及辛普兒上。

桂　喂，魯貝！

〔魯貝上。

桂　請你到窗口去瞧瞧看，咱們這位東家有沒有來；要是他來了，看見屋子裏有人，一定又要給他昏天黑地一頓罵。

魯　好，我去看看。

桂　去吧，今天晚上等我們烘罷了火，我請你喝杯老酒。（魯下）他是一個老實的聽話的和善的傢伙，你找不到第二個像他這樣的僕人；他又不會說長道短，他的唯一的缺點，就是太喜歡禱告了，他禱告起來，簡直像個獃子，可是誰都有幾分錯處，那也不用說它了。你說你的名字叫辛普兒嗎？

辛　是，人家就是這樣叫我。

桂　史量德少爺就是你的主人嗎？

辛　正是。

桂　他不是留着一大把鬍鬚的嗎？

辛　不，他只有一張小小的白白的臉孔，略微有幾根黃鬍子。

桂　他是一個很文弱的人，是不是？

辛　是的，可是真要比起力氣來，他也不怕人家；他曾經跟看守獵苑的人打過架呢。

桂　你怎麼說？——啊，我記起來啦！他不是走起路來大搖大擺，把頭擡得高高的嗎？

辛　對了，一點不錯，他正是這樣子。

桂　好，天老爺保佑裴小姐嫁到這樣一位好郎君吧！你回去對修牧師先生說，我一定願意盡力幫你家少爺的忙。安痕是個好孩子，我但願——

〔魯貝重上。

魯　不好了，快出去，我們老爺來啦！

桂　咱們大家都要挨一頓臭駡了。這兒來，好兄弟，快快鑽進這個壁櫥裏去。（將辛普兒關在壁櫥內）他一會兒就要出去的。喂，魯貝！喂，你在那裏？魯貝，你去瞧瞧老爺去，他現在還不回來，不知道人好不好。（魯下，桂唱歌）得兒郎當，得兒郎當……

【凱易斯大夫上。

凱　你在唱些什麼？我討厭這種調調兒。請你快給我到壁橱裏去，把一隻匣子，一隻綠的匣子，找來給我；聽好我的話嗎？一隻綠的匣子。

桂　好，好，我就去給您找來。（旁白）謝天謝地他沒有自己去找，要是給他看見了壁橱裏有一個小伙子，他一定要暴跳如雷了。

凱　快點，快點，我有要緊的事，就要出去。

桂　是這一個嗎，老爺？

凱　對了，給我放在口袋裏，快點。魯貝那個混蛋呢？

桂　喂，魯貝！魯貝！

【魯貝重上。

魯　有，老爺。

凱　魯貝，把劍拿來，跟我到宮廷裏去。

魯　劍已經放在門口了，老爺。

凱　我已經就擱得太久了。——該死！我又忘了！壁橱裏還有點兒藥草，一定要帶去。

桂　（旁白）糟了！他看見了那個小子，一定要發瘋啦。

凱　見鬼！見鬼！什麼東西在我的壁櫥裏？——混蛋！狗賊！（將辛普兒拖出）魯貝，把我的劍拿來！

桂　好老爺，您息怒吧！

凱　我爲什麼要息怒？嘿！

桂　這個年青人是個好人。

凱　是好人躲在我的壁櫥裏幹甚麼？躲在我的壁櫥裏，就不是好人。

桂　請您別發這麼大的脾氣。老實告訴您吧，他是修牧師叫他來的。

凱　好。

辛　正是，修牧師叫我來請這位大娘——

桂　你不要說話。

凱　閉你自己的嘴！——你說。

辛　請這位大娘替我家少爺去向裴家小姐說親。

桂　眞的，就祇有這麼一回事。可是我纔不願多管這種閒事，把手指頭伸到火裏去呢；又不是跟我有什麼相干。

凱　是修牧師叫你來的嗎？——魯貝，拿張紙來。你再等一會兒。（寫）

桂　我很高興他今天這麼安靜，要是他眞的動起怒來，那纔會吵得日月無光呢。可是別管他，我一定盡力幫你家少爺的忙；不瞞你說，這個法國醫生，我的主人，——我可以叫他做我的主人，因爲你瞧，我替他管屋子，還給他洗衣服，釀酒，烘麵包，掃地抹桌，燒肉烹茶，鋪牀疊被，什麼都是我一個人做的，——

辛　一個人做這許多事，那眞太辛苦啦。

桂　可不是嗎？眞把人都累死了，天一亮就起身，老晚纔睡覺；可是這些話也不用說了，讓我悄悄兒的告訴你，你可不許對人家說起，我那個東家他自己也愛着裴家小姐；可是安痕的心思我是知道的，她的心旣不在這兒也不在那兒。

凱　猴兒崽子，你去把這封信交給修牧師，這是一封挑戰書，我要割斷他的喉嚨；我要教訓教訓這個猴兒崽子的牧師，問他以後再多管不管閒事。你去吧，你留在這兒沒有好處。哼，我要是不把他的兩顆睾丸一起割下來，我就不是個人。（辛下）

桂　唉！他也不過幫他朋友說句話兒罷了。

凱　我可不管你不是對我說裴安痕一定會嫁給我的嗎？哼，我要是不把那個狗牧師殺掉，我就不是個人；我要叫嘉德飯店的老板替我們做公正人。哼，我要是不娶裴安痕爲妻，我就不是個人。

桂　老爺，那姑娘喜歡您哩，包您萬事如意。人家高興嚼嚼嘴嚼舌，就讓他們去嚼吧。眞是哩！

凱　魯貝，跟我到宮廷裏去。哼，要是我娶不到裴安痕爲妻，我不把你趕出門，我就不是個人。跟我來，魯貝。（凱、魯下）

桂　呸！做你的夢！安痕的心思我是知道的；在溫莎地方誰也沒有像我一樣明白安痕的心思了；謝天謝地，她也祇肯聽我的話，別人的話她纔不理呢。

范通　（在內）裏面有人嗎？喂！

桂　誰呀？進來吧。

〔范通上。

范　啊，大娘，你好哇？

桂　多承大爺問起，托福托福。

范　有什麼消息？安痕小姐近來好嗎？

桂　憑良心說，大爺，她真是位又標緻，又端莊，又溫柔的好姑娘；范大爺，我告訴您吧，她很佩服您哩，謝天謝地。

范　你看起來我有幾分希望嗎？我的求婚不會失敗嗎？

桂　真的，大爺，什麼事情都是天老爺註定了的；可是，范大爺，我可以發誓她是愛您的。您的眼皮上不是長着一顆小疙瘩嗎？

范　是有顆疙瘩，那便怎樣呢？

桂　噉，這上面就有一段話兒呢。真的，我們這位小安痕就像換了個人似的，我們講那顆疙瘩足足講了一點鐘。人家講的笑話一點不好笑，那姑娘講的笑話纔叫人打心窩兒裏笑出來。可是我可以跟無論什麼人打賭，她是個頂規矩的姑娘。她近來也實在太喜歡一個人發獃了，老是像在想着什麼心事似的。至於講到您——那您儘管放心吧。

范　好，我後天要去看她。這幾個錢請你收下，多多拜托你幫我說句好話。要是你比我先看見她，請你替我向她致意。

桂　那還用說嗎？下次要是有機會我還要給您講起那個疙瘩哩；我也可以告訴您還有些什麼人在轉她的念頭。

范　好，回頭見；我現在還有要事，不多談了。

桂　回頭見，范大爺。（范下）這人是個規規矩矩的紳士，可是安痕並不愛她，誰也不及我更明白安痕的心裏了。該死！我又忘了什麼啦？（下）

# 第二幕

## 第一場　裴琪家門前

〔裴大娘持書信上。

裴妻　什麼！我在年輕貌美的時候，都不曾收到過甚麼情書，現在倒有人寫起情書來給我了嗎？讓我看：

「不要問我爲什麼我愛你；因爲愛情雖然會用理智來作療治相思的藥餌，它却是從來不聽理智的勸告的。你並不年青，我也是一樣；好吧，咱們同病相憐。你愛好風流，我也是一樣；哈哈，那尤其是同病相憐。你歡喜喝酒，我也是一樣；咱們倆豈不是天生的一對？要是一個軍人的愛可以使你滿足，那麼裴大娘，請你相信我是愛你的。我不願意說可憐我吧，因爲那不是一個軍人所應該說的話；可是我說，愛我吧。願意爲你赴湯蹈火的，你的忠心的武士，約翰福斯泰夫上。」

嗳喲，萬惡的萬惡的世界！一個快要老死了的傢伙，還要自命風流！眞是見鬼！這個酒鬼究竟從我的談話裏抓到了什麼出言不檢的地方，纔敢用這種話兒試探我？我還沒有見過他三次面呢！我應該怎樣對他說呢？那個時候，上帝饒恕我！我的確是說說笑笑得太高興了點兒。哼，我要到議會裏去上一個條陳，請他們把天下男人一概格殺不論。我應該怎樣報復他呢？這一口氣是非出不可的。

〔傅大娘上。

傅妻　裴嫂子！我正要到您府上來呢。

裴妻　我也正要到您家去呢。您臉色可不大好看呀。

傅妻　那我可不信，我應該滿臉紅光纔是呢。啊，裴嫂子！您給我出個主意吧。

裴妻　什麼事，大姊？

傅妻　啊，大姊，我倘不是因爲覺得這種事情太不好意思，我就可以貴起來啦！

裴妻　大姊，管他甚麼好意思不好意思，貴起來不好嗎？是怎麼一回事？是怎麼一回事？

傅妻　我祇要高興下地獄走一趟，我就可以封爵啦。

裴妻　什麼？你在胡說。傅愛麗爵士！現在這種爵士滿街都是，你還是不用改變你的頭銜吧。

傅妻　廢話少說，你讀一讀這封信；你瞧了以後，就可以知道我怎麼可以封起爵來。從此以後，祇要我長着眼睛，我要永遠瞧不起那些胖子。是那一陣暴風把這條肚子裏裝滿了許多噸油的鯨魚吹到了溫莎的海岸上來？我應該怎樣報復他呢？我想最好的辦法，是假意敷衍他，却永遠不讓他達到目的，直等罪惡的孽火把他熔化在他自己的脂油裏。你有沒有聽見過這樣的事情？

裴妻　你有一封信，我也有一封信，就是換了個名字！你瞧吧，這是你那封信的孿生兄弟。我敢說他有一千封這樣的信寫好着，祇要在空白的地方塡下了姓名，就可以寄給人家；也許還不止一千封，咱們的已經是再版的了。他一定會把這種信刻成板子印起來的，因爲他會把咱們兩人的名字都放上去，可見他無論刻下了些什麼亂七八糟的東西都會一樣不在乎。我要是跟他在一起睡覺，還是讓一座山把我壓死了吧。嘿，你可以找到二十頭貪淫的烏龜，却不容易找到一個規規矩矩的男人。

傅妻　噯喲，這兩封信簡直是一個印版裏印出來的，同樣的筆跡，同樣的字句。他到底把我們看做什麼人啦？

裴妻　那我可不知道；我看見了這樣的信，眞有點兒自己不相信自己起來了。以後我一定得留心察看自己的行動，因爲他要是不在我身上看出了一點我自己也沒有知道的不大規矩的地方，一定不會毫無忌憚到這個樣子。

傅妻　哼，我一定要叫他知道個利害。

裴妻　我們一定要向他報復，讓我們約他一個日子相會，把他哄騙得心花怒放，然後我們採取長期誘敵的計策，只讓他聞到魚腥氣，不讓他嘗到魚兒的味道，逗得他饞涎欲滴，餓火雷鳴，吃盡當光，把他的馬兒都變賣給嘉德飯店的老板爲止。

傅妻　好，爲了作弄這個壞東西，我什麼惡毒的事情都願意幹，祇要對我自己的名譽沒有損害。啊，要是我的男人見了這封信，那還了得！他那股醋勁兒纔大呢。

裴妻　噯喲，你瞧，他來啦，我的那個也來啦；他是從來不吃醋的，我也從來不給他一點可以使他吃醋的理由。

傅妻　那你的運氣比我好得多啦。

裴妻　我們再商量商量怎樣對付這個好色的武士吧。過來。（二人退後）

【傅德，畢斯托，裴琪，聶姆同上。

傅　我希望不會有這樣的事。

畢　希望在有些事情上是靠不住的。福斯泰夫在轉你老婆的念頭哩。

傅　我的妻子年紀也不小了。

畢　他玩起女人來，不論貴賤貧富老少，在他都是一樣。傅德，你可留點兒神吧。

傳　愛上我的妻子！

畢　他心裏火一樣的熱呢。你要是不趕快防備，只怕將來你的頭銜不雅。

傳　什麼頭銜？

畢　忘八哪。再見。偷兒總是乘着黑夜行事的，千萬留心門戶。走吧，聶姆伍長！裴琪，他說的都是眞話，你不可不信。（下）

傳　（旁白）我必須忍耐一下，把這事情調査明白。

聶　（向裴）這是眞的，我不喜歡撒謊。他在許多地方對不起我。他本來叫我把那鬼信送給她，可是我就是眞沒有飯吃，也可以靠着我的劍過日子。總而言之一句話，他愛你的老婆。我的名字叫做聶姆伍長，我說的話全是眞的；我的名字叫聶姆，福斯泰夫愛你的老婆。再見。（下）

裴　（旁白）這傢伙纏七夾八的，不知在講些什麼東西！

傳　我要去找那福斯泰夫。

裴　我從來沒有聽見過這樣一個嚕哩嚕囌莫明其妙的傢伙。

傳　要是給我發覺了出來，好。

裴　我就不相信這種狗東西的話。

傳　他的話說得倒是很有理，好。

裴　啊，娘子！

裴妻　官人，你到那兒去？——我對你說。

傳妻　嗳喲，我的爺！你有了什麼心事啦？

傅　我有什麼心事！我有什麼心事？你回家去吧，去吧。

傅妻　眞的，你一定又在轉着些什麼古怪的念頭。裴嫂子，咱們去吧。

裴妻　好，你先請。官人，你今天回來吃飯嗎？（向傅妻旁白）瞧，那邊來的是什麼人？咱們可以叫她去帶信給那個下流的武士。

傅妻　我剛纔還想起過她，叫她去是再好沒有了。

〔快嘴桂嫂上。

裴妻　你是來瞧我的女兒安痕的嗎？

桂　正是呀，請問我們那位好安痕小姐好嗎？

裴妻　你跟我們一塊兒進去瞧瞧她吧；我們還有很多話要跟你講哩。（裴妻，傅妻，及桂同下）

裴　傅大爺，您怎麼啦？

傅　你聽見不聽見那傢伙告訴我的話？

裴　我聽見；你聽見不聽見還有那個傢伙告訴我的話？

傅　你想他們說的話靠不靠得住？

裴　理他呢，這些狗東西！那個武士固然不是好人，可是這兩個說他意圖勾誘你我妻子的人，都是他的革退的跟班，現在沒有事做了，什麼壞話都會說得出來的。

傅　他們都是他的跟班嗎？

裴　是的。

傅　那倒很好。他是住在嘉德飯店裏的嗎？

裴　正是。他要是眞想勾搭我的妻子，我可以假作癡聾，給他一個下手的機會，看他除了一頓臭駡之外，還會從她身上得到甚麼好處。

傅　我並不疑心我的妻子，可是我也不放心讓她跟別個男人在一起。一個男人太相信他的妻子，也是危險的。我不願戴頭巾，這事情倒不能就這樣一笑置之。

裴　瞧，咱們那位愛吵鬧的嘉德飯店的老板來了。他瞧上去這樣高興，倘不是喝醉了酒，定是袋裏有了幾個錢。——

【店主及夏祿上。

裴　老板，您好？

店主　啊，老狐狸！你是個好人。喂，法官先生！

夏　我在這兒，老板，我在這兒。晚安，裴大爺！裴大爺，您跟我們一塊兒去好嗎？我們有新鮮的頑意兒看呢。

店主　告訴他，法官先生；告訴他，老狐狸。

夏　那個威爾斯牧師修伊文跟那個法國醫生凱易斯要有一場決鬬。

傅　老板，我跟您講句話兒。

店主　你怎麼說，我的老狐狸？（二人退立一旁）

夏　（向裴）您願意跟我們一塊兒瞧瞧去嗎？我們這位淘氣的店主已經替他們把劍較量過了，而且我相信已經跟他們約好了兩個不同的地方，因爲我聽人家說那個牧師是個怪頂眞的傢伙。來，我告訴您，我們將要有怎樣一場頑意兒。（二人退立一旁）

店主　客人先生，你不是跟我的武士有點兒過不去嗎？

傅　不，絕對沒有。我願意送給您一瓶燒酒，請您讓我去見見他，對他說我的名字是白羅克，那不過是跟他開開頑笑而已。

店主　很好，我的好漢；你可以自由出入，你說好不好？你的名字就叫白羅克。他是個淘氣的武士哩。諸位，咱們走吧。

夏　好，老板，請你帶路。

裴　我聽人家說，這個法國人的劍術很不錯。

夏　還算得甚麼！我在年青時候，也著實來得一手呢。現在這種講究劍法的，一個站在這邊，一個站在那邊，你這麼一刺，我這麼一揮，還有各式各種的名目，我記也記不淸楚；可是裴大爺，頂要緊的畢竟還要看自己有沒有勇氣。不瞞您說，我從前憑着一枝長劍，就可以叫四個高大的漢子抱頭鼠竄哩。

店主　喂，孩兒們，來！咱們該走了！

裴　好，你先請吧。我倒不喜歡看他們眞的打起來，寧願聽他們吵一場嘴。（店主、夏、裴同下）

傅　裴琪是個膽大的傻瓜，他以爲他的老婆一定不會背着他偸漢子，可是我却不能把事情看得這樣大意。我的女人在裴家的時候，他也在那兒，他們兩人搗過些什麼鬼我也不知道。好，我還要仔細調査一下；我要先假扮了去試探試探福斯泰夫。要是偵察的結果，她並沒有做過不規矩的事情，那我也可以放下心來，不然的話，也可以不致於給他們蒙在鼓裏。（下）

## 第二場　嘉德飯店中之一室

〔福斯泰夫及畢斯托上。

福　我一個子兒也不借給你。

畢　那麽我要憑着我的寶劍去打出一條生路來了。你要是答應借給我，我一定如數奉還，決不拖欠。

福　一個子兒也沒有。我讓你把我的臉子丢盡，從來不曾向你計較過；我曾經不顧人家的討厭，給你和你那個同夥聶媖一次兩次三次向人家求情說項，否則你們早已像一對大猩猩一樣，給他們抓起來關在鐵籠子裏了。我不惜違背良心，向我的朋友們發誓說你們都是很好的軍人，堂堂的男子；白律治太太丢了她的扇柄，我還用我的名譽替你辯護，說你沒有把它偷走。

畢　你不是也分到好處的嗎？我不是給你十五辨士嗎？

福　混蛋，一個人總要講理呀；我難道白白的出賣良心嗎？一句話，別儘纏着我了，快給我滾回你的賊窠裏去吧！你不肯替我送信，你這混蛋！你的名譽要緊！哼，你這不要臉的東西！就說我自己吧，有時爲了沒有辦法，也只好横一横良心，把我的名譽置之不顧，去幹一些偷偷摸摸的勾當；可是像你這樣一個衣衫襤褸，野貓樣的臉孔，滿嘴醉話，動不動賭咒駡人的傢伙，却也要講起什麽名譽來了！你不肯替我送信，好，你這混蛋！

畢　我現在認錯了，難道還不够嗎？

〔羅賓上。

羅　爵爺，外面有一個婦人要見您說話。

福　叫她進來。

〔快嘴桂嫂上。

桂　爵爺，您好？

福　你好，大嫂。你有什麼事兒我？

桂　我可以跟爵爺講一兩句話嗎？

福　好大嫂，你就是跟我講兩千句話，我也願意聽着你。

桂　爵爺，有一位傅家娘子，——請您再過來點兒；我自己是住在凱易斯凱大夫家裏的。

福　好，你說下去吧，你說那位傅家娘子，——

桂　爵爺說得一點不錯，——請您再過來點兒。

福　你放心吧。這兒沒有外人，都是自家人，都是自家人。

桂　眞的嗎？上帝保佑他們，收留他們做他的僕人！

福　好，你說吧，那位傅家娘子，——

桂　嗳喲，爵爺，她眞是個好人兒。天哪，天哪！您爵爺是個風流的傢伙！但願天老爺饒恕您，也饒恕我們衆人吧！

福　傅家娘子，說呀，傅家娘子，——

桂　好，乾脆一句話，她一見了您，說來也叫人不相信，簡直的就給您迷住啦；就是王上駕幸溫莎的時候，那些頭兒腦兒頂兒尖兒的官兒們，也沒有您這樣中她的意思。不瞞您說，那些武士們，老爺子們，數一數二的紳士們，去了一輛馬車來了一輛馬車，一封接一封的信，一件接一件的禮物，他們的身上都用麝香薰得香噴噴的，穿着用金線繡花的綢緞衣服，滿口都是文謅謅的話兒，還有頂好的酒，頂好的糖，無論那個女人都會給他們迷醉的，可是天地良心，她向他們眼睛也不會瞅過一瞅。不瞞您說，今天早上人家還想塞給我二十塊錢哩，可是我不要這種人家說的不明不白的錢。說句老實話，就是叫他們中間坐第一把交椅的人來，也休想叫她陪他喝一口酒；可是儘有那些伯爵們呀，王上身邊的官員們呀，一個一個在轉她的念頭；可是天地良心，她一點不把他們放在眼裏。

福　可是她對我說些什麼話？說簡單一點，我的好紅娘兒。

桂　她要我對您說，您的信她接到啦，她非常感激您的好意；她叫我通知您，她的丈夫在十點到十一點鐘之間不在家。

福　十點到十一點鐘之間？

桂　對啦，一點不錯；她說，您可以在那個時候來瞧瞧您所知道的那幅畫像，她的男人不會在家裏的。唉！說起她的那位傅大爺，也真叫人氣恨，一位好好的娘子，跟着他纔眞是倒霉；他是個妒心很重的男人，老是無緣無故跟她尋事。

福　十點到十一點鐘之間。大嫂，請你替我向她致意，我一定不失約。

桂　嗳喲，您說得眞好。可是我還有一個信要帶給您，裴家娘子也叫我望望您。讓我悄悄兒的告訴您吧，她是位賢惠端莊的好娘子，清早晚上從來不忘記祈禱。她要我對您說，她的丈夫在家的日子多，不在家的日子少，可是她希望總會找到一個機會。我從來不曾看見過一個女人會這麼歡喜一個男人；我想您一定有一點迷人的地方，眞的。

福　那兒的話，我不過略有幾分才幹而已，怎麼會有什麼迷人的地方？

桂　您眞是太客氣啦。

福　可是我還要問你一句話，傅家的和裴家的兩位娘子有沒有讓彼此知道她們兩個人都愛着我一個人？

桂　那眞是笑話了！她們怎麼會這樣不害羞把這種事情告訴人呢？要是眞有那樣的事，纔笑死人哩！可是裴家娘子要請您把您那個小僮兒送給她，因爲她的丈夫很歡喜那個小厮；天地良心，裴大爺是個好人。在溫莎地方，誰也不及裴大娘那樣享福啦；她愛做什麼就做什麼，愛說什麼就說什麼，要什麼有什麼，不愁吃，不愁穿，高興睡就睡，高興起來就起來，什麼都稱她的心；可是天地良心也是她自己做人好，纔會享到這樣的好福氣，在溫莎地方，她是位心腸再善不過的娘子了。您千萬要把您那僮兒送給她，可別忘了啊。

福　好，那一定可以。

桂　一定這樣辦吧，您看，他可以在你們兩人之間來來去去傳遞消息；要是有不便明言的事情，你們可以自己商量好了一個暗號，祇有你們兩人自己心裏明白，不必讓那孩子懂得，因爲小孩子們是不應該知道這些壞事情的，不比上了年紀的人，懂得世事，識得是非，那就不要緊了。

福　再見，請你替我向她們兩位多多致意。這幾個錢你先拿去，我以後還要重謝你哩。——孩子，跟這位大娘去吧。（桂、羅同下）這消息倒害得我意亂如麻。

畢　這蹠兒是愛神手下的傳書鴿，待我追上前去，拉滿弓弦，把她一箭射下，豈不有趣！（下）

福　老傢伙，你說竟會有這等事嗎？眞有你的！從此以後，我要格外喜歡你這副老皮囊了。人家眞的還會看中你嗎？你在花費了這許多本錢以後，現在纔發起利市來了嗎？好皮囊，謝謝你。人家嫌你長得太胖，祇要胖得有樣子，再胖些又有什麼關係！

【巴道夫持酒杯上。

巴　爵爺，下面有一位白羅克大爺要見您說話，他說很想跟您交個朋友，特意送了一瓶白葡萄酒來給您解解渴。

福　他的名字是叫白羅克嗎？

巴　是，爵爺。

福　叫他進來。（巴下）祇要有得酒喝，管他甚麼白羅克黑羅克，我都是一樣歡迎。哈哈！傅大娘，裴大娘，你們果然給我釣上了嗎？很好！很好！

【巴道夫偕及傅德化裝重上。

傅　您好，爵爺！

福　您好，先生！您有什麼話要對我說嗎？

傅　素昧平生，就這樣前來打攪您，實在是冒昧得很。

福　不必客氣。請問有何見教？——酒保，你去吧。（巴下）

傅　爵爺，賤名是白羅克，我是一個素來喜歡隨便化錢的紳士。

福　久仰久仰！白大爺，我很希望咱們以後常常來往來往。

傅　倘蒙爵爺不棄下交，真是三生有幸。不瞞爵爺說，我現在總算身邊還有幾個錢，您要是需要的話，隨時問我拿好了。人家說的，有錢路路通，否則我也不敢大膽驚動您啦。

福　不錯，金錢是個好兵士，有了它就可以使人勇氣百倍。

傅　不瞞您說，我現在帶着一袋錢在這兒，因爲嫌它拿着太累贅了，想請您幫幫忙，不論是分一半去也好，完全拿去也好，好讓我走步路也輕鬆一點。

福　白大爺，我怎麼可以無功受祿呢？

傅　您要是不嫌煩瑣，請您耐心聽我說下去，就可以知道我還要多多仰仗大力哩。

福　說吧，白大爺，凡有可以効勞之處，我一定願意爲您出力。

傅　爵爺，我一向聽說您是一位博學明理的人，今天一見之下，果然名不虛傳，我也不必向您多說廢話了。我現在所要對您說的事，提起來很是慚愧，因爲那等於宣佈了我自己的弱點；可是爵爺，當您一面聽着我供認我的愚蠢的時候，一面也要請您反身自省一下，那時您就可以知道一個人是怎麼容易犯這種過失，也就不會過分責備我了。

福　很好，請您說下去吧。

傅　本地有一個良家婦女，她的丈夫名叫傅德。

福　嗯。

傅　我已經愛得她長久了，不瞞您說，在她身上我也花過了不少錢；我用一片癡心追求着她，千方百計找機會看見她一面；不但買了許多禮物送給她，並且到處花錢打聽她喜歡人家送給她什麼東西。總而言之，我追逐她就像愛情追逐我一樣，一刻都不肯放鬆；可是費了這許多心思氣力的結果，一點不曾得到甚麼報酬，偌大的代價，只換到了一段痛苦的經驗，正所謂「癡人求愛，如形捕影，瞻之在前，卽之已冥。」

福　她從來不曾有過什麼答應您的表示嗎？

傅　從來沒有。

福　那麼您的愛究竟是怎麼一種愛呢？

傅　就像是建築在別人地面上的一座華廈，因爲看錯了地位方向，使我的一場辛苦完全白費。

福　您把這些話告訴我，是什麼用意呢？

傅　請您再聽我說下去，您就可以完全明白我今天的來意了。有人說，她雖然在我面前裝模作樣，好像是十分規矩，可是在別的地方，她卻是非常放蕩，已經引起不少人的閒話了。爵爺，我的用意是這樣的：我知道您是一位教養優美，談吐風雅，交游廣闊的紳士，無論在地位上人品上都是超人一等，您的武藝，您的禮貌，您的學問，尤其是誰都佩服的。

福　您太過獎啦！

傅　我說的是眞話。我這兒有的是錢，您儘管用吧，把我的錢全都用完了都可以，祇要請您分出一部分時間來，去把這個傅家的女人弄上了手，儘量發揮您的風流解數，把她征服下來。這件事情請您去辦，一定比誰都要便當得多。

福　您把您心愛的人讓給我去享用，那不會使您心裏難過嗎？我覺得老兄這樣的主意，未免太不近情理啦。

傅　啊，請您明白我的意思。她靠着她的冰清玉潔的名譽做掩護，我雖有一片癡心，卻不敢妄行非禮；她的光彩過於耀目了，使我不敢向她擡頭仰望。可是假如我能夠抓住她的一個把柄，知道她並不是神聖不可侵犯的，我就可以放大膽子去實現我的願望了；什麼貞操，什麼名譽，什麼有夫之婦以及諸如此類的她的一千種振振有詞的藉口，到了那個時候便可以完全推翻了。爵爺，您看怎麼樣？

福　白大爺，第一，我要老實不客氣收下您的錢；第二，讓我握您的手；第三，我要用我自己的身分向您擔保，祇要您立定決心，不怕傅德的老婆不到您的手裏。

傅　噯喲，您眞是太好了！

福　我說她一定會到您手裏的。

傅　不要擔心沒有錢用，爵爺，一切都在我身上。

福　不要擔心傅大娘會拒絕您，白大爺，一切都在我身上。不瞞您說，剛纔她還差了個人來約我跟她相會呢；就在您進來的時候，替她送信的人剛剛出去。十點到十一點鐘之間，我就要看她去，因爲在那個時候，她那吃醋的混蛋男人不在家裏。您今晚再來看我吧，我可以讓您知道我進行得順利不順利。

傅　能够跟您結識，眞是幸運萬分。您認不認識傅德？

福　哼，這個死烏龜！誰跟這種東西認識？人家說這個愛吃醋的忘八倒很有錢，所以我纔高興去勾搭他的老婆；我可以用她做鑰匙，去打開這個忘八的錢箱，這纔是我的眞正的目的。

傅　我很希望您認識那個傅德，因爲您要是認識他，看見他的時候也可以躲避躲避。

福　哼，這種不中用的蠢東西！我祇要向他瞪一瞪眼，就會把他嚇壞了。白大爺，您放心吧，這種傢伙不在我的眼裏，您一定可以跟他的老婆睡覺。天一晚您就來。傅德是個混蛋，可是白大爺，您瞧着我吧，我會給他加上一重頭銜，混蛋而兼忘八，他就是個混賬忘八蛋了。今夜您早點來吧。（下）

傅　好一個萬惡不赦的淫賊！我的肚子都幾乎給他氣破了。誰說這是我的瞎疑心？我的老婆已經寄信給他，約好鐘點和他相會了。誰想得到會有這種事情？娶了一個不貞的妻子，眞是倒霉！我的牀要給他們弄髒了，我的錢要給他們偷了，還要讓別人在背後譏笑我；這樣害苦我不算，還要聽那奸夫當着我的面辱罵我！罵我別的名字倒也罷了，魔鬼夜叉，都沒有什麼關係，偏偏口口聲聲的烏龜忘八！烏龜！忘八！這種名字就是魔鬼聽了也要搖頭的。裴琪是個獃子，是個粗心的獃子，他居然會相信他的妻子，他不吃醋！哼，我可以相信貓兒不會偷葷，我可以相信我們那位威爾斯牧師修師父不愛吃乾酪，我可以把我的燒酒瓶交給一個愛爾蘭人，我可以讓一個小偷把我的馬兒拖走，可是我不能放心讓我的妻子一個人住在家裏；讓她一個人在家裏，她就會千方百計地出起花樣來，她們一想到要做什麼事，簡直的可以什麼都不顧，非把它做到了決不罷休。感謝上帝賜給我這一副愛吃醋的脾氣！他們約定在十一點鐘會面，我要去打破他們的好事，偵察我的妻子的行動，向福斯泰夫出出我胸頭這一口冤氣，還要把裴琪取笑一番。我馬上就去，寧可早三點鐘，不可遲一分鐘。哼！哼！烏龜忘八！（下）

## 第三場　温莎附近的野地

〔凱易斯及魯貝上。

凱　魯貝！

魯　有，老爺？

凱　魯貝，現在幾點鐘了？

魯　老爺，修師父約好的時間已經過去了。

凱　哼，他不來，便宜了他的狗命；他在念聖經做禱告，所以他不來。哼，魯貝，他要是來了，早已一命嗚呼了。

魯　老爺，這是他的聰明，他知道他要是來了，一定會給您殺死的。

凱　哼，我要是不把他殺死，我就不是個人。魯貝，拔出你的劍來，我要告訴你我怎樣殺死他。

魯　噯喲，老爺！我可不會使劍呢。

凱　狗才，拔出你的劍來。

魯　慢慢，有人來啦。

〔店主，夏祿，史量德，及裴琪上。

店主　你好，老頭兒！

夏　凱易斯大夫，您好！

裴　您好，大夫！

史　早安，大夫！

凱　你們一個，兩個，三個，四個，來幹什麼？

店主　瞧你鬥劍，瞧你招架，瞧你回手；瞧你這邊一跳，瞧你那邊一閃；瞧你仰衝俯刺，旁敲側擊，進攻退守。他死了嗎，我的黑金剛？他死了嗎？哈，好傢伙！你怎麼說，我的好醫生？

凱　哼，他是個沒有種的狗牧師；他不敢到這兒來露臉。

店主　你是糞缸裏的元帥，好傢伙！

凱　你們大家給我證明，我已經等了他六七個鐘頭，兩個鐘頭，三個鐘頭，他還是沒有來。

夏　大夫，這是他的有見識之處；他給人家醫治靈魂，您給人家醫治肉體，要是你們打起架來，那不是違反了你們平日的宗旨了嗎？裴大爺，您說我這句話對不對？

裴　夏老爺，您現在喜歡替人家排難解紛，從前卻也是一名打架的好手哩。

夏　可不是嗎？裴大爺，我現在雖然老了，人也變得好說話了，可是看見人家拔出刀劍來，我的手指還是覺得癢癢的。裴大爺，我們雖然做了法官，做了醫生，做了教士，總還有幾分年青人的血氣；我們都是女人生下來的呢，裴大爺。

裴　正是正是，夏老爺。

夏　裴大爺您看吧，我的話是不會錯的。凱大夫，我想來送您回家去。我是一向主張什麼事情都可以和平解決的。您是一個明白道理的好醫生，修師父是一個明白道理很有涵養的好教士，大家何必傷了和氣。凱大夫，您還是跟我一起回去吧。

店主　對不起，法官先生，（向夏等旁白）你跟裴大爺和史少爺從大路走，先到弗勞莫去。

裴　修師父就在那邊嗎？

店主　是的，你們去看看他在那裏發些什麼牢騷，我再領着這個醫生從小路也到那裏。你們看這樣好不好？

夏　很好。

裴、夏、史　凱大夫，我們先走一步，回頭見。（下）

凱　哼，我要是不殺死這個牧師，我就不是個人；誰叫他多事，替一個猴兒崽子向裴安痕說親。

店主　這種人讓他死了也好。來，把你的怒氣平一平，跟我在田野裏走走，我帶你到弗勞莫去，裴安痕小姐正在那邊一家鄉下人家吃酒，你可以當面向她求婚。你說我這主意好不好？

凱　謝謝你，謝謝你，你是我的好朋友。我一定要介紹許多主顧給你，那些闊佬大官，我都看過他們的病。

店主　你這樣幫我忙，我一定幫助你娶到裴安痕。我說得好不好？

凱　很好很好，好得很。

店主　那麼咱們走吧。

凱　跟我來，魯貝。（同下）

# 第三幕

## 第一場　弗勞莫附近的野地

〔修伊文牧師及辛普兒上

修　史量德少爺的尊价，辛普兒我的朋友，我叫你去望望那個自稱爲醫生的凱易斯大夫究竟來不來，請問你是在那一條路上望他的？

辛　師父，我每一條路都去望過了，就是那條通到城裏去的路沒有望。

修　千萬請你再到那一條路上去望一望。

辛　好的，師父。（下）

修　祝福我的靈魂！我氣得心裏在發抖。我倒希望他欺騙我。眞的氣死我也！我恨不得把他的便壺摔在他那狗頭上。祝福我的靈魂！

（唱）「衆鳥嚶鳴其相和兮，

臨淸流之潺湲，

展薔薇之芳茵兮，

綴百花以爲環。」

上帝可憐我！我眞的要哭出來啦。

（唱）「衆鳥嚶鳴其相和兮，

余獨處乎巴比倫，

綴百花以爲環兮，

臨淸流——」

〔辛普兒重上。

辛　他就要來了，在這一邊，修師父。

修　他來得正好。

（唱）「臨淸流之潺湲——」

上帝保佑好人！——他拿着什麽傢伙？

辛　他沒有帶什麽傢伙，師父。我家少爺，還有夏老爺和另外一位大爺，也從那邊一條路上來了。

修　請你把我的道袍給我；不，還是你給我拿在手裏吧。（讀書）

〔裴琪，夏祿，及史量德上。

夏　啊，牧師先生，您好？您好？又在用功了嗎？眞的是賭鬼手裏的骰子，學士手裏的書本，奪也奪不下來的。

史　（旁白）啊，可愛的裴安痕！

裴　您好，修師父？

修　上帝祝福你們！

夏　啊，怎麽，一手寶劍，一手經典！牧師先生，難道您竟然是學究天人，才兼文武嗎？

裴　在這樣陰寒的天氣，您這樣短衣長襪，外套也不穿一件，精神倒着實不比年青人壞哩！

修　這都是有緣故的。

裴　牧師先生，我們是來給您做一件好事的。

修　很好，是什麽事？

裴　我們剛纔碰見一位很有名望的紳士，大概是受了什麽人的委屈，在那兒大發脾氣。

夏　我活了八十多歲了，從來不曾聽見過一個像他這樣有地位有學問的人，會這樣忘記自己的身分。

修　他是誰？

裴　我想您也一定認識他的，就是那位著名的法國醫生凱易斯大夫。

修　噯喲，氣死我也！你們向我提起他的名字，還不如向我提起一塊爛漿糊。

裴　爲什麽？

修　他懂得什麽醫經藥典！他是個壞蛋，一個十足沒有種的壞蛋！

裴　您跟他打起架來，纔知道他利害呢。

史　（旁白）啊，可愛的裴安痕！

夏　看樣子他們眞的要打起來呢。凱大夫來了，別讓他們碰在一起。

〔店主，凱易斯，及魯貝上。

裴　不，好牧師先生，把您的劍收起來吧。

夏　凱大夫，您也收起來吧。

店主　把他們的劍奪下來，讓他們對罵一場。

凱　請你讓我在你的耳邊問你一句話，你爲什麽失約不來？

修　（向凱旁白）不要生氣，有話慢慢兒好講。

凱　哼，你是個懦夫，你是個狗東西猴兒崽子！

修　（向凱旁白）別人在尋我們的開心，我們不要上他們的當，傷了各人的和氣。（高聲）我要把你的便壺摔在你的狗頭上，誰叫你約了人家自己不來！

凱　他媽的！魯貝，——老板，我沒有等他來送命嗎？我不是在約定的地方等了他好久嗎？

修　我是個相信基督耶穌的人，我不會說假話，這兒纔是你約定的地方，我們這位老板可以替我證明。

店主　我說，你這位法國大夫，你這位威爾斯牧師，一個替人醫治身體，一個替人醫治靈魂，你也不要吵，我也不要鬧，大家算了吧！

凱　嗯，那倒是很好，好極了！

店主　我說，大家靜下來，聽我店主說話。你們看我的手段巧不巧？主意高不高？計策妙不妙？咱們少得了這位醫生嗎？少不了，他要給我開方服藥。咱們少得了這位牧師，這位修師父嗎？少不了，他要給我念經講道。來，一位在家人，一位出家人，大家跟我攙攙手兒。好，老實告訴你們吧，你們兩個人都給我騙啦，我叫你們一個人到這兒，一個人到那兒，大家撲了個空。現在我們已經知道你們兩位都是好漢子，誰的身上也不會傷了一根毛，落得喝杯酒兒，大家講和了吧。來，把他們的劍拿去當了。來，孩兒們，大家跟我來。

夏　眞是一個瘋老板！——各位，大家跟着他去吧。

史　（旁白）啊，可愛的裴安痕！（夏、史、裴及店主同下）

凱　嘿！有這等事！你把我們當作儍瓜了嗎？！嘿嘿！

修　好得很，他簡直在把我們開頑笑。我說，咱們還是言歸於好，大家商量出個辦法，來向這個欺人的壞傢伙，這個嘉德飯店的老板，報復一下吧。

凱　很好，我完全贊成。他答應帶我來看裴安痕，原來也是句騙人的話，他媽的！

修　好，我要打破他的頭。咱們走吧。（同下）

## 第二場　溫莎街道

〔裴大娘及羅賓上。

裴妻　走慢點兒，小滑頭；你一向都是跟在人家屁股後面跑的，現在倒要搶上人家前頭啦。我問你，你願意我跟着你走呢，還是願意你跟着主人走？

羅　我願意像一個男子漢那樣的在您前頭走，不願意像一個小鬼那樣的跟着他走。

裴妻　嘖！你倒眞是個小油嘴，我看你將來很可以到宮廷裏去呢。

〔傅德上。

傅　裴嫂子，咱們碰見得巧極啦。您是望那兒去的？

裴妻　傅大爺，我正要去瞧您家嫂子去哩。她在家嗎？

傅　在家，她因爲沒有伴，正在悶得發慌。照我看起來，要是你們兩人的男人都死掉啦，你們兩人大可以權充一下夫妻。

裴妻　您不用擔心，我們會各人再去嫁一個男人的。

傅　您這個可愛的小鬼頭兒是那兒來的？

裴妻　我總是記不起來把他送給我丈夫的那個人叫什麼名字。喂，你說你那個武士姓甚名誰？

羅　約翰福斯泰夫爵士。

傅　約翰福斯泰夫爵士！

裴妻　對了，對了，正是他；我頂不會記人家的名字。他跟我的丈夫非常要好。您家嫂子眞的在家嗎？

傅　眞的在家。

裴妻　那麼少陪了，傅大爺，我巴不得立刻就看見她呢。（裴妻及羅賓下）

傅　裴琪難道沒有腦子嗎？他難道一點都看不出一點不會思想嗎？哼，他的眼睛跟腦子一定都是睡着了，因爲他就是生了它們也不會去用的。嘿，這孩子可以送一封信到二十哩外的地方去，就像砲彈從砲口裏開了出去一樣容易。他放縱他的妻子，讓她想入非非，爲所欲爲；現在她要去瞧我的妻子，還帶着福斯泰夫的小廝！好計策！他們已經完全佈置好了；我們兩家不貞的妻子，已經通同一氣，一塊兒去幹這種不要臉的事啦。好，讓我先去捉住那傢伙，再去教訓教訓我的妻子，把這位假正經的裴大娘的假面具揭了下來，讓大家知道裴琪是個冥頑不靈的忘八。我幹了這一番轟轟烈烈的事情，人家一定會稱讚我。（鐘鳴）時間已經到了，事不宜遲，我必須馬上就去；我相信一定可以把福斯泰夫找到。人家都會稱讚我，不會譏笑我，因爲福斯泰夫一定跟我妻子在一起，就像地球是結實的一樣毫無疑問。我就去。

〔裴琪，夏祿，史量德店主，修伊文，凱易斯，及魯貝上。

傅　眞是巧極啦。我正要請各位到舍間去喝杯酒呢。

裴，夏等　傅大爺，咱們遇見得巧極啦。

夏　傅大爺，我有事不能奉陪，請您原諒。

史　傅大叔，我也要請您原諒，我們已經約好到安痕小姐家裏吃飯，人家無論給我多少錢，也不能使我失她的約的。

夏　我們打算替裴家小姐跟我這位史賢姪攀一頭親事，今天就可以得到回音。

史　裴大叔，我希望您不會拒絕我。

裴　我是一定答應的，史少爺；可是凱大夫，我的內人卻中意您哩。

凱　嗯，是的，而且那姑娘也愛着我，我家那個快嘴桂嫂已經這樣告訴我了。

店主　您覺得那位年靑的范通怎樣？他會跳舞，他的眼睛裏閃耀着靑春，他會寫詩，他會說漂亮話，他的身上有春天的香味；他一定會成功的，他一定會成功的。

裴　可是他要是不能得到我的允許，就不會成功。這位紳士沒有家產，他常常跟那位胡鬧的王子（註）混在一起，他的地位太高，他所知道的事情也太多啦。不，我的財產是不能讓他染指的。要是他跟她結婚，就讓他把她空身體娶了過去；我這份家私要歸我自己作主，我可不答應給他分了去。

傅　請你們中間無論那幾位賞我一個臉子，到舍間便飯去；除了酒菜之外，還有新鮮的頑意兒，我有一頭怪物要拿出來給你們欣賞欣賞。凱大夫，您一定要去；裴大爺，您也去；還有修師父，您也去。

夏　好，那麼再見吧；你們去了，我們到裴大爺家裏求起婚來說話也可以方便一些。（夏、史下）

凱　魯貝，你先回家去，我就來。（魯下）

店主　回頭見，我的好朋友們；我要回去陪我的好武士福斯泰夫喝酒去。（下）

傅　（旁白）對不起，我要先讓他出一場醜哩。——列位，請了。

衆　請了，我們倒要瞧瞧那個怪物去。（同下）

## 第三場　傅德家中一室

〔傅大娘及裴大娘上。

傅妻　喂，約翰！喂，勞勃！

裴妻　趕快，趕快！——那個盛髒衣服的簍子呢？

傅妻　已經預備好了。喂，羅賓！

〔二僕擡簍上。

裴妻　來，來，來。

傅妻　這兒，放下來。

裴妻　你吩咐他們怎樣做，乾乾脆脆幾句話就得了。

傅妻　好，約翰和勞勃，我早就對你們說過了，叫你們在釀酒房的近旁等着不要走開，我一叫你們，你們就跑來，馬上把這簍子扛了出去，跟着那些洗衣服的人一起到野地裏去，跑得越快越好，一到那邊，就把它扔在泰姆士河旁邊的爛泥溝裏。

裴妻　聽好了沒有？

傅妻　我已經告訴過他們好幾次了，他們不會弄錯的。快去，我叫你們你們就來。（二僕下）

裴妻　小羅賓來了。

【羅賓上。

傅妻　啊，我的小鷹兒！你帶了什麼信息來了？

羅　傅奶奶，我家主人約翰爵士已經從您的後門進來了，他要跟您談幾句話兒。

裴妻　你這小鬼，你有沒有在你主人面前搬嘴弄舌？

羅　我可以發誓我的主人不知道您也在這兒；他還向我說，要是我把他到這兒來的事情告訴了您，他一定要把我攆走。

裴妻　這纔是個好孩子，我一定替你做一身新衣服穿。現在我先去躲起來。

傅妻　好的。你去告訴你的主人，說屋子裏祇有我一個人。（羅下）裴嫂子，記好等我說怎麼一句話你就出來。

裴妻　你放心吧，我要是這場戲演不好，你儘管喝倒彩好了。（下）

傅妻　好，讓我們教訓教訓這個腌臢的膿包，這個滿肚子臭水的胖冬瓜，叫他知道鴿子和老鴉的分別。

【福斯泰夫上。

福　我的天上的明珠，你果然給我捉到了嗎？我已經活得很長久了，現在讓我死去吧，因為我的心願已經完全達到了。啊，這幸福的時辰！

傅妻　嗳喲，好爵爺！

福　好娘子，我不會說話，那些口是心非的好聽話，我一句也不會。我現在心裏正在起着一個罪惡的念頭，但願你的丈夫早早死了，我一定要娶你回去，做我的夫人。

傅妻　我做您的夫人！唉，爵爺！那我怎麼做得像呢？

福　在整個法蘭西宮廷裏也找不出像你這樣一位漂亮的夫人。瞧你的眼睛比金鋼鑽還亮；你的秀美的額角，戴上無論那一種威尼斯流行的新式帽子，都是一樣合適的。

傅妻　爵爺像我這樣的村婆娘，祇好用青布包包頭兒，能夠不給人家笑話，也就算了，那裏配得上講什麼打扮。

福　嗳喲，你這樣說話，未免太侮辱了你自己啦。你要是到宮廷裏去，一定可以大出風頭；你那端莊的步伐，穿起了圓圓的圍裙來，一定走一步路都是儀態萬方。命運雖然不會照顧你，造物卻給了你絕世的姿容，你就是有意把它遮掩，也是遮掩不了的。

傅妻　您太過獎啦，我怎麼有這樣的好處呢？

福　那麼我為什麼愛你呢？這就可以表明在你的身上，的確有一點與衆不同的地方。我不會像那些油頭粉臉的輕薄少年一樣，說你是這樣是那樣，把你捧上天去；可是我愛你，我愛的祇是你，你是值得我愛的。

傅妻　別騙我啦，爵爺，我怕您愛着裴家嫂子哩。

福　難道我放着大門不走，偏偏要去走那黑魆魆的邊門嗎？

傅妻　好，天知道我是怎樣愛着您，您總會有一天明白我的心的。

福　希望你永遠不要變心，我總不會有負你。

羅 （在內）傅家奶奶！傅家奶奶！裴家奶奶在門口，她滿頭都是汗，氣都喘不過來，慌慌張張的，一定要立刻跟您說話。

傅妻 好，您快躲起來吧，她是個多嘴多舌的女人。（福匿幕後）

福 別讓她看見我；我就躲在帳幕後面吧。

【裴大娘及羅賓重上。

傅妻 什麼事？怎麼啦？

裴妻 噯喲，傅嫂子！你幹了什麼事啦？你的臉從此丟盡，你再也不能做人啦！

傅妻 什麼事呀，好嫂子？

裴妻 噯喲，傅嫂子！你嫁了這麼一位好丈夫，爲什麼要讓他對你起疑心？

傅妻 對我起什麼疑心？

裴妻 起什麼疑心！算了，別裝癡啦！總算我看錯了人。

傅妻 唉，到底是怎麼一回事呀？

裴妻 我的好奶奶，你那漢子帶了溫莎城裏所有的捕役，就要到這兒來啦；他說有一個男人在這屋子裏，是你趁着他不在家的時候約來的，他們要來捉這姦夫哩。這回你可完啦！

傅妻 （旁白）說響一點。——噯喲，不會有這種事吧？

裴妻 謝天謝地，但願你這屋子裏沒有男人！可是半個溫莎城裏的人都跟在你丈夫背後，要到這兒來搜尋這麼一個人，這件事情却是千眞萬確的。我搶前一步來通知你，要是你沒有做過虧心事，那自然最好；倘然你眞的有一個朋友在這兒，那麼趕快帶他出去吧。別嚇，鎭靜一點。你必須保全你的名譽，否則你的一生從此完啦。

傅妻　我怎麼辦呢？果然有一位紳士在這兒，他是我的好朋友；我自己丟臉倒還不要緊，只怕連累了他，要是能够把他弄出這間屋子，叫我損失一千鎊錢我都願意。

裴妻　要命！你的漢子就要來啦，你還是儘說些廢話！想想辦法吧，這屋子裏是藏不了他的。唉，我還當你是個好人！瞧，這兒有一個簍子，他要是不太高大，倒可以鑽進去躲一下，再用些齷齪衣服堆在上面，讓人家看見了，當做是一簍預備送出去漂洗的衣服；——啊，對了，就叫你家的兩個僕人把他連簍一起扛了出去，豈不一乾兩淨？

傅妻　他太胖了，恐怕鑽不進去，怎麼好呢？

福　（自幕後出）讓我看，讓我看，啊，讓我看！我進去，我進去。就照你朋友的話吧。我進去。

裴妻　啊，福斯泰夫爵士！原來是你嗎？你給我的信上怎麼說的？

福　我愛你，我祇愛你一個人；幫我離開這屋子；讓我鑽進去。我再也不——（鑽入簍內，二婦以汚衣覆其上）

裴妻　孩子，你也來幫着把你的主人遮蓋遮蓋。傅嫂子，叫你的僕人進來吧。好一個欺人的武士！

傅妻　喂，約翰！勞勃！約翰！（羅下）

【二僕重上。

傅妻　趕快把這一簍衣服扛起來。杠子在什麼地方？噯喲，瞧你們這樣慢手慢脚的！把這些衣服送到洗衣服的那裏去；快點！快點！

【傅德，裴琪，凱易斯，及修伊文同上。

傅　各位請過來；要是我的疑心全無根據，你們儘管把我取笑好了。啊！這是什麼？你們把這簍子扛到那兒去？

僕　扛到洗衣服的那裏去。

傅妻　唄，他們把它扛到什麼地方，跟你有什麼相干？你就是愛多管閒事，人家洗衣服，也要你問長問短的。

傅　哼，洗衣服！我倒希望把這屋子也洗一洗乾淨呢，什麼野畜生都可以跑進跑出的！（二僕扛簍下）各位朋友，昨天晚上我做了一個夢，讓我把這個夢告訴你們聽。這兒是我的鑰匙，請你們跟我到房間裏來搜一下，我相信我們一定會捉到那頭狐狸的。讓我先把這門鎖上了。好，咱們捉狐狸去。

裴　傅大爺，有話好講，何必急成這個樣子，讓人家瞧着笑話。

傅　對啦，裴大爺、各位上去吧，你們馬上就有新鮮的把戲看了；大家跟我來。（下）

修　這種吃醋簡直是無理取鬧。

凱　我們法國就沒有這種事，法國人是不作興吃醋的。

裴　咱們還是跟他上去吧，瞧他搜出些什麼來。（裴、凱、修同下）

裴妻　咱們這計策豈不是一舉兩得？

傅妻　我不知道愚弄我的丈夫跟愚弄福斯泰夫，比較起來那一件事更使我高興。

裴妻　你的丈夫問那簍子裏有什麼東西的時候，他一定嚇得要命。

傅妻　我想他是應該洗個澡了，把他扔在水裏，對於他也是有好處的。

裴妻　該死的騙人的壞蛋！我希望像他那一類的人一起受到這種報應。

傅妻　我覺得我的丈夫有點知道福斯泰夫在這兒；我從來沒有見過他像今天這樣的一股醋勁。

裴妻　讓我想個計策把他試探試探。福斯泰夫那傢伙雖然已經受到一次教訓，可是像他那樣荒唐慣了的人，一服藥吃下去未必見效，我們應當讓他多知道些利害纔是。

傅妻　我們要不要再叫快嘴桂嫂那個傻女人到他那兒去，對他說這次把他扔在水裏，實在是一時疏忽，並非故意，請他原諒，再約他一個日期，好讓我們再把他作弄一次？

裴妻　一定那麼辦；我們叫他明天八點鐘來替他壓驚。

〔傅德，裴琪，凱易斯，及修伊文重上。

傅　我找他不到；這混蛋也許祇會吹牛，他自己知道這種事情是辦不到的。

裴妻　（向傅妻旁白）你聽見嗎？

傅妻　（向裴妻旁白）嗯，別說話。——傅大爺，您待我眞是太好了，是不是？

傅　是，是，是。

傅妻　上帝保佑您以後再不要用這種齷齪心思猜疑人家！

傅　阿們！

裴妻　傅大爺，您眞太對不起您自己啦。

傅　是，是，是我不好。

修　這屋子裏，房間裏，箱子裏，壁櫥裏，要是找得出一個人來，那麼上帝在最後審判的日子饒恕我的罪惡吧！

凱　我也找不出來，一個人也沒有。

裴　嘖！嘖！傅大爺！您不害羞嗎？什麼鬼附在您身上，叫您想起這種事情來呢？我希望您以後再不要發這種神經病了。

傅　裴大爺，這是我的不好，自取其辱。

修　這都是您良心不好的緣故，尊夫人是一位大賢大德的娘子，五千個女人裏頭也找不到像她這樣的一個；不，就是五百個裏也找不到呢。

凱　眞的她是一個規矩的女人。

傅　好，我說過我請你們來吃飯。來，來，咱們先到公園裏走走吧。請諸位多多原諒，我以後會告訴你們今天我有這一番舉動的緣故。來，娘子。來，裴家嫂子。請你們原諒我，今天實在吵得太不像話了，請不要見氣！

裴　列位，咱們進去吧，可是今天一定要把他大大地取笑一番。明天早晨我請你們到舍間吃一頓早點心，吃過點心，就去打鳥去；我有一頭很好的獵鷹，要請你們賞識賞識他的本領。諸位以爲怎樣？

傅　一定奉陪。

修　要是祇有一個人去，我就是第二個。

凱　要是祇有一個兩個人去，我就是第三個。

傅　裴大爺，請了。

修　請你明天不要忘記嘉德飯店老板那個壞傢伙。

凱　很好，我一定不忘記。

修　這壞傢伙，專愛尋人家的開心！（同下）

## 第四場　裴琪家中一室

【范通，裴安痕，及快嘴桂嫂上；桂嫂立一旁。

范　我知道我得不到你父親的歡心，所以你別再叫我去跟他說話了，親愛的小安痕。

安　唉！那麼怎麼辦呢？

范　你應當自己作主纔是。他反對我的理由，是說我的門第太高，又說我因爲家產不够揮霍，想要靠他的錢來彌補彌補；此外他又舉出種種的理由，說我過去的行爲太放蕩，說我結交的都是一班胡調的朋友；他老實不客氣地對我說，我的所以愛你，不過是把你看作一注財產而已。

安　他說的話也許是對的。

范　不，我永遠不會有這樣的存心！安痕，我可以向你招認，我最初來向你求婚的目的，的確是你父親的財產；可是自從我認識了你以後，我就覺得你的價值遠超過一切的金銀財富；我現在除了你本身的美好以外，再沒有別的希求。

安　好范大爺，您還是去向我父親說說吧。要是機會和最謙卑的懇求都不能使您達到目的，那麼——您過來，我對您說。（二人在一旁談話）

【夏祿及史量德上。

夏　桂嫂，打斷他們的談話，讓我的姪子自己去向她求婚。

史　成功失敗，在此一試。

夏　不要慌。

史　不，她不會使我發慌，可是我有點膽怯。

桂　安痕，史少爺要跟你講句話哩。

安　我就來。（旁白）這是我父親中意的人。唉！有了一年三百鎊的收入，頂不上眼的傖夫也就變成俊漢了。

桂　范大爺，您好？請您過來說句話兒。

夏　她來了；姪兒，你上去吧。對她說，你父親生前是個什麼人。

史　安痕小姐，我有一個父親，我的叔父可以告訴您許多關於他的很有趣的笑話。叔父，請您把我的父親怎樣從人家籬笆裏偷了兩頭鵝的那個笑話講給安痕小姐聽吧，好叔父。

夏　安痕小姐，我的姪兒很是愛您

史　對了，正像我愛葛羅斯脫的無論那一個女人一樣

夏　他願意按照一份鄉紳人家的體面扶養您。

史　對了，無論如何，鄉紳人家總是鄉紳人家呀。

夏　他願意在他的財產裏劃出一百五十鎊錢來歸在您的名下。

安　夏老爺，還是讓他自己說吧。

夏　啊，謝謝您，我眞感謝您的好意。姪兒，她叫你哩；我讓你們兩個人談談吧。

安　史世兒。

史　是，好安痕小姐？

安　您對我有什麼見教？

史　實實在在說，我自己本來一點沒有這個意思，都是令尊跟家叔兩個人的主張。要是我有這運氣，那固然很好，不然的話，就讓別人來享受這個福分吧！他們可以告訴您許多我自己不會說的話，您還是去問您的父親吧；他來

了。

〔裴琪及裴大娘上。

裴　啊，史少爺！安痕，你愛他吧。咦，怎麼！范大爺，您到這兒來有什麼事？我早就對您說過了，我的女兒已經有了人家；您還是一趟一趟到我家裏來，這不是太不成話了嗎？

范　啊，裴大爺，您別生氣。

裴妻　范大爺，您以後別再來看我的女兒了。

裴　她是不會嫁給您的。

范　裴大爺，請您聽我說。

裴　不，范大爺，我不要聽您說話。來，夏老爺；來，史賢婿，咱們進去吧。范大爺，您實在太不講理啦。（裴，夏，史同下）

桂　向裴大娘說去。

范　裴大娘，我對於令嬡的一片至誠，天日可表，一切的阻礙譴責和世俗的禮法，都不能使我灰心後退；我希望能够得到您的好意。

安　好媽媽，別讓我跟那個傻瓜結婚。

裴妻　我是不願讓你嫁給他；我會替你找一個好一點的丈夫。

桂　那就是我的主人凱易斯大夫。

安　唉！要是叫我嫁給那個醫生，我寧願讓你們把我活活埋了！

裴妻　算了，別自尋煩惱啦。范大爺，我不願偏袒您，也不願跟您作梗，讓我先去問問我的女兒，看她究竟對您有幾分

范　意思，慢慢兒的再說吧。現在我們失陪了，范大爺；她要是再不進去，她的父親一定又要發脾氣的

再見，裴大娘。再見，小安痕。（裴妻及安痕下）

桂　應，這都是我幫您的忙。我說，「您願意把您的孩子隨隨便便嫁給一個傻瓜，一個醫生嗎？應范大爺多好！」這都是我幫您的忙。

范　謝謝你；這一個戒指請你今天晚上送給我的親愛的小安痕這幾個錢是賞給你的。

桂　天老爺賜給您好福氣！（范下）他的心腸眞好，一個女人碰見這樣好心腸的人，就是爲他到火裏去水裏去也甘心。可是我倒希望我的主人娶到了安痕小姐；我也希望史少爺能够娶到她；天地良心，我也希望范大爺娶到她。我要替他們三個人同樣出力，因爲我已經答應過他們，說過的話總是要作準的；可是我要替范大爺特別出力。啊，兩位奶奶還要叫我到福斯泰夫那兒去一趟呢，該死我怎麼還在這兒拉拉扯扯的！（下）

## 第五場　嘉德飯店中的一室

〔福斯泰夫及巴道夫上。

福　喂，巴道夫！

巴　有，爵爺。

福　給我倒一碗酒來，放一塊麵包在裏面。（巴下）想不到我活到今天，却給人裝在簍子裏扛出去，像一車屠夫切下來的肉骨肉屑一樣倒在泰姆士河裏！好，要是我再上人家這樣一次當，我一定把我的腦髓敲出來，塗上白塔油丟給狗吃。這兩個混賬東西把我扔在河裏，簡直就像淹死一隻瞎眼老母狗的一窠小狗一樣，不當作一回事

情。你們瞧我這樣胖大的身體，就可以知道我沉下水裏去，是比別人格外快的，即使河底深得像地獄一樣，我也會一下子就沉下去，要不是水淺多沙，我早就淹死啦；我最怕的就是淹死，因爲一個人淹死了屍體會發脹，像我這樣的人要是發起脹來，那還成什麼樣子！不是要變成了一堆死人山了嗎？

〔巴道夫攜酒重上。

巴　爵爺，桂嫂要見您說話。

福　來，我一肚子都是泰姆士河裏的水，冷得好像腰氣痛的時候吞下了雪塊一樣，讓我倒下些酒去把它溫一溫吧。叫她進來。

巴　進來，婦人。

〔快嘴桂嫂上。

桂　爵爺，您好？早安，爵爺！

福　把這些酒杯拿去了，再給我好好兒煮一壺酒來。

巴　要不要放雞蛋？

福　什麼也別放。（巴下）怎麼？

桂　呃，爵爺，傅家娘子叫我來望望您。

福　別向我提起什麼傅大娘啦！要不是她，我怎麼會給人丟在河裏，灌滿了一肚子的水。

桂　噯喲！那怎麼怪得她？她太相信她那兩個僕人啦，誰想得到他們竟會誤會了她的意思。

福　我也是太輕信啦，會去應一個傻女人的約。

桂　爵爺，她爲了這件事心裏頭總說不出的難過呢，看見了她那種傷心的樣子誰都會心軟的，她的丈夫今天一早就去打鳥去了，她請您在八點到九點之間再到她家裏去一次。我必須趕快把她的話向您交代清楚。您放心好了，這一回她一定會好好兒補報您的。

福　好，你回去對她說，我一定來。叫她想一想那一個男人不是朝三暮四，像我這樣的男人，可是容易找到的。

桂　我一定這樣對她說。

福　你說是在九點到十點之間嗎？

桂　八點到九點之間，爵爺。

福　好，你去吧，我一定來就是了。

桂　再會了，爵爺。（下）

福　白羅克到這時候還不來，倒有些奇怪；他寄信來叫我等在這兒不要出去的。我很歡喜他的錢。啊！他來啦。

〔傅德上。

傅　您好，爵爺！

福　啊，白大爺，您是要來探問我到傅德老婆那兒去的經過情形嗎？

傅　我正是要來問您這件事。

福　白大爺，我不願對您掉謊，昨天我是按照她約定的時間到她家裏去的。

傅　那麼您進行得順利不順利呢？

福　不必說起，白大爺。

傅　怎麼？難道她又變卦了嗎？

福　那倒不是，白大爺，都是她的丈夫，那隻賊頭賊腦的死烏龜，一天到晚見神見鬼地疑心他的妻子；我跟她抱也抱過了，吻也吻過了，發誓也發誓過了，一本喜劇剛剛念好引子，他就瘋瘋顛顛地帶了一大批狐羣狗黨，聲勢洶洶地說是要到家裏來捉姦。

傅　啊！那時候您正在屋子裏嗎？

福　那時候我正在屋子裏。

傅　他沒有把您搜到嗎？

福　您聽我說下去。總算我命中有救，來了一位裴大娘，報告我們傅德就要來了的消息；傅家的女人嚇得毫無主意，只好聽了她的計策，把我裝進一隻洗衣服的簍子裏去。

傅　洗衣服的簍子！

福　正是一隻洗衣服的簍子！把我跟那些髒襯衫，臭襪子，油膩的手巾，一股腦兒塞在一起；白大爺，您想想這股氣味可是叫人受得了的？

傅　您在那簍子裏住了多久呢？

福　別急，白大爺，您聽我說下去，就可以知道我為了您的緣故去勾引這個婦人，吃過了多少的苦。她們把我這樣裝進了簍子以後，就叫兩個混蛋僕人把我當做一簍髒衣服，扛到洗衣服的那裏去；他們剛把我擡上肩走到門口，就碰見他們的主人，那個醋天醋地的傢伙，問他們這裏面裝的是什麼東西；我怕這個瘋子眞的要搜起簍子來，嚇得渾身亂抖，可是命運註定他要做一個忘八，居然他沒有搜好，於是他就到屋子裏去搜查，我也就冒充着髒衣服出去啦。可是白大爺，您聽着，還有下文哪。我一共差不多死了三次：第一次，因爲碰在這個吃醋的忘八羔子手裏，把我嚇得死去活來；第二次，我讓他們把我塞在簍裏像一柄插在鞘子裏的寶劍一樣，頭朝地，脚朝天，再用那些油膩得惡心的衣服把我悶起來，您想，像我這樣胃口的人，本來就是像牛油一樣遇到了熱氣會溶化的，不悶死纔是僥天之幸；到末了，脂油跟汗水把我煎得半熟以後，這兩個混蛋僕人就把我像一個滾熱的出籠包子似的，向泰姆士河裏丟了下去，白大爺，您想，我簡直像一塊給鐵匠打得通紅的馬蹄鐵，放下水裏，連河水都滋拉拉的叫起來呢！

傅　爵爺，您爲我受了這許多苦，我眞是抱歉萬分。這樣看來，我的希望是永遠達不到的了，您未必會再去一試吧？

福　白大爺，別說他們把我扔在泰姆士河裏，就是把我扔在火山洞裏，我也不會就此把她放手的。她的男人今天早上打鳥去了，我已經又得到了她的信，約我八點到九點之間再去。

傅　現在八點鐘已經過了，爵爺。

福　眞的嗎？那麼我要去赴約了。您有空的時候再來吧，我一定會讓您知道我進行得怎樣；總而言之，她一定會到您手裏的。再見，白大爺，您一定可以得到她；白大爺，您一定可以叫傅德做一個大忘八。（下）

傅　哼！嘿！這是一場夢景嗎？我在做夢嗎？我在睡覺嗎？傅德，醒來！醒來！你的最好的外衣上有了一個窟窿了，傅大爺！這就是娶了妻子的好處！這就是洗衣服簍子的用處！好，我要讓他知道我究竟是什麼人；我要現在就去把這姦夫捉住，他在我的家裏，這回一定不讓他逃走，他一定逃不了。也許魔鬼會幫助他躲起來，這回我一定要把無論什麼希奇古怪的地方都一起搜到，連胡椒瓶子都要倒出來看看，看他躲得到那裏去。忘八雖然已經做定了，可是我不能就此甘心呀；我要叫他們看看，忘八也不是好欺侮的。（下）

註　「胡鬧的王子」指亨利四世的太子，後爲亨利五世，爲王儲時不修微行，參看「亨利四世」劇本。

# 第四幕

## 第一場　街道

【裴大娘，快嘴桂嫂，及裴威廉上。

裴妻　你想他現在是不是已經在傅家了？

桂　這時候他一定已經去了，或者就要去了。可是他因爲給人扔在河裏，很生氣哩。傅大娘請您快點兒過去。

裴妻　等我把這孩子送上學，我就去。瞧，他的先生來了，今天大概又是放假。

【修伊文上。

裴妻　啊，修師父！今天不上課嗎？

修　不上課，史少爺放孩子們一天假。

桂　眞是個好人！

修　（向威）你去玩去吧。再見，裴大娘。

裴妻　再見，修師父。（修下）孩子，你先回家去。來，我們已經躭擱得太久了。（同下）

## 第二場　傅德家中一室

【福斯泰夫及傅大娘上。

福　娘子，你的懊惱已經使我忘記了我身受的種種痛苦。你既然這樣一片眞心對待我，我也決不會有絲毫虧負你；我一定會加意奉承，格外討好，管教你心滿意足就是了。可是你相信你的丈夫這回一定不會再來了嗎？

傅妻　好爵爺，他打鳥去了，一定不會早回來的。

裴妻　（在內）喂！傅嫂子！喂！

傅妻　爵爺您進去一下。（福下）

【裴大娘上。

裴妻　啊，心肝！你屋子裏還有什麼人嗎？

傅妻　沒有，就是自己家裏幾個人。

裴妻　眞的嗎？

傅妻　眞的。（向裴妻旁白）說響一點。

裴妻　眞的沒有什麼人，那我就放心啦。

傅妻　爲什麼？

裴妻　爲什麼，我的奶奶，你那漢子的老毛病又發作啦。他正在那兒拉着我的丈夫，痛駡那些有妻子的男人，皂白不分地咒罵着天下所有的女人，還把拳頭捏緊了敲着自己的額角。無論什麼瘋子狂人比起他這種瘋狂的樣子來，都會變成頂文雅頂安靜的人。那個胖武士不在這兒，眞是運氣！

傅妻　怎麼，他又說起他嗎？

裴妻　不說起他還說起誰？他發誓說上次他來搜他的時候，他是給裝在簍子裏扛出去的；他一口咬定說他現在就在這兒，一定要叫我的丈夫和同去的那班人停止了打鳥陪着他再來試驗一次他疑心得對不對。我眞高興那武士不在這兒，這回他該明白他自己的傻氣了。

傅妻　裴嫂子，他離開這兒有多少遠？

裴妻　祇有一點點路，就在街的底頭，一會兒就來了。

傅妻　完了！那武士正在這兒呢。

裴妻　那麼你的臉要丟盡，他的命也保不住啦。你眞是個賓貨！快打發他走吧！快打發他走吧！丟臉還是小事，弄出人命案子來可不是耍。

傅妻　叫他到那兒去呢？我怎樣把他送出去呢？還是把他裝在簍子裏嗎？

〔福斯泰夫重上。

福　不，我再也不躲在簍子裏了。還是讓我趁他沒有來，趕快出去吧。

裴妻　唉！傅德的三個弟兄手裏拿着鎗，把守着門口，什麼人都不讓出去；否則你倒可以溜了出去的。可是你幹麼又要到這兒來呢？

福　那麼我怎麼辦呢？還是讓我鑽到烟囱裏去吧。

傅妻　他們平常打鳥回來，鳥鎗裏賸下的彈子都是望烟囱裏放的。

裴妻　還是竈洞裏倒可以躲一躲。

福　在什麼地方？

傅妻　他一定會找到那個地方的。他已經把所有的櫃啦，櫥啦，板箱啦，皮箱啦，鐵箱啦，井啦，地窖啦，以及諸如此類的地方，一起記在筆記簿上，祇要照着目錄一處處搜尋起來總會把您搜到的。

福　那麼我還是出去。

裴妻　爵爺，您要是就照您的本來面目跑出去，那您休想活命。除非化裝一下，——

傅妻　我們把他怎樣化裝起來呢？

裴妻　唉！我不知道。那裏找得到一身像他那樣身材的女人衣服？否則叫他戴上一個帽子，披上一條圍巾，頭上罩一塊布，也可以混了出去。

福　好心肝乖心肝，替我想想法子。祇要安全無事，什麼丢臉的事我都願意幹。

傅妻　我家女用人的姑母，就是那個住在勃倫府的胖婆子，倒有一件罩衫在這兒樓上。

裴妻　對了，那正好給他穿，她的身材是跟他一樣大的；而且她的那頂粗呢帽和圍巾也在這兒。爵爺，您快奔上去吧。

傅妻　去，去，好爵爺；讓我跟裴嫂子再給您找一方包頭的布兒。

裴妻　快點，快點！我們馬上就來給您打扮，您先把那罩衫穿上再說。（福下）

傅妻　我希望我那漢子能够瞧見他扮成這個樣子；他一見這個勃倫府的老婆子就眼中出火，他說她是個妖婦，不許她走進我們家裏，說是一看見她就要打她。

裴妻　但願上天有眼，讓他嚐一嚐你丈夫的棍棒的滋味！但願那棍棒落在他身上的時候，有魔鬼附在你丈夫的手裏！

傅妻　可是我那漢子真的就要來了嗎？

裴妻　真的，他還在說起那簍子呢，也不知道他那裏得來的消息。
傅妻　讓我們再試他一下。我仍舊去叫我的僕人把那簍子扛到門口，讓他看見，就像上一次一樣。
裴妻　可是他立刻就要來啦，還是先去把他裝扮做那個勃倫府的巫婆吧。
傅妻　我先去吩咐我的僕人，叫他們把簍子預備好了。你先上去，我馬上就把他的包頭布帶上來。（下）
裴妻　該死的狗東西！這種人就是作弄他一千次也不算罪過。
不要看我們一味胡鬧，
我們要告訴世人知道，
這蠢豬是他自取其殃；
風流的娘兒不一定輕狂。（下）
〔傅大娘率二僕重上。
傅妻　你們再把那簍子扛出去；大爺快要到門口了，他要是叫你們放下來，你們就聽他的話放下來。快點，馬上就去。（下）
甲僕　來，來，把它扛起來。
乙僕　但願這簍子裏不要再裝滿了武士纔好。
甲僕　我也希望不再像前次一樣；扛一簍的鉛都沒有那麼重哩。
〔傅德，裴琪，夏祿，凱易斯，及修伊文同上。
傅　不錯，裴大爺，可是要是眞有這回事，您還有法子替我洗去汚名嗎？狗才，把這簍子放了來；又有人來拜訪過我的妻子了。把年青的男人裝在簍子裏進進出出！你們這兩個混賬的傢伙也不是好東西！你們都是串通了一氣來算計我的。現在這個鬼可要叫他出醜了。喂，我的太太，你出來！瞧瞧你給他們洗些什麼好衣服！

裴　這眞太過分了！傅大爺，您要是再這樣瘋下去，我們眞要把您銬起來了，免得鬧出甚麼亂子來。

修　哎喲，這簡直是發瘋！像瘋狗一樣的發瘋！

夏　眞的，傅大爺，這眞的有點兒不大好。

傅　我也是這樣說哩。——

〔傅大娘重上。

傅　過來，傅大娘，咱們這位貞潔的婦人，端莊的妻子，賢德的人兒，可惜嫁給了一個愛吃醋的傻瓜！娘子，是我無緣無故瞎起疑心嗎？

傅妻　天日爲證，你要是疑心我有甚麼不規矩的行爲，那你的確太會多心了。

傅　說得好，不要臉的東西你儘管嘴硬吧。過來，狗才！（翻出簍中衣服）

裴　這眞太過分了！

傅妻　你好意思嗎？別去翻那衣服了。

傅　我就會把你的祕密揭破的。

修　這簡直是豈有此理。還不把你妻子的衣服拿起來嗎？去吧，去吧。

傅　把這簍子倒空了！

傅妻　爲什麼呀，傻子，爲什麼呀？

傅　裴大爺，不瞞您說，昨天就有一個人裝在這簍子裏從我的家裏扛出去，誰知道今天他不會仍舊在這裏面？我相信他一定在我家裏，我的消息是絕對可靠的，我的疑心是完全有根據的。給我把這些衣服一起拿出來

傅妻　要是你在這裏面找得出一個男人來，那除非他是一頭虱子。

裴　那裏有什麼人在裏面。

夏　傅大爺，這眞的太不成話了，眞的太不成話了。

修　傅大爺，您應該常常禱告，不要隨着自己的心一味胡思亂想；吃醋也沒有這樣吃法的。

傅　好，他沒有躲在這裏面。

裴　除了在您自己腦子裏以外，您根本就找不到這樣一個人。（二僕將簍扛下）

傅　幫我再把我的屋子搜這一次，要是再找不到我所要找的人，你們儘管把我嘲笑得體無完膚好了；讓我永遠做你們餐席上談笑的資料，要是人家提起吃醋的男人來，就把我當作一個現成的例子，因爲我會在一枚空的核桃殼裏找尋妻子的情人。請你們再幫我這一次忙，跟我搜一下，好讓我死了心。

傅妻　喂，裴嫂子！您陪着那位老太太下來吧；我的丈夫要上樓來了。

傅　老太太！那裏來的老太太？

傅妻　就是我家女僕的姑媽，住在勃倫府的那個老婆子。

傅　哼，這妖婦，這賊老婆子！我不是不許她走進我的屋子裏嗎？她又是給什麼人帶信來的，是不是？我們都是頭腦簡單的人，不懂得求神問卜這些頑意兒什麼畫符念咒起課這一類鬼把戲，我們全不懂得。快給我滾下來，你這妖婦，鬼老太婆！滾下來！

傅妻　不，我的好大爺！列位大爺，別讓他打這可憐的老婆子。

【裴大娘偕福斯泰夫女裝重上。

裴妻　來，老婆婆；來，攙着我的手。

傅　（打福）滾出去，你這妖婦，你這賤貨，你這臭貓，你這鬼老太婆！滾出去！滾出去！（福下）

裴妻　你羞不羞？這可憐的婦人差不多給你打死了。

傅妻　欺負一個苦老太婆，眞有你的！

傅　該死的妖婦！

修　我想這婦人的確是一個妖婦；我不歡喜出鬍鬚的女人，我看見她的圍巾下面露出幾根鬍鬚呢。

傅　列位，請你們跟我來好不好？看看我究竟是不是瞎起疑心。要是我完全無理取鬧，請你們以後再不要相信我的話。

裴　咱們就再順順他的意思吧。各位，大家來。（傅，裴，夏，凱，修同下）

裴妻　他把他打得眞可憐。

傅妻　這一頓打纔打得痛快呢。

裴妻　我想把那棒兒放在祭壇上供奉起來，它今天立下了很大的功勞。

傅妻　我倒有一個意思，不知道你以爲怎樣？我們橫豎名節無虧，問心無愧，索性一不做，二不休，再把他作弄一番好不好？

裴妻　他吃過了這兩次苦頭，一定把他的色膽都嚇破了；除非魔鬼盤據在他心裏，大概他不會再來冒犯我們了。

傅妻　我們要不要把我們怎樣作弄他的情形告訴我們的丈夫知道?

裴妻　很好,這樣也可以點破你那漢子的疑心。要是他們認爲這個荒唐的胖武士還有應加懲處的必要,那麼仍舊可以委託我們全權辦理的。

傅妻　我想他們一定要讓他當着衆人出一次醜;我們這一個笑話也一定要這樣纔可以告一段落。

裴妻　好,那麼我們就去商量辦法吧;我的脾氣是想到就做,不讓事情冷擱下去的。(同下)

## 第三場　嘉德飯店中的一室

【店主及巴道夫上。

巴　老板,那幾個德國人要問您借三匹馬;公爵明天要上朝來了,他們要去迎接他。

店主　什麼公爵來得這樣祕密?我不曾在宮廷裏聽見人家說起。讓我去跟那幾個客人談談。

巴　好,我去叫他們來。

店主　馬是可以借給他們,可是我不能讓他們白騎,世上沒有這樣便宜的事情。他們已經住了我的屋子一個星期了,我已經爲了他們回絕了多少別的客人;我可不能跟他們客氣,這筆損失是一定要叫他們賠償的。來。(同下)

## 第四場　傅德家中一室

【裴琪,傅德,裴大娘,傅大娘,及修伊文上。

修　女人家有這樣的心思,難得難得!

裴　他是同時寄信給你們兩個人的嗎？

裴妻　我們在一刻鐘內同時接到。

傅　娘子，請你原諒我。從此以後，我一切聽任你；我寧願疑心太陽失去了熱力，不願疑心你有不貞的行動。你已經使一個對於你的賢德缺少信心的人，變成你的一個忠實的信徒了。

裴　好了，好了，別說下去了。太冒冒失失固然不好，太服服帖帖也是不對的。我們還是來商量計策吧；讓我們的妻子再跟這個胖老頭子約好一個時間，到了那時候，我們就去捉住他，把他羞辱一頓。

傅　她們剛纔說起的那個辦法，再好沒有了。

裴　怎麽？約他在半夜裏到公園裏去相會嗎？嘿！他再也不會來的。

修　你們說他已經給丟在河裏，還給人當做一個老婆子痛打了一頓，我想他一定嚇怕了不會再來了；他的肉體已經受到責罰，他一定不敢再起慾念了。

裴　我也是這樣想。

傅妻　你們祇要商量商量等他來了怎樣對付他，我們兩人自會想法子叫他來的。

裴妻　有一個古老的傳說，說是曾經在這兒溫莎地方做過管林子的獵夫赫恩，常常在冬天的深夜裏鬼魂出現，繞着一株橡樹兒圈子，頭上還長着又粗又大的角，手裏搖着一串鏈條，發出怕人的聲響；他一出來，樹木就要枯黃，牲畜就要害病，乳牛的乳汁會變成血液。這一個傳說從前代那些迷信的人們嘴裏傳下來，就好像真有這回事的一樣，你們各位也都聽見過的。

裴　是呀，有許多人不敢在深夜裏經過這株赫恩的橡樹呢。可是你爲什麽要提起它呢？

傅妻　還就是我們的計策：我們要叫福斯泰夫頭上裝了兩隻大角，扮做赫恩的樣子，在那橡樹的旁邊等着我們。

裴　好，就算他聽着你們這樣打扮着來了，你們預備把他怎麼辦呢？

裴妻　那我們也已經想好了：我們先叫我的女兒安瘕和我的小兒子，還有三四個跟他們差不多大小的孩子，大家打扮做一隊精靈的樣子，穿着綠色的和白色的衣服，各人頭上戴着一圈蠟燭，手裏拿着響鈴，埋伏在樹旁的土坑裏；等福斯泰夫跟我們相會的時候，他們就一擁而出，嘴裏唱着各色各種的歌兒；我們一看見他們出來，就假裝吃驚逃走了，然後讓他們把他團團圍住，把這齷齪的武士你擰一把，我刺一下，還要質問他爲什麼在這仙人們遊戲的時候，膽敢裝扮做那種穢惡的形狀，闖進神聖的地方來。

傅妻　這些假扮的精靈們要把他擰得遍體鱗傷，還用蠟燭燙他的皮膚，直等他招認一切爲止。

裴妻　等他招認以後，我們大家就一起出來，摔下他的角，把他一路取笑着回家。

傅　孩子們倒要叫他們練習得熟一點，否則會露出破綻來的。

修　我可以教這些孩兒們怎樣做；我自己也要扮做一個猴兒鬼子，用蠟燭去燙這武士哩。

傅　那好極啦。我去替他們買些臉具來。

裴妻　我的小安瘕要扮做一個仙后，穿着很漂亮的白袍子。

裴　我去買緞子來給她做衣服。（旁白）到了那個時候，我可以叫史量德把安瘕偷走，到伊登去跟她結婚。——你們馬上就派人到福斯泰夫那裏去吧。

傅　不，我還要用白羅克的名字去見他一次，他會把什麼話都告訴我。他一定會來的。

裴妻　不怕他不來。我們這些精靈們的一切應用的東西和飾物也該趕快預備起來了。

修　我們就去辦起來吧；這是個很好玩的頑意兒，而且也是光明正大的惡作劇。（裴，傅，修同下）

裴妻　傅嫂子，你就去找桂嫂，叫他到福斯泰夫那裏去，探探他的意思。（傅妻下）我現在要到凱大夫那邊去，他是我中意的人，除了他誰也不能娶我的小安娘。那個姓史的雖然有家私，却是一個獃子，我的丈夫偏偏歡喜他。這醫生又有錢，他的朋友在宮廷裏又有勢力，祇有他纔配做她的丈夫，即使有二萬個更了不得的人來向她求婚，我也不給他們。（下）

第五場　嘉德飯店中的一室

〔店主及辛普兒上。

店主　你要幹麼，鄉下佬，蠢東西？說吧，講吧，乾乾脆脆的。

辛　呃，老板，我是史量德少爺叫我來跟約翰福斯泰夫爵士說話的。

店主　那邊就是他的房間，他的公館，他的牀鋪，你瞧門上新畫着浪子回家故事的就是。你去敲了敲門，喊他一聲，他就會跟你胡說八道。

辛　剛纔有一個胖大的老婦人跑進他的房間裏去，請您讓我在這兒等她下來吧；我本來是要跟她說話的。

店主　哈！一個胖女人！也許是來偷東西的，讓我叫他一聲。喂，武士！好漢爺！你在房間裏嗎？使勁兒回答我，你的店主東在叫着你哪。

福　（在上）什麼事，老板？

店主　這兒有一個蠻子等着你的胖婆娘下來。叫她下來，好傢伙，叫她下來；我的屋子是乾乾淨淨的，不能讓你們幹那些鬼鬼祟祟的勾當。哼，不要臉！

〔福斯泰夫上。

福　老板，剛纔是有一個胖老婆子在我這兒，可是現在她已經走了。

辛　請問一聲，爵爺，她就是勃倫府那個算命的女人嗎？

福　對啦，螺螄精；你問她幹麼？

辛　爵爺，我家主人史量德少爺因爲瞧見她在街上走過，所以叫我來問問她，他有一串鍊條給一個叫做聶姆的騙去了，不知道那鍊條還在不在那聶姆的手裏。

福　我已經跟那老婆子講起過這件事了。

辛　請問爵爺，她怎麼說呢？

福　呃，她說，那個從史量德手裏把那鍊條騙去的人，就是偷他鍊條的人。

辛　我希望我能够當面跟她談談；我家少爺還叫我問她其他的事情哩。

福　什麼事情？說出來聽聽看。

店主　對了，快說。

辛　爵爺，我家少爺吩咐我要保守祕密呢。

店主　你要是不說出來，就叫你死。

辛　啊，實在沒有什麼事情，不過是關於裴家小姐的事情，我家少爺叫我來問問看他命裏能不能娶她做妻子。

福　那可要看他的命運怎樣了。

辛　您怎麽說？

福　娶得到也是他的命，娶不到也是他的命。你回去告訴主人，就說那老婦人這樣對我說的。

辛　我可以這樣告訴他嗎？

福　是的，鄉下佬，你儘管這樣說好了。

辛　多謝爵爺；我家少爺聽見了這樣的消息，一定會十分高興的。（下）

店主　你真聰明，爵爺，你真聰明。眞的有一個算命的婆子在你房間裏嗎？

福　是的，老板，她剛纔還在我這兒；她教給我許多我一生從來沒有學過的智慧，我不但沒有化半個錢學費，而且反而她要給我酬勞呢。

【巴道夫上。

巴　噯喲，老板，不好了！又是騙子，淨是些騙子！

店主　我的馬兒呢？蠢奴才，好好兒對我說。

巴　都跟着那些騙子們跑掉啦；一過了伊登，他們就把我從馬上推下來，把我摜在一個爛泥潭裏，他們就像三個德國鬼子似的，策馬加鞭，飛也似的去了。

店主　狗才，他們是去迎接公爵去的。別說他們逃走，德國人都是規規矩矩的。

【修伊文上。

修　老板在那兒？

店主　師父，什麽事？

修　留心你的客人。我有一個朋友到城裏來，他告訴我有三個德國騙子，一路上騙人家的馬匹金錢；里亭，梅登海，科白路，各家旅店，都上了他們的當。我是一片好心來通知你，因爲你是個很乖巧的人，專愛尋人家的開心，要是你也被人家騙了，那未免太笑話啦。再見。（下）

【凱易斯上。

凱　店主東呢？

店主　凱大夫，我正在這兒心亂如麻呢。

凱　我不懂你的意思；可是人家告訴我，你正在準備着隆重招待一個德國的公爵，可是我不騙你，我在宮廷裏就不知道有什麼公爵要來。我是一片好心來通知你。再見。（下）

店主　狗才，快去喊攞人來捉賊去！武士，幫幫我忙，我這回可完了！快跑，捉賊！完了！完了！（店主及巴下）

福　我但願全世界的人都受騙，因爲我自己也受了騙，而且還挨了打。要是宮廷裏的人聽見了我怎樣一次次的化身，給人當衣服洗用棍子打，他們一定會把我身上的油一滴一滴融下來，去擦漁夫的靴子；他們一定會用俏皮話兒把我挖苦得像一頭乾癟的梨兒一樣喪氣自從那一次賴了賭債以後，我一直交着壞運。好，要是我在臨終以前還來得及唸禱告，我一定要懺悔。

【快嘴桂嫂上。

福　啊，又是誰叫你來的？

桂　除了那兩個人還有誰？

福　讓魔鬼跟他的老娘把那兩個人抓了去吧！我已經爲了她們的緣故吃過多少苦，男人本來是容易變心的，誰受得了這樣的欺負？

桂　您以爲她們沒有吃苦嗎？說來纔叫人傷心哪，尤其是那位傅家娘子，天可憐見的，給她的漢子打得身上一塊青一塊黑的簡直找不出一處白白淨淨的地方。

福　什麼一塊青一塊黑的，我自己給他打得五顏六色，渾身掛彩呢；我還險險乎給他們當做勃倫府的妖婦抓了去。要不是我急中生智，把一個老太婆的行動裝扮得活靈活現，我早已給混蛋官差們鎖上脚銬，辦我一個妖言惑衆的罪名了。

桂　爵爺，讓我到您房間裏去跟您說話，您就會明白一切，而且包在我身上，一定會叫您滿意的。這兒有一封信，您看了就知道了。天哪！把你們拉攏在一起，眞麻煩死人！你們中間一定有誰得罪了天，所以纔這樣顚顚倒倒的。

福　那麼你跟我上樓，到我房間裏來吧。（同下）

## 第六場　嘉德飯店中的另一室

【范通及店主上。

店主　范大爺，別跟我說話，我一肚子都是悶，我想索性這門生意也不要做了。

范　可是你聽我說。我要你幫我做一件事，事成之後，我不但賠償你的全部損失，而且還願意送給你黃金百鎊，作爲酬謝。

店主　好，范大爺，您說吧。我不知道我能不能幫您的忙，可是至少我不會洩漏祕密。

范　我曾經屢次告訴你我對於裴家安痕小姐的深切的愛情；她對我也已經表示默許了，要是她自己作得了主，我一定可以如願以償的。剛纔我收到了她一封信，信裏所說起的事情，你要是知道了，一定會拍手稱奇；因爲它跟我自己的事情很有關係，所以我不能不讓你知道。他們的意思是要把那胖武士福斯泰夫捉弄一番嚇嚇他。你瞧。（指信）聽着，我的好老板，今夜十二點鐘到一點鐘之間，在赫恩橡樹的近旁，我的親愛的小安痕要扮成仙后的樣子，爲什麼要這樣打扮這兒寫得很明白。她父親叫她趁着大家開玩笑開得亂哄哄的時候，跟史量德悄悄兒溜到伊登去結婚，她已經答應他了。可是她母親是竭力反對她嫁給史量德，而決意把她嫁給凱易斯的，她也已經約好那個醫生，叫他也趁着人家忙得不留心的時候，用同樣的方式把她帶到教長家裏去，請一個牧師替他們立刻成婚；她對於她母親的這個計策，也已經假裝服從的樣子，答應了那醫生了。他們的計劃是這樣的：她的父親要她全身穿着白的衣服，以便識認，史量德看準了時機，就攙着她的手，叫她跟着走，她就跟着他走；她的母親爲了讓那醫生容易辨認起見，——因爲他們大家都是戴着臉罩的，——卻叫她穿着寬大的淺綠色的袍子，頭上繫着飄揚的絲帶，那醫生一看有了下手的機會，便上去把她的手捏一把，這一個暗號便是叫她跟着他走的。

店主　她預備欺騙她的父親呢，還是欺騙她的母親？

范　我的好老板，她要把他們兩人一起騙了，跟我一塊兒溜走。所以我要請你費心去替我找一個牧師，十二點到一點鐘之間在教堂裏等着我，爲我們舉行正式的婚禮。

店主　好，您去實行您的計劃吧，我一定給您找牧師去。祇要把那位姑娘帶來，牧師是不成問題的。

范　多謝多謝，我一定永遠記住你的恩德，而且我馬上就會報答你的。（同下）

# 第五幕

## 第一場　嘉德飯店中的一室

〔福斯泰夫及快嘴桂嫂上。

福　請你別再嚕哩嚕囌了，去吧，我一定不失約就是了。這已經是第三次啦，我希望單數是吉利的。去吧，去吧！

桂　我去給您弄一根鍊條來，再去設法找一對角來。

福　好，去吧；別躭擱時間了。擡起你的頭來，扭扭屁股走吧。（桂下）

〔傅德上。

福　啊，白大爺！白大爺，事情成功不成功，今天晚上就可以知道。請您在半夜時候，到赫恩橡樹那兒去，就可以看見新鮮的事兒。

傅　您昨天不是對我說過，要到她那兒去赴約嗎？

福　白大爺，我昨天到她家裏去的時候，正像您現在看見我一樣，是個可憐的老頭兒；可是白大爺，我從她家裏出來的時候，却變成一個苦命的老婆子了。白大爺，她的丈夫傅德那個混蛋，簡直是個吃醋鬼投胎。他欺我是個女人，把我沒頭沒腦一頓打；可是，白大爺，要是我穿着男人的衣服，別說他是個傅德，就算他是個身長丈二的天神，拿着一根千斤重的樑柱向我打來，我也不怕他。我現在還有要事，請您跟我一路走吧，白大爺，我可以把一切的事情完全告訴您。自從我小時候偷鵝賴學抽陀螺挨打以後，直到現在纔重新嘗到挨打的滋味。跟我來，我要告訴您關於這個姓傅的混蛋的古怪事兒今天晚上我就可以向他報復，我一定會把他的妻子送到您的手裏。跟我來。白大爺您就有新聞看了！跟我來（同下）

## 第二場　溫莎公園

【裴琪，夏祿，史量德同上。

裴　來，來，咱們就躲在這座古堡的壕溝裏，等我們那班精靈們的火光出現以後再出來。史量德賢婿，記着我的女兒。

史　好，一定記着；我已經跟她當面談過，約好了用什麼口號互相通知。我看見她穿着白衣服，就上去對她說「姆」，她就回答我「不見得，」這樣我們就不會認錯啦。

夏　那也好，可是何必嚷什麼「姆」哩「不見得」哩，你祇要看定了穿白衣服的人就行啦。鐘已經敲十點了。

裴　天鳥沉沉的，精靈和火光在這時候出現，再好沒有了。願上天保佑我們的遊戲成功！除了魔鬼以外，誰都沒有惡意；我們祇要看誰的頭上有角，就知道他是魔鬼。去吧，大家跟我來（同下）

## 第三場　溫莎街道

【裴大娘，傅大娘，凱易斯同上。

裴妻　大夫，我的女兒是穿綠的；您看見時機到了，便過去攙着她的手，帶她到教長家裏去，趕快把事情辦了。現在您一個人先到公園裏去，我們兩個人是要一塊兒去的。

凱　我知道我應當怎麼辦。再見。

裴妻　再見，大夫。（凱下）我的丈夫把福斯泰夫羞辱過了以後，知道這醫生已經跟我的女兒結婚，一定會把一場高興化作滿腔怒火的；可是管他呢，與其害人將來心碎，寧可眼前受他一頓駡。

傅妻　小安琪和她的一隊精靈現在在什麼地方？還有那個威爾斯鬼子修牧師呢？

裴妻　他們都把燈遮得暗暗的，躲在赫恩橡樹近旁的一個土坑裏；一等到福斯泰夫跟我們會見的時候，他們就立刻在黑夜裏出現。

傅妻　那一定會叫他大吃一驚的。

裴妻　要是嚇不倒他，我們也要把他譏笑一番；要是他果然嚇倒了，我們還是要譏笑他的。

傅妻　咱們這回不怕他不上圈套。

裴妻　像他這種淫棍，教訓教訓他也是好事。

傅妻　時間快到啦，到橡樹底下去，到橡樹底下去！（同下）

## 第四場　溫莎公園

【修伊文化裝率扮演精靈的一羣上。

修　跑，跑，精靈們，來；別忘了你們各人的詞句。大家放大膽子，跟我跑下這土坑裏，等我一發號令，就照我吩咐你們的做起來。來，來；跑，跑。（同下）

## 第五場　公園中的另一部分

【福斯泰夫頂牡鹿頭扮赫恩上。

福　溫莎的鐘已經敲了十二點，時間快要到了。好色的天神們，照顧照顧我吧！記着，喬武大神，你曾經爲了你的愛人尤綠葩的緣故，化身做一頭公牛，愛情使你頭上生角。强力的愛啊！它會使畜生變成人類，也會使人類變成畜生。而且，喬武大神，你爲了你心愛的莉達，還化身做一頭天鵝過呢。萬能的愛啊！你差一點不把天神的尊容變得像一隻蠢鵝！既然天神們也都是這樣貪淫，我們可憐的凡人又有什麼辦法呢？至於講到我那麼我是這兒溫莎地方的一匹雄鹿；在這樹林子裏，也可以算得上頂胖的了。誰來啦？我的母鹿嗎？

【傅大娘及裴大娘上。

傅妻　爵爺，你在這兒嗎？我的公鹿，我的親愛的公鹿？

福　我的黑尾巴的母鹿！讓天上落下馬鈴薯般大的雨點來吧，讓它大鑼大鼓般地響起雷來吧，祇要讓我躲在你的懷裏，什麼大風大雨我都不怕。（摟抱傅妻）

傅妻　裴嫂子也跟我一起來呢，好人兒。

福　那麼你們把我切開來各人分一條大腿去，留下兩塊肋條肉給我自己，肩膀肉賞給那看園子的，還有這兩隻角，送給你們的丈夫做個記念品吧。哈哈！你們瞧我像不像獵人赫恩？邱必特是個有良心的孩子，現在他讓我嚐到甜頭了。我用鬼魂的名義歡迎你們！（內喧聲）

裴妻　噯喲！什麼聲音？

傅妻　天老爺饒恕我們的罪過吧！

福　又是什麼事情？

傅妻，裴妻　快逃！快逃！（二人奔下）

福　我想多分是魔鬼不願意讓我下地獄，因爲我身上的油太多啦，恐怕在地獄裏惹起一場大火來，否則他不會這樣一次一次的跟我搗蛋。

【修伊文喬裴林神薩脫，（註）畢斯托扮小妖，裴安痕扮仙后，裴威廉及若干兒童各扮精靈侍從，頭插小蠟燭，同上。

安　黑的，灰的，綠的，白的精靈們，
月光下的狂歡者，黑夜裏的幽魂，
你們是沒有父母的造化的兒女，
不要忘記了你們各人的職務。
傳令的小妖，替我向衆精靈宣告。

畢　衆精靈靜聽召喚，不許喧吵！
蟋蟀兒，你去跳進人家的烟囱，
看他們爐裏的灰屑有沒有掃空；
我們的仙后最恨貪懶的婢子，
看見了就把她擰得渾身青紫。

福　他們都是些精靈，誰要是跟他們說話，就不得活命；讓我閉上眼睛躲起來吧，神仙們的事情是不許凡人窺看的。
（俯伏地上）

修　皮特那裏？你去看有誰家的姑娘，
念了三遍祈禱方纔睡上眠牀，
你就悄悄兒替她把妄想收束，
讓她睡得像嬰兒一樣甜熟；
誰要是臨睡前不思量自己的過處，
你要叫他們腰痠背疼，手脚酸楚。

安　去，去，小精靈！
把溫莎古堡內外搜尋：
每一間神聖的華堂散播着幸運，
讓它巍然卓立，永無毀損，
祝福它宅基鞏固，門戶長新，
輝煌的大廈恰稱着賢德的主人！
每一張尊嚴的寶座用心掃洗，
灑滿了祓邪垢的鮮花香水，
祝福那文欐繡瓦，畫棟雕梁，

千秋萬歲永遠照耀着榮光！
每夜每夜你們手攙手在草地上，
拉成一個圓圈兒跳舞歌唱，
淸晨的草上留下你們的足跡，
一團團葱翠新綠的顏色；
再用靑紫粉白的各色鮮花，
寫下了天書仙語「淸心去邪，」
像一簇簇五彩繽紛的珠玉，
草地是神仙的紙，花是神仙的符籙。
去，去，往東的向東，往西的向西！
等到鐘鳴一下，可不要忘了
我們還要繞着赫恩橡樹舞蹈。

修　大家排着隊大家手牽手，
二十個螢蟲給我們點亮燈籠，
照着我們樹陰下舞影幢幢。

福　且慢！那裏來的生人氣？
天老爺保佑我不要給那個威爾斯老怪聽見，他會叫我變成一塊乾酪哩！

畢　壞東西！你是個天生的孽種。

安　讓我用三昧火把他指尖灼燙，
看他的心地是純潔還是骯髒：
他要是心無汚穢火不能傷，
哀號呼痛的一定居心不良。

畢　來，試一試！

修　來，來看這木頭怕不怕火薰。（衆以燭燙福斯泰夫）

福　啊！啊！啊！

安　壞透，壞透，這傢伙淫毒攻心！
精靈們，唱個歌兒取笑他；
圍着他竄竄跳跳擰得他遍體酸麻。
歌：
哼，罪惡的妄想！
哼，淫慾的孽障！
淫慾是一把血火，
不潔的邪念把它點亮，
癡心搧着它的火燄，

安想把它愈吹愈旺。
精靈們，擰着他，
不要把惡人寬放；
擰他，燒他，拖着他團團轉，
直等星月燭光一齊黑暗。

【精靈等一面唱歌，一面擰福斯泰夫。凱易斯自一旁上，將一穿綠衣之精靈偷走；史量德自另一旁上，將一穿白衣之精靈偷走；范通上，將裴安痕偷走。內獵人號角犬吠聲，衆精靈紛紛散去。福斯泰夫扯下鹿頭起立。裴，琪，傅德，裴大娘，傅大娘同上，將福斯泰夫捉住。

裴　噯，別逃呀；現在您可給我們瞧見啦；難道您祇好扮扮獵人赫恩嗎？

裴妻　好了好了，咱們不用儘向他開玩笑啦。好爵爺，您現在喜不喜歡溫莎的娘兒們？

傅　爵爺，現在究竟誰是個大忘八？白羅克大爺福斯泰夫是個混蛋，是個混賬忘八蛋；瞧他的頭上還出着角哩，白大爺！白大爺他從姓傅的那裏什麼好處也沒有到手，祇得到一隻洗衣服的簍子，一頓棒兒，還有二十鎊錢，那筆錢是要向他追還的，白大爺；我已經把他的馬扣留起來做抵押了，白大爺。

傅妻　爵爺，只怪我們運氣不好，沒有緣分，總是好事多磨。以後我再不把您當做我的情人了，可是我會永遠記着您是我的公鹿。

福　我現在纔明白我給你們愚弄啦。原來這些都不是精靈嗎？我曾經三四次疑心他們不是什麼精靈，可是一則因爲我自己做賊心虛，二則因爲突如其來的怪事，把我嚇昏了頭，所以會把這種破綻百出的騙局當做真實，雖然荒謬得不近情理，也會使我深信不疑，可見一個人做了壞事，雖有天大的聰明，也會受人之愚的。

修　福斯泰夫爵士，您祇要敬奉上帝，去除慾念，精靈們就不會來擰您的。

傅　說得有理，修大仙。

修　還有您的妒嫉心也要除掉了纔好。

傅　我以後再不疑心我的妻子了。

福　難道我已經把我的腦子剜出來放在太陽裏曬乾了，所以連這樣明顯的騙局也看不出來嗎？難道一隻威爾斯的老山羊都會作弄我？罷了罷了！這也算是我貪歡好色的下場！

裴妻　爵爺，我們雖然願意把那些三從四德的道理一腳踢得遠遠的，為了尋歡作樂，甘心死後落地獄，可是什麼鬼附在您身上，叫您相信我們會歡喜您呢？

傅　像你這樣的一隻雜碎香肚？一隻破叉袋？

裴妻　一個浸胖的浮屍？

裴　又老，又冷，又乾枯，再加上一肚子的腌臢？

傅　像魔鬼一樣到處造謠生事？

裴　一個窮光蛋的孤老頭子？

傅　像個潑老太婆一樣千刁萬惡？

修　一味花天酒地，玩玩女人，喝喝老酒，喝醉了酒白瞪着眼睛罵人吵架？

福　好，儘你們說吧；算我晦氣落在你們手裏，我也懶得跟這頭威爾斯山羊鬥嘴了。無論那個無知無識的傻瓜都可

傅　以欺負我，悉聽你們把我怎樣處置吧。

傅　好，爵爺，我們要帶您去看一位白羅克太爺，您騙了他的錢，却沒有替他把事情辦好；您現在已經吃過不少苦了，要是再叫您把那筆錢還出來，我想您一定要萬分心痛的吧？

傅妻　不，丈夫，他已經受到報應，那筆錢就算了吧，冤家宜解不宜結，咱們不要逼人太過。

傅　好，咱們攙攙手，過去的事情，以後不用再提啦。

裴　武士，不要懊惱，今天晚上請你到我家裏來喝杯酒兒。我的妻子剛纔把你取笑，等會兒我也要請你陪我把她取笑取笑。告訴她，史量德已經跟她的女兒結了婚啦。

裴妻　（旁白）醫生們，不要信他胡說，要是裴安痕是我的女兒，那麼這個時候他已經做了凱易斯大夫的太太啦。

【史量德上。

史　哎喲！哎喲！岳父大人，不好了！

裴　怎麼，怎麼，賢婿，你已經把事情辦好了嗎？

史　辦好了！哼，我要讓葛羅斯脫人知道這件事；否則還是讓你們把我弔死了吧！

裴　什麼事呀，賢婿？

史　我到了伊登那邊去，本來是要跟裴安痕小姐結婚，誰知道她是一個又長又大笨頭笨腦的男孩子；倘不是在教堂裏，我一定要把他揍一頓，說不定他也要把我揍一頓。我還以爲他眞的就是裴安痕哩，誰知道他是郵政局長的兒子。

裴　那麼一定是你看錯了一個人啦。

史　那還用說嗎？我把一個男孩子當做女孩子，當然是看錯了人啦。要是我眞的跟他結了婚，雖然他穿着女人的衣服，我是不要他的。

裴　這是你自己太笨的緣故。我不是告訴你怎樣從衣服上認出我的女兒來嗎？

史　我看見她穿着白衣服，便上去喊一聲「嗨，」她答應我一聲「不見得，」正像安痕跟我預先約好的一樣；誰知道他不是安痕，却是郵政局長的兒子。

修　耶穌基督！史少爺，難道您生着眼睛不會看，竟會去跟一個男孩子結婚嗎？

裴　我心裏亂得很，怎麼辦呢？

裴妻　好官人，別生氣，我因爲知道了你的計劃，所以叫女兒改穿綠衣服；不瞞你說，她現在已經跟凱醫生一同到了教長家裏，在那裏舉行婚禮啦。

【凱易斯上。

凱　裴大娘呢？哼，我上了人家的當啦！我跟一個男孩子結了婚，一個男孩子，不是裴安痕。我上了當啦！

裴妻　怎麼，你不是看見她穿着綠的衣服嗎？

凱　是的，可是那是個男孩子；我一定要叫全溫莎的人評個理去。（下）

傅　這可奇了。誰把眞的安痕帶了去呢？

裴妻　我心裏怪不安的。范大爺來了。

【范通及裴安痕上。

裴妻　啊，范大爺！

安　好爸爸，原諒我！好媽媽原諒我！

裴　小姐，你怎麼不跟史少爺一塊兒去？

裴妻　姑娘你怎麼不跟凱大夫一塊兒去？

范　你們不要嚇壞了她，讓我把實在的情形告訴你們吧。你們用可恥的手段，想叫她嫁給她所不愛的人；可是她跟我兩個人久已心心相許，到了現在，更覺得什麼都不能把我們兩人拆分開來。她所犯的過失是神聖的，我們雖然欺騙了你們，却不能說是不正當的詭計，更不是忤逆不孝，因為她要避免強迫婚姻下的無數不幸的日子，這是唯一的辦法。

傅　木已成舟，裴大爺您也不必發呆啦。在戀愛的事情上，都是上天親自安排好的；金錢可以買田地，娶妻祇能靠運氣。

福　我很高興，我給你們算計了去，你們的箭却也會發而不中。

裴　算了，有什麼辦法呢？——范通，願上天給你快樂！拗不過來的事情，也只好將就着過去。

裴妻　好，我也不再想這樣想那樣了。范大爺，願上天給您許多許多快樂的日子！官人，我們大家回家去，在火爐旁邊把今天的笑話談談笑笑吧。

傅　很好。爵爺，您對白羅克[註]沒有失信，因為他今天晚上眞的要去陪傅大娘一起睡覺啦。（同下）

註　薩脫（Satyr），希臘羅馬神話中山林神祇的一族，耳尾腿均類山羊，頭有小角。

莎士比亞戲劇全集

第三輯 第六種

# 血海殲仇記

朱生豪 譯

# 血海殲仇記

## 原名：泰脫斯·安特洛尼格斯

### 劇中人物

撒脫尼納斯　羅馬前皇之子，後即位稱帝

巴西安納斯　撒脫尼納斯之弟，與拉薇妮霞相戀

泰脫斯·安特洛尼格斯　征討哥斯人之羅馬大將

瑪格斯·安特洛尼格斯　護民官，泰脫斯之弟

琉歇斯、昆得斯、馬歇斯、繆歇斯　泰脫斯安特洛尼格斯之子

小琉歇斯　琉歇斯之幼子

潑勃律斯　瑪格斯安特洛尼格斯之子

森普洛涅斯、凱易斯、代倫泰恩　泰脫斯之親族

哀米律斯　羅馬貴族

阿拉勃斯
第米屈律斯
祁倫　｝妲摩拉之子

亞倫　摩爾人，妲摩拉之嬖奴

元老，護民官，使者，鄉人及羅馬人民等

哥斯將士，羅馬將士等

妲摩拉　哥斯人之女王

拉薇妮霞　泰脫斯安特洛尼格斯之女

乳媼，黑嬰

**地點**

羅馬及其附近郊野

# 第一幕

## 第一場　羅馬

【安特洛尼格斯家族墳墓遙見。護民官及元老等列坐上方；撒脫尼納斯及其黨徒自一門上，巴西安納斯及其黨徒自另一門上，各以旗鼓前導。

撒　尊貴的卿士們，我的權利的保護人，用武器捍衛我的合法的要求吧；同胞們，我的親愛的臣僚，用你們的寶劍爭取我的繼承的名分吧：我是羅馬前皇的長子，讓我父親的尊榮繼續存留在我的身上，不要讓這時代遭受非禮的侮蔑。

巴　諸位羅馬人，朋友們，同志們，我的權利的擁護者，要是巴西安納斯，該撒的兒子，曾經在尊貴的羅馬眼中邀荷眷注，請你們守衛這一條通往聖殿的大路，不要讓恥辱玷汚了皇座的尊嚴；這一個天命所集的位置是應該爲秉持正義澹泊高尚的人所佔有的。讓功業德行在大公無私的選舉中放射它的光輝；羅馬人，你們的自由能否保全，在此一舉，認淸你們的目標而奮鬥吧。

【瑪格斯・安特洛尼格斯捧皇冠自上方上。

瑪　兩位皇子，你們各擁黨羽，雄心勃勃地爭取國柄和皇座，我們現在代表民衆的立場，告訴你們羅馬人民已經衆口一辭，公舉素有忠誠之名的安特洛尼格斯作爲統治羅馬的君王，因爲他曾經爲羅馬立下許多豐功偉績，在今日的邦城之內，沒有一個比他更高貴的男子，更英勇的戰士。他這次從征討野蠻的哥斯人的辛苦的戰役中，奉着元老院的召喚回國，導着他父子們使敵人破膽的聲威，已經鎮伏了一個悍強善戰的民族。自從他爲了羅馬的光榮，開始出征，用武力膺懲我們敵人的驕傲以來，已經費去了十年的時間；他曾經五次流着血護送他的戰死疆場的英勇的兒子們的靈櫬回到羅馬來；現在這位善良的安特洛尼格斯雄名遠播的泰脫斯，終於滿載着光榮的戰利品，旌旗招展，奏凱班師了。憑着你們所希望克繩遺武的先皇陛下的名義，憑着你們在表面上尊崇的議會的權力，讓我們請求你們各自退下，解散你們的隨從，用和平而謙卑的態度，根據你們本身的才德提出你們合法的要求。

撒　這位護民官說得很好，他使我的心安靜下來了！

巴　瑪格斯安特洛尼格斯，我信任你的公平正直；我敬愛你，也敬愛你的高貴的兄長泰脫斯和他的英勇的兒子們，我尤其敬愛我所全心傾慕的溫柔的拉維妮霞，羅馬的貴重的珍飾；我願意在這兒遣散我的親愛的朋友們，把我的正當的要求委之於命運和人民的意旨。（巴黨下）

撒　朋友們，謝謝你們為了我的權利而如此出力，現在你們都退下去吧；我把自身的利害，正義的存亡，都信託於祖國的公意了。（撒黨下）羅馬正像我對你深信不疑一樣，願你用公平仁愛的精神對待我。開門，讓我進來。

巴　各位護民官，也讓我這卑微的競爭者進來。（喇叭奏花腔；撒、巴二人升階入議會）

【一將官上。

將官　羅馬人，讓開！善良的安特洛尼格斯，正義的保護者，羅馬最好的戰士，已經用他的寶劍征服羅馬的敵人，帶着光榮和幸運，戰勝回來了。

【鼓角齊鳴。馬歇斯及繆歇斯前行，二人擡棺（棺上覆黑布）琉歇斯及昆得斯隨後。泰脫斯・安特洛尼格斯領隊，率妲摩拉，阿拉勒斯，祁倫，第米屈律斯，亞倫及其他哥斯俘虜續上，軍士人民等後隨。擡棺者將棺放下泰脫斯發言。

泰　祝福，羅馬在你的喪服之中得到了勝利的光榮！瞧！像一艘滿載着珍寶的巨船，回到它最初啟碇的口岸上一樣，安特洛尼格斯戴着桂冠，用他的眼淚因爲生還羅馬而流下的眞誠的喜悅之淚，向他的祖國致敬了。這一座聖殿的偉大的保衛者啊，仁慈地鑒臨着我們將要舉行的儀式吧！羅馬人，我曾經有二十五個勇敢的兒子，普賴姆王（註一）諸子的半數，瞧，現在活的死的，一共還剩多少！這幾個活着的，讓羅馬用恩寵報答他們；這幾個新近戰死的，我要把他們葬在祖先的墳地上；哥斯人已經允許我把我的寶劍插進鞘裏了。泰脫斯，你這不慈不愛的父親，爲什麼你還不把你的兒子們安葬，讓他們在可怕的冥河之濱徘徊？讓他們長眠在他們兄弟的身旁吧。（開墓）沉默地會晤你們的親人，平靜地安睡啊，你們是爲祖國而捐軀的！啊，埋藏着我的喜悅的神聖的倉庫，正義和勇敢的美好的巢窩，你已經容納了我多少的兒子，再也不會把他們還給我的了！

琉　把哥斯人中間最驕貴的俘虜交給我們，讓我們砍下他的四肢，當着我們兄弟埋骨的墳墓之前把他燒死，作爲獻祭亡靈的禮品；讓陰魂可以瞑目地下，不致於爲祟人間。

泰　我把生存的敵人中間最尊貴的一個交付給你，這位痛苦的女王的長子。

妲　且慢，羅馬的兄弟們！仁慈的征服者，勝利的泰脫斯，憐憫我所揮的眼淚，一個母親爲了哀痛她的兒子所揮的眼淚吧！要是你曾經愛過你的兒子，啊！請你想一想我的兒子對於我也是同樣親愛的。我們已經成爲你的囚人，屈服於羅馬的威力之下，被俘到羅馬來誇耀你的光榮的凱旋了；難道這還不够，而必須把我的兒子們屠戮在市街上，因爲他們曾經爲他們自己的國家出力嗎？啊！要是在你們國中，爲君主和國家而戰，是一件應盡的責任，那麼在我們國中也是一樣的。安特洛尼格斯，不要用鮮血玷污你的墳墓。你要效法天神嗎？你就該效法他們的慈悲；慈悲是高尙的人格的眞實的標記。尊貴的泰脫斯，赦免我的長子吧！

**泰**　您忍耐點兒吧，娘娘原諒我。這些已死的都是他們的兄弟，你們哥斯人曾經看見他們怎樣以身殉國；現在他們爲了已死的兄弟誠心要求一件祭禮；您的兒子已經被選中了，他必須用一死安慰那些憤懣的幽魂。

**琉**　把他帶下去！立刻生起火來，在一堆木柴之上，讓我們用寶劍支解他的身體，直到烈火把他燒成一堆焦炭。（琉、昆馬、繆希阿拉勃斯下）

**妲**　啊，殘酷的傷天害理的行爲！

**祁**　錫第亞（註二）的土人比得上他們一半的野蠻嗎？

**第**　不要把錫第亞和野心的羅馬相比。阿拉勃斯去安息了，我們這些未死的囚徒，必須在泰脫斯的猙獰的臉色之下顫慄。所以，母親，我們還是堅決地希望着那曾經幫助特洛埃王后向色累斯的暴君復仇的天神（註三）也會照顧妲摩拉，哥斯人的女王，向她的敵人報復血海的深仇。

【琉歇斯，昆得斯，馬歇斯，繆歇斯各持血劍重上。】

**琉**　瞧，父親，我們已經舉行我們羅馬的祭禮。阿拉勃斯的四肢都被我們割了下來，他的臟腑投在獻祭的火焰之中，那煙氣像燃燒的香料一樣薰徹天空。現在我們祇要送我們的兄弟入土，用高聲的號角歡迎他們回到羅馬來。

**泰**　很好，讓安特洛尼格斯向他們的靈魂作這一次最後的告別。（喇叭吹響，棺材下墓）在平和與光榮之中安息吧，我的孩兒們；羅馬的最勇敢的戰士，這兒你們受不到人世的侵害和意外的損傷！安息吧！這兒沒有潛伏的陰謀，沒有暗中生長的嫉妒，沒有害人的毒藥，沒有風波，沒有喧嘩，祇有沉默和永久的睡眠。在平和與光榮之中安息吧，我的孩兒們！

〔拉薇妮霞上。

拉　願泰脫斯將軍在平和與光榮之中安享長年；我的尊貴的父親，願你生存着受世人的景仰！瞧！在這墳墓之前，我用一掬哀傷的眼淚向我的兄弟們致獻我的追思的敬禮；我還要跪在你的足下，用喜悅的眼淚澆灑泥土，因爲你已經無恙歸來。啊！用你勝利的手爲我祝福吧！

泰　仁慈的羅馬，感謝你溫情的庇護，爲我保全了這一個暮年的安慰！拉薇妮霞，生存吧；願你的壽命超過你的父親，你的賢淑的聲名永垂不朽！

〔瑪格斯安特洛尼格斯及衆護民官，撒脫尼納斯，巴西安納斯，及餘人等重上。

瑪　泰脫斯將軍，我的親愛的兄長，羅馬眼中仁慈的勝利者，願你長生！

泰　謝謝，善良的護民官，瑪格斯賢弟。

瑪　歡迎，姪兒們，你們這些奏凱回來的生存的英雄和流芳萬世的長眠的壯士！你們爲國奮身，國家一定會給你們同樣隆重的褒賞；可是這莊嚴的葬禮，卻是更肯定的凱旋，他們已經超登極樂，戰勝命運的無常，永享不朽的榮名了。泰脫斯安特洛尼格斯，你一向就是羅馬人民的公正的朋友，他們現在推舉我，他們所信託的護民官，把這一件潔白無疵的長袍送給你，並且提出你的名字，和這兩位前皇的世子並列，作爲羅馬皇位的候選人。所以，請你答應參加競選，披上這件白袍，幫助無主的羅馬得到一個元首吧。

泰　羅馬的光榮的身體上不該安放一顆老邁衰弱的頭顱。爲什麼我要穿上這件長袍，貽累你們呢？也許我今天受到推戴，明天就會撒手長逝，那不是又要害你們多費一番忙碌嗎？羅馬，我已經做了四十年你的軍人，帶領你的兵隊東征西討，不曾遭過敗衂；我已經埋葬了二十一個在戰場上建立功名，爲了他們高貴的祖國而慷慨捐軀的英勇的兒子。給我一枝榮譽的手杖，讓我頤養我的晚年；不要給我統治世界的權標，那最後握着它的，各位大人，是一位聰明正直的君主。

瑪　泰脫斯，你可以要求皇位，你的要求將被接受。

撒　驕傲而野心的護民官，你有這樣把握嗎？

泰　不要惱，撒脫尼納斯皇子。

撒　羅馬人，給我合法的權利。貴族們，拔出你們的劍來，直到撒脫尼納斯登上羅馬的皇座，再把它們收入鞘中。安特洛尼格斯，我但願把你送下地獄，要是你想奪取民衆對我的信心！

琉　驕傲的撒脫尼納斯，你還不知道光明磊落的泰脫斯預備怎樣照顧你，就這樣口出狂言！

泰　安心吧，皇子；我會使人民放棄他們原來的意見，使你重新得到他們的愛戴。

巴　安特洛尼格斯，我並不諂媚你，我只是尊敬你，我將要尊敬你直到我死去。要是你願意率領你的友人加強我的陣營，我一定非常感激你；對於心地高尚的人，感謝是無上的酬報。

泰　羅馬的人民和各位在座的護民官，我要求你們的同意和贊助：你們願意接受安特洛尼格斯的建議嗎？

衆護民官　為了使善良的安特洛尼格斯得到滿足，為了慶賀他的安返羅馬，人民願意接受他所贊助的人。

泰　諸位護民官，我謝謝你們；我要向你們提出這一個要求，請你們推戴你們前皇的長子撒脫尼納斯殿下，踐履皇位；我希望他的賢德將會普照羅馬，就像日光照射大地一樣，在這國土之上結成公道的果實。要是你們願意聽從我的建議，就請把皇冠加在他的頭上，高呼「吾皇萬歲！」

瑪　在全國人民不分貴賤一致的推戴擁護之下，我們宣佈以撒脫尼納斯殿下為羅馬偉大的皇帝撒脫尼納斯吾

皇萬歲！（喇叭奏長花腔）

撒　泰脫斯安特洛尼格斯，爲了你今天推戴的功勞，我不但給你口頭的感謝，還要在事實上報答你的好意。我要光大你的榮譽和你的家族的盛名，泰脫斯，第一步我要使拉薇妮霞做我的皇后，羅馬的尊嚴的女主人，我的意中的愛寵；我要在神聖的萬神殿中和她舉行婚禮。告訴我，安特洛尼格斯，這建議使你滿意嗎？

泰　是，陛下；蒙陛下不棄下婚，眞是莫大的恩榮，當着羅馬的人民之前，我把我的寶劍，我的戰車，和我的俘虜，這些適合於呈奉羅馬皇座的禮物，獻給撒脫尼納斯，我們全體國民的君王和主帥，統治這一個廣大的世界的皇帝，請陛下鑒納愚誠，接受我這卑微的貢獻。

撒　謝謝你，尊貴的泰脫斯，我的生命的父親！羅馬的歷史上將要記載我是多麼欣幸於得到你和你的禮物；要是有一天我會忘記這些無言可喻的偉大的勳績中的最微細的部分，那時候，羅馬人，忘記你們對我應盡的忠誠吧。

泰　（向妲）現在，娘娘，您是一個皇帝的俘虜了；他將要按照您的尊貴的地位，給您和您的從者們適當的禮遇。

撒　好一個絕色的佳人；要是讓我重新選擇，這纔是我所要選擇的配偶。美貌的王后，掃清你臉上的愁雲吧；雖然一時的勝敗改變了你的處境，你不會在羅馬遭受侮辱，各方面都要得到優渥的待遇。相信我的話，不要讓懊惱消沉了你一切的希望；娘子，那能够使你享受比哥斯人的女王更大的榮華的人在安慰你了。拉薇妮霞，你聽我這樣說了，不會生氣嗎？

拉　不，陛下；因爲眞實的高貴向我保證這些話不過表示着大度的謙恭。

撒　謝謝，親愛的拉薇妮霞。羅馬人，讓我們去吧；這些俘虜都一起釋放，不要他們的贖金。各位賢卿，叫喇叭和鼓聲吹打起來，宣佈我們今天的盛典。（喇叭奏花腔。撒向妲作手勢求愛。）

巴　泰脫斯將軍，恕我，這位女郎是屬於我的。（奪拉薇妮霞）

泰　怎麼，殿下！您不是在開頑笑嗎？

巴　不，尊貴的泰脫斯；我已經下了決心，堅持我的應有的權利。

瑪　物各有主，這位皇子奪回他自己的人並不是非法逾分的行爲。

琉　祇要琉歇斯活在世上，誰也不能阻止他。

泰　好一夥反賊都給我滾開！皇上的衞隊呢？反了，陛下！拉薇妮霞被人搶走了。

撒　搶走了！什麼人敢把她搶走？

巴　把她搶走的，是一個有權力把他的未婚妻帶到遠離人世的地方去的人。（瑪及巴挾拉薇妮霞下）

繆　兄弟們，幫助他們護送她離開這地方，這一扇門歸我仗劍把守。（琉、昆、馬同下）

泰　跟我走，陛下，我立刻就去把她奪回來。

繆　父親，您不能打這兒通過。

泰　什麼！逆子，不讓我在羅馬通行嗎？（刺繆）

繆　救命，琉歇斯，救命！（死）

【琉歇斯重上。

琉　父親，您太狠心了；您不該在無理的爭吵中殺了您的兒子。

泰　你，他，都不是我的兒子；我的兒子決不會給我這樣的羞辱。反賊，快把拉薇妮霞還給皇上。

琉　您可以叫她死，却不能叫她放棄原來的婚約另嫁旁人。（下）

撒　不，泰脫斯，不；皇帝不需要她；她，你，你家裏的人，我一個也用不到，我寧可信任一個曾經嘲笑我的人，可再也不願相信你或是你的叛逆傲慢的兒子們，你們都是故意這樣串通了來羞辱我的。難道羅馬祇有一個撒脫尼納斯是可以給人玩弄的嗎？安特洛尼格斯，像這樣的行爲也會當着我的面前幹出來怪不得你要向人誇口，說是我的皇位是從你的手裏求討得來的了。

泰　噯喲！這一番責備的話是那裏說起！

撒　去吧；去，把那朝秦暮楚的東西給那爲了她揮刀舞劍的傢伙吧。恭喜你招到了一位勇敢的女壻，你的不法的兒子們可以有一個打架的對手，擾亂羅馬國境之內的安寧了。

泰　這些話就像剃刀一樣割痛了我的受傷的心。

撒　所以，可愛的妲摩拉，哥斯人的女王，你像莊嚴的妃琵（註四）卓立在她週遭的女神之間一樣，使羅馬最美的婦人黯然失色，要是你不嫌唐突，瞧吧，我選擇你，妲摩拉，做我的新娘，我將要把你立爲羅馬的皇后。說，哥斯人的女王，你贊同我的選擇嗎？這兒我指着一切羅馬的神明起誓，因爲祭司和聖水無需遠求，蠟燭點燃得這樣光明，一切都已準備着迎迓亥門（註五）的降臨；我要在這兒和我的新娘舉行婚禮以後，再和她攜手同出，巡行羅馬的街道，跨進我的宮門。

妲　蒼天在上，聽我向羅馬起誓，要是撒脫尼納斯寵納哥斯人的女王，她願意做一個伺候他的意旨的奴婢，一個溫柔體貼的保姆，一個愛護他的青春的慈母。

撒　美貌的女王，登上萬神殿去吧。各位賢卿，陪伴你們的皇帝和他的可愛的新娘一同進來；她是上天賜給撒脫尼納斯皇子的，他的智慧已經征服了她的命運。我們在聖殿之內將要完成我們的婚禮。（除泰外均下）

泰　他不曾叫我也去伺候這位新娘泰脫斯，你生平什麼時候曾經衆叛親離，受到這樣的羞辱？

〔瑪格斯，琉歇斯，昆得斯，及馬歇斯重上。

瑪　啊！泰脫斯，瞧！啊！瞧瞧你幹了什麼事啦；你已經在一場無理的爭吵中殺死一個賢德的兒子。

泰　不，愚蠢的護民官，不；他不是我的兒子，你也不是我的兄弟，我一個也不認識你們；你們結黨同謀幹出這樣貽羞家門的事來，不肖的兄弟，不肖的兒子！

琉　可是讓我們按照他的身分把他埋了；把繆歇斯跟我們的兄弟們葬在一起吧。

泰　反賊們，滾開！他不能安息在這座墳墓裏。這巍峨的丘隴，已經經歷了五百年的歲月，我曾經幾度把它隆重修建，在這兒光榮地長眠的，都是軍人和羅馬的忠僕，沒有一個是在口角鬥毆之中卑劣地喪命的。隨便你們找一個什麼地方把他埋葬了吧；這兒沒有他的地位。

瑪　兄長，你這未免太沒有親情了。我的姪兒繆歇斯的行爲可以替他自己辯護；他必須和他的兄弟們葬在一起。

昆、馬　他必須和他們合葬，否則我們願意和他同死。

泰　他必須！那一個混蛋敢說這句話？

昆　倘不是因爲當着您的面前，說這句話的人一定要用行動力爭它的實現。

泰　什麼！你們膽敢反抗我的意志把他埋葬嗎？

瑪　不，尊貴的泰脫斯；我們請求你寬恕繆歇斯，讓我們把他葬了。

泰　瑪格斯，你也竟會同我這樣公然挺撞，跟這些孩子們聯合了來傷害我的榮譽；我把你們每一個人認爲我的仇敵；不要再跟我糾纏了，一起給我滾吧！

馬　他已經瘋了；我們去吧。

昆　在繆歇斯的屍骨沒有安葬以前，我是不去的。（瑪及泰脫斯諸子下跪）

瑪　哥哥，讓天性打動你的心，——

昆　爸爸，願您俯念父子之情，——

泰　算了，不要說下去了。

瑪　著名的泰脫斯，我的大半個的靈魂，——

琉　親愛的爸爸，我們全體的靈魂和主腦，——

瑪　讓你的兄弟瑪格斯把他的英勇的姪兒安葬在這些忠臣義士的中間，因為他是為了拉薇妮霞的緣故光榮地死去的。你是一個羅馬人，不要像野蠻人一般；繆歇斯曾經是你所心愛的孩子，讓他進入這一座墓門吧。

泰　起來，瑪格斯，起來。今天是我一生中最不幸的日子，在羅馬被我的兒子們所羞辱！好，把他葬了，回頭再來葬了我吧。（繆屍身舁入墓中）

琉　這兒長眠着你的骸骨，親愛的繆歇斯，和你的親人們在一起；等候着我們用戰利品來裝飾你的墳墓吧。

衆（跪）沒有人為英勇的繆歇斯流淚；他為正義而死，生存在榮譽之中。

瑪　這些傷心的事情擱在一旁，兄長，那哥斯人的狡猾的王后怎麼一下子就在羅馬遭蒙這樣的恩寵？

泰　我不知道，瑪格斯；我祇知道有這麼一回事兒，天纔知道這裏頭有沒有什麼詭計。她不是應該感激那使她得到這樣極大幸運的人嗎？

瑪　是的，她一定會重重酬答他的。

〖喇叭奏花腔。撒脫尼納斯率侍從及妲摩拉，第米屈律斯，祁倫亞倫等自一方巴西安納斯，拉薇妮霞及餘人等自另一方重上。

撒　好，巴西安納斯，你已經奪到你的錦標；恭喜你得了一位美貌的新娘！

巴　我也要同樣恭喜你，陛下！我沒有別的話說，願你快樂再會。

撒　反賊，要是羅馬還有法律，我還有權力的話，你和你的同黨少不得有一天懊悔你的姦佔的行爲。

巴　陛下，我奪回明明和我訂有婚約的愛人，現在她已成爲我的妻子了，你卻說這是姦佔嗎？可是讓羅馬的法律決定一切吧；我所佔有的是屬於我自己的。

撒　很好，你敢在我面前這樣放肆，總有一天我要叫你認識我的利害。

巴　陛下，我所幹的事，必須由我自己擔當，決不諉卸我的責任。祇有這一點是我希望你明白的：這位高貴的武士，泰脫斯將軍，是被你誤解了，他在名譽上已經横蒙不白之寃；他爲了盡忠於你，看見他的慷慨的許諾遭到意外的阻撓，在爭奪拉薇妮霞的企圖之中，由於一時的氣憤，已經親手殺死了他的幼子；他已經用他一切的行爲，證明他對於你和羅馬是一個父親和一個朋友了，撒脫尼納斯，不要錯怪他吧。

泰　巴西安納斯，算了，不要爲我的行爲辯護；都是你和那一夥人使我遭到這樣的羞辱。羅馬和公正的天庭可以爲我作證，我是多麼敬愛撒脫尼納斯！

妲　陛下，要是妲摩拉曾經在你尊貴的眼中辱蒙見愛，請聽我說一句沒有偏心的話；親愛的，聽從我的請求，把已成過去的事情忘懷了吧。

撒　什麼，御妻！被人公然侮辱，卻卑怯地不知報復，就這樣隱忍了事嗎？

妲　不是這樣說，陛下；要是我使你做了不名譽的事，羅馬的神明也會不容我的！可是我敢憑着我的榮譽擔保善良的泰脫斯將軍在一切事情上都是無罪的，他的眞誠的憤怒說明了他的內心的悲痛。所以，聽從我的請求，用溫和的眼光看待他吧；不要因爲無稽的猜測而失去這樣一個高貴的朋友，更不要用憤怒的臉色刺痛他的善良的心。（向撒旁白）陛下，聽我的話，不要固執，把你的一切憤恨暫時遮掩一下；你現在即位未久，不要把人民和貴族提到泰脫斯一方面去，使他們覺得你是忘恩負義而把你廢黜，因爲忘恩負義在羅馬人看來是一樁極大的罪惡。聽從我的請求，一切都在我的身上；我會有一天殺得他們一個不留，把他們的黨羽和宗族剪除乾淨；那殘忍的父親和他的叛逆的兒子們，我要叫他們抵償我的愛子的生命，使他們知道讓一個王后當街長跪，哀求他們俯賜矜憐而無動於中，會有些什麼報應。（高聲）來，來，好皇帝；來，安特洛尼格斯；扶起這位好老人家來，安慰安慰他那在你滿臉的怒色中瀕於死去的心吧。

撒　起來，泰脫斯，起來；我的皇后已經把我說服了。

泰　謝謝陛下和娘娘的恩典。這些仁慈的言語，溫和的顏色，把新的生命注入我的身體之內了。

妲　泰脫斯，我已經和羅馬結爲一體，現在我也是一個羅馬人了，我必須爲了皇上的好處，給他忠誠的勸告。從今天起，安特洛尼格斯，一切爭執都消滅了。我的好陛下，我已經使你和你的朋友們言歸於好，讓這作爲我的莫大的榮幸吧。至於你，巴西安納斯皇子，我已經向皇上保證，今後你一定做一個馴良安分的人。不用擔心，各位賢卿；還有你，拉薇妮霞；大家聽我的話，跪下來向皇上陛下求恕吧。

琉　是，我們向上天和陛下起誓，我們剛纔所幹的事，都是爲了我們的姊妹和我們自己的榮譽而不得不採取的行動，我們已經盡力檢束自己，不使它過分越出了軌道。

瑪　我可以憑着我的名譽起誓。

撒　去不要說話，少向我們煩瀆些吧。

姐　不，不，好皇帝，我們必須大家都成好朋友。這位護民官和他的姪兒們都在向你跪求恩恕；你必須聽我的話；好人兒，轉過臉來吧。

撒　瑪格斯，既然我的可愛的姐摩拉向我這樣請求，爲了你的緣故，也爲了你的兄長的緣故，我赦免了這些少年人的重罪；站起來。拉薇妮霞雖然你把我當作一個村夫似的丟棄了我，我已經找到一個愛我的人，我可以確實發誓當我離開祭司的時候，我不會仍然是一個單身的漢子。來，要是皇帝的宮廷裏可以歡宴兩個新娘，你，拉薇妮霞，和你的親友們都是我的賓客。今天將要成爲一個釋嫌修好的日子，姐摩拉。

泰　明天陛下要是高興的話，我願意追隨您出獵，打些豹子公鹿玩玩；我們將要用號角和獵犬的吠聲向您道早安。

撒　很好，泰脫斯，謝謝你。（喇叭聲同下）

註一　普賴姆（Priam），特洛埃之王，赫克脫（Hector）巴里斯（Paris）等均爲其子。

註二　錫第亞（Scythia），亞洲國名，往時爲野蠻之遊牧民族所居。

註三　特洛埃王后指普賴姆之后赫邱琶（Hecuba），色累斯（Thrace）暴君待考。

註四　妃琵（Phœbe），月之女神，黛安娜（Diana）之別名。

註五　亥門（Hymen）司婚姻之神。

# 第二幕

## 第一場　羅馬皇宮前

【亞倫上。

亞　現在妲摩拉已經登上了奧林帕斯的峯巔，命運的箭鏃再也不會傷害她；她高據寶座，不受震雷閃電的襲擊，臉色慘白的妒嫉不能用威脅加到她的身上。正像金色的太陽向清晨敬禮，用他的光芒鍍染海洋，駕着耀目的雲車從黃道上飛馳疾過，高聳霄漢的山峯都在他的俯瞰之下；妲摩拉也正是這樣，人世的尊榮聽候着她的智慧的使喚，正義在她的顰蹙之下屈躬顫慄。那麼亞倫，鼓起你的勇氣，現在正是你攀龍附鳳的機會。你的主后已經長久成爲你的俘虜，用色慾的鎖鍊鐐銬她自己，被亞倫的魅人的目光緊緊綑束，比縛在高加索山上的普洛密修斯（註一）更難脫身；你祇要抱着向上的決心，就可以升到和她同樣高的位置。脫下奴隸的服裝，擯棄卑賤的思想！我要大放光輝，滿身插戴起耀目的金珠來，伺候這位新膺恩命的皇后。我說伺候嗎？不，我要和這位女王，這位女神，這位仙娥，這位妖婦調情；她將要迷惑羅馬的撒脫尼納斯，害得他國破身亡。噯喲！這是一場什麼風暴？

【第米屈律斯及祁倫爭吵上。

第　祁倫，你年紀太輕，智慧不足，禮貌全無，不要來妨礙我的好事。

祁　第米屈律斯，你總是這樣蠻不講理，想用恐嚇的手段壓倒我。難道我比你小了一兩歲，人家就會把我瞧不上眼，你就會比我更幸運嗎？我也和你一樣會向我的愛人獻殷勤，爲什麼我就不配得到她的歡心？瞧吧，我的劍將要向你證明我對於拉薇妮霞的熱情。

亞　打！打！這些情人們一定要大鬧一場哩。

第　嘿，孩子，雖然我們的母親一時糊塗，給你佩帶了一柄跳舞用的小劍，你却會不顧死活，用它來威嚇你的兄長嗎？算了吧，把你的玩意兒藏在鞘子裏，等你懂得怎樣使劍的時候再拿出來吧。

祁　你不要瞧我沒有本領，我要讓你看看我的勇氣。

第　哦，孩子，你居然變得這樣勇敢了嗎？（二人拔劍）

亞　噯喲，怎麼兩位王子！你們怎麼敢在皇宮附近揮刀弄劍，公然爭吵起來？你們反目的原因我完全知道；即使有人給我百萬黃金，我也不願讓那些對於這件事情最有關係的人知道你們爲什麼發生爭執；你們的母后也決不願在羅馬的宮廷裏被人恥笑。好意思，還不把劍收起來！

第　不，我非得把我的劍插進他的胸膛，把他在這兒侮辱我的不遜之言灌進他自己的咽喉裏去，決不罷手。

祁　我已經完全準備好了，你這滿口狂言的懦夫，你祇會用一條舌頭嚇人，却不敢使用你的武器。

亞　快去，別鬧了！憑着好戰的哥斯人所崇拜的神明起誓，這一場無聊的爭吵要把我們一起都毀了。唉，哥兒們，你們沒有想到侵害一位皇子的權利，是一件多麼危險的事嗎？嘿！難道拉薇妮霞是一個放蕩的淫婦，巴西安納斯是一個下賤的庸夫，會容忍你們這樣爭風吃醋而恬不爲意，不向你們問罪報復嗎？少爺們留心點兒吧！皇后要是知道了你們爭吵的原因，看她不把你們罵得狗血噴頭。

祁　我不管，讓她和全世界都知道，我是什麼也不顧的；我愛拉薇妮霞勝於整個的世界。

第　小子，你還是去選一個次等點兒的吧；拉薇妮霞是你兄長看中的人。

亞　噯喲，你們都瘋了嗎？難道你們不知道在羅馬人們是不能容忍情敵存在的嗎？我告訴你們，兩位王子，你們這樣簡直是自己討死。

祁　亞倫，爲了得到我所心愛的人，叫我死一千次都願意。

亞　得到你所心愛的人！怎麼得到？

第　這有什麼奇怪！她是個女人所以可以向她調情；她是個女人，所以可以把她勾搭上手；她是拉徵妮霞，所以非愛不可。嘿，朋友！磨夫數不清磨機旁邊滾過的流水，偷一片切開了的麵包是毫不費事的。雖然巴西安納斯是皇帝的兄弟，比他地位更高的人也曾戴過綠頭巾。

亞　（旁白）嗯，這句話正好說在撒脫尼納斯身上。

第　那麼一個人祇要懂得怎樣用美妙的言語，風流的儀表，大量的餽贈，獵取女人的心，他爲什麼要失望呢？嘿！你不是常常射中了一頭母鹿，當着看守人的面前把她捉了去嗎？

亞　啊，這樣看來，你們還是應該乘人不備把她搶奪過來的好。

祁　嗯，要是這樣可以使我們達到目的的話。

第　亞倫，你說得不錯。

亞　那麼我們爲什麼要吵個不休呢？聽着，聽着！你們難道都是傻子，爲了這一些事情而互相鬧起來嗎？照我的意思，與其兩敗俱傷，還是大家沾些實惠的好。

祁　說老實話，那在我倒也無所不可。

第　我也不反對，祇要我自己也有一份兒。

亞　好意思，趕快和和氣氣的，同心合作，把你們所爭奪的人兒拿到手裏再說；爲了達到你們的目的，這是唯一的策略；你們必須抱定主意，既然事情不能完全適如你們的願望，就該在可能的範圍以內實現你們的企圖。讓我貢獻你們這一個意見：這一位拉薇妮霞巴西安納斯的愛妻是比琉克莉絲（註二）更爲貞潔的；與其在無望的相思中熬受着長期的痛苦，不如採取一種乾脆爽快的行動。我已經想到一個辦法了。兩位王子，明天有一場盛大的狩獵，可愛的羅馬女郎們都要一顯身手；森林中的道路是廣闊而寬大的，有許多人跡不到的所在，適宜於暴力和奸謀的活動；你們選定了這麼一處地方，就把這頭嬌美的小鹿誘到那邊去，要是不能用言語打動她的心，不妨用暴力滿足你們的願望；祇有這一個辦法可以有充分的把握。來，來，我們的皇后正在用她天賦的智慧，一心一意地計劃着復仇的陰謀，讓我們把我們想到的一切告訴她，她是決不容許你們同室操戈的，一定會供給我們一些很好的意見，使你們兩人都能如願以償；皇帝的宮庭像榮譽女神的殿堂一樣，充滿着無數的唇舌耳目，樹林却是冷酷無情，不聞不見的；勇敢的孩子們，你們在那邊說話，動武，試探你們各人的機會吧，在蔽天的濃蔭之下，發洩你們的情慾，從拉薇妮霞的肉體上享受銷魂的喜悅。

祁　小子，你的主見很好，不失爲一個痛快的辦法。

第　不管良心上說得說不過去，我一定要找到這一個清涼我的慾焰的甘泉，這一道鎮定我的情熱的靈符。（同下）

## 第二場　森林

【內號角及獵犬吠聲。泰脫斯安特洛尼格斯率從獵者及瑪格斯，琉歇斯，昆得斯，馬歇斯等同上。

泰　獵人已經準備出發，清晨的天空泛出魚肚色的曙光，田野間播散着芳香，樹林是綠沉沉的一片。在這兒放開獵犬，讓它們吠叫起來，催醒皇上和他的可愛的新娘，用號角的和鳴把皇子喚起，讓整個宮庭都震響着回聲。孩兒

們，你們須要小心伺候皇上：昨天晚上我睡夢不安，可是天明已經鼓起我新的歡悅。（獵犬羣吠，號角齊鳴）

【撒脫尼納斯，妲摩拉，巴西安納斯，拉徽妮霞，第米屈律斯，祁倫及侍從等上。

泰　陛下早安！娘娘早安！我答應陛下用獵人的合奏樂把你們喚醒的。

撒　你奏得很賣力，將軍；可是對於新婚的少婦們，未免早得太殺風景了。

巴　拉徽妮霞，你怎麼說？

拉　我說不；我已經完全清醒了兩個多時辰了。

撒　那麼來，備起馬兒和車子來，我們立刻出發打獵去。（向妲）御妻，現在你可以看看我們羅馬人的打獵了。

瑪　陛下，我有幾頭猛犬，善於搜逐最勇壯的豹子，攀登最峻峭的山崖。

泰　我有幾匹好馬，能够絕塵飛步，像燕子一樣掠過原野，追蹤逃走的野獸。

第　（旁白）祁倫，我們不用犬馬打獵，我們的目的只是要捉住一頭嬌美的小鹿。（同下）

## 第三場　森林中之僻靜部分

【亞倫持黃金一袋上。

亞　聰明的人看見我把這許多金子埋在一株樹下，自己將來永遠沒有享用它的機會，一定以爲我是個沒有頭腦的儍瓜。讓這樣瞧不起我的人知道，這一堆金子是要鑄出一個計策來的，要是這計策運用得巧妙，可以造成一件非常出色的惡事。躺着，好金子，讓那得到這一筆從皇后的銀箱裏搬出來的佈施的人不得安甯吧。（埋金）

【妲摩拉上。

姐　我的可愛的亞倫萬物都在誇耀着它們的歡樂你爲什麼鬱鬱不快呢小鳥在每一株樹上吟唱歌曲花蛇捲起了身體安眠在溫和的陽光之下青青的樹葉因涼風吹過而顫動在地上織成了縱橫交錯的影子。在這樣清靜的樹陰底下，亞倫，讓我們坐下來；當饒舌的回聲做效着獵犬的長嘷，向和鳴的號角發出尖銳的答響彷彿有兩場狩獵正在同時進行的時候，讓我們坐着傾聽他們嘶叫的聲音。正像黛陀和她的流浪的王子（註三）受到暴風雨的襲擊，躲避在一座祕密的山洞裏一樣，我們也可以彼此擁抱在各人的懷裏在我們的游戲完畢以後，一同進入甜蜜的夢鄉；獵犬，號角，和婉轉清吟的小鳥合成了一闋催眠的歌曲，撫着我們安然睡去。

亞　娘娘，雖然維納絲主宰着你的欲望，我的心卻爲撒登（註四）所佔領：我的凝止的眼睛，我的靜默，我的陰沉的憂鬱，我的根根聳起的蓬鬆的頭髮，就像展開了身體預備咬人的毒蛇一樣，這些都表示着什麼呢？不，娘娘，這些不是情慾的徵兆；殺人的惡念藏在我的心頭，死亡握在我的手裏，流血和復仇在我的腦中震盪。聽着，姐摩拉，我的靈魂的皇后，你的懷中便是我的靈魂的歸宿，它不希望更有其他的天堂，今天是巴西安納斯的末日，他的菲羅美拉（註五）必須失去她的舌頭，你的兒子們將要破壞她的貞操，在巴西安納斯的血泊中洗手。你看見這封信嗎？這裏面藏着惡毒的陰謀，請你把它收起來交給那皇帝。不要多問，有人看見我們了；這兒來了一雙我們安排捕捉的獵物，他們還沒有想到他們生命的毀滅就在眼前。

姐　啊！我的親愛的摩爾人，你是我的比生命更可愛的人兒。

亞　不要說下去啦，大皇后巴西安納斯來了。你先找一些藉口跟他拌起嘴來；我就去找你的兒子來幫你吵架。（下）

【巴西安納斯及拉徽妮霞上。

巴　什麼人在這兒？羅馬的尊嚴的皇后，沒有一個侍從衛護她嗎？或者是黛安娜女神摹倣着她的裝束，離開天上的樹林，到這裏的林中來參觀我們的狩獵嗎？

姐　好大膽的狂徒，竟敢窺探我的私人的行動！要是我有像人家所說黛安娜所有的那種力量，我就要立刻叫你的頭上長起角來，讓獵犬把你追逐，你這無禮的闖入者！

拉　恕我說句話，好娘娘，人家都在疑心您跟您那摩爾人正在作什麼實驗，要替什麼人安上角去呢。喬武保佑尊夫，讓他今天不要被他的獵犬追逐！要是它們把他當作了一頭公鹿，那可糟啦。

巴　相信我，娘娘，您那黑奴已經使您的名譽變了顏色，像他身體一樣污穢可憎了。為什麼您要擯斥您的侍從，降下您的雪白的駿馬，讓一個野蠻的摩爾人陪伴着您跑到這一個幽僻的所在，倘不是因為受着您的卑劣的慾念的引導？

拉　因為你們的好事被我們撞破了，無怪您要嗔罵我的丈夫的無禮啦。來，我們去吧，讓她去和她的烏鴉一般的愛人盡情作樂，這幽谷是一個再適當不過的地方。

巴　我的皇兄必須知道這件事情。

拉　好皇帝，遭到這樣重大的恥辱！

姐　為什麼我要忍受你們這樣的侮蔑呢？

〔第米屈律斯及祁倫上。

第　怎麼，親愛的母后！您的臉上為什麼這樣慘淡失色？

姐　你們想想我應不應該臉色慘淡？這兩個人把我騙到了這個所在，一個荒涼可憎的幽谷！你們看，雖然是夏天，這些樹木却是蕭條而枯瘦的，青苔和寄生樹侵蝕了它們的生機；這兒從來沒有太陽照耀；這兒沒有生物繁殖，除了夜梟和不祥的烏鴉。當他們把這個可怕的幽谷指點給我看的時候，他們告訴我，這兒在沉寂的深宵，有一千個妖魔，一千條嘶嘶作聲的蛇，一萬頭臃腫的蝦蟆，一萬隻刺蝟，同時發出驚人而雜亂的叫聲，無論什麼人一聽見了，不是立刻發瘋就要當場嚇死。他們告訴了我這樣可怕的故事以後，就對我說，他們要把我縛在一株陰森的杉樹上，讓我在這種恐怖之中死去；於是他們稱我爲萬惡的淫婦，放蕩的哥斯女人，和一切諸如此類凡是人們耳中所曾經聽見過的最惡毒的名字，倘不是神奇的命運使你們到這裏來，他們早就向我下這樣的毒手了。你們要是愛你們母親的生命，快替我復仇吧，否則從此以後，你們再也不要算是我的孩子。

**第**　這可以證明我是你的兒子。（刺巴）

**祁**　這一劍直中要害，可以證明我的本領。（刺巴，巴死）

**拉**　啊，來，妖婦！不，野蠻的妲摩拉，因爲祇有你自己的名字最能够表現你惡毒的天性。

**妲**　把你的短劍給我；你們將要知道，我的孩子們，你們的母親將要親手報復她的仇恨。

**第**　且慢，母親，我們還不能就讓她這樣死了；先把穀粒打出，然後再把稻草燒去。這丫頭自負自潔，膽敢衝撞母后，難道我們就讓她帶着她的貞潔到她的墳墓裏去嗎？

**祁**　要是讓她這樣清清白白死去我寧願我是一個太監。把她的丈夫拖到一個僻靜的洞裏，讓他的屍體作爲我們縱慾的枕墊吧。

**妲**　可是當你們採到了你們所需要的蜜汁以後不要放這黃蜂活命；她的刺會傷害我們的。

**祁**　您放心吧，母親，我們決不留着她危害我們。來，娘子，現在我們要用强力欣賞欣賞您那用心保存着的貞潔了。

**拉**　啊，妲摩拉！你生着一張女人的臉孔，——

姐　我不要聽她說話；把她帶下去！

拉　兩位好王子，求求她聽我說一句話。

第　聽着，美人兒。母親她的流淚便是您的光榮；但願她的淚點滴在您的心上，就像雨點打在無情的頑石上一樣。

拉　乳虎也會教訓起它的母親來了嗎？啊！不要學她的殘暴；是她把你教成這個樣子；你從她胸前吮吸的乳汁都變成了石塊；當你乳哺的時候，你的凶惡的天性已經鍛成了。可是每一個母親不一定生同樣的兒子；（向祁）你求求她顯出一點女人的慈悲來吧！

祁　什麼！你要我證明我自己是一個異種嗎？

拉　不錯！烏鴉是孵不出雲雀來的。可是我聽見人家說，獅子受到慈悲心的感動，會容忍他的尊嚴的脚爪被人剪去；唉！要是果然有這樣的事，那就好了。有人說烏鴉常常撫育被遺棄的孤雛，却讓自己的小鳥在巢中受餓；啊！雖然你的冷酷的心不許你對我這樣仁慈，可是請你稍微發一些憐憫吧！

姐　我不知道憐憫是什麼意思；把她帶下去！

拉　啊，讓我勸導你！看在我父親的臉上，他曾經在可以把你殺死的時候寬宥你的生命，不要固執，開開你的聾了的耳朵吧！

姐　即使你自己從不曾得罪我，爲了他的緣故，我也不能對你容情。記着，孩子們，我徒然拋擲了滔滔的熱淚想要把你們的哥哥從羅馬人的血祭中拯救出來，却不能使凶惡的安特洛尼格斯改變他的初衷。所以，把她帶下去，儘你們的意思蹂躪她；你們越是把她作踐得痛快，我越是喜愛你們。

拉　姐摩拉啊！願你被稱爲一位仁慈的皇后，用你自己的手就在這地方殺了我吧！因爲我向你苦苦哀求的並不是生命，當巴西安納斯死了以後，可憐的我活着也就和死去一般的了。

姐　那麼你求些什麼呢？傻女人，放了我。

拉　我要求立刻的死；我還要求一件女人的羞恥使我不能出口的事。啊！不要讓我在他們手裏遭受比死還難堪的羞辱；把我丟在一個汚穢的地窟裏，永不要讓人們的眼睛看見我的身體，做一個慈悲的殺人犯，答應我這一個要求吧！

姐　那麼我就要剝奪了我的好兒子們的利權了。不，讓他們在你的身上滿足他們的慾望吧。

第　快去！你已經使我們在這兒耽得太久了。

拉　沒有慈悲！沒有婦道！啊，禽獸不如的東西，全體女性的汚點和仇敵！——

祁　哼，那麼我可要塞住你的嘴了。哥哥，你把她丈夫的屍體搬過來；這就是亞倫叫我們把他掩埋的地窟。（第將巴屍體擲入穴內；第祁二人拖拉薇妮霞同下）

姐　再會，我的孩子們，留心不要放她逃走。讓我的心頭永遠不知道有愉快存在，直到安特洛尼格斯全家死得不留一人。現在我要去找我的可愛的摩爾人，讓我的暴怒的兒子們去攀折這一枝敗柳殘花。（下）

【亞倫率昆得斯及馬歇斯同上。

亞　來，兩位公子，看誰走得快，我立刻就可以帶領你們到那我看見有一頭豹子在那兒熟睡的洞口。

昆　我的眼光十分模糊，不知道是什麼預兆。

馬　我也是這樣，說來慚愧，我眞想停止了打獵，找個地方瞌睡一會兒。（失足墮入穴內）

昆　什麼！你跌下去了嗎？這是一個什麼幽深莫測的地穴，洞口遮滿了蔓生的荊棘，那葉子上還染着一滴滴的鮮血，

馬　像花瓣上的朝露一樣新鮮？看上去這似乎是一處很危險的所在。說呀，兄弟，你跌傷了沒有？
啊，哥哥！我碰在一件東西上碰傷了，這東西瞧上去纔叫人觸目驚心。

亞　（旁白）現在我要去把那皇帝帶來，讓他看見他們在這裏他一定會猜想是他們兩人殺死了他的兄弟。（下）

馬　你爲什麼不安慰安慰我，幫助我從這邪惡的血汚的地穴裏出來？

昆　一陣無端的恐懼侵襲着我，冷汗淋透了我的顫慄的全身；我的眼前雖然一無所見，我的心裏卻充滿了驚疑。

馬　爲了證明你有一顆善於預料的心，請你和亞倫兩人向這地穴裏一望，就可以看見一幅血與死的可怖的景象。

昆　亞倫已經去了；我的惻隱之心使我不忍觀望那在推測之中已經使我顫慄的情狀。啊！告訴我是怎麼一回事；我從來不曾像現在一樣孩子氣，害怕着我所不知道的事情。

馬　巴西安納斯殿下僵臥在這可憎的黑暗的飲血的地穴裏，知覺全無，像一頭被宰的羔羊。

昆　地穴既然是黑暗的，你怎麼知道是他？

馬　在他的流血的手指上帶着一枚寶石的指環，它的光彩照亮了地窟的全部；正像一支墓穴裏的蠟燭一般，它照出了已死者的泥土色的臉頰，也照見了地窟裏凌亂的一切。當匹拉麥斯（註六）躺在處女的血泊中的晚上，那月亮的顏色也是這麼慘淡的。啊，哥哥！恐懼已經使我失去力氣，要是你也是這樣，趕快用你無力的手把我拉出了這個吃人的洞府，它是像一張噴着妖霧的魔口一樣可怕的。

昆　把你的手伸上來給我抓住了，好讓我拉你出來，否則因爲我自己也提不起勁兒，怕會翻下了這個幽深的黑洞，可憐的巴西安納斯的墳墓裏去。我沒有力氣把你拉上洞口。

馬　沒有你的幫助，我也沒有力氣爬上來。

昆　再把你的手給我；這回我倘不把你拉出洞外，拚着自己也跌下去，再不放鬆了。（跌下穴內）

撒　跟我來；我要看看這兒是個什麼洞，跳下去的是個什麼人。喂，你是什麼人跳下了這個地窟裏去？

【亞倫率撒脫尼納斯重上。

馬　我是老安特洛尼格斯的倒霉的兒子，在一個不幸的時辰被人帶到這裏來，發現你的兄弟巴西安納斯死了。

撒　我的兄弟死了！我知道你在開頑笑。他跟他的夫人都在這獵場北首的茅屋裏，我在那邊離開他們還不上一小時。

馬　我們不知道你在什麼地方看見他們好好兒地活着；可是唉！我們却在這裏看見他死了。

【妲摩拉率侍從，及泰脫斯安特洛尼格斯，琉歇斯同上。

妲　我的皐上在什麼地方？

撒　這兒，妲摩拉；重大的悲哀使我痛不欲生。

妲　你的兄弟巴西安納斯呢？

撒　你觸到了我的心底的創痛；可憐的巴西安納斯躺在這兒被人謀殺了。

妲　那麼我把這一封致命的書信送來得太遲了，（以一信交撒）這裏面藏着造成這一幕出人意外的悲劇的陰謀；眞奇怪一個人可以用滿臉的微笑遮掩着這種殺人的惡意。

撒　「萬一事情決裂，好獵人，請你替他掘下墳墓；我們說的是巴西安納斯，你懂得我們的意思。在那覆罩着巴西安納斯葬身的地穴的一株大樹底下，你祇要撥開那些蕁蘼，便可以找到你的酬勞。照我們的話辦了，你就是我們永久的朋友。」啊，妲摩拉！你聽見過這樣的話嗎？這就是那個地穴，這就是那株大樹。來，你們大家快去給我搜尋那殺死巴西安納斯的獵人。

亞　稟陛下，這兒有一袋金子。

撒　（向泰）都是你生下這一雙狼心狗肺的孽畜，把我的兄弟害了。來把他們從這地穴裏拖出來，關在監牢裏，等我們想出一些聞所未聞的酷刑來處置他們。

妲　什麼！他們就在這地穴裏嗎？啊，奇事！殺了人這麼容易就發覺了！

泰　陛下，讓我這衰弱的雙膝向您下跪，用我不輕拋擲的眼淚請求這一個恩典：要是我這兩個罪該萬死的逆子果然犯下了這樣重大的過惡，要是有確實的證據證明他們的罪狀，——

撒　要是有確實的證據！事實還不够明白嗎？這封信是誰找到的？妲摩拉，是你嗎？

妲　安特洛尼格斯自己從地上拾起來的。

泰　是我拾起來的，陛下。可是讓我做他們的保人吧；憑着我的祖先的墳墓起誓，他們一定隨時聽候着陛下的傳喚，準備用他們的生命洗刷他們的嫌疑。

撒　你不能保釋他們。跟我來；把被害者的屍體擡走，那兩個兇手也帶了去。不要讓他們說一句話；他們的罪狀已經很明顯了。憑着我的靈魂起誓，要是人間有比死更痛苦的結局，我一定要叫他們嘗嘗那樣的滋味。

妲　安特洛尼格斯，我會向皇上說情的；不要為你的兒子們擔憂，他們一定可以平安無事。

泰　來，琉歇斯，來；快走，別跟他們說話。（各下）

## 第四場　森林的另一部分

【第米屈律斯，祁倫及拉薇妮霞上；拉薇妮霞已遭姦汚，兩手及舌均被割去。

第　現在你的舌頭要是還會講話，你去告訴人家誰姦汚你的身體，割去你的舌頭吧。

祁　要是你的斷臂還會握筆，把你心裏的話寫了出來吧。

第　瞧，她還會做手勢呢。

祁　回家去，叫他們替你拿些香水洗手。

第　她沒有舌頭可以叫，也沒有手可以洗，所以我們還是讓她靜悄悄地走她的路吧。

祁　要是我在她的地位，我一定去上吊了。

第　那還要看你有沒有手可以幫助你把繩子打結。（第祁同下）

【瑪格斯上。

瑪　這是誰，跑得這麼快？是我的姪女嗎？姪女，跟你說一句話；你的丈夫呢？要是我在做夢，但願我所有的財富能够把我驚醒！要是我現在醒着，但願一顆行星碰在我頭上，讓我從此長眠不醒！說，溫柔的姪女，那一隻兇狠無情的毒手砍去了你身體上秀美的雙肢，那一對可愛的裝飾品，它們的柔蔭的環抱之中，是君王們所追求的溫柔仙境？爲什麼不對我說話？噯喲！一道殷紅的血流，像被風激起泡沫的泉水一樣，在你的兩片薔薇色的嘴唇之間浮沉起伏，隨着你的甘美的呼吸而漲落。一定是那一個替呂厄斯蹂躪了你，因爲怕你宣佈他的罪惡，纔把你的舌頭割下。啊！現在你因爲羞愧而把你的臉轉過去了；雖然你的血從三處管孔裏同時奔湧，你的臉龐仍然像迎着浮雲的太陽的酡顏一樣緋紅。要不要我替你說話？要不要我說事情果然是這樣的？唉！但願我知道你的心思；但願我知道那害你的禽獸，那麼我也好痛罵他一頓，出出我的氣恨。鬱結不發的悲哀正像悶塞了的火爐一樣，會把一顆心燒成灰燼。美麗的菲蘿美拉不過失去了她的舌頭，她却會不怕厭煩，一針一線地織出她的悲慘的遭遇；可是，可愛的姪女，你已經拈不起針線來了，你所遇見的是一個更奸惡的替呂厄斯，他已經把你那比菲蘿美拉更善於針織的嬌美的手指截去了。啊！要是那惡魔曾經看見這雙百合花一樣的纖手像顫慄的白楊葉般彈弄着琵琶，使那一根根絲絃樂於和它們親吻，他一定不忍傷害它們；要是他曾經聽見從那美妙的舌端吐露出來的天樂，他一定會丟下他的刀子，昏昏沉沉地睡去，來讓我們去，使你的父親成爲盲目吧，因爲這樣的慘狀是會使一個父親的眼睛昏眩的；一小時的暴風雨就會淹沒了芬芳的牧場，你父親的眼睛怎麼經得起經年累月的淚濤泛濫呢？不要退後，因爲我們將要陪着你悲傷；唉！要是我們的悲傷能夠減輕你的痛苦就好了！（同下）

註一　普洛密修斯（Prometheus），希臘神話中半神性之巨人，因盜竊神火，爲宙斯（Zeus）鎖繫高加索山上。

註二　琉克莉絲（Lucrece），羅馬傳說中貞潔美慧之女郎，被達昆（Tarquin）所姦污。莎翁有長詩「琉克莉絲失身記」（The Rape of Lucrece）詠其事。

註三　黛陀（Dido），古迦泰基（Carthage）女王，戀伊尼阿斯（Æneas）；後者爲維琪爾（Virgil）史詩 Æneid 中之英雄，即此處所稱之流浪王子。

註四　撒登（Saturn），羅馬農神，在星座中爲土星，西方術士以爲土星主命之人，多具有冷酷陰鬱之性格。

註五　菲蘿美拉（Philomela），古代傳說中之亞的加（Attica）公主，其姊夫替呂厄斯（Tereus）涎其美色，姦之而割其舌，菲蘿美拉以其遭遇織爲文字，製衣贈其姊帕洛青（Procne），帕洛青殺子而與菲蘿美拉偕遁，天神聞其籲告，使菲蘿美拉化爲夜鶯，帕洛青化爲燕子。

註六　西拉麥斯（Pyramus），傳說中之情人，與其所愛女郎雙雙情死；事見「仲夏夜之夢」。

# 第三幕

## 第一場　羅馬街道

【元老，護民官，及法警等押馬歇斯及昆得斯綁縛上，向刑場前進；泰脫斯前行哀求。

泰　聽我，尊嚴的父老們！尊貴的護民官們，等一等！可憐我這一把年紀吧！當你們高枕安臥的時候，我曾經在危險的沙場上拋擲我的青春；為了我在羅馬偉大的戰役中所流的血，為了我枕戈待旦的一切霜露的深宵，為了現在你們所看見的，這些填滿在我臉上衰老的皺紋裏的苦淚，求求你們向我這兩個定了罪的兒子大發慈悲吧，他們的靈魂是並不像你們所想像的那樣墮落的。我已經失去了二十二個兒子，我不曾為他們流一點淚，因為他們是死在光榮的高貴的眠牀上。為了這兩個，這兩個，各位護民官，（投身地上）我在泥土上寫下我的深心的苦痛和我的靈魂的悲哀之淚。讓我的眼淚澆息了大地的乾渴，我的孩子們的親愛的血液將會使它羞愧而臉紅。（元老護民官等及二囚犯同下）大地啊！從我這兩口古罌之中，我要傾瀉出比四月的春天更多的雨水灌溉你；在苦旱的夏天我要繼續向你淋灑；在冬天我要用熱淚融化冰雪，讓永久的春光留駐在你的臉上，祇要你拒絕喝下我的親愛的孩子們的血液。

【琉歇斯拔劍上。

泰　可尊敬的護民官啊！善良的父老們啊！鬆了我的孩子們的綁縛，撤銷死罪的判決吧！讓我這從未流淚的人說，我的眼淚現在變成打動人心的辯士了。

琉　父親啊，您這樣哀哭是無濟於事的；護民官們不聽見您，一個人也不在近旁；您在向一塊石頭訴述您的悲哀。

泰　啊！琉歇斯，讓我為你的兄弟們哀求。尊嚴的護民官們，我再向你們作一次求告，——

琉　父親，沒有一個護民官在聽您說話哩。

泰　嗨，那又有什麼關係呢？即使他們聽見，他們也不會注意我的話；即使他們注意我的話，他們也不會憐憫我；可是我必須向他們哀求，雖然我的哀求是毫無結果的。所以我向石塊們訴述我的悲哀，它們不能解除我的痛苦，可是比起那些護民官來還是略勝一籌，因為它們不會打斷我的話頭；當我哭泣的時候，它們謙卑地在我的腳邊承受我的眼淚，彷彿在陪着我哭泣一般；要是它們也披上了莊嚴的法服，羅馬沒有一個護民官可以比得上它們：石塊是像蠟一樣柔軟的，護民官的心腸卻比石塊更堅硬；石塊是沉默而不會傷害他人的，護民官卻會掉弄他們的舌頭，把無辜的人們宣判死刑。（起立）可是你為什麼把你的劍拔在手裏？

琉　我想去把我的兩個兄弟劫救出來；那些法官們因為我作了這樣的嘗試，已經宣佈把我永遠放逐。

泰　幸運的人啊！他們在照顧你哩。嘿，愚笨的琉歇斯，你不看見羅馬只是一大片猛虎出沒的荒野嗎？猛虎是一定要飽腹的；羅馬除了我和我們一家的人以外，再沒有別的獵物可以充塞它們的饞吻了。你現在放逐他鄉，遠離這些吃人的野獸，纔是多大的幸運！可是誰跟着我的兄弟瑪格斯來啦？

【瑪格斯及拉薇妮霞上。

瑪　泰脫斯，讓你的老眼準備流淚，要不然的話，讓你高貴的心準備碎裂吧；我帶了毀滅你的暮年的悲哀來了。

泰　它會毀滅我嗎？那麼讓我看看。

瑪　這本來是你的女兒。

泰　噯喲，瑪格斯，她現在還是我的女兒。

琉　好慘！我可受不住啦。

泰　沒有勇氣的孩子，起來，瞧着她。說，拉薇妮霞，那一隻可咒詛的毒手使你在你父親的眼前變成一個沒有手的人？那一個傻子挑了水倒在海裏，或是向火光燭天的特洛埃城中丟進一束柴去？在你未來以前，我的悲哀已經達到了頂點，現在它像尼羅河一般，泛濫過一切的界限了。給我一柄劍，我要把我的手也砍下了；因爲它們曾經爲羅馬出過死力，結果卻是一無所得；在無益的祈求中，我曾經把它們高高舉起，可是它們對我一點沒有用處；現在我所要叫它們做的唯一的事，是讓這一隻手把那一隻手砍了。拉薇妮霞，你沒有手也好，因爲曾經爲國家出力的手，在羅馬是不被重視的。

琉　說，溫柔的妹妹，誰害得你這個樣子？

瑪　啊！那善於用敏妙的辯才宣達她的思想的可愛的器官，那曾經用柔曼的歌聲迷醉世人耳朵的嬌鳴的小鳥，已經從那美好的籠子裏拉去了。

琉　啊！你替她說誰幹了這樣的事？

瑪　啊！我看見她在林子裏倉皇奔走，正像現在這樣子，想要把自己躲藏起來，就像一頭鹿受到了不治的重傷一樣。

泰　那是我的愛寵；誰傷害了她，給我的痛苦甚於殺死我自己。現在我像一個人站在一塊巖石上一樣，週圍是一片汪洋的大海，那海潮愈漲愈高，每一秒鐘都會有一陣無情的浪濤把他捲下了白茫茫的波心。我的不幸的兒子們已經從這一條路上向死亡走去了；這兒站着我的另一個兒子，一個被放逐的流亡者；這兒站着我的兄弟，爲了我的惡運而悲泣；可是那使我的心靈受到最大的打擊的，卻是親愛的拉薇妮霞，比我的靈魂更親愛的。要是我看見人家在圖畫裏把你畫成這個樣子，它也會使我發瘋；現在我看見你這一副活生生的慘狀，我應該怎樣纔好呢？你沒有手可以揩去你的眼淚，也沒有舌頭可以告訴我誰害了你。你的丈夫他已經死了，爲了他的死你的兄弟們也被判死罪，這時候也早沒有命了。瞧！瑪格斯；啊！琉歇斯我兒，瞧着她：當我提起她的兄弟們的時候，新的眼淚又滾下她的頰上，正像甘露滴在一朵被人攀折的憔悴的百合花上一樣。

瑪　也許她流淚是因爲他們殺死了她的丈夫；也許因爲她知道他們是無罪的。

泰　要是他們果然殺死了你的丈夫，那麼高興起來吧，因爲法律已經給他們懲罰了。不，不，他們不會幹這樣卑劣的行爲；瞧他們的姊姊在流露着多大的傷心。溫柔的拉薇妮霞，讓我吻你的嘴唇，或者指示我怎樣可以給你一些安慰。要不要讓你的好叔父，你的哥哥琉歇斯，還有你，我，大家在一個水池旁邊團團坐下，瞧瞧我們映在水中的臉龐，瞧它們怎樣爲淚痕所污，正像洪水新退以後，牧場上還殘留着許多潮溼的黏土一樣？我們要不要向着池水傷心落淚，讓那澄澈的流泉失去它的清冽的味道，變成了一泓鹹水？或者我們要不要也像你一樣砍下我們的手？或是咬下我們的舌頭，在無言的沉默中消度我們可憎的殘生？我們應該怎樣做？讓我們這些有舌的人商議出一些更多的苦難來加在我們自己身上，留供後世人們的嗟歎吧。

琉　好爸爸，別哭了吧；瞧我那可憐的妹妹又被您逗得嗚咽痛哭起來了。

瑪　寬心點兒，親愛的姪女。好泰脫斯，揩乾你的眼睛。

泰　啊！瑪格斯，瑪格斯，弟弟；我知道你的手帕再也收不進我的一滴眼淚，因爲你，可憐的人，已經用你自己的眼淚把它浸透了。

琉　啊！我的拉薇妮霞，讓我揩乾你的臉龐吧。

泰　瞧，瑪格斯，瞧！我懂得她的意思。要是她會講話，她現在要對她的哥哥這樣說：他的手帕已經滿搵着他的傷心的眼淚，拭不乾她頰上的悲哀了。唉！縱然我們彼此相憐，誰都是愛莫能助，正像地獄底的幽魂盼不到天堂的幸福。

【亞倫上。

亞　泰脫斯安特洛尼格斯，我奉皇上之命，向你傳達他的旨意：要是你愛你那兩個兒子，祇要讓瑪格斯，琉歇斯，或是你自己年老的泰脫斯你們任何一人砍下一隻手來，送到皇上面前，他就可以赦免你的兒子們的死罪，把他們送還給你。

泰　啊，仁慈的皇帝！啊，善良的亞倫！烏鴉也會唱出雲雀的歌聲，報知日出的喜訊嗎？很好，我願意把我的手獻給皇上。好亞倫，你肯幫助我把它砍下來嗎？

琉　且慢，父親！您那高貴的手曾經推倒無數的敵人，不能把它砍下，還是讓我的手代替了吧。我比您年青力壯，流一些血還不大要緊，所以應該讓我的手去救贖我的兄弟們的生命。

瑪　你們兩人的手誰不曾保衛羅馬，高揮着流血的戰斧，在敵人的堡壘上寫下了毀滅的命運？啊！你們兩人的手都曾建立赫赫的功業，我的手卻無所事事，讓它去贖免我的姪兒們的死罪吧；那麼我總算也叫它幹了一件有意義的事了。

亞　來，來，快些決定把那一個人的手送去，否則也許赦令未下，他們早已死了。

瑪　把我的手送去。

琉　憑着上天起誓這不能。

泰　你們別鬧啦；像這樣的枯枝敗梗，纔是適宜於樵夫的刀斧的，還是把我的手送去吧。

琉　好爸爸，要是您認我是您的兒子，讓我把我的兄弟們從死亡之下救贖出來。

瑪　爲了我們去世父母的緣故，讓我現在向你表示一個兄弟的友愛。

泰　那麼由你們兩人去決定吧！我就保留下我的手。

琉　那麼我去找一柄斧頭來。

瑪　可是那斧頭是要讓我用的。（琉瑪下）

泰　過來，亞倫；我要把他們兩人都騙了過去。幫我一幫，我就把我的手給你。

亞　（旁白）要是那也算是欺騙的話，我寧願一生一世做個老實人，再也不這樣欺騙人家；可是我要用另一種手段欺騙你，不上半小時就可以讓你見個分曉。（砍下泰手）

【琉歇斯及瑪格斯重上。

泰　現在你們也不用爭執了，應該做的事情已經做好。好亞倫，把我的手獻給皇上陛下，對他說那是一隻曾經替他抵禦過一千種危險的手，叫他把它埋了；它應該享受更大的榮寵，這樣的要求是不該拒絕的。至於我的兒子們，你說我認爲他們是用低微的代價買來的珍寶，可是因爲我用自己的血肉換到他們的生命，所以他們的價值仍然是貴重的。

亞　我去了，安特洛尼格斯；你犧牲了一隻手，等着它換來你的兩個兒子吧。（旁白）我的意思是說他們的頭。啊！我一想到這一場惡計，就覺得渾身通泰。讓傻瓜們去行善，讓小白臉們去向神明獻媚吧，亞倫寧願讓他的靈魂黑得像他臉龐一樣。（下）

泰　啊！我向天舉起這一隻手，把這衰老的殘軀向大地俯伏；要是那一尊神明憐憫我這不幸的人所揮的眼淚，我要向他祈求！（向拉）什麼！你也要陪着我下跪嗎？很好，親愛的，因爲上天將要垂聽我們的禱告，否則我們要用歎息噓成濃霧，把天空遮得一片昏沉，使太陽失去他的光輝，正像有時浮雲把他擁抱起來一樣。

瑪 唉！哥哥，不要瘋瘋顛顛地，講這些無關實際的話了；讓理智控制你的悲痛吧。

泰 要是理智可以向我解釋這一切災禍，我就可以約束我的悲痛。當上天哭泣的時候，地上不是要泛濫着大水嗎？當狂風怒號的時候，大海不是要發起瘋來，鼓起了它的臉龐向天空恫嚇嗎？你要知道我這樣叫鬧的理由嗎？我就是海；聽她的嘆息在括着多大的風；她是哭泣的天空，我就是大地：我這海水不能不被她的嘆息所激動，我這大地不能不因爲她的不斷的流淚而泛濫沉沒；因爲我的腸胃容納不下她的辛酸，我必須像一個醉漢似的把它們嘔吐出來。所以由着我吧，因爲失敗的人必須得到許可，讓他們用憤怒的言辭發洩他們的怨氣。

【一使者持二頭一手上。

使者 尊貴的安特洛尼格斯，你把一隻好端端的手砍下來獻給皇上，白白作了一次無益的犧牲。這兒是你那兩個好兒子的頭顱，這兒是你自已的手，爲了譏笑你的緣故，他們叫我把它們送還給你。你的悲哀是他們的頑笑，你的決心被他們所揶揄；我一想到你的種種不幸，就覺得傷心，簡直比回憶我的父親的死還要難過。（下）

瑪 現在讓厄脫那火山在西西里冷却，讓我的心變成一座永遠焚燒的地獄吧！這些災禍不是人力所能忍受的。陪着哭泣的人流淚，多少會使他感到幾分安慰，可是滿心的怨苦被人嘲笑，却是雙重的死刑。

琉 唉！這樣的慘狀能够使人心魂摧裂，可憎惡的生命却還是守住這皮囊不肯脫離；生活已經失去了意義，却還要在這世上吞吐着這一口氣，做一個活受罪的死鬼。（拉吻泰）

瑪 唉，可憐的人兒！這一個吻正像把一塊冰送進餓蛇的嘴裏，一點不能安慰他。

泰 這可怕的噩夢幾時纔可以做完呢？

瑪　現在再用不到自己欺騙自己了。死吧，安特洛尼格斯；你不是在做夢。瞧，你的兩個兒子的頭，你的握慣刀劍的手，這兒還有你的被人殘害了的女兒；你那一個被放逐的兒子，看着這種慘酷的情景，已經臉無人色了；你的兄弟，我，也像一座石像一般無言而僵冷。啊！現在我再不勸你抑制你的悲哀了。撕下你的銀色的頭髮，用你的牙齒咬着你那殘餘的一隻手吧；讓這淒涼的景象閉住了我們生不逢辰的眼睛！現在是掀起風暴來的時候，你爲什麼一聲不響呢？

泰　哈哈哈！

瑪　你爲什麼笑？這在現在是不相宜的。

泰　嘿，我的淚已經流完了；而且這悲哀是一個敵人，它會竊據我的溯潤的眼睛，用滔滔的淚雨蒙蔽我的視覺，使我找不到復仇的路徑。因爲這兩顆頭顱似乎在向我說話，恐嚇我要是我不讓那些害苦我們的人親身遍歷我們現在所受的一切慘痛，我將要永遠享不到天堂的幸福。來，讓我想一想我應該怎樣進行我的工作。你們這些憂鬱的人，都來聚集在我的周圍，我要對着你們每一個人用我的靈魂宣誓我將要爲你們復仇。我的誓已經發下了。來，兄弟，你拿着一顆頭；我用這一隻手托住那一顆頭。拉薇妮霞，你也要幫我們做些事情，把我的手啣在你的嘴裏，好孩子。至於你，孩子，趕快離開我的眼前吧；你是一個被放逐的人，你不能停留在這裏，到哥斯人那邊去，調集起一支軍隊來。要是你愛我，讓我們一吻而別，因爲我們還有許多事情要做哩。（泰、瑪、拉同下）

琉　別了，安特洛尼格斯，我的高貴的父親，羅馬最不幸的人！別了，驕傲的羅馬！琉歇斯捨棄了他的比生命更寶貴的親人，有一天他將要重新回來。別了，拉薇妮霞，我的賢淑的妹妹；啊！但願你仍舊像從前一樣！可是現在琉歇斯和拉薇妮霞都必須被世人所遺忘，在痛苦的憂愁裏度日了。要是琉歇斯不死，他一定會爲你復仇，叫那驕傲的撒

脫尼納斯和他的皇后在羅馬城前匍匐求憐現在我要到哥斯人那邊去調集軍隊，向羅馬和撒脫尼納斯報復這天大的奇冤。（下）

## 第二場　同前；泰脫斯家中一室，桌上餐殽羅列

【泰脫斯，瑪格斯，拉徵妮霞，及小琉歇斯上】

泰　好，好，現在坐下來，你們不要吃得太多，祇要能夠維持我們充分的精力，報復我們的大仇深恨就得啦。瑪格斯，放開你那被悲哀糾結着的雙手；你的姪女跟我兩個人可憐的東西都是缺手的人，不能用交叉的手臂表示我們十重的悲傷。我祇剩下這一隻可憐的右手，在我的胸前逞弄它的威風；當我的心因爲載不起如許的苦痛，而在我的肉體的囚室裏瘋狂跳躍的時候，我這手就會把它使勁搥打下去。（向拉）你這苦惱的化身，你在用符號向我們說話嗎？你的意思是說當你那可憐的心發狂般跳躍的時候，你不能搥打它叫它靜止下來。用嘆息刺傷它，孩子，用呻吟殺死它吧；或者你可以用你的牙齒咬起一柄小刀來，對準你的心口劃一個洞，讓你那可憐的眼睛裏流下來的眼淚一起從這洞裏滾了進去，讓這痛哭的愚人在苦澀的淚海裏淹死。

瑪　噯，哥哥，噯！不要教她下這樣無情的毒手，摧殘她嬌嫩的生命。

泰　怎麼！悲哀已經使你變得糊塗起來了嗎？噢，瑪格斯，除了我一個人之外，別人是誰也不應該發瘋的。她能夠下什麼毒手去摧殘她自己的生命？啊！爲什麼你一定要提起這個手字？你要叫伊尼阿斯把特洛埃焚燒的故事從頭講起嗎？啊！不要談到這個題目，不要講什麼手呀手的，使我們永遠記得我們是沒有手的人。呸！呸！我在說些什麼瘋話，好像要是瑪格斯不提起手字，我們就會忘記我們沒有手似的。來，大家吃吧；好孩子，吃了這個。這兒酒也沒

有。聽，瑪格斯，她在說些什麼話；我能够解釋她這殘廢的身體上所作出的種種符號：她說她的唯一的飲料只是那和着悲哀釀就淋漓在她頰上的眼淚。無言的訴苦者，我要熟習你的思想像乞食的隱士嫻於禱告一般充分了解你的沉默的動作；無論你吐一聲嘆息，或是把你的斷臂向天高舉，或是霎一霎眼，點一點頭，屈膝下跪，或者作出任何的符號，我都要竭力探究出它的意義，用耐心的學習尋求一個確當的解釋。

小琉　好爺爺，不要老是傷心痛哭了；講一個有趣的故事兒讓我的姑姑快樂快樂吧。

瑪　唉！這小小的孩子也受到感動，瞧着他爺爺那種傷心的樣子而掉下淚來了。

泰　不要響，小東西，你是用眼淚塑成的，眼淚會把你的生命很快地融化了。（瑪以刀擊餐盆）瑪格斯，你在用刀子打些什麼？

瑪　一頭蒼蠅，哥哥；我已經把它打死了。

泰　該死的兇手！你刺中我的心了。我的眼睛已經看飽了凶惡的暴行；殺戮無辜的人是不配做泰脫斯的兄弟的。出去，我不要跟你在一起。

瑪　唉！哥哥，我不過打死了一頭蒼蠅。

泰　可是假如那蒼蠅也有父親母親呢？可憐的善良的蒼蠅！他飛到這兒來，用他可愛的嗡嗡的吟誦娛樂我們，你却把他打死了！

瑪　恕我，哥哥；那是一頭黑色的醜惡的蒼蠅，有點兒像那皇后身邊的摩爾人，所以我纔打死他。

泰　哦，哦，哦！那麼請你原諒我，我錯怪你了，因爲你做的是一件好事。把你的刀給我，我要侮辱侮辱他；他用虛僞的想像欺騙我自己，就像它是那摩爾人存心要來毒死我一樣。這一刀是給你自己的，這一刀是給妲摩拉的，啊，好小子！

可是難道我們已經變得這樣卑怯，用兩個人的力量去殺死一頭蒼蠅，只是因為它的形狀像一個黑炭似的摩爾人嗎？

瑪　唉，可憐的人！悲哀已經把他磨折成這個樣子，使他把幻影認為真實了。

泰　來，把這些東西撤下去。拉薇妮霞，跟我到你的閨房裏去；我要陪着你讀一些古代悲哀的故事。來，孩子，跟我去；你的眼睛是明亮的，當我的目光昏花的時候，你就接着我讀下去。（同下）

# 第四幕

## 第一場　羅馬；泰脫斯家花園

〔泰脫斯及瑪格斯上。小琉歇斯後上，拉薇妮霞奔隨其後。

小琉　救命，爺爺救命！我的姑姑拉薇妮霞到處追着我，不知道爲了什麼緣故。好瑪格斯公公，瞧她跑得多麼快。唉！好姑姑，我不知道您是什麼意思哩。

瑪　站在我的身邊，琉歇斯；不要怕你的姑姑。

泰　她是非常愛你的，孩子，決不會傷害你。

小琉　嗯，當我的爸爸在羅馬的時候，她是很愛我的。

瑪　我的姪女拉薇妮霞作着這些符號是什麼意思呢？

泰　不要怕她，琉歇斯。她總有一番意思。瞧，琉歇斯，瞧她多麼疼你；她要你跟她到什麼地方去。唉！孩子，她曾經比一個母親教導她的兒子還要用心地讀給你聽那些美妙的詩歌和名人的演說哩。

瑪　你猜不出她爲什麼這樣追隨着你嗎？

小琉　公公，我不知道，我也猜不出，除非她發了瘋了；因爲我常常聽見爺爺說，過分的悲哀會叫人發瘋；我也曾在書上讀到，特洛埃的赫邱琶王后因爲傷心而變成瘋狂；所以我有些害怕，雖然我知道我的好姑姑是像我自己的媽媽一般愛我的，倘不是發了瘋，決不會把我嚇得丟下了書本逃走。可是好姑姑，您不要見怪；要是瑪格斯公公肯陪着我，我是很願意跟您去的。

瑪　琉歇斯我陪着你就是了。（拉以足踢琉落下之書）

泰　怎麼，拉薇妮霞！瑪格斯，這是什麼意思？她要看這兒的一本什麼書。女兒，你要看那一本？孩子，你替她翻開來吧。可是這些是小孩子念的書，你是要讀高深一點兒的；來到我的書齋裏去揀選吧。讀書可以幫助你忘記你的悲哀，耐心地等候着上天把惡人的陰謀發露出來的一日。爲什麼她接連幾次舉起她的手臂來？

瑪　我想她的意思是說參與這件暴行的不止一個人；嗯，一定不止一人，否則她就是求告上天爲她復仇。

泰　琉歇斯，她在不斷踢動着的是本什麼書？

小琉　爺爺，那是奧維特的變形記，是我的媽媽給我的。

瑪　也許她因爲對於去世者的眷念，特意選擇了它。

泰　且慢！瞧她在多麼忙碌地翻動着書頁！（助拉翻書）她要找些什麼？拉薇妮霞，要不要我讀這一段？這是非蘿美拉的悲慘的故事，講到替呂厄斯怎樣用奸計把她姦汚；我怕你的遭遇也是和她同樣的。

瑪　瞧，哥哥，瞧！她在指點着書上的文句。

泰　拉薇妮霞，好孩子，你也是像非蘿美拉一樣，在冷酷，廣大，而幽暗的樹林裏，遭到了强徒的暴力，被他汚毀了你的身體嗎？瞧，瞧！嗯，在我們打獵的地方，正有這樣一個所在，——啊！要是我們從不曾在那地方打獵多好——就像詩人在這兒描寫的一樣，天生就給惡徒們殺人行暴的所在。

瑪　唉！大自然爲什麼要設下這樣一個罪惡的陷穽？難道天神們也是歡喜悲劇的嗎？

泰　好孩子，這兒都是自己人，你用符號告訴我們是那一個羅馬貴人敢做下這樣的事；是不是撒脫尼納斯效法往昔的達昆，偷偷地跑出了自己的營帳，在琉克莉絲的牀上幹那罪惡的行爲？

瑪　坐下來，好姪女；哥哥，你也坐下了。亞坡羅，巴拉斯，喬武，邁邱利，求你們啓發我的心，讓我探出這奸謀的究竟！哥哥，瞧這兒瞧這兒，拉薇妮霞：這是一塊平坦的沙地，看我怎樣在它上面寫字。（以口啣杖以足撥動使於沙上寫字）我已經不用手的幫助，把我的名字寫下來了。該死的惡人使我們不得不用這種方法傳達我們的心思！好姪女，你也照着我的樣子把那害你的傢伙的名字寫出來，我們一定替你復仇。願上天指導着你的筆，讓它表白出你的寃情，使我們知道誰是眞正的兇徒！（拉啣杖口中以斷臂撥杖成字）

泰　啊！兄弟，你看見她寫些什麼嗎？「祁倫，第米屈律斯。」

瑪　什麼，什麼！妲摩拉的荒淫的兒子們是幹下這件慘無人道的行爲的罪人嗎？

泰　統治萬民的偉大的天神，你聽見這樣的慘事，看見這樣的暴行嗎？

瑪　啊！安靜一些，哥哥；雖然我知道寫在這地上的這幾個字可以在最馴良的心中激起一場叛亂，使柔弱的嬰孩發出不平的呼聲。哥哥，讓我們一同跪下；拉薇妮霞，你也跪下來；好孩子，羅馬未來的勇士，你也跪下來；大家跟着我向天發誓，我們一定要運用我們的智謀心力，向這些奸惡的哥斯人報復我們切身的仇恨，否則到死也不瞑目。

泰　要是你知道用什麼方法可以達到我們的目的，那當然沒有問題；可是當你追捕這兩頭小熊的時候，留心着吧，那母熊是會醒來的，要是她嗅到了你的氣息。她現在正和獅子勾結得非常親密，向他施展出種種迷人的手段，當他睡熟以後，她就可以爲所欲爲了。你是一個經驗不足的獵人，瑪格斯，還是少管閒事吧。來，我要去拿一片銅箔，用鋼鐵的尖鏃把這兩個名字刻在上面藏起來；一陣怒號的北風吹起這些沙土，就要漫天飛揚，那時候你到那兒去找尋它們呢？孩子，你怎麼說？

小琉　我說，爺爺，倘然我不是這樣年紀小，這些惡奴卽使躲在他們母親的房間裏，我也決不放過他們。

瑪　嗯，那纔是我的好孩子！你的父親也是常常爲了他的忘恩的祖國而出生入死，不顧一切危險的。

小琉　公公，要是我長大了，我一定也要這樣。

泰　來，跟我到我的武庫裏去；琉歇斯，我要替你揀一副兵器，而且我還要叫我的孩子替我送一些禮物去給那皇后的兩個兒子哩。來，來，你願意替我幹這一件差使嗎？

小琉　嗯，爺爺，我願意把我的刀子插進他們的心口裏去。

泰　不，孩子，不是這樣說；我要教你另外一種辦法。拉薇妮霞，來。瑪格斯，你在我家裏看守看守；琉歇斯跟我要到宮庭裏去拚他一拚。嗯，是的，我們要去拚他一拚。（泰、拉及小琉下）

瑪　天啊！你能够聽見一個好人的呻吟，卻對他一點不動憐憫之心嗎？悲哀在他心上刻下的創痕，比戰士盾牌上的劍孔更多；看他瘋瘋顛顛的，不知要鬧些什麼出來。瑪格斯，你得留心看好他纔是。天啊，爲年老的安特洛尼格斯復仇吧！（下）

第二場　同前；宮中一室

【亞倫，第米屈律斯，及祁倫自一方上；小琉歇斯及一從者持武器一束及詩句一紙自另一方上。

祁　第米屈律斯，這是琉歇斯的兒子，他要來送一個信給我們。

亞　嗯，一定是他的瘋爺爺叫他送什麼瘋信來了。

小琉　兩位王子，安特洛尼格斯叫我來向你們致敬。（旁白）求求羅馬的神明下天雷打死你們！

第　謝謝你，可愛的琉歇斯；你給我們帶些什麼消息來了？

小琉　（旁白）你們兩個人已經確定是兩個強姦命婦的兇徒，這就是消息。（高聲）家祖父叫我多多拜上兩位王子，他說你們都是英俊的青年羅馬的干城，叫我把他武庫裏幾件最好的武器送給你們，以備不時之需，請兩位千萬收下了。現在我就向你們告別；（旁白）你們這一雙該死的惡棍！（小琉及從者下）

第　這是什麼？一卷紙頭，上面還寫着詩句？讓我們看看——

（讀）「弓仲天討劍誅賊，

扶鹽神姦豆怒心。」

祁　哦！這是兩句荷雷斯的詩，我早就在文法書上唸過了。

亞　嗯，不錯，兩句荷雷斯的詩；你說得對。（旁白）嘿，一個人做了蠢驢又有什麼辦法！這可不是開頑笑的事！那老頭兒已經發現了他們的罪惡，把這些兵器送給他們，還題上這樣的句子，明明是揭破他們的祕密他們卻還一點沒有知覺。要是我們聰明的皇后也在這兒的話，她一定會佩服安特洛尼格斯的才情；可是現在她正在不得好過，還是不要驚動她吧。（向第、祁）兩位小王子，那引導我們到羅馬來的，不是一顆幸運的星嗎？我們本來只是些異邦的俘虜，現在却享有着這樣的尊榮，就是我也敢在宮門之前把那護民官辱罵，不怕被他的哥哥聽見，好不暢快！

第　可是尤其使我高興的，這樣一位了不得的大人物現在也會卑躬屈節，向我們送禮獻媚了。

亞　難道他沒有理由嗎，第米屈律斯王子？你們不是很看得起他的女兒嗎？

第　我希望我們有一千個羅馬女人給我們照樣玩弄，輪流做我們洩慾的工具。

祁　好一個普度衆生的多情宏願！

亞　可惜你們的母親不在跟前，少了一個說阿們的人。

第　來，讓我們去爲我們正在生產的苦痛中的親愛的母親向諸神祈禱吧。

亞　（旁白）還是去向魔鬼祈禱的好；天神們早已捨棄我們了。（喇叭聲）

第　爲什麼皇帝的喇叭吹得這樣響？

祁　恐怕是慶祝皇帝新添了一位太子。

第　且慢！誰來了？

【乳媼抱黑嬰上。

乳媼　早安，各位大爺。啊！告訴我，你們看見那摩爾人亞倫嗎？

亞　呃，遠在天邊，近在眼前，亞倫就是我。你找亞倫有什麼事？

乳媼　啊，好亞倫！咱們全都完了！快想個辦法，否則你的性命也要保不住啦！

亞　嗳喲，你在吵些什麼！你抱在手裏的是個什麼東西？

乳媼　啊！我但願把它藏在不見天日的地方；這是我們皇后的羞愧，莊嚴的羅馬的恥辱！她生產了，各位爺們，她生產了。

亞　好，上帝給她安息！她生下個什麼來啦？

乳媼　一個魔鬼。

亞　啊，那麼她是魔鬼的老娘了；恭喜恭喜！

乳媼　一個叫人看見了也喪氣的又黑又醜的孩子。你瞧吧，把他放在我們國裏那些白白胖胖的孩子們的中間，他

亞 簡直是頭蝦蟆，娘娘叫我把他送給你，因爲他身上蓋着你的戳印；她吩咐你用你的刀尖替他受洗。

第 胡說，你這娼婦！難道長得黑一點兒就是這樣要不得嗎？好寶貝，你是一朶美麗的鮮花哩。

亞 混蛋，你幹了什麼事啦？

第 事情已經幹了，又有什麼辦法？

亞 該死的惡狗！你把我們的母親毀了。也是她有眼無珠，偏會看中了你這個醜貨，生下了這可咒詛的妖種！

祁 這孽種不能讓它留在世上。

亞 它不能死。

乳媪 亞倫，它必須死；這是他母親的意思。

亞 什麼！它必須死嗎，奶媽？那麼除了我自己以外，誰也不能動手殺害我的親生骨肉。

第 我要把這小蝌蚪穿在我的劍頭上。奶媽，把它給我；我的劍一下子就可以結果了它。

亞 你要是敢碰一碰它，這一柄劍就要把你的肚腸一起挑出來。（自乳媪懷中奪兒，拔劍）住手，殺人的兇手們！你們要殺死你們的兄弟嗎？你們的母親在光天化日之下受孕懷胎，生下了這個孩子，現在我就憑着照耀天穹的火輪起誓，誰敢碰動我這初生的兒子，我一定要叫他死在我的劍鋒之上。我告訴你們，哥兒們，無論那一個三頭六臂的天神天將都不能把我這孩子從他父親的手裏奪下。噓，噓，你們這些粉面紅唇的不懂事的孩子們！你們這些塗着白堊的泥牆！你們這些酒店裏白漆的招牌！黑炭纔是最好的顏色，它是不屑於用其他的色彩塗染的；大洋裏所有的水不能使天鵝的黑腿變成白色，雖然她每時每刻都在波濤裏沖洗。你去替我回覆皇后，說我不是一個小孩子了，我自己的兒女應該由我自己撫養，請她隨便想個什麼方法把這回事情掩飾過去吧。

第　你想這樣出賣你的主婦嗎？

亞　我的主婦只是我的主婦，這孩子却就是我自己，他是我青春的活力和影子，我重視他甚於整個的世界；我要不顧一切的阻難保護他的安全，否則你們中間免不了有人要在羅馬流血。

第　那麼我們的母親要從此丟臉了。

祁　羅馬將要爲了她這種醜行而蔑視她。

乳媼　皇上一發怒，說不定就會把她判處死刑。

祁　我一想到這種醜事就要臉紅。

亞　嘿，這就是你們的美貌的好處。哼，不可信任的顏色！它會洩漏了你們心底的祕密。這兒是一個跟你們不同顏色的孩子；瞧這小黑奴向他的父親笑得多麼迷人，他好像在說，「老傢伙，我是你的親兒子呀。」他是你們的兄弟；你們母親的血肉養育了你們，也養育了他，大家都是從一個娘胎裏出來的；雖然他的臉上蓋着我的戳印，他總是你們的兄弟呀。

乳媼　亞倫，我應該怎樣回覆娘娘呢？

第　亞倫，你想一個萬全的方法，我們願意接受你的意見；祇要大家無事，你儘管保全你的孩子好了。

亞　那麼我們坐下來商議商議；我的兒子跟我兩人坐在這兒，你們的一舉一動都逃不了我們的眼睛；你們坐在那邊別動，現在由你們去討論你們的萬全之計吧。（衆就坐）

第　那幾個女人看見過他這個孩子？

亞　很好，兩位勇敢的王子！當我們大家站在一條線上的時候，我是一頭羔羊；可是你們倘要撩惹我這摩爾人，那麼發怒的野豬，深山的母獅，或是洶湧的海洋，都比不上亞倫的凶暴。可是說吧，多少人曾經看見這孩子？

乳媼　除了娘娘自己以外，祇有穩婆科尼莉霞跟我兩個人是看見的。

亞　皇后，穩婆，跟你三個人；兩個人是可以保守祕密的，祇要把第三個人除去。你去告訴皇后，說我這樣說：（挺劍刺乳媼）「喊克喊克！」一頭刺上炙叉的母豬是這樣叫的。

第　你這是什麼意思，亞倫？為什麼要殺死她？

亞　噯喲，我的爺，這是策略上的必要呀；難道我們應該讓她留在世上，掉弄她的散播是非的長舌，洩漏我們的罪惡嗎？不，王子們，不。現在我把我的主意完全告訴了你們吧。在不遠的地方住着一個名叫牟利的人，他也是個摩爾人；他的妻子昨天晚上生產，生下個白皮膚的孩子，白得就跟你們一樣。我們現在可以去跟他掉一個包，給那婦人一些錢，把一切情形告訴他們，對他們說你們的孩子一進宮去，大家只知道他是皇上的小太子，保證享受榮華，後福無窮。這樣人不知鬼不覺的把我的孩子換了出來，讓那皇帝抱着一個野種當作自己的骨肉，一場風波不就可以毫無痕跡地消弭過去了嗎？聽我說，兩位王子，你們瞧我已經給她服下了安眠靈藥，（指乳媼）現在就煩你們替她料理葬事；附近有的是空地，你們又是兩位胆大氣壯的好漢。這事情辦好以後，不要就擱時間，立刻就去叫那穩婆來見我。我們把那穩婆和奶媽收拾去了，就可以隨那些娘兒們談長說短去。

祁　亞倫，我看你要是有了祕密，真是會不讓一絲風把它走漏出去的。

第　姐摩拉一定非常感激你的愛護。（第、祁扛乳媼屍下）

亞　現在我要像燕子一般飛到哥斯人的地方去，替我這懷抱裏的寶貝找一個安身之處；我還要祕密會晤皇后的朋友們。來，你這厚嘴唇的奴才，我要抱着你離開這裏，都是你害得我變成了一個亡命之徒。我要給你吃野果和

菜根，喝些乳脂乳漿，讓山羊供給你乳汁，和你棲息在山洞裏，把你撫養長大，做一個指揮大軍的戰士。（抱嬰孩下）

## 第三場　同前；廣場

【泰脫斯持箭數枝，箭端各繫書札，率瑪格斯，小琉歇斯，潑勃律斯，森普洛涅斯，凱易斯，及其他紳士等各持弓上。

泰　來，瑪格斯，來；各位賢姪，這兒來。哥兒，現在讓我瞧瞧你的箭法如何；小心瞄準了，一直向那邊射出去。記着，瑪格斯，她已經去了，她已經逃走了。（註一）來，大家拿起弓來。你們兩位替我到海洋裏撈摸撈摸，把網兒撒下去，也許你們可以在海底找到她；可是海裏和陸地上一樣，都是不講公道的。潑勃律斯和森普洛涅斯，我必須麻煩你們一下；你們必須用鋤頭鐵鍬一直掘下地心，當你們掘到帕盧托（註二）境內的時候，請把這封請願書送給他，要求他主持公道，援助無辜；對他說，這是在忘恩的羅馬含冤負屈的年老的安特洛尼格斯寫給他的。啊，羅馬！都是我害你受苦，我不該慫恿民衆擁戴一個暴君，讓他把我這樣凌辱。去，你們去吧，大家小心一點，每一艘戰艦都要仔細搜過；也許這惡皇帝把她運送出去了；那時候各位賢姪，我們再到什麼地方去呼寃呢？

瑪　啊，潑勃律斯！你看你的伯父瘋得這個樣子，好不悽慘！

潑　所以，父親，我們不能不朝晚留心，一刻也不離開他的身邊，什麼事情都順他的意思，等時間慢慢醫治他的傷痕。

瑪　各位賢姪，他的傷心是無法醫治的了。我們還是聯合哥斯人用武力征伐忘恩的羅馬，向撒脫尼納斯這奸賊復仇吧。

泰　潑勃律斯，怎麼！怎麼，諸位朋友！你們碰見她了嗎？

潑　不，我的好伯父；可是帕盧托有信給您，他說您要是需要差遣復仇女神的話，他可以叫她暫離地獄，聽候您的使喚；可是公道女神事情很忙，也許她在天上跟喬武有些公事要接洽，也許她在別的什麼地方，您要是一定要借重她的話，祇好等幾時再說了。

泰　他不該老是這樣拖延時日，躭誤了我的事情。我要跳下地獄底的火湖裏去，抓住她的脚把她拉出來。瑪格斯，我們不過是些小小的灌木，並不是參天的松柏；我們不是龐大的巨人，瑪格斯，可是我們有的是銅筋鐵骨，然而我們肩上所負的冤屈，却已經把我們壓得快要支持不住了。既然人世和地獄都沒有公道存在，我們祇好祈求天上的神明，快快把公道降下人間，爲我們伸冤雪恨。來，大家拿起弓來。你是一個射箭的好手，瑪格斯。（以箭分授衆人）你把這一枝箭射到喬武那兒去；這一枝是給亞坡羅的；我自己把這一枝射給馬斯；這是給巴拉斯的；孩子，這是給邁邱利的；這是給撒登的，凱易斯，不要弄錯了射到撒脫尼納斯的地方去，那就變成了向風射箭，一點用處都沒有的。動手吧，孩子！瑪格斯，我吩咐你的時候，你就把箭射出去。這回我寫得一點不含糊，每一個天神我都向他請求到了。

瑪　各位賢姪，把你們的箭一齊射到皇宮裏去，激發激發那皇帝的天良。

泰　現在大家拉弓吧。（衆射）啊！很好，琉歇斯！好孩子，這一箭要射進巴拉斯女神的懷裏。

瑪　哥哥，我的箭已經越過月亮一哩之遙；這時候喬武一定可以收到你的信了。

泰　哈！潑勃律斯，潑勃律斯，你幹了什麼事啦？瞧！瞧！金牛星的一個角兒也給你射掉啦！

瑪　怪有趣的，哥哥，當潑勃律斯射箭的時候，那金牛星發起脾氣來，向白羊星使勁一撞，把兩隻羊角都撞下來了，剛巧落在皇宮裏，給那皇后所寵愛的摩爾人拾到了；她笑着對他說，他應該把這兩隻角兒送給皇上做一件禮物。

【一鄉人攜籃上，籃中有二鴿。

泰　啊！從天上來的消息！瑪格斯，天上的信差來了。喂，你帶了什麼消息來了？有什麼信沒有？他們答應替我主持公道嗎？喬武怎麼說？

鄉人　啊！您說的是那個裝絞架的傢伙嗎？他說他已經把絞架拆下來了，因為那個人要在下星期纔處決哩。

泰　可是我問你，喬武怎麼說？

鄉人　唉！老爺，我不認識什麼喬武；我從來不曾跟他在一起喝過酒。

泰　嗨，混蛋，那麼你不是送信的嗎？

鄉人　哎，老爺，我是個送鴿子的，不送什麼信。

泰　你不是從天上來的嗎？

鄉人　從天上來的！唉，老爺，我從來不曾到天上去過。上帝保佑我，我現在年紀輕輕的，還不想上天堂哩。我現在帶了鴿子是要到平民法庭裏去的；我的舅舅跟一個皇帝手下的衛士吵了架，我要幫他打官司去。

瑪　哥哥，你的呈文叫他送去，倒是再適當沒有的了；這兩頭鴿子就算是你的貢物，讓他拿去獻給那皇帝吧。

泰　喂，過來。你也不用多找麻煩，到什麼法庭裏去了；這雙鴿子你就拿去送給皇帝，憑着我的面子，他一定會幫助你打勝這場官司。等一等，等一等，我還要賞你幾個錢哩。把筆墨拿來給我。喂，你會不會按着禮節送一封呈文？

鄉人　是，老爺。

泰　那麼這兒有一封呈文，你給我送一送吧。你走到他面前的時候，就向他跪下，跟着就吻他的腳，跟着就把你的鴿子送上去，然後你就可以等他賞些什麼給你。我要在那邊看着你，你可要放出些神氣來。

鄉人　您放心吧老爺瞧着我就是了。

泰　喂，你有沒有一柄刀子？來讓我看看。瑪格斯，你把它夾在呈文裏面。這封呈文送給皇帝以後，你就來敲我的門，告訴我他說什麼話。

鄉人　上帝和您同在，老爺；我就給您送去。

泰　來，瑪格斯，我們去吧。潑勃律斯，跟我來。（同下）

## 第四場　同前皇宮前

【撒脫尼納斯，妲摩拉，第米屈律斯，祁倫，群臣，及餘人等上；撒脫尼納斯手握泰脫斯所射之箭。

撒　嘿，諸位，你們瞧，全是些訴冤叫屈的話兒！那一個羅馬皇帝曾經遭到過這樣的煩擾和侮蔑？諸位想都明白，雖然這些破壞我們安甯的傢伙到處向人民散播謠言，我們對於老安特洛尼格斯那兩個頑劣的兒子所下的判決，完全是一秉至公，以法律爲根據的。即使他的悲傷把他的頭腦攪糊塗了，難道我必須受他瘋狂的侮辱和咒罵嗎？現在他寫信到天上呼冤去了：瞧，這是給喬武的，這是給邁邱利的，這是給亞坡羅的，這是給戰神馬斯的；讓這些紙片兒在羅馬滿街飛揚，那纔够人瞧的！這不是對元老院的公然誹謗，向全國宣傳我們的不公道嗎？這不是一個很好的頑笑嗎，諸位，讓人家說在羅馬是沒有公道的？可是我還沒有死，我決不容忍他這樣裝瘋裝顛地掩護他的狂妄的行爲；我要叫他和他一夥裏的人知道，撒脫尼納斯一天活在世上，公道一天不會死亡，他的正義的怒火一旦燃燒起來，最驕傲的陰謀者也逃不了他的斧鉞的嚴威。

姐　我的仁慈的皇上，我的親愛的撒脫尼納斯，我的生命的主人，我的思想的指揮者，不要生氣；泰脫斯年紀老了，有什麼不對的地方，你擔待擔待他吧；他都是因爲死了兩個好兒子，傷透了他的心，纔氣成這個樣子；你應該安慰安慰他的不幸的處境，這種目無君上的行爲，也就不必計較了。（旁白）面面討好是妲摩拉的聰明的政策；可是，泰脫斯，我已經刺中你的要害，你的生命的血液已經流盡了，但願亞倫不要一時懵懂，誤了我的事，那纔是謝天謝地。

【鄉人上。

姐　啊，好朋友，你要見我們說話嗎？

鄉人　正是，請問您這位先生是不是皇帝？

姐　我是皇后，那邊坐着的纔是皇帝。

鄉人　正是他。上帝和聖史蒂芬祝福您！我給您送一封信和一對鴿子來了。（撒讀信）

撒　來，把他抓下去，立刻弔死他。

鄉人　我可以得到幾個賞錢？

姐　來，小子，我們要弔死你哩。

鄉人　弔死我！嗳喲，想不到我長了一個脖子，却要遭到這樣好的收場！（衛士押鄉人下）

撒　可惡的不能容忍的侮辱！我應該寬縱這樣重大的奸謀嗎？我知道這是誰玩的花樣兒；這也是可以忍受的嗎？他那兩個奸惡的兒子暗殺了我的兄弟，明明按照法律應該抵命，照他的口氣，却好像是我冤殺了他們似的！去，把那老賊揪住了頭髮抓了來；他的年齡和地位都不能讓他沾到一些便宜。爲了這樣無禮的譏嘲，我要做你的劊子手，狡猾的瘋老頭兒；你是因爲想把我和羅馬一手挾制，纔把我捧上皇位的。

撒　你有些什麼消息，哀米律斯？

【哀米律斯上

哀　武裝起來武裝起來陛下！羅馬已經到了最緊急的關頭，哥斯人已經集合大隊人馬，一個個抱着堅强的決心，來向我們進攻了；領隊的就是琉歇斯老安特洛尼格斯的兒子，他聲勢洶洶地立誓復仇，要像科里奧蘭納斯一般把羅馬夷成平地。（註三）

撒　好戰的琉歇斯做了哥斯人的統帥了嗎？這些消息把我嚇冷了大半截，使我像一朵霜打的殘花，一莖風吹的小草一般乖頭喪氣。嗯，現在不幸已經向我們開始襲來了。他是平民所喜愛的人；我自己便服私行的時候，常常聽見他們說，琉歇斯的放逐是不公的，他們希望琉歇斯做他們的皇帝。

妲　爲什麼你要害怕呢？羅馬城不是守衛得很鞏固嗎？

撒　嗯，可是民衆都傾心於琉歇斯，他們一定會向我叛變，幫助他推翻我。

妲　你是個皇帝，願你的思想也像你的名號一樣尊嚴。太陽是因爲蚊蚋的飛翔而黯淡了他的光輝的嗎？鷹隼放任小鳥的歌吟，不去理會它們唱些什麼，他知道他的巨翼的黑影，可以隨時遏止它們的樂曲；那些反覆無常的羅馬人，你也可以這樣對付他們。所以鼓起你的精神來吧，你這皇帝；你知道我要用一些花言巧語去迷惑那老安特洛尼格斯，那些言語是比引誘魚兒上鉤的香餌或是毒害羊羣的肥美的苜蓿更甜蜜而更危險的。

撒　但是他決不會爲我們向他的兒子求情。

妲　要是妲摩拉請求他，他一定不會拒絕；因爲我可以用慷慨的許諾灌進他的老邁的耳中，即使他的心堅不可搖，他的耳朵完全聾了，我也會使他的耳朵和他的心受我的舌頭的指揮。（向哀）你先去傳達我們的旨意，就說皇上要向勇敢的琉歇斯提出和議，請他就在他父親老安特洛尼格斯家裏跟我們相會。

**撒**　哀米律斯希望你此去不辱使命；要是他堅持爲了他個人安全起見，我們必須給他一些什麼保證，你就對他說無論他提出什麼條件，我們都可以照辦。

**哀**　我一定盡力執行陛下的命令。（下）

**妲**　現在我要去見老安特洛尼格斯，用我的全副手段勸誘他叫那驕傲的琉歇斯脫離哥斯人的隊伍。親愛的皇帝，快活起來，把你的一切憂慮埋葬在我的妙計之中吧。

**撒**　那麼你就去求求他看。（同下）

註一　「她」指公道女神。

註二　帕盧托（Pluto），希臘神話中之冥土之神。

註三　科里奧蘭納斯（Coriolanus），羅馬大將，莎翁另一悲劇「英雄叛國記」中之主角。

# 第五幕

## 第一場　羅馬附近平原

【喇叭奏花腔；旗鼓前導，琉歇斯及一隊哥斯戰士上。

琉　各位忠勇的戰友，我已經從偉大的羅馬得到信息，告訴我羅馬人民是怎樣痛恨他們的皇帝，怎樣熱切希望我們去拯救他們。所以諸位將軍，願你們一鼓作氣，振起你們復仇的決心；凡是羅馬所曾給與你們的傷痕，你們都要從他身上獲得三倍的報償。

哥斯人甲　偉大的安特洛尼格斯的勇敢的後人，你的父親的名字曾經使我們胆裂，現在却成爲我們的安慰了，他的豐功偉烈，却被忘恩的羅馬用卑劣的輕蔑作爲報答；願你信任我們，我們願意服從你的領導，像一羣盛夏的有刺的蜜蜂跟隨它們的君后飛往百花怒放的原野，去向可咒詛的妲摩拉聲討她的罪惡。

衆哥斯人　他所說的話，也就是我們大家所要說的。

琉　我深深感激你們各位的好意。可是那邊有一個哥斯壯士領了個什麽人來了？

【一哥斯人率亞倫抱嬰孩上。

哥斯人乙　威名遠播的琉歇斯，我剛纔因爲看見路傍有一座毀廢了的寺院，一時看出了神，不知不覺離開了隊伍；當我正在憑弔那頹垣零瓦的時候，忽然聽見在一堵牆下有一個小孩的哭聲；我向那哭聲走去，就聽見有人在對那啼哭的嬰兒說話，他說：「別哭，小黑奴，一半是我，一半是你的娘！倘不是你的皮膚的顏色洩漏了你的出身的祕密，要是造化讓你生得和你母親一個模樣，小東西，誰說你不會有一天做了皇帝？可是公牛母牛倘然都是白的，決不會生下一頭黑炭似的小牛來。別哭，小東西，別哭！」——他這樣叱罵着那孩子，——「我必須把你交在一個靠得住的哥斯人手裏；他要是知道了你是皇后的孩子，看在你媽的臉上，一定會好好照顧你。」我聽他這樣說，就把劍拔在手裏，出其不意地把他抓住，帶到這兒來請你發落。

琉　啊，勇敢的哥斯人，這就是那個惡魔的化身，是他害安特洛尼格斯失去了他的手；他是你們女王眼中的明珠，這小孩便是他淫慾的惡果。說，你這眼睛骨溜溜的奴才，你要把你自己這一副鬼臉的模型帶到那裏去？你為什麼不說話？什麼！聾了嗎？不說一句話？兵士們，拿一根繩子來！把他吊死在這株樹上，把他那私生的賤種也吊在他的旁邊。

亞　不要碰這孩子；他是有王族的血液的。

琉　這孩子太像他的父親了，長大了也不是個好東西。先把孩子吊起來，讓他看看他掙扎的情形，叫他心裏難受。拿一張梯子來。（軍士等攜梯至，驅亞登梯）

亞　琉歇斯，保全這孩子的生命；替我把他帶去送給皇后。你要是答應做到這一件事，我可以告訴你許多驚人的事情，你聽了一定可以得益不少。要是你不答應我，那麼我就聽天由命，什麼話都沒有，但願你們全都不得好死！

琉　說吧；要是你講的話使我聽了滿意，我就讓你的孩子活命，並且一定把他撫養長大。

亞　使你聽了滿意！哼，老實告訴你吧，琉歇斯，我所要說的話是會使你聽了痛苦萬分的；因為我必須講到暗殺，強姦，和流血，黑夜的祕密，卑汚的行動，奸逆的陰謀，和種種駭人聽聞的惡事；這一切都要因為我的一死而湮滅，除非你向我發誓保全我的孩子的生命。

琉　把你心裏的話說出來；我答應讓你的孩子活命。

亞　你必須向我發過了誓，我纔開始我的敍述。
琉　我應該憑着什麽發誓呢？你是不信神明的，那麽你怎麽會相信別人的誓呢？
亞　我固然是不信神明的，可是那有什麽關係呢？我知道你是個敬天畏神的人，你的腔子裏有一件叫做良心的東西，還有一二十種可笑的教規和儀式，我看你都是把它們十分看重的，所以我纔一定要你發誓；因爲我知道一個癡人是會把一件頑意兒當作神明的，他會終身遵守憑着那神明所發的誓，所以你必須憑着你所敬信的無論什麽神明發誓保全我的孩子的生命，並且把他撫養長大，否則我就什麽也不告訴你。
琉　我就憑着我的神明向你起誓，我一定保全他的生命，並且把他撫養長大。
亞　第一我要告訴你，他是我跟皇后所生的。
琉　啊，好一個荒淫放蕩的婦人！
亞　嘿！琉歇斯，這比起我將要告訴你的那些事情來，還算是一件好事哩。暗殺巴西安納斯的就是她的兩個兒子；也是他們割去你妹妹的舌頭，姦污了她的身體，還把她的兩手砍下，叫她變成像你所看見的那樣子。
琉　啊，野蠻的禽獸一般的惡人，正像你這傢伙一樣！
亞　不錯，我正是教導他們的師傅呢。他們這一副好色的天性是他們的母親傳給他們的，那殺人作惡的心腸，却是從我這兒學得去的；他們是風月場中獵艷的能手，也是兩條不怕血腥氣的獵犬。好，讓我的行爲證明我的本領吧。我把你那兩個兄弟誘到了躺着巴西安納斯屍首的洞裏；我寫下那封被你父親拾到的信，把那信上提到的金子埋在樹下，皇后和她的兩個兒子都是我的同謀；凡是你所引爲痛心的事情，那一件沒有我在裏邊搗鬼？我設計誆騙你的父親，叫他砍去了自己的手，當他的手拿來給我的時候，我躲在一旁，幾乎把肚子都笑破了。當他犧牲了一隻手，換到了他兩個兒子的頭顱的時候，我從牆縫裏偷眼看他哭得好不傷心，把我笑個不住，我的眼睛裏都像他一樣充滿眼淚了。後來我把這笑話告訴皇后，她聽見這樣有趣的故事，簡直樂得暈過去了，爲了我這好消息，她還賞給我二十個吻哩。

哥斯人甲　什麼！你好意思講這些話，一點不覺得羞愧嗎？

亞　嗯，就像人家說的，黑狗不會臉紅。

琉　你幹了這些十惡不赦的行爲，不知道後悔嗎？

亞　嗯，我只悔恨自己不再多犯下一千件的罪惡，現在我還在咒詛着命運不給我更多的機會哩。可是我想在受得到我的咒詛的那些人們中間，沒有幾個能够逃得過我的惡作劇的鞭辣：譬如殺死一個人，或是設計謀害他的生命；強姦一個處女，或是陰謀破壞她的貞操；冤誣清白的好人，毀棄親口發下的誓言；在兩個朋友之間挑撥離間，使他們變成勢不兩立的仇敵；縱人的家畜，我會叫它們無端折斷了頸項；穀倉和草堆，我會叫它們夜間失火，還去吩咐它們的主人用眼淚澆熄它們；我常常從墳墓中間掘起死人的骸骨來，把它們直挺挺地豎立在它們親友的門前，當他們的哀傷早已冷淡下去的時候；在屍皮上我用刀子刻下一行字句，就像那是一片樹皮一樣，「雖然我死了，願你們的悲哀永不消滅」！嘿！我曾經幹下一千種可怕的事情，就像一個人打死一頭蒼蠅一般不當作一回事兒，最使我懊恨的，就是我不能再做一萬件這樣的惡事。

琉　把這惡魔帶下來，叫他乾乾脆脆弔死，未免太便宜他了。

亞　假如世上果然有惡魔，我就願意做一個惡魔，在永生的烈火中受着不死的煎灼；祇要地獄裏有你陪着我，我要用我的毒舌磨折你的靈魂！

琉　弟兄們，塞住他的嘴，不要讓他說下去。

【一哥斯人上。

哥斯人　將軍，羅馬差了一個人來，要求見你一面。

琉　叫他過來。

【哀米律斯上。

琉　歡迎，哀米律斯！羅馬有什麼消息？

哀　琉歇斯將軍，和各位哥斯王子們，羅馬皇帝叫我來問候你們；他因爲聞知你們興師遠來，要求在令尊家裏跟你談判和平；要是你需要保證的話，我們可以立刻提交你們。

哥斯人甲　我們的主帥怎樣說？

琉　哀米律斯，你去回覆你家皇帝，叫他把保證交給我的父親和我的叔父瑪格斯，我們就可以和他會面。整隊前進！

（衆下）

## 第二場　羅馬；泰脫斯家門前

【妲摩拉，第米屈律斯，及祁倫各化裝上。

妲　我穿着這一身奇異而慘淡的服裝，去和安特洛尼格斯相見，對他說我是復仇的女神，奉着冥王的差遣來到世上，幫助他伸雪奇冤。聽說他一天到晚在他的書齋之內思索着種種駭人的復仇妙計；現在你們就去敲他的門，告訴他，復仇的女神來幫助他剷除他的敵人了。（敲門）

【泰脫斯自上方上。

泰　誰在那兒攪亂我的沉思？你們想騙我開了門，讓我的鄭重的計劃書一起飛掉，害我白費一場心思嗎？你們打算錯了；你們瞧，我已經把我所預備做的事情血淋淋地寫了下來，凡是在這兒寫下的，我都要把它們全部實行。

妲　泰脫斯，我要來跟你談談。

泰　不，一句話也不用談；我是個缺手的人，怎麼能够用手勢幫助我談話的語氣呢？我說不過你，所以不用談了吧。

妲　要是你知道我是誰，你一定願意跟我談話。

泰　我沒有發瘋；我知道你是誰。這悽慘的斷臂，這一道道殷紅的血痕，這些被憂慮刻下的凹紋，被倦的白晝和煩惱的黑夜，一切的悲哀怨恨，都可以爲我作證，我認識你是我們驕傲的皇后，不可一世的妲摩拉；你不是來討我那另一隻手嗎？

妲　告訴你吧，你這不幸的人，我不是妲摩拉；她是你的仇敵，我是你的朋友。我是復仇的女神，從下界的冥國中奉派前來，幫助你殲滅雠人，解除那咬嚙你心頭的痛苦。下來，歡迎我來到這人世之上；跟我商議商議殺人的方法吧。無論那一處空洞的巖穴，隱身的幽窟，廣大的僻野，或是霧深的山谷，凡是殺人的兇手和强姦的惡徒因恐懼而躲藏的所在，我都可以把他們找尋出來，在他們的耳邊告訴他們我的名字，就是可怕的復仇，使那些作惡的罪人心驚膽裂。

泰　你果然是復仇嗎？你是奉命來幫助我懲罰我的仇敵的嗎？

妲　我正是；所以下來歡迎我吧。

泰　那麼在我沒有下來以前，先請你替我做一件事。瞧，在你的身邊一旁站着强姦，一旁站着暗殺；現在你必須向我證明你確是復仇，把他們刺殺了吧，或是把他們縛在你的車輪上碾死他們，那麼我就下來做你的車夫，跟着你在大地的周圍環繞巡行；我會替你備下兩匹漆黑的壯健的小馬，拖着你的憤怒的雲車快步飛奔，在罪惡的巢穴中找出殺人犯的蹤跡；當你的車上載滿他們的頭顱以後我願意下車步行，像一個忠順的脚夫，從太陽升上東方的天空的時間起，一直走到它沒下海中每天每天我願意做這樣勞苦的工作，祇要你現在把強姦和暗殺這兩個惡魔殺死。

**妲**　這兩個是我的助手，跟着我一起來的。

**泰**　他們是你的助手嗎？叫什麼名字？

**妲**　一個就叫強姦，一個就叫暗殺；因為他們的職務就是懲罰這兩種惡人。

**泰**　上帝啊，他們多麼像那皇后的兩個兒子，你多麼像那皇后！可是我們這些凡俗之人，雖然生了一雙眼睛，往往會混淆黑白，顛倒是非。親愛的復仇女神啊！現在我下來迎接你了；要是你不嫌我祇有一隻手臂我要用這一隻手臂擁抱你。（自上方下）

**妲**　這一套鬼話剛巧打進他的瘋狂的心坎。現在他已經深信我是復仇女神了，你們在言語之間，留心不要露出破綻；我要利用他這種瘋狂的輕信，叫他召喚他的兒子琉歇斯來，在宴會席上把他穩住了，我就臨時使出一些巧妙的手段遣散那些心性輕浮的哥斯人，或者至少使他們變成他的仇敵。瞧，他來了，我必須繼續對他裝神扮鬼。

【泰脫斯上。

**泰**　這許多時候我是一個孤立無助的人，渴望着你的到來；歡迎，可怕的復仇女神，歡迎你光臨我這淒涼的屋宇！強姦和暗殺，你們兩位也是歡迎的！你們多麼像那皇后和她的兩個兒子！要是再加上一個摩爾人，那就一無欠缺了；難道整個地獄裏找不到這樣一個魔鬼嗎？因爲我知道那皇后無論到什麼地方，總有一個摩爾人跟隨在她的左右；你們要是想扮裝我們的皇后，這樣一個魔鬼是少不了的。可是你們來了，總是歡迎的，我們應該怎麼辦呢？

姐　你要我們幹些什麼事，安特洛尼格斯？

第　指點一個殺人的兇手給我看，讓我處置他。

祁　指點一個强姦的暴徒給我看，我會懲罰他。

姐　指點一千個曾經害你受苦的人給我看，我會替你向他們復仇。

泰　你到羅馬的罪惡的街道上去訪尋，要是找到一個和你一般模樣的人，好暗殺啊，你把他刺殺了吧，他是一個殺人的兇手。你也跟着他去，要是你也找得到還有一個和你一般模樣的人，好强姦啊，你把他刺殺了吧，他是一個强姦婦女的暴徒。你也跟着他們去；在皇帝的宮裏，有一個隨身帶着一個摩爾黑奴的皇后，她是很容易認識的，因爲從頭到脚，她都活像你自己；請你用殘酷的手段處死他們，因爲他們曾經用殘酷的手段對待我和我的兒女們。

姐　領敎領敎，我們一定替你辦到就是了。可是，好安特洛尼格斯，聽說你那位勇武非常的兒子琉歇斯已經帶了一大隊善戰的哥斯人打到羅馬來了，可不可以請你叫他到你家裏來，爲他設席洗塵；當他到來的時候，就在隆重的宴會之中，我就去把那皇后和她的兩個兒子，還有那皇帝自己以及你所有的仇人一起帶來，讓他們在你的脚下長跪求憐，你可以向他們痛痛快快地發洩你的憤恨。不知道安特洛尼格斯對於這一個計策有什麼意見？

泰　瑪格斯，我的兄弟！悲哀的泰脫斯在呼喊你。

〔瑪格斯上。

泰　好，瑪格斯，到你姪兒琉歇斯的地方去；你可以在那些哥斯人的中間探聽他的所在。你對他說我要見見他，叫他把軍隊就地駐紮，帶幾位最高貴的哥斯王子到我家裏來參加宴會；告訴他皇帝和皇后也要出席的。請你看在我們兄弟的情分上，替我走這一遭；要是他關心他的老父的生命，讓他趕快來吧。

瑪　我就去見他，一會兒就回來的。（下）

妲　現在我要帶着我的兩個助手，替你幹事情去了。

泰　不，不，叫強姦和暗殺留在這兒陪伴我；否則我要叫我的兄弟回來，一心一意讓琉歇斯替我復仇，不敢再有勞你了。

妲　（向二子旁白）你們怎麼說，孩子們？你們願意暫時留在這兒，讓我一個人去告訴皇上，我們怎樣開這場頑笑嗎？敷衍敷衍他，一切奉承他的意思，把他用好話哄住了，等我回來再說。

泰　（旁白）我全都認識他們，雖然他們以爲我瘋了；他們想用詭計愚弄我，我就將計就計，把他們擺佈一下，這一雙該死的惡狗和他們的老母畜！

第　（向妲旁白）母親，你去吧；讓我們留在這兒。

妲　再會，安特洛尼格斯；復仇女神現在去安排妙計，把你的仇敵誘下羅網。（下）

泰　我知道你會替我出力的；親愛的復仇女神，再會吧！

祁　告訴我們，老人家，你要我們幹些什麼事？

泰　嘿！我要叫你們做的事多着呢。潑勃律斯，出來！凱易斯，伐倫泰恩！

【潑勃律斯及餘人等上。

潑　您有什麼吩咐？

泰　你們認識這兩個人嗎？

潑　我認識這兩個就是皇后的兒子，祁倫和第米屈律斯。

泰　不，潑勃律斯，不！你完全弄錯了。這一個是暗殺，那一個名叫强姦；所以把他們綁起來吧，好潑勃律斯；凱易斯和伐倫泰恩，抓住他們。你們常常聽見我希望有這樣一天，現在這樣一天居然到了，把他們縛得牢牢的，要是他們嚷叫起來，把他們的嘴也給塞住了。（泰下；潑等捉祁、第二人）

祁　混蛋，住手！我們是皇后的兒子。

潑　所以我們奉命把你們綁縛起來。塞住他們的嘴，別讓他們說一句話。他已經縛好了嗎？千萬把他縛得緊一點兒。

【泰脫斯率拉薇妮霞重上；拉薇妮霞捧盆，泰脫斯持刀

泰　來，來，拉薇妮霞；瞧你的仇人已經縛住了。好兒們，塞住他們的嘴，別讓他們對我說話，我要叫他們聽聽我有些什麼驚心動魄的話要對他們說。祁倫，第米屈律斯，你們這兩個惡人啊！這兒站着被你們用汚泥攪混了的淸泉，她本來是一個美好的夏天，却被你們用嚴冬的霜雪摧殘了她的生機。你們殺死了她的丈夫，爲了這一個重大的罪惡，她的兩個兄弟含寃負屈地被處了死刑，還要害我砍掉了手，給你們取笑。她的嬌好的兩手，她的舌頭，還有比兩手和舌頭更寶貴的，她的無瑕的貞操，沒有人心的奸賊們，都在你們暴力的侵凌之下失去了。假如我讓你們說話，你們還有什麼話好說？惡賊！你們還好意思哀求饒命嗎？聽着，狗東西！聽我說我要怎樣處死你們。我這一隻剩下的手還可以割斷你們的咽喉，拉薇妮霞用她的斷臂捧着的那個盆子，就是預備盛放你們罪惡的血液

的。你們知道你們的母親準備到我家裏來赴宴，她自稱爲復仇女神，她以爲我是瘋了。聽着，惡賊們！我要把你們的骨頭磨成灰粉，用你們的血把它調成麵糊，再把你們這兩顆無恥的頭顱搗成了肉泥裹在拌着骨灰的麵皮裏面做餅餡；叫那淫婦，你們的豬狗般下賤的母親，吃下她親生的骨肉。這就是我請她來享用的美宴，這就是她將要飽餐的盛饌；因爲你們對待我的女兒太慘酷了，所以我要用慘酷的手段向你們報復。現在伸出你們的頭頸來吧，拉維妮霞，來，（割二人咽喉）讓他們的血淋在這盆子裏；等他們死了以後，我就去把他們的骨頭磨成灰粉，用這可憎的血水把它調和了，再把他們這兩顆奸惡的頭顱放在那麵餅裏烘焙起來。來，大家幫我一臂之力，端整這一場殘酷的盛宴；現在把他們擡了進去，我要親自下廚料理好了這一道點心，等他們的母親到來。（衆抬二屍下）

## 第三場　同前；泰脫斯家大廳，桌上羅列酒肴

【琉歇斯，瑪格斯，及哥斯人等上，亞倫鐐銬隨上】

琉　瑪格斯叔父，既然是我父親的意思要我到羅馬來，我祇好遵從他的命令。

哥斯人甲　我們也決心追隨你，一切聽任命運的安排。

琉　好叔父，請您把這野蠻的摩爾人，這狠惡的餓虎，這可恨的魔鬼，帶了進去；不要給他吃什麼東西，用鐐銬鎖住了，等那皇后到來，就提他當面對質，叫他證明她的種種奸惡的陰謀。再請您看看我們埋伏的人手够不够，我怕那皇帝對我們不懷好意。

亞　有一個魔鬼在我的耳邊低聲咒詛，慫恿我的舌頭向你們傾吐出我的憤怒的心中的怨毒！

琉　滾開，沒有人心的狗！汚穢的奴才！朋友們，幫我的叔父把他拖進去（衆哥斯人推亞下；喇叭聲）喇叭的聲音報知皇帝就要來了。

【撒脫尼納斯及妲摩拉率哀米律斯，元老，護民官，及餘人等上。

撒　什麼！天上可以有兩個太陽嗎？

琉　你自稱爲太陽，有什麼用處？

瑪　羅馬的皇帝，姪兒，請你們暫停辯論；我們必須平心靜氣，解決彼此間的爭端。殷勤的泰脫斯已經端整好一席盛筵，希望在杯酒之間，兩方面重敦盟好，恢復和平，使羅馬永享安寧的幸福。所以請你們大家過來各人就座吧。

撒　瑪格斯，那麼我就坐下了。（高音笛吹響）

【泰脫斯作廚夫裝束，拉徽妮霞戴面幕，小琉歇斯，及餘人等上。泰脫斯捧麵餅一盤置桌上。

泰　歡迎，仁慈的皇上；歡迎，尊嚴的皇后；歡迎，各位英勇的哥斯人；歡迎，琉歇斯；歡迎在座的全體嘉賓。雖然我們的酒食非常粗劣，也可以使你們鼓腹而歸；請隨便吃吧，不要客氣。

撒　你爲什麼打扮成這個樣子，安特洛尼格斯？

泰　因爲我怕廚夫粗心烹煮得不合陛下和娘娘的口味，所以纔親自下廚調度一切。

妲　那眞是多謝你了，好安特洛尼格斯。

泰　但願娘娘知道我這一片赤心。皇上陛下，我要請您替我解決一個問題：那粗莽的維琪涅斯因爲他的女兒被人行強姦汚，把她親手殺死，（註一）這一件事做得對不對？

撒　對的，安特洛尼格斯。

泰　請問陛下的理由？

撒　因爲那女兒不該忍辱偷生，使她的父親在每一回看見她的時候勾起他的怨恨。

泰　一個正當充分而有力的理由；對於我這最不幸的人，它是一個可以仿效的成例，一個活生生的榜樣。死吧死吧，拉薇妮霞，讓你的恥辱和你同時死去；讓你父親的怨恨也和你的恥辱同歸於盡吧！（殺拉）

撒　你幹了什麼事啦，你這不慈不愛的父親？

泰　我把她殺了。爲了她我已經把我的眼睛都哭盲了；我是像維琪涅斯一樣傷心的，我有比他多過一千倍的理由，使我下這樣的毒手現在這事情已經幹了。

撒　什麼！她也被人姦汚了嗎？告訴我誰幹的事。

泰　請陛下和娘娘吃了這一道粗點。

妲　爲什麼你用這樣的手段殺死你獨生的女兒？

泰　殺死她的不是我，是祁倫和第米屈律斯他們姦汚了她，割去了她的舌頭是他們，是他們害她落得這樣一個結果。

撒　快去把他們立刻抓來見我。

泰　嚇，他們就在這盤子裏頭，那烘烤在這麵餅裏的就是他們的骨肉；他們的母親剛才吃得津津有味的，也就是她自己親生的兒子。這是眞的，這是眞的；我的鋒利的刀尖可以爲我作見證。（殺妲）

撒　瘋子，你這樣的行爲死有餘辜！（殺泰）

琉　做兒子的忍心看他的父親流血嗎？冤冤相報，有命抵命！（殺撒；大騷亂，衆慌亂走散；瑪、琉及其黨羽登上露臺）

瑪　你們這些滿面愁容的人們，羅馬的人民和子孫，巨大的變亂使你們分裂離散，像一羣驚惶的禽鳥在暴風中四散飛逃；啊！讓我教你們怎樣把這一束散亂的禾稈重新集合起來，把這些零落的肢體團結爲完整的全身；否則羅馬將要自召滅亡的災禍，那曾經爲强大的列國所敬禮的名城，將要像一個日暮途窮的破落漢一樣，卑怯地結束她自己的生命了。可是我的僵硬的手勢和衰老的口才，這些飽歷滄桑的眞實的見證，倘不能誘引你們傾聽我的言語，(向琉)那麽說吧，羅馬的親愛的友人，正像當年我們的先祖用他那嚴肅的口氣向害着相思的黛陀敍述那些狡猾的希臘人偷進特洛埃城那一個悲慘的大火之夜的故事一樣；(註二)告訴我們是什麽奸人迷惑了我們的耳朶，是誰把那致命的禍根引入羅馬，使我們的國本受到這樣的傷害。我的心不是鐵石打成的，我也不能向你們盡情吐露我們全部悲哀的歷史，也許就在我最需要你們同情的傾聽的時候，滔滔的熱淚將會打斷我的敍述。這兒是一位大將，讓他告訴你們吧；你們聽他說了，你們的心將要怔忡跳動，你們的眼眶裏將要淚如雨下。

琉　那麽，高貴的聽衆，讓我告訴你們知道，那萬惡的祁倫和第米屈律斯便是殺害我們這位皇帝的兄弟的兇手，也就是姦汚我的妹妹的暴徒。爲了他們重大的罪惡，我的兩個兄弟冤遭不白，身首異處，他們不但把我父親的涕泣陳請置之不顧，而且還用卑鄙的手段，騙誘他砍掉了他那曾經爲羅馬奮勇作戰，把她的敵人送下墳墓去的忠誠的手。最後，我自己也遭到他們無情的放逐，他們把我擯出國門，讓我含着滿眶的眼淚，向羅馬的敵人呼籲求援；我的敵人們被我的眞誠的哀泣所感動，捐棄了舊日的嫌恨，伸開他們的兩臂擁抱我，把我認作他們的友人。你們要知道，我這爲祖國所不容的人，卻會用熱血保衞她的安全，拚着自己不顧一切的身體擋開那對準她的胸前的敵人的兵刃呢。唉！你們知道我不是一個喜歡自誇的人，我的疤痕雖然不會說話，它們可以爲我證明我的話是眞實不虛的。可是且慢！我想我這樣稱揚自己的不足道的功績，未免離題太遠了；啊！請你們恕我；當沒有朋友在他們身旁的時候，人們祇好爲自己宣傳。

瑪　現在應該輪到我說話了。瞧這孩子吧，這是妲摩拉跟一個不信宗敎的摩爾人私通所生的，那摩爾人也就是策動這些慘劇的罪魁禍首。這惡賊雖然罪該萬死，爲了留着他做一個見證起見，還在泰脫斯的屋子裏沒有把他殺掉。現在請你們評判評判，泰脫斯遭到這樣無可言喩，超過一切忍耐的限度，任何人所受不了的創鉅痛深的損害，是不是應該有今天的報復？你們現在已經聽到全部事實的眞相了，諸位羅馬人，你們怎麼說？要是我們有什麼事做錯了，請你們指點我們的錯誤，我們這兩個安特洛尼格斯家僅存的碩果，願意從你們現在看見我們所在的地方手攙着手踴身跳下，在粗硬的頑石上把我們的腦漿砸碎，終結我們這一家的命運。說吧，羅馬人，說吧！要是你們說我們必須如此，瞧哪！琉歇斯跟我就可以當着你們的面前跳下。

哀　下來，下來，可尊敬的羅馬人，輕輕地攙着我們的皇上下來；琉歇斯是我們的皇帝，因爲我知道這是羅馬人民一致的呼聲。

衆羅馬人　琉歇斯萬歲，羅馬的尊嚴的皇帝！

瑪　（向從者）去到老泰脫斯的悲慘的屋子裏，把那不信神明的摩爾人抓來，讓我們判決他一個最可怕的死刑，懲罰他那作惡多端的一生。（侍從等下）

【琉歇斯，瑪格斯，及餘人等自露臺走下。

衆羅馬人　琉歇斯萬歲，羅馬的仁慈的統治者！

琉　謝謝你們，善良的羅馬人；但願我即位以後，能够治愈羅馬的創傷，拭去她的悲痛的回憶！可是，善良的人民，請你們寬容我片刻的時間，因爲天性之情驅使我履行一件悲哀的任務。大家站遠些；可是叔父，您過來吧，讓我們向這屍體揮灑我們訣別的眼淚啊！讓這熱烈的一吻留在你這慘白冰冷的唇上，（吻泰）讓這些悲哀的淚點留在你這血汚的臉上吧，這是你的兒子對你的最後敬禮了！

**瑪**　含着滿眶的熱淚，你的兄弟瑪格斯也來吻一吻你的嘴唇啊！要是我必須給你流不完的淚，無窮盡的吻，我也決不吝惜。

**琉**　過來，孩子；來，來，學學我們的樣子，在淚雨之中融化了吧。你的爺爺是十分愛你的：好多次他抱着你在他的膝上跳躍，唱歌催你入睡，他的慈愛的胸脯作爲你的枕頭；他曾經講給你聽許多小孩子所應該知道的事情；所以你要像一個孝順的孩子似的，從你幼稚的靈泉裏灑下幾滴小小的淚珠來，因爲這是天性的至情所必需的；心心相繫的人，在悲哀之中必然會發出同情的共鳴。向他告別，送他下了墳墓；盡了這一次最後的情誼，從此你就和他人天永別了。

**小琉**　啊，爺爺，爺爺！要是您能够死而復活，我眞願意讓自己死去。主啊！我哭得不能向他說話；一張開嘴，我的眼淚就會把我噎住。

【侍從等押亞倫重上。

**羅馬人甲**　安特洛尼格斯家不幸的後人，停止了你們的悲哀吧；這可惡的奸賊一手造成了這些慘事，快把他宣判定罪。

**琉**　把他齊胸埋在泥土裏，讓他活活餓死；儘他站在那兒叫駡哭喊，都不准給他一點食物；誰要是憐憫他救濟他的，也要受死刑的處分。這是我們的判決，剩幾個人在這兒替他掘下泥坑，栽他進去。

亞　啊！爲什麼把怒氣藏在胸頭，隱忍不發呢？我不是小孩子，你們以爲我會用卑怯的禱告，懺悔我所作的惡事嗎？要是我能够隨心所欲，我要做一萬件比我曾經做過的更惡的惡事；要是在我一生之中我曾經作過一件善事，我要從心底裏深深懺悔。

琉　這位已故的皇帝，請幾位他生前的好友把他扛運出去，替他埋葬在他父皇的墳墓裏。我的父親和拉薇妮霞將要在我們的家墓之中立刻下葬。至於那頭狠毒的雌虎妲摩拉，那麼任何的葬禮都不准舉行，誰也不准爲她服喪誌哀，也不准爲她鳴響喪鐘；她的屍體丢在曠野裏，聽憑野獸猛禽的咬啄。她的一生像野獸一樣不知憐憫，所以她也不應該得到我們的憐憫。那萬惡的摩爾人亞倫必須受到他應得的懲罰，因爲他是造成我們這一切慘事的禍根。

從今起懲前毖後，把政事重新整頓，
不要讓女色讒言動搖了邦基國本。（同下）

註一　維琪涅斯（Virginius）及其殺女之故事待考。
註二　「我們的先祖」即伊尼阿斯；伊尼阿斯爲特洛埃之後人，亦爲羅馬之建立者。

莎士比亞戲劇全集

第三輯　第七種

# 特洛埃圍城記

朱生豪譯

# 特洛埃圍城記

## 原名：特洛埃勒斯與克蕾雪達

### 劇中人物

普賴姆　特洛埃國王

赫克脫
特洛埃勒斯
巴里斯
台福勃斯
亥倫納斯
　　　　　}普賴姆之子

瑪加雷浪　普賴姆的庶子

伊尼亞斯
恩替諾
　　　　　}特洛埃將領

卡爾卻斯　特洛埃教士，投降於希臘

潘達勒斯　克蕾雪達的叔父

阿加曼儂　希臘主帥

米尼勞斯　阿加曼儂之弟

亞契爾斯
哀傑克斯
尤列賽斯
納斯脫
戴奧米第斯
伯特羅克勒斯
}希臘將領

瑟息替斯　殘廢而好謾駡的希臘人
耶力山特　克雷雪達的僕人
特洛埃勒斯的僕人
巴里斯的僕人
戴奧米第斯的僕人
海倫　米尼勞斯之妻
安特羅瑪契　赫克脫之妻
凱珊特拉　普賴姆之女，能預知未來
克雷雪達　卡爾卻斯之女
特洛埃及希臘軍士，從者等

## 地點

特洛埃，及特洛埃郊外的希臘營地

# 開場白

這一本戲的地點是在特洛埃。一羣心性高傲的希臘王子，懷着滿腔的憤怒，把他們滿載着準備一場惡戰的武器的船舶會集在雅典港口；六十九個戴着王冠的武士，從雅典海灣浩浩蕩蕩向腓利基亞出發；他們立誓蕩平特洛埃，因為在特洛埃的堅强的圍牆裏，米尼勞斯的王妃，被姦污的海倫，正在風流的巴里斯懷抱中睡着：這就是引起戰釁的原因。他們到了退尼陀斯，從龐大的船舶上搬下了他們的堅甲利器；這批新上戰場未臨矢石的希臘人，就在達丹平原上紮下他們威武的營寨。普賴姆的六個城門的城市，達丹，丁勃里亞，伊里亞斯，契他斯，特洛琴，和安替諾力第斯，都用重重的鐵鎖封閉起來，關住了特洛埃的健兒。一邊是特洛埃人，一邊是希臘人，兩方面各自提心弔膽，不知道誰勝誰敗；正像我這念開場白的人，又要擔心編劇的一枝筆太笨拙，又要擔心演戲的嗓子太壞，不知道這本戲究竟演得像個什麼樣子一樣。在座的觀衆諸君，我要聲明一句，我們並不從這場戰爭開始的時候演起，却是從中途開始演起的；後來的種種事實，都儘量在這本戲裏表演出來。諸位歡喜它也好，不滿意也好，都隨諸位的高興；本來勝敗兵家常事，萬一我們演得不好，也是不足為奇的呀。

# 第一幕

## 第一場　特洛埃；普賴姆王宮門前

〔特洛埃勒斯披甲冑上，潘達勒斯隨上。

特　叫我的僕人來，我要把盔甲脫下了。我自己心裏正在發生激戰，爲什麼還要到特洛埃的城外去作戰呢？讓每一個能够主宰自己的心的特洛埃人去上戰場吧；唉！特洛埃勒斯的心是早就不屬於他自己了。

潘　您不能把您的精神振作起來嗎？

特　希臘人又強壯，又有智謀，又凶猛，又勇敢；我卻比一顆婦人的眼淚更柔弱，比一頭綿羊更溫馴，比無知的蠢漢更癡愚，比夜間的處女更懦怯，比不懂事的嬰兒更笨拙。

潘　好，我的話也早就說完了；我自己實在不願再多管什麼閒事。一個人要吃麵餅，總得先等把麥子磨成了粉。

特　我不是已經等過了嗎？

潘　嗯，您已經等到麥子磨成了麵粉；可是您必須再等麵粉放在篩裏篩過。

特　那我不是也已經等過了嗎？

潘　嗯，您已經等到麵粉放在篩裏篩過；可是您必須再等它發起酵來。

特　那我也已經等過了。

潘　嗯，您已經等它發過酵了；可是以後您還要等麵粉搓成了麵團，爐子裏生起了火，把麵餅烘熟；就是烘熟以後，您還要等它涼一涼，免得燙痛了您的嘴唇。

特　忍耐的女神也沒有遭受過像我所遭受的那麼多的苦難的迫害。當我坐在普賴姆的華貴的食桌上的時候，我一想起美麗的克萊雪達，——該死的傢伙！「我一想起」！什麼時候她離開過我的腦海呢？

潘　嗯，我從來沒有看見過她像昨天晚上那樣美麗，她比無論那一個別的女人都美麗。

特　我是要告訴你：當我那顆心好像要被歎息劈成兩半的時候，爲了恐怕被赫克脫或是我的父親覺察，我不得不把這歎息隱藏在笑紋的後面，正像懶洋洋的陽光勉強從陰雲密佈的天空探出頭來一樣；可是強作歡娛的憂傷，是和樂極生悲同樣使人難堪的。

潘　她的頭髮倘不是比海倫的頭髮略微黑了點兒，——嗯，那也不用說了，她們這兩個人是比較不來的；可是拿我自己來說，她是我的姪女，我當然不好意思像人家說的過分誇奬她，不過我倒很希望有人聽見她昨天的談話，像我聽見她一樣。令姊凱珊特拉的口才固然很好，可是——

特　啊潘達勒斯！我對你說，潘達勒斯，——當我告訴你我的希望沉沒在什麼地方的時候，你不該回答我它們葬身的深淵是有多麼深。我告訴你我爲了克萊雪達愛到發瘋；你卻回答我她是多麼美麗，把她的眼睛，她的頭髮，她的臉龐，她的步態，她的語調，儘量地傾注在我心頭的傷口上。啊！你口口聲聲對我說，一切潔白的東西和她的玉手一比，都會變成墨水一樣黝黑，寫下它們自己的譴責；比起她柔荑的一握來，天鵝的絨毛是堅硬的，最敏銳的感覺，相形之下也會變成農夫的手掌一樣粗糙。當我說我愛她的時候，你這樣告訴我；你的話並沒有說錯，可是你不但不替我在愛情所加於我的傷痕上敷抹油膏，反而用刀子加深我的一道道傷痕。

潘　我說的不過是眞話。

特　你的話還沒有說到十分。

潘　眞的，我以後不管了。讓她美也好，醜也好，她果然是美的，那是她自己的福氣；要是她不美，也只好讓她自己設法補救。

特　好潘達勒斯，怎麼啦，潘達勒斯！

潘　我爲你們費了許多的氣力，她也怪我，您也怪我；在你們兩人中間跑來跑去，今天一趟，明天一趟，也不會聽見一句感謝的話。

特　怎麼！你生氣了嗎，潘達勒斯？怎麼！生我的氣嗎？

潘　因爲她是我的姪女，所以她就比不上海倫美麗；倘使她不是我的姪女，那麼她在星期五也像海倫在星期日一樣美麗。可是那跟我有什麼相干呢！即使她是個黑醜的非洲人，也不關我的事。

特　我說她不美嗎？

潘　您說她美也好，說她不美也好，我都不管。她是個傻瓜，不跟她父親去，偏要留在這兒；讓她到希臘人那兒去吧，下次我看見她的時候，一定這樣對她說。拿我自己來說，那麼我以後可再也不管人家的閒事了。

特　潘達勒斯，——

潘　我什麼都不管。

特　好潘達勒斯，——

潘　請您別再跟我多說了！言盡於此，我還是讓一切照舊的好。（潘下。內號角聲）

特　別鬧，你們這些聒耳的喧嘩！別鬧，粗暴的聲音！兩方面都是些傻瓜！無怪海倫是美麗的，因爲你們每天用鮮血塗染着她的紅顏。我不能爲了這一個理由去和人家作戰；它對於我的劍是一個太貧乏的題目。可是潘達勒斯，——天哪！你是多麼作弄着我！我要向克蕾雪達傳達我的情愫，祇有靠着潘達勒斯的力量；可是央他去說情，他自己就是這麼難說話，克蕾雪達又是那麼凛若冰霜，把一切哀求置之不聞。愛坡羅，爲了你的達芬的愛，告訴我，克蕾雪達是什麼，潘達勒斯是什麼，我們都是些什麼？她的眠牀就是印度；她睡在上面，是一顆無價的明珠；一道洶湧的波濤隔開在我們的中間；我是個採寶的商人，這個潘達勒斯便是我的不可靠的希望，我的載登彼岸的渡航。

〔號角聲。伊尼亞斯上。

伊　啊，特洛埃勒斯王子！您怎麼不上戰場去？

特　我不上戰場就是因爲我不上戰場：這是一個娘兒們的答案，因爲不上戰場就不是男子漢的行爲。伊尼亞斯，戰場上今天有什麼消息？

伊　巴里斯受了傷回來了。

特　誰傷了他，伊尼亞斯？

伊　米尼勞斯。

特　讓巴里斯流血吧；一個替人家戴上頭巾，一個替人家掛上彩，只算禮尚往來。（號角聲）聽！今天城外廝殺得多麼熱鬧！

伊　我倒寧願在家裏安靜點兒。可是我們也去湊湊熱鬧吧；你是不是要到那邊去？

伊　我立刻就要去。

特　好，那麼我們一塊兒去吧。（同下）

## 第二場　同前；街道

【克萊雪達及耶力山特上。

克　走過去的那些人是誰？

耶　赫邱巴王后和海倫。

克　她們到什麼地方去？

耶　她們是上東塔去的，從塔上可以俯瞰山谷，看到戰事的進行。赫克脫素來是個很有涵養的人，今天卻發了脾氣；他罵過他的妻子安特羅瑪契，打過他的造甲胄的人；看來戰事吃緊，在太陽升起以前他就披着輕甲，上戰場去了；那戰地上的每一朵花，都像一個先知似的，在赫克脫的憤怒中看到了將要發生的一場血戰而淒然墮淚。

克　他爲什麼發怒？

耶　據說是這樣的：在希臘軍隊裏有一個特洛埃血統的將領，是赫克脫的姪子；他們叫他做哀傑克斯。

克　好，他怎麼樣？

耶　他們說他是個與衆不同的人，這個人，姑娘，從許多野獸身上偷到了它們的特點：他像獅子一樣勇敢，熊一樣粗蠢，象一樣遲鈍。造物在他身上放進了太多的怪脾氣，以致於把他的勇氣揉成了愚蠢，在他的愚蠢之中卻又有幾分聰明。每一個人的好處，他都有一點；每一個人的壞處他也都有一點。他會無緣無故地垂頭喪氣，也會莫明其妙地興高彩烈。什麼事情他都懂得幾分，可是什麼都是雜零狗碎的，就像一個害着痛風的勃賴厄呂斯，生了許多的手，一點用處都沒有；又像一個昏眊的阿古斯，生了許多的眼睛，瞧不見什麼東西。

克　可是這個人我聽了會好笑，怎麼會把赫克脫激怒了呢？

耶　他們說他昨天和赫克脫交戰，把赫克脫打下馬來；赫克脫受到這場恥辱，氣得飯也吃不下睡也睡不着。

克　誰來啦？

【潘達勒斯上。

耶　姑娘，是您的叔父潘達勒斯。

克　赫克脫是一條好漢子。

耶　他在這世上可算是一條好漢，姑娘。

潘　你們說些什麼？你們說些什麼？

克　早安，潘達勒斯叔叔。

潘　早安克蕾雪達姪女。你們在那兒講些什麼？早安，耶力山特。你好嗎，姪女？你什麼時候到王宮裏去過？

克　今天早上，叔叔。

潘　我來的時候你們在講些什麼？赫克脫在你進宮去的時候已經披上甲出去了嗎？海倫還沒有起來嗎？

克　赫克脫已經出去了，海倫還沒有起來。

潘　是這樣嗎？赫克脫起身得倒很早。

克　我們剛纔就在講這件事，也說起他的憤怒。

潘　他在發怒嗎?

克　這個人說他在發怒。

潘　不錯，他是在發怒;我也知道他爲什麽發怒。大家瞧着吧，他今天一定要顯一顯他的全身本領;還有特洛埃勒斯，他的武藝也不比他差多少哩;大家留心着特洛埃勒斯吧，看我的話有沒有錯。

克　什麽!他也發怒了嗎?

潘　誰，特洛埃勒斯嗎?這兩個人比較起來，還是特洛埃勒斯强。

克　天哪!這兩個人怎麽比得起來?

潘　什麽!特洛埃勒斯不能跟赫克脫相比嗎?你眼睛裏識得英雄嗎?

克　嗯，要是我見過他，我會認識他的。

潘　好，我說特洛埃勒斯是特洛埃勒斯。

克　那麽您的意思跟我一樣，因爲我相信他一定不是赫克脫。

潘　赫克脫也有不如特洛埃勒斯的地方。

克　不錯，他們各人有各人的本色;各人都是他自己。

潘　他自己!唉，可憐的特洛埃勒斯!我希望他是他自己。

克　他正是他自己呀。

潘　他自己!不，他不是他自己。但願他是他自己!好，天神在上，時間倘不照顧人，也會替人了結一切。好，特洛埃勒斯，好!我希望我的心在她的腔子裏。不，赫克脫並不比特洛埃勒斯更了得。

克　對不起。
潘　他年紀大了些。
克　對不起，對不起。
潘　那一個還不曾到他這樣的年紀；等到那一個也到了這樣的年紀，你就要對他刮目相看了。赫克脫今年已經老得有點頭腦糊塗了，他沒有特洛埃勒斯的聰明。
克　他有他自己的聰明，用不到別人的聰明。
潘　也沒有特洛埃勒斯的才能。
克　那也用不到。
潘　也沒有特洛埃勒斯的漂亮。
克　那是和他的威武不相稱的；還是他自己的相貌好。
潘　好女，你真是不生眼睛海倫前天也說過，特洛埃勒斯雖然皮膚黑了點兒，——我必須承認他的皮膚是黑了點兒，不過也不算怎麼黑，——
克　不，不就是有點兒黑。
潘　憑良心說，黑是黑的，可是也不算黑。
克　說老實話，真是真的，可是有點兒假。
潘　她說他的皮膚的顏色勝過巴里斯。
克　啊，巴里斯的皮膚難道血色不足嗎？

潘　不，他的血色很足。

克　那麼特洛埃勒斯的血色就嫌太多了：要是她說他的皮膚的顏色勝過巴里斯，那麼他的血色一定比巴里斯更旺：一個的血色已經很足，一個卻比他更旺，那一定紅得像火燒一樣，還有什麼好看我倒還是希望海倫的金口恭維特洛埃勒斯長着一個紫銅色的鼻子。

潘　我向你發誓，我想海倫愛他勝過巴里斯哩。

克　那麼她真是一個風流的希臘女人了。

潘　是的，我的的確確知道她愛着他。有一天她跑到他的房間裏去，——你知道他的下巴上一共還不過出了三四根鬍子，——

克　不錯，一個酒保都可以很快地把他的鬍子算出一個總數來。

潘　他年紀很輕，可是他的哥哥赫克脫能够舉起的重量，他也舉得起來可是我要向你證明海倫的確愛他：她跑過去把她白嫩的手摸他的下巴，——你知道他的臉上有兩個酒渦，他笑起來比腓利基亞無論那一個人都好看。

克　啊，他笑得是很好看。

潘　不是嗎？

克　是，是，就像一朵秋天的烏雲。

潘　那就是了。可是我要向你證明海倫愛着特洛埃勒斯，——

克　要是您證明有這麼一回事，特洛埃勒斯一定不會否認。

潘　特洛埃勒斯！嘿，他纔不把她放在心上，就像我瞧不起一顆壞蛋一樣呢。

克　要是您歡喜吃壞蛋，就像您歡喜胡說八道一樣，那您一定會在蛋殼裏找小雞吃。

潘　我一想到她怎樣摸弄他的下巴，就忍不住發笑；她的手眞是白得出奇，我必須承認，——

克　這一點是不用上刑罰您也會承認的。

潘　她在他的下巴上發現了一根白鬚。

克　唉！可憐的下巴！許多人的肉瘤上都比你長着更多的毛呢。

潘　可是大家都笑得不亦樂乎；赫邱琶王后笑得眼珠都打起滾來。

克　就像兩塊磨石似的。

潘　凱珊特拉也笑。

克　可是她的眼睛底下火燒得不是頂猛；她的眼珠也打滾嗎？

潘　赫克脫也笑。

克　他們究竟都在笑些什麼？

潘　哈哈，他們就是笑那根海倫在特洛埃勒斯下巴上發現的白鬚。

克　要是那是根綠鬚，那麼我也要笑起來了。

潘　這根鬍鬚還不算好笑，他的俏皮的回答纔叫他們笑得透不過氣來。

克　他怎麼說？

潘　她說，「你的下巴上一共只有五十一根鬍鬚，其中倒有一根是白的。」

克　這就是她的問題。

潘　不錯，那你可以不用問他說，「五十一根鬍鬚，一根是白的；這根白鬚是我的父親，其餘都是他的兒子」「天哪！」她說，「那一根鬍鬚是我的丈夫巴里斯呢？」「出角的那一根，」他說；「拔下來，給他拿去吧。」大家聽了都哄然大笑起來，害得海倫怪不好意思的，巴里斯氣得滿臉通紅，別的人一個個哈哈大笑，簡直笑得收不攏嘴來。

克　說了這許多時候的話，現在您也可以收攏嘴來了。

潘　好，姪女，昨天我對你說起的事情，請你仔細想一想。

克　我正在想着呢。

潘　我可以發誓那是眞的；他哭起來就像個四月裏出世的淚人兒一般。

克　那麼我就像一棵五月裏的蕁麻一樣，在他的淚雨之下長了起來。（內吹歸營號）

潘　聽！他們從戰場上回來了。我們站在這兒高一點的地方，看他們回宮去好不好？好姪女，看一看吧，親愛的克蕾雪達。

克　隨您的便。

潘　這兒，這兒，這兒有一塊很好的地方，我們可以看得淸淸楚楚。他們走過的時候，我可以一個個把他們的名字告訴你，可是你尤其要注意特洛埃勒斯。

克　說話輕一點。

〔伊尼亞斯自臺前走。

潘　那是伊尼亞斯；他不是一個好漢子嗎？我告訴你，他是特洛埃的一朵花。可是留心看好特洛埃勒斯；他就要來了。

〔恩替諾自臺前走過。

克　那個人是誰？

潘　那是恩替諾；我告訴你，他是一個很有機智的人，也是一個很好的漢子；他在特洛埃是一個頂有見識的人，他的儀表也很不錯。特洛埃勒斯什麼時候纔來呢？我就可以把特洛埃勒斯指點給你看；他要是看見我，一定會向我點頭招呼的。

克

〔赫克脫自臺前走過。

潘　那是赫克脫，你瞧，你瞧，這纔是個漢子！願你勝利，赫克脫！姪女，這纔是個好漢子。啊，勇敢的赫克脫！瞧他的神氣多麼威嚴！他不是個好漢子嗎？

克　啊！眞是個好漢。

潘　不是嗎？看見了這樣的人，眞叫人心裏高興。你瞧他盔上有多少刀劍的痕跡！瞧那邊，你看見嗎？瞧，瞧，這不是說笑話；那一道一道的，好像在說，有本領的，把我挑下來吧！

克　那些都是刀劍割破的嗎？

潘　刀劍？他什麼都不怕；即使魔鬼來找着他，他也不放在心上。看見了這樣的人，眞叫人心裏高興。巴里斯打那邊來了，巴里斯打那邊來了。

〔巴里斯自臺前走過。

潘　姪女，你瞧那邊；他不也是個英俊的男子嗎？噯喲，瞧他多神氣！誰說他今天受了傷回來？他沒有受傷；海倫看見了一定很高興，哈哈！我希望現在就看見特洛埃勒斯！你就可以看見特洛埃勒斯了。

克　那是誰？

【亥倫納斯自臺前走過。

潘　那是亥倫納斯。我不知道特洛埃勒斯到什麼地方去了。那是亥倫納斯。我想他今天大概沒有出去。那是亥倫納斯。

克　亥倫納斯會不會打仗，叔叔？

潘　亥倫納斯？不，不是，他還能應付兩下。我不知道特洛埃勒斯到什麼地方去了。聽！你不聽見人們在喊「特洛埃勒斯」嗎？亥倫納斯是個祭司。

克　那邊來的那個鬼鬼祟祟的傢伙是誰？

【特洛埃勒斯自臺前走過。

潘　什麼地方？那邊嗎？那是台福勃斯。啊，那是特洛埃勒斯！姪女，這纔是個好漢子！喝！勇敢的特洛埃勒斯！武士中的魁首！

克　靜聲！不害羞嗎？別鬧啦！

潘　瞧着他，留心瞧着他；啊，勇敢的特洛埃勒斯！姪女，好好兒瞧着他瞧他的劍上沾着多少的血，他的盔被刀劍斫得比赫克脫那頂還要破；瞧他的神氣，瞧他走路的姿勢！啊，可欽佩的少年！他還沒有滿二十三歲哩。願你勝利特洛埃勒斯，願你勝利！要是我有一個姊妹是女神，或是有一個女兒是天仙，我也願意讓他自己選一個去。啊，可欽佩的男子！巴里斯？嘿！巴里斯比起他來簡直泥土不如；我可以大膽說一句，海倫要是能够把巴里斯換了特洛埃勒斯，就是叫她挖出一顆眼珠來她也甘心情願的。

克　又有許多人來了。

〔衆軍士自臺前走過。

潘　驢子！傻瓜！蠢才！麩皮和糠屑，麩皮和糠屑！大魚大肉以後的稀粥！我可以在特洛埃勒斯的眼睛裏度過我的一生。別瞧啦，別瞧啦；鷹隼已經過去，現在就剩了些烏鴉，就剩了些烏鴉！我寧願做一個像特洛埃勒斯那樣的男子，不願做阿加曼儂以及整個的希臘。

克　在希臘人中間有一個亞契爾斯，他比特洛埃勒斯强得多啦。

潘　亞契爾斯！他祇好推推車子，扛扛東西，他簡直是隻駱駝。

克　好，好。

潘　「好，好！」嘿，難道你一點不懂得好壞嗎？難道你沒有眼睛嗎？你不知道怎樣纔算一個好男子嗎？家世，容貌，體格，談吐，勇氣，學問，文雅，品行，青春，慷慨，這些不全是一個理想的男子少不了的條件嗎？

〔特洛埃勒斯侍僮上。

僮　老爺，我的主人請您馬上過去，有事相談。

潘　在什麼地方？

僮　就在您府上；他就在那邊脫下他的盔甲。

潘　好孩子，對他說我就來。（僮下）我不知道他有沒有受傷。再見，好姪女。

克　再見，叔叔。

潘　姪女，等會兒我就來看你。

克　叔叔，您要帶些什麼來嗎？

潘　是的，我要帶一件特洛埃勒斯的禮物給你

克　那麼您眞是個氤氳使者了。（潘下）言語，盟誓，禮物，眼淚，以及戀愛的全部祭禮，他都借着別人的手向我呈獻過了；然而我從特洛埃勒斯本身所看到的，比之從潘達勒斯的諛辭的鏡子裏所看到的，還要淸楚千倍。可是我卻還不能就答應他。女人在被人追求的時候是個天使；無論什麼東西，一到了人家手裏，便一切都完了；無論什麼事情，也祇有在正在進行的時候興趣最爲濃厚。一個被人戀愛的女子，要是不知道男人重視未獲得的事物，甚於既得的事物，她就等於一無所知；一個女人要是以爲戀愛在達到目的以後，還是像熱情未獲滿足以前一樣的甜蜜，那麼她一定從來不曾有過戀愛的經驗。所以我從戀愛中間歸納出這一句箴言：既得之後是命令，未得之前是請求。雖然我的心裏裝滿了愛情，我卻不讓我的眼睛洩漏我的祕密。（克、耶同下）

## 第三場　希臘營地阿加曼儂帳前

【吹號；阿加曼儂，納斯脫，尤列賽斯，米尼勞斯，及餘人等上

阿　各位王子，你們的臉上爲什麼都是這樣鬱鬱不樂？希望所給我們的遠大的計劃，並不能達到我們的預期；我們雄心勃勃的行爲，發生了種種阻礙困難，正像蟠結的樹癭扭曲了松樹的紋理，妨害了它的發展一樣。各位王子，你們都知道我們這次遠征，已經遭遇意外的滯延，特洛埃城被圍七年，還不能把它攻克下來；我們每一次的進攻，都不能收到理想中的效果。你們因爲看到了這樣的成績，所以滿臉羞愧，認爲莫大的恥辱嗎？實在說起來，那不過是偉大的喬武有意試探我們人類有沒有恆心的一段長時期的測驗而已。人們在被命運眷寵的時候，勇怯强弱智愚賢不肖都看不出什麼分別來；可是一旦爲幸運所拋棄，開始涉歷驚風駭浪的時候，就好像有一把

廣大有力的扇子，把他們搧分開來，柔弱無用的都被搧去，有毅力有操守的卻會卓立不動。

納　偉大的阿加曼儂，恕我不揣冒昧，補充你的意思說幾句話。在命運的顚沛中，最可以看出人們的氣節：波平浪靜的時候，有多少輕如一葉的小舟，敢在寧謐的海面上駛過，和那些載重的大船並駕齊驅！可是一等到風濤怒作的時候，你就可以看見那堅固的大船像一匹淩空的天馬，從如山的雪浪裏騰躍疾進；那憑着自己單薄脆弱的船身，便想和有力者競勝的不自量力的小舟呢？不是逃進了港裏，便是葬身在海神的腹中了。表面的勇敢，和實際的威武也正是這樣在命運的風浪中區別出來：在和煦的陽光照耀之下，迫害着牛羊的不是猛虎而是蝱虻；可是當烈風吹倒了多節的橡樹，蝱虻向有蔭庇的地方紛紛飛去的時候，那山谷中的猛虎便會應和着天風的怒號，發出驚人的長嘯，正像一個叱咤風雲的志士，不肯在命運的困迫之前低頭一樣。

尤　阿加曼儂，你偉大的統帥，整個希臘的神經和脊骨，我們全軍的靈魂和主腦，聽尤列賽斯說幾句話。對於你在你的崇高的領導的地位上所發表的有力的言詞，以及你，納斯脫，憑着你的老成練達的人生經驗所提出的可尊敬的意見，我只有贊美和同意；你的話，偉大的阿加曼儂，應當刻在高聳雲霄的銅柱上，讓整個希臘都能瞻望得到；你的話，尊嚴的納斯脫，應當像天軸地柱一樣，把所有希臘人的心繫束在一起：可是請你們再聽尤列賽斯說幾句話。

阿　說吧，依瑟加的王子；從你的嘴唇裏吐出來的，一定不會是瑣屑的空談，無聊的廢話，正像下流的塞息替斯一張開嘴，我們便知道不會有音樂，智慧和天神的啓示一樣。

尤　特洛埃至今兀立不動，沒有給我們攻下，赫克脫的寶劍仍舊在它主人的手裏，這都是因爲我們漠視了軍令的森嚴所致。看這一帶大軍駐屯的陣地，散佈着多少虛有其表的營寨，誰都懷着各不相下的私心。大將就像是一個蜂房裏的蜂王，要是採蜜的工蜂大家各自爲政，不把採得的糧食歸獻蜂王，那麼還有什麼蜜可以釀得出來呢？尊卑的等級可以不分，那麼最微賤的人也可以和最有才能的人分庭抗禮了。諸天的星辰，在運行的時候，誰都恪守着自身的等級和地位，遵循着各自的不變的軌道，依照着一定的範圍，季候，和方式，履行它們經常的職責；所以燦爛的太陽纔能高拱中天，炯察寰宇，糾正星辰的過失，揭惡揚善，發揮它的無上威權。可是衆星如果出了常軌，陷入了混亂的狀態，那麼多少的災禍，變異，叛亂，海嘯，地震，風暴，驚駭，恐怖，將要震撼，摧裂，破壞，毀滅這宇宙間的和諧！紀律是達到一切雄圖的階梯，要是紀律發生動搖，啊！那時候事業的前途也就變成黯淡了。要是沒有紀律，社會上的秩序怎麼可以穩定？學校中的班次怎麼可以整齊？城市中的和平怎麼可以保持？各地間的貿易怎麼可以暢通？法律上所規定的與生俱來的特權，以及尊長，君王，統治者，勝利者所享有的特殊權利，怎麼可以確立不墜？祇要把紀律的琴絃拆去，聽吧！多少刺耳的噪音就會發了出來；一切都是互相牴觸；江河裏的水會泛濫得高過堤岸，淹沒了整個的世界；强壯的要欺淩老弱，不孝的兒子要打死他的父親；威力代替了公理，沒有了是非之分，也沒有正義存在。那時候權力便是一切，而憑仗着權力，便可以逞着自己的意志，放縱他的無厭的貪慾；慾望，這一頭貪心不足的餓狼，得到了意志和權力的兩重輔佐，勢必至於把全世界供它的饞吻，然後把自己也吃去了。偉大的阿加曼儂，這一種混亂的狀態，祇有在紀律被人扼斃以後纔會發生。就是因爲漠視了紀律，有意前進的纔會反而向後退卻。主帥被他屬下的將領所輕視，那將領又被他的屬下所輕視，這樣上行下效，誰都瞧不起他的長官，結果就引起了猜嫉爭競的心理，傷害了整個軍隊的元氣。特洛埃所以至今兀立不動，不是靠着它自己的力量，乃是靠着我們的這一種弱點；換句話說，它的生命是全賴我們的弱點替它支持下來的。

納　尤列賽斯已經很智慧地指出了我們的士氣所以不振的原因。

阿　尤列賽斯，病原已經發現了，那麽應當怎樣對症下藥呢？

尤　公認爲我軍中堅的亞契爾斯，因爲聽慣了人家的讚譽，養成了驕矜自負的心理，常常高臥在他的營帳裏，譏笑着我們的戰略；還有伯特羅克勒斯也整天陪着他懶洋洋地躺在一起，說些粗俗的笑話，用荒唐古怪的動作扮演着我們，說是模擬我們的神氣。有時候，偉大的阿加曼儂，他模倣着崇高的你，像一個高視闊步的伶人似的，走起路來脚底下發出蹬蹬的聲響，用這種可憐可笑的誇張的舉止，表演着你的莊嚴的形狀；當他說話的時候，就像一串啞鐘的聲音，發出一些荒誕無稽的怪話。魁梧的亞契爾斯聽見了這臭腐的一套，就會笑得在牀上打滾，從他的胸口笑出了一聲洪亮的喝彩：「好哇！這正是阿加曼儂。現在再給我扮演納斯脫；咳嗽一聲，摸摸你的鬍鬚，就像他正要發表什麽演說一樣。」伯特羅克勒斯就這樣扮了，扮得一點也不像，可是亞契爾斯仍舊喊着，「好哇！這正是納斯脫。現在，伯特羅克勒斯，給我表演他穿上盔甲去抵禦敵人夜襲的姿態。」於是老年人的弱點，就要成爲他們取笑的資料。咳一聲嗽，吐一口痰，攤瘓的手亂抓亂摸着頸口的鈕釘。我們的英雄看見了這樣的把戲，簡直的要笑死了，他喊着，「啊！够了，伯特羅克勒斯；我的肋骨不是鋼鐵打的，你再扮下去，我要把它們一起笑斷了。」他們這樣嘲笑着我們的能力，才幹，性格，外貌，各個的和一般的優長；我們的進展，計謀，命令，防禦，臨陣的興奮，議和的言論，我們的勝利或失敗，以及一切眞實的或無中生有的事實，都被這兩人引爲信口雌黄的題目。

納　許多人看着這兩個人的榜樣，也已經沾上了這一種惡習。哀傑克斯也變得執拗起來了，他那目空一切的神氣，就跟亞契爾斯沒有兩樣；他也照樣在自己的寨中獨張一幟，聚集一班私黨飲酒喧嘩，大言無忌地指斥着戰爭的現狀；他手下有一個名叫瑟息替斯的奴才，一肚子都是駡人的言語，他就縱容着他把我們比並得泥土不如，使軍中對我們失去了信仰，也不管這種言論會引起多麽危險的後果。

尤　他們斥責我們的政策，說它是懦怯；他們以爲在戰爭中間用不到智慧；先見之明是不需要的，唯有行動纔是一切；至於怎樣調遣適當的軍力，怎樣測度敵人的强弱，這一類運籌帷幄的智謀，在他們的眼中都不值一笑，認爲只是些癡人說夢，紙上談兵：所以在他們看來，一輛憑着它的龐大的蠻力衝破城牆的戰車，它的功勞遠過於製造這戰車的人，也遠過於運用他們的智慮指揮它的行動的人。（喇叭奏花腔）

阿　這是那裏來的喇叭聲音？米尼勞斯，你去瞧瞧。

米　是從特洛埃來的。

【伊尼亞斯上。

阿　你到我們的帳前來有什麽事？

伊　請問一聲，這就是偉大的阿加曼儂的營寨嗎？

阿　正是。

伊　我是一個使者，也是一個王子，可不可以讓我把一個善意的音信傳到他的尊貴的耳中？

阿　當着全體擁戴阿加曼儂爲他們的統帥的希臘將士面前，我給你比亞契爾斯的手臂更堅强的保證，你可以對他說話。

伊　謝謝你給我這樣寬大的允許和保證。可是一個異邦人怎麽可以從這許多人中間，辨別出那一個是他們最尊貴的領袖呢？

阿　怎麽！

伊　是的，我這樣問着因爲我要喚起我的敬意，叫我的頰上準備着呈現一重慚愧的顏色，就像黎明冷眼窺探着少年的腓勃斯一樣。那一位是那指導世人的天神，尊貴威嚴的阿加曼儂？

阿　這個特洛埃人在嘲笑我們；否則特洛埃人都是些善於辭令的朝士。

伊　在和平的時候，他們是以天使般坦白文雅溫恭著名的朝士；可是當他們披上甲胄的時候，他們有的是無比的膽量，精良的武器，强健的筋骨，鋒利的刀劍，什麼也比不上他們的勇敢。可是住口吧，伊尼亞斯！讚美倘然從被讚美者自己的嘴裏發出，是會減去讚美的價值的；從敵人嘴裏發出的讚美，纔是眞正的光榮。

阿　特洛埃的使者，你說你的名字是伊尼亞斯嗎？

伊　是，希臘人，那是我的名字。

阿　你來有什麼事？

伊　恕我，將軍，我必須向阿加曼儂當面說知我的來意。

阿　從特洛埃來的消息，他必須公之於衆人。

伊　我從特洛埃奉命來此，也不是來向他的耳邊密語；我帶了一個喇叭來，要吹醒他的耳朵，喚起他的注意，然後再讓他聽我的話。

阿　請你像風一樣自由地說吧，現在不是阿加曼儂酣睡的時候；特洛埃人，你將要知道他是淸醒着，因爲他親口這樣告訴你。

伊　喇叭，吹響起來吧，把你的洪亮的聲音傳進這些怠惰的營帳裏；讓每一個有骨氣的希臘人知道，特洛埃的意旨是要用高聲宣布出來的。（喇叭吹響）偉大的阿加曼儂，在我們特洛埃有一位赫克脫王子，普賴姆是他的父親，他在這沉悶的長期的休戰中，感到了髀肉復生的悲哀；他叫我帶了一個喇叭來通知你們；各位賢士，各位王子，各位將軍！要是在希臘的濟濟英才之中有誰重視榮譽甚於安樂，有誰爲了博取世人的讚美，不惜冒着重大的危險；有誰信任着自己的勇氣，不知道世間有可怕的事；有誰愛戀他的情人，不僅託之於當着他所愛者的面前所發的空言，並且也敢在別人的懷抱裏矢言她的美貌和才德：要是有這樣的人，那麼請他接受赫克脫的挑戰。赫克脫願意當着特洛埃人和希臘人的面前，用他的全力證明他有一個比任何希臘人所曾經擁抱過的更聰明，更美貌，更忠心的愛人；明天他要在你們的陣地和特洛埃的城牆之間的地帶，用喇叭吹起一個眞心愛他情人的希臘人來，赫克脫願意和他一角勝負；倘然沒有這樣的人，那麼他要回到特洛埃去向人家說，希臘的姑娘們都是又黑又醜，不値得一顧的。這就是他叫我來說的話。

**阿**　伊尼亞斯將軍，這番話我可以去告訴我們軍中的情人們；要是我們軍中沒有這樣的人，那麼我們一定把這樣的人都留在國內了。可是我們都是軍人；一個軍人要是不想戀愛，不曾戀愛，或者不是正在戀愛，他一定是個卑怯的傢伙！我們中間倘有一個正在戀愛，或者曾經戀愛過的，或者準備戀愛的人，他可以接受赫克脫的挑戰；要是沒有別人，我願意親自出馬。

**納**　對他說有一個納斯脫在赫克脫的祖父還在吃奶的時候就是個漢子了，他現在雖然有了年紀，可是在我們希臘軍中，倘然沒有一個腔子裏燃着一星光榮的火花，願意爲他的戀人而應戰的勇士，你就去替我告訴他，我要把我的銀鬚藏在黃金的面甲裏，憑着我這一身衰朽的筋骨，也要披上甲胄，和他在戰場上相見；我要對他說我的愛人比他的祖母更美，全世界沒有比她更貞潔的女子；爲了證明這一個事實，我要用我僅餘的三兩點老血，和他的壯年的盛氣決一高下。

伊　天哪！難道年青的人這麼少，一定要您老人家上陣嗎？

阿　伊尼亞斯將軍，讓我攙着您的手，先帶您到我們大營裏看看，亞契爾斯必須知道您這次的來意；各營各寨，每一個希臘將領也都要一體傳聞。在您回去以前，我們還要請您喝杯酒兒，表示我們對於一個高貴的敵人的敬禮。

（除尤、納外同下）

尤　納斯脫！

納　你有什麼話，尤列賽斯？

尤　我想起了一個幼稚的念頭；請您幫我斟酌斟酌。

納　你想起些什麼？

尤　我說，鈍斧斬硬節，亞契爾斯驕傲到這樣一個地步，倘不把他及時挫折一下，讓他的驕傲的種子播散開去，恐怕後患不堪設想。

納　那麼你看應當怎麼辦？

尤　赫克脫的這一次挑戰雖然沒有指名叫姓，實際完全是對亞契爾斯而發的。

納　他的目的很顯然；我們在宣佈他的挑戰的時候，應當盡力使亞契爾斯明白，——即使他的頭腦像里比亞沙漠一樣荒涼，——赫克脫的意中是以他為目標的。

尤　您以為我們應當激起他來，叫他去應戰嗎？

納　是的，這是最適當的辦法。除了亞契爾斯以外，誰還能從赫克脫的手裏，奪下勝利的光榮來呢？雖然這不過是一場遊戲的鬥爭，可是從這回試驗裏，却可以判斷出兩方實力的高低；因為特洛埃人這次用他們最優秀的將材來試探我們的聲威，相信我，尤列賽斯，我們的名譽在這場兒戲的行動中將要遭受嚴重的試驗，結果如何，雖然只是一時的得失，但一隅可窺全局，未來的重大演變，未始不可以從此舉的結果觀察出來。前去和赫克脫決戰的人，在衆人的心目中必須是從我們這裏挑選出來的最有本領的人物，爲我們全軍的靈魂所寄，就好像他是從我們各個人的長處中提鍊出來的精華；要是他失敗了，那得勝的一方不是將要勇氣百倍，格外加强了他們的自信，即使單憑着一雙赤手，也會出入白刃之間而不知恐懼嗎？

**尤**　恕我這樣說，我以爲唯其如此，所以不能讓亞契爾斯去接受赫克脫的挑戰。我們應當像商人一樣，儘先把次貨拿出來，試試有沒有脫售的可能；要是次貨賣不出去，然後再把上等貨色拿出來，那麼在相形之下，更可以顯出它的光彩。不要容許赫克脫和亞契爾斯交戰，因爲我們全軍的榮辱，雖然繫此一舉，可是無論那一方面得勝，勝利的光榮總不會屬於我們的。

**納**　我老糊塗了，不能懂得你的意思。

**尤**　亞契爾斯倘不是這樣驕傲，那麼他從赫克脫手裏取得的光榮，也就是我們共同的光榮；可是他現在已經是這樣傲慢不遜，倘使赫克脫也不能取勝他，那他一定會更加目空一世，在他侮蔑的目光之下，我們都要像置身於非洲的驕陽中一樣汗流浹背了；要是他失敗了，那麼他是我們的首將，他的恥辱當然要影響到我們全軍的聲譽。不，我們還是採取抽籤的辦法，預先安排好讓愚蠢的哀傑克斯抽中，叫他去和赫克脫交戰；我們在私人之間，再竭力捧他一下，把他恭維得比亞契爾斯還强，那對於我們這位戴慣高帽子的大英雄可以成爲一服淸心的藥劑，把他沖天的傲氣挫折幾分。要是那個沒有頭腦的愚蠢的哀傑克斯奏凱而歸，我們不妨替他大吹特吹；要是他失敗了，那麼他本來不是什麼了不得的人物，也不算丢了我們的臉。不管勝負如何，我們主要的目的，是要借着哀傑克斯的手，壓下亞契爾斯的氣燄。

納　尤列賽斯，你的意思果然很好，我可以先去向阿加曼儂說說；我們現在就去找他吧。制伏兩條咬人的惡犬，最好的辦法是請他們彼此相爭，驕傲便是挑撥它們摶鬥的一根肉骨。（同下）

# 第二幕

## 第一場　希臘營地的一部分

〔哀傑克斯及瑟息替斯上。

哀　瑟息替斯！

瑟　要是阿加曼儂渾身長起毒瘡來呢？

哀　瑟息替斯！

瑟　要是那些毒瘡都出起膿來呢？

哀　狗！

瑟　那麼咱們這位大帥不是變成一個膿包了嗎？

哀　你這狼狗養的，你不聽見嗎？我打你。（打瑟）

瑟　整個希臘的瘟疫降在你身上，你這蠢牛一樣的狗雜種將軍！你再說，你這發霉的酵母，再說；我要打去你這醜陋的皮囊。

瑟　我要罵開你那糊塗的心竅；可是我想等到你能够不瞧着書本念熟一段禱告的時候，你的馬兒也會背誦一篇演說了。你會打人嗎？你這害血瘟症的！

哀　壞東西，把佈告念給我聽。

瑟　你這樣打我，你以爲我是沒有知覺的嗎？

哀　那佈告上怎麼說？

瑟　我想它說你是個傻瓜。

哀　你再說，野猪，你再說；我的手指頭癢着呢。

瑟　我希望你從頭上癢到脚上，讓我把你渾身的皮都搔破了，叫你做一個全希臘頂討人厭的癩皮化子。叫你衝鋒上陣的時候，你就打不動了。

哀　我叫你把佈告念給我聽！

瑟　你一天到晚嘰哩咕嚕地駡亞契爾斯，因爲他比你神氣，所以你一肚子的不舒服，就像一個醜婦瞧不慣別人長得比她好看一樣；哼，你簡直像狗一樣向他叫個不停。

哀　瑟息替斯老太太！

瑟　你可以打他呀。

哀　你這烘壞了的歪麵包塊兒！

瑟　他會像一個水手砸碎一塊硬麵包似的，一拳頭就把你打得血肉橫飛。

哀　你這婊子生的賤狗！（打瑟）

瑟　你打，你打。

哀　你這替妖精墊屁股的凳子！

瑟　好，你打，你打；你這糊塗將軍！我的臂彎裏也比你有更多的頭腦；一頭蠢驢都可以做你的老師；你這下賤的蠢驢了！他們叫你到這兒來打幾個特洛埃人，你卻給那些聰明人賣來賣去，好像一個蠻族的奴隸一般。要是你儘打我，我就從你的脚跟罵起，一寸一寸罵上去，一直罵到你的頭頂，你這沒有肚腸的東西，你！

哀　你這狗！

瑟　你這下賤的將軍！

哀　你這惡狗！（打瑟）

瑟　你這戰神手下的白癡！你打，不講禮的東西；你打，蠢駱駝；你打，你打。

〔亞契爾斯及伯特羅克勒斯上。

亞　啊，怎麼，哀傑克斯！你爲什麼打他？喂，瑟息替斯！怎麼一回事？

瑟　你瞧他，你看見嗎？

亞　我看見；是怎麼一回事？

瑟　不，你再瞧瞧他。

亞　好；是怎麼一回事？

瑟　不，你仔細瞧瞧他。

亞　好，我瞧過了。

瑟　可是你還沒有把他瞧清楚；因爲無論你把他當作什麼人，他總是哀傑克斯。

亞　那我也知道，傻瓜。

瑟　不錯，可是那傻瓜卻不知道他自己。

哀　所以我打你。

瑟　聽，聽，聽，聽，這還成什麼話！簡直是驢子的理由。我可以拿一個銅子去買九隻麻雀，可是他的腦子還不值一隻麻雀的九分之一。我告訴你，亞契爾斯，這傢伙把思想裝在肚子裏，把大腸小腸一起塞在他的腦袋裏，讓我告訴你我對他說些什麼話。

亞　你怎麼說？

瑟　我說，這個哀傑克斯——（哀舉手欲打）

亞　且慢，好哀傑克斯。

瑟　他所有的一點點兒智慧——

亞　不，你不要動手。

瑟　還塞不滿海倫的針眼。

亞　住口，傻瓜！

瑟　我倒是想安安靜靜的，可是那傻瓜一定要跟我鬧；瞧他，瞧他，你瞧。

哀　啊你這該死的賤狗！我要——

亞　你何必跟一個傻瓜鬥嘴呢？

瑟　不，他纔不敢哩；他還鬥不過一個傻瓜的嘴。

伯　說得好，瑟息替斯。

亞　爲什麼鬧起來的？

哀　我叫這壞貓頭鷹去替我看看佈告上說些什麼話，他就駡起我來了。

瑟　我又不是替你做事的。

哀　好，很好。

瑟　我是自己到這兒來的。

亞　你是自己到這兒來挨打的嗎？

瑟　哼，你也是條沒腦子的蠻牛。赫克脫要是把你們兩個人的腦殼搥了開來，那纔是個大笑話，因爲這簡直就跟搥碎一個空心的爛胡桃沒有分別。

亞　怎麼，瑟息替斯，你把我也駡起來了嗎？

瑟　尤列賽斯還有那個納斯脫老頭子，他的頭腦在你們的祖父還沒有長脚爪的時候就已經發了霉了，把你們當作牛馬一樣駕馭，趕你們到戰場上去替他們打仗。

亞　什麼？什麼？

瑟　是的，老實對你們說吧。哼，亞契爾斯！哼，哀傑克斯！哼！

哀　我要割下你的舌頭。

瑟　沒有關係，我割下了舌頭還比你會說話些。

伯　別多說啦，瑟息替斯；還不住口！

瑟　亞契爾斯的走狗叫我別說話，我就閉上了嘴嗎？

亞　他罵到你身上來了，伯特羅克勒斯。

瑟　我要瞧你們像一串猪狗似的弔起來，然後再會踏進你們的營帳裏；我要去找一處有聰明人的地方住下，再不跟傻瓜們混在一起了。（下）

伯　他去了倒爽乾淨。

亞　哀傑克斯傳諭全軍的是這麼一件事：赫克脫要在明天早上五點鐘的時候，在我們的營地和特洛埃城牆之間，用喇叭爲號，召喚我們這兒的一個武士去和他決戰；要是誰敢宣稱——我記不得那一套話，全是些胡說八道。再見。

哀　再見。那麼派誰去應戰呢？

亞　我不知道；那是要用抽籤決定的；否則他們應該知道叫誰去的。

哀　啊，你的意思是說你自己。待我再去探聽探聽消息。（各下）

## 第二場　特洛埃；普賴姆宮中一室

〔普賴姆，赫克脫，特洛埃勒斯，巴里斯，及亥倫納斯上。

普　拋擲了這許多時間，生命，和言語以後，希臘軍中的納斯脫又向我們發出了這樣的通牒：「把海倫交還我們，那麼一切其他的損害，例如榮譽上的汚辱，時間上的損失，人力物力的消耗，將士的傷亡，以及充塡戰爭慾壑所消費的一切，都可以置之不問。」赫克脫，你的意思怎樣？

赫　就我個人而論，雖然我比誰都不怕這些希臘人，可是，尊嚴的普賴姆，沒有一個軟心腸的女人會像我這樣瞻望着不可知的前途而憂懼。放海倫回去吧；自從爲了這一個問題開始掀動干戈以來，我們已經犧牲了無數的軍士，他們每一個人的生命都像海倫一樣寶貴；要是我們喪亡了這許多的同胞，去保衞一件旣不屬於我們，對於我們又沒有多大價值的東西，那麽我們憑着什麽理由，拒絕把她交還給人家呢？

特　什麽話！哥哥，你把我們偉大尊嚴的父王的榮譽，去和微賤的生命放在一個天平裏稱量嗎？你要用算盤來計算出他的無限的廣大，用恐懼和理智的狹窄的分寸來束縛不可測度的巨人的腰身嗎？呸，說這樣丟臉的話！

亥　你這樣痛斥理智是不是爲奇的，因爲你是個完全沒有理智的人。是不是因爲你說了這一套意氣用事的話，所以我們的父王就不該用理智來處理他的事務了嗎？

特　你還是去做做夢打打瞌睡吧，我的祭司哥哥。我可以把你的一番大道理替你說了出來：你知道敵人是要來加害於你的；你知道一柄出鞘的劍是危險的，按照着理智，一個人應當明哲保身；所以亥倫納斯一看見拿起了劍的希臘人，就會像一顆出了軌道的流星似的，借着理智的翅膀高飛遠走，這還用得着奇怪嗎？不，我們要是談理智，那麽還是關起大門睡覺吧。一個堂堂男子，要是讓他的腦中塞滿了理智，就會變成一個膽小怕事的懦夫，汩沒了他的英勇的氣概。

赫　兄弟，她是不值得我們費了這麽多代價去保留下來的。

特　那一樣東西的價值不是按照着人們的估計而決定的？

赫　可是價值不能憑着私心的愛憎而決定；一方面這東西的本身必須確有可貴的地方，一方面它必須爲估計者所重視，這樣它的價值纔能確立。要是把隆重的祭禮，去向一個卑微的神祇獻祭，那就是瘋狂的崇拜；偏執着私人的感情，而不知辨別是非利害，也就是溺愛不明。

特　假如我今天娶了一個妻子，我的選擇是取決於我的意志，我的意志是受我的耳目所左右；假如我在選定以後，我的意志重新不滿於我的選擇，那麼我怎麼可以避免既成的事實呢？一方面逃避責任，一方面又要不損害自己的榮譽，這樣的事是不可能的。我們把綢緞汚毀了以後，就不能再把它向商家退換；我們也不因爲已經吃飽，就把剩餘的食物倒在腌臢的陰溝裏。當初大家都贊成巴里斯去向希臘人報復；你們的一致同意鼓勵了他的遠行，善於搗亂的海浪和天風也協力幫助他一帆風順地到了他的目的地；爲了希臘人俘擄了我們一個年老的姑母，他奪回了一個希臘的王妃作爲交換，她的青春和嬌體，掩蓋了朝暾的美麗。我們爲什麼留住她不放？因爲希臘人沒有放還我們的姑母。她是值得我們保留的嗎？啊，她是一顆明珠，它的高貴的價值，曾經歆動過千百個國王迢迢渡海而來，大家都要做一個覓寶的商人。你們不能不承認巴里斯的前去並不是失策，因爲你們大家都喊着「去！去！」你們也不能不承認他帶回了光榮的戰利品，因爲你們大家都拍手歡呼，說她的價值是不可估計的；那麼你們現在爲什麼要詆毀從你們自己的智慧中產生的結果，把你們曾經估計爲價值超過海洋和陸地的寶物重新貶斥得一文不值呢？啊！贓物已經偷了來了，我們卻不敢把它保留下來，這纔是最卑劣的偷竊！這樣的盜賊是不配偷竊這樣的寶物的。

凱　（在內）痛哭吧，特洛埃人！痛哭吧！

普　什麼聲音？誰在那兒喊叫？

特　這是我們那位發瘋的姊姊，我聽得出她的聲音。

凱　（在內）痛哭吧，特洛埃人！

赫　這是凱珊特拉。

〔凱珊特拉上，狂呼。

凱　痛哭吧，特洛埃人！痛哭吧！借給我一萬隻眼眼，我要把它們充滿了先知的眼淚。

赫　安靜些，妹妹，別鬧！

凱　少年的男女們，中年的，老年的人們，還有祇會哭泣的荏弱的嬰孩們，大家幫着我哭喊呀！讓我們先付清一部分將來的重大的悲慟。痛哭吧，特洛埃人！痛哭吧！讓你們的眼睛練習練習哭泣吧！特洛埃要化爲一片平地，我們美好的宮殿要變成一堆瓦礫；我們那闖禍的兄弟巴里斯放了一把火，把我們一起燒成灰燼啦！痛哭吧，特洛埃人！痛哭吧！海倫是我們的禍根！痛哭吧，痛哭吧！特洛埃要燒起來啦，快把海倫放回去吧！（下）

赫　特洛埃勒斯兄弟，你聽了我們的姊妹這一種激昂的預言，難道一點不有動於中嗎？難道你的血液竟是這樣狂熱得無可理喻，不知道師出無名，必遭天譴嗎？

特　赫克脫大哥，行動的是非曲直，祇有從事實的發展上去判斷，凱珊特拉的瘋話，更不能沮喪我們的勇氣；我們已經把我們各人的榮譽寄託在這一次戰爭裏了，她的神經錯亂的譫語，決不能抹殺我們行動的光明正大。拿我自己來說，我正像所有普賴姆的兒子一樣，什麼都不能動搖我的決心；願上帝唾棄我們中間那些畏首畏尾的懦夫！

巴　要是我們不能貫澈始終，那麼世人將要譏笑我的行動的輕率，也要譏笑你們決策的魯莽；可是我指着天神爲證，我因爲得到你們完全的同意，方纔敢放膽行事，屏除一切的恐懼，去進行這一個危險的計劃；要不然單憑着這一雙赤手空拳，能夠做出什麼事情來呢？一個人的匹夫之勇，怎麼抵擋得了傾國之衆的敵意呢？然而我可以說一句，要是我必須獨自擔當這些困難，要是我能夠運用充分的權力，那麼巴里斯決不從他已經做下的事情縮回手來，也決不會中途氣餒。

普　巴里斯，你的話說得完全像是一個沉醉於自己的歡樂中的人；你自己吮吸着蜜糖，讓人家去嘗膽汁的苦味。我不敢恭維你的勇敢。

巴　父王，我本來不敢獨佔這樣一個美人所帶來的歡樂，可是爲了洗刷她的失身的羞辱，我不能不保持她的光榮的完整。要是現在因爲迫於對方的威脅，再把她還給敵人，那對於這位被劫的王妃是一件多麼不可容恕的罪惡，對於您的尊嚴是一個多大的汚點，對於我又是一樁多麼難堪的恥辱！難道像這樣一種卑劣的思想，也會侵入您的高貴的心裏嗎？在我們這兒即使是一個最凡庸的懦夫，爲了保衞海倫的緣故也會挺身而出，拔劍而起；無論怎樣高貴的人，都願意爲海倫獻身效命；她既然是這樣一個絕世無雙的美人，我們難道不應該爲她而作戰嗎？

赫　巴里斯，特洛埃勒斯，你們兩人的話都說得很好；可是你們對於我們現在討論的問題，不過作了一番文飾外表的詭辯，正像亞里斯多德所說的那種不適宜於聽講道德哲學的年青人一樣。你們所提出的理由，祇能煽動偏激的意氣，不能作爲抉擇是非的標準；因爲一個就於歡樂，或是溺於復仇的人，他的耳朵是比蝮蛇更聾，聽不見正確的判斷的。物各有主，這是造物的意旨；在一切人類關係之中，還有什麼比妻子對於丈夫更親近的？要是這一條自然的法律爲感情所破壞，思想卓越的人因爲被私心所朦蔽，也對它岸然不顧，那麼在每一個組織健全的國家裏，都有一條制定的法律，抑制這一類悖逆的亂行。海倫既然是斯巴達的王妃，按照自然的和國家的道德法律，就應該把她還給斯巴達；錯誤已經鑄成，倘再執迷不返地堅持下去，那就是大錯而特錯了。這是赫克脫的良心上的見解；可是雖然這麼說，我的勇敢的兄弟們，我仍舊贊同你們的意思，海倫把留下來，因爲這是對於我們全體和各個的榮譽大有關係的。

特　你這句話纔真說中了我們的本意；倘然這不過是一場意氣之爭，而不是因爲重視我們的光榮，那麼我也不願爲了保衛她的緣故，再灑一滴特洛埃的血。可是，尊貴的赫克脫，她是一個光榮的題目，可以策勵我們建立英勇卓絕的偉業，使我們戰勝當前的敵人，樹下萬世不朽的聲名；我相信即使有人給他整個世界的財富，勇敢的赫克脫也不願放棄這一個千載一時的機會。

赫　我願意和你們通力合作，偉大的普賴姆的英勇的後人。我已經向這些行動滯鈍黨派紛歧的希臘貴人們提出挑戰，驚醒驚醒他們昏睡的靈魂。我聽說他們的主將祇會睡覺不會管事，聽任手下的將士們明爭暗鬥；也許我這一聲怒吼，可以叫他覺醒過來。（同下）

## 第三場　希臘營地；亞契爾斯帳前

〔瑟息替斯上。

瑟　怎麼，瑟息替斯！你把頭都氣昏了嗎？哀傑克斯這蠢象欺人太過；他居然動手打人；可是他會打我我就會罵他，總算也出過氣了。要是顚倒過來，他罵我的時候我也可以打他，那纔痛快呢！他媽的！我一定要去學會一些降神召鬼的法術，讓我瞧見我的咒詛降在他身上。還有那個亞契爾斯，也眞是一尊好大砲。要是特洛埃一定要等這兩個人去打下來，那麼除非等到城牆自己坍倒。啊！你奧林帕斯山上發射雷霆的喬武大神，還有你，蛇一樣狡猾的墨邱利，你們要是不能把他們所有的不過這麼一點點兒的智慧拿去，那麼還算什麼萬神之王，還算什麼是智多謀？他們的智慧是這樣稀少得出奇，爲了搭救一隻黏在蛛網上的飛蟲，他們也不知道除了拔出他們的刀劍來把蛛絲斬斷以外還有什麼別的辦法。然後我希望整個的軍隊都給我遭到災殃；或者讓他們一起害楊梅瘡，因爲他們爲了一個婊子打仗，這是他們應得的報應。我的禱告已經說過了，讓不懷好意的魔鬼去說他們吧。喂！亞契爾斯將軍！

〔伯特羅克勒斯上。

伯　是誰？瑟息替斯！好瑟息替斯，進來罵幾句人給我們聽吧。

瑟　要是我能够記得一枚鍍金的鉛幣，我一定會想起你；可是那也不用說了，我要罵你的時候，祇要提出你自己的名字就够了。但願人類共同的咒詛，無知和愚蠢一起降在你的身上！上天保佑你終身得不到明師的指示，聽不到教誨的啓迪！讓你的血氣引導着你直到死去！等你死了的時候，替你掩埋的那位太太要是說你是一個漂亮的屍首，我就要再三發誓，說她一直都是掩埋着一些害大痲瘋的病人。阿們。亞契爾斯呢？

伯　什麼！你也會虔誠起來了嗎？你剛纔在禱告嗎？

瑟　是的，上天聽着我的話！

〔亞契爾斯上。

亞　誰在這兒？

伯　是瑟息替斯，將軍。

亞　那兒？那兒？你來了嗎？啊，我的乾酪，我的開胃的妙藥，你爲什麼不常常到我的桌子上來吃飯呢？來，告訴我阿加曼儂是什麼？

瑟　你的主帥，亞契爾斯。告訴我，伯特羅克勒斯，亞契爾斯是什麼？

伯　你的主人，瑟息替斯。再請你告訴我，你自己是什麼？

瑟　我是知道你的人，伯特羅克勒斯。告訴我，伯特羅克勒斯，你是什麼？

伯　你知道我，就不用問我。

亞　啊，你說，你說。

瑟　我可以把整個問題演繹下來。阿加曼儂指揮亞契爾斯；亞契爾斯是我的主人；我是知道伯特羅克勒斯的人，伯特羅克勒斯是個傻瓜。

伯　你這混蛋！

瑟　閉嘴，傻瓜！我還沒有說完呢。

亞　他是一個特許謾駡的人。說下去吧，瑟息替斯。

瑟　阿加曼儂是個傻瓜；亞契爾斯是個傻瓜；瑟息替斯是個傻瓜；伯特羅克勒斯已經說過了是個傻瓜。

亞　來，把你的理由推論出來。

瑟　阿加曼儂倘不是個傻瓜，他就不會指揮亞契爾斯；亞契爾斯倘不是個傻瓜，他就不會受阿加曼儂的指揮；瑟息替斯倘不是個傻瓜，不會伺候這樣一個傻瓜；伯特羅克勒斯不用說啦，當然是個傻瓜。

伯　爲什麼我是個傻瓜？

瑟　那你該去問那造下你來的上帝。我祇要知道你是個傻瓜就够了。瞧，誰來啦？

亞　伯特羅克勒斯，我不想跟什麼人說話跟我進來，瑟息替斯。（下）

瑟　全是些搗鬼的傢伙！爲來爲去不過是爲了一頭忘八和一個婊子，弄得彼此猜嫉，白白流去了多少人的血。但願

戰爭和姦淫把他們一起抓了去！（下）

【阿加曼儂，尤列賽斯，納斯脫，戴奧米第斯，及哀傑克斯上。

阿　亞契爾斯呢？

伯　在他的帳裏，元帥；可是他的身子不大舒服。

阿　你去對他說，我在這兒。他辱罵我的使者，現在我又卑躬屈節來拜訪他；你這樣明白告訴他，叫他不要以為我不敢在他面前提起我的地位，也不要以為我不知道我自己的身分。

伯　我就照這樣對他說。（下）

尤　我們剛纔看見他站在營帳的前面；他沒有病。

哀　他害的是獅子的病，驕傲是他的病根。你們要是歡喜這個人，那麼也可以說是一種憂鬱症；可是照我說起來，完全是驕傲。他憑着什麼理由這樣驕傲呢？元帥，我對你說句話。（拉阿加曼儂立一旁）

納　哀傑克斯為什麼這樣罵他？

尤　亞契爾斯把他的弄人騙了去了。

納　誰？瑟息替斯嗎？

尤　正是他。

納　那很好，我們希望看見他們分裂，不希望看見他們勾結；可是為了一個傻子就會叫他們彼此不和，那麼他們的友誼也實在太鞏固了。

尤　智慧連絡不起來的好感，愚蠢一下子就會把它打破。伯特羅克勒斯來了。

【伯特羅克勒斯重上。

納　亞契爾斯沒有跟他來。

尤　巨象的腿是爲步行用的，不是爲屈膝用的。

伯　亞契爾斯叫我回覆元帥，要是元帥的大駕光臨敝寨，除了遊玩以外還有其他的目的，那麽他眞是抱歉萬分他希望您不過是因爲要在飯後活活筋骨，助助消化，所以出來散步散步的。

阿　聽着，伯特羅克勒斯，他這種語含譏諷的推托，我們早就聽厭了。他這個人不是沒有可取的地方，可是因爲自恃已長的緣故，他的優點已經開始在我們的眼中失去光彩，正像一枚很好的鮮果，因爲放在齷齪的盆子裏，沒有人要去吃它，只好聽任它腐爛。你去對他說，我們要來找他說話；你儘管大膽告訴他，說我們認爲他太驕傲，太自負了，要是他把自己估價得這麽高，那麽我們也用不着他這麽一個人，祇好讓他像一架無法拖曳的重砲一樣，擱在武庫裏生銹；對他說，我們寧願重用一個活躍的侏儒，不要一個貪睡的巨人。

伯　是，我就去這樣對他說，把他的回音立刻帶出來。（下）

阿　我們是來找他說話的，一定要聽到他親口的答覆。尤列賽斯，你進去。（尤下）

哀　他有什麽勝過別人的地方？

阿　他不過自己以爲比別人了得罷了。

哀　他竟是這樣了得嗎？您想他是不是以爲他比我還强？

阿　那是沒有問題的。

哀　您也跟他同樣見解，認爲他比我强嗎？

阿　不，尊貴的哀傑克斯，你跟他一樣強，一樣勇敢，一樣聰明，一樣高貴，可是你比他脾氣好得多，也比他更聽號令。

哀　一個人爲什麼要驕傲？驕傲的心理是怎麼起來的？我就不知道什麼是驕傲。

阿　哀傑克斯，你的頭腦比他明白，你的人格也比他淸高。一個驕傲的人，結果總是在驕傲裏毀滅了自己。

哀　我討厭一個驕傲的人，就像討厭一窠癩蝦蟆一樣。

納　（旁白）可是他卻不討厭他自己；這不是很奇怪嗎？

【尤列賽斯上。

尤　亞契爾斯明天不願上陣。

阿　他有什麼理由？

尤　他也不講什麼理由，只是着自己的性子，一味執拗，把什麼人都不放在眼裏。

阿　我們再三請他爲什麼他總不出來？

尤　他的驕傲已經病入膏肓，無可救藥了。

阿　讓哀傑克斯去叫他出來。將軍，你到他帳裏去看看他；聽說他對你的感情不錯，也許你去請他，他會卻不過你的情面。

尤　啊阿加曼儂！不要這樣。我們應當讓哀傑克斯離開亞契爾斯越遠越好。這個驕悍的將軍用傲慢塞住了自己的心竅，眼睛裏祇有自己，沒有別人，難道我們反要叫一個更被我們敬重的人去向他禮拜嗎？不，我們不能讓這位比他尊貴三倍的勇武超羣的將軍汚損了他的血戰得來的光榮；他的才能並不在亞契爾斯之下，爲什麼要叫他貶低他的身分去向亞契爾斯央請呢？那不過格外助長他的驕傲的氣燄罷了。叫這位將軍去看他！不，天神不

納　容許這樣的事，他要用雷鳴怒吼着說，「叫亞契爾斯出來見他吧！」

戴　（旁白）啊！這樣很好，他說到他的心窩裏去了。

哀　（旁白）瞧他一聲不響的聽得多麼出神！

阿　要是我去看他，我要一拳打歪他的臉孔。

哀　啊，不！你不要去。

尤　要是他對我神氣活現，我可老實不客氣要教訓他一下。讓我去看他。

哀　不，你無論如何不能去

納　下賤的，放肆的傢伙！

哀　（旁白）他把自己形容得一點不錯！

尤　他不能客氣一點嗎？

哀　（旁白）烏鴉也會罵別人太黑！

尤　要是大家的思想都跟我一樣，——

哀　（旁白）那麼世上沒有聰明人了。

納　——一定不讓他放肆到這個地步；他要是裝腔作勢，就叫他吞下他的刀子。儘管他是個鐵錚錚的硬漢，我也要把他揉做麵團。

尤　（旁白）他的熱度還不是頂高；再恭維他幾句，把他的野心煽起來。

納　（向阿）元帥，你太容忍他了。

戴　你必須準備不靠亞契爾斯的力量去和特洛埃人作戰。

尤　就是因爲人家把他的名字掛在嘴邊，所以養成了他的驕傲。我倒想起了一個人，——可是他就在我們眼前，我還是不說了吧。

納　你爲什麼不說呢？他又不像亞契爾斯一樣爭強好勝。

尤　整個世界都知道他是跟亞契爾斯一樣勇敢的。

哀　婊子養的畜生！在我們面前擺他的臭架子！但願他是個特洛埃人！

納　要是哀傑克斯現在也像他一樣驕傲，——

尤　像他一樣要人家拍他的馬屁，——

戴　像他一樣壞脾氣，——

尤　像他一樣目中無人，妄自尊大，——

戴　那纔是天大的不幸！

尤　感謝上天，將軍，你的天性是這樣仁厚；那生下你的令尊，乳哺你的令堂，眞是應該讚美；教你念書的那位先生，願他名垂萬世；你那非博學所能幾及的天賦聰明，更可與日月爭光；至於傳授你武藝的那位師傅，那麼他是應該和戰神馬斯配享，廟食千秋的；講到你的神勇，那麼力舉全牛的邁羅，也不得不向強壯的哀傑克斯甘拜下風。我用不到稱讚你的智慧，那是像一道圍牆，一堵堤岸，包圍着你的廣大豐富的才能。咱們這位納斯脫老將軍眼睛裏見過的多，自然智慧超人一等；可是對不起，納斯脫老爹，要是您也像哀傑克斯一樣年青，您的教育也不過像他一樣，那麼您的智慧也決不會超過他的。

哀　我拜您做乾爹吧。

尤　好，我的好兒子。

戴　你要聽他的話啊，哀傑克斯將軍。

尤　咱們不要在這兒多耽擱了；亞契爾斯這野兎子在叢林裏躱着呢。請元帥立刻傳令全軍，召集所有的人馬；新的君王們到特洛埃來了，明天我們一定要用全力保持我們的聲威。這兒有一位大將，讓從東方到西方來的武士們各自爭取他們的光榮吧，最大的勝利將是屬於哀傑克斯的。

阿　我們就去召開會議。讓亞契爾斯睡吧；正是輕舟雖捷，怎及巨舶容深。（同下）

# 第二幕

## 第一場　特洛埃；普賴姆宮中

〔潘達勒斯及一僕人上。

潘　喂，朋友！對不起，請問一聲，你是跟隨巴里斯王子的嗎？

僕　是的，老爺，他走在我前面的時候，我就跟在他後面。

潘　我的意思是說，你是靠他吃飯的嗎？

僕　老爺，我是靠天吃飯的。

潘　你倚靠着一位貴人，我必須讚美他。

僕　願讚美歸於上帝！

潘　你認識我嗎？

僕　說老實話，老爺，我不過在表面上認識你。

潘　朋友，我們應當大家熟悉一點。我是潘達勒斯老爺。

僕　我希望以後跟您老爺熟悉一點。

潘　那很好。

僕　您是個殿下嗎？

潘　殿下！不，朋友，你祇可以叫我老爺或是大人。（內樂聲）這是什麼音樂？

僕　我不大知道，老爺，那是數部合奏的音樂。

潘　你認識那些奏樂的人嗎？

僕　我全都認識，老爺。

潘　他們奏樂給誰聽的？

僕　他們奏給聽樂的人聽，老爺。

潘　什麼人叫他們奏的？

僕　呃，老爺，是我的主人巴里斯叫他們奏的，他就在裏面那位人間的維納絲，美的心血，愛的微妙的靈魂，也陪着他在一起。

潘　誰，我的姪女克蕾雪達嗎？

僕　不，老爺，是海倫；您聽了我描寫她的話還不知道嗎？

潘　朋友，看來你還沒有見過克蕾雪達小姐。我是奉特洛埃勒斯王子之命來見巴里斯的；我的事情很要緊，來不及等你通報了。

【巴里斯及海倫率侍從上。

潘　您好，我的好殿下，這些好朋友們都好！願美好的欲望好好兒地領導他們！您好，我的好娘娘！願美好的思想做您的美好的枕頭！

海　好大人，您滿嘴都是好話。

潘　謝謝您的謬獎，好娘娘。好殿下，剛纔的音樂很好，怎麼忽然停了？

巴　是你把它打斷的，賢卿；現在我們就罰你唱歌一曲，把它續起來。耐兒，他會唱很好的歌呢。

潘　眞的，娘娘，沒有這回事。

海　啊，大人！

潘　粗俗得很，眞的，粗俗不堪。好娘娘，我有事情要來對殿下說。殿下，您允許我跟您說句話嗎？

海　不，您不能這樣躲賴過去。我們一定要聽您唱歌。

潘　哎，好娘娘，您在跟我開頑笑啦。可是，殿下，您的令弟特洛埃勒斯殿下，——

海　潘達勒斯大人，甜甜蜜蜜的大人，——

潘　算了，好娘娘，算了。——叫我向您致意問候。

海　您不能賴去我們的歌；要是您不唱，我可要生氣了。

潘　好娘娘，好娘娘！眞是位好娘娘。

海　叫一位好娘娘生氣是一件大大的罪過。

潘　不不不，那兒的話，那兒的話，哈哈！殿下，他要我對您說，晚餐的時候王上要是問起他，請您替他推托一下。

海　潘達勒斯大人？——

潘　我的好娘娘，我的頂好的好娘娘怎麼說？

巴　他有些什麼要公？今晚他在什麼地方吃飯？

海　可是，大人，——

潘　我的好娘娘怎麼說？——您應該知道他在什麼地方吃飯。

巴　我可以拿我的生命打賭，他一定看克蕾雪達去啦。

潘　不，不，那有這樣的事；您眞是說笑話了。您的婢子在害病呢。

巴　好，我就替他捏造一個託辭。

潘　是，我的好殿下。您爲什麼要說克蕾雪達呢？不您的婢子在害病呢。

巴　我早就看出來了。

潘　您看出來了！您看出什麼來啦？來，給我一件樂器。好娘娘，讓我唱一支歌給您聽。

海　好，好，請你快唱吧。好大人，你的額角長得很好看哩。

潘　啊，謬獎謬獎。

海　你要給我唱一支愛情的歌；這個愛情要把我們一起葬送了。啊，邱必特，邱必特，邱必特！

潘　愛情！啊，很好，很好。

巴　對了，愛情，愛情，祇有愛情是一切！

潘　這支歌正是這樣開始的：（唱）

愛情，愛情，祇有愛情是一切！

愛情的寶弓，射雌也射雄；

愛情的箭鋒，射中了心胸，

不會傷人，只叫人心頭火熱，
那受傷的戀人痛哭哀號，
啊！啊！啊！這一回性命難逃！
等會兒他就要放聲大笑，
哈！哈！哈！愛情的味道眞好！
暫時的痛苦呻吟，啊！啊！啊！
變成了一片笑聲，哈！哈！哈！
咳呵！

海　噯喲，他的鼻尖兒都在戀愛哩。

巴　愛人，他除了鴿子以外什麼東西都不吃；一個人多吃了鴿子，他的血液裏會添加熱力，血液裏添加熱力便會激動情慾，情慾激動了便會胡思亂想，胡思亂想的結果就是玩女人鬧戀愛。

潘　這就是戀愛的產生經過嗎？好殿下，今天是什麼人上陣？

巴　赫克脫，台福勒斯，亥倫納斯，恩替諾，以及所有特洛埃的英雄們都去了；我本來也想去的，可是我的耐兒不放我走。我的兄弟特洛埃勒斯爲什麼不去？

海　他撅起了嘴唇，好像有些什麼心事似的。潘達勒斯大人，您一定什麼都知道的。

潘　那兒的話，甜甜蜜蜜的娘娘。我很想聽聽他們今天打得怎樣。您會記得替令弟設辭推托嗎？

巴　我記得就是了。

潘　再會，好娘娘。

海　給我望望您的姪女。

潘　是，好娘娘。（下；內吹歸營號）

巴　他們從戰場上回來了，我們到普賴姆的大廳上去迎接這一羣戰士吧。親愛的海倫，我必須請求你幫助我們的赫克脫卸下他的甲冑，他的堅強的帶釦，利劍的鋒刃和希臘人的武力都不能把它打開，卻不能抵抗你的纖指的魔力；你的力量勝過這島國上所有的國王。替偉大的赫克脫卸除他的甲冑吧。

海　巴里斯，我能夠做他的僕人是莫大的榮幸；爲他服役的光榮，比我們天生的美貌更值得誇耀。

巴　親愛的，我愛你愛到不可思議。（同下）

## 第二場　同前；潘達勒斯的花園

【潘達勒斯及特洛埃勒斯的侍僮自相對方向上。

潘　啊！你的主人呢？在我的姪女克蕾雪達家裏嗎？

僮　不，老爺；他等着您帶他去呢。

【特洛埃勒斯上。

潘　啊！他來了。怎麽，怎麽！

特　孩兒，走開去。（僮下）

潘　您見過我的姪女嗎？

特　不，潘達勒斯；我在她的門口躑躅，像一個站在冥河邊岸的游魂，等待着渡船的接引。啊！請你做我的船夫卡隆，趕快把我載到得救者往生的樂土裏去，讓我徜徉在百合花的中央！好潘達勒斯啊！請你從邱必特的肩背上拔下他的彩翼來，陪着我飛到克萊雪達身邊去吧！

潘　您在這園子裏隨便玩玩。我立刻就去帶她來。（下）

特　我覺得眼前迷迷糊糊的，期望使我的頭腦打着迴旋。想像中的美味是這樣甘芳，它迷醉了我的神經。要是我的生津的齒頰果然嚐到了經過三次提鍊的愛情的旨酒，那就該怎樣呢？我怕我會死去，昏昏沉沉地倒下去不再醒來；我怕那種太微妙淵深的快樂，調和在太芳冽的甘美裏，不是我的粗俗的感官所能禁受；我怕，我更怕在無邊的幸福之中，我會失去一切的知覺，正像大軍衝鋒，敵人披靡的時候，每個人忘記了自己一樣。

〔潘達勒斯重上。

潘　她正在打扮；她就要來了；您說話可要機靈點兒。她怕難爲情得了不得，慌張得氣都喘不過來，好像給一個鬼附上了身似的。我就去帶她來。她眞是個頂可愛的壞東西；就像一頭剛給人捉住的麻雀似的慌張得喘不過氣來。（下）

特　我自己的心裏也感到了這樣一種情緒；我的心跳得比一個害熱病的人的脈搏還快；我的一切感官都失去了他們的作用，正像奴僕在無意中瞥見了主人的威嚴的眼光一樣。

〔潘達勒斯偕克萊雪達重上。

潘　來，來，有什麼害羞呢？小孩子纔怕難爲情。她來了，把您向我發過的誓當着她的面再發一遍吧。怎麼！你又要回去了嗎？你在沒有給人家馴服以前，一定要有人看守着你嗎？來吧，來吧，要是你再退回去，我們可要把你像一匹馬似的套在轆木裏了。您爲什麼不對她說話呢？

特　姑娘，您使我一句話也說不出來。

潘　相思債是不能用說話去還淸的，你還是給她一些行動吧，不要又是一動也不會動的。怎麼！又在親嘴了嗎？好，「良緣永締，互結同心，」——進來吧進來吧；我先去拿個火來。（下）

克　請進去吧，殿下。

特　啊克蕾雪達！我好容易盼望到這一天！

克　盼望，殿下！但願，——啊，殿下！

特　但願什麼？爲什麼，您又不說下去了？我的親愛的姑娘在我們愛的靈泉裏發見什麼渣滓了？

克　要是我的恐懼是生眼睛的，那麼我看見的渣滓比泉水還多。

特　恐懼可以使天使變成魔鬼，它所看到的永遠不是眞實。

克　盲目的恐懼有明眼的理智領導，比之憑着盲目的理智毫無恐懼地橫衝直撞，更容易找到一個安全的立足點；倘能時時憂慮着最大的不幸，那麼在較小的不幸來臨的時候往往可以安之若素。

特　啊！讓我的愛人不要懷着絲毫恐懼；在愛神導演的戲劇裏是沒有惡魔的。

克　也沒有可怕的巨人嗎？

特　沒有，祇有我們自己纔是可怕的巨人，因爲我們會發誓流淚成海，入火吞山，馴伏猛虎，凡是我們的愛人所想得到的事，我們都可以做到。姑娘，這就是戀愛的可怕的地方，意志是無限的，實行起來就有許多不可能；欲望是無窮的，行爲卻必須受制於種種的束縛。

克　人家說戀人們發誓要做的事情，總是超過他們的能力，可是他們卻保留着一種永不實行的能力；他們發誓做十件以上的事，實際做到的還不滿一件事的十分之一。這種聲音像獅子，行動像兔子一樣的傢伙，可不是怪物嗎？

特　果然有這樣的怪物嗎？我可不是這樣。請您在把我試驗過以後，再來估計我的價值吧；當我沒有用行爲證明我的愛情以前，我是不願戴上勝利的榮冠的。特洛埃勒斯將會向克蕾雪達證明，一切出於惡意猜嫉的誹謗，都可以反映出他的忠心；眞理所能宣說的最眞實的言語，也不會比特洛埃勒斯的愛情更眞實。

克　請進去吧，殿下。

〔潘達勒斯重上。

潘　怎麼！還有點不好意思嗎？你們的話還沒有說完嗎？

克　好，叔叔，要是我幹下了什麼錯事，那都是您的不好。

潘　那麼要是你給殿下生下了一位小殿下，你就把他抱來給我好了。你對殿下要忠心；他要是變了心，你儘管罵我。

特　令叔的話，和我的不變的忠誠都可以給您做保證。

潘　我也可以替她向您保證：我們家裏的人都是不輕易許諾的，可是一旦許身於人，便永遠不會變心，就像芒刺一樣，碰上了身，再也掉不下來。

克　我現在已經提起了我的勇氣：特洛埃勒斯王子，我已經朝思暮想，苦苦地愛着您幾個月了。

特　那麼我的克蕾雪達爲什麼這樣不容易征服呢？

克　似乎不容易征服，可是，殿下，當您第一眼看着我的時候，我早就給您征服了，——恕我不再說下去要是我招認得太多，您會輕看我的。我現在愛着您；可是直到現在爲止，我還能够控制我自己的感情；不，說老實話，我說了謊了；我的思想就像一羣頑劣的孩子，倔强得不受他們母親的管束。瞧，我們眞是些傻瓜！爲什麼我要說這些嘮嘮叨叨的話呢？要是我們不能替自己保守祕密，誰還會對我們忠實呢？可是我雖然這樣愛您，我卻沒有向您求愛；然而說老實話，我卻希望我自己是個男子，或者我們女子也像男子一樣有先啓口的權利。親愛的，快叫我止住我的舌頭吧；因爲我這樣得意忘形，一定會說出將會使我後悔的話來。瞧，瞧！您這麼狡猾地一聲不響，已經使我從我的脆弱當中流露出我的內心來了。封住我的嘴吧。

特　好，雖然甜蜜的音樂從您嘴裏發出，我願意用一吻封住它。

潘　妙得很，妙得很。

克　殿下，請您原諒我；我並不是有意要求您吻我；眞是怪羞人的！天哪！我做了什麼事啦？現在我眞的要告辭了，殿下。

特　告辭了，親愛的克蕾雪達？

潘　告辭！你就是告辭到明天早晨，還是跟他在一起的。

克　請你不要多說。

特　姑娘，什麼事情使您生氣了？

克　我討厭我自己。

特　您可不能逃避您自己。

克　讓我去試一試。我有另外一個自己跟您在一起，可是它是無情的，寧願離開它自己，去受別人的愚弄。我眞的要去了；我的智慧掉在什麼地方了？我自己也不知道自己在說些什麼話。

特　說着這樣聰明話的人，是不會不知道自己所說的話的。

克　殿下，也許您會以爲我所吐露的不是眞情，我不過在玩弄着手段，故意用這種不害羞的招認，來試探您的意思，可是您是個聰明人，否則您也許不在戀愛，因爲智慧和愛情祇有在天神的心裏纔會同時存在，人們是不能兼而有之的。

特　啊！要是我能够相信一個女人會永遠點亮她的愛情的不滅的明燈，保持她的不變的忠心和不老的青春，她那永遠美好的靈魂，不會隨着美麗的外表同歸衰謝；祇要我能够相信我對您的一片至誠和忠心，會交換到您的同樣純潔的愛情，那時我的靈魂將要怎樣飄舉起來！可是唉！我的忠心是這樣單純，比赤子之心還要簡單而純樸。

克　在那一點上我要跟您互相競爭。

特　啊，當兩種眞理爲了互爭高下而相戰的時候，那是一場多麼道義的戰爭！從今以後，世上眞心的情郎們都要以特洛埃勒斯爲榜樣；當他們充滿了聲訴，盟誓和誇大的比擬的詩句中缺少新的譬喩的時候，當他們厭倦於那些陳陳相因的套語，例如像鋼鐵一樣堅貞，像草木對於月亮，太陽對於白晝，斑鳩對於她的配偶一樣忠心，——當他們用盡了這一切關於忠誠的譬喩，而希望援引一個更有力的例證的時候，他們便可以加上一句去說，「像特洛埃勒斯一樣忠心。」

克　願您的話成爲預言！要是我變了心，或者有一絲不忠不貞的地方，那麼當時間變成古老而忘記了它自己的時候，當特洛埃的巖石被水珠滴爛，無數的城市被盲目的遺忘所吞噬，無數强大的國家了無痕跡地化爲一堆泥土的時候，讓我的不貞繼續存留在人們的記憶裏，永遠受人唾駡！當他們說過了「像空氣，像水，像風，像沙土一樣輕浮，像狐狸對於羔羊，豺狼對於小牛，豹子對於母鹿，繼母對於前妻的兒子一樣虛僞」以後，讓他們舉出一個最輕浮最虛僞的榜樣來說，「像克蕾雪達一樣負心。」

**潘**　好，交易已經作成，兩方面蓋個印吧；來，來，我替你們做證人。這兒我握着您的手，這兒我姪女的手。我這樣辛辛苦苦把你們兩人拉在一起，要是你們中間無論那一個變了心，那麼從此以後，讓世上所有可憐的媒人們都叫着我的名字，直到永遠！讓一切忠心的男人都叫做特洛埃勒斯，一切負心的女子都叫做克蕾雪達，一切做媒人的都叫做潘達勒斯！大家說阿們。

**特**　阿們。

**克**　阿們。

**潘**　阿們。現在我要帶你們到一間房間裏去，那裏面還有一張眠牀；那張牀是不會洩漏你們的祕密的，你們儘管去成其美事吧！去！（同下）

## 第三場　希臘營地

〔阿加曼儂，尤列賽斯，戴奧米第斯，納斯脫，哀傑克斯，米尼勞斯，及卡爾卻斯上。

**卡**　各位王子，爲了我給你們所做的事情，現在我可以向你們要求報償了。請你們想一想，我因爲審察未來的大勢，決心捨棄了特洛埃，丟下了我的家產，頂上一個叛逆的名字；犧牲了現成的安穩的地位，來追求不可知的命運；拋開了我所熟悉慣習的一切，到這舉目生疏的地方來替你們盡力：你們曾經允許給我許多好處，現在我只要求你們讓我略沾小惠，想來你們總不會拒絕我吧。

阿　特洛埃人，你要向我們要求什麼？說吧。

卡　你們昨天捉來了一個特洛埃的俘虜，名叫恩替諾；特洛埃對於他是很重視的。你們常常要求他們拿我的女兒克蕾雪達來交換被俘的特洛埃重要將士，可是特洛埃總是加以拒絕；據我所知道這個恩替諾在特洛埃軍中是一個很重要的人物，一切事務倘沒有他去處理，都要陷於停頓，他們甚至於願意拿一個普賴姆親生的王子來和他交換。各位殿下，把他送回去交換我的女兒來吧，祇要讓我瞧見她一面，就可以抵銷我替你們所盡的一切勞力。

阿　讓戴奥米第斯把他送去，帶克蕾雪達回來吧；卡爾卻斯的要求可以讓他得到滿足。戴奥米第斯，你去準備好這一次交換所需要的一切，同時帶個信去問一聲赫克脫明天是不是預備決戰，哀傑克斯已經預備好了。

戴　我願意擔任這一個使命，並且認爲這是莫大的光榮。（戴、卡同下）

【亞契爾斯及伯特羅克勒斯自帳內走出。

尤　亞契爾斯站在他的帳前，請元帥在他面前走了過去，理也不要理他，就好像忘記了他是個什麼人似的；各位王子也都向他裝出一副冷淡的態度。讓我在最後走過他，一定會問我，爲什麼人家都向他投擲這樣輕蔑的眼光；那時我就借你們的冷淡做題目，對他的驕傲發出一些意含針砭的譏諷，使他不能不飲下我給他的這一服清心藥劑。這服藥也許會發生效力，要一個驕傲的人看淸他自己的嘴臉，祇有用別人的驕傲給他做鏡子；倘然向他卑躬屈膝，不過添長了他的氣燄，徒然自取其辱。

阿　我就依照你的計策而行，當我走過他的身旁的時候，故意裝出一副冷淡的神氣；每一位將軍也都是這樣，或者不去理睬他，或者用輕蔑的態度向他打個招呼，那是會比完全不理他更使他難堪的。大家跟着我來。

亞　怎麼！元帥又要來找我說話了嗎？您知道我的意思，我是不願再跟特洛埃人打仗了。

阿　亞契爾斯說些什麼？他有什麼事要跟我說？

納　將軍，您有什麼事要對元帥說嗎？

亞　沒有。

納　元帥，他說沒有。

阿　那再好沒有。（阿、納同下）

亞　早安，早安。

米　您好？您好？（下）

亞　怎麼！那忘八也瞧我不起嗎？

哀　啊，伯特羅克勒斯！

亞　早安，哀傑克斯。

哀　嘿？

亞　早安。

哀　是，是，早安，早安。（下）

亞　這些傢伙都是什麼意思？他們不認識亞契爾斯了嗎？

伯　他們大模大樣地走了過去。從前他們一看見亞契爾斯，總是鞠躬如也，笑臉相迎，那一副恭而敬之的神氣，就像禮拜神明一樣。

亞　怎麼！難道我的威風已經衰落了嗎？大丈夫在失歡於命運以後，不用說會被衆人所厭棄，他可以從別人的眼睛裏，看到他自己的沒落因爲人們都是像蝴蝶一樣，祇會向炙手可熱的夏天翩翩起舞在他們的俗眼之中，祇有富貴尊榮這一些不一定用才能去博得的身外浮華纔是値得敬重的；當這些不足恃的浮華化爲烏有的時候，人們的敬意也就會烟消雲散。可是我還沒有到這樣的地步命運依然是我的朋友，我依然充分享受着我所有的一切，祇有這些人卻對我改變了態度，我想他們一定對我有什麼不滿意的地方。尤列賽斯也來了，他在讀些什麼；待我前去打斷他的誦讀。啊，尤列賽斯！

尤　啊，亞契爾斯！

亞　你在讀些什麼？

尤　有一個不認識的人寫給我這樣幾句話：「一個人的天賦無論如何優異，他的外表的或內在的姿質無論如何豐美，也必須在他的德性的光輝照耀到他人身上，發生了熱力，再由感受他的熱力的人把那熱力反射到自己身上的時候，纔會體味到他本身的價値的存在。」

亞　這沒有什麼奇怪，尤列賽斯！一個人不會知道他自己的美貌，他的美貌祇能反映在別人的眼裏；眼睛，那最靈敏的感官，也看不見它自己，祇有當自己的眼睛和別人的眼睛相遇的時候，纔可以交換彼此的形像，因爲視力不能反及自身，除非把自己的影子映在可以被自己看見的地方。這是一點也不奇怪的事。

尤　我並不重視這一種很普通的道理，可是我不懂寫這幾句話的人的用意；他用迂迴婉曲的說法，證明一個人無論裏有着什麼奇才異能，倘然不把那種才能傳達到別人的身上，他就等於一無所有；也祇有在把才能發展出去以後所博得的讚美聲中，纔可以認識他本身的價値，正像一座穹窿把聲音彈射回來，又像一扇迎着陽光的鐵門，反映出太陽所投射的形狀，同時吐發出它所吸收的熱力一樣。他這番話很引起了我的思索，使我立刻想起了漠漠無聞的哀傑克斯。天哪，這是一個多好的漢子！眞是一匹軼羣的駿馬，他的奇才還沒有爲他自己所發現。天下眞有這樣被人賤視的珍寶！也有毫無價值的東西反會受盡世人的讚賞！明天我們可以看見哀傑克斯在無意中得到一個大展身手的機會，從此以後，他的威名將要遍傳人口了。天啊！有些人會乘着別人懈怠的時候，幹出怎樣一番事業！有的人悄悄地鑽進了反覆無常的命運女神的廳堂，有的人卻在她的眼中扮演着癡人！有的人利用着別人的驕傲而飛黃騰達，有的人卻因爲驕傲而使他的地位一落千丈！瞧這些希臘的將軍們！他們已經在那兒拍着粗笨的哀傑克斯的肩膀，好像他的腳已經踏在勇敢的赫克脫的胸口，強大的特洛埃已經瀕於末日了。

亞　我相信你的話，因爲他們走過我的身旁，就像守財奴看見叫化子一樣，沒有一句好說話，也沒有一張好臉孔。怎麽！難道我的功勞都已經被人忘記了嗎？

尤　將軍，時間老人的背上負着一個龐大的布袋，那裏面裝滿着被寡恩負義的世人所遺忘的豐功偉業；那些已成過去的美績，一轉眼間就會在人們的記憶裏消失。祇有繼續不斷的精進，纔可以使榮名永垂不替；如果一旦能手，就會像一套久遭擱置的生銹的鎧甲，誰也不記得它的往日的勳勞，徒然讓它的不合時宜的式樣，留作世人揶揄的資料。不要放棄眼前的捷徑，光榮的路是狹窄的，一個人祇能前進，不能後退；所以你應該繼續在這一條狹路上邁步進行，因爲無數競爭的人都在你的背後，一個緊追着一個；要是你略事退讓，或者閃在路旁，他們就會像洶湧的怒潮一樣直衝過來，把你遺棄在最後；又像一匹落伍的駿馬，倒在地上，下駟的駑駘都可以追上它的前面，從它的身上踐踏過去。那時候人家現在所做的事，雖然比不上你從前所做的事，但是你的聲名卻要被他們所掩蓋因爲時間正像一個趨炎附勢的主人，對於一個臨去的客人不過和他略微握了握手，對於一個新來的客人卻伸開了兩臂飛也似的過去抱住他；歡迎是永遠含笑的，告別總是帶着嘆息。啊！不要讓德行追索它舊日的酬報，因爲美貌、智慧、門第、膂力、功業、愛情、友誼、慈善，這些都要受到無情的時間的侵蝕。世人有一個共同的天性，他們一致贊美新製的玩物，雖然它們原是從舊有的材料改造而成的；他們寧願拂拭發着亮光的金器，卻不去顧問那被灰塵掩蔽了光彩的金器。人們的眼睛只能看見現在，他們所讚賞的也只有眼前的人物；所以不用奇怪，你偉大的完人，一切希臘人都在開始崇拜哀傑克斯，因爲活動的東西是比停滯不動的東西更容易引人注目的。衆人的屬望曾經集於你的身上，要是你不把你自己活活埋葬，把你的威名收藏在你的營帳裏，那麼你也未始不可恢復舊日的光榮；不久以前，你那在戰場上的赫赫聲威，是曾經使天神爲之側目的。

亞　我這樣深居簡出，卻是有極大的理由。

尤　可是有更強大更有力的理由反對你的深居簡出。亞契爾斯，人家都知道你戀愛着普賴姆的一個女兒。

亞　嘿！人家都知道！

尤　你以爲那很奇怪嗎？什麼事情都逃不過旁觀者的冷眼；淵深莫測的海底也可以量度得到，潛藏在心頭的思想也會被人猜中。你和特洛埃人之間的關係，我們是完全明白的；可是亞契爾斯倘然是個眞正的英雄，他就應該去把赫克脫打敗，不應該把坡力克蕬娜丟棄不顧。要是現在小小的辟勒斯在家裏聽見了光榮的號角在我們諸島上吹響，所有的希臘少女們都在跳躍歡唱，「偉大的赫克脫的妹妹征服了亞契爾斯，可是我們的偉大的哀傑克斯勇敢地把他打倒，」那時候他的心裏該是多麼難受。再見，將軍，我對你這樣說完全是出於好意；留心你腳底下的冰塊，不要讓一個傻子打這上面滑了過去，你自己卻把它踹碎了。

伯　亞契爾斯，我也曾經用這種意思勸告過您。一個男人在需要行動的時候優柔寡斷，沒有一點丈夫的氣概，是比一個鹵莽粗野的男性化的女子更爲可憎的。人家常常責怪我，以爲我對於戰爭的厭惡，以及您對於我的親密的友誼，是使您懈怠到現在這種樣子的根本原因。好人，振作起來吧；祇要您振臂一呼，那柔弱輕佻的邱必特就會從您的頸上放鬆他的淫蕩的擁抱，像雄獅鬣上的一滴露珠似的，搖散在空氣之中。

亞　哀傑克斯要去和赫克脫交戰嗎？

伯　是的，也許他會在他身上得到極大的榮譽。

亞　我的聲譽已經遭到極大的危險，我的威名已經受到嚴重的損害。

伯　啊！那麼您要留心，自己加於自己的傷害是最不容易治療的；忽略了應該做的事，往往會引起危險的後果，這種危險就像寒熱病一樣，會在我們向陽閒坐的時候侵襲到我們的身上。

亞　好伯特羅克勒斯，去把瑟息替斯叫來；我要差這傻瓜去見哀傑克斯，請他在決戰完畢以後，邀請特洛埃的武士們到我們這兒來大家便服相見。我簡直像一個女人似的害着相思，渴想着會一會卸除武裝的赫克脫，跟他握手談心，把他的面貌瞧一個淸楚。——他來得正好！

【瑟息替斯上。

瑟　怪事，怪事！

亞　什麼怪事？

瑟　哀傑克斯在戰場上走來走去，到處尋訪他自己。

亞　是怎麼一回事？

悲　他明天必須單人匹馬去和赫克脫交戰；他因爲預想到這一場英勇的廝殺，驕傲得了不得，所以滿口亂嚷亂叫，卻沒有說出一句話來。

亞　怎麼會有這樣的事？

悲　他跨着大步，像一頭孔雀似的走來走去，踱了一步又立定了一會兒；他那滿腹心事的樣子，就像一個靠着腦筋打算盤的女店主在那兒計算她的賬目；他咬着嘴唇，裝出一副深謀遠慮的神氣，好像說，「我這兒有一腦袋的神機妙算，你們等着瞧吧；」他說得不錯，可是他那腦袋裏的智慧就像打火石裏的火花一樣，不去打它是不肯出來的。這傢伙一輩子完了；因爲赫克脫倘不在交戰的時候扭斷他的頭頸，憑着他那股搖頭擺腦的得意勁兒，也會把自己的頭頸搖斷的。他認也不認識我；我說，「早安，哀傑克斯；」他卻回答我，「謝謝，阿加曼儂。」你們看他還算個什麼人，會把我當作了元帥！他簡直變成了一條失水的魚兒，一個不會說話的怪物啦。

亞　瑟息替斯，你必須做我的使者，替我帶一個信給他。

悲　誰，我嗎？嘿，他見了誰都不睬；他不願意回答人家；祇有叫化子纔老是開口；他的舌頭是長在臂膀上的。我可以扮做他的樣子，讓伯特羅克勒斯向我提出問題，你們就可以瞧瞧哀傑克斯是怎麼樣的。

亞　伯特羅克勒斯，對他說：我恭恭敬敬地請求英武的哀傑克斯邀請驍勇無比的赫克脫便服至敝寨一敍；關於他的身體上的安全，我可以要求慷慨寬宏，聲名卓著，高貴尊榮的希臘軍大元帥阿加曼儂特予保證，等等等等，你這樣說吧。

伯　喬武大神祝福偉大的哀傑克斯！

悲　哼！

伯　我奉尊貴的亞契爾斯的命令前來，——

瑟　嘿！

伯　他，恭恭敬敬地請求您邀請赫克脫到他的寨內一敍，——

瑟　哼！

伯　他可以從阿加曼儂取得安全通行的保證。

瑟　阿加曼儂！

伯　是，將軍。

瑟　嘿！

伯　您的意思怎樣？

瑟　願上帝和你同在。

伯　您的答覆呢，將軍？

瑟　明天要是天晴，那麼在十一點鐘的時候，一定可以見個分曉；可是他即使得勝，我也要叫他付下了重大的代價。

伯　您的答覆呢，將軍？

瑟　再見，再見。

亞　啊，難道他就是這麼一付腔調嗎？

瑟　不，他簡直是脫腔走調；我不知道赫克脫搥破了他的腦殼以後，他還會唱些什麼調調兒出來；不過我想他是不會有什麼調調兒唱出來的，除非愛坡羅抽了他的筋去做琴絃。

亞　來，你必須立刻替我去把一封信送給他。

瑟　讓我再帶一封去給他的馬吧；比較起來，還是他的馬有些知覺呢。

亞　我的心裏很亂，就像一池攪混了的泉水，我自己也看不見它的底。（亞、伯同下）

瑟　但願你那心裏的泉水再清澈起來，好讓我把我的驢子牽下去喝幾口水！我寧願做一顆羊身上的蝨子，也不願做這麽一個沒有頭腦的勇士。（下）

# 第四幕

## 第一場　特洛埃街道

〔伊尼亞斯及僕人持火炬自一方上；巴里斯，台福勃斯，恩替諾，戴奧米第斯及餘人等各持火炬自另一方上，

巴　瞧！喂！那邊是誰？

台　那是伊尼亞斯將軍。

伊　那一位是巴里斯王子嗎？要是我也安享着像您這樣的豔福，除了天大的事情以外，什麽也不能叫我離開我的牀頭的伴侶的。

戴　我也是這樣想着。早安，伊尼亞斯將軍。

巴　伊尼亞斯，這是一位勇敢的希臘人，你跟他攙攙手吧。你不是說過，戴奧米第斯曾經有整整一個星期在戰場上把你糾纏住了不放嗎？現在你可以認認清楚他的面貌了。

伊　在我們繼續休戰的期中，勇敢的將軍，我願意祝您健康；可是當我們戎裝相見的時候，我對您祇有不共戴天的敵愾。

戴　戴奧米第斯對於您的友情和敵意，都是同樣欣然接受。當我們現在心平氣和的時候，請您許我向您還祝健康；

伊　可是我們要是在戰場上角逐起來，那麼喬武在上，我要用我全身的力量和計謀來取得你的生命。

戴　你將要獵逐一頭獅子，當它逃走的時候，是用它的臉奔向着敵人的。現在我卻用善意的溫情歡迎你到特洛埃來！憑着維納絲的玉手起誓，世上沒有人會像我一樣愛着他所準備殺死的東西。

伊　我們完全同情。喬武，要是伊尼亞斯的末日不就是我的寶劍的光榮，那麼願他活到千秋萬歲吧！可是當我們爲了光榮而互相爭鬥的時候，那麼願他明天就死去，每一處骨節上都留着一個傷痕！

戴　我們真是知己相逢。

伊　正是；我們更希望下一次相逢的時候，彼此互成仇敵。

巴　像這樣滿含着敵意的熱烈歡迎，像這樣無上高貴的憎視的友情，真是我平生所未聞。將軍，你有什麼事起得這樣早？

伊　王上叫我去，可是我不知道爲了什麼事。

巴　這兒就是他所要叫你幹的事：你帶着這位希臘人到卡爾卻斯的家裏，在那邊把美麗的克萊雪達交給他，作爲他們把恩特諾放還過來的交換。你可以陪着我們一塊兒去；否則你先去一步也可以。我總是覺得——也可以說的確相信——我的兄弟特洛埃勒斯昨天晚上在那邊過夜；你去就把他叫醒起來，通知他我們就要來了，同時把一切情形告訴他。我怕我們此去是一定非常不受歡迎的。

伊　那還用說嗎？特洛埃勒斯寧願讓希臘人拿了特洛埃去，也不願讓克萊雪達被人從特洛埃帶走。

巴　那也是沒有辦法；時勢所迫，不得不然。請吧，將軍；我們隨後就來。

伊　那麼各位早安！（下）

巴　告訴我，尊貴的戴奧米第斯，像一個好朋友似的老實告訴我，照您看起來，我跟米尼勞斯兩個人究竟是誰更配得上美麗的海倫？

伊　你們兩人都差不多。一個不以她的失節爲嫌，費了這麼大的力氣想要把她追尋回來；一個也不以舔人唾餘爲恥，不惜犧牲了如許的資財將士，把她保留下來。他像一個懦弱的忘八似的，甘心喝下人家殘餘的無味的糟粕；您像一個好色的登徒似的，願意從她淫蕩的身體裏生育您的後嗣。照這樣比較起來，你們正是一個半斤，一個八兩。

巴　您把您的同國的姊妹說得太不堪了。

戴　她太對不起她的祖國。聽我說，巴里斯，在她的淫邪的血管裏，每一滴負心的血液，都有一個希臘人爲它而喪失了他的生命；在她的腐爛的屍體上，每一分每一釐的皮肉，都有一個特洛埃人爲它而暴骨沙場。自從她呀呀學語以來，她所說過的好話的數目，還抵不上死在她手裏的希臘人和特洛埃人的總數。

巴　好，戴奧米第斯，您的說話就像一個做買賣的人似的，故意把您所要買的東西說得這樣壞；可是我們卻不願多費唇舌誇贊我們所要出賣的東西。請望這邊走。（同下）

## 第二場　同前；潘達勒斯家的庭前

〔特洛埃勒斯及克蕾雪達上。

特　親愛的，進去吧；早晨很冷呢。

克　那麼，我的好殿下，讓我去叫叔叔下來，替您開門。

特　不要麻煩他；去睡吧，去睡吧；你那雙可愛的眼睛已經倦得睜不開來，你的全身有一種軟綿綿的感覺，好像一個沒有思慮的嬰孩似的。

克　那麼再會吧。

特　請你快去睡一會兒。

克　您已經討厭我了嗎？

特　啊克蕾雪達！倘不是忙碌的白晝被雲雀叫醒，驚起了無賴的烏鴉，倘不是酣夢的黑夜不再遮掩我們的歡樂，我是怎麼也不願離開你的。

克　夜是太短了。

特　可恨的妖巫！對於心緒惱亂的人們，她會像地獄中的長夜一樣逗留不去；對於歡會的戀人們，她就駕着比思想還快的翼膀迅速飛走。你再不進去，會受了寒的，那時你又要駡我了。

克　請您再稍留片刻吧；你們男人總是不肯多留一會兒的。唉，好傻的克蕾雪達！我應該繼續推拒您的要求，那麼您就不肯走開了。聽！有人起來啦。

潘　（在內）怎麼！這兒的門都開着嗎？

特　這是你的叔叔。

克　眞討厭！現在他又要來把我取笑了；叫人怪不好意思的！

〔潘達勒斯上。

潘　啊，啊！其味如何？喂，你這位大娘子！我的姪女克蕾雪達呢？

克　該死的壞叔叔，老是把人取笑！你自己害得我——現在卻來譏笑我，

潘　害得你怎樣？害得你怎樣？讓她自己說，我害得你怎樣？

克　算了，算了，你這壞人！你自己永遠做不出好事情來，也不讓人家做一個安安分分的人。

潘　哈，哈！唉，可憐的東西，眞是個傻丫頭！昨天晚上沒有睡覺嗎？他這個壞傢伙不讓你睡嗎？讓妖精抓了他去！

克　我不是對您說過嗎？我恨不得打他一頓纔痛快！（內叩門聲）誰在打門？好叔叔，去瞧瞧，殿下，您再到我房裏坐一會兒；您在笑我，好像我的話裏頭存着邪心似的。

特　哈，哈！

克　不，您弄錯了，我沒有轉這種念頭。（內叩門）他們把門搖得多急！請您快進去吧，我怎麼也不願讓人家瞧見您在這兒。（特、克同下）

潘　（往門口）是誰？什麼事？你們要把門都打破了嗎？怎麼！什麼事？

【伊尼亞斯上。

伊　早安，大人，早安。

潘　是誰？伊尼亞斯將軍！哎喲我人都不認識啦。您這麼早來有什麼見教？

伊　特洛埃勒斯王子在這兒嗎？

潘　在這兒？他在這兒幹麼？

伊　算了，大人，我知道他在這兒，您不用瞞我。我有一些對他很有關係的話要跟他說。

潘　您說他在這兒嗎？那麼我可以發誓，我一點也不知道；我自己是很晚纔回來的。他到這兒來幹麼呢？

伊　算了，算了，您這樣替他遮瞞，也許是對朋友的一片好心，可是對他沒有什麼好處的。不管您知道不知道，快去叫他出來；去。

〔特洛埃勒斯重上。

特　怎麼！什麼事？

伊　殿下，恕我少禮，我的事情很緊急；令兄巴里斯，台福勃斯，希臘來的戴奧米第斯，和被釋歸來的恩替諾都就要來了。因爲希臘人把恩替諾還給我們，所以我們必須在這一小時內把克蕾雪達姑娘交給戴奧米第斯帶回希臘，作爲交換。

特　已經這樣決定了嗎？

伊　這件事情已經由普賴姆和全體廷臣通過，立刻就要實行。

特　好容易如願以償，又變了一場夢幻！我要見他們去；伊尼亞斯將軍，請你裝作我們是偶然相遇的，不要說在這兒找到了我。

伊　很好，很好，殿下；我決不洩漏祕密。（特、伊同下）

潘　有這等事？剛纔到手就丟了？魔鬼把恩替諾抓了去！這位小王子準要發瘋了。該死的恩替諾！我希望他們扭斷他的頭頸！

〔克蕾雪達重上。

克　怎麼！什麼事？剛纔是誰？

潘　唉！唉！

克　您為什麼這樣長嘆？他呢？去了！好叔叔，告訴我，是怎麼一回事？

潘　我還是死了乾淨！

克　天哪！是什麼事？

潘　你進去吧。你為什麼要生下這世上來？我知道你會把他害死的。唉，可憐的王子！該死的恩替諾！

克　好叔叔，我求求您，我跪在地上求求您，告訴我究竟發生了什麼事啦？

潘　你要去了，丫頭，你要去了；人家拿恩替諾來換你來了。你必須到你父親那兒去，不能再跟特洛埃勒斯在一起。他一定要傷心死的；他再也受不了的。

克　啊你們天上的神明！我是不願去的。

潘　你非去不可。

克　我不願去，叔叔。我已經忘記我的父親；我不知道什麼骨肉之情，祇有親愛的特洛埃勒斯纔是我的最親近的親人。神明啊！要是克萊雪達有一天會離開特洛埃勒斯，那麼讓她的名字永遠被人唾罵吧！時間，武力，死亡，儘你們把我的身體怎樣摧殘吧；可是我的愛情的基礎是這樣堅固，就像吸引萬物的地心，永遠不會動搖的。我要進去哭了。

潘　好，你去哭吧。

克　我要扯下我的光亮的頭髮，抓破我的被人讚美的臉龐，哭啞我的嬌好的喉嚨，用特洛埃勒斯的名字錘碎我的心。我不願離開特洛埃一步。（同下）

## 第三場　同前潘達勒斯家門前

〔巴里斯，特洛埃勒斯，伊尼亞斯，台福勒斯，恩替諾，及戴奧米第斯上。

巴　天已經大亮，把她交給這位希臘勇士的預定時間很快地就要到了。特洛埃勒斯我的好兄弟，你去告訴這位姑娘她所應該做的事，催她趕快收拾一切，準備動身。

特　你們各位都跟我到她家裏去；我立刻帶她出來。當我把她交給這個希臘人的時候，請你把他的手當作一座祭壇，你的兄弟特洛埃勒斯是個祭司，把他自己的心挖出來作爲獻祭了。（下）

巴　我知道一個人在戀愛中的心理；可是我雖然老大不忍，卻沒有法子幫助他！各位將軍，請進去吧。（同下）

## 第四場　同前；潘達勒斯家中一室

〔潘達勒斯及克蕾雪達上。

潘　別太傷心啦，別太傷心啦。

克　你爲什麼叫我不要太傷心呢？我所感到的悲哀是這樣的深刻，廣滿，透徹，而强烈，我怎麼能够把它壓抑下去呢？要是我可以節制我的感情，或是把它的味道冲得淡薄一些，那麼也許我也可以節制我的悲哀；可是我的愛是不容許攙入任何水分的，我的失去了這樣一個寶愛的人的悲哀也是沒有法子可以排遣的。

〔特洛埃勒斯上。

潘　他，他，他來了。啊！好一對鴛鴦！

克　（抱特）啊，特洛埃勒斯！特洛埃勒斯！

潘　瞧這一雙癡男怨女！我也要想抱着什麼人哭一場哩。那歌兒上怎麼說的？

　　啊，心啊，悲哀的心，

　　你這樣嘆息爲何不破碎？

　下面的答句是——

　　因爲言語或友情，

　　都不能給你的痛苦以安慰。

　這幾行詩句眞是說得入情入理。可見什麼東西都不應該隨便丟棄，因爲我們也許會有一天用得到這樣幾句詩兒的。喂，小羊兒們！

特　克萊雪達，我因爲愛你愛得這樣虔誠，遠勝於從我的冷淡的嘴脣裏吐出來的對於神明的頌禱，所以激怒了天神，把你奪了去了。

克　天神也是會妒嫉的嗎？

潘　是，是，是，這是一樁非常明顯的事實。

克　我眞的必須離開特洛埃嗎？

特　這是一件無可避免的恨事。

克　怎麼！也必須離開特洛埃勒斯嗎？

特　你必須離開特洛埃也必須離開特洛埃勒斯。

克　眞會有這種事嗎?

特　而且是這樣匆促。運命的無情的毒手把我們硬生生拆分開來，不留給我們一些從容握別的時間；它粗暴地阻止了我們唇吻的交融，用蠻力打散了我們緊緊的偎抱，把我們無限鄭重的深盟密誓扼斃在我們的喉間。我們用千萬聲嘆息買到了彼此的愛情，現在卻必須用一聲短促的嘆息把我們自己廉價出賣。無情的時間像一個强盜似的，現在必須把他所偷到的珍貴的寶物急急忙忙地塞在他的包裹裏，像天上的星那麼多的離情別意，每一句道別都伴着一聲嘆息一個吻，都被他擠塞在一句簡單的「再會」裏，只剩給我們草草的一吻，被斷續的淚珠和成了辛酸的滋味。

伊　（在內）殿下，那姑娘預備好了沒有?

特　聽!他們在叫你啦。有人說，一個人將死的時候，催命的鬼使也是這樣向他「來啦!」「來啦!」地招呼着的。叫他們耐心等一會兒；她就要來了。

潘　我的眼淚呢?快下起雨來，把我的嘆息打下去，因爲它像一陣大風似的，要把我的心連根吹了起來呢!（下）

克　那麼我必須到希臘人那兒去嗎?

特　沒有挽回的餘地了。

克　那麼我要在快活的希臘人中間，做一個傷心的克蕾雪達了!我們什麼時候再相會呢?

特　聽我說，我的愛人。祗要你忠心不變，——

克　我忠心不變!怎麼!你懷疑我嗎?

特　不，你不要誤會我的意思；我說「祗要你忠心不變，」不是對你有什麼不放心的地方，我不過用這樣一句話，引

克　起我下面的意思。祇要你忠心不變，我一定會來看你的。啊！殿下，那您就要遭到不測的危險啦；可是我的忠心是不變的。

特　我要出入危險習以爲常。你佩戴着我這衣袖吧。

克　這手套也請您永遠戴在手上。我什麼時候再看見您呢？

特　我會賄賂希臘的守兵，每天晚上來探望你。可是你不要變心。

克　天啊！又是「不要變心！」

特　愛人，聽我告訴你我說這句話的理由：希臘的青年們都是充滿着美好的品性的，他們都很可愛，很俊秀，有很好的天賦，又是博學多能，我怕你也許會得新忘舊；唉！一種眞誠的嫉妒佔據着我的心頭，請你把它叫作純潔的罪惡吧。

克　天啊！您不愛我。

特　那麽讓我像一個惡徒一樣不得好死！我不是懷疑你的忠心，只是不相信自己有什麼長處：我不會唱歌，不會跳舞，不會講那些花言巧語，也不會跟人家勾心鬥角，這些都是希臘人最擅長的本領；可是我可以說在每一種這一類的優點中間，都潛伏着一個不動聲色的狡猾的惡魔，引誘人家墮入他的圈套。希望你不要被他誘惑。

克　您想我會被他誘惑嗎？

特　不。可是有些事情不是我們的意志所能作主的；有時候我們會變成引誘自己的惡魔，因爲過信着自己的脆弱易變的心性，而陷於身敗名裂的地步。

伊　（在內）殿下！

特　來，吻我；我們就此分別了。

巴　（在內）特洛埃勒斯兄弟！

特　哥哥，你帶着伊尼亞斯和那希臘人進來吧。

克　殿下，您不會變心嗎？

特　誰，我嗎？唉，忠心是我唯一的過失：當別人用手段去沽名釣譽的時候，我卻用一片忠心博得一個癡愚的名聲；人家用機詐在他們的銅冠上鍍了一層金，我只有純樸的眞誠，我的王冠是敝舊而沒有虛飾的。

〔伊尼亞斯，巴里斯，恩替諾，台福勒斯，及戴奧米第斯上。

特　歡迎，戴奧米第斯將軍！這就是我們向你們交換恩替諾的那位姑娘，等我們到了灘口的時候，我就把她交給你，一路上我還要告訴你她是怎麼樣的一個人。你要好好看顧她；憑着我的靈魂起誓，希臘人，要是有一天你的生命懸在我的劍下，祇要一提起克萊雪達的名字，你就可以像普賴姆坐在他的深宮裏一樣安全。

戴　克萊雪達姑娘，您無須感謝這位王子的關切，您那明亮的眼睛，您那天仙化人的臉龐，就是最有力的言辭，使我不能不給您盡心的愛護；您今後就是戴奧米第斯的女主人，他願意一切聽從您的吩咐。

特　希臘人，你用這種恭維她的話語來嘲笑我的誠意的請託，未免太沒有禮貌了。我告訴你吧，希臘的將軍，她的好處是遠超過你的恭維以上的，你也不配稱爲她的僕人。我吩咐你好好看顧她，因爲這就是我的吩咐；要是你膽敢欺負她，那麼即使亞契爾斯那個大漢做你的保鑣，我也要切斷你的喉嚨。

戴　啊！特洛埃勒斯王子，您不用生氣，讓我憑着我的地位和使命所賦有的特權，說句坦白的話：當我離開這兒以後，我愛怎麼做就怎麼做，什麼人也不能命令我；我將按照她本身的價值看重她，可是您要是叫我必須怎麼怎麼做，那麼我就用我的勇氣和榮譽回答您一個「不」字。

特　來，到港口去吧。我對你說，戴奧米第斯，你今天對我這樣出言不遜，以後你可不要碰在我的手裏。姑娘，讓我攙着您的手，我們就在一路談談我們兩人所要說的話吧。（特、克、戴同下；喇叭聲）

巴　聽！赫克脫的喇叭聲。

伊　我們把這一個早晨浪費過去了！我曾經對他發誓，要比他先到戰場上去，現在他一定要怪我怠惰遲慢了。

巴　這都是特洛埃勒斯不好。來，來，到戰場上去會他。

台　我們立刻就去吧。

伊　好，讓我們像一個精神奮發的新郎似的，趕快去追隨着赫克脫的左右；我們特洛埃的光榮，今天完全倚靠着他一個人的神威。（同下）

## 第五場　希臘營地，前設圍場

〔哀傑克斯披甲冑，及阿加曼儂，亞契爾斯，伯特羅克勒斯，米尼勞斯，尤列賽斯，納斯脫等同上。

阿　你已經到了約定的地點，勇氣勃勃地等候時間的到來。威武的哀傑克斯，用你的喇叭向特洛埃高聲吹響，讓它傳到你那英勇的敵人的耳中，召喚他出來吧。

哀　吹喇叭的，我多賞你幾個錢，你替我使勁的吹，把你那喇叭管子都吹破了吧。吹啊，傢伙，鼓起你的腮子，挺起你的胸脯，吹到你的眼睛裏冒血，給我把赫克脫吹了出來。（吹喇叭）

尤　沒有喇叭回答的聲音。

亞　時候還早着哩。

阿　那邊不是戴奧米第斯帶着卡爾卻斯的女兒來了嗎？

尤　正是他，我認識他的走路的姿態；看他趾高氣揚的樣子，好像非常得意。

　　【戴奧米第斯及克萊雪達上。

阿　這位就是克萊雪達姑娘嗎？

戴　正是。

阿　好姑娘，歡迎您到我們這兒來。

納　我們的元帥用一個吻來歡迎您哩。

尤　可是那只能表示他個人的盛意；她是應該讓我們大家都有接吻一次的機會的。

納　說得有理；我來開始吧。納斯脫已經吻過了。

亞　美人，讓我吻去您嘴唇上的冰霜；亞契爾斯向您表示他的歡迎。

米　我也有吻她一次的權利。

伯　你還是放棄了你的權利吧；巴里斯也正是這樣打旁邊殺了過來，把你的權利奪了去的。姑娘，這第一個吻是米尼勞斯的；第二個是我的：我的伯特羅克勒斯吻着您。

米　啊！這是什麼話！

伯　巴里斯跟我兩個人總是代替他和人家接吻。

米　我一定要得到我的一吻。姑娘，恕我。

克　在接吻的時候，是您給我吻呢還是您受我的吻？

伯　我也給您也，吻受您的吻。

克　您所受的吻勝過您所給的吻，所以我不讓您吻我。

米　那麼我給您利息；讓我用三個吻換您的一個吧。

尤　你這筆買賣是做不成的。好姑娘，我可以向您討一個吻嗎？

克　好，您討吧。

尤　那麼，爲了維納絲的緣故，給我一個吻；等海倫再變成一個處女的時候，他也可以吻您，他的吻也讓我代領了吧。

克　這一筆債可以記在賬上，等它到期的時候，您再來問我討吧。

尤　那是永遠不會到期的，那麼把我的一吻給我。

戴　姑娘，我帶您去見令尊吧。（戴偕克下）

納　一個伶俐的女人。

尤　不要臉的東西！她的眼睛裏，臉龐上，嘴唇邊都有說話，連她的脚都會講話呢；她身上的每一處骨節，每一個行動，都透露出風流的情性。（內喇叭聲）

衆　特洛埃人的喇叭。

阿　他們的軍隊來了。

【赫克脫披甲胄，及伊尼亞斯，特洛埃勒斯，與其他特洛埃將士等上。

伊　各位希臘將軍請了！赫克脫叫我來問你們，在今天這次比武中間，交戰雙方是不是一定要判決雌雄，死傷流血，在所不計；還是在一方面已經佔到上風的時候，就由監戰的人發令雙方停止？

阿　赫克脫願意採取那一種方式？

伊　他沒有意見；他願意服從兩方面議定的條件。

亞　這正是赫克脫的作風，想得很周到，有點兒驕傲，可是未免太小看對方的武士了。

伊　將軍，您倘然不是亞契爾斯，那麼請問您叫什麼名字？

亞　我倘不是亞契爾斯，就是個無名小子。

伊　那麼尊駕正是亞契爾斯了。可是讓我告訴您吧：赫克脫有的是吞吐宇宙的無限大的勇氣，卻沒有一絲一毫的驕傲。您要是知道他的爲人，那麼他這種表面上的驕傲，正是他的禮貌。你們這位哀傑克斯的身體上有一半是和赫克脫同血統的，爲了顧念親屬的情誼，今天祇有半個赫克脫出場用他一半的心，一半的身體，來跟這個一半特洛埃人一半希臘人的混血武士相會。

亞　那麼今天的戰爭只是一場娘兒們的打架嗎？啊！我知道了。

〔戴奧米第斯重上。

阿　戴奧米第斯將軍來了。善良的武士，你去站在我們這位哀傑克斯的旁邊；你和伊尼亞斯將軍就做兩方面的監戰人吧，或者讓他們戰到精疲力竭，或者讓他們略爲交鋒一兩合，都由你們兩人決定。這兩個交戰的既然是親戚，恐怕他們劍下不免有所顧忌。（哀、赫二人入場）

尤　他們已經拔劍相向了。

阿　那個滿臉懊喪的特洛埃人是誰？

尤　普賴姆的最小的兒子，一個眞正的武士：他不曾經過多大的歷練，可是已經卓爾不羣；他的出言很堅決，他的行爲代替了他的言辭，他也從不矜功伐能；他不容易動怒，可是一動了怒，他的怒氣卻不容易平息下來；他有一顆坦白的心和一雙慷慨的手，他所有的都可以給人家，他所想到的都不加掩飾，可是他的慷慨並不是濫施濫與，他的嘴裏也從不曾吐露過一些卑劣的思想。他像赫克脫一樣勇敢，可是比赫克脫更利害；因爲赫克脫在盛怒之中，祇要看見柔弱的事物就會心軟下來，可是他在激烈行動的時候，是比善妒的愛情更爲凶狠的。他們稱他爲特洛埃勒斯，在他的身上建立着未來的希望，足與赫克脫後先媲美。這是伊尼亞斯對我說的，他很熟悉這個少年，當我在特洛埃宮裏的時候，他這樣私下告訴我。（號角聲；赫克脫與哀傑克斯交戰）

阿　他們打起來了。

納　哀傑克斯，出力！

特　赫克脫，你睡着了嗎？醒來！

阿　他的劍法很不錯；好啊，哀傑克斯！

戴　大家住手。（號角聲停止）

伊　兩位王子，夠了，請歇手吧。

哀　我還沒有上勁呢；再打一會兒吧。

戴　請問赫克脫的意思。

赫　好，那麼我是不願意再打下去了。將軍，你是我的父親的妹妹的兒子，偉大的普賴姆的姪兒；血統上的關係阻止我們作流血的競爭。要是在你身上混合着的希臘和特洛埃的血液，可以使你這樣說，「這一隻手是完全屬於希臘的，這一隻是特洛埃的；這腿上的筋肉全然是希臘的，這腿上全然是特洛埃的；右邊的臉上流着我母親的血液，左邊的流着我父親的血液，」那麼憑着萬能的喬武起誓，我要用我的劍在你每一處流着希臘血液的肢體上留下這一場惡戰的痕跡；可是我不能上干天怒，讓我的利劍沾上一滴你所得自你的母親，我的可尊敬的姑母的血液。讓我擁抱你，哀傑克斯；憑着震響着雷霆的天神起誓，你有很壯健的手臂：兄弟，願你有一切的光榮！

哀　謝謝你，赫克脫；你是一個太仁厚慷慨的人。我本意是要來殺死你，替自己博得一個英雄的名聲的。

赫　即使最有名的尼奧普托勒默斯，也不能希望從赫克脫身上奪得光榮。

伊　兩方面都在等着看你們兩位還有什麼行動。

赫　我們就這樣回答：擁抱是這一場決戰的結果。哀傑克斯，再會。

哀　這是一個難得的機會，要是我的請求可以獲得勝利，那麼我要請我的著名的表兄到我們希臘營中一敘。

戴　這是阿加曼儂的意思，偉大的亞契爾斯也渴想見一見解除甲冑的赫克脫的英姿。

赫　伊尼亞斯，叫我的兄弟特洛埃勒斯過來見我；把這次友誼的訪問通知我們特洛埃方面的觀戰將士，叫他們回去吧。兄弟，把你的手給我；我願意跟你一起吃吃喝喝，認識認識你們的武士。

哀　偉大的阿加曼儂親自來迎接我們了。

赫　凡是他們中間最有名的人物，都請你一個一個把他們的名字告訴我；可是輪到亞契爾斯的時候，我要憑着我自己的眼睛，從他魁梧龐大的身體上認出他來。

阿　尊貴的英雄！我們熱烈歡迎你，正像我們熱烈希望早早去掉你這樣一位敵人一樣；可是在歡迎的時候，不該說這樣的話，請你明白我的意思，在過去和未來的路上，是散滿着毀滅的零落的殘跡的，可是在此時此刻，我們卻用毫無猜忌的誠意，從心底裏向你表示歡迎，偉大的赫克脫！

赫　謝謝你，尊嚴的阿加曼儂。

阿　（向特）特洛埃著名的將軍，我們同樣歡迎你的光降。

米　讓我繼着我的王兄之後，歡迎你們兩位英雄的兄弟。

赫　這一位將軍是誰？

伊　尊貴的米尼勞斯。

赫　啊！是您嗎將軍？憑着戰神的臂鞲，謝謝您！不要笑我發這樣古怪的誓；您那位從前的太太總是憑着愛神的手套起誓的；她很安好，可是沒有叫我向您問候。

米　別提起她，將軍；她是一個死了的題目。

赫　啊！對不起，恕我失言。

納　勇敢的特洛埃人，我常常看見你突過希臘少年的隊伍，像披荊斬棘一樣揮舞着你的寶劍，一手操縱着死生的命運；我也看見你像一個盛怒的帕修斯似的鞭策着駿馬馳騁，把你的劍停留在空中，不去加誅那些望風披靡的敗將降卒；那時我曾經對旁邊的人說，「瞧！那邊正是天神袭必脫在那兒決定人們的生死呢！」我也看見一羣希臘人把你緊緊包圍在中間，像一場奥林帕斯山上的角技似的，你卻從容不迫地在那兒休息：可是當我看見你的時候，你的臉孔總是深鎖在鋼鐵的面甲裏，直到現在方纔看到你的面目。我認識你的祖父，曾經跟他交手過一次，他是一位很好的軍人；可是憑着偉大的戰神起誓，你比他强得多啦。讓一個老年人擁抱你；可尊敬的戰士，歡迎你駕臨我們的營地。

伊　這位是年老的納斯脫。

赫　讓我擁抱你，久歷滄桑的好老人家；最可尊敬的納斯脫，我很高興遇見你。

納　我希望我的臂膀不但能夠擁抱你，也能夠和你在疆場上決戰。

赫　我也希望它們能夠。

納　嚇！憑着我這一把白鬚，我明天可要跟你決戰幾合呢。好，歡迎，歡迎！我現在是老了，——

尤　特洛埃的柱石已經在我們這兒了，我不知道現在那座城會不會倒下來。

赫　尤列賽斯將軍，您的容貌我還記得很清楚。啊！自從上次您跟戴奧米第斯出使到敝城來，我們初次會面的那時候以後，已經死了多少的希臘人和特洛埃人啦。

尤　將軍，我那時候早就向您預告後來的事情了；我的預言還不過應驗了一半，因爲那座屏障貴邦的頑强的城牆，那些高聳雲霄的碉樓，都必須吻它們自己腳下的泥土。

赫　我不能相信您的話，它們現在還是固若金湯；照我並不誇大的估計，打落每一塊腓利基亞的石頭，都必須用一滴希臘人的血做代價。什麼事情都要到結局方纔知道究竟，那位慣於調停一切的時間老人，總有一天會替我們結束這一場紛爭。

尤　那麼就讓他去解決一切吧。最溫良最勇武的赫克脫，歡迎！等元帥宴請過您以後，我也要請您駕臨敝營，讓我略盡地主之誼。

亞　對不起，尤列賽斯將軍，我要佔先一下！赫克脫，我已經把你看了個飽，仔細端詳過你的臉貌，把你身上每一處地方都牢牢記住了。

赫　這位就是亞契爾斯嗎？

亞　我就是亞契爾斯。

赫　請你站好，我也要看看你。

亞　你儘管看吧。

赫　我已經看好了。

亞　你看得太快了。我可要像買東西似的再把你從頭到脚細細兒的看一遍。

赫　啊！你要把我當作一本兵法書似的讀着嗎？可是我怕你有許多地方讀不懂。爲什麽你這樣用你的眼睛儘盯住我？

亞　天神啊，告訴我，我應該在他身上的那一部分把他殺死？是這兒，是這兒，還是這兒？讓我認清在什麽方位結果赫克脫的生命。天神啊，回答我吧！

赫　驕傲的人，天神倘會回答這樣一個問題，他們也不成其爲天神了。請你再立定一下。你以爲取我的命是這樣一件容易的事，可以讓你預先認清在什麽地方把我殺死嗎？

亞　我告訴你，是的。

赫　即使你的話是天神的啓示，我也不相信你。你還是自己留心點兒吧，因爲我要把你殺死的時候，我不是在這兒那兒殺死你，憑着替戰神打盔的鐵砧起誓，我要在你身上每一處地方殺死你。各位聰明的希臘人，恕我誇下了這樣的大口，他的出言不遜，激動我說出這樣狂妄的話來；可是我倘不能用行爲證實我的說話，我就永不——

哀　表兄，你不必生氣。亞契爾斯，您也不用說這種恫嚇的話，等您用得到它們的時候再拿出來吧；祇要您有胃口，您可以每天去跟赫克脫廝殺的。可是我怕我們全營將士請您出馬的時候，您又是請也請不出來的了。

**赫** 請您讓我在戰場上跟您相見好不好？自從您不肯替希臘人出力以來，我們已經好久不曾有過痛快的廝殺了。

**亞** 赫克脫，你請求我嗎？好，明天我一定和你相會，決一個你死我活；可是今天晚上我們是好朋友。

**赫** 一言爲定，把你的手給我。

**阿** 各位希臘將士，你們大家先到我的營帳裏來，參加共同的歡宴；要是赫克脫有功夫，你們有誰想要表示你們好客的殷勤，再可以各別招待他。把鼓兒高聲打起來，把喇叭吹起來，讓這位大英雄知道我們對他的歡迎。（除特、尤二人外皆下）

**特** 尤列賽斯將軍，請您告訴我，卡爾却斯住在什麼地方？

**瑟** 在米尼勞斯的營帳裏，尊貴的特洛埃勒斯；戴奧米第斯今晚就在那兒陪他喝酒，這傢伙眼睛裏不見天地，只是瞧着美麗的克蕾雪達。

**特** 將軍，我們從阿加曼儂帳裏出來以後可不可以有勞您帶我到那邊去？

**瑟** 您可以命令我。我也要請問一聲，這位克蕾雪達姑娘在特洛埃的名譽怎樣？她在那邊有沒有什麼情人因爲跟她分別而傷心？

**特** 啊，將軍！我眞像一個向人誇示他的傷疤的人一樣，反而遭到您的譏笑了。請吧，將軍她曾經被人愛，她也愛過人，她現在還是這樣；可是甜蜜的愛情往往是命運嘴裏的食物。（同下）

# 第五幕

## 第一場　希臘營地；亞契爾斯帳前

【亞契爾斯及伯特羅克勒斯上。

亞　今夜我要用希臘的美酒燒熱他的血液，明天再用我的寶劍叫它冷下來。伯特羅克勒斯，我們一定要痛痛快快地請他吃喝一個盡。

伯　瑟息替斯來了。

【瑟息替斯上。

亞　啊，你這惡毒的核兒！你這天生的硬麵包殼兒！有什麼消息？

瑟　嘿，你這虛有其表的畫像，你這癡人崇拜者的偶像，這兒有一封信給你。

亞　從那兒來的，你這七零八碎的東西？

瑟　嘿，你這滿盤的傻瓜，從特洛埃來的。

伯　現在誰在看守着營帳？

瑟　請你免開尊口，孩子；我一點也不能從你的談話裏得到什麼好處。人家都以爲你是亞契爾斯的雄丫頭。

伯　混蛋！什麼叫做雄丫頭？

悉　嘿，雄丫頭就是男婊子。但願南方的各種惡病，絞腸，脫腸，傷風，腎砂，昏睡症，癱瘓，爛眼，壞肝，哮喘，膀胱膿毒，坐骨神經痛，灰掌瘋，無藥可醫的筋骨痛，終身不治的水泡疹——古腦兒染到你這荒唐傢伙的身上！

伯　怎麽你這該死的惡毒匣子，你這樣咒人是什麽意思？

悉　我咒你嗎？

伯　哼，你這半橛兒的壞木頭，你這婊子生的不成形的惡狗，你沒有咒我。

悉　沒有！那麽你爲什麽發急，你這一絞輕薄的絲絨線，你這壞眼病人的綠綢眼罩，你這浪子錢袋上的流蘇，你？啊！這個寒傖的世間怎麽淨是這些水面的飛蟲，這些可厭的渺小的生物！

伯　閉嘴，惡毒的東西！

悉　你這麻雀蛋兒！

亞　我的好伯特羅克勒斯，我明天出戰的雄心已經受到挫折。這兒是一封從赫邱琵王后寫來的信還有她的女兒，我的愛人，給我的一件禮物，她們都懇求我遵守我從前發過的一句誓言。我不願背反我的誓言。讓希臘沒落讓名譽消失，讓光榮或去或留吧；我必須服從我所已經發過的重誓。來，來，瑟息替斯，幫着佈置佈置我的營帳：今夜一定要在歡宴中消度過去。去吧，伯特羅克勒斯！（亞、伯同下）

悉　這兩個人有太多的血氣，太少的頭腦，也許會發起瘋來；要是他們因爲有太多的頭腦，太少的血氣而發瘋，那麽我倒可以治愈他們的瘋病。還有那個阿加曼儂人倒是很老實，他也很愛吃鵪鶉，可是他的頭腦總共還不過像耳屎那麽一點點。講到他那個外表像天神的兄弟，那頭公牛，那尊原始的雕像，那座歪斜的忘八的記念碑，他不過是用鏈條穿起了掛在他哥哥腿上的一塊小小的鞋拔；像他這種傢伙，智慧裏攙了些奸惡，奸惡裏拼了些智慧，還能够叫他變得比現在的樣子好一點嗎？變一頭驢子，那也不算什麼；他又是驢子又是牛。變一頭牛，那也不算什麼，他又是牛又是驢子。變一頭狗，一頭騾子，一頭貓，一頭臭鼬，一隻蝦蟆，一條蜥蜴，一隻梟，一隻鷂子，或是一條沒有卵的鯡魚，我都不在乎；可是倘要叫我變一個米尼勞斯！嘿，我纔要向命運造反呢。要是我不是瑟息替斯，那麼別問我願意變什麼，因爲就是叫我做癩病人身上的一頭虱子我都願意，祇要不是做米尼勞斯。噯唷！精靈們帶着火把來啦！

【赫克脫，特洛埃勒斯，哀傑克斯，阿加曼儂，尤列賽斯，納斯脫，米尼勞斯，及戴奧米第斯各持火炬上。

阿　我們走錯了，我們走錯了。

哀　不，那邊正是；就在有火光的地方。

赫　眞的太麻煩你們了。

哀　不，沒有什麼。

尤　他自己來接您啦。

【亞契爾斯重上。

亞　歡迎，勇敢的赫克脫；歡迎，各位王子。

阿　特洛埃的英雄的王子，我現在要向您道晚安了。哀傑克斯會吩咐衞士們伺候您的。

赫　謝謝，您願您晚安，希臘的元帥。

米　晚安，將軍。

赫　晚安，米尼勞斯將軍。

亞　回去的人我向他們道晚安，留着的人我歡迎他們。

阿　晚安。（阿、米同下）

亞　年老的納斯脫也沒有去；戴奧米第斯，你也在這兒就擱一二小時，陪陪赫克脫吧。

戴　我不能，將軍；我有重要的事情，現在就要去了。晚安，偉大的赫克脫。

赫　把您的手給我。

尤　（向特旁白）跟着他的火把跑；他是到卡爾卻斯的帳裏去的。我陪您走走。

特　眞是有勞您啦。

赫　好，晚安。（戴下；尤、特隨下）

亞　來，來，我們進帳吧。（亞、赫、哀、納同下）

瑟　那個戴奧米第斯是個奸詐小人，一個居心不正的壞傢伙；當他斜着眼睛瞧人的時候，正像一條發着嘶嘶聲音的蛇一樣靠不住。他會隨口許願，可是等到他履行許願的時候，天文學家也會發出預告，因爲那時候天象一定會發生巨大的變化，太陽反而要向月亮借光了。我寧願不看赫克脫，一定要跟住他；人家說他養着一個特洛埃的婊子，借那賣國賊卡爾卻斯的營帳幽敍。我要跟他去。姦淫，祇有姦淫！全都是些不要臉的淫棍！（下）

## 第二場　同前；卡爾卻斯帳前

〔戴奧米第斯上。

戴　喂！你睡了沒有？

卡　（在內）誰在叫？

戴　戴奥米第斯。是卡爾卻斯嗎？你的女兒呢？

卡　（在內）她就來了。

〔特洛埃勒斯及尤列賽斯自遠處上；瑟息替斯隨上。

尤　站遠一些，別讓火把照見我們。

〔克蕾雪達上。

特　克蕾雪達出來會他了。

戴　啊，我的被保護人！

克　我的親愛的保護人！！來我給您說句話。（向戴耳語）

特　哼，這樣親熱！

尤　她會向無論那個初次見面的男人唱歌

戴　你會記得嗎？

克　記得，記得。

戴　好，你可記住了；不要口不應心。

特　叫她記得些什麼？

尤　聽好！

克　甜甜蜜蜜的希臘人，別再誘我幹那些傻事情了。

瑟　搗什麼鬼！

戴　不，那麼，——

克　我對您說呀，——

戴　算了，算了，有什麼說的；你已經背了誓了。

克　眞的，我不能。你要我怎麼樣？

瑟　一個鬼把戲，——公開的祕密。

戴　你不是發過誓要給我一件什麼東西嗎？

克　請您不要逼我履行我的誓言了，親愛的希臘人；除了這一件事情以外，我什麼都依你。

戴　晚安！

特　忍耐，把這口怒氣壓下去吧！

尤　你怎麼啦，特洛埃人？

克　戴奧米第斯，——

戴　不，不，晚安；我不願再被人愚弄了。

特　比你更好的人也被她愚弄過了。

克　聽着！我向您的耳邊說句話。

特　該死該死！

尤　您在動怒了，王子；我們還是去吧，免得您的脾氣越發越大。這地方是個危險的地方，這時間也是容易闖禍的時間。請您回去吧。

特　不，你瞧你瞧！

尤　您還是去吧；您已經氣得發瘋了。來，來，來。

特　請你再等一會兒。

尤　您快要忍耐不住了；來。

特　請你等一會兒。憑着地獄和一切地獄裏的酷刑發誓，我決不說一句話！

戴　好，晚安！

克　可是您是含怒而去的。

特　那使你心裏難過嗎？啊枯萎了的忠心！

尤　怎麽，怎麽，王子！

特　天神在上，我忍耐就是了。

克　我的保護人！——喂，希臘人！

戴　呸，呸！再見；你老是作弄人家。

克　憑良心說，我沒有；您回來呀。

尤　您在氣得發抖了；王子；我們去吧您要忍不住了。

特　她摸他的臉！

尤　來，來。

特　不，等一會兒；天神在上，我決不說一句話；在我的意志和一切恥辱的中間，有忍耐在那兒看守着；再等一會兒吧。

瑟　那個屁股胖胖的，手指粗得像馬鈴薯般的奢淫的魔鬼怎麼會把這兩個寶貨撮在一起！煎吧，都給我在姦淫裏煎枯了吧！

戴　那麼你答應了嗎？

克　是，我答應了；不騙您。

戴　給我一件什麼東西做保證吧。

克　我去給您拿來。（下）

尤　您發誓說一定忍耐的。

特　你放心吧，將軍；我一定抑制住自己，不讓我的感情暴露出來；我滿心都是忍耐。

【克蕾雪達重上。

瑟　抵押品來了！瞧，瞧，瞧！

克　戴奧米第斯，這衣袖請您收下了吧。

特　啊美人！你的忠心呢？

尤　王子，——

特　我會忍耐；在外表上忍住我的怒氣。

克　您瞧着那衣袖；瞧瞧清楚。他曾經愛過我——啊，負心的女人！把它還給我。

戴　這是誰的？

克　您已經還了我，不用再問了。明天晚上我不願跟您相會。戴奧米第斯，請您以後不要再來看我了吧。

瑟　現在她又要磨他了；說得好，磨石！

戴　拿來給我。

克　什麼，是這個嗎？

戴　是這個。

克　天上的諸神啊！你可愛的，可愛的信物！你的主人現在正在牀上躺着想起你也想起我；他一定在那兒嘆氣，拿着我的手套，一邊回憶一邊輕輕的吻着它；就像我吻着你一樣。不，不要從我手裏把它奪去；誰拿了它去，就是把我的心也一塊兒拿了去了。

戴　你的心已經給了我了；這東西也是我的。

特　我已經發誓忍耐。

克　你不能把它拿去，戴奧米第斯；眞的您不能拿去；我寧願把別的東西給您。

戴　我一定要這一個。它是誰的？

克　您不用問。

戴　快說，它本來是屬於誰的？

克　它本來是屬於一個比您更愛我的人的。可是您既然已經拿了去，就給了您吧。

戴　它是誰的？

克　憑着黛安那女神和伺候她的那羣星娥們起誓，我不願告訴您它是誰的。

戴　明天我要把它佩在我的戰盔上，要是他不敢向我挑戰，也叫他看着心裏難過。

特　卽使你是魔鬼，把它掛在你的角上，我也要向你挑戰。

克　好，好，事情已經過去，也不用說了；可是不，我不願應您的約會。

戴　好，那麼再見；戴奧米第斯以後再不給你玩弄了。

克　您不要去；人家剛說了一句話，您又惱起來啦。

戴　我不歡喜給人開這樣的玩笑。那麼我要不要來？什麼時候？

克　好，你來吧；——天啊！——你來吧；——我一定要受神明的懲罸了！

戴　再會。

克　晚安；請你一定來。（戴下）別了，特洛埃勒斯！我的一隻眼睛還在望着你，可是另一隻眼睛已經隨着我的心轉換了方向。唉，我們可憐的女人！我發現了我們這一個弱點，我們的眼睛所犯的錯誤支配着我們的心；一時的失足把我們帶到了永遠錯誤的路上。（下）

瑟　這是她對於她自己的貞節的最老實的供認，除非她再說一句，「我的心現在已經變成一個娼婦。」

尤　沒有什麼好看的了，王子。

特　是的，一切都完了。

尤　那麼我們還留在這兒幹麼？

特　我要把他們在這兒說的話一個字一個字記錄在我的靈魂裏。可是我倘把這兩個人共同串演的這一本活劇告訴人家，雖然我宣佈的是事實，這事實會不會是一個謊呢？因爲在我的心裏還留着一個頑强的信仰，不肯接受眼睛和耳朵的見證，好像這兩個器官都是善於欺騙，它們的作用只是顚倒是非，淆亂黑白，剛纔出來的眞的是克蕾雪達嗎？

尤　我又不會驅神役鬼，特洛埃人。

特　一定不是她。

尤　的確是她。

特　我還沒有發瘋，我知道那不是她。

尤　難道倒是我瘋了嗎？剛纔明明是克蕾雪達。

特　爲了女人的光榮，不要相信她是克蕾雪達！我們都是有母親的；不要讓那些找不到誹毁的題目的頑固批評家們得到藉口，用克蕾雪達的例子來評斷一切的女性；還是相信她不是克蕾雪達吧。

尤　王子，她幹了些什麼事，可以使我們的母親都蒙上汚辱呢？

特　她沒有幹什麼事，除非剛纔的女人眞的就是她。

瑟　他自己親眼瞧見了還要强調詭辯嗎？

特　這是她嗎？不，這是戴奥米第斯的克蕾雪達。美貌如果是有靈魂的，這就不是她；靈魂如果指導着誓言，誓言如果代表着虔誠的心願，虔誠如果是天神的喜悅，世間如果有不變的常道，這就不是她。啊瘋狂的理論，矛盾的事實！這是克蕾雪達，又不是克蕾雪達。我的靈魂裏正在進行着一場奇怪的戰爭，一件不可分的東西，分隔得比天地相去還要遼闊；可是在這樣廣大的距離中間，卻又找不到一個針眼大的線縫。像地獄之門一樣堅强的證據，證明克蕾雪達是我的，上天的赤繩把我們結合在一起。像上天本身一樣堅强的證據，卻證明神聖的約束已經分裂鬆解，她的破碎的忠心，她的殘餘的愛情，她的狼藉的貞操，都拿去向戴奧米第斯另結新歡了。

尤　尊貴的特洛埃勒斯也會受制於他所吐露的那種感情嗎？

特　是的，希臘人；我要用像熱戀着維納絲的戰神馬斯的心一樣鮮紅的大字把它書寫出來；從來不曾有過一個年青的男子用我這樣永恆而堅定的靈魂戀愛過。聽着，希臘人，正像我深愛着克萊雪達一樣，我也同樣痛恨着她的戴奧米第斯；他將要佩在盔上的那塊衣袖是我的，即使他的盔是用天上的神火打成的，我的劍也要把它挑下來；疾風捲海，波濤怒立的聲勢，也將不及我的利劍落在戴奧米第斯身上的時候那樣驚心動魄。

瑟　這是他偷女人的報應。

特　啊，克萊雪達！負心的克萊雪達！你好負心！一切不忠不信，無情無義，比起你的失貞背節來，都會變成光榮。

尤　啊！你忍着些吧；您這一番憤激的話，已經給人家聽見了。

【伊尼亞斯上。

伊　殿下，我已經找了您這一點鐘。赫克脫現在正在特洛埃披起他的甲冑來了。哀傑克斯等着護送您回去。

特　那麼我們一同走吧。多禮的將軍，再會。別了，叛逆的美人！戴奧米第斯，留心站穩了，頂一座堡壘在你的頭上吧！

尤　我送你們兩位到門口。

特　請接受我的中心惱亂的感謝。（特、伊、尤同下）

瑟　要是我碰見了那個混蛋戴奧米第斯！我要向他做老鴉叫，叫得他滿身晦氣。我倘把這婊子的事情告訴了伯特羅克勒斯，他一定願意把無論什麼東西送給我；鸚鵡瞧見了一粒杏仁，也不及他聽見了一個近在手頭的婊子更高興。姦淫，姦淫；永遠是戰爭和姦淫，別的什麼都不時髦。渾身火燄的魔鬼抓了他們去！（下）

## 第三場　特洛埃；普賴姆王宮門前

〔赫克脫及安特羅瑪契上。

安　我的夫君今天怎麼脾氣壞到這樣子，不肯接受人家的勸告呢？脫下你的甲冑來，今天不要出去打仗了。

赫　不要激怒我，快進去；憑着一切永生的天神起誓，我非去不可。

安　我的夢一定會應驗的。

赫　別多說啦。

〔凱珊特拉上。

凱　我的哥哥赫克脫呢？

安　在這兒，妹妹；他已經披上甲冑，充滿了殺心。陪着我向他高聲懇求吧；讓我們跪下來哀求他，因爲我夢見流血的混亂，整夜裏祇是夢着屠殺的慘象。

凱　啊！這是眞的。

赫　喂！叫我的喇叭吹起來。

凱　看在上天的面上，好哥哥，不要吹起進攻的信號來。

赫　快去；天神已經聽見我發過誓了。

凱　天神對於憤激暴怒的誓言是充耳不聞的；它們是不潔的祭禮，比汚穢的獸肝更受憎恨。

安　啊！聽從我們的勸告吧。不要以爲自恃正義便可以傷害他人；如果那是合法的，那麼用暴力劫奪所得的財物爭去佈施，也可以說是合法的了。

凱　誓言是否有效，必須視發誓的目的而決定；不是任何的目的都可以使誓言發生力量。脫下你的甲冑吧，親愛的赫克脫。

赫　你們別鬧。我的榮譽主宰着我的命運。生命是每一個人所重視的；可是高貴的人重視榮譽遠過於生命。

〔特洛埃勒斯上。

赫　啊，孩子！你今天預備上戰場嗎？

安　凱珊特拉，叫我的父親來勸勸他。（凱下）

赫　不，你不要去，特洛埃勒斯；脫下你的戰甲，孩子；我今天充滿了武士的精神。讓你的筋骨再長得結實一點，不要就去試探戰爭的鋒刃吧。脫下你的戰甲去，不要懷疑，勇敢的孩子，我今天要爲了你，爲了我，爲了整個的特洛埃而作戰。

特　哥哥，您有一個太仁慈的弱點，這弱點適宜於一頭獅子，卻不適宜於一個勇士。

赫　是怎樣一個弱點，好特洛埃勒斯？你指出來責備我吧。

特　好幾次戰敗的希臘人倒在地上，您雖然已經舉起您的劍，卻叫他們站起來，放他們活命。

赫　啊！那是公道的行爲。

特　不，那是傻氣的行爲，赫克脫。

赫　怎麼！怎麼！

特　看在一切天神的面上，讓我們把惻隱之心留在我們母親的地方；當我們披上甲冑的時候，讓殘酷的憤怒指揮着我們的劍鋒，執行無情的殺戮。

赫　嘿！那太野蠻了。

特　赫克脫，這樣纔是戰爭呀。

赫　特洛埃勒斯，我今天不要你臨陣。

特　誰可以阻止我？命運，命令，或是握着火紅的指揮杖的戰神的手，都不能叫我退下；普賴姆父王和赫邱琶母后含着滿眶的眼淚跪在地上，都不能打消我的決心；就是您，我的哥哥，拔出您的鋒利的劍來，也擋不住我；除了我自己的毀滅以外，我不怕任何的阻力。

【凱珊特拉攙普賴姆上。

凱　拖住他，普賴姆，不要放鬆。他是你的拐杖；要是你失去你的拐杖，那麼你依靠着他，整個的特洛埃依靠着你，大家都要一起倒下了。

普　來，赫克脫，來，回來；你的妻子做了惡夢，你的母親看見幻象，凱珊特拉預知未來，我自己也像一個突然得到天啓的先知一樣，告訴你今天是一個不祥的日子，所以你回來吧。

赫　伊尼亞斯在戰場上等我；我和許多希臘人有約在先，今天一定要去跟他們相會。

普　可是你不能去。

赫　我不能失信於人。您知道我一向是不敢違抗您的意志的，所以，親愛的父親，不要使我負上一個不孝的名聲，請您允許我出戰吧。

凱　普賴姆啊！不要聽從他。

安　不要允許他，親愛的父親。

赫　安特羅瑪契，你使我生氣了。爲了你對我的愛情，快給我進去吧。（安下）

特　都是這個愚蠢的，做夢的，迷信的姑娘，憑空虛構出這許多惡兆。

凱　啊，別了！親愛的赫克脫！瞧，你死了！瞧，你的眼睛變成慘白了！瞧，你滿身的傷口都在流血！聽，特洛埃在呼號，赫邱琶在痛哭，可憐的安特羅瑪契在發出她尖銳的悲聲！瞧，慌亂，瘋狂和驚愕，像一羣沒有頭腦的癡人彼此相遇，大家都在哭喊着赫克脫！赫克脫死了！啊赫克脫！

特　去！去！

凱　別了。且慢，赫克脫，我還要向你告別：你欺騙了你自己，也欺騙我們全體的特洛埃人了。（下）

赫　父王，您聽見她這樣嚷叫，有點兒驚恐嗎？進去安慰安慰我們的軍民；我們現在要出去作戰，幹一些值得讚美的事情，今天晚上再來講給您聽吧。

普　再會，願神明護佑你平安！（普、赫各下；號角聲）

特　他們已經在打起來了，聽！驕傲的戴奧米第斯，相信我，我今天不是失去我的手臂，就要奪回我的衣袖。

〔特洛埃勒斯將去時，潘達勒斯自另一方上。

潘　您聽見嗎，殿下？您聽見嗎？

特　現在又有什麼事？

潘　這兒是那可憐的女孩子寄來的一封信。

特　讓我看。

潘　這倒霉的混賬咳嗽害得我好苦，還要讓這傻丫頭把我攪得心神不安，又是這樣，又是那樣，看來我這條老命也活不長久了；我的眼睛裏又害起了風濕症，我的骨節又是這麼痛得利害，不知道我作了什麼孽，纔受到這樣的罪。她說些什麼？

特　空話，空話，祇有空話，沒有一點眞心；行爲和言語背道而馳。（撕信）去，你風一樣輕浮的，跟着風飄去，也化成一陣風吧。她用空話和罪惡搪塞我的愛情，卻用行爲去滿足他人。（各下）

## 第四場　特洛埃及希臘營地之間

〔號角聲；軍士混戰；瑟息替斯上。

瑟　現在他們在那兒打起來了，待我去看個熱鬧。那個奸詐的卑鄙小人，戴奧米第斯，把那個下流的癡心的特洛埃小傻瓜的衣袖裹在他的戰盔上；我巴不得看見他們碰頭，看那頭愛着那婊子的特洛埃小驢子怎樣放那個希臘淫棍回到那隻假情假義的浪蹄子那兒去，叫他有袖而來，無袖而歸。在另一方面，那些狡猾的信口發誓的壞東西，——那塊耗子咬過的陳年乾酪，納斯脫，和那頭狗狐尤列賽斯，他們定下的計策，簡直不值一顆烏莓子：他們的計策是要叫那條雜種惡狗哀傑克斯去對抗那條同樣壞的惡狗亞契爾斯；現在哀傑克斯那惡狗已經變得比亞契爾斯那惡狗更驕傲了，今天他不肯出戰；所以那些希臘人都像野蠻人一樣胡作非爲起來，計策權謀把軍譽一起攪壞了。且慢！衣袖來了，那一個也來了。

〔戴奧米第斯上，特洛埃勒斯隨上。

特　別逃走；你就是跳下了冥河，我也要入水來追你。

戴　你弄錯了，我沒有逃；因爲你們人多，好漢不吃眼前虧，所以我纔抽身出來。照劍！

瑟　守住你那婊子，希臘人！爲了那婊子的緣故，特洛埃人出力吧！挑下那衣袖來，挑下那衣袖來！（特、戴隨戰隨下）

〔赫克脫上。

赫　希臘人，你是誰？你也是要來跟赫克脫比一個高下嗎？你是不是一個貴族？

瑟　不，不，我是個無賴，一個祇會駡人的下流漢，一個卑鄙齷齪的小人。

赫　我相信你；放你活命吧。（下）

瑟　慈悲的上帝，你居然會相信我！這天殺的把我嚇了這麼一跳！那兩個扭成一團的混蛋呢？我想他們也許把彼此吞下去了，那纔是個笑話哩。我去找他們去。（下）

## 第五場　戰地的另一部分

〔戴奧米第斯及僕人上。

戴　來，給我把特洛埃勒斯的駿馬牽了回去，把它奉獻給我的愛人克蕾雪達，向她表示我對於她的美貌的敬禮；對她說，我已經教訓過那個多情的特洛埃人，用事實證明我是她的武士了。

僕　我就去，將軍。（下）

〔阿加曼儂上。

阿　添援兵，添援兵！凶猛的坡列達麥斯已經把孟儂打了下來；那私生子瑪加雷浪把都里厄斯捉了去，像一尊巨大的石像似的，站在被殺的厄辟斯脫洛弗斯和西第厄斯二王的屍體上，揮舞着他的槍桿；坡列克西尼斯也死了；

安腓瑪赤斯和托阿斯都受到致命的重傷；伯特羅克勒斯被擒被殺，下落不明；巴拉米第斯身受重創；可怕的賽傑泰利大逞威風，把我們的軍士嚇得四散奔竄。戴奧米第斯，快去添援兵，否則我們要一敗塗地了。

〔納斯脫上。

納　去，把伯特羅克勒斯的屍體擡到亞契爾斯帳裏；再叫那像蝸牛一樣慢吞吞的哀傑克斯趕快披上甲冑。有一千個赫克脫在戰場上，一會兒他騎着馬在這兒鏖戰，一會兒他又在那邊徒步奔突，當着他的人逃的逃，死的死，就像一羣輕舟小艇遇見了一頭吸海的巨鯨一樣；一會兒他又在別的地方，把那些稻草般的希臘人摧枯拉朽似的殺得望風披靡，這裏，那裏，到處有他神出鬼沒的蹤跡，他的敏捷的行動簡直是得心應手，要怎麼樣便怎麼樣，看見了也會叫人不相信自己的眼睛。

〔尤列賽斯上。

尤　啊！勇氣，勇氣，王子們！偉大的亞契爾斯在披起戰甲來了；他在哭泣，咒駡，發誓復仇，伯特羅克勒斯身上的創傷已經激起了他的昏睡的雄心；他手下的那些負傷的壯士，有的割去了鼻子，有的砍掉了手，斷臂的，刖足的，都在叫喊着赫克脫的名字。哀傑克斯也失去了一個朋友，惱得他咬牙切齒，已經披甲出戰，要去找特洛埃勒斯拚命；那特洛埃勒斯今天就像發了瘋似的橫衝直撞，勇不可當，命運也像故意譏諷智謀的無用一樣，對他特別照顧，使他戰無不勝。

〔哀傑克斯上。

哀　特洛埃勒斯！你這懦夫躲到那裏去了？（下）

戴　在那兒，在那兒。

納　好，好，我們也上去殺一陣。

〔亞契爾斯上。

亞　這赫克脫在什麼地方？來，來，你這嚇嚇小孩子的傢伙，還不給我露臉嗎？我要讓你知道遇見一個發怒的亞契爾斯是怎麼樣的。赫克脫！赫克脫呢？我祇要找赫克脫。（各下）

## 第六場　戰地的另一部分

〔哀傑克斯上。

哀　特洛埃勒斯，你這懦夫，出來！

〔戴奧米第斯上。

戴　特洛埃勒斯！特洛埃勒斯在什麼地方？

哀　你要找他幹麼？

戴　我要教訓教訓他。

哀　等我做了元帥，你在我的地位，你再來教訓他吧。特洛埃勒斯！喂，特洛埃勒斯！

〔特洛埃勒斯上。

特　啊奸賊，戴奧米第斯！轉過你的奸詐的臉來，你這奸賊！拿你的命來賠還我的馬兒！

戴　嚇！你來了嗎？

哀　我要獨自戰他；站開，戴奧米第斯。

戴　他是我的目的物；我不願意袖手旁觀。

特　來，你們這兩個希臘賊子；你們一起來吧！（隨戰隨下）

【赫克脫上。

赫　呀，特洛埃勒斯嗎？啊，打得好，我的小兄弟！

【亞契爾斯上。

亞　現在我看見你了。嚇！照劍，赫克脫！

赫　住手，你還是休息一會兒。

亞　我不要你賣什麼人情，驕傲的特洛埃人，我的手臂久已不舉兵器了，這是你的幸運；我的休息和怠惰，給你很大的便宜；可是我不久就會讓你知道我的利害。現在你還是去追尋你的命運吧。（下）

赫　再會，要是我早知道會遇見你，我的勇氣一定會增加百倍。啊，我的兄弟！

【特洛埃勒斯重上。

特　哀傑克斯把伊尼亞斯捉了去了；眞有這樣的事嗎？不，憑着那邊天空中燦爛的陽光發誓，他不能讓他捉去；我一定要去救他出來，否則寧願讓他們把我也一起捉了去。聽着，命運！今天我已經把死生置之度外了。（下）

【一武士披富麗鎧甲上。

赫　站住，站住，希臘人；你是一個很好的目標。啊，你不願站住嗎？我很歡喜你這身甲冑；卽使把它割破砍碎，也要剝它下來。畜生，你不願站住嗎？好，你逃，我就追，非得剝下你的皮來不可。（同下）

## 第七場　戰地的另一部分

【亞契爾斯及衆武士上。

亞　過來，我的武士們，聽好我的話。你們看我到什麼地方，就跟到什麼地方。不要動你們的刀劍，蓄養好你們的氣力；當我找到了凶猛的赫克脫以後，你們就用武器把他密密圍住，一陣亂劍剁死他。跟我來，孩兒們，留心我的行動；偉大的赫克脫決定要在今天喪命。（同下）

【米尼勞斯及巴里斯互戰上；瑟息替斯隨上。

瑟　那忘八跟那姦夫也打起來了。出力，公牛！出力，狗子！呦，巴里斯，呦！啊，我的兩個雌兒的麻雀！呦，巴里斯，呦！那公牛打勝了；喂，留心他的角！（巴、米下）

【瑪加雷浪上。

瑪　奴才，轉過來跟我打。

瑟　你是什麼人？

瑪　普賴姆的庶子。

瑟　你是個私生子，我也是個私生子；我歡喜私生子。一頭熊不會咬它的同類，那麼私生子爲什麼要自相殘殺呢？再會，私生子。（下）

瑪　魔鬼抓了你去，懦夫！（下）

## 第八場　戰地的另一部分

〔赫克脫上。

赫　富麗的外表包裹着一個腐爛不堪的核心，你這一身好盔甲送了你的性命。現在我已經完畢一天的工作，待我好好休息一下。我的劍啊，你已經飽餐了鮮血和死亡，你也休息休息吧。（脫下戰盔，將盾牌懸掛背後）

〔亞契爾斯及衆武士上。

亞　瞧，赫克脫，太陽已經開始沒落，醜惡的黑夜在他的背後追踪而來；赫克脫的生命，也要跟太陽一起西沉，結束了這一個白晝。

赫　我現在已經解除武裝；不要乘人不備，希臘人。

亞　動手，孩兒們，動手！這就是我所要找的人。（赫倒地）現在，特洛埃，你也跟着倒下來吧！這兒躺着你的心臟，你的筋肉，你的骨骼。上去，武士們！大家齊聲高呼，「亞契爾斯已經把勇武的赫克脫殺死了！」（吹歸營號）聽！我軍在吹歸營號了。

武士　主將，特洛埃的喇叭跟我們的喇叭是一樣聲音的。

亞　黑夜的巨龍之翼已經覆蓋了大地，分開了交戰的兩軍。我的尙未饜足的寶劍，因爲已經嚐到了美味，也要歸寢了。（插劍入鞘）來把他的屍體縛在我的馬尾巴上，我要把這特洛埃人拖過戰場。（同下）

## 第九場　戰地的另一部分

〔阿加曼儂，哀傑克斯，米尼勞斯，納斯脫，戴奧米第斯及餘人等列隊行進內喧呼聲。

阿　聽！聽！那是什麼呼聲？

納　靜下來，鼓聲！

內呼聲　亞契爾斯！亞契爾斯！赫克脫被殺了！亞契爾斯！

戴　聽他們的呼聲，好像是赫克脫給亞契爾斯殺了。

哀　果然有這樣的事，我們也不要自誇；偉大的赫克脫並沒有不如他的地方。

阿　大家靜靜前進。去一個人到亞契爾斯的地方，請他到我的大營裏來，要是他的死是天神有心照顧我們，那麼偉大的特洛埃已經是我們的，慘酷的戰爭也要從此結束了。（衆列隊行進下）

## 第十場　戰地的另一部分

〔伊尼亞斯及特洛埃軍士上。

伊　站住！我們現在還控制着這戰場，不要回去，讓我們忍着餓挨過這一夜。

〔特洛埃勒斯上。

特　赫克脫被殺了。

衆　赫克脫！那有這樣的事！

特　他死了，他的屍體縛在那兇手的馬尾上，慘無人道地拖過了充滿着恥辱的戰場。天啊，顰蹙你的怒眉，趕快降下你的懲罰來吧！神明啊，坐在你們的寶座上，眷顧着特洛埃吧！讓你們的迅速的災禍變成慈悲，不要遲延我們無可避免的毀滅吧！

伊　殿下，您不要沮喪我們全軍的士氣。

特　你沒有了解我的意思，所以纔會對我說這樣的話。我沒有說到逃走，恐懼和死亡；我是向着一切天神和世人所加於我們的迫切的危險挑戰。赫克脫已經離我們而去了；誰去把這樣的消息告訴普賴姆和赫邱琶呢？有誰現在到特洛埃去宣佈赫克脫的死訊的，讓他永遠被稱爲不祥的啼梟吧。這樣一句話是會使普賴姆變成一座石像，使婦女們變成淚泉和化石，使少年們變成冰冷的雕像，使整個的特洛埃驚怖失色的。可是去吧，赫克脫死了，還有什麼話說呢？且慢！你們這些可惡的營帳，這樣驕傲地佈下在我們腓利基亞的平原上，無論太陽起得多早，我要把你們踏爲平地！還有你，你這肥胖的懦夫，無論怎樣廣闊的距離，都不能分解我們兩人的仇恨；我要永遠像一顆疑神疑鬼的負疚的良心一樣纏繞着你！回到特洛埃去！我們不要懊惱，讓復仇的希望掩蓋我們內心的悲痛。（伊尼亞斯及特洛埃軍隊下）

〔特洛埃勒斯將去時，潘達勒斯自另一方上。〕

潘　聽我說，聽我說！

特　滾開，下賤的龜奴！醜惡和恥辱追隨着你，永遠和你的名字連在一起！（下）

潘　好一服醫治我的骨痛的妙藥！啊世界，世界，世界！一個替別人奔走的人是這樣被人輕視！做賣國賊的，做淫媒的，人家用得着你們的時候，是多麼的重用你們，可是他們會給你們些什麼好處呢？爲什麼人家這樣歡喜我們所幹的事，卻這樣痛恨我們的行業？有什麼詩句可以證明？——讓我想一想——

那採蜜的蜂兒無慮無愁，

終日在花叢裏歌唱優遊；
等到它一朝失去了利刺，
甘蜜和柔歌也一齊消逝。
奉告吃風月飯的朋友們，把這幾句詩做你們的座右銘吧。（下）

莎士比亞戲劇全集

第三輯 第八種

# 黃金夢

朱生豪譯

# 黄金夢

## 原名：雅典的泰門

### 劇中人物

泰門　雅典貴族

琉息斯
盧古勒斯
森普洛涅斯　（諂媚的貴族）

文替狄斯　泰門的負心友人之一

哀披曼特斯　性情怪僻的哲學家

阿錫卡第斯　雅典將官

弗雷維厄斯　泰門的管家

法雷米涅斯
路西力斯
塞維力斯　（泰門的僕人）

卡非斯
非洛特斯
太特斯
琉息斯
霍吞息斯
（以上五人）泰門債主的僕人

文替狄斯的僕人
伐羅及埃錫鐸（二泰門債主）的僕人
三路人
一雅典老人
一侍僮
一弄人
詩人，畫師，寶石匠，及商人
芙莉妮霞
蒂曼特拉
（以上二人）阿錫卞第斯的情婦
貴族，元老，將士，軍士，竊賊，侍從等
化裝跳舞中扮邱必特及亞美仲女戰士者

**地點**

雅典及附近森林

# 第一幕

## 第一場　雅典；泰門家中的廳堂

【詩人，畫師，寶石匠，商人，及餘人等自各門分別上。

詩人　早安，先生。

畫師　您好？

詩人　好久不見了。世界變得怎樣啦？

畫師　先生，它變得一天不如一天了。

詩人　嗯，那是誰都知道的；可是有些什麽特別新鮮的事情？什麽奇聞怪話，爲我們浩如煙海的載籍上所未之前覩的？瞧，慷慨的魔力！羣靈都被你召喚前來，聽候驅使了。我認識這個商人。

畫師　這兩人我都認識；還有一個是寶石匠。

商人　啊！真是一位賢德的貴人。

寶石匠　嗯，那是誰也不能否認的。

商人　一位舉世無比的人，他的生活的目的，好像就是永無厭倦，繼續不斷的行善。像他這樣的人，真是難得！

寶石匠　我帶着一顆寶石在這兒——

商人　啊！倒要見識見識。先生，這是送給泰門大爺的嗎？

寶石匠　要是他不嫌微賤的話；可是——

詩人　詩句當爲美善而歌頌，
倘因貪利而讚美醜惡，
就會降低風雅的聲價。

商人　（觀寶石）這寶石的式樣很不錯。

寶石匠　它的色彩也很富麗；您瞧那光澤多好。

畫師　先生，您又在吟哦您的大作了嗎？一定又是獻給這位貴人的什麼詩篇了。

詩人　偶然想起來的幾句句子。我們的詩歌就像樹脂一樣，會從它滋生的地方分泌出來。燧石中的火是要打了纔出來的；我們的靈感的火燄却會自然激發。您手裏是什麼東西？

畫師　一幅圖畫，先生。您的大著幾時出版？

詩人　等我把它呈獻給這位貴人以後，就可以和世人相見了。可不可以讓我欣賞欣賞您的妙繪？

畫師　見笑得很。

詩人　畫得很好，眞是神來之筆。

畫師　謬獎謬獎。

詩人　佩服佩服！瞧這姿態多麼優美！這一雙眼睛裏閃耀着多少智慧！這一雙嘴唇上流露着多少豐富的想像！在這默然無語的神情中間，蘊藏着無限的意義。

畫師　這一筆很傳神，您看怎樣？

詩人　簡直是巧奪天工，就是眞的人也不及老兄筆下這樣生趣盎然。

【若干元老上，自舞台前經過。

畫師　這位貴人眞是門庭若市！

詩人　都是雅典的元老；幸福的人！

畫師　瞧，還有！

詩人　您瞧這一大羣蠅營蟻附的賓客。在我的拙作中間，我勾劃出了一個受盡世俗愛寵的人；可是我並不單單着力作個人的描寫，我讓我的恣肆的筆在無數的模型之間活動，不帶一些惡意，只是像凌空的鷹隼一樣，一往直前，不留下一絲痕跡。

畫師　您的意思我有點不大懂得。

詩人　我可以解釋給您聽。您瞧各種不同地位不同性情的人，無論是輕浮油滑的，或是嚴肅莊重的，都願意爲泰門大爺效勞服役；他的鉅大的財產，再加上他的善良和藹的天性，征服了各種不同的人，使他們樂於向他輸誠致敬；從那些臉上反映出主人喜惡的諂媚者起，直到憎恨自己的哀披曼特斯，一個個在他的面前屈膝，祇要泰門點了一點頭，就可以使他們滿載而歸。

畫師　我曾經看見他跟哀披曼特斯在一起談話。

詩人　先生，我假定命運的女神端坐在一座巍峨的幽美的山上；在那山麓下面，有無數智愚賢不肖的人在那兒勞心勞力，追求世間的名利，他們的眼睛都一致注視着這位主宰一切的女神；我把其中一個人代表泰門，命運用她象牙一樣潔白的手在招引他到她的身邊，她的眼前的恩寵，使他的敵人一齊變成他的奴僕。

畫師　果然是很巧妙的設想。我想這一個寶座，這一位命運女神，和這一座山，在這山下的許多人中間，祇有一個人得到女神的招手，他向峻峭的山崖低下了頭，攀登到他的幸福的頂點，很可以表現出我們這兒的情形。

詩人　不，先生，聽我說下去。那些在不久以前還是和他同樣地位的人，也有一些本來勝過他的人，現在都跟在他後面亦步亦趨；他的應接室裏擠滿了關心他的起居的人，他的耳朵邊充滿了一片有如對越神聖那樣的低語；甚至於他的馬鐙也是神聖的，他們是從他那裏呼吸到自由的空氣。

畫師　好，那便怎麼樣呢？

詩人　當命運突然改變了心腸，把她的寵兒一腳踢下山坡的時候，那些攀龍附鳳之徒，本來跟在他後面匍匐膝行的，這時候便冷眼看他跌落，沒有一個人做他患難中的同伴。

畫師　那是人類的通性。我可以畫出一千幅醒世的圖畫，比語言更有力地說明禍福無常的眞理。

【喇叭聲。泰門上，向每一請求者殷勤周旋；一使者奉文替狄斯差遣前來，趨前與泰門談話；路西力斯及其他僕人隨後。

泰　你說他下了監獄了嗎？

使者　是，大爺。他欠了五泰倫(註)債，他的手頭非常困難，他的債主催逼得很利害。他請您寫一封信去給那些關禁他的人，否則他什麼安慰也沒有了。

泰　尊貴的文替狄斯！好，我不是一個在朋友有難時把他丟棄不顧的人。我知道他是一位値得幫助的紳士，我一定要幫助他。我願意替他還債，使他恢復自由。

使者　他永遠不敢忘記您的大恩。

泰　替我向他致意。我就會把他的贖金送去；他出獄以後，請他到我這兒來。單單把軟弱無力的人扶了起來是不够的，他必須有人隨時攙扶他照顧他。再見。

使　願大爺有福！（下）

【一雅典老人上。

老人　泰門大爺，聽我說句話。

泰　你說吧，好老人家，

老人　你有一個名叫路西力斯的僕人。

泰　是的，他怎麼啦？

老人　最尊貴的泰門，把那傢伙叫來。

泰　他在不在這兒？路西力斯！

路　有，大爺有什麼吩咐？

老人　這個傢伙，泰門大爺，你的這位尊价，常常在晚上到我的家裏。我一生克勤克儉，掙下了這份家產，可不能讓一個做奴才的承繼了去。

泰　嗯，還有些什麼話？

老人　我祇有一個獨生的女兒，要是我死了，也沒有別的親人可以接受我的遺產。我這孩子長得很美，還沒有到結婚的年紀，我費了不少的錢，讓她受最好的教育你這個僕人却想勾誘她。好大爺，請你幫幫忙，不許他去看她；我自己對他說過好多次，總是沒用。

泰　這個人倒還老實。

老人　所以你應該叫他不要做不老實的事，泰門。一個人老老實實，總有好處；可不能讓他老實得把我的女兒也拐了去。

泰　你的女兒愛他嗎？

老人　她年紀太輕，容易受人誘惑；就是我們自己少年的時候，也是一樣多情善感的。

泰　（向路）你愛這位姑娘嗎？

路　是，我的好大爺，她也接受我的愛。

老人　要是她沒有得到我的允許和別人結婚，我請天神作證，我要揀一個乞兒做我的後嗣，一個錢也不給她。

泰　要是她嫁給一個門戶相當的丈夫，你預備給她怎樣一份嫁奩呢？

老人　先給她三泰倫；等我死了以後，我的全部財產都是她的。

泰　這個人已經在我這兒做了很久的事；君子成人之美，我願意破格幫助他這一次。把你的女兒給他；你有多少陪嫁費，我也給他同樣的數目，這樣他就可以不致辱沒你的令嬡了。

老人　最尊貴的大爺，您既然這麼說，我一定遵命，她就是他的人了。

泰　好，我們握手爲定；我用我的名譽向你擔保。

路　敬謝大爺；我的一切幸運，都是您所賜與的！（路及老人下）

詩人　這一本拙作要請大爺指敎。

泰　謝謝您：您不久就可以得到我的答覆；不要走開。您有些什麼東西，我的朋友？

畫師　是一幅畫，請大爺收下了吧。

泰　一幅畫嗎？很好很好。這幅畫畫得簡直像是活的人一樣；因爲自從欺詐滲進了人們的天性中以後，人本來就祇剩一個外表了。我很歡喜您的作品；您就可以知道我是真的歡喜它；請您等一等，我還有話對您說。

畫師　願神明保佑您！

泰　回頭見，先生；把您的手給我；您一定要陪我吃飯的。先生，您那顆寶石太好了。要是我按照人家對它所下的讚美那樣的價值向您把它買了下來，恐怕我要傾家蕩產了。

寶石匠　大爺，它的價格是按照市面估定的；可是您知道，同樣價值的東西，往往因爲主人的喜惡而分別高下。相信我，好大爺，要是您戴上了這寶石，它就會身價十倍了。

泰　不要取笑。

商人　不，好大爺；他說的話不過是我們大家所要說的話。

泰　瞧，誰來啦？你們願意挨一頓駡嗎？

【哀披曼特斯上。

寶石匠　要是大爺不以爲意，我們也願意忍受他的侮辱。

商人　他駡起人來是誰也不留情的。

泰　早安，善良的哀披曼特斯！

哀　等我善良以後，你再說你的早安吧；等你變成了泰門的狗，等這些惡人都變成好人以後，你再說你的早安吧。

泰　爲什麼你要叫他們惡人呢？你又不認識他們。

哀　他們不是雅典人嗎？

泰　是的。

哀　那麼我沒有叫錯。

寶石匠　您認識我嗎，哀披曼特斯？

哀　你知道我認識你；我剛纔就叫過你的名字。

泰　你太驕傲了，哀披曼特斯。

哀　我最驕傲的是我不是像泰門一樣。

泰　你到那兒去？

哀　去砸碎一個正直的雅典人的腦袋。

泰　你幹了那樣的事，是要抵命的。

哀　對了，要是弄死了一頭螞蟻在法律上也要抵命的話。

泰　哀披曼特斯，你歡喜這幅圖畫嗎？

哀　歡喜得很，因爲他活像一個傻瓜。

泰　畫這幅圖畫的人手段怎樣？

哀　造物創造出這個畫師來，他的手段比這畫師强多啦，雖然那造下來的也不過是一件下劣的作品。

畫師　你是一條狗。

哀　你的母親是我的同輩；倘然我是狗，她又是什麼？

泰　你願意陪我吃飯嗎，哀披曼特斯？

哀　不，我是不要吃那些貴人的。

泰　要是你吃了那些貴人，那些貴人的太太們要生氣哩。

哀　啊！她們自己纔是吃貴人吃慣了的，所以吃得肚子那麼大。

泰　哀披曼特斯，你歡喜這顆寶石嗎？你想它值多少錢？

哀　它不值得我去想它的價錢。你好，詩人！

詩人　你好，哲學家！

哀　你說誑。

詩人　你不是哲學家嗎？

哀　是的。

詩人　那麼我沒有說誑。

哀　你不是詩人嗎？

詩人　是的。

哀　那麼你說誑；瞧你上一次的作品，你故意把他寫成了一個好人。

詩人　那並不是假話；他的確是一個好人。

哀　是的，他賞了你錢，所以他是一個好人；有了拍馬的人，自然就有愛拍馬的人。天哪，要是我也是一個貴人！

泰　你做了貴人便怎麼樣呢，哀披曼特斯？

哀　我要是做了貴人，我就要像現在的哀披曼特斯一樣，從心底裏痛恨一個貴人。

泰　什麼痛恨你自己嗎？

哀　是的。你是一個商人嗎？

商人　是的，哀披曼特斯。

哀　要是神明不給你災禍，那麼讓你在買賣上大倒其霉吧！

商人　要是我買賣失利，那就是神明給我的災禍。

哀　買賣就是你的神明，願你的神明給你災禍！

【喇叭聲；一僕人上。

泰　那是什麼喇叭的聲音？

僕　那是阿錫卞第斯帶着二十多人騎在馬上來了。

泰　你們去招待招待；領他們進來。（若干侍從下）你們必須陪我吃飯。等我謝過了你們的厚意以後再去。承你們各位光降，使我非常高興。

【阿錫卞第斯率隊上。

泰　歡迎得很，將軍！

哀　好，好！願疼痛把你們柔軟的骨節扭成了一團！這些溫文和氣的惡人彼此不懷好意，面子上卻做得這樣彬彬有禮！人類全都變成了猴子啦。

阿　我已經想了您好久，今天能够看見您，真是大慰平生的飢渴。

泰　歡迎歡迎！這次我們一定要痛快歡敘一下再分手。請進去吧。（除哀披曼特斯外均下）

【二貴族上。

貴族甲　現在什麼時候了，哀披曼特斯？

哀　現在是應該做個老實人的時候。

貴族甲　人是無論什麼時候都應該老老實實的。

哀　那你就更加該死，你無論什麼時候都是不老不實的。

貴族乙　你去參加泰門大爺的宴會嗎？

哀　是的，我要去看肉塞在惡漢的嘴裏，酒灌在傻子的肚裏。

貴族乙　再見，再見。

哀　你是個傻瓜，向我說兩次再見。

貴族乙　爲什麼，哀披曼特斯？

哀　你應該把一句再見留給你自己，因爲我是不想向你說再見的。

貴族甲　你去上吊去吧！

哀　不，我不願聽從你的號令。你還是向你的朋友請求吧。

貴族乙　滾開專愛吵架的狗！我要把你踢走了。

哀　我要像一條狗一樣逃開驢子的蹄子。（下）

貴族甲　他是個不近人情的傢伙。來，我們進去，領略領略泰門大爺的盛情吧。他的慷慨仁慈，眞是世間少有的。

貴族乙　他的恩惠是隨時隨地向人傾注的；財神普盧特斯不過是他的管家。誰替他做了一件事，他總是給他價值七倍的酬勞；誰送給他什麼東西，他的答禮總是超過一切酬酢的極限。

貴族甲　他有一顆比任何人更高貴的心。

貴族乙　願他終身富貴長壽！我們進去吧。

貴族甲　敢不奉陪。（同下）

## 第二場　同前；泰門家中的大客廳

【高音簫奏鬧樂；廳中設盛宴，弗雷維厄斯及其他僕人侍立；泰門，阿錫卜第斯，衆貴族元老，文替狄斯，及侍從等上；哀披曼特斯最後上，仍作倨傲不平之態。

文　最可尊敬的泰門，神明因爲眷念我父親的年老，召喚他去享受永久的安息；他已經安然去世，把他的財產遺留給我。這次多蒙您的大德鴻恩，使我脫離了縲絏一災，現在我把那幾個泰倫如數奉還，還要請你接受我的感激圖報的微忱。

泰　啊！這算什麼，正直的文替狄斯？您誤會了我的誠意了；那筆錢是我送給您的，那有給了人家再收回來之理？

文　您的心腸太好了。（衆垂手恭立視泰門）

泰　嗳喲，各位大人，一切禮儀都是爲了文飾那些虛應故事的行爲，言不由衷的歡迎，用爾反爾的殷勤而設立的；如果有眞實的友誼，這些虛僞的形式就該一律擯棄。請坐吧；我的財產歡迎你們分享，甚於我歡迎我自己的財產。

（衆就坐）

貴族甲　大人，我們也是常常這麼說的。

哀　呵，呵！也是這麼說的；哼，你們也是這麼說的嗎？

泰　啊！哀披曼特斯，歡迎。

哀　不，我不要你歡迎；我要你把我攆出門外去。

泰　咥！你是個傖夫，你的脾氣太怪僻啦。各位大人，人家說，暴怒不終朝；可是這個人老是在發怒。去，給他一個人擺一張桌子，因爲他不歡喜跟別人在一起，也不配跟別人在一起。

哀　泰門，要是你不把我攆走，那你可不要怪我得罪你的客人；我是來做一個旁觀者的。

泰　我不管你說什麼；你是一個雅典人，所以我歡迎你。我自己沒有力量封住你的嘴，請你讓我的肉食使你靜默吧。

哀　我不要吃你的肉食；它會噎住我的喉嚨，因爲我永遠不會諂媚你。神啊！多少的人在吃泰門，他却不看見他們。我看見這許多人把他們的肉放在一個人的血裏蘸着吃，我就心裏難過；可是發了瘋的他，却還是在那兒殷勤勸客。我不知道人們怎麼敢相信他們的同類；我想他們請客的時候，應當不備刀子，既可以省些肉，又可以防免生命的危險。這樣的例子是很多的；現在坐在他的近旁，跟他一同切着麵包，喝着同心酒的那個人，也就是第一個動手殺他的人；這種事情早就有過證明了。如果我是一個巨人，我一定不敢在進餐的時候喝酒，因爲恐怕人家看準我的咽喉上的要害；大人物喝酒是應當用鐵甲裹住咽喉的。

泰　大人，今天一定要盡興；大家乾一杯，互祝健康吧。

貴族乙　好，大人，讓酒像潮水一樣流着吧。

哀　像潮水一樣流着！好傢伙！他倒是慣會迎合潮流的。泰門，泰門，這樣一杯一杯地乾下去，要把你的骨髓和你的家產都吸乾了啊！我這兒祇有一杯不會害人的淡酒，好水啊，你是不會叫人爛醉如泥的；這樣的酒正好配着這樣的菜。吃着大魚大肉的人，是會高興得忘記感謝神明的。

永生的神，我不要財寶，
我也不願爲別人祈禱：
保佑我不要做個獃子，
相信人們空口的盟誓；
也不要相信娼妓的淚；
也不要相信狗的假寐；
也不要相信我的獄吏，
或是我患難中的知己。
阿們！

好，吃吧；有錢的人犯了罪，我衹好嚼嚼菜根。（飲酒食肴）願你好心得好報，哀披曼特斯！

泰　阿錫下第斯將軍，您的心現在一定在戰場上馳騁吧。

阿　我的心是永遠樂於供您驅使的，大人。

泰　您一定歡喜和敵人們在一起早餐，甚於和朋友們在一起宴會。

阿　大人，敵人的血是勝於一切美味的肉食的；我希望我的最好的朋友也能跟我在一起享受這樣的盛宴。

哀　但願這些諂媚之徒全是你的敵人，那麼你就可以把他們一起殺了，讓我分享一杯羹。

貴族甲　大人，要是我們能够有那樣的幸福，可以讓我們的一片赤誠爲您盡尺寸之勞，那麼我們就可以自己覺得

泰　不虛此生了。啊！不要懷疑，我的好朋友們，天神早已注定我將要從你們得到許多的幫助了；否則你們怎麼會做我的朋友呢？爲什麼在千萬人中間，祇有你們有那樣一個名號，不是因爲你們是我心上最親近的人嗎？你們因爲謙遜而沒有向我提起過的關於你們自己的話，我都向我自己說過了；這是我可以向你們證實的。我常常這麼想着，神啊！要是我們永遠沒有需用我們的朋友的時候，那麼我們何必要朋友呢？要是我們永遠不需要他們的幫助，那麼他們便是世上最無用的東西，就像深藏不用的樂器一樣，沒有人聽得見它們美妙的聲音。啊，我常常希望我自己再貧窮一些，那麼我一定可以格外跟你們親近一些。天生下我們來，就是要我們樂善好施；什麼東西比我們朋友的財產更適宜於被我們稱爲我們自己的？啊！能夠有這麼許多人像自己的兄弟一樣，彼此支配着各人的財產，這是一件多麼可貴的樂事！我的眼睛裏忍不住要流出眼淚來了；原諒我的軟弱，我爲各位乾這一杯。

哀　你簡直是涕泣勸酒了，泰門。

貴族乙　我們的眼睛裏也因爲忍不住快樂，像一個嬰孩似的流起淚來了。

哀　呵，呵！我一想到那個嬰孩是個私生子，我就要笑死了。

貴族丙　大人，你使我受到非常的感動。

哀　非常的感動！（喇叭奏花腔）

泰　那喇叭聲音是什麼意思？

【一僕人上。

泰　什麼事？

僕　稟大爺，有幾位姑娘們在外面求見。

泰　姑娘們！她們來幹什麼？

僕　大爺，她們有一個領班的人，他會告訴您她們的來意。

泰　請她們進來吧。

【一人飾邱必特上。

邱　祝福你，尊貴的泰門，祝福你席上的嘉賓！人身上最靈敏的五官承認你是它們的恩主，都來向你獻奉它們的珍奇。聽覺，味覺，觸覺，嗅覺，都已經從你的筵席上得到滿足了；現在我們還要略呈薄技，貢獻你視覺上的歡娛。

泰　歡迎歡迎！請她們進來吧。音樂，奏起來歡迎她們！（邱必特下）

貴族甲　大人，您看您是這樣被人敬愛。

【音樂；邱必特率婦女一隊扮亞美仲女戰士重上，衆女手持琵琶，且彈且舞。

哀　噯喲！瞧這些過眼的浮華！她們跳舞！她們都是些瘋婆子。人生的榮華不過是一場瘋狂的胡鬧，正像這種奢侈的景象在一個嚼齊淡菜根的人眼中看來一樣。我們尋歡作樂，全然是傻子的行爲。我們所諂媚的，我們所舉杯祝飲的那些人，也就是在年老時被我們痛駡的那些人。那一個人不曾被人敗壞也敗壞過別人？那一個人死了能够逃過他的朋友的譏斥？我怕現在在我面前跳舞的人，有一天將要把我放在他們的脚下踐踏；這樣的事不是不曾有過，人們對於一個沒落的太陽是會閉門不納的。

【衆貴族起身離席，向泰門備獻殷勤，每人各擇舞女一人共舞，高音笛奏闐樂一二曲，舞止。

泰　各位美人，你們替我們添加了不少興致，我們今天的歡娛，因爲有了你們而格外美麗熱烈了。我必須謝謝你們、

舞女甲　大爺，您太擡舉我們了。

泰　姑娘們，還有一桌酒席在着等候你們；請你們隨意坐下吧。

衆女　謝謝大爺。（邱必特及衆女下）

泰　弗雷維厄斯！

弗　有，大爺。

泰　把我那小匣子拿來。

弗　是，大爺。（旁白）又要把珠寶送人了！他高興的時候，誰也不能違拗他的意志，否則我早就老老實實告訴他了；眞的，我該早點兒告訴他，等到他把一切揮霍乾淨以後，再要跟他鬧彆扭也來不及了。可惜寬宏大量的人背後不多生一個眼睛；心腸太好的結果不過害了自己。（下）

貴族甲　我們的僕人呢？

僕　有，大爺在這兒。

貴族乙　套起馬來！

〖弗雷維厄斯攜匣重上。

泰　啊，我的朋友們！我還要對你們說一句話。大人，我要請您賞我一個面子，接受了我這一顆寶石；請您拿下戴在您的身上吧，我的好大人。

貴族甲　我已經得到您太多的厚賜了，——

衆　我們也都是屢蒙見惠。

【一僕人上。

僕　大爺，有幾位元老院裏的老爺剛纔到來，要來拜訪。

泰　我很歡迎他們。

弗　大爺，請您讓我向您說句話；那是對於您有切身關係的。

泰　有切身關係！好，那麼等會兒你再告訴我吧。請你快去預備預備，不要怠慢了客人。

弗　（旁白）我簡直不知道應該怎麼辦。

【另一僕人上。

乙僕　稟大爺，琉息斯大爺送來了四匹乳白的駿馬，鞍轡完全是銀的，要請您賜納他的誠意，把它們收下。

泰　我很高興接受它們；把馬兒好生飼養着。

【另一僕人上。

泰　啊！什麼事？

丙僕　稟大爺，那位尊貴的紳士盧古勒斯大爺，請您明天去陪他打獵；他送來了兩對獵犬。

泰　我願意陪他打獵；把獵犬收下了，用一份厚禮答謝他。

弗　（旁白）這樣下去怎麼得了呢？他命令我們預備這樣預備那樣，把貴重的禮物拿去送人，可是他的錢箱裏卻早已空得不剩一文。他又從來不想知道他究竟有多少錢，也不讓我有機會告訴他實在的情形，使他知道他的力量已經不能實現他的願望。他所答應人家的，遠超過他自己的資力，因此他口頭所說的每一句話都是一筆負債。他是這樣的慷慨，他現在送給人家的禮物，都是他出了利息向人借貸得來的；他的土地都已經抵押出去了。唉，但願他早一點辭歇了我，免得將來有被迫解職的一日！與其用酒食供養這些比仇敵還凶惡的朋友，那麼還是沒有朋友的人幸福得多了。我在爲我的主人中心泣血呢。（下）

泰　你們這樣自謙，眞是太客氣了。大人，這一點點小東西，聊以表示我們的情誼。

貴族乙　那麼我拜領了，非常感謝。

貴族丙　啊！他眞是個慷慨仁厚的人。

泰　我記起來了，大人，前天您曾經讚美過我所騎乘的一匹栗色的馬兒；您既然歡喜它，就把它帶去了吧。

貴族丙　啊！原諒我大人，那我可萬萬不敢掠愛。

泰　您儘管受下吧大人；我知道一個人倘不是眞心喜歡一樣東西，決不會把它讚美得恰如其分；憑着我自己的心理，就可以推測到我的朋友的感情。我叫他們把它牽來給您。

衆貴族　啊！那好極了。

泰　承你們各位光臨，我心裏非常感激；即使把我的一切送給你們，也不能報答你們的盛情；我想要是我有許多國土可以分給我的朋友們，我一定永遠不會感到厭倦阿錫卞第斯，你是一個軍人，軍人總是身無長物的，錢財難得會到你的手裏因爲你的生活是與死爲鄰，你所有的土地都在疆場之上。

阿　是的，大人只是一些荊榛瓦礫之場。

貴族甲　我們深感大德，——

泰　我也是那樣感謝你們。

貴族乙　備蒙雅愛，——

泰　我也多承你們各位見情。多拿些火把來！

貴族甲　最大的幸福尊榮和富貴跟您在一起，泰門大人！

泰　這一切他都願意和朋友們分享。（阿及貴族等同下）

哀　好熱鬧！這麼顛頭簸腦聳屁股的！他們的兩條腿恐怕還不值得他們跑來這一趟所得到的代價。友誼不過是些渣滓廢物，虛僞的心不會有堅硬的腿，碰到老實的傻瓜們，就要在他們的打恭作揖之中賣弄他的家私了。

泰　哀披曼特斯，倘然你不是這樣乖僻，我也會給你好處的。

哀　不，我不要什麼；要是我也受了你的賄賂，那麼再也沒有人罵你了，你就要造更多的孽。你老是佈施人家，泰門，我怕你快要寫起賣身文契來，把你自己也送給人家了。這種宴會奢侈浮華是作什麼用的？

泰　噯喲，要是你罵起我的交際來，那我可要發誓不理你了。再會；下次來的時候，請你預備一些好一點的音樂。（下）

哀　好，你現在不要聽我，將來要聽也聽不到；天堂的門已經鎖上了，你從此祇好徘徊門外。唉，人們的耳朵不能容納忠言，諂媚却這樣容易進去！（下）

註　泰倫（talent），古希臘貨幣名，一泰倫約值英金二百四十餘鎊。

# 第二幕

## 第一場　雅典；某元老家中一室

【某元老手持文件上。

元老　最近又是五千在伐羅和埃錫鐸的地方，他欠了九千；加上我的舊欠，一共是二萬五千。他還是在任意揮霍！這樣子是維持不下去的；一定維持不下去。要是我要金子，我祇要從一個乞丐的地方偷了一條狗來送給泰門，這條狗就會替我變出金子來。要是我要把我的馬賣掉，再去買二十匹比它更好的馬來，我祇要把我的馬送給泰門，不必問他要什麼。就是這麼送給他，它就會立刻替我生下二十匹好馬來。他的門口的管門人見了誰都是笑臉相迎，每一個路過的人，他都邀請他們進去。這樣子是維持不下去的；他這份家私看起來恐怕有些不穩。卡菲斯，喂！喂，卡菲斯！

【卡菲斯上。

卡　有，老爺；您有什麼吩咐？

元老　披上你的外套，趕快到泰門大爺家裏去；請他務必把我的錢還我；不要聽他的推三托四，也不要因爲他說了一聲「替我問候你家老爺，」把他的帽子這麼放在右手一揮，就說不出一句話來；你要對他說，我有很要緊的用途，我必須用我自己的錢供給我自己的需要；他的借款早已過期，因爲他的爽約，我對他也失去信用了。我雖然很看重他的爲人，可是不能爲了醫治他的手指而割破我自己的背；我的需要很急迫，不能讓他用空話敷衍過去，一定要他立刻把錢還我。你去吧；裝出一副很嚴厲的神氣向他追索。我怕泰門大爺現在雖然像一頭神彩蹁躚的鳳凰，要是把他借來的羽毛一根根拔去以後，就要變成一頭禿羽的海鷗了。你去吧。

卡　我就去，老爺。

元老　「我就去，老爺！」把借票一起帶了去，別忘記借票上面的日子。

卡　是，老爺。

元老　去吧。（各下）

## 第二場　同前；泰門家中的廳堂

【弗雷維厄斯持債票多紙上。

弗　一點沒有心事，也不知道停止他的揮霍！不想想這樣浪費下去，怎麼維持得了；錢財產業從他手裏飛了出去，他也不管，將來怎麼過日子，他也從不放在心上；只是這樣傻頭傻腦地樂善好施。怎麼辦纔好呢？不叫他親自嚐到金盡囊空的滋味，他是再也不會聽人家言語的。現在他打獵出去，快要回來了，我必須向他婉轉勸告一番。嘿！嘿！嘿！嘿！

【卡菲斯及埃錫鐸、伐羅二家僕人上。

卡　晚安，伐羅家的大哥。什麼！你是來討債的嗎？

伐僕　你不也是來討債的嗎？

卡　是的；你也是嗎，埃錫鐸家的大哥？

埃僕　正是。

卡　但願我們都能討得到手！

伐僕　我怕有點討不到。

卡　大爺來了！

【泰門，阿錫卡第斯，及貴族等上。

泰　我們吃過了飯再出去，阿錫卡第斯。你們是來看我的嗎？有什麽事？

卡　大爺，這兒是一張債票。

泰　債票！你是那兒來的？

卡　我就是這兒雅典的人，大爺。

泰　跟我的管家說去。

卡　稟大爺，他叫我等幾天再來，可是我家主人因爲自己有急用，所以要請大爺千萬設法把那筆錢算算清楚。

泰　我的好朋友，請你明天來吧。

卡　不，我的好大爺，——

泰　你放心吧，好朋友。

伐僕　大爺，我是伐羅的僕人，——

埃僕　埃錫鐸叫我來請大爺快一些把他的錢還了。

卡　大爺，要是您知道我家主人是怎樣等着用這筆錢，——

伐僕　這筆錢，大爺已經過期了六個星期了。

埃僕　大爺，您那位管家儘是今天推明天，明天推後天的，所以我家主人纔叫我向您大爺面討。

泰　讓我鬆一口氣。各位大人，請你們先進去一會兒；我立刻就來奉陪。（阿及貴族等下）（向弗）過來。請問你，究竟是怎麽一回事，這些人都拿着過期的債票向我纏擾不清，讓人家看着把我的臉也丟盡了？

弗　對不起，各位朋友，現在不是講這種事情的時候，請你們暫時忍耐片刻，等大爺吃過飯以後，我可以告訴他爲什麽你們的債款還沒有歸還的緣故。

泰　等一等再說吧。我的朋友們，好好兒招待他們。（下）

弗　請各位過來。（下）

【哀披曼特斯及弄人上。

卡　且慢，瞧那傻子跟着哀披曼特斯來了；讓我們跟他們開些玩笑。

伐僕　別理他，他會駡我們的。

埃僕　該死的狗！

伐僕　你好，傻子？

哀　你在對你的影子講話嗎？

伐僕　我不是跟你說話。

哀　不，你是對你自己說話。（向弄人）去吧。

卡　那傻子呢？

哀　問這問題的就是他。哼，這些放債人手下的奴才！

衆僕　我們是什麼，哀披曼特斯？

哀　都是些驢子。

衆僕　爲什麼？

哀　因爲你們不知道自己是什麼，却要來問我。跟他們談談，傻子。

弄人　各位請了。

衆僕　你好，好傻子。你家奶奶好嗎？

弄人　她正在燒滾熱水來替你們這些小雞洗皮拔毛哩。

哀　說得好！

【侍僮上。

弄人　瞧，咱們奶奶的僮兒來了。

侍僮　（向弄人）啊，您好，大將軍！您在這些聰明人中間有什麼貴幹，你好，哀披曼特斯？

哀　我但願我的舌頭上長着一根棒兒，可以痛痛快快地回答你。

侍僮　哀披曼特斯，請你把這兩封信面上的字唸給我聽一聽，我不知道那一封信應該給那一個人。

哀　你不認識字嗎？

侍僮　不認識。

哀　這是給泰門大爺的；這是給阿錫卞第斯的。去吧；你生下來是個私生子，到死是個忘八蛋。

侍僮　母狗把你生了下來，你死了也是一條餓狗。不要回答我，我去了。（僮下）

哀　好，你夾着尾巴逃吧。——傻瓜，我要跟你一塊兒到泰門大爺那兒去。

弄人　您要把我丢下在那兒嗎？

哀　要是泰門在家，我就把你丢在那兒。你們三個人侍候着三個放債的人嗎？

衆僕　是的；我們但願他們侍候我們！

哀　那倒跟劊子手侍候偷兒一樣好玩。

弄人　你們三個人的主人都是放債的嗎？

衆僕　是的，傻瓜。

弄人　我想是個放債的就得有個傻瓜做他的僕人；我家奶奶是個放債的，我就是她的傻瓜。人家向你們主人借錢，來的時候都是愁眉苦臉，去的時候都是歡歡喜喜；可是人家走進我家奶奶屋子的時候，却是歡歡喜喜，走出去的時候反而愁眉苦臉，這是什麼道理呢？

伐僕　我可以說出一個道理來。

哀　那麼你說吧，你說了出來，我們就可以承認你是一個忘八龜子；雖然你本來就是個忘八龜子。

伐僕　傻瓜，什麼叫做忘八龜子？

弄人　他是一個穿着好衣服的傻瓜，跟你差不多的一種東西。他是一個靈魂；有時候樣子像一個貴人；有時候像一個律師；有時候像一個哲學家；他往往像一個武士的樣子出現；這個靈魂也會化成各色各種的人，有時候是個八十歲的老頭兒，有時候是個十三歲的小哥兒。

伐僕　你倒不是一個全然的傻子。

弄人　你也不是一個全然的聰明人；我不過有幾分傻氣，你也剛剛缺少這幾分聰明。

哀　這倒像是哀披曼特斯說的話。

衆僕　站開，站開；泰門大爺來了。

【泰門及弗雷維厄斯重上。

哀　跟我來，傻瓜，來。

弄人　我不大願意跟在情人，長兄，和女人的背後，有時候也不願意跟着哲學家跑。（哀及弄人下）

弗　請您過來：我一會兒就跟你們說話。（衆僕下）

泰　你真使我奇怪；爲什麼你不早一點把我的家用收支的情形明白告訴我，好讓我在沒有欠債以前，把費用節省節省呢？

弗　我好幾回向您說起，您總是不理會我。

泰　哼，也許你趁着我心裏不高興的時候說起這種話，我叫你不要向我絮煩，你就借着這個做理由，替你自己諉卸責任了。

弗　啊，我的好大爺！好多次我把賬目拿上來呈給您看，您總是把它們推在一旁，說是您相信我的忠實。當您收下了人家一點點輕微的禮品，叫我用許多貴重的東西酬答他們的時候，我總是搖頭流淚，甚至於不顧自己卑賤的身分，再三勸告您不要太慷慨了。不止一次我因爲向您指出您的財產已經大不如前，您的欠債已經愈積愈多，而受到您的嚴辭申斥。我的親愛的大爺，現在您雖然肯聽我把實在的情形告訴您，可是已經太遲了，您的家產至多也不過抵償您的欠債的半數。

泰　把我的土地一起賣掉好了。

弗　土地有的已經變賣了，有的已經抵押給人家了；剩下來的還不够償還目前已經到期的債款；沒有到期的債款也快要到期了，中間這一段時間怎麼應付過去呢？我們這一筆賬，到最後又是怎麼算法？

泰　我的土地不是一直通到拉西台蒙的嗎？

弗　啊，我的好大爺！整個的世界也不過是一句話；即使它是完全屬於您的，祇要您一開口，也可以把它很快地送給別人。

泰　你說的倒是眞話。

弗　要是您疑心我辦事欺心，您可以叫幾個最精細的查賬員當面查勘我的賬目。神明在上，當我們的門庭之內充滿着饕餮的食客，當我們的酒窖裏泛濫着滿地的餘瀝，當每一間屋內燈光吐輝，笙歌沸天的時候，我總是一個人躲在一個冷靜的屋角裏止不住我的淚濤的洶湧。

泰　請你不要說下去啦。

弗　天啊！我總是說，這位大爺多麼慷慨！在這一個晚上，有多少狼藉的酒肉塡飽了庸奴傖夫的臟胃！那一個人不是靠泰門養活的？那一個人的心思才智，武力資財，不是泰門大爺的？偉大的泰門，光榮高貴的泰門，唉！花費了無數的錢財，買到人家一聲讚美，錢財一旦去手，讚美的聲音也寂滅了。酒食上得來的朋友，等到酒盡樽空，轉眼成爲路人；一片冬天的烏雲剛剛出現，這些飛蟲們早就躲得不知去向了。

泰　得啦，少教訓幾句吧；我雖然太慷慨了些，可是慷慨也不是壞事；我的錢財用得雖然不大得當，可是還不是用在不明不白的地方。你何必哭呢？你難道以爲我會缺少朋友嗎？放心吧，憑着我對人家這點交情，要是我開口向人告借，誰都會把他們自己和他們的財產給我自由支配的。

弗　但願您所深信的果然是事實！

泰　而且我現在的貧乏未始不可以說是一種幸運；因爲我可以借此試探我的朋友。你就可以明白你對於我的財產的憂心完全是一種過慮，我有這許多朋友，還怕窮嗎？裏面有人嗎？法雷米涅斯！塞維力斯！

【法雷米涅斯，塞維力斯，及其他僕人上。

衆僕　大爺！大爺！

泰　你們替我分別到幾處地方去：你到琉息斯大爺那裏；你到盧古勒斯大爺那裏，我今天還跟他在一起打獵；你到森普洛涅斯那裏。替我向他們致意問候，說是我認爲非常榮幸，能够有機會請求他們借給我一些錢；祇要五十個泰倫就够了。

法　是，大爺，我們就照您這幾句話說去。

弗　（旁白）琉息斯和盧古勒斯？哼！

泰　（向另一僕人）你到元老院去，請他們立刻送一千泰倫來給我。

弗　我已經大膽用您的圖章和名義，向他們請求過了；可是他們只向我搖搖頭，結果我仍舊空手而歸。

泰　眞的嗎？有這種事！

弗　他們衆口一辭地回答我說，現在他們情形很困難，手頭沒有錢，力不從心，很抱歉；您是很有信譽的人；可是他們覺得——他們不知道；有一點兒不敢十分贊同；善人未必沒有過失；但願一切順利；實在不勝遺憾之至；說着這樣斷斷續續的話，一臉孔不耐煩的神氣，把帽子掀了掀，冷淡地點了點頭，就去忙着別的要事，把我冷得啞口無言。

泰　神啊，懲罰他們！老人家，你不用着惱。這些老傢伙，都是天生忘恩負義的東西；他們的血已經凍結寒冷，不會流了；他們因爲缺少熱力，所以這樣冷酷無情；他們將要終結他們生命的旅程而歸於泥土，所以他們的天性也變得冥頑不靈了。（向一僕）你到文替狄斯那兒去。（向弗）你也不用傷心了，你是忠心而誠實的；這全然不是你的錯處。（向僕）文替狄斯新近把他的父親安葬；他自從父親死了以後，已經承繼到一筆很大的遺產；他關在監獄裏的時候，窮得一個朋友也沒有，是我用五泰倫把他贖了出來；你去替我向他致意，對他說他的朋友因爲有一些正用，請他把那五泰倫還給他。（僕下）（向弗）那五泰倫拿到以後，就把目前已經到期的債款還給那些傢伙。泰門有的是朋友，他的家產是不會沒落的。

弗　我希望我也像您一樣放心。顧慮是慷慨的仇敵；一個人自己慷慨了，就以爲人家也是跟你一樣的。（同下）

# 第三幕

## 第一場　雅典；盧古勒斯家中一室

【法雷米涅斯在室中等候；一僕人上。

僕　我已經告訴我家大爺說你在這兒他就來見你了。

法　謝謝你，大哥。

【盧古勒斯上。

僕　這就是我家大爺。

盧　（旁白）泰門大爺的一個僕人！一定是送什麼禮物來的。哈哈，一點不錯；我昨天晚上夢見銀盤和銀瓶哩。法雷米涅斯，好法雷米涅斯，承蒙你光降，不勝歡迎之至。給我倒些酒來。（僕下）那位尊貴的十全十美的寬宏大量的雅典紳士，你那慷慨的好主人好嗎？

法　他身體很好，先生。

盧　我很高興他身體很好。你那外套下面有些什麼東西，可愛的法雷米涅斯？

法　不瞞您說，先生，那不過是一隻空匣子；我奉我家大爺之命，特來請您把它充滿了；他因爲急用，需要五十個泰倫，所以叫我來向您商借，他相信您一定會毫不躊躇地幫助他的。

盧　哪，哪，哪，哪！「相信我一定會幫助他，」他這樣說嗎？唉！好大爺，他是一位尊貴的紳士，就是太愛擺闊了。我好多次陪他在一塊兒吃中飯，向他下忠告；晚上再去陪他吃晚飯，爲着要勸他不要太浪費；可是他總不肯聽人家的勸，也不因爲我一次次的上門而有所覺悟。那一個人沒有幾分錯處，他的錯處就是太老實了；我也這樣對他說過，可是沒有法子改變他的習性。

【僕人持酒重上。

僕　大爺，酒來了。

盧　法雷米湼斯，我一向知道你是個聰明人。喝杯酒吧。

法　多承大爺謬獎。

盧　我常常注意到你的脾氣很和順勤勉，憑良心說一句，你是很懂得道理的；你也從來不偷懶，這些都是你的好處。（向僕）你去吧。（僕下）過來，好法雷米湼斯，你家大爺是位慷慨的紳士；可是你是個聰明人，雖然你到這兒來看我，你也一定明白，現在不是可以借錢給別人的時世，尤其單單憑着一點交情，什麼保證都沒有，那怎麼行呀？這兒有三毛錢你拿了去；好孩子，幫幫忙，就說你沒有見我就是了。再會。

法　世事的遷移，人情的變幻，竟會一至於此嗎？讓開，該死的下賤的東西，回到那崇拜你的人那兒去吧！（將錢擲去）

盧　嚇！原來你也是個傻子，這纔是有其主必有其僕。（下）

法　願你落在鐵鍋裏和着鎔化了的錢活活的煎死，你這惡病一樣的朋友！難道友誼是這樣輕浮善變，不到兩天功夫就換了樣子嗎？天啊！我的心頭充塞着我主人的憤怒。這個奴才的腸胃裏還有我家主人賞給他吃的肉，爲什麼這些肉不跟他的良心一起變壞，化成毒藥呢？他的生命一部分是靠着我家主人養活的，但願他害起病來，臨死之前多挨一些痛苦！（下）

# 第二場　同前；廣場

【琉息斯及三路人上。

琉　誰？泰門大爺嗎？他是我的很好的朋友，也是一個高貴的紳士。

路人甲　我們也久聞他的大名，雖然跟他沒有交情。可是我可以告訴您一件事情，我聽一般人都是這樣紛紛傳說，說現在泰門大爺的光榮時代已經過去，他的家產已經遠不如前了。

琉　嘿，那有這樣的事，你不要信人家胡說；他是總不會缺錢的。

路人乙　可是您得相信我，在不久以前，他叫一個僕人到盧古勒斯大爺家裏去向他告借多少泰倫，說是有很要緊的用途，可是結果並沒有借到。

琉　怎麼！

路人乙　我說，他沒有借到。

琉　豈有此理！天神在上，我眞替他害羞！不肯借錢給這樣一位高貴的紳士！那眞是太不講道義了。拿我自己來說，我必須承認曾經從他手裏受到過一些小小恩惠，譬如說錢哪，杯盤哪，珠寶哪，這一類的零星小物，比起別人到手的東西來是比不上，可是要是他向我開口借錢，我是總不會拒絕借給他這幾個泰倫的。

【塞維力斯上。

塞　瞧，巧得很，那邊正是琉息斯大爺；我好容易找到他。（向琉）我的尊貴的大爺！

琉　塞維力斯！你來得很好。再會；替我問候你的高貴賢德的主人，我的最好的朋友。

塞　告訴大爺知道，我家主人叫我來——

琉　哈！他又叫你送什麼東西來了嗎？你家大爺待我眞好，他老是送東西給我；你看我應當怎樣感謝他纔好呢？他現在又送些什麼來啦？

塞　他沒有送什麼來，大爺，只是因爲一時需要，想請您借給他幾個泰倫。

琉　我知道他老人家只是跟我開開玩笑，他那裏會缺五十一百個泰倫用。

塞　可是大爺，他現在需要的還不到這一個數目。要是他的用途並不正當，我也不會向您這樣苦苦求告的。

琉　你說的是眞話嗎，塞維力斯？

塞　憑着我的靈魂起誓，我說的是眞話。

琉　我眞是一頭該死的畜生，放着這一個大好的機會，可以表明我自己不是一個反臉無情的小人，偏偏把手頭的錢一起用光了！眞不湊巧，前天我買了一件無關重要的東西，今天蒙泰門大爺給我這樣一個臉子，卻不能應命塞維力斯，天神在上，我眞的是無力應命；我是一頭畜生；我自己剛纔還想叫人來向泰門大爺告借幾個錢呢，這三位先生可以替我證明的；可是我覺得不好意思，否則早就向他開口了。請你多多替我向你家大爺致意；我希望他不要見怪於我，因爲我實在是心有餘而力不足。再請你替我告訴他，我不能滿足這樣一位高貴的紳士的要求，眞是我生平第一件恨事。好塞維力斯，你願意做我的好朋友，照我這幾句話對他說嗎？

塞　好的，大爺，我這樣對他說就是了。

琉　我一定不忘記你的好處，塞維力斯。（塞下）你們果然說得不錯，泰門已經失勢了；一次被人拒絕，到處都要碰壁的。（下）

路人甲　您看見這種情形嗎，霍斯替力斯？

路人乙　嗯，我看得太明白了。

路人甲　哼，這就是世人的本來面目；每一個諂媚之徒，都是同樣的居心。誰能夠叫那同器而食的人做他的朋友呢？據我所知道的，泰門曾經像父親一樣照顧這位貴人，用他自己的錢替他還債，維持他的產業；甚至於他的僕人的工錢也是泰門替他代付的，他每一次喝酒，他的嘴唇上都是啜着泰門的銀子；可是唉！瞧這些狗彘不食的人！人家行善事，對乞丐也要佈施幾個錢，他却好意思這樣忘恩負義地一口拒絕。

路人丙　世道如斯，鬼神有知，亦當痛哭。

路人甲　拿我自己來說，我雖然從來不曾叨光過泰門的一頓酒食，他也從來不曾有恩惠到我身上，可以表明我是他的一個朋友；可是我要說一句，爲了他的正直的胸襟，超人的德行，和高貴的舉止，要是他在窘迫的時候需要我的幫助，我一定願意變賣我的家產，把大一半送給他，因爲我是這樣敬愛他的爲人。可是在現在的時世，一個人也只好把憐憫之心擱起，因爲萬事總須熟權利害，不能但問良心。（同下）

## 第三場　同前；森普洛涅斯家中一室

【森普洛涅斯及一泰門之僕上

森　哼！難道他沒有別人，一定要找着我嗎？他可以向琉息斯或是盧古勒斯試試；文替狄斯是他從監獄裏贖出身來的，現在也發了財了：這幾個人都是靠着他纔有今天這分財產。

僕　大爺，他們幾個人的地方都去過了，一個也不是好東西，誰都不肯借給他。

森　怎麽！他們已經拒絕了他嗎？文棼狄斯和盧古勒斯都拒絕了他嗎？他現在又來向我告借嗎？三個人？哼！這就可以見得他不但不够交情，而且也太缺少知人之明；我必須做他的最後的希望嗎？他的朋友已經三次拒絕了他，就像一個病人已經被三個醫生認爲不治，所以我必須負責把他醫好嗎？他明明瞧不起我，給我這樣重大的侮辱，我爲生他的氣哩。他應該一開始就向我商量，因爲憑良心說，我是第一個受到他的禮物的人；現在他却最末一個纔想到我，却想我在最後幫他的忙嗎？不，要是我答應了他，人家都要笑我，那些貴人們都要當我是個傻子了。要是他瞧得起我，第一個就向我借，那麽別說這一點數目，就是再三倍於此，我也願意幫助他的。可是現在你回去吧，替我把我的答覆跟他們的冷淡的回音一起告訴你家主人；誰輕視了我，休想用我的錢。（下）

僕　很好！你這位大爺也是一個大大的奸徒。魔鬼把人們造得這樣奸詐，一定後悔無及；比起人心的險惡來，魔鬼也要望風却步哩。瞧這位貴人唯恐人家看不清楚他的醜惡，拼命磨牙咧嘴給人家看，這就是他的奸詐的友誼！這是我的主人的最後的希望；現在一切都已消失了，祇有向神明祈禱。現在他的朋友都已死去；終年開放來者不拒的大門，也要關起來保護它們的主人了：這是一個蕩子的下場；一個人不能看守住他的家產，就祇好關起大門躲債。（下）

## 第四場　同前；泰門家中廳堂

【伐羅之僕二人及琉息斯之僕同上，與太特斯，霍吞息斯，及其他泰門債主之僕相遇。

伐僕甲　咱們碰見得很巧；早安，太特斯，霍吞息斯。

太　早安，伐羅家的大哥。

霍　琉息斯家的大哥！怎麼！你也來了嗎？

琉僕　是的，我想我們都是爲着同一的事情來的；我是爲討錢而來。

太　他們跟我們都是來討錢的。

【菲洛特斯上。

琉僕　菲洛特斯也來了！

菲　各位早安。

琉僕　歡迎，好兄弟。你想現在是什麼時候了？

菲　快要九點鐘啦。

琉僕　這麼晚了嗎？

菲　泰門大爺還沒有看見嗎？

琉僕　還沒有。

菲　那可奇了；他平常總是七點鐘就起來的。

琉僕　嗯，可是他的白晝現在已經比從前短了；你該知道一個浪子所走的路程是跟太陽一般的，可是他並不像太陽一樣週而復始。我怕在泰門大爺的錢囊裏，已經是歲晚寒深的暮冬時候了，你儘管一直把手伸到底裏，恐怕還是一無所得。

菲　我也是擔着這樣的心事。

太　我可以提醒你一件奇怪的事情。你家大爺現在差你來要錢。

霍　一點不錯，他差我來要錢。

太　可是他身上還帶着泰門送給他的珠寶，我就是到這兒來等他把這珠寶的錢還我的。

霍　我雖然奉命而來，心裏可是老大不願。

琉僕　你瞧，事情多麼奇怪，泰門應該還人家的錢比他實在欠下的債還多；好像你家主人佩戴了他的珍貴的珠寶以後，還應該向他討還珠寶的價錢一樣。

霍　我眞不願意幹這種差使。我知道我家主人揮霍了泰門的財產，現在還要幹這樣忘恩負義的事，眞是竊賊不如了。

伐僕甲　是的，我要向他討還三千克郞；你呢？

琉僕　我的是五千克郞。

伐僕甲　還是你比我多；照這數目看起來，你家主人對他的交情比我家主人深得多了，否則不會這樣相差的。

【法雷米涅斯上。

太　他是泰門大爺的一個僕人。

琉僕　法雷米涅斯大哥！說句話。請問大爺就要出來了嗎？

法　不，他還不想出來呢。

太　我們都在等着他；請你去向他通報一聲。

法　我不必通報他；他知道你們都是很殷勤的。（法下）

【弗雷維厄斯穿外套蒙首上。

琉僕　嚇！那個蒙住了臉的，不是他的管家嗎？他躲躲閃閃地去了；叫住他，叫住他。

太　你聽見嗎，總管？

伐僕乙　對不起，總管。

弗　你有什麼事要問我，朋友？

太　我們等在這兒要拿還幾個錢，總管。

弗　哼，當你們那些黑心的主人們吃着我家大爺的肉食的時候，爲什麼你們不把借票送上來要錢？那個時候他們是不把他的欠款放在心上的，只知道忙着脅肩諂笑，把利息吞下他們貪饞的胃裏。你們跟我吵有什麼用呢？讓我安安靜靜過去吧。相信我，我家大爺跟我已經解除主僕的名分；我沒有賬可以管，他也沒有錢可以用了。

琉僕　我們可不能拿你這樣的說話回去交待啊。

弗　我的話倒是老實話，不像你們的主人都是些無恥小人。（下）

伐僕甲　怎麼！這位卸了職的老爺子咕嚕些什麼？

伐僕乙　隨他咕嚕些什麼；他是個苦老頭兒，理他作甚？連一所可以鑽進頭去的屋子也沒有的人，當然會見了高樓大廈而痛駡的。

【塞維力斯上。

太　啊！塞維力斯來了；現在我們可以得到一些答覆了。

塞　各位朋友，要是你們願意改日再來，我就感謝不盡了；不瞞列位說，我家大爺今天心境很不好；他身子也有點不大舒服，不能起來。

琉僕　有許多人睡在牀上不起來，並不是爲了害病的緣故。要是他眞的有病，我想他更應該早一點把債還還淸，這纔可以撒手歸天。

塞　天哪！

太　我們不能拿這樣的話回去交待哩。

法　（在內）塞維力斯，趕快！大爺！大爺！

【泰門暴怒上，法雷米涅斯隨上。

泰　什麼！我自己的門都不許我通過嗎？我從來不曾受過別人的管，現在我自己的屋子卻變成了關禁我的敵人，我的監獄嗎？我曾經舉行過宴會的地方，難道也像所有的人類一樣，用一顆鐵石的心腸對待我嗎？

琉僕　向他說去，太特斯。

太　大爺，這兒是我的債票。

琉僕　這兒是我的。

霍　還有我的，大爺。

伐僕甲乙　還有我們的，大爺。

菲　我們的債票都在這兒。

泰　用你們的債票把我打倒，把我腰斬了吧。

琉僕　唉！大爺，——

泰　剖開我的心來。

太　我的賬上是五十個泰倫。

泰　把我的血一滴一滴數出來。

琉僕　五千個克郎大爺。

泰　還你五千滴血。你要多少？你呢？

伐僕甲　大爺，——

伐僕乙　大爺，——

泰　扯碎我的四肢，把我的身體拿了去吧；天神的憤怒降在你們身上！（下）

霍　我看我們的主人的債是討不回來的了，因爲欠債的是個瘋子。（同下）

【泰門及弗雷維厄斯重上。

泰　他們簡直不放我有一些兒喘息的功夫，這些奴才們！什麼債主，簡直是魔鬼！

弗　我的好大爺，——

泰　要是果然這樣呢？

弗　大爺，——

泰　我一定這麼辦。管家！

弗　有，大爺。

泰　很好！去，再把我的朋友們一起請來，琉息斯，盧古勒斯，森普洛涅斯，叫他們大家都來；我還要宴請一次這些惡人。

弗　啊，大爺！您這些話只是一時氣憤之言；別說請客，現在就是略爲備一些酒食的錢也沒有了。

泰　你別管；去吧。我叫你把他們完全請來；讓那些混賬東西再進一次我的門；我的廚子跟我會預備好東西給他們吃的。（同下）

## 第五場　同前；元老院

【衆元老列坐議事。

元老甲　大人您的意見我很贊同；這是一件重大的過失；他必須判處死刑；姑息的結果只是放縱了罪惡。

元老乙　一點不錯；法律必須給他一些懲罰。

【阿錫卞第斯率侍從上。

阿　願榮耀，康健，和仁慈歸於各位元老！

元老甲　請了，將軍。

阿　我是你們的一個卑微的請願者。人家說，法律不外人情，祇有暴君酷吏纔會借濟法律的威嚴肆其荼毒。我的一個朋友因爲一時之憤，無心中陷入法網。雖然他現在遭逢不幸，可是他也是很有品行的人，並不是卑怯無恥之流，單這一點也就可以補贖他的過失了；他因爲眼看他的名譽受到致命的汚辱，所以纔挺身而起，光明正大地和他的敵人決鬥；就是當他們兵刃相交的時候，他也始終不動聲色，就像不過跟人家辯論一場是非一樣。

元老甲　您想把一件惡事說得像一件好事，恐怕難以自圓其說；您的話全然是飾詞强辯，有心替殺人犯辯護，把鬥毆當作了勇敢，可惜這種勇敢却是誤用了的。眞正勇敢的人，應當能够智慧地忍受最難堪的屈辱，不以身外的榮辱介懷，用息事寧人的態度避免無謂的橫禍。要是屈辱可以使我們殺人，那麼爲了氣憤而冒着生命的危險，是一件多麼愚蠢的事！

阿　大人，——

元老甲　您不能使重大的罪惡化爲淸白；報復不是勇敢，忍受纔是勇敢。

阿　各位大人，我是一個武人，請你們恕我說句武人的話。爲什麼愚蠢的人們寧願在戰場上捐軀，不知道忍受各種的威脅呢？爲什麼他們不高枕而眠，讓敵人從容割破他們的咽喉而不加抗拒呢？要是忍受果然是這樣勇敢的行爲，那麼我們爲什麼要去遠征國外呢？照這樣說來，那麼在家內安居的婦人女子纔是更勇敢的，驢子也要比獅子英雄得多了；要是忍受是一種智慧，那麼鐵索鎯鐺的囚犯，也比法官更聰明了。啊，各位大人！你們身膺重望，應該仁愛爲懷。誰不知道殘酷的暴行是罪不容赦的？殺人者處極刑，可是爲了自衞而殺人，却是正當的行爲，負氣使性，雖然爲端人正士所羞，然而人非木石，誰沒有一時的氣憤呢？你們在判定他的罪名以前，請先斟酌人情，不要矯枉過正纔好。

元老乙　您這些話全然白說。

阿　白說！他在拉西台蒙和拜占廷兩次戰役中所立的功勞，難道不能贖回他的一死嗎？

元老甲　那是怎麼一回事？

阿　我說，各位大人，他曾經立下不少的功勞，在戰爭中殺死許多你們的敵人。在上次作戰的時候，他是多麼勇敢，手刃了多少的人！

元老乙　他殺過太多的人；他是個好亂成性的傢伙；要是沒有人跟他作對，他也要找人家吵鬧；因爲他有這樣的壞脾氣，也不知闖過多少回事，引起了多少回的紛爭了；我們久已風聞他的酗酒尋釁，行止不檢的劣跡，

元老甲　他必須受死。

阿　殘酷的命運！早知如此，他就該死在戰場上。各位大人，要是他的功績才能不能替他自己贖罪，那麼我可以拿我自己的微勞一併作爲抵押，請你們寬恕了他的死罪；我知道你們這樣年高的人都歡喜有一個確實的保證，所以我願意把我歷次的勝利和我的榮譽向你們擔保他一定不會有負你們的矜宥。要是他這次所犯的罪，按照法律必須用生命抵償，那麼讓他灑血沙場英勇而死吧；因爲戰爭是和法律同樣無情的。

元老甲　我們只知道秉公執法，他必須死。不要再絮瀆了，免得惹起我們的惱怒。即使他是我們的朋友或是兄弟，殺了命也必須抵命。

阿　一定要這樣辦嗎？不，一定不能這樣辦。各位大人，我請求你們，想一想我是什麼人。

元老甲　怎麼！

阿　請你們記一記我是誰。

元老丙　什麼！

阿　我想你們一定年老健忘，不記得我了；否則我這樣向你們卑辭請求這麼一點小小的恩惠，總不致於會被你們拒絕的。我身上的傷痕在爲你們而疼痛哩。

元老甲　你膽敢激起我們的怒氣嗎？好，聽着，我們沒有多的話，可是我們的話是言出如山的：我們宣佈把你永遠放逐。

阿　把我放逐！把你們自己的糊塗放逐了吧；把你們放債營私穢跡昭聞的腐化行爲放逐了吧！

元老甲　要是在兩天以後，你仍舊逗留在雅典境內，我們就要判處你加倍的重罰。至於你那位朋友，爲了讓我們耳

阿　目中淸淨一些起見，我們就要把他立刻處決。（衆元老同下）顧神明保佑你們長壽，讓你們枯瘦得只剩一副骨頭，誰也不來瞧你們一眼！眞把我氣瘋了；我替他們打退了敵人，讓他們安安穩穩地在一邊數他們的錢，用重利息放出債去，我自己却祇得到了滿身的傷痕：這一切不過換到了今天這樣的結果嗎？難道這就是那放重利債的元老院替將士傷口上敷上的油膏嗎？放逐！那倒不是壞事；我不恨他們把我放逐，我可以借着這個理由，舉兵攻擊雅典，向他們發洩我的憤怒。我要去鼓舞我的憤憤不平的部隊；軍人們像天神一樣，是不能忍受絲毫的侮辱的。（下）

## 第六場　同前。泰門家中的大客廳

【音樂；室內排列餐桌，衆僕立侍；若干貴族，元老，及餘人等自各門分別上。

貴族甲　早安，大人。

貴族乙　早安。我想這位可尊敬的貴人前天不過是把我們試探了一番。

貴族甲　我剛纔也是這麼想着；我希望他並不眞的窮到像他故意裝給朋友們看的那樣子。

貴族乙　照他這次重開盛宴的情形看起來，他並沒有眞窮。

貴族甲　我也是這樣想。他很誠懇地邀請我，我本來還有許多事情，實在抽身不出，可是因爲他的盛情難却，所以不能不撥冗而來。

貴族乙　我也有許多要事在身，可是他一定不肯放過我。我很抱歉，當他叫人來問我借錢的時候，我剛巧手邊沒有現款。

貴族甲　我知道了他這種情形之後，心裏也是難過得很。

貴族乙　這兒每一個人都有這樣的感覺他要向您借多少錢？

貴族甲　一千塊。

貴族乙　一千塊！

貴族甲　您呢？

貴族丙　他叫人到我的地方來，大人，——他來了。

〔泰門及侍從等上。

泰　竭誠歡迎，兩位老兄你們都好嗎？

貴族甲　託您的福，大人。

貴族乙　燕子跟隨夏天，也不及我們跟隨您一樣踴躍。

泰　（旁白）你們離開我也比燕子離開冬天還快人就是這種趨炎避冷的鳥兒。——各位朋友，今天肴饌不週，又要累你們久等實在抱歉萬分要是你們不嫌喇叭汚耳，請先飽聽一下音樂我們就可以入席了。

貴族甲　前天累尊价空勞往返，希望您不要見怪。

泰　啊！老兄那是小事，請您不必放在心上。

貴族乙　大人，——

泰　啊！我的好朋友，什麼事？

貴族乙　大人，我眞是說不出的慚愧，前天您叫人來看我的時候，不巧我正是身無分文。

泰　老兄不必介意。

貴族乙　要是您再早兩點鐘叫人來，——

泰　請您不要把這種事留在記憶裏。（衆僕端酒食上）來，把所有的盤子放在一起。

貴族乙　盤子上全都罩着蓋！

貴族甲　一定是奇珍異味哩。

貴族丙　那還用說嗎，祇要是出了錢訪得到的東西。

貴族甲　您好？近來有什麼消息？

貴族丙　阿錫卞第斯放逐了；您聽見人家說起過沒有？

貴族甲、乙　阿錫卞第斯放逐了！

貴族丙　是的，這消息是的確的。

貴族甲　怎麼？怎麼？

貴族乙　請問是爲了什麼原因？

泰　各位好朋友，大家過來吧。

貴族丙　等會兒，我再詳細告訴您。看來又是一場盛大的歡宴。

貴族乙　他還是原來那樣子。

貴族丙　這樣子能够維持長久嗎？

貴族乙　也許；可是——那就——

貴族丙　我明白您的意思。

泰　請大家用着和愛人接吻那樣熱烈的情緒，各人就各人的位置吧；你們的菜肴是完全一律的。不要拘泥禮節，遜讓得把肉都冷了。請坐，請坐。我們必須先向神明道謝：——

神啊，我們感謝你們的施與，讚頌你們的恩惠；可是不要把你們所有的一切完全給人，免得你們神靈也要被人蔑視。把足够的錢借給每一個人，使他不必再去轉借給別人；因爲如果你們神靈也要向人類告貸，人類是會把神明捨棄的。讓人們重視肉食，甚於把肉食賞給他們的人。讓每一處有二十個男子的所在聚集着二十個惡徒；要是有十二個婦人圍桌而坐，讓她們中間的十二個人保持她們的本色。神啊！那些雅典的元老們，以及黎民衆庶，請你們鑒察他們的罪惡，讓他們遭受毀滅的命運吧。至於我這些在座的朋友，他們本來對於我漠不相關，所以我不給他們任何的祝福，我所用來款待他們的也只有空虛的無物。揭開來，狗子們，舐你們的盆子吧。（衆盤揭開，內滿貯溫水）

某客　他這種舉動是什麼意思？

另一賓客　我不知道。

泰　願你們永遠不再見到比這更好的宴會，你們這一羣口頭的朋友！蒸汽和溫水是你們最好的飲食。這是泰門最後一次的宴會了；他因爲被你們的諂媚蒙住了心竅，所以要把它洗一洗乾淨，把你們這些惡臭的奸詐仍舊灑還給你們。（澆水於衆客臉上）願你們老而不死，永遠受人憎惡，你們這些微笑的，柔和的，可厭的寄生蟲，彬彬有禮的破壞者，馴良的豺狼，溫順的熊，命運的弄人，酒食徵逐的朋友，趨炎附勢的青蠅，脫帽屈膝的奴才，水汽一樣輕浮的么魔小醜！一切人畜的惡症侵蝕你們的全身！什麼！你要去了嗎？且慢！你還沒有把你的教訓帶去，——

還有你，——還有你等一等，我有錢借給你們哩，我不要向你們借錢呀！（將盤子擲衆客身）什麽！大家都要去了嗎？從此以後，讓每一個宴會上把奸人尊爲上客吧。屋子，燒起來呀！雅典，陸沉了吧！從此以後，泰門將要痛恨一切的人類了！（下）

【衆貴族元老等重上。

貴族甲　哎喲，各位大人！

貴族乙　您知道泰門發怒的緣故嗎？

貴族丙　嚇！您看見我的帽子嗎？

貴族丁　我的袍子也丟了。

貴族甲　他已經發了瘋啦，完全在逞着他的性子亂鬧。前天他給我一顆寶石，現在他又把它從我的帽子上打下來了。你們看見我的寶石嗎？

貴族丙　您看見我的帽子嗎？

貴族乙　在這兒。

貴族丁　這兒是我的袍子。

貴族甲　我們還是快去吧。

貴族乙　泰門已經瘋了。

貴族丙　他把我的骨頭都擂痛了呢。

貴族丁　他高興就給我們金剛鑽，不高興就用石子扔我們。（同下）

# 第四幕

## 第一場　雅典城外

【泰門上。

泰　讓我回頭瞧瞧你。城啊，你包藏着如許的豺狼，快快陸沉吧，不要再替雅典做藩籬！已婚的婦人們，淫蕩起來吧！子女們不要聽父母的話！奴才們和傻瓜們，把那些年高德劭的元老們拉下來，你們自己坐上他們的位置吧！嬌嫩的處女變成人盡可夫的娼妓，當着你們父母的眼前跟別人姦通吧！破產的人，不要償還你們的欠款，用刀子割破你們債主的咽喉吧！僕人們，放手偷竊吧！你們莊嚴的主人都是借着法律的名義殺人越貨的大盜。婢女們，睡到你們主人的牀上去吧；你們的主婦已經做賣淫婦去了！十六歲的兒子，奪下你步履龍鍾的老父手裏的拐杖，把他的腦漿敲了出來吧！孝親敬神的美德，和平公義的正道，齊家睦鄰的要義，教育，禮儀，百工的技巧，尊卑的品秩，風俗，習慣，一起陷於混亂吧！加害於人身的各種瘟疫，向雅典伸展你們的毒手，播散你們猖獗傳染的熱病！讓風濕鑽進我們那些元老的骨髓，使他們手腳癱瘓！讓淫慾放蕩佔領我們那些少年人的心，使他們反抗道德，沉溺在狂亂之中！每一個雅典人身上播下了疥癬瘡毒的種子，讓他們一個個害起了癩病！讓他們的呼吸中都含着毒素，誰和他們來往做朋友的都會中毒而死！除了我這赤裸裸的一身以外，我什麽也不要帶走你這可憎的城市！我給你的祇有無窮的咒詛！泰門要到樹林裏去，和最兇惡的野獸做伴侶，比起無情的人類來，它們是要善良得多了。天上一切神明，聽着我，把那城牆內外的雅典人一起毀滅了吧！求你們讓泰門把他的仇恨擴展到全體人類，不分貴賤高低！阿們。（下）

## 第二場　雅典；泰門家中一室

【弗雷維厄斯及二三僕人上。

甲僕　請問總管，我們的主人呢？我們全都完了嗎？被丢棄了嗎？什麼也沒有留下嗎？

弗　唉！兄弟們，我應當對你們說些什麼話呢？正直的天神可以替我作證，我是跟你們一樣的窮，

甲僕　這樣一份人家也會冰消瓦解！這樣一位貴主人也會一朝失勢！什麼都完了！也沒有一個朋友和他患難相依！

乙僕　正像我們從已死的同伴下葬以後，就掉頭而去一樣，他的知交眼看他的財產化爲泥土，也就悄悄溜走，祇有他們所發的虛僞的誓言還像一個已經掏空的錢袋似的留在他的身邊。可憐的他，變成一個無家可歸的叫化，因爲害着一身窮病，弄得人人走避，祇好一個人踽踽獨行。又有幾個我們的弟兄來了。

【其他僕人上。

弗　都是一個破落人家的一些破碎的傢具。

丙僕　可是我們心裏都還穿着泰門發給我們的制服，我們的臉上都流露着眷懷故主的神色。我們現在遭逢不幸，依然是親密的同伴。我們的大船已經漏了水，我們這些可憐的水手，站在向下沉沒的甲板上，聽見海濤的威脅；在這茫茫的空海之中，我們必須從此分散了。

弗　各位好兄弟們，我願意把我剩餘下來的幾個錢分給你們。以後我們無論在什麼地方相會，爲了泰門的緣故，讓我們仍舊都是好朋友；讓我們搖搖頭，嘆口氣，悲悼我們主人家業的零落，說「我們都是曾經見好日子過來的」各人都拿一些去；（給衆僕錢）不，大家伸出手來。不必多說，我們現在窮途離別，讓悲哀充塞着我們的胸臆吧。

（衆僕互相擁抱分別下）啊，榮譽帶給我們的慘酷的不幸！財富既然只替人招來了困苦和輕蔑，誰還願意坐擁巨貲呢？誰願意享受片刻的榮華徒作他人的笑柄？誰願意在榮華的夢裏相信那些虛偽的友誼？誰還會貪戀那些和趨炎附勢的朋友同樣不可靠的尊榮豪貴？可憐的老實的大爺！他因爲自己心腸太好，所以纔到了今天這一個地步！誰想得到，一個人行了太多的善事反是最大的罪惡！誰還敢再像他一半的仁慈呢？慷慨本來是天神的德性，凡人慷慨了却會毀害他自己。我們最親愛的大爺，你是一個有福之人，却反而成爲最倒霉的一個，你的萬貫家財害得你如此淒涼，你的富有變成了你的最大的痛苦。唉！仁慈的大爺他因爲氣不過這些忘恩負義的朋友，所以纔一怒而去；他既然沒有攜帶活命的資糧，又沒有一些可以變換衣食的財帛。我要追尋他的蹤跡，盡心竭力伺候他的旨意；當我還有一些金錢在手的時候，我仍然是他的管家。（下）

## 第三場　海濱附近的樹林和巖穴

【泰門自穴中上。

泰　神聖的化育萬物的太陽啊！把地上的瘴霧吸起，讓天空中瀰漫着毒氣吧！同生同長，同居同宿的孿生兄弟，也讓他們各人去接受不同的命運，讓那貧賤的被富貴的所輕蔑吧。重視倫常天性的，必須偏受各種顚沛困苦的凌虐，滅倫悖義的纔會安享榮華。讓乞兒躍登高位，大臣退處賤職吧；元老必須世世代代受人賤視，乞兒必須享受世襲的光榮。有了豐美的牧草，牛兒自然肥胖；缺少了飼料，它就會瘦瘠下來。誰敢秉着光明磊落的胸襟挺身而起，說「這人是一個諂媚之徒」？要是有一個人是諂媚之徒，那麼誰都是諂媚之徒，因爲每一個按照財產多寡區分的階級，都要被次一階級所奉承；博學的才人必須向多金的愚夫鞠躬致敬。在我們萬惡的天性之中，一切都是歪曲偏斜的，一切都是奸邪淫惡。所以，讓我永遠厭棄人類的社會吧！泰門憎恨形狀像人一樣的東西，他也憎恨他自己！願毀滅吞噬了整個人類！泥土，給我一些樹根充饑吧！（掘地）誰要是希望你給他一些更好的東西，你就用你最猛烈的毒物饜足他的口味吧！咦，這是什麼？金子！黃黃的，發光的，寶貴的金子！不，天神們啊，我不是一個游手好閒的信徒；我只要你們給我一些樹根！這東西，衹這一點點兒，就可以使黑的變成白的，醜的變成美的，錯的變成對的，卑賤變成尊貴，老人變成少年，懦夫變成勇士。嚇！你們這些天神們啊，爲什麼要給我這東西呢？嘿，這東西會把你們的祭司和僕人從你們的身旁拉走，把健漢頭顱底下的枕墊抽去；這黃色的奴隸可以使異教聯盟，同宗分裂；它可以使受咒詛的人得福，使害着灰白色的癩病人爲衆人所敬愛；它可以使竊賊得到高爵顯位，和元老們分庭抗禮；它可以使雞皮黃臉的寡婦重做新娘，即使她的尊容可以使身染惡瘡的人見了嘔吐，有了這東西也會恢復三春的嬌豔。來，該死的土塊，你這人盡可夫的娼婦，你慣會在亂七八糟的列國之間挑起紛爭，我倒要讓你去施展一下你的神通。（遠處軍隊行進聲）嚇！鼓聲嗎？你還是活生生的，可是我要把你埋葬了再說。不，也許你要逃走，待我留着這一些作質。（留下若干金子）

【鼓吹前導，阿錫卞第斯戎裝率芙莉妮霞，蒂曼特拉同上。

阿　你是什麼？說。

泰　我跟你一樣是一頭野獸。願蛀蟲蛀掉了你的心，因爲你又讓我看見了人類的面孔！

阿　你叫什麼名字？你自己是一個人，怎麼把人類恨到了這個樣子？

泰　我是密散瑟洛普斯，人類的厭惡者。我倒希望你是一條狗，那麼也許我會歡喜你幾分。

阿　我認識你是什麼人，可是不知道你爲什麼會變成這樣。

泰　我也認識你；除了我知道你是什麼人之外，我不要再知道什麼。跟着你的鼓聲去吧；用人類的血染紅了大地；宗敎的戒條民事的法律那一條不是冷酷無情的，那麼誰能責怪戰爭的殘忍呢？這一個狠毒的娼妓雖然瞧上去像個天使一般，殺起人來却比你的刀劍還要利害呢。

芙　爛掉你的嘴唇！

泰　我不要吻你；你的嘴唇是有毒的，讓它自己爛掉了吧。

阿　尊貴的泰門怎麼會變成這個樣子？

泰　正像月亮一樣，因爲缺少了可以照人的光；可是我不能像月亮一樣缺而復圓，因爲我沒有可以借取光明的太陽。

阿　尊貴的泰門，我可以向你盡一些什麼友誼上的助力？

泰　不必，祇要你信持我的意見。

阿　什麼意見，泰門？

泰　用口頭上的友誼允許人家，可是不要履行你的允諾；要是你不允許人家，那麼神明降禍於你，因爲你是一個人！要是你果然履行允諾，那麼願你沉淪地獄，因爲你是一個人！

阿　我曾經略爲聽到過一些你的不幸的遭際。

泰　當我有錢的時候，你就看見過我是怎樣的不幸了。

阿　我現在纔看見你的不幸；那個時候你是很享福的。

泰　正像你現在一樣給一雙娼妓挾住了不放。

蒂　這就是那個受盡世人歌頌的雅典的寵兒嗎？

泰　你是蒂曼特拉嗎？

蒂　是的。

泰　做你一輩子的婊子吧；把你玩弄的那些人並不是眞心愛你；他們在你身上發洩過獸慾以後，你就把惡疾傳給他們。利用你的淫浪的時間，把那些紅顏的少年消磨得形銷骨立吧。

蒂　該死的妖精！

阿　原諒他，好蒂曼特拉，因爲他遭逢變故，他的神經已經混亂了。豪俠的泰門，我近來錢囊羞澀，爲了餉糈不足的緣故，我的部隊常常發生叛變，我也很痛心地聽到那可咒詛的雅典怎樣輕視你的才能，忘記你的功德，倘不是靠着你的威名和財力，這區區的雅典城早已被强鄰鯨食了，——

泰　請你敲起鼓來，快些走開吧。

阿　我是你的朋友，我同情你，親愛的泰門。

泰　你這樣跟我煩擾，還說是同情我嗎？我寧願一個人在這裏。

阿　好，那麼再會；這兒有一些金子，你拿去吧。

泰　金子你自己留着，我又不能吃它。

阿　等我把驕傲的雅典踏成平地以後，——

泰　你要去打雅典嗎？

阿　是的，泰門，我有充分的理由哩。

泰　願天神降禍於所有的雅典人，讓他們一個個在你劍下喪命；等你征服了雅典以後，願天神再降禍於你！

阿　爲什麼降禍於我，泰門？

泰　因爲天生下你來，要你殺盡那些惡人，征服我的國家。把你的金子藏好了；快去。我這兒還有些金子，也一起給了你吧。快去。願你奉行天罰，像一顆高懸在作惡多端的城市上的災星一般，別讓你的劍下放過一個人。不要憐憫一把白鬚的老翁，他是一個放重利債的人。那凜然不可侵犯的中年婦人，外表上雖然裝得十分貞淑，其實卻是一個鴇婦，讓她死在你的劍下吧。也不要因爲處女的秀頰而軟下了你的銳利的劍鋒；這些慣在窗欞裏偷看男人的丫頭們，都是可怕的叛徒，不值得憐惜的。也不要饒過嬰孩，像一個傻子似的看見他的浮着酒渦的微笑而大發慈悲；你應當認爲他是一個私生子，上天已經向你隱約預示他將來長大以後會割斷你的咽喉，所以你必須橫了心腸把他剁死。你的耳朵上，眼睛上，都要罩着一重厚甲，讓你聽不到母親少女和嬰孩們的啼哭，看不見披着聖服的祭司的流血。把這些金子拿去分給你的兵士們，讓他們去造成一次大大的紛亂；等你的盛怒消釋以後，願你也不得好死！不必多說，快去。

阿　你還有金子嗎？我願意接受你給我的金子，可是不能完全接受你的勸告。

泰　接受也好，不接受也好，願上天的咒詛降在你身上！

芙蒂　好泰門，給我們一些金子；你還有嗎？

泰　有，有，我有足夠的金子，可以使一個妓女改業，自己當起老鴇來。揭起你們的裙子來，你們這兩個賤婢。你們是不配發誓的，雖然我知道你們發起誓來，聽見你們的天神也會渾身發抖，毛骨森然；不要發什麼誓了，我願意信任你們。做你們一輩子的婊子吧；要是有什麼仁人君子想要勸你們棄邪歸正，你們就得施展你們的狐媚伎倆引誘他，使他在慾火裏喪身。做你們一輩子的婊子吧；你們的臉上必須滿塗着脂粉，讓馬蹄踏上去都會拔不出來。

芙、蒂　好，再給我們一些金子。還有什麼吩咐？相信我們，祇要有金子，我們是什麼都願意幹的。

泰　把癆病的種子播在人們枯乾的骨髓裏；讓他們脛骨瘋癱，不能上馬馳驅。嘶啞了律師的喉嚨，讓他不再顚倒黑白，爲非分的權利辯護，鼓弄他的如簧之舌。叫那痛斥肉體的情慾，自己不相信自己的話的祭司害起滿身的癩病；叫那長着尖銳的鼻子，一味鑽營逐利的傢伙爛去了鼻子；叫那長着一頭鬈曲秀髮的光棍變成禿子；叫那不曾受過傷浮會吹牛的戰士也從你們身上受到些痛苦：讓所有的人都被你們害得身敗名裂。再給你們一些金子；你們去害了別人，再讓這東西害了你們，顧你們一起倒在陰溝裏死去！

芙、蒂　寬宏慷慨的泰門，再給我們一些金子吧，你還有什麼話要對我們說的？

泰　你們先去多賣幾次淫，多害幾個人，回頭來我還有金子給你們。

阿　敲起鼓來，向雅典進發！再會，泰門；要是我此去能夠成功，我會再來訪問你的。

泰　要是我的希望不會落空，我再也不要看見你了。

阿　我從來沒有得罪過你。

泰　可是你說過我的好話。

阿　這難道對你是有害的嗎？

泰　人們每天都可以發見說好話的人總是不懷好意。走開，把你這兩條小獵狗帶了去。

阿　我們留在這兒反而惹他發惱。敲鼓！（敲鼓；阿，芙，蒂同下）

泰　想不到在飽嘗人世的無情之後，還會感到飢餓；你萬物之母啊，（掘地）你的不可限量的胸腹，孳乳着繁育着一切；你的精氣不但把傲慢的人類，你的驕兒吹噓長大，也同樣生養了黑色的蟾蜍，青色的蝮蛇，金甲的蠑螈，盲目的毒蟲，以及一切光天化日之下可憎可厭的生物；請你從你那豐饒的懷裏，把一塊粗硬的樹根給那痛恨你一切人類子女的我果果腹吧！枯萎了你的肥沃多產的子宮，讓它不要再生出負心的人類來！願你懷孕着虎龍狼熊，以及一切宇宙覆載之中所未見的妖禽怪獸！啊！一個根；謝謝。乾涸了你的血液，枯焦了你的土壤；忘恩負義的人類，都是靠着你的供給，用酒肉膩塞了他的良心，以致於迷失了一切的理性！

【哀披曼特斯上。

泰　又有人來了！該死！該死！

哀　人家指點我到這兒來；他們說你學會了我的舉止，模倣着我的行爲。

泰　因爲你還不曾養一條狗，否則我倒寧願學它；願瘵病抓了你去！

哀　你這種樣子不過是一時的感觸，因爲運命的轉移而發生的懦怯的憂鬱。爲什麼拿起這柄鋤頭？爲什麼住在這個地方？爲什麼穿上這身奴才的裝束？爲什麼流露這樣憂傷的神色？向你獻媚的傢伙現在還穿的是綢緞，喝的是美酒，睡的是溫軟的被褥，徹頭忘記了世上曾經有過一個名叫泰門的人。不要裝出一副罵世者的腔調，害這些山林蒙羞吧。還是自己也去做一個獻媚的人，在那些毀蕩了你的家產的傢伙手下討生活吧。彎下你的膝頭，讓他嘴裏的氣息吹去了你的帽子；儘管他發着怎樣壞的脾氣，你都要把他恭維得五體投地。你應當像笑臉迎人的酒保一樣，傾聽着每一個流氓惡棍的話；你必須自己也做一個惡棍，要是你再發了財，也不過讓惡棍們享用了去。可不要再學着我的樣子啦。

泰　要是我像了你，我寧願把自己丟掉。

哀　你因爲像你自己，早已把你自己丟掉了；你做了這麼久的瘋人，現在却變成了一個傻子。怎麼！你以爲那凜冽的霜風，你那喧嚷的僕夫，會把你的襯衫烘暖嗎？這些壽命超過鷹隼，罩滿着蒼苔的老樹，會追隨你的左右，聽候你的使喚嗎？那冰凍的寒溪會替你在淸晨煮好粥湯，替你消除昨夜的積食嗎？叫那些赤裸裸地生存在上天的暴怒之中，無遮無掩地受着風吹雨打霜雪侵凌的草木向你獻媚吧；啊！你就會知道——

泰　你是一個傻子。快去。

哀　我從來不曾像現在這樣歡喜你過。

泰　我從來不曾像現在這樣討厭你過。

哀　爲什麼？

泰　因爲你向貧困獻媚。

哀　我沒有獻媚，我說你是一個下流的惡漢。

泰　爲什麼你要來找我？

哀　因爲我要惹你惱怒。

泰　這是一個惡徒或者愚人的工作。你以爲惹人家惱怒對於你自己是一件樂事嗎？

哀　是的。

泰　怎麼！你又是一個無賴嗎？

哀　要是你披上這身寒酸的衣服，目的只是要懲罰你自己的驕傲，那麼很好；可是你是出於勉强的，倘然你不再是一個乞丐，你就會再去做一個廷臣。自願的貧困勝如不定的浮華；窮奢極欲的人要是心無知足，比最貧困而知足的人更要不幸得多了。你既然這樣困苦，應該但求速死。

泰　我不會聽了一個比我更倒霉的人的話而去尋死。你是一個奴隸，命運的溫柔的手臂從來不曾撫抱過你。要是你從呱呱墮地的時候就跟我們一樣，可以如心所欲地享受這浮世的歡娛，你一定已經沉溺在無邊的放蕩裏，把你的青春銷磨在左擁右抱之中，除了一味追求眼前的淫樂以外，再也不會知道那些冷冰冰的人倫道德。可是我，整個的世界曾經是我的糖果的倉庫；人們的嘴，舌頭，眼睛，和心都爭先恐後地等候着我的使喚，雖然我沒有這許多工作可以給他們做；無數的人像葉子依附橡樹一般依附着我，可是經不起冬風的一吹，他們便落下枝頭，剩下我光零零的枯幹去忍受風雨的摧殘：像我這樣享福過來的人，一旦挨受這種逆運，那纔是一件難堪的重荷；你却是從開始時候就嘗到人世的痛苦的，經驗已經把你磨鍊得十分堅强了。你爲什麼厭惡人類呢？他們從來沒有向你獻過媚；你曾經有些什麼東西給人家呢？倘然你要咒駡，你就得咒駡你的父親，那個窮酸的叫化，他因爲一時動了火，和一個女乞婆養下了你這世襲的窮光蛋來。滾開！快去！倘然你不是生下來就是世間最下賤的人，你就是個奸佞的小人。

哀　你現在還是這樣驕傲嗎？

泰　是的，我因爲我不是你而驕傲。

哀　我也因爲我不是一個浪子而驕傲。

泰　我因爲我現在是個浪子而驕傲，要是我所有的一切錢財都在你的手掌之中，我也不向你要它。快去！但願全體雅典人的生命都在這塊根裏，我要把它像這樣一口吞下！（食樹根）

哀　你要我帶些什麼去給雅典人？

泰　但願一陣旋風把你捲到雅典去。要是你願意，你可以告訴他們我這兒有金子；瞧，我有金子。

哀　你在這兒用不到金子。

泰　金子在這兒纔是最好最眞的，因爲它安安靜靜地躺在這兒，並不被人利用着去爲非作惡。

哀　晚上在什麼地方睡覺，泰門？

泰　在太虛的覆罩之下。白天在什麼地方吃東西，哀披曼特斯？

哀　在我的肚子找到肉食之處。

泰　我希望酖毒服從我的意志！

哀　你要它到什麼地方去？

泰　撒在你的食物裏。

哀　你只知道人生中的兩極端，不曾度過中庸的生活。當你錦衣美服香麝薰身的時候，他們譏笑你的繁文縟禮；現在你不衫不履，椒首垢面，他們又蔑視你的落拓疎狂。

泰　哀披曼特斯，要是全世界俯伏在你的足下，你預備把它怎樣處置？

哀　把它送給野獸吃盡了所有的人類。

泰　你願意置身於人類的混亂之中而與衆獸爲伍，做一頭畜生嗎？

哀　是的，泰門。

泰　願天神保佑你達到這一個畜生的願望。要是你做了獅子，狐狸會來欺騙你；要是你做了羔羊，狐狸會來吃了你；

要是你做了狐狸，萬一驢子把你告發，獅子會對你起疑心；要是你做了驢子，你的愚蠢將使你受苦，而且你也不免做豺狼的一頓早餐；要是你做了狼，你的貪饞將使你煩惱，而且常常要爲着求食而冒生命的危險；要是你做了犀牛，你的驕傲和凶暴將使你受罪，讓你自己被你的盛怒所克服；要是你做了熊，你要死在馬蹄的踐踏之下；要是你做了馬，你要被豹子所攫噬；要是你做了豹，你是獅子的近親，你身上的斑紋將使你送命。你沒有安全，沒有保障。你要做一頭什麼野獸，纔可以不受別的野獸的侵害呢？你不知道你現在已經是一頭什麼野獸，你在變形以後將要遭到怎樣的不利。

哀　你這番話講得倒還有理，雅典已經變成一個衆獸羣居的林藪了。

泰　那麼那驢子是怎樣衝破了城牆，所以纔給你溜到城外來的？

哀　那邊有一個詩人和一個畫師來了；願來來往往的人們把你纏擾得沒有安寧！我可要敬謝不敏，抽身遠避了。當我不知道還有什麼事情可做的時候，我會再來瞧你的。

泰　當世間除了你之外死得什麼也不剩的時候，我會歡迎你。我寧願做乞丐手裏牽着的狗，也不願做哀披曼特斯。

哀　你是世上天字第一號的大傻瓜。

泰　我希望你再乾淨點兒，可以讓我把唾涎吐在你身上！

哀　願你遭瘟！你太壞了，我簡直不屑咒你！

泰　所有的惡人站在你身邊，相形之下也會變成端人正士。

哀　你一說話，嘴裏也會掉下癩病來。

泰　要是我提起你的名字。倘不是怕污了我的手，我早就打你了。去，你這癩狗生的雜種！世上會有你這樣的人活着，

哀　把我氣也氣死了；我一見了你就要氣昏了腦袋。

泰　我希望你會氣破了肚子！

哀　去，你這討厭的混蛋！算我倒霉還要賠一塊石子來丟你。（向哀擲石）

泰　畜生！

哀　奴才！

泰　蝦蟆！

哀　混蛋，混蛋，混蛋！我討厭這個虛僞的世界，和這個世界上所有的一切。所以，泰門，趕快預備你的墳墓吧；安息在海水的泡沫可以每天打擊你的墓碣的地方；刻下你的墓誌銘，讓你的一死譏刺着世人的偷生苟活。（視金）啊，你可愛的凶手，帝王逃不過你的掌握，親生的父子會被你離間！你燦爛的姦夫，淫汚了純潔的婚牀！你勇敢的戰神！你永遠年青韶秀，永遠被人愛戀的嬌美的情郎，你的羞顏可以融化了黛安那女神膝上的冰雪！你有形的神明，你會使冰炭化爲膠漆，仇敵互相親吻！你會說任何的方言，使每一個人唯命是從！你動人心坎的寶物啊！你的奴隸那些人類要造反了，快快運用你的法力，讓他們互相砍殺，留下這個世界來給獸類統治吧。

泰　但願如此；可是等我死了再說。我要去對他們說你有金子；不久他們就要蜂擁而來了。

哀　蜂擁而來？

泰　正是。

哀　請你快給我滾開。

泰　活下去，喜愛你的困苦吧！（下）

泰　好容易趕他走了。又有些像人一樣的東西來啦!眞討厭!

【衆竊賊上。

甲賊　他那裏來的這些金子?那一定是他剩留在身邊的一些碎片零屑。他就是因爲囊中金罄,友朋離散,所以纔發起瘋來的。

乙賊　聽說他還有許多寶貝。

丙賊　讓我們向他嚇唬一下:要是他不愛惜金銀,一定會雙手捧給我們;要是他推推托托地不肯交出來,那便怎麼辦呢?

乙賊　不錯,他並不把它們放在身邊,一定是藏得好好的。

甲賊　這不就是他嗎?

衆賊　在那兒?

乙賊　正是他的樣子。

丙賊　他;我認識是他。

衆　你好,泰門?

泰　好哇,你們這些偷兒?

衆　我們是兵士,不是偷兒。

泰　是兵士,也是偷兒;你們都是婦人的兒子。

衆　我們不是賊,不過是些什麼也沒有的窮光蛋。

泰　你們沒有東西吃嗎？爲什麼沒有？瞧，地下生着各種草木的根；在這一哩以內，長着多少的山蔬野草；橡樹上長着橡栗，野薔薇也長着一粒粒紅色的果實；那慷慨的主婦，大自然，在每一棵植物上替你們安排好美食，你們還嫌沒有東西吃嗎？

甲賊　我們不能像鳥獸游魚一樣，靠着吃草啄果，喝些清水過活呀。

泰　你們也不能靠着吃鳥獸游魚的肉過活；你們是一定要吃人的。可是我還是要謝謝你們，因爲你們都是明目張膽做賊，並不蒙着莊嚴神聖的假面具；那些道貌岸然的正人君子，纔是最可怕的穿窬大盜哩。你們這些鼠賊，拿着這些金子去吧。去，痛痛快快地喝一個醉，讓烈酒燒枯了你們的血液，免得你們到絞架上去受苦。不要相信醫生的話，他的藥方上都是毒藥，他殺死的比你們偷竊的還多。放手偷吧，大家住在一起；你們既然做了賊，儘管做些惡事就像做着正當的工作一樣。我可以講幾個最大的竊賊給你們聽：太陽是個賊，用他的偉大的吸力偷竊海上的潮水；月亮是個無恥的賊，她的慘白的光輝是從太陽那兒偷來的；海是個賊，他的洶湧的潮汐把月亮溶化做鹹味的眼淚；地是個賊，他偷了萬物的糞便作成肥料，使自己肥沃；什麼都是賊，那束縛你們鞭打你們的法律，也憑藉它的野蠻的威力，實行不受約制的偷竊。不要愛你們自己；快去各人互相偷竊。再拿一些金子去吧。放大膽子去殺人；你們所碰到的人沒有一個不是賊。到雅典去，打開人家的店舖；你們所偷到的東西沒有一件不本來就是賊贓。不要因爲我給了你們金子就不去做賊；讓金子送了你們的性命！阿們。

丙賊　他勸我做賊，反而把我說得不願意做賊了。

甲賊　他因爲痛恨人類，所以這樣勸告我們；他不是希望我們靠着做賊發財享福。

乙賊　我要把他的話當作仇敵的話，放棄我的本行了。

甲賊　讓我們替雅典保全治安；無論時世怎樣艱難，一個人總可以本分度日的。（衆賊下）

【弗雷維厄斯上。

弗　天哪！那個衣服襤褸，形容枯槁的人，便是我的主人嗎？他怎麼會衰落到這個地步？爲善的人竟會得到這樣的惡報！從前那樣炙手可熱，一朝窮了下來，就要受盡世人的冷眼！世上還有什麼東西比那些把最高貴的人引到了最卑賤的結局的朋友們更可惡的！在這樣爾虞吾詐的人間，一個人與其愛他的朋友，還不如愛他的仇敵；雖然仇敵對我不懷好意，可是朋友却在實際上陷害我。他已經看見我了。我要向他表示我的眞誠的同情，仍舊把他看作我的主人一樣用我的生命爲他服役。我的最親愛的主人！

【泰門上前。

泰　走開！你是什麼人？

弗　您忘記我了嗎，大爺？

泰　爲什麼問我這個問題？我已經忘記了所有的人了；要是你承認自己是個人，那麼我當然也忘記你了。

弗　我是您的一個可憐的忠心的僕人。

泰　那麼我不認識你，我從來不曾有過一個忠心的僕人在我的身邊；我只是養了一大羣惡漢，伺候奸徒們的肉食。

弗　神明可以作證，從來不曾有過一個可憐的管家爲了他的破產的主人而中心哀痛，像我對您一樣。

泰　怎麼！你哭了嗎？過來，那麼我愛你，因爲你是一個女人，不是冷酷無情的男子，男子的眼睛除了在激於情慾和大笑的時候以外，是從來不會潮潤的。他們的惻隱之心久已睡去了；奇怪的時代，人們流淚是爲了歡笑，不是爲了哭泣！

弗　請您不要把我當作陌生人，我的好大爺，接受我的同情的弔慰；我還剩着不多幾個錢在此，請您仍舊讓我做您的管家吧。

泰　我竟有這樣一個忠心正直的管家，來給我安慰嗎？我的狂野的心都幾乎被你軟化了。讓我瞧瞧你的臉。不錯，這個人是婦人所生的。原諒我的抹殺一切的武斷吧，永遠清醒的神明們！我宣佈這世界上還有一個正直的人，不要誤會我，祇有一個，而且他是個管家。但願沒有其他的人和他一樣，因爲我要痛恨一切的人類！你雖然免去了我的憎恨，可是除了你以外，誰都要受我的咒詛，我想你這樣老實，未免太不聰明，因爲要是你現在欺騙我凌辱我，也許可以早一點得到一個新的主人；許多人都是踏在他們舊主人的頸子上，去伺候他們的新主人的。可是老實告訴我，——我雖然相信你，却不能不懷疑，——你的好心是不是別有用意，像那些富人們送禮一樣，希望得到二十倍的利息？

弗　不，我的最尊貴的主人；唉！您現在纔會發生懷疑，已經太遲了。當您大開盛宴的時候，您就該顧慮到人情的虛僞；可是一個人總要到了日暮途窮，方纔知道人心是不可輕信的。天知道我現在向您表示的，完全是一片赤心，我不過對您高貴無比的精神是獻我的天職和熱忱，關心您的飲食居住；相信我，我的最尊貴的大爺，我願意把一切實際上或是希望中的利益，交換這一個願望：祇要您恢復原來的財勢，就是給了我莫大的報酬了。

泰　瞧，我已經發了財了。你這唯一的善人，來，拿去天神借手於我的困苦，把財富送給你了。去，快快活活地做個財主吧；可是你要遵照我一個條件：你必須在遠離人蹤的地方築屋而居；痛恨所有的人，咒詛所有的人，不要對任何人發慈悲心，聽任那枵腹的餓丐形銷骨立，也不要給他一些飲食；寧可把你拒絕給人類的拿去丟給狗；讓監獄把他們吞咽，讓重債把他們壓死；讓人們像枯樹一樣倒斃，讓疾病吸乾了他們奸詐的血！去吧，願你有福！

弗　啊，讓我留着安慰安慰您吧，我的主人。

泰　要是你不願意挨罵，那麽不要就留着趁着你得到我的祝福，還是一個自由之身的時候，趕快逃走吧。你再也不要看見人類的面，也讓我再也不要看見你。（各下）

# 第五幕

## 第一場　樹林；泰門所居洞穴之前

【詩人及畫師上。

畫師　照我所記得的這地方的樣子，離他的住處不會怎麼遠了。

詩人　他這人真有點臭測高深。人家說他擁有大量的黃金，這謠言是真的嗎？

畫師　真的。阿錫卜第斯就是這樣說；艾莉娓霞和蒂曼特拉都從他手裏得到過金子；還有那些窮苦的流浪的兵士們，也拿了不少去。據說他給他的管家一筆很大的數目呢。

詩人　那麼他這次破產不過是有意對他的朋友們的試探罷了。

畫師　正是；您就會看見他再在雅典揚眉吐氣，高據要津。所以我們應該在他佯爲窘迫的時候向他獻些殷勤，那可以表顯出我們的熱腸古道，而且要是關於他的多金的傳言果然確實的話，那麼我們枉道前來也一定可以滿載而歸了。

詩人　您現在有些什麼東西可以呈獻給他的？

畫師　我現在只是專誠拜訪，東西可什麼也沒有；可是我將要允許他一幅絕妙的作品。

詩人　我也必須貢獻他一些什麼東西；我要告訴他我準備寫一篇怎樣的詩送給他。

畫師　再好沒有。這年頭兒最通行的就是空口許諾，它會叫人睜大了眼睛盼望，要是真的實行起來，那倒沒有什麼希罕了；祇有那些老實愚魯的人纔會把說過的話認真照辦。允許是最有禮貌最合時尚的事，實行就像一種遺囑，證明本人的理智已經害着極大的重症。

【泰門自穴中上。

泰　（旁白）卓越的匠人像你自己這樣一副惡人的嘴臉是畫也畫不出來的。

詩人　我正在想我應當說我預備寫些什麼獻給他；那必須是一篇描寫他自己的詩章，諷刺人世繁華的虛浮，指出那跟隨在盛年與富裕後面的是多少逢迎諂媚的醜態。

泰　（旁白）你一定要在你自己的作品裏充當一個惡徒嗎？你要在別人的身上暴露你自己的弱點嗎？很好，我有金子給你哩。

詩人　來，我們找他去吧。要是我們遇見了有利可獲的機會而失之交臂，那就太對不起我們自己的幸運了。

畫師　不錯，趁着白晝的光亮不用你出錢的時候，應當趕快找尋你所要的東西，等到黑夜到來，那就太晚了。來。

泰　（旁白）待我在轉角的地方和你們相會吧。黃金眞是一尊了不得的神明，即使他住在比豬窠還卑汚的廟宇裏，也會受人膜拜！你驅駛船隻在海上航行，你使奴隸的心中發生羨敬；你是應該被人們頂禮的，讓你的聖徒們永遠罩着祗接受你的使喚的瘟疫吧！我現在可以去見他們。（上前）

詩人　祝福，可尊敬的泰門！

畫師　我們高貴的舊主人！

泰　我曾經看見過兩個正人君子嗎？

詩人　先生，我常常霑沐您的慷慨的恩施，聽說您已經隱居避世，您的朋友們一個個冷落了蹤跡，他們那種忘恩的天性，——啊，沒有良心的東西！上天把所有的刑罰降在他們身上也掩蔽不了他們的罪辜！嘿！他們居然會這樣對待您，他們整個的心身都在您的星辰一樣的仁惠之下得到化育！我簡直氣瘋了，想不出用怎樣巨大的字眼，纔可以遮蓋這種薄情無義的彌天罪惡。

**泰** 不要遮蓋它，讓人家可以看得清楚一些，你們都是正人君子，還是把你們的本來面目公之大衆吧。

**畫師** 我們兩個人常常受到您的霖雨一樣的賞賜，感戴您的恩澤的深厚。

**泰** 嗯，你們都是正人君子。

**畫師** 我們專誠來此，想要為您略盡微勞。

**泰** 眞是正人君子！啊，我應當怎樣報答你們呢？你們也會嚼樹根喝冷水嗎？不見得吧。

**二人** 爲了替您服役的緣故，祇要是我們能夠做的事，我們都願意做。

**泰** 你們是正人君子，你們已經聽見我有金子；我相信你們一定已經聽見這樣的消息了。老實說出來吧，你們是正人君子。

**畫師** 人家正是這樣說，我的高貴的大爺；可是我的朋友跟我都不是因爲這緣故而來的。

**泰** 好一對正人君子！你畫了全雅典最好的一幀臉譜，描摹得這樣栩栩如生。

**畫師** 不過如此，不過如此，大爺。

**泰** 正是不過如此，先生。至於講到你那些鑿壁虛造的故事，那麼你的詩句裏那種美妙宛轉的辭藻，眞可以說得上準窮造化，可是雖然這麼說，我的兩位居心正直的朋友們，我必須說你們還有一個小小的缺點，不過這也不是什麼了不得的缺點，我也不希望你們費許多的力量把它改正過來。

**二人** 請您明白告訴我們知道吧。

泰　你們會見怪的。

二人　我們一定會非常感激您的開示。

泰　眞的嗎？

二人　不要疑惑，尊貴的大爺。

泰　你們都相信着一個大大地欺騙了你們的壞人。

二人　眞的嗎，大爺？

泰　是的，你們聽見他信口開河，看見他裝腔作勢，明明知道他不是個好東西，偏偏跟他要好，給他吃喝，把他視爲心腹。

畫師　我不知道有這樣一個人，大爺。

詩人　我也不知道。

泰　聽着，我很喜歡你們；我願意給你們金子，祇要你們替我把你們這兩個壞朋友除掉：隨你們吊死他們也好，刺死他們也好，把他們扔在茅坑裏溺死也好，或是用無論什麼方法作弄他們，然後再來見我，我一定會給你們許多的金子。

二人　請您說出他們的名字來，大爺；讓我們知道他們究竟是誰。

泰　你向那邊走，你向這邊走。你們一共祇有兩個人，可是你們兩人分開以後，各人還有一個萬惡的奸徒和他在一起。要是你不願意有兩個惡人在你的身邊，那麼不要走近他。（向詩人）要是你祇要和一個惡人住在一處，那麼不要和他來往。去，滾開！這兒有金子哩。你們是爲着金子來的，你們這兩個奴才！你們替我做了工了，這是給你

們的工錢去！你有鍊金的本領，去把這些泥塊去鍊成黃金吧。滾開，惡狗！（將二人打走，返入穴內）

【弗雷維厄斯及二元老上。

弗　你們要去跟泰門說話是不可能的，因為他這樣就好孤寂，除了祇有外形還像一個人的他自己而外，他覺得什麼都是對他不懷好意的。

元老甲　帶我們到他的洞裏去；我們已經答應雅典人，負責向泰門說話。

元老乙　人們不是永遠始終如一的；時間和悲哀使他變成這樣一個人；要是命運加惠於他，恢復了他舊日的豪富，他也許仍舊會恢復原來的樣子。帶我們見見他去，碰碰機會吧。

弗　這就是他所住的山洞了。願平和安寧降臨在這兒！泰門大爺！泰門！出來，跟您的朋友們談談。雅典人派了兩位最年高有德的元老來問候您了。跟他們談談吧，尊貴的泰門。

【泰門自穴中上。

泰　撫慰眾生的太陽，燒起來吧！你們有什麼話？快說，說過了就給我上吊去。願你們說了一句真話就長起一個水泡！說了一句假話就會在舌根上爛一個窟窿！

元老甲　尊貴的泰門，——

元老乙　雅典的元老們問候你，泰門。

泰　我謝謝他們；要是我能夠替他們把瘟疫招來，我願意把它送給他們。

元老甲　啊！忘記那些我們自己所悔恨的事吧。元老們衆口一詞地誠意要求你回到雅典去；他們已經考慮到許多特殊的榮典，等你回去接受。

元老乙　他們承認過去對你太冷酷無情了；現在雅典的公衆已經感覺到他們爲了不曾給泰門援手，已經失去了一座患難時可以倚畀的長城，所以他們纔突破成例，叫我們前來表白歉忱，並且向你呈獻他們無限的愛敬和不可數計的財富，補贖他們以往的過失。

泰　你們這一番話，眞說得我受寵若驚，差一點要感激涕零了。借給我一顆愚人的心和一雙婦人的眼睛，我就會聽了這種溫慰的言語而哭泣起來，尊貴的元老們。

元老甲　那麼請你跟我們一同回去，在我們的雅典，也就是你的雅典，接受大將的尊位；你一定會得到人民的感謝，他們會給你絕對的權力，你的美好的聲名將和威權同在。我們不久就可以逐退那來勢洶洶的阿錫卞第斯，他像一頭橫衝直撞的野豬似的，搗毀了他祖國的和平。

元老乙　向雅典的城牆揮揮他的咄咄逼人的劍鋒。

元老甲　所以，泰門，——

泰　好，先生，很好；那麼就這樣吧：要是阿錫卞第斯殺死了我的同胞，讓阿錫卞第斯知道，泰門是全不介意的。要是他把美好的雅典城劫掠一空，把我們那些善良的老人家們拖着鬍鬚拉走，讓我們那些聖潔的處女們去受那瘋狂獸性的戰爭的汚辱，那麼讓他知道，告訴他泰門這樣說，爲了憐憫我們的老人和我們的少年，我不能不對他說，泰門對於這些是全不介意的，隨他高興怎麼辦就怎麼辦吧；因爲祇要你們還有不曾割斷的咽喉，他們的刀是不會嫌血汚的。至於我自己，那麼那橫暴不法的敵人營裏的每一把屠刀，都比雅典最可尊敬的咽喉更能獲得我的好感。所以我現在把你們交付在幸運的天神的照顧之下，正像把一羣竊賊交付給看守的人一樣，

弗　去吧，一切全都是沒用。

泰　我剛纔正在寫我的墓誌銘；明天就可以給你們看見。我的宿疾已經開始痊愈，從虛無中間我得到了一切。去，繼續活下去，願阿錫卞第斯給你們災難，他也在你們手裏遭災，到頭來大家同歸於盡吧！

元老甲　我們的話都是白說。

泰　可是我愛我的國家，人家雖然說我歡喜看見宗國的淪亡，其實我却不是那樣的人。

元老甲　這纔說得不錯。

泰　請你們替我向我的親愛的同胞們致意，——

元老甲　這樣的話從您的嘴裏出來，是見志士襟懷，畢竟與衆不同。

元老乙　它們進入我們的耳中，也像得勝榮歸的勇士在夾道歡呼聲中返旆國門一樣。

泰　替我向他們致意；告訴他們，爲了減輕他們的憂慮，解除他們對於敵人劍鋒的恐懼，釋免他們的痛苦，損失，愛情的巨創，以及在生命的無定的航程中，這脆弱的凡軀所遭受的一切其他的不幸起見，我願意給他們一些善意的貢獻，指點他們避免狂暴的阿錫卞第斯的憤怒的方法。

元老乙　我很高興他說這樣的話；他會重新回去的。

泰　我有一棵樹長在我的住處的附近，因爲我自己需用，不久就要把它砍下來；告訴我的朋友們，告訴全雅典的人，叫他們按照各人地位的高低分別先後，凡是有誰願意解除痛苦，就得趕快到這兒來，在我那棵樹未遭斧斤以前自己縊死。請你們這樣替我對他們說吧。

弗　不要再跟他絮煩了，他總是這個樣子的。

泰　不要再來見我；對雅典說，泰門已經在海邊的沙灘上築好他的萬世的佳城，洶湧的波濤每天一次向它噴吐着泡沫；到那邊來吧，讓我的墓碑預示着你們的命運。

讓怨懟不掛唇，讓言語消滅，

災難和瘟疫將會糾正一切！

墳墓是人一世辛勤的成績；

隱去吧，陽光！陪着泰門安息。（下）

元老甲　他的憤懣不平之氣，已經深植在天性之中，再也消解不去的了。

元老乙　我們對他的希望已經完了，還是回去憑着我們殘餘的力量，想些其他的辦法，盡力挽救危局吧。

元老甲　事不宜遲，我們快回去。（同下）

## 第二場　雅典城牆之前

【二元老及一使者上。

元老丙　難為你探到了這樣的消息；他的軍力果然像你所說的那樣雄壯嗎？

使者　他的實際的力量，比我所說的還要強大得多；而且他的行軍非常迅速，大概就要到來了。

元老丁　要是他們不能勸誘泰門回來，我們的處境可真是危險萬分呢。

使者　我在路上碰見一個信差，是我舊日的朋友，雖然我們各事一方，可是我們從前的交誼使我們泯除猜忌，像朋友一般互吐真情。這個人是阿錫卞第斯差他飛騎送信到泰門的洞裏去的，那信上要求他協力助攻雅典，因為這次舉兵一部分的原因也就是爲了他。

元老丙　我們的兩個同僚來了。

【甲乙二元老自泰門處歸上。

元老甲　別再提起泰門的名字，別再對他存什麼希望。敵人的鼓聲已經近在耳邊，一片塵沙揚蔽了天空進去趕快準備起來；我怕我們要落下敵人的羅網。（同下）

## 第三場　樹林；泰門洞穴相去不遠有草草砌成的墳墓一座

【一兵士上尋找泰門。

兵士　照他們所說的樣子看起來，大概就是這兒了。有人嗎？喂，說話呀！沒有回答！這是什麼？泰門死了，他的大限已到；這墳墓是什麼野獸給他蓋起來的，這兒是沒有人住的地方。一定是死了；這便是他的墳墓，墓石上還有幾行字，我可認不得；讓我用蠟把它們搨下來；我們的主將什麼文字都懂，他年紀雖輕，懂得的事情可多哩。他現在一定已經在驕傲的雅典城前安下營寨，陷落那座城市是他志願的目標。（下）

## 第四場　雅典城牆之前

【喇叭聲；阿錫巴第斯率軍隊上。

阿　吹起喇叭來，讓這個懦怯的淫穢的城市知道我們大軍的到來。（吹談判信號）

【元老等自城牆上登城。

阿　在今天以前，由得你們胡作非爲，肆行不義，把你們的私心當作公道；在今天以前，我自己以及一切睡在你們權力的陰影下面的人誰都是叉手徬徨，有寃莫訴，現在忍無可忍的時間已經到了，蹲伏慣了的脊骨，在重重的壓迫之下，喊出「受不住了」的呼聲；現在無告的寃苦將要坐在你們寬大的安樂椅上，喘息短氣的驕橫將要狼狽奔逃了。

元老甲　尊貴的少年將軍，你當初因爲些微的誤會一怒而去的時候，雖然你還是無拳無勇，我們無須恐懼你的報復，可是我們仍舊召你回來，好意撫慰你，用逾量的恩寵洗刷我們負心的罪戾。

元老乙　就是對於改換了形貌的泰門，我們也曾用謙恭的使節和優渥的允諾懇求他眷念我們的城市。我們不都是冷酷無情的人，也不該不分皂白地同受戰爭的屠戮。

元老甲　我們這一座城牆，並不是建立於得罪你的那些人之手；這些巍峨的高塔，標柱，和學校，更不應該爲了私人的錯誤而同歸毀滅。

元老乙　當初驅迫你出亡的那些人，因爲自愧缺少應付非常的才能，中心慚疚，都已憂鬱逝世了。尊貴的將軍，帶領你的大軍，高揚你的旗幟，開進我們的城中吧；要是你不顧上天好生之德，你的復仇的慾望必須得到滿足，那麼請你在十人中殺死一人，讓那不幸接觸你的鋒刃的作爲犧牲吧。

元老甲　不是每一個人都犯罪，因爲從前的人鑄下了錯誤而向現在的人報復，這不是合乎公道的措置；罪惡和上地一樣，都不是世襲的。所以，親愛的兄弟，帶你的隊伍進來吧，可是把你的憤怒留在外面，寬恕你所生長的雅典搖籃，也不要在盛怒之中把你的親人和那些得罪你的人同時駢戮。像一個牧人一般，你可以走到羊欄裏，把那些染疫的牲畜揀出，可不要漫無區別地完全殺死。

元老乙　你要什麼都可以用微笑取得，何必一定要用刀劍的威力誅求呢？

元老甲　你祇要一踏到我們壁壘森嚴的門口，它們就會書然開啓，讓你仁慈的心爲你先容，通報你善意的來臨。

元老乙　拋下你的手套，或是任何代表你的榮譽的紀念物，表示你這次攻城的目的，只是伸雪你的不平，不是破壞我們的安全；你的全部軍隊可以駐紮在我們城裏，直等我們簽准了你的全部要求爲止。

阿　那麼我就擲下我的手套。下來，開開你們未受攻擊的城門；把泰門和我自己的敵人交出來領死，其餘一概不論。爲了消釋你們的疑慮，表明我的正直的胸襟起見，我還要下令嚴禁部下的士兵擅離營地，擾亂你們城市中的治安；凡是違反禁令的，一律交付你們按法嚴懲。

元老甲、乙　眞是光明正大的說話。

阿　下來，實踐你們自己的允諾。（元老等下城開門）

【一兵士上。

兵士　稟主將，泰門已經死了；他葬身在大海的邊沿，在他的墓石上刻着這幾行文字，我因爲自己看不懂，已經用蠟把它們搨了下來。

阿　「殘魂不可招，

　　空賸臭皮囊；

　莫問其中誰：

　　疫吞滿路狼！

生憎舉世人，

殁葬海之滸；
悠悠行路者，
速去毋相溷！」

這幾行詩句很可以表明你後來的心緒。雖然你看不起我們人類的悲哀，蔑視我們涼薄的天性裏自然流露出來的淚點，可是你的豐富的想像使你叫那蒼茫的大海永遠在你低賤的墳墓上哀泣高貴的泰門死了；他的記憶將永留人間。帶我到你們的城裏去；我要一手握着橄欖枝，一手握着寶劍，使戰爭孕育和平，使和平釀成戰爭，這樣纔可以安不忘危，鞏固國家的基礎。敲起我們的鼓來！（衆下）

莎士比亞戲劇全集

第三輯　第九種

# 還璧記

朱生豪譯

# 還璧記

原名：辛白林

## 劇中人物

辛白林　英國國王
克洛登　王后及其前夫所生之子
普修默斯・利昂那脫斯　紳士，伊慕琴之夫
裴拉律斯　被放逐的貴族，化名爲摩根
基特律斯　化名爲坡力陀兒　}辛白林之子，摩根之假子
阿維雷格斯　化名爲凱特華爾
菲拉利奧　普修默斯之友　}意大利人
埃契摩　菲拉利奧之友
一法國紳士　菲拉利奧之友
凱易斯・琉歇斯　羅馬主將
一羅馬將領

二英國將領
畢散尼奧　普修默斯之僕
考尼律斯　醫生
辛白林宮庭中二貴族
同前二紳士
二獄卒
王后　辛白林之妻
伊慕琴　辛白林及其前后所生之女
海倫　侍隨伊慕琴的宮女
羣臣，宮女，羅馬元老，護民官，一荷蘭紳士，一西班牙紳士，一預言者，樂工，將校，軍士，使者，及其他侍從等。
裘必脫及利昂那脫斯家族鬼魂

**地點**

英國意大利

# 第一幕

## 第一場　英國；辛白林宮中花園

〔二紳士上。〕

甲紳　您無論碰見什麼人，總是愁眉蹙額的；我們的感情不再服從上天的意旨，雖然我們朝廷裏的官兒們表面上仍舊服從着我們的國王。

乙紳　可是究竟爲了什麼事呀？

甲紳　他最近娶了一個寡婦做妻子，那寡婦有一個獨生子，他想把他的女兒，他的王國的繼承者，許嫁給他，可是他的女兒偏偏看中了一個有才的貧士。她跟她的愛人祕密結了婚；她的父親知道了這件事情，就把她的丈夫宣佈放逐，把她幽禁起來，大家弄得一場沒趣，雖然我想國王心裏是很受打動的。

乙紳　受打動的祇有國王一個人嗎？

甲紳　那失去她的人，當然也是很不高興的；還有那個王后，她是最希望這頭婚事成功的人；可是講到朝廷裏的官兒們，雖然他們在表面上順着國王的顏色，拖長了一付哭喪的臉孔，可是心裏頭他們沒有一個不是歡歡喜喜的。

乙紳　爲什麼？

甲紳　那失去這公主的人，是一個醜惡得無可形容的東西；那得到她的人，我的意思是說因爲和她結了婚而被放逐的那個，唉，好漢子！他纔是一個人物，走遍世界也找不到一個可以和他相比的人。像這樣才貌雙全的青年，我想除了他以外是再也沒有第二個的了。

乙紳　您把他說得太好了。

甲紳　我並沒有把他揄揚過分，先生，我的讚美並不能充分表現他的長處。

乙紳　他叫什麼名字？他的出身怎樣？

甲紳　我不能追溯到他的先世。他的父親名叫西西律斯，曾經隨同凱西皮蘭向羅馬人作戰，可是他的封號是在德南歇斯手裏得到的，因爲卓著勳勤的緣故，賜姓爲利昂那脫斯；除了我們現在所講起的這位公子以外，他還有兩個兒子，都因爲參加當時的戰役喋血身亡，那年老的父親痛子情深，也跟着一命嗚呼；那時候我們這位公子還在他母親的腹內，等到他呱呱墮地，他的母親也死了。我們現在這位國王把這嬰孩收養宮中，替他取名爲普修默斯利昂那脫斯，把他撫育成人，使他受到當時最完備的教育；他接受學問的薰陶，就像我們呼吸空氣一樣，俯仰之間，皆成心得，在他生命的青春，已經得到了豐富的收穫。他住在宮庭之內，成爲最受人讚美敬愛的人物，這樣的先例是很少見的：對於少年人，他是一個良好的模範；對於涉世已深之輩，他是一面可資取法的明鏡；對於老成之士，他是一個後生可畏的小子。對於他的愛人，他是爲了她的緣故纔被放逐的，那麼她本身的價值，就可以表示她是怎樣重視他和他的才德；從她的選擇上，我們可以眞實地明瞭他是一個怎麼樣的人。

乙紳　聽了您這一番話，已經使我不能不對他肅然起敬。可是請你告訴我，她是國王唯一的孩子嗎？

甲紳　他的唯一的孩子。他曾經有過兩個兒子，——您要是不嫌我提起這些古話，那麼請聽好了，——大的在三歲的時候，小的還在襁褓之中，就從他們的育兒室裏給人偷了去，直到現在還猜不到他們的下落。

乙紳　這件事情發生得多久了？

甲紳　約摸是二十年前的事。

乙紳　一個國王的兒子會給人這樣偷走，看守的人會這樣疏忽，搜訪的工作會這樣綏怠，竟至於查不出他們的踪跡，眞是怪事！

甲紳　怪事固然是怪事，那當事者的疏忽，也着實可笑，然而這是一件確實的事呢，先生。

乙紳　我很相信您的話。

甲紳　我們必須避一避。那公子、王后，和公主都來了。（二人同下）

〔王后，普修默斯，及伊慕琴上。

后　不，女兒，你儘可以放心，我決不會像一般人嘴裏所說的後母那樣嫉視你；你是我的囚犯，可是你的獄吏將要把那禁錮你的鑰匙交在你的手裏。至於你，普修默斯，祇要我能夠挽回那惱怒的國王的心，我一定會替你說話的；不過現在他在盛怒之下，你是一個聰明人，還是安心忍耐，暫時接受他的判決吧。

普　稟娘娘，我今天就要離開這裏。

后　你知道逗留不去的危險。現在我就在園子裏繞一個圈子，讓你們敍敍離別的情悰，雖然王上是有命令禁止你們在一起說話。（下）

伊　啊，虛僞的殷勤！這惡婦傷害了人，還會替人爬搔傷口。我的最親愛的丈夫，我有些害怕我父親的憤怒；可是我的神聖的責任重於一切，我不怕他的憤怒會把我怎樣。你必須去；我將要在這兒忍受着每一小時的怒眼的掃射；

失去了生存的樂趣，我的唯一的安慰，只是在這世上還有一個我所寶愛的你，大可憐見我們還有會面的一天。

普　我的女王！我的情人！啊，親愛的，不要哭了吧，否則人家將要以爲我是一個沒有男子氣的懦夫了。我將要信守我的盟誓，永遠做一個世間最忠實的丈夫。我到了羅馬以後，就住在一個名叫菲拉利奧的人的家裏，他是我父親的朋友，對我還不過是書面上的相識；你可以寫信到那邊去，我的女王，我將要用我的眼睛喝下你所寫的每一個字，即使那墨水是用最苦的膽汁做成的。

【王后重上。

后　請你們趕快一些；要是王上來了，我不知道他要對我怎樣生氣哩。（旁白）可是我要騙他到這兒來。我沒有對他不起，是他自己把我的惡意當作了好心，爲了我所幹的壞事，甘願付出重大的代價。（下）

普　要是我們用畢生的時間訣別，那也不過格外增加我們離別的痛苦。再會吧！

伊　不，再等一會兒；即使你現在不過是騎馬出遊，這樣的分手也是太輕率了。瞧，愛人，這一顆鑽石是我母親的；拿着吧，心肝；好好保存着它，直到伊慕琴死後，你向另一個妻子求婚的時候吧。

普　怎麼！怎麼！另一個？仁慈的天神啊，我祇要你們把這一個給我，要是另結新歡，願你們用死亡的鐵索加在我的身上！（套上戒指）當我還有知覺的時候，你繼續留在這兒吧！最溫柔的最美麗的人兒，正像我用寒傖的自己交換了你，使你蒙受無限的損失一樣，在我們小物件的交換上，我也要佔到你的便宜；爲了我的緣故，把這個帶上了吧；它是愛情的手銬，我要把它套在這一個最美貌的囚人的臂上。（以手鐲套伊慕琴臂上）

伊　神啊！我們什麼時候再相見呢？

【辛白林及羣臣上。

普　唉！國王來了！

辛　你這下賤的東西，滾出去！走開，不要讓我看見你的臉！這是最後的命令，要是以後你再敢把你這下賤的身體混進我們的宮庭，你可休想活命。去！你是敗壞我的血液的毒藥。

普　願天神們護佑你，祝福宮庭裏一切善良的人們！我去了。（下）

伊　死亡的痛苦也不會比這更使人難受。

辛　啊，不孝的東西！你本該安慰我的晚景，使我回復青春；可是你卻偏偏幹出這種事來，加老我的年齡。

伊　父親，請您不要氣惱壞了自己的身體。對於您的憤怒，我是完全漠然的；一種更希有的感情征服了一切的痛苦，一切的恐懼。

辛　羞恥也可以不顧，服從父母的道理也可以不講了嗎？

伊　一切希望都消沉了，還有什麼羞恥？

辛　放着我的王后的獨生子不要！

伊　啊，我好有幸沒有成爲他的妻子！我選中了一頭神鷹，避開了一頭鷂子。

辛　你選中了一個叫化子；你要讓卑賤之人佔據我的王座。

伊　不，我要使它格外增加光彩。

辛　啊，你這可惡的東西！

伊　父親，都是您的錯處，我纔會愛上了普修默斯；您把他撫養長大，叫他做我的遊侶；他是一個配得上無論哪個女子的男人，我把整個身心給了他，還抵不上他付給我的他自身的價值。

辛　嚇！你瘋了嗎？

伊　差不多瘋了，父親；願上天恢復我的理智！我希望我是一個牧牛人的女兒，我的利昂那脫斯是我們鄰家牧羊人的兒子！

辛　你這傻瓜！

〔王后重上。

辛　他們又在一起了；你沒有照我的命令辦。把她帶去關起來。

后　請您不要惱得這個樣子。別吵了，我的好小姐，別吵了！親愛的王上，讓我們在這兒談談，您去找些什麼消遣，解解您的怒氣好不好？

辛　哼，讓她每天失去一滴血；讓她未老先衰，爲了這一件蠢事而死去了吧！（辛及羣臣下）

后　嗳喲！你也該讓讓他纔是。

〔畢散尼奧上。

后　你的僕人來了。喂，朋友！什麼消息？

畢　您的公子爺剛纔向我家主人挑戰。

后　嚇！我想沒有鬧出什麼亂子來吧？

畢　倘不是我家主人抑住怒氣，只跟他敷衍兩手，一場惡戰是免不了的；後來他們總算被兩旁的紳士們勸解開了。

后　謝天謝地。

伊　你的兒子是我的父親所中意的人，他也站在他的一方面，向一個被放逐的人挑戰！啊，好一位英雄！我希望他們兩人都在非洲，我自己拿着一枚針站在旁邊，誰要是先追下去的，我就用針去刺他。爲什麼你不跟你的主人在一起？到這兒來有什麼事？

畢　這是他的命令。他不許我把他送到港口；留下這一張字條，叫我留在這兒伺候您，無論什麼時候，您假如有事使喚我，都請吩咐我就是了。

后　這人一向是你們的忠僕；我敢用我的名譽打賭，他一定會繼續忠實於你們的。

畢　多謝娘娘褒獎。

后　來，我們散步一會兒吧。

伊　（向畢）大約半點鐘以後，請你再來見我。你至少應該去送我的丈夫上船。現在你去吧。（各下）

## 第二場　同前；廣場

【克洛登及二貴族上。

貴族甲　殿下，我要勸您換一件襯衫；您用力太猛了，瞧您身上這一股熱騰騰的汗氣，活像獻祭的牛羊一般。一口氣出來，一口氣進去像您老兄嘴裏吐出來的纔眞是天地間浩然的正氣。

克　要是我的襯衫上染着血跡，那倒非換不可。我有沒有傷了他？

貴族乙　（旁白）天地良心，沒有；你不過傷了他的忍耐心。

貴族甲　傷了他！他要是他沒有受傷，除非他的身體是一具洞穿的屍骸，是一條可以讓刀劍自由通過的大道。

貴族乙　（旁白）他的劍大概欠了人家的債，所以放着大路不走，偷偷地溜到衖堂背後去了。

克　這混蛋不敢跟我抵敵。

貴族乙　（旁白）不；可是他一看見你，就同你的臉前逃了上來。

貴族甲　跟您抵敵！您佔據的地面，他不但不敢侵犯，並且連他自己脚下的地面也要讓給您哩。

貴族乙　（旁白）你有多少的海洋，他也會讓給你多少吋的地面。搖頭擺尾的狗子們！

克　我希望他們不要來解勸我們。

貴族乙　（旁白）我也是這樣希望，好讓你量一量你在地上是一個多少長的蠢才。

克　她居然會拒絕了我去愛這個傢伙！

貴族乙　（旁白）假如確當的選擇是一種罪惡，那麼她的確是罪無可逭的。

貴族甲　殿下，我早就屢次對您說過了，她的美貌和她的頭腦是並不一致的；她是一個美好的外形，可是我看不出有什麼智慧的反映。

貴族乙　（旁白）她的智慧是不會照射到愚人身上的，因爲恐怕那反光會傷害了她。

克　來，我要回家去了。要是讓他多受一些傷就好了！

貴族乙　（旁白）我倒不希望這樣；除非讓一頭驢子倒在地上，那是算不了什麼損傷的。

克　你們願意跟我走嗎？

貴族甲　我願意奉陪殿下。

克　那麼來，我們一塊兒去吧。

貴族乙　很好，殿下。（同下）

# 第三場　辛白林宮中一室

〔伊慕琴及畢散尼奧上。〕

伊　我希望你的身體牢附在港岸之上，探詢每一艘經過的船隻。要是他寫信給我，而我卻不能收到，那就是一封遺失的音書，正像一片好心被人藐視一樣。他最後對你說的是些什麼話？

畢　他說的是「我的女王，我的女王！」

伊　於是揮動他的手帕嗎？

畢　是，他還吻着它哩，公主。

伊　沒有知覺的布片，你還比我幸福一些！這樣就完了嗎？

畢　不，公主；當我這雙眼睛和耳朵還能夠從人叢之中分辨出他來的時候，他始終站在甲板之上，不斷地揮着他的手套，帽子，或是手帕，表示他的內心的衝動，好像在說，他的靈魂是多麼遲遲其行，何奈那船兒偏偏行駛得這樣迅速。

伊　你應該一眼不霎地望着他，直到他祇有烏鴉那麼大小，或者比烏鴉還要小一點兒，方纔回過頭來纔是。

畢　公主，我正是這樣望着他的。

伊　爲了瞧望他的緣故，我甘心望穿我的眼睛，直到遼遠的空間把他縮小得像一枚針尖一樣；我要繼續用我的眼光追隨他，讓他從蚊蚋般的微細以至於完全消失在空氣中爲止，那時候我就要轉過我的眼睛來流淚。可是好畢散尼奧，我們什麼時候再可以聽到他的消息呢？

畢　不必擔心，公主，他一有機會，就會寫信來的。

伊　我並沒有和他道別，我還有許多最可愛的話兒要向他說；我想告訴他，我要在那幾個時辰怎樣怎樣想念他；我想叫他發誓不要讓意大利的姑娘們侵害了我的權利和他的榮譽；我還想和他約定，在早晨六點鐘，正午，和半夜的時候，彼此用祈禱作精神上的會聚，那時候我會在天堂裏等候着他甚至於我還來不及給他那臨別的一吻，那是我特意安插在兩句迷人的話兒的中間的，我的父親就走了進來，像一陣蠻橫的北風一樣，摧殘了我們的心花意蕊。

【一宮女上。

宮女　公主，娘娘請您過去。

伊　我叫你幹的事，你快去給我辦好。現在我要見王后去了。

畢　公主，我一定給您辦好。（同下）

## 第四場　羅馬；菲拉利奧家中一室

【菲拉利奧，埃契摩，一法國人，一荷蘭人，及一西班牙人同上。

埃　相信我，先生，我曾經在英國見過他；那時他還是初露頭角，人家對他懷着極大的期望；可是即使他的身旁高揭着他的才能的清單，可以讓我逐條誦讀，我還是可以用毫不驚奇的眼光望着他

非　您看見他的時候，他還只是一個才識未充的青年，比起現在來，無論在儀表或是學問方面，都要相差得遠哩。

法人　我曾經在法國見過他；在我們國裏，能夠望着太陽不霎眼睛的人多着呢。

埃　我相信他這次和他的國王的女兒結婚，一定使他在衆人口中成爲格外了不得的人物；他是借着公主的身價，提高自己的地位的。

法人　他的放逐也是使他受人同情的原因

埃　嗯，還有那些悲傷他們好好的姻緣活生生拆散的人，爲了證實她的選中一個一無足取的窮鬼並不是錯誤起見，也都把他拚命吹捧。可是他怎麼會到您府上作起寓公來？你們是怎麼相識的？

菲　他的父親跟我曾經一起上過戰場，我好多次受過他的救命之恩。這位英國人來了；讓他在你們中間按照像他那樣一位異國人的身分，享受他所應得的禮遇吧。

【普修默斯上。

菲　各位先生，讓我介紹這位紳士給你們認識認識，他是我的一個尊貴的朋友；我不必當面吹噓他的好處，因爲你們不久就會知道他的價値的。

法人　先生，我們曾經在奧稜斯作過相識。

普　正是，您的盛情厚意，我還不知道幾時能夠報答呢。

法人　先生，區區小節，何必這樣言重？我很高興總算替您和我的同國之人盡了一分和解的責任；要是爲了這樣一個瑣細的問題，大家拚起你死我活來，那纔不値得呢

普　請您原諒，先生，那時我不過是一個年輕識淺的旅行者，不肯接受人家的教誨，更不願讓別人的經驗指導我的行動；可是，您要是不見怪的話，我在仔細考慮之下，仍然覺得我那一次爭吵的意義是並不瑣細的。

法人　不錯，兩個人鬧到了必須用武力解決爭端的地步，結果倘不是一死一生，就是兩敗俱傷，這樣的事情當然是

很嚴重的。

埃　不怪我們失禮的話，可不可以讓我們請問請問這次爭吵是怎樣發生的？

法人　我想不妨。這是一場衆目共覩的爭吵，說出來也沒有什麼關係。它的起因完全像我們昨天晚上的辯論一樣，各人讚美着自己國裏的情人；這位紳士在那時一口咬定，並且不惜用流血證明，他的愛人比我們法國無論那一個最希有的女郎更美麗，賢淑，聰明，貞潔，忠心，富於才能而不可侵犯。

埃　那位小姐大概已經不在人世，否則這位先生的意見到現在也總改變過來了。

普　她仍舊保持着她的美德，我也沒有改變我的意見。

埃　您不能說她比我們意大利的姑娘們更好。

普　我已經在法國受到過這樣的挑激，爲了維護她的榮譽，我是決不退步的，雖然我承認我只是她的崇拜者，不是她的朋友。

埃　人家往往把美善二字相提並論，可是在你們英國的女郎中間，卻還沒有一個當得起旣美且善的讚譽。要是她果然勝過我所看見過的其他女郎，正像您這顆鑽石的光彩勝過我所看見過的許多鑽石一樣，那麼我當然不能不相信她是個超羣絕倫的女郎；可是我還沒有見過世上最珍貴的鑽石，您也沒有見過世上最美好的女郎。

普　我按照我對她的估價讚美她，對我的鑽石也是一樣。

埃　您把它估價多少？

普　勝過全世界所有的一切。

埃　那麼您那無比的情人一定早已死了，否則她的價值還及不上一顆小小的石子。

普　您錯了。鑽石是可以買賣授受的東西，誰願意出重大的代價，就可以把它收買了去；爲了報恩酬德的緣故，它也可以做送人的禮物。可是美人卻不是市場上的商品，那是天神們的恩賜。

埃　天神們已經把這樣的恩賜賞給您了嗎？

普　是的，仰仗神恩，我要把它永遠保存起來。

埃　您可以在名義上把她據爲己有，可是您知道，有些鳥兒是專愛棲在鄰家的池子上的。您的戒指也許會給人偷去；您那無價之寶的美人也難保不會被人染指；戒指固然是容易丟失的東西，女人的輕薄的天性，又有誰能捉摸？一個狡猾的偷兒，或者一個風雅的朝士，就可以把這兩件東西一起拐到手裏。

普　你把輕薄的頭銜加在我的愛人的頭上，可是在你們意大利貴國之中，還沒有那一個風雅的朝士可以使她受到他的誘惑。我很相信你們這兒有很多的偷兒，可是我卻不怕我的戒指會給人偷走。

非　讓我們就在這兒告一段落吧，兩位先生。

普　先生，我很願意。我謝謝這位可尊敬的先生，他不把我當作陌生人看待；我們一開始就相熟了。

埃　要是我有機會能夠直接看見她，跟她攀起交情來，祇消五次這樣的談話，準可以在您那美麗的愛人心頭佔到一個地位，甚至於可以叫她隨意聽我的擺佈。

普　不，不。

埃　我敢把我家產的一半打賭您的戒指，我相信那價值是不會在它之下的；可是我打賭的動機，只是要打破您的自信，並沒有存心毀壞她的名譽的意思，爲了免除您的誤會起見，我可以向世上無論那一個女郎作同樣的嘗試。

普　像你這樣狂言無憚，簡直是自欺欺人；我相信你一定會受到你的嘗試的應得的結果。

埃　什麽結果？

普　一頓拒斥；雖然像你所說的那種嘗試，是應該痛痛兒受一頓懲罰的。

菲　兩位先生，够了；這場爭吵本來是憑空而來，現在仍舊讓它憑空而去吧。請你們瞧在我臉上，大家交個朋友好不好？

埃　我恨不得把我跟我鄰人的家産一起拿出來，證明我𨑨纔所說的話。

普　你要向那一個女郎進攻？

埃　你的愛人，你以爲她的忠心是絕對不會動搖的。我願意用一萬塊金洋打賭你的戒指，祇要你把我介紹到她的宮庭裏去，讓我有兩次跟她見面的機會，我就可以把你所想像爲萬無一失的她的貞操掠奪而歸。

普　我願意用金錢打賭你的金錢；我把我的戒指看得跟我的手指同樣寶貴；它是我的手指的一部分。

埃　你在害怕了，這倒是你的聰明之處。要是你出了一百萬塊錢買一錢女人的肉，你也不能把它保藏得不會腐壞。可是我看你究竟是一個信奉上帝的人，你心裏還有幾分提懼。

普　這是你口頭上輕薄的習慣；我希望你的話不是說着玩兒的。

埃　我的話我自己負責，我發誓我要是說到那兒，一定做到那兒。

普　眞的嗎？我就把我的戒指暫時借給你，等你回來再說。讓我們訂下契約。我的愛人的賢德，決不是你那卑劣的思想所能企及的；我倒要看看你有幾分技倆，膽敢誇這樣的口。這兒是我的戒指。

菲　我不贊成你們打賭。

埃　憑着天神起誓，那都是一樣。要是我不能給你充分的證據，證明我已經享受到你愛人身上最寶貴的一部分我的一萬塊金洋就是屬於你的；要是我去了回來她的貞操依舊完整無缺，那麼她和這一個戒指，你的兩件心愛的寶貝連帶着我的金錢，一起都是你的；我的唯一的條件，就是你必須給我介紹的函件，讓我可以在她那裏得到自由交談的方便。

普　我接受這些條件；讓我們把約款寫下來吧。不過你必須對我負這樣的責任：要是你征服了她的肉體，直接向我證明你已經達到目的，我就不再是你的敵人，她是不值得我們掛齒的；要是她始終不受誘惑，你也不能提出她的失貞的證據，那麼爲了你的邪惡的居心，爲了你破壞她的貞操的企圖，你必須用你的劍給我一個滿意的答覆。

埃　把你的手給我；我們就是這樣約定了。我們要依照合法的手續，把這些條件記下，然後我就立刻動身到英國去，免得這一注交易冷擱下來。現在我就去拿我的金錢，把我們兩方面的賭注分別記載清楚。

普　很好。（普、埃同下）

法人　您看他們的打賭不會是開頑笑吧？

菲　埃契摩先生是決不會放棄他的見解的。各位，讓我們跟上他們去吧。（同下）

## 第五場　英國；辛白林宮中一室

【王后，衆宮女，及考尼律斯上。

后　趁着地上還有露水的時候，把那些花採下來吧；提快一些。那張花名的單子在什麼人手裏？

宮女甲　在我這兒，娘娘。

后　快去。（衆宮女下）現在，醫士先生，你有沒有把那藥兒帶來？

考　稟娘娘，我帶來了；這兒就是，娘娘。（以小匣呈后）可是請娘娘不要見怪，我的良心叫我向您請問一聲，爲什麽您要我帶給您這種其毒無比的藥物，它的藥性雖然緩慢，可是人服了下去，就會逐漸衰弱而死，再沒有醫治的。

后　我很奇怪，醫生，你會問我這樣一個問題。我不是已經做了你的學生好久了嗎？你不是已經把製造香料，釀酒，蜜餞的方法都教給我了嗎？噉，就是我們那位王上爺爺他也老是嚇着我要我把我的方劑告訴他知道呷；倘然你並不以爲我是一個居心險惡的人，那麽我已經學到了這一步，難道不應該再在其他的方面充實我的知識嗎？我要在那些不值得用繩子勒死的畜類身上試一試你這種藥品的力量，——當然我不會把它用到人身上的，——看看有沒有方法可以減輕它的藥性，從實際的試驗上探求它的功效和作用。

考　娘娘，這種試驗的結果不過使您的心腸變硬；而且中毒的動物不但惡臭異常，而且容易把疫氣傳染到人們身上。

后　啊！你不要管。

【畢散尼奧上，

后　（旁白）這兒來了一個脅肩諂笑的奴才；我要在他身上開始我的實驗；他爲他的主人盡力，是我的兒子的仇敵。——啊，畢散尼奧！醫生，現在你沒有別的事了，請便吧。

考　（旁白）我疑心你不懷好意，娘娘；可是你的藥是害不了人的。

后　（向畢）聽着，我有話對你說。

考　（旁白）我不歡喜她。她以爲她手裏有的是慢性的毒藥，可是我知道她的性情怎麼也不會把這種危險的藥物給她拿去害人的。我剛纔給她的那種藥，可以使感覺暫時麻木昏迷；也許她最初在貓狗身上試驗，然後再實行進一步的計劃；可是雖然它會使人陷於死亡的狀態，其實並無危險，不過暫時把精神封鎖起來，一到清醒以後，反而比原來格外精力飽滿。她不知道我已經用假藥騙她上了當；可是我要是不騙她，我自己也就成了奸黨了。

居　沒有別的事了，醫生，有事再來請你吧。

考　那麼我告別了。（下）

居　你說她還在哭嗎？你看她會不會慢慢兒把她的悲傷冷淡下來，覺悟她現在的愚蠢，願意接受人家的勸告？你也應該好好勸勸她；要是你能夠說得她回心轉意，愛上我的兒子，那麼你一告訴我這個消息，我就可以當場向你宣佈你的地位已經跟你的主人一樣；不，比你的主人更高，因爲他的命運已經達於絕境，他的名譽也已經奄奄垂斃；他不能回來，也不能繼續住在他現在所住的地方；轉換他的環境不過使他從這一種困苦轉換到那一種困苦，每一個新的日子的到來，不過摧毁了他又一天的希望。你倚靠着一件不能獨立的東西，既不能重新改造，又沒有一個可以支持他的朋友，你還指望些什麼？（故意將小匣跌落地上，畢趨前拾起）你不知道你所拾起的是件什麼東西；可是既然勞你拾了起來，你就拿了去吧。這是我親手調製的藥劑，它曾經五次救活王上的生命；我不知道還有什麼比它更靈驗的妙藥。不，你儘管拿着吧；這不過是表示我對你的好意的信物，以後我還要給你更多的好處哩。告訴你的公主她現在處在什麼情形之下；用你自已的口氣對她說話。想一想你現在換了個主兒，是一個多麼難得的機會；一方面你並沒有失去你的公主的歡心，一方面我的兒子還要另眼看待你。你要怎樣的富貴功名，我都可以在王上面前替你竭力運動；我自己是一手提拔你的人，當然會格外厚待你的。叫我的侍女們來想一想我的話吧。（畢下）一個狡猾而忠心的奴才，誰也不能動搖他的心；他是他的主人的代表，他的使命就是要隨時提醒她堅守她對她丈夫的盟約。我已經把那毒藥給了他，他要是服了下去，就再也沒有人替她向她的愛人傳遞消息了。假如她一味固執，不知悔改，少不得也要叫她嚐嚐滋味。

〔畢散尼奧及宮女等重上。

后　好，好；很好，很好。紫羅蘭，蓮香花，櫻草花，都給我拿到我的房間裏去。再會，畢散尼奧；想一想我的話吧。（后及宮女等同下）

畢　是的，我要想一想你的話。可是我寧願勒死我自己，要是我會不忠於我的主人；這就是我將要替你做的事情。（下）

## 第六場　同前；宮中另一室

〔伊慕琴上。

伊　一個凶狠的父親，一個奸詐的後母，一個向有夫之婦糾纏不清的愚蠢的求婚者，她的丈夫是被放逐了的。啊！丈夫，我的悲哀的頂點！還有那些不斷的煩擾！要是我也像我的兩個哥哥一般被竊賊偷走，那該是多麼快樂！可是最不幸的是那抱着正大的希望而不能達到心願的人；那些雖然貧苦卻有充分的自由實現他們誠實的意志的人們是有福的。噯喲！這是什麼人？

〔畢散尼奧及埃契摩上。

畢　公主，一位從羅馬來的尊貴的紳士替我的主人帶信來了。

埃　您的臉色變了嗎，公主？尊貴的利昂那脫斯平安無恙，向您致最親切的問候。（呈上書信）

伊　謝謝，好先生；歡迎您到這兒來。

埃　（旁白）她的外表的一切是無比富麗的！要是她再有一副同樣高貴的心靈，她就是世間唯一的鳳鳥，我的東道也活該輸去了。願勇氣幫助我！讓我從頭到脚，充滿了無忌憚的孟浪！

伊　「埃契摩君為此間最有聲望之人，其熱腸厚誼，為僕所銘感不忘者，願卿以禮相待，幸甚幸甚。

利昂那脫斯手啟。」

我不過唸了這麼一段；可是這信裏其餘的話兒，已經使我心坎兒裏都充滿了溫暖和感激。可尊敬的先生，我要用一切可能的字句歡迎你；你將要發現在我微弱的力量所能做到的範圍以內，你是我的無上的佳賓。

埃　謝謝，最美麗的女郎。唉！男人都是瘋子嗎？造化給了他們一雙眼睛，讓他們看見穹窿的天宇，和海中陸上豐富的出產，使他們能夠辨別太空中的星球和海灘上的砂礫，可是我們卻不能用這樣寶貴的視力去分別美惡嗎？

伊　您為什麼有這番感慨？

埃　那不會是眼睛上的錯誤，因為在這樣兩個女人之間，即使猴子也會向這一個饒舌獻媚，而向那一個扮鬼臉揶揄的；也不會是判斷上的錯誤，因為即使讓白癡做起評判員來，他的判斷也決不會顛倒是非；更不會是各人嗜好不同的問題，因為當着整潔曼妙的美人之前，蓬頭垢面的懶婦是祇會使人胸中作惡，絕對沒有迷人的魅力的。

伊　您究竟在說些什麼？

埃　日久生厭的意志，那飽饜粱肉而未知滿足的欲望，正像一面灌下一面漏出的水盆一樣，在大嚼肥美的羔羊以後，卻想慕着肉骨菜屑的異味。

伊　好先生，您在那兒唧唧咕咕地說些什麼？您沒有病吧？

埃　謝謝，公主，我很好。（向畢）大哥，勞駕你去望望我的僕人；他是個脾氣十分古怪的傢伙。

畢　先生，我本來要去招待招待他哩。（下）

伊　請問我的丈夫身體一直很好嗎？

埃　很好，公主。

伊　他在那邊快樂嗎？我希望他是的。

埃　非常快樂；沒有一個異邦人比他更會尋歡作樂了。他是被稱爲不列顛的風流浪子的。

伊　當他在這兒的時候，他總是鬱鬱寡歡，而且往往不知道爲了什麼原因。

埃　我從來沒有見他皺過眉頭。跟他同伴的有一個法國人，也是一個很有名望的紳士，他在本國愛上了一個伽利絲的姑娘，看樣子他是非常熱戀她的；每次他長吁短嘆的時候，我們這位快樂的英國人——我的意思是說尊夫，——就要呵呵大笑，嚷着說，「嗳喲！我的肚子都要笑破了。你也算是個男人，難道你不會從歷史上，傳說上，或是自己的經驗上，明瞭女人是怎樣一種東西，她們天生就的性質，是自己也作不了主的？難道你還會把你自由自在的光陰在憂思憔悴中間消磨過去，甘心把桎梏套在自己的頭上？」

伊　我的主會說這樣的話嗎？

埃　嗳，公主，他笑得眼淚都滾了出來呢；站在旁邊，聽他把那法國人取笑，纔眞是怪有趣的。可是，天知道，有些男人是很不應該的。

伊　不是他吧，我希望？

埃　不是他；可是上天給他的恩惠，他也該知道些感激纔是。在他自己這邊說起來，他是個得天獨厚的人；在您這邊說起來，那麼我一方面固然祇有驚奇讚歎，一方面卻不能不感到憐憫。

伊　您憐憫些什麼，先生？

埃　我從心底裏憐憫兩個人。

伊　我也是一個嗎，先生？請您瞧着我；您在我身上看出了什麼殘缺的地方，纔會引起您的憐憫？

埃　可嘆！哼！避開了光明的太陽，卻在獄室之中去和一盞漆燈相伴！

伊　先生，請您明白一點回答我的問話。您爲什麼憐憫我？

埃　我剛纔正要說，別人享受着您的——可是這應該讓天神們來執行公正的審判，輪不到我這樣的人說話。

伊　您好像知道一些我自己身上的或者有關於我的事情。一個人要是確實知道發生了什麼變故，那倒還沒有什麼，祇有在提心弔膽，怕有什麼變故發生的時候，纔是最難受的；因爲已成確定的事實，不是毫無挽回的餘地，就是可以及早設法，籌謀補救的方策。所以請您不要再吞吞吐吐的，把您所知道的一切告訴了我吧。

埃　要是我能够在這天仙似的臉上沐浴我的嘴唇；要是我能够撫摩這可愛的纖手，它的每一下接觸，都會使人從靈魂裏激發出忠誠的盟誓；要是我能够佔有這美妙的影像，使我狂熱的眼睛永遠成爲它的俘虜：要是我在享受這樣無上的溫馨以後，還會去和那些像羅馬聖殿前受過無數人踐踏的石階一般下賤的嘴唇交換唾液，還會去握那些因爲每小時幹着騙人的工作而變成堅硬的手，還會去向那些像用汚臭的脂油點燃着的冒煙的燈火似的眼睛挑逗風情那麼地獄裏的一切苦難應該同時加在我的身上譴責我的叛變的。

伊　我怕我的主已經忘記英國了。

埃　他也已經忘記了他自己。不是我喜歡撥弄是非，有心宣佈他這種生活上可恥的變化卻是您的溫柔和美貌激動了我的沉默的良心，引誘我的嘴唇說出這些話來。

伊　我不要再聽下去了。

埃　啊，最親愛的人兒！您的境遇激起我深心的憐憫，使我感到莫大的苦痛。一個這樣美貌的女郎，在無論那一個王國裏，她都可以使最偉大的君王增加一倍的光榮，現在卻被人下儕於搔首弄姿的娼妓，那買笑之資，就是從您的銀箱裏拿出來的！那些身染惡疾，玩弄着世人的弱點，達到獵取金錢的目的的蕩婦！那些汚穢糜爛，比毒藥更毒的東西！您必須報復；否則那生養您的母親不是一個堂堂的王后，您也就是自絕於您的偉大的祖先。

伊　報復！我應該怎樣報復？假如這是眞的，——我的心還不能在倉卒之間輕信我的耳朵所聽到的說話，——假如這是眞的，我應該怎樣報復？

埃　您應該容忍他讓您像尼姑一般，度着枕冷衾寒的生活，他自己卻一點不顧您的恩情，把您的錢囊供他揮霍和那些蕩婦淫娃們恣意取樂嗎？報復吧！我願意把我自己的一身滿足您的需要，在身分和地位上，我都比您那位負心的漢子勝過許多，而且我將要繼續忠實於您的愛情，永遠不會變心。

伊　喂，畢散尼奧！

埃　讓我在您的唇上致獻我的敬禮吧。

伊　去！我懊恨自己的耳朵不該聽你說了這麼久的話。假如你是個正人君子，你應該抱着一片好意告訴我這樣的消息，不該存着這樣卑劣荒謬的居心。你侮辱了一位紳士，他決不會像你所說的那種樣子，正像你是個寡廉鮮恥的小人，不知榮譽爲何物一樣；你還膽敢在這兒向一個女子調情，在她的心目之中，你是和魔鬼同樣可憎的。喂，畢散尼奧！我的父王將要知道你這種放肆的行爲；要是他認爲一個無禮的外邦人可以把他的宮庭當作一所羅馬的妓院，當着我的面前宣說他的禽獸般的思想，那麼除非他一點不重視他的宮庭的莊嚴，全然把他的女兒當作一個漠不相關的人物。喂，畢散尼奧！

埃　啊，幸福的利昂那脫斯！我可以說：你的夫人對於你的信仰，不枉了你的屬望，你的完善的德性，也不枉了她的誠信。願你們長享着幸福的生涯！他是世間最高貴的紳士；也祇有最高貴的人，纔配得上您這樣一位無比的女郎。原諒我吧。我剛纔說那樣的話，不過爲要知道您的信任是不是根深蒂固；我還要把尊夫實際的情形重新告訴您知道。他是一個最有教養最有禮貌的人；在他高尚的品性之中，有一種吸引他人的魔力，使每一個人都樂於和他交接；一大半的人都是傾心於他的。

伊　這樣說纔對了。

埃　他坐在人們中間，就像一位謫降的天神；他有一種出衆的尊嚴，使他顯得不同凡俗。不要生氣，無上莊嚴的公主，因爲我膽敢用無稽的讕言把您欺騙；它已經被您的堅定的信心所推翻，證明您的識人慧眼，選中了這樣一位希有的紳士，果然沒有錯誤了。我對他所抱的友情使我用那樣的話把您煽動，可是神們造下您來，不像別人一樣，卻是一塵不染的。請原諒我吧。

伊　不妨事，先生。我在這宮庭內所有的權力，都可以聽受您的支配。

埃　請接受我的卑恭的感謝。我幾乎忘了請求公主一件小小的事；可是事情雖小，卻也相當重要，因爲尊夫，我自己，還有幾個尊貴的朋友，都是和它有關係的。

伊　請問是什麼事？

埃　我們中間有十二個羅馬人，還有尊夫，這些都是我們交游之中第一流的人物，他們湊集了一筆款子，購買一件禮物呈獻給羅馬皇帝；我受到他們的委託，在法國留心採選，買到了一個雕刻精巧的盤子，和好幾件富麗奪目的珠寶，它們的價值是非常貴重的。我因爲在此人地生疏，有些不大放心，想找一處安全寄存的所在。不知道公主願意替我暫時保管嗎？

伊　願意願意；我可以用我的名譽擔保它們的安全。既然我的丈夫也有他的一份在內，我要把它們藏在我的寢室之中。

埃　它們現在放在一隻箱子裏面，有我的僕人們看守着；既蒙慨允，我就去叫他們送來，暫寄一宵；明天一早我就要上船的。

伊　啊！不，不。

埃　是的，請您原諒，要是我延緩了歸期，是會失信於人的。爲了特意探望公主的緣故，我纔從伽利亞渡海前來。

伊　謝謝您的跋涉的辛苦；可是明天不要去吧！

埃　啊！我非去不可，公主。要是您想叫我帶信給尊夫的話，請您就在今晚寫好。我不能再躭擱下去，因爲呈獻禮物是不能誤了日期的。

伊　我就去寫起來。請把您的箱子送來吧；我一定把它保管得萬無一失，原封不動地還給您。歡迎您到我們這兒來。

（同下）

# 第二幕

## 第一場　英國；辛白林王宮前

【克洛登及二貴族上。

克　有誰像我這般晦氣！剛剛在最後一下的時候，給人把我的球打掉了！我擺了一百鎊錢在它上面呢，你想我怎麼不氣；偏偏那個婊子生的猴兒崽子怪我不該罵人，好像我的罵人的話也是問他借來的，我自己連隨便罵人的自由權都沒有啦，

貴族甲　他得到些什麼好處呢？您不是用您的球打破他的頭了嗎？

貴族乙　（旁白）要是他的頭腦也跟那打他的人一般，那麼這一下一定會把它一起打了出來的。

克　大爺們高興罵罵人，難道是旁人干涉得了的嗎？嚇！

貴族乙　不，殿下；（旁白）或是捽他們的耳朵。

克　婊子生的狗東西！他居然還敢向我挑戰！可惜他不是跟我同一階級的人！

貴族乙　（旁白）否則你們倒是一對傻瓜。

克　眞氣死了我。他媽的！做了貴人有什麼好處？他們不敢跟我打架，因爲害怕王后我的母親。每一個下賤的奴才都可以打一個痛快，祇有我卻像一頭沒有敵手的公雞，誰也不敢碰我一碰。

貴族乙　（旁白）你是一頭公雞，也是一頭閹雞；給你套上一頂高冠兒，公雞，你就叫起來了。

克　你說什麼？

貴族乙　要是每一個被您所開罪的人，您都跟他認眞動起手來，那是不適合於您殿下的身分的。

克　不，那我知道；可是比我低微的人，我就是開罪了他們，也是沒有什麼不對的。

貴族乙　嗯，祇有殿下纔有這樣的特權。

克　不是嗎？我也是這樣說的。

貴族甲　您有沒有聽見說起有一個外國人今天晚上要到宮裏來嗎？

克　一個外國人，我卻一點兒不知道！

貴族甲　來的是一個意大利人；據說是利昂那脫斯的一個朋友。

克　利昂那脫斯！一個亡命的惡棍；他既然是他的朋友，不管他是什麼人，總之也不是好東西。誰告訴你這個外國人的消息？

貴族甲　您殿下的一個僮兒。

克　我應不應該去瞧瞧他？那不會有失我的身分嗎？

貴族甲　您不會失去您的身分，殿下。

克　我想我的身分是不大容易失去的。

貴族乙　（旁白）你是一個公認的傻子；所以無論你幹些什麼傻事，總不會失去你傻子的身分。

克　來，我要瞧瞧這意大利人去。今天我在球場上輸去的，今晚一定要在他身上撈回本來。來，我們去吧。

貴族乙　我就來奉陪殿下。（克及貴族甲下）像他母親這樣一個奸詐的魔鬼，卻會生這一頭蠢驢下來！一個用她的頭腦克服一切的婦人，這一個她的兒子卻連二十減二還剩十八都算不出來。唉！可憐的公主，你天仙化人的伊慕琴啊！你有一個受你後母節制的父親，一個時時刻刻都在製造陰謀的母親，還有一個比你親愛的丈夫的無辜放逐和你們的慘痛的分離更可憎可惱的求婚者，在他們的壓力之下，你在挨度着怎樣的生活！但願上天護佑你，保全你的貞操的壁壘，使你的美好的心靈的廟宇不受搖撼，在你自己的立場上堅定站住，等候你流亡的丈夫回來統治這偉大的國土！（下）

## 第二場　臥室；室中一巨箱

【伊慕琴倚枕讀書；一宮女侍立。

伊　誰在那邊？海倫嗎？

宮女　是我，公主。

伊　什麼時候了？

宮女　快半夜了，公主。

伊　那麼我已經讀了三個小時了；我的眼睛疲倦得很；替我把我剛纔讀罷的這一頁摺起來；你也去睡吧。不要把蠟燭移去，讓它亮着好了。要是你能夠在四點鐘醒來，請你叫我一聲。睡魔已經攫住我的全身。（宮女下）神啊，我把自己託付你們的保護，求你們不要讓精靈鬼怪們侵擾我的夢魂！（睡；埃契摩自箱中出）

埃　蟋蟀們在歌唱，人們都在休息之中恢復他們疲勞的精神。我們的達昆正是像這樣躡手躡腳地，輕輕走到那被他毀壞了貞操的女郎的牀前。賽西莉霞，你睡在牀上的姿態是多麼優美！鮮嫩的百合花，比你的被褥更潔白！要是我能夠接觸一下她的肌膚！可是一個吻，僅僅一個吻！無比美豔的紅玉，化工把它們安放得多麼可愛！散佈在室內的異香，是她櫻唇中透露出來的氣息。蠟燭的火燄向她的臉上低俯，想要從她緊閉的眼瞼之下，窺視那收藏了的光輝，雖然它們現在被窗戶所遮掩，還可以依稀想見那淨澈的純白和空虛的蔚藍，那正是太空本身的顏色。可是我的計劃是要記錄這室內的陳設；我要把一切寫它下來：這樣這樣的圖畫；那邊是窗子；她的牀上有這樣的裝飾；織錦的掛幃上面織着這樣這樣的人物和故事。啊！可是關於她肉體上的一些活生生的記錄，纔是比一萬種瑣屑的傢具更有力的證明，更可以充實我此行的收穫。睡眠啊！你死亡的摹倣者，沉重地壓在她的身上，讓她的知覺像教堂裏的墓碑一般漠無所感吧。下來，下來；（自伊慕琴臂上取下手鐲）一點不費力地，它就滑落下來了！它是我的；有了這樣外表上的證據，一定可以格外加強內心的擾亂，把她的丈夫激怒得發起瘋來。在她的左胸還有一顆梅花形的痣，就像蓮香花花心裏的紅點一般：這是一個確證，比任何法律所能造成的證據更有力；這一個祕密將使他不能不相信我已經打開鍵鎖，把她寶貴的貞操偷走了。夠了。我好傻！為什麼我要把這也記了下來，它不是已經牢牢地釘住在我的記憶裏了嗎？她讀了一個晚上的書，原來看的是替呂厄斯的故事；這兒摺下的一頁，正是菲蘿美兒被迫失身的地方。夠了；回到箱子裏去，把彈簧關上了。你黑夜的巨龍，走快一些吧，讓黎明撥開烏鴉的眼睛！恐懼包圍着我的全身；雖然這是一位天上的神仙，我卻像置身在地獄之中。

（鐘鳴）一，二，三；趕快，趕快！（躲入箱內；幕閉）

## 第三場　與伊慕琴閨房相接之前室

【克洛登及二貴族上。

貴族甲　您殿下在失敗之中那一種鎮定的工夫，眞是誰也不能仰及的；無論什麼人在擲出么點的時候，總比不上您那樣的冷靜。

克　一個人輸了錢，總是要冷了半截身子，氣得說不出話來的。

貴族甲　可是不是每一個人都有您殿下這樣高貴的耐性。您在得勝的時候，那火性可大啦。

克　勝利可以使每一個人勇氣百倍。要是我能够得到伊慕琴這傻丫頭，我就不愁沒有錢化。快要天亮啦，是不是？

貴族甲　已經是淸晨了，殿下。

克　我希望這班樂工們會來。人家勸我在淸晨爲她奏樂；他們說那是會打動她的心的。

【樂工等上。

克　來，調起樂器來吧。要是你們的彈奏能够打動她的心，那麼很好；我們還要試試你們的歌唱哩。要是誰也打不動她的心，那麼讓她去吧；可是我是永遠不會灰心的。第一，先來一支非常佳妙的曲調；接着再來一支甜甜蜜蜜的歌兒，配着十分動人的辭句；然後讓她自己去考慮吧。

（歌）　聽！聽！雲雀在天門歌唱，

旭日早在空中高掛，

天池的流水琮琤作響，

羲和在飲他的駿馬；

瞧那萬壽菊倦眼慵抬，

睜開它金色的瞳睛：
美麗的萬物都已醒來，
醒醒吧，親愛的美人！
醒醒，醒醒！

克　好，你們去吧。要是這一次的奏唱能够打動她的心，我從此再不看輕你們的音樂；要是打不動她的心，那是她自已的耳朵有了毛病，無論馬鬃牛腸，再加上太監的尖嗓子，都不能把它醫治的。（樂工等下）

貴族乙　王上來了。

克　我幸虧通夜不睡，所以纔能够起身得這麼早；他看見我一早就這樣獻着殷勤，一定會疼我的。

【辛白林及王后上。

克　陛下早安，母后早安。

辛　你在這兒門口等候着我的倔強的女兒嗎？她不肯出來嗎？

克　我已經向她奏過音樂，可是她理也不理我。

辛　她的寵人的放逐，還是一件新近的事；她一下子還不能就忘記他。再過一些時候，等到他的記憶一天一天淡薄下去以後，她就是你的了。

后　你千萬不要忘了王上的恩德，他總是千方百計，想把你配給他的女兒。你自已也該多用一番工夫，按步就班地進行你的求婚的手續，一切都要見機行事；她越是拒絕你，你越是向她陪小心獻殷勤，好像你爲她所幹的事，都是出於靈感的衝動一般；她吩咐你什麼，你都要依從她，祇有當她打發你走開的時候，你纔可以裝聾作啞。

克　裝聾作啞！不！

〔一使者上。

使者　啓稟陛下，羅馬派了使臣來了，其中的一個是凱易斯琉歇斯。

辛　一個很好的人，雖然他這次來是懷着敵意的；可是那不是他的錯處。我們必須按照他主人的身分接待他；爲了他個人以往對於我們的友誼，我們也必須給他應得的禮遇。我兒，你向你的情人道過早安以後，就到我們這兒來；我還要派你去招待這羅馬人哩。來，我的王后。（除克外均下）

克　要是她已經起身，我要跟她談談；不然的話，讓她一直睡下去做她的夢吧。有人嗎？喂！（敲門）我知道她的侍女們都在她的身邊。爲什麼我不去買通她們中間的一個呢？有了錢纔可以到處通行；事情往往是這樣的。是呀，祇要有了錢，替黛安娜女神看守林子的人也會把他們的鹿偷偷兒賣給外人。錢可以害好人含寃而死，也可以讓盜賊逍遙法外；嘿，有時候它還會不分皂白，把强盜和好人一起弔死呢。什麼事情它做不到？什麼事情它毀不了？我要叫她的一個侍女做我的律師，因爲我對於自己的案情還有點兒不大明白哩。有人嗎？（敲門）

〔一宮女上。

宮女　誰在那兒打門？

克　一個紳士。

宮女　不過是一個紳士嗎？

克　不，他還是一個貴婦的兒子。

宮女　（旁白）有些跟你同樣講究穿着的人，他們倒還誇不出這樣的口來呢。——您有什麼見敎？

克　我要見見你們公主本人。她有沒有準備見客?

宮女　嗯,她準備閉門謝客。

克　這兒是賞給你的金錢;把你的好消息賞給我吧。

宮女　公主來了!

【伊慕琴上。

克　早安,最美麗的人兒;妹妹,讓我吻一吻你可愛的手。(宮女下)

伊　早安,先生。您費了太多的辛苦,不過買到了一些煩惱;我所能給您的報答,祇有這麼一句話:我是不大懂得感激的,我也不肯向隨便什麼人表示我的謝意。

克　可是我還是發誓我愛你。

伊　要是您說這樣的話,那對我還是一樣;您儘管發您的誓,我是永遠不來理會您的。

克　這不能算是答覆呀。

伊　倘不是因爲恐怕您會把我的沉默當作了無言的心許,我是本來不想說話的。請您放過了我吧。眞的,您的盛情厚意,不過換到我的無禮的輕蔑。您已經得到教訓,應該懂得容忍是最大的智慧。

克　讓你像這樣瘋瘋顚顚下去,那是我的罪過;我怎麼也不願意的。

伊　傻子是不能醫治瘋人的。

克　你叫我傻子嗎?

伊　我是個瘋人,我說你是傻子。要是你願意忍耐一些,我也可以不再發瘋;那麼你就不是傻子,我也不是瘋人了。我很抱歉，先生，你使我忘記了婦人的禮貌，說了這麼多的廢話。請你從此以後，明白我的決意，我是知道我自己的心的，現在我就憑着我的眞誠告訴你，我對你是漠不相關的；並且我是那樣冷酷無情，我簡直恨你，這一點我原望你自己覺得，當面說破卻不是我的本意。

克　你對你的父親犯着不孝的罪名。講到你自以爲跟那下賤的傢伙訂下的婚約，那麼像他那樣一個靠着佈施長大，吃些宮庭裏殘羹冷炙的人，這種婚約是根本不能成立的。雖然在微賤的人們中間，——還有誰比他更微賤呢？——男女自由結合是一件可以容許的事，那結果當然不過生下一羣黃臉小兒，過着乞丐一般的生活；可是你是堂堂天潢貴胄，那樣的自由是不屬於你的，你不能汚毀王族的榮譽，去跟隨一個卑賤的奴才，一個奔走趨承的下僕，一個奴才的奴才。

伊　褻瀆神聖的傢伙！即使你是天神裘必脫的兒子，你也不配做他的侍僕；要是按照你的才能，你能够在他的王國裏當一名劊子手的助理，也就是莫大的榮譽，人家將會妒恨你得到這樣一個大好的位置。

克　願南方的瘴霧消蝕了他的筋骨！

伊　他永遠不會遭逢災禍，祇有被你提起他的名字纔是他最大的不幸。曾經掩覆過他的身體的一件最破舊的衣服，在我看起來也比你頭上所有的頭髮更爲寶貴，即使每一根頭髮是一個像你一般的人。啊，畢散尼奧！

〔畢散尼奧上。

克　「他的衣服！」哼，魔鬼——

伊　你快給我到我的侍女陶樂雪那兒去，——

克　「他的衣服！」

伊　一個傻子向我糾纏不淸，我又害怕，又惱怒。去，我有一件貴重的飾物，因爲自己太大意了，從我的手臂上滑落下來，你去叫我的侍女替我留心找一找；它是你的主人送給我的，卽使有人把歐洲無論那一個國王的收入跟我交換，我也寧死不願放棄它。我好像今天早上還看見它；昨天夜裏它的的確確在我的臂上，我還吻過它呷。我希望它不是飛到我的丈夫那兒去，告訴他我除了他以外，沒有吻過別人。

畢　它不會不見的。

伊　我希望這樣；去找吧。（畢下）

克　你侮辱了我：「他的最破舊的衣服！」

伊　嗯，我說過這樣的話，先生。您要是預備起訴的話，就請找起見證來吧。

克　我要去告訴你的父親。

伊　還有您的母親；她是我的好母后，我希望她會恨透了我。現在我要少陪了，先生，讓您去滿心不痛快吧。（下）

克　我一定要報復。「他的最破舊的衣服！」好。（下）

## 第四場　羅馬；菲拉利奧家中一室

［普修默斯及菲拉利奧上。

普　不用擔心，先生；要是我相信我能够挽回王上的心，正像深信她會保持她的貞操一樣確有把握，那就什麼都沒有問題了。

菲　您有沒有向他設法疏通？

普　沒有，我只是靜候時機，在目前嚴冬的風雪中顫慄，希望溫暖的日子會有一天到來，抱着這樣殘破的希望，我慚愧不能報答您的感情；萬一抱恨而終，祇好永負大恩了。

非　能够和盛德的君子同堂共處，已經是莫大的榮幸，可以抵償我爲您所盡的一切微勞而有餘。你們王上現在大概已經聽到了偉大的奧古斯脫斯的旨意；凱易斯琉歇斯一定會不辱他的使命。我想貴國對於羅馬的軍威是領教過的，餘痛未忘，這一次總不會拒絕納貢償欠的條款的。

普　雖然我不是政治家，也不會成爲政治家，可是我相信這一次將會造成一場戰爭。你們將會聽到目前駐屯伽利亞的大軍不久在我們無畏的不列顛登陸的消息，可是英國是決不會獻納一文錢的財物的。我們國裏的人已經不像當初凱力厄斯該撒笑他們遲鈍笨拙的那時候這樣沒有紀律了，要是他尙在人世，一定會驚緜於他們的勇敢。他們的紀律再加上他們的勇氣，將會向他們的贊美者證明他們是世上最善於改進的民族。

非　瞧！埃契摩！

【埃契摩上。

普　最敏捷的驅鹿載着你在陸地上奔馳，四方的風吹噓着你的船帆，所以你纔會這樣快就回來了。

非　歡迎，先生。

普　我希望你所得到的簡捷的答覆，是你提早歸來的原因。

埃　你的愛人是我所見到過的女郎中間最美麗的一個，

普　而且也是最好的一個；要不然的話，讓她的美貌在窗孔裏引誘邪惡的人們，跟着他們墮落了吧。

埃　這幾封信是給你的。

普　我相信是好消息。

埃　大概是的。

非　你在英國的時候，凱易斯琉歇斯是不是在英國宮庭裏？

埃　那時候他們正在等候他，可是還沒有到。

普　那麼暫時還不至於有事。這一顆寶石還是照舊發着光嗎？或者你嫌它帶在手上太黯淡了？

埃　要是我失去了它，那麼我就要失去和它價值相等的黃金。我在英國過了這樣甜蜜而短促的一夜，即使路程再遠一倍，我也願意再作一次航行，再享一夜這樣溫存的艷福。這戒指我已經贏到了。

普　這鑽石太堅硬了，它的稜角是會刺人的。

埃　一點不，你的愛人是這樣一位容易說話的女郎。

普　先生，不要把你的失敗當作一場頑笑；我希望你知道我們不能繼續做朋友了。

埃　好先生，要是你沒有把我們的約定作爲廢紙，那麼我們的友誼還是要繼續下去的。假如這次我沒有把關於你的愛人的消息帶來，那麼我承認我們還有進一步推究的必要，可是現在我宣佈我已經把她的貞操和你的戒指同時贏到了；而且我也沒有對不起她或是對不起你的地方，因爲這都是由於你們兩人自願的。

普　要是你果然能夠證明你已經和她發生枕席上的關係，那麼我的友誼和我的戒指都是屬於你的；要不然的話，你這樣汚蔑了她的純潔的貞操，必須用你的劍跟我一決雌雄，我們兩人倘不是一死一生，就得讓兩柄無主的劍留給無論那一個經過的路人收拾了去。

埃　先生，我將要向你詳細敍述我所見所聞的一切，它們將會是那樣逼眞，使你不能不相信我的說話。我可以發誓證明它們的真實，可是我相信你一定會准許我不必多此一舉，因爲你自已將會覺得那是不需要的。

普　說吧。

埃　第一，她的寢室，——我承認我並沒有在那兒睡過覺，可是一切值得注目的事物，都已被我飽覽無遺了，——那牆壁上張掛着用蠶絲和銀線織成的錦氈，上面繡着華貴的克莉奧佩屈拉和她的羅馬英雄相遇的故事，錫特納斯的河水一直泛濫到岸上，也許因爲它載着太多的船隻，也許因爲它充滿了驕傲；這是一件非常富麗堂皇的作品，那技術的精妙和它本身的價值簡直不分高下；我眞不信世上會有這樣珍奇而工緻的傑作，因爲它的眞實的生命——

普　這是眞的；不過也許你曾經在這兒聽我或是聽別人談起。

埃　我必須用更詳細的敍述證明我的見聞的眞確。

普　是的，否則你的名譽將會受到損害。

埃　火爐在寢室的南面，火爐上面雕刻着貞潔的黛安娜女神出浴的肖像；我從來沒有見過這樣栩栩如生的雕像；那雕刻師簡直是無言的化工，要是沒有了她一切都要生趣索然了。

普　這你也可以從人家嘴裏聽到，因爲它是常常被人稱道不置的。

埃　寢室的屋頂上裝飾着黃金鑄成的小天使；她的爐中的薪架，我幾乎忘了，是兩個白銀塑成的眉目傳情的小愛神，各自翹着一足站着，巧妙地憑靠在他們的火炬之上。

普　這就是她的貞操！就算你果然看見這一切，——你的記憶力是值得贊美的，——可是單單把她寢室裏的陳設描寫一下，卻還不能替你保全你所押下的賭注。

埃　那麼，要是你的臉色會發白的話，請你準備起來吧。准許我把這寶貝透一透空氣；瞧！（出手鐲示普）它又到你眼前來了。它必須跟你那鑽石戒指配成一對；我要把它們保藏起來。

普　神啊！再讓我瞧一瞧。它就是我留給她的那手鐲嗎？

埃　先生，我謝謝她，正是那一隻。她親自從她的臂上勒了下來；我現在還能彷彿想見她當時的光景；她的美妙的動作超過了她的禮物的價值，可是也使它變得格外的貴重。她把它給了我，還說她曾經一度對它十分重視。

普　也許她取下這手鐲來，是要請你把它送給我的。

埃　她在信上向你這樣寫着嗎？

普　啊！不，不，不，這是真的。來，把這也拿去了；（以戒指授埃）它就像一條毒龍，看了它一眼也會致人於死命。讓貞操不要和美貌並存，真理不要和虛偽同在，有了第二個男人插足，愛情就該抽身退避。女人的誓言是不能發生效力的，因為她們本來不知道名節是什麼東西。啊！無限的虛偽！

非　寬心一些，先生，把您的戒指拿回去；它還不能就算被他贏到哩。這手鐲也許是她偶然遺失；也許誰知道是不是她的侍女受人賄賂，把它偷了出來。

普　很對，我希望他是這樣得到它的。把我的戒指還我。向我提出一些比這更可靠的關於她肉體上的證據；因為這是偷來的。

埃　憑着袞必脫發誓，它明明是她從臂上取下來給我的。

普　你聽，他在發誓，憑着袞必脫發誓了。這是真的；不，把那戒指留着吧；這是真的。我確信她不會把它遺失；她的侍女們都是矢忠不二的；她們會受一個不相識者的賄誘，把它偷了出來！不會有的事！不，他已經享受過她的肉體了她用這樣重大的代價買到一個淫婦的頭銜：這就是她的失貞的斷案。來，把你的酬勞拿了去；願地獄中一切的惡鬼把你撕得四分五裂！

非　先生，寬心一些吧；對於一個信心深刻的人，這還不够作爲充分的證據。

普　不必多說，她已經被他姦汚了。

埃　要是你還要找尋進一步的證據，那麼在她那值得被人愛撫的酥胸之下，有一顆小小的痣兒，很驕傲地躺在這銷魂蝕骨的所在。憑着我的生命起誓，我情不自禁地吻了它，雖然那給我很大的滿足，卻格外燃起了我的饑渴的欲望。你還記得她身上的這一點痣嗎？

普　嗯，它證實了她還有一個汚點，大得可以充塞整個的地獄

埃　你願意再聽下去嗎？

普　少賣弄賣弄你的數學天才吧；不要一遍一遍地向我數說下去；只一遍就可以抵過一百萬次了！

埃　我可以發誓，——

普　不用發誓，要是你發誓說你沒有幹這樣的事，你就是說謊；要是你否認姦汚了我的妻子，我就要殺死你。

埃　我什麼都不否認。

普　啊！我希望她就在我的眼前，讓我把她的肢體一節一節撕成粉碎。我要到那邊去，走進她的宮裏，當着她父親的面前撕碎她。我一定要幹些什麼——（下）

非　全然失去了自制的能力！你已經勝利了。讓我們跟上他去，解勸解勸他，免得他在盛怒之下，幹出一些不利於自己的事來。

埃　我很願意。（同下）

## 第五場　同前；另一室

〔普修默斯上。

普　難道男人們生到這世上來，一定要靠女人的合作的嗎？我們都是私生子，全都是。被我稱爲父親的那位最可尊敬的人，當我的母親懷孕我的時候，誰也不知道他在什麼地方；不知道那一個人造下了我這冒牌的贋品；可是我的母親在當時卻是像黛安娜一般聖潔的，正像現在我的妻子擅着無雙美譽一樣。啊，報復！報復！她不讓我享受我的合法的歡娛，常常勸誡我忍耐自制，她的神情是那樣的貞靜幽嫻，帶着滿臉的羞澀，那楚楚可憐的樣子，便是鐵石心腸的人也不能不見了心軟；我以爲她是像沒有被太陽照臨的白雪一般皎潔的。啊，一切的魔鬼們！這卑鄙的埃契摩在一小時之內，——也許還不到一小時的功夫？——也許他沒有說什麼話，只是像一頭日耳曼的野豬似的，一聲叫喊，一頭就撲了上去，除了照例的半推半就以外，並沒有遭遇任何的反抗。但願我能够在我自己的一身之內找到那一部分是女人給我的！因爲我斷定男人的罪惡的行動，全都是女人遺留給他的性質所造成的：說謊是女人的天性；諂媚也是她的；欺騙也是她的；淫邪和猥褻的思想，都是她的，她的；報復也是她的本能；野心，貪慾，好勝，傲慢，虛榮，誹謗，反覆，凡是一切男人所能列舉，地獄中所知道的罪惡，或者一部分，或者全部分，都是屬於她的，不，簡直是全部分；因爲她們即使對於罪惡也沒有恆心，每一分鐘都要更換一種新的花樣。我要寫文章痛罵她們，厭惡她們，咒詛她們。可是這還不是表示眞正的痛恨的最好的辦法，我應該祈禱她們如願以償，因爲她們自己招來的痛苦，是遠勝於魔鬼所能給與她們的災禍的。（下）

# 第三幕

## 第一場　英國；辛白林宮中大廳

〔辛白林，王后，克洛登，及群臣自一門上；凱易斯琉歇斯及侍從等自另一門上。

**辛**　現在告訴我們奧古斯脫斯該撒有什麼賜教？

**琉**　我們的先皇裘力厄斯該撒——他的記憶至今存留在人們心目之中，他的赫赫的威名，將要永遠流傳於衆口，——當他征服貴國的時候，正是令叔凱昔皮蘭當國，他的卓越的功業，是素來為該撒所稱道的；那時令叔曾經答應每年向羅馬獻納三千鎊的禮金，傳諸後嗣，永為定例，可是近年來陛下卻沒有履行這一項義務。

**后**　為了免得你們驚訝起見，我們將要從此廢除這一項成例。

**克**　也許要經過許多的該撒纔會再有這樣一個裘力厄斯出現。英國是一個獨立的世界，我們頂着自己的鼻子，用不到出錢買別人的恩典。

**后**　當初他們憑藉威力，奪去我們獨立自強的機會，現在這樣的機會又已被我們得到了。陛下不要忘了先王們締造的辛勤，也不要忘了我們這島上天然的形勢，它正像海神的苑囿一般，周遭環繞着峻峭的危巖，咆哮的怒浪，和廣漠的沙磧，敵人們的船隻一近灘岸，就會連桅檣一起陷入沙內。該撒曾經在這兒得到過一次小小的勝利，可是他的「我來我看見我戰勝」的豪語，卻不是在這兒發表的。他曾經兩次被我們擊退，驅出海岸之外，這是他平生第一次感到痛心的恥辱；他的船舶，可憐的無用的泡沫！在我們可怕的海上，就像隨波浮沉的蛋殼一般，一碰到我們的巖石就撞爲粉碎。爲了慶祝那一次的勝利，著名的凱昔皮蘭——他曾經一度幾乎使該撒屈服於他的寶劍之下，啊，反覆無常的命運！——下令全國舉起歡樂的火炬，每一個不列顛人都是揚眉吐氣，勇敢百倍。

克　得啦，什麼禮金我們是不付的。我們的國勢已經比當初強了許多；而且我說過的，你們也不會再有那樣一位該撒；也許別的該撒也有彎曲的鼻子，可是誰也不會再有那樣挺直的手臂了。

辛　我兒，讓你的母親說下去。

克　在我們中間還有許多人有着像凱昔皮蘭一樣堅強的鐵腕；我並不說我也是一個，可是我的手卻也不怕和人家周旋。爲什麼要我們獻納禮金？要是該撒能夠用一張毯子遮住太陽，或是把月亮藏在他的衣袋裏，那麼我們爲了需要光明的緣故，祇好向他獻納禮金；要不然的話，閣下，請您還是不用提起這禮金兩個字吧。

辛　你必須知道，在包藏禍心的羅馬人沒有向我們勒索這一筆禮金以前，我們本來是自由的；該撒的囊括世界的雄心，使他不顧一切阻力，把桎梏套在我們的頭上；我們是尚武好勇的民族，當然要掙脫這一種難堪的束縛。我們當時就曾向該撒說過，我們的祖先就是爲我們制定法律的慕爾繆歇斯，他的神聖的憲章已經在該撒的武力之下横遭摧殘；憑着我們所有的力量，恢復我們法紀的尊嚴，這是我們義不容辭的責任，雖然因此而觸怒羅馬，也在所不顧。慕爾繆歇斯制定我們的法律，他是第一個戴上黃金的寶冠，即位稱王的不列顛人。

琉　我很抱歉，辛白林，我必須向你宣告奥古斯脫斯該撒是你的敵人，在該撒麾下奔走服役的國王，是比你全國所有的官吏更多的。我現在用該撒的名義，通知你戰爭和混亂的命運已經臨到你的頭上，無敵的雄師不久就要

辛　開入你的國境之內，請準備着吧。現在我的挑戰的使命已經完畢，讓我感謝你給我的優渥的禮遇。

琉　你是我們的嘉賓，凱易斯。我曾經從你們該撒的手裏受到武士的封號；我的少年時代大半是在他的麾下度過，是他啓發了我榮譽的觀念；爲了不負他的訓誨起見，我必須全力保持我的榮譽。我知道巴諾尼亞人和達爾邁西亞人已經爲了爭取他們的自由而揭竿奮起了；該撒將會知道不列顚人不是麻木不仁的民族，決不會看着這樣的前例而無動於中的。

克　讓事實證明一切吧。

琉　我們的王上向您表示歡迎。請您在我們這兒多玩一兩天。要是以後您要跟我們用另一副面目相見，您必須在海水的拱衛中間找尋我們；要是您能夠把我們驅逐出去，我們的國土就是你們的；要是你們的冒險失敗了，那卻便宜了我們的烏鴉，可以把你們的屍體飽餐一頓；事情就是這樣完結。

辛　很好，閣下。

琉　我知道你們主上的意思，他也知道我的意思。我現在所要向你說的唯一的話，就是「歡迎！」（同下）

## 第二場　同前；另一室

〔畢散尼奧上，讀信。

畢　怎麼！犯了姦淫！你爲什麼不寫明這是那一個鬼東西揑造她的謠言？利昂那脫斯！啊，主人！什麼毒藥把你的耳朵麻醉了？那一個毒手毒舌的奸惡的意大利人向你播弄是非，你會這樣輕易地聽信他？不忠實！不，她是因爲忠貞不二而受盡磨折，像一個女神一般，超過一切妻子所應盡的本分她用過人的毅力，抵抗着卽使貞婦也不免屈服的種種脅迫。啊，我的主人！你現在對她的卑劣的居心，恰恰和你低微的命運相稱。嘿！我必須殺死她，因為我曾經立誓盡忠於你的命令？我，她？她的血？要是必須這樣纔算盡了一個僕人的責任，那麼我寧願永遠不要做人家的忠僕。我的臉上難道竟是這樣冷酷無情，會動手幹這種沒有人心的事嗎？「此事務須速行無忽。余已遵其請求，另有一函致達彼處，該信將授汝以機會。」啊，可惡的書信！你的內容正像那寫在你上面的墨水一般黑。無知無覺的紙片，你做了這件罪行的同謀者，你的外表卻是這樣處女般的聖潔嗎？瞧！她來了。我必須把主人命令我做的事隱瞞起來。

〔伊慕琴上

伊　啊，畢散尼奧！

畢　公主，這兒有一封我的主人寄來的信。

伊　誰？你的主？那就是我的主利昂那脫斯。啊！要是有那一個占星的術士熟悉天上的星辰，正像我熟悉他的字跡一樣，那纔真算得學術湛深，他的慧眼可以觀察到未來的一切。仁慈的神明啊，但願這兒寫着的只是愛，是我主的健康，是他的滿足，可是並不是他對於我們兩人遠別的滿足；讓這一件事使他悲哀吧，有些悲哀是有藥餌的作用的，這一種悲哀也是，因為它可以滋養愛情；但願他一切滿足，只除了這一件事！好蠟，原諒我，造下這些把心事密密封固的鎖鍵的蜂兒們啊，願你們有福！好消息，神啊！「噫，至愛之人乎！設卿不願與僕更謀一面，則將重創僕心；縱令僕為卿父所獲而被處極刑，其慘痛尚不若如是之甚。僕今在密爾福特港之堪勃利亞；倘蒙垂憐，幸希臨視，否則悉隨卿意可耳。山海之盟，永矢勿諼；愛慕之忱，與日俱進。敬祝萬福！

利昂那脫斯普修默斯手啓。」

啊！但願有一匹插翼的飛馬！你聽見嗎，畢散尼奧？他在密爾福特港；讀了這封信，再告訴我到那邊去有多少遠要是一個事情並不重要的人，費了一星期的跋涉，就可以走到那邊，那麼爲什麼我不能在一天之內飛步趕到？所以，忠心的畢散尼奧，——你是也像我一樣渴想着見一見你主人的面的；啊！讓我改正一句，你雖然思念你的主人，可是並不像我一樣；你的思念之心是比較淡薄的；啊！你不會像我一樣，因爲我對於他的愛慕超過一切的界限；——說，用大聲告訴我，——愛情的顧問應該用充耳的雷鳴震聾聽覺，——到這幸福的密爾福特有多少路程，同時告訴我威爾斯何幸而擁有這樣一個海港；可是最重要的，你要告訴我我們怎麼可以從這兒逃走出去，從出走到回來這一段時間，用怎樣的計策纔可以遮掩過他人的耳目；可是第一還是告訴我逃走的方法。爲什麼要在事前預謀掩飾？這問題我們儘可慢慢兒再談。說，我們騎着馬每一小時可以走幾哩路？

**畢** 從日出到日沒，公主，二十哩路對於您已經足够了，也許這樣還嫌太多。

**伊** 嗳喲，一個騎了馬去上刑場的人也不會走得這樣慢。我曾經聽說有些賭賽的騎士，他們的馬走得比時計中的沙更快。可是這些都是傻話。去叫我的侍女詐稱有病，說她要回家去看看她的父親；然後立刻替我備下一身騎裝，不必怎樣華貴，祇要適宜於一個小鄉紳的妻子的身分就得了。

**畢** 公主，您最好還是考慮一下。

**伊** 我祇看見我前面的路，朋友；這兒的一切，或是以後發生的事情，都籠罩在迷霧之中，望去祇有一片的模糊。去吧我求求你；照我的吩咐做去。不用再說別的話語；密爾福特是我唯一的去處。（同下）

## 第三場 威爾斯；山野，有一巖窟

【裴拉律斯，基特律斯，及阿維雷格斯自山洞中上。

裴　眞好的天氣！像我們這樣住在低矮的屋宇下的人要是深居不出，那纔是辜負了天公的厚意。彎下身子來，孩子們；這一個洞門敎你們怎樣崇拜上天，使你們在清晨的陽光之中向神聖的造物者鞠躬致敬。帝王的宮門是高敞的，卽使巨人們也可以高戴他們醜惡的頭巾，從裏面大踏步出來，而無須向太陽敬禮。晨安，你美好的蒼天！我們雖然住在巖窟之中，卻不像那些高樓大廈中的人們那樣對你冷漠無情。

基　晨安，蒼天！

阿　晨安，蒼天！

裴　現在要開始我們山間的狩獵。到那邊山上去，你們的腿是年輕而有力的；我祇好在這兒平地上跑跑。當你們在上面看見我祇有烏鴉那麼大小的時候，你們應該想到你們所處的地位正可以顯示出萬物的渺小和自己的崇高；那時你們就可以回想到我曾經告訴你們的關於宮庭，君主，和戰爭的權謀的那些故事，功業成就之時，也就是藏弓烹狗之日；想到了這一些，可以使我們從眼前所見的一切事物之中獲得敎益，我們往往可以這樣自慰，硬殼的甲蟲是比奮翼的猛鷹更爲安全的。啊！我們現在的生活，不是比小心翼翼地恭候着他人的叱責，受了賄賂而無所事事，穿着不用錢買的綢緞的那種生活更高尙，更富有，更値得自傲嗎？那些受人供養，非但不知報答，還要人家向他脫帽致敬的人，他們的生活是不能跟我們相比的。

基　您這些話是從您的經驗之中吐露出來的。我們是羽毛未豐的小鳥，從來不曾離巢遠飛，也不知道家鄉之外，還有什麼天地。要是平和寧靜的生活是最理想的生活，也許這樣的生活是最美滿的；對於您這樣一位飽嘗人世辛酸的老人家，當然會格外覺得它的可愛；可是對於我們，它卻是一間愚昧的暗室，臥榻上的旅行，不敢跨越一步的負債者的牢獄。

阿　當我們像您一樣年老的時候，我們有些什麼話可以向人訴說呢？當我們聽見狂暴的風雨打擊着黑暗的嚴冬的時候，在我們陰寒的洞窟之內，我們應該用些什麼談話，來排遣這冷冰冰的時間呢？我們什麼都沒有見過。我們全然跟野獸一樣，在覓食的時候，我們是像狐狸一般狡猾，像豺狼一般兇猛的；我們的勇敢只是用來追逐逃走的獵物。正像被囚的鳥兒一樣，我們把籠子當作了唱歌的所在，高唱着我們的羈囚。

裴　你們說的是什麼話！要是你們知道城市中的榨奪，親自領略過那種抽筋刮髓的手段；要是你們知道宮庭裏的勾心鬥角，去留都是同樣的困難，爬得越高，跌得越重，即使幸免隕越，那如履薄冰的惴懼，也就够人受罪；要是你們知道戰爭的困苦，爲了名譽和光榮，追尋着致命的危險，一旦身死疆場，往往只留下幾行誹謗的墓銘，記錄他生前的功業；是的，立功遭謗，本來是不足爲奇的事，最使人難堪的，你還必須恭恭敬敬地陪着小心，接受那有罪的判決。孩子們啊！世人可以在我身上讀到這一段歷史：我的肉體上留着羅馬人刀劍的傷痕，我的聲譽一度在最知名的人物之間忝居前列；我曾經邀辛白林的眷寵，當人們談起戰士的時候，我的名字總離不了他們的唇角；那時我正像一株枝頭滿垂着果子的大樹，可是在一夜之間，狂風的突起或是盜賊的光臨，隨你們怎麼說都可以，搖落了我的成熟的果實，不，把我的葉子都一起搖了下來，留下我這禿幹枯枝，忍受着風霜的凌虐。

基　不可靠的恩寵！

裴　我屢次告訴你們，我並沒有犯什麼過失，可是我的完整的榮譽，敵不了那兩個惡人的虛僞的誓言，他們向辛白林發誓說我和羅馬人密謀聯絡。自從我那次被他們放逐以後，這二十年來，這座巖窟和這一帶土地就成爲我的世界，我在這兒度着正直而自由的生活，在我整個的前半生中，還不曾有過這樣的機會，可以讓我向上天掬獻我的虔誠的感謝。可是到山嶺上去吧！這不是獵人們所講的話，誰最先把鹿捉到，他就是餐席上的主人，其餘的兩人將要成爲他的侍者；我們無須擔心有人下毒，像那些豪門中的盛筵一樣。我在山谷裏和你們會面吧。（基阿闍下）天性中的靈明是多麼不容易掩沒！這兩個孩子一些不知道他們是國王的兒子；辛白林也永遠夢想不到他們尚在人間。他們以爲我是他們的父親；雖然他們是在這俯腰曲背的卑微的洞窟之中敎養長大，他們的雄心卻可以衝破王宮的屋頂，他們過人的天性，使他們在簡單渺小的事物之中顯示出他們高貴的品格。這一個玻力陀兒，辛白林的世子，不列顚王統的繼承者，基特律斯是他的父王爲他所取的本名，——神啊！當我坐在三足欖上，向他講述我的戰績的時候，他的心靈就飛到了我的故事的中間；他說，「我的敵人也是這樣倒在地上，我也是這樣把我的脚踏住他的脖子；」就在那時候，他的高貴的血液升漲到他的頰上，他流着汗，他的幼稚的神經緊張到了極度，他裝出種種的姿勢，表演着我所講的一切情形。他的弟弟凱特華爾，——阿維雷格斯是他的本名，——也像他哥哥一樣，常常把生命注入我的敍述之中，充分表現出他活躍的想像。聽！獵物已經趕起來了。辛白林啊！上天和我的良心知道，你不應該把我無辜放逐；爲了一時氣憤，我纔把這兩個孩子偷了出來，那時候一個三歲，一個還祇有二歲；因爲你褫奪了我的土地，我纔想要絕滅你的後嗣。尤莉斐兒，你是他們的乳母，他們把你當作他們的母親，每天都要到你的墓前憑弔。我自己，裴拉律斯，現在化名爲摩根，是他們心目中的親生嚴父。打獵已經完畢了。（下）

## 第四場　密爾福特港附近

〔畢散尼奧及伊慕琴上〕

伊　當我們下馬的時候，你對我說那地方沒有幾步路就可以走到；我的母親生產我那天渴想着看一看我的那種心理，還不及我現在盼望他的熱切。畢散尼奧！朋友！普修獸斯在那兒？你這樣呆呆地睜大了眼睛，心裏在轉些什麼念頭？爲什麼你要深深地嘆氣？要是照你現在的形狀描成一幅圖畫，人家也會從它上面看出一副茫然自失的心情。放出勇敢一些的神氣來吧，否則惶惑將要使我不能保持我的鎮定了。什麼事？爲什麼你用那麼冷酷的眼光，把這一封信交給我？假如它是盛夏的喜訊，你應該笑逐顏開；假如它是嚴冬的噩耗，那麼繼續保持你這副臉相吧。我的丈夫的筆跡！那爲毒藥所麻醉的意大利已經使他中了圈套，他現在是在不能自拔的窘境之中。說，朋友；我自己讀下去也許是致命的消息，從你嘴裏說出來或者可以減輕一些它的嚴重的性質。

畢　請您唸下去吧；您將要知道我是最爲命運所蔑視的一個倒霉的傢伙。

伊　「畢散尼奧乎，爾之女主人行同娼妓，證據纍纍，皆爲余所疾首痛心，永誌不忘者。此言並非無根之猜測，其確而可信，殆無異於余心之悲痛；耿耿此恨，必欲一雪而後快。畢散尼奧乎，爾之忠誠倘未因受彼濡染而變色，則爾當手刃此婦，爲余盡報復之責。余已致函彼處，囑其至密爾福特港相會，此實爲爾下手之良機。設爾意存遲疑，不果余言，則彼之醜行，爾實與謀；一爲失貞之婦，一爲不忠之僕，余之憤怒將兼及爾身。」

畢　我何必拔出我的劍來？這封信已經把她的咽喉切斷了。不，那是謠言，它的鋒刃比刀劍更銳利，它的長舌比尼羅河中所有的毒蛇更毒，它的呼吸駕着疾風，向世界的每一個角落散播它的惡意的誹謗；宮庭之內，政府之中，少女和婦人的心頭，以至於幽暗的墳墓都是這惡毒的謠言伸展它的勢力的所在。您怎麼啦，公主？

伊　失貞！怎麼叫做失貞？因爲思念他而終宵不寐嗎？一點鐘又一點鐘地流着淚度過嗎？在倦極入睡的時候，因爲做了關於他的惡夢而哭醒轉來嗎？這就是失貞，是不是？

畢　唉！好公主！

伊　我失貞！問問你的良心吧！埃契摩，你曾經說過他怎樣怎樣放蕩，那時候我瞧你像一個惡人；現在想起來，你的臉貌還算是好的。那一個塗脂抹粉的意大利淫婦迷住了他；可憐的我是已經陳舊的了，正像一件不合時式的衣服，掛在牆上又太刺目，所以祇好把它撕碎；讓我也被你們撕成粉碎了吧！啊！男人的盟誓是婦女的陷阱！因為你的變心，夫啊！一切美好的外表將被認為掩飾奸惡的臉具；它不是天然生就，而是為要欺騙婦女而套上去的。

畢　好公主，聽我說。

伊　正人君子的話在當時往往被認為虛僞；奸詐小人的眼淚，卻容易博取人們的同情。普修默斯，你的墮落將要影響到一切俊美的男子，他們的風流秀雅，將要成為詐僞欺心的標記。來，朋友，做一個忠實的人，執行你主人的命令吧。當你看見他的時候，請你向他證明我的服從。瞧！我把劍自已拔出來了；拿着它，把它刺進我的愛情的純潔的殿堂，我的心坎裏去吧。不用害怕，它除了悲哀之外，是什麼也沒有的；你的主人不在那兒，他本來是它唯一的財富。照他的吩咐實行，舉起你的劍來。你在正大的行動上也許是勇敢的，可是現在你卻像一個懦夫。

畢　去，萬惡的武器！我不能讓你沾汚我的手。

伊　不，我必須死；要是我不死在你的手裏，你就不是你主人的僕人。我的軟弱的手沒有自殺的勇氣，因為那是為神聖的教條所禁止的。來，這兒是我的心。它的前面還有些什麼東西；且慢！且慢！我們要撤除一切的防禦，像劍鞘一般服貼順從。這是什麼？忠實的利昂那脫斯的金科玉律，全變成了異端邪說！去，去，我的信心的破壞者！我不要你們再做我的心靈的護衞了。可憐的愚人們是這樣信任着虛僞的教師；雖然受欺者的心中感到深刻的劇痛，可是欺詐的人也逃不了更痛苦的良心的鞭責。你，普修默斯，你使我反抗我的父王，把貴人們的求婚蔑棄不顧，今後你將會知道這不是尋常的行動，而是需要希有的勇氣的。我還要爲你悲傷，當我想到你現在所貪戀的女人，一旦把你厭棄以後，我的記憶將要使你感到怎樣的痛苦。請你趕快動手吧；羔羊在向屠夫懇求了；你的刀子呢？

畢　這不但是你主人的命令，也是我自己的願望，你不該遲疑畏縮。

伊　啊，仁慈的公主！自從我奉命執行這一件工作以來，我還不曾有過片刻的安睡。

畢　那麼快把事情辦好，回去睡覺吧。

伊　我要在睡夢中把我的眼睛都哭瞎了。

畢　那麼爲什麼接受這一件使命？爲什麼爲了一個虛僞的藉口，走了這麼多的路？爲什麼要到這兒來？我們兩人的行動，我們馬兒的跋涉，都是爲着什麼？爲什麼浪費這麼多的時間？爲什麼要引起宮庭裏對於我的失蹤的驚疑？——那邊我是準備再也不回去的了。——爲什麼你已經走到你的指定的屠場，那被選中的鹿兒就在你的面前，你又改變了你的決意？

伊　我的目的只是要遷延時間，逃避這樣一件罪惡的差使。我已經在一路上盤算出一個方法。好公主，耐心聽我說吧。

畢　說吧，儘你說到舌敝脣焦我已經聽見我是個娼妓，我的耳朵早被誑話所刺傷，任何的打擊都不能使它感到更大的痛苦，也沒有那一枚醫士的探針可以探測我的傷口有多麼深。可是你說吧。

伊　那麼，公主，我想您是不會再回去的了。

畢　那當然啦，你不是帶我到這兒來殺死我的嗎？

伊　不，不是那麼說。可是我的智慧要是跟我的良心一樣可靠，那麼我的計策也許不會失敗。我的主人一定是受了人家欺騙；不知那一個惡人，嗯，一個千刀萬惡的惡人，用這種該死的手段中傷你們兩人的感情。

伊　一定是那一個羅馬的娼妓。

畢　不，憑着我的生命起誓。我祇要通知他您已經死了，按照他的吩咐，寄給他一些血證；您從宮庭裏失蹤的消息，可以使他對於這件事深信不疑。

伊　噯喲，好人兒，你叫我幹些什麼事？住在什麼地方？怎樣生活下去？我的丈夫已經把我當作死去的了，我的生命中還有什麼樂趣？

畢　要是您還是願意回到宮裏去，——

伊　沒有宮庭，沒有父親；也再不要受那個粗魯的，尊貴的，愚蠢的廢物克洛登的煩擾！那克洛登，他的求愛對於我是像敵軍圍攻一樣可怕的。

畢　要是不回宮裏去，那麼您就不能住在英國。

伊　那麼到什麼地方去呢？難道一切的陽光都是照在英國的嗎？除了英國之外，別的地方都是沒有晝夜的嗎？在世界的大卷冊中，我們的英國似乎附屬於它，卻並不是它本身的一部分；她是廣大的水池裏一個天鵝的巢。請你想一想，英國以外也是有人居住的。

畢　我很高興您想到別的地方。羅馬的使臣琉歇斯明兒要到密爾福特港來了。要是您能夠打疊起一股跟您那黑暗的命運相稱的不怕忍受屈辱的精神，祇要改變一下您的裝束，——因爲照您現在這樣子，對於您是不大安全的，——您就可以走上一條康莊大道，飽覽人世間的形形色色；而且也許還可以接近普修默斯所住的地方，即使您看不見他的一舉一動，至少也可以從人們的傳說之中，每小時聽到關於他的確實的消息。

伊　啊！要是有這樣的機會，衹要對於我的名節沒有毀損，即使冒一些危險，我也願意一試。

畢　好，那麼聽我說來。您必須忘記您是一個女人，把命令換了服從，把女人本色的怕事和小心，換了放肆的大膽；您必須把譏笑的話隨時掛在口頭；您必須應答敏捷，不怕得罪別人，還要像伶鼬一般喜歡吵架；而且您必須忘掉您有一張世間最珍貴的臉龐，讓它去受遍吻一切的陽光的貪饞的撫摩，雖然太忍心了，可是唉！這也是沒有辦法的事；最後，您必須忘掉那曾經使天后朱諾妒恨的一切繁細而工緻的修飾。

伊　得啦，說簡單一些。我明白你的用意，差不多已經變成一個男人啦。

畢　第一您要把自己裝得像一個男人。我因為預先想到這一層，早已把緊身衣，帽子，長襪，和一切應用的物件一起端整好，它們都在我的衣包裏面。您穿起了這樣的服裝，再摹倣一些像您這樣年齡的青年男子們的神氣，就可以到尊貴的琉歇斯面前介紹您自己，請求他把您收留，對他說，您能夠伺候他的左右，對於您是一件莫大的幸事。要是他有一張鑑賞音樂的耳朵，聽了您這樣娓娓動人的說話，一定會非常高興地擁抱您，因為他不但為人正直，而且秉性也是非常仁慈。您在外面的費用，一切都在我身上；我一定會隨時供給您的。

伊　你是天神們賜給我的唯一的安慰。去吧；還有一些事情需要考慮，可是我們將要利用時間給與我們的機會。我已經下了決心實行這樣的嘗試，並且準備用最大的勇氣忍受一切。你去吧。

畢　好，公主，我們必須就是這樣匆匆地分手了，因為我怕他們不見我的蹤跡，會疑心到是我騙誘您從宮中出走。我的尊貴的女主人，這兒有一個小匣子，是王后賜給我的，裏面藏着靈奇的妙藥；要是您在海上暈船，或是在陸地上感到胸腹作惡，衹要服下一點點兒，就可以藥到病除。現在您快去找一處有樹木蔭蔽的所在，把您的男裝換起來吧。願天神們領導您到最幸福的路上！

伊　阿們。我謝謝你。（各下）

## 第五場　辛白林宮中一室

〔辛白林，王后，克洛登，琉歇斯，羣臣，及侍從等上。

辛　再會吧，恕不遠送了。

琉　謝謝陛下。敝國皇帝已經有命令來，我不能不回去。我很抱憾我必須回國覆命，說您是我的主上的敵人。

辛　閣下，我的臣民不願忍受他的束縛；要是我不能表示出比他們更堅強的態度，那是有失一個國王的身分的。

琉　是，陛下。我還要向您請求派幾個人在陸地上護送我到密爾福特港。娘娘，願一切快樂降在您身上！

后　願您也享受同樣的快樂！

辛　各位賢卿，你們護送琉歇斯大人安全到港，一切應有的禮節，不可疏忽。再會吧，高貴的琉歇斯。

琉　把您的手給我，閣下。

克　接受我這友誼的手吧；可是從今以後，我們是要化友為敵的了。

琉　閣下，結果還不知道勝敗誰屬哩。再會！

辛　各位賢卿，不要離開尊貴的琉歇斯，等他渡過了塞汶河，你們再回來吧。祝福！（琉及羣臣下）

后　他含怒而去；可是我們能夠使他失望而歸，那正是我們的光榮。

克　這樣纔好；勇敢的不列顛人誰都願望有這麼一天。

辛　琉歇斯早已把這兒的一切情形通知他的皇帝了，所以我們應該趕快把戰車和馬隊調集完備。他們早先駐紮在伽利亞的軍隊馬上就可以傳令出發，向我們的國境開始攻擊。

后　還不是可以混混過去的事情；我們必須奮起全力，迅速準備我們禦敵的工作。

辛　幸虧我們早已預料到這一着，所以纔能夠有恃無恐。可是，我的好王后，我們的女兒呢？她並沒有出來見羅馬的使臣，也沒有向我們問安，她簡直把我們當作仇人一樣看待，忘記了做女兒的責任了；我早就注意到她這一種態度。叫她出來見我；我們一向太把她縱容了。（一從者下）

后　陛下，自從普修默斯放逐以後，她就過着深居簡出的生活；這種精神上的變態，陛下，我想還是應該讓時間來治愈它的。請陛下千萬不要把她責罵她是一位受不起委屈的小姐，你說了她一句話，就像用刀劍刺進她的心裏，簡直就是叫她死。

【從者重上。

辛　她呢？我們應該怎麼應付她這種渺視的態度？

從者　啓稟陛下，公主的房間全都上了鎖，我們大聲呼喊，都不見有人回答。

后　陛下，上一次我去探望她的時候，她請求我原諒她的閉門不出，她說因為身子有病，不能每天來向您請安，盡她晨昏定省的責任；她希望我在您的面前轉達她的歉意，可是因為碰到國有要事，我也忘記向您提起了。

辛　她的門兒上了鎖！最近沒有人見過她的面！天哪，但願我所恐懼的並不是事實！（下）

后　兒啊，你也跟着王上去吧。

克　她那個親信的老僕畢散尼奧，這兩天來我也沒有見過。

后　去探查一下。（克下）畢散尼奧，你這替普修默斯出盡死力的傢伙！他有我給他的毒藥；但願他的失蹤的原因是服毒身亡，因爲他相信那是非常珍貴的靈藥。可是她，她到什麼地方去了呢？也許她已經對人生感覺絕望，也許她駕着熱情的翅膀，飛到她心愛的普修默斯那兒去了。她不是奔向死亡，就是走到不名譽的路上；無論走的是那一條路，我都可以利用這一種機會達到我的目的；祇要她跌倒了，這一頂不列顚的王冠就穩穩在我的掌握之中。

〔克洛登重上。

后　怎麼啦，我的孩子！

克　她準定是逃走啦。進去安慰安慰王上吧；他在那兒暴跳如雷，誰也不敢走近他。

后　（旁白）再好沒有；但願這一夜的氣憤促短了他明日的壽命！（下）

克　我又愛她又恨她。因爲她是美貌而高貴的，她嫻熟一切宮庭中的禮貌，無論那一個婦人少女都不及她的優美；每一個女人的長處她都有，她的一身兼備衆善，超過了同時的儕輩。我是因此而愛她的。可是她瞧不起我，反而向卑微的普修默斯身上濫施她的愛寵，這證明了她的不識好壞，雖然她有其他種種難得的優點，也不免因此而遜色；爲了這一個緣故，我決定恨她，不，我還要向她報復我的仇恨哩。因爲當傻子們——

〔畢散尼奧上。

這是誰？什麼！你想逃走嗎，狗才？過來。啊，你這好忘八羔子！混蛋，你那女主人呢？快說，否則我立刻送你見魔鬼去。

畢　啊，我的好殿下！

克　你的女主人呢？憑着褒必脫起誓，你要是再不說，我也不再問你了。陰刁的奸賊，我一定要從你的心裏探出這個祕密，否則我要挖破你的心找它出來。她是跟普修默斯在一起嗎？從他滿身的卑賤之中，找不出一絲可取的地方。

畢　唉，我的殿下！她怎麼會跟他在一起呢？她幾時不見了？他是在羅馬哩。

克　她到那兒去了？走近一點兒，別再吞吞吐吐了。明明白白告訴我，她的下落怎麼樣啦？

畢　啊，我的大賢大德的殿下！

克　大奸大惡的狗才！趕快對我說你的女主人在什麼地方。一句話，再不要乾嚷什麼「賢德的殿下」了。說，否則我立刻叫你死。

畢　那麼，殿下，我所知道的關於她的出走的經過，都在這封信上。（以信交克）

克　讓我看看。我要追上她去，不怕一直追到奧古斯脫斯的御座之前。

畢　（旁白）要是不給他看這封信，我的性命難保。她已經去得很遠了；他看了這信的結果，不過讓他白白奔波了一趟，對於她是沒有什麼危險的。

克　哼！

畢　（旁白）我要寫信去告訴我的主人，說她已經死了。伊慕琴啊！願你一路平安，無恙歸來！

克　狗才，這信是眞的嗎？

畢　殿下，我想是眞的。

克　這是普修默斯的筆跡；我認識的。狗才，要是你願意棄暗投明，不再做一個惡人，替我盡忠辦事，我有什麼重要的事情需要你幫忙的時候，無論叫你幹些什麼惡事，你都毫不遲疑地替我出力辦好，我就會把你當作一個好人；你大爺有的是錢，你不會缺少吃的穿的，升官進級，只消我一句說話。

畢　呃，我的好殿下。

克　你願意替我作事嗎？你既然能够一心一意地追隨那個窮鬼普修默斯的破落的命運，爲了感恩的緣故，我想你一定會成爲我的忠勤的僕人的。你願意替我作事嗎？

畢　殿下，我願意。

克　把你的手給我；這兒是我的錢袋。你手邊有沒有什麼你那舊主人留下來的衣服？

畢　有的，殿下，在我的寓所裏，就是他向我的女主人告別的時候所穿的那一套。

克　你替我做的第一件事，就是把那套衣服拿來。這是你的第一件工作，去吧。

畢　我就去拿來，殿下。（下）

克　在密爾福特港相會！——我忘記問他一句話，等會兒一定記好了，——就在那邊，普修默斯你這狗賊，我要殺死你。我希望這些衣服快些拿來。她有一次向我說過，——我現在想起了這句話的刻毒，就想從心裏把它嘔吐出來，——她說在她看起來普修默斯的一件衣服都要比我這天生高貴的人物，以及我隨身所有的一切美德，更值得她的愛重。我要穿起這一身衣服姦汚她；先當着她的眼前把他殺了，讓她看看我的勇敢，那時她就會痛悔從前不該那樣瞧不起我。他躺在地上，我的辱罵的話向他的屍體發洩完了，我剛纔說過的，爲了使她懊惱起見，我還要穿起這一身受過她這樣贊美的衣服，在她的身上滿足我的性慾，然後我就敲呀踢呀地把她趕回到宮裏來。她把我侮辱得好不樂意，我也要快快活活地報復她一下。

【畢散尼奧持衣服重上。

克　那些就是他的衣服嗎？

畢　是的，殿下。

克　她到密爾福特港去了多久了？

畢　她現在恐怕還沒有到哩。

克　把這身衣服帶到我的屋子裏去，這是我吩咐你做的第二件事；第三件事是你必須對我的計劃自動保守祕密。祇要盡忠竭力，總會有好處到你身上的。我現在要到密爾福特港復仇去；但願我肩上生着翅膀，讓我飛了過去！來，做一個忠心的僕人。（下）

畢　你叫我抹殺我的良心，因爲對你盡忠，我就要變成一個不忠的人；我的主人是一個正人君子，我怎麼也不願叛棄他的。到密爾福特去吧，願你撲了一場空，找不到你所要追尋的人。上天的祝福啊，儘量灌注到她的身上吧！但願這傻子一路上阻礙重重，讓他枉費奔波，勞而無功！（下）

## 第六場　威爾斯裴拉律斯山洞前

【伊慕琴男裝上。

伊　我現在明白了做一個男人是很麻煩的；我已經精疲力盡，連續兩夜把大地當作我的眠牀；倘不是我的決心支持着我，我早就病倒了。密爾福特啊，當畢散尼奧在山頂上把你指點給我看的時候，你彷彿就在我的眼底。天哪！難道一個不幸的人，連一塊安身之地都不能得到嗎？我想他所到之處，就是地面也會從他的腳下逃走的。兩個乞丐告訴我我不會迷失我的路徑；難道這些可憐的苦人兒，他們自己受着痛苦，明知這是上天對他們的懲罰和磨難，還會向人扯謊嗎？是的，富人們也難得講半句眞話，怎麼怪得他們？被錦衣玉食汩沒了本性，是比因窮困而扯謊更壞的國王們的詐欺，是比乞丐的假話更可鄙的。我的親愛的夫啊！你也是一個欺心之輩。現在我一想到你，我的饑餓也忘了，可是就在片刻之前，我已經餓得快要站不起來。咦！這是什麼？這兒還有一條路通到洞口；它大概是野人的巢窟。我還是不要叫喊，我不敢叫喊；可是饑餓在沒有使人完全失去知覺以前是會提起人的勇氣的。昇平富足的盛世徒然養成一批懦夫，困苦永遠是堅強之母。喂！有人嗎？要是裏面住着文明的人類，回答我吧；假如是野人的話，我也要向他們奪取或是告借一些食物。喂！沒有回答嗎？那麼我就進去。最好還是拔出我的劍；萬一我的敵人也像我一樣見了劍就害怕，他會瞧都不敢瞧它的。好天啊，但願我所遇到的是這樣一個敵人！（進入洞中）

【裴拉律斯，基特律斯，及阿維雷格斯上。

裴　你，坡力陀兒，已經證明是我們中間最好的獵人；你是我們饗席上的主人，凱特華爾跟我將要充一下廚役和侍僕，這是我們預先約定的；勞力的汗只是爲了它所期望的目的而乾涸。來，我們空虛的肚子將會使平淡的食物變成可口；疲倦的旅人能够在堅硬的山石上沉沉鼾睡，終日偃臥的懶漢卻嫌絨毛的枕頭太硬。願平安降臨於此，可憐的沒有人照管的屋子！

基　我乏得一點氣力都沒有了。

阿　我雖然因疲勞而乏力，胃口倒是非常之好。

基　洞裏有的是冷肉；讓我們一面嚼着充饑，一面烹煮我們今天打來的野味。

裴　（向洞中窺望）且慢；不要進去。倘不是他在吃着我們的東西，我一定會當他是個神仙。

基　什麼事，父親？

裴　憑着裘必脫起誓，一個天使！要不然的話，也是一個人間絕世的美少年！瞧這樣天神般的姿容，卻還只是一個年輕的孩子！

〔伊慕琴重上。

伊　好朋友們，不要傷害我。我在走進這裏來以前，曾經叫喊過；我本來是想問你們討一些或是買一些食物的。眞的，我沒有偷了什麼，卽使地上散滿金子，我也不願拾取。這兒是我吃了你們的肉的錢；我本來想在吃過以後，把它留在食桌上，再替這裏的主人作過感謝的禱告，然後出來的。

基　錢嗎，孩子？

阿　讓一切金銀化爲塵土吧！祇有崇拜汚穢的邪神的人纔會把它們看重。

伊　我看你們在發怒了。假如你們因爲我幹了這樣的錯事而殺死我，你們要知道，我不這麼幹也早就不能活命啦。

裴　你要到什麼地方去？

伊　到密爾福特港。

裴　你叫什麼名字？

伊　我叫裴苔爾，老伯。我有一個親戚，他要到意大利去；他在密爾福特上船；我現在就要到他那兒去，因爲走了許多路，肚子餓得沒有辦法，纔犯下了這樣的過失。

裴　美貌的少年，請你不要把我們當作山野的傖夫，也不要憑着我們所住的這一個粗陋的居處，錯估了我們善良的心性。歡迎！天快要黑了；你應該休養休養你的精神，然後動身趕路請就在這裏住下來，陪我們一塊兒吃些東西吧。孩子們，你們也歡迎歡迎他。

基　假如你是一個女人，兄弟，我一定向你努力追求，非讓我做你的新郎不可。說老實話，我要出最高的代價把你買到。

阿　我要因爲他是個男子而感到快慰；我願意愛他像我的兄弟一樣。正像歡迎一個久別重逢的親人，我歡迎你！快活起來吧，因爲你是在朋友的中間。

伊　在朋友的中間，也是在兄弟的中間。（旁白）但願他們果然是我父親的兒子，那麼我的身價多少可以減輕一些，普修默斯啊，你我之間的鴻溝，也不至於這樣懸隔了。

裴　他有些什麼痛苦，在那兒愁眉不展呢？

基　但願我能够替他解除！

阿　我也但願能够替他解除，不管他有些什麼痛苦，不管那需要多少的勞力，冒多大的危險。神啊！

裴　聽着，孩子們。（耳語）

伊　高人隱士，他們潛居在並不比這洞窟更大的斗室之內，潔身自好，與世無爭，保持他們純潔的德性，把世俗的過眼榮華置之不顧，這樣的人果然可敬，但是還不及這兩個少年質樸得可愛。恕我，神啊！既然利昂那脫斯這樣薄情無義，我要變一個男子和他們作伴。

裴　就是這樣吧。孩子們，我們去把獵物烹煑起來。美貌的少年，進來。肚子餓着的時候，談話是很乏力的；等我們吃過晚餐，我們就要詳細詢問你的身世，要是你願意告訴我們的話。

基　請過來吧。

阿　鴟梟對於黑夜，雲雀對於清晨，也不及我們對你的歡迎。

伊　謝謝，大哥。

阿　請過來吧。（同下）

## 第七場　羅馬；廣場

【二元老及衆護民官上。

元老甲　皇上有旨：本國平民方今正在討伐巴諾尼亞人和達爾邁西亞人的叛亂，目前駐屯伽利亞的軍團，實力薄弱，不够膺懲貳心的不列顚人，所以傳諭全國士紳，一體踴躍從征。他晉封琉歇斯爲執政長官，全權委任你們各位護民官負責立即徵募兵員。該撒萬歲！

護民官甲　琉歇斯是全軍的主將嗎？

元老乙　是的。

護民官甲　他現在還在伽利亞嗎？

元老甲　帶領着我剛才所說的那幾個軍團，正在等候着你們徵募的兵隊前去補充。在你們的委任狀上，寫明着需要的兵額和他們開拔的限期。

護民官甲　我們敢不履行我們的責任。（同下）

# 第四幕

## 第一場　威爾斯；裴拉律斯山洞附近森林

【克洛登上

克　要是畢散尼奧指示我的方向沒有錯誤，那麼這兒離開他們約會的地點應該不遠了。他的衣服我穿着多麼合身！既然穿得上他的衣服，爲什麼配不上他的愛人呢？她不是跟他的裁縫一樣，都是上帝造下的生物嗎？我敢老實對自己說一句話，——因爲一個人在自己房間裏照照鏡子是算不得虛榮的，——我的意思是說，我的全身的線條正像他一樣秀美；差不多的年靑，講身體我比他結實，講命運我不比他壞，講眼前的地位他不及我，講出身他沒有我的高貴；我們同樣通曉一般的庶務，可是在單人決鬥的時候，我是比他更了得的；然而這個不識好壞的丫頭偏偏丟下了我去愛他！人類眞是莫名其妙的東西！普修默斯，你的頭現在還長在你的肩膀上，一小時之內，它就要掉下來了；你的愛人要被我强姦，你的衣服要當着你的面前裂成片片；等到一切完畢以後，我要把她踢回家去見她的父親，她的父親見我用這種粗暴的手段對待他的女兒，也許會有一點兒生氣，可是我的母親是能夠控制他的脾氣的，到後來還是我得到一切的讚美。我的馬兒已經拴好出來，寶劍，去飮仇人的血吧！命運之神啊，願你讓他們落在我的手裏！這兒正是他所描寫的他們約會的地點；那傢伙想來不敢騙我。（下）

## 第二場　裴拉律斯山洞之前

【裴拉律斯，基特律斯，阿維雷格斯，及伊慕琴自洞中上。

裴　（向伊）你身子不大舒服，還是留在洞裏；我們打獵過後就來看你。

阿　（向伊）兄弟，安心住着吧；我們不是兄弟嗎？

伊　人們本來應該像兄弟一般彼此親愛；可是黏土也有貴賤的區分，雖然它們本身都是同樣的泥塊。我病得很難過。

基　你們去打獵吧；我來陪着他。

伊　我沒有什麼大病，就是有點兒不舒服；可是我還不像那些嬌生慣養的公子哥兒一般，沒有病就裝出一副快要死了的神氣。所以請你們讓我一個人留着吧；不要放棄了你們每日的工作，破壞習慣就是破壞一切。我雖然有病，你們陪着我也於事無補；對於一個孤寂的人，伴侶並不是一種安慰。我的病不算利害，因爲我還能對它大發議論。請你們信任我，讓我留在這兒吧；除了我自己以外，我是什麼也不要偷竊的，我祇希望一個人偷偷兒地死去。

基　我愛你；我已經說過了；我對你的愛的分量，正像我愛我的父親一樣。

裴　噯！怎麼！怎麼！

阿　要是說這樣的話是罪惡，父親，那麼這不單是我哥哥一人的過失。我不知道我爲什麼愛這個少年；我曾經聽見您說，愛的理由是沒有理由的。假如柩車停在門口，有人問我應該讓誰先死，我會說，「讓我的父親死，讓這少年

裴　活着吧。」

（旁白）啊，高貴的氣質！優越的天賦！偉大的胚胎！懦怯的父親祇會生懦怯的兒子，卑賤的事物出於卑賤。有穀實也就有糠麩，有猥瑣的小人也就有倜儻的豪傑。我不是他們的父親；可是這少年不知究竟是什麼人，卻會造成這樣的奇蹟，使他們愛他勝於愛我。現在是早上九點鐘了。

阿　兄弟，再會！

伊　願你們滿載而歸！

阿　願你恢復健康！請吧，父親。

伊　（旁白）這些都是很善良的人。神啊，我聽到一些怎樣的謊話！我們宮庭裏的人說在宮庭以外，一切都是野蠻的；經驗啊，你證實傳聞的虛偽了。莊嚴的大海產生蛟龍和鯨鯢，清淺的小河裏祇有一些供鼎俎的美味的魚蝦。我還是覺得不舒服，心口上一陣陣的難過。畢散尼奧，我現在要嘗試一下你的靈藥了。（吞藥）

基　我不能鼓起他的精神來。他說他是良家之子，遭逢不幸，忠實待人，卻受到人家的欺騙。

阿　他也是這樣回答我；可是他說以後我也許可以多知道一些。

裴　到獵場上去，到獵場上去！（向伊）我們暫時離開你一會兒；進去安息安息吧。

阿　我們不會去得長久的。

裴　請你不要害病，因為你必須做我們的管家婦。

伊　不論有病無病，我永遠感念你們的好意。（下）

裴　這孩子雖然在困苦之中，看來他是有很好的祖先的。

阿　他唱得多麼像個天使！

基　可是他的烹飪的手段多麼精巧！他把菜根切得整整齊齊；他調羹我們的羹湯，就像天后朱諾害病的時候，他曾經伺候過她的飲食一樣。

阿　他用非常高雅的姿態，把一聲嘆息配合着一個微笑：那嘆息似乎在表示自恨它不能成爲這樣一個微笑，那微笑卻在譏諷那嘆息，怪它從這樣神聖的殿堂裏飛了出來，去和被水手們詈罵的風兒混雜在一起。

基　我注意到悲哀和忍耐在他的心頭長着根，彼此互相糾結。

阿　長大起來，忍耐！讓那老朽的悲哀在你那繁盛的藤蔓之下解開它的枯萎的敗根吧！

裴　已經是大白天了。來，我們去吧！——那邊是誰？

【克洛登上。

克　我找不到那亡命之徒；那狗才騙了我。我好疲乏！

裴　「那亡命之徒！」他說的是不是我們？我有點兒認識他；這是克洛登，王后的兒子。我怕有什麼埋伏。我好多年沒有看見他了，可是我認識這是他。人家把我們當作匪徒，我們還是避一避開吧。

基　他祇有一個人。您跟我的弟弟去望望有沒有什麼人在過來；你們去吧，讓我獨自對付他。（裴、阿同下）

克　且慢！你們是些什麼人，見了我就這樣轉身逃走？是嘯聚山林的匪徒嗎？我曾經聽見說起過你們這種傢伙。你是個什麼奴才？

基　人家罵我奴才，我要是不把他打歪了嘴巴，那我纔是個不中用的奴才。

克　你是個强盜，破壞法律的匪徒。趕快投降，賊子！

基　向誰投降？向你嗎？你是什麽人？我的臂膀不及你的粗嗎？我的膽氣不及你的壯嗎？我承認我不像你這樣愛說大話，因爲我並不把我的刀子藏在我的嘴裏。說，你是什麽人，爲什麽我要向你投降？

克　你這下賤的賊奴，你不能從我的衣服上認識我嗎？

基　不，惡棍，我也不認識你的裁縫；他是你的祖父，他替你做下了這身衣服，讓你像一個人的樣子。

克　好一個利嘴的奴才，我的裁縫並沒有替我做下這身衣服。

基　好，那麽謝謝那捨給你穿的施主吧。你是個傻瓜；打你也嫌汚了我的手。

克　你這出口傷人的賊子，你祇要一聽我的名字，你就發起抖來了。

基　你叫什麽名字？

克　克洛登，你這惡賊。

基　你這惡透了的惡賊，原來你的名字就叫克洛登，那可不能使我發抖；假如你叫蝦蟆，毒蛇，蜘蛛，那我倒也許還有幾分害怕。

克　讓我叫你聽了格外害怕，嘿，我要叫你嚇得發呆，告訴你吧，我就是當今王后的兒子。

基　我很失望，你的樣子不像你的出身那麽高貴。

克　你不怕嗎？

基　我祇怕那些我所尊敬的聰明人；對於傻瓜們我祇有一笑置之，不知道他們有什麽可怕。

克　過來領死。等我親手殺死了你以後，我還要追上剛纔逃走的那兩個傢伙，把你們的首級懸掛在國門之上。投降吧，粗野的山賊！（且鬥且下）

【裴拉律斯及阿維雷格斯重上。

裴　不見有什麼人。

阿　一個人也沒有。您準是認錯人啦。

裴　那我可不能說；我已經好久不看見他了，可是歲月還沒有模糊了他當年臉上的輪廓；那斷續的音調，那衝口而出的言語，都正像是他。我相信這人一定就是克洛登。

阿　我們是在這地方離開他們的。我希望哥哥給他一頓好好的教訓；您說他是非常兇惡的。

裴　我說他還沒有像一個人，什麼恐懼他都一點兒不知道；因爲一個渾渾噩噩的傢伙往往膽大妄爲，毫無忌憚。可是瞧，你的哥哥。

【基特律斯提克洛登首級重上。

基　這克洛登是個傻瓜，一隻不名一文的空空的錢袋。即使赫邱利斯也砸不出他的腦子來，因爲他根本是沒有腦子的。可是我要是不幹這樣的事，我的頭也要給這傻瓜拿下來正像我現在提着他的頭一樣了。

裴　你幹了什麼事啦？

基　我明白我自己所幹的事：我不過砍下了一個克洛登的頭顱，據他自己所說，他是王后的兒子；他罵我反賊，山林裏的匪徒，發誓要憑着他單人獨臂的力量，把我們一網捕獲，還要從我們的脖子上——感謝天神！——搬下我們的頭顱，把它們懸掛在國門上示衆。

裴　我們全都完了。

基　噯喲，好爸爸，我們除了他所發誓要取去的我們的生命以外，還有什麼可以失去的？法律並不保護我們；那麼我們爲什麼向人示弱，讓一個妄自尊大的傢伙威嚇我們，因爲我們害怕法律，他就居然做起我們的法官和劊子手來？你們在路上望見有什麼人來嗎？

裴　我們一個人也望不見；可是我們有絕對充分的理由相信他一定是帶着隨從來的。他的脾氣固然是輕浮善變，往往從一件壞事搖身一轉，就轉到一件更大的壞事；可是除非全然發了瘋，他決不會一個人到這兒來。雖然宮庭裏也許聽到這樣的消息，說是有我們這樣的人在這兒穴居行獵，都是一些化外的匪徒，也許漸漸兒有擴展勢力的危險；他聽見了這樣的話，正像他平日的爲人一樣，就自告奮勇，發誓要把我們捉住；然而他未必就會獨自前來，他自已固然沒有這樣的膽量，他們也不會這樣答應他。所以我們要是害怕他的身體上有一條比他的頭更危險的尾巴，這樣的害怕並不是沒有根據的。

阿　讓一切依照着天神的旨意吧；可是我的哥哥幹得不錯。

裴　今天我沒有心思打獵；裴苔爾那孩子的病，使我覺得彷彿道路格外悠長似的。

基　他揮舞他的劍，對準我的咽喉挺了過來，我一伸手就把它奪下，用他自已的劍割下他的頭顱，我要把它丟在我們山崖後面的溪澗裏，讓溪水把它冲到海裏，告訴魚兒們他是王后的兒子克洛登。別的我什麼都不管。（下）

裴　我怕他們會來報復。坡力陀兒，你要是不幹這件事多好！雖然你的勇敢對於你是十分相稱的，

阿　但願我幹下這樣的事，讓他們向我一個人報復！坡力陀兒，我用兄弟的至情愛着你，可是我很妒嫉你奪去了我這樣一個機會。我希望復仇的人馬會來尋到我們，讓我們儘我們所有的力氣跟他們較量一下。

裴　好，事情已經這樣幹下了。我們今天不用再打獵，也不必去追尋無益的危險。你先回到山洞裏去，和裴苔爾兩人把食物烹煮起來；我在這兒等候鹵莽的坡力陀兒回來，就同他來吃飯

阿　可憐的有病的斐苔爾！我巴不得立刻就去見他；爲了增加他的血色，我願意放盡千百個像克洛登這樣傢伙的血，還要稱讚自己的心腸慈善哩。（下）

斐　你神聖的造化女神啊！你在這兩個王子的身上多麼神奇地表現了你自己！他們是像微風一般溫柔，在紫羅蘭花下輕輕拂過，不敢驚動那芬芳的花瓣；可是他們高貴的血液受到激怒以後，就會像最粗暴的狂風一般兇猛，他們的威力可以拔起嶺表的松柏，使它向山谷彎腰。奇怪的是一種無形的本能居然會在他們身上構成不學而得的尊嚴，不教而具的正直，他們的文雅不是範法他人，他們的勇敢茁長在他們自己的心中，就像不曾下過耕耘的工夫，卻得到了豐盛的收穫一般！可是我總想不透克洛登到這兒來對於我們究竟預兆着什麼，也不知道他的一死將會引起怎樣的後果。

【基特律斯重上。

基　我的弟弟呢？我已經把克洛登的骷髏丟下水裏，叫他向他的母親傳話去了；他的身體暫時留下，作爲抵押等他回來向我們覆命。（內奏哀樂）

斐　我的心愛的樂器！聽！坡力陀兒，它在響着呢；可是凱特華爾現在爲什麼要把它彈奏起來？聽！

基　他在家裏嗎？

斐　他就是剛纔回去的。

基　他是什麼意思？自從我的最親愛的母親死了以後，它還不曾發過聲響。一切嚴肅的事物，是應該適用於嚴肅的情境之下的。怎麼一回事？無事而狂歡，和爲了打碎玩物而痛哭，這是猴子的喜樂和小兒的悲哀。凱特華爾瘋了嗎？

〔阿維雷格斯抱伊慕琴重上，伊慕琴狀如已死。

裴 瞧！他來了，他手裏抱着的，正是我們剛纔責怪他無事興哀的原因。

阿 我們所千般憐惜萬般珍愛的鳥兒已經死了。早知會看見這種慘事，我寧願從二八的韶年跳到花甲的頹齡，從一個嬉笑跳躍的頑童變成一個扶杖蹣跚的老翁。

基 啊，最芬芳最嬌美的百合花！我的弟弟替你簪在襟上的這一朶，遠不及你自己長成得那麼一半的秀麗。

裴 悲哀啊！誰能測度你的底層呢？誰知道那一處海港是最適合於你的滯重的船隻碇泊的所在？你有福的人兒！喬武知道你會長成一個怎樣的男子；可是你現在死了，我祇知道你是一個充滿着憂鬱的人間絕世的少年。你怎樣發現他的？

阿 我發現他全身僵硬，就像你們現在所看見的一樣。他的臉上蕩漾着微笑，彷彿他沒有受到死神的箭鏃，只是有一頭蒼蠅在他的熟睡之中爬上他的唇邊，逗得他癢癢地笑了起來一般。他的右頰偎貼在一個坐墊的上面。

基 在什麼地方？

阿 就在地上，他的兩臂這樣交叉在胸前。我還以爲他睡了，把我的釘鞋脫了下來，恐怕我的粗笨的脚步聲會吵醒了他。

基 啊，他不過是睡着了。要是他眞的去了，他將要把他的墳墓作爲他的眠牀；仙女們將要在他的墓前徘徊，蛆蟲不會侵犯他的身體。

阿 當夏天尚未消逝，我還沒有遠去的時候，裴苔爾，我要用最美麗的鮮花裝飾你的淒涼的墳墓；你不會缺少像你臉龐一樣慘白的櫻草花，也不會缺少像你血管一樣蔚藍的風信子，不，你也不會缺少野薔薇的花瓣，不是對它侮蔑，它的香氣還不及你的呼吸芬芳；紅胸的知更鳥將會啣着這些花朶送到你的墓前，羞死那些承繼了巨大的遺產，忘記爲他們的先人樹立墓碑的不孝的子孫；是的，當百花凋謝的時候，我還要用茸茸的蒼苔掩覆你的寒冷的屍體。

基　好了好了，不要一味講這種女孩子氣的說話，躭誤我們嚴重的正事了。讓我們停止了嗟歎，趕快把他安葬，這也是我們應盡的一樁義務。到墓地上去！

阿　說，我們應該把他葬在什麼地方？

基　就在我們母親的一旁吧。

阿　很好。坡力陀兒，雖然我們的喉嚨現在已經變了聲，讓我們用歌唱送他入土，就像當年我們的母親下葬的時候一樣吧；我們可以用同樣的曲調和字句，祇要把尤莉斐兒的名字換了斐苔爾就得啦。

基　凱特華爾，我不能唱歌；讓我一邊流淚一邊和着你朗誦我們的輓歌；因爲不合調的悲歌，是比說謊的教士和僧侶更可惱的。

阿　那麼就讓我們朗誦吧。

裴　看來重大的悲哀是會解除輕微的不幸的，因爲你們把克洛登全然忘了。孩子們，他曾經是一個王后的兒子，雖然他來向我們挑釁，記着他已經付下他的代價；雖然貴賤一體，同歸朽腐，可是爲了禮貌的關係，我們應該對他的身分和地位表示相當的敬意。我們的敵人總算是一個王子，雖然你因爲他是我們的敵人而把他殺死，可是讓我們按照一個王子的身分把他埋葬了吧。

基　那麼就請您去把他的屍體搬來。貴人也好，賤人也好，死了以後，剩下的反正都是一副同樣的臭皮囊。

阿　要是您願意去的話，我們就趁着這時候朗誦我們的歌兒。哥哥，你先來。（裘下）

基　不，凱特華爾，我們必須把他的頭安在東方；這是我父親的意思，他有他的理由。

阿　不錯。

基　那麼來，把他放下去。

阿　好，開始吧，

基　「不用再怕驕陽曬蒸，
　不用再怕寒風凜冽；
世間工作你已完成，
　領了工資回家安息。
才子嬌娃同歸泉壤，
正像掃煙囱人一樣。

阿　「不用再怕貴人嗔怒，
　你已超脫暴君威力；
無須再爲衣食憂慮，
　蘆葦橡樹了無區別。
健兒身手，學士心靈，

帝王螻蟻同化埃塵。

基　「不用再怕閃電光亮，

阿　不用再怕雷霆暴作；

基　何須畏懼讒人誹謗，

阿　你已閱盡世間憂樂。

阿基　無限塵寰癡男怨女，
人天一別，埋愁黃土。

基　「沒有巫師把你驚動！

阿　沒有符咒擾你魂魄！

基　野鬼游魂遠離墳塚！

阿　狐兔不來侵你骸骨！

阿基　瞑目安眠，歸於寂滅；
墓草長新，永留追憶！」

【裴拉律斯曳克洛登屍體重上。

基　我們已經完畢我們的葬禮。來，把他放下去。

裴　這兒略有幾朶花，可是在午夜的時候，將有更多的花兒開放。沾濡着晚間涼露的草花，是最適宜於撒在墳墓上的；在它們的淚顏之間，你們就像兩朶凋零的花卉，暗示着它們同樣的命運。來，我們去吧；讓我們向他們長跪辭別。大地產生了他們，現在他們已經重新投入大地的懷抱，他們的快樂和痛苦都已成爲過去了。（裴基阿同下）

伊　（醒）是的，先生，到密爾福特港是怎麼走的？謝謝您啦。打那邊的林子裏過去嗎？請問還有多少路？噯喲！還有六哩嗎？我已經走了整整一夜了。眞的，我要躺下來睡一忽兒。（見克屍）可是且慢！我可不要跟人家睡在一起！天上的男女神明啊！這些花就像是人世的歡樂，這個流血的漢子是憂愁煩惱的象徵。我希望我在做夢；因爲我彷佛自己是一個看守山洞的人，替一些誠實的人們烹煮食物。可是不會有這樣的事，這不過是腦筋裏虛構出來的無中生有的幻象；我們的眼睛有時也像我們的判斷一般靠不住。眞的，我還是在害怕得發抖。要是天上還剩留着僅僅像麻雀眼睛一般大小的一點點兒的慈悲，敬畏的神明啊，求你們賜給我一部分吧！這夢仍然在這兒；雖然在我醒來的時候，它還是圍繞在我的週遭，盤踞在我的心頭；並不是想像，卻是有實感的。一個沒有頭的男子！普修默斯的衣服！我知道他的兩腿的肥瘦，這是他的手，他的邁邱利一般敏捷的脚，他的馬斯一般威武的股肉，赫邱利斯一般雄壯的筋骨，可是他的喬武一般神聖的臉呢？天上也有謀殺案了嗎？怎麼！它已經失去了！畢散尼奧，願瘋狂的赫邱琵向希臘人所發的一切咒詛，再加上我自己的咒詛，完全投射在你身上！是你和那個目無法紀的惡魔克洛登同謀設計，在這兒傷害了我丈夫的生命。從此以後，讓讀書和寫字都被認爲不可恕的罪惡吧！萬惡的畢散尼奧已經用他假造的書信，從這一艘全世界最雄偉的船舶上轟倒它的主要的桅檣了！啊，普修默斯！唉！你的頭呢？它到那兒去了？噯喲！它到那兒去了？畢散尼奧可以從你的心口把你刺死，讓你保留着這顆頭的。你怎麼會下這樣的毒手呢，畢散尼奧？那是他和克洛登，他們的惡意和貪心，造成了這樣的慘劇。啊！這是很可能的，很可能的！他給我的藥，他說是可以興奮我的精神的，我不是一服下去就失了知覺嗎？那完全證實了我的推測；這是畢散尼奧和克洛登兩人幹下的事。啊！讓我用你的血塗在我慘白的頰上，使它添加一些顏色，萬一有什麼人看見我們，我們可以顯得格外可怕。啊！我的夫！我的夫！（仆於屍體之上）

【琉歇斯，一將領，其他軍官，及一預言者上。

將領　駐在伽利亞的軍隊已經遵照您的命令，渡海前來，到了密爾福特港，聽候您的指揮；他們一切都已準備好了。

琉　可是羅馬有沒有援兵到來？

將領　元老院已經徵發意大利全國的紳士，他們都是很奮勇的人，一定可以建立赫赫的功勳；他們的首領是勇敢的埃契摩，西也那的兄弟。

琉　你知道他們什麼時候可以到來？

將領　祇要有順風，他們隨時可以到來。

琉　這樣敏捷的行動，加强了我們必勝的希望。傳令各將領，把我們目前所有的隊伍集合起來。現在，先生，告訴我你近來有沒有什麼關於這一次戰事前途的夢兆？

預言者　我曾經齋戒祈禱，求神明垂告吉凶，昨晚果然蒙他們賜給我一個夢兆：我看見喬武的鳥兒，那頭羅馬的神鷹，從潮溼的南方飛向西方，消失在陽光之中；要是我的罪惡沒有使我的推測成為錯誤，那麼這分明預示着羅馬大軍的勝利。

琉　夢兆是從不會騙人的。且慢，呀！那兒來的這一個沒有頭的身體？從這一堆殘跡上看起來，它過去曾經是一座壯麗的屋宇。怎麼！一個僮兒！還是死了？還是睡着在這屍體的上面？多分還是死了，因為和死人同眠，畢竟是一件不近人情的事。讓我們瞧瞧這孩子的臉孔。

將領　他還活着哩，主帥。

琉　那麼他必須向我們解釋這屍體的來歷。孩子，告訴我們你的身世，因爲它好像在切望着人家的究問。被你枕臥在他的血泊之中的這一個屍體是什麼人？造化塑下了那麼一個美好的形象，他卻把它毀壞得這般難看。你和這不幸的死者有什麼關係？他怎麼會在這兒？究竟是什麼人？你是一個何等之人？

伊　我是一個不足掛齒的人物；要是世上沒有我這個人，那纔更好。這是我的主人，一個非常勇敢而善良的英國人，被山賊們殺死在這兒。唉！再也不會有這樣的主人了！我可以從東方漂泊到西方，高聲叫喊，招尋一個願意我爲他服役的人；我可以更換許多的主人，也許他們全都是很好的，我也爲他們盡忠做事；可是這樣一個主人是再也找不到的了！

琉　唉，好孩子！你的哀訴打動我的心，不下於你的流血的主人。告訴我他的名字，好朋友。

伊　理查杜襄，（旁白）我揑造了一句無害的謊話，雖然爲神明所聽見，我希望他們會原諒我的。——您說什麼，大帥？

琉　你的名字呢？

伊　斐苔爾，大帥。

琉　這是一個很好的名字。你已經證明你自己是一個忠心的孩子，願意在我手下試一試你的機會嗎？我不願說你將要得到一個同樣好的主人，可是我擔保你一定可以享受同樣的愛寵。即使羅馬皇帝親自寫了保薦的信，叫一個執政送來給我，這樣天大的面子，也不及你本身的價值更能促起我的注意。跟我去吧。

伊　我願意跟隨您，大帥，可是我還先要用這柄不中用的鋤頭，要是天神嘉許的話，替我的主人掘一個坑掩埋了，免得他受飛蠅的滋擾；當我把木葉和野草撒在他的墳上，反覆默唸了一二百遍祈禱以後，我要悲泣長嘆，盡我這一點最後的主僕之情，然後我就死心塌地跟隨您去，要是您願意收容我的話。

琉　嗯，好孩子，我將要不僅是你的主人，而且還要做你的父親。朋友們，這孩子已經指示我們男子漢的責任；讓我們找一塊雛菊開得最可愛的土地，用我們的戈矛替他掘一個墳墓；來，我們還要替他披上戎裝。孩子，他是因爲你的緣故而得到我們的優禮的，我們將要按照軍人的儀式把他安葬。高興起來；揩乾你的眼睛：說不定一交會使你跌入青雲。（同下）

## 第三場　辛白林宮中一室

【辛白林，羣臣，畢散尼奧，及侍從等上。

辛　再去替我問問她現在怎樣了。（一從者下）因爲她的兒子的失蹤，急成一病，瘋瘋顚顚的，恐怕性命不保。天哪！你在一時之間給了我多少難堪的痛楚！伊慕琴走了，我已經失去大部分的安慰；我的王后病在垂危，偏偏又碰在戰禍臨頭的時候；她的兒子又是遲不遲早不早的，在這人家萬分需要他的當兒突然不知去向；這一切打擊着我，把我驅到了絕望的境地。可是你，傢伙，你不會不知道她的出走，卻裝出這一副漠無所知的神氣，我要用嚴刑逼着你招供出來。

畢　陛下，我的生命是屬於您的，該殺該剮，都隨陛下的便；可是說到公主，我實在不知道她在什麼地方，爲什麼出走，也不知道她準備什麼時候回來。求陛下明鑒，我是您的忠實的奴僕。

甲臣　陛下，公主失踪的那一天，他是在這兒的；我敢保證他的忠實，相信他一定會盡心竭力，履行他的臣僕的責任。至於克洛登，我們已經派人各處加緊搜尋去了，不久一定會找到的。

辛　這眞是多事之秋。（向畢）我暫時放過你，可是我對你的懷疑還不能就此消失。

甲臣　啓稟陛下，從伽利亞抽調的羅馬軍隊，還有一批由他們元老院派遣的紳士軍作爲後援，已經在我國海岸上登陸了。

辛　但願我的兒子和王后在我跟前，我可以跟他們商量商量！這些事情簡直把我攪呆了。

甲臣　陛下，您所已經準備好的實力，對付這樣數目的敵人是綽綽有餘的；即使來得再多一些，我們也可以抵擋得了；祗要一聲令下，這些渴望着一顯身手的軍隊立刻就可以行動起來。

辛　我謝謝你的良言。讓我們退下去籌謀應付時局的方策。我所擔心的，倒不是意大利將會給我們一些怎樣的煩惱，而是這兒國內不知道會發生一些怎樣的變故。去吧！（除畢外均下）

畢　自從我寫信告訴我的主人伊慕琴已經被我殺死以後，至今沒有得到他的來信，這眞有點兒奇怪；我的女主人答應時常跟我通訊，可是我也沒有聽到過她的消息；克洛登的下落如何，更是一點兒不知道；一切對於我都是一個疑團。上天的意旨永遠是不可捉摸的。我的欺詐正是我的忠誠，爲了盡忠的緣故，我纔掉下漫天的大謊。當前的戰爭將會證明我愛我的國家，我要使王上明白我的赤心，否則寧願死在敵人的劍下。種種的疑惑到頭來總會發現眞相；失舵的船隻有時也會安然抵港。（下）

## 第四場　威爾斯裴拉律斯山洞前

〔裴拉律斯，基特律斯，及阿維雷格斯同上。

基　這些喧呼的聲音就在我們的四周。

裴　讓我們遠遠避開它。

阿　父親，我們要是屏絕行動和進取的雄心，把生命這樣幽錮起來，人生還有什麼樂趣呢？

基　對啊，我們讓自己躲藏在山谷裏，這一輩子還有什麼希望？羅馬人一定會打這條路上過來，他們倘不因為我們是英國人而殺死我們，就是把我們當作一羣野蠻無恥的叛徒，暫時把我們收留下來，等到用不到我們的時候，再把我們殺死。

裴　孩子們，讓我們到山上高一點兒的地方去，那邊比較安全一些。國王的軍隊我們是不能參加的；克洛登死得不久，他們看我們都是一些面貌生疏的人，又不曾編入隊伍，也許會查問我們的住處，萬一我們所幹的事被他們追究出來，那我們免不了要在嚴刑拷掠之下死於非命。

基　父親，在這樣的時候擔起這種心事來，您也太不够漢子了；聽了您這樣的話，我們是大不滿意的。

阿　他們聽見敵人軍馬的長嘶，望見敵人營舍的火光，他們的耳目都凝集在敵人的行動上；在這樣軍情萬急的時候，他們還會浪費他們的時間注意我們，查問我們的來歷嗎？

裴　啊！軍隊裏有好多人認識我；就說克洛登吧，當初他還不過是個孩子，可是多年的睽隔，並沒有使我忘記了他的容貌。而且這國王也不值得我的効力和你們的愛戴；因為我被他放逐了，你們纔不能享受良好的敎養，不得不到這兒來度着艱苦的生活，永遠剝奪了你們孩提時代的幸福，夏天被太陽曬成了黑娃娃兒，冬天冷得躲在角落裏發抖。

基　與其這樣活着，還是死了的好。求求您，父親，讓我們到軍隊裏去吧。誰也不認識我們兄弟兩人；您自己早已被人忘了，您的模樣也早已跟二十年前的您大不相同，人家決不會來向您尋根究底的。

阿　憑着這一輪光明的太陽發誓，我一定要去。這還成什麼話，不曾看見一個人在我的面前死去！除了膽小的野兔，性急的山羊和柔弱的麋鹿以外，簡直不曾見過一滴血！也不曾裝上靴距，正正式式騎過一回馬兒！望着神聖的太陽，我就覺得心中慚愧，徒然沐浴他的溫暖的光輝，卻不能轟轟烈烈幹一番事業，老是在山野之間做一個歡碌無名之輩，

基　蒼天在上，我也要去！父親，要是您允許我，願意爲我祝福的話，我一定自己格外小心；不然的話，讓我死在羅馬人的手裏吧。

阿　我也是這樣說，阿們。

裴　既然你們把自己的生命這樣看輕，我也沒有理由愛惜我這衰朽的身軀。我跟你們去吧，孩子們！萬一你們爲了祖國而戰死疆場，那也就是我埋骨的地方。你們帶路吧。（旁白）時間彷彿是這樣悠長；他們的熱血在心頭奔湧，要向人顯示他們是天生的龍種。（同下）

# 第五幕

## 第一場　英國；羅馬軍營地

〔普修默斯持血帕上。

普　是的，血污的布片，我要把你保藏起來，因爲是我的意思讓你染上這種顏色。已婚的男子們啊，要是你們每一個人都採取這樣的手段，那麼多少人將要殺害了遠比他們自己無罪的妻子，只因爲她們一時小小的失足啊！畢散尼奧！良好的僕人並不全然服從主人的命令；那命令如其是荒謬狂悖的，他就沒有履行的義務。神啊！要是你們早一些譴罰我的罪惡，我決不會活到現在，幹下這樣的行爲；尊貴的伊慕琴也可以不至於慘死，讓她有懺悔的機會；祇有我這惡人纔應該受你們雷霆的怒擊。可是唉！有的人犯了小小的過失，你們就把他攫了去，這是你們的好意使他以後不再墮落；有的人你們卻放任他爲非作惡，每一次的罪過比前一次更重，使他對自己的行爲恐懼。可是伊慕琴是你們的，照你們的意旨執行，讓我服從你們而得福吧。我跟着意大利的紳士們到這兒來，向我的妻子的國家作戰；不列顛，我已經殺死你最好的女郎，再不願傷害你了！仁慈的上天啊，垂聽我的意見：我要脫下這些意大利的裝束，穿上一身英國農民的衣服；我要掉轉劍頭爲我的祖國而戰；伊慕琴啊！我要爲你而死，雖然你已經使我的生命的每一次呼吸等於一次死亡；我要像這樣隱藏我的眞相，沒有人憐憫也沒有人憎恨，拚着這一身去迎受一切的危險。讓我使人們知道，在我這卑賤的服裝之內，是藏着極大的勇敢的。神啊！求你

們把利昂那脫斯家先世的神威注入我的全身！爲了羞辱世間的僞裝，我要自創先例，讓內心的眞價勝過外表的寒傖。（下）

## 第二場　兩軍營地間的戰場

〔琉歇斯，埃契摩，及羅馬軍隊自一門上；英國軍隊自另一門上，普修默斯穿敝服扮窮兵隨上。兩軍對壘，各下。號角聲。埃契摩及普修默斯二人重上，接戰；普修默斯擊敗埃契摩，褫其武裝，普下，

埃　重壓在我胸頭的罪惡剝奪了我的勇氣；我曾經冤誣一位女郎，這國裏的公主，好像這兒的空氣也在向我復仇一般，使我軟弱無力，否則我這久列行間的戰士，怎麼會失敗在這村野傖奴的手裏？像我這般武士的頭銜，官家的封典，不過是一些供人譏笑的虛名。不列顛啊，要是你那些紳士們勝過這一個村漢，正像他勝過我們的貴族一樣，那麼你們都是天神，我們簡直不好算是人了。（下）

〔戰爭繼續；英軍敗走；辛白林被捕；裴拉律斯，基特律斯，及阿維雷格斯上，救辛。

裴　站住，站住！我們佔着優勢的地位。巷口已經把守好了；除了我們自己懦怯的恐懼以外，誰也不能打敗我們。

基、阿　站住，站住，努力作戰！

〔普修默斯重上，助英軍作戰，協同裴拉律斯等將辛白林救出，同下。琉歇斯，埃契摩，及伊慕琴重上。

琉　去，孩子，趕快離開軍隊，保全你自己的生命吧；戰爭是盲目的，在這樣混亂的狀態中自己人也會彼此相殺。

埃　這是他們新到的援軍。

琉　今天的戰局會有這樣變化，眞是意想不到。我們倘不趕快增援，祇有走爲上着。（同下）

## 第三場　戰場另一部分

【普修默斯及一英國貴族上。

貴族　你是從他們反身抵抗敵軍的那一邊來的嗎？

普　是的；您是從逃走的那一邊來的吧？

貴族　是的。

普　這也怪不得您，先生；倘不是上天幫助我們打仗，一切全都完了。王上自己失去了兩翼的衛護，軍隊五分四散，祇看見不列顚人的背部，大家向一條羊腸小徑裏奔逃。勇氣百倍的敵人忙不及的逢人便殺，祇恨少了兩隻手，殺不完還許多，累得他們氣喘吁吁，把舌頭都吐了出來；有的給他們當場砍死，有的略受微傷，有的嚇得倒在地上爬不起來；弄得這一條狹窄的路上塡滿了背後受傷的死人和苟延蟻命的丟臉的懦夫。

貴族　這條小路在什麼地方？

普　就在戰場的附近，兩旁掘着濠溝，築着泥牆；那時候有一個老軍人，我敢擔保他是一個忠勇的戰士，就趁勢堵住路口；從他斑白的鬚髯上可以看出他身經百戰，現在果然顯出他老當益壯的身手，爲他的國家立下這樣的功績；就是他和兩個乳臭未乾的少年，瞧他們的樣子似乎祇好跑跑鄉間的平地，全然不像會幹這種殺人的勾當他們的臉龐是適宜於戴上面罩的，其實那些爲了珍惜自己的美貌或是遮掩羞慚而蒙面的臉龐，還及不上他們的嬌好，就是他們三個人站在路口，向那些逃走的人高聲呼喊，「我們英國的鹿是因爲逃遁而被人殺死的，我們英國的男子卻不是這樣向後退的人，他們的靈魂向黑暗裏投奔。站住！否則我們就是羅馬人，你們像畜生一般奔逃，無非為了避免一死，可是你們不死在羅馬人手裏，我們也不會饒過你們；要是你們想活命，祇有咬緊牙齒轉過身去。站住！站住！」在軍心渙散的時候，這三個人振臂一呼，簡直抵得過三千壯士；他們喊着「站住！站住！」靠着地形的優勢，尤其是他們那感發人心的忠勇，可以使一根紡線竿變成一柄長槍，那些死灰似的臉色立刻容光煥發起來；一半因為自覺羞愧，一半因為他們的精神已經重新振作，那些跟在人家後面跑而變成懦夫的人，——對於初上戰場的軍士這是一種常有的情形，——立刻轉過臉去，像雄獅般向着獵人的槍刺獰笑。於是敵人開始停止他們的追逐，他們向後退卻，潰奔敗走，立刻造成混亂的局面；本來像猛鷹一般從天上飛下，現在卻變成一羣奔逃的小雞，來的時候是跨着大步的勝利者，去的時候卻是抱頭鼠竄的奴才。現在我們這些懦夫像一羣被狂風怒浪吹打得零落不全的船隻，立刻成為生氣勃勃的英雄；他們發現敵人的心口可以從它的後門進去。天啊！他們衝殺得多麼兇猛！死的死，重傷的重傷，還有的已經被前面的人砍倒，又被後面的人戳了幾下；本來是一個人追趕十個，現在這十個人每一個殺死二十個；那些寧願不抵抗而死的人們都變成了戰場上吃人的大蟲。

貴族 真是意想不到的事情，一條狹路，一個老人兩個孩子！

普 不用驚奇；您自己一事不幹，聽見別人所幹的事就覺得奇怪。您願意吟兩行詩句，聊博一笑嗎？我倒有了：

「兩個孩子，一個老人，一條狹路，

英國人的救星，羅馬人的災禍。」

貴族 您別生氣呀。

普 唉，何必生氣？誰要是見了敵人溜走，我願意和他交個朋友；因為他會向敵人逃避，他也會逃避我的友誼。——您使我做起詩句來了。

貴族　再見；您在生氣了。（下）

普　還是想逃走嗎？這是一個貴人！啊，高貴的卑怯！自己在戰場上，卻問我有什麼消息！今天有多少人願意放棄他們的尊榮，保全他們的皮囊！他們拔腳飛奔，結果還是不免一死！我這爲悲哀纏繞的人，雖然聽見死亡的呻吟，卻找不到他的蹤跡，雖然看見死亡的巨掌，卻碰不到我的身上；死神，這醜惡的妖魔，偏愛躲藏在美酒紅袖，芳唇蜜語之中，我們這些在戰場上爲他拔刀弄劍的人，不過是他的不足齒數的爪牙。好，我一定要找到他。現在我已經爲英國盡過力，我要重新回復我初來時的面目，不再做一個英國人，我也不願再上戰陣，無論那一個下賤的小卒碰見了我，我就讓他把我捉去。羅馬軍隊在這兒殺死了不少的人，英國人一定要報復這一次仇恨，祇有死纔可以贖回我的自由，祇有死纔是我唯一的追求；我要爲伊慕琴終結我的殘生，再不讓它多挨一刻苦痛的時辰。

【二英國將領及軍士等上。

將領甲　讚美偉大的裘必脫！琉歇斯已經被捕了。人家都猜想那老頭兒和他的兩個兒子是天神下降。

將領乙　還有一個人，他的裝束十分可笑，也跟他們一起把敵人打退。

將領甲　據說是這樣；可是這幾個人一個也找不到。站住！那邊是誰？

普　一個羅馬人，要是有人幫我一臂之力，我也不會一個人掉落在這兒了。

將領乙　抓住他；一條狗！不要讓一個羅馬的敗卒回去告訴他們什麼烏鴉在啄他們的朋友。他還自己誇口，好像他是個什麼了不得的人物。帶他見王上去。

【辛白林率扈從上；裴拉律斯，基特律斯，阿維剌格斯，畢散尼奧，及羅馬俘虜等同上。二將領獻上普修默斯，辛白林命獄卒將普收禁；衆下。

## 第四場　英國牢獄

【普修默斯及二獄卒上。

獄卒甲　現在可不會有人把你偷走，你的身體已經給鎖起來啦。要是這兒有草，你儘管吃吧。

獄卒乙　嗯，那可還要看他有沒有胃口。（二獄卒下）

普　歡迎，拘囚的生活！因爲我想你是到自由去的路。可是我還比一個害痛風病的人好一些，因爲他寧願永遠生活在痛苦呻吟之中，不願讓死亡這一個手到病除的良藥治愈他的疾病；祗有死纔是打開這些鐵鎖的鑰匙。我的良心上負着比我的足脛和手腕上更重的鐐銬；仁慈的神明啊，賜給我懺悔的利劍讓我劈開這黑暗的牢門，得到永久的自由吧！我已經衷心悔恨，這還不够嗎？兒女們是這樣使他們塵世的父親回嗔作喜；天上的神明是更充滿了慈悲的。我必須懺悔嗎？還有什麼比拖鐐帶銬更好的方式，出於自願而不是被迫的？爲了祓除我的罪孽，我願意呈獻我整個的生命。我知道你們比萬惡的世人仁慈得多，他們從破產的負債人手裏拿去三分之一，六分之一，或是十分之一的財產，讓這些債戶留着有餘不盡的殘資，供他們繼續的剝削；那卻不是我的願望。把我的生命拿去，抵償伊慕琴的寶貴的生命吧；雖然它們的價值並不相等，可是那總是一條生命，爲你們所親手鑄下的。在人與人之間，他們並不戥量着每一枚貨幣，即使略有輕重，也瞧着上面的花紋而收受下來；你們應該把我收受，因爲我是你們的。偉大的神明啊，要是你們願意作這一次清算，就請拿去我的生命，勾銷這些無情的債務。啊，伊慕琴！我要在沉默中向你抒陳我的心曲。（睡）

【奏哀樂。西昔律斯利昂那脫斯，即普修默斯之父，陰魂出現，爲一戰士裝束之老翁；一手攜一老婦，即其妻，亦即普修默斯之母的鬼魂；二鬼登場時有音樂前導。音樂再奏，利昂那脫斯二子，即普修默斯之兄，亦相繼出現，彼等各因戰死而身有傷痕。普修默斯睡於獄牀之上，衆鬼繞其四周。

西　你司雷役電的天主，
　不要遷怒凡人；
你該責怪馬斯朱諾
　淫亂你的天庭。
我那沒見面的孩子
　幹過什麼壞事？
當他尚在母腹待產，
　我已長辭人世；
你是孤兒們的慈父，
　理應矜憐孤苦，
茫茫人世遍地荊棘，
　你該盡力加護。

母　我臨盆時未蒙神佑，

一陣劇痛喪身；

普修默斯呱呱墮地，

可憐舉目無親！

西　造化鑄下他的模型，

不失列祖英風，

他值得世人的讚美，

果然頭角崢嶸。

長兄　當他長成一表男兒，

他的意氣才情

在不列顛全國之中

誰能和他競爭？

除了他有誰能贏取

伊慕琴的芳心？

母　爲什麼他締締良姻，

就被君王放逐，
遠離了祖宗的田園
和情人的衣角？

西　爲什麼你讓埃契摩，
意大利的傖奴，
用無稽的猜疑嫉妒
把他心胸沾污；
落得那萬惡的奸人
一旁譏笑揶揄？

次兄　因此我們離開墳墓，
我們父子四個，
爲了捍衞我們祖國，
曾經赴湯蹈火，
犧牲了我們的生命，
保持榮名不墮。

長兄　音修歎斯爲了王室
也曾卓著勳勞：
袞必脫，你衆神之王，
爲何久抑賢豪，
不給他應得的褒賞，
讓他鬱鬱無聊？

西　開開你水晶的窗戶，
請你俯瞰塵寰；
莫再用無情的毒害
儘把壯士摧殘。

母　可憐我們無辜佳兒，
賜他幸福平安。

西　從你瓊宮瑤殿之中

伸出你的援手;
否則我們要向衆神
控訴你的悖謬。

二兄　不要失卻衆望,神啊!
伸出你的援手。

〔裘必脫在雷電中騎鷹下降,擲出霹靂一響;衆鬼跪伏。

裘　你們這一群下界的幽魂,
不要儘向我們天庭煩絮!
你們怎麼膽敢怨懟天尊,
他雷霆的火箭誰能抵禦?
去吧,樂園中憧憧的黑影,
在那不謝的花叢裏安息;
人世的事不用你們顧問,
一切自有我們神明負責。
那一個人蒙到我的恩眷,
我一定先使他備歷辛艱。

你們的愛子他災星將滿，
　無限幸運展開在他眼前。
我的星光照耀他的誕生，
　他在我神殿上舉行婚禮。
他將要做伊慕琴的良人；
　不經困苦，怎得這番甜味？
把這簡牒安放他的胸頭，
　他一生的休咎都在其中。
去吧，別再這樣喧擾不休，
　免得激起我的怒火融融。
鷹兒，駕着我飛返琉璃宮。（上天）

西　他在雷聲中下降；他的神聖的呼吸裏充滿着硫磺的氣味；那神鷹飛下頭來，似乎要怒蹋我們的樣子。他的升天卻比我們的樂園還要柔和；他的尊貴的鷹兒綷理那永生的羽翼，用它的脚爪剔拭它的尖啄，正像他的神明喜悅的時候一般。

衆　感謝裘必脫！

西　那玉石的階道已經被雲兒封住了；他已經走進他光明的宮殿裏。去吧！讓我們恭承天惠，恪遵他莊嚴的訓誨。

（衆鬼隱滅）

普　（醒）睡眠，你已經做了一次老祖父，替我生下一個父親；你又造下了一個母親和兩個兄長。可是啊，無情的譏刺！他們全都去了，正像來的時候一樣飄忽；我也就這樣醒來。那些倚靠着貴人恩寵的可憐蟲，也像我一樣做着夢；一醒以後，萬事皆空。可是唉！話又要說回來了。有的人並沒有做求名求利的好夢，他們無所事事，卻也照樣受盡恩榮；我也是這樣，不知怎麼會莫名其妙地做起這種幸福的美夢來。什麼神仙到過這裏？一冊書嗎？啊，珍奇的寶冊，願你不要像我們愛好虛華的世人一般，把一件富麗的外服遮掩內衣的敝陋；願你的內容也像你的外表一般美好，不像我們那些朝士們祇有一副空空的架子。

「雄獅之幼兒於當面不相識，無意尋求間，爲一片溫柔之空氣所擁抱之時；自莊嚴之古柏上砍下之枝條，久死而復生，重返故株，發榮滋長之時；亦即普修默斯脫離厄難，不列顚國運昌隆，克享太平至治之日。」

仍然是一個夢，否則一定是什麼瘋子隨口吐出，不假思索的狂言；倘不是夢裏的鬼話，就是無根的譫語；倘不是毫無意識的亂談，它的意義也是不可究詰的。可是不管它是什麼東西，我的一生的行事卻也沒頭沒腦得和它相差不遠，祇爲了同病相憐的緣故，我也要把它保藏起來。

【二獄卒重上。

獄卒甲　來，先生，你有沒有準備好去死？

普　早就準備好；假如是一塊肉的話，烤也烤焦了。

獄卒甲　一句話，要請你去上吊，先生；要是你已經準備好那個，那麼你這塊肉已經烹得很好了。

普　哦，要是我能够在觀衆眼睛裏成爲一道好菜，那麼總算死得並不冤枉。

獄卒甲　這對於你是一回嚴重的清算，先生；可是這樣也好，從此以後，你不用再還人家的債，也不用再怕酒店裏向你催討欠賬，人們在追尋歡樂的當兒，往往免不了這一種臨別時的悲哀。你進來的時候餓得有氣沒力，出去的時候喝得醉步郎當；你後悔不該付太大的代價，又惱恨人家給你太重的代價；你的錢囊和腦袋同樣空洞，腦裏因爲裝滿空虛，反而顯得沉重，錢囊裏沒有了貨色，又嫌太輕了：這一種矛盾，你現在可以從此免去。啊！一根祇値一文錢的繩子，卻有救苦救難的無邊法力：無論你欠下成千債款，它都可以在一霎眼間替你結束；它總是你眞正的債主和債戶；過去，現在，未來的一切總賬，都可以由它一手清還。你的頸子，先生，是筆，是帳簿，也是算盤；不消片刻，你就可以收付兩訖了。

普　我死了比你活着還要快樂得多。

獄卒甲　不錯，先生，睡熟的人不覺得牙痛；可是一個人要是必須睡你那種覺，還要讓一個劊子手照護他上牀，我想他一定還是願意和他的行刑者交換一個位置的；因爲你瞧，先生，你自己也不知道你要到什麼地方去呷。

普　我知道，朋友。

獄卒甲　那麼你死了以後，眼睛還是睜得亮亮的；我可祇聽見人家說，身子一挺，兩眼漆黑。倘不是有什麼自命爲識路的人帶領你，就是你自信不會走錯路，可是我斷定你對於這條路是完全生疏的；否則也許你想冒一下險探尋前途的究竟。你的旅行的結果如何，我想你是再也不會回來告訴人家的了。

普　我告訴你，朋友，除了那些生了眼睛有心閉上的人們以外，走我這一條路是不愁在暗中摸索的。

獄卒甲　可笑一個人長了眼睛，最大的用處卻是去趕這條黑暗的路程！我相信絞刑是叫人閉眼的一個方法。

【一使者上。

使者　打開他的鐐銬；把你的囚犯帶去見王上。

普　你帶來了好消息；他們要叫我去恢復我的自由了。

獄卒甲　眞有那樣的事，我就上吊給你看。

普　那你倒可以比做一個看牢門的自由一些：祇有套活人的枷鎖，沒有關死鬼的牢門。（除獄卒甲外均下）

獄卒甲　除非一個人願意娶一座絞架做妻子，生一些小絞架下來，我沒有見過像他這樣一個不怕死的怪東西。可是憑良心說，有些傢伙是貪生怕死的，儘管他是個羅馬人；他們這批人中間也有好多是雖然自己不願意，因爲沒有法子，祇好硬着頭皮去死；要是我做了他們，我也一定會這樣。我希望我們大家都存一條好心腸；喇！那麽什麽看牢門人什麽絞架都可以用不着啦。我說這樣的話，固然有妨我自己目前的利益，可是一個人祇要存着善心，總不會沒有好處的。（下）

## 第五場　辛白林營帳

〔辛白林，裴拉律斯，基特律斯，阿維雷格斯，畢散尼奧，羣臣，將校，及侍從等上。

辛　站在我的旁邊，你們這些天神差下來保全我的王位的英雄們。可惜我們找不到那個作戰得如此奮勇的窮苦的兵士，他的襤褸的衣衫羞死那些鮮明的盔甲；他挺着裸露的胸膛，走上擁着堅盾的武士的前面，去迎受敵人的劍鋒。誰要是能够找到他，我一定不惜重賞。

裴　我從來沒有見過這樣卑微的人會表現出這樣忠勇的義憤，這樣一個叫化似的傢伙，會幹出這種驚人的壯事。

辛　沒有探聽到他的消息嗎？

畢　死人活人中間都已經仔細尋找過，可是一點沒有他的踪跡。

辛　我很懊恨不能報答他的大功，祇好把額外的恩典（向裴、基阿）加在你們身上了；你們是英國的心肝和頭腦，她是靠着你們的力量而生存的。現在我應該詢問你們是什麽地方來的，回答我吧。

裴　陛下，我們是堪勃利亞的人，出身士族；除此以外，要是再說什麽自誇的話就要失之於虛僞和狂妄，除非我再加上一句，我們都是忠誠正直的。

辛　跪下來。起來，我的戰場上的武士們；我封你們爲我的御前護衞，還要用適合於你們地位的尊榮厚賞你們。

【考尼律斯及宮女等上。

辛　這些人的臉上好像出了什麽事情似的。爲什麽你們用這樣慘淡的神情迎接我們的勝利？你們瞧上去像是羅馬人，不是英國宮庭裏的？

考　萬福，偉大的君王！不怕掃了您的興致，我必須報告王后已經死了。

辛　這樣的消息是應該出之於一個醫生的嘴裏嗎？可是我想醫藥雖然可以延長生命，畢竟醫生也是不免一死，她是怎樣死的？

考　她死得情形十分可怕，簡直發瘋一般，正像她生前的樣子；她活着用殘酷的手段對待世人，死去的時候，對她自己也是十分殘酷。要是陛下不嫌煩瀆，我願意報告她臨終時自己供認的那些說話；要是我說錯了，她這些侍女們可以糾正我，她們當她彌留的時候都是滿臉淌着眼淚站在一旁的。

辛　你說吧。

考　第一，她供認她從沒有愛過您，她愛的是您的富貴尊榮，不是您；她嫁給您的王冠，是您的王座的妻子，可是她厭惡您的本人。

辛 這是祇有她一個人知道的；倘不是她臨死時所說的話，即使她說了我也不會相信。說下去。

考 您的女兒她在表面上做作得十分疼愛，其實她自己承認她是她眼睛裏的一頭蠍子；倘不是逃走得早，公主早已被她用毒藥毒死了。

辛 啊，最嬌美的惡魔！誰能觀察一個女人的心呢？還有別的話嗎？

考 有，陛下，還有更駭人的話兒哩。她供認她已經爲您預備好一種致命的藥石，服了下去，立刻就會侵蝕人的生命，慢慢兒把血液一起吸乾，叫人一寸一寸地死去；在那一段時間裏，她要日夜陪伴您，伺候您，向您流淚和您親吻，做出種種千恩萬愛的樣子，叫您受她的感動；然後趁着適當的機會，當她已經使您中了她的圈套的時候，她就設法騙誘您答應讓她的兒子繼承您的王冠。可是因爲他的奇怪的失踪，她這一種目的不能達到，所以她就發起瘋來，忘記一切的羞恥；當着上天和衆人之前，公開吐露了她的心事，懊恨她處心積慮的奸謀不能成爲事實，就在這樣絕望的心緒中死了。

辛 宮女們，你們都是隨身服侍她的，這些話你們都聽見嗎？

宮女甲 回陛下的話，我們都聽見的。

辛 我的眼睛並沒有錯誤，因爲她是美貌的；我的耳朵也沒有錯，因爲她的諂媚的話是婉轉動聽的；我更不責怪我的心，它以爲她的靈魂和外表同樣可愛，對她懷疑也是一種罪過。可是啊，我的女兒！你也許會說，這是我的癡愚，並且用你的感覺證明你的判斷的正確。願上天彌縫一切！

〔琉歇斯，埃契摩，預言者，及其他羅馬俘虜各由衛士押解上；普修默斯及伊慕琴亦在衆俘之後。

辛 凱易斯，你現在不是來向我們要求納貢，那是已經被不列顚人用武力抹消的了，雖然他們因此喪失了不少的勇士。那些死者的親屬已經提出要求，爲了安慰英靈起見，必須把你們這一批俘虜殺死；這我已經答應了他們。所以，想一想你們所處的地位吧。

琉　陛下，勝敗本來是兵家常事；你們的得勝不過是一個偶然的機遇。假如這次是我們得到勝利，當熱血冷靜下來以後，我們決不會用刀劍威脅我們的俘虜的。可是既然這是天神的意旨，我們除了一死以外，沒有其他贖身的方法，那麼就讓我們死吧；一個羅馬人是能够用一顆羅馬人的心忍受一切的，這就够了；奧古斯脫斯有生之日，將會記着這一件事情；對於我自己個人，已經言盡於此。祇有這一件事，我要向您請求：我的僮兒，一個生長在英國的孩子，讓他贖回他的生命吧。從來不曾有那一個主人得到過這樣一個殷勤親切，忠心勤懇的僮兒；他是那樣的遇事謹愼，那樣的誠實伶俐，而且體人情。讓他本身的好處，連同着我的請求，邀獲陛下的矜憐吧；他不曾傷害過一個英國人，雖然他所伺候的是一個羅馬人。赦免他，陛下，讓其餘的人一起身膏斧鉞吧。

辛　我一定在什麼地方見過他；他的臉貌瞧上去怪熟的。孩子，我祇瞧了你一眼，你已經得到我的恩寵；你現在是我的人了。我不知道爲什麼我要說，「活着吧，孩子。」不用感謝你的主人；活着吧。無論你向辛白林要求什麼恩典，祇要適合於我的慷慨和你的地位的，我都願意答應你；即使你向我要求一個最尊貴的俘虜，我也決不吝惜。

伊　敬謝陛下。

琉　我並不叫你要求我的生命，好孩子；可是我知道你會作這樣的要求

伊　不，不。唉！我還有別的事情要做哩。我看見一件東西，對於我就像死一般痛苦；您的生命，好主人，祇好讓它聽其自然了。

琉　這孩子侮蔑我，他離棄了我還要把我譏笑；那些信任着少女們和孩子們的忠心的人，他們的快樂是轉瞬就會

辛　消失的。爲什麼他這樣呆呆地站着？

辛　你想要求些什麼，孩子？我越是瞧着你，越是愛你；你仔細想一想你應該提出些什麼要求吧。你瞧着的那個人，你認識他嗎？說，你要我赦免他嗎？他是你的親族，還是你的朋友？

伊　他是一個羅馬人他不是我的親族，正像我不是陛下的親族一般；可是因爲我生下來就是陛下的臣僕，所以比較起來還是陛下跟我的關係親密一些。

辛　那麼你爲什麼這樣瞧着他？

伊　陛下要是願意聽我說話，我希望不要讓旁人聽見。

辛　哦，很好，我一定留心聽着你。你叫什麼名字？

伊　斐苔爾，陛下。

辛　你是我的好孩子，我的僮兒；我要做你的主人。跟我來；放膽說吧。（辛、伊在一旁談話）

裴　這孩子死而復活嗎？

阿　兩顆砂粒也不會這般相像。這正就是那個可愛的美貌少年，死去了的斐苔爾。你以爲怎樣？

基　正是他死而復活。

裴　輕聲！輕聲！再瞧下去他一眼也不望我們；不要莽撞；人們的臉貌也許彼此相同；果然是他的話，我想他一定會對我們說話的。

基　可是我們明明見他死了。

裴　不要說話；讓我們瞧下去。

畢　（旁白）那是我的女主人。既然她還在人世，不管事情變好變壞，我都可以放心了。（辛、伊上前）

辛　來，你站在我的旁邊，高聲提出你的要求。（向埃）朋友，站出來，老老實實答覆這孩子的問話；否則憑着我的地位和榮譽，我們將要用嚴刑逼你招供眞情。來，對他說。

伊　我的要求是請這位紳士告訴我，他這戒指是誰給他的。

普　（旁白）那跟他有什麼關係？

辛　你手指上的那個鑽石戒指是怎麼得來的？

埃　你還是用嚴刑逼我不要說出來的好，因爲一說出來，會叫你十分難受的。

辛　怎麼！我？

埃　我很高興今天有這樣的機會，被迫吐露那因爲隱藏在我的心頭，使我痛苦異常的祕密。這戒指是我用詭計騙來的，它本來是你的逐臣利昂那脫斯的寶物；也許你會像我一樣悔恨，因爲在天壤之間，不會有過一位比他更高貴的紳士。你願意聽下去嗎，陛下？

辛　我要聽一切和這有關的事情。

埃　那位絕世的佳人，你的女兒，——爲了她我的心頭淋着血，我的奸惡的靈魂一想起就不禁戰慄，——恕我；我要暈倒了。

辛　我的女兒！她怎麼樣？提起你的精神來；我寧願讓你活到老死，也不願在我沒有聽完以前讓你死去。掙扎起來，漢子，說。

埃　那一天，——不幸的鐘敲出了那個時辰！——在羅馬，——可咒詛的屋子潛伏着禍根！——一個歡會的席上，

——啊，要是我們那時的食物，或者至少被我送進嘴裏去的，都有毒藥投在裏面，那纔多好！——善良的普修默斯，——我應當怎麼說呢？像他這樣的好人是不該和惡人同羣的；在最難得的好人中間，他也是最好的一個；——鬱鬱寡歡地坐着，聽我們讚美我們意大利的戀人：她們的美豔使最善於口辯者的誇大的訣辭成爲貧乏；她們的丰采使維納絲的神座黯然失色，苗條的密納伐相形見愧；她們的性情是一切使男子們傾心的優點的總匯；那釣夫的香餌，勾人心目的嬌姿麗色，不過是她們的餘事。

辛　我好像站在火上一般。不要儘說廢話。

埃　除非你願意早一點傷心，否則我把事實告訴你以後，你一定會嫌我說得太快的。這位普修默斯，正像一位熱戀着一個高貴的女郎的貴人一樣，也接着發表他的意見；並不誹毀我們所讚美的女子，在那一點上他保持着謙恭的沉默，他只是開始描寫他的情人的容貌；他的整個的心靈都貫注在他的口舌之上，畫出了一幅絕妙的肖像，顯得剛纔被我們誇美的，只是一些竈下的賤婢，否則就是他的動人的敘述，使我們變成了一羣鈍口拙舌的笨人。

辛　算了，算了，快講正文吧。

埃　你的女兒的貞操是一切問題的發端。他稱道她的貞潔，彷彿黛安娜也曾做過熱情的夢，祇有她纔是冷若冰霜的，該死的我聽他這樣說，就向他的讚美表示懷疑；那時候他把這戒指帶在他的手指上，我就用金錢打賭他的戒指，說要是我能夠把她騙誘失身，這戒指就屬於我的所有。他，忠心的武士，全然信任她的貞潔，正像我後來所發現的一樣，很慷慨地把這戒指作了賭注；即使它是腓勃斯車輪上的一顆紅玉，甚或是他的整個車子上最貴重的寶物，他也會毫不吝惜地把它擲下。抱着這樣的目的，我立刻就向英國出發。你也許還記得我曾經到過你的宮庭，在那邊多蒙你的守身如玉的令嬡指教我多情和淫邪的重大的區別，我的希望雖然毀滅了，可是我的愛慕的私心卻不曾因此而遏抑下去；我開始轉動我的意大利的腦筋，在你們呆笨的不列顛國土上實施我的惡毒的陰謀，對於我那卻是一個無上的妙計。簡單一句話，我的計策大獲成功；我帶了許多虛偽的證據回去，它們是足够使高貴的利昂那脫斯發瘋的；我用這樣那樣的禮物，破壞他對於她的榮譽的信仰；我用詳細的敍述，說明她房間裏有些什麼張掛，什麼圖畫；還有她的這一隻手鐲，——啊，巧妙的手段！我好容易把它偷到手裏！——不但如此，我還探到了她身體上的一些祕密的特徵，使他不能不相信她的貞操已經被我破壞。因此，——我現在彷彿看見他，——

普　（上前）嗯，你看得不錯，意大利的惡魔！唉！我這最輕信的愚人，罪該萬死的兇手，竊賊，過去現在未來一切惡徒中的罪魁禍首！啊！給我一條繩，一把刀，或是一包毒藥，讓它懲罰我的罪惡。國王啊，吩咐他們帶上一些巧妙的刑具來吧；是我使世上一切可憎的事情變成平淡無奇，因為我是比它們更可憎的。我是普修默斯，我殺死你的女兒；——像一個惡人一般，我又說了謊；我差遣一個助惡的爪牙，一個褻瀆神聖的竊賊，毀壞了她這座美德的殿堂；是的，我叫他把她殺了。唾我的臉，用石子丟我，把汚泥摔在我身上，嗾全街上的狗向我吠叫吧；讓每一個惡人都用普修默斯利昂那脫斯做他的名字；讓從今以後，再不會出現這樣重大的惡事。啊，伊慕琴！我的女王，我的生命，我的妻子！啊，伊慕琴！伊慕琴！伊慕琴！

伊　安靜一些，我的主！聽我說，聽我說！

普　這樣的時候，你還要跟我開頑笑嗎？你這輕薄的僮兒，讓我教訓教訓你。（擊伊；伊倒地）

畢　啊，各位，救命！這是我的女主人，也就是您的妻子！啊！普修默斯，我的大爺，您並沒有殺死她，現在她卻眞的死在您

辛　的手裏了。救命！救命！我的尊貴的公主！

普　世界在旋轉嗎？

畢　我怎麼會這樣站立不穩起來？

畢　醒來，我的公主！

辛　要是眞有這樣的事，那麼神明的意思，是要叫我在致命的快樂中死去。

畢　我的公主怎樣啦？

伊　啊！不要讓我看見你的臉！你給我毒藥；危險的傢伙，走開！不要插足在君王貴人們的中間。

辛　伊慕琴的聲音！

畢　公主，願天雷打死我，要是我知道我給您的那個匣子裏盛着的並不是靈效的妙藥；那是王后給我的。

辛　又有新的事情了嗎？

伊　它使我中了毒。

考　神啊！我忘了王后親口供認的還有一句話，那卻可以證明她的誠實；她說，「我把配下的那服藥劑給了畢散尼奧，騙他說是提神妙藥，要是他已經把它轉送給他的女主人，那麼她多分已經像一頭耗子般的被我藥死了。」

辛　這是什麼藥，考尼律斯？

考　陛下，王后屢次要求我替她調製毒藥，她的藉口總是說不過拿去毒殺一些貓狗之類下賤的畜生，從這種實驗上得到知識上的滿足。我因恐她另有其他危險的用意，所以就替她調下一種藥劑，服下以後，可以暫時中止生活的機能，可是在短時間內，全身器官就會恢復它們的活動。您有沒有服過它？

伊　大概我是服過的，因爲我曾經死了過去。

裴　我的孩子們，我們原來弄錯了。

基　這果然是裴苔爾、

伊　爲什麼您要推開您的已婚的妻子？想像您現在是在一座懸崖之上，再把我推開去吧。（抱普）

普　像果子一般掛在這兒，我的靈魂，直到這一棵樹木死去！

辛　怎麼，我的骨肉，我的孩子！嚇，你要我在這一幕戲劇裏串演一個呆漢嗎？你不願意對我說話嗎？

伊　（跪）您的祝福，父親。

裴　（向基、阿）雖然你們曾經愛過這個少年，我也不怪你們；你們愛他是有緣故的

辛　願我流下的眼淚成爲你灌頂的聖水！伊慕琴，你母親死了。

伊　我很悲傷，父王。

辛　啊，她算不得什麼；都是因爲她，我們纔會有今天這一番奇怪的遇合。可是她的兒子不見了，我們既不知道他怎麼出走，又不知道他到什麼地方。

畢　陛下，現在我的恐懼已經消失，我可以說老實話了。公主出走以後，克洛登殿下就來找到我；他拔劍在手，嘴邊冒着白沫，發誓說要是我不把她的去向說出來，就要把我當場殺死。那時我衣袋裏剛巧有一封我的主人所寫的假信，約公主到密爾福特附近的山間相會。他看了以後，强迫我把我主人的衣服拿來給他穿了，抱着淫邪的念頭，發誓說要去破壞公主的貞操，就這樣怒氣冲冲地向那邊動身出發。究竟後來他下落如何，我也不知道了。

基　讓我結束這一段故事：是我把他殺了。

辛　噯喲，天神們不允許這樣的事！你爲國家立下大功，我不希望你從我的嘴裏得到一句無情的判決。勇敢的少年，否認你剛纔所說的話吧。

基　我說也說了，做也做了。

辛　他是一個王子哩。

基　一個粗野無禮的王子。他對我所加的侮辱，完全有失一個王子的身分；他用那樣不堪入耳的言語激惱我，即使海潮向我這樣咆哮，我也要把它踢回去的。我砍下他的頭；我很高興今天他不在這兒搶奪我說話的機會。

辛　我很爲你抱憾；你已經親口承認你的罪名，必須受我們法律的制裁。你必須死。

伊　我以爲那個沒有頭的人是我的丈夫。

辛　把這罪犯縛起來，帶他下去。

裴　且慢，陛下，這個人的身分是比被他殺死的那個人更高貴的，他有和你同樣尊嚴的血統；幾十個克洛登身上的傷痕，也比不上他爲你立下的功績。（向衞士）放開他的手臂，它們不是生下來受束縛的。

阿　他說得太過分了。

辛　你膽敢當着我的面前這樣咆哮無禮，你也必須死。

裴　我們三個人願意一同受死；可是我要證明我們中間有兩個人是像我剛纔所說那樣高貴的。我的孩兒們，我必須說出一段對於我自己很危險的話兒，雖然也許對於你們會大有好處。

阿　您的危險就是我們的危險。

基　我們的好處也就是您的好處。

裴　那麼恕我，我就老實說了。偉大的國王，你曾經有過一個名叫裴拉律斯的臣子。

辛　爲什麼提起他？他是一個亡命的叛徒。

裴　他就是現在站在你面前的這一個老頭兒；誠然他是一個亡命的流人，我卻不知道他怎麼會是一個叛徒。

辛　把他帶下去；整個的世界不能使他免於一死。

裴　不要太性急了；你應該先償還我你的兒子們的教養費，等我受到以後，你再沒收不遲。

辛　我的兒子們的教養費！

裴　我的話說得太莽撞無禮了。我現在雙膝跪下；在我起立以前，我要把我的兒子們從微賤之中拔擢起來，然後讓我這老父親引頸就戮吧。尊嚴的陛下，這兩位稱我爲父親的高貴的少年，他們自以爲是我的兒子，其實並不是我的；陛下，他們是您自己的親生血肉。

辛　怎麼！我自己的親生血肉！

裴　正像您是您父王的兒子一般不容疑惑。我，年老的摩根，就是從前被您放逐的裴拉律斯。我的過失，我的放逐，我的一切叛逆的行爲，都出於您一時的喜怒；我所幹的唯一的壞事就是我所忍受的種種困苦。這兩位善良的王子——他們的確是金枝玉葉的王室後裔——是我在這二十年中教養長大的；我把自己所有的畢生學問和本領全都傳授了他們。他們的乳母尤莉裴兒當我被放逐的時候，把這兩個孩子偷了出來，我也因此而和她結爲夫婦；是我唆使她幹下這件盜案，因爲痛心於盡忠而獲譴，纔激成我這種叛逆的行爲。越是想到他們的失踪對於您將是一件怎樣痛心的損失，越是誘發我偷盜他們的動機。可是，仁慈的陛下，現在您的兒子們又回來了；我必須失去世界上兩個最可愛的伴侶。願覆蓋大地的穹蒼的祝福像甘露一般灑在他們頭上！因爲他們是可以和衆星並列而無愧的。

辛　你一邊說話，一邊在流淚。你們三個人所立下的功勞，比起你所講的這一段故事來更難令人置信。我已經失去我的孩子；要是這兩個果然就是他們，我不知道怎樣可以希望再有一雙比他們更好的兒子。

裴　請高興起來吧。這一個少年，我稱他爲坡力陀兒的，就是您的最尊貴的王子基特律斯；這一個我的凱特華爾，就是您的小王子阿維雷格斯，那時候，陛下，他是裹在一件他的母后親手縫製的非常精緻的斗蓬裏的，要是需要證據的話，我可以把它拿來恭呈御覽。

辛　基特律斯的頭上有一顆星形的紅痣；它是一個不平凡的記號。

裴　這正是他，他的頭上依然保留着那天然的標識。聰明的造物者賦與他這一個特色，那用意就是要使它成爲眼前的證據。

辛　啊！我是一個一胎生下三個兒女來的母親嗎？從來不曾有那一個母親在生產的時候感到這樣的歡喜。願你們有福！像脫離了軌道的星球一般，你們現在已經復歸本位了。啊，伊慕琴！你卻因此而失去一個王國。

伊　不，父王；我已經因此而得到兩個世界。啊，我的好哥哥們！我們會這樣相遇嗎？啊，從此以後，你們必須承認我的話是說得最不錯的：你們叫我兄弟，其實我卻是你們的妹妹；我叫你們哥哥，果然你們是我的哥哥。

辛　你們曾經遇見過嗎？

阿　是，陛下。

基　我們一見面就彼此相愛，從無間歇，直到我們誤認她已經死了。

考　因爲她吞下了王后的藥。

辛　啊，神奇的大性！什麼時候我可以把這一切聽完呢？你們現在所講的這些粗條大幹，應該還有許多詳細的枝節，充滿着可驚可愕的材料。在什麼地方？你們是怎麼生活的？什麼時候你服侍起我們這位羅馬的俘虜來？怎麼和你的哥哥們分別的？怎麼和他們初次相遇？你爲什麼從宮庭裏逃走，逃到什麼地方去？這一切，還有你們三人投身作戰的動機，以及我自己也想不起來的許許多多的問題，和一次次偶然的機遇中的一切附帶的事件，我都要問你們一個明白，可是時間和地點都不允許我們作這樣冗長的詢問。瞧，普修默斯一眼不霎地望着伊慕琴；她的眼光卻像溫情的閃電一般，一會兒向着他，一會兒向着她的哥哥們，一會兒向着我，一會兒向着她的主人，到處投擲她的快樂；每一個人都彼此交換着驚喜。讓我們離開這地方，到神殿裏去獻祭吧。（向裴）你是我的兄弟；我們從此是一家人了。

伊　您也是我的父親；幸虧您的救援，我纔能够看見這幸福的一天。

辛　除了那些階下的囚人以外，誰都是歡天喜地的；讓他們也快樂快樂吧，因爲他們必須分沾我們的喜悅。

伊　我的好主人，我還可以爲您効力哩。

琉　願您幸福！

辛　那個奮勇作戰的孤獨的兵士要是也在這裏，一定可以使我們格外生色；他是值得一個君主的感謝的。

普　陛下，我就是和這三位在一起的那個衣服襤褸的兵士；爲了達到我當時所抱的一種目的，所以我穿着那樣的裝束。說吧，埃契摩，你可以證明我就是他；我曾經把你打倒在地上，差一點兒結果了你的性命。

埃　（跪）我現在又被您打倒了；可是那時候是您的武力把我克服，現在是我自己負疚的良心使我屈膝。請您取去我這一條欠您已久的生命，可是先把您的戒指拿去，還有這一隻手鐲，它是屬於一位最忠心的公主所有的。

普　不要向我下跪。我在你身上所有的權力，就是赦免你；寬恕你是我對你唯一的報復，活着吧，願你再不要用同樣的手段對待別人。

辛　光明正大的判决！我要從我的子婿學習我的慷慨；讓所有的囚犯一起得到赦免。

阿　妹夫，您幫助我們出力，好像眞的要做我們的兄弟一般；我們很高興，您果然是我們的自家人。

普　我是你們的僕人，兩位王子。我的羅馬的主帥，請叫你那位預言者出來。當我睡着的時候，彷彿看見裘必脫大神騎鷹下降，還有我自己親族的陰魂，都在我夢中出現；醒來以後，發現我的胸前有這麼一本冊頁，上面寫着的字句奧祕難明，不知道是什麼意思；讓他來顯一顯他的本領，把它解釋解釋吧。

琉　費拉蒙納斯！

預言者　有，大帥。

琉　唸着這些字句，說明它的意義。

預言者　「雄獅之幼兒於當面不相識，無意尋求間，爲一片溫柔之空氣所擁抱之時；自莊嚴之古柏上砍下之枝條，久死而復生，重返故株，發榮滋長之時；亦卽普修默斯脫離厄難，不列顚國運昌隆，克享太平至治之日」你利昂那脫斯，就是雄獅的幼兒，因爲你是名將的少子。（向辛）一片溫柔的空氣就是你的賢德的女兒，這位最忠貞的妻子，因爲她是像微風一般溫和而柔靜的；她已經應着神明的詔示，（向普）在你當面不相識，無意尋求的時候，把你擁抱在她的溫情柔意之中了。

辛　這倒有幾分相像。

預言者　莊嚴的古柏代表着你，尊貴的辛白林，你的砍下的枝條指着你的兩個兒子；他們被裴拉律斯偷走，許多年來，誰都以爲他們早已死去，現在卻又復活過來，和莊嚴的柏樹重新接合，他們的後裔將要使不列顚享着和平與繁榮。

辛　好，我現在就要開始我的和平。凱易斯琉歇斯，我們雖然是勝利者，卻願意向該撒和羅馬帝國屈服；我們答應繼續獻納我們的禮金，它的中止都是出於我們奸惡的王后的主意，上天憎恨她的罪惡，已經把最重的懲罰降在她們母子二人的身上了。

預言者　神明的意旨在冥冥中主持着這一次和平。當這次戰血未乾的兵禍尚未開始以前我向琉歇斯預示的夢兆，現在已經完全證實了；羅馬的神鷹振翼高翔，從南方飛向西方，盤旋下降，消失在陽光之中；這預兆着我們尊貴的神鷹，威嚴的該撒，將要和照耀西方的輝煌的辛白林言歸於好。

辛　讓我們讚美神明；讓獻祭的香煙從我們神聖的祭壇上裊裊上升，使神明歆享我們的至誠。讓我們向全國臣民宣佈和平的消息。讓我們列隊前進，羅馬和英國的國旗交叉招展，表示兩國的友好。讓我們這樣遊行全市，在偉大的袞必脫的神殿裏簽訂我們的和約，用歡宴慶祝它的成立。向那邊出發！難得這一次戰爭結束得這樣美滿，血污的手還沒有洗淸，早已奠定了榮譽的和平。（同下）

莎士比亞戲劇全集

第三輯　第十種

# 沈珠記

朱生豪譯

# 沉珠記

## 原名：泰爾親王配力克爾斯

### 劇中人物

安替奧克斯　安替奧克國王

配力克爾斯　泰爾親王

赫力堪納斯
埃斯堪尼斯　二泰爾大臣

西蒙尼第斯　盆塔坡力斯國王

克利昂　塔色斯總督

萊錫邁赤斯　密底林總督

攝利蒙　以弗悌貴族

薩利阿特　安替奧克使臣

非勒蒙　攝利蒙之僕

利奧寧　第娥妮薩之僕

司儀官
妓院主人
龜奴
安替奥克斯之女
第娥妮薩　克利昂之妻
黛莎　西蒙尼第斯之女
瑪琳娜　配力克爾斯及黛莎之女
莉科力妲　瑪琳娜之保姆
鴇婦
廷臣，貴婦，武士，紳士，水手，海盜，漁夫，及使者等
黛安娜女神
副末　解釋劇情者

## 地點

散處各國

# 第一幕

安梯奧克王宮前

〔副末上唱：

從往昔的灰燼之中，
來了俺這白髮衰翁，
唱一支古代的曲調，
博你們粲然的一笑。
在佳節歡會的席上，
這詩篇常被人歌唱；
貴人淑女午睡方醒，
也曾賴它消愁解悶。
你們是時代的驕兒，
且莫笑俺不合時宜；
要是你們願意傾聽
一個老頭兒的歌聲，

俺願意化一支燭光，
爲你們把生命銷亡。

卻說當年安替奧克
在敍利亞建立王國，
他的王后不幸物故，
留下一個嬌娃失母，
可喜長得容華絕代，
天生就風流的體態；
誰料老王亂倫滅性，
竟把他的女兒誘引，
這無恥的父女一雙，
幹下了罪惡的勾當，
經歷了幾度的春秋，
他們也就恬不知羞。
這公主的豔譽芳名，
招來多少公子王孫，

他們做着求凰好夢，
誰都想把美人抱擁。
那知道這一方禁臠，
怎麼容得旁人指染？
這老王早制定約束，
應付求婚者的絮瀆：
誰要是想娶她爲妻，
必須解答一個啞謎；
參不透啞謎的神祕，
他祇好把生命捐棄。
可憐這一個難題目，
害多少的英才受戮！
俺且把禿舌兒收了，
讓列位眼皮上看飽。（下）

## 第一場　安替奧克；宮中一室

【安替奧克斯，配力克爾斯，及侍從等上。

安　泰爾的少年親王，想來您已經充分明白您現在所從事的，是一件多麼危險的工作。

配　是的，安替奧克斯，我因爲久耳公主芳名，愛慕之誠，增加了我靈魂上的勇氣，所以甘冒萬死，大膽前來。

安　領公主出來，替她裝扮得像位新娘一般，值得被天神所擁抱；爲了造成她美麗的儀容，諸天的星辰曾經全體聚會，把他們各自的美點集合在她的一身。（音樂）

【公主上。

配　瞧，她像春之女神一般姍姍地來了；無限的愛嬌追隨着她，她的思想是人間一切美德的君王！她的臉龐是一卷讚美的詩冊，滿載着神奇的愉快，那上面永遠沒有悲哀的痕跡，暴躁的憤怒也永不會做她的伴侶。神啊，你們使我成爲一個男子，在愛情中顚倒，你們在我的胸頭燃起炎炎的欲火，使我渴想着嚐味那仙樹上的果實，否則寧願因失敗而死亡，幫助我，你們忠心的臣僕，達到這樣無涯的幸福吧！

安　配力克爾斯親王，——

配　他將要成爲偉大的安替奧克斯的子婿，

安　在你的面前站着這一座美麗的樂園，它的黃金的果實觸上去是有危險的，因爲致人死命的巨龍會嚇散你的魂魄。她的天堂一般的臉龐引誘你去瞻仰她的不可計數的美豔，祇有才德出衆的人纔可以把她擁爲己有；你要是不够資格，那麼爲了你的僭妄的眼光，你將不免一死。你看那些本來都是赫赫有名的君王，也都像你一樣受着情欲的驅策，從遠道聞名前來，他們在用無言的唇舌和慘白的容顏告訴你他們都是愛情的戰爭中的陣亡者，祇有天上的星光掩覆着他們暴露的骸骨；他們那死灰的臉頰在勸你不要走進死神的羅網，那羅網是什麼人都一體容納的。

配　安替奧克斯，我謝謝你，你教我認識我自己的脆弱的浮生，提出這些可怕的前車之鑒，使我準備接受和他們同樣的不可避免的命運；因爲留在記憶中的死亡應當像一面鏡子一樣，告訴我們生命不過是一口氣，信任它便是錯誤。那麼我就立下我的遺囑；像一個纏綿牀榻的病人，飽歷人世的艱辛，望見天堂的快樂，可是充滿了痛苦的感覺，不再像平日一般緊握着世俗的歡娛，我把平安留給你和一切善良的人們，把我的財富歸還給它們所自來的大地，（向公主）可是我的純潔的愛火，卻是屬於你的。現在我已經準備完成，就要踏上生死的歧途，我等候着最無情的打擊。

安　你旣然不聽勸告，那麼就請誦讀你那註定的命運吧；按照我們的約法，你在讀過以後，倘不能解釋其中的意義，就必須像這些比你先來的人一樣，流下你自己的血。

公主　雖然這樣說，我祝你成功，願你有福！

配　像一個勇敢的戰士，我踏上了比武的圍場，除了忠實和勇氣之外，我不要求別的思想指導我的行動。（讀）

「我雖非蛇而有毒，
飮我母血食母肉；
深閨待覓同心侶，
慈父恩情勝夫婿。
夫卽子兮子卽父，
爲母爲妻又爲女；
二而一兮一而二；

請君試解其中意。」

用無數的天眼炯察人類行爲的神明啊！要是這些使我讀了以後勃然變色的怪事果然是眞實的話，爲什麼不把你們的眼睛永遠閉上了呢？美麗的明鏡，我曾經愛過你，倘不是這燦爛的寶箱裏盛滿着罪惡，我將繼續愛你；可是我必須告訴你現在我的思想叛變了，因爲一個堂堂男子要是知道罪惡在門內，是會躊躇不前的。你是一張美妙的提琴，你的感覺便是它的琴絃，當它彈奏出鈞天雅樂的時候，所有的天神都會側耳傾聽；可是奏非其時，卻會發出刺耳的嘈聲，祇有地獄中的魔鬼會和着它跳舞。憑良心說，我對你已經沒有一點留戀之情了。

**安**　配力克爾斯親王，你的時間已經到了；你倘不能現在就把它解釋出來，必須接受你的判決。

**配**　大王，很少人是歡喜聽見他們所歡喜幹的罪惡被人提起的；要是我對您說了，一定會使您感到大大的難堪。誰要是知道君王們的一舉一動，與其把它們洩露出來，還是保持隱祕的好；因爲重新揭發的罪惡就像飄風一樣，當它向田野吹散的時候，會把灰塵吹進了別人的眼裏；這就是給那疼痛的眼睛的一個教訓使它們知道阻擋那不可捉摸的空氣，結果不過自受其害。瞎眼的鼴鼠向天築起圓頂的土丘，表示地上受到人們的壓迫，已經無法安居；這可憐的東西最後仍然因此而死去。君王們是地上的神明，他們的意志便是他們的法律，他們的作惡是無人可以制止的。要是喬武做了壞事，誰敢指斥他一聲不是？您祇要自己明白，那就够了；醜事傳揚開去，更加不可嚮邇，最適當的辦法還是遮掩起來。誰都愛他自已的生命，那麼爲了保全我的頭顱的緣故，讓我的舌頭不要多言取禍吧。

**安**　（旁白）天哪！我眞想要你的頭顱；他已經發現那啞謎的意義了；可是我還要跟他敷衍一下。——少年的泰爾親王，雖然按照我們嚴格的法令，你的解釋要是不符原意，我們就可以結果你的生命；可是因爲你是這樣一位卓越的人才，我們對你抱着很大的希望，所以特別通融，給你四十天的寬限；要是在這限期之內，你能夠把我們的祕密解釋出來，你就可以做我的佳婿。在這限期以前，我們將要按照我們的地位和你的身分，給你優渥的禮遇。（除配外均下）

配　殷勤的禮貌把罪惡掩蓋得多麼巧妙！正像一個僞君子一樣，除了一副仁義的假面具以外，便沒有一毫可取的地方。要是我果然解釋錯了，那麼你當然不會是那樣的壞人，因爲淫邪的慾念而出賣你的靈魂；可是現在你是父親又是兒子，因爲你非禮擁抱了你的女兒，那種快樂是應該讓一個丈夫享受，不應該讓一個父親享受的；她是吃她母親血肉的人，因爲她沾汚了她母親的枕席；兩人都像毒蛇一樣，雖然吃的是芬芳的花草，它們的身體內卻藏着毒液。安替奧克，再會吧！因爲智慧告訴我，凡是能夠動手幹那些比黑夜更幽暗的行爲而不知慚愧的人，一定會不惜採取任何的手段，把它竭力遮掩。一件罪惡往往引起第二件，姦淫和殺人正像火燄和煙氣一樣互相聯繫，毒藥和陰謀是罪惡的雙手，犯罪者遮羞的武器；爲了免得我的生命遭人暗算，我要趕快逃出這危險的陷穽。（下）

【安替奧克斯重上。

安　他已經發現那啞謎的意義，所以我一定要取下他的首級。我不能讓他活在世上，宣揚我的醜事，告訴世人安替奧克斯犯着這樣可憎的罪惡；所以這位親王必須立刻就死，因爲祇有他死了，我的名譽纔可以保全。喂，來人！

【戴利阿特上。

戴　陛下有什麼吩咐？

安　戴利阿特，你是我的心腹之人，我一向知道你忠實可靠，早就想提拔你。戴利阿特，瞧，這兒是毒藥，這兒是金子；泰爾親王是我的仇人，你必須替我殺死他。你不用問我爲什麼理由，因爲這是我的命令。說，你願不願意幹這件事？

戴　陛下，我願意。

安　很好。

【一使者上。

安　你這樣氣喘吁吁的，有些什麼要緊的消息？

使者　陛下，配力克爾斯親王逃走了。（下）

安　（向戴）趕快替我追上去；像一個百發百中的老練的射手一樣，你要是不把配力克爾斯親王殺死，你也不用回來見我了。

戴　陛下，祇要我的刀子對準他的胸膛，不怕他逃到那兒去。小臣就此告辭了。

安　戴利阿特，再會！（戴下）配力克爾斯一天不死，我的心一天安定不下來。（下）

## 第二場　泰爾；宮中一室

【配力克爾斯上。

配　（向室外）不要讓什麼人進來打擾我。——爲什麼我的思想變得這樣陰沉，眼光迷惘的憂鬱做了我的悲哀的伴侶，長期的賓客，在白晝光榮的行程中，在平和的埋愁的黑夜中，沒有一小時能够使我得到安寧？各種娛樂陳列在我的眼前，我的眼睛卻避過它們；我所恐懼的危險是在安替奧克，它的太短的手臂打不到我的身上；可是快樂既不能提起我的興致，遠離的危險也不能給我一點安慰。人們因爲一時的猜疑而引起的恐懼，往往會在心頭逐漸長成，變成牢不可拔的憂慮。我的情形也正是這樣：威力巨大的安提奧克斯是一個想到什麼做到什麼的人物，渺小的我決不是他的對手，雖然我發誓保守緘默，他也一定以爲我會洩露他的祕密；要是他疑心我會破壞他的名譽，即使我對他說我怎樣尊敬他也沒有用處；爲了防恐他的可恥的隱事被人知曉，他一定會竭力阻止流言的傳播。他將要率領敵意的軍隊滿佈在我們的國土之上，用煊赫的軍容震驚我們的國人，使我們的軍士望風膽裂，不戰而屈，使我們無辜的臣民慘遭荼毒；我自己一身的安危不足惜，像樹木的葉頂一般，我的責任只是隱覆庇護那伸入土中的根株；我所關懷的是我的人民的命運，我的身體和心靈因爲憂慮他們而悲傷憔悴，他還沒有懲罰我，我已經給自己難堪的懲罰了。

【赫力堪納斯及其他臣僚等上。

甲臣　願快樂和安寧充塞在殿下的聖心！

乙臣　願殿下平和安樂，早日歸來！

赫　算了，算了！讓我這有年紀的人說幾句話吧。向國王獻媚的人，其實是在侮辱他；因爲諂媚是鼓揚罪惡的風箱，佞人的口舌可以把星星之火煽成融融的烈燄；正直的規諫纔是君王們所應該聽受的，因爲他們同屬凡人，不能沒有錯誤。殿下，原諒我，要是您以爲我說的不對，該罵該打，都隨殿下的便，我願意跪在地上，等候您的發落。

配　別人都出去吧，替我探聽探聽我們的港裏有些什麼船隻要出口，探聽明白以後，再回來見我。（羣臣下）赫力堪納斯，你的話很使我生氣；你看我的臉上有些什麼？

赫　滿臉的怒容，殿下。

配　要是君王的臉上會發出這樣可怕的怒容，你怎麼敢鼓唇弄舌，當着我的面前激怒我？

赫　草木是靠着上天的雨露滋長的，但是它們也敢仰望穹蒼。

配　你知道我有權力取去你的生命。

赫　（跪）我已經自己把斧頭磨好了；請殿下把我砍了吧。

配　起來，起來，請坐了。你不是一個諂媚的小人。我謝謝你；君王們要是專愛聽那些文過飾非的諛辭，那纔是上天所不容的事！你是一個君王的良好的顧問和僕人，你的智慧使你的君王樂於接受你的教誨，告訴我你要我怎麼做？

赫　耐心忍受您加在自己身上的種種憂愁。

配　你說這樣的話，赫力堪納斯，就像一個醫生替病人調了一服他自己嚥下去也要顫慄的藥。聽我說吧。我這次到安替奥克去，你也知道是冒着生命的危險，追求一位絕世的美人，希望因此可以產生一個不同凡俗的佳兒，將來成爲國家的干城，民衆的福星。她的臉在我的眼中看來是超乎一切的神奇；可是她的此外的一切，讓我湊着你的耳朵告訴你，是像犯着亂倫重罪的人一般黑暗的。當我發現了這一個秘密以後，那罪惡的父親非但不老羞成怒，反而對我裝出一副和顏悅色的樣子；可是你知道，當暴君假意向人親密的時候，是最應該戒懼提防的。我越想越怕，所以就借着黑夜的掩護，逃了回來。現在雖然總算脫離虎口，可是想到已成過去的種種，推測未來可能的變化，心裏還是惴惴不安。我知道他是個暴君；暴君的猜疑是不會消失下去，每時每刻都在飛速增長的。他一定在疑心我會向世人宣佈多少尊貴的王子流下了他們的血，使他安然在他那汚邪的眠牀上恣縱着淫樂；爲了掃除這一層猜疑，他將要藉口我在什麼地方得罪了他，向我們的國土大擧興師。無情的戰爭是不會豁免無辜的，爲了我一個人的錯處，累得全國的人民受苦，這一種不忍之心，——

赫　唉，殿下！

配　使我終夜不能合眼，我的頰上因此而失去血色，我的心頭因此而充滿沉思，無數的疑慮佔據我的腦際，我不知道怎樣可以預先阻止這一場暴風雨的襲來；我既然無法拯救我的人民，就祇好爲他們而悲傷了。

赫　好，殿下，您既然允許我說話，我就要坦白地表示我的意見。您怕的是安條奧克斯，我想您害怕這暴君是有充分的理由的，他可以用公開的戰爭或是祕密的陰謀取去您的生命。所以，殿下，您還是到國外去遊歷幾時吧，等他的怒氣平息，或是他的壽命終了以後，再回來不遲。您的政務可以委託什麼人代理；要是您願意信託我的話，我一定會盡心竭力，像白晝的陽光一般忠實。

配　我並不懷疑你的忠心；可是我去國以後，他會不會來侵犯我的權利？

赫　我們一定同心協力，用我們的赤血捍衛生長我們的國土。

配　泰爾，現在我要和你暫時分別，向塔色斯開始我的行程了；我將要在那邊聽到你的消息，決定我今後的行動。赫力堪納斯，你必須替我照顧我的人民，你的智慧的力量一定可以擔負這樣的責任。我相信你的說話，你無須向我發誓。我們將要像兩顆不變的恆星一般，你永遠是一個忠心的臣子，我永遠是一個誠篤的君王。（同下）

## 第三場　同前；宮中應接室

【戴利阿特上。

戴　這就是泰爾，這就是親王的宮庭。我必須在這兒把配力克爾斯親王殺死；要不然的話，我回去一定要給弔死，這可不是頑兒的。呃，我想一個聰明而有見識的人，要是有人問他他對國王有什麼要求，他一定回答說，他的唯一的願望，是不要知道他陛下的祕密。現在我明白他這種願望是確有理由的；因爲要是一個國王叫一個人做惡人，爲了盡一個臣子的忠心，他祇好做一個惡人。噓！這兒來了一羣泰爾的官員。

【赫力堪納斯，埃斯堪尼斯及其他衆臣等上。

**赫** 各位同僚，你們不必追問我王上爲什麼突然離國，他留給我的密封的委任狀，可以充分說明他是旅行去的。

**戴** （旁白）怎麼！那親王去了！

**赫** 要是你們一定要明白他離國的原因，那麼我也可以略爲告訴你們一些。當他在安替奧克的時候，——

**戴** （旁白）在安替奧克？

**赫** 尊嚴的安替奧克斯不知道爲了什麼緣故，對他有些不滿，至少他自己是有那樣的感覺；他深恐自己已經犯下了什麼錯誤，爲了懺悔他的罪過起見纔決意在海上漂流，挨受着每一分鐘的風波的危險。

**戴** （旁白）啊，我想我現在可以不至於弔死了，他雖然逃過了陸地上的災難，免不了要在海上喪身：我們的王上聽見這個消息，一定會很高興的。讓我上前去見見他們。（高聲）泰爾的各位大人，願你們平安！

**赫** 安替奧克斯大王御前的戴利阿特大人，歡迎！

**戴** 鄙人奉敝國國王之命，來見尊貴的配力克爾斯親王殿下；可是我到了貴國境內，就聽說你們的王上已經出國漫遊，踪跡不明，這樣看來，我必須仍舊帶着我的使命回去了。

**赫** 您的使命既然是傳達給我們的王上，不是給我們的，我們也沒有理由要求您向我們說明您的來意。可是在您沒有動身回國以前，請您允許我們以貴國友人的資格，招待您在泰爾舉行一次歡宴。（同下）

## 第四場　塔色斯總督府中一室

【克利昂，第娥妮薩，及侍從等上。

克　我的第娥妮薩，我們要不要在這兒休息一下，講些別人的悲慘的故事，看它能不能使我們忘記自己的哀傷？

第　那等於希望火滅而吹火；誰想要把高山掘爲平地，當一座山推倒以後，另一座山又已經堆了起來。我的受難的夫君啊！我們的悲哀也正是這樣；我們現在所感到的還不算得什麼，可是當我們的心頭再堆上別人的悲哀的時候，它更將要不勝重壓了。

克　啊，第娥妮薩，那一個枵腹的人不嚷着要求食物，或是甘心忍受着飢餓而死去？我們的舌頭要把我們的悲哀向太空深訴，我們的眼睛要淌下滾滾的熱淚，使我們的悲聲格外淒切，要是昏睡的上天不知道下民的困苦，我們要用這樣的哀訴喚醒他們，請求他們的垂憐拯救。所以我要把這幾年來的艱辛盡情傾吐，當我力竭聲嘶的時候，便用眼淚代替我的聲訴。

第　我也要盡力幫助你，夫君。

克　我所統治的這一座塔色斯城，原本是繁華富庶的都市，街道上到處滿佈着財富；它的高聳的尖塔上吻雲霄，引得遠方的旅客驚奇嗟歎；它的士女們一個個裝束得華麗俊雅，互相作爲爭奇鬥豔的借鏡；他們的食桌上擺滿了各色的奇珍異饌，使看見的人目迷五色，忘記了腹中的飢餓；他們不知道貧窮爲何物，他們是這樣的驕傲，從不會向別人開口求助。

第　啊！正是這樣。

克　可是瞧上天給我們怎樣的災禍！自從經過了這次變故以後，本來那些得天獨厚，海陸空中所有的珍饈都不能使它們饜足的嘴，現在卻像長久無人居住的荒廢的舊屋一樣，在那裏嗷嗷待哺了；那些在二年以前嗜新好異的口胃，現在是祇要能够討到一片麵包也就十分快慰了；那些不惜訪尋人間希有的珍品飼育她們的嬰兒的母親，現在都在準備吃下她們所鍾愛的小寶貝了。飢餓的利齒是這樣鋒銳，相依爲命的夫婦都不能不抽籤決定誰先死去，好讓還有一人多活幾天。這兒站着一個流淚的貴人，那兒站着一個哭泣的命婦，多少人倒斃路旁，那眼看他們死去的人，自己也都是奄奄一息，沒有一絲殘餘的氣力可以替他們埋葬。這不是眞確的事實嗎？

第　我們瘦削的臉頰和凹陷的眼眶可以證明它的眞實。

克　啊！讓那些安享着豐饒繁榮的城市聽一聽我們的哀泣吧；塔色斯的災禍也許有一天會同樣降臨在它們身上。

【一官員上。

官員　總督大人在那兒？

克　這兒。你這樣急急忙忙的，一定又帶了什麼壞消息來啦；說吧，因爲我們現在再也盼不到安慰了。

官員　我們在鄰近的海岸上，望見一隊壯麗的船舶正在向我們這兒開駛過來。

克　果然不出我的所料。禍無雙至，禍不單行；我們的天災還沒有了結，人禍又早接踵而來。多分是什麼鄰國看見我們遭到這樣的苦難，認爲有機可乘，所以裝運了滿船的甲兵，要來摧毀我們這不堪一擊的城市，使不幸的我屈服於他們的威力之下，雖然這樣的征伐是雖勝不武的。

官員　那您可以無須憂慮；因爲他們的船上都扯起白旗，這表示他們是來作和平的訪問，不是來作我們的敵人。

克　你說得完全像一個不通世故的人；愈是表面上裝得彬彬有禮的，他的心裏愈是藏着不可捉摸的奸詐。可是不管他們存着什麼居心，或是能够怎樣擺佈我們，我們何必懼怕呢？我們現在的處境，也就差不多到了不幸的底端了。你去對他們的首領說，我們在這兒恭候着他的大駕，請問他是從什麼地方來的，來此有什麼目的。

官員　我就去，大人。（下）

克　要是他的來意是和平，那當然是歡迎的；要是他的來意是戰爭，那我們也沒有力量抵抗他。

【配力克爾斯及侍從等上。

配　聽說閣下便是這兒的總督，請不要讓我們的船隻和人衆像一把燃起的烽火一般使你們驚心駭目。我在泰爾就聽到你們的災禍；我們並不是來增加你們的悲哀，而是來解除你們的困苦；也許你以爲我們這些船隻就像特洛埃的木馬一般，滿裝着殺人的戰士，其實它們所載運的，卻是供給你們急需的糧食，使那些瀕於餓死的人們重新得到生命。

衆　希臘的神明護佑你！我們爲你祈禱長生！

配　起來，請起來吧；我並不希望你們把我膜拜敬禮，我祇要求你們的友誼，讓我自己，我的船隻，和我的隨從衆人在這兒有一處安身的所在

克　誰要是不願滿足您這樣的要求，或是存着絲毫忘恩負義的心思，無論那是我們的妻子，我們的子女，或是我們自己，願天上和人間的咒詛降臨在他們的身上，懲罰他們不可恕的罪惡！可是我希望永遠不會有這樣的事情發生。請殿下接受我們誠意的歡迎吧。

配　敢不領情。我們就在這兒小作盤桓，等候我們的命運回嗔作喜。（同下）

# 第二幕

〔副末上唱：

好一個赫赫的君主，
姦通他自己的愛女；
饒他怎樣仁聖賢明，
逃不了人世的譏評。
休談這昏王的醜史，
且說那窮途的俊士，
好一似失馬的塞翁，
將士卑換一座高峯。
那受恩的塔色斯人
欽仰他的智慧才能，
爲他築起一尊雕像，
旌表他的功德無量。
可嘆的是好景須臾，

又來了故國的音書。

啞劇：

【配力克爾斯及克利昂各率侍從自一旁上，二人談話。一朝士自另一門上，以一書致配力克爾斯；配以信示克利昂，犒賞使者，授以武士封爵。配，克等各下。

善良的赫力堪納斯，
他把國事努力支持，
不學那懶惰的游蜂，
貪享着他人的成功；
獎拔賢良，誅鋤暴惡，
不負他主人的付託；
一切事務不論大小，
他都報與君王知道：
他說那暴君的來使
怎樣圖謀向他行刺，
爲了他生命的安全，
莫再在塔色斯留連。
因此上他再涉重洋，

去衝冒那驚濤駭浪；
果然是海無一日安，
一陣狂風吹下雲端，
一聲聲的霹靂轟鳴，
應和着怒潮的沸騰，
經不起顛簸的船隻，
早被打得四分五裂。
這君王他隨波逐流，
在海面上載沉載浮；
是他命中不該遭難，
被浪花捲上了沙灘，
囊空如洗，舉目無親，
只剩下孑然的一身。
要知道以後的情形，
再請列位接看下文。（下）

## 第一場　盃塔坡力斯；海濱曠地

【配力克爾斯滿身濡溼上。

配　天上的星辰啊，停止你們的憤怒吧！風雨雷電的神靈，請你們記着，塵世的凡民在你們的神威之下是無能爲力的，我這脆弱的身心唯有對你們俯首降服。唉！海水曾經把我冲在巖石上，從一處海岸捲到另一處海岸，留下我這僅餘殘喘的一身，除了一死而外，再沒有其他的想望。你們已經使一個君王失去他所有的一切，這就足够表現你們力量的偉大了；你們既然不讓他葬身魚腹，他的唯一的要求，只是讓他在這兒得到一個安靜的死。

【三漁夫上。

漁夫甲　喂，喂！畢區！

漁夫乙　嚇！來把網收了。

漁夫甲　喂，巴區！我對你說。

漁夫丙　你怎麼說，老大？

漁夫甲　瞧你在幹些什麼！快來，不然我可要死勁兒把你拖走了。

漁夫丙　不瞞你說，老大，我正在想起那些剛纔就在我們面前被海水捲去的可憐的人們哩。

漁夫甲　唉！可憐的人們！我聽到他們向我們喊救的聲音，心裏眞是難受，可惜我們自己顧自己還來不及，那裏顧得到他們。

漁夫丙　呃，老大，當我看見那海豚跳躍打滾的時候，我不是也這樣說過的嗎？人家說它們一半是魚，一半是肉；該死的東西！我一看見它們來了，就知道免不了又有一場風浪。老大，我不知道那些魚在海裏是怎麼過活的。

漁夫甲　嘿，它們也正像人們在陸地上一樣；大的揀着小的吃，我們那些有錢的吝嗇鬼活像一條鯨魚，游來游去，翻幾個觔斗，把那些可憐的小魚趕得走頭無路，到後來就把它們一口吞下。在陸地上我也聽到過這一類的鯨魚，他們非把整個的教區，禮拜堂，尖塔，鐘樓，和一切全都吞下，是決不肯閉上了嘴的。

配　（旁白）巧妙的比喩！

漁夫丙　可是老大，要是我做了教堂裏的當差，那一天我一定預先躱在鐘樓裏。

漁夫乙　爲什麽，夥計？

漁夫丙　因爲他一定會連我吞了下去；等我一到了他的肚裏，我就把鐘亂敲亂撞起來，鬧得他把鐘樓尖塔禮拜堂和教區一起嘔出。可是我們這位好王上西蒙尼第斯要是也像我一樣心思的話，——

配　（旁白）西蒙尼第斯！

漁夫丙　我們一定要把這些掠奪工蜂釀成的花蜜的游蜂一起掃除乾淨。

配　（旁白）這些漁夫們借着海中的水族做題目，把人類的弱點影射得多麽恰當！（高聲）願你們在工作中得到平安，誠實的漁夫們！

漁夫乙　誠實！好人兒，那是什麽東西？

配　你們可以看得出來，我是被潮水冲到你們這兒的海濱上來的。

漁夫乙　這海是個喝醉了的酒鬼，所以纔把你嘔吐在我們這兒。

配　我就像一顆被天風海水在那廣大的網球場上一來一往地拋擲的球兒，請求你們的憐憫；雖然我是從來不會向人乞討的。

漁夫甲　啊，朋友，你不會向人乞討嗎？在我們希臘國裏靠討飯過活的人，着實比我們這些作工的人舒服得多哩。

漁夫乙　那麼你也不會捉魚嗎？

配　我從來沒有幹過這種活兒。

漁夫乙　那你祇好挨餓了；因爲在現在的世界上，你要是不能自己想辦法，是什麼也不能得到的。

配　我已經忘記我的過去，可是窮困使我想到我現在的處境：寒冷充滿了我的全身，我的血管已經凍結，我的僵硬麻木的舌頭簡直連向你們求救的呼聲都發不出來了；要是你們不肯給我援助，那麼當我死了以後，請你們看在同屬人類的分上，把我的屍體埋了。

漁夫甲　你說死嗎？不，天神禁止這樣的事！我有一件袍子在這兒；來，穿上了，暖一暖你的身體。瞧，好一個漂亮的傢伙！來，你跟我們回去吧，我們假日吃肉，齋日吃魚，還有布丁和煎餅；你儘管安心住下好了。

配　謝謝你，大哥。

漁夫乙　老大，我去把網收起來。（與漁夫丙同下）

漁夫甲　聽着，朋友，你知道你在什麼地方嗎？

配　不大知道。

漁夫甲　我告訴你吧：這兒是岔塔坡力斯，我們的國王是善良的西蒙尼第斯。

配　你們把他稱爲善良的國王西蒙尼第斯嗎？

漁夫甲　嗯朋友；因爲他治國和平，庶政清明，這樣的稱呼是名副其實的。

配　他是一個幸福的國王，因爲他的治國能够從他人民的嘴裏博得善良的名稱。他的宮庭離開這兒海濱有多少遠？

漁夫甲　呃，朋友，祇有半天的路程。我告訴你，他有一個美貌的女兒，明天是她的生日；無數的王子和武士都要從全世界各處到來，爲了爭取她的愛情而比賽武藝。

配　要是我的命運可以幫助我達到我的願望，我倒也想參加一試。

漁夫甲　啊！朋友，萬事祇好聽其自然，不可强求，——

【漁夫乙丙曳網上。

漁夫乙　幫幫忙，老大，幫幫忙！這網裏有一條魚，就像窮人的權利在法律上一般，儘翻也翻不出來。嚇！他媽的，你到底掉下來啦，原來是一副銹甲。

配　一副甲，朋友們！請你們讓我瞧一瞧。命運之神啊，謝謝你，使我在經過這一切橫逆以後，總算得到一些補償，雖然它本來是屬於我的，是我家世代相傳的遺物。我父親在臨終的時候，把它再三叮嚀地傳給我，他說，「好好保存着它，我的配力克爾斯，它曾經是保衞我的生命的屏障；」他指着這帶子說，「因爲它曾經搭救過我，你要把它保存好了；萬一你在危急的時候，——願神明護佑你不會有那樣的一天！——它也可以同樣保衞你。」我無論到什麼地方，總是把它隨身攜帶；我是那樣深愛着它。對任何人絕不容情的凶惡的怒海雖然奪了它去，可是在風平浪靜以後，仍舊把它歸還原主。謝謝你，我的覆舟之難現在不再是一件災禍，因爲我父親的遺物依然完好。

漁夫甲　你在說些什麼，朋友？

配　善心的朋友們，我要向你們乞討這一副貴重的甲冑，因爲它過去曾經是一個君王的護身之物；從這記號上我能够辨認清楚。他是非常愛我的，爲了他的緣故，我希望把它保藏起來。我還要求你們帶領我到你們王上的宮庭裏去，讓我穿上這一副甲冑向衆人表明我是一個出身華族的人；要是我的不幸的命運有了轉機，我一定重重報答你們的大恩在我這報恩的心願一天沒有達到以前，我一天不會忘記你們。

漁夫甲　什麼，你也要去爲了競爭那公主而比武嗎？

配　我要顯一顯我的武藝。

漁夫甲　啊，那麼你拿去吧；願天神賜福於你！

漁夫乙　嗯，可是聽着，我的朋友；是我們把這件衣服從洶湧的海潮中間打撈起來。出了力總該有些酬勞；我希望，先生，您要是得意了的話，不要忘記您得到這一場富貴的根源。

配　放心吧，我一定記着你們。幸虧你們的幫忙，我纔穿起了武裝；不管海水怎樣猖狂，這寶物依舊在我的身上。我披上了甲，騎了一匹神駿的良駒，它的輕捷的逸步將會使旁觀者目移神奪。不過，我的朋友，我還缺少一副鞍韉。

漁夫乙　我們一定替你置辦；我的最好的外衣可以給你改成一副馬鞍，我還要親自領你到宮庭裏去。

配　這一去啊，我倘不能平步青雲，怕從此困頓終身。（同下）

## 第二場　同前通衢；通衢有露臺通比武場；旁設天幕，爲國王，公主，貴婦，大臣等列座之處

【西蒙尼第斯，黛莎，羣臣，及侍從等上。

西　那些武士們有沒有準備開始他們耀武的游行？

甲臣　稟陛下，他們久已準備好了，專等陛下駕到，就來參見。

西　你去回覆他們，我們在這兒等着；今天的檢閱是爲了慶祝我的女兒的生辰，她坐在這兒，像一尊妙齡美貌的女神，造化生下她來，就是要讓人們瞻仰讚嘆。（甲臣下）

黛　父王，您老是喜歡把我誇獎得言過其實。

西　那是應該如此的因爲君王們具備上天的品德爲人倫的儀範；正像珠寶因爲被人漠視而失去它們的光彩一樣，君王們要是不爲人民所尊敬，也會失去他們的榮譽。現在，女兒，你必須替我解釋每一個武士所用標識的涵意。

黛　爲了免得使您失望起見，我願意盡心向您說明一切。

【一武士上，穿過舞臺，其侍者以盾呈示公主。

西　這第一個出場的是個什麼人？

黛　一個斯巴達的武士，我的父親；他的盾牌上的圖樣，是一個向太陽伸手的黑人，那銘語是「愛汝使余得生。」

西　他很愛你，把你當作他的生命。（第二武士過場）這第二個出現的是什麼人？

黛　一個馬其頓的王子，我的父王；他的盾牌上的圖樣，是一個披甲的武士被一個女郎所制服；上面還有西班牙文的銘語，「唯美色爲能制天下之至剛。」（第三武士過場）

西　第三個是什麼人？

黛　他是從安替奧克來的，他的圖樣是一個騎士的桂冠；那銘語是，「造光榮之極峯。」（第四武士過場）

西　第四個是怎樣的？

黛　一把倒置的灼亮的火炬；那銘語是，「使余燃燒，使余毁滅。」

西　這表示美貌有它的權力和意志，可以激起熱情也可以致人於死。（第五武士過場）

黛　第五個是一隻在雲中探現的手，擎着一塊被試金石試過的黃金；那銘語是這樣的，「忠心者亦若是。」（第六

武士即配力克爾斯過場）

西　那第六個也就是最後一個，不帶侍從，溫文有禮的武士是誰？

黛　他似乎是一個外邦人；他的標識是一梗枯枝，祇有梢上微露青色；那銘語是「待雨露而更生。」

西　巧妙的句子；他希望從他現在這種潦倒的境地裏，靠着你的力量而走上幸運之途。

甲臣　他的外表實在叫人不敢恭維；照他這副寒傖的樣子看起來，似乎他是揮慣鞭子，不像是掄鎗弄劍的。

乙臣　他看來是個外邦人，否則不會穿着這樣古怪的裝束來參加今天的光榮的行列。

丙臣　他有心讓他的甲冑生了銹，到今天再把它從灰塵中間打撈出來。

西　我們不能憑着自己的成見，從外表上判斷一個人的內心。可是且住，武士們來了；讓我們到樓座上去吧。（同下。）

喧呼聲，衆喊，「好啊，寒酸的武士！」）

## 第三場　同前；大廳；陳設酒席

【西蒙尼第斯，黛莎，司儀官，貴婦，廷臣，比武歸來之衆武士，及侍從等上。

西　各位武士們，承你們遠道光臨，不用說我們是萬分歡迎的。我也不必把你們的武藝大筆特書，記載在你們的表功簿上，因為每一種真才實藝，它本身都可以彪炳在世人的耳目之前。你們都是王族後裔，我的席上的嘉賓，今天難得大家聚首一堂，希望諸位盡情暢快一下。

黛　可是你是我的武士和賓客；我替你加上這一頂勝利的花冠，使你成為今天的幸福的君王。

配　公主，這不過是一時僥倖，我不敢貪天之功。

西　隨你怎麼說，今天的勝利是屬於你的；我希望這兒沒有人妒嫉你的幸運。一個本領超羣的人，必須在一羣勁敵之前，方纔能够表顯他的不同凡俗的身手；你已經證明是這樣一個人了。來，女兒，你是這宴會席上的女王，在你自己的座位上坐下來吧；各人都依照他們的身分，引導他們按序入席。

衆武士　西蒙尼第斯賢王的盛意使我們感到莫大的光榮。

西　你們的光降是我平生的一件快事。我們愛的是榮譽，厭棄榮譽的人，也就是厭棄天神。

司儀官　壯士，您的座位在那邊。

配　不敢當，請別的那一位來吧。

武士甲　不必推讓，壯士；我們都不是市井小人，斷不會在心頭或是眼色之間，流露出妒嫉賢能，蔑視貧賤的情緒來的。

配　你們都是很有禮的武士。

西　請坐吧，壯士，請坐吧。

配　主管人類思想的喬武大神呀，我祇要一想起她，便覺得這些佳肴盛饌，都變成淡而無味。

黛　（旁白）支配人世婚姻的朱諾天后呀，無論什麼食物在我嘴裏都失去了味道，我恨不得把他一口嚥下去。
——他眞是一個風流的壯士。

西　他不過是一個出身田野的武士；他的本領並不比別人高強多少；打斷一兩枝槍桿算得什麼？

黛　在我看來，他就像金鋼鑽一樣，和凡俗的玻璃不可同日而語。

配　那位國王的儀表很像我的父親，使我回想起他當年也是同樣的煊赫；列邦的君主像衆星一般拱衛在他的寶座的四週，他就是爲他們所朝拜敬禮的太陽；無論什麼人站在他的面前，都會變成黯淡的微光，向他那燦爛的威燄免冠臣服。可是現在他的兒子卻像夜間的螢火，祇在黑暗之中吞吐着微弱的光輝，光天化日之下，就要銷影滅。從此可以知道時間是世人的君王，他是他們的父母也是他們的墳墓；他所給與世人的，只憑着自己的意志，而不是按照他們的要求。

西　各位武士們，你們都快樂嗎？

武士甲　我們多蒙陛下寵待，俾陪末座，怎麼會不快樂？

西　我斟滿這一杯酒，祝你們各位健康！

衆武士　多謝陛下。

西　且慢，坐在那邊的武士，瞧上去鬱鬱不樂，好像我們今天宮中的盛宴，還是辱沒了他的身分似的。黛莎，你沒有注意到嗎？

黛　那跟我有什麼相干，我的父親？

西　啊！聽着，我的女兒；人世的君王應當像天上的神明一樣，慷慨地把一切給與每一個朝禮他們的人；否則他們只是一些徒有虛聲的蚊蚋，死了也不過博得人們幾聲輕蔑的嗟嘆。所以爲了使他的臉上露出一些笑容起見，讓我們爲他喝了這一杯祝酒吧。

黛　唉！我的父親，我怎麼可以向一個陌生的武士這樣大膽呢？他也許會嗔怪我的冒昧，因爲男子對於婦女自動的呈獻，往往會認作失禮的。

西　怎麼！照我吩咐你的去做，否則你要惹我生氣了。

黛　（旁白）憑着神明起誓，這正中我的下懷。
西　你再對他說，我要問問他是什麼地方來的，叫什麼名字，他的家世怎樣。
黛　壯士，我的父王向您祝飲了。
配　多謝他的降情。
黛　願您的熱血像這杯裏的酒一般洋溢。
配　我謝謝他，也謝謝您；讓我回敬他這一杯。
黛　他還要請問您貴鄉何處，尊姓大名，家世如何。
配　我是泰爾的士族，配力克爾斯是我的名字，在文學武藝兩方面，都受過相當的教養。因爲抱着向廣大的世間探奇歷險的心願，不幸在洶湧的海上喪失了船隻和隨從，自己被風浪捲逐到這裏的海濱。
黛　他謝謝陛下；說他的名字叫做配力克爾斯，一個泰爾的士族，因爲遭遇海上的風波，喪失了船隻隨從，被浪濤捲到了這裏的海濱。
西　憑着神明起誓，我很同情他的不幸，願意爲他排解愁悶。來，各位武士我們把太多的時間浪費在枯坐之中了，讓我們用其他的娛樂暢快一下。即使照你們現在這樣全身甲冑，也是很適宜於作軍人之舞蹈的。我不要聽你們的推托，說什麼婦女的耳朵聽不慣喧囂的音樂，因爲她們誰都喜愛武裝的男子。（衆武士跳舞）這是一個很好的建議，看他們跳得多麼熱鬧。來，壯士；這兒有一位女郎，她也要舒展一口悶氣；我常常聽人家說，你們泰爾的武士都是最善於陪着娘兒們跳舞的。
配　祇有慣於此道的人，陛下，纔有這樣的本領。

西　啊！那簡直就是你拒絕我們誠意的邀請了。（衆武士及衆貴婦合舞）放手，放手；謝謝你們各位；你們全都跳得很好，（向配）可是你跳得最好。僮兒們，帶火來，送這些武士們各自到他們的宿處安息！壯士，我已經吩咐他們就在我自己寢室的貼鄰替你把宿處收拾好了。

配　我一切聽從陛下的旨意。

西　各位王子，我知道談情說愛是你們的目的，可是現在時間太晚了，各人還是回去安息一宵，等明天再來施展身手，試一試你們的運氣吧。（同下）

## 第四場　泰爾總督府中一室；

【赫力堪納斯及埃斯堪尼斯上。

赫　不，埃斯堪尼斯，聽我告訴你：安替奧克斯貪淫縱慾，上干天怒，至高無上的神明因爲他犯下這樣重大的罪惡，不能再事容忍，所以就在他和他的女兒駕着富麗的宮車出外遊玩，炫耀他的無比榮華的時候，降下了一陣天火，把他們的身體燒成一堆可憎的焦灰；那令人掩鼻的臭味，使那些在他們生前崇拜他們的人，到這時候也不肯出一臂之力，幫助把他們埋葬。

埃　眞是不可思議的奇事。

赫　這也是報應昭彰；雖然這位國王勢力雄大，卻逃不過上天的譴責，罪惡必然有它應得的懲罰。

埃　說得有理。

【二三廷臣上。

甲臣　瞧，無論在私人談話或是會議的中間，他總不把別人的意見看重。

乙臣　我們的不滿已經到了忍無可忍的地步，非得表示一下不可了。

丙臣　誰要是不願採取一致行動的，願他受永遠的咒詛。

甲臣　那麼跟我來。赫力堪納斯大人，准許我跟您說句話。

赫　跟我說話嗎？很好。早安，各位大人。

甲臣　我們的不滿已經達到極點，現在要像洪水一般橫決了。

赫　你們的不滿！爲着什麼？不要對不起你們所愛戴的君王。

甲臣　不要對不起您自己，尊貴的赫力堪納斯；要是親王果然尙在人世，讓我們朝見他一面，否則請您告訴我們他的行蹤究在何處。要是他身在世間，我們願意到處尋訪他；要是他在墳墓之中安息，我們也要探出他的埋骨的所在。他活着是我們的統治者，死了我們也要爲他服喪哀悼，推舉別人繼承他的位置。

乙臣　他的生死存亡，是我們最感到焦心的一個問題。現在國內無主，正像堂堂的巨廈沒有了屋頂，不久就會倒塌；您對於治國行政這方面是最熟悉不過的，所以我們願意推舉您做我們的君主。

衆　萬歲，尊貴的赫力堪納斯！

赫　爲了榮譽的緣故，請你們放棄你們的推舉；要是你們是愛配力克爾斯親王的，千萬不要這樣。假如我接受了你們的要求，那就等於跳進海水裏去，難得有一分鐘的寧靜，每一小時都要躭受風波的擾攘。讓我請求你們再等候一年的時間，要是在這一年以後，你們的王上還不回來，那麼我也說不得祇好拚着這年老之身，擔負這柄國的重責。可是我這一番誠意，要是不能使你們屈從的話，那麼我希望你們像忠心的臣子一般，到各處去訪尋他的蹤跡，在旅行之中銷磨你們的雄才遠略；萬一你們果然把他找到，教勸他回來，你們不朽的功績將會像他王冠上的鑽石一樣彪炳一世了。

中臣　祇有愚人纔會拒絕智慧的良言；既然赫力堪納斯大人這樣勸告我們，我們願意試一試旅行的機遇。

赫　那纔顯得我們同心同德；讓我們緊緊地握手吧：大臣能够這樣團結一致，那國家是永遠不會滅亡的。（同下）

第五場　笽塔坡力斯；宮中一室

【西蒙尼第斯上，讀信；衆武士自對方上相遇。

武士甲　早安，西蒙尼第斯賢王！

西　各位武士，我的女兒叫我通知你們，在這一年之內，她不預備出嫁。她的理由祇有她自己知道，我也沒有法子從她嘴裏探問出來。

武士乙　我們可不可以見見她，陛下？

西　不，萬萬不能；她已經把她自己幽閉在臥室之中，寸步不出，誰也不能見她。她還要在黛安娜女神的神座之前做一年忠實的信徒；當着那女神的面前，她已經憑着她的處女的貞操，立誓決不毀信了。

武士丙　雖然我們的心頭戀戀不捨，可是既然如此，也祇好告別了。（衆武士下）

西　好，他們已經被我巧妙地哄走了；現在讓我再來看看我女兒的信。她在這兒寫着，她決意嫁給那異邦的武士，否則寧願終生不見日光。很好，小姐；我贊同你的選擇；那樣很好；瞧她說得多麼果決，簡直不管我願不願意！好，她選得不錯；我一定竭力促成他們的好事。且慢！他來了；我現在必須故意試探他一下。

〔配力克爾斯上。

配　願一切的幸運降於西蒙尼第斯賢王！

西　願同樣的幸運降臨在你身上，壯士！我謝謝你昨夜所奏的妙樂，我的耳朵裏從來沒有飽聆過這樣可喜的曲調。

配　多蒙陛下謬奬，愧不敢當。

西　像足下這樣的絕技，眞可以稱得上一聲樂壇巨子。

配　我不過是樂神手下一名最拙劣的學徒而已，陛下。

西　讓我請問你一句話。你覺得我的女兒怎樣？

配　一位最賢淑的公主。

西　她也很美麗，不是嗎？

配　正像晴明的夏之晨一樣無限的美麗。

西　不瞞你說，我的女兒非常欽慕你，你必須做她的教師，她願意做你的學生；所以請你準備着吧。

配　我是不配做她的教師的。

西　她倒不是這樣想；你瞧瞧這封信吧。

配　（旁白）這是什麼話？一封表示她戀愛泰爾的武士的信！這一定是國王的狡計，想要借此結果我的生命。——啊！陛下，不要陷害我，我只是一個異鄉落難的武士，對於公主除了尊敬以外，從不敢懷抱非分的愛念。

西　你已經迷惑了我的女兒，你是一個惡人。

配　憑着神明起誓，我沒有；我從不曾起過絲毫冒昧的思想，也從不曾有過任何可以贏取她的愛情或是招致您的不快的行動。

西　奸賊，你說謊！

配　奸賊！

西　嗯，奸賊。

配　倘不是因爲你是國王，我一定要叫你把這奸賊兩字吞下去。

西　（旁白）憑着神明發誓，我很佩服他的勇敢。

配　我的行爲正像我的思想一樣光明正大，從不曾有過一絲卑劣的成分。我到你的宮庭裏來，只是爲了榮譽的緣故，不是要來勾誘你的女兒叛棄她的地位；誰要是以爲我另有用心的，這一柄劍將會證明他是榮譽的敵人。

西　你說不嗎？我的女兒來了，她可以證明一切。

【黛莎上。

配　那麼好，您是不但聰明，而且貞淑的，請您明白告訴您這位發怒的父親，我有沒有向您掉過求愛之舌，或是伸過乞憐之手？

黛　噯喲，壯士，即使您有過這樣的行爲，那正是我所滿心樂願的，什麼人會因此而惱怒呢？

西　好，姐兒，你竟是這樣自信嗎？（旁白）我很高興很高興。我要制伏你們；我要使你們俯首聽命。——你沒有得到我的允許，膽敢把你的愛情傾注到一個不相識者的身上嗎？（旁白）雖然我不知道他究竟是個什麼人，我總覺得他在血統方面也許跟我同樣高貴。（高聲）所以，姐兒，你聽我說，你必須依順我的意志；你，足下，你也聽我說，你必須服從我的命令，否則我要使你們——成爲夫婦。來，來，你們必須用你們的手和嘴唇締結你們的婚約；

黛　願上帝給你們快樂！什麼！你們兩人都很滿意嗎？

是的，郎君，要是您愛我的話。

配　我愛你正像愛我自己的生命和血液一樣。

西　嚇！你們兩人都同意了嗎？

黛、配　是的，要是陛下不以爲嫌的話。

西　我很贊成你們的結合，願意儘早替你們完成婚事，然後讓你們趕快去圓你們的好夢吧。（同下）

# 第三幕

〔副末上唱：
興闌人散，夢魂入定，
滿屋子一片的寂靜；
好一場盛大的婚筵，
把人醉得鼾睡如綿。
貍貓圓睜它的眼孔，
在等候着鼠兒出洞；
蟋蟀們在爐前歌唱，
越燥渴越唱得嘹喨，
只那月老好不煩忙，
把新人送入了洞房，
說不盡一夜的依偎，
早結下了珠玉孃胎。
苦的是俺兩片唇兒，

說不完這萬緒千絲。

啞劇：

〔配力克爾斯及西蒙尼第斯率侍從自一方上；一使者自另一方上，相遇，以書信跪呈配力克爾斯；配以信示西；衆臣向配下跪。黛莎懷孕偕莉科力妲上；西以信示黛；黛喜躍；黛、配向西辭別，衆下。

卻說那泰爾的羣臣，
把他們的君王訪尋，
費盡了無數的辛勞，
踏徧了地角與天梢，
飛騎四出，征帆遠渡，
果然探到他的確處。
西蒙尼第斯的宮庭
傳來了泰爾的音聲，
說那安替奧克暴王
父女兩人同時身亡
沒有主的泰爾人民，
他們想要擁立新君，
多勸那赫力堪納斯

把衆臣的勸進推辭；
爲了鎭壓叛徒異心，
他向他們懇切言明，
說要是他們的君王
年後依然踪跡茫茫，
他啊願意俯順衆望，
把這一頂王冠戴上。
這一個消息傳徧了
那岔塔坡力斯全島，
每一個人歡呼若狂，
「我們的王嗣是君王！」
他接到故國的呼召，
必須立刻舉起征棹；
他的王妃懷孕在身，
立志隨她丈夫遠行；
莉科力妲，她的伴娘，
護送着她遠涉重洋，

那臨別的至情熱淚，
都不必在這兒提起。
且說他們一帆風滿，
早走完了路程一半；
不料那作怪的天公，
又吹起了一陣狂風，
像鴨子在水上沉浮，
那船兒全失了自由，
嚇得王妃哀聲慘叫，
一陣陣的腹痛如絞。
這一場凶惡的風波，
究竟後來結果如何，
台上自有一番交代，
用不到俺插嘴弄喙，
請聽那遭難的君主，
在船上把心情傾訴。（下）

# 第一場　海船上

〔配力克儞斯上。

配　大海的神明啊，收回這些沖洗天堂和地獄的怒潮吧！統攝風飈的天使啊，呼召它們離開海面，用銅箍把它們綑束起來吧！啊，靜止你的震耳欲聾的驚人的雷霆，熄滅你的迅疾的硫火的閃電吧！啊！莉科力妲，我的王后怎麼樣啦？你發着這樣凶惡的風暴，你是要把所有的海水一起翻攪出來嗎？水手的吹嘯像死神耳旁的微語一般微弱得沒有人能够聽見。莉科力妲！琉辛娜，神聖的保護女神，夜哭小兒的溫柔的保姆啊！願你的靈駕來到我們這一艘顚簸的船上，幫助我的王后早早脫離分娩的苦痛吧！

〔莉科力妲抱嬰孩上。

配　啊，莉科力妲！

莉　這小東西太稚弱了，不應該讓它在這樣一個環境裏；要是它懂事的話，一定會悲傷而死去，正像我現在痛不欲生一樣。請把您那已故的王后這一塊肉抱了去吧。

配　怎麼，怎麼，莉科力妲！

莉　寬心點兒，好殿下；不要用您的悲號痛哭替那海上的風濤添加聲勢。這是娘娘遺留下來的唯一的紀念品，一個可愛的小女兒；爲了它的緣故，請您鼓起勇氣來，不要悲傷吧。

配　神啊！你們爲什麼把美好的事物賞給我們，使我們珍重它，愛惜它，然後又突然把它攫奪去了呢？我們凡人是講究信義的，決不會把已經給了人的東西重新收回。

莉　為了這一位小公主起見，好殿下，寬心點兒吧。

配　但願你的一生安穩渡過，因為從不曾有那一個嬰孩在這樣騷亂的環境中誕生！願你的身世平和而寧靜，因為在所有君王們的兒女之中，你是在最粗暴的情形之下來到這世上的一個！願你後福無窮，你是有天地水火集合它們的力量大聲預報你的墮地的信息的！當你初生的時候，你已經遭到無可補償的損失；願慈悲的神明另眼照顧你吧！

【二水手上。

水手甲　您有勇氣嗎，殿下？上帝保佑您！

配　勇氣是有的。我不怕風暴；它已經把最不幸的災禍加在我身上了。可是為了這一個可憐的小東西，這一個初歷風波的航海者的緣故，我希望它平靜下來。

水手甲　把那邊的舷索放下來！你肯不肯？吹，儘管吹你的吧！

水手乙　衹要船掉得轉，儘管讓這些浪花跳上去和月亮親嘴，我也不放在心上。

水手甲　殿下，您那位王后必須丟下海水裏去；海浪這樣高，風這樣大，要是船上留着死人，這場風浪是再也不會平靜的。

配　這是你們的迷信。

水手甲　原諒我們，殿下；對於我們這些在海上來往的人，這是一條不可違反的規矩，我們的習慣是牢不可破的。所以趕快把她擡出來吧，因為她必須立刻丟下海水裏去。

配　照你們的意思辦吧。最不幸的王后！

莉　她在這兒，殿下，

配　你經過了一場可怕的分娩，我的愛人；沒有燈，沒有火，無情的天海全然把你遺忘了。我也沒有時間可以按照聖徒的儀式，把你送下墳墓，卻必須立刻把你無棺無槨，投下幽深莫測的海底；那邊既沒有銘骨的墓碑，也沒有永燃的明燈，你的屍體必須和簡單的貝介爲伍，讓噴水的巨鯨和嗚咽的波濤把你吞沒！啊，莉科力妲！吩咐奈斯脫替我拿香料，墨水，白紙，我的小箱子和我的珠寶來；再吩咐聶坎特替我把那緞匣子拿來。把這孩子安放在枕上。快去，我還要爲她作一次訣別的禱告；快去，婦人。（莉下）

水手乙　殿下，我們艙底下有一口釘好漆好的箱子。

配　謝謝你。水手，這是什麼海岸？

水手乙　我們快要近塔色斯了。

配　轉變你的航程，好水手，我們向塔色斯去吧，不要到泰爾了。什麼時候可以到港？

水手乙　要是風定了的話，天亮的時候可以到了。

配　啊！向塔色斯去吧。我要到那邊去訪問克利昂，因爲這孩子到不了泰爾，一定會中途死去的；在塔色斯我可以交託他們留心撫養。幹你的事去吧，好水手；這屍體等我把它安頓好了，立刻就叫人擡過來。（同下）

## 第二場　以弗掃聶利蒙家中一室

【聶利蒙，一僕人，及若干在海上遇險被救之人上。

聶　喂，非勒蒙！

【菲勒蒙上。

菲　老爺叫我嗎？

攝　替這些可憐的人們弄些火和吃的東西來；昨天晚上的風暴眞是大得怕人。

菲　暴風我也見過不少；可是像這樣的晚上，卻是從來沒有經歷過。

攝　等到你們回去，你們的主人早已死了；實在沒有法子可以挽回他的生命。（向菲）把這方子拿到藥鋪裏去，試試有沒有效力。（除攝外均下）

【二紳士上。

甲紳　早安，閣下。

乙紳　您好，閣下？

攝　兩位先生，你們爲什麼這麼早就起來？

甲紳　閣下，我們的屋子就在海邊上，給昨晚的暴風吹打得就像地震一般，樑柱都像要一起折斷，整個屋子彷彿要倒塌下來似的。因爲驚恐的緣故，我纔逃了出來。

乙紳　那正是我們一早就來打擾您的原因，並不是因爲愛惜寸陰。

攝　啊，好說好說。

甲紳　可是我很不明白，像您閣下這樣生活在富麗舒適的環境裏的人，怎麼肯在這樣早的時間，就拋棄了休養身心的溫暖的眠牀，既然沒有迫不得已的原因，一個人的天性怎麼能夠習慣於這種辛勞而不以爲苦？

攝　我一向認爲道德和才藝是遠勝於富貴的資產；墮落的子孫可以把貴顯的門第敗壞，把巨富的財產蕩毀，可是道德和才藝卻可以使一個凡人成爲不朽的神明。你們知道我素來喜歡研究醫藥這一門奧妙的學術，一方面勤搜典籍請益方家，一方面自己實地施診的結果，我已經對於各種草木金石的藥性十分熟悉，不但能够明瞭一切病源而且對症發藥，百無一失；這一種眞正的快樂和滿足，斷不是那班渴慕着不可恃的榮華，或是抱住錢囊，使愚夫欣羨，死神竊笑的庸妄之徒所能夢見的。

乙紳　您是以弗所的萬家生佛，多少人感戴您的再造之恩您不但醫術高明，力行不倦，而且慷慨好施；攝利蒙大人的聲名，有口皆碑，時間也不會使它湮沒的。

〔二僕舁箱上。

甲僕　好；你在那邊撬着。

攝　這是什麼東西？

甲僕　老爺，剛纔海水把這箱子沖到我們岸上來；它大概是什麼沉船上漂散出來的。

攝　放下來；讓我們看看。

乙紳　那瞧上去很像一口棺材。

攝　不管它是什麼東西，那分量倒是沉重得很。快快把它撬開來；要是海水因爲吞下了太多的金銀，命運逼着它嘔吐出來送給我們，那纔是一件意外的幸事。

乙紳　正是，大人。

攝　它釘得多麼緊密，漆得多麼牢固！是海水把它沖上來的嗎？

甲僕　老爺，我從來不曾看見過這麼大的一個浪頭，把它捲上岸來。

攝　來，攝它開來。且慢！我鼻子裏好像有一股非常芬芳的香味。

乙紳　一股馥郁的異香。

攝　我從來沒有嗅到過這樣的香味。好，揭開箱蓋來，萬能的神明啊！這是什麼？一具屍體！

甲紳　怪事怪事！

攝　好一身富麗的殮衾；週遭襯墊着這許多貴重的香料！還有一紙證明書！愛坡羅，幫助我誦讀這上面的字蹟吧！

「余爲國王配力克爾斯，死者爲余王后，舉世間所有之一切，均不足抵償此無價之損失。萬一此棺被風吹捲上岸，爲仁人君子發現啓視，務請依禮安葬，因彼系出天潢，爲一國王之愛女也。凡棺中所有寶物，一概作爲酬勞，而君子澤及朽骨之德，亦必仰邀天眷，奚止存亡同感而已。」

要是你還在人世，配力克爾斯，你的心一定因悲哀而粉碎了！這是昨夜發生的事。

乙紳　大概是的，閣下。

攝　不，一定是昨晚的事，瞧她的臉色多麼鮮潤！他們把她丟在海裏，眞太鹵莽了。到裏屋去生起火來；替我把我房間裏所有的藥箱拿出來。（乙僕下）一個人也許會接連幾小時陷於死亡的狀態，可是生命之火仍然會把不堪重壓的精神重新燃起。我曾經聽說有一個埃及人死了九小時，因爲救治得法，終究蘇醒過來。

【僕人攜藥箱，手巾及火上。

攝　很好，很好；火也來了，布也來了。再請你們叫他們把那粗濁而憂鬱的音樂奏起來；不要忘了那六絃提琴；——瞧你辦事這樣沒頭沒腦的，你這蠢貨！喂，奏樂！請你們讓她呼吸些空氣。兩位先生，這位王后一定會復活；她的生機已動，一絲溫暖的氣息已經從她嘴裏吐出；她昏迷的時間，不會超過五小時以上。瞧！她又開始展放起她的生命之花來了。

甲紳　上天假手於您，表現它的神奇的力量，使我們只有驚奇嗟嘆，您的聲名也將要從此不朽了。

攜　她活了！瞧，那鎖閉着配力克爾斯所失去的一雙天上的明珠的眼瞼，已經在那兒展開它們那像黃金一般閃亮的睫毛，顯現出無比晶瑩的兩顆鑽石來，使這世界增加一倍的財富了。醒醒，美麗的人兒，你有這樣絕世的手度，讓我們聽你敍述你自己的運命而流淚吧！（黛展動肢體）

黛　親愛的黛安娜啊！我在什麼地方？我的夫君呢？這是什麼世界？

乙紳　這不是奇事嗎？

甲紳　眞是希有的事情。

攜　靜些，兩位好鄰居！幫我一臂之力，把她攙到隔壁房間裏去。拿些被褥來；這事千萬不能大意，她要是再昏過去，那就不可救治了。來，來；願埃斯鳩萊匹斯指導我們！（衆扶黛莎同下）

## 第三場　塔色斯；克利昂家中一室

【配力克爾斯，克利昂，第娥尼薩，及莉科力妲抱瑪琳娜上。

配　最可尊敬的克利昂，我不能不去了；我的一年之期已經滿限，泰爾的亂機一觸卽發。請你們夫婦兩位接受我的衷心的感謝；願神明加恩於你們！

克　命運的利箭雖然使您受到莫大的創傷，卻使我們意外地沾溉到您的厚惠。

第　啊，您那可愛的王后！要是命運不是這樣無情，讓您把她帶到這兒來使我這一雙薄福的眼睛也能够一瞻手彩，那纔是一件多大的好事！

配　我們不能不服從天神的意旨。要是我也能夠像她葬身的海水一般咆哮怒吼，這樣的結果還是不能避免。我這溫柔的孩子是在海上誕生的，所以我替她取了瑪琳娜的名字；現在我把她交給你們，請求你們善意的照顧，把她撫養成人，給她高貴的教育，使她諳熟按照她的身分所應該具備的一切舉止禮貌。

克　您放心吧，殿下，敝國曾經受到您的賑濟的大恩，人民至今在爲您祈禱，您的孩子我們決不會虧待她的。要是我有一些怠慢疏忽之處，那班受恩的民衆也會强迫我履行我的責任；萬一我果然天良泯沒，不知悔改，願神明使我和我的子孫永遭天譴！

配　我相信你；即使沒有這樣的重誓，你的榮譽和義氣也可以使我充分信任你的眞心。夫人，在她沒有結婚以前，憑着我們衆人所崇敬的光明的黛安娜女神起誓，我這一束頭髮必須永遠纏在她的臂上，不能剪去一絲，雖然它是很寒傖而難看的。現在我必須告別了。好夫人，讓我因爲相信你會好好撫養我的孩子而做一個有福的人吧，

第　我自己也有一個孩子，殿下，我不會寵愛她勝過您的小公主。

配　夫人，我感謝你，爲你祈禱天福。

克　讓我們把殿下送到海邊，然後讓和順的天風和平靜的海水護送着您回去。

配　我敬領你們的盛情。來，最親愛的大人。啊！不要哭，莉科力妲，不要哭，留心照看你的小公主，將來你要終身倚仗她哩。來，大人。（同下）

## 第四場　以弗所；薩利蒙家中一室

〔撖利蒙及黛莎上。

撖　娘娘，這一封信和另外一些珠寶是跟您一起放在這口箱子裏的；現在它們都在您的支配之下。您認識這筆蹟嗎？

黛　這是我的夫君的筆蹟。我記得我在海上航行，直到臨近分娩的時間，我都記得十分清楚；可是究竟有沒有在船上生產，憑着聖神起誓，我卻不能斷定。可是我既然不能再見我的夫君配力克爾斯王的一面，我願意終身修道，不再貪享人間的歡娛。

撖　娘娘，您這一番意思要是果然發自衷誠，那麼黛安娜的神廟離此不遠，您不妨在那邊終養您的餘年。而且您要是願意的話，我有一個姪女可以在一起陪伴您。

黛　我的唯一的酬報衹有感謝，請你原諒我的禮輕意重吧。（同下）

# 第四幕

〔副末上唱：

不說那泰爾的人民
怎樣歡迎她的舊君；
不說那薄命的王后
在尼菴中淒涼苦守；
單表小小的瑪琳娜
早已長成荳蔻年華，
那克利昂不負付託，
把這公主悉心教育，
虧她生得剔透玲瓏，
音樂文藝色色精通，
那卓越的才華儀態
贏得每個人的敬愛。
可嘆那嫉妒的妖精

又在施展它的禍心！
克利昂有個女公子，
菲蘿登是她的名字，
這時已經待嫁閨中，
和瑪琳娜形影相從：
她們有時並肩共織，
賭賽着玉指的纖潔；
她們有時拈針共繡，
爭誇着靈秀的心手；
有時撫琴同唱新聲，
羞殺了哀吟的夜鶯
有時握管同賦新詩，
歌頌着月殿的神姬。
這菲蘿登好勝心强，
她總想爭一日之長；
可奈她烏鴉的羽毛
怎麼能和白鴿比較？

祇有瑪琳娜的敏慧
占盡了衆人的讚美
菲蘿登在相形之下
大大地減低了聲價。
她的母親因妒成憎，
陡起了殺人的心情，
她想把瑪琳娜除去，
便可讓她女兒獨步；
這陰謀還正在醞釀，
莉科力妲又告身喪，
可憐那孤零的公主，
她的生命危在朝暮。
那惡婦的毒計猖狂
究竟能否如願以償？
這以後的事移境變，
自有伶工們的扮演。
俺老漢啊荒腔走韻，

慚愧有瀆看官清聽，
謝列位大度的包容，
纔把俺的漏洞彌縫。
這廂來了第娥妮薩，
利奧寧是她的爪牙。（下）

## 第一場　塔色斯；海濱附近曠地

〔第娥妮薩及利奧寧上。

第　記着你已經發誓幹這件事；那不過是一舉手之勞，永遠不會有人知道。世上再沒有這樣便宜事兒，又簡單，又乾脆，一下子就可以使你得到這麼多的好處。不要讓那冷冰冰的良心在你的胸頭激起了憐惜的情緒；也不要讓慈悲，那甚至於為婦女們所唾棄的東西，軟化了你；你要像一個軍人一般，堅決地執行你的使命。

利　我說幹就幹；可是她是一個很好的姑娘哩。

第　那就更應該讓她跟天神們作伴去。瞧她因為哀悼她的保姆，哭哭啼啼地來了。你決定了嗎？

利　我決定了。

〔瑪琳娜攜花籃上。

瑪　不，我要從大地女神的身上偷取諸色的花卉，點綴你的青綠的新墳；當夏天尚未消逝以前，我要用黃的花，藍的花，紫色的紫羅蘭，金色的萬壽菊，像一面錦毯一樣鋪在你的墳上。唉！我這苦命的人兒，在暴風雨之中來到這世上，一出世就死去了我的母親；這世界對於我就像一個永遠起着風浪的怒海一樣，把我的親人一個個從我的面前捲去。

第　啊，瑪琳娜！你爲什麼一個人到這兒來？怎麼我的女兒不跟你在一起？不要讓悲哀侵蝕了你的血液；你可以把我當作你的保姆的。主啊！這一種無益的哀傷，已經使你的臉色變得多麼憔悴！來，把你的花給我，趁着它們還沒有被海潮打壞。跟利奧寧散步散步去吧；那邊的空氣很新鮮，它可以刺激脾胃，鼓舞精神。來，利奧寧，攙着她的手臂，陪她散步去吧。

瑪　不，我謝謝您；我不願奪去您的僕人。

第　來，來；我是像愛自己人一般愛你和你的父王的。我們每一天都在盼望他到這兒來；要是他來了以後，看見我們這位絕世無雙的好女兒消瘦到這個樣子，他一定會懊悔不曾早一點把你領回去；他也一定會埋怨我的丈夫和我，說我們不曾好好照料你。去吧，我求求你；散步散步，重新快活起來；不要毀損了你那絕妙的容顏，那是曾經使每一個少年和老人目移神奪的。你不用管我，我會一個人回去。

瑪　好，我就去；可是我實在沒有那樣的興致。

第　來，來，我知道那是對你有益的。利奧寧，你陪她至少散步半小時。記住我剛纔所說的話。

利　您放心吧，夫人。

第　我的好姑娘，我要暫時少陪你一下；請你慢慢兒的走着，不要跑得滿臉紅漲的、嘿！我必須留心照顧你哩。

瑪　謝謝，您，親愛的夫人。（第下）這風是從西方吹來的嗎？

利　這是西南風。

瑪　我生下來的時候吹的是北風。

利　是的嗎？

瑪　我的保姆告訴我，我父親是從來不知道恐懼的，他會向水手們高聲呼喊，「出力，好弟兄們！」用他尊貴的手親自拉着纜索不顧擦傷他自己的皮肉；他曾經緊緊攀住桅檣，抵禦着一陣幾乎把甲板沖毀的巨浪。

利　這是在什麼時候？

瑪　就在我生下來的時候。像那樣狂暴的風浪，眞是從來不曾有過；一個爬到帆篷上去的人，也從繩梯上翻下海裏。一個說，「嚇！你下來了嗎？」他們蹦呀跳的從船頭奔到船尾；掌舵的吹口嘯，船主到處喊人，滿船忙作了一堆。

利　來，念你的禱告吧。

瑪　你是什麼意思？

利　要是你需要短短的時間作一次禱告，我可以允許你。你可是千萬不要嚕嚕嗦嗦地拉上一大套，因爲天神的耳朵是很靈敏的，而且我已經發誓要把我的事情快快兒幹好。

瑪　你爲什麼要殺死我？

利　這是我的女主人的意思。

瑪　爲什麼她要把我殺死？憑着我的眞心起誓，照我所能夠記得的，我生平從來不曾作過一件損害她的事。我不曾講過一句壞話，或是對無論那一個生物作過一樁惡事；相信我，我不曾殺死過一頭小鼠，或是傷害過一頭飛蠅；我在無意之中踐踏了一條蟲兒，也會因此而流淚。究竟我犯下了怎樣的過失？我的死對她有什麼好處？我的生對她又有什麼危險？

利　我祇知道奉命行事，不是來跟你辯論是非的。

瑪　我希望你再也不會幹這樣的事。你的相貌很和善，表明你有一顆仁慈的心。我最近看見你因爲排解兩個打架的人而自己受了傷，這就可以看出你是一個好人。現在再請你做一個這樣的好人吧，你的主婦要害我的生命，你應該扶危拯困，救救我這柔弱可憐的人纔是。

利　我已經宣過誓了，這事情非幹不可。

【衆海盜上，時瑪琳娜方在竭力掙扎。

甲盜　放手，惡人！（利逃下）

乙盜　一件寶貨！一件寶貨！

丙盜　各人一半，弟兄們，各人一半。來，咱們趕快把她帶到船上去吧。（衆海盜捉瑪下）

【利奧寧重上。

利　這些惡賊是大海盜凡爾第斯手下的；他們把瑪琳娜捉了去啦。讓她去吧；她是再也不會回來的了。我敢發誓她一定被他們殺死，丟在海裏啦。可是我還要探望探望；也許他們把她玩了一個痛快以後，並不把她帶到船上去也說不定。要是他們把她留下，那麼她在他們手裏失去了貞操，必須在我手裏失去她的生命。（下）

## 第二場　密底林；妓院中一室

【妓院主人，鴇婦，及龜奴上。

院主　龜奴！

龜奴　老闆有什麼吩咐？

院主　到市場上去仔細搜尋；密底林多的是風流浪子，咱們沒有姑娘應市，這筆損失可不小哩。

鴇婦　咱們從來不曾像現在這樣缺貨。一共祇有三個粗蠢的丫頭，她們的本領祇有這麼一套；而且因爲疲於奔命的緣故，都已經跟發臭的爛肉差不多了。

院主　所以咱們祇好不惜重價，訪幾個新鮮的貨色來。無論幹什麼生意，總要講個良心，要是咱們拿次貨去騙人家的錢，那怎麼對得起主顧？不講良心，營業還會發達嗎？

鴇婦　你說得不錯；那不是養育私生子的問題，我想我自己就一手養大了十一個——

龜奴　嗯，十一個。可是我要不要到市場上搜訪去？

鴇婦　別的還有什麼辦法？咱們這鋪子裏都是又臭又爛的貨色，經不起一陣大風吹，就會把她們吹碎的。

院主　你說得不錯；憑良心說，她們的確太腌臢了。那個可憐的外錫爾凡尼亞人纔跟那小蹄子睡了一覺，不上幾天就送了命。

龜奴　嗯，她很快就送了他的命；她叫他給蛆蟲們當一頓美味的炙肉。可是我要到市場上搜訪去了。（下）

院主　有了三四萬塊錢，也可以安安穩穩過日子；那時候咱就洗手不幹。

鴇婦　爲什麼不幹，我倒要請問你？難道咱們老了，攢錢就是一樁丟臉的事嗎？

院主　啊！咱們的名譽不是像貨色一樣源源而來的，咱們的貨色也不能保險沒有意外的損失；所以咱們要是在年青的時候早一點兒掙下些產業，落得關起門來吃些現成飯兒。而且咱們這一行營生是上干天怒的，要是不知道中途歇手，神明一定不會饒過咱們。

鴇婦　算啦，別的生意也是跟咱們一樣罪惡的。

院主　跟咱們一樣！瞧他們纔要比咱們淸白得多啦；祇有咱們這一行纔是最該死的。這種生意好算是職業嗎？它簡直不是人幹的。可是龜奴來啦。

〔龜奴率衆海盜及瑪琳娜上。

龜奴　過來。列位大哥，你們說她是個閨女嗎？

甲盜　啊！朋友，這我們可以擔保。

龜奴　老闆，您瞧，我好容易東尋西訪，纔訪到這麼一件貨色。要是您中意的話，那再好沒有；不然就算我白辛苦了一趟。

鴇婦　龜奴，她有什麼長處？

龜奴　她有一張好看的臉蛋兒，會講好聽的話兒，又有一身挺好的衣服；有了這幾件好處，人家還會拒絕她嗎？

鴇婦　她的價錢多少？

龜奴　他們一定要討一千塊錢，一個邊兒也不肯少。

院主　好，跟我來，列位朋友，我立刻就把錢拿給你們。妻子，你領她進去，教導她應該做的事，免得她生手生脚的，怠慢了客人。（院主及衆海盜下）

鴇婦　龜奴，你把她的容貌仔細記好，她的頭髮是什麼顏色，她的皮膚是怎樣的，怎樣高的身材，怎樣大的年紀，尤其要說明她是個閨女；你這樣到市上去嚷着說，「誰要是願意出最高的價錢，就可以做第一個享受她的人。」倘然男人們的脾氣沒有改變，這樣一個閨女是可以賺一注大錢的，照我吩咐你的辦去吧。

鴇奴　得令（下）

瑪　唉！利奧寧應該把事情幹得乾脆一點，他應該早一點殺死我，不應該說那些廢話；或者那些海盜們要是再凶狠一些，把我丢在海裏，我也可以找我的母親作伴去！

鴇婦　你爲什麼哀哭，美麗的人兒？

瑪　因爲我是美麗的。

鴇婦　得啦，天神們總算沒有虧待了你。

瑪　我並不抱怨他們。

鴇婦　你既然落到我的手裏，你就是我的人啦。

瑪　我眞不該從那想要殺死我的人手裏逃了出來。

鴇婦　你在我這裏可以過着舒服的日子。

瑪　不。

鴇婦　是的，你要過舒服的日子，你要嚐嚐各色各等紳士的味道。這兒吃的也有，穿的也有；還有黑的白的肥的瘦的漢子們，由你夜夜掉換新鮮。嚇！你塞住你的耳朵嗎？

瑪　你是個女人嗎？

鴇婦　我倘然不是女人，你說我是什麼？

瑪　不貞潔的女人就不好算是女人。

鴇婦　好，你這小鵝兒，我總要叫你知道些利害。來，你是個傻氣的小東西，饒你怎樣嘴硬，逃不過老娘的手掌。

瑪　天神保佑我！

鴇婦　要是天神保佑你多結識幾個知心的漢子，那麼讓他們安慰你供養你，把你當作他們的心肝活寶吧。龜奴回來了。

〔龜奴重上。

鴇婦　喂，你有沒有在市場上替她宣傳過來？

龜奴　我簡直連她頭上有幾根頭髮都說了出來；因爲描摹她的美貌，把我的喉嚨都嘶破了。

鴇婦　告訴我，你覺得人們聽了你的話，興趣怎樣？尤其是那些年靑的傢伙？

龜奴　不瞞您說，他們聽我的話，就像聽他們父親的遺囑一般。有一個西班牙人滿口流涎，他一聽見我的形容，就在那兒做着同牀的好夢了。

鴇婦　他明兒一定會穿起他的最漂亮的縐領衣服，到咱們這兒來的。

龜奴　今晚就來，今晚就來。可是，媽媽，您認識那個彎腿的法國武士嗎？

鴇婦　誰？維樂爾斯先生嗎？

龜奴　嗯；他一聽見我的宣告，就樂得想要翻起觔斗來；可是結果只是呻吟了一聲，發誓說明兒一定來看她。

鴇婦　好，好；他曾經把他的一身病帶到咱們這兒來，這一番咱們非得敲他一下大大的竹槓不可。我知道他是個明處化錢，暗處佔便宜的傢伙。

龜奴　好，要是每一個國家都有旅行的人到咱們這兒，咱們總是來者不拒的。

鴇婦　（向瑪）請你過來一下，你的好運氣到了。聽着，你在幹那件話兒的時候，雖然心裏願意，也要裝出幾分害怕的樣子；越是有利益的事情，越是做作得不把這種利益放在心上。當你向你的情人們談起你現在的生活的時候，你應該流些眼淚這樣可以引起他們的同情；這一種同情往往可以使你得到極好的名譽，而這種名譽也就是一種利益。

瑪　我不懂你的話。

龜奴　啊！帶她進去吧，媽媽，帶她進去；她這種羞人答答的脾氣，必須讓她立刻經驗經驗那話兒，纔可以把它除掉。

鴇婦　你說得不錯，眞的，必須讓她立刻經驗經驗；第一夜做新娘，總是帶着幾分羞澀的。

龜奴　說老實話，臉嫩的固然有，臉老的也不少。可是，媽媽，假如我跟人家講定了過夜的價錢，——

鴇婦　你可以分到一部分的利益。

龜奴　眞的嗎？

鴇婦　誰來騙你？來，小姑娘，我很歡喜你的衣服的式樣。

龜奴　嗯，憑良心說，她這身衣服現在還沒有更換的必要。

鴇婦　龜奴，你再到市上去一趟，逢人告訴咱們家裏來了一位多麼好的姑娘；多拉幾個主顧，對於你總是有好處的。造化生下這東西來的時候，就有幫忙你的意思；所以你應該竭力吹噓，說她是怎樣一個絕世無雙的美人兒，你越是說得天花亂墜，越是可以撈到一筆大大的油水。

龜奴　您放心吧，媽媽，我祇要一說起她的美麗，管敎那些好色的人們一個個春心大發，比震雷驚醒那蟄眠水底的鰻鱺還要靈驗。今天晚上我就可以帶幾個客人來。

鴇婦　去吧；跟我來。

瑪　要是火是熱的，刀是尖的，水是深的，我要永遠保持我的童貞的完固。黛安娜女神，幫助我吧！

鴇婦　咱們跟黛安娜女神有什麼來往？請你還是跟我進去吧。（同下）

## 第三場　塔色斯；克利昂家中一室

〔克利昂及第娥妮薩上。

第　噯喲，你是個傻子嗎？這事情幹也幹過了，還可以挽回嗎？

克　啊，第娥妮薩！像這樣的慘殺案，眞是自有天地以來所未有的。

第　我想你眞要變成個小孩子了。

克　假如我是這廣大的世界的主人，爲了挽回這一件過惡，我寧願把這世界捨棄。啊，女郎！你的品德是比你的血統更爲高貴的，雖然你是一位金枝玉葉的公主，可以和世界上無論那一個戴王冠的人並立而無愧。啊，利奧寧這惡奴！他也已經被你毒死了；他替你幹了這麼一件好事，你應該賞他喝一杯慶功酒纔是。要是尊貴的配力克爾斯追問起他的女兒來，你有些什麼話說？

第　我就說她死了。保姆不是執掌生死的神明，誰能保得定一個孩子養得大養不大？她是在夜裏死的，我就這樣說。誰敢說一個不字？除非你要表示你是一個正直無罪的好人，那麼你就高聲宣佈，說她是被人用惡計謀殺的吧。

克　唉！得啦，得啦。在天下一切罪惡之中，這一件是最爲天神們所痛恨的。

第　你就去做那些傻子，相信塔色斯的可愛的小鳥兒會飛到海外去，把這件祕密向配力克爾斯揭破吧。我眞替你慚愧，像你這樣一個出身高貴的人，卻有這麼一副懦夫的性格。

克　不要說是公然的同意，就是對於這樣的行爲表示默許的人，他也決不是高貴的祖先的子孫。

第　就算是這麼說吧。可是除了你一個人以外，誰也不知道她怎樣死的；而且利奧寧已經不在，也沒有人能够知道。她掩蔽了我的女兒阻礙她前途的幸福；誰也不要看她一眼，大家都把他們的目光注射在瑪琳娜的臉上，我們的女兒卻遭人賤視，被人當作罷下婢一般看待。這就像利刃一樣刺透了我的心。雖然你自己一點不替你的孩子着想，卻說我的手段太不人道，可是我卻以爲這是爲你的獨生女兒所幹的一件極大的好事哩。

克　上天恕宥這樣的罪惡！

第　至於配力克爾斯，他有什麼話說呢？我們爲她發哀送葬，至今還在替她服喪，她的墳墓已經大部砌好，她的墓碑上刻着燦爛的金字，表示一般的讚美和我們對她的愛念，這一切不都是我們花費的錢嗎？

克　你是個妖精，用你天使一般的臉孔欺騙世人，卻用你的鷹隼一般的利爪殺害無辜。

第　你纔是個迂腐的儍瓜，可是我知道你會照我的話做的。（同下）

第四場　塔色斯；瑪琳娜墓前

【副末上唱：

百年彈指，天涯寸步，
一葦可把重洋飛渡；
讓我把你們的想像
帶過了邦疆和國壤。

演戲本來是一片假，
列位看官不用驚詫
怎麼那各地的人民
都講着同一的方音，
這爲的是觀聽便利，
不是俺們失於算計。
幾句閒話交代過去，
再接着把正文重敘。

卻說那配力克爾斯
爲了探望他的嬌兒，
帶領了大小的臣僚，
再度冒海上的風濤；
赫力堪納斯這老臣
這一回也伴駕隨行，
留下了埃斯堪尼斯
把國中的政務主持。

可喜的是一帆風順，
早到了塔色斯邊境，
那老王滿心的歡慰，
想把愛女接回國內。
請看這些人影憧憧，
又有一番哀怨淒涼。

啞劇：

〔配力克爾斯率扈從自一門上；克利昂及第娥妮薩自另一門上。克指瑪琳娜墳墓示配；配作痛哭流涕狀，以麻衣披身，大慟而去；克第同下。

瞧這番拙劣的表情，
多麼叫人難於信憑，
像這樣的作勢裝腔，
也算是真實的哀傷！
悲哀的配力克爾斯
披上了麻布的喪衣，
發誓永不洗臉剃髮，
苦度脅懷惶的歲月；

他掛着一顆顆淚珠，
嘆口氣又踏上歸途。
偏是那作怪的颶風
永不肯把愁人放鬆；
那一陣的天昏海嘯
昏迷了老王的心竅；
多虧得他命中多助，
活該又有一番奇遇。
列位且看這首墓銘
追敍瑪琳娜的生平；
那心如蛇蝎的惡婦
偏會說蜜般的言語。（讀瑪琳娜墓碑上詩句）
「佳人多薄命，　奇花易萎折，
新春方吐蕊，　遽爾辭枝別。
誰歟墓中人？　泰爾王家女；
死神展魔手，　一朝攫之去。
厥名瑪琳娜，　美慧世無比。

當其誕生時，　海神大歡喜，
吐浪如山高，　百里成澤國。
大地爲戰慄，　恐至全淪沒，
故將此女郎，　上獻與蒼冥。
至今怒海水，　猶作不平聲。」

最是那甘言的諂媚，
越顯出居心的奸詭。
且不談配力克爾斯
深信他女兒的長逝；
他此去茫茫的前途
自有命運女神作主。
咱們現在回過頭來，
再看那不幸的女孩，
她如今墮下了火坑，
失去了一切的希望。
請列位略耐一耐心，
咱們又到了密底林。（下）

## 第五場　密底林妓院前街道

【二紳士自妓院中出。

**甲紳**　您聽見過這樣的話嗎？

**乙紳**　沒有，而且要是她去了以後，在這樣一個所在，也永遠不會再聽見這樣的話的。

**甲紳**　可是在那樣的地方高談上帝的眞理！您有沒有夢想到會有這樣的事情？

**乙紳**　沒有，沒有。來，我從此不再逛窰子了。我們要不要去聽聽修道女的唱詩？

**甲紳**　祇要是合乎道德的事，我現在什麼都願意做；可是從此以後，再不尋花問柳了。（同下）

## 第六場　同前；妓院中一室

【院主，鴇婦，及龜奴上。

**院主**　哼，早知如此，咱寧願丟了兩倍她身價的錢，也不要她到咱們這兒來。

**鴇婦**　該死的鬼丫頭！她會叫生育之神普賴泊斯倒抽一口涼氣，她會叫這一輩青年人一個個絕了後代；咱們必須把她破了身子，否則還是攆她出去。輪到她伺候主顧，盡咱們這一行的本分的時候，她就有她的推托，她的理由，她的天大的理由；她會跪下來哀求禱告；要是魔鬼想要和她親一個吻，見了她這樣子也會變成淸教徒的。——

噯喲，萊錫邁赤斯大人穿着便服來啦。

**龜奴**　要是這作怪的蹄子對客人們還就一些，咱們這門檻兒早就給上下三等的人踏破啦。

〔萊錫邁赤斯上。

萊　怎麽！你們這兒有多少大姑娘？

鴇婦　啊，天神祝福您老爺！

龜奴　我很高興看見您老爺貴體安好。

萊　是的，你們應該希望你們的主顧都有一個金剛不壞之身，這纔是你們的運氣。喂！婆子，你們這兒有沒有一個可以玩玩的姑娘，不必請教外科醫生的？

鴇婦　我們這兒是有一個，老爺，要是她願意的話。可是在密底林從來不曾有過像她一樣的人。

萊　你的意思是說要是她願意幹那件話兒的話。

鴇婦　什麽都逃不了您老爺的明鑒。

萊　好，叫她出來，叫她出來。（龜奴下）

鴇婦　她是一朵枝頭的嬌花，我可以向您保證，還沒有被人攀折過呢。

〔龜奴率瑪琳娜重上。

鴇婦　她不是一個美人兒嗎？

萊　嗯，看上去倒很不錯。好，這是給你的賞錢，去吧。

鴇婦　請老爺准許我說一句話，然後立刻就去。

萊　你說吧。

鴇婦　（向瑪）第一，我要你注意這是一位很有名譽的貴人。

瑪　我希望他果然是一位值得受我重視的正人君子。

鴇婦　第二，他是本地的總督；咱們都是受他管轄的。

瑪　假如他是本地的總督，那你自然要受他的管轄；可是我還不知道他的治績如何。

鴇婦　請你少說些女孩兒家推推閃閃的廢話吧；一句話，你願不願意好好招待他？他要是歡喜的話，會把你的裙子上都鑲滿了黃金哩。

瑪　凡是他用光明正大的態度賜給我的恩惠，我就用感激的心情接受他的好意。

萊　你們話講完了沒有？

鴇婦　老爺，她是個一點不懂事的孩子；您必須耐心把她開導開導來，咱們讓老爺跟她兩個人談談吧。

萊　你們去吧。（鴇婦，院主，龜奴同下）呃，美人兒，你幹這一門行業幹了多久啦？

瑪　什麼行業，先生？

萊　那我可說不出口來，因爲說出來會得罪人的。

瑪　我自己幹的事是不會使我自己聽了勤惱的。請您說吧。

萊　你現在住在這樣一個地方，你就是一個出賣色相的女子。

瑪　您既然知道這間屋子是這麼一個所在，您還會進來嗎？我聽說您是一位很有名譽的人，又是這兒的總督。

萊　啊，你那當家的已經告訴了你我是誰嗎？

瑪　誰是我的當家的？

萊　就是那個販賣百草的婆子，那個播種罪惡的婦人。啊！你大概因爲聽說我有幾分權力，所以故意裝出峻拒的態度，想要擡高你自己的身價。可是我告訴你，美人兒，我的權力是不會帶到這兒來的，否則它也決不會對你容情。來，帶我到一間僻靜些的屋子裏去吧；來，來。

瑪　假如您眞是一位正人君子，現在您就可以向我證明；假如您的良好的名譽是別人替您加上去的，那麽爲了愛惜您的名譽起見，您也該勉力抑制您自己，不要讓別人對您失望。

萊　這是什麽？這是什麽？好嚴正的教訓！再說下去。

瑪　我是一個不幸的少女，殘酷的命運把我推下了這一個火坑；自從我來到這裏以後，我祇看見人們用比請醫服藥更大的代價，買一身的惡病回去。啊！要是天神們把我從這暗無天日的所在解放出來，即使他們叫我變成一頭最卑微的小鳥，我將要多麽快樂地在純潔的空氣中任意翺翔！

萊　我沒有想到你竟有這樣動人的口才；這眞是出於我的意料之外的，即使我抱着一顆邪心到這兒來，聽見你這一番談話也會使我幡然悔改。這些金子是給你的，你拿着吧，願你繼續走你的清白的路，願神明加强你的力量！

瑪　願慈悲的神明護佑您！

萊　你不要對我誤會，以爲我到這兒來是存着什麽邪惡的目的，因爲在我看來，這兒的每一扇門窗都散放着罪惡的臭味，再會！你是一個貞潔的女郎，我相信你一定受過高貴的教育。這兒還有一些金子給你，你拿着吧。誰要是侵害了你的善良的靈魂，願他永受咒詛，像盜賊一般不得好死！也許你還會聽到我的消息，那一定是對於你有好處的。

【龜奴重上。

龜奴　謝謝老爺，也賞我一塊錢吧。

萊　滾開，你這該死的奴才！你們這一所屋子倘沒有這位姑娘替你們支撐，它早就倒塌下來，把你們全都壓死了。滾開！（下）

龜奴　這是怎麼一回事？咱們非得換一付手段對付你不可。你的貞操還不値鄉下人家的一頓早飯，咱們不能爲了你要守貞，一家子活活餓死呀。過來。

瑪　你要我到那裏去？

龜奴　我必須破壞你的貞操。過來。咱們不能再讓主顧們一個個給你推出門去。喂，過來。

【鴇婦重上。

鴇婦　怎麼！什麼事？

龜奴　越來越不成話了，媽媽；她對萊錫邁赤斯老爺也說起神聖的大道理來啦。

鴇婦　嗳喲，可惡！

龜奴　她把咱們這一行說得簡直好像一股穢氣可以冲到天神臉上似的。

鴇婦　哼，這丫頭不想活命了嗎？

龜奴　這位貴人有心擡舉她，她卻不識好壞，澆了他一頭冷水；他立脚不住，衹好走了，臨走還作過禱告哩。

鴇婦　龜奴，帶她下去；你愛把她怎麼樣就把她怎麼樣；破壞她的貞操，看她以後再倔强不倔强。

龜奴　卽使她是一塊長滿荊棘的荒地，我也要墾她一墾。

瑪　聽哪，聽哪，神啊！

鴇婦　她又在呼告神明了；帶她下去！但願她從不曾走進我的門裏！哼，死丫頭！她是來把咱們一起葬送了的。你不願

意走女人們大家走的路嗎？哼，過來，我的三貞九烈的好姑娘！（下）

龜奴　來，姑娘；跟我來吧。

瑪　你要我到那裏去？

龜奴　我要把你自己像性命一樣看重的你身上的那件寶貝採摘下來。

瑪　請你先告訴我一件事情。

龜奴　好，說吧，是什麼一件事情？

瑪　要是你有仇敵的話，你希望他做個怎麼樣的人？

龜奴　嘿，我希望他做咱們的老闆，或者還是做咱們老闆的太太。

瑪　他們的職業雖然下賤，可是比起你來還是略勝一籌，因爲你是受他們使喚的。地獄裏受着最痛苦的酷刑的惡鬼，爲了愛惜他的名譽也不願和你交換地位；你是一個永遠受罪的管門人，必須侍候每一個探望他的下賤的情婦的下賤的男子；碰到脾氣壞的傢伙，你的耳朵免不了挨他的拳頭的痛打；你吃的東西是那些害肺病的人所嘔吐下來的。

龜奴　你要我幹什麼呢？上戰場上去嗎？你要我當七年的兵，失去了一條腿，結果連裝木腿的錢都拿不出來嗎？

瑪　除了你現在所幹的事以外，無論什麼事都可以做。你可以打掃陰溝，你可以做劊子手的助理，什麼都要比你現在的事情好一些。一頭狒狒要是知道了你是一個什麼人，它也會遠遠避走，不屑和你在一起。啊！但願天神們拯救我平安脫離這一個所在！來，這兒我有一些金子送給你。要是你的主人一定要在我身上賺錢的話，你們可以宣佈我會歌唱，跳舞，紡織，縫紉；還有其他的技藝，因爲不願誇口的緣故，我都不說了。我願意招收生徒，教授這幾門功課。我相信在這人口衆多的城市裏，一定可以收到不少的學生。

龜奴　可是你眞的會敎授這許多功課嗎？

瑪　要是事實證明我沒有這樣的能力，我願意讓你們把我帶回到這兒來，叫我向你們這兒最下賤的客人出賣我的肉體。

龜奴　好，我願意試試我能不能幫你一些忙；要是有可以安頓你的地方，我會替你想法的。

瑪　可是我必須和良家婦女在一起。

龜奴　說老實話，我在這方面是沒有什麼熟人的。可是既然我家老闆和主婦花了錢買你下來，什麼事總要得到他們的允許；所以讓我先去把你的意思告訴了他們，我相信他們都是很容易說話的。來，我願意盡力幫你的忙；來吧。（同下）

# 第五幕

【副末上唱：

瑪琳娜跳出了火窟，
開始她教授的生活：
她的歌聲不似人間；
她的舞態翩翩欲仙；
尤其她針線的精能，
化工也要退讓三分，
尺縑上的花鳥枝葉
和活的全沒有分別。
她招集了不少生徒，
其中儘多貴婦名姝，
她們那敬師的修脯，
她全都給了那鴇婦。
不表她在這裏安身，

再說她海上的父親；
他的船隻隨風飄蕩，
迷失了航行的方向；
誰料那冥冥的天公
有心使他父女相逢，
把他吹到了密底林，
在這兒把征棹暫停。
卻說密底林的居民
每年都要祭奠海神；
這時候萊錫邁赤斯
正在把那祭禮主持，
他望見泰爾的船舶，
那旗幟上一片黑色，
爲了探察它的究竟，
他急忙駕艇去訪問。
請列位再用些想像，
這兒便是老王船上，

說不盡的悲歡離合
都在臺上表演明白。(下)

## 第一場　密底林港外，配力克爾斯船上甲板上設帳篷，前覆幃幕；配力克爾斯偃臥帳中榻上。一艇停靠大船之旁

【二水手上，其一爲大船上者，其一爲艇上者；赫力堪納斯上，與二水手相遇。

泰爾水手　(向密底林水手)赫力堪納斯大人不知道在什麽地方；他可以答覆你的。啊！他來啦。——大人，有一艘從密底林來的艇子，艇子裏面是萊錫邁赤斯總督，他要求到咱們船上來。您看怎麽樣？

赫　請他上來吧。叫幾個衞士們出來。

泰爾水手　喂，衞士們！大人在叫着你們哪。

【衞士二三人上。

衞士甲　大人呼喚我們嗎？

赫　衞士們，有幾個很有地位的人要到我們船上來；請你們去迎接一下，不要失了禮貌。(衞士及水手等下船登艇)

【萊錫邁赤斯率從臣，及衞士，二水手等同自艇中上。

泰爾水手　大人，這一位老爺可以答覆您所要詢問的一切。

萊　祝福，可尊敬的老大人！願天神們護佑你！

赫　大人，願你的壽命超過我現在的年齡，願你富貴令終，澤及後人！

萊　您眞是善頌善禱。我剛纔正在海濱舉行海神納普通的祭典，忽然看見你們這艘富麗的船舶經過我們的海面，所以特來探問一聲，你們是從什麼地方來的。

赫　第一，先請你告訴我你是一位何等之人？

萊　我就是你們眼前這一座城市的總督。

赫　大人，我們的船是從泰爾來的，船裏載的是我們的王上；他這三個月來，不曾對什麼人講過一句話，雖然勉強進一點飲食，也不過爲了延續他的悲哀。

萊　他爲什麼會變成這個樣子？

赫　說來話長；他的悲哀的主要原因，是失去他的親愛的女兒和妻子。

萊　我們可以見見他嗎？

赫　你可以見他；可是見了他也是徒然；他是不會向任何人說話的。

萊　可是讓我達到我的願望吧。

赫　瞧他（揭幕見配）他本來是一位一表堂堂的人物，直到那一個不幸的晚上，意外的慘禍把他害成了這等地步。

萊　王上陛下，萬福！願天神們護佑你！萬福，尊嚴的王上！

赫　這是毫無用處的；他不會對你說話。

甲臣　大人，在我們密底林地方有一個少女，我敢打賭她有本領誘他說出幾句話來。

萊　你想起得很好。憑着她的曼妙的歌聲和種種動人的美點，她一定會打開他的閉塞不通的心門。她是所有女郎

赫　中最美貌的，現在正和她的女伴們在島旁的樹蔭下面談笑。（向甲臣耳語，甲臣下艇）

什麼都是毫無結果的；可是無論什麼治療的方法，祇要有萬一的希望，我們都不願意放過。多蒙閣下這樣熱心相助，眞是感激萬分；我們還有一個冒昧的要求，因爲我們航海日久，糧食雖然貯備得很多，被那風吹浪打，早已霉爛不堪，所以我們想要出錢向貴處購辦一些食料，不知道閣下能不能允許我們？

萊　啊！大人，要是我們不願意盡這一點點的地主之誼，公正的大神一定會在我們每一顆穀粒中降下一條蛀蟲，使我們全境陷於饑饉的。可是讓我再向你作一次請求，請把你們王上悲哀的原因詳細告訴我知道吧。

赫　請坐，大人，我可以告訴你；可是瞧，有人來打斷我們的談話了。

【甲臣率瑪琳娜及另一女郎自艇中重上。

萊　啊！這就是我所請來的女郎。歡迎，美人兒！她不是很美嗎？

赫　她是一位倜儻的女郎。

萊　她是這樣一位絕世的佳人，要是我能够確定她果然是世家貴族的後裔，我一定不再作此外的奢求，而認爲得到這樣一位妻子是終身的幸事。美人兒，這裏有一位抱病的國王，希望你施展你的無限的才能把他醫治；假如憑着你的巧妙的手段，祇要能够使他回答你的一句問話，你的神奇的醫術就可以使你得到你所願望的任何酬報。

瑪　大人，我願意盡我的力量設法治療他的病症，可是有一個條件，除了我自己和我的女伴以外，誰也不准走近他的身旁。

萊　來，讓我們離開她；願神明保佑她成功！（瑪唱歌）他有沒有注意到你的歌聲？

瑪　沒有，也不會望我們一眼。

萊　瞧，她要向他說話了。

瑪　萬福，陛下！我的主，聽我說句話兒。

配　哼！嘿！

瑪　陛下，我是一個少女，從來不曾勾引別人向我注目，可是像一顆彗星一般，到處受盡世人的凝視。她現在在向您說話，陛下，她所身受的種種不幸，要是放在準確的天平裏衡量起來，也許正和您的不幸同樣的沉重。雖然橫逆的命運貶降了我的身分，我的祖先卻是和莊嚴的君主們分庭抗禮的；可是時間已經淹沒了我的家世，使我在這多難的人世失去自由，忍受一切意外的磨折。（旁白）我不願意說下去了；可是彷彿有什麼東西在我的臉上發燒，它在我的耳邊對我說，「不要去，等他說話。」

配　我的命運——家世——很好的家世——可以跟我相比！——是不是這樣？你怎麼說？（推瑪）

瑪　我說，陛下，要是您知道我的家世，您一定不會對我這樣粗暴。

配　我倒也是這樣想。請你把你的眼睛轉過來對着我。你有幾分像是——你是那一國的女子？是不是這兒海岸上的？

瑪　不，我也不是任何海岸上的；可是我是在非常險惡的環境中誕生，我只是您所看見的這樣一個人。

配　我心裏充滿了悲傷，一開口就禁不住淚下。我的最親愛的妻子正像這個女郎一樣，我的女兒要是尚在人世，一定也和她十分相像：我的王后的方正的眉宇；同樣不高不矮的身材；同樣挺直的腰身；同樣銀鈴似的聲音；她的眼睛也是像明珠一樣，藏在華貴的眼瞼之中；她的步伐是天后朱諾的再世；她的動人的辭令，使每一個聽者的耳朵在飽聆珠璣以後，感到更大的饑餓。你住在什麼地方？

瑪　我是一個托跡異鄉的人；從甲板上您可以望見我所住的地方。

配　你是在什麼地方生長的？你這種卓越的才能是怎樣得到的？

瑪　要是我把我的歷史告訴人家，人家一定會疑心那是誑話而加以鄙棄。

配　請你說吧；誑話不會從你的嘴裏出來，因爲你瞧上去是這樣正直而眞誠，你的容貌就像一座眞理的君王所居住的宮殿。我相信你，即使在你的敍述之中，有什麼難於置信的地方，我也會毫不懷疑；因爲你的模樣活像一個我所曾經愛過的人。你的親族有些什麼人？當我看見你在我眼前，把你推開去的時候，你不是說過，你有很好的家世嗎？

瑪　我的確說過這樣的話。

配　告訴我你的父母是什麼人。我彷彿聽你說起，你曾經受過種種的困苦磨折，你以爲我們兩人的不幸，要是互相較量起來，也許會分不出輕重。

瑪　這樣的話我也說過；凡是我所說的話，都是我自己認爲和事實並不相背的。

配　把你的故事告訴我；要是你所經歷的困苦，果然可以抵得上我的千分之一的不幸，那麼你是一個男子，我卻像一個女孩似的受不起人世的煎磨。可是你瞧上去卻像忍耐女神一樣，凝視着君王們的墳墓，把一切苦難付之一笑。你有些什麼親族？怎麼會和他們分散？你叫什麼名字，我的最溫柔的女郎？告訴我吧，我在懇求你。來，坐在我的身邊。

瑪　我的名字是瑪琳娜。

配　啊！這簡直是對我開的頑笑；你一定是什麼憤怒的神明差來，讓世人把我取笑的。

瑪　忍耐一些，好陛下，否則我不再說下去了。

配　好，我要忍耐。你不知道你說了你的名字叫瑪琳娜，使我吃了多大的一驚。

瑪　這名字是一個有權力的人給我取下的；我的父親他是一位國王。

配　怎麼！一位國王的女兒名叫瑪琳娜嗎？

瑪　您說過您會相信我的；可是我不願擾亂您的安靜，還是不要說下去了吧。

配　可是你果然是有血有肉的活人嗎？你的脈搏在跳動嗎？你不是一個精靈嗎？——好，說下去。你是在什麼地方誕生的？爲什麼叫做瑪琳娜？

瑪　因爲我在海上誕生，所以取名爲瑪琳娜。

配　在海上！誰是你的母親？

瑪　我的母親是一位國王的女兒；她在我生下來的一分鐘就死了，這是我的好保姆莉科力妲常常含着淚告訴我的。

配　啊！暫時停一會兒。這是沉重的睡眠用來欺騙悲哀的愚人們的一個最稀有的夢境；這樣的事是決不會有的。我的女兒已經葬了。好，你是在什麼地方生長的？我願意聽你說下去，不再打擾你，一直聽到你故事的結局。

瑪　您一定不會信我，所以我還是不要說下去的好。

配　我願意相信你所說的每一個字，不管你將要對我說些什麼。可是准許我再問你一個問題：你怎麼會到這兒來的？你生長在什麼地方？

瑪　我的父王把我寄養在塔色斯，在那邊我生活得好好兒的，不料後來狠心的克利昂和他的奸惡的妻子不懷好意，想要謀害我的生命；他們買通了一個惡人殺我，正在他剛要動手的時候，來了一羣海盜，把我從他的手裏奪走，後來我就被他們帶到密底林來了。可是，好陛下，您要我到那兒去？您爲什麼哭了起來？也許您以爲我是個騙子；不，憑着我的良心起誓，我是配力克爾斯王的女兒，要是善良的配力克爾斯王尚在人間的話。

配　喂，赫力堪納斯！

赫　陛下叫我嗎？

配　你是一位德高望重，識見高超的顧問老臣，你能不能告訴我，這女郎究竟是個什麼人，會使我流下這許多眼淚？

赫　我不知道；可是，陛下，這一位是密底林的總督，他對於這位女郎是推崇備至的。

萊　她從來不肯告訴人們她的父母是誰；有人問起她的時候，她就一聲不響地坐着淌眼淚。

配　啊，赫力堪納斯！打我；好老人家，給我割下一道傷口，讓我感到一些眼前的痛苦，因爲這向我奔湧前來的快樂的巨浪快要淹沒我的生命的涯岸，把我溺斃在它的幸福之中了。啊！過來，那曾經生育你的，現在卻在你的手裏重新得到了生命；你誕生在海上，埋葬在塔色斯，現在又在海上找到了。啊，赫力堪納斯，跪下來，用像那使我們震驚的雷霆一樣的巨聲感謝神聖的天神；這就是瑪琳娜。你的母親叫什麼名字？祇要回答我這一個問題，因爲即使在毫無疑惑的時候，眞理也是不厭反覆證明的。

瑪　陛下，先讓我請教您的尊號？

配　我是泰爾的配力克爾斯。可是現在告訴我我那死在海裏的王后的名字；你剛纔所說的話，句句都是眞實的；你是兩個王國的繼承人，你的父親配力克爾斯的第二個生命。

瑪　是不是一定要說我的母親的名字叫做黛莎，纔可以證明我是您的女兒嗎？黛莎是我的母親，她的沒日也就是我的生辰。

配　啊，祝福你！起來；你是我的孩子。把我的新衣服拿來。我自己的孩子，赫力堪納斯；雖然兇惡的克利昂想謀害她的生命，她並沒有死在塔色斯；她將會告訴你一切；當你跪下靜聽的時候，你將會證實她的確是你的公主。這是誰？

赫　陛下，這一位是密底林的總督，他因爲聽見您心境不佳，特來探望您的。

配　我擁抱你。把我的長袍給我。你們瞧我活像個瘋子。天啊，祝福我的孩子！可是聽！什麼音樂？告訴赫力堪納斯，我的瑪琳娜，從頭到尾告訴他，因爲他好像還有些懷疑你究竟是不是我的女兒。可是，什麼音樂？

赫　陛下，我沒有聽見。

配　沒有聽見！天上的音樂！聽，我的瑪琳娜！

萊　我們不應該反對他，最好順順他的意思。

配　希有的妙音！你們不聽見嗎？

萊　陛下，我聽見的。（音樂）

配　無上的天樂！它攝住了我的聽覺，沉重的睡眠已經爬上我的眼睛；我要休息一下。（睡）

萊　替他拿一個枕頭來。好，大家出去吧。（除配外均下）

【黛安娜女神在幻象中向配力克爾斯顯現。

神　我的神廟在以弗掃；你快到那邊去，向我的聖壇前獻祭。當我的女修道士們羣集的時候，當着衆人之前，宣佈你怎樣在海上失去你的妻子，哀訴你自己和你女兒的不幸的遭際。依着我的話做了，你可以得到極大的幸福，否

配　則你將要永遠在悲哀中度日。憑着我的銀弓起誓，我不會欺騙你。醒來，醒來！你的夢告訴衆人吧！（隱去）

神聖的黛安娜，銀色的女神，我願意聽從你！赫力堪納斯！

〔赫力堪納斯，萊錫邁赤斯，及瑪琳娜重上。

赫　陛下？

配　我的本意是要到塔色斯去，懲罰那忘恩負義的克利昂；可是我現在還要先幹一些別的事，把我們張滿的帆轉向以弗掃吧，等會兒我就告訴你為什麼緣故。（向萊）閣下，我們可不可以用金子向你換一些我們所需要的食物，在你們岸上飽餐一頓？

萊　陛下，那是我所絕對歡迎的；當您上岸以後，我還要向您提出一個請求呢。

配　你的請求一定可以得到滿足，即使你要向我的女兒求婚；因為看來你對她是十分關切的。

萊　陛下，讓我攙着您的手臂。

配　來，我的瑪琳娜。（同下）

## 第二場　以弗掃；黛安娜女神廟前

〔副末上唱：

漏壺的沙快要滴盡，
不久一切將歸寂靜；
還是俺最後的饒舌，

請列位莫怪俺絮喋。
與高彩烈的密底林
歡迎那遠道的佳賓，
自有一番繁華熱鬧，
這些都用不到細表。
原來咱們這位總督
早已得到老王允諾，
他傾心愛慕的女郎
已成他未來的新娘；
可是必須祭過女神，
然後再把婚禮舉行，
因此上這一行人衆
又一度向海外移動。
古來說的無話即短，
早到了以弗掃沿岸：
瞧這座巍峨的神廟，
勾引多少人的瞻眺！（下）

## 第三場　以弗掃黛安娜神廟黛莎是女祭司，立神壇近旁；若干修道女分立兩側攝利蒙及其他以弗掃居民均在壇前肅立

【配力克爾斯率扈從；萊錫邁赤斯，赫力堪納斯，瑪琳娜，及其女伴同上。

配　萬福，黛安娜女神！我是泰爾的國王，奉了你的公正的命令，特來向你頂禮致敬。當初我因爲避難離國，在岔塔坡力斯和美貌的黛莎締爲夫婦；不幸她在海上死於產褥，卻生下了一個名叫瑪琳娜的女孩，這孩子，女神啊！現在還穿着你的銀色的信徒的制服。她在塔色斯由克利昂撫養長大，當她十四歲的時候，他蓄意把她謀殺；可是她的幸運把她帶到了密底林，我的船隻正在向那邊的海岸駛過，冥冥中的機緣把這女郎帶到了我的船上，憑着她自己的清楚的記憶，她向我證明她是我的女兒。

黛　同樣的聲音和面貌！你是，你是，——啊，尊貴的配力克爾斯！——（暈倒）

配　這尼姑是什麼意思？她死了！各位，看看她有沒有救。

攝　陛下，要是您在黛安娜神壇前所說的話沒有虛假，這就是您的妻子。

配　老先生，不；我用這一雙手親自把她投下海裏去的。

攝　我敢斷定您把她投海的地方就在這兒海岸的附近。

配　這是毫無疑問的。

攝　好好看顧這位王后。啊！她不過是喜悅過度。在一個風暴的清晨，她被海浪捲到了這兒岸上。我打開了箱子，發現其中藏着貴重的珠寶；我把她救活轉來，讓她在這黛安娜神廟之內安身。

配　那箱子裏的東西可不可以讓我看看？

攝　陛下，您要是願意光降舍間，我一定可以讓您看個仔細。瞧！黛莎醒過來了。

黛　啊！讓我看！假如他不是我的親人，我就要斬斷情魔，不讓它擾亂我的清淨的心田。啊！我的主，您不是配力克爾斯嗎？您說話也像他，模樣也像他。您不是說起一場風暴，一次生產和一回死亡嗎？

配　死去的黛莎的聲音！

黛　那黛莎就是我，雖然你們都以爲我早已死在海裏。

配　永生的黛安娜！

黛　現在我認識你了。當我們揮淚離開盆塔坡力斯的時候，我的父王曾經給你這樣一個指環。（出指環示配）

配　正是這一個，正是這一個。够了，神啊！你們現在的仁慈使我過去的不幸成爲兒戲；當我接觸她的嘴唇的時候，但願你們使我全身融解而消亡。啊！來，第二次埋葬在這雙手臂之中吧。

瑪　我的心在跳着要到我的母親的懷裏去。（向黛下跪）

配　瞧，誰跪在這兒！你的肉中之肉，黛莎；你在海上的重負；她名叫瑪琳娜，因爲她是在海上誕生的。

黛　天神加佑你，我的親生的孩子！

赫　萬福，娘娘，我的王后！

黛　我不認識你。

配　你曾經聽我說起，當我從泰爾逃走的時候，我把國事交給一位年老的攝政；你還記得我叫他什麼名字嗎？我常常提起他的。

黛　那麼他就是赫力堪納斯了。

配　又是一個證明！擁抱他，親愛的黛莎；這正是他。現在我渴想着聽一聽你怎樣被人發現，怎樣死而復生，這一個絕大的奇蹟，除了天神以外，應該感謝誰的力量。

黛　攝利蒙大人，我的主；天神假手於他，表現了他們的力量；他能夠從頭到尾向你解釋一切。

配　可尊敬的先生，你是天神們所能找到的最有神性的一個人間的助手。你願意告訴我這位已死的王后怎樣復活的經過嗎？

攝　很好，陛下。請您先跟我到舍間去，我可以把她的隨身物件一起給您看個明白；我還要告訴您她怎麼會到這神廟裏來；凡是經過的種種情形，我都要毫無遺漏地講給您聽。

配　聖潔的黛安娜！感謝你的托兆；我要向你舉行夜間的獻祭。黛莎，這一位是你女兒的未婚佳婿，他將要在忿塔坡力斯和她成婚。現在我要修剪修剪我的鬍鬚，它使我顯得太難看了；我的頭髮已經十四年沒有剃過，爲了慶賀你們的佳期，我也要把它剃剃乾淨。

黛　陛下，攝利蒙大人得到可靠的信息，我的父親已經死了。

配　願上天使他變成一顆明星！可是，我的王后，我們還是要到那邊去舉行他們的婚禮；等他們結過了婚，我們兩人就在那邊消度我們的餘生，讓這雙小夫婦回到泰爾去主持國政。攝利蒙大人，我們不要躭擱時間了，我渴想聽你的講述哩。請你爲我們帶路。（同下）

【副末上唱：

逃不過上天的誅夷。
善良的配力克爾斯
雖然歷盡顛沛流離，
自有神明們的默護，
導引他和妻兒團聚。
赫力堪納斯這老臣
是千古忠良的典型。
攞利蒙的博學好善，
誰不對他敬佩讚嘆？
奸惡的克利昂夫婦
遮不住他們的罪辜，
全城民衆激起公憤，
把闔家燒成了灰燼；
雖然他們蓄意未遂，
一念之差終遭天棄。
現在戲文已經終場，
敬祝列位快樂無疆！（下）

中華民國三十八年四月再版

莎士比亞戲劇全集

第三輯 實價國幣

外加運費匯費

原著者 莎士比亞

譯述者 朱生豪

發行人 張靜江

出版者 世界書局

發行所 世界書局